Machado de Assis
Obra completa

BIBLIOTECA
LUSO-BRASILEIRA
Série Brasileira

MACHADO DE ASSIS
Obra completa em
quatro volumes

VOLUME 1
Fortuna crítica
Romance

VOLUME 2
Conto

VOLUME 3
Conto
Poesia
Teatro
Miscelânea
Correspondência

VOLUME 4
Crônica
Bibliografia

Machado de Assis aos
46 anos, aproximadamente.
Foto de Insley Pacheco, c. 1885.
Reproduzida no catálogo
Exposição Machado de Assis,
publicado pelo Ministério
da Educação e Cultura,
no Rio de Janeiro, em 1939,
exposição realizada por ocasião
do centenário de nascimento
de Machado de Assis.

Machado
Obra

DE ASSIS
completa

VOLUME 3

Conto

Poesia

Teatro

Miscelânea

Correspondência

Organização editorial
ALUIZIO LEITE
ANA LIMA CECILIO
HELOISA JAHN
RODRIGO LACERDA

EDITORA
NOVA
AGUILAR

Sumário

Conto
12　Contos avulsos ii

Poesia
378　Poesias completas

852　# Teatro

974　# Miscelânea

1312　# Correspondência

C O N

To

Um para o outro
A chave
O caso da viúva
A mulher pálida
O imortal
Letra vencida
O programa
A ideia do Ezequiel Maia

Contos

Reunião de contos que, publicados pelo autor em jornais e revistas, não foram por ele recolhidos em livros posteriormente. Estão aqui dispostos em ordem cronológica e divididos em duas partes: Contos avulsos I (no volume II) e Contos avulsos II (neste volume III). Ao pé de cada conto encontram-se as informações da publicação original: periódico, data, pseudônimo utilizado pelo autor.

História comum
O destinado
Troca de datas
Questões de maridos
Três consequências
Vidros quebrados
Médico é remédio
Cantiga velha
Trina e una
O contrato
A carteira
O melhor remédio
A viúva Sobral
Entre duas datas
Vinte anos! Vinte anos!
O caso do Romualdo
Uma carta
Só!

Casa velha

Habilidoso

Viagem à roda de mim mesmo

Terpsícore

Curta história

Um dístico

Pobre cardeal!

Identidade

avulsos II

Sales

D. Jucunda

Como se inventaram os almanaques

Pobre Finoca!

O caso Barreto

Um sonho e outro sonho

Uma partida

Vênus! Divina Vênus!

Um quarto de século

João Fernandes

A inglesinha Barcelos

Orai por ele!

Uma noite

Flor anônima

Uma por outra

Jogo do bicho

Um incêndio

O escrivão Coimbra

Um para o outro

I

— Vivam um para o outro — foi a última palavra do coronel Trindade no leito de morte.

Ouviram-lhe, com religioso respeito, seus dois filhos Henriqueta e Julião, ela de dezoito anos, ele de vinte; mas nada lhe puderam responder. Cabia a vez ao soluço: a dor de perder o pai era mais que tudo naquela ocasião.

Também nada mais disse o moribundo; foi aquela a última palavra, se palavra se pode chamar um som mal expresso e já tingido da descor da morte. Poucos minutos depois morreu o coronel, e morreu sobre a tarde do dia 4 de outubro de 1862. A casa em que se finava era situada no Engenho Velho, e fora mandada construir por ele mesmo, alguns anos antes.

— Já sei que se pretende casar — disse-lhe por essa ocasião o mais galhofeiro de seus amigos, o desembargador Tinoco.

— Não — retorquiu ele —; a minha ideia é cair com a casa, cairmos de velhos.

Mas a ideia falhou, e o coronel morreu com pouco mais de cinquenta anos, viúvo qual era desde os quarenta, entre seus dois filhos e alguns parentes, mais ou menos chegados. Julião e Henriqueta deram as lágrimas do mais sincero desespero: não houve consolações, naquele lance, que pudessem entorpecer a dor íntima e profunda, nem minguar-lhes a manifestação ruidosa; não as podia haver. Desde longos anos, o velho coronel era para eles pai e mãe; era quem lhes substituía a esposa extinta e nunca deslembrada. Acresce que a doença que levava o pai fora rápida, e destruíra em poucos dias um organismo que parecia destinado a enterrar ainda muitos anos; e, ao cabo, o enterrado era ele, com todo o vigor de que dispunha.

Não era pobre o coronel Trindade, mas abastado, e sobre abastado, econômico; de maneira que, ao menos, não teve a dor de deixar os filhos ao desamparo — e digo ao desamparo, porque Julião não completara ainda os estudos, não tinha posição ou emprego, de onde tirasse a subsistência, se precisasse a ganhar. Estudava na Escola Central, diziam ser bom estudante, e assim provou ser em todos os exames que fez, e dos quais saiu com aprovação plena, e não raras vezes com louvor. A esperança do coronel era ver o filho engenheiro, louvado e procurado — o engenheiro Trindade — filho do coronel Trindade; era a sua esperança e seria a sua glória. A realidade foi outra — tão certo é que a esperança é nada.

II

Um ano depois do acontecimento apenas indicado no outro capítulo, recebeu Julião o seu diploma de engenheiro — e esse remate de alguns anos de honrado labor, de estudos sérios, não lhe deu a alegria com que contava; faltava uma pessoa. A irmã, que não menos do que ele sentia aquela ausência, buscou ainda assim dissimulá-la; e ele, pela sua parte, tratou de esconder o que sentia. Esses dois corações possuíam o melindre dos sentimentos, a discrição das dores repartidas, que não desejam agravar-se mutuamente, e portavam-se com a habilidade que a natureza não concede a muitos, talvez a raros.

— Julião — disse Henriqueta três dias antes deste tomar o grau de engenheiro —, tive uma ideia.

— Que é?

— Quero primeiro que você aprove.

— Mas que é?

— Aprova?

Julião sorriu.

— Se não é enforcar-me, aprovo — disse ele.

— Não é enforcar, é jantar; é jantar no dia em que você receber o seu diploma de engenheiro.

— Ora!

— Qual ora! Já tenho a lista dos convidados; são os nossos parentes.

— Só?

— Só.

— Titia, que diz? — perguntou Julião a uma senhora idosa que estava na sala, a poucos passos, com um jornal da mão.

— Digo que Henriqueta pensa muito bem.

A tia de que se trata era-o por parte de mãe; tinha os seus cinquenta anos, chamava-se d. Antonica; vivia com eles desde a morte do irmão.

Não havia remédio: Julião aceitou o jantar; limitou-se, todavia, a pedir que não fosse lauto nem ruidoso; queria uma coisa puramente de família, porque o acontecimento era de família.

Já sabemos que Julião fora bom estudante; sabemos também que era excelente rapaz; acrescentemos que não era feio, antes bonito, gravemente bonito, másculo e sério. Não se imagine um jarreta, enfronhando sua mocidade numa gravata de sete voltas; não; sabia ser elegante, gostava de andar à moda; não usava, porém, pedir à moda todas as suas extravagâncias e excessos; era discreto até no vestir.

Henriqueta pertencia à classe das mulheres que sabem ornar-se, qualquer que seja a qualidade do estofo ou o corte do vestido; tinha a elegância nativa. Era alta, cheia, musculosa, talhada com amor no mais belo mármore humano. Talvez não agradassem a alguns os olhos pardos e pequeninos; mas o olhar que chispava deles devia por força angariar adoradores ou amigos; amigos sim, que eram da natureza dos que falam mais aos sentimentos que aos sentidos. Eram pequenos de si, e pequenos porque a testa era larga, uma testa serena e pura; tão pura e tão serena como o pensamento que ardia no interior. Nunca esse pensamento cogitara no mal; ignorava-o, que era o melhor meio de o não atrair. A boca, que era delicadamente fendida sobre um queixo macio e redondo, não conhecera ou não pronunciara jamais uma só palavra de cólera, porque a própria travessura de Henriqueta, quando criança, era das que se acomodam sem gritos nem lágrimas. Henriqueta era o tipo da complacência, da bondade, da resignação branda e modesta. Quem lho não lesse na figura e nas maneiras, compreendê-lo-ia no fim de alguns dias de trato.

A pontualidade com que ela obedeceu ao desejo do irmão prova o que já sabemos — isto é, que era de sua parte dócil, e que também sentia a ausência do chefe da família. O jantar foi simples, modesto e tranquilo; nenhum tumulto, nenhuma excessiva alegria. Os donos da casa deram o tom aos convivas; cada um destes compreendeu que faltava alguma pessoa e que era acertado não acordá-lo do sono.

— Esteve a teu gosto? — perguntou Henriqueta de noite quando o último convidado tinha saído.

— Tu és um anjo!

— Um anjo de cozinha — concluiu Henriqueta rindo.

A casa em que moravam era a mesma do Engenho Velho. Tinham-na deixado logo depois da morte do coronel; mas três meses depois voltaram para ali, menos por motivo econômico que de piedade filial. Queriam ter presente a lembrança do pai — agora que a dor podia suportá-la, havendo já o tempo feito a sua ação inevitável e benéfica. Julião poucas semanas depois de receber o diploma de engenheiro, alcançou uma nomeação do governo, que o obrigou a ir à província do Rio durante poucas semanas; dali veio, tendo concluído a comissão mais depressa do que esperava. Logo depois obteve outra nomeação que o não obrigava a sair, mas a ficar na corte. Era muito melhor para ele e para ela; e nisto chegamos aos primeiros dias de 1864.

III

Naqueles primeiros dias de 1864, veio do norte um parente de Julião, que lá estivera alguns anos como inspetor da alfândega, e agora tornava, exonerado a seu pedido, porque tinha que ir liquidar uma herança em São Paulo. Não se demorou muito tempo nesta corte, mas em um dos poucos dias que aqui esteve convidou Julião a jantar, e jantaram efetivamente juntos, eles e mais um rapaz, também do norte, que o acompanhava a passeio e devia regressar no fim de poucas semanas. Era bacharel este rapaz, exercera já um lugar de promotor público, no sertão da Bahia, e tinha mais ou menos desejo de vir para a Câmara dos Deputados; ambição que não destoava da pessoa e dos talentos, antes parecera seu natural caminho.

— O Pimentel é o melhor orador que tenho ouvido — disse o ex-inspetor da alfândega.

— Sim? — perguntou Julião com interesse e cortejando o conviva.

— Pode ser — disse este —, mas é porque você me ouviu sempre com as orelhas do coração. A cabeça, se me ouvisse, seria de outro parecer.

O parente de Julião contestou energicamente; Pimentel, vendo-se objeto de uma conversa laudatória, desviou habilmente as atenções; dentro de poucos minutos falavam da situação política. Como Julião empregasse uma comparação matemática, a conversa descambou de repente nas matemáticas; depois enveredaram para a literatura, e se não acaba o jantar, não era impossível que penetrassem na teologia. Ora Pimentel, ainda nos assuntos estranhos à ciência do direito, mostrava-se discreto e lido, sem afetação, nem temeridade, dizendo somente o que sabia, e dizendo-o com a modesta segurança do saber. Julião separou-se dele levando a melhor impressão do mundo; ofereceu-lhe a casa; Pimentel ofereceu-lhe os seus serviços na província.

— Deixa-nos em breve?

— Daqui a um mês.

— Mas tornará como deputado? — disse Julião rindo.

— Isso...

— Isso há de ser certo — clamou o ex-inspetor da alfândega.

Três dias depois encontrou-os Julião no teatro; num dos intervalos conversaram muito; noutro levou-os Julião ao camarote, onde estavam a irmã e a tia. A apresentação foi fácil, a conversa interessante, a recíproca impressão excelente. Uma semana mais tarde, encontraram-se em uma loja da rua do Ouvidor, a família Trindade e o dr. Pimentel; este noticiou que acompanhava o parente da família a São Paulo, mas que esperava voltar sozinho, para regressar à província natal. Na véspera de sair, dirigiu-se ao Engenho Velho, e deixou lá um cartão de despedida.

Foi Henriqueta que o recebeu, e, para ser sincero, devo dizer que o recebeu de má cara. Notem que não me refiro ao bacharel, mas ao cartão; o bacharel é provável que tivesse agasalho mais benigno. Talvez a razão da diferença esteja na circunstância de que um cartão, por melhor que o litógrafo o atavie, não possui um par de olhos negros como os que alumiavam o rosto de Pimentel, uns olhos que na noite do teatro pareceram a Henriqueta singularmente graciosos e dignos de estima. Também se pode dizer que um cartão de visita, se é um sinal de atenção, não tem em si mesmo essa qualidade, ao passo que o dr. Pimentel possuía aquele gênero de atenção delicada, que melhor fala ao espírito das mulheres. Enfim, o cartão queria dizer despedida, separação, ausência; e Henriqueta confessava de si para si que a convivência do Pimentel devia ser muito agradável... ao Julião.

Dizia isto, e não me é dado atribuir-lhe outra coisa — ao menos por agora, que os olhos do Pimentel tiveram o mesmo destino de todos os olhos que passam depressa; a lembrança deles foi amortecendo devagar, até que de todo se apagou. No fim de três semanas estava tudo acabado; foi justamente a ocasião em que o Pimentel desembarcou de Santos.

IV

— Sabes quem chegou hoje? — perguntou Julião a Henriqueta, um dia ao jantar.
— Quem?
— O doutor Pimentel.

Henriqueta teve uma impressão leve, e não duradoura; o ex-promotor estava esquecido. Contudo, não pôde reprimir o sentimento da curiosidade. Julião, que nada percebera até ali, continuou a falar do bacharel, com um entusiasmo, facilmente comunicativo. Henriqueta ouvia-o com interesse; perguntou-lhe se não viera também o ex-inspetor da alfândega, e, dizendo-lhe ele que não, hesitou se devia indagar da demora do Pimentel; mas cedeu e perguntou:

— O Pimentel demora-se ou volta já para o norte?
— Não sei; é provável que volte.
— Estiveste com ele?
— Não, mas hei de ir lá amanhã.

Tinham acabado de jantar; Henriqueta sentiu que estava muito calor, mas em vez de ir para o portão da chácara, como lhe propusera Julião, foi tocar piano; tocou meia valsa, depois meia sinfonia, enfim, meio romance; não acabou nada.

— Que tens tu hoje? — disse-lhe a tia.
— Nada; aborrece-me o piano.
— Queres ir ao teatro? — perguntou Julião.

Henriqueta ia dizer que sim, mas recuou.

— É tarde; iremos noutro dia.
— Um passeio?

— Estou cansada.

— Não é porque tocasse com os pés — disse rindo o irmão.

Ouvindo esta palavra, Henriqueta ficou amuada, como se a frase em si, e, quando não a frase, como se a intenção fosse ofensiva. Ficou amuada, sem que lho percebesse a família; e porque a família não lho percebeu recolheu-se à alcova dentro de poucos minutos. Quando Julião não a viu, e soube que se recolhera, não pôde dissimular o espanto.

— Que tem Henriqueta? — disse à tia.

— Não sei; depois do jantar ficou assim. Talvez esteja doente; vou ver o que é.

D. Lúcia (era esse seu nome) foi achar a sobrinha enterrada numa poltrona, com um livro nas mãos, a ler, ou fingir que lia; foi o que a tia pensou; mas a verdade é que Henriqueta iludia-se a si mesma, supondo que lia alguma coisa; tinha os olhos na página, e até corriam de palavra em palavra, e de linha em linha. Corriam somente; não apreendiam o sentido do escrito, que lá ficava, mudo, e quedo, e impenetrado.

Não tinha d. Lúcia a sagacidade que fareja as comoções morais; para ela tudo eram dores, ânsias, calafrios, ou quaisquer outros fenômenos de comoção física. Conseguintemente, não mentiu, não dissimulou nada quando perguntou à sobrinha se lhe doía a cabeça.

— Bastante — disse ela.

— Mas então por que lês?

— Para distrair-me.

— Que ideia! Isso é pior: dá cá o livro.

Tirou-lhe o livro das mãos; depois propôs-lhe fazer alguma mezinha, ao que Henriqueta se recusou, dizendo que era melhor não fazer nada; havia de passar por si.

— Tens febre?

— Ora, febre! — disse Henriqueta rindo.

E rindo estendeu o pulso à tia, que lho tomou com o ar mais doutoral que pode ter uma senhora; e foi rindo também que a tia declarou:

— Tens febre para amanhã. Anda cá fora; aqui está muito abafado. O ar livre há de fazer-te bem.

Não resistiu a moça; nem sequer cedeu de má vontade. Ao contrário, era aquilo mesmo o que queria, porque, tendo obedecido a um impulso de mal cabido ressentimento, doía-lhe agora o que fizera, e ardia, por ler nos olhos do irmão — ou a ignorância ou a desculpa do que se passara. Julião, que não percebera nada, acolheu a irmã com a maior naturalidade do mundo — um pouco ansioso, é certo, por saber se estava doente, mas quando ela lhe disse que era uma simples dor de cabeça, já agora quase extinta, abraçou-a radiante, e a noite acabou numa palestra de família.

Vulgar é o episódio, simples é o sentimento; nada aí há que mereça uma página de novela, nem que se imprima fortemente no espírito; mas simples, mas vulgar, a vida dessas poucas horas entre o jantar e o sono deu a Henriqueta uma série de reflexões graves. A ideia de se ter mostrado ofendida com o irmão roeu-lhe cruelmente a consciência. Não esqueçamos que Henriqueta possuía a docilidade entre as duas mais excelentes virtudes. Por que motivo aquele arremesso e aquela injustiça, onde não houvera ofensa nenhuma? A esta pergunta, que a si mesma fazia, Henriqueta não achou que responder — ou antes não quis achá-lo, porque uma vaga recordação lhe alvejou o pensamento, e ela repeliu-a irritada e envergonhada.

Já então era tarde; toda a família dormia. Sentada ao pé de uma janela aberta, com os olhos ao longe, no eterno impenetrável, Henriqueta relembrava, não só as últimas horas, como os últimos dias, como as últimas semanas; fazia uma espécie de exame de consciência, sem arguições nem desculpas, mas friamente, como quem julga a outrem. Talvez a imagem do pai lhe aparecesse nessa ocasião; pode ser também que lhe ouvisse a voz; mas se lhe respondeu, não falou com os lábios, mas com o coração, e foram de paz as palavras, porque de paz lhe foi o sono.

— Passou a dor de cabeça? — perguntou-lhe a tia no dia seguinte de manhã, quando Henriqueta lhe foi falar.

— Para sempre — foi a sua resposta.

V

— Para sempre? — dirá consigo a leitora, que decerto entendeu a dor de cabeça de Henriqueta, e provavelmente duvidara da cura. Velhas dores, eternas dores, que tu sentiste, ou sentes, ou virás a sentir um dia — o que já mostravam aqueles dois versinhos que Voltaire aplicou ao amor. Quem quer que sejas — dizia — teu senhor é este. *Il est, le fut ou le doit être.* É o teu caso, morena ou loura que me lês, foi o caso da tua avó, era o da nossa Henriqueta; e é por isso que a leitora tem muita razão de duvidar que tão cedo lhe morresse a dor — ou ao menos que morresse para sempre.

Não obstante, foi o que ela disse, e mostrou galhardamente em todo esse dia e nos outros. Voltara a alegria habitual — a princípio nímio ruidosa, como se a assoprasse um pouco de oculto propósito, mas logo depois natural e sincera. Uma nuvem apenas; pesada, mas nuvem, e já extinta.

Um dia, seis ou sete depois daquele incidente, foi convidado o Pimentel a jantar em casa de Julião; lá foi, lá o receberam com as mais sensíveis mostras de afeto, e não houve outro caminho de intimidade. A intimidade que vem só do costume é frouxa e facilmente suspeitosa; a que se funda na afeição recíproca é menos precária. Era o caso dos dois rapazes; não tardou muito que se mostrassem quais eram e quais desejariam que fossem.

Entretanto, o Pimentel devia voltar para o norte; transferiu muitas vezes a viagem, mas afinal era preciso realizá-la, e não teve outro remédio se não ir, — sabe Deus com que saudade! — disse ele a Julião.

— Por que não fica mais algum tempo?
— Não posso; há razões de família; em todo caso voltarei.
— Quando?
— Depois de alguns meses.
— Vinte ou trinta, não?
— Oh! não! Três ou quatro.
— Promete?
— Prometo.

Henriqueta recebeu a notícia de outro modo — uma grande tranquilidade, quase indiferença; e realmente seria bem curioso quem pretendesse saber as causas do ar sombrio com que Pimentel viu a impressão que deixava na moça o motivo de sua partida. O mais que se pode saber é que não disse nada; buliu com a corrente do relógio, concertou a gravata, depois olhou para a ponta da botina; depois quis dizer alguma coisa, mas provavelmente esquecera as palavras, e achou melhor sair, e foi o que fez daí a dois minutos.

Ora, é bem difícil que um homem se contente com a indiferença alheia em coisas que parecem importar-lhe grandemente; por esse ou por outro motivo, o Pimentel tornou à conversação, na véspera da partida, acrescentando que ia acabrunhado.

— Por quê? — disse Henriqueta.
— A corte sempre deixa saudades — ponderou ele.
— Isso é verdade; mas o senhor voltará daqui a algum tempo; creio que já me falou em quatro meses.
— Quatro ou três.
— Quase que era melhor não ir.
— Se pudesse ficar, ficava — disse vivamente o Pimentel —; mas há razões fortes...
— Quatro meses passam-se depressa.
— Conforme — disse o Pimentel olhando para ela...

Henriqueta não respondeu nada, nem com a boca, nem com os olhos; falou do último espetáculo, depois do enjoo do mar, do calor, e de Petrópolis. O Pimentel acompanhou-a por este caminho; quis depois tornar ao primeiro, que era para ele a estrada real; ela porém fugiu-lhe.

Não insistiu o Pimentel; tratou de coisas estranhas, e procurou até coisas alegres; mas só as achou de uma alegria violenta, como o cômico dos atores sem graça. De noite, entrando no hotel, tirou essa máscara do rosto, e a sós consigo recapitulou as últimas horas, os últimos dias e as últimas semanas. Digo que recapitulou, sem dizer primeiro que se despiu, porque assim mesmo como estava, assim se atirou a um sofá, com o chapéu na cabeça, e os olhos em nenhuma parte, ou longe dali. A expressão do rosto era de abatimento, de despeito, de ânsia; coisa que ainda se acentuou, quando ele lançando fora o chapéu, disse em voz alta e rude:

— Perco meu tempo! não me ama.

Julião foi acompanhá-lo a bordo no dia seguinte; pediu-lhe que voltasse o mais cedo possível.

— Lembre-se que já me prometeu.
— Já.
— E cumpre?
— Cumpro.
— Palavra?
— Para quê, se lhe digo que sim? — balbuciou o Pimentel.

Despediram-se; o vapor seguiu; Julião veio para terra. Quando o vapor perdeu de vista a cidade, ninguém ouviu, mas é certo que Pimentel olhando para a água que batia no costado do navio, repetia lá no fundo do pensamento:

— Nem quatro meses, nem quatro anos.

VI
Henriqueta deixou-se estar, nem triste nem alegre; indiferente. A vida da família tornou a ser o que era antes: patriarcal e quieta. Alguns recreios íntimos, poucos externos, e nenhum que excedesse a mediania discreta e honrada. Nesta parte, como

em tudo mais, eram harmoniosos os caracteres dos dois irmãos; não tinham mais nem menos exigências.

— Seu irmão parece um urso — disse um dia a Henriqueta uma moça da vizinhança, relacionada há pouco com eles.

— Por quê?

— Porque parece.

— Você está enganada — disse Henriqueta. — É talvez um pouco assim, calado, metido consigo, mas havendo intimidade...

No outro dia, Henriqueta contou a Julião o reparo da vizinha. Julião riu, sacudiu os ombros e não comentou de outro modo o reparo.

— O que é certo que você é assim mesmo.

— Assim como?

— Bicho do mato.

— Pode ser.

— Sabe o que você faz com um bicho?

— Que é?

— Foge-se.

— Então você quer fugir-me?

— E já.

Henriqueta disse essa última palavra, dando um passo para a porta; Julião foi ter com ela, pegou-lhe na mão, e deu-lhe um bolo. Riram-se muito; sentaram-se depois; falaram de mil várias coisas. A tia foi achá-los ali e abanou a cabeça, rindo.

— Vocês parecem dois namorados — disse ela.

— E somos, não é? — perguntou Julião.

— Apoiado — concordou Henriqueta.

Dois namorados — eis a verdadeira definição; não havia outra melhor. Tinham as saudades, os arrufos, as criancices dos namorados. A afeição que os ligava, tocante e profunda, era já um vínculo bastante; mas outros vieram reforçá-lo mais. Assim, o costume, a vida comum, a índole própria, e afinal a memória do pai. — Vivam um para o outro — foram as últimas palavras do velho moribundo; eles não esqueceram essa recomendação derradeira; ouviram-na como se fora um preceito da eternidade. Viviam exatamente um para o outro; não tinham desejos diferentes, e quando os tinham chegavam facilmente a combiná-los. Pode-se dizer que as impressões de um eram as de outro, e que um mesmo cérebro e um mesmo coração pensava e batia por ambos. Não seria isto exatamente; não era; alguma vez arrufavam-se, mas essas divergências não eram mais do que o perrexil do afeto, uma coisa que lhe dava melhor sabor.

Já vimos um desses arrufos. Poucos dias depois da conversa da vizinha, Henriqueta lembrou a esta para irem a passeio à Tijuca, um domingo de manhã. Assentaram que sim. Henriqueta disse-o depois ao irmão.

— Fizeste mal — disse este.

— Mal?

Julião confirmou o dito com um gesto.

— Mas por quê?

— Ora, um passeio na Tijuca!

— Já o temos feito noutras ocasiões.

— É verdade, mas somos nós e titia. Agora, uma pessoa estranha...
— Sim, uma vizinha, que se dá comigo. Que tem?
Julião não respondeu.
— Pois bem — disse Henriqueta —; vou mandar dizer que não podemos ir.
Deu um passo para a porta da sala; Julião, que a viu um pouco séria, deteve-a.
— Não — disse ele —; não mandes dizer nada; iremos.
— Por quê? se te incomoda?
— Iremos.
Henriqueta ainda insistiu, mas Julião disse-lhe que já agora melhor era realizar o passeio. A tia, que assistiu ao debate dos dois, concluiu rindo:
— Sabe o que é, Henriqueta?
— Não.
O Julião tem ciúmes de você; não quer que você se dê com suas amigas.
— Sim? — disse Henriqueta.
— Que ideia!

VII
Henriqueta ficou um pouco abalada com as palavras da tia. Esta saiu; ela dirigiu-se ao irmão:
— Ciúmes? — perguntou.
Julião sorriu, e levantou os ombros.
— Não vê que titia está brincando? — disse ele. — É uma maneira de explicar a minha hesitação em ir a esse passeio da Tijuca. Pois eu havia de ter ciúmes de você? Dê-se com quem quiser; você sabe que nunca lhe pus obstáculo.
— Jura? — disse Henriqueta depois de um instante de silêncio.
Julião abanou a cabeça.
— Patetinha! — exclamou ele a rir.
A outra riu também, e tudo acabou do melhor modo, aliás do único, pois bem singular seria que de tal incidente saísse outra coisa, além de muito riso. Saiu mais; saiu também o passeio à Tijuca, que se efetuou no domingo próximo, indo Julião, Henriqueta, a amiga desta, uma prima e o marido da prima.
— O urso vai?
— Vai.
A amiga de Henriqueta, que assim lhe falou, à porta da casa, quando viu aparecer Julião, era uma moça de vinte anos, alegre e inquieta como uma andorinha. Chamava-se Fernanda, era filha do comendador Silva, que fora empregado antigo e conceituado, em um dos bancos da corte, e morrera dois anos antes. O comendador deixou alguma coisa à família, que podia assim viver a coberto de necessidades; e, porque a mãe tinha economia e prudência, era difícil que tais necessidades sobreviessem nunca.
Fernandinha, que assim lhe chamavam a família e os amigos, era mui graciosa e elegante. Não tinha a beleza que impõe, nem a que enleva, nem a que faz cismar; o tipo era o da comum gentileza — um pouco de *beauté du diable*. Mas, além desta vantagem, que não era pouca, tinha as qualidades morais, que eram boas e sãs. Era dessas criaturas lépidas, ágeis, que gostam de rir muito, e de picar também, mas picar sem veneno nem ódio, só para ter ocasião de agitar as asas de andorinha

e dar três giros no ar. De aparência galhofeira e frívola, escondia um coração bom, companheiro, e até alguma coisa mais, porque lance houve em que ela deu mostras de muita constância e resolução.

Era solteira, e dizia-se que um primo, prestes a formar-se em São Paulo, seria o marido dela. Não se sabia bem disso; mas dizia-se a coisa, e acreditava-se como todas as coisas que ninguém sabe se verdadeiramente existem; basta que cheire a mistério, e se murmure ao ouvido.

— O Juca? — disse ela um dia em que alguém lhe fez uma alusão a isso. — Pode ser.

— Então é?

— Pode ser.

Imagina-se o que foi o passeio à Tijuca, com semelhante companheira, e facilmente se acreditará que a excursão se repetisse daí a um mês ou seis semanas. Fernandinha usara de todas as liberdades concedidas às pessoas estouvadas; embirrou com o ar sério de Julião e não o deixou tranquilo muito tempo; dava-lhe o braço, seguia com ele, tornava atrás, deixava-o, chamava-lhe urso. Julião sorria, e para não justificar muito o dito da moça, buscava também ser estouvado e alegre. Alegre pode ser, mas estouvado é que não; tinha uma agitação afetada e sem graça.

— Deixe disso — murmurou ela ao ouvido de Julião —; é melhor ficar sendo urso. Eu gosto dos ursos.

— Já viu algum? — perguntou ele.

— Sonho às vezes com um... Não é com o senhor — acrescentou a moça vivamente.

Henriqueta saboreou muito o passeio; pareceu-lhe que conciliara Julião e Fernandinha. Disse-o em casa à tia, e a ele mesmo.

— Conciliar? — replicou o irmão. — Creio que não é impossível.

— Mas difícil...

— Talvez difícil, porque a sua amiga é completamente doida.

— Tem uns modos acriançados — concordou a tia.

— Não acha? — disse Julião.

— Pode ser que tenha os modos — interveio Henriqueta —, mas só os modos; é muito boa moça, muito afetuosa, muito sincera e bonita, e eu gosto de ver uma cara bonita.

No vidro da janela a que se encostara, Julião rufava com os dedos, olhando para fora, assim como que distraído ou pensativo; de maneira que Henriqueta acabou o elogio sem contestação e sem ouvintes. A tia retirara-se antes que ela acabasse de falar; e Julião não atendeu ao resto.

VIII

Um dia, em casa de Julião, estando já estreitadas as relações entre as duas famílias, Fernandinha declarou ao irmão de Henriqueta que descobrira uma coisa importante e lha ia revelar.

— Importante? — disse ele.

— Im-por-tan-tís-si-ma — confirmou a moça com o seu ar mais sonso.

— Que é?

— Descobri uma coisa que o senhor sente a meu respeito.

E dizendo isto, Fernandinha chegou os olhos ao rosto de Julião, que empalideceu. Ela não empalideceu, corou muito, e calou-se um instante.

— Que sinto eu? Vá lá, diga.

— O senhor odeia-me — concluiu a moça.

Julião riu-se, e pareceu desabafado de uma opressão.

— Não é verdade? — perguntou ela.

— Pura verdade.

— Agora o que eu não sei é o motivo do ódio — continuou a moça. — Ao menos não me lembra que tivesse feito nada.

— Nem eu, mas deve ter-me feito alguma coisa, visto que lhe tenho ódio, e ódio de morte.

— Não será de morte, mas é ódio.

Julião ouviu-a, não sem comoção. Fernandinha falou ainda largo tempo, mas o assunto tinha o defeito de ser monótono. Quando se separaram, Julião acompanhou-a com os olhos, calado e pensativo; ao cabo de alguns minutos, murmurou:

— Por que vens tu me tentar, anjo rebelde? Deixa-me só comigo, ou espera-me; guarda contigo essa chama que te sinto luzir nos olhos, e talvez seja amor... talvez!

Fernandinha, que se afastara lentamente, ia a revolver as palavras escutadas e a cavar o pensamento delas.

— Creio que me ama — dizia ela consigo —; pode ser que não, mas eu creio que me ama... Aquela palidez, aquele tremor da voz... Ama-me; diga o que quiser, mas estou certa... creio... afirmo... espero que me ame....

A impetuosidade de Fernandinha era só nas coisas de pouca monta; tratando-se da maior questão de sua vida, Fernandinha fez-se acanhada e medrosa. Não mudou de todo, mas mudou bastante; deixou de ser a moça frívola de costume, para se tornar às vezes séria e meditativa. Notava-o Henriqueta, e logo que o notava, dizia-o; mas então ela voltava logo a ser o que era, e nenhuma suspeita penetrou no espírito da outra.

Julião manteve-se no terreno que escolhera — o de uma impassibilidade branda e amável. Tratava a moça com as atenções do princípio, sorria com ela, e acompanhava-a nos recreios da família, mas nada mais. Às vezes Fernandinha deixava pousar nele uns olhos maviosos, que o rapaz não via, ou não entendia, e então a moça os recuava, e com eles um suspiro, que chegava à flor dos lábios, e voltava depois ao coração.

— Mas deveras não gostará de mim? — dizia ela consigo, quando mais visível lhe parecia a indiferença de Julião.

Um dia, estando todos na chácara, Fernandinha parecia estouvada e alegre como nos seus melhores tempos. Julião disse-lho, e ela respondeu que a razão era simples: esperava um namorado, um noivo. Ele estremeceu, mas dominou-se logo.

— Seu primo, não é? — disse Henriqueta.

— Não sei, um noivo — repetiu a moça com um gesto nervoso e impaciente.

Julião encaminhou-se para o portão. Nesse momento chegava o carteiro com uma carta do norte. Julião abriu-a e leu:

— Uma notícia — disse ele —: daqui a quinze dias temos cá o Pimentel.

Dessa vez foi Henriqueta quem estremeceu, mas ninguém a viu, e o efeito passou.

IX

A chegada do Pimentel veio complicar a situação. Complicar não é a expressão exata; veio obscurecê-la ainda mais. Havia entre aquelas quatro pessoas um drama interior, que se desenrolava todo na consciência e no coração de cada um, sem nenhuma manifestação externa, sem contraste visível nem palpável, e, a certos respeitos, sem notícia recíproca. Tal era a dificuldade.

Henriqueta sentiu uma extraordinária impressão ao saber da volta do Pimentel; mas se era principalmente de gosto, era também de medo, de enfado, de alguma coisa que ela mal chegava a entender; e ninguém lha descobriu. Ao contrário, graças à arte que possuía de se dominar, nem Fernandinha pôde perceber nenhuma mudança; aliás, Henriqueta não confiava à outra os seus mais recônditos pensamentos.

Poder-se-ia notar, isso sim, que Henriqueta se tornou durante aqueles quinze dias muito vigilante em relação à amiga; buscava as ocasiões de a ter em casa, iniciara alguns passatempos em que tomava parte o irmão, e até, quando era possível, deixava-os a sós. Fernandinha estimava esses lances sugeridos pela amiga; mas saía deles mais desanimada.

— Qual! Não me ama — pensava ela consigo. — Bem diz mamãe que não gosta de homens matemáticos.

Henriqueta, pela sua parte, quando não tinha presente a outra, tinha-lhe o nome e repetia-o muita vez espreitando no rosto de Julião o sinal de uma comoção qualquer; mas o rosto dele era de mármore — frio e duro — e Henriqueta perdia o tempo, e ficava como quem além do tempo, perdesse as esperanças.

A chegada do Pimentel, vindo complicar a situação, foi também uma diversão nos primeiros dias. Julião foi vê-lo imediatamente; levou-o no dia a seguinte a jantar. Henriqueta recebeu-o com muita afabilidade e nada mais. De véspera ensaiara-se a resistir à impressão do primeiro encontro — um ensaio de imaginação que lhe não valeu de coisa nenhuma no dia seguinte. O que lhe valeu muito foi a presença do irmão; diante dele, Henriqueta venceu-se.

— Já não esperava por mim, aposto? — disse Pimentel, apertando a mão da moça, que estava um pouco fria.

Este modo jovial deu-lhe forças; ela respondeu rindo que contava e muito; e acrescentou:

— Os senhores morrem pela corte, não é assim?

— Também não digo que não — concordou ele. — E posso afiançar-lhe que agora, se a corte é a vida, viverei cem anos.

— Não vai mais? — perguntou Julião.

— De visita; venho estabelecer-me aqui.

Pimentel estabeleceu-se efetivamente na corte; mobiliou uma casa no Rio Comprido, meteu-se dentro; e as relações com a família de Julião prosseguiram como dantes e até um pouco mais frequentes, se não mais íntimas. Esta situação pareceu mortificar Henriqueta e tornar-lhe quase importunas as visitas de Pimentel. Isso mesmo lhe notou Fernandinha.

— Que tem você contra este moço? — perguntou-lhe um dia.

— Nada. Por quê?

— Parece que tem alguma coisa.

— Eu? — disse Henriqueta rindo.

— Você, é verdade; noto que fica, às vezes, um pouco aborrecida quando ele está conosco. Será porque eu estou presente?

— Ora!

Fernandinha viu-a levantar os ombros com tão natural desdém que acreditou na sinceridade da resposta.

— Se não é isso — continuou ela — é porque ele lhe parece aborrecido.

Henriqueta hesitou um instante.

— Não digo que não — respondeu ela enfim.

E depois de um instante.

— O que me parece também é que você...

— Acabe! — disse Fernandinha ameaçando-a graciosamente com a mão.

— Acabo: gosta dele.

— Acertou.

O tom era de chasco, mas a ideia acordou-lhe outra — uma ideia má, pueril, de comédia — uma ideia de simulação, para o fim de obter pela inveja o que não obtivera pela sugestão de um afeto melhor. Como a esperança é um alimento eterno, Henriqueta viu luzir no rosto da amiga uma certa expressão, que lhe pareceu de júbilo; viu, e perguntou a si mesma — se deveras Fernandinha amava o outro; mas lembrou-se os dias passados e abanou a cabeça.

Isto passava-se à noite, pouco depois de oito horas. Às nove retirou-se Fernandinha. Henriqueta ficando só com o irmão, pôs-lhe as mãos nos ombros, olhou longo tempo para ele, e disse rindo:

— Urso!

Julião olhou para ela espantado.

— Urso! — repetiu a irmã, e retirou-se apressada.

X

Julião ficou muito impressionado com a palavra da irmã. Suspeitou que Fernandinha lhe houvesse feito alguma confidência, e que a repetição daquele nome fosse uma espécie de declaração indireta. Era esta justamente a intenção de Henriqueta; e as coisas levariam outro rumo, se fosse diferente o gênio de ambos.

No dia seguinte, ao encontrarem-se os dois irmãos, trocaram um olhar interrogativo, mas nenhum deles ousou responder nada. Henriqueta lançou mão de um recurso; mandou dizer a Fernandinha que fosse jantar com ela. Tinha ideia de os lançar nos braços um do outro, não literalmente, mas de um modo que chegariam, ao cabo de algum tempo, a esse resultado. Infelizmente, o Julião não apareceu em casa; jantou na cidade com Pimentel.

O Pimentel acompanhou-o depois a casa, à noite, seriam oito horas. Fernandinha estava picada, com a ausência de Julião, e recebeu-o de um modo arrufado e quase triste. Ao contrário, em relação a Pimentel, suas maneiras foram outras, outras as palavras, outros o gesto e o tom. Nessa mesma diferença podia Julião ler alguma coisa que lhe seria propícia; mas ele não conhecia o coração das mulheres, não praticara jamais essa espécie de luta das afeições; viu naquilo uma preterição.

O caso abateu-o; durante aquelas poucas horas dissimulou como pôde, mas a nova fase das coisas parecia feri-lo cruamente. Talvez Fernandinha lhe notou a impressão, porque recrudesceu de afabilidade com o Pimentel — fez-se o que era, graciosa, estouvada, alegre — e se a nota intencional era um pouco mais forte do que seria a natural, não deu por isso o irmão de Henriqueta; ele próprio padecia muito.

Mas Henriqueta não padecia menos. Certo, ela via no rosto de Pimentel, ao lado de Fernandinha, alguma coisa parecida com benevolência superior que se tem com as crianças — um certo ar que excluía qualquer interesse de natureza mais íntima; além disso, via os olhos do provinciano dirigirem-se muita vez para ela, com a expressão que tinham uns meses antes, e ela então fugia com os seus. Não obstante, padecia: tinha o ciúme exclusivo que treme até dos mais pueris afagos.

— Urso! — pensava ela olhando para o irmão.

E, ao vê-lo tão severo, tão grave, ao contemplar nele o chefe amante e amado da família, sempre tão desvelado e bom, lembrava-lhe a recomendação do pai: — Vivam um para o outro; e ia ter com ele, e como que o consolava e se consolava daquele voluntário abandono.

Uma palavra bastava para dar à situação um desenlace feliz e breve; ambos, porém, se obstinavam no silêncio; nenhum deles adivinhara o outro.

Essa primeira noite foi amarga para os dois; as seguintes não o foram menos; logo depois o foram de todo. No fim de oito dias, Henriqueta tentou sondar ainda uma vez o irmão; via-o triste e suspeitou a verdade; este, que não suspeitara nada, furtou-se à curiosidade da irmã.

Henriqueta abanou a cabeça, e depois de um instante de reflexão, disse resolutamente:

— Você gosta de Fernandinha!

Julião fez uma careta de desdém; foi a sua única resposta; Henriqueta contentou-se com ela. Mas se se contentou com a resposta, não se contentou com a solução; era-lhe preciso, à fina força, levá-los ao amor e ao casamento.

Passaram mais oito dias. Uma noite, indo Henriqueta à casa de Fernandinha, achou lá o Pimentel, que já ali tinha estado uma vez ou duas. Achou-os bem; pareceu-lhe sentir que era demais.

— Demais? — pensou ela com um gesto de orgulho.

Era demais. Pimentel e Fernandinha tinham aceitado, por despeito, uma situação dúbia e dissimulada; mas o coração que nem sempre é bom calculista, trocara as intenções, e eles começaram a sentir-se bem ao pé um do outro, e a descobrir que eram bonitos, capazes de amar, e capazes de ser amados. Daí ao amor não distava um oceano, talvez um rio estreito; e esse rio eles o transpuseram, numa noite de luar, ao pé da janela — tal qual numa balada romântica.

Henriqueta e Julião não gastaram muito tempo a compreender o verdadeiro estado das coisas; e quando o compreenderam tiveram um instante de despeito, arrependeram-se da abstenção, da resistência, da dissimulação imposta aos sentimentos que havia neles; mas lembravam-se um do outro, e aprovavam-se.

Um dia tiveram notícia oficial de que ia efetuar-se o casamento de Pimentel e Fernandinha. Julião recebeu-a com impassibilidade; Henriqueta chorou muito durante a noite. No dia seguinte viu-lhe Julião os olhos vermelhos.

— Você chorou?

— Não — murmurou a moça.

— Chorou, sim; por que foi?

Henriqueta calou-se.

— Por que foi, Henriqueta? — insistiu Julião assustado.

A resposta de Henriqueta foi lançar-lhe os braços ao pescoço e pousar-lhe a fronte no ombro. Julião levantou-lhe brandamente a cabeça; olhou para ela; teve uma súbita intuição da realidade.

— Henriqueta! — disse ele. — Você... você o amava?

A moça baixou os olhos; Julião entendeu tudo; deixou-se cair numa cadeira, com o rosto nas mãos. Foi a vez de Henriqueta, que se chegou a ele, arredou-lhe as mãos, viu-lhe a expressão abatida do rosto; não lhe perguntou nada. Com as mãos cingidas, os olhos para o azul do céu, ficaram assim longo tempo a saborear a dor de seu voluntário e ocioso sacrifício. Compreenderam que nenhum deles quisera ser o primeiro a deixar a família, e daí a inércia e a dissimulação. Talvez nessa hora viam, ao longe, a figura lívida do pai; talvez escutassem a palavra última: — Vivam um para o outro.

A Estação, 30 de julho a 15 de outubro de 1879; M. de Assis.

A chave

I

Não sei se lhes diga simplesmente que era de madrugada, ou se comece num tom mais poético: a aurora, com seus róseos dedos... A maneira simples é o que melhor me conviria a mim, ao leitor, aos banhistas que estão agora na praia do Flamengo — agora, isto é, no dia 7 de outubro de 1861, que é quando tem princípio este caso que lhes vou contar. Convinha-nos isto; mas há lá um certo velho, que me não leria, se eu me limitasse a dizer que vinha nascendo a madrugada, um velho que... Digamos quem era o velho.

Imaginem os leitores um sujeito gordo, não muito gordo — calvo, de óculos, tranquilo, tardo, meditativo. Tem sessenta anos: nasceu com o século. Traja asseadamente um vestuário da manhã; vê-se que é abastado ou exerce algum alto emprego na administração. Saúde de ferro. Disse já que era calvo; equivale a dizer que não usava cabeleira. Incidente sem valor, observará a leitora, que tem pressa. Ao que lhe replico que o incidente é grave, muito grave, extraordinariamente grave. A cabeleira devia ser o natural apêndice da cabeça do major Caldas, porque cabeleira traz ele no espírito, que também é calvo.

Calvo é o espírito. O major Caldas cultivou as letras, desde 1821 até 1840 com um ardor verdadeiramente deplorável. Era poeta; compunha versos com presteza, retumbantes, cheios de adjetivos, cada qual mais calvo do que ele tinha de ficar em 1861. A primeira poesia foi dedicada a não sei que outro poeta, e continha em germe todas as odes e glosas que ele havia de produzir. Não compreendeu nunca o major Caldas que se pudesse fazer outra coisa que não glosas e odes de toda a casta, pindáricas ou horacianas, e também idílios piscatórios, obras perfeitamente legítimas na aurora literária do major. Nunca para ele houve poesia que pudesse competir com a de um Dinis ou Pimentel Maldonado; era a sua cabeleira do espírito.

Ora, é certo que o major Caldas, se eu dissesse que era de madrugada, dar-me-ia um muxoxo ou franziria a testa com desdém. — Madrugada! era de madrugada! murmuraria ele. Isto diz aí qualquer preta: "nhanhã, era de madrugada...". Os jornais não dizem de outro modo; mas numa novela...

Vá pois! A aurora, com seus dedos cor-de-rosa, vinha rompendo as cortinas do oriente, quando Marcelina levantou a cortina da barraca. A porta da barraca olhava justamente para o oriente, de modo que não há inverossimilhança em lhes dizer que essas duas auroras se contemplaram por um minuto. Um poeta arcádico chegaria a insinuar que a aurora celeste enrubesceu de despeito e raiva. Seria porém levar a poesia muito longe.

Deixemos a do céu e venhamos à da terra. Lá está ela, à porta da barraca com as mãos cruzadas no peito, como quem tem frio; traja a roupa usual das banhistas, roupa que só dá elegância a quem já a tiver em subido grau. É o nosso caso.

Assim, à meia-luz da manhã nascente, não sei se poderíamos vê-la de modo claro. Não; é impossível. Quem lhe examinaria agora aqueles olhos úmidos, como as conchas da praia, aquela boca pequenina, que parece um beijo perpétuo? Vede, porém, o talhe, a curva amorosa das cadeiras, o trecho de perna que aparece entre a barra da calça de flanela e o tornozelo; digo o tornozelo e não o sapato, porque Marcelina não calça sapatos de banho. Costume ou vaidade? Pode ser costume; se for vaidade é explicável porque o sapato esconderia e mal os pés mais graciosos de todo o Flamengo, um par de pés finos, esguios, ligeiros. A cabeça também não leva coifa; tem os cabelos atados em parte, em parte trançados — tudo desleixadamente, mas de um desleixo voluntário e casquilho.

Agora, que a luz está mais clara, podemos ver bem a expressão do rosto. É uma expressão singular de pomba e gato, de mimo e desconfiança. Há olhares dela que atraem, outros que distanciam — uns que inundam a gente, como um bálsamo, outros que penetram como uma lâmina. É desta última maneira que ela olha para um grupo de duas moças, que estão à porta de outra barraca, a falar com um sujeito.

— Lambisgoias! — murmura entre dentes.

— Que é? — pergunta o pai de Marcelina, o major Caldas, sentado ao pé da barraca, numa cadeira que o moleque lhe leva todas as manhãs.

— Que é o quê? — diz a moça.

— Tu falaste alguma coisa.

— Nada.

— Estás com frio?

— Algum.

— Pois olha, a manhã está quente.

— Onde está o José?

O José apareceu logo; era o moleque que a acompanhava ao mar. Aparecido o José, Marcelina caminhou para o mar, com um desgarro de moça bonita e superior. Da outra barraca tinham já saído as duas moças, que lhe mereceram tão desdenhosa classificação; o rapaz que estava com elas também entrara no mar. Outras cabeças e bustos surgiram da água, como um grupo de delfins. Da praia alguns olhos, puramente curiosos, se estendiam aos banhistas ou cismavam puramente contemplando o espetáculo das ondas que se dobravam e desdobravam — ou, como diria o major Caldas — as convulsões de Anfitrite.

O major ficou sentado a ver a filha, com o *Jornal do Commercio* aberto sobre os joelhos; tinha já luz bastante para ler as notícias; mas não o fazia nunca antes de voltar a filha do banho. Isto por duas razões. Era a primeira a própria afeição de pai; apesar da confiança na destreza da filha, receava algum desastre. Era a segunda o gosto que lhe dava contemplar a graça e a habilidade com que Marcelina mergulhava, bracejava ou simplesmente boiava "como uma náiade", acrescentava ele se falava disso a algum amigo.

Acresce que o mar, naquela manhã estava muito mais bravio que de costume; a ressaca era forte; os buracos da praia mais fundos; o medo afastava vários banhistas habituais.

— Não te demores muito — disse o major —, quando a filha entrou; toma cuidado.

Marcelina era destemida; galgou a linha em que se dava a arrebentação, e surdiu fora muito naturalmente. O moleque, aliás bom nadador, não rematou a façanha com igual placidez; mas galgou também e foi surgir ao lado da sinhá-moça.

— Hoje o bicho não está bom — ponderou um banhista ao lado de Marcelina, um homem maduro, de suíças, ar apresentado.

— Parece que não — disse a moça —; mas para mim é o mesmo.

— O major continua a não gostar de água salgada? — perguntou uma senhora.

— Diz que é militar de terra e não do mar — replicou Marcelina —, mas eu creio que papai o que quer é ler o jornal à vontade.

— Podia vir lê-lo aqui — insinuou um rapaz de bigodes, dando uma grande risada de aplauso a si mesmo.

Marcelina nem olhou para ele; mergulhou diante de uma onda, surdiu fora, com as mãos sacudiu os cabelos. O sol que já então aparecera, alumiava-a nessa ocasião, ao passo que a onda, seguindo para a praia, deixava-lhe todo o busto fora d'água. Foi assim que a viu, pela primeira vez, com os cabelos úmidos, e a flanela grudada ao busto — ao mais correto e virginal busto daquelas praias — foi assim que pela primeira vez a viu o Bastinhos — o Luís Bastinhos — que acabava de entrar no mar, para tomar o primeiro banho no Flamengo.

II

A ocasião é a menos própria para apresentar-lhes o sr. Luís Bastinhos; a ocasião e o lugar. O vestuário então é impropriíssimo. Ao vê-lo agora, a meio-busto, nem se pode dizer que tenha vestuário de nenhuma espécie. Emerge-lhe a parte superior do corpo, boa musculatura, pele alva, mal coberta de alguma penugem. A cabeça é que não precisa dos arrebiques da civilização para dizer-se bonita. Não há cabeleireiro, nem óleo, nem pente, nem ferro que no-la ponham mais graciosa. Ao contrário, a expressão fisionômica de Luís Bastinhos acomoda-se melhor a esse desalinho agreste e marítimo. Talvez perca, quando se pentear. Quanto ao bigode, fino e curto, os pingos d'água que ora lhe escorrem, não chegam a diminuí-lo; não chegam sequer a ver-se. O bigode persiste como dantes.

Não o viu Marcelina, ou não reparou nele. O Luís Bastinhos é que a viu, e mal pôde disfarçar a admiração. O major Caldas, se os observasse, era capaz de casá-los, só para ter o gosto de dizer que unia uma náiade a um tritão. Nesse momento a náiade repara que o tritão tem os olhos fitos nela, e mergulha, depois mergulha outra vez, nada e boia. Mas o tritão é teimoso, e não lhe tira os olhos de cima.

— Que importuno! — diz ela consigo.

— Olhem uma onda grande — brada um dos conhecidos de Marcelina.

Todos se puseram em guarda, a onda enrolou alguns, mas passou sem maior dano. Outra veio e foi recebida com um alarido alegre; enfim veio uma mais forte, e assustou algumas senhoras. Marcelina riu-se delas.

— Nada — dizia uma —; salvemos o pelo; o mar está ficando zangado.

— Medrosa! — acudiu Marcelina.

— Pois sim...

— Querem ver? — continuou a filha do major. — Vou mandar embora o moleque.

— Não faça isso, dona Marcelina — acudiu o banhista de ar aposentado.

— Não faço outra coisa. José, vai-te embora.

— Mas, nhanhã...

— Vai-te embora!

O José ainda esteve alguns segundos, sem saber o que fizesse; mas, parece que entre desagradar ao pai ou à filha, achou mais arriscado desagradar à filha — e caminhou para terra. Os outros banhistas tentaram persuadir à moça que devia vir também, mas era tempo baldado. Marcelina tinha a obstinação de um *enfant gâté*. Lembraram alguns que ela nadava como um peixe, e resistira muita vez ao mar.

— Mas o mar do Flamengo é o diabo — ponderou uma senhora.

Os banhistas pouco a pouco foram deixando o mar. Do lado de terra, o major Caldas, de pé, ouvia impaciente a explicação do moleque, sem saber se o devolveria à água ou se cumpriria a vontade da filha; limitou-se a soltar palavras de enfado.

— Santa Maria! — exclamou de repente o José.

— Que foi? — disse o major.

O José não lhe respondeu; atirou-se à água. O major olhou e não viu a filha. Efetivamente, a moça, vendo que no mar só ficava o desconhecido, nadou para terra, mas as ondas tinham-se sucedido com frequência e impetuosidade. No lugar da arrebentação foi envolvida por uma; nesse momento é que o moleque a viu.

— Minha filha! — bradou o major.

E corria desatinado pela areia, enquanto o moleque conscienciosamente buscava penetrar no mar. Mas era já empresa escabrosa; as ondas estavam altas, fortes e a arrebentação terrível. Outros banhistas acudiram também a salvar a filha do major; mas a dificuldade era só uma para todos. Caldas, ora implorava, ora ordenava ao moleque que lhe restituísse a filha. Enfim, José conseguiu entrar no mar. Mas já então lutava ali, junto ao funesto lugar, o desconhecido banhista que tanto aborrecera a filha do major. Este estremeceu de alegria, de esperança, quando viu que alguém forcejava por arrancar a moça da morte. Na verdade, o vulto de Marcelina apareceu nos braços do Luís Bastinhos; mas uma onda veio e os enrolou a ambos. Nova luta, novo esforço e desta vez definitivo triunfo. Luís Bastinhos chegou à praia arrastando consigo a moça.

— Morta! — exclamou o pai correndo a vê-la.

Examinaram-na.

— Não, desmaiada, apenas.

Com efeito, Marcelina perdera os sentidos, mas não morrera. Deram-lhe os socorros médicos; ela voltou a si. O pai, singelamente alegre, apertou Luís Bastinhos ao coração.

— Devo-lhe tudo! — disse ele.

— A sua felicidade me paga de sobra — tornou o moço.

O major fitou-o alguns instantes; impressionara-o a resposta. Depois apertou-lhe a mão e ofereceu-lhe a casa. Luís Bastinhos retirou-se antes que Marcelina pudesse vê-lo.

III

Na verdade, se a leitora gosta de lances romanescos, aí fica um, com todo o valor das antigas novelas, e pode ser também que dos dramalhões antigos. Nada falta: o mar, o perigo, uma dama que se afoga, um desconhecido que a salva, um pai que passa da extrema aflição ao mais doce prazer da vida; eis aí com que marchar cerradamente a cinco atos maçudos e sangrentos, rematando tudo com a morte ou a loucura da heroína.

Não temos cá nem uma coisa nem outra. A nossa Marcelina não morreu nem morre; doida pode ser que já fosse, mas de uma doidice branda, a doidice das moças em flor. Ao menos pareceu que tinha alguma coisa disso, quando naquele mesmo dia, soube que fora salva pelo desconhecido.

— Impossível! — exclamou.

— Por quê?

— Foi ele deveras?

— Pois então! Salvou-te com perigo da vida própria; houve um momento em que eu cuidei que ambos vocês morriam enrolados na onda.

— É a coisa mais natural do mundo — interveio a mãe —; e não sei de que te espantas...

Marcelina não podia, na verdade, explicar a causa do espanto; ela mesmo não a sabia. Custava-lhe a crer que Luís Bastinhos a tivesse salvo, e isso só porque "embirrara com ele". Ao mesmo tempo, pesava-lhe o obséquio. Não quisera ter morrido; mas era melhor que outro a houvesse arrancado ao mar, não aquele homem, que afinal era um grande metediço. Marcelina esteve inclinada a crer que Luís Bastinhos encomendara o desastre para ter ocasião de a servir.

Dois dias depois, Marcelina voltou ao mar, já pacificado dos seus furores de encomenda. Ao olhar para ele, teve uns ímpetos de Xerxes; fá-lo-ia castigar, se dispusesse de um bom e grande vergalho. Não tendo o vergalho, preferiu flagelá-lo com os seus próprios braços, e nadou nesse dia mais tempo e mais fora do que era costume, não obstante as recomendações do major. Levava naquilo um pouco, ou antes, muito amor-próprio: o desastre envergonhara-a.

Luís Bastinhos, que já lá estava no mar, travou conversação com a filha do major. Era a segunda vez que se viam, e a primeira que se falavam.

— Soube que foi o senhor quem me ajudou... a levantar anteontem — disse Marcelina.

Luís Bastinhos sorriu mentalmente; e ia responder por uma simples afirmativa, quando Marcelina continuou:

— Ajudou, não sei; eu creio que cheguei a perder os sentidos, e o senhor... sim... o senhor foi quem me salvou. Permite-me que lhe agradeça? — concluiu ela, estendendo a mão.

Luís Bastinhos estendeu a sua; e ali, entre duas ondas, tocaram-se os dedos do tritão e da náiade.

— Hoje o mar está mais manso — disse ele.
— Está.
— A senhora nada bem.
— Parece-lhe?
— Perfeitamente.
— Menos mal.

E, como para mostrar a sua arte, Marcelina entrou a nadar para fora, deixando Luís Bastinhos. Este, porém, ou por mostrar que também sabia a arte e que era destemido — ou por não privar a moça de pronto socorro, caso houvesse necessidade — ou enfim (e este motivo pode ter sido o principal, se não único) para vê-la sempre de mais perto, lá foi na mesma esteira; dentro de pouco era uma espécie de aposta entre os dois.

— Marcelina — disse-lhe o pai, quando ela voltou à terra —, você hoje foi mais longe do que nunca. Não quero isso, ouviu?

Marcelina levantou os ombros, mas obedeceu ao pai, cujo tom nessa ocasião era desusadamente ríspido. No dia seguinte, não foi tão longe a nadar; a conversar, porém, foi muito mais longe do que na véspera. Ela confessou ao Luís Bastinhos, ambos com a água até o pescoço, confessou que gostava muito de café com leite, que tinha vinte e um anos, que possuía reminiscências do Tamberlick, e que o banho de mar seria excelente, se não a obrigasse a acordar cedo.

— Deita-se tarde, não é? — perguntou o Luís Bastinhos.
— Perto de meia-noite.
— Oh! dorme pouco!
— Muito pouco.
— De dia dorme?
— Às vezes.

Luís Bastinhos confessou, pela sua parte, que se deitava cedo, muito cedo, desde que estava a banhos de mar.

— Mas quando for ao teatro?
— Nunca vou ao teatro.
— Pois eu gosto muito.
— Também eu; mas enquanto estiver a banhos...

Foi neste ponto que entraram as reminiscências do Tamberlick, que Marcelina ouviu, quando criança; e daí ao João Caetano, e do João Caetano a não sei que outras reminiscências, que a um e a outro fez esquecer a higiene e a situação.

IV

Saiamos do mar que é tempo. A leitora pode desconfiar que o intento do autor é fazer um conto marítimo, a ponto de casar os dois heróis nos próprios "paços de Anfitrite", como diria o major Caldas. Não; saiamos do mar. Já tens muita água, boa Marcelina. *Too much of water hast thou, poor Ophelia!* A diferença é que a pobre

Ofélia lá ficou, ao passo que tu sais sã e salva, com a roupa de banho pegada ao corpo, um corpo grego, por Deus! e entras na barraca, e se alguma coisa ouves, não são as lágrimas dos teus, são os resmungos do major. Saiamos do mar.

Um mês depois do último banho a que o leitor assistiu, já o Luís Bastinhos frequentava a casa do major Caldas. O major afeiçoara-se-lhe deveras depois que ele lhe salvara a filha. Indagou quem era; soube que estava empregado numa repartição de marinha, que seu pai, já agora morto, fora capitão-de-fragata e figurara na guerra contra Rosas. Soube mais que era moço bem reputado e decente. Tudo isto realçou a ação generosa e corajosa de Luís Bastinhos, e a intimidade começou, sem oposição da parte de Marcelina, que antes contribuiu para ela, com as suas melhores maneiras.

Um mês era de sobra para arraigar no coração de Luís Bastinhos a planta do amor que havia germinado entre duas vagas do Flamengo. A planta cresceu, copou, bracejou ramos a um e outro lado, tomou o coração todo do rapaz, que não se lembrava jamais de haver gostado tanto de uma moça. Era o que ele dizia a um amigo de infância, seu atual confidente.

— E ela? — disse-lhe o amigo.

— Ela... não sei.

— Não sabes?

— Não; creio que não gosta de mim, isto é, não digo que se aborreça comigo; trata-me muito bem, ri muito, mas não gosta... entendes?

— Não te dá corda em suma — concluiu o Pimentel, que assim se chamava o amigo confidente. — Já lhe disseste alguma coisa?

— Não.

— Por que não lhe falas?

— Tenho receio... Ela pode zangar-se e fico obrigado a não voltar lá ou a frequentar menos, e isso para mim seria o diabo.

O Pimentel era uma espécie de filósofo prático, incapaz de suspirar dois minutos pela mais bela mulher do mundo, e menos ainda de compreender uma paixão como a do Luís Bastinhos. Sorriu, estendeu-lhe a mão em despedida, mas o Luís Bastinhos não consentiu na separação. Puxou-o, deu-lhe o braço, levou-o a um café.

— Mas que diabo queres tu que te faça? — perguntou o Pimentel sentando-se à mesa com ele.

— Que me aconselhes.

— O quê?

— Não sei o quê, mas dize-me alguma coisa — replicou o namorado. — Talvez convenha falar ao pai; que te parece?

— Sem saber se ela gosta de ti?

— Na verdade era imprudência — concordou o outro, coçando o queixo com a ponta do dedo índice —; mas talvez goste...

— Pois então...

— Porque, eu te digo, ela não me trata mal; ao contrário, às vezes tem uns modos, umas coisas... mas não sei... O major, esse gosta de mim.

— Ah!

— Gosta.

— Pois aí tens, casa-te com o major.

— Falemos sério.

— Sério? — repetiu o Pimentel debruçando-se sobre a mesa e encarando o outro — Aqui vai o mais sério que há no mundo: tu és um... digo?

— Dize.

— Tu és um bolas.

Repetiam-se essas cenas regularmente, uma ou duas vezes, por semana. No fim delas o Luís Bastinhos prometia duas coisas a si mesmo: não dizer mais nada ao Pimentel e ir fazer imediatamente a sua confissão a Marcelina; poucos dias depois ia confessar ao Pimentel que ainda não dissera nada a Marcelina. E o Pimentel abanava a cabeça e repetia o estribilho:

— Tu és um bolas.

V

Um dia assentou Luís Bastinhos que era vergonha dilatar por mais tempo a declaração de seus afetos; urgia clarear a situação. Ou era amado ou não: no primeiro caso, o silêncio era tolice; no segundo a tolice era a assiduidade. Tal foi a reflexão do namorado; tal foi a sua resolução.

A ocasião era na verdade propícia. O pai ia passar a noite fora; a moça ficara com uma tia surda e sonolenta. Era o sol de Austerlitz; o nosso Bonaparte preparou a sua melhor tática. A fortuna deu-lhe até um grande auxiliar na própria moça, que estava triste; a tristeza podia dispor o coração a sentimentos benévolos, principalmente quando outro coração lhe dissesse que não duvidava beber na mesma taça da melancolia. Esta foi a primeira reflexão de Luís Bastinhos; a segunda foi diferente.

— Por que estará ela triste? — perguntou ele a si mesmo.

E eis o dente do ciúme a trincar-lhe o coração, e o sangue a esfriar-lhe nas veias, e uma nuvem a cobrir-lhe os olhos. Não era para menos o caso. Ninguém adivinharia nessa moça quieta e sombria, sentada a um canto do sofá, a ler as páginas de um romance; ninguém adivinharia nela a borboleta ágil e volúvel de todos os dias. Alguma coisa devia ser; talvez a mordesse algum besouro. E esse besouro não era decerto o Luís Bastinhos; foi o que este pensou e foi o que o entristeceu.

Marcelina ergueu os ombros.

— Alguma coisa que a incomoda — continuou ele.

Um silêncio.

— Não?

— Talvez.

— Pois bem — disse Luís Bastinhos com calor e animado por aquela meia confidência —; pois bem, diga-me tudo, eu saberei ouvi-la e terei palavras de consolação para as suas dores.

Marcelina olhou um pouco espantada para ele, mas a tristeza dominou outra vez e deixou-se estar calada alguns instantes: finalmente pôs-lhe a mão no braço, e disse que lhe agradecia muito o interesse que mostrava, mas que o motivo de tristeza era-o só para ela e não valia a pena contá-lo. Como Luís Bastinhos teimasse para saber o que era, contou a moça que lhe morrera, nessa manhã, o mico.

Luís Bastinhos respirou à larga. Um mico! um simples mico! Era pueril o objeto, mas para quem o esperava terrível, antes assim. Ele entregou-se depois a toda a sorte de considerações próprias do caso, disse-lhe que não valia o bicho a pureza dos belos olhos da moça; e daí a escorregar uma insinuação de amor era um quase nada. Ia a fazê-lo: chegou o major.

Oito dias depois houve em casa do major um sarau — "uma brincadeira" como disse o próprio major. Luís Bastinhos foi; estava porém arrufado com a moça: deixou-se ficar a um canto; não se falaram durante a noite inteira.

— Marcelina — disse-lhe no dia seguinte o pai —, acho que tratas às vezes mal o Bastinhos. Um homem que te salvou da morte.

— Que morte?

— Da morte na praia do Flamengo.

— Mas, papai, se a gente fosse a morrer de amores por todas as pessoas que nos salvam da morte...

— Mas quem te fala nisso? digo que o tratas mal às vezes...

— Às vezes, é possível.

— Mas por quê? ele parece-me um bom rapaz.

Nada mais lhe respondendo a filha, entrou o major a bater com a ponta do pé no chão, um pouco enfadado. Um pouco? talvez muito. Marcelina destruía-lhe as esperanças, reduzia-lhe a nada o projeto que ele acalentava desde algum tempo, que era casar os dois — casá-los ou uni-los pelos "doces laços do himeneu", que todas foram as suas próprias expressões mentais. E vai a moça e destrói-lho. O major sentia-se velho, podia morrer, e quisera deixar a filha casada e bem casada. Onde achar melhor marido que o Luís Bastinhos?

— Uma pérola — dizia ele a si mesmo.

E enquanto ele ia forjando e desforjando esses projetos, Marcelina suspirava consigo mesma, e sem saber por quê; mas suspirava. Também esta pensava na conveniência de casar e casar bem; mas nenhum homem lhe abrira deveras o coração. Quem sabe se a fechadura não servia a nenhuma chave? Quem teria a verdadeira chave do coração de Marcelina? Ela chegou a supor que fosse um bacharel da vizinhança, mas esse casou dentro de algum tempo; depois desconfiara que a chave estivesse em poder de um oficial de marinha. Erro: o oficial não trazia chave consigo. Assim andou de ilusão em ilusão, e chegou à mesma tristeza do pai. Era fácil acabar com ela: era casar com o Bastinhos. Mas se o Bastinhos, o circunspecto, o melancólico, o taciturno Bastinhos não tinha a chave! Equivalia a recebê-lo à porta sem lhe dar entrada no coração.

VI

Cerca de mês e meio depois fazia anos o major, que, animado pelo sarau precedente, quis comemorar com outro aquele dia. "Outra brincadeira, mas desta vez rija", foram os próprios termos em que ele anunciou o caso ao Luís Bastinhos, alguns dias antes.

Pode-se dizer e acreditar que a filha do major não teve outro pensamento desde que o pai lho comunicou também. Começou por encomendar um rico vestido, elegeu costureira, adotou corte, coligiu adornos, presidiu a toda essa grande obra doméstica. Joias, flores, fitas, leques, rendas, tudo lhe passou pelas mãos, e pela memória e pelos sonhos. Sim, a primeira quadrilha foi dançada em sonhos, com um belo cavalheiro húngaro, vestido à moda nacional, cópia de uma gravura da *Ilustração Francesa*, que ela vira de manhã. Acordada, lastimou sinceramente que não fosse possível ao pai encomendar, de envolta com os perus da ceia, um ou dois cavalheiros húngaros — entre outros motivos porque eram valsadores intermináveis. E depois tão bonitos!

— Sabem que eu pretendo dançar no dia vinte? — disse o major uma noite, em casa.

— Você? — retorquiu-lhe um amigo velho.

— Eu.

— Por que não? — assentiu timidamente o Luís Bastinhos.

— Justamente — continuou o major voltando-se para o salvador da filha. — E o senhor há de ser o meu *vis-à-vis*...

— Eu?

— Não dança?

— Um pouco — retorquiu modestamente o moço.

— Pois há de ser o meu *vis-à-vis*.

Luís Bastinhos curvou-se como quem obedece a uma opressão; com a flexibilidade passiva do fatalismo. Se era necessário dançar, ele o faria, porque dançava como poucos, e obedecer ao velho era uma maneira de amar a moça. Ai dele! Marcelina olhou-o com tamanho desprezo, que se ele lhe apanha o olhar, não é impossível que de uma vez para sempre ali deixasse de pôr os pés. Mas não o viu; continuou a arredá-los dali bem poucas vezes.

Os convites foram profusamente espalhados. O major Caldas fez o inventário de todas as suas relações, antigas e modernas, e não quis que nenhum camarão lhe escapasse pelas malhas: lançou uma rede fina e instante. Se ele não pensava em outra coisa o velho major! Era feliz; sentia-se poupado da adversidade, quando muitos outros companheiros vira cair, uns mortos, outros extenuados somente. A comemoração de seu aniversário tinha, portanto, uma significação mui alta e especial; e foi isso mesmo o que ele disse à filha e aos demais parentes.

O Pimentel, que também fora convidado, sugeriu a Luís Bastinhos a ideia de dar um presente de anos ao major.

— Já pensei nisso — retorquiu o amigo —; mas não sei o que lhe dê.

— Eu te digo.

— Dize.

— Dá-lhe um genro.

— Um genro?

— Sim, um noivo à filha; declara o teu amor e pede-a. Verás que, de todas as dádivas desse dia, essa será a melhor.

Luís Bastinhos bateu palmas ao conselho do Pimentel.

— É isso mesmo — disse ele —; eu andava com a ideia em alguma joia, mas...

— Mas a melhor joia és tu mesmo — concluiu o Pimentel.

— Não digo tanto.

— Mas pensas.

— Pimentel!

— E eu não penso outra coisa. Olha, se eu tivesse intimidade na casa, há muito tempo que estarias amarrado à pequena. Pode ser que ela não goste de ti; mas também é difícil a uma moça alegre e travessa gostar de um casmurro, como tu, que te sentas, defronte dela, com um ar solene e dramático, a dizer em todos os teus gestos: minha senhora, fui eu que a salvei da morte; deve rigorosamente entregar-me a sua vida... Ela pensa decerto que estás fazendo um calembur de mau gosto e fecha-te a porta...

Luís Bastinhos esteve calado alguns instantes.

— Perdoo-te tudo, a troco do conselho que me deste; vou oferecer um genro ao major.

Dessa vez, como de todas as outras, a promessa era maior do que a realidade; ele lá foi, lá tornou, nada fez. Iniciou duas ou três vezes uma declaração; chegou a entornar um ou dois olhares de amor, que não pareceram de todo feios à pequena; e, porque ela sorriu, ele desconfiou e desesperou. Qual! pensava consigo o rapaz; ela ama a outro com certeza.

Veio enfim o dia, o grande dia. O major deu um pequeno jantar, em que figurou Luís Bastinhos; de noite reuniu uma parte dos convidados, porque nem todos lá puderam ir, e fizeram bem; a casa não dava para tanto. Ainda assim era muita gente reunida, muita e brilhante, e alegre, como alegre parecia e deveras estava o major. Não se disse nem se dirá dos brindes do major, à mesa do jantar; não podem inserir-se aqui todas as recordações clássicas do velho poeta de outros anos; seria não acabar mais. A única coisa que verdadeiramente se pode dizer é que o major declarou, à sobremesa, ser esse o dia mais venturoso de todos os seus longos anos, entre outros motivos, porque tinha gosto de ver ao pé de si o jovem salvador da filha.

— Que ideia! — murmurou a filha, e deu um imperceptível muxoxo.

Luís Bastinhos aproveitou o ensejo.

— Magnífico — disse ele consigo —; depois do café, peço-lhe duas palavras em particular, e logo depois a filha.

Assim fez; tomado o café, pediu ao major uns cinco minutos de atenção. Caldas, um pouco vermelho de comoção e de champanhe, declarou-lhe que até lhe daria cinco mil minutos, se tantos fossem precisos.

Luís Bastinhos sorriu lisonjeado a essa deslocada insinuação; e, entrando no gabinete particular do major, foi sem mais preâmbulo ao fim da entrevista; pediu-lhe a filha em casamento. O major quis resguardar um pouco a dignidade paterna; mas era impossível. Sua alegria foi uma explosão.

— Minha filha! — bradou ele. — Mas... minha filha... ora essa... pois não!... Minha filha!

E abria os braços e apertava com eles o jovem candidato, que, um pouco admirado do próprio atrevimento, chegou a perder o uso da voz. Mas a voz era, aliás, inútil, ao menos durante o primeiro quarto de hora, em que só falou o ambicionado sogro, com uma volubilidade sem limites. Cansou enfim, mas de um modo cruel.

— Velhacos! — disse ele. — Com que então... amam-se às escondidas...

— Eu?

— Pois quem?

— Peço-lhe perdão — disse Luís Bastinhos —; mas não sei... não tenho certeza...

— Quê! não se correspondem?...

— Não me tenho atrevido...

O major abanou a cabeça com certo ar de irritação e lástima; pegou-lhe das mãos e fitou-o durante alguns segundos.

— Tu és afinal de contas um pandorga, sim, um pandorga — disse ele, largando-lhe as mãos.

Mas o gosto de os ver casados era tal, e tal a alegria daquele dia de anos, que o major sentiu a lástima converter-se em entusiasmo, a irritação em gosto, e tudo acabou em boas promessas.

— Pois digo-te, que te hás de casar — concluiu ele —; Marcelina é um anjo, tu outro, eu outro; tudo indica que nos devemos ligar por laços mais doces do que as simples relações da vida. Juro-te que serás o pai de meus netos...

Jurava mal o major, porque daí a meia hora, quando ele chamou a filha ao gabinete, e lhe comunicou o pedido, recebeu desta a mais formal recusa; e por que insistisse em querer concedê-la ao rapaz, disse-lhe a moça que despediria o pretendente em plena sala, se lhe falassem mais em semelhante absurdo. Caldas que conhecia a filha não disse mais nada. Quando o pretendente lhe perguntou, daí a pouco, se devia considerar-se feliz, ele usou um expediente assaz enigmático: piscou-lhe o olho. Luís Bastinhos ficou radiante; ergueu-se às nuvens nas asas da felicidade.

Durou pouco a felicidade; Marcelina não correspondia às promessas do major. Três ou quatro vezes chegara-se a ela Luís Bastinhos, com uma frase piegas na ponta da língua, e vira-se obrigado a engoli-la outra vez, porque a recepção de Marcelina não animava a mais. Irritado, foi sentar-se ao canto de uma janela, com os olhos na lua, que estava esplêndida — uma verdadeira nesga de romantismo. Ali fez mil projetos trágicos, o suicídio, o assassinato, o incêndio, a revolução, a conflagração dos elementos; ali jurou que se vingaria de um modo exemplar. Como então soprasse uma brisa fresca, e ele a recebesse em primeira mão, à janela, acalmaram-se-lhe as ideias fúnebres e sanguíneas, e apenas lhe ficou um desejo de vingança de sala. Qual? Não sabia qual fosse; mas trouxe-lha enfim uma sobrinha do major.

— Não dança? — perguntou ela a Luís Bastinhos.

— Eu?

— O senhor.

— Pois não, minha senhora.

Levantou-se e deu-lhe o braço.

— De maneira que — disse ela — já agora são as moças que tiram os homens para dançar?

— Oh! não! — protestou ele. — As moças apenas ordenam aos homens o que devem fazer; e o homem que está no seu papel obedece sem discrepar.

— Mesmo sem vontade? — perguntou a prima de Marcelina.

— Quem é que neste mundo pode não ter vontade de obedecer a uma dama? — disse Luís Bastinhos com o seu ar mais piegas.

Estava em pleno madrigal; iriam longe, porque a moça era das que saboreiam esse gênero de palestra. Entretanto, tinham dado o braço, e passeavam ao longo da sala, à espera da valsa, que se ia tocar. Deu sinal a valsa, os pares saíram, e começou o turbilhão.

Não tardou muito que a sobrinha do major compreendesse que estava abraçada a um valsista emérito, a um verdadeiro modelo de valsista. Que delicadeza! que segurança! que acerto de passos! Ela, que também valsava com muita regularidade e graça, entregou-se toda ao parceiro. E ei-los unidos, a voltearem rapidamente, leves como duas plumas, sem perder um compasso, sem discrepar uma linha. Pouco a pouco, esvaziando-se a arena, iam sendo os dois objeto exclusivo da atenção de todos. Não tardou que ficassem sós; e foi então que o sucesso se formou decisivo e lisonjeiro. Eles giravam e sentiam que eram o alvo da admiração geral; e ao senti-lo, criavam forças novas, e não cediam o campo a nenhum outro. Pararam com a música.

— Quer tomar alguma coisa? — perguntou Luís Bastinhos com a mais adocicada de suas entonações.

A moça aceitou um pouco de água; e enquanto andavam elogiavam um ao outro, com o maior calor do mundo. Nenhum desses elogios, porém, chegou ao do major, quando daí a pouco encontrou Luís Bastinhos.

— Pois você estava com isso guardado! — disse ele.

— Isso quê?

— Isso... esse talento que Deus concedeu a poucos... a bem raros. Sim, senhor; pode crer que é o rei da minha festa.

E apertou-lhe muito as mãos, piscando o olho. Luís Bastinhos tinha já perdido toda a fé naquele jeito peculiar do major; recebeu-o com frieza. O sucesso entretanto fora grande; ele o sentiu nos olhares sorrateiros dos outros rapazes, nos gestos de desdém que eles faziam; foi a consagração última.

— Com que então só minha prima é que mereceu uma valsa!

Luís Bastinhos estremeceu, ao ouvir esta palavra; voltou-se; deu com os olhos em Marcelina. A moça repetiu o dito, batendo-lhe com o leque no braço. Ele murmurou algumas palavras que a história não conservou, aliás deviam ser notáveis, porque ele ficou vermelho como uma pitanga. Essa cor ainda se tornou mais viva, quando a moça, enfiando-lhe o braço, disse resolutamente:

— Vamos a esta valsa...

Tremia o rapaz de comoção; pareceu-lhe ver nos olhos da moça todas as promessas da bem-aventurança; entrou a compreender os piscados do major.

— Então? — disse Marcelina.

— Vamos.

— Ou está cansado?

— Eu? que ideia! Não, não, não estou cansado.

A outra valsa fora um primor; esta foi classificada entre os milagres. Os amadores confessaram francamente que nunca tinham visto um valsador como Luís Bastinhos. Era o impossível realizado; seria a pura arte dos arcanjos, se os arcanjos valsassem. Os mais invejosos tiveram de ceder alguma coisa à opinião da sala. O major chegou às raias do delírio.

— Que me dizem a este rapaz? — bradou ele a uma roda de senhoras. — Ele faz tudo: nada como um peixe e valsa como um pião. Salvou-me a filha para valsar com ela.

Marcelina não ouviu estas palavras do pai, ou perdoou-lhas. Estava toda entregue à admiração. Luís Bastinhos era até ali o melhor valsista que encontrara. Ela tinha vaidade e reputação de valsar bem; e achar um parceiro de tal força era a maior fortuna que podia acontecer a uma valsista. Disse-lho ela mesma, não sei se com a boca, se com os olhos, e ele repetiu-lhe a mesma ideia, e foram ratificar daí a pouco as suas impressões numa segunda valsa. Foi outro e maior sucesso.

Parece que Marcelina valsou ainda uma vez com Luís Bastinhos, mas em sonhos, uma valsa interminável, numa planície, ao som de uma orquestra de diabos azuis e invisíveis. Foi assim que ela referiu o sonho, no dia seguinte, ao pai.

— Já sei — disse este —; esses diabos azuis e invisíveis deviam ser dois.
— Dois?
— Um padre e um sacristão...
— Ora, papai!

E foi um protesto tão gracioso, que o Luís Bastinhos, se o ouvisse e visse, mui provavelmente pediria repetição. Mas nem viu nem soube dele. De noite, indo lá, recebeu novos louvores, falaram do baile da véspera. O major confessou que era o melhor baile do ano; e dizendo-lhe a mesma coisa o Luís Bastinhos, declarou o major que o salvador da filha reunia o bom gosto ao talento coreográfico.

— Mas por que não dá outra brincadeira, um pouco mais familiar? — disse o Luís Bastinhos.

O major piscou o olho e adotou a ideia. Marcelina exigiu de Luís Bastinhos que dançasse com ela a primeira valsa.

— Todas — disse ele.
— Todas?
— Juro-lhe que todas.

Marcelina abaixou os olhos e lembrou-se dos diabos azuis e invisíveis. Veio a noite da "brincadeira", e Luís Bastinhos cumpriu a promessa; valsaram ambos todas as valsas. Era quase um escândalo. A convicção geral é que o casamento estava próximo.

Alguns dias depois, o major deu com os dois numa sala, ao pé de uma mesa, a folhearem um livro — um livro ou as mãos, porque as mãos de um e de outro estavam sobre o livro, juntas, e apertadas. Parece que também folheavam os olhos, com tanta atenção que não viram o major. O major quis sair, mas preferiu precipitar a situação.

— Então que é isso? Estão valsando sem música?

Estremeceram os dois e coraram muito, mas o major piscou o olho, e saiu. Luís Bastinhos aproveitou a circunstância para dizer à moça que o casamento era a verdadeira valsa social; ideia que ela aprovou e comunicou ao pai.

— Sim — disse este —, a melhor Terpsicore é Himeneu.

Celebrou-se o casamento daí a dois meses. O Pimentel, que serviu de padrinho ao noivo, disse-lhe na igreja, que em certos casos era melhor valsar que nadar, e que a verdadeira chave do coração de Marcelina não era a gratidão mas a coreografia. Luís Bastinhos abanou a cabeça sorrindo; o major, supondo que eles o elogiavam em voz baixa, piscou o olho.

A Estação, dezembro de 1879 e janeiro-fevereiro de 1880; Machado de Assis e M. de Assis.

O caso da viúva

I

Este conto deve ser lido especialmente pelas viúvas de vinte e quatro a vinte e seis anos. Não teria mais nem menos a viúva Camargo, d. Maria Luísa, quando se deu o caso que me proponho contar nestas páginas, um caso "triste e digno de memória" posto que menos sangrento que o de d. Inês. Vinte e seis anos; não teria mais, nem tanto; era ainda formosa como aos dezessete, com o acréscimo das roupas pretas que lhe davam grande realce. Era alva como leite, um pouco descolorida, olhos castanhos e preguiçosos, testa larga, e talhe direito. Confesso que essas indicações são mui gerais e vagas; mas conservo-as por isso mesmo, não querendo acentuar nada neste caso, tão verdadeiro como a vida e a morte. Direi somente que Maria Luísa nasceu com um sinalzinho cor-de-rosa, junto à boca, do lado esquerdo (única particularidade notada), e que foi esse sinal a causa de seus primeiros amores, aos dezoito anos.

— Que é que tem aquela moça ao pé da boca? — perguntava o estudante Rochinha a uma de suas primas, em certa noite de baile.

— Um sinal.

— Postiço?

— Não, de nascença.

— Feia coisa! — murmurou o Rochinha.

— Mas a dona não é feia — ponderou a prima —, é até bem bonita...

— Pode ser, mas o sinal é hediondo.

A prima, casada de fresco, olhou para o Rochinha com algum desdém, e disse-lhe que não desprezasse o sinal, porque talvez fosse ele a isca com que ela o pescasse, mais tarde ou mais cedo. O Rochinha levantou os ombros e falou de outro assunto; mas a prima era inexorável; ergueu-se, pediu-lhe o braço, levou-o até o lugar em que estava Maria Luísa, a quem o apresentou. Conversaram os três; tocou-se uma quadrilha, o Rochinha e Maria Luísa dançaram, depois conversaram alegremente.

— Que tal o sinal? — perguntou-lhe a prima, à porta da rua no fim do baile, enquanto o marido acendia um charuto e esperava a carruagem.

— Não é feio — respondeu o Rochinha —; dá-lhe até certa graça; mas daí à isca vai uma grande distância.

— A distância de uma semana — tornou a prima rindo. E sem aceitar-lhe a mão entrou na carruagem.

Ficou o Rochinha à porta, um pouco pensativo, não se sabe se pelo sinal de Maria Luísa, se pela ponta do pé da prima, que ele chegou a ver, quando ela entrou na carruagem. Também não se sabe se ele viu a ponta do pé sem querer, ou se buscou vê-la. Ambas as hipóteses são admissíveis aos dezenove anos de um rapaz acadêmico. O Rochinha estudava direito em São Paulo, e devia formar-se no ano seguinte; estava portanto nos últimos meses da liberdade escolástica; e fio que a leitora lhe perdoará qualquer intenção, se intenção houve naquela vista fugitiva. Mas, qualquer que fosse o motivo secreto, a verdade é que ele não ficou pensativo mais de dois minutos, acendeu um charuto e guiou para casa.

Esquecia-me dizer que a cena contada nos períodos anteriores passou-se na noite de 19 de janeiro de 1871, em uma casa do bairro do Andaraí. No dia seguinte, dia de são Sebastião, foi o Rochinha jantar com a prima; eram anos do marido desta. Achou lá Maria Luísa e o pai. Jantou-se, cantou-se, conversou-se até meia-noite, hora em que o Rochinha, esquecendo-se do sinalzinho da moça, achou que ela estava muito mais bonita do que lhe parecia no fim da noite passada.

— Um sinal que passa tão depressa de fealdade a beleza — observou o marido da prima — pode-se dizer que é o sinal do teu cativeiro.

O Rochinha aplaudiu este ruim trocadilho, sem entusiasmo, antes com certa hesitação. A prima, que estava presente, não lhe disse nada, mas sorriu para si mesma. Era pouco mais velha que Maria Luísa, tinha sido sua companheira de colégio, quisera vê-la bem casada, e o Rochinha reunia algumas qualidades de um marido possível. Mas não foram só essas qualidades que a levaram a prendê-lo a Maria Luísa, e sim também a circunstância de que ele herdaria do pai algumas propriedades. Parecia-lhe que um bom marido é um excelente achado, mas que um bom marido não pobre era um achado excelentíssimo. Assim só se falava ao primo no sinal de Maria Luísa, como falava a Maria Luísa na elegância do primo.

— Não duvido — dizia esta daí a dias —; é elegante, mas parece-me assim...

— Assim como?

— Um pouco...

— Acaba.

— Um pouco estroina.

— Que tolice! é alegre, risonho, gosta de palestrar, mas é um bom rapaz e, quando precisa, sabe ser sério. Tem só um defeito.

— Qual? — perguntou Maria Luísa, com curiosidade.

— Gosta de sinais cor-de-rosa ao canto da boca.

Maria Luísa deu uma resposta graciosamente brasileira, um muxoxo; mas a outra que sabia muito bem a múltipla significação desse gesto, que tanto exprime o desdém como a indiferença, como a dissimulação etc., não se deu por abalada e menos por vencida. Percebera que o muxoxo não era da primeira nem da segunda significação; notou-lhe uma mistura de desejo, de curiosidade, de simpatia, e jurou aos seus deuses transformá-lo em um beijo de esposa, com uma significação somente.

Não contava com a academia. O Rochinha partiu daí a algumas semanas para São Paulo, e, se deixou algumas saudades, não as contou Maria Luísa a ninguém; guardou-as consigo, mas guardou-as tão mal, que a outra as descobriu e leu.

— Está feito — pensou esta —; um ano passa-se depressa.

Reflexão errada, porque nunca houve ano mais vagaroso para Maria Luísa do que esse, ano trôpego, arrastado, feito para entristecer as mais robustas esperanças. Mas também que impaciência alegre quando se aproximou a vinda do Rochinha. Não o encobria da amiga, que teve o cuidado de o escrever ao primo, o qual respondeu com esta frase: "Se há por lá saudade também as há por aqui e muitas; mas não diga nada a ninguém". A prima, com uma perfídia sem nome, foi contá-lo a Maria Luísa, e com uma cegueira de igual quilate declarou isso mesmo ao primo, que, pela mais singular das complacências, encheu-se de satisfação. Quem quiser que o entenda.

II

Veio o Rochinha de São Paulo, e daí em diante ninguém o tratou senão por dr. Rochinha, ou, quando menos, dr. Rocha; mas já agora, para não alterar a linguagem do primeiro capítulo, continuarei a dizer simplesmente o Rochinha, familiaridade tanto mais desculpável, quanto mais a autoriza a própria prima dele.

— Doutor! — disse ela. — Creio que sim, mas lá para as outras; para mim há de ser sempre o Rochinha.

Veio pois o Rochinha de São Paulo, diploma na algibeira, saudades no coração.

Oito dias depois encontrava-se com Maria Luísa, casualmente na rua do Ouvidor, à porta de uma confeitaria; ia com o pai, que o recebeu muito amavelmente, não menos que ela, posto que de outra maneira. O pai chegou a dizer-lhe que todas as semanas, às quintas-feiras, estava em casa.

O pai era negociante, mas não abastado nem próspero. A casa dava-lhe para viver, e não viver mal. Chamava-se Toledo, e contava pouco mais de cinquenta anos; era viúvo; morava com uma irmã viúva, que lhe servia de mãe à filha. Maria Luísa era o seu encanto, o seu amor, a sua esperança. Havia da parte dele uma espécie de adoração, que entre as pessoas da amizade passara a provérbio e exemplo. Ele tinha para si que o dia em que a filha lhe não desse o beijo da saída era um dia fatal; e não atribuía a outra coisa o menor contratempo que lhe sobreviesse. Qualquer desejo de Maria Luísa era para ele um decreto do céu, que urgia cumprir, custasse o que custasse. Daí vinha que a própria Maria Luísa evitava muita vez falar-lhe de alguma coisa que desejava, desde que a satisfação exigisse da parte do pai um sacrifício qualquer. Porque também ela adorava o pai, e nesse ponto nenhum devia nada ao outro. Ela o acompanhava até a porta da chácara todos os dias, para lhe dar o ósculo da partida; ela o ia esperar para dar o ósculo da chegada.

— Papaizinho, como passou? — dizia ela batendo-lhe na face.

E, de braço dado, atravessavam toda a chácara, unidos, palreiros, alegres, como dois namorados felizes. Um dia Maria Luísa, em conversa, à sobremesa, com pessoas de fora, manifestou grande curiosidade de ver a Europa. Era pura conversa, sem outro alcance; contudo, não passaram despercebidas ao pai as suas palavras. Três dias depois, Toledo consultou seriamente a filha se queria ir daí a quinze dias para a Europa.

— Para a Europa? — perguntou ela um tanto espantada.

— Sim. Vamos?

Não respondeu Maria Luísa imediatamente, tão vacilante se viu entre o desejo secreto e o inesperado da proposta. Como refletisse um pouco, perguntou a si mesma se o pai podia sem sacrifício realizar a viagem, mas sobretudo não atinou com a razão desta.

— Para a Europa? — repetiu.

— Sim, para a Europa — disse o pai rindo —; mete-se a gente no paquete, e desembarca lá. É a coisa mais simples do mundo.

Maria Luísa ia dizer-lhe talvez que sim; mas recordou-se subitamente das palavras que proferira dias antes, e suspeitou que o pai faria apenas um sacrifício pecuniário e pessoal, para o fim de lhe cumprir o desejo. Então abanou a cabeça com um risinho triunfante.

— Não, senhor, deixemo-nos da Europa.

— Não?

— Nem por sombras.
— Mas tu morres por lá ir...
— Não morro, não senhor, tenho vontade de ver a Europa e hei de vê-la algum dia, mas muito mais tarde... muito mais tarde.
— Bem, então vou só — redarguiu o pai com um sorriso.
— Pois vá — disse Maria Luísa erguendo os ombros.

E assim acabou o projeto europeu. Não só a filha percebeu o motivo da proposta do pai, como este compreendeu que esse motivo fora descoberto; nenhum deles, todavia, aludiu ao sentimento secreto do outro.

Toledo recebeu o Rochinha com muita afabilidade, quando este lá foi numa quinta-feira, duas semanas depois do encontro na rua do Ouvidor. A prima de Rochinha também foi, e a noite passou-se alegremente para todos. A reunião era limitada; os homens jogavam o voltarete, as senhoras conversavam de rendas e vestidos. O Rochinha e mais dois ou três rapazes, não obstante essa regra, preferiam o círculo das damas, no qual, além dos vestidos e rendas, também se falava de outras damas e de outros rapazes. A noite não podia ser mais cheia.

Não gastemos o tempo em episódios miúdos; imitemos o Rochinha, que ao cabo de quatro semanas, preferiu uma declaração franca à multidão de olhares e boas palavras. Com efeito, ele chegara ao estado agudo do amor, a ferida era profunda, e sangrava; urgiu estancá-la e curá-la. Urgia tanto mais fazer-lhe a declaração, quanto que da última vez que esteve com ela, encontrara-a um pouco acanhada e calada, e, à despedida, não teve o mesmo aperto de mão do costume, um certo aperto misterioso, singular, que se não aprende e se repete com muita exatidão e pontualidade, em certos casos de paixão concentrada ou não concentrada. Pois nem esse aperto de mão; a de Maria Luísa parecia-lhe fria e fugidia.

— Que lhe fiz eu? — dizia ele consigo, ao retirar-se para casa.

E buscava recordar todas as palavras do último encontro, os gestos, e nada lhe parecia autorizar qualquer suspeita ou ressentimento, que explicasse a súbita frieza de Maria Luísa. Como já então houvesse entrado na confidência dos seus sentimentos à prima, disse-lhe o que se passara, e a prima, que reunia ao desejo de ver casada a amiga certo pendor às intrigas amorosas, meteu-se a caminho para a casa desta. Não lhe custou muito descobrir a Maria Luísa a secreta razão de sua visita, mas, pela primeira vez, achou a outra reservada.

— Você é bem cruel — dizia-lhe rindo —; sabe que o pobre rapaz não suspira senão por um ar de sua graça, e trata-o como se fosse o seu maior inimigo.
— Pode ser. Onde é que você comprou esta renda?
— No Godinho. Mas vamos; você acha o Rochinha feio?
— Ao contrário, é um bonito rapaz.
— Bonito, bem educado, inteligente...
— Não sei como é que você ainda gosta desse chapéu tão fora da moda...
— Qual fora da moda!
— O brinco é que ficou muito bonito.
— É uma pérola...
— Pérola este brinco de brilhante?
— Não; falo do Rochinha. É uma verdadeira pérola; você não sabe quem está ali. Vamos lá; creio que não lhe tem ódio...

— Ódio por quê?
— Mas...

Quis a má fortuna do Rochinha que a tia de Maria Luísa viesse ter com ela, de maneira que a prima dele não pôde acabar a pergunta que ia fazer, e que era simplesmente esta: — Mas amor? — pergunta decisiva, a que Maria Luísa devia responder, ainda que fosse com o silêncio. Não produzindo esta entrevista o desejado efeito, antes parecendo confirmar os receios do Rochinha, entendeu este que era melhor e mais pronto ir diretamente ao fim, e declarar-lhe ele mesmo o que sentia, solicitando uma resposta franca e definitiva. Foi o que fez na seguinte semana.

III

Há duas maneiras de pedir uma decisão, em casos amorosos; falando ou escrevendo; Jacó não usou uma coisa nem outra; foi diretamente ao pai de Raquel, e obteve-a a troco de sete anos de trabalho, ao cabo dos quais, em vez de obter a Raquel, a amada, deram-lhe Lia, a remelosa. No fim de sete anos! Não estava o nosso Rochinha disposto a esperar tanto tempo.

— Nada — disse ele consigo uma semana depois —, isto há de acabar agora, imediatamente. Se não quer não queira...

Não lhe deem crédito; ele falava assim, para enganar-se a si próprio, para fazer crer que deixava o namoro, como se deixa um espetáculo aborrecido. Não lhe deem crédito. Estava então em casa, à rua dos Inválidos, olhando para a ponta da chinela turca ou marroquina, que trazia nos pés, tendo na mão um retrato de Maria Luísa. Era uma fotografia que lhe dera a prima, um mês antes. A prima pedira-a a Maria Luísa, dizendo-lhe que era para dar a uma amiga; e Maria Luísa deu-lha; apenas a apanhou consigo, disse-lhe que ia dá-la não à amiga, mas ao primo que morria por ela. Então Maria Luísa estendeu a mão para tirar-lhe o retrato, protestou, arrufou-se, tudo isso tão mal fingido, que a amiga não teve remorsos do que fez e entregou o retrato ao primo. Era o retrato que ele tinha nas mãos, à rua dos Inválidos, sentado numa extensa cadeira americana; dividia os olhos entre o retrato e as chinelas, sem poder acabar de resolver-se a alguma coisa.

— Vá — disse ele enfim —; é preciso acabar com isto.

Levantou-se, foi à secretária, tirou uma folha de papel, passou-lhe as costas da mão por cima, e molhou a pena. — Vá, repetiu; mas repetiu somente, a pena não ia. Acendeu um cigarro, e nada; foi à janela, e nada. E, contudo, amava-a e muito; mas ou por isso, ou por outro motivo, não achava que dizer no papel. Chegou a pôr diante de si o retrato de Maria Luísa; foi pior. A imagem da moça peava-lhe todos os movimentos do espírito. Não podia ele compreender este fenômeno; atirou a pena irritado, e mudou de ideia: falar-lhe-ia diretamente.

Dois dias depois foi à casa de Toledo. Achou Maria Luísa na chácara, com a tia e outra senhora; e não deixou passar a primeira ocasião que se lhe ofereceu de dizer alguma coisa. Com efeito, é certo que abriu a boca, e pode afirmar-se que a palavra — Eu — rompeu-lhe dos lábios, mas tão a medo, e tão surda, que ela não a ouviu. Ou se a ouviu, disse-lhe coisa diferente; perguntou-lhe se tinha ido ao teatro.

— Não, senhora — disse ele.
— Pois nós fomos outro dia.
— Ah!

Maria Luísa começou a contar-lhe a peça, com tanta miudeza e cuidado, que o Rochinha ficou profundamente triste. Não viu, não reparou que a voz de Maria Luísa parecia às vezes alterada, que ela não ousava fitá-lo muito tempo, e que, apesar do cuidado com que reconstituía a peça, atrapalhou-se uma ou duas vezes. Não viu nada; estava entregue à ideia fixa, ou antes ao fixo sentimento que nutria por ela, e não viu nada. A noite caiu logo e não foi melhor para ele; Maria Luísa evitava-o, ou só lhe falava de coisas fúteis.

Não se deteve o Rochinha um dia mais. Naquela mesma noite minutou a carta decisiva. Era longa, difusa, cheia de repetições, mas ardente, e verdadeiramente sentida. No dia seguinte copiou-a, mandou-a... Custa-me dizê-lo, mas força é dizê-lo; mandou-a pela prima. Esta foi, nessa mesma noite, à casa de Maria Luísa; disse-lhe em particular que trazia um segredo, um mimo, uma coisa.

— Que é? — perguntou a amiga.
— Esta bocetinha.

Deu-lhe uma bocetinha de tartaruga fechada, acrescentando que só a abrisse no quarto, ao deitar, e não falasse dela a ninguém.

— Um mistério — concluiu Maria Luísa.

Cumpriu o que prometera à outra; abriu a bocetinha, no quarto, e viu dentro um papel. Era uma carta, sem sobrescrito; suspeitou logo o que fosse, fechou o papel na boceta, pô-la de lado, e foi despir-se. Estava nervosa, inquieta. Tinha uns esquecimentos longos; destoucou-se, por exemplo, em três tempos, intervalando-os de um comprido olhar apático cravado no espelho. Numa dessas vezes sentou-se numa cadeira, e ficou à toa com os braços caídos no regaço; repentinamente ergueu-se e murmurou:

— Impossível! Acabemos com isto.

Foi acabar de despir-se, mas dessa vez de um modo febril, impaciente, como quem busca fugir de si própria. Ainda aí, ao calçar a chinelinha de marroquim, esqueceu-se e ficou um instante com os olhos no pé nu, alvo de leite, traçado de linhas azuis. Enfim preparou-se para dormir. Sobre o toucador continuava a boceta, fechada, com um certo ar de mistério e desafio. Maria Luísa não olhava para ela; ia de um para outro lado, evitando-a, naturalmente receosa de fraquear e ler.

Rezou. Tinha a um canto do quarto um pequeno oratório com uma imagem da Conceição, à qual rezou com fervor, e pode ser que lhe pedisse força para resistir à tentação de ler a carta. Acabou de rezar, e abriu uma janela. A noite estava serena, o ar límpido, as estrelas de uma nitidez encantadora. Maria Luísa achou na vista do céu e da noite uma força dissolvente da coragem que até então soubera ter. A vista da natureza grande e bela chamou-a à própria natureza, e o coração pulou-lhe no peito com violência singular. Então pareceu-lhe ver a figura do Rochinha, bonito, elegante, cortês, apaixonado; recordou as diferentes fases das relações, desde o baile em que dançaram juntos. Iam já longos meses desde essa noite, ela recordava-se de todas as circunstâncias da apresentação. Pensou finalmente na conversa da véspera, do ar preocupado que vira nele, da indecisão, do acanhamento, como se quisesse dizer-lhe alguma coisa, e receasse fazê-lo.

— Amar-me-á muito? — perguntou Maria Luísa a si mesma.

E esta pergunta trouxe-lhe a consideração de que, se ele a amasse muito, podia padecer igualmente muito, com a simples e formal recusa da carta. Que tinha que a lesse? Era até conveniente fazê-lo, para saber na realidade o que é que ele sentia, e que resposta daria ela à amiga. Foi dali ao toucador, onde estava a boceta, abriu-a, tirou a carta e leu-a.

    Leu-a é pouco; Maria Luísa releu a carta, não uma, senão três vezes. Era a primeira carta de amor que recebia, circunstância sem valor, ou de valor escasso, se fosse uma simples folha de papel escrita, sem nenhuma correspondência no coração dela. Mas como explicar que alguns minutos depois de reler a carta, Maria Luísa se deixou cair na cama, com a cabeça no travesseiro, a chorar silenciosamente? Era claro que entre o coração dela e a carta existia algum vínculo misterioso.

    No dia seguinte, Maria Luísa levantou-se cedo, com os olhos murchos e tristes; disse ao pai e à tia que não pudera dormir uma parte da noite, por causa dos mosquitos. Era uma explicação; o pai e a tia aceitaram-na. Mas o pai cuidou de dar-lhe um cordial, segredando ao ouvido da filha uma palavra — esta palavra:

— Creio que é hoje.

— Hoje? — repetiu ela.

— O pedido.

— Ah!

Toledo franziu a testa, ao ver que a filha empalidecera, e ficou triste. Maria Luísa compreendeu, sorriu e lançou-lhe os braços ao pescoço.

— Acho que ele escolheu mau dia — disse ela —; a insônia pôs-me doente... Que é isso? que cara é essa?

— Tu estás mentindo, minha filha... Se não é de teu gosto, fala; estamos em tempo.

— Já lhe disse que é muito e muito do meu gosto.

— Juras?

— Que ideia! Juro.

Riu-se ainda uma vez abanando a cabeça, com um ar de repreensão, mas parece que fazia violência a si mesma, porque desde logo deixou o pai. Se a leitora imagina que Maria Luísa foi outra vez chorar, mostra que ainda a não conhece; Maria Luísa foi descansar o espírito, longe de um objeto que a mortificava; ao mesmo tempo foi cogitar na resposta que daria ao Rochinha, cuja carta não leu mais em todo aquele dia — não se sabe se para não aumentar a aflição, unicamente para não a decorar de todo. Uma e outra coisa eram possíveis.

IV

Naquele dia efetivamente foi à casa de Toledo um dos homens que a frequentavam desde algum tempo. Era um cearense, abastado e sério. Chamava-se Vieira, contava trinta e oito para quarenta anos. A fisionomia era comum, mas exprimia certa bondade; as maneiras acanhadas, mas discretas. Tinha as qualidades sólidas, não as brilhantes; e, se podia fazer a felicidade de uma consorte, não era precisamente o sonho de uma moça.

    Vieira fora apresentado em casa de Toledo, por um amigo de ambos, e a seu pedido. Vira uma vez Maria Luísa, à saída do teatro, e deixou-se impressionar fortemente. Chegara do norte havia dois meses, e estava prestes a voltar, mas o encontro do teatro dispô-lo a demorar-se algum tempo. Sabemos ou adivinhamos o resto. Vieira principiou a frequentar a casa de Toledo, com assiduidade, mas sem adiantar nada, já porque o natural acanhamento lho impedia, já porque Maria Luísa não dava entradas a declarações. Era a amável dona da casa, que se dividia por todos com agrado e solicitude.

Se lhes disser que Maria Luísa não percebeu nada nos olhos de Vieira, no fim de poucos dias, digo uma coisa que nenhuma das leitoras acredita, porque todas elas sabem o contrário. Percebeu-o, efetivamente; mas não ficou abalada. Talvez o animou, olhando frequentes vezes para ele, não por mal, mas para saber se ele estava olhando também, o que, em certos casos, dizia uma dama, é o caminho de um namoro cerrado. Naquele foi somente a ilusão de Vieira, que concluiu dos olhos da moça, dos sorrisos e da afabilidade uma disposição matrimonial que não existia. Convém saber notar que a paixão de Vieira foi a maior contribuição do erro; a paixão cegava-o. Um dia, pois, estando em casa de Toledo, pediu licença para ir lá no dia seguinte tratar de negócios importantes. Toledo disse que sim; mas Vieira não foi; adoecera.

— Que diacho pode ele querer tratar comigo? — pensou o pai de Maria Luísa.

E encontrando o amigo comum que introduzira Vieira em sua casa, perguntou-lhe se sabia alguma coisa. O amigo sorriu.

— Que é? — insistiu Toledo.
— Não sei se posso dizer, ele lhe dirá de viva voz.
— Se é indiscrição, não teimo.

O amigo esteve algum tempo calado, sorriu outra vez, hesitou, até que lhe disse o motivo da visita, pedindo-lhe a maior reserva.

— Sou confidente do Vieira; está loucamente apaixonado.

Toledo sentiu-se alvoroçado com a revelação. Vieira merecera-lhe simpatia desde os primeiros dias do conhecimento; achava-lhe qualidades sérias e dignas. Não era criança, mas os quarenta anos ou trinta e oito que podia ter não se manifestavam por nenhum cabelo grisalho ou cansaço de fisionomia; esta, ao contrário, era fresca, os cabelos eram do mais puro castanho. E todas essas circunstâncias eram realçadas pelos bens da fortuna, vantagem que Toledo, como pai, considerava de primeira ordem. Tais foram os motivos que o levaram a falar do Vieira à filha, antes mesmo que ele lha fosse pedir. Maria Luísa não se mostrou espantada da revelação.

— Gosta de mim o Vieira? — respondeu ela ao pai. — Creio que já o sabia.
— Mas sabias que ele gosta muito?
— Muito, não.
— Pois é verdade. O pior é a figura que estou fazendo...
— Como?
— Falando de coisas sabidas, e... pode ser que ajustadas.

Maria Luísa baixou os olhos, sem dizer nada; pareceu-lhe que o pai não rejeitava a pretensão do Vieira, e temeu desenganá-lo logo dizendo-lhe que não correspondia às afeições do namorado. Esse gesto, além do inconveniente de calar a verdade, teve o de fazer supor o que não era. Toledo imaginou que era vergonha da filha, e uma espécie de confissão. E foi por isso que tornou a falar-lhe, daí a dois dias, com prazer, louvando muito as qualidades do Vieira, o bom conceito em que era tido, as vantagens do casamento. Não seria capaz de impor à filha, nem esse nem outro; mas visto que ela gostava... Maria Luísa sentiu-se fulminada. Adorava e conhecia o pai; sabia que ele não falaria de coisa que lhe não supusesse aceita, e sentiu qual era a sua persuasão. Era fácil retificá-lo; uma só palavra bastava a restituir a verdade. Mas aí entrou Maria Luísa noutra dificuldade; o pai, logo que supôs aceita à filha a candidatura do Vieira, manifestou todo o prazer que lhe daria o consórcio; e esta circunstância é que deteve a moça, e foi a origem dos sucessos posteriores.

A doença de Vieira durou perto de três semanas; Toledo visitou-o duas vezes. No fim daquele tempo, após curta convalescença, Vieira mandou pedir ao pai de Maria Luísa que lhe marcasse dia para a entrevista, que não pudera realizar por motivo da enfermidade. Toledo designou outro dia, e foi a isso que aludiu no fim do capítulo passado.

O pedido do casamento foi feito nos termos usuais, e recebido com muita benevolência pelo pai, que declarou, entretanto, nada decidido sem que fosse do agrado da filha. Maria Luísa declarou que era muito de seu agrado; e o pai respondeu isso mesmo ao pretendente.

V

Não se faz uma declaração daquelas, em tais circunstâncias, sem grande esforço. Maria Luísa lutou primeiramente consigo, mas resolveu enfim, e, uma vez resoluta, não quis recuar um passo. O pai não percebeu o constrangimento da filha; e se não a viu jubilosa, atribuiu-o à natural gravidade do momento. Ele acreditara profundamente que ia fazer a felicidade da moça.

Naturalmente a notícia, apenas murmurada, causou assombro à prima do Rochinha, e desespero a este. O Rochinha não podia crer, ouvira dizer a duas pessoas, mas parecia-lhe falso.

— Não, impossível, impossível!

Mas logo depois lembrou-se de mil circunstâncias recentes, a frieza da moça, a falta de resposta, o desengano lento que lhe dera, e chegava a crer que efetivamente Maria Luísa ia casar com o outro. A prima dizia-lhe que não.

— Como não? — interrompeu ele. — Acho a coisa mais natural do mundo. Repare bem que ele tem muito mais do que eu, cinco ou seis vezes mais. Dizem que passa de seiscentos contos.

— Oh! — protestou a prima.

— Quê?

— Não diga isso; não calunie Maria Luísa.

O Rochinha estava desesperado e não atendeu à súplica; disse ainda algumas coisas duras, e saiu. A prima resolveu ir ter com a amiga para saber se era verdade; começava a crer que o fosse, e em tal caso já não podia fazer nada. O que não entendia era o repentino do casamento; não soube sequer do namoro.

Maria Luísa recebeu-a tranquila, a princípio, mas às interrupções e recriminações da amiga não pôde resistir por muito tempo. A dor comprimida fez explosão; e ela confessou tudo. Confessou que não gostava do Vieira, sem aliás lhe ter aversão ou antipatia; mas aceitara o casamento porque era um desejo do pai.

— Vou ter com ele — interrompeu a amiga —, vou dizer-lhe que...

— Não quero — interrompeu vivamente a filha de Toledo —; não quero que lhe diga nada.

— Mas então hás de sacrificar-te?...

— Que tem? Não é difícil o sacrifício; o meu noivo é um bom homem; creio até que pode fazer a felicidade de uma moça.

A prima do Rochinha estava impaciente, nervosa, desorientada; batia com o leque no joelho, levantava-se, sacudia a cabeça, fechava a mão; e tornava a dizer que ia ter com Toledo para contar-lhe a verdade. Mas a outra protestava sempre; e da última vez declarou-lhe peremptoriamente que seria inútil qualquer tentativa; estava disposta a casar com o Vieira, e nenhum outro.

A última palavra era clara e expressiva; mas por outro lado traiu-a, porque Maria Luísa não o pôde dizer sem visível comoção. A amiga compreendeu que o Rochinha era amado; ergueu-se e pegou-lhe nas mãos.

— Olhe, Maria Luísa, não direi nada, não farei nada. Sei que você gosta de outro, e sei quem é o outro. Por que há de fazer dois infelizes? Pense bem; não se precipite.

Maria Luísa estendeu-lhe a mão.

— Promete que refletirá? — disse-lhe a outra.

— Prometo.

— Reflita, e tudo se poderá arranjar, creio.

Saiu de lá contente, e disse tudo ao primo; contou-lhe que Maria Luísa não amava ao noivo; casava, porque lhe parecia que era agradável ao pai. Não esqueceu dizer que alcançara a promessa de Maria Luísa de que refletiria ainda sobre o caso.

— E basta que ela reflita — concluiu —, para que tudo se desfaça.

— Crê?

— Creio. Ela gosta de você; pode estar certo de que gosta e muito.

Um mês depois casavam-se Maria Luísa e Vieira.

VI

Segundo o Rochinha confessou à prima, a dor que ele padeceu com a notícia do casamento não podia ser descrita por nenhuma língua humana. E, salvo a exageração, a dor foi isso mesmo. O pobre rapaz rolou de uma montanha ao abismo, expressão velha, mas única que pode dar bem o abalo moral do Rochinha. A última conversa da prima com Maria Luísa tinha-o principalmente enchido de esperanças, que a filha de Toledo cruelmente desvaneceu. Um mês depois do casamento o Rochinha embarcava para a Europa.

A prima deste não rompeu as relações com Maria Luísa, mas as relações esfriaram um pouco; e nesse estado duraram as coisas até seis meses. Um dia encontraram-se casualmente, falaram de objetos frívolos, mas a tristeza de Maria Luísa era tamanha, que feriu a atenção da amiga.

— Estás doente? — disse esta.

— Não.

— Mas tens alguma coisa?

— Não, nada.

A amiga supôs que houvesse algum desacordo conjugal, e, porque era muito curiosa, não deixou de ir alguns dias depois à casa de Maria Luísa. Não viu desacordo nenhum, mas muita harmonia entre ambos, e extrema benevolência da parte do marido. A tristeza de Maria Luísa tinha momentos, dias, semanas, em que se manifestava de um modo intenso; depois apagava-se ou diminuía, e tudo voltava ao estado habitual.

Um dia, estando em casa da amiga, Maria Luísa ouviu ler uma carta do Rochinha, vinda nesse dia da Europa. A carta tratava de coisas graves; não era alegre nem triste. Maria Luísa empalideceu muito, e mal pôde dominar a comoção. Para distrair-se abriu um álbum de retratos; o quarto ou quinto retrato era do Rochinha; fechou apressadamente e despediu-se.

— Maria Luísa ainda gosta dele — pensou a amiga.

Pensou isto, e não era pessoa que se limitasse a pensá-lo: escreveu-o logo ao primo, acrescentando esta reflexão: "Se o Vieira fosse um homem polido, espichava a canela e você...".

O Rochinha leu a carta com grande saudade e maior satisfação; mas fraqueou logo, e achou que a notícia era naturalmente falsa ou exagerada. A prima enganava-se, decerto; tinha o intenso desejo de os ver casados, e buscava alimentar a chama para o fim de uma hipótese possível. Não era outra coisa. E foi essa a linguagem da resposta que lhe deu.

Ao cabo de um ano de ausência, voltou o Rochinha da Europa. Vinha alegre, juvenil, curado; mas, por mais que viesse curado, não pôde ver sem comoção Maria Luísa, daí a cinco dias, na rua. E a comoção foi ainda maior, quando ele reparou que a moça empalidecera muito.

— Ama-me ainda — pensou ele.

E esta ideia luziu no cérebro dele e o acendeu de muita luz e vida. A ideia de ser amado, apesar do marido, e apesar do tempo (um ano!), deu ao Rochinha uma alta ideia de si mesmo. Pareceu-lhe que, rigorosamente, o marido era ele. E (coisa singular!) falou do encontro à prima sem lhe dar notícia da comoção dele e de Maria Luísa, nem da suspeita que lhe ficara de que a paixão de Maria Luísa não morrera. A verdade é que os dois encontraram-se segunda vez e terceira, em casa da prima do Rochinha, e a quarta vez na casa do próprio Vieira. Toledo era morto. Da quarta vez à quinta vez, a distância é tão curta, que não vale a pena falar nisso, senão para o fim de dizer que vieram logo atrás a sexta, a sétima e outras.

Para dizer a verdade toda, as visitas do Rochinha não foram animadas nem até desejadas por Maria Luísa, mas por ele mesmo e pelo Vieira, que desde o primeiro dia achou-o extremamente simpático. O Rochinha desfazia-se, na verdade, com o marido de Maria Luísa; tinha para ele as mais finas atenções, e desde o primeiro dia desacanhou-o, por meio de uma bonomia, que foi a porta aberta da intimidade.

Maria Luísa, ao contrário, recebeu as primeiras visitas do Rochinha com muita reserva e frieza. Achou-as até de mau gosto. Mas é difícil conservar uma opinião, quando há contra ela um sentimento forte e profundo. A assiduidade amaciou as asperezas, e acabou por avigorar a chama primitiva. Maria Luísa não tardou em sentir que a presença do Rochinha lhe era necessária, e até pela sua parte dava todas as mostras de uma paixão verdadeira, com a restrição única de que era extremamente cautelosa, e, quando preciso, dissimulada.

Maria Luísa aterrou-se logo que conheceu o estado do seu coração. Ela não amava o marido, mas estimava-o muito, e respeitava-o. O renascimento do amor antigo pareceu-lhe uma perfídia; e, desorientada, chegou a ter ideia de contar tudo a Vieira; mas retraiu-se. Tentou então outro caminho, e começou a fugir das ocasiões de ver o antigo namorado; plano que não durou muito tempo. A assiduidade do Rochinha teve interrupções, mas não cessou nunca de todo, e ao fim de mais algumas semanas, estavam as coisas como no primeiro dia.

Os olhos são uns porteiros bem indiscretos do coração; os de Maria Luísa, por mais que esta fizesse, contaram ao Rochinha tudo, ou quase tudo o que se passava no interior da casa, a paixão e a luta com o dever. E o Rochinha alegrou-se com a denúncia, e pagou aos delatores com a moeda que mais os podia seduzir, por modo que eles daí em diante não tiveram outra coisa mais conveniente do que prosseguir na revelação começada.

Um dia, animado por um desses colóquios, o Rochinha lembrou-se de dizer a Maria Luísa que ele ia outra vez para a Europa. Era falso; não pensara sequer em semelhante coisa; mas se ela, aterrada com a ideia da separação, lhe pedisse que não partisse, o Rochinha teria grande satisfação, e não precisava de outra prova de amor. Maria Luísa, com efeito, empalideceu.

— Vou naturalmente no primeiro paquete do mês que vem — continuou ele.

Maria Luísa baixara os olhos; estava ofegante, e lutava consigo mesma. O pedido para que ele ficasse esteve quase a saltar-lhe do coração, mas não chegou nunca aos lábios. Não lhe pediu nada, deixou-se estar pálida, inquieta, a olhar para o chão, sem ousar encará-lo. Era positivo o efeito da notícia; e o Rochinha não esperou mais nada para pegar-lhe na mão. Maria Luísa estremeceu toda, e ergueu-se. Não lhe disse nada, mas afastou-se logo. Momentos depois, saía ele reflexionando deste modo:

— Faça o que quiser, ama-me. E até parece que muito. Pois...

VII

Oito dias depois, soube-se que Maria Luísa e o marido iam para Teresópolis ou Nova Friburgo. Dizia-se que era moléstia de Maria Luísa, e conselho dos médicos. Não se dizia, contudo, os nomes dos médicos; e é possível que esta circunstância não fosse necessária. A verdade é que eles partiram rapidamente, com grande mágoa e espanto do Rochinha, espanto que, aliás, não durou muito tempo. Ele pensou que a viagem era um meio de lhe fugir a ele, e concluiu que não podia haver melhor prova da intensidade da paixão de Maria Luísa.

Não é impossível que isto fosse verdade; essa foi também a opinião da amiga; essa será a opinião da leitora. O certo é que eles seguiram e por lá ficaram, enquanto o Rochinha meditava na escolha da enfermidade que o levaria também a Nova Friburgo ou Teresópolis. Andava nessa indagação, quando se recebeu na corte a notícia de que o Vieira sucumbira a uma congestão cerebral.

— Feliz Rochinha! — pensou cruelmente a prima, ao saber da morte do Vieira.

Maria Luísa desceu logo depois de enterrar o marido. Vinha sinceramente triste; mas excepcionalmente bela, graças às roupas pretas.

Parece que, chegada a narrativa a este ponto, dispensar-se-ia o auxílio do narrador, e as coisas iam por si mesmas. Mas onde ficaria o *caso da viúva*, que deu que falar a um bairro inteiro? A amiga perguntou-lhe um dia se queria enfim casar com o Rochinha, agora, que nada mais se opunha ao consórcio de ambos.

— Ele é que o pergunta? — disse ela.

— Quem o pergunta sou eu — disse a outra —; mas há quem ignore a paixão dele?

— Crês que me ame?
— Velhaca! tu sabes bem que sim. Vamos lá; queres casar?

Maria Luísa deu um beijo na amiga; foi a sua resposta. A amiga, contente, enfim, de realizar a sua primitiva ideia, correu à casa do primo. Rochinha hesitou, olhou para o chão, torceu a corrente do relógio entre os dedos, abriu um livro de desenhos, arranjou um cigarro, e acabou dizendo que...

— Quê? — perguntou ansiosa a prima.
— Que não, que não tinha ideia de casar.

A estupefação da prima daria outra novela. Tal foi o *caso da viúva*.

A Estação, *janeiro-março de 1881; M. de Assis e Machado de Assis.*

A mulher pálida

I

Rangeu enfim o último degrau da escada ao peso do vasto corpo do major Bento. O major deteve-se um minuto, respirou à larga, como se acabasse de subir, não a escada do sobrinho, mas a de Jacó, e enfiou pelo corredor adiante.

A casa era na rua da Misericórdia, uma casa de sobrado cujo locatário sublocara três aposentos a estudantes. O aposento de Máximo era ao fundo, à esquerda, perto de uma janela que dava para a cozinha de uma casa da rua Dom Manuel. Triste lugar, triste aposento, e tristíssimo habitante, a julgá-lo pelo rosto com que apareceu às pancadinhas do major. Este bateu, com efeito, e bateu duas vezes, sem impaciência nem sofreguidão. Logo que bateu a segunda vez, ouviu estalar dentro uma cama, e logo um ruído de chinelas ao chão, depois um silêncio curto, enfim, moveu-se a chave e abriu-se a porta.

— Quem é? — ia dizendo a pessoa que abrira. E logo: — é o tio Bento.

A pessoa era um rapaz de vinte anos, magro, um pouco amarelo, não alto, nem elegante. Tinha os cabelos despenteados, vestia um chambre velho de ramagens, que foram vistosas no seu tempo, calçava umas chinelas de tapete; tudo asseado e tudo pobre. O aposento condizia com o habitante: era o alinho na miséria. Uma cama, uma pequena mesa, três cadeiras, um lavatório, alguns livros, dois baús, e pouco mais.

— Viva o senhor estudante — disse o major sentando-se na cadeira que o rapaz lhe oferecera.

— Vosmecê por aqui, é novidade — disse Máximo. — Vem a passeio ou negócio?

— Nem negócio nem passeio. Venho...

Hesitou; Máximo reparou que ele trazia uma polegada de fumo no chapéu de palha, um grande chapéu da roça de onde era o major Bento. O major, como o sobrinho, era de Iguaçu. Reparou nisso, e perguntou assustado se morrera alguma pessoa da família.

— Descanse — disse o major —, não morreu nenhum parente de sangue. Morreu teu padrinho.

O golpe foi leve. O padrinho de Máximo era um fazendeiro rico e avaro, que nunca jamais dera ao sobrinho um só presente, salvo um cacho de bananas, e ainda assim, porque ele se achava presente na ocasião de chegarem os carros. Tristemente avaro. Sobre avaro, misantropo; vivia consigo, sem parentes — nem amigos, nem eleições, nem festas, nem coisa nenhuma. Máximo não sentiu muita comoção à notícia do óbito. Chegou a proferir uma palavra de desdém.

— Vá feito — disse ele, no fim de algum tempo de silêncio —, a terra lhe seja leve, como a bolsa que me deixou.

— Ingrato! — bradou o major. — Fez-te seu herdeiro universal.

O major proferiu estas palavras estendendo os braços para amparar o sobrinho, na queda que lhe daria a comoção; mas, a seu pesar, viu o sobrinho alegre, ou pouco menos triste do que antes, mas sem nenhum delírio. Teve um sobressalto, é certo, e não disfarçou a satisfação da notícia. Pudera! Uma herança de seiscentos contos, pelo menos. Mas daí à vertigem, ao estontear que o major previa, a distância era enorme. Máximo puxou de uma cadeira e sentou-se defronte do tio.

— Não me diga isso! Deveras herdeiro?

— Vim de propósito dar-te a notícia. Causou espanto a muita gente; o Morais Bicudo, que fez tudo para empalmar-lhe a herança, ficou com uma cara de palmo e meio. Dizia-se muita coisa; uns que a fortuna ficava para o Morais, outros que para o vigário etc. Até se disse que uma das escravas seria a herdeira da maior parte. Histórias! Morreu o homem, abre-se o testamento, e lê-se a declaração de que você é o herdeiro universal.

Máximo ouviu contente. No mais recôndito da consciência dele insinuava-se esta reflexão — que a morte do coronel era uma coisa deliciosa, e que nenhuma outra notícia lhe podia ir mais direta e profunda ao coração.

— Vim dizer isto a você — continuou o major —, e trazer um recado de tua mãe.

— Que é?

— Simplesmente saber se você quer continuar a estudar ou se prefere tomar conta da fazenda.

— Que lhe parece?

— A mim nada; você é que decide.

Máximo refletiu um instante.

— Em todo o caso, não é sangria desatada — disse ele —; tenho tempo de escolher.

— Não, porque se você quiser estudar dá-me procuração, e não precisa sair daqui. Agora, se...

— Vosmecê volta hoje mesmo?

— Não, volto sábado.

— Pois amanhã resolveremos isto.

Levantou-se, atirou a cadeira ao lado, bradando que enfim ia tirar o pé do lodo; confessou que o padrinho era um bom homem, apesar de seco e misantropo, e a prova...

— Vivam os defuntos! — concluiu o estudante.

Foi a um pequeno espelho, mirou-se, consertou os cabelos com as mãos; depois deteve-se algum tempo a olhar o soalho. O tom sombrio do rosto dominou logo a alegria da ocasião; e se o major fosse homem sagaz, poderia perceber-lhe nos lábios uma leve expressão de amargura. Mas o major nem era sagaz, nem olhava para ele; olhava para o fumo do chapéu, e consertava-o; depois despediu-se do estudante.

— Não — disse este —; vamos jantar juntos.

O major aceitou. Máximo vestiu-se depressa, e, enquanto se vestia, falava das coisas de Iguaçu e da família. Pela conversa sabemos que a família é pobre, sem influência nem esperança. A mãe do estudante, irmã do major, tinha um pequeno sítio, que mal lhe dava para comer. O major exercia um emprego subalterno, e nem sequer tinha o gosto de ser verdadeiramente major. Chamavam-lhe assim, porque dois anos antes, em 1854, disse-se que ele ia ser nomeado major da Guarda Nacional. Pura invenção, que muita gente acreditou realidade; e visto que lhe deram desde logo o título, repararam com ele o esquecimento do governo.

— Agora, juro-lhe que vosmecê há de ser major de verdade — dizia-lhe Máximo pondo na cabeça o chapéu de pelo de lebre, depois de o escovar com muita minuciosidade.

— Homem, você quer que lhe diga? Isto de política já me não importa. Afinal, é tudo o mesmo...

— Mas há de ser major.

— Não digo que não, mas...

— Mas?

— Enfim, não digo que não.

Máximo abriu a porta e saíram. Ressoaram os passos de ambos no corredor mal alumiado. De um quarto ouviu-se uma cantarola, de outro um monólogo, de outro um tossir longo e cansado.

— É um asmático — disse o estudante ao tio, que punha o pé no primeiro degrau da escada para descer.

— Diabo de casa tão escura — disse ele.

— Arranjarei outra com luz e jardins — redarguiu o estudante.

E dando-lhe o braço, desceram à rua.

II

Naturalmente a leitora notou a impressão de tristeza do estudante, no meio da alegria que lhe trouxe o tio Bento. Não é provável que um herdeiro, na ocasião em que se lhe anuncia a herança, tenha outros sentimentos que não sejam de regozijo; daí uma conclusão da leitora — uma suspeita ao menos — suspeita ou conclusão que a leitora terá formulado nestes termos:

— O Máximo padece do fígado.

Engano! O Máximo não padece do fígado; goza até uma saúde de ferro. A causa secreta da tristeza súbita do Máximo, por mais inverossímil que pareça, é esta:

— O rapaz amava uma galante moça de dezoito anos, moradora na rua dos Arcos, e amava sem ventura.

Desde dois meses fora apresentado em casa do sr. Alcântara, à rua dos Arcos. Era o pai de Eulália, que é a moça em questão. O sr. Alcântara não era rico, exercia um emprego mediano no Tesouro, e vivia com certa economia e discrição; era ainda casado e tinha só duas filhas, a Eulália, e outra, que não passava de sete anos. Era um bom homem, muito inteligente, que se afeiçoou desde logo ao Máximo, e que, se o consultassem, não diria outra coisa senão que o aceitava para genro.

Tal não era a opinião de Eulália. Gostava de conversar com ele — não muito —, ouvia-lhe as graças, porque ele era gracioso, tinha repentes felizes; mas só isso. No dia em que o nosso Máximo se atreveu a interrogar os olhos de Eulália, esta não lhe respondeu coisa nenhuma, antes supôs que fora engano seu. Da segunda vez não havia dúvida; era positivo que o rapaz gostava dela e a interrogava. Eulália não pode ter-se que não comentasse o gesto do rapaz, no dia seguinte, com umas primas.

— Ora vejam!

— Mas que tem? — aventurou uma das primas.

— Que tem? Não gosto dele; parece que é razão bastante. Realmente, há pessoas a quem não se pode dar um pouco de confiança. Só porque conversou um pouco comigo já pensa que é motivo para cair de namoro. Ora não vê!

Quando, no dia seguinte, Máximo chegou à casa do sr. Alcântara, foi recebido com frieza; entendeu que não era correspondido, mas nem por isso desanimou. Sua opinião é que as mulheres não eram mais duras do que as pedras, e entretanto a persistência da água vencia as pedras. Além deste ponto de doutrina, havia uma razão mais forte: ele amava deveras. Cada dia vinha fortalecer a paixão do moço, a ponto de lhe parecer inadmissível outra coisa que não fosse o casamento, e próximo; não sabia como seria próximo o casamento de um estudante sem dinheiro com uma dama que o desdenhava; mas o desejo ocupa-se tão pouco das coisas impossíveis!

Eulália, honra lhe seja, tratou de desenganar as esperanças do estudante, por todos os modos, com o gesto e com a palavra; falava-lhe pouco, e às vezes mal. Não olhava para ele, ou olhava de relance, sem demora nem expressão. Não aplaudia, como outrora, os versos que ele ia ler em casa do pai, menos ainda lhe pedia que recitasse outros, como as primas; estas sempre se lembravam de um *Devaneio*, um *Suspiro ao luar*, *Teus olhos*, *Ela*, *Minha vida por um olhar*, e outros pecados de igual peso, que o leitor pode comprar hoje por seiscentos réis, em brochura, na rua de São José número..., ou por trezentos réis, sem o frontispício. Eulália ouvia todas as belas estrofes compostas especialmente para ela, como se fossem uma página de são Tomás de Aquino.

— Vou arriscar uma carta — disse um dia o rapaz, ao fechar a porta do quarto, da rua da Misericórdia.

Efetivamente entregou-lhe uma carta alguns dias depois, à saída, quando ela já não podia recusá-la. Saiu precipitadamente; Eulália ficou com o papel na mão, mas devolveu-lho no dia seguinte.

Apesar desta recusa e de todas as outras, Máximo conservava a esperança de triunfar enfim da resistência de Eulália, e não a conservava senão porque a paixão era verdadeira e forte, nutrida de si mesma, e irritada por um sentimento de amor-próprio ofendido. O orgulho do rapaz sentia-se humilhado, e, para perdoar, exigia a completa obediência. Imagine-se, portanto, o que seriam as noites dele, no quartinho da rua da Misericórdia, após os desdéns de cada dia.

Na véspera do dia em que o major Bento veio de Iguaçu comunicar ao sobrinho a morte e a herança do padrinho, Máximo reuniu todas as forças e deu batalha campal. Vestiu nesse dia um paletó à moda, umas calças talhadas por mão de mestre, deu-se ao luxo de um cabeleireiro, retesou o princípio de um bigode mal espesso, coligiu nos olhos toda a soma da eletricidade que tinha no organismo, e foi para a rua dos Arcos. Um colega de ano, confidente dos primeiros dias do namoro, costumava fazer do nome da rua uma triste aproximação histórica e militar. — Quando sais tu da *ponte d'Arcole*? — Esta chufa sem graça nem misericórdia doía ao pobre sobrinho do major Bento, como se fosse uma punhalada, mas não o dizia, para não confessar tudo; apesar das primeiras confidências, Máximo era um solitário.

Foi; declarou-se formalmente, Eulália recusou formalmente, mas sem desdém, apenas fria. Máximo voltou para casa abatido e passou uma noite de todos os diabos. Há fortes razões para crer que não almoçou nesse dia, além de três ou quatro xícaras de café. Café e cigarros. Máximo fumou uma quantidade incrível de cigarros. Os vendedores de tabaco certamente contam com as paixões infelizes, as esperas de entrevistas, e outras hipóteses em que o cigarro é confidente obrigado.

Tal era, em resumo, a vida anterior de Máximo, e tal foi a causa da tristeza com que pôde resistir às alegrias de uma herança inesperada — e duas vezes inesperada, pois não contava com a morte, e menos ainda com o testamento do padrinho.

— Vivam os defuntos! — Esta exclamação, com que recebera a notícia do major Bento, não trazia o alvoroço próprio de um herdeiro; a nota era forçada demais.

O major Bento não soube nada daquela paixão secreta. Ao jantar, via-o de quando em quando ficar calado e sombrio, com os olhos fitos na mesa, a fazer bolas de miolo de pão.

— Tu tens alguma coisa, Máximo? — perguntava-lhe.

Máximo estremecia, e procurava sorrir um pouco.

— Não tenho nada.

— Estás assim... um pouco... pensativo...

— Ah! é a lição de amanhã.

— Homem, isto de estudos não deve ir ao ponto de fazer adoecer a gente. Livro faz a cara amarela. Você precisa de distrair-se, não ficar metido naquele buraco da rua da Misericórdia, sem ar nem luz, agarrado aos livros...

Máximo aproveitava estes sermões do tio, e voava outra vez à rua dos Arcos, isto é, às bolas de miolo de pão e aos olhos fitos na mesa. Num desses esquecimentos, e enquanto o tio despia uma costeleta de porco, Máximo disse em voz alta:

— Justo.

— O que é? — perguntou o major.

— Nada.

— Você está falando só, rapaz? Hum? aqui há coisa. Hão de ver as italianas do teatro.

Máximo sorriu, e não explicou ao tio por que motivo lhe saíra aquela palavra da boca, uma palavra seca, nua, vaga, susceptível de mil aplicações. Era um juízo? uma resolução?

III

Máximo teve uma ideia singular: experimentar se Eulália, rebelde ao estudante pobre, não o seria ao herdeiro rico. Nessa mesma noite foi à rua dos Arcos. Ao entrar, disse-lhe o sr. Alcântara:

— Chega a propósito; temos aqui umas moças que ainda não ouviram o *Suspiro ao luar*.

Máximo não se fez de rogado; era poeta; supunha-se grande poeta; em todo caso recitava bem, com certas inflexões langorosas, umas quedas da voz e uns olhos cheios de morte e de vida. Abotoou o paletó com uma intenção chateaubriânica mas o paletó recusou-se a intenções estrangeiras e literárias. Era um prosaico paletó nacional, da rua do Hospício número... A mão ao peito corrigiu um pouco a rebeldia do vestuário; e esta circunstância persuadiu a uma das moças de fora que o jovem estudante não era tão desprezível como lhe havia dito Eulália. E foi assim que os versos começaram a brotar-lhe da boca — a adejar-lhe, que é melhor verbo para o nosso caso.

— Bravo! bravo! — diziam os ouvintes, a cada estrofe.

Depois do *Suspiro ao luar*, veio o *Devaneio*, obra nebulosa e deliciosa ao mesmo tempo, e ainda o *Colo de neve*, até que o Máximo anunciou uns versos inéditos, compostos de fresco, poucos minutos antes de sair de casa. Imaginem! Todos os ouvidos afiaram-se para tão gulosa especiaria literária. E quando ele anunciou que a nova poesia denominava-se *Uma cabana e teu amor* — houve um geral murmúrio de admiração. Máximo preparou-se; tornou a inserir a mão entre o colete e o paletó, e fitou os olhos em Eulália.

— Forte tolo! — disse a moça consigo.

Geralmente, quando uma mulher tem de um homem a ideia que Eulália acabava de formular — está prestes a mandá-lo embora de uma vez ou a adorá-lo em todo o resto da vida. Um moralista dizia que as mulheres são extremas: ou melhores ou piores do que os homens. Extremas são, e daí o meu conceito. A nossa Eulália estava no último fio da tolerância; um pouco mais, e o Máximo ia receber as derradeiras despedidas. Naquela noite mais do que nunca, pareceu-lhe insuportável o estudante. A insistência do olhar — ele, que era tímido —, o ar de soberania, certa consciência de si mesmo, que até então não mostrara, tudo o condenou de uma vez.

— Vamos, vamos — disseram os curiosos ao poeta.

— *Uma cabana e teu amor* — repetiu Máximo.

E começou a recitar os versos. Essa composição intencional dizia que ele, poeta, era pobre, muito pobre, mais pobre do que as aves do céu; mas que à sombra de uma cabana, ao pé dela, seria o mais feliz e mais opulento homem do mundo. As últimas estrofes — juro que não as cito senão por ser fiel à narração — as estrofes derradeiras eram assim:

>   Que me importa não tragas brilhantes,
>   Refulgindo no teu colo nu?
>   Tens nos olhos as joias vibrantes,
>   E a mais nítida pérola és tu.
>
>   Pobre sou, pobre quero ajoelhado,
>   Como um cão amoroso, a teus pés,
>   Viver só de sentir-me adorado,
>   E adorar-te, meu anjo, que o és!

O efeito destes versos foi estrondoso. O sr. Alcântara, que suava no Tesouro todos os dias para evitar a cabana e o almoço, um tanto parco, celebrado nos versos do estudante, aplaudiu entusiasticamente os desejos deste, notou a melodia do ritmo, a doçura da frase etc.

— Oh! muito bonito! muito bonito! — exclamava ele, e repetia entusiasmado:

> Pobre sou, pobre quero ajoelhado,
> Como um cão amoroso a teus pés,
> Amoroso a teus pés... Que mais? Amoroso a teus pés, e... Ah! sim:
> Viver só de sentir-me adorado,
> E adorar-te, meu anjo, que o és!

Note-se — e este rasgo mostrará a força de caráter de Eulália —, note-se que Eulália achou os versos bonitos, e achá-los-ia deliciosos, se os pudesse ouvir com orelhas simpáticas. Achou-os bonitos, mas não os aplaudiu.

"Armou-se uma brincadeira" para usar a expressão do sr. Alcântara, querendo dizer que se dançou um pouco. — Armemos uma brincadeira, bradara ele. Uma das moças foi para o piano, as outras e os rapazes dançaram. Máximo alcançou uma quadrilha de Eulália; no fim da terceira figura disse-lhe baixinho:

— Pobre sou, pobre quero ajoelhado...

— Quem é pobre não tem vícios — respondeu a moça rindo, com um pouco de ferocidade nos olhos e no coração.

Máximo enfiou. Não me amará nunca, pensou ele. Ao chá, restabelecido do golpe, e fortemente mordido do despeito, lembrou-se de dar a ação definitiva, que era noticiar a herança. Tudo isso era tão infantil, tão adoidado, que a língua entorpeceu-se-lhe no melhor momento, e a notícia não lhe saiu da boca. Foi só então que ele pensou na singularidade duma notícia daquelas, em plena ceia de estranhos, depois de uma quadrilha e alguns versos. Esse plano, afagado durante a tarde e a noite, que lhe parecia um prodígio de habilidade, e talvez o fosse deveras, esse plano apareceu-lhe agora pela face obscura, e achou-o ridículo. Minto: achou-o ousado apenas. As visitas começaram a despedir-se, e ele foi obrigado a despedir-se também. Na rua, arrependeu-se, chamou-se covarde, tolo, maricas, todos os nomes feios que um caráter fraco dá a si mesmo, quando perde uma ação. No dia seguinte meteu-se a caminho para Iguaçu.

Seis ou sete semanas depois, tornado de Iguaçu, a notícia da herança era pública. A primeira pessoa que o visitou foi o sr. Alcântara, e força é dizer que a pena com que lhe apareceu era sincera. Ele o aceitara ainda pobre; é que deveras o estimava.

— Agora continua os seus estudos, não é? — perguntou ele.

— Não sei — disse o rapaz —; pode ser que não.

— Como assim?

— Estou com ideias de ir estudar na Europa, na Alemanha, por exemplo; em todo o caso, não irei este ano. Estou moço, não preciso ganhar a vida, posso esperar.

O sr. Alcântara deu a notícia à família. Um irmão de Eulália não se teve que não lançasse em rosto à irmã os seus desdéns, e sobretudo a crueldade com que os manifestara.

— Mas se não gosto dele, e agora? — dizia a moça.

E dizia isso arrebitando o nariz, e com um jeito de ombros, seco, frio, enfarado, amofinado.

— Ao menos confesse que é um moço de talento — insistiu o irmão.

— Não digo que não.

— De muito talento.

— Creio que sim.

— Se é! Que bonitos versos que ele faz! E depois não é feio. Você dirá que o Máximo é um rapaz feio?

— Não, não digo.

Uma prima, casada, teve para Eulália os mesmos reparos. A essa confessou Eulália que o Máximo nunca se declarara deveras, embora lhe mandasse algumas cartas. — Podia ser caçoada de estudante — disse ela.

— Não creio.

— Podia.

Eulália — e aqui começa a explicar-se o título deste conto — Eulália era de um moreno pálido. Ou doença, ou melancolia, ou pó-de-arroz, começou a ficar mais pálida depois da herança de Iguaçu. De maneira que, quando o estudante lá voltou um mês depois, admirou-se de a ver, e de certa maneira sentiu-se mais ferido. A palidez de Eulália tinha-lhe dado uns trinta versos; porque ele, romântico acabado, do grupo clorótico, amava as mulheres pela falta de sangue e de carnes. Eulália realizara um sonho; ao voltar de Iguaçu o sonho era simplesmente divino.

Isto acabaria aqui mesmo, se Máximo não fosse, além de romântico, dotado de uma delicadeza e de um amor-próprio extraordinários. Essa era a outra feição principal dele, a que me dá esta novelita; porque se tal não fora... Mas eu não quero usurpar a ação do capítulo seguinte.

IV

— Quem é pobre não tem vícios. Esta frase ainda ressoava aos ouvidos de Máximo, quando já a pálida Eulália mostrava-se outra para com ele — outra cara, outras maneiras, e até outro coração. Agora, porém, era ele que desdenhava. Em vão a filha do sr. Alcântara, para resgatar o tempo perdido e as justas mágoas, requebrava os olhos até onde eles podiam ir sem desdouro nem incômodo, sorria, fazia o diabo; mas, como não fazia a única ação necessária, que era apagar literalmente o passado, não adiantava uma linha; a situação era a mesma.

Máximo deixou de frequentar a casa algumas semanas depois da volta de Iguaçu, e Eulália voltou as esperanças para outro ponto menos nebuloso. Não nego que as noivas começaram a chover sobre o recente herdeiro, porque negaria a verdade conhecida por tal; não foi chuva, foi tempestade, foi um tufão de noivas, qual mais bela, qual mais prendada, qual mais disposta a fazê-lo o mais feliz dos homens. Um antigo companheiro da Escola de Medicina apresentou-o a uma irmã, realmente galante, d. Felismina. O nome é que era feio; mas que é um nome? *What is a name?* como diz a flor dos Capuletos.

— Dona Felismina tem um defeito — disse Máximo a uma prima dela —, um defeito capital; dona Felismina não é pálida, muito pálida.

Esta palavra foi um convite às pálidas. Quem se sentia bastante pálida afiava os olhos contra o peito do ex-estudante, que em certo momento achou-se uma espécie de hospital de convalescentes. A que se seguiu logo foi uma d. Rosinha, criatura linda como os amores.

— Não podes negar que dona Rosinha é pálida — dizia-lhe um amigo.

— É verdade, mas não é ainda bem pálida, quero outra mais pálida.

D. Amélia, com quem se encontrou um dia no Passeio Público, devia realizar o sonho ou o capricho de Máximo; era difícil ser mais pálida. Era filha de um médico, e uma das belezas do tempo. Máximo foi apresentado por um parente, e dentro de poucos dias frequentava a casa. Amélia apaixonou-se logo por ele, não era difícil — já não digo por ser abastado, mas por ser realmente belo. Quanto ao rapaz, ninguém podia saber se ele deveras gostava da moça, ninguém lhe ouvia coisa nenhuma. Falava com ela, louvava-lhe os olhos, as mãos, a boca, as maneiras, e chegou a dizer que a achava muito pálida, e nada mais.

— Ande lá — disse-lhe enfim um amigo —, desta vez creio que encontraste a palidez mestra.

— Ainda não — tornou Máximo —; dona Amélia é pálida, mas eu procuro outra mulher mais pálida.

— Impossível.

— Não é impossível. Quem pode dizer que é impossível uma coisa ou outra? Não é impossível; ando atrás da mulher mais pálida do universo; estou moço, posso esperá-la.

Um médico, das relações do ex-estudante, começou a desconfiar que ele tivesse algum transtorno, perturbação, qualquer coisa que não fosse a integridade mental; mas, comunicando essa suspeita a alguém, achou a maior resistência em crer-lha.

— Qual doido! — respondeu a pessoa. — Essa história de mulheres pálidas é ainda o despeito que lhe ficou da primeira, e um pouco de fantasia de poeta. Deixe passar mais uns meses, e vê-lo-emos coradinho como uma pitanga.

Passaram-se quatro meses; apareceu uma Justina, viúva, que tratou de apoderar-se logo do coração do rapaz, o que lhe custaria tanto menos quanto que era talvez a criatura mais pálida do universo. Não só pálida de si mesma, como pálida também pelo contraste das roupas de luto. Máximo não encobriu a forte impressão que a dama lhe deixou. Era uma senhora de vinte e um a vinte e dois anos, alta, fina, de um talhe elegante e esbelto, e umas feições de gravura. Pálida, mas sobretudo pálida.

Ao fim de quinze dias o Máximo frequentava a casa com uma pontualidade de alma ferida, os parentes de Justina trataram de escolher as prendas nupciais, os amigos de Máximo anunciaram o casamento próximo, as outras candidatas retiraram-se. No melhor da festa, quando se imaginava que ele ia pedi-la, Máximo afastou-se da casa. Um amigo lançou-lhe em rosto tão singular procedimento.

— Qual? — disse ele.

— Dar esperanças a uma senhora tão distinta...

— Não dei esperanças a ninguém.

— Mas enfim não podes negar que é bonita?

— Não.

— Que te ama?

— Não digo que não, mas...

— Creio que também gostas dela...
— Pode ser que sim.
— Pois então?
— Não é bem pálida; eu quero a mulher mais pálida do universo.

Como estes fatos se reproduzissem, a ideia de que Máximo estava doido foi passando de um em um, e dentro em pouco era opinião. O tempo parecia confirmar a suspeita. A condição da palidez que ele exigia da noiva tornou-se pública. Sobre a causa da monomania disse-se que era Eulália, uma moça da rua dos Arcos, mas acrescentou-se que ele ficara assim porque o pai da moça recusara o seu consentimento, quando ele era pobre; e dizia-se mais que Eulália também estava doida. Lendas, lendas. A verdade é que nem por isso deixava de aparecer uma ou outra pretendente ao coração de Máximo; mas ele recusava-as todas, asseverando que a mais pálida ainda não havia aparecido.

Máximo padecia do coração. A moléstia agravou-se rapidamente; e foi então que duas ou três candidatas mais intrépidas resolveram-se a queimar todos os cartuchos para conquistar esse mesmo coração, embora doente, ou *parce que*... Mas, em vão! Máximo achou-as muito pálidas, mas ainda menos pálidas do que seria a mulher mais pálida do universo.

Vieram os parentes de Iguaçu; o tio major propôs uma viagem à Europa; ele porém recusou.

— Para mim — disse ele —, é claro que acharei a mulher mais pálida do mundo, mesmo sem sair do Rio de Janeiro.

Nas últimas semanas, uma vizinha dele, em Andaraí, moça tísica, e pálida como as tísicas, propôs-lhe rindo, de um riso triste, que se casassem, porque ele não acharia mulher mais pálida.

— Acho, acho; mas se não achar, caso com a senhora.

A vizinha morreu daí a duas semanas; Máximo levou-a ao cemitério.

Mês e meio depois, uma tarde, antes de jantar, estando o pobre rapaz a escrever uma carta para o interior, foi acometido de uma congestão pulmonar, e caiu. Antes de cair teve tempo de murmurar.

— Pálida... pálida...

Uns pensavam que ele se referia à morte, como a noiva mais pálida, que ia enfim desposar, outros, acreditaram que eram saudades da dama tísica, outros que de Eulália etc. Alguns creem simplesmente que ele estava doido; e esta opinião, posto que menos romântica, é talvez a mais verdadeira. Em todo caso, foi assim que ele morreu, pedindo uma pálida, e abraçando-se à pálida morte. *Pallida mors* etc.

A Estação, *15 de agosto a 30 de setembro de 1881; M. de A.*

O imortal

I

— Meu pai nasceu em 1600...

— Perdão, em 1800, naturalmente...

— Não, senhor — replicou o dr. Leão, de um modo grave e triste —; foi em 1600.

Estupefação dos ouvintes, que eram dois, o coronel Bertioga, e o tabelião da vila, João Linhares. A vila era na província fluminense; suponhamos Itaboraí ou Sapucaia. Quanto à data, não tenho dúvida em dizer que foi no ano de 1855, uma noite de novembro, escura como breu, quente como um forno, passante de nove horas. Tudo silêncio. O lugar em que os três estavam era a varanda que dava para o terreiro. Um lampião de luz frouxa, pendurado de um prego, sublinhava a escuridão exterior. De quando em quando, gania um seco e áspero vento, mesclando-se ao som monótono de uma cachoeira próxima. Tal era o quadro e o momento, quando o dr. Leão insistiu nas primeiras palavras da narrativa.

— Não, senhor; nasceu em 1600.

Médico homeopata — a homeopatia começava a entrar nos domínios da nossa civilização — este dr. Leão chegara à vila, dez ou doze dias antes, provido de boas cartas de recomendação, pessoais e políticas. Era um homem inteligente, de fino trato e coração benigno. A gente da vila notou-lhe certa tristeza no gesto, algum retraimento nos hábitos, e até uma tal ou qual sequidão de palavras, sem embargo da perfeita cortesia; mas tudo foi atribuído ao acanho dos primeiros dias e às saudades da corte. Contava trinta anos, tinha um princípio de calva, olhar baço e mãos episcopais. Andava propagando o novo sistema.

Os dois ouvintes continuavam pasmados. A dúvida fora posta pelo dono da casa, o coronel Bertioga, e o tabelião ainda insistiu no caso, mostrando ao médico a impossibilidade de ter o pai nascido em 1600. Duzentos e cinquenta e cinco anos antes! dois séculos e meio! Era impossível. Então, que idade tinha ele? e de que idade morreu o pai?

— Não tenho interesse em contar-lhes a vida de meu pai — respondeu o dr. Leão. — Falaram-me no macróbio que mora nos fundos da matriz; disse-lhes que, em negócio de macróbios, conheci o que há mais espantoso no mundo, um homem imortal...

— Mas seu pai não morreu? — disse o coronel.

— Morreu.

— Logo, não era imortal — concluiu o tabelião triunfante. — Imortal se diz quando uma pessoa não morre, mas seu pai morreu.

— Querem ouvir-me?

— Homem, pode ser — observou o coronel meio abalado. — O melhor é ouvir a história. Só o que digo é que mais velho do que o Capataz nunca vi ninguém. Está mesmo caindo de maduro. Seu pai devia estar também muito velho...?

— Tão moço como eu. Mas para que me fazem perguntas soltas? Para se espantarem cada vez mais, porque na verdade a história de meu pai não é fácil de crer.

Posso contá-la em poucos minutos.

Excitada a curiosidade, não foi difícil impor-lhes silêncio. A família toda estava acomodada, os três eram sós na varanda, o dr. Leão contou enfim a vida do pai, nos termos em que o leitor vai ver, se se der o trabalho de ler o segundo e os outros capítulos.

II
— Meu pai nasceu em 1600, na cidade de Recife.

Aos vinte e cinco anos tomou o hábito franciscano, por vontade de minha avó, que era profundamente religiosa. Tanto ela como o marido eram pessoas de bom nascimento — "bom sangue", como dizia meu pai, afetando a linguagem antiga.

Meu avô descendia da nobreza de Espanha, e minha avó era de uma grande casa do Alentejo. Casaram-se ainda na Europa, e, anos depois, por motivos que não vêm ao caso dizer, transportaram-se ao Brasil, onde ficaram e morreram. Meu pai dizia que poucas mulheres tinha visto tão bonitas como minha avó. E olhem que ele amou as mais esplêndidas mulheres do mundo. Mas não antecipemos.

Tomou meu pai o hábito, no convento de Iguaraçu, onde ficou até 1639, ano em que os holandeses, ainda uma vez, assaltaram a povoação. Os frades deixaram precipitadamente o convento; meu pai, mais remisso do que os outros (ou já com o intento de deitar o hábito às urtigas), deixou-se ficar na cela, de maneira que os holandeses o foram achar no momento em que recolhia alguns livros pios e objetos de uso pessoal. Os holandeses não o trataram mal. Ele os regalou com o melhor da ucharia franciscana, onde a pobreza é de regra. Sendo uso daqueles frades alternarem-se no serviço da cozinha, meu pai entendia da arte, e esse talento foi mais um encanto ao aparecer do inimigo.

No fim de duas semanas, o oficial holandês ofereceu-lhe um salvo-conduto, para ir aonde lhe parecesse; mas meu pai não o aceitou logo, querendo primeiro considerar se devia ficar com os holandeses, e, à sombra deles desamparar a Ordem, ou se lhe era melhor buscar vida por si mesmo. Adotou o segundo alvitre, não só por ter o espírito aventureiro, curioso e audaz, como porque era patriota, e bom católico, apesar da repugnância à vida monástica, e não quisera misturar-se com o herege invasor. Aceitou o salvo-conduto e deixou Iguaraçu.

Não se lembrava ele, quando me contou essas coisas, não se lembrava mais do número de dias que despendeu sozinho por lugares ermos, fugindo de propósito ao povoado, não querendo ir a Olinda ou Recife, onde estavam os holandeses. Comidas as provisões que levava, ficou dependente de alguma caça silvestre e frutas. Deitara, com efeito, o hábito às urtigas; vestia uns calções flamengos, que o oficial lhe dera, e uma camisola ou jaquetão de couro. Para encurtar razões, foi ter a uma aldeia de gentio, que o recebeu muito bem, com grandes carinhos e obséquios. Meu pai era talvez o mais insinuante dos homens. Os índios ficaram embeiçados por ele, mormente o chefe, um guerreiro velho, bravo e generoso, que chegou a dar-lhe a filha em casamento. Já então minha avó era morta, e meu avô desterrado para a Holanda, notícias que meu pai teve, casualmente, por um antigo servo da casa. Deixou-se estar, pois, na aldeia, com o gentio, até o ano de 1642, em que o guerreiro faleceu.

Este caso do falecimento é que é maravilhoso: peço-lhes a maior atenção.

O coronel e o tabelião aguçaram os ouvidos, enquanto o dr. Leão extraía pausadamente uma pitada e inseria-a no nariz, com a pachorra de quem está negaceando uma coisa extraordinária.

III

Uma noite, o chefe indígena — chamava-se Pirajuá — foi à rede de meu pai, anunciou-lhe que tinha de morrer, pouco depois de nascer o sol, e que ele estivesse pronto para acompanhá-lo fora, antes do momento último. Meu pai ficou alvoroçado, não por lhe dar crédito, mas por supô-lo delirante. Sobre a madrugada, o sogro veio ter com ele.

— Vamos — disse-lhe.

— Não, agora não: estás fraco, muito fraco.

— Vamos! — repetiu o guerreiro.

E, à luz de uma fogueira expirante, viu-lhe meu pai a expressão intimativa do rosto, e um certo ar diabólico, em todo caso extraordinário, que o aterrou. Levantou-se, acompanhou-o na direção de um córrego. Chegando ao córrego, seguiram pela margem esquerda, acima, durante um tempo que meu pai calculou ter sido um quarto de hora. A madrugada acentuava-se; a lua fugia diante dos primeiros anúncios do sol. Contudo, e apesar da vida do sertão que meu pai levava desde alguns tempos, a aventura assustava-o; seguia vigiando o sogro, com receio de alguma traição. Pirajuá ia calado, com os olhos no chão, e a fronte carregada de pensamentos, que podiam ser cruéis ou somente tristes. E andaram, andaram, até que Pirajuá disse:

— Aqui.

Estavam diante de três pedras, dispostas em triângulo. Pirajuá sentou-se numa, meu pai noutra. Depois de alguns minutos de descanso:

— Arreda aquela pedra — disse o guerreiro, apontando para a terceira, que era a maior.

Meu pai levantou-se e foi à pedra. Era pesada, resistiu ao primeiro impulso; mas meu pai teimou, aplicou todas as forças, a pedra cedeu um pouco, depois mais, enfim foi removida do lugar.

— Cava o chão — disse o guerreiro.

Meu pai foi buscar uma lasca de pau, uma taquara ou não sei quê, e começou a cavar o chão. Já então estava curioso de ver o que era. Tinha-lhe nascido uma ideia — algum tesouro enterrado, que o guerreiro, receoso de morrer, quisesse entregar-lhe. Cavou, cavou, cavou, até que sentiu um objeto rijo; era um vaso tosco, talvez uma igaçaba. Não o tirou, não chegou mesmo a arredar a terra em volta dele. O guerreiro aproximou-se, desatou o pedaço de couro de anta que lhe cobria a boca, meteu dentro o braço, e tirou um boião. Este boião tinha a boca tapada com outro pedaço de couro.

— Vem cá — disse o guerreiro.

Sentaram-se outra vez. O guerreiro tinha o boião sobre os joelhos, tapado, misterioso, aguçando a curiosidade de meu pai, que ardia por saber o que havia ali dentro.

— Pirajuá vai morrer — disse ele —; vai morrer para nunca mais. Pirajuá ama guerreiro branco, esposo de Maracujá, sua filha; e vai mostrar um segredo como não há outro.

Meu pai estava trêmulo. O guerreiro desatou lentamente o couro que tapava o boião. Destapado, olhou para dentro, levantou-se, e veio mostrá-lo a meu pai. Era um líquido amarelado, de um cheiro acre e singular.

— Quem bebe isto, um gole só, nunca mais morre.

— Oh! bebe, bebe! — exclamou meu pai com vivacidade.

Foi um movimento de afeto, um ato irrefletido de verdadeira amizade filial, porque só um instante depois é que meu pai advertiu que não tinha, para crer na notícia que o sogro lhe dava, senão a palavra do mesmo sogro, cuja razão supunha perturbada pela moléstia. Pirajuá sentiu o espontâneo da palavra de meu pai, e agradeceu-lha; mas abanou a cabeça.

— Não — disse ele —; Pirajuá não bebe, Pirajuá quer morrer. Está cansado, viu muita lua, muita lua. Pirajuá quer descansar na terra, está aborrecido. Mas Pirajuá quer deixar este segredo a guerreiro branco; está aqui; foi feito por um velho pajé de longe, muito longe... Guerreiro branco bebe, não morre mais.

Dizendo isto, tornou a tapar a boca do boião, e foi metê-lo outra vez dentro da igaçaba. Meu pai fechou depois a boca da mesma igaçaba, e repôs a pedra em cima. O primeiro clarão do sol vinha apontando. Voltaram para casa depressa; antes mesmo de tomar a rede, Pirajuá faleceu.

Meu pai não acreditou na virtude do elixir. Era absurdo supor que um tal líquido pudesse abrir uma exceção na lei da morte. Era naturalmente algum remédio, se não fosse algum veneno; e neste caso, a mentira do índio estava explicada pela turvação mental que meu pai lhe atribuiu. Mas, apesar de tudo, nada disse aos demais índios da aldeia, nem à própria esposa. Calou-se — nunca me revelou o motivo do silêncio: creio que não podia ser outro senão o próprio influxo do mistério.

Tempos depois, adoeceu, e tão gravemente que foi dado por perdido. O curandeiro do lugar anunciou a Maracujá que ia ficar viúva. Meu pai não ouviu a notícia, mas leu-a em uma página de lágrimas, no rosto da consorte, e sentiu em si mesmo que estava acabado. Era forte, valoroso, capaz de encarar todos os perigos; não se aterrou, pois, com a ideia de morrer, despediu-se dos vivos, fez algumas recomendações e preparou-se para a grande viagem.

Alta noite, lembrou-se do elixir, e perguntou a si mesmo se não era acertado tentá-lo. Já agora a morte era certa, que perderia ele com a experiência? A ciência de um século não sabia tudo; outro século vem e passa adiante. Quem sabe, dizia ele consigo, se os homens não descobrirão um dia a imortalidade, e se o elixir científico não será esta mesma droga selvática? O primeiro que curou a febre maligna fez um prodígio. Tudo é incrível antes de divulgado. E, pensando assim, resolveu transportar-se ao lugar da pedra, à margem do arroio; mas não quis ir de dia, com medo de ser visto. De noite, ergueu-se, e foi, trôpego, vacilante, batendo o queixo. Chegou à pedra, arredou-a, tirou o boião, e bebeu metade do conteúdo. Depois sentou-se para descansar. Ou o descanso, ou o remédio, alentou-o logo. Ele tornou a guardar o boião; daí a meia hora estava outra vez na rede. Na seguinte manhã estava bom...

— Bom de todo? — perguntou o tabelião João Linhares, interrompendo o narrador.

— De todo.

— Era algum remédio para febre...

Foi isto mesmo o que ele pensou, quando se viu bom. Era algum remédio para febre e outras doenças; e nisto ficou; mas, apesar do efeito da droga, não a descobriu a ninguém. Entretanto, os anos passaram, sem que meu pai envelhecesse; qual era no tempo da moléstia, tal ficou. Nenhuma ruga, nenhum cabelo branco. Moço, perpetuamente moço. A vida do mato começara a aborrecê-lo; ficara ali por gratidão ao sogro; as saudades da civilização vieram tomá-lo. Um dia, a aldeia foi invadida por uma horda de índios de outra, não se sabe por que motivo, nem importa ao nosso caso. Na luta pereceram muitos, meu pai foi ferido, e fugiu para o mato. No dia seguinte veio à aldeia, achou a mulher morta. As feridas eram profundas; curou-as com o emprego de remédios usuais; e restabeleceu-se dentro de poucos dias. Mas os sucessos confirmaram-no no propósito de deixar a vida semi-selvagem e tornar à vida civilizada e cristã. Muitos anos se tinham passado depois da fuga do convento de Iguaraçu; ninguém mais o reconheceria. Um dia de manhã deixou a aldeia, com o pretexto de ir caçar; foi primeiro ao arroio, desviou a pedra, abriu a igaçaba, tirou o boião, onde deixara um resto do elixir. A ideia dele era fazer analisar a droga na Europa, ou mesmo em Olinda ou no Recife, ou na Bahia, por algum entendido em coisas de química e farmácia. Ao mesmo tempo não podia furtar-se a um sentimento de gratidão; devia àquele remédio a saúde. Com o boião ao lado, a mocidade nas pernas e a resolução no peito, saiu dali, caminho de Olinda e da eternidade.

IV

— Não posso demorar-me em pormenores — disse o dr. Leão aceitando o café que o coronel mandara trazer. — São quase dez horas...

— Que tem? — perguntou o coronel. — A noite é nossa; e, para o que temos de fazer amanhã, podemos dormir quando bem nos parecer. Eu por mim não tenho sono. E você, senhor João Linhares?

— Nem um pingo — respondeu o tabelião.

E teimou com o dr. Leão para contar tudo, acrescentando que nunca ouvira nada tão extraordinário. Note-se que o tabelião presumia ser lido em histórias antigas, e passava na vila por um dos homens mais ilustrados do Império; não obstante, estava pasmado. Ele contou ali mesmo, entre dois goles de café, o caso de Matusalém, que viveu novecentos e sessenta e nove anos, e o de Lameque, que morreu com setecentos e setenta e sete; mas, explicou logo, porque era um espírito forte, que esses e outros exemplos da cronologia hebraica não tinham fundamento científico...

— Vamos, vamos ver agora o que aconteceu a seu pai — interrompeu o coronel.

O vento, de esfalfado, morrera; e a chuva começava a rufar nas folhas das árvores, a princípio com intermitências, depois mais contínua e basta. A noite refrescou um pouco. O dr. Leão continuou a narração, e apesar de dizer que não podia demorar-se nos pormenores, contou-os com tanta miudeza, que não me atrevo a pô-los tais quais nestas páginas; seria fastidioso. O melhor é resumi-lo.

Rui de Leão, ou antes Rui Garcia de Meireles e Castro Azevedo de Leão, que assim se chamava o pai do médico, pouco tempo se demorou em Pernambuco. Um ano depois, em 1654, cessava o domínio holandês. Rui de Leão assistiu às alegrias da vitória, e passou-se ao reino, onde casou com uma senhora nobre de Lisboa.

Teve um filho; e perdeu o filho e a mulher no mesmo mês de março de 1661. A dor que então padeceu foi profunda; para distrair-se visitou a França e a Holanda. Mas na Holanda, ou por motivo de uns amores secretos, ou por ódio de alguns judeus descendentes ou naturais de Portugal, com quem entreteve relações comerciais na Haia, ou enfim por outros motivos desconhecidos, Rui de Leão não pôde viver tranquilo muito tempo; foi preso e conduzido para a Alemanha, donde passou à Hungria, a algumas cidades italianas, à França e finalmente à Inglaterra. Na Inglaterra estudou o inglês profundamente; e, como sabia o latim, aprendido no convento, o hebraico, que lhe ensinara na Haia o famoso Espinosa, de quem foi amigo, e que talvez deu causa ao ódio que os outros judeus lhe criaram; o francês e o italiano, parte do alemão e do húngaro, tornou-se em Londres objeto de verdadeira curiosidade e veneração. Era buscado, consultado, ouvido, não só por pessoas do vulgo ou idiotas, como por letrados, políticos e personagens da corte.

Convém dizer que em todos os países por onde andara tinha ele exercido os mais contrários ofícios: soldado, advogado, sacristão, mestre de dança, comerciante e livreiro. Chegou a ser agente secreto da Áustria, guarda pontifício e armador de navios. Era ativo, engenhoso, mas pouco persistente, a julgar pela variedade das coisas que empreendeu; ele, porém, dizia que não, que a sorte é que sempre lhe foi adversa. Em Londres, onde o vemos agora, limitou-se ao mister de letrado e gamenho; mas não tardou que voltasse a Haia, onde o esperavam alguns dos amores velhos, e não poucos recentes.

Que o amor, força é dizê-lo, foi uma das causas da vida agitada e turbulenta do nosso herói. Ele era pessoalmente um homem galhardo, insinuante, dotado de um olhar cheio de força e magia. Segundo ele mesmo contou ao filho, deixou muito longe o algarismo dom-juanesco das *mille e tre*. Não podia dizer o número exato das mulheres a quem amara, em todas as latitudes e línguas, desde a selvagem Maracujá de Pernambuco até a bela cipriota ou à fidalga dos salões de Paris e Londres; mas calculava em não menos de cinco mil mulheres. Imagina-se facilmente que uma tal multidão devia conter todos os gêneros possíveis da beleza feminil: louras, morenas, pálidas, coradas, altas, meãs, baixinhas, magras ou cheias, ardentes ou lânguidas, ambiciosas, devotas, lascivas, poéticas, prosaicas, inteligentes, estúpidas; — sim, também estúpidas, e era opinião dele que a estupidez das mulheres era graciosa, ao contrário da dos homens, que participava da aspereza viril.

— Há casos — dizia ele — em que uma mulher estúpida tem o seu lugar.

De Haia, entre os novos amores, deparou-se-lhe um que o prendeu por longo tempo: *lady* Ema Sterling, senhora inglesa, ou antes irlandesa, pois descendia de uma família de Dublin. Era formosa, resoluta, audaz — tão audaz que chegou a propor ao amante uma expedição a Pernambuco para conquistar a capitania, e aclamarem-se reis do novo Estado. Tinha dinheiro, podia levantar muito mais, chegou mesmo a sondar alguns armadores e comerciantes, e antigos militares que ardiam por uma desforra. Rui de Leão ficou aterrado com a proposta da amante, e não lhe deu crédito; mas *lady* Ema insistiu e mostrou-se tão de rocha, que ele reconheceu enfim achar-se diante de uma ambiciosa verdadeira. Era, todavia, homem de senso; viu que a empresa, por mais bem organizada que fosse, não passaria de tentativa desgraçada; disse-lho a ela; mostrou-lhe que, se a Holanda inteira tinha recuado, não era fácil que um particular chegasse a obter ali domínio seguro, nem ainda instantâneo. *Lady* Ema abriu mão do plano, mas não perdeu a ideia de o exalçar a alguma grande situação.

— Tu serás rei ou duque...
— Ou cardeal — acrescentava ele rindo.
— Por que não cardeal?

Lady Ema fez com que Rui de Leão entrasse daí a pouco na conspiração que deu em resultado a invasão da Inglaterra, a guerra civil, e a morte enfim dos principais cabos da rebelião. Vencida esta, *lady* Ema não deu por vencida. Ocorreu-lhe então uma ideia espantosa. Rui de Leão inculcava ser o próprio pai do duque de Monmouth, suposto filho natural de Carlos II, e caudilho principal dos rebeldes. A verdade é que eram parecidos como duas gotas d'água. Outra verdade é que *lady* Ema, por ocasião da guerra civil, tinha o plano secreto de fazer matar o duque, se ele triunfasse, e substituí-lo pelo amante, que assim subiria ao trono de Inglaterra. O pernambucano, escusado é dizê-lo, não soube de semelhante aleivosia, nem lhe daria seu assentimento. Entrou na rebelião, viu-a perecer ao sangue e no suplício, e tratou de esconder-se. Ema acompanhou-o; e, como a esperança do cetro não lhe saía do coração, passado algum tempo fez correr que o duque não morrera, mas sim um amigo tão parecido com ele, e tão dedicado, que o substituiu no suplício.

— O duque está vivo, e dentro de pouco aparecerá ao nobre povo da Grã-Bretanha — sussurrava ela aos ouvidos.

Quando Rui de Leão efetivamente apareceu, a estupefação foi grande, o entusiasmo reviveu, o amor deu alma a uma causa, que o carrasco supunha ter acabado na Torre de Londres. Donativos, presentes, armas, defensores, tudo veio às mãos do audaz pernambucano, aclamado rei, e rodeado logo de um troço de varões resolutos a morrer pela mesma causa.

— Meu filho — disse ele, século e meio depois, ao médico homeopata — dependeu de muito pouco não teres nascido príncipe de Gales... Cheguei a dominar cidades e vilas, expedi leis, nomeei ministros, e, ainda assim, resisti a duas ou três sedições militares que pediam a queda dos dois últimos gabinetes. Tenho para mim que as dissensões internas ajudaram as forças legais, e devo-lhes a minha derrota. Ao cabo, não me zanguei com elas; a luta fatigara-me; não minto dizendo que o dia da minha captura foi para mim de alívio. Tinha visto, além da primeira, duas guerras civis, uma dentro da outra, uma cruel, outra ridícula, ambas insensatas. Por outro lado, vivera muito, e uma vez que me não executassem, que me deixassem preso ou me exilassem para os confins da terra, não pedia nada mais aos homens, ao menos durante alguns séculos... Fui preso, julgado e condenado à morte. Dos meus auxiliares não poucos negaram tudo; creio mesmo que um dos principais morreu na Câmara dos Lordes. Tamanha ingratidão foi um princípio de suplício. Ema, não; essa nobre senhora não me abandonou; foi presa, condenada, e perdoada; mas não me abandonou. Na véspera de minha execução, veio ter comigo, e passamos juntos as últimas horas. Disse-lhe que não me esquecesse, dei-lhe uma trança de cabelos, pedi-lhe que perdoasse ao carrasco... Ema prorrompeu em soluços; os guardas vieram buscá-la. Ficando só, recapitulei a minha vida, desde Iguaraçu até a Torre de Londres. Estávamos então em 1686; tinha eu oitenta e seis anos, sem parecer mais de quarenta. A aparência era a da eterna juventude; mas o carrasco ia destruí-la num instante. Não valia a pena ter bebido metade do elixir e guardado comigo o misterioso boião, para acabar tragicamente no cepo do cadafalso... Tais foram as minhas ideias naquela noite. De manhã preparei-me para a morte. Veio o padre, vieram os soldados, e o carrasco. Obedeci maquinalmente. Caminhamos todos, subi ao cadafalso, não fiz discurso; inclinei o pescoço sobre o cepo, o carrasco deixou cair a arma, senti uma flor penetrante, uma angústia enorme, como que a parada súbita do coração; mas essa sensação foi tão grande como rápida; no instante seguinte tornara ao estado natural. Tinha no pescoço algum sangue, mas pouco e quase seco. O carrasco recuou, o povo bramiu que me matassem. Inclinaram-me a cabeça, e o carrasco fazendo apelo a todos os seus músculos e princípios, descarregou outro golpe, e maior, se é possível, capaz de abrir-me ao mesmo tempo a sepultura, como já se disse de um valente. A minha sensação foi igual à primeira na intensidade e na brevidade; reergui a cabeça. Nem o magistrado nem o padre consentiram que se desse outro golpe. O povo abalou-se, uns chamaram-me santo, outros diabo, e ambas essas opiniões eram defendidas nas tabernas à força de punho e de aguardente. Diabo ou santo, fui presente aos médicos da corte. Estes ouviram o depoimento do magistrado, do padre, do carrasco, de alguns soldados, e concluíram que, uma vez dado o golpe, os tecidos do pescoço ligavam-se outra vez rapidamente, e assim os mesmos ossos, e não chegavam a explicar um tal fenômeno. Pela minha parte, em vez de contar o caso do elixir, calei-me; preferi aproveitar as vantagens do mistério. Sim, meu filho; não imaginas a impressão de toda a Inglaterra, os bilhetes amorosos que recebi das mais finas duquesas, os versos, as flores, os presentes, as metáforas. Um poeta chamou-me Anteu. Um jovem protestante demonstrou-me que eu era o mesmo Cristo.

V
O narrador continuou:
— Já veem, pelo que lhes contei, que não acabaria hoje nem em toda esta semana, se quisesse referir miudamente a vida inteira de meu pai. Algum dia o farei, mas por escrito, e cuido que a obra dará cinco volumes, sem contar os documentos...
— Que documentos? — perguntou o tabelião.
— Os muitos documentos comprobatórios que possuo, títulos, cartas, traslados de sentenças, de escrituras, cópias de estatísticas... Por exemplo, tenho uma certidão de recenseamento de um certo bairro de Gênova, onde meu pai morreu em 1742; traz o nome dele, com declaração do lugar em que nasceu...
— E com a verdadeira idade? — perguntou o coronel.
— Não. Meu pai andou sempre entre os quarenta e os cinquenta. Chegando aos cinquenta, cinquenta e poucos, voltava para trás; e era-lhe fácil fazer isto, porque não esquentava lugar; vivia cinco, oito, dez, doze anos numa cidade, e passava a outra... Pois tenho muitos documentos que juntarei, entre outros, o testamento de *lady* Ema, que morreu pouco depois da execução gorada de meu pai. Meu pai dizia-me que entre as muitas saudades que a vida lhe ia deixando, *lady* Ema era das mais fortes e profundas. Nunca viu mulher mais sublime, nem amor mais constante, nem dedicação mais cega. E a morte confirmou a vida, porque o herdeiro de *lady* Ema foi meu pai. Infelizmente, a herança teve outros reclamantes, e o testamento entrou em processo. Meu pai, não podendo residir em Inglaterra, concordou na proposta de um amigo providencial que veio a Lisboa dizer-lhe que tudo estava perdi-

do; quando muito poderia salvar um restozinho de nada, e ofereceu-lhe por esse direito problemático uns dez mil cruzados. Meu pai aceitou-os; mas, tão caipora que o testamento foi aprovado, e a herança passou às mãos do comprador...

— E seu pai ficou pobre...

— Com os dez mil cruzados, e pouco mais que apurou. Teve então ideia de meter-se no negócio de escravos; obteve privilégio, armou um navio, e transportou africanos para o Brasil. Foi a parte da vida que mais lhe custou; mas afinal acostumou-se às tristes obrigações de um navio negreiro. Acostumou-se, e enfarou-se, que era outro fenômeno na vida dele. Enfarava-se dos ofícios. As longas solidões do mar alargaram-lhe o vazio interior. Um dia refletiu, e perguntou a si mesmo se chegaria a habituar-se tanto à navegação, que tivesse de varrer o oceano, por todos os séculos dos séculos. Criou medo; e compreendeu que o melhor modo de atravessar a eternidade era variá-la...

— Em que ano ia ele?

— Em 1694; fins de 1694.

— Veja só! Tinha então noventa e quatro anos, não era? Naturalmente, moço...

— Tão moço que casou daí a dois anos, na Bahia, com uma bela senhora que...

— Diga.

— Digo, sim; porque ele mesmo me contou a história. Uma senhora que amou a outro. E que outro! Imaginem que meu pai, em 1695, entrou na conquista da famosa república dos Palmares. Bateu-se como um bravo, e perdeu um amigo, um amigo íntimo, crivado de balas, pelado...

— Pelado?

— É verdade; os negros defendiam-se também com água fervendo, e este amigo recebeu um pote cheio; ficou uma chaga. Meu pai contava-me esse episódio com dor, e até com remorso, porque, no meio da refrega, teve de pisar o pobre companheiro; parece até que ele expirou quando meu pai lhe metia as botas na cara...

O tabelião fez uma careta; e o coronel, para disfarçar o horror, perguntou o que tinha a conquista dos Palmares com a mulher que...

— Tem tudo — continuou o médico. — Meu pai, ao tempo que via morrer um amigo, salvara a vida de um oficial, recebendo ele mesmo uma flecha no peito. O caso foi assim. Um dos negros, depois de derrubar dois soldados, envergou o arco sobre a pessoa do oficial, que era um rapaz valente e simpático, órfão de pai, tendo deixado a mãe em Olinda... Meu pai compreendeu que a flecha não lhe faria mal a ele, e então, de um salto, interpôs-se. O golpe feriu-o no peito; ele caiu. O oficial, Damião... Damião de tal. Não digo o nome todo, porque ele tem alguns descendentes para as bandas de Minas. Damião basta. Damião passou a noite ao pé da cama de meu pai, agradecido, dedicado, louvando-lhe uma ação tão sublime. E chorava. Não podia suportar a ideia de ver morrer o homem que lhe salvara a vida por um modo tão raro. Meu pai sarou depressa, com pasmo de todos. A pobre mãe do oficial quis beijar-lhe as mãos: "Basta-me um prêmio, disse ele; a sua amizade e a do seu filho". O caso encheu de pasmo Olinda inteira. Não se falava em outra coisa; e daí a algumas semanas a admiração pública trabalhava em fazer uma lenda. O sacrifício, como veem, era nenhum, pois meu pai não podia morrer; mas o povo, que não sabia disso, buscou uma causa ao sacrifício, uma causa tão grande como ele, e descobriu que o Damião devia ser filho de meu pai, e naturalmente filho adúltero. Investigaram o passado da viúva; acharam alguns recantos que se perdiam na obscuridade. O rosto de meu pai entrou a parecer conhecido de alguns; não faltou mesmo quem afirmasse ter ido a uma merenda, vinte anos antes, em casa da viúva, que era então casada, e visto aí meu pai. Todas estas patranhas aborreceram tanto a meu pai, que ele determinou passar à Bahia, onde casou...

— Com a tal senhora?

— Justamente... Casou com dona Helena, bela como o sol, dizia ele. Um ano depois morria em Olinda a viúva, e o Damião vinha à Bahia trazer a meu pai uma madeixa dos cabelos da mãe, e um colar que a moribunda pedia para ser usado pela mulher dele. Dona Helena soube do episódio da flecha, e agradeceu a lembrança da morta. Damião quis voltar para Olinda; meu pai disse-lhe que não, que fosse no ano seguinte. Damião ficou. Três meses depois uma paixão desordenada... Meu pai soube da aleivosia de ambos, por um comensal da casa. Quis matá-los; mas o mesmo que os denunciou avisou-os do perigo, e eles puderam evitar a morte. Meu pai voltou o punhal contra si, e enterrou-o no coração.

"Filho, dizia-me ele, contando o episódio; dei seis golpes, cada um dos quais bastava para matar um homem, e não morri." Desesperado saiu de casa, e atirou-se ao mar. O mar restituiu-o à terra. A morte não podia aceitá-lo: ele pertencia à vida por todos os séculos. Não teve outro recurso mais do que fugir; veio para o sul, onde alguns anos depois, no princípio do século passado, podemos achá-lo na descoberta das minas. Era um modo de afogar o desespero, que era grande, pois amara muito a mulher, como um louco...

— E ela?

— São contos largos, e não me sobra tempo. Ela veio ao Rio de Janeiro, depois das duas invasões francesas; creio que em 1713. Já então meu pai enriquecera com as minas, e residia na cidade fluminense, benquisto, com ideias até de ser nomeado governador. Dona Helena apareceu-lhe, acompanhada da mãe e de um tio. Mãe e tio vieram dizer-lhe que era tempo de acabar com a situação em que meu pai tinha colocado a mulher. A calúnia pesara longamente sobre a vida da pobre senhora. Os cabelos iam-lhe embranquecendo: não era só a idade que chegava, eram principalmente os desgostos, as lágrimas. Mostraram-lhe uma carta escrita pelo comensal denunciante, pedindo perdão a dona Helena da calúnia que lhe levantara e confessando que o fizera levado de uma criminosa paixão. Meu pai era uma boa alma; aceitou a mulher, a sogra e o tio. Os anos fizeram seu ofício; todos três envelheceram, menos meu pai. Helena ficou com a cabeça toda branca; a mãe e o tio voavam para a decrepitude; e nenhum deles tirava os olhos de meu pai, espreitando as cãs que não vinham, e as rugas ausentes. Um dia meu pai ouviu-lhes dizer que ele devia ter parte com o diabo. Tão forte! E acrescentava o tio: "De que serve o testamento, se temos de ir antes?". Duas semanas depois morria o tio; a sogra acabou pateta, daí a um ano. Restava a mulher, que pouco mais durou.

— O que me parece — aventurou o coronel — é que eles vieram ao cheiro dos cobres...

— Decerto.

— ... e que a tal dona Helena (Deus lhe perdoe!) não estava tão inocente como dizia. É verdade que a carta do denunciante...

— O denunciante foi pago para escrever a carta — explicou o dr. Leão —;

meu pai soube disso, depois da morte da mulher ao passar pela Bahia... Meia-noite! Vamos dormir; é tarde; amanhã direi o resto.

— Não, não, agora mesmo.

— Mas, senhores... Só se for muito por alto.

— Seja por alto.

O doutor levantou-se e foi espiar a noite, estendendo o braço para fora, e recebendo alguns pingos de chuva na mão. Depois voltou-se e deu com os dois olhando um para o outro, interrogativos. Fez lentamente um cigarro, acendeu-o, e, puxadas umas três fumaças, concluiu a singular história.

VI

— Meu pai deixou pouco depois o Brasil, foi a Lisboa, e dali passou-se à Índia, onde se demorou mais de cinco anos, e donde voltou a Portugal, com alguns estudos feitos acerca daquela parte do mundo. Deu-lhes a última lima, e fê-los imprimir, tão a tempo, que o governo mandou-o chamar para entregar-lhe o governo de Goa. Um candidato ao cargo, logo que soube do caso, pôs em ação todos os meios possíveis e impossíveis. Empenhos, intrigas, maledicência, tudo lhe servia de arma. Chegou a obter, por dinheiro, que um dos melhores latinistas da península, homem sem escrúpulos, forjasse um texto latino da obra de meu pai, e o atribuísse a um frade agostinho, morto em Adém. E a tacha de plagiário acabou de eliminar meu pai, que perdeu o governo de Goa, o qual passou às mãos do outro; perdendo também, o que é mais, toda a consideração pessoal. Ele escreveu uma longa justificação, mandou cartas para a Índia, cujas respostas não esperou, porque no meio desses trabalhos aborreceu-se tanto, que entendeu melhor deixar tudo, e sair de Lisboa. "Esta geração passa, disse ele, e eu fico. Voltarei cá daqui a um século ou dois."

— Veja isto — interrompeu o tabelião —, parece coisa de caçoada! Voltar daí a um século, ou dois, como se fosse um ou dois meses. Que diz, seu coronel?

— Ah! eu quisera ser esse homem! É verdade que ele não voltou um século depois... Ou voltou?

— Ouça-me. Saiu dali para Madri, onde esteve de amores com duas fidalgas, uma delas viúva e bonita como o sol, a outra casada, menos bela, porém amorosa e terna como uma pomba-rola. O marido desta chegou a descobrir o caso, e não quis bater-se com meu pai, que não era nobre; mas a paixão do ciúme e da honra levou esse homem ofendido à prática de uma aleivosia, igual à outra: mandou assassinar meu pai; os esbirros deram-lhe três punhaladas e quinze dias de cama. Restabelecido, deram-lhe um tiro; foi o mesmo que nada. Então, o marido achou um meio de eliminar meu pai; tinha visto com ele alguns objetos, notas, e desenhos de coisas religiosas da Índia, e denunciou-o ao Santo Ofício, como dado a práticas supersticiosas. O Santo Ofício, que não era omisso nem frouxo nos seus deveres, tomou conta dele, e condenou-o a cárcere perpétuo. Meu pai ficou aterrado. Na verdade, a prisão perpétua para ele devia ser a coisa mais horrorosa do mundo. Prometeu, o mesmo Prometeu foi desencadeado... Não me interrompa, senhor Linhares, depois direi quem foi esse Prometeu. Mas, repito: ele foi desencadeado, enquanto meu pai estava nas mãos do Santo Ofício, sem esperança. Por outro lado, ele refletiu consigo que, se era eterno, não o era o Santo Ofício. O Santo Ofício há de acabar um dia, e os seus cárceres, e então ficarei livre. Depois, pensou também que, desde que passasse um certo número de anos, sem envelhecer nem morrer, tornar-se-ia um caso tão extraordinário, que o mesmo Santo Ofício lhe abriria as portas. Finalmente, cedeu a outra consideração. "Meu filho, disse-me ele, eu tinha padecido tanto naqueles longos anos de vida, tinha visto tanta paixão má, tanta miséria, tanta calamidade, que agradeci a Deus o cárcere e uma longa prisão; e disse comigo que o Santo Ofício não era tão mau, pois que me retirava por algumas dezenas de anos, talvez um século, do espetáculo exterior..."

— Ora essa!

— Coitado! Não contava com a outra fidalga, a viúva, que pôs em campo todos os recursos de que podia dispor, e alcançou-lhe a fuga daí a poucos meses. Saíram ambos de Espanha, meteram-se em França, e passaram à Itália, onde meu pai ficou residindo por longos anos. A viúva morreu-lhe nos braços; e, salvo uma paixão que teve em Florença, por um rapaz nobre, com quem fugiu e esteve seis meses, foi sempre fiel ao amante. Repito, morreu-lhe nos braços, e ele padeceu muito, chorou muito, chegou a querer morrer também. Contou-me os atos de desespero que praticou; porque, na verdade, amara muito a formosa madrilena. Desesperado, meteu-se a caminho, e viajou por Hungria, Dalmácia; Valáquia; esteve cinco anos em Constantinopla; estudou o turco a fundo, e depois o árabe. Já lhes disse que ele sabia muitas línguas; lembra-me de o ver traduzir o padre-nosso em cinquenta idiomas diversos. Sabia muito. E ciências! Meu pai sabia uma infinidade de coisas: filosofia, jurisprudência, teologia, arqueologia, química, física, matemáticas, astronomia, botânica; sabia arquitetura, pintura, música. Sabia o diabo.

— Na verdade...

— Muito, sabia muito. E fez mais do que estudar o turco; adotou o maometanismo. Mas deixou-o daí a pouco. Enfim, aborreceu-se dos turcos: era a sina dele aborrecer-se facilmente de uma coisa ou de um ofício. Saiu de Constantinopla, visitou outras partes da Europa, e finalmente passou-se a Inglaterra aonde não fora desde longos anos. Aconteceu-lhe aí o que lhe acontecia em toda a parte: achou todas as caras novas; e essa troca de caras no meio de uma cidade, que era a mesma deixada por ele, dava-lhe a impressão de uma peça teatral, em que o cenário não muda, e só mudam os atores. Essa impressão, que a princípio foi só de pasmo, passou a ser de tédio; mas agora, em Londres, foi outra coisa pior, porque despertou nele uma ideia, que nunca tivera, uma ideia extraordinária, pavorosa...

— Que foi?

— A ideia de ficar doido um dia. Imaginem: um doido eterno. A comoção que esta ideia lhe dava foi tal que quase enlouqueceu ali mesmo. Então lembrou-se de outra coisa. Como tinha o boião do elixir consigo, lembrou de dar o resto a alguma senhora ou homem, ficariam os dois imortais. Sempre era uma companhia. Mas, como tinha tempo diante de si, não precipitou nada; achou melhor esperar pessoa cabal. O certo é que essa ideia o tranquilizou... Se lhe contasse as aventuras que ele teve outra vez na Inglaterra, e depois em França, e no Brasil, onde voltou no vice-reinado do conde de Resende, não acabava mais, e o tempo urge, além do que o senhor coronel está com sono...

— Qual sono!

— Pelo menos está cansado.

— Nem isso. Se eu nunca ouvi uma coisa que me interessasse tanto. Vamos; conte essas aventuras.

— Não; direi somente que ele achou-se em França por ocasião da revolução de 1789, assistiu a tudo, à queda e morte do rei, dos girondinos, de Danton, de Robespierre; morou algum tempo com Filinto Elísio, o poeta, sabem? Morou com ele em Paris; foi um dos elegantes do Diretório, deu-se com o primeiro cônsul... Quis até naturalizar-se e seguir as armas e a política; podia ter sido um dos marechais do império, e pode ser até que não tivesse havido Waterloo. Mas ficou tão enjoado de algumas apostasias políticas, e tão indignado, que recusou a tempo. Em 1808 achamo-lo em viagem com a corte real para o Rio de Janeiro. Em 1822 saudou a independência; e fez parte da Constituinte; trabalhou no 7 de abril; festejou a Maioridade; há dois anos era deputado.

Neste ponto os dois ouvintes redobraram de atenção. Compreenderam que iam chegar ao desenlace, e não quiseram perder uma sílaba daquela parte da narração, em que iam saber da morte do imortal. Pela sua parte, o dr. Leão parara um pouco; podia ser uma lembrança dolorosa; podia também ser um recurso para aguçar mais apetite. O tabelião ainda lhe perguntou se o pai não tinha dado a alguém o resto do elixir, como queria; mas o narrador não lhe respondeu nada. Olhava para dentro; enfim, terminou deste modo:

— A alma de meu pai chegara a um grau de profunda melancolia. Nada o contentava; nem o sabor da glória, nem o sabor do perigo, nem o do amor. Tinha então perdido minha mãe, e vivíamos juntos, como dois solteirões. A política perdera todos os encantos aos olhos dum homem que pleiteara um trono, e um dos primeiros do universo. Vegetava consigo; triste, impaciente, enjoado. Nas horas mais alegres fazia projetos para o século XX e XXIV, porque já então me desvendara todo o segredo da vida dele. Não acreditei, confesso; e imaginei que fosse alguma perturbação mental; mas as provas foram completas, e demais a observação mostrou-me que ele estava em plena saúde. Só o espírito, como digo, parecia abatido e desencantado. Um dia, dizendo-lhe eu que não compreendia tamanha tristeza, quando eu daria a alma ao diabo para ter a vida eterna, meu pai sorriu com uma tal expressão de superioridade, que me enterrou cem palmos abaixo do chão. Depois, respondeu que eu não sabia o que dizia; que a vida eterna afigurava-se-me excelente, justamente porque a minha era limitada e curta; em verdade, era o mais atroz dos suplícios. Tinha visto morrer todas as suas afeições; devia perder-me um dia, e todos os mais filhos que tivesse pelos séculos adiante. Outras afeições e não poucas o tinham enganado; e umas e outras, boas e más, sinceras e pérfidas, era-lhe forçoso repeti-las, sem trégua, sem um respiro ao menos, porquanto a experiência não lhe podia valer contra a necessidade de agarrar-se a alguma coisa, naquela passagem rápida dos homens e das gerações. Era uma necessidade da vida eterna; sem ela, cairia na demência. Tinha provado tudo, esgotado tudo; agora era a repetição, a monotonia, sem esperanças, sem nada. Tinha de relatar a outros filhos, vinte ou trinta séculos mais tarde, o que me estava agora dizendo; e depois a outros, e outros, e outros, um não acabar mais nunca. Tinha de estudar novas línguas, como faria Aníbal, se vivesse até hoje: e para quê? para ouvir os mesmos sentimentos, as mesmas paixões... E dizia-me tudo isso, verdadeiramente abatido. Não parece esquisito? Enfim, um dia, como eu fizesse a alguns amigos uma exposição do sistema homeopático, vi reluzir nos olhos de meu pai um fogo desusado e extraordinário. Não me disse nada. De noite, vieram chamar-me ao quarto dele. Achei-o moribundo; disse-me então, com a língua trôpega, que o princípio homeopático fora para ele a salvação. *Similia similibus curantur.* Bebera o resto do elixir, e assim como a primeira metade lhe dera a vida, a segunda dava-lhe a morte. E, dito isto, expirou.

O coronel e o tabelião ficaram algum tempo calados, sem saber que pensassem da famosa história; mas a seriedade do médico era tão profunda, que não havia duvidar. Creram no caso, e creram também definitivamente na homeopatia. Narrada a história a outras pessoas, não faltou quem supusesse que o médico era louco; outros atribuíram-lhe o intuito de tirar ao coronel e ao tabelião o desgosto manifestado por ambos de não poderem viver eternamente, mostrando-lhes que a morte é, enfim, um benefício. Mas a suspeita de que ele apenas quis propagar a homeopatia entrou em alguns cérebros, e não era inverossímil. Dou este problema aos estudiosos. Tal é o caso extraordinário, que há anos, com outro nome, e por outras palavras, contei a este bom povo, que provavelmente já os esqueceu a ambos.

A Estação, *15 de julho a 15 de setembro de 1882; Machado de Assis.*

Letra vencida

I

Eduardo B. embarca amanhã para a Europa. Amanhã quer dizer 24 de abril de 1861, pois estamos a 23, à noite, uma triste noite para ele, e para Beatriz.

— Beatriz! — repetia ele, no jardim, ao pé da janela donde a moça se debruçava estendendo-lhe a mão.

De cima — porque a janela ficava a cinco palmos da cabeça de Eduardo — de cima respondia a moça com lágrimas, verdadeiras lágrimas de dor. Era a primeira grande dor moral que padecia, e, contando apenas dezoito anos, começava cedo. Não falavam alto; poderiam chamar a atenção da gente da casa. Note-se que Eduardo despedira-se da família de Beatriz naquela mesma noite, e que a mãe dela e o pai, ao vê-lo sair, estavam longe de pensar que entre onze horas e meia-noite, voltaria o moço ao jardim para fazer uma despedida mais formal. Além disso, os dois cães da casa impediriam a entrada de algum intruso. Se tal supuseram é que não advertiram na tendência corruptora do amor. O amor peitou o jardineiro, e os cães foram recolhidos modestamente para não interromper o último diálogo de dois corações aflitos.

Último? Não é último; não pode ser último. Eduardo vai completar os estudos, e tirar carta de doutor em Heidelberg; a família vai com ele, disposta a ficar algum tempo, um ano, em França; ele voltará depois. Tem vinte e um anos, ela dezoito: podem esperar. Não, não é o último diálogo. Basta ouvir os protestos que eles murmuram, baixinho, entre si e Deus, para crer que esses dois corações podem ficar separados pelo mar, mas que o amor os uniu moralmente e eternamente. Eduardo jura que a levará consigo, que não pensará em outra coisa, que a amará sempre, sempre, sempre, de longe ou de perto, mais do que aos próprios pais.

— Adeus, Beatriz!
— Não, não vá já!

Tinha batido uma hora em alguns relógios da vizinhança, e esse golpe seco, soturno, pingando de pêndula em pêndula, advertiu ao moço de que era tempo de sair; podiam ser descobertos. Mas ficou; ela pediu-lhe que não fosse logo, e ele deixou-se estar, cosido à parede, com os pés num canteiro de murta e os olhos no peitoril da janela. Foi então que ela lhe desceu uma carta; era a resposta de outra, em que ele lhe dava certas indicações necessárias à correspondência secreta, que iam continuar através do oceano. Ele insistiu verbalmente em algumas das recomendações; ela pediu certos esclarecimentos. O diálogo interrompia-se; os intervalos de silêncio eram suspirados e longos. Enfim bateram duas horas: era o rouxinol? Era a cotovia? Romeu preparou-se para ir embora; Julieta pediu alguns minutos.

— Agora, adeus, Beatriz; é preciso! — murmurou ele dali a meia hora.
— Adeus! Jura que não se esquecerá de mim?
— Juro. E você?
— Juro também, por minha mãe, por Deus!
— Olhe, Beatriz! Aconteça o que acontecer, não me casarei com outra; ou com você, ou com a morte. Você é capaz de jurar a mesma coisa?
— A mesma coisa; juro pela salvação de minha alma! Meu marido é você; e Deus que me ouve há de ajudar-nos. Crê em Deus, Eduardo; reza a Deus, pede a Deus por nós.

Apertaram as mãos. Mas um aperto de mão era bastante para selar tão grave escritura? Eduardo teve a ideia de trepar à parede; mas faltava-lhe o ponto de apoio. Lembrou-se de um dos bancos do jardim, que tinha dois, do lado da frente; foi a ele, trouxe-o, encostou-o à parede, e subiu; depois levantou as mãos ao peitoril; e suspendeu o corpo; Beatriz inclinou-se, e o eterno beijo de Verona conjugou os dois infelizes. Era o primeiro. Deram três horas; desta vez era a cotovia.

— Adeus!
— Adeus!

Eduardo saltou ao chão; pegou do banco, e foi repô-lo no lugar próprio. Depois tornou à janela, levantou a mão, Beatriz desceu a sua, e um enérgico e derradeiro aperto terminou essa despedida, que era também uma catástrofe. Eduardo afastou-se da parede, caminhou para a portinha lateral do jardim, que estava apenas cerrada, e saiu. Na rua, a vinte ou trinta passos, ficara de vigia o obsequioso jardineiro, que unira ao favor a discrição, colocando-se a distância tal, que nenhuma palavra pudesse chegar-lhe aos ouvidos. Eduardo, embora já lhe houvesse pago a cumplicidade, quis deixar-lhe ainda uma lembrança de última hora, e meteu-lhe na mão uma nota de cinco mil-réis.

No dia seguinte verificou-se o embarque. A família de Eduardo compunha-se dos pais e uma irmã de doze anos. O pai era comerciante e rico; ia passear alguns meses e fazer completar os estudos do filho em Heidelberg. Esta ideia de Heidelberg parecerá um pouco estranha nos projetos de um homem, como João B., pouco ou nada lido em coisas de geografia científica e universitária; mas sabendo-se que um sobrinho dele, em viagem na Europa, desde 1857, entusiasmado com a Alemanha, escrevera de Heidelberg algumas cartas exaltando o ensino daquela universidade, ter-se-á compreendido essa resolução.

Para Eduardo, ou Heidelberg ou Hong-Kong, era a mesma coisa, uma vez que o arrancavam do único ponto do globo em que ele podia aprender a primeira das ciências, que era contemplar os olhos de Beatriz. Quando o paquete deu as primeiras rodadas na água e começou a mover-se para a barra, Eduardo não pôde reter as lágrimas, e foi escondê-las no camarote. Voltou logo acima, para ver ainda a cidade, perdê-la pouco a pouco, por uma ilusão da dor, que se contentava de um retalho, tirado à púrpura da felicidade moribunda. E a cidade, se tivesse olhos para vê-lo, podia também despedir-se dele com pesar e orgulho, pois era um esbelto rapaz, inteligente e bom. Convém dizer que a tristeza de deixar o Rio de Janeiro também lhe doía no coração. Era fluminense, não saíra nunca deste ninho paterno, e a saudade local vinha casar-se à saudade pessoal. Em que proporções, não sei. Há aí uma análise difícil, mormente agora, que não podemos mais distinguir a figura do rapaz. Ele está ainda na amurada; mas o paquete transpôs a barra, e vai perder-se no horizonte.

II
Para que hei de dizer que Beatriz deixou de dormir o resto da noite? Subentende-se que as últimas horas dessa triste noite de 23 de abril foram para ela de vigília e desespero. Direi somente que também foram de devoção. Beatriz, logo que Eduardo transpôs a porta do jardim, atirou-se à cama soluçando e sufocando os soluços, para não ser ouvida. Quando a dor amorteceu um pouco, levantou-se e foi ao oratório de suas rezas noturnas e matinais; ajoelhou-se e encomendou a Deus, não a felicidade, mas a consolação de ambos.

A manhã viu-a tão triste como a noite. O sol, na forma usual, mandou um dos seus raios mais jucundos e vivos ao rosto de Beatriz, que desta vez o recebeu sem ternura nem gratidão. De costume, ela dava a esse raio amado todas as expansões de uma alma nova. O sol, pasmado da indiferença, não interrompeu todavia o seu curso; tinha outras Beatrizes que saudar, umas risonhas, outras lacrimosas, outras apáticas, mas todas Beatrizes... E lá se foi o d. João do azul, espalhando no ar um milhão daquelas missivas radiosas.

Não menos pasmada ficou a mãe ao almoço. Beatriz mal podia disfarçar os olhos cansados de chorar; e sorria, é verdade, mas um sorriso tão forçado, tão de obséquio e dissimulação, que realmente faria descobrir tudo, se desde alguns dias antes, as maneiras de Beatriz não tivessem revelado tal ou qual alteração. A mãe supunha alguma moléstia; agora, sobretudo, que os olhos da moça tinham um ar febril, pareceu-lhe que era caso de doença incubada.

— Beatriz, você não está boa — disse ela à mesa.
— Sinto-me assim não sei como...
— Pois tome só chá. Vou mandar vir o doutor...
— Não é preciso; se continuar amanhã, sim.

Beatriz tomou chá, nada mais do que chá. Como não tinha vontade de outra coisa, tudo se combinou assim, e a hipótese da doença foi aparentemente confirmada. Ela aproveitou-a para meter-se no quarto o dia inteiro, falar pouco, não fazer toalete etc. Não chamaram o médico, mas ele veio por si mesmo, o Tempo, que com uma de suas velhas poções abrandou a vivacidade da dor, e tornou o organismo ao estado anterior, tendo de mais uma saudade profunda, e a imortal esperança.

Realmente, só sendo imortal a esperança, pois tudo conspirava contra ela. Os pais de ambos os namorados tinham a seu respeito projetos diferentes. O de Eduardo meditava para este a filha de um fazendeiro, seu amigo, moça prendada, capaz de o fazer feliz, e digna de o ser também; e não meditava só consigo, porque o fazendeiro nutria iguais ideias. João B. chegara mesmo a insinuá-lo ao filho, dizendo-lhe que na Europa iria vê-lo alguém que provavelmente o ajudaria a concluir os estudos. Este foi, com efeito, o plano dos dois pais; seis meses depois, iria o fazendeiro com a família à Alemanha, onde casariam os filhos.

Quanto ao pai de Beatriz, os seus projetos eram ainda mais definitivos, se é possível. Tratava de aliar a filha a um jovem político, moço de futuro, e tão digno de ser marido de Beatriz, como a filha do fazendeiro era digna de ser mulher de Eduardo. Esse candidato, Amaral, frequentava a casa, era aceito a todos, e tratado como pessoa de família, e com um tal respeito e carinho, um desejo tão intenso de o mesclar ao sangue da casa, que realmente faria rir ao rapaz, se ele próprio não estivesse namorado de Beatriz. Mas estava-o, e grandemente namorado; e tudo isso aumentava o perigo da situação.

Não obstante, a esperança subsistia no coração de ambos. Nem a distância, nem os cuidados diversos, nem o tempo, nem os pais, nada diminuía o viço dessa flor misteriosa e constante. Não disseram outra coisa as primeiras cartas, recebidas por um modo tão engenhoso e tão simples, que vale a pena contá-lo aqui, para uso de outros desgraçados. Eduardo mandava as cartas a um amigo; este passava-as a uma irmã, que as entregava a Beatriz, de quem era amiga e companheira de colégio. Geralmente as companheiras de colégio não se recusam a estes pequenos obséquios, que podem ser recíprocos; em todo o caso — são humanos. As duas primeiras cartas, assim recebidas, foram a transcrição dos protestos feitos naquela noite de 23 de abril de 1861; transcrição feita com tinta, mas não menos valiosa e sincera do que se o fora com sangue. O mar, que deixou passar essas vozes concordes de duas almas violentamente separadas, continuou o perpétuo movimento da sua instabilidade.

III

Beatriz voltou aos hábitos anteriores, aos passeios, saraus e teatros do costume. A tristeza, de aguda que era e manifesta, tornou-se escondida e crônica. No rosto era a mesma Beatriz, e tanto bastava à sociedade. Naturalmente não tinha a mesma paixão da dança, nem a mesma vivacidade de maneiras; mas a idade explicava a atenuação. Os dezoito anos estavam feitos; a mulher completara-se.

Quatro meses depois da partida de Eduardo, entendeu a família da moça apressar o casamento desta; e eis aqui as circunstâncias da resolução.

Amaral cortejava a moça ostensivamente, dizia-lhe as finezas usuais, frequentava a casa, ia onde ela fosse; punha o coração em todas as ações e palavras. Beatriz entendia tudo e não respondia a nada. Usou duas políticas diferentes. A primeira foi mostrar-se de uma tal ignorância que o pretendente achasse mais razoável esquecê-la. Pouco durou esta; era improfícua, tratando-se de um homem verdadeiramente apaixonado. Amaral teimou; vendo-se desentendido, passou à linguagem mais direta e clara. Então começou a segunda política; Beatriz mostrou que entendia, mas deixou ver que nada era possível entre ambos. Não importa; ele teimou ainda mais.

Nem por isso venceu. Foi então que o pai de Beatriz interveio.

— Beatriz — disse-lhe o pai —, tenho um marido para ti, e estou certo que vais aceitá-lo...

— Papai...

— Mas ainda que a princípio recuses, não por ser indigno de nós; não é indigno, ao contrário; é pessoa muito respeitável... Mas, como ia dizendo, ainda que a tua primeira palavra seja contra o noivo, previno-te que é desejo meu e há de cumprir-se.

Beatriz fez um movimento de cabeça, rápido, espantado. Não estava acostumada àquele modo, não esperava a intimação.

— Digo-te que é um moço sério e digno — repetiu. — Que respondes?

— Nada.

— Aceitas então?

— Não, senhor.

Desta vez foi o pai que teve um sobressalto; não por causa da recusa; ele esperava-a, e estava resolvido a vencê-la, segundo a avisou desde logo. Mas o que o espantou foi a prontidão da resposta.

— Não? — disse ele daí a um instante.

— Não, senhor.

— Sabes o que estás dizendo?

— Sei, sim, senhor.

— Veremos se não — bradou o pai levantando-se, e batendo com a cadeira no chão —; veremos se não! Tem graça! Não, a mim! Quem sou eu? Não! E por que não? Naturalmente, anda aí algum petimetre sem presente nem futuro, algum bailarino, ou estafermo. Pois veremos...

E ia de um lado para outro, metendo as mãos nas algibeiras da calça, tirando-as, passando-as pelos cabelos, abotoando e desabotoando o paletó, fora de si, irritado.

Beatriz deixara-se estar sentada com os olhos no chão, tranquila, resoluta. Em certo momento, como o pai lhe parecesse exasperado demais, levantou-se e foi a ele para aquietá-lo um pouco; mas ele repeliu-a.

— Vá-se embora — disse-lhe —; vá refletir no seu procedimento, e volte quando estiver disposta a pedir-me perdão.

— Isso já; peço-lhe perdão já, papai... Não quis ofendê-lo; nunca o ofendi... Perdoe-me; vamos, perdoe-me.

— Mas recusas?

— Não posso aceitar.

— Sabes quem é?

— Sei: o doutor Amaral.

— Que tens contra ele?

— Nada; é um moço distinto.

O pai passou a mão pelas barbas.

— Gostas de outro.

Beatriz calou-se.

— Vejo que sim; está bem. Quem quer que seja, não terá nunca a minha aprovação. Ou o doutor Amaral, ou nenhum mais.

— Nesse caso, nenhum mais — respondeu ela.
— Veremos.

IV

Não percamos tempo. Beatriz não casou com o noivo que lhe davam; não aceitou outro que apareceu no ano seguinte; mostrou uma tal firmeza e decisão, que encheu o pai de assombro.

Assim se passaram os dois primeiros anos. A família de Eduardo voltou da Europa; este ficou, para tornar quando acabasse os estudos. "Se me parecesse, ia já (dizia ele em uma carta à moça), mas quero conceder isto, ao menos, a meu pai: concluir os estudos."

Que ele estudava, é certo, e não menos certo é que estudava muito. Tinha vontade de saber, além do desejo de cumprir, naquela parte, as ordens do pai. A Europa oferecia-lhe também alguns recreios de diversa espécie. Ele ia nas férias à França e à Itália, ver as belas-artes e os grandes monumentos. Não é impossível que, algumas vezes, incluísse no capítulo das artes e na classe dos monumentos algum namoro de ordem passageira; creio mesmo que é negócio liquidado. Mas, em que é que essas pequenas excursões em terra estranha lhe faziam perder o amor da pátria, ou, menos figuradamente, em que é que essas expansões miúdas do sentimento diminuíam o número e a paixão das cartas que mandava a Beatriz?

Com efeito, as cartas eram as mesmas de ambos os lados, escritas com igual ardor às das primeiras semanas, e nenhum outro método. O método era o de um diário. As cartas eram compostas dia por dia, como uma nota dos sentimentos e dos pensamentos de cada um deles, confissão de alma para alma. Parecerá admirável que este uso fosse constante no espaço de um, dois, três anos; que diremos cinco anos, sete anos! Sete, sim, senhora; sete, e mais. Mas fiquemos nos sete, que é a data do rompimento entre as duas famílias.

Não importa saber por que brigaram as duas famílias. Brigaram; é o essencial. Antes do rompimento desconfiaram os dois pais que os filhos tinham-se jurado alguma coisa antes da separação, e não estavam longe de concordar em que se casassem. Os projetos de cada um deles tinham naufragado; eles estimavam-se; nada havia mais natural do que aliarem-se mais intimamente. Mas brigaram; veio não sei que incidente estranho, e a amizade converteu-se em ódio.

Naturalmente um e outro pensaram logo na possibilidade do consórcio dos filhos, e trataram de afastá-los. O pai de Eduardo escreveu a este, já diplomado, dizendo que o esperasse na Europa; o de Beatriz inventou um pretendente, um rapaz desambicioso que jamais pensaria em pedi-la, mas que o fez, animado pelo pai.

— Não — foi a resposta de Beatriz.

O pai ameaçou-a; a mãe pediu-lhe por tudo o que havia de mais sagrado que aceitasse o noivo; mostrou-lhe que eles estavam velhos, e que ela precisava ficar amparada. Foi tudo inútil. Nem esse pretendente nem outros que vieram, uns por mão do pai, outros por mão alheia. Beatriz não iludia ninguém, ia dizendo a todos que não.

Um desses pretendentes chegou a crer-se vencedor. Tinha qualidades pessoais distintas, e ela não desgostava dele, tratava-o com muito carinho, e pode ser que sentisse algum princípio de inclinação. Mas a imagem de Eduardo vencia tudo. As cartas dele eram o prolongamento de uma alma querida e amante; e aquele candidato, como os outros, teve de recuar vencido.

— Beatriz, vou morrer dentro de poucos dias — disse-lhe um dia o pai —; por que me não dás o gosto de deixar-te casada?

— Qual, morrer!

E não respondia à outra parte das palavras do pai. Eram já passados nove anos da separação. Beatriz tinha então vinte e sete. Via chegar os trinta com tranquilidade e a pena na mão. Não seriam já diárias as cartas, mas eram ainda e sempre pontuais; se algum paquete não as trazia ou levava, a culpa era do correio, não deles. Realmente, a constância era digna de nota e admiração. O mar separava-os, e agora o ódio das famílias; e além desse obstáculo, deviam contar com o tempo, que tudo afrouxa, e as tentações que eram muitas de um e outro lado. Mas apesar de tudo, resistiam.

O pai de Beatriz morreu dali a algumas semanas. Beatriz ficou com a mãe, senhora achacada de moléstias, e cuja vida naturalmente não iria também muito longe. Esta consideração deu-lhe ânimo para tentar os últimos esforços, e ver se morria deixando a filha casada. Empregou os que pôde; mas o resultado não foi melhor.

Eduardo na Europa sabia tudo. A família dele trasladou-se para lá, definitivamente, para o fim de o reter, e tornar impossível o encontro dos dois. Mas, como as cartas continuavam, ele sabia tudo o que se passava no Brasil. Teve notícia da morte do pai de Beatriz, e dos esforços empregados por ele e depois pela mulher, viúva, para estabelecer a filha; e soube (pode imaginar-se com que satisfação) da resistência da moça. O juramento da noite de 23 de abril de 1861 estava de pé, cumprido, observado à risca, como um preceito religioso, e, o que é mais, sem que lhes custasse mais do que a pena da separação.

Na Europa, morreu a mãe de Eduardo; e o pai teve um instante ideias de voltar ao Brasil; mas era odiento, e a ideia de que o filho podia então casar com Beatriz, fixou-o em Paris.

— Verdade é que ela não deve estar muito tenra... — dizia ele consigo.

Eram então passados quinze anos. Passaram-se mais alguns meses, e a mãe de Beatriz morreu. Beatriz ficou só, com trinta e quatro anos. Teve ideia de ir para Europa, com alguma dama de companhia; mas Eduardo contava então vir ao Rio de Janeiro arranjar alguns negócios do pai, que estava doente. Beatriz esperou; mas Eduardo não veio. Uma amiga dela, confidente dos amores, dizia-lhe:

— Realmente, Beatriz, você tem uma paciência!

— Não me custa nada.

— Mas esperar tanto tempo! Quinze anos!

— Nada mais natural — respondia a moça —; eu suponho que estamos casados, e que ele anda em viagem de negócios. É a mesma coisa.

Essa amiga estava casada; tinha já dois filhos. Outras amigas e companheiras de colégio tinham casado também. Beatriz era a única solteira, e solteira abastada e pretendida. Agora mesmo, não lhe faltavam candidatos; mas a fiel Beatriz conservava-se como dantes.

Eduardo não veio ao Brasil, segundo contava, nem naquele nem no ano seguinte. As doenças do pai agravaram-se, tornaram-se longas; e nisto correram mais dois anos. Só então o pai de Eduardo morreu, em Nice, no fim de 1878. O filho arranjou os primeiros negócios e embarcou para o Rio de Janeiro.

— Enfim!

Tinham passado dezoito anos. Posto que eles tivessem trocado os retratos, mais de uma vez durante esse lapso de tempo, acharam-se diferentes do que eram na noite da separação. Tinham passado a idade dos primeiros ardores; o sentimento que os animava era brando, embora tenaz.

Vencida a letra, era razoável pagar; era mesmo obrigatório. Trataram dos papéis; e dentro de poucas semanas, nos fins de 1878, cumpriu-se o juramento de 1861. Casaram-se, e foram para Minas, donde voltaram três meses depois.

— São felizes? — perguntei a um amigo íntimo deles, em 1879.

— Eu lhe digo — respondeu esse amigo observador. — Não são felizes nem infelizes; um e outro receberam do tempo a fisionomia definitiva, apuraram as suas qualidades boas e não boas, deram-se a outros interesses e hábitos, colheram o fastio e a marca da experiência, além da surdina que os anos trazem aos movimentos do coração. E não viram essa transformação operar-se dia por dia. Despediram-se uma noite, em plena florescência da alma, para encontrarem-se carregados de fruto, tomados de ervas parasitas, e com certo ar fatigado. Junte a isto o despeito de não achar o sonho de outrora, e o de o não trazer consigo; pois cada um deles sente que não pode dar a espécie de cônjuge que aliás deseja achar no outro; pense mais no arrependimento possível e secreto de não terem aceitado outras alianças, em melhor quadra; e diga-me se podemos dizê-los totalmente felizes.

— Então infelizes?

— Também não. Vivem, respeitam-se; não são infelizes, nem podemos dizer que são felizes. Vivem, respeitam-se, vão ao teatro...

A Estação, 31 de outubro a 30 de novembro de 1882; Machado de Assis.

O programa

Também eu nasci na Arcádia.
SCHILLER

I
LIÇÃO DE MESTRE-ESCOLA

— Rapazes, também eu fui rapaz — disse o mestre, o Pitada, um velho mestre de meninos da Gamboa, no ano de 1850 —; fui rapaz, mas rapaz de muito juízo, muito juízo... Entenderam?

— Sim, senhor.

— Não entrei no mundo como um desmiolado, dando por paus e por pedras, mas com um programa na mão... Sabem o que é um programa?

— Não, senhor.

— Programa é o rol das coisas que se hão de fazer em certa ocasião; por exemplo, nos espetáculos, é a lista do drama, do entremez, do bailado, se há bailado, um passo a dois, ou coisa assim... É isso que se chama programa. Pois eu entrei no mundo com um programa na mão; não entrei assim à toa, como um preto fugido, ou pedreiro sem obra, que não sabe aonde vai. Meu propósito era ser mestre de meninos, ensinar alguma coisa pouca do que soubesse, dar a primeira forma ao espírito do cidadão... Dar a primeira forma (entenderam?), dar a primeira forma ao espírito do cidadão...

Calou-se o mestre alguns minutos, repetindo consigo essa última frase, que lhe pareceu engenhosa e galante. Os meninos que o escutavam (eram cinco e dos mais velhos, dez e onze anos) não ousavam mexer com o corpo nem ainda com os olhos; esperavam o resto. O mestre, enquanto virava e revirava a frase, respirando com estrépito, ia dando ao peito da camisa umas ondulações que, em falta de outra distração, recreavam interiormente os discípulos. Um destes, o mais travesso, chegou ao desvario de imitar a respiração grossa do mestre, com grande susto dos outros, pois uma das máximas da escola era que, no caso de se não descobrir o autor de um delito, fossem todos castigados; com este sistema, dizia o mestre, anima-se a delação, que deve ser sempre uma das mais sólidas bases do Estado bem constituído. Felizmente, ele nada viu, nem o gesto do temerário, um pirralho de dez anos, que não entendia nada do que ele estava dizendo, nem o beliscão de outro pequeno, o mais velho da roda, um certo Romualdo, que contava onze anos e três dias; o beliscão, note-se, era uma advertência para chamá-lo à circunspecção.

— Ora, que fiz eu para vir a esta profissão? — continuou o Pitada. — Fiz isto: desde os meus quinze ou dezesseis anos, organizei o programa da vida: estudos, relações, viagens, casamento, escola; todas as fases da minha vida foram assim previstas, descritas e formuladas com antecedência...

Daqui em diante, o mestre continuou a exprimir-se em tal estilo, que os meninos deixaram de entendê-lo. Ocupado em escutar-se, não deu pelo ar estúpido dos discípulos, e só parou quando o relógio bateu meio-dia. Era tempo de mandar embora esse resto da escola, que tinha de jantar para voltar às duas horas. Os meninos saíram pulando, alegres, esquecidos até da fome que os devorava, pela ideia de ficar livres de um discurso que podia ir muito mais longe. Com efeito, o mestre fazia isso algumas vezes; retinha os discípulos mais velhos para ingerir-lhes uma reflexão moral ou uma narrativa ligeira e sã. Em certas ocasiões só dava por si muito depois da hora do jantar. Desta vez não a excedera, e ainda bem.

II
DE COMO ROMUALDO ENGENDROU UM PROGRAMA

A ideia do programa fixou-se no espírito do Romualdo. Três ou quatro anos depois, repetia ele as próprias palavras do mestre; aos dezessete, ajuntava-lhes alguns reparos e observações. Tinha para si que era a melhor lição que se podia dar aos rapazes, muito mais útil do que o latim que lhe ensinavam então.

Uma circunstância local incitou o jovem Romualdo a formular também o seu programa, resoluto a cumpri-lo: refiro-me à residência de um ministro, na mesma rua. A vista do ministro, das ordenanças, do cupê, da farda, acordou no Romualdo uma ambição. Por que não seria ele ministro? Outra circunstância. Morava defronte uma família abastada, em cuja casa eram frequentes os bailes e recepções. De cada vez que o Romualdo assistia, de fora, a uma dessas festas solenes, à chegada dos carros, à descida das damas, ricamente vestidas, com brilhantes no colo e nas orelhas, algumas no toucado, dando o braço a homens encasacados e aprumados, subindo depois a escadaria, onde o tapete amortecia o rumor dos pés, até irem para as salas alumiadas, com os seus grandes lustres de cristal, que ele via de fora, como via os espelhos, os pares que iam de um a outro lado etc.; de cada vez que um tal espetáculo lhe namorava os olhos, Romualdo sentia em si a massa de um anfitrião, como esse que dava o baile, ou do marido de algumas daquelas damas titulares. Por que não seria uma coisa ou outra?

As novelas não serviam menos a incutir no ânimo do Romualdo tão excelsas esperanças. Ele aprendia nelas a retórica do amor, a alma sublime das coisas, desde o beijo materno até o último graveto do mato, que eram para ele, irmãmente, a mesma produção divina da natureza. Além das novelas, havia os olhos das rapariguinhas da mesma idade, que eram todos bonitos, e, coisa singular, da mesma cor, como se fossem um convite para o mesmo banquete, escrito com a mesma tinta. Outra coisa que também influiu muito na ambição do Romualdo foi o sol, que ele imaginava ter sido criado unicamente com o fim de o alumiar, não alumiando aos outros homens, senão porque era impossível deixar de fazê-lo, como acontece a uma banda musical que, tocando por obséquio a uma porta, é ouvida em todo quarteirão.

Temos, pois, que os esplendores sociais, as imaginações literárias, e, finalmente, a própria natureza, persuadiram ao jovem Romualdo a cumprir a lição do mestre. Um programa! Como é possível atravessar a vida, uma longa vida, sem programa? Viaja-se mal sem itinerário; o imprevisto tem coisas boas que não compensam as más; o itinerário, reduzindo as vantagens do casual e do desconhecido, diminui os seus inconvenientes, que são em maior número e insuportáveis. Era o que sentia Romualdo aos dezoito anos, não por essa forma precisa, mas outra, que não se traduz bem senão assim. Os antigos, que ele começava a ver através das lunetas de Plutarco, pareciam-lhe não ter começado a vida sem programa. Outra indução que tirava de Plutarco é que todos os homens de outrora foram nada menos do que aqueles mesmos heróis biografados. Obscuros, se os houve, não passaram de uma ridícula minoria.

— Vá um programa — disse ele —; obedeçamos ao conselho do mestre.

E formulou um programa. Estava então entre dezoito e dezenove anos. Era um guapo rapaz, ardente, resoluto, filho de pais modestíssimos, mas cheio de alma e ambição. O programa foi escrito no coração, o melhor papel, e com a vontade, a melhor das penas; era uma página arrancada ao livro do destino. O destino é obra do homem. Napoleão fez com a espada uma coroa, dez coroas. Ele, Romualdo, não só seria esposo de alguma daquelas formosas damas, que vira subir para os bailes, mas possuiria também o carro que costumava trazê-las. Literatura, ciência, política, nenhum desses ramos deixou de ter uma linha especial. Romualdo sentia-se bastante apto para uma multidão de funções e aplicações, e achava mesquinho concentrar-se numa coisa particular. Era muito governar os homens ou escrever *Hamlet*; mas por que não reuniria a alma dele ambas as glórias, por que não seria um Pitt e um Shakespeare, obedecido e admirado? Romualdo ideava por outras palavras a mesma coisa. Com o olhar fito no ar, e uma certa ruga na testa, antevia todas essas vitórias, desde a primeira décima poética até o carro do ministro de Estado. Era belo, forte, moço, resoluto, apto, ambicioso, e vinha dizer ao mundo, com a energia moral dos que são fortes: lugar para mim! lugar para mim, e dos melhores!

III
AGORA TU, CALÍOPE, ME ENSINA...

Não se pode saber com certeza — com a certeza necessária a uma afirmação que tem de correr mundo — se a primeira estrofe do Romualdo foi anterior ao primeiro amor, ou se este precedeu a poesia. Suponhamos que foram contemporâneos. Não é inverossímil, porque se a primeira paixão foi uma pessoa vulgar e sem graça, a primeira composição poética era um lugar-comum.

Em 1858, data da estreia literária, existia ainda uma folha, que veio a morrer antes de 1870, o *Correio Mercantil*. Foi por aí que o nosso Romualdo declarou ao mundo que o século era enorme, que as barreiras todas estavam por terra, que, enfim, era preciso dar ao homem a coroa imortal que lhe competia. Eram trinta ou quarenta versos, feitos com ímpeto, broslados de adjetivos e imprecações, muitos sóis, basto condor, inúmeras coisas robustas e esplêndidas. Romualdo dormiu mal a noite; apesar disso, acordou cedo, vestiu-se, saiu; foi comprar o *Correio Mercantil*. Leu a poesia à porta mesmo da tipografia, à rua da Quitanda; depois dobrou cautelosamente o jornal, e foi tomar café. No trajeto da tipografia ao botequim não fez mais do que recitar mentalmente os versos; só assim se explicam dois ou três encontrões que deu em outras pessoas. Em todo caso, no botequim, uma vez sentado, desdobrou a folha e releu os versos, lentamente, umas quatro vezes seguidas; com uma que leu depois de pagar a xícara de café, e a que já lera à porta da tipografia, foram nada menos de seis leituras, no curto espaço de meia hora; fato tanto mais de espantar quanto que ele tinha a poesia de cor. Mas o espanto desaparece desde que se adverte na diferença que vai do manuscrito ou decorado ao impresso. Romualdo lera, é certo, a poesia manuscrita; e, à força de a ler, tinha-a "impressa na alma", para falar a linguagem dele mesmo. Mas o manuscrito é vago, derramado; e o decorado assemelha-se a histórias velhas, sem data, nem autor, ouvidas em criança; não há por onde se lhe pegue, nem mesmo a túnica flutuante e cambiante do manuscrito. Tudo muda com o impresso. O impresso fixa. Aos olhos de Romualdo era como um edifício levantado para desafiar os tempos; a igualdade das letras, a reprodução dos mesmos contornos, davam aos versos um aspecto definitivo e acabado. Ele mesmo descobriu-lhes belezas não premeditadas; em compensação, deu com uma vírgula mal posta, que o desconsolou.

No fim daquele ano tinha o Romualdo escrito e publicado algumas vinte composições diversas sobre os mais variados assuntos. Congregou alguns amigos — da mesma idade —, persuadiu a um tipógrafo, distribuiu listas de assinaturas, recolheu algumas, e fundou um periódico literário, o *Mosaico*, em que fez as suas primeiras armas da prosa. A ideia secreta do Romualdo era criar alguma coisa semelhante à *Revista dos Dois Mundos*, que ele via em casa do advogado, de quem era amanuense. Não lia nunca a *Revista*, mas ouvira dizer que era uma das mais importantes da Europa, e entendeu fazer coisa igual na América.

Posto que esse brilhante sonho fenecesse com o mês de maio de 1859, não acabaram com ele as labutações literárias. O mesmo ano de 1859 viu o primeiro tomo das *Verdades e quimeras*. Digo o primeiro tomo, porque tais eram a indicação tipográfica e o plano do Romualdo. Que é a poesia, dizia ele, senão uma mistura de quimera e verdade? O Goethe, chamando às suas memórias *Verdade e poesia*, cometeu um pleonasmo ridículo: o segundo vocábulo bastava a exprimir os dois sentidos do autor. Portanto, quaisquer que tivessem de ser as fases do seu espírito, era certo que a poesia traria em todos os tempos os mesmos caracteres essenciais: logo podia intitular *Verdades e quimeras* as futuras obras poéticas. Daí a indicação de primeiro tomo dada ao volume de versos com que o Romualdo brindou as letras no mês de dezembro de 1859. Esse mês foi para ele ainda mais brilhante e delicioso que o da estreia no *Correio Mercantil*. — Sou autor impresso, dizia rindo, quando recebeu os primeiros exemplares da obra. E abria um e outro, folheava de diante para trás e de trás para diante, corria os olhos pelo índice, lia três, quatro vezes o prólogo etc. *Verdades e quimeras*! Via esse título nos periódicos, nos catálogos, nas citações, nos florilégios de poesia nacional; enfim, clássico. Via citados também os outros tomos, com a designação numérica de cada um, em caracteres romanos, t. II, t. III, t. IV, t. IX. Que podiam escrever um dia as folhas públicas senão um estribilho? "Cada ano que passa pode-se dizer que este distinto e infatigável poeta nos dá um volume das suas admiráveis *Verdades e quimeras*; foi em 1859 que encetou essa coleção, e o efeito não podia ser mais lisonjeiro para um estreante, que etc. etc."

Lisonjeiro, na verdade. Toda a imprensa saudou com benevolência o primeiro livro de Romualdo; dois amigos disseram mesmo que ele era o Gonzaga do Romantismo. Em suma, um sucesso.

IV
QUINZE ANOS, BONITA E RICA

A "pessoa vulgar e sem graça" que foi o primeiro amor de Romualdo passou naturalmente como a chama de um fósforo. O segundo amor veio no tempo em que ele se preparava para ir estudar em São Paulo, e não pôde ir adiante.

Tinha preparatórios o Romualdo; e, havendo adquirido com o advogado certo gosto ao ofício, entendeu que sempre era tempo de ganhar um diploma. Foi para São Paulo, entregou-se aos estudos com afinco, dizendo consigo e a ninguém mais, que ele seria citado algum dia entre os Nabucos, os Zacarias, os Teixeiras de Freitas etc. Jurisconsulto! E soletrava esta palavra com amor, com paciência, com delícia, achando-lhe a expressão profunda e larga. Jurisconsulto! Os Zacarias, os Nabucos, os Romualdos! E estudava, metia-se pelo direito dentro, impetuoso.

Não esqueçamos duas coisas: que ele era rapaz, e tinha a vocação das letras. Rapaz, amou algumas moças, páginas acadêmicas, machucadas de mãos estudiosas. Durante os dois primeiros anos nada há que apurar que mereça a pena e a honra de uma transcrição. No terceiro ano... O terceiro ano oferece-nos uma lauda primorosa. Era uma moça de quinze anos, filha de um fazendeiro de Guaratinguetá, que tinha ido à capital da província. Romualdo, de escassa bolsa, trabalhando muito para ganhar o diploma, compreendeu que o casamento era uma solução. O fazendeiro era rico. A moça gostava dele: era o primeiro amor dos seus quinze anos.

— Há de ser minha! — jurou Romualdo a si mesmo.

As relações entre eles vieram por um sobrinho do fazendeiro, Josino M..., colega de ano do Romualdo, e, como ele, cultor das letras. O fazendeiro retirou-se para Guaratinguetá; era obsequiador, exigiu do Romualdo a promessa de que, nas férias, iria vê-lo. O estudante prometeu que sim; e nunca o tempo lhe correu mais devagar. Não eram dias, eram séculos. O que lhe valia é que, ao menos, davam para construir e reconstruir os seus admiráveis planos de vida. A escolha entre o casar imediatamente ou depois de formado não foi coisa que se fizesse do pé para a mão: comeu-lhe algumas boas semanas. Afinal, assentou que era melhor o casamento imediato. Outra questão que lhe tomou tempo, foi a de saber se concluiria os estudos no Brasil ou na Europa. O patriotismo venceu; ficaria no Brasil. Mas, uma vez formado, seguiria para Europa, onde estaria dois anos, observando de perto as coisas políticas e sociais, adquirindo a experiência necessária a quem viria ser ministro de Estado. Eis o que por esse tempo escreveu a um amigo do Rio de Janeiro:

> ... Prepara-te, pois, meu bom Fernandes, para irmos daqui a algum tempo viajar; não te dispenso, nem aceito desculpa. Não nos faltarão meios, graças a Deus, e meios de viajar à larga... Que felicidade! Eu, Lucinda, o bom Fernandes...

Bentas férias! Ei-las que chegam; ei-las que tomam do Romualdo e do Josino, e os levam à fazenda da namorada. — Agora não os solto mais — disse o fazendeiro.

Lucinda apareceu aos olhos do nosso herói com todos os esplendores de uma madrugada. Foi assim que ele definiu esse momento, em uns versos publicados daí a dias no *Eco de Guaratinguetá*. Ela era bela, na verdade, viva e graciosa, rosada e fresca, todas as qualidades amáveis de uma menina. A comparação da madrugada, por mais cediça que fosse, era a melhor de todas.

Se as férias gastaram tempo em chegar, uma vez chegadas, voaram depressa. Tinham asas os dias, asas de pluma angélica, das quais, se alguma coisa lhe ficou ao nosso Romualdo, não passou de ser um certo aroma delicioso e fresco. Lucinda, em casa, pareceu-lhe ainda mais bela do que a vira na capital da província. E note-se que a boa impressão que ele lhe fizera a princípio, cresceu também, e extraordinariamente, depois da convivência de algumas semanas. Em resumo, e para poupar estilo, os dois amavam-se. Os olhos de ambos, incapazes de guardar o segredo dos respectivos corações, contaram tudo uns aos outros, e com tal estrépito, que os olhos de um terceiro ouviram também. Esse terceiro foi o primo de Lucinda, o colega de ano de Romualdo.

— Vou dar-te uma notícia agradável — disse o Josino ao Romualdo, uma noite, no quarto em que dormiam. — Adivinha o que é.

— Não posso.

— Vamos ter um casamento daqui a meses...

— Quem?

— O juiz municipal.

— Com quem casa?

— Com a prima Lucinda.

Romualdo deu um salto, pálido, fremente; depois conteve-se, e começou a disfarçar. Josino, que trazia o plano de cor, confiou ao colega um romance em que o juiz municipal fazia o menos judiciário dos papéis, e a prima aparecia como a mais louca das namoradas. Concluiu dizendo que a demora do casamento era porque o tio, profundo católico, mandara pedir ao papa a fineza de vir casar a filha em Guaratinguetá. O papa chegaria em maio ou junho. Romualdo entre pasmado e incrédulo, não tirava os olhos do colega; este soltou, enfim, uma risada. Romualdo compreendeu tudo e contou-lhe tudo.

Cinco dias depois, veio ele à corte, lacerado de saudades e coroado de esperanças. Na corte, começou a escrever um livro, que era nada menos que o próprio caso de Guaratinguetá: um poeta de grande talento, futuro ministro, futuro homem de Estado, coração puro, caráter elevado e nobre, que amava uma moça de quinze anos, um anjo, bela como a aurora, santa como a Virgem, alma digna de emparelhar com a dele, filha de um fazendeiro etc. Era só pôr os pontos nos is. Este romance, à medida que ele o ia escrevendo, lia-o ao amigo Fernandes, o mesmo a quem confiara o projeto do casamento e da viagem à Europa, como se viu daquele trecho de uma carta. "Não nos faltarão meios, graças a Deus, e meios de viajar à larga... Que felicidade! Eu, Lucinda, o bom Fernandes..." Era esse.

— Então, pronto? palavra? Vais conosco? — dizia-lhe na corte o Romualdo.
— Pronto.
— Pois é coisa feita. Este ano, em chegando as férias, vou a Guaratinguetá, e peço-a... Eu podia pedi-la antes, mas não me convém. Então é que hás de pôr o caiporismo na rua...
— Ele volta depois — suspirava o Fernandes.
— Não volta; digo-te que não volta; fecho-lhe a porta com chave de ouro.

E toca a escrever o livro, a contar a união das duas almas, perante Deus e os homens, com muito luar claro e transparente, muita citação poética, algumas em latim. O romance foi acabado em São Paulo, e mandado para o *Eco de Guaratinguetá*, que começou logo a publicá-lo, recordando-me que o autor era o mesmo dos versos dados por ele no ano anterior.

Romualdo consolou-se do vagar dos meses, da tirania dos professores e do fastio dos livros, carteando-se com o Fernandes e falando ao Josino, só e unicamente a respeito da gentil paulista. Josino contou-lhe muita reminiscência caseira, episódios da infância de Lucinda, que o Romualdo escutava cheio de um sentimento religioso, mesclado de um certo desvanecimento de marido. E tudo era mandado depois ao Fernandes, em cartas que não acabavam mais, de cinco em cinco dias, pela mala daquele tempo. Eis o que dizia a última das cartas, escrita ao entrar das férias: "Vou agora a Guaratinguetá. Conto pedi-la daqui a pouco; e, em breve, estarei casado na corte; e daqui a algum tempo mar em fora. Prepara as malas, patife; anda, tratante, prepara as malas. Velhaco! É com o fim de viajar que me animaste no namoro? Pois agora aguenta-te...".

E três laudas mais dessas ironias graciosas, meigas indignações de amigo, que o outro leu, e a que respondeu com estas palavras: "Pronto para o que der e vier!".

Não, não ficou pronto para o que desse e viesse; não ficou pronto, por exemplo, para a cara triste, abatida, com que dois meses depois lhe entrou em casa, à rua da Misericórdia, o nosso Romualdo. Nem para a cara triste, nem para o gesto indignado com que atirou o chapéu ao chão. Lucinda traíra-o! Lucinda amava o promotor! E contou-lhe como o promotor, mancebo de vinte e seis anos, nomeado poucos meses antes, tratara logo de cortejar a moça, e tão tenazmente que ela em pouco tempo estava caída.

— E tu?
— Que havia de fazer?

— Teimar, lutar, vencer.

— Pensas que não? Teimei; fiz o que era possível, mas... Ah! se tu soubesses que as mulheres... Quinze anos! Dezesseis anos, quando muito! Pérfida desde o berço... Teimei... Pois não havia de teimar? E tinha por mim o Josino, que lhe disse as últimas. Mas que queres? O tal promotor das dúzias... Enfim, vão casar.

— Casar?

— Casar, sim! — berrou o Romualdo, irritado.

E roía as unhas, calado ou dando umas risadinhas concentradas, de raiva; depois, passava as mãos pelos cabelos, dava socos, deitava-se na rede, a fumar cinco, dez, quinze cigarros...

V
NO ESCRITÓRIO

De ordinário, o estudo é também um recurso para os que têm alguma coisa que esquecer na vida. Isto pensou o nosso Romualdo, isto praticou imediatamente, recolhendo-se a São Paulo, onde continuou até acabar o curso jurídico. E, realmente, não foram precisos muitos meses para convalescer da triste paixão de Guaratinguetá. É certo que, ao ver a moça, dois anos depois do desastre, não evitou uma tal ou qual comoção; mas, o principal estava feito.

— Virá outra — pensava ele consigo.

E, com os olhos no casamento e na farda de ministro, fez as suas primeiras armas políticas no último ano acadêmico. Havia então na capital da província uma folha puramente comercial; Romualdo persuadiu o editor a dar uma parte política, e encetou uma série de artigos que agradaram. Tomado o grau, deu-se uma eleição provincial; ele apresentou-se candidato a um lugar na assembleia; mas, não estando ligado a nenhum partido, recolheu pouco mais de dez votos, talvez quinze. Não se pense que a derrota o abateu; ele recebeu-a como um fato natural, e alguma coisa o consolou: a inscrição do seu nome entre os votados. Embora poucos, os votos eram votos; eram pedaços da soberania popular que o vestiam a ele, como digno da escolha. Quantos foram os cristãos no dia do Calvário? Quantos eram naquele ano de 1864? Tudo estava sujeito à lei do tempo.

Romualdo veio pouco depois para a corte, e abriu escritório de advocacia. Simples pretexto. Afetação pura. Comédia. O escritório era um ponto no globo, onde ele podia, tranquilamente, fumar um charuto e prometer ao Fernandes uma viagem ou uma inspetoria de alfândega, se não preferisse seguir a política. O Fernandes estava por tudo; tinha um lugar no foro, lugar ínfimo, de poucas rendas e sem futuro. O vasto programa do amigo, companheiro de infância, um programa em que os diamantes de uma senhora reluziam ao pé da farda de um ministro, no fundo de um cupê, com ordenanças atrás, era dos que arrastam consigo todas as ambições adjacentes. O Fernandes fez esse raciocínio: — Eu, por mim, nunca hei de ser nada; o Romualdo não esquecerá que fomos meninos. E toca a andar para o escritório do Romualdo. Às vezes, achava-o a escrever um artigo político, ouvia-o ler, copiava-o se era necessário, e no dia seguinte servia-lhe de trombeta: um artigo magnífico, uma obra-prima, não dizia só como erudição, mas como estilo, principalmente como estilo, coisa muito superior ao Otaviano, ao Rocha, ao Paranhos, ao Firmino etc. — Não há dúvida — concluía ele — é o nosso Paul-Louis Courier.

Um dia, o Romualdo recebeu-o com esta notícia:
— Fernandes, creio que a espingarda que me há de matar está fundida.
— Como? não entendo.
— Vi-a ontem...
— A espingarda?
— A espingarda, o obus, a pistola, o que tu quiseres; uma arma deliciosa.
— Ah!... alguma pequena? — disse vivamente o Fernandes.
— Qual pequena! Grande, uma mulher alta, muito alta. Coisa de truz. Viúva e fresca: vinte e seis anos. Conheceste o B...? é a viúva.
— A viúva do B...? Mas é realmente um primor! Também eu a vi, ontem, no largo de São Francisco de Paula; ia entrar no carro... Sabes que é um cobrinho bem bom? Dizem que duzentos...
— Duzentos? Põe-lhe mais cem.
— Trezentos, hein? Sim, senhor; é papa-fina!
E enquanto ele dizia isto, e outras coisas, com o fim, talvez, de animar o Romualdo, este ouvia-o calado, torcendo a corrente do relógio, e olhando para o chão, com um ar de riso complacente à flor dos lábios...
— Tlin, tlin, tlin — bateu o relógio de repente.
— Três horas! — exclamou Romualdo levantando-se. — Vamos! — Mirou-se a um espelho, calçou as luvas, pôs o chapéu na cabeça, e saíram.

No dia seguinte e nos outros, a viúva foi o assunto, não principal, mas único, da conversa dos dois amigos, no escritório, entre onze horas e três. O Fernandes cuidava de manter o fogo sagrado, falando da viúva ao Romualdo, dando-lhe notícias dela, quando casualmente a encontrava na rua. Mas não era preciso tanto, porque o outro não pensava em coisa diferente; ia aos teatros, a ver se a achava, à rua do Ouvidor, a alguns saraus, fez-se sócio do Cassino. No teatro, porém, só a viu algumas vezes, e no Cassino, dez minutos, sem ter tempo de lhe ser apresentado ou trocar um olhar com ela; dez minutos depois da chegada dele, retirava-se a viúva, acometida de uma enxaqueca.

— Realmente, é caiporismo! — dizia ele no dia seguinte, contando o caso ao Fernandes.
— Não desanimes por isso — redarguia este. — Quem desanima, não faz nada. Uma enxaqueca não é a coisa mais natural do mundo?
— Lá isso é.
— Pois então?

Romualdo apertou a mão ao Fernandes, cheio de reconhecimento, e o sonho continuou entre os dois, cintilante, vibrante, um sonho que valia por duas mãos cheias de realidade. Trezentos contos! O futuro certo, a pasta de ministro, o Fernandes inspetor de alfândega, e, mais tarde, bispo do tesouro, dizia familiarmente o Romualdo. Era assim que eles enchiam as horas do escritório; digo que enchiam as horas do escritório, porque o Fernandes para ligar de uma vez a sua fortuna à de César deixou o emprego ínfimo que tinha no foro e aceitou o lugar de escrevente que o Romualdo lhe ofereceu, com o ordenado de oitenta mil-réis. Não há ordenado pequeno ou grande, senão comparado com a soma de trabalho que impõe. Oitenta mil-réis, em relação às necessidades do Fernandes, podia ser uma retribuição escassa, mas cotejado com o serviço efetivo eram os presentes de Artaxerxes... O Fernandes tinha fé em todos os raios da estrela do Romualdo: — o conjugal, o forense, o político. Enquanto a estrela guardava os raios por baixo de uma nuvem grossa, ele, que sabia que a nuvem era passageira, deitara-se no sofá, dormitando e sonhando de parceria com o amigo.

Nisto apareceu um cliente ao Romualdo. Nem este, nem o Fernandes estavam preparados para um tal fenômeno, verdadeira fantasia do destino. Romualdo chegou ao extremo de crer que era um emissário da viúva, e esteve a ponto de piscar o olho ao Fernandes, que se retirasse, para dar mais liberdade ao homem. Este, porém, cortou de uma tesourada essa ilusão; vinha "propor uma causa ao senhor doutor". Era outro sonho, e se não tão belo, ainda belo. Fernandes apressou-se em dar cadeira ao homem, tirar-lhe o chapéu e guarda-chuva, perguntar se lhe fazia mal o ar nas costas, enquanto Romualdo com uma intuição mais verdadeira das coisas, recebia-o ouvia-o com um ar cheio de clientes, uma fisionomia de quem não faz outra coisa desde manhã até a noite, senão arrazoar libelos e apelações. O cliente, lisonjeado com as maneiras do Fernandes, ficou atado e medroso diante do Romualdo; mas ao mesmo tempo deu graças ao céu por ter vindo a um escritório onde o advogado era tão procurado e o escrevente tão atencioso. Expôs o caso, que era um embargo de obra nova, ou coisa equivalente. Romualdo acentuava cada vez mais o fastio da fisionomia, levantando o lábio, abrindo as narinas, ou coçando o queixo com a faca de marfim; ao despedir o cliente, deu-lhe a ponta dos dedos; o Fernandes levou-o até o patamar da escada.

— Recomende muito o meu negócio ao senhor doutor — disse-lhe o cliente.
— Deixe estar.
— Não se esqueça; ele pode esquecer no meio de tanta coisa, e o patife... Quero mostrar àquele patife, que me não há de embolar... não; não esqueça, e creia que... não me esquecerei também...
— Deixe estar.

O Fernandes esperou que ele descesse; ele desceu, fez-lhe de baixo uma profunda zumbaia, e enfiou pelo corredor fora, contentíssimo com a boa inspiração que tivera em subir àquele escritório.

Quando o Fernandes voltou à sala, já o Romualdo folheava um formulário para redigir a petição inicial. O cliente ficara de lhe trazer daí a pouco a procuração; trouxe-a; o Romualdo recebeu-a glacialmente; o Fernandes tirou daquela presteza as mais vivas esperanças.

— Então? — dizia ele ao Romualdo, com as mãos na cintura. — Que me dizes tu a este começo? Trata bem da causa, e verás que é uma procissão delas pela escada acima.

Romualdo estava realmente satisfeito. Todas as ordenações do Reino, toda a legislação nacional bailavam no cérebro dele, com a sua numeração árabe e romana, os seus parágrafos, abreviaturas, coisas que, por secundárias que fossem, eram aos olhos dele como as fitas dos toucados, que não trazem beleza às mulheres feias, mas dão realce às bonitas. Sobre esta simples causa edificou o Romualdo um castelo de vitórias jurídicas. O cliente foi visto multiplicar-se em clientes, os embargos em embargos; os libelos vinham repletos de outros libelos, uma torrente de demandas.

Entretanto, o Romualdo conseguiu ser apresentado à viúva, uma noite, em casa de um colega. A viúva recebeu-o com certa frieza; estava de enxaqueca. Romualdo saiu de lá exaltadíssimo; pareceu-lhe (e era verdade) que ela não rejeitara dois ou três olhares dele. No dia seguinte, contou tudo ao Fernandes, que não ficou menos contente.

— Bravo! — exclamou ele. — Eu não te disse? É ter paciência; tem paciência. Ela ofereceu-te a casa?

— Não; estava de enxaqueca.

— Outra enxaqueca! Parece que não padece de mais nada? Não faz mal; é moléstia de moça bonita.

Vieram buscar um artigo para a folha política; Romualdo, que o não escrevera, mal pôde alinhar, à pressa, alguns conceitos chochos, a que a folha adversa respondeu com muita superioridade. O Fernandes, logo depois, lembrou-lhe que findava-lhe certo prazo no embargo da obra nova; ele arrazoou nos autos, também às pressas, tão às pressas que veio a perder a demanda. Que importa? A viúva era tudo. Trezentos contos! Daí a dias, era o Romualdo convidado para um baile. Não se descreve a alma com que ele saiu para essa festa, que devia ser o início da bem-aventurança. Chegou; vinte minutos depois soube que era o primeiro e último baile da viúva, que dali a dois meses casava com um capitão-de-fragata.

VI
TROCA DE ARTIGOS

A segunda queda amorosa do Romualdo fê-lo desviar os olhos do capítulo feminino. As mulheres sabem que elas são como o melhor vinho de Chipre, e que os protestos de namorados não diferem dos que fazem os bêbados. Acresce que o Romualdo era levado também, e principalmente, da ambição, e que a ambição permanecia nele, como alicerce de casa derrubada. Acresce mais que o Fernandes, que pusera no Romualdo um mundo de esperanças, forcejava por levantá-lo e animá-lo a outra aventura.

— Que tem? — dizia-lhe. — Pois uma mulher que se casa deve agora fazer com que um homem não se case mais? Isso até nem se diz; você não deve contar a ninguém que teve semelhante ideia...

— Conto... Se conto!

— Ora essa!

— Conto, confesso, digo, proclamo — replicava o Romualdo, tirando as mãos das algibeiras das calças, e agitando-as no ar. Depois tornou a guardar as mãos, e continuou a passear de um lado para outro.

O Fernandes acendeu um cigarro, tirou duas fumaças e prosseguiu no discurso anterior. Mostrou-lhe que, afinal de contas, a culpa era do acaso; ele viu-a tarde; já ela estava de namoro com o capitão-de-fragata. Se aparece mais cedo, a vitória era dele. Não havia duvidar, que seria dele a vitória. E agora, falando franco, agora é que ele devia casar com outra, para mostrar que não lhe faltam noivas.

— Não — acrescentou o Fernandes —; esse gostinho de ficar solteiro é que eu não lhe dava. Você não conhece as mulheres, Romualdo.

— Seja o que for.

Não insistiu o Fernandes; contou decerto que a ambição do amigo, as circunstâncias e o acaso trabalhariam melhor do que todos os seus raciocínios.

— Está bom, não falemos mais nisso — concluiu ele.

Tinha um cálculo o Romualdo: trocar os artigos do programa. Em vez de ir do casamento para o parlamento, e de marido a ministro de Estado, resolveu proceder inversamente: primeiro seria deputado e ministro, depois casaria rico. Entre nós, dizia ele consigo, a política não exige riqueza; não é preciso muitos cabedais para ocupar um lugar na Câmara ou no Senado, ou no ministério. E, ao contrário, um ministro candidato à mão de uma viúva é provável que vença qualquer outro candidato, embora forte, embora capitão-de-fragata. Não acrescentou que no caso de um capitão-de-fragata a vitória era matematicamente certa se ele fosse ministro da Marinha, porque uma tal reflexão exigiria espírito jovial e repousado, e o Romualdo estava deveras abatido.

Decorreram alguns meses. Em vão o Fernandes chamava a atenção do Romualdo para cem rostos de mulheres, falava-lhe de herdeiras ricas, fazendeiras viúvas; nada parecia impressionar o jovem advogado, que só cuidava agora de política. Entregara-se com alma ao jornal, frequentava as influências parlamentares, os chefes das deputações. As esperanças políticas começaram a viçar na alma dele, com uma exuberância descomunal, e passavam à alma do Fernandes, que afinal entrara no raciocínio do amigo, e concordava em que ele casasse depois de ministro. O Romualdo vivia deslumbrado; os chefes davam-lhe sorrisos prenhes de votos, de lugares, de pastas; batiam-lhe no ombro; apertavam-lhe a mão com certo mistério.

— Antes de dois anos, tudo isto muda — dizia ele confidencialmente ao Fernandes.

— Já está mudado — acudiu o outro.

— Não achas?

— Muito mudado.

Com efeito, os políticos que frequentavam o escritório e a casa do Romualdo diziam a este que as eleições estavam perto e que o Romualdo devia vir para a Câmara. Era uma ingratidão do partido, se não viesse. Alguns repetiam-lhe frases benévolas dos chefes; outros aceitavam jantares, por conta dos que ele tinha de dar depois de eleito. Vieram as eleições; e o Romualdo apresentou-se candidato pela corte. Aqui nasceu, aqui era conhecido, aqui devia ter a vitória ou a derrota. Os amigos afirmavam-lhe que seria a vitória, custasse o que custasse.

A campanha, na verdade, foi rude. O Romualdo teve de vencer primeiramente os competidores, as intrigas, as desconfianças etc. Não dispondo de dinheiro, cuidou de o pedir emprestado, para certas despesas preliminares, embora poucas; e, vencida essa segunda parte da luta, entrou na terceira, que foi a dos cabos eleitorais e arranjos de votos. O Fernandes deu então a medida do que vale um amigo sincero e dedicado, um agente convencido e resoluto; fazia tudo, artigos, cópias, leitura de provas, recados, pedidos, ia de um lado para outro, suava, bufava, comia mal, dormia mal, chegou ao extremo de brigar em plena rua com um agente do candidato adverso, que lhe fez uma contusão na face.

Veio o dia da eleição. Nos três dias anteriores, a luta assumira proporções hercúleas. Mil notícias nasciam e morriam dentro de uma hora. Eram capangas vendidos, cabos paroquiais suspeitos de traição, cédulas roubadas, ou extraviadas: era o diabo. A noite da véspera foi terrível de ansiedade. Nem o Romualdo nem o Fernandes puderam conciliar o sono antes das três horas da manhã; e, ainda assim, o Romualdo acordou três ou quatro vezes, no meio das peripécias de um sonho delicioso. Ele via-se eleito, orando na Câmara, propondo uma moção de desconfiança, triunfando, chamado pelo novo presidente do Conselho a ocupar a pasta da Marinha. Ministro, fez uma brilhante figura; muitos o louvavam, outros muitos o mordiam, complemento necessário à vida pública. Subitamente, aparece-lhe uma viúva bela e rica, pretendida por um capitão-de-fragata; ele manda o capitão-de-fragata para as Antilhas, dentro de vinte e quatro horas, e casa com a viúva. Nisto acordou; eram sete horas.

— Vamos à luta — disse ele ao Fernandes.

Saíram para a luta eleitoral. No meio do caminho, o Romualdo teve uma reminiscência de Bonaparte, e disse ao amigo: "Fernandes, é o sol de Austerlitz!". Pobre Romualdo, era o sol de Waterloo.

— Ladroeira! — bradou o Fernandes. — Houve ladroeira de votos! Eu vi o miolo de algumas cédulas.

— Mas por que não reclamaste na ocasião? — disse Romualdo.

— Supus que era da nossa gente — confessou o Fernandes mudando de tom.

Com miolo ou sem miolo, a verdade é que o pão eleitoral passou à boca do adversário, que deixou o Romualdo em jejum. O desastre abateu-o muito; começava a ficar cansado da luta. Era um simples advogado sem causas. De todo o programa da adolescência, nenhum artigo se podia dizer cumprido, ou em caminho de o ser. Tudo lhe fugia, ou por culpa dele, ou por culpa das circunstâncias.

A tristeza do Romualdo foi complicada pelo desânimo do Fernandes, que começava a descer da estrela de César, e a arrepender-se de ter trocado de emprego. Ele dizia muitas vezes ao amigo, que a moleza era má qualidade, e que o foro começava a aborrecê-lo; duas afirmações, à primeira vista, incoerentes, mas que se ajustavam neste pensamento implícito: — Você nunca há de ser coisa nenhuma, e eu não estou para aturá-lo.

Com efeito, daí a alguns meses, o Fernandes meteu-se em não sei que empresa, e retirou-se para Curitiba. O Romualdo ficou só. Tentou alguns casamentos que, por um ou outro motivo, falharam; e tornou à imprensa política, em que criou, com poucos meses, dívidas e inimigos. Deixou a imprensa, e foi para a roça. Disseram-lhe que aí podia fazer alguma coisa. De fato, alguma coisa o procurou, e ele não foi malvisto; mas, meteu-se na política local, e perdeu-se. Gastou cinco anos inutilmente; pior do que inutilmente, com prejuízo. Mudou de localidade; e tendo a experiência da primeira, pôde viver algum tempo, e com certa mediania. Entretanto, casou; a senhora não era opulenta, como ele inserira no programa, mas era fecunda; ao cabo de cinco anos, tinha o Romualdo seis filhos. Seis filhos não se educam nem se sustentam com seis vinténs. As necessidades do Romualdo cresceram; os recursos, naturalmente, diminuíram. Os anos avizinhavam-se.

— Onde os meus sonhos? onde o meu programa? — dizia ele consigo, às vezes.

As saudades vinham, principalmente, nas ocasiões de grandes crises políticas no país, ou quando chegavam as notícias parlamentares da corte. Era então que ele remontava até a adolescência, aos planos de Bonaparte rapaz, feitos por ele e não realizados nunca. Sim, criar na mente um império, e governar um escritório modesto de poucas causas... Mas isso mesmo foi amortecendo com os anos. Os anos, com o seu grande peso no espírito do Romualdo, cercearam-lhe a compreensão das ambições enormes; e o espetáculo das lutas locais acanhou-lhe o horizonte. Já não lutava, deixara a política: era simples advogado. Só o que fazia era votar com o governo, abstraindo do pessoal político dominante, e abraçando somente a ideia superior do poder. Não poupou alguns desgostos, é verdade, porque nem toda a vila chegava a entender a distinção; mas, enfim, não se deixou levar de paixões, e isso bastava a afugentar uma porção de males.

No meio de tudo, os filhos eram a melhor das compensações. Ele amava-os a todos igualmente com uma queda particular ao mais velho, menino esperto, e à última, menina graciosíssima. A mãe criara-os a todos e estava disposta a criar o que havia de vir, e contava cinco meses de gestação.

— Seja o que for — dizia o Romualdo à mulher —; Deus nos há de ajudar.

Dois pequenos morreram-lhe de sarampão; o último nasceu morto. Ficou reduzido a quatro filhos. Já então ia em quarenta e cinco anos, estava todo grisalho, fisionomia cansada; felizmente, gozava saúde, e ia trabalhando. Tinha dívidas, é verdade, mas pagava-as, restringindo certa ordem de necessidades. Aos cinquenta anos estava alquebrado; educava os filhos; ele mesmo ensinara-lhes as primeiras letras.

Vinha às vezes à corte e demorava-se pouco. Nos primeiros tempos, mirava-a com pesar, com saudades, com uma certa esperança de melhora. O programa reluzia-lhe aos olhos. Não podia passar pela frente da casa onde tivera escritório, sem apertar-se-lhe o coração e sentir uns ímpetos de mocidade. A rua do Ouvidor, as lojas elegantes, tudo lhe dava ares do outro tempo, e emprestavam-lhe alguma energia, que ele levava para a roça. E então nos primeiros tempos, trabalhava com uma lamparina de esperança no coração. Mas o azeite era pouco, e a lamparina apagava-se depressa. Isso mesmo cessou com o tempo. Já vinha à corte, fazia o que tinha de fazer, e voltava, frio, indiferente, resignado.

Um dia, tinha ele cinquenta e três anos, os cabelos brancos, o rosto encarquilhado, vindo à corte com a mulher, encontrou na rua um homem que lhe pareceu o Fernandes. Estava avelhantado, é certo; mas a cara não podia ser de outro. O que menos se parecia com ele era o resto da pessoa, a sobrecasaca esmerada, o botim de verniz, a camisa dura com um botão de diamante ao peito.

— Querem ver? é o Romualdo! — disse ele.
— Como estás, Fernandes?
— Bem; e tu, que andas fazendo?
— Moro fora; advogado da roça. Tu és naturalmente banqueiro...

Fernandes sorriu lisonjeado. Levou-o a jantar, e explicou-lhe que se metera em empresa lucrativa, e fora abençoado pela sorte. Estava bem. Morava fora, no Paraná. Veio à corte ver se podia arranjar uma comenda. Tinha um hábito; mas tanta gente lhe dava o título de comendador, que não havia remédio senão fazer do dito certo.

— Ora o Romualdo!
— Ora o Fernandes!
— Estamos velhos, meu caro.
— Culpa dos anos — respondeu tristemente o Romualdo.

Dias depois o Romualdo voltou à roça, oferecendo a casa ao velho amigo. Este ofereceu-lhe também os seus préstimos em Curitiba. De caminho, o Romualdo recordava, comparava e refletia.

— No entanto, ele não fez programa — dizia amargamente. E depois:
— Foi talvez o programa que me fez mal; se não pretendesse tanto...

Mas achou os filhos à porta da casa; viu-os correr a abraçá-lo e à mãe, sentiu os olhos úmidos, e contentou-se com o que lhe coubera. E, então, comparando ainda uma vez os sonhos e a realidade, lembrou-lhe Schiller, que lera vinte e cinco anos antes, e repetiu com ele: "Também eu nasci na Arcádia...". A mulher, não entendendo a frase, perguntou-lhe se queria alguma coisa. Ele respondeu-lhe: — A tua alegria e uma xícara de café.

A Estação, *31 de dezembro de 1882 a 15 de março de 1883; Machado de Assis.*

A ideia do Ezequiel Maia

A ideia do Ezequiel Maia era achar um mecanismo que lhe permitisse rasgar o véu ou revestimento ilusório que dá o aspecto material às coisas. Ezequiel era idealista. Negava abertamente a existência dos corpos. Corpo era uma ilusão do espírito, necessária aos fins práticos da vida, mas despida da menor parcela de realidade. Em vão os amigos lhe ofereciam finas viandas, mulheres deleitosas, e lhe pediam que negasse, se podia, a realidade de tão excelentes coisas. Ele lastimava, comendo, a ilusão da comida; lastimava-se a si mesmo, quando tinha ante si os braços magníficos de uma senhora. Tudo concepção do espírito; nada era nada. Esse mesmo nome de Maia não o tomou ele, senão como um símbolo. Primitivamente, chamava-se Nóbrega; mas achou que os hindus celebram uma deusa, mãe das ilusões, a que dão o nome de Maia, e tanto bastou para que trocasse por ele o apelido de família.

A opinião dos amigos e parentes era que este homem tinha o juízo a juros naquele banco invisível, que nunca paga os juros, e, quando pode, guarda o capital. Parece que sim; parece também que ele não tocou de um salto o fundo do abismo, mas escorregando, indo de uma restauração da cabala para outra da astrologia, da astrologia à quiromancia, da quiromancia à charada, da charada ao espiritismo, do espiritismo ao niilismo idealista. Era inteligente e lido; formara-se em matemáticas, e os professores desta ciência diziam que ele a conhecia como gente.

Depois de largo cogitar, achou Ezequiel um meio: abstrair-se pelo nariz. Consistia em fincar os olhos na extremidade do nariz, à maneira do faquir, embotando a sensibilidade ao ponto de perder toda a consciência do mundo exterior. Cairia então o véu ilusório das coisas; entrar-se-ia no mundo exclusivo dos espíritos. Dito e feito. Ezequiel metia-se em casa, sentava-se na poltrona, com as mãos espalmadas nos joelhos, e os olhos na ponta do nariz. Pela afirmação dele, a abstração operava-se em vinte minutos, e poderia fazer-se mais cedo, se ele não tivesse o nariz tão extenso. A inconveniência de um nariz comprido é que o olhar, desde que transpusesse uma certa linha, exercia mais facilmente a miserável função ilusória. Vinte minutos, porém, era o prazo razoável de uma boa abstração. O Ezequiel ficava horas e horas, e às vezes dias e dias, sentado, sem se mexer, sem ver nem ouvir; e a família (um irmão e duas sobrinhas) preferia deixá-lo assim a acordá-lo; não se cansaria, ao menos, na perpétua agitação do costume.

— Uma vez abstrato — dizia ele aos parentes e familiares —, liberto-me da ilusão dos sentidos. A aparência da realidade extingue-se, como se não fosse mais do que um fumo sutil, evaporado pela substância das coisas. Não há então corpos; entesto com os espíritos, penetro-os, revolvo-os, congrego-me, transfundo-me neles. Não sonhaste a noite passada comigo, Micota?

— Sonhei, titio — mentia a sobrinha.

— Não era sonho; era eu mesmo que estava contigo; por sinal que me pedias as festas, e eu prometi-te um chapéu, um bonito chapéu enfeitado de plumas...

— Isso é verdade — acudia a sobrinha.

— Tudo verdade, Micota; mas a verdade única e verdadeira. Não há outra; não pode haver verdade contra verdade, assim como não há sol contra sol.

As experiências do Ezequiel repetiram-se durante seis meses. Nos dois primeiros meses, eram simples viagens universais; percorria o globo e os planetas dentro de poucos minutos, aniquilava os séculos, abrangia tudo, absorvia tudo, difundia-se em tudo. Saciou assim a primeira sede da abstração. No terceiro mês, começou uma série de excursões analíticas. Visitou primeiramente o espírito do padeiro da esquina, de um barbeiro, de um coronel, de um magistrado, vizinhos da mesma rua; passou depois ao resto da paróquia, do distrito e da capital, e recolheu quantidade de observações interessantes. No quarto mês empreendeu um estudo que lhe comeu cinquenta e seis dias: achar a filiação das ideias, e remontar à primeira ideia do homem. Escreveu sobre este assunto uma extensa memória, em que provou a todas as luzes, que a primeira ideia do homem foi o círculo, não sendo o homem simbolicamente outra coisa: — um círculo lógico, se o considerarmos na pura condição espiritual; e se o tomarmos com o invólucro material, um círculo vicioso. E exemplificava. As crianças brincam com arcos, fazem rodas umas com as outras; os legisladores parlamentares sentam-se geralmente em círculo, e as constantes alterações do poder, que tanta gente condena, não são mais do que uma necessidade fisiológica e política de fazer circular os homens. Que são a infância e a decrepitude, senão as duas pontas ligadas deste círculo da vida? Tudo isso lardeado de trechos latinos, gregos e hebraicos, verdadeiro pesadelo, fruto indigesto de uma inteligência pervertida. No sexto mês...

— Ah! meus amigos, o sexto mês é que me trouxe um achado sublime, uma solução ao problema do senso moral. Para os não cansar, restrinjo-me ao exame comparativo que fiz em dois indivíduos da nossa rua, o Neves do nº 25, e o Delgado. Sabem que eles ainda são parentes.

E aí começou o Ezequiel uma narração tão extraordinária, que os amigos não puderam ouvir sem algum interesse. Os dois vizinhos eram da mesma idade, mais ou menos, quarenta e tantos anos, casados, com filhos, sendo que o Neves liquidara o negócio desde algum tempo, e vivia das rendas, ao passo que o Delgado continuara o negócio, e justamente falira três semanas antes.

— Vocês lembram-se ter visto o Delgado entrar aqui em casa um dia muito triste?

Ninguém se lembrava, mas todos disseram que sim.

— Desconfiei do negócio — continuou o Ezequiel —, abstraí-me, e fui direito a ele. Achei-lhe a consciência agitada, gemendo, contorcendo-se; perguntei-lhe o que era, se tinha praticado alguma morte, e respondeu-me que não; não praticara morte nem roubo, mas espancara a mulher, metera-lhe as mãos na cara, sem motivo, por um assomo de cólera. Cólera passageira, disse-lhe, e uma vez que façam as pazes... — Estão feitas — acudiu ele —; Zeferina perdoou-me tudo, chorando; ah! doutor, é uma santa mulher! — E então? — Mas não posso esquecer que lhe dei, não me perdoo isto; sei que foi na cegueira da raiva, mas não posso perdoar-me, não posso. E a consciência tornou a doer-lhe, como a princípio, inquieta, convulsa. Dá cá aquele livro, Micota.

Micota trouxe-lhe o livro, um livro manuscrito, in-fólio, capa de couro escuro e lavrado. O Ezequiel abriu-o na página cento e quarenta, onde o nome do Delgado estava escrito com esta nota: "Este homem possui o senso moral". Escrevera a nota, logo depois daquele episódio; e todas as experiências futuras não vieram senão confirmar-lhe a primeira observação.

— Sim, ele tem o senso moral — continuou o Ezequiel. — Vocês vão ver se me enganei. Dias depois, tendo-me abstraído, fui logo a ele, e achei-o na maior agitação. — Adivinho, disse-lhe; houve outra expansão muscular, outra correção... Não me respondeu nada; a consciência mordia-se toda, presa de um furor extraordinário. Como se apaziguasse de quando em quando, aproveitei os intervalos para teimar com ele. Disse-me então que jurara falso para salvar um amigo, ato de covardia e de impiedade. Para atenuá-lo, lembrava-se dos tormentos da véspera, da luta que sustentara antes de fazer a promessa de ir jurar falso; recordava também a amizade antiga ao interessado, os favores recebidos, uns de recomendação, outros de amparo, alguns de dinheiro; advertia na obrigação de retribuir os benefícios, na ridicularia de uma gratidão teórica, sentimental, e nada mais. Quando ele amontoava essas razões de justificação ou desculpa, é que a consciência parecia tranquila; mas, de repente, todo o castelo voava a um piparote desta palavra: "Não devias ter jurado falso". E a consciência revolvia-se, frenética, desvairada, até que a própria fadiga lhe trazia algum descanso.

Ezequiel referiu ainda outros casos. Contou que o Delgado, por sugestões de momento, faltara algumas vezes à verdade, e que, a cada mentira, a consciência raivosa dava sopapos em si mesma. Enfim, teve o desastre comercial, e faliu. O sócio, para abrandar a inclemência dos fados, propôs-lhe um arranjo de escrituração. Delgado recusou a pés juntos; era roubar os credores, não devia fazê-lo. Debalde o sócio lhe demonstrava que não era roubar os credores, mas resguardar a família, coisa diferente. Delgado abanou a cabeça. Não e não; preferia ficar pobre, miserável, mas honrado; onde houvesse um recanto de cortiço e um pedaço de carne-seca, podia viver. Demais, tinha braços. Vieram as lágrimas da mulher, que lhe não pediu nada mas trouxe as lágrimas e os filhos. Nem ao menos as crianças vieram chorando; não, senhor; vieram alegres, rindo, pulando muito, sublinhando assim a crueldade da fortuna. E o sócio, ardilosamente ao ouvido: — Ora vamos; veja você se é lícito trair a confiança destes inocentes. Veja se... Delgado afrouxou e cedeu.

— Não, nunca me há de esquecer o que então se passou naquela consciência — continuou o Ezequiel—; era um tumulto, um clamor, uma convulsão diabólica, um ranger de dentes, uma coisa única. O Delgado não ficava quieto três minutos; ia de um lado para outro, atônito, fugindo a si mesmo. Não dormiu nada a primeira noite. De manhã saiu para andar à toa; pensou em matar-se; chegou a entrar em uma casa de armas, à rua dos Ourives, para comprar um revólver, mas advertiu que não tinha dinheiro, e retirou-se. Quis deixar-se esmagar por um carro. Quis enforcar-se com o lenço. Não pensava no código; por mais que o revolvesse, não achava lá a ideia da cadeia. Era o próprio delito que o atormentava. Ouvia vozes misteriosas que lhe davam o nome de falsário, de ladrão; e a consciência dizia-lhe que sim, que ele era um ladrão e um falsário. Às vezes pensava em comprar um bilhete de Espanha, tirar a sorte grande, convocar os credores, confessar tudo, e pagar-lhes integralmente, com juro, um juro alto, muito alto, para puni-lo do crime... Mas a consciência replicava logo que era um sofisma, que os credores seriam pagos, é verdade, mas só os credores. O ato ficava intacto. Queimasse ele os livros e dispersasse as cinzas ao vento, era a mesma coisa; o crime subsistia. Assim passou três noites, três noites cruéis, até que no quarto dia, de manhã, resolveu ir ter com o Neves e revelar-lhe tudo.

— Descanse, titio — disse-lhe uma das sobrinhas, assustada com o fulgor dos olhos do Ezequiel.

Mas o Ezequiel respondeu que não estava cansado, e contaria o resto.

O resto era estupendo. O Neves lia os jornais no terraço, quando o Delgado lhe apareceu. A fisionomia daquele era tão bondosa, a palavra com que o saudou — "Anda cá, Juca!" vinha tão impregnada da velha familiaridade, que o Delgado esmoreceu. Sentou-se ao pé dele, acanhado, sem força para lhe dizer nem lhe pedir nada, um conselho, ou, quando menos, uma consolação. Em que língua narraria o delito a um homem cuja vida era um modelo, cujo nome era um exemplo? Viveram juntos; sabia que a alma do Neves era como um céu imaculado, que só interrompia o azul para cravejá-lo de estrelas. Estas eram as boas palavras que ele costumava dizer aos amigos. Nenhuma ação que o desdourasse. Não espancara a mulher, não jurara falso, não emendara a escrituração, não mentiu, não enganou ninguém.

— Que tem você? — perguntou o Neves.

— Vou contar-lhe uma coisa grave — explodiu o Delgado —; peço-lhe desde já que me perdoe.

Contou-lhe tudo. O Neves, que a princípio o ouvira com algum medo, por ele lhe ter pedido perdão, depressa respirou; mas não deixou de reprovar a imprudência do Delgado. Realmente, onde tinha ele a cabeça para brincar assim com a cadeia? Era negócio grave; urgia abafá-lo, e, em todo caso, estar alerta. E recordava-lhe o conceito em que sempre teve o tal sócio. "Você defendia-o então; aí tem a bela prenda. Um maluco!" O Delgado, que trazia consigo o remorso, sentiu incutir-se-lhe o terror; e, em vez de um remédio, levou duas doenças.

— Justos céus! — exclamou consigo o Ezequiel. — Dar-se-á que este Neves não tenha o senso moral?

Não o deixou mais. Esquadrinhou-lhe a vida; talvez alguma ação do passado, alguma coisa... Nada; não achou nada. As reminiscências do Neves eram todas de uma vida regular, metódica, sem catástrofes, mas sem infrações. O Ezequiel estava atônito. Não podia conciliar tanta limpeza de costumes com a absoluta ausência de senso moral. A verdade, porém, é que o contraste existia. Ezequiel ainda advertiu na sutileza do fenômeno e na conveniência de verificá-lo bem. Dispôs-se a uma longa análise. Entrou a acompanhar o Neves a toda a parte, em casa, na rua, no teatro, acordado ou dormindo, de dia ou de noite.

O resultado era sempre o mesmo. A notícia de uma atrocidade deixava-o interiormente impassível; a de uma indignidade também. Se assinava qualquer petição (e nunca recusou nenhuma) contra um ato impuro ou cruel, era por uma razão de conveniência pública, a mesma que o levava a pagar para a Escola Politécnica, embora não soubesse matemáticas. Gostava de ler romances e de ir ao teatro; mas não entendia certos lances e expressões, certos movimentos de indignação, que atribuía a excessos de estilo. Ezequiel não lhe perdia os sonhos, que eram, às vezes, extraordinários. Este, por exemplo: sonhou que herdara as riquezas de um nababo, forjando ele mesmo o testamento e matando o testador. De manhã, ainda na cama, recordou todas as peripécias do sonho, com os olhos no teto, e soltou um suspiro.

Um dia, um fâmulo do Neves, andando na rua, viu cair uma carteira do bolso de um homem, que caminhava adiante dele, apanhou-a e guardou-a. De noite, porém, surgiu-lhe este caso de consciência: — se um caído era o mesmo que um achado. Referiu o negócio ao Neves, que lhe perguntou, antes de tudo, se o homem vira cair a carteira; sabendo que não, levantou os ombros. Mas, conquanto o fâmulo fosse grande amigo dele, o Neves arrependeu-se do gesto, e, no dia seguinte, recomendou-lhe a entrega da carteira; eis as circunstâncias do caso. Indo de bonde, o condutor esqueceu-se de lhe pedir a passagem; Neves, que sabia o valor do dinheiro, saboreou mentalmente esses duzentos réis caídos; mas advertiu que algum passageiro poderia ter notado a falta, e, ostensivamente, por cima da cabeça de outros, deu a moeda ao condutor. Uma ideia traz outra; Neves lembrou-se que alguém podia ter visto cair a carteira e apanhá-la o fâmulo; foi a este, e compeliu-o a anunciar o achado. "A consideração pública, Bernardo, disse ele, é a carteira que nunca se deve perder."

Ezequiel notou que este adágio popular — ladrão que furta a ladrão tem cem anos de perdão — estava incrustado na consciência do Neves, e parecia até inventado por ele. Foi o único sentimento de horror ao crime que lhe achou; mas, analisando-o, descobriu que não era senão um sentimento de desforra contra o segundo roubado, o aplauso do logro, uma consolação no prejuízo, um antegosto do castigo que deve receber todo aquele que mete a mão na algibeira dos outros.

Realmente, um tal contraste era de ensandecer ao homem mais ajuizado do universo. O Ezequiel fez essa mesma reflexão aos amigos e parentes; acrescentou que jurara aos seus deuses achar a razão do contraste, ou suicidar-se. Sim, ou morreria, ou daria ao mundo civilizado a explicação de um fenômeno tão estupendo como a contradição da consciência do Neves com as suas ações exteriores...

Enquanto ele falava assim, os olhos chamejavam muito. Micota, a um sinal do pai, foi buscar à janela uma das quartinhas d'água, que ali estavam ao fresco, e trouxe-a a Ezequiel. Profundo Ezequiel! tudo entendeu, mas aceitou a água, bebeu dois ou três goles, e sorriu para a sobrinha. E continuou dizendo que sim, senhor, que acharia a razão, que a formularia em um livro de trezentas páginas...

— Trezentas páginas, estão ouvindo? Um livro grosso assim...

E estendia três dedos. Depois descreveu o livro. Trezentas páginas, com estampas, uma fotografia da consciência do Neves e outra das suas ações. Jurava que ia mandar o livro a todas as academias do universo, com esta conclusão em forma de epígrafe: "Há virtualmente um pequeno número de gatunos, que nunca furtaram um par de sapatos".

— Coitado! — diziam os amigos descendo as escadas. — Um homem de tanto talento!

Gazeta de Notícias, 30 de março de 1883; Machado de Assis.

História comum

— Caí na copa do chapéu de um homem que passava... Perdoe-me este começo; é um modo de ser épico. Entro em plena ação. Já o leitor sabe que caí, e caí na copa do chapéu de um homem que passava; resta dizer donde caí e por que caí.

Quanto à minha qualidade de alfinete, não é preciso insistir nela. Sou um simples alfinete vilão, modesto, não alfinete de adorno, mas de uso, desses com que as mulheres do povo pregam os lenços de chita, e as damas de sociedade os fichus, ou as flores, ou isto, ou aquilo. Aparentemente vale pouco um alfinete; mas, na realidade, pode exceder ao próprio vestido. Não exemplifico; o papel é pouco, não há senão o espaço de contar a minha aventura.

Tinha-me comprado uma triste mucama. O dono do armarinho vendeu-me, com mais onze irmãos, uma dúzia, por não sei quantos réis; coisa de nada. Que destino! Uma triste mucama. Felicidade — este é o seu nome — pegou no papel em que estávamos pregados, e meteu-o no baú. Não sei quanto tempo ali estive; saí um dia de manhã para pregar o lenço de chita que a mucama trazia ao pescoço. Como o lenço era novo, não fiquei grandemente desconsolado. E depois a mucama era asseada e estimada, vivia nos quartos das moças, era confidente dos seus namoros e arrufos; enfim, não era um destino principesco, mas também não era um destino ignóbil.

Entre o peito da Felicidade e o recanto de uma mesa velha, que ela tinha na alcova, gastei uns cinco ou seis dias. De noite, era despregado e metido numa caixinha de papelão, ao canto da mesa; de manhã, ia da caixinha ao lenço. Monótono, é verdade; mas a vida dos alfinetes, não é outra. Na véspera do dia em que se deu a minha aventura, ouvi falar de um baile no dia seguinte, em casa de um desembargador que fazia anos. As senhoras preparavam-se com esmero e afinco, cuidavam das rendas, sedas, luvas, flores, brilhantes, leques, sapatos; não se pensava em outra coisa senão no baile do desembargador. Bem quisera eu saber o que era um baile, e ir a ele; mas uma tal ambição podia nascer na cabeça de um alfinete, que não saía do lenço de uma triste mucama? — Certamente que não. O remédio era ficar em casa.

— Felicidade — diziam as moças, à noite, no quarto —, dá cá o vestido. Felicidade, aperta o vestido. Felicidade, onde estão as outras meias?

— Que meias, nhanhã?

— As que estavam na cadeira...

— Uê! nhanhã! Estão aqui mesmo.

E Felicidade ia de um lado para outro, solícita, obediente, meiga, sorrindo a todas, abotoando uma, puxando as saias de outra, compondo a cauda desta, consertando o diadema daquela, tudo com um amor de mãe, tão feliz como se fossem suas filhas. E eu vendo tudo. O que me metia inveja eram os outros alfinetes. Quando os via ir da boca da mucama, que os tirava da toalete, para o corpo das moças, dizia comigo, que era bem bom ser alfinete de damas, e damas bonitas que iam a festas.

— Meninas, são horas!
— Lá vou, mamãe! — disseram todas.

E foram, uma a uma, primeiro a mais velha, depois a mais moça, depois a do meio. Esta, por nome Clarinha, ficou arranjando uma rosa no peito, uma linda rosa; pregou-a e sorriu para a mucama.

— Hum! hum! — resmungou esta. — Seu Florêncio hoje fica de queixo caído...

Clarinha olhou para o espelho, e repetiu consigo a profecia da mucama. Digo isto, não só porque me pareceu vê-lo no sorriso da moça, como porque ela voltou-se pouco depois para a mucama, e respondeu sorrindo:

— Pode ser.
— Pode ser? Vai ficar mesmo.
— Clarinha, só se espera por você.
— Pronta, mamãe!

Tinha prendido a rosa, às pressas, e saiu.

Na sala estava a família, dois carros à porta; desceram enfim, e Felicidade com elas, até a porta da rua. Clarinha foi com a mãe no segundo carro; no primeiro foi o pai com as outras duas filhas. Clarinha calçava as luvas, a mãe dizia que era tarde; entraram; mas, ao entrar caiu a rosa do peito da moça. Consternação desta; teima da mãe que era tarde, que não valia a pena gastar tempo em pregar a rosa outra vez. Mas Clarinha pedia que se demorasse um instante, um instante só, e diria à mucama que fosse buscar um alfinete.

— Não é preciso, sinhá; aqui está um.

Um era eu. Que alegria a de Clarinha! Com que alvoroço me tomou entre os dedinhos, e me meteu entre os dentes, enquanto descalçava as luvas. Descalçou-as: pregou comigo a rosa, e o carro partiu. Lá me vou no peito de uma linda moça, prendendo uma bela rosa, com destino ao baile de um desembargador. Façam-me o favor de dizer se Bonaparte teve mais rápida ascensão. Não há dois minutos toda a minha prosperidade era o lenço pobre de uma pobre mucama. Agora, peito de moça bonita, vestido de seda, carro, baile, lacaio que abre a portinhola, cavalheiro que dá o braço à moça, que a leva escada acima; uma escada suada de tapetes, lavada de luzes, aromada de flores... Ah! enfim! eis-me no meu lugar.

Estamos na terceira valsa. O par de Clarinha é o dr. Florêncio, um rapaz bonito, bigode negro, que a aperta muito e anda à roda como um louco. Acabada a valsa, fomos passear os três, ele murmurando-lhe coisas meigas, ela arfando de cansaço e comoção, e eu fixo, teso, orgulhoso. Seguimos para a janela. O dr. Florêncio declarou que era tempo de autorizá-lo a pedi-la.

— Não se vexe; não é preciso que me diga nada; basta que me aperte a mão.

Clarinha apertou-lhe a mão; ele levou-a à boca e beijou-a; ela olhou assustada para dentro.

— Ninguém vê — continuou o dr. Florêncio —; amanhã mesmo escreverei a seu pai.

Conversaram ainda uns dez minutos, suspirando coisas deliciosas, com as mãos presas. O coração dela batia! Eu, que lhe ficava em cima, é que sentia as pancadas do pobre coração. Pudera! Noiva entre duas valsas. Afinal, como era mister voltar à sala, ele pediu-lhe um penhor, a rosa que trazia ao peito.

— Tome...

E despregando a rosa, deu-a ao namorado, atirando-me, com a maior indiferença, à rua... Caí na copa do chapéu de um homem que passava e...

A Estação, *15 de abril de 1883*; Machado de Assis.

O destinado

Ao entrar no carro, cerca das quatro horas da manhã, Delfina trazia consigo uma preocupação grave, que eram ao mesmo tempo duas. Isto pede alguma explicação. Voltemos à primeira valsa.

A primeira valsa que Delfina executou no salão do coronel foi um puro ato de complacência. O irmão dela apresentou-lhe um amigo, o bacharel Soares, seu companheiro de casa no último ano da academia, uma pérola, um talento etc. Só não acrescentou que era dono de um rico par de bigodes, e aliás podia dizê-lo sem mentir nem exagerar nada. Curvo, gracioso, com os bigodes espetados no ar, o bacharel Soares pediu à moça uma roda de valsa; e esta, depois de três segundos de hesitação, respondeu que sim. Por que hesitação? por que complacência? Voltemos à primeira quadrilha.

Na primeira quadrilha o par de Delfina fora outro bacharel, o bacharel Antunes, tão elegante como o valsista, embora não tivesse o rico par de bigodes, que ele substituía por um par de olhos mansos. Delfina gostou dos olhos mansos; e, como se eles não bastassem a dominar o espírito da moça, o bacharel Antunes juntava a esse mérito o de uma linguagem doce, canora, todas as seduções da conversação. Em poucas palavras, acabada a quadrilha, Delfina achou no bacharel Antunes os característicos de um namorado.

— Agora vou sentar-me um pouco — disse-lhe ela depois de passear alguns minutos.

O Antunes acudiu com uma frase tão piegas, que não a ponho aqui para não desconcertar o estilo; mas, realmente, foi coisa que deu à moça uma ideia avantajada do rapaz. Verdade é que Delfina não tinha o espírito muito exigente; era um bom coração, excelente índole, educada a primor, amiga de bailar, mas sem largos horizontes intelectuais: — quando muito, um pedaço de azul visto da janela de um sótão.

Contentou-se, portanto, com a frase do bacharel Antunes, e sentou-se pensativa. Quanto ao bacharel, ao longe, defronte, conversando aqui e ali, não tirava os olhos da bela Delfina. Gostava dos olhos dela, dos seus modos, elegância, graça...

— É a flor do baile — dizia ele a um parente da família.

— A rainha — emendou este.

— Não, a flor — teimou o primeiro; e, com um tom adocicado: — Rainha dá ideia de domínio e imposição, ao passo que a flor traz a sensação de uma celeste embriaguez de aromas.

Delfina, logo que teve notícia desta frase, declarou de si para si que o bacharel Antunes era um moço de grande merecimento, e um digníssimo marido. Note-se que ela partilhava a mesma opinião acerca da distinção entre rainha e flor; e, posto aceitasse qualquer das duas definições, todavia achou que a escolha da flor e a sua explicação eram obra acertada e profundamente sutil.

Ora, em tais circunstâncias, é que o bacharel Soares pediu-lhe uma valsa. A primeira valsa era sua intenção dá-la ao bacharel Antunes; mas ele não apareceu então, ou porque estivesse no bufê, ou porque realmente não gostasse de valsar. Que remédio senão dá-la ao outro? Levantou-se, aceitou o braço do par, ele cingiu-lhe delicadamente a cintura, e ei-los no turbilhão. Pararam daí a pouco; o bacharel Soares teve a delicada audácia de lhe chamar sílfide.

— Na verdade — acrescentou ele — é valsista de primeira ordem.

Delfina sorriu, com os olhos baixos, não espantada do cumprimento, mas satisfeita de o ouvir. Deram outra volta, e o bacharel Soares, com muita delicadeza, repetiu o elogio. Não é preciso dizer que ele a conchegava ao corpo com certa pressão respeitosa e amorosa ao mesmo tempo. Valsaram mais, valsaram muito, ele dizendo-lhe coisas amáveis ao ouvido, ela escutando-o corada e delirante...

Aí está explicada a preocupação de Delfina, aliás duas, porque tanto os bigodes de um como os olhos mansos do outro iam com ela dentro do carro, às quatro horas da manhã. A mãe achou que ela estava com sono; e Delfina explorou o erro, deixando cair a cabeça para trás, cerrando os olhos e pensando nos dois namorados. Sim, dois namorados. A moça tentava sinceramente escolher um deles, mas o preterido sorria-lhe com tanta graça que era pena deixá-lo; elegia então esse, mas o outro dizia-lhe coisas tão doces, que não mereciam tal desprezo. O melhor seria fundi-los ambos, unir os bigodes de um aos olhos de outro, e meter esse conjunto divino no coração; mas como? Um era um, outro era outro. Ou um, ou outro.

Assim entrou ela em casa; assim recolheu-se aos aposentos. Antes de se despir, deixou-se cair em uma cadeira, com os olhos no ar; tinha a alma longe, dividida em duas partes, uma parte nas mãos de Antunes, outra nas de Soares. Cinco horas! era tempo de repousar. Delfina começou a despir-se e despentear-se, lentamente, ouvindo as palavras do Antunes, sentindo a pressão do Soares, encantada, cheia de uma sensação extraordinária. No espelho, pareceu-lhe ver os dois rapazes, e involuntariamente voltou a cabeça; era ilusão! Enfim, rezou, deitou-se, e dormiu.

Que a primeira ideia da donzela, ao acordar, fosse para os dois pares da véspera, nada há que admirar, desde que na noite anterior, ou velando ou sonhando, não pensou em outra coisa. Assim ao vestir, assim ao almoçar.

— Fifina ontem conversou muito com um moço de bigodes grandes — disse uma das irmãzinhas.

— Boas! foi com aquele que dançou a primeira quadrilha — emendou a outra irmã.

Delfina zangou-se; mas vê-se que as pequenas acertaram. Os dois cavalheiros tinham tomado conta dela, do seu espírito, do seu coração; a tal ponto que as pequenas deram por isso. O que se pergunta é se o fato de um amor assim duplo é possível; talvez que sim, desde que não haja saído da fase preparatória, inicial; e esse era o caso de Delfina. Mas enfim, cumpria escolher um deles.

Devine, si tu peux, et choisis, si tu l'oses.

Delfina achou que a eleição não era urgente, e fez um cálculo que prova da parte dela certa sagacidade e observação; disse consigo que o próprio tempo excluiria o condenado, em proveito do destinado. Quando eu menos pensar, disse ela, estou amando deveras ao escolhido.

Escusado é acrescentar que não disse nada ao irmão, em primeiro lugar porque não são coisas que se digam aos irmãos, e em segundo lugar porque ele conhecia um dos concorrentes. Demais, o irmão, que era advogado novo, e trabalhava muito, estava nessa manhã tão ocupado no gabinete, que nem veio almoçar.

— Está com gente de fora — disse-lhe uma das pequenas.

— Quem é?

— Um moço.

Delfina sentiu bater-lhe o coração. Se fosse o Antunes! Era cedo, é verdade, nove horas apenas; mas podia ser ele que viesse buscar o outro para almoçar. Imaginou logo um acordo feito na véspera, entre duas quadrilhas, e atribuiu ao Antunes o plano luminoso de ter assim entrada na família...

E foi, foi, devagarinho, até a porta do gabinete do irmão. Não podia ver de fora; as cortinas ficavam naturalmente por dentro. Não ouvia falar, mas um ou outro rumor de pés ou de cadeiras. Que diabo! Teve uma ideia audaciosa: empurrar devagarinho a porta e espiar pela fresta. Fê-lo; e que desilusão! viu ao lado do irmão um rapaz seco, murcho, acanhado, sem bigodes nem olhos mansos, com o chapéu nos joelhos, e um ar modesto, quase pedinte. Era um cliente do jovem advogado. Delfina recuou lentamente, comparando a figura do pobre-diabo com a dos dois concorrentes da véspera, e rindo da ilusão. Por que rir? Coisas de moça. A verdade é que ela casou daí a um ano justamente com o pobre-diabo. Leiam os jornais do tempo; lá está a notícia do consórcio, da igreja, dos padrinhos etc. Não digo o ano, porque eles querem guardar o incógnito, mas procurem que hão de achar.

A Estação, 30 de abril de 1883; Machado de Assis.

Troca de datas

I

— Deixa-te de partes, Eusébio; vamos embora; isto não é bonito. Cirila...

— Já lhe disse o que tenho de dizer, tio João — respondeu Eusébio. — Não estou disposto a tornar à vida de outro tempo. Deixem-me cá no meu canto. Cirila que fique...

— Mas, enfim, ela não te fez nada.

— Nem eu digo isso. Não me fez coisa nenhuma; mas... para que repeti-lo? Não posso aturá-la.

— Virgem Santíssima! Uma moça tão sossegada! Você não pode aturar uma moça, que é até boa demais?

— Pois, sim; eu é que sou mau; mas deixem-me.

Dizendo isto, Eusébio caminhou para a janela, e ficou olhando para fora. Dentro, o tio João, sentado, fazia circular o chapéu-do-chile no joelho, fitando o chão com um ar aborrecido e irritado. Tinha vindo na véspera, e parece que com a certeza de voltar à fazenda levando o prófugo Eusébio. Nada tentou durante a noite, nem antes do almoço. Almoçaram; preparou-se para dar uma volta na cidade, e, antes de sair, meteu ombros ao negócio. Vã tentativa! Eusébio disse que não, e repetiu que não, à tarde, e no dia seguinte. O tio João chegou a ameaçá-lo com a presença de Cirila; mas a ameaça não surtiu melhor efeito, porque Eusébio declarou positivamente que, se tal sucedesse, então é que ele faria coisa pior. Não disse o que era, nem era fácil achar coisa pior do que o abandono da mulher, a não ser o suicídio ou o assassinato; mas vamos ver que nenhuma destas hipóteses era sequer imaginável. Não obstante, o tio João teve medo do pior, pela energia do sobrinho, e resignou-se a tornar à fazenda sem ele.

De noite, falaram mansamente da fazenda e de outros negócios de Piraí; falaram também da guerra, e da batalha de Curuzu, em que Eusébio entrara, e donde saíra sem ferimento, adoecendo dias depois. De manhã, despediram-se; Eusébio deu muitas lembranças para a mulher, mandou-lhe mesmo alguns presentes, trazidos de propósito de Buenos Aires, e não se falou mais na volta.

— Agora, até quando?
— Não sei; pretendo embarcar daqui a um mês ou três semanas, e depois, não sei; só quando a guerra acabar.

II

Há uma porção de coisas que estão patentes ou se deduzem do capítulo anterior. Eusébio abandonou a mulher, foi para a guerra do Paraguai, veio ao Rio de Janeiro, nos fins de 1866, doente, com licença. Volta para a campanha. Não odeia a mulher, tanto que lhe manda lembranças e presentes. O que se não pode deduzir tão claramente é que Eusébio é capitão de voluntários; é capitão, tendo ido tenente; portanto, subiu de posto, e, na conversa com o tio, prometeu voltar coronel.

Agora, por que motivo, sendo a mulher tão boa, e, não a odiando ele, pois que lhe remete uns mimos, comprados para ela, de propósito, não aqui, mas já em Buenos Aires, por que motivo, digo eu, resiste o capitão Eusébio à proposta de vir ver Cirila? *That is the rub*. Eis aí justamente o ponto intrincado. A imaginação perde-se em um mar de conjecturas, sem achar nunca o porto da verdade, ou pelo menos, a angra da verossimilhança. Não; há uma angra; parece-me que o leitor sagaz, não atinando com outro motivo, recorre à incompatibilidade de gênio, único modo de explicar este capitão, que manda presentes à consorte, e a repele.

Sim e não. A questão reduz-se a uma troca de datas. Troca de datas? Mas... Sim, senhor, troca de datas, uma cláusula psicológica e sentimental, uma coisa que o leitor não entende, nem entenderá se se não der ao trabalho de ler este escrito.

Em primeiro lugar, fique sabendo que o nosso Eusébio nasceu em 1842; está com vinte e quatro anos, depois da batalha de Curuzu. Foi criado por um pai severo e uma mãe severíssima. A mãe faleceu em 1854; em 1862, o pai determinou casá-lo com a filha de um correligionário político, isto é, conservador, ou, para falar a linguagem do tempo e do lugar, saquarema. Essa moça é d. Cirila. Segundo todas as versões, até de adversários, d. Cirila era a primeira beleza da província, fruta da roça, não da corte, aonde já viera duas ou três vezes — fruta agreste e sadia. "Parece uma santa!" era o modo de exprimir a admiração dos que olhavam para ela; era assim que definiam a serenidade da fisionomia e a mansidão dos olhos. Da alma podia dizer-se a mesma coisa, uma criatura plácida, parecia cheia de paciência e doçura.

Saiba agora, em segundo lugar, que o nosso Eusébio não criticou a escolha do pai, aprovou-a, gostou da noiva logo que a viu. Ela também; ao alvoroço da virgem acresceu a simpatia que Eusébio lhe inspirou, mas uma e outra coisa, alvoroço e simpatia, não foram extraordinários, não subiram de certa medida escassa, compatível com a natureza de Cirila.

Com efeito, Cirila era apática. Nascera para as funções angélicas, servir ao Senhor, cantar nos coros divinos, com a sua voz fraca e melodiosa, mas sem calor, nem arrebatamentos. Eusébio não lhe viu senão os olhos, que eram, como digo, bonitos, e a boca fresca e bem rasgada; aceitou a noiva, e casaram-se daí a um mês.

A opinião de toda a gente foi unânime. — Um rapagão! diziam consigo as damas. E os rapazes: — Uma linda pequena! A opinião foi que o casamento não podia ser mais acertado e, portanto, devia ser felicíssimo. Pouco tempo depois de casados, morreu o pai de Eusébio; este convidou o tio a tomar conta da fazenda, e deixou-se ali ficar ao pé da mulher. São dois pombinhos, dizia o tio João aos amigos. E enganava-se. Era uma pomba e um gavião.

Dentro de quatro meses, as duas naturezas tão opostas achavam-se divorciadas. Eusébio tinha as paixões enérgicas, tanto mais enérgicas quanto que a educação as comprimira. Para ele o amor devia ser vulcânico, uma fusão de duas naturezas impetuosas; uma torrente em suma, figura excelente, que me permite o contraste do lago quieto. O lago era Cirila. Cirila era incapaz de paixões grandes, nem boas nem más; tinha a sensibilidade curta, e afeição moderada, quase nenhuma, antes obediência do que impulso, mais conformidade que arrojo. Não contradizia nada, mas também não exigia nada. Provavelmente, não teria ciúmes. Eusébio disse consigo que a mulher era um cadáver, e, lembrando-se do *Eurico*, emendou-lhe uma frase: — Ninguém vive atado a um cadáver, disse ele.

Três meses depois, deixou ele a mulher e a fazenda, tendo assinado todas as procurações necessárias. A razão dada foi a guerra do Paraguai; e, com efeito, ele ofereceu os seus serviços ao governo; mas não há inconveniente que uma razão nasça com outra, ao lado, ou dentro de si mesma. A verdade é que, na ocasião em que ele resolvia ir para a campanha, deliciava os habitantes do Piraí uma companhia de cavalinhos na qual uma certa dama, rija, de olhos negros e quentes, fazia maravilhas no trapézio e na corrida em pelo. Chamava-se Rosita; e era oriental. Eusébio assinou com essa representante da república vizinha um tratado de perpétua aliança, que durou dois meses. Foi depois do rompimento que Eusébio, tendo provado o vinho dos fortes, determinou deixar a água simples de casa. Não queria fazer as coisas com escândalo, e adotou o pretexto marcial. Cirila ouviu a notícia com tristeza, mas sem tumulto. Estava fazendo crivo; parou, fitou-o, parece que com os olhos um tanto úmidos, mas sem nenhum soluço e até nenhuma lágrima. Levantou-se e foi cuidar da bagagem. Creio que é tempo de acabar este capítulo.

III

Como não é intenção do escrito contar a guerra, nem o papel que lá fez o capitão Eusébio, corramos depressa ao fim, no mês de outubro de 1870, em que o batalhão de Eusébio voltou ao Rio de Janeiro, vindo ele major, e trazendo ao peito duas medalhas e dois oficialatos: um bravo. A gente que nas ruas e das janelas via passar os galhardos vencedores era muita, luzida e diversa. Não admira, se no meio de tal confusão o nosso Eusébio não viu a mulher. Era ela, entretanto, que estava debruçada da janela de uma casa da rua Primeiro de Março, com algumas parentas e amigas, e o infalível tio João.

— Olha, Cirila, olha, lá vem ele — dizia o bom roceiro.

Cirila baixou os olhos ao marido. Não o achou mudado, senão para melhor: pareceu-lhe mais robusto, mais gordo; além disso, tinha o ar marcial, que acentuava a figura. Não o tendo visto desde cinco anos, era natural que a comoção fosse forte, e algumas amigas, receosas, olhavam para ela. Mas Cirila não desmaiou, não se alvoroçou. O rosto ficou, sereno como era. Fitou Eusébio, é verdade, mas não muito tempo, e, em todo caso, como se ele tivesse saído daqui na semana anterior. O batalhão passou; o tio João saiu para ir esperar o sobrinho no quartel.

— Ora, vem cá, meu rapaz!

— Oh! tio João!

— Voltas cheio de glória! — exclamou o tio João depois de o abraçar apertadamente.

— Parece-lhe?

— Pois então! Lemos tudo que saiu nas folhas; você brilhou... Há de contar-nos isso depois. Cirila está na corte...

— Ah!

— Estamos em casa do Soares Martins.

Não se pode dizer que ele recebeu a notícia com desgosto: mas também não se pode afirmar que com prazer; indiferente, é verdade, indiferente e frio. A entrevista não foi mais alvoroçada; ambos apertaram as mãos com um ar de pessoas que se estimam sem intimidade. Três dias depois, Cirila voltava para a roça, e o major Eusébio deixava-se ficar na corte.

Já o fato de ficar é muito; mas, não se limitou a isso. Eusébio estava namorado de uma dama de Buenos Aires, que prometera vir ter com ele ao Rio de Janeiro. Não acreditando que ela cumprisse a palavra, preparou-se para tornar ao Rio da Prata, quando ela aqui aportou, quinze dias depois. Chamava-se Dolores, e era realmente bela, um belo tipo de argentina. Eusébio amava-a loucamente, ela não o amava de outro modo; ambos formavam um par de doidos.

Eusébio alugou casa na Tijuca, onde foram viver os dois, como um casal de águias. Os moradores do lugar contavam que eles eram um modelo de costumes e outro modelo de afeição. Com efeito, não davam escândalo e amavam-se com o ardor, a tenacidade e o exclusivismo das grandes paixões. Passeavam juntos, conversavam de si e do céu; ele deixava de ir à cidade três, cinco, seis dias, e quando ia era para se demorar o tempo estritamente necessário. Perto da hora de voltar, via-se a bela Dolores esperá-lo ansiosa à janela, ou ao portão. Um dia a demora foi além dos limites do costume; eram cinco horas da tarde, e nada; deram seis, sete, nem sombra de Eusébio. Ela não podia ter-se; ia de um ponto para outro, interrogava os criados, mandava um deles ver se aparecia o patrão. Não chorava, tinha os olhos secos, ardentes. Enfim, perto de oito horas, apareceu Eusébio. Vinha esbaforido; tinha ido à casa do ministro da Guerra, onde o oficial do gabinete lhe disse que sua excelência desejava falar-lhe, nesse mesmo dia. Voltou lá às quatro horas; não o achou, esperou-o até as cinco, até as seis; só às seis e meia é que o ministro voltou da Câmara, onde a discussão lhe tomara o tempo.

Ao jantar, contou Eusébio que o motivo da entrevista com o ministro da Guerra fora um emprego que ele pedira, e que o ministro, não podendo dar-lho, trocara por outro. Eusébio aceitou; era para o norte, na província do Pará...

— No Pará?! — interrompeu Dolores.

— Sim. Que tem?

Dolores refletiu um instante; depois disse que ele fazia muito bem aceitando, mas que ela não iria; receava os calores da província, tinha lá perdido uma amiga; provavelmente, voltava a Buenos Aires. O pobre major não pôde acabar de comer; instou com ela, mostrou-lhe que o clima era excelente, e que as amigas podiam morrer em qualquer parte. Mas a argentina abanou a cabeça. Sinceramente, não queria.

No dia seguinte, Eusébio desceu outra vez para pedir dispensa ao ministro, e rogar-lhe que o desculpasse, porque um motivo súbito, um incidente... Regressou à Tijuca, dispensado e triste; mas os olhos de Dolores curaram-lhe a tristeza em menos de um minuto.

— Já lá vai o Pará — disse ele alegremente.

— Sim?

Dolores agradeceu-lhe o sacrifício com um afago; abraçaram-se amorosos, como no primeiro dia. Eusébio estava contente com ter cedido; não advertiu que, se ele insistisse, Dolores embarcaria também. Ela não fez mais do que exercer a influência que tinha, para se não remover da capital; mas, assim como Eusébio sacrificou por ela o emprego, assim Dolores sacrificaria por ele o repouso. O que ambos queriam principalmente era não se separarem nunca.

Dois meses depois, veio a quadra dos ciúmes. Eusébio desconfiou de Dolores, Dolores desconfiou de Eusébio, e as tempestades desencadearam-se sobre a casa como o pampeiro do sul. Diziam um ao outro coisas duras, algumas ignóbeis; Dolores arremetia contra ele, Eusébio contra ela; espancavam-se e amavam-se. A opinião do lugar chegava ao extremo de dizer que eles se amavam melhor depois de espancados.

— São sistemas! — murmurava um comerciante inglês.

Assim se passou metade do ano de 1871. No princípio de agosto, recebeu Eusébio uma carta do tio João, que lhe dava notícia de que a mulher estava doente de cama, e queria falar-lhe. Eusébio mostrou a carta a Dolores. Não havia remédio senão ir; prometeu voltar logo... Dolores pareceu consentir, ou deveras consentiu na ocasião; mas duas horas depois, foi ter com ele, e ponderou-lhe que não se tratava de moléstia grave, senão o tio o diria na carta; provavelmente, era para tratar dos negócios da fazenda.

— Senão é tudo mentira — acrescentou ela.

Eusébio não tinha advertido na possibilidade de um invento, com o fim de o arrancar aos braços da bela Dolores, concordou que podia ser isso, e resolveu escrever. Escreveu com efeito, dizendo que por negócios urgentes não podia ir logo; mas que desejava saber tudo o que havia, não só a respeito da moléstia de Cirila, como dos negócios da fazenda. A carta era um modelo de hipocrisia. Foram com ela uns presentes para a mulher.

Não veio resposta. O tio João, indignado, não lhe respondeu nada. Cirila estava deveras doente, e a doença não era grave, nem foi longa; nada soube da carta, na ocasião; mas, quando ela se restabeleceu o tio disse-lhe tudo, ao dar-lhe os presentes que Eusébio lhe mandara.

— Não contes mais com teu marido — concluiu ele —; é um pelintra, um sem-vergonha...

— Oh! tio João! — repreendeu Cirila.

— Você ainda toma as dores por ele?

— Isto não é tomar as dores...

— Você é uma tola! — bradou o tio João.

Cirila não disse que não; também não disse que sim; não disse nada. Olhou para o ar, e foi dar umas ordens na cozinha. Para ser exato e minucioso, é preciso dizer que, durante o trajeto, Cirila pensou no marido; na cozinha, porém, só pensou na cozinheira. As ordens que deu saíram-lhe da boca, sem alteração de voz; e, lendo daí a pouco a carta do marido ao tio, fê-lo com saudade, é possível, mas sem indignação nem desespero. Há quem afirme que uma certa lágrima lhe caiu dos olhos no papel; mas se deveras caiu, não foi mais de uma; em todo caso, não chegou a apagar nenhuma letra, porque caiu na margem, e Eusébio escrevia com margens grandes todas as suas cartas...

IV

Dolores acabou. O que é que não acaba? Acabou Dolores poucos meses depois da carta de Eusébio à mulher, não morrendo, mas fugindo para Buenos Aires com um patrício. Eusébio padeceu muito, e resolveu matar os dois — ou, pelo menos, arrebatar a amante ao rival. Um incidente obstou a esse desastre.

Eusébio vinha do escritório da companhia de paquetes, onde fora tratar da passagem, quando sucedeu um desastre na rua do Rosário perto do beco das Cancelas: — um carro foi de encontro a uma carroça, e quebrou-a. Eusébio, apesar das preocupações de outra espécie, não pôde conter o movimento que tinha sempre em tais ocasiões para ir saber o que era, a extensão do desastre, a culpa do cocheiro, para chamar a polícia etc. Correu ao lugar; achou dentro do carro uma senhora, moça e bonita. Ajudou-a a sair, levou-a para uma casa, e não a deixou sem lhe prestar outros pequenos serviços; finalmente, deu-se como testemunha nas indagações policiais. Este último obséquio foi já um pouco interesseiro; a senhora deixara-lhe na alma uma deliciosa impressão. Soube que era viúva, fez-se encontradiço, e amaram-se. Quando ele confessou que era casado, d. Jesuína, que este era o nome dela, não pôde reter um dilúvio de lágrimas... Mas amavam-se, e amaram-se. A paixão durou um ano e mais, e não acabou por culpa dela, mas dele, cuja violência não raras vezes trazia atrás de si o fastio. D. Jesuína chorou muito, arrependeu-se; mas o fastio de Eusébio era completo.

Esquecidas as duas, aliás as três damas, porque é preciso contar a do circo, parecia que Eusébio ia voltar à fazenda e restituir-se à família. Não pensou em tal coisa. A corte seduzia-o; a vida solta entrara-lhe no sangue. Correspondia-se com a mulher e com o tio, mandava-lhes presentinhos e lembranças, chegara mesmo a anunciar que iria para casa daí a uma semana ou duas, pelo São João, pela Glória, mas ia-se deixando ficar. Enfim, um dia, ao mês de dezembro, chegou a preparar-se deveras, embora lhe custasse muito; mas um namoro novo o dissuadiu, e ele ficou outra vez.

Eusébio frequentava assiduamente os teatros, era doido por francesas e italianas, fazia verdadeiros desatinos, mas como era também feliz, os desatinos ficavam largamente compensados. As paixões eram enérgicas e infrenes; ele não podia resistir-lhes, não chegava mesmo a tentá-lo.

Cirila foi-se acostumando a viver separada. Afinal convenceu-se de que entre um e outro o destino ou a natureza cavara um abismo, e deixou-se estar na fazenda, com o tio João. O tio João concordava com a sobrinha.

— Tem razão — dizia ele —; vocês não nasceram um para o outro. São dois gênios contrários. Veja o que são às vezes os casamentos. Mas eu também tenho culpa, porque aprovei tudo.

— Ninguém podia adivinhar, tio João.

— Isso é verdade. E você ainda tem esperanças?

— De quê?

— De que ele volte?

— Nenhuma.

E, de fato, não esperava nada. Mas escrevia-lhe sempre — brandamente afetuosa, sem lágrimas, nem queixumes, nem pedido para voltar; não havia sequer saudades, dessas saudades de fórmula, nada. E era isto justamente o que quadrava ao espírito de Eusébio; eram essas cartas sem instância, que o não perseguiam nem exortavam, nem acusavam, como as do tio João; e era por isso que ele mantinha constante e regular a correspondência com a mulher.

Um dia — passados cinco anos — Cirila veio à corte, com o tio; esteve aqui cinco ou seis dias e voltou para a roça, sem procurar o marido. Este soube do caso, disseram-lhe que ela estava em certo hotel, correu para lá, mas era tarde. Cirila partira no trem da manhã. Eusébio escreveu-lhe no dia seguinte, chamando-lhe ingrata e esquecida; Cirila desculpou-se em dizer que tivera necessidade urgente de voltar, e não se falou mais nisso.

Durante esse tempo a vida de Eusébio continuara no mesmo diapasão. Os seus amores multiplicavam-se, e eram sempre mulheres tão impetuosas e ardentes, como ele. Uma delas, leoa ciumenta, duas ou três vezes lutara com outras, e até o feriu uma vez, deitando-lhe à cara uma tesoura. Chamava-se Sofia, e era rio-grandense. Tão depressa viu o sangue rebentar do queixo de Eusébio (a tesoura apanhara de leve essa parte do rosto) Sofia caiu sem sentidos. Eusébio esqueceu-se de si mesmo, para correr a ela. Voltando a si, ela pediu-lhe perdão, rojou-se-lhe aos pés, e foi curá-lo com uma dedicação de mãe. As cenas de ciúmes reproduziram-se assim, violentas, por parte de ambos.

Rita foi outra paixão de igual gênero, com iguais episódios, e não foi a última. Outras vieram, com outros nomes. Uma dessas deu lugar a um ato de delicadeza, realmente inesperado da parte de um homem como aquele. Era uma linda mineira, de nome Rosária, que ele encontrou no Passeio Público, um sábado, à noite.

— Cirila! — exclamou ele.

Com efeito, Rosária era a cara de Cirila, a mesma figura, os mesmos ombros; a diferença única era que a mulher dele tinha naturalmente os modos acanhados e modestos, ao passo que Rosária adquirira outras maneiras soltas. Eusébio não tardou em reconhecer isso mesmo. A paixão que esta mulher lhe inspirou foi grande; mas não menor foi o esforço que ele empregou para esquecê-la. A semelhança com a mulher constituía para ele um abismo. Nem queria ao pé de si esse fiel traslado, que seria ao mesmo tempo um remorso, nem também desejava fitar aqueles costumes livres, que lhe conspurcavam a imagem da mulher. Era assim que ele pensava, quando a via; ausente, voltava a paixão. Que era preciso para vencê-la, senão outra? Uma Clarinha consolou de Rosária, uma Luísa de Clarinha, uma Romana de Luísa etc. etc.

Não iam passando só as aventuras, mas os anos também, os anos que não perdoam nada. O coração de Eusébio tinha-se fartado de amor; a vida oferecera-lhe a taça cheia, e ele embriagara-se depressa. Estava cansado, e tinham passado oito anos. Pensou em voltar para casa, mas como? A vergonha dominou-o. Escreveu uma carta à mulher, pedindo-lhe perdão de tudo, mas rasgou-a logo, e ficou. O fastio veio sentar-se ao pé dele; a solidão acabrunhou-o. Cada carta de Cirila trazia-lhe o aroma da roça, a saudade de casa, a vida quieta ao lado da esposa constante e meiga, e ele tinha ímpetos de meter-se na estrada de ferro; mas a vergonha...

No mês de outubro de 1879, recebeu uma carta do tio João. Era a primeira depois de algum tempo; receou alguma notícia má, abriu-a, e preparou-se logo para seguir. Com efeito, Cirila estava doente, muito doente. No dia seguinte partiu. Ao ver, a distância, a fazenda, a casa, a capelinha, estremeceu e sentiu alguma coisa melhor, menos desatinado do que os anos perdidos. Entrou em casa trôpego. Cirila estava dormindo quando ele chegou, e, apesar dos pedidos do tio João, Eusébio foi ao quarto, pé ante pé, e contemplou-a. Saiu logo, escondendo os olhos; o tio João apertou-o nos braços, e contou-lhe tudo. Cirila adoecera de uma febre perniciosa, e o médico disse que o estado era gravíssimo, e a morte muito provável; felizmente, naquele dia de manhã, a febre cedera.

Cirila restabeleceu-se em poucos dias. Eusébio, durante os primeiros, consentiu em não ver a mulher, para lhe não produzir nenhum abalo; mas já sabemos que Cirila tinha os abalos insignificantes. Estendeu-lhe a mão, quando ele lhe apareceu, como se ele tivesse saído dali na semana anterior; tal qual se despedira antes, quando ele foi para a guerra.

— Agora é de vez? — perguntou o tio João ao sobrinho.

— Juro que é de vez.

E cumpriu. Não se pense que ficou constrangido, ou com o ar enfadado de um grande estroina que acabou. Nada; ficou amigo da mulher, meigo, brando, dado ao amor quieto, sem explosões, sem excessos qual o de Cirila. Quem os via podia crer que eram as duas almas mais homogêneas do universo; pareciam ter nascido um para o outro.

O tio João, homem rude e filósofo, ao vê-los agora tão unidos, confirmou dentro de si mesmo a observação que fizera uma vez, mas modificando-a, por este modo: — Não eram as naturezas que eram opostas, as datas é que se não ajustavam; o marido de Cirila é este Eusébio dos quarenta, não o outro. Enquanto quisermos combinar as datas contrárias, perdemos o tempo; mas o tempo andou e combinou tudo.

A Estação, *maio-junho de 1883; Machado de Assis.*

Questões de maridos

— O subjetivo... o subjetivo... Tudo através do subjetivo — costumava dizer o velho professor Moraes Pancada.

Era um sestro. Outro sestro era sacar de uma gaveta dois maços de cartas para demonstrar a proposição. Cada maço pertencia a uma de duas sobrinhas, já falecidas. A destinatária das cartas era a tia delas, mulher do professor, senhora de sessenta e tantos anos, e asmática. Esta circunstância da asma é perfeitamente ociosa para o nosso caso; mas isto mesmo lhes mostrará que o caso é verídico.

Luísa e Marcelina eram os nomes das sobrinhas. O pai delas, irmão do professor, morrera pouco depois da mãe, que as deixou crianças; de maneira que a tia é quem as criou, educou e casou. A primeira casou com dezoito anos, e a segunda com dezenove, mas casaram no mesmo dia. Uma e outra eram bonitas, ambas pobres.

— Coisa extraordinária! — disse o professor à mulher um dia.

— Que é?

— Recebi duas cartas, uma do Candinho, outra do Soares, pedindo... pedindo o quê?

— Diga.

— Pedindo a Luísa...

— Os dois?

— E a Marcelina.

— Ah!

Este *ah!* traduzido literalmente, queria dizer: — já desconfiava isso mesmo. O extraordinário para o velho professor era que o pedido de ambos fosse feito na mesma ocasião. Mostrou ele as cartas à mulher, que as leu, e aprovou a escolha. Candinho pedia a Luísa, Soares a Marcelina. Eram ambos moços, e pareciam gostar muito delas.

As sobrinhas, quando o tio lhes comunicou o pedido, já estavam com os olhos baixos; não simularam espanto, porque elas mesmas é que tinham dado autorização aos namorados. Não é preciso dizer que ambas declararam aceitar os noivos; nem que o professor, à noite, escovou toda a sua retórica para responder convenientemente aos dois candidatos.

Outra coisa que não digo — mas é por não saber absolutamente — é o que se passou entre as duas irmãs, uma vez recolhidas naquela noite. Por alguns leves cochichos, pode crer-se que ambas se davam por bem-aventuradas, propunham planos de vida, falavam deles, e, às vezes não diziam nada, deixando-se estar com as mãos presas e os olhos no chão. É que realmente gostavam dos noivos, e eles delas, e o casamento vinha coroar as suas ambições.

Casaram-se. O professor visitou-as no fim de oito dias, e achou-as felizes. Felizes, ou mais ou menos, se passaram os primeiros meses. Um dia, o professor teve de ir viver em Nova Friburgo, e as sobrinhas ficaram na corte, onde os maridos eram empregados. No fim de algumas semanas de estada em Nova Friburgo, eis a carta que a mulher do professor recebeu de Luísa:

> Titia,
> Estimo que a senhora tenha passado bem, em companhia do titio, e que dos incômodos vá melhor. Nós vamos bem. Candinho agora anda com muito trabalho, e não pode deixar a corte nem um dia. Logo que ele esteja mais desembaraçado iremos vê-los.
> Eu continuo feliz; Candinho é um anjo, um anjo do céu. Fomos domingo ao teatro da Fênix, e ri-me muito com a peça. Muito engraçada! Quando descerem, se a peça ainda estiver em cena, hão de vê-la também.
> Até breve, escreva-me, lembranças a titio, minhas e do Candinho.
>
> LUÍSA

Marcelina não escreveu logo, mas dez ou doze dias depois. A carta dizia assim:

> Titia,
> Não lhe escrevi há mais tempo, por andar com atrapalhações de casa; e aproveito esta abertazinha para lhe pedir que me mande notícias suas, e de titio. Eu não sei se poderei ir lá; se puder, creia que irei correndo. Não repare nas poucas linhas, estou muito aborrecida. Até breve.
>
> MARCELINA

— Vejam — comentava o professor —; vejam a diferença das duas cartas. A de Marcelina com esta expressão: — "estou muito aborrecida"; e nenhuma palavra do Soares. Minha mulher não reparou na diferença, mas eu notei-a, e disse-lha, ela entendeu aludir a isso na resposta, e perguntou-lhe como é que uma moça, casada de meses, podia ter aborrecimentos. A resposta foi esta:

> Titia,
> Recebi a sua carta, e estimo que não tenha alteração na saúde nem o titio. Nós vamos bem e por aqui não há novidade.
> Pergunta-me por que é que uma moça, casada de fresco, pode ter aborrecimentos? Quem lhe disse que eu tinha aborrecimentos? Escrevi que estava aborrecida, é verdade; mas então a gente não pode um momento ou outro deixar de estar alegre?
> É verdade que esses momentos meus são compridos, muito compridos. Agora mesmo, se lhe dissesse o que se passa em mim, ficaria admirada. Mas enfim Deus é grande...
>
> MARCELINA

— Naturalmente, a minha velha ficou desconfiada. Havia alguma coisa, algum mistério, maus-tratos, ciúmes, qualquer coisa. Escreveu-lhe pedindo que dissesse tudo, em particular, que a carta dela não seria mostrada a ninguém. Marcelina animada pela promessa, escreveu o seguinte:

> Titia,
> Gastei todo o dia a pensar na sua carta, sem saber se obedecesse ou não; mas, enfim, resolvi obedecer, não só porque a senhora é boa e gosta de mim, como porque preciso de desabafar.

É verdade, titia, padeço muito, muito; não imagina. Meu marido é um friarrão, não me ama, parece até que lhe causo aborrecimento.

Nos primeiros oito dias ainda as coisas foram bem: era a novidade do casamento. Mas logo depois comecei a sentir que ele não correspondia ao meu sonho de marido. Não era um homem terno, dedicado, firme, vivendo de mim e para mim. Ao contrário, parece outro, inteiramente outro, caprichoso, intolerante, gelado, pirracento, e não ficarei admirada se me disserem que ele ama a outra. Tudo é possível, por minha desgraça...

É isto que queria ouvir? Pois aí tem. Digo-lhe em segredo; não conte a ninguém, e creia na sua desgraçada sobrinha do coração.

MARCELINA

— Ao mesmo tempo que esta carta chegava às mãos da minha velha — continuou o professor —, recebia ela esta outra de Luísa:

Titia,

Há muitos dias que ando com vontade de escrever-lhe; mas ora uma coisa, ora outra, e não tenho podido. Hoje há de ser sem falta, embora a carta saia pequena.

Já lhe disse que continuo a ter uma vida muito feliz? Não imagina; muito feliz. Candinho até me chama doida quando vê a minha alegria; mas eu respondo que ele pode dizer o que quiser, e continuo a ser feliz, contanto que ele o seja também, e pode crer que ambos o somos. Ah! titia! em boa hora nos casamos! E Deus pague a titia e o titio que aprovaram tudo. Quando descem? Eu, pelo verão, quero ver se vou lá visitá-los. Escreva-me.

LUÍSA

E o professor, empunhando as cartas lidas, continuou a comentá-las, dizendo que a mulher não deixou de advertir na diferença dos destinos. Casadas ao mesmo tempo, por escolha própria, não acharam a mesma estrela, e ao passo que uma estava tão feliz, a outra parecia tão desgraçada.

— Consultou-me se devia indagar mais alguma coisa de Marcelina, e até se conviria descer por causa dela; respondi-lhe que não, que esperássemos; podiam ser arrufos de pequena monta. Passaram-se três semanas sem cartas. Um dia a minha velha recebeu duas, uma de Luísa, outra de Marcelina; correu primeiro à de Marcelina.

Titia,

Ouvi dizer que tinham passado mal estes últimos dias. Será verdade? Se for verdade ou não, mande-me dizer. Nós vamos bem, ou como Deus é servido. Não repare na tinta apagada; é de minhas lágrimas.

MARCELINA

A outra carta era longa; mas eis aqui o trecho final. Depois de contar um espetáculo no teatro Lírico, Luísa dizia assim:

...Em suma, titia, foi uma noite cheia, principalmente por estar ao lado do meu querido Candinho, que é cada vez mais angélico. Não imagina, não imagina. Diga-me: o titio foi assim também quando era moço? Agora, depois de velho, sei que é do mesmo gênero. Adeus, e até breve, para irmos ao teatro juntas.

LUÍSA

— As cartas continuaram a subir, sem alteração de nota, que era a mesma para ambas. Uma feliz, outra desgraçada. Nós afinal já estávamos acostumados com a situação. De certo tempo em diante, houve mesmo de parte de Marcelina uma ou outra diminuição de queixas; não que ela se desse por feliz ou satisfeita com a sorte; mas resignava-se, às vezes, e não insistia muito. As crises amiudavam-se, e as queixas tornavam ao que eram.

O professor leu ainda muitas cartas das duas irmãs. Todas confirmavam as primeiras; as duas últimas eram, principalmente, características. Sendo longas, não é possível transcrevê-las; mas vai o trecho principal. O de Luísa era este:

> ... O meu Candinho continua a fazer-me feliz, muito feliz. Nunca houve marido igual na terra, titio; não houve, nem haverá; digo isto porque é a verdade pura.

O de Marcelina era este:

> ... Paciência; o que me consola é que meu filho ou filha, se viver, será a minha consolação: nada mais...

— Então? — perguntaram as pessoas que escutavam o professor.
— Então, quê?... O subjetivo... O subjetivo...
— Explique-se.
— Está explicado, ou adivinhado, pelo menos. Comparados os dois maridos, o melhor, o mais terno, o mais fiel, era justamente o de Marcelina; o de Luísa era apenas um bandoleiro agradável, às vezes seco. Mas, um e outro, ao passarem pelo espírito das mulheres, mudavam de todo. Luísa, pouco exigente, achava o Candinho um arcanjo; Marcelina, coração insaciável, não achava no marido a soma de ternura adequada à sua natureza... O subjetivo... o subjetivo...

A Estação, 15 de julho de 1883; Machado de Assis.

Três consequências

D. Mariana Vaz está no derradeiro mês do primeiro ano de viúva. São 15 de dezembro de 1880, e o marido faleceu no dia 2 de janeiro, de madrugada, depois de uma bela festa do ano-bom, em que tudo dançou na fazenda, até os escravos. Não me peçam grandes notícias do finado Vaz; ou, se insistem por elas, ponham os olhos na viúva. A tristeza do primeiro dia é a de hoje. O luto é o mesmo. Nunca mais a alegria sorriu sequer na casa que vira a felicidade e a desgraça de d. Mariana.

Vinte e cinco anos, realmente, e vinte e cinco anos bonitos, não deviam andar de preto, mas cor-de-rosa ou azul, verde ou granada. Preto é que não. E, todavia, é a cor dos vestidos da jovem Mariana, uma cor tão pouco ajustada aos olhos dela, não porque estes também não sejam pretos, mas por serem moralmente azuis. Não sei se me fiz entender. Olhos lindos, rasgados, eloquentes; mas, por agora quietos e mudos. Não menos eloquente, e não menos calado é o rosto da pessoa.

Está a findar o ano da viuvez. Poucos dias faltam. Mais de um cavalheiro pretende a mão dela. Recentemente, chegou formado o filho de um fazendeiro importante da localidade; e é crença geral que ele restituirá ao mundo a bela viúva. O juiz municipal, que reúne à mocidade a viuvez, propõe-se a uma troca de consolações. Há um médico e um tenente-coronel indigitados como possíveis candidatos. Tudo vão trabalho! D. Mariana deixa-os andar, e continua fiel à memória do morto. Nenhum deles possui a força capaz de o fazer esquecer; — não, esquecer seria impossível; ponhamos substituir.

Mas, como ia dizendo, estava-se no derradeiro mês do primeiro ano. Era tempo de aliviar o luto. D. Mariana cuidou seriamente em mandar arranjar alguns vestidos escuros, apropriados à situação. Tinha uma amiga na corte, e determinou-se a escrever-lhe, remetendo-lhe as medidas. Foi aqui que interveio a tia dela, protetora do juiz municipal:

— Mariana, você por que não manda vir vestidos claros?
— Claros? Mas, titia, não vê que uma viúva...
— Viúva, sim; mas você não vai ficar viúva toda a vida.
— Como não?

A tia foi às do cabo:

— Mariana, você há de casar um dia; por que não escolhe já um bom marido? Sei de um, que é o melhor de todos, um homem honesto, sério, o doutor Costa...

Mariana interrompeu-a; pediu-lhe que, pelo amor de Deus, não lhe tocasse em tal assunto. Moralmente, estava casada. O casamento dela subsistia. Nunca seria infiel ao "seu Fernando". A tia levantou os ombros; depois lembrou-lhe que fora casada duas vezes.

— Oh! titia! são modos de ver.

A tia voltou à carga, nesse dia à noite, e no outro. O juiz municipal recebeu uma carta dela, dizendo que aparecesse para ver se tentava alguma coisa. Ele foi. Era, na verdade, um rapaz sério, muito simpático, e distinto. Mariana, vendo o plano concertado entre os dois, resolveu vir em pessoa à corte. A tia tentou dissuadi-la, mas perdeu tempo e latim. Mariana, além de fiel à memória do marido, era obstinada; não podia suportar a ideia de lhe imporem coisa nenhuma. A tia, não podendo dissuadi-la, acompanhou-a.

Na corte tinha algumas amigas e parentas. Elas acolheram a jovem viúva com muitas atenções, deram-lhe agasalho, carinhos, conselhos.

Uma prima levou-a a uma das melhores modistas. D. Mariana disse-lhe o que queria: — sortir-se de vestidos escuros, apropriados ao estado de viúva. Escolheu vinte, sendo dois inteiramente pretos, doze escuros e simples para uso de casa, e seis mais enfeitados. Escolheu também chapéus noutra casa. Mandou fazer os chapéus, e esperou as encomendas para seguir com elas.

Enquanto esperava, como a temperatura ainda permitia ficar na corte, Mariana andou de um lado para outro, vendo uma infinidade de coisas que não via desde os dezessete anos. Achou a corte animadíssima. A prima quis levá-la ao teatro, e só o conseguiu depois de muita teima; Mariana gostou muito.

Ia frequentes vezes à rua do Ouvidor, já porque lhe era necessário provar os vestidos, já porque queria despedir-se por alguns anos de tanta coisa bonita. São as suas próprias palavras. Na rua do Ouvidor, onde a sua beleza era notada, correu logo que era uma viúva recente e rica. Cerca de vinte corações palpitaram logo, com a veemência própria do caso. Mas, que poderiam eles alcançar, eles da rua, se os da própria roda da prima não alcançavam nada? Com efeito, dois amigos do marido desta, rapazes da moda, fizeram a sua roda à viúva, sem maior proveito. Na opinião da prima, se fosse um só talvez domasse a fera; mas eram dois, e fizeram-na fugir.

Mariana chegou a ir a Petrópolis. Gostou muito; era a primeira vez que lá ia, e desceu cortada de saudades. A corte consolou-a; Botafogo, Laranjeiras, rua do Ouvidor, movimento de bondes, gás, damas e rapazes, cruzando-se, carros de toda a sorte, tudo isto lhe parecia cheio de vida e movimento.

Mas os vestidos fizeram-se, e os chapéus enfeitaram-se. O calor começou a apertar muito; era necessário seguir para a fazenda. Mariana pegou dos chapéus e dos vestidos, meteu-se com a tia na estrada de ferro e seguiu. Parou um dia na vila, onde o juiz municipal a cumprimentou, e caminhou para casa.

Em casa, depois de descansada, e antes de dormir teve saudades da corte. Dormiu tarde e mal. A vida agitada da corte perpassava no espírito da moça como um espetáculo mágico. Ela via as damas que desciam ou subiam a rua do Ouvidor, as lojas, os rapazes, os bondes, os carros; via as lindas chácaras dos arredores, onde a natureza se casava à civilização, lembrava-se da sala de jantar da prima, ao rés do chão, dando para o jardim, com dois rapazes à mesa — os tais dois que a requestaram à toa. E ficava triste, custava-lhe fechar os olhos.

Dois dias depois, apareceu na fazenda o juiz municipal, a visitá-la. D. Mariana recebeu-o com muito carinho. Tinha no corpo o primeiro dos vestidos de luto aliviado. Era escuro, muito escuro, com fitas pretas e tristes; mas ficava-lhe tão bem! Desenhava-lhe o corpo com tanta graça, que aumentava a graça dos olhos e da boca.

Entretanto, o juiz municipal não lhe disse nada, nem com a boca nem com os olhos. Conversaram da corte, dos esplendores da vida, dos teatros etc.; depois, por iniciativa dele, falaram do café e dos escravos. Mariana notou que ele não tinha as finezas dos dois rapazes da casa da prima, nem mesmo o tom elegante dos outros da rua do Ouvidor; mas achou-lhe em troca muita distinção e gravidade.

Dois dias depois, o juiz despediu-se; ela instou para que ele ficasse. Tinha-lhe notado no colete alguma coisa análoga aos coletes da rua do Ouvidor. Ele ficou mais dois dias; e tornaram a falar, não só do café, como de outros assuntos menos pesados.

Afinal, seguiu o juiz municipal, não sem prometer que voltaria três dias depois, aniversário natalício da tia de Mariana. Nunca ali se festejara tal dia; mas a fazendeira não achou outro meio de examinar bem se as gravatas do juiz municipal eram semelhantes às da rua do Ouvidor. Pareceu-lhe que sim; e durante os três dias de ausência não pensou em outra coisa. O jovem magistrado, ou de propósito, ou casualmente, fez-se esperar; chegou tarde; Mariana, ansiosa, não pôde conter a alegria, quando ele transpôs a porteira.

— Bom! — disse consigo a tia. — Está caída.

E caída ficou. Casaram-se três meses depois. A tia, experiente e filósofa, acreditou e fez crer que, se Mariana não tem vindo em pessoa comprar os vestidos, ainda agora estaria viúva; a rua do Ouvidor e os teatros restituíram-lhe a ideia matrimonial. Parece que era assim mesmo porque o jovem casal pouco tempo depois vendeu a fazenda e veio para cá. Outra consequência da vinda à corte: — a tia ficou com os vestidos. Que diabo fazia Mariana com tanto vestido escuro? Deu-os à boa velha. Terceira e última consequência: um pecurrucho. Tudo por ter vindo ao atrito da felicidade alheia.

A Estação, 31 de julho de 1883; M. A.

Vidros quebrados

— Homem, cá para mim isto de casamentos são coisas talhadas no céu. É o que diz o povo, e diz bem. Não há acordo nem conveniência nem nada que faça um casamento, quando Deus não quer...

— Um casamento bom — emendou um dos interlocutores.

— Bom ou mau — insistiu o orador. — Desde que é casamento é obra de Deus. Tenho em mim mesmo a prova. Se querem, conto-lhes... Ainda é cedo para o voltarete. Eu estou abarrotado...

Venâncio é o nome deste cavalheiro. Está abarrotado, porque ele e três amigos acabavam de jantar. As senhoras foram para a sala conversar do casamento de uma vizinha, moça teimosa como trinta diabos, que recusou todos os noivos que o pai lhe deu, e acabou desposando um namorado de cinco anos, escriturário no Tesouro. Foi à sobremesa que este negócio começou a ser objeto de palestra. Terminado o jantar, a companhia bifurcou-se; elas foram para a sala, eles para um gabinete, onde os esperava o voltarete habitual. Aí o Venâncio enunciou o princípio da origem divina dos matrimônios, princípio que o Leal, sócio da firma Leal & Cunha, corrigiu e limitou aos matrimônios bons. Os maus, segundo ele explicou daí a pouco, eram obra do diabo.

— Vou dar-lhes a prova — continuou o Venâncio, desabotoando o colete e encostando o braço no peitoril da janela que abria para o jardim. — Foi no tempo da Campestre... Ah! os bailes da Campestre! Tinha eu então vinte e dois anos. Namorei-me ali de uma moça de vinte, linda como o sol, filha da viúva Faria. A própria viúva, apesar dos cinquenta feitos, ainda mostrava o que tinha sido. Vocês podem imaginar se me atirei ou não ao namoro...

— Com a mãe?

— Adeus! Se dizem tolices, calo-me. Atirei-me à filha; começamos o namoro logo na primeira noite; continuamos, correspondemo-nos; enfim, estávamos ali, estávamos apaixonados, em menos de quatro meses. Escrevi-lhe pedindo licença para falar à mãe; e, com efeito, dirigi uma carta à viúva, expondo os meus sentimentos, e dizendo que seria uma grande honra, se me admitisse na família. Respondeu-me oito dias depois que Cecília não podia casar tão cedo, mas que, ainda podendo, ela tinha outros projetos, e por isso sentia muito, e pedia-me desculpa. Imaginem como fiquei! Moço ainda, sangue na guelra, e demais apaixonado, quis ir à casa da viúva, fazer uma estralada, arrancar a moça, e fugir com ela. Afinal, sosseguei e escrevi a Cecília perguntando se consentia que a tirasse por justiça. Cecília respondeu-me que era bom ver primeiro se a mãe voltava atrás; não queria dar-lhe desgostos, mas jurava-me pela luz que a estava alumiando que seria minha e só minha...

Fiquei contente com a carta, e continuamos a correspondência. A viúva, certa da paixão da filha, fez o diabo. Começou por não ir mais à Campestre; trancou as janelas, não ia a parte nenhuma; mas nós escrevíamos um ao outro, e isso bastava. No fim de algum tempo, arranjei meio de vê-la, à noite, no quintal da casa. Pulava o muro de uma chácara vizinha, ajudado por uma boa preta da casa. A primeira coisa que a preta fazia era prender o cachorro; depois, dava-me o sinal, e ficava de vigia. Uma noite, porém, o cachorro soltou-se e veio a mim. A viúva acordou com o barulho, foi à janela dos fundos, e viu-me saltar o muro, fugindo. Supôs naturalmente que era um ladrão; mas no dia seguinte, começou a desconfiar do caso, meteu a escrava em confissão, e o demônio da negra pôs tudo em pratos limpos. A viúva partiu para a filha:

— Cabeça de vento! peste! isto são coisas que se façam? foi isto que te ensinei? Deixa estar; tu me pagas, tão duro como osso! Peste! peste!

A preta apanhou uma sova que não lhes digo nada: ficou em sangue. Que a tal mulherzinha era das arábias! Mandou chamar o irmão, que morava na Tijuca, um José Soares, que era então comandante do 6º Batalhão da Guarda Nacional; mandou-o chamar, contou-lhe tudo, e pediu-lhe conselho. O irmão respondeu que o melhor era casar Cecília sem demora; mas a viúva observou que, antes de aparecer noivo, tinha medo que eu fizesse alguma, e por isso tencionava retirá-la de casa, e mandá-la para o convento da Ajuda; dava-se com as madres principais...

Três dias depois, Cecília foi convidada pela mãe a aprontar-se, porque iam passar duas semanas na Tijuca. Ela acreditou, e mandou-me dizer tudo pela mesma preta, a quem eu jurei que daria a liberdade, se chegasse a casar com a sinhá-moça. Vestiu-se, pôs a roupa necessária no baú, e entraram no carro que as esperava. Mal se passaram cinco minutos, a mãe revelou tudo à filha; não ia levá-la para a Tijuca, mas para o convento, donde sairia quando fosse tempo de casar. Cecília ficou desesperada. Chorou de raiva, bateu o pé, gritou, quebrou os vidros do carro, fez uma algazarra de mil diabos. Era um escândalo nas ruas por onde o carro ia passando. A mãe já lhe pedia pelo amor de Deus que sossegasse; mas era inútil. Cecília bradava, jurava que era asneira arranjar noivos e conventos; e ameaçava a mãe, dava socos em si mesma... Podem imaginar o que seria.

Quando soube disto não fiquei menos desesperado. Mas refletindo bem compreendi que a situação era melhor; Cecília não teria mais contemplação com a mãe, e eu podia tirá-la por justiça. Compreendi também que era negócio que não podia esfriar. Obtive o consentimento dela, e tratei dos papéis. Falei primeiro ao desembargador João Regadas, pessoa muito de bem, e que me conhecia desde pequeno. Combinamos que a moça seria depositada na casa dele. Cecília era agora a mais apressada; tinha medo que a mãe a fosse buscar, com um noivo de encomenda; andava aterrada, pensava em mordaças, cordas... Queria sair quanto antes.

Tudo correu bem. Vocês não imaginam o furor da viúva, quando as freiras lhe mandaram dizer que Cecília tinha sido tirada por justiça. Correu à casa do desembargador, exigiu a filha, por bem ou por mal; era sua, ninguém tinha o direito de lhe botar a mão. A mulher do desembargador foi que a recebeu, e não sabia que dizer; o marido não estava em casa. Felizmente, chegaram os filhos, o Alberto, casado de dois meses, e o Jaime, viúvo, ambos advogados, que lhe fizeram ver a realidade das coisas; disseram-lhe que era tempo perdido, e que o melhor era consentir no casamento, e não armar escândalo. Fizeram-me boas ausências; tanto eles como a mãe, afirmaram-lhe que eu, se não tinha posição nem família, era um rapaz sério e de futuro. Cecília foi chamada à sala, e não fraqueou: declarou que, ainda que o céu lhe caísse em cima, não cedia nada. A mãe saiu como uma cobra.

Marcamos o dia do casamento. Meu pai, que estava então em Santos, deu-me por carta o seu consentimento, mas acrescentou que, antes de casar, fosse vê-lo; podia ser até que ele viesse comigo. Fui a Santos. Meu pai era um bom velho, muito amigo dos filhos, e muito sisudo também. No dia seguinte ao da minha chegada, fez-me um longo interrogatório acerca da família da noiva. Depois confessou que desaprovava o meu procedimento.

— Andaste mal, Venâncio; nunca se deve desgostar uma mãe...

— Mas se ela não queria?

— Havia de querer, se fosses com bons modos e alguns empenhos. Devias falar a pessoa de tua amizade e da amizade da família. Esse mesmo desembargador podia fazer muito. O que acontece é que vais casar contra a vontade da tua sogra, separas a mãe da filha, e ensinaste a tua mulher a desobedecer. Enfim, Deus te faça feliz. Ela é bonita?

— Muito bonita.

— Tanto melhor.

Pedi-lhe que viesse comigo, para assistir ao casamento. Relutou, mas acabou cedendo; impôs só a condição de esperar um mês. Escrevi para a corte, e esperei as quatro mais longas semanas da minha vida. Afinal chegou o dia, mas veio um desastre, que me atrapalhou tudo. Minha mãe deu uma queda, e feriu-se gravemente; sobreveio erisipela, febre, mais um mês de demora, e que demora! Não morreu, felizmente; logo que pôde viemos todos juntos para a corte, e hospedamo-nos no hotel Pharoux; por sinal que assistiram, no mesmo dia, que era o 25 de março, à parada das tropas no largo do Paço.

Eu é que não me pude ter, corri a ver Cecília. Estava doente, recolhida ao quarto; foi a mulher do desembargador que me recebeu, mas tão fria que desconfiei. Voltei no dia seguinte, e a recepção foi ainda mais gelada. No terceiro dia, não pude mais e perguntei se Cecília teria feito as pazes com a mãe, e queria desfazer o casamento. Mastigou e não respondeu nada. De volta ao hotel, escrevi uma longa carta a Cecília; depois, rasguei-a, e escrevi outra, seca, mas suplicante, que me dissesse se deveras estava doente, ou se não queria mais casar. Responderam-me vocês? Assim me respondeu ela.

— Tinha feito as pazes com a mãe?

— Qual! Ia casar com o filho viúvo do desembargador, o tal que morava com o pai. Digam-me, se não é mesmo obra talhada no céu?

— Mas as lágrimas, os vidros quebrados?...

— Os vidros quebrados ficaram quebrados. Ela é que casou com o filho do depositário, daí a seis semanas... Realmente, se os casamentos não fossem talhados no céu, como se explicaria que uma moça, de casamento pronto, vendo pela primeira vez outro sujeito, casasse com ele, assim de pé para mão? É o que lhes digo. São coisas arranjadas por Deus. Mal comparado, é como no voltarete: eu tinha licença em paus, mas o filho do desembargador, que tinha outra em copas, preferiu e levou o bolo.

— É boa! Vamos à espadilha.

A Gazeta Literária, 15 de outubro de 1883; Machado de Assis.

Médico é remédio

Em que diabo conversam estas duas moças metidas na alcova? Conversam do Miranda, um rapaz engenheiro, que vai casar com uma amiga delas. Este Miranda é um noivo como qualquer outro, e não inventou o quadrado da hipotenusa; é bonito, mas não é um Apolo. Também não é rico. Tem mocidade, alguma instrução e um bom emprego. São vantagens, mas não explicam que as duas moças se fechem na alcova para falar dele, e muito menos que uma delas, a Julieta, chore às bandeiras despregadas.

Para compreender ambas as coisas, e principalmente a segunda, é preciso saber que o nosso Miranda e Julieta amaram-se algum tempo. Pode ser mesmo que ele não a amasse; ela é que com certeza morria por ele. Trocaram muitas cartas, as dele um pouco secas como um problema, as dela enfeitadas de todos os retalhos de frases que lhe lembravam dos romances. Creio mesmo que juraram entre si um amor eterno, não limitado à existência do sol, no máximo, mas eterno, eterno como o próprio amor. Vai então o miserável, aproveita-se da intimidade de Julieta com Malvina, namora a Malvina e pede-a em casamento. O que ainda agrava este fato é que Malvina não tinha melhor amiga que Julieta; andaram no colégio, eram da mesma idade e trocavam as suas mais íntimas confidências. Um dia Julieta notou certa frieza na outra, escassez de visitas, poucas cartas; e tão pouco advertiu na causa que, achando também alguma diferença no Miranda, confiou à amiga as suas tristezas amorosas. Não tardou, porém, que a verdade aparecesse. Julieta disse à amiga coisas duras, nomes feios, que a outra ouviu com a placidez que dá a vitória, e perdoou com magnanimidade. Não é Otávio o demente, é Augusto.

Casam na quarta-feira próxima. O pai da noiva, amigo do pai de Julieta, mandou-lhe um convite. O ponto especial da consulta de Julieta a esta outra amiga Maria Leocádia é se ela deve confessar tudo à mãe para que não a leve ao casamento. Maria Leocádia reflete.

— Não — respondeu ela finalmente —: acho que você não deve dizer nada. Estas coisas não se dizem; e, demais, sua mãe não fará caso, e você tem sempre de ir...

— Não vou, não vou... Só amarrada!

— Ora, Julieta; deixa disso. Você não indo, dá um gosto a ela. Eu, no caso de você, ia; assistia a tudo, muito quietinha, como se não fosse nada.

— Velhaca! falsa! — interrompia-se Julieta, dirigindo-se mentalmente à outra.

Maria Leocádia confessou que era uma perfídia, e, para ajudar a consolação, disse que o noivo não valia nada, ou muito pouco. Mas a ferida era recente, o amor subsistia e Julieta desatou a chorar. A amiga abraçou-a muito, beijou-a, murmurou-lhe ao ouvido as palavras mais cordiais; falou-lhe ao brio. Julieta enxugou as lágrimas; daí a pouco saía de carro, ao lado da mãe, com quem viera visitar a família da amiga.

O que aí fica passa-se no Rio de Janeiro, onde residem todas as pessoas que figuram no episódio. Há mesmo uma circunstância curiosa: — o pai de Julieta é um oficial de marinha, o de Malvina outro, e o de Maria Leocádia outro. Este último sucumbiu na guerra do Paraguai.

A indiscrição era o pecado venial de Maria Leocádia. Tão depressa falou com o namorado dela, o bacharel José Augusto, como lhe referiu tudo o que se passara. Estava indignada; mas o José Augusto, filósofo e pacato, achou que não era caso de indignação. Concordava que a outra chorasse; mas tudo passa, e eles ainda teriam de assistir ao casamento de Julieta.

— Também o que faltava era ela ficar solteira toda a vida — replicou Maria Leocádia.

— Logo...

Cinco minutos depois, metiam o assunto na algibeira, e falavam de si mesmos. Ninguém ignora que os assuntos mais interessantes derrubam os que o são menos; foi o que aconteceu aos dois namorados.

Na rua, porém, José Augusto tornou a pensar na amiga da namorada, e achou que era naturalmente triste a situação. Considerou que Julieta não era bonita, nem rica; tinha uma certa graça e algumas prendas; mas os noivos não andavam a rodo, e a pobrezinha ia entrar em nova campanha. Neste ponto da reflexão, sentiu que estava com fome. Tomara apenas uma xícara de chá, e foi comer. Mal se sentou aparece-lhe um colega de academia, formado dois anos, que esperava por dias uma nomeação de juiz municipal para o interior. José Augusto fê-lo sentar; depois, olhou para ele, e, como ferido de uma ideia súbita, desfechou-lhe esta pergunta:

— Marcos, tu queres uma noiva?

Marcos respondeu que preferia um bife sangrento. Estava com fome... Veio o bife, veio pão, vinho, chá, anedotas, pilhérias, até que o José Augusto perguntou-lhe se conhecia Julieta ou a família.

— Nem uma nem outra.

— Hás de gostar dela; é interessantíssima.

— Mas que interesse...?

— Sou amigo da família.

— Pois casa-te.

— Não posso — retorquiu José Augusto rindo —; tenho outras ideias, atirei o lenço a outra odalisca... Mas, sério; lembrei-me hoje de ti a propósito dela. Crê que era um bom casamento.

— Tem alguma coisa?

— Não, não tem; mas é só o que lhe falta. Simpática, bem-educada, inteligente, muito meiga; uma excelente criatura... Não te peço que te obrigues a nada; se não gostares ou tiveres outras ideias, acabou-se. Para começar vai sábado a um casamento.

— Não posso, tenho outro.

— De quem?

— Do Miranda.
— Mas é o mesmo casamento. Conheces a noiva?
— Não; só conheço o Miranda.
— Pois muito bem; lá verás a tua.

Chegou o sábado. O céu trouxe duas cores: uma azul para Malvina, outra feia e horrenda para Julieta. Imagine-se com que dor se vestiu esta, que lágrimas lhe não arrancou a obrigação de ir assistir à felicidade da outra. Duas ou três vezes, esteve para dizer que não ia, ou simplesmente adoecer. Afinal, resolveu ir e mostrar-se forte. O conselho de Maria Leocádia era o mais sensato.

Ao mesmo tempo, o bacharel Marcos dizia consigo, atando a gravata ao espelho:

— Que interesse tem o José Augusto de me fazer casar, e logo com a tal moça que não conheço? Esquisito, realmente... Se, ao menos, fosse alguma coisa que merecesse e pudesse...

Enfiou o colete, e continuou:

— Enfim, veremos. Às vezes estas coisas nascem assim, quando menos se espera... Está feito; não me custa dizer-lhe algumas palavrinhas amáveis... Terá o nariz torto?

Na véspera, o José Augusto dizia a Maria Leocádia:

— Queria guardar o segredo, mas já agora digo tudo. Ando vendo se arranjo um noivo para Julieta.

— Sim?

— É verdade; já dei uns toques. Creio que a coisa pode fazer-se.

— Quem é?

— Segredo.

— Segredo comigo?

— Está bom, mas não passe daqui; é um amigo, o bacharel Marcos, um bonito rapaz. Não diga nada a Julieta; é muito orgulhosa, pode recusar, se entender que lhe estamos fazendo algum favor.

Maria Leocádia prometeu que seria muda como um peixe; mas, sem dúvida, há peixes que falam, porque tão depressa entrou no salão e viu Julieta, perguntou-lhe se conhecia um bacharel Marcos, assim e assim... Julieta respondeu que não, e a amiga sorriu. Por que é que sorria? Por um motivo singular, explicou ela, porque alguma coisa lhe dizia que ele podia e viria a ser a consolação e a desforra.

Julieta estava linda e triste, e a tristeza era o que mais lhe realçava as graças naturais. Ela tratava de dominá-la, e conseguia-o às vezes; mas nem disfarçava tanto, que se não conhecesse por baixo da crosta alegre uma camada de melancolia, nem por tanto tempo que não caísse de espaço a espaço no mais profundo abatimento.

Isto mesmo, por outra forma, e com algumas precauções oratórias, lhe foi dito por José Augusto, ao pedir-lhe uma quadrilha, durante a quadrilha e depois da quadrilha. Começou por lhe declarar francamente que estava linda, lindíssima. Julieta sorriu; o elogio fez-lhe bem. José Augusto, sempre filósofo e pacato, foi além e confessou-lhe em segredo que achava a noiva ridícula.

— Não é verdade? — disse vivamente Julieta.

E depois, emendando a mão:

— Está acanhada.

— Não, não; ridícula é que ela está! Todas as noivas ficam bem. Olhe a cintura do vestido: está mais levantada de um lado que de outro...

— O senhor é muito reparador — disse Julieta sorrindo.

Evidentemente, estava gloriosa. Ouvia proclamar-se bela, e a noiva ridícula. Duas vitórias enormes. E o José Augusto não disse aquilo para cumprimentá-la. Pode ser que carregasse a mão no juízo que fez da noiva; mas em relação a Julieta disse a verdade, tal qual a sentia, e continuava a sentir fitando os lindos olhos da abandonada. Daí a pouco apresentou-lhe o Marcos, que lhe pediu uma valsa.

Julieta lembrou-se do que lhe dissera Maria Leocádia a respeito deste Marcos, e, posto não o achasse mau, não o achou tão especialmente belo que merecesse o papel que a amiga lhe atribuiu. Marcos, ao contrário, achou-a divina. Acabada a valsa, foi ter com José Augusto, entusiasmado.

— Realmente — disse ele —, a tua recomendada é uma sílfide.

— Ainda bem. Bonita, não?

— Lindíssima, graciosa, elegante, e conversando muito bem.

— Já vês que te não enganei.

— Não; e, realmente, é pena.

— O quê?

— É pena que eu não ouse.

— Que não ouses? Mas, ousa, peralta. O que é que te impede de ousar?

— Ajudas-me?

— Se eu mesmo te propus!

José Augusto ainda nessa noite falou a Julieta acerca do amigo, louvou-lhe as qualidades sólidas e brilhantes, disse-lhe que tinha um grande futuro. Também falou a Maria Leocádia; contou-lhe o entusiasmo do Marcos, e a possibilidade de fazê-lo aceitar pela outra; pediu-lhe o auxílio. Que ela trabalhasse e ele, e tudo se arranjaria. Conseguiu ainda dançar uma vez com Julieta, e falou-lhe da conveniência de casar. Há de haver algum coração nesta sala, reflexionou ele, que sangre muito de amor.

— Por que não diz isso com mais simplicidade? — redarguiu ela sorrindo.

A verdade é que Julieta estava irritada com o trabalho empregado em fazê-la aceitar um noivo, naquela ocasião, principalmente, em que era obrigada a fazer cortejo à felicidade da outra. Não falei desta nem do noivo; para quê? Valem como antecedentes da ação. Mas que sejam bonitos ou feios, que estejam ou não felizes, é o que não importa. O que importa unicamente é o que vai suceder com a rival vencida. Esta retirou-se para casa aborrecida, abatida, dizendo mentalmente as coisas mais duras à outra; até a madrugada não pôde dormir. Afinal, passou por uma breve madorna, acordou nervosa e com sono.

— Que mulherzinha! — pensava o José Augusto indo para casa. — Embatucou-me com as tais palavras: — *Por que não diz isso com mais simplicidade?* Foi um epigrama fino, e inesperado. E *o ladrão* estava bonita! Realmente, quem é que deixa a Julieta para escolher a Malvina! A Malvina é uma massa de carne, sem feitio...

Maria Leocádia tomou a peito o casamento da amiga e José Augusto também. Julieta não dava esperanças; e, coisa singular, era menos expressiva com a amiga do que o namorado desta. Tinha vergonha de falar com a outra em tais matérias. Por outro lado, a linguagem de José Augusto era mais própria a fazer-lhe nascer o amor, que ela sinceramente desejava sentir pelo Marcos. Não queria casar sem amor. José Augusto, posto que filósofo e pacato, adoçava as suas reflexões de uma certa cor íntima; além disso, dava-lhes o prestígio do sexo. Julieta chegou a pedir-lhe perdão da resposta que lhe dera no dia das bodas de Malvina.

— Confesso — disse ela — que o amor não pode falar com simplicidade.

José Augusto concordou com esse parecer; e ambos entraram por uma tal floresta de estilo, que se perderam inteiramente. Ao cabo de muitos dias, foram achar-se à porta de uma caverna, de onde saiu um dragão azul, que os tomou e voou com eles pelos ares fora até a porta da matriz do Sacramento. Ninguém ignora o que estes dragões vão fazer às igrejas. Maria Leocádia teve de repetir contra Julieta tudo o que esta disse de Malvina. Plagiária!

A Estação, *outubro-novembro de 1883*; M. A.

Cantiga velha

I

Conversávamos de cantigas populares. Entre o jantar e o chá, quatro pessoas tão somente, longe do voltarete e da polca, confessem que era uma boa e rara fortuna. Polca e voltarete são dois organismos vivos que estão destruindo a nossa alma; é indispensável que nos vacinem com a espadilha e duas ou três oitavas do *Caia no beco* ou qualquer outro título da mesma farinha. Éramos quatro e tínhamos a mesma idade. Eu e mais dois pouco sabíamos da matéria; tão somente algumas reminiscências da infância ou da adolescência. O quarto era grande ledor de tais estudos, e não só possuía alguma coisa do nosso cancioneiro, como do de outras partes. Confessem que era um regalo de príncipes.

Esquecia-me dizer que o jantar fora copioso; notícia indispensável à narração, porque um homem antes de jantar não é o mesmo que depois do jantar, e pode-se dizer que a discrição é muitas vezes um momento gastronômico. Homem haverá reservado durante a sopa, que à sobremesa põe o coração no prato, e dá-o em fatias aos convivas. Toda a questão é que o jantar seja abundante, esquisito e fino, os vinhos frios e quentes, de mistura, e uma boa xícara de café por cima, e para os que fumam um Havana de cruzado. Reconhecido que isto é uma lei universal, admiremos os diplomatas que, na vida contínua de jantares, sabem guardar consigo os segredos dos governos. Evidentemente são organizações superiores.

O dono da casa dera-nos um bom jantar. Fomos os quatro, no fim, para junto de uma janela, que abria para um dos lados da chácara. Posto estivéssemos no verão, corria um ventozinho fresco, e a temperatura parecia impregnada das últimas águas. Na sala de frente, dançava-se a polca; noutra sala jogava-se o voltarete. Nós, como digo, falávamos de cantigas populares.

— Vou dar-lhes uma das mais galantes estrofes que tenho ouvido. — disse um de nós — Morava na rua da Carioca, e um dia de manhã ouvi do lado dos fundos esta quadrinha:

> Coitadinho, como é tolo
> Em cuidar que eu o adoro
> Por me ver andar chorando...
> Sabe Deus por quem eu choro!

O ledor de cancioneiros pegou da quadra para esmerilhá-la com certa pontinha de pedantismo; mas outro ouvinte, o dr. Veríssimo, pareceu inquieto; perguntou ao primeiro o número da casa em que morara; ele respondeu rindo que uma tal pergunta só se podia explicar da parte de um governo tirânico; os números das casas deixam-se nas casas. Como recordá-los alguns anos depois? Podia dizer-lhe em que ponto da rua ficava a casa; era perto do largo da Carioca, à esquerda de quem desce, e foi nos anos de 1864 e 1865.

— Isso mesmo — disse ele.
— Isso mesmo quê?
— Nunca viu a pessoa que cantava?
— Nunca. Ouvi dizer que era uma costureira, mas não indaguei mais nada. Depois, ainda ouvi cantar pela mesma voz a mesma quadrinha. Creio que não sabia outra. A repetição fê-la monótona, e...
— Se soubessem que essa quadrinha era comigo! — disse ele sacudindo a cinza do charuto.

E como lhe perguntássemos se ele era o aludido do último verso — *Sabe Deus por quem eu choro* — respondeu-nos que não. Eu sou o tolo do princípio da quadra. A diferença é que não cuidava, como na trova, que ela me adorasse; sabia bem que não. Menos essa circunstância, a quadra é comigo. Pode ser que fosse outra pessoa que cantasse; mas o tempo, o lugar da rua, a qualidade de costureira, tudo combina.

— Vamos ver se combina — disse o ex-morador da rua da Carioca piscando-me o olho. — Chamava-se Luísa?
— Não; chamava-se Henriqueta.
— Alta?
— Alta. Conheceu-a?
— Não; mas então essa Henriqueta era alguma princesa incógnita, que...
— Era uma costureira — retorquiu o Veríssimo. — Nesse tempo era eu estudante. Tinha chegado do sul poucos meses antes. Pouco depois de chegado... Olhem, vou contar-lhes uma coisa muito particular. Minha mulher sabe do caso, contei-lhe tudo, menos que a tal Henriqueta foi a maior paixão da minha vida... Mas foi; digo-lhes que foi uma grande paixão. A coisa passou-se assim...

II

— A coisa passou-se assim. Vim do sul, e fui alojar-me em casa de uma viúva Beltrão. O marido desta senhora perecera na guerra contra o Rosas; ela vivia do meio-soldo e de algumas costuras. Estando no sul, em 1850, deu-se muito com a minha família; foi por isso que minha mãe não quis que eu viesse para outra casa. Tinha medo do Rio de Janeiro; entendia que a viúva Beltrão desempenharia o seu papel de mãe, e recomendou-me a ela.

D. Cora recebeu-me um pouco acanhada. Creio que era por causa das duas filhas que tinha, moças de dezesseis e dezoito anos, e pela margem que isto podia dar à maledicência. Talvez fosse também a pobreza da casa. Eu supus que a razão era tão somente a segunda, e tratei de lhe tirar escrúpulos mostrando-me alegre e satisfeito. Ajustamos a mesada. Deu-me um quarto, separado, no quintal. A casa era em Mata-porcos. Eu palmilhava, desde casa até a Escola de Medicina, sem fadiga, voltando à tarde, tão fresco como de manhã.

As duas filhas eram bonitinhas; mas a mais velha, Henriqueta, era ainda mais bonita que a outra. Nos primeiros tempos mostraram-se muito reservadas comigo. Eu, que só fui alegre, no primeiro dia, por cálculo, tornei ao que costumava ser; e, depois do almoço ou do jantar, metia-me comigo mesmo e os livros, deixando à viúva e às filhas toda a liberdade. A mãe, que queria o meu respeito, mas não exigia a total abstenção, chamou-me um dia bicho do mato.

— Olhe que estudar é bom, e sua mãe quer isso mesmo — disse-me ela —; mas parece que o senhor estuda demais. Venha conversar com a gente.

Fui conversar com elas algumas vezes. D. Cora era alegre, as filhas não tanto, mas em todo caso muito sociáveis. Duas ou três pessoas da vizinhança iam ali passar algumas horas, de quando em quando. As reuniões e palestras repetiram-se naturalmente, sem nenhum sucesso extraordinário, ou mesmo curioso, e assim se foram dois meses.

No fim de dois meses, Henriqueta adoeceu, e eu prestei à família muitos bons serviços, que a mãe agradeceu-me de todos os modos, até o enfado. D. Cora estimava-me, realmente, e desde então foi como uma segunda mãe. Quanto a Henriqueta, não me agradeceu menos; tinha, porém, as reservas da idade, e naturalmente não foi tão expansiva. Eu confesso que, ao vê-la depois, convalescente, muito pálida, senti crescer a simpatia que me ligava a ela, sem perguntar a mim mesmo se uma tal simpatia não começava a ser outra coisa. Henriqueta tinha uma figura e um rosto que se prestavam às atitudes moles da convalescença, e a palidez desta não fazia mais do que acentuar a nota de distinção da sua fisionomia. Ninguém diria ao vê-la, fora, que era uma mulher de trabalho.

Apareceu por esse tempo um candidato à mão de Henriqueta. Era um oficial de secretaria, rapaz de vinte e oito anos, sossegado e avaro. Esta era a fama que ele tinha no bairro; diziam que não gastava mais de uma quarta parte dos vencimentos, emprestava a juros outra quarta parte, e aferrolhava o resto. A mãe possuía uma casa: era um bom casamento para Henriqueta. Ela, porém, recusou; deu como razão que não simpatizava com o pretendente, e era isso mesmo. A mãe disse-lhe que a simpatia viria depois; e, uma vez que ele não lhe repugnava, podia casar. Conselhos vãos; Henriqueta declarou que só casaria com quem lhe merecesse. O candidato ficou triste, e foi verter a melancolia no seio da irmã de Henriqueta, que não só acolheu a melancolia, como principalmente o melancólico, e os dois casaram-se no fim de três meses.

— Então? — dizia Henriqueta rindo. — O casamento e a mortalha...

Eu, pela minha parte, fiquei contente com a recusa da moça; mas, ainda assim, não atinei se era isto uma sensação de amor. Vieram as férias, e fui para o sul.

No ano seguinte, tornei à casa de d. Cora. Já então a outra filha estava casada, e ela morava só com Henriqueta. A ausência tinha feito adormecer em mim o sentimento mal expresso do ano anterior, mas a vista da moça acendeu-o outra vez, e então não tive dúvida, conheci o meu estado, e deixei-me ir.

Henriqueta, porém, estava mudada. Ela era alegre, muito alegre, tão alegre como a mãe. Vivia cantando; quando não cantava, espalhava tanta vida em volta de si, que era como se a casa estivesse cheia de gente. Achei-a outra; não triste, não silenciosa, mas com intervalos de preocupação e cisma. Achei-a, digo mal; no momento da chegada apenas tive uma impressão leve e rápida de mudança; o meu próprio sentimento encheu o ar ambiente, e não me permitiu fazer logo a comparação e a análise.

Continuamos a vida de outro tempo. Eu ia conversar com elas, à noite, às vezes os três sós, outras vezes com alguma pessoa conhecida da vizinhança. No quarto ou quinto dia, vi ali um personagem novo. Era um homem de trinta anos, mais ou menos, bem parecido. Era dono de uma farmácia do Engenho Velho, e chamava-se Fausto. Éramos os únicos homens, e não só não nos vimos com prazer, mas até estou que nos repugnamos intimamente um ao outro.

Henriqueta não me pareceu que o tratasse de um modo especial. Ouvia-o com prazer, acho eu; mas não me ouvia com desgosto ou aborrecimento, e a igualdade das maneiras tranquilizou-me nos primeiros dias. No fim de uma semana, notei alguma coisa mais. Os olhos de ambos procuravam-se, demoravam-se ou fugiam, tudo de um modo suspeito. Era claro que, ou já se queriam, ou caminhavam para lá.

Fiquei desesperado. Chamei-me todos os nomes feios: tolo, parvo, maricas, tudo. Gostava de Henriqueta, desde o ano anterior, vivia perto dela, não lhe disse nada; éramos como estranhos. Vem um homem estranho, que nunca a vira provavelmente, e fez-se ousado. Compreendi que a resolução era tudo, ou quase tudo. Entretanto, refleti que ainda podia ser tempo de resgatar o perdido, e tratei, como se diz vulgarmente, de deitar barro à parede. Fiz-me assíduo, busquei-a, cortejei-a. Henriqueta pareceu não entender, e não me tratou mal; quando, porém, a insistência da minha parte foi mais forte, retraiu-se um pouco, outro pouco, até chegar ao estritamente necessário nas nossas relações.

Um dia, pude alcançá-la no quintal da casa, e perguntei-lhe se queria que me fosse embora.

— Embora? — repetiu ela.
— Sim, diga se quer que eu vá embora.
— Mas como é que hei de querer que o senhor se vá embora?
— Sabe como — disse-lhe eu dando à voz um tom particular.

Henriqueta quis retirar-se; eu peguei-lhe na mão; ela olhou espantada para as casas vizinhas.

— Vamos, decida!
— Deixe-me, deixe-me — respondeu ela.

Puxou a mão e foi para dentro. Eu fiquei sozinho. Compreendi que ela pertencia ao outro, ou pelo menos, não me pertencia absolutamente nada. Resolvi mudar-me; à noite fui dizê-lo à mãe, que olhou espantada para mim e perguntou-me se me tinham feito algum mal.

— Nenhum mal.
— Mas então...
— Preciso mudar-me — disse eu.

D. Cora ficou abatida e triste. Não podia atinar com a causa; e pediu-me que esperasse até o fim do mês; disse-lhe que sim. Henriqueta não estava presente, e eu pouco depois saí. Não as vi durante três dias. No quarto dia, achei Henriqueta sozinha na sala; ela veio para mim, e perguntou-me por que motivo ia sair da casa. Calei-me.

— Sei que é por mim — disse ela.

Não lhe disse nada.

— Mas que culpa tenho eu se...

— Não diga o resto. Que culpa tem de não gostar de mim? Na verdade, nenhuma culpa; mas, se eu gosto da senhora, também não tenho culpa, e, nesse caso, para que castigar-me com a sua presença forçada?

Henriqueta ficou alguns minutos calada, olhando para o chão. Tive a ingenuidade de supor que ela ia aceitar-me, só para não ver-me ir; acreditei ter vencido o outro, e iludia-me. Henriqueta pensava no melhor modo de me dizer uma coisa difícil; e afinal, achou-o, e foi o modo natural, sem reticências nem alegorias. Pediu-me que ficasse, porque era um modo de ajudar as despesas da mãe; prometia-me, entretanto, que apareceria o menos que pudesse. Confesso-lhes que fiquei profundamente comovido. Não achei nada que responder; não podia teimar, não queria aceitar, e, sem olhar para ela, sentia que faltava pouco para que as lágrimas lhe saltassem dos olhos. A mãe entrou; e foi uma fortuna.

III

Veríssimo interrompeu a narração, porque algumas moças entraram a buscá-lo. Faltavam pares; não admitiam demora.

— Dez minutos, ao menos?

— Nem dez.

— Cinco?

— Cinco apenas.

Elas saíram; ele concluiu a história.

— Retirado ao meu quarto, meditei cerca de uma hora no que me cumpria fazer. Era duro ficar, e eu chegava a achar até humilhante; mas custava-me desamparar a mãe, desprezando o pedido da filha. Achei um meio-termo; ficava pensionista como era; mas passaria fora a maior parte do tempo. Evitaria a combustão.

D. Cora sentiu naturalmente a mudança, ao cabo de quinze dias; imaginou que eu tinha algumas queixas, rodeou-me de grandes cuidados, até que me interrogou diretamente. Respondi-lhe o que me veio à cabeça, dando à palavra um tom livre e alegre, mas calculadamente alegre, quero dizer com a intenção visível de fingir. Era um modo de pô-la no caminho da verdade, e ver se ela intercedia em meu favor.

D. Cora, porém, não entendeu nada.

Quanto ao Fausto, continuou a frequentar a casa, e o namoro de Henriqueta acentuou-se mais. Candinha, a irmã dela, é que me contava tudo — o que sabia, ao menos — porque eu na minha raiva de preterido, indagava muito, tanto a respeito de Henriqueta como a respeito do boticário. Assim é que soube que Henriqueta gostava cada vez mais dele, e ele parece que dela, mas não se comunicavam claramente. Candinha ignorava os meus sentimentos, ou fingia ignorá-los; pode ser mesmo que tivesse o plano de substituir a irmã. Não afianço nada, porque não me sobrava muita penetração e frieza de espírito. Sabia o principal, e o principal era bastante para eliminar o resto.

O que soube dele é que era viúvo, mas tinha uma amante e dois filhos desta, um de peito, outro de três anos. Contaram-me mesmo alguns pormenores acerca dessa família improvisada, que não repito por não serem precisos, e porque as moças estão esperando na sala. O importante é que a tal família existia.

Assim se passaram dois longos meses. No fim desse tempo, ou mais, quase três meses, d. Cora veio ter comigo muito alegre; tinha uma notícia para dar-me, muito importante, e queria que eu adivinhasse o que era — um casamento.

Creio que empalideci. D. Cora, em todo caso, olhou para mim admirada, e, durante alguns segundos, fez-se entre nós o mais profundo silêncio. Perguntei-lhe afinal o nome dos noivos; ela disse-me a custo que a filha Candinha ia casar com um amanuense de secretaria. Creio que respirei; ela olhou para mim ainda mais espantada.

A boa viúva desconfiou a verdade. Nunca pude saber se ela interrogou a filha; mas é provável que sim, que a sondasse, antes de fazer o que fez daí a três semanas. Um dia, vem ter comigo, quando eu estudava no meu quarto; e, depois de algumas perguntas indiferentes, variadas e remotas, pediu-me que lhe dissesse o que tinha. Respondi-lhe naturalmente que não tinha nada.

— Deixe-se de histórias — atalhou ela. — Diga-me o que tem.

— Mas o que é que tenho?

— Você é meu filho; sua mãe autorizou-me a tratá-lo como tal. Diga-me tudo; você tem alguma paixão, algum...

Fiz um gesto de ignorância.

— Tem, tem — continuou ela —, e há de me dizer o que tem. Talvez tudo se esclareça se alguém falar, mas não falando, ninguém...

Houve e não houve cálculo nestas palavras de d. Cora; ou, para ser mais claro, ela estava mais convencida do que dizia. Eu supunha-lhe, porém, a convicção inteira, e caí no laço. A esperança de poder arranjar tudo, mediante uma confissão à mãe, que me não custava muito, porque a idade era própria das revelações, deu asas às minhas palavras, e dentro de poucos minutos, contava eu a natureza dos meus sentimentos, sua data, suas tristezas e desânimos. Cheguei mesmo a contar a conversação que tivera com Henriqueta, e o pedido desta. D. Cora não pôde reter as lágrimas. Ela ria e chorava com igual facilidade; mas naquele caso a ideia de que a filha pensara nela, e pedira um sacrifício por ela, comoveu-a naturalmente. Henriqueta era a sua principal querida.

— Não se precipite: — disse-me ela no fim — eu não creio no casamento com o Fausto; tenho ouvido umas coisas... bom moço, muito respeitado, trabalhador e honesto. Digo-lhe que me honraria com um genro assim; e a não ser você, preferia a ele. Mas parece que o homem tem umas prisões...

Calou-se, à espera que eu confirmasse a notícia; mas não respondi nada. Cheguei mesmo a dizer-lhe que não achava prudente indagar mais nada, nem exigir. Eu no fim do ano tinha de retirar-me; e lá passaria o tempo. Provavelmente disse ainda outras coisas, mas não me lembro.

A paixão dos dois continuou, creio que mais forte, mas singular da parte dele. Não lhe dizia nada, não lhe pedia nada; parece mesmo que não lhe escrevia nada. Gostava dela; ia lá com frequência, quase todos os dias.

D. Cora interveio um dia francamente, em meu favor. A filha não lhe disse coisa diferente do que me dissera, nem com outra hesitação. Respondeu que não se pertencia, e, quando a mãe exigiu mais, disse que amava ao Fausto, e casaria com ele, se ele a pedisse, e com nenhum outro, ao menos por enquanto. Ele não a pedia, não a soltava; toda a gente supunha que a razão verdadeira do silêncio e da reserva era a família de empréstimo. Vieram as férias; fui para o Rio Grande, voltei no ano seguinte, e não tornei a morar com d. Cora.

Esta adoeceu gravemente e morreu. Cândida, já casada, foi quem a enterrou; Henriqueta foi morar com ela. A paixão era a mesma, o silêncio o mesmo, e a razão provavelmente não era outra, senão a mesma. D. Cora pediu a Henriqueta na véspera de expirar, que casasse comigo. Foi Henriqueta mesma quem me contou o pedido, acrescentando que lhe respondeu negativamente.

— Mas que espera a senhora? — disse-lhe eu.
— Espero em Deus.

O tempo foi passando, e os dois amavam-se do mesmo modo. Candinha brigou com a irmã. Esta fez-se costureira na tal casa da rua da Carioca, honesta, séria, laboriosa, amando sempre, sem adiantar nada, desprezando o amor e a abastança que eu lhe dava, por uma ventura fugitiva que não tinha... Tal qual como na trova popular...

— Qual trova! nem meia trova! — interromperam as moças invadindo o gabinete. Vamos dançar.

A Estação, 30 novembro a 31 de dezembro de 1883; Machado de Assis.

Trina e una

A primeira coisa que há de espantar o leitor é o título, que lhe anuncia (posso dizê-lo desde já) três mulheres e uma só mulher. Há dois modos de explicar uma tal anomalia: — ou duas mulheres entram no conto indiretamente, são apenas citadas, e puxam os cordéis da ação do outro lado da página — ou as mulheres não passam de três gradações, três estados sucessivos da mesma pessoa. São os dois modos aparentes de definir o título, e, entretanto, não é nenhum deles, mas um terceiro, que eu guardo comigo, não para aguçar a curiosidade, mas porque não há analisá-lo sem expor o assunto.

Vou expor o assunto. Comecemos por ela, a mulher una e trina. Está sentada numa loja, à rua da Quitanda, ao pé do balcão, onde há cinco ou seis caixas de rendas abertas e derramadas. Não escolhe nada, espera que o caixeiro lhe traga mais rendas, e olha para fora, para as pedras da rua, não para as pessoas que passam. Veste de preto, e o busto fica-lhe bem, assim comprimido na seda, e ornado de rendas finas e vidrilhos. Abana-se por distração; talvez olhe também por distração. Mas, seja ou não assim, abana-se e olha. Uma ou outra vez, recolhe a vista para dentro da loja, e percorre os demais balcões onde se acham senhoras que também escolhem, conversam e compram; mas é difícil ver nos movimentos da dama a menor sombra de interesse ou curiosidade. Os olhos vão de um lado a outro, e a cabeça atrás deles, sem ânimo nem vida, e depois aos desenhos do leque. Ela examina bem os desenhos, como se fossem novos, levanta-os, desce-os, fecha as varetas uma por uma, torna a abri-las, fecha-as de todo e bate com o leque no joelho. Que o leitor se não enfastie com tais minúcias; não há aí uma só palavra que não seja necessária.

— Aqui estão estas que me parece que hão de agradar — disse o caixeiro voltando.

A senhora pega das novas rendas, examina-as com vagar, quase digo com preguiça. Pega delas entre os dedos, fitando-lhes muito os olhos; depois procura a melhor luz; depois compara-as às outras, durante um largo prazo. O caixeiro acompanha-lhe os movimentos, ajuda-a, sem impaciência, porque sabe que ela há de gastar muito tempo, e acabar comprando. É freguesa da casa. Vem muitas vezes estar ali uma, duas horas, e às vezes mais. Hoje, por exemplo, entrou às duas horas e meia; são três horas dadas, e ela já comprou duas peças de fita; é alguma coisa, podia não ter escolhido nada.

— Os desenhos não são feios — disse ela —; mas não haverá outros?
— Vou ver.
— Olhe, desta mesma largura.

Enquanto o caixeiro vai ver, ela passa as outras pelos olhos, distraidamente, recomeça a abanar-se, e afinal torna a cravar os olhos nas pedras da rua. As pedras é que não podem querer-lhe mal, porque os olhos são lindos, e o que está escondido dentro, como dizia Salomão, não parece menos lindo. São também claros, e movem-se por baixo de uma testa olímpica. Para avaliar o amor daqueles olhos às pedras da rua, é preciso considerar que o raio visual é muita vez atravessado por outros corpos, calças masculinas, vestidos femininos, um ou outro carro, mas é raro que os olhos se desviem mais de alguns segundos. Às vezes olham tão de dentro que nem mesmo isso; nenhum corpo lhes interrompe a vista. Ou de cansados, ou por outro motivo, fecham-se agora, lentamente, lentamente, não para dormir ou cochilar, pode ser que para refletir, pode ser que para coisa nenhuma. O leque, a pouco e pouco, vai parando, e descamba, aberto mesmo, no regaço da dona. Mas aí volta o caixeiro, e ela torna ao exame das rendas, à comparação, ao reparo, a achar que o tecido desta é melhor, que o desenho daquela é melhor, e que o preço daquela outra é ainda melhor que tudo. O caixeiro, inclinado, risonho, informa, discute, demonstra, concede, e afinal conclui o negócio; a dona leva tantos metros de uma e tantos de outra.

Comprou; agora paga. Tira a carteirinha da bolsa, saca um maçozinho de notas, e, vagarosamente, puxa uma, enquanto o caixeiro faz a conta a lápis. Dá-lhe a nota, ele pega nela e nas rendas compradas e vai ao caixa; depois traz o troco e as compras.

— Não há de querer mais nada? — pergunta ele.
— Não — responde ela sorrindo.

E guarda o troco, enfia o dedo no rolozinho das compras, disposta a sair, mas não sai, deixa-se estar sentada. Parece-lhe que vai chover; di-lo ao caixeiro, que opina de modo contrário, e com razão, pois o tempo está seguro. Mas pode ser que a dama dissesse aquilo, como diria outra coisa qualquer, ou nada. A verdade é que tem o rolo enfiado no dedo, o leque fechado na mão, o chapelinho de sol em pé, com a mão sobre o cabo, prestes a sair, mas sem sair. Os olhos é que tornam à rua, às pedras, fixos como uma ideia de doido. Inclinado sobre o balcão, o caixeiro diz-lhe alguma coisa, uma ou outra palavra, para corresponder tanto ou quanto ao sorriso maligno de um colega, que está no balcão fronteiro. É opinião deste que a dama em questão, que não quer outra pessoa que a sirva, senão o mesmo caixeiro, anda namorada dele. Vendo que ela está pronta para ir-se e não vai, sorri velhacamente, mas com disfarce, olhando para as agulhas que serve a uma freguesa. Daí as palavras do outro, acerca disto ou daquilo, palavras que a dama não ouve, porque realmente tem os olhos parados e esquecidos.

Já falei das calças masculinas, que de quando em quando cortam o raio visual da nossa dama. Toda a gente que sabe ler, que conhece a alma do licenciado Garcia, compreendeu que eu não apontei uma tal circunstância para ter o vão gosto de dizer que andam calças na rua, mas por um motivo mais alto e recôndito; para acompanhar de longe a entrada de um homem na loja. Puro efeito de arte; cálculo e combinação de gestos. São assim as obras meditadas; são assim os longos frutos de longa gestação. Podia fazer entrar este homem sem nenhum preparo anterior, fazê-lo entrar assim mesmo, de chapéu na mão, e cumprimentar a dama, que lhe pergunta como está, chamando-lhe doutor; mas eu pergunto se não é melhor que o leitor, ainda sem o saber, esteja advertido de uma tal entrada. Não há duas respostas.

Se ela lhe chamou doutor, ele chamou-lhe d. Clara, falaram dez minutos, se tanto, até que ela dispôs-se definitivamente a sair; ao menos, disse-o ao recém-chegado. Este era um homem de trinta e dois a trinta e quatro anos, não feio, antes simpático que bonito, feições acentuadas do norte, estatura mediana, e um grande ar de seriedade. A vontade que ele tinha era de ficar ali com ela, ainda uma meia hora, ou acompanhá-la a casa. A prova está no ar comovido com que lhe fala, dependente, suplicante quase; os modos dela é que não animam nada. Sorriu uma ou duas vezes, para ele, mas um sorriso sem significação, ou com esta significação: "sei o que queres; continua a andar".

— Bem — disse ele —; se me dá licença...
— Pois não. Até quando?
— Não vai hoje ao Matias?
— Vou... Até lá.
— Até lá.

Saiu ele, e foi esperar pouco adiante, não para acompanhá-la, mas para vê-la sair, para gozá-la com os olhos, vê-la andar, pisar de um modo régio e tranquilo. Esperou cinco minutos, depois dez, depois vinte; aos vinte e um minutos é que ela saiu da loja. Tão agitado estava ele que não pôde saborear nada; não pôde admirar de longe a figura, realmente senhoril, da nossa dama. Ao contrário, parece que até lhe fazia mal. Mordeu o beiço, por baixo do bigode, e caminhou para o outro lado, resolvendo não ir ao Matias, resolvendo depois o contrário, desejoso de tirar aquela mulher de diante de si e não querendo senão fixá-la diante de si por toda a eternidade. Parece enigmático, e não há nada mais límpido.

Clara foi dali para a rua do Lavradio. Morava com a mãe. Eram cinco horas dadas, e d. Antônia não gostava de jantar tarde; mas já devia esperar isto mesmo, pensava ela: a filha só voltava cedo quando ela a acompanhava; em saindo só, ficava horas e horas.

— Anda, anda, é tarde — disse-lhe a mãe.

Clara foi despir-se. Não se despiu às pressas, para condescender com a mãe, ou fazer-se perdoar a demora; mas, vagarosamente. No fim reclinou-se no sofá com os olhos no ar.

— Nhanhã não vai jantar? — perguntou-lhe uma negrinha de quinze anos, que a acompanhara ao quarto.

Não respondeu; posso mesmo dizer que não ouviu. Tinha os olhos, não já no ar, como há pouco, mas numa das flores do papel que forrava o quarto; pela primeira vez reparou que as flores eram margaridas. E passou os olhos de uma a outra, para verificar se a estrutura era a mesma, e achou que era a mesma. Não é esquisito? Margaridas pintadas em papel. Ao mesmo tempo que reparava nas pinturas, ia-se sentindo bem, espreguiçando-se moralmente, e mergulhando na atonia do espírito. De maneira que a negrinha falou-lhe uma e duas vezes, sem que ela ouvisse coisa nenhuma; foi preciso chamá-la terceira vez, alteando a voz:

— Nhanhã!

— Que é?

— Sinhá velha está esperando para jantar.

Desta vez, levantou-se e foi jantar. D. Antônia contou-lhe as novidades de casa; Clara referiu-lhe algumas reminiscências da rua. A mais importante foi o encontro do dr. Severiano. Era assim que se chamava o homem que vimos na loja da rua da Quitanda.

— É verdade — disse a mãe —, temos de ir à casa do Matias.

— Que maçada! — suspirou Clara.

— Também você tudo lhe maça! — exclamou d. Antônia. — Pois que mal há em passar uma noite agradável, entre meia dúzia de pessoas? Antes de meia-noite está tudo acabado.

Este Matias era um dos autores da situação em que o Severiano se acha. O ministro da Justiça era o outro. Severiano viera do norte entender-se com o governo, acerca de uma remoção: era juiz de direito na Paraíba. Para se lhe dar a comarca que ele pediu, tornava-se necessário fazer outra troca, e o ministro disse-lhe que esperasse. Esperou, visitou algumas vezes o Matias, seu comprovinciano e advogado. Foi ali que uma noite encontrou a nossa Clara, e ficou um tanto namorado dela. Não era ainda paixão; por isso falou ao amigo com alguma liberdade, confessou-lhe que a achava bonita, chegaram a empregar entre eles algumas galhofas maduras e inocentes; mas afinal, perguntou-lhe o Matias:

— Agora falando sério, você por que é que não casa com ela?

— Casar?

— Sim, são viúvos, podem consolar-se um ao outro. Você está com trinta e quatro, não?

— Feitos.

— Ela tem vinte e oito; estão mesmo ajustadinhos. Valeu?

— Não valeu.

Matias abanou a cabeça: — Pois, meu amigo, lá namoro de passagem é que você não pilha; é uma senhora muito séria. Mas, que diabo! Você com certeza casa outra vez; se há de cair em alguma que não mereça nada, não é melhor esta que eu lhe afianço?

Severiano repeliu a proposta, mas concordou que a dama era bonita. Viúva de quem? Matias explicou-lhe que era viúva de um advogado, e tinha alguma coisa de seu; uma renda de seis contos. Não era muito, mas com os vencimentos de magistrado, numa boa comarca, dava para pôr o céu na terra, e só um insensato desprezaria uma tal pepineira.

— Cá por mim, lavo as mãos — concluiu ele.
— Podes limpá-las à parede — replicou Severiano rindo.

Má resposta; digo má por inútil. Matias era serviçal até o enfado. De si para si entendeu que devia casá-los, ainda que fosse tão difícil como casar o grão-turco e a república de Veneza; e uma vez que o entendia assim, jurou cumpri-lo. Multiplicou as reuniões íntimas, fazia-os conversar muitas vezes, a sós, arranjou que ela lhe oferecesse a casa, e o convidasse também para as reuniões que dava às vezes; fez obra de paciência e tenacidade. Severiano resistiu, mas resistiu pouco; estava ferido, e caiu. Clara, porém, é que não lhe dava a menor animação, a tal ponto que se o ministro da Justiça o despachasse, Severiano fugiria logo, sem pensar mais em nada; é o que ele dizia a si mesmo, sinceramente, mas dada a diferença que vai do vivo ao pintado, podemos crer que fugiria lentamente, e pode ser até que se deixasse ficar. A verdade é que ele começou a não perseguir o ministro, dando como razão que era melhor não exaurir-lhe a boa vontade; importunações estragam tudo. E voltou-se para Clara, que continuou a não o tratar mal, sem todavia passar da estrita polidez. Às vezes parecia-lhe ver nos modos dela um tal ou qual constrangimento, como de pessoa que apenas suporta a outra. Ódio não era; ódio, por quê? Mas ninguém obsta uma antipatia, e as melhores pessoas do mundo podem não ser arrastadas uma para a outra. As maneiras dela na loja vieram confirmar-lhe a suspeita; tão seca! tão fria!

— Não há dúvida — pensava ele —, detesta-me; mas que lhe fiz eu?

Entre ir e não ir à casa do Matias, Severiano adotou um meio-termo: era ir tarde, muito tarde. A razão secreta é tão pueril que não me animo a escrevê-la; mas o amor absolve tudo. A secreta razão era dissimular quaisquer impaciências namoradas, mostrar que não fazia caso dela, e ver se assim... Compreenderam, não? Era a aplicação daquele pensamento, que não sei agora, se é oriental ou ocidental, em que se compara a mulher à sombra: segue-se a sombra, ela foge; foge-se, ela segue. Criancices de amor — ou para escrever francamente o pleonasmo: criancices de criança. Sabe Deus se lhe custou esperar! Mas esperou, lendo, andando, mordendo o bigode, olhando para o chão, chegando o relógio ao ouvido para ver se estava parado. Afinal foi; eram dez horas, quando entrou na sala.

— Tão tarde! — disse-lhe o Matias. — Esta senhora já tinha notado a sua falta.

Severiano cumprimentou friamente, mas a viúva, que olhava para ele de um modo oblíquo, conheceu que era afetação. Parece que sorriu, mas foi para dentro; em todo o caso, pediu-lhe que se sentasse ao pé dela; queria consultá-lo sobre uma coisa, uma teima que tivera na véspera com a mulher do chefe de polícia. Severiano sentou-se trêmulo.

Não nos importa a matéria da consulta; era um pretexto para conversação. Severiano demorou o mais que pôde a solução pedida, e quando lhe deu, ela pensava tão pouco em ouvi-la que não sabia já de que se tratava. Olhava então para o espelho ou para as cortinas; creio que era para as cortinas.

Matias, que os espreitara de longe, veio ter com eles, sentou-se e declarou que trazia uma denúncia na ponta da língua.

— Diga, diga — insistiu ela.

— Digo? — perguntou ele ao outro.

Severiano enfiou, e não respondeu logo, mas, teimando o amigo, respondeu que sim. Aqui peço perdão da frivolidade e da impertinência do Matias; não hei de inventar um homem grave e hábil só para evitar uma certa impressão às leitoras. Tal era ele, tal o dou. A denúncia que ele trazia era a da partida próxima do Severiano, mentira pura, com o único fim de provocar da parte de d. Clara uma palavra amiga, um pedido, uma esperança. A verdade é que d. Clara sentiu-se penalizada. Quê? ia-se embora? e para não voltar mais?

— Afinal serei obrigado a isso mesmo — disse Severiano —, não posso ficar toda a vida aqui. Já estou há muito, a licença acaba.

— Vê? — disse Matias voltando-se para a viúva.

Clara sorriu, mas não disse nada. Entretanto, o juiz de direito, entusiasmado, confessou que não iria sem grandes saudades da corte. — Levarei as melhores recordações da minha vida, concluiu.

O resto da noite foi agradável. Severiano saiu de lá com as esperanças remoçadas. Era evidente que a viúva chegaria a aceitá-lo, pensava ele consigo; e a primitiva ideia do ódio era simplesmente insensata. Por que é que lhe teria ódio? Podia ser antipatia, quando muito; mas nem era antipatia. A prova era a maneira por que o tratou, parecendo-lhe mesmo que, à saída, um aperto de mão mais forte... Não jurava, mas parecia-lhe...

Este período durou pouco mais de uma semana. O primeiro encontro seguinte foi em casa dela, onde a visitou. Clara recebeu-o sem alvoroço, ouviu-lhe dizer algumas coisas sem lhe prestar grande atenção; mas, como no fim confessou que lhe doía a cabeça, Severiano agarrou-se a esta razão para explicar uns modos que traziam ares de desdém. O segundo encontro foi no teatro.

— Que tal acha a peça? — perguntou ela logo que ele entrou no camarote.

— Acho-a bonita.

— Justamente — disse a mãe. — Clara é que está aborrecida.

— Sim?

— Cismas de mamãe. Mas então parece-lhe que a peça é bonita?

— Não me parece feia.

— Por quê?

Severiano sorriu, depois procurou dar algumas das razões que o levavam a achar a peça bonita. Enquanto ele falava ela olhava para ele abanando-se, depois os olhos amorteceram-se-lhe um pouco, finalmente ela encostou o leque aberto à boca, para bocejar. Foi, ao menos, o que ele pensou, e podem imaginar se o pensou alegremente. A mãe aprovava tudo, porque gostava do espetáculo, e tanto mais era sincera, quanto que não queria vir ao teatro; mas a filha é que teimou até o ponto de a obrigar a ceder. Cedeu, veio, gostou da peça, e a filha é que ficou aborrecida, e ansiosa de ir embora. Tudo isso disse ela rindo ao juiz de direito; Clara mal protestava, olhava para a sala, abanava-se, tapava a boca, e como que pedia a Deus que, quando menos, a não destruir o universo, lhe levasse aquele homem para fora do camarote. Severiano percebeu que era demais e saiu.

Durante os primeiros minutos, não soube ele o que pensasse; mas, afinal, recapitulou a conversa, considerou os modos da viúva, e concluiu que havia algum namorado.

— Não há que ver, é isto mesmo — disse ele consigo —; quis vir ao teatro, contando que ele viesse; não o achando, está aborrecida. Não é outra coisa.

Era a segunda explicação das maneiras da viúva. A primeira, ódio ou aversão natural, foi abandonada por inverossímil; restava um namoro, que não só era verossímil, mas tinha tudo por si. Severiano entendeu desde logo que o único procedimento correto era deixar o campo, e assim fez. Para escapar às exortações de Matias, não lhe diria nada, e passou a visitá-lo poucas vezes. Assim se passaram cinco ou seis semanas. Um dia, viu Clara na rua, cumprimentou-a, ela falou-lhe friamente, e foi andando. Viu-a ainda duas vezes, uma na mesma loja da rua da Quitanda, outra à porta de um dentista. Nenhuma alteração para melhor; tudo estava acabado.

Entretanto, apareceu o despacho do Severiano, a remoção de comarca. Ele preparou-se para seguir viagem, com grande espanto do amigo Matias, que imaginava o namoro a caminho, e cria que eles haviam chegado ao período da discrição. Quando soube que não era assim, caiu das nuvens. Severiano disse-lhe que era negócio acabado; Clara tinha alguma aventura.

— Não creio — reflexionou Matias —, é uma senhora severa.

— Pois será uma aventura severa — concordou o juiz de direito —, em todo caso, nada tenho com isto, e vou-me embora.

Matias refutou a opinião, e acabou dizendo que uma vez que ele recusava, não faria mais nada — exceto uma coisa única. Essa coisa, que ele não disse o que era, foi nada menos que ir diretamente à viúva e falar-lhe da paixão do amigo. Clara sabia que era amada, mas estava longe de imaginar a paixão que o Matias lhe pintou, e a primeira impressão foi de aborrecimento.

— Que quer que lhe faça? — perguntou ela.

— Peço-lhe que reflita e veja se um homem tão distinto não é um marido talhado no céu. Eu não conheço outro tão digno...

— Não tenho vontade de casar.

— Se me jura que não casa, retiro-me; mas se tiver de casar um dia, por que não aproveita esta ocasião?

— Grande amigo é o senhor do seu amigo.

— E por que não seu?

Clara sorriu, e apoiando os cotovelos nos braços da poltrona, começou a brincar com os dedos. A teima começava a impacientá-la. Era capaz de ceder, só para não ouvir falar mais nisto. Afinal agarrou-se à impossibilidade material; ele vai para uma comarca interior, ela nunca sairia do Rio de Janeiro.

— Tal é a dúvida? — perguntou o Matias.

— Parece-lhe pouco?

— De maneira que, se ele aqui ficasse, a senhora casava?

— Casava — respondeu Clara olhando distraidamente para os pingentes do lustre.

Distração do diabo! Foi o que a perdeu, porque o Matias fez daquela resposta um protocolo. A questão era alcançar que o Severiano ficasse, e não gastou dez minutos nessa outra empresa. Clara, apanhada no laço, fez boa cara, e aceitou o noivo sorrindo. Tratou-o mesmo com tais agrados que ele pensou nas palavras do amigo; acreditou que, em substância, era grandemente amado, e que ela não fizera mais do que ceder aos poucos.

Mas essa terceira razão era tão contrária à realidade como as outras duas; nem ela o amava, nem lhe tinha ódio, nem amava a outro. A verdade única e verdadeira é que ela era um modelo acabado de inércia moral; e casou para acabar com a importunação do Matias. Casaria com o diabo, se fosse necessário. Severiano reconheceu isso mesmo com o tempo. Uma vez casada, Clara ficou sendo o que sempre fora, capaz de gastar duas horas numa loja, quatro num canapé, vinte numa cama com o pensamento em coisa nenhuma.

A Estação, *janeiro-fevereiro de 1884; Machado de Assis.*

O contrato

Quem quiser celebrar um consórcio, examine primeiro as condições, depois as forças próprias, e, finalmente, faça um cálculo de probabilidades. Foi o que não cumpriram estas duas meninas de colégio, cuja história vou contar em três folhas de almaço. Eram amigas, e não se conheciam antes. Conheceram-se ali, simpatizaram uma com a outra, e travaram uma dessas amizades que resistem aos anos, e são muita vez a melhor recordação do passado. Josefa tinha mais um ano que Laura; era a diferença. No mais as mesmas. Igual estatura, igual índole, iguais olhos e igual nascimento. Eram filhas de funcionários públicos, ambas dispondo de um certo legado, que lhes deixara o padrinho. Para que a semelhança seja completa, o padrinho era o mesmo, um certo comendador Brás, capitalista.

Com tal ajuste de condições e circunstâncias, não precisavam mais nada para serem amigas. O colégio ligou-as desde tenros anos. No fim de poucos meses de frequência, eram as mais unidas criaturas de todo ele, a ponto de causar inveja às outras, e até desconfiança, porque como cochichavam muita vez sozinhas, as outras imaginavam que diziam mal das companheiras. Naturalmente, as relações continuaram cá fora, durante o colégio, e as famílias vieram a ligar-se, graças às meninas. Não digo nada das famílias, porque não é o principal do escrito, e eu prometi escrever isto em três folhas de almaço; basta saber que tinham ainda pai e mãe. Um dia, no colégio, contavam elas onze e doze anos, lembrou-se Laura de propor à outra, adivinhem o quê? Vamos ver se são capazes de adivinhar o que foi. Falavam do casamento de uma prima de Josefa, e que há de lembrar a outra?

— Vamos fazer um contrato?
— Que é?
— Mas diga se você quer...
— Mas se eu não sei o que é?
— Vamos fazer um contrato: casar no mesmo dia, na mesma igreja...
— Valeu! nem você casa primeiro nem eu; mas há de ser no mesmo dia.

— Justamente.

Bem pouco valor teria este convênio, celebrado aos onze anos, no jardim do colégio, se ficasse naquilo; mas não ficou. Elas foram crescendo e aludindo a ele. Antes dos treze anos já o tinham ratificado sete ou oito vezes. Aos quinze, aos dezesseis, aos dezessete tornavam às cláusulas, com uma certa insistência que era tanto da amizade que as unia como do próprio objeto da conversação, que deleita naturalmente os corações de dezessete anos. Daí um efeito certo. Não só a conversação as ia obrigando uma para a outra como consigo mesmas. Aos dezoito anos, cada uma delas tinha aquele acordo infantil como um preceito religioso.

Não digo se elas andavam ansiosas de cumpri-lo, porque uma tal disposição de ânimo pertence ao número das coisas prováveis e quase certas; de maneira que, no espírito do leitor, podemos crer que é uma questão vencida. Restava só que aparecessem os noivos, e eles não apareciam; mas, aos dezenove anos é fácil esperar, e elas esperavam. No entanto, andavam sempre juntas, iam juntas ao teatro, aos bailes, aos passeios; Josefa ia passar com Laura oito dias, quinze dias; Laura ia depois passá-los com Josefa. Dormiam juntas. Tinham confidências íntimas; uma referia à outra a impressão que lhe causara um certo bigode, e ouvia a narração que a outra lhe fazia do mundo de coisas que achara em tais ou tais olhos masculinos. Deste modo punham em comum as impressões e partiam entre si o fruto da experiência.

Um dia, um dos tais bigodes deteve-se alguns instantes, espetou as guias no coração de Josefa, que desfaleceu, e não era para menos; quero dizer, deixou-se apaixonar. Pela comoção dela ao contar o caso, pareceu a Laura que era uma impressão mais profunda e duradoura do que as do costume. Com efeito, o bigode voltou com as guias ainda mais agudas, e deu outro golpe ainda maior que o primeiro. Laura recebeu a amiga, beijou-lhe as feridas, talvez com a ideia de sorver o mal com o sangue, e animou-a muito a pedir ao céu muitos mais golpes como aquele.

— Eu cá — acrescentou ela —; quero ver se me acontece a mesma coisa...
— Com o Caetano?
— Qual Caetano!
— Outro?
— Outro, sim, senhora.
— Ingrata! Mas você não me disse nada?
— Como, se é fresquinho de ontem?
— Quem é?

Laura contou à outra o encontro de uns certos olhos pretos, muito bonitos, mas um tanto distraídos, pertencentes a um corpo muito elegante, e tudo junto fazendo um bacharel. Estava encantada; não sonhava outra coisa. Josefa (falemos a verdade) não ouviu nada do que a amiga lhe dissera; pôs os olhos no bigode assassino e deixou-a falar. No fim disse distintamente:

— Muito bem.
— De maneira que pode ser que, em breve estejamos cumprindo o nosso contrato. No mesmo dia, na mesma igreja...
— Justamente — murmurou Josefa.

A outra dentro de poucos dias perdeu a confiança nos olhos negros. Ou eles não tinham pensado nela, ou eram distraídos, ou volúveis. A verdade é que Laura tirou-os do pensamento, e espreitou outros. Não os achou logo; mas os primeiros que achou, prendeu-os bem, e cuidou que eram para toda a eternidade; a prova de que era ilusão é que, tendo eles de ir à Europa, em comissão do governo, não choraram uma lágrima de saudade; Laura entendeu trocá-los por outros, e raros, dois olhos azuis muito bonitos. Estes, sim, eram dóceis, fiéis, amigos e prometiam ir até o fim, se a doença os não colhe — uma tuberculose galopante que os levou aos Campos de Jordão, e dali ao cemitério.

Em tudo isso, gastou a moça uns seis meses. Durante o mesmo prazo, a amiga não mudou de bigode, trocou muitas cartas com ele, ele relacionou-se na casa, e ninguém ignorava mais que entre ambos existia um laço íntimo. O bigode perguntou-lhe muita vez se lhe dava autorização de a pedir, ao que Josefa respondia que não, que esperasse um pouco.

— Mas esperar, o quê? — inquiria ele, sem entender nada.
— Uma coisa.

Sabemos o que era a coisa; era o convênio colegial. Josefa ia contar à amiga as impaciências do namorado, e dizia-lhe rindo:

— Você apresse-se...

Laura apressava-se. Olhava para a direita para a esquerda, mas não via nada, e o tempo ia passando seis, sete, oito meses. No fim de oito meses, Josefa estava impaciente; tinha gasto cinquenta dias a dizer ao namorado que esperasse, e a outra não adiantou coisa nenhuma. Erro de Josefa; a outra adiantou alguma coisa. No meio daquele tempo apareceu uma gravata no horizonte com todos os visos conjugais. Laura confiou a notícia à amiga, que exultou muito ou mais que ela; mostrou-lhe a gravata, e Josefa aprovou-a, tanto pela cor como pelo laço, que era uma perfeição.

— Havemos de ser dois casais...
— Acaba: dois casais lindos.
— Eu ia dizer lindíssimos.

E riam ambas. Uma tratava de conter as impaciências do bigode, outra de animar o acanhamento da gravata; uma das mais tímidas gravatas que tem andado por este mundo. Não se atrevia a nada, ou atrevia-se pouco. Josefa esperou, esperou, cansou de esperar; parecia-lhe brincadeira de criança; mandou a outra ao diabo, arrependeu-se do convênio, achou-o estúpido, tolo, coisa de criança; esfriou com a amiga, brigou com ela por causa de uma fita ou de um chapéu; um mês depois estava casada.

A Estação, *29 de fevereiro de 1884; M. de A.*

A carteira

... De repente, Honório olhou para o chão e viu uma carteira. Abaixar-se, apanhá-la e guardá-la foi obra de alguns instantes. Ninguém o viu, salvo um homem que estava à porta de uma loja, e que, sem o conhecer, lhe disse rindo:

— Olhe, se não dá por ela; perdia-a de uma vez.

— É verdade — concordou Honório envergonhado.

Para avaliar a oportunidade desta carteira, é preciso saber que Honório tem de pagar amanhã uma dívida, quatrocentos e tantos mil-réis, e a carteira trazia o bojo recheado. A dívida não parece grande para um homem da posição de Honório, que advoga; mas todas as quantias são grandes ou pequenas, segundo as circunstâncias, e as dele não podiam ser piores. Gastos de família excessivos, a princípio por servir a parentes, e depois por agradar à mulher, que vivia aborrecida da solidão; baile daqui, jantar dali, chapéus, leques, tanta coisa mais, que não havia remédio senão ir descontando o futuro. Endividou-se. Começou pelas contas de lojas e armazéns; passou aos empréstimos, duzentos a um, trezentos a outro, quinhentos a outro, e tudo a crescer, e os bailes a darem-se, e os jantares a comerem-se, um turbilhão perpétuo, uma voragem.

— Tu agora vais bem, não? — dizia-lhe ultimamente o Gustavo C..., advogado e familiar da casa.

— Agora vou — mentiu o Honório.

A verdade é que ia mal. Poucas causas, de pequena monta, e constituintes remissos; por desgraça perdera ultimamente um processo, em que fundara grandes esperanças. Não só recebeu pouco, mas até parece que ele lhe tirou alguma coisa à reputação jurídica; em todo caso, andavam mofinas nos jornais.

D. Amélia não sabia nada; ele não contava nada à mulher, bons ou maus negócios. Não contava nada a ninguém. Fingia-se tão alegre como se nadasse em um mar de prosperidades. Quando o Gustavo, que ia todas as noites à casa dele, dizia uma ou duas pilhérias, ele respondia com três e quatro; e depois ia ouvir os trechos de música alemã, que d. Amélia tocava muito bem ao piano, e que o Gustavo escutava com indizível prazer, ou jogavam cartas, ou simplesmente falavam de política.

Um dia, a mulher foi achá-lo dando muitos beijos à filha, criança de quatro anos, e viu-lhe os olhos molhados; ficou espantada, e perguntou-lhe o que era.

— Nada, nada.

Compreende-se que era o medo do futuro e o horror da miséria. Mas as esperanças voltavam com facilidade. A ideia de que os dias melhores tinham de vir dava-lhe conforto para a luta. Estava com trinta e quatro anos; era o princípio da carreira; todos os princípios são difíceis. E toca a trabalhar, a esperar, a gastar, pedir fiado ou emprestado, para pagar mal, e a más horas.

A dívida urgente de hoje são uns malditos quatrocentos e tantos mil-réis de carros. Nunca demorou tanto a conta, nem ela cresceu tanto, como agora; e, a rigor, o credor não lhe punha a faca aos peitos; mas disse-lhe hoje uma palavra azeda, com um gesto mau, e Honório quer pagar-lhe hoje mesmo. Eram cinco horas da tarde. Tinha-se lembrado de ir a um agiota, mas voltou sem ousar pedir nada. Ao enfiar pela rua da Assembleia é que viu a carteira no chão, apanhou-a, meteu no bolso, e foi andando.

Durante os primeiros minutos, Honório não pensou nada; foi andando, andando, andando, até o largo da Carioca. No largo parou alguns instantes — enfiou depois pela rua da Carioca, mas voltou logo, e entrou na rua Uruguaiana. Sem saber como, achou-se daí a pouco no largo de São Francisco de Paula; e ainda, sem saber como, entrou em um café. Pediu alguma coisa e encostou-se à parede, olhando para fora. Tinha medo de abrir a carteira; podia não achar nada, apenas papéis e sem valor para ele. Ao mesmo tempo, e esta era a causa principal das reflexões, a consciência perguntava-lhe se podia utilizar-se do dinheiro que achasse. Não lhe perguntava com o ar de quem não sabe, mas antes com uma expressão irônica e de censura. Podia lançar mão do dinheiro, e ir pagar com ele a dívida? Eis o ponto. A consciência acabou por lhe dizer que não podia, que devia levar a carteira à polícia, ou anunciá-la; mas tão depressa acabava de lhe dizer isto, vinham os apuros da ocasião, e puxavam por ele, e convidavam-no a ir pagar a cocheira. Chegavam mesmo a dizer-lhe que, se fosse ele que a tivesse perdido, ninguém iria entregar-lha; insinuação que lhe deu ânimo.

Tudo isso antes de abrir a carteira. Tirou-a do bolso, finalmente, mas com medo, quase às escondidas; abriu-a, e ficou trêmulo. Tinha dinheiro, muito dinheiro; não contou, mas viu duas notas de duzentos mil-réis, algumas de cinquenta e vinte; calculou uns setecentos mil-réis ou mais; quando menos, seiscentos. Era a dívida paga; eram menos algumas despesas urgentes. Honório teve tentações de fechar os olhos, correr à cocheira, pagar, e, depois de paga a dívida, adeus; reconciliar-se-ia consigo. Fechou a carteira, e com medo de a perder, tornou a guardá-la.

Mas daí a pouco tirou-a outra vez, e abriu-a, com vontade de contar o dinheiro. Contar para quê? era dele? Afinal venceu-se e contou: eram setecentos e trinta mil-réis. Honório teve um calafrio. Ninguém viu; ninguém soube; podia ser um lance da fortuna, a sua boa sorte, um anjo... Honório teve pena de não crer nos anjos... Mas por que não havia de crer neles? E voltava ao dinheiro, olhava, passava-o pelas mãos; depois, resolvia o contrário, não usar do achado, restituí-lo. Restituí-lo a quem? Tratou de ver se havia na carteira algum sinal.

— Se houver um nome, uma indicação qualquer, não posso utilizar-me do dinheiro — pensou ele.

Esquadrinhou os bolsos da carteira. Achou cartas, que não abriu, bilhetinhos dobrados, que não leu, e por fim um cartão de visita; leu o nome; era do Gustavo. Mas então, a carteira?... Examinou-a por fora, e pareceu-lhe efetivamente do amigo. Voltou ao interior; achou mais dois cartões, mais três, mais cinco. Não havia duvidar; era dele.

A descoberta entristeceu-o. Não podia ficar com o dinheiro, sem praticar um ato ilícito, e, naquele caso, doloroso ao seu coração porque era em dano de um amigo. Todo o castelo levantado esboroou-se como se fosse de cartas. Bebeu a última gota de café, sem reparar que estava frio. Saiu, e só então reparou que era quase noite. Caminhou para casa. Parece que a necessidade ainda lhe deu uns dois empurrões, mas ele resistiu.

— Paciência — disse ele consigo —, verei amanhã o que posso fazer.

Chegando a casa, já ali achou o Gustavo, um pouco preocupado, e a própria d. Amélia o parecia também. Entrou rindo, e perguntou ao amigo se lhe faltava alguma coisa.

— Nada.

— Nada?

— Por quê?

— Mete a mão no bolso; não te falta nada?

— Falta-me a carteira — disse o Gustavo sem meter a mão no bolso. — Sabes se alguém a achou?

— Achei-a eu — disse Honório entregando-lha.

Gustavo pegou dela precipitadamente, e olhou desconfiado para o amigo. Esse olhar foi para Honório como um golpe de estilete; depois de tanta luta com a necessidade, era um triste prêmio. Sorriu amargamente; e, como o outro lhe perguntasse onde a achara, deu-lhe as explicações precisas.

— Mas conheceste-a?

— Não; achei os teus bilhetes de visita.

Honório deu duas voltas, e foi mudar de toalete para o jantar. Então Gustavo sacou novamente a carteira, abriu-a, foi a um dos bolsos, tirou um dos bilhetinhos, que o outro não quis abrir nem ler, e estendeu-o a d. Amélia, que, ansiosa e trêmula, rasgou-o em trinta mil pedaços: era um bilhetinho de amor.

A Estação, 15 de março de 1884; M. de A.

O melhor remédio

O que se vai ler passa-se num bonde. D. Clara está sentada; vê d. Amélia que procura um lugar; e oferece-lhe um ao pé de si.

D. CLARA — Suba aqui, Amélia. Como passa?

D. AMÉLIA — Como hei de passar?

D. CLARA — Doente?

D. AMÉLIA — (*suspirando*) Antes fosse doente!

D. CLARA — (*com discrição*) Que aconteceu?

D. AMÉLIA — Coisas minhas! Você é bem feliz, Clara. Digo muita vez comigo que você é bem feliz. Realmente, eu não sei para que vim ao mundo.

D. CLARA — Feliz, eu? (*Olhando melancolicamente para as borlas do leque.*) Feliz! feliz! feliz!

D. AMÉLIA — Não tente a Deus, Clara. Pois você quer comparar-se a mim nesse particular? Sabe por que é que saí hoje?

D. CLARA — E eu, por que é que saí?

D. AMÉLIA — Saí, porque já não posso com esta vida: um dia morro de desespero. Olhe, digo-lhe tudo: saí até com ideias... Não, não digo. Mas imagine, imagine.

D. CLARA — Fúnebres?

D. AMÉLIA — Fúnebres. Sou nervosa, e tenho momentos em que me sinto capaz de dar um tiro em mim ou atirar-me de um segundo andar. Imagine você que o senhor meu marido teve ideia... Olhe que isto é muito particular.

D. CLARA — Pelo amor de Deus!

D. AMÉLIA — Teve ideia de ir este ano para Minas; até aqui vai bem. Eu gosto de Minas. Estivemos lá dois meses, logo depois que casamos. Comecei a arranjar tudo; disse a todas as pessoas que ia para Minas...

D. CLARA — Lembro-me que me disse.

D. AMÉLIA — Disse. Mamãe achou esquisito, e pediu-me que não fosse, dizendo que, para ela visitar-nos de quando em quando, era-lhe mais fácil se estivéssemos em Petrópolis. E era verdade; mas ainda assim não falei logo ao Conrado. Só quando ela teimou muito é que eu contei ao Conrado o que mamãe me tinha dito. Ele não respondeu; ouviu, levantou os ombros, e saiu. Mamãe teimava; afinal declarou-me que ia ela mesma falar a meu marido; pedi-lhe que não, ela porém respondeu-me que não era uma bicha-de-sete-cabeças. Petrópolis ou Minas, tudo era passar o verão fora, com a diferença que, para ela, Petrópolis ficava mais perto. E não era assim mesmo?

D. Clara — Sem dúvida.

D. Amélia — Pois ouça. Mamãe falou-lhe; foi ele mesmo quem me disse, entrando em casa, no sábado, muito sombrio e aborrecido. Perguntei-lhe o que é que tinha; respondeu-me com mau modo; afinal disse-me que mamãe lhe fora pedir para não ir a Minas. "Foi você quem se agarrou com ela!" — "Eu, Conrado? Mamãe mesma é que me anda falando nisto, e eu até lhe disse que não lhe pedia nada." Não houve explicação que valesse; ele declarou que não iríamos em caso nenhum a Petrópolis. "Para mim é o mesmo, disse eu; estou pronta até a não ir a parte nenhuma." Sabe o que é que ele me respondeu?

D. Clara — Que foi?

D. Amélia — "Isto queria você!" Veja só!

D. Clara — Mas... não entendo.

D. Amélia — Eu disse a mamãe que não pedisse mais nada; não valia a pena, era perder tempo e zangar o Conrado. Mamãe concordou comigo; mas, daí a dois dias, tornou a falar na mudança; e afinal ontem o Conrado entrou em casa com os olhos cheios de raiva. Não me disse nada, por mais que lhe rogasse. Hoje de manhã, depois do almoço, declarou-me que mamãe tinha ido procurá-lo ao escritório e lhe pediria pela terceira vez para não ir a Minas, mas, a Petrópolis; que ele afinal consentira em dividir o tempo, um mês em Minas e outro em Petrópolis. E depois pegou-me no pulso, e disse-me que tomasse cuidado; que ele bem sabia por que é que eu queria ir para Petrópolis, que era para andar de olhadelas com... Nem lhe quero dizer o nome, um sujeito de quem não faço caso... Diga-me se não é para ficar maluca.

D. Clara — Não acho.

D. Amélia — Não acha?

D. Clara — Não: é um episódio sem valor. Maluca havia de ficar se se desse o que se deu hoje comigo.

D. Amélia — Que foi?

D. Clara — Vai ver. Conhece o Albernaz?

D. Amélia — O do olho de vidro?

D. Clara — Justamente. Damo-nos com a família dele, a mulher, que é uma boa senhora, e as filhas que são muito galantes...

D. Amélia — Muito galantes.

D. Clara — Há mês e meio fez anos uma delas, e nós fomos lá jantar. Comprei um presente no Farani, um broche muito bonito; e na mesma ocasião comprei outro para mim. Mandei fazer um vestido, e fiz umas compras mais. Isto foi há mês e meio. Oito dias depois deu-se a reunião do Baltazar. Já tinha o vestido encomendado, e não precisava mais nada; mas, passando pela rua do Ouvidor, vi outro broche muito bonito e tive vontade de comprá-lo. Não comprei, e fui andando. No dia seguinte torno a passar, vejo o broche, fui andando, mas na volta... Realmente, era muito bonito; e com o meu vestido ia muito bem. Comprei-o. O Lucas viu-me com ele, no dia da reunião, mas você sabe como ele é, não repara em nada; pensou que era antigo. Não reparou mesmo no primeiro, o do jantar do Albernaz. Vai então hoje de manhã, estando para sair, recebeu a conta. Você não imagina o que houve; ficou como uma cobra.

D. AMÉLIA — Por causa dos dois broches?

D. CLARA — Por causa dos dois broches, dos vestidos que faço, das rendas que compro, que sou uma gastadeira, que só gosto de andar na rua, fazendo contas, o diabo. Você não imagina o que ouvi. Chorei, chorei, como nunca chorei em minha vida. Se tivesse ânimo, matava-me hoje mesmo. Pois então... E concordo, concordo que não era preciso outro broche mas isto faz-se, Amélia?

D. AMÉLIA — Realmente...

D. CLARA — Eu até sou econômica. Você, que se dá comigo há tantos anos, sabe se não vivo com economia. Um barulho por causa de nada, uns miseráveis broches...

D. AMÉLIA — Há de ser sempre assim. (*Chegando à rua do Ouvidor.*) Você desce ou sobe?

D. CLARA — Eu subo, vou à Glace Elegante; depois desço. Vou ver uma gravura muito bonita, inglesa...

D. AMÉLIA — Já vi; muito bonita. Vamos juntas.

D. CLARA — Há hoje muita gente na rua do Ouvidor.

D. AMÉLIA — Olha a Costinha... Ela não fala com você?

D. CLARA — Estamos assim um pouco...

D. AMÉLIA — E... e depois...

D. CLARA — Sim... mas... luvas brancas.

D. AMÉLIA — ?

D. CLARA — !

AMBAS (*sorrindo*) — Uma coisa muito engraçada; vou contar-lhe...

A Estação, 31 de março de 1884; M. A.

A viúva Sobral

I

— ... Mas estás com pressa?

— Alguma.

— Em todo caso, não vais salvar o pai da forca.

— Pode ser.

— Explica-te.

— Explico-me.

— Mas explica-te refrescando a goela. Queres um sorvete? Vá, dois sorvetes.

Traga dois sorvetes... Refresquemo-nos, que realmente o calor está insuportável. Estiveste em Petrópolis?

— Não.

— Nem eu.

— Estive no Pati do Alferes, imagina por quê.

— Não posso.

— Vou...

— Acaba.

— Vou casar.

Cesário deixou cair o queixo de assombro, enquanto o Brandão saboreava, olhando para ele, o gosto de ter dado uma novidade grossa. Vieram os sorvetes, sem que o primeiro saísse da posição em que a notícia o deixou; era evidente que não lhe dava crédito.

— Casar? — repetiu ele afinal, e o Brandão respondeu-lhe com a cabeça que sim, que ia casar. — Não, não, é impossível.

Estou que o leitor não sente a mesma incredulidade, desde que considera que o casamento é a tela da vida, e que toda a gente casa, assim como toda a gente morre. Se alguma coisa o enche de assombro é o assombro de Cesário. Tratemos de explicá-lo em cinco ou seis linhas.

Viviam juntos esses dois rapazes desde os onze anos, e mais intimamente desde os dezesseis. Contavam agora vinte e oito. Um era empregado no comércio, outro da alfândega. Tinham uma parte da vida comum, e comuns os sentimentos. Assim é que ambos faziam do casamento a mais deplorável ideia, com ostentação, com excesso, e para afirmá-lo, viviam juntos a mesma vida solta. Não só entre eles deixara de haver segredo, mas até começava a ser impossível que o houvesse, desde que ambos davam os mesmos passos, de um modo uníssono. Começa a entender-se o espanto do Cesário.

— Dá-me a tua palavra que não estás brincando?

— Conforme.

— Ah!

— Quando eu digo que vou casar, não quero dizer que tenho a dama pedida; quero dizer que o namoro está a caminho, e que desta vez é sério. Resta adivinhar quem é.

— Não sei.

— E foste tu mesmo que me levaste lá.

— Eu?

— É a Sobral.

— A viúva?

— Sim, a Candinha.

— Mas...?

Brandão contou tudo ao amigo. Cerca de algumas semanas antes, Cesário levara-o à casa de um amigo do patrão, um Viegas, comerciante também, para jogar o voltarete; e ali acharam, pouco antes chegada do norte, uma recente viúva, d. Candinha Sobral. A viúva era bonita, afável, dispondo de uns olhos que os dois concordaram em achar singulares. Os olhos, porém, eram o menos. O mais era a reputação de mau gênio que esta moça trazia. Disseram que ela matara o marido com desgostos, caprichos, exigências; que era um espírito absoluto, absorvente, capaz de deitar fogo aos quatro cantos de um império para aquecer uma xícara de chá. E, como sempre acontece, ambos acharam que, a despeito das maneiras, lia-se-lhe isso mesmo no rosto; Cesário não gostara de um certo jeito da boca, e o Brandão notara-lhe nas narinas o indício da teima e da perversidade. Duas semanas depois tornaram a encontrar-se os três, conversaram, e a opinião radicou-se. Eles chegaram mesmo à familiaridade da expressão: — má rês, alma de poucos amigos etc.

Agora entende-se, creio eu, o espanto do amigo Cesário, não menos que o prazer do Brandão em dar-lhe a notícia. Entende-se, portanto, que só começassem a tomar os sorvetes para não vê-los derretidos, sem nenhum deles saber o que estava fazendo.

— Juro que há quinze dias não era capaz de cuidar nisto — continuava o Brandão —, mas os dois últimos encontros, principalmente o de segunda-feira... Não te digo nada... Creio que acabo casando.

— Ah! crês!

— É um modo de falar, é certo que acabo.

Cesário acabou o sorvete, engoliu um cálice de conhaque, e fitou o amigo, que raspava o copo, amorosamente. Depois fez um cigarro, acendeu-o, puxou duas ou três fumaças, e disse ao Brandão que ainda esperava vê-lo recuar; em todo caso, aconselhava-lhe que não publicasse desde já o plano; esperasse algum tempo. Talvez viesse a recuar...

— Não — interrompeu Brandão com energia.

— Como, não?

— Não recuo.

Cesário levantou os ombros.

— Achas que faço mal? — pergunta o outro.

— Acho.

— Por quê?

— Não me perguntes por quê.

— Ao contrário, pergunto e insisto. Opões-te por causa de ser casamento.

— Em primeiro lugar.

Brandão sorriu.

— E por causa da noiva — concluiu ele. — Já esperava por isso; estás então com a opinião que ambos demos logo que ela chegou da província? Enganas-te. Também eu estava; mas mudei...

— E depois — continuou Cesário —, falo por um pouco de egoísmo; vou perder-te...

— Não.

— Sim e sim. Ora tu!... Mas como foi isso?

Brandão contou os pormenores do negócio; expôs minuciosamente todos os seus sentimentos. Não a pedira ainda, nem havia tempo para tanto; a própria resolução não estava formulada. Mas tinha por certo o casamento. Naturalmente, louvou as qualidades da namorada, sem convencer ao amigo, que, aliás, entendeu não insistir na opinião e guardá-la consigo.

— São simpatias — dizia ele.

Saíram depois de longo tempo de conversação, e separaram-se na esquina.

Cesário mal podia crer que o mesmo homem, que antipatizara com a viúva e dissera dela tantas coisas e tão grotescas, quinze dias depois estivesse apaixonado ao ponto de casar. Puro mistério! E resolvia o caso na cabeça, e não achava explicação, não se tratando de um criançola, nem de uma descomunal beleza. Tudo por querer achar, à força, uma explicação; se não a procurasse, dava com ela, que era justamente nenhuma, coisa nenhuma.

II

Emendemos o Brandão. Contou ele que os dois últimos encontros com a viúva, aqui na corte, é que lhe deram a sensação do amor; mas a verdade pura é que a sensação só o tomou inteiramente no Pati do Alferes, donde ele acaba de chegar. Antes disso, podia ficar um pouco lisonjeado das maneiras dela, e ter mesmo alguns pensamentos; mas o que se chama sensação amorosa não a teve antes. Foi ali que ele mudou de opinião a respeito dela, e se deixou cair nas graças de uma dama, que diziam ter matado o marido com desgostos.

A viúva Sobral não tinha menos de vinte e sete anos nem mais de trinta; ponhamos vinte e oito. Já vimos o que eram os olhos; — podiam ser singulares, como eles diziam, mas eram também bonitos. Vimos ainda um certo jeito da boca, mal aceito ao Cesário, enquanto as narinas o eram ao Brandão, que achou nelas o indício da teima e da perversidade. Resta mostrar a estatura, que era muito elegante, e as mãos, que nunca estavam paradas. No baile não lhe notou o Brandão esta última circunstância; mas no Pati do Alferes, na casa da prima, familiarmente e a gosto, achou que ela movia as mãos sempre, sempre, sempre. Só não atinou com a causa, se era uma necessidade, um sestro, ou uma intenção de mostrá-las, por serem lindas.

— Não — pensou ele no segundo dia —, não é para mostrá-las; essa preocupação não se compadece com a maldade do gênio...

No terceiro dia, começou o Brandão a perguntar onde estava a maldade do gênio de d. Candinha. Não achava nada que pudesse dar indício dele; via-a alegre, dada, conversada, ouvindo as coisas com muita paciência, e contando anedotas do norte com muita graça. No quarto dia, os olhos de ambos andaram juntos, não se sabendo unicamente se foram os dele que procuraram os dela, ou vice-versa; mas andaram juntos. De noite, na cama, o Brandão jurava a si mesmo que era tudo calúnia, e que a viúva tinha mais de anjo que de diabo. Dormiu tarde e mal. Sonhou que um anjo vinha ter com ele e lhe pedia para trepar ao céu; trazia a cara da viúva. Ele aceitou o convite; a meio caminho, o anjo pegou das asas e cravou-as na cabeça, à laia de pontas, e carregou-o para o inferno. Brandão acordou transpirando muito. De manhã, perguntou a si mesmo:

— Será um aviso?

Evitou os olhos dela, durante as primeiras horas do dia; ela, que o percebeu, recolheu-se ao quarto e não apareceu antes do jantar. Brandão estava desesperado, e deu todos os sinais que podiam exprimir o arrependimento e a súplica do perdão. D. Candinha, que era uma perfeição, não fez caso dele até a sobremesa; à sobremesa começou a mostrar que podia perdoar, mas ainda assim o resto do dia não foi como o anterior. Brandão deu-se a todos os diabos. Chamou-se ridículo. Um sonho? Quem diabo acredita em sonhos?

No dia seguinte tratou de recuperar o perdido, que não era muito, como vimos, tão somente alguns olhares; alcançou-o para a noite. No outro estavam as coisas restabelecidas. Ele lembrou-se então que, durante as horas de frieza, notara nela o mau jeito da boca, o tal, o que lhe dava indício da perversidade da viúva; mas tão depressa o lembrou, como rejeitou a observação. Antes era um aviso, passara a ser uma inoportunidade.

Em suma, voltou no princípio da seguinte semana inteiramente namorado, posto sem nenhuma declaração de parte a parte. Ela pareceu-lhe ficar saudosa. Brandão chegou a lembrar-se que a mão dela, à despedida, estava um pouco trêmula; mas, como a dele também tremia, não se pode afirmar nada.

Só isto. Não havia mais do que isto, no dia em que ele referiu ao Cesário que ia casar. Que não pensava senão no casamento, era verdade. D. Candinha voltou para a corte daí a duas semanas, e ele estava ansioso por vê-la, para lhe dizer tudo, tudo, e pedi-la, e levá-la à igreja. Chegou a pensar no padrinho: seria o inspetor da alfândega.

Na alfândega, notaram-lhe os companheiros um certo ar distraído, às vezes, superior; mas ele não disse nada a ninguém. Cesário era confidente único, e antes não fosse único; ele procurava-o todos os dias para lhe falar da mesma coisa, com as mesmas palavras, e inflexões. Um dia, dois dias, três dias, vá; mas sete, mas quinze, mas todos! Cesário confessava-lhe, rindo, que era demais.

— Realmente, Brandão, tu estás que pareces um namorado de vinte anos...

— O amor nunca é mais velho — redarguiu o outro, e, depois de fazer um cigarro, puxar duas fumaças, e deixá-lo apagar, continuava a repetição das mesmas coisas e palavras, com as mesmíssimas inflexões.

III

Vamos e venhamos: a viúva gostava um pouco do Brandão; não digo muito, digo um pouco, e talvez muito pouco. Não lhe parecia grande coisa, mas sempre era mais que nada. Ele fazia-lhe amiudadas visitas e olhava muito para ela; mas, como era tímido, não lhe dizia nada, não chegava a planear uma linha.

— Em que ponto vamos, em suma? — perguntava-lhe o Cesário um dia, fatigado de só ouvir entusiasmos.

— Vamos devagar.

— Devagar?

— Mas com segurança.

Um dia recebeu Cesário um convite da viúva para lá ir a uma reunião familiar: era lembrança do Brandão, que foi ter com ele e pediu-lhe instantemente que não faltasse. Cesário sacrificou o teatro nessa noite, e foi. A reunião esteve melhor do que ele esperava; divertiu-se muito. Na rua disse ele ao amigo:

— Agora, se me permites franqueza, vou chamar-te um nome feio.

— Chama.

— Tu és um palerma.

— Viste como ela olhava para mim?

— Vi, sim, e por isso mesmo é que acho que estás botando dinheiro à rua. Pois uma pessoa assim disposta... Realmente és um bobo.

Brandão tirou o chapéu e coçou a cabeça.

— Para falar a verdade, eu mesmo já tenho dito essas coisas, mas não sei que acho em mim, acanho-me, não me atrevo...

— Justamente; um palerma.

Andaram ainda alguns minutos calados.

— E não te parece esplêndida? — perguntou o Brandão.

— Não, isso não; mais bonita do que a princípio, é verdade; fez-me melhor impressão; esplêndida é demais.

Quinze dias depois, viu-a o Cesário em casa de terceiro, e pareceu-lhe que ainda era melhor. Daí começou a frequentar a casa, a pretexto de acompanhar o outro, e ajudá-lo, mas realmente porque começava a olhá-la com olhos menos desinteressados. Já aturava com paciência as longas confissões do amigo; chegava mesmo a procurá-las.

D. Candinha percebeu, em pouco tempo, que em vez de um, tinha dois adoradores. Não era motivo de pôr luto ou deitar fogo à casa; parece mesmo que era caso de vestir galas; e a rigor, se alguma falha havia, era que eles fossem dois, e não três ou quatro. Para conservar os dois, d. Candinha usou de um velho processo: dividindo com o segundo as esperanças do primeiro, e ambos ficavam entusiasmados. Verdade é que o Cesário, posto não fosse tão valente, como dizia, era muito mais que o Brandão. De maneira que, ao cabo de algumas dúzias de olhares, apertou-lhe a mão com muito calor. Ela não a apertou de igual modo, mas também não se deu por zangada, nem por achada. Continuou a olhar para ele. Mentalmente, comparava-os:

— O Cesário sempre é outra coisa; mas também não há de ser tão fácil de guiar. Se o Brandão não fosse tão comum! é ainda mais comum que o outro.

Um dia o Brandão descobriu um olhar trocado entre o amigo e a viúva. Naturalmente ficou desconsolado, mas não disse nada; esperou. Daí a dias notou mais dois olhares, e passou mal a noite, dormiu tarde e mal; sonhou que matara ao amigo. Teve a ingenuidade de contá-lo a este, que riu muito, e disse-lhe que fosse tomar juízo.

— Você tem coisas! Pois bem; somos concordes nisto: deixo de voltar à casa dela...

— Isso nunca!

— Então que queres?

— Quero que me digas, francamente, se gostas dela, e se vocês se namoram.

Cesário declarou-lhe que era uma simples fantasia dele, e continuou a namorar a viúva, e o Brandão também, e ela aos dois, todos com a maior unanimidade.

Naturalmente as desconfianças reviveram, e assim as explicações, e começaram os azedumes e as brigas. Uma noite, ceando os dois, de volta da casa dela, estiveram a ponto de brigar formalmente. Mais tarde separaram-se por dias; mas como o Cesário teve de ir a Minas, o outro reconciliou-se com ele à volta, e dessa vez não instou para que tornasse a frequentar a casa da viúva. Esta é que lhe mandou convite para outra reunião; e tal foi o princípio de novas contendas.

As ações de ambos continuavam no mesmo pé. A viúva distribuía as finezas com igualdade prodigiosa, e o Cesário começava a achar que a complacência para com o outro era longa demais.

Nisto apareceu no horizonte uma pequenina mancha branca; era algum navio que se aproximava com as velas abertas. Era navio e de alto bordo; — um viúvo, médico, ainda conservado, que entrou a cortejar a viúva. Chamava-se João Lopes. Já então o Cesário tinha arriscado uma carta, e mesmo duas, sem obter resposta. A viúva foi passar alguns dias fora, depois da segunda; quando voltou, recebeu terceira, em que o Cesário lhe dizia as coisas mais ternas e súplices. Esta carta deu-lha em mão.

— Espero que me não conservará mais tempo na incerteza em que vivo. Peço-lhe que releia as minhas cartas...

— Não as li.

— Nenhuma?

— Quatro palavras da primeira apenas. Imaginei o resto e imaginei a segunda.

Cesário refletiu alguns instantes; depois disse com muita discrição:

— Bem; não lhe pergunto os motivos, porque sei que me hão de desenganar; mas eu não quero ser desenganado. Peço-lhe uma só coisa.

— Peça.

— Peço-lhe que leia esta terceira carta — disse ele, tirando a carta do bolso —; aqui está tudo o que estava nas outras.

— Não... não...

— Perdão; pedi-lhe isto, é um favor último; juro que não tornarei mais.

D. Candinha continuou a recusar; ele deixou a carta no dunquerque, cumprimentou-a e saiu. A viúva não desgostou de ver a obstinação do rapaz, teve curiosidade de ler o papel, e achou que o podia fazer sem perigo. Não transcrevo nada, porque eram as mesmas coisas de todas as cartas de igual gênero. D. Candinha resolveu dar-lhe resposta igual à das primeiras, que era nenhuma.

Cesário teve o desengano verbal, três dias depois, e atribuiu-o ao Brandão. Este aproveitou a circunstância de achar-se só para dar a batalha decisiva. É assim que ele chamava a todas as escaramuças. Escreveu-lhe uma carta a que ela respondeu deste modo:

— Devolvo o bilhete que me entregou ontem, por engano, e desculpe se li as primeiras palavras; afianço-lhe que não vi o resto.

O pobre-diabo quase teve uma congestão. Meteu-se na cama três dias, e levantou-se resolvido a voltar lá; mas a viúva tornara a sair da cidade. Quatro meses depois casava ela com o médico. Quanto ao Brandão e o Cesário, que estavam já brigados, nunca mais se falaram; criaram ódio um ao outro, ódio implacável e mortal. O triste é que ambos começaram por não gostar da mesma mulher, como o leitor sabe, se se lembra do que leu.

A Estação, 15 de abril a 15 de maio de 1884; M. de A.

Entre duas datas

Que duas pessoas se amem e se separem é, na verdade, coisa triste, desde que não há entre elas nenhum impedimento moral ou social. Mas o destino ou o acaso ou o complexo das circunstâncias da vida determina muita vez o contrário. Uma viagem de negócio ou de recreio, uma convalescença, qualquer coisa basta (consultem La Palisse) para cavar um abismo entre duas pessoas.

Era isto, resumidamente, o que pensava uma noite o bacharel Duarte, à mesa de um café, tendo vindo do teatro Ginásio. Tinha visto no teatro uma moça muito parecida com outra que ele outrora namorara. Há quanto tempo ia isso! Há sete anos, foi em 1855. Ao ver a moça no camarote, chegou a pensar que era ela, mas advertiu que não podia ser; a outra tinha dezoito anos, devia estar com vinte e cinco, e esta não representava mais de dezoito, quando muito, dezenove.

Não era ela; mas tão parecida, que trouxe à memória do bacharel todo o passado, com as suas reminiscências vivas no espírito, e Deus sabe se no coração. Enquanto lhe preparavam o chá, Duarte divertiu-se em recompor a vida, se acaso tivesse casado com a primeira namorada — a primeira! Tinha então vinte e três anos. Vira-a na casa de um amigo, no Engenho Velho, e ficaram gostando um do outro. Ela era meiga e acanhada, linda a mais não ser, às vezes com ares de criança, que lhe davam ainda maior relevo. Era filha de um coronel.

Nada impedia que os dois se casassem, uma vez que se amavam se mereciam. Mas aqui entrou justamente o destino ou o acaso, que ele chamava há pouco "complexo das circunstâncias da vida", definição realmente comprida e enfadonha. O coronel teve ordem de seguir para o sul; ia demorar-se dois a três anos. Ainda assim podia a filha casar com o bacharel; mas não era este o sonho do pai da moça, que percebera o namoro e estimava poder matá-lo. O sonho do coronel era um general; em falta dele, um comendador rico. Pode ser que o bacharel viesse a ser um dia rico, comendador até general — como no tempo da guerra do Paraguai. Pode ser, mas não era nada, por ora, e o pai de Malvina não queria arriscar todo o dinheiro que tinha nesse bilhete que podia sair-lhe branco.

Duarte não a deixou ir sem tentar alguma coisa. Meteu empenhos. Uma prima dele, casada com um militar, pediu ao marido que interviesse, e este fez tudo o que podia para ver se o coronel consentia no casamento da filha. Não alcançou nada. Afinal, o bacharel estava disposto a ir ter com eles no sul; mas o pai de Malvina dissuadiu-o de um tal projeto, dizendo-lhe primeiro que ela era ainda muito criança, e depois que, se ele lá aparecesse, então é que nunca lha daria.

Tudo isso foi pelos fins de 1855. Malvina seguiu com o pai, chorosa, jurando ao namorado que se atiraria ao mar, logo que saísse à barra do Rio de Janeiro. Jurou com sinceridade; mas a vida tem uma parte inferior que destrói, ou pelo menos, altera e atenua as resoluções morais. Malvina enjoou. Nesse estado, que toda a gente afirma ser intolerável, a moça não teve a necessária resolução para um ato de desespero. Chegou viva e sã ao Rio Grande.

Que houve depois? Duarte teve algumas notícias, a princípio, por parte da prima, a quem Malvina escrevia, todos os meses, cartas cheias de protestos e saudades. No fim de oito meses, Malvina adoeceu; depois escassearam as cartas. Afinal, indo ele à Europa, cessaram elas de todo. Quando ele voltou, soube que a antiga namorada tinha casado em Jaguarão; e (vede a ironia do destino) não casou com general nem comendador rico, mas justamente com um bacharel sem dinheiro.

Está claro que ele não deu um tiro na cabeça nem murros na parede; ouviu a notícia e conformou-se com ela. Tinham então passado cinco anos; era em 1860. A paixão estava acabada; havia somente um fiozinho de lembrança teimosa. Foi cuidar da vida, à espera de casar também.

E é agora, em 1862, estando ele tranquilamente no Ginásio, que uma moça lhe apareceu com a cara, os modos e a figura de Malvina em 1855. Já não ouviu bem o resto do espetáculo; viu mal, muito mal, e, no café, encostado a uma mesa do canto, ao fundo, rememorava tudo, e perguntava a si mesmo qual não teria sido a sua vida, se tivessem realizado o casamento.

Poupo às pessoas que me leem a narração do que ele construiu, antes, durante e depois do chá. De quando em quando, queria sacudir a imagem do espírito; ela, porém, tornava e perseguia-o, assemelhando-se (perdoem-me as moças amadas) a uma mosca importuna. Não vou buscar à mosca senão a tenacidade de presença, que é uma virtude nas recordações amorosas; fica a parte odiosa da comparação para os conversadores enfadonhos. Demais, ele próprio, o próprio Duarte é que empregou a comparação, no dia seguinte, contando o caso ao colega de escritório. Contou-lhe então todo o passado.

— Nunca mais a viste?
— Nunca.
— Sabes se ela está aqui ou no Rio Grande?
— Não sei nada. Logo depois do casamento, disse-me a prima que ela vinha para cá; mas soube depois que não, e afinal não ouvi dizer mais nada. E que tem que esteja? Isto é negócio acabado. Ou supões que seria ela mesma que vi? Afirmo-te que não.
— Não, não suponho nada; fiz a pergunta à toa.
— À toa? — repetiu Duarte rindo.
— Ou de propósito, se queres. Na verdade, eu creio que tu... Digo? Creio que ainda estás embeiçado...
— Por quê?
— A turvação de ontem...
— Que turvação?
— Tu mesmo o disseste; ouviste mal o resto do espetáculo, pensaste nela depois, e agora mesmo contas-me tudo com um tal ardor...
— Deixa-te disso. Contei o que senti, e o que senti foram saudades do passado. Presentemente...

Daí a dias, estando com a prima — a intermediária antiga das notícias — contou-lhe o caso do Ginásio.

— Você ainda se lembra disso? — disse ela.
— Não me lembro, mas naquela ocasião deu-me um choque... Não imagina como era parecida. Até aquele jeitinho que Malvina dava à boca, quando ficava aborrecida, até isso...
— Em todo caso, não é a mesma.

— Por quê? Está muito diferente?
— Não sei; mas sei que Malvina ainda está no Rio Grande.
— Em Jaguarão?
— Não; depois da morte do marido...
— Enviuvou?
— Pois então? há um ano. Depois da morte do marido, mudou-se para a capital.

Duarte não pensou mais nisto. Parece mesmo que alguns dias depois encetou um namoro, que durou muitos meses. Casaria, talvez, se a moça, que já era doente, não viesse a morrer, e deixá-lo como dantes. Segunda noiva perdida.

Acabava o ano de 1863. No princípio de 1864, indo ele jantar com a prima, antes de seguir para Cantagalo, onde tinha de defender um processo, anunciou-lhe ela que um ou dois meses depois chegaria Malvina do Rio Grande. Trocaram alguns gracejos, alusões ao passado e ao futuro; e, tanto quanto se pode dizer, parece que ele saiu de lá pensando na recente viúva. Tudo por causa do encontro no Ginásio em 1862. Entretanto, seguiu para Cantagalo.

Não dois meses, nem um, mas vinte dias depois, Malvina chegou do Rio Grande. Não a conhecemos antes, mas pelo que diz a amiga ao marido, voltando de visitá-la, parece que está bonita, embora mudada. Realmente, são passados nove anos. A beleza está mais acentuada, tomou outra expressão, deixou de ser o alfenim de 1855, para ser mulher verdadeira. Os olhos é que perderam a candura de outro tempo, e um certo aveludado, que acariciava as pessoas que os recebiam. Ao mesmo tempo, havia nela, outrora, um acanhamento próprio da idade, que o tempo levou: é o que acontece a todas as pessoas. Malvina é expansiva, ri muito, mofa um pouco, e ocupa-se de que a vejam e admirem. Também outras senhoras fazem a mesma coisa em tal idade, e até depois, não sei se muito depois; não a criminemos por um pecado tão comum.

Passados alguns dias, a prima do bacharel falou deste à amiga, contou-lhe a conversa que tiveram juntos, o encontro do Ginásio, e tudo isso pareceu interessar grandemente à outra. Não foram adiante; mas a viúva tornou a falar do assunto, não uma, nem duas, mas muitas vezes.

— Querem ver que você está querendo recordar-se...

Malvina fez um gesto de ombros para fingir indiferença; mas fingiu mal. Contou-lhe depois a história do casamento. Afirmou que não tivera paixão pelo marido, mas que o estimara bastante. Confessou que muita vez se lembrara do Duarte. E como estava ele? tinha ainda o mesmo bigode? ria como dantes? dizia as mesmas graças?

— As mesmas.
— Não mudou nada?
— Tem o mesmo bigode, e ri como antigamente; tem mais alguma coisa: um par de suíças.
— Usa suíças?
— Usa, e por sinal que bonitas, grandes, castanhas...

Malvina recompôs na cabeça a figura de 1855, pondo-lhe as suíças, e achou que deviam ir-lhe bem, conquanto o bigode somente fosse mais adequado ao tipo anterior. Até aqui era brincar; mas a viúva começou a pensar nele com insistência; interrogava muito a outra, perguntava-lhe quando é que ele vinha.

— Creio que Malvina e Duarte acabam casando — disse a outra ao marido.

Duarte veio finalmente de Cantagalo. Um e outro souberam que iam aproximar-se; e a prima, que jurara aos seus deuses casá-los, tornou o encontro de ambos ainda mais apetecível. Falou muito dele à amiga; depois quando ele chegou, falou-lhe muito dela, entusiasmada. Em seguida arranjou-lhes um encontro, em terreno neutro. Convidou-os para um jantar.

Podem crer que o jantar foi esperado com ânsia por ambas as partes. Duarte, ao aproximar-se da casa da prima, sentiu mesmo uns palpites de outro tempo; mas dominou-se e subiu. Os palpites aumentaram; e o primeiro encontro de ambos foi de alvoroço e perturbação. Não disseram nada; não podiam dizer coisa nenhuma. Parece até que o bacharel tinha planeado um certo ar de desgosto e repreensão. Realmente, nenhum deles fora fiel ao outro, mas as aparências eram a favor dele, que não casara, e contra ela, que casara e enterrara o marido. Daí a frieza calculada da parte do bacharel, uma impassibilidade de fingido desdém. Malvina não afetara nem podia afetar a mesma atitude; mas estava naturalmente acanhada — ou digamos a palavra toda, que é mais curta, *vexada*. Vexada é o que era.

A amiga dos dois tomou a si desacanhá-los, reuni-los, preencher o enorme claro que havia entre as duas datas, e, com o marido, tratou de fazer um jantar alegre. Não foi tão alegre como devia ser; ambos espiavam-se, observavam-se, tratavam de reconhecer o passado, de compará-lo ao presente, de ajuntar a realidade às reminiscências. Eis algumas palavras trocadas à mesa entre eles:

— O Rio Grande é bonito?

— Muito: gosto muito de Porto Alegre.

— Parece que há muito frio?

— Muito.

E depois, ela:

— Tem tido bons cantores por cá?

— Temos tido.

— Há muito tempo não ouço uma ópera.

Óperas, frio, ruas, coisas de nada, indiferentes, e isso mesmo a largos intervalos. Dir-se-ia que cada um deles só possuía a sua língua, e exprimia-se numa terceira, de que mal sabiam quatro palavras. Em suma, um primeiro encontro cheio de esperanças. A dona da casa achou-os excessivamente acanhados, mas o marido corrigiu-lhe a impressão, ponderando que isso mesmo era prova de lembrança viva a despeito dos tempos.

Os encontros naturalmente amiudaram-se. A amiga de ambos entrou a favorecê-los. Eram convites para jantares, para espetáculos, passeios, saraus — eram até convites para missas. Custa dizer, mas é certo que ela até recorreu à igreja para ver se os prendia de uma vez.

Não menos certo é que não lhes falou de mais nada. A mais vulgar discrição pedia o silêncio, ou, pelo menos, a alusão galhofeira e sem calor; ela preferiu não dizer nada. Em compensação observava-os, e vivia numas alternativas de esperança e desalento. Com efeito, eles pareciam andar pouco.

Durante os primeiros dias, nada mais houve entre ambos, além de observação e cautela. Duas pessoas que se vêm pela primeira vez, ou que se tornam a ver naquelas circunstâncias, naturalmente dissimulam. É o que lhes acontecia. Nem um nem outro deixava correr a natureza, pareciam andar às apalpadelas, cheios de circunspecção e atentos ao menor escorregão. Do passado, coisa nenhuma. Viviam como se tivessem nascido uma semana antes, e devessem morrer na seguinte; nem passado nem futuro. Malvina sofreou a expansão que os anos lhe trouxeram, Duarte o tom de homem solteiro e alegre, com preocupações políticas, e uma ponta de ceticismo e de gastronomia. Cada um punha a máscara, desde que tinham de encontrar-se.

Mas isto mesmo não podia durar muito; no fim de cinco ou seis semanas, as máscaras foram caindo. Uma noite, achando-se no teatro, Duarte viu-a no camarote, e, não pôde esquivar-se de a comparar com a que vira antes, e tanto se parecia com a Malvina de 1855. Era outra coisa, assim de longe, e às luzes, sobressaindo no fundo escuro do camarote. Além disso, pareceu-lhe que ela voltava a cabeça para todos os lados com muita preocupação do efeito que estivesse causando.

— Quem sabe se deu em namoradeira? — pensou ele.

E, para sacudir este pensamento, olhou para outro lado; pegou do binóculo e percorreu alguns camarotes. Um deles tinha uma dama, assaz galante, que ele namorara um ano antes, pessoa que era livre, e a quem ele proclamara a mais bela das cariocas. Não deixou de a ver, com algum prazer; o binóculo demorou-se ali, e tornou ali, uma, duas, três, muitas vezes. Ela, pela sua parte, viu a insistência e não se zangou. Malvina, que notou isso de longe, não se sentiu despeitada; achou natural que ele, perdidas as esperanças, tivesse outros amores.

Um e outro eram sinceros aproximando-se. Um e outro reconstruíam o sonho anterior para repeti-lo. E por mais que as reminiscências posteriores viessem salteá-lo, ele pensava nela; e por mais que a imagem do marido surgisse do passado e do túmulo, ela pensava no outro. Eram como duas pessoas que se olham, separadas por um abismo, e estendem os braços para se apertarem.

O melhor e mais pronto era que ele a visitasse; foi o que começou a fazer — dali a pouco. Malvina reunia todas as semanas as pessoas de amizade. Duarte foi dos primeiros convidados, e não faltou nunca. As noites eram agradáveis, animadas, posto que ela devesse repartir-se com os outros. Duarte notava-lhe o que já ficou dito: gostava de ser admirada; mas desculpou-a dizendo que era um desejo natural às mulheres bonitas. Verdade é que, na terceira noite, pareceu-lhe que o desejo era excessivo, e chegava ao ponto de a distrair totalmente. Malvina falava para ter o pretexto de olhar, voltava a cabeça, quando ouvia alguém, para circular os olhos pelos rapazes e homens feitos, que aqui e ali, a namoravam. Esta impressão foi confirmada na quarta noite; e na quinta, desconsolou-o bastante.

— Que tolice! — disse-lhe a prima, quando ele lhe falou nisso, afetando indiferença. — Malvina olha para mostrar que não desdenha os seus convidados.

— Vejo que fiz mal em falar a você — redarguiu ele rindo.

— Por quê?

— Todos os diabos, naturalmente, defendem-se — continuou Duarte —, todas vocês gostam de ser olhadas; e, quando não gostam, defendem-se sempre.

— Então, se é um querer geral, não há onde escolher, e nesse caso...

Duarte achou a resposta feliz, e falou de outra coisa. Mas, na outra noite, não achou somente que a viúva tinha esse vício em grande escala; achou mais. A alegria e expansão das maneiras trazia uma gota amarga de maledicência. Malvina mordia, pelo gosto de morder, sem ódio nem interesse. Começando a frequentá-la, nos outros dias, achou-lhe um riso mal composto, e, principalmente, uma grande dose de ceticismo. A zombaria nos lábios dela orçava pela troça elegante.

— Nem parece a mesma — disse ele consigo.

Outra coisa que ele lhe notou — e não lhe notaria se não fossem as descobertas anteriores — foi o tom cansado dos olhos, o que acentuava mais o tom velhaco do olhar. Não a queria inocente, como em 1855; mas parecia-lhe que era mais que sabida, e essa nova descoberta trouxe ao espírito dele uma feição de aventura, não de obra conjugal. Daí em diante, tudo era achar defeitos; tudo era reparo, lacuna, excesso, mudança.

E, contudo, é certo que ela trabalhava em reatar sinceramente o vínculo partido. Tinha-o confiado à amiga, perguntando-lhe esta por que não casava outra vez.

— Para mim há muitos noivos possíveis — respondeu Malvina —, mas só chegarei a aceitar um.

— É meu conhecido? — perguntou a outra sorrindo.

Malvina levantou os ombros, como dizendo que não sabia; mas os olhos não acompanhavam os ombros, e a outra leu neles o que já desconfiava.

— Seja quem for — disse-lhe —, o que é que lhe impede de casar?

— Nada.

— Então...

Malvina esteve calada alguns instantes; depois confessou que a pessoa lhe parecia mudada ou esquecida.

— Esquecida, não — acudiu vivamente a outra.

— Pois então só mudada; mas está mudada.

— Mudada...

Na verdade, também ela achava transformação no antigo namorado. Não era o mesmo, nem fisicamente nem moralmente. A tez era agora mais áspera; e o bigode da primeira hora estava trocado por umas barbas sem graça; é o que ela dizia, e não era exato. Não é porque Malvina tivesse na alma uma corda poética ou romântica; ao contrário, as cordas eram comuns. Mas tratava-se de um tipo que lhe ficara na cabeça, e na vida dos primeiros anos. Desde que não respondia às feições exatas do primeiro, era outro homem. Moralmente, achava-o frio, sem arrojo, nem entusiasmo, muito amigo da política, desdenhoso e um pouco aborrecido. Não disse nada disto à amiga; mas era a verdade das suas impressões. Tinham-lhe trocado o primeiro amor.

Ainda assim, não desistiu de ir para ele, nem ele para ela; um buscava no outro o esqueleto, ao menos, do primeiro tipo. Não acharam nada. Nem ele era ele, nem ela era ela. Separados, criavam forças, porque recordavam o quadro anterior, e recompunham a figura esvaída; mas tão depressa tornavam a unir-se como reconheciam que o original não se parecia com o retrato — tinham-lhes mudado as pessoas.

E assim foram passando as semanas e os meses. A mesma frieza do desencanto tendia a acentuar as lacunas que um apontava ao outro, e pouco a pouco, cheios de melhor vontade, foram-se separando. Não durou este segundo namoro, ou como melhor nome tenha, mais de dez meses. No fim deles, estavam ambos despersuadidos de reatar o que fora roto. Não se refazem os homens — e, nesta palavra, estão compreendidas as mulheres; nem eles nem elas se devolvem ao que foram... Dir-se-á que a terra volta a ser o que era, quando torna a estação melhor; a terra, sim, mas as plantas, não. Cada uma delas é um Duarte ou uma Malvina.

Ao cabo daquele tempo esfriaram, seis ou oito meses depois, casaram-se — ela, com um homem que não era mais bonito, nem mais entusiasta, que o Duarte — ele com outra viúva, que tinha os mesmos característicos da primeira. Parece que não ganharam nada; mas ganharam não casar uma desilusão com outra: eis tudo, e não é pouco.

A Estação, *maio-junho de 1884*; M. de A.

Vinte anos! Vinte anos!

Gonçalves, despeitado, amarrotou o papel, e mordeu o beiço. Deu cinco ou seis passos no quarto, deitou-se na cama, de barriga para o ar, pensando; depois foi à janela, e esteve ali durante dez ou doze minutos, batendo o pé no chão e olhando para a rua, que era a rua detrás da Lapa.

Não há leitor, menos ainda leitora, que não imagine logo que o papel é uma carta, e que a carta é de amores, alguma zanga de moça, ou notícia de que o pai os ameaçava, que a intimou a ir para fora, para a roça, por exemplo. Vãs conjecturas! Não se trata de amores, não é mesmo carta, posto que haja embaixo algumas palavras assinadas e datadas, com endereço a ele. Trata-se disto. Gonçalves é estudante, tem a família na província e um correspondente na corte, que lhe dá a mesada. Gonçalves recebe a mesada pontualmente; mas tão depressa a recebe como a dissipa. O que acontece é que a maior parte do tempo vive sem dinheiro; mas os vinte anos formam um dos primeiros bancos do mundo, e Gonçalves não dá pela falta. Por outro lado, os vinte anos são também confiados e cegos; Gonçalves escorrega aqui e ali, e cai em desmandos. Ultimamente, viu um sobretudo de peles, obra soberba, e uma linda bengala, não rica, mas de gosto; Gonçalves não tinha dinheiro, mas comprou-os fiado. Não queria, note-se; mas foi um colega que o animou. Lá se vão quatro meses; e instando o credor pelo dinheiro, Gonçalves lembrou-se de escrever uma carta ao correspondente, contando-lhe tudo, com tais maneiras de estilo, que enterneceriam a mais dura pedra do mundo.

O correspondente não era pedra, mas também não era carne; era correspondente, aferrado à obrigação, rígido, e possuía cartas do pai de Gonçalves, dizendo-lhe que o filho tinha uma grande queda para gastador, e que o reprimisse. Entretanto, estava ali uma conta; era preciso pagá-la. Pagá-la era animar o moço a outras. Que fez o correspondente? Mandou dizer ao rapaz que não tinha dúvida em saldar a dívida, mas que ia primeiro escrever ao pai, e pedir-lhe ordens; dir-lhe-ia na mesma ocasião que pagara outras dívidas miúdas e dispensáveis. Tudo isso em duas ou três linhas embaixo da conta, que devolveu.

Compreende-se o pesar do rapaz. Não só ficava a dívida em aberto, mas, o que era pior, ia notícia dela ao pai. Se fosse outra coisa, vá; mas um sobretudo de peles, luxuoso e desnecessário, uma coisa que realmente ele achou depois que era um trambolho, pesado, enorme e quente... Gonçalves dava ao diabo o credor, e ainda mais o correspondente. Que necessidade era essa de ir contá-lo ao pai? E que carta que o pai havia de escrever! que carta! Gonçalves estava a lê-la de antemão. Já não era a primeira: a última ameaçava-o com a miséria.

Depois de dizer o diabo do correspondente, de fazer e desfazer mil planos, Gonçalves assentou no que lhe pareceu melhor, que era ir à casa dele, na rua do Hospício, descompô-lo, armado de bengala, e dar-lhe com ela, se ele replicasse alguma coisa. Era sumário, enérgico, um tanto fácil, e, segundo lhe dizia o coração, útil aos séculos.

— Deixa estar, patife! quebro-te a cara.

E, trêmulo, agitado, vestiu-se às carreiras, chegando ao extremo de não pôr a gravata; mas lembrou-se dela na escada, voltou ao quarto, e atou-a ao pescoço. Brandiu no ar a bengala para ver se estava boa; estava. Parece que deu três ou quatro pancadas nas cadeiras e no chão — o que lhe mereceu não sei que palavra de um vizinho irritadiço. Afinal saiu.

— Não, patife! não me pregas outra.

Eram os vinte anos que irrompiam cálidos, férvidos, incapazes de engolir a afronta e dissimular. Gonçalves foi por ali fora, rua do Passeio, rua da Ajuda, rua dos Ourives, até a rua do Ouvidor. Depois lembrou-se que a casa do correspondente, na rua do Hospício, ficava entre as de Uruguaiana e dos Andradas; subiu, pois, a do Ouvidor para ir tomar a primeira destas. Não via ninguém, nem as moças bonitas que passavam, nem os sujeitos que lhe diziam adeus com a mão. Ia andando à maneira de touro. Antes de chegar à rua de Uruguaiana, alguém chamou por ele.

— Gonçalves! Gonçalves!

Não ouviu e foi andando. A voz era de dentro de um café. O dono dela veio à porta, chamou outra vez, depois saiu à rua, e pegou-o pelo ombro.

— Onde vais?

— Já volto...

— Vem cá primeiro.

E tomando-lhe o braço, voltou para o café, onde estavam mais três rapazes a uma mesa. Eram colegas dele — todos da mesma idade. Perguntaram-lhe onde ia; Gonçalves respondeu que ia castigar um pelintra, donde os quatro colegas concluíram que não se tratava de nenhum crime público, inconfidência ou sacrilégio — mas de algum credor ou rival. Um deles chegou mesmo a dizer que deixasse o Brito em paz.

— Que Brito? — perguntou o Gonçalves.

— Que Brito? O preferido, o tal, o dos bigodes, não te lembras? Não te lembras mais da Chiquinha Coelho?

Gonçalves deu de ombros, e pediu uma xícara de café. Tratava-se nem da Chiquinha Coelho nem do Brito! há coisa muito séria. Veio o café, fez um cigarro, enquanto um dos colegas confessava que a tal Chiquinha era a pequena mais bonita que tinha visto desde que chegara. Gonçalves não disse nada; entrou a fumar e a beber o café, aos goles, curtos e demorados. Tinha os olhos na rua; no meio da conversa dos outros, declarou que efetivamente a pequena era bonita, mas não era a mais bonita; e citou outras, cinco ou seis. Uns concordaram em absoluto, outros em parte, alguns discordaram inteiramente. Nenhuma das moças citadas valia a Chiquinha Coelho. Debate longo, análise das belezas.

— Mais café — disse Gonçalves.
— Não quer conhaque?
— Traga... não... está bom, traga.

Vieram ambas as coisas. Uma das belezas citadas passou justamente na rua, de braço com o pai, deputado. Daqui um prolongamento de debate, com desvio para a política. O pai estava prestes a ser ministro.

— E o Gonçalves genro do ministro!
— Deixa de graças — redarguiu rindo o Gonçalves.
— Que tinha?
— Não gosto de graças. Eu, genro? Demais, vocês sabem as minhas opiniões políticas; há um abismo entre nós. Sou radical...
— Sim, mas os radicais também se casam — observou um.
— Com as radicais — emendou outro.
— Justo. Com as radicais...
— Mas você não sabe se ela é radical.
— Ora bolas o café está frio! — exclamou Gonçalves. — Olhe lá; outro café. Tens um cigarro? Mas então parece a vocês que eu chegue a ser genro do... Ora que caçoada! Vocês nunca leram Aristóteles?
— Não.
— Nem eu.
— Deve ser um bom autor.
— Excelente — insistiu Gonçalves. — Ô Lamego, tu lembras-te daquele sujeito que uma vez quis ir ao baile de máscaras, e nós lhe pusemos um chapéu, dizendo que era de Aristóteles?

E contou a anedota, que na verdade era alegre e estúrdia; todos riram, começando por ele, que dava umas gargalhadas sacudidas e longas, muito longas. Veio o café, que era quente, mas pouco; pediu terceira xícara, e outro cigarro. Um dos colegas contou então um caso análogo, e, como falasse de passagem em Wagner, conversaram da revolução que o Wagner estava fazendo na Europa. Daí passaram naturalmente à ciência moderna; veio Darwin, veio Spencer, veio Büchner, veio Moleschott, veio tudo. Nota séria, nota graciosa, uma grave, outra aguda, e café, cigarro, troça, alegria geral, até que um relógio os surpreendeu batendo cinco horas.

— Cinco horas! — exclamaram dois ou três.
— No meu estômago são sete — ponderou um dos outros.
— Onde jantam vocês?

Resolveram fazer uma revista de fundos e ir jantar juntos. Reuniram seis mil-réis; foram a um hotel modesto, e comeram bem, sem perder de vista as adições e o total. Eram seis e meia, quando saíram. Caía a tarde, uma linda tarde de verão. Foram até o largo de São Francisco. De caminho, viram passar na rua do Ouvidor algumas moças retardatárias; viram outras no ponto dos bondes de São Cristóvão. Uma delas desafiou mesmo a curiosidade dos rapazes. Era alta e fina, recentemente viúva. Gonçalves achou que era muito parecida com a Chiquinha Coelho; os outros divergiram. Parecida ou não, Gonçalves ficou entusiasmado. Propôs irem todos no bonde em que ela fosse; os outros ouviram rindo.

Nisto a noite foi chegando; eles tornaram à rua do Ouvidor. Às sete e meia caminharam para um teatro, não para ver o espetáculo (tinham apenas cigarros e níqueis no bolso), mas para ver entrar as senhoras. Uma hora depois vamos achá-los, no Rocio, discutindo uma questão de física. Depois recitaram versos, deles e de outros. Vieram anedotas, trocadilhos, pachouchadas; muita alegria em todos, mas principalmente no Gonçalves que era o mais expansivo e ruidoso, alegre como quem não deve nada. Às nove horas tornou este à rua do Ouvidor, e, não tendo charutos, comprou uma caixa por vinte e dois mil-réis, fiado. Vinte anos! Vinte anos!

A Estação, *15 de julho de 1884; Machado de Assis.*

O caso do Romualdo

Um dia, de manhã, d. Maria Soares, que estava em casa, descansando de um baile para ir a outro, foi procurada por d. Carlota, companheira antiga de colégio, e sócia agora da vida elegante. Considerou isso um benefício do acaso, ou antes um favor do céu, com o fim único de lhe matar as horas aborrecidas. E merecia esse favor, pois de madrugada ao voltar do baile, não deixou de cumprir as rezas do costume, e, logo à noite, antes de ir para o outro, não deixará de persignar-se.

D. Carlota entrou. Ao pé uma da outra pareciam irmãs; a dona da casa era, talvez, um pouco mais alta, e tinha os olhos de outra cor; eram castanhos, os de d. Carlota pretos. Outra diferença: esta era casada, d. Maria Soares, viúva — ambas possuíam alguma coisa, e não chegavam a trinta anos; parece que a viúva contava apenas vinte e nove, posto confessasse vinte e sete, e a casada andava nos vinte e oito. Agora, como é que uma viúva de tal idade, bonita e abastada, não contraía segundas núpcias é o que toda a gente ignorou sempre. Não se pode supor que fosse fidelidade ao morto, pois é sabido que ela não o amava muito nem pouco; foi um casamento de arranjo. Também não se pode crer que lhe faltassem pretendentes; tinha-os às dúzias.

— Você chegou muito a propósito — disse a viúva a Carlota —, vamos falar de ontem... Mas que é isso? que cara é essa?

Na verdade, a cara de Carlota trazia impressa uma tempestade interior; os olhos faiscavam, e as narinas moviam-se deixando passar uma respiração violenta e colérica. A viúva insistiu na pergunta, mas a outra não lhe disse nada; atirou-se a um sofá, e só no fim de uns dez segundos, proferiu algumas palavras que explicaram a agitação. Tratava-se de um arrufo, uma briga com o marido, por causa de um homem. Ciúmes? Não, não, nada de ciúmes. Era um homem, com quem ela antipatizava profundamente, e que ele queria fazer amigo da casa. Nada menos, nada mais, e antes assim. Mas por que é que ele queria relacioná-lo com a mulher?

Custa dizê-lo: ambição política. Vieira quer ser deputado por um distrito do Ceará, e Romualdo tem ali influência, e trata de fazer vingar a candidatura do amigo. Então este, não só quer metê-lo em casa — e já ali o levou duas vezes — como tem o plano de lhe dar um jantar solene, em despedida, porque o Romualdo embarca para o norte dentro de uma semana. Aí está todo o motivo do dissentimento.

— Mas, Carlota — dizia ele à mulher —, repara que é a minha carreira. Romualdo é trunfo no distrito. E depois não sei que embirração é essa, não entendo...

Carlota não dizia nada; torcia a ponta de uma franja.

— O que é que achas nele?

— Acho-o antipático, aborrecido...

— Nunca trocaram mais de oito palavras, se tanto, e já o achas aborrecido!

— Tanto pior. Se ele é aborrecido calado, imagina o que será falando. E depois...

— Bem, mas não podes sacrificar-me alguma coisa? Que diabo é uma ou duas horas de constrangimento, em benefício meu? E mesmo teu, porque, eu na Câmara, tu ficas sendo mulher de deputado, e pode ser... quem sabe? Pode ser até que de ministro, um dia. Desta massa é que eles se fazem.

Vieira gastou uns dez minutos em sacudir diante da mulher as pompas de um grande cargo, uma pasta, ordenanças, fardão ministerial, correios do paço, e as audiências, e os pretendentes, e as cerimônias... Carlota não se abalava. Afinal, exasperada, fez ao marido uma revelação.

— Ouviu bem? O tal seu amigo persegue-me com os olhos de mosca morta, e das oito palavras que me disse, três, pelo menos, foram atrevidas.

Vieira ficou alguns instantes sem dizer nada; depois começou a mexer com a corrente do relógio, afinal acendeu um charuto. Estes três gestos correspondiam a três momentos do espírito. O primeiro foi de pasmo e raiva. Vieira amava a mulher, e, por outro lado, cria que os intuitos do Romualdo eram puramente políticos. A descoberta de que a proteção da candidatura tinha uma paga, e paga adiantada, foi para ele um assombro. Veio depois o segundo momento, que foi da ambição, a cadeira na Câmara, a reputação parlamentar, a influência, um ministério... Tudo isso atenuou a primeira impressão. Então ele perguntou a si mesmo, se, estando certo da mulher, não era já uma grande habilidade política explorar o favor do amigo, deixá-lo ir-se de cabeça baixa. Em rigor, a pretensão do Romualdo não seria única; Carlota teria outros namorados *in petto*. Não se havia de brigar com o mundo inteiro. Aqui entrou o terceiro momento, o da resolução. Vieira determinou-se a aproveitar o favor político do outro, e assim o declarou à mulher, mas começou por dissuadi-la.

— Pode ser que você se engane. As moças bonitas estão expostas a serem olhadas muita vez por admiração, e se cuidarem que já isso é amor, então nem podem mais aparecer.

Carlota sorriu com desdém.

— As palavras? — disse o marido. — Não podiam ser palavras de cumprimento? Podiam, decerto...

E, depois de um instante, como lhe visse persistir o ar desdenhoso:

— Juro que se tivesse a certeza do que me dizes, castigava-o... Mas, por outro lado, é justamente a vingança melhor; faço-o trabalhar, e... justamente! Querem saber uma coisa? A vida é uma combinação de interesses... O que eu quero é fazer-te ministra de Estado, e...

Carlota deixou-o falar, à toa. Como ele insistisse, ela prorrompeu e disse-lhe coisas duras. Estava sinceramente irritada. Gostava muito do marido, não era loureira, e nada podia agravá-la mais do que o acordo que o marido procurava entre a conveniência política e os sentimentos dela. Ele, afinal, saiu zangado; ela vestiu-se e foi para a casa da amiga.

Hão de perguntar-me como se explica que tendo mediado algumas horas, entre a briga e a chegada à casa da amiga, Carlota ainda estava no grau agudo da exasperação. Respondo que em alguma coisa há de uma moça ser faceira, e pode ser que a nossa Carlota gostasse de ostentar os seus sentimentos de amor ao marido e de honra conjugal, como outras mostram de preferência os olhos e o método de mexer com eles. Digo que pode ser; não afianço nada.

Ouvida a história, d. Maria Soares concordou em parte com a amiga, em parte com o marido, posto que, realmente, só concordasse consigo mesma, e acreditasse piamente que o maior desastre que podia suceder a uma criatura humana, depois de uma noite de baile, era entrar-lhe em casa uma questão daquelas.

Carlota tratou de provar que tinha razão em tudo, e não parcialmente; e a viúva diante da ameaça de maior desastre, foi admitindo que sim, que afinal quem tinha toda a razão era ela, mas que o melhor de tudo era deixar andar o marido.

— É o melhor, Carlota; você não está certa de si? Pois então deixe-o andar... Vamos nós à rua do Ouvidor? ou vamos mais perto, um passeiozinho...

Era um meio de acabar com o assunto; Carlota aceitou, d. Maria foi vestir-se, e daí a pouco saíram ambas. Vieram à rua do Ouvidor, onde não foi difícil esquecer o assunto, e tudo acabou ou ficou adiado. Contribuiu para isso o baile da véspera; a viúva alcançou finalmente que falassem das impressões trazidas, falaram por muito tempo, esquecidas do resto, e para não voltar logo para a casa, foram comprar alguma coisa a uma loja. Que coisa? Nunca se soube claramente o que foi; há razões para crer que foi um metro de fita, outros dizem que dois, alguns opinam por uma dúzia de lenços. O único ponto liquidado é que estiveram na loja até quatro horas.

Ao voltar para casa, perto da rua Gonçalves Dias, Carlota disse precipitadamente à amiga:

— Lá está ele!
— Quem?
— O Romualdo.
— Onde está?
— É aquele de barbas grandes, que está coçando o queixo com a bengala — explicou a moça olhando para outra parte.

D. Maria Soares relanceou os olhos pelo grupo, disfarçadamente, e viu o Romualdo. Não ocultou a impressão; confessou que era, na verdade, um sujeito antipático; podia ser trunfo, em política; em amor, devia ser carta branca. Mas, além de antipático, tinha um certo ar de matuto, que não convidava a amá-lo. Elas foram andando, e não escaparam ao Romualdo, que vira Carlota e veio cumprimentá-la, afetuoso, posto que também acanhado; perguntou-lhe pelo marido, e se ia naquela noite ao baile, disse também que o dia estava fresco, que tinha visto umas senhoras conhecidas de Carlota, e que a rua parecia mais animada naquele dia do que na véspera. Carlota foi respondendo com palavras frouxas, entre dentes.

— Exagerei? — perguntou ela à viúva no bonde.
— Qual exageraste! O sujeito é insuportável — acudiu a viúva —, mas, Carlota, não te acho razão na zanga. Pareces criança! Um sujeito assim não faz zangar

ninguém. A gente ouve o que ele diz, não lhe responde nada, ou fala do sol e da lua, e está acabado; é até um divertimento. Já tive muitos do mesmo gênero...

— Sim, mas não tens um marido que...

— Não tenho, mas tive; o Alberto era do mesmo gênero; eu é que não brigava, nem lhe revelava nada; ria-me. Faze a mesma coisa; vai rindo... Realmente, o sujeito tem um olhar espantado, e quando sorri fica mesmo com uma cara de poucos amigos; parece que sério é menos carrancudo.

— E é...

— Bem vi que era. Ora zangar-se a gente por tão pouca coisa! Demais, ele não vai embora esta semana? Que te custa suportá-lo?

D. Maria Soares tinha aplacado inteiramente a amiga; enfim, o tempo e a rua perfizeram a melhor parte da obra. Para o fim da viagem, riam ambas, não só da figura do Romualdo, mas também das palavras que ele dissera a Carlota, as tais palavras atrevidas, que não ponho aqui por não haver notícia exata delas; estas, porém, confiou-as à viúva, não as tendo dito ao marido. A viúva opinou que elas eram menos atrevidas que burlescas. E ditas por ele deviam ser ainda piores. Era mordaz esta viúva, e amiga de rir e brincar como se tivesse vinte anos.

A verdade é que Carlota voltou para casa tranquila, e disposta ao banquete. Vieira que esperava a continuação da luta, não pôde encobrir o contentamento de a ver mudada. Confessou que ela tinha razão em mortificar-se, e que ele, se não estivessem as coisas em andamento, abriria mão da candidatura; já o não podia fazer sem escândalo.

Chegou o dia do jantar, que foi esplêndido, assistindo a ele vários personagens políticos e outros. De senhoras, apenas duas, Carlota e d. Maria Soares. Um dos brindes de Romualdo foi feito a ela — um longo discurso, arrastado, cantado, assoprado, cheio de anjos, de um ou dois sacrários, de caras esposas, acabando tudo por um cumprimento ao nosso venturoso amigo. Vieira interiormente mandou-o ao diabo; mas, levantou o copo e agradeceu sorrindo.

Dias depois, seguia Romualdo para o norte. A noite da véspera foi passada em casa do Vieira, que se desfez em demonstrações de aparente consideração. De manhã, levantou-se este cedo para ir a bordo, acompanhá-lo; recebeu muitos cumprimentos para a mulher, à despedida, e prometeu que daí a pouco iria ter com ele. O aperto de mão foi significativo; um tremia de esperanças, outro de saudades, ambos pareciam pôr naquele arranco final todo o coração, e punham tão somente o interesse — ou de amor ou de política — mas o velho interesse, tão amigo da gente e tão caluniado.

Pouco tempo depois, seguiu o Vieira para o norte, a cuidar da eleição. As despedidas foram naturalmente chorosas e por pouco esteve Carlota disposta a seguir também com ele; mas a viagem não duraria muito tempo, e depois, ele teria de percorrer o distrito, cuidar de coisas que tornavam difícil a condução da família.

Ficando só, Carlota cuidou de matar o tempo, para torná-lo mais curto. Não foi a teatros nem bailes; mas visitas e passeios eram com ela. D. Maria Soares continuava a ser a melhor das companheiras, rindo muito, reparando em tudo, e mordendo sem piedade. Naturalmente, o Romualdo foi esquecido; Carlota chegou mesmo a arrepender-se de ter ido confiar à amiga uma coisa que agora lhe parecia mínima. Demais, a ideia de ver o marido deputado, e provavelmente ministro, começava a dominá-la, e a quem o deveria, senão ao Romualdo? Tanto bastava para não torná-lo odioso nem ridículo. A segunda carta do marido confirmou-a nesse sentimento de indulgência; dizia que a candidatura tinha esbarrado num grande obstáculo, que o Romualdo destruíra, graças a um imenso esforço, em que até perdeu um amigo de vinte anos.

Tudo caminhou, assim, enquanto Carlota, aqui na corte, ia matando o tempo, segundo ficou dito. Já disse também que d. Maria Soares ajudava-a nessa empresa. Resta dizer que não sempre, mas às vezes, tinham ambas um parceiro, que era o dr. Andrade, companheiro de escritório do Vieira, e encarregado de todos os seus negócios, durante a ausência. Este era um advogado recente, vinte e cinco anos, não deselegante, nem feio. Tinha talento, era ativo, instruído, e não pouco sagaz, em negócios do foro; para o resto das coisas, conservava a ingenuidade primitiva.

Corria que ele gostava de Carlota, e mal se compreende um tal boato, pois a ninguém confiou nada, nem mesmo a ela, por palavras ou obras. Pouco ia lá; e quando ia procedia de modo que não desse azo a nenhuma suspeita. É certo, porém, que ele gostava dela, e muito, e se nunca lho declarou, menos o faria agora. Evitava até ir lá; mas Carlota convidou-o algumas vezes a jantar, com outras pessoas; d. Maria Soares, que o viu ali, também o convidou, e foi assim que ele achou-se mais vezes do que pretendia em contato com a senhora do outro.

D. Maria Soares desconfiou previamente do amor do Andrade. Era um dos seus princípios desconfiar dos corações de vinte e cinco a trinta e quatro anos: antes de ver nada, suspeitou que o Andrade amava a amiga, e só tratou de ver se a amiga lhe correspondia. Não viu nada; mas concluiu alguma coisa. Então considerou que esse coração abandonado, tiritando de frio na rua, podia ela recebê-lo, agasalhá-lo, dar-lhe o principal lugar, numa palavra, casar com ele. Pensou nisto um dia; no dia seguinte, acordou apaixonada. Já? Já, e explica-se. D. Maria Soares gostava da vida brilhante, ruidosa, dispendiosa, e o Andrade, além das outras qualidades, não viera a este mundo sem uma avó, nem esta avó se deixara viver até aos setenta e quatro anos, na fazenda sem uns oitocentos contos. Constava estar na dependura; e foi a própria Carlota que lho disse a ela.

— Parece que até já está pateta.

— Oitocentos contos? — repetiu d. Maria Soares.

— Oitocentos; é uma boa fortuna.

D. Maria Soares olhou para um dos quadros que Carlota tinha na saleta: uma paisagem da Suíça. Bela terra é a Suíça! disse ela. Carlota admitiu que o fosse, mas confessou que preferia viver em Paris, na grande cidade de Paris... D. Maria Soares suspirou, e olhou para o espelho. O espelho respondeu-lhe sem cumprimento: "Pode tentar a empresa, ainda está muito bonita".

Assim se explica o primeiro convite de d. Maria Soares ao Andrade, para ir jantar à casa dela, com a amiga, e outras pessoas. Andrade foi, jantou, conversou, tocou piano — pois também sabia tocar piano — e recebeu da viúva os mais ardentes encômios. Realmente, nunca tinha visto tocar assim; não conhecia amador que pudesse competir com ele. Andrade gostou de ouvir isto, principalmente porque era dito ao pé de Carlota. Para provar que a viúva não elogiava a um ingrato, voltou ao piano, e deu sonatas, barcarolas, *rêveries*, Mozart, Schubert, nomes novos e antigos. D. Maria Soares estava encantada.

Carlota percebeu que ela começava a cortejá-lo, e sentiu não ter intimidade com ele, que lhe permitisse dizer-lho por brinco; era um modo de os casar mais depressa, e Carlota estimaria ver a amiga em segundas núpcias, com oitocentos contos à porta. Em compensação disse-o à amiga, que pela regra eterna das coisas, negou-o a pés juntos.

— Pode negar, mas eu bem vejo que você anda ferida — insistiu Carlota.

— Então é ferida que não dói, porque eu não sinto nada — replicou a viúva.

Em casa, porém, advertiu que Carlota lhe falara com tal ingenuidade e interesse, que era melhor dizer tudo, e utilizá-la na conquista do advogado. Na primeira ocasião, negou sorrindo e vexada; depois, abriu o coração, previamente aparelhado para recebê-lo, cheio de amor por todos os cantos. Carlota viu tudo, andou por ele, e saiu convencida de que, apesar da diferença de idade, nem ele podia ter melhor esposa, nem ela melhor marido. A questão era uni-los, e Carlota dispôs-se à obra.

Eram então passados dois meses depois da saída do Vieira, e chegou uma carta dele com a notícia de estar de cama. A letra pareceu tão trêmula, e a carta era tão curta, que lançou o espírito de Carlota na maior perturbação. No primeiro instante, a sua ideia foi embarcar e ir ter com o marido; mas o advogado e a viúva procuravam aquietá-la, dizendo-lhe que não era caso disso, e que provavelmente já estaria bom; em todo caso, era melhor esperar outra carta.

Veio outra carta, mas do Romualdo, dizendo que o estado do Vieira era grave, não desesperado; os médicos aconselhavam que tornasse para o Rio de Janeiro; eles viriam na primeira ocasião.

Carlota ficou desesperada. Começou por não crer na carta. "Meu marido morreu, soluçava ela; estão me enganando." Entretanto, veio terceira carta do Romualdo, mais esperançada. O doente já podia embarcar, e viria no vapor que dali sairia dois dias depois; ele o acompanharia com todas as cautelas, e a mulher podia não ter cuidado nenhum. A carta era simples, verdadeira, dedicada e pôs um calmante no espírito da moça.

Com efeito, Romualdo embarcou, acompanhando o doente, que passou bem o primeiro dia de mar. No segundo piorou, e o estado agravou-se de modo que, ao chegar à Bahia, pensou o Romualdo que era melhor desembarcar; mas o Vieira recusou formalmente uma e muitas vezes, dizendo que se tivesse de morrer, preferia vir morrer ao pé da família. Não houve remédio senão ceder, e por mal dele, expirou vinte e quatro horas depois.

Poucas horas antes de morrer, o advogado sentiu que era chegado o termo fatal, e fez algumas recomendações ao Romualdo, relativamente a negócios de família e do foro; umas deviam ser transmitidas à mulher; outras ao Andrade, companheiro de escritório, outras a parentes. Só uma importa ao nosso caso.

— Diga à minha mulher que a última prova de amor que lhe peço é que não se case...

— Sim... sim...

— Mas, se ela, a todo o transe entender que se deve casar, peça-lhe que a escolha do marido recaia no Andrade, meu amigo e companheiro, e...

Romualdo não entendeu essa preocupação da última hora, nem provavelmente o leitor, nem eu — e o melhor, em tal caso, é contar e ouvir a coisa sem pedir explicação. Foi o que ele fez; ouviu, disse que sim, e poucas horas depois, expirava o Vieira. No dia seguinte, entrava o vapor no porto, trazendo a Carlota um cadáver, em vez do marido que daqui partira. Imaginem a dor da pobre moça, que aliás recebava isso mesmo, desde a última carta de Romualdo. Chorara em todo esse tempo, e rezou muito, e prometeu missas, se o pobre Vieira lhe chegasse vivo e são: mas nem rezas, nem promessas, nem lágrimas.

Romualdo veio a terra, e correu à casa de d. Maria Soares, pedindo a sua intervenção para preparar a recente viúva a receber a fatal notícia; e ambos passaram à casa de Carlota, que adivinhou tudo, apenas os viu. O golpe foi o que devia ser, não é preciso narrá-lo. Nem o golpe, nem o enterro, nem os primeiros dias. Saiba-se que Carlota retirou-se da cidade por algumas semanas, e só voltou à antiga casa, quando a dor lhe consentiu vê-la, mas não pôde vê-la sem lágrimas. Ainda assim não quis outra; preferia padecer, mas queria as mesmas paredes e lugares que tinham visto o marido e a sua felicidade.

Passados três meses, Romualdo tratou de desempenhar-se da incumbência que o Vieira lhe dera, à última hora, e nada mais difícil para ele, não porque amasse a viúva do amigo — realmente, tinha sido uma coisa passageira — mas pela natureza mesmo da incumbência. Entretanto, era forçoso fazê-lo. Escreveu-lhe uma carta, dizendo que tinha de dizer-lhe, em particular, coisas graves que ouvira ao marido, poucas horas antes de morrer. Carlota respondeu-lhe com este bilhete:

> Pode vir quanto antes, e se quiser hoje mesmo, ou amanhã, depois do meio-dia; mas prefiro que seja hoje. Desejo saber o que é, e ainda uma vez agradecer-lhe a dedicação que mostrou ao meu infeliz marido.

Romualdo foi nesse mesmo dia, entre três e quatro horas. Achou ali d. Maria Soares, que não se demorou muito, e os deixou sós. Eram duas viúvas, e ambas de preto, e Romualdo pôde compará-las, achou que a diferença era imensa; d. Maria Soares dava a sensação de uma pessoa que escolhera a viuvez por ofício e comodidade. Carlota estava ainda acabrunhada, pálida e séria. Diferença de data ou de temperamento? Romualdo não pôde averiguá-lo, não chegou sequer a formular a questão. Medíocre de espírito, este homem tinha uma dose grande de sensibilidade, e a figura de Carlota impressionou-o de modo que não lhe deu lugar a mais do que à comparação das pessoas. Houve mesmo da parte de d. Maria Soares duas ou três frases que pareceram ao Romualdo um tanto esquisitas. Uma delas foi esta:

— Veja se persuade a nossa amiga a conformar-se com a sorte; lágrimas não ressuscitam ninguém.

Carlota sorriu sem vontade, para responder alguma coisa, e Romualdo rufou com os dedos sobre o joelho, olhando para o chão. D. Maria Soares levantou-se afinal, e saiu. Carlota, que a acompanhou até a porta, voltou ansiosa ao Romualdo, e pediu que lhe dissesse tudo, tudo, as palavras dele, e a doença, e como foi que começou, e os cuidados que lhe deu, e que ela soube aqui e lhe agradecia muito. Tinha visto uma carta de pessoa da província, dizendo que a dedicação dele não podia ser maior. Carlota falava às pressas, cheia de comoção, sem ordem nas ideias.

— Não falemos do que fiz — disse o Romualdo —, cumpri um dever natural.

— Bem, mas eu agradeço-lhe por ele e por mim — replicou ela estendendo-lhe a mão.

Romualdo apertou-lhe a mão, que estava trêmula, e nunca lhe pareceu tão deliciosa. Ao mesmo tempo, olhou para ela e viu que a cor pálida ia-lhe bem, e com o vestido preto, tinha um tom ascético particularmente interessante. Os olhos cansados de chorar não traziam o mesmo fulgor de outro tempo, mas eram muito melhores assim, como uma espécie de meia-luz de alcova, abafada pelas cortinas e venezianas fechadas.

Nisto pensou na comissão que o levava ali, e estremeceu. Começava a palpitar, outra vez, por ela, e agora que a achava livre, ia levantar duas barreiras entre ambos: — que se não casasse, e que, a fazê-lo, casasse com outro, uma pessoa determinada. Era exigir demais. Romualdo pensou em não dizer nada, ou dizer outra coisa qualquer. Que coisa? Qualquer coisa. Podia atribuir ao marido uma recomendação de ordem geral, que se lembrasse dele, que lhe sufragasse a alma por certa maneira. Tudo era crível, e não prenderia assim o futuro com uma palavra. Carlota, sentada defronte, esperava que ele falasse; chegou a repetir o pedido. Romualdo sentiu um repelão da consciência. No momento de formular a recomendação falsa, recuou, teve vergonha, e dispôs-se à verdade. Ninguém sabia que se passara entre ele e o finado, senão a consciência dele, mas a consciência bastava, e ele obedeceu. Paciência! era esquecer o passado, e adeus.

— Seu marido — começou —, no mesmo dia em que morreu, disse-me que tinha um grande favor que pedir-me, e fez-me prometer que cumpriria tudo. Respondi-lhe que sim. Então, disse-me ele que era um grande benefício que a senhora lhe fazia, se se conservasse viúva, e que lhe pedisse isto, como um desejo da hora da morte. Entretanto, dado que não pudesse fazê-lo...

Carlota interrompeu-o com o gesto: não queria ouvir nada, era penoso. Mas o Romualdo insistiu, tinha de cumprir...

Foram interrompidos por um criado; o dr. Andrade acabava de chegar, trazendo à viúva uma comunicação urgente.

Andrade entrou, e pediu a Carlota para lhe falar em particular.

— Não é preciso — retorquiu a moça —, este senhor é nosso amigo, pode ouvir tudo.

Andrade obedeceu e disse ao que vinha; este incidente é sem valor para o nosso caso. Depois, conversaram os três durante alguns minutos. Romualdo olhava para o Andrade com inveja, e tornou a perguntar a si mesmo se lhe convinha dizer alguma coisa. A ideia de dizer outra coisa qualquer começou a turvar-lhe novamente o espírito. Ao ver o jovem advogado tão gracioso, tão atraente, Romualdo concluiu — e não concluiu mal — que o pedido do morto era um incitamento; e se Carlota nunca pensara em casar, era ocasião de fazê-lo. O pedido chegou a parecer-lhe tão absurdo, que a ideia de alguma desconfiança do marido veio naturalmente, e atribuiu-lhe assim a intenção de punir moralmente a mulher: — conclusão, por outro lado, não menos absurda, à vista do amor que ele testemunhara no casal.

Carlota, na conversação, manifestou o desejo de retirar-se para a fazenda de uma tia, logo que acabasse o inventário; mas se demorasse muito tempo iria em breve.

— Farei o que puder para ir depressa — disse o Andrade.

Daí a pouco saiu este, e Carlota, que o acompanhara até a porta, voltou ao Romualdo, para dizer-lhe:

— Não quero saber o que foi que meu marido lhe confiou. Ele pede-me o que por mim mesmo faria: — ficarei viúva...

Romualdo podia não ir adiante, e desejou isso mesmo. Estava certo da sinceridade da viúva, e da resolução anunciada; mas o diabo do Andrade com os seus modos finos e olhos cálidos fazia-lhe travessuras no cérebro. Entretanto, a solenidade da promessa tornou a aparecer-lhe como um pacto que se havia de cumprir, custasse o que custasse. Ocorreu-lhe um meio-termo: obedecer à viúva, e calar-se, e, um dia, se ela deveras se mostrasse disposta a contrair segundas núpcias, completar-lhe a declaração. Mas não tardou em ver que isto era uma infidelidade disfarçada; em primeiro lugar, ele poderia morrer antes, ou estar fora, em serviço ou doente; em segundo lugar, poderia ser que lhe falasse, quando ela estivesse apaixonada por outro. Resolveu dizer tudo.

— Como ia dizendo — continuava ele —, seu marido...

— Não diga mais nada — interrompeu Carlota —, para quê?

— Será inútil, mas devo cumprir o que prometi ao meu pobre amigo. A senhora pode dispensá-lo, eu é que não. Pede-lhe que se conserve viúva; mas que, no caso de não lhe ser possível, pedir-lhe-ia bem que a sua escolha recaísse no... dr. Andrade...

Carlota não pôde ocultar o espanto, e não teve só um, mas dois, um atrás do outro. Quando Romualdo concluía o pedido, antes de dizer o nome do Andrade, Carlota imaginou que ia citar o dele mesmo; e, rápido, tanto lhe pareceu um desejo do marido como uma astúcia do portador, que a cortejara antes. Esta segunda suspeita entornou-lhe na alma um grande desgosto e desprezo. Tudo isso passou como um relâmpago, e quando chegou ao fim, ao nome do Andrade, mudou de espanto, e não foi menor. Esteve calada alguns segundos, olhando à toa; depois, repetiu o que já dissera.

— Não pretendo casar.

— Tanto melhor — disse ele — para os desejos últimos de seu marido. Não lhe nego que o pedido me pareceu exceder do direito de um moribundo; mas não me cabe discuti-lo: é questão entre a senhora e a sua consciência.

Romualdo levantou-se.

— Já? — disse ela.

— Já.

— Jante comigo.

— Peço-lhe que não; virei outro dia — disse ele estendendo-lhe a mão.

Carlota estendeu-lhe a mão. Pode ser que se ela estivesse com o espírito quieto, percebesse nos modos do Romualdo alguma coisa que não era a audácia de outrora. Na verdade, ele estava agora acanhado, comovido, e a mão tremia-lhe um tanto. Carlota apertou-lha cheia de agradecimento; ele saiu.

Ficando só, Carlota refletiu em tudo o que se passara. A lembrança do marido pareceu-lhe também extraordinária; e, não tendo ela jamais pensado no Andrade, não pôde furtar-se a pensar nele e na simples indicação do moribundo. Tanto pensou em tudo isso, que lhe ocorreu finalmente a posição do Romualdo. Esse homem tinha-a cortejado, parecia querê-la, recebeu do marido, prestes a expirar, a confidência última, o pedido da viuvez e a designação de um sucessor, que não era ele, mas outro; e, não obstante, cumpriu tudo fielmente. O procedimento pareceu-lhe heroico. E daí pode ser que já não a amasse: e foi, talvez, um capricho de momento; estava acabado; nada mais natural.

No dia seguinte, ocorreu a Carlota a ideia de que Romualdo, sabendo da amizade do marido com o Andrade, podia ir comunicar a este o pedido do moribundo, se já o não tinha feito. Mais que depressa, lembrou-se de mandar chamá-lo, e pedir-lhe que viesse vê-la; chegou mesmo a escrever-lhe um bilhete, mas mudou de ideia, e, em vez de pedir-lho de viva voz, determinou fazê-lo por escrito. Eis o que escreveu:

> Estou certa de que as últimas palavras de meu marido foram apenas repetidas a mim e a ninguém mais; entretanto, como há outra pessoa, que poderia ter interesse em saber...

Chegando a este ponto da carta, releu-a, e rasgou-a. Parecia-lhe que a frase tinha um tom misterioso, inconveniente na situação. Começou outra, e não lhe agradou também; ia escrever terceira, quando vieram anunciar-lhe a presença do Romualdo; correu à sala.

— Escrevia-lhe agora mesmo — disse ela logo depois.
— Para quê?
— Referiu aquelas palavras de meu marido a alguém?
— A ninguém. Não podia fazê-lo.
— Sei que não o faria; entretanto, nós, as mulheres, somos naturalmente medrosas, e o receio de que alguém mais, quem quer que seja, saiba do que se passou, peço-lhe que por nenhuma coisa refira a outra pessoa...
— Certamente que não.
— Era isto o que lhe dizia a carta.

Romualdo vinha despedir-se; seguia daí três dias para o norte. Pedia-lhe desculpa de não ter aceitado o convite de jantar, mas na volta...

— Volta? — interrompeu ela.
— Conto voltar.
— Quando?
— Daqui a dois meses ou dois anos.
— Cortemos ao meio; seja daqui a quatro meses.
— Depende.
— Mas, então, sem jantar comigo uma vez? Hoje, por exemplo...
— Hoje estou comprometido.
— E amanhã?
— Amanhã vou a Juiz de Fora.

Carlota fez um gesto de resignação; depois perguntou-lhe se na volta do norte.

— Na volta.
— Daqui a quatro meses?
— Não posso afirmar nada.

Romualdo saiu; Carlota ficou pensativa algum tempo.

— Singular homem! — pensou ela. — Achei-lhe a mão fria e, entretanto...

Depressa passou a Carlota a impressão que lhe deixara o Romualdo. Este seguiu, e ela retirou-se à fazenda da tia, enquanto o dr. Andrade continuou o inventário. Quatro meses depois, voltou Carlota a esta corte, mais curada das saudades, e em todo caso cheia de resignação. A amiga encarregou-se de acabar a cura, e não lhe foi difícil.

Carlota não esquecera o marido; ele estava presente ao coração, mas o coração também cansa de chorar. Andrade, que a frequentava, não pensara em substituir o finado marido; ao contrário, parece que principalmente gostava da outra. Pode ser também que fosse mais cortesão com ela, por ela ser menos recente viúva. O que toda a gente cria é que dali, qualquer que fosse a escolhida, tinha de nascer um casamento com ele. Não tardou que as pretensões de Andrade se inclinassem puramente à outra.

— Tanto melhor — pensou Carlota, logo que o percebeu.

A ideia de Carlota é que, sendo assim, não ficava ela obrigada a desposá-lo; mas esta ideia não a formulou inteiramente; era confessar que estaria inclinada a casar.

Passaram-se ainda algumas semanas, oito ou dez, até que um dia anunciaram os jornais a chegada de Romualdo. Ela mandou-lhe um cartão de cumprimento, e ele deu-se pressa em pagar-lhe a visita. Acharam-se mudados; ela pareceu-lhe menos pálida, um pouco mais tranquila, para não dizer alegre; ele menos áspero no aspecto, e até mais gracioso. Carlota convidou-o a jantar com ela daí a dias. A amiga estava presente.

Romualdo foi circunspecto com ambas, e, posto que trivial, conseguia pôr nas palavras uma nota de interesse. O que, porém, realçava a pessoa dele era — em relação a uma, a transmissão do recado do marido, e a respeito da outra a paixão que sentira pela primeira, e a possibilidade de vir a desposá-la. A verdade é que ele passou uma noite excelente, e saiu de lá encantado. A segunda convidou-o também para jantar daí a dias, e os três reuniram-se outra vez.

— Ele ainda gosta de ti? — perguntava uma.

— Não, acabou.

— Não acabou.

— Por que não? Há tanto tempo.

— Que importa o tempo?

E teimava que o tempo era coisa importante, mas também não valia nada, principalmente em certos casos. Romualdo parecia pertencer à família dos apaixonados sérios. Enquanto dizia isso, olhava para ela a ver se lhe descobria alguma coisa; mas era difícil ou impossível. Carlota levantava os ombros.

Andrade supôs também alguma coisa, por insinuação da outra viúva, e tratou de ver se descobria a verdade; não descobriu coisa nenhuma. O amor de Andrade ia crescendo. Não tardou que o ciúme viesse fazer-lhe cortejo. Pareceu-lhe que a amada via o Romualdo com olhos singulares; e a verdade é que estava muita vez com ele.

Para quem se lembra das primeiras impressões das duas viúvas, há de ser difícil ver claro na observação do nosso Andrade; mas eu sou historiador fiel, e a verdade antes de tudo. A verdade é que ambas as viúvas começavam a cercá-lo de especiais atenções.

Romualdo não o percebeu logo, porque era modesto, apesar de audaz, às vezes; e da parte de Carlota não chegou mesmo a perceber nada; a outra, porém, houve-se de maneira que não tardou em descobrir-se. Era certo que o cortejava.

Daqui nasceram os primeiros elementos de um drama. Romualdo não acudiu ao chamado da bela dama, e esse procedimento não fez mais do que irritá-la e dar-lhe o gosto de teimar e vencer. Andrade, ao ver-se posto de lado, ou quase, determinou lutar também e destruir o rival nascente, que podia ser em breve triunfante. Já isso bastava; mas eis que Carlota, curiosa da alma do Romualdo, sentiu que este objeto de estudo podia escapar-se-lhe, desde que a outra o quisesse para si. Já então eram passados treze meses da morte do marido, o luto estava aliviado, e a beleza dela, com ou sem luto, fechado ou aliviado, estava no cume.

A luta que então começou teve diferentes fases, e durou cerca de cinco meses mais. Carlota, no meio dela, sentiu que alguma coisa batia no coração de Romualdo. As duas viúvas em breve descobriram as baterias; Romualdo solicitado por ambas, não se demorou na escolha; mas o desejo do morto? No fim de cinco meses as duas viúvas estavam brigadas, para sempre; e no fim de mais três (custa-me dizê-lo, mas é verdade), no fim de mais três meses, Romualdo e Carlota iam meditar juntos e unidos sobre a desvantagem de morrer primeiro.

A Estação, *setembro-outubro de 1884;* Machado de Assis.

Uma carta

Celestina acabando de almoçar, voltou à alcova, e, indo casualmente à cesta de costura, achou uma cartinha de papel bordado. Não tinha sobrescrito, mas estava aberta. Celestina, depois de hesitar um pouco, desdobrou-a e leu:

> Meu anjo adorado,
> Perdoe-me esta audácia, mas não posso mais resistir ao desejo de lhe abrir meu coração e dizer que a adoro com todas as forças da minha alma. Mais de uma vez tenho passado pela rua, sem que a senhora me dê a esmola de um olhar, e há muito tempo que suspiro por lhe dizer isto e pedir-lhe que me faça o ente mais feliz do mundo. Se não me ama, como eu a amo, creia que morrerei de desgosto. Os seus olhos lindos como as estrelas do céu são para mim as luzes da existência, e os seus lábios, semelhantes às pétalas da rosa, têm toda a frescura de um jardim de Deus...

Não copio o resto; era longa a carta, e no mesmo estilo composto de trivialidade e imaginação. Apesar de longa, Celestina leu-a duas vezes, e, em alguns lugares, três e quatro; naturalmente eram os que falavam da beleza dela, dos olhos, dos lábios, dos cabelos, das mãos. Estas pegavam trêmulas na carta, tão comovida ficara a dona, tão assombrada de um tal achado. Quem poria ali a carta? Provavelmente, a escrava — a única escrava da casa, peitada pelo autor. E quem seria este? Celestina não tinha a menor lembrança que pudesse ligar ao autor da carta; mas, como ele dizia que ela mesma não lhe dera a esmola de um olhar, estava explicado o caso, e só restava agora reparar bem nos homens da rua.

Celestina foi ao espelho, e lançou um olhar complacente sobre si. Não era bonita, mas a carta deu-lhe uma alta ideia de suas graças. Contava então trinta e nove anos, parece mesmo que mais um; mas este ponto não está averiguado de modo que possa entrar na história. Era simples opinião da mãe; esta senhora, porém, contando sessenta e quatro anos, podia confundir as coisas. Em todo o caso, qualquer que fosse o exato número, a própria dona dos anos não os discutiu, e limitava-se a parecer bem. Não parecia mal, nem fazia má figura, todas as tardes, à janela.

Esquecia-me dizer que isto acontecia aqui mesmo, no Rio de Janeiro, entre 1860 e 1862. Celestina era filha de um antigo comerciante, que morreu pobre, tendo apenas feito para a família um pequeno pecúlio. Era dele que esta vivia e mais de algumas costuras para fora.

A ideia de casar entrou na cabeça de Celestina, desde os treze anos, e ali se conservou até os trinta e sete, pode ser mesmo que até os trinta e oito; mas ultimamente ela a perdera de todo, e só se enfeitava para não desafiar o destino. Solteirona e pobre, não contava que ninguém se enamorasse dela. Era boa e laboriosa, e isto podia compensar o resto; mas ainda assim não lhe dava esperanças.

Foi neste ponto da vida que Celestina deu com a carta na cesta de costura. Compreende-se o alvoroço do pobre coração. Afinal, recebia o prêmio da demora; aí aparecia um namorado, por seu próprio pé, sem ela dar por ele, e dispunha-se a fazê-la feliz.

Já vimos que ela atribuía à escrava da casa a intervenção naquele negócio, e o primeiro impulso foi ir ter com ela; mas recuou. Era difícil tratar diretamente um tal assunto, não estando nos seus quinze anos estouvados que tudo explicassem; era arriscar a autoridade. Mas, por outro lado, se se calasse, arriscava o namorado, que, não tendo resposta, poderia desesperar e ir embora. Celestina vacilou muito no que faria, até que resolveu consultar a irmã. A irmã, Joaninha, tinha vinte anos, e era pessoa de muita gravidade; podia dar-lhe um conselho.

— O quê? Não ouço.

— Queria consultar você sobre uma coisa.

— Que coisa? Você hoje está assim esquisita, tão alegre, e tão acanhada. Que é que você quer, Titina? Diga. Já adivinhei.

— O que é?

— É sobre aquele vestido da baronesa.

Celestina fez um gesto de desgosto, e ia negar, mas não conseguindo abrir-se com a irmã, preferiu mentir, e foi buscar o vestido. Na verdade, podia ser mãe dela, viu-a nascer, ajudou-a a criar. Nunca entre ambas trocaram nenhuma confidência de namoro; e não é que ambas os não tivessem tido. Mas as relações eram de respeito e discrição.

Não sabendo como sair da dificuldade, Celestina adotou um plano intermédio; procuraria primeiro descobrir a pessoa que lhe mandara a carta, e se a merecesse, como era de supor, à vista da linguagem da carta, abrir-se-ia com a escrava, e depois com a irmã. Nessa mesma tarde, ela foi mais cedo para a janela, e mais enfeitada, esteve menos distraída com outras coisas. Não tirou os olhos da rua, abaixo e acima; não apontava rapaz ao longe, que não o seguisse com curiosidade inquieta e esperançosa. Joaninha, ao pé dela, notava que a irmã não estava como de costume; e pode ser mesmo que lhe atribuísse algum princípio de namoro. A mãe é que não via nada. Sentada na outra janela (era uma casa assobradada), ora cochilava, ora perguntava às filhas quem era que ia passando.

— Celestina, aquele não é o doutor Norberto?
— Joaninha, parece que lá vai a família do Alvarenga.

Perto das ave-marias, viu Celestina surgir da esquina um rapaz, que, tão depressa entrara na rua, pôs os olhos na casa.

Passou pelo lado oposto, lento, evidentemente abalado, olhando ora para o chão, ora para a janela. Foi até o fim da rua, atravessou-a, e voltou pelo lado da casa. Já então era um pouco escuro, não tanto, porém, que encobrisse a gentileza do rapaz, que era positivamente um rapagão.

Celestina ficou realmente fora de si. A irmã não viu o que era, mas concluiu que alguém teria passado na rua, que enchera a alma de Celestina de uma vida desusada. Com efeito, durante a noite, esteve ela como nunca, alegre, e ao mesmo tempo pensativa, esquecendo-se de si e dos outros. Quase que não quis tomar chá, e só a muito custo se recolheu para dormir.

— Titina viu passarinho verde — pensou Joaninha ao deitar-se.

Celestina, recolhida ao quarto, meteu-se na cama, e releu a carta do rapaz, lentamente, saboreando as palavras de amor, e os elogios à beleza dela. Interrompia a leitura, para pensar nele, vê-lo surgir de uma esquina, ir pela rua fora do lado oposto, e tornar depois do lado dela. Via-lhe os olhos, o andar, a figura... Depois tornava à carta, e beijava-a muitas vezes, e numa delas, sentiu a pálpebra molhada. Não se vexou da lágrima; era das que se confessam. Quando cansou de ler a carta, meteu-a debaixo do travesseiro, e dispôs-se a dormir.

Mas qual dormir! Fechava os olhos, mas o sono andava pelas casas dos indiferentes, não queria nada com uma pessoa em quem as esperanças mortas reviviam com o vigor da adolescência. Celestina recorria a todos os estratagemas para dormir; mas o rapaz da carta fincava-lhe os olhos ardentes, e ia de um lado para outro; não tinha mais que contemplá-lo. Não era ele o namorado, o apaixonado, o noivo próximo? Que ela planeara tudo: no dia seguinte escreveria uma resposta ao rapaz, e dá-la-ia à escrava, para que a entregasse. Estava disposta a não perder tempo.

Era meia-noite, quando Celestina conseguiu adormecer; e antes o fizesse há mais tempo, porque sonhou ainda com o rapaz, e não perdeu nada.

Sonhou que ele tornara a passar, recebera a resposta e escrevera de novo. No fim de alguns dias, pediu-lhe autorização para solicitar a sua mão. Viu-se logo casada. Foi uma festa brilhante, concorrida, à qual todas as pessoas amigas foram, cerca de dezoito carros. Nada mais lindo que o vestido dela, de cetim branco, um ramalhete de flores de laranjeira, ao peito, algumas outras nos apanhados da saia. A grinalda era lindíssima. Toda a vizinhança nas janelas. Na rua gente, na igreja muita gente, e ela entrando por meio de alas, ao lado da madrinha... Quem seria a madrinha? D. Mariana Pinto ou a baronesa? A baronesa... A mãe talvez quisesse d. Mariana, mas a baronesa... Em sonhos mesmo discutiu isso, interrompendo a entrada triunfal no templo.

O padrinho do noivo era o próprio ministro da Justiça, que ia ao lado dele fardado, condecorado, brilhante, e que, no fim da cerimônia veio cumprimentá-la com grande atenção. Celestina estava cheia de si, a mãe também, a irmã também, e ela prometia a esta um casamento igual.

— Daqui a três meses, você está também casada — dizia-lhe ao receber dela os parabéns.

Muitas rosas desfolhadas sobre ela. Eram caídas da tribuna. O noivo deu-lhe o braço, e ela saiu como se fosse entrando no céu. Os curiosos eram agora em maior número. Gente e mais gente. Chegam os carros; lacaios aprumados abrem as portinholas. Lá vai depois o cortejo devagar e brilhante, todos aqueles cavalos brancos pisando o chão com uma gravidade fidalga. E ela, ela, tão feliz! ao lado do noivo!

A fada branca dos sonhos continuou assim a fazer surdir do nada uma porção de coisas belas. Celestina descobriu, no fim de uma semana de casada, que o marido era príncipe. Celestina princesa! A prova é que aqui está um palácio, e todas as portas, louça, cadeiras, coches, tudo tem armas principescas, no escudo, uma águia ou leão, um animal qualquer, mas soberano.

— Vossa alteza se quiser...
— Rogo a vossa alteza...
— Perdão, alteza...

E tudo assim, até quase de manhã. Antes do sol acordou, esteve alguns minutos esperta, mas tornou a dormir para continuar o sonho, que então já não era de príncipe. O marido era um grande poeta, viviam ao pé de um lago, ao pôr do sol, cisnes nadando, um princípio da lua, e a felicidade entre eles. Foi esta a última fase do delírio.

Celestina acordou tarde; ergueu-se ainda com o sabor das coisas imaginadas, e o pensamento no namorado, noivo próximo. Embebida na imagem dele, foi às suas abluções matinais. A escrava entrou-lhe na alcova.

— Nhã Titina...
— Que é?

A preta hesitou.

— Fala, fala.
— Nhã Titina achou na sua cesta uma carta?
— Achei.
— Vosmecê me perdoe, mas a carta era para nhã Joaninha...

Celestina empalideceu. Quando a preta a deixou só, Celestina deixou cair uma lágrima — e foi a última que o amor lhe arrancou.

A Estação, 15 de dezembro de 1884; M. de A.

Só!

Alonguei-me fugindo, e morei na soledade.
Salm. LIV, 8.

Bonifácio, depois de fechar a porta, guardou a chave, atravessou o jardim e meteu-se em casa. Estava só, finalmente só. A frente da casa dava para uma rua pouco frequentada e quase sem moradores. A um dos lados da chácara corria outra rua. Creio que tudo isso era para os lados de Andaraí.

Um grande escritor, Edgard Poe, relata, em um de seus admiráveis contos, a corrida noturna de um desconhecido pelas ruas de Londres, à medida que se despovoam, com o visível intento de nunca ficar só. "Esse homem, conclui ele, é o tipo e o gênio do crime profundo; é o homem das multidões." Bonifácio não era capaz de crimes, nem ia agora atrás de lugares povoados, tanto que vinha recolher-se a uma casa vazia. Posto que os seus quarenta e cinco anos não fossem tais que tornassem inverossímil uma fantasia de mulher, não era amor que o trazia à reclusão. Vamos à verdade: ele queria descansar da companhia dos outros. Quem lhe meteu isso na cabeça — sem o querer nem saber — foi um esquisitão desse tempo, dizem que filósofo, um tal Tobias que morava para os lados do Jardim Botânico. Filósofo ou não, era homem de cara seca e comprida, nariz grande e óculos de tartaruga. Paulista de nascimento, estudara em Coimbra, no tempo do rei, e vivera muitos anos na Europa, gastando o que possuía, até que, não tendo mais que alguns restos, arrepiou carreira. Veio para o Rio de Janeiro, com o plano de passar a São Paulo; mas foi ficando e aqui morreu. Costumava ele desaparecer da cidade durante um ou dois meses; metia-se em casa, com o único preto que possuía, e a quem dava ordem de lhe não dizer nada. Esta circunstância fê-lo crer maluco, e tal era a opinião entre os rapazes; não faltava, porém, quem lhe atribuísse grande instrução e rara inteligência, ambas inutilizadas por um ceticismo sem remédio. Bonifácio, um dos seus poucos familiares, perguntou-lhe um dia que prazer achava naquelas reclusões tão longas e absolutas; Tobias respondeu que era o maior regalo do mundo.

— Mas, sozinho! tanto tempo assim, metido entre quatro paredes, sem ninguém!

— Sem ninguém, não.

— Ora, um escravo, que nem sequer lhe pode tomar a bênção!

— Não, senhor. Trago um certo número de ideias; e, logo que fico só, divirto-me em conversar com elas. Algumas vêm já grávidas de outras, e dão à luz cinco, dez, vinte e todo esse povo salta, brinca, desce, sobe, às vezes lutam umas com outras, ferem-se e algumas morrem; e quando dou acordo de mim, lá se vão muitas semanas.

Foi pouco depois dessa conversação que vagou uma casa de Bonifácio. Ele, que andava aborrecido e cansado da vida social, quis imitar o velho Tobias; disse em casa, na loja do Bernardo e a alguns amigos, que ia estar uns dias em Iguaçu, e recolheu-se a Andaraí. Uma vez que a variedade enfarava, era possível achar sabor da monotonia. Viver só, duas semanas inteiras, no mesmo espaço, com as mesmas coisas, sem andar de casa em casa e de rua em rua, não seria um deleite novo e raro? Em verdade, pouca gente gostará da música monótona; Bonaparte, entretanto, lambia-se por ela, e sacava dali uma teoria curiosa, a saber, que as impressões que se repetem são as únicas que verdadeiramente se apossam de nós. Na chácara de Andaraí a impressão era uma e única.

Vimo-lo entrar. Vamos vê-lo percorrer tudo, salas e alcovas, jardim e chácara. A primeira impressão dele, quando ali se achou, espécie de Robinson, foi um pouco estranha, mas agradável. Em todo resto da tarde não foi mais que proprietário; examinou tudo, com paciência e minuciosidade, paredes, tetos, portas, vidraças, árvores, tanque, a cerca de espinhos. Notou que os degraus que iam da cozinha para a chácara, estavam lascados, aparecendo o tijolo. O fogão tinha grandes estragos.

Das janelas da cozinha, que eram duas, só uma fechava bem; a outra era atada com um pedaço de corda. Buracos de rato, rasgões no papel da parede, pregos deixados, golpes de canivete no peitoril de algumas janelas, tudo descobriu, e contra tudo tempestuou com uma certa cólera postiça e eficaz na ocasião.

A tarde passou depressa. Só reparou bem que estava só, quando lhe entraram em casa as ave-marias, com o seu ar de viúvas recentes; foi a primeira vez na vida que ele sentiu a melancolia de tais hóspedes. Essa hora eloquente e profunda, que ninguém mais cantará como o divino Dante, ele só a conhecia pelo gás do jantar, pelo aspecto das viandas, ao tinir dos pratos, ao reluzir dos copos, ao burburinho da conversação, se jantava com outras pessoas, ou pensando nelas, se jantava só. Era a primeira vez que lhe sentia o prestígio, e não há dúvida que ficou acabrunhado. Correu a acender luzes e cuidou de jantar.

Jantou menos mal, ainda que sem sopa; tomou café, preparado por ele mesmo, na máquina que levara, e encheu o resto da noite como pôde. Às oito horas, indo dar corda ao relógio, resolveu deixá-lo parar, a fim de tornar mais completa a solidão; leu algumas páginas de uma novela, bocejou, fumou e dormiu.

De manhã, ao voltar do tanque e tomado o café, procurou os jornais do dia, e só então advertiu que, de propósito, os não mandara vir. Estava tão acostumado a lê-los, entre o café e o almoço, que não pôde achar compensação em nada.

— Pateta! — exclamou. — Que tinha que os jornais viessem?

Para matar o tempo, foi abrir e examinar as gavetas da mesa — uma velha mesa, que lhe não servia há muito, e estava ao canto do gabinete, na outra casa. Achou bilhetes de amigos, notas, flores, cartas de jogar, pedaços de barbante, de lacre, penas, contas antigas etc. Releu os bilhetes e as notas. Algumas destas falavam de coisas e pessoas dispersas ou extintas: "Lembrar ao cabeleireiro para ir à casa de d. Amélia". — "Comprar um cavalinho de pau para o filho do Vasconcelos". — "Cumprimentar o ministro da Marinha". — "Não esquecer de copiar as charadas que d. Antônia me pediu". — "Ver o número da casa dos suspensórios". — "Pedir ao secretário da Câmara um bilhete de tribuna para o dia da interpelação". E assim outras, algumas tão concisas, que ele mesmo não chegava a entender, como estas, por exemplo: "Soares, prendas, a cavalo". — "Ouro e pé de mesa".

No fundo da gaveta, deu com uma caixinha de tartaruga, e dentro um molhozinho de cabelos, e este papel: "Cortados ontem, cinco de novembro, de manhã". Bonifácio estremeceu...

— Carlota! — exclamou.

Compreende-se a comoção. As outras notas eram pedaços da vida social. Solteiro, e sem parentes, Bonifácio fez da sociedade uma família. Contava numerosas relações, e não poucas íntimas. Vivia da convivência, era o elemento obrigado de todas as funções, parceiro infalível, confidente discreto e cordial servidor, principalmente de senhoras. Nas confidências, como era pacífico e sem opinião, adotava os sentimentos de cada um, e tratava sinceramente de os combinar, de restaurar os edifícios que, ou o tempo, ou as tempestades da vida, iam gastando. Foi uma dessas confidências, que o levou ao amor expresso naquele molhozinho de cabelos, cortados ontem, cinco de novembro; e esse amor foi a grande data memorável da vida dele.

— Carlota! — repetiu ainda.

Reclinado na cadeira, contemplava os cabelos, como se fossem a própria pessoa; releu o bilhete, depois fechou os olhos, para recordar melhor. Pode-se dizer que ficou um pouco triste, mas de uma tristeza que a fatuidade tingia de alguns tons alegres. Reviveu o amor e a carruagem — a carruagem dela —, os ombros soberbos e as joias magníficas — os dedos e os anéis, a ternura da amada e a admiração pública...

— Carlota!

Nem almoçando, perdeu a preocupação. E, contudo, o almoço era o melhor que se podia desejar em tais circunstâncias, mormente se contarmos o excelente Borgonha que o acompanhou, presente de um diplomata; mas nem assim.

Fenômeno interessante: — almoçado, e acendendo um charuto, Bonifácio pensou na boa fortuna, que seria, se ela lhe aparecesse, ainda agora, a despeito dos quarenta e quatro anos. Podia ser; morava para os lados da Tijuca. Uma vez que isto lhe pareceu possível, Bonifácio abriu as janelas todas da frente e desceu à chácara, para ir até a cerca que dava para a outra rua. Tinha esse gênero de imaginação que a esperança dá a todos os homens; figurou na cabeça a passagem de Carlota, a entrada, o assombro e o reconhecimento. Supôs até que lhe ouvia a voz; mas era o que lhe acontecia desde manhã, a respeito de outras. De quando em quando, chegavam-lhe ao ouvido uns retalhos de frases:

— Mas, senhor Bonifácio...

— Jogue; a vaza é minha...

— Jantou com o desembargador?

Eram ecos da memória. A voz da dona dos cabelos era também um eco. A diferença é que esta lhe pareceu mais perto, e ele cuidou que, realmente, ia ver a pessoa. Chegou a crer que o fato extraordinário da reclusão se prendesse ao encontro com a dama, único modo de a explicar. Como? Segredo do destino. Pela cerca, espiou disfarçadamente para a rua, como se quisesse embaçar a si mesmo, e não viu nem ouviu nada mais que uns cinco ou seis cães que perseguiam a outro, latindo em coro. Começou a chuviscar; apertando a chuva, correu a meter-se em casa; entrando, ouviu distintamente dizer:

— Meu bem!

Estremeceu; mas era ilusão. Chegou à janela, para ver a chuva, e lembrou-se que um de seus prazeres, em tais ocasiões, era estar à porta do Bernardo ou do Farani, vendo passar a gente, uns para baixo, outros para cima, numa contradança de guarda-chuvas... A impressão do silêncio, principalmente, afligia mais que a da solidão. Ouvia alguns pios de passarinho, cigarras — às vezes um rodar de carro, ao longe — alguma voz humana, ralhos, cantigas, uma risada, tudo fraco, vago e remoto, e como que destinado só a agravar o silêncio. Quis ler e não pôde; foi reler as cartas e examinar as contas velhas. Estava impaciente, zangado, nervoso. A chuva, posto que não forte, prometia durar muitas horas, e talvez dias. Outra cainçada aos fundos, e desta vez trouxe-lhe à memória um dito do velho Tobias. Estava em casa dele, ambos à janela, e viram passar na rua um cão, fugindo de dois, que ladravam; outros cães, porém, saindo das lojas e das esquinas, entravam a ladrar também, com igual ardor e raiva, e todos corriam atrás do perseguido. Entre eles ia o do próprio Tobias, um que o dono supunha ser descendente de algum cão feudal, companheiro das antigas castelãs. Bonifácio riu-se, e perguntou-lhe se um animal tão nobre era para andar nos tumultos de rua.

— Você fala assim — respondeu Tobias —, porque não conhece a máxima social dos cães. Viu que nenhum deles perguntou aos outros o que é que o perseguido tinha feito; todos entraram no coro e perseguiram também; levados desta máxima universal entre eles: — Quem persegue ou morde, tem sempre razão — ou, em relação à matéria da perseguição, ou, quando menos, em relação às pernas do perseguido. Já reparou? Repare e verá.

Não se lembrava do resto, e, aliás, a ideia do Tobias pareceu-lhe ininteligível, ou, quando menos, obscura. Os cães tinham cessado de latir. Só continuava a chuva. Bonifácio andou, voltou, foi de um lado para outro, começava a achar-se ridículo. Que horas seriam? Não lhe restava o recurso de calcular o tempo pelo sol. Sabia que era segunda-feira, dia em que costumava jantar na rua dos Beneditinos, com um comissário de café. Pensou nisso; pensou na reunião do conselheiro ***, que conhecera em Petrópolis; pensou em Petrópolis, no *whist*; era mais feliz no *whist* que ao voltarete, e ainda agora recordava todas as circunstâncias de uma certa mão, em que ele pedira licença, com quatro trunfos, rei, manilha, basto, dama... E reproduzia tudo, as cartas dele com as de cada um dos parceiros, as cartas compradas, a ordem e a composição das vazas.

Era assim que as lembranças de fora, coisas e pessoas, vinham de tropel agitando-se em volta dele, falando, rindo, fazendo-lhe companhia. Bonifácio recompunha toda a vida exterior, figuras e incidentes, namoros de um, negócios de outro, diversões, brigas, anedotas, uma conversação, um enredo, um boato. Cansou, e tentou ler; a princípio, o espírito saltava fora da página, atrás de uma notícia qualquer, um projeto de casamento; depois caiu numa sonolência teimosa. Espertava, lia cinco ou seis linhas, e dormia. Afinal, levantou-se, deixou o livro e chegou à janela para ver a chuva, que era a mesma, sem parar nem crescer, nem diminuir, sempre a mesma cortina d'água despenhando-se de um céu amontoado de nuvens grossas e eternas.

Jantou mal, e, para consolar-se, bebeu muito Borgonha. De noite, fumado o segundo charuto, lembrou-se das cartas, foi a elas, baralhou-as e sentou-se a jogar a paciência. Era um recurso: pôde assim escapar às recordações que o afligiam, se eram más, ou que o empuxavam para fora, se eram boas. Dormiu ao som da chuva, e teve um pesadelo. Sonhou que subia à presença de Deus, e que lhe ouvia a resolução de fazer chover, por todos os séculos restantes do mundo.

— Quantos mais? — perguntou ele.

— A cabeça humana é inferior às matemáticas divinas — respondeu o Senhor —, mas posso dar-te uma ideia remota e vaga: multiplica as estrelas do céu por todos os grãos de areia do mar, e terás uma partícula dos séculos...

— Onde irá tanta água, Senhor?

— Não choverá só água, mas também Borgonha e cabelos de mulheres bonitas...

Bonifácio agradeceu este favor. Olhando para o ar, viu que efetivamente chovia muito cabelo e muito vinho, além da água, que se acumulava no fundo de um abismo. Inclinou-se e descobriu embaixo, lutando com a água e os tufões, a deliciosa Carlota; e querendo descer para salvá-la, levantou os olhos e fitou o Senhor. Já o não viu então, mas somente a figura do Tobias, olhando por cima dos óculos, com um fino sorriso sardônico e as mãos nas algibeiras. Bonifácio soltou um grito e acordou.

De manhã, ao levantar-se, viu que continuava a chover. Nada de jornais: parecia-lhe já um século que estava separado da cidade. Podia ter-lhe morrido algum amigo, ter caído o ministério, ele não sabia de nada. O almoço foi ainda pior que o jantar da véspera. A chuva continuava, farfalhando nas árvores, nem mais nem menos. Vento nenhum. Qualquer bafagem, movendo as folhas quebraria um pouco a uniformidade da chuva; mas tudo estava calado e quieto, só a chuva caía sem interrupção nem alteração, de maneira que, ao cabo de algum tempo, dava ela própria a sensação da imobilidade, e não sei até se a do silêncio.

As horas eram cada vez mais intermináveis. Nem havia horas; o tempo ia sem as divisões que lhe dá o relógio, como um livro sem capítulos. Bonifácio lutou ainda, fumando e jogando; lembrou-se até de escrever algumas cartas, mas apenas pôde acabar uma. Não podia ler, não podia estar, ia de um lado para outro, sonolento, cansado, resmungando um trecho de ópera: *Di quella pira...* Ou então: *In mia mano alfin tu sei...* Planeava outras obras na casa, agitava-se e não dominava nada. A solidão, como paredes de um cárcere misterioso, ia-se-lhe apertando em derredor, e não tardaria a esmagá-lo. Já o amor-próprio o não retinha; ele desdobrava-se em dois homens, um dos quais provava ao outro que estava fazendo uma tolice.

Eram três horas da tarde, quando ele resolveu deixar o refúgio. Que alegria, quando chegou à rua do Ouvidor! Era tão insólita que fez desconfiar algumas pessoas; ele, porém, não contou nada a ninguém, e explicou Iguaçu como pôde.

No dia seguinte foi à casa do Tobias, mas não lhe pôde falar; achou-o justamente recluso. Só duas semanas depois, indo a entrar na barca de Niterói, viu adiante de si a grande estatura do esquisitão, e reconheceu-o pela sobrecasaca cor de rapé, comprida e larga. Na barca, falou-lhe:

— O senhor pregou-me um logro...

— Eu? — perguntou Tobias, sentando-se ao lado dele.

— Sem querer, é verdade, mas sempre fiquei logrado.

Contou-lhe tudo; confessou-lhe que, por estar um pouco fatigado dos amigos, tivera a ideia de recolher-se por alguns dias, mas não conseguiu ir além de dois, e, ainda assim, com dificuldade. Tobias ouviu-o calado, com muita atenção, depois, interrogou-o minuciosamente, pediu-lhe todas as sensações, ainda as mais íntimas, e o outro não lhe negou nenhuma, nem as que teve com os cabelos achados na gaveta. No fim, olhando por cima dos óculos, tal qual como no pesadelo, disse-lhe com um sorriso copiado do diabo:

— Quer saber? Você esqueceu-se de levar o principal da matalotagem, que são justamente as ideias...

Bonifácio achou-lhe graça, e riu.

Tobias, rindo também, deu-lhe um piparote na testa. Em seguida, pediu-lhe notícias, e o outro deu-lhas de vária espécie, grandes e pequenas, fatos e boatos, isto e aquilo, que o velho Tobias ouviu, com olhos meio cerrados, pensando em outra coisa.

Gazeta de Notícias, *6 de janeiro de 1885*; Machado de Assis.

Casa velha

I
ANTES E DEPOIS DA MISSA

Aqui está o que contava, há muitos anos, um velho cônego da Capela Imperial:

— Não desejo ao meu maior inimigo o que me aconteceu no mês de abril de 1839. Tinha-me dado na cabeça escrever uma obra política, a história do reinado de d. Pedro I. Até então esperdiçara algum talento em décimas e sonetos, muitos artigos de periódicos, e alguns sermões, que cedia a outros, depois que reconheci que não tinha os dons indispensáveis ao púlpito. No mês de agosto de 1838 li as *Memórias* que outro padre, Luís Gonçalves dos Santos, o padre Perereca chamado, escreveu do tempo do rei, e foi esse livro que me meteu em brios. Achei-o seguramente medíocre, e quis mostrar que um membro da Igreja brasileira podia fazer coisa melhor.

Comecei logo a recolher os materiais necessários, jornais, debates, documentos públicos, e a tomar notas de toda a parte e de tudo. No meado de fevereiro, disseram-me que, em certa casa da cidade, acharia, além de livros, que poderia consultar, muitos papéis manuscritos, alguns reservados, naturalmente importantes, porque o dono da casa, falecido desde muitos anos, havia sido ministro de Estado. Compreende-se que esta notícia me aguçasse a curiosidade. A casa, que tinha capela para uso da família e dos moradores próximos, tinha também um padre contratado para dizer missa aos domingos, e confessar pela quaresma: era o reverendo Mascarenhas. Fui ter com ele para que me alcançasse da viúva a permissão de ver os papéis.

— Não sei se lhe consentirá isso — disse-me ele —, mas vou ver.

— Por que não há de consentir? É claro que não me utilizarei senão do que for possível, e com autorização dela.

— Pois sim, mas é que livros e papéis estão lá em grande respeito. Não se mexe em nada que foi do marido, por uma espécie de veneração, que a boa senhora conserva e sempre conservará. Mas enfim vou ver, e far-se-á o que for possível.

Mascarenhas trouxe-me a resposta dez dias depois. A viúva começou recusando; mas o padre instou, expôs o que era, disse-lhe que nada perdia do devido respeito à memória do marido consentindo que alguém folheasse uma parte da biblioteca e do arquivo, uma parte apenas; e afinal conseguiu, depois de longa resistência, que me apresentasse lá. Não me demorei muito em usar do favor; e no domingo próximo acompanhei o padre Mascarenhas.

A casa, cujo lugar e direção não é preciso dizer, tinha entre o povo o nome de Casa Velha, e era-o realmente: datava dos fins do outro século. Era uma edificação sólida e vasta, gosto severo, nua de adornos. Eu, desde criança, conhecia-lhe a parte exterior, a grande varanda da frente, os dois portões enormes, um especial às pessoas da família e às visitas, e outro destinado ao serviço, às cargas que iam e vinham, às seges, ao gado que saía a pastar. Além dessas duas entradas, havia, do lado oposto, onde ficava a capela, um caminho que dava acesso às pessoas da vizinhança, que ali iam ouvir missa aos domingos, ou rezar a ladainha aos sábados.

Foi por esse caminho que chegamos a casa, às sete horas e poucos minutos. Entramos na capela, após um raio de sol, que brincava no azulejo da parede interior onde estavam representados vários passos da Escritura. A capela era pequena, mas muito bem tratada. Ao rés do chão, à esquerda, perto do altar, uma tribuna servia privativamente à dona da casa, e às senhoras da família ou hóspedas, que entravam pelo interior; os homens, os fâmulos e vizinhos ocupavam o corpo da igreja. Foi o que me disse o padre Mascarenhas explicando tudo. Chamou-me a atenção para os castiçais de prata, para as toalhas finas e alvíssimas, para o chão em que não havia uma palha.

— Todos os paramentos são assim — concluiu ele. — E este confessionário? Pequeno, mas um primor.

Não havia coro nem órgão. Já disse que a capela era pequena; em certos dias, a concorrência à missa era tal que até na soleira da porta vinham ajoelhar-se fiéis. Mascarenhas fez-me notar à esquerda da capela o lugar em que estava sepultado o ex-ministro. Tinha-o conhecido, pouco antes de 1831, e contou-me algumas particularidades interessantes; falou-me também da piedade e saudade da viúva, da veneração em que tinha a memória dele, das relíquias que guardava, das alusões frequentes na conversação.

— Lá verá na biblioteca o retrato dele — disse-me.

Começaram a entrar na igreja algumas pessoas da vizinhança, em geral pobres, de todas as idades e cores. Dos homens, alguns, depois de persignados e rezados, saíam, outra vez, para esperar fora, conversando, a hora da missa. Vinham também escravos da casa. Um destes era o próprio sacristão; tinha a seu cargo, não só a guarda e asseio da capela, mas também ajudava a missa, e, salvo a prosódia latina, com muita perfeição. Fomos achá-lo diante de uma grande cômoda de jacarandá antigo, com argolas de prata nos gavetões, concluindo os arranjos preparatórios. Na sacristia, entrou logo depois um moço de vinte anos mais ou menos, simpático, fisionomia meiga e franca, a quem o padre Mascarenhas me apresentou; era o filho da dona da casa, Félix.

— Já sei — disse ele sorrindo —, mamãe me falou de vossa reverendíssima. Vem ver o arquivo de papai?

Confiei-lhe rapidamente a minha ideia, e ele ouviu-me com interesse. Enquanto falávamos vieram outros homens de dentro, um sobrinho do dono da casa, Eduardo, também de vinte anos, um velho parente, coronel Raimundo, e uns dois ou três hóspedes. Félix apresentou-me a todos, e, durante alguns minutos, fui naturalmente objeto de grande curiosidade. Mascarenhas, paramentado e de pé, com o cotovelo na borda da cômoda, ia dizendo alguma coisa, pouca; ouvia mais do que falava, com um sorriso antecipado nos lábios, voltando a cabeça a miúdo para um ou outro. Félix tratava-o com benevolência e até deferência; pareceu-me inteligente, lhano e modesto. Os outros apenas faziam coro. O coronel não fazia nada mais que confessar que tinha fome; acordara cedo e não tomara café.

— Parece que são horas — disse Félix; e, depois de ir à porta da capela: — Mamãe já está na tribuna. Vamos?

Fomos. Na tribuna estavam quatro senhoras, duas idosas e duas moças. Cumprimentei-as de longe, e, sem mais encará-las, percebi que tratavam de mim, falando umas às outras. Felizmente o padre entrou daí a três minutos, ajoelhamo-

-nos todos, e seguiu-se a missa que, por fortuna do coronel, foi engrolada. Quando acabou, Félix foi beijar a mão à mãe e à outra senhora idosa, tia dele; levou-me e apresentou-me ali mesmo a ambas. Não falamos do meu projeto; tão somente a dona da casa disse-me delicadamente:

— Está entendido que vossa reverendíssima faz-nos a honra de almoçar conosco?

Inclinei-me afirmativamente. Não me lembrou sequer acrescentar que a honra era toda minha.

A verdade é que me sentia tolhido. Casa, hábitos, pessoas davam-me ares de outro tempo, exalavam um cheiro de vida clássica. Não era raro o uso de capela particular; o que me pareceu único foi a disposição daquela, a tribuna de família, a sepultura do chefe, ali mesmo, ao pé dos seus, fazendo lembrar as primitivas sociedades em que florescia a religião doméstica e o culto privado dos mortos. Logo que as senhoras saíram da tribuna, por uma porta interior, voltamos à sacristia, onde o padre Mascarenhas esperava com o coronel e os outros. Da porta da sacristia, passando por um saguão, descemos dois degraus para um pátio, vasto, calçado de cantaria, com uma cisterna no meio. De um lado e outro corria um avarandado, ficando à esquerda alguns quartos, e à direita a cozinha e a copa. Pretas e moleques espiavam-me, curiosos, e creio que sem espanto, porque naturalmente a minha visita era desde alguns dias a preocupação de todos. Com efeito, a casa era uma espécie de vila ou fazenda, onde os dias, ao contrário de um rifão peregrino, pareciam-se uns com os outros; as pessoas eram as mesmas, nada quebrava a uniformidade das coisas, tudo quieto e patriarcal.

D. Antônia governava esse pequeno mundo com muita discrição, brandura e justiça. Nascera dona de casa; no próprio tempo em que a vida política do marido e a entrada deste nos conselhos de Pedro I podiam tirá-la do recesso e da obscuridade, só a custo e raramente os deixou. Assim é que, em todo o ministério do marido, apenas duas vezes foi ao paço. Era filha de Minas Gerais, mas foi criada no Rio de Janeiro, naquela mesma Casa Velha, onde casou, onde perdeu o marido e onde lhe nasceram os filhos — Félix e uma menina que morreu com três anos. A casa fora construída pelo avô, em 1780, voltando da Europa, donde trouxe ideias de solar e costumes fidalgos; e foi ele, e parece que também a filha, mãe de d. Antônia, quem deu a esta a pontazinha de orgulho, que se lhe podia notar, e quebrava a unidade da índole desta senhora, essencialmente chã. Inferi isso de algumas anedotas que ela me contou de ambos, no tempo do rei. D. Antônia era antes baixa que alta, magra, muito bem composta, vestida com singeleza e austeridade; devia ter quarenta e seis a quarenta e oito anos.

Poucos minutos depois estávamos almoçando. O coronel, que afirmava, rindo, ter um buraco de palmo no estômago, nem por isso comeu muito, e durante os primeiros minutos, não disse nada; olhava para mim, obliquamente, e, se dizia alguma coisa, era baixinho, às duas moças, filhas dele; mas desforrou-se para o fim, e não conversava mal. Félix, eu e o padre Mascarenhas falávamos de política, do ministério e dos sucessos do sul. Notei desde logo, no filho do ministro, a qualidade de saber escutar, e de dissentir parecendo aceitar o conceito alheio, de tal modo que, às vezes, a gente recebia a opinião devolvida por ele, e supunha ser a mesma que emitira. Outra coisa que me chamou a atenção foi que a mãe, percebendo o prazer com que eu falava ao filho, parecia encantada e orgulhosa. Compreendi que ela herdara as naturais esperanças do pai, e redobrei de atenção com o filho. Fi-lo sem esforço; mas pode ser também que entrasse por alguma coisa, naquilo, a necessidade de captar toda a afeição da casa, por motivo do meu projeto.

Foi só depois do almoço que falamos do projeto. Passamos à varanda, que comunicava com a sala de jantar, e dava para um grande terreiro; era toda ladrilhada, e tinha o teto sustentado por grossas colunas de cantaria. D. Antônia chamou-me, sentei-me ao pé dela, com o padre Mascarenhas.

— Reverendíssimo, a casa está às suas ordens — disse-me ela. — Fiz o que o senhor padre Mascarenhas me pediu, e a muito custo, não porque o não julgue pessoa capaz, mas porque os livros e papéis de meu marido ninguém mexe neles.

— Creia que agradeço muito...

— Pode agradecer — interrompeu ela sorrindo —, não faria isto a outra pessoa. Precisa ver tudo?

— Não posso dizer se tudo; depois de um rápido exame, saberei mais ou menos o que preciso. E vossa excelência também há de ser um livro para mim, e o melhor livro, o mais íntimo...

— Como?

— Espero que me conte algumas coisas, que hão de ter ficado escondidas. As histórias fazem-se em parte com as notícias pessoais. Vossa excelência, esposa de ministro...

D. Antônia deu de ombros.

— Ah! eu nunca entendi de política; nunca me meti nessas coisas.

— Tudo pode ser política, minha senhora; uma anedota, um dito, qualquer coisa de nada, pode valer muito.

Foi neste ponto que ela me disse o que acima referi; vivia em casa, pouco saía, e só foi ao paço duas vezes. Confessou até que da primeira vez teve muito medo, e só o perdeu por se lembrar a tempo de um dito do avô.

— Saí de casa tremendo. Era dia de gala, ia trajada à corte; pelas portinholas do coche via muita gente olhando, parada. Mas quando me lembrava que tinha de cumprimentar o imperador e a imperatriz, confesso que o coração me batia muito. Ao descer do coche, o medo cresceu, e ainda mais quando subi as escadas do paço. De repente, lembrou-me um dito de meu avô. Meu avô, quando aqui chegou o rei, levou-me a ver as festas da cidade, e, como eu, ainda mocinha, impressionada, lhe dissesse que tinha medo de encarar o rei, se ele aparecesse na rua, olhou para mim, e disse com um modo muito sério que ele tinha às vezes: "Menina, uma Quintanilha não treme nunca!". Foi o que fiz, lembrou-me que uma Quintanilha não tremia, e, sem tremer, cumprimentei suas majestades.

Rimo-nos todos. Eu, pela minha parte, declarei que aceitava a explicação e não lhe pediria nada; e depois falei de outras coisas. Parece que estava de veia, se não é que a conversação da viúva me meteu em brios. Veio o filho, veio o cunhado, vieram as moças, e posso afirmar que deixei a melhor impressão em todos; foi o que o padre Mascarenhas me confirmou, alguns dias depois, e foi o que notei por mim mesmo.

II

Antes de me despedir deles, fui ver a biblioteca. Era uma vasta sala, dando para a chácara, por meio de seis janelas de grade de ferro, abertas de um só lado. Todo o lado oposto estava forrado de estantes, pejadas de livros. Estes eram, pela maior parte, antigos, e muitos in-fólios; livros de história, de política, de teologia, alguns de letras e filosofia, não raros em latim e italiano. Eu via-os, tirava e abria um ou outro, dizia alguma palavra, que o Félix, que ia comigo, ouvia com muito prazer, porque as minhas reflexões redundavam em elogio do pai, ao mesmo tempo que lhe davam de mim maior ideia. Esta ideia cresceu ainda, quando casualmente dei com os olhos na *Storia Fiorentina de Varchi*, edição de 1721. Confesso que nunca tinha lido esse livro, nem mesmo o li mais tarde; mas um padre italiano, que eu visitara no hospício de Jerusalém, na antiga rua dos Barbonos, possuía a obra e falara-me da última página, que, em alguns exemplares faltava, e tratava do modo descomunalmente sacrílego e brutal com que um dos Farneses tratara o bispo de Fano.

— Será o exemplar truncado? — disse eu.

— Truncado? — repetiu Félix.

— Vamos ver — continuei eu, correndo ao fim. — Não, cá está; é o capítulo 16 do livro XVI. Uma coisa indigna: *In quest'anno medesimo nacque un caso...* Não vale a pena ler; é imundo.

Pus o livro no lugar. Sem olhar para o Félix, senti-o subjugado. Nem confesso este incidente, que me envergonha, senão porque, além da resolução de dizer tudo, importa explicar o poder que desde logo exerci naquela casa, e especialmente no espírito do moço. Creram-me naturalmente um sábio, tanto mais digno de admiração, quanto que contava apenas trinta e dois anos. A verdade é que era tão somente um homem lido e curioso. Entretanto, como era também discreto, deixei de manifestar um reparo que fiz comigo acerca de promiscuidade de coisas religiosas e incrédulas, alguns padres de Igreja não longe de Voltaire e Rousseau, e aqui não havia afetar nada, porque os conhecia, não integralmente, mas no principal que eles deixaram. Quanto à parte que imediatamente me interessava, achei muitas coisas, opúsculos, jornais, livros, relatórios, maços de papéis rotulados postos por ordem, em pequenas estantes, e duas grandes caixas que o Félix me disse estarem cheias de manuscritos.

Havia ali dois retratos, um do finado ex-ministro, outro de Pedro I. Conquanto a luz não fosse boa, achei que o Félix parecia-se muito com o pai, descontada a idade, porque o retrato era de 1829, quando o ex-ministro tinha quarenta e quatro anos. A cabeça era altiva, o olhar inteligente, a boca voluptuosa; foi a impressão que me deixou o retrato. Félix não tinha, porém, a primeira nem a última expressão; a semelhança restringia-se à configuração do rosto, ao corte e viveza dos olhos.

— Aqui está tudo — disse-me Félix —, aquela porta dá para uma saleta, onde poderá trabalhar, quando quiser, se não preferir aqui mesmo.

Já disse que saí de lá encantado, e que os deixei igualmente encantados comigo. Comecei os meus trabalhos de investigação três dias depois. Só então revelei a monsenhor Queirós, meu velho mestre, o projeto que tinha de escrever uma história do Primeiro Reinado. E revelei-lho com o único fim de lhe contar as impressões que trouxera da Casa Velha, e confiar as minhas esperanças de algum achado de valor político. Monsenhor Queirós abanou a cabeça, desconsolado. Era um bom filho da Igreja, que me fez o que sou, menos a tendência política, apesar de que no tempo em que ele floresceu muitos servidores da Igreja também o eram do Estado. Não aprovou a ideia; mas não gastou tempo em tentar dissuadir-me. "Conquanto, disse-me ele, que você não prejudique sua mãe, que é a Igreja. O Estado é um padrasto."

A meu cunhado e minha irmã, que sabiam do projeto, apenas contei o que se passara na Casa Velha; ficaram contentes, e minha irmã pediu-me que a levasse lá, alguma vez, para conhecer a casa e a família.

Na quarta-feira comecei a pesquisa. Vi então que era mais fácil projetá-la, pedi-la e obtê-la que realmente executá-la. Quando me achei na biblioteca e no gabinete contíguo, com os livros e papéis à minha disposição, senti-me constrangido, sem saber por onde começasse. Não era uma casa pública, arquivo ou biblioteca, era um lugar onde, no que tocava a papéis e manuscritos, podia dar com alguma coisa privada e doméstica. Para melhor haver-me, pedi ao Félix que me auxiliasse, disse-lhe até com franqueza, a causa do meu acanhamento. Ele respondeu, polidamente, que tudo estava em boas mãos. Insistindo eu, consentiu em servir-me (palavras suas) de sacristão; pedia, porém, licença naquele dia porque tinha de sair; e, na seguinte semana, desde terça-feira até sábado, estaria na roça. Voltaria sábado à noite, e daí até o fim, estava às minhas ordens. Aceitei este convênio.

Ocupei os primeiros dias na leitura de gazetas e opúsculos. Conhecia alguns deles, outros não, e não eram estes os menos interessantes. Logo no dia seguinte, Félix acompanhou-me nesse trabalho, e daí em diante até seguir para a roça. Eu, em geral chegava às dez horas, conversava um pouco com a dona da casa, as sobrinhas e o coronel; o primo Eduardo retirara-se para São Paulo. Falávamos das coisas do dia, e poucos minutos depois, nunca mais de meia hora, recolhia-me à biblioteca com o filho do ex-ministro. Às duas horas, em ponto, era o jantar. No primeiro dia recusei, mas a dona da casa declarou-me que era a condição do obséquio prestado. Ou jantaria com eles, ou retirava-me a licença. Tudo isso com tão boa cara que era impossível teimar na recusa. Jantava. Entre três e quatro horas descansava um pouco, e depois continuava o trabalho até anoitecer.

Um dia, quando ainda o Félix estava na roça, d. Antônia foi ter comigo, com o pretexto de ver o meu trabalho, que lhe não interessava nada. Na véspera, ao jantar, disse-lhe que estimava muito ver as terras da Europa, especialmente França e Itália, e talvez ali fosse daí a meses. D. Antônia, entrando na biblioteca, logo depois de algumas palavras insignificantes, guiou a conversa para a viagem, e acabou pedindo que persuadisse o filho a ir comigo.

— Eu, minha senhora?

— Não se admire do pedido; eu já reparei, apesar do pouco tempo, que vossa reverendíssima e ele gostam muito um do outro, e sei que se lhe disser isso, com vontade, ele cede.

— Não creio que tenha mais força que sua mãe. Já lhe tem lembrado isso?

— Já — respondeu d. Antônia com uma entonação demorada que exprimia longas instâncias sem efeito.

E logo depois com um modo alegre:

— As mães como eu não podem com os filhos. O meu foi criado com muito amor e bastante fraqueza. Tenho-lhe pedido mais de uma vez: ele recusa sempre dizendo que não quer separar-se de mim. Mentira! A verdade é que ele não quer sair daqui. Não tem ambições, fez estudos incompletos, não lhe importa nada. Há uns parentes nossos em Portugal. Já lhe disse que fosse visitá-los, que eles desejavam vê-lo, e que fosse depois à Espanha e França e outros lugares. José Bonifácio lá esteve e contava coisas muito interessantes. Sabe o que ele me responde? Que tem medo do mar; ou então repete que não quer separar-se de mim.

— E não acha que esta segunda razão é a verdadeira?

D. Antônia olhou para o chão, e disse com voz sumida:

— Pode ser.

— Se é a verdadeira, haveria um meio de conciliar tudo; era irem ambos, e eu com ambos, e para mim seria um imenso prazer.

— Eu?

— Pois então?

— Eu? Deixar esta casa? Vossa reverendíssima está caçoando. Daqui para a cova. Não fui quando era moça, e agora que estou velha é que hei de meter-me em folias... Ele sim, que é rapaz — e precisa...

Tive uma suspeita súbita:

— Minha senhora, dar-se-á que ele padeça de alguma moléstia que...

— Não, não, graças a Deus! Digo que precisa, porque é rapaz, e meu avô dizia que, para ser homem completo, é preciso ver aquelas coisas por lá. E só por isso. Não, não tem moléstia nenhuma; é um rapaz forte.

Era impossível, ou, pelo menos, indelicado tentar obter a razão secreta deste pedido, se havia alguma, como me pareceu. Pus termo à conversação dizendo que ia convidar o rapaz. D. Antônia agradeceu-me, declarou que não me havia de arrepender do companheiro, e fez grandes elogios do filho. Quis falar de outras coisas; ela, porém, teimava no assunto da viagem, para familiarizar-nos com a ideia, e moralmente constranger-me a realizá-la. No dia seguinte voltou à biblioteca, mas com outro pretexto: veio mostrar-me uma boceta de rapé, que fora do marido, e que era, realmente, uma perfeição. Não tive dúvida em dizer-lhe isto mesmo, e ela acabou pedindo-me que a aceitasse como lembrança do finado. Aceitei-a constrangido; falamos ainda da viagem, duas palavras apenas, e fiquei só.

Não estava contente comigo. Tinha-me deixado resvalar a uma promessa inconsiderada, cuja execução parecia complicar-se de circunstâncias estranhas e obscuras, provavelmente sérias. As instâncias de d. Antônia, as razões dadas, as reticências, e finalmente aquele mimo, sem outro motivo mais que cativar-me e obrigar-me, tudo isso dava que cismar. Na noite desse dia fui à casa do padre Mascarenhas para sondá-lo; perguntei-lhe se sabia alguma coisa do rapaz, se era peralta, se tinha irregularidades na vida. Mascarenhas não sabia nada.

— Até aqui suponho que é um modelo de sossego e seriedade — concluiu ele. — Verdade seja que só vou lá aos domingos.

— Mas pelos domingos tiram-se os dias santos — repliquei rindo.

Félix voltou da roça dois dias depois, num sábado. No domingo não fui lá. Na segunda-feira, falei-lhe da viagem que ia fazer, e do desejo que tinha de o levar comigo; respondeu que seria para ele um grande prazer, se pudesse acompanhar-me, mas não podia. Teimei, pedi-lhe razões, falei com tal interesse, que ele, desconfiado, fitou-me os olhos, e disse:

— Foi mamãe que lhe pediu.

— Não digo que não; foi ela mesma. Tinha-lhe dito que tencionava ir à Europa, daqui a alguns meses, e ela então falou-me do senhor e das vezes que já lhe tem aconselhado uma viagem. Que admira?

Félix conservou os olhos espetados em mim, como se quisesse descer ao fundo da minha consciência. Ao cabo de alguns instantes respondeu secamente:

— Nada: não posso ir.

— Por quê?

Aqui teve ele um gesto quase imperceptível de orgulho molestado; achou naturalmente esquisita a curiosidade de um estranho. Mas, ou fosse da índole dele, ou do meu caráter sacerdotal, vi desaparecer-lhe logo esse pequeno assomo; Félix sorriu e confessou que não podia separar-se da mãe. Eu, a rigor, não devia dizer mais nada, e encerrar-me no exame dos papéis; mas a maldita curiosidade picava-me de esporas, e ainda repliquei alguma coisa; ponderei-lhe que o sentimento era digno e justo, mas que, tendo de viver com os homens, devia começar por ver os homens, e não restringir-se à vida simples e emparedada da família. Demais, o contato de outras civilizações necessariamente nos daria têmpera ao espírito. Escutou calado, mas sem atenção fixa, e quando acabei, declarou ultimando tudo:

— Bem, pode ser que me resolva; veremos. Não vai já? Então depois falaremos disto; pode ser... E o seu trabalho, está adiantado?

Não insisti, nem voltei ao assunto, apesar da mãe, que me falou algumas vezes dele. Pareceu-me que o melhor de tudo era acelerar a conclusão do trabalho, e despregar-me de uma intimidade que podia trazer complicações ou desgostos. As horas que então passei foram das melhores, regulares e tranquilas, ajustadas à minha índole quieta e eclesiástica. Chegava cedo, conversava alguns minutos, e recolhia-me à biblioteca até a hora de jantar, que não passava das duas. O café ia à grande varanda, que ficava entre a sala de jantar e o terreiro das casuarinas, assim chamado por ter um lindo renque dessas árvores, e eu retirava-me antes do pôr do sol. Félix ajudava-me grande parte do tempo. Tinha todas as horas livres, e quando não me ajudava é porque saíra a caçar, ou estava lendo, ou teria ido à cidade a passeio ou a negócio de casa.

Vai senão quando, um dia, estando só na biblioteca ouvi rumor do lado de fora. Era a princípio um chiar de carro de bois, de que não fiz caso, por já o ter ouvido de outras vezes; devia ser um dos dois carros que traziam da roça para a Casa Velha, uma ou duas vezes por mês, fruta e legumes. Mas logo depois ouvi outro rodar, que me pareceu de sege, vozes trocadas e como que um encontrão dos dois veículos. Fui à janela; era isso mesmo. Uma sege, que entrara depois do carro de bois, foi a este no momento em que ele, para lhe dar passagem, torcia o caminho; o boleeiro não pôde conter logo as bestas, nem o carro fugir a tempo, mas não houve outra consequência além da vozeria. Quando eu cheguei à janela já o carro acabava de passar, e a sege galgou logo os poucos passos que a separavam da porta que ficava justamente por baixo de minha janela. Entretanto, não foi tão pouco o tempo que eu não visse aparecer, entre as cortinas entreabertas da sege, a carinha alegre e ridente de uma moça que parecia mofar do perigo. Olhava, ria e falava para dentro da sege. Não lhe vi mais do que a cara, e um pouco do pescoço; mas daí a nada, parando a sege à porta, as duas cortinas de couro foram corridas para cada lado, e ela e outra desceram rapidamente, e entraram em casa. "Hão de ser visitas", pensei comigo.

Voltei para o trabalho; eram onze horas e meia. Perto de uma, entrou na biblioteca o filho de d. Antônia; vinha da praça, aonde fora cedo, para tratar de um negócio do tio coronel. Estava singularmente alegre, expansivo, fazendo-me perguntas e não atendendo, ou atendendo mal às respostas. Não me lembraria disto agora, nem nunca mais, se não se tivesse ligado aos acontecimentos próximos, como veremos. A prova de que não dei então grande importância ao estado do espírito dele é que daí a pouco quase que não lhe respondia nada, e continuava a ver os papéis. Folheava justamente um maço de cópias relativas à Cisplatina, e preferia o silêncio a qualquer assunto de conversa. Félix demorou-se pouco, saiu, mas tornou antes das duas horas, e achou-me concluindo o trabalho do dia, para acudir ao jantar. Daí a pouco estávamos à mesa.

Era costume de d. Antônia vir para a mesa acompanhando a irmã (a senhora idosa que achei na tribuna da capela, no primeiro dia em que ali fui), e assim o fez agora, com a diferença que outra senhora a acompanhava também. Disseram-me que era amiga da família, e chamava-se Mafalda. Logo que nos sentamos, d. Antônia perguntou à hóspeda:

— Onde está Lalau?

— Onde há de estar! talvez brincando com o pavão. Mas, não faz mal, sinhá dona Antônia, vamos jantando; ela pode ser que nem tenha vontade de comer: antes de vir comeu um pires de melado com farinha.

— A sege chegou muito tarde? — perguntou Félix à hóspeda.

— Não, senhor; ainda esperou por nós.

— Seu irmão está bom?

— Está; minha cunhada é que anda um pouco adoentada. Depois da erisipela que teve pelo Natal, nunca ficou boa de todo.

Creio que disseram ainda outras coisas; mas não me interessando nada, nem a conversação, nem a hóspeda, que era uma pessoa vulgar, fiz o que costumo fazer em tais casos: deixei-me estar comigo. Já tinha compreendido que a hóspeda era uma das que chegaram na sege, que a outra devia ser a mocinha, cuja cara vi entre as cortinas, e finalmente que alguma intimidade haveria entre tal gente e aquela casa, visto que, contra a ordem severa desta, Lalau andava atrás do pavão, em vez de estar à mesa conosco. Mas, em resumo, tudo isso era bem pouco para quem tinha na cabeça a história de um imperador.

Lalau não se demorou muito. Chegou entre o primeiro e o segundo prato. Vinha um pouco esbaforida, voando-lhe os cabelos, que eram curtinhos e em cachos, e quando d. Antônia lhe perguntou se não estava cansada de travessuras, Lalau ia responder alguma coisa, mas deu comigo, e ficou calada; d. Antônia, que reparou nisso, voltou-se para mim.

— Reverendíssimo, é preciso confessar esta pequena e dar-lhe uma penitência para ver se toma juízo. Olhe que voltou há pouco e já anda naquele estado. Vem cá, Lalau.

Lalau aproximou-se de d. Antônia, que lhe compôs o cabeção do vestido; depois foi sentar-se defronte de mim, ao pé da outra hóspeda. Realmente, era uma criatura adorável, espigadinha, não mais de dezessete anos, dotada de um par de olhos, como nunca mais vi outros, claros e vivos, rindo muito por eles, quando não ria com a boca; mas se o riso vinha juntamente de ambas as partes, então é certo que a fisionomia humana confirmava com a angélica, e toda a inocência e toda a alegria que há no céu pareciam falar por ela aos homens. Pode ser que isto pareça exagerado a uns e vago a outros, mas não acho no momento um modo melhor de traduzir a sensação que essa menina produziu em mim. Contemplei-a alguns instantes com infinito prazer. Fiei-me do caráter de padre para saborear toda a espiritualidade daquele rosto comprido e fresco, talhado com graça, como o rosto da pessoa. Não digo que todas as linhas fossem corretas, mas a alma corrigia tudo.

Chamava-se Cláudia; Lalau era o nome doméstico. Não tendo pai nem mãe, vivia em casa de uma tia. Quase se pode dizer que nasceu na Casa Velha, onde os pais estiveram muito tempo como agregados, e aonde iam passar dias e semanas. O pai, Romão Soares, exercia um ofício mecânico, e antes pertencera à guarda de cavalaria de polícia; a mãe, Benedita Soares, era filha de um escrivão da roça, e, segundo me disse a própria d. Antônia, foi uma das mais bonitas mulheres que ela conheceu desde o tempo do rei.

Lalau, se não nasceu ali, ali foi criada e tratada sempre, ela como a mãe, no mesmo pé de outras relações; eram menos agregadas que hóspedas. Daí a intimidade desta mocinha, que chegava a infringir a ordem austera da casa, não indo para a mesa com a dona dela. Lalau andava na própria sege de d. Antônia, vivia do que esta lhe dava, e não lhe dava pouco; em compensação, amava sinceramente a casa e a família. Tendo ficado órfã desde 1831, d. Antônia cuidou de lhe completar a educação; sabia ler e escrever, coser e bordar; aprendia agora a fazer crivo e renda.

Foi d. Antônia quem me deu essas notícias, naquela mesma tarde, ao café, acrescentando que achava bom casá-la quanto antes; tinha a responsabilidade do seu destino, e receava que lhe acontecesse o mesmo que com outra agregada, seduzida por um saltimbanco em 1835.

Nisto a menina veio a nós, olhando muito para mim. Estávamos na varanda.

— Vou confessá-la — disse-lhe eu —, mas olhe lá se me nega algum pecado.

— Que pecado, meu Deus! Cruz! Eu não tenho pecado. Nhãtônia é que anda inventando essas coisas. Eu, pecado?

— E as travessuras? — perguntei-lhe. — Olhe, ainda hoje, quando estava quase a suceder um desastre na estrada, entre o carro de bois e a sege em que a senhora vinha, a senhora, em vez de ficar séria e pensar em Deus, enfiou a cabeça por entre as cortinas para fora, rindo como uma criança.

— Que é ela senão criança? — ponderou d. Antônia.

Lalau olhou espantada.

— Onde estava o senhor padre?

— Estava no céu, espiando.

— Ora! diga onde estava.

— Já disse; estava no céu.

— Adeus! diga onde estava!

— Lalau! que modos são esses? — repreendeu d. Antônia.

A moça calou-se aborrecida; eu é que fui em auxílio dela, e contei-lhe que estava à janela da biblioteca, quando ela chegara. D. Antônia já sabia tudo, pois ali um acontecimento de nada ou quase nada era matéria de longas conversações. Não obstante, a mocinha referiu ainda o que se passara e as suas sensações alegres. Confessou que não tinha medo de nada, e até que queria ver um desastre para compreender bem o que era. Como a conversação dela era a trancos, interrompeu-se para perguntar-me se era eu quem iria agora dizer missa lá em casa, em vez do padre Mascarenhas. Respondi-lhe que não, quis saber o que estava fazendo na biblioteca. Disse-lhe que fazia crivo. Ela pareceu gostar da resposta; creio que achou entre os nossos espíritos algum ponto de contato.

A verdade é que, no dia seguinte, vendo-me entrar e ir para a biblioteca, ali foi ter comigo, ansiosa de saber o que eu estava fazendo. Como lhe dissesse que examinava uns papéis, ouviu-me atenta, pegou curiosa de algumas notas, e dirigiu-me várias perguntas; mas deixou logo tudo para contemplar a biblioteca, peça que raramente se abria. Conhecia os retratos, distinguiu-os logo; ainda assim parecia tomar gosto em vê-los, principalmente o do ex-ministro; quis saber se ela o conhecia; respondeu-me que sim, que era um bonito homem, e fardado então parecia um rei. Seguiu-se um grande silêncio, durante o qual ela olhou para o retrato, e eu para ela, e que se quebrou com esta frase murmurada pela moça, entre si e Deus:

— Muito parecido...
— Parecido com quem? — perguntei.

Lalau estremeceu e olhou para mim, envergonhada. Não era preciso mais; adivinhei tudo. Infelizmente tudo não era ainda tudo.

III

Amor non improbatur, escreveu o meu grande santo Agostinho. A questão para ele, como para mim, é que as criaturas sejam amadas e amem em Deus. Assim, quando desconfiei, por aquele gesto, que esta moça e Félix eram namorados, não os condenei por isso, e para dizer tudo, confesso que tive um grande contentamento. Não sei bem explicá-lo; mas é certo que, sendo ali estranho, e vendo esta moça pela primeira vez, a impressão que recebi foi como se tratasse de amigos velhos. Pode ser que a simpatia da minha natureza explique tudo; pode ser também que esta moça, assim como fascinara o Félix para o amor, acabasse de fascinar-me para a amizade. Uma ou outra coisa, à escolha, a verdade é que fiquei satisfeito e os aprovei comigo.

Entretanto, adverti que da parte dele não vira nada, nem à mesa, nem na varanda, nada que mostrasse igual afeição. Dar-se-ia que só ela o amasse, não ele a ela? A hipótese afligiu-me. Achava-os tão ajustados um ao outro, que não acabarem ligados parecia-me uma violação da lei divina. Tais eram as reflexões que vim fazendo, quando dali voltei nesse dia, e para quem andava à cata de documentos políticos, não é de crer que semelhante preocupação fosse de grande peso; mas nem a alma de um homem é tão estreita que não caibam nela coisas contrárias, nem eu era tão historiador como presumira. Não escrevi a história que esperava; a que de lá trouxe é esta.

Não me foi difícil averiguar que o Félix amava a pequena. Logo nos primeiros dias pareceu-me outro, mais prazenteiro, e à mesa ou fora dela, pude apanhar alguns olhares, que diziam muito. Observei também que essa moça, tão criança, era inteiramente mulher quando os olhos dela encontravam os dele, como se o amor fosse a puberdade do espírito, e mais notei que, se toda a gente a tratava de um modo afetuoso, mas superior, ele tinha para com ela atenções e respeito.

Já então não ia eu ali todos os dias, mas três ou quatro vezes por semana. A dona da casa, posto que sempre afável, recebia a impressão natural da assiduidade, que vulgariza tudo. Os dois, não; o Félix vinha muitas vezes esperar-me a distância da casa, e na casa, ao portão, ou na varanda, achava sempre a mocinha, rindo pela boca e pelos olhos. É bem possível que eu fosse para eles como o traço de pena que liga duas palavras; é certo, porém, que gostavam de mim. Eu, entre ambos, com a minha batina (deixem-me confessar esta vaidade) tinha uns ares do bispo Cirilo entre Eudoro e Cimódoce.

Há de parecer singular que não me lembrasse logo do pedido de d. Antônia para que o filho me acompanhasse à Europa, e o não ligasse a este amor nascente: lembrei-me depois. A princípio, vendo a afeição com que ela tratava a mocinha, cuidei que os aprovava. Mais tarde, quando me recordei do pedido, acreditei que esse amor era para ela o remédio ao mal secreto do filho, se algum havia, que me não quisera revelar.

Durante os primeiros dias, depois da chegada de Lalau, nada aconteceu que mereça a pena contar aqui. Félix acompanhava-me no trabalho, mas interrompidamente, e às vezes, se saía a algum negócio da casa, só nos víamos à mesa do jantar. Lalau não ia à biblioteca; um dia, porém, atreveu-se a entrar às escondidas, e foi ter comigo. Suspendi o trabalho, e conversamos perto de meia hora, sobre uma infinidade de coisas, presentes e passadas. Era mais de onze horas; o dia estava quente, o ar parado, a casa silenciosa, salvo um ou outro mugido, ao longe, ou algum canto de passarinho. Eu, com os estudos clássicos que tivera, e a grande tendência idealista, dava a tudo a cor das minhas reminiscências e da minha índole, acrescendo que a própria realidade externa — antiquada e solene nos móveis e nos livros — recente e graciosa em Lalau — era propícia a transfiguração.

Deixei-me ir ao sabor do momento. Notem bem que ela, às vezes, ouvia mal, ou não sabia ouvir absolutamente, mas com os olhos vagos, pensando em outra coisa. Outras vezes interrompia-me para fazer um reparo inútil. Já disse também que tinha a conversação truncada e salteada. Com tudo isso, era interessante falar-lhe, e principalmente ouvi-la. Sabia, no meio das puerilidades frequentes da palavra, não destoar nunca da consideração que me devia; e tanto era curiosa como franca.

— Teve medo? — disse ela.

— Como é que a senhora entrou?

— Entrando; vi o senhor aqui, e vim muito devagar, pensando que não chegasse ao fim da sala, sem que o senhor me ouvisse, mas não ouviu nada, todo embebido no que está escrevendo. O que é?

— Coisas sérias.

— Nhãtônia disse que o senhor está aqui fazendo umas notas políticas para pôr num livro.

— Então se sabia como é que me perguntou?

Lalau encolheu os ombros.

— Fez mal — disse eu. — Olhe que eu sou padre, posso pregar-lhe um sermão.

— O senhor prega sermões? por que não vem pregar aqui, na quaresma? Eu gosto muito de sermões. No ano passado, ouvi dois, na igreja da Lapa, muito bonitos. Não me lembra o nome do padre. Eu, se fosse padre, havia de pregar também. Só não gosto dos latinórios; não entendo.

Falou assim, a trancos, uns bons cinco minutos; eu deixei-a ir, olhando só, vivendo daquela vida que jorrava dela, cristalina e fresca. No fim, Lalau sentou-se, mas não se conservou sentada mais de dois minutos, levantou-se outra vez para ir à janela, e tornou dentro para mirar os livros. Achou-os grandes demais; admirava como havia quem tivesse a paciência de os ler. E depois alguns eram tão velhos!

— Que tem que sejam velhos? — retorqui. — Deus é velho, e é a melhor leitura que há.

Lalau olhou espantada para mim. Provavelmente era a primeira vez que ouvia uma figura daquelas, e fez-lhe impressão. Teimou depois que os livros velhos pareciam-se com o antigo capelão da casa, o antecessor do padre Mascarenhas, que andava sempre com a batina empoeirada, e tinha a cara feita de rugas. Conseguintemente vieram histórias do capelão. Em nenhuma delas, nem de outras entrava o Félix; exclusão que podia ser natural, mas que me não pareceu casual. Como eu lhe dissesse que não se deve mofar dos padres, ela ficou muito séria e atenta; depois rompeu, rindo:

— Mas não é do senhor.

— De mim ou de outro, é a mesma coisa.

— Ora, mas o outro era tão feio, tão lambuzão...

Disse-lhe, com as palavras que podia, que o padre é padre, qualquer que seja a aparência. Enquanto lhe falava, ela dava alguns passos de um lado para outro, cuido que para sentir o tapete debaixo dos pés; não o havia senão ali e na sala de visitas, fechada sempre. De quando em quando parava e olhava de cima as figuras desbotadas no chão; outras vezes deixava escorregar o pé, de propósito. Tinha o rasgo pueril de achar prazer em qualquer coisa.

— Está bom, está bom — disse-me ela finalmente —, não precisa brigar comigo; não falo mais do capelão. Pode continuar o seu trabalho, vou-me embora.

— Não é preciso ir embora.

— Muito obrigada! Quer que fique olhando para as paredes, enquanto o senhor trabalha...

— Mas se eu não estou trabalhando! Olhe, se quer que eu não faça nada, sente-se um pouco, mas sente-se de uma vez.

Lalau sentou-se. A cadeira em que se sentou era uma velha cadeira de espaldar de couro lavrado, e pés em arco. Dali, olhava para fora, e o sol, entrando pela janela, vinha morrer-lhe aos pés. Para não estar em completo sossego, começou a brincar com os dedos; mas cessou logo, quando lhe perguntei, à queima-roupa, se se lembrava da mãe. As feições da moça perderam instantaneamente o ar alegre e descuidado; tudo o que havia nelas frívolo converteu-se em gravidade e compostura, e a criança desapareceu, para só deixar a mulher com a sua saudade filial.

Respondeu-me com uma pergunta. Como podia esquecê-la? Sim, senhor, lembrava-se dela, e muito, e rezava por ela todas as noites para que Deus lhe desse o céu. E com certeza estava no céu. Era boa como eu não podia imaginar, e ninguém foi nunca tão amiga dela, como a defunta. Não negava que Nhãtônia lhe queria muito, e tinha provas disso, e assim também as mais pessoas de casa; mas a mãe era outra coisa. A mãe morria por ela, e quase se pode dizer que foi assim mesmo, porque apanhou uma constipação, estando a tratá-la de uma febre, e ficou com uma tosse que nunca mais a deixou. O doutor negou, disse que a morte foi de outra coisa; ela, porém, desconfiou sempre que a doença da mãe começou dali. Tão boa que nem quis que ela a visse morrer, para não padecer mais do que padecia. Não pôde vê-la morrer, viu-a depois de morta, tão bonita! tão serena! parecia viva!

    Aqui levou os dedos aos olhos; eu levantei-me e disse-lhe que mudássemos de conversa, que a mãe estava no céu, e que a vontade de Deus era mais que tudo. Lalau escutou-me com os olhos parados — ela que os trazia como um casal de borboletas — e depois de alguns instantes de silêncio, continuou a falar da mãe, mas já não da morte, senão da vida, e particularmente da beleza. Não, eu não podia imaginar como a mãe era bonita; até parava gente na rua para vê-la. E descreveu-a toda, como podia, mostrando bem que as graças físicas da mãe, aos olhos dela, eram ainda uma qualidade moral, uma feição, alguma coisa especial e genuína que não possuíram nunca as outras mães.

— Deus que a chamou para si — disse-lhe eu —, lá sabe por que é que o fez. Agora tratemos dos vivos. Ela está no céu, a senhora está aqui, ao pé de pessoas que a estimam...

— Oh! eu dava tudo para tê-la ao pé de mim, na nossa casinha da Cidade Nova! A casa era isto — continuou ela levantando as mãos abertas, diante do rosto, e marcando assim o tamanho de um palmo —, ainda me lembro bem, era nada, quase nada, não tinha lá tapetes nem dourados, mas mamãe era tão boa! tão boa! Coitada de mamãe!

— Olhe o sol! — disse eu procurando desviar-lhe a atenção.

Com efeito, o sol, que ia subindo, começava a lamber-lhe a barra do vestido. Lalau olhou para o chão, quis recuar a cadeira, mas sentindo-a pesada, levantou-se e veio ter comigo; pedindo-me desculpa de tanta coisa que dissera, e não interessava a ninguém; e não me deu tempo de replicar, porque acrescentou logo outro pedido: — que não contasse nada a Nhãtônia.

— Por quê?

— Ela pode acreditar que eu disse isto, por não estar bem aqui, e eu estou muito bem aqui, muito bem.

Quis retê-la, mas a palavra não alcançou nada, e eu não podia pegar-lhe nas mãos. Deixei-a ir, e voltei às minhas notas. Elas é que não voltaram a mim, por mais que tentasse buscá-las e transcrevê-las.

Lalau ainda tornou à sala, daí a três ou quatro minutos, para reiterar o último pedido; prometi-lhe tudo o que quis. Depois, fitando-me bem, acrescentou que eu era padre, e não podia rir dela nem faltar à minha palavra.

— Rir? — disse eu em tom de censura.

— Não se zangue comigo — acudiu sorrindo —, digo isto porque sou muito medrosa e desconfiada.

E, rápida, como passarinho, deixou-me outra vez só. Desta vez não tornei às notas; fiquei passeando na longa sala, costeando as estantes, detendo-me para mirar os livros, mas realmente pensando em Lalau. A simpatia que me arrastava para ela complicava-se agora de veneração, diante daquela explosão de sensibilidade, que estava longe de esperar da parte de uma criatura tão travessa e pueril. Achei nessa saudade da mãe, tão viva, após longos anos, um documento de grande valor moral, pois a afeição que ali lhe mostravam e o próprio contato da opulência podiam naturalmente tê-la amortecido ou substituído. Nada disso; Lalau daria tudo para viver ao pé da mãe! Tudo? Pensei também no silêncio que me recomendou, medrosa de que a achassem ingrata, e este rasgo não me pareceu menos valioso que o outro: era claro que ela compreendia as induções possíveis de uma dor que persiste, a despeito dos carinhos com que cuidavam tê-la eliminado, e queria poupar aos seus benfeitores o amargor de crer que empregavam mal o benefício.

Pouco depois chegou o Félix. Veio falar-me, disse-me que tinha uma boa notícia, que ia mudar de roupa e voltava. Vinte minutos depois estava outra vez comigo, e confiava-me o plano de fazer-se eleger deputado.

— Até agora não tinha resolvido nada, mas acho que devo fazê-lo. Sigo a carreira de papai. Que lhe parece, reverendíssimo?

— Parece-me bem. Todas as carreiras são boas, exceto a do pecado. Também eu algum tempo, andei com fumaças de entrar na Câmara; mas não tinha recursos nem alianças políticas; desisti do emprego. E assim foi bom. Sou antes especulativo que ativo; gosto de escrever política, não de fazer política. Cada qual como Deus o fez. O senhor, se sair a seu pai, é que há de ser ativo, e bem ativo. A coisa é para breve?

Não me respondeu nada; tinha os olhos fora dali. Mas logo depois, advertido pelo silêncio:

— O quê? Ah! não é para já; estou arranjando as coisas. Estive com alguns amigos de papai, e parece que há furo. Como sabe há muitos desgostos contra o Regente... Se o imperador já tivesse a idade de constituição é que era bom; ia-se embora o Regente e o resto... Pois é verdade, creio que sim... Entretanto, nunca tinha pensado nisto seriamente; mas as coisas são assim mesmo... Que acha?

— Acho que fez bem.

— Em todo o caso, peço-lhe segredo; não diga nada a mamãe.

— Crê que ela se oponha?

— Não; mas... pode ser que não se alcance nada, e para lhe não dar uma esperança que pode falhar... É só isto.

Era plausível a explicação; prometi-lhe não dizer nada. Creio que falamos ainda de política, e da política daqueles últimos dez anos, que não era pouca nem plácida. Félix não tinha certamente um plano de ideias e apreciações originais; através das palavras dele, apalpava eu as fórmulas e os juízos do círculo ou das pessoas com quem ele lidava para o fim de encetar a carreira. Agora, a particularidade dele era ter a clareza e retidão de espírito precisas para só recolher do que ouvia a parte sã e justa, ou, pelo menos, a porção moderada. Nunca andaria nos extremos, qualquer que fosse o seu partido.

— Trabalhou muito hoje? — perguntou-me ele quando nos preparávamos para jantar.

— Pouco; tive uma visita.

— Mamãe?

— Não; outra pessoa, Lalau, não é assim que lhe chamam? Esteve aqui uma meia hora. Podia estar três ou quatro horas que eu não dava por isso. Muito engraçada!

— Mamãe gosta muito dela — disse ele.

— Todos devem gostar dela; não é só engraçada, é boa, tem muito bom coração. Digo-lhe que pus de lado o imperador, os Andradas, o Sete de Abril, pus tudo de lado só para ouvi-la falar. Tem coisas de criança, mas não é criança.

— Muito inteligente, não acha?

— Muito.

— De que falaram?

— De mil coisas, talvez duas mil; com ela é difícil contar os assuntos; vai de um para outro com tal rapidez que, se a gente não toma cuidado, cai no caminho. Sabe que ideia tive aqui, olhando para ela?

— Que foi?

— Casá-la.

— Casá-la? — perguntou ele vivamente.

— Casá-la eu mesmo; ser eu o padre que a unisse ao escolhido do seu coração, quando ela o tivesse...

Félix não disse nada, sorriu acanhadamente, e, pela primeira vez, suspeitei que as intenções do rapaz podiam ser mui outras das que lhe supunha até então, que haveria nele, porventura em vez de um marido, um sedutor. Não alcanço exprimir como me doeu esta suposição. Ia tanto para a moça, que era já como se fosse minha irmã, o meu próprio sangue, que um estranho ia corromper e prostituir. Quis continuar a falar, para escrutar-lhe bem a alma; não pude, ele esquivou-se, e fiquei outra vez só. Nesse dia retirei-me um pouco mais cedo. D. Antônia achou-me preocupado, eu disse-lhe que tinha dor de cabeça.

As pessoas de meu temperamento entender-me-ão. Bastou que uma ideia se me afigurasse possível para que eu a acreditasse certa. Vi a menina perdida. Não houvera ali uma agregada, seduzida em 1835, por um saltimbanco, como me dissera d. Antônia? Agora não seria um saltimbanco, mas o próprio filho da dona da casa. E assim explicou-se-me a teima de d. Antônia em arredar o filho do Rio de Janeiro, comparada com a afeição que tinha à menina. Refleti na distância social que os separava: Lalau era admitida na intimidade da família, mas o rapaz, filho de ministro e aspirante a ministro, e mais que tudo filho de casa-grande, tendo herdado o sangue do bisavô, tão orgulhoso nas veias da mãe, reservar-se-ia para algum casamento de outra laia. Como, porém, ela era bonita, e a natureza tem leis diferentes da sociedade, e não menos imperiosas, Félix achara um modo de conciliar umas e outras, amando sem casar.

Tudo isso que fica aí em resumo, foram as minhas reflexões do resto do dia, e de uma parte da noite. Estava irritado contra o rapaz, temia por ela, e não atinava com o que cumpria fazer. Pareceu-me até que não devia fazer nada, ninguém me dava direito de presumir intenções e intervir nos negócios particulares de uma família que, de mais a mais, enchia-me de obséquios. Isto era verdade; mas, como eu quero dizer tudo, direi um segredo de consciência. Entre a verdade daquele conceito e o impulso do meu próprio coração, introduzi um princípio religioso, e disse a mim mesmo que era a caridade que me obrigava, que no Evangelho acharia um motivo anterior e superior a todas as convenções humanas. Esta dissimulação de mim para mim podia calá-la agora, que os acontecimentos lá vão, mas não daria uma parte da história que estou narrando, nem a explicaria bem.

Lalau não me saía da cabeça: as palavras dela, suas maneiras, ingenuidade e lágrimas acudiram-me em tropel à memória, e davam-me força para tentar dominar a situação e desviar o curso dos acontecimentos. No dia seguinte de manhã quis rir de mim mesmo e dos meus planos de d. Quixote, remédio heroico, porque é tal a risada do apupo que ninguém a tolera ainda em si mesmo; mas não consegui nada.

A consciência ficou séria, e a contração do riso desmanchou-se diante da sua impassibilidade. Compus cinco ou seis planos diferentes, alguns absurdos. O melhor deles era avisar a tia da menina; mas rejeitei-o logo por achá-lo odioso. Em verdade, ia dissolver laços íntimos, a título de uma suspeita, que apenas podia explicar a mim mesmo. E, se era odioso, não era menos imprudente; podia supor-se que eu cedia a um sentimento pessoal e reprovado. Rejeitei da vista esta segunda razão, mas atirei-me à primeira, e dei de mão ao plano.

O melhor de tudo, refleti finalmente, é observar e fazer o que puder, segundo as circunstâncias, mas de modo que evite estralada.

Tinha de ir almoçar com um padre italiano, no hospício de Jerusalém, o mesmo que me falara da obra florentina, e me dera ocasião de brilhar na Casa Velha. Fui almoçar; no fim do almoço, apareceu lá um recém-chegado, um missionário que vinha das partes da China e do Japão, e trazia muitas relíquias preciosas. Convidaram-me a vê-las. O missionário era lento na ação e derramado nas palavras, de modo que despendemos naquilo um tempo infinito, e saí de lá tão tarde que não pude ir nesse dia à Casa Velha. De noite, constipei-me, apanhei uma febre, e fiquei cinco dias de cama.

IV

Estava prestes a deixar a cama, quando o Félix me apareceu em casa, pedindo desculpa de não ter vindo mais cedo, porque só na véspera soubera da minha doença. Trouxe-me visitas da mãe e de Lalau.

— Isto não é nada — disse-lhe eu —, e se quer que lhe confesse, até foi bom adoecer para descansar um pouco.

— Virgem Maria! Não diga isso.

— Digo, digo. E não só para descansar, mas até para refletir. Doente, que não lê nem conversa, nem faz nada, pensa. Eu vivo só, com o preto que o senhor viu. Vem aqui um ou outro amigo, raro; passo as horas solitárias, olhando para as paredes, e a cabeça...

— A culpa é sua — interrompeu-me ele —, podia ter ido para a nossa casa, logo que se sentiu incomodado. É o que devia ter feito. Não imagina mamãe como ficou cuidadosa, quando soube que o senhor estava de cama. Queria que eu viesse ontem mesmo, de noite, visitá-lo; eu é que disse que podia estar acomodado, e a visita seria antes uma importunação. E a sua amiguinha!

— Lalau?

— Ficou branca como uma cera, quando ouviu a notícia; e pediu-me muito que lhe trouxesse lembranças dela, que lhe desse conselho de não fazer imprudências, de não apanhar chuva, nem ar, nem nada, para não recair, que as recaídas são piores... Veja lá; se, em vez de se meter na cama, aqui em casa, tivesse ido para a nossa Casa Velha, lá teria duas enfermeiras de truz, e um leitor, como eu, para lhe ler tudo o que quisesse.

— Obrigado, obrigado; agradeço a todos, tanto a elas como ao senhor. Ficará para a outra moléstia. E, na verdade, é possível que então não pensasse em nada...

— Justo.

— ... Nem em ninguém. Ah! então Lalau disse isso? Foi exatamente nela que estive pensando.

— Como assim?

Ouvi passos e vozes na sala; era o meu preto que trazia um padre a visitar-me. Noutra ocasião, é possível que o Félix se despedisse e cedesse o lugar ao padre; mas a curiosidade valeu aqui ainda mais do que a afeição, e ele ficou. O padre esteve poucos minutos, dez ou vinte, não me lembra, dando-me algumas notícias eclesiásticas, contando anedotas de sacristia, que o Félix escutou com grande interesse, talvez aparente, para justificar a demora. Afinal, saiu, e ficamos outra vez sós. Não lhe falei logo de Lalau; foi ele mesmo que, depois de alguns farrapos de conversação, ditos soltos, reparos sem valor, me perguntou o que é que pensara dela. Eu, que os espreitava de longe, acudi à pergunta.

— Estive pensando que essa moça é superior à sua condição — disse eu. — A senhora dona Antônia falou-me de outra agregada que, há quatro anos, foi ali seduzida por um saltimbanco. Não creio que esta faça a mesma coisa, porque, apesar da idade e do ar pueril, acho-lhe muito juízo; creio antes que escolherá marido, e viverá honestamente. Mas é aqui o ponto. O marido que ela escolher pode bem ser da mesma condição que ela, mas muito inferior moralmente, e será um mau casamento.

Félix dividia os olhos entre mim e a ponta do sapato. Quando acabei, achou-me razão.

— Não lhe parece? — perguntei.
— Decerto.
— Bem sei que é esquisito meter-me assim em coisas alheias...
— Nada é alheio para um bom padre como o senhor — disse ele com gravidade.

— Obrigado. Confesso-lhe, porém, que essa moça excitou a minha piedade. Já lhe disse: tem coisas de criança, mas não é criança. Entregá-la a um homem vulgar, que não a entenda, é fazê-la padecer. Não sei se a senhora dona Antônia fez bem em apurar tanto a educação que lhe deu, e os hábitos em que a fez educar; não porque ela não se acomode a tudo, como um bom coração que é, mas porque, apesar disso, há de custar-lhe muito baixar a outra vida. Olhe que não é censurar...

— Pelo amor de Deus! sei o que é. Pensa que eu não estou com a sua opinião? Estou e muito. Mamãe é que pode ser que não esteja conosco. Já tem pensado em várias pessoas, segundo me consta, e de uma delas chegou a falar-me; era o Vitorino, filho do segeiro que nos conserta as carruagens. Ora veja!

— Não conheço o Vitorino.
— Mas pode imaginá-lo.

Olhei para ele um instante. Pareceu-me que estava de boa-fé; mas era possível que não, e cumpria arrancar-lhe a verdade. Inclinei-me, e disse que já tinha um noivo em vista, muito superior ao Vitorino.

— Quem? — perguntou ele inquieto.
— O senhor.

Félix teve um sobressalto, e ficou muito vermelho.

— Desculpe-me se lhe digo isto, mas é a minha opinião, e não vale mais que opinião. Há grande diferença social entre um e outro, mas a natureza, assim como a sociedade a corrige, também às vezes corrige a sociedade. Compensações que Deus dá. Acho-os dignos um do outro; os sentimentos dela e os seus são da mesma espécie. Ela é inteligente, e o que lhe poderia faltar em educação já sua mãe lho deu. Teria alguma dúvida em casar com ela?

Félix estendeu-me a mão.

— Não lhe nego nada, o senhor já adivinhou tudo — disse ele. E continuou, depois de haver-me apertado a mão: — Que dúvida poderia ter? Ela merece um bom marido, e eu acho que não seria de todo mau. Resta ainda um ponto.

— Que ponto?

Hesitou um instante, bateu com a mão nos joelhos duas ou três vezes, olhando para mim, como querendo adivinhar as minhas intenções.

— Resta mamãe — disse finalmente.

— Opõe-se?

— Creio que sim.

— Mas não é certo.

— Há de ser certo. Digo-lhe tudo, como se falasse a um amigo velho de nossa casa. Mamãe percebeu, como o senhor, que nós gostamos um do outro, e opõe-se. Não o disse ainda francamente, mas sinto que, em caso nenhum, consentirá no nosso casamento. Esse Vitorino é um candidato inventado para separá-la de mim; e assim outros em que sei que já pensou. Estou que Lalau resistirá, mas temo que não seja por muito tempo... Não se lembra que mamãe já lhe pediu uma vez para levar-me à Europa? Era com o mesmo fim de afastar-me, distrair-me, e casá-la.

— Acha isso?

— Com certeza.

— Como explica então que ela continue a ter tanto amor à pequena?

— O senhor não conhece mamãe. É um coração de pomba, e gosta dela como se fosse sua filha. Mas coração é uma coisa, e cabeça é outra. Mamãe é muito orgulhosa em coisas de família. Seria capaz de velar uma semana ou duas, à cabeceira de Lalau, se a visse doente; mas não consentiria em casá-la comigo. São coisas diferentes.

— Devia ser isso mesmo — repliquei alguns instantes depois. E murmurei baixinho as palavras que ela ouvira ao avô, no tempo do rei e repetira mais tarde no paço: — "Uma Quintanilha não treme nunca!"

— Nem treme, nem desce — concluiu o rapaz sorrindo. — É o sentimento de mamãe.

— Seja como for, nada está perdido, cuido que arranjaremos tudo. Deixe o negócio por minha conta.

Tinha o plano feito. Se houvesse reconhecido que as intenções dele eram impuras, ajudaria a mãe e trataria de casar a menina com outro. Sabendo que não, ia ter com a mãe para arrancar-lhe o consentimento em favor do filho. Três dias depois, voltando à Casa Velha, achei nos olhos de Lalau alguma coisa mais particular que a alegria da amiga, achei a comoção da namorada. Era natural que ele lhe tivesse contado a minha promessa. Não lho perguntei; mas disse-lhe rindo que parecia ter visto passarinho verde. Toda a alma subiu-lhe ao rosto, e a moça respondeu com ingenuidade, apertando-me a mão:

— Vi.

Não explico a sensação que tive; lembra-me que foi de incômodo. Essa palavra súbita, cordial e franca, encerrando todas as energias do amor, lacerou-me as orelhas como uma sílaba aguda que era. Que outra esperava, e que outra queria, senão essa? Não a pedira, não vinha interceder por um e por outro? Criatura espiritual e neutra, cabia-me tão somente alegrar-me com a declaração da moça, aprová-la, e santificá-la ante Deus e os homens. Que incômodo era então esse? que sentimento espúrio vinha mesclar-se à minha caridade? que contradição? que mistério? Todas essas interrogações surgiram do fundo de minha consciência, não assim formuladas, com a sintaxe da reflexão remota e fria, mas sem liame algum, vagas, tortas e obscuras.

Já se terá entendido a realidade. Também eu amava a menina. Como era padre, e nada me fazia pensar em semelhante coisa, o amor insinuou-se-me no coração à maneira das cobras, e só lhe senti a presença pela dentada de ciúme.

A confissão dele não me fez mal; a dela é que me doeu e me descobriu a mim mesmo. Deste modo, a causa íntima da proteção que eu dava à pobre moça era, sem o saber, um sentimento especial. Onde eles viam um simples protetor gratuito existia um homem que, impedido de a amar na terra, procurava ao menos fazê-la feliz com outro. A consciência vaga de um tal estado deu-me ainda mais força para tentar tudo.

V

Falei a d. Antônia no dia seguinte. Estava disposto a pedir-lhe uma conversação particular; mas foi ela mesma que veio ter comigo, dizendo que durante a minha moléstia tinha acabado umas alfaias, e queria ouvir a minha opinião; estavam na sacristia. Enquanto atravessávamos a sala e um dos corredores que ficavam ao lado do pátio central, ia-lhe eu falando, sem que ela me prestasse grande atenção. Subimos os três degraus que davam para uma vasta sala calçada de pedra, e abobadada. Ao fundo havia uma grande porta, que levava ao terreiro e à chácara; à direita ficava a da sacristia, à esquerda outra, destinada a um ou mais aposentos, não sei bem.

Naquela sala achamos Lalau e o sineiro, este sentado, ela de pé.

O sineiro era um preto velho e doido. Não fazia mais que tocar o sino da capela, para a missa, aos domingos. O resto do tempo vivia calado ou resmungando. Ninguém lhe falava, embora fosse manso. Lalau era a única, entre todos, parentes, agregados ou fâmulos, que ia conversar com ele, interrogá-lo, escutá-lo, pedir-lhe histórias. E ele contava-lhe histórias — muito compridas, sem sentido algumas, outras quase sem nexo, reminiscências vagas e embrulhadas, ou sugestões do delírio.

Era curioso vê-los. Lalau perdia a inquietação; ficava séria e tranquila, durante dez, quinze, vinte minutos, a escutá-lo. O Gira (nunca lhe conheci outro nome) alegrava-se ao vê-la. Com a razão, perdera a convivência dos mais. Vivia entregue aos pensamentos solitários, mergulhado na inconsciência e na solidão. A moça representava aos olhos dele alguma coisa mais do que uma simples criatura, era a sociedade humana, e uma sombra de sombra da consciência antiga. Ela, que o sentia, dava-lhe essa curta emersão do abismo, e uma ou duas vezes por semana ia conversar com ele.

D. Antônia parou. Não contava com a moça ali, ao pé da porta da sacristia, e queria falar-me em particular, como se vai ver. Compreendi-o logo pelo desagrado do gesto, como já suspeitara alguma coisa ao vê-la preocupada. No momento em que chegávamos, Lalau perguntava ao Gira:

— E depois, e depois?

— Depois, o rei pegou gavião, e gavião cantou.

— Gavião canta?

— Gavião? Uê, gente! Gavião cantou: Calunga, mussanga, monandenguê... Calunga, mussanga, monandenguê... Calunga...

E o preto dava ao corpo umas sacudidelas para acompanhar a toada africana. Olhei para Lalau. Ela, que ria de tudo, não se ria daquilo, parecia ter no rosto uma expressão de grande piedade. Voltei-me para d. Antônia; esta, depois de hesitar um pouco, deliberou entrar na sacristia, cuja porta estava aberta. Lalau tinha-nos visto, sorriu para nós e continuou a falar com o Gira. D. Antônia e eu entramos.

Sobre a cômoda da sacristia estavam as tais alfaias. D. Antônia disse ao preto sacristão que fosse ajudar a descarregar o carro que chegara da roça, e lá a esperasse. Ficamos sós; mostrou-me duas alvas e duas sobrepelizes; depois, sem transição, disse-me que precisava de mim para um grande obséquio. Soube na véspera que o filho andava com ideias de ser deputado; pedia-me duas coisas, a primeira é que o dissuadisse.

— Mas por quê? — disse-lhe eu. — A política foi a carreira do pai, é a carreira principal no Brasil...

— Vá que seja; mas, reverendíssimo, ele não tem jeito para a política.

— Quem lhe disse que não? Pode ser que tenha. No trabalho é que se conhece o trabalhador; em todo caso — deixe-me falar com franqueza — acho bom da sua parte que procure empregar a atividade em alguma coisa exterior.

D. Antônia sentou-se, e apontou-me para outra cadeira. Ficamos ambos ao pé de uma larga janela, que dava para o terreiro. Sentada, declarou que concordava comigo na necessidade que apontara, mas ia então ao segundo obséquio, que não era novo; é que o levasse para a Europa. Depois da Europa, com mais alguns anos e experiência das coisas, pode ser que viesse a ser útil ao seu país...

Interrompi-a nesse ponto. Ela esperou; eu, depois de fitá-la por alguns instantes, disse-lhe que a viagem, com efeito, podia ser útil, mas que os costumes do moço eram tão caseiros que dificilmente se ajustariam às peregrinações; salvo se adotássemos um meio-termo: enviá-lo casado.

— Não se arranja uma noiva com um simples baú de viagem — disse ela.

— Está arranjada.

D. Antônia estremeceu.

— Está aqui perto; é a sua boa amiga e pupila.

— Quem? Lalau? Está caçoando. Lalau e meu filho? Vossa reverendíssima está brincando comigo. Não vê que não é possível? Casá-los assim como um remédio? Falemos de outra coisa.

— Não, minha senhora, falemos disto mesmo.

D. Antônia, que dirigira os olhos para outro lado, quando proferiu as últimas palavras, levantou a cabeça de súbito, ao ouvir o que lhe disse. Creio que, depois da morte do marido, era a primeira pessoa que lhe fazia frente. Olhou-me espantada. Estava tão acostumada a governar ali, naquele mundo insulado, sem contraste nem advertência, que não podia crer em seus ouvidos. O padre Mascarenhas dissera-lhe uma vez, ao almoço, que ela era a imperatriz da Casa Velha, e d. Antônia sorriu lisonjeada, com a ideia de ser imperatriz em algum ponto da terra. Não batia com o cetro em ninguém, mas estimava saber que lho reconheciam.

Pela minha parte, curvei-me respeitoso, mas insisti que falássemos daquele mesmo assunto, para resolvê-lo de uma vez.

— Resolver o quê? — perguntou ela alçando desdenhosamente o lábio superior.

— Não percamos tempo em dizer coisas sabidas de nós ambos — continuei. — Eles gostam um do outro. Esta é a verdade pura. Resta saber se poderão casar, e é aqui que não acho nem presumo nenhuma razão que se oponha. Não falo de seu filho, que é um moço digno a todos os respeitos. Falemos dela. Diga-me o que é que lhe acha?

Não quis responder; eu continuei o que dizia, lembrei a educação que ela lhe dera, o amor que lhe tinha, e principalmente falei das virtudes da moça, da delicadeza dos seus sentimentos, e da distinção natural, que supria o nascimento. Perguntei-lhe se, em verdade, acreditava que o Vitorino, filho do segeiro... D. Antônia estremeceu.

— Vejo que está informado de tudo — disse ela depois de um breve instante de silêncio. — Conspiram contra mim. Bem; que quer de mim vossa reverendíssima? Que meu filho case com Lalau? Não pode ser.

— E por que não pode ser?

— Realmente, não sei que ideias entraram por aqui depois de 31. São ainda lembranças do padre Feijó. Parece mesmo achaque de padres. Quer ouvir por que razão não podem casar? porque não podem. Não lhe nego nada a respeito dela; é muito boa menina, dei-lhe a educação que pude, não sei se mais do que convinha, mas, enfim, está criada e pronta para fazer a felicidade de algum homem. Que mais há de ser? Nós não vivemos no mundo da lua, reverendíssimo. Meu filho é meu filho, e, além desta razão, que é forte, precisa de alguma aliança de família. Isto não é novela de príncipes que acabam casando com roceiras, ou de princesas encantadas. Faça-me o favor de dizer com que cara daria eu semelhante notícia aos nossos parentes de Minas e de São Paulo?

— Pode ser que a senhora tenha razão; é achaque de padre, é achaque até de Nosso Senhor Jesus Cristo, que nasceu nas palhas...

— Sim, senhor; mas nesse caso que mal há em casar com o Vitorino? Filho de segeiro não é gente? Diga-me! Para que ela case com meu filho, Nosso Senhor nasceu nas palhas; mas para que case com o Vitorino, já não é a mesma coisa... Diga-me!

— Mas, senhora dona Antônia...

— Qual! — disse ela levantando-se, e indo até a porta que dava para a capela, e depois a outra de entrada da sacristia; espiou se nos ouviram, e voltou.

Voltando, deu alguns passos sem dizer nada, indo e vindo, desde a porta até a parede do fundo, onde pendia uma imagem de Nossa Senhora, com uma coroa de ouro na cabeça, e estrelas de ouro no manto. D. Antônia fitou durante alguns momentos a imagem como para defender-se a si mesma. A Virgem coroada, rainha e triunfante, era para ela a legítima deidade católica, não a Virgem foragida e caída nas palhas de um estábulo. Estava como até então não a tinha visto. Geralmente, era plácida, e alguma vez impassível; agora, porém, mostrava-se ríspida e inquieta, como se a natureza rompesse as malhas do costume. A pupila abrasava-se de uma flama nova; os movimentos eram súbitos e não sei se desconcertados entre si. Eu, da minha cadeira, ia-a acompanhando com os olhos, a princípio arrependido de ter falado, mas vencendo logo depois esse sentimento de desânimo, e disposto a ir ao fim. Ao cabo de poucos minutos, d. Antônia parou diante de mim. Quis levantar-me; ela pôs-me a mão no ombro, para que ficasse, e abanou a cabeça com um ar de censura amiga.

— Para que me falou nisso? — perguntou logo depois com doçura. — Conheço que fala por ser amigo de um e de outro, e da nossa casa...

— Pode crer, pode crer.

— Creio, sim. Então eu não vejo as coisas? Tenho notado que é amigo nosso. Ela principalmente, parece tê-lo enfeitiçado... Não precisa ficar vermelho; as moças também enfeitiçam os padres, quando querem que eles as casem com os escolhidos do coração delas. Que ela merece, é verdade; mas daí a casar é muito. Venha cá — prosseguiu ela sentando-se —, vamos fazer um acordo. Eu cedo alguma coisa, o senhor cede também, e acharemos um modo de combinar tudo. Confesso-lhe um pecado. A escolha do Vitorino era filha de um mau sentimento; era um modo, não só de os separar, mas até de a castigar um pouco. Perdoe-me, reverendíssimo; cedi ao meu orgulho ofendido. Mas deixemos o Vitorino; convenho que não é digno dela. É bom rapaz, mas não está no mesmo grau de educação que dei a Lalau. Vamos a outro; podemos arranjar-lhe empregado do foro, ou mesmo pessoa de negócio... Em todo caso, não seja contra mim; ajude-me antes a arranjar esta dificuldade que surgiu aqui em casa...

— Desde quando?

— Sei lá! desde meses. Desconfiei que se namoravam, e tenho feito o que posso, mas vejo que não posso muito.

— Entretanto, continua a recebê-la.

— Sim, para vigiá-la. Antes a quero aqui que fora daqui.

— Não é então porque a estima?

— É também porque a estimo. Infelizmente, porque a estimo. Quem lhe disse que não gosto dela, e muito? Mas meu filho é outra coisa; entrar na família é que não.

D. Antônia tirou o lenço do bolso, para esfregar as mãos, tornou a guardá-lo, e reclinou-se na cadeira, enquanto eu lhe fui respondendo. Conquanto fosse muito mais baixa que eu, dera um jeito tão superior na cabeça que parecia olhar de cima.

Fui respondendo o que podia e cabia, com boas palavras, mostrando em primeiro lugar a inconveniência de os deixar namorados e separados: era fazê-los pecar ou padecer. Disse-lhe que o filho era tenaz, que a moça provavelmente não teimaria em desposá-lo, sabendo que era desagradável à sua benfeitora, mas também podia dar-se que o desdém a irritasse, e que a certeza de dominar o coração de Félix lhe sugerisse a ideia de o roubar à mãe. Acrescia a educação, ponto em que insisti, a educação e a vida que levava, e que lhe tornariam doloroso passar às mãos de criatura inferior. Finalmente — e aqui sorri para lhe pedir perdão —, finalmente, era mulher, e a vaidade, insuportável nos homens, era na mulher um pecado tanto pior quanto lhe ficava bem; Lalau não seria uma exceção do sexo. Herdar com o marido o prestígio de que gozava a Casa Velha acabaria por lhe dar força e fazê-la lutar. Aqui parei; d. Antônia não me respondeu nada, olhava para o chão.

Como estávamos de costas para a janela, e ficássemos calados algum tempo, fomos acordados do silêncio pela voz de Lalau que vinha do lado do terreiro. Voltamos a cabeça; vimos a moça repreendendo a dois moleques, crias da casa, que puxavam pela casaca ao sineiro, uma velha casaca que o Félix lhe dera alguns dias antes. O sineiro, resmungando sempre, atravessou o terreiro, tomou à direita para o lado da frente da capela, e desapareceu; Lalau pegou na gola da camisa de uma das crias e na orelha da outra, e impediu que elas fossem atrás do pobre-diabo.

Olhei para d. Antônia, a fim de ver que impressão lhe dera o ato da moça. Mal começava a fitá-la, reparei que franzia a testa, não sei até se empalidecia; tornando a olhar para fora, tive explicação do abalo. Vi o filho de d. Antônia ao pé da moça; acabava de chegar ao grupo. Lalau explicava-lhe naturalmente a ocorrência; Félix escutava calado, sorrindo, gostando de vê-la assim compassiva, e afinal, quando ela acabou, inclinou-se para dizer alguma coisa aos moleques. Vimo-lo depois pegar em um destes, e aproximá-lo de si, enquanto a moça ficou com o segundo; e, posto esse pretexto entre eles, começaram a falar baixinho.

D. Antônia recuou depressa, para que não a vissem. Creio que era a primeira vez que eles lhe apresentavam semelhante quadro. Recuou levantando-se, e foi para o lado da cômoda; eu continuei a observá-los. Não se podia ouvir-lhes nada, mas era claro que falavam de si mesmos. Às vezes a boca interrompia os salmos, que ia dizendo, para deixar a antífona aos olhos; logo depois recitava o cântico. Era a eterna aleluia dos namorados.

Violentei-me, não tirei a vista do grupo; precisava matar em mim mesmo, pela contemplação objetiva da desesperança, qualquer má sugestão da carne. Olhei para os dois, adivinhei o que estariam dizendo, e, pior ainda, o que estariam calando, e que se lhes podia ler no rosto e nas maneiras. Lalau era agora mulher apenas, sem nenhuma das coisas de criança que a caracterizavam na vida de todas as horas. Com as mãos no ombro do moleque, ora fitava os olhos na carapinha deste, ouvindo somente as palavras de Félix; ora, erguia-os para o moço, a fim de o mirar calada ou falando. Ele é que olhava sempre para ela atento e fixo.

Entretanto, d. Antônia aproximara-se outra vez da janela, por trás de mim, e de mais longe, confiada na obscuridade da sacristia. Voltei-me e disse-lhe que a nossa espionagem era de direito divino, que o próprio céu nos aparelhara aquela indiscrição. D. Antônia, em geral avessa às sutilezas do pensamento, menos que nunca podia agora penetrá-las; pode ser até que nem me ouvisse. Continuou a olhar para os dois, ansiosa de os perceber, aterrada de os adivinhar.

— Uma coisa há de conceder — disse-lhe eu —, há de conceder que eles parecem ter nascido um para o outro. Olhe como se falam. Veja os modos dela, a dignidade, e ao mesmo tempo a doçura; ele parece até que quer fazer esquecer que é o herdeiro da casa. Não sei até se lhe diga uma coisa; digo se me consentir...

D. Antônia voltou os olhos a mim com um ar interrogativo e complacente.

— Digo-lhe que, se alguém trocasse os papéis, e a desse como sua filha, e a ele como o advogado da casa, ninguém poria nenhuma objeção.

D. Antônia afastou-se da janela, sem dizer nada; depois tornou a ela, curiosa, interrogando a fisionomia dos dois. No fim de alguns minutos, não tendo esquecido as minhas últimas palavras, redarguiu com ironia e tristeza:

— Advogado? Creio que é muito; diga logo cocheiro.

Fiz um gesto de pesar. E pedi-lhe que me desculpasse o estilo pinturesco da conversação; não queria dizer senão que a dignidade da moça fá-la-ia supor dona da casa, ao passo que as maneiras respeitosas dele, que tão bem lhe iam, poderiam fazê-lo crer outra coisa; mas outra coisa educada, notasse bem. D. Antônia ouvia-me distraída e inquieta, olhando para fora e para dentro; e quando afinal os dois separaram-se, indo ele para o lado da frente da capela, que comunicava com o caminho público, e ela para a parte oposta, a fim de entrar em casa, d. Antônia sentou-se na cadeira em que estivera antes, e respirou à larga. Abanou a cabeça duas ou três vezes, e disse-me sem olhar para mim:

— Não tenho de que me queixar; a culpa é toda minha.

De repente, voltou a cabeça para o meu lado e fitou-me. Tinha as feições um tanto alteradas, como que iluminadas, e esperei que me dissesse alguma coisa, mas não disse. Olhou, olhou, recompôs a fisionomia e levantou-se.

— Vamos.

Não obedeci logo; imaginei que ela acabava de achar algum estratagema para cumprir a sua vontade, e confessei-lho sem rebuço, porque a situação não comportava já dissimular. D. Antônia respondeu que não, não achara nem buscara nada, e convidou-me a sair. Insisti no receio, acrescentando que, se cogitava dar um golpe, melhor seria avisar-me, para que os dissuadisse, e não fossem eles apanhados de supetão. D. Antônia ouviu sem interromper, e não replicou logo, mas daí a alguns segundos, com palavras não claras e seguidas, senão ínvias e dúbias. Contava comigo ao lado dela, desde que soubesse a verdade... mas que a apoiasse já... depois... então...

— A verdade? — repeti eu. — Que verdade?

— Vamos embora.

— Diga-me tudo, a ocasião é única, estamos perto de Deus...

D. Antônia estremeceu ouvindo esta palavra, e deu-se pressa em sair da sacristia; levantei-me e saí também. Achei-a a dois passos da porta, disse-me que ia ver os aposentos fronteiros, porque contava com hóspedes da roça, e foi andando; eu desci os degraus de pedra, atravessei o pátio da cisterna, e recolhi-me à biblioteca. Recolhi-me alvoroçado. Que verdade seria aquela, anunciada a fugir, tal verdade que me faria trocar de papel, desde que eu a conhecesse? Cumpria arrancar-lha, e a melhor ocasião ia perdida.

VI

No dia seguinte fui mais cedo para a Casa Velha, a fim de chegar antes dos hóspedes que d. Antônia esperava da roça, mas já os achei lá; tinham chegado na véspera, às ave-marias. Um deles, o coronel Raimundo, estava na varanda da frente, conheceu-me logo, e veio a mim para saber como ia a história de Pedro I. Sem esperar pela resposta, disse que podia dar-me boas informações. Conhecera muito o imperador. Assistira à dissolução da Constituinte, por sinal que estava nas galerias, durante a sessão permanente, e ouviu os discursos do Montezuma e dos outros, comendo pão e queijo, à noite, comprados na rua da Cadeia; uma noite dos diabos.

— Vossa reverendíssima vai escrever tudo?

— Tudo o que souber.

— Pois eu lhe darei alguma coisa.

Começamos a passear ao longo da varanda grande. Egoísmo de letrado! A esperança de alguns documentos e anedotas para o meu livro pôs de lado a principal questão daqueles dias; entreguei-me à conversação do coronel. Já sabemos que era parente da casa; era irmão de um cunhado do marido de d. Antônia, e fora muito amigo e familiar dele. Falamos cerca de meia hora; contou-me muita coisa do tempo, algumas delas arrancadas por mim, porque ele nem sempre via a utilidade de um episódio.

— Oh! isso não tem interesse!

— Mas diga, diga, pode ser — insistia eu.

Então ele contava o que era, uma visita, uma conversa, um dito, que eu recolhia de cabeça, para transpô-lo ao papel, como fiz algumas horas depois. Raimundo foi-se sentindo lisonjeado com a ideia de que eu ia imprimir o que me estava contando, e desceu a minúcias insignificantes, casos velhos, e finalmente às anedotas dele mesmo, e às partes da sua vida militar.

— Nhãtônia — disse ele vendo entrar a parenta na varanda —, este seu padre sabe onde tem a cabeça.

D. Antônia fez um gesto afirmativo e seco, mas logo depois, para me não molestar, redarguiu sorrindo que sim, que tanto sabia onde tinha a cabeça como o coração. Lalau e as duas filhas do coronel vieram de fora, veio de dentro uma senhora idosa, arrastando um pouco os pés, e dando o braço a uma moça alta e fina.

— Ande para aqui, baronesa — disse-lhe d. Antônia.

Apresentaram-me às suas damas. Soube que a baronesa era avó da moça que a acompanhava. Eram esperadas do Pati do Alferes dez ou doze dias depois; mas vieram antes para assistir à festa da Glória. Foi o que me constou ali mesmo pela conversação dos primeiros minutos. A baronesa sentara-se de costas para uma das colunas, na cadeira rasa que lhe deram, ajudada pela neta, que a acomodou minuciosamente. Observei-a por alguns instantes. Os dois cachos brancos e grossos, pelas faces abaixo, eram da mesma cor da touca de cambraia e rendas; os olhos eram castanhos e não inteiramente apagados; lá tinham seus momentos de fulgor, principalmente se ela falava em política.

— Sinhazinha, o livro? — perguntou ela à neta.

— Está aqui, vovó.

— É o mesmo da outra vez, Nhãtônia?

Era a mesma novela que lera quando ali esteve um ano antes, e queria reler agora: era o *Saint-Clair das ilhas ou os desterrados na ilha da Barra*. Meteu a mão no bolso e tirou os óculos, depois a caixa de rapé, e pôs tudo no regaço. Raimundo, passando a mão pela barba, disse rindo:

— Bem, as senhoras vão conversar e nós vamos a um solo. Valeu, reverendíssimo?

Fiz um gesto de complacência.

— Félix é um parcerão, e Nhãtônia também; mas vamos só os três. Nunca jogou com o Félix? Vai ver o que ele é, fino como trinta diabos; lá na roça dá pancada em todo mundo. Aquilo sai ao pai. Se algum dia entrar na Câmara, creia que há de fazer um figurão, como o pai, e talvez mais. E olhe que acho tudo pouco para dar em terra com a tal Regência do senhor Pedro de Araújo Lima...

— Lá vem o coronel com as suas ideias extravagantes — acudiu a velha baronesa abrindo a caixa de rapé, e oferecendo-me uma pitada, que recusei. — Acha que o Araújo Lima vai mal? Preferia o seu amigo Feijó?

Raimundo replicou, ela treplicou, enquanto eu voltava a atenção para Sinhazinha, que, depois de ter acomodado a avó, fora sentar-se com as outras moças.

Sinhazinha era o oposto de Lalau. Maneiras pausadas, atitudes longamente quietas; não tinha nos olhos a mesma vida derramada que abrangia todas as coisas e recantos, como os olhos da outra. Bonita era, e a elevação do talhe delgado dava-lhe um ar superior a todas as demais senhoras ali presentes, que eram medianas ou baixinhas, com exceção de Lalau, que ainda assim era menos alta que ela. Mas essa mesma superioridade era diminuída pela modéstia da pessoa, cujo acanhamento, se era natural, aperfeiçoara-se na roça. Não olhou para mim quando chegou, nem ainda depois de sentar-se. Usava as pálpebras caídas, ou, quando muito, levantava-as para fitar só a pessoa com quem ia falando. Como o pescoço era um tantinho alto demais, e a cabeça vivia ereta, aquele gesto podia parecer afetação. Os cabelos eram o encanto da avó, que dizia que a neta era a sua alemã, porque eles tendiam a ruivo; mas, além de ruivos, eram crespos, e, penteados e atados ao desdém, davam-lhe muita graça.

Gastei nesse exame não mais de dois a três minutos. Depois, indo a compará-la melhor com Lalau, vi que esta fazia igual exame sorrateiramente. Não era a primeira vez que a via, era a segunda ou terceira, desde que Sinhazinha perdera o pai e a mãe e viera do Rio Grande do Sul para a fazenda da avó; não a vi no ano anterior, quando ela ali esteve, e cuido que lhe achava alguma diferença para melhor.

— Reverendíssimo, vamos? — disse-me o coronel, acabando de replicar à baronesa.

— Já, já. Onde está o parceiro?

— Havemos de achá-lo. Nhãtônia, ele terá saído?

D. Antônia respondeu negativamente. Estaria vendo as bestas, que vieram da roça, ou o cavalo que comprara na véspera. E descreveu o cavalo, a pedido do coronel, chegando-se ao mesmo tempo para o lado da Sinhazinha. Chegando a esta parou, pôs-lhe uma das mãos na cabeça, e com a outra levantou-lhe o queixo, para mirá-la de cima.

— Ai, Nhãtônia! — disse a moça. — Está me afogando.

D. Antônia fez-lhe uma careta de escárnio, inclinou-se e beijou-lhe a testa com tanta ternura, que me deu ciúmes pela outra. E sentou-se entre elas todas, e todas lhe fizeram grande festa. Raimundo calara-se para mirar a cena, porque ele queria muito às filhas, e gostava de vê-las acariciadas também. Nisto ouvimos passos na sala contígua, e daí a nada entrava na varanda o filho de d. Antônia.

— Ora, viva! — bradou o coronel. — Estávamos à espera de você para um solo.

— Vá, vá — acudiu a baronesa, levantando os olhos do livro. — O coronel está ansioso por jogar, e é uma fortuna, porque veio da roça insuportável, e não me deixa ler... Então você comprou um cavalo?

Curtos eventos, palavras sem interesse, ou apenas curiosas que me não consolavam da interrupção a que era obrigado no cometimento voluntário que empreendera; mas naquele dia não foi essa a minha pior impressão. Fomos dali para a mesa do jogo, em uma sala que ficava do outro lado, ao pé da alcova do Félix. O coronel, contando os tentos, disse-nos que a baronesa estava com ideias de casar a neta, conquanto ainda não tivesse noivo; era uma ideia. Parece que sentia-se fraca, receava morrer sem vê-la casada; foi o que ele ouviu dizer aos Rosários de Iguaçu, que eram muito da intimidade dela, e até parentes. Depois, rindo para o Félix:

— Ali está um bom arranjo para você.

— Ora! — rosnou o rapaz.

— Ora quê? — retorquiu o coronel encarando-o, enquanto baralhava e dava as cartas. — Repito que era um bom arranjo; eu acho-a bem bonita, acho-a mesmo (tape os ouvidos, reverendíssimo!), acho-a um peixão. O pai educou-a muito bem; e depois duas fazendas, pode-se até dizer três, mas uma delas tem andado para trás. Duas grandes fazendas, com setecentas cabeças, ou mais; terra de primeira qualidade; muita prata... Não há outro herdeiro...

— Solo! — interrompeu o moço.

Ambos passamos; ele jogou e perdeu. Não tinha jogo, foi um modo de interromper o discurso do parente. Mas o coronel era daqueles que não esquecem nada, e daí a pouco tornou ao assunto, para dizer que ele, apesar de achacado, se a moça quisesse, tomá-la-ia por esposa; e logo rejeitou a ideia. Não, não podia ser, estava um cangalho velho, não era mais quem dantes fora, no tempo do rei, e ainda depois. E vinha já uma aventura de 1815, quando o parente, em respeito a mim, disse-lhe que jogasse ou íamos embora...

Pela minha parte, estava aborrecido. A opinião do coronel, relativamente à conveniência de casar o parente com Sinhazinha, e as mostras de ternura de d. Antônia para com esta, fizeram-me crer que podia haver alguma coisa em esboço; mas, ainda que nada houvesse, Raimundo, expansivo como era, chegaria a insinuá-lo à parenta. Era uma solução. Ignoro se Félix também desconfiava a mesma coisa; é, todavia, certo que jogou distraído e calado — durante alguns minutos — o que fez com que o coronel nos dissesse de repente que estávamos no mundo da lua, que não viera da roça para ficar casmurro, e que, ou jogássemos ou ele ia às francesas da rua do Ouvidor.

Ainda uma vez, Félix atalhou a imaginação libertina do tio. Para desviá-lo dali, falou de outros atrativos, de um prestidigitador célebre cujo nome enchia então a cidade, e que inteiramente me esqueceu, de bailes de máscaras e teatros. Contou-lhe o enredo dos dramas que andavam então em cena, e aludiu a certa farsa, que divertira muito o coronel, na última vez que viera da roça. Raimundo tinha a alma ingenuamente crédula para as ficções da poesia; ouvia-as como quem ouve a notícia de uma facada. Não era mau homem, e era excelente pai; disse logo que não perderia nada, e levaria ao teatro as suas candongas. Assim chamava às filhas.

Jogamos até perto da hora de jantar. Enquanto eles iam à cavalariça, ver os animais chegados, dirigi-me para a sala principal, onde achei d. Mafalda, a tia da Lalau, que vinha buscá-la para ir com ela às novenas da Glória; a moça voltaria depois da festa. Pareceu-me que Lalau ia obedecer constrangida; e, por outro lado, não ouvi nenhuma objeção da parte de d. Antônia. Só estavam as três; as hóspedes da roça tinham-se recolhido por alguns instantes. Raimundo e Félix entraram pouco depois, o primeiro convidando-me a ir passear com ele e o sobrinho, a cavalo.

— Mas, se eu não sei montar...

— Não diga isso! Então vamos nós dois — continuou voltando-se para o sobrinho. — Vai Nhãtônia...

— Eu não.

— ... Vai Sinhazinha. Sinhazinha é cavaleira de truz.

Outra vez este nome! A gente como eu, quando receia alguma coisa, faz derivar ou afluir para ela os mais alheios incidentes e as mais casuais circunstâncias. Fui acreditando que o coronel era efetivamente um desbravador, e a temer que o Félix não resistisse por muito tempo à oferta de uma noiva distinta e graciosa, e da riqueza que viria com ela. Olhei para ele; vi-o falando com a tia de Lalau.

— Valeu? — perguntou-lhe o coronel de longe.

— Hoje, não. Bem, amanhã, depois do almoço.

— A senhora não perde as novenas da Glória — disse Félix a Mafalda.

— É minha devoção antiga; e gosto de ir com Lalau, por causa da mãe, que também era muito devota de Nossa Senhora da Glória. Lembra-se, Nhãtônia? Mas deixe estar, no dia 16 estamos cá.

— Não — interrompeu Félix —, venham jantar no dia da Glória; venham de manhã. Temos missa na capela, e que diferença há entre a missa cantada e a rezada? Não é, reverendíssimo?

Fiz um gesto de assentimento. D. Antônia, porém, mordeu o lábio inferior, e não teve tempo de intervir, porque a tia da moça concordou logo em trazê-la no dia 15 de manhã. Lalau agradeceu-lhe com os olhos. Não obstante a disposição do moço, fiquei receoso. Ao jantar, acharam-me preocupado; respondi somente que eram remorsos de ter gasto o melhor do dia ao jogo, em vez de ficar ao trabalho, e anunciei a d. Antônia que, em breve tempo, teria concluído as pesquisas. Caindo a tarde, Lalau e a tia despediram-se, e eu ofereci-me para acompanhá-las. Não era preciso; d. Antônia mandara aprontar a sege.

— Nhãtônia quer dar-se sempre a esses incômodos — disse agradecendo Mafalda.

— Eu não — redarguiu d. Antônia rindo —, as incomodadas são as bestas.

A sege, em vez de as tomar ao pé da porta que ficava por baixo da sala dos livros, veio recebê-las diante da varanda, onde nos achávamos todos. O constrangimento de Lalau era já manifesto. Se preferia a mãe a tudo, como me dissera uma vez, cuido que preferia d. Antônia e a Casa Velha à companhia da tia; acrescia agora a presença de hóspedes, a variedade de vida que eles traziam à Casa Velha; finalmente, pode ser também, sem afirmá-lo, que tivesse receios idênticos aos meus. Despediu-se penosamente. D. Antônia, embora lhe fosse adversa, é certo que ainda a amava, deu-lhe a mão a beijar, e, vendo-a ir, puxou-a para si, e beijou-a na cara uma e muitas vezes.

— Cuidado, nada de travessuras! — disse-lhe.

Tia e sobrinha desceram os degraus da varanda, e quando eu ia ajudá-las a entrar na sege, atravessou-se-me o filho da dona da casa, que deu a mão a uma e outra, cheio de respeito e graça.

— Adeus, Nhãtônia! — disse a moça metendo a cabeça entre as cortinas de couro da sege, e fechando-as, depois de dizer-me adeus com os olhos.

Eu, que estava no topo da escada, correspondi-lhe igualmente com os olhos, e voltei para as outras pessoas, enquanto a sege ia andando, e o moço subia os degraus.

— Nhãtônia — disse o coronel rindo —, este seu filho dava para camarista do paço.

D. Antônia, escandalizada, tinha entre as sobrancelhas uma ruga, e olhou sombria para o filho. Quero crer que este incidente foi a gota que fez entornar do espírito de d. Antônia a singular determinação que vou dizer.

VII

Era na varanda, na manhã seguinte. Quando ali cheguei, dei com d. Antônia só, passeando de um para outro lado; a baronesa recolhera-se, e os outros tinham saído a cavalo, depois de alguma espera para que eu os visse; mas cheguei tarde; por que é que não fui mais cedo?

— Não pude; estive sabendo as más notícias que vieram do sul.

— Sim? — perguntou ela.

Contei-lhe o que havia, acerca da rebelião; mas os olhos dela, despidos de curiosidade, vagavam sem ver, e, logo que o percebi, parei subitamente. Ela, depois de alguma pausa:

— Ah! então os rebeldes...

Repetiu a palavra, murmurou outras, mas sem poder vinculá-las entre si, nem dar-lhes o calor que só o real interesse possui. Tinha outra rebelião em casa, e, para ela, a crise doméstica valia mais que a pública. É natural, pensei comigo; e tratei de ir aos meus papéis. Ao pedir-lhe licença, vi-a olhar para mim, calada, e reter-me pelo pulso.

— Já? — disse finalmente.

— Vou ao trabalho.

D. Antônia hesitou um pouco; depois, resoluta:

— Ouça-me!

Respondi que estava às suas ordens, e esperei.

D. Antônia passou a mão pelos olhos, sacudiu a cabeça, e perguntou-me se não suspeitava alguma causa absoluta de impedimento entre o filho e Lalau.

— Causa absoluta?

— Sim — murmurou ela, a medo; baixando e erguendo os cílios, como envergonhada.

Confesso que a suspeita de que Lalau era filha dela acudiu-me ao espírito, mas varri-a logo por absurda; adverti que ela o diria antes à própria moça do que a nenhum homem, ainda que padre. Não, não era isso. Mas então o que era? Tive outra suspeita, e pedi-lhe que me dissesse, que me explicasse...

— Está explicado.

— Seu marido...?

D. Antônia fez um gesto afirmativo, e desviou os olhos. Tinha a cara que era um lacre. Quis ir para dentro, mas recuou, deu alguns passos até o fim da varanda, voltou, e foi sentar-se na cadeira que ficava mais perto, entre duas portas; apoiou os braços nos joelhos, a cabeça nas mãos, e deixou-se estar. Eu, espantado, não achava nada que dissesse, nada, coisa nenhuma; olhava para o ladrilho, à toa; e assim ficamos por um longo trato de tempo. Acordou-nos um moleque, vindo pedir uma chave à senhora, que lhe deu o molho delas, e ficou ainda sentada, mas sem pousar a cabeça nas mãos. A expressão do rosto não era propriamente de tristeza ou de resignação, mas de constrangimento, e pode ser também que de ansiedade; e não fiz logo esse reparo, mas depois, recapitulando as palavras e os gestos. Fosse como fosse, não me passou pela ideia que aquele impedimento moral e canônico podia ser um simples recurso de ocasião.

Caminhei para ela, estendi-lhe as mãos, ela deu-me as suas, e apertando-lhas, disse-lhe que não devia ter ajuntado à fatalidade do nascimento o favor das circunstâncias; não devia tê-los levado, pelo descuido, ao ponto em que estavam, para agora separá-los irremediavelmente. D. Antônia murmurou algumas palavras de explicação: — acanhamento, confiança, esperança, a ideia de casá-la com outro, a de mandar o filho à Europa... As mãos tremiam-lhe um pouco; e, talvez por tê-lo sentido, puxou-as e cruzou os braços.

— Bem — disse-lhe eu —, agora é separá-los.
— Custa-me muito, porque eu gosto dela. Eduquei-a como filha.
— É urgente separá-los.
— Aqui é que vossa reverendíssima podia prestar-me um grande obséquio. Não me atrevo a fazer nada; não sei mesmo o que poderia fazer. Vossa reverendíssima, que os estima, e creio que me estima também, é que acharia algum arranjo. Meu filho está resolvido a ir por diante; mas a sua intervenção... Posso contar com ela?
— Tem sido excessiva a minha intervenção. Vim receber um obséquio, e acho-me no meio de um drama. Era melhor que me tivesse limitado a recolher papéis...
— Não diga mais nada; acabou-se. Demais, um padre não se pode arrepender do benefício que tentou fazer. A intenção era generosa; mas o que lá vai, lá vai. Agora é dar-nos remédio. Será tão egoísta que me não ajude? Não tenho outra pessoa; o coronel é um estonteado... E depois, por mim só, não faço nada... Ajude-me.

D. Antônia falava baixinho, com medo de que nos ouvissem; chegou a levantar-se e ir espiar a uma das portas, que davam para a sala. Não julguei mal da precaução, que era natural; e, quando ela, voltando a mim, parou e interrogou-me de novo, respondi-lhe que precisava equilibrar-me primeiro; a revelação atordoara-me. Aqui desviou os olhos.

— Não é sangria desatada — acrescentei. — Lalau está fora por alguns dias; pensarei lentamente. Que a ajude? Hei de ser obrigado a isso, agora que a situação mudou. Se não dei causa ao sentimento que os liga, é certo que o aprovei, e estava pronto a santificá-lo. A senhora foi muito imprudente.
— Confesso que fui.
— Vai agora desgraçá-los.

D. Antônia fez com a boca um gesto, que podia parecer meio sorriso, e era tão somente expressão de incredulidade. Traduzido em palavras, quer dizer que não admitia que a separação dos dois pudesse trazer-lhes nenhum perpétuo infortúnio. Tendo casado por eleição e acordo dos pais, tendo visto casar assim todas as amigas e parentas, d. Antônia mal concebia que houvesse, ao pé deste costume, algum outro natural e anterior. Cuidava a princípio que a sua vontade bastava a compor as coisas; depois, não logrando mais que baralhá-las, cresceu-lhe naturalmente a irritação, e afinal criou medo; mas, supôs sempre que o efeito da separação não passaria de algumas lágrimas.

— Amanhã ou depois falaremos — disse-lhe.

Fui dali aos livros. Ao entrar na sala deles, parei diante do retrato do ex-ministro, e mirei por alguns instantes aquela boca, que me parecera lasciva, desde que a vi pela primeira vez. E disse comigo, olhando para ele:

— Estás morto. Gozaste e descansas; mas eis aqui os frutos podres da incontinência; e são teus próprios filhos que vão tragá-los.

Estava irritado, dava-me ímpeto de quebrar alguma coisa. Sentei-me, levantei-me, fui à janela e acabei passeando ao longo da sala, com os pensamentos dispersos e confusos. Os livros, arranjados nas estantes, olhavam para mim, e talvez comentavam a minha agitação com palavras de remoque, dizendo uns aos outros que eles eram a paz e a vida, e que eu padecia agora as consequências de os haver deixado, para entrar no conflito das coisas. Nem por sombras me acudiu que a revelação de d. Antônia podia não ser verdadeira, tão grave era a coisa e tão austera a pessoa. Não adverti sequer na minha cumplicidade. Em verdade, eu é que proferi as palavras que ela trazia na mente; se me tenho calado, chegaria ela a dizê-las? Pode ser que não; pode ser que lhe faltasse ânimo para mentir. Tocado de malícia, o coração dela achou na minha condescendência um apoio, e falou pelo silêncio. Assim vai a vida humana: um nada basta para complicar tudo.

Meia hora depois, ou mais, ouvi rumor do lado de fora, cavalos que chegavam lentamente: eram os passeadores. Fui à janela. Uma das filhas do coronel vinha na frente com o pai; a outra e Sinhazinha seguiam logo, com o rapaz entre elas. Félix falava a Sinhazinha, e esta ouvia-o olhando para ele, direitamente, sem biocos, como na varanda; era talvez o cavalo que restituía à rio-grandense a posse de si mesma e a franqueza das atitudes. Todo entregue a um acontecimento, subordinei a ele os outros, e concluí da familiaridade dos dois que bem podiam vir a amar-se. Sinhazinha escutava com atenção, cheia de riso, pescoço teso, segurando as rédeas na mão esquerda, e dando com a ponta do chicotinho, ao de leve, na cabeça do cavalo.

— Reverendíssimo — bradou parando embaixo da janela o coronel —, os farrapos invadiram Santa Catarina, entraram na Laguna, e os legais fugiram. Eu, se fosse o governo, mandava fuzilar a todos estes para escarmento...

Já os pajens estavam ali, à porta, com bancos para as moças, apearam-se todos e subiram. Daí a alguns minutos Raimundo e Félix entravam-me pela sala, arrastando as esporas. Raimundo creio que ainda trazia o chicote; não me lembra. Lembra-me que disse ali mesmo, agarrando-me nos ombros, uma multidão de coisas duras contra Bento Gonçalves, e principalmente contra os ministros, que não prestavam para nada, e deviam sair. O melhor de tudo era logo aclamar o imperador. Dessem-lhe cinquenta homens — vinte e cinco que fossem — e se ele em duas horas não pusesse o imperador no trono, e os ministros na rua, estava pronto a perder a vida e a alma. Uns lesmas! Tudo levantado, tudo sublevado, ao norte e ao sul... Agora parece que iam mandar tropas, e falava-se no general Andréa para comandá-las. Tudo remendos. Sangue novo é o que se precisava... Parola, muita parola.

Bufava o coronel; o sobrinho para aquietá-lo, metia alguma palavra, de quando em quando, mas era o mesmo que nada, se não foi pior. Irritado com as interrupções, bradou-lhe que, se o pai fosse vivo, as coisas andariam de outro modo.

— Aquele não era paz-de-alma — disse o coronel apontando para o retrato. — Fosse ele vivo! Não era militar, como sabe — continuou olhando para mim —, mas era homem às direitas. Veja-me bem aqueles olhos, e diga-me se ali não há vida e força de vontade... Um pouco velhacos, é certo — acrescentou galhofeiramente.

— Tio Raimundo! — suplicou Félix.

— Velhacos, repito, não digo velhacos para tratantadas, mas para amores; era maroto com as mulheres — prosseguiu rindo e esquecendo inteiramente a rebelião. — Eu, quando vossa reverendíssima mudar de cara, e trouxer outra mais alegre, hei de contar-lhe algumas aventuras dele... Veja aqueles olhos! E não imagina como era gamenho, requebrado...

Félix saiu neste ponto; eu fui sentar-me à escrivaninha; o coronel não continuou o assunto, e foi despir-se. Não me procurou mais até a hora do jantar; naturalmente porque o sobrinho o impediu de vir perturbar-me na pesquisa dos papéis, como se eu tivesse papéis na cabeça. Marotos com as mulheres! Esta palavra retiniu ali por muito tempo. Maroto com as mulheres! Tudo se me afigurava claro e evidente.

VIII

Não podia hesitar muito. Deixei de ir três dias à Casa Velha; fui depois, e convidei o Félix a vir jantar comigo no dia seguinte. Jantamos cedo, e fomos dali ao Passeio Público, que ficava perto de minha casa. No Passeio, disse-lhe:

— Sabe que sou seu amigo?

— Sei — respondeu ele franzindo a testa.

— Não se aflija; o que lhe vou dizer é antes bem que mal. Sei que estima sua mãe; ela o merece, não só por ser mãe, como porque, se alguma coisa faz que parece contrariá-lo, não o faz senão em benefício seu e da verdade.

Félix tornou a franzir a testa.

— Adivinho que há alguma coisa difícil de dizer que me há de mortificar. Vamos, diga depressa.

— Digo já, ainda que me custe. E creia que me custa, mas é preciso: esqueça aquela moça. Não me olhe assim; imagina talvez que estou finalmente nas mãos de sua mãe.

— Imagino.

— Antes fosse isso, porque então o senhor não atenderia a um nem a outro, e casaria, se lhe conviesse.

— E por que não farei isso mesmo?

— Não pode ser; não pode casar, esqueça-a, esqueça-a de uma vez para sempre. Deus é que o não quer, Deus ou o diabo, porque a primeira ação é do diabo; mas esqueça-a inteiramente. Seu pai foi um grande culpado...

Aqui ele pediu-me, aflito, que lhe contasse tudo. Custou-me, mas revelei-lhe a confidência da mãe. A impressão foi profunda e dolorosa, mas o sentimento do pudor e da religião pôde serená-la depressa. Quis prolongar a conversação; ele não o quis, não podia, achei natural que não pudesse; pouco falou, distraído ou absorto, despediu-se dali a alguns minutos.

Não foi para casa, como soube depois; foi andar, andar muito, revolvendo na memória as duras palavras que lhe disse. Só entrou em casa depois de oito horas da noite, e recolheu-se ao quarto. A mãe estava aflita: pressentira a minha revelação, e receou alguma imprudência; provavelmente arrependeu-se de tudo. Certo é que, logo que soube da chegada do filho, foi ter com ele; Félix não lhe disse nada, mas a expressão do rosto mostrou a d. Antônia o estado da alma. Félix queixou-se de dor de cabeça, e ficou só.

Foi ele mesmo que me contou tudo isso, no dia seguinte, indo a minha casa. Agradeceu-me ainda uma vez, mas queixou-se do singular silêncio da mãe. Expliquei-lho, a meu modo; era natural que lhe custasse a revelação, e não a fizesse antes de tentar qualquer outro meio.

— Seja como for, estou curado — disse ele. — A noite fez-me bem. O sentimento que essa menina me inspirou converteu-se agora em outro, e creia que pela imaginação já me acostumei a chamá-la irmã; creia mais que acho nisto um sabor particular, talvez por ser filho único.

Apertei-lhe a mão, aprovando. Confesso que esperava menos pronta conformidade. Cuidei que tivesse de assistir a muito desespero, e até lágrimas. Tanto melhor. Ele, depois de alguns instantes, consultou-me se acharia prudente revelar tudo à moça; também eu já tinha pensado nisso, e não resolvera nada. Era difícil; mas não achava modo de não ser assim mesmo. Depois de algum exame, assentamos de não dizer nada, salvo em último caso.

Os dias que se seguiram foram naturalmente de constrangimento. Os hóspedes de d. Antônia notaram alguma coisa na família, que não era habitual; e a baronesa resolveu voltar para a fazenda, logo depois da festa da Glória. Sinhazinha é que não sei se reparou em alguma coisa; continuava a ter os mesmos modos do primeiro dia. A ideia de casá-la com o filho de d. Antônia entrou a parecer-me natural, e até indispensável. Conversei com ela; vi que era inteligente, dócil e meiga, ainda que fria; assim parecia, ao menos. Casaria com ele, ou com outro, à vontade da avó. No dia 15, devia ir Lalau para a casa, e eu, que o sabia, lá não fui, apesar do convite especial que tivera para jantar. Não fui, não tive ânimo de ver o primeiro encontro da alegria expansiva e ruidosa da moça com a frieza e o afastamento do rapaz. Deixei de lá ir cinco dias; apareci a 20 de agosto.

IX

No dia 20 achei, com efeito, tudo mudado, Lalau, suspeitosa e triste, Félix retraído e seco. Este veio contar-me o que se passara, e acabou dizendo que o estado moral da menina pedia a minha intervenção. Pela sua parte não queria mudar de maneiras com ela, para não entreter um sentimento condenado; não ousava também dar-lhe notícia da situação nova. Mas eu podia fazê-lo, sem constrangimento, e com vantagem para todos.

— Não sei — disse eu depois de alguns instantes de reflexão —, não sei... Sua mãe?

— Mamãe está perfeitamente bem com ela; parece até que a trata com muito mais ternura. Não lhe dizia eu? Mamãe é muito amiga dela.

— Não lhe terá dito nada?

— Creio que não.

E depois de algum silêncio:

— Nem lho diria ela mesma. Há confissões difíceis de fazer a outros, e impossíveis a ela; digo fazê-las diretamente à pessoa interessada. Vamos lá; tire-nos desta situação duvidosa.

— Bem; verei. Não afirmo nada; verei.

Estávamos na sala dos livros; Lalau apareceu à porta. Parou alguns instantes, depois veio afoitamente a mim, expansiva e ruidosa, mas de propósito, por pirraça;

tanto que não me falava com a atenção em mim, mas dispersa, e olhando de modo que pudesse apanhar os gestos do rapaz. Este não dizia nada, olhava para os livros. Lalau perguntou-me o que era feito de mim, por onde tinha andado, se era ingrato para ela, se a esquecia; afirmando que também estava disposta a esquecer-me, e já tinha um padre em vista, um cônego, tabaquento, muito feio, cabeça grande. Tudo isso era dito por modo que me doía, e devia doer a ele também; certo é que ele não se demorou muito na sala; foi até a janela, por alguns instantes; depois disse-me que ia ver os cavalos e saiu.

Lalau não pôde mais conter-se; logo que ele saiu, deixou-se cair numa cadeira, ao canto da sala, e rompeu em lágrimas. A explosão atordoou-me, corri para ela, peguei-lhe nas mãos, ela pegou nas minhas, disse que era desgraçada, que ninguém mais lhe queria, que tinha padecido muito naquele dia, muito, muito... Nunca falamos do sentimento que a acabrunhava agora; mas não foi preciso começar por nenhuma confissão.

— Não compreendo nada — dizia ela —, sei só que sofro, que choro, que me vou embora. Por quê? Sabe que há?

Não lhe dei resposta.

— Ninguém sabe nada, naturalmente — continuou ela. — Quem sabe tudo já lá vai caminhando para a roça. Devia ser assim mesmo; eu não valho nada, não sou nada, não tenho avó baronesa, sou uma agregadazinha... Mas então por que enganar-me tanto tempo? Para caçoar comigo?

E chorava outra vez, por mais que eu defronte dela, em pé, lhe dissesse que não fizesse barulho, que podiam ouvir; ela, porém, durante alguns minutos não atendia a nada. Quando cansou de chorar, enxugou os olhos, estava realmente digna de lástima. A expressão agora era só de dor e de abatimento; desaparecera a indignação da moça obscura que se vê preterida por outra de melhor posição. Sentei-me ao lado dela, disse-lhe que era preciso ter paciência, que os desgostos eram a parte principal da vida; os prazeres eram a exceção; disse-lhe tudo o que a religião lhe poderia lembrar para obter que se resignasse. Lalau ouvia com os olhos parados, ou olhando vagamente; às vezes interrompia com um sorriso. Urgia contar-lhe tudo; mas aqui confesso que não achava palavras. Era grave a notícia; o efeito devia ser violento, porque, conquanto ela cuidasse estar abandonada por outra, a esperança lá se aninharia nalgum recanto do coração, e nada está perdido enquanto o coração espera alguma coisa. Mas a notícia da filiação era decisiva.

Não sabendo como dizê-lo, prossegui na minha exortação vaga. Ela, que a princípio ouvia sem interesse, olhou de repente para mim, perguntou-me se realmente estava tudo perdido. Vendo que lhe não dizia nada:

— Diga, por esmola, diga tudo.

— Vamos lá, sossegue...

— Não sossego, diga.

— Enquanto não sossegar não digo nada. Escute, Deus escreve direito por linhas tortas. Quem sabe o que estaria no futuro?

— Não entendo; diga.

Em verdade, não se podia ser menos hábil, ou mais atado que eu. Não ousava dizer a coisa, e não fazia mais que aguçar o desejo de a ouvir. Lalau instou ainda comigo, pegou-me nas mãos, beijou-mas, esse gesto fez-me mal, muito mal. Ergui-me, dei dois passos, e voltei dizendo que, não agora, por estar tão fora de si, mas depois lhe contaria tudo, tudo, que era uma coisa grave...

— Grave? Diga-me já, já.

E pegou-se a mim, que lhe dissesse tudo, jurava não contar nada a ninguém, se era preciso guardar segredo; mas não queria ignorar o que era. Não me dava tempo; se eu abria a boca para adiar, interrompia-me que não, que havia de ser logo, logo; e falava-me em nome de Deus, de Nossa Senhora, e perguntava-me se era assim que dizia ser padre.

— Promete ouvir-me quieta?
— Prometo — disse ela depressa, ansiosa, pendendo-me dos olhos.
— É bem grave o que lhe vou dizer.
— Mas diga.

Peguei-lhe na mão, e levei-a para defronte do retrato do finado conselheiro. Era teatral o gesto, mas tinha a vantagem de me poupar palavras; disse-lhe simplesmente que ali estava alguém que não queria: o pai de ambos. Lalau empalideceu, fechou os olhos e ia a cair; pude sustê-la a tempo.

Lalau tinha o sentimento das situações graves. Aquela era excepcional. Não me disse nada, depois da minha revelação, não me fez pergunta nenhuma; apertou-me a mão e saiu.

Dois dias depois foi para casa da tia, a pretexto de não sei que negócio de família, mas realmente era uma separação. Fui ali vê-la; achei-a abatida. A tia falou-me em particular; perguntou-me se houvera alguma coisa em casa de d. Antônia; a sobrinha, interrogada por ela, respondera que não; quis ir à Casa Velha, mas foi a própria sobrinha que a dissuadiu, ou antes que lhe impôs que não fosse.

— Não houve nada — foi a sua última palavra. — O que há é que é tempo de viver em nossa casa, e não na casa dos outros. Estou moça, preciso de cuidar da minha vida.

D. Mafalda não achava própria esta razão. A sobrinha era tão amiga da Casa Velha, e a família de d. Antônia queria-lhe tanto, que não se podia explicar daquele modo uma retirada tão repentina. Nunca lhe ouvira o menor projeto a tal respeito. Acresce que, desde que viera, andava triste, muito triste...

Todas essas reflexões eram justas; entretanto, para que ela não chegasse a ir à Casa Velha, disse-lhe que a razão dada por Lalau, se não era sincera, era em todo caso boa. Pensava muito bem querendo vir para casa; eram pobres; ela devia acostumar-se à vida pobre, e não à outra, que era abundante e larga, e podia criar-lhe hábitos perigosos.

Nada lhe disse a ela mesma, nem era possível; falamos juntos os três na sala de visitas, que era também a de trabalho. Lalau procurou disfarçar a tristeza, mas a indiferença aparente não chegou a persuadir-me; concluí que o amor lhe ficara no coração, a despeito do vínculo de sangue, e tive horror à natureza. Não foi só à natureza. Continuei a aborrecer a memória do homem, causa de tal situação e de tais dores.

Na Casa Velha fui igualmente discreto. D. Antônia não me perguntou o que se passara com elas, nem com o filho, e pela minha parte não lhe disse nada. O que ela me confiou, dias depois, é que a viagem de Félix à Europa era já desnecessária; cuidava agora de casá-lo; falou-me claramente nos seus projetos relativos a Sinhazinha. Parecera-lhe a escolha excelente; eu inclinei-me, aprovando.

Passaram-se muitos dias. O meu trabalho estava no fim. Tinha visto e revisto muitos papéis, e tomara muitas notas. O coronel voltou à corte no meado de setembro; vinha tratar de umas escrituras. Notou a diferença da casa, onde faltava a alegria da moça, e sobrava a tristeza ou alguma coisa análoga do sobrinho. Não lhe disse nada; parece que d. Antônia também não.

Félix passava uma parte do dia comigo, sempre que eu ali ia; falava-me de alguns planos relativamente a indústrias, ou mesmo a lavoura, não me lembra bem; provavelmente, era tudo misturado, nada havia nele ainda definido; lembremo-nos que já andara com ideias de ser deputado. O que ele queria agora era fazer alguma coisa que o aturdisse, que lhe tirasse a dor do recente desastre. Neste sentido, aprovava-lhe tudo.

Pareceu-me que o tempo ia fazendo algum efeito em ambos. Lalau não ria ainda, nem tinha a mesma conversação de outrora; começava a apaziguar-se. Ia ali muita vez, às tardes; ela agradecia-me evidentemente a fineza. Não só tinha afeição, como achava na minha pessoa um pedaço das outras afeições, da outra casa e do outro tempo. Demais, era-me grata, posto que o destino me tivesse feito portador de más novas, e destruidor de suas mais íntimas esperanças.

A ideia de casá-la entrou desde logo no meu espírito; e nesse sentido falei à tia, que aprovou tudo, sem adiantar mais nada. Não conhecia o Vitorino, filho do segeiro, e perguntei-lhe que tal seria para marido.

— Muito bom — disse-me ela. — Rapaz sério, e tem alguma coisa por morte do pai.

— Tem alguma educação?

— Tem. O pai até queria fazê-lo doutor, mas o rapaz é que não quis; disse que se contentava com outra coisa; parece que está escrevente de cartório... escrevente não sei como se diz... mentado... paramentado...

— Juramentado.

— Isso mesmo.

— Bem, se puder falar com ela... sem dizer tudo... assim a modo de indagação...

— Verei; deixe estar.

Dias depois, d. Mafalda deu-me conta da incumbência: a sobrinha nem queria ouvir falar em casar. Achava o Vitorino muito bom noivo, mas o seu desejo era ficar solteira, trabalhar em costura, para ajudar a tia e não depender de ninguém; mas casar nunca.

Esta conversa trouxe-me a ideia de ponderar a d. Antônia que, uma vez que Lalau era filha de seu marido, ficava-lhe bem fazer uma pequena doação que a resguardava da miséria. D. Antônia aceitou a lembrança sem hesitar. Estava tão contente com o resultado obtido, que podia fazê-lo. Confessou-me, porém, que o melhor de tudo seria, feita a doação, passados os tempos, e casado o filho, voltar a menina para a Casa Velha. Tinha grandes saudades dela; não podia viver muito tempo sem a sua companhia. Repeti a última parte a Lalau que a escutou comovida. Creio até que ia a brotar-lhe uma lágrima; mas reprimiu-a depressa, e falou de outra coisa.

Era uma terça-feira. Na quarta, devia eu ultimar os meus trabalhos na Casa Velha, e restituir os papéis, quando fiz um achado que transtornou tudo.

X

Estava recolhendo tudo, quando dei por falta de uma nota tomada naquele dia; não era fácil reproduzir a nota, pois não a havia tirado de uma só página nem de um só livro, mas de muitos livros diferentes. O caso aborreceu-me; procurei o papel atabalhoadamente; depois recomecei com cuidado. Abria os livros com que trabalhara nesse dia, um por um, mas não achava nada. Vim achar a nota, depois, ao pé da grade da janela, prestes a cair.

Entre os livros que folheei, procurando, achava-se um relatório manuscrito, que eu lera apenas em parte, não o tendo feito na que continha tão somente a transcrição de documentos públicos. Pegando no livro pela lombada, e agitando-o para fazer cair a nota, se ali estivesse, vi que efetivamente caía um papelinho.

Vinha dobrado, e vi logo que era por letra do ex-ministro. Podia ser alguma coisa interessante, para os meus fins. Era um trecho de bilhete a alguma mulher, cujo nome não estava ali, e referia-se a uma criança, com palavras de tristeza. Podiam ser outros amores; podiam ser os próprios amores da mãe de Lalau. Hesitei em guardar o papel, e cheguei a pô-lo dentro das folhas do relatório; mas tornei a tirá-lo, e guardei-o comigo.

Reli-o em casa; dizia esse trecho do bilhete, que provavelmente nunca foi acabado nem remetido: "Tenha confiança em mim, e ouça o que lhe digo. Não faça barulho, sossegue e não fale sempre no meu nome. Venha cá o menos que puder; e não pense mais no anjinho. Deus é bom".

Não achava nada que me explicasse coisa nenhuma; mas insisti em guardá-lo... De noite, pensei que o bilhete podia relacionar-se com a família da Lalau; e, como nunca tivesse dito à tia desta o motivo que a separara da Casa Velha, resolvi pedir-lhe uma conferência, e contá-lo.

Pedi-lhe a conferência no dia seguinte, e obtive-a no outro, muito cedo, enquanto Lalau dormia. Não hesitei em ir logo ao fim. Contei-lhe tudo, menos o amor da sobrinha e do filho de d. Antônia, que ela, aliás, fingia ignorar. D. Mafalda ouviu-me pasmada, curiosa, querendo por fim que lhe dissesse se d. Antônia ficara irritada com a descoberta.

— Não, perdoou tudo.
— Então por que houve logo esta separação?
Hesitei na resposta.
— Entendo — disse ela —, entendo.

Vi que sabia tudo; mas não se consternou por isso. Ao contrário, disse-me alegremente que, se não era mais que essa a causa da separação, tudo estava remediado.

— Conto-lhe tudo — disse-me ela no fim de alguns instantes. — Não diria nada em outras circunstâncias, nem sei mesmo se diria alguma coisa a outra pessoa.

D. Mafalda confirmou os amores da cunhada; mas o ex-ministro via-a pela primeira vez, quando eles vieram da roça, tinha Lalau três meses. Não era absolutamente o pai da menina. Compreende-se o meu alvoroço; pedi-lhe todas as circunstâncias de que se lembrasse, e ela referiu-as todas, e todas eram a confirmação da notícia que acabava de dar; datas, pessoas, acidentes, nada discordava da mesma versão. Ela própria apelou para os apontamentos da freguesia onde nascera a menina, e para as pessoas do lugar, que me diriam isto mesmo. Pela minha parte, não queria outra coisa, senão o desaparecimento do obstáculo e a felicidade das duas criaturas. De repente, lembrou-me do trecho do bilhete que tinha comigo, e disse-lhe que, em todo caso, mal se podia explicar a crença em que estava d. Antônia; havia por força uma criança.

— Houve uma criança — interrompeu-me d. Mafalda —, mas essa morreu com poucos meses.

Tinha o bilhete na algibeira, tirei-o e reli-o; estas palavras confirmavam a versão da morte: "não pense mais no anjinho...".

D. Mafalda contou-me então a circunstância do nascimento da criança, que viveu apenas quatro meses; depois, referiu-me a longa história da paixão da cunhada, que ela descobriu um dia, e que a própria cunhada lhe confiou mais tarde, em ocasião de desespero.

Tudo parecia-lhe claro e definitivo; restava agora repor as coisas no estado anterior. Mas, ao pensar nisso, adverti que, transmitida esta versão a d. Antônia, ouviria as razões que ela teria para a sua, e combiná-las-ia todas. Fui à Casa Velha, e pedi a d. Antônia que me desse também uma conferência particular. Desconfiada, respondeu que sim, e foi na sala dos livros, enquanto Félix estava fora, que lhe contei o que acabava de saber.

D. Antônia escutou-me a princípio curiosa, depois ansiosa, e afinal atordoada e prostrada. Não compreendi esse efeito; acabei, disse-lhe que a Providência se encarregara de levar o fruto do pecado, e nada impedia que o casamento do filho com a moça o fizesse esquecer a todos. Mas d. Antônia, agitada, não podia responder seguidamente. Não entendendo esse estado, pedi que mo explicasse.

D. Antônia negou-me tudo a princípio, mas acabou confessando o que ninguém poderia então supor. Ela ignorava os amores do marido; inventara a filiação de Lalau, com o único fim de obstar ao casamento. Confessou tudo, francamente, alvoroçada, sem saber de si. Creio que, se repousasse por algumas horas, não me diria nada; mas apanhada de supetão, não duvidou expor os seus atos e motivos. A razão é que o golpe recebido fora profundo. Vivera na fé do amor conjugal; adorava a memória do marido, como se pode fazer a uma santa de devoção íntima. Tinha dele as maiores provas de constante fidelidade. Viúva, mãe de um homem, vivia da felicidade extinta e sobrevivente, respeitando morto o mesmo homem que amara vivo. E vai agora uma circunstância fortuita mostra-lhe que, inventando, acertara por outro modo, e que o que ela considerava puro na terra trouxera em si uma impureza.

Logo que a primeira comoção passou, d. Antônia disse-me com muita dignidade que o passado estava passado, que se arrependia da invenção, mas enfim estava meio punida. Era preciso que o castigo fosse inteiro; e a outra parte dele não era mais que unir os dois em casamento. Opôs-se por soberba; agora, por humildade, consentia em tudo.

D. Antônia, dizendo isto, forcejava por não chorar, mas a voz trêmula indicava que as lágrimas não tardavam a vir; lágrimas de vencida, duas vezes vencida — no orgulho e no amor. Consolei-a, e pedi-lhe perdão.

— De quê? — perguntou ela.

— Do que fiz. Creia que sinto o papel desastrado que o destino me confiou em tudo isto. Agora mesmo, quando vinha alegre, supondo consertar todas as coisas, conserto-as com lágrimas.

— Não há lágrimas — disse d. Antônia esfregando os olhos.

Daí a nada estava tranquila, e pedia-me que acabasse tudo. Não podia mais tolerar a situação que ela mesma criara; tinha pressa de afogar na afeição sobrevivente algumas tristezas novas. Instou comigo para que fosse ter com a moça naquele mesmo dia, ou no outro, e que a trouxesse para a Casa Velha, mas depois de saber tudo; pedia também que me incumbisse de retificar a revelação feita ao filho. Ela, pela sua parte, não podia entrar em tais minúcias; eram-lhe penosas e indecentes. Esta palavra fez-me, creio eu, empalidecer; ela apressou-se em explicá-la; não me encarregava de coisa indigna, mas pouco ajustada entre um filho e sua mãe. Era só por isso.

Aceitei a explicação e a incumbência. Não me demorei muito em pôr o filho na confidência da verdade, contando-lhe os últimos incidentes, e a face nova da situação. Félix ouviu-me alvoroçado; não queria crer, inquiria uma e muitas vezes se a verdade era realmente esta ou outra, se a tia da moça não se enganara, se a nota achada... Mas eu interrompi-o confirmando tudo.

— E mamãe?
— Sua mãe?
— Naturalmente, já sabe...

Hesitei em dizer-lhe tudo o que se passara entre mim e ela; era revelar-me a invenção da mãe, sem necessidade. Respondi-lhe que sabia tudo, porque mo dissera, que estava enganada, e estimara o desengano.

Tudo parecia caminhar para a luz, para o esquecimento, e para o amor. Após tantos desastres que este negócio me trouxera, ia enfim compor a situação, e tinha pressa de o fazer e de os deixar felizes. Restava Lalau; fui lá ter no dia seguinte.

Lalau notou a minha alegria; eu, sem saber por onde começasse, disse-lhe que efetivamente tinha uma boa notícia. Que notícia? Contei-lha com as palavras idôneas e castas que a situação exigia. Acabei, referi o que se passara com d. Antônia, o pedido desta, a esperança de todos. Ela ouviu ansiosa — a princípio, aflita — e no fim, quando soube a verdade retificada, deixou cair os olhos e não me respondeu.

— Vamos, senhora — disse-lhe —, o passado está passado.

Lalau não se moveu. Como eu instasse, abanou a cabeça; instando mais, respondeu que não, que nada estava alterado, a situação era a mesma. Espantado da resposta, pedi-lhe que ma explicasse; ela pegou da minha mão, e disse-me que não a obrigasse a falar de coisas que lhe doíam.

— Que lhe doem?
— Falemos de outra coisa.

Confesso que fiquei exasperado; levantei-me, mostrei-me aborrecido e ofendido. Ela veio a mim, vivamente, pediu-me desculpa de tudo. Não tinha intenção de ofensa, não podia tê-la; só podia agradecer tudo o que fizera por ela. Sabia que a estimava muito.

— Mas não compreendo...
— Compreende, se quiser.
— Venha explicar-se com a sua velha amiga; ela lhe dirá que estimou muito não ser verdadeira a sua primeira suposição.

— Para ela, creio.

— E para todos.

— Para mim, não. Seja como for, não poderia casar-me com o filho do mesmo homem que envergonhou minha família... Perdão; não falemos nisto.

Olhei assombrado para ela.

— Essa palavra é de orgulho — disse-lhe no fim de alguns instantes.

— Orgulho, não; eu não sei que coisa é orgulho. Sei que nunca estimei tanto a ninguém como a minha mãe. Não lhe disse isso mesmo uma vez? Gostava muito de mamãe; era para mim na terra como Nossa Senhora no céu. E esta santa tão boa como a outra, esta santa é que... Não; perdoe-me. Orgulho? Não é orgulho; é vergonha; creia que estou muito envergonhada. Sei que era estimada na Casa Velha; e seria ali feliz, se pudesse sê-lo; mas não posso, não posso.

— Reflita um pouco.

— Está refletido.

— Reflita ainda uma noite ou duas; virei amanhã ou depois. Repare que a sua obstinação pode exprimir, relativamente à memória de sua mãe, uma censura ou uma afronta...

Lalau interrompeu-me; não censurava a mãe; amava-a tanto ou mais que dantes. E concluiu dizendo que, por favor, não falássemos mais de tal assunto. Respondi-lhe que ainda lhe falaria uma vez única; pedi-lhe que refletisse. Contei tudo a d. Mafalda, e disse-lhe que na minha ausência trabalhasse no mesmo sentido que eu.

— Tudo deve voltar ao que era; eles gostam muito um do outro; dona Antônia estima-a como filha; o passado é passado. Cuidemos agora do presente e do futuro.

Lalau não cedeu nada à tia, nem a mim. Não cedeu nada ao filho de d. Antônia, que a foi visitar, e a quem não pôde ver sem comoção, e grande; mas resistiu. Afinal, oito dias depois, d. Antônia mandou aprontar a sege, e foi buscá-la.

— Uma vez aqui, verá que arranjamos tudo — disse-lhe ela.

Entrava já no espírito de d. Antônia um pouco de amor-próprio ofendido com a recusa. Lalau parece que a princípio não a quis acompanhar; nunca soube nem deste ponto, mas é natural que fosse assim. Consentiu, finalmente, e foi por um só dia; jantou lá e voltou às ave-marias.

Voltei à casa delas, e instei novamente, ou só com ela, ou com a tia; ela mantinha-se no mesmo pé, e, para o fim, com alguma impaciência. Um dia recebi recado de d. Mafalda; corri a ver o que era, disse-me que o filho do segeiro, Vitorino, fora pedi-la em casamento, e que a moça, consultada, respondeu que sim. Soube depois que ela mesma o incitara a fazê-lo. Compreendi que tudo estava acabado. Félix padeceu muito com esta notícia; mas nada há eterno neste mundo, e ele próprio acabou casando com Sinhazinha. Se ele e Lalau foram felizes, não sei; mas foram honestos, e basta.

A Estação, *janeiro de 1885 a fevereiro de 1886; Machado de Assis.*

Habilidoso

Paremos neste beco. Há aqui uma loja de trastes velhos, e duas dúzias de casas pequenas, formando tudo uma espécie de mundo insulado. Choveu de noite, e o sol ainda não acabou de secar a lama da rua, nem o par de calças que ali pende de uma janela, ensaboado de fresco. Pouco adiante das calças, vê-se chegar à rótula a cabeça de uma mocinha, que acabou agora mesmo o penteado, e vem mostrá-lo cá fora; mas cá fora estamos apenas o leitor e eu, mais um menino, a cavalo no peitoril de outra janela, batendo com os calcanhares na parede, à guisa de esporas, e ainda outros quatro, adiante, à porta da loja de trastes, olhando para dentro.

A loja é pequena, e não tem muito que vender, coisa pouco sensível ao dono, João Maria, que acumula o negócio com a arte, e dá-se à pintura nas horas que lhe sobram da outra ocupação, e não são raras. Agora mesmo está diante de uma pequena tela, tão metido consigo e com o trabalho, que podemos examiná-lo a gosto, antes que dê por nós.

Conta trinta e seis anos, e não se pode dizer que seja feio; a fisionomia, posto que trivial, não é desengraçada. Mas a vida estragou a natureza. A pele, de fina que era nos primeiros anos, está agora áspera, a barba emaranhada e inculta; embaixo do queixo, onde ele usa rapá-la, não passa navalha há mais de quinze dias. Tem o colarinho desabotoado e o peito à mostra; não veste paletó nem colete, e as mangas da camisa, arregaçadas, mostram o braço carnudo e peludo. As calças são de brim pardo, lavadas há pouco, e muito remendadas nos joelhos; remendos antigos, que não resistem à lavadeira, que os desfia na água, nem à costureira, que os recompõe. Uma e outra são a própria mulher de João Maria, que reúne aos dois misteres o de cozinheira da casa. Não há criados; o filho, de seis para sete anos é que lhes vai às compras.

João Maria veio para este beco há uns quinze dias. Conta fazer alguma coisa, embora seja lugar de pouca passagem, mas não há, no bairro, outra casa de trastes velhos, e ele espera que a notoriedade vá trazendo os fregueses. Demais, não teve tempo de escolher; mudou-se às pressas, por intimação do antigo proprietário. Ao menos, aqui o aluguel é módico. Até agora, porém, não vendeu mais que um aparador e uma gaiola de arame. Não importa; os primeiros tempos são mais difíceis. João Maria espera, pintando.

Pintando o quê, e para quê? João Maria ignora absolutamente as primeiras lições do desenho, mas desde tenra idade pegou-lhe o sestro de copiar tudo o que lhe caía nas mãos, vinhetas de jornais, cartas de jogar, padrões de chitas, o papel das paredes, tudo. Também fazia bonecos de barro, ou esculpia-os a faca nos sarrafos e pedaços de caixão. Um dia aconteceu-lhe ir à exposição anual da Academia das Belas-Artes, e voltou de lá cheio de planos e ambições. Engenhou logo uma cena de assassinato, um conde que matava a outro conde; rigorosamente, parecia oferecer-lhe um punhal. Engenhou outros, alastrou as paredes, em casa, de narizes, de olhos, de orelhas; vendo na rua da Quitanda um quadro que representava um prato de legumes, atirou-se aos legumes; depois, viu uma marinha, e tentou as marinhas.

Toda arte tem uma técnica; ele aborrecia a técnica, era avesso à aprendizagem, aos rudimentos das coisas. Ver um boi, reproduzi-lo na tela, era o mais que, no sentir dele, se podia exigir do artista. A cor apropriada era uma questão dos olhos, que Deus deu a todos os homens; assim também a exação dos contornos e das atitudes dependia da atenção, e nada mais. O resto cabia ao gênio do artista, e João Maria supunha tê-lo. Não dizia gênio, por não conhecer o vocábulo, senão no sentido restrito de índole — ter bom ou mau gênio — mas repetia consigo mesmo a palavra, que ouvia aos parentes e aos amigos, desde criança.

— João Maria é muito habilidoso.

Assim se explica que, quando alguém disse um dia ao pai que o mandasse para a Academia, e o pai consentiu em desfazer-se dele, João Maria recusasse a pés juntos. Foi assim também que, depois de andar por ofícios diversos, sem acabar nenhum, veio a abrir uma casa de trastes velhos, para a qual se lhe não exigiam estudos preparatórios.

Nem aprendeu nada, nem possuía o talento que adivinha e impele a aprender e a inventar. Via-se-lhe, ao menos, alguma coisa parecida com a faísca sagrada? Coisa nenhuma. Não se lhe via mais que a obstinação, filha de um desejo, que não correspondia às faculdades. Começou por brinco, puseram-lhe a fama de habilidoso, e não pôde mais voltar atrás. Quadro que lhe aparecesse, acendia-lhe os olhos, dava rebate às ambições da adolescência, e todas vinham de tropel, pegavam dele, para arrebatá-lo a uma glória, cuja visão o deslumbrava. Daí novo esforço, que o louvor a outros vinha incitar mais, como ao brio natural do cavalo se junta o estímulo das esporas.

Vede a tela que está pintando, à porta; é uma imagem de Nossa Senhora, copiada de outra que viu um dia, e esta é a sexta ou sétima em que trabalha.

Um dia, indo visitar a madrinha, viúva de um capitão que morreu em Monte Caseros, viu em casa dela uma Virgem, a óleo. Até então só conhecia as imagens de santos nos registros das igrejas, ou em casa dele mesmo, gravadas e metidas em caixilho. Ficou encantado; tão bonita! cores tão vivas! Tratou de a decorar para pintar outra, mas a própria madrinha emprestou-lhe o quadro. A primeira cópia que ele fez, não lhe saiu a gosto; mas a segunda pareceu-lhe que era, pelo menos, tão boa como o original. A mãe dele, porém, pediu-lha para pôr no oratório, e João Maria, que mirava o aplauso público, antes do que as bênçãos do céu, teve de sustentar um conflito longo e doloroso; afinal cedeu. E seja dito isto em honra dos seus sentimentos filiais, porque a mãe, d. Inácia dos Anjos, tinha tão pouca lição de arte, que não lhe consentiu nunca pôr na sala uma gravura, cópia de Hamon, que ele comprara na rua da Carioca, por pouco mais de três mil-réis. A cena representada era a de uma família grega, antiga, um rapaz que volta com um pássaro apanhado, e uma criança que esconde com a camisa a irmã mais velha, para dizer que ela não está em casa. O rapaz, ainda imberbe, traz nuas as suas belas pernas gregas.

— Não quero aqui estas francesas sem-vergonha! — bradou d. Inácia; e o filho não teve remédio senão encafuar a gravura no quartinho em que dormia, e em que não havia luz.

João Maria cedeu a Virgem e foi pintar outra; era a terceira, acabou-a em poucos dias. Pareceu-lhe o melhor dos seus trabalhos: lembrou-se de expô-lo, e foi a uma casa de espelhos e gravuras, na rua do Ouvidor. O dono hesitou, adiou, tergiversou, mas afinal aceitou o quadro, com a condição de não durar a exposição mais de três dias. João Maria, em troca, impôs outra: que ao quadro fosse apenso um rótulo, com o nome dele e a circunstância de não saber nada. A primeira noite, depois da aceitação do quadro, foi como uma véspera de bodas. De manhã, logo que almoçou, correu para a rua do Ouvidor, a ver se havia muita gente a admirar o quadro. Não havia então ninguém; ele foi para baixo, voltou para cima, rondando a porta, espiando, até que entrou e falou ao caixeiro.

— Tem vindo muita gente?
— Tem vindo algumas pessoas.
— E olham? Dizem alguma coisa?
— Olhar, olham; agora se dizem alguma coisa, não tenho reparado, mas olham.
— Olham com atenção?
— Com atenção.

João Maria inclinou-se para o rótulo, e disse ao caixeiro que as letras deviam ter sido maiores; ninguém as lia da rua. E saiu à rua, para ver se se podiam ler; concluiu que não; deviam ter sido maiores as letras. Assim como a luz não lhe parecia boa. O quadro devia ficar mais perto da porta; mas aqui o caixeiro acudiu, dizendo que não podia alterar a ordem do patrão. Estavam nisto, quando entrou alguém, um homem velho, que foi direito ao quadro. O coração de João Maria batia que arrebentava o peito. Deteve-se o visitante alguns momentos, viu o quadro, leu o rótulo, tornou a ver o quadro, e saiu. João Maria não pôde ler-lhe nada no rosto. Veio outro, vieram mais outros, uns por diverso motivo, que apenas davam ao quadro um olhar de passagem, outros atraídos por ele; alguns recuavam logo como embaçados. E o pobre-diabo não lia nada, coisa nenhuma nas caras impassíveis.

Foi essa Virgem o assunto a que ele voltou mais vezes. A tela que está agora acabando é a sexta ou sétima. As outras deu-as logo, e chegou a expor algumas, sem melhor resultado, porque os jornais não diziam palavra. João Maria não podia entender semelhante silêncio, a não ser intriga de um antigo namorado da moça com quem estava para casar. Nada, nem uma linha, uma palavra que fosse. A própria casa da rua do Ouvidor onde os expôs, recusou-lhe a continuação do obséquio; recorreu a outra da rua do Hospício, depois a uma da rua da Imperatriz, a outra do Rocio Pequeno; finalmente não expôs mais nada.

Assim que, o círculo das ambições de João Maria foi-se estreitando, estreitando, estreitando, até ficar reduzido aos parentes e conhecidos. No dia do casamento forrou a parede da sala com as suas obras, ligando assim os dois grandes objetos que mais o preocupavam na vida. Com efeito, a opinião dos convidados é que ele era "um moço muito habilidoso". Mas esse mesmo horizonte foi-se estreitando mais; o tempo arrebatou-lhe alguns parentes e amigos, uns pela morte, outros pela própria vida, e a arte de João Maria continuou a mergulhar na sombra.

Lá está agora diante da eterna Virgem; retoca-lhe os anjinhos e o manto. A tela fica ao pé da porta. A mulher de João Maria veio agora de dentro, com o filho; vai levá-lo a um consultório homeopático, onde lhe dão remédios de graça para o filho, que tem umas feridas na cabeça. Ela faz algumas recomendações ao marido, enquanto este dá uma pincelada no painel.

— Você escutou, João Maria?
— Que é? — disse ele distraidamente, recuando a cabeça para ver o efeito de um rasgo.

— A panela fica no fogo; você daqui a pouco vá ver.

João Maria respondeu que sim; mas provavelmente não prestou atenção.

A mulher, enquanto o filho conversa com os quatro meninos da vizinhança, que estão à porta, olhando para o quadro, ajusta o lenço ao pescoço. A fisionomia mostra a unhada do trabalho e da miséria; a figura é magra e cansada. Traz o seu vestido de sarja preta, o de sair, não tem outro, já amarelado nas mangas e roído na barra. O sapato de duraque tem a beirada da sola comida das pedras. Ajusta o lenço, dá a mão ao filho, e lá vai para o consultório. João Maria fica pintando; os meninos olham embasbacados.

Olhemos bem para ele. O sol enche agora o beco; o ar é puro e a luz magnífica. A mãe de um dos pequenos, que mora pouco adiante, brada-lhe da janela que vá para casa, que não esteja apanhando sol.

— Já vou, mamãe! Estou vendo uma coisa!

E fica a mirar a obra e o autor. Senta-se na soleira, os outros sentam-se também, e ficam todos a olhar boquiabertos. De quando em quando dizem alguma coisa ao ouvido um do outro, um reparo, uma pergunta, qual dos anjinhos é o Menino Jesus, ou o que quer dizer a lua debaixo dos pés de Nossa Senhora, ou então um simples aplauso ingênuo; mas tudo isso apenas cochichado, para não turvar a inspiração do artista. Também falam dele, mas falam menos, porque o autor de coisas tão bonitas e novas infunde-lhes uma admiração mesclada de adoração, não sei se diga de medo — em suma, um grande sentimento de inferioridade.

Ele, o eterno João Maria, não volta o rosto para os pequenos, finge que os não vê, mas sente-os ali, percebe e saboreia a admiração. Uma ou outra palavra que lhe chega aos ouvidos, faz-lhe bem, muito bem. Não larga a palheta. Quando não passeia o pincel na tela, para, recua a cabeça, dá um jeito à esquerda, outro à direita, fixa a vista com mistério, diante dos meninos embasbacados; depois, unta a ponta do pincel na tinta, retifica uma feição ou aviva o colorido.

Não lhe lembra a panela ao fogo, nem o filho que lá vai doente com a mãe. Todo ele está ali. Não tendo mais que avivar nem que retificar, aviva e retifica outra vez, amontoa as tintas, decompõe e recompõe, encurva mais este ombro, estica os raios daquela estrela. Interrompe-se para recuar, fita o quadro, cabeça à direita, cabeça à esquerda, multiplica as visagens, prolonga-as, e a plateia vai ficando a mais e mais pasmada. Que este é o último e derradeiro horizonte das suas ambições: um beco e quatro meninos.

Gazeta de Notícias, 6 de setembro de 1885; Machado de Assis.

Viagem à roda de mim mesmo

I

Quando abri os olhos, era perto de nove horas da manhã. Tinha sonhado que o sol, trajando calção e meia de seda, fazia-me grandes barretadas, bradando-me que era tempo, que me levantasse, que fosse ter com Henriqueta e lhe dissesse tudo o que trazia no coração. Já lá vão vinte e um anos! Era em 1864, fins de novembro. Contava eu então vinte e cinco anos de idade, menos dois que ela. Henriqueta enviuvara em 1862, e, segundo toda a gente afirmava, jurara a si mesma não passar a segundas núpcias. Eu, que chegara da província no meado de julho, bacharel em folha, vi-a poucas semanas depois, e fiquei logo ardendo por ela.

Tinha o plano feito de desposá-la, tão certo como três e dois serem cinco. Não se imagina a minha confiança no futuro. Viera recomendado a um dos ministros do gabinete Furtado, para algum lugar de magistrado no interior, e fui bem recebido por ele. Mas a água da Carioca embriagou-me logo aos primeiros goles, de tal maneira que resolvi não sair mais da capital. Encostei-me à janela da vida, com os olhos no rio que corria embaixo, o rio do tempo, não só para contemplar o curso perene das águas, como à espera de ver apontar do lado de cima ou de baixo a galera de ouro e sândalo e velas de seda, que devia levar-me a certa ilha encantada e eterna. Era o que me dizia o coração.

A galera veio, chamava-se Henriqueta, e no meio das opiniões que dividiam a capital, todos estavam de acordo em que era a senhora mais bonita daquele ano. Tinha o único defeito de não querer casar outra vez; mas isto mesmo era antes um pico, dava maior preço à vitória, que eu não deixaria de obter, custasse o que custasse, e não custaria nada.

Já por esse tempo abrira banca de advogado, com outro, e morava em uma casa de pensão. Durante a sessão legislativa, ia à Câmara dos Deputados, onde, enquanto me não davam uma pasta de ministro, coisa que sempre reputei certa, iam-me distribuindo notícias e apertos de mão. Ganhava pouco, mas não gastava muito; as minhas grandes despesas eram todas imaginativas. O reino dos sonhos era a minha casa da moeda.

Que Henriqueta estivesse disposta a romper comigo o juramento de viúva, não ouso afirmá-lo; mas creio que me tivesse certa inclinação, que achasse em mim alguma coisa diversa dos demais pretendentes, diluídos na mesma água de salão. Viu em mim o gênero singelo e extático. Para empregar uma figura, que serve a pintar a nossa situação respectiva, era uma estrela que se deu ao incômodo de descer até a beira do telhado. Bastava-me trepar ao telhado e trazê-la para dentro; mas era justamente o que não acabava de fazer, esperando que ela descesse por seu pé ao peitoril da minha janela. Orgulho? Não, não; acanhamento, acanhamento e apatia. Cheguei ao ponto de crer que era aquele o costume de todos os astros. Ao menos, o sol não hesitou em fazê-lo naquela célebre manhã. Depois de aparecer-me, como digo, de calção e meia, despiu a roupa, e entrou-me pelo quarto com os raios nus e crus, raios de novembro, transpirando a verão. Entrou por todas as frestas, cantando festivamente a mesma litania do sonho: — Eia, Plácido! acorda! abre-lhe o coração! levanta-te! levanta-te!

Levantei-me resoluto, almocei e fui para o escritório. No escritório, seja dito em honra do amor, não minutei nada, arrazoado ou petição; minutei de cabeça um plano de vida nova e magnífica, e, como tivesse a pena na mão, parecia estar escrevendo, mas na realidade o que fazia eram narizes, cabeças de porco, frases latinas, jurídicas ou literárias. Pouco antes das três retirei-me e fui à casa de Henriqueta.

Henriqueta estava só. Pode ser que então pensasse em mim, e até que tivesse ideia de negar-se; mas neste caso foi o orgulho que deu passaporte ao desejo; recusar-me era ter medo, mandou-me entrar. Certo é que lhe achei uns olhos gelados; o sangue é que talvez não o estivesse tanto, porque vi sinal dele nas maçãs do rosto.

Entrei comovido. Não era a primeira vez que nos achávamos a sós, era a segunda; mas a resolução que levava agravou as minhas condições. Quando havia gente — naquela ou noutra casa — cabia-me o grande recurso, se não conversávamos, de ficar a olhar para ela, fixo, de longe, em lugar onde os seus olhos davam sempre comigo. Agora, porém, éramos sós. Henriqueta recebeu-me muito bem; disse-me estendendo a mão:

— Pensei que me deixasse ir para Petrópolis sem ver-me.

Balbuciei uma desculpa. Na verdade o calor estava apertando, e era tempo de subir. Quando subia? Respondeu-me que no dia 20 ou 21 de dezembro, e, a pedido meu, descreveu-me a cidade. Ouvi-a, disse-lhe também alguma coisa, perguntei se ia a certo baile do Engenho Velho; depois veio mais isto e mais aquilo. O que eu mais temia, eram as pausas; ficava sem saber onde poria os olhos, e se era eu que reatava a conversação, fazia-o sempre com estrépito, dando relevo a pequenas coisas estranhas e ridículas, como para fazer crer que não estivera pensando nela. Henriqueta às vezes tinha-me um ar enjoado; outras, falava com interesse. Eu, certo da vitória, pensava em ferir a batalha, principalmente quando ela parecia expansiva; mas, não me atrevia a marchar. Os minutos voavam; bateram quatro horas, depois quatro e meia.

— Vamos — disse comigo —, agora ou nunca.

Olhei para ela, ela olhava para mim; logo depois, ou casualmente, ou porque receasse que eu lhe ia dizer alguma coisa e não quisesse escutar-me, falou-me de não sei que anedota do dia. Abençoada anedota! âncora dos anjos! Agarrei-me a ela, contente de escapar à minha própria vontade. Que era mesmo? Lá vai; não me recordo o que era; lembro-me que a contei com todas as variantes, que a analisei, que a corrigi pacientemente, até as cinco horas da tarde, que foi quando saí de lá, aborrecido, irritado, desconsolado...

II

Cranz, citado por Tylor, achou entre os groenlandeses a opinião de que há no homem duas pessoas iguais, que se separam às vezes, como acontece durante o sono, em que uma dorme e a outra sai a caçar e passear. Thompson e outros, apontados em Spencer, afirmam ter encontrado a mesma opinião entre vários povos e raças diversas. O testemunho egípcio (antigo), segundo Maspero, é mais complicado; criam os egípcios que há no homem, além de várias almas espirituais, uma totalmente física, reprodução das feições e dos contornos do corpo, um perfeito fac-símile.

Não quero vir aos testemunhos da nossa língua e tradições, notarei apenas dois: o milagre de santo Antônio, que, estando a pregar, interrompeu o sermão, e, sem deixar o púlpito, foi a outra cidade salvar o pai da forca, e aqueles maviosos versos de Camões:

> Entre mim mesmo e mim
> Não sei que se alevantou,
> Que tão meu imigo sou.

Que tais versos estejam aqui no sentido figurado, é possível; mas não há prova de não estarem no sentido natural, e que *mim* e *mim mesmo* não fossem realmente duas pessoas iguais, tangíveis, visíveis, uma encarando a outra.

Pela minha parte, alucinação ou realidade, aconteceu-me em criança um caso desses. Tinha ido ao quintal de um vizinho tirar umas frutas; meu pai ralhou comigo, e, de noite, na cama, dormindo ou acordado — creio antes que acordado — vi diante de mim a minha própria figura, que me censurava duramente. Durante alguns dias andei aterrado, e só muito tarde chegava a conciliar o sono; tudo eram medos. Medos de criança, é verdade, impressões vivas e passageiras. Dois meses depois, levado pelos mesmos rapazes, consócios na primeira aventura, senti a alma picada das mesmas esporas, e fui outra vez às mesmas frutas vizinhas.

Tudo isso acudia-me à memória, quando saí da casa de Henriqueta, descompondo-me, com um grande desejo de quebrar a minha própria cara. Senti-me dois, um que arguia, outro que se desculpava. Nomes que eu nem admito que andem na cabeça de outras pessoas a meu respeito foram então ditos e ouvidos, sem maior indignação, na rua e ao jantar. De noite, para distrair-me, fui ao teatro; mas nos intervalos o duelo era o mesmo, um pouco menos furioso. No fim da noite, estava reconciliado comigo, mediante a obrigação que tomei de não deixar Henriqueta ir para Petrópolis, sem declarar-lhe tudo. Casar com ela ou voltar à província.

— Sim — disse a mim mesmo —, ela há de pagar-me o que me fez fazer ao Veiga.

Veiga era um deputado que morava com outros três na casa de pensão, e de todos os da legislatura foi o que se me mostrou particularmente amigo. Estava na oposição, mas prometia que, tão depressa caísse o ministério, faria por mim alguma coisa. Um dia prestou-me generosamente um grande obséquio. Sabendo que eu andava atrapalhado com certa dívida, mandou-a pagar por portas travessas. Fui ter com ele, logo que descobri a origem do favor, agradeci-lho com lágrimas nos olhos, ele meteu o caso à bulha e acabou dizendo que não me afadigasse em arranjar-lhe o dinheiro; bastava pagar quando ele tivesse de voltar à província, fechadas as câmaras, ou em maio que fosse.

Pouco depois, vi Henriqueta e fiquei logo namorado. Encontramo-nos algumas vezes. Um dia recebi convite para um sarau, em casa de terceira pessoa propícia aos meus desejos, e resolvida a fazer o que pudesse, para ver-nos ligados. Chegou o dia do sarau; mas, de tarde, indo jantar, dei com uma novidade inesperada: Veiga, que na véspera à noite tivera alguma dor de cabeça e calafrios, amanheceu com febre, que se fez violenta para a tarde. Já era muito, mas aqui vai o pior. Os três deputados, amigos dele, tinham de ir a uma reunião política, e haviam combinado que eu ficasse com o doente, e mais um criado, até que eles voltassem, e não seria tarde.

— Você fica — disseram-me —, antes da meia-noite estamos de volta.

Tentei balbuciar uma desculpa, mas nem a língua obedeceu à intenção, nem eles ouviriam nada; já me haviam dado as costas. Mandei-os ao diabo, eles e os parlamentos; depois de jantar, fui vestir-me para estar pronto, enfiei um chambre, em vez da casaca, e fui para o quarto do Veiga. Este ardia em febre; mas, chegando eu à cama, viu ele a gravata branca e o colete, e disse-me que não fizesse cerimônias, que não era preciso ficar.

— Não, não vou.

— Vá, doutor; o João fica; eles voltam cedo.
— Voltam às onze horas.
— Onze que sejam. Vá, vá.

Balouçei entre ir e ficar. O dever atava-me os pés, o amor abria-me as asas. Olhei durante alguns instantes para o doente, que jazia na cama, com as pálpebras caídas, respirando a custo. Os outros deviam voltar à meia-noite — eu disse onze horas, mas foi meia-noite que eles mesmos declararam — e até lá entregue a um criado...

— Vá, doutor.
— Já tomou o remédio? — perguntei.
— A segunda dose é às nove e meia.

Pus-lhe a mão na testa; era uma brasa. Tomei-lhe o pulso; era um galope. Enquanto hesitava ainda, concertei-lhe os lençóis; depois fui arranjar algumas coisas no quarto, e afinal tornei ao doente, para dizer que iria, mas estaria cedo de volta. Abriu apenas metade dos olhos, e respondeu com um gesto; eu apertei-lhe a mão.

— Não há de ser nada, amanhã está bom — disse-lhe saindo.

Corri a vestir a casaca, e fui para a casa onde devia achar a bela Henriqueta. Não a achei ainda, chegou quinze minutos depois.

A noite que passei, foi das melhores daquele tempo. Sensações, borboletas fugitivas que lá ides, pudesse eu recolher-vos todas, e pregar-vos aqui neste papel para recreio das pessoas que me leem! Veriam todas que não as houve nunca mais lindas, nem em tanta cópia, nem tão vivas e lépidas. Henriqueta contava mais de um pretendente, mas não sei se fazia com os outros o que fazia comigo, que era mandar-me um olhar de quando em quando. Amigas dela diziam que a máxima da viúva era que os olhares das mulheres, como as barretadas dos homens, são atos de cortesia, insignificantes; mas atribuí sempre este dito à intriga. Valsou uma só vez, e foi comigo. Pedi-lhe uma quadrilha, recusou-a, dizendo que preferia conversar. O que dissemos, não sei bem; lá se vão vinte e um anos; lembro-me só que falei menos que ela, que a maior parte do tempo deixei-me estar encostado, a ver cair-lhe da boca uma torrente de coisas divinas... Lembrei-me duas vezes do Veiga, mas, de propósito, não consultei o relógio, com medo.

— Você está completamente tonto — disse-me um amigo.

Creio que sorri, ou dei de ombros, fiz qualquer coisa, mas não disse nada, porque era verdade que estava tonto e tontíssimo. Só dei por mim, quando ouvi bater a portinhola do carro de Henriqueta. Os cavalos trotaram logo; eu, que estava à porta, puxei o relógio para ver as horas, eram duas. Tive um calafrio, ao pensar no doente. Corri a buscar a capa, e voei para casa, aflito, receando algum desastre. Andando, não evitava que o perfil de Henriqueta viesse interpor-se entre mim e ele, e uma ideia corrigia outra. Então, sem o sentir, afrouxava o passo, e dava por mim ao pé dela ou aos pés dela.

Cheguei a casa, corri ao quarto do Veiga; achei-o mal. Um dos três deputados velava, enquanto os outros tinham ido tomar algum repouso. Haviam regressado da reunião antes de uma hora, e acharam o enfermo delirante. O criado adormecera. Não sabiam quanto tempo ficara o doente abandonado; tinham mandado chamar o médico.

Ouvi calado e vexado. Fui despir-me para velar o resto da noite. No quarto, a sós comigo, chamei-me ingrato e tolo; deixara em amigo lutando com a doença, para correr atrás de uns belos olhos que podiam esperar. Caí na poltrona; não me dividi fisicamente, como me parecera em criança; mas moralmente desdobrei-me em dois, um que imprecava, outro que gemia. No fim de alguns minutos, fui despir-me e passei ao quarto do enfermo, onde fiquei até de manhã.

Pois bem; não foi ainda isto que me deixou um vinco de ressentimento contra Henriqueta; foi a repetição do caso. Quatro dias depois tive de ir a um jantar, a que ela ia também. Jantar não é baile, disse comigo; vou e volto cedo. Fui e voltei tarde, muito tarde. Um dos deputados disse-me, quando saí, que talvez achasse o colega morto: era a opinião do médico assistente. Redargui vivamente que não: era o sentimento de outros médicos consultados.

Voltei tarde, repito. Não foram os manjares, posto que preciosos, nem os vinhos, dignos de Horácio; foi ela, tão só ela. Não senti as horas, não senti nada. Quando cheguei a casa era perto de meia-noite. Veiga não morrera, estava salvo de perigo; mas entrei tão envergonhado que simulei uma doença, e meti-me na cama. Dormi tarde, mal, muito mal.

III

Agora não devia acontecer-me o mesmo. Vá que, em criança, corresse duas vezes às frutas do vizinho; mas a repetição do caso do Veiga era intolerável, e a deste outro seria ridícula.

Tive ideia de escrever uma carta, longa ou breve, pedindo-lhe a mão. Cheguei a pôr a pena no papel e a começar alguns rascunhos. Vi que era fraqueza e determinei ir em pessoa; pode ser também que esta resolução fosse um sofisma, para escapar às lacunas da carta. Era de noite; marquei o dia seguinte. Saí de casa e andei muito, pensando e imaginando, voltei com as pernas moídas e dormi como um ambicioso.

De manhã, pensei ainda no caso, compus de cabeça a cerimônia do casamento, pomposa e rara, chegando ao ponto de transformar tudo que estava em volta de mim. Fiz do trivial e desbotado quarto de pensão um rico *boudoir*, com ela dentro, falando-me da eternidade.

— Plácido!
— Henriqueta!

De noite é que fui à casa dela. Não digo que as horas andaram vagarosíssimas, nesse dia, porque é a regra delas quando as nossas esperanças abotoam. Batalhei de cabeça contra Henriqueta; e assim como por esse tempo, à espera que me fizessem deputado, desempenhei mentalmente um grande papel político, assim também subjuguei a dama, que me entregou toda a sua vida e pessoa. Sobre o jantar, peguei casualmente nos *Três mosqueteiros*, li cinco ou seis capítulos que me fizeram bem, e me abarrotaram de ideias petulantes, como outras tantas pedras preciosas em torno deste medalhão central: as mulheres pertencem ao mais atrevido. Respirei afoito, e marchei.

Henriqueta ia sair, mas mandou-me entrar, por alguns instantes. Vestida de preto, sem mantelete ou capa, com o simples busto liso redondo, e o toucado especial dela, que era uma combinação da moda com a sua própria invenção, não tenho dúvida em dizer que me desvairou.

— Vou à casa de minhas primas, que chegaram de São Paulo — disse-me ela. — Sente-se um pouco. Não foi ontem ao teatro?

Disse-lhe que não, depois emendei que sim, porque era verdade. Agora que a coisa lá vai, penso que não sorriu, mas na ocasião pareceu-me o contrário, e fiquei vexado. Disse-me que não tinha ido ao teatro por estar de enxaqueca, terrível moléstia que me explicou compondo as pulseiras, e corrigindo a posição do relógio na cintura. Reclinada na poltrona, com um início de pé à mostra, parecia pedir alguém ajoelhado; foi a ideia que tive, e que varri da cabeça, por grotesca. Não; bastava-me o olhar e a palavra. Nem sempre o olhar seria bastante, acanhava-se às vezes, outras não sabia onde pousasse; mas a palavra romperia tudo.

Entretanto, Henriqueta ia falando e sorrindo. Umas vezes parecia-me compartir a minha crise moral, e a expressão dos olhos era boa. Outras via-lhe a ponta da orelha do desdém e do enfado. O coração batia-me; tremiam-me os dedos. Evocava as minhas ideias petulantes, e elas vinham todas, mas não desciam ao coração, deixavam-se estar no cérebro, paradas, cochilando...

De repente calamo-nos, não sei se por três, cinco ou dez minutos; lembro-me só que Henriqueta consultou o relógio; compreendi que era tempo de sair, e pedi-lhe licença. Ela levantou-se logo e estendeu-me a mão. Recebi-a, olhei para ela com a intenção de dizer alguma coisa; mas achei-lhe os olhos tão irados ou tão aborrecidos, não sei bem, lá vão muitos anos...

Saí. Chegando ao saguão, dei com o chapéu um golpe no ar, e chamei-me um nome feio, tão feio que o não ponho aqui. A carruagem estava à porta; fui colocar-me a distância para vê-la entrar. Não esperei muito tempo. Desceu, parou à porta um instante, entrou, e o carro seguiu. Fiquei sem saber de mim, e pus-me a andar. Uma hora depois, ou pouco menos, encontrei um amigo, colega do foro, que ia para casa; fomos andando, mas ao cabo de dez minutos:

— Você está preocupado — disse ele. — Que tem?

— Perdi uma causa.

— Não foi pior que a minha. Já lhe contei o inventário do Matos?

Contou-me o inventário de Matos, sem poupar nada, petições, avaliações, embargos, réplicas, tréplicas e a sentença final, uma sentença absurda e iníqua. Eu, enquanto ele falava, ia pensando na bela Henriqueta. Tinha-a perdido pela segunda vez; e então lembrei-me do caso do Veiga, em que os meus planos falharam de igual modo, e o das frutas, em pequeno. Ao pensar nas frutas, pensei também no misterioso desdobramento de mim mesmo, e tive uma alucinação.

Sim, senhor, é verdade; pareceu-me que o colega que ia comigo, era a minha mesma pessoa, que me punha as mãos à cara, irritado, e me repetia o impropério do saguão, que não escrevi nem escrevo. Parei assustado, e vi que me enganara. E logo ouvi rir no ar, e levantei a cabeça: eram as estrelas, contempladoras remotas da vida, que se riam dos meus planos e ilusões, com tal força, que cuido arrebentaram os colchetes, enquanto o meu colega ia concluindo furioso o negócio do inventário do Matos:

— ... um escândalo!

Gazeta de Notícias, *4 de outubro de 1885; Machado de Assis.*

Terpsícore

Glória, abrindo os olhos, deu com o marido sentado na cama, olhando para a parede, e disse-lhe que se deitasse, que dormisse, ou teria de ir para a oficina com sono.

— Que dormir o quê, Glória? Já deram seis horas.

— Jesus! Há muito tempo?

— Deram agora mesmo.

Glória arredou de cima de si a colcha de retalhos, procurou com os pés as chinelas, calçou-as, e levantou-se da cama; depois, vendo que o marido ali ficava na mesma posição, com a cabeça entre os joelhos, chegou-se a ele, puxou-o por um braço, dizendo-lhe carinhosamente que não se amofinasse, que Deus arranjaria as coisas.

— Tudo há de acabar bem, Porfírio. Você mesmo acredita que o senhorio bote os nossos trastes no depósito? Não acredite; eu não acredito. Diz aquilo para ver se a gente arranja o dinheiro.

— Sim, mas é que eu não arranjo, nem sei onde hei de buscar seis meses de aluguel. Seis meses, Glória; quem é que me há de emprestar tanto dinheiro? Seu padrinho já disse que não dá mais nada.

— Vou falar com ele.

— Qual, é à toa.

— Vou, peço-lhe muito. Vou com mamãe; ela e eu pedindo...

Porfírio abanou a cabeça.

— Não, não — disse ele. — Você sabe o que é melhor? O melhor é arranjar casa por estes dias, até sábado; mudamo-nos, e depois então veremos se se pode pagar. Seu padrinho o que podia era dar uma carta de fiança... Diabo! tanta despesa! Conta em toda a parte! é a venda! é a padaria! é o diabo que os carregue. Não posso mais. Gasto todo o santo dia manejando a ferramenta, e o dinheiro nunca chega. Não posso, Glória, não posso mais...

Porfírio deu um salto da cama, e foi preparar-se para sair, enquanto a mulher, lavada a cara às pressas, e despenteada, cuidou de fazer-lhe o almoço. O almoço era sumário: café e pão. Porfírio engoliu-o em poucos minutos, na ponta da mesa de pinho, com a mulher defronte, risonha de esperança para animá-lo. Glória tinha as feições irregulares e comuns; mas o riso dava-lhe alguma graça. Nem foi pela cara que ele se enamorou dela; foi pelo corpo, quando a viu polcar, uma noite, na rua da Imperatriz. Ia passando, e parou defronte da janela aberta de uma casa onde se dançava. Já achou na calçada muitos curiosos. A sala, que era pequena, estava cheia de pares, mas pouco a pouco foram-se todos cansando ou cedendo o passo à Glória.

— Bravos à rainha! — exclamou um entusiasta.

Da rua, Porfírio cravou nela uns olhos de sátiro, acompanhou-a em seus movimentos lépidos, graciosos, sensuais, mistura de cisne e de cabrita. Toda a gente dava lugar, apertava-se nos cantos, no vão das janelas, para que ela tivesse o espaço necessário à expansão das saias, ao tremor cadenciado dos quadris, à troca rápida dos giros, para a direita e para a esquerda. Porfírio misturava já à admiração o ciúme; tinha ímpetos de entrar e quebrar a cara ao sujeito que dançava com ela, rapagão alto e espadaúdo, que se curvava todo, cingindo-a pelo meio.

No dia seguinte acordou resoluto a namorá-la e desposá-la. Cumpriu a resolução em pouco tempo, parece que um semestre. Antes, porém, de casar, logo depois de começar o namoro, Porfírio tratou de preencher uma lacuna da sua educação; tirou dez mil-réis mensais à féria do ofício, entrou para um curso de dança, onde aprendeu a valsa, a mazurca, a polca e a quadrilha francesa. Dia sim, dia não, gastava ali duas horas por noite, ao som de um oficlide e de uma flauta, em companhia de alguns rapazes e de meia dúzia de costureiras magras e cansadas. Em pouco tempo estava mestre. A primeira vez que dançou com a noiva foi uma revelação: os mais hábeis confessavam que ele não dançava mal, mas diziam isso com um riso amarelo, e uns olhos muito compridos. Glória derretia-se de contentamento.

Feito isso, tratou ele de ver casa, e achou esta em que mora, não grande, antes pequena, mas adornada na frontaria por uns arabescos que lhe levaram os olhos. Não gostou do preço, regateou algum tempo, cedendo ora dois mil-réis, ora um, ora três, até que, vendo que o dono não cedia nada, cedeu ele tudo.

Tratou das bodas. A futura sogra propôs-lhe que fossem a pé para a igreja, que ficava perto; ele rejeitou a proposta com seriedade, mas em particular com a noiva e os amigos riu da extravagância da velha: uma coisa que nunca se viu, noivos, padrinhos, convidados, tudo a pé, à laia de procissão; era caso de levar assobio. Glória explicou-lhe que a intenção da mãe era poupar despesas. Que poupar despesas? Mas se num dia grande como esse não se gastava alguma coisa, quando é que se havia de gastar? Nada; era moço, era forte, trabalho não lhe metia medo. Contasse ela com um bonito cupê, cavalos brancos, cocheiros de farda até abaixo e galão no chapéu.

E assim se cumpriu tudo; foram bodas de estrondo, muitos carros, baile até de manhã. Nenhum convidado queria acabar de sair; todos forcejavam por fixar esse raio de ouro, como um hiato esplêndido na velha noite do trabalho sem tréguas. Mas acabou; o que não acabou foi a lembrança da festa, que perdurou na memória de todos, e servia de termo de comparação para as outras festas do bairro, ou de pessoas conhecidas. Quem emprestou dinheiro para tudo isso foi o padrinho do casamento, dívida que nunca lhe pediu depois, e lhe perdoou à hora da morte.

Naturalmente, apagadas as velas e dormidos os olhos, a realidade empolgou o pobre marceneiro, que a esquecera por algumas horas. A lua de mel foi como a de um simples duque; todas se parecem, em substância; é a lei e o prestígio do amor. A diferença é que Porfírio voltou logo para a tarefa de todos os dias. Trabalhava sete e oito horas numa loja. As alegrias da primeira fase trouxeram despesas excedentes, a casa era cara, a vida foi-se tornando áspera, e as dívidas foram vindo, sorrateiras e miudinhas, agora dois mil-réis, logo cinco, amanhã sete e nove. A maior de todas era a da casa, e era também a mais urgente, pois o senhorio marcara-lhe o prazo de oito dias para o pagamento, ou metia-lhe os trastes no depósito.

Tal é a manteiga com que ele vai untando agora o pão do almoço. É a única, e tem já o ranço da miséria que se aproxima. Comeu às pressas, e saiu, quase sem responder aos beijos da mulher. Vai tonto, sem saber que faça; as ideias batem-lhe na cabeça à maneira de pássaros espantados dentro de uma gaiola. Vida dos diabos! tudo caro! tudo pela hora da morte! E os ganhos eram sempre os mesmos. Não sabia onde iria parar, se as coisas não tomassem outro pé; assim é que não podia continuar. E soma as dívidas: tanto aqui, tanto ali, tanto acolá, mas perde-se na conta ou deixa-se perder de propósito, para não encarar todo o mal. De caminho, vai olhando para as casas grandes, sem ódio — ainda não tem ódio às riquezas — mas com saudade, uma saudade de coisas que não conhece, de uma vida lustrosa e fácil, toda alagada de gozos infinitos...

Às ave-marias, voltando a casa, achou Glória abatida. O padrinho respondeu-lhe que eles tinham as mãos rotas, e não dava mais nada enquanto fossem um par de malucos.

— Mas o que dizia eu a você, Glória? Para que é que você foi lá? Ou então era melhor ter pedido uma carta de fiança para outro senhorio... Par de malucos! Maluco é ele!

Glória aquietou-o, e falou-lhe de paciência e resolução. Agora, o melhor era mesmo ver outra casa mais barata, pedir uma espera, e depois arranjar meios e modos de pagar tudo. E paciência, muita paciência. Ela pela sua parte contava com a madrinha do céu. Porfírio foi ouvindo, estava já tranquilo; nem ele pedia outra coisa mais que esperanças. A esperança é a apólice do pobre; ele ficou abastado por alguns dias.

No sábado, voltando para a casa com a féria no bolso, foi tentado por um vendedor de bilhetes de loteria, que lhe ofereceu dois décimos das Alagoas, os últimos. Porfírio sentiu uma coisa no coração, um palpite, vacilou, andou, recuou e acabou comprando. Calculou que, no pior caso, perdia dois mil e quatrocentos; mas podia ganhar, e muito, podia tirar um bom prêmio e arrancava o pé do lodo, pagava tudo, e talvez ainda sobrasse dinheiro. Quando não sobrasse, era bom negócio. Onde diabo iria ele buscar dinheiro para saldar tanta coisa? Ao passo que um prêmio, assim inesperado, vinha do céu. Os números eram bonitos. Ele, que não tinha cabeça aritmética, já os levava de cor. Eram bonitos, bem combinados, principalmente um deles, por causa de um cinco repetido e de um nove no meio. Não era certo, mas podia ser que tirasse alguma coisa.

Chegando a casa — na rua de São Diogo — ia mostrar os bilhetes à mulher, mas recuou; preferiu esperar. A roda andava dali a dois dias. Glória perguntou-lhe se achara casa; e, no domingo, disse-lhe que fosse ver alguma. Porfírio saiu, não achou nada, e voltou sem desespero. De tarde, perguntou rindo à mulher o que é que ela lhe daria se ele lhe trouxesse naquela semana um vestido de seda. Glória levantou os ombros. Seda não era para eles. E por que é que não havia de ser? Em que é que as outras moças eram melhores que ela? Não fosse ele pobre, e ela andaria de carro...

— Mas é justamente isso, Porfírio; nós não podemos.

Sim, mas Deus às vezes também se lembra da gente; enfim, não podia dizer mais nada. Ficasse ela certa de que tão depressa as coisas... Mas não; depois falaria. Calava-se por superstição; não queria assustar a fortuna. E mirando a mulher, com olhos derretidos, despia-lhe o vestido de chita, surrado e desbotado, e substituía-o por outro de seda azul — havia de ser azul — com fofos ou rendas, mas coisa que mostrasse bem a beleza do corpo da mulher... E esquecendo-se, em voz alta:

— Corpo como não há de haver muitos no mundo.
— Corpo quê, Porfírio? Você parece doido — disse Glória, espantada.

Não, não era doido, estava pensando naquele corpo que Deus lhe deu a ela... Glória torcia-se na cadeira, rindo, tinha muitas cócegas; ele retirou as mãos, e lembrou-lhe o acaso que o levou uma noite a passar pela rua da Imperatriz, onde a viu dançando, toda dengosa. E, falando, pegou dela pela cintura e começou a dançar com ela, cantarolando uma polca; Glória, arrastada por ele, entrou também a dançar a sério, na sala estreita, sem orquestra nem espectadores. Contas, aluguéis atrasados, nada veio ali dançar com eles.

Mas a fortuna espreitava-os. Dias depois, andando a roda, um dos bilhetes do Porfírio saiu premiado, tirou quinhentos mil-réis. Porfírio, alvoroçado, correu para a casa. Durante os primeiros minutos não pôde reger o espírito. Só deu acordo de si no campo da Aclamação. Era ao fim da tarde; iam-se desdobrando as primeiras sombras da noite. E os quinhentos mil-réis eram como outras tantas mil estrelas na imaginação do pobre-diabo, que não via nada, nem as pessoas que lhe passavam ao pé, nem os primeiros lampiões, que se iam acendendo aqui e ali. Via os quinhentos mil-réis. Bem dizia ele que havia de tirar o pé do lodo; Deus não desampara os seus. E falava só resmungando, ou então ria; outras vezes dava ao corpo um ar superior. Na entrada da rua de São Diogo achou um conhecido que o consultou sobre o modo prático de reunir alguns amigos e fundar uma irmandade de são Carlos. Porfírio respondeu afoitamente:

— A primeira coisa é ter em caixa, logo, uns duzentos ou trezentos mil-réis.

Atirava assim quantias grandes, embriagava-se de centenas. Mas o amigo explicou-lhe que o primeiro passo era reunir gente, depois viria dinheiro; Porfírio, que já não pensava nisso, concordou e foi andando. Chegou a casa, espiou pela janela aberta, viu a mulher cosendo na sala, ao candeeiro, e bradou-lhe que abrisse a porta. Glória correu à porta assustada, ele quase que a deita no chão, abraçando-a muito, falando, rindo, pulando, tinham dinheiro, tudo pago, um vestido; Glória perguntava o que era, pedia-lhe que se explicasse, que sossegasse primeiro. Que havia de ser? Quinhentos mil-réis. Ela não quis crer; onde é que ele foi arranjar quinhentos mil-réis? Então Porfírio contou-lhe tudo, comprara dois décimos, dias antes, e não lhe disse nada, a ver primeiro se saía alguma coisa; mas estava certo que saía; o coração nunca o enganou.

Glória abraçou-o então com lágrimas. Graças a Deus, tudo estava salvo. E chegaria para pagar as dívidas todas? Chegava: Porfírio demonstrou-lhe que ainda sobrava dinheiro e foi fazer as contas com ela, ao canto da mesa. Glória ouvia em boa-fé, pois só sabia contar por dúzias; as centenas de mil-réis não lhe entravam na cabeça. Ouvia em boa-fé, calada, com os olhos nele, que ia contando devagar para não errar. Feitas as contas, sobravam perto de duzentos mil-réis.

— Duzentos? Vamos botar na Caixa.

— Não contando — acudiu ele —, não contando certa coisa que hei de comprar; uma coisa... Adivinha o que é?

— Não sei.

— Quem é que precisa de um vestido de seda, coisa chique, feito na modista?

— Deixa disso, Porfírio. Que vestido, o quê? Pobre não tem luxo. Bota o dinheiro na Caixa.

— O resto boto; mas o vestido há de vir. Não quero mulher esfarrapada. Então, pobre não veste? Não digo lá comprar uma dúzia de vestidos, mas um, que mal faz? Você pode ter necessidade de ir a alguma parte, assim mais arranjadinha. E depois, você nunca teve um vestido feito por francesa.

Porfírio pagou tudo e comprou o vestido. Os credores, quando o viam entrar, franziam a cara; ele, porém, em vez de desculpas, dava-lhes dinheiro, com tal naturalidade que parecia nunca ter feito outra coisa. Glória ainda opôs resistência ao vestido; mas era mulher, cedeu ao adorno e à moda. Só não consentiu em mandá-lo fazer. O preço do feitio e o resto do dinheiro deviam ir para a Caixa Econômica.

— E por que é que há de ir para a Caixa? — perguntou ele ao fim de oito dias.
— Para alguma necessidade — respondeu a mulher.

Porfírio refletiu, deu duas voltas, chegou-se a ela e pegou-lhe no queixo; esteve assim alguns instantes, olhando fixo.

Depois, abanando a cabeça:

— Você é uma santa. Vive aqui metida no trabalho; entra mês, sai mês, e nunca se diverte: nunca tem um dia que se diga de refrigério. Isto até é mau para a saúde.

— Pois vamos passear.

— Não digo isso. Passear só não basta. Se passear bastasse, cachorro não morria de lepra — acrescentou ele, rindo muito da própria ideia. — O que eu digo é outra coisa. Falemos franco, vamos dar um pagode.

Glória opôs-se logo, instou, rogou, zangou-se; mas o marido tinha argumentos para tudo. Contavam eles com esse dinheiro? Não; podiam estar como dantes, devendo os cabelos da cabeça, ao passo que assim ficava tudo pago, e divertiam-se. Era até um modo de agradecer o benefício a Nosso Senhor. Que é que se levava da vida? Todos se divertiam; os mais reles sujeitos achavam um dia de festa; eles é que haviam de gastar os anos como se fossem escravos? E ainda ele, Porfírio, espairecia um pouco, via na rua uma coisa ou outra; ela, porém, o que é que via? Nada, não via nada; era só trabalho e mais trabalho. E depois, como é que ela havia de estrear o vestido de seda?

— No dia da Glória, vamos à festa da Glória.

Porfírio refletiu um instante.

— Uma coisa não impede a outra — disse ele. — Não convido muita gente, não; patuscada de família; convido o Firmino e a mulher, as filhas do defunto Ramalho, a comadre Purificação, o Borges...

— Mais ninguém, Porfírio; isso basta.

Porfírio esteve por tudo, e pode ser que sinceramente; mas os preparativos da festa vieram agravar a febre, que chegou ao delírio. Queria festa de estrondo, coisa que desse o que falar. No fim de uma semana eram trinta os convidados. Choviam pedidos; falava-se muito do pagode que o Porfírio ia dar, e do prêmio que ele tirara na loteria, uns diziam dois contos de réis, outros três e ele, interrogado, não retificava nada, sorria, evitava responder; alguns concluíam que os contos eram quatro, e ele sorria ainda mais, cheio de mistérios.

Chegou o dia. Glória, iscada da febre do marido, vaidosa com o vestido de seda, estava no mesmo grau de entusiasmo. Às vezes, pensava no dinheiro, e recomendava ao marido que se contivesse, que salvasse alguma coisa para pôr na Caixa; ele dizia que sim, mas contava mal, e o dinheiro ia ardendo... Depois de um jantar simples e alegre, começou o baile, que foi de estrondo, tão concorrido que não se podia andar.

Glória era a rainha da noite. O marido apesar de preocupado com os sapatos — novos e de verniz — olhava para ela com olhos de autor. Dançaram muitas vezes, um com o outro, e a opinião geral é que ninguém os desbancava; mas dividiam-se com os convidados, familiarmente. Deram três, quatro, cinco horas. Às cinco havia um terço das pessoas, velha guarda imperial, que o Porfírio comandava, multiplicando-se, gravata ao lado, suando em bica, concertando aqui umas flores, arrebatando ali uma criança que ficara a dormir a um canto e indo levá-la para a alcova, alastrada de outras. E voltava logo batendo palmas, bradando que não esfriassem, que um dia não eram dias, que havia tempo de dormir em casa.

Então o oficlide roncava alguma coisa, enquanto as últimas velas expiravam dentro das mangas de vidro e nas arandelas.

Gazeta de Notícias, 25 de março de 1886; Machado de Assis.

Curta história

A leitora ainda há de lembrar-se do Rossi, o ator Rossi, que aqui nos deu tantas obras-primas do teatro inglês, francês e italiano. Era um homenzarrão, que uma noite era terrível como Otelo, outra noite meigo como Romeu. Não havia duas opiniões, quaisquer que fossem as restrições; assim pensava a leitora, assim pensava uma d. Cecília, que está hoje casada e com filhos.

Naquele tempo esta Cecília tinha dezoito anos e um namorado. A desproporção era grande; mas explica-se pelo ardor com que ela amava aquele único namorado, Juvêncio de tal. Note-se que ele não era bonito, nem afável, era seco, andava com as pernas muito juntas, e com a cara no chão, procurando alguma coisa. A linguagem dele era tal qual a pessoa, também seca, e também andando com os olhos no chão, uma linguagem que, para ser de cozinheiro, só lhe faltava sal. Não tinha ideias, não apanhava mesmo as dos outros; abria a boca, dizia isto ou aquilo, tornava a fechá-la, para abrir e repetir a operação.

Muitas amigas de Cecília admiravam-se da paixão que este Juvêncio lhe inspirara; todas contavam que era um passatempo, e que o arcanjo que devia vir buscá-la para levá-la ao paraíso estava ainda pregando as asas; acabando de as pregar, descia, tomava-a nos braços e sumia-se pelo céu acima.

Apareceu Rossi, revolucionou toda a cidade. O pai de Cecília prometeu à família que a levaria a ver o grande trágico. Cecília lia sempre os anúncios e o resumo das peças que alguns jornais davam. *Julieta e Romeu* encantou-a, já pela notícia vaga que tinha da peça, já pelo resumo que leu em uma folha, e que a deixou curiosa e ansiosa. Pediu ao pai que comprasse bilhete, ele comprou-o e foram.

Juvêncio, que já tinha ido a uma representação, e que a achou insuportável (era *Hamlet*) iria a esta outra por causa de estar ao pé de Cecília, a quem ele amava deveras; mas por desgraça apanhou uma constipação, e ficou em casa para tomar um suadouro, disse ele. E aqui se vê a singeleza deste homem, que podia dizer enfaticamente — um sudorífico; mas disse como a mãe lhe ensinou, como ele ouvia à gente de casa. Não sendo coisa de cuidado, não entristeceu muito a moça; mas sempre lhe ficou algum pesar de o não ver ao pé de si. Era melhor ouvir Romeu e olhar para ele...

Cecília era romanesca, e consolou-se depressa. Olhava para o pano, ansiosa de o ver erguer-se. Uma prima, que ia com ela, chamava-lhe a atenção para as toaletes elegantes, ou para as pessoas que iam entrando; mas Cecília dava a tudo isso um olhar distraído. Toda ela estava impaciente de ver subir o pano.

— Quando sobe o pano? — perguntava ela ao pai.

— Descansa, que não tarda.

Subiu afinal o pano, e começou a peça. Cecília não sabia inglês nem italiano. Lera uma tradução da peça cinco vezes, e, apesar disso, levou-a para o teatro. Assistiu às primeiras cenas ansiosa. Entrou Romeu, elegante e belo, e toda ela comoveu-se; viu depois entrar a divina Julieta, mas as cenas eram diferentes, os dois não se falavam logo; ouviu-os, porém, falar no baile de máscaras, adivinhou o que sabia, bebeu de longe as palavras eternamente belas, que iam cair dos lábios de ambos.

Foi o segundo ato que as trouxe; foi aquela cena imortal da janela que comoveu até as entranhas a pessoa de Cecília. Ela ouvia as de Julieta, como se ela própria as dissesse; ouvia as de Romeu, como se Romeu falasse a ela própria. Era Romeu que a amava. Ela era Cecília ou Julieta, ou qualquer outro nome, que aqui importava menos que na peça. "Que importa um nome?" perguntava Julieta no drama; e Cecília com os olhos em Romeu parecia perguntar-lhe a mesma coisa. "Que importa que eu não seja a tua Julieta? Sou a tua Cecília; seria a tua Amélia, a tua Mariana; tu é que serias sempre e serás o meu Romeu."

A comoção foi grande. No fim do ato, a mãe notou-lhe que ela estivera muito agitada durante algumas cenas.

— Mas os artistas são bons! — explicava ela.

— Isso é verdade — acudiu o pai —, são bons a valer. Eu, que não entendo nada, parece que estou entendendo tudo...

Toda a peça foi para Cecília um sonho. Ela viveu, amou, morreu com os namorados de Verona. E a figura de Romeu vinha com ela, viva e suspirando as mesmas palavras deliciosas. A prima, à saída, cuidava só da saída. Olhava para os moços. Cecília não olhava para ninguém, deixara os olhos no teatro, os olhos e o coração...

No carro, em casa, ao despir-se para dormir, era Romeu que estava com ela; era Romeu que deixou a eternidade para vir encher-lhe os sonhos. Com efeito, ela sonhou as mais lindas cenas do mundo, uma paisagem, uma baía, uma missa, um pedaço daqui, outro dali, tudo com Romeu, nenhuma vez com Juvêncio.

Nenhuma vez, pobre Juvêncio! Nenhuma vez. A manhã veio com as suas cores vivas; o prestígio da noite passara um pouco, mas a comoção ficara ainda, a comoção da palavra divina. Nem se lembrou de mandar saber de Juvêncio; a mãe é que mandou lá, como boa mãe, porque este Juvêncio tinha certo número de apólices, que... Mandou saber; o rapaz estava bom; lá iria logo.

E veio, veio à tarde, sem as palavras de Romeu, sem as ideias, ao menos de toda a gente, vulgar, casmurro, quase sem maneiras; veio, e Cecília, que almoçara e jantara com Romeu, lera a peça ainda uma vez durante o dia, para saborear a música da véspera. Cecília apertou-lhe a mão comovida, tão somente porque o amava. Isto quer dizer que todo amado vale um Romeu. Casaram-se meses depois; têm agora dois filhos, parece que muito bonitos e inteligentes. Saem a ela.

A Estação, 31 de maio de 1886; Machado de Assis.

Um dístico

Quando a memória da gente é boa, pululam as aproximações históricas ou poéticas, literárias ou políticas. Não é preciso mais que andar, ver e ouvir. Já uma vez me aconteceu ouvir na rua um dito vulgar nosso, em tão boa hora que me sugeriu uma linha do Pentateuco, e achei que esta explicava aquele, e da oração verbal deduzi a intenção íntima. Não digo o que foi, por mais que me instiguem; mas aqui está outro caso não menos curioso, e que se pode dizer por inteiro.

Já lá vão vinte anos, ou ainda vinte e dois. Foi na rua de São José, entre onze horas e meio-dia. Vi a alguma distância parado um homem de opa, creio que verde, mas podia ser encarnada. Opa e salva de prata, pedinte de alguma irmandade, que era das Almas ou do Santíssimo Sacramento. Tal encontro era muito comum naqueles anos, tão comum que não me chamaria a atenção, se não fossem duas circunstâncias especiais.

A primeira é que o pedinte falava com um pequeno, ambos esquisitos, o pequeno falando pouco, e o pedinte olhando para um lado e outro, como procurando alguma coisa, alguém, ou algum modo de praticar alguma ação. Depois de alguns segundos foram andando para baixo, mas não deram muitos passos, cinco ou seis, e vagarosos; pararam, e o velho — o pedinte era um velho — mostrou então em cheio o seu olhar espalhado e inquisidor.

Não direi o assombro que me causou a vista do homem. Já então ia mais perto. Cara e talhe, era nada menos que o porteiro de um dos teatros dramáticos do tempo, São Pedro ou Ginásio; não havia que duvidar, era a mesma fisionomia obsequiosa de todas as noites, a mesma figura do dever, sentada à porta da plateia, recebendo os bilhetes, dando as senhas, calada, sossegada, já sem comoção dramática, tendo gasto o coração em toda a sorte de lances, durante anos eternos.

Ao vê-lo agora, na rua, de opa, a pedir para alguma igreja, assaltou-me a lembrança destes dois versos célebres:

> *Le matin catholique et le soir idolâtre,*
> *Il dîne de l'église et soupe du théâtre.*

Ri-me naturalmente deste ajuste de coisas; mas estava longe de saber que o ajuste era ainda maior do que me parecia. Tal foi a segunda circunstância que me chamou a atenção para o caso. Vendo que pedinte e porteiro constituíam a mesma pessoa, olhei para o pequeno e reconheci logo que era filho de ambos, tal era a semelhança da fisionomia, o queixo bicudo, o jeito dos ombros do pai e do filho. O pequeno teria oito ou nove anos. Até os olhos eram os mesmos: bons, mas disfarçados.

É ele mesmo, dizia eu comigo; é ele mesmo, *"le matin catholique"*, de opa e salva, contrito, pede de porta em porta a esmola dos devotos, e o sacristão que lhe dê naturalmente a porcentagem do serviço; mas logo à tarde despe a opa de seda velha, enfia o paletó de alpaca, e lá vai ele para a porta do deus Momo: *"et le soir idolâtre"*.

Enquanto eu pensava isto, e ia andando, resolveu ele afinal alguma coisa. O pequeno ficou ali mesmo na calçada, olhando para outra parte, e ele entrou num corredor, como quem vai pedir alguma esmola para as bentas almas. Pela minha parte fui andando; não convinha parar, e a principal descoberta estava feita. Mas ao passar pela porta do corredor, olhei insensivelmente para dentro, sem plano, sem crer que ia ver qualquer coisa que merecesse ser posta em letra de impressão.

Vi meia calva do pedinte, meia calva só, porque ele estava inclinado sobre a salva, fazendo mentalmente uma coisa, e fisicamente outra. Mentalmente nunca soube o que era; talvez refletia no concílio de Constantinopla, nas penas eternas ou na exortação de são Basílio aos rapazes. Não esqueçamos que era de manhã; *"le matin catholique"*. Fisicamente tirava duas notas da salva, e passava-as para o bolso das calças. Duas? Pareceram-me duas; o que não posso dizer é se eram de um ou dois mil-réis; podia ser até que cada uma tivesse o seu valor, e fossem três mil-réis, ao todo: ou seis, se uma fosse de cinco e outra de um. Mistérios tudo; ou, pelo menos questões problemáticas, que o bom senso manda não investigar, desde que não é possível chegar a uma averiguação certa. Lá vão vinte anos bem puxados...

Fui andando e sorrindo de pena, porque estava adivinhando o resto, como o leitor, que talvez nasceu depois daquele dia; fui andando, mas duas vezes, voltei a cabeça para trás. Da primeira, vi que ele chegava à porta e olhava para um lado e outro, e que o pequeno se aproximava; da segunda, vi que o pequeno metia o dinheiro no bolso, atravessava a rua, depressa, e o pedinte continuava a andar, bradando: "Para a missa...".

Nunca pude saber se era a missa das Almas ou do Sacramento, por não ter ouvido o resto, e não me lembrar também se a opa era encarnada ou verde. Pobres almas, se foram elas as defraudadas! O certo é que vi como esse obscuro funcionário da sacristia e do teatro realizava assim mais que textualmente esta parte do dístico: *"il dîne de l'église et soupe du théâtre"*.

De noite fui ao teatro. Já tinha começado o espetáculo; ele lá estava sentado no banco, sério, com o lenço encarnado debaixo do braço e um maço de bilhetes, na mão, grave, calado, e sem remorsos.

A Quinzena, 1º de junho de 1886; Machado de Assis.

Pobre cardeal!

Martins Neto costumava dizer que era o homem mais alegre do século, e toda a gente confirmava essa opinião. Ninguém lhe vira nunca nenhuma sombra de melancolia. Já maduro, era ainda o melhor acepipe dos jantares, um repositório de ditos picantes, anedotas joviais, repentes crespos e crus; mas, além disso, que é a despesa exterior da alegria, ele a tinha em si mesmo, no sangue e na vida. Pouco antes de morrer, em 1878, dizia ele a um amigo íntimo, que lhe invejava o temperamento:

— Sou alegre, muito alegre; mas se disser a você que a isto mesmo devo uma grande amargura...

Calou-se, deu duas voltas, e tornou ao amigo:

— Vou contar-lhe uma coisa secreta, como se me confessasse a um padre. Sabe que fui um dos julgadores do famoso processo de letras falsas do João da Cruz, em 1851. Houve nessa sessão do júri muitas causas importantes, que eu julguei com a inflexibilidade do costume, e condenei muita gente, do que me não arrependo.

Na véspera de entrar o processo do João da Cruz, estive com um tal capitão José Leandro, que morava na rua da Carioca; falamos do processo, das letras, de mil circunstâncias, que me esqueceram, e, finalmente, do próprio João da Cruz, que o capitão José Leandro dizia conhecer desde menino. O pai deste capitão foi um general português, que veio com o rei em 1808, e aqui casou pouco depois com uma senhora de Cantagalo. José Leandro era menino quando João da Cruz apareceu em casa dele, na rua de Matacavalos; lembrava-se que ele os festejava e adulava muito; lembrava-se também que ali pelos fins de 1816 andava João da Cruz muito por baixo, beirando a miséria, roupa de ano, amarela de uso, mal remendada...

E então, para mostrar-me que o João da Cruz nascera com o gênio da fraude e da duplicidade, contou-me que um dia, em 1817, estando ele e a mãe em casa, apareceu ele ali angustiado, desvairado, bradando:

— Pobre cardeal! pobre cardeal! Ah! minha senhora dona Luísa, que grande desgraça! pobre cardeal!

D. Luísa levantou-se assustada, e perguntou-lhe o que era, se falava do general...

— Não — acudiu João da Cruz —, não é nada com o digno marido de vossa excelência; falo do cardeal! pobre cardeal!

— Mas que cardeal?

João da Cruz tinha-se sentado, suspirando grosso, esfregando os olhos com um trapo de lenço. A dona da casa respeitou-lhe a dor, que parecia tão profunda e deixou-se estar de pé, esperando. Mas não tardou que ouvissem no saguão da casa um rumor de espada; era o general que entrava. Daí a pouco estava ele à porta da saleta, e dizia à mulher, que acabara de morrer o núncio, cardeal Caleppi; morrera de um ataque apoplético.

D. Luísa olhou espantada para ele e para João da Cruz. Foi só então que o general o viu, a alguma distância, de pé, cheio de respeito e melancolia.

— Vossa excelência já sabe então da triste notícia? Morreu um santo homem, santo e magnífico, sem desfazer nas pessoas que me ouvem; ah! um varão digno do céu!

— Entrou aqui — disse d. Luísa —, há poucos instantes, fora de si com a morte do cardeal... Eu nem me lembrava que cardeal podia ser. Se ele tivesse dito que morreu o núncio...

— É verdade que entrei fora de mim; a tal ponto, que pratiquei a grosseria de sentar-me diante de vossa excelência, estando vossa excelência de pé; mas a dor desvaira. Acabavam de dar-me a notícia, ali ao pé da lagoa da Sentinela, e fiquei como não podem imaginar; fiquei tonto, entrei aqui tonto.

O general sentou-se espantado; disse ao João da Cruz que se sentasse também, e perguntou-lhe desde quando conhecia o cardeal, e se era assim tão amigo dele. João da Cruz não respondeu logo verbalmente; fez primeiro um gesto de afirmação e saudade; depois levou o trapo aos olhos. D. Luísa, sentada ao lado do marido, olhava compassivamente para o pobre homem. Este, afinal, confessou que era amigo do grande prelado, por benefícios que recebera dele em Lisboa. Aqui não o procurou senão duas vezes: logo que chegou, em 1814, e quando uma vez sua eminência estivera doente. Se nunca falou disso ao honrado general, foi porque as humilhações por que passou e lhe trouxeram o conhecimento e o trato do cardeal (que Deus tinha!) foram amargas e dolorosas.

— Bem, mas agora...

— Agora direi tudo, se vossa excelência assim o ordena.

E depois de limpar os olhos vermelhos:

— Foi em Lisboa, ali por 1806; tendo chegado de Gênova e passando por alto uma gramática italiana, lembrou-me ensinar esta língua. Confesso que pouco ou quase nada sabia dela; mas ensinando ia aprendendo. Nisto fui denunciado como espião dos franceses, e metido na cadeia. Imagine vossa excelência com que dor recebi semelhante afronta; felizmente, provado o engano da denúncia, fui solto daí a poucos dias. Contente da justiça que me fizeram, fiquei admirado da prontidão, e cá fora é que soube que esta fora devido ao cardeal. Corri a agradecer-lhe o favor; mas sua eminência negou-o uma e duas vezes, até que confessou a verdade. Desde que soube que a denúncia era falsa correu logo ao ministro, para obter a minha soltura, e obteve-a. Mas qual foi a causa de inspirar a vossa eminência tão singular benefício? perguntei eu. Confessou-me que só porque soubera que eu ensinava italiano; só por isso, e sem que me conhecesse, estimava-me.

— Ah! bem compreendo — disse o general.

— Foi o que me ligou a ele; fez-me depois alguns obséquios, e quando eu lhe confessei que pouco italiano sabia, e que me dei a ensiná-lo com o fim de propagar o amor de tão divino idioma, então ele propôs-me dar algumas lições. Sobrevieram os acontecimentos de 1808. A corte transportou-se ao Brasil, e o cardeal, no ato de embarcar, instou comigo para que viesse também; recusei, dizendo-lhe que ia alistar-me no exército que devia expulsar o pérfido invasor...

— Bravo! — disse o general.

Sua eminência, não podendo arrancar-me daquele propósito, despediu-se de mim com muitas lágrimas, e deu-me em lembrança um exemplar de um poema em italiano, anotado por suas sagradas mãos, livro que me foi roubado, tempos depois, por um soldado de Napoleão, um miserável... Para que o queria ele? Naturalmente ia vendê-lo. Que preço podia dar esse herege a um objeto de tanta valia?

João da Cruz disse aqui coisas duras ao soldado e a Napoleão, chamando-os literalmente ladrões de estrada. Concluída a descompostura, levou o trapo aos olhos; o general procurou consolá-lo.

— A morte é caminho de nós todos — disse ele —, e demais o núncio já estava com os seus setenta e tantos anos. Em todo o caso aplaudo os seus sentimentos, são naturais de um bom coração.

— Muito obrigado — acudiu João da Cruz —; pode vossa excelência estar certo de que se me dissesse o contrário, eu duvidaria da minha dor. E tanto prezo o seu conselho, que desejava saber se pareceria afetação que eu deitasse luto por tão grande homem.

— Não me parece que seja...

— Não? Pois vou pô-lo; não direi a ninguém o motivo, como digo aqui, pois é só para a alma dele, que me agradecerá... Pobre cardeal... Vou ver...

Como o general se levantasse e fosse para dentro, João da Cruz ficou um pouco vacilante, ao que parece; então a mãe de José Leandro disse-lhe que ficasse para jantar.

— Agradeço... agradeço... Vou ver se arranjo... se posso...

Disse isso, entre pausas e suspiros, olhando para a roupa; mas d. Luísa pegou no filho pela mão e retirou-se da sala. João da Cruz saiu; chegando ao saguão parou e não vendo o porteiro que estava no pátio, ao fundo, e que depois contou o caso à família, fez um gesto de desespero, dizendo:

— Esta gente ainda está mais defunta que o cardeal.

José Leandro cuidou logo de ver as exéquias, e pediu ao pai que o levasse; o pai noticiou à mulher que el-rei ordenara grandes honras ao finado; o cadáver, embalsamado, ficaria em casa três dias, celebrando-se diante dele missas e responsos. O enterro seria em Santo Antônio. Não se falava de outra coisa. Mas nessa noite aconteceu adoecer o general; sobre a madrugada foi sangrado; a moléstia agravou-se; era impossível levar o filho às exéquias. A mãe não havia de abandonar o marido. José Leandro, criado a mimos, teimava em querer ir, ainda que com um escravo; mas a mãe vendo que um escravo não poderia arranjar ao filho algum bom lugar na igreja, pediu a João da Cruz o obséquio de o levar a Santo Antônio.

— Obséquio? diga obrigação, minha senhora; mas vossa excelência sabe... que... que... eu... não poderei... sem...

O general concordou que era constrangê-lo a assistir ao enterro de um amigo que lhe deixara tantas saudades... E voltando-se para o pequeno prometeu levá-lo à procissão de são Sebastião, que era muito bonita, e que ele nunca vira. José Leandro reprimiu as lágrimas; ficava uma coisa pela outra; mas João da Cruz fez logo uma descrição vivíssima das exéquias, disse que seriam tão pomposas ou mais que as da rainha d. Maria I, no ano anterior; falou em cinco bispos, muitos frades, tochas e coches reais, tropa... uma coisa única. O menino agarrou-se-lhe que o levasse. João da Cruz não se negava a isso, uma vez que era vontade de pessoa tão distinta; nem o cadáver de um amigo eminente era espetáculo de fazer recuar a uma alma rija. Ao contrário, esse último encontro dava fortaleza ao coração...

— Bem, se não há dúvida... — disse o general.

Lá isso, pedia licença para dizer que sim, que havia, sempre uma dúvida, uma triste dúvida, uma coisa que o vexava; não lhe perguntasse o que era, não o podia dizer sem lágrimas... Mas se o general insistisse em saber, ele fecharia a boca, falariam por ele aquelas miseráveis calças de cor. Tinham sido pretas algum dia, mas o tempo... e tudo o mais, tudo, até os rasgões dos sapatos. Era luto aquilo? era luto apropriado a um príncipe da Igreja? etc. etc. Não, não; o menino que esperasse a procissão, que fosse a ela com seu ilustre pai; deixasse as exéquias, por mais que fossem de estrondo...

— De estrondo? — interrompeu o pequeno.

E chorando, chorando, pediu outra vez que o levasse. O pai na cama agitava-se, sem saber o que fizesse; era avaro, diziam, e custava-lhe abrir mão de algumas patacas. Teimou com o filho, o filho com ele, até que, desesperado:

— João da Cruz — disse o pai —, entenda-se com esta senhora, a respeito do luto; leve uma recomendação minha ao alfaiate e ao sapateiro. Também precisa de chapéu. Há de haver algum serviço cá em casa... Ela que lho dê... Vão e deixem-me em paz!

E foi assim que ele arranjou a roupa nova — embora de luto — luto que fosse, era nova. José Leandro lembrava-se ainda das exéquias, quando me contou este caso; tinha diante de si a figura pomposa de João da Cruz, vendo e ouvindo tudo com interesse de pessoa estranha. Ensinava-lhe o nome de tudo, cerimônias e alfaias, os dois bispos, que eram cinco ou seis, mas ele só se lembrava do de Angola, e do de Pernambuco, e os das ordens religiosas, e os de alguns cônegos. De quando em quando esticava o braço, e mirava-se. Cá fora, ladeira abaixo, vinha falando da "bonita festa" e recitando-lhe pedaços inteiros do sermão. No largo da Carioca entraram na sege que os esperava; à porta de casa, é que João da Cruz pôs outra vez os óculos da melancolia, desceu trôpego e entrou.

Não imagina como achei esta anedota engraçada; José Leandro contava bem, é certo, mas toda essa história pareceu-me engraçadíssima. Ria-me a não poder mais, e repetia a exclamação que fez render a roupa ao outro. Pobre cardeal! Já entendeste que ele nunca trocou uma só palavra com o núncio, e se o viu algum dia, foi na igreja ou de coche; mas mentia com tanto aprumo, a invenção era tão graciosa e pronta, a peta tão bem concertada, aproveitados todos os incidentes, que era difícil não cair na esparrela. Mas, realmente, a coisa tinha graça; agora mesmo, após tantos anos, acho-lhe muito pico. Mas, vamos ao resto; eis aqui o que eu só confiaria a Deus ou a você.

No dia seguinte fui para o júri, com a anedota fresca de memória, até porque sonhara com ela, tanto que acordei rindo. Cheguei a tempo, e fui logo sorteado para o conselho de jurados. Quando vi o réu, não pude deixar de sorrir. Era aquilo mesmo, devia ter sido assim no dia do óbito do núncio; cabeça um pouco torta, olhos mortificados e baixos, tipo de astúcia. Não parecia velho, apesar dos anos longos e desvairados; devia contar uns sessenta e tantos, perto de setenta. Trazia raspado o lábio superior, e toda a mais barba, grisalha e fina, dava-lhe ao rosto muita gravidade. De quando em quando tomava rapé; reparei logo que a boceta era de ouro.

O interrogatório durou cerca de quarenta minutos. João da Cruz respondeu claro e firme, negou a autoria da falsificação, explicou algumas contradições que lhe assacaram. Confesso-lhe que ouvi as respostas dele com interesse e sem desprazer. De quando em quando a anedota do cardeal vinha dar uma nota graciosa à situação. Imaginava-o então em Matacavalos, no tal dia, em frente do general, referindo as petas de Lisboa, as desculpas, as lágrimas aparentes, até o desfecho. Lá, engenhoso era ele, e divertido. Não pude atender à leitura do processo; ouvi algumas páginas, depois disse a mim mesmo que os autos eram grossos, e a leitura fastienta...

Não era isto; era a narração dos feitos do réu que começava a constranger-me. Para distrair-me entrei a mirar a beca do advogado, a cara dos meus colegas do conselho, a cabeleira do escrivão, as suíças do juiz, e finalmente o retrato do imperador, que pendia da parede. Aqui foi maior a distração, porque cuidei de recordar as festas da coroação, tanto as públicas como as particulares, entre estas um banquete a que fui, e no qual ouvi recitar duas odes bem bonitas. Quis recompô-las e não pude; trabalhei de memória, e fui arrancando ora um verso, ora outro, alguns truncados, e quando dei por mim, acabara a leitura.

Ouvi depois a acusação, que me deixou em alternativas de acordo e desacordo; veio, porém, a defesa e equilibrou-me o espírito. Minha alma sentia grelar um grão de simpatia, ou outra coisa, que desafiava a causa do João da Cruz. Não podia olhar para ele sem sorrir; de uma vez, para não rir alto, sufoquei uma tosse com o lenço. A exposição do juiz durou pouco mais de quarto de hora. Os autos foram entregues ao conselho e nós saímos da sala.

Lá, na sala secreta, os debates foram longos e complicados, mas não tanto como na minha consciência; aqui é que era preciso decidir. A justiça dizia-me que condenasse, a simpatia pedia-me que absolvesse, e o diabo — não podia ser outra pessoa — o diabo clama do fundo do meu ser estas palavras: "Pobre cardeal! Ah! minha senhora dona Luísa! que grande desgraça! pobre cardeal!". E a minha consciência ria, porque era amiga de rir. Já não negava o crime, mas punha na outra concha da balança a vergonha pública, e a prisão longa; depois, os velhos anos do pobre-diabo...

Enfim, contados os votos, acharam-se divididos seis que sim, seis que não; ia decidir o voto de Minerva, e o réu foi absolvido. Saí contente de mim mesmo; se votasse contra, teria feito inclinar a balança, e era certa a condenação. Saí alegre; não contei nada do que se passara dentro de mim, senão a você agora; mas a anedota do cardeal lá foi correr mundo.

E foi ela que trouxe a absolvição de João da Cruz; foi essa empulhação de 1817, jovial e pífia, que deu ao réu de 1851 a minha simpatia e o meu voto, não por ser pífia, mas por ser jovial. Os anos, porém, foram passando, e agora ainda que sou o homem mais alegre do século, acho em mim este ponto negro de melancolia. Quem sabe? Pode ser que este erro me condene no outro mundo.

— Tudo são mistérios indecifráveis — respondeu o amigo íntimo do Martins Netto. — Os fatos e os tempos ligam-se por fios invisíveis. Suponha que o João da Cruz não tem empulhado o general em 1817, não teria sido absolvido pelo seu voto em 1851, você não teria uma ponta de remorso, nem eu este conto.

— Pobre cardeal!

Gazeta de Notícias, *6 de julho de 1886; Machado de Assis.*

Identidade

Convenhamos que o fenômeno da semelhança completa entre dois indivíduos não parentes é coisa mui rara — talvez ainda mais rara que um mau poeta calado. Pela minha parte não achei nenhum. Tenho visto parecenças curiosas, mas nunca ao ponto de estabelecer identidade entre duas pessoas estranhas.

Na família as semelhanças são naturais; e isso que fazia pasmar ao bom Montaigne, não traz o menor espanto ao mais soez dos homens. Os Ausos, povo antigo, cujas mulheres eram comuns, tinham um processo sumário para restituir os filhos aos pais: era a semelhança que, ao cabo de três meses, apresentasse o menino com algum dos cidadãos. Vá por conta de Heródoto. A natureza era assim um tabelião muito mais seguro. Mas que entre dois indivíduos de família e casta diferentes (a não ser os Drômios e os menecmas dos poetas) a igualdade das feições, da estatura, da fala, de tudo, seja tal que se não possam distinguir um do outro, é caso para ser posto em letra de forma, depois de ter vivido três mil anos em um papiro, achado em Tebas. Vá por conta do papiro.

Era uma vez um faraó, cujo nome se perdeu na noite das velhas dinastias — mas suponhamos que se chamava Fa-Nohr. Teve notícia de que existia em certo lugar do Egito um homem tão parecido com ele que era difícil discriminá-los. A princípio ouviu a notícia com indiferença, mas, depois de uma grande melancolia que teve, achaque dos últimos tempos, lembrou-se de deputar três homens que fossem procurar esse milagre e trazê-lo ao paço.

— Deem-lhe o que pedir; se tiver dívidas, quero que as paguem; se amar alguma mulher, que a traga consigo. O essencial é que esteja cá e depressa, ou eu mando executar os três.

A corte respirou jubilosa. Após vinte anos de governo, era a primeira ameaça de morte que saía da real boca. Toda ela aplaudiu a pena; alguns ousaram propor uma formalidade simbólica — que, antes de executar os três emissários, se lhes cortassem os pés para significar a pouca diligência empregada em cumprir os recados do faraó. Este, porém, sorriu de um modo mui particular.

Não tardou que os emissários tornassem a Mênfis com o menecma do rei. Era um pobre escriba, por nome Bactan, sem pais, nem mulher, nem filhos, nem dívidas, nem concubinas. A cidade e a corte ficaram alvoroçadas ao ver entrar o homem, que era a própria figura do faraó. Juntos, só se podiam reconhecer pelos vestidos, porque o escriba, se não tinha majestade e grandeza, trazia certo ar tranquilo e nobre, que as supria. Eram mais que dois homens parecidos; eram dois exemplares de uma só pessoa; eles mesmos não se distinguiam mais que pela consciência da personalidade. Fa-Nohr aposentou o escriba em uma câmara pegada à sua, dizendo que era para um trabalho de interesse público; e ninguém mais o viu durante dois meses.

No fim desse tempo, Fa-Nohr, que instruíra o escriba em todas as matérias da administração, declarou-lhe uma noite que ia pô-lo no trono do Egito por algum tempo, meses ou anos. Bactan ficou sem entender nada.

— Não entendes, escriba? O escriba agora sou eu. Tu és faraó. Fica aí com o meu nome, o meu poder e a minha figura. Não descobrirás a ninguém o segredo desta troca. Vou a negócios do Estado.

— Mas, senhor...

— Reinas ou morres.

Antes reinar. Bactan obedeceu à ordem, mas suplicou ao rei que a demora não fosse muita; faria justiça, mas não tinha gosto ao poder, menos ainda nascera para governar o Egito. Trocaram de aposentos. O escriba rolou durante a noite inteira, sem achar cômodo, no leito da vindoura Cleópatra. De manhã, segundo o ajustado, foi o rei despedido com as vestes do escriba, dando-lhe o escriba, que fazia de faraó, algum dinheiro e muitas pedras preciosas. Dez guardas do paço acompanharam o ex-faraó até os subúrbios de uma cidade distante.

— Viva a vida! — exclamou este, apenas perdeu de vista os soldados. — Santo nome de Ísis e de Osíris! Viva a vida e a liberdade!

Ninguém, exceto o vento bochorno do Egito, ouviu essas primeiras palavras ditas por ele a todo o universo. O vento foi andando indiferente; mas o leitor, que não é vento, pede explicação delas. Quando menos, supõe que este homem é doido. Tal era também a opinião de alguns doutores; mas, graças ao regime especialista da terra, outros queriam que o mal dele viesse do estômago, outros do ventre, outros do coração. Que mal? Uma coisa esquisita. Imagine-se que Fa-Nohr começara a governar com vinte e dois anos, tão alegre, expansivo e resoluto, que encantou a toda a gente; tinha ideias grandes, úteis e profundas. No fim, porém, de dois anos, mudou completamente de gênio. Tédio, desconfiança, aversão às pessoas, sarcasmos amiudados e, finalmente, umas crises melancólicas, que lhe levavam dias e dias. Durou isto dezoito anos.

Já sabemos que foi ao sair de uma daquelas crises que ele entregou o Egito ao escriba. A causa, porém, deste ato inexplicável é a mesma da singular troca de gênio. Fa-Nohr persuadira-se de que não podia conhecer o caráter nem o coração dos homens, através da linguagem curial, ataviada naturalmente, e que lhe parecia oblíqua, dúbia, sem vida própria nem contrastes. Vá que lhe não dissessem coisas rudes, nem ainda as verdades inteiras; mas, por que lhe não mostrariam a alma toda, menos esses desvãos secretos, que há em toda a casa? Desde que isto se lhe meteu em cabeça, caiu na ruim tristeza e longas hipocondrias; e, se lhe não aparece o menecma que pôs no trono, provavelmente morreria de desespero.

Agora tinha ímpetos de voar, de correr toda aquela abóbada de estanho que lá ficava acima dele, ou então ir conversar com os crocodilos, trepar aos hipopótamos, disputar as serpentes aos íbis. Pelo boi Ápis! pensava ele andando e gesticulando, ruim ofício era o meu. Cá levo agora a minha boa alegria e não a dou a troco de nada, nem do Egito nem de Babilônia.

— Charmion, quem será aquele homem que vem tão alegre? — perguntou um tecelão, jantando à porta de casa com a mulher.

Charmion voltou os olhos cheios de mistérios do Nilo para o lado que o marido indicava. Fa-Nohr, logo que os viu, correu para eles. Era à entrada da cidade; podia ir buscar pousada e comida. Mas tão ansioso estava por sentir que não era rei e meter a mão nos corações e nos caracteres, que não hesitou em pedir-lhes algum bocado para matar a fome.

— Sou um pobre escriba — disse ele. — Trago uma caixa de pedras preciosas, que me deu o faraó por achar que era parecido com ele; mas pedras não se comem.

— Comerás do nosso peixe e beberás do nosso vinho — disse-lhe o tecelão.

O vinho era ruim; o peixe fora mal crestado ao sol; mas para ele valiam mais que os banquetes de Mênfis: era o primeiro jantar da liberdade. Expandia-se o ex-faraó; ria, falava, interrogava, queria saber isto e aquilo, batia no ombro ao tecelão, e este ria-se também e contava-lhe tudo.

— A cidade é um covil de sacripantas; mais ruins que eles só os meus vizinhos aqui da entrada. Contarei a história de um ou dois e bastará para conhecer o resto.

Contou umas causas juntamente ridículas e execráveis, que o hóspede ouviu aborrecido. Este, para desanojar-se, olhou para Charmion e notou que ela pouco mais fazia que fitá-lo com os seus grandes olhos cheios de mistérios do Nilo. Não amara a outra mulher; esta reduziu os seus quarenta e dois anos a vinte e cinco, ao passo que o tecelão prosseguia em dizer a má casta de vizinhos que a fortuna lhe dera. Uns perversos! e os que não eram perversos eram asnos, como um tal Flataghurub que...

— Que poder misterioso fez nascer tão linda criatura entre mecânicos? — dizia Fa-Nohr consigo.

Caiu a tarde. Fa-Nohr agradeceu o obséquio e quis ir-se embora; mas o tecelão não consentiu em deixá-lo; passaria ali a noite. Deu-lhe um bom aposento, ainda que pobre. Charmion foi adereçá-lo com as melhores coisas que tinha, deitando-lhe sobre a cama uma bonita colcha bordada — daquelas famosas colchas do Egito citadas por Salomão — e encheu-lhe o ar de aromas finíssimos. Era pobre, mas gostava do luxo.

Fa-Nohr deitou-se pensando nela. Era virtuoso; parecia-lhe que estava pagando mal os obséquios do marido e sacudia de si a imagem da moça. Os olhos, porém, ficavam; viu-os na escuridão, fitos nele, como dois fachos noturnos, e ouviu-lhe também a voz terna e súplice. Saltou da cama, os olhos desapareceram, mas a voz continuava, e, coisa extraordinária, intercalada com a do marido. Não podiam estar longe; colou o ouvido à parede. Ouviu que o tecelão propunha à mulher ficarem com a caixa das pedras preciosas do hóspede, indo buscá-la ao quarto; fariam depois alarido e diriam que eram ladrões. Charmion opunha-se; ele teimava, ela suplicava...

Fa-Nohr ficou embasbacado. Quem diria que o bom tecelão, tão obsequioso?... Não dormiu o resto da noite; gastou-a a andar e a agitar-se para que o homem lá não fosse. De manhã, dispôs-se a andar. O tecelão quis retê-lo, pediu-lhe um dia mais, ou dois, algumas horas; não alcançou nada. Charmion não ajudou o marido; trazia, porém, os mesmos olhos da véspera, fitos no hóspede, teimosos e enigmáticos. Fa-Nohr deu-lhe em lembrança uns brincos de cristal e um bracelete de ouro.

— Até um dia! — murmurou-lhe ela ao ouvido.

Fa-Nohr entrou na cidade, achou pousada, deixou as suas coisas a bom recado e saiu para a rua. Morria por andar à toa, desconhecido, misturado à outra gente, falar e ouvir a todos, com franqueza, sem os atilhos do formalismo nem as composturas do paço. Toda a cidade estava em alvoroço, por causa da grande festa anual de Ísis. Grupos na rua, ou às portas, mulheres, homens, crianças, muito riso, muita conversa, uma algazarra de todos os diabos. Fa-Nohr ia a toda parte; foi ver aparelhar os barcos, entrou nos mercados, interrogando a todos. A linguagem era naturalmente rude — às vezes obscena. No meio do tumulto recebeu alguns encontrões. Eram os primeiros, e mais lhe doeu a dignidade que a pessoa. Parece que chegou a desandar para casa; mas riu-se logo do melindre e tornou à multidão.

Na primeira rua em que entrou, viu duas mulheres que brigavam, agarradas uma à outra, com palavras e murros. Eram robustas e descaradas. Em volta, a gente fazia círculo, e animava-as, como se pratica ainda hoje com os cães. Fa-Nohr não pôde sofrer o espetáculo; primeiro, quis sair dali; mas tal pena teve das duas criaturas, que rompeu a multidão, penetrou no espaço em que elas estavam e separou-as. Resistiram; ele, não menos robusto, meteu-se de permeio. Então elas, vendo que não podiam ir uma à outra, despejaram nele a raiva; Fa-Nohr afasta-se, atravessa a multidão, elas perseguem-no entre a risota pública, ele corre, elas correm, e, a pedrada e nome cru, o acompanham até longe. Uma das pedras feriu-lhe o pescoço.

— Vou-me daqui — pensou ele, entrando em casa. — Em curando a ferida, embarco. Parece, na verdade, uma cidade de sacripantas.

Nisto ouviu vozes na rua, e daí a pouco entrava-lhe em casa um magistrado acompanhado das duas mulheres e de umas vinte pessoas. As mulheres queixavam-se de que esse homem investira contra elas. As vinte pessoas juraram a mesma coisa. O magistrado ouviu a explicação de Fa-Nohr; e, dizendo este que a sua melhor defesa era a ferida que trazia no pescoço, retorquiu-lhe o magistrado que as duas agravadas naturalmente haviam de defender-se, e multou-o. Fa-Nohr, esquecendo a abdicação temporária, gritou que lhe prendessem o magistrado.

— Outra multa — respondeu este gravemente; e o ferido não teve mais que pagar para se não descobrir.

Estava em casa, triste e acabrunhado, quando viu entrar, daí a dois dias, a bela Charmion debulhada em lágrimas. Sabendo da aventura, desamparou tudo, casa e marido, para vir tratar dele. Doía-lhe muito? Queria que ela lhe bebesse o sangue da ferida, como o melhor vinho do Egito e do mundo? Trazia um pacote com os objetos de uso pessoal.

— Teu marido? — perguntou Fa-Nohr.
— Meu marido és tu!

Fa-Nohr quis replicar; mas os olhos da moça encerravam, mais que nunca, todos os mistérios do Egito. Além dos mistérios, tinha ela um plano. Dissera ao marido que ia com uma família amiga à festa de Ísis, e foi assim que saiu de casa.

— Olha — concluiu, para mais captar-lhe a confiança —, aqui trouxe o meu par de crótalos, com que uso acompanhar as danças e as flautas. Os barcos saem amanhã. Alugarás um e iremos, não a Busíris, mas ao lugar mais ermo e áspero, que será para mim o seio da própria Ísis divina.

Cegueira do amor, em vão Fa-Nohr quis recuar e dissuadi-la. Tudo ficou ajustado. Como precisassem dinheiro, saiu ele a vender duas pedras preciosas. Nunca soubera o valor de tais coisas; umas foram-lhe dadas, outras foram-lhe compradas pelos seus mordomos.

Contudo, tal foi o preço que lhe ofereceu por elas o primeiro comprador, que ele voltou as costas, por mais que este o chamasse para fazer negócio. Chegou-se a outro e contou-lhe o que se dera com o primeiro.

— Como se há de impedir que os velhacos abusem da boa-fé dos homens de bem? — disse este com voz melíflua.

E, depois de examinar as pedras, declarou que eram boas, e perguntou se o dono lhes tinha alguma afeição particular.

— Para mim — acrescentou —, é fora de dúvida que a afeição que se tem a um objeto torna-o mais vendável. Não me pergunte a razão; é um mistério.

— Não tenho a estas nenhuma afeição particular — acudiu Fa-Nohr.

— Bem, deixe-me avaliá-las.

Calculou baixinho, olhando para o ar, e acabou oferecendo metade do valor das pedras. Era tão superior esta segunda oferta à primeira, que Fa-Nohr aceitou-a com grandes alegrias. Comprou um barco, de boa acácia, calafetado de fresco, e voltou à pousada, onde Charmion lhe ouviu toda a história.

— A consciência daquele homem — concluiu Fa-Nohr — é em si mesma uma rara pedra preciosa.

— Não digas isso, meu divino sol. As pedras valiam o dobro.

Fa-Nohr, indignado, quis ir ter com o homem; mas a formosa Charmion reteve-o, era tarde e inútil. Tinham de embarcar na manhã seguinte. Veio a manhã, embarcaram, e no meio de tantos barcos que iam a Busíris puderam eles escapar-se e foram dar à outra cidade distante, onde acharam casa estreita e graciosa, um ninho de amor.

— Viveremos aqui até a morte — disse-lhe a bela Charmion.

Já não era a pobre namorada sem adornos; podia agora desbancar as ricas donas de Mênfis. Joias, finas túnicas, vasos de aromas, espelhos de bronze, alcatifas por toda a parte e mulheres que a servissem, umas do Egito, outras da Etiópia; mas a melhor joia de todas, a melhor alcatifa, o melhor espelho és tu, dizia ela a Fa-Nohr.

Não faltaram também amigos nem amigas, por mais que quisessem viver reclusos. Entre os homens, havia dois mais particularmente aceitos a ambos, um velho letrado e um rapaz que andara por Babilônia e outras partes. Na conversação, era natural que Charmion e as amigas ouvissem com prazer as narrativas do moço. Fa-Nohr deleitava-se com as palestras do letrado.

Desde longos anos que este compunha um livro sobre as origens do Nilo; e, conquanto ninguém o tivesse lido, a opinião geral é que era admirável. Fa-Nohr quis ter a glória de ouvir-lhe algum trecho; o letrado levou-o à casa dele, um dia, aos primeiros raios do sol. Abria o livro por uma longa dissertação sobre a origem da terra e do céu; depois vinha outra sobre a origem das estações e dos ventos; outra sobre a origem dos ritos, dos oráculos e do sacerdócio. No fim de três horas, pararam, comeram alguma coisa e entraram na segunda parte, que tratava da origem da vida e da morte, matéria de tanta ponderação, que não acabou mais, porque a noite os tomou em meio. Fa-Nohr levantou-se desesperado.

— Amanhã continuaremos — disse o letrado —, acabada esta parte, trato logo da origem dos homens, da origem dos reinos, da origem do Egito, da origem dos faraós, da minha própria origem, da origem das origens, e entramos na matéria particular do livro, que são as origens do Nilo, antecedendo-as, porém, das origens de todos os rios do universo. Mas que lhe parece o que li?

Fa-Nohr não pôde responder; saiu furioso. Na rua teve uma vertigem e caiu. Quando voltou a si, a lua clareava o caminho, ergueu-se a custo e foi para casa.

— Maroto! serpente! — dizia ele. — Se eu fosse rei, não me aborrecias mais de meia hora. Vã liberdade, que me condenas à escravidão!

E assim pensando, ia cheio de saudades de Mênfis, do poder que emprestara ao escriba e até dos homens que lhe falavam tremendo e aos quais fugira. Trocara tudo por nada... Aqui emendou-se. Charmion valia por tudo. Já lá iam meses que viviam juntos; os indiscretos é que lhe empanavam a felicidade. Murmurações de mulheres, disputas de homens eram realmente matéria estranha ao amor de ambos. Construiu novo plano de vida; deixariam aquela cidade, onde não podiam viver para si. Iriam para algum lugar pobre de pouca gente. Para que luxo externo, amigos, conversações frívolas? E ele cantarolava, andando: "Bela Charmion, palmeira única, posta ao sol do Egito...".

Chegou a casa, correu ao aposento comum, para enxugar as lágrimas à bela Charmion. Não achou nada, nem a moça, nem as pedras preciosas, nem as joias, túnicas, espelhos, muitas outras coisas de valia. Não achou sequer o moço viajante, que provavelmente, à força de falar de Babilônia, despertou na dama o desejo de irem visitá-la juntos...

Fa-Nohr chorou de raiva e de amor. Não dormiu; no dia seguinte indagou, mas ninguém sabia de nada. Vendeu os poucos móveis e tapetes que lhe ficaram, e foi para uma cidadezinha próxima, no mesmo distrito. Levava esperanças de encontrá-la. Estava abatido e lúgubre. Para ocupar o tempo e sarar do abalo, meteu-se a aprendiz de embalsamador. A morte me ajudará a suportar a vida, disse ele.

A casa era das mais célebres. Não embalsamava só os cadáveres das pessoas ricas, mas também os das menos abastadas e até da gente pobre. Como os preços de segunda e terceira classes eram os mesmos de outras partes, muitas famílias mandavam para ali os seus cadáveres, para que os embalsamassem com os das pessoas nobres. Fa-Nohr começou pela gente ínfima, cujo processo de embalsamamento era mais sumário. Notou logo que ele e os companheiros de classe eram vistos com desdém pelos embalsamadores da segunda classe; estes chegavam-se muito aos da primeira, mas os da primeira não faziam caso de uns nem de outros. Não se mortificou com isso. Sacar ou não os intestinos do cadáver, ingerir-lhe óleo de cedro ou vinho de palma, mirra e canela, era diferença de operação e de preço. Outra coisa o mortificou deveras.

Tinha ido ali buscar uma oficina de melancolia e deu com um bazar de chufas e anedotas. Certamente havia respeito, quando entrava uma encomenda; o cadáver era recebido com muitas atenções, gestos graves, caras lúgubres. Logo, porém, que os parentes o deixavam, recomeçavam as alegrias. As mulheres, se faleciam moças e bonitas, eram longamente vistas e admiradas por todos. A biografia dos mortos conhecidos era feita ali mesmo, lembrando este um caso, aquele outro. Operavam os corpos, gracejando, falando cada um dos seus negócios, planos, ideias, puxando daqui e dali, como se cortam sapatos. Fa-Nohr compreendeu que o uso encruara naquela gente a piedade e a sensibilidade.

— Talvez eu mesmo acabe assim — pensou ele.

Deixou o ofício, depois de esperar algum tempo a ver se entrava o cadáver da bela Charmion. Exerceu outros, foi barbeiro, bateleiro, caçador de aves aquáticas. Cansado, exausto, aborrecido, apertaram-lhe as saudades do trono; resolveu tornar a Mênfis e ocupá-lo.

Toda a cidade, logo que o viu, clamou que era chegado o escriba parecido com o faraó, que ali estivera tempos atrás; e faziam-se grupos na rua e uma grande multidão o seguiu até ao paço.

— Muito parecido! — exclamavam de um lado e de outro.

— Sim? — perguntava Fa-Nohr, sorrindo.

— A única diferença — explicou-lhe um velho — é que o faraó está muito gordo.

Fa-Nohr estremeceu. Correu-lhe um frio pela espinha. Muito gordo? Era então impossível a permuta das pessoas. Deteve-se alguns instantes; mas acudiu-lhe logo ir assim mesmo ao paço, e, destronando o escriba, descobrir o segredo. Para que encobri-lo mais?

Entrou; a corte esperava-o, em redor do faraó, e reconheceu logo que era impossível agora confundi-los, à vista da diferença na grossura dos corpos; mas a cara, a fala, o gesto eram ainda os mesmos. Bactan perguntou-lhe placidamente o que é que queria; Fa-Nohr sentiu-se rei e declarou-lhe que o trono.

— Sai daí, escriba — concluiu —; o teu papel está acabado.

Bactan riu-se para os outros, os outros riram-se e o paço estremeceu com a gargalhada universal. Fa-Nohr fechou as mãos e ameaçou a todos; mas a corte continuou a rir. Bactan, porém, fez-se sério e declarou que esse homem sedicioso era um perigo para o Estado. Fa-Nohr foi ali mesmo preso, julgado e condenado à morte. Na manhã seguinte, cumpriu-se a sentença diante do faraó e grande multidão. Fa-Nohr morreu tranquilo, rindo do escriba e de toda a gente, menos talvez de Charmion: "Bela Charmion, palmeira única, posta ao sol do Egito...". A multidão, logo que ele expirou, soltou uma formidável aclamação:

— Viva Fa-Nohr!

E Bactan, sorrindo, agradeceu.

Gazeta de Notícias, *14 de março de 1887*; Machado de Assis.

Sales

Ao certo, não se pode saber em que data teve Sales a sua primeira ideia. Sabe-se que, aos dezenove anos, em 1854, planeou transferir a capital do Brasil para o interior, e formulou alguma coisa a tal respeito; mas não se pode afirmar, com segurança, que tal fosse a primeira nem a segunda ideia do nosso homem. Atribuíram-lhe meia dúzia antes dessa, algumas evidentemente apócrifas, por desmentirem dos anos em flor, mas outras possíveis e engenhosas. Geralmente eram concepções vastas, brilhantes, inopináveis ou só complicadas. Cortava largo, sem poupar pano nem tesoura; e, quaisquer que fossem as objeções práticas, a imaginação estendia-lhe sempre um véu magnífico sobre o áspero e o aspérrimo. Ousaria tudo: pegaria de uma enxada ou de um cetro, se preciso fosse, para pôr qualquer ideia a caminho. Não digo cumpri-la, que é outra coisa.

Casou aos vinte e cinco anos, em 1859, com a filha de um senhor de engenho de Pernambuco, chamado Melchior. O pai da moça ficara entusiasmado, ouvindo ao futuro genro certo plano de produção de açúcar, por meio de uma união de engenhos e de um mecanismo simplíssimo. Foi no teatro de Santa Isabel, no Recife, que Melchior lhe ouviu expor os lineamentos principais da ideia.

— Havemos de falar nisso outra vez — disse Melchior —, por que não vai ao nosso engenho?

Sales foi ao engenho, conversou, escreveu, calculou, fascinou o homem. Uma vez acordados na ideia, saiu o moço a propagá-la por toda a comarca; achou tímidos, achou recalcitrantes, mas foi animando a uns e persuadindo a outros. Estudou a produção da zona, comparou a real à provável, e mostrou a diferença. Vivia no meio de mapas, cotações de preços, estatísticas, livros, cartas, muitas cartas. Ao cabo de quatro meses, adoeceu; o médico achou que a moléstia era filha do excesso de trabalho cerebral, e prescreveu-lhe grandes cautelas.

Foi por esse tempo que a filha do senhor do engenho e uma irmã deste e regressaram da Europa, aonde tinham ido nos meados de 1858. *Es liegen einige gute Ideen in diesen Rock*, dizia uma vez o alfaiate de Heine, mirando-lhe a sobrecasaca. Sales não desceria a achar semelhantes coisas numa sobrecasaca; mas, numa linda moça, por que não? *Há nesta pequena algumas ideias boas*, pensou ele olhando para Olegária — ou Legazinha, como se dizia no engenho. A moça era baixota, delgada, rosto alegre e bom. A influição foi recíproca e súbita. Melchior, não menos namorado do rapaz que a filha, não hesitou em casá-los; ligá-lo à família era assegurar a persistência de Sales na execução do plano.

O casamento fez-se em agosto, indo os noivos passar a lua de mel no Recife. No fim de dois meses, não voltando eles ao engenho, acumulando-se ali uma infinidade de respostas ao questionário que Sales organizara, e muitos outros papéis e opúsculos, Melchior escreveu ao genro que viesse; Sales respondeu que sim, mas que antes disso precisava dar uma chegadinha ao Rio de Janeiro, coisa de poucas semanas, dois meses, no máximo. Melchior correu ao Recife para impedir a viagem; em último caso, prometeu que, se esperassem até maio, ele viria também. Tudo foi inútil; Sales não podia esperar; tinha isto, tinha aquilo, era indispensável.

— Se houver necessidade de apressar a volta, escreva-me; mas descanse, a boa semente frutificará. Caiu em boa terra — concluiu enfaticamente.

Ênfase não exclui sinceridade. Sales era sincero, mas uma coisa é sê-lo de espírito, outra de vontade. A vontade estava agora na jovem consorte. Entrando no mar, esqueceu-lhe a terra; descendo à terra, olvidou as águas. A ocupação única do seu ser era amar esta moça, que ele nem sabia que existisse, quando foi para o engenho do sogro cuidar do açúcar. Meteram-se na Tijuca, em casa que era juntamente ninho e fortaleza — ninho para eles, fortaleza para os estranhos, aliás inimigos. Vinham abaixo algumas vezes — ou a passeio, ou ao teatro; visitas raras e de cartão. Durou essa reclusão oito meses. Melchior escrevia ao genro que voltasse, que era tempo; ele respondia que sim, e ia ficando; começou a responder tarde, e acabou falando de outras coisas. Um dia, o sogro mandou-lhe dizer que todos os apalavrados tinham desistido da empresa. Sales leu a carta ao pé de Legazinha, e ficou longo tempo a olhar para ela.

— Que mais? — perguntou Legazinha.

Sales afirmou a vista; acabava de descobrir-lhe um cabelinho branco. Cãs aos vinte anos! Inclinou-se, e deu no cabelo um beijo de boas-vindas. Não cuidou de outra coisa em todo o dia. Chamava-lhe "minha velha". Falava em comprar uma medalhinha de prata para guardar o cabelo, com a data, e só a abririam quando fizessem vinte e cinco anos de casados. Era uma ideia nova esse cabelo. Bem dizia ele que a moça tinha em si algumas ideias boas, como a sobrecasaca de Heine; não só as tinha boas, mas inesperadas.

Um dia, reparou Legazinha que os olhos do marido andavam dispersos no ar, ou recolhidos em si. Nos dias seguintes observou a mesma coisa. Note-se que não eram olhos de qualquer. Tinham a cor indefinível, entre castanho e ouro — grandes, luminosos e até quentes. Viviam em geral como os de toda a gente; e, para ela, como os de nenhuma pessoa, mas o fenômeno daqueles dias era novo e singular. Iam da profunda imobilidade à mobilidade súbita quase demente. Legazinha falava-lhe, sem que ele a ouvisse; pegava-lhe dos ombros ou das mãos, e ele acordava.

— Hem? que foi?

Legazinha a princípio ria-se.

— Este meu marido! Este meu marido! Onde anda você?

Sales ria também, levantava-se, acendia um charuto, e entrava a andar e a pensar; daí a pouco mergulhava outra vez em si. O fenômeno foi-se agravando. Sales passou a escrever horas e horas; às vezes, deixava a cama, alta noite, para ir tomar alguma nota. Legazinha supôs que era o negócio dos engenhos, e disse-lho, pendurando-se graciosamente do ombro:

— Os engenhos? — repetiu ele. E voltando a si: — Ah! os engenhos...

Legazinha temia algum transtorno mental, e procurava distraí-lo. Já saíam a visitas, recebiam outras; Sales consentiu em ir a um baile, na praia do Flamengo. Foi aí que ele teve um princípio de reputação epigramática, por uma resposta que deu distraidamente:

— Que idade terá aquela feiosa, que vai casar? — perguntou-lhe uma senhora com malignidade.

— Perto de duzentos contos — respondeu Sales.

Era um cálculo que estava fazendo; mas o dito foi tomado à má parte, andou de boca em boca, e muita gente redobrou os carinhos com um homem capaz de dizer coisas tão perversas.

Um dia, o estado dos olhos foi cedendo inteiramente da imobilidade para a mobilidade; entraram a rir, a derramarem-se-lhe pelo corpo todo, e a boca ria, as mãos riam, todo ele ria a espáduas despregadas. Não tardou, porém, o equilíbrio: Sales voltou ao ponto central, mas — ai dele! — trazia uma ideia nova.

Consistia esta em obter de cada habitante da capital uma contribuição de quarenta réis por mês, ou, anualmente, quatrocentos e oitenta réis. Em troca desta pensão tão módica, receberia o contribuinte durante a semana santa uma coisa que não posso dizer sem grandes refolhos de linguagem. Que como ele há pessoas neste mundo que acham mais delicado comer peixe cozido, que lê-lo impresso. Pois era o pescado necessário à abstinência, que cada contribuinte receberia em casa durante a semana santa, a troco de quatrocentos e oitenta réis por ano. O corretor, a quem Sales confiou o plano, não o entendeu logo; mas o inventor explicou-lho.

— Nem todos pagarão só os quarenta réis; uma terça parte, para receber maior porção e melhor peixe, pagará cem réis. Quantos habitantes haverá no Rio de Janeiro? Descontando os judeus, os protestantes, os mendigos, os vagabundos etc., contemos trezentos mil. Dois terços, ou duzentos mil, a quarenta réis, são noventa e seis contos anuais. Os cem mil restantes, a cem réis, dão cento e vinte. Total: duzentos e dezesseis contos de réis. Compreendeu agora?

— Sim, mas...

Sales explicou o resto. O juro do capital, o preço das ações da companhia, porque era uma companhia anônima, número das ações, entradas, dividendo provável, fundo de reserva, tudo estava calculado, somado. Os algarismos caíam-lhe da boca, lúcidos e grossos; como uma chuva de diamantes; outros saltavam-lhe dos olhos, à guisa de lágrimas, mas lágrimas de gozo único. Eram centenas de contos, que ele sacolejava nas algibeiras, passava às mãos e atirava ao teto. Contos sobre contos; dava com eles na cara do corretor, em cheio; repelia-os de si, a pontapés; depois recolhia-os com amor. Já não eram lágrimas nem diamantes, mas uma ventania de algarismos, que torcia todas as ideias do corretor, por mais rijas e arraigadas que estivessem.

— E as despesas? — disse este.

Estavam previstas as despesas. As do primeiro ano é que seriam grandes. A companhia teria virtualmente o privilégio da pescaria, com pessoal seu, canoas suas, estações de paróquias, carroças de distribuição, impressos, licenças, escritório, diretoria, tudo. Deduzia as despesas, e mostrava lucro positivo, claro, numeroso. Vasto negócio, vasto e humano; arrancava a população aos preços fabulosos daqueles dias de preceito.

Trataram do negócio; apalavraram algumas pessoas. Sales não olhava a despesa para pôr a ideia a caminho. Não tinha mais que o dote da mulher, uns oitenta contos, já muito cerceados; mas não olhava a nada. São despesas produtivas, dizia a si mesmo. Era preciso escritório; alugou casa na rua da Alfândega, dando grossas luvas, meteu lá um empregado de escrita e um porteiro fardado. Os botões da farda do porteiro eram de metal branco, e tinham, em relevo, um anzol e uma rede, emblema da companhia; na frente do boné via-se o mesmo emblema, feito de galão de prata. Essa particularidade, tão estranha ao comércio, causou algum pasmo, e recolheu boa soma de acionistas.

— Lá vai o negócio a caminho! — dizia ele à mulher, esfregando as mãos.

Legazinha padecia calada. A orelha da necessidade começava a aparecer por trás da porta; não tardaria a ver-lhe o carão chupado lívido, e o corpo em frangalhos. O dote, capital único, ia-se indo com o necessário e o hipotético. Sales, entretanto, não parava, acudia a tudo, à praça e à imprensa, onde escreveu alguns artigos longos, muito longos, pecuniariamente longos, recheados de Cobden e Bastiat, para demonstrar que a companhia trazia nas mãos "o lábaro da liberdade".

A doença de um conselheiro de Estado fez demorar os estatutos. Sales, impaciente nos primeiros dias, entrou a conformar-se com as circunstâncias, e até a sair menos. Às vezes vestia-se para dar uma vista ao escritório; mas, apertado o colete, ruminava outra coisa e deixava-se ficar. Crendice do amor, a mulher também esperava os estatutos; rezava uma ave-maria, todas as noites, para que eles viessem, que se não demorassem muito. Vieram; ela leu, um dia de manhã, o despacho de indeferimento. Correu atônita ao marido.

— Não entendem disto — respondeu Sales, tranquilamente. — Descansa; não me abato assim com duas razões.

Legazinha enxugou os olhos.

— Vais requerer outra vez? — perguntou-lhe.

— Qual requerer!

Sales atirou a folha ao chão, levantou-se da rede em que estava, e foi à mulher; pegou-lhe nas mãos, disse-lhe que nem cem governos o fariam desfalecer. A mulher, abanando a cabeça:

— Você não acaba nada. Cansa-se à toa... No princípio tudo são prodígios; depois... Olha o negócio dos engenhos que papai me contou...

— Mas fui eu que me indeferi?

— Não foi; mas há que tempos anda você pensando em outra coisa!

— Pois sim, e digo-te...

— Não digas nada, não quero saber nada — atalhou ela.

Sales, rindo, disse-lhe que ainda havia de arrepender-se, mas que ele lhe daria um perdão "de rendas", nova espécie de perdão, mais eficaz que nenhum outro. Desfez-se do escritório e dos empregados, sem tristeza; chegou a esquecer-se de pedir luvas ao novo inquilino da casa. Pensava em coisa diferente. Cálculos passados, esperanças ainda recentes, eram coisas em que parecia não haver cuidado nunca. Debruçava-se-lhe do olho luminoso uma ideia nova. Uma noite, estando em passeio com a mulher, confiou-lhe que era indispensável ir à Europa, viagem de seis meses apenas. Iriam ambos, com economia... Legazinha ficou fulminada. Em casa respondeu-lhe que nem ela iria, nem consentiria que ele fosse. Para quê? Algum novo sonho. Sales afirmou-lhe que era uma simples viagem de estudo, França, Inglaterra, Bélgica, a indústria das rendas. Uma grande fábrica de rendas; o Brasil dando malinas e bruxelas.

Não houve força que o detivesse, nem súplicas, nem lágrimas, nem ameaças de separação. As ameaças eram de boca. Melchior estava, desde muito, brigado com ambos; ela não abandonaria o marido. Sales embarcou, e não sem custo, porque amava deveras a mulher; mas era preciso, e embarcou. Em vez de seis meses, demorou-se sete; mas, em compensação, quando chegou, trazia o olhar seguro e radiante. A saudade, grande misericordiosa, fez com que a mulher esquecesse tantas desconsolações, e lhe perdoasse — tudo.

Poucos dias depois alcançou ele uma audiência do ministro do Império. Levou-lhe um plano soberbo, nada menos que arrasar os prédios do campo da Aclamação e substituí-los por edifícios públicos, de mármore. Onde está o quartel, ficaria o palácio da Assembleia Geral; na face oposta, em toda a extensão, o palácio do imperador. *David cum Sibyla*. Nas outras duas faces laterais ficariam os palácios dos sete ministérios, um para a Câmara Municipal e outro para o Diocesano.

— Repare vossa excelência que é toda a Constituição reunida — dizia ele rindo, para fazer rir o ministro —; falta só o Ato Adicional. As províncias que façam o mesmo.

Mas o ministro não se ria. Olhava para os planos desenrolados na mesa, feitos por um engenheiro belga, pedia explicações para dizer alguma coisa, e mais nada. Afinal disse-lhe que o governo não tinha recursos para obras tão gigantescas.

— Nem eu lhos peço — acudiu Sales. — Não preciso mais que de algumas concessões importantes. E o que não concederá o governo para ver executar este primor?

Durou seis meses esta ideia. Veio outra, que durou oito; foi um colégio, em que pôs à prova certo plano de estudos. Depois vieram outras, mais outras... Em todas elas gastava alguma coisa, e o dote da mulher desapareceu. Legazinha suportou com alma as necessidades; fazia balas e compotas para manter a casa. Entre duas ideias, Sales comovia-se, pedia perdão à consorte, e tentava ajudá-la na indústria doméstica. Chegou a arranjar um emprego ínfimo, no comércio; mas a imaginação vinha muita vez arrancá-lo ao solo triste e nu para as regiões magníficas, ao som dos guizos de algarismos do tambor da celebridade.

Assim correram os primeiros seis anos de casamento. Começando o sétimo, foi o nosso amigo acometido de uma lesão cardíaca e de uma ideia. Cuidou logo desta, que era uma máquina de guerra para destruir Humaitá; mas a doença, máquina eterna, destruiu-o primeiro a ele. Sales caiu de cama, a morte veio vindo; a mulher, desenganada, tratou de o persuadir a que se sacramentasse.

— Faço o que quiseres — respondeu ele ofegante.

Confessou-se, recebeu o viático e foi ungido. Para o fim, o aparelho eclesiástico, as cerimônias, as pessoas ajoelhadas, ainda lhe deram rebate à imaginação. A ideia de fundar uma igreja, quando sarasse, encheu-lhe o semblante de uma luz extraordinária. Os olhos reviveram. Vagamente, inventou um culto, sacerdote, milhares de fiéis. Teve reminiscências de Robespierre; faria um culto deísta, com cerimônias e festas originais, risonhas como o nosso céu... Murmurava palavras pias.

— Que é? — dizia Legazinha, ao pé da cama, com uma das mãos dele presa entre as suas, exausta de trabalho.

Sales não via nem ouvia a mulher. Via um campo vastíssimo, um grande altar ao longe, de mármore, coberto de folhagens e flores. O sol batia em cheio na congregação religiosa. Ao pé do altar via-se a si mesmo, magno sacerdote, com uma túnica de linho e cabeção de púrpura. Diante dele, ajoelhadas, milhares e milhares de criaturas humanas, com os braços erguidos ao ar, esperando o pão da verdade e da justiça... que ele ia... distribuir...

Gazeta de Notícias, *30 de maio de 1887; Machado de Assis.*

D. Jucunda

I

Ninguém, quando d. Jucunda aparece no Imperial Teatro de d. Pedro II, em algum baile, em casa, ou na rua, ninguém lhe dá mais de trinta e quatro anos. A verdade, porém, é que orça pelos quarenta e cinco; nasceu em 1843. A natureza tem assim os seus mimosos. Deixa correr o tempo, filha minha, disse a boa madre eterna; eu cá estou com as mãos para te amparar. Quando te enfastiares da vida, unhar-te-ei a cara, polvilhar-te-ei os cabelos, e darás um pulo dos trinta e quatro aos sessenta, entre um cotilhão e o almoço.

É provinciana. Chegou aqui no começo de 1860, com a madrinha — grande senhora de engenho, e um sobrinho desta, que era deputado... Foi o sobrinho quem propôs à tia esta viagem, mas foi a afilhada quem a efetuou, tão somente com fazer descair os olhos desconsolados.

— Não, não estou mais para essas folias do mar. Já vi o Rio de Janeiro... Você que acha, Cundinha? — perguntou d. Maria do Carmo.

— Eu gostava de ir, dindinha.

D. Maria do Carmo ainda quis resistir, mas não pôde; a afilhada ocupava em seu coração a alcova da filha que perdera em 1857. Viviam no engenho desde 1858. O pai de Jucunda, barbeiro de ofício, residia na vila, onde fora vereador e juiz de paz; quando a ilustre comadre lhe pediu a filha, não hesitou um instante; consentiu entregar-lha para benefício de todos. Ficou com a outra filha, Raimunda.

Jucunda e Raimunda eram gêmeas, circunstância que sugeriu ao pai a ideia de lhes dar nomes consoantes. Em criança, a beleza natural supria nelas qualquer outro alinho; andavam na loja e pela vizinhança, em camisa rota, pé descalço, muito enlameadas às vezes, mas sempre lindas. Aos doze anos perderam a mãe. Já então as duas irmãs não eram tão iguais. A beleza de Jucunda acentuava-se, ia caminhando para a perfeição; a de Raimunda, ao contrário, parava e murchava; as feições iam descambando na banalidade e no inexpressivo. O talhe da primeira tinha outro garbo, e as mãos, tão pequenas como as da irmã, eram macias — talvez, porque escolhiam ofícios menos ásperos.

Passando ao engenho da madrinha, Jucunda não sentiu a diferença de uma a outra fortuna. Não se admirou de nada, nem das paredes do quarto, nem dos móveis antigos, nem das ricas toalhas de crivo, nem das fronhas de renda. Não estranhou as mucamas (que nunca teve), nem as suas atitudes obedientes; aprendeu logo a linguagem do mando. Cavalos, redes, joias, sedas, tudo o que a madrinha lhe foi dando pelo tempo adiante, tudo recebeu, menos como obséquios de hospedagem que como restituição. Não expressava desejo que se lhe não cumprisse. Quis aprender piano, teve piano e mestre; quis francês, teve francês. Qualquer que fosse o preço das coisas, d. Maria do Carmo não lhe recusava nada.

A diferença de situação entre Jucunda e o resto da família era agravada pelo contraste moral. Raimunda e o pai acomodavam-se, sem esforço, às condições da vida precária e rude; fenômeno que Jucunda atribuía instintivamente à índole inferior de ambos. Pai e irmã, entretanto, achavam natural que a outra subisse a tais alturas, com esta particularidade que o pai tirava orgulho da elevação da filha, enquanto Raimunda nem conhecia esse sentimento; deixava-se estar na humildade ignorante. De gêmeas que eram, e criadas juntas, sentiam-se agora filhas do mesmo pai — um grande senhor de engenho, por exemplo — que houvera Raimunda em alguma agregada da casa.

Leitor, não há dificuldade em explicar essas coisas. São desacordos possíveis entre a pessoa e o meio, que os acontecimentos retificam, ou deixam subsistir até que os dois se acomodem. Há também naturezas rebeldes à elevação da fortuna. Vi atribuir à rainha Cristina esta explosão de cólera contra o famoso Espartero: "Fiz-te duque, fiz-te grande de Espanha; nunca te pude fazer fidalgo". Não respondo pela veracidade da anedota; afirmo só que a bela Jucunda nunca poderia ouvir à madrinha alguma coisa que com isso se parecesse.

II

— Sabe quem vai casar? — perguntou Jucunda à madrinha, depois de lhe beijar a mão.

Na véspera, estando a calçar as luvas para ir ao teatro Provisório, recebera cartas do pai e da irmã, deixou-as no toucador, para ler quando voltasse. Mas voltou tarde, e com tal sono, que esqueceu as cartas. Agora de manhã, ao sair do banho, vestida para o almoço, é que as pôde ler. Esperava que fossem como de costume, triviais e queixosas. Triviais seriam; mas havia a novidade do casamento da irmã com um alferes, chamado Getulino.

— Getulino de quê? — perguntou d. Maria do Carmo.

— Getulino... Não me lembro; parece que é Amarante, ou Cavalcanti. Não. Cavalcanti não é; parece que é mesmo Amarante. Logo vejo. Não tenho ideia de semelhante alferes. Há de ser gente nova.

— Quatro anos! — murmurou a madrinha. — Se eu era capaz de imaginar que ficaria aqui tanto tempo fora de minha casa!

— Mas a senhora está dentro de sua casa — replicou a afilhada dando-lhe um beijo.

D. Maria do Carmo sorriu. A casa era um velho palacete restaurado, no centro de uma grande chácara, bairro do Engenho Velho. D. Maria do Carmo tinha querido voltar à província, no prazo marcado novembro de 1860; mas a afilhada obteve a estação de Petrópolis; iriam em março de 1861. Março chegou, foi-se embora, e voltou ainda duas vezes, sem que elas abalassem daqui; estamos agora em agosto de 1863. Jucunda tem vinte anos.

Ao almoço, falaram do espetáculo da véspera e das pessoas que viram no teatro. Jucunda conhecia já a principal gente do Rio; a madrinha fê-la recebida, as relações multiplicaram-se; ela ia observando e assimilando. Bela e graciosa, vestindo-se bem e caro, ávida de crescer, não lhe foi difícil ganhar amigas e atrair pretendentes. Era das primeiras em todas as festas. Talvez o eco chegasse à vila natal — ou foi simples adivinhação de malévolo, que entendeu colar isto uma noite, nas paredes da casa do barbeiro:

> Nhã Cundinha
> Já rainha
> Nhã Mundinha
> Na cozinha.

O pai arrancou, indignado, o papel; mas a notícia correu depressa a vila toda, que era pequena, e foi o entretenimento de muitos dias. A vida é curta.

Jucunda, acabado o almoço, disse à madrinha que desejava mandar algumas coisas para o enxoval da irmã, e, às duas horas, saíram de casa. Já na varanda — o cupê embaixo, o lacaio de pé, desbarretado, com a mão no fecho da portinhola — d. Maria do Carmo notou que a afilhada parecia absorta; perguntou-lhe o que era.

— Nada — respondeu Jucunda, voltando a si.

Desceram; no último degrau, perguntou Jucunda se a madrinha é que mandara pôr as mulas.

— Eu não; foram eles mesmos. Querias antes os cavalos?

— O dia está pedindo os cavalos pretos; mas agora é tarde, vamos.

Entraram, e o cupê, tirado pela bela parelha de mulas gordas e fortes, dirigiu-se para o largo de São Francisco de Paula. Não disseram nada durante os primeiros minutos; d. Maria é que interrompeu o silêncio, perguntando o nome do alferes.

— Não é Amarante, não, senhora, nem Cavalcanti; chama-se Getulino Damião Gonçalves — respondeu a moça.

— Não conheço.

Jucunda tornou a mergulhar em si mesma. Um dos seus prazeres diletos, quando ia de carro, era ver a outra gente a pé, e gozar as admirações de relance. Nem esse a atraía agora. Talvez o alferes lhe fizesse lembrar algum general; verdade é que só os conhecia casados. Pode ser também que esse alferes, destinado a dar-lhe sobrinhos cabos de esquadra, viesse lançar-lhe alguma sombra aborrecida no céu brilhante e azul. As ideias passam tão rápidas e embrulhadas, que é difícil colhê-las, e pô-las em ordem; mas, enfim, se alguém supuser que ela cuidava também em certo homem, esse não andará errado. Era candidato recente o dr. Maia, que voltara da Europa, meses antes, para entrar na posse da herança da mãe. Com a do pai, ia a mais de seiscentos contos. A questão do dinheiro era aqui um tanto secundária, porque Jucunda tinha certa a herança da madrinha; mas não se há de mandar embora um homem, só porque possui seiscentos contos, não lhe faltando outras qualidades preciosas de figura e de espírito, um pouco de genealogia, e tal ou qual pontinha de ambição, que ela puxaria em tempo, como se faz às orelhas das crianças preguiçosas. Já havia recusado outros candidatos. De si mesma chegou a sonhar com um senador, posição feita e ministro possível. Aceitou este Maia; mas, gostando dele, e muito, por que é que não acabava de casar?

Por quê? Eis aí o mais difícil de aventar, amigo leitor. Jucunda não sabia o motivo. Era desses que nascem naqueles escaninhos da alma, em que o dono não penetra, mas penetramos nós outros, contadores de histórias. Creio que se liga à doença do pai. Já estava ferido, na asa, quando ela para cá veio; a moléstia foi crescendo, até fazer-se desenganada. Navalha não exclui espírito, haja vista Fígaro; o nosso velho disse à filha Jucunda, em uma das cartas, que tinha dentro de si um aprendiz de barbeiro, que lhe alanhava as entranhas. Se tal era, era também vagaroso, porque não acabava de escanhoá-lo. Jucunda não supunha que a eliminação do velho fosse necessária à celebração do casamento — ainda que por motivo de velar o passado; se claramente lhe viesse a ideia, é de crer que a repelisse com horror. Ao contrário, a ideia que agora mesmo lhe acudia, pouco antes de parar o cupê, é que não era bonito casar, enquanto o pai lá estava curtindo dores. Eis aí um motivo decente, leitor amigo; é o que procurávamos há pouco, é o que a alma pode confessar a si mesma, é o que tirou à fisionomia da moça o ar fúnebre que ela parecia haver trazido de casa.

Compraram o enxoval de Raimunda, e o remeteram pelo primeiro vapor, com cartas de ambas. A de Jucunda era mais longa que de costume; falava-lhe do noivo alferes, mas não empregava a palavra *cunhado*. Não tardou que viesse resposta da irmã, toda gratidão e respeitos. Sobre o pai dizia que ia com os seus achaques velhos, um dia pior, outro melhor; era opinião do doutor que podia morrer de repente, mas podia também aguentar meses e anos.

Jucunda meditou muito sobre a carta. Logo que Maia se lhe declarou, pediu-lhe ela que nada dissessem à madrinha por uns dias; ampliou o prazo a semanas;

não podia fazê-lo a meses ou anos. Foi à madrinha, e confiou a situação. Não quisera casar com o pai enfermo; mas, dada a incerteza da cura, era melhor casar logo.

— Vou escrever a meu pai, e peço-me a mim mesma — disse ela —, se dindinha achar que faço bem.

Escreveu ao pai, e terminou: "Não o convido para vir ao Rio de Janeiro, porque é melhor sarar antes; demais, logo que nos casarmos, lá iremos ter. Quero mostrar a meu marido (desculpe este modo de falar) a vilazinha do meu nascimento, e ver as coisas de que tanto gostei, em criança, o chafariz do largo, a matriz e o padre Matos. Ainda vive o padre Matos?".

O pai leu a carta com lágrimas; mandou-lhe dizer que sim, que podia casar, que não vinha por andar achacado; mas longe que pudesse...

— Mundinha exagerou muito — disse Jucunda à madrinha. — Quem escreve assim, não está para morrer.

Tinha proposto casamento à capucha, por causa do pai; mas o tom da carta fê-la aceitar o plano de d. Maria do Carmo e as bodas foram de estrondo. Talvez a proposta não lhe viesse da alma. Casaram-se pouco tempo depois. Jucunda viu mais de um dignitário do Estado inclinar-se diante dela, e dar-lhe os parabéns. Os mais célebres colos da cidade fizeram-lhe corte. Equipagens ricas, cavalos briosos, atirando as patas com vagar e graça, pela chácara dentro, muitas librés particulares, flores, luzes; fora, na rua, a multidão olhando. Monsenhor Tavares, membro influente do cabido celebrou o casamento.

Jucunda via tudo através de um véu mágico, tecido de ar e de sonho; conversações, música, danças, tudo era como uma longa melodia, vaga e remota, ou próxima e branda, que lhe tomava o coração, e pela primeira vez a fazia estupefata diante de alguma coisa deste mundo.

III

D. Maria do Carmo não alcançou que os recém-casados ficassem morando com ela. Jucunda desejava-o; mas o marido achou que não. Tinham casa na mesma rua, perto da madrinha; e assim viviam juntos e separados. De verão iam os três para Petrópolis, onde residiam debaixo do mesmo teto.

Extinta a melodia, secas as rosas, passados os primeiros dias do noivado, Jucunda pôde tomar pé no recente tumulto, e achou-se grande senhora. Já não era só a afilhada de d. Maria do Carmo, e sua provável herdeira; tinha agora o prestígio do marido; o prestígio e o amor. Maia literalmente adorava a mulher; inventava o que a pudesse fazer feliz, e acudia a cumprir-lhe o menor dos seus desejos. Um destes consistiu na série de jantares que deram em Petrópolis, durante uma estação, aos sábados, jantares que ficaram célebres; a flor da cidade ali ia por turmas. Nos dias diplomáticos, Jucunda teve a honra de ver a seu lado, algumas vezes, o internúncio apostólico.

Um dia, no Engenho Velho, recebeu Jucunda a notícia da morte do pai. A carta era da irmã; contava-lhe as circunstâncias do caso: o pai nem teve tempo de dizer: *ai, Jesus!* Caiu da rede abaixo e expirou.

Leu a carta sentada. Ficou por algum tempo com o papel na mão, a olhar fixamente; relembrava as coisas da infância, e a ternura do pai; saturava bem a alma daqueles dias antigos, despegava-se de si mesma, e acabou levando o lenço aos olhos, com os braços fincados nos joelhos. O marido veio achá-la nessa atitude, e correu para ela.

— Que é que tem? — perguntou-lhe.

Jucunda, sobressaltada, ergueu os olhos para ele; estavam úmidos; não disse nada.

— Que foi? — insistiu o marido.

— Morreu meu pai — respondeu ela.

Maia pôs um joelho no chão, pegou-a pela cintura e conchegou-a ao peito; ela escondeu a cara no ombro do marido, e foi então que as lágrimas romperam mais grossas.

— Vamos, sossegue. Olhe o seu estado.

Jucunda estava grávida. A advertência fê-la erguer de pronto a cabeça, e enxugar os olhos; a carta, envolvida no lenço, foi esconder no bolso a ruim ortografia da irmã e outros pormenores. Maia sentou-se na poltrona, com uma das mãos da mulher entre as suas.

Olhando para o chão, viu um papel impresso, trecho de jornal, apanhou-o e leu; era a notícia da morte do sogro, que Jucunda não vira cair de dentro da carta. Quando acabou de ler, deu com a mulher, pálida e ansiosa. Esta tirou-lhe o papel e leu também. Com pouco se aquietou. Viu que a notícia apontava tão-somente a vida política do pai, e concluía dizendo que este "era o modelo dos varões que sacrificam tudo à grandeza local; não fora isso, e o seu nome, como o de outros, menos virtuosos e capazes, ecoaria pelo país inteiro".

— Vamos, descansa; qualquer abalo pode fazer-te mal.

Não houve abalo; mas, à vista do estado de Jucunda, a missa por alma do pai foi dita na capela da madrinha, só para os parentes.

Chegado o tempo, nasceu o filho esperado, robusto como o pai, e belo como a mãe. Esse primeiro e único fruto, parece que veio ao mundo menos para aumentar a família, que para dar às graças pessoais de Jucunda o definitivo toque. Com efeito, poucos meses depois, Jucunda atingia o grau de beleza que conservou por muitos anos. A maternidade realçava a feminidade.

Só uma sombra empanou o céu daquele casal. Foi pelos fins de 1866. Jucunda estava a mirar o filho dormindo, quando lhe vieram dizer que uma senhora a procurava.

— Não disse quem é?

— Não disse, não, senhora.

— Bem vestida?

— Não, senhora; é assim meio esquisita, muito magra.

Jucunda olhou para o espelho e desceu. Embaixo, reiterou algumas ordens; depois, pisando rijo e farfalhando as saias, foi ter com a visita. Quando entrou na sala de espera, viu uma mulher de pé, magra, amarelada, envolvida em um xale velho e escuro, sem luvas nem chapéu. Ficou por alguns instantes calada, esperando; a outra rompeu o silêncio: era Raimunda.

— Não me conhece, Cundinha?

Antes que acabasse, já a irmã a reconhecera. Jucunda caminhou para ela, abraçou-a, fê-la sentar-se; admirou-se de a ver aqui, sem saber de nada; a última carta recebida era já de muito tempo; quando chegara?

— Há cinco meses; Getulino foi para a guerra, como sabe; eu vim depois, para ver se podia...

Falava com humildade e a medo, baixando os olhos a miúdo. Antes de vir a irmã, estivera mirando a sala, que cuidou ser a principal da casa; tinha receio de macular a palhinha do chão. Todas as galanterias da parede e da mesa central, os filetes de ouro de um quadro, cadeiras, tudo lhe pareciam riquezas do outro mundo. Já antes de entrar, ficara por algum tempo a contemplar a casa, tão grande e tão rica. Contou à irmã que perdera o filho, ainda na província; agora viera com a ideia de seguir para o Paraguai, ou para onde estivesse mais perto do marido. Getulino escrevera-lhe que voltasse para a província ou ficasse aqui.

— Mas que tem feito nestes cinco meses?

— Vim com uma família conhecida, e aqui fiquei costurando para ela. A família foi para São Paulo, vai fazer um mês; pagou o primeiro aluguel de uma casinha onde moro, costurando para fora.

Enquanto a irmã falava, Jucunda contornava-a com os olhos — desde o vestido de seda já gasto — o último do enxoval, o xale escuro, as mãos amarelas e magras, até as bichinhas de coral que lhe dera ao sair da província. Era evidente que Raimunda pusera em si o melhor que possuía para honrar a irmã. Jucunda viu tudo; não lhe escaparam sequer os dedos maltratados do trabalho, e o composto geral tanto lhe deu pena como repulsa. Raimunda ia falando, contou-lhe que o marido saíra tenente por atos de bravura e outras muitas coisas. Não dizia *você*; para não empregar *senhora*, falava indiretamente: "Viu? Soube? Eu lhe digo. Se quiser...". E a irmã, que a princípio fez um gesto para dizer que deixasse aqueles respeitos, depressa o reprimiu, e deixou-se tratar como à outra parecesse melhor.

— Tem filhos?

— Tenho um — acudiu Jucunda —, está dormindo.

Raimunda concluiu a visita. Quisera vê-la e, ao mesmo tempo, pedir-lhe proteção. Havia de conhecer pessoas que pagassem melhor. Não sabia fazer vestidos de francesas, nem de luxo, mas de andar em casa, sim, e também camisas de crivo. Jucunda não pôde sorrir. Pobre costureira do sertão! Prometeu ir vê-la, pediu indicação da casa, e despediu-a ali mesmo.

Em verdade, a visita deixou-lhe uma sensação mui complexa: dó, tédio, impaciência. Não obstante, cumpriu o que disse, foi visitá-la à rua do Costa, ajudou-a com dinheiro, mantimento e roupa. Voltou ainda lá, como a outra tornou ao Engenho Velho, sem acordo, mas às furtadelas. No fim de dois meses, falando-lhe o marido na possibilidade de uma viagem à Europa, Jucunda persuadiu a irmã da necessidade de regressar à província; mandar-lhe-ia uma mesada, até que o tenente voltasse da guerra.

Foi então que o marido recebeu aviso anônimo das visitas da mulher à rua do Costa, e das que lhe fazia, em casa, uma mulher suspeita. Maia foi à rua do Costa, achou Raimunda arranjando as malas para embarcar no dia seguinte. Quando ele lhe falou do Engenho Velho, Raimunda adivinhou que era o marido da irmã; explicou as visitas, dizendo que "dona Jucunda era sua patrícia e antiga protetora"; agora mesmo, se voltava para a vila natal, era com o dinheiro dela, roupas e tudo. Maia, depois de longo interrogatório, saiu dali convencido. Não disse nada em casa; mas, três meses depois, por ocasião de falecer d. Maria do Carmo, referiu Jucunda ao marido a grande e sincera afeição que a defunta lhe tinha, e ela à defunta.

Maia lembrou-se então da rua do Costa.

— Todos lhe querem bem a você, já sei — interrompeu ele —, mas por que é que nunca me falou daquela pobre mulher, sua protegida, que aqui esteve há tempos, uma que morava na rua do Costa?

Jucunda empalideceu. O marido contou-lhe tudo, a carta anônima, a entrevista que tivera com Raimunda, e finalmente a confissão desta, as próprias palavras, ditas com lágrimas. Jucunda sentiu-se vexada e confusa.

— Que mal há em fazer bem, quando a pessoa o merece? — perguntou-lhe o marido, concluindo a frase com um beijo.

— Sim, era excelente mulher, muito trabalhadeira...

IV

Não houve outra sombra na vida conjugal. A morte do marido ocorreu em 1884. Bela, com a meação do casal, e a herança da madrinha, contando quarenta e cinco anos que parecem trinta e quatro, tão querida da natureza como da fortuna, pode contrair segundas núpcias, e não lhe faltam candidatos; mas não pensa nisso. Tem boa saúde e grande consideração.

A irmã faleceu antes de acabar a guerra. Getulino galgou os postos em campanha, e saiu há alguns anos brigadeiro. Reside aqui; vai jantar, aos domingos, com a cunhada e o filho desta, no palacete de d. Maria do Carmo, para onde a nossa d. Jucunda se mudou. Tem escrito alguns opúsculos sobre armamento e composição do Exército, e outros assuntos militares. Dizem que deseja ser ministro da Guerra. Aqui, há tempos, falando-se disso no Engenho Velho, perguntou alguém a d. Jucunda se era verdade que o cunhado fitava as cumeadas do poder.

— O general? — retorquiu ela com o seu grande ar de matrona elegante. — Pode ser. Não conheço os seus planos políticos, mas acho que daria um bom ministro de Estado.

Gazeta de Notícias, *1º de janeiro de 1889; Machado de Assis.*

Como se inventaram os almanaques

Some-te, bibliógrafo! Não tenho nada contigo. Nem contigo, curioso de histórias poentas. Sumam-se todos; o que vou contar interessa a outras pessoas menos especiais e muito menos aborrecidas. Vou dizer como se inventaram os almanaques.

Sabem que o Tempo é, desde que nasceu, um velho de barbas brancas. Os poetas não lhe dão outro nome: o velho Tempo. Ninguém o pintou de outra maneira. E como há quem tome liberdades com os velhos, uns batem-lhe na barriga (são os patuscos), outros chegam a desafiá-lo; outros lutam com ele, mas o diabo vence-os a todos; é de regra.

Entretanto, uma coisa é barba, outra é coração. As barbas podem ser velhas e os corações novos; e vice-versa: há corações velhos com barbas recentes. Não é regra, mas dá-se. Deu-se com o Tempo. Um dia o Tempo viu uma menina de quinze anos, bela como a tarde, risonha como a manhã, sossegada como a noite, um composto de graças raras e finas, e sentiu que alguma coisa lhe batia do lado esquerdo. Olhou para ela e as pancadas cresceram. Os olhos da menina, verdadeiros fogos, faziam arder os dele só com fitá-los.

— Que é isto? — murmurou o velho.

E os beiços do Tempo entraram a tremer e o sangue andava mais depressa, como cavalo chicoteado, e todo ele era outro. Sentiu que era amor; mas olhou para o oceano, vasto espelho, e achou-se velho. Amaria aquela menina a um varão tão idoso? Deixou o mar, deixou a bela, e foi pensar na batalha de Salamina.

As batalhas velhas eram para ele como para nós velhos sapatos. Que lhe importava Salamina? Repetiu-a de memória, e por desgraça dele, viu a mesma donzela entre os combatentes, ao lado de Temístocles. Dias depois trepou a um píncaro, o Chimborazo; desceu ao deserto de Sinai; morou no sol, morou na lua; em toda parte lhe aparecia a figura de bela menina de quinze anos. Afinal ousou ir ter com ela.

— Como te chamas, linda criatura?

— Esperança é o meu nome.

— Queres amar-me?

— Tu estás carregado de anos — respondeu ela —, eu estou na flor deles. O casamento é impossível. Como te chamas?

— Não te importa o meu nome; basta saber que te posso dar todas as pérolas de Golconda...

— Adeus!

— Os diamantes de Ofir...

— Adeus!

— As rosas de Saarão...

— Adeus! Adeus!

— As vinhas de Engaddi...

— Adeus! adeus! adeus! Tudo isso há de ser meu um dia; um dia breve ou longe, um dia...

Esperança fugiu. O Tempo ficou a olhar, calado, até que a perdeu de todo. Abriu a boca para amaldiçoá-la, mas as palavras que lhe saíam eram todas de bênção; quis cuspir no lugar em que donzela pousara os pés, mas não pôde impedir-se de beijá-lo.

Foi por essa ocasião que lhe acudiu a ideia do almanaque. Não se usavam almanaques. Vivia-se sem eles; negociava-se, adoecia-se, morria-se, sem se consultar tais livros. Conhecia-se a marcha do sol e da lua; contavam-se os meses e os anos; era, ao cabo, a mesma coisa; mas não ficava escrito, não se numeravam anos e semanas, não se nomeavam dias nem meses, nada; tudo ia correndo, como passarada que não deixa vestígios no ar.

— Se eu achar um modo de trazer presente aos olhos os dias e os meses, e o reproduzir todos os anos, para que ela veja palpavelmente ir-se-lhe a mocidade...

Raciocínio de velho, mas tudo se perdoa ao amor, ainda quando ele brota de ruínas. O Tempo inventou o almanaque; compôs um simples livro, seco, sem margens, sem nada; tão somente os dias, as semanas, os meses e os anos. Um dia, ao amanhecer, toda a terra viu cair do céu uma chuva de folhetos; creram a princípio que era geada de nova espécie, depois, vendo que não, correram todos assustados; afinal, um mais animoso pegou de um dos folhetos, outros fizeram a mesma coisa, leram e entenderam. O almanaque trazia a língua das cidades e dos campos em que caía. Assim toda a terra possuiu, no mesmo instante, os primeiros almanaques. Se muitos povos os não têm ainda hoje, se outros morreram sem os ler, é porque vieram depois dos acontecimentos que estou narrando. Naquela ocasião o dilúvio foi universal.

— Agora, sim — disse Esperança pegando no folheto que achou na horta —, agora já me não engano nos dias das amigas. Irei jantar ou passar a noite com elas, marcando aqui nas folhas, com sinais de cor os dias escolhidos.

Todas tinham almanaques. Nem só elas, mas também as matronas, e os velhos e os rapazes, juízes, sacerdotes, comerciantes, governadores, fâmulos; era moda trazer o almanaque na algibeira. Um poeta compôs um poema atribuindo a invenção da obra às Estações, por ordem de seus pais, o sol e a lua; um astrônomo, ao contrário, provou que os almanaques eram destroços de um astro onde desde a origem dos séculos estavam escritas as línguas faladas na terra e provavelmente nos outros planetas. A explicação dos teólogos foi outra. Um grande físico entendeu que os almanaques eram obra da própria terra, cujas palavras, acumuladas no ar, formaram-se em ordem, imprimiram-se no próprio ar, convertido em folhas de papel, graças... Não continuou; tantas e tais eram as sentenças, que a de Esperança foi a mais aceita do povo.

— Eu creio que o almanaque é o almanaque — dizia ela rindo.

Quando chegou o fim do ano, toda a gente, que trazia o almanaque com mil cuidados, para consultá-lo no ano seguinte, ficou espantada de ver cair à noite outra chuva de almanaques. Toda a terra amanheceu alastrada deles; eram os do ano-novo. Guardaram naturalmente os velhos. Ano findo, outro almanaque; assim foram eles vindo, até que Esperança contou vinte e cinco anos, ou, como então se dizia, vinte e cinco almanaques.

Nunca os dias pareceram correr tão depressa. Voavam as semanas, com elas os meses, e, mal o ano começava, estava logo findo. Esse efeito entristeceu a terra. A própria Esperança, vendo que os dias passavam tão velozes, e não achando marido, pareceu desanimada; mas foi só um instante. Nesse mesmo instante apareceu-lhe o Tempo.

— Aqui estou, não deixes que te chegue a velhice... Ama-me...

Esperança respondeu-lhe com duas gaifonas, e deixou-se estar solteira. Há de vir o noivo, pensou ela.

Olhando-se ao espelho, viu que mui pouco mudara. Os vinte e cinco almanaques quase lhe não apagaram a frescura dos quinze. Era a mesma linda e jovem Esperança. O velho Tempo, cada vez mais afogueado em paixão, ia deixando cair os almanaques, ano por ano, até que ela chegou aos trinta e daí aos trinta e cinco.

Eram já vinte almanaques; toda a gente começava a odiá-los, menos Esperança, que era a mesma menina das quinze primaveras. Trinta almanaques, quarenta, cinquenta, sessenta, cem almanaques; velhices rápidas, mortes sobre mortes, recordações amargas e duras. A própria Esperança, indo ao espelho, descobriu um fio de cabelo branco e uma ruga.

— Uma ruga! Uma só!

Outras vieram, à medida dos almanaques. Afinal a cabeça de Esperança ficou sendo um pico de neve, a cara um mapa de linhas. Só o coração era verde como acontecia ao Tempo; verdes ambos, eternamente verdes. Os almanaques iam sempre caindo. Um dia, o Tempo desceu a ver a bela Esperança; achou-a anciã, mas forte, com um perpétuo riso nos lábios.

— Ainda assim te amo, e te peço... — disse ele.

Esperança abanou a cabeça; mas, logo depois, estendeu-lhe a mão.

— Vá lá — disse ela —, ambos velhos, não será longo o consórcio.

— Pode ser indefinido.

— Como assim?

O velho Tempo pegou da noiva e foi com ela para um espaço azul e sem termos, onde a alma de um deu à alma de outro o beijo da eternidade. Toda a criação estremeceu deliciosamente. A verdura dos corações ficou ainda mais verde.

Esperança, daí em diante, colaborou nos almanaques. Cada ano, em cada almanaque, atava Esperança uma fita verde. Então a tristeza dos almanaques era assim alegrada por ela; e nunca o Tempo dobrou uma semana que a esposa não pusesse um mistério na semana seguinte. Deste modo todas elas foram passando, vazias ou cheias, mas sempre acenando com alguma coisa que enchia a alma dos homens de paciência e de vida.

Assim as semanas, assim os meses, assim os anos. E choviam almanaques, muitos deles entremeados e adornados de figuras, de versos, de contos, de anedotas, de mil coisas recreativas. E choviam. E chovem. E hão de chover almanaques. O Tempo os imprime, Esperança os brocha; é toda a oficina da vida.

Almanaque das Fluminenses, *janeiro de 1890; M. de A.*

Pobre Finoca!

— Que é isso? Você parece assustada. Ou é namoro novo?

— Que novo? é o mesmo, Alberta; é o mesmo aborrecido que me persegue; viu-me agora passar com mamãe, na esquina da rua da Quitanda, e, em vez de seguir o seu caminho, veio atrás de nós. Queria ver se ele já passou.

— O melhor é não olhar para a porta; conversa comigo.

Toda a gente, por menos que adivinhe, sabe logo que esta conversação tem por teatro um armarinho da rua do Ouvidor. Finoca (o nome é Josefina) entrou agora mesmo com a velha mãe e foram sentar-se ao balcão, onde esperam agulhas; Alberta, que está ali com a irmã casada, também aguarda alguma coisa, parece que uma peça de cadarço. Condição mediana, de ambas as moças. Ambas bonitas. Os empregados trazem caixas, elas escolhem.

— Mas você não terá animado a perseguição, com os olhos? — perguntou Alberta, baixinho.

Finoca respondeu que não. A princípio olhou para ele; curiosa, naturalmente;

uma moça olha sempre uma ou duas vezes, explicava a triste vítima; mas daí em diante, não se importou com ele. O idiota, porém (é o próprio termo empregado por ela), cuidou que estava aceito e toca a andar, a passar pela porta, a esperá-la nos pontos dos bondes; até parece que adivinha quando ela vai ao teatro, porque sempre o acha à porta, ao pé do bilheteiro.

— Não será fiscal do teatro? — aventou Alberta rindo.
— Talvez — admitiu Finoca.

Pediram mais cadarços e mais agulhas, que o empregado foi buscar, e olharam para a rua, de onde entravam várias senhoras, umas conhecidas, outras não. Cumprimentos, beijos, notícias, perguntas e respostas, troca de impressões de um baile, de um passeio ou de uma corrida de cavalos. Grande rumor no armarinho; falam todas, algumas sussurram apenas, outras riem; as crianças pedem isto ou aquilo, e os empregados curvados atendem risonhos à freguesia, explicam-se, defendem-se.

— Perdão, minha senhora; o metim era desta largura.
— Qual, senhor Silveira! Deixe, que eu lhe trago amanhã os dois metros.
— Senhor Queirós!
— Que manda vossa excelência?
— Dê-me aquela fita encarnada de sábado.
— Da larga?
— Não, da estreita.

E o sr. Queirós vai buscar a caixa das fitas, enquanto a dama, que as espera, examina de esguelha outra dama que entrou agora mesmo, e parou no meio da loja. Todas as cadeiras estão ocupadas. *The table is full*, como em *Macbeth*; e, como em *Macbeth*, há um fantasma, com a diferença que este não está sentado à mesa, entra pela porta; é o idiota, perseguidor de Finoca, o suposto fiscal de teatro, um rapaz que não é bonito nem elegante, mas simpático e veste com asseio. Tem um par de olhos, que valem pela lanterna de Diógenes; procuram a moça e dão com ela; ela dá com ele; movimento contrário de ambos; ele, Macedo, pede a um empregado uma bolsinha de moedas, que viu à porta, no mostrador, e que lhe traga outras à escolha. Disfarça, puxa os bigodes, consulta o relógio, e parece que o mostrador está empoeirado, porque ele tira do bolso um lenço com que o limpa; lenço de seda.

— Olha, Alberta, vê-se mesmo que entrou por minha causa. Vê, está olhando para cá.

Alberta verificou disfarçadamente que sim; ao mesmo tempo que o rapaz não tinha má cara nem modos feios.

— Para quem gostasse dele, era boa escolha — disse ela à amiga.
— Pode ser, mas para quem não gosta, é um tormento.
— Isso é verdade.
— Se você não tivesse já o Miranda, podia fazer-me o favor de o entreter, enquanto ele se esquece de mim, e fico livre.

Alberta riu-se.

— Não é má ideia — disse —, era assim um modo de tapar-lhe os olhos, enquanto você foge. Mas então ele não tem paixão; quer só namoro, passar o tempo...
— Pode ser isso mesmo. Contra velhaco, velhaca e meia.
— Perdão; duas velhacas, porque somos duas. Você não pensa, porém, em

uma coisa; é que era preciso chamá-lo a mim, e não é coisa que se peça a uma amiga séria. Pois eu iria agora fazer-lhe sinais...

— Aqui estão as agulhas que vossa excelência...

Interrompeu-se a conversação; trataram das agulhas, enquanto Macedo tratou das bolsinhas, e o resto da freguesia das suas compras. Sussurro geral. Ouviu-se um toque de caixa; era um batalhão que subia a rua do Ouvidor. Algumas pessoas foram vê-lo passar às portas. A maior parte deixou-se ficar ao balcão, escolhendo, falando, matando o tempo. Finoca não se levantou; mas Alberta, com o pretexto de que Miranda (o namorado) era tenente de infantaria, não pôde resistir ao espetáculo militar. Quando ela voltou para dentro, Macedo, que espiava o batalhão por cima do ombro da moça, deu-lhe galantemente passagem. Saíram e entraram fregueses. Macedo, à força de cotejar bolsinhas, foi obrigado a comprar uma delas, e pagá-la; mas não a pagou com o preço exato, deu nota maior para obrigar ao troco. Entretanto, esperava e olhava para a esquina Finoca, que estava de costas, tal qual a amiga. Esta ainda olhou disfarçadamente, como quem procura outra coisa ou pessoa, e deu com os olhos dele, que pareciam pedir-lhe misericórdia e auxílio. Alberta disse isto à outra, e chegou a aconselhar-lhe que, sem olhar para ele, voltasse a cabeça.

— Deus me livre! Isto era dar corda, e condenar-me.

— Mas, não olhando...

— É a mesma coisa; o que me perdeu foi isso mesmo, foi olhar algumas vezes, como já disse a você; meteu-se-lhe em cabeça que o adoro, mas que sou medrosa, ou caprichosa, ou qualquer outra coisa...

— Pois olhe, eu se fosse você olhava algumas vezes. Que mal faz? Era até melhor que ele perdesse as esperanças, quando mais contasse com elas.

— Não.

— Coitado! parece que pede esmolas.

— Você olhou outra vez?

— Olhei. Tem uma cara de quem padece. Recebeu o troco do dinheiro sem contar, só para me dizer que você é a moça mais bonita do Rio de Janeiro, não desfazendo em mim, já se vê.

— Você lê muita coisa...

— Eu leio tudo.

De fato, Macedo parecia implorar à amiga de Finoca. Talvez houvesse compreendido a confidência, e queria que ela servisse de terceira aos amores — a uma paixão do inferno, como se dizia nos dramas guedelhudos. Fosse o que fosse, não podia ficar na loja mais tempo, sem comprar mais nada, nem conhecer ninguém. Tratou de sair; fê-lo por uma das portas extremas, e caminhou em sentido contrário a fim de espiar pelas outras duas portas a moça dos seus desejos. Elas é que o não viram.

— Já foi? — perguntou Finoca dali a instantes à amiga.

Alberta voltou a cabeça e percorreu a loja com os olhos.

— Já foi.

— É capaz de esperar-me na esquina.

— Pois você muda de esquina.

— Como? se não sei se ele desceu ou subiu?

E depois de alguns momentos de reflexão:

— Alberta, faz-me este favor!
— Que favor?
— O que lhe pedi há pouco.
— Está tola! Vamos embora...
— O tenente não apareceu hoje?
— Ele não vem às lojas.
— Ah! se ele desse algumas lições ao meu perseguidor! Vamos, mamãe?

Saíram todos e subiram a rua. Finoca não se enganara; Macedo estava à esquina da rua dos Ourives. Disfarçou, mas fitou logo os olhos nela. Ela não tirou os seus do chão, e foram os de Alberta que receberam os dele, entre curiosa e piedosa. Macedo agradeceu o favor.

— Nem caso! — gemeu ele consigo. — A outra, ao menos, parece ter compaixão de mim.

Seguiu-as, meteu-se no mesmo bonde, que as levou ao largo da Lapa, onde se apearam e foram pela rua das Mangueiras. Nesta morava Alberta; a outra na dos Barbonos. A amiga ainda lhe deu uma esmola; a avara Finoca nem voltou a cabeça.

Pobre Macedo! exclamarás tu, ao invés do título, e realmente, não se dirá que esse rapaz ande no regaço da Fortuna. Tem um emprego público, qualidade já de si pouco recomendável ao pai de Finoca; mas, além de ser público, é mal pago. Macedo faz proezas de economia para ter o seu lenço de seda, roupa à moda, perfumes, teatro, e, quando há Lírico, luvas. Vive em um quarto de casa de hóspedes, estreito, sem luz, com mosquitos e (para que negá-lo?) pulgas. Come mal para vestir bem; e, quanto aos incômodos da alcova, valem tanto como nada, porque ele ama — não de agora — tem amado sempre, é a consolação ou compensação das outras faltas. Agora ama a Finoca, mas de um modo mais veemente que de outras vezes, uma paixão sincera, não correspondida. Pobre Macedo!

Cinco ou seis semanas depois do encontro no armarinho, houve um batizado na família de Alberta, o de um sobrinho desta, filho de um irmão empregado no comércio. O batizado era de manhã, mas havia baile à noite — e prometia ser de espavento. Finoca mandou fazer um vestido especial; as valsas e quadrilhas encheram-lhe a cabeça, dois dias antes do aprazado. Encontrando-se com Alberta, viu-a triste, um pouco triste. Miranda, o namorado, que era ao mesmo tempo tenente de infantaria, recebera ordem de ir para São Paulo.

— Em comissão?
— Não; vai com o batalhão.
— Eu, se fosse ele, fingia-me constipado, e ia no dia seguinte.
— Mas já foi!
— Quando?
— Ontem de madrugada. Segundo me disse, de passagem, na véspera, parece que a demora é pequena. Estou pronta a esperar; mas a questão não é essa.
— Qual é?
— A questão é que ele devia ser apresentado em casa, no dia do baile, e agora...

Os olhos da moça confirmaram discretamente a sinceridade da dor; umedeceram-se e verteram duas lágrimas pequeninas. Seriam as últimas? seriam as primeiras? seriam as únicas? Eis aí um problema, que tomaria espaço à narração, sem grande proveito para ela, porque aquilo que se não acaba entendendo, melhor é não gastar tempo em explicá-lo. Sinceras eram as lágrimas, isso eram. Finoca tratou de as enxugar com algumas palavras de boa amizade e verdadeira pena.

— Fica descansada, ele volta; São Paulo é aqui perto. Talvez volte capitão.

Que remédio tinha Alberta, senão esperar? Esperou. Enquanto esperava, cuidou do batizado, que, em verdade, devia ser uma festa de família. Na véspera as duas amigas ainda estiveram juntas; Finoca tinha um pouco de dor de cabeça, estava aplicando não sei que medicamento, e contava acordar boa. Em que se fiava, não sei; sei que acordou pior com uma pontinha de febre, e posto quisesse ir assim mesmo, os pais não o consentiram, e a pobre Finoca não estreou naquele dia o vestido especial. Tanto pior para ela, porque o pesar aumentou o mal; à meia-noite, quando mais acesas deviam estar as quadrilhas e valsas, a febre ia em trinta e nove graus. Creio que se lhe dessem a escolher, ainda assim dançaria. Para que a desgraça fosse maior, a febre declinou sobre a madrugada, justamente à hora em que, de costume, os bailes executam as últimas danças.

Contava que Alberta viesse naquele mesmo dia visitá-la e narrar-lhe tudo; mas esperou-a em vão. Pelas três horas recebeu um bilhete da amiga, pedindo-lhe perdão de não ir vê-la. Constipara-se e chovia; estava rouca; entretanto, não queria demorar-se em dar-lhe notícias da festa.

> Esteve magnífica, escrevia ela, se é que alguma coisa pode estar magnífica sem você e sem ele. Mas, enfim, agradou a todos, e principalmente aos pais do pequeno. Você já sabe o que meu irmão é, em coisas desta ordem. Dançamos até perto de três horas. Estavam os parentes quase todos, os amigos de costume, e alguns convidados novos. Um deles foi a causa da minha constipação, e dou-lhe um doce se você adivinhar o nome deste malvado. Digo só que é um fiscal de teatro. Adivinhou? Não diga que é Macedo, porque então recebe mesmo o doce. É verdade, Finoca; o tal sujeito que te persegue apareceu aqui, ainda não sei bem como; ou foi apresentado ontem a meu irmão, e convidado logo por ele; ou este já o conhecia antes, e lembrou-se de lhe mandar convite. Também não estou longe de crer, que, qualquer que fosse o caso, ele tratou de se fazer convidado, contando com você. Que lhe parece? Adeus, até amanhã, se não chover.

Não choveu. Alberta foi visitá-la, achou-a melhor, quase boa. Repetiu-lhe a carta, e desenvolveu-a, confirmando as relações de Macedo com o irmão. Confessou-lhe que o rapaz, tratado de perto, não era tão desprezível como parecia à outra.

— Eu não disse desprezível — acudiu Finoca.

— Você disse idiota.

— Sim; idiota...

— Nem idiota. Conversado e muito atencioso. Diz até coisas bonitas. Eu lembrei-me do que você me pediu, e estou, quase não quase, a tentar prendê-lo; mas lembrei-me também do meu Miranda, e achei feio. Contudo, dançamos duas valsas.

— Sim?

— E duas quadrilhas. Você sabe, poucos dançantes. Muitos jogadores de solo e conversadores de política.

— Mas como foi a constipação?

— A constipação não teve nada com ele; foi um modo que achei de dar a notícia. E olha que não dança mal, ao contrário.

— Um anjo, em suma?

— Eu, se fosse você, não o deixaria ir assim. Acho que dá um bom marido. Experimente, Finoca.

Macedo saíra do baile um tanto consolado da ausência de Finoca; as maneiras de Alberta, a elegância do vestido, as feições bonitas, e um certo ar de tristeza que, de quando em quando, lhe cobria o rosto, tudo e cada uma dessas notas particulares era de fazer pensar alguns minutos antes de dormir. Foi o que lhe aconteceu. Vira outras moças; mas nenhuma tinha o ar daquela. E depois era graciosa nos intervalos de tristeza; dizia palavras doces, ouvia com interesse. Supor que o tratou assim só por desconfiar que ele gostava da amiga, isto é que lhe parecia absurdo. Não, realmente, era um anjo.

— Um anjo — disse ele daí a dias ao irmão de Alberta.

— Quem?

— Dona Alberta, sua irmã.

— Sim, boa alma, excelente criatura.

— Pareceu-me isso mesmo. Para conhecer uma pessoa, bastam às vezes alguns minutos. E depois é muito galante — galante e modesta.

— Um anjo! — repetiu o outro sorrindo.

Quando Alberta soube deste pequeno diálogo — contou-lho o irmão — sentiu-se um tanto lisonjeada, talvez muito. Não eram pedras que o rapaz lhe atirava de longe, mas flores — e flores aromáticas. De maneira que, quando no domingo próximo o irmão o convidou a jantar em casa dele, e ela viu entrar, pouco antes de irem para a mesa, a pessoa do Macedo, teve um estremecimento agradável. Cumprimentou-o com prazer. E perguntou a si mesma, por que é que Finoca desdenhava de um moço tão digno, tão modesto... Repetiu ainda este adjetivo. É que ambos teriam a mesma virtude.

Dias depois, dando notícia do jantar a Finoca, Alberta referiu novamente a impressão que lhe deixara o Macedo, e instou com a amiga para que lhe desse corda, e acabassem casando.

Finoca pensou alguns instantes:

— Você, que já dançou com ele duas valsas e duas quadrilhas, e jantou à mesma mesa, e ouviu francamente as suas palavras, pode ter essa opinião; a minha é inteiramente contrária. Acho que ele é um cacete.

— Cacete porque gosta de você?

— Há diferença entre perseguir uma pessoa e dançar com outra.

— É justamente o que eu digo — acudiu Alberta —, se você dançar com ele, verá que é outro; mas, não dance, fale só... Ou então, volto ao plano que tínhamos: vou falar-lhe de você, animá-lo...

— Não, não.

— Sim, sim.

— Então brigamos.

— Pois brigaremos, contanto que façamos as pazes na véspera do casamento.

— Mas que interesse tem você nisto?

— Porque acho que você gosta dele, e, se não gostava muito nem pouco, começa a gostar agora.

— Começo? Não entendo.

— Sim, Finoca; você já me disse duas palavras com a testa franzida. Sabe o que é? É um bocadinho de ciúme. Desde que soube do baile e do jantar, ficou meio ciumenta, arrependida de não ter animado o moço... Não negue; é natural. Mas faça uma coisa; para que Miranda não se esqueça de mim, vá você a São Paulo, e trate de fazer-me boas ausências. Aqui está a carta que recebi ontem dele.

Dizendo isto, desabotoou um pedaço do corpinho, e tirou uma carta, que ali trazia, quente e aromada. Eram quatro páginas de saudades, de esperanças, de imprecações contra o céu e a terra, adjetivada e beijada, como é de uso nesse gênero epistolar. Finoca apreciou muito o documento; felicitou a amiga pela fidelidade do namorado, e chegou a confessar que lhe tinha inveja. Foi adiante; nunca recebera de ninguém uma epístola assim, tão ardente, tão sincera... Alberta deu-lhe uma pancadinha na face com o papel, e releu-o depois, para si. Finoca, olhando para ela, disse consigo:

— Creio que também ela gosta muito dele.

— Se você nunca recebeu uma assim — disse-lhe Alberta — é porque não quer. O Macedo...

— Basta de Macedo!

A conversa voltou ao ponto de partida, e as duas moças andaram no mesmo círculo vicioso. Não tenho culpa se eram escassas de assunto e de ideias. Hei de contar a história, que é curta, tal qual ela é, sem lhe pôr mais nada, além da boa vontade e da franqueza. Assim, para ser franco, direi que a repulsa de Finoca não era talvez falta de interesse nem de curiosidade. A prova é que, naquela mesma semana, passando-lhe pela porta o Macedo, e olhando naturalmente para ela, Finoca afligiu-se menos que das outras vezes; é certo que desviou os olhos logo, mas sem horror; não deixou a janela, e, quando ele, ao dobrar a esquina, voltou a cabeça, e não a viu fitá-lo, viu-a fitar o céu, que é um refúgio e uma esperança. Tu concluirias assim, rapaz que me lês; Macedo não foi tão longe.

— Afinal, o melhor é não pensar mais nela — murmurou andando.

Entretanto, ainda pensou nela, de mistura com a outra, viu-as ao pé de si, uma desdenhosa, outra atenciosa, e perguntou por que é que as mulheres haviam de ser diferentes; mas, advertindo que os homens também o eram, convenceu-se que não nascera para os problemas morais, e deixou cair os olhos no chão. Não caíram no chão, mas nos sapatos. Mirou-os bem. Que lindos que eram os sapatos! Não eram recentes, mas um dos talentos do Macedo era saber conservar a roupa e o calçado. Com pouco dinheiro, fazia sempre bonita figura.

— Sim — repetiu ele, daí a vinte minutos, rua da Ajuda abaixo —, o melhor é não pensar mais nela.

E pôs mentalmente os olhos em Alberta, tão cheia de graça, tão elegante de corpo, tão doce de palavras — uma perfeição. Mas por que é que, sendo atenta com ele, furtava-se-lhe quando ele a mirava de certo modo? Zanga não era, nem desdém, porque daí a pouco falava-lhe com a mesma bondade, perguntava-lhe isto e aquilo, respondia bem, sorria, e cantava, quando ele lhe pedia que cantasse. Macedo animava-se com isto, arriscava outro daqueles olhares doces e ferinos, a um tempo, e a moça voltava o rosto, disfarçando. Eis aí outro problema, mas desta vez não fitou o chão nem os sapatos. Foi andando, esbarrou num homem, escapou de cair num buraco, quase não deu por nada, tão ocupado levava o espírito.

As visitas continuaram, e o nosso namorado universal parecia fixar-se de vez na pessoa de Alberta, apesar das restrições que ela lhe punha. Em casa desta, notavam a assiduidade de Macedo, e a boa vontade com que ela o recebia, e os que tinham notícia vaga ou positiva do namoro militar, não compreendiam a moça, e concluíam que a ausência era uma espécie de morte — restrita, mas não menos certa. E contudo ela trabalhava para a outra, não digo que com igual esforço nem continuidade; mas em achando modo de elogiá-la, fazia-o com prazer, embora já sem grande paixão. O pior é que não há elogios infinitos, nem perfeições que se não acabem de louvar, quando menos para não vulgarizá-las. Alberta temeu, além disso, a vergonha do papel que lhe poderiam atribuir; refletiu também que, se o Macedo gostasse dela, como entrava a parecer, ouviria o nome da outra com impaciência, senão coisa pior — e calou-o por algum tempo.

— Você ainda continua a trabalhar por mim? — perguntou-lhe um dia Finoca.

Alberta, um tanto espantada da pergunta (não falavam mais naquilo) respondeu que sim.

— E ele?
— Ele, não sei.
— Esqueceu-me.
— Que se esquecesse não digo, mas você foi tão fria, tão cruel...
— A gente não vê, às vezes, o que lhe convém, e erra. Depois, arrepende-se. Há dias, vi-o entrar no mesmo armarinho em que estivemos uma vez, lembra-se? Viu-me, e não fez caso.

— Não fez caso? Então para que entrou lá?
— Não sei.
— Comprou alguma coisa?
— Creio que não... Não comprou, não; foi falar a um dos caixeiros, disse-lhe não sei quê, e saiu.

— Mas está certa que ele reparou em você?
— Perfeitamente.
— O armarinho é escuro.
— Qual escuro! Viu-me, chegou a tirar o chapéu disfarçadamente, como era costume...

— Disfarçadamente?
— Sim, era um gesto que fazia...
— E ainda faz esse gesto?
— Naquele dia fez, mas sem se demorar nada. Antigamente, era capaz de comprar ainda que fosse uma boneca, só para ver-me mais tempo... Agora... E até já nem passa lá por casa!

— Talvez passe nas horas em que você não está à janela.
— Há dias, em que estou a tarde inteira, não contando os domingos e dias santos.

Calou-se, calaram-se. Estavam em casa de Alberta, e ouviram um som de caixa de rufo e marcha de tropa. Que coisa mais adequada que fazer uma alusão ao Miranda e perguntar quando voltaria? Finoca preferiu falar do Macedo, agarrando as mãos à amiga:

— É uma coisa que não posso explicar, mas agora gosto dele; parece-me, não digo que goste de verdade; parece-me...

Alberta cortou-lhe a palavra com um beijo. Não era de Judas, porque sinceramente Alberta quis assim pactuar com a amiga a entrega do noivo e o casamento. Mas quem descontaria aquele beijo, em tais circunstâncias? Verdade é que o tenente estava em São Paulo, e escrevia; mas, como Alberta perdesse alguns correios e explicasse o fato pela necessidade de não descobrir a correspondência, ele já escrevia menos vezes, menos copioso, menos ardente, coisa que uns justificariam pelas cautelas da situação e pelas obrigações de ofício, outros por um namoro de passagem que ele trazia no bairro da Consolação. Foi, talvez, este nome que levou o namorado de Alberta a frequentá-lo; achou ali uma menina, cujos olhos, mui parecidos com os da moça ausente, sabiam fitar com igual tenacidade. Olhos que não deixam vestígio; ele recebeu-os e mandou os seus em troca — tudo pela intenção de mirar a outra, que estava longe, e pela ideia de que o nome do bairro não era casual. Um dia escreveu-lhe, ela respondeu; tudo consolações! Justo é dizer que ele suspendeu a correspondência para o Rio de Janeiro — ou para não tirar o caráter consolador da correspondência local, ou para não gastar todo o papel.

Quando Alberta notou que as cartas tinham cessado de todo, sentiu em si indignação contra o vil, e desligou-se da promessa de casar com ele. Casou três meses depois com outro, com o Macedo — aquele Macedo — o idiota Macedo. Pessoas que assistiram ao casamento, dizem que nunca viram noivos mais risonhos nem mais felizes.

Ninguém viu Finoca entre os convidados, o que fez pasmar as amigas comuns. Uma destas observou que Finoca, desde o colégio, fora sempre muito invejosa. Outra disse que estava fazendo muito calor, e era verdade.

A Estação, *31 de dezembro de 1891*; M. de A.

O caso Barreto

— Senhor Barreto, não falte amanhã — disse o chefe de seção —, olhe que temos de dar essa cópia ao ministro.
— Não falto, venho cedo.
— Mas, se vai ao baile, acorda tarde.
— Não, senhor, acordo cedo.
— Promete?
— Acordo cedo, deixe estar, a cópia fica pronta. Até amanhã.

Qualquer pessoa, menos advertida, afirma logo que o amanuense Barreto acordou tarde no dia seguinte, e engana-se. Mal tinham batido as seis horas, abriu os olhos e não os fechou mais. Costumava acordar às oito e meia ou nove horas, sempre que se recolhia às dez ou onze da noite; mas, andando em teatros, bailes, ceias e expedições noturnas, acordava geralmente às onze horas da manhã. Em tais casos, almoçava e ia passar o resto do dia na charutaria do Brás, rua dos Ourives. A reputação de vadio, preguiçoso, relaxado, foi o primeiro fruto desse método de vida; o segundo foi não andar para diante. Havia já oito anos que era amanuense; alguns chamavam-lhe o marca-passo. Acrescente-se que, além de falhar muitas vezes, saía cedo da repartição ou com licença ou sem ela, às escondidas. Como é que lhe davam trabalhos e trabalhos longos? Porque tinha bonita letra e era expedito; era também inteligente e de compreensão fácil. O pai podia tê-lo feito bacharel e deputado; mas era tão estroina o rapaz, e de tal modo fugia a quaisquer estudos sérios, que um dia acordou amanuense. Não pôde dar crédito aos olhos; foi preciso que o pai confirmasse a notícia.

— Entras de amanuense, porque houve reforma na secretaria, com aumento de pessoal. Se houvesse concurso, é provável que fugisses. Agora a carreira depende de ti. Sabes que perdi o que possuía; tua mãe está por pouco, eu não vou longe, os outros parentes conservam a posição que tinham, mas não creio que estejam dispostos a sustentar malandros. Aguenta-te.

Morreu a mãe, morreu o pai, o Barreto ficou só; ainda assim achou uma tia que lhe dava dinheiro e jantar. Mas as tias também morrem; a dele desapareceu deste mundo dez meses antes daquela cópia que o chefe de seção lhe confiou, e que ele ficou de concluir no dia seguinte, cedo.

Cedo acordou, e não foi pequena façanha, porque o baile acabou às duas horas, e ele chegou a casa perto das três. Era um baile nupcial; casara-se um companheiro de colégio, que era agora advogado principiante, mas ativo e de futuro. A noiva era rica, neta de um inglês, que meteu em casa cabeças louras e suíças ruivas; a maioria, porém, compunha-se de brasileiros e de alta classe, senadores, conselheiros, capitalistas, titulares, fardas, veneras, ricas joias, belas espáduas, caudas, sedas, e cheiros que entonteciam. Barreto valsou como um pião, fartou os olhos em todas aquelas coisas formosas e opulentas, e principalmente a noiva, que estava linda como as mais lindas. Ajuntai a isso os vinhos da noite, e dizei se não era caso de despertar ao meio-dia.

A preocupação da cópia podia explicar esse madrugar do amanuense. É certo, porém, que a excitação dos nervos, o tumulto das sensações da noite, foi a causa originária da interrupção do sono. Sim, ele não acordou, propriamente falando; interrompeu o sono, e nunca mais pôde reatá-lo. Perdendo a esperança, consultou o relógio, faltavam vinte minutos para as sete. Lembrou-se da cópia. — É verdade, tenho de acabar a cópia...

E assim deitado, pôs os olhos na parede, fincou ali os pés do espírito, se me permitem a expressão, e deu um salto no baile. Todas as figuras, danças, contradanças, falas, risos, olhos e o resto, obedeceram à evocação do jovem Barreto. Tal foi a reprodução da noite, que ele chegou a ouvir a mesma música às vezes, e o rumor dos passos. Reviveu as gratas horas tão velozmente passadas, tão próximas e já tão remotas.

Mas, se esse rapaz ia a outros bailes, divertia-se, e, pela própria roda em que nascera, costumava ter daquelas festas, que razão havia para a excitação particular em que ora o vemos? Havia uma longa cauda de seda, com um bonito penteado por cima, duas pérolas sobre a testa, e dois olhos embaixo da testa. Beleza não era; mas tinha graça e elegância de sobra. Perdei a ideia de paixão, se a tendes; pegai na de um simples encontro de salão, um desses que deixam algum sulco, por dias, às vezes por horas, e se desvanecem sem grandes saudades. Barreto dançou com ela, disse-lhe algumas palavras, ouviu outras, e trocou meia dúzia de olhares mais ou menos longos.

Entretanto, não era ela a única pessoa que se destacava no quadro; vinham outras, começando pela noiva, cuja influência no espírito do amanuense foi profunda, porque lhe deu a ideia de casar.

— Se eu me casasse? — perguntou ele com os olhos na parede.

Tinha vinte e oito anos, era tempo. O quadro era fascinador; aquele salão, com tantas ilustrações, aquela pompa, aquela vida, as alegrias da família, dos amigos, a satisfação dos simples convidados, e os elogios ouvidos a cada momento, às portas, nas salas: "Magnífica festa!" — "A noiva é linda!" — "Casamento feliz!" — "Que me diz a este baile?" — "Oh! esplêndido!". — Todas essas vistas, pessoas e palavras eram de animar o nosso amanuense, cuja imaginação batia as asas pelo estreito âmbito da alcova, isto é, pelo universo.

De barriga para o ar, as pernas dobradas, e os braços cruzados sobre a cabeça, Barreto formulava pela primeira vez, um programa de vida, olhava para as coisas com seriedade, e chamava a postos as forças todas que pudesse ter em si para lutar e vencer. Oscilava entre a recordação e o raciocínio. Ora via as galas da véspera, ora dava nos meios de as possuir também. A felicidade não era um fruto que fosse preciso ir buscar à lua, pensava ele; e a imaginação provava que o raciocínio era verdadeiro, mostrando-lhe o noivo da véspera e na cara deste a sua própria.

— Sim — dizia Barreto consigo —, basta um pouco de boa vontade, e eu posso ter muita. Há de ser aquela. Parece que o pai é rico; ao menos terá alguma coisa para os primeiros tempos. O resto é comigo. Um mulherão! O nome é que não é grande coisa: Ermelinda. O nome da noiva é que é realmente delicioso: Cecília! Manganão! Ah! manganão! Achou noiva para o seu pé...

"Noiva para o seu pé" fê-lo rir e mudar de posição. Voltou-se para o lado, e olhou para os sapatos, a certa distância da cama. Lembrou-se que podiam ter sido roídos das baratas, esticou o pescoço, viu o verniz intacto, e ficou tranquilo. Mirou os sapatos com amor; não só eram bonitos, bem feitos, mas ainda acusavam um pé pequeno, coisa que lhe enchia a alma. Tinha horror aos pés grandes — pés de carroceiro, dizia, pés do diabo. Chegou a tirar um dos seus, de baixo do lençol, e contemplá-lo por alguns segundos. Depois encolheu-o novamente, coçou-o com a unha de um dos dedos do outro pé, gesto que lhe trouxe à memória o adágio popular — uma mão lava a outra —, e naturalmente sorriu. Um pé coça outro, pensou. E, sem advertir que uma ideia traz outra, pensou também nos pés das cadeiras e nos pés dos versos. Que eram pés de verso? Dizia-se verso de pé quebrado. Pé de flor, pé de couve, pé de altar, pé de vento, pé de cantiga. Pé de cantiga seria o mesmo que pé de verso? A memória neste ponto cantarolou uma copla ouvida em não sei que opereta, copla realmente picante e música mui graciosa.

— Tem muita graça a Jenny! — disse ele, concertando o lençol nos ombros.

A cantora fez-lhe lembrar um sujeito grisalho que a ouvia uma noite, com tais derretimentos de olhos que fez rir alguns rapazes. Barreto riu também, e mais que os outros, e o sujeito grisalho avançou para ele, furioso, e agarrou-o pela gola. Ia dar-lhe um murro; mas o nosso Barreto deu-lhe dois, com tal ímpeto que o obrigou a recuar três passos. Gente no meio, gritos, curiosos, polícia, apito, e foram ter ao corpo da guarda. Aí soube-se que o sujeito grisalho não avançara para o moço com o fim de se despicar do riso, por imaginar que se risse dele, mas por supor que estava mofando da cantora.

— Eu, senhor?
— Sim, senhor.
— Mas se até a aprecio muito! Para mim é a melhor que temos atualmente nos nossos teatros.

O sujeito grisalho acabou convencido da veracidade de Barreto, e a polícia mandou-os em paz.

— Um homem casado! — pensava agora o rapaz, recordando o episódio. — Eu, quando casar, hei de ser coisa muito diferente.

Tornou a pensar na cauda e nas pérolas do baile.

— Realmente, um bom casamento. Não conhecia outra mais elegante... Mais bonita havia no baile; uma das Amarais, por exemplo, a Julinha, com os seus grandes olhos verdes — uns olhos que faziam lembrar os versos de Gonçalves Dias... Como eram mesmo? Uns olhos cor de esperança...

> Que, ai, nem sei qual fiquei sendo
> Depois que os vi!

Não se lembrando do princípio da estrofe, teimou por achá-lo, e acabou vencendo. Repetiu a estrofe, uma, duas, três vezes, até decorá-la inteiramente, para não esquecê-la mais. Bonitos versos! Ah! era um grande poeta! Tinha composições que haviam de ficar perpétuas na nossa língua, como o *Ainda uma vez, adeus!* E Barreto, em voz alta, recitou este começo:

> Enfim te vejo! Enfim, posso,
> Curvado a teus pés, dizer-te
> Que não cessei de querer-te
> Pesar de quanto sofri!
> Muito penei! Cruas ânsias,
> De teus olhos apartado,
> Houveram-me acabrunhado
> A não lembrar-me de ti.

— Realmente, é bonito! — exclamou outra vez de barriga para o ar. — E aquela outra estrofe — como é? —, aquela que acaba:

> Quis viver mais, e vivi!

Desta vez, trabalho em vão; a memória não lhe acudiu com os versos do poeta; em compensação, trouxe-lhe uns do próprio Barreto, versos que ele sinceramente rejeitou do espírito, vexado da comparação. Para consolar o amor-próprio, disse que era tempo de tratar de negócios sérios. Versos de criança. Toda criança faz versos. Vinte e oito anos; era tempo de seriedade. E o casamento voltou, como um parafuso, a penetrar no coração e na vontade do nosso rapaz. A Julinha Amaral não era grande negócio, e demais já andava meio presa ao filho do conselheiro Ramos, que advogava com o pai, e diziam que ia longe. Todas as filhas do barão de Meireles eram bonitas, menos a mais moça, que tinha cara de pau. Verdade é que dançava como um anjo.

— Mas a Ermelinda... Sim, a Ermelinda não é tão bonita, mas também não se pode dizer que seja feia; tem só os olhos miudinhos demais e o nariz curto, mas é simpática. A voz é deliciosa. E tem graça, o ladrão, quando fala. Ainda ontem...

Barreto recordou, salvo algumas palavras, um diálogo que tivera com ela, no fim da segunda valsa. Passeavam: ele, não sabendo bem que dissesse, falou do calor.

— Calor? — disse ela admirada.

— Não digo que esteja quente, mas a valsa agitou-me um pouco.

— Justamente — acudiu a moça —, em mim produziu efeito contrário; estou com frio.

— Então, constipou-se.

— Não, é costume antigo. Sempre que valso, tenho frio. Mamãe acha que eu vim ao mundo para contrariar todas as ideias. O senhor espanta-se?

— Seguramente. Pois a agitação da valsa...

— Aqui temos um assunto — interrompeu Ermelinda —, era o único modo de tirar alguma coisa do calor. Se concordássemos, estava esgotada a matéria. Assim, não; teimo em dizer que valsar faz frio.

— Não é má ideia. Então, se eu lhe disser que valsa muito mal...

— Eu acredito o contrário, e provo... — concluiu ela, estendendo-lhe a mão.

Barreto cingiu-a ao turbilhão da valsa. De fato, a moça valsava bem; o que mais impressionou o nosso amanuense, além da elegância, foi o desembaraço e a graça da conversação. As outras moças não são assim, disse ele consigo, depois que a conduziu a uma cadeira. E ainda agora repetia a mesma coisa. Realmente, era espirituosa. Não podia achar melhor noiva — de momento, ao menos; o pai era bom homem; não o recusaria por ser amanuense. A questão era aproximar-se dela, ir a casa, frequentá-la; parece que eles tinham assinatura no teatro Lírico. Vagamente lembrava-se de lhe haver ouvido isso, na véspera; e pode ser até que com intenção. Foi, foi intencional. Os olhares que ela lhe lançou traziam muita vida. Ermelinda! Bem pensado, o nome não era feio. Ermelinda! Ermelinda! Não podia ser feio um nome que acabava pela palavra linda. Ermelinda! Barreto deu por si a dizer alto:

— Ermelinda!

Assustou-se, riu-se, repetiu:

— Ermelinda! Ermelinda!

A ideia de casar fincou-se-lhe de vez no cérebro. De envolta com ela vinha a de figurar na sociedade por seus próprios méritos. Era preciso deixar a crisálida de amanuense, abrir as asas de chefe. Que é que lhe faltava? Tinha inteligência, prática, era limpo, não nascera das ervas. Bastava energia e disposição. Pois ia tê-las. Ah! por que não obedecera aos desejos do pai, formando-se, entrando na Câmara dos Deputados? Talvez fosse agora ministro. Não era de admirar a idade, vinte e oito anos; não seria o primeiro. Podia muito bem ser ministro, ordenanças atrás. E o Barreto lembrava-se da entrada do ministro na secretaria, e imaginava-se a si mesmo naquela situação, com farda, chapéu, bordados... Logo depois, compreendia que estava longe, agora não — não podia ser. Mas era tempo de ganhar posição. Quando fosse chefe, casado em boa família, com uma das primeiras elegantes do Rio de Janeiro, e um bom dote — acharia compensação aos erros passados...

— Tenho de acabar a cópia — pensou Barreto repentinamente.

E achou que o melhor modo de crescer era trabalhar. Pegou no relógio que ficara sobre a mesa, ao pé da cabeceira da cama: estava parado. Mas não andava quando acordou? Pôs-lhe o ouvido, agitou, estava parado de vez. Deu-lhe corda, ele andou um pouco, mas parou logo.

— É uma espiga do tal relojoeiro das dúzias — murmurou o Barreto.

Sentou-se na cama um tanto reclinado, e cruzou as mãos sobre o estômago. Notou que não tinha fome, mas também comera bem no baile. Ah! os bailes que ele havia de dar, com ceia, mas que ceias! Aqui lembrou-se que ia pôr água na boca aos companheiros da secretaria, contando-lhes a festa e as suas fortunas; mas não as contaria com ar de pessoa que nunca viu luxo. Falaria naturalmente, aos pedaços, quase sem interesse. E compôs alguns trechos de notícias, ensaiou de memória as atitudes, os movimentos. Talvez algum o achasse com olheiras. "Foi pândega, não?" "Não, responderia ele, fui ao baile". "Ah! você foi sempre ao baile? Que tal esteve?" "O baile? diria com fastio esteve magnífico." E continuou assim o provável diálogo, compondo, emendando, riscando palavras, mas de maneira que acabasse contando tudo sem parecer que dizia nada. Diria o nome de Ermelinda ou não? Este problema gastou-lhe mais de dez minutos; concluiu que, se lho perguntassem, não havia mal em dizê-lo, mas não lho perguntando, que interesse havia nisso? Evidentemente nenhum.

Ficou ainda outros dez minutos, pensando à toa, até que deu um salto, e pôs as pernas fora da cama.

— Meu Deus! Há de ser tarde.

Calçou as chinelas e tratou de ir às abluções; mas logo aos primeiros passos, sentiu que as danças o tinham fatigado deveras. A primeira ideia foi descansar: tinha para isso uma excelente poltrona, ao pé do lavatório; achou, porém, que o descanso podia levar longe e não queria chegar tarde à secretaria. Iria até mais cedo; às dez e meia, no máximo, estaria lá. Banhou-se, ensaboou-se, deu-se todo aos cuidados pessoais, gastando o tempo do costume, e mirando-se ao espelho, vinte e trinta vezes. Também era costume. Gostava de ver-se bem, não só para retificar uma coisa ou outra, mas para contemplar a própria figura. Afinal começou a vestir-se, e não foi pequeno trabalho, porque era meticuloso em escolher meias. Mal tirava umas, preferia outras; e já estas lhe não serviam, ia a outras, tornava às primeiras, comparava-as, deixava-as, trocava-as; afinal, escolheu um par cor de canela, e calçou-as; continuou a vestir-se. Tirou camisa, meteu-lhe os botões e enfiou-a; fechou bem o colarinho e o peito, e só então foi à escolha das gravatas, tarefa mais demorada que a das meias. Costumava fazê-lo antes, mas desta vez estivera pensando no discurso que dispararia ao diretor, quando este lhe dissesse:

— Ora viva! Muito bem! Hoje madrugou! Vamos à cópia.

A resposta seria esta:

— Agradeço os cumprimentos; mas pode o senhor diretor estar certo que eu, comprometendo-me a uma coisa, faço-a, ainda que o céu venha abaixo.

Naturalmente, não gostou do final, porque torceu o nariz, e emendou:

— ... comprometendo-me a uma coisa, hei de cumpri-la fielmente.

Isto é que o distraiu, a ponto de vestir a camisa sem ter escolhido a gravata. Foi às gravatas e escolheu uma, depois de pegar, deixar, tornar a pegar e a deixar umas dez ou onze. Adotou uma de seda, cor das meias, e deu o laço. Reviu-se então longamente no espelho, e foi às botas, que eram de verniz e novas. Já lhes tinha passado um pano; era só calçá-las. Antes de as calçar, viu no chão, atirada por baixo da porta, a *Gazeta de Notícias*. Era uso do criado da casa. Levantou a *Gazeta* e ia pô--la na mesa, ao pé do chapéu, para lê-la ao almoço, como de costume, quando deu com uma notícia do baile. Ficou pasmado! Mas como é que podia a folha de manhã noticiar um baile, que acabou tão tarde? A notícia era curta, e podia ter sido escrita antes de terminar a festa, à uma hora da noite. Viu que era entusiástica, e reconheceu que o autor havia estado presente. Gostou dos adjetivos, do respeito ao dono da casa, e advertiu que entre as pessoas citadas figurava o pai de Ermelinda... Insensivelmente sentara-se na poltrona, e indo dobrar a folha, deu com estas palavras em letras grandes: "Horrível! Sete mortes!". A narração era longa, entrelinhada; começou a ver o que seria, e, em verdade, achou que era gravíssimo. Um homem da rua das Flores matara a mulher, três filhos, um padeiro e dois policiais, e ferira a mais três pessoas. Correndo pela rua fora, ameaçava a toda a gente, e toda a gente fugia, até que dois mais animosos puseram-se-lhe em frente, um com um pau, que lhe quebrou a cabeça. Escorrendo sangue, o assassino ainda corria na direção da rua do Conde; aí foi preso por uma patrulha, depois de luta renhida. A descrição da notícia era viva, bem feita; Barreto leu-a duas vezes; depois leu a parte relativa à autópsia, um pouco por alto; mas demorou-se no depoimento das testemunhas. Todas eram acordes em que o assassino nunca dera motivo de queixa a ninguém. Tinha trinta e oito anos, era natural de Mangaratiba e empregado no Arsenal de Marinha. Parece que houve uma discussão com a mulher, e duas testemunhas disseram ter ouvido ao assassino: "Esse tratante não há de voltar aqui!". Outras não acreditavam que as mortes tivessem tal origem, porque a mulher do assassino era boa pessoa, muito trabalhadeira e séria; inclinaram-se a um acesso de loucura. Concluía a notícia dizendo que o assassino estivera agitado e fora de si; à ultima hora ficara prostrado, chorando, e chorando pela mulher e pelos filhos.

— Que coisa horrível! — exclamou Barreto. — Quem se livra de uma destas?

Com a folha nos joelhos, fitou os olhos no chão, reconstruindo a cena pelas simples indicações do noticiarista. Depois, tornou à folha, leu outras coisas, o artigo de fundo, os telegramas, um artigo humorístico, cinco ou seis prisões, os espetáculos da antevéspera, até que se levantou de repente lembrando-se que estava perdendo tempo. Acabou de vestir-se, escovou o chapéu com toda a paciência e cuidado, pô-lo na cabeça diante do espelho, e saiu. No fim do corredor, reparou que levava a *Gazeta*, para lê-la ao almoço, mas já estava lida. Voltou, deitou a folha por baixo da porta do quarto e saiu à rua.

Dirigiu-se para o hotel em que costumava almoçar, e não era longe. Ia apressado para desforrar o tempo perdido; mas não tardou que a natureza vencesse, e o passo tornou ao de todos os dias. Talvez a causa fosse a bela Ermelinda, porque, havendo pensado ainda uma vez no noivo, a moça veio logo, e a ideia do casamento meteu-se-lhe no cérebro. Não teve outra até chegar ao hotel.

— Almoço, almoço, depressa! — disse ele sentando-se à mesa.
— Que há de ser?
— Faça-me depressa um filé e uns ovos.
— O costume.

— Não, não quero batatas hoje. Traga *petit-pois*... Ou batatas mesmo, venha batatas, mas batatas miudinhas. Onde está o *Jornal do Commercio*?

O criado trouxe-lhe o *Jornal*, que ele começou a ler, enquanto lhe faziam o almoço. Correu à notícia do assassinato. Quando lhe trouxeram o filé, perguntou que horas eram.

— Faltam dez minutos para o meio-dia — respondeu o criado.

— Não me diga isso! — exclamou o Barreto espantado.

Quis comer às carreiras, ainda contra o costume; despachou efetivamente o almoço o mais depressa que pôde, reconhecendo sempre que era tarde. Não importa; prometera acabar a cópia, iria acabá-la. Podia inventar uma desculpa, um acidente, qual seria? Doença, era natural demais, natural e gasto; estava farto de dores de cabeça, febres, embaraços gástricos. Insônia, também não queria. Um parente enfermo, noite velada? Lembrou-se que já uma vez explicara uma ausência por esse modo.

Era meia hora depois do meio-dia, quando bebeu o último gole de chá. Ergueu-se e saiu. Na rua parou. A que horas chegaria? Tarde para acabar a cópia, para que ir à secretaria tão tarde? O diabo fora o tal assassinato, três colunas de leitura. Maldito bruto! Matar a mulher e os filhos. Aquilo foi bebedeira, decerto. Assim reflexionando, ia o Barreto, caminhando para a rua dos Ourives, sem plano, levado pelas pernas, e entrou na charutaria do Brás. Já lá achou dois amigos.

— Então, que há de novo? — perguntou ele, sentando-se. — Tem passado muito rabo de saia?

A Estação, março-abril de 1892; Machado de Assis.

Um sonho e outro sonho

Crês em sonhos? Há pessoas que os aceitam como a palavra do destino e da verdade. Outros há que os desprezam. Uma terceira classe explica-os, atribuindo-os a causas naturais. Entre tantas opiniões não quero saber da tua, leitora, que me lês, principalmente se és viúva, porque a pessoa a quem aconteceu o que vou dizer era viúva, e o assunto pode interessar mais particularmente às que perderam os maridos. Não te peço opinião, mas atenção.

Genoveva, vinte e quatro anos, bonita e rica, tal era a minha viúva. Três anos de viuvez, um de véu longo, dois de simples vestidos pretos, chapéus pretos, e olhos pretos, que vinham do consórcio e do berço. A diferença é que agora olhavam para o chão, e, se olhavam para alguma coisa ou alguém, eram sempre tristes, como os que já não têm consolação na terra nem provavelmente no céu. Morava em uma casa escondida, para os lados do Engenho Velho, com a mãe e os criados. Nenhum filho. Um que lhe devia nascer foi absorvido pelo nada; tinha cinco meses de gestação.

O retrato do marido, bacharel Marcondes, ou Nhonhô, pelo nome familiar, vivia no quarto dela, pendente da parede, moldura de ouro, coberta de crepe. Todas as noites, Genoveva, depois de rezar a Nossa Senhora, não se deitava sem lançar o último olhar ao retrato, que parecia olhar para ela. De manhã o primeiro olhar era para ele. Quando o tempo veio amortecendo o efeito da dor, esses gestos diminuíram naturalmente e acabaram; mas a imagem vivia no coração. As mostras externas não diminuíam a saudade.

Rica? Não, não era rica, mas tinha alguma coisa; tinha o bastante para viver com a mãe, à larga. Era, conseguintemente, um bom negócio para qualquer moço ativo, ainda que não tivesse nada de seu; melhor ainda para quem possuísse alguma coisa, porque as duas bolsas fariam uma grande bolsa, e a beleza da viúva seria a mais valiosa moeda do pecúlio. Não lhe faltavam pretendentes de toda a espécie, mas todos perdiam o tempo e o trabalho. Carlos, Roberto, Lucas, Casimiro e outros muitos nomes inscreviam-se no livro dos passageiros, e iam-se embora sem esperanças. Alguns nem levavam saudades. Muitos as levavam em grande cópia e das mais tristes. Genoveva não se deixou prender de ninguém.

Um daqueles candidatos, Lucas, pôde saber da mãe de Genoveva algumas circunstâncias da vida e da morte do finado genro. Lucas tinha ido pedir licença à boa senhora para solicitar a mão da filha. Não havia necessidade, pois que a viúva dispunha de si; mas a incerteza de ser aceito sugeriu-lhe esse alvitre, a fim de ver se ganhava a boa vontade e intercessão da mãe.

— Não lhe dou tal conselho — respondeu esta.

— De pedi-la em casamento?

— Sim; ela deu-lhe alguma esperança?

Lucas hesitou.

— Vejo que não lhe deu nenhuma.

— Devo ser verdadeiro. Esperanças não tenho; não sei se dona Genoveva me perdoa, ao menos, a afeição que me inspirou.

— Pois não lhe peça nada.

— Parece-lhe que...

— Que perderá o tempo. Genoveva não casará nunca mais. Até hoje tem a imagem do marido diante de si, vive da lembrança dele, chora por ele, e nunca se unirá a outro.

— Amaram-se muito?

— Muito. Imagine uma união que apenas durou três anos. Nhonhô, quando morreu, quase que a levou consigo. Viveram como dois noivos; o casamento foi até romanesco. Tinham lido não sei que romance, e aconteceu que a mesma linha da mesma página os impressionou igualmente; ele soube disso lendo uma carta que ela escrevera a uma amiga. A amiga atestou a verdade, porque ouvira a confissão de Nhonhô, antes de lhe mostrar a carta. Não sei que palavras foram, nem que romance era. Nunca me dei a essas leituras. Mas naturalmente eram palavras ternas. Fosse o que fosse, apaixonaram-se um pelo outro, como raras vezes vi, e casaram-se para ser felizes por longos anos. Nhonhô morreu de uma febre perniciosa. Não pode imaginar como Genoveva sofreu. Quis ir com o cadáver, agarrou-se ao caixão, perdeu os sentidos, e esteve fora de si quase uma semana. O tempo e os meus cuidados, além do médico, é que puderam vencer a crise. Não chegou a ir à missa; mandamos dizer uma, três meses depois.

A mãe exagerava no ponto de dizer que foi a frase do romance que ligou a filha ao marido; eles tinham naturalmente inclinação. A frase não fez mais que falar por eles. Nem por isso tira o romanesco de Genoveva e do finado Marcondes, que fizera versos aos dezoito anos, e, aos vinte, um romance, *A bela do sepulcro*, cuja heroína era uma moça que, havendo perdido o esposo, ia passar os dias no cemitério, ao pé da sepultura dele. Um moço, que ia passar as tardes no mesmo cemitério, ao pé da sepultura da noiva, viu-a e admirou aquela constância póstuma, tão irmã da sua; ela o viu também, e a identidade da situação os fez amados um do outro. A viúva, porém, quando ele a pediu em casamento, negou-se e morreu oito dias depois.

Genoveva tinha presente este romance do marido. Havia-o lido mais de vinte vezes, e nada achava tão patético nem mais natural. Mandou fazer uma edição especial, e distribuiu exemplares a todos os amigos e conhecidos da família. A piedade conjugal desculpava esse obséquio pesado, ainda que gratuito. *A bela do sepulcro* era ilegível. Mas não se conclua daí que o autor, como homem espirituoso, era inferior às saudades da viúva. Inteligente e culto, cometera aquele pecado literário, que, nem por ser grande, o teria levado ao purgatório.

Três anos depois de viúva, apareceu-lhe um pretendente. Era bacharel, como o marido, tinha trinta anos, e advogava com tanta felicidade e real talento que contava já um bom pecúlio. Chamava-se Oliveira. Um dia, a mãe de Genoveva foi demandada por um parente, que pretendia haver duas casas dela, por transações feitas com o marido. Querendo saber de um bom advogado, inculcaram-lhe Oliveira, que em pouco tempo venceu a demanda. Durante o correr desta, Oliveira foi duas vezes à casa de Genoveva, e só a viu da segunda; mas foi quanto bastou para achá-la interessantíssima, com os seus vestidos pretos, tez muito clara e olhos muito grandes. Vencida a demanda, a constituinte meteu-se em um carro e foi ao escritório de Oliveira, para duas coisas, agradecer-lhe e remunerá-lo.

— Duas pagas? — retorquiu ele rindo. — Eu só recebo uma: agradecimentos ou honorários. Já tenho os agradecimentos.

— Mas...

— Perdoe-me isto, mas a sua causa era tão simples, correu tão depressa, deu-me tão pouco trabalho, que seria injustiça pedir-lhe mais do que a sua estima. Dá-me a sua estima?

— Seguramente — respondeu ela.

Quis ainda falar, mas não achava palavras, e saiu convencida de que era chegado o reino de Deus. Entretanto, querendo fazer uma fineza ao generoso advogado, resolveu dar-lhe um jantar, para o qual convidou algumas famílias íntimas. Oliveira recebeu o convite com alacridade. Não gostava de perfumes nem adornos; mas nesse dia borrifou o lenço com *Jockey Club* e pôs ao peito uma rosa amarela.

Genoveva recebeu o advogado como recebia outros homens; a diferença, porém, entre ele e os outros é que estes apresentavam logo no primeiro dia as credenciais, e Oliveira não pedia sequer audiência. Entrou como um estrangeiro de passagem, curioso, afável, interessante, tratando as coisas e pessoas como os passageiros em trânsito pelas cidades de escala. Genoveva teve excelente impressão do homem; a mãe estava encantadíssima.

— Enganei-me — pensou Genoveva, recolhendo-se ao quarto. — Cuidei que era outro pedido, entretanto... Mas, por que motivo fez o que fez, e aceitou o jantar de mamãe?

Chegou a suspeitar que a mãe e o advogado estavam de acordo, que ela não fizera mais que buscar ocasião de os apresentar um ao outro, e travar relações. A suspeita cresceu quando, dias depois, a mãe falou em visitar a mãe de Oliveira, com quem este vivia; mas a prontidão com que aceitou as suas razões de negativa tornou a moça perplexa. Genoveva examinou o caso e reconheceu que atribuía à mãe um papel menos próprio; varreu-se-lhe a suposição. Demais (e isto valia por muito), as maneiras do homem estavam em desacordo com quaisquer projetos.

Travadas as relações, bem depressa as duas famílias se visitaram, e a miúdo. Oliveira residia longe; mas achou casa perto e mudou-se. As duas mães achavam-se reciprocamente encantadoras, e tanto a de Genoveva gostava de Oliveira, como a de Oliveira gostava de Genoveva. Tudo isto vai parecendo simétrico; mas eu não tenho modo de contar diferentemente coisas que se passaram assim, ainda que reconheça a conveniência de as compor algo. Quando menos, falta-me tempo... A verdade é que as duas matronas se amavam e trabalhavam para fazer os filhos encontradiços.

Um, dois, três meses correram, sem que Oliveira revelasse a menor inclinação à viuvinha. Entretanto, as horas passadas com ele, em qualquer das casas, não podiam ser mais deleitosas. Ninguém sabia encher o tempo tão bem, falando a cada uma das pessoas a sua própria linguagem. Durante esse prazo teve Genoveva ainda um pretendente, que não recebeu melhor agasalho; parece até que tratou a este com uma sombra de despeito e irritação inexplicáveis, não só para ele, como para ela própria.

— Realmente, o pobre-diabo não tem culpa que eu seja viúva — disse ela consigo.

"Que eu seja bonita", é o que ela devia dizer, e pode ser que tal ideia chegasse a bater as asas, para atravessar-lhe o cérebro; mas, há certa modéstia inconsciente, que faz evitar confissões, não digo presumidas, mas orgulhosas. Seja o que for, Genoveva chegou a ter pena do pretendente.

— Por que não se portou ele como o Oliveira, que me respeita? — continuou consigo.

Entrara o quarto mês das relações, e o respeito do advogado não diminuiu. Jantaram juntos algumas vezes, e chegaram a ir juntos ao teatro. Oliveira abriu até um capítulo de confidências com ela, não amorosas, é claro, mas de sensações, de impressões, de cogitações. Um dia, disse-lhe que, em pequeno, tivera desejo de ser frade; mas levado ao teatro, e assistindo à comedia do Pena, *O noviço*, o espetáculo do menino, vestido de frade, e correndo pela sala, a bradar: eu quero ser frade! eu quero ser frade! fez-lhe perder todo o gosto da profissão.

— Achei que não podia vestir um hábito assim profanado.

— Profanado, como? O hábito não tinha culpa.

— Não tinha culpa, é verdade; mas eu era criança, não podia vencer essa impressão infantil. E parece que foi bom.

— Quer dizer que não seria bom frade?

— Podia ser que fosse sofrível; mas eu quisera sê-lo excelente.

— Quem sabe?

— Não; dei-me tão bem com a vida do foro, com esta chicana da advocacia, que não é provável tivesse a vocação contemplativa tão perfeita como quisera. Há só um caso em que eu acabaria num convento.

— Qual?

Oliveira hesitou um instante.

— Se enviuvasse — respondeu.

Genoveva, que sorria, aguardando a resposta, fez-se rapidamente séria, e não retorquiu. Oliveira não acrescentou nada, e a conversa naquele dia acabou menos expressiva que das outras vezes. Posto que tivesse o sono pronto, Genoveva não dormiu logo que se deitou; ao contrário, ouviu dar meia-noite, e esteve ainda muito tempo acordada.

Na manhã seguinte, a primeira coisa em que pensou foi justamente na conversação da véspera, isto é, naquela última palavra de Oliveira. Que havia nela? Aparentemente, pouco; e pode ser que, na realidade, ainda menos. Era um sentimento de homem que não admitia o mundo, depois de roto o consórcio; e iria refugiar-se na solidão e na religião. Confessemos que não basta para explicar a preocupação da nossa viúva. A viúva, entretanto, não viveu de outra coisa, durante esse dia, salvo o almoço e o jantar, que ainda assim foram quase silenciosos.

— Estou com dor de cabeça — respondeu à mãe, para explicar as suas poucas palavras.

— Toma antipirina.

— Não, isto passa.

E não passava. "Se enviuvasse, ele iria meter-se em um convento", pensava Genoveva; logo, era uma censura a ela, por não ter feito o mesmo. Mas que razão havia para desejá-la recolhida a um mosteiro? Pergunta torta; parece que a pergunta direita seria outra: "Que razão haveria para não desejá-la recolhida a um mosteiro?". Mas se não era direita, era natural, e o natural é muitas vezes torto. Pode ser até que, bem exprimidas as primeiras palavras, deixem o sentido das segundas; mas, eu não faço aqui psicologia, narro apenas.

Atrás daquele pensamento, veio outro mui diverso. Talvez ele tivesse tido alguma paixão, tão forte, que, se casasse e enviuvasse... E por que não a teria ainda agora? Pode ser que amasse a alguém, que pretendesse casar, e que, se acaso perdesse a mulher amada, fugisse ao mundo para sempre. Confessara-lhe isto, como usava fazer a outros respeitos, como lhe confessava opiniões, que dizia não repetir a ninguém mais. Essa explicação, posto que natural, atordoou Genoveva ainda mais que a primeira.

— Afinal, que tenho eu com isto? Faz muito bem.

Passou mal a noite. No dia seguinte foi com a mãe fazer compras à rua do Ouvidor, demorando-se muito, sem saber por quê, e olhando para todos os lados, sempre que saía de uma loja. Passando por um grupo estremeceu e olhou para as pessoas que falavam, mas não conheceu nenhuma. Tinha ouvido, entretanto, a voz de Oliveira. Há vozes parecidas com outras, que enganam muito, ainda quando a gente vai distraída. Há também ouvidos mal-educados.

A declaração de Oliveira de que entraria para um convento, se chegasse a enviuvar, não saía da cabeça de Genoveva. Passaram-se alguns dias sem ver o advogado. Uma noite, depois de cuidar no caso, Genoveva olhou para o retrato do marido antes de deitar-se; repetiu a ação no dia seguinte, e o costume dos primeiros tempos da viuvez tornou a ser o de todas as noites. De uma vez, mal adormecera, teve um sonho extraordinário.

Apareceu-lhe o marido, vestido de preto, como se enterrara, e pôs-lhe a mão na cabeça. Estavam em um lugar que não era bem sala nem bem rua, uma coisa intermédia, vaga, sem contornos definidos. O principal do sonho era o finado, cara pálida, mãos pálidas, olhos vivos, é certo, mas de uma tristeza de morte.

— Genoveva! — disse-lhe ele.
— Nhonhô! — murmurou ela.
— Para que me perturbas a vida da morte, o sono da eternidade?
— Como assim?
— Genoveva, tu esqueceste-me.
— Eu?
— Tu amas a outro.

Genoveva negou com a mão.

— Nem ousas falar — observou o defunto.
— Não, não amo — acudiu ela.

Nhonhô afastou-se um pouco, olhou para a antiga esposa, abanou a cabeça incredulamente, e cruzou os braços. Genoveva não podia fitá-lo.

— Levanta os olhos, Genoveva.

Genoveva obedeceu.

— Ainda me amas?
— Oh! ainda! — exclamou Genoveva.
— Apesar de morto, esquecido dos homens, hóspede dos vermes?
— Apesar de tudo!
— Bem, Genoveva; não te quero forçar a nada, mas se é verdade que ainda me amas, não conspurques o teu amor com as carícias de outro homem.
— Sim.
— Juras?
— Juro.

O finado estendeu-lhe as mãos, e pegou nas dela; depois, enlaçando-a pela cintura, começou uma valsa rápida e lúgubre, giro de loucos, em que Genoveva não podia fitar nada. O espaço já não era sala, nem rua, nem sequer praça; era um campo que se alargava a cada giro dos dois, por modo que, quando estes pararam, Genoveva achou-se em uma vasta planície, semelhante a um mar sem praias; circulou os olhos, a terra pegava com o céu por todos os lados. Quis gritar; mas sentiu na boca a mão fria do marido que lhe dizia:

— Juras ainda?
— Juro — respondeu Genoveva.

Nhonhô tornou a pegar-lhe da cintura, a valsa recomeçou, com a mesma vertigem de giros, mas com o fenômeno contrário, em relação ao espaço. O horizonte estreitou-se a mais e mais, até que eles se acharam numa simples sala, com este apêndice: uma essa e um caixão aberto. O defunto parou, trepou ao caixão, meteu-se nele, e fechou-o; antes de fechado, Genoveva viu a mão do defunto, que lhe dizia adeus. Soltou um grito e acordou.

Parece que, antes do grito final, soltara outros de angústia, porque quando acordou, viu já ao pé da cama uma preta da casa.

— Que foi, Nhanhã?
— Um pesadelo. Eu disse alguma coisa? falei? gritei?

— Nhanhã gritou duas vezes, e agora outra vez.
— Mas foram palavras?
— Não, senhora; gritou só.

Genoveva não pôde dormir o resto da noite. Sobre a manhã chegou a conciliar o sono, mas este foi interrompido e curto.

Não referiu à mãe os pormenores do sonho; disse só que tivera um pesadelo. De si para si, aceitou aquela visão do marido e as suas palavras, como determinativas do seu proceder. Ao demais, jurara, e este vínculo era indestrutível. Examinando a consciência, reconheceu que estava prestes a amar a Oliveira, e que a notícia desta afeição, ainda mal expressa, tinha chegado ao mundo onde vivia o marido. Ela cria em sonhos; tinha para si que eles eram avisos, consolações e castigos. Havia-os sem valor, sonhos de brincadeira; e ainda esses podiam ter alguma significação. Estava dito; acabaria com aquele princípio de qualquer coisa que Oliveira conseguira inspirar-lhe e tendia a crescer.

Na seguinte noite, Genoveva despediu-se do retrato do marido, rezou por ele, e meteu-se na cama com receio. Custou-lhe dormir, mas afinal o sono fechou-lhe os lindos olhos e a alma acordou sem ter sonhado nada, nem mal nem bem; acordou com a luz do sol que lhe entrava pelas portas das janelas.

Oliveira deixara de ir ali uma semana. Genoveva espantou-se da ausência; a mãe quis ir à casa dele saber se era alguma doença, mas a filha tirou-lhe a ideia da cabeça. No princípio da outra semana, apareceu ele com a mãe, tinha tido um resfriamento que o reteve na cama três dias.

— Eu não disse? — acudiu a mãe de Genoveva. — Eu disse que havia de ser negócio de doença, porque o doutor não deixa de vir tanto tempo...

— E a senhora não acreditou? — perguntou Oliveira à linda viúva.

— Confesso que não.

— Pensa, como minha mãe, que sou invulnerável.

Sucederam-se as visitas entre as duas casas, mas nenhum incidente veio perturbar a resolução em que estava Genoveva de cortar inteiramente quaisquer esperanças que pudesse haver dado ao advogado. Oliveira era ainda o mesmo homem respeitoso. Passaram-se algumas semanas. Um dia, Genoveva ouviu dizer que Oliveira ia casar.

— Não é possível — disse ela à amiga que lhe deu a notícia.

— Não é possível, por quê? — acudiu a outra. — Vai casar com a filha de um comerciante inglês, um Stanley. Todos sabem disto.

— Enfim, como eu pouco saio...

Justifiquemos a viúva. Não lhe parecia possível, porque ele visitava-as com tal frequência, que não se podia crer em casamento tratado. Quando visitaria a noiva? Apesar da razão, Genoveva sentia que podia ser assim mesmo. Talvez o futuro sogro fosse algum esquisitão, que não admitisse a visita de todas as noites. Notou que, a par disto, Oliveira era desigual com ela; tinha dias e dias de indiferença, depois lá vinha um olhar, uma palavra, um dito, um aperto de mão... Os apertos de mão eram o sinal mais frequente: tanto que ela sentia alguma falta no dia em que ele era frouxo, e esperava o dia seguinte para ver se era mais forte. Lançava estas curiosidades à conta da vaidade. Vaidade de mulher bonita, dizia a si mesma.

Daquela vez, porém, esperou-o com certa ânsia, e fez-lhe bem o aperto de mão com que ele a saudou na sala. Arrependera-se de não ter contado à mãe a notícia do casamento, para que esta perguntasse ao advogado; e, não se podendo ter, falou ela mesma.

— Eu, minha senhora?

Genoveva continuou sorrindo.

— Sim, senhor.

— Há de ser outro Oliveira, também advogado, que está realmente para casar este mês. Eu não me casarei nunca.

Naquela noite, Genoveva, ao deitar-se olhou ternamente para o retrato do finado marido, rezou-lhe dobrado, e tarde dormiu, com medo de outra valsa; mas acordou sem sonhos.

Que poderá haver entre uma viúva que promete ao finado esposo, em sonhos, não contrair segundas núpcias, e um advogado que declara, em conversação, que jamais se casará? Parece que nada ou muito; mas é que o leitor não sabe ainda que este Oliveira tem por plano não saltar o barranco sem que ela lhe estenda as duas mãos, posto que a adore, como dizem todos os enamorados. A última declaração teve por fim dar um grande golpe, por modo que a desafiasse a desmenti-lo. E pareceu-lhe, ao sair, que algum efeito produzira, visto que a mão de Genoveva tremia um pouco, muito pouco, e que a ponta dos dedos... Não, aqui foi ilusão; os dedos dela não lhe fizeram nada.

Notem bem que eu não tenho culpa destas histórias enfadonhas de dedos e contradedos, e palavras sem sentido, outras meio inclinadas, outras claras, obscuras; menos ainda dos planos de um e das promessas de outro. Eu, se pudesse, logo no segundo dia tinha pegado em ambos, ligava-lhes as mãos, e dizia-lhes: Casem-se. E passava a contar outras histórias menos monótonas. Mas as pessoas são estas; é preciso aceitá-las assim mesmo.

Passaram-se dias, uma, duas, três semanas, sem incidente maior. Oliveira parecia deixar a estratégia de Fábio Cunctator. Um dia declarou francamente à viúva que a amava; era um sábado, em casa dela, antes de jantar, enquanto as duas mães os tinham deixado sós. Genoveva abria as folhas de um romance francês que Oliveira lhe trouxera. Ele fitava pela centésima vez uma aquarela, pendurada no trecho da parede que ficava entre duas janelas. Bem ouvia a faca de marfim rasgando as folhas espessas do livro, e o silêncio deixado pelas duas senhoras que tinham deixado a sala; mas não voltava a cabeça nem baixava os olhos. Baixou-os de repente, e voltou-os para a viúva. Ela sentia-os, e, para dizer alguma coisa:

— Sabe se é bonito o romance? — perguntou, parando de rasgar as folhas.

— Dizem-me que sim.

Oliveira foi sentar-se em um pufe, que estava ao pé do sofá, e fitou as mãos de Genoveva, pousadas sobre o livro aberto, mas as mãos continuaram o seu ofício para escapar à admiração do homem, como, se cortando as folhas, fossem menos admiráveis que paradas. Alongou-se o silêncio, um silêncio constrangido — que Genoveva quisera romper, sem achar modo nem ocasião. Pela sua parte, Oliveira tinha ímpetos de lhe dizer subitamente o resto do que ela devia saber pelos últimos dias; mas não cedia aos ímpetos, e acabou trivialmente elogiando-lhe as mãos. Não valia a pena tanto trabalho para acabar assim. Ele, porém, vexado da situação, pôs toda a alma na boca e perguntou à viúva se desejava ser sua esposa.

Desta vez, as mãos pararam sem plano. Genoveva, confusa, pregou os olhos no livro, e o silêncio entre os dois fez-se mais longo e profundo. Oliveira olhava para ela; via-lhe as pálpebras caídas e a respiração curta. Que palavra estaria dentro dela? Hesitava pelo vexame de dizer que sim? ou pelo aborrecimento de dizer que não? Oliveira tinha razões para crer na primeira hipótese. Os últimos dias foram de acordo tácito, de consentimento prévio. Entretanto, a palavra não saía; e a memória do sonho veio complicar a situação. Genoveva recordou-se da penosa e triste valsa, da promessa e do féretro, e empalideceu. Nisto foram interrompidos pelas duas senhoras, que voltaram à sala.

O jantar foi menos animado que de costume. De noite, vieram algumas pessoas, e a situação piorou. Separaram-se sem resposta. A manhã seguinte foi cheia de tédio para Genoveva, um tédio temperado com alegria que bem fazia adivinhar o estado da alma da moça. Oliveira não apareceu nesse dia; mas, veio no outro, à noite. A resposta que ela deu não podia ser mais decisiva, ainda que trêmula e murmurada.

Há aqui um repertório de pequenas coisas infinitas, que não pode entrar em um simples conto nem ainda em longo romance; não teria graça escrito. Sabe-se o que sucede desde a aceitação de um noivo até o casamento. O que se não sabe, porém, é o que aconteceu com esta nossa amiga, dias antes de casar. É o que se vai ler para acabar.

Desde duas semanas antes da pergunta de Oliveira, a viúva deitava-se sem olhar para o retrato do finado marido. Logo depois da resposta, olhava-o algumas vezes, de soslaio, até que tornou ao anterior costume. Ora, uma noite, quatro dias antes de casar, como houvesse pensado no sonho da valsa e na promessa não cumprida, deitou-se com medo e só dormiu sobre a madrugada. Nada lhe sucedeu; mas, na segunda noite, teve um sonho extraordinário. Não era a valsa do outro sonho, posto que, ao longe, na penumbra, via uns contornos cinzentos de vultos que andavam à roda. Viu, porém, o marido, a princípio severo, depois triste, perguntando-lhe como é que esquecera a promessa. Genoveva não respondeu nada; tinha a boca tapada por um carrasco, que era não menos que Oliveira.

— Responde, Genoveva!
— Ah! Ah!
— Tu esqueceste tudo. Estás condenada ao inferno!

Uma língua de fogo lambeu a parte do céu, que se conservava azul, porque todo o resto era um amontoado de nuvens carregadas de tempestade. Do meio delas saiu um vento furioso, que pegou da moça, do defunto marido e do noivo e os levou por uma estrada fora, estreita, lamacenta, cheia de cobras.

— O inferno! sim! o inferno!

E o carrasco tapava-lhe a boca, e ela mal podia gemer uns gritos abafados.

— Ah! ah!

Parou o vento, as cobras ergueram-se do chão e dispersaram-se no ar, entrando cada uma pelo céu dentro; algumas ficaram com a cauda de fora. Genoveva sentiu-se livre; desaparecera o carrasco, e o defunto esposo, de pé, pôs-lhe a mão na cabeça, e disse com voz profética:

— Morrerás se casares!

Desapareceu tudo; Genoveva acordou; era dia. Ergueu-se trêmula; o susto foi passando, e mais tarde, ao cuidar do caso, dizia consigo: "São sonhos". Casou e não morreu.

A Estação, *maio-agosto de 1892*; Machado de Assis.

Uma partida

I

Posso dizer o caso, o ano e as pessoas, menos os nomes verdadeiros. Posso ainda dizer a província, que foi a do Rio de Janeiro. Não direi o município nem a denominação da fazenda. Seria exceder as conveniências sem utilidade.

Vai longe o ano; era o de 1850. A fazenda era do coronel X, digamos Xavier. Boa casa de vivenda, muitos escravos, mas pouca ordem, e produção inferior à que devia dar. O feitor, que era bom a princípio, "virou desmazelado", como dizia o coronel aos amigos, "sem que este acabasse de substituí-lo", como diziam os amigos do coronel. Corriam algumas lendas; sussurrava-se que o fazendeiro devia certas mortes ao feitor, e daí a dependência em que estava dele. Era falso. Xavier não tinha alma assassina, nem sequer vingativa. Era duro de gênio; mas não ia além de algumas ações duras. Isso mesmo parece que afrouxava nos últimos tempos. Talvez tivesse pouca aptidão para dirigir um estabelecimento agrícola; mas os primeiros anos de propriedade desmentiam esta suposição. Foram anos prósperos, de grande trabalho e vivas esperanças. O terceiro ano confirmou algumas destas; mas o quarto foi já decadente, e os restantes vieram, ora melhor, ora pior, sem que a lavoura tornasse ao que fora. Os escravos mortos ou fugidos eram substituídos por pretos importados de contrabando, *meias-caras*, como se dizia. Os correspondentes da antiga corte adiantavam dinheiro. Xavier não perdeu o crédito.

Tinha perto de quarenta anos. Pertencia a uma antiga família agrícola, espalhada pelo Rio de Janeiro, Minas Gerais e São Paulo. O pai criou-o um pouco à revelia. Já na fazenda, já na capital, aonde ele vinha muitas vezes, fazia tudo que queria e gastava à larga. O pai desejava que ele fosse doutor ou bacharel em direito; mas o filho não quis e não foi nada. Quando o velho morreu deixou-lhe a fazenda em bom estado, dinheiro nas mãos dos correspondentes, muito crédito, ordem e disciplina. Xavier tinha vinte e sete anos. Correu da corte e já achou o pai enterrado. Alguns amigos do velho, que estavam na fazenda, receberam o herdeiro com muitas provas de estima, desejos de perseverança na casa; mas o moço Xavier, ou porque eles acentuassem demasiado a afeição, ou porque se intrigassem uns aos outros, em breve tempo os pôs na rua. Parece que deles é que nasceu mais tarde a lenda das mortes mandadas cometer pelo fazendeiro.

Já ficou dito que os dois primeiros anos foram prósperos. Como a prosperidade vinha do tempo do velho, é fácil crer que continuou pelo impulso anterior. É verdade, porém, que Xavier deu todos os seus cuidados à lavoura, e juntou o esforço próprio ao que ela trazia.

Os parentes estavam satisfeitos com a conversão do moço. Um deles lançou-lhe uma patente de coronel da guarda nacional; e deu-lhe conselho que tomasse para si a influência política do município. Outro, um velho tio mineiro, escreveu-lhe uma carta dizendo que casasse. "É indecente (concluiu a carta), que você viva aí num serralho de crioulas, como se diz por aqui. Case-se; não faltam moças bem educadas e bonitas, conquanto beleza seja prenda dispensável a uma mãe de filhos."

II

Quando a carta chegou às mãos do Xavier, estava ele jogando com um viajante que lhe pedira pousada na véspera. Não abriu a carta, não chegou a examinar a letra do sobrescrito; meteu-a no bolso e continuou a jogar. Tinha sido grande jogador, mas havia já dezoito meses que não pegava em cartas. O viajante que ali aparecera, entre outras anedotas que lhe contou, meteu algumas de jogo, e confessou que "puxava orelha da sota". A ocasião, a vocação e o parceiro abriram o apetite ao jovem coronel, que convidou o hóspede a um divertimento. O hóspede trazia cartas consigo, mas não foram precisas; Xavier, posto que resolvido acabar com o vício, tinha muitos baralhos em casa.

Jogaram três dias seguidos. Xavier perdeu dois contos de réis, e despediu o hóspede com as melhores maneiras deste mundo. Sentia a perda; mas o sabor das cartas foi maior.

Foi na noite do primeiro daqueles três dias que Xavier leu os conselhos do tio mineiro para que casasse e não os achou maus. No dia seguinte de manhã tornou a pensar no assunto. Quando o hóspede se despediu, a ideia do casamento apoderou-se dele outra vez. Era uma aventura nova, e a vida de Xavier fora dada a tantas, que esta devia namorá-lo. Nenhuma ambição, curiosidade apenas. Pensou em várias moças, fez-se a seleção até que adotou a filha de um fazendeiro de São Paulo, que ele conhecera, anos passados, com dezessete de idade; devia ir em vinte e não lhe constava que tivesse marido.

Ao vê-la, dois meses depois, Xavier estava longe de crer que a mocinha de dezessete anos fosse aquela magnífica moça de vinte. Só mais tarde soube que ela, desde os dezessete anos, ficara namorada dele. Acordos tais são próprios de novelas; nem eu poria isto aqui, se não fora a necessidade. Parecem coisas preparadas, e, entretanto, examinando-as bem, são banais e velhas. Esquecemo-nos de que os novelistas, à força de levarem para o papel os lances e situações da realidade, deram-lhe um aspecto romanesco.

Não houve obstáculos ao casamento. O velho tio mineiro foi padrinho de Xavier, e, dentro de pouco, tornava este à fazenda fluminense, acompanhado de d. Paula Xavier, sua consorte. Viagem longa e cansativa; foram naturalmente repousar. Descansemos nós também nesta pontinha de capítulo.

III

D. Paula não teve a lua de mel deliciosa que esperava. O casamento fora obra de reflexão e de conselho. Assim, o amor que adormecera nela, pouco depois de nascido, acordou espantado de tornar à realidade das coisas, e principalmente de não as reconhecer. Como Epimênides, via um mundo diverso do que deixara. Esfregou os olhos, uma e mais vezes, tudo era estranho. O Xavier de três anos passados não era este de hoje, com as suas feições duras, ora alegre, ora frio, ora turbulento — muitas vezes calado e aborrecido —, estouvado também, e trivial — sem alma, sem delicadeza. Pela sua parte, Xavier também não achou a lua de mel que pensava, que era um astro diferente daquele saudoso e porventura poético, vertendo um clarão de pérolas fundidas — mais ou menos isto — que a mulher sonhara achar ao pé do noivo. Queria uma lua de mel patusca.

Um e outro tinham-se enganado: mas estavam unidos, cumpria acomodarem-se — com a sorte. Ninguém troca o bilhete de loteria que lhe saiu branco; e se o emenda, para receber um prêmio, vai para a cadeia. O bilhete branco é o sonho; deita-se fora, e fica-se com a realidade.

Quatro meses depois de casado, Xavier teve de ir ao Rio de Janeiro, onde se demorou poucos dias; mas voltou no mês seguinte, e demorou-se mais, e afinal amiudou as viagens e dilatou as demoras. A primeira suspeita de d. Paula é que ele trazia amores, e não lhe doeu pouco; chegou a dizê-lo ao próprio marido, mas sorrindo e com brandura.

— Tolinha — respondeu ele. — Pois eu agora...? Amores...? Não me faltava mais nada. Gastar dinheiro para dar com os ossos na corte, atrás de raparigas... Ora você! Vou a negócios; o correspondente é que me demora com as contas. E depois a política, os homens políticos, há ideia de fazer-me deputado...

— Deputado?

— Provincial.

— Por que não aceita?

— Eu, deputado? Tomara eu tempo para cuidar de mim. Com que, então, amores? — continuou ele rindo. — Você é capaz de fazer pensar nisso.

D. Paula creu no marido, estava então grávida, e punha grandes esperanças no filho ou filha que lhe nascesse. Era a companhia, a alegria, a consolação, tudo o que o casamento não lhe deu. Como se aproximasse o termo da gestação, Xavier suspendeu as viagens à capital; mas por esse tempo apareceram na fazenda uns três sujeitos, que se hospedaram por dias, e com quem ele jogou à larga. A mulher viu que ele amava as cartas. Em si o jogo não a incomodava; alguns parentes seus davam-se a essa distração, e nunca ouvira dizer que fosse pecado nem vício. O mal vinha da preocupação exclusiva. Durante aqueles oito dias, Xavier não pensou que era casado ou fazendeiro: todo ele era cartas. Sabia muitos jogos; mudava de um para outro, com o fim de dar descanso ao espírito.

— Enquanto se descansa, carrega-se pedra — dizia ele aos parceiros.

Acabaram os oito dias, os hóspedes foram-se, com promessa de tornar mais tarde. Xavier, apesar de haver perdido muito, estava bonachão. Outras vezes, embora ganhasse, irritava-se. Por quê? Estados de alma que os fatos externos podiam explicar até certo ponto, mas que prendiam naturalmente com a índole do homem. Não era o dinheiro que o seduzia no jogo, mas as cartas, quase que só elas. Certo, preferia ganhar a perder — até para ter sempre com que jogar, mas era o jogo em si mesmo, as suas peripécias, os seus lances, as rodas de fortuna, a ansiedade na espera, a luta, a superstição, a fé em uma carta, a descrença em outras, todas as comoções trazem o meneio delas. Quando jogava assim uma boa temporada, dia e noite, ficava farto por algum tempo. O pior é que o prazo do descanso ia diminuindo, e a necessidade vinha cada vez mais cedo.

IV

Quando veio a hora de nascer o filho, estava Xavier em um dos estados de desejo; o acontecimento pôde distraí-lo. Já tinha em casa médico e uma comadre, um tio da mulher e duas filhas. Não faltou nada. Havia animais encilhados e pajens prontos para correr à vila próxima, a buscar o que fosse preciso. D. Paula padeceu muito, e as esperanças dissiparam-se na mais triste das realidades; o filho nasceu morto. A dor da mãe foi profunda, a convalescença longa.

Quando ficou de todo restabelecida, Xavier propôs-lhe virem ao Rio de Janeiro, passar a temporada lírica; ela aceitou, menos por gosto, menos ainda por distração, que por ceder ao pequeno acesso de ternura do marido. Com efeito, ele expediu ordens para que arranjassem casa e todas as comodidades. Vieram; Xavier assinou um camarote. D. Paula tinha aqui parentes, amigos, conhecidos; a vida teve desde logo um bom aspecto. Pela sua parte, o marido mostrava-se mais atento aos seus desejos. Era uma renascença? Ela supôs que sim e isto ajudou a fazê-la sarar da alma. Não faltava quem a cortejasse, quem a admirasse, e naturalmente, quem a invejasse, pela beleza, pela graça, pelas maneiras simples e discretas, particularmente suas. Xavier parecia tirar vaidade desse efeito geral. Seria mais um elo que os prendesse intimamente.

Entretanto, pouco depois de chegados, começaram as suas noitadas fora de casa. Da primeira vez, quando ele se recolheu (quatro horas da manhã) ainda d. Paula estava acordada, ansiosa, vestida, e atirou-se a ele, satisfeita de o ver. Sinceramente receava algum perigo; não pensou em amores nem cartas. Xavier não correspondeu à ansiedade da mulher, nem entendeu os seus receios. Respondeu-lhe irritado; disse-lhe que fizera mal em não ter dormido.

— Sou alguma criança?

— Mas, Xavier...

— Roceiro, sou; mas conheço a cidade na ponta dos dedos. Você está já com as manchas das moças da corte; não tarda algum ataque de nervos. Que choro é esse? Vá dormir, não me aborreça. Descanse, que não me perco.

A segunda noitada foi dali a três dias; d. Paula só tarde pôde dormir; acordou, quando ele chegou, mas não descerrou os olhos. Desconfiou que fossem mulheres; ele confessou-lhe, no dia seguinte, que estivera em casa de um amigo, jogando o voltarete.

— Quando demos por nós eram duas horas da noite — concluiu.

Dali em diante, quando tinha de passar fora a noite, não saía de casa sem lhe dizer. — Vou ao voltarete. D. Paula soube que era verdade, e acostumou-se a dormir à hora da roça, porque nas noites de teatro ou de visitas, ele não deixava de a acompanhar, e dormiam naturalmente tarde.

V

Voltaram à corte uma e muitas vezes, até que Xavier abandonou de todo a fazenda nas mãos do administrador, e ficou a viver aqui. Por casa, entregou a mulher a si mesma e continuou a vida de sempre. Eram já passados três anos. O costume e o decoro os prendiam; nenhum deles amava o outro. Não veio nenhum filho que pudesse suprir as lacunas do amor conjugal.

D. Paula ia ficando cada vez mais formosa. A corte aperfeiçoou os encantos naturais. No interior não tinha necessidade de observar todo o ritual elegante nem a grande variedade da moda.

Na corte, a necessidade impunha-se, e achava na alma dela excelente disposição. Gostava de andar bem, de aparecer muito, de ir a toda parte; e não lhe faltavam amigos nem parentes que a acompanhassem e lhe satisfizessem todos os desejos. Bailes, teatros, passeios, teve tudo o que quis, não lhe negando o marido dinheiro para coisa alguma. Às vezes, estremunhado do jogo, ele respondia-lhe errado:

— O baile do Vergueiro?
— Sim; é no dia 7.
— Mas o trunfo era espadas.
— Que espadas?
— Eu tinha o rei e o quatro.
— Ora, Xavier, não falo de cartas, falo do baile do Vergueiro, no dia 7 de outubro; estamos convidados.

Não pareça demais essa confusão do homem. Naturalmente, alguma partida especial, grave, luta grande, ou pelo dinheiro ou pela honra da vitória, tomara a casa do cérebro onde nenhuma outra ideia achava alojamento. D. Paula chegava já a rir desses desconchavos. Depois, explicava o riso, e ele ria também, e referia o motivo da trapalhada. Quando ela notava que isso mesmo o aborrecia, evitava explicações. O marido era enfadonho, longo, repisava o que dizia, e achava pequeno interesse em coisas que, para ela, não valiam nada. Já lhe não importavam horas de chegada. Ele entrava de madrugada, às vezes de manhã, às seis horas e mais. D. Paula dormia até nove, e almoçava só. Outras vezes, o jogo era em casa; mas a casa era grande, e a sala do jogo era ao fundo. Na frente ela recebia, tocava e ria. Era convenção entre ambos, em tais casos, dizer que ele estava fora.

VI

Correu assim um ano, e mais. D. Paula ia para vinte e seis anos, como quem sobe de esplendor em esplendor, devia ser uma daquelas mulheres que os trinta aperfeiçoam, e os quarenta não conseguem enxovalhar. Que era mais natural que a admirassem? Não lhe faltavam olhos cobiçosos, nem desejos mal sofridos. Ela saboreava-os com discrição, sem corresponder a nada, durante os primeiros tempos; mas a liberdade, o número dos adoradores, a persuasão de não perder com isso, fê-la receber agradecida e lisonjeada o culto de tanta gente. Contavam-lhe muitas conversações a seu respeito; os homens idosos, mas brincalhões, repetiam-lhe na cara, ao pé das próprias mulheres, coisas que corriam fora — nomes que lhe davam, *estrela do sul*, *rainha das salas* e outros tão banais, como esses, mas igualmente sinceros.

Conhecia meia dúzia de homens que se mostravam particularmente assíduos nos lugares a que ela fosse, e mais pertinazes em dar-lhe a entender que a queriam. D. Paula não se alterou com o número, nem com o mal; deixou-os vir. Um deles, bacharel em direito, tinha os seus trinta anos, e a mais bela de todas as cabeças masculinas do tempo. Chamava-se João Góis. Solteiro e abastado. Era parente remoto de uma senhora que vivia na Tijuca, onde eles se falaram pela primeira vez. D. Paula conhecia-o de o ver muitas vezes, ou no teatro ou na rua do Ouvidor. Trazia na lembrança os longos olhos dominadores que ela evitava afrontar, por medo do duelo, de que podia sair mal ferida; apenas os via por baixo das pálpebras medrosas. Na Tijuca teve de os fitar ainda que o menos possível, e viu confirmados esses seus receios. Pensou neles, entretanto, e não sonhou com outros. Havia ainda um adorador de vinte e dois anos, olhos meigos e bons, cara sem barba, um triste buço puxado e repuxado sem chegar a bigodes. Para esse era d. Paula a primeira paixão. Esse chorava por ela, em casa, às noites, e escrevia longas cartas para lhe mandar no dia seguinte, e que não iam nunca, porque lhe faltava tudo, portador e audácia.

Não faltava audácia a João Góis, nem portadores, se lhe fossem necessários. Em breve, estavam as relações travadas entre ele e o marido. Góis não gostava de cartas, mas sujeitava-se a jogar com Xavier nas noites em que este, por acaso, não passava fora ou não tinha os seus parceiros do costume. D. Paula viveu cheia de temor durante as primeiras semanas; tendo brincado com fogo, aterrava-a naturalmente a ideia de o ver chegar às seis. Góis, que era audaz, era também hábil, e resolveu criar primeiramente confiança. Quando esta se estabeleceu de todo, ele declarou-se, e a batalha, se foi renhida, não foi longa; a vitória acabou completa.

VII
Não direi compridamente os sentimentos de d. Paula. Foram de duas ordens, mas força é confessar que o temor, última esperança da virtude, desapareceu com esta; e a cegueira que lhe trouxeram os olhos do homem fez com que ela não visse já perigos nem perdas. Não receava o marido; pode crer-se que nem recearia a opinião. Era toda do outro; podia crer-se que a paixão antiga, inspirada pelo marido desde os dezessete anos, enganara-se de porta, e que realmente só amava um homem na terra: este parente da senhora da Tijuca.

Pouco a pouco, a verdade foi transparecendo aos olhos estranhos; eles não sabiam resguardá-la, e pode ser que ele próprio o não quisesse. A vaidade não era, aliás, o elo mais forte daquele homem; realmente, o amor dele era violento; mas, a glória do vencedor crescia com a notícia da posse. A notícia foi cochichada por inveja, por gosto, por maledicência, na sala e na rua, no teatro e no baile, e tanto na palestra de peralvilhos, como entre duas mãos de voltarete dos comerciantes, à noite, nos arrabaldes. Contavam-se os indícios; pesquisava-se a vida de ambos; vinham episódios, cenas, encontros. E, posto que não fosse já preciso inventar nada, ainda se inventava alguma coisa.

D. Paula vivia alheia às murmurações. Não sabia ler nos rostos das outras mulheres, nem lhes achou diferença apreciável no trato. Algumas, por verdadeira repulsão, afastaram-se dela, mas com tal arte e polidez, que a moça nem sentiu a separação. Demais, que separação podia já sentir em tais condições? Amigas houve que buscavam saber por direta confidência o segredo da vida de Paula; nenhuma o obteve. Uma, não menos íntima, quis puni-la pela crítica e condenação genérica dos seus atos; ela não a entendeu. Que era a sociedade sem ele? Que era a virtude fora dele? Tal era o estado moral da consorte de Xavier, quando sucedeu o que lhes vou contar.

VIII
Góis teve um dia a ideia de propor a d. Paula que deixassem o Rio de Janeiro e o Brasil, e fossem para qualquer país do mundo — os Estados Unidos da América do Norte, se ela quisesse, ou qualquer recanto da Itália. A própria França, Paris, era um mundo em que ninguém mais daria com eles.

— Você hesita...
— Não hesito — respondeu d. Paula.
— Por que não me responde?
— A proposta é grave, mas não é a gravidade que me impede de responder já e já. Você sabe que irei com você ao fim do mundo, se for preciso...
— Pois eu não te proponho o fim do mundo.
— Sim; e acaso é preciso?

Góis ia a sorrir, mas suspendeu a tempo o sorriso, e fechou o rosto. D. Paula acudiu que estava por tudo; iria à China, com ele, a uma ilha deserta e inabitada...

Pleno romantismo. Góis pegou-lhe nas mãos e agradeceu-lhe a resposta. Perguntou-lhe ainda se não cedia de má vontade, ou se era de coração, se padeceria, caso ele se fosse embora só, e a deixasse... A resposta de d. Paula foi tapar-lhe a boca; não a podia haver mais eloquente. Góis beijou-lhe a mão.

— Deixar-me? Você pensaria acaso em semelhante coisa, se eu recusasse...?
— Talvez.
— Então é falso que...
— Não, não é falso que te amo sobre tudo neste mundo; mas tenho um coração orgulhoso, e se percebesse que preferias os teus cômodos ao nosso amor, eu preferia perder-te.
— Cala-te.

Calaram-se ambos, por alguns instantes. Ele brincava com uma das mãos dela; ela alisava-lhe os cabelos. Se indagarmo-nos em que iam pensando, acharemos que em um e outro, e nada na terra para onde iriam. Góis, ao menos, só cuidou disso, passados uns dez minutos ou mais de enlevo, de devaneio, reminiscências, sonhos — e cuidou para dar à bela d. Paula uma nova causa de espanto.

— E se eu não te propuser o fim do mundo mas o princípio?
— Não entendo. O princípio?
— Sim, há de haver um princípio do mundo pois que há um fim.
— Mas explica-te.
— Se eu te propusesse simplesmente a minha casa?

D. Paula não achou que responder. A proposta era agora tão audaciosa, tão fora de um plano possível, que supôs fosse gracejo, e olhou para ele sem dizer nada. Parece que até começou a rir; mas ficou logo séria, desde que não viu no rosto dele nada que se parecesse com gracejo, nem sequer doçura. Ela já lhe conhecia a expressão da teimosia, e tinha razão para saber toda a escala dos seus atrevimentos. Ainda assim, não creu logo. Compreendia que deixassem a terra pátria para ir purgar os seus erros em algum buraco do mundo; mas sair de uma casa para outra, praticar um escândalo, gratuito, sem necessidade, sem explicação...

— Sei tudo o que estás pensando — disse-lhe ele após alguns segundos.
— Tudo?
— Então és da minha opinião.
— Que...?
— Que me propões um absurdo.
— Tudo se explica pelo amor — continuou ele. — Se não achas explicação nenhuma, é que não me amaste nunca ou já não me amas...

D. Paula não teve ânimo desta vez, para tapar-lhe a boca. Abanou a cabeça, com um olhar de censura, e um jeito amargo dos lábios; foi como se não fizesse nada. Góis ergueu-se e estendeu a mão. Ela fechou-a entre as suas; obrigou-o a sentar-se, quis mostrar-lhe que a proposta era um erro, mas perdeu-se em palavras vagas e descosidas, que ele não ouviu, porque tinha os olhos na ponta dos sapatos.

IX

Góis venceu. Poucas horas depois, tinham tudo ajustado. D. Paula sairia no sábado próximo, para a própria casa onde ele morava, em Andaraí. Parece sonho tudo isto, e a pena mal obedece à mão; a verdade, porém, é que é verdade. Para explicar de algum modo esse ato de insensatez, é preciso não esquecer que ele, sobre todas as coisas, amava o escândalo; e que ela não se sentindo presa por nenhum outro vínculo, mal sabia que se expunha. Ia separar-se de toda gente, fechar todas as portas, confirmar as suspeitas públicas, afrontar a opinião — tudo como se houvera nascido para outra sociedade diversa daquela em que vivia. Não desconhecia o erro e seguia o erro. A desculpa que podia ter é que havia feito a mesma coisa até agora, e ia aliviar a consciência, pelo menos, da hipocrisia.

Na sexta-feira, à tarde, Góis mandou-lhe as últimas indicações escritas. De noite foi verbalmente confirmá-las. D. Paula tinha visitas e parecia alegre, Góis ressentiu-se da alegria.

— Parece que não me sacrifica nada — pensou ele —; quisera vê-la abatida, triste e até chorando... Ri, ao contrário; despede-se desta gente, como se devesse recebê-la amanhã...

Essa descoberta aborreceu-o; ele saiu sem fazer nenhuma referência ao ato do dia seguinte. D. Paula, prestes a cometer o escândalo, teve vergonha de falar dele, e os dois despediram-se como se não tivessem de ligar, poucas horas depois, os seus destinos.

X

No dia seguinte, Xavier acordou tarde, tendo-se recolhido tarde, na forma do costume. Indo almoçar não viu a mulher que assistia sempre ao almoço dele; perguntou se estava doente.

— Não, senhor.
— Então, por quê...?
— Está no quarto, sim, senhor.

Xavier acabou de almoçar e foi ter com ela. Achou-a atirada a um canapé, com os olhos meios cerrados, o ar abatido. Tinha dormido mal à noite, duas horas, quando muito, e interrompidamente. Não disse a causa da insônia; não referiu que a ideia de ser a última noite que passava sob o teto conjugal é que a pusera nervosa, inquieta, meio delirante. Também ele não lhe perguntou nada, se teria tido febre, ou dor de cabeça, um resfriado; deu duas voltas e pegou em um livro que viu sobre uma cadeira, um romance francês; leu duas linhas e deixou-o. Em seguida, falou do almoço, que achou detestável, e do tempo, que parecia querer mudar. Consultou o relógio, quase duas horas. Precisava consertá-lo; variava muito. Que horas tinha ela?

— Vai ver — suspirou d. Paula.

Xavier foi ao relógio de mesa — um pequeno relógio de bronze —, e achou que a diferença entre os dois era de quatro minutos. Não valia a pena alterar o seu, salvo se o dela regulava certo.

— Regula.
— Vamos ver amanhã.

E sentou-se para descansar o almoço. Contou-lhe algumas peripécias da noite. Ganhara um conto e oitocentos mil-réis, depois de ter perdido dois contos e tanto; mas o ganho e a perda eram nada. O principal foi a teima de uma carta... E pôs-se a narrar toda a história à mulher, que ouviu calada, enfastiada, engolindo a raiva, e dizendo a si mesma que fazia muito bem deixando a companhia de semelhante homem. Xavier falava com interesse, com ardor, parecia crescer, subir, à medida que os incidentes lhe saíam da boca. E vinham nomes desconhecidos, o Álvaro, dr. Guimarães, o Chico de Mattos, descrevia as figuras, os sestros, as relações de uns com outros, anedota da vida de todos. Quando concluiu parecia afrontado, pediu alguma coisa; a mulher preparou-lhe um pouco de água de melissa.

— Você não quer fazer a digestão calado — disse-lhe ela.

Se ele visse bem o rosto de d. Paula, perceberia que aquela frase, proferida com um tom de repreensão branda, não correspondia ao sentimento da mulher. D. Paula, se alguma dúvida pudesse ter em fugir de casa, já não a tinha agora; via-se-lhe na cara uma expressão de asco e desprezo.

— Passou — disse ele.

Ergueu-se; ia ver uns papéis.

— Você por que não se deita um pouco — disse-lhe —; veja se passa pelo sono. Eu dou ordem para que não a acordem; e a propósito, janto fora, janto com o Chico de Mattos...

— O do ás de ouro? — perguntou ela com os dentes cerrados.

— Justamente... — acudiu ele rindo. — Que veia de sujeito! O ás de ouros...

— Já sei — interrompeu ela. — Vai ver os papéis.

— Um felizardo!

E, se não falou outra vez do Chico de Mattos, contou uma anedota do Roberto, outra do Sales, outra do Marcelino. A mulher ouviu-as todas serenamente — às vezes risonha. Quando ele acabou, disse-lhe em tom amigo:

— Ora, você que tem jogado com tanta gente, só uma vez jogou comigo, há muito tempo, o *écarté*... Não é *écarté* que se chama aquele jogo que você me ensinou? Vamos a uma partida.

Xavier pôs-se a rir.

XI

— Tinha graça — disse ele. — Para quê?

— Há maridos que jogam com as mulheres.

— A bisca em família?

— Não, não jogo a tentos.

— A dinheiro? Também tinha sua graça, porque o que eu ganhasse em dinheiro, pagaria depois em vestidos; mas ainda assim, pronto. Há certo interesse. Vou buscar as cartas.

Saiu e voltou com as cartas.

— Não te proponho dinheiro — disse d. Paula. — Nem dinheiro nem tentos.

— Então quê? As estrelas? Os nossos lugares no céu?

— Não, a minha pessoa.

— Como? — perguntou ele, espantado.

— Se eu perder, você faz de mim o que quiser; se eu ganhar, ganho a liberdade de ir para onde for da minha vontade.

— Repete.

D. Paula repetiu a proposta.

— Aí está uma singular partida — exclamou Xavier. — Se eu ganhar faço de você o que quiser...

— E se eu ganhar...

— Já sei. Vale a pena arriscar, porque, se você perder, não sabe em que se mete. Vingarei o meu susto exemplarmente.

As mãos dela estavam quentes, os olhos brilhantes. Ele, diante de uma partida nova, nunca jogada, absurda, ficara pasmado, trêmulo. Era então...? Mas quem diabo lhe metera aquela ideia na cabeça? — perguntou-lhe. E depois de um silêncio:

— Góis, naturalmente.

— Não. Por que seria esse e não outro?

— Você sabe por quê.

— Não sei nada — murmurou.

— Sei-o eu. É a grande vantagem das cartas anônimas. Três cartas anônimas contaram-me tudo. Guardei a primeira; queimei as outras, e nunca lhe disse nada, porque não adiantavam nada.

D. Paula negou ainda, por boca e por gesto; afinal, calou-se e ouviu tudo o que ele continuou a dizer. Xavier falava sem cólera. Confessou-lhe que a primeira impressão foi acerba; mas depois sarou a ferida e continuou bem. Decididamente, o jogo estava acima de tudo. Era a consolação real e única da terra e do céu. Que se jogaria no céu? D. Paula rompeu finalmente:

— Bem, concluamos — disse ela. — Estão postas as condições e aceitas. Vamos às cartas.

— Uma partida em três — disse ele —; quem ganhar as duas primeiras, levanta a mesa.

Baralhou as cartas, distribuiu-as e ganhou logo a primeira. Jogaram segunda. Foram à terceira, que desempatava.

— O rei — disse ele, marcando um ponto.

Jogou a primeira carta, mas não jogou segunda. Parou, as cartas caíram-lhe, fez um gesto, e antes que a mulher pudesse ver nada, caiu redondamente no chão. D. Paula acudiu, chamou, vieram criados e um médico vizinho; Xavier estava morto. Uma congestão.

XII

Ninguém acredita que d. Paula tivesse lágrimas para o marido. Pois teve-as — poucas, é certo — mas não deixou de as chorar; quando o cadáver saiu. No dia seguinte, a impressão passara.

Que partida jogaria, agora que fortuna a libertara de toda a obrigação? Góis visitou-a, dias depois do enterro. Não lhe falou em sair de casa; também não lhe falou de amores. D. Paula agradeceu esse respeito, não obstante a certeza que ele tinha da separação moral em que ela viveu com o marido. O respeito estendeu-se a dois meses, depois quatro; Góis fez-lhe algumas visitas, sempre frias e curtas.

D. Paula começou a crer que ele não a amava. No dia em que esta convicção lhe entrou no coração, esperou resoluta; mas esperou em vão. Góis não voltou mais.

A dor e a humilhação de d. Paula foram grandes. Não percebeu que a liberdade e a viuvez a tornavam fácil e banal para um espírito como o do cúmplice. Teve amarguras secretas; mas a opinião pública foi em seu favor, porque imaginaram que ela o expulsara de casa, com sacrifício e para punição de si mesma.

A Estação, *outubro-dezembro de 1892; Machado de Assis.*

Vênus! Divina Vênus!

— Vênus! Vênus! divina Vênus!

E despegando os olhos da parede, onde estava uma cópia pequenina da Vênus de Milo, Ricardo arremeteu contra o papel e arrancou de si dois versos para completar uma quadra começada às sete horas da manhã. Eram sete e meia; a xícara de café, que a mãe lhe trouxera antes de sair para a missa, estava intacta e fria sobre a mesa; a cama, ainda desfeita, era uma pequena cama de ferro, a mesa em que escrevia era de pinho; a um canto um par de sapatos, o chapéu pendente de um prego. Desarranjo e falta de meios. O poeta, com os pés metidos em chinelas velhas, com a cabeça apoiada na mão esquerda, ia escrevendo a poesia. Tinha acabado a quadra e releu-a:

> Mimosa flor que dominas
> Todas as flores do prado,
> Tu tens as formas divinas
> De Vênus, modelo amado.

Os dois últimos versos não lhe pareceram tão bons como os dois primeiros, nem lhe saíram tão fluentemente. Ricardo deu uma pancadinha seca na borda da mesa, e endireitou o busto. Consertou os bigodes, fitou novamente a Vênus de Milo — uma triste cópia em gesso — e tratou de ver se os versos lhe saíam melhores.

Tem vinte anos este moço, olhos claros e miúdos, cara sem expressão, nem bonita nem feia, banal. Cabelo reluzente de óleo, que ele põe todos os dias. Dentes tratados com esmero. As mãos são delgadinhas, como os pés, e tem as unhas compridas e encurvadas. Empregado em um dos arsenais, vive com a mãe (já não tem pai), e paga a casa e parte da comida. A outra parte é paga pela mãe, que, apesar de velha, trabalha muito. Moram no bairro dos Cajueiros. O ano em que isto se dava era o de 1859. É domingo. Dizendo que a mãe foi à missa, quase não é preciso acrescentar que com um surrado vestido preto.

Ricardo prosseguia. O amor às unhas faz com que não as roa, quando se acha em dificuldades métricas. Em compensação, afaga a ponta do nariz com a ponta dos dedos. Esforça-se por sacar dali dois versos substitutivos, mas inutilmente. Afinal, tanto repetiu os dois versos condenados, que acabou por achar a quadra excelente e continuou a poesia. Saiu a segunda estrofe, depois a terceira, a quarta e a quinta. A última dizia que o Deus verdadeiro, querendo provar que os falsos não eram tão poderosos como supunham, inventara, contra a bela Vênus, a formosa Marcela. Gostou desta ideia; era uma chave de ouro. Ergueu-se e passeou pelo quarto, recitando os versos; em seguida, parou diante da Vênus de Milo, encantado da comparação. Chegou a dizer-lhe em voz alta:

— Os braços que te faltam são os braços dela!

Também gostou desta ideia, e tentou convertê-la em uma estrofe, mas a veia esgotara-se. Copiou a poesia — primeiramente, em um caderno de outras; depois, em uma folha de papel bordado. Acabava a cópia quando a mãe voltava da missa. Mal teve tempo de guardar tudo na gaveta. A mãe viu que ele não bebera o café, feito por ela, e posto ali com a recomendação de que o não deixasse esfriar.

— Hão de ser os malditos versos! — pensou ela consigo.

— Sim, mamãe, foram os malditos versos! — disse ele.

Maria dos Anjos, espantada:

— Você adivinhou o que eu pensei?

Ricardo podia responder que já lhe ouvira muitas vezes aquelas palavras, acompanhadas de certo gesto característico; mas preferiu mentir.

— O poeta adivinha. A inspiração não serve só para compor versos, mas também para ler na alma dos outros.

— Então, você leu também que eu rezei hoje na missa por você...?

— Li, sim, senhora.

— E que pedi a Nossa Senhora, minha madrinha, que acabe com essa paixão, por aquela moça... Como se chama mesmo?

Ricardo, depois de alguns instantes, respondeu:

— Marcela.

— Marcela, é verdade. Não disse o nome, mas Nossa Senhora sabe. Eu não digo que vocês não se mereçam; não a conheço. Mas, Ricardo, você não pode tomar estado. Ela é filha de doutor, não há de querer lavar nem engomar.

Ricardo teve moralmente náuseas. Aquela ideia reles de lavar e engomar era própria de uma alma baixa, ainda que excelente. Venceu o asco, e olhou para a mãe com um gesto igualmente amigo e superior. No almoço, disse-lhe que Marcela era a mais famosa moça do bairro.

— Mamãe acredita que os anjos venham à terra? Marcela é um anjo.

— Acredito, meu filho, mas os anjos comem, quando estão neste mundo e se casam... Ricardo, se você anda com tanta vontade de casar, por que não aceita Felismina, sua prima, que gosta tanto de você?

— Ora, mamãe! Felismina!

— Não é rica, é pobre...

— Quem lhe fala em dinheiro? Mas, Felismina! basta-lhe o nome; é difícil achar outro tão ridículo. Felismina!

— Não foi ela que escolheu o nome, foi o pai, quando ela se batizou.

— Pois sim, mas não se segue que seja bonito. E depois, eu não gosto dela, é prosaica, tem o nariz comprido e os ombros estreitos, sem graça; os olhos parecem mortos, olhos de peixe podre, e fala arrastado. Parece da roça.

— Também eu sou da roça, meu filho — replicou a mãe com brandura.

Ricardo almoçou, passou o dia agitado, felizmente lendo versos, que foram o seu calmante. Tinha um volume de Casimiro de Abreu, outro de Soares de Passos, um de Lamartine, não contando os seus próprios manuscritos. De noite, foi à casa de Marcela. Ia resoluto. Não eram os primeiros versos que escrevia à moça, mas não lhe entregara nenhum — por acanhamento. De fato, esse namoro que Maria dos Anjos receava acabasse em casamento, não passava ainda de alguns olhares e durava já umas seis semanas. Foi o irmão de Marcela que apresentou ali o nosso poeta, com quem se encontrava, às tardes, em um armarinho do bairro. Disse que era um moço de muita habilidade. Marcela, que era bonita, não deixava passar olhos sem fazer-lhes alguma pergunta a tal respeito, e como as respostas eram todas afirmativas, fingia não entendê-las e continuava o interrogatório. Ricardo respondeu pronto e entusiasmado; tanto bastou para continuarem uma variação infinita sobre o mesmo tema. Entretanto, não havia nenhuma palavra de boca, trocada entre eles, coisa que parecesse com declaração. Os próprios dedos de Ricardo eram frouxos, quando recebiam os dela, que eram frouxíssimos.

— Hoje dou o golpe — ia ele pensando.

Havia gente em casa do dr. Viana, pai da moça. Tocava-se piano; Marcela perguntou-lhe logo com os olhos do costume:

— Que tal me acha?

— Linda, angélica — respondeu Ricardo pelo mesmo idioma.

Apalpou a algibeira do fraque; lá estava a poesia metida em sobrecarta cor-de-rosa, com uma pombinha cor de ouro, em um dos cantos.

— Hoje temos solo — disse-lhe o filho do dr. Viana. — Aqui está este senhor, que é excelente parceiro.

Ricardo quis recusar; não pôde, não podia. E lá foi jogar o solo, a tentos, em um gabinete, ao pé da sala de visitas. Cerca de hora e meia não arredou pé; afinal confessou que estava cansado, precisava andar um pouco, voltaria depois.

Correu à sala. Marcela tocava piano, um moço de bigodes compridos, ao pé dela, ia cantar não sei que ária de ópera italiana. Era tenor, cantou, romperam grandes palmas. Ricardo, ao canto de uma janela, fez-lhe o favor de umas palminhas, e esperou os olhos da pianista. Os dele meditavam já esta frase: "Sois o mais belo, o mais puro, o mais adorável dos arcanjos, ó soberana do meu coração e da minha vida". Marcela, entretanto, foi sentar-se entre duas amigas, e de lá perguntou-lhe:

— Pareço-lhe bonita?

— Sois o mais belo, o mais...

Não pôde acabar. Marcela falou às amigas, e encaminhou os olhos para o tenor, com a mesma pergunta:

— Pareço-lhe bonita?

Ele, pela mesma língua, respondeu que sim, mas com tal clareza e autoridade, como se fora o próprio inventor do idioma. E não esperou nova pergunta; não se restringiu à resposta; disse-lhe com energia:

— E eu, que lhe pareço?

Ao que Marcela respondeu, sem grande hesitação:

— Um belo noivo.

Ricardo empalideceu. Não somente viu a significação da resposta, mas ainda assistiu ao diálogo, que continuou com vivacidade, abundância e expressão.

De onde vinha esse pelintra? Era um jovem médico, chegado dias antes da Bahia, recomendado ao pai de Marcela; jantara ali, a reunião era em honra dele. Médico distinto, bela voz de tenor... Tais foram as informações que deram ao pobre-diabo. Durante o resto da noite, apenas pôde colher um ou dois olhares rápidos. Resolveu sair mais cedo para mostrar que estava ferido.

Não foi logo para casa; vagou uma hora ou mais, entre o desânimo e o furor, falando alto, jurando esquecê-la, desprezá-la. No dia seguinte, almoçou mal, trabalhou mal, jantou mal, e trancou-se no quarto, à noite. A consolação única eram os versos, que achava lindos. Releu-os com amor. E a musa deu-lhe a força da alma que a aventura de domingo lhe tirara. Passados três dias, Ricardo não pôde mais consigo, e foi à casa do dr. Viana; achou-o de chapéu na cabeça, esperando que as senhoras acabassem de vestir-se; iam ao teatro. Marcela desceu daí a pouco, radiante, e perguntou-lhe ocularmente:

— Que tal me acha com este vestido?

— Linda — respondeu ele.

Depois, animando-se um pouco, perguntou Ricardo à moça, sempre com os olhos, se queria que também ele fosse ao teatro. Marcela não lhe respondeu; dirigiu-se para a janela, a ver o carro que chegara. Ele não sabia (como sabê-lo?) que o jovem médico baiano, o tenor, o diabo, Maciel, em suma, combinara com a família ir ao teatro, e já lá os estava esperando. No dia seguinte, com o pretexto de saber que tal andara o espetáculo, correu à casa de Marcela. Achou-a em conversação com o tenor, ao lado um do outro, confiança que nunca lhe dera. Quinze dias depois falou-se da possibilidade de uma aliança; quatro meses depois estavam casados.

Quisera contar aqui as lágrimas de Ricardo; mas não as houve. Imprecações, sim, protestos, juramento, ameaças, vindo tudo a acabar em uma poesia com o título *Perjura*. Publicou esses versos, e, para lhes dar toda a significação, pôs-lhe a data do casamento. Marcela, porém, estava na lua de mel, não lia outros jornais além dos olhos do marido.

Amor cura amor. Não faltavam mulheres que tomassem a si essa obra de misericórdia. Uma Fausta, uma Dorotéia, uma Rosina, ainda outras, vieram sucessivamente adejar as asas nos sonhos do poeta. Todas tiveram a mesma madrinha:

— Vênus! Vênus! divina Vênus!

Choviam versos; as rimas buscavam rimas, cansadas de serem as mesmas; a poesia fortalecia o coração do moço. Nem todas as mulheres tiveram notícia do amor do poeta; mas bastava que existissem, que fossem belas, ou quase, para fasciná-lo e inspirá-lo. Uma dessas tinha apenas dezesseis anos, chamava-se Virgínia e era filha de um tabelião, com quem Ricardo se fez encontradiço para mais facilmente penetrar-lhe em casa. Foi-lhe apresentado como poeta.

— Sim? Eu sempre gostei de versos — disse o tabelião —, se não fosse o meu cargo, escreveria alguns sonetinhos. No meu tempo compus fábulas. O senhor gosta de fábulas?

— Como não? — redarguiu Ricardo. — A poesia lírica é melhor, mas a fábula...

— Melhor? Não compreendo. A fábula tem conceito, além da graça de fazer falar os animais...

— Justamente!

— Então, como é que disse que a poesia lírica era melhor?

— Num sentido.
— Que sentido?
— Quero dizer, cada forma tem a sua beleza; assim, por exemplo...
— Exemplos não faltam. A questão é que o senhor acha a poesia lírica melhor que a fábula. Só se não acha?
— Realmente, parece que não é melhor — confessou Ricardo.
— Diga logo inferior. Luar, névoas, virgens, lago, estrelas, olhos de anjo, são palavras vãs, boas para poetas apatetados. Eu, tirando-me a fábula e a sátira, não sei para que serve a poesia. Para encher a cabeça de caraminholas, e o papel de tolices...

Ricardo aturou toda essa rabugice do notário, para o fim de ser admitido em casa dele — coisa fácil, porque o pai de Virgínia tinha algumas fábulas antigas e outras inéditas e poucos ouvintes do ofício, ou verdadeiramente nenhum. Virgínia acolheu o moço com boa vontade; era o primeiro que lhe falava de amores — porque desta vez o nosso Ricardo não se deixou ficar atado. Não lhe fez declaração franca e em prosa, dava-lhe versos às escondidas. Ela guardava-os "para os ler depois" e no dia seguinte agradecia-os.

— Muito mimosos — dizia sempre.
— Eu fui apenas secretário da musa — respondeu ele uma vez —; os versos foram ditados por ela. Conhece a musa?
— Não.
— Veja no espelho.

Virgínia entendeu e corou. Já os dedos de ambos começaram a dizer alguma coisa. O pai ia muitas vezes com eles ao Passeio Público, entretendo-os com fábulas. Ricardo estava certo de dominar a mocinha e esperava que ela fizesse os dezessete anos para pedir-lhe a mão, a ela e ao pai. Um dia, porém (quatro meses depois de conhecê-la), Virgínia adoeceu de moléstia grave, que a pôs entre a vida e a morte. Ricardo padeceu deveras. Não se lembrou de compor versos, nem tinha inspiração para eles; mas a leitura casual daquela elegia de Lamartine, em que há estas palavras: *"Elle avait seize ans; c'est bien tôt pour mourir"*, deu-lhe ideia de escrever alguma coisa em que aquilo entrasse por epígrafe. E trabalhava, à noite, de manhã, na rua, tudo por causa da epígrafe.

— *Elle avait seize ans; c'est bien tôt pour mourir!* — repetia ele andando.

Felizmente, a moça arribou, ao fim de quinze dias, e, logo que pôde, foi convalescer na Tijuca, em casa da madrinha. Não foi sem levar um soneto de Ricardo, com a famosa epígrafe, o qual principiava por estes dois versos:

> Agora, que a mimosa flor caída
> Ao terrífico vento da procela...

Virgínia convalesceu depressa; mas não voltou logo, ficou lá um mês, dois meses, e, como eles não se correspondiam, Ricardo vivia naturalmente ansioso. O tabelião dizia-lhe que os ares eram bons, que a filha andava fraca, e não desceria sem estar inteiramente restabelecida. Um dia leu-lhe uma fábula, composta na véspera, e dedicada ao bacharel Vieira, sobrinho da comadre.

— Compreendeu o sentido, não? — perguntou-lhe no fim.
— Sim, senhor, entendi que o sol, disposto a restituir a vida à lua...

— E não atina?
— A moralidade é clara.
— Creio; mas a ocasião...
— A ocasião?
— A ocasião é o casamento da minha pecurrucha com o bacharel Vieira, que chegou de São Paulo; gostaram-se; foi pedida anteontem...

Esta nova desilusão atordoou completamente o rapaz. Desenganado, jurou acabar com mulheres e musas. Que eram musas senão mulheres? Contou à mãe esta resolução, sem entrar em pormenores, e a mãe o aprovou de todo. De fato, meteu-se em casa, as tardes e as noites, deu de mão aos passeios e aos namoros. Não compôs mais versos, esteve a ponto de quebrar a Vênus de Milo. Um dia soube que Felismina, a prima, ia casar. Maria dos Anjos pediu-lhe uns cinco ou dez mil-réis para um presentinho; ele deu-lhe dez mil-réis, logo que recebeu o ordenado.

— Com quem casa? — perguntou.
— Com um moço da estrada de ferro.

Ricardo consentiu em ir com a mãe, à noite, visitar a prima. Lá achou o noivo, ao pé dela, no canapé, conversando baixinho. Depois das apresentações, Ricardo encostou-se ao canto de uma janela, e o noivo foi ter com ele, passados alguns minutos, para dizer-lhe que estimava muito conhecê-lo, tinha uma casa às suas ordens e um criado para o servir. Já o tratava por primo.

— Sei que meu primo é poeta.

Ricardo, com fastio, deu de ombros.

— Ouvi dizer que é um grande poeta.
— Quem lhe disse isso?
— Pessoas que sabem. Sua prima também me disse que fazia bonitos versos.

Ricardo, após alguns segundos:

— Fiz versos; provavelmente não os farei mais.

Daí a pouco estavam os noivos outra vez juntos, falando baixinho. Ricardo teve-lhe inveja. Eram felizes, uma vez que gostavam um do outro. Pareceu-lhe até que ela gostava ainda mais, porque sorria sempre; e daí talvez fosse para mostrar os lindos dentes que Deus lhe dera. O andar da moça também era mais gracioso. O amor transforma as mulheres, pensava ele; a prima está melhor do que era. O noivo é que lhe pareceu um tanto impertinente, só a tratá-lo por primo... Disse isto à mãe, na volta para casa.

— Mas que tem isso?

Sonhou nessa noite que assistia ao casamento de Felismina, muitos carros, muitas flores, ela toda de branco, o noivo de gravata branca e casaca preta, ceia lauta, brindes, recitando ele Ricardo uns versos...

— Se outro não recitar, se não eu... — disse ele de manhã, ao sair da cama.

E a figura de Felismina entrou a persegui-lo. Dias depois, indo à casa dela, viu-a conversar com o noivo, e teve um pequeno desejo de atirá-lo à rua. Soube que ele ia na manhã seguinte para a Barra do Piraí, a serviço.

— Demora-se muito?
— Oito dias.

Ricardo visitou a prima todas essas noites. Ela, aterrada com o sentimento que via nascer no primo, não sabia que fizesse. A princípio resolveu não aparecer-

-lhe; mas aparecia-lhe, e ouvia tudo o que ele contava com os olhos postos no dele. A mãe dela tinha a vista curta. Na véspera da volta do noivo, Ricardo apertou-lhe a mão com força, com violência, e disse-lhe adeus "até nunca mais". Felismina não ousou pedir-lhe que viesse; mas passou a noite mal. O noivo regressou por dois dias.

— Dois dias? — perguntou-lhe Ricardo na rua onde ele lhe deu a notícia.

— Sim, primo, tenho muito que fazer — explicou o outro.

Partiu, as visitas continuaram; os olhos falavam, os braços, as mãos, um diálogo perpétuo, não espiritual, não filosófico, um diálogo fisiológico e familiar. Uma noite, Ricardo sonhou que pegava da prima e subia com ela ao alto de um penedo, no meio do oceano. Viu-a sem braços. Acordando de manhã, olhou para a Vênus de Milo.

— Vênus! Vênus! divina Vênus!

Atirou-se à mesa, ao papel, meteu mãos à obra, para compor alguma coisa, um soneto, um soneto que fosse. E olhava para Vênus — a imagem da prima — e escrevia, riscava, tornava a escrever e a riscar, e novamente escrevia até que lhe saíram os dois primeiros versos do soneto. Os outros vieram vindo, cai aqui, cai acolá.

— Felismina! — exclamava ele. — O nome dela há de ser a chave de ouro. Rima com divina e cristalina. E concluía assim o soneto.

> E tu, criança amada, tão divina
> Não és cópia da Vênus celebrada,
> És antes seu modelo, Felismina.

Deu-lho nessa noite. Ela chorou depois que os leu. Tinha de pertencer a outro homem. Ricardo ouviu essa palavra e disse-lhe ao ouvido:

— Nunca!

Indo a acabar os quinze dias, o noivo escreveu dizendo que precisava ficar ainda na Barra umas duas ou três semanas. Os dois, que iam dando pressa a tudo, trataram da conclusão. Quando Maria dos Anjos ouviu ao filho que ia desposar a prima, ficou espantada, e pediu que se explicasse.

— Isto não se explica, mamãe...

— E o outro?

— Está na Barra. Ela já lhe escreveu pedindo desculpa e contando a verdade.

Maria dos Anjos abanou a cabeça, com ar de reprovação.

— Não é bonito, Ricardo...

— Mas se nós gostamos um do outro? Felismina confessou que ia casar com ele, à toa, sem vontade; que sempre gostara de mim; casava por não ter com quem.

— Sim, mas palavra dada...

— Que palavra, mamãe? Mas se eu a adoro; digo-lhe que a adoro. Queria que eu ficasse a olhar ao sinal, e ela também, só porque houve um equívoco, uma palavra dada sem reflexão? Felismina é um anjo. Não foi à toa que lhe deram um nome, que é a rima de divina. Um anjo, mamãe!

— Oxalá sejam felizes.

— Com certeza; mamãe verá.

Casaram-se. Ricardo era todo para a realidade do amor. Conservou a Vênus de Milo, a divina Vênus, posta na parede, apesar dos protestos de modéstia da mulher.

Convém saber que o noivo casou mais tarde na Barra, Marcela e Virgínia estavam casadas. As outras moças que Ricardo amou e cantou tinham já maridos. O poeta deixou de poetar, com grande mágoa dos seus admiradores. Um deles perguntou-lhe um dia, ansioso:

— Então você não faz mais versos?

— Não se pode fazer tudo — respondeu Ricardo, acariciando os seus cinco filhos.

Almanaque da Gazeta de Notícias, *janeiro de 1893; Machado de Assis.*

Um quarto de século

I

Eram quatro horas da tarde. Oliveira e Tomás conversavam à porta da casa do Desmarais, rua do Ouvidor, ano de 1868, quando passou do lado oposto uma senhora, vestida de preto. Oliveira disse a Tomás:

— É a viúva Sales; espera.

E atravessando a rua, foi falar à viúva Sales, cinco a seis minutos apenas. As últimas palavras foram estas:

— Mas não posso contar com a senhora?

— Mana Rita está constipada; se ela ficar boa, vamos.

— Vou rezar para que fique boa.

— Os hereges não rezam — replicou a viúva sorrindo e despedindo-se.

Oliveira tornou à porta do Desmarais. Tomás seguiu com os olhos a viúva, até que ela dobrou a primeira esquina.

— Não é possível — disse ele.

— Que é que não é possível?

— Essa viúva... É viúva de um médico, um doutor João Sales.

— Isso.

— Dona Raquel?

— Exatamente.

— Filha de um conselheiro de guerra?

— Xavier de Matos. Conheces?

— Sim, conheço, isto é, conheci. Foi há muitos anos. Está mudada.

— Um pouco mais gorda.

— Conhecia-a magrinha.

— Mas não está mais velha. Queres vê-la, queres jantar com ela, lá em casa, sábado?

— Ela vai?

— Prometeu que iria, se a mana ficasse boa.

— Sim, Mariana, mais velha que ela.

— Não, Rita, mais moça. A mais velha morreu há anos; era casada com um deputado do norte. A moça não casou. Vivem juntas.

— Vou.
— Seis em ponto.
— Em ponto.
— Bem, agora que a viste, que tens algumas notícias, que vais jantar com ela e conosco, sábado, às seis horas em ponto, quero que me digas tudo ou só metade, o que puder ser contado.
— Tudo é nada — respondeu Tomás. — Que diabo de ideia é essa?
— Meu caro, quando eu me despedi dela, tu não me viste chegar ao pé de ti; ias atrás dela com os olhos, com os ouvidos, com tudo. O coração batia-te que se ouvia cá fora como o meu relógio de parede bate as horas, nos primeiros dias da semana, por estar de corda nova. Relojoeiro, desfaz o teu relógio.

Tomas sorriu, mas não sorriu bem; parecia acanhado. Oliveira não soube ser discreto. Íntimos desde a Faculdade de Direito de São Paulo, onde se formaram, foram confidentes um do outro, até o dia em que a vida os separou; novamente ligados, Oliveira cuidava estar no mesmo ponto em que a vida os deixara antes. Tomás, pela sua parte, vacilava. Evidentemente, havia alguma coisa que dizer.

— Tudo é pouco.
— Esse pouco.
— Gostei dela em solteira, mas foi coisa que passou, como outras. Sabes que nós, por esse tempo, namorávamos a todas.
— Mas nunca me falaste desta.
— Provavelmente, falei; mas eram tantas! Bom tempo, Oliveira! Era melhor que isto de hoje com os nossos bigodes grisalhos, tu pai de filhos, eu solteirão desamparado, quarenta e quatro anos no lombo; tu tens mais três.
— Mais dois.
— Creio que já foram quatro, mas o tempo diminui tudo, começando por si mesmo.
— Vai para o diabo. Quarenta e seis, feitos em março.

Trocaram ainda algumas palavras, e despediram-se. Oliveira meteu-se no carro que estava no largo de São Francisco de Paula e foi para Andaraí. Tomás meteu-se na gôndola e guiou para o Catete.

II

Tomás de Castro Rodrigues tinha realmente alguns fios de prata nos bigodes e nos cabelos; vieram-lhe cedo e tendiam a multiplicar-se. Bonita figura, bem-posta sobre uns pés pequenos, elegante com certa graça de outono, dava ainda um noivo decente. Não casara por não achar noiva que o quisesse, dizia ele; mas, realmente, por causa de uma paixão da mocidade, esta mesma viúva Sales que passou agora na rua do Ouvidor, então Raquel, simples Raquel.

Não tomes isto ao pé da letra, para me não acusares de romantismo. É certo que ele prometeu não casar nunca, depois da paixão de Raquel; mas, não foi precisamente a paixão que o deixou solteiro. Esta doeu-lhe por muito tempo, fê-lo empreender uma viagem à Europa, onde se demorou quatro anos. Os quatro anos, porém, não foram gastos em suspirar. O tempo e a distância depressa o fizeram sarar; a própria vida é que o confinou na solidão. Solidão fácil, aliás, composta de prazeres, viagens, distrações amorosas e outras. Quando se afastou da Europa, tornou para o Rio de Janeiro, onde assistiu à morte do pai, que lhe deixou todos os seus bens. Tomás era filho único. Já então Raquel, tendo casado com um negociante de Pelotas, havia partido para o sul. Tomás começou a advogar; parece que defendeu algumas causas, perdeu-as todas, ou quase todas. Não fechou a banca; mas achava meio de não se meter em muito trabalho; este foi naturalmente fugindo, de maneira que, em pouco tempo, acabaram os clientes. A banca era pretexto para ter um lugar de descanso e conversação e dar emprego a um servente.

Assim se passaram três a quatro anos. A Europa entrou a fazer cócegas ao advogado sem causas; mas o amigo Oliveira, já então casado, deu-lhe de conselho que entrasse na política. A ideia de ser ministro foi talvez o único motivo de aceitação deste conselho por um homem que não tinha partido nem inclinações políticas. Na faculdade escrevera e falara nas liberdades públicas, no futuro dos povos, nas instituições democráticas, tudo isso, porém, sem convicção profunda nem superficial, um simples uso, uma espécie de oração necessária. Concluindo o curso, não pensou em libertar nem oprimir os povos. Agora a perspectiva ministerial fez alguma coisa; podia ser até que ele desse um bom orador, tendo sido dos melhores de seu tempo em São Paulo.

Oliveira arranjou-lhe a cadeira, por intermédio de um parente ministro; aproveitou-se uma vaga, e Tomás entrou na Câmara. No distrito que o elegeu ficou o seu nome execrado; disseram-lhe todas as coisas feias, ambicioso vulgar, intruso, lacaio de ministro, gatuno e besta. "Não é diploma que ele leva daqui, é gazua", escreveu um jornal. Tomás quis rejeitar o diploma; não tinha a ambição necessária, ou qualquer sentimento equivalente, para suportar todo esse desejo de injúrias; mas Oliveira riu-lhe na cara, disse-lhe que não fosse tolo e ficasse; que os autores da palavrada não sentiam nada do que diziam, era a irritação própria da pretensão de outro candidato. Tomás obedeceu e entrou na Câmara.

Não foi ministro, proferiu dois discursos, aborreceu-se ao fim de algum tempo; cinco anos depois fazia outra viagem à Europa. Lá esteve, tornou a ir e regressou agora, há quatro meses, sem carreira, sem ambições, sem família. Conservava a riqueza, isso sim, não era gastador, vivia das rendas.

Resta dizer da paixão que primeiro o levou a andar por esse mundo. Já notei que, indiretamente, foi ela que o impediu de casar. É possível que, se houvesse de fazer vida regular, casasse e fundasse família. Raquel tinha vinte anos, quando ele a viu pela primeira vez, em um baile do Cassino Fluminense. Era linda entre as lindas. Não lhe parecendo que ela o rejeitasse, buscou relacionar-se com a família. Houve da parte dele confiança demasiada; desde que começou a ir à casa dela, Raquel retraiu-se. Mas isto mesmo tornou mais forte a paixão do rapaz — ou antes, foi isso que verdadeiramente a gerou. Até então o sentimento não passava do tom médio e comum de tantos amores que acabam em nada ou em casamento. Que motivo tinha Raquel para aceitá-lo a princípio e retrair-se depois? Talvez a lua o explique, talvez o vento. Não foi o mesmo que teve, mais tarde, para aceitá-lo novamente; aqui foi a piedade. Em verdade, a paixão do moço era tal que ela entendeu de bom aviso dar-lhe novas esperanças, e acabar casando. Pode ser que fosse assim, se ela não adoecesse daí a algumas semanas, indo para Minas, convalescer. Antes de concluído o prazo, Tomás correu a visitá-la. Esse encontro, após a ausência e a moléstia, devia desenganá-lo. Raquel desacostumara-se de o ver, não teve saudades, não lhe escrevera apesar das cartas dele, e o acolhimento foi apenas polido, senão pior. A piedade gastara as forças na tentativa de um amor que não queria nascer. Tomás voltou desesperado.

    A verdade parece ser que Raquel era, mais que tudo, desconfiada e tímida. Pelo mesmo tempo em que Tomás a cortejava, era pretendida por mais dois homens, e essa competência produziu efeito contrário ao que se devia supor. Em casa, Raquel era chamada *esquisitona*. Acresce que um dos dois pretendentes, depois de desenganado, casou com outra moça, amiga dela, sem intervalo de dois meses. Essa facilidade de passar de uma a outra mulher, fê-la ainda mais tímida e desconfiada. Tinha medo de entregar-se. De resto, foi a própria violência do amor de Tomás que o perdeu. Raquel achou a nota excessiva e teve medo. A separação fez-se com dor para ele, naturalmente sem saudade para ela. Nenhum pretendente os separou. Foi só depois que apareceu o negociante de Pelotas, sem paixão, apresentado pelo pai, como moço de muito futuro, e sério. Sales tinha trinta anos. Raquel aceitou-o sem combate nem entusiasmo; casou e partiu. Já Tomás estava na Europa.

    Sales, negociante de Pelotas e doutor em medicina, liquidou a casa no fim de poucos anos e veio para o Rio de Janeiro. A ideia dele era viver uma vida elegante, participar de todos os prazeres da alta roda da capital. Contava com o papel eminente que caberia à mulher, agora mais bela que nunca. Assim foi. Em poucas semanas, em três meses, o nome de Raquel andava em todas as bocas, e a pessoa em todos os bailes e teatros. Toda a gente a conhecia na rua. Sales comprou uma carruagem e uma parelha de cavalos ingleses. A primeira modista era dela. Não eram dela as primeiras modas porque vinham feitas da Europa; mas entre as primeiras divulgadoras de um corte, de uma fazenda ou de um chapéu, estava a bela Raquel — ou a bela Sales, como iam dizendo alguns, até que este nome se generalizou.

    Pouco mais de um ano bastou a cansar o marido. Os hábitos do comércio ou da província — os dele, ao menos — não se podiam casar com a vida agitada, que ele mesmo quisera e escolhera. Os bailes pareciam-lhe tristes, ao cabo de uma ou duas horas. Quando havia jogo, Sales atirava-se às cartas, enquanto a mulher valsava ou polcava. Gostava mais do teatro, e particularmente do teatro Lírico; mas, se a primeira e segunda estação o encantaram, a terceira entrou a aborrecê-lo. Em casa, recebia bem e estava mais a gosto; mas tudo somado, a realidade da vida elegante não correspondia à expectativa. Além do mais, para um homem afeito às lidas do comércio, a vida ociosa era pesada e vazia. Não sabendo que fazer do tempo, Sales lembrou-se de exercer a medicina. Curava de graça; não lhe faltavam doentes, e atrás deles a reputação. Assim passou alguns anos, até que ele próprio adoeceu, e, mais infeliz que os seus enfermos, sucumbiu.

III

No sábado marcado, Tomás acudiu a Andaraí, onde já achou a viúva. Oliveira tinha anunciado a vinda do amigo, mas nem então, nem quando este chegou, houve da parte de Raquel a menor emoção. Ela falou ao namorado de outros dias, como se nada houvesse passado entre ambos, em bem ou em mal. Oliveira fê-lo sentar, à mesa, ao pé um do outro; mas a vizinhança não alterou a disposição da viúva.

    Tomás achou-a ainda bela, e, a muitos respeitos, melhor. Trinta e sete ou trinta e oito anos, é o que devia ter. Era conversada, interessante, atenta, falando de tudo e bem, sem excesso, sem impertinência, calando a tempo, tudo isso com uma boca fresca e uns olhos capazes de paixão e de mando. Assim pareceram eles a Tomás, que estava comovido e ia-se sentindo acanhado. Para um homem vivido, o estado era inexplicável, se não fora a situação especialíssima. Ele supôs, e qualquer pessoa o suporia, que o longo celibato e a diferença dos tempos o teriam armado contra essa senhora, e foi contrário. Já não falo dos termos da separação de outrora, que eram um atrativo mais, não diminuído pela viuvez. A viuvez era antes um pico.

Raquel demorou-se pouco. A irmã, que estava presente, embora restabelecida, não podia apanhar sereno e a noite esfriava. Foi a razão dada pela viúva Sales para sair e não cantar, como lhe pedia Oliveira.

— Uma só daquelas músicas espanholas, que a senhora canta com tanta graça.

— Deixei a graça em casa; fica para outra vez.

A mulher de Oliveira ofereceu-lhes pousada por uma noite. Era impossível que d. Rita saísse; podiam ficar; iria levá-las no dia seguinte. Raquel não aceitou nada e despediram-se às nove horas. Tomás não ousou apertar fortemente a mão que ela lhe estendeu, à despedida, posto que esse fosse o seu desejo; tocou-lhe apenas nos dedos. Entretanto, esperava que ela lhe oferecesse a casa, e Raquel não lhe ofereceu coisa nenhuma.

Oliveira deu o braço a d. Rita, até o carro, deixando ao amigo a fineza de ir com a viúva. Tomás aproveitou o favor. Entre a casa, que ficava no centro de uma chácara, e a rua havia cerca de trinta passos; Tomás fê-los compridos como léguas, sem achar uma palavra que dizer. Sentia o braço dela no seu, francamente pousado, sem cerimônia nem medo, e a sensação que isto lhe dava ainda mais lhe atava a língua. Enfim, chegaram ao carro.

— Obrigada — disse-lhe Raquel estendendo a mão.

Quando o carro partiu:

— Que tal a achaste? — perguntou Oliveira.

— Achei-a bem.

— Estavas pálido.

— Eu?

— Deixa ver a tua mão; está fria. Seriamente, tu sentiste alguma coisa.

— Coisa nenhuma; tive recordações, mas, aos quarenta e quatro anos, as recordações são como brinquedos velhos e quebrados. Achei-a elegante. Queres que te diga? Mais distinta que em solteira.

— Mais senhora, mais tranquila. O que tu queres dizer é que, em solteira, dava-te as mãos para que as beijasses.

— Nunca lhe beijei as mãos.

— Nunca! Nem os olhos?

— Menos ainda os olhos. Era muito arisca.

Tinham subido a escada de pedra, e parado à porta da sala de visitas. Oliveira pegou da mão do amigo, e, depois de alguns segundos:

— Se resolveres casar com ela, fala-me — disse.

— Casar?

— Fala-me — repetiu Oliveira.

— Tu estás tonto...

— Não é conselho que te estou dando; digo-te só que, se resolveres, estou pronto a servir de terceiro. Faz-se isto aos amigos velhos. Tu estás velho.

— Um pedido; não digas nada à tua mulher.

— De quê?

— Do que houve entre mim e Raquel.

— Já sabe. Contei-lhe tudo hoje de manhã; mas descansa, é discreta. Anda tomar uma xícara de chá; tens as mãos frias...

Tomás foi acabar a noite em um teatro. Não perdeu o sono, e acordou à hora do costume. Entretanto, a segunda ou terceira ideia que lhe acudiu, depois de acordado, foi a formosa viúva. Gostou de pensar nela; reconhecia que ela fora apenas polida, nem sequer faceira, nada que revelasse o desejo de lhe parecer bem. Durante uma semana pensou muitas vezes em Raquel. Chegou a esperá-la na rua do Ouvidor. Sabendo onde morava, passou por lá duas vezes, sem a ver. Quinze dias depois do jantar, indo a Niterói, achou-a na barca. Ia só, com um véu pelo rosto, e parece que o vira, porque voltou a cara para o lado do mar. Tomás hesitou um instante; afinal foi cumprimentá-la. Raquel falou-lhe com afabilidade; ele sentou-se no mesmo banco.

— Há de crer que não vou à praia Grande há dez anos? — disse ele.

— Eu há dois meses. Vou visitar uma tia que está doente.

— Uma tia? Não me lembra — aventurou Tomás.

— Uma tia do finado.

O *finado* era o marido. Raquel referiu-lhe a moléstia, a idade, os costumes da pessoa, como se fossem coisas que o interessassem. Depois falou do mar. Depois falou do céu. Tudo como quem mata a alfinetadas um tempo que não quer morrer. Tomás pouco dizia; todo ele era ouvidos para escutá-la, olhos para vê-la, com os seus ombros fortes, as mãos finamente enluvadas, e os olhos, que pareciam de esfinge, agora que o céu os cobria. Pareciam ao nosso herói; ele é que o dizia consigo, romanticamente, não eu, que apenas traduzo aqui o próprio sentir do solteirão. Esfinge era a imagem velha; mas tinha para ele a mocidade de sua mocidade.

IV

Repetiram-se os encontros. Poucas semanas depois, Tomás fazia à viúva a sua primeira visita. Já então se podia dizer completamente enamorado, posto não ousasse confessá-lo, antes buscasse encobri-lo. Nada lhe dava certeza de poder ser aceito; mas também é verdade que não achava aparência de recusa. A viúva era atraente, cortês, interessante, ouvia-o com muito prazer, chegava a falar de outros tempos sem hesitação.

O quarto de século de distância eliminou-se como um castelo em ruínas de um teatro, dá lugar a um campo alastrado de verdura, ao aceno do contrarregra. Tudo se renovava inteiramente. Casamento de um, ausência, dispersão de sentimentos, cansaço, fastio, desapareceram; e não foi só a moça que substituiu a viúva, mas o próprio sonho antigo que integralmente emergiu dos tempos. Tomás achou em si a força necessária para restaurar as suas imaginações perdidas. O que ele outrora pedia ao casamento com a solteira, achou-o nas mãos da viúva, como se o ofício delas não fosse mais que esperar por ele, guardando-se intactos do mundo e seus favores.

Seis meses não é pouco tempo entre um solteirão e uma viúva; mas tal foi o prazo decorrido sem que ele dissesse nada. Oliveira, a princípio, quis precipitar as coisas; a mulher disse-lhe que não; seria tomar a responsabilidade do que podia acontecer.

— Não são duas crianças — observou ela.

— Por isso mesmo — confirmou Oliveira rindo.

Um dia, enfim, Tomás resolveu pedir a viúva.

Escreveu-lhe uma carta, que rasgou, por achá-la extensa; escreveu outra mais extensa e mandou-lha.

Raquel, logo que deu com as primeiras palavras, interrompeu a leitura e deixou-se estar com os olhos no ar, perdidos. Sabia o conteúdo do papel; talvez houvesse ajudado a escrevê-lo. É o que perguntava agora a si mesma, um pouco arrependida, um pouco satisfeita. Não vos admireis deste sentimento duplo, que parecerá contraditório, e na verdade o é; mas contradição também é deste mundo. Raquel, já viúva, rejeitara duas propostas de casamento. Era a terceira, e podia rejeitá-la, como as outras. Que é que a impedia de o fazer? Não chegava a explicar-se.

A ideia de que ele ficara solteiro, para não casar nunca, e rompia a promessa para acabar casando com ela, foi a causa principal da animação que lhe dera agora. A animação tinha de produzir os seus efeitos. Diante destes é que a viúva parecia espantada. Os olhos perderam-se cada vez mais, até que buscaram a carta e leram o que dizia.

O estilo era inflamado. Uma só vez a carta aludia ao passado: "Se achar que este meu modo de sentir é juvenil, saiba que dia houve em que o meu coração parou, e que a minha idade é a dele". Raquel releu a carta, naturalmente não lhe respondeu logo; fá-lo-ia no dia seguinte. Tinha de refletir primeiro.

— Sim ou não? — perguntou a si mesma.

E depois de alguns minutos:

— Amanhã; tenho tempo.

Parecerá esquisito que ainda agora hesitasse; mas a esquisitice também é deste mundo. Gostava do antigo noivo; não encarava até então a ideia de casar. Podia propor um adiamento. Verdade é que o adiamento acabaria, e sempre chegaria a necessidade de dar resposta. No dia seguinte, sentou-se, pegou na pena e começou dez vezes um bilhete em que lhe dizia que ia pensar; não atinava com o modo de concluir, e, por fim, achou que o alvitre era mau. O melhor era recusar logo. Com que palavras escreveria a negativa? Era melhor aceitar; mas, como?

Tudo isso parecer-vos-á insuportável, leitora atenta, e a mim também, que o estou contando, não menos que à própria dama em cujo cérebro todos esses pensamentos se esbarravam uns nos outros, sem vitória de nenhum. Passaram-se três dias. Ao quarto, Raquel consultou a irmã, que a animou a aceitá-lo como marido.

— Estás certa que nenhum interesse o atrai?

— Seguramente.

— Pois aceita.

Raquel respondeu enfim, com duas linhas apenas, que pareceram a Tomás muito mais compridas que a longa carta que lhe escrevera: "Dou-lhe a minha mão, e espero que sejamos felizes". Tomás foi agradecer-lhe a resposta. Estava trêmulo, como se contasse vinte anos, e fosse aquele o primeiro amor. A própria Raquel, uma vez decidida, tinha a comoção da adolescência. Pouco mediou entre a aceitação e a realização. Dois meses depois estavam casados.

V

Após um quarto de século, voltara Tomás ao ponto de onde partira. Tendo navegado mares longos e enfadonhos, ei-lo que aporta à mesma terra vizinha, cujo acesso fora o sonho dos primeiros anos.

— Raquel, vinte e cinco anos de separação e desesperança — disse ele na carruagem que o trazia da igreja.

A lua de mel foi passada em Petrópolis, longe do universo porque eles acharam uma casa separada do centro, e não saíram dela uns três dias. O plano do marido era não sair nunca; uma tarde, porém, transpondo o jardim, chegaram à rua, depois à outra rua. No dia seguinte, foram à rua do Imperador; antes do fim da semana seguiram em carro ao alto da serra, a ver chegar o trem.

Não se pense que lhes foi indiferente a vista de coisas estranhas. Ao contrário, acharam certo prazer em mostrar aos outros a própria felicidade, Raquel ainda mais que o marido. Duas semanas depois de subidos a Petrópolis, recebeu Tomás uma carta de Oliveira. Era longa, banal, mas amiga; acabava perguntando quando esperavam descer do céu.

— Podemos ir amanhã — propôs a mulher.
— Já!
— Se você quiser; eu estou bem.

Tomás refletiu um instante.

— Sim, podemos ir amanhã ou depois.

A eternidade ficou reduzida de alguns séculos de séculos; mas, como todas as eternidades deste mundo são assim, a questão é saber em que proporção se reduzem. Ora, eles tiveram duas semanas de lua de mel; havia-as muito menores.

Três, quatro, cinco meses passaram, sem acontecimento apreciável. Mas há uma falta de acontecimentos, que o estado moral supre, e um homem e uma mulher podem viver mais que Alexandre ou César. Tal não era o estado do casal recente. Ao cabo de três meses, Tomás sentia em Raquel uma placidez de espírito, que não era o alvoroço que esperava, nem ainda o dos primeiros dias. Esse mesmo dos dias iniciais não correspondeu à esperança, mas confundia-se com o dele, e ambos lhe pareceram no mesmo grau infinito. Pouco a pouco, o estado normal vingou; ao fim de seis semanas, a diferença apareceu, até que, dobrado o prazo, Raquel ficou sendo uma senhora tranquila, sem assomos de nenhuma espécie, sem inquietações nem saudades. Tudo o que pode definir bem a ausência de paixão parecia reunir-se nela. Quando a convicção desse estado entrou no ânimo do marido, houve uma tal ou qual sombra no céu conjugal. O pior é que ela não deu pelo fenômeno. Tomás encerrava-se longas horas no gabinete, a pretexto de trabalho, mas realmente para ler romances parisienses, comprados às dúzias. Raquel não iria arrancá-lo ao suposto trabalho, nem ralhava pelo excesso de esforço que devia atribuir-lhe. Um dia, quando muito, perguntou-lhe o que estava fazendo.

— Estou compondo um livro — disse ele —, um estudo, uma obra política.
— Você quer ser deputado?
— Não.

E depois de um instante, sorrindo:

— Você gostaria de ouvir os meus discursos na Câmara?

— Naturalmente.

Há mil modos de dizer *naturalmente*; Raquel escolheu um que não significava a co-participação da glória, e não o fez por afligi-lo, mas por não saber de outro. Tomás, que de começo, lia os romances com pouca atenção, acabou lendo-os por gosto e voltando assim a uma das suas diversões antigas. As longas reclusões eram menos aborrecidas que dantes. Outras vezes demorava-se fora, ia a reuniões, ao teatro, a jantares, sem que Raquel achasse que dizer uma palavra amarga. Também não o recebia triste nem alegre. Uma ou outra vez bocejava este gracejo:

— Sim, senhor, bela vida para um homem casado.

— Eu te explico...

Tomás explicava-se, mas era difícil saber se ela escutava a explicação. Não tinha nos olhos sequer uma sombra de desconfiança. Nem ciúmes, nem despeito, nem nada.

Ao fim de seis meses Raquel foi a um baile. Havia anos que não pisava em nenhum, e já depois de casada, recusara ir a dois. Aceitara aquele. Não teve a folgança de outro tempo, mas achou alguma coisa que podia trazê-la. Daí a aceitação do segundo em que dançou, e de mais dois. O marido fez-se sócio do Cassino Fluminense, a pedido dela.

— Com uma condição — disse Raquel —; é que uma quadrilha será nossa.

— Justo.

Assim fizeram nos dois primeiros bailes; no terceiro, já não dançaram juntos.

— Raquel casou comigo, sem entusiasmo — pensava ele —; foi como quem aceita um vestido novo. Não digo novo, mas bonito, talhado à moda...

Um dia, chegou a insinuar-lhe isto mesmo, no terraço da casa, antes do jantar. Ambos liam; ele, erguendo os olhos da página, viu que ela estava com o livro no regaço e as pálpebras caídas.

— É do livro ou do companheiro? — perguntou ele.

Raquel sorriu constrangida, mas não disse nada.

Como ele insistisse:

— É do companheiro — respondeu.

— Talvez.

— Que ideia!

— Sim, a resposta é de gracejo, mas pode ser exata, sem que você dê por isso. Não me há de fazer crer que lhe dou a felicidade esperada, se é que esperou alguma. Não; você casou para fugir à importunação. A liberdade era melhor; podia ser até — quem sabe? — podia ser que a sorte... Não falemos nisto!

Raquel olhava espantada. Tomás atirara o livro para um sofá e erguera-se, metendo as mãos nas algibeiras das calças. Mordia o beiço, e olhava para fora. Raquel fechou tranquilamente o livro.

— Tomás, que ideias são essas?

— Que ideias?

— Essas.

— Essas quais?

— Essas! Não compreendo nada do que você me acaba de dizer. Principalmente, não compreendo que na nossa idade... Não somos crianças, Tomás, esses arrufos são bons para os vinte anos. Pois você crê que eu viva aborrecida...?

— Não vive de outra maneira. — interrompeu o marido — Eu sinto, eu vejo, eu percebo tudo. Peço-lhe que não me obrigue a ir adiante. Olhe se os bailes a aborrecem, apesar de não ser criança? Tudo que é ir divertir-se é excelente; a minha companhia é que é um aborrecimento mortal.

Era a primeira vez que ele falava assim, em tal maneira, e com tal despeito, que Raquel sentiu-se lisonjeada. Vendo que era sincero, posto lhe parecesse esquisito, ela disse quatro ou cinco palavras amigas e alegres; ergueu-se arrancou-lhe as mãos do bolso e fechou-as nas suas.

— Criança! — disse. — Pois você então pensa deveras que me aborrece? Tudo porque fechei os olhos, lendo um livro aborrecido. Ora, Tomás! Vamos, ria, ria um pouco.

— Deixa...

— Há de rir. Vamos, ria!

Tomás acabou rindo. O melhor era terminar ali mesmo o debate, e, se não estivessem expostos, terminá-lo com um beijo. Mas o riso do marido foi tão forçado que a mulher entendeu desculpar-se do que lhe parecia fastio ou indiferença. Era o modo dela. Nunca fora expansiva; a própria mãe a achava sempre assim; ia a falar do primeiro marido, mas recuou a tempo.

Um tanto vexado da cena, Tomás depressa se reconciliou; ela por sua parte buscou trocar de maneiras; troca difícil. Tomás não achara no casamento a realização esperada de um sonho de longos anos. Toda essa mulher, deixada em botão, achada em flor, parecia uma flor sem cheiro. Raquel sacrificou os seus bailes; passou a fazer reuniões em casa, dava jantares, cercava-se de amigas. Conseguia prendê-lo; lia até o fim, com os olhos abertos, todos os livros que ele lhe dava. Entrou a censurá-lo, quando ele se demorava fora; e, em vez de ir dormir, como a princípio, deixava-se estar até uma e duas horas, quando ele voltava do teatro, nas noites em que ia só ou com algum amigo. A solicitude teve o mesmo efeito da indiferença; tudo acabou no mesmo tédio.

— Talvez o mal esteja em mim — pensou ele um dia.

E inclinando o espírito aos tempos de solteiro, sentiu grande saudade. Para reaver um pouco da sensação antiga, convidou a mulher a uma viagem à Europa; foram, gastaram dois anos, tornaram mais conservados; mas a viagem não apertou os laços da afeição. Realmente, o consórcio era para ele mesmo um ofício novo, aprendido fora de tempo, quando a pessoa só ama e conhece outro ofício.

Já se não queixava; deixava-se ir com os anos. Vieram os cinquenta. A cunhada morreu. A casa fez-se mais deserta. Tomás, fora do voltarete, só achava prazer na rua do Ouvidor. Era ainda e sempre o mesmo homem elegante. Deleitava-se em ver passar as senhoras, mirá-las com os olhos e as ideias. Chamava a isto liberdade — uma liberdade que perdeu, que entregou por seu gosto nas mãos do casamento.

Mudando de casa por esse tempo, mandou preparar ao rés do chão um gabinete para si, exclusivo, reprodução do último aposento de solteiro. Nada havia ali que cheirasse ao casamento, nem a fotografia da mulher, nada. Era a casa do celibato, em que ele se metia duas e três horas diariamente, para viver outra vida não totalmente outra, mas algo que a lembrasse.

Raquel não se opôs à alteração nem a sentiu. Viviam em boa paz, uma santa paz bocejada e ininterrupta. Os anos vieram vindo. Um dia, Raquel caiu doente, uma febre perniciosa que a levou em poucos dias. Tomás foi dedicado, não poupou esforços de toda a espécie para salvá-la; ela morreu-lhe nos braços, ele quis acompanhá-la ao enterro. Oliveira foi ter com o amigo.

— Tomás — disse-lhe —, tu não podes viver só aqui; anda cá para casa. Arranjo-te um cômodo grande e livre; ficas a teu gosto.

— Obrigado, Oliveira; deixa-me; algum dia, pode ser.

Meteu-se no aposento de solteiro, agora de viúvo, sempre de solitário. Nada alterou a casa, em cima, onde almoçava e jantava. Fez no ano seguinte outra viagem à Europa, muito mais alegre, como um pássaro livre. Gostava da lufa-lufa de estradas de ferro, de hotéis, de teatros, de revistas militares, bulevares; foi à França, foi à Inglaterra, à Alemanha, e voltou o mesmo velho petimetre. Vinte e quatro horas depois de chegado, estava no cemitério, visitando a sepultura da mulher. Deu-lhe um mausoléu rico e belo, obra de um escultor italiano, e continuou a visitá-la naquele palácio último. Os empregados do cemitério já o conheciam.

— É o viúvo da dona Raquel — diziam eles pelo epitáfio. — Se todos fossem como este!

Não podiam crer, nem eu digo isto, que ele amasse mais a mulher morta que viva; é falso. O que se pode admitir é que ele sentia antes a perda da mulher que do casamento.

A Estação, agosto-setembro de 1893; Machado de Assis.

João Fernandes

Há muitos anos. O sino de São Francisco de Paula bateu duas horas. Desde pouco mais de meia-noite deixou este rapaz, João Fernandes, o botequim da rua do Hospício, onde lhe deram chá com torradas, e um charuto por cinco tostões. João Fernandes desceu pela rua do Ouvidor; na esquina da dos Ourives viu uma patrulha. Na da Quitanda deu com dois caixeiros que conversavam antes de ir cada um para o seu armazém. Não os conhecia, mas presumiu que fossem tais, e acertou; eram ambos moços, quase imberbes. Falavam de amores.

— A Rosinha não tem razão — dizia um —; eu conheço muito bem o Miranda...

— Estás enganado; o Miranda é uma besta.

João Fernandes foi até a rua Primeiro de Março; desandou, os dois caixeiros despediam-se; um seguiu para a rua de São Bento, outro para a de São José.

— Vão dormir! — suspirou ele.

Iam rareando os encontros. A patrulha caminhava até o largo de São Francisco de Paula. No largo passaram dois vultos, ao longe. Três tílburis, parados junto à Escola Politécnica, aguardavam fregueses. João Fernandes, que vinha poupando o charuto, não pôde mais; não tendo fósforos, endireitou para um dos tílburis.

— Vamos, patrão — disse o cocheiro —; para onde é?

— Não é serviço, não; você tem fósforos?

O cocheiro esfriou e respondeu calado, metendo a mão no bolso para tinir a caixa de fósforos; mas tão vagarosamente o fez que João Fernandes a tempo se lembrou de lhe cercear o favor, bastava permitir que acendesse o charuto na lanterna. Assim fez, e despediu-se agradecendo. Um fósforo sempre vale alguma coisa, disse ele sentenciosamente. O cocheiro resmungou um dito feio, tornou a embrulhar-se em si mesmo, e estirou-se na almofada. Era uma fria noite de junho. Tinha chovido de dia, mas agora não havia a menor nuvem no céu. Todas as estrelas rutilavam. Ventava um pouco — frio, mas brando.

Que não haja inverno para namorados, é natural; mas ainda assim era preciso que João Fernandes fosse namorado, e não o era. Não são amores que o levam rua abaixo, rua acima, a ouvir o sino de São Francisco de Paula, a encontrar patrulhas, a acender o charuto na lanterna dos carros. Também não é poesia. Na cabeça deste pobre-diabo de vinte e seis anos não arde imaginação alguma, que forceje por falar em verso ou prosa. Filosofia, menos. Certo, a roupa que o veste é descuidada, como os cabelos e a barba; mas não é por filosofia que os traz assim. Convém firmar bem um ponto; a nota de cinco tostões que ele deu pelo chá e pelo charuto foi a última que trazia. Não possuía agora nada mais, salvo uns dois vinténs, perdidos no bolso do colete. Vede a triste carteira velha que ele tirou agora, à luz do lampião, para ver se acha algum papel, naturalmente, ou outra coisa; está cheia de nada. Um lápis sem ponta, uma carta, um anúncio do *Jornal do Commercio*, em que se diz precisar alguém de um homem para cobrança. O anúncio era da véspera. Quando João Fernandes foi ter com o anunciante (era mais de meio-dia) achou o lugar ocupado.

Sim, não tem emprego. Para entender o resto, não vades crer que perdeu a chave da casa. Não a perdeu, não a possui. A chave está com o proprietário do cômodo que ele ocupou durante alguns meses, não tendo pago mais de dois, pelo que foi obrigado a despejá-lo antes de ontem. A noite passada achou meio de dormir em casa de um conhecido, a pretexto de ser tarde e estar com sono. Qualquer coisa servia, disse ele, uma esteira, uma rede, um canto, sem lençol, mas teve boa cama e almoço. Esta noite não achou nada. A boa fada das camas fortuitas e dos amigos encontradiços andaria tresnoitada e dormia também. Quando lhe acontecia alguma destas (não era a primeira), João Fernandes só tinha dois ou três mil-réis, ia a alguma hospedaria e alugava um quarto pela noite; desta vez havia de contentar-se com a rua. Não era a primeira noite que passava ao relento; trazia o corpo e a alma curtidos de vigílias forçadas. As estrelas, ainda mais lindas que indiferentes, já o conheciam de longa data. A cidade estava deserta; o silêncio agravava a solidão.

— Três horas! — murmurou João Fernandes no Rocio, voltando dos lados da rua dos Inválidos. — Agora amanhece tarde como o diabo.

Abotoou o paletó, e toca a imaginar. Era preciso empregar-se, e bem, para se não expor a não ter onde encostar a cabeça. Em que lugar dormiria no dia seguinte? Teve ideias petroleiras. Do petróleo ao incêndio é um passo. Oh! se houvesse um incêndio naquele momento! Ele correria ao lugar, e a gente, o alvoroço, a polícia e os bombeiros, todo o espetáculo faria correr o tempo depressa. Sim, podia muito bem arder uma casa velha, sem morrer ninguém, poucos trastes, e no seguro. Não era só distração, era também repouso. Haveria um pretexto para sentar-se em alguma soleira de porta. Agora, se o fizesse, as patrulhas poderiam desconfiar, ou recolhê-lo como vagabundo. A razão que o levava a andar sempre, sempre, era fazer crer, se alguém o visse, que ia para casa. Às vezes, não podia continuar, e parava a uma esquina, a uma parede; ouvindo passos, patrulha ou não, recomeçava a marcha. Passou um carro por ele, aberto, dois rapazes e duas mulheres dentro, cantando uma reminiscência de Offenbach. João Fernandes suspirou; uns tinham carro, outros nem cama... A sociedade é madrasta, rugiu ele.

A vista dos teatros azedou-lhe mais o espírito. Passara por eles, horas antes, vira-os cheios e iluminados, gente que se divertia, mulheres no saguão, sedas, flores, luvas, homens com relógio no colete e charuto na boca. E toda essa gente dormia agora, sonhando com a peça ou com os seus amores. João Fernandes pensou em fazer-se ator; não teria talento, nem era preciso muito para dizer o que estivesse no papel. Uma vez que o papel fosse bom, engraçado, ele faria rir. Ninguém faz rir com papéis tristes. A vida de artista era independente; bastava agradar ao público. E recordava as peças vistas, os atores conhecidos, as grandes barrigadas de riso que tivera. Também podia escrever uma comédia. Chegou a imaginar um enredo, sem advertir que eram reminiscências de várias outras composições.

Os varredores das ruas começaram a dificultar o trânsito com a poeira. João Fernandes entrou a desvairar ainda mais os passos. Foi assim que chegou à praia da Glória, onde gastou alguns minutos vendo e ouvindo o mar que batia na praia com força. Tomou abaixo; ouviu o ganir de um cão, ao longe. Na rua alguns dormiam, outros fugiam, outros latiam, quando ele passava. Invejou os cães que dormiam; foi ao ponto de invejar os burros dos tílburis parados, que provavelmente dormiam também. No centro da cidade a solidão era ainda a mesma. Um ou outro vulto começava a aparecer, mas raro. Os ratos ainda atropelavam o noctâmbulo, correndo de um lado para outro da rua, dando ideia de uma vasta população subterrânea de roedores, que substituíam os homens para não parar o trabalho universal. João Fernandes perguntava a si mesmo por que não imitaria os ratos; tinha febre, era um princípio de delírio.

— Uma, duas, três, quatro — contou ele, parado no largo da Carioca. Eram as badaladas do sino de São Francisco. Pareceu-lhe ter contado mal; pelo tempo deviam ser cinco horas. Mas era assim mesmo, disse afinal; as horas noturnas e solitárias são muito mais compridas que as outras. Um charuto, naquela ocasião, seria um grande benefício; um simples cigarro podia enganar a boca, os dois vinténs restantes bastavam-lhe para comprar um ordinário; mas onde?

A noite foi inclinando o rosário das horas para a manhã, sua companheira. João Fernandes ouviu-as de um relógio, quando passava pela rua dos Ourives; eram cinco; depois outro relógio deu as mesmas cinco; adiante, outro; mais longe, outro.

— Uma, duas, três, quatro, cinco — dizia ainda outro relógio.

João Fernandes correu ao botequim onde tomara chá. Alcançou um café e a promessa de um almoço, que pagaria à tarde ou no dia seguinte. Conseguiu um cigarro. O entregador do *Jornal do Commercio* trouxe a folha; ele foi o primeiro a abri-la e lê-la. Chegavam empregados dos arsenais, viajantes da estrada de ferro, simples vizinhos que acordavam cedo, e porventura algum vadio sem casa. O rumor trazia a João Fernandes a sensação da vida; gentes, falas, carroças, aí recomeçava a cidade e a faina. O dia vinha andando, rápido, cada vez mais rápido, até que tudo ficou claro; o botequim apagou o gás. João Fernandes acabou de ler o *Jornal* à luz do dia. Espreguiçou-se, sacudiu a morrinha, despediu-se:

— Até logo!

Enfiou pela rua abaixo, com os olhos no futuro cor-de-rosa: a certeza do almoço. Não se lembrara de procurar algum anúncio no *Jornal*; viu, porém, a notícia de que o ministério ia ser interpelado nesse dia. Uma interpelação ao ministério! Almoçaria às dez horas; às onze estaria na galeria da Câmara. Aí tinha com que suprir o jantar.

A Estação, *15 de janeiro de 1894; Machado de Assis.*

A inglesinha Barcelos

Eram trintonas. Cândida era casada, Joaninha solteira. Antes deste dia de março de 1886, viram-se pela primeira vez em 1874, em casa de uma professora de piano. Quase iguais de feições, que eram miúdas, meãs de estatura, ambas claras, ambas alegres, havia entre elas a diferença dos olhos; os de Cândida eram pretos, os de Joaninha azuis. Esta cor era o encanto da mãe de Joaninha, viúva do capitão Barcelos, que lhe chamava por isso "a minha inglesa". — Como vai a sua inglesa? perguntavam-lhe as pessoas que a queriam lisonjear. E a boa senhora ria-se d'alma, agradecia com palavras, com gestos, quase com beijos. Dentro de algum tempo já a moça era conhecida no bairro pela *inglesinha Barcelos*. O bairro era Catumbi. A viúva possuía ali uma casa, vivia dos aluguéis de outra, do meio-soldo do marido e de umas dez apólices.

Era mais próspera a situação de Candinha. Filha de um comerciante, conhecido por Chico Fernandes, abastado e trabalhador, casou bem, com um advogado do norte, que veio para o Rio de Janeiro deputado, deixou a política, ou a política o deixou a ele, e abriu banca de advocacia. Era moço, forte, estudioso: deu um único desgosto ao sogro, foi o de não ser ministro do Estado. Este era o sonho de Chico Fernandes. Parece que consentiu logo no casamento, justamente com a mira em vir a ser "sogro do governo", como ele mesmo dizia, brincando, no tempo em que o genro era deputado. Mas o governo mudou de família, e o Chico Fernandes não se consolou. A filha é o que o consolou dando-lhe um neto.

Mas, como ia dizendo, eram trintonas, agora que se encontraram, em março de 1886, em um armarinho da rua do Ouvidor. Perdoai a banalidade do encontro e do lugar; não vos hei de inventar um palácio de Armida, nem a própria Armida. Há de ser um armarinho, porque não foi em outra parte, nem na praia de Icaraí, nem no salão do Cassino, nem no lugar mais pitoresco da Tijuca. Nem esta história é de invenção romântica; é real e prosaica. Não se viam as duas desde quatro anos. Antes disso já poucas vezes se encontravam, e de relance. A hora, porém, a boa disposição de ambas, a conversação longa entre duas caixas de lã, o desejo que a amiga casada sentia de mostrar o filhinho de três anos à amiga solteira, tudo contribuiu para apertar um pouco os laços frouxos da amizade antiga, e a viúva prometeu que iria com a filha fazer uma visita a Candinha, no Flamengo.

Não esqueçamos um motivo mais, secreto e quase imperceptível, um véu tênue de tristeza que cobria o rosto de Joaninha. Tristeza é muito; fadiga, talvez, certa fadiga de espírito. A fala da moça, que era outrora tão viva e precipitada, saía-lhe agora arrastada e frouxa. O riso não era descomposto como dantes, nem o lugar o permitia. Candinha lançou o olhar interrogativo ao vestido da amiga; era novo, bem feito. Os cabelos estavam penteados com cuidado. Os olhos não tinham perdido a cor nem a graça.

— Adeus, inglesinha Barcelos — disse Candinha ao despedir-se dela. — Fica assentado: vão lá um destes dias. Por que não vão jantar? Vão jantar domingo. Vão; domingo jantamos cedo, vão cedo.

E na rua, consigo:

— Parece que tem alguma coisa, está meio triste. Realmente solteira ainda; mas pode ser... quem sabe? Aquele costume de namorar a torto e a direito... Não é já o que era; mas ainda é simpática. Quando me casei, estava com o décimo namorado.

Disse ainda outras coisas esta senhora: mas perderam-se nos abismos do espírito, em lugar de onde não posso ir arrancá-las. Contentemo-nos do que aí fica; provavelmente é o mais interessante. Já não é pouco saber que a *inglesinha Barcelos*, quando a outra casou, e casou aos vinte e cinco anos, ia no décimo namorado. Enganava-se a amiga: não sabia de dois, anteriores ao primeiro encontro na casa da professora. Mas os dez conhecera-os bem; lembrava-se ainda do nome de alguns, um Alfredo Ramos, um Vasconcelos, parece que um Tosta, Lulu Tosta ou coisa assim.

Vasconcelos foi o primeiro da dezena. Era estudante, morava na vizinhança. Começou o namoro em dia de chuva, passando ele pela calçada fronteira, com as calças arregaçadas. Joaninha olhava para ele; Vasconcelos, petulante e vaidoso, cuidou que eram olhos de riso, e riso de escárnio, e ia fazer alguma travessura de rapaz, quando reparou que eram olhos de convite. Nada mais expressivo que o gesto de Joaninha brincando com a ventarola. Travou-se o namoro; durou poucos meses, porque vieram as férias, e o estudante voltou para a casa do pai, na roça.

Joaninha não sentiu a ausência, nem deu por ela senão alguns dias depois. Já então iniciara outro namoro com um tal Alfredo Ramos. Este, que era namorador de profissão, não tinha outro ofício; mas se uma bonita figura supre os meios ordinários da existência, ele podia tê-los ordinários e extraordinários. Bem feito, bem vestido, teso de corpo, galhardo no passo, era de enfeitiçar uma moça de dezoito anos. Joaninha deixou-se ir. A princípio, os encontros eram adventícios; mais tarde, ele começou a passar pela casa a horas regulares, chovesse ou não. Joaninha, não menos pontual, vivia para aqueles minutos, se esse verbo não é excessivo; parece que é excessivo. Tanto não vivia, que desde que Alfredo Ramos entrou a afrouxar ela afrouxou também, e um dia, por simples esquecimento, deixou de esperá-lo à janela. Ele não tornou a passar, nem nesse, nem nos dias seguintes. Ela pensou em outra coisa. Um ano depois, viu-o fardado de capitão da Guarda Nacional. Se pudesse atraí-lo com os olhos, tê-lo-ia feito; mas o capitão, não menos galhardo agora que dantes, cuidava só em puxar a companhia, passo firme, espada nua.

O caso do Tosta foi mais longo; mas teve igual desenlace. Começou no teatro e acabou... Não acabou; não se pode dizer que acabasse. Viam-se menos, cada vez menos, de longe em longe; esqueciam-se um do outro, mas tornavam a lembrar-se quando se encontravam, e reatavam o namoro. Nos intervalos, a inglesinha Barcelos não esteve parada, e a fim de não perder o tempo nem o costume, pegou alguns namoros adventícios. Um dia, falando-se no Tosta, advertiu que não o via desde muito. Indagou, soube que tinha ido casar em São Paulo.

Não sentiu a moça. Era então a vez de um Américo, recentemente formado em medicina, que queria casar à pressa para inspirar mais confiança às enfermas. Essa pressa os perdeu a ele e a ela. Joaninha não gostava de hábitos cesarianos, chegar, ver e vencer. O namoro havia de ir demorado, muito epistolar, feito de esperas, de olhos quebrados, de ventarolas, de apertos de mão. Quase que, para esta moça, o melhor da festa era esperar por ela. O jovem médico, urgido pela ideia de constituir família, virou de bordo, e foi a outros mares. A nossa Dido carioca viu partir o fugitivo Enéas, mas não seguiu o exemplo da outra; a espada a que recorreu não foi para se matar, mas para se consolar, e não foi espada, mas espadim. Viu um aspirante de marinha que lhe levou a alegria aos olhos.

Chamava-se este novo namorado Pimentel, era mocinho naturalmente, e tinha o aspecto gracioso e fino. Joaninha ficou fora de si. Um aspirante! Derreteu-se toda, para falar como uma das suas melhores amigas; mas o namoro durou pouco mais de dois meses. O rapaz saiu em viagem de instrução, e esqueceu a mala, em que estava um retratinho dela. Hoje é capitão-de-fragata, casado, e, se lhe falarem na inglesinha Barcelos, é provável que não a conheça. Tinha namorado tantas!

Por muitos dias e semanas guardou Joaninha a memória do aspirante. Tinha esperanças de que ele viria, ainda que tarde, e a procuraria logo. Esperou cartas; escreveu algumas para lhe mandar, quando soubesse que sobrescrito lhes devia pôr. Conquanto fosse namorando alguns rapazes de passagem, não esquecia o aspirante; este era o orago da igreja, embora houvesse altares para outros santos. Os santos é que eram menos fixos; recebiam duas rezas, quatro suspiros, uma vela acesa, e iam a outra freguesia. Não importa; Joaninha consolava-se de um com outro, e de todos com o aspirante. Mas o aspirante voltara e não tornou a buscar a moça.

Um dia (dois anos passados), viu ela um guarda-marinha na rua do Ouvidor; era ele. Teve um estremeção de alegria; logo depois empalideceu quando reparou que o belo guarda-marinha disfarçadamente desviava os olhos. Nesse dia parece que a inglesinha Barcelos verteu uma lágrima, mas foi de raiva, e não na rua, mas em casa, pensando no biltre. Biltre, foi o nome que lhe deu. A princípio chamava-lhe "delícia de minh'alma".

A fama de namoradeira estava fundada. Já todo o mundo sabia que a inglesinha namorava a torto e a direito. Quem se queria divertir, deitava-lhe os olhos, e achava parceiros certos. Dois rapazes, por espírito de troça, ajustaram-se para namorá-la ao mesmo tempo, e confiarem um ao outro os progressos da aventura. Chamava-se um Barros, outro Campos. Foram aceitos com alacridade. Diziam tudo um ao outro, os encontros, os gestos, os olhares, por fim vieram as cartas. Eles as liam em casa, comparando-as; e da primeira vez houve grande riso, porque a redação era a mesma, e parecia tirada de algum formulário. As outras já foram diversas; mas não diminuiu o riso, pelos juramentos exclusivos que traziam todas, pelas promessas de fidelidade, de amor eterno, de paixão invencível. Barros cansou depressa; Campos ainda aturou algum tempo, até que foi cuidar de outra coisa.

Assim foram passando os anos. Não se contam aqui os namoros de uma hora, de meia, de cinco minutos, de um segundo, na loja ou igreja, na rua, ao dobrar uma esquina, à janela. Era a multidão anônima e passageira, que não deixava lembrança, nem levava saudades, em que não se distinguia uma cara de outra... eram todos. Joaninha chegara aos vinte e sete anos nessa labutação estéril. Viu casar a amiga Candinha, e ficou à espera; outras casaram também.

Cuidando que fora inábil e frouxa, tratou de apurar os meios e atirou-se a vários trabalhos. Não podia perder tempo; andou a duas e três amarras. Este processo não rendeu nada; iam chegando os vinte e oito anos. Recolheu-se em si, como um animal que quer dar um bote, e acertou de encontrar um dr. Lapa, homem quadragenário e magro, que usava luneta muito grande, sem aro, e um botão de pérola no peito da camisa.

— Que moça bonita! — disse ele uma vez, a outros com quem estava, à porta de uma loja.

Joaninha, em vez de corar, voltou-se para ver o autor do cumprimento. A mãe, que também ouvira a palavra, não se zangou com o gesto da filha. Ansiava por vê-la casada. Talvez não saísse tantas vezes com ela, senão por achar o bairro de Catumbi pouco buscado de noivos. Quanto ao dr. Lapa, vendo um arzinho particular na boca da moça, parecido com riso, ficou lisonjeado e disparou, através do vidro do monóculo, um olhar cheio de admiração e fatuidade. E Joaninha teve arte de voltar a cara, adiante, para falar à mãe, e ver se "o moço" estava olhando. Estava olhando.

Fez mais que olhar; acompanhou-a, viu onde morava, passou pela porta nos dias seguintes, e, estando aceito, cuidou de se fazer apresentar à mãe. Não se deu por pretendente; conhecera o pai de Joaninha, e com este motivo pretextou a entrada e a frequência. Para ela, que sabia o motivo secreto da apresentação, houve uma grande aleluia. Enfim! A mãe, não se lembrando mais do dito, do olhar e da luneta, conheceu todavia que os dois se viam com prazer, e adivinhou que havia alguma coisa. Pedia a Deus que dessa vez fosse verdade. Rezava todas as noites a Nossa Senhora para que fizesse feliz a inglesinha. Além da união do casamento, havia a das posses do candidato, que não eram excessivas, mas bastantes para fazer daquele bilhete duas sortes grandes — casamento e dinheiro.

Joaninha pôs em jogo o aparelho dos grandes dias. Nunca foi mais belicosa do que então. Olhos, lábios, dedos, todos tinham gestos particulares e expressivos. Os suspiros saíam também. Conhecera a vantagem dos silêncios e das atitudes metade elegantes, metade dolorosas, e os voos rápidos dos olhos para o céu. Lapa trabalhava de luneta. Quando ele a metia na arcada do olho esquerdo, encarquilhando a cara desse lado, ficava mais desengraçado que sem ela; mas Joaninha, que não procurava um engraçado, mas um marido, não notava a diferença ou agravo, e acudiu à luneta com os seus olhos de vista clara e longa.

O pior é que ele não dizia nada; eram só gestos. Nem palavras nem escritos. A verdade é que este Lapa não casara há mais tempo, unicamente pela hesitação, irresolução, dubiedade; encetara alguns namoros, mas parara à porta da igreja, ou por medo, ou por avesso ao acordo matrimonial. Daquela vez achou pessoa tão audaz, que estava disposto ao casamento, ou supôs que estava. Quando ia, porém, a falar ou escrever, vinha o receio de ficar obrigado, e diferia o ato. Prosseguia de luneta. Um dia chegou a começar alguma coisa. Ela tocava ao piano um trecho terno de Donizetti. A mãe ouvia com os olhos fechados; era o modo de sentir melhor a música, dizia ela; a filha acreditava que era o melhor modo de os deixar à vontade. Lapa fez um esforço e disse baixinho:

— A senhora é divina ao piano.

Joaninha sorriu primeiro, depois ficou séria, e quebrou os olhos para ele, que não continuou. Então, para animá-lo:

— Divinas são as santas — disse.
— Que é a senhora senão uma santa?
— Eu, uma santa?
— Uma santa, a mais bela das santas.

Joaninha sorriu ainda e pagou o cumprimento com um suspiro. Os dedos foram afrouxando, até não tocarem mais que notas soltas e leves, como traduzindo o devaneio da dona, que trabalhava de olhos.

— Uma bela santa! — repetia mudamente a luneta.

Uma bela santa! repetiram aos ouvidos de Joaninha uns anjos invisíveis, que a impediam de dormir e lhe contavam coisas extraordinárias do céu, onde tudo eram Lapas e tudo lunetas, servindo a uma só e única entidade, o mais formoso dos Lapas, a mais cristalina das lunetas.

Como os demais sonhos da moça, este passou após alguns dias de vão trabalho. Joaninha achou-se outra vez sem esperanças. Vistes a longa série deles, sem contar os de poucas horas, os de minutos apenas, a multidão sem nome nem figura. Onde iam os Ramos? Foram com os Vasconcelos e os Tostas, os Pimentéis e os Barros, os Campos e os Lapas.

Deu-se então na alma da *inglesinha* uma crise. Os romances trouxeram-lhe duas ideias extraordinárias, atirar-se a um lago ou meter-se a freira. Freira não podia ser, estando suprimido o noviciado. Agarrou-se ao lago; mas os lagos, que eram grandes, homicidas e secretos nos livros que lhe levavam as horas, não tinham água na cidade. Os de uma chácara que ela costumava visitar, não subiam de dois palmos d'água. Joaninha não viu morte física nem moral; não achou meio de fugir a este mundo, e contentou-se com ele. Da crise, porém, nasceu uma situação moral nova. Joaninha conformou-se com o celibato, abriu mão de esperanças inúteis, compreendeu que estragara a vida por suas próprias mãos.

— Acabou-se a inglesinha Barcelos — disse consigo, resoluta.

E de fato, a transformação foi completa. Joaninha recolheu-se a si mesma e não quis saber de namoros. Tal foi a mudança que a própria mãe deu por ela, ao cabo de alguns meses. Supôs que ninguém já aparecia; mas em breve reparou que ela própria não saía à porta do castelo para ver se vinha alguém. Ficou triste, o desejo de vê-la casada não chegaria a cumprir-se. Não viu remédio próximo nem remoto; era viver e morrer, e deixá-la neste mundo, entregue aos lances da fortuna.

Ninguém mais falou na inglesinha Barcelos. A namoradeira passou de moda. Alguns rapazes ainda lhe deitavam os olhos; a figura da moça não perdera a graça dos dezessete anos, mas nem passava disso, nem ela os animava a mais. Joaninha fez-se devota. Começou a ir à igreja mais vezes que dantes; à missa ou só orar. A mãe não lhe negava nada.

— Talvez pense em pegar-se com Deus — dizia ela consigo —; há de ser alguma promessa.

Foi por esse tempo que lhe apareceu um namorado, o único que verdadeiramente a amou, e queria desposá-la; mas tal foi a sorte da moça, ou o seu desazo, que não chegou a falar-lhe nunca. Era um guarda-livros, Arsênio Caldas, que a encontrou uma vez na igreja de São Francisco de Paula, onde fora ouvir uma missa de sétimo dia. Joaninha estava apenas orando. Caldas viu-a ir de altar em altar, ajoelhando-se diante de cada um, e achou-lhe um ar de tristeza que lhe entrou na alma. Os guarda-livros, geralmente, não são romanescos, mas este Caldas era-o, tinha até composto, entre dezesseis e vinte anos, quando era simples ajudante de escrita, alguns versos tristes e lacrimosos, e um breve poema sobre a origem da lua. A lua era uma concha, que perdera a pérola, e todos os meses abria-se toda para receber a pérola; mas a pérola não vinha, porque Deus, que a achara linda, tinha feito dela uma lágrima. Que lágrima? A que *ela* verteu um dia, por não vê-lo a *ele*. Que *ele* e que *ela*? Ninguém; uma dessas paixões vagas, que atravessam a adolescência, como ensaios de outras mais fixas e concretas. A concepção, entretanto, dava ideia da alma do rapaz, e a imaginação, se não extraordinária, mal se podia crer que viçasse entre o *diário* e a *razão*.

Com efeito, este Caldas era sentimental. Não era bonito, nem feio, não tinha expressão. Sem relações, tímido, vivia com os livros durante o dia, e à noite ia ao teatro ou a algum bilhar ou botequim. Via passar mulheres; no teatro, não deixava de as esperar no saguão; depois ia tomar chá, dormia e sonhava com elas. Às vezes, tentava algum soneto, celebrando os braços de uma, os olhos de outra, chamando-lhes nomes bonitos, deusas, rainhas, anjos, santas, mas ficava nisso.

Contava trinta e um anos, quando sucedeu ver a inglesinha Barcelos na igreja de São Francisco. Talvez não fizesse nada, se não fosse a circunstância já dita de vê-la rezar a todos os altares. Imaginou logo, não devoção nem promessa, mas uma alma desesperada e solitária. A situação moral, se tal era, parecia-se com a dele; não foi preciso mais para que se inclinasse à moça, e a acompanhasse até Catumbi. A visão tornou com ele, sentou-se à escrivaninha, aninhou-se entre o *deve* e o *há de haver*, como uma rosa caída em moita de ervas bravias. Não é minha esta comparação; é do próprio Caldas, que nessa mesma noite tentou um soneto. A inspiração não acudiu ao chamado, mas a imagem da moça de Catumbi dormiu com ele e acordou com ele.

Daí em diante, o pobre Caldas frequentou o bairro. Ia e vinha, passava muitas vezes, espreitava a hora em que pudesse ver Joaninha, às tardes. Joaninha aparecia à janela; mas, além de não ser já tão assídua como antes, era voluntariamente alheia à menor sombra de homem. Não fitava nenhum; não dava sequer um desses olhares que não custam nada e não deixam nada. Fizera-se uma espécie de freira leiga.

— Creio que ela hoje me viu — pensava consigo o guarda-livros, uma tarde, em que ele, como de uso, passara por baixo das janelas, levantando muito a cabeça.

A verdade é que ela tinha os olhos na erva que crescia à beira da calçada, e o Caldas, que ia passando, naturalmente entrou no campo da visão da moça; mas tão depressa ela o viu, levantou os olhos e estendeu-os à chaminé da casa fronteira. Caldas, porém, edificou sobre essa probabilidade um mundo de esperanças. Casariam talvez naquele mesmo ano. Não, ainda não; faltavam-lhe meios. Um ano depois. Até lá dar-lhe-iam interesse na casa. A casa era boa e próspera. Vieram cálculos de lucro. A contabilidade deu o braço à imaginação, e disseram muitas coisas bonitas uma à outra; algarismos e suspiros trabalharam em comum, tais como se fossem do mesmo ofício.

Mas o olhar não se repetiu naqueles dias próximos, e o desespero entrou na alma do guarda-livros.

A situação moral deste agravou-se. Os versos entraram a cair entre as contas, e os dinheiros entrados nos livros da casa mais pareciam sonetos que dinheiro. Não é que o guarda-livros os escriturasse em verso; mas alternava as inspirações com os lançamentos, e o patrão, um dia, foi achar entre duas páginas de um livro um soneto imitado de Bocage. O patrão não conhecia esse poeta nem outro, mas conhecia versos e sabia muito bem que não havia entre os seus devedores nenhum

Lírio do céu, lírio caído em terra.

Perdoou o caso, mas entrou a observar o empregado. Este, por sua desgraça, ia de mal a pior. Um dia, quando menos esperava, disse-lhe o patrão que procurasse outra casa. Não lhe deu razões; o pobre-diabo, aliás tímido, tinha certo orgulho que lhe não permitiu ficar mais tempo e saiu logo.

Não há mau poeta, nem guarda-livros relaxado que não possa amar deveras; nem ruins versos tiraram jamais a sinceridade de um sentimento ou o fizeram menos forte. A paixão deste pobre moço desculpará os seus desazos comerciais e poéticos. Ela o levou por descaminhos inesperados; fê-lo passar crises tristíssimas. Tarde achou um mau emprego. A necessidade fê-lo menos assíduo em Catumbi. Os empréstimos eram poucos e escassos; por muito que ele cortasse a comida (morava com um amigo, por favor), não lhe davam sempre para os colarinhos imaculados, nem as calças são eternas. Mas essas ausências longas não tiveram o condão de abafar ou atenuar um sentimento que, por outro lado, não era alimentado pela moça; novo emprego melhorou um tanto a situação do namorado. Voltou a ir lá mais vezes. Era fim do verão, as tardes tendiam a diminuir, e pouco tempo lhe restaria delas para dar um pulo a Catumbi. Com o inverno cessaram os passeios; Caldas desforrava-se aos domingos.

Não me pergunteis se tentou escrever a Joaninha; tentou, mas as cartas ficavam-lhe na algibeira; eram depois reduzidas a verso, para suprir as lacunas da inspiração. Recorreu aos bilhetes misteriosos, nos jornais, com alusões à moça de Catumbi, marcando dia e hora em que ela o veria passar. Joaninha parece que não lia jornais, ou não dava com os bilhetes. Um dia, por acaso, sucedeu achá-la à janela. Sucedeu também que ela sustentasse o olhar dele. Eram velhos costumes, jeitos de outro tempo, que os olhos não haviam perdido; a verdade é que ela não o viu. A ilusão, porém, foi imensa, e o pobre Caldas achou naquele movimento inconsciente da moça uma adesão, um convite, um perdão, quando menos, e do perdão à cumplicidade bem podia não ir mais que um passo.

Assim correram dias e dias, semanas e semanas. No fim do ano, Caldas achou a porta fechada. Cuidou que ela se houvesse mudado e indagou pela vizinhança. Soube que não; uma pessoa de amizade ou ainda parenta, levara a família para um sítio no interior.

— Por muito tempo?
— Foram passar o verão.

Caldas esperou que o verão acabasse. O verão não andou mais depressa que de costume; quando começou o outono, Caldas foi um dia ao bairro e achou a porta aberta. Não viu a moça, e achou esquisito que não regressava de lá, como antes, comido de desespero. Pôde ir ao teatro, pôde ir cear. Entrando em casa, recapitulou os longos meses de paixão não correspondida, pensou nas fomes passadas para poder atar uma gravata nova, chegou a recordar alguma coisa parecida com lágrimas. Foram porventura os seus melhores versos. Vexou-se desses, como já se vexara dos outros. Quis voltar a Catumbi, no domingo próximo, mas a história não guardou a causa que impediu esse projeto. Só guardou que ele tornou a ir ao teatro e a cear.

Um mês depois, como passasse pela rua da Quitanda, viu paradas duas senhoras, diante de uma loja de fazendas. Era a inglesinha Barcelos e a mãe. Caldas chegou a parar um pouco adiante; não sentiu o alvoroço antigo, mas gostou de vê-la. Joaninha e a mãe entraram na loja; ele passou pela porta, olhou sem parar e foi adiante. Tinha de estar na praça às duas horas e faltavam cinco minutos. Joaninha não suspeitou sequer que ali passara o único homem a quem não correspondeu, e o único que verdadeiramente a amou.

A Estação, *maio-? de 1894; Machado de Assis.*

Orai por ele!
(Fragmentos de narrativa)

— Não, isso não; os discursos eram dele mesmo. Nem era possível que não fossem. Como se há de levar de cor um discurso, para uma assembleia de acionistas, em que tantos falam e sem ordem?

— Você está enganado. O comendador proferia discursos muito bem dispostos, não respondia aos apartes que, às vezes, destruíam um argumento, e não replicava nunca a outro orador. Quando era o primeiro que falava, podia disfarçar um pouco; mas quando era o segundo ou terceiro, é que se via bem. Por isso empenhava-se sempre em falar antes de todos.

— Pois olhe, não me parecia... Ele era entendido em negócios.

— Era, isso era, mas decorava os discursos.

O carro chegou à praia de Botafogo, voltando do cemitério. Pedro e Paulo tinham ido enterrar o comendador, que falecera na véspera, de um tifo. Vieram calados, a princípio, depois falaram das novas casas do bairro, afinal caiu a conversa no defunto, a propósito de uma casa que ele vendera três meses antes. Paulo dizia que a casa fora mal vendida. Pedro ponderou que os dinheiros mal ganhos não aproveitavam aos donos. Ao que Paulo redarguiu que não, que o comendador era homem honesto, posto que burro.

— Burro não digo — replicou Pedro —, era finório e grande finório.

— Um homem pode ser finório e besta — explicou Paulo. — Tinha faro e prática, mas era incapaz de distinguir uma ideia de outra. Olhe, nas assembleias de acionistas...

Foi assim que falaram dos discursos do comendador, dizendo Paulo que eram decorados, e concluindo por afirmar que conhecia o autor deles; era o advogado do banco Econômico.

— Realmente, tinham muita citação de leis — concordou Pedro —, um deles chegou a trazer uma citação em latim, mas então foi caçoada do advogado.

— Não; foi naturalmente pedido do próprio comendador, que era dado a latinórios. Mas eu mesmo aturei alguns discursos dele em casa, eu e a mulher, na véspera das assembleias. Começava dizendo que me queria consultar sobre a ordem das ideias. Mas ligava duas palavras, e fingindo que improvisava, proferia o discurso todo: era para ver o efeito. Da primeira vez como os jornais deram o discurso, disse-me ele: "Foi bom que falássemos anteontem do negócio, assentei as ideias, e você viu que o discurso saiu quase igual". Quase igual!

Riam ambos, a praia estava bonita, conversaram dela alguns minutos, mas tornaram logo ao finado, cuja vida foi longamente analisada. Pedro insistia em não admitir que ele fosse honesto; Paulo dizia que sim, que nesse particular não havia que dizer. Não seria homem de sacrificar-se, é verdade...

— Nem beneficiar aos outros — acudiu Pedro. — Sabe o que me fez, não?

Paulo respondeu que sim; nem por isso evitou que Pedro lhe contasse a grande mágoa que tinha do defunto. Quando ia a estabelecer-se pela primeira vez, há dez anos, pediu de empréstimo ao comendador quinze contos, para pagar em dois anos, com juro de oito por cento. Pois o comendador, que aliás acabava de assinar dez contos para as festas do Paraguai, negou-lhe o pedido.

— Talvez não pudesse na ocasião...

— Qual não pudesse! Era sovina. Ficamos brigados por algum tempo; depois, quando eu já estava estabelecido, foi ele mesmo que me procurou para uma companhia... Fizemos as pazes, mas eu sempre lhe disse umas duas palavras, que ele ficou amarelo.

Paulo tirou a conversação desse terreno, falando nas manias do comendador que eram muitas; depois contaram anedotas, ditos ridículos, erros de prosódia, pacholices. Paulo referiu que o finado, depois de ler um romance de Dumas, passado na corte de França, começou a beijar a mão à mulher, quando entrava ou saía de casa. A mulher é que não esteve pelos autos, e o costume durou cinco dias. Pedro piscou o olho e sorriu.

— Era um tolo — concordou.

— Quando andava, você não reparou que ele, quando andava, tinha uns ares adamados? — continuou Paulo, e recordou que era vaidoso até das barbas. — Nunca estava ao pé da gente que não as puxasse muito, olhando para elas, como se procurasse um argueiro, mas era para que vissem que eram finas e luzidias.

— E música? — acudiu Pedro. — Tinha a mania de entender de música, de julgar artistas. Na praça, em chegando companhia lírica, era o assunto predileto dele. Tomava assinatura no teatro Lírico, para fazer crer que era doido por música, mas eu aposto que nem gostava.

— Não, lá gostar, gostava.

— Gostava, mas fingia gostar mais.

— Isso sim.

Vieram os sestros do comendador. Paulo não podia suportar o costume que o finado tinha de fazer uma cruz na boca, com o polegar, quando bocejava; nem o de palitar os dentes com a língua. Pedro não conhecia muitos, era menos assíduo na casa que Paulo.

— Você, sim, ia lá todas as noites. Jogavam o voltarete sempre?
— Algumas vezes; mas logo que chegava terceiro parceiro, eu deixava as cartas. Não gosto de cartas.
— A mulher também jogava?
— Dona Josefina? Qual!
— Jogava a bisca de dois com você, naturalmente.
— A bisca? — repetiu Paulo enfiado.
— Deixe-se de partes; toda a gente sabe disso.

Almanaque da Gazeta de Notícias, *janeiro de 1895; Machado de Assis.*

Uma noite

I
— Você sabe que não tenho pai nem mãe — começou a dizer o tenente Isidoro ao alferes Martinho. — Já lhe disse também que estudei na Escola Central. O que não sabe é que não foi o simples patriotismo que me trouxe ao Paraguai; também não foi ambição militar. Que sou patriota, e me baterei agora, ainda que a guerra dure dez anos, é verdade, é o que me aguenta e me aguentará até o fim. Lá postos de coronel nem general não são comigo. Mas, se não foi imediatamente nenhum desses motivos, foi outro; foi, foi outro, uma alucinação. Minha irmã quis dissuadir-me, meu cunhado também; o mais que alcançaram foi que não viesse soldado raso, pedi um posto de tenente, quiseram dar-me o de capitão, mas fiquei em tenente. Para consolar a família, disse que, se mostrasse jeito para a guerra, subiria a major ou coronel; se não, voltaria tenente, como dantes. Nunca tive ambições de qualquer espécie. Quiseram fazer-me deputado provincial no Rio de Janeiro, recusei a candidatura, dizendo que não tinha ideias políticas. Um sujeito, meio gracioso, quis persuadir-me que as ideias viriam com o diploma, ou então com os discursos que eu mesmo proferisse na assembleia legislativa. Respondi que, estando a assembleia em Niterói, e morando eu na corte, achava muito aborrecida a meia hora de viagem, que teria de fazer na barca, todos os dias, durante dois meses, salvo as prorrogações. Pilhéria contra pilhéria; deixaram-me sossegado...

II
Os dois oficiais estavam nas avançadas do acampamento de Tuiuti. Eram ambos voluntários, tinham recebido o batismo de fogo na batalha de 24 de maio. Corriam agora aqueles longos meses de inação, que só terminou em meados de 1867. Isidoro e Martinho não se conheciam antes da guerra, um viera do norte, outro do Rio de Janeiro. A convivência os fez amigos, o coração também, e afinal a idade, que era no tenente de vinte e oito anos, e no alferes de vinte e cinco. Fisicamente, não se pare-

ciam nada. O alferes Martinho era antes baixo que alto, enxuto de carnes, o rosto moreno, maçãs salientes, boca fina, risonha, maneiras alegres. Isidoro não se podia dizer triste, mas estava longe de ser jovial. Sorria algumas vezes, conversava com interesse. Usava grandes bigodes. Era alto e elegante, peito grosso, quadris largos, cintura fina.

Semanas antes, tinham estado no teatro do acampamento. Este era agora uma espécie de vila improvisada, com espetáculos, bailes, bilhares, um periódico e muita casa de comércio. A comédia representada trouxe à memória do alferes uma aventura amorosa que lhe sucedera nas Alagoas, onde nascera. Se não a contou logo, foi por vergonha; agora, porém, como estivesse passeando com o tenente e lhe falasse das caboclinhas do norte, Martinho não pôde ter mão em si e referiu os seus primeiros amores. Podiam não valer muito; mas foram eles que o levaram para o Recife, onde alcançou um lugar na secretaria do governo; sobrevindo a guerra, alistou-se com o posto de alferes. Quando acabou a narração, viu que Isidoro tinha os olhos no chão, parecendo ler por letras invisíveis alguma história análoga. Perguntou-lhe o que era.

— A minha história é mais longa e mais trágica — respondeu Isidoro.

— Tenho as orelhas grandes, posso ouvir histórias compridas — replicou o alferes rindo. — Quanto a ser trágica, olhe que passar, como eu passei, metido no canavial, à espera de cinco ou dez tiros que me levassem, não é história de farsa. Vamos, conte; se é coisa triste, eu sou amigo para tristezas.

Isidoro começou a sentir desejo de contar a alguém uma situação penosa e aborrecida, causa da alucinação que o levou à guerra. Batia-lhe o coração, a palavra forcejava por subir à boca, a memória ia acendendo todos os recantos do cérebro. Quis resistir, tirou dois charutos, ofereceu um ao alferes, e falou dos tiros das avançadas. Brasileiros e paraguaios tiroteavam naquela ocasião — o que era comum — pontuando com balas de espingardas a conversação. Algumas delas coincidiam porventura com os pontos finais das frases, levando a morte a alguém; mas que essa pontuação fosse sempre exata ou não, era indiferente aos dois rapazes. O tempo acostumara-os à troca de balas; era como se ouvissem rodar carros pelas ruas de uma cidade em paz. Martinho insistia pela confidência.

— Levará mais tempo que fumar este charuto?

— Pode levar menos, pode também levar uma caixa inteira — redarguiu Isidoro —; tudo depende de ser resumido ou completo. Em acampamento, há de ser resumido. Olhe que nunca referi isto a ninguém; você é o primeiro e o último.

III

Isidoro principiou como vimos e continuou desta maneira:

Morávamos em um arrabalde do Rio de Janeiro; minha irmã não estava ainda casada, mas já estava pedida; eu continuava os estudos. Vagando uma casa fronteira à nossa, meu futuro cunhado quis alugá-la, e foi ter com o dono, um negociante da rua do Hospício.

— Está meio ajustada — disse este —; a pessoa ficou de mandar-me a carta de fiança amanhã de manhã. Se não vier, é sua.

Mal dizia isto, entrou na loja uma senhora, moça, vestida de luto, com um menino pela mão; dirigiu-se ao comerciante e entregou-lhe um papel; era a carta de fiança. Meu cunhado viu que não podia fazer nada, cumprimentou e saiu. No dia seguinte, começaram a vir os trastes; dois dias depois estavam os novos moradores em casa. Eram três pessoas; a tal moça de luto, o pequeno que a acompanhou à rua do Hospício, e a mãe dela, d. Leonor, senhora velha e doente. Com pouco, soubemos que a moça, d. Camila, tinha vinte e cinco anos de idade, era viúva de um ano, tendo perdido o marido ao fim de cinco meses de casamento. Não apareciam muito. Tinham duas escravas velhas. Iam à missa ao domingo. Uma vez, minha irmã e a viúva encontraram-se ao pé da pia, cumprimentaram-se com afabilidade. A moça levava a mãe pelo braço. Vestiam com decência, sem luxo.

Minha mãe adoeceu. As duas vizinhas fronteiras mandavam saber dela todas as manhãs e oferecer os seus serviços. Restabelecendo-se, minha mãe quis ir pessoalmente agradecer-lhes as atenções. Voltou cativa.

— Parece muito boa gente — disse-nos. — Trataram-me como se fôssemos amigas de muito tempo, cuidadosas, fechando uma janela, pedindo-me que mudasse de lugar por causa do vento. A filha, como é moça, desfazia-se mais em obséquios. Perguntou-me por que não levei Claudina, e elogiou-a muito; já sabe do casamento e acha que o doutor Lacerda dá um excelente marido.

— De mim não disse nada? — perguntei eu rindo.

— Nada.

Três dias depois vieram elas agradecer o favor da visita pessoal de minha mãe. Não estando em casa, não pude vê-las. Quando me deram notícia, ao jantar, achei comigo que as vizinhas pareciam querer meter-se à cara da gente, e pensei também que tudo podia ser urdido pela moça, para aproximar-se de mim. Eu era fátuo. Supunha-me o mais belo homem do bairro e da cidade, o mais elegante, o mais fino, tinha algumas namoradas de passagem, e já contava uma aventura secreta. Pode ser que ela me veja todos os dias, à saída e à volta, disse comigo, e acrescentei por chacota: a vizinha quer despir o luto e vestir a solidão. Em substância, sentia-me lisonjeado.

Antes de um mês, estavam as relações travadas, minha irmã e a vizinha eram amigas. Comecei a vê-la em nossa casa. Era bonita e graciosa, tinha os olhos garços e ria por eles. Posto conservasse o luto, temperado por alguns laços de fita roxa, o total da figura não era melancólico. A beleza vencia a tristeza. O gesto rápido, o andar ligeiro, não permitiam atitudes saudosas nem pensativas. Mas, quando permitissem, a índole de Camila era alegre, ruidosa, expansiva. Chegava a ser estouvada. Falava muito e ria muito, ria a cada passo, em desproporção com a causa, e, não raro, sem causa alguma. Pode dizer-se que saía fora da conta e da linha necessárias; mas, nem por isso enfadava, antes cativava. Também é certo que a presença de um estranho devolvia a moça ao gesto encolhido; a simples conversação grave bastava a fazê-la grave. Em suma, o freio da educação apenas moderava a natureza irrequieta e volúvel. Soubemos por ela mesma que a mãe era viúva de um capitão-de-fragata, de cujo meio-soldo vivia, além das rendas de umas casinhas que lhe deixara o primeiro marido, seu pai. Ela, Camila, fazia coletes e roupas brancas. Minha irmã, ao contar-me isto, disse-me que tivera uma sensação de vexame e de pena, e mudou de conversa; tudo inútil, porque a vizinha ria sempre, e contava rindo que trabalhava de manhã, porque, à noite, o branco lhe fazia mal aos olhos. Não cantava desde que perdera o marido, mas a mãe dizia que "a voz era de um anjo". Ao piano era divina; passava a alma aos dedos, não aquela alma tumultuosa, mas outra mais quieta, mais doce, tão metida consigo que chegava a esquecer-se deste mundo. O aplauso fazia-a fugir, como pomba assustada, e a outra alma passava aos dedos para tocar uma peça jovial qualquer, uma polca por exemplo — meu Deus! às vezes, um lundu.

    Você crê naturalmente que essa moça me enfeitiçou. Nem podia ser outra coisa. O diabo da viuvinha entrou-me pelo coração saltando ao som de um pandeiro. Era tentadora sem falar nem rir; falando e rindo era pior. O péssimo é que eu sentia nela não sei que correspondência dos meus sentimentos mal sopitados. Às vezes, esquecendo-me a olhar para ela, acordava repentinamente, e achava os olhos dela fitos em mim. Já lhe disse que eram garços. Disse também que ria por eles. Naquelas ocasiões, porém, não tinham o riso do costume, nem sei se conservavam a mesma cor. A cor pode ser, não a via, não sentia mais que o peso grande de uma alma escondida dentro deles. Era talvez a mesma que lhe passava aos dedos quando tocava. Toda essa mulher devia ser feita de fogo e nervos. Antes de dois meses estava apaixonado, e quis fugir-lhe. Deixe-me dizer-lhe toda a minha corrupção — nem pensava em casar, nem podia ficar ao pé dela, sem arrebatá-la um dia e levá-la ao inferno. Comecei a não estar em casa, quando ela ia lá, e não acompanhava a família à casa dela. Camila não deu por isso na primeira semana — ou simulou que não. Passados mais dias, perguntou a minha irmã:

    — O doutor Isidoro está zangado conosco?

    — Não! por quê?

    — Já nos não visita. São estudos, não? Ou namoro, quem sabe? Há namoro no beco — concluiu rindo.

    — Rindo? — perguntei a minha irmã, quando me repetiu as palavras de Camila.

    A pergunta em si era uma confissão; o tom em que a fiz, outra; a seriedade que me ficou, outra e maior. Minha irmã quis explicar a amiga. Eu de mim para mim, jurei que não a veria nunca mais. Dois dias depois, sabendo que ela vinha à nossa casa, deixei-me estar com o pretexto de me doer a cabeça; mas, em vez de me fechar no gabinete, fui vê-la rir ou fazê-la rir. A comoção que lhe vi nos primeiros instantes, reconciliou-nos. Reatamos o fio que íamos tecendo, sem saber bem onde pararia a obra. Já então ia só a casa delas; meu pai estava enfraquecendo muito, minha mãe fazia-lhe companhia: minha irmã ficava com o noivo, eu ia só. Não percamos tempo que os tiros se aproximam, e pode ser que nos chamem. Dentro de dez dias estávamos declarados. O amor de Camila devia ser forte; o meu era fortíssimo. Foi na sala de visitas, sozinhos, a mãe cochilava na sala de jantar. Camila, que falava tanto e sem parar, não achou palavra que dissesse. Eu agarrei-lhe a mão, quis puxá-la a mim; ela, ofegante, deixou-se cair numa cadeira. Inclinei-me, desatinado, para lhe dar um beijo; Camila desviou a cabeça, recuou a cadeira com força e quase caiu para trás.

    — Adeus, adeus, até amanhã — murmurou ela.

    No dia seguinte, como eu formulasse o pedido de casamento, respondeu-me que pensasse em outra coisa.

    — Nós nos amamos — disse ela —; o senhor ama-me desde muito, e quer casar comigo, apesar de eu ser uma triste viúva pobre...

    — Quem lhe fala nisso? Deixa de ser viúva, nem pobre, nem triste.

— Sim, mas há um obstáculo. Mamãe está muito doente, não quero desampará-la.

— Desampará-la? Seremos dois ao pé dela, em vez de uma só pessoa. A razão não serve, Camila; há de haver outra.

— Não tenho outra. Fiz esta promessa a mim mesma, que só me casaria depois que mamãe se fosse deste mundo. Ela, por mais que saiba do amor que lhe tenho, e da proteção que o senhor lhe dará, ficará pensando que eu vou para meu marido, e que ela passará a ser uma agregada incômoda. Há de achar natural que eu pense mais no senhor que nela.

— Pode ser que a razão seja verdadeira; mas o sentimento, Camila, é esquisito, sem deixar de ser digno. Pois não é natural até que seu casamento lhe dê a ela mais força e alegria, vendo que a não deixa sozinha no mundo?

Talvez que esta objeção a abalasse um pouco; refletiu, mas insistiu.

— Mamãe vive principalmente das minhas carícias, da minha alegria, dos meus cuidados, que são só para ela...

— Pois vamos consultá-la.

— Se a consultarmos quererá que nos casemos logo.

— Então não suporá que fica sendo agregada incômoda.

— Já, já, não; mas pensá-lo-á mais tarde; e quer que lhe diga tudo? Há de pensá-lo e com razão. Eu, provavelmente, serei toda de meu marido: durante a lua de mel, pelo menos — continuou rindo, concluiu triste: — e a lua de mel pode levá-la. Não, não; se me ama deveras, esperemos; a minha velha morrerá ou sarará. Se não pode esperar, paciência.

Creio que lhe vi os olhos úmidos; o riso que ria por eles deixou-se velar um pouco daquela chuvazinha passageira. Concordei em esperar, com o plano secreto de comunicar à mãe de Camila os nossos desejos, a fim de que ela própria nos ligasse as mãos. Não disse nada a meus pais, certo de que ambos aceitariam a escolha; mas ainda contra a vontade deles, casaria. Minha irmã soube de tudo, aprovou tudo, e tomou a si guiar as negociações com a velha enferma. Entretanto, a paixão de Camila não lhe trocou a índole. Tagarela, mas graciosa, risonha sem banalidade, toda vida e movimento... Não me canso em repetir essas coisas. Tinha dias tristes ou calados; eram aqueles em que a moléstia da mãe parecia agravar-se. Eu padecia com a mudança, uma vez que a vida da mãe era empecilho à nossa ventura; sentimento mau, que me enchia de vergonha e de remorsos. Não quero cansá-lo com as palavras que trocávamos e foram infinitas, menos ainda com os versos que lhe fiz; é verdade, Martinho, cheguei ao extremo de fazer versos; lia os de outros para compor os meus, e daí fiquei com tal ou qual soma de imagens e de expressões poéticas...

Um dia, ao almoço, ouvimos rumor na escada, vozes confusas, choro; mandei ver o que era. Uma das escravas da casa fronteira vinha dar notícia... Cuidei que era a morte da velha, e tive uma sensação de prazer. Ai, meu amigo! a verdade era outra e terrível.

— Nhã Camila está doida!

Não sei o que fiz, nem por onde saí, mas instantes depois entrava pela casa delas. Nunca pude ter memória clara dos primeiros instantes. Vi a pobre velha, caída num sofá da sala; vinham de dentro os gritos de Camila. Se acudi ou não à velha, não sei; mas é provável que corresse logo para o interior, onde dei com a moça furiosa, torcendo-se para escapar às mãos de dois calceteiros que trabalhavam na rua e acudiram ao pedido de socorro de uma das escravas. Quis ajudá-los; pensei em influir nela com a minha pessoa, com a minha palavra; mas, ao que cuido, não via nem ouvia nada. Não afirmo também se lhe disse alguma coisa e o que foi. Os gritos da moça eram agudos, os movimentos raivosos, a força grande; tinha o vestido rasgado, os cabelos despenteados. Minha família chegou logo; o inspetor de quarteirão e um médico apareceram e deram as primeiras ordens. Eu, tonto, não sabia que fizesse, achava-me num estado que podia ser contágio do terrível acesso. Camila pareceu melhorar, não forcejava por desvencilhar-se dos homens que a retinham; estes, confiando na quietação dela, soltaram-lhe os braços. Veio outra crise, ela atirou-se para a escada, e teria lá chegado e rolado, se eu não a sustivesse pelos vestidos. Quis voltar-se para mim; mas os homens acudiram e novamente a retiveram.

Algumas horas correram, antes que as ordens todas da autoridade fossem expedidas e cumpridas. Minha irmã veio ter comigo para levar-me para a outra sala ou para casa; recusei. Uma vez ainda a exaltação e o furor de Camila cessaram, mas os homens não lhe deixaram os braços soltos. Quando se repetiu o fenômeno, o prazo foi mais longo, fizeram sentá-la, os homens afrouxaram os braços. Eu, cosido à parede, fiquei a olhar para ela, notando que as palavras eram já poucas, e, se ainda sem sentido, não eram aflitas, nem ela repetia os guinchos agudos. Os olhos vagavam sem ver; mas, fitando-me de passagem, tornaram a mim, e ficaram parados alguns segundos, rindo como era costume deles quando tinham saúde. Camila chamou-me, não pelo nome, disse-me que fosse ter com ela. Acudi prontamente, sem dizer nada.

— Chegue-se mais.

Obedeci; ela quis estender-me a mão, o homem que a segurava, reteve-a com força; eu disse-lhe que deixasse, não fazia mal, era um instante. Camila deu-me a mão livre, eu dei-lhe a minha. A princípio, não tirou os olhos dos meus; mas já então não ria por eles, tinha-os quietos e apagados. De repente, levou a minha mão à boca, como se fosse beijá-la. Tendo libertado a outra (foi tudo rápido) segurou a minha com força e cravou-lhe furiosamente os dentes; soltei um grito. A boca ficou-lhe cheia de sangue. Veja; tenho ainda os sinais nestes dois dedos...

Não me quero demorar neste ponto da minha história. Digo-lhe sumariamente que os médicos entenderam necessário recolher Camila ao hospício de Pedro II. A mãe morreu quinze dias depois. Eu fui concluir os meus estudos na Europa. Minha irmã casou, meu pai não durou muito, minha mãe acompanhou-o de perto. Pouco tempo depois, minha irmã e meu cunhado foram ter comigo. Já me acharam não esquecido, mas consolado. Quando tornamos ao Rio de Janeiro passavam quatro anos daqueles acontecimentos. Fomos morar juntos, mas em outro bairro. Nada soubemos de Camila, nem indagamos nada; ao menos eu.

Uma noite, porém, andando a passear, aborrecido, começou a chover, e entrei num teatro. Não sabia da peça, nem do autor, nem do número de atos; o bilheteiro disse-me que ia começar o segundo. Na terceira ou quarta cena, vejo entrar uma mulher, que me abalou todo; pareceu-me Camila. Fazia um papel de ingênua, creio; entrou lentamente e travou frouxamente um diálogo com o galã. Não tinha que ver; era a própria voz de Camila. Mas, se ela estava no hospício, como podia achar-se no teatro? Se havia sarado, como se fizera atriz? Era natural que estivesse a costurar, e se alguma coisa lhe restava das casinhas da mãe... Perguntei a um vizinho da plateia como se chamava aquela dama.

— Plácida — respondeu-me.

Não é ela, pensei; mas refletindo que podia ter mudado de nome, quis saber se estava há muito tempo no teatro.

— Não sei; apareceu aqui há meses. Acho que é novata na cena, fala muito arrastado, tem talento.

Não podia ser Camila; mas tão depressa achava que não, um gesto da mulher, uma inflexão de voz, qualquer coisa me dizia que era ela mesma. No intervalo lembrou-me de ir à caixa do teatro. Não conhecia ninguém, não sabia se era fácil entrar desconhecido, cheguei à porta de comunicação e bati. Ninguém abriu nem perguntou quem era. Daí a nada vi sair de dentro um homem, que empurrou simplesmente a porta e deixou-a cair. Puxei a porta e entrei. Fiquei aturdido no meio do movimento; criei ânimo e perguntei a um empregado se podia falar a d. Plácida. Respondeu-me que provavelmente estava mudando de trajo, mas que fosse com ele. Chegando à porta de um camarim, bateu.

— Dona Plácida?
— Quem é?
— Está aqui um senhor que lhe deseja falar.
— Que espere!

A voz era dela. O sangue entrou a correr-me acelerado; afastei-me um pouco e esperei. Minutos depois, a porta do camarim abriu-se, saiu uma criada; enfim, a porta escancarou-se, e apareceu a figura da atriz. Aproximei-me, e fizemos teatro no teatro: reconhecemo-nos um ao outro. Entrei no camarim, apertamos as mãos, e durante algum tempo não pudemos dizer nada. Ela, por baixo do carmim, empalidecera; eu senti-me lívido. Ouvi apitar; era o contrarregra que mandava subir o pano.

— Vai subir o pano — disse-me ela com a voz lenta e abafada. — Entro na segunda cena. Espera-me?

— Espero.
— Venha cá para os bastidores.

Falei-lhe ainda duas vezes nos bastidores. Soube na conversação onde morava, e que morava só. Como a chuva aumentasse e caísse agora a jorros, ofereci-lhe o meu carro. Aceitou. Saí para alugar um carro de praça; no fim do espetáculo, mandei que a recebesse à porta do teatro, e acompanhei-a dando-lhe o braço, no meio do espanto de atores e empregados. Depois que ela entrou, despedi-me.

— Não, não — disse ela. — Pois há de ir por baixo d'água? Entre também, venha deixar-me à porta.

Entrei e partimos. Durante os primeiros instantes, parecia-me delirar. Após quatro anos de separação e ausência, quando supunha aquela senhora em outra parte, eis-me dentro de uma carruagem com ela, duas horas depois de a tornar a ver. A chuva que caía forte, o tropel dos cavalos, o rodar da carruagem, e por fim a noite, complicavam a situação do meu espírito. Cria-me doido. Vencia a comoção falando, mas as palavras não teriam grande ligação entre si, nem seriam muitas. Não queria falar da mãe; menos ainda perguntar-lhe pelos acontecimentos que a trouxeram à carreira de atriz. Camila é que me disse que estivera doente, que perdera a mãe fora da corte, e que entrara para o teatro por ver um dia uma peça em cena; mas sentia que não tinha vocação. Ganho a minha vida, concluiu. Ao ouvir esta palavra, apertei-lhe a mão cheio de pena; ela apertou a minha e não a soltou mais. Ambas ficaram sobre o joelho dela. Estremeci; não lhe perguntei quem a levara ao teatro, onde vira a peça que a fez fazer-se atriz. Deixei estar a mão no joelho. Camila falava lentamente, como em cena; mas a comoção aqui era natural. Perguntou-me pelos meus; disse-lhe o que havia. Quando falei do casamento de minha irmã, senti que me apertou os dedos; imaginei que era a recordação do malogro do nosso. Enfim, chegamos. Fi-la descer, ela entrou depressa no corredor, onde uma preta a esperava.

— Adeus — disse-lhe.

— Está chovendo muito; por que não toma chá comigo?

Não tinha a menor vontade de ir-me; ao contrário, queria ficar, a todo custo, tal era a ressurreição das sensações de outrora. Entretanto, não sei que força de respeito me detinha à soleira da porta. Disse que sim e que não.

— Suba, suba — replicou ela dando-me o braço.

A sala era trastejada com simplicidade, antes vizinha da pobreza que da mediania. Camila tirou a capa, e sentou-se no sofá, ao pé de mim. Vista agora, sem o caio nem o carmim do teatro, era uma criatura pálida, representando os seus vinte e nove anos, um tanto fatigada, mas ainda bela, e acaso mais cheia de corpo. Abria e fechava um leque desnecessário. Às vezes apoiava nele o queixo e fitava os olhos no chão, ouvindo-me. Estava comovida, decerto; falava pouco e a medo. A fala e os gestos não eram os de outro tempo, não tinham a volubilidade e a agitação, que a caracterizavam; dir-se-ia que a língua acompanhava de longe o pensamento, ao invés de outrora, em que o pensamento mal emparelhava com a língua. Não era a minha Camila; era talvez a de outro; mas, que tinha que não fosse a mesma? Assim pensava eu, à medida da nossa conversação sem assunto. Falávamos de tudo o que não éramos, ou nada tinha com a nossa vida de quatro anos passados; mas isso mesmo era disperso, desalinhado, roto, uma palavra aqui, outra ali, sem interesse aparente ou real. De uma vez perguntei-lhe:

— Espera ficar no teatro muito tempo?

— Creio que sim — disse ela —, ao menos, enquanto não acabar a educação de meu sobrinho.

— É verdade; deve estar um mocinho.

— Tem onze anos, vai fazer doze.

— Mora com a senhora? — perguntei depois de um minuto de pausa.

— Não; está no colégio. Já lhe disse que moro só. Minha companhia é este piano velho — concluiu levantando-se e indo a um canto, onde vi pela primeira vez um pequeno piano, ao pé da porta da alcova.

— Vamos ver se ele é seu amigo — disse-lhe.

Camila não hesitou em tocar. Tocou uma peça que acertou de ser a primeira que executara em nossa casa, quatro anos antes. Acaso ou propósito? Custava-me a crer que fosse propósito, e o acaso vinha cheio de mistérios. O destino ligava-nos outra vez, por qualquer vínculo, legítimo ou espúrio? Tudo me parecia assim; o noivo antigo dava de si apenas um amante de arribação. Tive ímpeto de aproximar-me dela, derrear-lhe a cabeça e beijá-la muito. Não teria tempo; a preta veio dizer que o chá estava na mesa.

— Desculpe a pobreza da casa — disse ela entrando na sala de jantar. — Sabe que nunca fui rica.

Sentamo-nos defronte um do outro. A preta serviu o chá e saiu. Ao comer não havia diferença de outrora, comia devagar; mas isso, e o gesto encolhido, e a fala a modo que amarrada, davam um composto tão diverso do que era antigamente, que eu podia amá-la agora sem pecado. Não lhe estou dizendo o que sinto hoje; estou mostrando francamente a você a falta de delicadeza da minha alma. O respeito que me detivera um instante à soleira da porta, já me não detinha agora à porta da alcova.

— Em que é que pensa? — perguntou ela após certa pausa.

— Penso em dizer-lhe adeus — respondi estendendo-lhe a mão —; é tarde.

— Que sinais são estes? — perguntou ela olhando-me para os dedos.

Certamente empalideci. Respondi que eram sinais de um golpe antigo. Mirou muito a mão; eu cuidei a princípio que era um pretexto para não soltá-la logo; depois ocorreu-me se acaso alguma reminiscência vaga emergia dos velhos destroços do delírio.

— A sua mão treme — disse ela, querendo sorrir.

Uma ideia traz outra. Saberia ela que estivera louca? Outra depois e mais terrível. Essa mulher que conheci tão esperta e ágil, e que agora me aparecia tão morta, era o fruto da tristeza da vida e de sucessos que eu ignorava, ou puro efeito do delírio, que lhe torcera e esgalhara o espírito? Ambas as hipóteses — a segunda principalmente — deram-me uma sensação complexa, que não sei definir — pena, repugnância, pavor. Levantei-me e fitei-a por alguns instantes.

— A chuva ainda não parou — disse ela —; voltemos para a sala.

Voltamos para a sala. Tornou ao sofá comigo. Quanto mais olhava para ela, mais sentia que era uma aleijada do espírito, uma convalescente da loucura... A minha repugnância crescia, a pena também; ela, fitando-me os olhos que já não sabiam rir, segurou-me a mão com ambas as suas; eu levantei-me para sair...

Isidoro deu uma volta e caiu; uma bala paraguaia varou-lhe o coração, estava morto. Não se conheceu outro amigo ao alferes. Por muitas semanas o pobre Martinho não disse uma só chalaça. Em compensação, continuou sempre bravo e disciplinado. No dia em que o marechal Caxias, dando novo impulso à guerra, marchou para Tuiu-Cuê, ninguém foi mais resoluto que ele, ninguém mais certo de acabar capitão; acabou major.

Revista Brasileira, *dezembro de 1895; Machado de Assis.*

Flor anônima

Manhã clara. A alma de Martinha é que acordou escura. Tinha ido na véspera a um casamento; e, ao tornar para casa, com a tia que mora com ela, não podia encobrir a tristeza que lhe dera a alegria dos outros e particularmente dos noivos.

Martinha ia nos seus... Nascera há muitos anos. Toda a gente que estava em casa, quando ela nasceu, anunciou que seria a felicidade da família. O pai não cabia em si de contente.

— Há de ser linda!
— Há de ser boa!
— Há de ser condessa!
— Há de ser rainha!

Essas e outras profecias iam ocorrendo aos parentes e amigos da casa.

Lá vão... Aqui pega a alma escura de Martinha. Lá vão quarenta e três anos — ou quarenta e cinco, segundo a tia; Martinha, porém, afirma que são quarenta e três. Adotemos este número. Para ti, moça de vinte anos, a diferença é nada; mas deixa-te ir aos quarenta, nas mesmas circunstâncias que ela, e verás se não te cerceias uns dois anos. E depois nada obsta que marches um pouco para trás. Quarenta e três, quarenta e dois, fazem tão pouca diferença...

Naturalmente a leitora espera que o marido de Martinha apareça, depois de ter lido os jornais ou enxugado do banho. Mas é que não há marido, nem nada. Martinha é solteira, e daí vem a alma escura desta bela manhã clara e fresca, posterior à noite de bodas.

Só, tão só, provavelmente só até a morte; e Martinha morrerá tarde, porque é robusta como um trabalhador e sã como um pero. Não teve mais que a tia velha. Pai e mãe morreram, e cedo.

A culpa dessa solidão a quem pertence? ao destino ou a ela? Martinha crê, às vezes, que ao destino; às vezes, acusa-se a si própria. Nós podemos descobrir a verdade, indo com ela abrir a gaveta, a caixa, e na caixa a bolsa de veludo verde e velha, em que estão guardadas todas as suas lembranças amorosas. Agora que assistira ao casamento da outra, teve ideia de inventariar o passado. Contudo hesitou:

— Não, para que ver isto? É pior: deixemos recordações aborrecidas.

Mas o gosto de remoçar levou-a a abrir a gaveta, a caixa, e a bolsa; pegou da bolsa, e foi sentar-se ao pé da cama.

Há que anos não via aqueles despojos da mocidade! Pegou-lhes comovida, e entrou a revê-los.

De quem é esta carta? pensou ela ao ver a primeira. Teu Juca. Que Juca? Ah! o filho do Brito Brandão. "Crê que o meu amor será eterno!" E casou pouco depois com aquela moça da Lapa. Eu era capaz de pôr a mão no fogo por ele. Foi no baile do *Club Fluminense* que o encontrei pela primeira vez. Que bonito moço! Alto, bigode fino, e uns olhos como nunca mais achei outros. Dançamos essa noite não sei quantas vezes. Depois começou a passar todas as tardes pela rua dos Inválidos, até que nos foi apresentado. Poucas visitas, a princípio, depois mais e mais. Que tempo durou? Não me lembra; seis meses, nem tanto. Um dia começou a fugir, a fugir, até que de todo desapareceu. Não se demorou o casamento com a outra... "Crê que o meu amor será eterno!"

Martinha leu a carta toda e pô-la de lado.

— Qual! é impossível que a outra tenha sido feliz. Homens daqueles só fazem desgraçadas...

Outra carta. Gonçalves era o nome deste. Um Gonçalves louro, que chegou de São Paulo, bacharelado de fresco, e fez tontear muita moça. O papel estava encardido e feio, como provavelmente estaria o autor. Outra carta, outras cartas. Martinha relia a maior parte delas. Não eram muitos os namorados; mas cada um deles deixara meia dúzia pelo menos de lindas epístolas.

— Tudo perdido — pensava ela.

E, uma palavra daqui, outra dali, fazia recordar tantos episódios deslembrados... "desde domingo (dizia um) que não me esquece o caso da bengala". Que bengala? Martinha não atinou logo. Que bengala podia ser que fizesse ao autor da carta (um moço que principiava a negociar, e era agora abastado e comendador) não poder esquecê-la desde domingo?

Afinal deu com o que era; foi uma noite, ao sair da casa dela, que indo procurar a bengala, não a achou, porque uma criança de casa a levara para dentro; ela é que lha entregara à porta, e então trocaram um beijo...

Martinha ao lembrá-lo estremeceu. Mas refletindo que tudo agora estava esquecido, o domingo, a bengala e o beijo (o comendador tem agora três filhos), passou depressa a outras cartas.

Concluiu o inventário. Depois, acudindo-lhe que cada uma das cartas tivera resposta, perguntou a si mesma onde andariam as suas letras.

Perdidas, todas perdidas; rasgadas nas vésperas do casamento de cada um dos namorados, ou então varridas com o cisco, entre contas de alfaiates...

Abanou a cabeça para sacudir tão tristes ideias. Pobre Martinha! Teve ímpetos de rasgar todas aquelas velhas epístolas; mas sentia que era como se rasgasse uma parte da vida de si mesma, e recolheu-as.

Não haveria mais alguma na bolsa?

Meteu os olhos pela bolsa, não havia carta; havia apenas uma flor seca.

Que flor é esta?

Descolorida, ressequida, a flor parecia trazer em si um bom par de dúzias de anos. Martinha não distinguia que espécie de flor era; mas fosse qual fosse, o principal era a história. Quem lha deu?

Provavelmente alguns dos autores das cartas, mas qual deles? e como? e quando?

A flor estava tão velha que se desfazia se não houvesse cuidado em lhe tocar.

Pobre flor anônima! Vejam a vantagem de escrever. O escrito traz a assinatura dos amores, dos ciúmes, das esperanças e das lágrimas. A flor não trazia data nem nome. Era uma testemunha que emudeceu. Os próprios sepulcros conservam o nome do pó guardado. Pobre flor anônima!

— Mas que flor é esta? — repetiu Martinha.

Aos quarenta e cinco anos não admira que a gente esqueça uma flor. Martinha mirou-a, remirou-a, fechou os olhos a ver se atinava com a origem daquele despojo mudo.

Na história dos seus amores escritos não achou semelhante prenda; mas quem podia afirmar que não fosse dada de passagem, sem nenhum episódio importante a que se ligasse?

Martinha guardou as cartas para colocar a flor por cima, e impedir que o peso a desfibrasse mais depressa, quando uma recordação a assaltou:

— Há de ser... é... parece que é... É isso mesmo.

Lembrara-se do primeiro namorado que tivera, um bom rapaz de vinte e três anos; contava ela então dezenove. Era primo de umas amigas. Julião nunca lhe escrevera cartas. Um dia, depois de muita familiaridade com ela, por causa das primas, entrou a amá-la, a não pensar em outra coisa, e não o pôde encobrir, ao menos da própria Martinha. Esta dava-lhe alguns olhares, mais ou menos longos e risonhos; mas em verdade, não parecia aceitá-lo. Julião teimava, esperava, suspirava. Fazia verdadeiros sacrifícios, ia a toda parte onde presumia encontrá-la, gastava horas, perdia sonos. Tinha um emprego público e era hábil; com certeza subiria na escala administrativa, se pudesse cuidar somente dos seus deveres; mas o demônio da moça interpunha-se entre ele e os regulamentos. Esquecia-se, faltava à repartição, não tinha zelo nem estímulo. Ela era tudo para ele, e ele nada para ela. Nada; uma distração quando muito.

Um dia falara-se em não sei que flor bonita e rara no Rio de Janeiro. Alguém sabia de uma chácara onde a flor podia ser encontrada, quando a árvore a produzisse; mas, por enquanto, não produzia nada. Não havia outra. Martinha contava então vinte e um anos, ia no dia seguinte ao baile do *Club Fluminense*; pediu a flor, queria a flor.

— Mas, se não há...
— Talvez haja — interveio Julião.
— Onde?
— Procurando-se.
— Crê que haja? — perguntou Martinha.
— Pode haver.
— Sabe de alguma?
— Não, mas procurando-se... Deseja a flor para o baile de amanhã?
— Desejava.

Julião acordou no dia seguinte muito cedo; não foi à repartição e deitou-se a andar pelas chácaras dos arrabaldes. Da flor tinha apenas nome e uma leve descrição. Percorreu mais de um arrabalde; ao meio-dia, urgido pela fome, almoçou rapidamente em uma casa de pasto. Tornou a andar, a andar, a andar. Em algumas chácaras era mal recebido, em outras gastava tempo antes que viesse alguém, em outras os cães latiam-lhe às pernas. Mas o pobre namorado não perdia a esperança de achar a flor. Duas, três, quatro horas da tarde. Eram cinco horas quando em uma chácara do Andaraí Grande pôde achar a flor tão rara. Quis pagar dez, vinte ou trinta mil-réis por ela; mas a dona da casa, uma boa velha, que adivinhava amores a muitas léguas de distância, disse-lhe, rindo, que não custava nada.

— Vá, vá, leve o presente à moça, e seja feliz.

Martinha estava ainda a pentear-se quando Julião lhe levou a flor. Não lhe contou nada do que fizera, embora ela lho perguntasse. Martinha porém compreendeu que ele teria feito algum esforço, apertou-lhe muito a mão, e, à noite, dançou com ele uma valsa. No dia seguinte, guardou a flor, menos pelas circunstâncias do achado que pela raridade e beleza dela; e como era uma prenda de amor, meteu-a entre as cartas.

O rapaz, dentro de duas semanas, tornou a perder algumas esperanças que lhe haviam renascido. Martinha principiava o namoro do futuro comendador. Desesperado, Julião meteu-se para a roça, da roça para o sertão, e nunca mais houve notícia dele.

— Foi o único que deveras gostou de mim — suspirou agora Martinha, olhando para a pobre flor mirrada e anônima.

E, lembrando-se que podia estar casada com ele, feliz, considerada, com filhos, talvez avó (foi a primeira ocasião em que admitiu esta graduação sem pejo), Martinha concluiu que a culpa era sua, toda sua; queimou todas as cartas e guardou a flor.

Quis pedir à tia que lhe pusesse a flor no caixão, sobre o seu cadáver; mas era romântico demais. A negrinha chegara à porta:

— Nhanhã, o almoço está na mesa!

Almanaque da Gazeta de Notícias, *janeiro de 1897*; Machado de Assis.

Uma por outra

Era por sessenta e tantos... Musa, lembra-me as causas desta paixão romântica, conta as suas fases e o seu desfecho. Não fales em verso, posto que nesse tempo escrevi muitos. Não; a prosa basta, desataviada, sem céus azuis nem garças brancas, a prosa do tabelião que sou neste município do Ceará.

Era no Rio de Janeiro. Tinha eu vinte anos feitos e malfeitos, sem alegrias, longe dos meus, no pobre sótão de estudante, à rua da Misericórdia. Certamente a vida do estudante de matemáticas era alegre, e as minhas ambições, depois do café e do cigarro, não iam além de um e outro teatro, mas foi isto mesmo que me deitou "uma gota amarga na existência". É a frase textual que escrevi em uma espécie de diário daquele tempo, rasgado anos depois. Foi no teatro que vi uma criaturinha bela e rica, toda sedas e joias, com o braço pousado na borda do camarote, e o binóculo na mão. Eu, das galerias onde estava, dei com a pequena e gostei do gesto. No fim do primeiro ato, quando se levantou, gostei da figura. E daí em diante, até o fim do espetáculo, não tive olhos para mais ninguém, nem para mais nada; todo eu era ela.

Se estivesse com outros colegas, como costumava, é provável que não gastasse mais de dois minutos com a pequena; mas naquela noite estava só, entre pessoas estranhas, e inspirado. Ao jantar, fizera de cabeça um soneto. Demais, antes de subir à galeria quedara-me à porta do teatro a ver entrar as famílias. A procissão de mulheres, a atmosfera de cheiros, a constelação de pedrarias entonteceram-me. Finalmente, acabava de ler um dos romances aristocráticos de Feuillet, exemplar comprado por um cruzado não sei em que belchior de livros. Foi nesse estado de alma que descobri aquela moça do quinto camarote, primeira ordem, à esquerda, teatro Lírico.

Antes de acabar o espetáculo, desci a escada, quatro a quatro, e vim colocar-me no corredor, defronte do camarote de Sílvia. Dei-lhe este nome, por ser doce, e por havê-lo lido não sei onde. Sílvia apareceu à porta do camarote, logo depois de cantada a ópera, metida em capa rica de cachemira, e com uns olhos que eu não pudera ver bem de cima, e valiam, só por si, todas as joias e todas as luzes do teatro. Outra senhora estava com ela, e dois homens também deram-lhes os braços, e eu acompanhei-as logo. A marcha foi lenta, eu desejava que não acabasse mais, mas acabou. Sílvia entrou no carro que esperava a família, e os cavalos pegaram do meu tesouro e o levaram atrás de si.

    Nessa mesma noite escrevi os meus versos — *A visão*. Dormi mal e acordei cedo. Abri a janela do sótão, e a luz que entrou no meu pobre aposento ainda mais aumentou o meu delírio da véspera. Comparei as minhas alfaias de estudante com as sedas, cachemiras, joias e cavalos de Sílvia, e compus umas sextilhas que não transcrevo aqui para não dar ciúmes à minha tabelioa, a quem já as recitei, dizendo que não prestavam para nada. E creio que não. Se as citasse não seria mais que por veracidade e modéstia, mas prefiro a paz doméstica ao complemento do escrito. Em verdade, não há negar que por esses dias andei tonto. Não seria exatamente por aquela moça do teatro, mas por todas as outras da mesma condição e de iguais atavios. Tornei ao teatro dali a dias, e vi-a, em outro camarote, com igual luxo e a mesma graça fina. Os meus companheiros de escola não me permitiram fitá-la exclusivamente: mas como deveras amavam a música, e a ouviam sem mais nada, eu aproveitava os melhores trechos da ópera para mirar a minha incógnita.

    — Quem é aquela moça? — perguntei a um deles, à saída do saguão.

    — Não sei.

    Ninguém me disse nada, não a encontrei mais, nem na rua do Ouvidor, nem nos bairros elegantes por onde me meti, à espera do acaso. Afinal abri mão deste sonho, e deixei-me estar no meu sótão, com os meus livros e os meus versos. Foi então que a outra moça me apareceu.

    O meu sótão dava para o morro do Castelo. Numa daquelas casas trepadas no morro, desordenadamente, vi um vulto de mulher, mas só adivinhei que o era pelo vestido. Cá de longe, e um pouco de baixo, não podia distinguir as feições. Estava afeito a ver mulheres nas outras casas do morro, como nos telhados da rua da Misericórdia, onde algumas vinham estender as roupas que lavavam. Nenhuma me atraía mais que por um instante de curiosidade. Em que é que aquela me prendeu mais tempo? Cuido que, em primeiro lugar, o meu estado de vocação amorosa, a necessidade de uma droga que me curasse daquela febre recente e mal extinta. Depois — e pode ser que esta fosse a principal causa — porque a moça de que trato parecia justamente olhar de longe para mim, ereta no fundo escuro da janela. Duvidei disto a princípio, mas erigi também o corpo, ergui a cabeça, adiantei-a sobre o telhado, recuei, fiz uma série de gestos que revelassem o interesse e a admiração. A mulher deixou-se estar; — nem sempre na mesma atitude, inclinava-se, olhava para um e outro lado, mas tornava logo, e continuava ereta no fundo escuro.

    Isto aconteceu de manhã. De tarde, não pude vir a casa, jantei com os rapazes. Na manhã seguinte, quando abri a janela, já achei na outra do morro a figura da véspera. Esperava-me, decerto; a atitude era a mesma, e, sem poder jurar que lhe vi algum movimento de longe, creio que fez algum. Era natural fazê-lo, caso me esperasse. No terceiro dia cumprimentei-a cá de baixo; não respondeu ao gesto e pouco depois entrou. Não tardou que voltasse, com os mesmos olhos, se os tinha, que eu não podia ver nada, estirados para mim. Estes preliminares duraram cerca de duas semanas.

    Então eu fiz uma reflexão filosófica, acerca da diferença de classes; disse comigo que a própria fortuna era por essa graduação dos homens, fazendo com que a outra moça, rica e elegante, de alta classe, não desse por mim, quando estava a tão poucos passos dela, sem tirar dela os olhos, ao passo que esta outra, medíocre ou pobre, foi a primeira que me viu e me chamou a atenção. É assim mesmo, pensei eu; a sorte destina-me esta outra criatura que não terá de subir nem descer, para que as nossas vidas se entrelacem e nos deem a felicidade que merecemos. Isto me deu uma ideia de versos. Lancei-me à velha mesa de pinho, e compus o meu recitativo das *Ondas*: "A vida é onda dividida em duas..." "A vida é onda dividida em duas...". Oh! quantas vezes disse eu este recitativo aos rapazes da Escola e a uma família da rua dos Arcos! Não frequentava outras casas; a família compunha-se de um casal e de uma tia, que também fazia versos. Só muitos anos depois vim a entender que os versos dela eram maus; naquele tempo achava-os excelentes. Também ela gostava dos meus, e os do recitativo dizia-os sublimes. Sentava-se ao piano um pouco desafinado, logo que eu lá entrava e, voltada para mim:

— Senhor Josino, vamos ao recitativo.
— Ora dona Adelaide, uns versos que...
— Que o quê? Ande: "A vida é onda dividida em duas..."

E eu:

— A vida é onda dividida em duas...
— Delicioso! — exclamava ela no fim, entornando os olhos murchos e cobiçosos.

Os meus colegas da Escola eram menos entusiastas; alguns gostavam dos versos, outros não lhes davam grande valor, mas eu lançava isto à conta da inveja ou da incapacidade estética. Imprimi o recitativo nos semanários do tempo. Sei que foi recitado em várias casas, e ainda agora me lembro que, um dia, passando pela rua do Ouvidor, ouvi a uma senhora dizer a outra: "Lá vai o autor das *Ondas*".

Nada disso me fez esquecer a moça do morro do Castelo, nem ela esquecia. De longe, sem nos distinguirmos um ao outro, continuávamos aquela contemplação que não podia deixar de ser muda, posto que eu às vezes desse por mim a falar alto: "Mas quem será aquela criatura?" e outras palavras equivalentes. Talvez ela perguntasse a mesma coisa. Uma vez, lembrando-me de Sílvia, consolei-me com esta reflexão:

— Será uma por outra; esta pode ser até que valha mais. Elegante é; isso vê-se cá mesmo de longe e de baixo.

Os namoros dos telhados são pouco sabidos das pessoas que só têm namorado nas ruas; é por isso que não têm igual fama. Mais graciosos são, e romanescos também. Eu já estava acostumado a eles. Tivera muitos, de sótão a sótão, e mais próximos um do outro. Víamo-nos os dois, ela estendendo as roupas molhadas da lavagem, eu a folhear os meus compêndios. Risos de cá e de lá, depois rumo diverso, um pai ou mãe que descobria a troca de sinais e mandava fechar as janelas, uma doença, um arrufo e tudo acabava.

Desta vez, justamente quando eu não podia distinguir as feições da moça, nem ela as minhas, é que o namoro estava mais firme e continuava. Talvez por isso mesmo. O vago é muito em tais negócios; o desconhecido atrai mais. Assim foram decorrendo dias e semanas. Já tínhamos horas certas, dias especiais em que a contemplação era mais longa. Eu, depois dos primeiros tempos, temi que houvesse engano da minha parte, isto é, que a moça olhasse para outro sótão, ou simplesmente para o mar. O mar não digo: não prenderia tanto, mas a primeira hipótese era possível. A coincidência, porém, dos gestos e das atitudes, a espécie de respostas dadas à espécie de perguntas que eu lhe fazia, trouxeram-me a convicção de que realmente éramos nós dois os namorados. Um colega da Escola, por esse tempo meu camarada íntimo, foi o confidente daquele mistério.

— Josino — disse-me ele —, e por que é que não vais ao morro do Castelo?

— Não sei onde fica a casa.

— Ora essa! Marca bem a posição cá de baixo, vê as que lhe ficam ao pé e sobe; se não estiver na ladeira, há de estar no alto em algum lugar...

— Mas não é só isto — disse eu —, penso que se lá for e achar a casa é o mesmo que nada. Poderei conhecê-la, mas como é que ela saberá quem eu sou?

— É boa! Tu ficas conhecendo a pessoa, e escreve-lhe depois que o moço assim e assim lhe passou pela porta, em tal dia, a tantas horas, é o mesmo do sótão da rua da Misericórdia.

— Já pensei nisso — respondi dali a um instante —, mas confesso-te que não quis tentar nada.

— Por quê?

— Filho, o melhor deste meu namoro é o mistério...

— Ah! poesia!

— Não é poesia. Eu, se me aproximo dela, posso vir a casar, e como me hei de casar sem dinheiro? Para ela esperar que eu me forme, e arranje um emprego...

— Bem; é então um namoro de passagem, sempre dá para versos e para matar tempo.

Deitei fora o cigarro, apenas começado (estávamos no café Carceller), e dei um murro no mármore da mesa; acudiu o criado a perguntar o que queríamos, respondi-lhe que fosse bugiar, e após alguns instantes declarei ao meu colega que não pensava em matar tempo.

— Vá que faça versos; é um desabafo, e ela merece-os; mas matar o tempo, deixá-la ir aos braços de outro...

— Então... queres... raptá-la?

— Oh! não! Tu bem sabes o que eu quero, Fernandes. Eu quero e não quero; casar é o que eu quero, mas não tenho meios, e estou apaixonado. Esta é a minha situação.

— Francamente, Josino; fala sério, não me respondas com chalaças. Tu estás deveras apaixonado por essa moça?

— Estou.

— Essa moça, quero dizer, esse vulto, porque tu não sabes ainda se é moça ou velha.

— Isso vi; a figura é de moça.

— Em suma, um vulto. Nunca lhe viste a cara, não sabes se é feia ou bonita.

— É bonita.

— Adivinhaste?

— Adivinhei. Há um certo sentido na alma dos que amam que faz ver e saber as coisas ocultas ou obscuras, como se fossem claras patentes. Crê, Fernandes; esta moça é bela, é pobre, e está doida por mim; eis o que te posso afirmar, tão certo como aquele tílburi estar ali parado.

— Que tílburi, Josino? — perguntou-me ele depois de puxar uma fumaça ao cigarro. — Aquilo é uma laranjeira. Parece tílburi por causa do cavalo, mas todas as laranjeiras têm um cavalo, algumas dois; é a matéria do nosso segundo ano. Tu mesmo és um cavalo pegado a uma laranjeira, como eu; estamos ambos ao pé de um muro, que é muro de Troia, Troia é dos troianos, e a tua dama naturalmente cose para fora. Adeus, Josino — continuou ele erguendo-se e pagando café —; não dou três meses que não estejas doido, a menos que o doido não seja eu.

— Vai caçoar para o diabo que te leve! — exclamei furioso.

— Amém!

Este Fernandes era o chalaceiro da Escola, mas todos lhe queriam bem, e eu mais que todos. No dia seguinte foi visitar-me ao sótão. Queria ver a casa do morro do Castelo. Verifiquei primeiro se ela estava à janela; vendo que não, mostrei-lhe a casa. Reparou bem onde era, e acabou dizendo-me que ia passar por lá.

— Mas eu não te peço isto.

— Não importa. Vou descobrir a caça, e direi depois se é má ou boa. Ora espera; lá está um vulto.

— Entra, entra — disse-lhe puxando por ele. — Pode ver-te e desconfiar que estou publicando o nosso namoro. Entra e espera. Lá está, é ela...

A vista de meu colega não dava para descobrir de baixo e de longe as feições da minha namorada. Fernandes não pôde saber se ela era feia ou bonita, mas concordou que o ar do corpo era elegante. Quanto à casa estava marcada; iria rondar por ela, até descobrir a pessoa. E por que não comprava eu um binóculo? perguntou-me. Achei-lhe razão. Se na ocasião achasse igualmente dinheiro teria o binóculo na manhã seguinte; mas, na ocasião faltava-me dinheiro e os binóculos já então não eram baratos. Respondi com a verdade, em primeiro lugar; depois aleguei ainda a razão do vago e do incerto. Era melhor não conhecer a moça completamente. Fernandes riu-se e despediu-se.

A situação não mudou. Os dias e as semanas não fizeram mais que apartar-nos um ao outro, sem estreitar a distância. Mostras e contemplações de longe. Cheguei aos sinais de lenços e ela também. De noite, tinha vela acesa até tarde; ela, se não ia até a mesma hora, chegava às dez, uma noite apagou a vela às onze. De ordinário, apesar de já não ver a luz dela, conservava a minha acesa, para que ela dormisse tarde, pensando em mim. As noites não foram assim seguidas, desde o princípio; tinha hábitos noturnos, passeios, teatros, palestras ou cafés, que eram grande parte da minha vida de estudante; não mudei logo. Mas ao cabo de um mês, entrei a ficar todas as noites em casa. Os outros estudantes notavam a ausência; o meu confidente espalhava que eu trazia uns amores secretos e criminosos.

O resto do tempo era dado às musas. Convocava-as — elas vinham dóceis e amigas. Horas e horas enchíamos o papel com versos de vária casta e metro, muitos dos quais eram logo divulgados pelas gazetas. Uma das composições foi dedicada à misteriosa moça do Castelo. Não tinham outra indicação; aquela pareceu-me bastante ao fim proposto, que era ser lido e entendido. Valha-me Deus! Julguei pelas suas atitudes daquele dia que realmente os versos foram lidos por ela, entendidos finalmente e beijados.

Chamei-lhe Pia. Se me perguntares a razão deste nome, ficarás sem resposta; foi o primeiro que me lembrou, e talvez porque a Ristori representava então a *Pia de Tolomei*. Assim como chamei Sílvia à outra, assim chamei Pia a esta; mania de lhe dar um nome. A diferença é que este se prestava melhor que o outro a alusões poéticas e morais; atribuí naturalmente à desconhecida a piedade de uma grande alma para com uma pobre vida, e disse isto mesmo em verso — rimado e solto.

Um dia, ao abrir a janela, não vi a namorada. Já então nos víamos todos os dias, a hora certa, logo de manhã. Posto que eu não tivesse relógio, sabia que acordava cedo, à mesma hora; quando erguia a vidraça, já a via à minha espera, no alto. Daquela vez a própria janela estava fechada. Estaria dormindo, esperei; o tempo correu, saí para o almoço e para a Escola. O mesmo no dia seguinte. Supus que seria ausência ou moléstia; esperei. Passaram-se dois dias, três, uma semana. Fiquei desesperado; não exagero, fiquei fora de mim. E não pude dissimular esse estado; o meu confidente da Escola desconfiou que havia alguma coisa, eu contei-lhe tudo. Fernandes não acabava de crer.

— Mas como, Josino? Pois uma criatura que nem sequer conheces... é impossível! A verdade é que nunca a viste; mirar de longe um vulto não é ver uma pessoa.

— Vi-a, gosto dela, ela gosta de mim, aí tens.

— Confessa que amanhã, se a encontrares na rua, não és capaz de a conheceres.

— O meu coração há de conhecê-la.

— Poeta!

— Matemático!

Tínhamos razão os dois. Não é preciso explicar a afirmação dele; explico a minha. O meu amor, como vistes, era puramente intelectual; não teve outra origem. Achou-me, é verdade, inclinado a amar, mas não brotou nem cresceu de outra maneira. Tal era o estado da minha alma — e por que não do meu tempo? — que assim mesmo me governou. Acabei amando um fantasma. Vivi por uma sombra. Um puro conceito — ou quase — fazia-me agitar o sangue. Essa mulher — casada ou solteira, feia ou bonita, velha ou moça — quem quer que era que eu não conheceria na rua, se a visse, enchia-me de saudades. Fiquei arrependido de não a ter buscado no morro; haver-lhe-ia escrito, saberia quem era, e para onde fora, ou se estava doente. Esta última hipótese sugeriu-me a ideia de ir ao morro procurar a casa. Fui; ao cabo de algum tempo e trabalho dei com a casa fechada. Os vizinhos disseram-me que a família saíra para um dos arrabaldes, não sabiam qual deles.

— Está certo que é a família Vieira? — perguntei eu cheio de maquiavelismo.

— Vieira? Não, senhor; é a família Maia, um Pedro Maia, homem do comércio.

— Isso mesmo; tem loja na rua de São Pedro, Pedro ou Sabão...

— A rua não sabemos; não se dá com vizinhos. Há de crer que só ultimamente nos cumprimentava? Muito cheio de si. Se é seu amigo, desculpe...

Fiz um gesto de desculpa, mas fiquei sem saber a loja do homem, nem o arrabalde para onde fora; sabia só que tornaria a casa, e era muito. Desci animado. Bem: não a perdi, ela volta, disse comigo.

— E terá pensado em mim?

Resolvi pela afirmativa. A imaginação mostrou-me a desconhecida vendo passar as horas e os dias, onde quer que estava com a família, a cuidar no desconhecido da rua da Misericórdia. Talvez me tivesse feito na véspera da partida algum sinal que não pude ver. Se cuidou que sim, estaria um pouco mais consolada, mas a dúvida poderia assaltá-la, e a inquietação complicaria a tristeza.

Entramos nas férias. A minha ideia era não ir à província, ficar por qualquer pretexto, e esperar a volta da minha diva. Não contava com a fatalidade. Perdi minha mãe; recebi carta do meu pai, dizendo estar à minha espera. Haveis de crer que hesitei? Hesitei; mas a ordem era imperiosa, a ocasião triste, e meu pai não brincava.

— Vou, não tenho remédio, mas...

Como dizer à misteriosa Pia que ia à província, que voltaria dois ou três meses depois, e que me esperasse? A princípio, lembrou-me incumbir o meu colega Fernandes de a avisar, de manter o sacro fogo, até que me achasse de volta. Fernandes era assaz engenhoso e tenaz para desempenhar-se disto; mas abri mão dele, por vergonha. Então lembrou-me outra coisa; não deixaria o sótão, conservá-lo-ia alugado, mediante a garantia do correspondente de meu pai, a pretexto de não haver melhor lugar para residência de estudante. Quando voltasse, já ela estaria ali também. Não se enganaria com outro, porque nunca a janela se abriria na minha ausência; eu, apenas tornasse, recomeçaria a conversação de outro tempo. Isto feito, meti-me no vapor. Custa-me dizer que chorei, mas chorei.

Tudo o que vos acabo de dizer é vergonhoso, como plano, e dá ideia de uma sensibilidade mui pouco matemática; mas, sendo verdade, como é, e consistindo nesta o único interesse da narração, se algum lhe achais, força é que vos diga o que se passou naquele tempo.

Embarquei, e fui para a província. Meu pai achou-me forte e belo, disse que tinha boas notícias minhas, tanto de rapaz como de estudante, dadas pelo correspondente e outras pessoas.

Gostei de ouvi-lo e cuidei de confirmar a opinião, metendo-me a estudar nas férias. Dois dias depois, declarou-me ele que estava disposto a fazer-me trocar de carreira. Não entendi. Ele explicou-me que, bem pensado, era melhor bacharelar-me em direito; todos os seus conhecidos mandavam os filhos para o Recife. A advocacia e a magistratura eram bonitas carreiras, não contando que a Câmara dos Deputados e o Senado estavam cheios de juristas. Todos os presidentes de província não eram outra coisa. Era muito mais certo, brilhante e lucrativo. Repetiu-me isto por dias. Eu rejeitei os presentes de Artaxerxes; combati as suas ideias, desdenhei da jurisprudência, e nisto era sincero; as matemáticas e a engenharia faziam-me seriamente crer que o estudo e a prática das leis eram ocupações ocas. Para mim a linha mais curta entre os dois pontos valia mais que qualquer axioma jurídico. Assim que, não era preciso ter nenhuma paixão amorosa para me animar a recusar o Recife; é certo, porém, que a moça do Castelo deu algum calor à minha palavra. Já agora queria acabar um romance tão bem começado.

Sobretudo havia em mim, relativamente à moça do Castelo, uma aventura particular. Não queria morrer sem conhecê-la. O fato de haver deixado o Rio de Janeiro sem tê-la visto de perto, cara a cara, pareceu-me fantástico. Achei razão ao Fernandes. A distância tornava mais dura esta circunstância, e a minha alma começou a ser castigada pelo delírio. Delírio é termo excessivo e ambicioso, bem sei; maluquice diz a mesma coisa, é mais familiar e dá a esta confissão uma nota de chufa que não destoa muito do meu estado. Mas é preciso alguma nobreza de estilo em um namorado daqueles tempos, e namorado poeta, e poeta cativo de uma sombra. Meu pai, depois de teimar algum tempo no Recife, abriu mão da ideia e consentiu em que eu continuasse as matemáticas. Como me mostrasse ansioso por tornar à corte, desconfiou que andassem comigo alguns amores espúrios, e falou de corrupção carioca.

— A corte sempre foi um poço de perdição; perdi lá um tio...

O que lhe confirmou esta suspeita foi o fato de haver ficado por minha conta o sótão da rua da Misericórdia. Custou-lhe muito aceitar este arranjo, e quis escrever ao correspondente; não escreveu, mas agora pareceu-lhe que o sótão ficara em poder de alguma moça minha, e como não era de biocos, disse-me o que pensava e ordenou-me que lhe confessasse tudo.

— Antes quero que me fales verdade, qualquer que seja. Sei que és homem e posso fechar os olhos, contanto que te não percas... Vamos, o que é.

— Não é nada, meu pai.

— Mau! fala verdade.

— Está falada. Meu pai escreva ao senhor Duarte, e ele dirá se o sótão não está fechado à minha espera. Não há muitos sótãos vagos no Rio de Janeiro; quero dizer em lugar que sirva, porque não hei de ir para fora da cidade, e um estudante deve estar perto da Escola. E aquele é tão bom! — continuei com o pensamento na minha Pia — Não pode imaginar que sótão, a posição, o tamanho, a construção; no telhado há um vaso com miosótis, que dei à gente de baixo, quando embarquei; hei de comprar outro.

— Comprar outro? Mas tu estudas para engenheiro ou para jardineiro?

— Meu pai, as flores alegram, e não há estudante sério que não tenha um ou dois vasos de flores. Os próprios lentes...

Hoje dói-me escrever isto; era já uma troça de estudante, tanto mais condenável quanto meu pai era bom e crédulo. Certamente, eu possuía o vaso e a doce flor azul, e era verdade que o tinha dado à gente da casa; mas vós sabeis que o resto era invenção.

— E depois és poeta — concluiu meu pai rindo.

Parti para a corte alguns dias antes do prazo. Não esqueço dizer que, durante as férias, compus e mandei publicar na imprensa fluminense várias poesias datadas da província. Eram dedicadas à "moça do Castelo", e algumas falavam de janelas cerradas. Comparava-me aos pássaros que emigram, mas prometem voltar cedo, e voltam. Jurava neles que tornaria a vê-la em breves dias. Não assinei esses versos; meu pai podia lê-los, e acharia assim explicado o sótão. Para ela a assinatura era desnecessária, visto que me não conhecia.

Encontrei a bordo um homem, que vinha do Pará, e a quem meu pai me apresentou e recomendou. Era negociante do Rio de Janeiro; trazia mulher e filha, ambas enjoadas. Gostou de mim, como se gosta a bordo, sem mais cerimônia, e viemos conversando por ali fora. Tinha parentes em Belém, e era associado em um negócio de borracha. Contou-me coisas infinitas da borracha e do seu futuro. Não lhe falei de versos; dando comigo a ler alguns, exclamou rindo:

— Gosta de versos? A minha Estela gosta, e desconfio até que é poetisa.

— Também faço o meu versinho de pé quebrado — disse eu com modéstia.

— Sim? Pois ela... Não confunda, não falo de minha mulher, mas de minha filha. Já uma vez dei com Estela a escrever, com uma amiga, na mesma mesa, uma de um lado, outra de outro, e as linhas não iam ao fim. Feliciana falou-lhe nisso, e ela respondeu rindo — que era engano meu; desconfio que não.

No porto de Recife, vi Estela e a mãe, e daí até o Rio de Janeiro, pude conversar com elas. A filha, como eu lhe falasse do que o pai me contara, autorizado por ele, que disse que os poetas naturalmente têm mais confiança entre si que com estranhos, respondeu envergonhada que era falso; tinha composto meia dúzia de quadrinhas sem valor. Naturalmente protestei contra o juízo, e esperei que me desse alguma estrofe, mas teimou em calar. Era criatura de vinte anos, magra e pálida; faltava-lhe a elegância e a expressão que só em terra lhe vi, uma semana depois de chegados. Os olhos eram cor do mar. Esta circunstância fez-me escrever um soneto que lhe ofereci, e que ela ouviu com muito prazer, entre a mãe e o pai. O soneto dizia que os olhos, como as vagas do mar, encobriam o movimento de uma alma grande e misteriosa. Assim, em prosa, não tem graça; os versos não eram absolutamente feios, e ela fez-me o favor de os achar parecidos com os de Gonçalves Dias, o que era pura exageração. No dia seguinte disse-lhe o meu recitativo das *Ondas*: "A vida é onda dividida em duas...". Achou-o muito bonito.

— Tem a beleza da oportunidade; estamos no mar — retorqui eu.

— Não, senhor, são bonitos versos. Peço-lhe que os escreva no meu álbum quando chegarmos.

Chegamos. O pai ofereceu-me a casa; eu dei-lhe o número da minha, explicando que era um sótão de estudante.

— Os pássaros também moram alto — disse Estela.

Sorri, agradeci, apertei-lhe a mão, e corri para a rua da Misericórdia. A moça do Castelo chamava-me. De memória, tinha ante mim aquele corpo elegante, ereto no escuro da janela, erguendo os braços curvos, como asas de uma ânfora... Pia, Pia, santa e doce, dizia o meu coração batendo; aqui venho, aqui trago o sangue puro e quente da mocidade, ó minha doce Pia santa!

Nem Pia, nem nada. Durante três, quatro, cinco dias, não me apareceu o vulto do Castelo. Não sabendo que eu tornara ao sótão, é natural que não viesse ali às nossas horas de outro tempo. Também podia estar doente, ou fora, na roça ou na cidade. A ideia de que se houvesse mudado só me acudiu no fim de duas semanas, e admirou-me que não houvesse pensado nisso mais cedo.

— Mudou-se, é o que é.

A esperança disse-me que era impossível haver-se mudado. Mudado para onde? Onde iria uma moça, cujo busto ficava tão bem no escuro da janela e no alto do morro, com espaço para se deixar admirar de longe, levantar os braços e tão em direitura do meu sótão? Era impossível; assim ninguém se muda.

Já então visitara o negociante. A filha deu-me o álbum para escrever o recitativo das *Ondas*, e mostrou-me duas poesias que fizera depois de chegar: *Guanabara* e *Minhas flores*.

— Qual acha mais bonita?

— Ambas são bonitas.

— Mas uma há de ser mais que a outra — insistiu Estela —; é impossível que o senhor não ache diferença.

— Tem a diferença do assunto; a primeira canta a cidade e as águas; a segunda é mais íntima, fala das flores que não quiseram esperar pela dona, e compara-as às felicidades que também não esperam; eis a diferença.

Estela ouviu-me com os olhos muito abertos, e toda a vida neles. Uma sombra de sorriso mostrava que a minha apreciação lhe dava gosto. Após alguns instantes abanou a cabeça.

— Parece-me que o senhor gosta mais da *Guanabara*...
— Não há tal!
— Então não presta?
— Que ideia, dona Estela! Pois um talento como o seu há de fazer versos que não prestem?
— Acha-me talento?
— Muito.
— É bondade sua. Então a outra é que lhe parece melhor?

Como teimasse muito, achei de bom aviso concordar que uma delas era melhor, e escolhi *Minhas flores*. E pode ser que fosse assim mesmo; *Guanabara* era uma reminiscência de Gonçalves Dias. Pois a escolha foi o meu mal. Estela ficou meio alegre, meio triste, e daí em diante quando me mostrava alguns versos, e eu os achava bons, tinha de lutar muito para prová-lo; respondia-me sempre que já da primeira vez a enganara.

A ação do tempo fez-se naturalmente sentir, em relação à moça do Castelo. Um dia vi ali um vulto, e acreditei que fosse a minha incógnita; tinha uma blusa branca; atentei bem, era um homem em mangas de camisa. Fiquei tão vexado de mim e daquela interminável esperança, que pensei em mudar de casa. A alma do rapaz é que principalmente reagiu — e as matemáticas venceram a fantasia — coisa que poderiam ter feito muito antes. Conto assim a minha história, sem confiança de ser crido, não por ser mentira, mas por não saber contá-la. A coisa vai como me lembra e a pena sabe que não é muito nem pouco. As matemáticas não só venceram a fantasia, mas até quiseram acabar com os versos; disseram-me que nem fosse mais à casa de Estela.

— É o que vou fazer; nem versos de homens nem de mulheres. E depois, já penso demais naquela espevitada...

Espevitada! Daí a algumas semanas a lembrança deste nome enchia-me de remorsos; estava apaixonado por ela. Achava-lhe os versos deliciosos, a figura angélica, a voz argentina (rimando com divina, musa divina), toda ela uma perfeição, uma fascinação, uma salvação. Os versos que fiz por esse tempo não têm conta na aritmética humana. A musa entrou-me em casa e pôs fora as matemáticas. Ficou ela só, e os seus metros e consoantes, que ainda não eram ricos nem raros como agora. As flores que rimei com amores, os céus que rimei com véus, podiam receber outros mundos e cobri-los a todos. Ela era menos fecunda que eu, mas os versos continuavam a ser deliciosos. Já então eu os declarava tais com entusiasmo.

— Não está caçoando?
— Não, meu anjo! Pois eu hei de...? São lindíssimos; recita outra vez.

E ela recitava, e eu ouvia com os olhos em alvo. Projetamos imprimir e publicar os nossos versos em um só volume comum, com este título: *Versos dela e dele*. A ideia foi minha, e ela gostou tanto que começou logo a copiá-los em um livro que tinha em branco. As composições seriam alternadas, ou as de cada um de nós formariam uma parte do livro? Nesta questão gastamos muitos dias. Afinal resolvemos alterná-las.

— Uns serão conhecidos pela própria matéria, outros pela linguagem — disse eu.

— Quer dizer que a minha linguagem não presta para nada?
— Que ideia, minha Estela!
— E acho que não tem razão: não presta.

Como estávamos sós, ajoelhei-me e jurei pelo céu e pela terra, pelos olhos dela, por tudo o que pudesse haver mais sagrado que não pensava assim. Estela perdoou-me e começou a cópia dos versos.

Nisso estávamos, eu ia pouco à Escola, e via raras vezes o Fernandes; este um dia levou-me a um café, e disse-me que ia casar.

— Tu?
— Sim; caso-me no princípio do ano, depois de tomar o grau, e mal sabes com quem.
— Pois também eu caso-me — disse-lhe daí a alguns segundos.
— Também?
— Ainda não está pedida a noiva, mas é certo que me caso, e não espero o fim dos estudos. Há de ser daqui a meses.
— Não é a do Castelo?
— Oh! não! Nem pensei mais nisso: é outra, e falta só pedir-lhe autorização e falar ao pai. É filha de um negociante. Conheci-a a bordo.
— Que singular caso! — exclamou o Fernandes. — Sabes tu com quem me caso? com a moça do Castelo.

Explicou-me tudo. Sabendo que a noiva morava no Castelo, falou-lhe de mim e do namoro; ela negou, mas ele insistiu tanto que Margarida acabou confessando e rindo muito do caso.

— Sabes que não sou de ciúmes retrospectivos. Queres tu vê-la? Agora que vocês dois estão para casar, e nunca se conheceram, há de ser curioso verem-se e conhecerem-se; eu direi a Margarida que és tu, mas que tu não sabes; tu ficas sabendo que é ela e que ela não sabe.

Poucos dias depois, Fernandes levou-me à casa da noiva. Era na rua do Senado, uma família de poucos meios, pai, mãe, duas filhas, uma de onze anos. Margarida recebeu-me com afabilidade; estimava muito conhecer um amigo e colega do noivo, e tão distinto como lhe ouvira dizer muitas vezes. Não respondi nada; quis honrar a escolha da esposa que o meu Fernandes fizera, mas não achei palavra que exprimisse este pensamento. Todo eu era ou devia ser uma boca aberta e pasmada. Realmente, era uma bela criatura. Ao vê-la, recordei os nossos gestos de janela a janela, estive a ponto de lhe atirar, como outrora, o beijo simbólico, e pedir-lhe que levantasse os braços. Ela não respondera nunca aos beijos, mas erguia os braços de si mesma por um instinto estético. E as longas horas, as tardes, as noites... Todas essas reminiscências vieram ali de tropel, e por alguns minutos, encheram-me a alma, a vista, a sala, tudo o que nos cercava.

— O doutor fala-me muita vez no senhor — insistiu Margarida.
— Fala de um amigo — murmurei finalmente.

Tendo-me ele dito que ela sabia ser eu o namorado do sótão, pareceu-me ver em cada gesto da moça alguma repetição daquele tempo. Era ilusão; mas que esperar de uma alma de poeta, perdida em matemáticas? Saí de lá com recordações do passado. A vista da rua e do presente, e sobretudo a imagem de Estela desfizeram aqueles fumos.

Há encontros curiosos. Enquanto eu conversava com Margarida, e evocava os dias de outrora, Estela compunha versos, que me mostrou no dia seguinte, com este título: *Que é o passado?* Imediatamente peguei do lápis, respondi com outros que denominei: *Nada*. Não os transcrevo por não me parecerem dignos do prelo; falo dos meus. Os dela eram bons, mas não devo divulgá-los. São segredos do coração. Digo só que a modéstia de Estela fê-los achar inferiores aos meus, e foi preciso muito trabalho para convencê-la do contrário. Uma vez convencida, releu-os à minha vista três e quatro vezes; pelo meio da noite, dei com os olhos dela perdidos no ar, e, como tinha ciúmes, perguntei-lhe se pensava em alguém.

— Que tolice!
— Mas...
— Estava recitando os versos. Você acha mesmo que são bonitos?
— São muito bonitos.
— Recite você.

Peguei dos versos de Estela e recitei-os outra vez. O prazer com que ela os ouvia foi, não digo enorme, mas grande, muito grande; tão grande que ainda os recitei uma vez mais.

— São lindos! — exclamei no fim.
— Não diga isso!
— Digo, sim; são deliciosos.

Não acreditou, posto sorrisse; o que fez foi recitar os versos ainda uma vez ou duas, creio que duas. Eram só três estrofes; vim de lá com elas de cor.

A poesia dava à minha namorada um toque particular. Quando eu estava com o Fernandes dizia-lhe isso, ele dizia-me outras coisas de Margarida, e assim trocávamos as nossas sensações de felicidade. Um dia comunicou-me que ia casar dali a três meses.

— Assentou-se tudo ontem. E tu?
— Eu vou ver, creio que breve.

Casaram no dito prazo. Lá estive na igreja do Sacramento. Ainda agora penso como é que pude assistir ao casamento da moça do Castelo. Verdade é que estava preso à outra, mas as recordações, qualquer que fosse o meu atual estado, deviam fazer-me repugnante aquele espetáculo da felicidade de um amigo, com uma pessoa que... Margarida sorria encantada para ele, e aceitou os meus cumprimentos sem a menor reminiscência do passado... Sorriu também para mim, como qualquer outra noiva. Um tiro que levasse a vida ao meu amigo seria duro para mim, far-me-ia padecer muito e longo; mas houve um minuto, não me recordo bem qual, ao entrar ou sair da igreja, ou no altar, ou em casa, minuto houve em que, se ele cai ali com umas cãibras, eu não amaldiçoaria o céu. Expliquem-me isto. Tais foram as sensações e ideias que me assaltaram, e com algumas delas saí da casa deles, às dez horas da noite; iam dançar.

— Então a noiva estava bonita? — perguntou-me Estela no dia seguinte.
— Estava.
— Muito?

Refleti um instante e respondi.

— Menos que você, quando cingir o mesmo véu.

Estela não acreditou, por mais que lhe jurasse, que tal era minha convicção:

eram cumprimentos. Tinha justamente composto na véspera uma poesia, sobre o assunto, mas tão ruim, que não a mostraria; disse apenas o primeiro verso:

    Se hei de cingir um véu de noiva ou freira...

— Diga os outros!
— Não digo, que não prestam.

Como eu não teimasse, e ela quisesse provar que não prestavam, recitou-os assim mesmo, e confesso que não os achei tão ruins. Foi o nosso primeiro e sério arrufo. Estela suspeitou que eu estava caçoando, e não me falou durante uns vinte minutos. Afinal reconciliamo-nos. Como eu lhe não pedisse os versos, viu nisso a prova de que eles não prestavam para nada, e disse-mo. Provei-lhe o contrário, arrancando-lhe o papel da mão.

— Amanhã lhe dou cópia deles.

Copiei-os à noite, sonhei com ela, e no dia seguinte levei-lhe a cópia. Encontrei-a em caminho, com algumas amigas: iam ver um grande casamento. Acompanhei-as; à porta da igreja estavam ricas carruagens, cavalos magníficos, librés de bom gosto, povo à porta, povo dentro. Os noivos, os pais, os convidados esperavam o padre, que apareceu alguns minutos depois. Compreendi o gosto das moças em ver casamentos alheios; também eu estava alvoroçado. O que ninguém ali teve, creio e juro, foi a impressão que recebi quando dei com os olhos na noiva; era nada menos que a moça do teatro, a quem eu dera o nome de Sílvia, por lhe não saber outro. Só uma vez a vira, mas as feições não se apagaram da memória apesar de Margarida, apesar de Estela. O estremeção que tive não foi visto por ninguém: todos os olhos eram poucos para ela e para ele. Quem era ele? Um jovem médico.

Não houvera entre mim e esta moça mais que o encontro daquela noite do teatro; mas a circunstância de assistir ao seu casamento, como já assistira ao de Margarida, dava-lhe agora um cunho especial. Estaria eu destinado a ver ir para os braços alheios os meus sonhos mais íntimos? Assisti ao casamento de Sílvia o menos que pude, olhando para outras pessoas; afinal tudo acabou, os noivos, os pais e os convidados saíram; Estela e as amigas foram vê-los entrar nas carruagens.

— Que é que tem? — perguntou-me ela na rua.
— Dir-lhe-ei depois.
— Quando?
— Logo.

Em casa disse-lhe que pensava no dia em que fôssemos objeto da curiosidade pública, e a nossa felicidade se consumasse assim.

— Não tardará muito — acrescentei —; uma vez formado, virei pedi-la.

Os olhos dela confirmavam este acordo, e a musa o fez por versos que foram dos mais belos que li da minha poetisa.

Sim, o casamento aparecia-me como uma necessidade cada vez maior. Tratei de ir preparando as coisas de modo que, uma vez formado, não me demorasse muito. Antes disso, era impossível que meu pai consentisse. Estela estava por tudo; assim mo disse em prosa e verso. A prosa era a das nossas noites de conversação, ao canto da janela. O verso foi o de um soneto em que se comparava à folha, que vai para onde o vento a leva; o fecho era este:

Eu sou a folha, tu serás o vento.

Ao recordar todas essas coisas, sinto que muitas delas era melhor que se perdessem; revivê-las não paga o esforço, menos ainda a tristeza, a saudade, ou como quer que chamemos a um sentimento que, sem levar a gente a detestar o dia de hoje, traz não sei que remoto sabor do dia de ontem. Não, não deixo o meu cartório de tabelião do Ceará; na minha idade, e depois da minha vida, é o melhor Parnaso que conheço. As escrituras, se não rimam umas com as outras, rimam com as custas, e sempre me dão algum prazer para recordar versos perdidos, de par com outros que são eternos... Fiquemos tabelião.

Íamos passando o tempo, sem grave incidente, quando uma tarde o pai de Estela entrou em casa, anunciando à mulher e à filha que tinha de ir a São Paulo. Não compreendi por que razão d. Feliciana empalideceu. Era uma senhora de vida severa e monótona, sem paixões, sem emoções. Depois é que me contaram algo que me explicou tudo. O marido de d. Feliciana tinha agora os negócios complicados, e parece que uma vez falara à mulher em fugir do Rio de Janeiro. Foi o que me disseram uns; outros falavam de amores. Tudo era mentira, mas d. Feliciana creio que teve medo de uma e de outra coisa, senão de ambas, e, com uma doçura incomparável, murmurou:

— Guimarães, leva-me a São Paulo!

Guimarães recusou; mas a esposa insistiu, alegando que tinha imensa vontade de ver São Paulo. Como o marido continuasse a negar, dizendo-lhe que ia a negócios e não podia carregar família, além de ser um desarranjo, a mulher trocou de maneiras, e pôs nos olhos tal expressão de desconfiança que o fez recuar.

— Vamos todos, Guimarães; havemos de ir todos a São Paulo.

— Sim, podíamos ir... mas é que... por tão pouco tempo... cinco ou seis semanas, dois meses... Valerá a pena, Feliciana? Mas, vamos, se queres; os vapores são pouco cômodos.

Olhei para Estela, pedindo-lhe com o gesto que interviesse contra o desejo da mãe. Estela empalidecera e perdera a voz; foi o que me pareceu, mas a prova do contrário é que, passados alguns instantes, como ouvisse ao pai dizer que sim, que iriam a São Paulo, suspirou esta palavra cheia de resignação e melancolia:

— Outra vez o mar! Um dia ir-me-ei ao fundo, procurar a pérola da morte!

— Deixe de poesia, menina! — ralhou a mãe. — O mar até faz bem às pessoas.

As nossas despedidas foram o que são despedidas de namorados, ainda por ausências curtas de um ou dois meses. Na véspera da minha partida tivemos inspiração igual, compor uns versos em que chorássemos a dor da separação e ríssemos a alegria da volta. Ainda desta vez os versos dela eram melhores; mas, ou a tristeza ou outra coisa fez-lhe crer o contrário, e gastamos alguns minutos em provar, eu a superioridade dos dela, ela a dos meus. Não menos namorado que poeta, murmurei finalmente:

— Quaisquer que sejam eles, os melhores versos são as tuas lágrimas.

Estela não chorava; esta minha palavra fê-la chorar. Mordeu o beiço, levou o lenço aos olhos, e disse com um tom único, um tom que nunca mais esqueci:

— Já sei! é que os meus versos não prestam para nada, são próprios para o fogo; nem arte nem inspiração, nada, nada!

— Que dizes, Estela?
— Basta: compreendo. O senhor nunca me teve amor.
— Meu anjo!
— Nunca!

Não pude pegar-lhe na mão; correra à janela. Como eu ali fosse também, entrou novamente. Só depois de grande resistência consentiu em ouvir gabar-lhe os versos e explicar a preferência dada às lágrimas; era por serem dela. As lágrimas, disse-lhe eu, eram os próprios versos dela mudados em pérolas finas... Estela engoliu um sorriso vago, enxugou os olhos e releu para si os versos, depois alto, depois quis que eu os relesse também, e novamente os releu, até que o pai veio ter conosco.

— Doutor — disse-me ele —, e se fosse também conosco?
— A São Paulo?
— Sim.
— Iria, se pudesse. Já pensei nisso, mas os exames do fim do ano...
— Também são apenas dois meses, ou menos.

Embarcaram para Santos. Fui despedir-me a bordo, e ao voltar para o meu sótão, comecei logo a escrever a primeira carta; no dia seguinte, remeti-a. Três dias depois tive a primeira carta de Estela, uma breve e triste carta em que falava mais do mar que de mim, mais de si que do mar, e mais da poesia que de nenhum dos três. "A musa é a consolação final de tudo." Compreendi que assim fosse, teria mostrado a carta à mãe, e não conviria escrever intimidades. Cuidei de ser mais discreto que na primeira. Assim se passaram as primeiras semanas. No fim das seis ainda me falava em vir, mas não veio. Passados dois meses, contei-lhe as minhas saudades. Não me respondeu; escrevi-lhe outra; recebi um bilhete em que me contava um baile do presidente da província, descrição longa e amorosa, as valsas, as quadrilhas, e no fim uns versos que compôs na seguinte manhã, com o pedido de os fazer imprimir em alguma folha, "e um pequeno juízo".

— Não me ama! — bradei desesperado. — Nunca esta criatura gostou de mim! Nem uma palavra de consolação ou de explicação! Bailes? Que são bailes?

E fui por aí adiante, com tal desvario, que falava às paredes, aos ares, e falaria ao diabo, se ali me aparecesse; ao menos, ele seria pessoa viva. As paredes ficaram surdas; os ares apenas repercutiram as minhas vozes. Entretanto, copiei os versos, pus-lhe algumas palavras de louvor, e levei-os ao *Correio Mercantil*, onde um amigo me fez o favor de os publicar na parte editorial. Foi um dos elementos da minha desgraça.

Os versos entraram por São Paulo, com os elogios do *Correio Mercantil*. Todos os leram, as pessoas das relações de Estela ficaram admirando esta moça que merecia tanto da imprensa da corte. Era um grande talento, um gênio; um dos poetas da Faculdade de Direito chamou-lhe Safo. E ela subiu às nuvens, talvez acima.

Escasseando as cartas, resolvi ir a São Paulo; mas então o pai escreveu-me dizendo que iriam a Sorocaba e outros lugares, e só daí a dois ou três meses poderiam estar de volta. Estela escreveu-me um bilhetinho de três linhas, com um soneto, para o *Correio Mercantil*. Posto me não falasse em juízo algum da folha, e o meu desejo fosse estrangulá-la, não deixei de escrever quatro palavras de "louvor ao grande talento da nossa ilustre patrícia". Agradeceu-me com um bilhetinho, fiquei sem mais cartas. Onde estariam? Na casa comercial do pai é que me iam informando do itinerário da família, pelas cartas que recebiam dele.

Um dia, anunciaram-me ali que o Guimarães vinha à corte, mas só.
— Só!
— É o que ele diz.
— Mas a família...?
— A família parece que fica.

Veio só. Corri a vê-lo, recebeu-me com polidez, mas frio e triste, vexado, penalizado. Não me disse nada nos primeiros dias, mas uma notícia grave e um acontecimento certo e próximo não são coisas que se guardem por muito tempo: Estela ia casar. Casava em Sorocaba...

Não ouvi o resto. A noite, o mar, as ruas é que ouviram as minhas imprecações e lamentações, não sei quanto tempo. Assim pois, uma por outra, vim trocando as mulheres possíveis e perdendo-as sucessivamente. Aquela com que afinal me casei é que não substituiu nenhuma Sílvia, Margarida ou Estela; é uma senhora do Crato, meiga e amiga, robusta apesar de magra, é mãe de dois filhos que vou mandar para o Recife, um dia destes.

A Estação, *setembro-dezembro de 1897*; Machado de Assis.

Jogo do bicho

Camilo — ou Camilinho, como lhe chamavam alguns por amizade — ocupava em um dos arsenais do Rio de Janeiro (marinha ou guerra) um emprego de escrita. Ganhava duzentos mil-réis por mês, sujeitos ao desconto de taxa e montepio. Era solteiro, mas um dia, pelas férias, foi passar a noite de Natal com um amigo no subúrbio do Rocha; lá viu uma criaturinha modesta, vestido azul, olhos pedintes. Três meses depois estavam casados.

Nenhum tinha nada; ele, apenas o emprego, ela as mãos e as pernas para cuidar da casa toda, que era pequena, e ajudar a preta velha que a criou e a acompanhou sem ordenado. Foi esta preta que os fez casar mais depressa. Não que lhes desse tal conselho; a rigor, parecia-lhe melhor que ela ficasse com a tia viúva, sem obrigações, nem filhos. Mas ninguém lhe pediu opinião. Como, porém, dissesse um dia que, se sua filha de criação casasse, iria servi-la de graça, esta frase foi contada a Camilo, e Camilo resolveu casar dois meses depois. Se pensasse um pouco, talvez não casasse logo; a preta era velha, eles eram moços etc. A ideia de que a preta os servia de graça, entrou por uma verba eterna no orçamento.

Germana, a preta, cumpriu a palavra dada.
— Um caco de gente sempre pode fazer uma panela de comida — disse ela.

Um ano depois o casal tinha um filho, e a alegria que trouxe compensou os ônus que traria. Joaninha, a esposa, dispensou ama, tanto era o leite, e tamanha a robustez, sem contar a falta de dinheiro; também é certo que nem pensaram nisto.

Tudo eram alegrias para o jovem empregado, tudo esperanças. Ia haver uma reforma no arsenal, e ele seria promovido. Enquanto não vinha a reforma, houve uma vaga por morte, e ele acompanhou o enterro do colega, quase a rir. Em casa não se conteve e riu. Expôs à mulher tudo o que se ia dar, os nomes dos promovidos, dois, um tal Botelho, protegido pelo general *** e ele. A promoção veio e apanhou Botelho e outro. Camilo chorou desesperadamente, deu murros na cama, na mesa e em si.

— Tem paciência — dizia-lhe Joaninha.
— Que paciência? Há cinco anos que marco passo...

Interrompeu-se. Aquela palavra, da técnica militar, aplicada por um empregado do arsenal, foi como água na fervura; consolou-o. Camilo gostou de si mesmo. Chegou a repeti-la aos companheiros íntimos. Daí a tempos, falando-se outra vez em reforma, Camilo foi ter com o ministro e disse:

— Veja vossa excelência que há mais de cinco anos vivo *marcando passo*.

O grifo é para exprimir a acentuação que ele deu ao final da frase. Pareceu-lhe que fazia boa impressão ao ministro, conquanto todas as classes usassem da mesma figura, funcionários, comerciantes, magistrados, industriais etc.

Não houve reforma; Camilo acomodou-se e foi vivendo. Já então tinha algumas dívidas, descontava os ordenados, buscava trabalhos particulares, às escondidas. Como eram moços e se amavam, o mau tempo trazia ideia de um céu perpetuamente azul.

Apesar desta explicação, houve uma semana em que a alegria de Camilo foi extraordinária. Ides ver. Que a posteridade me ouça. Camilo, pela primeira vez, jogou no bicho. Jogar no bicho não é um eufemismo como matar o bicho. O jogador escolhe um número, que convencionalmente representa um bicho, e se tal número acerta de ser o final da sorte grande, todos os que arriscaram nele os seus vinténs ganham, e todos os que fiaram dos outros perdem. Começou a vinténs e dizem que está em contos de réis; mas, vamos ao nosso caso.

Pela primeira vez Camilo jogou no bicho, escolheu o macaco, e, entrando com cinco tostões, ganhou não sei quantas vezes mais. Achou nisto tal despropósito que não quis crer, mas afinal foi obrigado a crer, ver e receber o dinheiro. Naturalmente tornou ao macaco, duas, três, quatro vezes, mas o animal, meio homem, falhou às esperanças do primeiro dia. Camilo recorreu a outros bichos, sem melhor fortuna, e o lucro inteiro tornou à gaveta do bicheiro. Entendeu que era melhor descansar algum tempo; mas não há descanso eterno, nem ainda o das sepulturas. Um dia lá vem a mão do arqueólogo a pesquisar os ossos e as idades.

Camilo tinha fé. A fé abala as montanhas. Tentou o gato, depois o cão, depois o avestruz; não havendo jogado neles, podia ser que... Não pôde ser; a fortuna igualou os três animais em não lhes fazer dar nada. Não queria ir pelos *palpites* dos jornais, como faziam alguns amigos. Camilo perguntava como é que meia dúzia de pessoas, escrevendo notícias, podiam adivinhar os números da sorte grande. De uma feita, para provar o erro, concordou em aceitar um *palpite*, comprou no gato, e ganhou.

— Então? — perguntaram-lhe os amigos.
— Nem sempre se há de perder — disse este.
— Acaba-se ganhando sempre — acudiu um —; a questão é tenacidade, não afrouxar nunca.

Apesar disso, Camilo deixou-se ir com os seus cálculos. Quando muito, cedia a certas indicações que pareciam vir do céu, como um dito de criança de rua: "Mamãe, por que é que a senhora não joga na cobra?". Ia-se à cobra e perdia; perdendo, explicava a si mesmo o fato com os melhores raciocínios deste mundo, e a razão fortalecia a fé.

Em vez de reforma da repartição veio um aumento de vencimentos, cerca de sessenta mil-réis mensais. Camilo resolveu batizar o filho, e escolheu para padrinho nada menos que o próprio sujeito que lhe vendia os bichos, o banqueiro certo. Não havia entre eles relações de família; parece até que o homem era um solteirão sem parentes. O convite era tão inopinado, que quase o fez rir, mas viu a sinceridade do moço, e achou tão honrosa a escolha que aceitou com prazer.

— Não é negócio de casaca?
— Qual, casaca! Coisa modesta.
— Nem carro?
— Carro...
— Para que carro?
— Sim, basta ir a pé. A igreja é perto, na outra rua.
— Pois a pé.

Qualquer pessoa atilada descobriu já que a ideia de Camilo é que o batizado fosse de carro. Também descobriu, à vista da hesitação e do modo, que entrava naquela ideia a de deixar que o carro fosse pago pelo padrinho; não pagando o padrinho, não pagaria ninguém. Fez-se o batizado, o padrinho deixou uma lembrança ao afilhado, e prometeu, rindo, que lhe daria um prêmio na águia.

Esta graçola explica a escolha do pai. Era desconfiança dele que o bicheiro entrava na boa fortuna dos bichos, e quis ligar-se-lhe por um laço espiritual. Não jogou logo na águia "para não espantar", disse consigo, mas não esqueceu a promessa, e um dia, com ar de riso, lembrou ao bicheiro:

— Compadre, quando for a águia, diga.
— A águia?

Camilo recordou-lhe o dito; o bicheiro soltou uma gargalhada.

— Não, compadre; eu não posso adivinhar. Aquilo foi pura brincadeira. Oxalá que eu lhe pudesse dar um prêmio. A águia dá; não é comum, mas dá.
— Mas por que é que eu ainda não acertei com ela?
— Isso não sei; eu não posso dar conselhos, mas quero crer que você, compadre, não tem paciência no mesmo bicho, não joga com certa constância. Troca muito. É por isso que poucas vezes tem acertado. Diga-me cá: quantas vezes tem acertado?
— De cor, não posso dizer, mas trago tudo muito bem escrito no meu caderno.
— Pois veja, e há de descobrir que todo o seu mal está em não teimar algum tempo no mesmo bicho. Olhe, um preto, que há três meses joga na borboleta, ganhou hoje e levou uma bolada...

Camilo escrevia efetivamente a despesa e a receita, mas não as comparava para não conhecer a diferença. Não queria saber do *déficit*. Posto que metódico, tinha o instinto de fechar os olhos à verdade, para não a ver e aborrecer. Entretanto, a sugestão do compadre era aceitável; talvez a inquietação, a impaciência, a falta de fixidez nos mesmos bichos fosse a causa de não tirar nunca nada.

Ao chegar a casa achou a mulher dividida entre a cozinha e a costura. Germana adoecera e ela fazia o jantar, ao mesmo tempo que acabava o vestido de uma freguesa. Cosia para fora, a fim de ajudar as despesas da casa e comprar algum vestido para si. O marido não ocultou o desgosto da situação. Correu a ver a preta; já a achou melhor da febre com o quinino que a mulher tinha em casa e lhe dera "por sua imaginação"; e a preta acrescentou sorrindo:

— Imaginação de nhã Joaninha é boa.

Jantou triste, por ver a mulher tão carregada de trabalho, mas a alegria dela era tal, apesar de tudo, que o fez alegre também. Depois do café, foi ao caderno que trazia fechado na gaveta e fez os seus cálculos. Somou as vezes e os bichos, tantas na cobra, tantas no galo, tantas no cão e no resto, uma fauna inteira, mas tão sem persistência, que era fácil desacertar. Não queria somar a despesa e a receita para não receber de cara um grande golpe, e fechou o caderno. Afinal não pôde, e somou lentamente, com cuidado para não errar; tinha gasto setecentos e sete mil-réis, e tinha ganho oitenta e quatro mil-réis, um *déficit* de seiscentos e vinte e três mil-réis. Ficou assombrado.

— Não é possível!

Contou outra vez, ainda mais lento, e chegou a uma diferença de cinco mil-réis para menos. Teve esperanças e novamente somou as quantias gastas, e achou o primitivo *déficit* de seiscentos e vinte e três mil-réis. Trancou o caderno na gaveta; Joaninha, que o vira jantar alegre, estranhou a mudança e perguntou o que é que tinha.

— Nada.

— Você tem alguma coisa; foi alguma lembrança...

— Não foi nada.

Como a mulher teimasse em saber, engendrou uma mentira — uma turra com o chefe da seção — coisa de nada.

— Mas você estava alegre...

— Prova de que não vale nada. Agora lembrou-me... e estava pensando no caso, mas não é nada. Vamos à bisca.

A bisca era o espetáculo deles, a ópera, a rua do Ouvidor, Petrópolis, Tijuca, tudo o que podia exprimir um recreio, um passeio, um repouso. A alegria da esposa voltou ao que era. Quanto ao marido, se não ficou tão expansivo como de costume, achou algum prazer e muita esperança nos números das cartas. Jogou a bisca fazendo cálculos, conforme a primeira carta que saísse, depois a segunda, depois a terceira; esperou a última; adotou outras combinações, a ver os bichos que correspondiam a elas, e viu muitos deles, mas principalmente o macaco e a cobra; firmou-se nestes.

— O meu plano está feito — saiu pensando no dia seguinte —, vou até os setecentos mil-réis. Se não tirar quantia grossa que anime, não compro mais.

Firmou-se na cobra, por causa da astúcia, e caminhou para a casa do compadre. Confessou-lhe que aceitara o seu conselho, e começava a teimar na cobra.

— A cobra é boa — disse o compadre.

Camilo jogou uma semana inteira na cobra, sem tirar nada. Ao sétimo dia, lembrou-se de fixar mentalmente uma preferência, e escolheu a cobra-coral, perdeu; no dia seguinte, chamou-lhe cascavel, perdeu também; veio a surucucu, a jiboia, a jararaca, e nenhuma variedade saiu da mesma tristíssima fortuna. Mudou de rumo. Mudaria sem razão, apesar da promessa feita; mas o que propriamente o determinou a isto foi o encontro de um carro que ia matando um pobre menino. Correu gente, correu polícia, o menino foi levado à farmácia, o cocheiro ao posto da guarda. Camilo só reparou bem no número do carro, cuja terminação correspondia ao carneiro; adotou o carneiro. O carneiro não foi mais feliz que a cobra.

Não obstante, Camilo apoderou-se daquele processo de adotar um bicho, e jogar nele até estafá-lo: era ir pelos números adventícios. Por exemplo, entrava por uma rua com os olhos no chão, dava quarenta, sessenta, oitenta passos, erguia repentinamente os olhos e fitava a primeira casa à direita ou à esquerda, tomava o número e ia dali ao bicho correspondente. Tinha já gasto o processo de números escritos e postos dentro do chapéu, o de um bilhete do Tesouro — coisa rara — e cem outras formas, que se repetiam ou se completavam. Em todo caso, ia descambando na impaciência e variava muito. Um dia resolveu fixar-se no leão; o compadre, quando reconheceu que efetivamente não saía do rei dos animais, deu graças a Deus.

— Ora, graças a Deus que o vejo capaz de dar o grande bote. O leão tem andado esquivo, é provável que derrube tudo, mais hoje, mais amanhã.

— Esquivo? Mas então não quererá dizer...?

— Ao contrário.

Dizer quê? Ao contrário, quê? Palavras escuras, mas para quem tem fé e lida com números, nada mais claro. Camilo elevou ainda mais a soma da aposta. Faltava pouco para os setecentos mil-réis; ou vencia ou morria.

A jovem consorte mantinha a alegria da casa, por mais dura que fosse a vida, grossos os trabalhos, crescentes as dívidas e os empréstimos, e até não raras as fomes. Não lhe cabia culpa, mas tinha paciência. Ele, em chegando aos setecentos mil-réis, trancaria a porta. O leão não queria dar. Camilo pensou em trocá-lo por outro bicho, mas o compadre afligia-se tanto com essa frouxidão, que ele acabaria entre os braços da realeza. Faltava já pouco; enfim, pouquíssimo.

— Hoje respiro — disse Camilo à esposa. — Aqui está a nota última.

Cerca das duas horas, estando à mesa da repartição, a copiar um grave documento, Camilo ia calculando os números e descrendo da sorte. O documento tinha algarismos; ele errou-os muita vez, por causa do atropelo em que uns e outros lhe andavam no cérebro. A troca era fácil; os seus vinham mais vezes ao papel que os do documento original. E o pior é que ele não dava por isso, escrevia o leão em vez de transcrever a soma exata das toneladas de pólvora...

De repente, entra na sala um contínuo, chega-se-lhe ao ouvido, e diz que o leão dera. Camilo deixou cair a pena, e a tinta inutilizou a cópia quase acabada. Se a ocasião fosse outra, era caso de dar um murro no papel e quebrar a pena, mas a ocasião era esta, e o papel e a pena escaparam às violências mais justas deste mundo; o leão dera. Mas, como a dúvida não morre:

— Quem é que disse que o leão deu? — perguntou Camilo baixinho.

— O moço que me vendeu na cobra.

— Então foi a cobra que deu.

— Não, senhor; ele é que se enganou e veio trazer a notícia pensando que eu tinha comprado no leão, mas foi na cobra.

— Você está certo?

— Certíssimo.

Camilo quis deitar a correr, mas o papel borrado de tinta acenou-lhe que não. Foi ao chefe, contou-lhe o desastre e pediu para fazer a cópia no dia seguinte; viria mais cedo, ou levaria o original para casa...

— Que está dizendo? A cópia há de ficar pronta hoje.

— Mas são quase três horas.

— Prorrogo o expediente.

Camilo teve vontade de prorrogar o chefe até o mar, se lhe era lícito dar tal uso ao verbo e ao regulamento. Voltou à mesa, pegou de uma folha de papel e começou a escrever o requerimento de demissão. O leão dera; podia mandar embora aquele inferno. Tudo isto em segundos rápidos, apenas um minuto e meio. Não tendo remédio, entrou a recopiar o documento, e antes das quatro horas estava acabado. A letra saiu tremida, desigual, raivosa, agora melancólica, pouco a pouco alegre, à medida que o leão dizia ao ouvido do amanuense, adoçando a voz: Eu dei! eu dei!

— Ora, chegue-se, dê cá um abraço — disse-lhe o compadre, quando ele ali apareceu. — Afinal a sorte começa a protegê-lo.

— Quanto?

— Cento e cinco mil-réis.

Camilo pegou em si e nos cento e cinco mil-réis, e só na rua advertiu que não agradecera ao compadre; parou, hesitou, continuou. Cento e cinco mil-réis! Tinha ânsia de levar à mulher aquela notícia; mas, assim... só...?

— Sim, é preciso festejar esse acontecimento. Um dia não são dias. Devo agradecer ao céu a fortuna que me deu. Um pratinho melhor à mesa...

Viu perto uma confeitaria; entrou por ela e espraiou os olhos, sem escolher nada. O confeiteiro veio ajudá-lo, e, notando a incerteza de Camilo entre mesa e sobremesa, resolveu vender-lhe ambas as coisas. Começou por um pastelão, "um rico pastelão que enchia os olhos antes de encher a boca e o estômago". A sobremesa foi "um rico pudim", em que havia escrito, com letras de massa branca este viva eterno: "Viva a esperança!". A alegria de Camilo foi tanta e tão estrepitosa que o homem não teve remédio senão oferecer-lhe vinho também, uma ou duas garrafas. Duas.

— Isto não vai sem Porto; eu lhe mando tudo por um menino. Não é longe?

Camilo aceitou e pagou. Entendeu-se com o menino acerca da casa e do que faria. Que lhe não batesse à porta; chegasse e esperasse por ele; podia ser que ainda não estivesse em casa; se estivesse, viria à janela, de quando em quando. Pagou dezesseis mil-réis e saiu.

Estava tão contente com o jantar que levava e o espanto da mulher, nem se lembrou de presentear Joaninha com alguma joia. Esta ideia só o assaltou no bonde, andando; desceu e voltou a pé, a buscar um mimo de ouro, um broche que fosse, com uma pedra preciosa. Achou um broche nestas condições, tão modesto no preço, cinquenta mil-réis — que ficou admirado; mas comprou-o assim mesmo, e voou para casa.

Ao chegar, estava à porta o menino, com cara de o haver já descomposto e mandado ao diabo. Tirou-lhe os embrulhos e ofereceu-lhe uma gorjeta.

— Não, senhor, o patrão não quer.

— Pois não diga ao patrão; pegue lá dez tostões; servem para comprar na cobra, compre na cobra.

Isto de lhe indicar o bicho que não dera, em vez do leão, que dera, não foi cálculo nem perversidade; foi talvez confusão. O menino recebeu os dez tostões, ele entrou para casa com os embrulhos e a alma nas mãos e trinta e oito mil-réis na algibeira.

Almanaque Brasileiro Garnier, *janeiro de 1904; Machado de Assis.*

Um incêndio

Que esta perna trouxe eu dali ferida.
CAMÕES, *Lusíadas*, V, XXXIII.

Não inventei o que vou contar, nem o inventou o meu amigo Abel. Ele ouviu o fato com todas as circunstâncias, e um dia, em conversa, fez resumidamente a narração que me ficou de memória, e aqui vai tal qual. Não lhe acharás o pico, a alma própria que este Abel põe a tudo o que exprime, seja uma ideia dele, seja, como no caso, uma história de outro. Paciência; por mais que percas a respeito da forma, não perderás nada acerca da substância. A razão é que me não esqueceu o que importa saber, dizer e imprimir.

B... era um oficial da marinha inglesa, trinta a trinta e dois anos, alto, ruivo, um pouco cheio, nariz reto e pontudo, e os olhos dois pedaços de céu claro batidos de sol. Convalescia de uma perna quebrada. Já então andava (não ainda na rua) apoiado a uma muleta pequena. Andava na sala do hospital inglês, aqui no Rio, onde Abel o viu e lhe foi apresentado, quando ali ia visitar um amigo enfermo, também inglês e padre.

Padre, oficial de marinha e engenheiro (Abel é engenheiro) conversavam frequentemente de várias coisas deste e do outro mundo. Especialmente o oficial contava cenas de mar e de terra, lances de guerra e aventuras de paz, costumes diversos, uma infinidade de reminiscências que podiam ser dadas ao prelo e agradar. Foi o que lhe disse o padre um dia.

— Agradar não creio — respondeu ele modestamente.

— Afirmo-lhe que sim.

— Afirma demais. E daí pode ser que, não ficando inteiramente bom da perna, deixe a carreira das armas. Nesse caso, escreverei memórias e viagens para alguma das nossas revistas. Irão sem estilo, ou em estilo marítimo...

— Que importa uma perna? — interrompeu Abel. — A Nélson faltava um braço.

— Não é a mesma coisa — redarguiu B... sorrindo. — Nélson, ainda sem braço, faria o que eu fiz no mês de abril, na cidade de Montevidéu. Estou eu certo de o fazer agora? Digo-lhe que não.

— Apostou alguma corrida? Mas a batalha de Trafalgar pode-se ganhar sem braço ou sem perna. Tudo é mandar, não acha?

A melancolia do gesto do oficial foi grande, e por muito tempo ele não conseguiu falar. Os olhos chegaram a perder um tanto a luz intensa que traziam, e ficaram pregados ao longe, em algum ponto que se não podia ver nem adivinhar. Depois voltou B... a si, sorriu, como quando dera a segunda resposta. Enfim, arrancou do peito a história que queria guardar, e foi ouvida pelos dois, repetida a mim por um deles e agora impressa, como anunciei a princípio.

Era um sábado de abril. B... chegara àquele porto e descera à terra, deu alguns passeios, bebeu cerveja, fumou e, à tarde, caminhou para o cais, onde o esperava o escaler de bordo. Ia a recordar lances de Inglaterra e quadros da China. Ao dobrar uma esquina, viu certo movimento no fim da outra rua, e, sempre curioso de aventuras, picou o passo a descobrir o que era. Quando ali chegou já a multidão era maior, as vozes muitas e um rumor de carroças que chegavam de toda parte. Indagou em mau castelhano, e soube que era um incêndio.

Era um incêndio no segundo andar de uma casa; não se sabia se o primeiro também ardia. Polícia, autoridades, bombas iam começar seu ofício, sem grande ordem, é verdade, nem seria possível. O principal é que havia boa vontade. A gente curiosa e vizinha falava das moças — que seria das moças? onde estariam as moças? Com efeito, o segundo andar da casa era uma oficina de costura, regida por uma francesa, que ensinava e fazia trabalhar a muitas raparigas da terra. Foi o que o oficial pôde entender no meio do tumulto.

Deteve-se para assistir ao serviço, e também recolher alguma cena ou costume com que divertisse os companheiros de bordo e, mais tarde a família na Escócia. As palavras castelhanas iam-lhe bem ao ouvido, menos bem que as inglesas, é verdade, mas há só uma língua inglesa. O fogo crescia, comendo e apavorando, não que se visse tudo cá de fora, mas ao fundo da casa, no alto, surgiam flamas cercadas de fumo, que se espalhavam como se quisessem passar ao quarteirão inteiro.

B... viu episódios interessantes, que esqueceu logo, tal foi o grito de angústia e terror saído da boca de um homem que estava ao pé dele. Nunca mais lhe esqueceu tal grito; ainda agora parecia escutá-lo. Não teve tempo nem língua em que perguntasse ao desconhecido que era. Nem foi preciso; este recuara, com a cabeça voltada para cima, os olhos na janela da casa e a mão trêmula, apontando...

Outros seguiram a direção; o oficial de marinha fez o mesmo. Ali, no meio do fumo que rompia por uma das janelas, destacava-se do clarão, ao fundo, a figura de uma mulher. Não se podia distinguir bem, pela hora e pela distância, se o clarão vinha de outro compartimento que ardia, ou se era já o fogo que invadia a sala da frente.

A mulher parecia hesitar entre a morte pelo fogo e a morte pela queda. Qualquer delas seria horrível. Ora o fumo encobria toda figura, ora esta reaparecia, como que inerte, dominando todas as demais partes da catástrofe. Os corações cá de baixo batiam com ânsia, mas os pés, atados ao chão pelo terror, não ousavam ir levá-los acima. Tal situação durou muito ou pouco, o oficial não pôde saber se dois segundos, se dois minutos. Verdadeiramente não soube nada. Quando deu acordo de si ouviu um clamor novo, que os jornais do dia seguinte disseram ser de protesto e de aplauso, a um tempo, ao vê-lo correr na direção da casa. A alma generosa do oficial não se conteve, rompeu a multidão e enfiou pelo corredor. Um soldado atravessou-se-lhe na frente, ele deitou o soldado ao chão e galgou os degraus da escada.

Já então sentia calor de fogo, e o fumo que descia era um grande obstáculo. Tinha que rompê-lo, respirá-lo, fechar os olhos. Não se lembrava como pôde fazer isso; lembrava-se que, a despeito das dificuldades, chegou ao segundo andar, voltou à esquerda, na direção de uma porta, empurrou-a, estava aberta; entrou na sala. Tudo aí era fumo, que ia saindo pelas janelas, e o fogo, vindo do gabinete contíguo, começava a devorar as cortinas da sala. Lá embaixo, fora continuava o clamor. B... empurrou cadeiras, uma pequena mesa, até chegar à janela. O fumo rasgou-se de modo que ele pôde ver o busto da mulher... Vencera o perigo; cumpria vencer a morte.

— A mulher — disse ele ao terminar a aventura, e provavelmente sem as reticências que Abel metia neste ponto da narração —, a mulher era um manequim, o manequim de costureira, posto ali de costume ou no começo do incêndio, como quer que fosse, era um manequim.

A morte agora, não tendo mulher que levasse, parecia espreitá-lo a ele, salvador generoso. O oficial duvidou ainda um instante da verdade; o terror podia ter tirado à pessoa humana todos os movimentos, e o manequim seria acaso mulher. Foi-se chegando; não, não era mulher, era manequim; aqui estão as costas encarnadas e nuas, aqui estão os ombros sem braços, aqui está o pau em que toda a máquina assenta. Cumpria agora fugir à morte. B... voltou-se rápido; tudo era já fumo, a própria sala ardia. Então ele, com tal esforço que nunca soube o que fez, achou-se fora da sala, no patamar. Desceu os degraus a quatro e quatro.

No primeiro andar deu já com homens de trabalho empunhando tubos de extinção. Um deles quis prendê-lo, supondo ser ladrão que se aproveitasse do desastre para vir buscar valores, e chegou a pegá-lo pela gola; depressa reconheceu a farda e foi andando. Não tendo que fazer ali, embora o perigo fosse menor, o oficial cuidou de descer. Verdade é que há muita vez algum que se não espera. Transpondo a porta da sala para o corredor, quando a multidão ansiosa estava a esperá-lo, na rua, uma tábua, um ferro, o que quer que era caiu do alto e quebrou-lhe a perna...

— Quê...? — interrompeu Abel.

— Justamente — confirmou o oficial. — Não sei donde veio nem quis sabê-lo. Os jornais contaram a coisa, mas não li essa parte das notícias. Sei que logo depois vieram buscar-me dois soldados, por ordem do comandante de polícia.

Tratou-se a bordo e em viagem. Não continuou por falta de comodidades que só em terra podia ter. Desembarcando aqui, no Rio de Janeiro, foi para o hospital onde Abel o conheceu. O vaso de guerra esperava por ele. Contava partir em breves dias. Não perdia tempo; emprestavam-lhe o *Times*, e livros de história e de religião. Enfim, saiu para a Europa. Abel não se despediu dele. Mais tarde soube que, depois de alguma demora em Inglaterra, foi mandado a Calcutá, onde descansou da perna quebrada, e do desejo de salvar ninguém.

Almanaque Brasileiro Garnier, *janeiro de 1906;* Machado de Assis.

O escrivão Coimbra

Aparentemente há poucos espetáculos tão melancólicos como um ancião comprando um bilhete de loteria. Bem considerado, é alegre; essa persistência em crer, quando tudo se ajusta ao descrer, mostra que a pessoa é ainda forte e moça. Que os dias passem e com eles os bilhetes brancos, pouco importa; o ancião estende os dedos para escolher o número que há de dar a sorte grande amanhã — ou depois — um dia, enfim, porque todas as coisas podem falhar neste mundo, menos a sorte grande a quem compra um bilhete com fé.

Não era a fé que faltava ao escrivão Coimbra. Também não era a esperança. Uma coisa não vai sem outra. Não confundas a fé na Fortuna com a fé religiosa. Também tivera esta em anos verdes e maduros, chegando a fundar uma irmandade, a irmandade de são Bernardo, que era o santo de seu nome; mas aos cinquenta, por efeito do tempo ou de leituras, achou-se incrédulo. Não deixou logo a irmandade; a esposa pôde contê-lo no exercício do cargo de mesário e levava-o às festas do santo; ela, porém, morreu, e o viúvo rompeu de vez com o santo e o culto. Resignou o cargo da mesa e fez-se irmão remido para não tornar lá. Não buscou arrastar outros nem obstruir o caminho da oração; ele é que já não rezava por si nem por ninguém. Com amigos, se eram do mesmo estado de alma, confessava o mal que sentia da religião. Com familiares, gostava de dizer pilhérias sobre devotas e padres.

Aos sessenta anos, já não cria em nada, fosse do céu ou da terra, exceto a loteria. A loteria sim, tinha toda a sua fé e esperança. Poucos bilhetes comprava a princípio, mas a idade, e depois a solidão vieram apurando aquele costume, e o levaram a não deixar passar loteria sem bilhete.

Nos primeiros tempos, não vindo a sorte grande, prometia não comprar mais bilhetes, e durante algumas loterias cumpria a promessa. Mas lá aparecia alguém que o convidava a ficar com um bonito número, comprava o número e esperava. Assim veio andando pelo tempo fora até chegar aquele em que loterias rimaram com dias, e passou a comprar seis bilhetes por semana; repousava aos domingos. O escrevente juramentado, um Amaral que ainda vive, foi o demônio tentador nos seus desfalecimentos. Tão depressa descobriu a devoção do escrivão, começou a animá-lo nela, contando-lhe lances de pessoas que tinham enriquecido de um momento para outro.

— Fulano foi assim, Sicrano assim — dizia-lhe Amaral expondo a aventura de cada um.

Coimbra ouvia e cria. Já agora cedia às mil maneiras de convidar a sorte, a que a superstição pode emprestar certeza, número de uns autos, soma de umas custas, um arranjo casual de algarismos, tudo era combinação para encomendar bilhetes, comprá-los e esperar. Na primeira loteria de cada ano comprava o número do ano; empregou este método desde 1884. Na última loteria de 1892 inventou outro, trocou os algarismos da direita para a esquerda e comprou o número 2981. Já então não cansava por duas razões fundamentais e uma acidental. Sabeis das primeiras, a necessidade e o costume; a última é que a Fortuna negaceava com gentileza. Nem todos os bilhetes saíam brancos. Às vezes (parecia de propósito) Coimbra dizia de um bilhete que era o último e não compraria outro se lhe saísse branco; corria a roda, tirava cinquenta mil-réis, ou cem, ou vinte, ou ainda o mesmo dinheiro. Quer dizer que também podia tirar a sorte grande; em todo caso, aquele dinheiro dava para comprar de graça alguns bilhetes. "Comprar de graça" era a sua própria expressão. Uma vez a sorte grande saiu dois números adiante do dele, 7377; o dele era 7375. O escrivão criou alma nova.

Assim viveu os últimos anos do Império e os primeiros da República, sem já crer em nenhum dos dois regimes. Não cria em nada. A própria justiça, em que era oficial, não tinha a sua fé; parecia-lhe uma instituição feita para conciliar ou perpetuar os desacordos humanos, mas por diversos e contrários caminhos, ora à direita, ora à esquerda. Não conhecendo as Ordenações do Reino, salvo de nome, nem as leis imperiais e republicanas, acreditava piamente que tanto valiam na boca de autores como de réus, isto é, que formavam um repositório de disposições avessas e cabidas a todas as situações e pretensões. Não lhe atribuas nenhum ceticismo elegante; não era dessa casta de espíritos que temperam a descrença nos homens e nas coisas com um sorriso fino e amigo. Não, a descrença era nele como uma capa esfarrapada.

Uma só vez saiu do Rio de Janeiro; foi para ir ao Espírito Santo à cata de uns diamantes que não achou. Houve quem dissesse que essa aventura é que lhe pegou o gosto e a fé na loteria; também não faltou quem sugerisse o contrário, que a fé na loteria é que lhe dera a vista antecipada dos diamantes. Uma e outra explicação é possível. Também é possível terceira explicação, alguma causa comum a diamantes e prêmios. A alma humana é tão sutil e complicada que traz confusão à vista nas suas operações exteriores. Fosse como fosse, só daquela vez saiu do Rio de Janeiro. O mais do tempo viveu nesta cidade, onde envelheceu e morreu. A irmandade de são Bernardo tomou a si dar-lhe cova e túmulo, não que lhe faltassem a ele meios disso, como se vai ver, mas por uma espécie de obrigação moral com o seu fundador.

Morreu no começo da presidência Campos Sales, em 1899, fins de abril. Vinha de assistir ao casamento do escrevente Amaral, na qualidade de testemunha, quando foi acometido de uma congestão, e antes da meia-noite era defunto. Os conselhos que se lhe acharam no testamento podem todos resumir-se nesta palavra: *persistir*. Amaral requereu traslado daquele documento para uso e guia do filho, que vai em cinco anos, e entrou para o colégio. Fê-lo com sinceridade, e não sem tristeza, porque a morte de Coimbra sempre lhe pareceu efeito de seu caiporismo; não dera tempo a nenhuma lembrança afetuosa do velho amigo, testemunha do casamento e provável compadre.

Antes do golpe que o levou, Coimbra não padecia nada, não tinha a menor lesão, apenas algum cansaço. Todos os seus órgãos funcionavam bem, e o mesmo cérebro, se nunca foi grande coisa, não era agora menos que dantes. Talvez a memória acusasse alguma debilidade, mas ele consolava-se do mal dizendo que "com a memória lhe saíram muitas coisas ruins da cabeça". No foro era benquisto, e no cartório respeitado. Em 1897, pelo São João, o escrevente Amaral insinuou-lhe a conveniência de descansar e propôs-se a ficar à testa do cartório para seguir "o exemplo fortificante do amigo". Coimbra recusou, agradecendo. Entretanto, não deixava de temer que viesse a fraquear e cair de todo, sem mais corpo nem alma que dar ao ofício. Já não saía do cartório, às tardes, sem um olhar de saudades prévias.

Chegou o Natal de 1898. Desde a primeira semana de dezembro foram postos à venda os bilhetes da grande loteria de quinhentos contos, chamada por alguns cambistas, nos anúncios, loteria-monstro. Coimbra comprou um. Parece que dessa vez não cedeu a nenhuma combinação de algarismos; escolheu o bilhete dentre os que lhe apresentaram no balcão. Em casa, guardou-o na gaveta da mesa e esperou.

— Desta vez, sim — disse ele no dia seguinte ao escrevente Amaral —, desta vez cesso de tentar fortuna; se não tirar nada, deixo de jogar na loteria.

Amaral ia aprovar a resolução, mas uma ideia contrária suspendeu a palavra antes que ela lhe caísse da boca, e ele trocou a afirmação por uma consulta. Por que deixar para sempre? Loteria é mulher, pode acabar cedendo um dia.

— Já não estou em idade de esperar — retrucou o escrivão.

— Esperança não tem idade — sentenciou Amaral, recordando uns versos que fizera outrora, e concluiu com este velho adágio: — Quem espera sempre alcança.

— Pois eu não esperarei e não alcançarei — teimou o escrivão —; este bilhete é o último.

Tendo afirmado a mesma coisa tantas vezes era provável que ainda agora desmentisse a afirmação, e, malogrado no dia de Natal, voltaria à sorte no dia de Reis. Foi o que Amaral pensou e não insistiu em convencê-lo de um vício que estava no sangue. A verdade, porém, é que Coimbra era sincero. Tinha aquela tentação por última. Não pensou no caso de ser favorecido, como de outras vezes, com alguns cinquenta ou cem mil-réis, quantia mínima para os efeitos da ambição, mas bastante para convidá-lo a reincidir. Pôs a alma nos dois extremos: nada ou quinhentos contos. Se fosse nada, era o fim. Faria como fez com a irmandade e a religião; deitaria o hábito às urtigas, remia-se de freguês e iria ouvir a missa do Diabo.

Os dias começaram a passar, como eles costumam, com as suas vinte e quatro horas iguais umas às outras, na mesma ordem, com a mesma sucessão de luz e trevas, trabalho e repouso. A alma do escrivão aguardava o dia 24, véspera do Natal, quando devia correr a roda, e continuou os traslados, juntadas e conclusões dos seus autos. Convém dizer em louvor deste homem que nenhuma preocupação estranha lhe tirara o gosto à escrivania, por mais que preferisse a riqueza ao trabalho.

Só quando o dia 20 alvoreceu e pôs a menor distância a data fatídica é que a imagem dos quinhentos contos veio interpor-se de vez aos papéis do foro. Mas não foi só a maior proximidade que trouxe este efeito, foram as conversas na rua e no mesmo cartório acerca de sortes grandes, e, mais que conversas, a própria figura de um homem beneficiado com uma delas, cinco anos antes. Coimbra recebera um tal Guimarães, testamenteiro de um importador de sapatos, que ali foi assinar um termo. Enquanto se lavrava o termo, alguém que ia com ele perguntou-lhe se estava "habilitado para a loteria do Natal".

— Não — disse Guimarães.

— Também nem sempre há de ser feliz.

Coimbra não teve tempo de perguntar nada; o amigo do testamenteiro deu-lhe notícia de que este, em 1893, tirara duzentos contos. Coimbra fitou o testamenteiro cheio de espanto. Era ele, era o próprio, era alguém que, mediante uma pequena quantia e um bilhete numerado, entrara na posse de duzentos contos de réis. Coimbra olhou bem para o homem. Era um homem, um feliz.

— Duzentos contos? — disse ele para ouvir a confirmação do próprio.

— Duzentos contos — repetiu Guimarães. — Não foi por meu esforço nem desejo — explicou —, não costumava comprar, e daquela vez quase quebro a cabeça ao pequeno que me queria vender o bilhete; era um italiano. *Guardate, signore*, implorava ele metendo-me o bilhete à cara. Cansado de ralhar, entrei num corredor e comprei o bilhete. Três dias depois tinha o dinheiro na mão. Duzentos contos.

O escrivão não errou o termo porque nele já os dedos é que eram escrivães; realmente, não pensou em nada mais que decorar esse homem, reproduzi-lo na memória, escrutá-lo, bradar-lhe que também tinha bilhete para os quinhentos contos do dia 24 e exigir-lhe o segredo de os tirar. Guimarães assinou o termo e saiu; Coimbra teve ímpeto de ir atrás dele, apalpá-lo, ver se era mesmo gente, se era carne, se era sangue... Então era verdade? Havia prêmios? Tiravam-se prêmios grandes? E a paz com que aquele sujeito contava o lance da compra! Também ele seria assim, se lhe saíssem os duzentos contos, quanto mais os quinhentos!

Essas frases cortadas que aí ficam dizem vagamente a confusão das ideias do escrivão. Até agora trazia em si a fé, mas já reduzida a costume só, um costume longo e forte, sem assombros nem sobressaltos. Agora via um homem que passara de nada a duzentos contos com um simples gesto de fastio. Que ele nem sequer tinha o gosto e a comichão da loteria; ao contrário, quis quebrar a cabeça da Fortuna; ela, porém, com olhos de namorada, fê-lo trocar a impaciência em condescendência, pagar-lhe cinco ou dez mil-réis, e três dias depois... Coimbra fez todo o mais trabalho do dia automaticamente.

De tarde, caminhando para casa, foi-se-lhe metendo na alma a persuasão dos quinhentos contos. Era mais que os duzentos do outro, mas também ele merecia mais, teimando como vinha de anos estirados, desertos e brancos, mal borrifados de algumas centenas, raras, de mil-réis. Tinha maior direito que o outro, talvez maior que ninguém. Jantou, foi à casa pegada, onde nada contou pelo receio de não tirar coisa nenhuma e rirem-se dele. Dormiu e sonhou com o bilhete e o prêmio; foi o próprio cambista que lhe deu a nova da felicidade. Não se lembrava bem, de manhã, se o cambista o procurou ou se ele procurou o cambista; lembrava-se bem das notas, eram parece que verdes, grandes e frescas. Ainda apalpou as mãos ao acordar; pura ilusão!

Ilusão embora, deixara-lhe nas palmas a maciez do sonho, o fresco, o verde, o avultado dos contos. Ao passar pelo Banco da República pensou que poderia levar ali o dinheiro, antes de o empregar em casas, títulos e outros bens. Esse dia 21 foi pior, em ânsia, que o dia 20. Coimbra estava tão nervoso que achou o trabalho demasiado, quando de ordinário ficava alegre com a concorrência de papéis. Melhorou um pouco, à tarde; mas, ao sair entrou a ouvir meninos que vendiam bilhetes de loteria, e esta linguagem, gritada da grande banca pública, novamente lhe fez agitar a alma.

Ao passar pela igreja onde era venerada a imagem de são Bernardo, cuja irmandade ele fundou, Coimbra deitou olhos saudosos ao passado. Tempos em que ele cria! Outrora faria uma promessa ao santo; agora...

— Infelizmente não! — suspirou consigo.

Sacudiu a cabeça e guiou para casa. Não jantou sem que a imagem do santo viesse espreitá-lo duas ou três vezes, com o olhar seráfico e o gesto de imortal bem-aventurança. Ao pobre escrivão vinha agora mais esta mágoa, este outro deserto árido e maior. Não cria; faltava-lhe a doce fé religiosa, dizia consigo. Saiu a passeio, à noite e, para encurtar caminho, enfiou por um beco. Deixando o beco, pareceu-lhe que alguém chamava por ele, voltou a cabeça e viu a pessoa do santo, agora mais celeste; já não era a imagem de madeira, era a pessoa, como digo, a pessoa viva do grande doutor cristão. A ilusão foi tão completa que lhe pareceu ver o santo estender-lhe as mãos, e nelas as notas do sonho, aquelas notas largas e frescas.

Imagina essa noite de 21 e a manhã de 22. Não chegou ao cartório sem passar pela igreja da irmandade e entrar outra vez nela. A razão que deu a si mesmo foi saber se a gente local trataria a sua instituição com o zelo do princípio. Achou lá o sacristão, um velho zeloso que veio para ele com a alma nos olhos, exclamando:

— Vossa senhoria por aqui!

— Eu mesmo, é verdade. Passei, lembrou-me saber como é aqui tratado o meu hóspede.

— Que hóspede? — perguntou o sacristão sem entender a linguagem figurada.

— O meu velho são Bernardo.

— Ah! são Bernardo! Como há de ser tratado um santo milagroso como ele é? Vossa senhoria veio à festa deste ano?

— Não pude.

— Pois esteve muito bonita. Houve muitas esmolas e grande concorrência. A mesa foi reeleita, sabe?

Coimbra não sabia, mas disse que sim, e sinceramente achou que devia sabê-lo; chamou-se descuidado, relaxado, e voltou para a imagem olhos que supôs contritos e pode ser que o fossem. Ao sacristão pareceram devotos. Também este elevou os seus à imagem, e fez a reverência habitual, inclinando meio corpo e dobrando a perna. Coimbra não foi tão extenso, mas imitou o gesto.

— A escola vai bem, sabe? — disse o sacristão.

— A escola? Ah! sim. Ainda existe?

— Se existe? Tem setenta e nove alunos.

Tratava-se de uma escola que ainda em tempo da esposa do escrivão, a irmandade fundara com o nome do santo, a escola de são Bernardo. O desapego religioso do escrivão chegara ao ponto de não acompanhar a prosperidade do estabelecimento, quase esquecê-lo de todo. Ouvindo a notícia, ficou pasmado. No tempo dele não houve mais de uma dúzia de alunos, agora eram setenta e nove. Por algumas perguntas sobre a administração, soube que a irmandade pagava a um diretor e três professores. No fim do ano ia haver a distribuição dos prêmios, grande festa a que esperavam trazer o arcebispo.

Quando saiu da igreja, trazia Coimbra não sei que ressurreições vagas e cinzentas. Propriamente não tinham cor, mas esta expressão serve a indicar uma feição nem viva, como dantes, nem totalmente morta. O coração não é só berço e túmulo, é também hospital. Guarda algum doente, que um dia, sem saber como, convalesce do mal, sacode a paralisia e dá um salto em pé. No coração de Coimbra o enfermo não deu salto, entrou a mover os dedos e os lábios, com tais sinais de vida que pareciam chamar o escrivão e dizer-lhe coisas de outro tempo.

— O último! Quinhentos contos! — bradavam os meninos, quando ele ia a entrar no cartório. — Quinhentos contos! O último!

Estas vozes entraram com ele e repetiram-se várias vezes, durante o dia, ou da boca de outros vendedores ou dos ouvidos dele mesmo. Quando voltou para casa, passou novamente pela igreja mas não entrou; um diabo ou o que quer que era desviou o gesto que ele começou a fazer.

Não foi menos inquieto o dia 23. Coimbra lembrou-se de passar pela escola de são Bernardo; já não era na casa antiga; estava em outra, uma boa casa assobradada, de sete janelas, portão de ferro ao lado e jardim. Como é que ele fora um dos primeiros autores de obra tão conspícua? Passou duas vezes por ela, chegou a querer entrar, mas não saberia que dissesse ao diretor e temeu o riso dos meninos. Foi para o cartório e, de caminho, mil recordações lhe restituíam o tempo em que aprendia a ler. Que ele também andou na escola, e evitou muita palmatoada com promessas de orações a santos. Um dia, em casa, ameaçado de apanhar por haver tirado ao pai um doce, aliás indigesto, prometeu uma vela de cera a Nossa Senhora. A mãe pediu por ele, e alcançou perdoá-lo; ele pediu à mãe o preço da vela e cumpriu a promessa. Reminiscências velhas e amigas que vinham temperar o árido preparo dos papéis. Ao mesmo são Bernardo fizera mais de uma promessa, quando era irmão efetivo e mesário, e cumpriu-as todas. Onde iam tais tempos?

Enfim, surdiu a manhã de 24 de dezembro. A roda tinha de correr ao meio-dia. Coimbra acordou mais cedo que de costume, mal começava a clarear. Conquanto trouxesse de cor o número do bilhete, lembrou-se de o escrever na folha da carteira para havê-lo bem fixo, e no caso de tirar a sorte grande... Esta ideia fê-lo estremecer. Uma derradeira esperança (que o homem de fé nunca perde) lhe perguntou sem palavras: que é que lhe impedia tirar os quinhentos contos? Quinhentos contos! Tais coisas viu neste algarismo que fechou os olhos deslumbrados. O ar, como um eco, repetiu: Quinhentos contos! E as mãos apalparam a mesma quantia.

De caminho, foi à igreja, que achou aberta e deserta. Não, não estava deserta. Uma preta velha, ajoelhada diante do altar de são Bernardo, com um rosário na mão, parecia pedir-lhe alguma coisa, se não é que lhe pagava em orações o benefício já recebido. Coimbra viu a postura e o gesto. Advertiu que ele era o autor daquela consolação da devota e olhou também para a imagem. Era a mesma do seu tempo. A preta acabou beijando a cruz do rosário, persignou-se, levantou-se e saiu.

Ia a sair também, quando duas figuras lhe passaram pelo cérebro: a sorte grande, naturalmente, e a escola. Atrás delas veio uma sugestão, depois um cálculo. Este cálculo, por mais que digam do escrivão que ele amava o dinheiro (e amava), foi desinteressado; era dar de si muita coisa, contribuir para elevar mais e mais a escola, que era também obra sua. Prometeu dar cem contos de réis para o ensino, para a escola, escola de são Bernardo, se tirasse a sorte grande. Não fez a promessa nominalmente, mas por estas palavras sem sobrescrito, e todavia sinceras: "Prometo dar cem contos de réis à escola de são Bernardo, se tirar a sorte grande". Já na rua, considerou bem que não perdia nada se não tirasse a sorte, e ganharia quatrocentos contos, se a tirasse. Picou o passo e ainda uma vez penetrou no cartório, onde buscou enterrar-se no trabalho.

Não se contam as agonias daquele dia 24 de dezembro de 1898. Imagine-as quem já esperou quinhentos contos de réis. Nem por isso deixou de receber e contar as quantias que lhe eram devidas por atos judiciais. Parece que entre onze horas e meio-dia, depois de uma autuação e antes de uma conclusão, repetiu a promessa de cem contos à escola: "Prometo dar etc.". Bateu meio-dia e o coração do Coimbra não bateu menos, com a diferença que as doze pancadas do relógio de são Francisco de Paula foram o que elas são desde que se inventaram relógios, uma ação certa, pausada e acabada, e as do coração daquele homem foram precipitadas, convulsas, desiguais, sem acabar nunca. Quando ele ouviu a última de são Francisco, não se pôde ter que não pensasse mais vivo na roda ou o que quer que era que faria sair os números e os prêmios da loteria. Era agora... Teve ideia de ir dali saber notícias, mas recuou. Mal se concebe tanta impaciência em jogador tão velho. Parece que estava adivinhando o que lhe ia acontecer.

Desconfias o que lhe aconteceu? Às quatro horas e meia, acabado o trabalho, saiu com a alma nas pernas e correu à primeira casa de loterias. Lá estavam, escritos a giz em tábua preta, o número do bilhete dele e os quinhentos contos. A alma, se ele a tinha nas pernas, era de chumbo, porque elas não andaram mais, nem a luz lhe tornou aos olhos senão alguns minutos depois. Restituído a si, consultou a carteira; era o número exato. Ainda assim, podia ter-se enganado, ao copiá-lo. Voou num tílburi a casa; não se enganara, era o número dele.

Tudo se cumpriu com lealdade. Cinco dias depois, a mesa da irmandade recebia os cem contos de réis para a escola de são Bernardo e expedia um ofício de agradecimento ao fundador das duas instituições, entregue a este por todos os membros da mesa em comissão.

No fim de abril, casara o escrevente Amaral, servindo-lhe Coimbra de testemunha, e morrendo na volta, como ficou dito atrás. O enterro que a irmandade lhe fez e o túmulo que lhe mandou levantar no cemitério de são Francisco Xavier corresponderam aos benefícios que lhe devia. A escola tem hoje mais de cem alunos e os cem contos dados pelo escrivão receberam a denominação de patrimônio Coimbra.

Almanaque Brasileiro Garnier, *janeiro de 1907.*

POE

S I A

Poesias

completas

Crisálidas

Falenas

Americanas

Ocidentais

Advertência

Podia dizer, sem mentir, que me pediram a reunião de versos que andavam esparsos; mas, a verdade anterior é que era minha intenção dá-los um dia. Ao cuidar disto agora achei que seria melhor ligar o novo livro aos três publicados, *Crisálidas*, *Falenas*, *Americanas*. Chamo ao último *Ocidentais*.

     Não direi de uns e de outros versos senão que os fiz com amor, e dos primeiros que os reli com saudades. Suprimo da primeira série algumas páginas; as restantes bastam para notar a diferença de idade e de composição. Suprimo também o prefácio de Caetano Filgueiras, que referiu as nossas reuniões diárias, quando já ele era advogado e casado, e nós outros apenas moços e adolescentes; menino chama-me ele. Todos se foram para a morte, ainda na flor da idade, e, exceto o nome de Casimiro de Abreu, nenhum se salvou. Não deixo esse prefácio, porque a afeição do meu defunto amigo a tal extremo lhe cegara o juízo que não viria a ponto de reproduzir aquela saudação inicial. A recordação só teria valor para mim. Baste aos curiosos o encontro casual das datas, a daquele, 22 de julho de 1864, e a deste.

Rio, 22 de julho de 1900.
Machado de Assis

Crisá

lidas

Musa Consolatrix

Que a mão do tempo e o hálito dos homens
Murchem a flor das ilusões da vida,
    Musa consoladora,
É no teu seio amigo e sossegado
Que o poeta respira o suave sono.

    Não há, não há contigo,
Nem dor aguda, nem sombrios ermos;
Da tua voz os namorados cantos
    Enchem, povoam tudo
De íntima paz, de vida e de conforto.

Ante esta voz que as dores adormece,
E muda o agudo espinho em flor cheirosa,
Que vales tu, desilusão dos homens?
    Tu que podes, ó tempo?
A alma triste do poeta sobrenada
    À enchente das angústias,
E, afrontando o rugido da tormenta,
Passa cantando, alcíone divina.

    Musa consoladora,
Quando da minha fronte de mancebo
A última ilusão cair, bem como
    Folha amarela e seca
Que ao chão atira a viração do outono,
    Ah! no teu seio amigo
Acolhe-me, — e haverá minha alma aflita,
Em vez de algumas ilusões que teve,
A paz, o último bem, último e puro!

Visio

Eras pálida. E os cabelos,
Aéreos, soltos novelos,
Sobre as espáduas caíam...
Os olhos meio-cerrados
De volúpia e de ternura

Entre lágrimas luziam...
E os braços entrelaçados,
Como cingindo a ventura,
Ao teu seio me cingiam...

Depois, naquele delírio,
Suave, doce martírio
De pouquíssimos instantes,
Os teus lábios sequiosos,
Frios, trêmulos, trocavam
Os beijos mais delirantes,
E no supremo dos gozos
Ante os anjos se casavam
Nossas almas palpitantes...

Depois... depois a verdade,
A fria realidade,
A solidão, a tristeza;
Daquele sonho desperto,
Olhei... silêncio de morte
Respirava a natureza —
Era a terra, era o deserto,
Fora-se o doce transporte,
Restava a fria certeza.

Desfizera-se a mentira:
Tudo aos meus olhos fugira;
Tu e o teu olhar ardente,
Lábios trêmulos e frios,
O abraço longo e apertado,
O beijo doce e veemente;
Restavam meus desvarios,
E o incessante cuidado,
E a fantasia doente.

E agora te vejo. E fria
Tão outra estás da que eu via
Naquele sonho encantado!
És outra, calma, discreta,
Com o olhar indiferente,
Tão outro do olhar sonhado,
Que a minha alma de poeta
Não vê se a imagem presente
Foi a visão do passado.

Foi, sim, mas visão apenas;
Daquelas visões amenas
Que à mente dos infelizes
Descem vivas e animadas,
Cheias de luz e esperança
E de celestes matizes:
Mas, apenas dissipadas,
Fica uma leve lembrança,
Não ficam outras raízes.

Inda assim, embora sonho,
Mas, sonho doce e risonho,
Desse-me Deus que fingida
Tivesse aquela ventura
Noite por noite, hora a hora,
No que me resta de vida,
Que, já livre da amargura,
Alma, que em dores me chora,
Chorara de agradecida!

Quinze anos

Oh! la fleur de l'Eden, pourquoi l'as-tu fannée,
Insouciant enfant, belle Ève aux blonds cheveux?
ALFRED DE MUSSET

Era uma pobre criança...
— Pobre criança, se o eras! —
Entre as quinze primaveras
De sua vida cansada
Nem uma flor de esperança
Abria a medo. Eram rosas
Que a doida da esperdiçada
Tão festivas, tão formosas,
Desfolhava pelo chão.
— Pobre criança, se o eras! —
Os carinhos mal gozados
Eram por todos comprados,
Que os afetos de sua alma
Havia-os levado à feira,
Onde vendera sem pena
Até a ilusão primeira
Do seu doido coração!

Pouco antes, a candura,
Co'as brancas asas abertas,
Em um berço de ventura
A criança acalentava
Na santa paz do Senhor;
Para acordá-la era cedo,
E a pobre ainda dormia
Naquele mudo segredo
Que só abre o seio um dia
Para dar entrada a amor.

Mas, por teu mal, acordaste!
Junto do berço passou-te
A festiva melodia
Da sedução... e acordou-te!
Colhendo as límpidas asas,
O anjo que te velava
Nas mãos trêmulas e frias
Fechou o rosto... chorava!

Tu, na sede dos amores,
Colheste todas as flores
Que nas orlas do caminho
Foste encontrando ao passar;
Por elas, um só espinho
Não te feriu... vás andando...
Corre, criança, até quando
Fores forçada a parar!

Então, desflorada a alma
De tanta ilusão, perdida
Aquela primeira calma
Do teu sono de pureza;
Esfolhadas, uma a uma,
Essas rosas de beleza
Que se esvaem como a escuma
Que a vaga cospe na praia
E que por si se desfaz;

Então, quando nos teus olhos
Uma lágrima buscares,
E secos, secos de febre,
Uma só não encontrares
Das que em meio das angústias
São um consolo e uma paz;

Então, quando o frio espectro
Do abandono e da penúria
Vier aos teus sofrimentos
Juntar a última injúria:
E que não vires ao lado
Um rosto, um olhar amigo
Daqueles que são agora
Os desvelados contigo;

Criança, verás o engano
E o erro dos sonhos teus;
E dirás, — então já tarde, —
Que por tais gozos não vale
Deixar os braços de Deus.

Stella

Já raro e mais escasso
A noite arrasta o manto,
E verte o último pranto
Por todo o vasto espaço.

Tíbio clarão já cora
A tela do horizonte,
E já de sobre o monte
Vem debruçar-se a aurora.

À muda e torva irmã,
Dormida de cansaço,
Lá vem tomar o espaço
A virgem da manhã.

Uma por uma, vão
As pálidas estrelas.
E vão, e vão com elas
Teus sonhos, coração.

Mas tu, que o devaneio
Inspiras do poeta,
Não vês que a vaga inquieta
Abre-te o úmido seio?

Vai. Radioso e ardente,
Em breve o astro do dia,
Rompendo a névoa fria,
Virá do roxo oriente.

Dos íntimos sonhares
Que a noite protegera,
De tanto que eu vertera,
Em lágrimas a pares,

Do amor silencioso,
Místico, doce, puro,
Dos sonhos de futuro,
Da paz, do etéreo gozo,

De tudo nos desperta
Luz de importuno dia;
Do amor que tanto a enchia
Minha alma está deserta.

A virgem da manhã
Já todo o céu domina...
Espero-te, divina,
Espero-te, amanhã.

Epitáfio do México

Dobra o joelho: — é um túmulo.
Embaixo amortalhado
Jaz o cadáver tépido
De um povo aniquilado;
A prece melancólica
Reza-lhe em torno à cruz.

Ante o universo atônito
Abriu-se a estranha liça,
Travou-se a luta férvida
Da força e da justiça;
Contra a justiça, ó século,
Venceu a espada e o obus.

Venceu a força indômita;
Mas a infeliz vencida
A mágoa, a dor, o ódio,
Na face envilecida
Cuspiu-lhe. E a eterna mácula
Seus louros murchará.

E quando a voz fatídica
Da santa liberdade
Vier em dias prósperos
Clamar à humanidade,
Então revivo o México
Da campa surgirá.

Polônia

*E ao terceiro dia a alma deve voltar ao
corpo, e a nação ressuscitará.*
MICKIEWICZ

Como aurora de um dia desejado,
Clarão suave o horizonte inunda.
É talvez a manhã. A noite amarga
Como que chega ao termo; e o sol dos livres,
Cansado de te ouvir o inútil pranto,
Alfim ressurge no dourado Oriente.

Eras livre, — tão livre como as águas
Do teu formoso, celebrado rio;
    A coroa dos tempos
Cingia-te a cabeça veneranda;
E a desvelada mãe, a irmã cuidosa,
    A santa liberdade,
Como junto de um berço precioso,
À porta dos teus lares vigiava.

Eras feliz demais, demais formosa;
A sanhuda cobiça dos tiranos
Veio enlutar teus venturosos dias...
Infeliz! a medrosa liberdade
Em face dos canhões espavorida
Aos reis abandonou teu chão sagrado;
    Sobre ti, moribunda,

Viste cair os duros opressores:
Tal a gazela que percorre os campos,
    Se o caçador a fere,
Cai convulsa de dor em mortais ânsias,
    E vê no extremo arranco
    Abater-se sobre ela
Escura nuvem de famintos corvos.
Presa uma vez da ira dos tiranos,
    Os membros retalhou-te
Dos senhores a esplêndida cobiça;
Em proveito dos reis a terra livre
Foi repartida, e os filhos teus — escravos —
Viram descer um véu de luto à pátria
E apagar-se na história a glória tua.

A glória, não! — É glória o cativeiro,
Quando a cativa, como tu, não perde
A aliança de Deus, a fé que alenta,
E essa união universal e muda
Que faz comuns a dor, o ódio, a esperança.

Um dia, quando o cálix da amargura,
Mártir, até às fezes esgotaste,
Longo tremor correu as fibras tuas;
Em teu ventre de mãe, a liberdade
Parecia soltar esse vagido
Que faz rever o céu no olhar materno;
Teu coração estremeceu; teus lábios
Trêmulos de ansiedade e de esperança,
Buscaram aspirar a longos tragos
A vida nova nas celestes auras.
    Então surgiu Kosciusko;
Pela mão do Senhor vinha tocado;
A fé no coração, a espada em punho,
E na ponta da espada a torva morte,
Chamou aos campos a nação caída.
De novo entre o direito e a força bruta
Empenhou-se o duelo atroz e infausto
    Que a triste humanidade
Inda verá por séculos futuros.
Foi longa a luta; os filhos dessa terra
Ah! não pouparam nem valor nem sangue!
A mãe via partir sem pranto os filhos,
A irmã o irmão, a esposa o esposo,
    E todas abençoavam
A heroica legião que ia à conquista
    Do grande livramento.

　　　　Coube às hostes da força
　　　　Da pugna o alto prêmio;
　　　　A opressão jubilosa
Cantou essa vitória de ignomínia;
E de novo, ó cativa, o véu de luto
Correu sobre teu rosto!
　　　　Deus continua
Em suas mãos o sol da liberdade,
E inda não quis que nesse dia infausto
Teu macerado corpo alumiasse.

Resignada à dor e ao infortúnio,
A mesma fé, o mesmo amor ardente
　　　　Davam-te a antiga força.
Triste viúva, o templo abriu-te as portas;
Foi a hora dos hinos e das preces;
Cantaste a Deus; tua alma consolada
Nas asas da oração aos céus subia,
Como a refugiar-se e a refazer-se
　　　　No seio do infinito.
E quando a força do feroz cossaco
À casa do Senhor ia buscar-te,
　　　　Era ainda rezando
Que te arrastavas pelo chão da igreja.

Pobre nação! — é longo o teu martírio;
A tua dor pede vingança e termo;
Muito hás vertido em lágrimas e sangue;
É propícia esta hora. O sol dos livres
Como que surge no dourado Oriente.
　　　　Não ama a liberdade
Quem não chora contigo as dores tuas;
E não pede, e não ama, e não deseja
Tua ressurreição, finada heroica!

Erro

Erro é teu. Amei-te um dia
Com esse amor passageiro
Que nasce na fantasia
E não chega ao coração;
Nem foi amor, foi apenas

Uma ligeira impressão;
Um querer indiferente,
Em tua presença, vivo,
Morto, se estavas ausente,
E se ora me vês esquivo,
Se, como outrora, não vês
Meus incensos de poeta
Ir eu queimar a teus pés,
É que, como obra de um dia,
Passou-me essa fantasia.

Para eu amar-te devias
Outra ser e não como eras.
Tuas frívolas quimeras,
Teu vão amor de ti mesma,
Essa pêndula gelada
Que chamavas coração,
Eram bem fracos liames
Para que a alma enamorada
Me conseguissem prender;
Foram baldados tentames,
Saiu contra ti o azar,
E embora pouca, perdeste
A glória de me arrastar
Ao teu carro... Vãs quimeras!
Para eu amar-te devias
Outra ser e não como eras...

Elegia

A bondade choremos inocente
Cortada em flor que, pela mão da morte,
Nos foi arrebatada dentre a gente.
CAMÕES

Se, como outrora, nas florestas virgens,
Nos fosse dado — o esquife que te encerra
Erguer a um galho de árvore frondosa,
Certo não tinhas um melhor jazigo
Do que ali, ao ar livre, entre os perfumes
Da florente estação, imagem viva
De teus cortados dias, e mais perto
    Do clarão das estrelas.

Sobre teus pobres e adorados restos,
Piedosa, a noite ali derramaria
De seus negros cabelos puro orvalho;
À beira do teu último jazigo
Os alados cantores da floresta
Iriam sempre modular seus cantos;
Nem letra, nem lavor de emblema humano,
Relembraria a mocidade morta;
Bastava só que ao coração materno,
Ao do esposo, ao dos teus, ao dos amigos,
Um aperto, uma dor, um pranto oculto,
Dissesse: — Dorme aqui, perto dos anjos,
A cinza de quem foi gentil transunto
     De virtudes e graças.

Mal havia transposto da existência.
Os dourados umbrais; a vida agora
Sorria-lhe toucada dessas flores
Que o amor, que o talento e a mocidade
     À uma repartiam.

Tudo lhe era presságio alegre e doce;
Uma nuvem sequer não sombreava,
Em sua fronte, o íris da esperança;
Era, enfim, entre os seus a cópia viva
Dessa ventura que os mortais almejam,
E que raro a fortuna, avessa ao homem,
     Deixa gozar na terra.
Mas eis que o anjo pálido da morte
A pressentiu feliz e bela e pura,
E, abandonando a região do olvido,
Desceu à terra, e sob a asa negra
A fronte lhe escondeu; o frágil corpo
Não pôde resistir; a noite eterna
     Veio fechar seus olhos;
     Enquanto a alma abrindo
As asas rutilantes pelo espaço,
Foi engolfar-se em luz, perpetuamente,
     No seio do infinito;
Tal a assustada pomba, que na árvore
O ninho fabricou, — se a mão do homem
Ou a impulsão do vento um dia abate
O recatado asilo, — abrindo o voo,
     Deixa os inúteis restos
E, atravessando airosa os leves ares,
Vai buscar noutra parte outra guarida.

Hoje, do que era inda lembrança resta,
E que lembrança! Os olhos fatigados
Parecem ver passar a sombra dela;
O atento ouvido inda lhe escuta os passos;
E as teclas do piano, em que seus dedos
Tanta harmonia despertavam antes,
Como que soltam essas doces notas
Que outrora ao seu contato respondiam.

Ah! pesava-lhe este ar da terra impura,
Faltava-lhe esse alento de outra esfera,
Onde, noiva dos anjos, a esperavam
        As palmas da virtude.

Mas, quando assim a flor da mocidade
Toda se esfolha sobre o chão da morte,
Senhor, em que firmar a segurança
Das venturas da terra? Tudo morre;
À sentença fatal nada se esquiva,
O que é fruto e o que é flor. O homem cego
Cuida haver levantado em chão de bronze
Um edifício resistente aos tempos,
Mas lá vem dia em que, a um leve sopro,
        O castelo se abate,
Onde, doce ilusão, fechado havias
Tudo o que de melhor a alma do homem
        Encerra de esperanças.
        Dorme, dorme tranquila
Em teu último asilo; e se eu não pude
Ir espargir também algumas flores
Sobre a lájea da tua sepultura;
Se não pude, — eu que há pouco te saudava
Em teu erguer, estrela, — os tristes olhos
Banhar nos melancólicos fulgores,
Na triste luz do teu recente ocaso,
Deixo-te ao menos nestes pobres versos
Um penhor de saudade, e lá na esfera
Aonde aprouve ao Senhor chamar-te cedo,
Possas tu ler nas pálidas estrofes
        A tristeza do amigo.

Sinhá

O teu nome é como o óleo derramado.
Cântico dos Cânticos

Nem o perfume que expira
A flor, pela tarde amena,
Nem a nota que suspira
Canto de saudade e pena
Nas brandas cordas da lira;
Nem o murmúrio da veia
Que abriu sulco pelo chão
Entre margens de alva areia,
Onde se mira e recreia
Rosa fechada em botão;

Nem o arrulho enternecido
Das pombas, nem do arvoredo
Esse amoroso arruído
Quando escuta algum segredo
Pela brisa repetido;
Nem esta saudade pura
Do canto do sabiá
Escondido na espessura,
Nada respira doçura
Como o teu nome, Sinhá!

Horas vivas

Noite: abrem-se as flores...
    Que esplendores!
Cíntia sonha amores
    Pelo céu.
Tênues as neblinas
    Às campinas
Descem das colinas,
    Como um véu.

Mãos em mãos travadas,
    Animadas,
Vão aquelas fadas
    Pelo ar;

Soltos os cabelos,
 Em novelos,
Puros, louros, belos,
 A voar.

— "Homem, nos teus dias
 Que agonias,
Sonhos, utopias,
 Ambições;
Vivas e fagueiras,
 As primeiras,
Como as derradeiras
 Ilusões!

— Quantas, quantas vidas
 Vão perdidas
Pombas malferidas
 Pelo mal!
Anos após anos,
 Tão insanos,
Vêm os desenganos
 Afinal.

— Dorme: se os pesares
 Repousares,
Vês? — por estes ares
 Vamos rir;
Mortas, não; festivas,
 E lascivas,
Somos — *horas vivas*
 De dormir. —"

Versos a Corina

Tacendo il nome di questa gentilíssima.
Dante

I

Tu nasceste de um beijo e de um olhar. O beijo
Numa hora de amor, de ternura e desejo,
Uniu a terra e o céu. O olhar foi do Senhor,

Olhar de vida, olhar de graça, olhar de amor;
Depois, depois vestindo a forma peregrina,
Aos meus olhos mortais, surgiste-me, Corina!

De um júbilo divino os cantos entoava
A natureza mãe, e tudo palpitava,
A flor aberta e fresca, a pedra bronca e rude,
De uma vida melhor e nova juventude.

Minh'alma adivinhou a origem do teu ser;
Quis cantar e sentir; quis amar e viver;
À luz que de ti vinha, ardente, viva, pura,
Palpitou, reviveu a pobre criatura;
Do amor grande, elevado, abriram-se-lhe as fontes;
Fulgiram novos sóis, rasgaram-se horizontes;
Surgiu, abrindo em flor, uma nova região;
Era o dia marcado à minha redenção.

Era assim que eu sonhava a mulher. Era assim:
Corpo de fascinar, alma de querubim;
Era assim: fronte altiva e gesto soberano,
Um porte de rainha a um tempo meigo e ufano,
Em olhos senhoris uma luz tão serena,
E grave como Juno, e bela como Helena!

Era assim, a mulher que extasia e domina,
A mulher que reúne a terra e o céu: Corina!
Neste fundo sentir, nesta fascinação,
Que pede do poeta o amante coração?
Viver como nasceste, ó beleza, ó primor,
De uma fusão do ser, de uma efusão do amor.

   Viver, — fundir a existência
   Em um ósculo de amor,
   Fazer de ambas — uma essência,
   Apagar outras lembranças,
   Perder outras ilusões,
   E ter por sonho melhor
   O sonho das esperanças
   De que a única ventura
   Não reside em outra vida,
   Não vem de outra criatura;
   Confundir olhos nos olhos,
   Unir um seio a outro seio,
   Derramar as mesmas lágrimas

E tremer do mesmo enleio,
Ter o mesmo coração,
Viver um do outro viver...
Tal era a minha ambição.

Donde viria a ventura
Desta vida? Em que jardim
Colheria essa flor pura?
Em que solitária fonte
Essa água iria beber?
Em que incendido horizonte
Podiam meus olhos ver
Tão meiga, tão viva estrela,
Abrir-se e resplandecer?
Só em ti: — em ti que és bela,
Em ti que a paixão respiras,
Em ti cujo olhar se embebe
Na ilusão de que deliras,
Em ti, que um ósculo de Hebe
Teve a singular virtude
De encher, de animar teus dias,
De vida e de juventude...

Amemos! diz a flor à brisa peregrina,
Amemos! diz a brisa, arfando em torno à flor;
Cantemos essa lei e vivamos, Corina,
De uma fusão do ser, de uma efusão do amor.

II

A minha alma, talvez, não é tão pura
Como era pura nos primeiros dias;
Eu sei: tive choradas agonias
De que conservo alguma nódoa escura,

Talvez. Apenas à manhã da vida
Abri meus olhos virgens e minha alma,
Nunca mais respirei a paz e a calma,
E me perdi na porfiosa lida.

Não sei que fogo interno me impelia
À conquista da luz, do amor, do gozo,
Não sei que movimento imperioso
De um desusado ardor minha alma enchia.

Corri de campo em campo e plaga em plaga.
(Tanta ansiedade o coração encerra!)
A ver o lírio que brotasse a terra,
A ver a escuma que cuspisse — a vaga.

Mas, no areal da praia, no horto agreste,
Tudo aos meus olhos ávidos fugia...
Desci ao chão do vale que se abria,
Subi ao cume da montanha alpestre.

Nada! Volvi o olhar ao céu. Perdi-me
Em meus sonhos de moço e de poeta;
E contemplei, nesta ambição inquieta,
Da muda noite a página sublime.

Tomei nas mãos a cítara saudosa
E soltei entre lágrimas um canto.
A terra brava recebeu meu pranto
E o eco repetiu-me a voz chorosa.

Foi em vão. Como um lânguido suspiro,
A voz se me calou, e do ínvio monte
Olhei ainda as linhas do horizonte,
Como se olhasse o último retiro.

Nuvem negra e veloz corria solta
O anjo da tempestade anunciando;
Vi ao longe as alcíones cantando
Doidas correndo à flor da água revolta.

Desiludido, exausto, ermo, perdido,
Busquei a triste estância do abandono,
E esperei, aguardando o último sono,
Volver à terra, de que fui nascido.

— "Ó Cibele fecunda, é no remanso
Do teu seio — que vive a criatura,
Chamem-te outros morada triste e escura,
Chamo-te glória, chamo-te descanso!"

Assim falei. E murmurando aos ventos
Uma blasfêmia atroz — estreito abraço
Homem e terra uniu, e em longo espaço
Aos ecos repeti meus vãos lamentos.

Mas, tu passaste... Houve um grito
Dentro de mim. Aos meus olhos
Visão de amor infinito,
Visão de perpétuo gozo
Perpassava e me atraía,
Como um sonho voluptuoso
De sequiosa fantasia.
Ergui-me logo do chão,
E pousei meus olhos fundos
Em teus olhos soberanos,
Ardentes, vivos, profundos,
Como os olhos da beleza
Que das escumas nasceu...
Eras tu, maga visão,
Eras tu o ideal sonhado
Que em toda a parte busquei,
E por quem houvera dado
A vida que fatiguei;
Por quem verti tanto pranto,
Por quem nos longos espinhos
Minhas mãos, meus pés sangrei!

Mas se minh'alma, acaso, é menos pura
Do que era pura nos primeiros dias,
Porque não soube em tantas agonias
Abençoar a minha desventura;

Se a blasfêmia os meus lábios poluíra,
Quando, depois de tempo e do cansaço,
Beijei a terra no mortal abraço
E espedacei desanimado a lira;

Podes, visão formosa e peregrina,
No amor profundo, na existência calma,
Desse passado resgatar minh'alma
E levantar-me aos olhos teus, — Corina!

III

Quando voarem minhas esperanças
Como um bando de pombas fugitivas;
E dessas ilusões doces e vivas
Só me restarem pálidas lembranças;

E abandonar-me a minha mãe Quimera,
Que me aleitou aos seios abundantes;

E vierem as nuvens flamejantes
Encher o céu da minha primavera;

E raiar para mim um triste dia,
Em que, por completar minha tristeza,
Nem possa ver-te, musa da beleza.
Nem possa ouvir-te, musa da harmonia;

Quando assim seja, por teus olhos juro,
Voto minh'alma à escura soledade,
Sem procurar melhor felicidade,
E sem ambicionar prazer mais puro,

Como o viajor que, da falaz miragem
Volta desenganado ao lar tranquilo,
E procura, naquele último asilo,
Nem evocar memórias da viagem;

Envolvido em mim mesmo, olhos cerrados
A tudo mais, — a minha fantasia
As asas colherá com que algum dia
Quis alcançar os cimos elevados.

És tu a maior glória de minha alma,
Se o meu amor profundo não te alcança,
De que me servirá outra esperança?
Que glória tirarei de alheia palma?

IV

Tu que és bela e feliz, tu que tens por diadema
A dupla irradiação da beleza e do amor;
E sabes reunir, como o melhor poema,
Um desejo da terra e um toque do Senhor;

Tu que, como a ilusão, entre névoas deslizas
Aos versos do poeta um desvelado olhar,
Corina, ouve a canção das amorosas brisas,
Do poeta e da luz, das selvas e do mar.

AS BRISAS

Deu-nos a harpa eólia a excelsa melodia
Que a folhagem desperta e torna alegre a flor,
Mas que vale essa voz, ó musa da harmonia,
Ao pé da tua voz, filha da harpa do amor?

Diz-nos tu como houveste as notas do teu canto?
Que alma de serafim volteia aos lábios teus?
Donde houveste o segredo e o poderoso encanto
Que abre a ouvidos mortais a harmonia dos céus?

A LUZ

Eu sou a luz fecunda, alma da natureza;
Sou o vivo alimento à viva criação.
Deus lançou-me no espaço. A minha realeza
Vai até onde vai meu vívido clarão.

Mas, se derramo vida a Cibele fecunda,
Que sou eu ante a luz dos teus olhos? Melhor,
A tua é mais do céu, mais doce, mais profunda,
Se a vida vem de mim, tu dás a vida e o amor.

AS ÁGUAS

Do nume da beleza o berço celebrado
Foi o mar; Vênus bela entre espumas nasceu.
Veio a idade de ferro, e o nume venerado
Do venerado altar baqueou: — pereceu.

Mas a beleza és tu. Como Vênus marinha,
Tens a inefável graça e o inefável ardor.
Se paras, és um nume; andas, uma rainha,
E se quebras um olhar, és tudo isso e és amor!

Chamam-te as águas, vem! tu irás sobre a vaga
A vaga, a tua mãe, que te abre os seios nus,
Buscar adorações de uma plaga a outra plaga,
E das regiões da névoa às regiões da luz!

AS SELVAS

Um silêncio de morte entrou no seio às selvas.
Já não pisa Diana este sagrado chão;
Nem já vem repousar no leito destas relvas
Aguardando saudosa o amor de Endimião.

Da grande caçadora a um solícito aceno
Já não vem, não acode o grupo jovial;
Nem o eco repete a flauta de Sileno,
Após o grande ruído a mudez sepulcral.

Mas Diana aparece. A floresta palpita,
Uma seiva melhor circula mais veloz;
É vida que renasce, é vida que se agita;
À luz do teu olhar, ao som da tua voz!

O POETA

Também eu, sonhador, que vi correr meus dias
Na solene mudez da grande solidão,
E soltei, enterrando as minhas utopias,
O último suspiro e a última oração;

Também eu junto a voz à voz da natureza,
E soltando o meu hino ardente e triunfal,
Beijarei ajoelhado as plantas da beleza
E banharei minh'alma em tua luz, — Ideal!

Ouviste a natureza? Às súplicas e às mágoas
Tua alma de mulher deve de palpitar;
Mas que te não seduza o cântico das águas,
Não procures, Corina, o caminho do mar!

V

Guarda estes versos que escrevi chorando
Como um alívio à minha soledade,
Como um dever do meu amor; e quando
Houver em ti um eco de saudade,
Beija estes versos que escrevi chorando.

Único em meio das paixões vulgares,
Fui a teus pés queimar minh'alma ansiosa,
Como se queima o óleo ante os altares;
Tive a paixão indômita e fogosa,
Única em meio das paixões vulgares.

Cheio de amor, vazio de esperança,
Dei para ti os meus primeiros passos;
Minha ilusão fez-me, talvez, criança;
E eu pretendi dormir aos teus abraços,
Cheio de amor, vazio de esperança.

Refugiado à sombra do mistério
Pude cantar meu hino doloroso;
E o mundo ouviu o som doce ou funéreo

Sem conhecer o coração ansioso
Refugiado à sombra do mistério.

Mas eu que posso contra a sorte esquiva?
Vejo que em teus olhares de princesa
Transluz uma alma ardente e compassiva
Capaz de reanimar minha incerteza;
Mas eu que posso contra a sorte esquiva?

Como um réu indefeso e abandonado,
Fatalidade, curvo-me ao teu gesto;
E se a perseguição me tem cansado,
Embora, escutarei o teu aresto,
Como um réu indefeso e abandonado.

Embora fujas aos meus olhos tristes,
Minh'alma irá saudosa, enamorada,
Acercar-se de ti lá onde existes;
Ouvirás minha lira apaixonada,
Embora fujas aos meus olhos tristes.

Talvez um dia meu amor se extinga,
Como fogo de Vesta malcuidado
Que sem o zelo da Vestal não vinga;
Na ausência e no silêncio condenado
Talvez um dia meu amor se extinga.

Então não busques reavivar a chama,
Evoca apenas a lembrança casta
Do fundo amor daquele que não ama;
Esta consolação apenas basta;
Então não busques reavivar a chama.

Guarda estes versos que escrevi chorando,
Como um alívio à minha soledade,
Como um dever do meu amor; e quando
Houver em ti um eco de saudade,
Beija estes versos que escrevi chorando.

VI

Em vão! Contrário a amor é nada o esforço humano;
É nada o vasto espaço, é nada o vasto oceano.
Solta do chão, abrindo as asas luminosas.
Minh'alma se ergue e voa às regiões venturosas,

Onde ao teu brando olhar, ó formosa Corina,
Reveste a natureza a púrpura divina!

Lá, como quando volta a primavera em flor,
Tudo sorri de luz, tudo sorri de amor;
Ao influxo celeste e doce da beleza,
Pulsa, canta, irradia e vive a natureza;
Mais lânguida e mais bela, a tarde pensativa
Desce do monte ao vale; e a viração lasciva
Vai despertar à noite a melodia estranha
Que falam entre si os olmos da montanha;
A flor tem mais perfume e a noite mais poesia;
O mar tem novos sons e mais viva ardentia;
A onda enamorada arfa e beija as areias,
Novo sangue circula, ó terra, em tuas veias!

O esplendor da beleza é raio criador:
Derrama a tudo a luz, derrama a tudo o amor.

Mas vê. Se o que te cerca é uma festa de vida,
Eu, tão longe de ti, sinto a dor mal sofrida
Da saudade que punge e do amor que lacera,
E palpita e soluça e sangra e desespera.
Sinto em torno de mim a muda natureza
Respirando, como eu, a saudade e a tristeza;
É deste ermo que eu vou, alma desventurada,
Murmurar junto a ti a estrofe imaculada
Do amor que não perdeu, co'a última esperança
Nem o intenso fervor, nem a intensa lembrança.

Sabes se te eu amei, sabes se te amo ainda,
Do meu sombrio céu alva estrela bem-vinda!
Como divaga a abelha inquieta e sequiosa
Do cálice do lírio ao cálice da rosa,
Divaguei de alma em alma em busca deste amor;
Gota de mel divino, era divina a flor
Que o devia conter. Eras tu.
       No delírio
De te amar — olvidei as lutas e o martírio;
Eras tu. Eu só quis, numa ventura calma,
Sentir e ver o amor através de uma alma;
De outras belezas vãs não valeu o esplendor,
A beleza eras tu: — tinhas a alma e o amor.

Pelicano do amor, dilacerei meu peito,
E com meu próprio sangue os filhos meus aleito;
Meus filhos: o desejo, a quimera, a esperança;
Por eles reparti minh'alma. Na provança
Ele não fraqueou, antes surgiu mais forte;
É que eu pus neste amor, neste último transporte,
Tudo o que vivifica a minha juventude:
O culto da verdade e o culto da virtude,
A vênia do passado e a ambição do futuro,
O que há de grande e belo, o que há de nobre e puro.

Deste profundo amor, doce e amada Corina,
Acorda-te a lembrança um eco de aflição?
Minh'alma pena e chora à dor que a desatina:
Sente tua alma acaso a mesma comoção?

Em vão! Contrário a amor é nada o esforço humano,
É nada o vasto espaço, é nada o vasto oceano!

      Vou, sequioso espírito,
      Cobrando novo alento,
      N'asa veloz do vento
      Correr de mar em mar;
      Posso, fugindo ao cárcere,
      Que à terra me tem preso,
      Em novo ardor aceso,
      Voar, voar, voar!

      Então, se à hora lânguida
      Da tarde que declina,
      Do arbusto da colina
      Beijando a folha e a flor,
      A brisa melancólica
      Levar-te entre perfumes
      Uns tímidos queixumes
      Ecos de mágoa e dor;

      Então, se o arroio tímido
      Que passa e que murmura
      À sombra da espessura
      Dos verdes salgueirais,
      Mandar-te entre os murmúrios
      Que solta nos seus giros,
      Uns como que suspiros
      De amor, uns ternos ais;

Então, se no silêncio
Da noite adormecida,
Sentires — mal dormida —
Em sonho ou em visão,
Um beijo em tuas pálpebras,
Um nome aos teus ouvidos,
E ao som de uns ais partidos
Pulsar teu coração;

Da mágoa que consome
O meu amor venceu;
Não tremas: — é teu nome,
Não fujas — que sou eu! —

Última folha

Musa, desce do alto da montanha
Onde aspiraste o aroma da poesia,
E deixa ao eco dos sagrados ermos
    A última harmonia.

Dos teus cabelos de ouro, que beijavam
Na amena tarde as virações perdidas,
Deixar cair ao chão as alvas rosas
    E as alvas margaridas.

Vês? Não é noite, não, este ar sombrio
Que nos esconde o céu. Inda no poente
Não quebra os raios pálidos e frios
    O sol resplandecente.

Vês? Lá ao fundo o vale árido e seco
Abre-se, como um leito mortuário;
Espera-te o silêncio da planície,
    Como um frio sudário.

Desce. Virá um dia em que mais bela,
Mais alegre, mais cheia de harmonias,
Voltes a procurar a voz cadente
    Dos teus primeiros dias.

Então coroarás a ingênua fronte
Das flores da manhã, — e ao monte agreste,
Como a noiva fantástica dos ermos,
      Irás, musa celeste!

      Então, nas horas solenes
      Em que o místico himeneu
      Une em abraço divino
      Verde a terra, azul o céu;

      Quando, já finda a tormenta
      Que a natureza enlutou,
      Bafeja a brisa suave
      Cedros que o vento abalou;

      E o rio, a árvore e o campo,
      A areia, a face do mar,
      Parecem, como um concerto,
      Palpitar, sorrir, orar;

      Então, sim, alma de poeta,
      Nos teus sonhos cantarás
      A glória da natureza,
      A ventura, o amor e a paz!

Ah! mas então será mais alto ainda;
      Lá onde a alma do vate
      Possa escutar os anjos,
E onde não chegue o vão rumor dos homens;

Lá onde, abrindo as asas ambiciosas,
Possa adejar no espaço luminoso,
Viver de luz mais viva e de ar mais puro,
      Fartar-se do infinito!

Musa, desce do alto da montanha
Onde aspiraste o aroma da poesia,
E deixa ao eco dos sagrados ermos
      A última harmonia!

F a

lenas

Flor da mocidade

Eu conheço a mais bela flor;
És tu, rosa da mocidade,
Nascida, aberta para o amor.
Eu conheço a mais bela flor.
Tem do céu a serena cor,
E o perfume da virgindade.
Eu conheço a mais bela flor,
És tu, rosa da mocidade.

Vive às vezes na solidão,
Como filha da brisa agreste.
Teme acaso indiscreta mão;
Vive às vezes na solidão.
Poupa a raiva do furacão
Suas folhas de azul-celeste.
Vive às vezes na solidão,
Como filha da brisa agreste.

Colhe-se antes que venha o mal,
Colhe-se antes que chegue o inverno;
Que a flor morta já nada val.
Colhe-se antes que venha o mal.
Quando a terra é mais jovial
Todo o bem nos parece eterno.
Colhe-se antes que venha o mal,
Colhe-se antes que chegue o inverno.

Quando ela fala

She speaks!
O speake again, bright angel!
SHAKESPEARE

Quando ela fala, parece
Que a voz da brisa se cala;
Talvez um anjo emudece
   Quando ela fala.

Meu coração dolorido
As suas mágoas exala,
E volta ao gozo perdido
    Quando ela fala.

Pudesse eu eternamente,
Ao lado dela, escutá-la,
Ouvir sua alma inocente
    Quando ela fala.

Minh'alma, já semimorta,
Conseguira ao céu alçá-la,
Porque o céu abre uma porta
    Quando ela fala.

Manhã de inverno

Coroada de névoas, surge a aurora
Por detrás das montanhas do oriente;
Vê-se um resto de sono e de preguiça,
Nos olhos da fantástica indolente.

Névoas enchem de um lado e de outro os morros
Tristes como sinceras sepulturas,
Essas que têm por simples ornamento
Puras capelas, lágrimas mais puras.

A custo rompe o sol; a custo invade
O espaço todo branco; e a luz brilhante
Fulge através do espesso nevoeiro,
Como através de um véu fulge o diamante.

Vento frio, mas brando, agita as folhas
Das laranjeiras úmidas da chuva;
Erma de flores, curva a planta o colo,
E o chão recebe o pranto da viúva.

Gelo não cobre o dorso das montanhas,
Nem enche as folhas trêmulas a neve;
Galhardo moço, o inverno deste clima
Na verde palma a sua história escreve.

Pouco a pouco, dissipam-se no espaço
As névoas da manhã; já pelos montes
Vão subindo as que encheram todo o vale;
Já se vão descobrindo os horizontes.

Sobe de todo o pano; eis aparece
Da natureza o esplêndido cenário;
Tudo ali preparou co'os sábios olhos
A suprema ciência do empresário.

Canta a orquestra dos pássaros no mato
A sinfonia alpestre, — a voz serena
Acorda os ecos tímidos do vale;
E a divina comédia invade a cena.

La Marchesa de Miramar

A misérrima Dido
Pelos paços reais vaga ululando.
                GARÇÃO

De quanto sonho um dia povoaste
        A mente ambiciosa,
Que te resta? Uma página sombria,
A escura noite e um túmulo recente.

Ó abismo! Ó fortuna! Um dia apenas
Viu erguer, viu cair teu frágil trono.
Meteoro do século, passaste,
Ó triste império, alumiando as sombras.
A noite foi teu berço e teu sepulcro.
Da tua morte os goivos inda acharam
Frescas as rosas dos teus breves dias;
E no livro da história uma só folha
A tua vida conta: sangue e lágrimas.

        No tranquilo castelo,
Ninho d'amor, asilo de esperanças,
A mão de áurea fortuna preparara,
Menina e moça, um túmulo aos teus dias.
        Junto do amado esposo,
Outra c'roa cingias mais segura,

A coroa do amor, dádiva santa
Das mãos de Deus. No céu de tua vida
Uma nuvem sequer não sombreava
A esplêndida manhã; estranhos eram
    Ao recatado asilo
Os rumores do século.
                Estendia-se
Em frente o largo mar, tranquila face
Como a da consciência alheia ao crime,
E o céu, cúpula azul do equóreo leito.
Ali, quando ao cair da amena tarde,
No tálamo encantado do ocidente,
O vento melancólico gemia,
    E a onda murmurando,
Nas convulsões do amor beijava a areia,
Ias tu junto dele, as mãos travadas,
    Os olhos confundidos,
Correr as brandas, sonolentas águas,
Na gôndola discreta. Amenas flores
    Com suas mãos teciam
As namoradas Horas; vinha a noite,
Mãe de amores, solícita descendo,
Que em seu regaço a todos envolvia,
O mar, o céu, a terra, o lenho e os noivos.

Mas além, muito além do céu fechado,
O sombrio destino, contemplando
A paz do teu amor, a etérea vida,
As santas efusões das noites belas,
O terrível cenário preparava
    A mais terríveis lances.

    Então surge dos tronos
A profética voz que anunciava
    Ao teu crédulo esposo:
"Tu serás rei, Macbeth!" Ao longe, ao longe,
No fundo do oceano, envolto em névoas,
Salpicado de sangue, ergue-se um trono.
Chamam-no a ele as vozes do destino.
Da tranquila mansão ao novo império
Cobrem flores a estrada, — estéreis flores
Que mal podem cobrir o horror da morte.
Tu vais, tu vais também, vítima infausta;
O sopro da ambição fechou teus olhos...
    Ah! quão melhor te fora
    No meio dessas águas

Que a régia nau cortava, conduzindo
Os destinos de um rei, achar a morte:
A mesma onda os dois envolveria.
Uma só convulsão às duas almas
O vínculo quebrara, e ambas iriam,
Como raios partidos de uma estrela,
    À eterna luz juntar-se.

Mas o destino, alçando a mão sombria,
Já traçara nas páginas da história
O terrível mistério. A liberdade
Vela naquele dia a ingênua fronte.
Pejam nuvens de fogo o céu profundo.
Orvalha sangue a noite mexicana...
Viúva e moça, agora em vão procuras
No teu plácido asilo o extinto esposo.
Interrogas em vão o céu e as águas.
Apenas surge ensanguentada sombra
Nos teus sonhos de louca, e um grito apenas,
Um soluço profundo reboando
Pela noite do espírito, parece
Os ecos acordar da mocidade.
No entanto, a natureza alegre e viva,
    Ostenta o mesmo rosto.
Dissipam-se ambições, impérios morrem,
Passam os homens como pó que o vento
Do chão levanta ou sombras fugitivas,
Transformam-se em ruína o templo e a choça.
Só tu, só tu, eterna natureza,
    Imutável, tranquila,
Como rochedo em meio do oceano,
Vês baquear os séculos.
              Sussurra
Pelas ribas do mar a mesma brisa;
O céu é sempre azul, as águas mansas;
Deita-se ainda a tarde vaporosa
    No leito do ocidente;
Ornam o campo as mesmas flores belas...
Mas em teu coração magoado e triste,
Pobre Carlota! o intenso desespero
Enche de intenso horror o horror da morte.
Viúva da razão, nem já te cabe
    A ilusão da esperança.
Feliz, feliz, ao menos, se te resta,
    Nos macerados olhos,
O derradeiro bem: — algumas lágrimas!

Sombras

Quando, assentada à noite, a tua fronte inclinas,
E cerras descuidada as pálpebras divinas,
E deixas no regaço as tuas mãos cair,
E escutas sem falar, e sonhas sem dormir,
Acaso uma lembrança, um eco do passado,
Em teu seio revive?
                    O túmulo fechado
Da ventura que foi, do tempo que fugiu,
Por que razão, mimosa, a tua mão o abriu?
Com que flor, com que espinho, a importuna memória
Do teu passado escreve a misteriosa história?
Que espectro ou que visão ressurge aos olhos teus?
Vem das trevas do mal ou cai das mãos de Deus?
É saudade ou remorso? é desejo ou martírio?
Quando em obscuro templo a fraca luz de um círio
Apenas alumia a nave e o grande altar
E deixa todo o resto em treva, — e o nosso olhar
Cuida ver ressurgindo, ao longe, dentre as portas,
As sombras imortais das criaturas mortas,
Palpita o coração de assombro e de terror;
O medo aumenta o mal. Mas a cruz do Senhor,
Que a luz do círio inunda, os nossos olhos chama;
O ânimo esclarece aquela eterna chama;
Ajoelha-se contrito, e murmura-se então
A palavra de Deus, a divina oração.

Pejam sombras, bem vês, a escuridão do templo;
Volve os olhos à luz, imita aquele exemplo;
Corre sobre o passado impenetrável véu;
Olha para o futuro e vem lançar-te ao céu.

Ite, missa est

Fecha o missal do amor e a bênção lança
    À pia multidão
Dos teus sonhos de moço e de criança,
    A bênção do perdão.
Soa a hora fatal, — reza contrito
    As palavras do rito:
        Ite, missa est.

Foi longo o sacrifício; o teu joelho
    De curvar-se cansou;
E acaso sobre as folhas do Evangelho
    A tua alma chorou.
Ninguém viu essas lágrimas (ai tantas!)
    Cair nas folhas santas.
        Ite, missa est.

De olhos fitos no céu rezaste o credo,
    O credo do teu deus;
Oração que devia, ou tarde ou cedo,
    Travar nos lábios teus;
Palavra que se esvai qual fumo escasso
    E some-se no espaço.
        Ite, missa est.

Votaste ao céu, nas tuas mãos alçada,
    A hóstia do perdão,
A vítima divina e profanada
    Que chamas coração.
Quase inteiras perdeste a alma e a vida
    Na hóstia consumida.
        Ite, missa est.

Pobre servo do altar de um deus esquivo,
    É tarde; beija a cruz;
Na lâmpada em que ardia o fogo ativo,
    Vê, já se extingue a luz.
Cubra-te agora o rosto macilento
    O véu do esquecimento.
        Ite, missa est.

Ruínas

    No hay pájaros em los nidos de antaño.
        Provérbio espanhol

Cobrem plantas sem flor crestados muros;
Range a porta anciã; o chão de pedra
Gemer parece aos pés do inquieto vate.
Ruína é tudo: a casa, a escada, o horto,
Sítios caros da infância.

          Austera moça
Junto ao velho portão o vate aguarda;
          Pendem-lhe as tranças soltas
          Por sobre as roxas vestes;
Risos não tem, e em seu magoado gesto
Transluz não sei que dor oculta aos olhos,
— Dor que à face não vem, — medrosa e casta,
Íntima e funda; — e dos cerrados cílios
          Se uma discreta e muda
Lágrima cai, não murcha a flor do rosto;
Melancolia tácita e serena,
Que os ecos não acorda em seus queixumes,
Respira aquele rosto. A mão lhe estende
O abatido poeta. Ei-los percorrem
Com tardo passo os relembrados sítios,
Ermos depois que a mão da fria morte
Tantas almas colhera. Desmaiavam,
          Nos cerros do poente,
          As rosas do crepúsculo.
"Quem és? pergunta o vate; o sol que foge
No teu lânguido olhar um raio deixa;
— Raio quebrado e frio; — o vento agita
Tímido e frouxo as tuas longas tranças.
Conhecem-te estas pedras; das ruínas
Alma errante pareces condenada
A contemplar teus insepultos ossos.
Conhecem-te estas árvores. E eu mesmo
Sinto não sei que vaga e amortecida
          Lembrança de teu rosto."

          Desceu de todo a noite,
Pelo espaço arrastando o manto escuro
Que a loura Vésper nos seus ombros castos,
Como um diamante, prende. Longas horas
Silenciosas correram. No outro dia,
Quando as vermelhas rosas do oriente
Ao já próximo sol a estrada ornavam,
Das ruínas saíam lentamente
          Duas pálidas sombras...

Musa dos olhos verdes

Musa dos olhos verdes, musa alada,
 Ó divina esperança,
Consolo do ancião no extremo alento,
 E sonho da criança;

Tu que junto do berço o infante cinges
 C'os fúlgidos cabelos;
Tu que transformas em dourados sonhos
 Sombrios pesadelos;

Tu que fazes pulsar o seio às virgens;
 Tu que às mães carinhosas
Enches o brando, tépido regaço
 Com delicadas rosas;

Casta filha do céu, virgem formosa
 Do eterno devaneio,
Sê minha amante, os beijos meus recebe,
 Acolhe-me em teu seio!

Já cansada de encher lânguidas flores
 Com as lágrimas frias,
A noite vê surgir do oriente a aurora
 Dourando as serranias.

Asas batendo à luz que as trevas rompe,
 Piam noturnas aves,
E a floresta interrompe alegremente
 Os seus silêncios graves.

Dentro de mim, a noite escura e fria
 Melancólica chora;
Rompe estas sombras que o meu ser povoam;
 Musa, sê tu a aurora!

Noivado

Vês, querida, o horizonte ardendo em chamas?
    Além desses outeiros
Vai descambando o sol, e à terra envia
    Os raios derradeiros;
A tarde, como noiva que enrubesce,
Traz no rosto um véu mole e transparente;
No fundo azul a estrela do poente
    Já tímida aparece.

Como um bafo suavíssimo da noite,
    Vem sussurrando o vento,
As árvores agita e imprime às folhas
    O beijo sonolento.
A flor ajeita o cálix: cedo espera
O orvalho, e entanto exala o doce aroma;
Do leito do oriente a noite assoma;
    Como uma sombra austera.

Vem tu, agora, ó filha de meus sonhos,
    Vem, minha flor querida;
Vem contemplar o céu, página santa
    Que amor a ler convida;
Da tua solidão rompe as cadeias;
Desce do teu sombrio e mudo asilo;
Encontrarás aqui o amor tranquilo...
    Que esperas? que receias?

Olha o templo de Deus, pomposo e grande;
    Lá do horizonte oposto
A lua, como lâmpada, já surge
    A alumiar teu rosto;
Os círios vão arder no altar sagrado,
Estrelinhas do céu que um anjo acende;
Olha como de bálsamos recende
    A c'roa do noivado.

Irão buscar-te em meio do caminho
    As minhas esperanças;
E voltarão contigo, entrelaçadas
    Nas tuas longas tranças;
No entanto eu preparei teu leito à sombra
Do limoeiro em flor; colhi contente

Folhas com que alastrei o solo ardente
    De verde e mole alfombra.

Pelas ondas do tempo arrebatados,
    Até à morte iremos,
Soltos ao longo do baixel da vida
    Os esquecidos remos.
Firmes, entre o fragor da tempestade,
Gozaremos o bem que amor encerra;
Passaremos assim do sol da terra
    Ao sol da eternidade.

A Elvira
(Lamartine)

Quando, contigo a sós, as mãos unidas,
Tu, pensativa e muda; e eu, namorado,
Às volúpias do amor a alma entregando,
Deixo correr as horas fugidias;
Ou quando às solidões de umbrosa selva
Comigo te arrebato; ou quando escuto
—Tão só eu, — teus terníssimos suspiros;
    E de meus lábios solto
Eternas juras de constância eterna;
Ou quando, enfim, tua adorada fronte
Nos meus joelhos trêmulos descansa,
E eu suspendo meus olhos em teus olhos,
Como às folhas da rosa ávida abelha;
Ai, quanta vez então dentro em meu peito
Vago terror penetra, como um raio!
    Empalideço, tremo;
E no seio da glória em que me exalto,
Lágrimas verto que a minha alma assombram!
    Tu, carinhosa e trêmula,
Nos teus braços me cinges, — e assustada,
Interrogando em vão, comigo choras!
"Que dor secreta o coração te oprime?"
Dizes tu, "Vem, confia os teus pesares...
Fala! eu abrandarei as penas tuas!
Fala! eu consolarei tua alma aflita!"

Vida do meu viver, não me interrogues!
Quando enlaçado nos teus níveos braços
A confissão de amor te ouço, e levanto
Lânguidos olhos para ver teu rosto,
Mais ditoso mortal o céu não cobre!
Se eu tremo, é porque nessas esquecidas
      Afortunadas horas,
Não sei que voz do enleio me desperta,
      E me persegue e lembra
Que a ventura co'o tempo se esvaece,
E o nosso amor é facho que se extingue!
      De um lance, espavorida,
Minha alma voa às sombras do futuro,
E eu penso então: "Ventura que se acaba
      Um sonho vale apenas".

Lágrimas de cera

Passou; viu a porta aberta.
Entrou; queria rezar.
A vela ardia no altar.
A igreja estava deserta.

Ajoelhou-se defronte
Para fazer a oração;
Curvou a pálida fronte
E pôs os olhos no chão.

Vinha trêmula e sentida.
Cometera um erro. A cruz
É a âncora da vida,
A esperança, a força, a luz.

Que rezou? Não sei. Benzeu-se
Rapidamente. Ajustou
O véu de rendas. Ergueu-se
E à pia se encaminhou.

Da vela benta que ardera,
Como tranquilo fanal,
Umas lágrimas de cera
Caíam no castiçal.

Ela porém não vertia
Uma lágrima sequer.
Tinha a fé, — a chama a arder, —
Chorar é que não podia.

Livros e flores

Teus olhos são meus livros.
Que livro há aí melhor,
Em que melhor se leia
A página do amor?
Flores me são teus lábios.
Onde há mais bela flor,
Em que melhor se beba
O bálsamo do amor?

Pássaros

Je veux changer mes pensées en oiseaux.
C. MAROT

Olha como, cortando os leves ares,
Passam do vale ao monte as andorinhas;
Vão pousar na verdura dos palmares,
Que, à tarde, cobre transparente véu;
Voam também como essas avezinhas
Meus sombrios, meus tristes pensamentos;
Zombam da fúria dos contrários ventos,
Fogem da terra, acercam-se do céu.

Porque o céu é também aquela estância
Onde respira a doce criatura,
Filha de nosso amor, sonho da infância,
Pensamento dos dias juvenis.
Lá, como esquiva flor, formosa e pura,
Vives tu escondida entre a folhagem,
Ó rainha do ermo, ó fresca imagem
Dos meus sonhos de amor calmo e feliz!

Vão para aquela estância, enamorados,
Os pensamentos de minh'alma ansiosa;
Vão contar-lhe os meus dias mal gozados
E estas noites de lágrimas e dor;
Na tua fronte pousarão, mimosa,
Como as aves no cimo da palmeira;
Dizendo aos ecos a canção primeira
De um livro escrito pela mão do amor.

Dirão também como conservo ainda
No fundo de minh'alma essa lembrança
De tua imagem vaporosa e linda,
Único alento que me prende aqui.
E dirão mais que estrelas de esperança
Enchem a escuridão das noites minhas.
Como sobem ao monte as andorinhas,
Meus pensamentos voam para ti.

O verme

Existe uma flor que encerra
Celeste orvalho e perfume.
Plantou-a em fecunda terra
Mão benéfica de um nume.

Um verme asqueroso e feio,
Gerado em lodo mortal,
Busca essa flor virginal
E vai dormir-lhe no seio.

Morde, sangra, rasga e mina,
Suga-lhe a vida e o alento;
A flor o cálix inclina;
As folhas, leva-as o vento.

Depois, nem resta o perfume
Nos ares da solidão...
Esta flor é o coração,
Aquele verme o ciúme.

Un viex pays

...juntamente choro e rio.
CAMÕES

Il est un viex pays, plein d'ombre et de lumière,
Où l'on rêve le jour, où l'on pleure le soir;
Un pays de blasphème, autant que de prière,
    Né pour le doute et pour l'espoir.

On n'y voit point de fleurs sans un ver qui les ronge,
Point de mer sans tempête, ou de soleil sans nuit;
Le bonheur y paraît quelquefois dans un songe
    Entre les bras du sombre ennui.

L'amour y va souvent, mais c'est tout un délire,
Un désespoir sans fin, une énigme sans mot;
Parfois il rit gaîment, mais de cet affreux rire
    Qui n'est peut-être qu'un sanglot.

On va dans ce pays de misère et d'ivresse,
Mais on le voit à peine, on en sort, on a peur;
Je l'habite pourtant, j'y passe ma jeunesse...
    Hélas! ce pays, c'est mon cœur.

Luz entre sombras

É noite medonha e escura,
Muda como o passamento
Uma só no firmamento
Trêmula estrela fulgura.

Fala aos ecos da espessura
A chorosa harpa do vento,
E num canto sonolento
Entre as árvores murmura.

Noite que assombra a memória,
Noite que os medos convida,
Erma, triste, merencória.

No entanto... minh'alma olvida
Dor que se transforma em glória,
Morte que se rompe em vida.

Lira chinesa

I

O POETA A RIR
(Han-Tiê)

Taça d'água parece o lago ameno;
Têm os bambus a forma de cabanas,
Que as árvores em flor, mais altas, cobrem
    Com verdejantes tetos.

As pontiagudas rochas entre flores,
Dos pagodes o grave aspecto ostentam...
Faz-me rir ver-te assim, ó natureza,
    Cópia servil dos homens.

II

A UMA MULHER
(Tchê-Tsi)

Cantigas modulei ao som da flauta,
    Da minha flauta d'ébano;
Nelas minh'alma segredava à tua
    Fundas, sentidas mágoas.

Cerraste-me os ouvidos. Namorados
    Versos compus de júbilo,
Por celebrar teu nome, as graças tuas,
    Levar teu nome aos séculos.

Olhaste, e, meneando a airosa frente,
    Com tuas mãos puríssimas,
Folhas em que escrevi meus pobres versos
    Lançaste às ondas trêmulas.

Busquei então por encantar tu'alma
    Uma safira esplêndida,
Fui depô-la a teus pés... tu descerraste
    Da tua boca as pérolas.

III

O IMPERADOR
(Thu-Fu)

Olha. O Filho do Céu, em trono de ouro,
E adornado com ricas pedrarias,
Os mandarins escuta: — um sol parece
    De estrelas rodeado.

Os mandarins discutem gravemente
Coisas muito mais graves. E ele? Foge-lhe
O pensamento inquieto e distraído
    Pela janela aberta.

Além, no pavilhão de porcelana,
Entre donas gentis está sentada
A imperatriz, qual flor radiante e pura
    Entre viçosas folhas.

Pensa no amado esposo, arde por vê-lo,
Prolonga-se-lhe a ausência, agita o leque...
Do imperador ao rosto um sopro chega
    De recendente brisa.

"Vem dela este perfume," diz, e abrindo
Caminho ao pavilhão da amada esposa,
Deixa na sala olhando-se em silêncio
    Os mandarins pasmados.

IV

O LEQUE
(Tan-Jo-Lu)

Na perfumada alcova a esposa estava,
Noiva ainda na véspera. Fazia
Calor intenso; a pobre moça ardia,
Com fino leque as faces refrescava.
Ora, no leque em boa letra feito
    Havia este conceito:

"Quando, imóvel o vento e o ar pesado,
    Arder o intenso estio,
Serei por mão amiga ambicionado;
    Mas, volte o tempo frio,
Ver-me-eis a um canto logo abandonado."

Lê a esposa este aviso, e o pensamento
    Volve ao jovem marido.
"Arde-lhe o coração neste momento
(Diz ela) e vem buscar enternecido
Brandas auras de amor. Quando mais tarde
    Tornar-se em cinza fria
    O fogo que hoje lhe arde,
Talvez me esqueça e me desdenhe um dia."

V

A FOLHA DO SALGUEIRO
(Tchan-Tiú-Lin)

Amo aquela formosa e terna moça
Que, à janela encostada, arfa e suspira;
Não porque tem do largo rio à margem
    Casa faustosa e bela.

Amo-a, porque deixou das mãos mimosas
Verde folha cair nas mansas águas.

Amo a brisa de leste que sussurra,
Não porque traz nas asas delicadas
O perfume dos verdes pessegueiros
    Da oriental montanha.

Amo-a porque impeliu co'as tênues asas
Ao meu batel a abandonada folha.

Se amo a mimosa folha aqui trazida,
Não é porque me lembre à alma e aos olhos
A renascente, a amável primavera,
    Pompa e vigor dos vales.

Amo a folha por ver-lhe um nome escrito,
Escrito, sim, por ela, e esse... é meu nome.

VI

AS FLORES E OS PINHEIROS
(Tin-Tun-Sing)

Vi os pinheiros no alto da montanha
    Ouriçados e velhos;
E ao sopé da montanha, abrindo as flores
    Os cálices vermelhos.

Contemplando os pinheiros da montanha,
    As flores tresloucadas
Zombam deles enchendo o espaço em torno
    De alegres gargalhadas.

Quando o outono voltou, vi na montanha
    Os meus pinheiros vivos,
Brancos de neve, e meneando ao vento
    Os galhos pensativos.

Volvi o olhar ao sítio onde escutara
    Os risos mofadores;
Procurei-as em vão; tinham morrido
    As zombeteiras flores.

VII

REFLEXOS
(Thu-Fu)

Vou rio abaixo vogando
No meu batel e ao luar;
Nas claras águas fitando,
    Fitando o olhar.

Das águas vejo no fundo,
Como por um branco véu
Intenso, calmo, profundo,
    O azul do céu.

Nuvem que no céu flutua,
Flutua n'água também;
Se a lua cobre, à outra lua
    Cobri-la vem.

Da amante que me extasia,
Assim, na ardente paixão,
As raras graças copia
    Meu coração.

VIII

CORAÇÃO TRISTE FALANDO AO SOL
(Su-Tchon)

No arvoredo sussurra o vendaval do outono,
Deita as folhas à terra, onde não há florir,
E eu contemplo sem pena esse triste abandono;
Se eu as vi nascer, vejo-as só eu cair.

Como a escura montanha, esguia e pavorosa
Faz, quando o sol descamba, o vale enoitecer,
Esta montanha da alma, a tristeza amorosa,
Também de ignota sombra enche todo o meu ser.

Transforma o frio inverno a água em pedra dura,
Mas torna a pedra em água um raio de verão;
Vem, ó sol, vem, assume o trono teu na altura,
Vê se podes fundir meu triste coração.

Uma ode de Anacreonte

A Manuel de Melo

PERSONAGENS
Lísias — Cleon — Mirto — Três escravos

A cena é em Samos.
Sala de festim em casa de Lísias. À esquerda a mesa do festim; à direita uma mesa tendo em cima uma lâmpada apagada, e junto da lâmpada um rolo de papiro.

CENA I

Lísias, Cleon, Mirto
(Estão no fim de um banquete, os dois homens deitados à maneira antiga, Mirto sentada entre os dois leitos. Três escravos.)

Lísias

    Melancólica estás, bela Mirto. Bebamos!
    Aos prazeres!

Cleon

                 Eu bebo à memória de Samos.
    Samos vai terminar os seus dourados dias;
    Adeus, terra em que achei consolo às agonias
    Da minha mocidade; adeus, Samos, adeus!

Mirto

    Querem-lhe os deuses mal?

Cleon

    Não; dois olhos, os teus.

Lísias

    Bravo, Cleon!

Mirto

                Poeta! os meus olhos?

Cleon

                 São lumes
    Capazes de abrasar até os próprios numes.
    Samos é nova Troia, e tu és outra Helena,
    Quando Lesbos, a mãe de Safo, a ilha amena,
    Não vir a bela Mirto, a alegre cortesã,
    Armar-se-á contra nós.

Lísias

                Lesbos é boa irmã.

Mirto

    Outras belezas tem, dignas da loura Vênus.

Cleon

    Menos dignas que tu.

Mirto

                Mais do que eu.

Lísias

                Muito menos.

Cleon
    Tens vergonha de ser formosa e festejada,
    Mirto? Vênus não quer beleza envergonhada.
    Pois que dos imortais houveste esse condão
    De inspirar quantos vês, inspira-os, Mirto.

Mirto
                      Não;
    São teus olhos, poeta; eu não tenho a beleza
    Que arrasta corações.

Cleon
                 Divina singeleza!

Lísias (à parte)
    Vejo através do manto as galas da vaidade.
           (*Alto*)
    Vinho, escravo!
                    (*O escravo deita vinho na taça de Lísias.*)
              Poeta, um brinde à mocidade.
    Trava da lira e invoca o deus inspirador.

Cleon
    "Feliz quem, junto a ti, ouve a tua fala, amor!"

Mirto
    Versos de Safo!

Cleon
                    Sim.

Lísias
              Vês? é modéstia pura.
    Ele é na poesia o que és na formosura.
    Faz versos de primor e esconde-os ao profano;
    Tem vergonha. Eu não sei se o vício é lesbiano...

Mirto
    Ah! tu és...

Cleon
         Lesbos foi minha pátria também,
    Lesbos, a flor do Egeu.

Mirto

        Já não é?

Cleon

        Lesbos tem
Tudo o que me fascina e tudo o que me mata:
As festas do prazer e os olhos de uma ingrata.
Fugi da pátria e achei, já curado e tranquilo,
Em Lísias um irmão, em Samos um asilo.
Bem hajas tu que vens encher-me o coração!

Lísias

Insaciável! Não tens em Lísias um irmão?

Mirto

Volto à pátria.

Cleon

      Pois quê! tu vais?

Mirto

        Em poucos dias...

Lísias

Fazes mal; tens aqui os moços e as folias,
O gozo, a adoração; que te falta?

Mirto

         Os meus ares.

Cleon

A que vieste então?

Mirto

        Sucessos singulares.
Vim por acompanhar Lisicles, mercador
De Naxos; tanto pode a constância no amor!
Corremos todo o Egeu e a costa iônia; fomos
Comprar o vinho a Creta e a Tênedos os pomos.
Ah! como é doce o amor na solidão das águas!
Tem-se vida melhor; esquecem-se-lhe as mágoas.
Zéfiro ouviu por certo os ósculos febris,
Os júbilos do afeto, as falas juvenis;
Ouviu-os, delatou ao deus que o mar governa
A indiscreta ventura, a efusão doce e terna.

                Para a fúria acalmar da sombria deidade;
                Nave e bens varreu tudo a horrível tempestade.
                Foi assim que eu perdi a Lisicles, assim
                Que eu semimorta e fria à tua plaga vim.

Cleon
                Oh coitada!

Lísias
                                O infortúnio os ânimos apura;
                As feridas que faz o mesmo Amor as cura;
                Brandem armas iguais Aquiles e Cupido.
                Queres ver noutro amor o teu amor perdido?
                Samos o tem de sobra.

Cleon
                                Eu, Mirto, eu sei amar;
                Não fio o coração da inconstância do mar.
                Não tenho galeões rompendo o seio a Tétis,
                Estrada tanta vez ao torvo e obscuro Letes.
                Aqui me tens; sou teu; escreve a minha sorte;
                Podes doar-me a vida ou decretar-me a morte.

Mirto
                Mas, se eu volto...

Cleon
                                Pois bem! aonde quer que te vás
                Irei contigo; a deusa indômita e falaz
                Ser-me-á hóspede amiga; ao pé de ti a escura
                Noite parece aurora, e é berço a sepultura.

Mirto
                Quando fala o dever, a vontade obedece;
                Eu devo ir só; tu fica, ama-me um pouco e esquece.

Lísias
                Tens razão, bela Mirto; escuta o teu dever.

Cleon
                Ai! é fácil amar, difícil esquecer.

Lísias (a Mirto)
                Queres pôr termo à festa? Um brinde a Vênus, filha
                Do mar azul, beleza, encanto, maravilha;

Nascida para ser perpetuamente amada.
A Vênus!

(*Depois do brinde os escravos trazem os vasos com água perfumada em que os convivas lavam as mãos; os escravos saem, levando os restos do banquete. Levantam-se todos.*)

Queres tu, mimosa naufragada,
Ouvir de hemônia serva, em lira de marfim,
Uma alegre canção? Preferes o jardim?
O pórtico talvez?

Mirto

Lísias, sou indiscreta;
Quisera antes ouvir a voz do teu poeta.

Lísias

Nume não pede, impõe.

Cleon

O mando é lisonjeiro.

Lísias

Pois começa.

CENA II

Os mesmos, um escravo

Escravo

Procura a Mirto um mensageiro.

Mirto

Um mensageiro! a mim!

Lísias

Manda-o entrar.

Escravo

Não quer.

Lísias

Vai, Mirto.

Mirto (saindo)

        Volto já.
           (*Sai o escravo.*)

CENA III

Lísias, Cleon

Cleon

   (*Olhando para o lugar por onde Mirto saiu.*)
        Oh! deuses! que mulher!

Lísias

   Ah! que pérola rara!

Cleon

        Onde a encontraste?

Lísias

        Achei-a
Com Partênis que dava uma esplêndida ceia;
Partênis, ex-bonita, ex-jovem, ex-da moda,
Sabes que vê fugir-lhe a enfastiada roda;
E, para não perder o grupo adorador,
Fez do templo deserto uma escola de amor.
Foi ela quem achou a náufraga perdida,
Exposta ao vento e ao mar, quase a expirar-lhe a vida.
A beleza pagava o emprego de uma esmola;
Dentro em pouco era Mirto a flor de toda a escola.

Cleon

   Lembrou-te convidá-la então para um festim?

Lísias

   Foi um pouco por ela e um pouco mais por mim.

Cleon

   Também amas?

Lísias

        Eu? não. Quis ter à minha mesa
Vênus e o louro Apolo, a poesia e a beleza.

Cleon

    Oh! a beleza, sim! Viste já tanta graça,
    Tão celestes feições?

Lísias

                Cuidado! Aquela caça
    Zomba dos tiros vãos de ingênuo caçador!

Cleon

    Incrédulo!

Lísias

         Eu sou mestre em matéria de amor.
    Se tu, atento e calmo, a narração lhe ouvisses
    Conheceras melhor o engenho dessa Ulisses.
    Aquele ardente amor a Lisicles, aquele
    Fundo e intenso pesar que à sua pátria a impele,
    Armas são com que a astuta os ânimos seduz.

Cleon

    Oh! não creio.

Lísias

                Por quê?

Cleon

                Não vês como lhe luz
    Tanta expressão sincera em seus olhos divinos?

Lísias

    Sim, têm muita expressão... para iludir meninos.

Cleon

    Pois tu não crês?

Lísias

                Em quê? No naufrágio? Decerto.
    Em Lisicles? Talvez. No amor? é mais incerto.
    Na intenção de voltar a Lesbos? isso não!
    Sabes o que ela quer? Prender um coração.

Cleon

    Impossível!

Lísias

                    Poeta! estás na alegre idade
Em que a ciência da vida é a credulidade.
Vês tudo azul e em flor; eu já me não iludo.
Pois amar cortesãs! isso demanda estudo,
Não vai assim, que as tais abelhitas do amor
Correm de bolsa em bolsa e não de flor em flor.

Cleon

Mas não as amas tu?

Lísias

                    Decerto... à minha moda;
Meu grande coração co'os vícios se acomoda;
Sacrifícios de amor não sonha nem procura;
Não lhes pede ilusões, pede-lhes só ternura.
Não me empenho em achar alma ungida no céu:
Se é crime este sentir; confesso-me, sou réu.
Não peço amor ao vinho; irei pedi-lo às damas?
Delas e dele exijo apenas estas chamas
Que ardem sem consumir, na pira dos desejos.
Assim é que eu estimo as ânforas e os beijos.
Lá protestos de amor, eternos e leais,
Tudo isso é fumo vão. Que queres? Os mortais
Somos todos assim.

Cleon

                    Ai, os mortais! dize antes
Os filósofos maus, ridículos pedantes,
Os que não sabem crer, os fartos já de amores,
Esses sim. Os mortais!

Lísias

                    Refreia os teus furores,
Poeta; eu não quisera amargurar-te, e enfim
Não podia supor que a amasses tanto assim.
Cáspite! Vais depressa!

Cleon

                    Ai, Lísias, é verdade.
Amo-a, como não amo a vida e a mocidade;
De que modo nasceu essa afeição que encerra
Todo o meu ser, ignoro. Acaso sabe a terra
Por que é mais bela ao sol e às auras matinais?
Amores estes são terríveis e fatais.

Lísias

    Vês com olhos do céu coisas que são do mundo;
    Acreditas achar esse afeto profundo,
    Nestas filhas do mal! Se a todo o transe queres
    Obter a casta flor dos célicos prazeres,
    Deixa a alegre Corinto e todo o luxo seu;
    Outro porto acharás: procura o gineceu.
    Escolhe aquele amor doce, inocente e puro,
    Que inda não tem passado e vive do futuro.
    Para mim, já to disse, o caso é diferente;
    Não me importa um nem outro; eu vivo no presente.

Cleon

    Deu-te amiga Fortuna um grande cabedal:
    Viver, sem ilusões, no bem como no mal;
    Não conhecer o amor que morde, que se nutre
    Do nosso sangue, o amor funesto, o amor abutre;
    Não beber gota a gota esse brando veneno
    Que requeima e destrói; não ver em mar sereno
    Subitamente erguer-se a voz dos aquilões.
    Afortunado és tu.

Lísias

                Lei de compensações!
    Sou filósofo mau, ridículo pedante,
    Mas invejas-me a sorte; oh! lógica de amante.

Cleon

    É a do coração.

Lísias

                Terrível mestre!

Cleon

                Ensina
    Dos seres imortais a transfusão divina!

Lísias

    A lição é profunda e escapa ao meu saber;
    Outra escola professo, a escola do prazer!

Cleon

    Tu não tens coração.

Lísias

>Tenho, mas não me iludo
É Circe que perdeu o encanto e a juventude.

Cleon

Velho Sátiro!

Lísias

>Justo: um semideus silvestre.
Nestas coisas do amor nunca tive outro mestre.
Tu gostas de chorar; eu cá prefiro rir.
Três artigos da lei: gozar, beber, dormir.

Cleon

Compras com isso a paz; a mim coube-me o tédio
A solidão e a dor.

Lísias

>Queres um bom remédio,
Um filtro da Tessália, um bálsamo infalível?
Esquece empresas vãs, não tentes o impossível;
Prende o teu coração nos laços de Himeneu;
Casa-te; encontrarás o amor no gineceu.
Mas cortesãs! Jamais! São Górgones! Medusas!

Cleon

Essas que conheceste e tão severo acusas
— Pobres moças! — não são o universal modelo;
De outras sei a quem coube um coração singelo,
Que preferem a tudo a glória singular
De conhecer somente a ciência de amar;
Capazes de sentir o ardor da intensa chama
Que eleva, que resgata a vida que as infama.

Lísias

Se achares tal milagre, eu mesmo irei pedir-to.

Cleon

Basta um passo, achá-lo-ei.

Lísias

>Bravo! chama-se?

Cleon

Mirto,
Que pode conquistar até o amor de um deus!

Lísias
    Crês nisso?

Cleon
                    Por que não?

Lísias
                    Tu és um néscio; adeus!

CENA IV

Cleon
    Vai, cético! tu tens o vício da riqueza:
    Farto, não crês na fome... A minha singeleza
    Faz-te rir; tu não vês o amor que absorve e mata;
    Mirto, vinga-me tu da calúnia insensata;
    Amemo-nos. É ela!

CENA V

                Cleon, Mirto

Mirto
                    Estás triste!

Cleon
                        Oh! que não!
    Mas deslumbrado, sim, como se uma visão...

Mirto
    A visão vai partir.

Cleon
                  Mas muito tarde...

Mirto
                        Breve.

Cleon
    Quem te chama?

Mirto
>O destino. E sabes quem me escreve?

Cleon
Tua mãe.

Mirto
>Já morreu.

Cleon
>Algum antigo amante?

Mirto
Lisicles.

Cleon
>Vive?

Mirto
>Sim. Depois de andar errante
Numa tábua, à mercê das ondas, quis o céu
Que viesse encontrá-lo um barco do Pireu.
Pobre Lisicles! teve em tão cruenta lida
A dor da minha morte e a dor da própria vida.
Em vão interrogava o mar cioso e mudo.
Perdera, de uma vez, numa só noite, tudo,
A ventura, a esperança, o amor, e perdeu mais:
Naufragaram com ele os poucos cabedais.
Entrou em Samos pobre, inquieto, semimorto,
Um barqueiro, que a tempo atravessava o porto,
Disse-lhe que eu vivia, e contou-lhe a aventura
Da malfadada Mirto.

Cleon
>É isso, a sorte escura
Voltou-se contra mim; não consente, não quer
Que eu me farte de amor no amor de uma mulher.
Vejo em cada paixão o fado que me oprime;
O amar é já sofrer a pena do meu crime.
Ixion foi mais audaz amando a deusa augusta;
Transpôs o obscuro lago e sofre a pena justa;
Mas eu não. Antes de ir às regiões infernais
São as graças comigo Eumênides fatais!

Mirto

    Caprichos de poeta! Amor não falta às damas;
    Damas, tem-las aqui; inspira-lhe essas chamas.

Cleon

    Impõem-se leis ao mar? O coração é isto;
    Ama o que lhe convém; convém amar a Egisto
    Clitemnestra; convém a Cíntia Endimião;
    É caprichoso e livre o mar do coração;
    De outras sei que eu houvera em meus versos cantado;
    Não lhes quero... não posso.

Mirto

                        Ai, triste enamorado!

Cleon

    E tu zombas de mim!

Mirto

                        Eu zombar? Não; lamento
    A tua acerba dor, o teu fatal tormento.
    Não conheço eu também esse cruel penar?
    Só dois remédios tens: esquecer, esperar.
    De quanto almeja e quer o amor nem tudo alcança;
    Contenta-se ao nascer co'as auras da esperança;
    Vive da própria mágoa; a própria dor o alenta.

Cleon

    Mas, se a vida é tão curta, a agonia é tão lenta!

Mirto

    Não sabes esperar? Então cumpre esquecer.
    Escolhe entre um e outro; é preciso escolher.

Cleon

    Esquecer? sabes tu, Mirto, se a alma esquece
    O prazer que a fulmina, e a dor que a fortalece?

Mirto

    Tens na ausência e no tempo os velhos pais do olvido,
    O bem não alcançado é como o bem perdido,
    Pouco a pouco se esvai na mente e coração;
    Põe o mar entre nós... dissipa-se a ilusão.

Cleon

    Impossível!

Mirto

                         Então espera; algumas vezes
A fortuna transforma em glórias os reveses.

Cleon

    Mirto, valem bem pouco as glórias já tardias.

Mirto

    Um só dia de amor compensa estéreis dias.

Cleon

    Compensará, mas quando? A mocidade em flor
Bem cedo morre, e é essa a que convém a amor.
Vejo cair no ocaso o sol da minha vida.

Mirto

    Cabeça de poeta, exaltada e perdida!
Pensas estar no ocaso o sol que mal desponta?

Cleon

    A clepsidra do amor não conta as horas, conta
As ilusões; velhice é perdê-las assim;
Breve a noite abrirá seus véus por sobre mim.

Mirto

    Não hás de envelhecer; as ilusões contigo
Flores são que respeita Éolo brando e amigo.
Guarda-as, talvez um dia, e não tarde, as colhamos.

Cleon

    Se eu a Lesbos não vou.

Mirto

                    Podem colher-se em Samos.

Cleon

    Voltas breve?

Mirto

                    Não sei.

Cleon

                        Oh! sim, deves voltar!

Mirto

    Tenho medo.

Cleon

                        De quê?

Mirto

                        Tenho medo... do mar.

Cleon

    Teu sepulcro já foi; o medo é justo; fica.
    Lesbos é para ti mais formosa e mais rica.
    Mas a pátria é o amor; o amor transmuda os ares.
    Muda-se o coração? Mudam-se os nossos lares.
    Da importuna memória o teu passado exclui;
    Vida nova nos chama, outro céu nos influi.
    Fica; eu disfarçarei com rosas esse exílio;
    A vida é um sonho mau: façamo-la um idílio.
    Cantarei a teus pés a nossa mocidade.
    A beleza que impõe, o amor que persuade,
    Vênus que faz arder o fogo da paixão,
    Teu olhar, doce luz que vem do coração.
    Péricles não amou com tanto ardor a Aspásia,
    Nem esse que morreu entre as pompas da Ásia,
    A Laís siciliana. Aqui as Horas belas
    Tecerão para ti vivíssimas capelas.
    Nem morrerás; teu nome em meus versos há de ir,
    Vencendo o tempo e a morte, aos séculos por vir.

Mirto

    Tanto me queres tu!

Cleon

                      Imensamente. Anseio
    Por sentir, bela Mirto, arfar teu brando seio,
    Bater teu coração, tremer teu lábio puro,
    Todo viver de ti.

Mirto

                      Confia no futuro.

Cleon
    Tão longe!

Mirto
                  Não, bem perto.

Cleon
                       Ah! que dizes?

Mirto
    Adeus!
        (*Passa junto da mesa da direita e vê o rolo de papiro*)
    Curiosa que sou!

Cleon
                   São versos.

Mirto
                        Versos teus?
    (*Lísias aparece ao fundo.*)

Cleon
    De Anacreonte, o velho, o amável, o divino.

Mirto
    A musa é toda ironia, e o estro é peregrino.
        (*Abre o papiro e lê.*)
    "Fez-se Niobe em pedra e Filomela em pássaro.
                  Assim
    Folgaria eu também me transformasse Júpiter
                  A mim.
    Quisera ser o espelho em que o teu rosto mágico
                  Sorri;
    A túnica feliz que sempre se está próxima
                  De ti;
    O banho de cristal que esse teu corpo cândido
                  Contém;
    O aroma de teu uso e donde eflúvios mágicos
                  Provêm;
    Depois esse listão que de teu seio túrgido
                  Faz dois;
    Depois do teu pescoço o rosicler de pérolas;
                  Depois...
    Depois ao ver-te assim, única e tão sem êmulas
                  Qual és,

       Até quisera ser teu calçado, e pisassem-me
                        Teus pés."
Que magníficos são!

Cleon

                    Minha alma assim te fala.

Mirto

Atendendo ao poeta eu pensava escutá-la.

Cleon

Eco do meu sentir foi o velho amador;
Tais os desejos são do meu profundo amor.
Sim, eu quisera ser tudo isto, — o espelho, o banho,
O calçado, o colar... Desejo acaso estranho,
Louca ambição talvez de poeta exaltado...

Mirto

Tanto sentes por mim?

CENA VI

Cleon, Mirto, Lísias

Lísias (entrando)

                  Amor, nunca sonhado...
Se a musa dele és tu!

Cleon

                    Lísias!

Mirto

                    Ouviste?

Lísias

                        Ouvi.
Versos que Anacreonte houvera feito a ti,
Se vivesses no tempo em que, pulsando a lira,
Estas odes compôs que a velha Grécia admira.
                (*A Cleon*)
Quer falar-te um sujeito, um Clínias, um colega,
Ex-mercador, como eu.

Mirto

      Ai, que importuno!

Lísias

        Alega
Que não pode esperar, que isto não pode ser,
Que um processo... Afinal não no pude entender.
Pode ser que contigo o homem se acomode.
Prometeste talvez compor-lhe alguma ode?

Cleon

  Não. Adeus, bela Mirto; espera-me um instante.

Mirto

  Não tardes!

Lísias (à parte)

  Indiscreta!

Cleon

       Espera.

Lísias (à parte)

       Petulante!

CENA VII

      Mirto, Lísias

Mirto

  Sou curiosa. Quem é Clínias, ex-mercador?
  Amigo dele?

Lísias

      Mais do que isso; é um credor,

Mirto

  Ah!

Lísias

    Que belo rapaz! que alma fogosa e pura,
Bem digna de aspirar-te um hausto de ventura!
Queira o céu pôr-lhe termo à profunda agonia,

Surja enfim para ele o sol de um novo dia.
Merece-o. Mas vê lá se há destino pior:
Quer o alado Mercúrio obstar o alado Amor.
Com beijos não se paga a pompa do vestido,
O espetáculo e a mesa; e se o gentil Cupido
Gosta de ouvir canções, o outro não vai com elas;
Vale uma dracma só vinte odezinhas belas.
Um poema não compra um simples borzeguim.
Versos! são bons de ler, mais nada; eu penso assim.

Mirto

Pensas mal! A poesia é sempre um dom celeste;
Quando o gênio o possui quem há que o não requeste?
Hermes, com ser o deus dos graves mercadores,
Tocou lira também.

Lísias

                    Já sei que estás de amores.

Mirto

Que esperança! Bem vês que eu já não posso amar.

Lísias

Perdeste o coração?

Mirto

                    Sim; perdi-o no mar.

Lísias

Pesquemo-lo; talvez essa pérola fina
Venha ornar-me a existência agourada e mofina.

Mirto

Mofina?

Lísias

       Pois então? Enfaram-me essas belas
Da terra samiana; assaz vivi por elas.
Outras desejo amar, filhas do azul Egeu.
Varia de feições o Amor, como Proteu.

Mirto

Seu caráter melhor foi sempre o ser constante.

Lísias

    Serei menos fiel, não sou menos amante.
    Cada beleza em si toda a paixão resume.
    Pouco me importa a flor; importa-me o perfume.

Mirto

    Mas quem quer o perfume afaga um pouco a flor;
    Nem fere o objeto amado a mão que implora o amor.

Lísias

    Ofendo-te com isto? Esquece a minha ofensa.

Mirto

    Já a esqueci; passou.

Lísias

                    Quem fala como pensa
    Arrisca-se a perder ou por sobra ou por míngua.
    Eu confesso o meu mal; não sei tentear a língua.
    Pois que me perdoaste, escuta-me. Tu tens
    A graça das feições, o sumo bem dos bens;
    Moça, trazes na fronte o doce beijo de Hebe;
    Como um filtro de amor que, sem sentir, se bebe,
    De teus olhos destila a eterna juventude;
    De teus olhos que um deus, por lhes dar mais virtude,
    Fez azuis como o céu, profundos como o mar.
    Quem tais dotes reúne, ó Mirto, deve amar.

Mirto

    Falas como um poeta, e zombas da poesia!

Lísias

    Eu, poeta? jamais.

Mirto

                    A tua fantasia
    Respirou certamente o ar do monte Himeto.
    Tem a expressão tão doce!

Lísias

                    É a expressão do afeto.
    Sou em coisas de Apolo um simples amador.
    A minha grande musa é Vênus, mãe de Amor.
    No mais não aprendi (os fados meus adversos
    Vedaram-mo!) a cantar bons e sentidos versos.

    Cleon, esse é que sabe acender tantas almas,
    Conquistar de um só lance os corações e as palmas.

Mirto
    Conquistar, oh! que não!

Lísias
         Mas agradar?

Mirto
           Talvez.

Lísias
    Isso mesmo; é já muito. O que o poeta fez
    Fá-lo-ei jamais? Contudo, inda tentá-lo quero;
    Se não me inspira a musa, alma filha de Homero,
    Inspira-me o desejo, a musa que delira,
    E o seu canto concerta aos sons da eterna lira.

Mirto
    Também desejas ser alguma coisa?

Lísias
            Não;
    Eu caso o meu amor às regras da razão.
    Cleon quisera ser o espelho em que teu rosto
    Sorri; eu, bela Mirto, eu tenho melhor gosto.
    Ser espelho! ser banho! e túnica! tolice!
    Estéril ambição! loucura! criancice!
    Por Vênus! sei melhor o que a mim me convém.
    Homem sisudo e grave outros desejos tem.
    Fiz, a esse respeito, aprofundado estudo;
    Eu não quero ser nada; eu quero dar-te tudo.
    Escolhe o mais perfeito espelho de aço fino,
    A túnica melhor de pano tarentino,
    Vasos de óleo, um colar de pérolas, — enfim
    Quanto enfeita uma dama aceitá-lo-ás de mim.
    Brincos que vão ornar-te a orelha graciosa;
    Para os dedos o anel de pedra preciosa;
    A tua fronte pede áureo, rico anadema;
    Tê-lo-ás, divina Mirto. É este o meu poema.

Mirto
    É lindo!

Lísias

        Queres tu, outras estrofes mais?
Dar-tas-ei quais as teve a celebrada Laís.
Casa, rico jardim, servas de toda a parte;
E estátuas e painéis, e quantas obras d'arte
Podem servir de ornato ao templo da beleza,
Tudo haverás de mim. Nem gosto nem riqueza
Te há de faltar, mimosa, e só quero um penhor.
Quero... quero-te a ti.

Mirto

                Pois quê! já quer a flor,
Quem desdenhando a flor, só lhe pede o perfume?

Lísias

    Esqueceste o perdão?

Mirto

              Ficou-me este azedume.

Lísias

    Vênus pode apagá-lo.

Mirto

              Eu sei! creio e não creio.

Lísias

    Hesitar é ceder: agrada-me o receio.
    Em assunto de amor vontade que flutua
    Está prestes a entregar-se. Entregas-te?

Mirto

                      Sou tua!

CENA VIII

Lísias, Mirto, Cleon

Cleon

    Demorei-me demais?

Lísias

                  Apenas o bastante

Para que fosse ouvido um coração amante.
A lesbiana é minha.

Cleon

　　　　　　　　És dele, Mirto!

Mirto

　　　　Sim;
Eu ainda hesitava; ele falou por mim.

Cleon

Quantos amores tens, filha do mal?

Lísias

　　　　　　　　　Pressinto
Uma lamentação inútil. "A Corinto
Não vai quem quer", lá diz aquele velho adágio.
Navegavas sem leme; era certo o naufrágio.
Não me viste sulcar as mesmas águas?

Cleon

　　　　　　　Vi,
Mas contava com ela, e confiava em ti.
Mais duas ilusões! Que importa? Inda são poucas;
Desfaçam-se uma a uma estas quimeras loucas.
Ó árvore bendita, ó minha juventude,
Vão-te as flores caindo ao vento áspero e rude!
Não vos maldigo, não; eu não maldigo o mar
Quando a nave soçobra; o erro é confiar.
Adeus, formosa Mirto; adeus, Lísias; não quero
Perturbar vosso amor, eu que já nada espero;
Eu que vou arrancar as profundas raízes
Desta paixão funesta; adeus, sede felizes!

Lísias

Adeus! Saudemos nós a Vênus e a Lieu.

Ambos

Io Pœan! ó Baco! Himeneu! Himeneu!

Pálida Elvira

A Franscisco Ramos Paz

*Ulysse, jeté sur les rives d'Ithaque, ne
les reconnaît pas et pleure sa patrie.
Ainsi l'homme dans le bonheur possédé
ne reconnaît pas son rêve et soupire.*
      DANIEL STERN

I

Quando, leitora amiga, no ocidente
Surge a tarde esmaiada e pensativa;
E entre a verde folhagem recendente
Lânguida geme viração lasciva;
E já das tênues sombras do oriente
Vem apontando a noite, e a *casta diva*
Subindo lentamente pelo espaço,
Do céu, da terra observa o estreito abraço;

II

Nessa hora de amor e de tristeza,
Se acaso não amaste e acaso esperas
Ver coroar-te a juvenil beleza
Casto sonho das tuas primaveras;
Não sentes escapar tua alma acesa
Para voar às lúcidas esferas?
Não sentes nessa mágoa e nesse enleio
Vir morrer-te uma lágrima no seio?

III

Sente-lo? Então entenderás, Elvira,
Que assentada à janela, erguendo o rosto,
O voo solta à alma que delira
E mergulha no azul de um céu de agosto;
Entenderás então por que suspira,
Vítima já de um íntimo desgosto,
A meiga virgem, pálida e calada,
Sonhadora, ansiosa e namorada.

IV

Mansão de riso e paz, mansão de amores
Era o vale. Espalhava a natureza,
Com dadivosa mão, palmas e flores
De agreste aroma e virginal beleza;
Bosques sombrios de imortais verdores,
Asilo próprio à inspiração acesa,
Vale de amor, aberto às almas ternas
Neste vale de lágrimas eternas.

V

A casa, junto à encosta de um outeiro,
Alva pomba entre folhas parecia;
Quando vinha a manhã, o olhar primeiro
Ia beijar-lhe a verde gelosia;
Mais tarde a fresca sombra de um coqueiro
Do sol quente a janela protegia;
Pouco distante, abrindo o solo adusto,
Um fio d'água murmurava a custo.

VI

Era uma joia a alcova em que sonhava
Elvira, alma de amor. Tapete fino
De apurado lavor o chão forrava.
De um lado, oval espelho cristalino
Pendia. Ao fundo, à sombra, se ocultava
Elegante, engraçado, pequenino
Leito em que, repousando a face bela,
De amor sonhava a pálida donzela.

VII

Não me censure o crítico exigente
O ser pálida a moça; é meu costume
Obedecer à lei de toda a gente
Que uma obra compõe de algum volume.
Ora, no nosso caso, é lei vigente
Que um descorado rosto o amor resume.
Não tinha Miss Smolen outras cores;
Não as possui quem sonha com amores.

VIII

Sobre uma mesa havia um livro aberto;
Lamartine, o cantor aéreo e vago,
Que enche de amor um coração deserto;
Tinha-o lido; era a página do *Lago*.
Amava-o; tinha-o sempre ali bem perto,
Era-lhe o anjo bom, o deus, o orago;
Chorava aos cantos da divina lira...
É que o grande poeta amava Elvira!

IX

Elvira! O mesmo nome! A moça os lia,
Com lágrimas de amor, os versos santos,
Aquela eterna e lânguida harmonia
Formada com suspiros e com prantos;
Quando escutava a musa da elegia
Cantar de Elvira os mágicos encantos,
Entrava-lhe a voar a alma inquieta,
E com o amor sonhava de um poeta.

X

Ai, o amor de um poeta! amor subido!
Indelével, puríssimo, exaltado,
Amor eternamente convencido,
Que vai além de um túmulo fechado,
E que através dos séculos ouvido,
O nome leva do objeto amado,
Que faz de Laura um culto, e tem por sorte
Negra foice quebrar nas mãos da morte.

XI

Fosse eu moça e bonita... Neste lance
Se o meu leitor é já homem sisudo,
Fecha tranquilamente o meu romance,
Que não serve a recreio nem a estudo;
Não entendendo a força nem o alcance
De semelhante amor, condena tudo;
Abre um volume sério, farto e enorme,
Algumas folhas lê, boceja... e dorme.

XII

Nada perdes, leitor, nem perdem nada
As esquecidas musas; pouco importa
Que tu, vulgar matéria condenada,
Aches que um tal amor é letra morta.
Podes, cedendo à opinião honrada,
Fechar à minha Elvira a esquiva porta.
Almas de prosa chã, quem vos daria
Conhecer todo o amor que há na poesia?

XIII

Ora, o tio de Elvira, o velho Antero,
Erudito e filósofo profundo,
Que sabia de cor o velho Homero,
E compunha os anais do Novo Mundo;
Que escrevera uma vida de Severo,
Obra de grande tomo e de alto fundo;
Que resumia em si a Grécia e Lácio,
E num salão falava como Horácio;

XIV

Disse uma noite à pálida sobrinha:
"Elvira, sonhas tanto! devaneias!
Que andas a procurar, querida minha?
Que ambições, que desejos ou que ideias
Fazem gemer tua alma inocentinha?
De que esperança vã, meu anjo, anseias?
Teu coração de ardente amor suspira;
Que tens?" — "Eu nada", respondia Elvira.

XV

"Alguma coisa tens!" tornava o tio;
"Por que olhas tu as nuvens do poente,
Vertendo às vezes lágrimas a fio,
Magoada expressão d'alma doente?
Outras vezes, olhando a água do rio,
Deixas correr o espírito indolente,
Como uma flor que ao vento ali tombara,
E a onda murmurando arrebatara."

XVI

"— *Latet anguis in herba...*" Nesse instante
Entrou a tempo o chá... perdão, leitores,
Eu bem sei que é preceito dominante
Não misturar comidas com amores;
Mas eu não vi, nem sei se algum amante
Vive de orvalho ou pétalas de flores;
Namorados estômagos consomem;
Comem Romeus, e Julietas comem.

XVII

Entrou a tempo o chá, e foi servi-lo,
Sem responder, a moça interrogada,
C'um ar tão soberano e tão tranquilo
Que o velho emudeceu. Ceia acabada,
Fez o escritor o costumado quilo,
Mas um quilo de espécie pouco usada,
Que consistia em ler um livro velho;
Nessa noite acertou ser o Evangelho.

XVIII

Abrira em São Mateus, naquele passo
Em que o filho de Deus diz que a açucena
Não labora nem fia, e o tempo escasso
Vive, co'o ar e o sol, sem dor nem pena;
Leu e estendendo o já trêmulo braço
À triste, à melancólica pequena,
Apontou-lhe a passagem da Escritura
Onde lera lição tão reta e pura.

XIX

"Vês?" diz o velho, "escusa de cansar-te;
Deixa em paz teu espírito, criança:
Se existe um coração que deva amar-te,
Há de vir; vive só dessa esperança.
As venturas do amor um deus reparte;
Queres tê-las? põe nele a confiança.
Não persigas com súplicas a sorte;
Tudo se espera; até se espera a morte!

XX

A doutrina da vida é esta: espera,
Confia, e colherás a ansiada palma;
Oxalá que eu te apague essa quimera.
Lá diz o bom Demófilo que à alma,
Como traz a andorinha a primavera,
A palavra do sábio traz a calma.
O sábio aqui sou eu. Ris-te, pequena?
Pois melhor; quero ver-te uma açucena!"

XXI

Falava aquele velho como fala
Sobre cores um cego de nascença.
Pear a juventude! Condená-la
Ao sono da ambição vivaz e intensa!
Co'as leves asas da esperança orná-la
E não querer que rompa a esfera imensa!
Não consentir que esta manhã de amores
Encha com frescas lágrimas as flores!

XXII

Mal o velho acabava e justamente
Na rija porta ouviu-se uma pancada.
Quem seria? Uma serva diligente,
Travando de uma luz, desceu a escada.
Pouco depois rangia brandamente
A chave, e a porta aberta dava entrada
A um rapaz embuçado que trazia
Uma carta, e ao doutor falar pedia.

XXIII

Entrou na sala, e lento, e gracioso,
Descobriu-se e atirou a capa a um lado;
Era um rosto poético e viçoso
Por soberbos cabelos coroado;
Grave sem gesto algum pretensioso,
Elegante sem ares de enfeitado;
Nos lábios frescos um sorriso amigo,
Os olhos negros e o perfil antigo.

XXIV

Demais, era poeta. Era-o. Trazia
Naquele olhar não sei que luz estranha
Que indicava um aluno da poesia,
Um morador da clássica montanha,
Um cidadão da terra da harmonia,
Da terra que eu chamei nossa Alemanha,
Nuns versos que hei de dar um dia a lume,
Ou nalguma gazeta, ou num volume.

XXV

Um poeta! e de noite! e de capote!
Que é isso, amigo autor? Leitor amigo,
Imagina que estás num camarote
Vendo passar em cena um drama antigo.
Sem lança não conheço dom Quixote,
Sem espada é apócrifo um Rodrigo;
Herói que às regras clássicas escapa,
Pode não ser herói, mas traz a capa.

XXVI

Heitor (era o seu nome) ao velho entrega
Uma carta lacrada; vem do norte.
Escreve-lhe um filósofo colega
Já quase a entrar no tálamo da morte.
Recomenda-lhe o filho, e lembra, e alega,
A provada amizade, o esteio forte,
Com que outrora, acudindo-lhe nos transes,
Salvou-lhe o nome de terríveis lances.

XXVII

Dizia a carta mais: "Crime ou virtude,
É meu filho poeta; e corre fama
Que já faz honra à nossa juventude
Co'a viva inspiração de etérea chama;
Diz ele que, se o gênio não o ilude,
Camões seria se encontrasse um Gama.
Deus o fade; eu perdoo-lhe tal sestro;
Guia-lhe os passos, cuida-lhe do estro".

XXVIII

Lida a carta, o filósofo erudito
Abraça o moço e diz em tom pausado:
"Um sonhador do azul e do infinito!
É hóspede do céu, hóspede amado.
Um bom poeta é hoje quase um mito,
Se o talento que tem é já provado,
Conte co'o meu exemplo e o meu conselho.
Boa lição é sempre a voz de um velho".

XXIX

E trava-lhe da mão, e brandamente
Leva-o junto d'Elvira. A moça estava
Encostada à janela, e a esquiva mente
Pela extensão dos ares lhe vagava.
Voltou-se distraída, e de repente
Mal nos olhos de Heitor o olhar fitava,
Sentiu... Inútil fora relatá-lo;
Julgue-o quem não puder experimentá-lo.

XXX

Ó santa e pura luz do olhar primeiro!
Elo de amor que duas almas liga!
Raio de sol que rompe o nevoeiro
E casa a flor à flor! Palavra amiga
Que, trocada um momento passageiro,
Lembrar parece uma existência antiga!
Língua, filha do céu, doce eloquência
Dos melhores momentos da existência!

XXXI

Entra a leitora numa sala cheia;
Vai isenta, vai livre de cuidado:
Na cabeça gentil nenhuma ideia,
Nenhum amor no coração fechado.
Livre como a andorinha que volteia
E corre loucamente o ar azulado.
Venham dois olhos, dois, que a alma buscava...
Eras senhora? ficarás escrava!

XXXII

C'um só olhar escravos ele e ela
Já lhes pulsa mais forte o sangue e a vida;
Rápida corre aquela noite, aquela
Para as castas venturas escolhida;
Assoma já nos lábios da donzela
Lampejo de alegria esvaecida.
Foi milagre de amor, prodígio santo.
Quem mais fizera? Quem fizera tanto?

XXXIII

Preparara-se ao moço um aposento.
Oh! reverso da antiga desventura!
Tê-lo perto de si! viver do alento
De um poeta, alma lânguida, alma pura!
Dá-lhe, ó fonte do casto sentimento,
Águas santas, batismo de ventura!
Enquanto o velho, amigo de outra fonte,
Vai mergulhar-se em pleno Xenofonte.

XXXIV

Devo agora contar, dia por dia,
O romance dos dois? Inútil fora;
A história é sempre a mesma; não varia
A paixão de um rapaz e uma senhora.
Vivem ambos do olhar que se extasia
E conversa co'a alma sonhadora;
Na mesma luz de amor os dois se inflamam;
Ou, como diz Filinto: "Amados, amam."

XXXV

Todavia a leitora curiosa
Talvez queira saber de um incidente;
A confissão dos dois; — cena espinhosa
Quando a paixão domina a alma que sente.
Em regra, confissão franca e verbosa
Revela um coração independente;
A paz interior tudo confia,
Mas o amor, esse hesita e balbucia.

XXXVI

O amor faz monossílabos; não gasta
O tempo com análises compridas;
Nem é próprio de boca amante e casta
Um chuveiro de frases estendidas;
Um volver d'olhos lânguido nos basta
A conhecer as chamas comprimidas;
Coração que discorre e faz estilo,
Tem as chaves por dentro e está tranquilo.

XXXVII

Deu-se o caso uma tarde em que chovia,
Os dois estavam na varanda aberta.
A chuva peneirava, e além cobria
Cinzento véu o ocaso; a tarde incerta
Já nos braços a noite a recebia,
Como amorosa mãe que a filha aperta
Por enxugar-lhe os prantos magoados.
Eram ambos imóveis e calados.

XXXVIII

Juntos, ao parapeito da varanda,
Viam cair da chuva as gotas finas,
Sentindo a viração fria, mas branda,
Que balançava as frouxas casuarinas.
Raras, ao longe, de uma e de outra banda,
Pelas do céu tristíssimas campinas,
Viam correr da tempestade as aves
Negras, serenas, lúgubres e graves.

XXXIX

De quando em quando vinha uma rajada
Borrifar e agitar a Elvira as tranças,
Como se fora a brisa perfumada
Que à palmeira sacode as tênues franças.
A fronte gentilíssima e engraçada
Sacudia co'a chuva as más lembranças;
E ao passo que chorava a tarde escura
Ria-se nela a aurora da ventura.

XL

"Que triste a tarde vai! que véu de morte
Cobrir parece a terra!" (o moço exclama).
"Reprodução fiel da minha sorte,
Sombra e choro." — "Por quê?" pergunta a dama;
"Diz que teve dos céus uma alma forte...
— É forte o cedro e não resiste à chama;
Leu versos meus em que zombei do fado?
Ilusões de poeta malogrado!"

XLI

"Somos todos assim. É nossa glória
Contra o destino opor alma de ferro;
Desafiar o mal, eis nossa história,
E o tremendo duelo é sempre um erro.
Custa-nos caro uma falaz vitória
Que nem consola as mágoas do desterro,
O desterro, — essa vida obscura e rude
Que a dor enfeita e as vítimas ilude.

XLII

"Contra esse mal tremendo que devora
A seiva toda à nossa mocidade,
Que remédio haveríamos, senhora,
Senão versos de afronta e liberdade?
No entanto, bastaria acaso um'hora,
Uma só, mas de amor, mas de piedade,
Para trocar por séculos de vida
Estes de dor acerba e envilecida."

XLIII

Al não disse, e, fitando olhos ardentes
Na moça, que de enleio enrubescia,
Com discursos mais fortes e eloquentes
Na exposição do caso prosseguia;
A pouco e pouco as mãos inteligentes
Travaram-se; e não sei se conviria
Acrescentar que um ósculo... Risquemos,
Não é bom mencionar esses extremos.

XLIV

Duas sombrias nuvens afastando,
Tênue raio de sol rompera os ares,
E, no amoroso grupo desmaiando,
Testemunhou-lhe as núpcias singulares.
A nesga azul do ocaso contemplando,
Sentiram ambos irem-lhe os pesares,
Como noturnas aves agoureiras
Que à lua fogem medrosas e ligeiras.

XLV

Tinha mágoas o moço? A causa delas?
Nenhuma causa; fantasia apenas;
O eterno devanear das almas belas,
Quando as dominam férvidas camenas;
Uma ambição de conquistar estrelas,
Como se colhem lúcidas falenas;
Um desejo de entrar na eterna lida,
Um querer mais do que nos cede a vida.

XLVI

Com amores sonhava, ideal formado
De celestes e eternos esplendores,
A ternura de um anjo destinado
A encher-lhe a vida de perpétuas flores.
Tinha-o enfim, qual fora antes criado
Nos seus dias de mágoas e amargores;
Madrugavam-lhe n'alma a luz e o riso;
Estava à porta enfim do paraíso.

XLVII

Nessa noite, o poeta namorado
Não conseguiu dormir. A alma fugira
Para ir velar o doce objeto amado,
Por quem, nas ânsias da paixão, suspira;
E é provável que, achando o exemplo dado,
Ao pé de Heitor viesse a alma de Elvira;
De maneira que os dois, de si ausentes,
Lá se achavam mais vivos e presentes.

XLVIII

Ao romper da manhã, co'o sol ardente,
Brisa fresca, entre as folhas sussurrando,
O não-dormido vate acorda, e a mente
Lhe foi dos vagos sonhos arrancando.
Heitor contempla o vale resplendente,
A flor abrindo, o pássaro cantando;
E a terra que entre risos acordava,
Ao sol do estio as roupas enxugava.

XLIX

Tudo então lhe sorria. A natureza,
As musas, o futuro, o amor e a vida;
Quanto sonhara aquela mente acesa
Dera-lhe a sorte, enfim, compadecida.
Um paraíso, uma gentil beleza,
E a ternura castíssima e vencida
De um coração criado para amores,
Que exala afetos como aroma as flores.

L

E ela? Se conheceste em tua vida,
Leitora, o mal do amor, delírio santo,
Dor que eleva e conforta a alma abatida,
Embriaguez do céu, divino encanto,
Se a tua face ardente e enrubescida
Palejou com suspiros e com prantos,
Se ardeste enfim, naquela intensa chama,
Entenderás o amor de ingênua dama.

LI

Repara que eu não falo desse enleio
De uma noite de baile ou de palestra;
Amor que mal agita a flor do seio,
E ao chá termina e acaba com a orquestra;
Não me refiro ao simples galanteio
Em que cada menina é velha mestra,
Avesso ao sacrifício, à dor e ao choro;
Falo do amor, não falo do namoro.

LII

Éden de amor, ó solidão fechada,
Casto asilo a que o sol dos novos dias
Vai mandar, como a furto, a luz coada
Pelas frestas das verdes gelosias,
Guarda-os ambos; conserva-os recatada.
Almas feitas de amor e de harmonias,
Tecei, tecei as vívidas capelas,
Deixai correr sem susto as horas belas.

LIII

Cá fora o mundo insípido e profano
Não dá, nem pode dar o enleio puro
Das almas novas, nem o doce engano
Com que se esquecem males do futuro.
Não busqueis penetrar nesse oceano
Em que se agita o temporal escuro.
Por fugir ao naufrágio e ao sofrimento,
Tendes uma enseada, — o casamento.

LIV

Resumamos, leitora, a narrativa.
Tanta estrofe a cantar etéreas chamas
Pede compensação, musa insensiva,
Que fatigais sem pena o ouvido às damas.
Demais, é regra certa e positiva
Que muitas vezes as maiores famas
Perde-as uma ambição de tagarela;
Musa, aprende a lição; musa, cautela!

LV

Meses depois da cena relatada
Nas estrofes, a folhas, — o poeta
Ouviu do velho Antero uma estudada
Oração cicerônica e seleta;
A conclusão da arenga preparada
Era mais agradável que discreta.
Dizia o velho erguendo olhos serenos:
"Pois que se adoram, casem-se, pequenos!"

LVI

Lágrima santa, lágrima de gosto
Vertem olhos de Elvira; e um riso aberto
Veio inundar-lhe de prazer o rosto
Como uma flor que abrisse no deserto.
Se iam já longe as sombras do desgosto;
Inda até li era o futuro incerto;
Fez-lho certo o ancião; e a moça grata
Beija a mão que o futuro lhe resgata.

LVII

Correm os banhos, tiram-se dispensas,
Vai-se buscar um padre ao povoado;
Prepara-se o enxoval e outras pertenças
Necessárias agora ao novo estado.
Notam-se até algumas diferenças
No modo de viver do velho honrado,
Que sacrifica à noiva e aos deuses lares
Um estudo dos clássicos jantares.

LVIII

"Onde vais tu?" — "À serra!" — "Vou contigo."
"— Não, não venhas, meu anjo, é longa a estrada.
Se cansares?" — "Sou leve, meu amigo;
Descerei nos teus ombros carregada."
"— Vou compor encostado ao cedro antigo
Canto de núpcias." — "Seguirei calada;
Junto de ti, ter-me-ás mais em lembrança;
Musa serei sem perturbar." — "Criança!"

LIX

Brandamente repele Heitor a Elvira;
A moça fica; o poeta lentamente
Sobe a montanha. A noiva repetira
O primeiro pedido inutilmente.
Olha-o de longe, e tímida suspira.
Vinha a tarde caindo frouxamente,
Não triste, mas risonha e fresca e bela,
Como a vida da pálida donzela.

LX

Chegando, enfim, à c'roa da colina,
Viram olhos de Heitor o mar ao largo,
E o sol, que despe a veste purpurina,
Para dormir no eterno leito amargo.
Surge das águas pálida e divina,
Essa que tem por deleitoso encargo
Velar amantes, proteger amores,
Lua, musa dos cândidos palores.

LXI

Respira Heitor; é livre. O casamento?
Foi sonho que passou, fugaz ideia
Que não pôde durar mais que um momento.
Outra ambição a alma lhe incendeia.
Dissipada a ilusão, o pensamento
Novo quadro a seus olhos patenteia,
Não lhe basta aos desejos de sua alma
A enseada da vida estreita e calma.

LXII

Aspira ao largo; pulsam-lhe no peito
Uns ímpetos de vida; outro horizonte,
Túmidas vagas, temporal desfeito,
Quer com eles lutar fronte por fronte.
Deixa o tranquilo amor, casto e perfeito,
Pelos bródios de Vênus de Amatonte;
A existência entre flores esquecida
Pelos rumores de mais ampla vida.

LXIII

Nas mãos da noite desmaiara a tarde;
Descem ao vale as sombras vergonhosas;
Noite que o céu, por mofa ou por alarde,
Torna propícia às almas venturosas.
O derradeiro olhar frio e covarde
E umas não sei que estrofes lamentosas
Solta o poeta, enquanto a triste Elvira,
Viúva antes de noiva, em vão suspira!

LXIV

Transpõe o mar Heitor, transpõe montanhas;
Tu, curiosidade, o ingrato levas
A ir ver o sol das regiões estranhas,
A ir ver o amor das peregrinas Evas.
Vai, em troco de palmas e façanhas,
Viver na morte, bracejar nas trevas;
Fazer do amor, que é livro aos homens dado,
Copioso almanaque namorado.

LXV

Inscreve nele a moça de Sevilha,
Longas festas e noites espanholas,
A indiscreta e diabólica mantilha
Que a fronte cinge a amantes e a carolas.
Quantos encontra corações perfilha,
Faz da bolsa e do amor largas esmolas;
Esquece o antigo amor e a antiga musa
Entre os beijos da lépida andaluza.

LXVI

Canta no seio túrgido e macio
Da fogosa, indolente italiana,
E dorme junto ao laranjal sombrio
Ao som de uma canção napolitana.
Dão-lhe para os serões do ardente estio,
Asti, os vinhos; mulheres, a Toscana.
Roma adora, embriaga-se em Veneza,
E ama a arte nos braços da beleza.

LXVII

Vê Londres, vê Paris, terra das ceias,
Feira do amor a toda a bolsa aberta;
No mesmo laço, as belas como as feias,
Por capricho ou razão, iguais aperta;
A idade não pergunta às taças cheias,
Só pede o vinho que o prazer desperta;
Adora as outoniças, como as novas,
Torna-se herói de rua e herói de alcovas.

LXVIII

Versos quando os compõe, celebram antes
O alegre vício que a virtude austera;
Canta os beijos e as noites delirantes,
O estéril gozo que a volúpia gera;
Troca a ilusão que o seduzia dantes
Por maior e tristíssima quimera;
Ave do céu, entre ósculos criada,
Espalha as plumas brancas pela estrada.

LXIX

Um dia, enfim, cansado e aborrecido,
Acorda Heitor; e olhando em roda e ao largo,
Vê um deserto, e do prazer perdido
Resta-lhe unicamente o gosto amargo;
Não achou o ideal apetecido
No longo e profundíssimo letargo;
A vida exausta em festas e esplendores,
Se algumas tinha, eram já murchas flores.

LXX

Ora, uma noite, costeando o Reno,
Ao luar melancólico, — buscava
Aquele gozo simples, doce, ameno,
Que à vida toda outrora lhe bastava;
Voz remota, cortando o ar sereno,
Em derredor os ecos acordava;
Voz aldeã que o largo espaço enchia,
E uma canção de Schiller repetia.

LXXI

"A glória!" diz Heitor, "a glória é vida!
Por que busquei nos gozos de outra sorte
Essa felicidade apetecida,
Essa ressurreição que anula a morte?
Ó ilusão fantástica e perdida!
Ó mal gasto, ardentíssimo transporte!
Musa, restaura as apagadas tintas!
Revivei, revivei, chamas extintas!"

LXXII

A glória? Tarde vens, pobre exilado!
A glória pede as ilusões viçosas,
Estro em flor, coração eletrizado,
Mãos que possam colher etéreas rosas;
Mas tu, filho do ócio e do pecado,
Tu que perdeste as forças portentosas
Na agitação que os ânimos abate,
Queres colher a palma do combate?

LXXIII

Chamas em vão as musas; deslembradas,
À tua voz os seus ouvidos cerram;
E nas páginas virgens, preparadas,
Pobre poeta, em vão teus olhos erram;
Nega-se a inspiração; nas despregadas
Cordas da velha lira, os sons que encerram
Inertes dormem; teus cansados dedos
Correm debalde; esquecem-lhe os segredos.

LXXIV

Ah! se a taça do amor e dos prazeres
Já não guarda licor que te embriague;
Se nem musas nem lânguidas mulheres
Têm coração que o teu desejo apague;
Busca a ciência, estuda a lei dos seres,
Que a mão divina tua dor esmague;
Entra em ti, vê o que és, observa em roda,
Escuta e palpa a natureza toda.

LXXV

Livros compra, um filósofo procura;
Revolve a criação, perscruta a vida;
Vê se espancas a longa noite escura
Em que a estéril razão andou metida;
Talvez aches a palma da ventura
No campo das ciências escondida.
Que a tua mente as ilusões esqueça:
Se o coração morreu, vive a cabeça!

LXXVI

Ora, por não brigar co'os meus leitores,
Dos quais, conforme a curta ou longa vista,
Uns pertencem aos grupos novadores,
Da fria comunhão materialista;
Outros, seguindo exemplos dos melhores,
Defendem a teoria idealista;
Outros, enfim, fugindo armas extremas,
Vão curando por ambos os sistemas;

LXXVII

Direi que o nosso Heitor, após o estudo
Da natureza e suas harmonias,
(Opondo à consciência um forte escudo
Contra divagações e fantasias);
Depois de ter aprofundado tudo,
Planta, homem, estrelas, noites, dias,
Achou esta lição inesperada:
Veio a saber que não sabia nada.

LXXVIII

"Nada!" exclama um filósofo amarelo
Pelas longas vigílias, afastando
Um livro que há de dar um dia ao prelo
E em cujas folhas ia trabalhando.
Pois eu, doutor de borla e de capelo,
Eu que passo os meus dias estudando,
Hei de ler o que escreve pena ousada,
Que a ciência da vida acaba em nada?"

LXXIX

Aqui convinha intercalar com jeito,
Sem pretensão, nem pompa nem barulho,
Uma arrancada apóstrofe do peito
Contra as vãs pretensões do nosso orgulho;
Conviria mostrar em todo o efeito
Essa que é dos espíritos entulho,
Ciência vã, de magnas leis tão rica,
Que ignora tudo, e tudo ao mundo explica.

LXXX

Mas, urgindo acabar este romance,
Deixo em paz o filósofo, e procuro
Dizer do vate o doloroso transe
Quando se achou mais peco e mais escuro.
Valera bem naquele triste lance
Um sorriso do céu plácido e puro,
Raio do sol eterno da verdade,
Que a vida aquece e alenta a humanidade.

LXXXI

Quê! nem ao menos na ciência havia
Fonte que a eterna sede lhe matasse?
Nem no amor, nem no seio da poesia
Podia nunca repousar a face;
Atrás desse fantasma correria
Sem que jamais as formas lhe palpasse?
Seria acaso a sua ingrata sorte
A ventura encontrar nas mãos da morte?

LXXXII

A morte! Heitor pensara alguns momentos
Nessa sombria porta aberta à vida;
Pálido arcanjo dos finais alentos
De alma que o céu deixou desiludida;
Mão que, fechando os olhos sonolentos,
Põe o termo fatal à humana lida;
Templo de glória ou região do medo,
Morte, quem te arrancara o teu segredo?

LXXXIII

Vazio, inútil, ermo de esperanças
Heitor buscava a noiva ignota e fria,
Que o envolvesse então nas longas tranças
E o conduzisse à câmara sombria,
Quando, em meio de pálidas lembranças,
Surgiu-lhe a ideia de um remoto dia,
Em que cingindo a cândida capela
Estava a pertencer-lhe uma donzela.

LXXXIV

Elvira! o casto amor! a esposa amante!
Rosa de uma estação, deixada ao vento!
Riso dos céus! estrela rutilante
Esquecida no azul do firmamento!
Ideal, meteoro de um instante!
Glória da vida, luz do pensamento!
A gentil, a formosa realidade!
Única dita e única verdade!

LXXXV

Ah! Por que não ficou terno e tranquilo
Da ingênua moça nos divinos braços?
Por que fugira ao casto e alegre asilo?
Por que rompera os mal formados laços?
Quem pudera jamais restituí-lo
Aos estreitos, fortíssimos abraços
Com que Elvira apertava enternecida
Esse que lhe era o amor, a alma e a vida?

LXXXVI

Será tempo? Quem sabe? Heitor hesita;
Tardio pejo lhe enrubesce a face;
Punge o remorso; o coração palpita,
Como se vida nova o reanimasse;
Tênue fogo, entre a cinza, arde e se agita...
Ah! se o passado ali ressuscitasse
Reviveriam ilusões viçosas,
E a gasta vida rebentara em rosas!

LXXXVII

Resolve Heitor voltar ao vale amigo,
Onde ficara a noiva abandonada.
Transpõe o mar, afronta-lhe o perigo,
E chega enfim à terra desejada.
Sobe o monte, contempla o cedro antigo,
Sente abrir-se-lhe n'alma a flor murchada
Das ilusões que um dia concebera;
Rosa extinta da sua primavera!

LXXXVIII

Era a hora em que os serros do oriente
Formar parecem luminosas urnas;
E abre o sol a pupila resplendente
Que às folhas sorve as lágrimas noturnas;
Frouxa brisa amorosa e diligente
Vai acordando as sombras taciturnas;
Surge nos braços dessa aurora estiva
A alegre natureza rediviva.

LXXXIX

Campa era o mar; o vale estreito berço;
De um lado a morte, do outro lado a vida,
Canto do céu, resumo do universo,
Ninho para aquecer a ave abatida.
Inda nas sombras todo o vale imerso,
Não acordara à costumada lida;
Repousava no plácido abandono
Da paz tranquila e do tranquilo sono.

XC

Alto já ia o sol, quando descera
Heitor a oposta face da montanha;
Nada do que deixou desparecera;
O mesmo rio as mesmas ervas banha.
A casa, como então, garrida e austera,
Do sol nascente a viva luz apanha;
Iguais flores, nas plantas renascidas...
Tudo ali fala de perpétuas vidas!

XCI

Desce o poeta cauteloso e lento.
Olha de longe; um vulto ao sol erguia
A veneranda fronte, monumento
De grave e celestial melancolia.
Como sulco de um fundo pensamento
Larga ruga na testa abrir se via,
Era a ruína talvez de uma esperança...
Nos braços tinha uma gentil criança.

XCII

Ria a criança; o velho contemplava
Aquela flor que às auras matutinas
O perfumoso cálix desbrochava
E entrava a abrir as pétalas divinas.
Triste sorriso o rosto lhe animava,
Como um raio de lua entre ruínas.
Alegria infantil, tristeza austera,
O inverno torvo, a alegre primavera!

XCIII

Desce o poeta, desce, e preso, e fito
Nos belos olhos do gentil infante,
Treme, comprime o peito... e após um grito
Corre alegre, exaltado e delirante,
Ah! se jamais as vozes do infinito
Podem sair de um coração amante,
Teve-as aquele... Lágrimas sentidas
Lhe inundaram as faces ressequidas!

XCIV

"Meu filho!" exclama, e súbito parando
Ante o grupo ajoelha o libertino;
Geme, soluça, em lágrimas beijando
As mãos do velho e as tranças do menino.
Ergue-se Antero, e frio e venerando,
Olhos no céu, exclama: "Que destino!
Murchar-lhe, viva, a rosa da ventura;
Morta, insultar-lhe a paz da sepultura!"

XCV

"Morta!" — "Sim!" — "Ah! senhor! se arrependido
Posso alcançar perdão, se com meus prantos,
Posso apiedar-lhe o coração ferido
Por tanta mágoa e longos desencantos;
Se este infante, entre lágrimas nascido,
Pode influir-me os seus afetos santos...
É meu filho, não é? perdão lhe imploro!
Veja, senhor! eu sofro, eu creio, eu choro!"

XCVI

Olha-o com frio orgulho o velho honrado;
Depois, fugindo àquela cena estranha,
Entra em casa. O poeta, acabrunhado,
Sobe outra vez a encosta da montanha;
Ao cimo chega, e desce o oposto lado
Que a vaga azul entre soluços banha.
Como fria ironia a tantas mágoas,
Batia o sol de chapa sobre as águas.

XCVII

Pouco tempo depois ouviu-se um grito,
Som de um corpo nas águas resvalado;
À flor das vagas veio um corpo aflito...
Depois... o sol tranquilo e o mar calado.
Depois... Aqui termina o manuscrito,
Que ora em letra de forma é publicado.
Nestas estrofes pálidas e mansas,
Para te divertir de outras lembranças.

Ameri

canas

Potira

Os Tamoios, entre outras presas que fizeram, levaram essa índia, a qual pretendeu o capitão da empresa violar: resistiu valorosamente, dizendo em língua brasílica: "Eu sou cristã e casada; não hei de fazer traição a Deus e a meu marido; bem podes matar-me e fazer de mim o que quiseres". Deu-se por afrontado o bárbaro, e em vingança lhe acabou a vida com grande crueldade.
VASC., Cr. da Companhia de Jesus, liv. 3º

I

Moça cristã das solidões antigas,
Em que áurea folha reviveu teu nome?
Nem o eco das matas seculares,
Nem a voz das sonoras cachoeiras,
O transmitiu aos séculos futuros.
Assim da tarde estiva às auras frouxas
Tênue fumo do colmo no ar se perde;
Nem de outra sorte em moribundos lábios
A humana voz expira. O horror e o sangue
Da miseranda cena em que, de envolta
Co'os longos, magoadíssimos suspiros,
Cristã Lucrécia, abriu tua alma o voo
Para subir às regiões celestes,
Mal deixada memória aos homens lembra.
Isso apenas; não mais; teu nome obscuro,
Nem tua campa o brasileiro os sabe.

II

Já da férvida luta os ais e os gritos
Extintos eram. Nos baixéis ligeiros
Os tamoios incólumes embarcam;
Ferem co'os remos as serenas ondas
Até surgirem na remota aldeia.
Atrás ficava, lutuosa e triste,
A nascente cidade brasileira,
Do inopinado assalto espavorida,
Ao céu mandando em coro inúteis vozes.
Vinha já perto rareando a noite,
Alva aurora, que à vida acorda as selvas,
Quando a aldeia surgiu aos olhos torvos
Da expedição noturna. À praia saltam
Os vencedores em tropel; transportam

Às cabanas despojos e vencidos,
E, da vigília fatigados, buscam
Na curva, leve rede amigo sono,
Exceto o chefe. Oh! esse não dormira
Longas noites, se a troco da vitória
Precisas fossem. Traz consigo o prêmio,
O desejado prêmio. Desmaiada
Conduz nos braços trêmulos a moça
Que renegou Tupã, e as rudes crenças
Lavou nas águas do batismo santo.
Na rede ornada de amarelas penas
Brandamente a depõe. Leve tecido
Da cativa gentil as formas cobre;
Veste-as de mais a sombra do crepúsculo,
Sombra que a tíbia luz da alva nascente
De todo não rompeu. Inquieto sangue
Nas veias ferve do índio. Os olhos luzem
De concentrada raiva triunfante.
Amor talvez lhes lança um leve toque
De ternura, ou já sôfrego desejo;
Amor, como ele, aspérrimo e selvagem,
Que outro não sente o herói.

III

      Herói lhe chamam
Quantos o hão visto no fervor da guerra
Medo e morte espalhar entre os contrários
E avantajar-se nos certeiros golpes
Aos mais fortes da tribo. O arco e a flecha
Desde a infância os meneia ousado e afoito;
Cedo aprendeu nas solitárias brenhas
A pleitear às feras o caminho.
A força opõe à força, a astúcia à astúcia,
Qual se da onça e da serpente houvera
Colhido as armas. Traz ao colo os dentes
Dos contrários vencidos. Nem dos anos
O número supera o das vitórias;
Tem no espaçoso rosto a flor da vida,
A juventude, e goza entre os mais belos
De real primazia. A cinta e a fronte
Azuis, vermelhas plumas alardeiam,
Ingênuas galas do gentio inculto.

IV

Da cativa gentil cerrados olhos
Não se entreabrem à luz. Morta parece.
Uma só contração lhe não perturba
A paz serena do mimoso rosto.
Junto dela, cruzados sobre o peito
Os braços, Anajê contempla e espera;
Sôfrego espera, enquanto ideias negras
Estão a revoar-lhe em torno e a encher-lhe
A mente de projetos tenebrosos.
Tal no cimo do velho Corcovado
Próxima tempestade engloba as nuvens.
Súbito ao seio túrgido e macio
Ansiosas mãos estende; inda palpita
O coração, com desusada força,
Como se a vida toda ali buscasse
Refúgio certo e último. Impetuoso
O vestido cristão lhe despedaça,
E à luz já viva da manhã recente
Contempla as nuas formas. Era acaso
A síncope chegada ao termo próprio,
Ou, no pejo ofendida, às mãos estranhas
A desmaiada moça despertara.
Potira acorda, os olhos lança em torno,
Fita, vê, compreende, e inquieta busca
Fugir do vencedor às mãos e ao crime...
Mísera! opõe-se-lhe o irritado gesto
Do aspérrimo guerreiro; um ai lhe sobe
Angustioso e triste aos lábios trêmulos,
Sobe, murmura e sufocado expira.
Na rede envolve o corpo, e, desviando
Do terrível tamoio os lindos olhos,
Entrecortada prece aos céus envia,
E as faces banha de serenas lágrimas.

V

Longo tempo correra. Amplo silêncio
Reinou entre ambos. Do tamoio a fronte
Pouco a pouco despira o torvo aspecto.
Ao trabalhado espírito, revolto
De mil sinistros pensamentos, volve
Benigna calma. Tal de um rio engrossa
O volume extensíssimo das águas

Que vão enchendo de pavor os ecos,
Vencendo no arruído o vento e o raio,
E pouco a pouco atenuando as vozes,
Adelgaçando as ondas, tornam mansas
Ao primitivo leito. Ei-lo se inclina,
Para tomar nos braços a formosa
Por cujo amor incendiara a aldeia
Daquelas gentes pálidas de Europa.
Sente-lhe a moça as mãos, e erguendo o rosto,
O rosto inda de lágrimas molhado,
Do coração estas palavras solta:
"— Lá entre os meus, suave e amiga morte,
Ah! Por que me não deste? Houvera ao menos
Quem escutasse de meus lábios frios
A prece derradeira; e a santa bênção
Levaria minha alma aos pés do Eterno...
Não, não te peço a vida; é tua, extingue-a;
Um só alívio imploro. Não receies
Embeber no meu sangue a ervada seta;
Mata-me, sim; mas leva-me onde eu possa
Ter em sagrado leito o último sono!"
Disse, e fitando no índio ávidos olhos,
Esperou. Anajê sacode a fronte,
Como se lhe pesara ideia triste;
Crava os olhos no chão; lentas lhe saem
Estas vozes do peito:
                           — "Oh! nunca os padres
Pisado houvessem estas plagas virgens!
Nunca de um deus estranho as leis ignotas
Viessem perturbar as tribos, como
Perturba o vento as águas! Rosto a rosto
Os guerreiros pelejam; matam, morrem.
Ante o fulgor das armas inimigas
Não descora o tamoio. Assaz lhe pulsa
Valor nativo e raro em peito livre.
Armas, deu-lhas Tupã novas e eternas
Nestas matas vastíssimas. De sangue
Estranhos rios hão de, ao mar correndo,
Tristes novas levar à pátria deles,
Primeiro que o tamoio a frente incline
Aos inimigos peitos. Outra força,
Outra e maior nos move a guerra crua;
São eles, são os padres. Esses mostram
Cheia de riso a boca e o mel nas vozes,
Sereno o rosto e as brancas mãos inermes;
Ordens não trazem de cacique alheio,

Tudo nos levam, tudo. Uma por uma
As filhas de Tupã correm trás eles,
Com elas os guerreiros, e com todos
A nossa antiga fé. Vem perto o dia
Em que, na imensidão destes desertos,
Há de ao frio luar das longas noites
O pajé suspirar sozinho e triste
Sem povo nem Tupã!"

VI

                Silenciosas
Lágrimas lhe espremeu dos olhos negros
Essa lembrança de futuros males.
"— Escuta!" diz Potira. O índio estende
Imperioso as mãos e assim prossegue:
"— Também com eles foste, e foi contigo
Da minha vida a flor! Teu pai mandara,
E com ele mandou Tupã que eu fosse
Teu esposo; vedou-mo a voz dos padres,
Que me perdeu, levando-te consigo.
Não morri; vivi só para essa afronta;
Vivi para essa insólita tristeza
De maldizer teu nome e as graças tuas,
Chorar-te a vida e desejar-te a morte.
Ai! nos rudes combates em que a tribo
Rega de sangue o chão da virgem terra
Ou tinge a flor do mar, nunca a meu lado
Teu nobre vulto esteve. A aldeia toda,
Mais que o teu coração, ficou deserta.
Duas vezes, mimosas rebentaram
Do lacrimoso cajueiro as flores,
Desde o dia funesto em que deixaste
A cabana paterna. O extremo lume
Expirou de teu pai nos olhos tristes;
Piedosa chama consumiu seus restos
E a aldeia toda o lastimou com prantos.
Não de todo se foi da nossa vida;
Parte ficou para sentir teus males.
Antes que o último sol à melindrosa
Flor do maracujá cerrasse as folhas
Um sonho tive. Merencório vulto,
Triste como uma fronte de vencido,
Cor da lua os cabelos venerandos,
O vulto de teu pai: "Guerreiro (disse),
Corre à vizinha habitação dos brancos,

Vai, arranca Potira à lei funesta
Dos pálidos pajés; Tupã to ordena;
Nos braços traze a fugitiva corça;
Vincula o teu destino ao dela; é tua."
— "Impossível! Que vale um vago sonho?
Sou esposa e cristã. Ímpio, respeita
O amor que Deus protege e santifica:
Mata-me; a minha vida te pertence:
Ou, se te pesa derramar o sangue
Daquela a quem amaste, e por quem foste
Lançar entre os cristãos a dor e o susto,
Faze-me escrava; servirei contente
Enquanto a vida alumiar meus olhos.
Toma, entrego-te o sangue e a liberdade.
Ordena ou fere. Tua esposa, nunca!"
Calou-se, e reclinada sobre a rede
Potira murmurava ignota prece,
Olhos fitos no próximo arvoredo,
Olhos não ermos de profunda mágoa.

VII

Ó Cristo, em que alma penetrou teu nome
Que lhe não desse o bálsamo da vida?
Pelo vento dos séculos levado,
Vidente e cego, o máximo dos seres,
Que fora do homem nesta escassa terra,
Se ao mistério da vida lhe não desses,
Ó Cristo, a eterna chave da esperança?
Filosofia estoica, árdua virtude,
Criação de homem, tudo passa e expira.
Tu só, filha de Deus, palavra amiga,
Tu, suavíssima voz da eternidade,
Tu perduras, tu vales, tu confortas.
Neste sonho iriado de outros sonhos,
Vários como as feições da natureza,
Nesta confusa agitação da vida,
Que alma transpõe a derradeira idade
Farta de algumas passageiras glórias?
Torvo é o ar do sepulcro; ali não viçam
Essas cansadas rosas da existência
Que às vezes tantas lágrimas nos custam,
E tantas mais antes do ocaso expiram.
Flor do Evangelho, núncia de alvos dias,
Esperança cristã, não te há murchado
O vento árido e seco; és tu viçosa

Quando as da terra lânguidas inclinam
O seio, e a vida lentamente exalam.
Esta a consolação última e doce
Da esposa indiana foi. Cativa ou morta,
Antevia a celeste recompensa
Que aos humildes reserva a mão do Eterno.
Naquele rude coração das brenhas
A semente evangélica brotara.

VIII

Das duas condições deu-lhe o guerreiro
A pior, — fê-la escrava; ei-la aparece
Da sua aldeia aos olhos espantados
Qual fora em dias de melhor ventura.
Despida vem das roupas que lhe há posto
Sobre as polidas formas uso estranho,
Não sabido jamais daqueles povos
Que a natureza ingênua doutrinara.
Vence na gentileza às mais da tribo,
E tem de sobra um sentimento novo,
Pudor de esposa e de cristã, — realce
Que ao índio acende a natural volúpia.
Simulada alegria lhe descerra
Os lábios; riso à flor, escasso e dúbio,
Que mal lhe encobre as vergonhosas mágoas.
À voz do seu senhor acorre humilde;
Não a assusta o labor; nem dos perigos
Conhece os medos. Nas ruidosas festas,
Quando ferve o cauim, e o ar atroa
Pocema de alegria ou de combate,
Como que se lhe fecha a flor do rosto.
Já lhe descai então no seio opresso
A graciosa fronte; os olhos fecha,
E ao céu voltando o pensamento puro,
Menos por si, que pelos outros pede.
Nem só o ardor da fé lhe abrasa o peito;
Lacera-lho também agra saudade;
Chora a separação do amado esposo,
Que, ou cedo a esquece, ou solitário geme.
Se, alguma vez, fugindo a estranhos olhos,
Não já cruéis, mas cobiçosos dela,
Entra desatinada o bosque antigo,
E a dor expande em lôbregos soluços,
Co'o doce nome acorda ao longe os ecos,
Farta de amor e pródiga de vida,

Ouve-a a selva, e não lhe entende as mágoas.
Outras vezes pisando a ruiva areia
Das praias, ou galgando a penedia
Cujos pés orla o mar de nívea espuma,
As ondas murmurantes interroga:
Conta ao vento da noite as dores suas;
Mas... fiéis ao destino e à lei que as rege,
As preguiçosas ondas vão caminho,
Crespas do vento que sussurra e passa.

IX

Quando, ao sol da manhã, partem às vezes,
Com seus arcos, os destros caçadores,
E alguns da rija estaca desatando
Os nós de embira às rápidas igaras,
À pesca vão pelas ribeiras próximas,
Das esposas, das mães que os lares velam,
Grata alegria os corações inunda,
Menos o dela, que suspira e geme,
E não aguarda doce esposo ou filho.
Triste os vê na partida e no regresso,
E nessa melancólica postura,
Semelha a acácia langue e esmorecida,
Que já de orvalho ou sol não pede os beijos.
As outras... — Raro em lábios de felizes
Alheias mágoas travam. Não se pejam
De seus olhos azuis e alegres penas
Os saís sobre as árvores pousados,
Se ao perto voa na campina verde
De anuns lutuoso bando; nem os trilos
Das andorinhas interrompe a nota
Que a juriti suspira. — As outras folgam
Pelo arraial dispersas; vão-se à terra
Arrancar as raízes nutritivas,
E fazem os preparos do banquete
A que hão de vir mais tarde os destemidos
Senhores do arco, alegres vencedores
De quanto vive na água e na floresta.
Da cativa nenhuma inquire as mágoas.
Contudo, algumas vezes, curiosas
Virgens lhe dizem, apiedando o gesto:
— "Pois que à taba voltaste, em que teus olhos
Primeiro viram luz, que mágoa funda
Lhes destila tão longo e amargo pranto,
Amargo mais do que esse que não busca

Recatado silêncio?" — E às doces vozes
A cristã desterrada assim responde:
— "Potira é como aquela flor que chora
Lágrimas de alvo leite, se do galho
Mão cruel a cortou. Oh! não permita
O céu que ímpia fortuna vos separe
Daquele que escolherdes. Dor é essa
Maior que um pobre coração de esposa.
Esperanças... Deixei-as nessas águas
Que me trouxeram, cúmplices do crime,
À taba de Tupã, não alumiada
Da palavra celeste. Algumas vezes,
Raras, alveja em minha noite escura
Não sei que tíbia aurora, e penso: Acaso
O sol que vem me guarda um raio amigo,
Que há de acender nestes cansados olhos
Ventura que já foi. As asas colhe
Guanumbi, e o aguçado bico embebe
No tronco, onde repousa adormecido
Até que volte uma estação de flores.
Ventura imita o guanumbi dos campos:
Acordará co'as flores de outros dias.
Doce ilusão que rápido se escoa,
Como o pingo de orvalho mal fechado
Numa folha que o vento agita e entorna."
E as virgens dizem, apiedando o gesto:
— "Potira é como aquela flor que chora
Lágrimas de alvo leite, se do galho
Mão cruel a cortou!"

X

    Era chegado
O fatal prazo, o desenlace triste.
Tudo morre, — a tristeza como o gozo;
Rosas de amor ou lírios de saudade,
Tarde ou cedo os esfolha a mão do tempo.
Costeando as longas praias, ou transpondo
Extensos vales e montanhas, correm
Mensageiros que às tabas mais vizinhas
Vão convidar à festa as gentes todas.
Era a festa da morte. Índio guerreiro,
Três luas há cativo, o instante aguarda
Em que às mãos de inimigos vencedores,
Caia expirante, e os vínculos rompendo
Da vida, a alma remonte além dos Andes.

Corre de boca em boca e de eco em eco
A alegre nova. Vem descendo os montes,
Ou abicando às povoadas praias
Gente da raça ilustre. A onda imensa
Pelo arraial se estende pressurosa.
De quantas cores natureza fértil
Tinge as próprias feições, copiam eles
Engraçadas, vistosas louçanias.
Vários na idade são, vários no aspecto,
Todos iguais e irmãos no herdado brio.
Dado o amplexo de amigo, acompanhado
De suspiros e pêsames sinceros
Pelas fadigas da viagem longa,
Rompem ruidosas danças. Ao tamoio
Deu o Ibake os segredos da poesia;
Cantos festivos, moduladas vozes,
Enchem os ares, celebrando a festa
Do sacrifício próximo. Ah! não cubra
Véu de nojo ou tristeza o rosto aos filhos
Destes polidos tempos! Rudes eram
Aqueles homens de ásperos costumes,
Que ante o sangue de irmãos folgavam livres,
E nós, soberbos filhos de outra idade,
Que a voz falamos da razão severa
E na luz nos banhamos do Calvário,
Que somos nós mais que eles? Raça triste
De Cains, raça eterna...

XI

      Os cantos cessam.
Calou-se o maracá. As roucas vozes
Dos férvidos guerreiros já reclamam
O brutal sacrifício. Às mãos das servas
A taça do cauim passara exausta.
Inquieto aguarda o prisioneiro a morte.
Da nação guaianás nos rudes campos
Nasceu. Nos campos da saudosa pátria
Industriosa mão não sabe ainda
Alevantar as tabas. Cova funda
Da terra, mãe comum, no seio aberta,
Os acolhe e protege. O chão lhes forra
A pele do tapir; contínua chama
Lhes supre a luz do sol. É uso antigo
Do guaianás que chega a extrema idade,
Ou de mortal doença acometido,

Não expirar aos olhos de outros homens;
Vivo o guardam no bojo da igaçaba,
E à fria terra o dão, como se fora
Pasto melhor (melhor!) aos frios vermes.
Do almo, doce licor que extrai das flores
Mãe do mel, iramaia, larga cópia
Pelos robustos membros lhe coaram
Seis anciãs da tribo. Rubras penas
Na vasta fronte e nos nervosos braços
Garridamente o enfeitam. Longa e forte
A muçurana os rins lhe cinge e aperta.
Entra na praça o fúnebre cortejo.
Olhar tranquilo, inda que fero, espalha
O indomado cativo. Em pé, defronte,
Grave, silencioso, ao sol mostrando
De feias cores e vistosas plumas
Singular harmonia, aguarda a vítima
O executor. Nas mãos lhe pende a enorme
Tagapema enfeitada, arma certeira,
Arma triunfal de morte e de extermínio.
Medem-se rosto a rosto os dois contrários
C'um sorriso feroz. Confusas vozes
Enchem súbito o espaço. Não lhe é dado
Ao vencido guerreiro haver a morte
Silenciosa e triste em que se passa
Da curva rede à fria sepultura.
Meigas aves que vão de um clima a outro
Abrem placidamente as asas leves,
Não tu, guerreiro, que encaraste a morte,
Tu combates! Vencido e vencedores
Derradeiros escárnios se arremessam;
Gritos, injúrias, convulsões de raiva,
Vivo clamor acorda os longos ecos
Das penedias próximas. A clava
Do executor girou no ar três vezes
E de leve caiu na grossa espádua
Do arquejante cativo. Já na boca,
Que o desprezo e o furor num riso entreabrem,
Orla de espuma alveja. Avança, corre,
Estaca... Não lhe dá mais amplo espaço
A muçurana, cujas pontas tiram
Dois mancebos robustos. Nas cavernas
Do longo peito lhe murmura o ódio,
Surdo, como o rumor da terra inquieta,
Pejada de vulcões. Os lábios morde,
E, como derradeira injúria, à face

Do executor lhe cospe espuma e sangue.
Não vibra o arco mais veloz o tiro,
Nem mais segura no aterrado cervo
Feroz sucuriuba os nós enrosca,
Do que a pesada, enorme tagapema
A cabeça de um golpe lhe esmigalha.
Cai fulminada a vítima na terra,
E alegre o povo longamente aplaude.

XII

Na voz universal perdeu-se um grito
De piedade e terror: tão fundo entrara
Naquela alma roubada à noite escura
Raio de sol cristão! Potira foge,
Pelos bosques atônita se entranha
E para à margem de um pequeno rio;
Pousa na relva os trêmulos joelhos
E nas mimosas mãos esconde o rosto.
Não de lágrimas era aquele sítio
Ou só de doces lágrimas choradas
De olhos que amor venceu: — macia relva,
Leito de sesta a amores fugitivos.
Da verde, rara abóbada de folhas
Tépida e doce a luz coava a frouxo
Do sol, que além das árvores tranquilo,
Metade da jornada ia transpondo.
Longe era ainda a hora melancólica
Em que a gerema cerra a miúda folha,
E o lume azul o pirilampo acende.
De pé, a um velho tronco descoroado
Da copada ramagem, resto apenas,
Vestígio do tufão, a indiana moça
Languidamente encosta o esbelto corpo.
Nesse ameno recesso tudo é triste,
Porque é alegre tudo. Não mui longe
Um desfolhado ipê conserva e guarda
Flores que lhe ficaram de outro estio,
Como esperança de folhagem nova,
Flores que a desventura lhe há negado,
A ela, alma esquecida nesta terra,
Que nada espera da estação vindoura.
Olha, e de inveja o coração lhe estala;
Pelo tronco das árvores se enroscam
Parasitas, esposas do arvoredo,
Mais fiéis não, mais venturosas que ela.

Morrer? Descanso fora às mágoas suas,
Mais que descanso, perdurável gozo,
Que a nossa eterna pátria aos infelizes
Deste desterro, guarda alvas capelas
De não murchandas e cheirosas flores.
Tal lhe falava no íntimo do peito
Desespero cruel. Alguns instantes
Pela cansada mente lhe vagaram
De voluntária, abreviada morte
Lutuosas ideias. Mal compreende
Esses desmaios da criatura humana
Quem não sentiu no coração rasgado
Abatimento e enojo; ou, mais do que isso,
Esse contraste imenso e irreparável
Do amor interno e a solidão da vida.
Rápido espaço foi. Pronto lhe volve
Doce resignação, cristã virtude,
Que desafia e que assoberba os males.
As débeis mãos levanta. Já dos lábios
Solta nas asas de oração singela
Lástimas suas... Na folhagem seca
Ouve de cautos pés rumor sumido
Volve a cabeça...

XIII

                Trêmulo, calado,
Anajê crava nela os olhos turvos
Dos vapores da festa. As mãos inermes
Lhe pendem; mas o peito — ó mísera! — esse,
Esse de mal contido amor transborda.
Longo instante passou. Alfim: "Deixaste
A festa nossa (o bárbaro murmura);
Misteriosa vieste. Dos guerreiros
Nenhum te viu; mas eu senti teus passos,
E vim contigo ao ermo. Ave mesquinha,
Inútil foges; gavião te espreita,
Minha te fez Tupã". Em pé, sorrindo,
Escutava Potira a voz severa
De Anajê. Breve espaço abria entre ambos
Alcatifado chão. A fatal hora
Chegara alfim? Não o perscruta a moça;
Tudo aceita das mãos do seu destino,
Tudo, exceto... No próximo arvoredo
Ouve de uma ave o pio melancólico;
Era a voz de seu pai? a voz do esposo?

De ambos talvez. No ânimo da escrava
Restos havia dessa crença antiga,
Antiga e sempre nova: o peito humano
Raro de obscuros elos se liberta.

XIV

— "Nasceste para ser senhora e dona:
Anajê não te veda a liberdade;
Quebra tu mesma os nós do cativeiro.
Faze-te esposa. Vem coroar meus dias;
Vem, tudo esqueço. A fronte do guerreiro,
Adornada por ti, será mais nobre;
Mais forte o braço em que pousar teu rosto.
Sou menos belo que esse esposo ausente?
Rudes feições compensa amor sobejo.
Vem; ser-me-ás companheira nos combates,
E, se inimiga frecha entrar meu seio,
Morrerei a teus pés. Tens medo aos padres?
Outro destino escolhe. Cauteloso,
Tece o japu nos elevados ramos
Das elevadas árvores o ninho,
Onde o inimigo lhe não roube a prole.
Ninho há na serra ao nosso amor propício;
Viveremos ali. Troveje embaixo
A inúbia convidando à guerra os povos;
Leva de arcos transforme estas aldeias
Em campos de combate, — ou já dispersas
As fugitivas tribos vão buscando
Longes sertões para chorar seus males
Viveremos ali. Talvez um dia
Quando eu passar à misteriosa estância
Das delícias eternas, me pergunte
Meu velho pai: — 'Teu arco de guerreiro
Em que deserta praia o abandonaste?'
Salvar-me-á teu amor do eterno pejo."

XV

Doce era a voz e triste. Rasos d'água
Os olhos. Foi desmaio de tristeza
Que o gesto dissipou da esquiva moça.
Volve ao tamoio vingativa ideia.
— "Minha (diz ele) ou morres!" Estremece
Potira, como quando a brisa passa

Ao de leve na folha da palmeira,
E logo fria ao bárbaro responde:
— "Jaz esquecido em nossas velhas tabas
O respeito da esposa? Acaso é digna
Do sangue do tamoio essa ameaça?
Que desvalia aos olhos teus me coube,
Se a outro me ligaram natureza,
Religião, destino? A liberdade
Nas tuas mãos depus; com ela a vida.
É tudo, quase tudo. Honra de esposa,
Oh! essa deves respeitá-la! Vai-te!
Ceva teu ódio nas sangrentas carnes
Do prostrado cativo. Aqui chorando,
Na soidão destes bosques mal fechados,
Às maviosas brisas meus suspiros
Entregarei; levá-los-ão nas asas
Lá onde geme solitário esposo.
Vai-te!" E as mimosas mãos colhendo ao rosto
Alçou a Deus o pensamento amante,
Como a centelha viva que a fogueira
Extinta aos ares sobe. Imóvel, muda,
Longo tempo ficou. Diante dela,
Como ela imóvel, o tamoio estava.
Amor, ódio, ciúme, orgulho, pena,
Opostos sentimentos se combatem
No atribulado peito. Generoso
Era, mas não domado amor lhe dava
Inspiração de crimes. Não mais pronto
Cai sobre a triste corça fugitiva
Jaguar de longa fome esporeado,
Do que ele as mãos lançou ao colo e à fronte
Da mísera Potira. Ai! não, não diga
A minha voz o lamentoso instante
Em que ela, ao seu algoz volvendo ansiosa
Turvos olhos: "Perdoo-te!" murmura,
Os lábios cerra e imaculada expira!

XVI

Estro maior teu nome obscuro cante,
Moça cristã das solidões antigas,
E eterno o cinja de virentes flores,
Que as mereces. De não sabido bardo
Estes gemidos são. Lânguidas brisas
No taquaral à noite sussurrando,
Ou enrugando o mole dorso às vagas,

Não têm a voz com que domina os ecos
Despenhada cachoeira. São, contudo,
Mais que débeis e tristes, no concerto
Da orquestra universal cabidas notas.
Alveja a nebulosa entre as estrelas,
E abre ao pé do rosal a flor da murta.

Niâni
(História guaicuru)

Desde então cobriu-se Nanine de uma mortal melancolia, sendo seus olhos sempre chorosos. Assim se passaram três meses, quando um dia, estando deitada na sua rústica cama, lhe deram a notícia que seu desleal marido se tinha casado com uma rapariga de menor esfera. Senta-se então Nanine na cama, como arrebatada, chama para junto de si um pequeno índio que era seu cativo, e diz-lhe na presença de vários antecris:
"És meu cativo; dou-te a liberdade, com a condição de que te chamarás toda a vida Panenioxe."
F. RODRIGUES PRADO, *História dos índios cavaleiros*

> ...che piange
> Vedova, sola.
> DANTE

I

Contam-se histórias antigas
    Pelas terras de além-mar,
De moças e de princesas,
    Que amor fazia matar.

Mas amor que entranha n'alma
    E a vida sói acabar,
Amor é de todo o clima,
    Bem como a luz, como o ar.

Morrem dele nas florestas
    Aonde habita o jaguar,
Nas margens dos grandes rios
    Que levam troncos ao mar.

Agora direi um caso
      De muito penalizar,
Tão triste como os que contam
      Pelas terras de além-mar.

II

Cabana que esteira cobre
      De junco trançado à mão,
Que agitação vai por ela!
      Que ledas horas lhe vão!

Panenioxe é guerreiro
      Da velha, dura nação,
Caiavaba há já sentido
      A sua lança e facão.

Vem de longe, chega à porta
      Do afamado capitão;
Deixa a lança e o cavalo,
      Entra com seu coração.

A noiva que ele lhe guarda
      Moça é de nobre feição,
Airosa como ágil corça
      Que corre pelo sertão.

Amores eram nascidos
      Naquela tenra estação,
Em que a flor que há de ser flor
      Inda se fecha em botão.

Muitos agora lhe querem,
      E muitos que fortes são;
Niâni ao melhor deles
      Não dera o seu coração.

Casá-los agora, é tempo;
      Casá-los, nobre ancião!
Limpo sangue tem o noivo,
      Que é filho de capitão.

III

"— Traze a minha lança, escravo,
    Que tanto peito abateu;
Traze aqui o meu cavalo
    Que largos campos correu."

"— Lança tens e tens cavalo
    Que meu velho pai te deu;
Mas aonde te vais agora,
    Onde vais, esposo meu?"

"— Vou-me à caça, junto à cova
    Onde a onça se meteu..."
"— Montada no meu cavalo,
    Vou contigo, esposo meu."

"— Vou-me às ribas do Escopil,
    Que a minha lança varreu..."
"— Irei pelejar na guerra,
    A teu lado, esposo meu."

"— Fica-te aí na cabana
    Onde o meu amor nasceu."
"— Melhor não haver nascido
    Se já de todo morreu."

E uma lágrima, — a primeira
    De muitas que ela verteu, —
Pela face cobreada
    Lenta, lenta lhe correu.

Enxugá-la, não a enxuga
    O esposo que já perdeu,
Que ele no chão fita os olhos,
    Como que a voz lhe morreu.

Traz o escravo o seu cavalo
    Que o velho sogro lhe deu;
Traz-lhe mais a sua lança
    Que tanto peito abateu.

Então, recobrando a alma,
    Que o remorso esmoreceu,
Com esta dura palavra
    À esposa lhe respondeu:

"— A bocaiúva três vezes
    No tronco amadureceu,
Desde o dia em que o guerreiro
    Sua esposa recebeu.

Três vezes! Amor sobejo
    Nossa vida toda encheu.
Fastio me entrou no seio,
    Fastio que me perdeu."

E pulando no cavalo,
    Sumiu-se... despareceu...
Pobre moça sem marido,
    Chora o amor que lhe morreu!

IV

Leva o Paraguai as águas,
    Leva-as no mesmo correr,
E as aves descem ao campo
    Como usavam de descer.

Tenras flores, que outro tempo
    Costumavam de nascer,
Nascem; vivem de igual vida;
    Morrem do mesmo morrer.

Niâni, pobre viúva,
    Viúva sem bem o ser,
Tanta lágrima chorada
    Já te não pode valer.

Olhos que amor desmaiara
    De um desmaiar que é viver,
O choro empana-os agora,
    Como que vão fenecer.

Corpo que fora robusto
    No seu cavalo a correr,
De contínua dor quebrado
    Mal se pode já suster.

Colar de prata não usa
    Como usava de trazer;
Pulseiras de finas contas
    Todas as veio a romper.

Que ela, se nada há mudado
        Daquele eterno viver,
Com que a natureza sabe
        Renascer, permanecer,

Toda é outra; a alma lhe morre,
        Mas de um contínuo morrer,
E não há mágoa mais triste
        De quantas podem doer.

Os que outrora a desejavam,
        Antes dela mal haver,
Vendo que chora e padece,
        Rindo, se põem a dizer:

"— Remador vai na canoa,
        Canoa vai a descer...
Piranha espiou do fundo
        Piranha, que o vai comer.

Ninguém se fie da brasa
        Que os olhos veem arder,
Sereno que cai de noite
        Há de fazê-la morrer.

Panenioxe, Panenioxe,
        Não lhe sabias querer.
Quem te pagara esse golpe
        Que lhe vieste fazer!"

V

Um dia, — era sobre tarde,
        Ia-se o sol a afundar;
Calumbi cerrava as folhas
        Para melhor as guardar.

Vem cavaleiro de longe
        E à porta vai apear.
Traz o rosto carregado,
        Como noite sem luar.

Chega-se à pobre da moça
        E assim começa a falar:
"— Guaicuru dói-lhe no peito
        Tristeza de envergonhar.

Esposo que te há fugido
    Hoje se vai a casar;
Noiva não é de alto sangue,
    Porém de sangue vulgar."

Ergue-se a moça de um pulo,
    Arrebatada, e no olhar
Rebenta-lhe uma faísca
    Como de luz a expirar.

Menino escravo que tinha
    Acerta de ali passar;
Niâni atentando nele
    Chama-o para o seu lugar.

"— Cativo és tu: serás livre,
    Mas vais o nome trocar;
Nome avesso te puseram...
    Panenioxe hás de ficar."

Pela face cobreada
    Desce, desce com vagar
Uma lágrima: era a última
    Que lhe restava chorar.

Longo tempo ali ficara,
    Sem se mover nem falar;
Os que a veem naquela mágoa
    Nem ousam de a consolar.

Depois um longo suspiro,
    E ia a moça a expirar...
O sol de todo morria
    E enegrecia-se o ar.

Pintam-na de vivas cores,
    E lhe lançam um colar;
Em fina esteira de junco
    Logo a vão amortalhar.

O triste pai suspirando
    Nos braços a vai tomar,
Deita-a sobre o seu cavalo
    E a leva para enterrar.

Na terra em que dorme agora
      Justo lhe era descansar,
Que pagou foro da vida
      Com muito e muito penar.

Que assim se morre de amores
      Aonde habita o jaguar,
Como as princesas morriam
      Pelas terras de além-mar.

A cristã-nova

*... essa mesma foi levada
cativa para uma terra estranha.*
NAUM, cap. III, v. 10

PARTE I

I

Olhos fitos no céu, sentado à porta,
O velho pai estava. Um luar frouxo
Vinha beijar-lhe a veneranda barba
Alva e longa, que o peito lhe cobria,
Como a névoa na encosta da montanha
Ao destoucar da aurora. Alta ia a noite,
E silenciosa: a praia era deserta,
Ouvia-se o bater pausado e longo
Da sonolenta vaga, — único e triste
Som que a mudez quebrava à natureza.

II

Assim talvez nas solidões sombrias
      Da velha Palestina
Um profeta no espírito volvera
Às desgraças da pátria. Quão remota
Aquela de seus pais sagrada terra,
Quão diferente desta em que há vivido
Os seus dias melhores! Vago e doce,
Este luar não alumia os serros
Estéreis, nem as últimas ruínas,

Nem as ermas planícies, nem aquele
Morno silêncio da região que fora
E que a história de todo amortalhara.
Ó torrentes antigas! águas santas
De Cedron! Já talvez o sol que passa,
E vê nascer e vê morrer as flores,
Todas no leito vos secou, enquanto
Estas murmuram plácidas e cheias,
E vão contando às deleitosas praias
Esperanças futuras. Longo e longo
    O devolver dos séculos
Será, primeiro que a memória do homem
    Teça a mortalha fria
Da região que inda tinge o albor da aurora.

III

Talvez, talvez no espírito fechado
Do ancião vagueavam lentamente
Estas ideias tristes. Junto à praia
Era a austera mansão, donde se via
Desenrolarem-se as serenas vagas
Do nosso golfo azul. Não a enfeitavam
As galas da opulência, nem os olhos
Entristecia co'o medonho aspecto
Da miséria; não pródiga nem surda
A fortuna lhe fora, mas aquela
Mediania sóbria, que os desejos
Contenta do filósofo, lhe havia
Doirado os tetos. Guanabara ainda
    Não era a flor aberta
Da nossa idade; era botão apenas,
Que rompia do hastil, nascido à beira
De suas ondas mansas. Simples e rude,
Ia brotando a juvenil cidade,
Nestas incultas terras, que a lembrança
Recordava talvez do antigo povo,
E o guaú alegre, e as ríspidas pelejas,
Toda essa vida que morreu.

IV

            Sentada
Aos pés do velho estava a amada filha,
Bela como a açucena dos Cantares,

Como a rosa dos campos. A cabeça
Nos joelhos do pai reclina a moça,
E deixa resvalar o pensamento
Rio abaixo das longas esperanças
E namorados sonhos. Negros olhos
     Por entre os mal fechados
Cílios estende à serra que recorta
Ao longe o céu. Morena é a face linda
E levemente pálida. Mais bela,
Nem mais suave era a formosa Ruth
Ante o rico Booz, do que essa virgem,
Flor que Israel brotou do antigo tronco,
Corada ao sol da juvenil América.

V

Mudos viam correr aquelas horas
Da noite, os dois: ele voltando o rosto
Ao passado, ela os olhos ao futuro.
Cansam-lhe enfim ao pensamento as asas
De ir voando, através da espessa treva,
Frouxas as colhe, e desce ao campo exíguo
Da realidade. A delicada virgem
Primeiro volve a si; os lindos dedos
Corre-lhe ao longo da nevada barba,
E: — "Pai amigo, que pensar vos leva
Tão longe a alma?" Estremecendo o velho:
— "Curiosa!" — lhe disse, — "o pensamento
É como as aves passageiras: voa
A buscar melhor clima. — Oposto rumo
Ias tu, alma em flor, aberta apenas,
Tão longe ainda do calor da sesta,
Tão remota da noite... Uma esperança
Te sorria talvez? Talvez, quem sabe,
Uns namorados olhos que me roubem,
Que te levem... Não cores, filha minha!
Esquecimento, não; lembrança ao menos
Ficar-te-á do paterno afeto; e um dia,
Quando eu na terra descansar meus ossos,
Haverás doce bálsamo no seio
De afeição juvenil... Sim; não te acuso;
Ama: é a lei da natureza, eterna!
Ama: um homem será da nossa raça..."

VI

Essas palavras tais ouvindo a moça,
Turbada os olhos descaiu na terra,
E algum tempo ficou calada e triste,
Como no azul do céu o astro da noite,
Se uma nuvem lhe empana a meio a face.
Súbito a voz e o rosto alevantando,
Com dissimulação, — pecado embora,
Mas inocente : — "Olhai, a noite é linda!
O vento encrespa molemente as ondas,
E o céu é todo azul e todo estrelas!
Formosa, oh! quão formosa a terra minha!
Dizei: além desses compridos serros,
Além daquele mar, à orla de outros,
Outras como esta vivem?"

VII

          Fresca e pura
Era-lhe a voz, voz d'alma que sabia
Entrar no coração paterno. A fronte
Inclina o velho sobre o rosto amado
De Ângela. — Na cabeça ósculo santo
Imprime à filha; e suspirando, os olhos
Melancolicamente ao ar levanta,
     Desce-os e assim murmura:
"Vaso é digno de ti, lírio dos vales,
Terra solene e bela. A natureza
Aqui pomposa, compassiva e grande,
No regaço recebe a alma que chora
E o coração que túmido suspira.
Contudo, a sombra pesarosa e errante
Do povo que acabou pranteia ainda
     Ao longo das areias,
Onde o mar bate, ou no cerrado bosque
Inda povoado das relíquias suas,
Que o nome de Tupã confessar podem
No próprio templo augusto. Última e forte
Consolação é esta do vencido
Que viu tudo perder-se no passado,
E único salva do naufrágio imenso
O seu Deus. Pátria não. Uma há na terra
Que eu nunca vi... Hoje é ruína tudo,
E viuvez e morte. Um tempo, entanto,

Bela e forte ela foi; mas longe, longe
Os dias vão de fortaleza e glória
Escoados de todo como as águas
Que não volvem jamais. Óleo que a unge,
Finas telas que a vestem, atavios
De ouro e prata que o colo e os braços lhe ornam,
E a flor de trigo e mel de que se nutre,
Sonhos, são sonhos do profeta. É morta
Jerusalém! Oh! quem lhe dera os dias
Da passada grandeza, quando a planta
Da senhora das gentes sobre o peito
Pousava dos vencidos, quando o nome
Do que há salvo Israel, Moisés..."
                "— Não! Cristo,
Filho de Deus! Só ele há salvo os homens!"
Isto dizendo, a delicada virgem
As mãos postas ergueu. Uma palavra
Não disse mais; no coração, entanto,
Murmurava uma prece silenciosa,
Ardente e viva, como a fé que a anima
      Ou como a luz da lâmpada
A que não faltou óleo.

VIII

                Taciturno
Esteve longo tempo o ancião. Aquela
Alma infeliz nem toda era de Cristo
Nem toda de Moisés; ouvia atento
A palavra da Lei, como nos dias
Do eleito povo; mas a doce nota
Do Evangelho não raro lhe batia
      No alvoroçado peito
Soleníssima e pura... Descambava
No entanto a lua. A noite era mais linda,
E mais augusta a solidão. Na alcova
Entra a pálida moça. Da parede
Um Cristo pende; ela os joelhos dobra
Os dedos cruza e reza, — não serena,
Nem alegre também, como costuma,
Mas a tremer-lhe nos formosos olhos
Uma lágrima.

IX

     A lâmpada acendida
Sobre a mesa do velho, as largas folhas
Alumia de um livro. O máximo era
Dos livros todos. A escolhida lauda
Era a do canto dos cativos que iam
Pelas ribas do Eufrates, relembrando
As desgraças da pátria. A sós, com eles,
Suspira o velho aquele salmo antigo:

"Junto aos rios da terra amaldiçoada
De Babilônia, um dia nos sentamos,
Com saudades de Sião amada.

As harpas nos salgueiros penduramos,
E ao relembrarmos os extintos dias
As lágrimas dos olhos desatamos.

Os que nos davam cruas agonias
De cativeiro, ali nos perguntavam
Pelas nossas antigas harmonias".

E dizíamos nós aos que falavam:
"Como em terra de exílio amargo e duro
Cantar os hinos que ao Senhor louvavam?

Jerusalém, se inda num sol futuro,
Eu desviar de ti meu pensamento
E teu nome entregar a olvido escuro,

A minha destra a frio esquecimento
Votada seja; apegue-se à garganta
Esta língua infiel, se um só momento

Me não lembrar de ti, se a grande e santa
Jerusalém não for minha alegria
Melhor no meio de miséria tanta.

Oh! lembra-lhes, Senhor, aquele dia
Da abatida Sião, lembra-lho aos duros
Filhos de Edom, e à voz que ali dizia:

'Arruinai-a, arruinai-a; os muros
Arrasemo-los todos; só lhe baste
Um montão de destroços mal seguros.'

Filha de Babilônia, que pecaste,
Abençoado o que se houver contigo
Com a mesma opressão que nos mostraste!

Abençoado o bárbaro inimigo
Que os tenros filhos teus às mãos tomando,
Os for, por teu justíssimo castigo,
Contra um duro penedo esmigalhando!"

PARTE II

I

Era naquela doce e amável hora
Em que vem branqueando a alva celeste,
Quando parece que remoça a vida
E toda se espreguiça a natureza.
Alva neblina que espalhara a noite
Frouxamente nos ares se dissolve,
    Como de uns olhos tristes
Foge co'o tempo a já ligeira sombra
De consoladas mágoas. Vida é tudo.
E pompa e graça natural da terra,
    Mas que não seja no ermo,
Onde seus olhos rútilos espraia
Livres a aurora, sem tocar vestígios
De obras caducas do homem, onde as águas
Do rio bebe a fugitiva corça,
Vivo aroma nos ares se difunde,
E aves, e aves de infinitas cores
Voando vão e revoando tornam,
Inda senhoras da amplidão que é sua,
Donde as há de fugir o homem um dia
Quando a agreste soidão entrar o passo
Criador que derruba. Já de todo
Nado era o sol; e à viva luz que inunda
Estes meus pátrios morros e estas praias,
    Sorrindo a terra moça
Noiva parece que o virgíneo seio
Entrega ao beijo nupcial do amado.
E há de os fúnebres véus lançar a morte
Na verdura do campo? A natureza
A nota vibrará da extrema angústia
Neste festivo cântico de graças
Ao sol que nasce, ao Criador que o envia,
Como renovação de juventude?

II

Coava o sol pela miúda e fina
Gelosia da alcova em que se apresta
A recente cristã. Singelas roupas
Traja da ingênua cor que a natureza
Pintou nas plumas que primeiro brota
O seu pátrio guará. Vínculo frouxo
Mal lhe segura a luzidia trança,
      Como ao desdém lançada
Sobre a espádua gentil. Joia nenhuma,
Mais que seus olhos meigos, e essa doce
Modéstia natural, encanto, enlevo,
Casta flor que aborrece os mimos do horto,
E ama livre nascer no campo, à larga,
Rústica, mas formosa. Não lhe ensombram
As tristezas da véspera o semblante,
Nem da secreta lágrima na face
Ficou vestígio. — Descuidosa e alegre,
Ri-se, murmura uma cantiga, ou pensa,
E repete baixinho um nome... Oh! se ele
Espreitá-la pudesse ali risonha,
A sós consigo, entre o seu Cristo e as flores
Colhidas ao tombar da extinta noite,
E vicejantes inda!

III

            De repente,
Aos ouvidos da moça enamorada
Chega um surdo rumor de soltas vozes,
Que ora crescendo vai, ora se apaga,
Estranho, desusado. Eram... São eles,
Os franceses, que vêm de longes praias
A cobiçar a pérola mimosa,
Niterói, na alva-azul concha nascida
De suas águas recatadas. Rege
O atrevido Duclerc a flor dos nobres,
Cuja tez branca requeimara o fogo
Que o vivo sol dos trópicos dardeja,
E a lufada dos ventos do oceano.
Cobiçam-te eles, minha terra amada,
Como quando nas faixas sempre-verdes
Eras envolta; e rude, inda que belo,
O aspecto havias que poliu mais tarde

A clara mão do tempo. Inda repetem
Os ecos do recôncavo os suspiros
Dos que vieram a buscar a morte,
E a receberam dos varões possantes
Companheiros de Estácio. A todos eles,
Prole de Luso ou geração da Gália,
Cativara-os a náiade escondida,
E o sol os viu travados nessa longa
E sangrenta porfia, cujo prêmio
Era teu verde, cândido regaço.
Triunfara o trabuco lusitano
Naquele extinto século. Vencido,
O pavilhão francês volvera à pátria,
Pela água arrastando o longo crepe
De suas tristes, mortas esperanças.
Que vento novo o desfraldou nos ares?

IV

Ângela ouvira as vozes da cidade,
As vozes do furor. Já receosa,
Trêmula, foge à alcova e se encaminha
À câmera paterna. Ia transpondo
A franqueada porta... e para. O peito
Rompe-lho quase o coração, — tamanho
É o palpitar, um palpitar de gosto,
De surpresa e de susto. Aqueles olhos,
Aquela graça máscula do gesto,
Graça e olhos são dele, o amado noivo,
Que entre os mais homens elegeu sua alma
Para o vínculo eterno... Sim, que a morte
Pode arrancar ao seio humano o alento
Último e derradeiro; os que deveras
Unidos foram, volverão unidos
A mergulhar na eternidade. Estava
Junto do velho pai o gentil moço,
Ele todo agitado, o ancião sombrio,
Calados ambos. A atitude de ambos,
O misterioso, gélido silêncio,
Mais que tudo, a presença nunca usada
Daquele homem ali, que mal a espreita
De longe e a furto, nos instantes breves
Em que lhe é dado vê-la, tudo à moça
O ânimo abala e o coração enfia.

V

Mas o tropel de fora avulta e cresce
E os três acorda. A virgem, lentamente,
Rosto inclinado ao chão, transpõe o espaço
Que dos dois a separa... O tenro colo
Curva ante o pai, e na enrugada destra
O ósculo imprime, herdada usança antiga
De filial respeito. As mãos lhe toma
Enternecido o velho; olhos com olhos
Alguns instantes rápidos ficaram,
Até que ele, voltando o rosto ao moço:
"— Perdoai", — disse, — "se o paterno afeto
Me atou a língua. Vacilar é justo
Quando à pobre ruína a flor lhe pedem
Que única lhe nasceu, — única adorna
A aridez melancólica do extremo,
Pálido sol... Não protesteis! Roubá-la,
Arrancá-la aos meus últimos instantes,
Não o fareis decerto. Pouco importa
Dês que a metade lhe levais da vida,
Dês que seu coração convosco parte
Afeições minhas. — Ao demais, o sangue
Que lhe corre nas veias, condenado,
Nuno, será dos vossos..." Longo e frio
Olhar estas palavras acompanha,
Como a arrancar-lhe o pensamento interno.
A donzela estremece. Nuno o alento
Recobra e fala: — "Puro sangue é ele,
Se lhe corre nas veias. Tão mimosa,
Cândida criatura, alma tão casta,
Inda nascida entre os incréus da Arábia,
Deus a votara à conversão e à vida
Dos eleitos do céu. Águas sagradas
Que a lavaram no berço, já nas veias
O sangue velho e impuro lhe trocaram
Pelo sangue de Cristo..."

VI

      Nesse instante
Cresce o tumulto exterior. A virgem
Medrosa toda se conchega ao colo
Do velho pai. "Ouvis? Falai! é tempo!"
Nuno prossegue. — "Este comum perigo

Chama os varões à ríspida batalha;
Com eles vou. Se um galardão, entanto,
Merecer de meus feitos, não à pátria
Irei pedi-lo; só de vós o espero,
Não o melhor, mas o único na terra,
Que a minha vida..." Rematar não pôde
Esta palavra. Ao escutar-lhe a nova
      Da iminente peleja
E a decisão de combater por ela,
Inteiras sente as forças que se perdem
A donzela, e bem como ao rijo vento
      Inclina o colo o arbusto
Nos braços desmaiou do pai. Volvida
A si, na palidez do rosto o velho
Atenta um pouco, e suspirando: "As armas
Empunhai; combatei; Ângela é vossa.
Não de mim a havereis: ela a si mesma
Toda nas vossas mãos se entrega. Morta
Ou feliz é a escolha; não vacilo:
Seja feliz, e folgarei com ela..."

VII

Sobre a fronte dos dois, as mãos impondo
Ao seio os conchegou, bem como a tenda
Do patriarca santo agasalhava
O moço Isaac e a delicada virgem
Que entre os rios nasceu. Delicioso
E solene era o quadro; mas solene
E delicioso embora, ia esvair-se
Qual celeste visão, que acende a espaços
O ânimo do infeliz. A guerra, a dura
Necessidade de imolar os homens,
Por salvar homens, a terrível guerra
Corta o amoroso vínculo que os prende
E à moça o riso lhe converte em lágrimas.
Mísera és tu, pálida flor; mas sofre
Que o calor deste sol te acurve o cálix,
Morta, não, nem já murcha — mas apenas
Como cansada de queimor do estio.
Sofre; a tarde virá serena e branda
A reviver-te o alento; a fresca noite
Choverá sobre ti piedoso orvalho
E mais risonha surgirás à aurora.

VIII

Foge à estância da paz o ardido moço;
Esperança, fortuna, amor e pátria
A guerrear o levam. Já nas veias
O vivo sangue irrequieto pulsa,
Como ansioso de correr por ambas,
A bela terra e a suspirada noiva.
Triste quadro a seus olhos se apresenta;
Nos femininos rostos vê pintados
Incerteza e terror; lamentos, gritos
Soam de entorno. Voam pelas ruas
Homens de guerra; homens de paz se aprestam
Para a crua peleja; e, ou nobre estância,
Ou choupana rasteira, armado é tudo
Contra a forte invasão. Nem lá se deixa
Quieto, a sós com Deus, na estreita cela,
O solitário monge que às batalhas
Fugiu da vida. O patrimônio santo
Cumpre salvá-lo. Cruz e espada empunha,
Deixa a serena região da prece
E voa ao torvelinho do combate.

IX

Entre os fortes alunos que dirige
O ardido Bento, a perfilar-se corre
Nuno. Estes são os que o primeiro golpe
Descarregam no atônito inimigo.
Do militar ofício ignoram tudo,
De armas não sabem; mas o brio e a honra
E a lembrança da terra em que primeiro
Viram a luz, e onde o perdê-la é doce,
Essa a escola lhes foi. Pasma o inimigo
Do nobre esforço e galhardia rara,
Com que inda nos umbrais da vida que orna
Tanta esperança, tanto sonho de ouro,
Resolutos a morte encaram, prestes
    A retalhar nas dobras
Da vestidura fúnebre da pátria
O piedoso lençol que os leve à campa,
Ou com ela cingir o eterno louro.

X

Ó mocidade, ó baluarte vivo
Da cara pátria! Já perdida é ela,
Quando em teu peito entusiasmo santo
E puro amor se extingue, e àquele nobre,
Generoso despejo e ardor antigo
Sucede o frio calcular, e o torpe
Egoísmo, e quanto há no humano peito,
Que é fruto nosso e podre... Muitos caem
Mortos ali. Que importa? Vão seguindo
Avante os bravos, que a invasão caminha
Implacável e dura, como a morte,
A pelejar e a destruir. Tingidas
      Ruas de estranho sangue
E sangue nosso, lacerados membros,
Corpos de que há fugido a alma cansada,
E o denso fumo e os fúnebres lamentos,
Quem nessa confusão, miséria e glória
Conhecerá da juvenil cidade
O aspecto, a vida? Aqui da infância os dias
Nuno vivera, à vicejante sombra
Do seu pátrio arvoredo, ao som das vagas
Que inda batendo vão na amada areia;
Risos, jogos da verde meninice,
Esta praia lhe lembra, aquela pedra,
A mangueira do campo, a tosca cerca
De espinheiro e de flores enlaçadas,
A ave que voa, a brisa que suspira,
Que suspira como ele há suspirado,
Quando rompendo o coração do peito
Ia-lhe empós dessa visão divina,
Realidade agora... E há de perdê-las
Pátria e noiva? Esta ideia lhe esvoaça
Torva e surda no cérebro do moço,
E ao contraído espírito redobra
      Ímpeto e forças. Rompe
Por entre a multidão dos seus, e investe
Contra o duro inimigo; as balas voam,
E com elas a morte, que não sabe
Dos escolhidos seus a terra e o sangue,
E indistintos os toma; ele, no meio
Daquele horrível turbilhão, parece
Que a faísca do gênio o leva e anima,
Que a fortuna o votara à glória.

XI

          Soam
Enfim os gritos de triunfo; e o peito
Do povo que lutou respira à larga,
Como ao que, após árdua subida, chega
Ao cimo da montanha, e ao longe os olhos
Estende pelo azul dos céus, e a vida
Bebe nesse ar mais puro. Farto sangue
A vitória custara; mas, se em meio
De tanta glória há lágrimas, soluços,
Gemidos de viuvez, quem os escuta,
Quem as vê essas lágrimas choradas
Na multidão da praça que troveja
E folga e ri? O sacro bronze que usa
Os fiéis convidar à prece, e a morte
Do homem pranteia lúgubre e solene,
  Ora festivo canta
O comum regozijo; e pela aberta
Porta dos templos entra a frouxo o povo
A agradecer com lágrimas e vozes
O triunfo, — piedoso instinto da alma,
Que a Deus levanta o pensamento e as graças.

XII

Tu, mancebo feliz, tu bravo e amado,
Voa nas asas rútilas e leves
Da fortuna e do amor. Como ao indiano,
Que, ao regressar das porfiadas lutas,
Por estas mesmas regiões entrava,
A encontrá-lo saía a meiga esposa,
— A recente cristã, entre assustada
E jubilosa coroará teus feitos
Co'a melhor das capelas que hão pousado
Em fronte de varão, — um doce e longo
Olhar que inteiro encerra a alma que chora
De gosto e vida! Voa o moço à estância
Do ancião; e ao pôr na suspirada porta
Olhos que traz famintos de encontrá-la,
Frio terror lhe empece os membros. Frouxo
Ia o sol transmontando; lenta a vaga
Melancolicamente ali gemia,
E todo o ar parecia arfar de morte.
Qual se pálida a vira, já cerrados

        Os desmaiados olhos,
        Frios os doces lábios
Cansados de pedir aos céus por ele,
Nuno estacara; e pelo rosto em fio
O suor lhe caiu da extrema angústia;
        Longo tempo vacila;
Vence-se enfim, e entra a mansão da esposa.

XIII

Quatro vultos na câmera paterna
        Eram. O pai sentado,
Calado e triste. Reclinada a fronte
No espaldar da cadeira, a filha os olhos
E o rosto esconde, mas tremor contínuo
De um abafado soluçar o esbelto
Corpo lhe agita. Nuno aos dois se chega;
Ia a falar, quando a formosa virgem,
Os lacrimosos olhos levantando,
Um grito solta do íntimo do peito
E se lhe prostra aos pés: "Oh! vivo, és vivo!
Inda bem... Mas o céu, que por nós vela,
Aqui te envia... Salva-o tu, se podes,
Salva meu pobre pai!" Estremecendo
Nela e no velho fita Nuno os olhos,
E agitado pergunta: "Qual ousado
Braço lhe ameaça a vida?" Cavernosa
Uma voz lhe responde: "O santo ofício!"
        Volve o mancebo o rosto
        E o merencório aspecto
De dois familiares todo o sangue
Nas veias lhe gelou.

XIV

        Solene o velho
Com voz, não frouxa, mas pausada, fala:
"— Vês? todo o brio, todo o amor no peito
Te emudeceu. Só lastimar-me podes,
Salvar-me, nunca. O cárcere me aguarda,
E a fogueira talvez; cumpri-la, é tempo,
A vontade de Deus. Tu, pai e esposo
Da desvalida filha que aí deixo,
Nuno, serás. A relembrar com ela
Meu pobre nome, aplacareis a imensa

Cólera do Senhor..." Sorrindo irônico,
Estas palavras últimas lhe caem
Dos lábios tristes. Ergue-se: "Partamos!
Adeus! Negou-me Aquele que no campo
Deixa a árvore anciã perder as folhas
No mesmo ponto em que as nutriu viçosas,
Negou-me ver por estas longas serras
Ir-se-me o último sol. Brando regaço
A filial piedade me daria
Em que eu dormisse o derradeiro sono,
E em braços de meu sangue transportado
Fora em horas de paz e de silêncio
Levado ao leito extremo e eterno. Vive
Ao menos tu..."

XV

     Um familiar lhe corta
O adeus último: "Vamos: é já tempo!"
Resignado o infeliz, ao seio aperta
A filha, e todo o coração num beijo
Lhe transmitiu, e a caminhar começa.
Ângela os lindos braços sobre os ombros
Trava do austero pai; flores disséreis
De parasita, que enroscou seus ramos
Pelo cansado tronco, estéril, seco
De árvore antiga: "Nunca! Hão de primeiro
A alma arrancar-me! Ou se heis pecado, e a morte
Pena há de ser da cometida culpa,
Convosco descerei à campa fria,
Juntos a mergulhar na eternidade.
  Israel tem vertido
Um mar de sangue. Embora! à tona dele
Verdeja a nossa fé, a fé que anima
O eleito povo, flor suave e bela
Que o medo não desfolha, nem já seca
Ao vento mau da cólera dos homens!"

XVI

Trêmula a voz do peito lhe saía.
Das mãos lhe trava um dos algozes. Ela
  Entrega-se risonha,
Como se o cálix da amargura extrema
Pelos males da vida lhe trocassem
Celeste e eterna. O coração do moço
Latejava de espanto e susto. Os olhos

Pousa na filha o desvairado velho.
Que ouviu? — Atenta nela; o lindo rosto
O céu não busca jubiloso e livre,
Antes, como travado de agra pena,
Pende-lhe agora ao chão. Dizia acaso
Entre si mesma uma oração, e o nome
De Jesus repetia, mas tão baixo,
Que o coração do pai mal pôde ouvir-lho.
Mas ouviu-lho; e tão forte amor, tamanho
Sacrifício da vida a alma lhe rasga
E deslumbra. Escoou-se um breve tempo
De silêncio; ele e ela, os tristes noivos,
Como se a eterna noite os recebera,
Gelados eram; levantar não ousam
Um para o outro os arrasados olhos
De mal contidas e teimosas lágrimas.

XVII

Nuno, enfim, lentamente e a custo arranca
Do coração estas palavras: "Fora
Misericórdia ao menos confessá-lo
Quando ao fogo do bárbaro inimigo
Me era fácil deixar o derradeiro
Sopro da vida. Prêmio é este acaso
De tamanho lidar? Que mal te hei feito,
Por que me dês tão bárbara e medonha
Morte, como essa, em que o cadáver guarda
Inteiro o pensamento, inteiro o aspecto
Da vida que fugiu?" Ângela os olhos
Magoados ergue; arfa-lhe o peito aflito,
Como o dorso da vaga que intumesce
A asa da tempestade. "Adeus!" suspira
E a fronte abriga no paterno seio.

XVIII

O rebelde ancião, domado entanto,
Afracar-se-lhe sente dentro d'alma
O sentimento velho que bebera
Com o leite dos seus; e sem que o lábio
    Transmita a ouvidos de homem
O duvidar do coração, murmura
Dentro de si: "Tão poderosa é essa
Ingênua fé, que inda negando o nome
Do seu Deus, confiada aceita a morte,
E guarda puro o sentimento interno

Com que o véu rasgará da eternidade?
Ó Nazareno, ó filho do mistério,
Se é tua lei a única da vida
Escreve-ma no peito; e dá que eu veja
Morrer comigo a filha de meus olhos
E unidos irmos, pela porta imensa
Do teu perdão, à eternidade tua!"

XIX

Mergulhara de todo o sol no ocaso,
E a noite, clara, deliciosa e bela,
A cidade cobriu, — não sossegada,
Como costuma, — porém leda e viva,
Cheia de luz, de cantos e rumores,
Vitoriosa enfim. Eles, calados,
Foram por entre a multidão alegre,
A penetrar o cárcere sombrio
Donde ao mar passarão, que os leve às praias
Da anciã Europa. Carregado o rosto,
Ia o pai; ela, não. Serena e meiga,
Entra afoita o caminho da amargura,
A custo sofreando internas mágoas
Da amarga vida, breve flor como ela,
Que inda mais breve a mente lhe afigura.
Anjo, descera da região celeste
A pairar sobre o abismo; anjo, subia
De novo à esfera luminosa e eterna,
Pátria sua. Levar-lhe-á Deus em conta
O muito amor e o padecer extremo,
Quando romper a túnica da vida
E o silêncio imortal fechar seus lábios.

José Bonifácio

De tantos olhos que o brilhante lume
Viram do sol amortecer no ocaso,
Quantos verão nas orlas do horizonte
    Resplandecer a aurora?

Inúmeras, no mar da eternidade,
As gerações humanas vão caindo;
Sobre elas vai lançando o esquecimento
    A pesada mortalha.

Da agitação estéril em que as forças
Consumiram da vida, raro apenas
Um eco chega aos séculos remotos,
  E o mesmo tempo o apaga.

Vivos transmite a popular memória
O gênio criador e a sã virtude,
Os que o pátrio torrão honrar souberam,
  E honrar a espécie humana.

Vivo irás tu, egrégio e nobre Andrada!
Tu, cujo nome, entre os que à pátria deram
O batismo da amada independência,
  Perpetuamente fulge.

O engenho, as forças, o saber, a vida,
Tudo votaste à liberdade nossa,
Que a teus olhos nasceu, e que teus olhos
  Inconcussa deixaram.

Nunca interesse vil manchou teu nome,
Nem abjetas paixões; teu peito ilustre
Na viva chama ardeu que os homens leva
  Ao sacrifício honrado.

Se teus restos há muito que repousam
No pó comum das gerações extintas,
A pátria livre que legaste aos netos,
  E te venera e ama,

Nem a face mortal consente à morte
Que te roube, e no bronze redivivo
O austero vulto restitui aos olhos
  Das vindouras idades.

"Vede" (lhes diz) "o cidadão que teve
Larga parte no largo monumento
Da liberdade, a cujo seio os povos
  Do Brasil se acolheram.

Pode o tempo varrer, um dia, ao longe,
A fábrica robusta; mas os nomes
Dos que a fundaram viverão eternos,
  E viverás, Andrada!"

A visão de Jaciúca

Prestes de novo a batalhar, chegavam
Os valentes guerreiros. Mas onde ele,
O duro chefe da indomável tribo,
O senhor das montanhas? Afirmava
Tatupeba que o vira, antes da aurora,
Erguer-se, e ao longo do vizinho rio,
Por algum tempo caminhar calado,
Como se o abafara um pensamento
E lhe impedira o sono. Vão receio
De batalhar? Oh! não! Quase na infância,
A torva catadura viu da guerra,
Ofício de homens, que aprendeu brincando
Com seu pai, extremado entre os guerreiros,
E na bravura e na prudência; a frecha
Ninguém soubera menear como ele,
Nem mais veloz, nem mais certeira nunca.

A lentos passos caminhando chega,
Enfim, o bravo Jaciúca. Torvo
E merencório traz o duro aspecto.
"— Vamos (diz ele) a descansar na taba,
Entre festas e danças; penduremos
As armas nossas, que sobeja há sido
A glória, e a doce paz nos chama."
                                        Leve,
Surdo rumor entre os guerreiros soa;
Vai subindo, é rugido, é já tumulto,
Como o grunhir de tajaçus no mato,
Que se aproxima e cresce. Jaciúca
Olhos quietos pelo campo estende;
Seu feio rosto é como a rocha dura
Que o raio quebra, mas não lasca o vento.
Fecha os lábios e pensativo espera.

Tatupeba, que a raiva a custo esconde,
Ergue-se então; crava-lhe os fulvos olhos,
Como a afiada ponta de uma frecha.
Seu porte, entre os irmãos, semelha à vista
Jequitibá robusto; mais que todos,
Terror inspira e universal respeito.
Ergue-se e fala: "— Longos sóis hei visto,
Pelejei muitas guerras; a meu lado

Vi cair mais valentes do que folhas
Arranca o furacão; mas nunca o ânimo
Dos lidadores abalou palavra
Como essa tua; nunca os braços nossos
Ficar deixaram nos desertos campos
Os ossos não vingados dos guerreiros.
Que gênio mau te insinuou tal crime?"

Assim falando, Tatupeba o solo
Com a planta feriu. Os olhos todos
Pendem da boca do sombrio chefe.
Silencioso Jaciúca ouvira
As falas do guerreiro; silencioso
E quieto ficou. Após instantes,
A fronte sacudiu, como expelindo
Ideias más que o cérebro lhe turvam,
E a voz lhe rompe do íntimo do peito.

"Ó guerreiros" (diz ele), "aqui deitados
Estivestes a noite, e toda inteira
A dormistes decerto; eu, não distante,
Do rio à margem a trabalhar comigo,
Afiava na mente atra vingança;
Até que os frouxos membros descaíram
Sobre a macia relva, e um tempo largo
Assim fiquei entre vigília e sono.
Viam meus olhos ondular as águas,
Mas no alheado pensamento os ecos
Sussurravam da infância. Um gênio amigo
Aos tempos me levava em que no rosto
De meu pai aprendi, com frio pasmo,
A rara intrepidez, válida herança,
Que tanto custa ao pérfido inimigo."

De repente, uma luz pálida e triste
Inunda o campo: transparente névoa
E luminosa aquilo parecia,
Ou baço refletir da branca lua
Que nuvens cobrem. Lívido e curvado,
Içaíba a meus olhos aparece.
Vi-o qual era antes da fria morte;
Só a expressão do rosto lhe mudara;
Enérgicas não tinha, mas serenas
As feições. 'Vem comigo!' Assim me fala
O extinto bravo; e, súbito estreitando

Ao peito o corpo do saudoso amigo,
Juntos voamos à região das nuvens.
'Olha!' disse Içaíba, e o braço alonga
Para a terra. Ó guerreiros! largo espaço
Era presa de alheio senhorio.
Fitei os olhos mais; e pouco a pouco,
Como enche o rio e todo o campo alaga,
Umas gentes estranhas se estendiam
De sertão em sertão. Presas do fogo
As matas vi, abrigo do guerreiro,
E ao torvo incêndio e às invasões da morte
Vi as tribos fugir, ceder a custo,
Com lágrimas alguns, todos com sangue,
A virgem terra ao bárbaro inimigo.
Mau vento os trouxe de remota praia
Aqueles homens novos, jamais vistos
De guerreiro ancião, a quem não coube
Sequer a glória de morrer contente
E todo reviver na ousada prole.
Era o termo da vida que chegara.
Ao povo de Tupã! Grito de morte
Único enchia os ares, — um suspiro
De tristeza e terror, que reboava
Pelos recessos da floresta antiga
E talvez ameigava o peito às feras...
Surdos os manitus deixado haviam
Os seus fortes heróis; surdos se foram
Entre os gênios folgar da raça nova,
E rir talvez das lágrimas choradas
Pelos olhos das virgens... Oh! se ao menos
Fora pranto de livres! Era a morte
A menor das angústias; vi curvada
E cativa rojar no pó da terra
A fronte do guerreiro, agora altiva,
Livre, como o condor que frecha as nuvens;
Não canitar a cinge, mas vergonha,
Melancólico adorno do vencido.
O rosto desviei do estranho quadro.
'Olha!' repete o pálido Içaíba.
Olhei de novo, e na saudosa taba,
Que os nossos arcos defender souberam,
Em vez da sombra do piaga santo,
Que, ao som do maracá, colhia as vozes
Do pensamento eterno, e as infundia
No seio do guerreiro, como o fumo
Do petum lhe dobrava ímpeto e força,

Um vulto descobri de vestes negras,
Nua quase a cabeça, e cor de espuma
Alguns cabelos raros. Tinha o rosto
Alvo e quieto. Em suas mãos sustinha
Extenso lenho com dois curtos braços.
Ia só; todo o campo era deserto.
Nem um guerreiro! um arco! '— A tribo?' '— Extinta.'

A tal palavra, uma pesada sombra
A vista me apagou, e pela face
Senti rolar a lágrima primeira.
O sinistro espetáculo mudara.
Ao dissipar-se a nuvem de meus olhos
Achei-me junto do vizinho rio,
Reclinado como antes, e defronte
A pálida figura de Içaíba.
'— Torna à taba', me disse o extinto moço;
'Luas e luas volverão no espaço
Antes da morte, mas a morte é certa,
E terrível será. Nação bem outra,
Sobre as ruínas da valente raça
Virá sentar-se, e brilhará na terra
Gloriosa e rica. Uma chorada lágrima,
Talvez, talvez, no meio de triunfos
Há de ser a tardia, escassa paga
Da morte nossa. Poupa ao menos essa
Derradeira esperança de guardá-lo
Todo o valor para o supremo dia
E com honra ceder a estranhas hostes;
Salva ao menos as últimas relíquias
Desta nação vencida; não se rasguem
Peitos que irmãos ao mesmo sol nasceram
E Anhangá fez contrários... Todos eles
Poucos serão para a tremenda luta,
Mas de sobra hão de ser para chorá-la.'

Assim falara o pálido Içaíba;
Alguns instantes contemplou meu rosto,
Calado e firme. A cachoeira ao longe
Interrompia apenas o silêncio;
E eu morto, eu mesmo me sentia morto.
Ele um triste suspiro magoado
Soltou do peito; os apagados olhos
Às estrelas ergueu, sereno e triste,
E de novo rompendo o voo aos ares,
Como uma frecha penetrou nas nuvens."

A Gonçalves Dias

> *Ninguém virá, com titubeantes passos,*
> *E os olhos lacrimosos, procurando*
> *O meu jazigo...*
> GONÇALVES DIAS, *Últimos Cantos*

> *Tu vive e goza a luz serena e pura.*
> J. BASÍLIO DA GAMA, *Uraguai*, Canto v

Assim vagou por alongados climas,
E do naufrágio os úmidos vestidos
Ao calor enxugou de estranhos lares
O lusitano vate. Acerbas penas
Curtiu naquelas regiões; e o Ganges,
Se o viu chorar, não viu pousar calada,
Como a harpa dos êxules profetas,
A heroica tuba. Ele a embocou, vencendo
Co'a lembrança do ninho seu paterno,
Longas saudades e misérias tantas.
Que monta o padecer? Um só momento
As mágoas lhe pagou da vida; a pátria
Reviu, após a suspirar por ela;
     E a velha terra sua
O despojo mortal cobriu piedosa
E de sobejo o compensou de ingratos.

Mas tu, cantor da América, roubado
Tão cedo ao nosso orgulho, não te coube
Na terra em que primeiro houveste o lume
Do nosso sol, achar o último leito!
Não te coube dormir no chão amado,
Onde a luz frouxa da serena lua,
Por noite silenciosa, entre a folhagem
Coasse os raios úmidos e frios,
Com que ela chora os mortos... derradeiras
Lágrimas certas que terá na campa
O infeliz que não deixa sobre a terra
Um coração ao menos que o pranteie.

Vinha contudo o pálido poeta
Os desmaiados olhos estendendo
Pela azul extensão das grandes águas,
A pesquisar ao longe o esquivo fumo

Dos pátrios tetos. Na abatida fronte
Ave de morte as asas lhe roçara;
A vida não cobrou nos ares novos,
A vida, que em vigílias e trabalhos,
Em prol dos seus, gastou por longos anos,
Co'essa largueza de ânimo fadado
A entornar generoso a vital seiva.
Mas, que importava a morte, se era doce
Morrê-la à sombra deliciosa e amiga
Dos coqueiros da terra, ouvindo acaso
     No murmurar dos rios,
Ou nos suspiros do noturno vento,
Um eco melancólico dos cantos
Que ele outrora entoara? Traz do exílio
Um livro, monumento derradeiro
Que à pátria levantou; ali revive
Toda a memória do valente povo
Dos seus timbiras...

              Súbito, nas ondas
Bate os pés, espumante e desabrido,
O corcel da tormenta; o horror da morte
Enfia o rosto aos nautas... Quem por ele,
Um momento hesitou quando na frágil
Tábua confiou a única esperança
Da existência? Mistério obscuro é esse
Que o mar não revelou. Ali, sozinho,
Travou naquela solidão das águas
O duelo tremendo, em que alma e corpo
As suas forças últimas despendem
Pela vida da terra e pela vida
Da eternidade. Quanta imagem torva,
Pelo turbado espírito batendo
As fuscas asas, lhe tornou mais triste
Aquele instante fúnebre! Suave
É o arranco final, quando o já frouxo
Olhar contempla as lágrimas do afeto,
E a cabeça repousa em seio amigo.
Nem afetos nem prantos; mas somente
A noite, o medo, a solidão e a morte.
A alma que ali morava, ingênua e meiga,
Naquele corpo exíguo, abandonou-o,
Sem ouvir os soluços da tristeza,
Nem o grave salmear que fecha aos mortos
O frio chão. Ela o deixou, bem como
Hóspede mal aceito e maldormido,

Que prossegue a jornada, sem que leve
O ósculo da partida, sem que deixe
No rosto dos que ficam, — rara embora, —
Uma sombra de pálida saudade.

Oh! sobre a terra em que pousaste um dia,
Alma filha de Deus, ficou teu rasto
Como de estrela que perpétua fulge!
Não viste as nossas lágrimas; contudo
O coração da pátria as há vertido,
Tua glória as secou, bem como orvalho
Que a noite amiga derramou nas flores
E o raio enxuga da nascente aurora.
Na mansão a que foste, em que ora vives,
Hás de escutar um eco do concerto
Das vozes nossas. Ouvirás, entre elas,
Talvez, em lábios de indiana virgem,
Esta saudosa e suspirada nênia:

"Morto, é morto o cantor dos meus guerreiros!
Virgens da mata, suspirai comigo!

A grande água o levou como invejosa;
Nenhum pé trilhará seu derradeiro
Fúnebre leito; ele repousa eterno
Em sítio onde nem olhos de valentes,
Nem mãos de virgens poderão tocar-lhe
Os frios restos. Sabiá da praia
De longe o chamará saudoso e meigo,
Sem que ele venha repetir-lhe o canto.
Morto, é morto o cantor dos meus guerreiros!
Virgens da mata, suspirai comigo!

Ele houvera do Ibake o dom supremo
De modular nas vozes a ternura,
A cólera, o valor, tristeza e mágoa,
E repetir aos namorados ecos
Quanto vive e reluz no pensamento.
Sobre a margem das águas escondidas,
Virgem nenhuma suspirou mais terna,
Nem mais válida a voz ergueu na taba,
Suas nobres ações cantando aos ventos,
O guerreiro tamoio. Doce e forte,
Brotava-lhe do peito a alma divina.
Morto, é morto o cantor dos meus guerreiros!
Virgens da mata, suspirai comigo!

Coema, a doce amada de Itajuba,
Coema não morreu; a folha agreste
Pode em ramas ornar-lhe a sepultura,
E triste o vento suspirar-lhe em torno;
Ela perdura a virgem dos timbiras,
Ela vive entre nós. Airosa e linda,
Sua nobre figura adorna as festas
E enflora os sonhos dos valentes. Ele,
O famoso cantor quebrou da morte
O eterno jugo; e a filha da floresta
Há de a história guardar das velhas tabas
Inda depois das últimas ruínas.
Morto, é morto o cantor dos meus guerreiros!
Virgens da mata, suspirai comigo!

O piaga, que foge a estranhos olhos,
E vive e morre na floresta escura,
Repita o nome do cantor; nas águas
Que o rio leva ao mar, mande-lhe ao menos
Uma sentida lágrima, arrancada
Do coração que ele tocara outrora,
Quando o ouviu palpitar sereno e puro,
E na voz celebrou de eternos carmes.
Morto, é morto o cantor dos meus guerreiros!
Virgens da mata, suspirai comigo!"

Os semeadores
(Século XVI)

Eis aí saiu o que semeia a semear.
MAT. XIII, 3

Vós os que hoje colheis, por esses campos largos,
    O doce fruto e a flor,
Acaso esquecereis os ásperos e amargos
    Tempos do semeador?

Rude era o chão; agreste e longo aquele dia;
    Contudo, esses heróis
Souberam resistir na afanosa porfia
    Aos temporais e aos sóis.

Poucos; mas a vontade os poucos multiplica,
    E a fé, e as orações
Fizeram transformar a terra pobre em rica
    E os centos em milhões.

Nem somente o labor, mas o perigo, a fome,
    O frio, a descalcez,
O morrer cada dia uma morte sem nome,
    O morrê-la, talvez,

Entre bárbaras mãos, como se fora crime,
    Como se fora réu
Quem lhe ensinara aquela ação pura e sublime
    De as levantar ao céu!

Ó Paulos do sertão! Que dia e que batalha!
    Venceste-la; e podeis
Entre as dobras dormir da secular mortalha;
    Vivereis, vivereis!

A flor do embiruçu

> *Noite, melhor que o dia, quem não te ama?*
> FIL. ELYS.

Quando a noturna sombra envolve a terra
E à paz convida o lavrador cansado,
À fresca brisa o seio delicado
A branca flor do embiruçu descerra.

E das límpidas lágrimas que chora
A noite amiga, ela recolhe alguma;
A vida bebe na ligeira bruma,
Até que rompe no horizonte a aurora.

Então, à luz nascente, a flor modesta,
Quando tudo o que vive alma recobra,
Languidamente as suas folhas dobra,
E busca o sono quando tudo é festa.

Suave imagem da alma que suspira
E odeia a turba vã! da alma que sente

Agitar-se-lhe a asa impaciente
E a novos mundos transportar-se aspira!

Também ela ama as horas silenciosas,
E quando a vida as lutas interrompe,
Ela da carne os duros elos rompe,
E entrega o seio às ilusões viçosas.

É tudo seu, — tempo, fortuna, espaço,
E o céu azul e os seus milhões de estrelas;
Abrasada de amor, palpita ao vê-las,
E a todas cinge no ideal abraço.

O rosto não encara indiferente,
Nem a traidora mão cândida aperta;
Das mentiras da vida se liberta
E entra no mundo que jamais não mente.

Noite, melhor que o dia, quem não te ama?
Labor ingrato, agitação, fadiga,
Tudo faz esquecer tua asa amiga
Que a alma nos leva onde a ventura a chama.

Ama-te a flor que desabrocha à hora
Em que o último olhar o sol lhe estende,
Vive, embala-se, orvalha-se, recende,
E as folhas cerra quando rompe a aurora.

Lua nova

Mãe dos frutos, Jaci, no alto espaço
Ei-la assoma serena e indecisa:
Sopro é dela esta lânguida brisa
Que sussurra na terra e no mar.
Não se mira nas águas do rio,
Nem as ervas do campo branqueia;
Vaga e incerta ela vem, como a ideia
Que inda apenas começa a espontar.

E iam todos; guerreiros, donzelas,
Velhos, moços, as redes deixavam;
Rudes gritos na aldeia soavam,

Vivos olhos fugiam p'ra o céu:
Iam vê-la, Jaci, mãe dos frutos,
Que, entre um grupo de brancas estrelas,
Mal cintila: nem pode vencê-las,
Que inda o rosto lhe cobre amplo véu.

E um guerreiro: "Jaci, doce amada,
Retempera-me as forças; não veja
Olho adverso, na dura peleja,
Este braço já frouxo cair.
Vibre a seta, que ao longe derruba
Tajaçu, que roncando caminha;
Nem lhe escape serpente daninha,
Nem lhe fuja pesado tapir".

E uma virgem: "Jaci, doce amada,
Dobra os galhos, carrega esses ramos
Do arvoredo co'os frutos que damos
Aos valentes guerreiros, que eu vou
A buscá-los na mata sombria,
Por trazê-los ao moço prudente,
Que venceu tanta guerra valente,
E estes olhos consigo levou".

E um ancião, que a saudara já muitos,
Muitos dias: "Jaci, doce amada,
Dá que seja mais longa a jornada,
Dá que eu possa saudar-te o nascer,
Quando o filho do filho, que hei visto
Triunfar de inimigo execrando,
Possa as pontas de um arco dobrando
Contra os arcos contrários vencer".

E eles riam os fortes guerreiros,
E as donzelas e esposas cantavam,
E eram risos que d'alma brotavam,
E eram cantos de paz e de amor.
Rude peito criado nas brenhas,
— Rude embora, — terreno é propício;
Que onde o gérmen lançou benefício
Brota, enfolha, verdeja, abre em flor.

Sabina

Sabina era mucama da fazenda;
Vinte anos tinha; e na província toda
Não havia mestiça mais à moda,
Com suas roupas de cambraia e renda.

Cativa, não entrava na senzala,
Nem tinha mãos para trabalho rude;
Desbrochava-lhe a sua juventude
Entre carinhos e afeições de sala.

Era cria da casa. A sinhá moça,
Que com ela brincou sendo menina,
Sobre todas amava essa Sabina,
Com esse ingênuo e puro amor da roça.

Dizem que à noite, a suspirar na cama,
Pensa nela o feitor; dizem que um dia,
Um hóspede que ali passado havia,
Pôs um cordão no colo da mucama.

Mas que vale uma joia no pescoço?
Não pôde haver o coração da bela.
Se alguém lhe acende os olhos de gazela,
É pessoa maior: é o senhor moço.

Ora, Otávio cursava a Academia.
Era um lindo rapaz; a mesma idade
Co'as passageiras flores o adornava
De cujo extinto aroma inda a memória
Vive na tarde pálida do outono.
Oh! vinte anos! Ó pombas fugitivas
Da primeira estação, por que tão cedo
Voais de nós? Pudesse ao menos a alma
Guardar consigo as ilusões primeiras,
Virgindade sem preço, que não paga
Essa descolorida, árida e seca
Experiência do homem!

      Vinte anos
Tinha Otávio, e a beleza e um ar de corte
E o gesto nobre, e sedutor o aspecto;
Um vero Adônis, como aqui diria

Algum poeta clássico, daquela
Poesia que foi nobre, airosa e grande
Em tempos idos, que ainda bem se foram...

Cursava a Academia o moço Otávio;
Ia no ano terceiro: não remoto
Via desenrolar-se o pergaminho,
Prêmio de seus labores e fadigas;
E uma vez bacharel, via mais longe
Os curvos braços da feliz cadeira
Donde o legislador a rédea empunha
Dos lépidos frisões do Estado. Entanto,
Sobre os livros de estudo, gota a gota
As horas despendia, e trabalhava
Por meter na cabeça o jus romano
E o pátrio jus. Nas suspiradas férias
Volvia ao lar paterno; ali no dorso
De brioso corcel corria os campos,
Ou, arma ao ombro, polvorinho ao lado,
À caça dos veados e cutias,
Ia matando o tempo. Algumas vezes
Com o padre vigário se entretinha
Em desfiar um ponto de intrincada
Filosofia, que o senhor de engenho,
Feliz pai, escutava glorioso,
Como a rever-se no brilhante aspecto
De suas ricas esperanças.

       Era
Manhã de estio; erguera-se do leito
Otávio; em quatro sorvos toda esgota
A taça de café. Chapéu de palha,
E arma ao ombro, lá foi terreiro fora,
Passarinhar no mato. Ia costeando
O arvoredo que além beirava o rio,
A passo curto, e o pensamento à larga,
Como leve andorinha que saísse
Do ninho, a respirar o hausto primeiro
Da manhã. Pela aberta da folhagem,
Que inda não doura o sol, uma figura
Deliciosa, um busto sobre as ondas
Suspende o caçador. Mãe-d'água fora,
Talvez, se a cor de seus quebrados olhos
Imitasse a do céu: se a tez morena,
Morena como a esposa dos Cantares,
Alva tivesse; e raios de ouro fossem

Os cabelos da cor da noite escura,
Que ali soltos e úmidos lhe caem,
Como um véu sobre o colo. Trigueirinha,
Cabelo negro, os largos olhos brandos
Cor de jabuticaba, quem seria,
Quem, senão a mucama da fazenda,
Sabina, enfim? Logo a conhece Otávio,
E nela os olhos espantados fita
Que desejos acendem. — Mal cuidando
Daquele estranho curioso, a virgem
Com os ligeiros braços rompe as águas,
E ora toda se esconde, ora ergue o busto,
Talhado pela mão da natureza
Sobre modelo clássico. Na oposta
Riba suspira um passarinho; e o canto,
E a meia-luz, e o sussurrar das águas,
E aquela fada ali, tão doce vida
Davam ao quadro, que o ardente aluno
Trocara por aquilo, uma hora ao menos,
A faculdade, o pergaminho e o resto.

Súbito erige o corpo a ingênua virgem;
Com as mãos, os cabelos sobre a espádua
Deita, e rasgando lentamente as ondas,
Para a margem caminha, tão serena,
Tão livre como quem de estranhos olhos
Não suspeita a cobiça... Véu da noite,
Se lhos cobrira, dissipara acaso
Uma história de lágrimas. Não pode
Furtar-se Otávio à comoção que o toma;
A clavina que a esquerda mal sustenta
No chão lhe cai; e o baque surdo acorda
A descuidada nadadora. Às ondas
A virgem torna. Rompe Otávio o espaço
Que os divide; e de pé, na fina areia,
Que o mole rio lambe, ereto e firme,
Todo se lhe descobre. Um grito apenas
Um só grito, mas único, lhe rompe
Do coração; terror, vergonha... e acaso
Prazer, prazer misterioso e vivo
De cativa que amou silenciosa,
E que ama e vê o objeto de seus sonhos,
Ali com ela, a suspirar por ela.

"Flor da roça nascida ao pé do rio,
Otávio começou — talvez mais bela

Que essas belezas cultas da cidade,
Tão cobertas de joias e de sedas,
Oh! não me negues teu suave aroma!
Fez-te cativa o berço; a lei somente
Os grilhões te lançou; no livre peito
De teus senhores tens a liberdade,
A melhor liberdade, o puro afeto
Que te elegeu entre as demais cativas,
E de afagos te cobre! Flor do mato,
Mais viçosa do que essas outras flores
Nas estufas criadas e nas salas,
Rosa agreste nascida ao pé do rio
Oh! não me negues teu suave aroma!"

Disse, e da riba os cobiçosos olhos
Pelas águas estende, enquanto os dela,
Cobertos pelas pálpebras medrosas
Choram, — de gosto e de vergonha a um tempo, —
Duas únicas lágrimas. O rio
No seio as recebeu; consigo as leva,
Como gotas de chuva, indiferente
Ao mal ou bem que lhe povoa a margem;
Que assim a natureza, ingênua e dócil
Às leis do Criador, perpétua segue
Em seu mesmo caminho, e deixa ao homem
Padecer e saber que sente e morre.

Pela azulada esfera inda três vezes
A aurora as flores derramou, e a noite
Vezes três a mantilha escura e larga
Misteriosa cingiu. Na quarta aurora,
Anjo das virgens, anjo de asas brancas,
Pudor, onde te foste? A alva capela
Murcha e desfeita pelo chão lançada,
Coberta a face do rubor do pejo,
Os olhos com as mãos velando, alçaste
Para a Eterna Pureza o eterno voo.

Quem ao tempo cortar pudera as asas
Se deleitoso voa? Quem pudera
Suster a hora abençoada e curta
Da ventura que foge, e sobre a terra
O gozo transportar da eternidade?
Sabina viu correr tecidos de ouro
Aqueles dias únicos na vida
Toda enlevo e paixão, sincera e ardente

Nesse primeiro amor d'alma que nasce
E os olhos abre ao sol. Tu lhe dormias,
Consciência; razão, tu lhe fechavas
A vista interior; e ela seguia
Ao sabor dessas horas mal furtadas
Ao cativeiro e à solidão, sem vê-lo
O fundo abismo tenebroso e largo
Que a separa do eleito de seus sonhos,
Nem pressentir a brevidade e a morte!

E com que olhos de pena e de saudade
Viu ir-se um dia pela estrada fora
Otávio! Aos livros torna o moço aluno,
Não cabisbaixo e triste, mas sereno
E lépido. Com ela a alma não fica
De seu jovem senhor. Lágrima pura,
Muito embora de escrava, pela face
Lentamente lhe rola, e lentamente
Toda se esvai num pálido sorriso
De mãe.

     Sabina é mãe; o sangue livre
Gira e palpita no cativo seio
E lhe paga de sobra as dores cruas
Da longa ausência. Uma por uma, as horas
Na solidão do campo há de contá-las,
E suspirar pelo remoto dia
Em que o veja de novo... Pouco importa,
Se o materno sentir compensa os males.

Riem-se dela as outras; é seu nome
O assunto do terreiro. Uma invejosa
Acha-lhe uns certos modos singulares
De senhora de engenho; um pajem moço,
De cobiça e ciúme devorado,
Desfaz nas graças que em silêncio adora
E consigo medita uma vingança.
Entre os parceiros, desfiando a palha
Com que entrança um chapéu, solenemente
Um caçanje ancião refere aos outros
Alguns casos que viu na mocidade
De cativas amadas e orgulhosas,
Castigadas do céu por seus pecados,
Mortas entre os grilhões do cativeiro.

Assim falavam eles; tal o aresto
Da opinião. Quem evitá-lo pode
Entre os seus, por mais baixo que a fortuna
Haja tecido o berço? Assim falavam
Os cativos do engenho; e porventura
Sabina o soube e o perdoou.

       Volveram
Após os dias da saudade os dias
Da esperança. Ora, quis fortuna adversa
Que o coração do moço, tão volúvel
Como a brisa que passa ou como as ondas,
Nos cabelos castanhos se prendesse
De donzela gentil, com quem atara
O laço conjugal: uma beleza
Pura, como o primeiro olhar da vida,
Uma flor desbrochada em seus quinze anos,
Que o moço viu num dos serões da corte
E cativo adorou. Que há de fazer-lhes
Agora o pai? Abençoar os noivos
E ao regaço trazê-los da família.

Oh longa foi, longa e ruidosa a festa
Da fazenda, por onde alegre entrara
O moço Otávio conduzindo a esposa.
Viu-os chegar Sabina, os olhos secos
Atônita e pasmada. Breve o instante
Da vista foi. Rápido foge. A noite
A seu trêmulo pé não tolhe a marcha;
Voa, não corre ao malfadado rio,
Onde a voz escutou do amado moço.
Ali chegando: "Morrerá comigo
O fruto de meu seio; a luz da terra
Seus olhos não verão; nem ar da vida
Há de aspirar..."

      Ia a cair nas águas,
Quando súbito horror lhe toma o corpo;
Gelado o sangue e trêmula recua,
Vacila e tomba sobre a relva. A morte
Em vão a chama e lhe fascina a vista;
Vence o instinto de mãe. Erma e calada
Ali ficou. Viu-a jazer a lua
Largo espaço da noite ao pé das águas,
E ouviu-lhe o vento os trêmulos suspiros;
Nenhum deles, contudo, o disse à aurora.

Última jornada

I

E ela se foi nesse clarão primeiro,
Aquela esposa mísera e ditosa;
E ele se foi o pérfido guerreiro.

Ela serena ia subindo e airosa,
Ele à força de incógnitos pesares
Dobra a cerviz rebelde e lutuosa.

Iam assim, iam cortando os ares,
Deixando embaixo as férteis campinas,
E as florestas, e os rios e os palmares.

Oh! cândidas lembranças infantinas!
Oh! vida alegre da primeira taba;
Que aurora vos tomou, aves divinas?

Como um tronco do mato que desaba
Tudo caiu; lei bárbara e funesta:
O mesmo instante cria e o mesmo acaba.

De esperanças tamanhas o que resta?
Uma história, uma lágrima chorada
Sobre as últimas ramas da floresta.

A flor do ipê a viu brotar magoada,
E talvez a guardou no seio amigo,
Como lembrança da estação passada.

Agora os dois, deixando o bosque antigo,
E as campinas, e os rios e os palmares,
Para subir ao derradeiro abrigo,
Iam cortando lentamente os ares.

II

E ele clamava à moça que ascendia:
"— Oh! tu que a doce luz eterna levas,
E vais viver na região do dia,

Vê como rasgam bárbaras e sevas
As tristezas mortais ao que se afunda
Quase na fria região das trevas!

Olha esse sol que a criação inunda!
Oh quanta luz, oh quanta doce vida
Deixar-me vai na escuridão profunda!

Tu ao menos perdoa-me, querida!
Suave esposa, que eu ganhei roubando,
Perdida agora para mim, perdida!

Ao maldito na morte, ao miserando,
Que mais lhe resta em sua noite impura?
Sequer alívio ao coração nefando.

Nos olhos trago a tua morte escura.
Foi meu ódio cruel que há decepado,
Ainda em flor, a tua formosura.

Mensageiro de paz, era enviado
Um dia à taba de teus pais, um dia
Que melhor fora se não fora nado.

Ali te vi; ali, entre a alegria
De teus fortes guerreiros e donzelas,
Teu doce rosto para mim sorria.

A mais bela eras tu entre as mais belas,
Como no céu a criadora lua
Vence na luz as vívidas estrelas.

Gentil nasceste por desgraça tua;
Eu covarde nasci; tu me seguiste;
E ardeu a guerra desabrida e crua.

Um dia o rosto carregado e triste
À taba de teus pais volveste, o rosto
Com que alegre e feliz dali fugiste.

Tinha expirado o passageiro gosto,
Ou o sangue dos teus, correndo a fio,
Em teu seio outro afeto havia posto.

Mas, ou fosse remorso, ou já fastio,
Ias-te agora leve e descuidada,
Como folha que o vento entrega ao rio.

Oh! corça minha fugitiva e amada!
Anhangá te guiou por mau caminho,
E a morte pôs na minha mão fechada.

Feriu-me da vingança agudo espinho;
E fiz-te padecer tão cruas penas,
Que inda me dói o coração mesquinho.

Ao contemplar aquelas tristes cenas,
As aves, de piedosas e sentidas,
Chorando foram sacudindo as penas.

Não viu o cedro ali correr perdidas
Lágrimas de materno amado seio;
Viu somente morrer a flor das vidas.

O que mais houve da floresta em meio
O sinistro espetáculo, decerto
Nenhum estranho contemplá-lo veio.

Mas, se alguém penetrasse no deserto
Vira cair pesadamente a massa
Do corpo do guerreiro; e o crânio aberto,

Como se fora derramada taça,
Pela terra jazer, ali chamando
O feio grasno do urubu que passa.

Em vão a arma do golpe irão buscando,
Nenhuma houve; nem guerreiro ousado
A tua morte ali foi castigando

Talvez, talvez Tupã, desconsolado,
A pena contemplou maior do que era
O delito; e de cólera tomado,

Ao mais alto dos Andes estendera
O forte braço, e da árvore mais forte
A seta e o arco vingador colhera;

As pontas lhe dobrou, da mesma sorte
Que o junco dobra, sussurrando o vento,
E de um só tiro lhe enviou a morte".

Ia assim suspirando esse lamento,
Quando subitamente a voz lhe cala,
Como se a dor lhe sufocara o alento.

No ar se perdera a lastimosa fala,
E o infeliz, condenado à noite escura,
Os dentes range e treme de encontrá-la.

Leva os olhos na viva aurora pura
Em que vê penetrar, já longe, aquela
Doce, mimosa, virginal figura.

Assim no campo a tímida gazela
Foge e se perde; assim no azul dos mares
Some-se e morre fugidia vela.

E nada mais se viu flutuar nos ares;
Que ele, bebendo as lágrimas que chora,
Na noite entrou dos imortais pesares,
E ela de todo mergulhou na aurora.

Os orizes

(Fragmento)

I

Nunca as armas cristãs, nem do Evangelho
O lume criador, nem frecha estranha
O vale penetraram dos guerreiros
Que, entre serros altíssimos sentado,
Orgulhoso descansa. Único o vento,
Quando as asas desprega impetuoso,
Os campos varre e as selvas estremece,
Um pouco leva, ao recatado asilo,
Da poeira da terra. Acaso o raio
Alguma vez nos ásperos penedos,
Com fogo escreve a assolação e o susto.

Mas olhos de homem, não; mas braço afeito
A pleitear na guerra, a abrir ousado
Caminho entre a espessura da floresta,
Não afrontara nunca os atrevidos
Muros que a natureza a pino erguera
Como eterna atalaia.

II

                Um povo indócil
Nessas brenhas achou ditosa pátria,
Livre, como o rebelde pensamento
Que ímpia força não doma, e airoso volve
Inteiro à eternidade. Guerra longa
E porfiosa os adestrou nas armas;
Rudes são nos costumes mais que quantos
Há criado este sol, quantos na guerra
O tacape meneiam vigoroso.
Só nas festas de plumas se ataviam
Ou na pele do tigre o corpo envolvem,
Que o sol queimou, que a rispidez do inverno
Endureceu como os robustos troncos
Que só verga o tufão. Tecer não usam
A preguiçosa rede em que se embale
O corpo fatigado do guerreiro,
Nem as tabas erguer como outros povos;
Mas à sombra das árvores antigas,
Ou nas medonhas cavas dos rochedos,
No duro chão, sobre mofinas ervas,
Acham sono de paz, jamais tolhido
De ambições, de remorsos. Indomável
Essa terra não é; pronto lhes volve
O semeado pão; vicejam flores
Com que a rudez tempera a extensa mata,
E o fruto pende dos curvados ramos
Do arvoredo. Harta messe do homem rude,
Que tem na ponta da farpada seta
O pesado tapir, que lhes não foge,
Nhandu, que à flor da terra inquieto voa,
Sobejo pasto, e deleitoso e puro
Da selvagem nação. Nunca vaidade
De seu nome souberam, mas a força,
Mas a destreza do provado braço
Os foros são do império a que hão sujeito
Todo aquele sertão. Murmuram longe,
Contra eles, as gentes debeladas

Vingança e ódio. Os ecos repetiram
Muita vez a pocema de combate;
Nuvens e nuvens de afiadas setas
Todo o ar cobriram; mas o extremo grito
Da vitória final só deles fora.

III

Despem armas de guerra; a paz os chama
E o seu bárbaro rito. Alveja perto
O dia em que primeiro a voz levante
A ave sagrada, o nume de seus bosques,
Que de agouro chamamos, Cupuaba,
Melancólica e feia, mas ditosa
E benéfica entre eles. Não se curvam
Ao nome de Tupã, que a noite e o dia
No céu reparte, e ao ríspido guerreiro
Guarda os sonhos do Ibake e eternas danças.
Seu deus único é ela, a benfazeja
Ave amada, que os campos despovoa
Das venenosas serpes, — viva imagem
Do tempo vingador, lento e seguro,
Que as calúnias, a inveja e o ódio apagam,
E ao conspurcado nome o alvor primeiro
Restitui. Uso é deles celebrar-lhe
Com festas o primeiro e o extremo canto.

IV

Terminara o cruento sacrifício.
Ensopa o chão da dilatada selva
Sangue de caititus, que o pio intento
Largos meses cevou; bárbara usança
Também de alheios climas. As donzelas,
Mal saídas da infância, inda embebidas
Nos ledos jogos de primeira idade,
Ao brutal sacrifício... Oh! cala, esconde,
Lábio cristão, mais bárbaro costume.

V

Agora a dança, agora alegres vinhos,
Três dias há que de inimigos povos
Esquecidos os trazem. Sobre um tronco
Sentado o chefe, carregado o rosto,
Inquieto o olhar, o gesto pensativo,

Como alheio ao prazer, de quando em quando
À multidão dos seus a vista alonga,
E um rugido no peito lhe murmura.
Quem a fronte enrugara do guerreiro?
Inimigo não foi, que o medo nunca
O sangue lhe esfriou, nem vão receio
Da batalha futura o desenlace
Lhe fez incerto. Intrépidos como ele
Poucos vira este céu. Seu forte braço,
Quando vibra o tacape nas pelejas,
De rasgados cadáveres o campo
Inteiro alastra, e ao peito do inimigo,
Como um grito de morte a voz lhe soa.
Nem só nas gentes o terror infunde;
É fama que em seus olhos cor da noite,
Inda criança, um gênio lhe deixara
Misteriosa luz, que as forças quebra
Da onça e do jaguar. Certo é que um dia
(A tribo o conta, e seus pajés o juram)
Um dia em que, do filho acompanhado,
Ia costeando a orla da floresta,
Um possante jaguar, escancarando
A boca, em frente do famoso chefe
Estacara. De longe um grito surdo
Solta o jovem guerreiro; logo a seta
Embebe no arco, e o tiro sibilante
Ia já disparar, quando de assombro
A mão lhe afrouxa a distendida corda.
A fera o colo tímida abatera,
Sem ousar despregar os fulvos olhos
Dos olhos do inimigo. Ureth ousado
Arco e frechas atira para longe,
A massa empunha, e lento, e lento avança;
Três vezes volteando a arma terrível,
Enfim despede o golpe; um grito apenas.
Único atroa o solitário campo,
E a fera jaz, e o vencedor sobre ela.

Oci

dentais

O desfecho

Prometeu sacudiu os braços manietados
E súplice pediu a eterna compaixão,
Ao ver o desfilar dos séculos que vão
Pausadamente, como um dobre de finados.

Mais dez, mais cem, mais mil, mais um bilião,
Uns cingidos de luz, outros ensanguentados...
Súbito, sacudindo as asas de tufão,
Fita-lhe a águia em cima os olhos espantados.

Pela primeira vez a víscera do herói,
Que a imensa ave do céu perpetuamente rói,
Deixou de renascer às raivas que a consomem.

Uma invisível mão as cadeias dilui;
Frio, inerte, ao abismo um corpo morto rui;
Acabara o suplício e acabara o homem.

Círculo vicioso

Bailando no ar, gemia inquieto vaga-lume:
— "Quem me dera que fosse aquela loura estrela,
Que arde no eterno azul, como uma eterna vela!"
Mas a estrela, fitando a lua, com ciúme:

— "Pudesse eu copiar o transparente lume,
Que, da grega coluna à gótica janela,
Contemplou, suspirosa, a fronte amada e bela!"
Mas a lua, fitando o sol, com azedume:

— "Mísera! tivesse eu aquela enorme, aquela
Claridade imortal, que toda a luz resume!"
Mas o sol, inclinando a rútila capela:

— "Pesa-me esta brilhante auréola de nume...
Enfara-me esta azul e desmedida umbela...
Por que não nasci eu um simples vaga-lume?"

Uma criatura

Sei de uma criatura antiga e formidável,
Que a si mesma devora os membros e as entranhas,
Com a sofreguidão da fome insaciável.

Habita juntamente os vales e as montanhas;
E no mar, que se rasga, à maneira de abismo,
Espreguiça-se toda em convulsões estranhas.

Traz impresso na fronte o obscuro despotismo
Cada olhar que despede, acerbo e mavioso,
Parece uma expansão de amor e de egoísmo.

Friamente contempla o desespero e o gozo,
Gosta do colibri, como gosta do verme,
E cinge ao coração o belo e o monstruoso.

Para ela o chacal é, como a rola, inerme;
E caminha na terra imperturbável, como
Pelo vasto areal um vasto paquiderme.

Na árvore que rebenta o seu primeiro gomo
Vem a folha, que lento e lento se desdobra,
Depois a flor, depois o suspirado pomo.

Pois essa criatura está em toda a obra:
Cresta o seio da flor e corrompe-lhe o fruto;
E é nesse destruir que as suas forças dobra.

Ama de igual amor o poluto e o impoluto;
Começa e recomeça uma perpétua lida,
E sorrindo obedece ao divino estatuto.
Tu dirás que é a Morte: eu direi que é a Vida.

A Arthur de Oliveira, enfermo

Sabes tu de um poeta enorme
    Que andar não usa
No chão, e cuja estranha musa,
    Que nunca dorme,

Calça o pé, melindroso e leve,
    Como uma pluma,
De folha e flor, de sol e neve,
    Cristal e espuma;

E mergulha, como Leandro,
    A forma rara
No Pó, no Sena, em Guanabara
    E no Scamandro;

Ouve a Tupã e escuta a Momo,
    Sem controvérsia,
E tanto ama o trabalho, como
    Adora a inércia;

Ora do fuste, ora da ogiva,
    Sair parece;
Ora o Deus do ocidente esquece
    Pelo deus Siva;

Gosta do estrépito infinito,
    Gosta das longas
Solidões em que se ouve o grito
    Das arapongas;

E, se ama o lépido besouro,
    Que zumbe, zumbe,
E a mariposa que sucumbe
    Na flama de ouro,

Vaga-lumes e borboletas,
    Da cor da chama,
Roxas, brancas, rajadas, pretas,
    Não menos ama

Os hipopótamos tranquilos,
    E os elefantes,
E mais os búfalos nadantes,
    E os crocodilos,

Como as girafas e as panteras,
    Onças, condores,
Toda a casta de bestas-feras
    E voadores.

Se não sabes quem ele seja
    Trepa de um salto,
Azul acima, onde mais alto
    A águia negreja;

Onde morre o clamor iníquo
    Dos violentos,
Onde não chega o riso oblíquo
    Dos fraudulentos;

Então, olha de cima posto
    Para o oceano,
Verás num longo rosto humano
    Teu próprio rosto.

E hás de rir, não do riso antigo,
    Potente e largo,
Riso de eterno moço amigo,
    Mas de outro amargo,

Como o riso de um deus enfermo
    Que se aborrece
Da divindade, e que apetece
    Também um termo...

Mundo interior

Ouço que a natureza é uma lauda eterna
De pompa, de fulgor, de movimento e lida,
Uma escala de luz, uma escala de vida
    De sol à ínfima luzerna.

Ouço que a natureza, — a natureza externa, —
Tem o olhar que namora, e o gesto que intimida,
Feiticeira que ceva uma hidra de Lerna
    Entre as flores da bela Armida.

E contudo, se fecho os olhos, e mergulho
Dentro em mim, vejo à luz de outro sol, outro abismo,
Em que um mundo mais vasto, armado de outro orgulho,

Rola a vida imortal e o eterno cataclismo,
E, como o outro, guarda em seu âmbito enorme,
Um segredo que atrai, que desafia — e dorme.

O corvo
(Edgar Allan Poe)

Em certo dia, à hora, à hora
Da meia-noite que apavora,
Eu, caindo de sono e exausto de fadiga,
Ao pé de muita lauda antiga,
De uma velha doutrina, agora morta,
Ia pensando, quando ouvi à porta
Do meu quarto um soar devagarinho
E disse estas palavras tais:
"É alguém que me bate à porta de mansinho;
Há de ser isso e nada mais".

Ah! bem me lembro! bem me lembro!
Era no glacial dezembro;
Cada brasa do lar sobre o chão refletia
A sua última agonia.
Eu, ansioso pelo sol, buscava
Sacar daqueles livros que estudava
Repouso (em vão!) à dor esmagadora
Destas saudades imortais
Pela que ora nos céus anjos chamam Lenora,
E que ninguém chamará mais.

E o rumor triste, vago, brando
Das cortinas ia acordando
Dentro em meu coração um rumor não sabido
Nunca por ele padecido.
Enfim, por aplacá-lo aqui no peito,
Levantei-me de pronto, e: "Com efeito,
(Disse) é visita amiga e retardada
Que bate a estas horas tais.
É visita que pede à minha porta entrada:
Há de ser isso e nada mais".

                    Minh'alma então sentiu-se forte;
                    Não mais vacilo e desta sorte
Falo: "Imploro de vós, — ou senhor ou senhora,
                    Me desculpeis tanta demora.
                    Mas como eu, precisado de descanso,
                    Já cochilava, e tão de manso e manso
                    Batestes, não fui logo, prestemente,
                         Certificar-me que aí estais".
Disse; a porta escancaro, acho a noite somente,
                    Somente a noite, e nada mais.

                    Com longo olhar escruto a sombra,
                    Que me amedronta, que me assombra,
E sonho o que nenhum mortal há já sonhado,
                    Mas o silêncio amplo e calado,
                    Calado fica; a quietação quieta;
                    Só tu, palavra única e dileta,
                    Lenora, tu, como um suspiro escasso,
                         Da minha triste boca sais;
E o eco, que te ouviu, murmurou-te no espaço;
                    Foi isso apenas, nada mais.

                    Entro co'a alma incendiada.
                    Logo depois outra pancada
Soa um pouco mais forte; eu, voltando-me a ela:
                    "Seguramente, há na janela
                    Alguma coisa que sussurra. Abramos
                    Eia, fora o temor, eia, vejamos
                    A explicação do caso misterioso
                         Dessas duas pancadas tais.
Devolvamos a paz ao coração medroso
                    Obra do vento e nada mais".

                    Abro a janela, e de repente,
                         Vejo tumultuosamente
Um nobre corvo entrar, digno de antigos dias.
                    Não despendeu em cortesias
                    Um minuto, um instante. Tinha o aspecto
                    De um lorde ou de uma lady. E pronto e reto,
                    Movendo no ar as suas negras alas,
                         Acima voa dos portais,
Trepa, no alto da porta, em um busto de Palas;
                    Trepado fica, e nada mais.

                    Diante da ave feia e escura,
                        Naquela rígida postura,
Com o gesto severo, — o triste pensamento
                        Sorriu-me ali por um momento,
                    E eu disse: "Ó tu que das noturnas plagas
                    Vens, embora a cabeça nua tragas,
                    Sem topete, não és ave medrosa,
                        Dize os teus nomes senhoriais;
Como te chamas tu na grande noite umbrosa?"
                        E o corvo disse: "Nunca mais".

                        Vendo que o pássaro entendia
                        A pergunta que lhe eu fazia,
Fico atônito, embora a resposta que dera
                        Dificilmente lha entendera.
                    Na verdade, jamais homem há visto
                    Coisa na terra semelhante a isto:
                    Uma ave negra, friamente posta
                        Num busto, acima dos portais,
Ouvir uma pergunta e dizer em resposta
                        Que este é seu nome: "Nunca mais".

                        No entanto, o corvo solitário
                        Não teve outro vocabulário,
Como se essa palavra escassa que ali disse
                        Toda a sua alma resumisse.
                    Nenhuma outra proferiu, nenhuma,
                    Não chegou a mexer uma só pluma,
                    Até que eu murmurei: "Perdi outrora
                        Tantos amigos tão leais!
Perderei também este em regressando a aurora".
                        E o corvo disse: "Nunca mais!"

                        Estremeço. A resposta ouvida
                        É tão exata! é tão cabida!
"Certamente", digo eu, "essa é toda a ciência
                        Que ele trouxe da convivência
                    De algum mestre infeliz e acabrunhado
                    Que o implacável destino há castigado
                    Tão tenaz, tão sem pausa, nem fadiga,
                        Que dos seus cantos usuais
Só lhe ficou, na amarga e última cantiga,
                        Esse estribilho: 'Nunca mais'".

Segunda vez, nesse momento,
Sorriu-me o triste pensamento;
Vou sentar-me defronte ao corvo magro e rudo;
E mergulhando no veludo
Da poltrona que eu mesmo ali trouxera
Achar procuro a lúgubre quimera,
A alma, o sentido, o pávido segredo
Daquelas sílabas fatais,
Entender o que quis dizer a ave do medo
Grasnando a frase: — "Nunca mais".

Assim posto, devaneando,
Meditando, conjeturando,
Não lhe falava mais; mas, se lhe não falava,
Sentia o olhar que me abrasava.
Conjeturando fui, tranquilo, a gosto,
Com a cabeça no macio encosto
Onde os raios da lâmpada caíam
Onde as tranças angelicais
De outra cabeça outrora ali se desparziam,
E agora não se esparzem mais.

Supus então que o ar, mais denso,
Todo se enchia de um incenso,
Obra de serafins que, pelo chão roçando
Do quarto, estavam meneando
Um ligeiro turíbulo invisível;
E eu exclamei então: "Um Deus sensível
Manda repouso à dor que te devora
Destas saudades imortais.
Eia, esquece, eia, olvida essa extinta Lenora."
E o corvo disse: "Nunca mais".

"Profeta, ou o que quer que sejas!
Ave ou demônio que negrejas!
Profeta sempre, escuta: Ou venhas tu do inferno
Onde reside o mal eterno,
Ou simplesmente náufrago escapado
Venhas do temporal que te há lançado
Nesta casa onde o Horror, o Horror profundo
Tem os seus lares triunfais,
Dize-me: existe acaso um bálsamo no mundo?"
E o corvo disse: "Nunca mais".

"Profeta, ou o que quer que sejas!
Ave ou demônio que negrejas!
Profeta sempre, escuta, atende, escuta, atende!
Por esse céu que além se estende,
Pelo Deus que ambos adoramos, fala,
Dize a esta alma se é dado inda escutá-la
No Éden celeste a virgem que ela chora
Nesses retiros sepulcrais,
Essa que ora nos céus anjos chamam Lenora!"
E o corvo disse: "Nunca mais".

"Ave ou demônio que negrejas!
Profeta, ou o que quer que sejas!
'Cessa, ai, cessa!' (clamei, levantando-me) Cessa!
Regressa ao temporal, regressa
À tua noite, deixa-me comigo.
Vai-te, não fique no meu casto abrigo
Pluma que lembre essa mentira tua.
Tira-me ao peito essas fatais
Garras que abrindo vão a minha dor já crua."
E o corvo disse: "Nunca mais".

E o corvo aí fica; ei-lo trepado
No branco mármore lavrado
Da antiga Palas; ei-lo imutável, ferrenho.
Parece, ao ver-lhe o duro cenho,
Um demônio sonhando. A luz caída
Do lampião sobre a ave aborrecida
No chão espraia a triste sombra; e fora
Daquelas linhas funerais
Que flutuam no chão, a minha alma que chora
Não sai mais, nunca, nunca mais!

Perguntas sem resposta

Vênus formosa, Vênus fulgurava
No azul do céu da tarde que morria,
Quando à janela os braços encostava
Pálida Maria.

Ao ver o noivo pela rua umbrosa,
Os longos olhos ávidos enfia,

E fica de repente cor-de-rosa
    Pálida Maria.

Correndo vinha no cavalo baio,
Que ela de longe apenas distinguia,
Correndo vinha o noivo, como um raio...
    Pálida Maria!

Três dias são, três dias são apenas,
Antes que chegue o suspirado dia,
Em que eles porão termo às longas penas...
    Pálida Maria!

De confusa, naquele sobressalto,
Que a presença do amado lhe trazia,
Olhos acesos levantou ao alto
    Pálida Maria.

E foi subindo, foi subindo acima
No azul do céu da tarde que morria,
A ver se achava uma sonora rima...
    Pálida Maria!

Rima de amor, ou rima de ventura,
As mesmas são na escala da harmonia.
Pousa os olhos em Vênus que fulgura
    Pálida Maria.

E o coração, que de prazer lhe bate,
Acha no astro a fraterna melodia
Que à natureza inteira dá rebate...
    Pálida Maria!

Maria pensa: "Também tu, decerto,
Esperas ver, neste final do dia,
Um noivo amado que cavalga perto,
    Pálida Maria?"

Isso dizendo, súbito escutava
Um estrépito, um grito e vozeria,
E logo a frente em ânsias inclinava
    Pálida Maria.

Era o cavalo, rábido, arrastando
Pelas pedras o noivo que morria;

Maria o viu e desmaiou gritando...
　　　Pálida Maria!

Sobem o corpo, vestem-lhe a mortalha,
E a mesma noiva, semimorta e fria,
Sobre ele as folhas do noivado espalha.
　　　Pálida Maria!

Cruzam-lhe as mãos, na derradeira prece
Muda que o homem para cima envia,
Antes que desça à terra em que apodrece.
　　　Pálida Maria!

Seis homens tomam do caixão fechado
E vão levá-lo à cova que se abria;
Terra e cal e um responso recitado...
　　　Pálida Maria!

Quando, três sóis passados, rutilava
A mesma Vênus, no morrer do dia,
Tristes olhos ao alto levantava
　　　Pálida Maria.

E murmurou: "Tens a expressão do goivo,
Tens a mesma roaz melancolia;
Certamente perdeste o amor e o noivo,
　　　Pálida Maria?"

Vênus, porém, Vênus brilhante e bela,
Que nada ouvia, nada respondia,
Deixa rir ou chorar numa janela
　　　Pálida Maria.

To be or not to be
(Shakespeare)

Ser ou não ser, eis a questão. Acaso
É mais nobre a cerviz curvar aos golpes
Da ultrajosa fortuna, ou já lutando
Extenso mar vencer de acerbos males?
Morrer, dormir, não mais. E um sono apenas,

Que as angústias extingue e à carne a herança
Da nossa dor eternamente acaba,
Sim, cabe ao homem suspirar por ele.
Morrer, dormir. Dormir? Sonhar, quem sabe?
Ai, eis a dúvida. Ao perpétuo sono,
Quando o lodo mortal despido houvermos,
Que sonhos hão de vir? Pesá-lo cumpre.
Essa a razão que os lutuosos dias
Alonga do infortúnio. Quem do tempo
Sofrer quisera ultrajes e castigos,
Injúrias da opressão, baldões do orgulho,
Do mal prezado amor choradas mágoas,
Das leis a inércia, dos mandões a afronta,
E o vão desdém que de rasteiras almas
O paciente mérito recebe,
Quem, se na ponta da despida lâmina
Lhe acenara o descanso? Quem ao peso
De uma vida de enfados e misérias
Quereria gemer, se não sentira
Terror de alguma não sabida coisa
Que aguarda o homem para lá da morte,
Esse eterno país misterioso
Donde um viajor sequer há regressado?
Este só pensamento enleia o homem;
Este nos leva a suportar as dores
Já sabidas de nós, em vez de abrirmos
Caminho aos males que o futuro esconde;
E a todos acovarda a consciência.
Assim da reflexão à luz mortiça
A viva cor da decisão desmaia;
E o firme, essencial cometimento,
Que esta ideia abalou, desvia o curso,
Perde-se, até de ação perder o nome.

Lindoia

Vem, vem das águas, mísera Moema,
Senta-te aqui. As vozes lastimosas
Troca pelas cantigas deleitosas,
Ao pé da doce e pálida Coema.

Vós, sombras de Iguaçu e de Iracema,
Trazei nas mãos, trazei no colo as rosas
Que amor desabrochou e fez viçosas
Nas laudas de um poema e outro poema.

Chegai, folgai, cantai. É esta, é esta
De Lindoia, que a voz suave e forte
Do vate celebrou, a alegre festa.

Além do amável, gracioso porte,
Vede o mimo, a ternura que lhe resta.
Tanto inda é bela no seu rosto a morte!

Suave mari magno

Lembra-me que, em certo dia,
Na rua, ao sol de verão,
Envenenado morria
    Um pobre cão.

Arfava, espumava e ria,
De um riso espúrio e bufão,
Ventre e pernas sacudia
    Na convulsão.

Nenhum, nenhum curioso
Passava, sem se deter,
    Silencioso,

Junto ao cão que ia morrer,
Como se lhe desse gozo
    Ver padecer.

A mosca azul

Era uma mosca azul, asas de ouro e granada,
    Filha da China ou do Hindustão,
Que entre as folhas brotou de uma rosa encarnada,
    Em certa noite de verão.

E zumbia, e voava, e voava, e zumbia,
                Refulgindo ao clarão do sol
E da lua, — melhor do que refulgiria
                Um brilhante do Grão-Mogol.

Um poleá que a viu, espantado e tristonho,
                Um poleá lhe perguntou:
"Mosca, esse refulgir, que mais parece um sonho,
                Dize, quem foi que to ensinou?"

Então ela, voando, e revoando, disse:
                — "Eu sou a vida, eu sou a flor
Das graças, o padrão da eterna meninice,
                E mais a glória, e mais o amor".

E ele deixou-se estar a contemplá-la, mudo,
                E tranquilo, como um faquir,
Como alguém que ficou deslembrado de tudo,
                Sem comparar, nem refletir.

Entre as asas do inseto, a voltear no espaço,
                Uma coisa lhe pareceu
Que surdia, com todo o resplendor de um paço.
                E viu um rosto, que era o seu.

Era ele, era um rei, o rei de Caxemira,
                Que tinha sobre o colo nu
Um imenso colar de opala, e uma safira
                Tirada ao corpo de Vishnu.

Cem mulheres em flor, cem nairas superfinas,
                Aos pés dele, no liso chão,
Espreguiçam sorrindo as suas graças finas,
                E todo o amor que têm lhe dão.

Mudos, graves, de pé, cem etíopes feios,
                Com grandes leques de avestruz,
Refrescam-lhes de manso os aromados seios,
                Voluptuosamente nus.

Vinha a glória depois; — catorze reis vencidos,
                E enfim as páreas triunfais
De trezentas nações, e os parabéns unidos
                Das coroas ocidentais.

Mas o melhor de tudo é que no rosto aberto
        Das mulheres e dos varões,
Como em água que deixa o fundo descoberto,
        Via limpos os corações.

Então ele, estendendo a mão calosa e tosca,
        Afeita a só carpintejar,
Com um gesto pegou na fulgurante mosca,
        Curioso de a examinar.

Quis vê-la, quis saber a causa do mistério.
        E, fechando-a na mão, sorriu
De contente, ao pensar que ali tinha um império,
        E para casa se partiu.

Alvoroçado chega, examina, e parece
        Que se houve nessa ocupação
Miudamente, como um homem que quisesse
        Dissecar a sua ilusão.

Dissecou-a, a tal ponto, e com tal arte, que ela,
        Rota, baça, nojenta, vil,
Sucumbiu; e com isso esvaiu-se-lhe aquela
        Visão fantástica e sutil.

Hoje, quando ele aí vai, de áloe e cardamomo
        Na cabeça, com ar taful,
Dizem que ensandeceu, e que não sabe como
        Perdeu a sua mosca azul.

Antônio José

(21 de outubro de 1739)

Antônio, a sapiência da Escritura
Clama que há para a humana criatura
Tempo de rir e tempo de chorar,
Como há um sol no ocaso, e outro na aurora.
Tu, sangue de Efraim e de Issacar,
      Pois que já riste, chora.

Spinoza

Gosto de ver-te, grave e solitário,
Sob o fumo de esquálida candeia,
Nas mãos a ferramenta de operário,
E na cabeça a coruscante ideia.

E enquanto o pensamento delineia
Uma filosofia, o pão diário
A tua mão a labutar granjeia
E achas na independência o teu salário.

Soem cá fora agitações e lutas,
Sibile o bafo aspérrimo do inverno,
Tu trabalhas, tu pensas, e executas

Sóbrio, tranquilo, desvelado e terno,
A lei comum, e morres, e transmutas
O suado labor no prêmio eterno.

Gonçalves Crespo

Esta musa da pátria, esta saudosa
    Niobe dolorida,
    Esquece acaso a vida,
Mas não esquece a morte gloriosa.

    E pálida, e chorosa,
Ao Tejo voa, onde no chão caída
    Jaz aquela evadida
Lira da nossa América viçosa.

Com ela torna, e, dividindo os ares,
Trépido, mole, doce movimento
Sente nas frouxas cordas singulares.

    Não é a asa do vento,
Mas a sombra do filho, no momento
De entrar perpetuamente os pátrios lares.

Alencar

Hão de os anos volver, — não como as neves
De alheios climas, de geladas cores;
Hão de os anos volver, mas como as flores,
Sobre o teu nome, vívidos e leves...

Tu, cearense musa, que os amores
Meigos e tristes, rústicos e breves,
Da indiana escreveste, — ora os escreves
No volume dos pátrios esplendores.

E ao tornar este sol, que te há levado,
Já não acha a tristeza. Extinto é o dia
Da nossa dor, do nosso amargo espanto.

Porque o tempo implacável e pausado,
Que o homem consumiu na terra fria,
Não consumiu o engenho, a flor, o encanto...

Camões

I

Tu quem és? Sou o século que passa.
Quem somos nós? A multidão fremente.
Que cantamos? A glória resplendente.
De quem? De quem mais soube a força e a graça.

Que cantou ele? A vossa mesma raça.
De que modo? Na lira alta e potente.
A quem amou? A sua forte gente.
Que lhe deram? Penúria, ermo, desgraça.

Nobremente sofreu? Como homem forte.
Esta imensa oblação?... É-lhe devida.
Paga?... Paga-lhe toda a adversa sorte.

Chama-se a isto? A glória apetecida.
Nós, que o cantamos?... Volvereis à morte.
Ele, que é morto?... Vive a eterna vida.

II

Quando, transposta a lúgubre morada
Dos castigos, ascende o florentino
À região onde o clarão divino
Enche de intensa luz a alma nublada,

A saudosa Beatriz, a antiga amada,
A mão lhe estende e guia o peregrino,
E aquele olhar etéreo e cristalino
Rompe agora da pálpebra sagrada.

Tu que também o Purgatório andaste,
Tu que rompeste os círculos do Inferno,
Camões, se o teu amor fugir deixaste,

Ora o tens, como um guia alto e superno
Que a Natércia da vida que choraste
Chama-se Glória e tem o amor eterno.

III

Quando, torcendo a chave misteriosa
Que os cancelos fechava do Oriente,
O Gama abriu a nova terra ardente
Aos olhos da companha valorosa,

Talvez uma visão resplandecente
Lhe amostrou no futuro a sonorosa
Tuba, que cantaria a ação famosa
Aos ouvidos da própria e estranha gente.

E disse: "Se já noutra, antiga idade,
Troia bastou aos homens, ora quero
Mostrar que é mais humana a humanidade.

Pois não serás herói de um canto fero,
Mas vencerás o tempo e a imensidade
Na voz de outro moderno e brando Homero".

IV

Um dia, junto à foz de brando e amigo
Rio de estranhas gentes habitado,
Pelos mares aspérrimos levado,
Salvaste o livro que viveu contigo.

E esse que foi às ondas arrancado,
Já livre agora do mortal perigo,
Serve de arca imortal, de eterno abrigo,
Não só a ti, mas ao teu berço amado.

Assim, um homem só, naquele dia,
Naquele escasso ponto do universo,
Língua, história, nação, armas, poesia,

Salva das frias mãos do tempo adverso.
E tudo aquilo agora o desafia.
E tão sublime preço cabe em verso.

1802-1885

Um dia, celebrando o gênio e a eterna vida,
Vítor Hugo escreveu numa página forte
Estes nomes que vão galgando a eterna morte,
Isaías, a voz de bronze, alma saída
Da coxa de Davi; Ésquilo que a Orestes
E a Prometeu, que sofre as vinganças celestes,
Deu a nota imortal que abala e persuade,
E transmite o terror, como excita a piedade;
Homero, que cantou a cólera potente
De Aquiles, e colheu as lágrimas troianas
Para glória maior da sua amada gente,
E com ele Virgílio e as graças virgilianas;
Juvenal, que marcou com ferro em brasa o ombro
Dos tiranos, e o velho e grave florentino,
Que mergulha no abismo, e caminha no assombro,
Baixa humano ao inferno e regressa divino;
Logo após Calderón, e logo após Cervantes;
Voltaire, que mofava, e Rabelais que ria;
E, para coroar esses nomes vibrantes,
Shakespeare, que resume a universal poesia.

E agora que ele aí vai, galgando a eterna morte,
Pega a História da pena e na página forte,
Para continuar a série interrompida,
Escreve o nome dele, e dá-lhe a eterna vida.

José de Anchieta

Esse que as vestes ásperas cingia,
E a viva flor da ardente juventude
Dentro do peito a todos escondia;

Que em páginas de areia vasta e rude
Os versos escrevia e encomendava
À mente, como esforço de virtude;

Esse nos rios de Babel achava,
Jerusalém, os cantos primitivos,
E novamente aos ares os cantava.

Não procedia então como os cativos
De Sião, consumidos de saudade,
Velados de tristeza, e pensativos.

Os cantos de outro clima e de outra idade
Ensinava sorrindo às novas gentes,
Pela língua do amor e da piedade.

E iam caindo os versos excelentes
No abençoado chão, e iam caindo
Do mesmo modo as místicas sementes.

Nas florestas os pássaros, ouvindo
O nome de Jesus e os seus louvores
Iam cantando o mesmo canto lindo.

Eram as notas como alheias flores
Que verdejam no meio de verduras
De diversas origens e primores.

Anchieta, soltando as vozes puras,
Achas outra Sião neste hemisfério,
E a mesma fé e igual amor apuras.

Certo, ferindo as cordas do saltério,
Unicamente contas divulgá-la
A palavra cristã e o seu mistério.

Trepar não cuidas a luzente escala
Que aos heróis cabe e leva à clara esfera
Onde eterna se faz a humana fala.

Onde os tempos não são esta quimera
Que apenas brilha e logo se esvaece,
Como folhas de escassa primavera.

Onde nada se perde nem se esquece,
E no dorso dos séculos trazido
O nome de Anchieta resplandece
Ao vivo nome do Brasil unido.

Soneto de Natal

Um homem, — era aquela noite amiga,
Noite cristã, berço do Nazareno, —
Ao relembrar os dias de pequeno,
E a viva dança, e a lépida cantiga,

Quis transportar ao verso doce e ameno
As sensações da sua idade antiga,
Naquela mesma velha noite amiga,
Noite cristã, berço do Nazareno.

Escolheu o soneto... A folha branca
Pede-lhe a inspiração; mas, frouxa e manca,
A pena não acode ao gesto seu.

E, em vão lutando contra o metro adverso,
Só lhe saiu este pequeno verso:
"Mudaria o Natal ou mudei eu?"

Os animais iscados da peste
(La Fontaine)

Mal que espalha o terror e que a ira celeste
    Inventou para castigar
Os pecados do mundo, a peste, em suma, a peste,
Capaz de abastecer o Aqueronte num dia,
    Veio entre os animais lavrar;
    E, se nem tudo sucumbia,
    Certo é que tudo adoecia.
Já nenhum, por dar mate ao moribundo alento,
    Catava mais nenhum sustento.
Não havia manjar que o apetite abrisse,
    Raposa ou lobo que saísse
    Contra a presa inocente e mansa,
    Rola que à rola não fugisse,
    E onde amor falta, adeus, folgança.
O leão convocou uma assembleia e disse:
"Sócios meus, certamente este infortúnio veio
    A castigar-nos de pecados.
    Que o mais culpado entre os culpados
Morra por aplacar a cólera divina.
Para a comum saúde esse é, talvez, o meio.
Em casos tais é de uso haver sacrificados;
    Assim a história no-lo ensina.
Sem nenhuma ilusão, sem nenhuma indulgência,
    Pesquisemos a consciência.
Quanto a mim, por dar mate ao ímpeto glutão,
    Devorei muita carneirada.
    Em que é que me ofendera? em nada.
    E tive mesmo ocasião
De comer igualmente o guarda da manada.
Portanto, se é mister sacrificar-me, pronto.
    Mas, assim como me acusei,
Bom é que cada um se acuse, de tal sorte
Que (devemos querê-lo, e é de todo ponto
justo) caiba ao maior dos culpados a morte".
"— Meu senhor" acudiu a raposa, "é ser rei
Bom demais; é provar melindre exagerado.
    Pois então devorar carneiros,
Raça lorpa e vilã, pode lá ser pecado?
    Não. Vós fizeste-lhes, senhor,
    Em os comer, muito favor.
    E no que toca aos pegureiros,

Toda a calamidade era bem merecida,
    Pois são daquelas gentes tais
Que imaginaram ter posição mais subida
    Que a de nós outros animais."
Disse a raposa, e a corte aplaudiu-lhe o discurso.
    Ninguém do tigre nem do urso,
Ninguém de outras iguais senhorias do mato,
    Inda entre os atos mais daninhos,
    Ousava esmerilhar um ato;
    E até os últimos rafeiros,
    Todos os bichos rezingueiros
Não eram, no entender geral, mais que uns santinhos.
Eis chega o burro: "— Tenho ideia que no prado
De um convento, indo eu a passar, e picado
Da ocasião, da fome e do capim viçoso,
    E pode ser que do tinhoso,
    Um bocadinho lambisquei
Da plantação. Foi um abuso, isso é verdade".
Mal o ouviu, a assembleia exclama: "Aqui del-rei!"
Um lobo, algo letrado, arenga e persuade
Que era força imolar esse bicho nefando,
Empesteado autor de tal calamidade;
    E o pecadilho foi julgado
        Um atentado.
Pois comer erva alheia! ó crime abominando!
    Era visto que só a morte
    Poderia purgar um pecado tão duro
        E o burro foi ao reino escuro.

Segundo sejas tu miserável ou forte
Áulicos te farão detestável ou puro.

Dante

(Inferno, canto XXV)

Acabara o ladrão, e, ao ar erguendo
As mãos em figas, deste modo brada:
"Olha, Deus, para ti o estou fazendo!"

E desde então me foi a serpe amada,
Pois uma vi que o colo lhe prendia,
Como a dizer: "não falarás mais nada!"

Outra os braços na frente lhe cingia
Com tantas voltas e de tal maneira
Que ele fazer um gesto não podia.

Ah! Pistoia, por que numa fogueira
Não ardes tu, se a mais e mais impuros,
Teus filhos vão nessa mortal carreira?

Eu, em todos os círculos escuros
Do inferno, alma não vi tão rebelada,
Nem a que em Tebas resvalou dos muros.

E ele fugiu sem proferir mais nada.
Logo um centauro furioso assoma
A bradar: "Onde, aonde a alma danada?"

Marema não terá tamanha soma
De reptis quanta vi que lhe ouriçava
O dorso inteiro desde a humana coma.

Junto à nuca do monstro se elevava
De asas abertas um dragão que enchia
De fogo a quanto ali se aproximava.

"Aquele é Caco" — o Mestre me dizia, —
"Que, sob as rochas do Aventino, ousado
Lagos de sangue tanta vez abria

Não vai de seus irmãos acompanhado
Porque roubou malicioso o armento
Que ali pascia na campanha ao lado.

Hércules com a maça e golpes cento,
Sem lhe doer um décimo ao nefando,
Pôs remate a tamanho atrevimento."

Ele falava, e o outro foi andando.
No entanto embaixo vinham para nós
Três espíritos que só vimos quando

Atroara este grito: "Quem sois vós?"
Nisto a conversa nossa interrompendo
Ele, como eu, no grupo os olhos pôs.

Eu não os conheci, mas sucedendo,
Como outras vezes suceder é certo,
Que o nome de um estava outro dizendo,

"Cianfa aonde ficou?" Eu, por que esperto
E atento fosse o Mestre em escutá-lo,
Pus sobre a minha boca o dedo aberto.

Leitor, não maravilha que aceitá-lo
Ora te custe o que vás ter presente,
Pois eu, que o vi, mal ouso acreditá-lo.

Eu contemplava-os, quando uma serpente
De seis pés temerosa se lhe atira
A um dos três e o colhe de repente.

Co'os pés do meio o ventre lhe cingira,
Com os da frente os braços lhe peava,
E ambas as faces lhe mordeu com ira.

Os outros dois às coxas lhe alongava,
E entre elas insinua a cauda que ia
Tocar-lhe os rins e dura os apertava.

A hera não se enrosca nem se enfia
Pela árvore, como a horrível fera
Ao pecador os membros envolvia.

Como se fossem derretida cera,
Um só vulto, uma cor iam tomando,
Quais tinham sido nenhum deles era.

Tal o papel, se o fogo o vai queimando,
Antes de negro estar, e já depois
Que o branco perde, fusco vai ficando.

Os outros dois bradavam: "Ora pois,
Agnel, ai triste, que mudança é essa?
Olha que já não és nem um nem dois!"

Faziam ambas uma só cabeça,
E na única face, um rosto misto,
Onde eram dois, a aparecer começa.

Dos quatro braços dois restavam, e isto,
Pernas, coxas e o mais ia mudado
Num tal composto que jamais foi visto.

Todo o primeiro aspecto era acabado;
Dois e nenhum era a cruel figura,
E tal se foi a passo demorado.

Qual cameleão, que variar procura
De sebe às horas em que o sol esquenta,
E correndo parece que fulgura,

Tal uma curta serpe se apresenta,
Para o ventre dos dois corre acendida,
Lívida e cor de um bago de pimenta.

E essa parte por onde foi nutrida
Tenra criança antes que à luz saísse,
Num deles morde, e cai toda estendida.

O ferido a encarou, mas nada disse;
Firme nos pés, apenas bocejava,
Qual se de febre ou sono ali caísse.

Frente a frente, um ao outro contemplava,
E à chaga de um, e à boca de outro, forte
Fumo saía e no ar se misturava.

Cale agora Lucano a triste morte
De Sabelo e Nasídio, e atento esteja
Que o que lhe vou dizer é de outra sorte.

Cale-se Ovídio e neste quadro veja
Que, se Aretusa em fonte nos há posto
E Cadmo em serpe, não lhe tenho inveja.

Pois duas naturezas rosto a rosto
Não transmudou, com que elas de repente
Trocassem a matéria e o ser oposto.

Tal era o acordo entre ambas que a serpente
A cauda em duas caudas fez partidas,
E a alma os pés ajuntava estreitamente.

Pernas e coxas vi-as tão unidas
Que nem leve sinal dava a juntura
De que tivessem sido divididas.

Imita a cauda bífida a figura
Que ali se perde, e a pele abranda, ao passo
Que a pele do homem se tornava dura.

Em cada axila vi entrar um braço,
A tempo que iam esticando à fera
Os dois pés que eram de tamanho escasso.

Os pés de trás a serpe os retorcera
Até formarem-lhe a encoberta parte,
Que no infeliz em pés se convertera.

Enquanto o fumo os cobre, e de tal arte
A cor lhes muda e põe à serpe o velo
Que já da pele do homem se lhe parte,

Um caiu, o outro ergueu-se, sem torcê-lo
Aquele torvo olhar com que ambos iam
A trocar entre si o rosto e a vê-lo.

Ao que era em pé as carnes lhe fugiam
Para as fontes, e ali do que abundava
Duas orelhas de homem lhe saíam.

E o que de sobra ainda lhe ficava
O nariz lhe compõe e lhe perfaz
E o lábio lhe engrossou quanto bastava.

A boca estende o que por terra jaz
E as orelhas recolhe na cabeça,
Bem como o caracol às pontas faz.

A língua, que era então de uma só peça,
E prestes a falar, fendida vi-a,
Enquanto a do outro se une, e o fumo cessa.

A alma, que assim tornado em serpe havia,
Pelo vale fugiu assobiando,
E esta lhe ia falando e lhe cuspia.

Logo a recente espádua lhe foi dando
E à outra disse: "Ora com Buoso mudo;
Rasteje, como eu vinha rastejando!"

Assim na cova sétima vi tudo
Mudar e transmudar; a novidade
Me absolva o estilo desornado e rudo.

Mas que um tanto perdesse a claridade
Dos olhos meus, e turva a mente houvesse,
Não fugiram com tanta brevidade,

Nem tão ocultos, que eu não conhecesse
Púcio Sciancato, única ali vinda
Alma que a forma própria não perdesse;
O outro chorá-lo tu, Gaville, ainda.

A Felício dos Santos

Felício amigo, se eu disser que os anos
Passam correndo ou passam vagarosos,
Segundo são alegres ou penosos,
Tecidos de afeições ou desenganos,

"Filosofia é essa de rançosos!"
Dirás. Mas não há outra entre os humanos.
Não se contam sorrisos pelos danos,
Nem das tristezas desabrocham gozos.

Banal, confesso. O precioso e o raro
É, seja o céu nublado ou seja claro,
Tragam os tempos amargura ou gosto,

Não desdizer do mesmo velho amigo,
Ser com os teus o que eles são contigo,
Ter um só coração, ter um só rosto.

Maria

Maria, há no seu gesto airoso e nobre,
Nos olhos meigos e no andar tão brando,
Um não-sei-quê suave que descobre,
Que lembra um grande pássaro marchando.

Quero, às vezes, pedir-lhe que desdobre
As asas, mas não peço, reparando
Que, desdobradas, podem ir voando
Levá-la ao teto azul que a terra cobre.

E penso então, e digo então comigo:
"Ao céu, que vê passar todas as gentes
Bastem outros primores de valia.

Pássaro ou moça, fique o olhar amigo,
O nobre gesto e as graças excelentes
Da nossa cara e lépida Maria".

A uma senhora que me pediu versos

Pensa em ti mesma, acharás
    Melhor poesia,
Viveza, graça, alegria,
    Doçura e paz.

Se já dei flores um dia,
    Quando rapaz,
As que ora dou têm assaz
    Melancolia.

Uma só das horas tuas
    Vale um mês
Das almas já ressequidas.

    Os sóis e as luas
Creio bem que Deus os fez
    Para outras vidas.

Clódia

Era Clódia a vergôntea ilustre e rara
De uma família antiga. Tez morena,
Como a casca do pêssego, deixava
Transparecer o sangue e a juventude.
Era a romana ardente e imperiosa
Que os ecos fatigou de Roma inteira
Co'a narração das longas aventuras.
Nunca mais gentil fronte o sol da Itália
Amoroso beijou, nem mais gracioso
Corpo envolveram túnicas de Tiro.
Sombrios, como a morte, os olhos eram.
A vermelha botina em si guardava
Breve, divino pé. Úmida boca,
Como a rosa que os zéfiros convida,
Os beijos convidava. Era o modelo
Da luxuosa Lâmia, — aquela moça
Que o marido esqueceu, e amou sem pejo
O músico Polião. De mais, fazia
A ilustre Clódia trabalhados versos;
A cabeça curvava pensativa
Sobre as tabelas nuas; invocava
Do clássico Parnaso as musas belas,
E, se não mente linguaruda fama,
Davam-lhe inspiração vadias musas.

O ideal da matrona austera e fria,
Caseira e nada mais, esse acabava.
Bem hajas tu, patrícia desligada
De preconceitos vãos, tu que presides
Ao festim dos rapazes, tu que estendes
Sobre verdes coxins airosas formas,
Enquanto o esposo, consultando os dados,
Perde risonho válidos sestércios...
E tu, viúva mísera, deixada
Na flor dos anos, merencória e triste,
Que seria de ti, se o gozo e o luxo
Não te alegrassem a alma? Cedo esquece
A memória de um óbito. E bem hajas,
Discreto esposo, que morreste a tempo.
Perdes, bem sei, dos teus rivais sem conta
Os custosos presentes, as ceiatas,
Os jantares opíparos. Contudo,

Não verás cheia a casa de crianças
Louras obras de artífices estranhos.

Baias recebe a celebrada moça
Entre festins e júbilos. Faltava
Ao pomposo jardim das lácias flores
Essa rosa de Poestum. Chega; é ela,
É ela, a amável dona. O céu ostenta
A larga face azul, que o sol no ocaso
Co'os frouxos raios desmaiado tinge.
Terno e brando abre o mar o espúmeo seio;
Moles respiram virações do golfo.
Clódia chega. Tremei, moças amadas;
Ovelhinhas dos plácidos idílios,
Roma vos manda essa faminta loba.
Prendei, prendei com vínculos de ferro,
Os volúveis amantes, que os não veja
Esta formosa Páris. Inventai-lhes
Um filtro protetor, um filtro ardente,
Que o fogo leve aos corações rendidos,
E aos vossos pés eternamente os prenda;
Clódia... Mas, quem pudera, a frio e a salvo,
Um requebro afrontar daqueles olhos,
Ver-lhe o túrgido seio, as mãos, o talhe,
O andar, a voz, ficar mármore frio
Ante as súplices graças? Menor pasmo
Fora, se ao gladiador, em pleno circo,
A pantera africana os pés lambesse,
Ou se, à cauda de indômito cavalo,
Ovantes hostes arrastassem César.

Coroados de rosas os convivas
Entram. Trajam com graça vestes novas
Tafuis de Itália, finos e galhardos
Patrícios da república expirante,
E madamas faceiras. Vem entre eles
Célio, a flor dos vadios, nobre moço,
E opulento, o que é mais. Ambicioso
Quer triunfar na clássica tribuna
E honras aspira até do consulado.
Mais custoso lavor não vestem damas,
Nem aroma melhor do seio exalam.
Tem na altivez do olhar sincero orgulho,
E certo que o merece. Entre os rapazes
Que à noite correm solitárias ruas,
Ou nos jardins de Roma o luxo ostentam,

Nenhum como ele, com mais ternas falas,
Galanteou, vencendo, as raparigas.

Entra: pregam-se nele cobiçosos
Olhos que amor venceu, que amor domina,
Olhos fiéis ao férvido Catulo.

O poeta estremece. Brando e frio,
O marido de Clódia os olhos lança
Ao mancebo, e um sorriso complacente
A boca lhe abre. Imparcial na luta,
Vença Catulo ou Célio, ou vençam ambos,
Não se lhe opõe o dono: o aresto aceita.

Vistes já como as ondas tumultuosas,
Uma após outra, vêm morrer à praia,
E mal se rompe o espúmeo seio àquela,
Já esta corre e expira? Tal no peito
Da calorosa Lésbia nascem, morrem
As volúveis paixões. Vestal do crime,
Dos amores vigia a chama eterna,
Não a deixa apagar; pronto lhe lança
Óleo com que a alimente. Enrubescido
De ternura e desejo o rosto volve
Ao mancebo gentil. Baldado empenho!
Indiferente aos mágicos encantos,
Célio contempla a moça. Olhar mais frio,
Ninguém deitou jamais a graças tantas.
Ela insiste; ele foge-lhe. Vexada,
A moça inclina lânguida a cabeça...
Tu nada vês, desapegado esposo,
Mas o amante vê tudo.

       Clódia arranca
Uma rosa da fronte, e as folhas deita
Na taça que enche generoso vinho.
"Célio, um brinde aos amores!" diz, e entrega-lha.
O cortejado moço os olhos lança,
Não a Clódia, que a taça lhe oferece,
Mas a outra não menos afamada,
Dama de igual prosápia e iguais campanhas,
E taça igual lhe aceita. Afronta é esta
Que à moça faz subir o sangue às faces,
Aquele sangue antigo, e raro, e ilustre,
Que atravessou puríssimo e sem mescla

A corrente dos tempos... Uma Clódia!
Tamanha injúria! Ai, não! mais que a vaidade,
Mais que o orgulho de raça, o que te pesa,
O que te faz doer, viciosa dama,
É ver que uma rival merece o zelo
Desse pimpão de amores e aventuras.
Pega na taça o néscio esposo e bebe,
Com o vinho, a vergonha. Sombra triste,
Sombra de ocultas e profundas mágoas,
Tolda a fronte ao poeta.

                         Os mais, alegres,
Vão ruminando a saborosa ceia;
Circula o dito equívoco e chistoso,
Comentam-se os decretos do senado,
O molho mais da moda, os versos últimos
De Catulo, os leões mandados de África,
E as vitórias de César. O epigrama
Rasga a pele ao caudilho triunfante;
Chama-lhe este: "O larápio endividado",
Aquele: "Vênus calva", outro: "O bitínio..."
Oposição de ceias e jantares,
Que a marcha não impede ao crime e à glória.

Sem liteira, nem líbicos escravos,
Clódia vai consultar armênio arúspice.
Quer saber se há de Célio amá-la um dia
Ou desprezá-la sempre. O armênio estava
Meditabundo, à luz escassa e incerta
De uma candeia etrusca; aos ombros dele
Decrépita coruja os olhos abre.
"Velho, aqui tens dinheiro" (a moça fala),
"Se à tua inspiração é dado agora
Adivinhar as coisas do futuro,
Conta-me..." O rosto expõe. Ergue-se o velho
Súbito. Os olhos lança cobiçosos
À fulgente moeda. — "Saber queres
Se te há de amar esse mancebo esquivo?"
— "Sim." — Cochilava a um canto descuidada
A avezinha de Vênus, branca pomba.
Lança mão dela o arúspice, e de um golpe
Das entranhas lhe arranca o sangue e a vida.
Olhos fitos no velho a moça aguarda
A sentença da sorte; empalidece
Ou ri, conforme do ancião no rosto
Ocultas impressões vêm debuxar-se.

"Bem haja Vênus! a vitória é tua!"
O coração da vítima palpita
Inda que morto já...

                    Não eram ditas
Essas palavras, entra um vulto... É ele?
És tu, cioso amante!

                    A voz lhes falta,
Aos dois, contemplam-se ambos, interrogam-se;
Rompe afinal o lúgubre silêncio...

Quando o vate acabou, tinha nos braços
A namorada moça. Lacrimosa,
Tudo confessa. Tudo lhe perdoa
O desvairado amante. "Nuvem leve
Isso foi; deixa lá memórias tristes,
Erros que te perdoo; amemos, Lésbia;
A vida é nossa; é nossa a juventude."
"Oh! tu és bom!" — "Não sei; amo e mais nada.
Foge o mal donde amor plantou seus lares.
Amar é ser do céu." Súplices olhos
Que a dor umedecera e que umedecem
Lágrimas de ternura, os olhos buscam
Do poeta; um sorriso lhes responde,
E um beijo sela essa aliança nova.

Quem jamais construiu sólida torre
Sobre a areia volúvel? Poucos dias
Decorreram; viçosas esperanças
Súbito renascidas, folha a folha,
Alastraram a terra. Ingrata e fria,
Lésbia esqueceu Catulo. Outro lhe pede
Prêmio à recente, abrasadora chama;
Faz-se agora importuno o que era esquivo.
Vitória é dela; o arúspice acertara.

Velho fragmento

I

.... Reinava
Afonso vi. Da coroa em nome
Governava Alvarenga, incorruptível
No serviço do rei, astuto e manso,
Alcaide-mor e protetor das armas;
No mais, amigo desse povo infante,
Em cujo seio plácido vivia
Até que uma revolta misteriosa
Na cadeia o meteu. O douto Mustre
A vara de ouvidor nas mãos sustinha.

....

II

Que lance há i, nessa comédia humana,
Em que não entrem moças? Descorada,
Como heroína de romance de hoje,
Alva, como as mais alvas deste mundo,
Tal, que disseras lhe negara o sangue
A madre natureza, Margarida
Tinha o suave, delicado aspecto
De uma santa de cera, antes que a tinta
O matiz beatífico lhe ponha.
Era alta e fina, senhoril e bela,
Delicada e sutil. Nunca mais vivo
Transparecera em rosto de donzela
Vergonhoso pudor, agreste e rude,
Que até de uns simples olhos se ofendia,
E chegava a corar, se o pensamento
Lhe adivinhava anônimo suspiro
Ou remota ambição de amante ousado.
Era vê-la, ao domingo, caminhando
À missa, co'os parentes e os escravos
A um de fundo, em grave e compassada
Procissão; era ver-lhe a compostura,
A devoção com que escutava o padre,
E no *agnus-dei* levava a mão ao peito,

---

1 "Velho fragmento" é um excerto, feito por Machado, de parte da primeira estrofe do canto I e das estrofes II a IX do canto III de "O Almada", reproduzindo na íntegra mais adiante nesta edição. (N. E.)

Mão que enchia de fogos e desejos
Dez ou doze amadores respeitosos
De suas graças, vários na figura,
Na posição, na idade e no juízo,
E que ali mesmo, à luz dos bentos círios
(Tão de longe vêm já os maus costumes!)
Ousavam inda suspirar por ela.

III

Entre esses figurava o moço Vasco.
Vasco, a flor dos vadios da cidade,
Namorador dos adros das igrejas,
Taful de cavalhadas, consumado
Nas hípicas façanhas, era o nome
Que mais na baila andava. Moça havia
Que por ele trocara (erro de moça!)
O seu lugar no céu; e esse pecado,
Inda que todo interior e mudo,
Dois terços lhe custou de penitência
Que o confessor lhe impôs. Era sabido
Que nas salas da casa do governo,
Certa noite, de mágoa desmaiaram
Duas damas rivais, porque o magano
As cartas confundira do namoro.
Essas proezas tais, que o fértil vulgo
Com aumentos de casa encarecia,
E a bem lançada perna, e o luzidio
Dos sapatos, e as sedas e os veludos,
E o franco aplauso de uns, e a inveja de outros,
O cetro lhe doaram dos peraltas.

IV

E, contudo, era em vão que à ingênua dama
A flor do esquivo coração pedia;
Inúteis os suspiros lhe brotavam
Do íntimo do peito; nem da esperta
Mucama, — natural cúmplice amiga
Dessa sorte de crimes, — lhe valiam
Os recados de boca; — nem as longas,
Maviosas letras em papel bordado,
Atadas co'a simbólica fitinha
Cor de esperança, — e olhares derretidos,
Se a topava à janela, — raro evento,

Que o pai, varão de bolsa e qualidade,
Que repousava das fadigas longas
Havidas no mercado de africanos,
Era um tipo de sólidas virtudes
E muita experiência. Poucas vezes
Ia à rua. Nas horas de fastio,
A jogar o gamão, ou recostado,
Com um vizinho, a tasquinhar nos outros,
Sem trabalho maior, passava o tempo.

V

Ora, em certo domingo, houve luzida
Festa de cavalhadas e argolinhas,
Com danças ao ar livre e outros folgares,
Recreios do bom tempo, infância d'arte,
Que o progresso apagou, e nós trocamos
Por brincos mais da nossa juventude
E melhores decerto; tão ingênuos,
Tão simples, não. Vão longe aquelas festas,
Usos, costumes são que se perderam,
Como se hão perder os nossos de hoje,
Nesse rio caudal que tudo leva
Impetuoso ao vasto mar dos séculos.

VI

Abalada a cidade, quase tanto
Como nos dias da solene festa
Da grande aclamação, de que inda falam
Com saudade os muchachos de outro tempo,
Varões agora de medida e peso,
Todo o povo deixara as casas suas.
Grato ensejo era aquele! Resoluto
A correr desta vez uma argolinha,
O intrépido mancebo empunha a lança
Dos combates, na fronte um capacete
De longa, verde, flutuante pluma,
Escancha-se no dorso de um cavalo
E armado vai para a festiva guerra.
Ia a passo o corcel, como ia a passo
Seu pensamento, certo da conquista,
Se ela visse o brilhante cavaleiro
Que, por amor daqueles belos olhos,
Derrotar prometia na estacada

Um cento de rivais. Subitamente
Vê apontar a ríspida figura
Do ríspido negreiro; a esposa o segue,
E logo atrás a suspirada moça,
Que lentamente e plácida caminha
Com os olhos no chão. Corpilho a veste
De azul veludo; a manga arregaçada
Até à doce curva, o braço amostra
Delicioso e nu. A indiana seda
Que a linda mão de moça arregaçava,
Com aquela sagaz indiferença
Que o demo ensina às singelas damas,
A furto lhe mostrou, breve e apertado
No sapatinho fino, o mais gracioso,
O mais galante pé que inda há nascido
Nestas terras: — tacão alto e forrado
De cetim rubro lhe alteava o corpo,
E airoso modo lhe imprimia ao passo.

VII

Ao brioso corcel encurta as rédeas
Vasco, e detém-se. A bela ia caminho
E iam com ela seus perdidos olhos,
Quando (visão terrível!) a figura
Pálida e comovida lhe aparece
Do Freire, que, como ele namorado,
Contempla a dama, a suspirar por ela.
Era um varão distinto o honrado Freire,
Tabelião da terra, não metido
Nas arengas do bairro. Pouco amante
Dessa glória que tantas vezes fulge
Quando os mortais merecedores dela
Jazem no eterno pó, não se ilustrara
Com atos de bravura ou de grandeza,
Nem cobiçara as distinções do mando.
Confidente supremo dos que à vida
Dizem o último adeus, só lhe importava
Deitar em amplo in-fólio as derradeiras
Vontades do homem, repartir co'a pena
Pingue ou magra fazenda, já cercada
De farejantes corvos, — grato emprego
A um coração filósofo, e remédio
Para matar as ilusões no peito.
Certo, ver o usurário, que a riqueza
Obteve à custa dos vinténs do próximo,

Comprar a eterna paz na eterna vida
Com biocos de póstumas virtudes;
Em torno dele contemplar ansiados
Os que, durante longo-áridos anos,
De lisonjas e afagos o cercaram;
Depois alegres uns, sombrios outros,
Conforme foi silencioso ou grato
O abastado defunto, — emprego é esse
Pouco adequado a jovens e a poetas.

VIII

Jovem não era, nem poeta o Freire;
Tinha oito lustros e falava em prosa.
Mas que és tu, mocidade? e tu, poesia?
Um auto de batismo? quatro versos?
Ou brancas asas da sensível pomba
Que arrulha em peito humano? Único as perde
Quem o lume do amor nos seios d'alma
Apagar-se-lhe sente. A névoa pode,
Qual turbante mourisco, a cumiada
Das montanhas cingir da nossa terra,
Que muito, se ao redor viceja ainda
Primavera imortal? Um dia, ao vê-la
De tantos requestada a esquiva moça,
Sente o Freire bater-lhe as adormidas
Asas o coração. Que não desdoura,
Antes lhe dá realce e lhe desvinca
A nobre fronte a um homem da justiça,
Como os outros mortais, morrer de amores;
E amar e ser amado é, neste mundo,
A tarefa melhor da nossa espécie,
Tão cheia de outras que não valem nada.

No alto

O poeta chegara ao alto da montanha,
E quando ia a descer a vertente do oeste,
    Viu uma coisa estranha,
    Uma figura má.

Então, volvendo o olhar ao sutil, ao celeste,
Ao gracioso Ariel, que de baixo o acompanha,
    Num tom medroso e agreste
    Pergunta o que será.

Como se perde no ar um som festivo e doce,
    Ou bem como se fosse
    Um pensamento vão,

Ariel se desfez sem lhe dar mais resposta.
    Para descer a encosta
    O outro estendeu-lhe a mão.

Notas de Machado de Assis
Às Poesias Completas

NOTA A — FLOR DA MOCIDADE (p. 412)
    Os poetas clássicos franceses usavam muito essa forma a que chamavam *triolet*. Depois de longo desuso, alguns poetas deste século ressuscitaram o *triolet*, não desmerecendo dos antigos modelos. Não me consta que se haja tentado empregá-la em português, nem talvez seja coisa que mereça trasladação. A forma, entretanto, é graciosa e não encontra dificuldade na nossa língua, creio eu.

NOTA B — LA MARCHESA DE MIRAMAR (p. 414)
    Maximiliano, quando estava em Miramar, costumava retratar fotograficamente a arquiduquesa, escrevendo por baixo do retrato: *"La marchesa de Miramar"*.

NOTA C — UN VIEUX PAYS (p. 426)
    Perdoem-me estes versos em francês; e para que de todo em todo não fique a página perdida aqui lhes dou a tradução que fez dos meus versos o talentoso poeta maranhense Joaquim Serra:

É um velho país, de luz e sombras,
Onde o dia traz pranto, e a noite a cisma;
Um país de orações e de blasfêmia,
Nele a crença na dúvida se abisma.

Aí, mal nasce a flor, o verme a corta,
O mar é um escarcéu, e o sol sombrio;
Se a ventura num sonho transparece
A sufoca em seus braços o fastio.

Quando o amor, qual esfinge indecifrável,
Aí vai a bramir, perdido o siso...
Às vezes ri alegre, e outras vezes
É um triste soluço esse sorriso...

Vive-se nesse país com a mágoa e o riso;
Quem dele se ausentou treme e maldiz;
Mas ai, eu nele passo a mocidade,
Pois é meu coração esse país!

Nota d — Lira chinesa (p. 427)
Os poetas postos nessa coleção são todos contemporâneos. Encontrei-os no livro publicado em 1868 pela sra. Judith Walter, distinta viajante que dizem conhecer profundamente a língua chinesa, e que os traduziu em simples e corrente prosa.

Nota e — Fez-se Niobe em pedra (p. 447)
É do sr. Antônio Feliciano de Castilho a tradução desta odezinha, que deu lugar à composição do meu quadro. Foi imediatamente à leitura da *Lírica de Anacreonte*, que eu tive a ideia de pôr em ação a ode do poeta de Teos, tão portuguesmente saída das mãos do sr. Castilho que mais parece original que tradução. A concha não vale a pérola; mas o delicado da pérola disfarçará o grosseiro da concha.

Nota f — Potira (p. 482)
Simão de Vasconcellos não declara o nome da índia cuja ação refere em sua *Crônica*.
Achei que não foi o caso dessa tamoia o único em que tão galhardamente se manifestou a fidelidade conjugal e cristã. O padre Anchieta, na carta escrita ao padre-mestre Laynez, a 16 de abril de 1563, menciona o exemplo de uma índia, mulher de um colono, a qual, depois de lho matarem os índios, caiu em poder destes, cujo Principal a quis violentar. Ela resistiu e desapareceu. Os índios fizeram correr a voz de que se matara; Anchieta supõe que eles mesmos lhe tiraram a vida. Caso análogo é referido pelo padre João Daniel (*Tesouro descoberto no Amazonas*, p.2, cap. III); essa chamava-se Esperança e era da aldeia de Cabu.

Nota g — A nascente cidade brasileira (p. 482)
A Vila de São Vicente.

Nota h — Conduz nos braços trêmulos a moça/Que renegou Tupã... (p. 483)
Tinham os índios a religião monoteísta que a tradição lhes atribui? Nega-o positivamente o sr. dr. Couto de Magalhães em seu excelente estudo acerca dos selvagens, asseverando nunca ter encontrado a palavra *Tupã* nas tribos que frequentou, e ser inadmissível a ideia de tal deus, no estado rudimentário dos nossos aborígines.
O sr. dr. Magalhães restitui aos selvagens a teogonia verdadeira. Não integralmente, mas só em relação ao sol e à lua (*Coaraci e Jaci*), acho notícia dela no *Tesouro* do padre João Daniel (citado na nota f); e o que então faziam os índios, quando aparecia a lua nova, me serviu à composição que vai incluída neste livro.

Sem embargo das razões alegadas pelo sr. dr. Magalhães, que todas são de incontestável procedência, conservei Tupã nos versos que ora dou a lume; fi-lo por ir com as tradições literárias que achei, tradições que nada valem no terreno da investigação científica, mas que têm por si o serem aceitas e haverem adquirido um como direito de cidade.

Nota I — Quando ferve o cauim... (p. 488)

É ocioso explicar em notas o sentido dessa palavra e de outras, como *pocema*, *muçurana*, *tangapema*, *canitar*, com as quais todo leitor brasileiro está já familiarizado, graças ao uso que delas têm feito poetas e prosadores. É também desnecessário fundamentar com trechos das crônicas a cena do sacrifício do prisioneiro, na estância XI; são coisas comezinhas.

Nota J — As asas colhe/Guanumbi, e o aguçado bico embebe/No tronco, onde repousa adormecido/Até que volte uma estação de flores... (p. 490)

Simão de Vasconcellos (*Not. do Bras.* livro 2º), citando Marcgraff e outros autores, conta como verdadeira a fábula a que aludem esses versos. Aproveitou-se dali uma comparação poética: nada mais.

Nota K — Cova funda/Da terra, mãe comum... (p. 491)

Veja G. Dias, *Últ. Cant.*, p. 159: ...Quando o meu corpo/À terra, mãe comum...

Nota L — Inútil foges: gavião te espreita... (p. 494)

Anajê, na língua geral, quer dizer gavião.

Nota M — Panenioxe é guerreiro/Da velha, dura nação... (p. 498)

Tratando de descobrir a significação de *Panenioxe*, conforme escreve Rodrigues Prado, apenas achei no escasso vocabulário guaicuru, que vem em Aires do Casal, a palavra *nioxe* traduzida por jacaré. Não pude acertar com a significação do primeiro membro da palavra, *pane*; há talvez relação entre ele e o nome do rio Ipané.

Nota N — Caiavaba há já sentido/A sua lança e facão... (p. 498)

"Essas duas armas (lança e facão) têm sido tomadas aos portugueses e espanhóis, e algumas compradas a estes, que inadvertidamente lhas têm vendido." (Rodr. Prado, *Hist. dos Ind. Cav.*).

Nota O — Niâni ao melhor deles/Não dera o seu coração... (p. 498)

Nanine é o nome transcrito na *Hist. dos Índ. Cav.* Na língua geral temos *niani*, que Martius traduz por *infans*. Esta forma pareceu mais graciosa; e não duvidei adotá-la, desde que o meu distinto amigo, dr. Escragnolle Taunay, me asseverou que, no dialeto guaicuru, de que ele há feito estudos, *niani* exprime a ideia de *moça franzina*, *delicada*, não lhe parecendo que exista a forma empregada na monografia de Rodrigues Prado.

Nota P — Limpo sangue tem o noivo,/Que é filho do capitão... (p. 498)

Os guaicurus dividem-se em nobres, plebeus ou soldados, e cativos. Do próprio texto que me serviu para esta composição se vê a que ponto repugna aos nobres toda aliança com pessoas de condição inferior.

A esse propósito direi a anedota que me foi referida por um distinto oficial da nossa armada, o capitão de fragata sr. Henrique Batista, que em 1857 esteve no Paraguai comandando o *Japorá*, entre o forte Coimbra e o estabelecimento Sebastopol. Ia muita vez a bordo do *Japorá* um chefe guaicuru, Capitãozinho, muito amigo da nossa oficialidade. Tinha ele uma irmã, que outro chefe guaicuru, Lapagata, cortejava e desejava receber por esposa. Lapagata recebera o título de capitão das mãos do presidente de Mato Grosso. Opunha-se com todas as forças ao enlace o Capitãozinho. Um dia, perguntando-lhe o sr. H. Batista por que motivo não consentia no casamento da irmã com Lapagata, respondeu o altivo guaicuru:

— Oponho-me, porque eu sou capitão por herança de meu pai, que já o era por herança do pai dele. Lapagata é capitão de papel.

NOTA Q — A bocaiúva três vezes/No tronco amadureceu... (p. 500)

As bocaiúvas servem de alimento aos guaicurus; nas proximidades de sazonarem os cocos fazem eles grandes festas. (Veja CASAL e PRADO)

NOTA R — Colar de prata não usa/Como usava de trazer;/Pulseiras de finas contas/Todas as veio a romper... (p. 500)

Tais eram os adornos das mulheres guaicurus. (Veja PRADO, CASAL e D'AZARA)

NOTA S — Pintam-na de vivas cores,/E lhe lançam um colar... (p. 502)

"As moças ricas vão enfeitadas, como se ornariam para o próprio noivado." (AIRES DO CASAL, *Corog.* 280)

NOTA T — Óleo que a unge,/Finas telas que a vestem, atavios/De ouro e prata que o colo e os braços lhe ornam,/E a flor de trigo e mel de que se nutre,/Sonhos, são sonhos do profeta... (p. 507)

Alude a um trecho do profeta Ezequiel: "9 — E lavei-te na água, e alimpei-te do teu sangue: e te ungi com um óleo;/"13 — E foste enfeitada de ouro e prata, e vestida de linho e de roupas bordadas, e de diversas cores: nutriste-te da farinha e de mel e de azeite, e foste mui aformoseada em extremo." (Ezequiel, XVI)

NOTA U — A delicada virgem/Que entre os rios nasceu... (p. 513)

Rebeca, filha da Mesopotâmia.

NOTA V — O ardido Bento... (p. 514)

Bento do Amaral Gurgel, que dirigiu a companhia de estudantes por ocasião daquela e da seguinte invasão, em 1711.

NOTA X — Israel tem vertido/Um mar de sangue. Embora! à tona dele/
Verdeja a nossa fé. . . . . (p. 518)

Ângela pratica o inverso daquele conselho atribuído aos rabinos de Constantinopla, respondendo aos judeus de Espanha, que batizassem os corpos, conservando as almas firmes na Lei. Ângela conserva o batismo da alma, e entrega o corpo ao suplício como se fosse verdadeiramente judeu. Nega a fé com os lábios, confessando-a no coração: maneira de conciliar o sentimento cristão e a piedade filial.

NOTA Y — E Anhangá fez contrários... (p. 525)

A verdadeira pronúncia dessa palavra é *an-hanga*. É outro caso em que fui antes com a maneira corrente e comum na poesia.

NOTA Z — OS SEMEADORES... (p. 529)

Il y aurait une fort grande injustice à juger les jésuites du seizième siècle et leurs travaux, d'après les idées que peut inspirer le système suivi dans les missions. Là on peut voir des projets ambitieux s'allier à des vues habiles: dans les premiers travaux exécutés par les pères de la Compagnie, au Brésil, tout fut désinteressé; et au besoin, le récit de leurs souffrances pourrait le prouver (F. DENIS, *Le Brésil*).

NOTA AA — LUA NOVA... (p. 531)

Veja nota H

"... E na verdade tem ocasiões em que festejam muito a lua, como quando aparece nova; porque então saem de suas choupanas, dão saltos de prazer, saúdam-na e dão-lhe as boas-vindas." (JOÃO DANIEL. *Tes. descob. no Amaz.*, part. 2ª, cap. X.)

NOTA BB — ÚLTIMA JORNADA... (p. 539)

Não me recordo de haver nos velhos escritos sobre os nossos aborígenes a crença que Montaigne lhes atribui acerca das almas boas e más. Esse grande moralista tinha informações geralmente exatas a respeito dos índios; e aquela crença traz certamente um ar de verossimilhança. Não foi só isso o que me induziu a fazer tais versos; mas também o que achei poético e gracioso na abusão.

NOTA CC — OS ORIZES... (p. 542)

Tinha planeado uma composição de dimensões maiores, e não a levei a cabo por intervirem outros trabalhos, que de todo me divertiram a atenção. Foi o nosso eminente poeta e literato Porto Alegre, hoje barão de Santo Ângelo, que há cerca de quatro anos me chamou a atenção para a relação de Monterroyo Mascarenhas, *Os orizes conquistados*, que vem na *Rev. do Inst. Hist.*, t. VIII.

A aspereza dos costumes daquele povo, habitante do sertão da Bahia, cerca de duzentas léguas da capital, sua rara energia, as circunstâncias singulares da conquista e conversão da tribo, eram certamente um quadro excelente para uma composição poética. Ficou em fragmento, que ainda assim não quis excluir do livro.

NOTA DD — A ave sagrada, o nume de seus bosques,/Que de agouro chamamos, Cupuaba,/Melancólica e feia, mas ditosa/E benéfica entre eles... (p. 544)

"Lastimosamente cegos de discurso reconhecem e adoram por deus a coruja, chamada na sua linguagem *Oitipô-cupuaaba*; e o motivo de sua adoração consiste no benefício que recebem dessa ave, que, naturalmente inimiga das cobras, numerosíssimas naquele país, as espia nos matos e lhes tira a vida." (J. F. MONTERROYO MASCARENHAS, *Os orizes conquistados*).

Poesias

coligidas

Crisálidas

O poeta e o livro
Conversação preliminar

I
Há dez anos!... sim... dez anos!...
Como resvala o tempo sobre a face da terra?...
Éramos sempre cinco, — alguma vez sete:
O mavioso rouxinol das *Primaveras*.
O melífluo cantor das *Efêmeras*.
O inspirado autor das *Tentativas*.
O obscuro escritor destas verdades.
O quinto era um menino... uma verdadeira criança: não tinha nome, e posto que hoje todos lho conheçam, não me convém a mim dizê-lo neste lugar, e tão cedo.

II
Pago o cotidiano tributo à existência material; satisfeitos os deveres de cada profissão, a palestra literária nos reunia na faceira e tranquila salinha do meu escritório.

Ali, — horas inteiras, — alheios às lutas do mundo, conchegados nos lugares e nas afeições, levitas do mesmo culto, filhos dos mesmos pais — a pobreza e o trabalho, — em derredor do altar do nosso templo — a mesa do estudo... falávamos de Deus, de amor, de sonhos; conversávamos música, pintura, poesia!...

Ali depúnhamos o fruto das lucubrações da véspera, e na singela festa das nossas crenças, novas inspirações bebíamos para os trabalhos do seguinte dia. Era um contínuo deslizar de ameníssimos momentos; era um suave fugir das murmurações dos profanos; era enfim um dulcíssimo viver nas regiões da fantasia!... E foi esse o berço das *Primaveras*, das *Tentativas*, das *Crisálidas* e das *Efêmeras*, e foi dali que irradiaram os nomes de Casimiro de Abreu, de Macedinho, de Gonçalves Braga, e com esplêndido fulgor o de Machado de Assis!

A morte e o tempo derribaram o altar, e dispersaram os levitas. Do templo só resta o chão em que se ergueu; e dos amigos só ficaram dois... dois para guardar, como vestais severas, o fogo sagrado das tradições daqueles dias, e para resumir no profundo afeto que os liga, o laço que tão fortemente estreitava os cinco.

E no instante em que este livro chegar às mãos do primeiro leitor, as campas deles, — diz-mo o coração, — se entreabrirão para receber o saudoso suspiro dos irmãos, e um raio simpático da auréola do poeta!

III
Éramos, pois, cinco. Líamos e recitávamos. Denunciávamos as novidades: zurzíamos as profanações: confundíamos nossas lições: — segredávamos nossos amores!

O quinto, — o menino, — depunha, como todos nós, sua respectiva oferenda. Balbuciando apenas a literatura, — ainda novo para os seus mistérios, ainda fraco para o seu peso, nem por isso lhe faltava ousadia; antes sobrava-lhe sofreguidão de saber, ambição de louros. Era vivo, era travesso, era trabalhador.

Aprazia-me de ler-lhe no olhar móvel e ardente a febre da imaginação; na constância das produções a avidez do saber, e combinando no meu espírito estas observações com a naturalidade, o colorido e a luz de conhecimentos literários que ele, — sem querer, sem dúvida, — derramava em todos os ensaios poéticos que nos lia, dediquei-me a estudá-lo de perto, e convenci-me, em pouco tempo, de que largos destinos lhe prometia a musa da poesia... E por isso quando, lida alguma composição do nosso jovem companheiro, diziam os outros: *bons versos!* Mas simplesmente — *bons versos*, — eu nunca deixava de acrescentar, cheio do que afirmava: — *belo prenúncio de um grande poeta!*

IV

Correram os anos... e como se a seiva dos ramos perdidos se houvesse concentrado no renovo que ficara, o renovo cresceu, cresceu e vigorou!

A profecia se foi todos os dias realizando de um modo brilhante.

Hoje a criança é homem; — o aprendiz jornalista e poeta.

Não me enganara... Adivinhei-o! E se alguém descobrir em mim vaidade quando me atribuo positivamente o privilégio e a autoridade desta profecia, declaro desde já que a não declino, que a quero para mim, que a não cedo a ninguém, porque... porque dela me prezo, porque dela me orgulho, porque o profetizado é Machado de Assis, — o bardo de Corina, — o poeta das *Crisálidas*!

V

Até aqui o amigo: agora, leitor! o crítico.

Eu disse: — o poeta das *Crisálidas*.

Poeta é o autor: *Crisálidas* é o livro.

Crisálidas e poeta... dois lindos nomes... dois nomes sonoros... mas um deles falso!

Como serpe entre rosas, — no meio de tanta consonância deslizou-se uma contradição.

Crisálida é ninfa, é princípio de transformação, aurora de existência, semente de formosura... e os versos de Machado de Assis são gemas cintilantes, vida espalmada, flores e sorrisos. Na mortalha informe e incolor do casulo a graça está em problema, o movimento em risco: os versos de Machado de Assis só guardaram de *ninfa* a beleza e o dom da aeredade! São fúlgidas borboletas que adejam sobre todas as flores d'alma, revelando a quem as contempla a perfeição da criatura e o gênio do criador. Não são, pois, crisálidas; se o fossem não seria o autor poeta, e Machado de Assis, leitor, é poeta!

Fala-vos o coração de quem vo-lo diz? Não: protesta unicamente a consciência, e juro-o por minha fé de homem de letras!

VI

A que escola pertence o autor deste livro?

À mística de Lamartine, à cética de Byron, à filosófica do Hugo, à sensualista de Ovídio, à patriótica de Mickiewicz, à americana de Gonçalves Dias? A nenhuma.

Qual o sistema métrico que adotou? Nenhum.

Qual a musa que lhe preside às criações?... A mitológica de Homero, a mista de Camões, a católica do Dante, a libertina de Parny? Nenhuma.

A escola de Machado de Assis é o sentimento; seu sistema a inspiração: sua musa a liberdade. Tríplice liberdade: liberdade na concepção; liberdade na forma; liberdade na roupagem. Tríplice vantagem: — originalidade, naturalidade, variedade!

Sua alma é um cadinho onde se apuram eflúvios derramados pela natureza. Produz versos como a harpa Eólia produzia sons: — canta e suspira como a garganta do vale em noites de verão; pinta e descreve, como a face espelhada da lagoa o Céu dos nossos sertões. E não lhe pergunteis por quê: não saberia responder-vos. Se insistísseis... parodiar-vos-ia a epígrafe da sua — *Sinhá* —, o versículo do Cântico dos Cânticos, e no tom da maior ingenuidade, dir-vos-ia: — *a minha poesia... é como o óleo derramado!*

E com razão... porque Machado de Assis é a lira, a natureza o plectro. E da ânfora de sua alma ele mesmo ignora quando transbordam as gotas perfumadas!

VII

Eis aqui, pois, como Machado de Assis é poeta.

Um Deus benigno, — o mesmo que lhe deu por pátria este solo sem igual, — deu-lhe também o condão de *refletir* a pomposa natureza que o rodeia. Fez mais... mediu por ela esse condão.

Se tivera nascido à sombra do polo, entre os gelos do norte, seus cânticos pálidos e frios traduziriam em silvos os êxtases do poeta; — mas filho deste novo Éden, cercado de infinitas maravilhas, as notas que ele desprende são afinadas pelas grandiosas harmonias que o proclamam.

É assim duas vezes *instrumento*... e nesta doce correspondência entre a criatura e o criador, a *Musa ales*, o sagrado mensageiro que une a terra e o Céu é... a inspiração! É ela que ferve, e derrama da ânfora o óleo perfumado. É ela que marca o compasso ao ritmo, e a escola ao trovador. É ela que lhe diz: canta, chora, ama, sorri... É ela enfim que lhe segreda o tema da canção, e, caprichosa, ora chama-se luz, mel, aroma, graça, virtude, formosura, ora se chama Stella, Visão, Erro, Sinhá, Corina!

VIII

Livres, sentidos, inspirados, os versos do autor das *Crisálidas* são e devem ser eloquentes, harmoniosos e exatos. São — porque ninguém se negará a dizê-lo, lendo-os. Devem ser — porque o sentimento e a inspiração constituem a verdadeira fonte de toda a eloquência e de toda a harmonia no mundo moral, e porque a exatidão é o mais legítimo fruto do consórcio destas duas condições.

É um erro atribuir exclusivamente à arte a boa medição do verso. É erro igual ao do que recusa ao ignorante de música, ao diletante, a possibilidade de cantar com justeza e expressão. Um verso mal medido é um verso dissonante; é um verso que destaca dentre seus companheiros como a nota desafinada ressalta da torrente de uma escala. Num e noutro caso a inteligência atilada pelo gosto, e o ouvido apurado pela lição — arrancam sem socorro da arte o joio que nascera no meio do trigo, e embora a ela recorram para a perfeição da nova planta, nem por isso deixa esta de passar-lhes pela joeira.

IX

Para o poeta de sentimento a inspiração brota das belezas da natureza, como se elevam os vapores da superfície da terra; mais do vale do que da montanha; mais daqui do que dali. A natureza também tem altos e baixos para inspiração. O crepúsculo, e mesmo o dilúculo, é mais inspirativo que a luz meridiana: — o majestoso silêncio da floresta mais do que o frenético bulício da cidade: — o vagido mais do que as cãs.

A poesia que traduz a inspiração, e o verso que fotografa a poesia devem portanto ressentir-se dessas diferenças. Por isso não há livro de bom poeta que não comprove essa verdade. Não é o talento que afrouxa ou dorme como Homero: é a inspiração que varia. Nas menos inspiradas subsiste ainda o engenho, e o engenho é muito.

No livro que vamos folhear, talvez julgueis comigo que poucas composições se aproximam da altura em que o poeta colocou a *Visio* e os alexandrinos *A Corina*. Como não havia de ser assim? Machado de Assis *refletiu* a natureza, e a natureza só criou uma Corina!

X

Entre a poesia — *arte* — e a poesia — *sentimento*, — dá-se, sobre muitas, uma grande diferença: — a erudição.

Como o arrebique que, ocultando os vestígios do tempo revela na face remoçada o poder do artista, mas nunca a mocidade, — a erudição derrama sobre os cantos da lira um verdadeiro fluido galvanizador. A clâmide romana em que se envolve o poeta lhe dissimula — o vácuo do coração, e o coturno grego, que por suado esforço conseguiu calçar, lhe tolhe, apesar de elegante e rico, a naturalidade dos movimentos.

Com demasia de vestígios não é possível correr bem... e a poesia deve correr, correr naturalmente como a infância, como o arroio, como a brisa, e até mesmo como o tufão e como a lava!

O luxo exagerado da roupagem denotava ante a sabedoria antiga — leviandade de juízo: ante a crítica moderna ainda denota na poesia penúria de fantasia. A simplicidade dos modelos gregos e hebraicos, que nos legou a literatura dos primeiros tempos, desde então proscreveu para o bom gosto, a pretensiosa lição dos pórticos. A facúndia acadêmica sempre emudeceu e atemorizou as almas ingênuas, e nas doces expansões destas, e não nas doutas preleções daquela, colhe a poesia os seus melhores tesouros e os seus mais caros triunfos.

No gênero de poesia das *Crisálidas* (único sem dúvida de que falo aqui), é evidente essa verdade, tão clara a primazia conferida pelo gosto literário ao improviso sobre a arte, ao sentimento sobre a erudição, que basta recordar quais os nomes dos poetas brasileiros ou lusos que, no meio de tantas e tão variadas publicações, se tornaram e permanecem exclusivamente populares. E para que não vos falte, leitor, um exemplo de notória atualidade, comparai Thomaz Ribeiro a Teófilo Braga, e dizei-me — se o brilhante talento do segundo poderá jamais disputar a palma da poesia à divina singeleza do primeiro.

Machado de Assis é o nosso Thomaz Ribeiro, mais inspirado, talvez, e mais ardente; e como além de poeta é jornalista, guarda a erudição para o jornal... digo mal:

não guarda... O cantor de Corina quando escreve versos não levanta a pena do papel, e por isso a história nunca depara lugar entre o bico de uma e a superfície do outro.

XI
Seja, porém, qual for vossa opinião sobre tudo quanto acabo de conversar convosco: seja qual for vosso juízo sobre o modo por que recomendei o livro e o autor, negai-me embora vosso assentimento, mas concedei-me dois únicos direitos. O primeiro é o de fazer-vos crer que estas páginas não são mais do que a dupla e sincera manifestação dos sentimentos do amigo e do crítico. O segundo é o de asseverar-vos, ainda uma vez, que o livro que ides percorrer é flor mimosa de nossa literatura e que o poeta há de ser, — sem dúvida alguma, — uma das glórias literárias deste grande Império.

Na esplêndida cruzada do futuro, são as *Crisálidas* o seu primeiro feito d'armas. Como Bayard a Francisco I, a Musa da Poesia armou-o cavalheiro depois de uma vitória!

Corte, em 22 de julho de 1864
Dr. Caetano Filgueiras

Lúcia
(Alfred de Musset — 1860)

Nós estávamos sós; era de noite;
Ela curvara a fronte, e a mão formosa,
    Na embriaguez da cisma,
Tênue deixava errar sobre o teclado;
Era um murmúrio; parecia a nota
De aura longínqua a resvalar nas balsas
E temendo acordar a ave no bosque;
Em torno respiravam as boninas
Das noites belas as volúpias mornas;
Do parque os castanheiros e os carvalhos
Brando embalavam orvalhados ramos;
Ouvíamos a noite; entrefechada,
    A rasgada janela
Deixava entrar da primavera os bálsamos;
A várzea estava erma e o vento mudo;
Na embriaguez da cisma a sós estávamos,
    E tínhamos quinze anos!

Lúcia era loura e pálida;
Nunca o mais puro azul de um céu profundo
Em olhos mais suaves refletiu-se.
Eu me perdia na beleza dela,
E aquele amor com que eu a amava — e tanto! —
Era assim de um irmão o afeto casto,
Tanto pudor nessa criatura havia!

Nem um som despertava em nossos lábios;
Ela deixou as suas mãos nas minhas;
Tíbia sombra dormia-lhe na fronte,
E a cada movimento — na minh'alma
Eu sentia, meu Deus, como fascinam
Os dois signos de paz e de ventura:
    Mocidade da fronte
    E primavera d'alma.
A lua levantada em céu sem nuvens
Com uma onda de luz veio inundá-la;
Ela viu sua imagem nos meus olhos,
Um riso de anjo desfolhou nos lábios
    E murmurou um canto.
....

Filha da dor, ó lânguida harmonia!
Língua que o gênio para amor criara —
E que, herdada do céu, nos deu a Itália!
Língua do coração — onde alva ideia,
—Virgem medrosa da mais leve sombra, —
Passa envolta num véu e oculta aos olhos!
Que ouvirá, que dirá nos teus suspiros
Nascidos do ar, que ele respira — o infante?
Vê-se um olhar, uma lágrima na face,
O resto é um mistério ignoto às turbas,
Como o do mar, da noite e das florestas!

Estávamos a sós e pensativos.
Eu contemplava-a. Da canção saudosa
Como que em nós estremecia um eco.
Ela curvou a lânguida cabeça...
Pobre criança! — no teu seio acaso
Desdêmona gemia? Tu choravas,
E em tua boca consentias triste
Que eu depusesse estremecido beijo;
Guardou-a a tua dor ciosa e muda:
Assim, beijei-te descorada e fria,

Assim, depois tu resvalaste à campa;
Foi, como a vida, tua morte um riso,
E a Deus voltaste no calor do berço.

Doces mistérios do singelo teto
    Onde a inocência habita;
Cantos, sonhos d'amor, gozos de infante,
E tu, fascinação doce e invencível,
Que à porta já de Margarida, — o Fausto
    Fez hesitar ainda,
Candura santa dos primeiros anos,
    Onde parais agora?
Paz à tua alma, pálida menina!
Ermo de vida, o piano em que tocavas
Já não acordará sob os teus dedos!

O dilúvio
(1863)

*E caiu a chuva sobre a terra
quarenta dias e quarenta noites.*
GÊNESIS — C. VII, V. 12

Do sol ao raio esplêndido,
Fecundo, abençoado,
A terra exausta e úmida
Surge, revive já;
Que a morte inteira e rápida
Dos filhos do pecado
Pôs termo à imensa cólera
Do imenso Jeová!

Que mar não foi! que túmidas
As águas não rolavam!
Montanhas e planícies
Tudo tornou-se um mar;
E nesta cena lúgubre
Os gritos que soavam
Era um clamor uníssono
Que a terra ia acabar.

Em vão, ó pai atônito,
Ao seio o filho estreitas;
Filhos, esposos, míseros,
Em vão tentais fugir!
Que as águas do dilúvio
Crescidas e refeitas,
Vão da planície aos píncaros
Subir, subir, subir!

Só, como a ideia única
De um mundo que se acaba,
Erma, boiava intrépida,
A arca de Noé;
Pura das velhas nódoas
De tudo o que desaba,
Leva no seio incólumes
A virgindade e a fé.

Lá vai! Que um vento alígero,
Entre os contrários ventos,
Ao lenho calmo e impávido
Abre caminho além...
Lá vai! Em torno angústias,
Clamores e lamentos;
Dentro a esperança, os cânticos,
A calma, a paz e o bem.

Cheio de amor, solícito,
O olhar da divindade,
Vela os escapos náufragos
Da imensa aluvião.
Assim, por sobre o túmulo
Da extinta humanidade
Salva-se um berço: o vínculo
Da nova criação.

Íris, da paz o núncio,
O núncio do concerto,
Riso do Eterno em júbilo,
Nuvens do céu rasgou;
E a pomba, a pomba mística,
Voltando ao lenho aberto,
Do arbusto da planície
Um ramo despencou.

Ao sol e às brisas tépidas
Respira a terra um hausto,
Viçam de novo as árvores,
Brota de novo a flor;
E ao som de nossos cânticos,
Ao fumo do holocausto
Desaparece a cólera
Do rosto do Senhor.

Fé
(1863)

> *Muéveme en fin tu amor y en tal manera*
> *Que aunque no hubiera cielo yo te amara.*
> Santa Teresa de Jesus

As orações dos homens
Subam eternamente aos teus ouvidos;
Eternamente aos teus ouvidos soem
Os cânticos da terra.

No turvo mar da vida,
Onde aos parcéis do crime a alma naufraga,
A derradeira bússola nos seja,
Senhor, tua palavra.

A melhor segurança
Da nossa íntima paz, Senhor, é esta;
Esta a luz que há de abrir à estância eterna
O fúlgido caminho.

Ah! feliz o que pode,
No extremo adeus às coisas deste mundo,
Quando a alma, despida de vaidade,
Vê quanto vale a terra;

Quando das glórias frias
Que o tempo dá e o mesmo tempo some,
Despida já, — os olhos moribundos
Volta às eternas glórias;

Feliz o que nos lábios,
No coração, na mente põe teu nome,
E só por ele cuida entrar cantando
　　　No seio do infinito.

A Caridade
(1861)

Ela tinha no rosto uma expressão tão calma
Como o sono inocente e primeiro de uma alma
Donde não se afastou ainda o olhar de Deus;
Uma serena graça, uma graça dos céus,
Era-lhe o casto, o brando, o delicado andar,
E nas asas da brisa iam-lhe a ondear
Sobre o gracioso colo as delicadas tranças.

Levava pela mão duas gentis crianças.

Ia caminho. A um lado ouve magoado pranto.
Parou. E na ansiedade ainda o mesmo encanto
Descia-lhe às feições. Procurou. Na calçada
À chuva, ao ar, ao sol, despida, abandonada,
A infância lacrimosa, a infância desvalida,
Pedia leito e pão, amparo, amor, guarida.

E tu, ó Caridade, ó virgem do Senhor,
No amoroso seio as crianças tomaste,
E entre beijos — só teus — o pranto lhes secaste
Dando-lhes pão, guarida, amparo, leito e amor.

A jovem cativa
(André Chenier — 1861)

— "Respeita a foice a espiga que desponta;
Sem receio ao lagar o tenro pâmpano
Bebe no estio as lágrimas da aurora;
Jovem e bela também sou; turvada

A hora presente de infortúnio e tédio
Seja embora; morrer não quero ainda!

De olhos secos o estoico abrace a morte;
Eu choro e espero; ao vendaval que ruge
Curvo e levanto a tímida cabeça.
Se há dias maus, também os há felizes!
Que mel não deixa um travo de desgosto?
Que mar não incha a um temporal desfeito?

Tu, fecunda ilusão, vives comigo.
Pesa em vão sobre mim cárcere escuro,
Eu tenho, eu tenho as asas da esperança:
Escapa da prisão do algoz humano,
Nas campinas do céu, mais venturosa,
Mais viva canta e rompe a filomela.

Devo acaso morrer? Tranquila durmo,
Tranquila velo; e a fera do remorso
Não me perturba na vigília ou sono;
Terno afago me ri nos olhos todos
Quando apareço, e as frontes abatidas
Quase reanima um desusado júbilo.

Desta bela jornada é longe o termo.
Mal começo; e dos olmos do caminho
Passei apenas os primeiros olmos.
No festim em começo da existência
Um só instante os lábios meus tocaram
A taça em minhas mãos ainda cheia.

Na primavera estou, quero a colheita
Ver ainda, e bem como o rei dos astros,
De sazão em sazão findar meu ano.
Viçosa, sobre a haste, honra das flores,
Hei visto apenas da manhã serena
Romper a luz, — quero acabar meu dia.

"Morte, tu podes esperar; afasta-te!
Vai consolar os que a vergonha, o medo,
O desespero pálido devora.
Pales inda me guarda um verde abrigo,
Ósculos o amor, as musas harmonias;
Afasta-te, morrer não quero ainda!" —

Assim, triste e cativa, a minha lira
Despertou escutando a voz magoada
De uma jovem cativa; e sacudindo
O peso de meus dias langorosos,
Acomodei à branda lei do verso
Os acentos da linda e ingênua boca.

Sócios meus de meu cárcere, estes cantos
Farão a quem os ler buscar solícito
Quem a cativa foi; ria-lhe a graça
Na ingênua fronte, nas palavras meigas;
De um termo à vida, há de tremer, como ela,
Quem aos seus dias for casar seus dias.

No limiar
(1863)

Caía a tarde. Do infeliz à porta,
Onde mofino arbusto aparecia
De tronco seco e de folhagem morta,

Ele que entrava e *Ela* que saía
Um instante pararam; um instante
Ela escutou o que *Ele* lhe dizia;

— "Que fizeste? Teu gesto insinuante
Que lhe ensinou? Que fé lhe entrou no peito
Ao mago som da tua voz amante?

Quando lhe ia o temporal desfeito
De que raio de sol o mantiveste?
E de que flores lhe forraste o leito?" —

Ela, volvendo o olhar brando e celeste,
Disse: "— Varre-lhe a alma desolada,
Que nem um ramo, uma só flor lhe reste!

Torna-lhe, em vez da paz abençoada,
Uma vida de dor e de miséria,
Uma morte contínua e angustiada.

Essa é a tua missão torva e funérea.
Eu procurei no lar do infortunado
Dos meus olhos verter-lhe a luz etérea.

Busquei fazer-lhe um leito semeado
De rosas festivais, onde tivesse
Um sono sem tortura nem cuidado.

E porque o céu que mais se lhe enegrece,
Tivesse algum reflexo de ventura
Onde o cansado olhar espairecesse,

Uma réstia de luz suave e pura
Fiz-lhe descer à erma fantasia,
De mel ungi-lhe o cálix da amargura.

Foi tudo vão, — foi tudo vã porfia,
A ventura não veio. A tua hora
Chega na hora que termina o dia.

Entra". — E o virgíneo rosto que descora
Nas mãos esconde. Nuvens que correram
Cobrem o céu que o sol já mal colora.

Ambos, com um olhar se compreenderam.
Um penetrou no lar com passo ufano;
Outra tomou por um desvio. Eram:
Ela a Esperança, *Ele* o Desengano.

Aspiração
(1862)

A F. X. de Novaes

Qu'aperçois-tu, mon âme? Au fond, n'est-ce-pas Dieu?
Tu vas à lui.
V. DE LAPRADE

Sinto que há na minh'alma um vácuo imenso e fundo,
E desta meia morte o frio olhar do mundo
Não vê o que há de triste e de real em mim;

Muita vez, ó poeta, a dor é casta assim;
Refolha-se, não diz no rosto o que ela é,
E nem que o revelasse, o vulgo não põe fé
Nas tristes comoções da verde mocidade,
E responde sorrindo à cruel realidade.

Não assim tu, ó alma, ó coração amigo;
Nu, como a consciência, abro-me aqui contigo;
Tu que corres, como eu, na vereda fatal
Em busca do mesmo alvo e do mesmo ideal.
Deixemos que ela ria, a turba ignara e vã;
Nossas almas a sós, como irmã junto a irmã,
Em santa comunhão, sem cárcere, sem véus,
Conversarão no espaço e mais perto de Deus.

Deus quando abre ao poeta as portas desta vida
Não lhe depara o gozo e a glória apetecida;
Tarja de luto a folha em que lhe deixa escritas
A suprema saudade e as dores infinitas.
Alma errante e perdida em um fatal desterro,
Neste primeiro e fundo e triste limbo do erro,
Chora a pátria celeste, o foco, o cetro, a luz,
Onde o anjo da morte, ou da vida, o conduz
No dia festival do grande livramento;
Antes disso, a tristeza, o sombrio tormento,
O torvo azar, e mais, a torva solidão,

Embaciam-lhe n'alma o espelho da ilusão.
O poeta chora e vê perderem-se esfolhadas
Da verde primavera as flores tão cuidadas;
Rasga, como Jesus, no caminho das dores,
Os lassos pés; o sangue umedece-lhe as flores
Mortas ali, — e a fé, a fé mãe, a fé santa,
Ao vento impuro e mau que as ilusões quebranta,
Na alma que ali se vai muitas vezes vacila...

Oh! feliz o que pode, alma alegre e tranquila,
A esperança vivaz e as ilusões floridas,
Atravessar cantando as longas avenidas
Que levam do presente ao secreto porvir!
Feliz esse! Esse pode amar, gozar, sentir,
Viver enfim! A vida é o amor, é a paz,
É a doce ilusão e a esperança vivaz;
Não esta do poeta, esta que Deus nos pôs
Nem como inútil fardo, antes como um algoz.

O poeta busca sempre o almejado ideal...
Triste e funesto afã! tentativa fatal!
Nesta sede de luz, nesta fome de amor,
O poeta corre à estrela, à brisa, ao mar, à flor;
Quer ver-lhe a luz na luz da estrela peregrina,
Quer-lhe o cheiro aspirar na rosa da campina,
Na brisa o doce alento, a voz na voz do mar,
Ó inútil esforço! ó ímprobo lutar!
Em vez da luz, do aroma, ou do alento ou da voz,
Acha-se o nada, o torvo, o impassível algoz!

Onde te escondes, pois, ideal da ventura?
Em que canto da terra, em que funda espessura
Foste esconder, ó fada, o teu esquivo lar?
Dos homens esquecido, em ermo recatado,
Que voz do coração, que lágrima, que brado
Do sono em que ora estás te virá despertar?

A esta sede de amar só Deus conhece a fonte?
Jorra ele ainda além deste fundo horizonte
Que a mente não calcula, e onde se perde o olhar?
Que asas nos deste, ó Deus, para transpor o espaço?
Ao ermo do desterro inda nos prende um laço:
Onde encontrar a mão que o venha desatar?

Creio que só em ti há essa luz secreta,
Essa estrela polar dos sonhos do poeta,
Esse alvo, esse termo, esse mago ideal;
Fonte de todo o ser e fonte da verdade,
Nós vamos para ti, e em tua imensidade
É que havemos de ter o repouso final.

É triste quando a vida, erma, como esta, passa;
E quando nos impele o sopro da desgraça
Longe de ti, ó Deus, e distante do amor!
Mas guardemos, poeta, a melhor esperança:
Sucederá a glória à salutar provança:
O que a terra não deu, dar-nos-á o Senhor!

Embirração
(A Machado de Assis)

A balda alexandrina é poço imenso e fundo,
Onde poetas mil, flagelo deste mundo,
Patinham sem parar, chamando lá por mim.
Não morrerão, se um verso, estiradinho assim,
Da beira for do poço, extenso como ele é,
Levar-lhes grosso anzol; então eu tenho fé
Que volte um afogado, à luz da mocidade
A ver no mundo seco a seca realidade.

Por eles, e por mim, receio, caro amigo;
Permite o desabafo aqui, a sós contigo,
Que a moda fazer guerra, eu sei quanto é fatal;
Nem vence o positivo o frívolo ideal;
Despótica em seu mando, é sempre fátua e vã,
E até da vã loucura a moda é prima-irmã:
Mas quando venha o senso erguer-lhe os densos véus,
Do verso alexandrino há de livrar-nos Deus.

Deus quando abre ao poeta as portas desta vida,
Não lhe depara o gozo e a glória apetecida;
E o triste, se morreu, deixando mal escritas
Em verso alexandrino histórias infinitas,
Vai ter lá noutra vida insípido desterro,
Se Deus, por compaixão, não dá perdão ao erro;
Fechado em quarto escuro, à noite não tem luz,
E se é cá do meu gosto o guarda que o conduz,
Debalde, imerso em pranto, implora o livramento;
Não torna a ser, aqui, das Musas o tormento;
Castigo alexandrino, eterna solidão,
Terá lá no desterro, em prêmio da ilusão;
Verá queimar, à noite, as rosas esfolhadas,
Que a moda lhe ofertara, e trouxe tão cuidadas,
E ao pé do fogo intenso, ardendo em cruas dores,
Verá que versos tais são galhos, não dão flores;
Que, lendo-os a pedido, a criatura santa,
A paciência lhe foge, a fé se lhe quebranta,
Se vai dum verso ao fim; depois... treme... vacila...

Dormindo, cai no chão; mais tarde, já tranquila,
Sonha com *verso-verso*, e as ilusões floridas,
Risonhas, vêm mostrar-lhe as largas avenidas

Que o longo *verso-prosa* oculta, do porvir!
Sonhando, ao menos, pode amar, gozar, sentir,
Que um sono alexandrino a deixa ali em paz,
Dormir... dormir... dormir... erguer-se, enfim, vivaz,
Bradando: "Clorofórmio! O gênio que te pôs,
A palma cede ao metro esguio, teu algoz!"

E aspiras, vate, assim, da glória ao ideal?
Triste e funesto afã!... tentativa fatal!
Nesta sede de luz, nesta fome d'amor,
O poeta corre à estrela, à brisa, ao mar, à flor;
Quer ver-lhe a luz na luz da estrela peregrina,
Quer-lhe o aroma sentir na rosa da campina,
Na brisa o doce alento, a voz na voz do mar;
Ó inútil esforço! Ó ímprobo lutar!
Em vez da luz, do aroma, ou do alento, ou da voz,
O verso alexandrino, o *impassível algoz!...*

Não cantas a tristeza, e menos a ventura;
Que em vez do sabiá gemendo na espessura,
Imitarás, no canto, o grilo atrás do lar;
Mas desse estreito asilo, escuro e recatado,
Alegre hás de fugir, que erguendo altivo brado,
A lírica harmonia há de ir-te despertar!

Verás de novo aberta a copiosa fonte!
Da poesia verás tão lúcido o horizonte,
Que a mente não calcula, e onde se perde o olhar,
Que nas asas do gênio, a voar pelo espaço,
Da perna sacudindo o alexandrino laço,
Hás de a mão bendizer que o soube desatar.

Do precipício foge, e segue a luz secreta,
Essa estrela polar dos sonhos do poeta;
Mas, noutro verso, amigo, onde ao mago ideal
A música se ligue, o senso e a verdade;
— Num destes vai-se, a ler, da vida a imensidade,
Da sílaba primeira à sílaba final!

Meu Deus! Esta existência é transitória e passa;
Se fraco fui aqui, pecando por desgraça;
Se já não tenho jus ao vosso puro amor;
Se nem da salvação nutrir posso a esperança,
Quero em chamas arder, sofrer toda a provança:
— Ler verso alexandrino... Oh! isso não, Senhor!

F. X. de Novaes

Cleópatra
Canto de um escravo
(Mme. Émile de Girardin)
(1862)

Filha pálida da noite,
Nume feroz de inclemência,
Sem culto nem reverência,
Nem crentes e nem altar,
A cujos pés descarnados...
A teus negros pés, ó morte!
Só enjeitados da sorte
Ousam frios implorar;

Toma a tua foice aguda,
A arma dos teus furores;
Venho c'roado de flores
Da vida entregar-te a flor;
É um feliz que te implora
Na madrugada da vida,
Uma cabeça perdida
E perdida por amor.

Era rainha e formosa,
Sobre cem povos reinava,
E tinha uma turba escrava
Dos mais poderosos reis;
Eu era apenas um servo,
Mas amava-a tanto, tanto,
Que nem tinha um desencanto
Nos seus desprezos cruéis.

Vivia distante dela
Sem falar-lhe nem ouvi-la;
Só me vingava em segui-la
Para a poder contemplar;
Era uma sombra calada
Que oculta força levava,
E no caminho a aguardava
Para saudá-la e passar.

Um dia veio ela às fontes
Ver os trabalhos... não pude,
Fraqueou minha virtude,

Caí-lhe tremendo aos pés.
Todo o amor que me devora,
Ó Vênus, ó íntimo peito,
Falou naquele respeito,
Falou naquela mudez.

Só lhe conquistam amores
O herói, o bravo, o triunfante;
E que coroa radiante
Tinha eu para oferecer?
Disse uma palavra apenas
Que um mundo inteiro continha:
— Sou um escravo, rainha,
Amo-te e quero morrer.

E a nova Ísis que o Egito
Adora curvo e humilhado
O pobre servo curvado
Olhou lânguida a sorrir;
Vi Cleópatra, a rainha,
Tremer pálida em meu seio;
Morte, foi-se-me o receio,
Aqui estou, podes ferir.

Vem! que as glórias insensatas
Das convulsões mais lascivas,
As fantasias mais vivas,
De mais febre e mais ardor,
Toda a ardente ebriedade
Dos seus reais pensamentos,
Tudo gozei uns momentos
Na minha noite de amor.

Pronto estou para a jornada
Da estância escura e escondida;
O sangue, o futuro, a vida
Dou-te, ó morte, e vou morrer;
Uma graça única — peço
Como última esperança:
Não me apagues a lembrança
Do amor que me fez viver.

Beleza completa e rara
Deram-lhe os numes amigos;
Escolhe dos teus castigos

O que infundir mais terror,
Mas por ela, só por ela
Seja o meu padecimento,
E tenha o intenso tormento
Na intensidade do amor.

Deixa alimentar teus corvos
Em minhas carnes rasgadas,
Venham rochas despenhadas
Sobre meu corpo rolar,
Mas não me tires dos lábios
Aquele nome adorado,
E ao meu olhar encantado
Deixa essa imagem ficar.

Posso sofrer os teus golpes
Sem murmurar da sentença;
A minha ventura é imensa
E foi em ti que eu a achei;
Mas não me apagues na fronte
Os sulcos quentes e vivos
Daqueles beijos lascivos
Que já me fizeram rei.

Os arlequins
Sátira
(1864)

> *Que deviendra dans l'éternité l'âme d'un*
> *homme qui a fait Polichinelle toute sa vie?*
> MME. DE STÄEL

Musa, depõe a lira!
Cantos de amor, cantos de glória esquece!
Novo assunto aparece
Que o gênio move e a indignação inspira.
Esta esfera é mais vasta,
E vence a letra nova a letra antiga!
Musa, toma a vergasta,
E os arlequins fustiga!

          Como aos olhos de Roma,
— Cadáver do que foi, pávido império
          De Caio e de Tibério, —
O filho de Agripina ousado assoma;
          E a lira sobraçando,
Ante o povo idiota e amedrontado,
          Pedia, ameaçando,
          O aplauso acostumado;

          E o povo que beijava
Outrora ao deus Calígula o vestido,
          De novo submetido
Ao régio saltimbanco o aplauso dava.
          E tu, tu não te abrias,
Ó céu de Roma, à cena degradante!
          E tu, tu não caías,
          Ó raio chamejante!

          Tal na história que passa
Neste de luzes século famoso,
          O engenho portentoso
Sabe iludir a néscia populaça;
          Não busca o mal tecido
Canto de outrora; a moderna insolência
          Não encanta o ouvido,
          Fascina a consciência!

          Vede; o aspecto vistoso,
O olhar seguro, altivo e penetrante,
          E certo ar arrogante
Que impõe com aparências de assombroso;
          Não vacila, não tomba,
Caminha sobre a corda firme e alerta:
          Tem consigo a maromba
          E a ovação é certa.

          Tamanha gentileza,
Tal segurança, ostentação tão grande,
          A multidão expande
Com ares de legítima grandeza.
          O gosto pervertido
Acha o sublime neste abatimento,
          E dá-lhe agradecido
          O louro e o monumento.

        Do saber, da virtude,
Logra fazer, em prêmio dos trabalhos,
        Um manto de retalhos
Que a consciência universal ilude.
        Não cora, não se peja
Do papel, nem da máscara indecente,
        E ainda inspira inveja
        Esta glória insolente!

        Não são contrastes novos;
Já vêm de longe; e de remotos dias
        Tornam em cinzas frias
O amor da pátria e as ilusões dos povos.
        Torpe ambição sem peias
De mocidade em mocidade corre,
        E o culto das ideias
        Treme, convulsa e morre.

        Que sonho apetecido
Leva o ânimo vil a tais empresas?
        O sonho das baixezas:
Um fumo que se esvai e um vão ruído;
        Uma sombra ilusória
Que a turba adora ignorante e rude;
        E a esta infausta glória
        Imola-se a virtude.

        A tão estranha liça
Chega a hora por fim do encerramento,
        E lá soa o momento
Em que reluz a espada da justiça.
        Então, musa da história,
Abres o grande livro, e sem detença
        À envilecida glória
        Fulminas a sentença.

As ondinas
(Noturno de H. Heine)

Beijam as ondas a deserta praia;
Cai do luar a luz serena e pura;
Cavaleiro na areia reclinado
Sonha em hora de amor e de ventura.

As ondinas, em nívea gaze envoltas,
Deixam do vasto mar o seio enorme;
Tímidas vão, acercam-se do moço,
Olham-se e entre si murmuram: "Dorme!"

Uma — mulher enfim — curiosa palpa
De seu penacho a pluma flutuante;
Outra procura decifrar o mote
Que traz escrito o escudo rutilante.

Esta, risonha, olhos de vivo fogo,
Tira-lhe a espada límpida e lustrosa,
E apoiando-se nela, a contemplá-la
Perde-se toda em êxtase amorosa.

Fita-lhe aquela namorados olhos,
E após girar-lhe em torno embriagada,
Diz: "Que formoso estás, ó flor da guerra,
Quanto te eu dera por te ser amada!"

Uma, tomando a mão ao cavaleiro,
Um beijo imprime-lhe; outra, duvidosa,
Audaz por fim, a boca adormecida
Casa num beijo à boca desejosa.

Faz-se de sonso o jovem; caladinho
Finge do sono o plácido desmaio,
E deixa-se beijar pelas ondinas
Da branca lua ao doce e brando raio.

Maria Duplessis
(Alexandre Dumas Filho — 1859)

Fiz promessa, dizendo-te que um dia
Eu iria pedir-te o meu perdão;
Era dever ir abraçar primeiro
A minha doce e última afeição.

E quando ia apagar tanta saudade
Encontrei já fechada a tua porta;
Soube que uma recente sepultura
Muda fechava a tua fronte morta.

Soube que, após um longo sofrimento,
Agravara-se a tua enfermidade;
Viva esperança que eu nutria ainda
Despedaçou cruel fatalidade.

Vi, apertado de fatais lembranças,
A escada que eu subira tão contente;
E as paredes, herdeiras do passado,
Que vêm falar dos mortos ao vivente.

Subi e abri com lágrimas a porta
Que ambos abrimos a chorar um dia;
E evoquei o fantasma da ventura
Que outrora um céu de rosas nos abria.

Sentei-me à mesa, onde contigo outrora
Em noites belas de verão ceava;
Desses amores plácidos e amenos
Tudo ao meu triste coração falava.

Fui ao teu camarim, e vi-o ainda
Brilhar com o esplendor das mesmas cores;
E pousei meu olhar nas porcelanas
Onde morriam inda algumas flores...

Vi aberto o piano em que tocavas;
Tua morte o deixou mudo e vazio,
Como deixa o arbusto sem folhagem,
Passando pelo vale, o ardente estio.

Tornei a ver o teu sombrio quarto
Onde estava a saudade de outros dias...
Um raio iluminava o leito ao fundo
Onde, rosa de amor, já não dormias.

As cortinas abri que te amparavam
Da luz mortiça da manhã, querida,
Para que um raio depusesse um toque
De prazer em tua fronte adormecida.

Era ali que, depois da meia-noite,
Tanto amor nós sonhávamos outrora;
E onde até o raiar da madrugada
Ouvíamos bater — hora por hora!

Então olhavas tu a chama ativa
Correr ali no lar, como a serpente;
É que o sono fugia de teus olhos
Onde já te queimava a febre ardente.

Lembras-te agora, nesse mundo novo,
Dos gozos desta vida em que passaste?
Ouves passar, no túmulo em que dormes,
A turba dos festins que acompanhaste?

A insônia, como um verme em flor que murcha,
De contínuo essas faces desbotava;
E pronta para amores e banquetes
Conviva e cortesã te preparava.

Hoje, Maria, entre virentes flores,
Dormes em doce e plácido abandono;
A tua alma acordou mais bela e pura,
E Deus pagou-te o retardado sono.

Pobre mulher! em tua última hora
Só um homem tiveste à cabeceira;
E apenas dois amigos dos de outrora
Foram levar-te à cama derradeira.

As rosas

A Caetano Filgueiras

Rosas que desabrochais,
Como os primeiros amores,
Aos suaves resplendores
    Matinais;

Em vão ostentais, em vão,
A vossa graça suprema;
De pouco vale; é o diadema
    Da ilusão.

Em vão encheis de aroma o ar da tarde;
Em vão abris o seio úmido e fresco
Do sol nascente aos beijos amorosos;
Em vão ornais a fronte à meiga virgem;
Em vão, como penhor de puro afeto,
    Como um elo das almas,
Passais do seio amante ao seio amante;
    Lá bate a hora infausta
Em que é força morrer; as folhas lindas
Perdem o viço da manhã primeira,
    As graças e o perfume.
Rosas, que sois então? — Restos perdidos,
Folhas mortas que o tempo esquece, e espalha
Brisa do inverno ou mão indiferente.

Tal é o vosso destino,
Ó filhas da natureza;
Em que vos pese à beleza,
    Pereceis;
Mas, não... Se a mão de um poeta
Vos cultiva agora, ó rosas,
Mais vivas, mais jubilosas,
    Floresceis.

Os dois horizontes
(1863)

A M. Ferreira de Guimarães

Dois horizontes fecham nossa vida:

Um horizonte, — a saudade
Do que não há de voltar;
Outro horizonte, — a esperança
Dos tempos que hão de chegar;
No presente, — sempre escuro, —
Vive a alma ambiciosa
Na ilusão voluptuosa
Do passado e do futuro.

Os doces brincos da infância
Sob as asas maternais,
O voo das andorinhas,
A onda viva e os rosais;
O gozo do amor, sonhado
Num olhar profundo e ardente,
Tal é na hora presente
O horizonte do passado.

Ou ambição de grandeza
Que no espírito calou,
Desejo de amor sincero
Que o coração não gozou;
Ou um viver calmo e puro
À alma convalescente,
Tal é na hora presente
O horizonte do futuro.

No breve correr dos dias
Sob o azul do céu, — tais são
Limites no mar da vida:
Saudade ou aspiração;
Ao nosso espírito ardente,
Na avidez do bem sonhado,
Nunca o presente é passado,
Nunca o futuro é presente.

Que cismas, homem? — Perdido
No mar das recordações,
Escuto um eco sentido
Das passadas ilusões.
Que buscas, homem? — Procuro,
Através da imensidade,
Ler a doce realidade
Das ilusões do futuro.

Dois horizontes fecham nossa vida.

Monte Alverne
(1858)

Ao padre-mestre A. J. da Silveira Sarmento

Morreu! — Assim baqueia a estátua erguida
  No alto do pedestal;
Assim o cedro das florestas virgens
Cai pelo embate do corcel dos ventos
  Na hora do temporal.

Morreu! — Fechou-se o pórtico sublime
  De um paço secular;
Da mocidade a romaria augusta
Amanhã ante as pálidas ruínas
  Há de vir meditar!

Tinha na fronte de profeta ungido
  A inspiração do céu.
Pela escada do púlpito moderno
Subiu outrora festival mancebo
  E Bossuet desceu!

Ah! que perdeste num só homem, claustro!
  Era uma augusta voz;
Quando essa boca divinal se abria,
Mais viva a crença dissipava n'alma
  Uma dúvida atroz!

Era tempo? — a argila se alquebrava
  Num áspero crisol;

Corrido o véu pelos cansados olhos
Nem via o sol que lhe contava os dias,
      Ele — fecundo sol!

A doença o prendia ao leito infausto
      Da derradeira dor;
A terra reclamava o que era terra,
E o gelo dos invernos coroava
      A fronte do orador.

Mas lá dentro o espírito fervente
      Era como um fanal;
Não, não dormia nesse régio crânio
A alma gentil do Cícero dos púlpitos,
      — Cuidadosa Vestal!

Era tempo! — O romeiro do deserto
      Para um dia também;
E ante a cidade que almejou por anos
Desdobra um riso nos doridos lábios,
      Descansa e passa além!

Caíste! — Mas foi só a argila, o vaso,
      Que o tempo derrubou;
Não todo à eça foi teu vulto olímpico;
Como deixa o cometa uma áurea cauda,
      A lembrança ficou!

O que hoje resta era a terrena púrpura
      Daquele gênio-rei;
A alma voou ao seio do infinito,
Voltou à pátria das divinas glórias
      O apóstolo da lei.

Pátria, curva o joelho ante esses restos
      Do orador imortal!
Por esses lábios não falava um homem,
Era uma geração, um século inteiro,
      Grande, monumental!

Morreu! — Assim baqueia a estátua erguida
      No alto do pedestal;
Assim o cedro das florestas virgens
Cai pelo embate do corcel dos ventos
      Na hora do temporal!

As ventoinhas
(1863)

> *Com seus olhos vaganaus,*
> *Bons de dar, bons de tolher.*
> SÁ DE MIRANDA

A mulher é um cata-vento,
    Vai ao vento,
Vai ao vento que soprar;
Como vai também ao vento
    Turbulento,
Turbulento e incerto o mar.

Sopra o sul: a ventoinha
    Volta asinha,
Volta asinha para o sul;
Vem taful: a cabecinha
    Volta asinha,
Volta asinha ao meu taful.

Quem lhe puser confiança,
    De esperança,
De esperança mal está;
Nem desta sorte a esperança
    Confiança,
Confiança nos dará.

Valera o mesmo na areia
    Rija ameia,
Rija ameia construir;
Chega o mar e vai a ameia
    Com a areia,
Com a areia confundir.

Ouço dizer de umas fadas
    Que abraçadas,
Que abraçadas como irmãs,
Caçam almas descuidadas...
    Ah que fadas!
Ah que fadas tão vilãs!

Pois, como essas das baladas,
    Umas fadas,

Umas fadas dentre nós,
Caçam, como nas baladas;
    E são fadas,
E são fadas de alma e voz.

É que — como o cata-vento,
    Vão ao vento,
Vão ao vento que lhes der;
Cedem três coisas ao vento:
    Cata-vento,
Cata-vento, água e mulher.

Alpujarra
(Mickiewicz — 1862)

Jaz em ruínas o torrão dos mouros;
Pesados ferros o infiel arrasta;
Inda resiste a intrépida Granada;
Mas em Granada a peste assola os povos.

C'um punhado de heróis sustenta a luta
Fero Almansor nas torres de Alpujarra;
Flutua perto a hispânica bandeira;
Há de o sol d'amanhã guiar o assalto.

Deu sinal, ao romper do dia, o bronze;
Arrasam-se trincheiras e muralhas;
No alto dos minaretes erguem-se as cruzes;
Do Castelhano a cidadela é presa.

Só, e vendo as coortes destroçadas,
O valente Almansor após a luta
Abre caminho entre as imigas lanças,
Foge e ilude os cristãos que o perseguiam.

Sobre as quentes ruínas do castelo,
Entre corpos e restos da batalha,
Dá um banquete o Castelhano, e as presas
E os despojos pelos seus reparte.

Eis que o guarda da porta fala aos chefes:
"Um cavaleiro, diz, de terra estranha

Quer falar-vos; — notícias importantes
Declara que vos traz, e urgência pede".

Era Almansor, o emir dos muçulmanos,
Que, fugindo ao refúgio que buscara,
Vem entregar-se às mãos do castelhano,
A quem só pede conservar a vida.

"Castelhanos", exclama, "o emir vencido
No limiar do vencedor se prostra;
Vem professar a vossa fé e culto
E crer no verbo dos profetas vossos.

Espalhe a fama pela terra toda
Que um árabe, que um chefe de valentes,
Irmão dos vencedores quis tornar-se,
E vassalo ficar de estranho cetro!"

Cala no ânimo nobre ao Castelhano
Um ato nobre... O chefe comovido,
Corre a abraçá-lo, e à sua vez os outros
Fazem o mesmo ao novo companheiro.

Às saudações responde o emir valente
Com saudações. Em cordial abraço
Aperta ao seio o comovido chefe,
Toma-lhe as mãos e pende-lhe dos lábios.

Súbito cai, sem forças, nos joelhos;
Arranca do turbante, e com mão trêmula
O enrola aos pés do chefe admirado,
E junto dele arrasta-se por terra.

Os olhos volve em torno e assombra a todos:
Tinha azuladas, lívidas as faces,
Torcidos lábios por feroz sorriso,
Injetados de sangue ávidos olhos.

"Desfigurado e pálido me vedes,
Ó infiéis! Sabeis o que vos trago?
Enganei-vos: eu volto de Granada,
E a peste fulminante aqui vos trouxe".

Ria-se ainda — morto já — e ainda
Abertos tinha as pálpebras e os lábios;
Um sorriso infernal de escárnio impresso
Deixara a morte nas feições do morto.

Da medonha cidade os castelhanos
Fogem. A peste os segue. Antes que a custo
Deixado houvessem de Alpujarra a serra,
Sucumbiram os últimos soldados.

Versos a Corina
(Fragmento de III)

Que valem glórias vãs? A glória, a melhor glória
É esta que nos orna a poesia da história;
É a glória do céu, é a glória do amor.
É Tasso eternizando a princesa Leonor;
É Lídia ornando a lira ao venusino Horácio;
É a doce Beatriz, flor e honra do Lácio,
Seguindo além da vida as viagens do Dante;
É do cantor do Gama o hino triste e amante
Levando à eternidade o amor de Catarina;
É o amor que une Ovídio à formosa Corina;
O de Cíntia a Propércio, o de Lésbia a Catulo;
O da divina Délia ao divino Tibulo.
Esta a glória que fica, eleva, honra e consola;
Outra não há melhor.
Se faltar esta esmola,
Corina, ao teu poeta, e se a doce ilusão,
Com que se alenta e vive o amante coração,
Deixar-lhe um dia o céu azul, tão tranquilo,
Nenhuma glória mais há de nunca atraí-lo.
Irá longe do mundo e dos seus vãos prazeres,
Viver na solidão a vida de outros seres,
Vegetar como o arbusto, e murchar, como a flor,
Como um corpo sem alma ou alma sem amor.

Posfácio
(Carta ao dr. Caetano Filgueiras)

Meu amigo. Agora que o leitor frio e severo pôde comparar o meu pobre livro com a tua crítica benévola e amiga, deixa-me dizer-te rapidamente duas palavras.

Recordaste os nossos amigos, poetas na adolescência, hoje idos para sempre dos nossos olhos e da glória que os esperava. Tão piedosa evocação será o *paladium* do meu livro, como o é a tua carta de recomendação.

Vai longe esse tempo. Guardo a lembrança dele, tão viva como a saudade que ainda sinto, mas já sem aquelas ilusões que o tornavam tão doce ao nosso espírito. O tempo não corre em vão para os que desde o berço foram condenados ao duelo infausto entre a aspiração e a realidade. Cada ano foi uma lufada que desprendeu da árvore da mocidade, não só uma alma querida, como uma ilusão consoladora.

A tua pena encontrou expressões de verdade e de sentimento para descrever as nossas confabulações de poetas, tão serenas e tão íntimas. Tiveste o condão de transportar-me a essas práticas da adolescência poética; lendo a tua carta pareceu-me ouvir aqueles que hoje repousam nos seus túmulos, e ouvindo dentro de mim um ruído de aplauso sincero às tuas expressões, afigurava-se-me que eram eles que te aplaudiam, como no outro tempo, *na tua pequena e faceira salinha*.

Essa recordação bastava para felicitar o meu livro. Mas aonde não vai a amizade e a crítica benevolente? Foste além: traduziste para o papel as tuas impressões que eu — mesmo despido desta modéstia oficial dos preâmbulos e dos epílogos — não posso deixar de aceitar como parciais e filhas do coração. Bem sabes como o coração pode levar a injustiças involuntárias, apesar de todo o empenho em manter uma imparcialidade perfeita.

Não, o meu livro não vai aparecer como o resultado de uma vocação superior. Confesso o que me falta que é para ter direito de reclamar o pouco que possuo. O meu livro é esse pouco que tu caracterizaste tão bem, atribuindo os meus versos a um desejo secreto de expansão; não curo de escolas ou teorias; no culto das musas não sou um sacerdote, sou um fiel obscuro da vasta multidão dos fiéis. Tal sou eu, tal deve ser apreciado o meu livro; nem mais, nem menos.

Foi assim que eu cultivei a poesia. Se cometi um erro, tenho cúmplices, tu e tantos outros, mortos, e ainda vivos. Animaram-me, e bem sabes o que vale uma animação para os infantes da poesia. Muitas vezes é a sua perdição. Sê-la-ia para mim?

O público que responda.

Não incluí neste volume todos os meus versos. Faltou-me o tempo para coligir e corrigir muitos deles, filhos das primeiras incertezas. Vão porém todos, ou quase todos os versos de recente data. Se um escrúpulo de não acumular muita coisa sem valor me não detivesse, este primeiro volume sairia menos magro do que é; entre os dois inconvenientes preferi o segundo.

Como sabes, publicando os meus versos cedo às solicitações de alguns amigos, a cuja frente te puseste. Devo declará-lo, para que não recaia sobre mim exclusivamente a responsabilidade do livro. Denuncio os cúmplices para que sofram a sentença.

Não te bastou animar-me a realizar esta publicação; a tua lealdade quis que tomasses parte no cometimento, e com a tua própria firma selaste a tua confissão. Agradeço-te o ato e o modo por que o praticaste. E se a tua bela carta não puder salvar o meu livro de um insucesso fatal, nem por isso deixarei de estender-te amigável e fraternalmente a mão.

Machado de Assis
Rio de Janeiro, 1º de setembro de 1864

Notas de Machado de Assis

I — O DILÚVIO (p. 601)

        E ao som dos nossos cânticos; etc. (p. 621)

    Estes versos são postos na boca de uma hebreia. Foram recitados no Ateneu Dramático pela eminente artista d. Gabriela da Cunha, por ocasião da exibição de um quadro do cenógrafo João Caetano, representando o dilúvio universal.

II — A JOVEM CATIVA (p. 604)
    Foi com alguma hesitação que eu fiz inserir no volume estes versos. Já bastava o arrojo de traduzir a maviosa elegia de Chénier. Poderia eu conservar a grave simplicidade do original? A animação de um amigo decidiu-me a não imolar o trabalho já feito; aí fica a poesia; se me sair mal, corre por conta do amigo anônimo.

III — EMBIRRAÇÃO (p. 610)
    Esta poesia, como se terá visto, é a resposta que me deu o meu amigo F. X. de Novaes, a quem foram dirigidos os versos anteriores. Tão bom amigo e tão belo nome tinham direito de figurar neste livro. O leitor apreciará, sem dúvida, a dificuldade vencida pelo poeta que me respondeu em estilo faceto, no mesmo tom e pelos mesmos consoantes.

IV — CLEÓPATRA (p. 612)
    Este canto é tirado de uma tragédia de mme. Émile de Girardin. O escravo, tendo visto coroado o seu amor pela rainha do Egito, é condenado a morrer. Com a taça em punho, entoa o belo canto de que fiz esta mal-amanhada paráfrase.

V — OS ARLEQUINS (p. 614)
    Esta poesia foi recitada no Clube Fluminense num sarau literário. Pareceu então que eu fazia sátira pessoal. Não fiz. A sátira abrange uma classe que se encontra em todas as cenas políticas, — é a classe daqueles que, como se exprime um escritor, depois de darem ao povo todas as insígnias da realeza, quiseram completar-lha, fazendo-se eles próprios os bobos do povo.

VI — POLÔNIA (p. 390)[2]

        Eras livre, tão livre como as águas
        Do teu formoso, celebrado rio.

    O rio a que aludem os versos é o Niemen. É um dos rios mais cantados pelos

---

[2] O poema "Polônia", a que se refere esta nota, foi incluído por Machado de Assis em suas *Poesias completas*, porém a nota correspondente não o foi, por isso está reproduzida aqui. (N. E.)

poetas polacos. Há um soneto de Mickiewicz ao Niemen, que me agradou muito, apesar da prosa francesa em que o li, e do qual escreve um crítico polaco: "Há nesta página uma cantilena a que não resiste nenhum ouvido eslavo; foi posta em música pelo célebre Kurpinski. Assim consagrado, o soneto do Niemen correu toda a Polônia, e só deixará de viver quando deixarem de correr as águas daquele rio."

VII — "Foi a hora dos hinos e das preces." (p. 392)

Alude às cenas da Varsóvia em que este admirável povo ia aos templos cantar ladainhas sobre a música dos hinos nacionais, a despeito da invasão da tropa armada nas igrejas. É sabido que por esse motivo se fecharam os templos.

VIII — MARIA DUPLESSIS (p. 618)

Em 1858, eu e o meu finado amigo F. Gonçalves Braga resolvemos fazer uma tradução livre ou paráfrase destes versos de Alexandre Dumas Filho. No dia aprazado apresentamos e confrontamos o nosso trabalho. A tradução dele foi publicada, não me lembro em que jornal.

IX — AS ROSAS (p. 620)

................Se a mão de um poeta
   Vos cultiva agora, ó rosas, etc. (p. 621)

O dr. Caetano Filgueiras trabalha há tempos num livro de que são as rosas o título e o objeto. É um trabalho curioso de erudição e de fantasia; o assunto requer, na verdade, um poeta e um erudito. É a isso que aludem estes últimos versos.

X — MONTE ALVERNE (p. 622)

A dedicatória desta poesia ao padre-mestre Silveira Sarmento é um justo tributo pago ao talento, e à amizade que sempre me votou este digno sacerdote. Pareceu-me que não podia fazer nada mais próprio do que falar-lhe de Monte Alverne, que ele admirava, como eu.

Não há nesta poesia só um tributo de amizade e de admiração: há igualmente a lembrança de um ano de minha vida. O padre-mestre, alguns anos mais velho do que eu, fazia-se nesse tempo um modesto preceptor e um agradável companheiro. Circunstâncias da vida nos separaram até hoje.

XI — ALPUJARRA (p. 625)

Este canto é extraído de um poema do poeta polaco Mickiewicz, denominado *Conrado Wallenrod*. Não sei como corresponderá ao original; eu servi-me da tradução francesa do polaco Cristiano Ostrowski.

XII — Versos a Corina (p. 397)[3]

As três primeiras poesias desta coleção foram publicadas sob o anônimo nas colunas do *Correio Mercantil*; a quarta e quinta saíram no *Diário do Rio*, sendo esta última assinada. A sexta é inteiramente inédita.

---

[3] O poema "Versos a Corina", a que se refere esta nota, foi incluído por Machado de Assis em suas Poesias Completas, porém a nota correspondente não o foi, por isso está reproduzida aqui. (N. E.)

Falenas

Prelúdio

> ... *land of dreams.*
> ... *land of song.*
> LONGFELLOW

Lembra-te a ingênua moça, imagem da poesia,
Que a André Roswein amou, e que implorava um dia,
Como infalível cura à sua mágoa estranha,
Uma simples jornada às terras da Alemanha?
O poeta é assim: tem, para a dor e o tédio,
Um refúgio tranquilo, um suave remédio:
És tu, casta poesia, ó terra pura e santa!
Quando a alma padece, a lira exorta e canta;
E a musa que, sorrindo, os seus bálsamos verte,
Cada lágrima nossa em pérola converte.

Longe daquele asilo, o espírito se abate;
A existência parece um frívolo combate,
Um eterno ansiar por bens que o tempo leva,
Flor que resvala ao mar, luz que se esvai na treva,
Pelejas sem ardor, vitórias sem conquista!
Mas, quando o nosso olhar os páramos avista,
Onde o peito respira o ar sereno e agreste,
Transforma-se o viver. Então, à voz celeste,
Acalma-se a tristeza; a dor se abranda e cala;
Canta a alma e suspira; o amor vem resgatá-la;
O amor, gota de luz do olhar de Deus caída,
Rosa branca do céu, perfume, alento, vida.
Palpita o coração já crente, já desperto;
Povoa-se num dia o que era agro deserto;
Fala dentro de nós uma boca invisível;
Esquece-se o real e palpa-se o impossível.
A outra terra era má, o meu país é este;
Este o meu céu azul.
                Se um dia padeceste
Aquela dor profunda, aquele ansiar sem termo
Que leva o tédio e a morte ao coração enfermo;
Se queres mão que enxugue as lágrimas austeras,
Se te apraz ir viver de eternas primaveras,
Ó alma de poeta, ó alma de harmonia,
Volve às terras da musa, às terras da poesia!

Tens, para atravessar a azul imensidade,
Duas asas do céu: a esperança e a saudade.
Uma vem do passado, outra cai do futuro;
Com elas voa a alma e paira no éter puro,
Com elas vai curar a sua mágoa estranha.

A terra da poesia é a nossa Alemanha.

Visão

A Luís de Alvarenga Peixoto

Vi de um lado o Calvário, e do outro lado
O Capitólio, o templo-cidadela.
E torvo mar entre ambos agitado,
Como se agita o mar numa procela.

Pousou no Capitólio uma águia; vinha
    Cansada de voar.
Cheia de sangue as longas asas tinha;
    Pousou; quis descansar.

Era a águia romana, a águia de Quirino;
A mesma que, arrancando as chaves ao destino,
As portas do futuro abriu de par em par.
A mesma que, deixando o ninho áspero e rude,
Fez do templo da força o templo da virtude,
E lançou, como emblema, a espada sobre o altar.

Então, como se um deus lhe habitasse as entranhas,
A vitória empolgou, venceu raças estranhas,
Fez de várias nações um só domínio seu.
Era-lhe o grito agudo um tremendo rebate.
Se caía, perdendo acaso um só combate,
Punha as asas no chão e remontava Anteu.

Vezes três, respirando a morte, o sangue, o estrago,
Saiu, lutou, caiu, ergueu-se... e jaz Cartago;
É ruína; é memória; é túmulo. Transpõe,
Impetuosa e audaz, os vales e as montanhas.
Lança a férrea cadeia ao colo das Espanhas.
Gália vence; e o grilhão a toda Itália põe.

Terras d'Ásia invadiu, águas bebeu do Eufrates,
Nem tu mesma fugiste à sorte dos combates,
Grécia, mãe do saber. Mas que pode o opressor,
Quando o gênio sorriu no berço de uma serva?
Palas despe a couraça e veste de Minerva;
Faz-se mestra a cativa; abre escola ao senhor.

Agora, já cansada e respirando a custo,
Desce; vem repousar no monumento augusto.
Gotejam-lhe inda sangue as asas colossais.
A sombra do terror assoma-lhe à pupila.
Vem tocada das mãos de César e de Sila.
Vê quebrar-se-lhe a força aos vínculos mortais.

    Dum lado e de outro lado, azulam-se
    Os vastos horizontes;
    Vida ressurge esplêndida
    Por toda a criação.
    Luz nova, luz magnífica
    Os vales enche e os montes...
    E além, sobre o Calvário,
    Que assombro! que visão!

    Fitei o olhar. Do píncaro
    Da colossal montanha
    Surge uma pomba, e plácida
    Asas no espaço abriu.
    Os ares rompe, embebe-se
    No éter de luz estranha:
    Olha-a minha alma atônita
    Dos céus a que subiu.

    Emblema audaz e lúgubre,
    Da força e do combate,
    A águia no Capitólio
    As asas abateu.
    Mas voa a pomba, símbolo
    Do amor e do resgate,
    Santo e apertado vínculo
    Que a terra prende ao céu.

    Depois... Às mãos de bárbaros,
    Na terra em que nascera,
    Após sangrentos séculos,
    A águia expirou; e então

Desceu a pomba cândida
Que marca a nova era,
Pousou no Capitólio,
Já berço, já cristão.

Menina e moça

A Ernesto Cibrão

Está naquela idade inquieta e duvidosa,
Que não é dia claro e é já o alvorecer;
Entreaberto botão, entrefechada rosa,
Um pouco de menina e um pouco de mulher.

Às vezes recatada, outras estouvadinha,
Casa no mesmo gesto a loucura e o pudor;
Tem coisas de criança e modos de mocinha,
Estuda o catecismo e lê versos de amor.

Outras vezes valsando, o seio lhe palpita,
De cansaço talvez, talvez de comoção.
Quando a boca vermelha os lábios abre e agita,
Não sei se pede um beijo ou faz uma oração.

Outras vezes beijando a boneca enfeitada,
Olha furtivamente o primo que sorri;
E se corre parece, à brisa enamorada,
Abrir asas de um anjo e tranças de uma huri.

Quando a sala atravessa, é raro que não lance
Os olhos para o espelho; e raro que ao deitar
Não leia, um quarto de hora, as folhas de um romance
Em que a dama conjugue o eterno verbo amar.

Tem na alcova em que dorme, e descansa de dia,
A cama da boneca ao pé do toucador;
Quando sonha, repete, em santa companhia,
Os livros do colégio e o nome de um doutor.

Alegra-se em ouvindo os compassos da orquestra;
E quando entra num baile, é já dama do tom;
Compensa-lhe a modista os enfados da mestra;
Tem respeito à Geslin, mas adora a Dazon.

Dos cuidados da vida o mais tristonho e acerbo
Para ela é o estudo, excetuando talvez
A lição de sintaxe em que combina o verbo
To love, mas sorrindo ao professor de inglês.

Quantas vezes, porém, fitando o olhar no espaço,
Parece acompanhar uma etérea visão;
Quantas cruzando ao seio o delicado braço
Comprime as pulsações do inquieto coração!

Ah! se nesse momento alucinado, fores
Cair-lhe aos pés, confiar-lhe uma esperança vã,
Hás de vê-la zombar dos teus tristes amores,
Rir da tua aventura e contá-la à mamã.

É que esta criatura, adorável, divina,
Nem se pode explicar, nem se pode entender:
Procura-se a mulher e encontra-se a menina,
Quer-se ver a menina e encontra-se a mulher!

No espaço

*Il n'y a qu'une sorte d'amour, mais
il y en a mille différentes copies.*
LA ROCHEFOUCAULD

Rompendo o último laço
Que ainda à terra as prendia,
Encontraram-se no espaço
Duas almas. Parecia
Que o destino as convocara
Para aquela mesma hora;
E livres, livres agora,
Correm a estrada do céu,
Vão ver a divina face:
Uma era a de Lovelace,
Era a outra a de Romeu.

Voavam... porém, voando
Falavam ambas. E o céu
Ia as vozes escutando
Das duas almas. Romeu
De Lovelace indagava
Que fizera nesta vida
E que saudades levava.

"Eu amei... mas quantas, quantas,
E como, e como não sei;
Não seria o amor mais puro,
Mas o certo é que as amei.
Se era tão fundo e tão vasto
O meu pobre coração!
Cada dia era uma glória,
Cada hora uma paixão.
Amei todas; e na história
Dos amores que senti
Nenhuma daquelas belas
Deixou de escrever por si.

Nem a patrícia de Helena,
De verde mirto c'roada,
Nascida como açucena
Pelos zéfiros beijada,
Aos brandos raios da lua,
À voz das ninfas do mar,
Trança loura, espádua nua,
Calma fronte e calmo olhar.

Nem a beleza latina,
Nervosa, ardente, robusta,
Levantando a voz augusta
Pela margem peregrina,
Onde do eco em seus lamentos,
Por virtude soberana,
Repete a todos os ventos
A nota virgiliana.

Nem a doce, aérea inglesa,
Que os ventos frios do norte
Fizeram fria de morte,
Mas divina de beleza.
Nem a ardente castelhana,
Corada ao sol de Madri,
Beleza tão soberana,
Tão despótica no amor,
Que troca os troféus de um Cid
Pelo olhar de um trovador.

Nem a virgem pensativa
Que às margens do velho Reno,
Como a pura sensitiva

Vive das auras do céu
E murcha ao mais leve aceno
De mãos humanas; tão pura
Como aquela Margarida
Que a Fausto um dia encontrou.

E muitas mais, e amei todas,
Todas minha alma encerrou.
Foi essa a minha virtude,
Era esse o meu condão.
Que importava a latitude?
Era o mesmo coração,
Os mesmos lábios, o mesmo
Arder na chama fatal...
Amei a todas e a esmo."

Lovelace concluíra;
Entravam ambos no céu;
E o Senhor que tudo ouvira,
Voltou os olhos imensos
Para a alma de Romeu:
"E tu?" — "Eu amei na vida
Uma só vez, e subi
Daquela cruenta lida,
Senhor, a acolher-me em ti."
Das duas almas, a pura,
A formosa, olhando em face
A divindade ficou;
E a alma de Lovelace
De novo à terra baixou.

Daqui vem que a terra conta,
Por um decreto do céu,
Cem Lovelaces num dia
E em cem anos um Romeu.

Os deuses da Grécia
(Schiller)

Quando, co'os tênues vínculos de gozo,
Ó Vênus de Amatonte, governavas
Felices raças, encantados povos
    Dos fabulosos tempos;

Quando fulgia a pompa do teu culto,
E o templo ornavam delicadas rosas,
Ai! quão diverso o mundo apresentava
    A face aberta em risos!

Na poesia envolvia-se a verdade;
Plena vida gozava a terra inteira;
E o que jamais hão de sentir na vida
    Então sentiam homens.

Lei era repousar no amor; os olhos
Nos namorados olhos se encontravam;
Espalhava-se em toda a natureza
    Um vestígio divino.

Onde hoje dizem que se prende um globo
Cheio de fogo, — outrora conduzia
Hélios o carro de ouro, e os fustigados
    Cavalos espumantes.

Povoavam Oréades os montes,
No arvoredo Doríades vivia,
E agreste espuma despejava em flocos
    A urna das Danaides.

Refúgio de uma ninfa era o loureiro;
Tantália moça as rochas habitava;
Suspiravam no arbusto e no caniço
    Sirinx, Filomela.

Cada ribeiro as lágrimas colhia
De Ceres pela esquiva Perséfone;
E do outeiro chamava inutilmente
    Vênus o amado amante.

Entre as raças que o pio tessaliano
Das pedras arrancou — os deuses vinham;
Por cativar uns namorados olhos
    Apolo pastoreava.

Vínculo brando então o amor lançava
Entre os homens, heróis e os deuses todos;
Eterno culto ao teu poder rendiam,
    Ó deusa de Amatonte!

Jejuns austeros, torva gravidade
Banidos eram dos festivos templos;
Que os venturosos deuses só amavam
    Os ânimos alegres.

Só a beleza era sagrada outrora;
Quando a pudica Tiemone mandava,
Nenhum dos gozos que o mortal respira
    Envergonhava os deuses.

Eram ricos palácios vossos templos;
Lutas de heróis, festins e o carro e a ode,
Eram da raça humana aos deuses vivos
    A jucunda homenagem.

Saltava a dança alegre em torno a altares;
Louros c'roavam numes; e as capelas
De abertas, frescas rosas, lhes cingiam
    A fronte perfumada.

Anunciava o galhofeiro Baco
O tirso de Evoé; sátiros fulvos
Iam tripudiando em seu caminho;
    Iam bailando as Mênades.

A dança revelava o ardor do vinho;
De mão em mão corria a taça ardente,
Pois que ao fervor dos ânimos convida
    A face rubra do hóspede.

Nenhum espectro hediondo ia sentar-se
Ao pé do moribundo. O extremo alento
Escapava num ósculo, e voltava
    Um gênio a tocha extinta.

E além da vida, nos infernos, era
Um filho de mortal quem sustentava
A severa balança; e co'a voz pia
    Vate ameigava as Fúrias.

Nos Elíseos o amigo achava o amigo;
Fiel esposa ia encontrar o esposo;
No perdido caminho o carro entrava
    Do destro automedonte.

Continuava o poeta o antigo canto;
Admeto achava os ósculos de Alceste;
Reconhecia Pílades o sócio,
      E o rei tessálio as flechas.

Nobre prêmio o valor retribuía
Do que andava nas sendas da virtude;
Ações dignas do céu, filhas dos homens,
      O céu tinham por paga.

Inclinavam-se os deuses ante aquele
Que ia buscar-lhe algum mortal extinto;
E os gêmeos lá no Olimpo alumiavam
      O caminho ao piloto.

Onde és, mundo de risos e prazeres?
Por que não volves, florescente idade?
Só as musas conservam os teus divinos
      Vestígios fabulosos.

Tristes e mudos vejo os campos todos;
Nenhuma divindade aos olhos surge;
Dessas imagens vivas e formosas
      Só a sombra nos resta.

Do norte ao sopro frio e melancólico,
Uma por uma, as flores se esfolharam;
E desse mundo rútilo e divino
      Outro colheu despojos.

Os astros interrogo com tristeza,
Seleno, e não te encontro; à selva falo,
Falo à vaga do mar, e à vaga, e à selva,
      Inúteis vozes mando.

Da antiga divindade despojada,
Sem conhecer os êxtases que inspira,
Desse esplendor que eterno a fronte lhe orna
      Não sabe a natureza.

Nada sente, não goza do meu gozo;
Insensível à força com que impera,
O pêndulo parece condenado
      Às frias leis que o regem.

Para se renovar, abre hoje a campa,
Foram-se os numes ao país dos vates;
Das roupas infantis despida, a terra
    Inúteis os rejeita.

Foram-se os numes, foram-se; levaram
Consigo o belo, e o grande, e as vivas cores,
Tudo que outrora a vida alimentava,
    Tudo que é hoje extinto.

Ao dilúvio dos tempos escapando,
Nos recessos do Pindo se entranharam:
O que sofreu na vida eterna morte,
    Imortalize a musa!

Cegonhas e rodovalhos
(Bouillet)

A Anísio Semprônio Rufo

Salve, rei dos mortais, Semprônio invicto,
Tu que estreaste nas romanas mesas
O rodovalho fresco e a saborosa
    Pedirrubra cegonha!
Desentranhando os mármores de Frígia,
Ou já rompendo ao bronze o escuro seio,
Justo era que mandasse a mão do artista
    Teu nobre rosto aos evos.

Por que fosses maior aos olhos pasmos
Das nações do Universo, ó pai dos molhos,
Ó pai das comezainas, em criar-te
    Teu século esfalfou-se.
A tua vinda ao mundo prepararam
Os destinos, e acaso amiga estrela
Ao primeiro vagido de teus lábios
    Entre nuvens luzia.

Antes de ti, no seu vulgar instinto,
Que comiam romanos? Carne insossa
Dos seus rebanhos vis, e uns pobres frutos,

                    Pasto bem digno deles;
A escudela de pau outrora ornava,
Com o saleiro antigo, a mesa rústica,
A mesa em que, três séculos contados,
                    Comeram senadores.

E quando, por salvar a pátria em risco,
Os velhos se ajuntavam, quantas vezes
O cheiro do alho enchia a antiga cúria,
                    O pórtico sombrio,
Onde vencidos reis o chão beijavam;
Quantas, deixando em meio a mal cozida,
A sem sabor chanfana, iam de um salto
                    À conquista do mundo!

Ao voltar dos combates, vencedores,
Carga de glória a nau trazia ao porto,
Reis vencidos, tetrarcas subjugados,
                    E rasgadas bandeiras...
Iludiam-se os míseros! Bem hajas,
Bem hajas tu, grande homem, que trouxeste
Na tua ovante barca à ingrata Roma
                    Cegonhas, rodovalhos!

Maior que esse marujo que estripava,
Co'o rijo arpéu, as naus cartaginesas,
Tu, Semprônio, co'as redes apanhavas
                    Ouriçado marisco;
Tu, glutão vencedor, cingida a fronte
Co'o verde mirto, a terra percorreste,
Por encontrar os fartos, os gulosos
                    Ninhos de finos pássaros.

Roma desconheceu teu gênio, ó Rufo!
Dizem até (vergonha!) que negara
Aos teimosos desejos que nutrias
                    O voto da pretura.
Mas a ti, que te importa a voz da turba?
Efêmero rumor que o vento leva
Como a vaga do mar. Não, não raiaram
                    Os teus melhores dias.

Virão, quando aspirar a invicta Roma
As preguiçosas brisas do oriente;
Quando co'a mitra d'ouro, o descorado,

O cidadão romano,
Pelo foro arrastar o tardo passo
E sacudir da toga roçagante,
Às virações os tépidos perfumes
    Como um sátrapa assírio.

Virão, virão, quando na escura noite
A orgia imperial encher o espaço
De viva luz, e embalsamar as ondas
    Com os seus bafos quentes;
Então do sono acordarás, e a sombra,
A tua sacra sombra irá pairando
Ao ruído das músicas noturnas
    Nas rochas de Capreia.

Ó mártir dos festins! Queres vingança?
Tê-la-ás e à farta, à tua grã memória;
Vinga-te o luxo que domina a Itália;
    Ressurgirás ovante
Ao dia em que na mesa dos romanos
Vier pompear o javali silvestre,
Prato a que der os finos molhos Troia
    E rouxinol as línguas.

A um legista

Tu foges à cidade?
Feliz amigo! Vão
Contigo a liberdade,
A vida e o coração.

A estância que te espera
É feita para o amor
Do sol co'a primavera,
No seio de uma flor.

Do paço de verdura
Transpõe-me esses umbrais;
Contempla a arquitetura
Dos verdes palmeirais.

Esquece o ardor funesto
Da vida cortesã;
Mais val que o teu *Digesto*
A rosa da manhã.

Rosa... que se enamora
Do amante colibri,
E desde a luz da aurora
Os seios lhe abre e ri.

Mas Zéfiro brejeiro
Opõe ao beija-flor
Embargos de terceiro
Senhor e possuidor.

Quer este possuí-la,
Também o outro a quer.
A pobre flor vacila,
Não sabe a que atender.

O sol, juiz tão grave
Como o melhor doutor,
Condena a brisa e a ave
Aos ósculos da flor.

Zéfiro ouve e apela.
Apela a colibri.
No entanto a flor singela
Com ambos folga e ri.

Tal a formosa dama
Entre dois fogos, quer
Aproveitar a chama...
Rosa, tu és mulher!

Respira aqueles ares,
Amigo. Deita ao chão
Os tédios e os pesares.
Revive. O coração

É como o passarinho,
Que deixa sem cessar
A maciez do ninho
Pela amplidão do ar.

Pudesse eu ir contigo,
Gozar contigo a luz;
Sorver ao pé do amigo
Vida melhor e a flux!

Ir escrever nos campos,
Nas folhas dos rosais,
E à luz dos pirilampos,
Ó Flora, os teus jornais!

Da estrela que mais brilha
Tirar um raio, e então
Fazer a *gazetilha*
Da imensa solidão.

Vai tu que podes. Deixa
Os que não podem ir,
Soltar a inútil queixa,
Mudar é reflorir.

Estâncias a Ema
(Alexandre Dumas Filho)

I

Saímos, ela e eu, dentro de um carro,
Um ao outro abraçados; e como era
Triste e sombria a natureza em torno,
Ia conosco a eterna primavera.

No cocheiro fiávamos a sorte
Daquele dia, o carro nos levava
Sem ponto fixo onde aprouvesse ao homem;
Nosso destino em suas mãos estava.

Quadrava-lhe Saint-Cloud. Eia! pois vamos!
É um sítio de luz, de aroma e riso.
Demais, se as nossas almas conversavam,
Onde estivessem era o paraíso.

Fomos descer junto ao portão do parque.
Era deserto e triste e mudo; o vento
Rolava nuvens cor de cinza; estavam
Seco o arbusto, o caminho lamacento.

Rimo-nos tanto, vendo-te, ó formosa,
(E felizmente ninguém mais te via!)
Arregaçar a ponta do vestido
Que o lindo pé e a meia descobria!

Tinhas o gracioso acanhamento
Da fidalga gentil pisando a rua;
Desafeita ao andar, teu passo incerto
Deixava conhecer a raça tua.

Uma das tuas mãos alevantava
O vestido de seda; as saias finas
Iam mostrando as rendas e os bordados,
Lambendo o chão, molhando-te as botinas.

Mergulhavam teus pés a cada instante,
Como se o chão quisesse ali guardá-los.
E que afã! Mal podíamos nós ambos
Da cobiçosa terra libertá-los.

Doce passeio aquele! E como é belo
O amor no bosque, em tarde tão sombria!
Tinhas os olhos úmidos — e a face
A rajada do inverno enrubescia.

Era mais belo que a estação das flores;
Nenhum olhar nos espreitava ali;
Nosso era o parque, unicamente nosso;
Ninguém! estava eu só ao pé de ti!

Perlustramos as longas avenidas
Que o horizonte cinzento limitava,
Sem mesmo ver as deusas conhecidas
Que o arvoredo sem folhas abrigava.

O tanque, onde nadava um níveo cisne
Placidamente — o passo nos deteve;
Era a face do lago uma esmeralda
Que refletia o cisne alvo de neve.

Veio este a nós, e como que pedia
Alguma coisa, uma migalha apenas;
Nada tinhas que dar; a ave arrufada
Foi-se cortando as águas tão serenas.

E nadando parou junto ao repuxo
Que de água viva aquele tanque enchia;
O murmúrio das gotas que tombavam
Era o único som que ali se ouvia.

Lá ficamos tão juntos um do outro,
Olhando o cisne e escutando as águas;
Vinha a noite; a sombria cor do bosque
Emoldurava as nossas próprias mágoas.

Num pedestal, onde outras frases ternas,
A mão de outros amantes escreveu,
Fui traçar, meu amor, aquela data
E junto dela pôr o nome teu!

Quando o estio volver àquelas árvores,
E à sombra delas for a gente a flux,
E o tanque refletir as folhas novas,
E o parque encher-se de murmúrio e luz,

Irei um dia, na estação das flores,
Ver a coluna onde escrevi teu nome,
O doce nome que minha alma prende,
E que o tempo, quem sabe? já consome!

Onde estarás então? Talvez bem longe,
Separada de mim, triste e sombrio;
Talvez tenhas seguido a alegre estrada,
Dando-me áspero inverno em pleno estio.

Porque o inverno não é o frio e o vento,
Nem a erma alameda que ontem vi;
O inverno é o coração sem luz, nem flores,
É o que eu hei de ser longe de ti!

II

Correu um ano desde aquele dia
Em que fomos ao bosque, um ano, sim!
Eu já previa o fúnebre desfecho
Desse tempo feliz, — triste de mim!

O nosso amor nem viu nascer as flores;
Mal aquecia um raio de verão
Para sempre, talvez, das nossas almas
Começou a cruel separação.

Vi esta primavera em longes terras,
Tão ermo de esperanças e de amores,
Olhos fitos na estrada, onde esperava
Ver-te chegar, como a estação das flores.

Quanta vez meu olhar sondou a estrada
Que entre espesso arvoredo se perdia,
Menos triste, inda assim, menos escuro
Que a dúvida cruel que me seguia!

Que valia esse sol abrindo as plantas
E despertando o sono das campinas?
Inda mais altas que as searas louras,
Que valiam as flores peregrinas?

De que servia o aroma dos outeiros?
E o canto matinal dos passarinhos?
Que me importava a mim o arfar da terra,
E nas moitas em flor os verdes ninhos?

O sol que enche de luz a longa estrada,
Se me não traz o que minh'alma espera,
Pode apagar seus raios sedutores:
Não é o sol, não é a primavera!

Margaridas, caí, morrei nos campos,
Perdei o viço e as delicadas cores;
Se ela vos não aspira o hálito brando,
Já o verão não sois, já não sois flores!

Prefiro o inverno desfolhado e mudo,
O velho inverno, cujo olhar sombrio
Mal se derrama nas cerradas trevas,
E vai morrer no espaço úmido e frio.

É esse o sol das almas desgraçadas;
Venha o inverno, somos tão amigos!
Nossas tristezas são irmãs em tudo:
Temos ambos o frio dos jazigos!

Contra o sol, contra Deus, assim falava
Dês que assomavam matinais albores;
Eu aguardava as tuas doces letras
Com que ao céu perdoasse as belas cores!

Iam assim, um após outro, os dias.
Nada. — E aquele horizonte tão fechado
Nem deixava chegar aos meus ouvidos
O eco longínquo do teu nome amado.

Só, durante seis meses, dia e noite
Chamei por ti na minha angústia extrema;
A sombra era mais densa a cada passo,
E eu murmurava sempre: — Oh! minha Ema!

Um quarto de papel — é pouca coisa;
Quatro linhas escritas — não é nada;
Quem não quer escrever colhe uma rosa,
No vale aberta, à luz da madrugada.

Mandam-se as folhas num papel fechado;
E o proscrito, ansiando de esperança,
Pode entreabrir nos lábios um sorriso
Vendo naquilo uma fiel lembrança.

Era fácil fazê-lo e não fizeste!
Meus dias eram mais desesperados.
Meu pobre coração ia secando
Como esses frutos no verão guardados.

Hoje, se o comprimissem, mal deitava
Uma gota de sangue; nada encerra.
Era uma taça cheia: uma criança,
De estouvada que foi, deitou-a em terra!

É este o mesmo tempo, o mesmo dia.
Vai o ano tocando quase ao fim;
É esta a hora em que, formosa e terna,
Conversavas de amor, junto de mim.

O mesmo aspecto: as ruas estão ermas,
A neve coalha o lago preguiçoso;
O arvoredo gastou as roupas verdes,
E nada o cisne triste e silencioso.

Vejo ainda no mármore o teu nome,
Escrito quando ali comigo andaste.
Vamos! Sonhei, foi um delírio apenas,
Era um louco, tu não me abandonaste!

O carro espera: vamos. Outro dia,
Se houver bom tempo, voltaremos, não?
Corre este véu sobre teus olhos lindos,
Olha, não caias, dá-me a tua mão!

Choveu: a chuva umedeceu a terra.
Anda! Ai de mim! Em vão minh'alma espera.
Estas folhas que eu piso em chão deserto
São as folhas da outra primavera!

Não, não estás aqui, chamo-te embalde!
Era ainda uma última ilusão.
Tão longe desse amor fui inda o mesmo,
E vivi dois invernos sem verão.

Porque o verão não é aquele tempo
De vida e de calor que eu não vivi;
É a alma entornando a luz e as flores,
É o que hei de ser ao pé de ti!

A morte de Ofélia
(Paráfrase)

    Junto ao plácido rio
Que entre margens de relva e fina areia
    Murmura e serpenteia,
    O tronco se levanta,
O tronco melancólico e sombrio
De um salgueiro. Uma fresca e branda aragem
    Ali suspira e canta,
Abraçando-se à trêmula folhagem
Que se espelha na onda voluptuosa.
    Ali a desditosa,
A triste Ofélia foi sentar-se um dia.
Enchiam-lhe o regaço umas capelas
    Por suas mãos tecidas
    De várias flores belas,

                Pálidas margaridas,
E ranúnculos, e essas outras flores
A que dá feio nome o povo rude,
                E a casta juventude
Chama — dedos-da-morte. — O olhar celeste
Alevantando aos ramos do salgueiro,
Quis ali pendurar a ofrenda agreste.
                Num galho traiçoeiro
Firmara os lindos pés, e já seu braço,
                Os ramos alcançando,
Ia depor a ofrenda peregrina
                De suas flores, quando
                Rompendo o apoio escasso,
                A pálida menina
Nas águas resvalou; foram com ela
Os seus — dedos-da-morte — e as margaridas.
                As vestes estendidas
Algum tempo a tiveram sobre as águas,
                Como sereia bela,
Que abraça ternamente a onda amiga.
Então, abrindo a voz harmoniosa,
Não por chorar as suas fundas mágoas,
Mas por soltar a nota deliciosa
                De uma canção antiga,
                A pobre naufragada
De alegres sons enchia os ares tristes,
Como se ali não visse a sepultura,
                Ou fosse ali criada.
Mas de súbito as roupas embebidas
                Da linfa calma e pura
Levam-lhe o corpo ao fundo da corrente,
Cortando-lhe no lábio a voz e o canto.
                As águas homicidas,
Como a laje de um túmulo recente,
                Fecharam-se; e sobre elas,
Triste emblema de dor e de saudade,
Foram nadando as últimas capelas.

Notas de Machado de Assis

I — Menina e moça (p. 636)

A estes versos respondeu o meu talentoso amigo Ernesto Cibrão, com a seguinte poesia; vale a pena escrever de *meninas e moças*, quando elas produzem estas *flores e frutos*:

FLOR E FRUTO

A antítese é mais do que pensaste, amigo.
....
Está naquela idade em que se busca o abrigo
Do berço contra o sol, do mundo contra o lar;
Antemanhã da vida, hora crepuscular,
Que traz dormente a moça e desperta a menina:
Esta brinca no céu, encarnação divina,
Aquela sonha e crê... quantos sonhos de amor!
São uma e outra a mesma: o fruto sai da flor.

Era a flor perfumosa e bela e delicada,
A sedução da brisa, o amor da madrugada;
Mas nasce o fruto amargo, e traz veneno em si...
Aqui morre a menina e nasce a moça; aqui
Cede a criança-luz o passo à mulher-fogo;
E vai-se o querubim, surge o demônio; e logo
Da terra faz escrava e quer pisá-la aos pés.
Insurjo-me: serei vassalo mau talvez,
Serei; e ao triste exílio o coração condeno.
Peço a menina-flor, dão-me a mulher-veneno;
Prefiro o meu deserto, a minha solidão:
Ela tem o futuro, e eu tenho o coração.

Bem sabes tu que adoro as louras criancinhas,
E levo a adoração ao êxtase. Adivinhas
Que encontro na criança um perfume dos céus
E nela admiro a um tempo a natureza e Deus.
Pois, quando cinjo ao colo uma menina, e penso
Que inda há de ser mulher, sinto desgosto imenso;
Porque pode ser boa, e vítima será,
E, para ser ditosa, há de talvez ser má...

De mim dirás com pena: "Oh! coração vazio!
Cinza que foste luz! lama que foste rio!"
....
Olha, amigo, a mulher é um ídolo. Tens fé?
Ajoelha e sê feliz; eu contemplo-a de pé.

Cede a menina e moça à lei comum: divina
E bela e encantadora enquanto a vês menina;
Moça, transmuda a face e toma um ar cruel:
Desaparece o arcanjo e mostra-se Lusbel.
Amo-a quando é criança, adoro-a quando brinca;

Mas, quando pensativa o rubro lábio trinca,
E os olhos enlanguesce, e perde a rósea cor,
Temo que o fruto-fel surja daquela flor.

II — OS DEUSES DA GRÉCIA (p. 639)
    Não sei alemão; traduzi estes versos pela tradução em prosa francesa de um dos mais conceituados intérpretes da língua de Schiller.

Americanas

Advertência

O título de Americanas explica a natureza dos objetos tratados neste livro, do qual excluí o que podia destoar daquela denominação comum. Não se deve entender que tudo o que aqui vai seja relativo aos nossos aborígenes. Ao lado de *Potira* e *Niâni*, por exemplo, quadros da vida selvagem, há *Cristã-nova* e *Sabina*, cuja ação é passada no centro da civilização. Algum tempo, foi opinião que a poesia brasileira devia estar toda, ou quase toda, no elemento indígena. Veio a reação, e adversários não menos competentes que sinceros, absolutamente o excluíram do programa da literatura nacional. São opiniões extremas, que, pelo menos, me parecem discutíveis.

Não as discutirei, agora, que não é azado o ensejo. Direi somente que, em meu entender, tudo pertence à invenção poética, uma vez que traga os caracteres do belo e possa satisfazer as condições da arte. Ora, a índole e os costumes dos nossos aborígenes estão muita vez nesse caso; não é preciso mais para que o poeta lhes dê a vida da inspiração. A generosidade, a constância, o valor, a piedade hão de ser sempre elementos de arte, ou brilhem nas margens do Scamandro ou nas do Tocantins. O exterior muda; o capacete de Ájax é mais clássico e polido que o canitar de Itajuba; a sandália de Calipso é um primor de arte que não achamos na planta nua de Lindoia. Esta é, porém, a parte inferior da poesia, a parte acessória. O essencial é a alma do homem.

Das qualidades boas, e ainda excelentes, dos nossos índios, andam cheias as relações históricas. Era agreste e rudimentário o estado deles; media um abismo entre a taba de Uruçamirim e qualquer dos nossos bairros inferiores. Mas, com todas as feições grosseiras de uma civilização embrionária, havia ali os caracteres de uma raça forte, e não comuns virtudes humanas. Montaigne, que lhes consagrou um afetuoso capítulo, enumera o que achou neles grande e bom, e conclui com esta pontazinha de maliciosa ingenuidade: *"Mais quoi! ils ne portent point de hault de chausses!"*

1875
M. A.

Cantiga do rosto branco

Rico era o rosto branco; armas trazia,
E o licor que devora e as finas telas;
Na gentil Tibeíma os olhos pousa,
    E amou a flor das belas.

"Quero-te!" disse à cortesã da aldeia;
"Quando, junto de ti, teus olhos miro,
A vista se me turva, as forças perco,
    E quase, e quase expiro."

E responde a morena requebrando
Um olhar doce, de cobiça cheio:
"Deixa em teus lábios imprimir meu nome;
    Aperta-me em teu seio!".

Uma cabana levantaram ambos,
O rosto branco e a amada flor das belas...
Mas as riquezas foram-se co'o tempo,
    E as ilusões com elas.

Quando ele empobreceu, a amada moça
Noutros lábios pousou seus lábios frios,
E foi ouvir de coração estranho
    Alheios desvarios.

Desta infidelidade o rosto branco
Triste nova colheu; mas ele amava,
Inda infiéis, aqueles lábios doces,
    E tudo perdoava.

Perdoava-lhe tudo, e inda corria
A mendigar o grão de porta em porta,
Com que a moça nutrisse, em cujo peito
    Jazia a afeição morta.

E para si, para afogar a mágoa,
Se um pouco havia do licor ardente,
A dor que o devorava e renascia
    Matava lentamente.

Sempre traído, mas amando sempre,
Ele a razão perdeu; foge à cabana,
E vai correr na solidão do bosque
    Uma carreira insana.

O famoso Sachem, ancião da tribo,
Vendo aquela traição e aquela pena,
À ingrata filha duramente fala,
    E ríspido a condena.

Em vão! É duro o fruto da papaia,
Que o lábio do homem acha doce e puro;
Coração de mulher que já não ama
      Esse é inda mais duro.

Nu, qual saíra do materno ventre,
Olhos cavos, a barba emaranhada,
O mísero tornou, e ao próprio teto
      Veio pedir pousada.

Volvido se cuidava à flor da infância
(Tão escuro trazia o pensamento!)
"Mãe!", exclamava contemplando a moça,
      "Acolhe-me um momento!"

Vinha faminto. Tibeíma, entanto,
Que já de outro guerreiro os dons houvera,
Sentiu asco daquele que outro tempo
      As riquezas lhe dera.

Fora o lançou; e ele expirou gemendo
Sobre folhas deitado junto à porta;
Anos volveram; co'os volvidos anos,
      Tibeíma era morta.

Quem ali passa, contemplando os restos
Da cabana, que a erva toda esconde,
"Que ruínas são essas?" interroga;
      E ninguém lhe responde.

Notas de Machado de Assis

Nota A — Potira (p. 482)[4]

> De não sabido bardo
> Estes gemidos são...

Não sabido, ainda hoje o digo sem armar à contestação dos benévolos. Mas havia uma razão mais para escrever aquelas palavras quando compus este pequeno poema; destinava-o à publicação anônima, o que se verificou nas colunas do *Jornal do Commercio* em junho e agosto de 1870, tendo por assinatura um simples Y.

Nota B — A cristã-nova (p. 503)

> .... Águas santas
> De Cedron! Já talvez o sol que passa,
> E vê nascer e vê morrer as flores,
> Todas no leito vos secou...

Cedron, como se sabe, é o nome da torrente que atravessa o vale de Josafá. Lê-se em Chateaubriand que durante uma parte do ano fica seca; por ocasião de temporais ou nas primaveras chuvosas rolam umas águas avermelhadas.

Nota C — José Bonifácio (p. 520)

Compus estes versos por ocasião de ser inaugurada a estátua do patriarca da Independência, em 7 de setembro de 1873.

Pediu-nos o sr. Comendador J. Norberto de S. S., ilustrado vice-presidente do Instituto Histórico e membro da comissão que promovera aquele monumento. Não podia haver mais agradável tarefa do que esta de prestar homenagem ao honrado cidadão, cujo nome a história conserva ligado ao do fundador do Império.

Nota D — Cantiga do rosto branco (p. 657)

Não é original esta composição; o original é propriamente indígena. Pertence à tribo dos mulcogulges, e foi traduzida da língua deles por Chateaubriand (*Voy. dans l'Amer*). Tinham aqueles selvagens fama de poetas e músicos, como os nossos tamoios. "Na terceira noite da festa do milho, lê-se no livro de Chateaubriand, reúnem-se no lugar do conselho; e disputam o prêmio do canto. O prêmio é conferido pelo chefe e por maioria de votos: é um ramo de carvalho verde. Concorrem as mulheres também, e algumas têm saído vencedoras; uma de suas odes ficou célebre."

---

[4] Os poemas "Potira", "A cristã-nova" e "José Bonifácio", a que se referem as três primeiras notas, foram incluídos por Machado de Assis em suas Poesias completas, porém as notas correspondentes não o foram, por isso estão reproduzidas aqui. (N. E.)

A ode célebre é a composição que trasladei para a nossa língua. O título na tradução em prosa de Chateaubriand é — *Chanson de la chair blanche*.

Sobre o talento das mulheres para a poesia, também o tivemos em tribos nossas. Veja Fernão Cardim, *Narrativa de uma viagem e missão*.

Outras

poesias

À ilma. sra. D. P. J. A.
(1854)

Quem pode em um momento descrever
Tantas virtudes de que sois dotada
Que fazem dos viventes ser amada
Que mesmo em vida faz de amor morrer!

O gênio que vos faz enobrecer,
Virtude e graça de que sois c'roada
Vos fazem do esposo ser amada
(Quanto é doce no mundo tal viver!)

A natureza nessa obra primorosa,
Obra que dentre todas as mais brilha,
Ostenta-se brilhante e majestosa!

Vós sois de vossa mãe a cara filha,
Do esposo feliz, a grata esposa,
Todos os dotes tens, ó Petronilha.

A palmeira
(1855)

A Francisco Gonçalves Braga

Como é linda e verdejante
Esta palmeira gigante
Que se eleva sobre o monte!
Como seus galhos frondosos
S'elevam tão majestosos
Quase a tocar no horizonte!

Ó palmeira, eu te saúdo,
O tronco valente e mudo,
Da natureza expressão!
Aqui te venho ofertar
Triste canto, que soltar
Vai meu triste coração.

Sim, bem triste, que pendida
Tenho a fronte amortecida,
Do pesar acabrunhada!
Sofro os rigores da sorte,
Das desgraças a mais forte
Nesta vida amargurada!

Como tu amas a terra
Que tua raiz encerra,
Com profunda discrição;
Também amei da donzela
Sua imagem meiga e bela,
Que alentava o coração.

Como ao brilho purpurino
Do crepusc'lo matutino
Da manhã o doce albor;
Também amei com loucura
Ess'alma toda ternura,
Dei-lhe todo o meu amor!

Amei!... mas negra traição
Perverteu o coração
Dessa imagem da candura!
Sofri então dor cruel,
Sorvi da desgraça o fel,
Sorvi tragos d'amargura!
....

Adeus, palmeira! ao cantor
Guarda o segredo de amor;
Sim, cala os segredos meus!
Não reveles o meu canto,
Esconde em ti o meu pranto,
Adeus, ó palmeira!... adeus!

Ela
(1855)

> *Nunca vi, — não sei se existe*
> *Uma deidade tão bela,*
> *Que tenha uns olhos brilhantes*
> *Como são os olhos dela!*
> F. G. Braga

Seus olhos que brilham tanto,
Que prendem tão doce encanto,
Que prendem um casto amor
Onde com rara beleza,
Se esmerou a natureza
Com meiguice e com primor.

Suas faces purpurinas
De rubras cores divinas
De mago brilho e condão;
Meigas faces que harmonia
Inspira em doce poesia
Ao meu terno coração!

Sua boca meiga e breve,
Onde um sorriso de leve
Com doçura se desliza,
Ornando purpúrea cor,
Celestes lábios de amor
Que com neve se harmoniza.

Com sua boca mimosa
Solta voz harmoniosa
Que inspira ardente paixão,
Dos lábios de Querubim
Eu quisera ouvir um — sim —
Pr'a alívio do coração!

Vem, ó anjo de candura,
Fazer a dita, a ventura
De minh'alma sem vigor;
Donzela, vem dar-lhe alento,
Faz-lhe gozar teu portento,
"Dá-lhe um suspiro de amor!"

A saudade
(1855)

Ao meu primo o sr. Henrique José Moreira

Meiga saudade! — Amargos pensamentos
A mente assaltam de valor exausta,
Ao ver as roxas folhas delicadas
    Que singelas te adornam.

Mimosa flor do campo, eu te saúdo;
Quanto és bela sem seres perfumada!
Que te inveja o jasmim, a rosa e o lírio
    Com todo o seu perfume?

Repousa linda flor, num peito f'rido,
A quem crava sem dó a dor funesta,
O horrível punhal, que fere e rasga
    Um débil coração.

Repousa, linda flor, vem, suaviza
A frágua que devora um peito ansioso,
Um peito que tem vida, mas que vive
    Envolto na tristeza!...

Mas não... deixo-te aí causando inveja;
Não partilhes a dor que me consome,
Goza a ventura plácida e tranquila,
    Mimosa flor do campo.

Saudades
(1855)

Ao ilmo. sr. Francisco Gonçalves Braga

Vai oh! meu saudoso canto
Dizer um nome — Saudade!
F. G. Braga

Recebe, ó Braga, o meu canto,
Que eu cá de longe t' envio;
São orvalhadas do pranto
Secas flores do estio;
É prova da lealdade
Duma constante amizade,

Recebe, que o pensamento
Tenho em Deus, na pátria, em ti;
Das privações no tormento
Do tempo, que te não vi:
São flores, dá-lhe cultura,
Dá-lhe o porvir da ventura.

No mar do mundo enganoso
Há procelas, há bonanças;
Procela, é quando saudoso
Vive um peito co'as 'speranças,
Bonança, é quando amizade
Goza paz e f'licidade.

Sofri procela, meus olhos
Te não viram com ventura.
Soçobrei ante os escolhos
Da desgraça e desventura;
A dor ceifou da esperança
A flor que a saudade alcança.

Cruel ausência! que dias
Tão amargos não passei;
Que imenso mar d'alegrias
Ter contigo não sonhei!
Tudo quimera, ilusão,
Bem sabia o coração!

Não viçavam minhas flores,
Era escuro o firmamento;
Não vi nele os fulgores,
Só vivia meu sofrimento,
Só via pranto, saudade;
Era a pura realidade.

Saudade! bebi na taça
O fel amargo da dor;
Quis horrífica desgraça
Que não te visse, cantor;
Dei de rojo o corpo ao leito.
Sufoquei a dor no peito!

Adeus... não pode minh'alma
Entre suspiros cantar;
Minha dor somente acalma
Se ouvir teu doce trovar,
Que entre o fel, que o peito traga.
Um nome me adoça, é BRAGA.

Júlia
(1855)

Teu rosto meigo e singelo
Tem do Céu terno bafejo.

Tu és a rosa do prado
Desabrochando ao albor
Abrindo o purpúreo seio,
Abrindo os cofres de amor.

Tu és a formosa lua
Percorrendo o azul dos céus,
Retratando sobre a linfa
Os seus alvacentos véus.

Tu és a aurora formosa
Quando d'além vem surgindo;
E que se ostenta garbosa
Áureas flores espargindo.

Tu és perfumada brisa
Sobre o prado derramada
Que goza os doces sorrisos
Da formosa madrugada.

Tua candura e beleza
Tem de amor doce expressão
És um anjo, minha Júlia,
Donde nasce a inspiração.

Quando a terra despe as galas
E os mantos da noite veste,
Vejo brilhar tua imagem
Lá na abóbada celeste.

Nela vejo as tuas graças,
Nela vejo um teu sorriso
Nela vejo um volver d'olhos
Nascido do paraíso.

És, ó Júlia, meiga virgem
Que temente ora ao Senhor;
São teus olhos duas setas.
O teu todo é puro amor.

Lembrança de amor
(1855)

Vem, ó Júlia, vem ao prado
Vem colher mimosas flores,
Para ornar teu níveo seio,
Onde vivem os amores.

Olha o rubor desta rosa
Que simboliza a paixão;
Toma-a, põe-na, minha Júlia,
Põe-na sobre o coração.

Não temas que da roseira
Longe fique emurchecida;
Junto a ti tudo é brilhante,
Junto a ti tudo tem vida.

Olha a cândida pureza
Deste tão alvo jasmim,
Linda flor que brilha, impera
Que dá beleza ao jardim.

Põe também junto da rosa
Esta flor de alabastrino
Que doce contraste opera
Junto ao alvo, o purpurino!

Fresca e bela és como a rosa,
Como o jasmim tens pureza,
Teus dotes são dotes celestes,
Que te deu a natureza.

Olha, vê, querida Júlia,
Este lindo *amor perfeito;*
Bela flor que simboliza
Da nossa paixão o efeito.

Toma-a, põe-na junto à rosa,
Junto também do jardim,
Transforma teu seio excelso
No mais formoso jardim.

Que doce junção não faz
Com essas a tenra flor!
Da paixão e da candura
Só nasce um *perfeito amor.*

Se algum dia nosso afeto
For por alguém perturbado
E longe um doutro estas prendas
Lembrarem teu bem-amado;

Conserva sempre em teu seio
Estas prendas — puro amor;
Seja querida lembrança
Do nosso extremado ardor.

Teu canto
(1855)

A uma italiana

É sempre nos teus cantos sonorosos
Que eu bebo inspiração.
DO AUTOR

Tu és tão sublime
Qual rosa entre as flores
    De odores
    Suaves;
Teu canto é sonoro
Que excede ao encanto
    Do canto
    Das aves.

Eu sinto nest'alma,
Num meigo transporte,
    Meu forte
    Dulçor;
Se soltas teu canto
Que o peito me abala,
    Que fala
    De amor.

Se soltas as vozes
Que podem à calma,
    Minha' alma
    Volver;
Minh'alma se enleva
Num gozo expansivo
    De vivo
    Prazer.

Donzela, esta vida,
Se eu tanto pudera,
    Quisera
    Te dar;

Se um beijo eu pudesse
Ardente e fugace
    Na face
    Pousar.

A lua
(1855)

Poesia oferecida ao meu amigo o ilmo. sr. F. A.Vaz da Mota

Vem acolher meu suspiro,
Ver como por ti respiro,
Que quero deste retiro
Me leves um — ai — a Deus!...
E. D. Vilas-Boas, A Lua

É noite: fulgura a lua
E esparge à campina amena
    Branda luz;
Contempla a beleza sua
Sobre a linfa, que serena
    Geme a fluxo.
Em sua fronte marmórea
Tem estampada a beleza
    Lá do céu;
Sua luz é merencória
Cobre-lhe a tez da pureza
    Branco véu.
Lá no campo, sobre as flores,
Dardeja seus brandos raios
    Cor de prata,
Parece falar amores
Em seus cândidos desmaios
    Que arrebatam.
Como a sua luz é pura
Sobre as águas tão serenas
    Deste lago!
Como a taça da doçura
Me faz libar toda, apenas
    Dum só trago!
Longe as dores: vibro a lira
Descanto amoroso endeixa
    De minh'alma.
Do coração que suspira
Já não solto triste queixa:
    Tenho calma.
Meiga lua, tu és pura;
São divinos teus encantos;

            Teu sorrir;
Tem candor a tua alvura
Tu me dás prazeres santos
            Num luzir.
Tu me inspiras; és meu Nume,
E eu sou de teus encantos
            O Cantor;
Se brilhas no etéreo cume
Cessam meus ardentes prantos
            Cessa a dor.
Cessa a dor se com teu brilho
Tu me afagas fulgurante
            Na soidão;
Se teu encanto partilho
Dás prazer ao meu amante
            Coração.

Meu anjo
(1855)

> *Um anjo desejei ter a meu lado...*
> *E o anjo que sonhei achei-o em ti!*
> C. A. DE SÁ

És um anjo d'amor — um livro d'ouro,
            Onde leio o meu fado
És estrela brilhante do horizonte
            Do Bardo enamorado
Foste tu que me deste a doce lira
            Onde amores descanto
Foste tu que inspiraste ao pobre vate
            D'amor festivo canto;
É sempre nos teus cantos sonorosos
            Que eu bebo inspiração;
Risos, gostos, delícias e venturas
            Me dá teu coração.
É teu nome que trago na lembrança
            Quando estou solitário,
Teu nome a oração que o peito reza
            D'amor um santuário!
E tu que és minha estrela, tu que brilhas
            Com mágico esplendor,

Escuta os meigos cantos de minh'alma
       Meu anjo, meu amor.

Quando sozinho, na floresta amena
       Tristes sonhos modulava,
Não em lira d'amor — na rude frauta
       Que a vida me afagava,
Tive um sonho d'amor; sonhei que um anjo
       Estava ao lado meu,
Que com ternos afagos, com mil beijos
       Me transportava ao céu.

Esse anjo d'amor descido acaso
       De lá do paraíso,
Tinha nos lábios divinais, purpúreos
       Amoroso sorriso;
Era um sorriso que infundia n'alma
       O mais ardente amor;
Era o reflexo do formoso brilho
       Da fronte do Senhor.
És anjo sonhado, cara amiga,
       A quem consagro a lira,
És tu por quem minh'alma sempre triste
       Amorosa suspira!

Quando contigo, caro bem, d'aurora
       O nascimento vejo
Em um berço florido, e de ventura
       Gozarmos terno ensejo;
Quando entre mantos d'azuladas cores
       A meiga lua nasce
E num lago de prata refletindo
       Contempla a sua face;
Quando num campo verdejante e ameno
       Dum aspecto risonho
Ao lado teu passeio; eu me recordo
       Do meu tão belo sonho
E lembra-me esse dia venturoso
       Em que a vida prezei
Que vi teus meigos lábios me sorrirem,
       Que logo te adorei!

Nesse dia sorriu a natureza
       Com mágico esplendor
Parecia augurar ditoso termo

Ao nosso puro amor. E te juro, anjo meu, ditosa amiga,
Por tudo que há sagrado,
Que esse dia trarei junto ao teu nome
No meu peito gravado.
E tu que és minha estrela, tu que brilhas
Com mágico esplendor,
Escuta os meigos cantos de minh'alma,
Meu anjo, meu amor!

Um sorriso
(1855)

Em seus lábios um sorriso
É a luz do paraíso.
Garrett

Não sabes, virgem mimosa,
Quanto sinto dentro d'alma
Quando sorris tão formosa
Sorriso que traz-me a calma:
Brando sorriso d'amores
Que se desliza entre as flores
De teus lábios tão formosos;
Doce sorriso que afaga
Do peito a profunda chaga
De tormentos dolorosos.

Quando o diviso amoroso
Por sobre as rosas vivaces
Torno-me louco, ansioso,
Desejo beijar-te as faces;
Corro a ti... porém tu coras
Logo súbito descoras
Arrependida talvez...
Na meiga face t'imprimo
Doce beijo, doce mimo
Da paixão que tu bem vês.

En gosto, meiga donzela,
De ver-te sorrindo assim;
Semelhas divina estrela

Que brilha só para mim:
És como uma linda rosa
Desabrochando mimosa
Ao respiro da manhã:
És como serena brisa
Que no vale se desliza,
Seu mais terno e doce afã.

O brando favônio ameno;
Da fonte o gemer sentido,
Da lua o brilho sereno
Sobre um lago refletido
Não tem mais doces encantos
Que, sobre os puníceos mantos
Dos lábios teus um sorriso.
Sorriso que amor me fala
Como d'alva o encanto, a gala
Quando serena a diviso.

Sorri, sorri, que teu sorriso brando
                Minhas penas acalma;
É como a doce esp'rança realizada
                Que as ânsias desvanece!
E se queres em troca dum sorriso
                Uma prova de amor
Vem para perto de mim m'escuta ao peito
                Na face um beijo toma...

Como te amo

(1855)

Eu amo-te como a florinha
Quer bem à serena brisa,
Quando meiga se desliza
Sobre campina relvosa;
Eu te amo como a rola
Ama o bosque solitário
Onde vai por seu fadário
Carpir-se com voz chorosa.

Eu amo-te como o zéfiro
Ama um flórido jardim
Como a Deus um serafim,
Como o sol azul dos Céus;
Eu amo-te como o Vate
Ama rutilante estrela.
Que é imagem da donzela
Objeto d'amores seus.

Eu te amo com ternura
Como ama o pobre nauta
Merencória e rude frauta;
Como o zagal o arrabil,
Eu te amo com afeto
Qual da noite o lindo astro
Em seu carro d'alabastro
Ama o Céu da cor d'anil.

Eu amo-te como a aurora
Entre manto auri-rosado
Ama o lírio que orvalhado
Retrata d'alva o esplendor:
Eu amo-te com ternura
Como a donzela formosa
Ama a nota sonorosa.
Da harpa do trovador.

Eu te amo com afeto
Como a donzela ama as flores;
Porque tu és o objeto
De meus plácidos amores.

Paródia
(1855)

Se eu fora poeta de um estro abrasado
Quisera teu lindo semblante cantar;
Gemer eu quisera bem junto a teu lado,
Se eu fora uma onda serena do mar;

Se eu fora uma rosa de prado relvoso,
Quisera essa coma, meu anjo, adornar;
Se eu fora um anjinho de rosto formoso
Contigo quisera no espaço voar;

Se eu fora um astro no céu engastado
Meu brilho, quisera p'ra ti só brilhar;
Se eu fora um favônio de aromas pejado
Por sobre teu corpo me iria espraiar;

Se eu fora das selvas um'ave ligeira
Meus cantos quisera p'ra ti só trinar;
Se eu fora um eco de nota fagueira
Fizera teu canto no céu ressoar;

Mas eu não sou astro, poeta, ou anjinho,
Nem eco, favônio, nem onda do mar;
Nem rosa do prado, ou ave ligeira;
Sou triste que a vida consiste em te amar.

A saudade
(1855)

> *Saudade! ó casta virgem,*
> *Qu'inspiraste a Bernardim,*
> *Nos meus dias de tristeza*
> *Consolar tu vens a mim.*
> F. G. Braga

Saudade! d'alma ausente, o acerbo impulso,
Mágico, doce sentimento d'alma
Místico enleio que nos cerra doce
O espírito cansado!...Oh! saudade,
Para que vens pousar-te envolta sempre
Em tuas vestes roxeadas tristes,
Nas débeis cordas de minh'harpa débil?!...
Doce chama me ateias dentro d'alma,
Meiga esperança que me nutre em sonhos
De cândida ventura!... Ó saudade,
D'alma esquecida o despertar pungente;
Doce virgem do Olimpo rutilante,

Que co'a taça na destra à terra baixas
E o agro, doce líquido entornando
Em coração aflito, meiga esparges
Indizível encanto, que deleita,
Melancólicas horas num letargo
D'espírito cansado, d'alma aflita,
Que plácida flutua extasiada,
Na etérea região, morada excelsa
Do sidéreo esplendor que a mente inflama;
Tu que estreitas minh'alma em doce amplexo
Preside ao canto meu, ao pranto, às dores.
Quando a noite vaporosa,
    Silenciosa,
Cinge a terra em manto denso;
Quando a meiga, a clara Hebe,
    Cor de neve,
Branda corre o espaço imenso;
Quando a brisa suspirando,
    Sussurrando,
Move as folhas do arvoredo,
Qual eco d'um som tristonho
    Que num sonho
Revela ao Vate um segredo;

Quando, enfim, se envolve o mundo
    Num profundo
Silêncio que ao Vate inspira,
Vens a meu lado sentar-te,
    Vens pousar-te
Nas cordas de minha lira.

E me cinges num abraço
    Doce laço
Que se aperta mais, e mais;
E depois entre os carinhos,
    Teus espinhos
Em minh'alma repassais!

Entre a melancolia
    De poesia
Me dais santa inspiração
Da alma solto uma endeixa,
    Triste queixa,
Triste queixa, mas em vão.

Na morada estelífera vagueia
Minh'alma em teus carinhos absorta.
D'aéreo berço, sobre ameno encosto
Adormece de amor, junto a teu lado.
E geme melancólica... e suspira.
Té que desponte da ventura a aurora!

No álbum do sr. F. G. Braga
(1855)

> *Pago ao gênio um tributo merecido*
> *Que a gratidão me inspira;*
> *Fraco tributo, mas nascido d'alma.*
> Mag. Saudades

Qual descantou na lira sonorosa
O terno Bernardim com voz suave;
Qual em tom jovial cantou Elmano
Brandas queixas de amor, tristes saudades
Que em seus cantares mitigou; oh! Vate.
Assim da lira tu, ferindo as cordas,
Cantas amores que em teu peito nutres,
Choras saudades que tu'alma sente;
Ou ergues duradouro monumento
À cara pátria que distante choras.

Do Garrett divino — o Vate excelso
Renasce o brilho inspirador das trovas,
Das mimosas canções que o mundo espantam
Nesse canto imortal sagrado aos manes
Do famoso Camões, cantor da Lísia
São carmes que te inspira o amor da Pátria.
Nele relatas em divinos versos
O exímio Trovador, a inteira vida
Já no campo de Marte; já no cume
Do Parnaso bradando aos povos todos
Os feitos imortais da lusa gente!
Nessa epopeia, monumento excelso
Que em memória do Vate à pátria ergueste,
Ardente se desliza a etérea chama,
Que de Homero imortal aos sucessores

Na mente ateia o céu com forte sopro!
Euterpe, a branda Euterpe nos teus lábios
Da taça d'ouro, derramando o néctar
Deu-te a doce poesia com que outr'ora
Extasiou Virgílio ao mundo inteiro!
"Empunha a lira d'ouro, e canta altivo
Um Tasso em ti se veja — o estro excelso
De Camões imortal, te assoma à mente;
E de verde laurel cingida a fronte
Faz teu nome soar na voz da fama!"
Foram estas as frases com que Apolo
Poeta te fadou quando nasceste,
E em doce gesto te imprimiu na fronte
Um astro de fulgor, que sempre brilha!
....

Ah! que não possam estes pobres versos,
Que n'áureas folhas de teu belo livro
Trêmulo de prazer co'a destra lanço,
Provar-te o assombro, que ao ouvir te sinto!
Embora!... entre os arquejos de minh'alma
Do opresso coração entre os suspiros
As brandas vibrações da pobre lira
Vão em tua alma repetir sinceros
Votos dest'alma que te prove o assombro
Que sinto ao escutar-te as notas d'harpa!

A uma menina
(1855)

> *La esencia de las flores*
> *Tu dulce aliento sea.*
> QUINTANA

Desabrochas ainda; tu és bela
    Como a flor do jardim;
És doce, és inocente, como é doce
    Divino Querubim.

Nas gotas da pureza inda se anima
    A tu' alma infantil;

Não te nutre inda o peito da malícia
  Mortífero reptil.

Quando sorris trasbordam de teus lábios
  As gotas d'inocência;
No teu sorriso se traduz o encanto
  Da tua pura essência.

És anjo, e são os anjos que confortam
  Os tormentos da vida;
Vive, e não haja em teu semblante a prova
  De lágrima vertida!

O gênio adormecido
(1855)

Ao ilmo. sr. Antônio Gonçalves Teixeira e Sousa

Do grego vate expande-se a harmonia
Em teus sonoros carmes! Na harpa d'ouro
Do sacro Apolo, Trovador, dedilhas
Doces cantos que o espírito arrebata
  Ao recinto celeste!

Em cit'ra de marfim, com fios d'ouro
Cantaste infante, para que mais tarde
A fama altiva as tubas embocando
Com voz imensa proclamasse aos mundos
  Um gênio americano!

E tu dormes, Poeta?! Da palmeira
No verde tronco penduraste a lira.
Após nela entoar linda epopeia,
Que mau condão funesto à nossa pátria
  Faz soporoso o Vate!

Vate! Vate!... Que morre harmonioso!
Semelha um som ao respirar das brisas
Nas doces cordas do alaúde d'ouro
Pendurado no ramo da palmeira,
  Que sombreia o regato!

Desperta, ó Vate, e libertando o estro
Desprende a voz, e os cânticos divinos
Deixa entornar-se em teus ungidos lábios
Como a ribeira deslizando o corpo
      Cercado de boninas.

Sim, ó Vate, o teu canto é tão sonoro
Como os sons da Seráfica harmonia
Dos sonorosos cantos sublimados
Do doce Lamartine — o Bardo excelso
      Da França o belo Gênio!

Toma a lira de novo, e um canto vibra,
E depois ouvirás a nossa terra
Orgulhosa dizer: — Grécia, emudece
Dos vates berço, abrilhantado surge
      O Gênio adormecido!

O profeta (fragmento)
(1855)

...ungido crente,
Alma de fogo, na mundana argila.
M. A. A. AZEVEDO

Do sacro templo, sobre as negras ruínas
      Lá medita o profeta
Com fatídica voz, dizendo aos povos
      Os decretos de um Deus;
Ao rápido luzir do raio imenso
      Traçando as predições.
Dos soltos furacões, libertas asas
      Adejam sobre a terra:
Do sacro templo em denegridos muros
      Horríssono gemendo
Lá fende o seio de pesadas nuvens
      O fulminoso raio
Sinistro brilho, que o terror infunde.
      Que negro e horrível quadro!

Propínquo esboço da infernal morada!...
....

E o profeta ergue a fronte, a fronte altiva
Cheio de inspiração, de vida cheio;
Revolvem-se na mente escandescida
Inspiradas ideias que Deus cria
Nesse cofre que encerra arcanos sacros;
Revolvem-se as ideias, pensamentos
Que num lampejo abrangem as idades
      Rápidas aglomeradas
Nesse abismo que os séculos encerra!
      Profeta, em que meditas,
O espírito de Deus que te revela?
      Um novo cataclismo
Que a terra inunde e a humanidade espante?
De guerras sanguinosas longa série?
A desgraça talvez dum povo inteiro?
Enviado de Deus, conta-me os sonhos
Que te revelam do futuro as sortes
Quando absorto em sacros pensamentos
A fronte reclinando tu dormitas
Essas visões que à hora do silêncio
Quando reina o pavor, e as trevas reinam
Os céus ensaiam qu'o porvir revelam:
E quando é bela a noite, quando brilha
      A prateada lua
Lâmpada argêntea, que alumia as trevas
      Quando fulguram meigos
Formosos, belos astros, que semelham
      Longa série de luzes
Que a lousa aclaram do sepulcro imenso:
      O que te inspira o céu?
....
Já sossega a tormenta; — refreados
Jazem mudos os ventos; só a brisa
Plácida expele as condensadas nuvens;
Envolta em negro véu lá brilha acaso
Medrosa estrela que sorri medrosa:
'Stá muda a atmosfera! Lá se ergue.
De súbito o profeta (sacra gota
Na mente lhe verteu do Eterno a destra).
Do Supremo Arquiteto o mando grava
No extenso muro do arruinado templo!...

O Pão d'Açúcar
(1855)

Salve, altivo gigante, mais forte
Que do tempo o cruel bafejar,
Que avançado campeias nos mares,
Seus rugidos calado a escutar.

Quando Febo ao nascente aparece
Revestido de gala e de luz,
Com seus raios te inunda, te beija,
Em tua fronte brilhante reluz.

Sempre quedo, com a fronte inclinada,
Acoberto dum véu denegrido;
Tu pareces gigante que dorme
Sobre as águas do mar esquecido.

És um rei, sobranceiro ao oceano,
Parda névoa te cobre essa fronte,
Quando as nuvens baixando em ti pairam
Matizadas do sol no horizonte.

Fez-te o Eterno surgir d'entre os mares
C'uma frase somente, c'um grito
Pôs-te à fronte gentil majestade,
Negra fronte de duro granito.

Ruge o mar, a procela te açoita,
Feros ventos te açoitam rugindo;
O trovão lá rebrama furioso,
E impassível tu ficas sorrindo.

E da foice do tempo se solta
Sopro fero de breve eversão,
Quer feroz te roubar para sempre;
Tu sorris, qual sorris ao trovão.

Salve, altivo gigante, mais forte
Que do tempo o cruel bafejar,
Que avançado campeias nos mares,
Seus rugidos calado a escutar.

Soneto a S. M. o Imperador, o senhor d. Pedro II

Nesse trono, Senhor, que foi erguido
Por um povo já livre, e sustentado
Por ti, que alimentando as leis, o Estado
Hás na História teu Nome engrandecido!

Nesse trono, Senhor, onde esculpido
Tem à destra do Eterno um nome amado,
Vês nascer este dia abrilhantado
Sorrindo a ti, Monarca esclarecido.

Eu te saúdo neste dia imenso!
Da Clemência, Justiça e sã Verdade,
Queimando às piras perfumoso incenso.

Elevado aos umbrais da imensidade
Terás fama, respeito e amor intenso.
Um Nome transmitindo à Eternidade!

Rio, 2 de dezembro de 1855
Pelo seu reverente súdito
J. M. M. d'Assis

A madame Arsène Charton Demeur
(1856)

Heroína da cena, que entre as flores
Que a senda esmaltam da carreira d'arte
Em que orgulhosa pisas, ostentando
A fronte além das sombras que forcejam
Debalde por calcar teu nome e glória,
Colhes coroas mil com que te adornas,
Benévola me escuta. Eu sou bem fraco,
Mas poeta me creio, se o teu nome
Na lira acordo que meu peito exalta.

Que vai o templo, se lhe falta o nume?
Não nos fujas daqui, Charton divina!
Deserto fica o majestoso alcáçar

Que Verdi exalta com florões de glória!
Deserta a cena onde pisaste, ornando
A fronte altiva de lauréis, de flores,
Em face a um povo que aplaudindo o gênio
Com palmas estrondosas, te há mostrado
Quanto estima o talento, quanto te ama!
Deserto o nosso espírito de gozos,
Suaves sensações que o ser enleva;
Da tua bela voz ermo de influxos,
Repercutindo apenas dentro d'alma
Os ecos do teu canto sonoroso,
A cada som pungindo uma saudade!
Oh sol que o céu das artes iluminas,

É cedo o ocaso teu na nossa terra!
Um dia mais, um dia mais de enlevos:
Fica, Charton — contigo a luz gozamos;
Sem ti — sombria treva a cena envolve!

Anjo de Melodias, quem soubera
Imitar de teu peito — harpa celeste —
O meigo som, para louvar num hino,
Teu canto que tu mesma hás já louvado!
Quem me dera, Charton, sentir na mente
De Alfredo de Musset o gênio em chamas
De imenso ardor, para com voz altiva
Levantar-te um padrão, mais duradouro
Que o mármor ou que o bronze, que lembrasse
Junto do nome teu meu nome obscuro!
Mas não posso obter do austero fado
Glória maior que admirar-te o gênio
Num pobre canto, que o teu canto inspira!

Musa gentil dos versos que ora teço,
Quando longe de nós, lá noutro palco,
Traduzindo as de Verdi obras sublimes,
Outros mortais que anelam ver teu rosto
E ouvir teu canto cheio de harmonias,
Com meiga e doce voz extasiares,
Recorda o canto meu, — recorda o vate
Que mais que todos te admira o canto,
Talento e garbo que ostentas na cena!
....

Não mais minh'arpa! — Inda uma vez te peço,
Não nos fujas daqui, Charton divina!
Inda uma vez de teu talento o brilho
Esparge sobre nós, que eu te asseguro
Não nos falece o santo entusiasmo
Com que já te acolhemos!
    Grande eterno,
Refulge o nume no altar da glória.
Grande é Stoltz, mas Stoltzs há muitas;
Charton só uma, que no mundo impera!

O meu viver
(1856)

Chama-se a vida a um martírio certo
Em que a alma vive se morrer não pode,
É crer que há vida p'ra o arbusto seco,
Que as folhas todas para o chão sacode.

Dizer que eu vivo... e minha mãe perdi,
Minha alma geme e o coração de amores,
É crer que um filho, sem a mãe... sozinho,
Também existe, com pungentes dores.

Dizer que vivo, se ausente existo
Da amante terna, tão formosa e pura,
É crer que triste desgraçado preso
Vive também lá na masmorra escura.

Quero despir-me desta vida má,
Quero ir viver com minha mãe nos céus,
Quero ir cantar os meus amores todos,
Quero depois em ti pensar, meu Deus!

Dormir no campo
(1856)

Ao terno suspirar do arroio brando,
Quanto é belo o repouso em campo ameno!
Em noite de verão, que a brisa geme,
Em noite em que o luar brilha sereno!

Acorda-se alta noite: no silêncio
Envolta jaz a terra adormecida;
Verseja-se um minuto, à noite, à lua,
E torna-se a dormir... Que bela vida!

Se se ouve o piar d'ave noturna
Solta-se a ela mesma um doce canto,
Lança-se extremo olhar da lua ao brilho
E torna-se a dormir sob seu manto.

Não há vida melhor por certo; eu juro
Não a trocar por outra ainda que bela;
Não há nada no mundo mais sublime
Que um homem contemplar a sua estrela.

É belo o despertar, abrem-se os olhos
Suavemente as pálpebras se erguendo
Dir-se-ia a serena e branda aurora
Que vai rubra madeixa desprendendo.

Senta-se abrindo os olhos, bocejando.
Lançando à banda a destra agarra a lira,
Preludia-se um canto, um canto d'alma
E o terno coração terno suspira.

Erguendo-se sacode a véstia, as calças,
Compõe-se o vestuário com asseio,
E cuidadoso segurando a lira,
Vai-se dar pelo campo almo passeio.

Procura-se depois uma serrana
E se tece uma endeixa após um beijo
(Que é de beijos que o vate se sustenta)
Embora à face ardente assome o pejo.

Não há vida melhor, por certo, eu juro
Não a troco por outra, ainda que bela;
Não há nada no mundo mais sublime
Que amar-se alguma rústica donzela!

Minha musa
(1856)

A Musa, que inspira meus tímidos cantos,
É doce e risonha, se amor lhe sorri;
É grave e saudosa, se brotam-lhe os prantos,
Saudades carpindo, que sinto por ti.

A Musa, que inspira-me os versos nascidos
De mágoas que sinto no peito a pungir,
Sufoca-me os tristes e longos gemidos,
Que as dores que oculto me fazem trair.

A Musa, que inspira-me os cantos de prece,
Que nascem-me d'alma, que envio ao Senhor,
Desperta-me a crença, que às vezes dormece
Ao último arranco de esp'ranças de amor.

A Musa, que o ramo das glórias enlaça,
Da terra gigante — meu berço infantil,
De afetos um nome na ideia me traça,
Que o eco no peito repete: — Brasil!

A Musa, que inspira meus cantos é livre,
Detesta os preceitos da vil opressão,
O ardor, a coragem do herói lá do Tibre,
Na lira engrandece, dizendo: — Catão!

O aroma da esp'rança, que n'alma recende,
É ela que aspira, no cálix da flor;
É ela que o estro na fronte me acende,
A Musa que inspira meus versos de amor!

Consummatum est!
(1856)

> *Povos, curvai-vos*
> *A redenção do mundo consumou-se.*
> João de Lemos

I

Na treva sombria de sacra tristeza,
Gemendo se envolvem a terra e os céus,
E a alma do crente num cântico acesa,
Revolve na ideia, suplício de um Deus.

Recorda a cidade que outrora folgando
Sorria descrente de um Deus à paixão,
E hoje proscrita lá dorme escutando
Do Eterno a palavra que diz: "Maldição!"

De Cristo os martírios, a dor tão intensa
De santa humildade, são provas fiéis,
E as gotas de sangue, as bases da crença,
Da crença que fala nos povos, nos reis!

Entremos no Templo, e um cântico d'alma
Em ondas de incenso mandemos aos céus,
E ao mestre divino, de mártir com a palma,
Curvados oremos num cântico a Deus!

II

Senhor! entre apupadas dos algozes
Foste levado ao cimo do Calvário
    Para a morte sofrer!
De Deus ouviste as tão sagradas vozes,
Cheio de sangue envolto em um sudário
    Tu quiseste morrer!

Quiseste, porque assim se revogava
Da pena eterna a tão fatal sentença
    Que o pecado traçou!
E o sangue que teu corpo derramava
Era alto preço e animava a crença,
    Que o pecado abismou!

E caminhaste ao Gólgota, levando
A cruz onde por nós foste cravado:
    Cruenta imolação!
O sangue teu em jorros borbotando,
E teu corpo de açoites tão chagado,
    Sem dó, sem compaixão!

Oh! Cristo! e tu sofreste tais injúrias!
Foste arrastado ao cimo do Calvário,
    Morto a plebe te quis!
Não quiseste embargar o ardor das fúrias;
Tu, cuja voz a Lúcifer tartáreo
    Curva a negra cerviz!

"Perdoai-lhes, Senhor!" disseste, quando
Quase a expirar os olhos levantaste
    Ao céu anuviado,
E já da morte gélido arquejando,
Com fraca e triste voz pronunciaste:
    "Tudo está consumado!"

E o mundo remiu-se! De Deus à morada,
Gozando outra vida, se eleva Jesus!...
Cristãos! penetremos a casa sagrada,
E a Cristo adoremos em torno da cruz!

Um anjo
(1856)

À memória de minha irmã

*Se deixou da vida o porto
Teve outra vida nos céus.*
    A. E. ZALUAR

Foste a rosa desfolhada
Na urna da eternidade,
Pr'a sorrir mais animada,
Mais bela, mais perfumada
Lá na etérea imensidade.

Rasgaste o manto da vida,
E anjo subiste ao céu
Como a flor enlanguecida
Que o vento pô-la caída
E pouco a pouco morreu!

Tu'alma foi um perfume
Erguido ao sólio divino;
Levada ao celeste cume
Co'os Anjos oraste ao Nume
Nas harmonias dum hino.

Alheia ao mundo devasso,
Passaste a vida sorrindo;
Derribou-te, ó ave, um braço,
Mas abrindo asas no espaço
Ao céu voaste, anjo lindo.

Esse invólucro mundano
Trocaste por outro véu;
Deste negro pego insano
Não sofreste o menor dano
Que tu'alma era do Céu.

Foste a rosa desfolhada
Na urna da eternidade
Pr'a sorrir mais animada,
Mais bela, mais perfumada
Lá na etérea imensidade.

Cognac!...
(1856)

Vem, meu *Cognac,* meu licor d'amores!...
É longo o sono teu dentro do frasco;
Do teu ardor a inspiração brotando
    O cérebro incendeia!...

Da vida a insipidez gostoso adoças;
Mais val um trago teu que mil grandezas;
Suave distração — da vida esmalte,
    Quem há que te não ame?

Tomado com o café em fresca tarde
Derramas tanto ardor pelas entranhas,
Que o já provecto renascer-lhe sente
      Da mocidade o fogo!

Cognac! — inspirador de ledos sonhos,
Excitante licor — de amor ardente!
Uma tua garrafa e o *Dom Quixote*,
      É passatempo amável!

Que poeta que sou com teu auxílio!
Somente um trago teu m'inspira um verso;
O copo cheio o mais sonoro canto;
      Todo o frasco um poema!

Saudades
(1856)

Chora meu coração, minh'alma geme
De saudades de ti, minha querida;
Já não posso no mundo ter prazer,
Já o meu coração não tem mais vida.

Tenho de ti saudade, só lastimo
Ter cedo minha mãe perdido a vida;
Choro tanto por ela... por ti sofro
Minha vida, mulher, é tão sentida!

Tenho de ti saudades, da tua imagem;
Qual o exilado só, em terra estranha,
Eu cedo morrerei, pressinto n'alma;
Não se pode viver com dor tamanha.

Parece que no céu bem negra nuvem
Já marcou meu destino pelo mundo!
Tenho de ti saudades, ó meu anjo.
No meu peito o pesar é tão profundo!

Se perdi minha mãe sendo tão moço,
Se padeço de ti tanta saudade,
Não posso existir no mundo triste;
É melhor eu morrer nesta idade!

Lágrimas
(1856)

À memória de minha mãe

Há uma dor que não se apaga d'alma,
Lágrima triste que pendente existe
    Da face do infeliz:
É gemido que mata e não se acalma,
Que torce o coração, e se persiste,
    A existência maldiz.

Essa dor eu senti quando vi morta
Minha terna mãe... perdão, meu Deus,
    Se quero já morrer;
Esta vida de dor perder que importa?
Quero com minha mãe morar nos céus,
    Com os anjos viver.

Eu perdi minha mãe... era uma santa,
Que tinha a minha vida neste mundo,
    Minh'alma e meu amor!
E foi o meu pesar, minha ânsia tanta,
Que a vida quis deixar num ai profundo,
    Morrer também de dor.

Só lágrimas de sangue eu sinto agora
Afogaram-me os olhos, e o martírio
    Emurcheceu-me a vida;
Eu tenho pouca idade, mas embora,
Sente apagar-se da existência o círio
    Minh'alma amortecida.

Maldigo minha vida, por seu filho
A minha pobre mãe chama nos céus
    Quando eu rezo por ela;
Choro vendo que só no mundo trilho;
Quero com minha mãe viver, meu Deus,
    No céu, bem junto dela!

Minha mãe
(Imitação de Cowper)
(1856)

> *Quanto eu, pobre de mim! Quanto eu quisera*
> *Viver feliz com minha mãe também!*
> C. A. DE SÁ

Quem foi que o berço me embalou da infância
Entre as doçuras que do empíreo vêm?
E nos beijos de célica fragrância
Velou meu puro sono? Minha mãe!
Se devo ter no peito uma lembrança
É dela, que os meus sonhos de criança
      Dourou: — é minha mãe!

Quem foi que no entoar canções mimosas
Cheia de um terno amor — anjo do bem
Minha fronte infantil — encheu de rosas
De mimosos sorrisos? — Minha mãe!
Se dentro do meu peito macilento
O fogo da saudade me arde lento
      É dela: minha mãe.

Qual o anjo que as mãos me uniu outrora
E as rezas me ensinou que da alma vêm?
E a imagem me mostrou que o mundo adora,
E ensinou a adorá-la? — Minha mãe!
Não devemos nós crer num puro riso
Desse anjo gentil do paraíso
      Que chama-se uma mãe?

Por ela rezarei eternamente
Que ela reza por mim no céu também:
Nas santas rezas do meu peito ardente
Repetirei um nome: — minha mãe!
Se devem louros ter meus cantos d'alma
Oh! do porvir eu trocaria a palma
      Para ter minha mãe!

Não?
(1857)

Vi-te: em teu rosto voluptuoso e belo
O anjo formoso dos amores vi!
Amor ardente num olhar, num elo
Destes teus olhos divinais senti!

Vi-te: e prendeu o teu esbelto talhe
O mimo, a graça do teu corpo em flor.
E esses teus lábios como a flor de um baile
Que às auras murcham de festivo amor.

Vi-te: e eras minha ao meu olhar magnético
E te prendias a fugir de mim!
Fronte de lírios de um candor angélico
Em um perfume me darás um — *sim!*

Um *sim* de envolta àquele olhar ardente
Luz de teus olhos, divinal fulgor.
Um *sim* de envolta àquele rir demente
Reflexo d'alma a delirar de amor!

Um *sim!* E ao som do teu falar suave
Da minha voz extinguirei o som
Onde gorjeia uma garganta de ave;
Que vale ao homem da palavra o dom?

Íntima frase que só nasce d'alma
Terei nos olhos p'ra dizer-t'o então
E em troca dela p'ra colher a palma
Do teu amor, anjo terrestre... não?

Resignação
(1857)

Adeus! é o meu suspiro derradeiro!
É a última ilusão que me embebia!
Apagou-se-me o sol das esperanças
E veio a noite sepulcral sombria...

Adeus... perdoa a um doido apaixonado
Uma hora de ilusão e de delírio:
Era fatalidade. Após um sonho
Veio a c'roa da dor e do martírio!

Se ao hálito fatal da desventura
Emurcheceu a flor dos meus afetos,
Se não pousaste em minha fronte ardente
Amorosa uma vez teus olhos pretos;

Não te crimino, não; teu culto é livre.
Viver nas ilusões é minha sina:
Não fui fadado p'ra banhar meus lábios
Nos raios dessa fronte peregrina!

Amanhã
(1857)

Amanhã quando a lâmpada da vida
Na minha fronte se apagar, tremendo,
    Ao sopro do tufão,
Oh! derrama uma lágrima sincera
Sobre o meu peito macilento e triste,
    E reza uma oração!

Será uma saudade verdadeira,
Uma flor que me arome a sepultura,
    Um raio sobre o gelo...
Ouvirei a canção das tuas dores,
E levarei saudades bem sombrias
    Deste meu pesadelo.

Lembrarei além-túmulo essas noites
Misteriosas, festivais e belas
    Da estação dos amores!
Noites formosas, para amor criadas,
Que coroavam nosso amor tão puro
    De ventura e de flores!

Lembrarei nosso amor... E o teu pranto
Ardente como a luz de um sol do estio

           Irá banhar-me a campa
E as lágrimas leais que derramares,
O astro beijará — que pelas noites
           No oceano se estampa!

Um olhar, um olhar desses teus olhos!
Eu o peço, mulher! sobre o meu túmulo
           Um olhar de afeição!
Assim o sol — o ardente rei do espaço
Deixa um raio cair nas folhas secas
           Que matizam o chão!

Um olhar, uma lágrima, uma prece,
É quanto basta em única lembrança,
           Teresa, ao teu cantor.
Chora, reza, e contempla-me o sepulcro
E na outra vida de um viver mais puro
           Terás o mesmo amor.

A***
(1857)

Viens, je suis dans la nuit, mais je puis voir le jour/
VICTOR HUGO

Oh! se eu pudesse respirar num beijo
O teu hálito ardente e vaporoso.
E na febre do amor e do delírio
Sobre o teu seio estremecer de gozo!

Oh! se eu pudesse nessa fronte bela
A coroa depor dos meus amores,
E embevecer-me como em sonho aéreo
De teus olhos nos mágicos fulgores,

Ai! respirara então ainda uma vida.
           Óh pálida visão!
Nessa flor que os sentidos embriaga
           E aroma o coração!

Vem; — dá-me o teu amor; careço dele
    Como do sol a flor,
Reanima a cinza de meu peito morto,
    Ai! dá-me o teu amor!

Deus em ti
(1857)

É quando eu sinto embriagar-me o peito
    Um místico vapor,
E à luz fecunda desses olhos belos
Da minha alma ter vida e alento — a flor;

É quando as tranças dessa fronte loura
    Prendem o meu olhar,
E sinto o coração tremer ardente
Como uma flor aos zéfiros do mar;

É ao ouvir-te as místicas ideias
    Tão cheias de paixão,
Nessa eloquência lânguida e profunda
    Que fala ao coração:

É ao sentir as tuas asas brancas,
    Ó meu anjo de amor,
Que eu reconheço a mão do rei da terra
    E creio no Senhor! —

O sofá
(1858)

Oh! Como é suave os olhos
Sentir de gozo cerrar,
Sobre um sofá reclinado
Lindos sonhos a sonhar,
Sentindo de uns lábios d'anjo
Um medroso murmurar!

Um sofá! Mais belo símbolo
Da preguiça outro não há...
Ai, que belas entrevistas
Não se dão sobre um sofá,
E que de beijos ardentes
Muita boca aí não dá!

Um sofá! Estas violetas
Murchas, secas como estão
Sobre o seu sofá mimoso,
Cheirosas, vivas então,
Achei um dia perdidas,
Perdidas: por que razão?

Talvez ardente entrevista
Toda paixão, toda amor
Fizesse ali esquecê-las...
Quem não sabe? sem vigor
Estas flores só recordam
Um passado encantador!

Um sofá! Ameno sítio
Para colher um troféu,
Para cingir duas frontes
De amor num místico véu,

E entre beijos vaporosos
Da terra fazer um céu!

Um sofá! Mais belo símbolo
Da preguiça outro não há...
Ai, que belas entrevistas
Não se dão sobre um sofá,
E que de beijos ardentes
Muita boca aí não dá!

Dezembro, 1857
Machado d' Assis

Álvares d'Azevedo
(1858)

Ao sr. dr. M. A. d'Almeida.

Vejo em fúnebre cipreste
Transformada a ovante palma!
PORTO ALEGRE

Morrer, de vida transbordando ainda,
Como uma flor que ardente calma abrasa!
Águia sublime das canções eternas:
Quem no teu voo espedaçou-te a asa?

Quem nessa fronte que animava o gênio,
A rosa desfolhou da vida tua?
Onde o teu vulto gigantesco? Apenas
Resta uma ossada solitária e nua!

E contudo essa vida era abundante!
E as esperanças e ilusões tão belas!
E no porvir te preparava a pátria
Da glória as palmas e gentis capelas!

Sim, um sol de fecunda inteligência
Sobre essa fronte pálida brilhava,
Que à face deste século de indústria
Tantos raios ardentes derramava!

E pode a morte destruir-te a vida!
E dar à tumba a tua fronte ardente!
Pobre moço! saudaste a estrela d'alva,
E o sol não viste a refulgir no oriente!

Morrer, de vida transbordando ainda,
Como uma flor que ardente calma abrasa!
Águia sublime das canções eternas:
Quem no teu voo espedaçou-te a asa?

Voltaste à terra só — Não morrem Byrons,
Nem finda o homem na friez da campa!
Homem, tua alma aos pés de Deus fulgura,
Teu nome, poeta, no porvir se estampa!

Não morreste! estalou a fibra apenas
Que a alma à vida de ilusões prendia!
Acordaste de um negro pesadelo,
E saudaste o sol do eterno dia!

Mas cá fica no altar do pensamento
Teu nome como um ídolo pomposo,
Que a fama com o turíbulo dos tempos
Perfuma de um incenso vaporoso!

E ao ramalhete das brasílias glórias,
Mais uma flor angélica se enlaça,
Que a brisa ardente do porvir passando
Trêmula beija e a murmurar abraça!

Byron da nossa terra, dorme embora
Envolto no teu fúnebre sudário,
Murmure embora o vento dos sepulcros
Junto do teu sombrio santuário.

Resta-te a c'roa santa de poeta,
E a mirra ardente da oração saudosa,
E pelas noites calmas do silêncio
Os séculos da lua vaporosa!

Ela te chora, e ali com ela a pátria,
Pobre órfã de teus cânticos divinos,
E das brisas na voz misteriosa,
Da saudade e da dor sagram-te os hinos!

Dorme junto de Chatterton, de Byron,
Frontes sublimes, pra sonhar criadas,
Almas puras de amor e sentimento,
Harpas santas, por anjos afinadas!

Dorme na tua fria sepultura
Guarda essa fronte vaporosa, ardente,
Tu, que apenas saudaste a estrela-d'alva
E o sol não viste a refulgir no oriente!

Esta Noite
(1858)

Os teus beijos ardentes,
Teus afagos mais veementes,
Guarda, guarda-os, anjo meu;
Esta noite entre mil flores,
Um sonho todo de amores
Nos dará de amor um céu!

Vai-te!
(1858)

Por que voltaste? Esquecidos
Meus sonhos, e meus amores
Frios, pálidos morreram
Em meu peito. Aquelas flores
Da grinalda da ventura
Tão de lágrimas regada,
Nesta fronte apaixonada
Cingida por tua mão,
Secaram, mortas estão.
Pobre pálida grinalda!
Faltou-lhe um orvalho eterno
De teu belo coração.
Foi de curta duração
Teu amor: não compreendeste
Quanto amor esta alma tinha...
Vai, leviana andorinha,
A outro clima, outro céu:
Meu coração? Já morreu
Para ti e teus amores,
E não pode amar-te — vai!
O hino das minhas dores
Dir-to-á a brisa, à noite,
Num terno, saudoso — ai —
Vai-te — e possa a asa do vento
Que pelas selvas murmura,
Da grinalda da ventura
Que em mim outrora cingiste,

Inda um perfume levar-te,
Morta assim: como um remorso
Do teu olvido... eu amar-te?
Não, não posso; esquece, parte
Eu não posso amar-te... vai!

Reflexo
(1858)

Olha: vem sobre os olhos
Tua imagem contemplar,
Como as madonas do céu
Vão refletir-se no mar
Pelas noites de verão
Ao transparente luar!

Olha e crê que a mesma imagem
Com mais ardente expressão
Como as madonas no mar
Pelas noites de verão,
Vão refletir-se bem fundo,
Bem fundo — no coração!

Vem!
(1858)

> *Oh! laisse-moi t'aimer pour que j'aime la vie,*
> *Pour ne point au bonheur dire un dernier adieu!*
> ALEXANDRE DUMAS

Como ao luar da noite as flores dormem,
Vem dormir sob a luz dos olhos meus!
Hão de as brisas beijar-te as tranças belas
E desmaiar de amor nos seios teus!

Como um círio fantástico de amores
Tanta luz sobre a praia a lua entorna!

Oh! deixa aos raios do luar saudoso
Ornar de flores essa fronte morna!

Deixa que como um doido, um insensato,
Eu me embeba em teus olhos transparentes,
E embalado num sonho fervoroso,
Ouça-te ao peito as pulsações ardentes!

É tão doce! tão belo estar contigo!
Pobre andorinha errante dos amores,
Achaste um coração! na primavera
Não desmaiam as aves, nem as flores.

Se a capela de noiva desfolhaste
Nas noites tuas, nos delírios teus,
Qu'importa? ainda nas asas dos amores
Podes voar ao céu, anjo de Deus!

Inda o teu coração ardente e puro
Como a fênix das cinzas pode erguer-se
E ungir-se com os bálsamos celestes,
E no Jordão do amor inda embeber-se!

Inda os mágicos sonhos de ventura
Podem embalsamar-te as primaveras
E num culto platônico e fervente
Querer-te um coração e amar deveras!

Ergue-te pois! vem perfumar tua alma
Com as rosas festivas dos amores,
E dourar minhas crenças fugitivas
Com a luz de teus olhos sedutores.

Vem! é tão doce amar nas noites belas!
Vem remir-te no amor, anjo de Deus!
Hão de os meus beijos aquecer-te a fronte,
E as brisas desmaiar nos seios teus!

A morte no Calvário

(Semana Santa, 1858)

Ao meu amigo, o padre Silveira Sarmento
Consummatum est!

I

Ei-lo, vai sobre o alto do Calvário
Morrer piedoso e calmo em uma cruz!
Povos! naquele fúnebre sudário
Envolto vai um sol de eterna luz!

Ali toda descansa a humanidade;
É o seu salvador, o seu Moisés!
Aquela cruz é o sol da liberdade
Ante o qual são iguais povos e reis!

Povos, olhai! — As fachas mortuárias
São-lhe os louros, as palmas, e os troféus!
Povos, olhai! — As púrpuras cesáreas
Valem acaso em face do Homem-Deus?

Vede! mana-lhe o sangue das feridas
Como o preço da nossa redenção.
Ide banhar os braços parricidas
Nas águas desse fúnebre Jordão!

Ei-lo, vai sobre o alto do Calvário
Morrer piedoso e calmo em uma cruz!
Povos! naquele fúnebre sudário
Envolto vai um sol de eterna luz!

II

Era o dia tremendo do holocausto...
Deviam triunfar os fariseus...
A cidade acordou toda no fausto,
E à face das nações matava um Deus!

Palpitante, em frenético delírio
A turba lá passou: vai imolar!
Vai sagrar uma palma de martírio,
E é a fronte do Gólgota o altar!

Em derredor a humanidade atenta
Aguarda o sacrifício do Homem-Deus!
Era o íris no meio da tormenta
O martírio do filho dos hebreus!

Eis o monte, o altar do sacrifício
Onde vai operar-se a redenção.
Sobe a turba entoando um epinício
E caminha com ela o novo Adão!

E vai como ia outrora às sinagogas
As leis pregar do Sião e do Tabor!
É que no seu sudário as alvas togas
Vão cortar os tribunos do Senhor!

Planta-se a cruz. O Cristo está pendente;
Cingem-lhe a fronte espinhos bem mortais;
E cospe-lhe na face a turba ardente,
E ressoam aplausos triunfais!

Ressoam como em Roma a populaça
Aplaudindo o esforçado gladiador!
É que são no delírio a mesma raça,
A mesma geração tão sem pudor!

Ressoam como um cântico maldito
Pelas trevas do século a vibrar!
Mas as douradas leis de um novo rito
Vão ali no Calvário começar!

Sim, é a hora. A humanidade espera
Entre as trevas da morte e a eterna luz;
Não é a redenção uma quimera,
Ei-la simbolizada nessa cruz!

É a hora. Esgotou-se a amarga taça;
Tudo está consumado; ele morreu.
E aos cânticos da ardente populaça
Em luto a natureza se envolveu!

Povos! realizou-se a liberdade,
E toda consumou-se a redenção!
Curvai-vos ante o sol da Cristandade
E as plantas osculai do novo Adão!

Ide, ao som das sagradas melodias,
Orar junto do Cristo como irmãos,
Que os espinhos da fronte do Messias
São as rosas da fronte dos cristãos!

Uma flor? — uma lágrima
(1858)

— Pedem-se as rosas aos jardins da vida;
Da rocha inculta só rebentam cardos:
Lágrima fria de pisados olhos
    Não cabe em chão de pérolas.

— Por que há de a musa que coroam rosas
Vir debruçar-se no ervaçal inculto,
E pedir um perfume à flor da noite
    Que o vento enregelara?

Minha musa é a virgem das florestas
Sentada à sombra da palmeira antiga;
Cantando, e só — por uma noite amarga
    Uma canção de lágrimas...

A aura noturna perpassou-lhe as tranças,
A mão do inverno enregelou-lhe os seios,
Roçou-lhe as asas na carreira ardente
    O anjo das tempestades.

Por que há de a musa que coroam rosas
Pedir-lhe um canto? O alaúde é belo
Quando amestrada mão lhe roça as cordas
    Num canto onipotente.

Pede-se acaso à ave que rasteja
Rasgado voo? ao espinhal perfumes?
Risos da madrugada ao céu da noite
    Sem luar nem estrelas?

Pedem-se as rosas aos jardins da vida;
Da rocha inculta só rebentam cardos:
Lágrima fria de pisados olhos
    Não cabe em chão de pérola.

Esperança
(1858)

No álbum do sr. F. G. Braga

Pobre romeiro da poente estrada,
Cantei passando pelo val da vida
    Ao sopro do aquilão
Ouvi-te um canto. Minha voz cansada
Vem modular-te a saudação sentida,
    Como de irmão a irmão!

Aos sons acordes da tua harpa ardente
Venho juntar uma canção saudosa
    Deste alaúde em flor...
A poesia é um dom onipotente;
Não desmintamos a missão gloriosa,
    Profetas do Senhor!

Beijarei essa túnica sagrada
Que sobre os ombros o Senhor te dera
    Como um manto real;
Irei contigo do porvir na estrada,
Onde rebenta em flor a primavera
    Das pontas do espinhal.

Irmão de crença! eu irei contigo
Sonhar nas tendas que ao passar entraram
    Extintas gerações;
Rezarei junto a ti no altar antigo,
Onde muitos outr'ora ajoelharam
    Em salmos e orações.

Quando o porvir em fúlgido horizonte
Estende-se arraiado de venturas
    E convida a esperar,
Deve-se erguer de entusiasmo a fronte,
Venha embora o luar das sepulturas
    A esperança gelar!

O sonho em que o espírito se embala
Vem do céu como angélico segredo
    À fronte do cantor;

Mas precoce o coração estala
É que Deus julgou bem erguê-lo cedo
    Para um mundo melhor!

Sonhemos pois! Meu tímido alaúde
Da tua harpa unirei à nota ardente
    Em uma só canção.
Este afeto fraterno é uma virtude,
Deixo-te aqui a saudação de um crente
    Como de irmão a irmão.

A missão do poeta
(1858)

No álbum do sr. João Dantas de Sousa

MUSA

Vês, meu poeta, em torno estas colinas,
Como tronos gentis da primavera?
Abrem-se ali as pálidas boninas,
E em volta dos cipós se enrosca a hera!
É o sol-posto. — A folha, o mar, e o vento,
Tudo murmura de saudade um hino.
Vem sonhar neste morno isolamento,
E dormir no meu seio peregrino!

POETA

Vemos, sim! — Esta noite o luar saudoso
Há de tremer nestas folhagens belas.
Tão só vegeto! — O alaúde ansioso
Vem enfeitar de angélicas capelas!
Pousa-me a fronte em tuas mãos celestes...
Mas é uma ilusão... cruel mentira!
Hei de ao soar do vento nos ciprestes
Erguer num canto as vibrações da lira...

MUSA

Sofrer, qu'importa? — Vem! Morrem as dores
Da solidão nos recônditos mistérios!
Nascem a bordo do sepulcro as flores,
E beija o sol o pó dos cemitérios.

POETA

    Eu sofro tanto! — Perenais espinhos
    Orlam-me a estrada... A sepultura é perto!
    E nem o doce aroma dos carinhos...
    Meu Deus! Nem uma flor neste deserto!
    E quantos desta doida caravana
    Estorceu no areal uma agonia,
    Esperando debalde em noite insana
    Verem realizar-se uma utopia!

    E como crer então? Tenho aqui morta
    Uma ilusão de minha primavera...
    O sonho é como um feto que se aborta,
    Um porvir que se ergueu numa quimera!

    A realidade é fria. Erga-se embora
    A flor do coração a um céu dourado,
    Vem a turba maldita em negra hora,
    E as flores mata de um porvir sonhado!

MUSA

    Por que descrer assim? — É dura a estrada,
    Mas há no termo muito amor celeste,
    A glória, poeta, é uma flor dourada,
    Que só nasce da rama do cipreste.

POETA

    De um cipreste!... É bem triste esse conforto!
    Quem sabe? uma esperança malcabida.
    Essa luz que se vaza sobre o morto
    Paga-lhe a dor que o sufocara em vida?

MUSA

    Mas é tua missão... Do pesadelo
    Hás de acordar radiante de alegria!
    Deus pôs na lira do infortúnio o selo,
    Mas há de dar-lhe muita glória, um dia!

    É forçoso sofrer... Deus no futuro
    Guarda-te a c'roa de uma glória santa,
    Vem sonhar, este céu é calmo e puro!
    Vem, é tua missão!... Ergue-te e canta!

O progresso
Hino da mocidade
(1858)

Ao sr. E. Pelletan

E pur si muove

Ao som da tua voz a mocidade acorda,
E olha ousada de face os plainos do porvir!
Eia! rebenta a flor da longa estrada à borda,
E através do horizonte há uma aurora a rir.

E sempre a mesma aurora a rir de era em era.
E sempre a estrada augusta a rebentar em flor!
Salve, fértil, gentil, rosada primavera!
Eterno resvalar do melhor ao melhor!

A mocidade ergueu-se. Um século dourado
Veio ao berço gentil inocular-lhe a fé;
E na orla a luzir do horizonte azulado
Mostrar-lhe como um sol a verdade de pé!

A verdade! está aí fecunda, onipotente,
Nossa estrela polar, e bandeira, e troféu!
Sim! o mundo caminha a um polo atraente,
Di-lo a planta do val, di-lo a estrela do céu!

Ao som da tua voz a mocidade acorda,
E olha ousada de face os plainos do porvir!
Eia! rebenta a flor da longa estrada à borda.
E através do horizonte há uma aurora a rir!

Que tal? que nos importa essa ideia sem fundo
Que estaciona e prende a humanidade ao pó?
Fala mais alto, irmãos, este avançar do mundo
E toda a natureza em um canto, num só!

Fala mais alto, irmãos, a ardente humanidade!
Marchando a realizar uma missão moral;
E pregando uma lei, uma eterna verdade,
Do progresso a subir a mágica espiral.

Sim! romeira gentil aos séculos se enlaça!
Na escala do progresso ela não se detém!
Uma herança moral corre de raça a raça,
Se ela desmaia aqui, vai triunfar além!

Ao som da tua voz a mocidade acorda,
E olha ousada de face os plainos do porvir!
Eia! rebenta a flor da longa estrada à borda,
E através do horizonte há uma aurora a rir!

Eia! num canto ardente erga-se ousada fronte!
Doure esta caravana um límpido arrebol!
Creiam, embora a luz a nascer do horizonte
Crepúsculo sombrio e desmaiar do sol!

Creiam-no. Um astro se ergue em céu dourado e puro
E nos mostra com a luz terra de promissão!
Cerramos sem temor, obreiros do futuro!
A verdade palpita em nosso coração!

Soa em nossa alma ardente um grito entusiasta
E às barreiras do tempo uma voz diz: — Passai!
Morte ao lábio sem fé que nos murmura: — Basta!
Gloria a vós festival que nos exclama: — Vai!

Ao som da tua voz a mocidade acorda,
E olha ousada de face os plainos do porvir!
Eia! rebenta a flor da longa estrada à borda,
E através do horizonte há uma aurora a rir!

A Elvira
(1858)

A flor suave dos meus sonhos belos,
Gentil morena, vim achá-la em ti,
Mágicos risos como os teus singelos
Em outros lábios desmaiar não vi.

Eu vim achar-te, — como uma rosa casta
Erma no vale desmaiando ao luar;
E a trança bela em que uma flor s'engasta
Solta, ondulante às virações do mar!

E eu cri decerto dilatar-me em gozo
Ao ver-te a graça desses ombros nus!
Era o ideal que eu procurara ansioso
Como procura a mariposa a luz!

Assim a estrela por soidão noturna,
Meiga se espelha do oceano à flor!
Assim no lema da funérea urna
Bela se enlaça delicada flor!

Eu vim amar-te; — desta pobre lira
Dar-te num canto meus amantes sons;
E nos eflúvios deste amor, Elvira,
Cercar-te a fronte de perfume e dons!

Farto meu peito de brutais amores,
Saiu sem norte deste doido amar;
Inda há nas urzes delicadas flores,
Inda entre as nuvens se derrama o luar!

E a lua é bela, ao aromar das rosas,
Manso no peito resvalando o amor,
A luz renasce das visões formosas,
Como renasce num botão — a flor!

Eu vim amar-te — sobre o teu caminho
Do amor as rosas espalhar-te aos pés;
E do teu seio te arredando o espinho
Guardar-te a seda da morena tez!...

Talvez bem cedo num erguer d'aurora
Todo me esqueça do que gozo aqui;
E volte aos sonhos que sonhava outrora,
E aos vãos amores que a gemer senti...

Talvez um véu sobre o porvir se corre!
Não morre o ideal, porque não morre a fé,
Se o fogo passa, o coração não morre!
Resta a lembrança que o passado vê!

Resta a ilusão... que os seus dourados elos
Hão de prender-me ao que mais caro eu vi!
E hão de lembrar-te dos meus sonhos belos
A casta flor que eu vim achar em ti!

À Itália
(1859)

Despe esses ferros de dormente escrava,
Que o sol dos livres no horizonte vem!
Velha cratera — o referver da lava
Atento e curvo todo um séc'lo tem.

Acorda! o sono da opressão devora!
Pátria de Roma — o Capitólio vê!
Pálida Itália — ressuscita agora
O ardor nos peitos — na esperança a fé.

A velha Europa ao teu arfar cansado
Vem debruçar-se em derredor aí;
E ao som valente do primeiro brado
Braços e espadas acharás por ti.

Apenas bata essa esperada hora
O anjo dos livres se erguerá de pé.
Pálida Itália — ressuscita agora
O ardor nos peitos — na esperança a fé.

O séc'lo é belo. A liberdade canta —
Virentes rosas sobre os seios nus!
Feto sublime de uma ideia santa
Vem no horizonte por um mar de luz!

Morte ao opresso que a tremer descora
E à luz nascente deste sol — não crê!
Pálida Itália — ressuscita agora
O ardor nos peitos — na esperança a fé.

Ontem a Grécia, como um sol caído,
Toda nas águas afogara a luz;
Das meias-luas o pendão temido
No ilustre solo lhe esmagara a cruz.

Um brado ergueu-a. Como estava outrora,
Da Europa à face levantou-se em pé.
Pálida Itália — ressuscita agora
O ardor nos peitos — na esperança a fé.

Página bela da grandeza antiga,
Tens inda o selo de um real poder;
Os rijos copos dessa espada amiga
A mão do tempo não quebrou sequer.

A rubra púrp'ra de reinar de outrora
Hoje uma toga popular não é?
Pálida Itália — ressuscita agora
O ardor nos peitos — na esperança a fé.

A ideia é fogo que ateado lavra.
E tudo abrasa nessa ardente ação.
Rompe, desprende essa fatal palavra;
Outras cativas erguerás do chão.

Olha, a Polônia escravizada chora:
E o sol dos livres inda espera e vê.
Pálida Itália — ressuscita agora —
O ardor nos peitos — na esperança a fé.

Ao braço impuro de opressor ingrato,
Bela cativa, não te curves, não?
Da liberdade o sentimento inato
É um incentivo na tremenda ação.

Não, não consintas, tu liberta outrora
Sobre teu colo levantar-se um pé.
Pálida Itália — ressuscita agora
O ardor nos peitos — na esperança a fé.

Levanta as tendas. Uma onda brava
Quebrar-te os ferros pelo mar i vem!
Velha cratera — o referver da lava
Atento e curvo todo um séc'lo tem!

Acorda! O sono da opressão devora!
Pátria de Roma — o Capitólio vê!
Pálida Itália — ressuscita agora
O ardor nos peitos — na esperança a fé.

A um poeta
(1859)

Ao sr. F. de Sales Guimarães e Cunha

Non è perduta
Ogni speranza ancor
METASTÁSIO

Poeta, beija a poeira
Destes ásperos caminhos
E cinge alegre os espinhos,
Heranças que o gênio tem.
O alaúde é dom funesto.
Quando uma fronte é fadada
Pela pálpebra inspirada
Debruçar-se ao pranto vem!

E o pobre gênio passando
Por noite tempestuosa
De uma espiral escabrosa
Sobe os ásperos degraus;
E o anjo dos pesadelos,
As negras asas abrindo,
Vai embalá-lo sorrindo
Num berço de sonhos maus.
E todo um mundo criado
Nas ondas da fantasia
Um sopro de ventania
Desfaz por noite fatal!...
Os olhos sangram na sombra
Um pranto desesperado,
E o gênio morre abraçado
Na cruz do seu ideal.

Irmão! é sangrenta a sina,
Mas os louros valem tanto...
Cada uma gota de pranto
É uma póstuma flor.
As brisas da primavera
Vêm depois do inverno frio,
E é sempre por céu sombrio
Que nasce aurora melhor.

Fatalidade! — Qu'importa?
Deus nos deu esse fadário...
Mas no cimo do Calvário
Há muita palma a florir,
Toma o madeiro do Cristo,
Beija os espinhos da fronte,
E verás pelo horizonte
Erguer-se o sol do porvir.

A partida
(1859)

> *Entretanto o céu se levanta sereno*
> *E pomposo como para um dia de festa.*
> LACRETELLE

Vês? No horizonte se debruça a aurora
    Como um infante a rir;
As flores vão abrir-se: o luar se apaga;
Começa a vida; douram-se os outeiros...
    Ai! e tu vais partir!

Partir quando este céu fulgia aos beijos
    D'ignoto querubim!
Manhã do coração toldou-me o ocaso!
Nuvem negra por céu de madrugada,
    Ou eça em seu festim!

E por que enviuvar das esperanças
    A rebentar em flor?
Por que rasgar uma por uma as folhas
Da rosa da ventura embalsamada
    Por um luar de amor?

Tu eras de meus sonhos de poeta
    O beija-flor azul...
Eu te quisera, se te visse embora
Rotas as asas por noturno vento
    Nos lodos do paul...

Eu te quisera inda a azular as pálpebras
        A insônia dos festins.
Dera-te em cantos um dourado busto;
Do meu amor no seio dormirias
        O sono dos querubins!

Eu era como o quebro ajoelhado
        Ante o sol a nascer...
Madona amorenada de meus cultos,
Ergui-te uma ara e no calor dos joelhos
        Não te dormi sequer!

E tu passaste adormentada e bela
        Num berço de cristal;
Meu céu se iluminou por um momento,
Veio a realidade escura e fria,
        Foi-se, foi-se o ideal!

Passou como um fantasma essa aventura
        Criada em tanto afã.
E como o cactus que à noitinha abrira
Asa de ventania perfumada,
        Morreu de antemanhã!

Morreu sem sol a pobre flor dourada
        Dos sonhos meus e teus!
Morno ideal de tanta insônia ardente
Que uma noite dormira embalsamado
        No infinito de Deus.

Eterno vacilar da morte à vida,
        Sorte da criação!
Sempre o verme onde a seiva se derrama,
Onde a vida palpita e ri mais verde.
        Sempre a destruição!

É uma lei... Mas a esperança resta
        No feto do porvir...
Talvez bem cedo o dia se levante,
E a noite sacudindo o luar das tranças
        Descanse e vá dormir.

Mas, tarde ou cedo que esse dia se erga
        E volte a rir assim,

Durma meu nome em teu seio de fogo;
Não desfolhes os lírios da lembrança
    Ai! lembra-te de mim!

Condão
(1859)

> C'est que j'ai rencontré des regards dont la flamme
> Semble avec mes regards ou briller ou mourir.
> E. Deschamps

Uns olhos me enfeitiçaram,
Uns olhos... foram os teus.
Falaram tanto de amores
Embebidos sobre os meus!

Eram anjos que dormiam
Dessas pálpebras à flor
Nas convulsões palpitantes
Dos alvos sonhos de amor.

Foi à noite... hora das fadas;
Bem lhes sentira o condão;
Mas refletiam tão puras
Os sonhos do coração!

Como ao sol do meio-dia
Dorme a onda à flor do mar,
Eu dormi, — pobre insensato,
Ao fogo do teu olhar...

Pobre, doida mariposa,
Perdi-me... — pecados meus!
Na chama que me atraía,
No fogo dos olhos teus.

Venci protestos de outrora,
Moirei no teu alcorão,
E vim purgar nesses olhos
Pecados do coração.

Pois bem hajam os teus olhos,
Onde um tal condão achei:
Doido inseto em torno à chama,
Todo aí me queimarei.

A redenção
(1859)

Ao sr. dr. Francisco Otaviano

I

E Deus disse ao espírito incriado:
    Desce na asa do vento;
Por entranhas humanas — encarnado
    Dormirás um momento.

Lá te espera nos limbos palpitantes
De dura escravidão — a humanidade.
Prega a essas nações agonizantes
    O dogma da igualdade!

Leva a casta virtude foragida
    Entre virentes palmas;
E vai mostrá-la à multidão perdida
    Como o pudor das almas.

Vai, meu Cristo — a missão é escabrosa;
Só terás dessas turbas em carinhos
Uma cruz — uma vida dolorosa
    E uma c'roa de espinhos.

E descera o espírito incriado
    Sobre a asa do vento,
E em seio virgem de mulher — fechado
    Foi dormir um momento.

II

Era o sonho dos profetas
Que se incarnara em Jesus;

Daquelas eras provectas
A cara e esperada luz.
Profeta da liberdade,
Cireneu da humanidade,
Que vinha tomar-lhe a cruz!

A humanidade o esperava
Nos sonhos de redenção;
Ele vinha erguer a lava
De um velho morno vulcão.
Missão de ventura e graça
Que fecundava uma raça
De que ele era novo Adão!

Era o Íris da bonança
No meio dos temporais
A verbena da esperança
Entre desânimo e ais.
Um sol vigoroso e ufano
Rasgando ao gênero humano
Um horizonte de paz.

Não teve Moisés augusto
Mais auréola de luz
Nem um brado mais robusto
A voz do poeta Ilus
Tu foste — Belém provecta
— Berço de um maior profeta
Sacrificado na cruz!

Batera a hora na ampulheta eterna,
E esse fato de um Deus que se agitava
No seio da fecunda humanidade
Surgira à luz. A natureza toda
Estremeceu e se arraiou mais bela!
Mais linda a flor dos campos nessa noite
O seio abrira. — No seu leito o homem
Nessa noite sentiu mais puros sonhos
Por sua mente revoar... E as almas
Que esta terra de abrolhos — maculara
Sentirão todas — um chuveiro de ouro
Vazar nas trevas de enlodados limbos!
E depois — no horizonte azul-escuro
Clara estrela raiou — estranha aos homens.
Reis, a pé! — Ide além a um berço humilde

Depor as c'roas... é um rei mais sábio
Que nasceu na humildade e na inocência!
Viajor — que vingas a colina alpestre
Às frias virações da meia-noite,
Para! — Uma aurora súbito se entorna
Por este céu — e aquela estrela branca
Que vês correndo no horizonte oposto
É a coluna de fogo do deserto
Que outr'ora o povo de Israel guiara!
É o astro polar que a humanidade
Há de levar à prometida terra,
P'ra que ela marche na impulsão dos séculos.

Foi assim que o profeta dos profetas,
O circunciso, apresentou-se aos homens!
Nem Roma em seus delírios de triunfo
O nascimento lhe obstava...Aos ombros
Trazia a toga das virtudes castas;
E o ideal da igualdade sobre a fronte
Era a divina, grandiosa auréola
De que vinha cingir a humanidade!

Que deu a terra ao salvador dos povos?
Uma cruz... uma vida dolorosa,
      Uma c'roa de espinhos!

III

Dormes, Jerusalém? Morno ossuário
Deitado à sombra de fatais lembranças
      Num leito secular,
Não sentes que no altar do teu calvário
O germe de verbenas e esperanças
      Começa a rebentar?

Essa lenda de pranto e de amargura,
Esse drama da cruz e do calvário
      O escárnio e a aflição:
Esses delírios de uma treva escura,
Esse fel e vinagre e esse sudário:
      Foi tudo a redenção!

A redenção... A turba delirante
Nem pressentiu essa missão divina
      Do filho do Senhor...

E selou num delírio agonizante
Aquela fronte casta e peregrina
    Com o sinete da dor!

Deu-lhe a palma e coroa de realeza,
Sentou-se sobre um marco de granito
    E a zombar o saudou!
E o Cristo, essa divina singeleza,
Nem um olhar lançara, nem um grito
    Arquejante soltou.

Ide, marchai, sangrenta caravana!
Cireneu, vem agora e dá teu braço
    Pra ajudar a cruz.
Cantai, cantai por essa orgia humana!
A terra treme e se enegreja o espaço,
    E o sol desmaia a luz!

Essa cruz, esse poste de suplício,
Em que o cordeiro pálido imolaste
    Nas raivas infernais,
Se erguerá como o sol do sacrifício;
Brotarão dos espinhos que entrançaste
    Perpétuas festivais!

Dia mais belo vazará do oriente,
E a noite de verão mais vaporosa
    Nos vales dormirá...
Nas asas de planeta onipotente
Uma luz mais suave e mais formosa
    Aos povos descerá...

Sim! é fecundo o sangue do calvário!
Se o Cristo agonizou daquelas dores
    Muita palma nasceu!
Daquela cruz e pálido sudário
Um éden de perfumes e de flores
    Teremos por troféu!

Assim fechou-se a redenção dos povos!
Do drama do calvário — a humanidade
Uma c'roa viril teve em herança
Mais bela do que as cívicas coroas
    De Roma — a triunfante:
    A c'roa da igualdade!

Esperai! se essa palma de triunfo
Começa ainda a rebentar do Gólgota,
Não estão longe os tempos — em que a fronte
Há de ovante cingi-la à humanidade!
Assim o passo derradeiro e firme
A Canaã da paz será transposta;
Assim a cruz triunfará eterna,
Assim se fecha a redenção dos povos!

Santa Helena
(1859)

Ao sr. Remígio de Sena Pereira

Cairão — Ajax e suas frotas!
HOMERO, *Odisseia*

Sobre a escarpada rocha — levantada
Na vaga — como um túmulo marinho,
      Sob eterno luar,
César — desce como águia derrubada!
No seio agora desse estéril ninho
      É força repousar!

Dorme, crânio viril, dorme um momento!
Tens ali um sepulcro de granito
      Eça de Briareu!
Como caído sol — teu pensamento
Vague agora — no mar desse infinito
      Em meio de água e céu!

As eras de ventura lá passaram
Como frotas no mar. Impetuoso
      Soprara o furacão!
As mornas tradições é que ficaram,
Que aquele mesmo gênio belicoso
      Não voltará mais, não!

Já não ressoam os clarins da guerra!
E os bravos desse Homero das batalhas
      Descansam a dormir!

Essa cruzada que assombrara a terra
Sob as ruínas de pálidas muralhas
    E a força cair!

Caiu! Assim o quis o destino infausto,
Que a estrela de seus largos horizontes
    Nos limbos despenhou!
Caiu! mas em homérico holocausto!
Sol moribundo erguido em mar de frontes
    Um dia descambou!

Dorme agora — na rocha levantada,
César, sobre esse túmulo marinho
    É força repousar!
És agora como águia derrubada!
Resta-te um derradeiro e estéril ninho
    E um eterno luar!

Foi esta, Bonaparte, a nênia augusta
Com que saudou-te a humanidade a queda!
Descaída a realeza das batalhas
Tinha como um apoio derradeiro
Um alpestre rochedo. Em torno o oceano
Era como que a firme — sentinela
De um oceano subjugado agora!
Folga, Albion! A espada onipotente
Desse rei dos combates e das tendas
Não vergaste, quebrou! A tua glória
Era preciso que ao condor hercúleo
Um vento bravo despenhasse as asas!

Agora, Bonaparte, eis-te sentado
Sobre a escarpada rocha
Que ao corcel dos combates sucedeu!
Essa fronte que o gênio das conquistas
Afogou num abismo das batalhas
Tem agora por c'roa derradeira
Uma nuvem de pálidas lembranças!
Tudo, tudo passou! os dias belos
    Os dias de Marengo
De Arcole, de Montmirail e de Austerlitz,
Lá vão! passaram como as folhas secas
Sacudidas do vento das florestas!

Passaram! resta o sudário
Do pesado esquecimento!
Resta o pálido ossário
De todo um mudo portento.

Às cruzadas peregrinas
Moderno César não vens?
Por palmas capitolinas
Capelas de goivos tens?

Como Lázaro, acordaste
A humanidade dormente;
Que um povo de reis fechava
Sob a mão onipotente.

E tu, que no berço ungiste
A infante revolução,
E toda a submergiste
Em um mais puro Jordão;

Que herdaste? um bronco rochedo
Onde a vaga geme a medo
Ouvindo — Napoleão!

Nunca mais
(1859)

> *Quand je t'aimais, pour toi j'aurais donné ma vie*
> *Mais c'est toi, de t'aimer, toi qui m'ôtas l'envie.*
> ALFRED DE MUSSET

Nunca mais! O sol de outrora
Treva súbita apagou;
Já o fogo não devora
Onde a geada passou.

Esse passado morreu,
Que eu julgara então eterno,
E agora esqueci o inferno
Para lembrar-me do céu...

Não! dessa alma prostituta
Nem mais quero uma afeição!
Caíste — venci na luta,
Sem perder o coração.

Sangra os olhos no chorar,
Nova Agar — no teu deserto,
Que eu agora, audaz liberto,
Nem sei, nem te posso amar!

Caíste! não te detesto;
Não te cabe o ódio a ti.
Seria o pulsar de um resto
Desse afeto que eu perdi.

Sobre esse altar que te dei
Noutras eras peregrinas,
Como em leito de ruínas
Novo Mário — me assentei!

Ficou-me a alma viúva
De muita ilusão gentil;
Como exposta ao vento e à chuva
Flor que deu sobre de abril.

Mas a fria e curva flor
Já não treme assim pendida;
Ergue-a mais ardente vida
Por madrugada melhor!

Tu, caminha — vai jornada
Da vaidade e perdição;
E batiza a alma danada
Em lutulento Jordão.

Um dia sem luz nem voz
Vergarás no teu caminho
E verás, ave sem ninho,
Como punge espinho atroz.

A Ch. F., filho de um proscrito
(1859)

Il est beau. Dans son front où la grâce rayonne,
Il porte tout un monde embaumé, pur et gai.
La nature y étale une fraîche couronne;
C'est la molle beauté des blanches fleurs de mai.

Au matin de son jour il ouvre sa paupière.
Où se berce en dormant son délicat esprit,
Aux baisers de l'amour, aux regards de sa mère,
À tout ce qui lui parle et lui chante et lui rit.

Un charmant avenir l'attend, là-bas, peut-être,
Au couchant de ce siècle où tout parle et combat,
Qui sait? Dans le moment où l'enfant vient de naître
L'oppression pâlit — l'ostracisme s'en va...

Eh bien! fils de proscrit — est un cœur plein de flammes
Qui te parle penché dans ton ciel adorant:
Tu seras un croisé dans le combat des âmes;
C'est moi qui le prédis — moi, tête de vingt ans!

Ofélia
(1859)

A J...

Meu destino é um rio do deserto
    A murmurar-me aos pés;
Veia nascida em uma noite amarga,
As bordas são de areia, a onda é larga
    E loucas as marés.

Tem as águas azuis, — mas são profundas
    Naquele murmurar,
Correm aqui como a falar segredos
Sobre leito de lodo e de rochedos
    A um ignoto mar!

Pálidas flores que uma vaga incerta
    Ali suspensas traz
Vicejam aos borrifos, do meu pranto.
Oh! essas flores que te prendem tanto
    Deixa-as, Ofélia, em paz!

Não te curves à borda dessas águas
    De superfície anil,
Ébria de amores, — do teu sonho casto
Não acharás ali o mundo vasto
    Nem o rosado abril.

Deixa essas flores; uma onda as leva
    Onde? Nem mesmo eu sei!
Deixa-as correr, — festões de meu destino;
Passa cantando, meu amor, teu hino,
    A que eu te abençoarei.

Atado à pedra que me leva, um dia
    A queda suspendi.
Vi-te à margem das águas debruçada
A paixão dos meus sonhos, — tão sonhada
    Vi-a, encontrei-a em ti.

Maga estrela pendente do horizonte
    E curva sobre o mar
Vieste à noite conversar comigo;
Mas a aurora chegou — ao leito antigo
    Vai, é mister voltar.

Deixa-me, não te curves sobre as flores
    Deste leito de azul;
Molhaste os teus vestidos, foge embora!
Não te despenhes, — vem o mar agora
    Encapelado ao sul.

Enxuga agora ao sol as tuas roupas
    E deixa-me seguir;
Não sei qual a torrente que me espera;
Vai, não prendas a tua primavera,
    Onde é fundo o porvir!

A estrela da tarde
(1859)

A estrela da tarde sorri desmaiada
No azul embalada de um fogo vital:
Que luz vaporosa nos belos palores!
Que facho de amores! que flor de cristal!

Murmura nas praias a vaga indolente
Um véu transparente se estende no ar;
Os silfos se fecham no seio das rosas
E as brisas saudosas murmuram: — amar!

Estrela do ocaso, é a hora. Bem-vinda!
Que aurora tão linda, tão doce que tens!
A terra desmaia nos braços do gozo,
E um doce repouso lhe entorna mil bens!

Bem-vinda! aos amores que mágico ensejo!
Desperta o cortejo dos astros do céu.
Estrela das sombras, etéreo portento,
Nas asas do vento — desdobra o teu véu.

Vem, que eu te saúdo dormente do acaso;
Esplêndido vaso de um novo fulgor,
Às almas que o fogo da terra queimara
Tu és como a ara de crenças e amor.

Meu lábio secou-se no sol do deserto,
Nem fonte aí perto! cruenta aflição!
Passei tateando nas sombras da vida
Como ave caída nos lodos do chão!

A taça dourada do amor e ventura
Achei-a bem pura — mas não a bebi,
Do éden da vida rocei pelas portas:
As mãos eram mortas; ninguém veio ali.

Passei; fui sozinho no longo da estrada;
A noite pesada descia sem luz,
Segui tropeçando num frio sudário;
Agora um calvário, mais tarde uma cruz!

Estrela! cansado das lutas, vencido,
Dos sonhos descrido, ressurjo, aqui estou!
O manto da vida caiu-me aos pedaços
Recose-me aos braços que o frio engelou.

São crenças que eu peço de um gozo celeste;
No tronco ao cipreste — rebentos de flor;
Aos prantos que choro mais rir de doçura,
Mais pão de ventura, mais sonhos de amor!

Estrela! — é a hora do gozo — desperta!
Uma alma deserta palpita de amar,
Vem, loura do ocaso, falar-me em segredo,
Não fujas, é cedo; não caias no mar.

A um proscrito
(1859)

É um canto de irmão. Crispam meus lábios
Entusiasmado, convulsões cruéis!
Toma esta lira; consagrei-a aos bravos;
Não na mancharam saturnais de escravos,
      Às opressões dos reis.

Uma ideia vital pulsa-lhe as cordas;
Elas palpitam na ovação de heróis!
Minha musa tem fé, arde-lhe inata;
A mão que antes selara insensata
      Não beijará depois.

Mas espera! essas nuvens de tormenta
Vai rasgar o clarão de um novo sol!
A hora bateu às velhas monarquias;
Da nova geração, dos novos dias,
      Já se tinge o arrebol...

Os reis tiritarão entre os sudários
Quando essa aurora em novo céu fulgir;
A ideia pousará nos santuários;
E os povos se erguerão sobre os calvários
      Aos cantos do porvir.

Eu te saúdo, espírito sem peias,
Que não gostaram cortesãos festins!
Proscrito errante que sustaste o pranto,
E sentiste e velaste o fogo santo
        Que velaram Franklins.

Eu te saúdo, coração fervente,
No apostolado da missão do céu;
Que sentes no teu horto — atroz miséria!
Despedaçar-te artéria por artéria
        O corvo de Prometeu!

Dez anos! longe o lar de teus afetos!
Dez anos de cruenta proscrição!
O horizonte da pátria vai fechado;
A teus pés que infortúnios de exilado
        Rebentam desse chão!

Longe! bem longe a opressão lançou-te...
Miséria, nem coragem de lutar!
Um dia despertaste enfim proscrito;
Como o viajor da lenda ergueu-te um grito:
        — Caminhar! caminhar!

Foste vencido... era forçoso aos tronos!
Mas caindo, caíste vencedor,
Mais alto do que então inda te erguias;
Glória a ti nessas rudes agonias,
        Vergonha ao opressor!

Glória a ti, cujos lábios não cuspiram
Da alma guardaste as roupas de vestal!
Vergonha ao opressor, corvo sedento,
Que rasga sem piedade de um lamento
        A águia nacional!

Glória a ti, cujos lábios não cuspiram
Da liberdade no lustral Jordão
A água desse batismo é-nos sagrada;
Vergonha ao que na fronte batizada
        Selou de proscrição!

Sonhos
(1859)

> *Oh! si elle m'eût aimé!*
> A. DE VIGNY

Se ela soubesse por que tremo às vezes
Como um junco nas bordas de um regato;
E àquele olhar de uma volúpia ardente
Fecho os meus pobres olhos de insensato.

Se ela soubesse por que a mão convulsa
Sinto ao pousar em um adeus à sua;
E por que um riso de amargura e tédio
Pousa-me no calor da face nua;

Quem sabe se piedosa, no silêncio,
Em oração, à noite, me alembrara;
E por mim em meu êxtase querido
Uma furtiva lágrima soltara!

Quem sabe se amorosa, pensativa,
Amadornada em lânguidos desejos,
Viria compulsar-me o livro d'alma
E minha fronte batizar de beijos...

E saberia então que de soluços
Os lábios me entreabrem de paixão!
Que de prantos resvalam de meus olhos,
Com o orvalho de minha solidão!

Veria que este fogo de meus versos
É a febre de amor de meus suspiros,
Onde me vai a flor da mocidade
Como flor que enlanguece nos retiros.

Mas... são sonhos, meu Deus! estes tormentos
Irão comigo resvalar na cova;
E serão o crisol de meu espírito
Quando passar a uma existência nova.

Sonhos de insensatez! delírio apenas!
Cresceu em alta rocha a flor querida;

Verme rasteiro tateando os ermos
Não beberei naquele seio — a vida!

Passarei como sombra ante os seus olhos.
Frios, sem eco — soarão meus cantos;
E aqueles olhos que eu amei, calado
Não me hão de as cinzas orvalhar com prantos!

E nos silêncios de uma noite límpida
Sobre a campa que me há de enfim cobrir,
Da flor daqueles lábios — uma reza
Como um perfume não virá cair!

Devanear eterno! o amor de louco
Hei de fechá-lo na mudez do peito...
Vem tu, apenas, lânguida saudade,
Noiva dos ermos — partilhar meu leito!

Um nome
(1859)

No álbum da exma. sra. d. Luísa Amat

Dormi ébrio no seio do infinito
Ao fogo da ilusão que me consome;
A lira tateei na treva... embalde!
Nem uma palma coroou meu nome!

Os meus cantos morreram no deserto,
Quebrou-me as notas um noturno vento,
E o nome que eu quisera erguer tão alto
No abismo há de cair do esquecimento.

Sou bem moço, e talvez uma esperança
Pudesse ainda me despir do lodo;
E ao sol ardente de um porvir de glórias
Engrandecer, purificar-me todo.

Talvez, mas esta sede era tamanha!
E agora o desespero entrou-me n'alma;
A brisa de verão queimou passando
A jovem rama da nascente palma!

E esse nome, esse nome que eu quisera
Erguer como um troféu, tornou-se em cruz;
Não cabe aqui, senhora, em vosso livro,
Pobre como é de glórias e de luz.

Mas se não tem as palmas que esperava,
Filho da sombra, em jogo de ilusões,
Vossa bondade, a unção das almas puras,
Há de dar-lhe a palavra dos perdões!

Travessa
(1859)

Ai, por Deus, por vida minha
Como és travessa e louquinha!
Gosto de ti — gosto tanto
Dessa tua travessura
Que não dera o meu encanto,
Que não dera o meu gostar,
Nem por estrelas do céu,
Nem por pérolas ao mar!

Alma toda de quimeras
Que acordou no paraíso
Vinda do leito de Deus;
E que rivais de teus olhos
Só tens dois olhos — os teus!
Pareces mesmo criança
Que só vive e se alimenta
De luz, amor e esperança.
Ave sem medo à tormenta
Que salta e palpita e ri,
As travessas primaveras
Assentam tão bem em ti!
Assentam sim, como as asas
Assentam no beija-flor,
Como o delírio dos beijos
Em uma noite de amor;
Como no véu que se agita
De beleza adormecida
A brisa mole e sentida!

Foi por ver-te assim — travessa
Que eu pus a minha esperança
No imaginar de criança
Dessa formosa cabeça...
Foi por ver-te assim. — que os sonhos
Eu sei como os tens, eu sei,
Puros, lindos e risonhos.
Um coração novo e calmo
Onde a lei do amor — é lei;
Foi por ver-te assim, que eu venho
Pôr em ti as fantasias
De meus peregrinos dias.
Como a esperança no céu:
Em ti só, que és tão louquinha,
Em ti só pôr minha vida!

A dona Gabriela da Cunha
(1859)

Para! Colhe essas asas um instante;
Olha que senda decorrendo vens!
Para! é o marco final do caminhante,
E mais espaços a vencer não tens!

Lembra as visões e os sonhos do passado...
Vão longe, longe — quando, artista em flor,
Nem tinhas o caminho calculado,
Que mais tarde devias de transpor.

Contaste acaso em tua mente outrora
Tantas c'roas futuras e troféus?
Sonhaste alguma vez erguer-te agora
Alto, tão alto, pela mão de Deus?

Não pudeste medir todo este espaço,
Nem pudeste pensar que um dia, aqui
Viria o povo, em um festivo abraço
Sagrar-te os louros triunfais, a TI.

Foi surpresa do gênio — e do destino
Que a tua senda de futuro abriu,

E que uma folha de laurel divino
Em tua fronte pálida cingiu.

Talvez de artista no teu largo manto,
Como gotas de sangue em níveo chão,
Noite de espinhos orvalhou com pranto
E mareou de dor muita ovação.

Faz uma flor de cada espinho acerbo,
Tira de cada treva um arrebol;
Para fazê-la — abre os teus lábios, VERBO!
Para tirá-la — abre os teus raios, SOL!

Meus versos
(1859)

Quando nas noites de luar de outono
Pendem as flores que a manhã crestara
      E a chuva desbotou,
Que mão piedosa ergueu-as do abandono...
E cuidadosa no seio as orvalhara?
      Quem sorrindo as beijou?

Elas morrem ali tristes, sozinhas,
E se desfolham no correr do rio...
      Deus sabe onde elas vão!
Assim morrem ao sol as andorinhas,
Assim o inseto se desmaia ao frio,
      E assim meus versos são!

Pobres canções que eu entoara a custo,
E modulei nas harpas dos amores
      Que ornara um querubim.
Foram as vibrações de um sonho augusto;
Da minha fronte as suspiradas flores
      Não mas dera o jardim.

E contudo eu ainda as esperava,
      Como à porta do Céu a mãe cuidosa
      Um filho que há de vir.
E o jardim não mas dera; eu mal cuidava

Que vinha no embrião da flor mimosa
    Um áspide dormir.

Acordei! Esqueci-me dessas flores
E vou cantando sem sonhar venturas
    Já sem ilusão.
Deixo aqui minha lenda dos amores
Urna singela de esperanças puras,
    E muita aspiração.

A madame de Lagrange
(1859)

Quando em teus lábios a harmonia corre,
Como os verbos das almas e do amor,
Um mundo de douradas fantasias
Ao coração dormente se abre em flor.

Solto dos elos da matéria — o espírito
Num céu que de harmonia se perfuma
Adormece nas harpas do teu peito
E as tuas notas bebe uma por uma.

Missão divina! Traduzir na terra
As linguagens do céu! Vibrar cantando
Do sentimento as palpitantes fibras!
E o pranto às almas rebentar chorando!

Talhou-te larga a púrpura do gênio
A mão severa e pura dos destinos,
Imprimiu-te na voz a harpa de um século
E a alma te encarnou em sons divinos!

Depois — na ara da pura melodia
Desceste em uma noite embalsamada;
Segue na rota da missão divina,
Canta, murmura, lânguida, inspirada!

Abre os voos, parte agora!
Vai, cantora, ao teu destino:
Destas últimas vitórias

Vês? As glórias aqui pus.
Cinge a c'roa e torna arminhos
Os espinhos que colheste;
Que os teus hinos são melhores;
Fazem flores de uma cruz!

Souvenirs d'exil
(Tradução de poema de Charles Ribeyrolles)
(1859)

Flor a abrir entre nós, surge agora um infante;
Fronte loura a sorrir em nossa proscrição,
Os numes vêm cercá-lo em seu berço galante,
E para erguê-lo ao céu todos lhe abrem a mão.

Mas ele que será? calvinista ou romano?
Ou turco, ou querubim de Lutero, ou judeu?
E que santo do céu a este lírio humano,
Ao costume fiel, dará o nome seu?

É o beijo das mães, entre nós... o batismo,
Esse amoroso olhar que nos embala então!
Nós não temos por dogma a fé do barbarismo
E nem numes fatais de sangue e de opressão.

Batizamo-lo em ti, ó liberdade santa,
Alma dos bravos desce — eis um berço infantil.
O teu signo de luz, tua altivez lhe implanta,
Os velhos bendirão a tua mão viril!

Espírito de luz — eia, marchar — avante!
Nossos ossos em pó reflorirão por dom!
Mas conservai a fé, e o futuro radiante,
Lutar é um dever — lembra-te, Charles Frond!

A S. M. I.
(1860)

César! Fulge mais luz nas saudações do povo,
Há nos hinos plebeus — mais alma nacional
Quando a mão do Senhor ergue, dum germe novo,
A virtude e o saber em fronte imperial.

Aqui, se o vê curvado ao sol da majestade,
Não é que o ceguem mais os velhos ouropéis;
É que fulge a realeza em céu de liberdade
E abraça a liberdade — a tradição dos reis.

Tu, que voltas do mar aos cânticos do Norte,
Tu que vens embalado aos hinos do país,
Podes e deves crer no público transporte
Como dias de luz que o povo te prediz;

A ti, que tens por norma a história do passado,
Como através do tempo — a inspiração de Deus,
E que sabes de fé que um Cáucaso elevado
Nem sempre é neste mundo o fim dos Prometeus,

Bem-vindo! Diz-te o povo e a frase poderosa
É como que fervente e tríplice ovação.
Ouve-a tu, que possuis um anjo por esposa,
Por mãe a liberdade e um povo por irmão!

Ícaro
(1860)

Que queres tu que eu te peça?
Um olhar que não consola?
Podes guardar essa esmola
Para quem ta for pedir;
A um olhar de volúpia
Que ensina discreto espelho
Queres que eu curve o joelho
E quebre todo um porvir?

É audaz o pensamento,
Não vês que um olhar é pouco?
Eu fora cobarde e louco
Se te aceitasse um olhar!
A flor da pálida face,
Esse raio luminoso,
É a esperança de um gozo
Que bem se pode evitar.

Este fogo que me impele
Para a esfera dos desejos
Cresce, vigora nos beijos
De uma boca de mulher;
Tem asas como as das águias;
Nem pousa sobre o granito;
Aspira para o infinito;
Pede tudo e tudo quer!

É ambição desmedida?
Prevejo tal pensamento:
A inclinação de um momento
Não me dá direito a mais.
A chama ainda indecisa
Uma hora alimentaste,
E agora que recuaste
Quebras os laços fatais.

Era tarde! As fibras todas
Já vão meio consumidas;
Perdi na vida — mil vidas
Que é preciso resgatar.
Bem vês que a perda foi grande.
Quero um preço equivalente;
Guarda o teu olhar ardente
Que não me paga um olhar.

Alma de fogo encerrada
Em livre, em audaz cabeça,
Não pode crer na promessa
Que os olhos, que os olhos dão!
Talvez levada de orgulho
Com este amor insensato
Quer a verdade do fato
Para dá-la ao coração.

E sabes o que eu te dera?
Nem tu calculas o preço...
Olha bem se te mereço
Mais que um só olhar dos teus:
Dera-te todo um futuro
Quebrado a teus pés, quebrado,
Como um mundo derrocado
Caído das mãos de Deus!

Era uma troca por troca,
Ambos perdiam no abraço
Mas estreitava-se o espaço
Que nos separa talvez.
Foras um sonho que eu tive,
Uma esperança bem pura;
Foras meu céu de ventura
Em toda a sua nudez!

Que este fogo que me impele
Para a esfera dos desejos
Cresce, vigora nos beijos
De uma boca de mulher;
Tem asas como as das águias;
Nem pousa sobre o granito;
Aspira para o infinito,
Pede tudo e tudo quer!

Ao carnaval de 1860

Morreste, seriedade!
Morno, o deus das zombarias,
Usurpou-te, por três dias,
Teu esplêndido bastão!
De um exílio temporário
Toma a longa e nova rota;
Agora reina a chacota
E o carnaval folgazão!

Diante das aras da rubra folia,
Cabeça a mais séria não vale um real;
Doidice, festança e alegria,
Tudo isto é fortuna que traz — carnaval.

Homem sério e bem formado,
Neste dia é contrabando;
Respeitado e venerando
É coisa que não se diz;
A razão abrindo os lábios,
Onde tem berço o juízo,
Vestiu um chapéu de guizo,
E pôs um falso nariz!

Nem pai de família, nem velho empregado,
Doutor, diplomata, caixeiro ou patrão,
Ninguém, ó loucura, no dia aprazado,
Não pode negar-te seu grande quinhão.

Tudo a loucura nivela,
Nem há luta de inimigos:
Esqueçam-se ódios antigos
De algum ferrenho eleitor;
Há tréguas por três dias
No campo dos candidatos,
Que o feijão ferva nos pratos
E os guizos falem melhor.

Esqueça-se tudo, são todos convivas,
Os ódios se apaguem no abraço comum:
Que doce batalha! Que lutas festivas!
Daqui deste campo não foge nem um!

Todas as belas amáveis
Podem ter parte na festa:
Sacerdotisas e Vesta,
Acendei os corações!
P'ra sustentar a empresa
Não tendes armas faceiras?
É não tirar as pulseiras
E conservar os balões.

Daí das janelas olhando curvadas,
Sem dar um só passo na luta venceis:
Ao fogo, que corre das vossas sacadas
Aquiles se curvam e algemam-se reis.

Os reis, conquanto pintados,
Sempre são reis por três dias;
E sabem as galhardias

Das vossas armas leais.
Nós somos a Roma Inerte
Com a invasão peregrina
Que os hunos de crinolina
São mais que os outros fatais.

No álbum da artista Ludovina Moutinho
(1861)

Cedo começas a buscar no espaço,
Gentil romeira, a estrela do porvir;
Deus que abençoa as lutas do talento
Há de ao esforço teu o espaço abrir.

Para alcançar o astro peregrino
O teu talento um largo rumo tem:
De tua mãe os voos acompanha,
Que onde ela foi tu chegarás também.

Gabriela da Cunha
(1861)

Enfim! Sobre esta cena, a tua e nossa glória,
Onde a musa eloquente e severa da história
Toma-te a mão, e te abre à fascinada vista
O campo do futuro, ó grande e nobre artista,
Vejo-te enfim! Ermo, calado e nu,
Esperava a madona e a madona eras tu.
Mercê do mar sereno e do lenho veloz,
A mesma, a mesma sempre, eis-te enfim entre nós!
Eras daqui. Que importa uma ausência? O teu nome
A ausência não descora, o ouvido não consome,
Da lembrança e da luz que ficaram de ti,
Andasses longe, embora, ele vivia aqui.
O que é o mar? Barreira inútil. A lembrança
Tem asas e a transpõe. E depois a esperança
De ver no mesmo céu a mesma estrela dantes

Punha no ânimo a paz. Aos louros verdejantes
De que ornavas a fronte outros inda juntaste.
Bem-vinda sejas tu, tu que por fim voltaste
No brilho e no vigor dos teus dias melhores
Luzente de mais luz, c'roada de mais flores
E que vens, assentando outras datas gloriosas,
Dar ao palco viúvo a melhor das esposas.

A Augusta
(1862)

Em teu caminho tropeçaste — agora!
Cala esse pranto, minha pobre flor.
Caída mesmo — tropeçando embora,
Conserva a alma um último pudor.

Deve ser grande esse martírio lento...
Já nos espinhos a minha alma pus;
Sou como um Cireneu do sofrimento;
Deixa-me ao menos carregar-te a cruz.

Eu sei medir as lágrimas vertidas
Na sombra e só, sem uma mão sequer!
Vês tu as minhas pálpebras doridas?
Têm chorado talvez por ti, mulher!

É fraqueza chorar? chorei contigo;
Que a mesma nos banhou de luz
Como em mim um pesar profundo e antigo
No falar dessa fronte se traduz!

Sei como custa desfolhar um riso
Em face às turbas, que o senti por mim.
Ver o inferno e falar do paraíso,
Sentir os golpes e abraçar Caim!

Chorei, que prantos! Prometeu atado
Ao rochedo da vida e sem porvir!
Poeta neste século infamado
Que mata as almas e condena a rir.

Cansei, perdi aquela fé robusta
Que como a ti, nos sonhos me sorriu;
Na identidade do calvário, Augusta,
Bem vês como o destino nos mediu!

Ergue-te pois! A redenção agora
Dá-te mais viço, minha pobre flor!
Se tropeçaste no caminho embora!
Na tua queda é-te bordão — o amor!

Coração perdido
(1862)

Buscas debalde o meigo passarinho
  Que te fugiu:
Como quer que isso foi, o coitadinho
  No brando ninho
  Já não dormiu.

O coitado abafava na gaiola,
  Faltava-lhe o ar;
Como foge um menino de uma escola,
  O mariola
  Deitou-se a andar.

Demais, o pobrezito nem sustento
  Podia ter;
Nesse triste e cruel recolhimento
  O simples vento
  Não é viver.

Não te arrepeles. Dá de mão ao pranto;
  Isso que tem?
Eu sei que ele fazia o teu encanto;
  Mas chorar tanto
  Não te convém.

Nem vás agora armar ao bandoleiro
  Um alçapão;
Passarinho que sendo prisioneiro
  Fugiu matreiro
  Não volta, não!

Fascinação
(1863)

> *Tes lèvres, sans parler, me disaient: — Que je t'aime!*
> *Et ma bouche muette ajoutait: — Je te crois!*
> MME. DESBORDES-VALMORE

A vez primeira que te ouvi dos lábios
Uma singela e doce confissão,
E que travadas nossas mãos, eu pude
Ouvir bater teu casto coração,

Menos senti do que senti na hora
Em que, humilde — curvado ao teu poder,
Minha ventura e minha desventura
Pude, senhora, nos teus olhos ler.

Então, como por vínculo secreto,
Tanto no teu amor me confundi,
Que um sono puro me tomou da vida
E ao teu olhar, senhora, adormeci.

É que os olhos, melhor que os lábios, falam:
Verbo sem som, à alma que é de luz
— Ante a fraqueza da palavra humana —
O que há de mais divino o olhar traduz.

Por ti, nessa união íntima e santa,
Como a um toque de graça do Senhor,
Ergui minh'alma que dormiu nas trevas,
E me sagrei na luz do teu amor.

Quando a tua voz puríssima — dos lábios,
De teus lábios já trêmulos correu,
Foi alcançar-me o espírito encantado
Que abrindo as asas demandara o céu.

De tanta embriaguez, de tanto sonho
Que nos resta? Que vida nos ficou?
Uma triste e vivíssima saudade...
Essa ao menos o tempo a não levou.

Mas, se é certo que a baça mão da morte
A outra vida melhor nos levará,
Em Deus, minh'alma adormeceu contigo,
Em Deus, contigo um dia acordará.

Hino patriótico
(1863)

Brasileiros! haja um brado
Nesta terra do Brasil:
Antes a morte de honrado
Do que a vida infame e vil!

    O leopardo aventureiro,
    Garra curva, olhar feroz,
    Busca o solo brasileiro,
    Ruge e investe contra nós.

Brasileiros! haja um brado
Nesta terra do Brasil:
Antes a morte de honrado
Do que a vida infame e vil!

    Quer estranho despotismo
    Lançar-nos duro grilhão;
    Será o sangue o batismo
    Da nossa jovem nação.

Brasileiros! haja um brado
Nesta terra do Brasil:
Antes a morte de honrado
Do que a vida infame e vil!

    Pela liberdade ufana,
    Ufana pela honradez,
    Esta terra americana,
    Bretão, não te beija os pés.

Brasileiros! haja um brado
Nesta terra do Brasil:
Antes a morte de honrado
Do que a vida infame e vil!

Nação livre, é nossa glória
Rejeitar grilhão servil;
Pareça a nossa memória
Salva a honra do Brasil.

Brasileiros! haja um brado
Nesta terra do Brasil:
Antes a morte de honrado
Do que a vida infame e vil!

Podes vir, nação guerreira;
Nesta suprema aflição,
Cada peito é uma trincheira,
Cada bravo um Cipião.

Brasileiros! haja um brado
Nesta terra do Brasil:
Antes a morte de honrado
Do que a vida infame e vil!

O casamento do Diabo

(Imitação do alemão)
(1863)

Satã teve um dia a ideia
De casar. Que original!
Queria mulher não feia,
Virgem corpo, alma leal.

Toma um conselho de amigo,
Não te cases, Belzebu;
Que a mulher, com ser humana,
É mais fina do que tu.

Resolvido no projeto,
Para vê-lo realizar,
Quis procurar objeto
Próprio do seu paladar.

Toma um conselho de amigo,
Não te cases, Belzebu;

Que a mulher, com ser humana,
É mais fina do que tu.

Cortou unhas, cortou rabo,
Cortou as pontas, e após
Saiu o nosso diabo
Como o herói dos heróis.

Toma um conselho de amigo,
Não te cases, Belzebu;
Que a mulher, com ser humana,
É mais fina do que tu.

Casar era a sua dita;
Correu por terra e por mar,
Encontrou mulher bonita
E tratou de a requestar.

Toma um conselho de amigo,
Não te cases, Belzebu;
Que a mulher, com ser humana,
É mais fina do que tu.

Ele quis, ela queria,
Puseram mão sobre mão,
E na melhor harmonia
Verificou-se a união.

Toma um conselho de amigo,
Não te cases, Belzebu;
Que a mulher, com ser humana
É mais fina do que tu.

Passou-se um ano, e ao diabo
Não lhe cresceram por fim,
Nem as unhas, nem o rabo...
Mas as pontas, essas sim...

Toma um conselho de amigo,
Não te cases, Belzebu;
Que a mulher, com ser humana
É mais fina do que tu.

Estâncias nupciais
(1864)

Dedicadas a Dona Isabel e ao Conde d'Eu

I
Que riso este ar encerra?
Que canto? Que troféu?
Que diz o céu à terra?
Que diz a terra ao céu?

II
Do seio das florestas
Que aroma sobe ao ar?
E que oblações são estas
Que a terra envia ao mar?

III
A peregrina Alteza,
A rosa virginal,
O sonho de pureza
Da mente imperial.

IV
É noiva. A mão de esposa
Ao feliz noivo dá;
Era de amor ditosa
Esta hora lhe abrirá.

V
Almas de luz unidas
Na pura candidez
O amor, — de duas vidas
Uma só vida fez.

VI
E a filha predileta
Do paternal amor,
A doce, excelsa neta
Do excelso Fundador,

VII
Aumenta a nossa glória
No sólio imperial,
E a fúlgida memória
Da honra nacional.

Em homenagem a dona Isabel e ao conde d'Eu
(1864)

Do seio da espessura,
Ó virgem do Brasil,
Ergue radiante e pura
A fronte juvenil.

Tece com as mãos formosas
A noiva imperial
De lírios e de rosas
A c'roa nupcial.

Flor desta jovem terra,
Em seu profundo amor,
Como um penhor encerra
Cândida, excelsa flor.

Vivo, fulgente emblema
Das glórias do porvir,
Que o régio diadema
Um dia hás de cingir;

Salve! Os destinos novos,
Novos, futuros bens,
Querida destes povos,
Em tuas mãos os tens.

Num juramento unidas
Ante o sagrado altar,
As almas, como as vidas,
O céu veio aliar.

É vínculo precioso
Que o prende agora a si.

Esposa, eis teu esposo;
Alegra-te e sorri.

Abram-se à nova história
As páginas leais,
Onde se escreve a glória
Da pátria e dos teus pais,

E a mão que não consome
Memórias tão louçãs,
De dois fez um só nome:
Bragança e Orleans.

No casamento da princesa Isabel
(1864)

Cubram embora as últimas montanhas
    Nuvens de tempestade;
E vergue um dia os ânimos do povo
    Dura calamidade;
Não morrerá na pátria o gênio altivo
    Imensa aluvião;
Contra o mal tem ainda ignota força
    A alma da Nação.
Do seio do futuro um sol de fogo,
    Raio de vida e luz
Derrama sobre ti, formosa infante,
    Terra de Santa Cruz!
A vida das nações é como a dos homens,
    Tecem o bem e o mal;
Vem, depois de uma hora de bonança,
    Hora de temporal.
Mas o Sol, mas o rei dos astros puros,
    Como eterno senhor
Rompe através das nuvens, revestido
    De esplêndido fulgor
Surge, e da tempestade os negros corvos
    Batendo as asas vão;
Ri o Céu, ri a Terra, e enfim se expande
    A paz no coração.

A cólera do império
(1865)

De pé! — Quando o inimigo o solo invade
Ergue-se o povo inteiro; e a espada em punho
É como um raio vingador dos livres!

Que espetáculo é este! — Um grito apenas
Bastou para acordar do sono o império!
Era o grito das vítimas. No leito,
Em que a pusera Deus, o vasto corpo
Ergue a imensa nação. Fulmíneos olhos
Lança em torno de si: — lúgubre aspecto
A terra patenteia; o sangue puro,
O sangue de seus filhos corre em ondas
Que dos rios gigantes da floresta
Tingem as turvas, assustadas águas.
Talam seus campos legiões de ingratos.
Como um cortejo fúnebre, a desonra
E a morte as vão seguindo, e as vão guiando.
Ante a espada dos bárbaros, não vale
A coroa dos velhos; a inocência
Debalde aperta ao seio as vestes brancas.
É preciso cair. Pudor, velhice,
Não nos conhecem eles. Nos altares
Daquela gente, imola-se a virtude!

O império estremeceu. A liberdade
Passou-lhe às mãos o gládio sacrossanto,
O gládio de Camilo. O novo Breno
Já pisa o chão da pátria. Avante! avante!
Leva de um golpe aquela turba infrene!
É preciso vencer! Manda a justiça,
Manda a honra lavar com sangue as culpas
De um punhado de escravos. Ai daquele
Que a face maculou da terra livre!
Cada palmo do chão vomita um homem!
E do Norte, e do Sul, como esses rios
Que vão, sulcando a terra, encher os mares,
À falange comum os bravos correm!

Então (nobre espetáculo, só próprio
De almas livres!) então rompem-se os elos

De homens a homens. Coração, família,
Abafam-se, aniquilam-se: perdura
Uma ideia, a da pátria. As mães sorrindo
Armam os filhos, beijam-nos; outrora
Não faziam melhor as mães de Esparta.
Deixa o tálamo o esposo; a própria esposa
É quem lhe cinge a espada vingadora.
Tu, brioso mancebo, às aras foges,
Onde himeneu te espera; a noiva aguarda
Cingir mais tarde na virgínea fronte
Rosas de esposa ou crepe de viúva.

E vão todos, não pérfidos soldados
Como esses que a traição lançou nos campos;
Vão como homens. A flama que os alenta
É o ideal esplêndido da pátria.
Não os move um senhor; a veneranda
Imagem do dever é que os domina.
Esta bandeira é símbolo; não cobre,
Como a deles, um túmulo de vivos.
Hão de vencer! Atônito, confuso,
O covarde inimigo há de abater-se;
E da opressa Assunção transpondo os muros
Terá por prêmio a sorte dos vencidos.

Basta isso? Ainda não. Se o império é fogo,
Também é luz: abrasa, mas aclara.
Onde levar a flama da justiça,
Deixa um raio de nova liberdade.
Não lhe basta escrever uma vitória,
Lá, onde a tirania oprime um povo;
Outra, tão grande, lhe desperta os brios;
Vença uma vez no campo, outra nas almas;
Quebre as duras algemas que roxeiam
Pulsos de escravos. Faça-os homens.

     Treme,
Treme, opressor, da cólera do império!
Longo há que às tuas mãos a liberdade
Sufocada soluça. A escura noite
Cobre de há muito o teu domínio estreito;
Tu mesmo abriste as portas do Oriente;
Rompe a luz; foge ao dia! O Deus dos justos
Os soluços ouviu dos teus escravos,
E os olhos te cegou para perder-te!

O povo um dia cobrirá de flores,
A imagem do Brasil. A liberdade
Unirá como um elo estes dois povos.
A mão, que a audácia castigou de ingratos,
Apertará somente a mão de amigos.
E a túnica farpada do tirano,
Que inda os quebrados ânimos assusta,
Será, aos olhos da nação remida,
A severa lição de extintos tempos!

Cala-te, amor de mãe
(1865)

Cala-te, amor de mãe! Quando o inimigo
Pisa, da nossa terra, o chão sagrado,
Amor de pátria, vívido, elevado,
Só tu na solidão serás comigo!

O dever é maior do que o perigo;
Pede-te a pátria, cidadão honrado;
Vai, meu filho, e nas lides do soldado
Minha lembrança viverá contigo!

É o sétimo, o último. Minh'alma repartida,
Vai toda aí, convosco repartida,
E eu dou-a de olhos secos, fria e calma.

Oh! não te assuste o horror da márcia lida;
Colhe no vasto campo a melhor palma;
Ou morte honrada ou gloriosa vida.

Tristeza
(1866)

> *Ah! Pobre criança!*
> *Triste ludíbrio de funesta estrela!*
> SHAKESPEARE, *Otelo*

És triste. Que mal te oprime?
Que sombrio pensamento,
Como nuvem procelosa,
Ponto negro no horizonte,
Vem pousar, mulher formosa,
Em tua formosa fronte?

És triste. E pálida. As cores,
De vivas que eram outrora,
Como pétalas das flores
Que o tempo amareleceu,
Ora vejo-as apagadas...
E ao teu olhar peregrino
Fecham pálpebras cansadas
À luz que tinhas do céu,

A ausência de brilho e cores
E essa mórbida magreza,
Esse teu ar de abatida,
Com que, se perdes em vida,
Vens a ganhar em beleza,
Que são? Remorso de um crime
Decerto não é? Responde,
Dize, que mágoa te oprime?
Teu silêncio obstinado
Tudo me explica... já sei.
Mísero anjo infortunado,
Li tu'alma e adivinhei!

Guardavas ao que primeiro
Tocasse a flor dos teus anos,
Não esse amor passageiro,
Das almas vãs, mas o amor
Profundo, intenso, exclusivo,
O amor que sonha e não dorme,
O amor sincero, o amor vivo,

Os transportes, a ternura,
De um coração palpitante,
Os desejos de ventura,
Ambiciosa fantasia,
As ânsias d'alma abundante,
Em suma — a felicidade:
Tal foi o sonho primeiro
Da tua primeira idade.

Em vez de uma alma irmã
Que a tua alma compreendesse,
Que achaste? Boçal figura,
Matéria, máquina, prosa,
Toda cegueira e espessura,
Corpo sem alma e sem vida,
E a esperança radiosa
Da vida que procuravas,
A ternura que guardavas,
Em teus chorados quinze anos,
Tudo arrefeceu, criança,
Ante os frios desenganos.
Entre a presente agonia
E o tempo em que, solta, aérea,
Tua ardente fantasia
A vida mágica e etérea
Evocava e embelecia,
Que tempo vai! Longo espaço
De solidão, de tristeza,
De ternura e de cansaço.
Uma quase eternidade
A contar na mente acesa:
Esperanças da incerteza,
Certezas da realidade!

Enfim, à morte completa
Da ilusão que alimentavas,
Olhaste pálida e inquieta
Para o futuro... e não viste
Nada do que procuravas
E nada do que pediste,
Olhaste ainda — e confusa
Viste o amor, a paz alheia,
Os que logravam sentir,
E tu, mísera reclusa,
Da prisão em que te achaste
Nem já te é dado fugir!

E agora, fria, abatida,
Secas as rosas do rosto,
Olhos já sem luz, nem vida,
Depois de tanta provança,
Tua mente em vão procura
A derradeira esperança:
O frio da sepultura...

O primeiro beijo

(G. Blest Gana)
(1869)

Lembranças daquela idade
De inocência e de candor,
Não turbeis a soledade
Das minhas noites de dor;
Passai, passai,
Lembranças do que lá vai.

Minha prima era bonita...
Eu não sei por que razão
Ao recordá-la, palpita
Com violência o coração.
Pois se ela era tão bonita,
Tão gentil, tão sedutora,
Que agora mesmo, inda agora,
Uma como que ilusão
Dentro em meu peito se agita,
E até a fria razão
Me diz que era bem bonita.

Como eu, a prima contava
Quatorze anos, me parece;
Mas minha tia afirmava
Que eram só, — nem tal me esquece!
Treze os que a prima contava.
Fique-lhe à tia essa glória,
Que em minha vivaz memória
Jamais a prima envelhece,
E sempre está como estava,
Quando, segundo parece,
Já seus quatorze anos contava.

Quantas horas, quantas horas
Passei ditoso ao seu lado!
Quantas passamos auroras
Ambos correndo no prado,
Ligeiros como essas horas!
Seria amor? Não seria;
Nada sei; nada sabia;
Mas nesse extinto passado,
De conversas sedutoras,
Quando me achava a seu lado
Adormeciam-me as horas.

De como lhe eu dei um beijo
É curiosíssima história.
Desde esse ditoso ensejo
Inda conservo a memória
De como lhe eu dei um beijo.
Sós, ao bosque, um dia, qual
Aquele antigo casal
Cuja inocência é notória,
Fomos por mútuo desejo,
A ali começou a história
De como lhe eu dei um beijo.

Crescia formosa flor
Perto de uma ribanceira;
Contemplando-a com amor,
Diz ela desta maneira:
— Quem me dera aquela flor!
De um salto à flor me atirei;
Faltou-me o chão; resvalei.
Grita, atira-se ligeira
Levada pelo terror,
Chega ao pé da ribanceira...
E eu, não lhe trouxe a flor.

De ventura e de alegria
A coitadinha chorava;
Vida minha! repetia,
E em seus braços me apertava
Com infantil alegria.
De gelo e fogo me achei
Naquele transe. E não sei
Como aquilo se passava,
Mas um beijo nos unia,

E a coitadinha chorava
De ventura e de alegria.

Depois... revoltoso mar
É nossa pobre existência!
Fui obrigado a deixar
Aquela flor de inocência
Sozinha à beira do mar.
Ai! do mundo entre os enganos
Hei vivido muitos anos,
E apesar dessa experiência
Costumo ainda exclamar:
Ditada minha existência,
Ficaste à beira do mar!

Lembranças daquela idade
De inocência e de candor,
Alegrai a soledade
Das minhas noites de dor.
Chegai, chegai,
Lembranças do que lá vai.

A F. X. de Novaes
(1869)

Já da terrena túnica despida,
Voaste, alma gentil, à eternidade;
    E, sacudindo à terra
As lembranças da vida, as mágoas fundas,
Foste ao sol repousar da etérea estância.

    Nem lágrimas, nem preces
O despojo mortal do sono acordam;
Nem, reboando na mansão divina,
    A voz do homem perturba
O espírito imortal. Ah! se pudessem
Lágrimas de homens reviver a extinta
    Murcha flor de teus dias: — se, rompendo
O misterioso invólucro da morte,
De novo entrasses no festim da vida,
Alma do céu, quem sabe se não deras

A taça cheia em troco do sepulcro,
E agitando no espaço as asas brancas
Voltarias sorrindo à eternidade?

Não te choramos, pois; descansa ao menos
No regaço da morte: a austera virgem
Ama os que mais sofreram; tu compraste
C'o a dor profunda o derradeiro sono.
Choram-te as musas, sim! choram-te as musas
Choram-te em vão, — que das quebradas cordas
Da tua lira os sons não mais despertam;
    Nem dos festivos lábios
Os versos brotam que outrora o povo
No entusiasmo férvido aplaudia.
    Apenas (e isso é tudo!)
    Fulge c'oa luz da glória
Teu nome. Os versos teus, garridas flores
De imortal primavera, enquanto o vento
Inúteis folhas pela terra espalha,
Celeste aroma à eternidade mandam.

    Tu viverás. Não morre
Aquele em cujo espírito escolhido
A mão de Deus lançou a flama do estro
Traz do berço o destino. Em vão, fortuna,
Lhe comprimes a voz, a voz prorrompe.
    Tal o rochedo inútil
    Ousa deter as águas;
A corrente prossegue impetuosa,
O campo alaga e a terra mãe fecunda.

Daqui, deste âmbito estreito
(1870)

Daqui, deste âmbito estreito,
Cheio de risos e galas,
Daqui, onde alegres falas
Soam na alegre amplidão,
Volvei os olhos, volvei-os
A regiões mais sombrias,
Vereis cruéis agonias,
Terror da humana razão.

Trêmulos braços alçando,
Entre os da morte e os da vida,
Solta a voz esmorecida,
Sem pão, sem água, sem luz,
Um povo de irmãos, um povo
Desta terra brasileira,
Filhos da mesma bandeira,
Remidos na mesma cruz.

A terra lhes foi avara,
A terra a tantos fecunda;
Veio a miséria profunda,
A fome, o verme voraz.
A fome? Sabeis acaso
O que é a fome, esse abutre
Que em nossas carnes se nutre
E a fria morte nos traz?

Ao céu, com trêmulos lábios,
Em seus tormentos atrozes,
Ergueram súplices vozes,
Gritos de dor e aflição;
Depois as mãos estendendo,
Naquela triste orfandade,
Vêm implorar caridade,
Mais que à bolsa, ao coração.

O coração... sois vós todos,
Vós que as súplicas ouvistes;
Vós que às misérias tão tristes
Lançais tão espesso véu.
Choverão bênçãos divinas
Aos vencedores da luta:
De cada lágrima enxuta
Nasce uma graça do céu.

A Francisco Pinheiro Guimarães
(1870)

Ouviste o márcio estrépito
E a mão lançando à espada
Foste, soldado indômito,

Vingar a pátria amada,
Do universal delírio
Aceso o coração.

Foste, e na luta férvida,
(Glória e terror das almas)
De quais loureiros vividos
Colheste eternas palmas,
Diga-o ao mundo e à história
A boca da nação!

Custa sentidas lágrimas
A glória; a terra bebe
Sangue de heróis e mártires
Que a morte ali recebe;
Da santa pátria o júbilo
Custa a melhor das mães.

Mas tu, audaz e impávido,
No ardor de cem porfias,
A mão dum ser angélico,
Herói, guiou teus dias;
E no amplo livro inscreveu-te
Dos novos capitães!

Se hoje co'as roupas cândidas
Voltou a paz à terra,
Não, não te basta o esplêndido
Louro da extinta guerra;
De outra gentil vitória
A palma aqui terás.

Chamam-te as musas, chama-te
A imensa voz do povo,
Que em seu aplauso unânime
Te guarda um prêmio novo;
Vem lutador do espírito,
Colhe os lauréis da paz.

À memória do ator Tasso
(1871)

Vós que esta sala encheis, e a lágrima sentida
E o riso de prazer conosco misturais,
E depois de viver da nossa mesma vida
Ao lar tranquilo e bom contentes regressais;

Que perdeis? Uma noite; algumas horas. Tudo,
Alma, vida, razão, tudo vos damos nós:
Um perpétuo lidar, um continuado estudo,
Que um só prêmio conhece, um fim único: vós.

E este chão, que juncais de generosas flores,
É nossa alegre estrada, e vamos sem sentir,
Sem jamais indagar as encobertas dores
Que em seu seio nos traz o sombrio porvir.

Além, além do mar que separa dois mundos,
Um artista que foi glória nossa e padrão,
Quando à terra subiu dos êxtases profundos
Terna esposa deixou na mágoa e na aflição.

Hoje, que vos convida uma intenção piedosa,
Que escutais de além-mar uma súplice voz,
Hoje, a mão estendeis à desvalida esposa;
Obrigada por ele! obrigada por nós!

Ontem, hoje, amanhã
(1872)

Ontem eu era criança
Que brincava nos delírios,
Entre murta, rosa e lírios,
No meio d'etéreos círios,
Nos brincos que a gente alcança;
Que sonho p'ra mim, que vida
Nas ânsias tão bem traída!
Que noites de tanta lida,

Nos gozos em que não cansa!
Hoje sou qual triste bardo
Cismando na virgem bela,
Nos meigos sorrisos dela;
Que, porém, já se desvela
Do futuro vir mui tardo!
— Pranteio na pobre lira,
Qual nauta que já suspira
Nas ânsias em que delira,
Nas chamas em qu'eu só ardo!

Amanhã serei no mundo
Perseguido em meu cansaço,
Sem já ter amigo braço
Que me ajude a dar um passo
Neste pego sem ter fundo;
Nem sequer a minh'amada
Se julgando mal fadada
Não virá mui namorada
Me mostrar um rir jucundo!

Versos
(1874)

Escritos no álbum da exma. sra. d. Branca P. da C.

Pede estrelas ao céu, ao campo flores;
Flores e estrelas ao gentil regaço
Virão da terra ou cairão do espaço,
Por te cobrir de aromas e esplendores.

Versos... pede-os ao vate peregrino
Que ao céu tomando inspirações das suas,
A tua mocidade e as graças tuas
Souber nas notas modular de um hino.

Mas que flores, que versos ou que estrelas
Pedir-me vens? A musa que me inspira
Mal poderia celebrar na lira
Dotes tão puros e feições tão belas.

Pois que me abres, no entanto, a porta franca
Deste livro gentil, casto e risonho,
Uma só flor, uma só flor lhe ponho
E seja o nome angélico de Branca.

Naquele eterno azul, onde Coema
(1877)

Naquele eterno azul, onde Coema,
Onde Lindoia, sem temor dos anos,
Erguem os olhos plácidos e ufanos,
Também os ergue a límpida Iracema.

Elas foram, nas águas do poema,
Cantadas pela voz de americanos,
Mostrar às gentes de outros oceanos
Joias do nosso rútilo diadema.

E, quando a magna voz inda afinavas
Foges-nos, como se a chamar sentiras
A voz da glória pura que esperavas.

O cantor do *Uruguai* e o dos *Timbiras*
Esperavam por ti, tu lhes faltavas
Para o concerto das eternas liras.

Soneto
(1879)

Caro Rocha Miranda e companhia,
Muzzio, Melo, Cibrão, Arnaldo e Andrade,
Enfim, a toda a mais comunidade
Manda saudades o Joaquim Maria.

Sou forçado a não ir à freguesia;
Tenho entre mãos, com pressa e brevidade,
Um trabalho de grande seriedade
Que hei de acabar mais dia menos dia.

Esta é a razão mais clara e pura
Pela qual, meus amigos, vos remeto
Uma insinuação de vagatura.

Mas, na segunda-feira, vos prometo
Que haveis de ter (minha barriga o jura)
Mais uma canja e menos um soneto.

O Almada

Poema herói-cômico em oito cantos
(Fragmentos)
(1879)

ADVERTÊNCIA

O assunto deste poema é rigorosamente histórico. Em 1659, era prelado administrador do Rio de Janeiro o dr. Manuel de Sousa Almada, presbítero do hábito de São Pedro. Um tabelião, por nome Sebastião Ferreira Freire, foi vítima de uma assuada, em certa noite, na ocasião em que se recolhia para casa. Queixando-se ao ouvidor-geral Pedro de Mustre Portugal, abriu este devassa, vindo a saber-se que eram autores do delito alguns fâmulos do prelado. O prelado, apenas teve notícia do procedimento do ouvidor, mandou intimá-lo para que lhe fizesse entrega da devassa no prazo de três dias, sob pena de excomunhão. Não obedecendo o ouvidor, foi excomungado na ocasião em que embarcava para a capitania do Espírito Santo. Pedro de Mustre suspendeu a viagem e foi à Câmara apresentar um protesto em nome do rei. Os vereadores comunicaram a notícia do caso ao governador de cidade, Tomé de Alvarenga; por ordem deste foram convocados alguns teólogos, licenciados, o reitor do Colégio, o dom Abade, o prior dos carmelitas, o guardião dos franciscanos, e todos unanimemente resolveram suspender a excomunhão do ouvidor e remeter todo o processo ao rei.

Tal é o episódio histórico que me propus celebrar e que os leitores podem ver no tomo III dos Anais do Rio de Janeiro, *de Baltasar da Silva Lisboa.*

No poema estão os principais elementos da história, com as modificações e acréscimos que é de regra e direito fazer numa obra de imaginação. Busquei o cômico onde ele estava: no contraste da causa com os seus efeitos, tão graves, tão solenes, tão fora de proporção. Dos personagens que entram no poema, uns achei-os na crônica (Almada, o tabelião, o ouvidor, o padre Cardoso e o vigário Vilalobos), outros são de pura invenção. Aos primeiros (excetuo Almada), não encontrando vestígios de seus caracteres e feições morais, forçoso me foi dar-lhes a fisionomia mais adequada ao gênero e à ação. Os outros foram desenhados conforme me pareceram necessários e interessantes.

Não é exagerada a pintura que faço do prelado administrador. Era ele, na verdade, homem irritadiço e violento, conquanto monsenhor Pizarro no-lo dê por vítima de perseguição. Inimigos teria, decerto, e de tais entranhas, que uma noite lhe disparam contra a casa uma peça de artilharia. Verdade é que da devassa que então se fez resultou ter sido aquele ataque noturno preparado por ele mesmo com o fim de se dar por vítima do ódio popular. O juiz assim o entendeu e sentenciou, e o prelado foi compelido a pagar as custas da alçada e do processo. Monsenhor Pizarro pensa que isto foi ainda um lance feliz dos seus perseguidores. Pode ser; mas capaz de grandes coisas era certamente o Almada. Não tardou que recebesse ordem da corte para desistir do cargo, como se colhe de um documento do tempo citado nas Memórias Históricas, tomo VII.

Observei quanto pude o estatuto do gênero, que é parodiar o tom, o jeito e as proporções da poesia épica. No canto IV atrevi-me a imitar uma das mais belas páginas da antiguidade, o episódio de Heitor e Andrômaca, na Ilíada. Homero e Virgílio têm servido ornais de uma vez aos poetas herói-cômicos. Não falemos agora de Ariosto e Tassoni. Parodiou Boileau, no Lutrin, o episódio de Dido e Eneias; Dinis seguiu-lhe as pisadas no diálogo do escrivão Gonçalves e sua esposa, e ambos o fizeram em situação análoga ao do episódio em que imitei a imortal cena de Homero.

Não se limitou Dinis à única imitação citada. Muitas fez ele da Ilíada, as quais não vi até hoje apontadas por ninguém, talvez por se não ter advertido nelas. Indicá-las-ei sumariamente.

Um dos mais engraçados episódios do Hissope, o da cerca dos capuchos, parece-me discretamente imitado do diálogo de Helena e Príamo, quando este, no alto de seus paços, interroga a esposa de Menelau a respeito dos guerreiros gregos que vê diante de Troia. O vaticínio do galo assado é nada menos que o vaticínio do cavalo Xanto. A pintura do escudo de Aquiles inspirou certamente a do machete do Vidigal. Dinis faz a resenha dos convidados do deão, como Homero a dos guerreiros de Agamenon. No último canto do Hissope o gênio das Bagatelas pesa na balança as razões do deão e do bispo, como Júpiter pesa os destinos de Aquiles e Heitor.

Com tais exemplos, e outros que a instrução do leitor me dispensa apontar, e, porque é foro deste ramo da poesia, fiz a imitação indicada acima.

Agora direi que não é sem acanhamento que publico este livro. Do gênero dele há principalmente duas composições célebres que me serviram de modelo, mas que não são verdadeiramente inimitáveis, o Lutrin e o Hissope. Um pouco de ambição me levou contudo a meter mãos à obra e perseverar nela. Não foi a de competir com Dinis e Boileau; tão presunçoso não sou eu. Foi a ambição de dar às letras pátrias um primeiro ensaio neste gênero difícil. Primeiro digo, porque os raros escritos que com a mesma designação se conhecem são apenas sátiras de ocasião, sem nenhumas intenções literárias. As deste são exclusivamente literárias.

Posto que o assunto entenda com pessoas da Igreja, nada há neste livro que de perto ou de longe falte ao respeito devido ao clero e às coisas da religião. Sem dúvida, os personagens que aqui figuram não são dignos de imitação; mas além de que o assunto pedia que eles fossem assim, é sabido que o clero do tempo, salvas as devidas exceções, não podia ser tomado por modelo. São do padre Manuel da Nóbrega, da Companhia de Jesus, estas palavras textuais: "Os clérigos desta terra têm mais ofício de demônios que de clérigos; porque, além do seu mau exemplo e costumes, querem contrariar a doutrina de Cristo e dizem publicamente aos homens que lhes é lícito estar em pecado... e outras coisas semelhantes por escusar seus pecados e abominações. De maneira que nenhum demônio temos agora que nos persiga senão estes. Querem-nos mal porque lhes somos contrários aos seus maus costumes, e não podem sofrer que digamos as missas de graça em detrimento de seu interesse".

Numa obra deste gênero pode-se e deve-se alterar a realidade dos fatos, quando assim convenha ao plano da composição; mas as feições gerais do tempo e da sociedade, a essas é necessária a fidelidade histórica. Foi o que eu fiz neste livro, convindo dizer que tudo aqui se refere ao clero do lugar e do tempo; nada generalizei, como Boileau, nos dois versos do seu Lutrin:

La déesse, en entrant, qui voit la nappe mise,
Admire un si bel ordre, et reconnaît l'Eglise.

Por causa destes e outros versos, um comentador aplicou ao poeta aquilo que ele mesmo dissera do presidente de Lamaignon, que o convidara a escrever o Lutrin: "Comme sa piété était sincère, aussi elle était fort gaie et n'avait rien d'embarrassant".

Dada esta explicação, necessária para uns, ociosa para outros, deposito o meu livro nas mãos da crítica, pedindo-lhe que francamente me aponte o que merecer correção.

Canto Primeiro

I

Musa, celebra a cólera do Almada
Que a fluminense igreja encheu de assombro.
E se ao douto Boileau, se ao grave Elpino
Os cantos inspiraste, e lhes teceste
Com dóceis mãos as imortais capelas,
Perdoa se me atrevo de afrontá-la
Esta empresa tamanha. Tu me ensina
A magna causa e a temerosa guerra
Que viu desatinado um povo inteiro,
Homens do foro, almotacés, Senado,
Oficiais do exército e do fisco,
Provinciais, abades e priores,
E quantos mais, à uma, defendiam
O povo, a Igreja e a régia autoridade.

II

E tu, cidade minha airosa e grata,
Que ufana miras o faceiro gesto
Nessas águas tranquilas, namorada
De remotos, magníficos destinos,
Deixa que o véu dos séculos rompendo
À minha voz ressurja a infância tua.
Viveremos um dia aquele tempo
De original rudez, quando a primeira
Cor que se te mudou do muito afago
De mãos estranhas e de alheias tintas,
A tosca, ingênua fronte te adornava,
Não de joias pesada, mas viçosa
De folhagens agrestes. Quão mudada
Minha volúvel terra! Que da infância
Te poliu a rudez pura e singela?
Obra do tempo foi que tudo acaba,
Que as cidades transforma como os homens.
Agora a flor da juventude o seio,
Que as mantilhas despira de outra idade,
Graciosa enfeita; crescerás com ela
Até que vejas descambar no espaço
O último sol, e ao desmaiado lume
Alvejarem-te as cãs. Então, sentada
Sobre as ruínas últimas da vida,
Velha embora, ouvirás nas longas noites
A teus pés os soluços amorosos
Destas perpétuas águas, sempre moças,
Que o tamoio escutou bárbaro e livre...
Mas, quão longe o crepúsculo branqueia
Desse sol derradeiro! A asa dos séculos
Muita vez roçará teu seio amado
Sem desbotar-lhe a cor. Inda esses ecos
Das montanhas, que invade o passo do homem,
Hão de contar aos sucessivos tempos
Muito feito de glória. Estrênua, grande,
Guanabara serás... Oh! não encubras
O gesto de ambição e de vaidade,
De travessa, agitada garridice,
Tão amável, decerto, mas tão outro
Do acolhimento, do roceiro modo
Dos teus dias de infância. Justo é ele;
Varia com a idade o gosto; és moça,
E moça do teu século.

III

Reinava
Afonso vi. Da coroa em nome
Governava Alvarenga, incorruptível
No serviço do rei, astuto e manso,
Alcaide-mor e protetor das armas;
No mais, amigo deste povo infante,
Em cujo seio plácido vivia
Até que uma revolta misteriosa
Na cadeia o meteu. O douto Mustre
A vara de ouvidor nas mãos sustinha.

....

Do forte e grande Almada que regia
A infante igreja.

....
....

Tal o vate cristão que os heróis mártires
Cantou piedoso, passeando um dia
Na velha terra grega, alar-se em bando
As mesmas aves contemplou, que outrora,
Rasgando como então o azul espaço,
Iam do Ilisso às ribas africanas.

....

Canto II

I

....

II

Em doce paz agora refazendo
Tantas forças há pouco despendidas
Na crua guerra contra o vão Senado
Que, sobre ser desprimoroso e bronco,
Era um grande atrevido, e imaginava
Atar-lhe as bentas mãos, vedar-lhe o passo,
Se da antiga capela à várzea humilde
(Para poupar às reverendas plantas
A subida da íngreme ladeira)
O mártir Sebastião mudar quisesse,
Às sombras se acolheu da casa sua
O regedor da fluminense igreja,

Não de outra sorte o ríspido pampeiro,
Depois que os campos e revoltos mares
Desabrido varreu, as asas frouxas
De novo enrola, o ímpeto refreia
E à morada dos Andes se recolhe.

III

Então a Gula, que jamais lograra
De todo triunfar na infante igreja,
A vil Preguiça revoando busca
E vai achá-la cochilando à porta
De um amável garção, que os bens houvera
E o nome dos avós, à custa ganhos
De muita cutilada e muita lança
Em África metida. Ali com ela
Descem Indigestões e Apoplexias,
Sua querida e diligente prole;
Umas pálidas são, outras vermelhas,
E todas ofegantes e cansadas,
De esvaziar boticas sem descanso
E encher continuamente os cemitérios.
Com a pesada planta a Gula toca
O peito da Preguiça, que estremece,
Abre os olhos a custo, a custo a língua
A mastigar começa alguma frase,
Quando a irmã, nestas vozes prorrompendo,
A palavra lhe corta: "Será crível
Que do nosso poder sempre mofando
Só a Ira governe há tanto tempo
A fluminense igreja, e que o prelado,
Das nossas armas em desdouro eterno,
Num perpétuo lidar empregue os dias,
Que nem ócios, nem jogos, nem banquetes
A raiva lhe moderem? Mana amiga,
Dentro em breve prostradas ficaremos.
Que o poder usurpando a pouco e pouco
Ela só reinará no mundo inteiro".

IV

Deste jeito falando a voraz Gula,
Os brios da Preguiça abala e acorda,
E a lembrança lhe traz desconsolada
De quantas vezes a terrível Ira

As obras malogrou das artes suas.
"Vamos (lhe diz) a cercear-lhe o gosto
Do triunfo. Propício ensejo é este
Mais que nenhum; esse revolto oceano
Que dois mundos divide, a acender guerras,
A rebelar o coração dos homens
A bárbara transpôs". Isto dizendo
Toma nos braços a Preguiça e voa,
Com certa frouxidão cortando os ares,
E a Guanabara descem. Entre a ermida
Que ao nazareno artífice votara
A piedade cristã, e esse edifício
Que albergue foi de míseros culpados,
E onde hoje troa o popular Congresso,
A casa do prelado aos olhos surge.
Ali descendo a Gula e a Preguiça
Invisíveis penetram, e nos braços
O fogoso pastor e seus amigos
Sem muito esforço ao coração apertam.

V

Adeus, guerras! Adeus férvidas brigas!
Os banquetes agora e as fofas camas,
Os sonos regalados e compridos,
As merendas, as ceias, os licores
De toda a casta, as frutas, as compotas
Com intervalos de palestra e jogo,
A vida são do jovial prelado.
Ele a queda não vê do grande nome,
Inda há pouco temido; nem as chufas
Lhe dão abalo no abatido peito.
Em vão algum adulador sacrista
Os ditos da cidade lhe levava,
As dentadas anônimas da gente
Maliciosa e vadia; o grande Almada
Às denúncias do amigo vigilante,
Os nédios ombros encolhia apenas,
Fleumático sorria, e um bocejo
E cum arroto respondia a tudo.

VI

Com ele os dias docemente passam
Dez ou doze ilustríssimos amigos,
Entre os quais a figura majestosa
Campeava do profundo Vilalobos,
Que era a flor dos doutores da cidade,
Vigário do prelado, e a mais robusta
Das colunas da igreja fluminense.
O pregador Veloso ali brilhava
Pelas risadas com que ouvia as chufas
Do ínclito prelado, de quem era
Convencido capacho, e que esperava
A posição haver de Vilalobos
Que a tribo lhe empregou dos seus parentes.
Esse era o pregador das grandes festas,
De tal quilate e tão profunda vista,
Que quando orava em dias de quaresma
Analisava os textos, e exprimia
A doutrina evangélica de modo
Que a não reconhecera o próprio Cristo.

VII

Segue-se o impávido escrivão Cardoso,
Que mede nove palmos de estatura,
E tem força no pulso como gente,
E inda é mais destemido que forçoso.
O Lucas, com quem foi ingrata e avara,
Ao dar-lhe entendimento, a natureza,
Também ali com eles palestrava
E, sem nada entender, de tudo ria;
Mas sendo sempre igual a madre nossa
Em estômago o cérebro compensa
Ao gordo comilão, que não contente
De devastar as nobres iguarias
Quando na casa do prelado come,
Com os olhos devora, inda faminto,
A tamina dos pretos da cozinha.
Vinham depois o Nunes, o Duarte,
E quatro ou cinco mais; porém faltava
Meia dúzia de padres venerandos,
Em quem poder não teve a Gula nunca,
Nem a mole Preguiça, e que enjoados
Da vida solta que viviam esses,

As sandálias à porta sacudindo,
Da aborrecível casa se alongaram
Levando n'alma a austeridade antiga
E a pureza imortal da santa igreja.

VIII

Os mais deles em frívola conversa,
Os sucessos do dia comentavam.
Ali o alcaide-mor e o seu governo,
Entre contínuas mofas e risadas,
Dos amáveis ferrões picados eram,
E bem assim o temerário Mustre
Que de si mesmo cheio, presumia
Ter o rei na barriga, e na cabeça
Toda a ciência humana concentrada.
Vinha depois algum picante caso
De monacal discórdia, ou de profana
Namoração que o Nunes abelhudo,
Para o baço espraiar do grande Almada,
E fazer jus às boas graças dele,
Pelas ruas colhia, e temperava
De combinadas pausas e trejeitos.

IX

Finalmente falavam da aventura
Do almotacé Fagundes, que, dançando
Na rua do Alecrim com suma graça,
Tão derretido contemplava as moças
Que de ventas caiu no pó da sala.
Ao vê-lo na ridícula postura,
Desataram a rir as cruéis damas,
Os gemidos cessaram das rebecas
E pôs-se toda a casa em rebuliço;
Até que o triste e pálido gamenho,
E corpo levantando e mais o ramo
De flores que no peito atado havia,
Foi na cama chorar o seu desastre.

X

Iam assim as horas desfiando
Os mandriões sagrados, quando a nova
Da vitória das duas gordas culpas

Troa às orelhas da terrível Ira.
Sobre um campo voando de batalha
Ela os olhos pascia; ela no sangue
Satisfeita mirava o duro rosto;
Súbito estaca; as ríspidas melenas
Impetuosa sacode; e, sufocando
Um rugido feroz dentro do peito,
Rompe, como um tufão, da terra às nuvens,
Os ares corta e à bela terra desce
Que houve de Santa Cruz a lei e o nome,
Enfim assoma ao áspero penedo
Que a jovem Niterói, como atalaia,
Eternamente guarda. Alguns instantes
Dali contempla os tetos da cidade,
E outra vez devolvendo impetuosa
As rubras asas, atravessa o golfo,
E firma os pés na desejada praia.

XI

Tudo jazia em paz. Eis que um barbeiro
Que de um vizinho escanhoava o rosto,
De mil alheios casos discursando,
Irrita-se de súbito, e de um golpe
Acaba no freguês a barba e a vida.
Não distante, no célebre Colégio,
Dois enxadristas de primeira plana
Uma grave batalha pelejavam
Assentados na cerca. O doutor Lopes,
Não sei se com razão, se por descuido,
Come um cavalo ou torre ao padre Inácio.
Este reclama; aquele encolhe os ombros;
Encaram-se com gesto de desprezo,
Passam do gesto à voz, da voz ao pulso,
Engalfinham-se, rolam pela terra,
Bufam, rasgam-se, mordem-se, desunham-se,
E assim mordidos e rasgados ambos
No chão sem vida longo tempo jazem.

XII

E também ela à fresca sombra posta
Do copado arvoredo, reclinada
Sobre a urna gentil das águas suas,
A Carioca estremeceu. Nas veias

Sente pular-lhe o sangue. Rubras flores
De cajueiro e parasitas que ela,
Para toucar-se, co'os mimosos dedos
Entretecia, desparzidas todas
As lançou na corrente. Qual outrora
Quando por essas praias ressoava
O som da inúbia, palpitar-lhe sente
Mais forte o coração. Súbito irada
Os negros fios ásperos sacode
Que ao longo da trigueira espádua caem,
E veloz arrojando-se nas ondas
Sublevá-las intenta; encher com elas
Campos e montes... Infeliz! Cansada,
Arquejante e chorosa se recolhe;
Não ficou Natureza de seus braços
Tamanha empresa; e a linfa que murmura,
Como sentida dos maternos males,
Lânguida volve as preguiçosas ondas.

XIII

De tais sucessos desdenhando a Ira
À casa se encaminha do prelado.
Já não arde o furor nos olhos dela;
Pensativos os leva; um meio busca,
Um decisivo golpe com que abale
A adormecida igreja, quando a tunda
Ocorre do tabelião pacato
Freire, amador de moças e aventuras.
Quem as armas brandiu daquele crime?
As mãos dos servos do prelado foram.
Este caso em seu íntimo revolve
A fera culpa; os olhos fita; pensa...
Repentino sorriso os lábios lhe abre;
Arreganho disséreis de faminto
Jaguaruçu; achado é o grande golpe.
As asas bate a Ira e revoando
À casa vai do esmorecido Freire.

CANTO III

I
....
....

II

Que lance há i, nessa comédia humana,
Em que não entrem moças? Descorada,
Como heroína de romance de hoje,
Alva, como as mais alvas deste mundo,
Tal, que disseras lhe negara o sangue
A madre natureza, Margarida
Tinha o suave, delicado aspecto
De uma santa de cera, antes que a tinta
O matiz beatífico lhe ponha.
Era alta e fina, senhoril e bela.
Delicada e sutil. Nunca mais vivo
Transparecera em rosto de donzela
Vergonhoso pudor, agreste e rude,
Que até de uns simples olhos se ofendia,
E chegava a corar, se o pensamento
Lhe adivinhava anônimo suspiro
Ou remota ambição de amante ousado.
Era vê-la, ao domingo, caminhando
À missa, co'os parentes e os escravos
A um de fundo, em grave e compassada
Procissão; era ver-lhe a compostura,
A devoção com que escutava o padre,
E no *agnus dei* levava a mão ao peito,
Mão que enchia de fogos e desejos
Dez ou doze amadores respeitosos
De suas graças, vários na figura,
Na posição, na idade e no juízo,
E que ali mesmo, à luz dos bentos círios
(Tão de longe vêm já os maus costumes!)
Ousavam inda suspirar por ela.

III

Entre esses figurava o moço Vasco.
Vasco, a flor dos vadios da cidade,
Namorador dos adros das igrejas,
Taful de cavalhadas, consumado
Nas hípicas façanhas, era o nome
Que mais na baila andava. Moça havia
Que por ele trocara (erro de moça!)
O seu lugar no céu; e este pecado,
Inda que todo interior e mudo,
Dois terços lhe custou de penitência

Que o confessor lhe impôs. Era sabido
Que nas salas da casa do governo,
Certa noite, de mágoa desmaiaram
Duas damas rivais, porque o magano
As cartas confundira do namoro.
Estas proezas tais, que o fértil vulgo
Com aumentos de casa encarecia,
E a bem lançada perna, e o luzidio
Dos sapatos, e as sedas e os veludos,
E o franco aplauso de uns, e a inveja de outros,
O cetro lhe doaram dos peraltas.

IV

E, contudo, era em vão que à ingênua dama
A flor do esquivo coração pedia;
Inúteis os suspiros lhe brotavam
Do íntimo do peito; nem da esperta
Mucama, — natural cúmplice amiga
Desta sorte de crimes, lhe valiam
Os recados de boca; — nem as longas,
Maviosas letras em papel bordado,
Atadas co'a simbólica fitinha
Cor de esperança, — e olhares derretidos,
Se a topava à janela, — raro evento,
Que o pai, varão de bolsa e qualidade,
Que repousava das fadigas longas
Havidas no mercado de africanos,
Era um tipo de sólidas virtudes
E muita experiência. Poucas vezes
Ia à rua. Nas horas de fastio,
A jogar o gamão, ou recostado,
Com um vizinho, a tasquinhar nos outros,
Sem trabalho maior, passava o tempo.

V

Ora, em certo domingo, houve luzida
Festa de cavalhadas e argolinhas,
Com danças ao ar livre e outros folgares,
Recreios do bom tempo, infância d'arte,
Que o progresso apagou, e nós trocamos
Por brincos mais da nossa juventude
E melhores decerto; tão ingênuos,
Tão simples, não. Vão longe aquelas festas,

Usos, costumes são que se perderam,
Como se hão de perder os nossos de hoje,
Nesse rio caudal que tudo leva
Impetuoso ao vasto mar dos séculos.

VI

Abalada a cidade, quase tanto
Como nos dias da solene festa
Da grande aclamação, de que inda falam
Com saudade os muchachos de outro tempo,
Varões agora de medida e peso,
Todo o povo deixara as casas suas.
Grato ensejo era aquele. Resoluto
A correr desta vez uma argolinha,
O intrépido mancebo empunha a lança
Dos combates, na fronte um capacete
De longa, verde, flutuante pluma,
Escancha-se no dorso de um cavalo
E armado vai para a festiva guerra.

VII

Ia a passo o corcel, como ia a passo
Seu pensamento, certo da conquista,
Se ela visse o brilhante cavaleiro
Que, por amor daqueles belos olhos,
Derrotar prometia na estacada
Um cento de rivais. Subitamente
Vê apontar a ríspida figura
Do ríspido negreiro; a esposa o segue,
E logo atrás a suspirada moça,
Que lentamente e plácida caminha
Com os olhos no chão. Corpilho a veste
De azul veludo; a manga arregaçada
Até à doce curva, o braço amostra
Delicioso e nu. A indiana seda
Que a linda mão de moça arregaçava,
Com aquela sagaz indiferença
Que o demo ensina às mais singelas damas.
A furto lhe mostrou, breve e apertado
No sapatinho fino, o mais gracioso,
O mais galante pé que inda há nascido
Nestas terras: — tacão alto e forrado
De cetim rubro lhe alteava o corpo,
E airoso modo lhe imprimia ao passo.

VIII

Ao brioso corcel encurta as rédeas
Vasco, e detém-se. A bela ia caminho
E iam com ela seus perdidos olhos,
Quando (visão terrível!) a figura
Pálida e comovida lhe aparece
Do Freire, que, como ele namorado,
Contempla a dama, a suspirar por ela.
Era um varão distinto o honrado Freire,
Tabelião da terra, não metido
Nas arengas do bairro. Pouco amante
Dessa glória que tantas vezes fulge
Quando os mortais merecedores dela
Jazem no eterno pó; não se ilustrara
Com atos de bravura ou de grandeza,
Nem cobiçara as distinções do mando.
Confidente supremo dos que à vida
Dizem o último adeus, só lhe importava
Deitar em amplo *in folio* as derradeiras
Vontades do homem, repartir co'a pena
Pingue ou magra fazenda, já cercada
De farejantes corvos, — grato emprego
A um coração filósofo, e remédio
Para matar as ilusões no peito.
Certo, ver o usuário, que a riqueza
Obteve à custa dos vinténs do próximo,
Comprar a eterna paz na eterna vida
Com biocos de póstumas virtudes;
Em torno dele contemplar ansiados
Os que, durante longo-áridos anos,
De lisonjas e afagos o cercaram;
Depois alegres uns, sombrios outros,
Conforme foi silencioso ou grato
O abastado defunto, — emprego é esse
Pouco adequado a jovens e a poetas.

IX

Jovem não era, nem poeta o Freire;
Tinha oito lustros e falava em prosa.
Mas que és tu, mocidade? e tu, poesia?
Um auto de batismo? quatro versos?
Ou brancas asas da sensível pomba
Que arrulha em peito humano? Único as perde

Quem o lume do amor nos seios d'alma
Apagar-se sente. A névoa pode.
Qual turbante mourisco, a cumeada
Das montanhas cingir da nossa terra,
Que muito, se ao redor viceja ainda
Primavera imortal? Um dia, ao vê-la
De tantos requestada a esquiva moça,
Sente o Freire bater-lhe as adormidas
Asas o coração. Que não desdoura,
Antes lhe dá realce e lhe desvinca
A nobre fronte a um homem da justiça,
Como os outros mortais, morrer de amores;
E amar e ser amado é, neste mundo,
A tarefa melhor da nossa espécie,
Tão cheia de outras que não valem nada.

X

Margarida, no entanto, ia caminho,
E, ou fosse intenção, ou fosse acaso,
Um ramo de saudades que trazia
Deixa cair. Já trêmulo se curva
Freire a colher a disfarçada prenda,
Quando, rubro de cólera e despeito,
Galga o Vasco de um lance o espaço breve
Que os separa; desmonta; apanha as flores,
Sacode-lhes o pó, beija-as contrito,
E com elas adorna as plumas do elmo.
Depois, fitando com desprezo o triste
Tabelião, lhe brada: "Se inda ousares
Os olhos levantar àquela dama,
O castigo hás de ter da audácia tua,
Não, bárbaro, decreto, que não vale
Tua pessoa a pena de um delito;
Mas ridículo, sim; um tal castigo
Que na memória fique da cidade,
Que as mães contem às filhas casadeiras
E de eterna irrisão teu nome cubra!"

XI

Ora, uma noite, após conversa longa,
Freire encostado ao muro, ela à janela,
Naquele doce olvido de si mesmos
Em que toda se envolve a alma encantada,

Após ardentes e trocados beijos,
Trocados... mas de longe, — a bela moça:
"Adeus! (murmura) É tarde; vai-te embora.
Se papai nos descobre, estou perdida.
Foge, meu doce amor; olha, não percas,
Por um instante mais, toda a ventura
Que nos aguarda em breve. Tanta gente
Tem inveja de ti! Não sei, receio;
Fala-me o coração..." — Com voz macia,
Replica o namorado: "Importa pouco,
Ó minha bela Margarida, a inveja
De tão frouxos rivais. Se for preciso,
Eu, que sou tão pacato, a todos eles
Darei uma lição de tanto peso
Que, inda depois de mortos e enterrados,
Lhes doerá nas abatidas costas.
Que queres? Minha força és tu; teus olhos
Para mim valem mais que cem espadas.
Com eles na memória, amada minha,
Nada temo na terra; um regimento,
Um touro bravo, cem medonhas cobras,
Uma horda guerreira de tapuias,
Tranquilo afrontarei, se a tua vida,
Se o nosso amor, de os afrontar dependem".

XII

Assim falou o Freire; e despedidos
Um do outro com juras e protestos,
Depois de muitas e bonitas coisas,
Desapareceu a bela Margarida,
Enquanto o resoluto namorado
Para os lares inclina a ousada proa.
Não cuides tu, taful do tempo de hoje,
Que ao toque da alvorada à casa tornas,
Cantarolando uma ária que a Lagrange
Nos desvãos da memória te há deixado,
Que era fácil então, nas horas mortas,
Andar desertas ruas. Treva espessa
O caminho escondia. Gás nem óleo,
Os passos alumiava ao caminhante
Que não trouxesse a clássica lanterna.
E lanterna traria um namorado
Que andava às aventuras? Bom piloto
Da cidade natal, lá ia o Freire
Sem muito tropeçar buscando os lares.

Cem quimeras, batendo as asas leves,
Lhe revoavam na mente. Ele imagina
Que o velho pai da moça, perdoando
A secreta paixão, lhe entrega a filha
E seu genro o nomeia; que a cidade
De outro assunto não fala uma semana.
Já o casto véu de noiva lhe arrancava
Com as sôfregas mãos...

XIII

Confusas vozes
Ouve subitamente a poucos passos;
Dez vultos surgem, vinte braços se erguem,
E dez golpes de junco lhe desdouram
A descuidada espádua. O pobre Freire,
Para ameigar ou convencer os bárbaros,
Um discurso começa; mas sentindo
A cada frase dez protestos juntos,
A tangente procura das canelas,
E a correr deita pelas ruas fora.
Então, começa a tenebrosa e longa
Odisseia de voltas e re-voltas,
Que em suas vastas regiões etéreas
As lúcidas estrelas contemplaram
A rir à solta, a rir de tal maneira
Que todo espaço foi sulcado logo
De lágrimas brilhantes, — meteoros
Lhes chama a veneranda astronomia.
Ei-lo que volta rápido as esquinas,
Os passos negaceia, aqui descansa,
Ali tenta ameaçar os seus algozes,
Vinte vezes tropeça e cai por terra,
Vinte vezes ligeiro se levanta,
Grita, voa, murmura, implora e geme,
Té que ofegante de cansaço e medo
Na Lagoa parou da Sentinela.

XIV

Com os ossos moídos, e vexado
Da triste posição em que se vira,
E miserável amador na cama
Foi lastimar os brios e as costelas;
E já nas mãos de um benfazejo sono

E espírito entregava, quando a Ira
Com asas cor de fogo, lhe aparece
E deste modo fala: "Que sossego,
Que covardia é essa que te embarga
A voz para punir tamanha injúria
De um rival?... Sim, rival, que em seu desforço
Dez homens apostou? Pois sabe, ó mísero,
Que o teu futuro do castigo pende;
A sentença que houver punido o infame
Caminho te abrirá para as venturas
Íntimas, conjugais. Fortuna é dama
Que os corações medrosos aborrece.
Despe a modéstia que te peia os braços;
Vai ao Mustre falar; expõe-lhe a queixa,
E vinga de um só lance o amor e o brio!"

XV

Disse, o teto rompeu, voou no espaço.
Era sonho ou visão? Por largo tempo,
Entre um grupo de pálidas estrelas,
A figura agitara as rubras asas,
Té que se ouviu um singular estrondo
Remoto e prolongado. Ninguém soube
A causa disto, mas afirma um cabo
De ordenanças ter visto alguns minutos
Sobre a Gávea chover enxofre e cinzas.

Canto IV

I

Já sobre os tetos da cidade infante
Novembro as asas cálidas abria,
Que mil ásperos ventos intumescem
E outras tantas famosas trovoadas
Clássicas, infalíveis dos bons tempos,
Quando o leito buscando o forte Almada
A sesta foi dormir como costuma.
Cheio ainda dos gabos do Veloso,
Que num longo sermão daquele dia,
Com arte e jeito o nome seu alçara
Muito acima das nítidas estrelas;
Estende-se na cama; e a fantasia,
Naquele bruxulear em que não vela,

Nem dorme ainda a humanidade nossa,
Começa de pintar-lhe um vasto quadro
De grandezas futuras. Vê as águas
De Niterói rasgando a nau famosa
Que o levaria às águas da Ulisseia,
Para o bago empunhar do arcebispado.
Nem só isso, que o papa, desejando
De tal sujeito coroar os méritos,
Cede à insinuação da Companhia,
E lhe manda o chapéu cardinalício
Com mais duas fivelas de esmeralda.

II

Já mais dormido que acordado estava,
E na região das lúcidas quimeras
Todo se lhe engolfava o ânimo ardente,
Quando uma voz subitamente o acorda.
Era a terrível Ira, que tomando
A figura do Vasco, seu sobrinho,
Na alcova entrou bradando desta sorte:
"Oh que afronta, meu tio! que desonra!
Quem tal dissera? O tresloucado Mustre,
O ouvidor, atreveu-se..." Isto dizendo
Numa cadeira cai; salta da cama
Aturdido o prelado e lhe pergunta
Que afronta, que ousadia, que mistério
Anunciar-lhe vem daquele modo.
Então a Ira, revolvendo os olhos,
Com voz surda lhe diz que o fero Mustre
Atrevera-se a abrir uma devassa
Entre os servos da Sua Senhoria.

III

Como a galinha, que travesso infante
De alguns queridos pintos despojara,
Na defesa da prole irada avança,
Tal rugindo de cólera descreve
Em quatro passos a comprida alcova
O grande Almada. Súbito estacando
A vista crava no vazio espaço.
Ali (milagre só da roaz cólera!)
Vê a figura do atrevido Mustre;
E com olhos, com gestos, com palavras

O ameaça de morte e lhe anuncia
Que há de eterna vergonha os ossos dele
Insepultos levar de idade a idade.
"Tão incrível (diz ele), enorme audácia
De vir meter as mãos no que pertence
À minha eminentíssima pessoa
Um castigo há de ter, — exemplo raro,
Que servirá de público escarmento,
E de algum pasmo aos séculos futuros!"

IV

Disse; e tomado de furor estranho
Gesticulando sai; e enquanto a tarde
Pela morena espádua o véu devolve
Com que baixa a montanha e à várzea desce,
Concentrado vagou de sala em sala.

V

Longa a noite lhe foi; áspero catre
Os macios colchões lhe pareciam,
Ao pastor fluminense, que cem vezes,
Que cem vezes fechara os tristes olhos,
Sem conseguir dormir a noite inteira.
No cérebro agitado lhe traçava
A mão da Ira mil diversos planos
Contra o fero ouvidor. Ora imagina,
Em saco estreito atado na cintura,
Mandar deitá-lo aos peixes; longos anos
Encerrá-lo em medonho, escuro cárcere;
Ou já numa fogueira, concertava
Pelas discretas mãos do Santo Ofício,
Esmero d'arte e punição de hereges,
Como um simples judeu, torrá-lo aos poucos.

VI

Mas, de baldados sonhos fatigado,
O prelado da cama se levanta.
Enfia as cuecas, os pantufos calça,
E manda ali chamar o seu copeiro.
Corre Anselmo trazendo respeitoso
De alvo-grosso mingau ampla tigela
Com que o prelado consolar costuma,

Antes de se voltar para outro lado,
O laborioso estômago, e ao vê-lo
De pé, meio vestido e tão esperto,
Os olhos espantados arregala
E exclama: "Santo Deus! a estas horas!
Que milagre, senhor, ou que promessa
Fez Vossa Senhoria que o obrigue
A tão cedo deixar a sua cama?"
— "Anselmo, nem milagre, nem promessa
(Responde o grande e valoroso Almada).
Se eu fiz hoje uma coisa nunca vista,
Se eu precedi o sol nesta cidade,
Causa única foi um grave assunto
Que o sono me tolheu a noite inteira.
Ao cozinheiro vai da minha parte,
Dize-lhe que um jantar de dez talheres,
Sem olhar a despesas me prepare,
Que hoje quero brindar por certa causa
Alguns amigos meus. Do teu antigo
Zelo confio, como sempre, a mesa;
Deita os cristais abaixo; na de Holanda
Toalha que mais fina houver na casa,
Com arte me dispõe, com simetria,
A baixela melhor."

VII

Isto dizendo,
A matutina refeição despacha;
Murmurando de cólera se veste,
E roxo como a renascente aurora,
Chama um lacaio e um bilhetinho manda
Às colunas da igreja fluminense.
Tal o prudente capitão, se as armas,
Que até li defendeu, vexadas foram,
A conselho convoca os demais cabos,
E do ousado inimigo prontamente
Decretam juntos a vergonha e morte.

VIII

Quando veio o jantar, sombrio e mudo,
Sentou-se o grande Almada, e mastigando,
Com distraído gesto, alguns bocados,
Nenhuma frase de seus lábios solta.

Debalde o Vilalobos, seu vigário,
Todo se remexia na cadeira;
Debalde o nédio Lucas consultava
Os seus colegas, desejosos todos
De irem dormir a costumada sesta;
A misteriosa causa do silêncio
Em que o prelado jaz ninguém descobre.
Enfim, o grande Almada se levanta,
E para a ceia diferindo o caso
(Tanto nele inda a cólera rugia!)
Sem a bênção e as rezas de costume
Tornou da mesa extinta ao fofo leito;
Doce exemplo que os outros imitaram,
E em desconto de algum perdido tempo,
Dormiram muito além de ave-marias.

IX

Mas o Veloso, adulador e astuto,
Não conseguiu dormir. Em vão na cama
As posições mudava; o pensamento
Velava inteiro e afugentava o sono.
Maravilha era essa, e grande, e rara,
Pois entre os dorminhocos desse tempo
Tinha lugar conspícuo; antes das nove,
Sem embargo da sesta, era defunto,
E nunca ouvira o despertar do galo.

X

Quando, ao sinal da ceia, aparelhados
Correram todos à pejada mesa,
Antes de se sentar silêncio pede
O Veloso, e, três vezes a cabeça
Curvando, fala: "Se partis conosco,
Magnânimo prelado, as alegrias,
Por que as mágoas furtais aos nossos olhos?
Ah! dizei que importuna, estranha causa
Melancólico véu no amado rosto
Desde o jantar vos pôs! Debalde busco
A razão descobrir de tal mudança.
Dar-se-á que, por descuido da cozinha,
Na sopa entrasse o fumo? Eu, se não erro,
Vestígios dele achei, posto que a pressa
Com que a sopa comi me disfarçasse

De algum modo o sabor. Ou, no trajeto
Daqui à Sé, algum clérigo novo
Vos faltou co'a devida reverência?
Contai, senhor, contai a amigos velhos
Males que deles são!"

XI

A tais palavras,
Com o punho cerrado sobre a mesa,
O prelado despede um grande golpe
Que faz tremer terrinas e garrafas
E apaga a cor nos lábios do Veloso.
Logo mais sossegado, e perpassando
Pela douta assembleia um olhar grave,
Encara o pregador; e dando à fala
Menos rude expressão, assim responde:
"— Não, amigo, a razão da minha cólera
Nenhuma dessas foi. A baixa inveja
Do presumido Mustre, a quem basbaques
Tecem descompassados elogios
E cujo nome nas tabernas brilha,
Isto só me acendeu dentro do peito
Desusado furor. Vós do meu cargo
Companheiros fiéis, que com diurna,
Noturna mão versais minha alma inteira,
Uma parte tomai da funda mágoa
E ajudai-me a punir tamanha afronta!"

XII

Aqui refere o caso da devassa
Que aos figadais, solícitos amigos,
Lhes arrepia as carnes e o cabelo,
E desta sorte acaba o seu discurso:
"Eu merecera arder no eterno fogo
Que o cão tinhoso aos pecadores guarda,
Viver de bacalhau toda a quaresma,
Dormir três horas numa noite inteira,
Se esse infame ouvidor, parto do inferno,
Triunfasse de mim, e ao riso e às chufas
Me expusesse da plebe e dos lacaios.
Que diriam de mim nesses conventos,
Focos de luz, onde o meu nome há muito
De tão ilustre ofusca os outros nomes,

Qual a um raio se vê do sol brilhante
Da noite os claros lumes desmaiarem?
Eia! a afronta comum igual esforço
De todos nós exige. As vossas luzes
Me ajudarão neste difícil caso,
E se inda o mundo não perdeu de todo
O lume da justiça, aquele biltre,
Que tão cheio de si anda na terra,
Tamanho tombo levará do cargo
Que estalará de espanto e de vergonha."

XIII

Assim falou Almada, e toda a mesa
Lhe aprovou o discurso. O Vilalobos,
Em quem os olhos fita o grão prelado,
Algum tempo medita um bom alvitre,
E ia já começar a sua arenga
Quando o astuto Veloso a vez lhe toma:
"Minha ideia, senhor, é que esse infame
Nem alma, nem vigor, nem bizarria
Houve do céu, e que abater-lhe a proa
O mesmo vale que esmagar brincando
Uma pulga, um mosquito, uma formiga.
Mas porque seja bom tapar a boca
Aos vadios da terra, e porque vale,
Em certos casos, afetar nas formas
Tal ou qual mansidão, que não existe,
Cuido que em lhe mandando uma embaixada
A exigir-lhe a devassa..."

XIV

"Nunca! Nunca!
(Interrompe o vigário). Uma embaixada!
E tal coisa, senhor, nascer-lhe pôde
Tratar de igual a igual a um bigorrilhas!
No claro entendimento? Todo o lustre,
Valor e autoridade a igreja perde
Se não falar de cima ao tal pedante,
Com desprezo, com asco. Em boa regra,
Cortesia demanda cortesia;
Mas um vilão que a processar se atreve
Os criados da casa do prelado,
Em vez de uma embaixada, merecia

Nas costas uma dose de cacete.
Não, senhor; é meu voto que se mande
Uma singela, e seca, e rasa, e nua
Citação para a entrega da devassa
No prazo de três dias. Desta sorte
Não se abate o prelado, nem as nobres
Insígnias enlameia do seu cargo,
Que eles e nós todos conservar devemos
Puras de vil contato".

XV

— "Mas a pena?
(Triunfante o Veloso lhe pergunta).
Uma pena há de haver com que se obrigue
A cumprir o mandado? Suponhamos
Que entregar a devassa ele recuse,
Que recurso nos dais para sairmos
Deste apertado lance? Há de o prelado
Ver mofar do poder que lhe compete?
A derrota assistir da causa sua?
Humilhar-se? Eu jamais aprovaria
Tão singular ideia. Uma embaixada,
Sem da igreja abater os sacros foros,
Com jeito e mancha alcançaria tudo,
E se nada alcançasse, é tão brilhante
A fama do prelado, que bastava
A causa remeter para Lisboa,
Que em seu favor viria o régio voto."

XVI

Acabou de falar. Então a Gula,
Que presente ali estava, enquanto a Ira
O belicoso espírito lhes sopra
Aos duros capitães, lhes vai roendo
As famintas entranhas, qual nos contam
Do filho de Climene, que primeiro
Ao céu roubara o lume, antes que o tempo,
Longo volvendo séculos e séculos,
Real tornasse a fábula dos homens
E nos desse o teu gênio, imortal Franklin.

XVII

E depois que a discreta companhia,
Por não perder o precioso tempo,
Foi comendo e falando sobre o caso,
Fazendo a língua dois ofícios juntos,
Esta sentença lavra o grande Almada:
"Acho muito cabida e boa a ideia
Do pregador Veloso; mas não menos
Razoável a ideia me parece
Do profundo vigário. Aceito-as ambas
E praticá-las vou. Desta maneira
Ostento mansidão, e com mais força
O golpe lhe darei, se me recusa
A devassa entregar. Ao mesmo tempo
Alterada não vejo a paz gostosa
Em que de outras fadigas descansamos.
Entretanto, convém que armado e pronto
Vá logo o embaixador. A vós incumbo
(O forte Almada ao Vilalobos disse)
Da solene feitura de um mandado
Co'o prazo de três dias, e com pena
De... excomunhão!"

XVIII

Aqui um alto grito
De espanto, de terror, de entusiasmo
Rompe do peito aos veneráveis sócios.
Como nas horas da calada noite
Uma pêndula bate solitária,
Depois outra, mais outra, e muitas outras
Monótonas o mesmo som repetem,
Assim de boca em boca os reverendos
"Excomunhão! excomunhão!" murmuram,
Porventura algum deles duvidoso
Se aquela vencedora espada antiga
Que as heresias combateu na Igreja
Empregar-se num caso deveria
De tão pequena monta; mas, guardando
Essa ideia consigo, que não rende
Os risos do prelado nem os fartos
Jantares que amiúde lhe oferece,
Com todo o gosto a excomunhão aplaude
Do insolente juiz.

XIX

Então o Lucas
Que, desde que estreara a lauta mesa,
Come com quantos dentes tem na boca,
Que uma assada cutia despachara,
Quatro pombos, e de uma grande torta
Ia já caminhando em mais de meio,
A boca levantou do eterno pasto
E falou desta sorte: "Bem humilde
É meu braço, senhor; mas se a defesa
Dos sacros foros meu esforço pede,
Contar podeis comigo neste lance,
E certo estou que em decisão e zelo
Ninguém me há de exceder. Proponho agora
Que nesta ocasião grave e solene
Juramento façamos de puni-lo
Ao ouvidor, e não deixar o campo
Sem a honra lavar do nobre Almada".
Isto dizendo, da cadeira a custo
A barriga levanta o reverendo;
Todos o imitam logo, e sobre a mesa
Alçam as mãos e juram de vingar-se
Do presumido Mustre; e porque a empresa
Novos brios pedia, em pouco tempo,
Com raro esforço, toda a mesa varrem.

XX

Entretanto, afiando à porta o ouvido,
Longo tempo escutara o moço Vasco
As deliberações do grão conselho,
E receoso da tremenda guerra
Que dali certamente nasceria,
Pondo em risco talvez sua pessoa,
Entra pálido e trêmulo na sala.

XXI

Ao vê-lo demudado, os circunstantes
Estremecem de susto. Qual receia
Que o Mustre, sabedor do que se passa,
A suas Reverências um processo
Instaurara de pronto. Qual cogita
Que cem homens de tropa os têm cercados

E ouve já na escaldada fantasia
Ranger nos gonzos a medonha porta
Do cárcere perpétuo. Tu somente,
Vilalobos, e tu, Cardoso forte,
O coração pacífico tivestes,
E a frieza imitastes do prelado.

XXII

"Ruins novas trazeis, ao que parece,
Vasco! (o tio lhe diz); e suspirando
O moço lhe responde: "Novas trago
E penosas, senhor. Sabei que o monstro,
A causa principal do triste opróbrio,
O autor de tantos e tamanhos males,
Único eu sou. Meu atrevido braço
Armou os vossos servos; é seu crime
Verdadeiro, e fui eu..." Calara o resto,
Algum tanto vexado, mas o tio,
Contraindo as grisalhas sobrancelhas
Com que faz abalar toda a família,
Nestas ásperas vozes logo rompe:
— "Que! Um crime! Houve um crime! E qual? e quando?
E por que causa?" — "A causa era a mais pura:
Amor..."

XXIII

A tais palavras o auditório
De boca aberta fica, mal ousando
Acreditar em tanto atrevimento
E curioso de saber o resto.
Mais que todos os outros, o Veloso
Interrogar quisera o moço Vasco;
Contudo nada diz, que é regra sua
Sondar primeiro o ânimo ao prelado,
De quem copia sempre a catadura
E é turvo se ele é turvo; alegre, alegre.

XXIV

"Ora pois! fosse a causa amor ou ódio
(O tio diz) importa nada ao caso.
Nem por isso uma linha só recuo
Do meu procedimento. Desejara,

No entanto, a história ouvir do teu delito.
Esta grave assembleia certamente
Preferira entreter-se de outras coisas
Mais chegadas à nossa dignidade
E santa condição; mas não importa;
Um dia não são dias, e é de jeito
Que instruamos de todo este processo."
Isto dizendo, a uma cadeira vaga
Que defronte lhe fica, estende o dedo.
Vasco obedece. A douta companhia,
Que ansiosa esperava aquele instante,
As cadeiras arrasta procurando
Idônea posição para escutá-lo.
Enche os copos Anselmo e se retira.

XXV

Prontos à escuta, emudeceram todos*
E o moço começou: "Mandais-me, ó tio,
Que a lembrança renove do namoro
Infeliz, e a ridícula aventura
Em que fui grande parte. Ora vos conto
O misterioso caso da assuada
Que essas estrelas curiosas viram,
Certa noite de amores encobertos
Em que um rival do amargo seu triunfo
A pena teve, e causa foi da afronta
Que hoje padece Vossa Senhoria.
....
....

Neste ponto o prelado, desejoso
De disfarçar o natural vexame
Que a narração mundana lhe fazia,
Da profunda algibeira a caixa arranca
Do tabaco, abre-a, tosse, esfrega os dedos,
E uma grossa pitada apanha e funga.
O perspicaz conselho o imita logo;
Aventam-se as bocetas; os obséquios
Trocam-se mutuamente os convidados;
Qual de uma vez na larga venta insere
O precioso pó; qual o divide
Benévolo entre as duas; e co'os lenços
Os reverendos [*palavra ilegível*] sacudidos,
Deste modo prossegue o moço Vasco:

---

* Verso de Odorico Mendes, na tradução da Eneida.

....
....
....

Canto V

I

Já nas macias, preguiçosas camas
Santamente roncava o grão conclave,
Quando, em frente da mesa, carregada
De volumes, papel, e tinta e penas,
O douto Vilalobos se assentava.
Isto vendo, a Preguiça, que o mais dócil
Dos seus alunos no vigário tinha,
As formas adelgaça, o colo estica,
Afila os dedos, o nariz alonga,
E as feições copiando do escrevente,
Busca o vigário, e do âmago do peito
Molemente esta fala arranca e solta:
"Senhor, que grande novidade é esta?
Pela primeira vez, depois das nove,
Esquece-vos colchão e travesseiro,
Que essas valentes e cevadas formas
Com tanto amor criaram? Que motivo
Apartado vos traz da vossa cama?
Porventura, esse cargo precioso
Que tão alto vos pôs nesta cidade
Não vos dá jus a regalar o corpo
Co'as delícias do sono? Que seria
Dos empregos mais altos deste mundo
Se não fossem razão de boa vida?
E que lucrais, com essa guerra?
A vaidade abater de um insensato,
Todo cheio de ventos e fanfúrrias?
Mais do que ele valia Mitridates
Que Luculo bateu; mas quem se lembra
Do forte vencedor do rei do Ponto,
Quando nele contempla o mais conspícuo
Dos grandes mandriões da antiguidade,
Que mais soube comer que Roma inteira?
Deixai lá que se esbofe a inculta plebe
No vil trabalho com que compra a ceia;
Um homem como vós não se afadiga,
Come e ronca, senhor, que o mais é nada."

II

"Não, amigo (responde-lhe o vigário
Com benévolo gesto, e todo cheio
Dos elogios); não, esta campanha
Tão mesquinha não é, nem tão mofino
O insolente rival. Tolo é, decerto,
E presunçoso; acresce-lhe mordê-lo
Uma inveja cruel do nosso Almada.
Débil não é quem vícios tais reúne.
Derrubá-lo é preciso. O grande nome,
O poder que me dá este meu cargo,
E do prelado a nobre confiança,
Exigem que ao trabalho hoje me entregue
Algum tempo sequer. Nem tu receies
Que eu desperdice as minhas bentas horas
De descanso. Uma só que nisto empenhe,
Tão fecunda há de ser, tão esticada,
Que dará quatro ou cinco em muitas noites,
E tudo se repõe no estado antigo."

III

Insta a Preguiça; afrouxa, afrouxa quase
O vigário; na mente se lhe pinta
O alto, fofo colchão de fina pluma,
Em que as noites repousa, em que na sesta
A sua reverenda inércia espraia.
Os olhos com fastio aos livros lança;
A descair os membros lhe começam
De languidez; mas a cruel ideia
De ver perdida a posição brilhante
Que na igreja lhe cabe, o brio esperta
Ao grão doutor e lhe dissipa o sono.
Em vão tenta a Preguiça convidá-lo
Com palavras de mel; sacode o corpo,
Encolhe os ombros, os ouvidos cerra,
E ríspido a despede o reverendo.

IV

Apenas se achou só na grande sala,
Com o lenço o papel sacode e a mesa,
E num velho tinteiro mergulhando
A branca pena de um comido pato,

Lança as primeiras regras. Dez autores
Largamente consulta; um trecho saca
De dez tomos diversos e massudos
Com que as velas enfune ao seco estilo.
A cada rasgo da tardia pena,
Que a suada expressão goteja a custo,
A cabeça levanta o reverendo,
Todo o escrito relê com grande pausa,
As paredes consulta, e novamente
Ao trabalho com ânimo arremete.
Enfim, ao cabo de uma hora longa.
A tarefa acabou. Contente salta
Da cadeira, repete a torva prosa,
E vaidoso de si, como dos versos
Que primeiro compôs infantil vate,
As mãos esfrega, os olhos arregala,
Pela sala passeia, e de memória
Algum trecho repete, alguma frase
Que mais arrebicada lhe saíra.
O espanto do ouvidor, o entusiasmo
Do prelado, os pomposos elogios
Da cidade, na mente lhe descreve
Com destra mão e delicadas tintas
A fantasia... Mas aqui começam
De lhe pesar as pálpebras; a custo,
Trôpego e bocejando deixa a sala,
Entra na alcova, a trancos se despede
Das roupas, e na cama continua
O delicioso sonho interrompido.

V

Lepidamente abrindo o alvo regaço,
E o chão juncando de purpúreas flores,
Do pastor fluminense à casa torna
A travessa alegria, e ao seu aspecto,
Pálida mágoa, lutuosa foges.
Sobre os moles colchões inda estendido,
O lôbrego papel ouve o prelado,
Que o douto Vilalobos lhe recita,
E com exclamações e com palmadas,
Lhe aplaude a erudição e o duro estilo,
E a infalível vitória lhe agradece.

VI

Um a um, vêm chegando os reverendos,
E a todos, um por um, de cabo a cabo,
A intimação lhes lê, que eles escutam,
Com muitos e rasgados elogios,
Maiormente os da boca do Veloso,
Que mal sofre ao rival este triunfo.
Mas como o fruto que seduz no rosto
E o verme esconde no corrupto seio,
Assim o pregador das grandes festas
Alegrar-se parece, enquanto a inveja
O punge, e mil ideias lhe insinua
De adular o prelado, e ao Vilalobos
Arrebatar os louros, que lhe impedem,
— O sono não, — mas o sossego d'alma.

VII

Ao ver-se tão cercado de zumbaias,
Em si mesmo não cabe de contente
O profundo doutor, em cujos lábios
A vaidade sorri, velada a meio
Dessas vãs cortesias de aparato,
E desse "Não, senhor! Oh! não! Oh! nunca!
Nunca esta prosa minha ambicionara
A tão alto subir como pretende
A bondade de Vossa Senhoria.
É um trabalhozinho feito à pressa
Só por obedecer às ordens suas".
E outras tais mogigangas de modéstia,
De humildade, que são naqueles trances
Usual expressão.

VIII

                Mas tu, Cardoso,
Êmulo foste do feliz vigário,
Quando para intimar o austero Mustre
Te ofereceste ousado. Havia fama,
Temerário escrivão, que a natureza
Para servo do altar te não fizera,
Que nasceras com balda de meirinho
Ou capitão-do-mato. — "Eu mesmo quero
(Diz o forte escrivão) dar-lhe este golpe,

E certo estou de que a fatal devassa
Nas mãos virá do arrependido Mustre
A vossos pés cair". Cheio de gosto,
Almada esta façanha lhe elogia,
E copiada a intimação famosa,
Rubricada e selada, prontamente
A recebe o Cardoso. Dois abraços
O prelado lhe dá, e mais a bênção
Que o livrará das tentações do diabo.
Dá-lhe inda mais. De uma gaveta saca
Um tremendo chapéu pomposo e feio,
Que lhe mandara um monge italiano,
E que ele a sete chaves escondia.
"Tomai (lhe diz) este chapéu que há anos
De alheias vistas guardo; ele só vale
Mais que vinte orações; tomai-o, é vosso."

IX

Era um chapéu de três enormes bicos.
Respeitoso o escrivão lhe imprime um beijo
E na cabeça o põe, e assim de casa
Para intimar o Mustre se encaminha.
Vaidoso e cheio da missão que leva,
As ruas atravessa da cidade,
O pavor antevendo e os calafrios
Do mesquinho ouvidor, quando o mandado
De seus lábios ouvir, e na cabeça
Sentir descarregar o grande golpe.
A notícia entretanto ia correndo
Pela cidade toda, e a cada passo,
Nas esquinas, nas lojas se detinha
A gente curiosa e os olhos punha
No famoso escrivão; mas, sobranceiro,
Impávido calcando a dura terra,
Sem fazer caso do miúdo povo,
No caminho prossegue. Já chegava
Aos edifícios últimos, e a planta
O despovoado chão pisava afoito,
Quando em frente lhe surge, lacrimosa,
Brígida, mocetona de mão cheia,
Caseira sem rival, mescla robusta
De áfrico sangue e sangue d'alva Europa.

X

Nos braços dela uma gentil criança
Dorme placidamente. Então sorrindo,
Ao ver o belo infante, e o brando sono
Que essa alma em flor, não machucada ainda
De ásperas mãos humanas, sobre as asas
À doce região dos anjos leva,
Para o Cardoso. Brígida chegando
Da mão lhe trava, os olhos ergue a medo,
E estas palavras trêmula suspira:
"Revendo senhor, coragem tanta,
Cega destimidez, prendas tão raras
(Perdoai da caseira o atrevimento)
Fatais vos hão de ser. De boca em boca,
Corre que ides citar a toda a pressa
O bárbaro ouvidor. Ai, mais que nunca
A ideia de perder-vos me acobarda.
Que será desta mísera criança,
Se o padrinho lhe falta, e sem conforto,
Nem amparo, nem mão experiente
Houver de caminhar do berço à campa?
Convosco irão, senhor, os dias dela,
E os meus dias também, tão bafejados
Daquelas auras que a fortuna sopra
Por que seja maior nossa desdita.
Quem mais irei servir? Que mesa estranha
Me verá preparar toalha e copos,
Se esse monstro infernal, que a liberdade
E a vida guarda em suas mãos de ferro,
Ousar tirar-vos ambas? Não me resta
Pai nem mãe; tive irmãos; soldados foram,
Morreram todos na holandesa guerra.
Todos acho eu em vós; vós, meu amparo
Té hoje heis sido. Oh! por quem sois, vos peço,
Não me deixeis, senhor, sozinha e triste
Semear de amargas lágrimas a terra,
A dura terra em que pousar meu corpo,
Deslembrada, talvez escarnecida.
É tempo ainda; arremessai ao longe
O mandado fatal; à casa vinde,
Escondei-vos dos olhos do prelado,
Que em paz ficando vos comete o risco,
E duas vidas salvareis de um lance".

XI

"Ó Brígida (o Cardoso lhe responde)
Justos receios são do teu afeto.
Mas se eu agora depusesse as armas,
Que seria da honra desta igreja?
Onde iria parar o nosso Almada?
Eu conheço o rancor do feroz Mustre,
Eu sei que o braço da justiça pode
Mil afrontas fazer aos nossos cargos,
E a cada passo encher-nos de vergonha.
Mas quão pior seria a raiva sua
Se levasse a melhor neste conflito,
Se castigando esta mortal injúria,
Não lográssemos nós ao mesmo tempo
Aterrá-lo, humilhá-lo, escangalhá-lo.
Vê que terríveis males, que desastres
Sobre nós cairão, se inda a vitória
Couber ao ímpio. O temerário braço
Quem poderá deter-lho? Quem, se um dia
Ousar da minha casa arrebatar-te,
O golpe desviará do seu capricho?
Servi-lo irás então, mísera escrava!
Ao sol ardente cavarás a terra,
Sem gozar um minuto de descanso;
E se acaso na estrada, junto à cerca,
Um clérigo passar dos que me mordem,
Ao ver-te exclamará: "Lá serve ao Mustre
A famosa caseira do Cardoso!"
Triste suspiro de saudade e pena
Me mandarás em vão... Oh! antes, antes
(Se tal desgraça me prepara a sorte)
Num cárcere fechado à luz do dia
Viver perpetuamente, condenado
A perpétuo jejum de pão e água!"

XII

Disse, e do tenro infante os lindos braços
Docemente puxou. Logo desperta
Do sono a criancinha, os olhos volve
Ao heroico escrivão; porém, ao ver-lhe
O gigante chapéu de três pancadas,
Grita, recua e no roliço colo
Da mãe esconde o apavorado rosto.

Leve sorriso então assoma aos lábios
Da tenra mãe, do intrépido padrinho.
Descobre-se o Cardoso, e pondo em terra
O tremendo chapéu, toma nos braços
A criancinha, um ósculo lhe imprime,
E aos céus envia estas ardentes vozes:
"Céus que me ouvis, fazei que ilustre e grande
Este menino seja; igual audácia,
Igual força lhe dai, com que ele assombre
A raça toda de ouvidores novos.
Que diga o mundo ao vê-lo: 'Ali renasce
Do valente padrinho o brio e o sangue!
E à doce mãe console esta homenagem'".

XIII

Cala, e nos nédios braços da caseira
A criança depôs; do chão levanta
O chapéu; na cabeça o põe de chofre.
"Vai da casa cuidar (lhe diz), eu parto;
Corro a citar o bárbaro inimigo.
Vencê-lo cumpre ou perecer com honra."
Brígida comovida se despede
Do impávido Cardoso, e lentamente
Para casa dirige os passos trêmulos,
Não sem voltar de quando em quando o rosto,
Que o medo enfia e que umedecem lágrimas.

Canto VI

I

Naquele tempo, a mão da arte engenhosa
Os elegantes bairros não abrira,
Refúgio da abastança deste século,
E passeio obrigado dos peraltas.
Por essas praias ermas e saudosas
Inda guardava o eco o som terrível
Do falcão, do arcabuz que a vez primeira
Despertou Guanabara, e o silvo agudo
Da frecha do tamoio. Ainda o eco
As rudes cantilenas repetia
Do trovador selvagem de outro tempo,
Que viu perdida a pátria, e viu com ela
Perdida a longa história de seus feitos

E os ritos de Tupã, perdida a raça
Que as férteis margens... Musa, onde me levas?
Filosofias vãs, quimeras, sonhos,
Flores, — apenas flores, — que não valem
Tantos gozos reais dos nossos dias,
Em paz os deixa, e do ouvidor famoso
À rústica morada me encaminha.

II

Não longe do tumulto da cidade,
Entre a verdura de copado bosque,
Tinha o Mustre uma casa de recreio.
Ali nos dias da estação calmosa,
Depois que à porta sacudia o tédio,
Tranquilo descansava algumas horas
Da inércia do regaço. Ali gozando
Por olhos, boca, ouvidos e narizes,
Da fértil natureza os dons mais belos,
Correr deixava o mundo, sem que a fronte
O mínimo receio lha ensombrasse.
....
....
....
....

III

....
....
....
....
....
....
....
O terrível Cardoso. Traz fechado
Na esquerda mão o singular decreto;
Com um gesto solene o desenrola,
Tosse, escarra, compõe a voz e o rosto,
E o venerando anátema lhe lança.

IV

Do longo espanto o fulminado Mustre
Enfim voltou; os olhos pela estrada
Desvairados estende; à casa torna
Apressado; braceja, grita, ordena
Que o padre chamem; quatro escravos correm
E voltam sem mais novas do Cardoso
Que veloz se tornara ao grande Almada
Da triunfante missão a dar-lhe conta.

V

Já trêmulo de raiva, já de susto,
O magistrado fica; ora calado
Algum tempo rumina; ora soltando
Descompassadas vozes e suspiros,
Atônito percorre a casa inteira.
Vagamente cogita uma vingança
Contra o duro rival; mas logo a triste
Realidade o coração lhe afrouxa.
A fantasia pinta-lhe o desprezo
Dos devotos sinceros, a medonha,
A dura solidão da vida sua,
O fugir dos amigos, os estranhos
Que por trás uma cruz fazendo nele,
Mais sozinho na terra vão deixá-lo
Do que em praia deserta ingrato dono
Deixa um triste cavalo moribundo.
Ora pensa em fugir; ora em prostrar-se
Do sagrado pastor aos pés, rendido...
Enleia-se, vacila, nada escolhe,
E nesta triste, miserável vida,
Entre sonhos, visões, medos e angústias,
Passa o duro ouvidor três horas longas.

VI

Enfim ceder a Almada determina,
A devassa entregar-lhe, assentar pazes,
Comprar com pouco a salvação eterna,
Uma esperança ao menos. Manda logo
À casa do escrivão que ali lhe traga
A famosa devassa, que enviada
De véspera lhe fora, e todo aflito
De sala em sala passeando espera.

VII

Mas a terrível Ira que perdia
Deste modo a campanha começada,
Pois no seio da paz de novo entrando,
Todo seria da Preguiça e Gula
O grão pastor da igreja fluminense,
Entra na pele do escrivão Ramalho
E à casa vai do esmorecido Mustre.
Este, apenas lobriga da janela
O fiel serventuário, e nenhum rolo
Lhe descobre nas mãos, trêmulo fica
E outra vez assustado ao portão desce;
A tempo que o Ramalho, mais risonho
Que um céu azul, que um dia de noivado,
Apressado chegava e lhe dizia:
— "Senhor, matai-me embora! Não vos trago
A devassa pedida, que acho injúria
Ao finíssimo sangue que vos corre
Nessas honradas veias, ao respeito
Em que há muito vos têm el-rei e a corte,
Abaixar-vos aos pés de um vão prelado,
E rojar-vos no pó da sacristia".

VIII

Disse, e nas amplas ventas inserindo
Do recente rapé duas pitadas,
Foi por este teor desenrolando
Mil razões, mil inchados argumentos,
Com que em todas as eras deste mundo
Um naire ilustre convencer se deixa.

IX

"Eu bem sei (convencido lhe responde
O ouvidor), eu bem sei que fora triste
Que um preclaro varão da minha estofa,
Cujo nome não ouve o delinquente
Sem desmaiar de susto, e que este povo
Respeitoso contempla, na baixeza
Caísse de ir ao pés de um vão prelado
E rojar-se no pó da sacristia.
Mas, meu caro Ramalho, que recurso
Nesta vida me resta? Tu não sabes

Que de mim vai fugir a gente toda?
Que eu vou ser o leproso da cidade?
Que meirinhos, beatas, algibebes,
E quem sabe se até os cães vadios,
Que à sumida barriga andam de noite
Pelas ruas catando algum sustento,
Tudo vai desprezar-me? Bom aviso
Quando falha a vitória na batalha,
É ceder às falanges do inimigo,
E preparar uma futura guerra".

X

O mofino ouvidor assim falando,
Com apuro a vestir-se principia,
Uma arenga compondo de cabeça
Em que do seu pecado arrependido
Claramente se mostre, quando a Ira
Ao Ramalho sugere este conselho:
"Salvo, salvo senhor! é salvo tudo!
Conhecido vos é como o Senado,
Em luta co'o pastor da nossa igreja,
Dele tem recebido tanta injúria,
E em risco está de semelhante pena.
Procurai-o, senhor, e com protesto,
Em nome da coroa e da justiça,
O negócio deponde. Deste modo
A muitos caberá toda essa afronta
E mais certa será nossa vitória".

XI

Aceita foi a salvadora ideia.
Saem ambos os dois no mesmo instante,
Voam, chegam à casa do Senado,
E na sala penetram. Conversavam
Justamente do caso os camaristas.
E, na pele mordendo do prelado,
Receavam talvez igual destino
Ao do fero ouvidor, se no conflito,
Que há muito trazem com o grande Almada
O jus do povo defender quiserem,
Quando na sala entrando furioso
A sua excomunhão refere o Mustre,
E lhes pede em defesa da coroa

O braço popular. Todo o congresso
Gelado fica. Súbito as cadeiras
Pela terra deitando, às portas correm
Os graves camaristas, e fugindo
Ao mísero ouvidor excomungado,
Para casa se lançam. Da pedreira,
Lançado o fogo à mina, a toda a pressa
Da mesma sorte os cavouqueiros fogem
Receosos de avulsos estilhaços.

XII

Em vão a Ira, com diversas formas,
A todos busca, e amaciando a fala,
A lembrança do afeto lhes desperta,
Os jantares comidos noutro tempo,
Os festivos saraus, cartas de empenho,
Mil finezas, em suma, sepultadas
No vasto cemitério da memória...
A filha do diabo então sacode
Irritada a cabeça, e do mais fundo
Das entranhas um grito de ameaça
E frio escárnio solta: "Homens! (exclama)
Lacaios da fortuna! Eu terei armas
Com que de ingratos corações triunfe!"

XIII

Isto dizendo, mais ligeira voa
Que o soberbo condor, quando do cimo
Dos Andes rompe o assustado espaço,
E vai surgir além das altas nuvens.
Voa, e chega aos domínios da Lisonja.
Os flóridos umbrais transpõe de um salto.
Logo em frente lhe surge extensa e bela
Uma alameda de árvores copadas,
Que, para a terra os galhos recurvando,
Com singular donaire e afável gesto
Cortejá-la parecem respeitosas.
Caminha, e fina relva os pés lhe afaga;
Respira, e um doce aroma o peito lhe enche.
A tão brando contato, a tais delícias,
Ó milagre! um sorriso prazenteiro
Logo vem desbrochar-lhe à flor dos lábios
Que eterna raiva aperta. Segue avante,

A branca e longa escadaria sobe,
A varanda atravessa alcatifada
De brancas flores e cheirosa murta.
Já rendida de gosto, entra na sala,
Dá dois passos, e a recebê-la chegam
Vinte ou trinta Zumbaias, que vergando
Pela cintura o corpo delicado,
Beijar o chão parecem; após delas,
Com dourados turíbulos acesos,
Vêm quatro Rapapés; fechando tudo
Extensa procissão de Cortesias.

XIV

De tais recebimentos namorada,
O primeiro salão transpõe a Culpa,
Entra no camarim, forrado todo
De flores, de arabescos, laçarias,
Que enche contínuo, tépido perfume
De seis grandes caçoulas de alabastro.
Entra, e defronte de um pomposo espelho
A Lisonja descobre, que risonha
Mil cumprimentos novos ensaiava
E mil versos rasteiros repetia.
Ao ver a feroz Culpa a dona amável
Uma grande mesura em quatro tempos
Graciosa faz, e diz: "A que milagre
Devo eu esta visita? Acaso o orbe,
Que ao peso treme de tuas nobres armas,
Estreito campo é já para teus feitos?
Vens o peito acender da serva tua?
Bem cruel me há de ser esse desastre,
Mas se é teu gosto, sofrerei contente,
A terra beijarei que tu pisares
E acharei na desgraça a glória minha".
A ardilosa Lisonja assim falando
Toda se curva, e a orla do vestido
Da Culpa chega aos lábios; mas a Ira
Prontamente a levanta, e nos seus braços,
Com meneios benévolos, a aperta,
E logo fala: "A tua paz respeito:
Turvar não venho a deliciosa corte
Donde o mundo governas; mas auxílio
Do teu engenho quero". Aqui lhe conta
A famosa aventura do prelado,
A angústia do ouvidor, e a covardia

Dos ingratos amigos de outro tempo,
E pede que a Lisonja as armas suas
Contra estes empregue. "Que mesquinho
Serviço exiges! (a Lisonja exclama).
Eu podia mandar quatro Zumbaias;
Tanto bastava por vencer o ânimo
Dos rebeldes; mas sendo a vez primeira
Que vens honrar estes quietos paços,
Abater-lhes o colo irei eu mesma
E levá-los de rojo aos pés do Mustre".

XV

Com diligente mão os filtros busca,
E seguida da hóspede no espaço
Voa ligeira à plaga fluminense.
À casa dos rebeldes se encaminha,
E a todos, um por um, pela alma dentro,
O seu doce veneno lhes entorna.
De baixa adulação logo tomados,
Vestem-se a toda a pressa, e não podendo
Conter o intenso fogo que os devora,
Aos criados de casa e às quitandeiras
Vão fazendo profundas barretadas.
Tanto a Lisonja vã governa os homens!

XVI

Abre a sessão de novo o presidente,
E deste modo fala: "Grave caso
Este é, senhores; mas as vossas luzes
Tudo podem vencer. Em meu conceito
Recusar não podemos o protesto,
E muito embora formidável seja
O prelado, não creio que devamos
Sem amparo deixar as leis do Estado,
Nem poupar desta vez um grande golpe
No atrevido pastor". Com todo o zelo
Examinado o singular assunto,
O Senado resolve em pouco tempo
Que ao regedor supremo da cidade
Os papéis se remetam com protesto
Do povo, e petição em nome dele
Por que anulada seja sem demora
A excomunhão, e feito este decreto
Voam dali aos paços do Alvarenga.

XVII

O alcaide-mor, que os meios estudava
De praticar no esmorecido povo,
Com a aguda lanceta do Senado,
Uma sangria nova, cortesmente
Os faz sentar e prazenteiro os ouve,
E depois de os ouvir com grande pausa,
A petição da Câmara recebe
Sem muita hesitação; mas porque seja
O caso novo, e caminhar convenha
Sem da igreja ferir os santos foros,
Manda o governador que se convidem
Os diversos teólogos da terra,
O reitor do Colégio, o Dom Abade,
O guardião dos filhos de Francisco,
Frei Basílio, prior dos Carmelitas,
E alguns licenciados de mão cheia,
Que o nó desfaçam deste ponto escuro.

Canto VII

I

A Preguiça, no entanto, conduzira
Aos macios colchões o grande Almada,
E um sono amigo lhe fechara os olhos,
Enquanto os ilustríssimos amigos
Todos em volta do escrivão Cardoso,
Pela décima vez, na sala próxima,
Da excomunhão a narrativa escutam,
E com ditos de mofa, e com risadas,
A vitória celebram, na esperança
De que o prelado os ouça e lhes aceite
Agradecido esta homenagem nova.

II

Eis que um sonho, agitando as asas brancas
Leve espalha no cérebro do Almada,
Como gotas de chuva rara e fina,
Um pó sutil de mágicas patranhas.
Sonha... Em que há de sonhar o grão prelado?
Vê no espaço um ginete alto e possante
À solta galopando, e logo nele,

Elmo de ouro, armadura de aço fino,
A briosa figura de um guerreiro.
Tenta irritado o indômito cavalo
O cavaleiro sacudir na terra,
Mastiga o freio, empina-se, escoiceia,
Voa de norte a sul, de leste a oeste,
Ora, a pata veloz roça nos mares,
Ora, igual ao tufão, descose as nuvens,
Mas o galhardo cavaleiro as rédeas
Co'as fortes mãos encurta, e pouco a pouco
O ríspido quadrúpede sossega
E para no ar. No rosto do guerreiro
Vê as próprias feições o grande Almada,
Olhos, cabelos, boca, faces, tudo,
Tudo é dele. Ó prodígio! Voz solene
Do ponto mais recôndito do espaço,
Onde estrela não há, não há planeta,
Estas palavras singulares solta:
"O bravo cavaleiro és tu, prelado,
E o domado corcel é o teu rebanho,
Que embalde morde o freio e se rebela
Contra ti que hás vencido el-rei e o povo,
Tornando em cinzas o atrevido Mustre".

III

Deste agradável sonho consolado,
Abre o pastor os olhos, vira o corpo,
E outra vez adormece. Novo quadro
E diverso lhe pinta a fantasia.
Vê-se diante de provida mesa,
À direita do papa, e come e bebe
De cem bispos servido. Entusiasmado
Com as finezas de Alexandre Sétimo,
O prelado um discurso principia
Depois de haver tossido quatro vezes.
Os olhos fita num painel que estava
Na fronteira parede; a mão do artista
O belo e forte arcanjo debuxara
Que a Satanás venceu; às plantas suas
Jaz o eterno rebelde. Entrava apenas
No magnífico exórdio do discurso
O valoroso Almada, quando a tela
A tremer começou; subitamente
O brilhante Miguel desaparece,
E o diabo que ali prostrado fora

Toma a figura do execrando Mustre,
Levanta-se do chão; e com desprezo,
E com gesto de escárnio e de ameaça,
Os turvos olhos no prelado fita
E a devassa fatal nas mãos sustenta.
Pasmam do caso os circunstantes todos,
Enquanto o forte Almada tropeçando
Nas cadeiras, nos vasos, nas cortinas,
Foge aterrado, uma janela busca,
Dela, sem ver a altura, se despenha,
E de abismo em abismo vai rolando
Até cair da própria cama abaixo.

IV

Ao som da triste queda acorrem todos.
O mísero pastor, aos pés do leito,
Vagos olhos estende aos seus amigos,
Como se inda na mente abraseada
As asas agitara o negro sonho.
A erguê-lo corre o pregador Veloso;
Traz-lhe o douto vigário um copo d'água;
Um as janelas abre, outro da cama
Os lençóis revolvidos lhe concerta,
Até que Almada, a fala recobrando,
Do sonho as peripécias e o desfecho,
Entre assustado e galhofeiro conta.

V

Ai, prelado infeliz! Verdade amarga,
Verdade, que não sonho passageiro,
Esbaforido o Lucas te anuncia.
Terrível golpe foi! Largos minutos
Atônito e caído sobre o leito
O prelado ficou, como se vira,
Por efeito de imenso terremoto,
A seus olhos cair toda a cidade.
Não era sonho então! Vencia a causa
O pérfido inimigo! Vai com ele
O imprudente Senado, e sem vergonha
Nem receio o governo ambos protege!
Tais ideias no cérebro do Almada
Confusamente rolam. Vinte vezes
Quer falar, vinte vezes abre a boca
Donde não saem mais que vãos suspiros.

VI

Porém a Ira, a quem blasfêmias prazem,
A tempo chega e lhe desata a língua.
Qual da feia carranca de um céu negro,
De águas, coriscos, furacões pejado,
Se vê subitamente sobre a terra
Grossa chuva cair, e em pouco tempo
Encher amplas campinas, praças, ruas,
Tal da boca com ímpetos lhe saem
Injúrias, gritos, ameaças, mortes,
Em borbotões do coração subindo;
E as atentas orelhas alagando:
"Guerra declaro à gente do Senado!
Guerra ao governador! a todos guerra!
E se o céu não tem raios que os fulminem,
Nem abismos a terra que os engulam,
Eu cavo abismos, eu tempero raios,
E essa baixa ralé da espécie humana
Verá que, inda vencido, eu sou Almada!"

VII

Disse, e enfiando as mangas da batina
Que o cortesão Veloso lhe entregava,
Precipitadamente deixa a alcova,
E durante uma hora ou pouco menos
Meditou na desforra. Onça bravia
Numa jaula fechada não se move,
Não fareja com mais impaciência,
Mais aflita não busca uma saída,
Do que o grande prelado pela sala
Cogitando vagava. "Certamente
(Desta sorte o pastor consigo pensa)
O Senado, o Governo e o tolo Mustre
De mãos dadas estão; talvez o caso
Maquinado já fosse há muitos dias
Para me derrubar? Mas que outro golpe
Devo agora empregar naqueles biltres
A não ser enforcá-los? Que remédio,
Se a triunfar de mim eles alcançam,
A grande posição e o grande nome
Desta triste miséria hão de salvar-me?"

VIII

Nisto, o mísero Lucas, que não teve
Jamais o gosto de uma ideia sua,
Pela primeira vez sente brotar-lhe
Na solidão do cérebro vazio
Um alvitre. Ansioso corre a Almada,
Que ao ter notícia deste caso novo,
Com sincera alegria o cinge ao peito
E dos lábios lhe pende inquieto e sôfrego.
Assim no meio das revoltas águas
Do oceano que o vento sacudira,
Já sem forças um miserando náufrago
Olhos e mãos estende à derradeira
Tábua que lhe ficou. "Muito vos deve
(Diz o Lucas) a egrégia companhia
Dos padres de Jesus, e esse colégio
Que ali daquele outeiro vos contempla.
Uma mão lava outra, com finezas
As finezas se pagam. Se do voto
Depender do reitor a vossa causa
(Que é certamente voto de mão cheia
E trunfo superior aos demais trunfos)
Vá sem demora Vossa Senhoria
Dos favores cobrar-lhe o pagamento,
Que a vitória final é toda nossa".

IX

A tais palavras o prelado sente
Pelas veias coar-lhe um sangue novo,
E toda reviver-lhe a derradeira
Quase extinta esperança. Então nos braços
O salvador amigo recolhendo,
Com lágrimas de gosto assim lhe fala:
"Oh! três e quatro vezes mais ditoso
Que o destemido Aquiles, que da boca
Do divino cavalo ouvia apenas
Anunciar-lhe a sua morte próxima,
Ouço da tua o próximo triunfo!"

X

Disse, e à pressa engolindo alguns bocados
Do já frio jantar que há muito o espera,
Das insígnias do cargo se reveste,
Entra na cadeirinha e aos pajens manda
Que ao colégio o conduzam sem demora.
Velozes partem, e suando em bica,
Vão trepando a ladeira, e à casa chegam
Que ali, no viso da colina, encerra
Em seu discreto seio um garfo ilustre
Da vasta, onipotente companhia.
Desce a certa distância o grande Almada,
Encara a porta, e trêmulo de susto
Alguns minutos fica; mas vencendo
O natural terror que lhe infundiam
A casa e seus famosos moradores,
Com ânimo atravessa o curto espaço
E vai bater à porta do convento.
Não de outra sorte o resoluto César,
Chegando à margem do vedado rio,
Algum tempo hesitou se contra a pátria,
Se contra si lançar devera a sorte;
Mas logo, ao gênio seu abrindo as asas,
O Rubicão transpõe, e afoitamente
Tudo fiando da propícia estrela,
Contra a pátria marchou e a liberdade.

XI

Vinham do refeitório, que era farto
E próprio de tão nobre companhia,
Os veneráveis padres, quando a nova
Correu de que chegara o grão prelado.
Com alvoroço desce logo a vê-lo
Toda a comunidade; as cortesias
Respeitosas lhe faz, os cumprimentos,
Os elogios vãos com que lhe enfuna
De túmidas vaidades a cabeça.
Dali à livraria o levam logo
Com grandes cerimônias, e ao pedido
De falar co'o reitor secretamente,
Todos os padres dão aos calcanhares.

XII

Fechada a porta e junto da janela
Ambos os dois sentados gravemente,
Estende os olhos o prelado e abrange
Todo esse plaino de águas, não pejado
De tantíssimas velas, e bandeiras
Que hoje às brisas do mar de Guanabara
Molemente flutuam. Longa serra
Vê cortar o horizonte, e além galgando
Com os voos da leve fantasia,
Campos descobre, caudalosos rios,
Matas que humano pé não profanara,
E cheio de um sincero entusiasmo
Faz um breve discurso, cujo tema
A bela terra foi e o seu futuro;
Discurso em que (por que melhor atasse
O seu entusiasmo à causa sua)
De alto louvar encheu a companhia,
"Em cujas reverendas mãos se acolhe
(Diz ele ao concluir) o miserando
Prelado contra quem governo e povo
Implacáveis as armas do ódio assestam".

XIII

Com lastimosa voz logo refere
Miudamente o caso da devassa,
O perigo da igreja, a eterna mancha,
E ao reitor pede, cara a cara, o voto.
Sua Paternidade alguns minutos
Calado esteve, e o trêmulo prelado,
Sem os olhos tirar de cima dele,
Último e frouxo lume de esperança,
As unhas vai roendo impaciente
E vinte vezes na cadeira muda
A posição do corpo. Enfim o grave
Regedor do colégio aos ares solta
Um profundo suspiro, e levantando
Os olhos para o teto, assim lhe fala:
"Vítima sois, não única, do torpe,
Estólido Senado; este colégio
Alvo há sido também das frechas suas
No conflito dos mangues, a que o povo
Quer ter antigo jus, e que há muito

Pertencem claramente à companhia.
Se eu vos narrasse esta comprida guerra,
As ciladas do pérfido inimigo,
Os golpes encobertos, toda a raiva
Com que ele afronta a paciência nossa,
Inteira gastaria uma semana.
Esperança não temos do triunfo.
Quem nos defenderá? Que braço forte
Às fúrias se oporá do vão Senado?
Quem as mãos cortará do inculto povo?"

XIV

Aqui o grande Almada da cadeira
Zeloso se levanta: "Não conhece
Vossa Paternidade um braço forte?
Vale pouco, senhor, este prelado,
Mas longe está de apodrecer na terra,
E enquanto um sopro lhe restar de vida,
Todo às ordens será da grande casa
De que é vossa pessoa ornato e lustre.
Descansai, descansai; eu tenho um meio
De os chamar à razão. Contra o Senado,
Se teimar em falar no jus do povo,
E contra o povo, se gritar com ele,
Excomunhão darei, se for preciso".

XV

Tais palavras ouvindo, sobre o peito
Cruza as mãos o reitor e lhe agradece
Ao prelado este rasgo de pujança
E grandeza sem-par: "Eu não ousava
Tanto esperar de Vossa Senhoria,
A quem muito já deve a casa nossa,
E que tão espontâneo hoje me estende
A generosa mão. Na vossa causa
Sabeis que eu nunca deitaria um voto
Que contrário vos fosse. Ide tranquilo,
Que a defender-vos sairei armado
Com as melhores peças. O conselho
Há de a voz escutar deste colégio,
E confirmar a excomunhão do Mustre,
E compeli-lo à entrega da devassa".

XVI

Um doce abraço estas palavras fecha;
E mais alegre o ínclito prelado
Que o mancebo amoroso, se dos lábios
Colheu da amante o suspirado beijo,
Do reitor se despede, e velozmente
Na cadeira se encaixa em que viera
E alegrar vai os ânimos aflitos
Das colunas da igreja fluminense.

XVII

As roliças colunas, entretanto,
Sobre o caso fatal deliberavam,
Quando Almada chegou. Em volta dele
Ansiosos todos a conversa escutam
E as promessas do astuto jesuíta,
Em cuja honra o adulador Veloso
Um acróstico lembra, e lembraria
Igualmente um jantar, se o néscio Lucas,
Que outra coisa não tem nos ermos cascos,
Primeiro não lançasse a grande ideia.

Canto VIII

I

Era alto dia, e todo alvoroçado
Corria o povo de uma banda a outra,
A sentença aguardando do conselho
Que ia da excomunhão julgar o caso.
A tranquila cidade que inda há pouco
No regaço da paz adormecia,
Em dois opostos campos se divide,
Como os que a bela terra, em cuja fala
A musa antiga suspirar parece,
Um tempo viu terçar sangrentas armas
Em favor da tiara e da coroa.

II-III-IV-V

....
....

VI

....
....
Das doutas expressões com que alindara
O libelo da Câmara, nos olhos
Dos conselheiros curioso busca
O gosto interpretar que lhes deixara,
O pasmo, a admiração; e tantas vezes
No ânimo revolve o seu discurso,
Que o debate não ouve do Congresso,
E ali com gente solidário fica.

VII

Na sua sala, entanto, passeando
O prelado aguardava a boa nova,
E certo do triunfo, já na mente,
Em obséquio ao reitor, delineava
Um pomposo jantar. De quando em quando
À janela chegava; mas não vendo
O mensageiro seu, de impaciente
Mordia o lábio e a causa da demora
Entre si perguntava e respondia.
Conjeturava então que o Dom Abade,
Por afeição do Mustre, e desejoso
De dar no seu poder um grande golpe,
Um discurso fazia entremeado
De longas citações e perdigotos.
Mas o agudo reitor, que pelejava
Ao lado da Justiça, e traz consigo
Autores que estudara a noite inteira,
Trovejando vermelho se levanta,
E com amplas razões, iradas vozes,
Entre o férvido aplauso do conselho,
Ponto por ponto lhe desfaz na cara
Toda a argumentação beneditina.

VIII

A tais coisas alheio, o sol brilhante,
Esse eterno filósofo que os raios
Com desdenhosa placidez desfere
Iguais sobre ouvidores e prelados,
Já do zênite ao rúbido ocidente

Inclinava a carreira. Examinados
A causa do conflito e os seus efeitos,
Pesadas as razões de parte a parte,
Unânime o conselho determina
A excomunhão sustar do austero Mustre
E a causa sujeitar ao régio voto.
Em vão na mente decorado tinha
O reitor um discurso, em que provava
A justiça do Almada; mas a Ira,
Que tomando a figura de um porteiro,
Assiste à discussão, que o triunfo
Busca evitar do intrépido prelado,
De tais artes se serve, de tais manhas,
Que o cérebro transtorna ao jesuíta,
A opinião lhe muda, e o nome dele
Entre os nomes reluz do torvo acórdão.

IX

Copiada a sentença, ali se escolhe
Para a Almada levá-la prontamente
O escrivão do Senado; mas o triste,
Que do prelado conhecia a fama,
Umas dores alega na cabeça,
E por que seja acreditado o caso,
A meter-se na cama logo corre.
Então, o alcaide-mor, que presidia
O governo da terra e o grão conselho,
Um franciscano elege e um carmelita,
E desta expedição confia o mando
Ao reitor do colégio. Bem quiseram
Aqueles atrevidos comissários
Antes do golpe manducar um pouco,
Mas o fino Alvarenga, que previa
Um estrago fatal à sua copa,
Que era de urgência o caso lhes declara,
E delicadamente os põe na rua.

X

Estavas, grande Almada, repousando
De um ligeiro jantar, comido à pressa,
E rodeado dos fiéis amigos,
Antegostavas o terror do Mustre
E a triste humilhação com que viria

De rojo às tuas veneráveis plantas
A remissão pedir dos seus pecados,
Quando à porta assomou da vasta sala
A grande comissão. Correram todos
A receber com muitas cortesias
Os não previstos hóspedes. Alegre,
Nas suas mãos aperta as mãos do Almada
O pérfido reitor, e olhando em roda
Levemente aos demais a fronte inclina.
Depois, fitando no prelado os olhos,
Concertada a garganta, assim começa:
"Se entre os louros, senhor, com que a fortuna,
Não menos que o saber e que a piedade,
A tua fronte majestosa adorna,
Inveja e desespero de almas baixas,
Que em vão se esforçam por lutar contigo,
Inda um louvor faltava, ensejo é este
De o colher vicejante, e de um só golpe
A turba confundir dos teus contrários.
Em que lhe pese ao venenoso dente
Que te morde na sombra, a história tua
Em lâminas escreve de ouro fino,
Com refulgentes letras de diamante,
A justiça do tempo. Eu vejo, eu vejo
Os séculos passando respeitosos
Ante o nome do herói, que resoluto
Os raios empenhou do seu ofício
Para o orgulho abater, a audácia, a inveja.
E entre as bênçãos de um povo amado e amante
Ir no seio pousar da eternidade".

XI

Aqui chegando, o orador estaca;
E o vão prelado, que escutara alegre
Tão pomposas e amáveis esperanças,
Os braços, que já tinha levantados,
Ao orador estende; este os recebe,
E apertados os peitos contra os peitos,
Alguns minutos ficam; mas, cessando
Esta doce efusão de ambos os cabos,
O reitor do discurso o fio toma:
"Depois de um sério, dilatado exame
Do intrincado conflito, em que empenhaste
Contra um duro rival todas as forças
Que a natureza, que o saber te deram,

O congresso teológico resolve,
Para servir-te, uma sentença justa.
E por que tenhas o propício ensejo
De exercer a vitória mais brilhante
Que a um guerreiro cristão jamais foi dada,
Por que venças melhor o teu contrário
Lançando-lhe o perdão da culpa sua,
Suspender manda a excomunhão lançada
E a causa sujeitar ao régio voto".

XII

A tal nova, o prelado empalidece,
A vista perde, as pernas lhe bambeiam,
No regelado lábio a voz lhe expira,
"E caiu como cai um corpo morto".
Desenlace fatal! Ao vê-lo, um grito
Magoado foge dos amigos peitos;
E enquanto a comissão, entre o sussurro,
Sorrateira vai dando aos calcanhares,
A desforrar-se do perdido tempo
No tardio jantar, os reverendos
O prelado conduzem para a cama
E um físico chamar mandam à pressa.

XIII

Vê a Gula a vitória da inimiga,
E, a figura do físico tomando,
À casa voa do abatido Almada,
E depois de operar um breve exame
Aos aflitos amigos afiança
A vida do prelado; e sem deter-se
Com escrever fantásticas receitas,
Nem pedir chochas drogas de botica,
Manda que o cozinheiro sem demora
Uma gorda galinha ponha ao fogo,
E a tempere, segundo as regras d'arte.
Prontamente obedece o fiel servo,
E pouco tarda que um guloso aroma
A casa toda invada, e sutilmente
Na atmosfera da alcova se derrame.
Prodígio foi! Nos lábios do doente,
Como alvejar costuma no horizonte
Dentre as sombras noturnas a alvorada,

Um sorriso desponta; e pouco a pouco
As pálpebras se vão arregaçando,
Quais as cortinas de nublado inverno
Que, à criadora luz do sol nascente,
A verdura da serra e da campanha,
E enfim o rosto da azulada esfera,
Lentamente esvaindo-se descobrem.

XIV

Neste ponto na alcova entra o copeiro
A galinha trazendo e o grosso caldo;
E o prelado sentando-se na cama,
A convite de todos logo bebe
O caldo em quatro goles, e trincava
O tenro peito da ave, quando a ideia
Do congresso fatal lhe sobe à mente;
Do peito arranca um lânguido suspiro,
E, reprimindo as lágrimas exclama:
"Ah! se eu de todos esperar devia
Tão cruel decisão, reitor ingrato,
Tu só me espantas, único me feres,
Que eu tinha o voto teu e o teu abraço,
E nisso confiado me entretinha
Em saborear a próxima vingança.
Agora, que mortal salvar-me pode
De tão grande vergonha? Oh! quem dissera
Que o destemido Almada, cujo nome
Nas asas voa da ligeira fama,
Os mares assustados atravessa,
Lisboa assombra e desnorteia o mundo,
A tamanha baixeza chegaria
Que os alheios esforços mendigasse?"

XV

Um profundo suspiro a voz lhe embarga;
E enfim rompendo dos fulmíneos olhos
Precipitadas lágrimas lhe banham,
Pela primeira vez, as faces pálidas,
Que inda nessa manhã vermelhas eram.
Correm todos ao leito a consolá-lo,
E ali lhe juram que a final vitória,
Ou eles morrerão naquela empresa,
Ou ela há de caber ao grande Almada.

Estavam neste ponto, quando a Ira,
Invisível entrando, e vendo a Gula,
Tenta roubar-lhe o infeliz prelado,
Em cujo peito uma faísca lança.
Já vermelho, já trêmulo, no leito
Ele a agitar-se todo principia.
Mas a astuta rival da feroz culpa,
Para o golpe atalhar subitamente
Do mísero prelado se aproxima
E toda a raiva lhe converte em fome.

XVI

As recatadas sombras, entretanto,
O espaço tomam, que o brilhante globo
De vida e luz encheu. Raros luziam
No firmamento os pregos de diamante
Com que a mão criadora do universo
Fixou a tela azul da larga tenda
Em que apenas um dia nos sentamos,
Os que viemos do nada, os que apressados
Vamos em busca da encoberta terra
Da eternidade. Nem acesa fora
A saudosa lâmpada da noite,
Tão buscada das musas que suspiram
Suas quimeras, seus afetos castos,
E amam dizer aos solitários ecos
De que mágoas teceu ímpia fortuna
O viver que os afronta. Rijo vento
Empuxava de longe opacas nuvens
Que a tempestade próxima traziam,
Como se nessa tenebrosa noite
Em perturbar a doce paz da vida,
Co'os homens apostasse a natureza.

XVII

Livre do abalo grande que o prostrara,
O prelado cogita uma vingança.
Os amigos convoca, e todos juntos,
Com aquela energia e vivo empenho
Que aos seus alunos a Lisonja inspira,
Um meio buscam de vingar o Almada.
Com gênio de água, o douto Vilalobos
Os olhos deita a Roma, e quer que ao papa

Se faça apelação; mas o Cardoso
De cuja intrepidez e sangue frio
Nem o próprio diabo se livrara,
A excomunhão propõe dos santos frades,
Governador, Senado e povo inteiro.
Timidamente o abelhudo Nunes
Insinua o perdão; assaz punido
Lhe parece o ouvidor; toda a cidade
A força do prelado conhecera
Indomável, terrível; era tempo
De regressar à santa paz antiga.
Tais ideias o adulador Veloso
Com escárnio refuta; d'almas fracas
Foi sempre a mole paz recosto amigo
Não das que o fogo endureceu na guerra,
Como a dele, que as iras arrostara
De todos os senados do universo
A exigir-lho o prelado. Convencido,
Estes conceitos tais escuta Almada
E tendo meditado longo tempo,
Um recurso lhe lembra decisivo,
A garganta concerta, e desta sorte
A falar principia: "Companheiros..."

XVIII

Neste ponto um trovão estala e troa;
E do conselho aos olhos aparece
Sem do teto cair nem vir do solo
Uma torva e magníssima figura
De longas barbas e encovados olhos
Que a rigidez marmórea traz na face.
E o trêmulo Congresso encara e exclama:
"Basta já de lutar! Se tu, prelado,
E vós, teimosos servidores dele,
Na guerra prosseguirdes que ameaça
A doce paz quebrar deste bom povo,
Sabei que a mão severa do destino
Nos volumes de bronze uma sentença
Contra vós escreveu. Dos vossos cargos
Perdereis o exercício, e sem demora
Ireis pregar a fé entre os gentios,
As tribos afrontar e as frechas suas,
Fomes, sedes curtir, vigílias longas,
Que o castigo serão da vossa teima".

XIX

Isto dizendo, desparece o vulto
(Que era, nem mais nem menos, a Preguiça).
Então os reverendos assustados
Pela terra se lançam, e batendo
Nove vezes nos peitos, nove vezes
O duro chão, em lágrimas, beijando,
Pedem ao céu que dos eternos livros
Riscado seja o bárbaro decreto.

No álbum do sr. Quintela
(1879)

Faz-se a melhor harmonia
Com elementos diversos;
Mesclam-se espinhos às flores:
Posso aqui pôr os meus versos.

Dai à obra de Marta um pouco de Maria
(1880)

Dai à obra de Marta um pouco de Maria,
Dai um beijo de sol ao descuidado arbusto;
Vereis neste florir o tronco ereto e adusto,
E mais gosto achareis naquela, e mais valia.

A doce mãe não perde o seu papel augusto,
Nem o lar conjugal a perfeita harmonia.
Viverão dois aonde um até 'qui vivia,
E o trabalho haverá menos difícil custo.

Urge a vida encarar sem a mole apatia,
Ó mulher! Urge pôr no gracioso busto,
Sob o tépido seio, um coração robusto.

Nem erma escuridão, nem mal-aceso dia.
Basta um jorro de sol ao descuidado arbusto,
Basta à obra de Marta um pouco de Maria.

Soneto
(1879)

E falou Jeová dentre uma escura
Nuvem de tempestade: — Quem é este
Que escreveu a verdade alva e celeste
Com as palavras vãs que lhe mistura?

Cinge os teus lombos, homem: e, se houveste
Clara razão, responde-me: — na altura
Quem fez o sol? Quem pôs a terra dura?
Quem as estrelas de que o céu se veste?

Quem as nuvens soprou no azul espaço?
Quem o mar limitou no abismo enorme?
Quem à terra lançou o andar a passo?

Onde eras tu, quando era tudo informe?
Que sabes tu do misterioso laço
Que une o que vive ao que perpétuo dorme?

A derradeira injúria
(1885)

> *E ainda, ninfas minhas, não bastava...*
> Camões, Lusíadas, *vii, 81*

I

Vês um féretro posto em solitária igreja?
Esse pó que descansa, e se esconde, e se some,
Traz de um grande ministro o formidável nome,
Que em vivas letras de ouro e lágrimas flameja.

Lá fora uma invasão esquálida braceja,
Como um mar de miséria e luto, que tem fome,
E novas praias busca e novas praias come,
Enquanto a multidão, recuando, peleja.

O gaulês que persegue, o bretão que defende,
Duas mãos de um destino implacável e oculto,
Vão sangrando a nação exausta que se rende;

Dentre os mortos da história um só único vulto
Não ressurge; um Pacheco, um Castro não atende;
E a cobiça recolhe os despojos do insulto.

II

Ora, na solitária igreja em que se há posto
O féretro, se alguém pudesse ouvir, ouvira
Uma voz cavernosa e repassada de ira,
    De tristeza e desgosto.

    Era uma voz sem rosto,
Um eco sem rumor, uma nota sem lira.
Como que o suspirar do cadáver disposto
A rejeitar o leito eterno em que dormira.

E ninguém, salvo tu, ó pálido, ó suave
Cristo, ninguém, exceto uns três ou quatro santos,
Envolvidos e sós, nos seus sombrios mantos,

Ninguém ouvia em toda aquela escura nave
Dessa voz tão severa, e tão triste, e tão grave,
Murmurados a medo, as cóleras e os prantos.

III

E dizia essa voz: — "Eis, Lusitânia, a espada
Que reluz, como o sol, e como o raio, lança
Sobre a atônita Europa a morte ensanguentada.

"Venceu tudo; ei-la aí que te fere e te alcança,
Que te rasga e te põe na cabeça prostrada
O terrível sinal das legiões de França.

"E, como se o furor, e, como se a ruína
Não bastassem a dar-te a pena grande e inteira,

Vem juntar-se outra dor à tua dor primeira,
E o que a espada começa a tristeza termina.

"És o campo funesto e rude em que se afina
Pugna estranha; não tens a glória derradeira,
De devolver farpada e vencida a bandeira,
E ser Xerxes embora, ao pé de Salamina.

IV

"No entanto, ao longe, ao longe uma comprida história
     De batalhas e descobertas,
Um entrar de contínuo as portas da memória
     Escancaradamente abertas,

"Enchia esta nação, que aprendera a vitória
     Naquela crespa idade antiga,
Quando, em vez do repouso, era a lei da fadiga,
     E a glória coroava a glória.

"E assim foi, palmo a palmo, e reduto a reduto,
Que um punhado de heróis, que um embrião de povo
     Levantara este reino novo;

"E livre, independente, esse áspero produto
Da imensa forja pôde, achegando-se às plagas,
     Fitar ao longe as longas vagas.

V

"Era escasso o torrão; por compensar-lhe a míngua,
Assim foi que dobraste aquele oculto cabo,
Não sabido de Plínio, ignorado de Estrabo,
E que Homero cantou em uma nova língua.

"Assim foi que pudeste haver África adusta,
Ásia, e esse futuro e desmedido império,
Que no fecundo chão do recente hemisfério
A semente brotou da tua raça augusta.

"Eis, Lusitânia, a obra. Os séculos que a viram
Emergir, com o sol dos mares, e a poliram,
Transmitem-lhe a memória aos séculos futuros.

"Hoje a terra de heróis sofre a planta inimiga...
Quem pudera mandar aqueles peitos duros!
Quem soubera empregar aquela força antiga!"

VI

E depois de um silêncio: — "Um dia, um dia, um dia
Houve em que nesta nobre e antiga monarquia,
Um homem. — paz lhe seja e a quantos lhe consomem
A sagrada memória, — houve um dia em que um homem.

"Posto ao lado do rei e ao lado do perigo
Viu abater o chão; viu as pedras candentes
Ruírem; viu o mal das coisas e das gentes,
E um povo inteiro nu de pão, de luz e abrigo.

"Esse homem, ao fitar uma cidade em ossos,
Terror, dissolução, crime, fome, penúria,
Não se deixou cair co'os últimos destroços.

"Opôs a força à força, opôs a pena à injúria,
Restituiu ao povo a perdida hombridade,
E donde era uma ruína ergueu uma cidade.

VII

"Esse homem eras tu, ó alma que repousas
Da cobiça, da glória e da ambição do mando,
Eras tu, que um destino, e propício, e nefando,
Ao fastígio elevou dos homens e das coisas.

"Eras tu que da sede ingrata de ministro
Fizeste um sólio ao pé do sólio; tu, sinistro
Ao passado, tu novo obreiro, áspero e duro,
Que traçavas no chão a planta do futuro.

"Tu querias fazer da história uma só massa
Nas tuas fortes mãos, tenazes como a vida,
    A massa obediente e nua.

    "A luminosa efígie tua
Quiseste dar-lhe, como à brônzea estátua erguida,
Que o século corteja, inda assustado, e passa.

VIII

"Contra aquele edifício velho
Da nobreza, — elevado ao lado do edifício
    Da monarquia e do evangelho, —
Tu puseste a reforma e puseste o suplício.

"Querias destruir o vício
Que a teus olhos roía essa fábrica enorme,
    E começaste o duro ofício
Contra o que era caduco, e contra o que era informe.

"Não te fez recuar nesse áspero duelo
Nem dos anos a flor, nem dos anos o gelo,
Nem dos olhos das mães as lágrimas sagradas.

"Nada; nem o negror austero da batina,
Nem as débeis feições da graça feminina
Pela veneração e pelo amor choradas.

IX

"Ah! se por um prodígio especial da sorte,
Pudesses emergir das entranhas da morte,
Cheio daquela antiga e fera gravidade,
    Com que salvaste uma cidade;

"Quem sabe? Não houvera em tão longa campanha
Ensanguentado o chão do luso a planta estranha,
Nem correra a nação tal dor e tais perigos
    Às mãos de amigos e inimigos.

"Tu serias o mesmo aspérrimo e impassível
Que viu, sem desmaiar, o conflito terrível
Da natureza escura e da escura alma humana;

"Que levantando ao céu a fronte soberana,
— "Eis o homem!" disseste, — e a garra do destino
Indelével te pôs o seu sinal divino".

X

E, soltado esse lamento
Ao pé do grande moimento,
Calou-se a voz, dolorida
    De indignação.

Nenhum outro som de vida
Naquela igreja escondida...
Era uma pausa, um momento
    De solidão.

E continuavam fora
A morte, dona e senhora
    Da multidão;

E devastava a batalha,
Como o temporal que espalha
    Folhas ao chão.

XI

E essa voz era a tua, ó triste e solitário
Espírito! eras tu, forte outrora e vibrante,
Que pousavas agora, — apenas cintilante, —
Sobre o féretro, como a luz de um lampadário.

Era tua essa voz do asilo mortuário,
Essa voz que esquecia o ódio triunfante
Contra o que havia feito a tua mão possante,
E a inveja que te deu o pontual salário.

E contigo falava uma nação inteira,
E gemia com ela a história, não a história
Que bajula ou destrói, que morde ou santifica.

Não; mas a história pura, austera, verdadeira,
Que de uma vida errada a parte que lhe fica
De glória, não esconde às ovações da glória.

XII

E, tendo emudecido essa garganta morta,
O silêncio voltara àquela nave escura,
Quando subitamente abre-se a velha porta,
E penetra na igreja uma estranha figura.

Depois outra, e mais outra, e mais três, e mais quatro.
E todas, estendendo os braços, vão abrindo
As trevas, costeando os muros, e seguindo
Como a conspiração nas tábuas de um teatro.

E param juntamente em derredor do leito
Último em que descansa esse único despojo
De uma vida, que foi uma longa batalha.

E enquanto um fere a luz que as tênebras espalha,
Outro, com gesto firme e firmíssimo arrojo,
Toma nas cruas mãos aquele rei desfeito.

XIII

Então... O homem que viu arrancarem-lhe aos braços
Poder, glória, ambição, tudo o que amado havia;
Esse que foi o sol de um século, que um dia,
Um só dia bastou para fazer pedaços;

Que, se aos ombros atara uma púrpura nova,
Viu, farrapo a farrapo, arrancarem-lha aos ombros;
Que padecera em vida os últimos assombros,
Tinha ainda na morte uma última prova.

Era a brutal rapina, anônima, noturna,
Era a mão casual, que espedaçava a urna
A troco de um galão, a troco de uma espada;

Que, depois de tomar-lhe esses sinais funestos
Da sombra de um poder, pegou dos tristes restos,
Ossos só, e espalhou pela nave sagrada.

XIV

Assim pois, nada falta à glória deste mundo,
Nem a perseguição repleta de ódio e sanha,
Nem a fértil inveja, a lívida campanha,
De tudo o que radia e tudo que é profundo.

Nada falta ao poder, quando o poder acaba;
Nada; nem a calúnia, o escárnio, a injúria, a intriga,
E, por triste coroa à merencória liga,
A ingratidão que esquece e a ingratidão que baba.

Faltava a violação do último sono eterno,
Não para saciar um ódio insaciável,
Insaciável como os círculos do inferno.

E deram-ta; eis-te aí, ó grande invulnerável,
Eis-te ossada sem nome, esparsa e miserável,
Sobre um pouco de chão do ninho teu paterno.

Relíquia íntima
(1885)

Ilustríssimo, caro e velho amigo,
Saberás que, por um motivo urgente,
Na quinta-feira, nove do corrente,
Preciso muito de falar contigo.

E aproveitando o portador te digo,
Que nessa ocasião terás presente
A esperada gravura de patente
Em que o Dante regressa do Inimigo.

Manda-me pois dizer pelo bombeiro
Se às três e meia te acharás postado
Junto à porta do Garnier livreiro:

Senão, escolhe outro lugar azado;
Mas dá logo a resposta ao mensageiro,
E continua a crer no teu Machado.

26 de outubro
(1886)

Ventos do mar, que há pouco sussurrando
As vozes dele ouvíeis namorados,
Ventos de terra, agora consternados,
Levai a nova do óbito nefando.

Castigo foi à nossa pátria, quando
Dele esperava alentos renovados,
E sentia viver aos grandes brados
Daquele gênio raro e venerando.

Claro e vibrante espírito, caíste,
Não ao peso dos anos, mas ao peso
Do teu amor à nossa pátria amada.

E ela que fica desvairada e triste,
Chora lembrando o verbo teu aceso,
Filho de Andrada, e portentoso Andrada,

As náufragas
(Duas meninas cearenses que vinham no vapor Bahia*)*
(1887)

"Verdes mares bravios, verdes mares
Do Ceará" — que a musa de Iracema
Cantou um dia, e que na hora extrema
Certo entreviu nos últimos olhares,

Ó verdes mares, onde essas crianças
Aprenderam brincando a andar ao largo,
Rir do vosso estertor válido e amargo,
E as águas bravas converter em mansas,

Cantai agora, murmurai contentes
De saber que ambas, débeis e valentes,
Viram a morte e não tremeram dela,

Antes, cortando as ondas insofridas,
Salvaram, mais que as suas próprias vidas,
Outra que nunca pôde ser mais bela.

Ao dr. Xavier da Silveira
(1887)

Amigo, ao ler os versos saborosos
Que me mandou por vinte e um de junho,
Vi ainda uma vez o testemunho,
Dos seus bons sentimentos amistosos.

Há para os corações afetuosos
(Isto, que escrevo por meu próprio punho,
Não é força de rima, leva o cunho
Dos conceitos reais e valiosos);

Há para os corações, como eu dizia,
— Um perigo, a distância: — tal perigo
Que as mais ardentes afeições esfria.

Inda bem que esse mal, por mais antigo
Que seja, não atinge, neste dia
Um verdadeiro coração de amigo.

13 de maio
(1888)

Brasileiros, pesai a longa vida
Da nossa pátria, e a curta vida nossa;
Se há dor que possa remorder, que possa
Odiar uma campanha, ora vencida,
Longe essa dor e os ódios seus extremos;
Vede que aquele doloroso orvalho
De sangue nesta guerra não vertemos.
União, brasileiros! E entoemos
O hino do trabalho.

Soneto
(Pela inauguração do Asilo de Órfãos de Campinas)
(1890)

Recolhei, recolhei essas coitadas,
Tristes crianças, desbotadas flores,
Que a morte despojou dos seus cultores
E pendem já das hastes maltratadas.

Trocai, trocai as fomes e os horrores,
Os desprezos e as ríspidas noitadas

Pelos afagos dos peitos protetores,
Ensinai-lhes a amar e a ser amadas.

E quando a obra que encetais agora
Avultar, prosperar, subir ao cume,
Tornada em sol esta ridente aurora,

Sentireis ao calor do grande lume
Tanta ventura, que, se fordes tristes,
Jubilareis da obra que cumpristes.

Réfus
(1890)

A Jaime de Séguier

Non, je ne paye pas, car il est incomplet
Cet ouvrage. On y voit, certes, la belle touche
Que ton léger pinceau met à tout ce qu'il touche;
Et, pour un beau sonnet, c'est un fort beau sonnet.

Ce sont-là mes cheveux, c'est bien là le reflet
De mes yeux noirs. Je ris devant ma propre bouche.
Je reconnais cet air tendre ainsi que farouche
Qui fait toute ma force et tout mon doux secret.

Mais, cher peintre du ciel, il manque à ton ouvrage
De ne pas être dix, tous également doux,
Vibrants d'âme, et parfaits d'art profond, riche et sage.

Adieu, donc le contrat! Je le tiens pour dissous,
Car pour beaux portraits, pleins de charme et de vie,
Pour un baiser, je veux toute une galerie.

A Guiomar
(1892)

Ri. Guiomar, anda, ri. Quando ressoa
Tua alegre risada cristalina,
Ouço a alma da moça e da menina,
Ambas na mesma lépida pessoa.

E então reparo, como o tempo voa,
Como a rosa nascente e pequenina
Cresceu, e a graça fresca apura e afina...
Ri, Guiomar, anda, ri, mimosa e boa.

A bela cor, o aroma delicado,
Por muitos anos crescerão ainda,
Ao vivo olhar do noivo teu amado.

Para ti, cara flor, a vida é infinda,
O tempo amigo, longo e repousado.
Ri, Guiomar, anda, ri, discreta e linda.

Ricardo
(1893)

Vive tu, meu menino, os belos anos
Junto dos teus, na doce companhia
Do que há de melhor em corações humanos,
E faze deste dia eterno dia.

Prólogo do *intermezzo*

(H. Heine)
(1894)

Um cavalheiro havia, taciturno,
Que o rosto magro e macilento tinha.
Vagava como quem de algum noturno
Sonho levado, trépido caminha.
Tão alheio, tão frio, tão soturno,
Que a moça em flor e a lépida florinha,
Quando passar tropegamente o viam,
Às escondidas dele escarneciam.

A miúdo buscava a mais sombria
Parte da casa, por fugir à gente;
Daquele posto os braços estendia
Tomado de desejo impaciente.
Uma palavra só não proferia.
Mas, pela meia-noite, de repente,
Estranho canto e música escutava,
E logo alguém que à porta lhe tocava

Furtivamente então entrava a amada
O vestido de espumas arrastando,
Tão vivamente fresca e tão corada
Como a rosa que vem desabrochando;
Brilha o véu; pela esbelta e delicada
Figura as tranças soltas vão brincando;
Os meigos olhos dela os dele fitam,
E um ao outro de ardor se precipitam.

Com a força que amor somente gera,
O peito a cinge, agora afogueado;
O descorado as cores recupera,
E o retraído acaba namorado,
O sonhador desfaz-se da quimera...
Ela o excita, com gesto calculado;
Na cabeça lhe lança levemente
O adamantino véu alvo e luzente.

Ei-lo se vê em sala cristalina
De aquático palácio. Com espanto
Olha, e de olhar a fábrica divina

Quase os olhos lhe cegam. Entretanto,
Junto ao úmido seio a bela ondina
O aperta tanto, tanto, tanto, tanto...
Vão as bodas seguir-se. As notas belas
Vêm tirando das cítaras donzelas.

As notas vêm tirando, e deleitosas
Cantam, e cada uma a dança tece
Erguendo ao ar as plantas graciosas.
Ele, que todo e todo se embevece,
Deixa-se ir nessas horas amorosas...
Mas o clarão de súbito fenece,
E o noivo torna à pálida tristura
Da antiga, solitária alcova escura.

Soneto circular
(1895)

A bela dama ruiva e descansada,
De olhos longos, macios e perdidos,
C'um dos dedos calçados e compridos
Marca a recente página fechada.

Cuidei que, assim pensando, assim colada
Da fina tela aos flóridos tecidos,
Totalmente calados os sentidos,
Nada diria, totalmente nada.

Mas, eis da tela se despega e anda,
E diz-me: — "Horácio, Heitor, Cibrão, Miranda,
C. Pinto, X. Silveira, F. Araújo,

Mandam-me aqui para viver contigo."
Ó bela dama, a ordens tais não fujo.
Que bons amigos são! Fica comigo.

A Carolina
(1906)

Querida, ao pé do leito derradeiro
Em que descansas dessa longa vida,
Aqui venho e virei, pobre querida,
Trazer-te o coração do companheiro.

Pulsa-lhe aquele afeto verdadeiro
Que, a despeito de toda a humana lida,
Fez a nossa existência apetecida
E num recanto pôs um mundo inteiro.

Trago-te flores, — restos arrancados
Da terra que nos viu passar unidos
E ora mortos nos deixa e separados.

Que eu, se tenho nos olhos malferidos
Pensamentos de vida formulados,
São pensamentos idos e vividos.

A Francisca
(1908)

Nunca faltaram aos poetas (quando
Poetas são de veia e de arte pura),
Para cantar a doce formosura,
Rima canora, verso meigo e brando.

Mas eu, triste poeta miserando,
Só tenho áspero verso e rima dura:
Em vão minh'alma sôfrega procura
Aqueles sons que outrora achava em bando.

Assim, gentil Francisca delicada,
Não achando uma rima em que te veja
Harmoniosamente bem rimada,

Recorrerei à Santa Madre Igreja
Que rime o nome de Francisca amada
Com o nome de Heitor, que amado seja.

No álbum da rainha d. Amélia
(1910)

Senhora, se algum dia aqui vierdes,
A estas terras novas e alongadas,
Encontrareis as vozes que perderdes
De outras gentes por vós há muito amadas.

E as saudades que então cá padecerdes,
Das terras vossas, velhas e deixadas,
Nestas cidades, nestes campos verdes,
Serão do mesmo nome acalentadas.

Mas nem só isto. Um só falar não basta.
A história o deu, um só falar dileto,
Da mesma compostura, antiga e casta.

Achareis mais outro falar discreto,
Sem palavras, que a vossa glória arrasta,
A mesma admiração e o mesmo afeto.

Velho tema
(1911)

Esta ave trouxe de alguém
    Algum recado
Talvez diga que aí vem
    Um namorado.
Um namorado que tem
    Do peito ao lado
Um coração que o sustém
    De apaixonado.

Se não acudir alguém
    Ao ansiado
É, porventura, um grão bem...
    Por um recado
Já vi morrer aquém e além,
    Por um recado...

Por ora sou pequenina
(1914)

Por ora sou pequenina
Mas, quando eu também crescer
Há de vir uma menina
Dizer o que vou dizer.

Vou dizer, noivos amados,
Que é doce e consolador
Ver assim dois namorados
Coroando o seu amor.

Casar é lei preciosa;
Casai, amigos, casai.
Beija-flor com rosa
Mamãe casou com papai,

Por isso, a viva alegria
Que enche a todos nós
É ser grande dia
Muito maior para vós.

Eis aí fica o meu recado
Adeus. Se for para bem
Que eu veja o casal casado
Crescendo, caso também.

Entra cantando, entra cantando, Apolo!
(1932)

Entra cantando, entra cantando, Apolo!
Entra sem cerimônia, a casa é tua;
Solta versos ao sol, solta-os à lua,
Toca a lira divina, alteia o colo.

Não te embarace esta cabeça nua;
Se não possui as primitivas heras,
Vibra-lhe ainda a intensa vida sua,
E há outonos que valem primaveras.

Aqui verás alegre a casa e a gente,
Os adorados filhos, — terno e brando
Consolo ao coração que os ama e sente.

E ouvirás inda o eco reboando
Do canto dele, que terás presente.
Entra cantando, Apolo, entra cantando.

Não há pensamento raro
(1939)

Não há pensamento raro
Que aqui lhe diga
Melhor que o seu nome caro,
Gentil amiga.

Viva o dia 11 de junho
(1939)

Viva o dia onze de junho,
Dia grande, dia rico,
Batalha do Riachuelo,
Dia dos anos do Tico.

Voulez-vous du français?
(1939)

Voulez-vous du français, ou vien de notre langue?
Uma e outra lhe dou, Francisca, e não se zangue
Car pour dire d'un beau visage et son esprit,
Um nome basta — o seu — *ce nom tout seul suffit!*

T E A

TRO

Hoje avental, amanhã luva
Comédia em um ato imitada do francês por Machado de Assis

PERSONAGENS
Durval
Rosinha
Bento

Rio de Janeiro — Carnaval de 1859.

(Sala elegante. Piano, canapé, cadeiras, uma jarra de flores em uma mesa à direita alta. Portas laterais no fundo)

CENA I
Rosinha (adormecida no canapé); Durval (entrando pela direita)

DURVAL — Onde está a senhora Sofia de Melo?... Não vejo ninguém. Depois de dois anos como venho encontrar esses sítios! Quem sabe se em vez da palavra dos cumprimentos deverei trazer a palavra dos epitáfios! Como tem crescido isto em opulência!... mas... *(vendo Rosinha)* Oh! Cá está a criadinha. Dorme!... excelente passatempo... Será adepta de Epicuro? Vejamos se a acordo... *(dá-lhe um beijo)*

ROSINHA — *(acordando)* Ah! Que é isto? *(levanta-se)* O senhor Durval? Há dois anos que tinha desaparecido... Não o esperava.

DURVAL — Sim, sou eu, minha menina. Tua ama?

ROSINHA — Está ainda no quarto. Vou dizer-lhe que Vossa Senhoria está cá. *(vai para entrar)* Mas espere; diga-me uma coisa.

DURVAL — Duas, minha pequena. Estou à sua disposição. *(à parte)* Não é má coisinha!

ROSINHA — Diga-me. Vossa Senhoria levou dois anos sem aqui pôr os pés: por que diabo volta agora sem mais nem menos?

DURVAL — *(tirando o sobretudo que deita sobre o canapé)* És curiosa. Pois sabe que venho para... para mostrar a Sofia que estou ainda o mesmo.

ROSINHA — Está mesmo? moralmente, não?

DURVAL — É boa! Tenho então alguma ruga que indique decadência física?

ROSINHA — Do físico... não há nada que dizer.

DURVAL — Pois do moral estou também no mesmo. Cresce com os anos o meu amor; e o amor é como o vinho do Porto: quanto mais velho, melhor. Mas tu! Tens mudado muito, mas como mudam as flores em botão: ficando mais bela.

ROSINHA — Sempre amável, senhor Durval.

DURVAL — Costume da mocidade. *(quer dar-lhe um beijo)*

ROSINHA — *(fugindo e com severidade)* Senhor Durval!...

DURVAL — E então! Foges agora! Em outro tempo não eras difícil nas tuas beijocas. Ora vamos! Não tens uma amabilidade para este camarada que de tão longe volta!

Rosinha — Não quero graças. Agora é outro cantar! Há dois anos eu era uma tola inexperiente... mas hoje!

Durval — Está bem. Mas...

Rosinha — Tenciona ficar aqui no Rio?

Durval — (*sentando-se*) Como o Corcovado, enraizado como ele. Já me doíam saudades desta boa cidade. A roça, não há coisa pior! Passei lá dois anos bem insípidos – em uma vida uniforme e matemática como um ponteiro de relógio: jogava gamão, colhia café e plantava batatas. Nem teatro lírico, nem rua do Ouvidor, nem Petalógica! Solidão e mais nada. Mas, viva o amor! Um dia concebi o projeto de me safar e aqui estou. Sou agora a borboleta, deixei a crisálida, e aqui me vou em busca de vergéis. (*tenta um novo beijo*)

Rosinha — (*fugindo*) Não teme queimar as asas?

Durval — Em que fogo? Ah! Nos olhos de Sofia! Está mudada também?

Rosinha — Sou suspeita. Com seus próprios olhos o verá.

Durval — Era elegante e bela há bons dois anos. Sê-lo-á ainda? Não será? Dilema de Hamlet. E como gostava de flores! Lembras-te? Aceitava-mas sempre não sei se por mim, se pelas flores; mas é de crer que fosse por mim.

Rosinha — Ela gostava tanto de flores!

Durval — Obrigado. Dize-me cá. Por que diabo sendo uma criada, tiveste sempre tanto espírito e mesmo...

Rosinha — Não sabe? Eu lhe digo. Em Lisboa, donde viemos para aqui, fomos condiscípulas: estudamos no mesmo colégio, e comemos à mesma mesa. Mas, coisas do mundo!... Ela tornou-se ama e eu criada! É verdade que me trata com distinção, e conversamos às vezes em altas coisas.

Durval — Ah! é isso? Foram condiscípulas. (*levanta-se*) E conversam agora em altas coisas!... Pois eis-me aqui para conversar também; faremos um trio admirável.

Rosinha — Vou participar-lhe a sua chegada.

Durval — Sim, vai, vai. Mas olha cá, uma palavra.

Rosinha — Uma só, entende?

Durval — Dás-me um beijo?

Rosinha — Bem vê que são três palavras. (*entra à direita*)

CENA II
Durval e Bento

Durval — Bravo! a pequena não é tola... tem mesmo muito espírito! Eu gosto dela, gosto! Mas é preciso dar-me ao respeito. (*vai ao fundo e chama*) Bento! (*descendo*) Ora, depois de dois anos como virei encontrar isto? Sofia terá por mim a mesma queda? É isso o que vou sondar. É provável que nada perdesse dos antigos sentimentos. Oh! decerto! Vou começar por levá-la ao baile mascarado; há de aceitar, não pode deixar de aceitar! Então, Bento! mariola?

Bento — (*entrando com um jornal*) Pronto.

Durval — Ainda agora! Tens um péssimo defeito para boleeiro, é não ouvir.

Bento — Eu estava embebido com a interessante leitura do *Jornal do Commercio*: ei-lo. Muito mudadas estão estas coisas por aqui! Não faz uma ideia! E a política? Esperam-se coisas terríveis do parlamento.

DURVAL — Não me maces, mariola! Vai abaixo ao carro e traz uma caixa de papelão que lá está... Anda!
BENTO — Sim, senhor; mas admira-me que Vossa Senhoria não preste atenção ao estado das coisas.
DURVAL — Mas que tens tu com isso, tratante?
BENTO — Eu nada; mas creio que...
DURVAL — Salta lá para o carro, e traz a caixa depressa!

CENA III
Durval e Rosinha

DURVAL — Pedaço de asno! Sempre a ler jornais; sempre a tagarelar sobre aquilo que menos lhe deve importar! (*vendo Rosinha*) Ah!... és tu? Então ela... (*levanta-se*)
ROSINHA — Está na outra sala à sua espera.
DURVAL — Bem, aí vou. (*vai entrar e volta*) Ah! recebe a caixa de papelão que trouxer meu boleeiro.
ROSINHA — Sim, senhor.
DURVAL — Com cuidado, meu colibri!
ROSINHA — Galante nome! Não será em seu coração que farei o meu ninho.
DURVAL — (*à parte*) Ah! é bem engraçada a rapariga! (*vai-se*)

CENA IV
Rosinha, depois Bento

ROSINHA — Muito bem, senhor Durval. Então voltou ainda? É a hora de minha vingança. Há dois anos, tola como eu era, quiseste seduzir-me, perder-me, como a muitas outras! E como? mandando-me dinheiro... dinheiro! — Media as infâmias pela posição. Assentava de... Oh! mas deixa estar! vais pagar tudo... Gosto de ver essa gente que não enxerga sentimento nas pessoas de condição baixa... como se quem traz um avental, não pode também calçar uma luva!
BENTO — (*traz uma caixa de papelão*) Aqui está a caixa em questão... (*põe a caixa sobre uma cadeira*) Ora, viva! Esta caixa é de meu amo.
ROSINHA — Deixe-a ficar.
BENTO — (*tirando o jornal do bolso*) Fica entregue, não? Ora bem! Vou continuar a minha interessante leitura... Estou na gazetilha — Estou pasmado de ver como vão as coisas por aqui! — Vão a pior. Esta folha põe-me ao fato de grandes novidades.
ROSINHA — (*sentando-se de costas para ele*) Muito velhas para mim.
BENTO — (*com desdém*) Muito velhas? Concedo. Cá para mim têm toda a frescura da véspera.
ROSINHA — (*consigo*) Quererá ficar?
BENTO — (*sentando-se do outro lado*) Ainda uma vista d'olhos! (*abre o jornal*)
ROSINHA — E então não se assentou?
BENTO — (*lendo*) Ainda um caso: "Ontem à noite desapareceu uma nédia e numerosa criação de aves domésticas. Não se pôde descobrir os ladrões, porque, desgraçadamente havia uma patrulha a dois passos dali".

ROSINHA — (*levantando-se*) Ora, que aborrecimento!

BENTO — (*continuando*) "Não é o primeiro caso que se dá nesta casa da rua dos Inválidos." (*consigo*) Como vai isto, meu Deus!

ROSINHA — (*abrindo a caixa*) Que belo dominó!

BENTO — (*indo a ela*) Não mexa! Creio que é para ir ao baile mascarado hoje...

ROSINHA — Ah!... (*silêncio*) Um baile... hei de ir também!

BENTO — Aonde? Ao baile? Ora esta!

ROSINHA — E por que não?

BENTO — Pode ser; contudo, quer vás, quer não vás, deixa-me ir acabar a minha leitura naquela sala de espera.

ROSINHA — Não... tenho uma coisa a tratar contigo.

BENTO — (*lisonjeado*) Comigo, minha bela!

ROSINHA — Queres servir-me em uma coisa?

BENTO — (*severo*) Eu cá só sirvo ao senhor Durval, e é na boleia!

ROSINHA — Pois hás de me servir. Não és então um rapaz como os outros boleeiros, amável e serviçal...

BENTO — Vá feito... não deixo de ser amável; é mesmo o meu capítulo de predileção.

ROSINHA — Pois escuta. Vais fazer um papel, um bonito papel.

BENTO — Não entendo desse fabrico. Se quiser algumas lições sobre a maneira de dar uma volta, sobre o governo das rédeas em um trote largo, ou coisa cá do meu ofício, pronto me encontra.

ROSINHA — (*que tem ido buscar o ramalhete no jarro*) Olha cá: sabes o que é isto?

BENTO — São flores.

ROSINHA — É o ramalhete diário de um fidalgo espanhol que viaja incógnito.

BENTO — Ah! (*toma o ramalhete*)

ROSINHA — (*indo a uma gaveta buscar um papel*) O senhor Durval conhece a tua letra?

BENTO — Conhece apenas uma. Eu tenho diversos modos de escrever.

ROSINHA — Pois bem; copia isto. (*dá-lhe o papel*) Com letra que ele não conheça.

BENTO — Mas o que é isto?

ROSINHA — Ora, que te importa? És uma simples máquina. Sabes tu o que vais fazer quando teu amo te indica uma direção ao carro? Estamos aqui no mesmo caso.

BENTO — Fala como um livro! Aqui vai. (*escreve*)

ROSINHA — Que amontoado de garatujas!...

BENTO — Cheira a diplomata. Devo assinar?

ROSINHA — Que se não entenda.

BENTO — Como um perfeito fidalgo. (*escreve*)

ROSINHA — Subscritada para mim. À senhora Rosinha. (*Bento escreve*) Põe agora este bilhete nesse e leva. Voltarás a propósito. Tens também muitas vozes?

BENTO — Vario de fala, como de letra.

ROSINHA — Imitarás o sotaque espanhol?

BENTO — Como quem bebe um copo d'água!

ROSINHA — Silêncio! Ali está o senhor Durval.

CENA V
Rosinha, Bento, Durval

Durval — (*a Bento*) Trouxeste a caixa, palerma?
Bento — (*escondendo atrás das costas o ramalhete*) Sim, senhor.
Durval — Traz a carruagem para o portão.
Bento — Sim senhor. (*Durval vai vestir o sobretudo, mirando-se ao espelho*) O jornal? Onde pus eu o jornal? (*sentindo-o no bolso*) Ah!...
Rosinha — (*baixo a Bento*) Não passes na sala de espera. (*Bento sai*)

CENA VI
Durval, Rosinha

Durval — Adeus, Rosinha, é preciso que eu me retire.
Rosinha — (*à parte*) Pois não!
Durval — Dá essa caixa a tua ama.
Rosinha — Vai sempre ao baile com ela?
Durval — Ao baile? Então abriste a caixa?
Rosinha — Não vale a pena falar nisso. Já sei, já sei que foi recebido de braços abertos.
Durval — Exatamente. Era a ovelha que voltava ao aprisco depois de dois anos de apartamento.
Rosinha — Já vê que andar longe não é mau. A volta é sempre um triunfo. Use, abuse mesmo da receita. Mas então sempre vai ao baile?
Durval — Nada sei de positivo. As mulheres são como os logogrifos. O espírito se perde no meio daquelas combinações...
Rosinha — Fastidiosas, seja franco.
Durval — É um aleive: não é esse o meu pensamento. Contudo devo, parece-me dever crer, que ela irá. Como me alegra, e me entusiasma esta preferência que me dá a bela Sofia!
Rosinha — Preferência? Há engano: preferir supõe escolha, supõe concorrência...
Durval — E então?
Rosinha — E então, se ela vai ao baile é unicamente pelos seus bonitos olhos, se não fora Vossa Senhoria, ela não ia.
Durval — Como é isso?
Rosinha — (*indo ao espelho*) Mire-se neste espelho.
Durval — Aqui me tens.
Rosinha — O que vê nele?
Durval — Boa pergunta! Vejo-me a mim próprio.
Rosinha — Pois bem. Está vendo toda a corte da senhora Sofia, todos os seus adoradores.
Durval — Todos! Não é possível. Há dois anos a bela senhora era a flor bafejada por uma legião de zéfiros... Não é possível.
Rosinha — Parece-me criança! Algum dia os zéfiros foram estacionários? Os zéfiros passam e mais nada. É o símbolo do amor moderno.

Durval — E a flor fica no hastil. Mas as flores duram uma manhã apenas. (*severo*) Quererás tu dizer que Sofia passou a manhã das flores?

Rosinha — Ora, isso é loucura. Eu disse isto?

Durval — (*pondo a bengala junto ao piano*) Parece-me entretanto...

Rosinha — Vossa Senhoria tem uma natureza de sensitiva; por outra, toma os recados na escada. Acredite ou não, o que lhe digo é a pura verdade. Não vá pensar que o afirmo assim para conservá-lo junto de mim: estimara mais o contrário.

Durval — (*sentando-se*) Talvez queiras fazer crer que Sofia é alguma fruta passada, ou joia esquecida no fundo da gaveta por não estar em moda. Estais enganada. Acabo de vê-la; acho-lhe ainda o mesmo rosto: vinte e oito anos, apenas.

Rosinha — Acredito.

Durval — É ainda a mesma: deliciosa.

Rosinha — Não sei se ela lhe esconde algum segredo.

Durval — Nenhum.

Rosinha — Pois esconde. Ainda lhe não mostrou a certidão de batismo. (*vai sentar-se ao lado oposto*)

Durval — Rosinha! E depois, que me importa? Ela é ainda aquele querubim do passado. Tem uma cintura... que cintura!

Rosinha — É verdade. Os meus dedos que o digam!

Durval — Hein? E o corado daquelas faces, o alvo daquele colo, o preto daquelas sobrancelhas?

Rosinha — (*levantando-se*) Ilusão! Tudo isso é tabuleta do Desmarais; aquela cabeça passa pelas minhas mãos. É uma beleza de pó de arroz: mais nada.

Durval — (*levantando-se bruscamente*) Oh! essa agora!

Rosinha — (*à parte*) A pobre senhora está morta!

Durval — Mas, que diabo! Não é um caso de me lastimar; não tenho razão disso. O tempo corre para todos, e portanto a mesma onda nos levou a ambos folhagens da mocidade. E depois eu amo aquela engraçada mulher!

Rosinha — Reciprocidade; ela também o ama.

Durval — (*com um grande prazer*) Ah!

Rosinha — Duas vezes chegou à estação do campo para tomar o *wagon*, mas duas vezes voltou para casa. Temia algum desastre da maldita estrada de ferro!

Durval — Que amor! Só recuou diante da estrada de ferro!

Rosinha — Eu tenho um livro de notas, donde talvez lhe possa tirar provas do amor da senhora Sofia. É uma lista cronológica e alfabética dos colibris que por aqui têm esvoaçado.

Durval — Abre lá isso então!

Rosinha — (*folheando um livro*) Vou procurar.

Durval — Tem aí todas as letras?

Rosinha — Todas. É pouco agradável para Vossa Senhoria; mas tem todas desde A até o Z.

Durval — Desejara saber quem foi a letra K.

Rosinha — É fácil; algum alemão.

Durval — Ah! Ela também cultiva os alemães?

Rosinha — Durval é a letra D. — Ah! Ei-lo: (*lendo*) "Durval, quarenta e oito anos de idade..."

DURVAL — Engano! Não tenho mais de quarenta e seis.

ROSINHA — Mas esta nota foi escrita há dois anos.

DURVAL — Razão demais. Se tenho hoje quarenta e seis, há dois tinha quarenta e quatro... é claro!

ROSINHA — Nada. Há dois anos devia ter cinquenta.

DURVAL — Esta mulher é um logogrifo!

ROSINHA — Vossa senhoria chegou a um período em sua vida em que a mocidade começa a voltar; em cada ano, são doze meses de verdura que voltam como andorinhas na primavera.

DURVAL — Já me cheirava a epigrama. Mas vamos adiante com isso.

ROSINHA — (*fechando o livro*) Bom! Já sei onde estão as provas. (*vai a uma gaveta e tira dela uma carta*) Ouça: — "Querida Amélia..."

DURVAL — Que é isso?

ROSINHA — Uma carta da ama a uma sua amiga. "Querida Amélia: o senhor Durval é um homem interessante, rico, amável, manso como um cordeiro, e submisso como o meu Cupido..." (*a Durval*) Cupido é um cão d'água que ela tem.

DURVAL — A comparação é grotesca na forma, mas exata no fundo. Continua, rapariga.

ROSINHA — (*lendo*) "Acho-lhe contudo alguns defeitos..."

DURVAL — Defeitos?

ROSINHA — "Certas maneiras, certos ridículos, pouco espírito, muito falatório, mas afinal um marido com todas as virtudes necessárias..."

DURVAL — É demais!

ROSINHA — "Quando eu conseguir isso, peço-te que venhas vê-lo como um urso na chácara do Souto."

DURVAL — Um urso!

ROSINHA — (*lendo*) "Esquecia-me de dizer-te que o senhor Durval usa de cabeleira." (*fecha a carta*)

DURVAL — Cabeleira! É uma calúnia! Uma calúnia atroz! (*levando a mão ao meio da cabeça, que está calva*) Se eu usasse de cabeleira...

ROSINHA — Tinha cabelos, é claro.

DURVAL — (*passeando com agitação*) Cabeleira! E depois fazer-me seu urso como um marido na chácara do Souto.

ROSINHA — (*às gargalhadas*) Ah! ah! ah! (*vai-se pelo fundo*)

CENA VII
Durval

DURVAL — (*passeando*) É demais! E então quem fala! uma mulher que tem umas faces... Oh! é o cúmulo da impudência! É aquela mulher furta-cor, aquele arco-íris que tem a liberdade de zombar de mim!... (*procurando*) Rosinha! Ah! foi-se embora... (*sentando-se*) Oh! Se eu me tivesse conservado na roça, ao menos lá não teria destas apoquentações!... Aqui na cidade, o prazer é misturado com zangas de acabrunhar o espírito mais superior! Nada! (*levanta-se*) Decididamente volto para lá... Entretanto, cheguei há pouco... Não sei se deva ir; seria dar cavaco com aquela mulher; e eu... Que fazer? Não sei, deveras!

CENA VIII
Durval e Bento (de paletó, chapéu de palha, sem botas)

BENTO — (*mudando a voz*) Para a senhora Rosinha. (*põe o ramalhete sobre a mesa*)
DURVAL — Está entregue.
BENTO — (*à parte*) Não me conhece! Ainda bem.
DURVAL — Está entregue.
BENTO — Sim, senhor! (*sai pelo fundo*)

CENA IX
Durval

DURVAL — (*só, indo buscar o ramalhete*) Ah! ah! flores! A senhora Rosinha tem quem lhe mande flores! Algum boleeiro estúpido. Estas mulheres são de um gosto esquisito às vezes! — Mas como isto cheira! Dir-se-ia um presente de fidalgo! (*vendo a cartinha*) Oh! que é isto? Um bilhete de amores! E como cheira! Não conheço esta letra; o talho é rasgado e firme, como de quem desdenha. (*levando a cartinha ao nariz*) Essência de violeta, creio eu. É uma planta obscura, que também tem os seus satélites. Todos os têm. Esta cartinha é um belo assunto para uma dissertação filosófica e social. Com efeito: quem diria que esta moça, colocada tão baixo, teria bilhetes perfumados!... (*leva ao nariz*) Decididamente é essência de magnólias!

CENA X
Rosinha (no fundo) e Durval (no proscênio)

ROSINHA — (*consigo*) Muito bem! Lá foi ela visitar a sua amiga no Botafogo. Estou completamente livre. (*desce*)
DURVAL — (*escondendo a carta*) Ah! és tu? Quem te manda destes presentes?
ROSINHA — Mais um. Dê-me a carta.
DURVAL — A carta? É boa! é coisa que não vi.
ROSINHA — Ora não brinque! Devia trazer uma carta. Não vê que um ramalhete de flores é um estafeta mais seguro do que o correio da corte!
DURVAL — (*dando-lhe a carta*) Aqui a tens; não é possível mentir.
ROSINHA — Então! (*lê o bilhete*)
DURVAL — Quem é o feliz mortal?
ROSINHA — Curioso!
DURVAL — É moço ainda?
ROSINHA — Diga-me: é muito longe daqui a sua roça?
DURVAL — É rico, é bonito?
ROSINHA — Dista muito da última estação?
DURVAL — Não me ouves, Rosinha?
ROSINHA — Se o ouço! É curioso, e vou satisfazer-lhe a curiosidade. É rico, é moço e é bonito. Está satisfeito?
DURVAL — Deveras! E chama-se?...

ROSINHA — Chama-se... Ora eu não me estou confessando!
DURVAL — És encantadora!
ROSINHA — Isso é velho. É o que me dizem os homens e os espelhos. Nem uns nem outros mentem.
DURVAL — Sempre graciosa!
ROSINHA — Se eu o acreditar, arrisca-se a perder a liberdade... tomando uma capa...
DURVAL — De marido, queres dizer (*à parte*) ou de um urso! (*alto*) Não tenho medo disso. Bem vês a alta posição... e depois eu prefiro apreciar-te as qualidades de fora. Talvez leve a minha amabilidade a fazer-te um madrigal.
ROSINHA — Ora essa!
DURVAL — Mas, fora com tanto tagarelar! Olha cá! Eu estou disposto a perdoar aquela carta; Sofia vem sempre ao baile?
ROSINHA — Tanto como o imperador dos turcos... Recusa.
DURVAL — Recusa! É o cúmulo da... E por que recusa?
ROSINHA — Eu sei lá! Talvez um nervoso; não sei!
DURVAL — Recusa! Não faz mal... Não quer vir, tanto melhor! Tudo está acabado, senhora Sofia de Melo! Nem uma atenção ao menos comigo, que vim da roça por sua causa unicamente! Recebe-me com agrado, e depois faz-me destas!
ROSINHA — Boa-noite, senhor Durval.
DURVAL — Não te vás assim; conversemos ainda um pedaço.
ROSINHA — Às onze horas e meia... interessante conversa!
DURVAL — (*sentando-se*) Ora que tem isso? Não são as horas que fazem a conversa interessante, mas os interlocutores.
ROSINHA — Ora tenha a bondade de não dirigir cumprimentos.
DURVAL — (*pegando-lhe na mão*) Mal sabes que tens as mãos como as de uma patrícia romana; parecem calçadas de luva, se é que uma luva pode ter estas veias azuis como rajadas de mármore.
ROSINHA — (*à parte*) Ah! hein!
DURVAL — E esses olhos de Helena!
ROSINHA — Ora!
DURVAL — E estes braços de Cleópatra!
ROSINHA — (*à parte*) Bonito!
DURVAL — Apre! Queres que esgote a história?
ROSINHA — Oh! não!
DURVAL — Então por que se recolhe tão cedo a estrela d'alva?
ROSINHA — Não tenho outra coisa a fazer diante do sol.
DURVAL — Ainda um cumprimento! (*vai à caixa de papelão*) Olha cá. Sabes o que há aqui? Um dominó.
ROSINHA — (*aproximando-se*) Cor-de-rosa!
DURVAL — Ora vista, há de ficar-lhe bem. Dizia um célebre grego: dê-me pancadas, mas ouça-me! — Parodio aquele dito: — Ri, graceja, como quiseres, mas hás de escutar-me: (*desdobrando o dominó*) não achas bonito?
ROSINHA — (*aproximando-se*) Oh! decerto!
DURVAL — Parece que foi feito para ti!... É da mesma altura. E como te há de ficar! Ora, experimenta!
ROSINHA — Obrigada.

Durval — Ora vamos! experimenta; não custa.
Rosinha — Vá feito se é só para experimentar.
Durval — (*vestindo-lhe o dominó*) Primeira manga.
Rosinha — E segunda! (*veste-o de todo*)
Durval — Delicioso. Mira-te naquele espelho. (*Rosinha obedece*) Então!
Rosinha — (*passeando*) Fica-me bem?
Durval — (*seguindo-a*) A matar! a matar! (*à parte*) A minha vingança começa, senhora Sofia de Melo! (*a Rosinha*) Estás esplêndida! Deixa dar-te um beijo?
Rosinha — Tenha mão.
Durval — Isso agora é que não tem graça!
Rosinha — Em que oceano de fitas e de sedas estou mergulhada! (*dá meia-noite*) Meia-noite!
Durval — Meia-noite!
Rosinha — Vou tirar o dominó... é pena!
Durval — Qual tirá-lo! fica com ele. (*pega no chapéu e nas luvas*)
Rosinha — Não é possível.
Durval — Vamos ao baile mascarado.
Rosinha — (*à parte*) Enfim. (*alto*) Infelizmente não posso.
Durval — Não pode? e então por quê?
Rosinha — É segredo.
Durval — Recusas? Não sabes o que é um baile. Vais ficar extasiada. É um mundo fantástico, ébrio, movediço, que corre, que salta, que ri, em um turbilhão de harmonias extravagantes!
Rosinha — Não posso ir. (*batem à porta*) (*à parte*) É Bento.
Durval — Quem será?
Rosinha — Não sei. (*indo ao fundo*) Quem bate?
Bento — (*fora, com a voz contrafeita*) O hidalgo Don Alonso da Sylveira y Zorrilla y Gudines y Guatinara y Marouflas de la Vega!
Durval — (*assustado*) É um batalhão que temos à porta! A Espanha muda-se para cá?
Rosinha — Caluda! não sabe quem está ali? É um fidalgo da primeira nobreza de Espanha. Fala à rainha de chapéu na cabeça.
Durval — E que quer ele?
Rosinha — A resposta daquele ramalhete.
Durval — (*dando um pulo*) Ah! foi ele...
Rosinha — Silêncio!
Bento — (*fora*) É meia-noite. O baile vai começar.
Rosinha — Espere um momento.
Durval — Que espere! Mando-o embora. (*à parte*) É um fidalgo!
Rosinha — Mandá-lo embora? Pelo contrário; vou mudar de dominó e partir com ele.
Durval — Não, não; não faças isso!
Bento — (*fora*) É meia-noite e cinco minutos. Abre a porta a quem deve ser teu marido.
Durval — Teu marido!
Rosinha — E então!

BENTO — Abre! abre!
DURVAL — É demais! Estás com o meu dominó... hás de ir comigo ao baile!
ROSINHA — Não é possível; não se trata a um fidalgo espanhol como a um cão. Devo ir com ele.
DURVAL — Não quero que vás.
ROSINHA — Hei de ir. (*dispõe-se a tirar o dominó*) Tome lá...
DURVAL — (*impedindo-a*) Rosinha, ele é um espanhol, e além de espanhol, fidalgo. Repara que é uma dupla cruz com que tens de carregar.
ROSINHA — Qual cruz! E não se casa ele comigo?
DURVAL — Não caias nessa!
BENTO — (*fora*) Meia-noite e dez minutos! então vem ou não vem?
ROSINHA — Lá vou. (*a Durval*) Vê como se impacienta! Tudo aquilo é amor!
DURVAL — (*com explosão*) Amor! E se eu te desse em troca daquele amor castelhano, um amor brasileiro ardente e apaixonado? Sim, eu te amo, Rosinha; deixa esse espanhol tresloucado!
ROSINHA — Senhor Durval!
DURVAL — Então, decide!
ROSINHA — Não grite! Aquilo é mais forte do que um tigre de Bengala.
DURVAL — Deixa-o; eu matei as onças do Maranhão e já estou acostumado com esses animais. Então? Vamos! Eis-me a teus pés, ofereço-te a minha mão e a minha fortuna!
ROSINHA — (*à parte*) Ah... (*alto*) Mas o fidalgo?
BENTO — (*fora*) É meia-noite e doze minutos!
DURVAL — Manda-o embora, ou senão, espera. (*levanta-se*) Vou matá-lo; é o meio mais pronto.
ROSINHA — Não, não; evitemos a morte. Para não ver correr sangue, aceito a sua proposta.
DURVAL — (*com regozijo*) Venci o castelhano! É um magnífico triunfo! Vem, minha bela; o baile nos espera!
ROSINHA — Vamos. Mas repare na enormidade do sacrifício.
DURVAL — Serás compensada, Rosinha. Que linda peça de entrada! (*à parte*) São dois os enganados — o fidalgo e Sofia (*alto*) Ah! ah! ah!
ROSINHA — (*rindo também*) Ah! ah! ah! (*à parte*) Eis-me vingada!
DURVAL — Silêncio! (*vão pé ante pé pela porta da esquerda. Sai Rosinha primeiro, e Durval, da soleira da porta para a porta do fundo, a rir às gargalhadas*)

CENA ÚLTIMA
Bento

BENTO — (*abrindo a porta do fundo*) Ninguém mais! Desempenhei o meu papel: estou contente! Aquela subiu um degrau na sociedade. Deverei ficar assim? Alguma baronesa não me desdenharia decerto. Virei mais tarde. Por enquanto, vou abrir a portinhola. (*vai a sair e cai o pano*)

FIM DE HOJE AVENTAL, AMANHÃ LUVA

Desencantos
Fantasia Dramática

A Quintino Bocaiúva

INTERLOCUTORES
Clara de Souza
Luiz de Melo
Pedro Alves

PRIMEIRA PARTE
EM PETRÓPOLIS
Um jardim, terraço no fundo

CENA I
Clara, Luiz de Melo

CLARA — Custa a crer o que me diz. Pois deveras saiu aborrecido do baile?
LUIZ — É verdade.
CLARA — Dizem entretanto que esteve animado...
LUIZ — Esplêndido!
CLARA — Esplêndido, sim!
LUIZ — Maravilhoso.
CLARA — Essa é, pelo menos, a opinião geral. Se eu lá fosse, estou certa de que seria a minha.
LUIZ — Pois eu lá fui e não é essa a minha opinião.
CLARA — É difícil de contentar nesse caso.
LUIZ — Oh! não.
CLARA — Então as suas palavras são um verdadeiro enigma.
LUIZ — Enigma de fácil decifração.
CLARA — Nem tanto.
LUIZ — Quando se dá preferência a uma flor, à violeta, por exemplo, todo o jardim onde ela não apareça, embora esplêndido, é sempre incompleto.
CLARA — Faltava então uma violeta nesse jardim.
LUIZ — Faltava. Compreende agora?
CLARA — Um pouco.
LUIZ — Ainda bem!
CLARA — Venha sentar-se neste banco de relva, à sombra desta árvore copada. Nada lhe falta para compor um idílio, já que é dado a esse gênero de poesia. Tinha então muito interesse em ver lá essa flor?
LUIZ — Tinha. Com a mão na consciência, falo-lhe a verdade; essa flor não é uma predileção do espírito, é uma escolha do coração.
CLARA — Vejo que se trata de uma paixão. Agora compreendo a razão por que não

lhe agradou o baile, e o que era enigma passa a ser a coisa mais natural do mundo. Está absolvido do seu delito.

LUIZ — Bem vê que tenho circunstâncias atenuantes a meu favor.

CLARA — Então o senhor ama?

LUIZ — Loucamente, e como se pode amar aos vinte e dois anos, com todo o ardor de um coração cheio de vida. Na minha idade o amor é uma preocupação exclusiva que se apodera do coração e da cabeça. Experimentar outro sentimento, que não seja esse, pensar em outra coisa, que não seja o objeto escolhido pelo coração, é impossível. Desculpe se lhe falo assim...

CLARA — Pode continuar. Fala com um entusiasmo tal, que me faz parecer estar ouvindo algumas das estrofes do nosso apaixonado Gonzaga.

LUIZ — O entusiasmo do amor é por ventura o mais vivo e ardente.

CLARA — E por isso o menos duradouro. É como a palha que se inflama com intensidade, mas que se apaga logo depois.

LUIZ — Não aceito a comparação. Pois Deus havia de inspirar ao homem esse sentimento, tão suscetível de morrer assim? Demais, a prática mostra o contrário.

CLARA — Já sei. Vem falar-me de Heloísa e Abelardo, Píramo e Tisbe, e quanto exemplo a história e a fábula nos dão. Esses não provam. Mesmo porque são exemplos raros, é que a história os aponta. Fogo de palha, fogo de palha e nada mais.

LUIZ — Pesa-me que de seus lábios saiam essas palavras.

CLARA — Por quê?

LUIZ — Porque eu não posso admitir a mulher sem os grandes entusiasmos do coração. Chamou-me há pouco de poeta; com efeito eu assemelho-me por esse lado aos filhos queridos das musas. Esses imaginam a mulher um ente intermediário que separa os homens dos anjos e querem-na participante das boas qualidades de uns e de outros. Dir-me-á que se eu fosse agiota não pensaria assim; eu responderei que não são os agiotas os que têm razão neste mundo.

CLARA — Isso é que é ver as coisas através de um vidro de cor. Diga-me: sente deveras o que diz a respeito do amor, ou está fazendo uma profissão de fé de homem político?

LUIZ — Penso e sinto assim.

CLARA — Dentro de pouco tempo verá que tenho razão.

LUIZ — Razão de quê?

CLARA — Razão de chamar fogo de palha ao fogo que lhe devora o coração.

LUIZ — Espero em Deus que não.

CLARA — Creio que sim.

LUIZ — Falou-me há pouco em fazer um idílio, e eu estou com desejos de compor uma ode sáfica.

CLARA — A que respeito?

LUIZ — Respeito à crueldade das violetas.

CLARA — E depois ia atirar-se à torrente do Itamarati? Ah! como anda atrasado do seu século!

LUIZ — Ou adiantado...

CLARA — Adiantado, não creio. Voltaremos nós à simplicidade antiga?

LUIZ — Oh! tinha razão aquela pobre poetisa de Lesbos em atirar-se às ondas. Encontrou na morte o esquecimento das suas dores íntimas. De que lhe servia viver amando sem esperança?

CLARA — Dou-lhe de conselho que perca esse entusiasmo pela Antiguidade. A poetisa de Lesbos quis figurar na história com uma face melancólica; atirou-se de Leucate. Foi cálculo e não virtude.
LUIZ — Está pecando, minha senhora.
CLARA — Por blasfemar do seu ídolo?
LUIZ — Por blasfemar de si. Uma mulher nas condições da décima musa nunca obra por cálculo. E Vossa Excelência, por mais que queira, deve estar nas mesmas condições de sensibilidade, que a poetisa antiga, bem como está nas de beleza.

CENA II
Luiz de Melo, Clara, Pedro Alves

PEDRO ALVES — Boa-tarde, minha interessante vizinha. Senhor Luiz de Melo!
CLARA — Faltava o primeiro folgazão de Petrópolis, a flor da emigração!
PEDRO ALVES — Nem tanto assim.
CLARA — Estou encantada por ver assim a meu lado os meus dois vizinhos, o da direita e o da esquerda.
PEDRO ALVES — Estavam conversando? Era segredo?
CLARA — Oh! não. O senhor Luiz de Melo fazia-me um curso de história depois de ter feito outro de botânica. Mostrava-me a sua estima pela violeta e pela Safo.
PEDRO ALVES — E que dizia a respeito de uma e de outra?
CLARA — Erguia-as às nuvens. Dizia que não considerava jardim sem violeta, e quanto ao salto de Leucate, batia palmas com verdadeiro entusiasmo.
PEDRO ALVES — E ocupava Vossa Excelência com essas coisas? Duas questões banais. Uma não tem valor moral, outra não tem valor atual.
LUIZ — Perdão, o senhor chegava quando eu ia concluir o meu curso botânico e histórico. Ia dizer que também detesto as parasitas de todo o gênero, e que tenho asco aos histriões de Atenas. Terão estas duas questões valor moral e atual?
PEDRO ALVES — *(enfado)* Confesso que não compreendo.
CLARA — Diga-me, senhor Pedro Alves: foi à partida de ontem à noite?
PEDRO ALVES — Fui, minha senhora.
CLARA — Divertiu-se?
PEDRO ALVES — Muito. Dancei e joguei a fartar, e quanto a doces, não enfardei mal o estômago. Foi uma deslumbrante função. Ah! notei que não estava lá.
CLARA — Uma maldita enxaqueca reteve-me em casa.
PEDRO ALVES — Maldita enxaqueca!
CLARA — Consola-me a ideia de que não fiz falta.
PEDRO ALVES — Como? Não fez falta?
CLARA — Cuido que todos seguiram o seu exemplo e que dançaram e jogaram a fartar, não enfardando mal o estômago, quanto a doces.
PEDRO ALVES — Deu um sentido demasiado literal às minhas palavras.
CLARA — Pois não foi isso que me disse?
PEDRO ALVES — Mas eu queria dizer outra coisa.
CLARA — Ah! isso é outro caso. Entretanto acho que é dado a qualquer divertir-se ou não num baile, e por consequência dizê-lo.
PEDRO ALVES — A qualquer, dona Clara!

CLARA — Aqui está o nosso vizinho que acaba de me dizer que se aborreceu no baile...

PEDRO ALVES — *(consigo)* Ah! *(alto)* De fato, eu o vi entrar e sair pouco depois com ar assustadiço e penalizado.

LUIZ — Tinha de ir tomar chá em casa de um amigo e não podia faltar.

PEDRO ALVES — Ah! foi tomar chá. Entretanto correram certos boatos depois que o senhor saiu.

LUIZ — Boatos?

PEDRO ALVES — É verdade. Houve quem se lembrasse de dizer que o senhor saíra logo por não ter encontrado da parte de uma dama que lá estava o acolhimento que esperava.

CLARA — *(olhando para Luiz)* Ah!

LUIZ — Oh! isso é completamente falso. Os maldizentes estão por toda parte, mesmo nos bailes; e desta vez não houve tino na escolha dos convidados.

PEDRO ALVES — Também é verdade. *(baixo à Clara)* Recebeu o meu bilhete?

CLARA — *(depois de um olhar)* Como é bonito o pôr do sol! Vejam que magnífico espetáculo!

LUIZ — É realmente encantador.

PEDRO ALVES — Não é feio; tem mesmo alguma coisa de grandioso. *(vão ao terraço)*

LUIZ — Que colorido e que luz!

CLARA — Acho que os poetas têm razão em celebrarem esta hora final do dia!

LUIZ — Minha senhora, os poetas têm sempre razão. E quem não se extasiará diante deste quadro?

CLARA — Ah!

LUIZ E PEDRO ALVES — O que é?

CLARA — É o meu leque que caiu! Vou mandar apanhá-lo.

PEDRO ALVES — Como apanhar? Vou eu mesmo.

CLARA — Ora, tinha que ver! Vamos para a sala e eu mandarei buscá-lo.

PEDRO ALVES — Menos isso. Deixe-me a glória de trazer-lhe o leque.

LUIZ — Se consente, eu faço concorrência ao desejo do senhor Pedro Alves...

CLARA — Mas então apostaram-se?

LUIZ — Mas se isso é um desejo de nós ambos. Decida.

PEDRO ALVES — Então o senhor quer ir?

LUIZ — *(a Pedro Alves)* Não vê que espero a decisão?

PEDRO ALVES — Mas a ideia é minha. Entretanto, Deus me livre de dar-lhe motivo de queixa, pode ir.

LUIZ — Não espero mais nada.

CENA III
Pedro Alves, Clara

PEDRO ALVES — Este nosso vizinho tem uns ares de superior que me desagradam. Pensa que não compreendi a alusão da parasita e dos histriões? O que não me fazia conta era desrespeitar a presença de Vossa Excelência, mas não faltam ocasiões para castigar um insolente.

CLARA — Não lhe acho razão para falar assim. O senhor Luiz de Melo é um moço de maneiras delicadas e está longe de ofender a quem quer que seja, muito menos a uma pessoa que eu considero...

PEDRO ALVES — Acha?

CLARA — Acho sim.

PEDRO ALVES — Pois eu não. São modos de ver. Tal seja o ponto de vista em que Vossa Excelência se coloca... Cá o meu olhar apanha-o em cheio e diz-me que ele merece bem uma lição.

CLARA — Que espírito belicoso é esse?

PEDRO ALVES — Este espírito belicoso é o ciúme. Eu sinto ter por concorrente a este vizinho que se antecipa a visitá-la, e a quem Vossa Excelência dá tanta atenção.

CLARA — Ciúme!

PEDRO ALVES — Ciúme, sim. O que me respondeu Vossa Excelência à pergunta que lhe fiz sobre o meu bilhete? Nada, absolutamente nada. Talvez nem o lesse; entretanto eu pintava-lhe nele o estado do meu coração, mostrava-lhe os sentimentos que me agitam, fazia-lhe uma autópsia, era uma autópsia, que eu lhe fazia de meu coração. Pobre coração! Tão mal pago dos seus extremos, e entretanto tão pertinaz em amar!

CLARA — Parece-me bem apaixonado. Devo considerar-me feliz por ter perturbado a quietação do seu espírito. Mas a sinceridade nem sempre é companheira da paixão.

PEDRO ALVES — Raro se aliam, é verdade, mas desta vez não é assim. A paixão que eu sinto é sincera, e pesa-me que meus avós não tivessem uma espada para eu sobre ela jurar...

CLARA — Isso é mais uma arma de galantaria que um testemunho de verdade. Deixe antes que o tempo ponha em relevo os seus sentimentos.

PEDRO ALVES — O tempo! Há tanto que me diz isso! Entretanto continua o vulcão em meu peito e só pode ser apagado pelo orvalho do seu amor.

CLARA — Estamos em pleno outeiro. As suas palavras parecem um mote glosado em prosa. Ah! a sinceridade não está nessas frases gastas e ocas.

PEDRO ALVES — O meu bilhete, entretanto, é concebido em frases bem tocantes e simples.

CLARA — Com franqueza, eu não li o seu bilhete.

PEDRO ALVES — Deveras?

CLARA — Deveras.

PEDRO ALVES — *(tomando o chapéu)* Com licença.

CLARA — Onde vai? Não compreende que quando digo que não li o seu bilhete é porque quero ouvir da sua própria boca as palavras que nele se continham?

PEDRO ALVES — Como? Será por isso?

CLARA — Não acredita?

PEDRO ALVES — É capricho de moça bonita e nada mais. Capricho sem exemplo.

CLARA — Dizia-me então?...

PEDRO ALVES — Dizia-lhe que, com o espírito vacilante como baixei prestes a soçobrar, eu lhe escrevia à luz do relâmpago que me fuzila na alma aclarando as trevas que uma desgraçada paixão aí me deixa. Pedia-lhe a luz dos seus olhos sedutores para servir de guia na vida e poder encontrar sem perigo o porto de salvamento. Tal é no seu espírito a segunda edição de minha carta. As cores que nela empreguei são a fiel tradução do que senti e sinto. Está pensativa?

CLARA — Penso em que, se me fala verdade, a sua paixão é rara e nova para estes tempos.

Pedro Alves — Rara e muito rara; pensa que eu sou lá desses que procuram vencer pelas palavras melífluas e falsas. Sou rude, mas sincero.
Clara — Apelemos para o tempo.
Pedro Alves — É um juiz tardio. Quando a sua sentença chegar, eu estarei no túmulo e será tarde.
Clara — Vem agora com ideias fúnebres!
Pedro Alves — Eu não apelo para o tempo. O meu juiz está em face de mim, e eu quero já beijar antecipadamente a mão que há de lavrar a minha sentença de absolvição. *(quer beijar-lhe a mão. Clara sai)* Ouça! Ouça!

CENA IV
Luiz de Melo, Pedro Alves

Pedro Alves — *(só)* Fugiu! Não tarda ceder. Ah! o meu adversário!
Luiz — Dona Clara?
Pedro Alves — Foi para a outra parte do jardim.
Luiz — Bom. *(vai sair)*
Pedro Alves — Disse-me que o fizesse esperar; eu estimo bem estarmos a sós porque tenho de lhe dizer algumas palavras.
Luiz — Às suas ordens. Posso ser-lhe útil?
Pedro Alves — Útil a mim e a si. Eu gosto das situações claras e definidas. Quero poder dirigir a salvo e seguro o meu ataque. Se lhe falo deste modo é porque, simpatizando com as suas maneiras, desejo não trair a uma pessoa a quem me ligo por um vínculo secreto. Vamos ao caso: é preciso que me diga quais as suas intenções, qual o seu plano de guerra; assim, cada um pode atacar por seu lado a praça, e o triunfo será do que melhor tiver empregado os seus tiros.
Luiz — A que vem essa belicosa parábola?
Pedro Alves — Não compreende?
Luiz — Tenha a bondade de ser mais claro.
Pedro Alves — Mais claro ainda? Pois serei claríssimo: a viúva do coronel é uma praça sitiada.
Luiz — Por quem?
Pedro Alves — Por mim, confesso. E afirmo que por nós ambos.
Luiz — Informaram-no mal. Eu não faço a corte à viúva do coronel.
Pedro Alves — Creio em tudo quanto quiser, menos nisso.
Luiz — A sua simpatia por mim vai até desmentir as minhas asserções?
Pedro Alves — Isso não é discutir. Deveras, não faz a corte à nossa interessante vizinha?
Luiz — Não, as minhas atenções para com ela não passam de uma retribuição a que, como homem delicado, não me poderia furtar.
Pedro Alves — Pois eu faço.
Luiz — Seja-lhe para bem! Mas a que vem isso?
Pedro Alves — A coisa alguma. Desde que me afiança não ter a menor intenção oculta nas suas atenções, a explicação está dada. Quanto a mim, faço-lhe a corte e digo-o bem alto. Apresento-me candidato ao seu coração e para isso mostro títulos valiosos. Dirão que sou presumido; podem dizer o que quiser.

Luiz — Desculpe a curiosidade: quais são esses títulos?

Pedro Alves — A posição que a fortuna me dá, um físico que pode-se chamar belo, uma coragem capaz de afrontar todos os muros e grades possíveis e imagináveis, e para coroar a obra uma discrição de pedreiro-livre.

Luiz — Só?

Pedro Alves — Acha pouco?

Luiz — Acho.

Pedro Alves — Não compreendo que haja precisão de mais títulos além destes.

Luiz — Pois há. Essa posição, esse físico, essa coragem e essa discrição, são decerto apreciáveis, mas duvido que tenha valor diante de uma mulher de espírito.

Pedro Alves — Se a mulher de espírito for da sua opinião.

Luiz — Sem dúvida alguma que há de ser.

Pedro Alves — Mas continue, quero ouvir o fim de seu discurso.

Luiz — Onde fica no seu plano de guerra, já que aprecia este gênero de figura, onde fica, digo eu, o amor verdadeiro, a dedicação sincera, o respeito, filho de ambos, e que essa dona Clara sitiada deve inspirar?

Pedro Alves — A corda em que acaba de tocar está desafinada há muito tempo e não dá som. O amor, o respeito, e a dedicação! Se o não conhecesse, diria que o senhor acaba de chegar do outro mundo.

Luiz — Com efeito, pertenço a um mundo que não é absolutamente o seu. Não vê que tenho um ar de quem não está em terra própria e fala com uma variedade da espécie?

Pedro Alves — Já sei; pertence à esfera dos sonhadores e dos visionários. Conheço boa soma de seus semelhantes que me tem dado bem boas horas de riso e de satisfação. É uma tribo que se não acaba, pelo que vejo?

Luiz — Ao que parece, não?

Pedro Alves — Mas é evidente que perecerá.

Luiz — Não sei. Se eu quisesse concorrer ao bloqueio da praça em questão, era azada ocasião para julgar do esforço recíproco e vermos até que ponto a ascendência do elemento positivo exclui a influência do elemento ideal.

Pedro Alves — Pois experimente.

Luiz — Não; disse-lhe já que respeito muito a viúva do coronel e estou longe de sentir por ela a paixão do amor.

Pedro Alves — Tanto melhor. Sempre é bom não ter pretendentes para combater. Ficamos amigos, não?

Luiz — Decerto.

Pedro Alves — Se eu vencer, o que dirá?

Luiz — Direi que há certos casos em que com toda a satisfação se pode ser padrasto e direi que esse é o seu caso.

Pedro Alves — Oh! se a Clarinha não tiver outro padrasto se não eu...

CENA V
Pedro Alves, Luiz, d. Clara

Clara — Estimo bem vê-los juntos.

Pedro Alves — Discutíamos.

Luiz — Aqui tem o seu leque; está intato.

Clara — Meu Deus, que trabalho que foi tomar. Agradeço-lhe do íntimo. É uma prenda que tenho em grande conta; foi-me dado por minha irmã Matilde, em dia de anos meus. Mas tenha cuidado; não aumente tanto a lista das minhas obrigações; a dívida pode engrossar e eu não terei por fim com que solvê-la.

Luiz — De que dívida me fala? A dívida aqui é minha, dívida perene, que eu mal amortizo por uma gratidão sem limite. Posso eu pagá-la nunca?

Clara — Pagar o quê?

Luiz — Pagar estas horas de felicidade calma que a sua graciosa urbanidade me dá e que constituem os meus fios de ouro no tecido da vida.

Pedro Alves — Reclamo a minha parte nessa ventura.

Clara — Meu Deus, declaram-se em justa? Não vejo senão quebrarem lanças em meu favor. Cavalheiros, ânimo, a liça está aberta, e a castelã espera o reclamo do vencedor.

Luiz — Oh! a castelã pode quebrar o encanto do vencedor desamparando a galeria e deixando-o só com as feridas abertas no combate.

Clara — Tão pouca fé o anima?

Luiz — Não é a fé das pessoas que me falta, mas a fé da fortuna. Fui sempre tão mal-aventurado que nem tento acreditar por momento na boa sorte.

Clara — Isso não é natural num cavalheiro cristão.

Luiz — O cavalheiro cristão está prestes a mourar.

Clara — Oh!

Luiz — O sol do oriente aquece os corações, ao passo que o de Petrópolis esfria-os.

Clara — Estude antes o fenômeno e não vá sacrificar a sua consciência. Mas, na realidade, tem sempre encontrado a derrota nas suas pelejas?

Luiz — A derrota foi sempre a sorte das minhas armas. Será que elas sejam mal temperadas? Será que eu não as maneje bem? Não sei.

Pedro Alves — É talvez uma e outra coisa.

Luiz — Também pode ser.

Clara — Duvido.

Pedro Alves — Duvida?

Clara — E sabe quais são as vantagens de seus vencedores?

Luiz — Demais até.

Clara — Procure alcançá-las.

Luiz — Menos isso. Quando dois adversários se medem, as mais das vezes o vencedor é sempre aquele que à elevada qualidade de tolo reúne uma sofrível dose de presunção. A esse as palmas da vitória, a esse a boa fortuna da guerra: quer que o imite?

Clara — Disse as *mais das vezes*, confessa, pois, que há exceções.

Luiz — Fora absurdo negá-las, mas declaro que nunca as encontrei.

Clara — Não deve desesperar, porque a fortuna aparece quando menos se conta com ela.

Luiz — Mas aparece às vezes tarde. Chega quando a porta está cerrada e tudo que nos cerca é silencioso e triste. Então a peregrina demorada entra como uma amiga consoladora, mas sem os entusiasmos ao coração.

Clara — Sabe o que o perde? É a fantasia.

Luiz — A fantasia?

Clara — Não lhe disse há pouco que o senhor via as coisas através de um vidro de cor? É o óculo da fantasia, óculo brilhante, mas mentiroso, que transtorna o aspecto do panorama social, e que faz vê-lo pior do que é, para dar-lhe um remédio melhor do que pode ser.

Pedro Alves — Bravo! Deixe-me Vossa Excelência beijar-lhe a mão.

Clara — Por quê?

Pedro Alves — Pela lição que acaba de dar ao senhor Luiz de Melo.

Clara — Ah! por que o acusei de visionário? O nosso vizinho carece de quem lhe fale assim. Perder-se-á se continuar a viver no mundo abstrato das suas teorias platônicas.

Pedro Alves — Ou por outra, e mais positivamente, Vossa Excelência mostrou-lhe que acabou o reinado das baladas e da pasmaceira, para dar lugar ao império dos homens de juízo e dos espíritos sólidos.

Luiz — Vossa Excelência toma então o partido que me é adverso!

Clara — Eu não tomo partido nenhum.

Luiz — Entretanto, abriu brecha aos assaltos do senhor Pedro Alves, que se compraz em mostrar-se espírito sólido e homem de juízo.

Pedro Alves — E de muito juízo. Pensa que eu adoto o seu sistema de fantasia, e por assim dizer, de choradeira? Nada, o meu sistema é absolutamente oposto; emprego os meios bruscos por serem os que estão de acordo com o verdadeiro sentimento. Os da minha têmpera são assim.

Luiz — E o caso é que são felizes.

Pedro Alves — Muito felizes. Temos boas armas e manejamo-las bem. Chame a isso toleima e presunção, pouco nos importa; é preciso que os vencidos tenham um desafogo.

Clara — *(a Luiz de Melo)* O que diz a isto?

Luiz — Digo que estou muito fora do meu século. O que fazer contra adversários que se contam em grande número, número infinito, a admitir a versão dos livros santos?

Clara — Mas, realmente, não vejo que pudesse responder com vantagem.

Luiz — E Vossa Excelência sanciona a teoria contrária?

Clara — A castelã não sanciona, anima os lidadores.

Luiz — Animação negativa para mim. Vossa Excelência dá-me licença?

Clara — Onde vai?

Luiz — Tenho uma pessoa que me espera em casa. Vossa Excelência janta às seis, o meu relógio marca cinco. Dá-me este primeiro quarto de hora?

Clara — Com pesar, mas não quero tolhê-lo. Não falte.

Luiz — Volto já.

CENA VI
Clara, Pedro Alves

Pedro Alves — Estou contentíssimo.

Clara — Por quê?

Pedro Alves — Porque lhe demos uma lição.

CLARA — Ora, não seja mau!

PEDRO ALVES — Mau! Eu sou bom até demais. Não vê como ele me provoca a cada instante?

CLARA — Mas, quer que lhe diga uma coisa? É preciso acabar com essas provocações contínuas.

PEDRO ALVES — Pela minha parte, nada há; sabe que sou sempre procurado na minha gruta. Ora, não se toca impunemente no leão...

CLARA — Pois seja leão até à última, seja magnânimo.

PEDRO ALVES — Leão apaixonado e magnânimo? Se fosse por mim só, não duvidaria perdoar. Mas diante de Vossa Excelência, por quem tenho presa a alma, é virtude superior às minhas forças. E, entretanto, Vossa Excelência obstina-se em achar--lhe razão.

CLARA — Nem sempre.

PEDRO ALVES — Mas vejamos, não é exigência minha, mas eu desejo, imploro uma decisão definitiva da minha sorte. Quando se ama como eu amo, todo o paliativo é uma tortura que se não pode sofrer!

CLARA — Com que fogo se exprime! Que ardor, que entusiasmo!

PEDRO ALVES — É sempre assim. Zombeteira!

CLARA — Mas o que quer então?

PEDRO ALVES — Franqueza.

CLARA — Mesmo contra os seus interesses?

PEDRO ALVES — Mesmo... contra tudo.

CLARA — Reflita: prefere à dubiedade da situação, uma declaração franca que lhe vá destruir as suas mais queridas ilusões?

PEDRO ALVES — Prefiro isso a não saber se sou amado ou não.

CLARA — Admiro a sua força d'alma.

PEDRO ALVES — Eu sou o primeiro a admirar-me.

CLARA — Desesperou alguma vez da sorte?

PEDRO ALVES — Nunca.

CLARA — Pois continue a confiar nela.

PEDRO ALVES — Até quando?

CLARA — Até um dia.

PEDRO ALVES — Que nunca há de chegar.

CLARA — Que está... muito breve.

PEDRO ALVES — Oh! meu Deus!

CLARA — Admirou-se?

PEDRO ALVES — Assusto-me com a ideia da felicidade. Deixe-me beijar a sua mão?

CLARA — A minha mão vale bem dois meses de espera e receio; não vale?

PEDRO ALVES — *(enfiando)* Vale.

CLARA — *(sem reparar)* Pode beijá-la! É o penhor dos esponsais.

PEDRO ALVES — *(consigo)* Fui longe demais! *(Alto, beijando a mão de Clara)* Este é o mais belo dia de minha vida!

CENA VII
Clara, Pedro Alves, Luiz

Luiz — *(entrando)* Ah!...
Pedro Alves — Chegou a propósito.
Clara — Dou-lhe parte do meu casamento com o senhor Pedro Alves.
Pedro Alves — O mais breve possível.
Luiz — Os meus parabéns a ambos.
Clara — A resolução foi um pouco súbita, mas nem por isso deixa de ser refletida.
Luiz — Súbita, de certo, porque eu não contava com uma semelhante declaração neste momento. Quando são os desposórios?
Clara — Pelos fins do verão, não, meu amigo?
Pedro Alves — *(com importância)* Sim, pelos fins do verão.
Clara — Faz-nos a honra de ser uma das testemunhas?
Pedro Alves — Oh! isso é demais.
Luiz — Desculpe-me, mas eu não posso. Vou fazer uma viagem.
Clara — Até onde?
Luiz — Pretendo abjurar em qualquer cidade mourisca e fazer depois a peregrinação da Meca. Preenchido este dever de um bom maometano, irei entre as tribos do deserto procurar a exceção que não encontrei ainda no nosso clima cristão.
Clara — Tão longe, meu Deus! Parece-me que trabalhará debalde.
Luiz — Vou tentar.
Pedro Alves — Mas tenta um sacrifício.
Luiz — Não faz mal.
Pedro Alves — *(a Clara, baixo)* Está doido!
Clara — Mas virá despedir-se de nós?
Luiz — Sem dúvida. *(baixo a Pedro Alves)* Curvo-me ao vencedor, mas consola-me a ideia de que, contra as suas previsões, paga as despesas da guerra. *(alto)* Vossa Excelência dá-me licença.
Clara — Onde vai?
Luiz — Retiro-me para casa.
Clara — Não fica para jantar?
Luiz — Vou aprontar a minha bagagem.
Clara — Leva a lembrança dos amigos no fundo das malas, não?
Luiz — Sim, minha senhora, ao lado de alguns volumes de Alfonse Karr.

SEGUNDA PARTE
NA CORTE
Uma sala em casa de Pedro Alves

CENA I
Clara, Pedro Alves

Pedro Alves — Ora, não convém por modo algum que a mulher de um deputado ministerialista vá à partida de um membro da oposição. Em rigor, nada há de admirar nisso. Mas o que não dirá a imprensa governista! O que não dirão os meus colegas da maioria! Está lendo?

CLARA — Estou folheando este álbum.

PEDRO ALVES — Nesse caso, repito-lhe que não convém...

CLARA — Não precisa, ouvi tudo.

PEDRO ALVES — *(levantando-se)* Pois aí está; fique com a minha opinião.

CLARA — Prefiro a minha.

PEDRO ALVES — Prefere...

CLARA — Prefiro ir à partida do membro da oposição.

PEDRO ALVES — Isso não é possível. Oponho-me com todas as forças.

CLARA — Ora, veja o que é o hábito do parlamento! Opõe-se a mim, como se eu fosse um adversário político. Veja que não está na Câmara, e que eu sou mulher.

PEDRO ALVES — Mesmo por isso. Deve compreender os meus interesses e não querer que seja alvo dos tiros dos maldizentes. Já não lhe falo nos direitos que me estão confiados como marido...

CLARA — Se é tão aborrecido na Câmara como é cá em casa, tenho pena do ministério e da maioria.

PEDRO ALVES — Clara!

CLARA — De que direitos me fala? Concedo-lhe todos quantos queira, menos o de me aborrecer; e privar-me de ir a esta partida é aborrecer-me.

PEDRO ALVES — Falemos como amigos. Dizendo que desistas do teu intento, tenho dois motivos: um político e outro conjugal. Já te falei do primeiro.

CLARA — Vamos ao segundo.

PEDRO ALVES — O segundo é este. As nossas primeiras vinte e quatro horas de casamento passaram para mim rápidas como um relâmpago. Sabes por quê? Por que a nossa lua de mel não durou mais do que esse espaço. Supus que, unindo-te a mim, deixasses um pouco a vida dos passeios, dos teatros, dos bailes. Enganei-me; nada mudaste em teus hábitos; eu posso dizer que não me casei para mim. Fui forçado a acompanhar-te por toda a parte, ainda que isso me custasse grande aborrecimento.

CLARA — E depois?

PEDRO ALVES — Depois, é que esperando ver-te cansada dessa vida, reparo com pesar que continuas na mesma e muito longe ainda de a deixar.

CLARA — Conclusão: devo romper com a sociedade e voltar a alongar as suas vinte quatro horas de lua de mel, vivendo beatificamente ao lado um do outro, debaixo do teto conjugal...

PEDRO ALVES — Como dois pombos.

CLARA — Como dois pombos ridículos! Gosto de ouvi-lo com essas recriminações. Quem o atender, supõe que se casou comigo pelos impulsos do coração. A verdade é que me esposou por vaidade, e que quer continuar essa lua de mel, não por amor, mas pelo susto natural de um proprietário que receia perder um cabedal precioso.

PEDRO ALVES — Oh!

CLARA — Não serei um cabedal precioso?

PEDRO ALVES — Não digo isso. Protesto, sim, contra as tuas conclusões.

CLARA — O protesto é outro hábito do parlamento! Exemplo às mulheres futuras do quanto, no mesmo homem, fica o marido suplantado pelo deputado.

PEDRO ALVES — Está bom, Clara, concedo-te tudo.

CLARA — *(levantando-se)* Ah! vou fazer cantar o triunfo!
PEDRO ALVES — Continua a divertir-te como for de teu gosto.
CLARA — Obrigada!
PEDRO ALVES — Não se dirá que te contrariei nunca.
CLARA — A história há de fazer-te justiça.
PEDRO ALVES — Acabemos com isto. Estas pequenas rixas azedam-me o espírito, e não lucramos nada com elas.
CLARA — Acho que sim. Deixe de ser ridículo, que eu continuarei nas mais benévolas disposições. Para começar, não vou à partida da minha amiga Carlota. Está satisfeito?
PEDRO ALVES — Estou.
CLARA — Bem. Não se esqueça de ir buscar minha filha. É tempo de apresentá-la à sociedade. A pobre Clarinha deve estar bem desconsolada. Está moça e ainda no colégio. Tem sido um descuido nosso.
PEDRO ALVES — Irei buscá-la amanhã.
CLARA — Pois bem. *(sai)*

CENA II
Pedro Alves e um criado

PEDRO ALVES — Safa! que maçada!
O CRIADO — Está aí uma pessoa que quer lhe falar.
PEDRO ALVES — Faze-a entrar.

CENA III
Pedro Alves, Luiz de Melo

PEDRO ALVES — Que vejo!
LUIZ — Luiz de Melo, lembra-se?
PEDRO ALVES — Muito. Venha um abraço! Então como está? Quando chegou?
LUIZ — Pelo último paquete.
PEDRO ALVES — Ah! não li nos jornais.
LUIZ — O meu nome é tão vulgar que facilmente se confunde com os outros.
PEDRO ALVES — Confesso que só agora sei que está no Rio de Janeiro. Sentemo-nos. Então andou muito pela Europa?
LUIZ — Pela Europa quase nada; a maior parte do tempo gastei em atravessar o Oriente.
PEDRO ALVES — Sempre realizou a sua ideia?
LUIZ — É verdade, vi tudo o que a minha fortuna podia oferecer aos meus instintos artísticos.
PEDRO ALVES — Que de impressões havia de ter! Muito turco, muito árabe, muita mulher bonita, não? Diga-me uma coisa, há também ciúmes por lá?
LUIZ — Há.
PEDRO ALVES — Contar-me-á a sua viagem por extenso.
LUIZ — Sim, com mais descanso. Está de saúde a senhora dona Clara Alves?

PEDRO ALVES — De perfeita saúde. Tenho muito que lhe dizer respeito ao que se passou depois que se foi embora.

LUIZ — Ah!

PEDRO ALVES — Passei estes cinco anos no meio da mais completa felicidade. Ninguém melhor saboreou as delícias do casamento. A nossa vida conjugal pode-se dizer que é um céu sem nuvens. Ambos somos felizes, e ambos nos desvelamos por agradar um ao outro.

LUIZ — É uma lua de mel sem ocaso.

PEDRO ALVES — E lua cheia.

LUIZ — Tanto melhor! Folgo de vê-los felizes. A felicidade na família é uma cópia, ainda que pálida, da bem-aventurança celeste. Pelo contrário, os tormentos domésticos representam na terra o purgatório.

PEDRO ALVES — Apoiado!

LUIZ — Por isso estimo que acertasse com a primeira.

PEDRO ALVES — Acertei. Ora, do que eu me admiro não é do acerto, mas do modo por que de pronto me habituei à vida conjugal. Parece-me incrível. Quando me lembro da minha vida de solteiro, vida de borboleta, ágil e incapaz de pousar definitivamente sobre uma flor...

LUIZ — A coisa explica-se. Tal seria o modo por que o enredaram e pregaram com o competente alfinete no fundo desse quadro chamado lar doméstico!

PEDRO ALVES — Sim, creio que é isso.

LUIZ — De maneira que hoje é pelo casamento?

PEDRO ALVES — De todo o coração.

LUIZ — Está feito, perdeu-se um folgazão, mas ganhou-se um homem de bem.

PEDRO ALVES — Ande lá. Aposto que também tem vontade de romper a cadeia do passado?

LUIZ — Não será difícil.

PEDRO ALVES — Pois é o que deve fazer.

LUIZ — Veja o que é o egoísmo humano. Como renegou da vida de solteiro, quer que todos professem a religião do matrimônio.

PEDRO ALVES — Escusa moralizar.

LUIZ — É verdade que é uma religião tão doce!

PEDRO ALVES — Ah!... Sabe que estou deputado?

LUIZ — Sei e dou-lhe os meus parabéns.

PEDRO ALVES — Alcancei um diploma na última eleição. Na minha idade ainda é tempo de começar a vida política, e nas circunstâncias eu não tinha outra a seguir mais apropriada. Fugindo às antigas parcialidades políticas, defendo os interesses do distrito que represento, e como o governo mostra zelar esses interesses, sou pelo governo.

LUIZ — É lógico.

PEDRO ALVES — Graças a esta posição independente, constituí-me um dos chefes da maioria da Câmara.

LUIZ — Ah! ah!

PEDRO ALVES — Acha que vou depressa? Os meus talentos políticos dão razão da celeridade da minha carreira. Se eu fosse uma nulidade, nem alcançaria um diploma. Não acha?

Luiz — Tem razão...

Pedro Alves — Por que não tenta a política?

Luiz — Porque a política é uma vocação, e quando não é vocação é uma especulação. Acontece muitas vezes que, depois de ensaiar diversos caminhos para chegar ao futuro, depara-se finalmente com o da política para o qual convergem as aspirações íntimas. Comigo não se dá isso. Quando mesmo o encontrasse juncado de flores, passaria por ele para tomar outro mais modesto. Do contrário, seria fazer política de especulação.

Pedro Alves — Pensa bem.

Luiz — Prefiro a obscuridade ao remorso que me ficaria de representar um papel ridículo.

Pedro Alves — Gosto de ouvir falar assim. Pelo menos é franco e vai logo dando o nome às coisas. Ora, depois de uma ausência de cinco anos parece que há vontade de passar algumas horas juntos, não? Fique para jantar conosco.

Luiz — Fico, mas vou antes deixar um cartão de visita à casa do seu vizinho comendador. Já volto.

CENA IV
Clara, Pedro Alves, Luiz

Pedro Alves — Clara, aqui está um velho amigo que não vemos há cinco anos.

Clara — Ah! o senhor Luiz de Melo!

Luiz — Em pessoa, minha senhora.

Clara — Seja muito bem vindo! Causa-me uma surpresa agradável.

Luiz — Vossa Excelência honra-me.

Clara — Venha sentar-se. O que nos conta?

Luiz — *(conduzindo-a para uma cadeira)* Para contar tudo fora preciso um tempo interminável.

Clara — Cinco anos de viagem!

Luiz — Vi tudo quanto se pode ver nesse prazo. Diante de Vossa Excelência está um homem que acampou ao pé das pirâmides.

Clara — Oh!

Pedro Alves — Veja isto!

Clara — Contemplado pelos quarenta séculos!

Pedro Alves — E nós que o fazíamos a passear pelas capitais da Europa.

Clara — É verdade, não supúnhamos outra coisa.

Luiz — Fui comer o pão da vida errante dos meus camaradas árabes. Boa gente! Podem crer que deixei saudades de mim.

Clara — Admira que entrasse no Rio de Janeiro com esse lúgubre vestuário da nossa prosaica civilização. Devia trazer calça larga, alfange e *burnou*. Nem ao menos *burnou*! Aposto que foi Cádi?

Luiz — Não, minha senhora; só os filhos de Islã têm direito a esse cargo.

Clara — Está feito. Vejo que sacrificou cinco anos, mas salvou a sua consciência religiosa.

Pedro Alves — Teve saudades de cá?

Luiz — À noite, na hora de repouso, lembrava-me dos amigos que deixara, e desta terra onde vi a luz. Lembrava-me do clube, do teatro lírico, de Petrópolis e de todas as nossas distrações. Mas vinha o dia, voltava-me eu à vida ativa, e tudo desvanecia-se como um sonho amargo.

Pedro Alves — Bem lhe disse eu que não fosse.

Luiz — Por quê? Foi a ideia mais feliz da minha vida.

Clara — Faz-me lembrar o justo de que fala o poeta de Olgiato, que entre rodas de navalhas diz estar em um leito de rosas.

Luiz — São versos lindíssimos, mas sem aplicação ao caso atual. A minha viagem foi uma viagem de artista e não de peralvilho; observei com os olhos do espírito e da inteligência. Tanto basta para que fosse uma excursão de rosas.

Clara — Vale então a pena perder cinco anos?

Luiz — Vale.

Pedro Alves — Se não fosse o meu distrito sempre quisera ir ver essas coisas de perto.

Clara — Mas que sacrifício! Como é possível trocar os conchegos do repouso e da quietação pelas aventuras de tão penosa viagem?

Luiz — Se as coisas boas não se alcançassem à custa de um sacrifício, onde estaria o valor delas? O fruto maduro ao alcance da mão do bem-aventurado a quem as huris embalam, só existe no paraíso de Maomé.

Clara — Vê-se que chega de tratar com árabes.

Luiz — Pela comparação? Dou-lhe outra mais ortodoxa: o fruto provado por Eva custou-lhe o sacrifício do paraíso terrestre.

Clara — Enfim, ajunte exemplo sobre exemplo, citação sobre citação, e ainda assim não me fará sair dos meus cômodos.

Luiz — O primeiro passo é difícil. Dado ele, apodera-se da gente um furor de viajar, que eu chamarei febre de locomoção.

Clara — Que se apaga pela saciedade?

Luiz — Pelo cansaço. E foi o que me aconteceu: parei de cansado. Volto a repousar com as recordações colhidas no espaço de cinco anos.

Clara — Tanto melhor para nós.

Luiz — Vossa Excelência honra-me.

Clara — Já não há medo de que o pássaro abra de novo as asas.

Pedro Alves — Quem sabe?

Luiz — Tem razão; dou por findo o meu capítulo de viagem.

Pedro Alves — O pior é não querer abrir agora o da política. A propósito: são horas de ir para a Câmara; há hoje uma votação a que não posso faltar.

Luiz — Eu vou fazer uma visita na vizinhança.

Pedro Alves — À casa do comendador, não é? Clara, o senhor Luiz de Melo faz-nos a honra de jantar conosco.

Clara — Ah! quer ser completamente amável.

Luiz — Vossa Excelência honra-me sobremaneira... *(a Clara)* Minha senhora! *(a Pedro Alves)* Até logo, meu amigo!

CENA V
Clara, Pedro Alves

PEDRO ALVES — Ouviu como está contente? Reconheço que não há nada para curar uma paixão do que seja uma viagem.

CLARA — Ainda se lembra disso?

PEDRO ALVES — Se me lembro!

CLARA — E teria ele paixão?

PEDRO ALVES — Teve. Posso afiançar que a participação do nosso casamento causou-lhe a maior dor deste mundo.

CLARA — Acha?

PEDRO ALVES — É que o gracejo era pesado demais.

CLARA — Se assim é, mostrou-se generoso, porque mal chegou, já nos vem visitar.

PEDRO ALVES — Também é verdade. Fico conhecendo que as viagens são um excelente remédio para curar paixões.

CLARA — Tenha cuidado.

PEDRO ALVES — Em quê?

CLARA — Em não soltar alguma palavra a esse respeito.

PEDRO ALVES — Descanse, porque eu, além de compreender as conveniências, simpatizo com este moço e agradam-me as suas maneiras. Creio que não há crime nisto, pelo que se passou há cinco anos.

CLARA — Ora, crime!

PEDRO ALVES — Demais, ele mostrou-se hoje tão contente com o nosso casamento, que parece completamente estranho a ele.

CLARA — Pois não vê que é um cavalheiro perfeito? Obrar de outro modo seria cobrir-se de ridículo.

PEDRO ALVES — Bem, são onze horas, vou para a Câmara.

CLARA — *(da porta)* Volta cedo?

PEDRO ALVES — Mal acabar a sessão. O meu chapéu? Ah! *(vai buscá-lo a uma mesa. Clara sai)* Vamos lá com esta famosa votação.

CENA VI
Luiz, Pedro Alves

PEDRO ALVES — Oh!

LUIZ — O comendador não estava em casa, lá deixei o meu cartão de visita. Aonde vai?

PEDRO ALVES — À Câmara.

LUIZ — Ah!

PEDRO ALVES — Venha comigo.

LUIZ — Não se pode demorar alguns minutos?

PEDRO ALVES — Posso.

LUIZ — Pois conversemos.

PEDRO ALVES — Dou-lhe meia hora.

LUIZ — Demais o seu boleeiro dorme tão a sono solto que é uma pena acordá-lo.

PEDRO ALVES — O tratante não faz outra coisa.

LUIZ — O que lhe vou comunicar é grave e importante.
PEDRO ALVES — Não me assuste.
LUIZ — Não há de quê. Ouça, porém. Chegado há três dias, tive eu tempo de ir ontem mesmo a um baile. Estava com sede de voltar à vida ativa em que me eduquei, e não perdi a oportunidade.
PEDRO ALVES — Compreendo a sofreguidão.
LUIZ — O baile foi na casa do colégio da sua enteada.
PEDRO ALVES — Minha mulher não foi por causa de um leve incômodo. Dizem que esteve uma bonita função.
LUIZ — É verdade.
PEDRO ALVES — Não achou a Clarinha uma bonita moça?
LUIZ — Se a achei bonita? Tanto que venho pedi-la em casamento.
PEDRO ALVES — Oh!
LUIZ — De que se admira? Acha extraordinário?
PEDRO ALVES — Não, pelo contrário, acho natural.
LUIZ — Faço-lhe o pedido com franqueza; peço-lhe que responda com igual franqueza.
PEDRO ALVES — Oh! Da minha parte a resposta é toda afirmativa.
LUIZ — Posso contar com igual resposta da outra parte?
PEDRO ALVES — Se houver dúvida, aqui estou eu para pleitear a sua causa.
LUIZ — Tanto melhor.
PEDRO ALVES — Tencionávamos trazê-la amanhã para casa.
LUIZ — Graças a Deus! Cheguei a tempo.
PEDRO ALVES — Com franqueza, causa-me com isso um grande prazer.
LUIZ — Sim?
PEDRO ALVES — Confirmaremos pelos laços de parentesco os vínculos da simpatia.
LUIZ — Obrigado. O casamento é contagioso, e a felicidade alheia é um estímulo. Quando ontem saí do baile trouxe o coração aceso, mas nada tinha ainda assentado de definitivo. Porém tanto lhe ouvi falar de sua felicidade que não pude deixar de pedir-lhe me auxilie no intento de ser também feliz.
PEDRO ALVES — Bem lhe dizia eu há pouco que havia de me acompanhar os passos.
LUIZ — Achei essa moça, que apenas sai da infância, tão simples e tão cândida, que não pude deixar de olhá-la com o gênio benfazejo da minha sorte futura. Não sei se ao meu pedido corresponderá a vontade dela, mas resigno-me às consequências.
PEDRO ALVES — Tudo será feito a seu favor.
LUIZ — Eu mesmo irei pedi-la à senhora Clara. Se por ventura encontrar oposição, peço-lhe então que interceda por mim.
PEDRO ALVES — Fica entendido.
LUIZ — Hoje, que volto ao repouso, creio que me fará bem a vida pacífica, no meio dos afagos de uma esposa terna e bonita. Para que o pássaro não torne a abrir as asas, é preciso dar-lhe gaiola e uma linda gaiola.
PEDRO ALVES — Bem; eu vou para a Câmara, e volto apenas acabada a votação. Fique aqui e exponha a sua causa à minha mulher que o ouvirá com benevolência.
LUIZ — Dá-me esperanças?
PEDRO ALVES — Todas. Seja firme e instante.

CENA VII
Clara, Luiz

LUIZ — Parece-me que vou entrar em uma batalha.
CLARA — Ah! não esperava encontrá-lo.
LUIZ — Estive com o senhor Pedro Alves. Neste momento foi ele para a Câmara. Ouça: lá partiu o carro.
CLARA — Conversaram muito?
LUIZ — Alguma coisa, minha senhora.
CLARA — Como bons amigos?
LUIZ — Como excelentes amigos.
CLARA — Contou-lhe a sua viagem?
LUIZ — Já tive a honra de dizer a Vossa Excelência que a minha viagem pede muito tempo para ser narrada.
CLARA — Escreva-a então. Há muito episódio?
LUIZ — Episódios de viagem, tão somente, mas que trazem sempre a sua novidade.
CLARA — O seu escrito brilhará pela imaginação, pelos belos achados da sua fantasia.
LUIZ — É o meu pecado original.
CLARA — Pecado?
LUIZ — A imaginação.
CLARA — Não vejo pecado nisso.
LUIZ — A fantasia é um vidro de cor, um óculo brilhante, porém, mentiroso...
CLARA — Não me lembra de lhe ter dito isso.
LUIZ — Também eu não digo que Vossa Excelência mo tenha dito.
CLARA — Faz mal em vir do deserto, só para recordar algumas palavras que me escaparam há cinco anos.
LUIZ — Repeti-as como de autoridade. Não eram a sua opinião?
CLARA — Se quer que lhe minta, respondo afirmativamente.
LUIZ — Então deveras vale alguma coisa elevar-se acima dos espíritos vulgares, e ver a realidade das coisas pela porta da imaginação?
CLARA — Se vale! A vida fora bem prosaica se lhe não emprestássemos cores nossas e não a vestíssemos à nossa maneira.
LUIZ — Perdão, mas...
CLARA — Pode averbar-me de suspeita, está no seu direito. Nós outras, as mulheres, somos as filhas da fantasia; é preciso levar em conta que eu falo em defesa da mãe comum.
LUIZ — Está-me fazendo crer em milagres.
CLARA — Onde vê o milagre?
LUIZ — Na conversão de Vossa Excelência.
CLARA — Não crê que eu esteja falando a verdade?
LUIZ — Creio que é tão verdadeira hoje, como foi há cinco anos, e é nisso que está o milagre da conversão.
CLARA — Pois será conversão. Não tem mais que bater palmas pela ovelha rebelde que volta ao aprisco. Os homens tomaram tudo e mal deixaram às mulheres as regiões do ideal. As mulheres ganharam. Para a maior parte o ideal da felicidade

é a vida plácida, no meio das flores, ao pé de um coração que palpita. Elas sonham com o perfume das flores, com as escumas do mar, com os raios da lua e todo o material da poesia moderna. São almas delicadas, mal compreendidas e muito caluniadas.

LUIZ — Não defenda com tanto ardor o seu sexo, minha senhora. É de uma alma generosa, mas não de um gênio observador.

CLARA — Anda assim mal com ele?

LUIZ — Mal por quê?

CLARA — Eu sei!

LUIZ — Aprendi a respeitá-lo, e quando assim não fosse, sei perdoar.

CLARA — Perdoar, como os reis, as ofensas por outrem recebidas.

LUIZ — Não, perdoar as próprias.

CLARA — Ah! foi vítima! Tinha vontade de conhecer o seu algoz. Como se chama?

LUIZ — Não costumo a conservar tais nomes.

CLARA — Reparo uma coisa.

LUIZ — O que é?

CLARA — É que em vez de voltar mouro, voltou profundamente cristão.

LUIZ — Voltei como fui: fui homem e voltei homem.

CLARA — Chama ser homem o ser cruel?

LUIZ — Cruel em quê?

CLARA — Cruel, cruel como todos são! A generosidade humana não para no perdão das culpas, vai até o conforto do culpado. Nesta parte não vejo os homens de acordo com o evangelho.

LUIZ — É que os homens, que inventaram a expiação legal, consagram também uma expiação moral. Quando esta não se dá, o perdão não é um dever, porém, uma esmola que se faz à consciência culpada, e tanto basta para o desempenho da caridade cristã.

CLARA — O que é essa expiação moral?

LUIZ — É o remorso.

CLARA — Conhece tabeliães que passam certificados de remorso? É uma expiação que pode não ser acreditada e existir entretanto.

LUIZ — É verdade. Mas para os casos morais há provas morais.

CLARA — Adquiriu essa rigidez no trato com os árabes?

LUIZ — Valia a pena ir tão longe para adquiri-la, não acha?

CLARA — Valia.

LUIZ — Posso elevar-me assim até ser um espírito sólido.

CLARA — Espírito sólido? Não há dessa gente por onde andou?

LUIZ — No Oriente tudo é poeta, e os poetas dispensam bem a glória de espíritos sólidos.

CLARA — Predomina lá a imaginação, não é?

LUIZ — Com toda a força do verbo.

CLARA — Faz-me crer que encontrou a suspirada exceção que... lembra-se?

LUIZ — Encontrei, mas deixei-a passar.

CLARA — Oh!

LUIZ — Escrúpulo religioso, orgulho nacional, que sei eu?

CLARA — Cinco anos perdidos!

LUIZ — Cinco anos ganhos. Gastei-os a passear, enquanto a minha violeta se educava cá num jardim.

CLARA — Ah!... viva então o nosso clima!

LUIZ — Depois de longos dias de solidão, há necessidade de quem nos venha fazer companhia, compartir as nossas alegrias e mágoas, e arrancar o primeiro cabelo que nos alvejar.

CLARA — Há.

LUIZ — Não acha?

CLARA — Mas quando, pensando encontrar a companhia desejada, encontra-se o aborrecimento e a insipidez encarnadas no objeto da nossa escolha?

LUIZ — Nem sempre é assim.

CLARA — As mais das vezes é. Tenha cuidado.

LUIZ — Oh! por esse lado, estou livre de errar.

CLARA — Mas onde está essa flor?

LUIZ — Quer saber?

CLARA — Quero, e também o seu nome.

LUIZ — O seu nome é lindíssimo. Chama-se Clara.

CLARA — Obrigada! E eu conheço-a?

LUIZ — Tanto como a si própria.

CLARA — Sou sua amiga?

LUIZ — Tanto como o é de si.

CLARA — Não sei quem seja.

LUIZ — Deixemos os terrenos das alusões vagas; é melhor falar francamente. Venho pedir-lhe a mão de sua filha.

CLARA — De Clara!

LUIZ — Sim, minha senhora. Vi-a há dois dias; está bela como a adolescência em que entrou. Revela uma expressão de candura tão angélica que não pode deixar de agradar a um homem de imaginação, como eu. Tem além disso uma vantagem: não entrou ainda no mundo, está pura de todo contato social; para ela os homens estão na mesma plana e o seu espírito ainda não pode fazer distinção entre o espírito sólido e o homem do ideal. É-lhe fácil aceitar um ou outro.

CLARA — Com efeito, é uma surpresa com que eu menos contava.

LUIZ — Posso considerar-me feliz?

CLARA — Eu sei! Por mim decido, mas eu não sou a cabeça do casal.

LUIZ — Pedro Alves já me deu seu consentimento.

CLARA — Ah!

LUIZ — Versou sobre isso a nossa conversa.

CLARA — Nunca pensei que chegássemos a esta situação.

LUIZ — Falo como um parente. Se Vossa Excelência não teve bastante espírito para ser minha esposa, deve tê-lo, pelo menos, para ser minha sogra.

CLARA — Ah!

LUIZ — Que quer? Todos temos um dia de desencantos. O meu foi há cinco anos, hoje o desencantado não sou eu.

CENA VIII
Luiz, Pedro Alves, Clara

PEDRO ALVES — Não houve sessão; a minoria fez gazeta. *(a Luiz)* Então?
LUIZ — Tenho o consentimento de ambos.
PEDRO ALVES — Clara não podia deixar de atender ao seu pedido.
CLARA — Peço-lhe que faça a felicidade dela.
LUIZ — Consagrarei nisso minha vida.
PEDRO ALVES — Por mim, hei de sempre ver se posso resolvê-lo a aceitar um distrito nas próximas eleições.
LUIZ — Não será melhor ver primeiro se o distrito me aceitará?

FIM DE *DESENCANTOS*

O caminho da porta
Comédia em um ato

PERSONAGENS
Dr. Cornélio
Valentim
Inocêncio
Carlota

Em casa de Carlota: Sala elegante. Duas portas no fundo, portas laterais, consolos, piano, divã, poltronas, cadeiras, mesa, tapete, espelhos, quadros; figuras sobre os consolos; álbum, alguns livros, lápis etc., sobre a mesa.

CENA I
Valentim (assentado à esquerda), o doutor (entrando)

VALENTIM — Ah! és tu?
DOUTOR — Oh! Hoje é o dia das surpresas. Acordo, leio os jornais e vejo anunciado para hoje o *Trovador*. Primeira surpresa. Lembro-me de passar por aqui para saber se dona Carlota queria ir ouvir a ópera de Verdi, e vinha pensando na triste figura que devia fazer em casa de uma moça do tom, às dez horas da manhã, quando te encontro firme como uma sentinela no posto. Duas surpresas.
VALENTIM — A triste figura sou eu?
DOUTOR — Acertaste. Lúcido como uma sibila. Fazes uma triste figura, não to devo ocultar.
VALENTIM — *(irônico)* Ah!
DOUTOR — Tens ar de não dar crédito ao que digo! Pois olha, tens diante de ti a verdade em pessoa, com a diferença de não sair de um poço, mas da cama e de vir

em traje menos primitivo. Quanto ao espelho, se o não trago comigo, há nesta sala um que nos serve com a mesma sinceridade. Mira-te ali. Estás ou não uma triste figura?

Valentim — Não me aborreças.

Doutor — Confessas então?

Valentim — És divertido como os teus protestos de virtuoso! Aposto que me queres fazer crer no desinteresse das tuas visitas a dona Carlota?

Doutor — Não.

Valentim — Ah!

Doutor — Sou hoje mais assíduo do que era há um mês, e a razão é que há um mês que começaste a fazer-lhe a corte.

Valentim — Já sei: não me queres perder de vista.

Doutor — Presumido! Eu sou lá inspetor dessas coisas? Ou antes, sou; mas o sentimento que me leva a estar presente a essa batalha pausada e paciente está muito longe do que pensas; estudo o amor.

Valentim — Somos então os teus compêndios?

Doutor — É verdade.

Valentim — E o que tens aprendido?

Doutor — Descobri que o amor é uma pescaria...

Valentim — Queres saber de uma coisa? Estás prosaico como os teus libelos.

Doutor — Descobri que o amor é uma pescaria...

Valentim — Vai-te com os diabos!

Doutor — Descobri que o amor é uma pescaria. O pescador senta-se sobre um penedo, à beira do mar. Tem ao lado uma cesta com iscas; vai pondo uma por uma no anzol e atira às águas a pérfida linha. Assim gasta horas e dias até que o descuidado filho das águas agarra no anzol, ou não agarra e...

Valentim — És um tolo.

Doutor — Não contesto, pelo interesse que tomo por ti. Realmente dói-me ver-te tantos dias exposto ao sol, sobre o penedo, com o caniço na mão, a gastar as tuas iscas e a tua saúde, quero dizer a tua honra.

Valentim — A minha honra?

Doutor — A tua honra, sim. Pois para homem de senso e um tanto sério o ridículo não é uma desonra? Tu estás ridículo. Não há dia em que não venhas gastar três, quatro, cinco horas a cercar esta viúva de galanteios e atenções, acreditando talvez ter adiantado muito, mas estando ainda hoje como quando começaste. Olha, há Penélopes da virtude e Penélopes do galanteio. Umas fazem e desmancham teias por terem muito juízo; outras as fazem e desmancham por não terem nenhum.

Valentim — Não deixas de ter tal ou qual razão.

Doutor — Ora, graças a Deus!

Valentim — Devo, porém, prevenir-te de uma coisa: é que ponho nesta conquista a minha honra. Jurei aos meus deuses casar-me com ela e hei de manter o meu juramento.

Doutor — Virtuoso romano!

Valentim — Faço o papel de Sísifo. Rolo a minha pedra pela montanha; quase a chegar com ela ao cimo, uma mão invisível fá-la despenhar de novo, e ali volto a repetir o mesmo trabalho. Se isto é um infortúnio, não deixa de ser uma virtude.

DOUTOR — A virtude da paciência. Empregavas melhor essa virtude em fazer palitos do que em fazer a roda a esta namoradeira. Sabes o que aconteceu aos companheiros de Ulisses passando pela ilha de Circe? Ficaram transformados em porcos. Melhor sorte teve Actéon que, por espreitar Diana no banho, passou de homem a veado. Prova evidente de que é melhor pilhá-las no banho do que andar-lhes à roda nos tapetes da sala.

VALENTIM — Passas de prosaico a cínico.

DOUTOR — É uma modificação. Tu estás sempre o mesmo: ridículo.

CENA II
Os mesmos, Inocêncio (trazido por um criado)

INOCÊNCIO — Oh!

DOUTOR — *(baixo a Valentim)* Chega o teu competidor.

VALENTIM — *(baixo)* Não me vexes.

INOCÊNCIO — Meus senhores! Já por cá? Madrugaram hoje!

DOUTOR — É verdade. E Vossa Senhoria?

INOCÊNCIO — Como está vendo. Levanto-me sempre com o sol.

DOUTOR — Se Vossa Senhoria é outro.

INOCÊNCIO — *(não compreendendo)* Outro quê? Ah outro sol! Este doutor tem umas expressões tão... fora do vulgar! Ora veja, a mim ainda ninguém se lembrou de dizer isto. Senhor doutor, Vossa Senhoria há de tratar de um negócio que trago pendente no foro. Quem fala assim é capaz de seduzir a própria lei!

DOUTOR — Obrigado!

INOCÊNCIO — Onde está a encantadora dona Carlota? Trago-lhe este ramalhete que eu próprio colhi e arranjei. Olhem como estas flores estão bem combinadas: rosas, paixão; açucenas, candura. Que tal?

DOUTOR — Engenhoso!

INOCÊNCIO — *(dando-lhe o braço)* Agora ouça, senhor doutor. Decorei umas quatro palavras para dizer ao entregar-lhe estas flores. Veja se condizem com o assunto.

DOUTOR — Sou todo ouvidos.

INOCÊNCIO — "Estas flores são um presente que a primavera faz à sua irmã por intermédio do mais ardente admirador de ambas." Que tal?

DOUTOR — Sublime! *(Inocêncio ri-se à socapa)* Não é da mesma opinião?

INOCÊNCIO — Pudera não ser sublime; se eu próprio copiei isto de um *Secretário dos amantes!*

DOUTOR — Ah!

VALENTIM — *(baixo ao doutor)* Gabo-te a paciência!

DOUTOR — *(dando-lhe o braço)* Pois que tem! É miraculosamente tolo. Não é da mesma espécie que tu...

VALENTIM — Cornélio!

DOUTOR — Descansa; é de outra muito pior.

CENA III
Os mesmos, Carlota

CARLOTA — Perdão, meus senhores, de os haver feito esperar... *(distribui apertos de mão)*
VALENTIM — Nós é que lhe pedimos desculpa de havermos madrugado deste modo...
DOUTOR — A mim, traz-me um motivo justificável.
CARLOTA — *(rindo)* Ver-me? *(vai sentar-se)*
DOUTOR — Não.
CARLOTA — Não é um motivo justificável, esse?
DOUTOR — Sem dúvida; incomodá-la é que o não é. Ah! minha senhora, eu aprecio mais do que nenhum outro o despeito que deve causar a uma moça uma interrupção no serviço da toalete. Creio que é coisa tão séria como uma quebra de relações diplomáticas.
CARLOTA — O senhor doutor graceja e exagera. Mas qual é esse motivo que justifica a sua entrada em minha casa a esta hora?
DOUTOR — Venho receber as suas ordens acerca da representação desta noite.
CARLOTA — Que representação?
DOUTOR — Canta-se o *Trovador*.
INOCÊNCIO — Bonita peça!
DOUTOR — Não pensa que deve ir?
CARLOTA — Sim, e agradeço-lhe a sua amável lembrança. Já sei que vem oferecer-me o seu camarote. Olhe, há de desculpar-me este descuido, mas prometo que vou quanto antes tomar uma assinatura.
INOCÊNCIO — *(a Valentim)* Ando desconfiado do doutor!
VALENTIM — Por quê?
INOCÊNCIO — Veja como ela o trata! Mas eu vou desbancá-lo com a minha frase do *Secretário dos amantes*... *(indo a Carlota)* Minha senhora, estas flores são um presente que a primavera faz a sua irmã...
DOUTOR — *(completando a frase)* Por intermédio do mais ardente admirador de ambas.
INOCÊNCIO — Senhor doutor!
CARLOTA — O que é?
INOCÊNCIO — *(baixo)* Isto não se faz! *(a Carlota)* Aqui tem, minha senhora...
CARLOTA — Agradecida. Por que se retirou ontem tão cedo? Não lho quis perguntar... de boca; mas creio que o interroguei com o olhar.
INOCÊNCIO — *(no cúmulo da satisfação)* De boca?... Com o olhar?... Ah! queira perdoar, minha senhora... mas um motivo imperioso...
DOUTOR — Imperioso... não é delicado.
CARLOTA — Não exijo saber o motivo; supus que se houvesse passado alguma coisa que o desgostasse...
INOCÊNCIO — Qual, minha senhora; o que se poderia passar? Não estava eu diante de Vossa Excelência para consolar-me com seus olhares de algum desgosto que houvesse? E não houve nenhum.
CARLOTA — *(ergue-se e bate-lhe com o leque no ombro)* Lisonjeiro!
DOUTOR — *(descendo entre ambos)* Vossa Excelência há de desculpar-me se inter-

rompo uma espécie de idílio com uma coisa prosaica, ou antes com outro idílio, de outro gênero, um idílio do estômago: o almoço...

CARLOTA — Almoça conosco?

DOUTOR — Oh! minha senhora, não seria capaz de interrompê-la; peço simplesmente licença para ir almoçar com um desembargador da relação a quem tenho de prestar umas informações.

CARLOTA — Sinto que na minha perda ganhe um desembargador; não sabe como odeio a toda essa gente do foro; faço apenas uma exceção.

DOUTOR — Sou eu.

CARLOTA — *(sorrindo)* É verdade. Donde concluiu?

DOUTOR — Estou presente!

CARLOTA — Maldoso!

DOUTOR — Fica, não, senhor Inocêncio?

INOCÊNCIO — Vou. *(baixo ao doutor)* Estalo de felicidade!

DOUTOR — Até logo!

INOCÊNCIO — Minha senhora!

CENA IV
Carlota, Valentim

CARLOTA — Ficou?

VALENTIM — *(indo buscar o chapéu)* Se a incomodo...

CARLOTA — Não. Dá-me prazer até. Ora, por que há de ser tão suscetível a respeito de tudo o que lhe digo?

VALENTIM — É muita bondade. Como não quer que seja suscetível? Só depois de estarmos a sós é que Vossa Excelência se lembra de mim. Para um velho gaiteiro acha Vossa Excelência palavras cheias de bondade e sorrisos cheios de doçura.

CARLOTA — Deu-lhe agora essa doença? *(vai sentar-se junto à mesa)*

VALENTIM — *(senta-se junto à mesa defronte de Carlota)* Oh! não zombe, minha senhora! Estou certo de que os mártires romanos prefeririam a morte rápida à luta com as feras do circo. O seu sarcasmo é uma fera indomável; vossa excelência tem certeza disso e não deixa de lançá-lo em cima de mim.

CARLOTA — Então sou temível? Confesso que ainda agora o sei. *(uma pausa)* Em que cisma?

VALENTIM — Eu?... em nada!

CARLOTA — Interessante colóquio!

VALENTIM — Devo crer que não faço uma figura nobre e séria. Mas não me importa isso! A seu lado eu afronto todos os sarcasmos do mundo. Olhe, eu nem sei o que penso, nem sei o que digo. Ridículo que pareça, sinto-me tão elevado o espírito que chego a supor em mim algum daqueles toques divinos com que a mão dos deuses elevava os mortais e lhes inspirava forças e virtudes fora do comum.

CARLOTA — Sou eu a deusa.

VALENTIM — Deusa, como ninguém sonhara nunca; com a graça de Vênus e a majestade de Juno. Sei eu mesmo defini-la? Posso eu dizer em língua humana o que é esta reunião de atrativos únicos feitos pela mão da natureza como uma prova suprema do seu poder? Dou-me por fraco, certo de que nem pincel nem lira poderão fazer mais do que eu.

CARLOTA — Oh! é demais! Deus me livre de o tomar por espelho. Os meus são melhores. Dizem coisas menos agradáveis, porém, mais verdadeiras...

VALENTIM — Os espelhos são obras humanas; imperfeitos, como todas as obras humanas. Que melhor espelho quer Vossa Excelência que uma alma ingênua e cândida?

CARLOTA — Em que corpo encontrarei... esse espelho?

VALENTIM — No meu.

CARLOTA — Supõe-se cândido e ingênuo!

VALENTIM — Não me suponho, sou.

CARLOTA — É por isso que traz perfumes e palavras que embriagam? Se há candura é em querer fazer-me crer...

VALENTIM — Oh! não queira Vossa Excelência trocar os papéis. Bem sabe que os seus perfumes e as suas palavras é que embriagam. Se eu falo um tanto diversamente do comum é porque falam em mim o entusiasmo e a admiração. Quanto a Vossa Excelência basta abrir os lábios para deixar cair dele aromas e filtros cujo segredo só a natureza conhece.

CARLOTA — Estimo antes vê-lo assim. *(começa a desenhar distraidamente em um papel)*

VALENTIM — Assim... como?

CARLOTA — Menos... melancólico.

VALENTIM — É esse o caminho do seu coração?

CARLOTA — Queria que eu própria lho indicasse? Seria trair-me, e tirava-lhe a graça e a glória de o encontrar por seus próprios esforços.

VALENTIM — Onde encontrarei um roteiro?

CARLOTA — Isso não tinha graça! A glória está em achar o desconhecido depois da luta e do trabalho... Amar e fazer-se amar por um roteiro... oh! que coisa de mau gosto!

VALENTIM — Prefiro esta franqueza. Mas Vossa Excelência deixa-me no meio de uma encruzilhada com quatro ou cinco caminhos diante de mim, sem saber qual hei de tomar. Acha que isto é de coração compassivo?

CARLOTA — Ora! siga por um deles, à direita ou à esquerda.

VALENTIM — Sim, para chegar ao fim e encontrar um muro; voltar, tomar depois por outro...

CARLOTA — E encontrar outro muro? É possível. Mas a esperança acompanha os homens e com a esperança, neste caso, a curiosidade. Enxugue o suor, descanse um pouco, e volte a procurar o terceiro, o quarto, o quinto caminho, até encontrar o verdadeiro. Suponho que todo o trabalho se compensará com o achado final.

VALENTIM — Sim. Mas, se depois de tanto esforço for encontrar-me no verdadeiro caminho com algum outro viandante de mais tino e fortuna?

CARLOTA — Outro?... que outro? Mas... isto é uma simples conversa... O senhor faz-me dizer coisas que não devo... *(cai o lápis ao chão. Valentim apressa-se em apanhá-lo e ajoelha nesse ato)*

CARLOTA — Obrigada. *(vendo que ele continua ajoelhado)* Mas levante-se!

VALENTIM — Não seja cruel!

CARLOTA — Faça o favor de levantar-se!

VALENTIM — *(levantando-se)* É preciso pôr um termo a isto!

CARLOTA — *(fingindo-se distraída)* A isto o quê?

VALENTIM — Vossa Excelência é de um sangue-frio de matar!

CARLOTA — Queria que me fervesse o sangue? Tinha razão para isso. A que propósito fez esta cena de comédia?

VALENTIM — Vossa Excelência chama a isto comédia?

CARLOTA — Alta comédia, está entendido. Mas que é isto? Está com lágrimas nos olhos?

VALENTIM — Eu... ora... ora... que lembrança!

CARLOTA — Quer que lhe diga? Está ficando ridículo.

VALENTIM — Minha senhora!

CARLOTA — Oh! ridículo! ridículo!

VALENTIM — Tem razão. Não devo parecer outra coisa a seus olhos! O que sou eu para Vossa Excelência? Um ente vulgar, uma fácil conquista que Vossa Excelência entretém, ora animando, ora repelindo, sem deixar nunca conceber esperanças fundadas e duradouras. O meu coração virgem deixou-se arrastar. Hoje, se quisesse arrancar de mim este amor, era preciso arrancar com ele a vida. Oh! não ria, que é assim!

CARLOTA — Sinto que não possa ouvi-lo com interesse.

VALENTIM — Por que motivo havia de me ouvir com interesse?

CARLOTA — Não é por ter a alma seca; é por não acreditar nisso.

VALENTIM — Não acredita?

CARLOTA — Não.

VALENTIM — *(esperançoso)* E se acreditasse?

CARLOTA — *(com indiferença)* Se acreditasse, acreditava!

VALENTIM — Oh! é cruel!

CARLOTA — *(depois de um silêncio)* Que é isso? Seja forte! Se não por si, ao menos pela posição esquerda em que me coloca.

VALENTIM — *(sombrio)* Serei forte! Fraco no parecer de alguns... forte no meu... Minha senhora!

CARLOTA — *(assustada)* Aonde vai?

VALENTIM — Até... minha casa! Adeus! *(sai arrebatadamente. Carlota para estacada; depois vai ao fundo, volta ao meio da cena, vai à direita; entra o doutor)*

CENA V
Carlota, o doutor

DOUTOR — Não me dirá, minha senhora, o que tem Valentim que passou por mim como um raio, agora, na escada?

CARLOTA — Eu sei! Ia mandar em procura dele. Disse-me aqui umas palavras ambíguas, estava exaltado, creio que...

DOUTOR — Que se vai matar?... *(correndo para a porta)* Faltava mais esta!...

CARLOTA — Ah! por quê?

DOUTOR — Porque mora longe. No caminho há de refletir e mudar de parecer. Os olhos das damas já perderam o condão de levar um pobre diabo à sepultura: raros casos provam uma diminuta exceção.

CARLOTA — De que olhos e de que condão me fala?

DOUTOR — Do condão de seus olhos, minha senhora! Mas que influência é essa que Vossa Excelência exerce sobre o espírito de quantos se deixam apaixonar por seus encantos? A um inspira a ideia de matar-se; a outro exalta-o de tal modo com algumas palavras e um toque de seu leque, que quase chega a ser causa de um ataque apoplético!

CARLOTA — Está-me falando grego!

DOUTOR — Quer português, minha senhora? Vou traduzir o meu pensamento. Valentim é meu amigo. É um rapaz, não direi virgem de coração, mas com tendências às paixões de sua idade. Vossa Excelência por sua graça e beleza inspirou-lhe, ao que parece, um desses amores profundos de que os romances dão exemplo. Com vinte e cinco anos, inteligente, benquisto, podia fazer um melhor papel que o de namorado sem ventura. Graças a Vossa Excelência, todas as suas qualidades estão anuladas: o rapaz não pensa, não vê, não conhece, não compreende ninguém mais que não seja Vossa Excelência.

CARLOTA — Para aí a fantasia?

DOUTOR — Não, senhora. Ao seu carro atrelou-se com o meu amigo um velho, um velho, minha senhora, que, com o fim de lhe parecer melhor, pinta a coroa venerável de seus cabelos brancos. De sério que era, fê-lo Vossa Excelência uma figurinha de papelão, sem vontade nem ação própria. Destes sei eu; ignoro se mais algum dos que frequentam esta casa andam atordoados como estes dois. Creio, minha senhora, que lhe falei no português mais vulgar e próprio para me fazer entender.

CARLOTA — Não sei até que ponto é verdadeira toda essa história, mas consinta que lhe observe quanto andou errado em bater à minha porta. Que lhe posso eu fazer? Sou culpada de alguma coisa? A ser verdade isso que contou, a culpa é da natureza que os fez fáceis de amar, e a mim, me fez... bonita?

DOUTOR — Pode dizer mesmo encantadora.

CARLOTA — Obrigada!

DOUTOR — Em troca do adjetivo deixe acrescentar outro não menos merecido: namoradeira.

CARLOTA — Hein?

DOUTOR — Na-mo-ra-dei-ra.

CARLOTA — Está dizendo coisas que não têm senso comum.

DOUTOR — O senso comum é comum a dois modos de entender. E mesmo a mais de dois. É uma desgraça que nos achemos em divergência.

CARLOTA — Mesmo que fosse verdade não era delicado dizer...

DOUTOR — Esperava por essa. Mas Vossa Excelência esquece que eu, lúcido como estou hoje, já tive os meus momentos de alucinação. Já fiei como Hércules a seus pés. Lembra-se? Foi há três anos. Incorrigível a respeito de amores, tinha razões para estar curado, quando vim cair em suas mãos. Alguns alopatas costumam mandar chamar os homeopatas nos últimos momentos de um enfermo, e há casos de salvação para o moribundo. Vossa Excelência serviu-me de homeopatia, desculpe a comparação; deu-me uma dose de veneno tremenda, mas eficaz; desde esse tempo fiquei curado.

CARLOTA — Admiro a sua facúndia! Em que tempo padeceu dessa febre de que tive a ventura de o curar?

DOUTOR — Já tive a honra de dizer que foi há três anos.
CARLOTA — Não me recordo. Mas considero-me feliz por ter conservado ao foro um dos advogados mais distintos da capital.
DOUTOR — Pode acrescentar: e à humanidade um dos homens mais úteis. Não se ria, sou um homem útil.
CARLOTA — Não me rio. Conjeturo em que se empregará a sua utilidade.
DOUTOR — Vou auxiliar a sua penetração. Sou útil pelos serviços que presto aos viajantes novéis relativamente ao conhecimento das costas e dos perigos do curso marítimo; indico os meios de chegar sem maior risco à ilha desejada de Cítera.
CARLOTA — Ah!
DOUTOR — Essa exclamação é vaga e não me indica se Vossa Excelência está satisfeita ou não com a minha explicação. Talvez não acredite que eu possa servir aos viajantes?
CARLOTA — Acredito. Acostumei-me a olhá-lo como a verdade nua e crua.
DOUTOR — É o que dizia há bocado àquele doido Valentim.
CARLOTA — A que propósito dizia?...
DOUTOR — A que propósito? Queria que fosse a propósito da guerra dos Estados Unidos? Da questão do algodão? Do poder temporal? Da revolução da Grécia? Foi a respeito da única coisa que nos pode interessar, a ele, como marinheiro novel, e a mim, como capitão experimentado.
CARLOTA — Ah! foi...
DOUTOR — Mostrei-lhe os pontos negros do meu roteiro.
CARLOTA — Creio que ele não ficou convencido...
DOUTOR — Tanto não, que se ia deitando ao mar.
CARLOTA — Ora, venha cá. Falemos um momento sem paixão nem rancor. Admito que o seu amigo ande apaixonado por mim. Quero admitir também que eu seja uma namoradeira...
DOUTOR — Perdão: uma encantadora namoradeira...
CARLOTA — Dentada de morcego; aceito.
DOUTOR — Não: atenuante e agravante; sou advogado!
CARLOTA — Admito isso tudo. Não me dirá donde tira o direito de intrometer-se nos atos alheios e de impor as suas lições a uma pessoa que o admira e estima, mas que não é nem sua irmã nem sua pupila?
DOUTOR — Donde? Da doutrina cristã: ensino os que erram.
CARLOTA — A sua delicadeza não me há de incluir entre os que erram.
DOUTOR — Pelo contrário; dou-lhe um lugar de honra: é a primeira.
CARLOTA — Senhor doutor!
DOUTOR — Não se zangue, minha senhora. Todos erramos; mas Vossa Excelência erra muito. Não me dirá de que serve, o que aproveita usar uma mulher bonita de seus encantos para espreitar um coração de vinte e cinco anos e atraí-lo com as suas cantilenas, sem outro fim mais do que contar adoradores e dar um público testemunho do que pode a sua beleza? Acha que é bonito? Isto não revolta? *(movimento de Carlota).*
CARLOTA — Por minha vez pergunto: donde lhe vem o direito de pregar-me sermões de moral?
DOUTOR — Não há direito escrito para isto, é verdade. Mas, eu que já tentei trincar o

cacho de uvas pendente, não faço como a raposa da fábula, fico ao pé da parreira para dizer ao outro animal que vier: "Não sejas tolo! Não as alcançarás com o teu focinho!" E à parreira impassível: "Seca as tuas uvas ou deixa-as cair; é melhor do que tê-las aí a fazer cobiça às raposas avulsas!" É o direito da desforra!

CARLOTA — Ia-me zangando. Fiz mal. Com o senhor doutor é inútil discutir: fala-se pela razão, responde pela parábola.

DOUTOR — A parábola é a razão do evangelho, e o evangelho é o livro que mais tem convencido.

CARLOTA — Por tais disposições vejo que não deixa o posto de sentinela dos corações alheios?

DOUTOR — Avisador de incautos; é verdade.

CARLOTA — Pois declaro que dou às suas palavras o valor que merecem.

DOUTOR — Nenhum?

CARLOTA — Absolutamente nenhum. Continuarei a receber com a mesma afabilidade o seu amigo Valentim.

DOUTOR — Sim, minha senhora!

CARLOTA — E ao doutor também.

DOUTOR — É magnanimidade.

CARLOTA — E ouvirei com paciência evangélica as suas prédicas não encomendadas.

DOUTOR — E eu pronto a proferi-las. Ah! minha senhora, se as mulheres soubessem quanto ganhariam se não fossem vaidosas! É negócio de cinquenta por cento.

CARLOTA — Estou resignada: crucifique-me!

DOUTOR — Em outra ocasião.

CARLOTA — Para ganhar forças, quer almoçar segunda vez?

DOUTOR — Há de consentir que recuse.

CARLOTA — Por motivo de rancor

DOUTOR — *(pondo a mão no estômago)* Por motivo de incapacidade. *(cumprimenta e dirige-se à porta. Carlota sai pelo fundo. Entra Valentim)*

CENA VI
O doutor, Valentim

DOUTOR — Oh! A que horas é o enterro?

VALENTIM — Que enterro? De que enterro me falas tu?

DOUTOR — Do teu. Não ias procurar o descanso, meu Werther?

VALENTIM — Ah! não me fales! Esta mulher... Onde está ela?

DOUTOR — Almoça.

VALENTIM — Sabes que a amo. Ela é invencível. Às minhas palavras amorosas respondeu com a frieza do sarcasmo. Exaltei-me e cheguei a proferir algumas palavras que poderiam indicar, da minha parte, uma intenção trágica. O ar da rua fez-me bem; acalmei-me...

DOUTOR — Tanto melhor!...

VALENTIM — Mas eu sou teimoso.

DOUTOR — Pois ainda crês?...

VALENTIM — Ouve: sinceramente aflito e apaixonado, apresentei-me a dona Carlota como era. Não houve meio de torná-la compassiva. Sei que não me ama; mas creio que não está longe disso; acha-se em um estado que basta uma faísca para acender-se-lhe no coração a chama do amor. Se não se comoveu à franca manifestação do meu afeto, há de comover-se a outro modo de revelação. Talvez não se incline ao homem poético e apaixonado; há de inclinar-se ao heroico ou até cético... ou a outra espécie. Vou tentar um por um.

DOUTOR — Muito bem. Vejo que raciocinas; é porque o amor e a razão dominam em ti com força igual. Graças a Deus, mais algum tempo e o predomínio da razão será certo.

VALENTIM — Achas que faço bem?

DOUTOR — Não acho, não, senhor!

VALENTIM — Por quê?

DOUTOR — Amas muito esta mulher? É próprio da tua idade e da força das coisas. Não há caso que desminta esta verdade reconhecida e provada: que a pólvora e o fogo, uma vez próximos, fazem explosão.

VALENTIM — É uma doce fatalidade esta!

DOUTOR — Ouve-me calado. A que queres chegar com este amor? Ao casamento; é honesto e digno de ti. Basta que ela se inspire da mesma paixão, e a mão do himeneu virá converter em uma só as duas existências. Bem. Mas não te ocorre uma coisa: é que esta mulher, sendo uma namoradeira, não pode tornar-se vestal muito cuidadosa da ara matrimonial.

VALENTIM — Oh!

DOUTOR — Protestas contra isto? É natural. Não serias o que és se aceitasses à primeira vista a minha opinião. É por isso que te peço reflexão e calma. Meu caro, o marinheiro conhece as tempestades e os navios; eu conheço os amores e as mulheres; mas avalio no sentido inverso do homem do mar; as escunas veleiras são preferidas pelo homem do mar, eu voto contra as mulheres veleiras.

VALENTIM — Chamas a isto uma razão?

DOUTOR — Chamo a isto uma opinião. Não é a tua! Há de sê-lo com o tempo. Não me faltará ocasião de chamar-te ao bom caminho. A tempo o ferro é mezinha, disse Sá de Miranda. Empregarei o ferro.

VALENTIM — O ferro?

DOUTOR — O ferro. Só as grandes coragens é que se salvam. Devi a isso salvar-me das unhas deste gavião disfarçado de quem queres fazer tua mulher.

VALENTIM — O que estás dizendo?

DOUTOR — Cuidei que sabias. Também eu já trepei pela escada de seda para cantar a cantiga de Romeu à janela de Julieta.

VALENTIM — Ah!

DOUTOR — Mas não passei da janela. Fiquei ao relento, do que me resultou uma constipação.

VALENTIM — É natural. Pois como havia ela de amar a um homem que quer levar tudo pela razão fria dos seus libelos e embargos de terceiro?

DOUTOR — Foi isso que me salvou; os amores como os desta mulher precisam um tanto ou quanto de chicana. Passo pelo advogado mais chicaneiro do foro; imagina se a tua viúva podia haver-se comigo! Vem o meu dever com embargos de terceiros e eu ganhei a demanda. Se, em vez de comer tranqüilamente a fortuna de teu pai, tivesses cursado a Academia de São Paulo ou Olinda, estavas, como eu, armado de broquel e cota de malhas.

VALENTIM — É o que te parece. Podem acaso as ordenações e o código penal contra os impulsos do coração? É querer reduzir a obra de Deus à condição da obra dos homens. Mas bem vejo que és o advogado mais chicaneiro do foro.
DOUTOR — E, portanto, o melhor.
VALENTIM — Não, o pior, porque não me convenceste.
DOUTOR — Ainda não?
VALENTIM — Nem me convencerás nunca.
DOUTOR — Pois é pena!
VALENTIM — Vou tentar os meios que tenho em vista; se nada alcançar talvez me resigne à sorte.
DOUTOR — Não tentes nada. Anda jantar comigo e vamos à noite ao teatro.
VALENTIM — Com ela? Vou.
DOUTOR — Nem me lembrava que a tinha convidado. Com que contas? Com a tua estrela? Boa fiança!
VALENTIM — Conto comigo.
DOUTOR — Ah! melhor ainda!

CENA VII
Doutor, Valentim, Inocêncio

INOCÊNCIO — O corredor está deserto.
DOUTOR — Os criados servem à mesa. Dona Carlota está almoçando. Está melhor?
INOCÊNCIO — Um tanto.
VALENTIM — Esteve doente, senhor Inocêncio?
INOCÊNCIO — Sim, tive uma ligeira vertigem. Passou. Efeitos do amor... quero dizer... do calor.
VALENTIM — Ah!
INOCÊNCIO — Pois olhe, já sofri calor de estalar passarinho. Não sei como isto foi. Enfim, são coisas que dependem das circunstâncias.
VALENTIM — Espero que hei de vencer. Houve circunstâncias?
INOCÊNCIO — Houve... *(sorrindo)* Mas não as digo... não!
VALENTIM — É segredo?
INOCÊNCIO — Se é!
VALENTIM — Sou discreto como uma sepultura; fale!
INOCÊNCIO — Oh! não! É um segredo meu e de mais ninguém... ou a bem dizer, meu e de outra pessoa... ou não, meu só!
DOUTOR — Respeitamos os segredos, seus ou de outros!
INOCÊNCIO — Vossa Senhoria é um portento! Nunca me hei de esquecer que me comparou ao sol! A certos respeitos andou avisado: eu sou uma espécie de sol, com uma diferença, é que não nasço para todos, nasço para todas!
DOUTOR — Oh! Oh!
VALENTIM — Mas Vossa Senhoria está mais na idade de morrer que de nascer.
INOCÊNCIO — Apre, lá! Com trinta e oito anos, a idade viril! Vossa Senhoria é que é uma criança!
VALENTIM — Enganaram-me então. Ouvi dizer que vossa senhoria fora dos últimos a beijar a mão de Dom João VI, quando daqui se foi, e que nesse tempo era já taludo.

Teatro *O caminho da porta*

INOCÊNCIO — Há quem se divirta em caluniar a minha idade. Que gente invejosa! Onde vai, doutor?
DOUTOR — Vou sair.
VALENTIM — Sem falar a dona Carlota?
DOUTOR — Já me havia despedido quando chegaste. Hei de voltar. Até logo. Adeus, senhor Inocêncio!
INOCÊNCIO — Felizes tardes, senhor doutor!

CENA VIII
Valentim, Inocêncio

INOCÊNCIO — É uma pérola este doutor! Delicado e bem falante! Quando abre a boca parece um deputado na assembleia ou um cômico na casa da ópera!
VALENTIM — Com trinta e oito anos e ainda fala na casa da ópera?
INOCÊNCIO — Parece que Vossa Senhoria ficou engasgado com os meus trinta e oito anos! Supõe talvez que eu seja um Matusalém? Está enganado. Como me vê, faço andar à roda muita cabecinha de moça. A propósito, não acha esta viúva uma bonita senhora?
VALENTIM — Acho.
INOCÊNCIO — Pois é da minha opinião! Delicada, graciosa, elegante, faceira, como ela só... Ah!
VALENTIM — Gosta dela?
INOCÊNCIO — *(com indiferença)* Eu? Gosto. E Vossa Senhoria?
VALENTIM — *(com indiferença)* Eu? Gosto.
INOCÊNCIO — *(com indiferença)* Assim, assim?
VALENTIM — *(com indiferença)* Assim, assim.
INOCÊNCIO — *(contentíssimo, apertando-lhe a mão)* Ah! meu amigo!

CENA IX
Valentim, Inocêncio, Carlota

VALENTIM — Aguardávamos a sua chegada com a sem-cerimônia de pessoas íntimas.
CARLOTA — Oh! fizeram muito bem! *(senta-se)*
INOCÊNCIO — Não ocultarei que estava ansioso pela presença de Vossa Excelência.
CARLOTA — Ah! obrigada... Aqui estou! *(um silêncio)* Que novidades há, senhor Inocêncio?
INOCÊNCIO — Chegou o paquete.
CARLOTA — Ah! *(outro silêncio)* Ah! chegou o paquete? *(levanta-se)*.
INOCÊNCIO — Já tive a honra de...
CARLOTA — Provavelmente traz notícias de Pernambuco?... do cólera?...
INOCÊNCIO — Costuma trazer...
CARLOTA — Vou mandar ver cartas... tenho um parente no Recife... Tenham a bondade de esperar...
INOCÊNCIO — Por quem é... não se incomode. Vou eu mesmo.
CARLOTA — Ora! tinha que ver...

INOCÊNCIO — Se mandar um escravo ficará na mesma... demais, eu tenho relações com a administração do correio... O que talvez ninguém possa alcançar já e já, eu me encarrego de obter.

CARLOTA — A sua dedicação corta-me a vontade de impedi-lo. Se me faz o favor...

INOCÊNCIO — Pois não, até já! *(beija-lhe a mão e sai)*

CENA X
Carlota, Valentim

CARLOTA — Ah! ah! ah!

VALENTIM — Vossa Excelência ri-se?

CARLOTA — Acredita que foi para despedi-lo que o mandei ver cartas ao correio?

VALENTIM — Não ouso pensar...

CARLOTA — Ouse, porque foi isso mesmo.

VALENTIM — Haverá indiscrição em perguntar com que fim?

CARLOTA — Com o fim de poder interrogá-lo acerca do sentido de suas palavras quando daqui saiu.

VALENTIM — Palavras sem sentido...

CARLOTA — Oh!

VALENTIM — Disse algumas coisas... tolas!

CARLOTA — Está tão calmo para poder avaliar desse modo as suas palavras?

VALENTIM — Estou.

CARLOTA — Demais, o fim trágico que queria dar a uma coisa que começou por idílio... devia assustá-lo.

VALENTIM — Assustar-me? Não conheço o termo.

CARLOTA — É intrépido?

VALENTIM — Um tanto. Quem se expõe à morte não deve temê-la em caso nenhum.

CARLOTA — Oh! Oh! poeta, e intrépido de mais a mais.

VALENTIM — Como lord Byron.

CARLOTA — Era capaz de uma segunda prova do caso de Leandro?

VALENTIM — Era. Mas eu já tenho feito coisas equivalentes.

CARLOTA — Matou algum elefante, algum hipopótamo?

VALENTIM — Matei uma onça.

CARLOTA — Uma onça?

VALENTIM — Pele malhada das cores mais vivas e esplêndidas; garras largas e possantes; olhar fulvo, peito largo e duas ordens de dentes afiados como espadas.

CARLOTA — Jesus! Esteve diante desse animal!

VALENTIM — Mais do que isso; lutei com ele e matei-o.

CARLOTA — Onde foi isso?

VALENTIM — Em Goiás.

CARLOTA — Conte essa história, novo Gaspar Corrêa.

VALENTIM — Tinha eu vinte anos. Andávamos à caça eu e mais alguns. Internamo-nos mais do que devíamos pelo mato. Eu levava comigo uma espingarda, uma pistola e uma faca de caça. Os meus companheiros afastaram-se de mim. Tratava de procurá-los quando senti passos. Voltei-me...

CARLOTA — Era a onça?

VALENTIM — Era a onça. Com o olhar fito sobre mim, parecia disposta a dar-me o bote. Encarei-a, tirei cautelosamente a pistola e atirei sobre ela. O tiro não lhe fez mal. Protegido pelo fumo da pólvora, acastelei-me atrás de um tronco de árvore. A onça foi-me no encalço, e durante algum tempo andamos, eu e ela, a dançar à roda do tronco. Repentinamente levantou as patas e tentou esmagar-me abraçando a árvore; mais rápido que o raio, agarrei-lhe as mãos e apertei-a contra o tronco. Procurando escapar-me, a fera quis morder-me em uma das mãos; com a mesma rapidez tirei a faca de caça e cravei-lha no pescoço; agarrei-lhe de novo a pata e continuei a apertá-la até que os meus companheiros, orientados pelo tiro, chegaram ao lugar do combate.

CARLOTA — E mataram?...

VALENTIM — Não foi preciso. Quando larguei as mãos da fera, um cadáver pesado e tépido caiu no chão.

CARLOTA — Ora, mas isto é a história de um quadro da Academia!

VALENTIM — Só há um exemplar de cada feito heroico?

CARLOTA — Pois, deveras, matou uma onça?

VALENTIM — Conservo-lhe a pele como uma relíquia preciosa.

CARLOTA — É valente; mas pensando bem não sei de que vale ser valente.

VALENTIM — Oh!

CARLOTA — Palavra que não sei. Essa valentia fora do comum não é dos nossos dias. As proezas tiveram seu tempo; não me entusiasma essa luta do homem com a fera, que nos aproxima dos tempos bárbaros da humanidade. Compreendo agora a razão por que usa dos perfumes mais ativos; é para disfarçar o cheiro dos filhos do mato, que naturalmente há de ter encontrado mais de uma vez. Faz bem.

VALENTIM — Fera verdadeira é a que Vossa Excelência me atira com esse riso sarcástico. O que pensa então que possa excitar o entusiasmo?

CARLOTA — Ora, muita coisa! Não o entusiasmo dos heróis de Homero; um entusiasmo mais condigno nos nossos tempos. Não precisa ultrapassar as portas da cidade para ganhar títulos à admiração dos homens.

VALENTIM — Vossa Excelência acredita que seja uma verdade o aperfeiçoamento moral dos homens na vida das cidades?

CARLOTA — Acredito.

VALENTIM — Pois acredita mal. A vida das cidades estraga os sentimentos. Aquele que eu pude ganhar e entreter na assistência das florestas, perdi-os depois que entrei na vida tumultuária das cidades. Vossa Excelência ainda não conhece as mais verdadeiras opiniões.

CARLOTA — Dar-se-á caso que venha pregar contra o amor?...

VALENTIM — O amor! Vossa Excelência pronuncia essa palavra com uma veneração que parece estar falando de coisas sagradas! Ignora que o amor é uma invenção humana?

CARLOTA — Oh!

VALENTIM — Os homens, que inventaram tanta coisa, inventaram também este sentimento. Para dar justificação moral à união dos sexos inventou-se o amor, como se inventou o casamento para dar-lhe justificação legal. Esses pretextos, com o andar do tempo, tornaram-se motivos. Eis o que é o amor!

CARLOTA — É mesmo o senhor quem me fala assim?

VALENTIM — Eu mesmo.

CARLOTA — Não parece. Como pensa a respeito das mulheres?

VALENTIM — Aí é mais difícil. Penso muita coisa e não penso nada. Não sei como avaliar essa outra parte da humanidade extraída das costelas de Adão. Quem pode pôr leis ao mar! É o mesmo com as mulheres. O melhor é navegar descuidadamente, a pano largo.

CARLOTA — Isso é leviandade.

VALENTIM — Oh! minha senhora!

CARLOTA — Chamo leviandade para não chamar despeito.

VALENTIM — Então há muito tempo que sou leviano ou ando despeitado, porque esta é a minha opinião de longos anos. Pois ainda acredita na afeição íntima entre a descrença masculina e... dá licença? A leviandade feminina?

CARLOTA — É um homem perdido, senhor Valentim. Ainda há santas afeições, crenças nos homens, e juízo nas mulheres. Não queira tirar a prova real pelas exceções. Some a regra geral e há de ver. Ah! mas agora percebo!

VALENTIM — O quê?

CARLOTA — *(rindo)* Ah! ah! ah! Ouça muito baixinho, para que nem as paredes possam ouvir: este não é ainda o caminho do meu coração, nem a valentia, tampouco.

VALENTIM — Ah! tanto melhor! Volto ao ponto de partida e desisto da glória.

CARLOTA — Desanima? *(entra o doutor)*

VALENTIM — Dou-me por satisfeito. Mas já se vê, como cavalheiro, sem rancor nem hostilidade. *(entra Inocêncio)*

CARLOTA — É arriscar-se a novas tentativas.

VALENTIM — Não!

CARLOTA — Não seja vaidoso. Está certo?

VALENTIM — Estou. E a razão é esta: quando não se pode atinar com o caminho do coração toma-se o caminho da porta. *(cumprimenta e dirige-se para a porta)*

CARLOTA — Ah! Pois que vá! Estava aí, senhor doutor? Tome cadeira.

DOUTOR — *(baixo)* Com uma advertência: há muito tempo que me fui pelo caminho da porta.

CARLOTA — *(séria)* Prepararam ambos esta comédia?

DOUTOR — Comédia, com efeito, cuja moralidade Valentim incumbiu-se de resumir: — Quando não se pode atinar com o caminho do coração, deve-se tomar sem demora o caminho da porta. *(saem o doutor e Valentim)*

CARLOTA — *(vendo Inocêncio)* Pode sentar-se. *(indica-lhe uma cadeira. Risonha)* Como passou?

INOCÊNCIO — *(senta-se meio desconfiado, mas levanta-se logo)* Perdão: eu também vou pelo caminho da porta! *(sai. Carlota atravessa arrebatadamente a cena. Cai o pano)*

FIM DE O CAMINHO DA PORTA

O protocolo
Comédia em um ato

PERSONAGENS
Pinheiro
Venâncio Alves
Elisa
Lulu

Atualidade
Em casa de Pinheiro (sala de visitas)

CENA I
Elisa, Venâncio Alves

ELISA — Está meditando?

VENÂNCIO — *(como que acordando)* Ah! perdão!

ELISA — Estou afeita à alegria constante de Lulu, e não posso ver ninguém triste.

VENÂNCIO — Exceto a senhora mesma.

ELISA — Eu!

VENÂNCIO — A senhora!

ELISA — Triste, por quê, meu Deus?

VENÂNCIO — Eu sei! Se a rosa dos campos me fizesse a mesma pergunta, eu responderia que era falta de orvalho e de sol. Quer que lhe diga que é falta de... de amor?

ELISA — *(rindo-se)* Não diga isso!

VENÂNCIO — Com certeza, é.

ELISA — Donde conclui?

VENÂNCIO — A senhora tem um sol oficial e um orvalho legal que não sabem animá-la. Há nuvens...

ELISA — É suspeita sem fundamento.

VENÂNCIO — É realidade.

ELISA — Que franqueza a sua!

VENÂNCIO — Ah! é que o meu coração é virginal, e portanto sincero.

ELISA — Virginal a todos os respeitos?

VENÂNCIO — Menos a um.

ELISA — Não serei indiscreta: é feliz.

VENÂNCIO — Esse é o engano. Basta essa exceção para trazer-me um temporal. Tive até certo tempo o sossego e a paz do homem que está fechado no gabinete sem se lhe dar da chuva que açoita as vidraças.

ELISA — Por que não se deixou ficar no gabinete?

VENÂNCIO — Podia acaso fazê-lo? Passou fora a melodia do amor; o coração é curioso e bateu-me que saísse; levantei-me, deixei o livro que estava lendo; era *Paulo e Virgínia!* Abri a porta e nesse momento a fada passava. *(reparando nela)* Era de olhos negros e cabelos castanhos.

Elisa — Que fez?
Venâncio — Deixei o gabinete, o livro, tudo, para seguir a fada do amor!
Elisa — Não reparou se ela ia só?
Venâncio — *(suspirando)* Não ia só!
Elisa — *(em tom de censura)* Fez mal.
Venâncio — Talvez. Curioso animal que é o homem! Em criança deixa a casa paterna para acompanhar os batalhões que vão à parada; na mocidade deixa os conchegos e a paz para seguir a fada do amor; na idade madura deixa-se levar pelo deus Momo da política ou por qualquer outra fábula do tempo. Só na velhice deixa passar tudo sem mover-se, mas... é porque já não tem pernas!
Elisa — Mas que tencionava fazer se ela não ia só?
Venâncio — Nem sei.
Elisa — Foi loucura. Apanhou chuva!
Venâncio — Ainda estou apanhando.
Elisa — Então é um extravagante.
Venâncio — Sim. Mas um extravagante por amor... Ó poesia!
Elisa — Mau gosto!
Venâncio — A senhora é a menos competente para dizer isso.
Elisa — É sua opinião?
Venâncio — É opinião deste espelho.
Elisa — Ora!
Venâncio — E dos meus olhos também.
Elisa — Também dos seus olhos?
Venâncio — Olhe para eles.
Elisa — Estou olhando.
Venâncio — O que vê dentro?
Elisa — Vejo... *(com enfado)* Não vejo nada!
Venâncio — Ah! está convencida!
Elisa — Presumido!
Venâncio — Eu! Essa agora não é má!
Elisa — Para que seguia quem passava quieta pela rua? Supunha abrandá-la com as suas mágoas?
Venâncio — Acompanhei-a, não para abrandá-la, mas para servi-la; viver do rasto de seus pés, das migalhas dos seus olhares; apontar-lhe os regos a saltar, apanhar-lhe o leque quando caísse... *(cai o leque a Elisa. Venâncio Alves apressa-se a apanhá-lo e entrega-lho)* Finalmente...
Elisa — Finalmente... fazer profissão de presumido!
Venâncio — Acredita deveras que o seja?
Elisa — Parece.
Venâncio — Pareço, mas não sou. Presumido seria se eu exigisse a atenção exclusiva da fada da noite. Não quero! Basta-me ter coração para amá-la, é a minha maior ventura!
Elisa — A que pode levá-lo esse amor? Mais vale sufocar no coração a chama nascente do que condená-la a arder em vão.
Venâncio — Não; é uma fatalidade! Arder e renascer, como a fênix, suplício eterno, mas amor eterno também.

ELISA — Eia! Ouça uma... amiga. Não dê a esse sentimento tanta importância. Não é a fatalidade da fênix, é a fatalidade... do relógio. Olhe para aquele. Lá anda correndo e regulando; mas se amanhã não lhe derem corda, ele parará. Não dê corda à paixão, que ela parará por si.
VENÂNCIO — Isso não!
ELISA — Faça isso... por mim!
VENÂNCIO — Pela senhora! Sim... não...
ELISA — Tenha ânimo!

CENA II
Venâncio Alves, Elisa, Pinheiro

PINHEIRO — *(a Venâncio)* Como está?
VENÂNCIO — Bom. Conversávamos sobre coisas da moda. Viu os últimos figurinos? São de apurado gosto.
PINHEIRO — Não vi.
VENÂNCIO — Está com um ar triste...
PINHEIRO — Triste, não; aborrecido... É a minha moléstia do domingo.
VENÂNCIO — Ah!
PINHEIRO — Ando a abrir e fechar a boca; é um círculo vicioso.
ELISA — Com licença.
VENÂNCIO — Oh! minha senhora!
ELISA — Eu faço anos hoje; venha jantar conosco.
VENÂNCIO — Venho. Até logo.

CENA III
Pinheiro, Venâncio Alves

VENÂNCIO — Anda então em um círculo vicioso?
PINHEIRO — É verdade. Tentei dormir, não pude; tentei ler, não pude. Que tédio, meu amigo!
VENÂNCIO — Admira!
PINHEIRO — Por quê?
VENÂNCIO — Porque não sendo viúvo nem solteiro...
PINHEIRO — Sou casado...
VENÂNCIO — É verdade.
PINHEIRO — Que adianta?
VENÂNCIO — É boa! Adianta ser casado. Compreende nada melhor que o casamento?
PINHEIRO — O que pensa da China, senhor Venâncio?
VENÂNCIO — Eu? Penso...
PINHEIRO — Já sei, vai repetir-me o que tem lido nos livros e visto nas gravuras; não sabe mais nada.
VENÂNCIO — Mas as narrações verídicas...
PINHEIRO — São minguadas ou exageradas. Vá à China, e verá como as coisas mudam tanto ou quanto de figura.

VENÂNCIO — Para adquirir essa certeza não vou lá.
PINHEIRO — É o que lhe aconselho; não se case!
VENÂNCIO — Que não me case?
PINHEIRO — Ou não vá à China, como queira. De fora, conjeturas, sonhos, castelos no ar, esperanças, comoções... Vem o padre, dá a mão aos noivos, leva-os, chegam às muralhas... Upa! estão na China! Com a altura da queda fica-se atordoado, e os sonhos de fora continuam dentro: é a lua de mel; mas, à proporção que o espírito se restabelece, vai vendo o país como ele é; então poucos lhe chamam celeste império, alguns infernal império, muitos purgatorial império!
VENÂNCIO — Ora, que banalidade! E que sofisma!
PINHEIRO — Quantos anos tem, senhor Venâncio?
VENÂNCIO — Vinte e quatro.
PINHEIRO — Está com a mania que eu tinha na sua idade.
VENÂNCIO — Qual mania?
PINHEIRO — A de querer acomodar todas as coisas à lógica, e a lógica a todas coisas. Viva, experimente e convencer-se-á de que nem sempre se pode alcançar isso.
VENÂNCIO — Quer-me parecer que há nuvens no céu conjugal?
PINHEIRO — Há. Nuvens pesadas.
VENÂNCIO — Já eu as tinha visto com o meu telescópio.
PINHEIRO — Ah! se eu não estivesse preso...
VENÂNCIO — É exageração de sua parte. Capitule, senhor Pinheiro, capitule. Com mulheres bonitas é um consolo capitular. Há de ser o meu preceito de marido.
PINHEIRO — Capitular é vergonha.
VENÂNCIO — Com uma moça encantadora?...
PINHEIRO — Não é uma razão.
VENÂNCIO — Alto lá! Beleza obriga.
PINHEIRO — Pode ser verdade, mas eu peço respeitosamente licença para declarar-lhe que estou com o novo princípio de não intervenção nos Estados. Nada de intervenções.
VENÂNCIO — A minha intenção é toda conciliatória.
PINHEIRO — Não duvido, nem duvidava. Não veja no que disse injúria pessoal. Folgo de recebê-lo e de contá-lo entre os afeiçoados de minha família.
VENÂNCIO — Muito obrigado. Dá-me licença?
PINHEIRO — Vai rancoroso?
VENÂNCIO — Ora, qual! Até a hora do jantar.
PINHEIRO — Há de desculpar-me, não janto em casa. Mas considere-se com a mesma liberdade. *(sai Venâncio. Entra Lulu)*

CENA IV
Pinheiro, Lulu

LULU — Viva, primo!
PINHEIRO — Como estás, Lulu?
LULU — Meu Deus, que cara feia!
PINHEIRO — Pois é a que trago sempre.
LULU — Não é, não, senhor; a sua cara de costume é uma cara amável; essa é de afugentar a gente. Deu agora para andar arrufado com sua mulher!

Pinheiro — Mau!

Lulu — Escusa de zangar-se também comigo. O primo é um bom marido; a prima é uma excelente esposa; ambos formam um excelente casal. É bonito andarem amuados, sem se olharem nem se falarem? Até parece namoro!

Pinheiro — Ah! tu namoras assim?

Lulu — Eu não namoro.

Pinheiro — Com essa idade?

Lulu — Pois então! Mas escute: estes arrufos vão continuar?

Pinheiro — Eu sei lá.

Lulu — Sabe, sim. Veja se isto é bonito na lua de mel; ainda não há cinco meses que se casaram.

Pinheiro — Não há, não. Mas a data não vem ao caso. A lua de mel ofuscou-se; é alguma nuvem que passa; deixá-la passar. Queres que eu faça como aquele doido que, ao enublar-se o luar, pedia a Júpiter que espevitasse o candeeiro? Júpiter é independente, e me apagaria de todo o luar, como fez com o doido. Aguardemos antes que algum vento sopre do norte, ou do sul, e venha dissipar a passageira sombra.

Lulu — Pois sim! Ela é norte, o primo é o sul; faça com que o vento sopre do sul.

Pinheiro — Não, senhora, há de soprar do norte.

Lulu — Capricho sem graça!

Pinheiro — Queres saber de uma coisa, Lulu? Estou pensando que és uma brisazinha do norte encarregada de fazer clarear o céu.

Lulu — Oh! nem por graça!

Pinheiro — Confessa, Lulu!

Lulu — Posso ser uma brisa do sul, isso sim!

Pinheiro — Não terás essa glória.

Lulu — Então o primo é caprichoso assim?

Pinheiro — Caprichos? Ousas tu, posteridade de Eva, falar de caprichos a mim, posteridade de Adão!

Lulu — Oh!...

Pinheiro — Tua prima é uma caprichosa. De seus caprichos nasceram estas diferenças entre nós. Mas para caprichosa, caprichoso: contrafiz-me, estudei no código feminino meios de pôr os pés à parede, e tornei-me de antes quebrar que torcer. Se ela não der um passo, também eu não dou.

Lulu — Pois eu estendo a mão direita a um e a esquerda a outro, e os aproximarei.

Pinheiro — Queres ser o anjo da reconciliação?

Lulu — Tal qual.

Pinheiro — Contanto que eu não passe pelas forcas caudinas.

Lulu — Hei de fazer as coisas airosamente.

Pinheiro — Insistes nisso? Eu podia dizer que era ainda um capricho de mulher. Mas não digo, não, chamo antes afeição e dedicação.

CENA V
Pinheiro, Lulu, Elisa

LULU — *(baixo)* Olhe, aí está ela!
PINHEIRO — *(baixo)* Deixa-a.
ELISA — Andava à tua procura, Lulu.
LULU — Para quê, prima?
ELISA — Para me dares uma pouca de lã.
LULU — Não tenho aqui; vou buscar.
PINHEIRO — Lulu!
LULU — O que é?
PINHEIRO — *(baixo)* Dize à tua prima que eu janto fora.
LULU — *(indo à Elisa, baixo)* O primo janta fora.
ELISA — *(baixo)* Se é por ter o que fazer, podemos esperar.
LULU — *(a Pinheiro, baixo)* Se é por ter o que fazer, podemos esperar.
PINHEIRO — *(baixo)* É um convite.
LULU — *(alto)* É um convite.
ELISA — *(alto)* Ah! se é um convite pode ir; jantaremos sós.
PINHEIRO — *(levantando-se)* Consentirá, minha senhora, que lhe faça uma observação: mesmo sem a sua licença, eu podia ir!
ELISA — Ah! é claro! Direito de marido... Quem lho contesta?
PINHEIRO — Havia de ser engraçada a contestação!
ELISA — Mesmo muito engraçada!
PINHEIRO — Tanto quanto foi ridícula a licença.
LULU — Primo!
PINHEIRO — *(a Lulu)* Cuida das tuas novelas! Vai encher a cabeça de romantismo, é moda; colhe as ideias absurdas que encontrares nos livros, e depois faz da casa de teu marido a cena do que houveres aprendido com as leituras: é também moda. *(sai arrebatadamente)*

CENA VI
Lulu, Elisa

LULU — Como está o primo!
ELISA — Mau humor, há de passar!
LULU — Sabe como passava depressa? Pondo fim a estes amuos.
ELISA — Sim, mas cedendo ele.
LULU — Ora, isso é teima!
ELISA — É dignidade!
LULU — Passam dias sem se falarem, e, quando se falam, é assim.
ELISA — Ah! isto é o que menos cuidado me dá. Ao princípio fiquei amofinada, e devo dizê-lo, chorei. São coisas estas que só se confessam entre mulheres. Mas hoje vou fazer o que as outras fazem: curar pouco das torturas domésticas. Coração à larga, minha filha, ganha-se o céu, e não se perde a terra.
LULU — Isso é zanga!
ELISA — Não é zanga, é filosofia. Há de chegar o teu dia, deixa estar. Saberás então quanto vale a ciência do casamento.

LULU — Pois explica, mestra.

ELISA — Não; saberás por ti mesma. Quero, entretanto, instruir-te de uma coisa. Não lhe ouviste falar no direito? É engraçada a história do direito! Todos os poetas concordam em dar às mulheres o nome de anjos. Os outros homens não se atrevem a negar, mas dizem consigo: "Também nós somos anjos!" Nisto há sempre um espelho ao lado, que lhes faz ver que, para anjos faltam-lhes... asas! Asas! asas! a todo o custo. E arranjam-nas; legítimas ou não, pouco importa. Essas asas os levam a jantar fora, a dormir fora, muitas vezes a amar fora. A essas asas chamam enfaticamente: o nosso direito!

LULU — Mas, prima, as nossas asas?

ELISA — As nossas? Bem se vê que és inexperiente. Estuda, estuda, e hás de achá-las.

LULU — Prefiro não usar delas.

ELISA — Hás de dizer o contrário quando for ocasião. Meu marido lá bateu as suas; o direito de jantar fora! Caprichou em não levar-me à casa de minha madrinha; é ainda o direito. Daqui nasceram os nossos arrufos, arrufos sérios. Uma santa zangar-se-ia como eu. Para caprichoso, caprichosa!

LULU — Pois sim! mas estas coisas vão dando na vista; já as pessoas que frequentam nossa casa têm reparado; o Venâncio Alves não me deixa sossegar com as suas perguntas.

ELISA — Ah! sim?

LULU — Que rapaz aborrecido, prima!

ELISA — Não acho!

LULU — Pois eu acho: aborrecido com as suas afetações!

ELISA — Como aprecias mal! Ele fala com graça e chama-o afetado?...

LULU — Que olhos os seus, prima!

ELISA — *(indo ao espelho)* São bonitos?

LULU — São maus.

ELISA — Em que, minha filósofa?

LULU — Em verem o anverso de Venâncio Alves e o reverso do primo.

ELISA — És uma tola.

LULU — Só?

ELISA — E uma descomedida.

LULU — É porque os amo a ambos. E depois...

ELISA — Depois, o quê?

LULU — Vejo no Venâncio Alves um arzinho de pretendente.

ELISA — À tua mão direita?

LULU — À tua mão esquerda.

ELISA — Oh!

LULU — É coisa que se adivinha... *(ouve-se um carro)* Aí está o homem.

ELISA — Vai recebê-lo. *(Lulu vai até à porta. Elisa chega-se a um espelho e compõe o toucado)*

CENA VII
Elisa, Lulu, Venâncio

LULU — O senhor Venâncio Alves chega a propósito; falávamos na sua pessoa.
VENÂNCIO — Em que ocupava eu a atenção de tão gentis senhoras?
LULU — Fazíamos o inventário das suas qualidades.
VENÂNCIO — Exageravam-me o cabedal, já sei.
LULU — A prima dizia: "Que moço amável é o senhor Venâncio Alves!".
VENÂNCIO — Ah! e a senhora?
LULU — Eu dizia: "Que moço amabilíssimo é o senhor Venâncio Alves!".
VENÂNCIO — Dava-me o superlativo. Não me cai no chão esta atenção gramatical.
LULU — Eu sou assim: estimo ou aborreço no superlativo. Não é, prima?
ELISA — *(contrariada)* Eu sei lá!
VENÂNCIO — Como deve ser triste cair-lhe no desagrado!
LULU — Vou avisando, é o superlativo.
VENÂNCIO — Dou-me por feliz. Creio que lhe caí em graça...
LULU — Caiu! Caiu! Caiu!
ELISA — Lulu, vai buscar a lã.
LULU — Vou, prima, vou. *(sai correndo)*

CENA VIII
Venâncio, Elisa

VENÂNCIO — Voa qual uma andorinha esta moça!
ELISA — É próprio da idade.
VENÂNCIO — Vou sangrar-me...
ELISA — Hein!
VENÂNCIO — Sangrar-me em saúde contra uma suspeita sua.
ELISA — Suspeita?
VENÂNCIO — Suspeita de haver-me adiantado o meu relógio.
ELISA — *(rindo)* Posso crê-lo.
VENÂNCIO — Estará em erro. Olhe, são duas horas; confronte com o seu: duas horas.
ELISA — Pensa que acreditei seriamente?
VENÂNCIO — Vim mais cedo e de passagem. Quis antecipar-me aos outros no cumprimento de um dever. Os antigos, em prova de respeito, depunham aos pés dos deuses grinaldas e festões; o nosso tempo, infinitamente prosaico, só nos permite oferendas prosaicas; neste álbum ponho eu o testemunho do meu júbilo pelo dia de hoje.
ELISA — Obrigada. Creio no sentimento que o inspira e admiro o gosto da escolha.
VENÂNCIO — Não é a mim que deve tecer o elogio.
ELISA — Foi gosto de quem o vendeu?
VENÂNCIO — Não, minha senhora, eu próprio o escolhi; mas a escolha foi das mais involuntárias; tinha a sua imagem na cabeça e não podia deixar de acertar.
ELISA — É uma fineza de quebra. *(folheia o álbum)*
VENÂNCIO — É por isso que me vibra um golpe?
ELISA — Um golpe?

Venâncio — É tão casta que não há de calcular comigo; mas as suas palavras são proferidas com uma indiferença que eu direi instintiva.
Elisa — Não creia...
Venâncio — Que não creia na indiferença?
Elisa — Não... Não creia no cálculo...
Venâncio — Já disse que não. Em que devo crer seriamente?
Elisa — Não sei...
Venâncio — Em nada, não lhe parece?
Elisa — Não reza a história de que os antigos, ao depositarem as suas oferendas, apostrofassem os deuses.
Venâncio — É verdade: este uso é do nosso tempo.
Elisa — Do nosso prosaico tempo.
Venâncio — A senhora ri? Riamos todos! Também eu rio e da melhor vontade.
Elisa — Pode rir sem temor. Acha que sou deusa? Mas os deuses já se foram. Estátua, isto sim.
Venâncio — Será estátua. Não me inculpe, nesse caso, a admiração.
Elisa — Não inculpo, aconselho.
Venâncio — *(repoltreando-se)* Foi excelente esta ideia do divã. É um consolo para quem está cansado, e quando à comodidade junta o bom gosto, como este, então é ouro sobre azul. Não acha engenhoso, dona Elisa?
Elisa — Acho.
Venâncio — Devia ser inscrito entre os beneméritos da humanidade o autor disto. Com trastes assim, e dentro de uma casinha de campo, prometo ser o mais sincero anacoreta que jamais fugiu às tentações do mundo. Onde comprou este?
Elisa — Em casa do Costrejean.
Venâncio — Comprou uma preciosidade.
Elisa — Com outra que está agora por cima, e que eu não comprei, fazem duas, duas preciosidades.
Venâncio — Disse muito bem! É tal o conchego que até se podem esquecer as horas... É verdade, que horas são? Duas e meia. A senhora dá-me licença?
Elisa — Já se vai?
Venâncio — Até a hora do jantar.
Elisa — Olhe, não me queira mal.
Venâncio — Eu, mal! E por quê?
Elisa — Não me obrigue a explicações inúteis.
Venâncio — Não obrigo, não. Compreendo de sobejo a sua intenção. Mas, francamente, se a flor está alta para ser colhida, é crime aspirar-lhe de longe o aroma e adorá-la?
Elisa — Crime não é.
Venâncio — São duas e meia. Até a hora do jantar.

CENA IX
Venâncio, Elisa, Lulu

Lulu — Sai com a minha chegada?
Venâncio — Ia sair.

LULU — Até quando?
VENÂNCIO — Até a hora do jantar.
LULU — Ah! janta conosco?
ELISA — Sabes que faço anos, e esse dia é o dos amigos.
LULU — É justo, é justo
VENÂNCIO — Até logo.

CENA X
Lulu, Elisa

LULU — Oh! teve presente!
ELISA — Não achas de gosto?
LULU — Não tanto.
ELISA — É prevenção. Suspeitas que é do Venâncio Alves?
LULU — Atinei logo.
ELISA — Que tens contra esse moço?
LULU — Já to disse.
ELISA — É mau deixar-se ir pelas antipatias.
LULU — Antipatias não tenho.
ELISA — Alguém sobe.
LULU — Há de ser o primo.
ELISA — Ele! *(sai)*

CENA XI
Pinheiro, Lulu

LULU — Viva! está mais calmo?
PINHEIRO — Calmo sempre, menos nas ocasiões em que és... indiscreta.
LULU — Indiscreta!
PINHEIRO — Indiscreta, sim, senhora! Para que veio aquela exclamação quando eu falava com Elisa?
LULU — Foi porque o primo falou de um modo...
PINHEIRO — De um modo, que é o meu modo, que é modo de todos os maridos contrariados.
LULU — De um modo que não é o seu, primo. Para que fazer-se mau quando é bom? Pensa que não se percebe quanto lhe custa contrafazer-se?
PINHEIRO — Vais dizer que sou um anjo!
LULU — O primo é um excelente homem, isso sim. Olhe, sou importuna, e hei de sê-lo até vê-los desamuados.
PINHEIRO — Ora, prima, para irmã de caridade és muito criança. Dispenso os teus conselhos e os teus serviços.
LULU — É um ingrato.
PINHEIRO — Serei.
LULU — Homem sem coração.
PINHEIRO — Quanto a isso, é questão de fato; põe aqui a tua mão, não sentes bater? É o coração.

LULU — Eu sinto um charuto.
PINHEIRO — Um charuto? Pois é isso mesmo. Coração e charuto são símbolos um do outro; ambos se queimam e se desfazem em cinzas. Olha, este charuto, sei eu que o tenho para fumar; mas o coração, esse creio que já está todo no cinzeiro.
LULU — Sempre a brincar!
PINHEIRO — Achas que devo chorar?
LULU — Não, mas...
PINHEIRO — Mas o quê?
LULU — Não digo, é uma coisa muito feia.
PINHEIRO — Coisas feias na tua boca, Lulu!
LULU — Muito feia.
PINHEIRO — Não há de ser, dize.
LULU — Demais, posso parecer indiscreta.
PINHEIRO — Ora, qual; alguma coisa de meu interesse?
LULU — Se é!
PINHEIRO — Pois, então, não és indiscreta!
LULU — Então, quantas caras tem a indiscrição?
PINHEIRO — Duas.
LULU — Boa moral!
PINHEIRO — Moral à parte. Fala: o que é?
LULU — Que curioso! É uma simples observação; não lhe parece que é mau desamparar a ovelha, havendo tantos lobos, primo?
PINHEIRO — Onde aprendeste isso?
LULU — Nos livros que me dão para ler.
PINHEIRO — Estás adiantada! E já que sabes tanto, falarei como se falasse a um livro. Primeiramente, eu não desamparo; depois, não vejo lobos.
LULU — Desampara, Sim!
PINHEIRO — Não estou em casa?
LULU — Desampara o coração.
PINHEIRO — Mas, os lobos?...
LULU — Os lobos vestem-se de cordeiros e apertam a mão ao pastor, conversam com ele, sem que deixem de olhar furtivamente para a ovelha mal guardada.
PINHEIRO — Não há nenhum.
LULU — São assíduos; visitas sobre visitas; muita zumbaia, muita atenção, mas lá por dentro a ruminarem coisas más.
PINHEIRO — Ora, Lulu, deixa-te de tolices.
LULU — Não digo mais nada. Onde foi Venâncio Alves?
PINHEIRO — Não sei. Ali está um que não há de ser acusado de lobo.
LULU — Os lobos vestem-se de cordeiros.
PINHEIRO — O que é que dizes?
LULU — Eu não digo nada. Vou tocar piano. Quer ouvir um noturno ou prefere uma polca?
PINHEIRO — Lulu, ordeno-lhe que fale!
LULU — Para quê? para ser indiscreta?
PINHEIRO — Venâncio Alves?...
LULU — É um tolo, nada mais. *(sai. Pinheiro fica pensativo. Vai à mesa e vê o álbum)*

CENA XII
Pinheiro, Elisa

PINHEIRO — Há de desculpar-me, mas creio não ser indiscreto, desejando saber com que sentimento recebeu este álbum.
ELISA — Com o sentimento com que se recebem álbuns.
PINHEIRO — A resposta em nada me esclarece.
ELISA — Há então sentimentos para receber álbuns, e há um com que eu deveria receber este?
PINHEIRO — Devia saber que há.
ELISA — Pois... recebi com esse.
PINHEIRO — A minha pergunta poderá parecer indiscreta, mas...
ELISA — Oh! indiscreta, não!
PINHEIRO — Deixe, minha senhora, esse tom sarcástico, e veja bem que eu falo sério.
ELISA — Vejo isso. Quanto à pergunta, está exercendo um direito.
PINHEIRO — Não lhe parece que seja um direito este de investigar as intenções dos pássaros que penetram em minha seara, para saber se são daninhos?
ELISA — Sem dúvida. Ao lado desse direito, está o nosso dever, dever das searas, de prestar-se a todas as suspeitas.
PINHEIRO — É inútil a argumentação por esse lado: os pássaros cantam e as cantigas deleitam.
ELISA — Está falando sério?
PINHEIRO — Muito sério.
ELISA — Então consinta que faça contraste: eu rio-me.
PINHEIRO — Não me tome por um mau sonhador de perfídias; perguntei, porque estou seguro de que não são muito santas as intenções que trazem à minha casa Venâncio Alves.
ELISA — Pois eu nem suspeito...
PINHEIRO — Vê o céu nublado e as águas turvas: pensa que é azada ocasião para pescar.
ELISA — Está feito, é de pescador atilado!
PINHEIRO — Pode ser um mérito a seus olhos, minha senhora; aos meus é um vício de que o pretendo curar, arrancando-lhe as orelhas.
ELISA — Jesus! está com intenções trágicas!
PINHEIRO — Zombe ou não, há de ser assim.
ELISA — Mutilado ele, que pretende fazer da mesquinha Desdêmona?
PINHEIRO — Conduzi-la de novo ao lar paterno.
ELISA — Mas, afinal de contas, meu marido, obriga-me a falar também seriamente.
PINHEIRO — Que tem a dizer?
ELISA — Fui tirada há meses da casa de meu pai para ser sua mulher; agora, por um pretexto frívolo, leva-me de novo ao lar paterno. Parece-lhe que eu seja uma casaca que se pode tirar por estar fora de moda?
PINHEIRO — Não estou para rir, mas digo-lhe que antes fosse uma casaca.
ELISA — Muito obrigada!
PINHEIRO — Qual foi a casaca que já me deu cuidados? Por ventura quando saio com a minha casaca não vou descansado a respeito dela? Não sei eu perfeita-

mente que ela não olha complacente para as costas alheias e fica descansada nas minhas?

Elisa — Pois tome-me por uma casaca. Vê em mim alguns salpicos?

Pinheiro — Não, não vejo. Mas vejo a rua cheia de lama e um carro que vai passando; e nestes casos, como não gosto de andar mal asseado, entro em um corredor, com a minha casaca, à espera de que a rua fique desimpedida.

Elisa — Bem. Vejo que quer a nossa separação temporária... até que passe o carro. Durante esse tempo como pretende andar? Em mangas de camisa?

Pinheiro — Durante esse tempo não andarei, ficarei em casa.

Elisa — Oh! suspeita por suspeita! Eu não creio nessa reclusão voluntária.

Pinheiro — Não crê? E por quê?

Elisa — Não creio, por mil razões.

Pinheiro — Dê-me uma, e fique com as novecentas e noventa e nove.

Elisa — Posso dar-lhe mais de uma e até todas. A primeira é a simples dificuldade de conter-se entre as quatro paredes desta casa.

Pinheiro — Verá se posso.

Elisa — A segunda é que não deixará de aproveitar o isolamento para ir ao alfaiate provar outras casacas.

Pinheiro — Oh!

Elisa — Para ir ao alfaiate é preciso sair; quero crer que não fará vir o alfaiate à casa.

Pinheiro — Conjeturas suas. Reflita, que não está dizendo coisas assisadas. Conhece o amor que lhe tive e lhe tenho, e sabe de que sou capaz. Mas, voltemos ao ponto de partida. Este livro pode nada significar e significar muito. *(folheia)* Que responde?

Elisa — Nada.

Pinheiro — Oh! que é isto? É a letra dele.

Elisa — Não tinha visto.

Pinheiro — É talvez uma confidência. Posso ler?

Elisa — Por que não?

Pinheiro — *(lendo)* "Se me privas dos teus aromas, ó rosa que foste abrir sobre um rochedo, não podes fazer com que eu te não ame, contemple e abençoe!" Como acha isto?

Elisa — Não sei.

Pinheiro — Não tinha lido?

Elisa — *(sentando-se)* Não.

Pinheiro — Sabe quem é esta rosa?

Elisa — Cuida que serei eu?

Pinheiro — Parece. O rochedo sou eu. Onde vai ele desencavar estas figuras?

Elisa — Foi talvez escrito sem intenção...

Pinheiro — Ai! foi... Ora, diga, é bonito isto? Escreveria ele se não houvesse esperanças?

Elisa — Basta. Tenho ouvido. Não quero continuar a ser alvo de suspeitas. Esta frase é intencional; ele viu as águas turvas... De quem a culpa? Dele ou sua? Se as não houvesse agitado, elas estariam plácidas e transparentes como dantes.

Pinheiro — A culpa é minha?

Elisa — Dirá que não é. Paciência. Juro-lhe que não sou cúmplice nas intenções deste presente.

PINHEIRO — Jura?

ELISA — Juro.

PINHEIRO — Acredito. Dente por dente, Elisa, como na pena de Talião. Aqui tens a minha mão em prova de que esqueço tudo.

ELISA — Também eu tenho a esquecer e esqueço.

CENA XIII
Elisa, Pinheiro, Lulu

LULU — Bravo! voltou o bom tempo?

PINHEIRO — Voltou.

LULU — Graças a Deus! De que lado soprou o vento?

PINHEIRO — De ambos os lados.

LULU — Ora bem!

ELISA — Para um carro.

LULU — *(vai à janela)* Vou ver.

PINHEIRO — Há de ser ele.

LULU — *(vai à porta)* Entre, entre.

CENA XIV
Lulu, Venâncio, Pinheiro, Elisa

PINHEIRO — *(baixo à Elisa)* Poupo-lhe as orelhas, mas hei de tirar desforra...

VENÂNCIO — Não faltei... Oh! não foi jantar fora?

PINHEIRO — Não. A Elisa pediu-me que ficasse...

VENÂNCIO — *(com uma careta)* Muito estimo.

PINHEIRO — Estima? Pois não é verdade?

VENÂNCIO — Verdade o quê?

PINHEIRO — Que tentasse perpetuar as hostilidades entre a potência marido e a potência mulher?

VENÂNCIO — Não percebo...

PINHEIRO — Ouvi falar de uma conferência e de umas notas... uma intervenção da sua parte na dissidência de dois estados unidos pela natureza e pela lei; gabaram-me os seus meios diplomáticos, e as suas conferências repetidas, e até veio parar às minhas mãos este protocolo, tornado agora inútil, e que eu tenho a honra de depositar em suas mãos.

VENÂNCIO — Isto não é um protocolo... é um álbum... não tive intenção...

PINHEIRO — Tivesse ou não, arquive o volume depois de escrever nele — *que a potência Venâncio Alves não entra na santa-aliança.*

VENÂNCIO — Não entra?... mas creia... A senhora... me fará justiça.

ELISA — Eu? Eu entrego-lhe as credenciais.

LULU — Aceite, olhe que deve aceitar.

VENÂNCIO — Minhas senhoras, senhor Pinheiro. *(sai)*

TODOS — Ah! Ah! Ah!

LULU — O jantar está na mesa. Vamos celebrar o tratado de paz.

FIM DE *O PROTOCOLO*

Quase ministro
Comédia em um ato

NOTA PRELIMINAR

Esta comédia foi expressamente escrita para ser representada em um sarau literário e artístico dado a 22 de novembro do ano passado (1862), em casa de alguns amigos na rua da Quitanda.

Os cavalheiros que se encarregaram dos diversos papéis foram os srs. Moraes Tavares, Manoel de Mello, Ernesto Cibrão, Bento Marques, Insley Pacheco, Arthur Napoleão, Muniz Barreto e Carlos Schramm. O desempenho, como podem atestar os que lá estiveram, foi muito acima do que se podia esperar de amadores.

Pela representação da comédia se abriu o sarau, continuando com a leitura de escritos poéticos e a execução de composições musicais.

Leram composições poéticas os senhores conselheiro José Feliciano de Castilho, fragmentos de uma excelente tradução do *Fausto*; Bruno Seabra, fragmentos do seu poema *Dom Fuas*, do gênero humorístico, em que a sua musa se distingue sempre; Ernesto Cibrão, uma graciosa e delicada poesia — *O Campo Santo*; dr. Pedro Luiz — *Os voluntários da morte*, ode eloquente sobre a Polônia; Faustino de Novaes, uns sentidos versos de despedida a Arthur Napoleão; finalmente, o próprio autor da comédia.

Executaram excelentes pedaços de música os senhores: Arthur Napoleão, A. Arnaud, Schramm e Wagner, pianistas; Muniz Barreto e Bernardelli, violinistas; Tronconi, harpista; Reichert, flautista; Bolgiani, Tootal, Wilmoth, Orlandini e Ferrand, cantores.

A este grupo de artistas é de rigor acrescentar o nome do sr. Leopoldo Heck, cujos trabalhos de pintura são bem conhecidos, e que se encarregou de *ilustrar* o programa do sarau afixado na sala.

O sarau era o sexto ou sétimo dado pelos mesmos amigos, reinando neste, como em todos, a franca alegria e convivência cordial a que davam lugar o bom gosto da direção e a urbanidade dos diretores.

1863

PERSONAGENS
Luciano Martins, deputado
Dr. Silveira
José Pacheco
Carlos Bastos
Mateus
Luiz Pereira
Müller
Agapito

Ação — Rio de Janeiro
(Sala em casa de Martins)

CENA I
Martins, Silveira

SILVEIRA — *(entrando)* Primo Martins, abraça este ressuscitado!
MARTINS — Como assim?
SILVEIRA — Não imaginas. Senta-te, senta-te. Como vai a prima?
MARTINS — Está boa. Mas que foi?
SILVEIRA — Foi um milagre. Conheces aquele meu alazão?
MARTINS — Ah! basta; história de cavalos... que mania!
SILVEIRA — É um vício, confesso. Para mim não há outros: nem fumo, nem mulheres, nem jogo, nem vinho; tudo isso que muitas vezes se encontra em um só homem, reuni-o eu na paixão dos cavalos; mas é que não há nada acima de um cavalo soberbo, elegante, fogoso. Olha, eu compreendo Calígula.
MARTINS — Mas, enfim...
SILVEIRA — A história? É simples. Conheces o meu *Intrépido*? É um lindo alazão! Pois ia eu há pouco, comodamente montado, costeando a praia de Botafogo; ia distraído, não sei em que pensava. De repente, um tílburi, que vinha em frente, esbarra e tomba. O *Intrépido* espanta-se; ergue as patas dianteiras, diante da massa que ficara defronte, donde saíam gritos e lamentos. Procurei contê-lo, mas qual! Quando dei por mim rolava muito prosaicamente na poeira. Levantei-me a custo; todo o corpo me doía; mas enfim pude tomar um carro e ir mudar de roupa. Quanto ao alazão, ninguém deu por ele; deitou a correr até agora.
MARTINS — Que maluco!
SILVEIRA — Ah! mas as comoções... E as folhas amanhã contando o fato: "DESASTRE. — Ontem, o jovem e estimado dr. Silveira Borges, primo do talentoso deputado Luciano Alberto Martins, escapou de morrer... etc." Só isto!
MARTINS — Acabaste a história do teu desastre?
SILVEIRA — Acabei.
MARTINS — Ouve agora o meu.
SILVEIRA — Estás ministro, aposto!
MARTINS — Quase.
SILVEIRA — Conta-me isto. Eu já tinha ouvido falar na queda do ministério.
MARTINS — Faleceu hoje de manhã.
SILVEIRA — Deus lhe fale n'alma!
MARTINS — Pois creio que vou ser convidado para uma das pastas.
SILVEIRA — Ainda não foste?
MARTINS — Ainda não; mas a coisa já é tão sabida na cidade, ouvi isto em tantas partes, que julguei dever voltar para casa à espera do que vier.
SILVEIRA — Muito bem! Dá cá um abraço! Não é um favor que te fazem; mereces, mereces... Ó primo, eu também posso servir em alguma pasta?
MARTINS — Quando houver uma pasta dos alazões... *(batem palmas)* Quem será?
SILVEIRA — Será a pasta?
MARTINS — Vê quem é.
(Silveira vai à porta. Entra Pacheco)

CENA II

Os mesmos, José Pacheco

PACHECO — Vossa excelência dá-me licença?
MARTINS — Pode entrar.
PACHECO — Não me conhece?
MARTINS — Não tenho a honra.
PACHECO — José Pacheco.
MARTINS — José...
PACHECO — Estivemos há dois dias juntos em casa do Bernardo. Fui-lhe apresentado por um colega da Câmara.
MARTINS — Ah! *(a Silveira, baixo)* Que me quererá?
SILVEIRA — *(baixo)* Já cheiras a ministro.
PACHECO — *(sentando-se)* Dá licença?
MARTINS — Pois não. *(senta-se)*
PACHECO — Então que me diz à situação? Eu já previa isto. Não sei se teve a bondade de ler uns artigos meus assinados — *Armand Carrel*. Tudo o que acontece hoje está lá anunciado. Leia-os e verá. Não sei se os leu?
MARTINS — Tenho uma ideia vaga.
PACHECO — Ah! pois então há de lembrar-se de um deles, creio que é o IV, não, é o V. Pois nesse artigo está previsto o que acontece hoje, tim tim por tim tim.
SILVEIRA — Então Vossa Senhoria é profeta!
PACHECO — Em política, ser lógico é ser profeta. Apliquem-se certos princípios a certos fatos, a consequência é sempre a mesma. Mas é mister que haja os fatos e os princípios...
SILVEIRA — Vossa Senhoria aplicou-os?...
PACHECO — Apliquei, sim, senhor, e adivinhei. Leia o meu V artigo e verá com que certeza matemática pintei a situação atual. Ah! ia-me esquecendo *(a Martins)*, receba Vossa Excelência os meus sinceros parabéns.
MARTINS — Por quê?
PACHECO — Não foi chamado para o ministério?
MARTINS — Não estou decidido.
PACHECO — Na cidade não se fala em outra coisa. É uma alegria geral. Mas, por que não está decidido? Não quer aceitar?
MARTINS — Não sei ainda.
PACHECO — Aceite, aceite! É digno; e digo mais, na atual situação, o seu concurso pode servir de muito.
MARTINS — Obrigado.
PACHECO — É o que lhe digo. Depois dos meus artigos; principalmente o V, não é lícito a ninguém recusar uma pasta, só se absolutamente não quiser servir o país. Mas nos meus artigos está tudo, é uma espécie de compêndio. De mais, a situação é nossa; nossa, repito, porque eu sou do partido de Vossa Excelência.
MARTINS — É muita honra.
PACHECO — Uma vez que se compenetre da situação, está tudo feito. Ora, diga-me, que política pretende seguir?
MARTINS — A do nosso partido.

Pacheco — É muito vago isso. O que eu pergunto é se pretende governar com energia ou com moderação. Tudo depende do modo. A situação exige um, mas o outro também pode servir...

Martins — Ah!

Silveira — *(à parte)* Que maçante!

Pacheco — Sim, a energia é... é isso, a moderação, entretanto... *(mudando o tom)* Ora, sinto deveras que não tivesse lido os meus artigos, lá vem tudo isso.

Martins — Vou lê-los... Creio que já os li, mas lerei segunda vez. Estas coisas devem ser lidas muitas vezes.

Pacheco — Não tem dúvida, como os catecismos. Tenho escrito outros muitos; há doze anos que não faço outra coisa; presto religiosa atenção aos negócios do Estado e emprego-me em prever as situações. O que nunca me aconteceu foi atacar ninguém; não vejo as pessoas, vejo sempre as ideias. Sou capaz de impugnar hoje os atos de um ministro e ir amanhã almoçar com ele.

Silveira — Vê-se logo.

Pacheco — Está claro!

Martins — *(baixo a Silveira)* Será tolo ou velhaco?

Silveira — *(baixo)* Uma e outra coisa. *(alto)* Ora, não me dirá, com tais disposições, por que não segue a carreira política? Por que se não propõe a uma cadeira no parlamento?

Pacheco — Tenho meu amor próprio, espero que ma ofereçam.

Silveira — Talvez receiem ofendê-lo.

Pacheco — Ofender-me?

Silveira — Sim, a sua modéstia...

Pacheco — Ah! modesto sou; mas não ficarei zangado.

Silveira — Se lhe oferecerem uma cadeira... está bom. Eu também não; nem ninguém. Mas eu acho que se devia propor; fazer um manifesto, juntar os seus artigos, sem faltar o v...

Pacheco — Esse principalmente. Cito aí boa soma de autores. Eu, de ordinário, cito muitos autores.

Silveira — Pois é isso, escreva o manifesto e apresente-se.

Pacheco — Tenho medo da derrota.

Silveira — Ora, com as suas habilitações...

Pacheco — É verdade, mas o mérito é quase sempre desconhecido, e enquanto eu vegeto nos *a pedidos* dos jornais, vejo muita gente chegar à cumeeira da fama. *(a Martins)* Ora, diga-me, o que pensará Vossa Excelência quando eu lhe disser que redigi um folheto e que vou imprimi-lo?

Martins — Pensarei que...

Pacheco — *(metendo a mão no bolso)* Aqui lho trago *(tira um rolo de papel)*. Tem muito que fazer?

Martins — Alguma coisa.

Silveira — Muito, muito.

Pacheco — Então não pode ouvir o meu folheto?

Martins — Se me dispensasse agora...

Pacheco — Pois sim, em outra ocasião. Mas, em resumo, é isto: trato dos meios de obter uma renda três vezes maior do que a que temos sem lançar mão de empréstimos, e mais ainda, diminuindo os impostos.

SILVEIRA — Oh!
PACHECO — *(guardando o rolo)* Custou-me muitos dias de trabalho, mas espero fazer barulho.
SILVEIRA — *(à parte)* Ora espera... *(alto)* Mas então, primo...
PACHECO — Ah! é primo de Vossa Excelência?
SILVEIRA — Sim, senhor.
PACHECO — Logo vi, há traços de família; vê-se que é um moço inteligente. A inteligência é o principal traço da família de Vossas Excelências. Mas dizia...
SILVEIRA — Dizia ao primo que vou decididamente comprar uns cavalos do Cabo magníficos. Não sei se os viu já. Estão na cocheira do major...
PACHECO — Não vi, não, senhor.
SILVEIRA — Pois, senhor, são magníficos! É a melhor estampa que tenho visto, todos do mais puro castanho, elegantes, delgados, vivos. O major encomendou trinta; chegaram seis; fico com todos. Vamos nós vê-los?
PACHECO — *(aborrecido)* Eu não entendo de cavalos. *(levanta-se)* Hão de dar-me licença. *(a Martins)* Vossa Excelência janta às cinco?
MARTINS — Sim, senhor, quando quiser...
PACHECO — Ah! hoje mesmo, hoje mesmo. Quero saber se aceitará ou não. Mas se quer um conselho de amigo, aceite, aceite. A situação está talhada para um homem como Vossa Excelência. Não a deixe passar. Recomendações a toda a sua família. Meus senhores. *(da porta)* Se quer, trago-lhe uma coleção dos meus artigos?
MARTINS — Obrigado, cá os tenho.
PACHECO — Bem, sem mais cerimônia.

CENA III
Martins, Silveira

MARTINS — Que me dizes a isto?
SILVEIRA — É um parasita, está claro.
MARTINS — E virá jantar?
SILVEIRA — Com toda a certeza.
MARTINS — Ora esta!
SILVEIRA — É apenas o começo; não passas ainda de um quase-ministro. Que acontecerá quando o fores de todo?
MARTINS — Tal preço não vale o trono.
SILVEIRA — Ora, aprecia lá a minha filosofia. Só me ocupo dos meus alazões, mas quem se lembra de me vir oferecer artigos para ler e estômagos para alimentar? Ninguém. Feliz obscuridade!
MARTINS — Mas a sem-cerimônia...
SILVEIRA — Ah! querias que fossem acanhados? São lestos, desembaraçados, como em suas próprias casas. Sabem tocar a corda.
MARTINS — Mas, enfim, não há muitos como este. Deus nos livre! Seria uma praga! Que maçante! Se não lhe falas em cavalos ainda aqui estava! *(batem palmas)* Será outro?
SILVEIRA — Será o mesmo?

CENA IV
Os mesmos, Carlos Bastos

BASTOS — Meus senhores...
MARTINS — Queira sentar-se. *(sentam-se)* Que deseja?
BASTOS — Sou filho das musas.
SILVEIRA — Bem, com licença.
MARTINS — Onde vais?
SILVEIRA — Vou lá dentro falar à prima.
MARTINS — *(baixo)* Presta-me o auxílio dos teus cavalos.
SILVEIRA — *(baixo)* Não é possível, este conhece o Pégaso. Com licença.

CENA V
Martins, Bastos

BASTOS — Dizia eu que sou filho das musas... Com efeito, desde que me conheci, achei-me logo entre elas. Elas me influíram a inspiração e o gosto da poesia, de modo que, desde os mais tenros anos, fui poeta.
MARTINS — Sim, senhor, mas...
BASTOS — Mal comecei a ter entendimento, achei-me logo entre a poesia e a prosa, como Cristo entre o bom e o mau ladrão. Ou devia ser poeta, conforme me pedia o gênio, ou lavrador, conforme meu pai queria. Segui os impulsos do gênio; aumentei a lista dos poetas e diminuí a dos lavradores.
MARTINS — Porém...
BASTOS — E podia ser o contrário? Há alguém que fuja à sua sina? Vossa Excelência não é um exemplo? Não se acaba de dar às suas brilhantes qualidades políticas a mais honrosa sanção? Corre ao menos por toda a cidade.
MARTINS — Ainda não é completamente exato.
BASTOS — Mas há de ser, deve ser. *(depois de uma pausa)* A poesia e a política acham-se ligadas por um laço estreitíssimo. O que é a política? Eu a comparo a Minerva. Ora, Minerva é filha de Júpiter, como Apolo. Ficam sendo, portanto, irmãos. Deste estreito parentesco nasce que a minha musa, apenas soube do triunfo político de Vossa Excelência, não pude deixar de dar alguma cópia de si. Introduziu-me na cabeça a faísca divina, emprestou-me as suas asas e arrojou-me até onde se arrojava Píndaro. Há de me desculpar, mas agora mesmo parece-me que ainda por lá ando.
MARTINS — *(à parte)* Ora dá-se.
BASTOS — Longo tempo vacilei; não sabia se devia fazer uma ode ou um poema. Era melhor o poema, por oferecer um quadro mais largo, e poder assim conter mais comodamente todas as ações grandes da vida de Vossa Excelência; mas, um poema só deve pegar do herói quando ele morre; e Vossa Excelência, por fortuna nossa, ainda se acha entre os vivos. A ode prestava-se mais, era mais curta e mais própria. Desta opinião foi a musa que me inspirou a melhor composição que até hoje tenho feito. Vossa Excelência vai ouvi-la. *(mete a mão no bolso)*
MARTINS — Perdão, mas agora não me é possível.
BASTOS — Mas...

MARTINS — Dê cá; lerei mais tarde. Entretanto, cumpre-me dizer que ainda não é cabida, porque ainda não sou ministro.

BASTOS — Mas há de ser, deve ser. Olhe, ocorre-me uma coisa. Naturalmente hoje à tarde já isso está decidido. Seus amigos e parentes virão provavelmente jantar com Vossa Excelência; então no melhor da festa, entre a pera e o queijo, levanto-me eu, como Horácio à mesa de Augusto, e desfio a minha ode! Que acha? É muito melhor, é muito melhor.

MARTINS — Será melhor não a ler; pareceria encomenda.

BASTOS — Oh! modéstia! Como assenta bem em um ministro!

MARTINS — Não é modéstia.

BASTOS — Mas quem poderá supor que seja encomenda? O seu caráter de homem público repele isso, tanto quanto repele o meu caráter de poeta. Há de se pensar o que realmente é: homenagem de um filho das musas a um aluno de Minerva. Descanse, conte com a sobremesa poética.

MARTINS — Enfim...

BASTOS — Agora, diga-me, quais são as dúvidas para aceitar esse cargo?

MARTINS — São secretas.

BASTOS — Deixe-se disso; aceite, que é o verdadeiro. Vossa Excelência deve servir o país. É o que eu sempre digo a todos... Ah! não sei se sabe: de há cinco anos a esta parte, tenho sido cantor de todos os ministérios. É que, na verdade, quando um ministério sobe ao poder, há razões para acreditar que fará a felicidade da nação. Mas nenhum a fez; este há de ser exceção: Vossa Excelência está nele e há de obrar de modo que mereça as bênçãos do futuro. Ah! os poetas são um tanto profetas.

MARTINS — *(levantando-se)* Muito obrigado. Mas há de me desculpar. *(vê o relógio)* Devo sair.

BASTOS — *(levantando-se)* Eu também saio e terei muita honra de ir à ilharga de Vossa Excelência.

MARTINS — Sim... mas, devo sair daqui a pouco.

BASTOS — *(sentando-se)* Bem, eu espero.

MARTINS — Mas é que eu tenho de ir para o interior de minha casa escrever umas cartas.

BASTOS — Sem cerimônia. Sairemos depois e voltaremos... Vossa Excelência janta às cinco?

MARTINS — Ah! quer esperar?

BASTOS — Quero ser dos primeiros que o abracem, quando vier a confirmação da notícia; quero, antes de todos, estreitar nos braços o ministro que vai salvar a nação.

MARTINS — *(meio zangado)* Pois fique, fique.

CENA VI
Os mesmos, Mateus

MATEUS — É um criado de Vossa Excelência.

MARTINS — Pode entrar.

BASTOS — *(à parte)* Será algum colega? Chega tarde!

MATEUS — Não tenho a honra de ser conhecido por Vossa Excelência, mas, em poucas palavras, direi quem sou...
MARTINS — Tenha a bondade de sentar-se.
MATEUS — *(vendo Bastos)* Perdão; está com gente; voltarei em outra ocasião.
MARTINS — Não, diga o que quer, este senhor vai já.
BASTOS — Pois não! *(à parte)* Que remédio! *(alto)* Às ordens de Vossa Excelência; até logo... não me demoro muito.

CENA VII
Martins, Mateus

MARTINS — Estou às suas ordens.
MATEUS — Primeiramente deixe-me dar-lhe os parabéns; sei que vai ter a honra de sentar-se nas poltronas do Executivo e eu acho que é do meu dever congratular-me com a nação.
MARTINS — Muito obrigado. *(à parte)* É sempre a mesma cantilena.
MATEUS — O país tem acompanhado os passos brilhantes da carreira política de Vossa Excelência. Todos contam que, subindo ao ministério, Vossa Excelência vai dar à sociedade um novo tom. Eu penso do mesmo modo. Nenhum dos gabinetes anteriores compreendeu as verdadeiras necessidades da pátria. Uma delas é a ideia que eu tive a honra de apresentar há cinco anos, e para cuja realização ando pedindo um privilégio. Se V. Exa. não tem agora muito que fazer, vou explicar-lhe a minha ideia.
MARTINS — Perdão; mas como eu posso não ser ministro, desejava não entrar por ora no conhecimento de uma coisa que só ao ministro deve ser comunicada.
MATEUS — Não ser ministro! Vossa Excelência não sabe o que está dizendo... Não ser ministro é, por outros termos, deixar o país à beira do abismo com as molas do maquinismo social emperradas... Não ser ministro! Pois é possível que um homem, com os talentos e os instintos de Vossa Excelência, diga semelhante barbaridade? É uma barbaridade. Eu já não estou em mim... Não ser ministro!
MARTINS — Basta, não se aflija desse modo.
MATEUS — Pois não me hei de afligir?
MARTINS — Mas então a sua ideia?
MATEUS — *(depois de limpar a testa com o lenço)* A minha ideia é simples como água. Inventei uma peça de artilharia; coisa inteiramente nova; deixa atrás de si tudo o que até hoje tem sido descoberto. É um invento que põe na mão do país que o possuir a soberania do mundo.
MARTINS — Ah! Vejamos.
MATEUS — Não posso explicar o meu segredo porque seria perdê-lo. Não é que eu duvide da discrição de Vossa Excelência; longe de mim semelhante ideia; mas é que Vossa Excelência sabe que estas coisas têm mais virtude quando são inteiramente secretas.
MARTINS — É justo; mas, diga-me lá, quais são as propriedades da sua peça?
MATEUS — São espantosas. Primeiramente, eu pretendo denominá-la: *O raio de Júpiter*, para honrar com um nome majestoso a majestade do meu invento. A peça é montada sobre uma carreta, a que chamarei locomotiva, porque não é outra

coisa. Quanto ao modo de operar, é aí que está o segredo. A peça tem sempre um depósito de pólvora e bala para carregar, e vapor para mover a máquina. Coloca-se no meio do campo e deixa-se... Não lhe bulam. Em começando o fogo, entra a peça a mover-se em todos os sentidos, descarregando bala sobre bala, aproximando-se ou recuando, segundo a necessidade. Basta uma para destroçar um exército; calcule o que não serão umas doze, como esta. É ou não a soberania do mundo?

MARTINS — Realmente, é espantoso. São peças com juízo.

MATEUS — Exatamente.

MARTINS — Deseja então um privilégio?

MATEUS — Por ora... É natural que a posteridade me faça alguma coisa... Mas tudo isso pertence ao futuro.

MARTINS — Merece, merece.

MATEUS — Contento-me com o privilégio... Devo acrescentar que alguns ingleses, alemães e americanos que, não sei como, souberam deste invento, já me propuseram, ou a venda dele ou uma carta de naturalização nos respectivos países; mas eu amo a minha pátria e os meus ministros.

MARTINS — Faz bem.

MATEUS — Está Vossa Excelência informado das virtudes da minha peça. Naturalmente daqui a pouco é ministro. Posso contar com a sua proteção?

MARTINS — Pode; mas eu não respondo pelos colegas.

MATEUS — Queira Vossa Excelência e os colegas cederão. Quando um homem tem as qualidades e a inteligência superior de Vossa Excelência, não consulta, domina. Olhe, eu fico descansado a este respeito.

CENA VIII
Os mesmos, Silveira

MARTINS — Fizeste bem em vir. Fica um momento conversando com este senhor. É um inventor e pede um privilégio. Eu vou sair; vou saber novidades. *(à parte)* Com efeito, a coisa tarda. *(alto)* Até logo. Aqui estarei sempre às suas ordens. Adeus, Silveira.

SILVEIRA — *(baixo a Martins)* Então, deixas-me só?

MARTINS — *(baixo)* Aguenta-se. *(alto)* Até sempre!

MATEUS — Às ordens de Vossa Excelência.

CENA IX
Mateus, Silveira

MATEUS — Eu também me vou embora. É parente do nosso ministro?

SILVEIRA — Sou primo.

MATEUS — Ah!

SILVEIRA — Então Vossa Senhoria inventou alguma coisa? Não foi a pólvora?

MATEUS — Não foi, mas cheira a isso... Inventei uma peça.

SILVEIRA — Ah!

MATEUS — Um verdadeiro milagre... Mas não é o primeiro; tenho inventado outras coisas. Houve um tempo em que me zanguei; ninguém fazia caso de mim;

recolhi-me ao silêncio, disposto a não inventar mais nada. Finalmente, a vocação sempre vence; comecei de novo a inventar, mas nada fiz ainda que chegasse a minha peça. Hei de dar nome ao século XIX.

CENA X
Os mesmos, Luiz Pereira

PEREIRA — Sua Excelência está em casa?
SILVEIRA — Não, senhor. Que desejava?
PEREIRA — Vinha dar-lhe os parabéns.
SILVEIRA — Pode sentar-se.
PEREIRA — Saiu?
SILVEIRA — Há pouco.
PEREIRA — Mas volta?
SILVEIRA — Há de voltar.
PEREIRA — Vinha dar-lhe os parabéns... e convidá-lo.
SILVEIRA — Para quê, se não é curiosidade?
PEREIRA — Para um jantar.
SILVEIRA — Ah! *(à parte)* Está feito. Este oferece jantares.
PEREIRA — Está já encomendado. Lá se encontrarão várias notabilidades do país. Quero fazer ao digno ministro, sob cujo teto tenho a honra de falar neste momento, aquelas honras que o talento e a virtude merecem.
SILVEIRA — Agradeço em nome dele esta prova...
PEREIRA — Vossa Senhoria pode até fazer parte da nossa festa.
SILVEIRA — É muita honra.
PEREIRA — É meu costume, quando sobe um ministério, escolher o ministro mais simpático e oferecer-lhe um jantar. E há uma coisa singular: conto os meus filhos por ministérios. Casei-me em 50; daí para cá, tantos ministérios, tantos filhos. Ora, acontece que de cada pequeno meu é padrinho um ministro e fico eu assim espiritualmente aparentado com todos os gabinetes. No ministério que caiu, tinha eu dois compadres. Graças a Deus, posso fazê-lo sem diminuir as minhas rendas.
SILVEIRA — *(à parte)* O que lhe come o jantar é quem batiza o filho.
PEREIRA — Mas o nosso ministro, demorar-se-á muito?
SILVEIRA — Não sei... ficou de voltar.
MATEUS — Eu peço licença para me retirar. *(à parte, a Silveira)* Não posso ouvir isto.
SILVEIRA — Já se vai?
MATEUS — Tenho voltas que dar; mas logo cá estou. Não lhe ofereço para jantar, porque vejo que Sua Excelência janta fora.
PEREIRA — Perdão, se me quer dar a honra.
MATEUS — Honra... sou eu que a recebo... aceito, aceito com muito gosto.
PEREIRA — É no hotel Inglês, às cinco horas.

CENA XI
Os mesmos, Agapito, Müller

SILVEIRA — Oh! entra, Agapito!
AGAPITO — Como estás?
SILVEIRA — Traze parabéns?
AGAPITO — E pedidos.
SILVEIRA — O que é?
AGAPITO — Apresento-te o senhor Müller, cidadão hanoveriano.
SILVEIRA — *(a Müller)* Queira sentar-se.
AGAPITO — O senhor Müller chegou há quatro meses da Europa e deseja contratar o teatro lírico.
SILVEIRA — Ah!
MÜLLER — Tenho debalde perseguido os ministros, nenhum me tem atendido. Entretanto, o que eu proponho é um verdadeiro negócio da China.
AGAPITO — *(a Müller)* Olhe que não é ao ministro que está falando, é ao primo dele.
MÜLLER — Não faz mal. Veja se não é negócio da China. Proponho fazer cantar os melhores artistas da época. Os senhores vão ouvir coisas nunca ouvidas. Verão o que é um teatro lírico.
SILVEIRA — Bem, não duvido.
AGAPITO — Somente, o senhor Müller pede uma subvenção.
SILVEIRA — É justo. Quanto?
MÜLLER — Vinte e cinco contos por mês.
MATEUS — Não é má; e os talentos do país? Os que tiverem à custa do seu trabalho produzido inventos altamente maravilhosos? O que tiver posto na mão da pátria a soberania do mundo?
AGAPITO — Ora, senhor! A soberania do mundo é a música, que vence a ferocidade. Não sabe a história de Orfeu?
MÜLLER — Muito bem!
SILVEIRA — Eu acho a subvenção muito avultada.
MÜLLER — E se eu lhe provar que não é?
SILVEIRA — É possível, em relação ao esplendor dos espetáculos; mas, nas circunstâncias do país...
AGAPITO — Não há circunstâncias que procedam contra a música... Deve ser aceita a proposta do senhor Müller.
MÜLLER — Sem dúvida.
AGAPITO — Eu acho que sim. Há uma porção de razões para demonstrar a necessidade de um teatro lírico. Se o país é feliz, é bom que ouça cantar, porque a música confirma as comoções da felicidade. Se o país é infeliz, é também bom que ouça cantar, porque a música adoça as dores. Se o país é dócil, é bom que ouça música, para nunca se lembrar de ser rebelde. Se o país é rebelde, é bom que ouça música, porque a música adormece os furores e produz a brandura. Em todos os casos a música é útil. Deve ser até um meio do governo.
SILVEIRA — Não contesto nenhuma dessas razões; mas meu primo, se for efetivamente ministro, não aceitará semelhante proposta.
AGAPITO — Deve aceitar; mais ainda, se és meu amigo, deves interceder pelo senhor Müller.

SILVEIRA — Por quê?
AGAPITO — *(baixo, a Silveira)* Filho, eu namoro a prima-dona! *(alto)* Se me perguntarem quem é a prima-dona, não saberei responder; é um anjo e um diabo; é a mulher que resume as duas naturezas, mas a mulher perfeita, completa, única. Que olhos! Que porte! Que donaire! Que pé! Que voz!
SILVEIRA — Também a voz?
AGAPITO — Nela não há primeiros ou últimos merecimentos. Tudo é igual; tem tanta formosura, quanto graça, quanto talento! Se a visses! Se a ouvisses!
MÜLLER — E as outras? Tenho uma andaluza... *(levando os dedos à boca e beijando-os)* divina! É a flor das andaluzas!
AGAPITO — Tu não conheces as andaluzas.
SILVEIRA — Tenho uma que me mandaram de presente.
MÜLLER — Pois, senhor, eu acho que o governo deve aceitar com ambas as mãos a minha proposta.
AGAPITO — *(baixo, a Silveira)* E depois, eu acho que tenho direito a este obséquio; votei com vocês nas eleições.
SILVEIRA — Mas...
AGAPITO — Não mates o meu amor ainda nascente.
SILVEIRA — Enfim, o primo resolverá.

CENA XII
Os mesmos, Pacheco, Bastos

PACHECO — Dá licença?
SILVEIRA — *(à parte)* Oh! aí está toda a procissão.
BASTOS — Sua Excelência?
SILVEIRA — Saiu. Queiram sentar-se.
PACHECO — Foi naturalmente ter com os companheiros para assentar na política do gabinete. Eu acho que deve ser a política moderada. É a mais segura.
SILVEIRA — É a opinião de nós todos.
PACHECO — É a verdadeira opinião. Tudo o que não for isto é sofismar a situação.
BASTOS — Eu não sei se isso é o que a situação pede; o que sei é que Sua Excelência deve colocar-se na altura que lhe compete, a altura de um Hércules. O *déficit* é o leão de Nemeia; é preciso matá-lo. Agora, se para aniquilar esse monstro é preciso energia ou moderação, isso não sei; o que sei é que é preciso talento e muito talento, e nesse ponto ninguém pode ombrear com Sua Excelência.
PACHECO — Nesta última parte concordamos todos.
BASTOS — Mas que moderação é essa? Pois faz-se jus aos cantos do poeta e ao cinzel do estatuário com um sistema de moderação? Recorramos aos heróis... Aquiles foi moderado? Heitor foi moderado? Eu falo pela poesia, irmã carnal da política, porque ambas são filhas de Júpiter.
PACHECO — Sinto não ter agora os meus artigos. Não posso ser mais claro do que fui naquelas páginas, realmente as melhores que tenho escrito.
BASTOS — Ah! Vossa Senhoria também escreve?
PACHECO — Tenho escrito vários artigos de apreciação política.
BASTOS — Eu escrevo em verso; mas nem por isso deixo de sentir prazer, travando conhecimento com Vossa Senhoria.

PACHECO — Oh! senhor.
BASTOS — Mas pense e há de concordar comigo.
PACHECO — Talvez... Eu já disse que sou da política de Sua Excelência; e contudo ainda não sei (para falar sempre em Júpiter...), ainda não sei se ele é filho de Júpiter Libertador ou Júpiter Stator; mas já sou da política de Sua Excelência; e isto porque sei que, filho de um ou de outro, há de sempre governar na forma indicada pela situação, que é a mesma já prevista nos meus artigos, principalmente o v...

CENA XIII
Os mesmos, Martins

BASTOS — Aí chega Sua Excelência.
MARTINS — Meus senhores...
SILVEIRA — *(apresentando Pereira)* Aqui o senhor vem convidar-te para jantar com ele.
MARTINS — Ah!
PEREIRA — É verdade; soube da sua nomeação e vim, conforme o coração me pediu, oferecer-lhe uma prova pequena da minha simpatia.
MARTINS — Agradeço a simpatia; mas o boato que correu hoje, desde manhã, é falso... O ministério está completo, sem mim.
TODOS — Ah!
MATEUS — Mas quem são os novos?
MARTINS — Não sei.
PEREIRA — *(à parte)* Nada, eu não posso perder um jantar e um compadre.
BASTOS — *(à parte)* E a minha ode? *(a Mateus)* Fica?
MATEUS — Nada, eu vou. *(aos outros)* Vou saber quem é o novo ministro para oferecer-lhe o meu invento...
BASTOS — Sem incômodo, sem incômodo.
SILVEIRA — *(a Bastos e Mateus)* Esperem um pouco.
PACHECO — E não sabe qual será a política do novo ministério? É preciso saber. Se não for a moderação, está perdido. Vou averiguar isso.
MARTINS — Não janta conosco?
PACHECO — Um destes dias... obrigado... até depois...
SILVEIRA — Mas esperem: onde vão? Ouçam ao menos uma história. É pequena mas conceituosa. Um dia anunciou-se um suplício. Toda gente correu a ver o espetáculo feroz. Ninguém ficou em casa: velhos, moços, homens, mulheres, crianças, tudo invadiu a praça destinada à execução. Mas, porque viesse o perdão à última hora, o espetáculo não se deu e a forca ficou vazia. Mais ainda: o enforcado, isto é, o condenado, foi em pessoa à praça pública dizer que estava salvo e confundir com o povo as lágrimas de satisfação. Houve um rumor geral, depois um grito, mais dez, mais cem, mais mil, romperam de todos os ângulos da praça, e uma chuva de pedras deu ao condenado a morte de que o salvara a real clemência. — Por favor, misericórdia para este *(apontando para Martins)* Não tem culpa nem da condenação, nem da absolvição.
PEREIRA — A que vem isto?
PACHECO — Eu não lhe acho graça alguma!

BASTOS — Histórias da carochinha!
MATEUS — Ora adeus! Boa tarde.
OS OUTROS — Boa tarde.

CENA XIV
Martins e Silveira

MARTINS — Que me dizes a isto?
SILVEIRA — Que hei de dizer! Estavas a surgir... dobraram o joelho: repararam que era uma aurora boreal, voltaram as costas e lá se vão em busca do sol... São especuladores!
MARTINS — Deus te livre destes e de outros...
SILVEIRA — Ah! livra... livra. Afora os incidentes como o de Botafogo... ainda não me arrependi das minhas loucuras, como tu lhes chamas. Um alazão não leva ao poder, mas também não leva à desilusão.
MARTINS — Vamos jantar.

FIM DE *QUASE MINISTRO*

As forcas caudinas
Comédia em dois atos

PERSONAGENS
*Tito
Ernesto Seabra
Aleixo Cupidov, coronel Russo
Emília Soares, viúva
Margarida Seabra
Um correio*

A cena passa-se em Petrópolis — Atualidade.

ATO PRIMEIRO
(Um jardim: mesa, cadeiras de ferro. A casa a um lado)

CENA I
*Seabra (assentado a um lado da mesa, com um livro aberto);
Margarida (do outro lado)*

SEABRA — Queres que paremos aqui?
MARGARIDA — Como quiseres.

SEABRA — (*fechando o livro*) É melhor. As coisas boas não se gozam de uma assentada. Guardemos um bocado para a noite. Demais, era já tempo que eu passasse do idílio escrito para o idílio vivo. Deixa-me olhar para ti.
MARGARIDA — Jesus! Parece que começamos a lua de mel.
SEABRA — Parece e é. E se o casamento não fosse eternamente isto o que poderia ser? A ligação de duas existências para meditar discretamente na melhor maneira de comer o maxixe e o repolho? Ora, pelo amor de Deus! Eu penso que o casamento deve ser um namoro eterno. Não pensas como eu?
MARGARIDA — Sinto...
SEABRA — Sentes, é quanto basta.
MARGARIDA — Mas que as mulheres sintam é natural; os homens...
SEABRA — Os homens são homens.
MARGARIDA — O que nas mulheres é sensibilidade, nos homens é pieguice: desde pequena me dizem isto.
SEABRA — Enganam-te desde pequena.
MARGARIDA — Antes isso!
SEABRA — É a verdade. E desconfia sempre dos que mais falam, homens ou mulheres. Tens perto um exemplo. A Emília faz um grande cavalo de batalha da sua isenção. Quantas vezes se casou? Até aqui duas, e está nos vinte e cinco anos. Era melhor calar-se mais e casar-se menos.
MARGARIDA — Mas nela é brincadeira.
SEABRA — Pois sim. O que não é brincadeira é que os cinco meses do nosso casamento parecem-me cinco minutos...
MARGARIDA — Cinco meses!
SEABRA — Como foge o tempo!
MARGARIDA — Dirás sempre o mesmo?
SEABRA — Duvidas?
MARGARIDA — Receio. É tão bom ser feliz!
SEABRA — Sê-lo-ás sempre e do mesmo modo. De outro não entendo eu.
TITO — (*ao fundo*) O que é que não entendes?

CENA II
Margarida, Seabra, Tito

SEABRA — Quem é? (*levanta-se e vai ao fundo*) Ah! é o Tito! Entra! Entra! (*abre a cancela*) Ah! (*abraçam-se*) Como estás? Acho-te mais gordo! Anda cumprimentar minha mulher. Margarida, aqui está o Tito!
TITO — Minha senhora... (*a Seabra*) Dás licença? (*a Margarida*) Quem vem de longe quer abraços. (*dá-lhe um abraço*) Ah! aproveito a ocasião para dar-lhes os parabéns.
SEABRA — Recebeste a nossa carta de participação?
TITO — Em Valparaíso.
SEABRA — Anda sentar-te e conta-me a tua viagem.
TITO — Isso é longo. O que te posso contar é que desembarquei ontem no Rio. Tratei de indagar a tua morada. Disseram-me que estavas temporariamente em Petrópolis. Descansei, mas logo hoje tomei a barca da Prainha e aqui estou. Eu já sus-

peitava que com o teu espírito de poeta irias esconder a tua felicidade em algum recanto do mundo. Com efeito, isto é verdadeiramente uma nesga do paraíso. Jardim, caramanchões, uma casa leve e elegante, um livro... (*abre o livro*) Bravo! *Marília de Dirceu*... É completo? *Tityre, tu patulae*... Caio no meio de um idílio. (*a Margarida*) Pastorinha, onde está o cajado? (*Margarida ri às gargalhadas*) Ri mesmo como uma pastorinha alegre. E tu, Teócrito, que fazes? Deixas correr os dias como as águas do Paraíba? Feliz criatura!

SEABRA — Sempre o mesmo!

TITO — O mesmo doido? (*a Margarida*) Acha que ele tem razão?

MARGARIDA — Acho, se o não ofendo...

TITO — Qual, ofender! Se eu até me honro com isso. Sou um doido inofensivo, isso é verdade. Mas é que realmente são felizes como poucos. Há quantos meses se casaram?

MARGARIDA — Cinco meses faz domingo.

SEABRA — Disse há pouco que me pareciam cinco minutos.

TITO — Cinco meses, cinco minutos! Eis toda a verdade da vida. Se os pusessem sobre uma grelha, como são Lourenço, cinco minutos eram cinco meses. E ainda se fala em tempo! Há lá tempo! O tempo está nas nossas impressões. Há meses para os infelizes e minutos para os venturosos!

SEABRA — Mas que ventura!

TITO — Completa, não? Imagino! Marido de um serafim nas graças e no coração... Ah! perdão, não reparei que estava aqui... mas não precisa corar!... Disto me hás de ouvir vinte vezes por dia! o que penso, digo. (*a Seabra*) Como não te hão de invejar os nossos amigos!

SEABRA — Isso não sei.

TITO — Pudera! Encafuado neste desvão do mundo de nada podes saber. E fazes bem. Isto de ser feliz à vista de todos é repartir a felicidade. Ora, para respeitar o princípio devo ir-me já embora...

SEABRA — Deixa-te disso: fica conosco.

MARGARIDA — Os verdadeiros amigos também são a felicidade.

TITO — (*curvando-se*) Oh!...

SEABRA — É até bom que aprendas em nossa escola a ciência do casamento.

TITO — Para quê?

SEABRA — Para te casares.

TITO — Hum!

MARGARIDA — Não pretende?

SEABRA — Estás ainda o mesmo que em outro tempo?

TITO — O mesmíssimo.

MARGARIDA — Tem horror ao casamento?

TITO — Não tenho vocação. É puramente um caso de vocação. Quem a não tiver não se meta nisso que é perder o tempo e o sossego. Desde muito tempo estou convencido disto.

SEABRA — Ainda te não bateu a hora.

TITO — Nem bate.

SEABRA — Mas, se bem me lembro, houve um dia em que fugiste às teorias de costume; andavas então apaixonado...

TITO — Apaixonado é engano. Houve um dia em que a providência trouxe uma confirmação aos meus instantes solitários. Meti-me a pretender uma senhora...
SEABRA — É verdade: foi um caso engraçado.
MARGARIDA — Como foi o caso?
SEABRA — O Tito viu em um baile uma rapariga. No dia seguinte apresenta-se em casa dela, e, sem mais nem menos, pede-lhe a mão. Ela respondeu... Que te respondeu?
TITO — Respondeu por escrito que eu era um tolo e me deixasse daquilo. Não disse positivamente tolo, mas vinha a dar na mesma. É preciso confessar que semelhante resposta não era própria. Voltei atrás e nunca mais amei.
MARGARIDA — Mas amou naquela ocasião?
TITO — Não sei se era amor, era uma coisa... Mas note, isto foi há uns bons cinco anos. Daí para cá ninguém mais me fez bater o coração.
SEABRA — Pior para ti.
TITO — Eu sei! Se não tenho os gozos intensos do amor, não tenho nem os dissabores nem os desenganos. É já uma grande fortuna!
MARGARIDA — No verdadeiro amor não há nada disso...
TITO — Não há? Deixemos o assunto; eu podia fazer um discurso a propósito, mas prefiro...
SEABRA — Ficar conosco? Está sabido.
TITO — Não tenho essa intenção.
SEABRA — Mas tenho eu. Hás de ficar.
TITO — Mas se eu já mandei o criado tomar alojamento no hotel de Bragança...
SEABRA — Pois manda contraordem. Fica comigo!
TITO — Insisto em não perturbar a tua paz.
SEABRA — Deixa-te disso!
MARGARIDA — Fique!
TITO — Ficarei.
MARGARIDA — E amanhã, depois de ter descansado, há de nos dizer qual é o segredo da isenção de que tanto se ufana.
TITO — Não há segredo. O que há é isto. Entre um amor que se oferece e... uma partida de voltarete, não hesito, atiro-me ao voltarete. A propósito, Ernesto, sabes que encontrei no Chile um famoso parceiro de voltarete? Fez a casca mais temerária que tenho visto... *(a Margarida)* Sabe o que é uma casca?
MARGARIDA — Não.
TITO — Pois eu lhe explico.
SEABRA — Aí chega a Emília.

CENA III
Os mesmos, Emília e o coronel

MARGARIDA — *(indo ao fundo)* Viva, senhora ingrata, há três dias...
EMÍLIA — E a chuva?
CORONEL — Minha senhora, senhor Seabra...
SEABRA— *(a Emília)* Dona Emília, vem achar-me na maior satisfação. Tornei a ver um amigo que há muito andava em viagem. Tenho a honra de lho apresentar: é o senhor Tito Freitas.

Tito — Minha senhora! (*Emília fita-lhe os olhos por algum tempo procurando recordar-se; Tito sustenta o olhar de Emília com a mais imperturbável serenidade*)

Seabra — (*apresentando*) O senhor Aleixo Cupidov, coronel do exército russo; o senhor Tito Freitas... Bem... (*indo à porta da casa*) Tragam cadeiras...

Emília — (*a Margarida*) Pois ainda hoje não viria se não fosse a obsequiosidade do senhor coronel...

Margarida — O senhor coronel é uma maravilha. (*chega um fâmulo com cadeiras, dispõe-nas e sai*)

Coronel — Nem tanto, nem tanto.

Emília — É, é. Eu só tenho medo de uma coisa; é que suponham que me acho contratada para vivandeira para o exército russo...

Coronel — Quem suporia?

Seabra — Sentem-se, nada de cerimônias.

Emília — Sabem que o senhor coronel vai fazer-me um presente?

Seabra — Ah!...

Margarida — O que é?

Coronel — É uma insignificância, não vale a pena.

Emília — Então não acertam? É um urso branco.

Seabra e Margarida — Um urso!

Emília — Está para chegar; mas só ontem é que me deu notícia...

Tito — (*baixo a Seabra*) Com ele faz um par.

Margarida — Ora, um urso!

Coronel — Não vale a pena. Contudo mandei dizer que desejava dos mais belos. Ah! não fazem ideia do que é um urso branco! Imaginem que é todo branco!

Tito — Ah!...

Coronel — É um animal admirável.

Tito — Eu acho que sim. (*a Seabra*) Ora, vê tu, um urso branco que é todo branco! (*baixo*) Que faz este sujeito?

Seabra — (*baixo*) Namora a Emília, mas sem ser namorado.

Tito — (*idem*) Diz ela?

Seabra — (*idem*) E é verdade.

Emília — (*respondendo a Margarida*) Mas por que não me mandaste dizer? Dá-se esta, senhor Seabra; então faz-se anos nesta casa e não me mandam dizer?

Margarida — Mas a chuva?

Emília — Anda lá, maliciosa! Bem sabes que não há chuva em casos tais.

Seabra — Demais fez-se a festa tão à capucha!

Emília — Fosse o que fosse, eu sou de casa.

Tito — O coronel está com licença, não?

Coronel — Estou, sim, senhor.

Tito — Não tem saudades do serviço?

Coronel — Podia ter, mas há compensações...

Tito — É verdade que os militares, por gosto ou por costume, nas vagas do serviço do exército, alistam-se em outro exército, sem baixa de posto, alferes quando são alferes, coronéis quando são coronéis. Tudo lhes corre mais fácil: é o verdadeiro amor; o amor que cheira a pelouro e morrião. Oh! esse sim!

Coronel — Oh!...

TITO — É verdade, não?
CORONEL — Faz-se o que se pode...
EMÍLIA — (a Tito) É advogado?
TITO — Não sou coisa alguma.
EMÍLIA — Parece advogado.
MARGARIDA — Oh! ainda não sabes o que é o nosso amigo... Nem digo, que tenho medo...
EMÍLIA — É coisa tão feia assim?
TITO — Dizem, mas eu não creio.
EMÍLIA — O que é então?
MARGARIDA — É um homem incapaz de amar... Não pode haver maior indiferença para o amor... Em resumo, prefere a um amor... O quê? Um voltarete.
EMÍLIA — Disse-te isso?
TITO — E repito. Mas note bem, não é por elas, é por mim. Acredito que todas as mulheres sejam credoras da minha adoração; mas eu é que sou feito de modo que nada mais lhes posso conceder do que uma estima desinteressada.
EMÍLIA — Se não é vaidade, é doença.
TITO — Há de me perdoar, mas eu creio que não é doença nem vaidade. É natureza: uns aborrecem as laranjas, outros aborrecem os amores; agora se o aborrecimento vem por causa das cascas, não sei; o que é certo é que é assim.
EMÍLIA — (a Margarida) É ferino!
TITO — Ferino, eu? Sou uma seda, uma dama, um milagre de brandura... Dói-me, deveras, que eu não possa estar na linha dos outros homens, e não seja, como todos, propenso a receber as impressões amorosas, mas que quer? A culpa não é minha.
SEABRA — Anda lá, o tempo há de mudar.
TITO — Mas quando? Tenho vinte e nove feitos!
EMÍLIA — Já, vinte e nove?
TITO — Completei-os pela Páscoa.
EMÍLIA — Não parece.
TITO — São os seus bons olhos...
UM CORREIO (ao fundo) — Jornais da corte! (Seabra vai tomar os jornais. Vai-se o correio)
SEABRA — Notícias do paquete.
CORONEL — Notícias do paquete? Faz-me favor de um? (Seabra dá-lhe um jornal)
SEABRA — Queres ler, Tito?
TITO — Já li. Mas olha, deixa-me ir tirar estas botas e mandar chamar o meu criado.
SEABRA — Vamos. Dispensam-nos por um instante?
EMÍLIA — Pois não!
SEABRA — Vamos.
TITO — Não tardo nada. (entram os dois em casa. O coronel lê as notícias com grandes gestos de espanto)
EMÍLIA — Coronel, ao lado da casa há um caramanchãozinho, muito próprio para leitura...
CORONEL — Perdão, minha senhora, eu bem sei que faço mal, mas é que realmente o paquete trouxe notícias gravíssimas.

EMÍLIA — No caramanchão! No caramanchão!
CORONEL — Hão de perdoar, com licença... (*a Emília*) Não vai sem mim?
EMÍLIA — Conto com a sua obsequiosidade.
CORONEL — Pois não! (*sai*)

CENA IV
Margarida, Emília

MARGARIDA — Quando te deixará este eterno namorado?
EMÍLIA — Eu sei lá! Mas, afinal de contas, não é mau homem. Tem aquela mania de me dizer no fim de todas as semanas que nutre por mim uma ardente paixão.
MARGARIDA — Enfim, se não passa da declaração semanal...
EMÍLIA — Não passa. Tem a vantagem de ser um braceiro infalível para a rua e um realejo menos mau dentro de casa. Já me contou umas cinquenta vezes a batalha em que ganhou o posto de coronel. Todo o seu desejo, diz ele, é ver-se comigo em São Petersburgo. Quando me fala nisto, se é à noite, e é quase sempre à noite, mando vir o chá, excelente meio de aplacar-lhe os ardores amorosos. Gosta do chá que se pela! Gosta tanto como de mim! Mas aquela do urso branco? E se realmente mandou vir um urso?
MARGARIDA — Aceita.
EMÍLIA — Pois eu hei de sustentar um urso? Não me faltava mais nada.
MARGARIDA — Quer-me parecer que acabas por te apaixonar...
EMÍLIA — Por quem? Pelo urso?
MARGARIDA — Não; pelo coronel.
EMÍLIA — Deixa-te disso... Ah! mas o original... O amigo de teu marido? Que me dizes do vaidoso? Não se apaixona!
MARGARIDA — Talvez seja sincero...
EMÍLIA — Não acredito. Pareces criança! Diz aquilo dos dentes para fora...
MARGARIDA — É verdade que não tenho maior conhecimento dele...
EMÍLIA — Quanto a mim, pareceu-me não ser estranha aquela cara... Mas não me lembro!
MARGARIDA — Parece ser sincero... Mas dizer aquilo é já atrevimento.
EMÍLIA — Está claro...
MARGARIDA — De que te ris?
EMÍLIA — Lembra-me um do mesmo gênero que este... Foi já há tempos. Andava sempre a gabar-se da sua isenção. Dizia que todas as mulheres eram para ele vasos da China: admirava-as e nada mais. Coitado! Caiu em menos de um mês. Margarida, vi-o beijar-me a ponta dos sapatos... Depois do que desprezei-o.
MARGARIDA — Que fizeste?
EMÍLIA — Ah! não sei o que fiz. Fiz o que todas fazemos. Santa Astúcia foi quem operou o milagre. Vinguei o sexo e abati um orgulhoso.
MARGARIDA — Bem feito!
EMÍLIA — Não era menos do que este. Mas falemos de coisas sérias... Recebi as folhas francesas de modas...
MARGARIDA — Que há de novo?
EMÍLIA — Muita coisa. Amanhã tas mandarei. Repara em um novo corte de mangas.

É lindíssimo. Já mandei encomendas para a corte. Em artigos de passeio há fartura e do melhor.

MARGARIDA — Para mim quase que é inútil mandar.

EMÍLIA — Por quê?

MARGARIDA — Quase nunca saio de casa.

EMÍLIA — Nem ao menos irás jantar comigo no dia de ano bom?

MARGARIDA — Oh! com toda a certeza!

EMÍLIA — Pois vai... Ah! Irá o homem? O senhor Tito?

MARGARIDA — Se estiver cá... E quiseres...

EMÍLIA — Pois que vá, não faz mal... Saberei contê-lo... Creio que não será sempre tão... incivil. Nem sei como podes ficar com esse sangue-frio! A mim faz-me mal aos nervos!

MARGARIDA — É-me indiferente.

EMÍLIA — Mas a injúria ao sexo... Não te indigna?

MARGARIDA — Pouco.

EMÍLIA — És feliz.

MARGARIDA — Que queres que eu faça a um homem que diz aquilo? Se não fosse já casada era possível que me indignasse mais. Se fosse livre era possível que lhe fizesse o que fizeste ao outro. Mas eu não posso cuidar dessas coisas...

EMÍLIA — Nem ouvindo a preferência do voltarete? Pôr-nos abaixo da dama de copas! E o ar com que diz aquilo! Que calma! Que indiferença!

MARGARIDA — É mau! É mau!

EMÍLIA — Merecia castigo...

MARGARIDA — Merecia. Queres tu castigá-lo?

EMÍLIA — Não vale a pena.

MARGARIDA — Mas tu castigaste o outro.

EMÍLIA — Sim... Mas não vale a pena.

MARGARIDA — Dissimulada!

EMÍLIA — (*rindo*) Por que dizes isso?

MARGARIDA — Porque já te vejo meio tentada a uma vingança nova...

EMÍLIA — Eu? Ora, qual!

MARGARIDA — Que tem? Não é crime...

EMÍLIA — Não é, decerto; mas... Veremos!

MARGARIDA — Ah! Serás capaz?

EMÍLIA — (*com um olhar de orgulho*) Capaz?

MARGARIDA — Beijar-te-á ele a ponta dos sapatos?

EMÍLIA — (*apontando com o leque para o pé*) E hão de ser estes...

MARGARIDA — Aí vem o homem! (*Tito aparece à porta da casa*)

CENA V
Tito, Emília, Margarida

TITO — (*parando à porta*) Não é segredo?

EMÍLIA — Qual! Pode vir.

MARGARIDA — Descansou mais?

TITO — Pois não! Onde está o coronel?

EMÍLIA — Está lendo as folhas da corte.
TITO — Coitado do coronel!
EMÍLIA — Coitado por quê?
TITO — Talvez em breve tenha de voltar para o exército. É duro. Quando a gente se afaz a certos lugares e certos hábitos lá lhe custa a mudar... Mas a força maior... Não as incomoda o fumo?
EMÍLIA — Não, senhor!
TITO — Então posso continuar a fumar?
MARGARIDA — Pode.
TITO — É um mau vício, mas é o meu único vício. Quando fumo parece que aspiro a eternidade. Enlevo-me todo e mudo de ser. Divina invenção!
EMÍLIA — Dizem que é excelente para os desgostos amorosos.
TITO — Isso não sei. Mas não é só isto. Depois da invenção do fumo não há solidão possível. É a melhor companhia deste mundo. Demais, o charuto é um verdadeiro *Memento homo*: reduzindo-se pouco a pouco em cinzas, vai lembrando ao homem o fim real e infalível de todas as coisas: é o aviso filosófico, é a sentença fúnebre que nos acompanha em toda a parte. Já é um grande progresso... Mas aqui estou eu a aborrecê-las com uma dissertação aborrecida... Hão de desculpar... que foi descuido. *(fixando o olhar em Emília)* Ora, a falar a verdade, eu vou desconfiando; Vossa Excelência olha-me com uns olhos tão singulares.
EMÍLIA — Não sei se são singulares, mas são os meus.
TITO — Penso que não são os do costume. Está talvez Vossa Excelência a dizer consigo que eu sou um esquisito, um singular, um...
EMÍLIA — Um vaidoso, é verdade.
TITO — Sétimo mandamento: não levantarás falsos testemunhos.
EMÍLIA — Falsos, diz o mandamento.
TITO — Não me dirá em que sou eu vaidoso?
EMÍLIA — Ah! a isso não respondo eu.
TITO — Por que não quer?
EMÍLIA — Porque... não sei. É uma coisa que se sente, mas que se não pode descobrir. Respira-lhe a vaidade em tudo: no olhar, na palavra, no gesto... Mas não se atina com a verdadeira origem de tal doença.
TITO — É pena. Eu tinha grande prazer em ouvir da sua boca o diagnóstico da minha doença. Em compensação pode ouvir da minha o diagnóstico da sua... A sua doença é... Digo?
EMÍLIA — Pode dizer.
TITO — É um despeitozinho.
EMÍLIA — Deveras?
TITO — Despeito pelo que eu disse há pouco.
EMÍLIA — *(rindo)* Puro engano!
TITO — É com certeza. Mas é tudo gratuito. Eu não tenho culpa de coisa alguma. A natureza é que me fez assim.
EMÍLIA — Só a natureza?
TITO — E um tanto de estudo. Ora, vou desfiar-lhe as minhas razões. Veja se posso amar ou pretender amar: primeiro, não sou bonito...
EMÍLIA — Oh!...

TITO — Agradeço o protesto, mas continuo na mesma opinião: não sou bonito, não sou.
MARGARIDA — Oh!
TITO — (*depois de inclinar-se*) Segundo, não sou curioso, e o amor, se o reduzirmos às suas verdadeiras proporções, não passa de uma curiosidade; terceiro, não sou paciente, e nas conquistas amorosas, a paciência é a principal virtude; quarto, finalmente, não sou idiota, porque, se com todos estes defeitos, pretendesse amar, caía na maior falta de razão. Aqui está o que eu sou por natural e por indústria; veja se se pode fazer de mim um Werther...
MARGARIDA — Emília, parece que é sincero.
EMÍLIA — Acreditas?
TITO — Sincero como a verdade.
EMÍLIA — Em último caso, seja ou não seja sincero, que tenho eu com isso?
TITO — Ah! Nada! Nada!
EMÍLIA — O que farei é lamentar aquela que cair na desgraça de pretender tão duro coração... Se alguma houver.
TITO — Eu creio que não há. (*entra um criado e vai falar a Margarida*)
EMÍLIA — Pois é o mais que posso fazer...
MARGARIDA — Dão-me licença por alguns minutos... Volto já.
EMÍLIA — Não te demores!
MARGARIDA — Ficas?
EMÍLIA — Fico. Creio que não há receio...
TITO — Ora, receio... (*Margarida entra em casa, o criado sai pelo fundo*)

CENA VI
Tito, Emília

EMÍLIA — Há muito tempo que se dá com o marido de Margarida?
TITO — Desde criança.
EMÍLIA — Ah! foi criança?...
TITO — Ainda hoje sou.
EMÍLIA — (*voltando ao sério*) É exatamente o tempo das minhas relações com ela. Nunca me arrependi.
TITO — Nem eu.
EMÍLIA — Houve um tempo em que estivemos separadas; mas isso não trouxe mudança alguma às nossas relações. Foi no tempo do meu primeiro casamento.
TITO — Ah! foi casada duas vezes?
EMÍLIA — Em dois anos.
TITO — E por que enviuvou da primeira?
EMÍLIA — Porque meu marido morreu.
TITO — Mas eu pergunto outra coisa. Por que se fez viúva, mesmo depois da morte de seu primeiro marido? Creio que poderia continuar casada.
EMÍLIA — De que modo?
TITO — Ficando mulher do finado. Se o amor acaba na sepultura acho que não vale a pena de procurá-lo neste mundo.
EMÍLIA — Realmente o senhor Tito é um espírito fora do comum!

TITO — Um tanto.
EMÍLIA — É preciso que o seja para desconhecer que a nossa vida não comporta essas exigências de eterna fidelidade. E demais, pode-se conservar a lembrança dos que morreram sem renunciar às condições da nossa existência. Agora, é que eu lhe pergunto por que me olha com olhos tão singulares...
TITO — Não sei se são singulares, mas são os meus.
EMÍLIA — Então acha que eu cometi uma bigamia?
TITO — Eu não acho nada. Ora, deixe-me dizer-lhe a última razão da minha incapacidade para os amores.
EMÍLIA — Sou toda ouvidos.
TITO — Eu não creio na fidelidade.
EMÍLIA — Em absoluto?
TITO — Em absoluto.
EMÍLIA — Muito obrigada!
TITO — Ah! Eu sei que isto não é delicado; mas, em primeiro lugar, eu tenho a coragem das minhas opiniões, e em segundo, foi Vossa Excelência quem me provocou. É infelizmente verdade, eu não creio nos amores leais e eternos. Quero fazê-la minha confidente. Houve um dia em que tentei amar; concentrei todas as formas vivas do meu coração; dispus-me a reunir o meu orgulho e a minha ilusão na cabeça do objeto amado. Que lição mestra! O objeto amado, depois de me alimentar as esperanças, casou-se com outro que não era nem mais bonito, nem mais amante.
EMÍLIA — Que prova isso?
TITO — Prova que me aconteceu o que pode acontecer e acontece diariamente aos outros.
EMÍLIA — Ora...
TITO — Há de me perdoar, mas eu creio que é uma coisa já metida na massa do sangue.
EMÍLIA — Não diga isso. É certo que podem acontecer casos desses; mas serão todas assim? Não admite uma exceção que seja? Seja menos prevenido; aprofunde mais os corações alheios se quiser encontrar a verdade... E há de encontrá-la.
TITO — (*abanando a cabeça*) Qual...
EMÍLIA — Posso afirmá-lo.
TITO — Duvido.
EMÍLIA — (*dando-lhe o braço*) Tenho pena de uma criatura assim! Não conhecer o amor é não conhecer a felicidade, é não conhecer a vida! Há nada igual à união de duas almas que se adoram? Desde que o amor entra no coração, tudo se transforma, tudo muda, a noite parece dia, a dor assemelha-se ao prazer... Se não conhece nada disto, pode morrer, porque é o mais infeliz dos homens.
TITO — Tenho lido isso nos livros, mas ainda não me convenci...
EMÍLIA — Há de ir um dia à minha casa.
TITO — É dado saber por quê?
EMÍLIA — Para ver uma gravura que lá tenho na sala: representa o amor domando as feras. Quero convencê-lo.
TITO — Com a opinião do desenhista? Não é possível. Tenho visto gravuras vivas. Tenho servido de alvo a muitas setas; crivam-me todo, mas eu tenho a fortaleza de São Sebastião; afronto, não me curvo.

EMÍLIA — (*tira-lhe o braço*) Que orgulho!

TITO — O que pode fazer dobrar uma altivez destas? A beleza? Nem Cleópatra. A castidade? Nem Susana. Resuma, se quiser, todas as qualidades em uma só criatura e eu não mudarei... É isto e nada mais.

EMÍLIA — (*à parte*) Veremos. (*vai sentar-se*)

TITO — (*sentando-se*) Mas, não me dirá; que interesse tem na minha conversão?

EMÍLIA — Eu? Não sei... Nenhum.

TITO — (*pega no livro*) Ah!

EMÍLIA — Só se fosse o interesse de salvar-lhe a alma...

TITO — (*folheando o livro*) Oh! essa... está salva!

EMÍLIA — (*depois de uma pausa*) Está admirando a beleza dos versos?

TITO — Não senhora; estou admirando a beleza da impressão. Já se imprime bem no Rio de Janeiro. Aqui há anos era uma desgraça. Vossa Excelência há de conservar ainda alguns livros da impressão antiga...

EMÍLIA — Não, senhor; eu nasci depois que se começou a imprimir bem.

TITO — (*com a maior frieza*) Ah! (*deixa o livro*)

EMÍLIA — (*à parte*) É terrível! (*alto, indo ao fundo*) Aquele coronel ainda não acabaria de ler as notícias?

TITO — O coronel?

EMÍLIA — Parece que se embebeu todo no jornal... Vou mandar chamá-lo... Não chegará alguém?

TITO — (*com os olhos cerrados*) Mande, mande...

EMÍLIA — (*consigo*) Não, tu é que hás de ir. (*alto*) Quem me chamará o coronel? (*à parte*) Não se move!... (*indo por trás da cadeira de Tito*) Em que medita? No amor? Sonha com os anjos? (*ameigando a voz*) A vida do amor é a vida dos anjos... É a vida do céu... (*vendo-o com os olhos fechados*) Dorme!... Dorme!...

TITO — (*despertando, com espanto*) Dorme?... Quem? Eu?... Ah! o cansaço... (*levanta-se*) Desculpe... É o cansaço... Cochilei... Também Homero cochilava... Que há?

EMÍLIA — (*séria*) Não há nada! (*vai para o fundo*)

TITO — (*à parte*) Sim? (*alto*) Mas não me dirá?... (*dirige-se para o fundo. Entra o coronel*)

CENA VII

Os mesmos, coronel

CORONEL — (*com a folha na mão*) Estou acerbo!

EMÍLIA — (*com muito agrado e solicitude*) Que aconteceu?

CORONEL — Vou naturalmente para a Europa.

TITO — Morreu o urso no caminho?

CORONEL — Qual urso, nem meio urso! Rebentou uma revolução na Polônia!

EMÍLIA — Ah!...

TITO — Lá vai o coronel brilhar...

CORONEL — Qual brilhar!... (*consigo*) Esta só pelo diabo...

CENA VIII
Os mesmos, Seabra, Margarida

MARGARIDA — (*a Emília*) Que é isso? (*vendo-a preparar-se*) Que é isso? Já te vais?
EMÍLIA — Já, mas volto amanhã.
MARGARIDA — É sério?
EMÍLIA — Muito sério.
TITO — (*a Seabra*) A tal viagem da serra pôs-me entrompado. Ando dormindo em pé.
CORONEL — (*a Margarida*) Até amanhã.
MARGARIDA — Que ar triste é esse?
CORONEL — Fortunas minhas!
EMÍLIA — (*a Margarida*) Temos muito que conversar. Até amanhã. (*beijam-se*) (*O coronel despede-se dos outros. Emília despede-se de Seabra e de Tito, mas com certa frieza*)

CENA IX
Margarida, Seabra, Tito

MARGARIDA — Emília sai amuada. (*a Tito*) Que foi?
TITO — Não sei... Ela é boa senhora; um pouco secantezinha... Muito dada à poesia... Ora eu sou todo da prosa... (*batendo no estômago*) Há prosa?
SEABRA — Ainda não jantaste? Anda jantar...
TITO — Vamos à prosa, vamos à prosa!

(*Fim do primeiro ato*)

ATO SEGUNDO
(*Sala em casa de Emília*)

CENA I
Margarida, coronel

MARGARIDA — Ora viva!
CORONEL — (*triste*) Bom-dia, minha senhora!
MARGARIDA — Que ar triste é esse?
CORONEL — Ah! minha senhora... Sou o mais infeliz dos homens...
MARGARIDA — Por quê? Venha sentar-se... (*o coronel senta-se*) Então, conte-me... Que há?
CORONEL — Duas desgraças. A primeira em forma de ofício da minha legação.
MARGARIDA — É chamado ao exército?
CORONEL — Exatamente. A segunda em forma de carta.
MARGARIDA — De carta?
CORONEL — (*dando-lhe uma carta*) Veja isto. (*Margarida lê e dá-lha de novo*) Que me diz a isto?

MARGARIDA — Não compreendo...
CORONEL — Esta carta é dela.
MARGARIDA — Sim, e depois?
CORONEL — É para ele.
MARGARIDA — Ele quem?
CORONEL — Ele! O diabo! O meu rival! O Tito!
MARGARIDA — Ah!
CORONEL — Dizer-lhe o que senti quando apanhei esta carta é impossível. Nunca tremi nem mesmo na Crimeia, e olhe que estava feio! Mas quando li isto não sei que vertigem se apoderou de mim. Fez-me o efeito de um ucasse de desterro para a Sibéria. Ah! a Sibéria é um paraíso à vista de Petrópolis neste momento. Ando tonto! A cada passo como que desmaio... Ah!...
MARGARIDA — Ânimo!
CORONEL — É isto mesmo que eu vinha buscar... É uma consolação, uma animação. Soube que estava aqui e estimei achá-la só... Ah! Quanto sinto que o estimável seu marido esteja vivo... Porque a melhor consolação era aceitar Vossa Excelência um coração tão mal compreendido.
MARGARIDA — Felizmente ele está vivo.
CORONEL — Felizmente! (*mudando o tom*) Tive duas ideias. Uma foi o desprezo; mas desprezá-los é pô-los em maior liberdade e ralar-me de dor e de vergonha; a segunda foi o duelo; é melhor... Ou mato... Ou...
MARGARIDA — Deixe-se isso.
CORONEL — É indispensável que um de nós seja riscado do número dos vivos...
MARGARIDA — Pode ser engano...
CORONEL — Mas não é engano, é certeza.
MARGARIDA — Certeza de quê?
CORONEL — Ora ouça: (*lê o bilhete*) "Se ainda não me compreendeu é bem curto de penetração. Tire a máscara e eu me explicarei. Esta noite tomo chá sozinha. O importuno coronel não me incomodará com as suas tolices. Dê-me a felicidade de vê-lo e admirá-lo. Emília.".
MARGARIDA — Mas que é isto?
CORONEL — Que é isto? Ah! se fosse mais do que isto já eu estava morto! Pude pilhar a carta e a tal entrevista não se deu...
MARGARIDA — Quando foi escrita a carta?
CORONEL — Ontem.
MARGARIDA — Tranquilize-se: posso afirmar-lhe que essa carta é pura caçoada. Trata-se de vingar o nosso sexo ultrajado; trata-se de fazer com que o Tito se apaixone... Nada mais.
CORONEL — Sim?
MARGARIDA — É pura verdade. Mas veja lá. Isto é segredo. Se lho descobri foi por vê-lo tão aflito. Não nos comprometa.
CORONEL — Isso é sério?
MARGARIDA — Como quer que lho diga?
CORONEL — Ah! que peso me tirou! Pode estar certa de que o segredo caiu num poço. Oh! muito me hei de rir!... Muito me hei de rir!... Que boa inspiração tive em vir falar-lhe! Diga-me: posso dizer à dona Emília que sei tudo?

MARGARIDA — Não!
CORONEL — É então melhor que não me dê por achado...
MARGARIDA — Sim.
CORONEL — Muito bem!

CENA II
Os mesmos, Tito

TITO — Bom-dia, dona Margarida... senhor coronel... (*a Margarida*) Sabe que acordei não há uma hora? Disseram-me que tinham saído a visitar dona Emília. Almocei e aqui estou.
MARGARIDA — Dormiu bem?
TITO — Como um justo. Tive sonhos cor-de-rosa: sonhei com o coronel...
CORONEL — (*mofando*) Ah! Sonhou comigo?... (*à parte*) Coitado! Tenho pena dele!
MARGARIDA — Sabe que o senhor meu marido anda de passeio?
TITO — Sim? (*vai à janela*) E a manhã está bonita! Manhã? Já não é muito cedo... Jantam cá?
MARGARIDA — Não sei. Tenho duas visitas para fazer: uma, com Emília, outra, com Ernesto.
CORONEL — (*a Tito*) Então vai engordando?
TITO — Acha?
CORONEL — Pois não! Eu creio que é do amor...
TITO — Do amor? Ó coronel, está sonhando?
CORONEL — (*misterioso*) Talvez... Talvez... (*à parte*) Tu é que estás sonhando.
MARGARIDA — Eu vou ver se Emília está pronta.
TITO — Pois não... Ah! Ela está boa?
MARGARIDA — Está. Até já. (*baixo ao coronel*) Silêncio.

CENA III
Coronel, Tito

TITO — Como vão os seus amores?
CORONEL — Que amores?
TITO — Os seus, a Emília... Já lhe fez compreender toda a imensidade da paixão que o devora?
CORONEL — (*ar mofado*) Qual... Preciso de algumas lições... Se mas quisesse dar?...
TITO — Eu? Está sonhando!
CORONEL — Ah! eu sei que o senhor é forte... É modesto, mas é forte... É até fortíssimo!... Ora, eu sou realmente um aprendiz... Tive há pouco a ideia de desafiá-lo.
TITO — A mim?
CORONEL — É verdade, mas foi uma loucura de que me arrependo.
TITO — Além de quê, não é uso em nosso país...
CORONEL — Em toda a parte é uso vingar a honra.
TITO — Bravo, dom Quixote!
CORONEL — Ora, eu acreditava-me ofendido na honra.
TITO — Por mim?

CORONEL — Mas emendei a mão; reparei que era antes eu quem ofendia, pretendendo lutar com um mestre, eu, simples aprendiz...
TITO — Mestre de quê?
CORONEL — Dos amores. Oh! eu sei que é mestre...
TITO — Deixe-se disso... Eu não sou nada... O coronel, sim; o coronel vale um urso, vale mesmo dois. Como havia de eu... Ora! Aposto que teve ciúmes?
CORONEL — Exatamente.
TITO — Mas era preciso não me conhecer, não saber das minhas ideias...
CORONEL — Homem, às vezes é pior.
TITO — Pior, como?
CORONEL — As mulheres não deixam uma afronta sem castigo... As suas ideias são afrontosas... Qual será o castigo?... (*depois de uma pausa*) Paro aqui... Paro aqui...
TITO — Onde vai?
CORONEL — Vou sair. Adeus. Não se lembre mais da minha desastrada ideia do duelo...
TITO — Isso está acabado... Ah! Você escapou de boa!
CORONEL — De quê?
TITO — De morrer. Eu enfiava-lhe a espada por esse abdômen... Com um gosto... Com um gosto só comparável ao que tenho de abraçá-lo vivo e são!
CORONEL — (*com um riso amarelo*) Obrigado, obrigado. Até logo!
TITO — Não se despede dela?
CORONEL — Eu volto já...

CENA IV
Tito

TITO — (*só*) Este coronel não tem nada de original... Aquela opinião a respeito das mulheres não é dele... Melhor, vai-se confirmando... Nem me são precisas novas confirmações... Já sei tudo... Ah! minha conquistadora!... Aí vêm as duas...

CENA V
Tito, Margarida, Emília

EMÍLIA — Bons olhos o vejam...
TITO — Bons e bonitos...
MARGARIDA — Vamos à nossa visita.
TITO — Ah!...
EMÍLIA — A demora é pouca... Pode esperar-nos...
TITO — Obrigado... Esperarei... Tenho a janela para olhá-las até perdê-las de vista... Depois tenho estes álbuns, estes livros...
EMÍLIA — (*ao espelho*) Tem o espelho para se mirar...
TITO — Oh! isso é completamente inútil para mim!

CENA VI
Os mesmos, Seabra

SEABRA (*a Tito*) — Oh! Finalmente acordaste!
TITO — É verdade... Não me lembro de ter passado nunca tão belas noites como estas de Petrópolis. Já nem tenho pesadelos... Pois olha, eu era vítima... Agora não, durmo como um justo...
SEABRA (*às duas*) — Estão de volta?
MARGARIDA — Ainda agora vamos!
SEABRA — Então tenho ainda de esperar?...
EMÍLIA — Um simples quarto de hora...
SEABRA — Só?
TITO — Um quarto de hora feminino... meia eternidade...
EMÍLIA — Vamos desmenti-lo...
TITO — Ah! Tanto melhor...
MARGARIDA — Até já... (*saem as duas*)

CENA VII
Tito, Seabra

SEABRA — Ora, esperemos ainda...
TITO — Onde foste?
SEABRA — Fui passear... Compreendi que é preciso ver e admirar o que é indiferente, para apreciar e ver melhor aquilo que for a felicidade íntima do coração.
TITO — Ah! Sim? Bem vês que até a felicidade por igual fatiga! Afinal sempre a razão está do meu lado...
SEABRA — Talvez... Apesar de tudo quer-me parecer que já intentas entrar na família dos casados.
TITO — Eu?
SEABRA — Tu, sim.
TITO — Por quê?
SEABRA — Mas, dize; é ou não verdade?
TITO — Qual, verdade!
SEABRA — O que sei é que uma destas tardes, em que adormeceste lendo, não sei que livro, ouvi-te pronunciar em sonhos, com a maior ternura, o nome de Emília.
TITO — Deveras?
SEABRA — É exato. Concluí que se sonhavas com ela é que a tinhas no pensamento, e se a tinhas no pensamento é que a amavas.
TITO — Concluíste mal.
SEABRA — Mal?
TITO — Concluíste como um marido de cinco meses. Que prova um sonho?
SEABRA — Prova muito!
TITO — Não prova nada! Pareces velha supersticiosa...
SEABRA — Mas enfim alguma coisa há, por força... Serás capaz de me dizeres o que é?
TITO — Homem, podia dizer-te alguma coisa se não fosses casado...
SEABRA — Que tem que eu seja casado?

TITO — Tem tudo. Serias indiscreto sem querer e até sem saber. À noite, entre um beijo e um bocejo, o marido e a mulher abrem, um para o outro, a bolsa das confidências. Sem pensares, deitavas tudo a perder.
SEABRA — Não digas isso. Vamos lá. Há novidade?
TITO — Não há nada.
SEABRA — Confirmas as minhas suspeitas. Gostas de Emília.
TITO — Ódio não lhe tenho, é verdade.
SEABRA — Gostas. E ela merece. É uma boa senhora, de não vulgar beleza, possuindo as melhores qualidades. Talvez preferisses que não fosse viúva?...
TITO — Sim; é natural que se embeveça dez vezes por dia na lembrança dos dois maridos que já exportou para o outro mundo... À espera de exportar o terceiro.
SEABRA — Não é dessas...
TITO — Afianças?
SEABRA — Quase que posso afiançar.
TITO — Ah! meu amigo, toma o conselho de um tolo: nunca afiances nada, principalmente em tais assuntos. Entre a prudência discreta e a cuja confiança não é lícito duvidar, a escolha está decidida nos próprios termos da primeira. O que podes tu afiançar a respeito da Emília? Não a conheces melhor do que eu. Há quinze dias que nos conhecemos e eu já lhe leio no interior; estou longe de atribuir-lhe maus sentimentos; mas, tenho a certeza de que não possui as raríssimas qualidades que são necessárias à exceção. Que sabes tu?
SEABRA — Realmente, eu não sei nada.
TITO — (à parte) Não sabe nada!
SEABRA — Falo pelas minhas impressões. Parecia-me que um casamento entre vocês ambos não vinha fora de propósito.
TITO — (pondo o chapéu) Se me falas outra vez em casamento, saio.
SEABRA — Pois só a palavra?...
TITO — A palavra, a ideia, tudo.
SEABRA — Entretanto admiras e aplaudes o meu casamento...
TITO — Ah! eu aplaudo nos outros muita coisa de que não sou capaz de usar... Depende da vocação...

CENA VIII
Os mesmos, Margarida, Emília

EMÍLIA — O que é que depende de vocação?
TITO — Usar chapéu do Chile. Eu diria que este gênero de chapéus fica muito bem em Ernesto, mas que eu não sou capaz de usá-lo; porque... porque depende da vocação. Não pensa comigo que contra a vocação não há nada capaz?
EMÍLIA — Plenamente.
TITO — (a Seabra) Toma lá!...
SEABRA — (à parte a Tito) Velhaco!... (alto a Margarida) Margarida, vamos embora?
MARGARIDA — Já para casa?
SEABRA — Vamos primeiro ao tio e depois para casa.
EMÍLIA — Sem passarem por aqui na volta?
MARGARIDA — Ele é quem manda.

SEABRA — Se não for muito o cansaço...
EMÍLIA — Ora, o dia está fresco e sombrio; é perto, e o caminho é excelente. Se não me baterem à porta ficamos mal para sempre.
SEABRA — Ah! Isto não... (*a Tito*) Também vens?
TITO — (*de chapéu na mão*) Também.
EMÍLIA — E assim me deixa só?
TITO — Tem muito empenho em que eu fique?
EMÍLIA — Agrada-me a sua conversa.
TITO — Fico. Até logo.

CENA IX
Tito, Emília

TITO — Vossa excelência disse agora uma falsidade.
EMÍLIA — Qual foi?
TITO — Disse que lhe era agradável a minha conversa. Ora, isso é falso como tudo quanto é falso...
EMÍLIA — Quer um elogio?
TITO — Não, falo franco. Eu nem sei como Vossa Excelência me atura: desabrido, maçante, às vezes chocarreiro, sem fé em coisa alguma, sou um conversador muito pouco digno de ser desejado. É preciso ter uma grande soma de bondade para ter expressões tão benévolas... Tão amigas...
EMÍLIA — Deixe esse ar de mofa e...
TITO — Mofa, minha senhora?...
EMÍLIA — Ontem tomei chá sozinha!... Sozinha!
TITO — (*indiferente*) Ah!
EMÍLIA — Contava que o senhor viesse aborrecer-se uma hora comigo...
TITO — Qual, aborrecer... Eu lhe digo: o culpado foi o Ernesto.
EMÍLIA — Ah! foi ele?...
TITO — É verdade; deu comigo aí em casa de uns amigos, éramos quatro ao todo, rolou a conversa sobre o voltarete e acabamos por formar mesa. Ah! Mas foi uma noite completa! Aconteceu-me o que me acontece sempre: ganhei!
EMÍLIA — (*triste*) Está bom...
TITO — Pois olhe, ainda assim eu não jogava com pixotes; eram mestres de primeira força; um principiante; até às onze horas a fortuna pareceu desfavorecer-me, mas dessa hora em diante desandou a roda para eles e eu comecei a assombrar... Pode ficar certa de que os assombrei. (*Emília leva o lenço aos olhos*) Ah! é que eu tenho diploma... Mas que é isso? Está chorando?
EMÍLIA — (*tirando o lenço e sorrindo*) Qual; pode continuar.
TITO — Não há mais nada; foi só isto.
EMÍLIA — Estimo que a noite lhe corresse feliz...
TITO — Alguma coisa...
EMÍLIA — Mas, a uma carta responde-se; por que não respondeu à minha?
TITO — À sua qual?
EMÍLIA — À carta que lhe escrevi pedindo que viesse tomar chá comigo?
TITO — Não me lembro.

EMÍLIA — Não se lembra?

TITO — Ou, se recebi essa carta, foi em ocasião que a não pude ler, e então esqueci-a em algum lugar...

EMÍLIA — É possível; mas é a última vez...

TITO — Não me convida mais para tomar chá?

EMÍLIA — Não. Pode arriscar-se a perder distrações melhores.

TITO — Isso não digo; Vossa Excelência trata bem a gente e em sua casa passam-se bem as horas... Isto é com franqueza. Mas então tomou chá sozinha? E o coronel?

EMÍLIA — Descartei-me dele. Acha que ele seja divertido?

TITO — Parece que sim... É um homem delicado; um tanto dado às paixões, é verdade, mas sendo esse um defeito comum, acho que nele não é muito digno de censura.

EMÍLIA — O coronel está vingado.

TITO — De quê, minha senhora?

EMÍLIA — (*depois de uma pausa*) De nada! (*levanta-se e dirige-se ao piano*)

TITO — (*com ar indiferente*) Ah!

EMÍLIA — Vou tocar; não aborrece?

TITO — Vossa Excelência é senhora de sua casa...

EMÍLIA — Não é essa a resposta.

TITO — Não aborrece, não... Pode tocar. (*Emília começa algum pedaço musical melancólico*) Vossa Excelência não toca alguma coisa mais alegre?

EMÍLIA — (*parando*) Não... Traduzo a minha alma. (*levanta-se*)

TITO — Anda triste?

EMÍLIA — Que lhe importam as minhas tristezas?

TITO — Tem razão; não importam nada. Em todo o caso não é comigo?

EMÍLIA — Acha que lhe hei de perdoar a desfeita que me fez?

TITO — Qual desfeita, minha senhora?

EMÍLIA — A desfeita de me deixar tomar chá sozinha.

TITO — Mas eu já expliquei...

EMÍLIA — Paciência! O que sinto é que também nesse voltarete estivesse o marido de Margarida.

TITO — Ele retirou-se às dez horas; entrou um parceiro novo, que não era de todo mau...

EMÍLIA — Pobre Margarida!

TITO — Mas se eu lhe digo que ele se retirou às dez horas...

EMÍLIA — Não devia ter ido. Devia pertencer sempre a sua mulher. Sei que estou falando a um descrido; não pode calcular a felicidade e os deveres do lar doméstico. Viverem duas criaturas, uma para a outra, confundidas, unificadas; pensar, aspirar, sonhar a mesma coisa; limitar o horizonte nos olhos de cada uma, sem outra ambição, sem inveja de mais nada. Sabe o que é isto?

TITO — Sei. É o casamento... Por fora.

EMÍLIA — Conheço alguém que lhe provava aquilo tudo...

TITO — Deveras? Quem é essa fênix?

EMÍLIA — Se lho disser, há de mofar; não digo.

TITO — Qual mofar! Diga lá, eu sou curioso.

EMÍLIA — (*séria*) Não acredita que haja alguém que o ame?

Tito — Pode ser...
Emília — Não acredita que alguém, por curiosidade, por despeito, por outra coisa que seja, tire da originalidade do seu espírito os influxos de um amor verdadeiro, mui diverso do amor ordinário dos salões; um amor capaz de sacrifício, capaz de tudo? Não acredita?
Tito — Se me afirma, acredito; mas...
Emília — Existe a pessoa e o amor.
Tito — São então duas fênix.
Emília — Não zombe. Existem... Procure...
Tito — Ah! isso há de ser mais difícil: não tenho tempo. E supondo que achasse de que me valia? Para mim é perfeitamente inútil. Isso é bom para outros; para o coronel, por exemplo... Por que não diz isso ao coronel?
Emília — Ao coronel? (*silêncio*) Adeus, senhor Tito, desculpe, eu me retiro...
Tito — Adeus, minha senhora. (*dirige-se para o fundo. Emília vai a sair pela direita alta, para*)
Emília — Não vá!
Tito — Que não vá?
Emília — (*prorrogando*) Não vê que o amo? Não vê que sou eu?...
Tito — Vossa Excelência?
Emília — Eu, sim! Debalde procuraria ocultá-lo... Fora impossível. Não cuidei nunca que viesse a amá-lo assim... E olhe, deve ser muito, para que uma mulher seja a primeira a revelar... Pode acaso calculá-lo?
Tito — Deve ser muito, deve... Mas a minha situação é difícil: que lhe hei de responder?
Emília — O que quiser; não me responda nada, se lhe parece: mas não repila, lamente-me antes.
Tito — Nem lamento, nem repilo. Respondo... Depois responderei. Entretanto, acalme os seus transportes e consinta que eu me retire...
Emília — Ah! vejo que não me ama.
Tito — Não é culpa minha... Mas que é isso, minha senhora? Acalme-se... Eu vou sair... A prolongação desta cena seria sobremodo desagradável e inconveniente. Adeus!

CENA X
Emília, só, depois Margarida

Emília — Saiu! É verdade! Não me ama... Não me pode amar... (*silêncio*) Fui talvez imprudente! Mas o coração... oh! meu coração!
Margarida — (*entrando*) Que tem o Tito que me tirou o Ernesto do braço e lá saiu com ele?
Emília — Saíram ambos?
Margarida — (*indo à janela*) Olha, lá vão eles...
Emília — (*idem*) É verdade.
Margarida — O Tito tira um papel do bolso e mostra a Ernesto.
Emília — (*olhando*) Que será?
Margarida — Mas que aconteceu?

EMÍLIA — Aconteceu o que não prevíamos...
MARGARIDA — É invencível?
EMÍLIA — Por desgraça minha; mas há coisa pior...
MARGARIDA — Pior?...
EMÍLIA — Escuta; és quase minha irmã; não te posso ocultar nada.
MARGARIDA — Que ar agitado!
EMÍLIA — Margarida, eu o amo!
MARGARIDA — Que me dizes?
EMÍLIA — Isto mesmo. Amo-o doidamente, perdidamente, completamente. Procurei até agora vencer esta paixão, mas não pude; agora mesmo que, por vãos preconceitos, tratava de ocultar-lhe o estado do meu coração, não pude; as palavras saíram-me dos lábios insensivelmente... Declarei-lhe tudo...
MARGARIDA — Mas como se deu isto?
EMÍLIA — Eu sei! Parece que foi castigo. Quis fazer fogo e queimei-me nas mesmas chamas. Ah! não é de hoje que me sinto assim. Desde que os seus desdéns em nada cederam, comecei a sentir não sei o quê; ao princípio despeito, depois um desejo de triunfar, depois uma ambição de ceder tudo contanto que tudo ganhasse; afinal, nem fui senhora de mim. Era eu quem me sentia doidamente apaixonada e lho manifestava, por gestos, por palavras, por tudo; e mais crescia nele a indiferença, mais crescia o amor em mim. Hoje não pude, declarei-me.
MARGARIDA — Mas estás falando sério?
EMÍLIA — Olha antes para mim.
MARGARIDA — Pois será possível? Quem pensara?...
EMÍLIA — A mim própria parece impossível; mas é mais que verdade...
MARGARIDA — E ele?
EMÍLIA — Ele disse-me quatro palavras indiferentes, nem sei o que foi, e retirou-se...
MARGARIDA — Resistirá?
EMÍLIA — Não sei.
MARGARIDA — Se eu adivinhara isto não te animaria naquela malfadada ideia.
EMÍLIA — Não me compreendeste. Cuidas que eu deploro o que me acontece? Oh! não! Sinto-me feliz, sinto-me orgulhosa... É um destes amores que bastam por si para encher a alma de satisfação. Devo antes abençoar-te...
MARGARIDA — É uma verdadeira paixão... Mas acreditas impossível a conversão dele?
EMÍLIA — Não sei; mas seja ou não impossível, não é a conversão que eu peço; basta-me que seja menos indiferente e mais compassivo.

CENA XI
As mesmas, Tito

TITO — Deixei o Ernesto lá fora para que não ouça o que se vai passar...
MARGARIDA — O que é que se vai passar?
TITO — Uma coisa simples.
MARGARIDA — Mas, antes de tudo, não sei se sabe que uma indiferença tão completa como a sua pode ser fatal a quem é por natureza menos indiferente?
TITO — Refere-se à sua amiga? Eu corto tudo com duas palavras. (*a Emília*) Aceita a minha mão? (*estende-lhe a mão*)

EMÍLIA — (*alegremente*) Oh! sim! (*dá-lhe a mão*)

MARGARIDA — Bravo!

TITO — Mas é preciso medir toda a minha generosidade; eu devia dizer: aceito a sua mão. Devia ou não devia? Sou um tanto original e gosto de fazer inversão em tudo.

EMÍLIA — Pois sim; mas de um ou outro modo sou feliz. Contudo, um remorso me surge na consciência. Dou-lhe uma felicidade tão completa como a recebo?

TITO — Remorso, se é sujeita aos remorsos, deve ter um, mas por motivo diverso. Minha senhora, Vossa Excelência está passando neste momento pelas forcas caudinas. (*a Margarida*) Vou contar-lhe, minha senhora, uma curiosa história. (*a Emília*) Fi-la sofrer, não? Ouvindo o que vou dizer concordará que eu já antes sofria e muito mais.

MARGARIDA — Temos romance?

TITO — Realidade, minha senhora, e realidade em prosa. Um dia, há já alguns anos, tive eu a felicidade de ver uma senhora, e amei-a. O amor foi tanto mais indomável quanto que me nasceu de súbito. Era então mais ardente que hoje, não conhecia muito os usos do mundo. Resolvi declarar-lhe a minha paixão e pedi-la em casamento. Tive em resposta este bilhete...

EMÍLIA — (*detendo-o*) Percebo. Essa senhora fui eu. Estou humilhada; perdão!

TITO — Meu amor a perdoa; nunca deixei de amá-la. Eu estava certo de encontrá-la um dia, e procedi de modo a fazer-me o desejado. Sou mais generoso...

MARGARIDA — Escreva isto e dirão que é um romance.

TITO — A vida não é outra coisa...

MARGARIDA — Agora dê-me conta do meu marido.

TITO — Não pode tardar; dei-lhe um prazo para vir. Olhe, creio que é ele...

EMÍLIA — E o coronel também.

CENA XII
Os mesmos, coronel e Seabra

SEABRA — (*da porta*) É lícito o ingresso?

TITO — Entra, entra...

EMÍLIA — Vai saber de boas novidades...

SEABRA — Sim?

MARGARIDA — (*baixo*) Casam-se

SEABRA — (*idem*) Já sabia.

MARGARIDA — (*baixo*) Era um plano da parte dele.

SEABRA — (*idem*) Já sabia. Ele me disse tudo.

EMÍLIA — O que eu desejo é que jantem comigo.

SEABRA — Pois não.

CORONEL — Tenho estado à espera de dar uma boa notícia. Recebi uma carta que me dá parte de que o urso está na alfândega.

EMÍLIA — Pois vá fazer-lhe companhia.

CORONEL — O quê?

TITO — Dona Emília só precisa agora de um urso: sou eu.

CORONEL — Não percebo...

EMÍLIA — Apresento-lhe o meu futuro marido.
CORONEL — (*espantado*) Ah!... (*caindo em si*) Bom!... Bom!... Marido? Já sei... (*à parte*) Que pateta! Não compreende...
EMÍLIA — O que é?
MARGARIDA — (*baixo*) Cala-te; eu tinha-lhe contado o teu plano; o pobre homem acredita nele.
EMÍLIA — Ah!...
SEABRA — Afinal, sentas praça nas minhas fileiras.
TITO — (*tomando a mão de Emília*) Ah! mas no posto de coronel!

FIM DE *AS FORCAS CAUDINAS*

Os deuses de casaca

A José Feliciano de Castilho
Dedica este livrinho
O Autor

PERSONAGENS
Prólogo
Epílogo
Júpiter
Marte
Apolo
Proteu
Cupido
Vulcano
Mercúrio

O autor desta comédia julga-se dispensado de entrar em explanações literárias a propósito de uma obra tão desambiciosa. Quer, sim, explicar o como ela nasceu, e o seu pensamento ao escrevê-la. Foi há mais de um ano, quando alguns cavalheiros davam uns saraus literários, na rua da Quitanda, que o autor, convidado a contribuir para essas festas, escreveu Os deuses de casaca. Até então era o seu talentoso amigo Ernesto Cibrão quem escrevia as peças que ali se representavam. Um desastre público impediu a exibição de Os deuses de casaca naquela época, e em boa hora veio o desastre (egoísmo do autor!), porque a comédia, relida e examinada, sofreu correções, acréscimos, até ficar aquilo que foi habilmente representado no sarau da Arcádia Fluminense, em 28 de dezembro findo, pelos mesmos cavalheiros dos antigos saraus, *arcades omnes*.

Que ela ficasse completa, não ousa dizê-lo o autor; mas ao menos está consignada a sua boa vontade.

Uma das condições impostas ao autor desta comédia, e ao autor do *Luís*, era que nas peças não entrassem senhoras. Daqui vem que o autor não pôde, como lhe pedia o assunto, fazer intervir as deusas do Olimpo no debate e na deserção dos seus pares. Os que conhecem estas coisas avaliarão a dificuldade de escrever uma comédia sem damas. Era menos difícil a Garrett e a Voltaire, pondo em ação as virtudes romanas e as lutas civis da república, dispensar o elemento feminino. Mas uma comédia sem damas para entreter os convivas de uma noite, cujos limites eram uma variação de piano e o serviço de chá, é coisa mais fácil de ler que de fazer.

O autor não quis zombar dos deuses, não quis fazer rir os espectadores à custa dos antigos habitantes do Olimpo. Esta declaração é necessária para avisar aqueles que, dando ao título da comédia uma errada interpretação, cuidarem que vão ler um quadro burlesco, à moda do *Virgile travesti* de Scarron. Uma crítica anódina, uma sátira inocente, uma observação mais ou menos picante, tudo no ponto de vista dos deuses, uma ação simplicíssima, quase nula, travada em curtos diálogos, eis o que é esta comédia. O autor fez falar os seus deuses em verso alexandrino: era o mais próprio. Tem este verso alexandrino seus adversários, mesmo entre os homens de gosto, mas é de crer que venha a ser finalmente estimado e cultivado por todas as musas brasileiras e portuguesas. Será essa a vitória dos esforços empregados pelo ilustre autor das *Epístolas à Imperatriz*, que tão paciente e luzidamente tem naturalizado o verso alexandrino na língua de Garrett e de Gonzaga.

O autor teve a fortuna de ver os seus *Versos a Corina*, escritos naquela forma, bem recebidos pelos entendedores. Se os alexandrinos desta comédia tiverem igual fortuna, será essa a verdadeira recompensa para quem procura empregar nos seus trabalhos a consciência e a meditação.

Rio, 1º de janeiro de 1866

ATO ÚNICO
(Uma sala, mobiliada com elegância e gosto; alguns quadros mitológicos. Sobre um consolo garrafas com vinho, e cálices.)

PRÓLOGO (*entrando*) — Querem saber quem sou? O Prólogo. Mudado
   Venho hoje do que fui. Não apareço ornado
   Do antigo borzeguim, nem da clâmide antiga.
   Não sou feio. Qualquer deitar-me-ia uma figa.
   Nem velho. Do auditório alguma ilustre dama,
   Valsista consumada, aumentaria a fama,
   Se comigo fizesse as voltas de uma valsa.
   Sou o Prólogo novo. O meu pé já não calça
   O antigo borzeguim, mas tem obra mais fina:
   Da casa do Campas arqueia uma botina.
   Não me pende da espádua a clâmide severa,
   Mas o flexível corpo, acomodado à era,
   Enverga uma casaca, obra do Raunier.
   Um relógio, um grilhão, luvas e pincenê
   Completam o meu traje.

                        E a peça? A peça é nova.
O poeta, um tanto audaz, quis pôr o engenho à prova.
Em vez de caminhar pela estrada real,
Quis tomar um atalho. Creio que não há mal
Em caminhar no atalho e por nova maneira.
Muita gente na estrada ergue muita poeira,
E morrer sufocado é morte de mau gosto.
Foi de ânimo tranquilo e de tranquilo rosto
À nova inspiração buscar caminho azado,
E trazer para a cena um assunto acabado.
Para atingir o alvo em tão árdua porfia,
Tinha a realidade e tinha a fantasia.
Dois campos! Qual dos dois? Seria duvidosa
A escolha do poeta? Um é de terra e prosa.
Outro de alva poesia e murta delicada.
Há tanta vida, e luz, e alegria elevada
Neste, como há naquele aborrecimento e tédio.
O poeta que fez? Tomou um termo médio;
E deu, para fazer uma dualidade,
A destra à fantasia, a sestra à realidade.
Com esta viajou pelo éter transparente
Para infundir-lhe um tom mais nobre... e mais decente.
Com aquela, vencendo o invencível pudor,
Foi passear à noite à rua do Ouvidor.

Mal que as consorciou com o oposto elemento,
Transformou-se uma e outra. Era o melhor momento
Para levar ao cabo a obra desejada.
Aqui pede perdão a musa envergonhada:
O poeta, apesar de cingir-se à poesia,
Não fez entrar na peça as damas. Que porfia!
Que luta sustentou em prol do sexo belo!
Que alma na discussão! que valor! que desvelo!
Mas... era minoria. O contrário passou.
Damas, sem vosso amparo a obra se acabou!

Vai começar a peça. É fantástica: um ato,
Sem cordas de surpresa ou vistas de aparato.
Verão do velho Olimpo o pessoal divino
Trajar a prosa chã, falar o alexandrino,
E, de princípio a fim, atar e desatar
    Uma intriga pagã.
                        Calo-me. Vão entrar
Da mundana comédia os divinos atores.
Guardem a profusão de palmas e de flores.

Vou a um lado observar quem melhor se destaca.
A peça tem por nome — *Os deuses de casaca*.

CENA I
Mercúrio (assentado), Júpiter (entrando)

JÚPITER — (*entra, para e presta ouvido*) Cuidei ouvir agora a flauta do deus Pã.
MERCÚRIO — (*levantando-se*) Flauta! é um violão.
JÚPITER — (*indo a ele*) Mercúrio, esta manhã
                            Tens correio.
MERCÚRIO — Ainda bem! Eu já tinha receio
   De que perdesse até as funções de correio.
   Quero ao menos servir aos deuses, meus iguais.
   Obrigado, meu pai! — Tu és a flor dos pais,
   Honra da divindade e nosso último guia!
JÚPITER — (*senta-se*) Faz um calor! — Dá cá um copo de ambrosia
   Ou néctar.
MERCÚRIO — (*rindo*) Ambrosia ou néctar!
MERCÚRIO — É verdade!
   São as recordações da nossa divindade,
   Tempo que já não volta.
MERCÚRIO — Há de voltar!
JÚPITER — (*suspirando*) Talvez.
MERCÚRIO — (*oferecendo vinho*) Um cálice de Alicante? Um cálice de Xerez?
   (*Júpiter faz um gesto de indiferença; Mercúrio deita vinho; Júpiter bebe*)
JÚPITER — Que tisana!
MERCÚRIO — (*deitando para si*) Há quem chame estes vinhos profanos
   Fortuna dos mortais, delícia dos humanos.
   (*bebe e faz uma careta*)
   Trava como água estígia!
JÚPITER — Oh! a cabra Amalteia.
   Dava leite melhor que este vinho.
MERCÚRIO — Que ideia!
   Devia ser assim para aleitar-te, pai!
   (*depõe a garrafa e os cálices*)
JÚPITER — As cartas aqui estão, Mercúrio. Toma, vai
   Em procura de Apolo, e Proteu e Vulcano
   E todos. O conselho é pleno e soberano.
   É mister discutir, resolver e assentar
   Nos meios de vencer, nos meios de escalar
   O Olimpo...
   (*Sai Mercúrio.*)

CENA II

JÚPITER — *(só, continuando a refletir)*... Tais outrora Encélado e Tifeu
    Buscaram contra mim escalá-lo. Correu
    O tempo, e eu passei de invadido a invasor!
    Lei das compensações! Então, era eu senhor;
    Tinha o poder nas mãos, e o universo a meus pés.
    Hoje, como um mortal, de revés em revés,
    Busco por conquistar o posto soberano.
    Bem me dizias, Momo, o coração humano
    Devia ter aberta uma porta, por onde
    Lêssemos, como em livro, o que lá dentro esconde.
    Demais, dando juízo ao homem, esqueci-me
    De completar a obra e fazê-la sublime.
    Que vale esse juízo? Inquieto e vacilante,
    Como perdida nau sobre um mar inconstante,
    O homem sem razão cede nos movimentos
    A todas as paixões, como a todos os ventos.
    É o escravo da moda e o brinco do capricho.
    Presunçoso senhor dos bichos, este bicho
    Nem ao menos imita os bichos seus escravos.
    Sempre do mesmo modo, ó abelha, os teus favos
    Destilas. Sempre o mesmo, ó castor exemplar,
    Sabes a casa erguer junto às ribas do mar.
    Ainda hoje, empregando as mesmas leis antigas,
    Viveis no vosso chão, ó próvidas formigas.
    Andorinhas do céu, tendes ainda a missão
    De serdes, findo o inverno, as núncias do verão.
    Só tu, homem incerto e altivo, não procuras
    Da vasta criação estas lições tão puras...
    Corres hoje a Paris, como a Atenas outrora;
    A sombria Cartago é a Londres de agora.
    Ah! pudesses tornar ao teu estado antigo!

CENA III
Júpiter, Marte, Vulcano (os dois de braço)

VULCANO — *(a Júpiter)* Sou amigo de Marte, e Marte é meu amigo.
JÚPITER — Enfim! Querelas vãs acerca de mulheres
    É tempo de esquecer. Crescem outros deveres,
    Meus filhos. Vênus bela a ambos iludiu.
    Foi-se, desapareceu. Onde está? quem a viu?
MARTE — Vulcano.
JÚPITER — Tu?
VULCANO — É certo.

JÚPITER — Aonde?
VULCANO — Era um salão.
    Dava o dono da casa esplêndida função.
    Vênus, lânguida e bela, olhos vivos e ardentes,
    Prestava atento ouvido a uns vãos impertinentes.
    Eles em derredor, curvados e submissos,
    Faziam circular uns ditos já cediços,
    E, cortando entre si as respectivas peles,
    Eles riam-se dela, ela ria-se deles.
    Não era, não, meu pai, a deusa enamorada
    Do nosso tempo antigo: estava transformada.
    Já não tinha o esplendor da suprema beleza
    Que a tornava modelo à arte e à natureza.
    Foi nua, agora não. A beleza profana
    Busca apurar-se ainda a favor da arte humana.
    Enfim, a mãe de amor era da escuma filha,
    Hoje Vênus, meu pai, nasce... mas da escumilha.
JÚPITER — Que desonra. (*a Marte*) E Cupido?
VULCANO — Oh! esse...
MARTE — Fui achá-lo
    Regateando há pouco o preço de um cavalo.
    As patas de um cavalo em vez de asas velozes!
    Chibata em vez de seta! — Oh! mudanças atrozes!
    Té o nome, meu pai, mudou o tal birbante;
    Cupido já não é; agora é... um elegante!
JÚPITER — Traidores!
VULCANO — Foi melhor ter-nos desenganado:
    Dos fracos não carece o Olimpo.
MARTE — Desgraçado
    Daquele que assim foge às lutas e à conquista!
JÚPITER — (*a Marte*) Que tens feito?
MARTE — Oh! por mim, ando agora na pista
    De um congresso geral. Quero, com fogo e arte,
    Mostrar que sou ainda aquele antigo Marte
    Que as guerras inspirou de Aquiles e de Heitor.
    Mas, por agora nada! — É desanimador
    O estado deste mundo. A guerra, o meu ofício,
    É o último caso; antes vem o artifício.
    Diplomacia é o nome; a coisa é o mútuo engano.
    Matam-se, mas depois de um labutar insano;
    Discutem, gastam tempo, e cuidado e talento;
    O talento e o cuidado é ter astúcia e tento.
    Sente-se que isto é preto, e diz-se que isto é branco:
    A tolice no caso é falar claro e franco.
    Quero falar de um gato? O nome bastaria.

    Não, senhor; outro modo usa a diplomacia.
    Começa por falar de um animal de casa,
    Preto ou branco, e sem bico, e sem crista e sem asa,
    Usando quatro pés. Vai a nota. O arguido
    Não hesita, responde: "O bicho é conhecido,
    É um gato". "Não senhor, diz o arguente: é um cão".
JÚPITER — Tens razão, filho, tens!
VULCANO — Carradas de razão!
MARTE — Que acontece daqui? É que nesta Babel
    Reina em todos e em tudo uma coisa — o papel.
    É esta a base, o meio e o fim. O grande rei
    É o papel. Não há outra força, outra lei.
    A fortuna o que é? Papel ao portador;
    A honra é de papel; é de papel o amor.
    O valor não é já aquele ardor aceso;
    Tem duas divisões — é de almaço ou de peso.
    Enfim, por completar esta horrível Babel,
    A moral de papel faz guerra de papel.
VULCANO — Se a guerra neste tempo é de peso ou de almaço,
    Mudo de profissão: vou fazer penas de aço!

CENA IV
Os mesmos, Cupido

CUPIDO — (*da porta*) É possível entrar?
JÚPITER — (*a Marte*) Vai ver quem é.
MARTE — Cupido.
CUPIDO — (*a Júpiter*) Caro avô, como estás?
JÚPITER — Voltas arrependido?
CUPIDO — Não; venho despedir-me. Adeus.
MARTE — Vai-te, insolente.
CUPIDO — Meu pai!...
MARTE — Cala-te!
CUPIDO — Ah! não! Um conselho prudente:
    Deixai a divindade e fazei como eu fiz.
    Sois deuses? Muito bem. Mas, que vale isso? Eu quis
    Dar-vos este conselho; é de amigo.
MARTE — É de ingrato.
    Do mundo fascinou-te o rumor, o aparato.
    Vai, espírito vão! — Antes deus na humildade,
    Do que homem na opulência.
CUPIDO — É fresca a divindade!
JÚPITER — Custa-nos caro, é certo: a dor, a mágoa, a afronta,
    O desespero e o dó.
CUPIDO — A minha é mais em conta.

VULCANO — Onde a compras agora?
CUPIDO — Em casa do alfaiate;
   Sou divino conforme a moda.
VULCANO — E o disparate.
CUPIDO — Venero o teu despeito, ó Vulcano!
MARTE — Venera
   O nosso ódio supremo e divino...
CUPIDO — Quimera!
MARTE —... Da nossa divindade o nome e as tradições,
   A lembrança do Olimpo e a vitória...
CUPIDO — Ilusões!
MARTE — Ilusões!
CUPIDO — Terra-a-terra ando agora. Homem sou;
   Da minha divindade o tempo já findou.
   Mas, que compensações achei no novo estado!
   Sou, onde quer que vá, pedido e requestado.
   Vêm quebrar-se a meus pés os olhares das damas;
   Cada gesto que faço ateia imensas chamas.
   Sou o encanto da rua e a vida dos salões,
   Alfenim procurado, o ímã dos balões,
   O perfume melhor da toalete, o elixir
   Dos amores que vão, dos amores por vir;
   Procuram agradar-me a feia, como a bela;
   Sou o sonho querido e doce da donzela,
   O encanto da casada, a ilusão da viúva.
   A chibata, a luneta, a bota, a capa e a luva
   Não são enfeites vãos: suprem o arco e a seta.
   Seta e arco são hoje imagens de poeta.
   Isto sou. Vede lá se este esbelto rapaz
   Não é mais que o menino armado de carcaz.
MARTE — Covarde!
JÚPITER — Deixa, ó filho, este ingrato!
CUPIDO — Adeus.
JÚPITER — Parte.
   Adeus!
CUPIDO — Adeus, Vulcano; adeus, Jove; adeus, Marte!

CENA V
Vulcano, Júpiter, Marte

MARTE — Perdeu-se este rapaz...
VULCANO — Decerto, está perdido!
MARTE — (*a Júpiter*) Júpiter, quem dissera! O doce e fiel Cupido
   Veio a tornar-se enfim um homem tolo e vão!
VULCANO — (*irônico*) E contudo é teu filho...

MARTE — (*com desânimo*) É meu filho, ó Plutão!
JÚPITER — (*a Vulcano*) Alguém chega. Vai ver.
VULCANO — É Apolo e Proteu.

CENA VI
Os mesmos, Apolo, Proteu

APOLO — Bom-dia!
MARTE — Onde deixaste o Pégaso?
APOLO — Quem? eu?
    Não sabeis? Ora, ouvi a história do animal.
    Do que acontece é o mais fenomenal.
    Aí vai o caso...
VULCANO — Aposto um raio contra um verso
    Que o Pégaso fugiu.
APOLO — Não, senhor; foi diverso
    O caso. Ontem à tarde andava eu cavalgando;
    Pégaso, como sempre, ia caracolando,
    E sacudindo a cauda, e levantando as crinas,
    Como se recebesse inspirações divinas.
    Quase ao cabo da rua um tumulto se dava;
    Uma chusma de gente andava e desandava.
    O que era não sei. Parei. O imenso povo,
    Como se o assombrasse um caso estranho e novo,
    Recuava. Quis fugir, não pude. O meu cavalo
    Sente naquele instante um horrível abalo;
    E para repelir a turba que o molesta,
    Levanta o largo pé, fere a um homem na testa.
    Da ferida saiu muito sangue e um soneto.
    Muita gente acudiu. Mas, conhecido o objeto
    Da nova confusão, deu-se nova assuada.
    Rodeava-me então uma rapaziada,
    Que ao Pégaso beijando os pés, a cauda e as crinas,
    Pedia-lhe cantando inspirações divinas.
    E cantava, e dizia (erma já de miolo):
    "Achamos, aqui está! é este o nosso Apolo!"
    Compelido a deixar o Pégaso, desci;
    E por não disputar, lá os deixei — fugi.
    Mas, já hoje encontrei, em letras garrafais,
    Muita ode, e soneto, e oitava nos jornais!
JÚPITER — Mais um!
APOLO — A história é esta.
MARTE — Embora! — Outra desgraça.
    Era de lamentar. Esta não.
APOLO — Que chalaça!

    Não passa de um corcel...
PROTEU — E já um tanto velho.
APOLO — É verdade.
JÚPITER — Está bem!
PROTEU — (*a Júpiter*) A que horas o conselho?
JÚPITER — É à hora em que a lua apontar no horizonte,
    E o leão de Nemeia, erguendo a larga fronte,
    Resplandecer no azul.
PROTEU — A senha é a mesma?
JÚPITER — Não:
    "Harpócrates, Minerva — o silêncio, a razão."
APOLO — Muito bem.
JÚPITER — Mas Proteu de senha não carece;
    De aspecto e de feições muda, se lhe parece.
    Basta vir...
PROTEU — Como um corvo.
MARTE — Um corvo.
PROTEU — Há quatro dias,
    Graças ao meu talento e às minhas tropelias,
    Iludi meio mundo. Em corvo transformado,
    Deixei um grupo imenso absorto, embasbacado.
    Vasto queijo pendia ao meu bico sinistro.
    Dizem que eu era então a imagem de um ministro.
    Seria por ser corvo, ou por trazer um queijo?
    Foi uma e outra coisa, ouvi dizer.
JÚPITER — O ensejo
    Não é de narrações, é de obras. Vou sair.
    Sabem a senha e a hora. Adeus. (*sai*)
VULCANO — Vou concluir
    Um negócio.
MARTE — Um negócio?
VULCANO — É verdade.
MARTE — Mas qual?
VULCANO — Um projeto de ataque.
MARTE — Eu vou contigo.
VULCANO — É igual
    O meu projeto ao teu, mas é completo.
MARTE — Bem.
VULCANO — Adeus, adeus.
PROTEU — Eu vou contigo.
    (*Saem Vulcano e Proteu*)

CENA VII
Marte, Apolo

APOLO — O caso tem
   Suas complicações, ó Marte! Não me esfria
   A força que me dava o néctar e a ambrosia.
   No cimo da fortuna ou no chão da desgraça,
   Um deus é sempre um deus. Mas, na hora que passa,
   Sinto que o nosso esforço é baldado, e imagino
   Que ainda não bateu a hora do destino. Que dizes?
MARTE — Tenho ainda a maior esperança.
   Confio em mim, em ti, em vós todos. Alcança
   Quem tem força, e vontade, e ânimo robusto.
   Espera. Dentro em pouco o templo grande e augusto
   Se abrirá para nós.
APOLO — Enfim...
MARTE — A divindade
   A poucos caberá, e aquela infinidade
   De numes desleais há de fundir-se em nós.
APOLO — Oh! que o destino te ouça a animadora voz!
   Quanto a mim...
MARTE — Quanto a ti?
APOLO — Vejo ir-se dispersado
   Dos poetas o rebanho, o meu rebanho amado!
   Já poetas não são, são homens: carne e osso.
   Tomaram neste tempo um ar burguês e insosso.
   Depois, surgiu agora um inimigo sério,
   Um déspota, um tirano, um Lopez, um Tibério:
   O álbum! Sabes tu o que é o álbum? Ouve,
   E dize-me se, como este, um bárbaro já houve.
   Traja couro da Rússia, ou sândalo, ou veludo;
   Tem um ar de sossego e de inocência; é mudo.
   Se o vires, cuidarás ver um cordeiro manso,
   À sombra de uma faia, em plácido remanso.
   A faia existe e chega a sorrir... Estas faias
   São copadas também, não têm folhas, têm saias.
   O poeta estremece e sente um calafrio;
   Mas o álbum lá está, mudo, tranquilo e frio.
   Quer fugir, já não pode: o álbum soberano
   Tem sede de poesia, é o minotauro. Insano
   Quem buscar combater a triste lei comum!
   O álbum há de engolir os poetas um por um.
   Ah! meus tempos de Homero!
MARTE — A reforma há de vir
   Quando o Olimpo outra vez em nossas mãos cair.
   Espera!

CENA VIII
Os mesmos, Cupido

Cupido — Tio Apolo, é engano de meu pai.
Apolo — Cupido!
Marte — Tu aqui, meu velhaco?
Cupido — Escutai;
　Cometeis uma empresa absurda. A humanidade
　Já não quer aceitar a vossa divindade.
　O bom tempo passou. Tentar vencer hoje, é,
　Como agora se diz, remar contra a maré.
　Perdeis o tempo.
Marte — Cala a boca!
Cupido — Não! não! não!
　Estou disposto a enforcar essa última ilusão.
　Sabeis que sou o amor...
Apolo — Foste.
Marte — És o amor perdido.
Cupido — Não, sou ainda o amor, o irmão de Eros, Cupido.
　Em vez de conservar domínios ideais,
　Soube descer um dia à esfera dos mortais;
　Mas o mesmo ainda sou.
Marte — E depois?
Cupido — Ah! não fales,
　Ó meu pai! Posso ainda evocar tantos males,
　Encher-te o coração de tanto amor ardente,
　Que, sem nada mais ver, irás incontinenti,
　Pedir dispensa a Jove, e fazer-te homem.
Marte — Não!
Cupido — (*indo ao fundo*) Vês ali? é um carro. E no carro? um balão.
　E dentro do balão? uma mulher.
Marte — Quem é?
Cupido — (*voltando*) Vênus!
Apolo — Vênus!
Marte — Embora! É grande a minha fé.
　Sou um deus vingador, não sou um deus amante.
　É inútil.
Apolo — (*batendo no ombro de Cupido*) Meu caro, é inútil.
Marte — O farfante
　Cuida que ainda é o mesmo.
Cupido — Está bem.
Apolo — Vai-te embora.
　É conselho de amigo.
Cupido — (*senta-se*) Ah! eu fico!
Apolo — Esta agora!

    Que pretendes fazer?
CUPIDO — Ensinar-vos, meu tio.
APOLO — Ensinar-nos a nós? Por Júpiter, eu rio!
CUPIDO — Ouves, meu tio, um som, um farfalhar de seda?
    Vai ver.
APOLO — (*indo ver*) É uma mulher. Lá vai pela alameda.
    Quem é?
CUPIDO — Juno, a mulher de Júpiter, teu pai.
APOLO — Deveras? É verdade! olha, Marte, lá vai,
    Não conheci.
CUPIDO — É bela ainda, como outrora,
    Bela, e altiva, e grave, e augusta, e senhora.
APOLO — (*voltando a si*) Ah! mas eu não arrisco minha divindade...
    (*a Marte*) Olha o espertalhão!... Que tens?
MARTE — (*absorto*) Nada.
CUPIDO — Ó vaidade!
    Humana embora, Juno é ainda divina.
APOLO — Que nome usa ela agora?
CUPIDO — Um mais belo: Corina!
APOLO — Marte, sinto... não sei...
MARTE — Eu também
APOLO — Vou sair.
MARTE — Também eu.
CUPIDO — Também tu?
MARTE — Sim, quero ver... quero ir
    Tomar um pouco de ar...
APOLO — Vamos dar um passeio.
MARTE — Ficas?
CUPIDO — Quero ficar, porém, não sei... receio...
MARTE — Fica, já foste um deus, nunca és importuno.
CUPIDO — É deveras assim? Mas...
MARTE — Ah! Vênus!
APOLO — Ah! Juno!

                CENA IX
             Cupido, Mercúrio

CUPIDO — (*só*) Baleados! Agora os outros. É preciso,
    Graças à voz do amor, dar-lhes algum juízo.
    Singular exceção! Muitas vezes o amor
    Tira o juízo que há... Quem é? Sinto rumor...
    Ah! Mercúrio!
MERCÚRIO — Sou eu! E tu? É certo acaso
    Que tenhas cometido o mais triste desazo?
    Ouvi dizer...

CUPIDO — *(em tom lastimoso)* É certo.
MERCÚRIO — Ah! covarde!
CUPIDO — *(o mesmo)* Isso! isso!
MERCÚRIO — És homem?
CUPIDO — Sou o amor, sou, e ainda enfeitiço,
   Como dantes.
MERCÚRIO — Não és dos nossos. Vai-te!
CUPIDO — Não!
   Vou fazer-te, meu tio, uma observação.
MERCÚRIO — Vejamos.
CUPIDO — Quando o Olimpo era nosso...
MERCÚRIO — Ah!
CUPIDO — Havia
   Hebe, que nos matava, e a Júpiter servia.
   Poucas vezes a viste. As funções de correio
   Demoravam-te fora. Ah que olhos! ah que seio!
   Ah que fronte! ah...
MERCÚRIO — Então?
CUPIDO — Hebe tornou-se humana.
MERCÚRIO — *(com desprezo)* Como tu.
CUPIDO — Ah quem dera! A terra alegre e ufana
   Entre as belas mortais deu-lhe um lugar distinto.
MERCÚRIO — Deveras!
CUPIDO — *(consigo)* Baleado!
MERCÚRIO — *(consigo)* Ah! não sei... mas que sinto?
CUPIDO — Mercúrio, adeus!
MERCÚRIO — Vem cá! Hebe onde está?
CUPIDO — Não sei.
   Adeus. Fujo ao conselho.
MERCÚRIO — *(absorto)* Ao conselho?
CUPIDO — Farei por não atrapalhar as vossas decisões.
   Conspirai! Conspirai!
MERCÚRIO — Não sei... Que pulsações!
   Que tremor! que tonteira!
CUPIDO — Adeus! Ficas?
MERCÚRIO — Quem? eu?
   Hebe?
CUPIDO — *(à parte)* Falta-me Jove, e Vulcano, e Proteu.

CENA X
Mercúrio, depois Marte, Apolo

MERCÚRIO — *(só)* Eu doente? de quê? É singular!
   (indo ao vinho) Um gole!
   Não há vinho nenhum que uma dor não console.

(*bebe silencioso*)
Hebe tornou-se humana!
MARTE — (*a Apolo*) É Mercúrio.
APOLO — (*a Marte*) Medita!
Em que será?
MARTE — Não sei.
MERCÚRIO — (*sem vê-los*) Oh! como me palpita
O coração!
APOLO — (*a Mercúrio*) Que é isso?
MERCÚRIO — Ah! não sei... divagava...
Como custa a passar o tempo! Eu precisava
De sair e não sei... Jove não voltará?
MARTE — Por que não? Há de vir.
APOLO — (*consigo*) Que é isso?
(*silêncio profundo*) Estou disposto!
MARTE — Estou disposto!
MERCÚRIO — Estou disposto!

CENA XI
Os mesmos, Júpiter

JÚPITER — Meus filhos, boa nova! (*os três voltam a cara*)
Então? Voltais-me o rosto?
MERCÚRIO — Nós, meu pai?
APOLO — Eu, meu pai?
MARTE — Eu não...
JÚPITER — Vós todos, sim!
Ah! fraqueais talvez! Um espírito ruim
Penetrou entre nós, e a todos vós tentando
Da vanguarda do céu vos anda separando.
MARTE — Oh! não, porém...
JÚPITER — Porém?
MARTE — Eu falarei mais claro
No conselho.
JÚPITER — Ah! E tu?
APOLO — Eu o mesmo declaro.
JÚPITER — (*a Mercúrio*) Tua declaração?
MERCÚRIO — É do mesmo teor.
JÚPITER — Ó trezentos de Esparta! Ó tempos de valor!
Eram homens contudo...
APOLO — Isso mesmo: é humano.
Era a força do persa e a força do espartano.
Eram homens de um lado, e homens do outro lado;
A terra sob os pés; o conflito igualado.
Agora o caso é outro. Os deuses demitidos
Buscam reconquistar os domínios perdidos.

    Há deuses do outro lado? Há homens. Neste caso
    Não teremos a luta em campo aberto e raso.
JÚPITER — Assim, pois?
APOLO — Assim, pois, já que os homens não podem
    Aos deuses elevar-se, os deuses se acomodem.
    Sejam homens também.
MARTE — Apoiado!
MERCÚRIO — Apoiado!
JÚPITER — Durmo ou velo? Que ouvi!
MARTE — O caso é desgraçado.
    Mas a verdade é esta, esta e não outra.
JÚPITER — Assim
    Desmantela-se o Olimpo!
MERCÚRIO — Espírito ruim
    Não há, nem há fraqueza, ou triste covardia.
    Há desejo real de concluir um dia
    Esta luta cruel, estéril, sem proveito.
    Deste real desejo, é este, ó pai, o efeito.
JÚPITER — Estou perdido!

CENA XII
Os mesmos, Vulcano, Proteu

JÚPITER — Ah! vinde, ó Vulcano, ó Proteu!
    Estes três já não são nossos.
VULCANO — Nem eu.
PROTEU — Nem eu.
JÚPITER — Também vós?
PROTEU — Também nós!
JÚPITER — Recuais?
VULCANO — Recuamos.
    Com os homens, enfim, nos reconciliamos.
JÚPITER — Fico eu só?
MARTE — Não, meu pai. Segue o geral exemplo.
    É inútil resistir; o velho e antigo templo
    Para sempre caiu, não se levanta mais.
    Desçamos a tomar lugar entre os mortais.
    É nobre: um deus que despe a auréola divina.
    Sê homem!
JÚPITER — Não! não! não!
APOLO — O tempo nos ensina
    Que devemos ceder.
JÚPITER — Pois sim, mas tu, mas vós,
    Eu não. Guardarei só um século feroz
    A honra da divindade e o nosso lustre antigo,

    Embora sem amparo, embora sem abrigo.
    (*a Apolo, com sarcasmo*) Tu, Apolo, vais ser pastor do rei Admeto?
    Imolas ao cajado a glória do soneto?
    Que honra!
APOLO — Não, meu pai, sou o rei da poesia.
    Devo ter um lugar no mundo, em harmonia
    Com este que ocupei no nosso antigo mundo.
    O meu ar sobranceiro, o meu olhar profundo,
    A feroz gravidade e a distinção perfeita,
    Nada, meu caro pai, ao vulgo se sujeita.
    Quero um lugar distinto, alto, acatado e sério.
    Co'a pena da verdade e a tinta do critério
    Darei as leis do belo e do gosto. Serei
    O supremo juiz, o crítico.
JÚPITER — Não sei
    Se lava o novo ofício a vilta de infiel...
APOLO — Lava.
JÚPITER — E tu, Marte?
MARTE — Eu cedo à guerra de papel.
    Sou o mesmo; somente o meu valor antigo
    Mudou de aplicação. Corro ainda ao perigo,
    Mas não já com a espada: a pena é minha escolha.
    Em vez de usar broquel, vou fundar uma folha.
    Dividirei a espada em leves estiletes,
    Com eles abrirei campanhas aos gabinetes.
    Moral, religião, política, poesia,
    De tudo falarei com alma e bizarria.
    Perdoa-me, ó papel, os meus erros de outrora,
    Tarde os reconheci, mas abraço-te agora!
    Cumpre-me ser, meu pai, de coração fiel,
    Cidadão do papel, no tempo do papel.
JÚPITER — E contudo, inda há pouco, o contrário dizias,
    E zombavas então destas papelarias...
MARTE — Mudei de opinião...
JÚPITER — (*a Vulcano*) E tu, ó deus das lavas,
    Tu, que o raio divino outrora fabricavas.
    Que irás tu fabricar?
VULCANO — Inda há pouco o dizia
    Quando Marte do tempo a pintura fazia:
    Se o valor deste tempo é de peso ou de almaço,
    Mudo de profissão, vou fazer penas de aço.
    Hei de servir alguém, aqui ou em qualquer parte,
    Ou a ti ou a outro, ou a Jove ou a Marte.
    Os raios que eu fazia, em penas transformados,
    Como eles hão de ser ferinos e aguçados.

>   A questão é de forma.
> MARTE — (*a Vulcano*) Obrigado.
> JÚPITER — Proteu,
>   Não te dignas dizer o que farás?
> PROTEU — Quem? Eu?
>   Farei o que puder; e creio que me é dado
>   Fazer muito: o caso é que eu seja utilizado.
>   O dom de transformar-me, à vontade, a meu gosto
>   Torna-me neste mundo um singular composto.
>   Vou ter segura a vida e o futuro. O talento
>   Está em não mostrar a mesma cara ao vento.
>   Vermelho de manhã, sou de tarde amarelo;
>   Se convier, sou bigorna, e se não, sou martelo.
>   Já se vê, sem mudar de nome. Neste mundo
>   A forma é essencial, vale de pouco o fundo.
>   Vai o tempo chuvoso? Envergo um casacão.
>   Volta o sol? Tomo logo a roupa de verão.
>   Quem subiu? Pedro e Paulo. Ah! que grandes talentos!
>   Que glórias nacionais! que famosos portentos!
>   O país ia à garra e por triste caminho,
>   Se inda fosse o poder de Sancho ou de Martinho.
>   Mas se a cena mudar, tão contente e tão ancho,
>   Dou vivas a Martinho, e dou vivas a Sancho!
>   Aprendi, ó meu pai, estas coisas, e juro
>   Que vou ter grande e belo um nome no futuro.
>   Não há revoluções, não há poder humano
>   Que me façam cair... (*com ênfase*) O povo é soberano.
>   A pátria tem direito ao nosso sacrifício.
>   Vê-la sem este jus... mil vezes o suplício!
>   (*voltando ao natural*) Deste modo, meu pai, mudando a fala e a cara,
>   Sou na essência Proteu, na forma Dulcamara...
>   De tão bom proceder tenho as lições diurnas.
>   Boa tarde!
> JÚPITER — Aonde vais?
> PROTEU — Levar meu nome às urnas!
> JÚPITER (*reparando, a todos*) Vêm cá. Ouvi agora... Ah! Mercúrio...
> MERCÚRIO — Eu receio
>   Perder estas funções que exerço de correio...
>   Mas...

CENA XIII
Os mesmos, Cupido

CUPIDO — Cupido aparece e resolve a questão.
    Ficas ao meu serviço.

JÚPITER — Ah!
MERCÚRIO — Em que condição?
CUPIDO — Eu sou o amor, tu és correio.
MERCÚRIO — Não, senhor.
  Sabes o que é andar ao serviço de amor,
  Sentir junto à beleza a paixão da beleza,
  O peito sufocado, a fantasia acesa,
  E as vozes transmitir do amante à sua amada,
  Como um correio, um eco, um sobrescrito, um nada?
  Foste um deus como eu fui, como eu, nem mais nem menos.
  Homens, somos iguais. Um dia, Marte e Vênus,
  A quem Vulcano armara uma rede, apanhados
  Nos desmaios do amor, se foram libertados,
  Se puderam fugir às garras do marido,
  Foi graças à destreza, ao tino conhecido,
  Do ligeiro Mercúrio. Ah que serviço aquele!
  Sem mim quem te quisera, ó Marte, estar na pele!
  Chega a hora; venceu-se a letra. És meu amigo.
  Salva-me agora tu, e leva-me contigo.
MARTE — Vem comigo; entrarás na política escura.
  Proteu há de arranjar-te uma candidatura.
  Falarei na gazeta aos graves eleitores,
  E direi quem tu és, quem foram teus maiores.
  Confia e vencerás. Que vitória e que festa!
  Da tua vida nova a política... é esta:
  Da rua ao gabinete, e do paço ao tugúrio,
  Farás o teu papel, o papel de Mercúrio;
  O segredo ouvirás sem guardar o segredo.
  A escola mais rendosa é a escola do enredo.
JÚPITER — Sou o deus da eloquência: o emprego é adequado.
  Verás como hei de ser na intriga e no recado.
  Aceito a posição e as promessas...
CUPIDO — Agora,
  Que a tua grande estrela, erma no céu, descora,
  Que pretendes fazer, ó Júpiter divino?
JÚPITER — Tiro desta derrota o necessário ensino.
  Fico só, lutarei sozinho e eternamente.
CUPIDO — Contra os tempos, e só, lutas inutilmente.
  Melhor fora ceder e acompanhar os mais,
  Ocupando um lugar na linha dos mortais.
JÚPITER — Ah! se um dia vencer, contra todos e tudo,
  Hei de ser lá no Olimpo um Júpiter sanhudo!
CUPIDO — Contra a suprema raiva e a cólera maior
  Põe água na fervura uma dose de amor.
  Não te lembras? Outrora, em touro transformado,

        Não fizeste de Europa o rapto celebrado?
        Em te dando a veneta, em cisne te fazias.
        Tinhas um novo amor? Chuva de ouro caías...
JÚPITER — (*mais terno*) Ah! bom tempo!
CUPIDO — E contudo à flama soberana
        Uma deusa escapou, entre outras — foi Diana.
JÚPITER — Diana!
CUPIDO — Sim, Diana, a esbelta caçadora;
        Uma só vez deixou que a flama assoladora
        O peito lhe queimasse — e foi Endimião
        Que o segredo lhe achou do feroz coração.
JÚPITER — Ainda caça, talvez?
CUPIDO — Caça, mas não veados:
        Os novos animais chamam-se namorados.
JÚPITER — É formosa? É ligeira?
CUPIDO — É ligeira, é formosa!
        É a beleza em flor, doce e misteriosa;
        Deusa, sendo mortal, divina sendo humana.
        Melhor que ela só Juno.
APOLO — Hein?... Ah! Juno!
JÚPITER — (*cismando*) Ah! Diana!
MERCÚRIO — Cede, ó Jove. Não vês que te pedimos todos?
        Neste mundo acharás por diferentes modos,
        Belezas a vencer, vontades a quebrar,
        — Toda a conjugação do grande verbo amar.
        Sim, o mundo caminha, o mundo é progressista:
        Mas não muda uma coisa: é sempre sensualista.
        Não serás, por formar teu nobre senhorio,
        Nem cisne ou chuva de ouro, e nem touro bravio.
        Uma te encanta, e logo à tua voz divina
        Sem mudar de feições, podes ser... crinolina.
        De outra soube-te encher o namorado olhar:
        Usa do teu poder, e manda-lhe um colar.
        A Costança uma luva, Ermelinda um colete,
        Adelaide um chapéu, Luísa um bracelete.
        E assim, sempre curvado à influência do amor,
        Como outrora, serás Jove namorador!
CUPIDO — (*batendo-lhe no ombro*) Que pensas, meu avô?
JÚPITER — Escuta-me, Cupido.
        Este mundo não é tão mau, nem tão perdido,
        Como dizem alguns. Cuidas que a divindade
        Não se desonrará passando à humanidade?
CUPIDO — Não me vês?
JÚPITER — É verdade. E, se todos passaram,
        Muita coisa de bom nos homens encontraram.

CUPIDO — Nos homens, é verdade, e também nas mulheres.
JÚPITER — Ah! dize-me, inda são a fonte dos prazeres?
CUPIDO — São.
JÚPITER — (*absorto*) Mulheres! Diana!
MARTE — Adeus, meu pai!
OS OUTROS — Adeus!
JÚPITER — Então já? Que é lá isso? Onde ides, filhos meus?
APOLO — Somos homens.
JÚPITER — Ah! sim...
CUPIDO — (*aos outros*) Baleado!
JÚPITER — (*com um suspiro*) Ide lá!
  Adeus.
OS OUTROS — (*menos Cupido*) Adeus, meu pai.
  (*Silêncio.*)
JÚPITER — (*depois de refletir*) Também sou homem.
TODOS — Ah!
JÚPITER — (*decidido*) Também sou homem, sou; vou convosco. O costume
  Meio homem já me fez, já me fez meio nume.
  Serei homem completo, e fico ao vosso lado
  Mostrando sobre a terra o Olimpo humanizado.
MERCÚRIO — Graças. meu pai!
CUPIDO — Venci!
MARTE — (*a Júpiter*) A tua profissão?
APOLO — Deve ser elevada e nobre, uma função
  Própria, digna de ti, como do Olimpo inteiro.
  Qual será?
JÚPITER — Dize lá.
CUPIDO — (*a Júpiter*) Pensa!
JÚPITER — (*depois de refletir*) Vou ser banqueiro!
  (*Fazem alas. O Epílogo atravessa do fundo e vem ao proscênio.*)
EPÍLOGO — Boa-noite. Sou eu, o Epílogo. Mudei
  O nome. Abri a peça, a peça fecharei.
  O autor, arrependido, oculto, envergonhado,
  Manda pedir desculpa ao público ilustrado;
  E jura, se cair desta vez, nunca mais
  Meter-se em lutas vãs de numes e mortais.
  Pede ainda o poeta um reparo. O poeta
  Não comunga por si na palavra indiscreta
  De Marte ou de Proteu, de Apolo ou de Cupido.
  Cada qual fala aqui como um deus demitido;
  É natural da inveja; e a ideia do autor
  Não pode conformar-se a tão fundo rancor.
  Sim, não pode; e, contudo, ama aos deuses, adora
  Essas lindas ficções do bom tempo de outrora.
  Inda os crê presidindo aos mistérios sombrios,

No recesso e no altar dos bosques e dos rios.
Às vezes cuida ver atravessando as salas,
A soberana Juno, a valorosa Palas;
A crença é que o arrasta, a crença é que o ilude
Neste reverdecer da eterna juventude.
Se o tempo sepultou Eros, Minerva, e Marte,
Uma coisa os revive e os santifica: a arte.
Se a história os dispersou, se o Calvário os baniu,
A arte, no mesmo amplexo, a todos reuniu.
De duas tradições a musa fez só uma:
David olhando em face a sibila de Cuma.
Se vos não desagrada o que se disse aqui,
Sexo amável, e tu, sexo forte, aplaudi.

FIM DE *OS DEUSES DE CASACA*

MISCE

LÂNEA

Ideias vagas

A Poesia. A Poesia, como tudo que é divino, não pode ser definida por uma palavra, nem por mil. É a encarnação do que o homem tem de mais divino no pensamento, do que a natureza divina tem de mais magnífico nas imagens, de mais melodioso nos sons.
LAMARTINE

Sabeis o que é a poesia?

É difícil explicá-la: é um sentir sem definição; é uma palavra que o anjo das harmonias segreda no mais íntimo d'alma, no mais fundo do coração, no mais recôndito do pensamento. A alma, e coração, e o pensamento compreendem essa palavra, compreendem a linguagem em que lhe foi revelada — mas não a podem dizer nem exprimir.

O que vos inspira o oceano plácido e sereno — em uma noite de verão quando a lua brilha em um céu límpido e azul — e quando uma viração suave respira com voluptuosidade e frescura?

O que vos inspira aquela melodia santa e pura do órgão no recinto do templo, quando a Igreja celebra alguma das passagens da história da nossa religião? O que vos inspira aquele quadro subime — quando no cume de uma montanha devassais com olhar e com espírito — o vale dourado pelos últimos reflexos do sol e o mar afogueado recebendo em seu seio o rei da luz? O que vos inspira tudo isto?

O que vos inspira toda a natureza sorrindo com seus trajes embelecidos e decorados pela mão do Sábio — o Supremo Pintor?

Um sentimento doce — um êxtase d'alma e dos sentidos que faz adormecer o espírito e o pensamento; um sentimento que só a alma o compreende, mas que é indefinível.

É isto a Poesia!

É uma bela filha da imaginação do Criador; uma rosa criada por ele, e por ele depositada na fronte de Homero, o chefe divino e supremo dessa nação que se tem estendido por todo o universo, e que dominará todas as demais nações. — É magnífico o vaso para o qual Deus transplantou essa rosa — cujo perfume foi a *Ilíada* e a *Odisseia*.

Floresceu pois na Grécia; ali viu ela os seus incansáveis cultivadores ocupados no seu engrandecimento, sacrificando-lhe o sossego, os interesses e o repouso para alcançarem as bênçãos de uma posteridade agradecida.

A emulação favorecia então o engrandecimento da poesia. O poeta que nas suas lucubrações sacrificava as horas de descanso, só tinha em vista o brilhante prêmio — a coroa de vencedor com que nos jogos olímpicos tinha de adornar a sua fronte. Era no meio de aplausos que ele cingia e abençoava as horas que havia consagrado às suas vigílias e meditações.

Não há dúvida, a poesia reinava então; umas vezes guerreira e marcial como o clangor das trombetas nas batalhas; outras vezes terna e cheia de amor como os sorrisos de Vênus, a filha do mar — e o protótipo das graças e da formosura.

Esses aplausos fervorosos, contudo, e esse acolhimento das obras do poeta — não os pode livrar dessa fatalidade horrível, cujo selo lhe está marcado na fronte! — É uma sentença que decreta-lhe um fim desgraçado e miserável! — Inevitável destino!

A Grécia deixou mendigar o cantor das suas glórias — o selo de todos esses reis, que adornam o céu límpido, o céu da poesia, o criador da mais bela parte da sua história, e daí todas as mais nações seguiram esse exemplo de vergonha e d'ignomínia!

A raça lusitana coberta de glórias pelas suas imortais conquistas na África e na Ásia só teve para o divino cantor dos *Lusíadas* um pobre leito de miséria. Pátria homicida que até negou o beijo materno extremo ao seu mais belo filho!

Debalde se cansa o gênio em varrer de todos os lábios esse sorriso de indiferença que faz gelar n'alma as mais belas concebidas esperanças: — o mundo não os escuta. Bocage no seu poetar de ironias não pôde reformar aquela sociedade de homens indiferentes esmagadores de talento — em que vivia.

É horrível — mas é verdade! É a realidade descarnada com toda a sua hediondez, com o seu aspecto pavoroso e negro: é o fim do poeta!

Ele tem uma missão a cumprir neste mundo — uma missão santa e nobre, porque é dada por Deus! — É um pregador incansável — um tradutor fiel das ideias do Onipotente.

O mundo porém não compreende aquela alma tão grande como o universo — tão divina como a mais bela porção do espírito de Deus.

Tarde o mundo conhece o que perde no poeta que morre. O sangue já havia desaparecido da face do cadafalso, quando a França conheceu que havia perdido dois gênios em Roucher e A. Chénier. — Sacrificaram às conveniências políticas dois poetas — dois mártires que, abandonando sobre a terra a argila mundana, remontaram-se puros e radiantes ao seio de Deus!

Eis pois o que são perante o mundo aqueles para quem a poesia é incentivo da sua linguagem ardente e animada. O leito de Gilbert, o cadafalso de Foucher e a masmorra de T. Tasso são exemplos para aqueles cuja ideias divinas e ardentes se vertem em cadenciosos hinos de melodiosas harpas.

Aqui terminam as minhas *ideias* sobre a poesia, e sobre os poetas. Perdoai, leitores, a minha fraca linguagem; é de um jovem que estreia nas letras, e que pede proteção e benevolência. Ainda existem alguns mecenas piedosos: animai o escritor.

Continuarei as minhas — *ideias vagas*.

As.

Marmota Fluminense, *Rio de Janeiro*, n° 731, 10/06/1856

Ideias vagas
A comédia moderna

O teatro, assim como a imprensa, é uma página brilhante pela qual se conhece o estudo e o grau de civilização de um povo. É isso uma verdade teórica — conhecida por todos e que felizmente está a salvo de quaisquer contestações, porque é inegável que a França, a sede das civilizações modernas, o foco luminoso da literatura e das ciências, mostra nas suas composições teatrais o esplêndido e alto grau de sua civilização — e progresso intelectual.

Assim é: e graças a essa demonstração da vencedora de Malakoff nós vemos que a locomotiva não tem esmagado na sua celeridade as obras da imaginação — e que a matéria ainda está longe de eclipsar o espírito.

Mas, todavia, o progresso material absorve as atenções, e o espírito inventivo trata de pensar, estudar, e corrigir o mundo na sua construção material — dando-lhe um aspecto novo! — Viva Deus! — Inglaterra! Inglaterra! Rainha da indústria! — centro de toda a revolução material! — Eis-te aí desmentindo a distância com teus dourados pensamentos de civilização! Eis-te aí excêntrica e vaidosa, falando em progressos, mas ocultando debaixo dessas ideias progressistas os projetos de uma desmedida ambição! Culpado!... Evitai que no meio de teus banquetes com o último rei de Babilônia alguma mão invencível trace a tua sentença de morte!

No meio, pois, desses desvarios, de progressos e civilização, é o teatro olhado como o verdadeiro lugar de distração e ensino; o verdadeiro meio de civilizar a sociedade e os povos.

Ao teatro! Ao teatro! Ao teatro ver as composições dramáticas da época, as produções de Eméry e Bourgeois! — Ao teatro ver a sociedade por todas as faces: frívola, filosófica, casquilha, avara, interesseira, exaltada, cheia de flores e espinhos, dores e prazeres, de sorrisos e lágrimas! — Ao teatro ver o vício em contato com a virtude; o amor no coração da mulher perdida, como a pérola no lodo do mar; o talento separado da ignorância apenas por um copo de champagne! — Ao teatro ver as cenas espirituosas da comédia moderna envolvendo uma lição de moral em cada dito gracioso; ver a interessante *coquette* que jura amor em cada valsa e perjura em uma quadrilha; ver o literato parasita que não se peja de subir as escadas de mármore do homem abastado, mas corrupto, curvar-se cheio de lisonja para ter a honra de sentar-se a seu lado e beber à sua saúde!

Ao teatro! Ao teatro!

Oh! que é sublime! O gosto dramático adotado pelo século é assaz belo, e mostra a emblemidade das ideias progressivas dos *talentos* da época!

Entre nós, porém, (*desculpe-me, se há erro em dizê-lo*) esse modernismo é pouco aplaudido. Não sei se é a *nova era* das edificações líricas e celebridades cantantes o motivo desta indiferença para com os progressos do teatro dramático; em todo caso, porém, para mim, é evidente que o motivo dessa indiferença é em grande parte a perniciosa existência entre nós de alguns frenéticos apreciadores da farsa antiga e sem gosto, das clássicas cabriolas e da atroadora *pancadaria* empregada quando o espírito falece em fastiosos e insípidos diálogos.

Desses apreciadores de que acabo de falar eu conheço alguns que me têm dito muitas vezes: — Vale mais apreciar os *admiráveis* saltos do *Recrutamento n'aldeia*, do que uma cena do *Amigo Grandet* (!).

É isso verdade puríssima; mas como nesta terra *nem todas as verdades se dizem*, já eu estou arrependido: enfim, já está escrito, e agora o que está, está.

Como disse, pois, as tendências pouco favoráveis ao desenvolvimento da comédia moderna, nascem sem dúvida em grande parte dessa classe do nosso povo. O leitor reflexionando sobre o que acabo de dizer concordará com as minhas ideias.

Vou acabar. Cumpre mesmo não tomar muito espaço em uma folha onde se publica um poema de *Lord* Byron (entre parênteses; dou os emboras ao sr. Paula Brito por uma publicação tão útil quão agradável).

Nunca escrevi tão *vagamente* as minhas *ideias* como hoje: é porque estou com bastante pressa.

Humilde servo.

As.

Marmota Fluminense, *n° 753, 31/07/1856*

Ideias vagas

Os contemporâneos

I

MONTE ALVERNE

A humanidade flutua entre dois pontos totalmente opostos: — o bem e o mal. Os sectários do mal são os inimigos declarados da virtude; são os viciosos esses que têm uma crença por necessidade e não por convicção, para quem o nome de Deus é uma expressão vulgar e à qual se não deve respeito algum. Os sectários do bem são os adversários do vício: são os virtuosos, em cujo coração convicto se aninha a fé e a crença com todo o ardor e pureza, com todo o respeito e entusiasmo.

Ora, o bem e o mal são dois caminhos diversos no aspecto e no termo; o primeiro é cheio de abrolhos; o segundo, de flores: no fim do primeiro há flores; no do segundo, espinhos. As almas fracas, as naturezas superficiais, deixam-se levar pelas aparências, e, trilhando a senda do mal, aspiram o perfume venenoso dessas flores que vegetam debaixo de seus pés; os espíritos profundos e filosóficos, observadores dos dogmas sagrados, lançam-se ao bem e enxugam nas flores do termo do seu caminho o sangue vertido de seus pés pelo contato dos espinhos.

Se não tivera de escrever as minhas *ideias* tão rapidamente, eu evocaria as veneráveis sombras daqueles mártires da Idade Média, mártires pela fé, e pelo dogma, cuja história tão sanguinolenta foi cantada pelo imortal Chateaubriand. Evocaria, porque vou falar de um homem tão crente, tão resignado, tão virtuoso, como os ilustres batalhadores cruzados que nas épocas calamitosas da Cristandade deram seu sangue a prol da religião. Mas essa evocação poder-me-ia levar insensivelmente a reflexões por demais longas, e é força que eu seja breve, muito breve.

E, pois, duas palavras podem servir para uma invocação:
— Religião, inspirai-me!

II

A eloquência, da tribuna profana, está muito aquém da do púlpito. Cícero, o maior eloquente da Antiguidade, é menos que Bossuet, porque no mundo profano os espíritos apaixonados defendem os seus interesses e as suas opiniões; no mundo religioso, há só um ponto fixo onde estão todas as vistas, e à roda do qual se volvem todas as ideias; esse ponto é grande e sublime, e se se falar dele com a mais simples linguagem, isso mesmo será eloquente.

Mont'Alverne é um nome de uma extensão infinita, que desperta em nossos corações as sensações mais profundas, o entusiasmo mais férvido, porque Mont'Alverne quer dizer uma glória do Brasil, um primor do púlpito, um Bossuet nascido nas plagas brasileiras e inspirado na solidão do claustro!

Vêde-o no fundo de uma cela sombria e humilde, pálido e abatido pela idade e pelos sofrimentos; vêde-o ali com a mais severa humildade. É um inspirado de Deus. Mas infeliz! Em vão seus olhos procuram ver a luz do sol; estão fechados para sempre! Só a luz do gênio, uma lâmpada erguida num santuário, ilumina aquele espírito tão sublime, tão admirável como esse círculo de fogo, que brilha constante no universo!

Olhai-o! Contemplai aquela nobre fronte empalidecida pelos anos, e pela disciplina, iluminada pelo gênio e pela fé; deixai-vos impressionar por todas as ideias que essa contemplação vos lançar na imaginação, e reconhecei nele o homem virtuoso, eloquente, admirável, a expressão mais sublime da grandeza de Deus!

Falai-lhe, procurai ouvir-lhe aquela voz eloquente e poderosa, ouvi-lhe aquelas frases, pesai bem a sublimidade de sua linguagem; e se quando penetrastes naquele retiro, levastes o ceticismo no coração, trareis, no sair dele, a crença e a fé, porque a eloquência daquele homem sagrado convence ao cético da existência de Deus, e planta a fé na alma do ateu!

Um apóstolo de Cristo, pregando e convencendo as turbas da sua existência, não lega a Deus só a sua alma, ele lhe dá também mil outras, que com a sua palavra faz entoar no grêmio da fé e do catolicismo! E pois: quantos corações, alentados por uma crença duvidosa, ou totalmente descrentes dos dogmas sagrados, não se terão convertido ao ouvir a sublime linguagem daquele apóstolo sagrado?

Mont'Alverne, o homem eloquente e virtuoso, cuja vida se tem passado na austeridade e solidão do claustro, é uma prova da solidez dos nossos princípios religiosos! Se o seu horizonte material acaba na parede sombria de uma cela humilde, os seus limites intelectuais chegam até Deus, isto é, perdem-se no infinito!

As.

Marmota Fluminense, n° 768, 04/09/1856

Os cegos

Esperávamos que alguém agitasse esta questão; e esperávamos na sombra, sem a ninguém comunicar as nossas intenções, os nossos pensamentos. Um artigo publicado no nº 929 da *Marmota* decide-nos; vamos entrar na questão, expender as nossas ideias com a simplicidade e firmeza, filhas da convicção; certos da atenção e benevolência dos leitores.

O sr. Jq. Sr., autor do artigo acima mencionado, à parte alguns absurdos, nada disse sobre a questão; entretanto, esperávamos o contrário ao começar a ler as primeiras linhas; ilusão que se desfez ao terminarmos o artigo. O que se diz nele? Nada. Nem mesmo a razão sobre que o mesmo sr. funda a sua opinião. Isto nem de leve ofende ao autor do artigo, que não conhecemos, mas de cuja capacidade não duvidamos; notamos apenas que o sr. Jq. Sr., no meio de tanta coisa, não chegasse a uma opinião, a uma consequência exata que fosse a base da sua opinião. O artigo apenas faz-nos saber que o seu autor é de opinião que o cego por acidente é o mais desgraçado. Por quê?

Entretanto a questão apresenta-se clara e filosófica:

— É o cego de nascença ou o cego por desgraça que mais sente o seu estado?

O sr. Jq. Sr. diz que, para o cego de nascença, a vida começa sem *a aniquilação da melhor parte da vida* — a vista —, e que portanto o cego por acidente, sofrendo essa aniquilação, é o mais digno de lástima. A consequência é errada, e está diametralmente oposta à única conclusão possível do princípio estabelecido. É pela razão mesma de que o cego de nascença não sofre a *aniquilação da vista,* que é o mais desgraçado. Ao nascer ele esbarra com a noite que o deve cercar durante a sua vida; esbarra com esse caos para que nunca há de soar um *fiat.* Como não ser desgraçado? Sem ter o gozo do cego por desgraça, que vê em parte pelos olhos do espírito, ele não pode fazer uma ideia exata dos objetos que lhe apresentais; e conseguintemente não pode compreender-vos — gozar um pouco do que gozais — pelo exercício dos outros sentidos ou faculdades.

Continua o mesmo senhor, dizendo que o cego de nascença fantasia um mundo à sua guisa, e identifica-se com ele, idealizando e colorindo as coisas melhor do que elas são.

Isto importa um erro psicológico. Não é possível ao cego em questão criar esse mundo à sua guisa: e a razão é esta: a criação desse mundo espiritual só pode ser fantasiada pela imaginação e pelo raciocínio. Estas duas faculdades desenvolvem-se no centro das ideias; as ideias são adquiridas pelos sentidos. Ora, sendo o cego de nascença totalmente estranho ao mundo físico, não pode receber ideias para povoar o seu mundo pela ausência do importante órgão da percepção visual: como idealizar, colorir, e identificar-se com o seu mundo?

Ao cego por desgraça sucede inteiramente o contrário. O seu espírito, conservando ainda as impressões recebidas pelos olhos exteriores, facilmente imagina tudo quanto lhe narrarem: e pode mesmo criar para si um mundo espiritual com as pálidas reflexões das suas recordações. Estas recordações, que são como que um crepúsculo no meio da sua noite, é que faz a grande diferença entre o cego por desgraça e o cego de nascença.

O cego de nascença, diz também o artigo, tem um gozo, o *desejo* de ver a luz; e o cego por desgraça uma dor, a *saudade* da luz.

Concordamos que haja no cego por acidente essa *saudade,* modificada porém pela ciência que ele tem do mundo físico. O que, porém, não aceitamos, é que o *desejo* no cego de nascença seja um gozo; nem mesmo em ninguém. O que há no cego de nascença é uma luta íntima, terrível, sangrenta, que abala o espírito, e fatiga as forças morais. Vivendo no meio de uma sociedade que a cada momento está fazendo a pintura de todas as coisas, de todos os objetos, o cego de nascença sente o desejo ardente e voraz de ver, de conhecer esses objetos e essas coisas. Quem pode dizer que isto é um gozo? Dai ao cego de nascença uma rosa, fazei-lhe aspirar o seu perfume; pensais que isto deve ser para ele um gozo? Não! Aquele perfume suave e delicado, como um bálsamo filtrado por um dos mais belos poros da natureza, deve inspirar-lhe ardentemente o desejo de ver a flor que o exala. Deve ser bela, dirá ele, a flor que contém em seu seio esse aroma que me embriaga o espírito e banha-me a alma na mais suave essência! Porém o coitado não pode ver, nem fazer dela a menor ideia. Como aquela alma deve estorcer-se naquele desejo, naquela luta!

Há além de todas estas razões, que provam quanto é mais doloroso o estado do cego de nascença comparado ao cego por desgraça, um fato de muita importância, que nasce da ignorância total do cego de nascença relativamente ao mundo material.

Uma das provas mais eloquentes, mais vivas, por isso que palpável, da existência de Deus é o universo, o mundo físico, esta natureza que se desenrola aos olhos do homem, colorida e perfumada por uma mão suprema. A inteligência humana reconhece que esse desabrochar de flores, esse reverdecer de campos, esse suceder contínuo de estações, dias e noites, esse existir de átomos, de insetos, que escapam à vista, e que nascem, vivem, movem-se, agitam-se, para o que é necessário haver músculos, pois sem músculos não há movimento, enfim esse mundo grande e infinitamente pequeno, que se manifesta no trovão e no imperceptível caminhar dos átomos, esse mundo harmônico — orgânico, majestoso, admirável; tudo isto, dizíamos nós, reconhece a inteligência humana que deve ter uma origem, que não pode estar em si, porque seria um absurdo, que não pode ser obra do acaso que nada produz, mas que deve nascer de um Ente Supremo, infinito, eterno. Esse reconhecimento que importa um dos pontos capitais da filosofia, e a base da religião não pode ser operado senão pelas ideias recebidas pelos sentidos. Pode o cego de nascença sem uma só noção do mundo físico, esta grande manifestação da existência de Deus, fazer uma ideia exata da divindade? Não o cremos.

E, pois, mais uma vez está provado que é mais doloroso o estado do cego de nascença comparado ao cego por acidente, pois que este tem uma ideia de tudo o que existe pelos olhos do espírito e da memória.

Por enquanto é bastante o que acima expendemos; voltaremos à questão, talvez, e então seremos mais extensos. Estamos certos que o autor do artigo a que nos referimos há de ficar zangado com as nossas palavras, e talvez volte a falar sobre a matéria.

Aguardamo-lo. Entretanto, fique certo de uma verdade: nós não ferimos personalidades, mas sim argumentos: mesmo apesar da frase de Buffon: *o estilo é o homem.*

As.

A Marmota, *Rio de Janeiro*, n° 931, 05/03/1858

Os cegos

(tréplica ao sr. Jq. Sr.)

Como esperávamos, o sr. Jq. Sr. voltou ao campo; e desta vez, não para sustentar os seus argumentos, mas para refutar os nossos. Tencionando não estendermos com reflexões preliminares, vamos reunir todas as nossas forças para defender as nossas opiniões e os nossos argumentos.

Entretanto não podemos deixar de declarar que, desde que alguém se apresenta em público por um qualquer órgão da imprensa, ligamos todo o interesse às suas palavras, porque o tomamos pelo que ele se apresenta. Isto seja dito em resposta à *modesta censura* do sr. Jq. Sr.

Desde que S.S. publicou o seu primeiro artigo sobre os cegos, decidimo-nos a refutá-lo. Esta resolução, que não deixava entrever um único motivo de ofensa ao autor do artigo, tinha por alvo despedaçar os atavios sofísticos de seus argumentos falsos. Havia nisso um pensamento humanitário; receávamos que espíritos menos fortes se deixassem impressionar por uma linguagem que tão bem soube dourar uma aluvião de paradoxos. Escrevemos, e adivinhamos logo que S.S. voltaria a falar sobre a matéria. O que não esperávamos, porém, é que os seus novos argumentos, mais inconsequentes que os primeiros, deixassem a questão no mesmo pé; e que aqueles que partilham as suas mesmas ideias sofressem uma terrível decepção, tanto mais inesperada quanto que a tradicional capacidade e aptidão de S.S. era um forte baluarte contra todo o desânimo e fraqueza.

Com efeito! a refutação que S.S. dá aos nossos argumentos, em vez de destruí-los, dá-lhes mais força. Não há destruição possível quando o edifício assenta sobre bases colossais.

Convictos da nossa opinião, fortes em nossos princípios, todos os argumentos que se nos apresentarem contrariando-nos serão destruídos com a violência das deduções evidentes, semelhantes às escadas de montanhas do paganismo.

E pois, comecemos a análise do artigo do ilustre adverso.

O cego de nascença, diz S.S., acostumado desde infante com a sua noite, nada sente ao chegar a idade do raciocínio. Isto não é refutação ao nosso argumento; bem longe está de destruí-lo. Concedemos que esta argumentação tenha algum valor, mas apenas para provar o estado feliz e descuidoso do cego de nascença na época do berço, na época em que para ele o *pensamento não funciona com a força do raciocínio*, segundo a frase de S.S. Mas, desde que essa época passa, desde que começam as narrações da sociedade, esse murmúrio para ele, como que de um outro mundo, aí principia esse desejo, essa luta, essas aspirações atrevidas sobre que reage a venda de ferro que lhe intercepta a luz, a vista, o mais precioso dos sentidos.

Argumenta o ilustre adverso que a ignorância do cego de nascença relativamente ao mundo material é uma vantagem sobre o cego por desgraça, que tem cabal conhecimento do tesouro que perdeu. Já refutamos isso no nosso primeiro artigo. Coloque-se o cego de nascença em uma solidão, em um deserto, e nós daremos a mão à palmatória; exceto os perigos de uma vida errante, nada há aí que o faça desgraçado; mas à face dos homens, no centro da sociedade, nunca! Ouvindo continuadamente a descrição de coisas maravilhosas, ainda as mais triviais, das quais não pode fazer a menor ideia, ele deve sofrer um suplício mais terrível que o de Tântalo, o mais terrível dos suplícios.

Assim, pois, não procede a argumentação do nosso adversário. É verdade que S.S. pode dizer, para comprovar a sua asserção: *o costume faz lei*; mas nós lhe responderemos, que não há lei possível no caso atual: a natureza é sempre a natureza: exigente e terrível quando se trata das suas atribuições. Negar isto, é negar todas as verdades palpáveis, todos os princípios evidentes.

Mais adiante o nosso ilustre adverso fala em *ideias inatas*. Abstemo-nos de discutir esse princípio de Descartes, que não admitimos; concordamos que haja princípios e sentimentos inatos — ideias, nunca!

Entretanto, sejamos generosos e concedamos mesmo, apesar de paradoxal a admissão desse princípio. O que prova ele no caso atual? Absolutamente nada. Não é pela ação dessas ideias inatas, na verdadeira acepção da palavra, que se deve operar esse mundo de que fala o sr. Jq. Sr.: isso pertence à imaginação. Para fantasiá-lo e colori-lo, é necessária a presença de *ideias sensíveis*, de *imagens de corpos*. Ora, o cego de nascença se bem que tenha ideias *sensíveis* do mundo tangível, não tem todavia, pela falta de órgão visual, os *corpos* e as *imagens* necessárias para a criação de seu mundo imaginário; logo não se dá no cego de nascença a idealização de um tal mundo.

Isso é evidentemente lógico; só uma obstinada vontade de discutir poderá negá-lo: estamos certos de que o público sensato há de reconhecer a verdade destas deduções, verdade que só pode nascer da solidez de princípios certos e evidentes.

Mostremos, porém, como são sólidas as nossas opiniões — e como essa base não assenta sobre princípios falsos; concedamos que se dá essa hipótese, que o cego de nascença, contra todas as doutrinas filosóficas, cria esse mundo na sua fantasia: prova isso por acaso que seja menos penoso o seu estado? Porventura seria melhor para ele idealizar esses panoramas informes, pálidos, hipotéticos, reformados todos os dias, que gozar, admirar o mundo real, palpável, variado, sublime? A resposta salta aos olhos e da sua verdade convence-se o mais obstinado espírito.

E, pois, esta argumentação acha-se totalmente destruída: ninguém a admitirá ainda, exceto o nosso adverso que, como um náufrago, tem de agarrar-se aos destroços de seu próprio navio.

O último tópico do artigo do sr. Jq. Sr. é interessantíssimo. S. S. acusa-nos de materialista: e para prová-lo lança mão de um dos sofismas mais reprovados; atribui-nos uma opinião que não temos, dizendo que admitimos e reconhecemos Deus *somente* nas suas obras, nós que dissemos que *uma das provas* mais vivas, por isso que palpável, da existência de Deus era o mundo físico!

Ora, quem nos ler com atenção há de convencer-se da nossa *inocência;* assim como quem ler os artigos de nosso adversário, reconhecerá facilmente, no seu autor, uma veneração fanática pelas doutrinas espiritualistas. Nós não somos nem espiritualista puro, nem materialista; harmonizamos as doutrinas de ambas as escolas e seguimos assim em ecletismo com o qual nos damos às mil maravilhas.

Quanto ao reconhecimento de Deus em suas obras, repetimo-lo, o cego de nascença não pode conceber uma ideia exata, clara, perfeita da divindade; isto não quer, porém, dizer que ele não possa ter dela ideia alguma, pois, como dissemos acima, equilibramos com mais perfeita harmonia o espiritualismo e o materialismo.

Assim não acontece, porém, ao nosso adversário. Contra a filosofia de todos os tempos ele só encontra provas da existência de Deus na ordem metafísica. Isto e a admissão de ideias inatas são um sacrifício heroico ao espiritualismo que não podemos deixar de louvar. O que será então da fantasia caprichosa e romanesca dos poetas que reconhecem a mão de Deus em todas as suas obras?

Concluamos; cremos ter respondido satisfatoriamente ao sr. Jq. Sr.; instar a fazer reviver todos esses pontos que acabamos de destruir seria uma sensaboria muito e muito desagradável. Confiamos que o sr. Jq. Sr., para vir de novo falar sobre a matéria, procure outras argumentações, se não tão consequentes como as nossas, pela falsidade da opinião que admitiu, ao menos mais sensatas.

Se não respondemos mais em tempo é pela afluência de trabalho que nos pesa; algumas horas vagas que nos restam, ocupamos na conclusão de alguns trabalhos literários a que estas questões prejudicam um pouco.

Entretanto, até à vista.

As.

A Marmota, n° 934, 16/03/1858

Os cegos

Sucedeu o que esperávamos: o nosso adversário recuando passo a passo encontrou a parede a que o levaram os nossos argumentos sensatos e consequentes. S. S. fica, pois, impossibilitado de discutir na questão atual, pelo menos com argumentações da ordem das que tem posto em prática. Mitos nasceram, e mitos foram parar à tumba, donde não sairão, nem mesmo na consumação dos séculos! A terra lhes seja leve.

Entretanto, para que nos não alcunhem de pedante, por cantarmos esse pequeno epinício, e esse sincero epicédio, filhos ambos do coração, demos a razão disso; razão que aliás é tão fácil de dar-se, como... proteger um menino bonito, politicamente falando, nesta nossa boa terra.

Agradecemos em primeiro lugar as palavras lisonjeiras do sr. Jq. Sr. É para nós um problema a razão porque merecemos um tratamento, como o que nos dá S. S. — E isto é tanto mais difícil de compreender-se, quanto que entre nós o folhetim é da Câmara dos Lordes da literatura, isto é, a arena das maneiras ridículas, e das vaidades pedantescas.

Todavia pode explicar-se dum modo muito natural esse fenômeno, queremos dizer esta ausência total de um orgulho parvo em um homem que como S. S. empunha com hábil mão a pena ligeira e dourada de folhetinista. É que os corações bons e as almas simples jamais se conformam com esses prejuízos, com essas *fumaças*, com idiotia perniciosa que embota o espírito, e mata os verdadeiros talentos. Honra pois lhe seja feita.

Dito isso, entremos na questão.

Como dissemos, os argumentos de S. S. estão totalmente inutilizados. Ponto por ponto os destruímos, e o nosso ilustre adverso nem tratou de os fazer reviver!

Parece isto uma evasiva na falta dos princípios, e de ideias; não é assim? Prove-nos o contrário.

É sensível a diferença que existe entre o segundo artigo do nosso adversário, e o terceiro. Naquele há o calor, a viveza, a coragem; neste há a frieza, e o desânimo. S. S. parece estar convencido, senão da falsidade da sua opinião, ao menos da inconsequência dos seus argumentos. Assim o ilustre adverso toca de passagem nas suas ideias *inatas,* e nem de leve refuta os nossos raciocínios sobre a impossibilidade da criação de um mundo — *colorido* pela imaginação do cego de nascença. E na verdade, como refutá-lo? Como provar que é mais feliz ser-se cego de nascença, que cego por desgraça? Seria querer provar, consequência imediata, que o estado de ignorância é melhor que o da certeza; que o mundo insensível tem vantagem sobre o mundo sensível, e, consequência remota, que o mundo vegetal impera sobre o animal, a planta sobre o homem; seria querer provar todos esses aburdos, palpáveis, evidentes; seria chegar de consequência em consequência à destruição de todos os seus princípios. Ora isto seria uma derrota e uma decepção terríveis para os seus irmãos de crença, e S. S. de certo deixou-nos esse trabalho, cônscio talvez de que o faríamos com menos impiedade que o seu raciocínio.

Por aqui vê-se que o nobre adverso tinha fortes razões para não tratar da questão filosoficamente; estava certo de que no fim do seu artigo, acharia o contrário do que teria dito no começo; absteve-se de passar por esse desgosto; fez bem.

Todo o artigo é assim. O ilustre antagonista ou divaga ou repete os mesmos argumentos sediços e insensatos. Para evitar uma repetição fastidiosa enviamos o leitor e S. S. para os nossos artigos passados onde acharão uma resposta conveniente.

Entretanto não podemos deixar de dizer ainda duas palavras sobre um dos tópicos do artigo em questão.

S. S. nega que seja um espírito aferrado às doutrinas espiritualistas. Pode-se prová-lo sem ir muito longe. Dizer que a ideia de Deus e da sua existência é toda dependente da alma e não tem parte no mundo físico; não é aderir ao espiritualismo mais puro e mais absoluto? Se negar isto, faz-nos crer que será então capaz de negar a mesma existência de Deus.

O sr. Jq. Sr., adivinhamos, deve em todas as questões colocar-se no extremo; tem até gosto nisso. Se não admitisse as ideias *inatas* de Descartes, admitiria sem dúvida a *tábua rasa* de Locke: se não fosse espiritualista puro, seria um materialista perfeito: é um sistema especial.

Concluamos, e concluamos por uma vez. Depois do último artigo do sr. Jq. Sr. não há discussão possível: exceto se tomando aspirações quixotescas tentarmos destruir o que já por nós se acha aniquilado.

Concluamos, pois. O ilustre adversário queira desculpar alguma palavra mais ou menos ofensiva que tenha escapado no meio da discussão, e sobretudo os erros deste artigo escrito ao correr da pena.

Voltamos outra vez ao silêncio donde jamais sairemos, exceto se formos impelidos fortemente.

As.

A Marmota, *n° 937, 26/03/1858*

O passado, o presente e o futuro da literatura

I

A literatura e a política, essas duas faces bem distintas da sociedade civilizada, cingiram como uma dupla púrpura de glória e de martírio os vultos luminosos da nossa história de ontem. A política elevando as cabeças eminentes da literatura, e a poesia santificando com suas inspirações atrevidas as vítimas das agitações revolucionárias, é a manifestação eloquente de uma raça heroica que lutava contra a indiferença da época, sob o peso das medidas despóticas de um governo absoluto e bárbaro. O ostracismo e o cadafalso não os intimidavam, a eles, verdadeiros apóstolos do pensamento e da liberdade; a eles, novos Cristos da regeneração de um povo, cuja missão era a união do desinteresse, do patriotismo e das virtudes humanitárias.

Era uma empresa difícil a que eles tinham então em vista. A sociedade contemporânea era bem mesquinha para bradar — avante! — àqueles missionários da inteligência e sustentá-los nas suas mais santas aspirações. Parece que o terror de uma época colonial inoculava nas fibras íntimas do povo o desânimo e a indiferença.

A poesia de então tinha um caráter essencialmente europeu. Gonzaga, um dos mais líricos poetas da língua portuguesa, pintava cenas da Arcádia, na frase de Garrett, em vez de dar uma cor local às suas liras, em vez de dar-lhes um cunho puramente nacional. Daqui uma grande perda: a literatura escravizava-se, em vez de criar um estilo seu, de modo a poder mais tarde influir no equilíbrio literário da América.

Todos os mais eram assim: as aberrações eram raras. Era evidente que a influência poderosa da literatura portuguesa sobre a nossa só podia ser prejudicada e sacudida por uma revolução intelectual.

Para contrabalançar, porém, esse fato cujos resultados podiam ser funestos, como uma valiosa exceção apareceu o *Uraguai* de Basílio da Gama. Sem trilhar a senda seguida pelos outros, Gama escreveu um poema, se não puramente nacional, ao menos nada europeu. Não era nacional, porque era indígena, e a poesia indígena, bárbara, a poesia do *boré* e do *tupã*, não é a poesia nacional. O que temos nós com essa raça, com esses primitivos habitadores do país, se os seus costumes não são a face característica da nossa sociedade?

Basílio da Gama era entretanto um verdadeiro talento, inspirado pelas ardências vaporosas do céu tropical. A sua poesia suave, natural, tocante por vezes, elevada, mas elevada sem ser bombástica, agrada e impressiona o espírito. Foi pena que, em vez de escrever um poema de tão acanhadas proporções, não empregasse o seu talento em um trabalho de mais larga esfera. Os grandes poemas são tão raros entre nós!

As odes de José Bonifácio são magníficas. As belezas da forma, a concisão e a força da frase, a elevação do estilo, tudo aí encanta e arrebata. Algumas delas são superiores às de Filinto. José Bonifácio foi a reunião dos dois grandes princípios, pelos quais sacrificava-se aquela geração: a literatura e a política. Seria mais poeta se fosse menos político; mas não seria talvez tão conhecido das classes inferiores. Perguntai ao trabalhador que cava a terra com a enxada, quem era José Bonifácio; ele vos falará dele com o entusiasmo de um coração patriota. A *ode* não chega ao tugúrio do lavrador. A razão é clara: faltam-lhe os conhecimentos, a educação necessária para compreendê-la.

Os Andradas foram a trindade simbólica da inteligência, do patriotismo, e da liberdade. A natureza não produz muitos homens como aqueles. Interessados vivamente pela regeneração da pátria, plantaram a dinastia bragantina no trono imperial, convictos de que o herói do Ipiranga convinha mais que ninguém a um povo altamente liberal e assim legaram à geração atual as douradas tradições de uma geração fecunda de prodígios, e animada por uma santa inspiração.

Sousa Caldas, S. Carlos e outros muitos foram também astros luminosos daquele firmamento literário. A poesia, a forma mais conveniente e perfeitamente acomodada às expansões espontâneas de um país novo, cuja natureza só conhece uma estação, a primavera, teve naqueles homens, verdadeiros missionários que honraram a pátria e provam as nossas riquezas intelectuais ao crítico mais investigador e exigente.

II

Uma revolução literária e política fazia-se necessária. O país não podia continuar a viver debaixo daquela dupla escravidão que o podia aniquilar.

A aurora de 7 de setembro de 1822 foi a aurora de uma nova era. O grito do Ipiranga foi o *Eureka* soltado pelos lábios daqueles que verdadeiramente se interessavam pela sorte do Brasil, cuja felicidade e bem-estar procuravam.

O país emancipou-se. A Europa contemplou de longe esta regeneração política, esta transição súbita da servidão para a liberdade, operada pela vontade de um príncipe e de meia dúzia de homens eminentemente patriotas. Foi uma honrosa conquista que nos deve encher de glória e de orgulho; e é mais que tudo uma eloquente resposta às interrogações pedantescas de meia dúzia de céticos da época: *o que somos nós?*

Havia, digamos de passagem, no procedimento do fundador do Império um sacrifício heroico, admirável, e pasmoso. Dois tronos se erguiam diante dele: um, cheio de tradições e de glórias; o outro, apenas saído das mãos do povo, não tinha passado, e fortificava-se só com uma esperança no futuro! Escolher o primeiro, era um duplo dever, como patriota e como príncipe. Aquela cabeça inteligente devia dar o seu quinhão de glória ao trono de dom Manuel e dom João II. Pois bem! ele escolheu o segundo, com o qual nada ganhava, e ao qual ia dar muito. Há poucos sacrifícios como esse.

Mas após o *fiat* político, devia vir o *fiat* literário, a emancipação do mundo intelectual, vacilante sob a ação influente de uma literatura ultramarina. Mas como? É mais fácil regenerar uma nação, que uma literatura. Para esta não há gritos de Ipiranga; as modificações operam-se vagarosamente; e não se chega em um só momento a um resultado.

Além disso, as erupções revolucionárias agitavam as entranhas do país; o facho das dissensões civis ardia em corações inflamados pelas paixões políticas. O povo tinha-se fracionado e ia derramando pelas próprias veias a força e a vida. Cumpria fazer cessar essas lutas fratricidas para dar lugar às lutas da inteligência, onde a emulação é o primeiro elemento e cujo resultado imediato são os louros, fecundos da glória e os aplausos entusiásticos de uma posteridade agradecida.

A sociedade atual não é decerto compassiva, não acolhe o talento como deve fazê-lo. Compreendam-nos! nós não somos inimigo encarniçado do progresso material. Chateaubriand o disse: "Quando se aperfeiçoar o vapor, quando unido ao telégrafo tiver feito desaparecer as distâncias, não hão de ser só as mercadorias que hão de viajar de um lado a outro do globo, com a rapidez do relâmpago; hão de ser também as ideias". Este pensamento daquele restaurador do cristianismo — é justamente o nosso — nem é o desenvolvimento material que acusamos e atacamos. O que nós queremos, o que querem todas as vocações, todos os talentos da atualidade literária, é que a sociedade não se lance exclusivamente na realização desse progresso material, magnífico pretexto de especulação, para certos espíritos positivos que se alentam no fluxo e refluxo das operações monetárias. O predomínio exclusivo dessa realeza parva, legitimidade fundada numa letra de câmbio, é fatal, bem fatal às inteligências; o talento pede e tem também direito aos olhares piedosos da sociedade moderna: negar-lhos é matar-lhe todas as aspirações, é nulificar-lhe todos os esforços aplicados na realização das ideias mais generosas, dos princípios mais salutares, e dos germens mais fecundos do progresso e da civilização.

III

É, sem dúvida, por esse doloroso indiferentismo que a geração atual tem de encontrar numerosas dificuldades na sua peregrinação; contrariedades que, sem abater de todo as tendências literárias, todavia podem fatigá-las reduzindo-as a um marasmo apático, sintoma doloroso de uma decadência prematura.

No estado atual das coisas, a literatura não pode ser perfeitamente um culto, um dogma intelectual, e o literato não pode aspirar existência independente, mas sim tornar-se um homem social, participando dos movimentos da sociedade em que vive e de que depende.

Esta verdade, exceto no jornalismo, verifica-se em qualquer outra forma literária. Ora, será possível que assim tenhamos uma literatura convenientemente desenvolvida? respondemos pela negativa.

Tratemos das três formas literárias essenciais: o romance, o drama e a poesia.

Ninguém que for imparcial afirmará a existência das duas primeiras entre nós; pelo menos, a existência animada, a existência que vive, a existência que se desenvolve fecunda e progressiva. Raros, bem raros, se têm dado ao estudo de uma forma tão importante como o romance; apesar mesmo da convivência perniciosa com os romances franceses, que discute, aplaude e endeusa a nossa mocidade, tão pouco escrupulosa de ferir as susceptibilidades nacionais.

Podíamos aqui assinalar os nomes desses poucos que se têm entregado a um estudo tão importante, mas isso não entra na ordem deste trabalho, pequeno exame genérico das nossas letras. Em um trabalho de mais largas dimensões que vamos empreender analisaremos minuciosamente esses vultos de muita importância decerto para a nossa recente literatura.

Passando ao drama, ao teatro, é palpável que a esse respeito somos o povo mais parvo e pobretão entre as nações cultas. Dizer que temos teatro, é negar um fato; dizer que não o temos, é publicar uma vergonha. E todavia assim é. Não somos severos: os fatos falam bem alto. O nosso teatro é um mito, uma quimera. E nem se diga que queremos que em tão verdes anos nos ergamos à altura da França, a capital da civilização moderna; não! Basta que nos modelemos por aquela renascente literatura que floresce em Portugal, inda ontem estremecendo ao impulso das erupções revolucionárias.

Para que estas traduções enervando a nossa cena dramática? Para que esta inundação de peças francesas, sem o mérito da localidade e cheias de equívocos, sensaborões às vezes, e galicismos, a fazer recuar o mais denodado *francelho*?

É evidente que é isto a cabeça de Medusa, que enche de terror as tendências indecisas, e mesmo as resolutas. Mais de uma tentativa terá decerto abortado em face desta verdade pungente, desse fato doloroso.

Mas a quem atribuí-lo? Ao povo? O triunfo que obtiveram as comédias do Pena, e do sr. Macedo, prova o contrário. O povo não é avaro em aplaudir e animar as vocações; saber agradá-lo é o essencial.

É fora de dúvida, pois, que a não existir no povo a causa desse mal, não pode existir senão nas direções e empresas. Digam o que quiserem, as direções influem neste caso. As tentativa dramáticas naufragam diante desse *czariato* de bastidores, imoral e vergonhoso, pois que tende a obstruir os progressos da arte. A tradução é o elemento dominante, nesse caos que devia ser a arca santa onde a arte pelos lábios dos seus oráculos falasse às turbas entusiasmadas e delirantes. Transplantar uma composição dramática francesa para a nossa língua é tarefa de que se incumbe qualquer bípede que entende de letra redonda. O que provém daí? O que se está vendo. A arte tornou-se uma indústria; e à parte meia dúzia de tentativas bem-sucedidas sem dúvida, o nosso teatro é uma fábula, uma utopia.

Haverá remédio para a situação? Cremos que sim. Uma reforma dramática não é difícil neste caso. Há um meio fácil e engenhoso: recorra-se às operações políticas. A questão é de pura diplomacia; e um *golpe de estado* literário não é mais difícil que uma parcela de orçamento. Em termos claros, um tratado sobre direitos de representação reservados, com o apêndice de um imposto sobre traduções dramáticas, vem muito a pelo, e convém perfeitamente às necessidades da situação.

Removido esse obstáculo, o teatro nacional será uma realidade? Respondemos afirmativamente. A sociedade, Deus louvado! é uma mina a explorar, é um mundo caprichoso, onde o talento pode descobrir, copiar, analisar, uma aluvião de tipos e caracteres de todas as categorias. Estudem-na: eis o que aconselhamos às vocações da época!

A escola moderna presta-se precisamente ao gosto da atualidade. *As mulheres de mármore*, *O mundo equívoco*, *A dama das camélias* agradaram, apesar de traduções. As tentativas do sr. Alencar tiveram um lisonjeiro sucesso. Que mais querem? A transformação literária e social foi exatamente compreendida pelo povo; e as antigas ideias, os cultos inveterados, vão caindo à proporção que a reforma se realiza. Qual é o homem de gosto que atura no século XIX uma punhalada insulsa tragicamente administrada, ou os trocadilhos sensaborões da antiga farsa?

Não divaguemos mais; a questão está toda nesse ponto. Removidos os obstáculos que impedem a criação do teatro nacional, as vocações dramáticas devem estudar a escola moderna. Se uma parte do povo está ainda aferrada às antigas ideias, cumpre ao talento educá-la, chamá-la à esfera das ideias novas, das reformas, dos princípios dominantes. É assim que o teatro nascerá e viverá; é assim que se há de construir um edifício de proporções tão colossais e de um futuro tão grandioso.

Machado d'Assis
A Marmota, n°s 941, 09/04/1858 e 945, 23/04/1858

O jornal e o livro
Ao sr. dr. Manuel Antônio de Almeida

O espírito humano, como o heliotrópio, olha sempre de face um sol que o atrai, e para o qual ele caminha sem cessar: é a perfectibilidade.

A evidência desse princípio, ou antes desse fato, foi claramente demonstrada num livro de ouro, que tornou-se o Evangelho de uma religião. Serei eu, derradeiro dos levitas da nova arca, que me abalance a falar sobre tão debatido e profundo assunto?

Seria loucura tentá-lo. De resto, eu manifestei a minha profissão de fé nuns versos singelos, mas não frios de entusiasmo, nascidos de uma discussão. Mas então tratava-se do progresso na sua expressão genérica. Desta vez limito-me a traçar algumas ideias sobre uma especialidade, um sintoma do adiantamento moral da humanidade.

Sou dos menos inteligentes adeptos da nova crença, mas tenho consciência que dos de mais profunda convicção. Sou filho deste século, em cujas veias ferve o licor da esperança. Minhas tendências, minhas aspirações são as aspirações e as tendências da mocidade; e a mocidade é o fogo, a confiança, o futuro, o progresso. A nós, *guebros* modernos do fogo intelectual, na expressão de Lamartine, não importa este ou aquele brado de descrença e desânimo: as sedições só se realizam contra os princípios, nunca contra as variedades.

Não há como contradizê-lo. Por qualquer face que se olhe o espírito humano descobre-se a reflexão viva de um sol ignoto. Tem-se reconhecido que há homens para quem a evidência das teorias é uma quimera; felizmente temos a evidência dos fatos, diante da qual os s. Tomés do século têm de curvar a cabeça.

É a época das regenerações. A Revolução Francesa, o estrondo maior dos tempos europeus, na bela expressão do poeta de *Jocelyn*, foi o passo da humanidade para entrar neste século. O pórtico era gigantesco, e era necessário um passo de gigante para entrá-lo. Ora, esta explosão do pensamento humano concentrado na rainha da Europa não é um sintoma de progresso? O que era a Revolução Francesa senão a ideia que se fazia República, o espírito humano que tomava a toga democrática pelas mãos do povo mais democrático do mundo? Se o pensamento se fazia liberal é que tomava a sua verdadeira face. A humanidade, antes de tudo, é republicana.

Tudo se regenera: tudo toma uma nova face. O jornal é um sintoma, um exemplo desta regeneração. A humanidade, como o vulcão, rebenta uma nova cratera quando mais fogo lhe ferve no centro. A literatura tinha acaso nos moldes conhecidos em que preenchesse o fim do pensamento humano? Não; nenhum era vasto como o jornal, nenhum liberal, nenhum democrático, como ele. Foi a nova cratera do vulcão.

Tratemos do jornal, esta alavanca que Arquimedes pedia para abalar o mundo, e que o espírito humano, esse Arquimedes de todos os séculos, encontrou.

O jornal matará o livro? O livro absorverá o jornal?

A humanidade desde os primeiros tempos tem caminhado em busca de um meio de propagar e perpetuar a ideia. Uma pedra convenientemente levantada era o símbolo representativo de um pensamento. A geração que nascia vinha ali contemplar a ideia da geração aniquilada.

Esse meio, mais ou menos aperfeiçoado, não preenchia as exigências do pensamento humano. Era uma fórmula estreita, muda, limitada. Não havia outro. Mas as tendências progressivas da humanidade não se acomodavam com os exemplares primitivos dos seus livros de pedra. De perfeição em perfeição nasceu a arte. A arquitetura vinha transformar em preceito, em ordem, o que eram então partos grotescos da fantasia dos povos. O Egito na aurora da arquitetura deu-lhe a solidez e a simplicidade nas formas severas da coluna e da pirâmide. Parece que esse povo ilustre queria fazer eterna a ideia no monumento, como o homem na múmia.

O meio, pois, de propagar e perpetuar a ideia era uma arte. Não farei a história dessa arte, que, passando pelo crisol das civilizações antigas, enriquecida pelo gênio da Grécia e de Roma, chegou ao seu apogeu na Idade Média e cristalizou a ideia humana na catedral. A catedral é mais que uma fórmula arquitetônica, é a síntese do espírito e das tendências daquela época. A influência da Igreja sobre os povos lia-se nessas epopeias de pedra; a arte por sua vez acompanhava o tempo e produzia com seus arrojos de águia as obras-primas do santuário.

A catedral é a chave de ouro que fecha a vida de séculos da arquitetura antiga; foi a sua última expressão, o seu derradeiro crepúsculo, mas uma expressão eloquente, mas um crepúsculo palpitante de luz.

Era, porém, preciso um gigante para fazer morrer outro gigante. Que novo parto do engenho humano veio nulificar uma arte que reinara por séculos? Evidentemente era mister uma revolução para apear a realeza de um sistema; mas essa revolução devia ser a expressão de um outro sistema de incontestável legitimidade. Era chegada a imprensa, era chegado o livro.

O que era a imprensa? Era o fogo do céu que um novo Prometeu roubara, e que vinha animar a estátua de longos anos. Era a faísca elétrica da inteligência que vinha unir a raça aniquilada à geração vivente por um meio melhor, indestrutível, móbil, mais eloquente, mais vivo, mais próprio a penetrar arraiais de imortalidade.

O que era o livro? Era a fórmula da nova ideia, do novo sistema. O edifício, manifestando uma ideia, não passava de uma coisa local, estreita. O vivo procurava-o para ler a ideia do morto; o livro, pelo contrário, vem trazer à raça existente o pensamento da raça aniquilada. O progresso aqui é evidente.

A revolução foi completa. O universo sentiu um imenso abalo pelo impulso de uma dupla causa: uma ideia que caía e outra que se levantava. Com a onipotência das grandes invenções, a imprensa atraía todas as vistas e todas as inteligências convergiam para ela. Era um crepúsculo que unia a aurora e o ocaso de dois grandes sóis. Mas a aurora é a mocidade, a seiva, a esperança; devia ofuscar o sol que descambava. É o que temia aquele arcediago da catedral parisiense, tão bem delineado pelo poeta das *Contemplações*.

Com efeito! a imprensa era mais que uma descoberta maravilhosa, era uma redenção. A humanidade galgava assim o Himalaia dos séculos, e via na ideia que alvorecia uma arca poderosa e mais capaz de conter o pensamento humano.

A imprensa devorou, pois, a arquitetura. Era o leão devorando o sol, como na epopeia do nosso Homero.

Não procurarei historiar o desenvolvimento desta arte-rei, desenvolvimento asselado em cada época por um progresso. Sabe-se a que ponto está aperfeiçoada, e não se pode calcular a que ponto chegará ainda.

Mas restabeleçamos a questão. A humanidade perdia a arquitetura, mas ganhava a imprensa; perdia o edifício, mas ganhava o livro. O livro era um progresso; preenchia as condições do pensamento humano? Decerto; mas faltava ainda alguma coisa; não era ainda a tribuna comum, aberta à família universal, aparecendo sempre com o sol e sendo como ele o centro de um sistema planetário. A forma que correspondia a estas necessidades, a mesa popular para a distribuição do pão eucarístico da publicidade, é propriedade do espírito moderno: é o jornal.

O jornal é a verdadeira forma da república do pensamento. É a locomotiva intelectual em viagem para mundos desconhecidos, é a literatura comum, universal, altamente democrática, reproduzida todos os dias, levando em si a frescura das ideias e o fogo das convicções.

O jornal apareceu, trazendo em si o gérmen de uma revolução. Essa revolução não é só literária, é também social, é econômica, porque é um movimento da humanidade abalando todas as suas eminências, a reação do espírito humano sobre as fórmulas existentes do mundo literário, do mundo econômico e do mundo social.

Quem poderá marcar todas as consequências desta revolução?

Completa-se a emancipação da inteligência e começa a dos povos. O direito da força, o direito da autoridade bastarda consubstanciada nas individualidades dinásticas vai cair. Os reis já não têm púrpura, envolvem-se nas constituições. As constituições são os tratados de paz celebrados entre a potência popular e a potência monárquica.

Não é uma aurora de felicidade que se entreabre no horizonte? A ideia de Deus encarnada há séculos na humanidade apareceu enfim à luz. Os que receavam um aborto podem erguer a fronte desassombrada: concluiu-se o pacto maravilhoso.

Ao século XIX cabe sem dúvida a glória de ter aperfeiçoado e desenvolvido esta grandiosa epopeia da vida íntima dos povos, sempre palpitante de ideias. É uma produção toda sua. Depois das ideias que emiti em ligeiros traços é tempo de desenvolver a questão proposta: o livro absorverá o jornal? o jornal devorará o livro?

II
A lei eterna, a faculdade radical do espírito humano, é o movimento. Quanto maior for esse movimento mais ele preenche o seu fim, mais se aproxima desses polos dourados que ele busca há séculos. O livro é um sintoma de movimento? Decerto. Mas estará esse movimento no grau do movimento da imprensa-jornal? Repugno afirmá-lo.

O jornal, *literatura cotidiana*, no dito de um publicista contemporâneo, é reprodução diária do espírito do povo, o espelho comum de todos os fatos e de todos os talentos, onde se reflete, não a ideia de um homem, mas a ideia popular, esta fração da ideia humana.

O livro não está decerto nestas condições; há aí alguma coisa de limitado e de estreito se o colocarmos em face do jornal. Depois, o espírito humano tem necessidade de discussão, porque a discussão é movimento. Ora, o livro não se presta a essa necessidade, como o jornal. A discussão pela imprensa-jornal anima-se e toma fogo pela presteza e reprodução diária desta locomoção intelectual. A discussão pelo livro esfria pela morosidade, e esfriando decai, porque a discussão vive pelo fogo. O panfleto não vale um artigo de fundo.

Isto posto, o jornal é mais que um livro, isto é, está mais nas condições do espírito humano. Nulifica-o como o livro nulificará a página de pedra? Não repugno admiti-lo.

Já disse que a humanidade, em busca de uma forma mais conforme aos seus instintos, descobriu o jornal.

O jornal, invenção moderna, mas não da época que passa, deve contudo ao nosso século o seu desenvolvimento; daí a sua influência. Não cabe aqui discutir ou demonstrar a razão por que há mais tempo não atingira ele a esse grau de desenvolvimento; seria um estudo da época, uma análise de palácios e de claustros.

As tendências progressivas do espírito humano não deixam supor que ele passasse de uma forma superior a uma forma inferior.

Demonstrada a superioridade do jornal pela teoria e pelo fato, isto é, pelas aspirações de perfectibilidade da ideia humana e pela legitimidade da própria essência do jornal, parece clara a possibilidade de aniquilamento do livro em face do jornal. Mas estará bem definida a superioridade do jornal?

Disse acima que o jornal era a reação do espírito humano sobre as fórmulas existentes do mundo social, do mundo literário e do mundo econômico. Do mundo literário parece-me ter demonstrado as vantagens que não existem no livro. Do mundo social já o disse. Uma forma de literatura que se apresenta aos talentos como uma tribuna universal é o nivelamento das classes sociais, é a democracia prática pela inteligência. Ora, isto não é evidentemente um progresso?

Quanto ao mundo econômico, não é menos fácil de demonstrar. Este século é, como dizem, o século do dinheiro e da indústria. Tendências mais ou menos ideais clamam em belos hexâmetros contra as aspirações de uma parte da sociedade e parecem prescrever os princípios da economia social. Eu mesmo manifestei algumas ideias muito metafísicas e vaporosas em um artigo publicado há tempos.

Mas, pondo de parte a arte plástica dessas produções contra o século, acham-se no fundo pouco razoáveis. A indústria e o comércio não são simples fórmulas de uma classe; são os elos que prendem as nações, isto é, que unem a humanidade para o cumprimento de sua missão. São a fonte da riqueza dos povos, e predispõem mais ou menos sua importância política no equilíbrio político da humanidade.

O comércio estabelece a troca do gênero pelo dinheiro. Ora, o dinheiro é um resultado da civilização, uma aristocracia, não bastarda, mas legitimada pelo trabalho ou pelo suor vazado nas lucubrações industriais. O sistema primitivo da indústria colocava o homem na alternativa de adquirir uma fazenda para operar a compra de outra, ou o entregava às intempéries do tempo se ele pretendia especular com as suas produções agrícolas. O novo sistema estabelece um valor, estabelece a moeda, e para adquiri-la o homem só tem necessidade de seu braço.

O crédito assenta a sua base sobre esta engenhosa produção do espírito humano. Ora, indústria manufatora ou indústria-crédito, o século conta a indústria como uma das suas grandes potências: tirai-a aos Estados Unidos e vereis desmoronar-se o colosso do Norte.

O que é o crédito? A ideia econômica consubstanciada numa fórmula altamente industrial. E o que é a ideia econômica senão uma face, uma transformação da ideia humana? É parte da humanidade; aniquilai-a, ela deixa de ser um todo.

O jornal, operando uma lenta revolução no globo, desenvolve esta indústria monetária, que é a confiança, a riqueza e os melhoramentos. O crédito tem também a sua parte no jornalismo, onde se discutem todas as questões, todos os problemas da época, debaixo da ação da ideia sempre nova, sempre palpitante. O desenvolvimento do crédito quer o desenvolvimento do jornalismo, porque o jornalismo não é senão um grande banco intelectual, *grande monetização da ideia*, como diz um escritor moderno.

Ora, parece claro que, se esse grande molde do pensamento corresponde à ideia econômica como à ideia social e literária, é a forma que convém mais que nenhuma outra ao espírito humano.

É ou não claro o que acabo de apresentar? Parece-me que sim. O jornal, abalando o globo, fazendo uma revolução na ordem social, tem ainda a vantagem de dar uma posição ao homem de letras; porque ele diz ao talento: "Trabalha! vive pela ideia e cumpres a lei da criação!" Seria melhor a existência parasita dos tempos passados, em que a consciência sangrava quando o talento comprava uma refeição por um soneto?

Não! Graças a Deus! Esse mau uso caiu com o dogma junto do absolutismo. O jornal é a liberdade, é o povo, é a consciência, é a esperança, é o trabalho, é a civilização. Tudo se liberta; só o talento ficaria servo?

Não faltará quem lance o nome de utopista. O que acabo, porém, de dizer me parece racional. Mas não confundam a minha ideia. Admitido o aniquilamento do livro pelo jornal, esse aniquilamento não pode ser total. Seria loucura admiti-lo. Destruída a arquitetura, quem evita que à fundação dos monumentos modernos presida este ou aquele axioma d'arte, e que esta ou aquela ordem trace e levante a coluna, o capitel ou zimbório? Mas o que é real é que a arquitetura não é hoje uma arte influente, e que do clarão com que inundava os tempos e os povos caiu num crepúsculo perpétuo.

Não é um capricho de imaginação, não é uma aberração do espírito, que faz levantar esse grito de regeneração humana. São as circunstâncias, são as tendências dos povos, são os horizontes rasgados neste céu de séculos, que implantam pela inspiração esta verdade no espírito. É a profecia dos fatos.

Quem enxergasse na minha ideia uma idolatria pelo jornal teria concebido uma convicção parva. Se argumento assim, se procuro demonstrar a possibilidade do aniquilamento do livro diante do jornal, é porque o jornal é uma expressão, é um sintoma de democracia; e a democracia é o povo, é a humanidade. Desaparecendo as fronteiras sociais, a humanidade realiza o derradeiro passo, para entrar o pórtico da felicidade, essa terra de promissão.

Tanto melhor! esse desenvolvimento da imprensa-jornal é um sintoma, é uma aurora dessa época de ouro. O talento sobe à tribuna comum; a indústria eleva-se à altura de instituição; e o titã popular, sacudindo por toda a parte os princípios inveterados das fórmulas governativas, talha com a espada da razão o manto dos dogmas novos. É a luz de uma aurora fecunda que se derrama pelo horizonte. Preparar a humanidade para saudar o sol que vai nascer — eis a obra das civilizações modernas.

Machado de Assis
Correio Mercantil, *Rio de Janeiro, 10/01/1859 e 12/01/1859*

Aquarelas I
Os fanqueiros literários

Não é isto uma sátira em prosa. Esboço literário apanhado nas projeções sutis dos caracteres, dou aqui apenas uma reprodução do tipo a que chamo em meu falar seco de prosador novato — fanqueiro literário.

A fancaria literária é a pior de todas as fancarias. É a obra grossa, por vezes mofada, que se acomoda à ondulação das espáduas do paciente freguês. Há de tudo nessa loja manufatora do talento — apesar da raridade da tela fina; e as vaidades sociais mais exigentes podem vazar-se, segundo as suas aspirações, em uma ode ou discurso parvamente retumbantes.

A fancaria literária poderá perder pela elegância suspeita da roupa feita, mas nunca pela exiguidade dos gêneros. Tomando a tabuleta por base do silogismo comercial é infalível chegar logo à proposição menor, que é a prateleira guapamente atacada a fazer cobiça às modéstias mais insuspeitas.

É um lindo comércio. Desde José Daniel, o apóstolo da classe, esse modo de vida tem alargado a sua esfera — e, por mal de pecados, não promete ficar aqui.

O fanqueiro literário é um tipo curioso.

Falei em José Daniel. Conheceis esse vulto histórico? Era uma excelente organização que se prestava perfeitamente a autópsia. Adelo ambulante da inteligência, ia *farto como um ovo*, de feira em feira, trocar pela enzinhavrada moeda o pratinho enfezado de suas lucubrações literárias. Não se cultivava impunemente aquela amizade; o folheto esperava sempre os incautos, como a Farsália hebdomadária das bolsas mal avisadas.

A audácia ia mais longe. Não contente de suas especulações pouco airosas, levava o atrevimento a ponto de satirizar os próprios fregueses — como em uma obra em que embarcava, diz ele, os tolos de Lisboa, para uma certa ilha; a ilha era, nem mais nem menos, a algibeira do *poeta*. É positiva a aplicação.

Os fanqueiros modernos não vão à feira; é um pudor. Mas que de compensações! Não se prepara hoje o folheto de aplicação moral contra os costumes. A vereda é outra; exploram-se as folhinhas e os pregões matrimoniais e as odes deste natalício ou daqueles desposórios. Nos desposórios é então um perigo; os noivos tropeçam no intempestivo de uma rocha tarpeia antes mesmo de entrar no Capitólio.

Desposório, natalício ou batizado, todos esses marcos da vida são pretextos de inspiração às musas fanqueiras. É um eterno *gênesis* a referver por todas aquelas almas (almas!) recendentes de zuarte.

Entretanto, essa calamidade literária não é tão dura para uma parte da sociedade. Há quem se julgue motivo de cuidados no Pindo — assim com pretensões a semideus da Antiguidade; e um soneto ou uma alocução recheadinha de divagações acerca do *gênesis* de uma raça — sempre eriça os colarinhos a certas vaidades que por aí pululam — sem tom nem som.

Mas entretanto — fatalidade! — por muito consistentes que sejam essas ilusões, caem sempre diante das consequências pecuniárias; o fanqueiro literário justifica plenamente o verso do poeta: *não arma do louvor, arma do dinheiro*. O entusiasmo da ode mede-o ele pelas possibilidades econômicas do elogiado. Os banqueiros são então os arquétipos da virtude sobre a terra; tese difícil de provar.

Querendo imitar os espíritos sérios, lembra-se ele de colecionar os seus disparates, e ei-lo que vai de carrinho e almanaque na mão — em busca de notabilidades sociais. Ninguém se nega a um homem que lhe sobe as escadas convenientemente vestido, e discurso na ponta dos lábios. Chovem-lhe assim as assinaturas. O livrinho é prontificado e sai a lume. A teoria do embarcamento dos tolos é então posta em execução; os nomes das vítimas subscritoras vêm sempre em ar de escárnio no pelourinho de uma lista-epílogo. É, sobre queda, coice.

Mas tudo isso é causado pela falta sensível de uma inquisição literária! Que espetáculo não seria ver evaporar-se em uma fogueira inquisitorial tanto ópio encadernado que por aí anda enchendo as livrarias!

Acontece com o talento o mesmo que acontece com as estrelas. O poeta canta, endeusa, namora esses pregos de diamante do dossel azul que nos cerca o planeta; mas lá vem o astrônomo que diz muito friamente: Nada! isso que parece flores debruçadas em mar anilado, ou anjos esquecidos no transparente de uma camada etérea, são simples globos luminosos e parecem-se tanto com flores, como vinho com água.

Até aqui as massas tinham o talento como uma faculdade caprichosa, operando ao impulso da inspiração, santa sobretudo em todo o seu poder moral.

Mas cá as espera o fanqueiro. Nada! o talento é uma simples máquina em que não falta o menor parafuso, e que se move ao impulso de uma válvula onipotente.

É de desesperar de todas as ilusões!

Em Paris, onde essa classe é numerosa, há uma especialidade que ataca o teatro. Reúnem-se meia dúzia em um café e aí vão eles de colaboração alinhavar o seu *vaudeville* quotidiano. A esses milagres de faculdade produtiva se devem tantas banalidades que por lá rolam no meio de tanto e tão fino espírito.

Aqui o fanqueiro não tem por ora lugar certo. Divaga como a abelha de flor em flor em busca de seu *mel* e quase sempre, mal ou bem, vai tirando suculento resultado.

Conhece-se o fanqueiro literário entre muitas cabeças pela extrema cortesia. É um tique. Não há homem de cabeça mais móbil, e espinha dorsal mais flexível; cumprimentar para ele é um preceito eterno; e ei-lo que o faz à direita e à esquerda; e, coisa natural! sempre lhe cai um freguês nessas cortesias.

O fanqueiro literário tem em si o termômetro das suas alterações financeiras; é a elegância das roupas. Ele vive e trabalha para comer bem e ostentar. Bolsa florescente, ei-lo dândi apavoneado — mas sem vaidade; lá protesta o chapéu contra uma asserção que se lhe possa fazer nesse sentido.

A Buffon escapou esse animal interessante; nem Cuvier lhe encontrou osso ou fibra perdidos em terra antediluviana. Por mim, que não faço mais que reproduzir em aquarelas as formas grotescas e *sui generis* do tipo, deixo ao leitor curioso essa enfadonha investigação.

Uma última palavra.

O fanqueiro literário é uma individualidade social e marca uma das aberrações dos tempos modernos. Esse moer contínuo do espírito, que faz da inteligência uma fábrica de Manchester, repugna à natureza da própria intelectualidade. Fazer do talento uma máquina, e uma máquina de obra grossa, movida pelas probabilidades financeiras do resultado, é perder a dignidade do talento, e o pudor da consciência.

Procurem os caracteres sérios abafar esse *estado no estado* que compromete a sua posição e o seu futuro.

M.-as.
O Espelho, *Rio de Janeiro*, nº 2, 11/09/1859

Aquarelas II
O parasita

I
18 de setembro de 1859

Sabem de uma certa erva, que desdenha a terra para enroscar-se, identificar-se com as altas árvores? É a parasita.

Ora, a sociedade, que tem mais de uma afinidade com as florestas, não podia deixar de ter em si uma porção, ainda que pequena de parasitas. Pois tem, e tão perfeita, tão igual, que nem mesmo mudou de nome.

É uma longa e curiosa família, a dos parasitas sociais; e fora difícil assinalar na estreita esfera das aquarelas — uma relação sinóptica das diferentes variedades do tipo. Antes sobre a torre, agarro apenas na passagem as mais salientes e não vou mergulhar-me no fundo e em todos os recantos do oceano social.

Há, como disse, diferentes espécies de parasitas.

O mais vulgar e o mais conhecido é o da mesa; mas há-os também em literatura, em política e na Igreja. É praga antiga, e raça cuja origem se prende à noite dos tempos, como diria qualquer historiador *en herbe*. Da Índia, essa avó das noções, como diz um escritor moderno, são poucas as noções a respeito; e não posso marcar aqui com precisão o desenvolvimento dessa casta curiosa no velho país. Em Roma, onde lemos como num livro, já Horácio comia as sopas de Mecenas, e banqueteava alegremente no *triclinium*. É verdade que lhe pagava em longa poesia; mas, nesse tempo, como ainda hoje, a poesia não era ouro em pó, e esse é grande estrofe de todos os tempos.

Mas, tréguas à história.

Tenho aqui como alvo esboçar em traços ligeiros as formas mais proeminentes da individualidade; entremos pois no estudo — sem mais preâmbulo.

Devo começar pelo parasita da mesa, o mais vulgar? Há talvez pouco a dizer — mas esse pouco mesmo revela altamente os traços arrojados desta fisionomia social.

Debalde se procuraria conhecer as regiões mais adaptadas à economia vital desse animal perigoso. Inútil. Ele vive por toda parte em que há ambiente de porco assado.

Também é aí onde ele desenvolve melhor todas as suas faculdades; onde se sente a *son aise,* como diria qualquer label encadernado em paletó de inverno.

Perfeito parasita deve ser perfeito gastrônomo; mesmo quando não goze esta faculdade por vocação do berço, é um resultado da prática, pela razão de que o *uso do cachimbo faz a boca torta.*

Assim, o parasita jubilado, o bom parasita, está muito acima dos outros animais. Olfato delicado, adivinha a duas léguas de distância a qualidade de um bom prato; paladar suscetível — sabe absorver com todas as regras de arte — e não educa o seu estômago como qualquer aldeão.

E como não ser assim, se ele não tem outro cuidado nesta vida? e se os limites da mesa redonda são os horizontes das suas aspirações?

É curioso vê-lo na mesa, mas não menos curioso é vê-lo nas horas que precedem às seções gastronômicas. Entra em uma casa ou por costume ou *per accidens,* o que aqui quer dizer intenção formada com todas as circunstâncias agravantes da premeditação, e superioridade das armas. Mas suponhamos que vai a uma casa por costume.

Ei-lo que entra, riso nos lábios, chapéu na mão, o vácuo no estômago. O dono da casa, a quem já fatiga aquela visita diária, saúda-o constrangido e com um riso amarelo. Mas isso não é decepção; tão pouco não desarma um bravo daquela ordem. Senta-se e começa a relatar notícias do dia, entremeadas de algumas da própria lavra, e curiosas — a atrair a feição vacilante do hóspede. Daqui um criado que vem dar o sinal de combate. É o alvo a que visava o alarme, e ei-lo que vai imediatamente pagar-se de uma tarefa de almanaque, tão custosamente exercida.

Se porém ele entra *per accidens,* não é menos curiosa a cena. Começa por um pretexto que deve lisonjear as pessoas da casa conforme os seus fracos. Assim, se há aí um autor dramático, o pretexto é dar um parabém sobre a última peça representada dias antes. Sobre esse molde, tudo o mais.

Se às vezes não há um pretexto sério, não trepida ainda o parasita; há sempre um de lado, como substantivo: *saber da saúde do amigo.*

Mas, entra ele; dado o pretexto, senta-se e começa a desenrolar toda a retórica que pode inspirar um estômago vazio, um Jeremias interno. Segue-se depois, pouco mais ou menos, a mesma cena. No fim está sempre como orla de horizonte uma mesa mais ou menos apetitosa, onde a reação se opera largamente.

Há, porém, pequenas desgraças, acidentes inesperados na vida do parasita da mesa.

Entra ele em uma casa onde espera almoçar folgado; faz as primeiras saudações e vai corar a pílula ao seu caro hóspede. Um certo ranger de dentes, porém, começa a agitá-lo, um ranger particular que indica um estado mais calmo aos estômagos da casa.

— Então como vai? Sinto que chegasse agora; se mais cedo viesse, almoçava comigo.

O parasita fica de cara à banda; mas não há remédio; é necessário sair com decência e não dar a entender o fim que o levou ali.

Estas eventualidades, estas pequenas misérias, longe de serem decepções, são como o cheiro da pólvora inimiga para os soldados, um incentivo na ação. É uma índole miserável a desse corpo leviano em que só há animalidade e estômago; mas, entretanto, é necessário aceitar essas criaturas tais como são — para aceitarmos a sociedade tal como ela é. A sociedade não é um grupo de que uma parte devora a outra? Eterno antagonismo das condições humanas.

O parasita da mesa uniformiza o exterior com a importância do hóspede; um cargo elevado pede uma luva de pelica, e uma botina de polimento. À mesa não há ninguém mais atencioso — e como um conviva alegre, aduba os guisados com punhados de sal mais ou menos saborosos.

É uma retribuição razoável — dar de comer ao espírito de quem dá de comer ao corpo.

Aqui não há desaire, há uma troca recíproca que prova que o parasita tem suscetibilidades em alto grau.

Esses traços, mais ou menos exatos, mais ou menos distintos, dão aqui uma pequena ideia do parasita da mesa; mas esta variedade do tipo é absorvida por outras de uma importância mais alta. Aqui é o parasita do corpo, os outros são os do espírito e da consciência; aqui são os epicuristas à custa alheia, os outros são as nulidades intelectuais que se agarram à primeira tela de propriedades suculentas que lhe vai ao encontro.

São imperceptíveis talvez esses lineamentos — e acusam a aceleração do pincel; passemos às outras variedades do tipo onde achamos formas mais amplas e proeminências mais distintas.

II
9 de outubro de 1859

O parasita literário tem os mesmos traços psicológicos do outro parasita, mas não deixa de ter uma afinidade latente com o fanqueiro literário. A única diferença está nos fins, de que se afastam léguas; aquele é porventura mais casto e não tem mira no resultado pecuniário, que, parece, inspirou o fanqueiro. Justiça seja feita.

A imprensa é a mesa do parasita literário; senta-se a ela com toda a sem-cerimônia; come e distribui pratos com o sangue frio mais alemão deste mundo — diante da paciência pública — que vacila sobre os seus eixos. Um amigo meu define perfeitamente esse curioso animal; chama-o *Vieirinha da literatura*. Vieirinha, lembro ao leitor, é aquele personagem que todos têm visto em um drama nosso.

De feito, esse parasita é um Vieirinha sem tirar nem pôr; cortesão das letras, cerca-as de cuidados, sem alcançar o menor favor das musas.

Segue-as por toda a parte, mas sem poder tocá-las. Só não sobe ao monte sagrado, porque é uma excursão difícil, e só dada a pés mais de ferro, e a vontades mais sérias. Ali, ficam eles nas fraldas, soltando uma orquestra de gemidos, até que o velho cavalo os vem despedir com uma amabilidade de pata sofrivelmente acerba.

Um coice é sempre uma resposta às suas súplicas... Represália no caso.

Eterna lei das compensações!

Entre nós o parasita literário é uma individualidade que se encontra a cada canto. É fácil verificá-lo. Pegai em um jornal; o que vedes de mais saliente? uma fila de parasitas que deitam sobre aquela mesa intelectual um chuveiro de prosa ou verso, sem dizer — água vai!

Verificai-o!

O jornal aqui não é propriedade nem da redação nem do público, mas do parasita. Tem também o livro, mas o jornal é mais fácil de contê-los.

Às vezes o parasita associa-se e cria um jornal próprio.

Aqui é que não há de escapar-lhe.

Um jornal todo entregue ao parasita, isto é, um campo vasto todo entregue ao disparate! É o rei Sancho na sua ilha!

Ele pode parodiar o dito histórico *l'état c'est moi!* porque as quatro ou seis páginas, na verdade, são dele, todas dele. Ele pode gritar ali, ninguém lho impedirá, ninguém; uma vez que não ofenda a moral pública. A polícia para onde começa o intelectual e o senso comum; não são crimes no código as ofensas a esses dois elementos da sociedade constituída.

Ora, sustentado assim pelos poderes, o parasita literário invade, como o huno moderno, a Roma da intelectualidade, com a decência moral nos lábios, mas sem a decência intelectual.

Tem pois o jornal, próprio ou não próprio, onde pode sacudir-se a gosto, garantido pelas leis. Se desdenha o jornal tem ainda o livro.

O livro!

Tem ainda o livro, sim. Meia dúzia de folhas de papel dobradas, encadernadas, e numeradas é um livro; todos têm direito a esta operação simples, e o parasita por conseguinte.

Abrir esse livro e compulsá-lo é que é heroico e digno de pasmo. O que há por aí, santo Deus! Se é um volume de versos, temos nada menos que uma coleção de *pensamentos* e de notas arranhadas laboriosamente em harpas selvagens como um tamoio. Se é prosa, temos um amontoado de frases descabeladas entre si, segundo a opinião do autor. É muitas vezes um drama, um romance misterioso, de que o leitor não entende pitada. Se eu quisesse ferir individualidades, tocar em suscetibilidades, desenrolaria aqui um sudário dessas invasões na literatura; mas o meu fim é o indivíduo, e não um indivíduo.

O parasita literário vai ainda aos teatros. Esta invenção de recitar nos teatros, tirada da Antiguidade grega, que levanta um bardo em um festim, como nos mostra a *Odisseia,* abriu um precedente, e deu azo ao abuso. A autoridade, que é ainda a polícia, não indaga do mérito da obra, e quer apenas saber se há alguma coisa que fira a moral. Se não, pode invadir a paciência pública.

Todos os leitores estão de posse desse traço do parasita literário. As salas dos nossos teatros têm repercutido imensas vezes com esses arranhamentos de lira. Basta bater palmas de um camarote e ter alguns exemplares para distribuição; a plateia deve receber aquele aguaceiro intelectual.

O parasita está debaixo do código.

Ora, o que admira no meio de tudo isto é que sendo o parasita literário o vampiro da paciência humana, e o primeiro inimigo nacional, acha leitores — que digo? adeptos, simpatias, aplausos!

Há quem lhes faça crer que alguma coisa lhes rumina na cabeça como a André Chénier; eles, a quem já não faltava vontade de crer, aceitam, como princípio evidente, essa solução do impossível, que a parvoíce lhe dá de boa vontade.

Que gente!

Os traços fisiológicos do parasita são especiais e característicos. Não podendo imitar os grandes homens pelo talento, copiam na postura e nas maneiras o que acham pelas gravuras e fotografias. Assumem um certo ar pedantesco, tomam um timbre dogmático nas palavras; e, ao contrário do fanqueiro, que tem a espinha dorsal mole e flexível, ele não se curva nem se torce; a vaidade é o seu espartilho.

Mas, por compensação, há a modéstia nas palavras ou certo abatimento, que faz lembrar esse *ninguém elogiado* da comédia. Mas ainda assim vem a afetação; o parasita é o primeiro que está cônscio de que é alguma coisa, apesar da sinceridade com que procura pôr-se abaixo de zero.

Pobre gente!

Podiam ser homens de bem, fazer alguma coisa para a sociedade, honrar a massa nacional, contendo-se na sua esfera própria; mas nada, saem uma noite da sua nulidade e vão por aí matando a ferro frio...

É que têm o evangelho diante dos olhos...

Bem-aventurados os pobres de espírito.

O parasita ramifica-se e enrosca-se ainda por todas as vértebras da sociedade. Entra na Igreja, na política e na diplomacia; há laivos dele por toda a parte.

Na Igreja, sob o pretexto do dogma, estabelece a especulação contra a piedade dos incautos, e das turbas. Transforma o altar em balcão e a âmbula em balança. Regala-se à custa de crenças e superstições, de dogmas ou preconceitos, e lá vai passando uma vida de rosas.

A história é uma larga tela dessas torpezas cometidas à sombra do culto.

O parasita da Igreja, toda a Idade Média o viu, transformado em papa vendeu as absolvições, mercadejou as concessões, lavrou as bulas. Mediante o ouro, aplanou as dificuldades do matrimônio quando existiam; depois levantou a abstinência alimentar, quando o crente lhe dava em troca uma bolsa.

É um desmoronamento social. O parasita teve uma famosa ideia em embrenhar-se pela Igreja. A dignidade sacerdotal é uma capa magnífica para a estupidez, que toma o altar como um canal de absorver ouro e regalias.

Assim colocado no centro da sociedade, desmoraliza a Igreja, polui a fé, rasga as crenças do povo. Entra, todos o consentem, no centro das famílias, sem haver sacudido o pó das torpezas que lhe nodoa as sandálias. Dominou imoralmente as massas, os espíritos fracos, as consciências virgens.

Esta transformação do parasita não tende por ora a desaparecer; a fogueira de J. Huss não queimou só o grande apóstolo, devorou também o vestíbulo desse edifício de miséria levantado por uma turba de parasitas, parasita da fé, da moralidade e do futuro.

Em política, galga, não sei como, as escadas do poder, tomando uma opinião ao grado das circunstâncias, deixando-a ao paladar das situações, como uma verdadeira maromba de arlequim. Entra no Parlamento com a fronte levantada, votado pela fraude, e escolhido pelo escândalo.

Exíguo de luz intelectual, toma lá o seu assento e trata de palpar para apoiar as maiorias. Não pensa mal: quem a boa árvore se encosta...

Alguns sobem assim; e todos os povos têm sentido mais ou menos o peso do domínio desses boêmios de ontem.

Deixá-los subir às mesas supremas do festim público. Mas tenham cuidado na solidez das cadeiras em que se sentarem.

Na diplomacia, é mais fácil o ingresso ao parasita. Encarta-se aí em qualquer legação ou embaixada, e vai saltitar em Paris ou em Viena. Lá representam tristemente a pátria que os viu nascer, na massa coletiva da embaixada ou da legação. O que faz de melhor, esse *parvenu* sem gosto, é brilhar na arte das roupas, como corifeu da moda que é. Já é muito.

Podia, se não temesse fatigar, fazer uma enumeração mais longa das famílias de parasitas que irradiam destas espécies cardeais. Seria, entretanto, uma longa história que demandaria mais largo espaço; e não caberia nestas ligeiras aquarelas.

O parasita é tão antigo, creio eu, como o mundo, ou pelo menos quase.

Em economia política é um elemento para estacionar o enriquecimento social; consumidor que não produz, e que faz exatamente a mesma figura que um zangão na república das abelhas.

Extinguir o parasita não é uma operação de dias, mas um trabalho de séculos. Os meios não os darei aqui. Reproduzo, não moralizo.

M.-as.

O Espelho, n°s 3, 18/09/1859, e 6, 09/10/1859

Aquarelas III

O empregado público aposentado

Os egípcios inventaram a múmia para conservarem o cadáver através dos séculos. Assim a matéria não desapareceria na morte; triunfava dela, do que temos alguns exemplos ainda.

Mas não existiu só lá esse fato. O empregado público não se aniquila de todo na aposentadoria; vai além, sob uma forma curiosa, antediluviana, indefinível; o que chamamos empregado público aposentado.

Espelho *à rebours* só reflete o passado, e por ele chora como uma criança. É a elegia viva do que foi, salgueiro do carrancismo, carpideira dos velhos sistemas.

Reforma é uma palavra que não se diz diante do empregado público aposentado. Há lá nada mais revoltante do que reformar o que está feito? abolir o método! desmoronar a ordem!

Atado assim ao poste do carrancismo, eterno lábaro do que é moderno, o empregado público aposentado é um dos mais curiosos tipos da sociedade. Representa o lado cômico das forças retroativas que equilibram os avanços da civilização nos povos.

É o tipo que hoje trago à minha tela. São variáveis o caráter e a feição desta individualidade, mas eu procurarei dar-lhe os traços mais finos, os mais vivos.

Conceber um aposentado sem caixa de rapé é conceber o sol sem luz, o oceano sem água. Uma pertence ao outro, como a alma pertence ao corpo; são inseparáveis. E têm razão! O que vale uma caixa de rapé, não o compreende qualquer profano. É o adubo oportuno de uma conversa árida e suada sobre qualquer reforma de governo. É o meio de conhecimento com um potentado de quem se espera alguma coisa. É a boceta de Pandora. É tudo, quase tudo.

E não parece. Aquele utensílio tão mesquinho, em um outro qualquer, está circunscrito na estreita esfera do nariz; nas mãos do aposentado, transforma-se; em vez de se transformar no depósito de um vício, torna-se o instrumento de certos fatos políticos que muitas vezes parecem nascer de causas mais altas.

Esse prestígio do empregado público aposentado não para só na boceta, estende-se por todos os acessórios daquele curioso indivíduo. Na gravata, na presilha, na bengala, há certo ar, uma nuança especial, que não está ao alcance de qualquer. Ou natureza, ou estudo, a aposentadoria traz ao empregado público esses dotes, como um presente de núpcias.

Ora, apesar desse metódico das formas, não estão limitadas aí as vistas do aposentado. Há naquele cérebro alguma finura para se não entregar exclusivamente a essas ninharias. E a política? A política lá o espera; lá o espera o governo; lá o espera o teatro, as modas, os jornais, tudo o espera.

Não é maledicente, mas gosta de cortar o seu pouco sobre as coisas do país. Não é um vício, é uma virtude cívica: o patriotismo.

O governo, não importa a sua cor política, é sempre o bode expiatório das doutrinas retrógradas do empregado público aposentado. Tudo quanto tende ao desequilíbrio das velhas usanças é um crime para esse viúvo da Secretaria, arqueólogo dos costumes, antiga vítima do ponto, que não compreende que haja nada além das raias de uma existência oficial.

Todos os progressos do país estão ainda debaixo da língua fulminante desse cometa social. Estradas de ferro! é uma loucura do modernismo! Pois não bastavam os meios clássicos de transporte que até aqui punham em comunicação localidades afastadas? Estradas de ferro?

Desta sorte todas as instituições que respiram revolução na ordem estabelecida das coisas podem contar com um contra do empregado público aposentado. Esse meio mesmo de retratar à pena, como faço atualmente, revoltaria o espírito tradicional da grande múmia do passado. Uma inovação de mau gosto, dirá ele. É verdade; não representa apenas a superfície da epiderme, vai às camadas mais íntimas da matéria organizada.

O empregado público aposentado poderá deixar de comer, mas lá perder um jornal, lá perder um jubileu político ou sessão do Parlamento, é tarefa que não lhe está nas forças.

O jornal é lido, analisado com toda a finura de espírito de que ele é capaz. Devora-o todo, anúncios e leilões; e se não vai ao folhetim, é porque o folhetim é frutinha do nosso tempo.

No Parlamento, é um espectador sério e atencioso. Com a cabeça enterrada nas paredes mestras de uma gravata colossal ouve com toda a atenção, até os menores apartes, vê os pequenos movimentos, como profundo investigador das coisas políticas.

Ao sair dali, o primeiro amigo que encontra tem de levar um aguaceiro de palavras e invectivas contra a marcha dos negócios mais interessantes do país.

De ordinário o aposentado é compadre ou amigo dos ministros, apesar das invectivas, e então ninguém recheia as pastas de mais memoriais e pedidos. Emprega os parentes e os camaradas, quando os emprega, depois de uma longa enfiada de rogativas importunas.

É sempre assim.

No sarau o empregado público aposentado é pouco cortês com as damas; vai procurar emoções nas alternativas de um lindo baralho de cartas. Mas, para não faltar ao programa, lá vai tachando de imoral aquele divertimento que tanto dinheiro absorve; fica-lhe a consciência.

Onde poderemos encontrar ainda o aposentado? Ele vai por toda a parte onde é lícito rir e discutir sem ofensa pública.

O leitor conhece decerto a individualidade de que lhe falo, é muito vulgar entre nós, e de qualidades tão especiais que a denunciam entre mil cabeças. Que lhe acha? Quanto a mim é inofensiva como um cordeiro. Deixem-no mirar-se no espelho dos velhos usos, falar em política, discutir os governos; não faz mal.

Em uma comédia do nosso teatro, há uma reprodução desse tipo, o sr. Custódio do *Verso e reverso*. Mirem-se ali, e verão que, apesar do estreito círculo em que se move, faz pálidos e mirrados esses ligeiros e mal distintos lineamentos.

M.-as.
O Espelho, nº 7, 16/10/1859

Aquarelas IV

O folhetinista

Uma das plantas europeias que dificilmente se têm aclimatado entre nós, é o folhetinista.

Se é defeito de suas propriedades orgânicas, ou da incompatibilidade do clima, não o sei eu. Enuncio apenas a verdade.

Entretanto, eu disse — *dificilmente* — o que supõe algum caso de aclimatação séria. O que não estiver contido nesta exceção, vê já o leitor que nasceu enfezado, e mesquinho de formas.

O folhetinista é originário da França, onde nasceu, e onde vive a seu gosto, como em cama no inverno. De lá espalhou-se pelo mundo, ou pelo menos por onde maiores proporções tomava o grande veículo do espírito moderno; falo do jornal.

Espalhado pelo mundo, o folhetinista tratou de acomodar a economia vital de sua organização às conveniências das atmosferas locais. Se o tem conseguido por toda a parte, não é meu fim estudá-lo; cinjo-me ao nosso círculo apenas.

Mas comecemos por definir a nova entidade literária.

O folhetim, disse eu em outra parte, e debaixo de outro pseudônimo, o folhetim nasceu do jornal, o folhetinista por consequência do jornalista. Esta íntima afinidade é que desenha as saliências fisionômicas na moderna criação.

O folhetinista é a fusão admirável do útil e do fútil, o parto curioso e singular do sério, consorciado com o frívolo. Esses dois elementos, arredados como polos, heterogêneos como água e fogo, casam-se perfeitamente na organização do novo animal.

Efeito estranho é esse, assim produzido pela afinidade assinalada entre o jornalista e o folhetinista. Daquele cai sobre este a luz séria e vigorosa, a reflexão calma, a observação profunda. Pelo que toca ao devaneio, à leviandade, está tudo encarnado no folhetinista mesmo; o capital próprio.

O folhetinista, na sociedade, ocupa o lugar do colibri na esfera vegetal; salta, esvoaça, brinca, tremula, paira e espaneja-se sobre todos os caules suculentos, sobre todas as seivas vigorosas. Todo o mundo lhe pertence; até mesmo a política.

Assim aquinhoado pode dizer-se que não há entidade mais feliz neste mundo, exceções feitas. Tem a sociedade diante de sua pena, o público para lê-lo, os ociosos para admirá-lo, e as *bas-bleus* para aplaudi-lo.

Todos o amam, todos o admiram, porque todos têm interesse de estar de bem com esse arauto amável que levanta nas lojas do jornal a sua aclamação de hebdomadário.

Entretanto, apesar dessa atenção pública, apesar de todas as vantagens de sua posição, nem todos os dias são tecidos de ouro para os folhetinistas. Há-os negros, com fios de bronze; à testa deles está o dia... adivinhem? o dia de escrever!

Não parece? pois é verdade puríssima. Passam-se séculos nas horas que o folhetinista gasta à mesa a construir a sua obra.

Não é nada, é o cálculo e o dever que vêm pedir da abstração e da liberdade — um folhetim! Ora, quando há matéria e o espírito está disposto, a coisa passa-se bem. Mas quando à falta de assunto se une aquela morbidez moral, que se pode definir por um amor ao *far niente,* então é um suplício...

Um suplício, sim.

Os olhos negros que saboreiam essas páginas coruscantes de lirismo e de imagens, mal sabem às vezes o que custa escrevê-las.

Para alguns não procede esse argumento; porque para alguns há provimento de matéria, certos livros a explorar, certos colegas a empobrecer...

Esta espécie é uma aberração do verdadeiro folhetinista; exceções desmoralizadoras que nodoam as reputações legítimas.

Escritas, porém, as suas tiras de convenção, a primeira hora depois é consagrada ao prazer de desforrar-se de uma maçada que passou. Naquela noite é fácil encontrá-lo no primeiro teatro ou baile aparecido.

A túnica de Néssus caiu-lhe dos ombros por sete dias.

Como quase todas as coisas deste mundo o folhetinista degenera também. Algumas das entidades que possuem essa capa esquecem-se de que o folhetim é um confeito literário sem horizontes vastos, para fazer dele um canal de incenso às reputações firmadas, e invectivas às vocações em flor, e aspirações bem cabidas.

Constituindo assim *cardeal-diabo* da cúria literária, é inútil dizer que o bom senso e a razão friamente o condenam e votam ao ostracismo moral, ausência de aplausos e de apoio.

Não é esse o único abuso que se dá. É costume de outros levantarem o folhetim como a chave de todos os corações, como a foice de todas as reputações indeléveis.

E conseguem...

Na apreciação do folhetinista pelo lado local temo talvez cair em desagrado negando a afirmativa. Confesso apenas exceções. Em geral o folhetinista aqui é todo parisiense; torce-se a um estilo estranho, e esquece-se, nas suas divagações sobre o *boulevard* e *café Tortoni,* de que está sobre um *mac-adam* lamacento e com uma grossa tenda lírica no meio de um deserto.

Alguns vão até Paris estudar a parte fisiológica dos colegas de lá; é inútil dizer que degeneraram no físico como no moral.

Força é dizê-lo: a cor nacional, em raríssimas exceções, tem tomado o folhetinista entre nós. Escrever folhetim e ficar brasileiro é na verdade difícil.

Entretanto, como todas as dificuldades se aplanam, ele podia bem tomar mais cor local, mais feição americana. Faria assim menos mal à independência do espírito nacional, tão preso a essas imitações, a esses arremedos, a esse suicídio de originalidade e iniciativa.

M.-as.
O Espelho, *nº 9, 30/10/1859*

Os imortais (lendas) I
O caçador de Harz

As lendas são a poesia do povo; elas correm de tribo em tribo, de lar em lar, como a história doméstica das ideias e dos fatos; como o pão bento da instrução familiar.

Entre essas lendas aparecem os contos populares dos imortais; em muitos povos há uma legenda de criaturas votadas à vida perpétua por uma fatalidade qualquer. Sabido é o mito do paganismo grego que mostrava Prometeu atado ao rochedo do Cáucaso em castigo de seu arrojo contra o céu, onde se guardavam as chaves da vida. Um abutre a rasgar-lhe as vísceras, o fígado a renascer à proporção que era devorado, e depois um Hércules, individualidade meio ideal, e meio verdadeira — que o desata das correntes eternas —, tudo isto embeleza a arrojada concepção do grande povo da Antiguidade.

Um apanhado ligeiro de algumas dessas lendas, vai o leitor contemplar diante de si. Começo por uma balada alemã; o povo alemão é o primeiro povo para essas concepções fantásticas, como um livro de seu compatriota Hoffmann. As margens do Reno são uma procissão continuada de tradições e de mitos, em que um espírito profundamente supersticioso se manifesta. É lá a verdadeira terra da fantasia.

Reza a tradição popular, que um cavalheiro daquelas regiões era doido pela caça a que se entregava de corpo e alma como o rei Carlos IX, que não tinha outro mérito além desse, exceto o de fazer matar huguenotes, doce emprego para um rei imbecil, como era.

Era pois o cavalheiro da lenda um caçador consumado, e tanto que fazia da caça o seu cuidado favorito, único, exclusivo. Esmolas? Ele não as dava quando na estrada se lhe apresentava a mão descarnada do mendigo; curvo sobre o seu cavalo fogoso lá ia ele por montes e vales, como o furacão do inverno; tudo destruía, tudo derrubava, ao pobre lavrador que gastava tempo e vida nas suas messes; passava pela igreja como pela porta de uma taverna; nem lá entrava para orar — ao menos pelo descanso de seus antepassados; o sino que chamava os fiéis à oração não chegava aos seus ouvidos ensurdecidos pelo som da corneta; era a raiva da caça. Deus cansou-se com aquela vida de destruição, e o feriu com sua mão providencial. O castigo caiu sobre a cabeça desse cavalheiro condenado a vagar pelas florestas das montanhas de Harz, envoltos ele, cavalo e monteiros no turbilhão de uma caça fantástica. Todas as noites o povo crê ouvir o caçador eterno com toda a sua comitiva em busca de vítimas na floresta. Não é talvez mais que um efeito de imaginação esse rumor da montanha produzido pelo sopro de um vento dominante nessa floresta; mas o povo crê, e não convém destruir as fábulas do povo.

Se é um fato, se é a demonstração de uma máxima, não podemos aqui discutir; eis aí a tradição que o engenho popular construiu, e a religião das lendas tem conservado. Há talvez aqui uma bela análise; talvez uma definição que se compadeça com os destinos do povo. Esse cultivo dos mitos não é, talvez, o aguardar laborioso das verdades eternas?

É o que não sabemos.

M. A.
O Espelho, nº 3, 18/09/1859

Os imortais (lendas) II
O marinheiro batavo

A lenda do caçador de Harz, narrada ligeiramente na primeira página desta revista hoffmânnica, é a lenda das montanhas; revela claramente o caráter do país das brumas, dos montes, e dos lagos.

A tradição batava fala de um marinheiro em suas fantasias de vida eterna. Aqui, como se vê, a asserção se conserva. Aquele caçador das montanhas fala da

Alemanha em traços bem distintos. Cá é Holanda, isto é, a rainha do mar, o povo crestado ao sol do oceano; vem um marinheiro. O caráter dos dois países está bem definido; e o povo, sem querer, se revela com os seus atavios morais — com a tradição de seus costumes.

Vamos porém à lenda batava. Fala a tradição de um capitão de navio que empreendera uma viagem às Índias orientais — no alvorecer apenas do século XVII. Essa época tão recente dá talvez um caráter de veracidade ao mito do povo; entretanto, a narração continuada faz desaparecer do espírito essas apreensões de momento.

O capitão tomou sua tenda volante e foi pela estrada do mar, caminho do empório oriental que tanto agitava as cabeças do tempo. Era o ponto para o qual convergiam então todos os espíritos. Ele para lá caminhou agitado sobre o dorso oscilante do mar, e levado pelas asas violentas dos furacões marinhos.

Aproximava-se do cabo tormentoso, onde o mar parece abrir uma porta do inferno. Aí, levado pelas convulsões terríveis da água embravecida, e pelo rebentar furioso da tempestade, naufragou. Só sobre os destroços de seu navio, Mário do mar, sobre ruínas de uma Cartago ambulante, tentou, com a pertinácia que caracteriza os filhos de sua pátria, atravessar aquele cabo tão celebrado nos versos de Camões. Debalde! quando ele se aproximava do termo ansiado, um tufão violento arredava-o para trás, e ele, de novo, como Sísifo, lá ia rolar a pedra de uma intenção de ferro. Cem vezes o vento lhe burlava esforços mais que humanos. Não se aniquilou com isso. — Devo passar! e foi tentar de novo esse atravessar do cabo. Mas desta vez uma praga lhe entreabriu os lábios. — Hei de passar agora ou levarei aqui até a consumação dos tempos. — Pois tenta, tenta até a consumação dos séculos.

Se era o Adamastor quem assim falava, não sei; mas a tradição, mais ortodoxa do que eu a esse respeito, deixa entrever de que era uma voz do céu que assim bradava, e não um aviso do mar.

Novo tufão arredou o pertinaz marinheiro; desde então crê o povo piedosamente que o capitão em questão lá está nessa labutação e que aí ficará até a consumação dos séculos.

Fala-se mesmo que alguns navegantes têm encontrado nessa altura do mar um navio fantasma dirigido por um homem, envolvidos ambos nas brumas de uma atmosfera pesada, caminhando em direção do cabo, para atravessá-lo, mas que um vento agita e sacode ambos para longe do desejado caminho. A física tem mesmo querido explicar esse fato asseverado por testemunhas, com as leis dos reflexos, mas o povo, ingênuo e sem fé das verdades, quer ao menos crer na fábula, e pouco apreço dá às demonstrações científicas.

Esta é a grande lenda do mar — que respira largamente um delírio de serão marinho na amurada, alta noite. É o Sísifo moderno, o Sísifo do oceano, modelado sobre a ideia robusta e simples da lenda antiga. Sobre o mar, diz também uma tradição árabe, anda Elias ou Enoque, um desses profetas, mostrando e conduzindo os viandantes a Meca, como o outro o faz em terra. A ser verdade o mito oriental, não é muito sólido o caminho escolhido pelo grande vulto das Escrituras.

É opulenta de pensamento e de relevo a lenda batava, apesar de não ser original. Mas aí se mostra o grande povo; não quis a terra, que é a imensidade, como diz *Lord* Byron, quis o mar que é o infinito.

M. A.

O Espelho, nº 4, 25/09/1859

Ideias sobre o teatro

I

A arte dramática não é ainda entre nós um culto; as vocações definem-se e educam-se como um resultado acidental. As perspectivas do belo não são ainda o ímã da cena; o fundo de uma posição importante ou de um emprego suave, é que para lá impele as tendências balbuciantes. As exceções nesse caso são tão raras, tão isoladas que não constituem um protesto contra a verdade absoluta da asserção.

Não sendo, pois, a arte um culto, a ideia desapareceu do teatro e ele reduziu-se ao simples foro de uma Secretaria de Estado. Desceu para lá o *oficial* com todos os seus atavios: a pêndula marcou a hora do trabalho, e o talento prendeu-se no monótono emprego de copiar as formas comuns, cediças e fatigantes de um aviso sobre a regularidade da limpeza pública.

Ora, a espontaneidade para onde o *oficial* começa; os talentos, em vez de se expandirem no largo das concepções infinitas, limitaram-se à estrada indicada pelo resultado *real* e representativo das suas fadigas de trinta dias. Prometeu atou-se ao Cáucaso.

Daqui uma porção de páginas perdidas. As vocações viciosas e simpáticas sufocaram debaixo da atmosfera de gelo, que parece pesar, como um sudário de morto, sobre a tenda da arte. Daqui o pouco ouro que havia, lá vai quase que despercebido no meio da terra que preenche a âmbula sagrada.

Serão desconhecidas as causas dessa prostituição imoral? Não é difícil assinalar a primeira, e talvez a única que maiores efeitos tem produzido. Entre nós não há iniciativa.

Não há iniciativa, isto é, não há mão poderosa que abra uma direção aos espíritos; há terreno, não há semente; há rebanho, não há pastor; há planetas, mas não há outro sistema.

A arte para nós foi sempre órfã; adornou-se nos esforços, impossíveis quase, de alguns caracteres de ferro, mas, caminho certo, estrela ou alvo, nunca os teve.

Assim, basta a boa vontade de um exame ligeiro sobre a nossa situação artística para reconhecer que estamos na infância da moral; e que ainda tateamos para darmos com a porta da adolescência que parece escondida nas trevas do futuro.

A iniciativa em arte dramática não se limita ao estreito círculo do tablado, vai além da rampa, vai ao povo. As plateias estão aqui perfeitamente educadas? A resposta é negativa.

Uma plateia avançada, com um tablado balbuciante e errado, é um anacronismo, uma impossibilidade. Há uma interna relação entre uma e outro. Sófocles hoje faria rir ou enjoaria as massas; e as plateias gregas pateariam de boa vontade uma cena de Dumas ou Barrière.

A iniciativa, pois, deve ter uma mira única: a educação. Demonstrar aos iniciados as verdades e as concepções da arte; e conduzir os espíritos flutuantes e contraídos da plateia à esfera dessas concepções e dessas verdades. Desta harmonia recíproca de direções acontece que a plateia e o talento nunca se acham arredados no caminho da civilização.

Aqui há um completo deslocamento: a arte divorciou-se do público. Há entre a rampa e a plateia um vácuo imenso de que nem uma nem outra se apercebe.

A plateia ainda dominada pela impressão de uma atmosfera, dissipada hoje no verdadeiro mundo da arte, não pode sentir claramente as condições vitais de uma nova esfera que parece encerrar o espírito moderno. Ora, à arte tocava a exploração dos novos mares que se lhe apresentam no horizonte, assim como o abrir gradual, mas urgente, dos olhos do público. Uma iniciativa firme e fecunda é o elixir necessário à situação; um dedo que, grupando plateia e tablado, folheie a ambos a grande bíblia da arte moderna com todas as relações sociais, é do que precisamos na atualidade.

Hoje não há mais pretensões, creio eu, de metodizar uma luta de escola, e estabelecer a concorrência de dois princípios. É claro ou é simples que a arte não pode aberrar das condições atuais da sociedade para perder-se no mundo labiríntico das abstrações. O teatro é para povo o que o *coro* era para o antigo teatro grego; uma iniciativa de moral e civilização. Ora, não se pode moralizar fatos de pura abstração em proveito das sociedades; a arte não deve desvairar-se no doido infinito das concepções ideais, mas identificar-se com o fundo das massas; copiar, acompanhar o povo em seus diversos movimentos, nos vários modos da sua atividade.

Copiar a civilização existente e adicionar-lhe uma partícula é uma das forças mais produtivas com que conta a sociedade em sua marcha de progresso ascendente.

Assim os desvios de uma sociedade de transição lá vão passando e à arte moderna toca corrigi-la de todo. Querer levantar luta entre um princípio falso, decaído, e uma ideia verdadeira que se levanta, é encerrar nas grades de uma gaiola as verdades puras que se evidenciavam no cérebro de Salomão de Caus.

Estas apreensões são tomadas de alto e constituem as bordas da cratera que é preciso entrar. Desçamos até as aplicações locais.

A arena da arte dramática entre nós é tão limitada, que é difícil fazer aplicações sem parecer assinalar fatos, ou ferir individualidades. De resto, é de sobre individualidades e fatos que irradiam os vícios e as virtudes, e sobre eles assenta sempre a análise. Todas as suscetibilidades, pois, são inconsequentes — a menos que o erro ou a maledicência modelem estas ligeiras apreciações.

A reforma da arte dramática estendeu-se até nós e pareceu dominar definitivamente uma fração da sociedade.

Mas isso é o resultado de um esforço isolado operando por um grupo de homens. Não tem ação larga sobre a sociedade. Esse esforço tem-se mantido e produzido os mais belos efeitos; inoculou em algumas artérias o sangue das novas ideias, mas não o pôde ainda fazer relativamente a todo o corpo social.

Não há aqui iniciativa direta e relacionada com todos os outros grupos e filhos da arte.

A sua ação sobre o povo limita-se a um círculo tão pequeno que dificilmente faria resvalar os novos dogmas em todas as direções sociais.

Fora dessa manifestação singular e isolada, há algumas vocações que de bom grado acompanhariam o movimento artístico de sorte a tomarem uma direção mais de acordo com as opiniões do século. Mas são ainda vocações isoladas, manifestações impotentes. Tudo é abafado e se perde na grande massa.

Assinaladas e postas de parte certas crenças ainda cheias de fé, esse amor ainda santificado, o que resta? Os mercadores entraram no templo e lá foram pendurar as suas alfaias de fancaria. São os jesuítas da arte; os jesuítas expuseram o Cristo por tabuleta e curvaram-se sobre o balcão para absorver as fortunas. Os novos invasores fizeram o mesmo, a arte é a inscrição com que parecem absorver fortunas e seiva.

A arte dramática tornou-se definitivamente uma carreira pública.

Dirigiram mal as tendências e o povo. Diante das vocações colocaram os horizontes de um futuro inglório, e fizeram crer às turbas que o teatro foi feito para passatempo. Aquelas e este tomaram caminho errado; e divorciaram-se na estrada da civilização.

Deste mundo sem iniciativa nasceram o anacronismo, as anomalias, as contradições grotescas, as mascaradas, o marasmo. A musa do tablado doidejou com os vestidos de arlequim, no meio das apupadas de uma multidão ébria.

É um *fiat* de reforma que precisa este caos.

Há mister de mão hábil que ponha em ação, com proveito para a arte e para o país, as subvenções improdutivas, empregadas na aquisição de individualidades parasitas.

Esta necessidade palpitante não entra na vista dos nossos governos. Limitam-se ao apoio material das subvenções e deixam entregue o teatro a mãos ou profanas ou maléficas.

O desleixo, as lutas internas são os resultados lamentáveis desses desvios da arte. Levantar um paradeiro a essa corrente despenhada de desvarios é a obra dos governos e das iniciativas verdadeiramente dedicadas.

II

Se o teatro como tablado degenerou entre nós, como literatura é uma fantasia do espírito.

Não se argumente com meia dúzia de tentativas, que constituem apenas uma exceção; o poeta dramático não é ainda aqui um sacerdote, mas um crente de momento que tirou simplesmente o chapéu ao passar pela porta do templo. Orou e foi caminho.

O teatro tornou-se uma escola de aclimatação intelectual para que se transplantaram as concepções de estranhas atmosferas, de céus remotos. A missão nacional, renegou-a ele em seu caminhar na civilização; não tem cunho local; reflete as sociedades estranhas, vai ao impulso de revoluções alheias à sociedade que representa, presbita da arte que não enxerga o que se move debaixo das mãos.

Será aridez de inteligência? Não o creio. É fecunda de talentos a sociedade atual. Será falta de ânimo? talvez; mas será essencialmente falta de emulação. Essa é a causa legítima da ausência do poeta dramático; essa não outra.

Falta de emulação? Donde vem ela? Das plateias?

Das plateias. Mas é preciso entender: das plateias, porque elas não têm, como disse, uma sedução real e consequente.

Já assinalei a ausência de iniciativa e a desordem que esteriliza e mata tanto elemento aproveitável que a arte em caos encerra. A essa falta de um raio condutor se prende ainda a deficiência de poetas dramáticos.

Uma educação viciosa constitui o paladar das plateias. Fizeram desfilar em face das multidões uma procissão de manjares esquisitos de um sabor estranho, no festim da arte, os naturalizaram sem cuidar dos elementos que fermentavam em torno de nossa sociedade, e que só esperavam uma mão poderosa para tomarem uma forma e uma direção.

As turbas não são o mármore que cede somente ao trescalar laborioso do escopro, são a argamassa que se amolda à pressão dos dedos. Era fácil dar-lhes uma fisionomia; deram-lha. Os olhos foram rasgados para verem segundo as conveniências singulares de uma autocracia absoluta.

Conseguiram fazê-lo.

Habituaram a plateia nos *boulevards*; elas esqueceram as distâncias e gravitam em um círculo vicioso. Esqueceram-se de si mesmas; e os czares da arte lisonjeiam-lhes a ilusão com esse manjar exclusivo que deitam à mesa pública.

Podiam dar a mão aos talentos que se grupam nos derradeiros degraus à espera de um chamado.

Nada!

As tentativas nascem pelo esforço sobre-humano de alguma inteligência onipotente, mas passam depois de assinalar um sacrifício; mais nada!

E, de feito, não é mau esse proceder. É uma mina o estrangeiro, há sempre que tomar à mão; e as inteligências não são máquinas dispostas às vontades e conveniências especulativas.

Daqui o nascimento de uma entidade: o tradutor dramático, espécie de criado de servir que passa, de uma sala a outra, os pratos de uma cozinha estranha.

Ainda mais essa!

Dessa deficiência de poetas dramáticos, que de coisas resultam! que deslocamentos!

Vejamos.

Pelo lado da arte o teatro deixa de ser uma reprodução da vida social na esfera de sua localidade. A crítica resolverá debalde o escalpelo nesse ventre sem entranhas próprias, pode ir procurar o estudo do povo em outra face; no teatro não encontrará o cunho nacional; mas uma galeria bastarda, um grupo furta-cor, uma associação de nacionalidades.

A civilização perde assim a unidade. A arte, destinada a caminhar na vanguarda do povo como uma preceptora, vai copiar as sociedades ultrafronteiras.

Tarefa estéril!

Não para aqui. Consideremos o teatro como um canal de iniciação. O jornal e a tribuna são os outros dois meios de proclamação e educação pública. Quando se procura iniciar uma verdade busca-se um desses respiradouros e lança-se o pomo às multidões ignorantes. No país em que o jornal, a tribuna e o teatro tiverem um desenvolvimento conveniente, as caligens cairão aos olhos das massas; morrerá o privilégio, obra da noite e da sombra; e as castas superiores da sociedade ou rasgarão os seus pergaminhos ou cairão abraçadas com eles, como em sudários.

É assim, sempre assim; a palavra escrita na imprensa, a palavra falada na tribuna, ou a palavra dramatizada no teatro, produziu sempre uma transformação. É o grande *fiat* de todos os tempos.

Há porém uma diferença: na imprensa e na tribuna a verdade que se quer proclamar é discutida, analisada, e torcida nos cálculos da lógica; no teatro há um processo mais simples e mais ampliado; a verdade parece nua, sem demonstração, sem análise.

Diante da imprensa e da tribuna as ideias abalroam-se, ferem-se, e lutam para acordar-se; em face do teatro o homem vê, sente, palpa; está diante de uma sociedade viva, que se move, que se levanta, que fala, e de cujo composto se deduz a verdade, que as massas colhem por meio de iniciação. De um lado a narração falada ou cifrada, de outro a narração estampada, a sociedade reproduzida no espelho fotográfico de forma dramática.

É quase capital a diferença.

Não só o teatro é um meio de propaganda, como também é o meio mais eficaz, mais firme, mais insinuante.

É justamente o que não temos.

As massas que necessitam de verdades não as encontrarão no teatro destinado à reprodução material e improdutiva de concepções deslocadas da nossa civilização — e que trazem em si o cunho de sociedades afastadas.

É uma grande perda; o sangue da civilização, que se inocula também nas veias do povo pelo teatro, não desce a animar o corpo social: ele se levantará dificilmente, embora a geração presente enxergue o contrário com seus olhos de esperança.

Insisto pois na asserção: o teatro não existe entre nós: as exceções são esforços isolados que não atuam, como disse já, sobre a sociedade em geral. Não há um teatro nem poeta dramático...

Dura verdade, com efeito! Como! pois imitamos as frivolidades estrangeiras, e não aceitamos os seus dogmas de arte? É um problema talvez; as sociedades infantes parecem balbuciar as verdades, que deviam proclamar para o próprio engrandecimento. Nós temos medo da luz, por isso que a empanamos de fumo e vapor.

Sem literatura dramática, e com um tablado, regular aqui, é verdade, mas deslocado e defeituoso ali e além, não podemos aspirar a um grande passo na civilização. À arte cumpre assinalar como um relevo na história as aspirações éticas do povo — e aperfeiçoá-las e conduzi-las, para um resultado de grandioso futuro.

O que é necessário para esse fim?

Iniciativa e mais iniciativa.

III
O Conservatório Dramático

A literatura dramática tem, como todo o povo constituído, um corpo policial, que lhe serve de censura e pena: é o Conservatório.

Dois são, ou devem ser, os fins desta instituição: o moral e o intelectual. Preenche o primeiro na correção das feições menos decentes das concepções dramáticas; atinge ao segundo analisando e decidindo sobre o mérito literário — dessas mesmas concepções.

Com esses alvos um Conservatório Dramático é mais que útil, é necessário. A crítica oficial, tribunal sem apelação, garantido pelo governo, sustentado pela opinião pública, é a mais fecunda das críticas, quando pautada pela razão, e despida das estratégias surdas.

Todas as tentativas, pois, toda a ideia para nulificar uma instituição como esta é nulificar o teatro, e tirar-lhe a feição civilizadora que porventura lhe assiste.

Corresponderá à definição que aqui damos desse tribunal de censura, a instituição que temos aí chamada Conservatório Dramático? Se não corresponde, onde está a causa desse divórcio entre a ideia e o corpo?

Dando à primeira pergunta uma negativa, vejamos onde existe essa causa. É evidente que na base, na constituição interna, na lei de organização. As atribuições do Conservatório limitam-se a apontar os pontos descarnados do corpo que a decência manda cobrir: nunca as ofensas feitas às leis do país, e à religião... do Estado; mais nada.

Assim procede o primeiro fim a que se propõe uma corporação dessa ordem; mas o segundo? nem uma concessão, nem um direito.

Organizado desta maneira era inútil reunir os homens da literatura nesse tribunal; um grupo de vestais bastava.

Não sei que razão se pode alegar em defesa da organização atual do nosso Conservatório, não sei. Viciado na primitiva, não tem ainda hoje uma fórmula e um fim mais razoável com as aspirações do teatro e com o senso comum.

Preenchendo o primeiro dos dois alvos a que deve atender, o Conservatório, em vez de se constituir um corpo deliberativo, torna-se uma simples máquina, instrumento comum, não sem ação, que traça os seus juízos sobre as linhas implacáveis de um estatuto que lhe serve de norma.

Julgar de uma composição pelo que toca às ofensas feitas à moral, às leis e à religião, não é discutir-lhe o mérito puramente literário, no pensamento criador, na construção cênica, no desenho dos caracteres, na disposição das figuras, no jogo da língua.

Na segunda hipótese há mister de conhecimentos mais amplos, e conhecimentos tais que possam legitimar uma magistratura intelectual. Na primeira, como disse, basta apenas meia dúzia de vestais e duas ou três daquelas fidalgas devotas do rei de Mafra. Estava preenchido o fim.

Julgar do valor literário de uma composição é exercer uma função civilizadora, ao mesmo tempo que praticar um direito do espírito: é tomar um caráter menos vassalo, e de mais iniciativa e deliberação.

Contudo, por vezes as inteligências do nosso Conservatório como que sacodem esse freio que lhe serve de lei, e entram no exercício desse direito que se lhe nega; não deliberam, é verdade, mas protestam. A estátua lá vai tomar vida nas mãos de Prometeu, mas a inferioridade do mármore fica assinalada com a autópsia do escopro.

Mas ganha a literatura, ganha a arte com essas análises da sombra? Ganha, quando muito, o arquivo. A análise das concepções, o estudo das prosódias vão morrer, ou pelo menos dormir no pó das estantes.

Não é esta a missão de um Conservatório Dramático. Antes negar a inteligência que limitá-la ao estudo enfadonho das indecências, e marcar-lhe as inspirações pelos artigos de uma lei viciosa.

E — note-se bem! — é esta uma questão de grande alcance. Qual é a influência de um Conservatório organizado desta forma? E que respeito pode inspirar assim ao teatro?

Trocam-se os papéis. A instituição perde o direito de juiz e desce na razão da ascendência do teatro.

Façam ampliar as atribuições desse corpo; procurem dar-lhe outro caráter mais sério, outros direitos mais iniciadores; façam dessa sacristia de igreja um tribunal de censura.

Completem, porém, toda essa mudança de forma. Qual é o resultado do anônimo? Se o Conservatório é um júri deliberativo, deve ser inteligente; e por que não há de a inteligência minguar os seus juízos? Em matéria de arte eu não conheço susceptibilidades nem interesses. Emancipem o espírito, hão de respeitar-lhe as decisões.

***

Será fácil uma emancipação do espírito neste caso? — É. Basta que os governos compreendam um dia esta verdade de que o teatro não é uma simples instituição de recreio, mas um corpo de iniciativa nacional e humana.

Ora, os governos que têm descido o olhar e a mão a tanta coisa fútil, não repararam ainda nesta nesga de força social, apeada de sua ação, arredada de seu caminho por caprichos mal-entendidos, que a fortuna colocou por fatalidade à sombra da lei.

Criaram um Conservatório Dramático por instinto de imitação, criaram uma coisa a que tiveram a delicadeza ou mau gosto de chamar teatro normal, e dormiram descansados, como se tivessem levantado uma pirâmide no Egito.

Ora, todos nós sabemos o que é esse Conservatório e esse teatro normal; todos nós temos assistido às agonias de um e aos desvarios do outro; todos temos visto como essas duas instituições destinadas a caminharem de acordo na rota da arte, divorciaram-se de alvo e de estrada. O Conservatório comprometeu a dignidade do seu papel, ou antes o obrigaram a isso, e o teatro, acordando um dia com instintos de César, tentou conquistar todo o mundo da arte, e entreviu também que lhe cumpria começar a empresa por um tribunal de censura.

Com essa guerra civil no mundo dramático, limitadas as decisões de censura, está claro, e claro a olhos nus, que a arte sofria e com ela a massa popular, as plateias. A censura estava obrigada a suicidar-se de um direito e subscrever as frioleiras mais insensatas que o teatro entendesse qualificar de composição dramática.

Este estado de coisas que eu percebo, inteligência mínima como sou, será percebido também pelos governos? Não é fácil de aceitar a hipótese negativa, porquanto evidentemente não os posso considerar abaixo de mim na óptica do espírito. Concordo pois, que os governos não têm sido estranhos nesta anarquia da arte, e então uma negligência assim depõe muito contra a consciência do poder.

Não há como fugir daqui. Onde está esse projeto sobre a literatura dramática apresentado há tempos na câmara temporária? Era matéria de contrabando, e as aspirações políticas estavam ocupadas em negócios que visavam outros alvos mais sólidos ou pelo menos mais reais. Esse projeto, dando um caráter mais sério ao teatro, abria as suas portas às inteligências dramáticas por meio de um incentivo honroso. Trazia em si um princípio de vida: lá foi para o barbante do esquecimento!

É simples, e não carece de larga observação: os governos em matéria de arte e literatura olham muito de alto; não tomam o trabalho de descer à análise para dar a mão ao que o merece.

Entretanto o que se pede não é uma vigilância exclusiva; ninguém pretende do poder emprego absoluto dos seus sentidos e faculdades. Nesta questão sobretudo é fácil o remédio; basta uma reforma pronta, inteiriça, radical, e o Conservatório Dramático entrará na esfera dos deveres e direitos que fazem completar o pensamento de sua criação.

Com o direito de reprovar e proibir por incapacidade intelectual, com a viseira levantada ao espírito da abolição do anônimo, o Conservatório, como disse acima, deixa de ser uma sacristia de igreja para ser um tribunal de censura.

E sabem o que seria então esse tribunal? uma muralha de inteligência às irrupções intempestivas que o capricho quisesse fazer no mundo da arte, às bacanais indecentes e parvas que ofendessem a dignidade do tablado, porque infelizmente é fato líquido, há lá também uma dignidade.

O Conservatório seria isso e estaria nas linhas do seu dever e de seu direito.

Mas no meio desses reparos, resta ainda um fato importante — a literatura dramática.

Com uma reforma no Conservatório, parece-me claro que ganhava também a arte escrita. Não temos (ninguém será tão ingênuo que confesse esse absurdo), não temos literatura dramática, na extensão da frase; algumas estrelas não fazem uma constelação: são lembranças deixadas no tablado por distração, palavras soltas, aromas queimados, despidos de todo o caráter sacerdotal.

Não podia o Conservatório tomar um encargo no sentido de fazer desenvolver o elemento dramático na literatura? As vantagens são evidentes — além de emancipar o teatro, não expunha as plateias aos barbarismos das traduções de fancaria que compõem uma larga parte dos nossos repertórios.

Mas, entendam bem! inculco esse encargo ao Conservatório, mas a um Conservatório que eu imagino, que além de possuir os direitos conferidos por uma reforma, deve possuir esses direitos de capacidade, conferidos pela inteligência e pelos conhecimentos.

Não é ofender com isto as inteligências legítimas do atual Conservatório. Eu não nego o sol; o que nego, ou pelo menos o que condeno em consciência, são as sombras que não dão luz e que mareiam a luz.

Um Conservatório ilustrado em absoluto, é uma garantia para o teatro, para a plateia e para a literatura.

Para fazê-lo assim, basta que o poder faça descer essa reforma tão desejada.

Machado de Assis

O Espelho, n°s 4, 25/09/1859, 5, 02/10/1859, e 17, 25/12/1859 e A Marmota, n° 1.143, 16/03/1860

A reforma pelo jornal

Houve uma coisa que fez tremer as aristocracias, mais do que os movimentos populares; foi o jornal. Devia ser curioso vê-las quando um século despertou ao clarão desse *fiat* humano; era a cúpula de seu edifício que se desmoronava.

Com o jornal eram incompatíveis esses parasitas da humanidade, essas fofas individualidades de pergaminho alçado e leitos de brasões. O jornal que tende à unidade humana, ao abraço comum, não era um inimigo vulgar, era uma barreira... de papel, não, mas de inteligências, de aspirações.

É fácil prever um resultado favorável ao pensamento democrático. A imprensa, que encarnava a ideia no livro, expendi eu em outra parte, sentia-se ainda assim presa por um obstáculo qualquer; sentia-se cerrada naquela esfera larga mas ainda não infinita; abriu pois uma represa que a impedia, e lançou-se uma noite aquele oceano ao novo leito aberto: o pergaminho será a Atlântida submergida.

Por que não?

Todas as coisas estão em gérmen na palavra, diz um poeta oriental. Não é assim? O verbo é a origem de todas as reformas.

Os hebreus, narrando a lenda do *Gênesis,* dão à criação da luz a precedência da palavra de Deus. É palpitante o símbolo. O *fiat* repetiu-se em todos os caos, e, coisa admirável! sempre nasceu dele alguma luz.

A história é a crônica da palavra. Moisés, no deserto; Demóstenes, nas Guerras Helênicas; Cristo, nas sinagogas da Galileia; Huss, no púlpito cristão; Mirabeau, na tribuna republicana; todas essas bocas eloquentes, todas essas cabeças salientes do passado, não são senão o *fiat* multiplicado, levantado em todas as *confusões* da humanidade. A história não é um simples quadro de acontecimentos; é mais, é o verbo feito livro.

Ora pois, a palavra, esse dom divino que fez do homem simples matéria organizada, um ente superior na criação, a palavra foi sempre uma reforma. Falada na tribuna é prodigiosa, é criadora, mas é o monólogo; escrita no livro, é ainda criadora, é ainda prodigiosa, mas é ainda o monólogo; esculpida no jornal, é prodigiosa e criadora, mas não é o monólogo, é a discussão.

E o que é a discussão?

A sentença de morte de todo o *statu quo,* de todos os falsos princípios dominantes. Desde que uma coisa é trazida à discussão, não tem legitimidade evidente, e nesse caso o choque da argumentação é uma probabilidade de queda.

Ora, a discussão, que é a feição mais especial, o cunho mais vivo do jornal, é o que não convém exatamente à organização desigual e sinuosa da sociedade.

Examinemos.

A primeira propriedade do jornal é a reprodução amiudada, é o derramamento fácil em todos os membros do corpo social. Assim, o operário que se retira ao lar, fatigado pelo labor quotidiano, vai lá encontrar ao lado do pão do corpo, aquele pão do espírito, hóstia social da comunhão pública. A propaganda assim é fácil; a discussão do jornal reproduz-se também naquele espírito rude, com a diferença que vai lá achar o terreno preparado. A alma torturada da individualidade ínfima recebe, aceita, absorve sem labor, sem obstáculo, aquelas impressões, aquela argumentação de princípios, aquela arguição de fatos. Depois uma reflexão, depois um braço que se ergue, um palácio que se invade, um sistema que cai, um princípio que se levanta, uma reforma que se coroa.

Malévola faculdade — a palavra!

Será ou não o escolho das aristocracias modernas, esse novo molde do pensamento e do verbo?

Eu o creio de coração. Graças a Deus, se há alguma coisa a esperar é das inteligências proletárias, das classes ínfimas; das superiores, não.

As aristocracias dissolvem-se, diz um eloquente irmão d'armas. É a verdade. A ação democrática parece reagir sobre as castas que se levantam no primeiro plano social. Os próprios brasões já se humanizam mais, e alguns jogam na praça sem notarem que começam a confundir-se com as casacas do agiota.

Causa riso.

Tremem, pois, tremem com esse invento que parece abranger os séculos — e rasgar desde já um horizonte largo às aspirações cívicas, às inteligências populares.

E se quisessem suprimi-lo? Não seria mau para eles; o fechamento da imprensa, e a supressão da sua liberdade, é a base atual do primeiro trono da Europa.

Mas como! Cortar as asas de águia que se lança no infinito seria uma tarefa absurda, e, desculpem a expressão, um cometimento parvo. Os pergaminhos já não são asas de Ícaro. Mudaram as cenas; o talento tem asas próprias para voar; senso bastante para aquilatar as culpas aristocráticas e as probidades cívicas.

Procedem estas ideias entre nós? Parece que sim. É verdade que o jornal aqui não está à altura da sua missão; pesa-lhe ainda o último elo. Às vezes leva a exigência até a letra maiúscula de um título de fidalgo.

Cortesania fina, em abono da verdade!

Mas, não importa! eu não creio no destino individual, mas aceito o destino coletivo da humanidade. Há um polo atraente e fases a atravessar. Cumpre vencer o caminho a todo o custo; no fim há sempre uma tenda para descansar, e uma relva para dormir.

M.-as.
O Espelho, nº 8, 23/10/1859

Revista Dramática
(José de Alencar: Mãe*)*

Escrever crítica e crítica de teatro não é só uma tarefa difícil, é também uma empresa arriscada.

A razão é simples. No dia em que a pena, fiel ao preceito da censura, toca um ponto negro e olvida por momentos a estrofe laudatória, as inimizades levantam-se de envolta com as calúnias.

Então, a crítica aplaudida ontem é hoje ludibriada, o crítico vendeu-se, ou por outra, não passa de um ignorante a quem por compaixão se deu algumas migalhas de aplauso.

Esta perspectiva poderia fazer-me recuar ao tomar a pena do folhetim dramático, se eu não colocasse acima dessas misérias humanas a minha consciência e o meu dever. Sei que vou entrar numa tarefa onerosa; sei-o, porque conheço o nosso teatro, porque o tenho estudado materialmente; mas se existe uma recompensa para a verdade, dou-me por pago das pedras que encontrar em meu caminho.

Protesto desde já uma severa imparcialidade, imparcialidade de que não pretendo afastar-me uma vírgula: simples revista sem pretensão a oráculo, como será este folhetim, dar-lhe-ei um caráter digno das colunas em que o estampo. Nem azorrague, nem luva de pelica; mas a censura razoável, clara e franca, feita na altura da arte da crítica.

Esses preceitos, que estabeleço como norma do meu proceder, são um resultado das minhas ideias sobre a imprensa, e de há muito que condeno os ouropéis da letra redonda, assim como as intrigas mesquinhas, em virtude de que muita gente subscreve juízos menos exatos e menos de acordo com a consciência própria.

Se faltar a esta condição que me imponho, não será um atentado voluntário contra a verdade, mas erro de apreciação.

As minhas opiniões sobre o teatro são ecléticas em absoluto. Não subscrevo, em sua totalidade, as máximas da escola realista, nem aceito, em toda a sua plenitude, a escola das abstrações românticas; admito e aplaudo o drama como forma absoluta do teatro, mas nem por isso condeno as cenas admiráveis de Corneille e de Racine.

Tiro de cada coisa uma parte, e faço o meu ideal de arte, que abraço e defendo.

Entendo que o belo pode existir mais revelado em uma forma menos imperfeita, mas não é exclusivo de uma só forma dramática. Encontro-o no verso valente da tragédia, como na frase ligeira e fácil com que a comédia nos fala ao espírito.

Com estas máximas em mão — entro no teatro. É esse o meu procedimento; no dia em que me puder conservar nessa altura, os leitores terão um folhetim de menos, e eu mais um argumento de que — cometer empresas destas, não é uma tarefa para quem não tem o espírito de um temperamento superior.

Sirvam estas palavras de programa.

Se eu quisesse avaliar a nossa existência moral pelo movimento atual do teatro, perderíamos no paralelo.

Ou influência ou estação, ou causas estranhas, dessas que transformam as situações para dar nova direção às coisas, o teatro tem caminhado por uma estrada difícil e escabrosa.

Quem escreve estas palavras tem um fundo de convicção, resultado do estudo com que tem acompanhado o movimento do teatro; tanto mais insuspeito, quanto que é um dos crentes mais sérios e verdadeiros desse grande canal de propaganda.

Firme nos princípios que sempre adotou, o folhetinista que desponta dá ao mundo, como um colega de além-mar, o espetáculo espantoso de um crítico de teatro que crê no teatro.

E crê: se há alguma coisa a esperar para a civilização é desses meios que estão em contato com os grupos populares. Deus me absolva se há nesta convicção uma utopia de imaginação cálida.

Estudando, pois, o teatro, vejo que a atualidade dramática não é uma realidade esplêndida, como a desejava eu, como a desejam todos os que sentem em si uma alma e uma convicção.

Já disse, essa morbidez é o resultado de causas estranhas, inseparáveis talvez, que podem aproximar o teatro de uma época mais feliz.

Estamos com dois teatros em ativo; uma nova companhia se organiza para abrir em pouco o Teatro Variedades; e essa completará a trindade dramática.

No meio das dificuldades com que caminha o teatro, anuncia-se no Ginásio um novo drama original brasileiro. A repetição dos anúncios, o nome oculto do autor, as revelações dúbias de certos oráculos, que os há por toda parte, prepararam a expectativa pública para a nova produção nacional.

Veio ela enfim.

Se houve verdade nas conversações de certos círculos, e na ânsia com que era esperado o novo drama, foi que a peça estava acima do que se esperava.

Com efeito, desde que se levantou o pano, o público começou a ver que o espírito dramático, entre nós, podia ser uma verdade. E, quando a frase final caiu esplêndida no meio da plateia, ela sentiu que a arte nacional entrou em um período mais avantajado de gosto e de aperfeiçoamento.

Esta peça intitula-se *Mãe*.

Revela-se à primeira vista que o autor do novo drama conhece o caminho mais curto do triunfo; que, dando todo o desenvolvimento à fibra da sensibilidade, praticou as regras e as prescrições da arte sem dispensar as sutilezas de cor local.

A ação é altamente dramática; as cenas sucedem-se sem esforço, com a natureza da verdade; os lances são preparados com essa lógica dramática a que não podem atingir as vistas curtas.

Altamente dramática é a ação, disse eu; mas não para aí; é também altamente simples.

Jorge é um estudante de medicina, que mora em um segundo andar com uma escrava apenas — a quem trata carinhosamente e de quem recebe provas de um afeto inequívoco.

No primeiro andar, moram Gomes, empregado público, e sua filha Elisa. A intimidade da casa trouxe a intimidade dos dois vizinhos, Jorge e Elisa, cujas almas, ao começar o drama, ligam-se já por um fenômeno de simpatia.

Um dia, a doce paz, que fazia a ventura daquelas quatro existências, foi toldada por um corvo negro, por um Peixoto, usurário, que vem ameaçar a probidade de Gomes, com a maquinação de uma trama diabólica e muito comum, infelizmente, na humanidade.

Ameaçado em sua honra, Gomes prepara um suicídio que não realiza; entretanto, envergonhado por pedir dinheiro, porque com dinheiro removia a tempestade iminente, deixa à sua filha o importante papel de salvá-lo e salvar-se.

Elisa, confiada no afeto que a une a Jorge, vai expor-lhe a situação; esse compreende a dificuldade, e, enquanto espera a quantia necessária do dr. Lima, um caráter nobre da peça, trata de vender, e ao mesmo Peixoto, a mobília de sua casa.

Joana, a escrava, compreende a situação, e, vendo que o usurário não dava a quantia precisa pela mobília de Jorge, propõe-se a uma hipoteca; Jorge repele ao princípio o desejo de sua escrava, mas a operação tem lugar, mudando unicamente a forma de hipoteca para a de venda, venda nulificada desde que o dinheiro emprestado voltasse a Peixoto.

Volta a manhã serena depois de tempestade procelosa; a probidade e a vida de Gomes estão salvas.

Joana, podendo escapar um minuto a seu senhor temporário, vem na manhã seguinte visitar Jorge.

Entretanto o dr. Lima tem tirado as suas malas da alfândega e traz o dinheiro a Jorge. Tudo vai, por conseguinte, voltar ao seu estado normal.

Mas Peixoto, não encontrando Joana em casa, vem procurá-la à casa de Jorge, exigindo a escrava que havia comprado na véspera. O dr. Lima não acreditou que se tratasse de Joana, mas Peixoto, forçado a declarar o nome, pronuncia-o. Aqui a peripécia é natural, rápida e bem conduzida; o dr. Lima ouve o nome, dirige-se para a direita por onde acaba de entrar Jorge.

— Desgraçado, vendeste tua mãe!

Eu conheço poucas frases de igual efeito. Sente-se uma contração nervosa ao ouvir aquela revelação inesperada. O lance é calculado com maestria e revela pleno conhecimento da arte no autor.

Ao conhecer sua mãe, Jorge não a repudia; aceita-a em face da sociedade, com esse orgulho sublime que só a natureza estabelece e que faz do sangue um título.

Mas Joana, que forcejava sempre por deixar corrido o véu do nascimento de Jorge, na hora que esse o sabe, aparece envenenada. A cena é dolorosa e tocante; a despedida para sempre de um filho, no momento em que acaba de conhecer sua mãe, é por si uma situação tormentosa e dramática.

Não é bem acabado esse tipo de mãe, que sacrifica as carícias que poderia receber de seu filho, a um escrúpulo de que a sua individualidade o fizesse corar.

Esse drama, essencialmente nosso, podia, se outro fosse o entusiasmo de nossa terra, ter a mesma nomeada que o romance de Harriette Stowe — fundado no mesmo teatro da escravidão.

Os tipos acham-se ali bem definidos, e a ligação das frases não pode ser mais completa.

O veneno que Joana bebe, para aperfeiçoar o quadro e completar o seu martírio tocante, é o mesmo que Elisa tomara das mãos de seu pai, e que a escrava encontrou sobre uma mesa em casa de Jorge, para onde a menina o levara.

Há frases lindas e impregnadas de um sentimento doce e profundo; o diálogo é natural e brilhante, mas desse brilho que não exclui a simplicidade, e que não respira o torneado bombástico.

O autor soube haver-se com a ação, sem entrar em análise. Descoberta a origem de Jorge, a sociedade dá o último arranco em face da natureza, pela boca de Gomes, que tenta recusar sua filha prometida a Jorge.

Repito-o: o drama é de um acabado perfeito, e foi uma agradável surpresa para os descrentes da arte nacional.

Ainda oculto o autor, foi saudado por todos com a sua obra; feliz que é, de não encontrar patos no seu Capitólio.

A sr.ª Velluti e o sr. Augusto disseram com felicidade os seus papéis; a primeira, dando relevo ao papel de escrava com essa inteligência e sutileza que completam os artistas; o segundo, sustentando a dignidade do dr. Lima na altura em que a colocou o autor.

A sr.ª Ludovina não discrepou no caráter melancólico de Elisa; todavia, parecia-me que devia ter mais animação nas suas transições, que é o que define o claro-escuro.

O sr. Heller, pondo em cena o caráter do empregado público, teve momentos felizes, apesar de lhe notar uma gravidade de porte, pouco natural, às vezes.

Há um meirinho na peça desempenhado pelo sr. Graça, que, como bom ator cômico, agradou e foi aplaudido. O papel é insignificante, mas aqueles que têm visto o distinto artista, adivinham o desenvolvimento que a sua veia cômica lhe podia dar.

Jorge foi desempenhado pelo sr. Paiva que, trazendo o papel à altura de seu talento, fez-nos entrever uma figura singela e sentimental.

O sr. Militão completa o quadro com o papel de Peixoto, onde nos deu um usurário brutal e especulador.

A noite foi de regozijo para aqueles que, amando a civilização pátria, estimam que se faça tão bom uso da língua que herdamos. Oxalá que o exemplo se espalhe.

Na próxima revista tocarei no Teatro de São Pedro e no das Variedades, se já houver encetado a sua carreira.

Entretanto, fecho estas páginas, e deixo que o leitor, para fugir ao rigor da estação, vá descansar um pouco, não à sombra das faias, como Títiro, mas entre os nevoeiros de Petrópolis, ou nas montanhas da velha Tijuca.

M. de A.

Diário do Rio de Janeiro, Rio de Janeiro, 29/03/1860

Odisseia dos vinte anos
(Fantasia em um ato)

ÁLVARO, ALBERTO, LUÍS, pintor e poeta, LUÍSA, MARIA

Um gabinete de trabalho.

ÁLVARO e LUÍS

ÁLVARO — Estás triste, Luís!

LUÍS (*deixando o pincel*) — Estou doente. Doença d'alma, a pior delas. Faz rir: não faz, esta reprodução de úlceras aos vinte anos; esta transformação sucessiva dos Manfredos? Ninguém crê nessas coisas; entretanto, se há verdade no mundo, é esse o estado em que estou.

ÁLVARO — Sabes a minha opinião? És fraco demais.

LUÍS (*indo à janela*) — Fraco? Agora quem se ri sou eu. Fraco! Onde queres que eu vá buscar forças? Se eu sinto em mim uma prostração, se eu sinto que nenhum desses músculos morais, que são os raios da força, conserva aquela rigidez primitiva, que acompanha sempre a mocidade e que por momentos fez de mim um Hércules. Agradeço que me lastimes, mas não me acuses.

ÁLVARO — Vem cá; quando temos vinte anos de presente, e cinquenta de futuro talvez, a alma levanta-se, não se deixa quebrar. Ajunta depois talento a esses vinte anos, e...

LUÍS — Tudo isso é vão. Teoria, Álvaro, realidade para uns; para mim sonhos e mais nada! Falo-te assim, porque sei que estamos sós e que tu não estás contaminado. Bem vês, como eu rio, como sou jovial fora daqui; estas paredes são a minha vida íntima. Consentes que te fale?

ÁLVARO — Ouço-te. Mas não me impeças um remédio no caso que to possa dar.

LUÍS (*rindo*) — Remédio! A minha tísica do espírito está no último grau; ninguém me pode salvar.

ÁLVARO — Ninguém!

LUÍS — Quase ninguém. Há talvez alguma coisa que me cure; mas isso é um remédio supremo, e esse não está nas mãos de qualquer.

ÁLVARO — Veremos.

LUÍS — Ouve-me agora. Há uma ordem de poetas modernos que, por hábito de leitura e mania de rapaz, acreditaram estar deveras doentes da alma. É culpa de Byron e de outros; Manfredo é um grão que germinou uma raça. Toda essa procissão de Werthers pálidos, lá vão como fotografias do tipo primitivo. Eu conheço desses profanadores do cepticismo, doentes por cálculo, de que Molière se esqueceu. Esta raça produziu necessariamente uma outra que se constituiu o lábaro dela; os satíricos, os que não acreditando nesses mórbidos dos vinte anos, arrancam-lhes a máscara em pleno século.

ÁLVARO — Era necessário.

LUÍS — Era necessário, sim. Mas o que aconteceu? São aqueles que realmente sofrem, aqueles que têm em cada dia, não vinte e quatro horas de vida, mas um degrau do patíbulo para que sobem lentamente; esses são obrigados a copiar a máscara do primeiro cínico e a colá-la à cara, como a túnica de Nesso. Compreendes! não há uma existência pior. Andar em um carnaval perpétuo! Vê lá: tens um remédio para isto?

ÁLVARO — Tenho. Onde está a razão dessa prostração moral?

LUÍS — Onde? Não o sei. Mas deixa confiar-te os sintomas; verás depois. Tenho vinte anos; perdi minha mãe aos nove. Fiquei por conseguinte só: só, compreendes bem, quando não temos o seio materno para encostar a cabeça; é a solidão que nos cerca, solidão do deserto, solidão dos limbos povoada de sombras, e deserta como o nada! Achei-me só, pois. Vês-me com vinte anos, cheio de mocidade: mas que mocidade! Nem um afeto! Nem um coração! Nada! Aqui e ali só encontro o desdém! Queria amigos e tenho protetores! Queria corações e encontro espírito! Nem um seio de mulher, nem uma cabeça de vinte anos que case as suas com as minhas primaveras! Só, isolado no meio da sociedade, que corre e salta, ama e delira, eu sou como aquele Tântalo dos Eddas pagãos; vejo passar por mim os corações e os afetos e não posso agarrar um só. Parece que vento de temporal os leva. É demais. Sou pobre como vês: quem me quereria assim? A humanidade é como o touro, gosta de púrpuras, gosta dos ouropéis. O século é dos cínicos e dos parvos. Tudo está prostituído!

ÁLVARO — Assim, não crês em coisa alguma?

LUÍS — Creio. Creio em Deus, e creio em mim. Mais claro: creio que sou uma vítima que nem devo olhar com asco para os instrumentos do meu suplício; creio que Deus ri-se deveras de toda esta revolução que se opera aqui por baixo; e que em um dia bem pode com um simples movimento de mão atirar com toda esta espécie humana para os abismos do *ignoto*. É que ele não quer! conta com o seu triunfo e deixa aos homens o seu. É razoável: cada um tem a sua hora: terei eu a minha?

ÁLVARO (*pensativo*) — Esperas por ela?

LUÍS — Podia esperar, mas nem tenho forças para isso. Entretanto vi há dias uma gravura inglesa que definia talvez a minha existência. Representava esfera no meio com o dístico: *Índia* — em torno estavam as entidades comprometidas nessa questão europeia que se divertiam em atirar reciprocamente essa bola com o pé. Eu sou assim. Estou no meio dos homens, como aquela esfera e rolo ao impulso de cada pé que me encontra. Mas queres saber... tive uma fraqueza; não rias. Para completar o quadro, um dos indivíduos do jogo estava a um canto com o pé em uma das mãos; tive uma veleidade; acreditei que havia, como a bola, ferir alguém. Mas passou. Era uma tolice.

ÁLVARO — Causas-me pena!

LUÍS — És bom; eu te conheço. Tanto melhor. Mas cala-te; vem alguém!

não assinado
A Marmota, n° 1.147, 30/03/1860 [incompleto]

Carniceria a vapor

O estabelecimento de M. Roviello, situado nas proximidades da cidade de Brooklyn, nos Estados Unidos, é um matadouro de porcos, onde se empregam os aparelhos mecânicos a vapor para o tríplice processo de sangrar ou matar, esquartejar e salgar esses animais.

M. Commetant, na obra que publicou em 1857 sobre os Estados Unidos, descreve esse singular estabelecimento em toda a sua extensão; porém nós vamos dar aos leitores uma sucinta ideia dele, não somente para conhecerem esta carniceria a vapor, como para saberem até onde se tem levado o emprego destas máquinas.

O estabelecimento, de que vamos tratar, vasto, como deve o ser para estrangular diariamente centenas de porcos, compõe-se de quatro extensas casas, que se comunicam entre si por pontes pênseis. Ao redor, e em todos os sentidos, se distinguem diversos cercados, fechados, onde formigam inumeráveis porcadas pertencentes a diferentes criadores.

Longe nos levaria a descrição do maquinismo, peça por peça, o que só interessaria a quem quisesse organizar uma companhia de *açougues monstros* de carne de porco; assim, vamos ser simplesmente espectadores, para o que não basta somente presenciar, é preciso também ter ânimo para ver.

A matança vai começar.

O engenheiro em chefe faz um sinal; abre-se logo a comunicação do exterior para o primeiro compartimento da máquina chamada degoladouro.

O ingresso para esse compartimento é feito por um estreito corredor, que se afunila, e só podem chegar ao compartimento de que se trata um porco por sua vez. Ao termo desse corredor são os porcos obrigados a parar, e logo, com rapidez de raio, enormes facões manejados por um punho tão forte, como o do vapor, os traspassem certeiramente a sangrar pelo coração.

Quanto pode a mecânica!

Isto feito, sem demora, cada um porco é agarrado pelos quartos traseiros por grampos, e assim violentamente levantados e conduzidos em enfiada, como um rosário, para serem mergulhados em um vasto reservatório de água fervendo, donde saem para sofrerem o processo final da pelação entre grandes escovas.

O vapor ainda não terminou aqui a sua missão. O porco ou porca (que nesse estado é sempre *porco* nos açougues) é ainda agarrado convenientemente pelos grampos, e em um movimento brutal é arremessado para um lugar apropriado, onde a máquina leva as sua afiadas facas, e de uma só vez abre desde o focinho até a cauda.

Nesse estado, saltam logo alguns operários para arrancar os intestinos, ou quaisquer outras partes não aproveitáveis do porco, e os lançam em uma vala que atravessa o estabelecimento, que é constantemente lavada pelas águas do rio Ohio.

A máquina ainda continua a trabalhar, levando o porco ao horrível compartimento do talho; aí se espedaça o animal com aquela regularidade e simetria que lhe é devida, e passa por montões de sal.

Os encarregados do recebimento da carne reúnem os pedaços e os põem no fumeiro ou os embarrilam na salmoura.

Eis a carniceria feita, e com tão grande presteza, que perde-se de vista os múltiplos processos por que passam os pobres animais!

Os porcos sucedem aos porcos, como os cavalinhos de pau da *Maxambomba*, que mal são percebidos no rápido circular em torno do mastro! E juntai a esse movimento o grunhido rouco e sinistro das vítimas que são degoladas ou sangradas, e dos que semivivos seguem em rosários para a terrível caldeira d'água em ebulição! Esta lúgubre e horrível música não tem fim, porque, enquanto alguns porcos morrem na água fervendo, já outros são esfaqueados, e assim não cessa de haver sempre um contingente de lamentações!!!

Terminemos a nossa missão de levar o leitor a visitar o estabelecimento de M. Roviello, nos Estados Unidos.

Agora resta-nos entregá-lo à liberdade de seu pensar, para que julguem até onde se tem empregado as máquinas movidas a vapor.

A esse respeito diz um mecânico francês: "*Où la mécanique va-t-elle se nicher!*"

M. A.

A Marmota, n° 1.158, 08/05/1860

Anedota

O que é estar em dia com as ciências.

Um dos nossos fazendeiros, acolhedor de grande número de visitantes da corte, estava há muitos dias admirado em ver que a caça de um de seus hóspedes era sempre morta pela cauda, e querendo penetrar ou saber a causa de semelhante ocorrência, perguntou a esse amador de caçadas a razão porque sempre feria a caça pela cauda. — É de fácil concepção — respondeu o nosso cortesão em tom catedrático: as espingardas que as ciências mandam presentemente fazer uso são as que se carregam pela culatra, como a que trouxe da corte, e ferindo as balas em pontos semelhantes por onde são metidas nas armas, necessariamente a minha espingarda somente fere pela cauda. Isto é teórico e prático. O fazendeiro ficou ainda mais admirado, e exclamou: O que é estar em dia com as ciências.

M. A.
A Marmota, nº 1.159, 11/05/1860

Ao redator dos *ecos marítimos*

Meu caro. — Praz-me acreditar que, nos longos anos da nossa íntima e nunca estremecida amizade, tenho-te dado sobejas provas de que não costumo subordinar as minhas opiniões ao interesse ou conveniências, e que, errôneas ou verdadeiras, são-me elas sempre ditadas pela consciência.

Sabes que não pertenço ao número desses otimistas que têm sempre nos lábios um elogio e nos bicos da pena uma justificação para todo e qualquer ato do poder, somente porque é do poder.

E, pois, tentando defender o atual ministro da Marinha de acusação que julgaste dever dirigir-lhe, faço-o constrangido, é verdade, por achar-me em divergência com um amigo a quem muito prezo, mas sem temor de que me classifiques entre os *turiferários e amigos interesseiros* de que falaste no teu primeiro artigo.

Nesta contenda ficaremos colocados em campos opostos, tomaremos mesmo caminhos diversos, mas como ambos temos o mesmo fim, como ambos visamos ao mesmo norte — a elucidação da verdade — espero que nos encontraremos, e então, como agora, nos poderemos apertar as mãos, porque nem tu nem eu teremos de corar.

Não tratando por enquanto do teu primeiro artigo, porque nele te limitas a formular capítulos de acusação, que prometes desenvolver mais tarde, ocupar-me-ei com as censuras, que no segundo fazes ao sistema que se está seguindo no fabrico do vapor *Amazonas*.

Pensas que semelhante obra seria mais pronta e economicamente realizada, prorrogando-se as horas de trabalho, mediante abono de gratificações de *sesta* aos operários?

Por esse modo — dizes tu — lucraria o governo que mais cedo teria à sua disposição o *Amazonas;* lucrariam os operários que com esse acréscimo de salário proporcionariam às suas famílias maior soma de bem-estar; lucrariam os cofres públicos, aumentando suas receitas com o aluguel do dique.

Para admitir essas conclusões, seria mister conceder-te que a produção do trabalho durante as duas horas da *sesta* é equivalente ao salário de meio dia, em tais casos abonado como gratificação, o que contesto.

O trabalho ordinário começa nos nossos arsenais ao nascer do sol e termina às 4 horas da tarde, apenas com interrupção de meia hora concedida para o almoço; o extraordinário ou *sesta* prolonga-se dessa hora ao anoitecer.

Assim o sistema que preconizas exige do operário um esforço continuado de treze horas!

E acreditas que um homem possa, no nosso clima, e durante a estação calmosa, trabalhar com a mesma atividade e perfeição por tão dilatado espaço de tempo, exposto aos raios do sol, que os gigantescos refletores de granito formados pelas paredes do dique tornam ainda mais abrasador?

O bom senso dir-te-á que não.

Um ou outro indivíduo, dotado de constituição mais robusta, realizará esse supremo esforço no primeiro ou segundo dia, porém, certamente sucumbirá tentando ultrapassar esse limite.

Mas, dir-me-ás, o meio que indico tem por si a sanção de inveterada prática!

Nem tudo o que é velho é bom; e não ignoras que mais de um abuso existe enraizado na nossa administração pelo emperrado espírito de rotina.

Vês, portanto, que a adoção do alvitre por ti sugerido, longe de produzir as vantagens que apontas, prejudicaria os cofres públicos, que teriam de pagar pela obra feita quantia superior ao seu merecimento; prejudicaria ao serviço naval dando como pronto um vapor que, pelo mal acabado do seu fabrico, teria mais tarde de voltar à posição de disponibilidade.

Isto é intuitivo; e seguramente escapou, porque apenas examinaste a questão por uma face.

O dique, como bem dizes, não foi construído para *cevar os cofres do Tesouro,* porém, para prestar o seu valioso auxílio ao material da nossa armada; conseguintemente, que importa que os navios nele se demorem mais ou menos dias, se por esse modo executam-se radicalmente os consertos de que carecem?

Precipitação é antípoda de perfeição.

Se isto não fora um axioma, citar-te-ia, como exemplo, o vapor *Oiapoque* que, segundo é voz geral, saiu do dique fazendo água.

Passemos ao outro ponto.

O ministro da Marinha não se intrometeu em atribuições privativas de outrem nem procurou exercer pressão sobre o espírito dos peritos do arsenal, no intuito de arrancar-lhes opinião favorável ao vapor *Princesa de Joinville;* sua intervenção nesse negócio foi estritamente legal e ditada pelos preceitos da prudência e de justiça.

A companhia dos paquetes, como é de praxe, requereu que esse navio fosse vistoriado; mas, empregando as *restrições mentais* em que é vezeira, não falou do casco, porém simplesmente da máquina; e os peritos, que sabem ser aquele o ponto vulnerável, lavraram o seu parecer em termos genéricos declarando que haveria imprudência em arriscar o vapor em uma viagem no oceano.

Frustrada a estratégia, voltou a companhia requerendo que se discriminassem os quesitos que tinham servido de base ao juízo da comissão; ao que, como era de seu dever, deferiu o ministro. Eis quanto pela Marinha se fez nesse negócio; o mais pertence ao ministério das Obras Públicas.

A meu ver, fora melhor ter-se negado à companhia permissão para fazer seguir semelhante vapor aos portos do Norte; porém, como foi ela limitada pela proibição de conduzir passageiros, acautelando-se por essa forma a segurança do público, qualquer desastre superveniente apenas alcançará a tripulação e as companhias de seguro, que só terão o direito de queixar-se da sua imprudência, visto que perfeitamente conhecem os riscos que vão correr.

Não posso todavia deixar de notar que a companhia, anunciando a saída do *Joinville,* calasse tão importante circunstância!

Dadas estas explicações, consentirás que te faça um pedido.

Acredita-me, amigo, abre mão de pequenas polêmicas de que não poderás tirar glória, não malbarates em pouquidades o talento que Deus te concedeu; volta-te para os grandes interesses do país, disseca as profundas chagas que corroem o nosso corpo social, põe a descoberto a podridão desses cancros que, sob o nome de companhias, absorvem o melhor dos nossos recursos; e protesto-te que nesse terreno, não tendo forças para acompanhar-te, pelo menos te aplaudirá o sincero amigo

M. A.
Diário do Rio de Janeiro, *08/02/1862*

Carta ao sr. bispo do Rio de Janeiro

Ex.mo rev.mo sr. — No meio das práticas religiosas, a que as altas funções de prelado chamam hoje v. exa., consinta que se possa ouvir o rogo, a queixa, a indignação, se não é duro o termo, de um cristão que é dos primeiros a admirar as raras e elevadas virtudes, que exornam a pessoa de v. exa.

Não casual, se não premeditada e muito de propósito, é a coincidência desta carta com o dia de hoje. Escolhi, como próprio, o dia da mais solene comemoração da Igreja, para fazer chegar a v. exa. algumas palavras sem atavios de polêmica, mas simplesmente nascidas do coração.

Estou afeito desde a infância a ouvir louvar as virtudes e os profundos conhecimentos de v. exa. Estes verifiquei-os mais tarde pela leitura das obras, que aí correm por honra de nossa terra; as virtudes se as não apreciei de perto, creio nelas hoje como dantes, por serem contestes todos quantos têm a ventura de tratar de perto com v. exa.

É fiado nisso que me dirijo francamente à nossa primeira autoridade eclesiástica.

Logo ao começar este período de penitência e contrição, que está a findar, quando a Igreja celebra a admirável história da redenção, apareceu nas colunas das folhas diárias da corte um bem elaborado artigo, pedindo a supressão de certas práticas religiosas do nosso país, que por grotescas e ridículas, afetavam de algum modo a sublimidade de nossa religião.

Em muito boas razões se firmava o articulista para provar que as procissões, derivando de usanças pagãs, não podiam continuar a ser sancionadas por uma religião que veio destruir os cultos da gentilidade.

Mas a Quaresma passou e as procissões com ela, e ainda hoje, exmo. sr., corre a população para assistir à que, sob a designação de *Enterro do Senhor*, vai percorrer esta noite as ruas da capital.

Não podem as almas verdadeiramente cristãs olhar para essas práticas sem tristeza e dor.

As consequências de tais usanças são de primeira intuição. Aos espíritos menos cultos, a ideia religiosa, despida do que tem de mais elevado e místico, apresenta-se com as fórmulas mais materiais e mundanas. Aos que, menos rústicos, não tiveram, entretanto, bastante filosofia cristã para opor a esses espetáculos, a esses entibia-se a fé, e o cepticismo invade o coração.

E v. exa. não poderá contestar que a nossa sociedade está afetada do flagelo da indiferença. Há indiferença em todas as classes, e a indiferença, melhor do que eu, sabe v. exa., é o veneno sutil, que corrói fibra por fibra um corpo social.

Em vez de ensinar a religião pelo seu lado sublime, ou antes pela sua verdadeira e única face, é pelas cenas impróprias e improveitosas que a propagam. Os nossos ofícios e mais festividades estão longe de oferecer a majestade e a gravidade imponente do culto cristão. São festas de folga, enfeitadas e confeitadas, falando muito aos olhos e nada ao coração.

Nesse hábito de tornar os ofícios divinos em provas de ostentação, as confrarias e irmandades, destinadas à celebração dos respectivos oragos, levam o fervor até uma luta, vergonhosa e indigna, de influências pecuniárias; cabe a vitória, à que melhor e mais pagamente reveste a sua celebração. Lembrarei, entre outros fatos, a luta de duas ordens terceiras, hoje em tréguas, relativamente à procissão do dia de hoje. Nesse conflito só havia um fito — a ostentação dos recursos e do gosto —, e um resultado que não era para a religião, mas sim para as paixões e interesses terrestres.

Para esta situação deplorável, exmo. sr., contribui imensamente o nosso clero. Sei que toco em chaga tremenda, mas v. exa. reconhecerá sem dúvida que, mesmo errando, devo ser absolvido, atenta a pureza das intenções que levo no meu enunciado.

O nosso clero está longe de ser aquilo que pede a religião do cristianismo. Reservadas as exceções, o nosso sacerdote nada tem do caráter piedoso e nobre que convém aos ministros do crucificado.

E, a meu ver, não há religião que melhor possa contar bons e dignos levitas. Aqueles discípulos do filho de Deus, por promessa dele tornados pescadores de homens, deviam dar lugar a imitações severas e dignas; mas não é assim. Exmo. sr., não há aqui sacerdócio, há ofício rendoso, como tal considerado pelos que o exercem, e os que o exercem são o vício e a ignorância, feitas as pouquíssimas e honrosas exceções. Não serei exagerado se disser que o altar tornou-se balcão e o Evangelho tabuleta. Em que pese a esses duplamente pecadores, é preciso que v. exa. ouça estas verdades.

As queixas são constantes e clamorosas contra o clero; eu não faço mais que reuni-las e enunciá-las por escrito.

Fundam-se elas em fatos que, pela vulgaridade, não merecem menção. Merca-se no templo, exmo. sr., como se mercava outrora quando Cristo expeliu os profanadores dos sagrados lares; mas a certeza de que um novo Cristo não virá expeli-los, e a própria tibieza da fé nesses corações, anima-os e põe-lhes na alma a tranquilidade e o pouco caso pelo futuro.

Esta situação é funesta para a fé, funesta para a sociedade. Se, como creio, a religião é uma grande força, não só social, se não também humana, não se pode contestar que por esse lado a nossa sociedade contém em seu seio poderosos elementos de dissolução.

Dobram, entre nós, as razões pelas quais o clero de todos os países católicos tem sido acusado.

No meio da indiferença e do cepticismo social, qual era o papel que cabia ao clero? Um: converter-se ao Evangelho e ganhar nas consciências o terreno perdido. Não acontecendo assim, as invectivas praticadas pela imoralidade clerical, longe de afrouxarem e diminuírem, crescem de número e de energia.

Com a situação atual de chefe da Igreja, v. exa. compreende bem que triste resultado pode provir daqui.

Felizmente que a ignorância da maior parte dos nossos clérigos evita a organização de um partido clerical, que, com o pretexto de socorrer a Igreja nas suas tribulações temporais, venha lançar a perturbação nas consciências, nada adiantando à situação do supremo chefe católico.

Não sei se digo uma heresia, mas por esta vantagem acho que é de apreciar essa ignorância.

Dessa ignorância e dos maus costumes da falange eclesiástica é que nasce um poderoso auxílio ao estado do depreciamento da religião.

Proveniente dessa situação, a educação religiosa, dada no centro das famílias, não responde aos verdadeiros preceitos da fé. A religião é ensinada pela prática e como prática, e nunca pelo sentimento e como sentimento.

O indivíduo que se afaz desde a infância a essas fórmulas grotescas, se não tem por si a luz da filosofia, fica condenado para sempre a não compreender, e menos conceber, a verdadeira ideia religiosa.

E agora veja v. exa. mais: há muito bom cristão que compara as nossas práticas católicas com as dos ritos dissidentes, e, para não mentir ao coração, dá preferência a estas por vê-las símplices, severas, graves, próprias do culto de Deus.

E realmente a diferença é considerável.

Note bem, exmo. sr., que eu me refiro somente às excrescências da nossa Igreja católica, à prostituição do culto entre nós. Estou longe de condenar as práticas sérias. O que revolta é ver a materialização grotesca das coisas divinas, quando elas devem ter manifestação mais elevada, e, aplicando a bela expressão de são Paulo, estão escritas não com tinta, mas com o espírito de Deus vivo, não em tábuas de pedra, mas em tábuas de carne do coração.

O remédio a estes desregramentos da parte secular e eclesiástica empregada no culto da religião deve ser enérgico, posto que não se possa contar com resultados imediatos e definitivos.

Pôr um termo às velhas usanças dos tempos coloniais, e encaminhar o culto para melhores, para verdadeiras fórmulas; fazer praticar o ensino religioso como sentimento e como ideia, e moralizar o clero com as medidas convenientes, são, exmo. sr., necessidades urgentíssimas.

É grande o descrédito da religião, porque é grande o descrédito do clero. E v. exa. deve saber que os maus intépretes são nocivos aos dogmas mais santos.

Desacreditada a religião, abala-se essa grande base da moral, e onde irá parar esta sociedade?

Sei que v. exa. se alguma coisa fizer no sentido de curar estas chagas, que não conhece, há de ver levantar-se em roda de si muitos inimigos, desses que devem-lhe ser pares no sofrimento e na glória. Mas v. exa. é bastante cioso das coisas santas para olhar com desdém para as misérias eclesiásticas e levantar a sua consciência de sábio prelado acima dos interesses dos falsos ministros do altar.

V. exa. receberá os protestos de minha veneração e me deitará a sua bênção.

não assinado
Jornal do Povo, *Rio de Janeiro*, ano I, nº 3, 18/04/1862

Flores e frutos

Poesias por Bruno Seabra, 1862, Garnier, editor

Li há muito tempo um livrinho de versos que tinha por título *Divã*, e que estava assinado por Augusto Soromenho. O título do livro era o mesmo de uma coleção de poesias de um poeta turco, creio eu. Achei-lhe graça, facilidade, e sobretudo novidades tais, que tornavam os versos de Soromenho de uma beleza única no meio de todos os gêneros.

O livro que o sr. Bruno Seabra acaba de publicar sob o título de *Flores e frutos* veio mostrar-me que o gênero e as qualidades do Soromenho podiam aparecer nestas regiões com a mesma riqueza de graça, facilidade de rima e virgindade de ideias. Abrangendo mais espaço do que a brochura do *Divã* os versos do sr. B. Seabra respondem a diversos ecos do coração ou do espírito do poeta. A esta vantagem do sr. B. Seabra junte-se a de haver no poeta brasileiro certos toques garrettianos mais pronunciados do que no poeta portuense. Demais, o livrinho de Soromenho era um desenfado; o livro do sr. B. Seabra é um ensaio, uma prova mais séria para admissão no lar das musas.

A própria divisão do livro do sr. B. Seabra exprime o maior espaço que a sua inspiração abrange. A primeira parte intitula-se *Aninhas*; a segunda, *Lucrécias*; a terceira, *Dispersas*. Na primeira estão compreendidas as impressões frescas da mocidade e as comoções ingênuas e cândidas do coração do poeta. A sua musa vaga pela margem dos ribeiros e pelos vergéis onde absorve a santa e vivificante aura do amor. A ingenuidade dos afetos está traduzida na simplicidade da expressão. É a poesia *loura* de que fala um crítico eminente. Essa, quando verdadeira e simples, é rara e inestimável. Poucos a têm simples e verdadeira; e os que à força de torturarem a imaginação querem alcançar e produzir aquilo que só da espontaneidade do coração e da natureza do poeta pode nascer, apenas conseguem arrebicar a inspiração sem outro resultado. É o caso do pintor antigo que buscava enriquecer a sua estátua de Vênus não podendo imprimir-lhe o cunho da beleza e da graça.

Esta qualidade, quaisquer que sejam as reservas que a crítica possa fazer, é um motivo pelo qual saúdo com entusiasmo o livro do sr. B. Seabra.

A poesia "Na aldeia", a primeira da primeira parte, parece destinada a dar a ideia resumida do sentimento que inspira as *Aninhas*. Veja o leitor esta estrofe:

> Olha! que paz se agasalha
> Nesta casinha de palha,
> À sombra deste pomar!
> Olha! vê! que amenidade!
> Abre a flor da mocidade
> Na soleira deste lar!

E esta outra:

> Que valem vaidosos fastos,
> Quando os corações vão gastos
> De afetos, de amor, de fé?
> A ventura verdadeira
> Vive à sombra hospitaleira
> Da casinha de sapé.

Entremos na segunda parte. Cala-se o coração do poeta. A primeira poesia, "Nós e vós", recomenda logo ao leitor as demais *Lucrécias*.

"Teresa", "Moreninha", "A filha do mestre Anselmo", "Inês" são composições de notável merecimento. "Teresa" e "Moreninha" principalmente.

Sinto não poder transcrevê-las aqui. O poeta assiste à saída de Teresa e seu noivo da igreja onde se foram casar:

> Olhem como vem pimpona!
> É uma senhora dona,
> Reparem como ela vem...

Depois de notar a mudança que o casamento havia operado na volúvel Teresa diz-lhe o poeta:

> Adeus, senhora Teresa!
> Salve o pobre na pobreza
> Que isso não lhe fica bem.
> Soberba com seu marido,

> Soberba com seu vestido,
> Deixe-se de soberbias,
> Lembre-se daqueles dias
> À sombra dos cafezais...
> Descora... não tenha medo!
> Vá tranquila, que o segredo
> Da minha boca... jamais...

Tenho míngua de espaço. Citarei apenas esta primeira estrofe da *Moreninha*, como amostra de graça e facilidade:

> — Moreninha, dá-me um beijo?
> — E o que me dá, meu senhor?
> — Este cravo...
> — Ora, esse cravo!
> De que me serve uma flor?
> Há tantas flores nos campos!
> Hei de agora, meu senhor,
> Dar-lhe um beijo por um cravo?
> É barato; guarde a flor.

As "Cinzas de um livro", com que o poeta pôs fecho ao livro, revela as qualidades de forma de todos os versos, mas não me merece a menção das páginas antecedentes: "Cinzas de um livro" é o contraste de *Aninhas; Aninhas* me agradam mais, pelo sentimento que inspiram e pelas impressões que deixam no espírito de quem as lê.

Reservas à parte, as *Flores e frutos* do sr. B. Seabra revelam um talento que se não deve perder e que o poeta deve às musas pátrias. Não dá animações quem precisa de animações, com títulos menos legítimos, é verdade; mas tudo quanto um moço pode dar a outro, eu lhe darei, apertando-lhe sincera e cordialmente a mão.

M. A.
Diário do Rio de Janeiro, *30/06/1862*

O dia dois de dezembro de 1862

O aniversário do imperador foi este ano muito brumal. Todo o dia choveu e esteve a atmosfera sombria. Os festejos consistiram, além das salvas de estilo e do *Te-Deum*, no cortejo, que dizem ter sido muito concorrido pela *militança* (não admira, atendendo à lista das promoções do exército e da armada), em bandeiras, música e iluminação na frente do quartel do campo da Aclamação, na inauguração do retrato do monarca na sala das sessões da Companhia da Estrada de Ferro de D. Pedro II, e na da Imperial Sociedade de Beneficência Protetora dos Guardas Nacionais, finalmente na representação, com a presença de ss.mm. Imperiais, da comédia de Emílio Augier. *As leoas pobres*, dada no Teatro Lírico (*provisório permanente,* vulgo o *barracão do*

Campo) pela companhia do Ateneu Dramático, que assiste habitualmente na sala de S. Januário nos *confins* da praia de d. Manuel.

Da parada, que devia efetuar-se à tarde, s.m. dispensou a Guarda Nacional. Algumas pequeninas publicações tinham solicitado essa dispensa; demais choveu na noite antecedente, e no dia, como dissemos: e o imperador que, com a sua costumada benevolência, está sempre disposto a aliviar os seus súditos de tudo o que lhes possa trazer algum dano, principalmente quando só dele depende aliviá-los, quando o objeto a ela especialmente diz respeito, como a parada de que se trata, ordenou a dispensa.

* * *

Falamos nas promoções do Exército e da Armada. Felizmente houve só isso, e já há algum tempo não viemos aquelas *carradas de graça,* com que o governo as fez ir perdendo da valia, e com que tão mal habituou o povo, ainda ao presente andam muitos de antemão a indagar se há *graças*, e os famintos delas (que os há e em não pequena quantidade) esperam pelos aniversários da família imperial, como os judeus esperavam pelo maná do céu.

Se porém já se tem ganho alguma coisa neste sentimento, ainda assim nos parecem pouco convenientes essas listas de promoções, para as quais não achamos explicação, e a não ser recordação da velha usança, um desejo de não acabar com o ruim vezo. Compreendemos que o monarca, em um ou outro dos aniversários de sua família, queira dar a alguns de seus súditos uma prova de apreço, de reconhecimento de serviços e para isto se sirva de alguns títulos ou de alguns cargos de sua casa. É natural, e isto depende da vontade imperial. Mas as promoções, que são prescritas em lei, para que demorá-las? Quando um militar, de terra ou de mar, tem adquirido o direito de ser promovido, e quando há vaga que preencher, para que obrigá-lo a esperar para um dia em que devam também ser contemplados outros, que só mais tarde adquiriram direitos e que vem assim a ficar igualados em antiguidade? Não seria mais justo fazer as nomeações à proporção que os indivíduos se achassem no caso de ser promovidos?

* * *

Voltemos agora ao teatro, última parte dos festejos do dia. O salto não é grande; porquanto, como já se tem dito e redito, não é o mundo um teatro, de que as salas de espetáculo são apenas miniaturas? E vamos ter já uma prova na própria sala do *Provisório*. Com efeito a sala estava quase vazia; e de trajes de gala, distintivos de cargos públicos e de pessoas da corte, além dos ministros e dos semanários que acompanhavam ss.mm., só vimos o chefe de polícia e um dos seus delegados, mais dois ou três oficiais do Exército, não contando os da guarda do imperador, os quais ocupavam os camarotes da 1ª ordem que lhes costumam ser reservados à entrada da sala. Pois tanta gente que pertence à corte do imperador e da imperatriz, tantos que lhes devem graças, mercês, benefícios ou sinais de complacência ou de afeto, esquecem-se de ir ali, não só para tributarem homenagem aos soberanos, cuja corte formam, senão também para darem um sinal de gratidão?!

Nem o espetáculo podia influir em semelhante ausência; porque em tal caso não é o espetáculo que convida, é o dia, é a solenidade, é a lembrança. É verdade que choveu; e a chuva e o carregume da atmosfera têm o poder até de resfriar as revoluções e as guerras, quanto mais a gratidão já fria. Mas nem isto pôde ainda servir de desculpa; indivíduos da corte com as galas respectivas não iriam a pé ao teatro, nem mesmo com o mais belo tempo. Cremos (é triste, mas fundado) que ainda com uma noite brilhante seria o mesmo ou quase.

— Ah! se o imperador tivesse mais um pouco de franqueza!...

* * *

Ao aparecimento de suas majestades no seu camarote, rompeu o Hino Nacional, que foi seguido de meia dúzia de chochos vivas (nem mais podia dizer, atento ao *numeroso* concurso), e de uma coisa recitada de um camarote por um P, que teve o talento de não gastar por muito tempo a paciência dos ouvintes. Essa coisa era um soneto, já visto pela manhã nas gazetas. Fazemos votos a Deus para que dê ao vate o que lhe falta. A orquestra executou ainda uma sinfonia; fora mais próprio, a nosso ver, que logo após o hino se tivesse levantado o pano. Representou-se finalmente a comédia, tocando ao piano, em intervalos, o sr. Hugo Bussmeyer, hábil pianista alemão, ainda moço, uma fantasia sobre motivos da ópera brasileira *A noite do castelo* e umas variações do Hino Nacional.

A comédia *As leoas pobres* não era talvez muito própria para o dia que se solenizava; mas a este respeito a Companhia do Ateneu pôde dizer que não é subsidiada, e portanto dando o que tinha mais novo no seu repertório, já não fazia pouco. Não lho podemos levar a mal; menos e pior dava muitas vezes o sr. João Caetano dos Santos, e recebia uma gorda subvenção.

M.
A Semana Ilustrada, Rio de Janeiro, nº 104, 07/12/1862

Parte literária
Revelações

Poesias de A. E. ZALUAR, Garnier, editor — 1863

Dois motivos me levam a falar do livro do sr. A. E. Zaluar; o primeiro, é o próprio merecimento dele, a confirmação que essas novas páginas trazem ao talento do poeta; o segundo, é ser o autor das *Revelações* um dos que conservam mais viva a fé poética e acreditam realmente na poderosa influência das musas.

Parece, à primeira vista, coisa impossível, um poeta que condene a sua própria missão, não acreditando nos efeitos dela; mas, se se perscrutar cuidadosamente, ver-se-á que este fenômeno é, não só possível, como até não raro.

O tom sinceramente elegíaco da poesia de alguns dos mestres contemporâneos deu em resultado uma longa enfiada desses filhos das musas, aliás talentosos, em cuja lira a desconfiança e o abatimento tomam o lugar da fé e da aspiração.

Longe a ideia de condenar os que, após longa e dolorosa provação, sem negarem a grandeza de sua missão moral, soluçam por momentos desconsolados e desesperançados. Desses sabe-se que a cada gota de sangue que lhes tinge os lábios corresponde um rompimento de fibras interiores; mas entre esses sofrimentos, muitas vezes não conhecidos de todo, e o continuado *lama sabactani* dos pretendidos infelizes há uma distância que a credulidade dos homens não deve preencher.

Não se contesta às almas poéticas certa sensibilidade fora do comum e mais exposta por isso ao choque das paixões humanas e das contrariedades da vida; mas não se estenda essa faculdade até à *sensiblerie,* nem se confunda a dor espontânea com o sofrimento calculado. A nossa língua tem exatamente dois termos para exprimir e definir essas duas classes de poetas; uns serão a *sensibilidade,* outros a *suscetibilidade.*

Destes últimos não é o autor das *Revelações* o que no tempo presente é um verdadeiro mérito e um dos primeiros a serem apontados na conta da análise.

Análise escapa-me aqui, sem indicar de minha parte intuito determinado de examinar detida e profundamente a obra do sr. Zaluar. Em matéria de crítica o poeta e o leitor têm direito a exigir do escritor mais valiosos documentos que os meus; esta confissão, que eu sempre tenho o cuidado de repetir, deve relevar-me dos erros que cometer e dispensar-me de um longo exame. É como um companheiro da mesma oficina que eu leio os versos do poeta e indico as minhas impressões. Nada mais.

O primeiro volume com que o sr. Zaluar se estreou na poesia intitulava-se *Dores e flores;* foi justamente apreciado como um primeiro ensaio; mas desde então a crítica reconheceu no poeta um legítimo talento e o admitiu entre as esperanças que começavam a florir nesse tempo.

As torturas de Bossuet para descrever o sonho da heroína servem-me de aviso nesta conjuntura, mas tiram-me uma das mais apropriadas figuras, com que eu poderia definir o resultado mau e o resultado bom dessas esperanças nascentes.

Direi em prosa simples que o autor das *Dores e flores* foi das esperanças que vingaram, e pode atravessar os anos dando provas do seu talento sempre desenvolvido.

O que é pena (e é essa a principal censura a fazer, às *Revelações*) é que durante o longo período que separa os dois livros o poeta não acompanhasse o desenvolvimento do seu estro com maior cópia de produções, e que no fim de tão longa espera o novo livro não traga com que fartar largamente tantos desejos. Mas, sendo assim, o que resta aos apreciadores do talento do poeta é buscar no insuficiente do livro as sensações a que ele os acostumou.

Para ser franco cumpre declarar que há reservas a fazer, e tanto mais notáveis, quanto que se destacam sensivelmente no fundo irrepreensível do livro. Mais de uma vez o poeta, porque escrevesse em horas de cansaço ou fastio, sai com a sua musa das regiões etéreas para vir jogar terra à terra com a frieza das palavras; esses abatimentos, que, por um singular acaso, na divisão do livro acham-se exatamente em ordem a indicar as alternativas dos voos da sua musa, servem, é certo, para pôr mais em relevo as suas belezas incontestáveis e as elevações periódicas do seu estro.

Pondo de parte esses fragmentos menos cuidados, detenho-me no que me parece traduzir o poeta. Aí reconhecem-se as suas qualidades, sente-se a sua poesia melodiosa, simples, terna; a sua expressão conceituosa e apropriada; a abundância contida do seu estro. Sempre que o poeta dá passagem às comoções de momento, a sua poesia traz o verdadeiro e primitivo sabor, como na "Casinha de sapé" e outras.

A parte destinada à família e ao lar, que é por onde começa o livro, traz fragmentos de poesia melancólica, mas não dessa melancolia que anula toda a ação do poeta e faz ver na hora presente o começo de continuadas catástrofes. É esse um assunto eterno de poesia; a recordação da vida de criança, na intimidade do lar paterno, onde as mágoas e os dissabores, como os raios, não chegam até as plantas rasteiras, não passando dos carvalhos; essa recordação na vida do homem feito é sempre causa de lágrimas involuntárias e silenciosas; as do poeta são assim, e tão medrosas de aparecer, que essa parte do livro é a menos farta.

Efêmeras é o título da segunda parte do livro. Aí reuniu o poeta as poesias de assunto diverso, as que traduzem afetos e observações, os episódios íntimos e rápidos da vida. "Arrufos" é uma das poesias mais notáveis dessa parte; é inspirada visivelmente da musa fácil de Garrett, mas com tal felicidade, que o leitor, lembrando-se do grande mestre, nem por isso deixa de lhe achar um especial perfume.

Não acompanharei as outras efêmeras de merecimento, como sejam *A confissão*, *Perdão* etc. O livro contém mais duas partes; uma, onde se acham algumas boas traduções do autor, e versos que lhe são dedicados por poetas amigos; outra que toma por título *Harpa brasileira*, onde estão as poesias "Casinha de sapé", "O ouro", "O filho das florestas", "A flor do mato", "Os rios" etc.

Da *Casinha de sapé* já disse que é uma das melhores do livro; acrescentarei que ela basta para indicar a existência do fogo sagrado no espírito do poeta; a melancolia do lugar é traduzida em versos que deslizam suave, espontânea e naturalmente, e a descrição não pode ser mais verdadeira.

Para apreciação detida do leitor, dou aqui algumas dessas estrofes:

No cimo de um morro agreste,
Por entre uns bosques sombrios,
Onde conduz uma senda
De emaranhados desvios,
Uma casinha se vê
Toda feita de sapé!

Suave estância! Parece,
Circundada de verdura,
Como um templo recatado
No seio da espessura;
Naqueles ermos tão sós
Não chega do mundo a voz!

Apenas uma torrente,
Que brota lá dos rochedos,
Murmura galgando as penhas,
Suspira entre os arvoredos!
Tem ali a natureza
A primitiva beleza!

Lá distante... inda se escuta
Ao longe o bramir do mar!
Ouvem-se as vagas frementes
Nos alcantis rebentar!
Aquele eterno lamento
Chora nas asas do vento!

Mas na casinha, abrigada
Pelos ramos das mangueiras,
Protegida pelas sombras
Dos leques das bananeiras,
Aquele triste clamor
É como um gênio de amor!

Eu e Júlia nos perdemos
Na senda, uma vez, do monte;
Ao sol posto — cor de lírio
Era a barra do horizonte;
Toda a terra se cobria
Dum véu de melancolia!

O meu braço segurava
O seu corpo já rendido
Às emoções, ao cansaço,
Como que desfalecido.
Seus olhos com que doçura
Se banhavam de ternura!

Paramos no tosco âng'lo
Da montanha verdejante.
Era deserto. Não tinha
A ninguém por habitante!
Só no lar abandonadas
Algumas pedras tisnadas!

"A flor do mato", "O ouro", "O filho das florestas" são também, como esta, de mérito superior.

No prefácio do livro, o sr. Zaluar dá a poesia *Os rios* como o elo entre os seus volumes publicados e outro cuja publicação anuncia. Aí pretende ele entrar na contemplação séria da natureza e do infinito. Tendo atingido à completa virilidade do seu talento, o autor das *Revelações* compreende, e compreende bem, que é hora de sair inteiramente do ciclo das impressões individuais. Já, como ele mesmo observa, algumas das poesias deste livro fazem pressentir essa tendência.

Direi que já era tempo, e, sem a menor intenção de fazer um cumprimento ao poeta, acrescento que a poesia ganhará com os seus prometidos tentâmens.

E se fosse dado a qualquer indicar caminho às tendências do poeta e modificar-lhe as intenções, eu diria que, não só a essa contemplação do infinito e da natureza, mas também à descoberta e consolação das dores da humanidade devia dirigir-se a sua musa.

Ela tem bastante comoção, nas palavras, para consolar as misérias da vida e embalsamar as feridas do coração.

Em resumo, o livro do sr. Zaluar, é, como disse ao princípio, uma confirmação de que não precisava o seu talento. A poetas como o autor das *Revelações* não há mister de exortações e conselhos; ele sabe que a condição do talento é trabalhar e utilizar as suas forças. O tempo para os dons do espírito é um meio de desenvolvimento; a inspiração que se aplica cresce e se fortalece, em vez de diminuir e esgotar-se. As *Revelações* são uma prova disto. É principalmente a respeito da poesia que tem aplicação o dito de Buffon: *A velhice é um preconceito.*

Machado de Assis
Diário do Rio de Janeiro, *30/03/1863*

Conversas hebdomadárias

A Constituinte perante a história, pelo sr. Homem de Melo
Sombras e luz, do sr. B. Pinheiro

Encetando hoje estas conversas não posso dissimular o sentimento de tristeza que me domina.

Olho em torno de mim e não vejo mais na arena aquela plêiade ardente que vinha todas as semanas, ao rés-do-chão, entrar nas justas literárias. Uns, levou-os a morte, outros prendem-se a cuidados mais sérios, alguns enfim foram-se para as justas políticas, e o folhetim, o garrido, o ameno, o viçoso folhetim perdeu os seus amigos e os seus leitores.

E contudo sempre me pareceu que o folhetim era uma função obrigatória e exclusiva, para a qual nunca devia soar a hora da morte ou a hora da política. Era um erro.

Tout arrive, dizia Talleyrand, e foi preciso que eu visse o fato para acreditar que também ao folhetim devia chegar a hora da política e a hora da morte.

Nos bons tempos do folhetim era digna de ver-se a luta.

O estímulo entrava por muito no trabalho de cada um, do que resultava trabalharem todos com maior proveito e glória. Hoje a melhor vontade há de nulificar-se no meio do caminho. É uma voz no deserto, sem eco nem competidores.

E é por isso que eu ficarei mui embaraçado se os leitores me perguntarem a que venho eu, que nem tenho as razões de talento do mais ínfimo de outrora.

Não sei, é a minha resposta; e não creio que melhor se possa dar em grande número de circunstâncias da vida.

Venho talvez para nada.

Sobre a extemporaneidade desta aparição há ainda a esterilidade dos tempos, do que se poderia tirar uma conclusão: é que se os homens não abandonassem o folhetim, o folhetim seria abandonado pelos acontecimentos.

Para conservar-se a gente segregada da repartição política, diga-me o leitor, onde irá buscar matéria?

Na imaginação, responderá, o que eu acharia bem respondido, se a imaginação fosse nestas coisas matéria-prima e não um simples condimento especial.

O que é certo é que nas notas que tomei para organizar estas páginas apenas encontro três assuntos. E pelo tom em que elas já vão escritas posso acertadamente dizer que vão *mais cheias de queixas que de caixas,* como das frotas de açúcar da Bahia anunciava o padre Antônio Vieira.

Mas é preciso dar de mão às queixas para tratar das caixas.

Resume-se a minha bagagem da semana em dois livros e uma estreia.

O primeiro dos livros é uma reivindicação histórica escrita pelo sr. Homem de Melo, um dos mais notáveis talentos nacionais, no qual o verdor dos anos corre de par com a erudição e a proficiência literária. O título do livro é *A Constituinte perante a história.* Trata o sr. Homem de Melo de provar que o período da Constituinte ainda não foi justamente apreciado pelos contemporâneos.

Um desejo constante de acertar, tanto na ordem das ideias, como na ordem dos fatos, eis o que se nota nos escritos do sr. Homem de Melo. É o que eu tive ainda ocasião de notar no pequeno mas excelente artigo que ele publicou na *Biblioteca Brasileira* a respeito do golpe de Estado de 1832.

O pensamento do sr. Homem de Melo é altamente patriótico. Ele quer liquidar imparcialmente o passado para tornar mais fácil o inventário das nossas coisas aos historiadores do futuro. É difícil a tarefa, nem o sr. Homem de Melo dissimula: julgar a frio os homens de quem parece ouvir-se ainda os passos no caminho do nosso passado político, violentar as nossas afeições, modificar as nossas antipatias, é uma obra de consciência e de coragem, digna e honrosa, é certo, mas nem por isso fácil de empreender.

Compenetrado desta verdade, o sr. Homem de Melo procura e consegue evitar o perigo. Para esse resultado, em que toma parte a consciência do escritor, tenho para mim que contribui no seu tanto a índole do homem. É o sr. Homem de Melo de natural frio e meditativo. Parece que tem medo à precipitação e à involuntariedade, medo que sempre foi uma das primeiras virtudes do historiador.

Para estudiosos tais são necessários os louvores, não somente como prêmio e animação a esses, mas ainda como estímulo a outros. Que o sr. Homem de Melo prossiga nas suas investigações histórico-políticas e que outros o imitem em trabalhos tão sérios, é o mais legítimo desejo de quem ama a vitória do pensamento e da verdade.

Falei no que o historiador pode tirar da história; passarei a falar no que a história fornece ao romancista.

"Querem romances?" pergunta Guizot. "Por que não encaram de perto a história?"

***

Eis o que o sr. B. Pinheiro, romancista português, compreendeu desde que entrou no comércio das letras. *Sombras e luz,* romance histórico, que tenho diante dos olhos, é o terceiro livro deste gênero que o sr. B. Pinheiro dá à publicidade. *Arzila* e a *Filha do povo* foram os dois primeiros. Interrogar a vida pública e a vida íntima dos tempos que foram, eis a ocupação predileta e exclusiva do autor. Ele divide o tempo entre o estudo da história e o estudo dos modelos. Para descansar da consulta das crônicas vai ler Herculano e Walter Scott, seus autores favoritos; em se fatigando destes volta de novo aos in-fólios dos velhos tempos.

Sombras e luz significam as glórias e os erros do reinado de d. Manuel. Tais são as promessas que o autor nos faz no prefácio e tal é o pensamento manifesto que domina o livro. É este livro isento de defeitos? Francamente não, e o principal defeito não é decerto o pouco desenvolvimento que o autor deu às bases indicadas no prefácio.

Declarando que o seu livro é um simples ensaio de romance histórico, como os precedentes, devia contudo o autor ter em vista uma explanação mais cabal do assunto, para o que não lhe faltava nem talento nem elementos de observação.

Disto resulta que os caracteres estão desenhados apressadamente, sem aquela demorada observação que o autor nos revela em muitas páginas. Tendo de ligar a ação imaginada à tela dos acontecimentos, o autor cuidou menos dos sentimentos morais dos seus personagens, para tratar miudamente das situações e dos fatos. Em apoio desta observação citarei a visita que Eulália e Luís, de volta de Hamburgo, fazem a Duarte Pacheco. É evidente que essa visita tem por único fim apresentar em cena o herói da Índia; mas reparou o autor na inverossimilhança desta visita de dois jovens, raptados em criança para terra estrangeira, e voltando ao país natal não havia muitas horas? Eles que no exílio ocultavam-se para falar a língua pátria e que, pondo o pé em Lisboa, já vinham influenciados por uma simpatia mais terna, podiam acaso sentir aquela admiração e entusiasmo por Duarte Pacheco?

Mas deixemos este pormenor e entremos em uma apreciação mais larga. À míngua de espaço farei apenas uma observação, mas capital, no meu entender.

Eulália e Luís, embora filhos de pais diversos, nunca tiveram conhecimento desse fato e antes se acreditavam irmãos. Como irmãos foram educados e por irmãos se tiveram em terra estranha. Que melhores elementos tinha o autor para enobrecer e fazer interessar os seus personagens? A afeição fraternal, aumentada na orfandade da pátria e da família, seria neles um vínculo nobre e apertado, legítimo e natural. Não creio que de outro modo pudessem interessar mais. Nele a proteção, nela o desvelo, em ambos a dedicação mútua, eis aí uma tela que dava lugar aos quadros mais comoventes e interessantes.

Em vez disso, o autor, apenas voltam os dois irmãos a Portugal, apresenta-os como sentindo um afeto menos desinteressado que o de irmãos. É ao princípio um sintoma, mais tarde é um fato positivo que se manifesta, não já por uma cena de enleio, mas por uma cena de paixão, com todos os pormenores, sem faltar o beijo longo e absorvente.

Ora, quaisquer que sejam as razões que se apresentem em contrário, eu tenho este amor por incestuoso. Não toma a educação grande parte nestas coisas? A fé em que estavam ambos do vínculo que os unia não era um impedimento moral, não digo já à manifestação, mas ao nascimento de semelhante amor? Em duas almas bem formadas, não bastaria isso para repelir tal sentimento?

É verdade que Luís, desde o princípio, manifesta a desconfiança de que Eulália não é sua irmã; mas essa desconfiança não resulta de fato algum, é puramente uma desconfiança do coração, na qual sou forçado a ver menos involuntariedade do que parece haver. Acontece justamente aquilo que eu não quisera ver em uma obra, por muitos títulos recomendável como as *Sombras e luz*. Este amor é a glorificação dos instintos; os sentimentos morais não intervêm nele por modo nenhum.

O autor das *Sombras e luz*, quero acreditá-lo, há de convir comigo, que esta glorificação dos instintos, a despeito da vitória que lhe dê o favor público, nada tem com a arte elevada e delicada. É inteiramente uma aberração, que, como tal, não merece os cuidados do poeta e as tintas da poesia.

Faço esta observação com plena liberdade, podendo, em compensação, mencionar o muito que há para louvar nas *Sombras e luz*. Abundam nesse romance as situações dramáticas, as cenas pitorescas, o colorido da descrição; o estilo é correto, puro e brilhante; o diálogo vivo e natural.

O que sobretudo recomenda o livro e o autor é a convicção com que este se enuncia, tanto no entusiasmo pelas boas ideias e os grandes fatos, como na repulsão dos sucessos odiosos e dos princípios errôneos. É este o meio seguro de interessar o livro e arrastar o leitor.

Falo assim por experiência. Foi-me preciso ler e reler o capítulo X e a nota correspondente para dar o justo valor à ilusão em que o autor está acerca dessa formação de um tribunal comum a todos os povos e essa universalidade de dedicações à causa da verdade. Entre os que acreditam isso impossível e os que, como o sr. B. Pinheiro, estão convencidos da sua praticabilidade, há um meio-termo que é a minha opinião.

Todos devemos crer no progresso e na vitória da justiça; mas o que presenciamos atualmente não alimenta a esperança de ver a sociedade universal depender, como diz o autor, *da vontade de um governo, do governo inglês, por exemplo*.

Esse parlamento comum a todos os povos seria uma simples transformação da instituição diplomática. Haveria as mesmas influências, as mesmas cabalas, o mesmo sucesso de força numérica, a mesma violência das leis do justo e do honesto. Que o autor manifestasse a esperança de ver o mundo, após o trabalho incessante dos filósofos e dos pensadores, chegar a um estado de poder aproximar-se da realização de um tal sonho é o que assentaria bem na sua imaginação de poeta; mas daqui até lá quantas gerações não voltarão ao pó, e quantas vezes não há de a justiça cobrir o rosto de vergonha?

Nesta crítica à convicção íntima do autor é ainda um elogio que lhe faço rendendo preito à sinceridade do entusiasmo de que ele se toma pelas ideias humanitárias e grandiosas.

Em resumo, *Sombras e luz*, salvo os reparos que ligeiramente fiz, merece a atenção dos escritores; é mais uma prova que o sr. B. Pinheiro nos dá de que toma a peito aperfeiçoar-se no gênero que encetou. Estou certo de que com o talento e a observação que possui desenvolverá, mais e mais, os já tão desenvolvidos elementos que se encontram nas *Sombras e luz*.

* * *

Resta-me falar da estreia do sr. César de Lacerda, ator português, que estreou no Teatro Lírico, no papel de Carlos do *Cinismo, ceticismo e crença*.

A estreia do artista, o objeto do espetáculo (era uma obra de beneficência), a variedade do programa, o concurso de artistas como Artur Napoleão e Rafael Croner, sendo que este fazia-se ouvir pela última vez, todos esses motivos deram lugar a uma enchente de espectadores.

Minhas impressões acerca do sr. César de Lacerda foram das melhores.

Botado de uma agradável presença, sua entrada em cena foi simpaticamente recebida.

Pertence o sr. César de Lacerda a uma boa escola. O gesto natural, sóbrio, elegante; a fisionomia insinuante e móbil; a dicção correta; a gravidade, a naturalidade, eis o que faz ver no sr. César de Lacerda um minucioso e aproveitado estudo dos princípios e recursos da arte.

Fazia um papel em que uma aptidão inferior teria roçado pela exageração, e soube, sem empalidecê-lo nem exagerá-lo, dar-lhe esse tom natural e próprio que os sentidos delicados gostam de ver em tais criações.

A maneira distinta com que representou fez dissimular o timbre da sua voz, de algum modo desagradável, cujo efeito as dimensões do teatro de maneira alguma podiam atenuar.

Os aplausos que recebeu no fim da peça, mereceu-os; espero agora o seu aparecimento em um novo papel, para confirmar as impressões anteriores, ou observar o que, porventura, me sugerir a nova estreia.

Como disse acima, era a noite em que o sr. Rafael Croner se despedia de nós. Tocou umas variações no saxofone; foi como sempre. A plateia deu-lhe, nos últimos aplausos, os últimos adeuses, como eu lhos dou nessas últimas linhas, lamentando a ausência de um artista que, por seu talento e proficiência, onde pisa, conquista admiradores.

M. A.
Diário do Rio de Janeiro, 24/08/1863

Notícia bibliográfica

Peregrinação pela província de São Paulo por A. E. ZALUAR, 1863, Garnier, editor

Não sei que haja muitas coisas acima do prazer de viajar. Viajar é multiplicar a vida. De país em país, de costumes em costumes, o homem que nasceu com propensão e gosto para isso, renova-se e transforma-se. Mas, fique bem claro, é preciso ter gosto e propensão; é preciso ser poeta; os lorpas também viajam; mas, porque lhes falta o dom natural de apreciar e sentir as coisas, aborrecem-se por vaidade, ou divertem-se por aberração.

Aos que não podem ir ver com os olhos da carne as terras e os costumes alheios, reserva-se um prazer, um tanto ilusório, mas, ainda assim, suficiente para almas de boa têmpera: é a narração dos viajantes poetas. Diante de um livro de viagens, escrito por um poeta, o homem reparte-se; deixa em casa a *outra* de Xavier de Maistre, e vai todo nas asas da imaginação aos lugares perlustrados pelo escritor.

Estou no caso; e não poucas vezes tenho empreendido excursões dessa natureza. Devo dizer que sou em extremo exigente: não quero perder de vista o viajante de modo tal que o livro me pareça romance; nem tê-lo tão presente que me faça crer que estou lendo uma autobiografia. Quero o viajante em um meio-termo, desaparecendo, quando é a vez da natureza, dos costumes ou dos fatos, e aparecendo, quando se torna preciso apreciá-los ou explicá-los.

Apesar do título restrito e das desculpas do prefácio, o *Itinerário de Paris a Jerusalém* é, em algumas páginas, um livro para fazer sentir, e está perfeitamente no caso. Sempre que li a passagem do poeta pelo solo de Esparta, senti com ele a veneração e o respeito diante da última ruína da pátria de Licurgo. Não sei que mola oculta me fazia voltar aos tempos que se foram e me punha diante dos heróis antigos. Igual comoção me tomou diante do *tumulus* do cantor de Ílion. As coisas e os monumentos são de si veneráveis e poéticos; mas, se uma pena mágica os não retratasse e referisse, é certo que os sentimentos se revelariam tíbios e por metade.

E já que falo do *Itinerário,* deixem-me citar o autor, em apoio do que asseverei acima. Tanto é verdade que o escritor não deve ser açodado em aparecer de contínuo nas suas narrativas, que o próprio Chateaubriand lá diz no prefácio que o desculpem de *falar muitas vezes de si, mas é que não intentava dar aquelas páginas à publicidade.*

Estas considerações vêm muito a propósito encabeçando a *Peregrinação pela província de São Paulo,* do sr. A. E. Zaluar, onde o preceito é, a um tempo, respeitado com severidade e infringido com muita frequência. Todavia, não esqueçam a natureza do livro: não é precisamente um livro de viagem, escrito com a intenção e no ponto de vista das obras desta natureza. É uma coleção de cartas, lavradas à proporção que o poeta visitava um município; no lugar em que descansava, à noite, anotava as impressões recebidas durante o dia. É propriamente um itinerário, mas um itinerário de poeta, onde o rio, a floresta, a montanha não passam sem o tributo da poesia e do coração.

Pede a verdade que se diga que quando o poeta avista a natureza, dá-lhe a saudação devida, mas de cima do seu cavalo; não se apeia para penetrar nela. Vê-se que ele tem pressa de chegar à pousada, e que antes de lá chegar tem uma estrada para examinar e uma reflexão econômica ou administrativa para fazer.

Esta última observação é toda em louvor da obra do sr. Zaluar. Os que gostam de sentir os influxos da poesia que as florestas de nossa terra oferecem, lá encontram com que satisfazer o espírito; mas, atravessando rapidamente os municípios da província de São Paulo, o poeta nunca perde de vista o fim e a causa da viagem.

Era então redator do *Paraíba,* e escrevendo em cartas as suas impressões, tinha por fim apontar nas colunas daquela folha, que tão importante era, muitas questões de ordem prática, resolver algumas, suscitar outras, enfim tirar das suas excursões uma base para estudos futuros de incontestável proveito e oportunidade.

Se por circunstâncias que não vêm a pelo esmerilhar, a folha de Petrópolis cessou, e o fim do jornalista viajante ficou malogrado, nem por isso as cartas perderam do que valiam e do que poderiam valer. As questões suscitadas ou estudadas não são especiais aos lugares e aos tempos; existem hoje do mesmo modo e com a mesma importância. Nem o autor as restringe; quando as indica, tira os corolários gerais e procura ampliar os seus estudos pela universalidade das aplicações. É, portanto, um livro atual e genérico.

Isto no que respeita às considerações de ordem prática. No resto, como já disse, há muito que apreciar. Os desenhos rapidamente lapisados, à proporção que as telas naturais passavam à ilharga do poeta; as lendas poéticas dos lugares introduzidas com felicidade no livro; o estudo dos costumes, a história dos edifícios, tudo isso se acha travado de modo a estabelecer a diversão para interessar mais o leitor.

Não se perca de vista o título destas linhas: é uma simples notícia bibliográfica. Nem o tempo, nem os meios intelectuais me dão lugar para coisa melhor. Sou obrigado a terminar, remetendo os leitores para a obra, e afirmando-lhes que não se hão de arrepender. Tenho por inútil uma recomendação mais calorosa. Quando um escritor de talento consegue a justa nomeada do sr. A. E. Zaluar, o próprio nome é a sua recomendação.

O sr. A. E. Zaluar não descansa; é um trabalhador infatigável. Compreende que o *talento obriga* e não se esquece nunca de que tem uma missão a desempenhar. Pode estar certo de que, tarde ou cedo, deste ou daquele modo, terá o proveito das tenacidades conscienciosas.

M. A.
Diário do Rio de Janeiro, 16/11/1863

Correspondência

Rio de Janeiro, 10 de abril de 1864

Nem exórdio, nem programa. A data serve de exórdio e o meu programa é do jornal.

Se devo começar por alguma notícia importante corro o risco de não começar nada, porque, afora um ou outro incidente, nunca esta capital esteve tão insípida, mais vazia de sucessos, mais erma de acontecimentos.

A política é o que mais prende a atenção: mas, se exceturamos algumas ocorrências parlamentares, tudo o mais não passa de boatos e conjeturas.

Houve há dias uma interpelação na Câmara temporária acerca dos negócios do Estado Oriental. A interpelação partiu dos deputados Evaristo e Néri. O governo, pelo órgão do Ministério dos Negócios Estrangeiros, declarou que estava com os olhos voltados para o Rio da Prata, mas que não podia desde já fazer uma intervenção armada. A discussão foi animada. Referiram-se fatos revoltantes praticados pelas autoridades legais da República contra súditos brasileiros, roubos, saqueios, assassinatos e até surras!

Da imprensa apenas o *Diário do Rio* e o *Espectador* se pronunciaram a este respeito. Ambos advogam a política de intervenção, não pelo simples e pueril gosto de intervir nos negócios alheios, mas pela necessidade de dar proteção a 40.000 brasileiros que se acham na Banda Oriental.

Cuido que se vai proceder pela via diplomática às necessárias reclamações. Se elas não surtirem efeito parece que o governo lançará mão dos meios extremos; é isso o que se deduz de uma declaração ministerial feita no Senado. Ora, eu creio que este há de ser o resultado, porque eu não acredito no efeito da diplomacia nestes negócios do Rio da Prata.

Houve no Senado outra interpelação e ainda sobre negócios estrangeiros. Tratou-se ali ontem da mediação portuguesa no conflito entre o Brasil e a Inglaterra. Já em uma sessão anterior, por ocasião de apresentar o seu requerimento de interpelação, orou o sr. Pimenta Bueno, censurando o governo por não ter aceito há mais tempo a mediação portuguesa, visto constar dos jornais ingleses e de cartas e correspondências que o governo britânico aceitaria essa mediação.

Na ocasião em que se apresentou esse requerimento, só o ministro da Justiça estava presente e coube-lhe portanto tomar a palavra para responder, o que fez ontem.

As declarações do ministro e as novas objeções do sr. Pimenta Bueno podem resumir-se do modo que abaixo segue. Devo acrescentar que foram apresentadas pelo sr. Zacarias duas notas ainda não conhecidas: uma do conde do Lavradio, ministro português em Londres, oferecendo a mediação, outra do conde Russell respondendo a essa nota.

Disse o sr. presidente do Conselho:

Que *lord* John Russell, na nota ao conde do Lavradio, ministro português em Londres, não declarou se aceitava a mediação, limitando-se apenas a dizer que o governo da rainha teria muito prazer se essa mediação produzisse bom resultado.

Que do mesmo modo pronunciou-se *lord* Russell na Câmara dos Lordes.

Que o sr. Lavradio, dois dias depois, dizendo que estava aceita a mediação, não fez mais do que emitir um juízo pessoal, tirar essa conclusão das palavras de *lord* Russell, mas que isso não era aceitação categórica.

Que, ultimamente, a declaração do sr. Layard, mudou de natureza; referindo-se à fala do trono do Brasil asseverou categoricamente que a mediação estava aceita. Esta foi uma interpretação oficial, dada por um subsecretário do Estado, à inteligência dos fatos anteriores.

Que não devendo o governo ofendido dar o primeiro passo para a reconciliação, bem andou o gabinete passado em exigir a aceitação prévia do governo inglês.

Que, estando hoje fora de dúvida, a aceitação da mediação por parte do governo inglês, não pode o governo imperial deixar de aceitá-la também.

Finalmente, quanto ao artigo do *Diário Oficial* a que alude o sr. Pimenta Bueno, declarou que esse artigo não era oficial, mas da redação da folha, pois que o mesmo *Diário* já havia declarado o ano passado que as notícias estrangeiras, parte comercial etc. etc. eram da simples responsabilidade da redação.

A isso respondeu o sr. Pimenta Bueno.

Que as duas notas reveladas pelo sr. presidente do Conselho são a coisa única ainda não conhecida; mas que dos fatos de que elas tratam, já a imprensa e o Parlamento de Inglaterra haviam tratado.

Que não pode compreender porque o governo imperial não considerou as palavras de *lord* Russell como aceitação, atendendo-se a que, em língua diplomática, elas não podiam exprimir outra coisa.

Que a declaração do sr. Layard, subsecretário de Estado, não podia ser uma opinião pessoal, mas uma declaração expressa do governo britânico.

Que, sendo assim, o terreno é o mesmo, e o governo imperial não faz mais do que aceitar hoje aquilo que em outra ocasião escrupulizava aceitar.

Que, resolvendo o governo agora aceitar aquilo que outrora recusou, não é a linguagem do *Diário Oficial* a mais própria para encaminhar um bom resultado no reatamento das relações entre os dois países.

Que a significação do artigo da referida gazeta dada pelo sr. presidente do Conselho não pode ser aceita por ninguém, e, que declinando s. ex. como lhe parecer a responsabilidade ministerial, não deve dar jamais semelhante razão a nenhum ministro estrangeiro, porque esse não a aceitara.

Que esta discussão tem alguma utilidade e pode ter um resultado: não exigir-se da Inglaterra senão aquilo que for justo e honroso para os dois países.

A questão ficou terminada deste modo.
Cifra-se nisto o movimento político destes últimos dias,
Houve no dia 4 nos salões do *Club* um sarau literário e musical dado pelo conselheiro José Feliciano de Castilho em despedida ao dr. João Cardoso de Meneses e Sousa. Esteve brilhante e animado. O auditório era dos mais escolhidos. Homens de letras, homens de política, poetas, prosadores, deputados, senadores; clero, nobreza e povo. Recitaram nessa noite, verso ou prosa, os srs. Quintino Bocaiúva, Castilho (José), dr. Pedro Luís, M. de Melo, F. X. de Novais, dr. Luís Fortunato, Machado de Assis, dr. João Cardoso, Ernesto Cibrão, Bitencourt da Silva, dr. De Simoni, J. J. Teixeira, e outros que não me ocorrem agora. Esta festa acabou pelas duas horas da noite.

Já que estou no capítulo da literatura deixe-me falar de um volumezinho que há dias desafia a curiosidade dos passantes, nas vidraças do Garnier.

Intitula-se *Diva*.

É um romance do autor da *Lucíola*. Todos se lembram do barulho que fez a *Lucíola*. Terá este a mesma fortuna? Ouso duvidar. *Lucíola* tinha mais condições de popularidade. Primeiramente, assentava sobre o princípio da beleza moral no meio da perversão dos sentidos, princípio já gasto, mas que, segundo suponho, ainda dará tema a muitos livros. Não entro na discussão dele. *Lucíola* tinha mais a qualidade de ter uma ação complexa, movimentos dramáticos, mais profunda análise de sentimentos.

Diva tem uma ação mais simples e não tem movimentos dramáticos. Não se conclua daqui que eu a rejeito por isso; *Diva* como *Lucíola* não é precisamente um romance, é um estudo, é um perfil de mulher. Em escritos tais a complexidade é antes um desvio que um acerto. Mas eu explico assim os meus receios acerca do efeito do livro. Não basta para o sucesso das massas uma linguagem fluente e colorida, posto que nem sempre pura e castigada; nem ainda os toques delicados com que o autor da *Diva* tratou de completar a sua heroína.

Diva é a exaltação do pudor. Para um público afeito a outro gênero, isto é já um elemento de mau êxito. Foi o autor sempre igual no desenvolvimento da ideia capital? É Emília um tipo completo da pudicícia? O desenvolvimento e a demonstração da minha opinião me levaria longe; mas creio poder dizer de passagem que se Emília não descende do pedestal de castidade em que o autor a coloca, todavia leva os seus sentimentos de pudor a um requinte pueril, a uma pieguice condenável. Longe de mim a ideia de condenar a exageração, isto é a interpretação na arte; o contrário disso é o realismo, e o autor da *Diva* não parece disposto a abandonar a escola sob cujos influxos escreveu a *Lucíola*. Mas, entre a interpretação dos sentimentos e dos fatos, e as preocupações pueris de Emília, há muita distância. O fim da interpretação na arte é tornar os fatos e os sentimentos inteligíveis; ora o que se observa em *Diva* não é de natureza a produzir este resultado.

Devemos atribuir todos os atos, todos os movimentos de Emília aos seus sentimentos de pudor? Uma leitura atenta leva o espírito a uma conclusão contrária. Mais de uma vez o autor compraz-se em pintar a heroína como um tipo de altivez. Eu creio que, sem suprimir-se o pudor, é a altivez que devemos atribuir muitas vezes às resoluções do espírito de Emília.

O autor reconhece tanto a incerteza e a vacilação do caráter de Emília, que faz dizer a Augusto, em cuja boca põe a narração da história: "Dirão que esta mulher nunca existiu; eu responderei que, nas salas, nunca foi compreendida assim, mas que a mim nunca se apresentou de outro modo". Não garanto o texto, mas o sentido é este.

Ora, pergunto eu: isto salva o autor e o livro? Se esta mulher singular é uma exceção, cuida o autor que pode fazer entrar as exceções no domínio da arte? As obras imortais de todos os séculos não devem a sua imortalidade exatamente ao fato de tomarem seus caracteres entre os tipos gerais?

Estes reparos feitos à pressa, como correm em um escrito desta ordem, não invalidam os merecimentos da obra. Repito, há páginas de uma deliciosa leitura, tão naturais, tão verdadeiras, tão coloridas as fez o poeta. Mas é para sentir que diante de uma obra tão recomendável a admiração não possa ser absoluta e o aplauso sem reservas.

Sobre literatura apenas acrescentarei que está em ensaios no Ginásio um novo drama do talentoso autor da *Moça rica*, o dr. Pinheiro Guimarães. Intitula-se *Punição*. Também me consta que ali se vai ensaiar, para entrar em cena logo depois da *Punição*, uma comédia do sr. Machado de Assis denominada *O pomo de discórdia*. É em três atos.

Publicou-se o *Almanack Ilustrado* da *Semana Ilustrada*. É um belo volume, ornado de gravuras de madeira, trabalho dos discípulos do Instituto Artístico, dos Fleiuss, Irmãos & Linde. Vinha a pelo dizer muitas palavras acerca deste estabelecimento onde os alunos são todos brasileiros e que dará muita utilidade ao país introduzindo nele uma arte nova. Mas a hora urge, basta dizer que o *Almanack* é já um belo resultado dos esforços dos srs. Fleiuss e Linde.

Consta que vão partir brevemente para a nossa estação no Rio da Prata a fragata *Amazonas*, as corvetas *Niterói* e *Imperial Marinheiro* e a canhoneira *Mearim*.

Tivemos hoje um almoço e um jantar políticos. O almoço foi dado no Hotel da Europa por alguns alagoanos ao sr. Nunes Gonçalves; o jantar foi dado pelo sr. visconde de Abaeté, presidente do Senado, ao sr. senador Teófilo Otoni.

Tendo sido aposentado o sr. conselheiro Eusébio de Queirós, cabe a vaga deixada por ele no Tribunal da Justiça ao sr. barão de Campo Grande. Neste sentido oficiou ontem o presidente do Tribunal ao governo.

Acha-se nesta corte o novo cônsul português sr. José Henriques Ferreira.

Estou certo de que esta correspondência não vai completa. As outras irão mais regularmente feitas.

Sileno
Imprensa Acadêmica, São Paulo, n° 1, 17/04/1864

Correspondência da corte

Corte, 25 de abril de 1864

Deu-se mais um passo na questão do Rio da Prata. Acaba de ser nomeado enviado extraordinário em missão especial na República Oriental do Uruguai o sr. conselheiro Saraiva. Vai como secretário o sr. deputado Tavares Bastos.

Que levará na algibeira esta missão? A paz ou a guerra? É largo o campo das conjecturas. Se consultarmos a situação econômica do Império e os interesses da política americana se conclui, e nós, forçosamente, pela paz. Se em vez disso atentarmos para a gravidade da situação, para a natureza dos interesses empenhados, para o alcance dos clamores dos nossos compatriotas na Banda Oriental, e para as disposições antipáticas da República, teremos a guerra! Ora, em que ponto de vista se voltou o governo imperial na apreciação destas causas?

Tratando-se de licença aos deputados que vão em missão, o deputado Junqueira interpelou o governo a este respeito, e o sr. presidente do Conselho respondeu que só os acontecimentos podiam determinar o resultado da missão especial. Devemos concordar que o governo não podia responder de outro modo: em prevenir a marcha futura das negociações.

A situação financeira do Império é má; mas eu não creio que qualquer circunstância, por maior que seja, deva anular os princípios de honra nacional, como não podemos igualmente anulá-los (*sic*), os interesses da política americana. Só há uma política americana possível: a que assenta no mútuo respeito da justiça e dos interesses. O Estado que as ataca está fora da lei de uma política americana.

Se estas duas razões, portanto, podem indicar caráter pacífico à missão especial, é certo que este caráter pacífico não pode ir ao ponto de confundir-se com a fraqueza. Creio sinceramente que a missão não terá tal caráter antipatriótico.

Os clamores dos brasileiros residentes na Banda Oriental chegarão ao extremo. A propriedade e a vida dos nossos compatriotas estão entregues ao capricho das autoridades da República. Dizem que o exército de Flores compõe-se em grande parte de brasileiros; mas deve-se acrescentar que esses brasileiros só tomaram as armas quando viram desaparecer das suas terras o último boi e o último abrigo.

Diante de tal situação, só um procedimento enérgico pode conduzir a um resultado satisfatório. Uma das mais importantes folhas da capital escreveu há dias um artigo sobre esta questão, encarando a questão sob outros aspectos menos sombrios. Refiro-me ao *Correio Mercantil*. Ninguém tributará mais respeito do que eu ao talento e a rara capacidade do jornalista político que dirige aquela folha; mas este respeito não vai ao ponto de aceitar as apreciações e as conclusões do artigo a que aludi.

Não são comezinhas e simples as questões que se agitaram entre o Império e a República.

Mas parecem-me, ao contrário, das mais graves que se possam agitar entre dois países. Se as espoliações, se o assassinato de nacionais são questões comezinhas, quais serão as questões máximas?

O *Correio Mercantil* acrescenta que é possível inspirar o respeito e inspirar o medo, e que raras vezes consolida e permanece o que se alcançou pela força. Nestas conclusões estou eu de acordo com aquele jornal. Devemos inspirar o respeito porque representamos a justiça. O medo é próprio dos conquistadores, e a guerra de conquista é a maior tolice e a maior iniquidade em que pode cair uma nação.

Não é gosto pueril e injusto de medir armas com a República que leva certo número de pessoas a apoiarem uma política enérgica em relação às atuais complicações do Rio da Prata. No dia em que o Império pretendesse tomar ares de roldão cairia no ridículo, porque empreenderia a guerra da conquista, a guerra da vaidade, a guerra da espoliação. Não envergonhemos mais o século xix. Mas ninguém cuida nessa guerra, ninguém acredita que esteja nos deveres e nos interesses do Brasil levar a desconfiança e o terror ao seio das nações vizinhas. Do que se trata é de fazer lembrar à República o respeito da justiça e dos deveres internacionais.

Se a missão, como todos esperamos, atender para a gravidade da situação e para a natureza destes princípios, o Brasil terá dado boas contas de si.

A missão partiu ontem a bordo do vapor *Amazonas*. Vai também o barão de Tamandaré como chefe das forças navais.

Com a missão cessou o motivo que trouxe o general Neto à capital do Império. O bravo general já partiu para o Sul. Antes de embarcar foi obsequiado com um jantar cuja iniciativa partiu de vários rio-grandenses. Lá estiveram o conselheiro Saraiva, e o deputado Tavares Bastos. Houve muitos brindes patrióticos.

Enfim o general partiu para esperar os acontecimentos.

Já que falo em missão diplomática tocarei em outra de que se fala aqui muito baixinho. Dizem que dentro de pouco tempo estará nomeado embaixador para ir a Europa contratar o casamento da princesa imperial. Acrescenta-se que o escolhido será da família dos Coburg-Gotha. Sua alteza completa dezoito anos em julho, o que me faz crer que não é verdadeira a parte do boato de que antes dos dezoito anos estará sua alteza casada. Mas, como disse, isto é apenas boato, e como tal o menciono aqui.

Nos poucos dias que decorreram entre a minha última, e esta, nenhuma ocorrência notável houve em ambas as casas do Parlamento. A discussão das leis anuais prosseguem com calma cingindo-se os oradores o mais que podem à matéria em discussão sem entrar em discussões políticas.

No Senado tem-se dado um fato raro, as leis de fixação de forças de mar e de terra têm sofrido modificações e conseguintemente vão voltar à Câmara. Esta, em vista do pouco tempo que falta para terminar a sessão, há de aprovar sem insistir nas disposições suprimidas pelo Senado. Desistirá dessas ideias? Não creio. O que me parece é que essas ideias serão objeto de projetos especiais, sofrendo assim nova discussão.

Devo acrescentar que quase todas as modificações feitas pelo Senado àquelas leis têm obtido o acordo do governo por órgão dos diversos ministros.

Faleceu o conselheiro Joaquim Francisco Vianna, senador da província do Piauí e diretor de contabilidade.

Chegou da Europa o conselheiro Ferraz e já frequenta o Senado. Que atitude tomará ele diante da nova situação? A lógica manda que seja oposicionista; e o conhecimento que já temos todos de s. ex. dá lugar a crer que há de ser oposicionista decidido e sem mercê.

Foi demitido o conselheiro Josino do Nascimento Silva. Esta notícia caiu ontem na cidade e não deixou de causar surpresa. Não se fala ainda dos motivos da demissão.

Abriu-se hoje a Assembleia Provincial do Rio de Janeiro. É uma sessão extraordinária que deve durar apenas vinte dias a fim de munir a administração provincial dos necessários meios.

Durante as sessões preparatórias a mesa e as comissões compuseram-se do modo seguinte:

Presidente:
Bernardino Alves Machado.
Secretários:
Augusto José de Castro Silva. João Gomes Ribeiro Avellar.
Comissão de Poderes:
José de Paiva Magalhães Calvet, José Pedro de Figueiredo Carvalho, José Tito Nabuco de Araújo, Santos Silveira, Augusto José de Castro Silva, Francisco Pinheiro Guimarães, Antônio Aquiles de Miranda Varejão, João Gomes Ribeiro de Avelar, Zoroastro Augusto Pamplona.

Na forma do regimento o presidente distribuiu do seguinte modo os membros da comissão:

Para examinar as eleições do 2º distrito foram indicados os srs.: Pamplona, Avelar e Santos Silveira.
Para examinar as do 3º distrito os srs.: Pinheiro Guimarães, Calvet e Varejão.
Para examinar as do 4º distrito os srs.: Figueiredo Carvalho, Castro e Silva, e Nabuco.

Acha-se em perigo de vida o bispo de Crisópolis. O *Jornal do Commercio* contou esta manhã um episódio tocante ocorrido no Palácio de São Cristóvão. Suas majestades e altezas tomaram parte no préstito do sagrado viático que ontem, às 7 horas da manhã, foi administrado ao rvm.º bispo. Este mostrou-se muito comovido com este ato. O imperador sustentou a toalha na ocasião em que o enfermo recebeu o sacramento administrado pelo cônego Cesário.

Sinto não poder ter um capítulo literário, nesta correspondência. O Rio de Janeiro não produz com frequência e só de longe em longe aparece no horizonte um livro ou um poeta.

Todavia, para que esta parte não vá de todo vazia, dir-lhe-ei que se projeta para junho um grande sarau literário e musical no *Club*, a semelhança do que ali teve lugar ultimamente. Este terá mais uma novidade; terá a presença de senhoras. Temem alguns que elas vão e não achem em tais diversões o prazer que se lhes quer proporcionar. Mas, além de não ser isto verdade, decorre mais que, desde que se intercalar a dança, tudo o que houver de inconveniente desaparecerá.

Eu de mim digo que acho acertada a presença de senhoras. Não é que eu as queira letradas e pedantes, Armandas e Belisas. O exemplo e Molière deixaram-me com opinião neste ponto. Mas se fujo de um extremo não é para cair em outro. Se as não quero *bas bleus* e falansterianas, também não acho que todas deverão limitar-se ao governo do *pot-au-feu* ou a darem resposta ao *tarte à la crème* de Arnolphe. Há um meio-termo; e nesse estou eu.

Cuido, portanto, que o sarau de junho deve ser dos mais importantes.

A *Campesina* celebrou o dia em que fez anos. É esta uma sociedade que progride consideravelmente e promete ainda muitas noites de prazer. Na última noite contentaram muitos amadores, damas e cavalheiros. Dos primeiros foram aplaudidos especialmente os srs. Redondo e Fontes.

Uma errata, meu redator. Enganei-me quando disse que nada havia em matéria de livros. Há dois. É porém verdade que não são produtos do Rio de Janeiro. O primeiro é um *Ensaio estatístico da província do Ceará,* obra do sr. senador Tomás Pompeu. Todo o Império sabe com que desvelo e distinção o ilustre cearense se entrega a este gênero de estudo. Este volume é apenas o primeiro e conta 800 e tantas páginas. É um dos trabalhos mais completos. O segundo é um livro de Varnhagen sobre que não falo por não ter dele notícia mais detalhada.

Pouco de novo em teatro. Representa-se no São Pedro um drama de grande espetáculo denominado *Cristóvão Colombo.* Dizem que o cenário e o maquinismo são de assombroso efeito, e neste ponto ainda não ouvi opinião discordante. Não censuremos a direção de um teatro que busca viver; nem ela é culpada do caminho que leva o gosto público. Já de há muito que os outros dramáticos tomam por colaboradores o maquinista, e o pintor, deixando-se vencer por eles, o que é pior. Eu não vejo esperança de reforma e acho que não se deve censurar a quem procura viver honestamente. Nada mais. Até outra vez.

Sileno
Imprensa Acadêmica, nº 5, 01/05/1864

Correspondência da corte

Corte, 6 de maio de 1864

Serei muito breve, desta vez.

No dia 3 do corrente teve lugar a solenidade do encerramento da primeira e abertura da segunda sessão da décima segunda legislatura da Assembleia Geral.

O discurso do imperador foi o seguinte:

> Augustos e digníssimos senhores representantes da nação.
> É sempre com vivo júbilo que vejo reunidas as Câmaras em Assembleia Geral.
> Anuncio-vos com prazer que trato do casamento das princesas minhas muito amadas e queridas filhas o qual espero se efetue no corrente ano.
> Em nenhuma parte do Império foi a ordem perturbada.
> O estado da saúde pública é em geral satisfatório.
> Tendo o governo britânico aceitado a mediação oferecida pelo de sua majestade fidelíssima no intuito de se restabelecerem as relações diplomáticas entre o governo do Brasil e o da Grã-Bretanha, aceitou igualmente o governo brasileiro tão graciosa oferta, esperando que em breve tenha esse negócio a desejada solução.
> Permanecem inalteradas as relações internacionais do Império com as demais potências.
> Continuando infelizmente a lavrar na República Oriental do Uruguai a guerra civil, e recrescendo as queixas de ofensas dos direitos e legítimos interesses dos nossos compatriotas ali residentes, entendeu o governo brasileiro que, sem quebra da neutralidade que nas dimensões intestinas da República vizinha lhe cumpre guardar, era do seu dever enviar

ao Estado Oriental do Uruguai uma missão especial para conseguir do respectivo governo a satisfação devida às nossas reclamações, e providências eficazes a fim de se realizarem as garantias, que as próprias leis desse Estado prometem aos que habitam seu território.

A reforma da lei de 3 de dezembro de 1841, acompanhada do melhoramento da sorte da magistratura, assim como a reforma da legislação hipotecária e da lei da Guarda Nacional, são necessidades, cujo remédio se reclama com instância.

É indispensável melhorar a legislação eleitoral, e organizar de modo conveniente a administração das províncias e dos municípios.

A Marinha de Guerra carece de uma lei de promoção.

Um sistema de recrutamento apropriado às nossas circunstâncias e um código militar de acordo com as justas exigências da disciplina são benefícios que a nação espera dentro em pouco de seus representantes.

Na ordem dos interesses materiais é digno de vossa particular atenção o prolongamento da Estrada de Ferro de Pedro II.

As rendas públicas têm crescido; mas não chegam para equilibrar a receita com a despesa do Estado, sem a adoção de medidas adequadas que confio do vosso zelo a bem da nossa pátria.

O governo observa no dispêndio dos dinheiros públicos a mais severa economia.

Augustos e digníssimos senhores representantes da nação.

Conto com a eficácia de vossos esforços para o engrandecimento do Brasil.

Está encerrada a primeira, e aberta a segunda sessão da presente legislatura.

D. Pedro II, imperador constitucional e defensor perpétuo do Brasil.

A primeira notícia que o imperador dá ao país é a do casamento das augustas princesas.

Era, pois, verdade o que se dizia pela boca pequena. Resta saber se é igualmente verdade o que se disse a respeito dos escolhidos e que eu lhe comuniquei na minha anterior.

Sobre a questão do Prata o discurso não acrescenta nada do que já foi dito; e, qualquer que seja o grau da lente com que se observe o período relativo a essa questão, duvido que se possa assegurar alguma coisa em relação ao espírito da missão especial.

Aguardemos os acontecimentos.

Em Montevidéu a notícia da missão especial causou grande impressão.

Os jornais asseveram que as revelações feitas no Parlamento brasileiro eram caluniosas e teceram uma ladainha de clamores contra o Império e em defesa do governo oriental. Todavia, manifestaram desejos e esperanças de que a missão tivesse bom resultado.

As duas casas do Parlamento estão fazendo as suas eleições. Em ambas ficou a mesa reeleita. A comissão de resposta à fala do trono no Senado compõe-se dos srs. Silveira da Mota, Cândido Borges e Nabuco. Isto quer dizer que há de haver dois projetos de voto de graças. O sr. Nabuco entende (e com razão) que o Senado não pode inserir censuras no voto de graças, nem fazer política ativa. Contra esta opinião do ilustre parlamentar é o sr. Silveira da Mota que entende serem cabidas as censuras naquelas peças e que as inseriu no voto de graças de janeiro deste ano. Cuido que o sr. Cândido Borges é da mesma opinião. Qual das duas opiniões vencerá? Em janeiro venceu a do sr. Silveira da Mota contra a razão esclarecida e profunda do sr. Nabuco. Nada faz crer que não aconteça o mesmo em maio.

A comissão de resposta à fala do trono da Câmara compõe-se dos srs. Saldanha Marinho, Martinho Campos e Dantas.

Tomou conta da administração da Província do Rio de Janeiro o sr. conselheiro João Crispiniano Soares.

A Assembleia Provincial continua a funcionar regularmente. Depois de renhido debate sobre a eleição do dr. Almeida Bahia, resolveu a Assembleia no sentido do parecer que é contrário a este, e mandou-se dar assento ao sr. Francisco Siqueira.

Ontem teve lugar na Academia das Belas Artes a distribuição dos prêmios com assistência de suas majestades imperiais.

Foram condecorados com o hábito da Rosa os artistas Vítor Meireles de Lima, Carlos Luís do Nascimento, Marten Johnson Had e Léon Desprès de Chesny. Deu-se a mesma condecoração aos srs. d. Juan Selaya, secretário da legação peruana, e Maximiliano Xollisch.

Desculpe-me se não posso ser mais longo.

Até outra vez.

Sileno
Imprensa Acadêmica, nº 8, 12/05/1864

Correspondência da *Imprensa Acadêmica*

Rio de Janeiro, 11 de julho de 1864

Recomeça a correspondência de que fui incumbido e que, por motivos sérios, fui obrigado a interromper.

Desta creio poder assegurar a mais severa pontualidade. Todavia, declararei, para não malograr a expectativa dos leitores paulistas, que não poderei enviar correspondência por todos os paquetes, e sim de dez em dez dias. É ainda uma conveniência, visto que no espaço de cinco dias, nem sempre esta boa cidade do Rio de Janeiro fornece matéria de novidade.

Já aí se deve saber do resultado da missão brasileira a Montevidéu e da boa estrela que presidiu aos negócios da República Oriental, que, de um dia para outro, viu completamente limpo o céu de suas complicações internacionais e das suas dissensões civis.

O último vapor trouxe notícia de que os diplomatas brasileiro, argentino e inglês, que tinham partido para o campo de Flores a tratar com ele as condições de paz, tinham chegado ao termo das negociações, e que uma paz honrosa se havia concluído.

Em que termos foi feita essa paz? Em que termos ficarão resguardados os interesses do Brasil? É o que ainda não se sabe, nem cá nem lá. Mas a imprensa oriental é unânime nos cânticos que entoa ao bom êxito da empresa diplomática.

Receio aventurar ideia alguma antes do conhecimento perfeito do negócio. A questão nua e crua é tão pouco aceitável que não é possível apreciá-la assim por alto, sabendo-se que os interesses do Império eram representados por um estadista da ordem do sr. Saraiva. Felizmente o sistema que nos rege assenta na publicidade e é de crer que no fim das negociações entremos no conhecimento de todas as minúcias da missão especial e da tríplice missão.

Quanto à política interna há um fato importante: a consolidação do Ministério, pelo voto de confiança dado na questão Bramah, na Câmara dos deputados. Esta questão, que suscitara tanta oposição naquela casa do Parlamento, foi de novo posta em terceira discussão, como questão de gabinete.

Era uma questão econômica e a muitos repugnava dar um voto de confiança política numa questão dessa natureza. Concorria como proposta ministerial uma emenda do sr. Cristiano Ottoni, que caiu por alguma maioria. Venceu portanto o Ministério.

A Câmara entra hoje na discussão da reforma judiciária.

No Senado tem continuação a terceira discussão da reforma hipotecária. Os srs. Nabuco e Sousa Franco, membros das comissões, que redigiram as primeiras emendas ao projeto. A discussão tem-se conservado no terreno da argumentação jurídica e econômica.

Dizem os entendidos da matéria que o projeto emendado pelo Senado satisfez as aspirações e as necessidades do país. O que é certo é que as duas comissões são compostas das primeiras capacidades do Senado e tais como Nabuco, Paranhos, Sousa Franco, Itaboraí etc.

Acha-se nesta corte o sr. dr. Couto de Magalhães, ex-presidente de Goiás e de Minas, que acaba de ser nomeado presidente do Pará e ali tomou o vapor brasileiro da carreira do Norte. Era então presidente nomeado de Minas, mas apenas aqui chegou, foi transferido para o Pará.

Nada se sabe por ora do casamento de nossas augustas princesas. Sua alteza dona Leopoldina completa depois de amanhã dezessete anos. A princesa imperial está a fazer dezoito. Os casamentos parece que se realizarão, com efeito, em outubro, mas quanto aos augustos noivos reina o mais absoluto silêncio. Todavia, corre o boato de que o duque de Penthièvre e um Hohenzollern são os escolhidos. Nada se sabe de positivo.

Não sei se o público de São Paulo se recorda ainda de um assassinato cometido há tempos no município de Vassouras na pessoa de Manuel da Silva Teixeira Júnior. Acaba de ser preso o assassino e acha-se atualmente na Casa de Correção em Niterói. Este crime tinha sido revestido de circunstâncias as mais graves e misteriosas e deu pasto por muitos dias à curiosidade do público. O assassino fez importantes revelações. Esperemos o resultado do processo.

O Rio de Janeiro conta agora com alguns divertimentos: partidas de *Club*, Teatro Lírico, mais uma companhia italiana que está para chegar, os meninos florentinos, e finalmente a Emília das Neves.

De tudo isto creio que o mais importante e o mais ansiosamente esperado é o talento celebrado da Emília das Neves, que segundo se diz deve estrear brevemente no Teatro de São Pedro.

A eminente artista tem visitado todos os nossos teatros e indicado os artistas de que carece para compor o quadro dos que devem acompanhá-la no desempenho das peças que fizer subir à cena.

Uma das artistas que ela desejou e muito foi a nossa primeira artista Gabriela da Cunha, que a esta hora se deve achar nessa cidade. Não sei mesmo se lhe perderia toda a esperança. É que a Emília viu-a representar em São Januário no dia 30 do passado, representação esta que lhe deu a instâncias dela. As duas irmãs d'arte confundiram nessa noite as suas glórias — uma fazendo as melhores manifestações do seu talento peregrino, a outra fazendo-lhe em palmas entusiásticas a admiração de que se achava possuída. Foi uma das mais belas noites a que tenho assistido em teatro.

Os teatros vão caminhando para cá como podem. A *Boêmia Dramática*, que representa em São Januário, tem dado uma comédia nova em três atos, *Uns atrás dos outros*. Faz morrer de rir aos outros. No Ginásio representa-se *Não é com essas*, também em três atos e igualmente engraçada. São do escritor português José Carlos dos Santos. Creio que imitações do francês.

A *Linda de Chamounix* diverte os frequentadores do Teatro Lírico.

Dizem-me que a empresa do Ginásio vai passar das mãos dos artistas a um estranho que está disposto a fazer renascer os belos dias daquele teatro.

Quanto aos livros apenas tenho conhecimento de duas publicações, ambas vindas da Europa. Um romance do sr. A. D. de Pascual, *A morte moral*. Chegou apenas o primeiro volume. É editor o Garnier. De Pascual, como se sabe, é empregado no Ministério dos Estrangeiros e um dos mais distintos membros do Instituto Histórico. O outro livro é em francês, escrito em Paris por uma brasileira, dona Nísia Floresta Augusta, senhora conhecida por sua dedicação às letras. Intitula-se a obra: *Trois ans en Italie*.

Anuncia-se um grande sarau literário, musical e dançante no *Club*. É festinha de minha paixão. Lá irei e narrarei o que vir. O sarau é em agosto.

Sileno
Imprensa Acadêmica, *n° 27, 17/07/1864*

Correspondência da *Imprensa Acadêmica*

Rio de Janeiro, 22 de julho de 1864

Andamos agora numa incerteza de vapores embaraçosa para o comércio, para os correspondentes e para os particulares. Assim contava ontem com o vapor *Santa Maria* quando soube que não partia, não sei se por motivo de conserto. Cuidei que só teríamos vapor a 26, quando fui hoje de manhã surpreendido com a notícia de que o *Juparaná* parte hoje às quatro horas! Que remédio! Vou aproveitar o tempo e ver se deito esta carta às duas horas. Urge o tempo e é preciso falar de coisa importante.

A mais importante é a notícia de que estão completamente desvanecidas as esperanças de paz no Rio da Prata, e, ainda mais, a ideia de guerra aparece ameaçadora.

Os leitores da *Imprensa Acadêmica* devem saber que os ministros inglês, argentino e brasileiro tinham voltado da conferência com Flores, e que a condição *sine qua non*, imposta pelo chefe *colorado*, era a composição de um ministério misto. Creio mesmo que já disse na minha correspondência passada, estremecidas as esperanças de uma pacificação, de não querer o presidente da República Oriental aceitar a proposta do general Flores.

Ontem chegou ao nosso porto a canhoneira nacional *Parnaíba*, trazendo despachos do nosso enviado extraordinário. Tanto este como os ministros intercessores achavam-se em Buenos Aires, para onde partiram a 7. Por que abandonaram a capital da República Oriental para irem à da Confederação Argentina? Por que veio a canhoneira nacional ao nosso porto? Estes dois fatos, a resistência de Aguirre (presidente de Montevidéu) em nomear o ministério misto, o sobressalto da população oriental, a exaltação do Partido *Blanco*, tudo leva a crer que a situação caminha para um rompimento de hostilidades.

Demais, a canhoneira demorou-se no Rio Grande algum tempo, e levou despacho do ministro Saraiva para o presidente da província; e segundo dizem trouxe a esta corte ordens de mandar mais força a pedido do almirante brasileiro.

Ontem o sr. senador Silveira da Mota redigiu e justificou no Senado um requerimento pedindo informações a respeito deste negócio. Está com a palavra o sr. presidente do Conselho que deve falar amanhã. Esperemos as declarações oficiais de s. ex.

Voltemos ao Rio da Prata. Apenas chegado a Buenos Aires, o ministro Elisalde, que foi um dos mediadores, dirigiu ao presidente Mitre a seguinte nota:

> A s. ex. o sr. presidente da República Argentina, brigadeiro general d. Bartolomeu Mitre.
>
> Buenos Aires, 11 de julho.
>
> Sr. presidente. Tenho a honra de informar a v. ex. do resultado da missão que se dignou confiar-me sobre a pacificação da República Oriental do Uruguai.
>
> Desde o momento em que cheguei a Montevidéu compreendi que a minha missão seria completamente estéril, se não conseguisse anuir meus esforços tão nobre e inteligentemente secundados por s. ex.ª o sr. ministro de s. m. britânica d. Eduardo Thorton, aos de s. ex.ª o sr. conselheiro d. José Antônio de Saraiva, enviado extraordinário e ministro plenipotenciário de s. m. o imperador do Brasil, junto do governo oriental o qual se achava igualmente interessado na pacificação do país, e se não conseguisse o poderoso concurso da opinião pública.
>
> Uniformado em vistas e em ideias com estes honrados srs. ministros e com a imensa opinião que nos prestava um fervoroso apoio, conseguimos que o governo de Montevidéu vencesse os obstáculos que encontrava para iniciar a negociação da paz interna, deixando, para depois de alcançar isto, o ajuste das questões extremas com o governo argentino e com o de s. m. o imperador do Brasil.
>
> A fórmula que o governo oriental resolveu empregar para iniciar essa negociação, depois de havermos oposto terminantemente a prestar-lhe o nosso concurso e quando havíamos acreditado que tinha desistido de levá-la por diante, esteve a ponto de trazer o malogro do ajuste de paz: mas concordou-se em que fosse ela adotada como um princípio de negociação que nós poderíamos modificar na prática.
>
> Isto nos permitiu chegar ao caso feliz de formular as condições da pacificação, as quais aceitas por ambos os combatentes deviam pôr termo a esse grave negócio e às complicações internacionais. Os comissionados do governo oriental aceitarão essas condições *ad referendum*, porque se opunham à essência e à forma que lhe determinavam as suas instruções; porém s. ex.ª o sr. brigadeiro general d. Venancio Flores as aceitou definitivamente, como disse foi v. ex.ª informado por minha nota reservada de 21 de junho.
>
> Sem embargo exigiu ele como garantia de fiel execução do convênio e da livre eleição dos poderes públicos que deviam reger o país, conforme a Constituição, e organização de um ministério que oferecesse essa garantia.

Mas como esta condição não podia figurar entre as bases do convênio, por ser evidente que o governo oriental a não podia admitir por essa forma, nem sendo natural ou conveniente inclui-la, convencionou-se que s. ex.ª o general Flores dirigisse a s. ex.ª o sr. presidente d. Atanasio Aguirre a carta que v. ex.ª encontrará entre os documentos juntos.

Esta carta expressava uma condição, que os mediadores oficiosos julgavam mui natural e justa, bem como o julgavam os srs. comissionados do governo oriental, os quais assim o manifestaram ao seu governo, ao remeter-lhe as condições do convênio.

Os mediadores oficiosos redigiram essa carta, como uma das condições da paz, e nesse sentido a aceitou e firmou o sr. brigadeiro general d. Venancio Flores.

A carta foi entregue a s. ex.ª o sr. presidente d. Atanasio Aguirre pelos mediadores oficiosos, no mesmo dia em que os comissionados orientais entregavam as outras condições do convênio.

Enquanto o governo oriental se ocupava com a base da pacificação, não se ouvia mencionar o conteúdo da carta ao sr. presidente, mas isto não era de estranhar-se, pois, sendo a organização do ministério uma atribuição pessoal do presidente não tinha que discuti-la com seus ministros, nem era natural que o fizesse.

Os mediadores oficiosos não podiam deixar-se de crer que a aceitação, pelo governo oriental, do convênio celebrado importava implicitamente a aceitação, por parte do sr. presidente, da condição contida na carta de s. ex.ª o sr. brigadeiro d. Venancio Flores, porque de outro modo não tinha cabimento aquela aceitação.

Nesta crença foram confirmados quando depois de expedir-se o decreto de aprovação foram com a visita de s. ex.ª o sr. presidente, na qual lhe fez saber que, depois de aprovadas por s. ex.ª o sr. general Flores as ampliações e modificações das condições da pacificação, iria ter com ele para que fora convidado.

V. ex. verá nos documentos juntos que, quando fomos levar a s. ex.ª o sr. general Flores a aprovação das condições da pacificação e solicitar seu assenso às modificações feitas surpreendidos pelo fato de haver entendido o governo oriental que outro era o fim da nossa viagem, e que à vista disso tivemos de retirar-nos sem alcançar coisa alguma.

Porém como s. ex.ª o sr. presidente nos havia enviado uma carta em resposta à de s. ex.ª o general Flores, a qual depois nos foi mostrada por este senhor e onde nada se dizia a respeito da condição estabelecida, compreendemos que alguma coisa de estranho se passava e imediatamente regressamos a pedir-lhe uma explicação.

Na conferência que tivemos com s. ex.ª o sr. presidente, vimos que nada era possível fazer-se. Neste sentido foi escrita a carta que nos dirigiu, a qual, com a competente resposta, vai junto aos documentos.

Declarada a negativa formal do sr. presidente à condição principal da paz, consideramos rota a negociação e assim o fizemos saber a s. ex.ª o sr. general Flores.

Tratou-se em seguida de reatá-la por s. ex.ª o sr. presidente que nos transmitiu que ia consultar o que devia fazer. Dessa consulta resultou que fizesse o que julgasse mais conveniente, e nos comunicou que estava disposto a aceitar a renúncia que faziam seus ministros e a nomear outros, e nos pediu que o fizéssemos saber ao general Flores para que não houvesse hostilidades enquanto se terminava o incidente. A nomeação era inteiramente inútil, se não fosse de natureza a satisfazer as justas exigências da situação, e a permitir que assumíssemos a responsabilidade de fazê-la aceitar pelo general Flores, deixando sem efeito o prévio ajuste que o mesmo havia exigido.

S. ex.ª o sr. presidente d. Atanasio Aguirre nada nos propôs que pudesse satisfazer o fim proposto, nem julgou dever aceitar o que lhe indicávamos como capaz de salvar a dificuldade.

Por consequência a nossa missão estava concluída, malogrando-se o fim grandioso da pacificação da República Oriental do Uruguai e do ajuste de suas questões internas, pela resistência invencível que julgou dever opor o sr. presidente d. Atanasio Aguirre à organização de um ministério que desse garantia a todos os orientais, ministério que não duvidamos teria aceitado o sr. brigadeiro general d. Venancio Flores, porque o seu procedimento, nesta negociação, nos fazia confiar em que aceitaria tudo que fosse justo e razoável.

V. ex.ª pode acreditar que esgotei todos os meios e alvitres para que se não malograsse tão importante obra, e devo fazer presente a v. ex.ª que devemos a maior gratidão aos importantes e nobres serviços de s. ex.ª o sr. ministro plenipotenciário de sua majestade britânica, como as vistas elevadas e dignas e amigáveis procederes de s. ex.ª o sr. conselheiro José Antônio Saraiva, enviado extraordinário e ministro plenipotenciário de sua majestade o imperador do Brasil.

Deus guarde etc.

Rufino de Elisalde

Em Montevidéu, como deve é grande a agitação. A imprensa dedicada ao governo procura intrigar o Brasil, no receio de uma intervenção armada da nossa parte.

Diz que a Inglaterra, cujas relações estão rotas conosco, intervirá para impedir a ação do Império e tirar de nós uma desforra. Ao mesmo tempo o governo oriental mandou dois emissários confidenciais, um ao Paraguai, outro a Buenos Aires. Dizia-se ainda que mandaria outro ao Rio de Janeiro.

As declarações do governo e as próximas notícias são esperadas com ansiedade.

De tudo lhe darei parte.

O paquete francês trouxe-nos a notícia de que se trata do casamento da princesa imperial com o irmão mais moço do imperador da Áustria. É o arquiduque Luís Vítor.

Já sabemos, pois, de um dos noivos. Quanto ao outro, continua-se que é o duque de Penthièvre.

Entretanto dizia-se já que o rei Fernando de Portugal achava-se a caminho e que devia ter partido de lá no dia 6. Isto é o que se dizia à boca pequena antes da chegada do paquete. Este nada podia adiantar pois que saiu de Lisboa a 29 de junho. Acrescente-se que o rei Fernando é quem traz o resultado da mediação portuguesa no conflito anglo-brasileiro, e que virá com o novo ministério de s. m. britânica.

O que é certo é que alguns brasileiros residentes na Europa tratam de recolher-se a esta corte para assistirem à festa dos casamentos de suas altezas.

A Câmara dos deputados continua a discutir a reforma judiciária. Nada de incidente.

O sr. senador T. Otoni, que achava-se gravemente doente e em perigo de vida, está melhor.

Chegou o resultado de alguns colégios eleitorais de Pernambuco para a lista tríplice. Os mais votados são: o conselheiro Sá e Albuquerque, com 822 votos, Saldanha Marinho, com 802, Feitosa, com 700 e tantos.

Seguem-se os srs. Urbano, Chichorro, Brandão etc. É claro que a lista tríplice se comporá dos três primeiros. A votação do sr. Saldanha Marinho é uma vitória; era guerreado na província pelos protetores de Sá e Albuquerque.

Fora destas notícias que aí vão relatadas às pressas não há nenhuma outra de vulto. Demais é preciso não atulhar-se as colunas da *Imprensa,* naturalmente cheias de escritos de mais valia. Cá os tenho lido e apreciado. A *Imprensa* agrada por cá o que não admira. Todos veem que a esperança deste país está na mocidade inteligente, cavalheirosa, sincera.

Até outra vez.

Sileno
Imprensa Acadêmica, n° 30, 28/07/1864

Correspondência da *Imprensa Acadêmica*

Rio de Janeiro, 16 de agosto de 1864

Aproveitemos o *Piraí*. Como lhe disse na minha anterior, os vapores andam aqui de tal modo que me é impossível estabelecer uma certa regularidade na correspondência.

Há notícias importantes, tanto de política externa, como de política interna. Tratemos da primeira:

O nosso ministro Saraiva voltou de Buenos Aires, onde se achava quando aqui chegou o vapor passado, e à última data apresentou ao presidente Aguirre um *ultimatum* onde marcou o prazo de seis dias para satisfação das nossas reclamações.

Esta notícia correu logo em Montevidéu e houve uma comoção geral. As folhas orientais tornaram ao uso da linguagem violenta e acusaram o Brasil de ter pretensões a conquistá-la. Por outro lado o movimento de tropas e o entusiasmo da nossa província do Rio Grande assustou os amáveis vizinhos; se se acrescentar a atitude do general Flores ter-se-á somado a conta dos motivos que deixou sobressaltada a República Oriental.

O prazo fatal devia terminar a 10. Qual seria a resposta do presidente Aguirre? A julgar pelos jornais (e não há outro termômetro no Rio da Prata) a resposta será de resistência; e então têm lugar as represálias que falou no Senado o sr. presidente do Conselho. Essas represálias como já tive ocasião de dizer, consistem na introdução do nosso Exército no Estado Oriental.

A República acha-se no pior estado: tem a guerra civil em si, arca com dificuldades relativas à política externa e não conta por aliados nem Buenos Aires, nem Assunção.

O conselheiro Saraiva foi muito festejado na Confederação Argentina. Cobriram-no de mimos o que faz arrepelar a República de Montevidéu.

Tal é o estado da questão; espera-se com ansiedade o vapor seguinte.

Vamos agora à política interna.

O fato mais importante da quinzena é o rompimento de hostilidade por parte do sr. Saldanha Marinho, deputado e redator do *Diário do Rio,* isto é tendo duas vozes, duas tribunas. Repelido pelo sr. Zacarias na candidatura à presidência da Câmara, o sr. Saldanha Marinho assumiu a posição que sua consciência lhe indicara e que por mais de uma vez tentara assumir.

Em um longo artigo publicado no *Diário* do dia 4, o honrado jornalista deu os motivos do silêncio que até então guardara. Mais de uma vez procurou romper com o Ministério que ele julgava não servir para o país e ao partido, e mais de uma vez os amigos prestimosos, confiados numa mudança feliz, insistiram e empenharam-se para que s. ex.ª adiasse o rompimento. Finalmente, pôde o sr. Saldanha Marinho libertar-se do compromisso e ei-lo em campo como os melhores dias da oposição isolada ao Gabinete Ferraz.

Naturalmente os leitores paulistanos perguntam, se em face de tamanho contingente levado às fileiras da oposição, o Ministério obra melhor e caminha mais seguro? Qual! a situação do Ministério ficou a mesma. Sabem o que fez o presidente do Conselho? Apresentou no Senado emendas ao orçamento, caso naturalmente virgem, sobretudo, quando o governo marcha de acordo com a maioria da Câmara. E a maioria? Essa até parece abandoná-lo; pelo menos, alguns chefes já se têm retirado da luta.

Se a sessão não estivesse a fechar-se duvido que o Gabinete pudesse atravessar um mês com segurança. A oposição conta nomes como Carrão, Paula Sousa, Saldanha Marinho, Junqueira, Urbano, Valdetaro, Silveira Lobo e outros. Esperemos o ano que vem.

Passemos às outras notícias.

Efetuou-se no dia 7 o passeio de s. m. o imperador à nova estação da estrada de ferro na Barra do Piraí. S. m. aceitou ali um copo d'água, e seguiu embarcado para o lugar onde se vai edificar uma nova igreja, às margens do Paraíba. Uma capela armada de palmeiras e flores esperava o imperial visitante. Procedeu-se a colocação da pedra fundamental. S. m. deu à igreja a invocação de Sant'Ana.

Nessa ocasião o sr. conselheiro C. Ottoni dirigiu a s. m. o imperador a seguinte alocução:

> O dia presente, senhor, tem para o futuro do Brasil importante significação e ouso dizê-lo, a sua recordação volverá algumas vezes à memória de s.m. imperial!
>
> Os passos que v. m. imperial tem hoje dado sobre o solo da pátria terão oferecido à meditação de v. m. imperial os maiores pensamentos de que depende a grandeza da nação, cujos destinos rege v. m. imperial.
>
> A viagem pela estrada de ferro a que v. m. imperial dignou-se outorgar o seu nome, representa a ideia grande, fecunda, vital, das comunicações fáceis, rápidas, seguras e econômicas entre a capital do Império e os centros de produção do interior.
>
> O trajeto fluvial, desde o termo da via férrea até o ponto em que nos achamos, significa, bem que em escala modesta, outra ideia grandiosa, verdadeiro complemento da primeira, quero dizer a combinação do transporte pelos caminhos de ferro com a navegação dos grandes rios.
>
> Finalmente, o ato em que v. m. imperial acaba de solenizar exprime a esperança do melhoramento do povo pela educação religiosa. É senhor, a par da riqueza, a ideia; ao lado do bem-estar físico, o aperfeiçoamento das qualidades da alma; é o progresso moral da sociedade, inseparável da cultivação do sentimento religioso.
>
> E deste modo, senhor, recebendo em poucas horas impressões tão diversas, mas todas consoladoras, sem dúvidas s. m. imperial terá hoje afagado as mais lisonjeiras esperanças de porvir e ponderado em sua razão esclarecida os meios de melhor atingir aos grandes fins que tem em vista a solicitude de v. m. imperial.
>
> E pois, senhor, permita que por tão justificados motivos eu e todos circunstantes vos dirijamos uma saudação.
>
> Viva s. m. o imperador!
> Viva s. m. a imperatriz!
> Vivam as sereníssimas princesas!

S. m. imperial dignou-se responder-lhe:

> Ninguém melhor do que vós conhece os meus sentimentos e desejos; e ninguém melhor do que eu aprecia os serviços que tendes prestados à grande empresa da estrada de ferro.

No dia 8 verificou-se o passeio dos deputados e senadores. No almoço que então houve na Barra do Piraí fizeram-se muitos brindes, entre os quais os seguintes:

Do sr. dr. Salustiano Souto, comemorando os resultados da descoberta do vapor, verdadeiro transformador da humanidade.

Do dr. Andrade Pinto, sustentando a necessidade de desenvolver os caminhos de ferro pelo interior, e saudando os que trabalharam na Estrada de Ferro de Pedro II.

Do sr. almirante francês, saudando a prosperidade do Brasil, e felicitando-o de possuir um monarca que cura tão sabiamente do seu bem-estar.

O sr. C. Ottoni também pronunciou um discurso que sinto não poder reproduzir aqui atentando às dimensões da vossa bela *Imprensa Acadêmica*.

A Câmara dos deputados ofereceu um jantar ao sr. senador Furtado, no Hotel da Europa. Este ilustre maranhense já tomou assento na Câmara Alta.

Abriu-se o Cassino Fluminense, com um esplêndido baile, a que assistiu sua majestade o imperador e s. m. a imperatriz.

S. m. o imperador dançou com as esposas do srs. Zacarias, Dantas e Pedro Muniz, ministro da França e de Portugal e camarista Vale da Gama. S. m. a imperatriz dançou com os srs. ministros de Estrangeiros, ministro de Portugal, visconde de Boa Vista, senador Paranhos e camarista José de Saldanha.

Contam-se maravilhas deste baile.

Estreou no dia 13, o pianista portuense Herman Braga, menino de 9 anos. É um prodígio para a idade e para o pouco que sabe. Foi aplaudido. Aguarda-se o concerto do violinista Pereira da Costa, moço de 16 anos, discípulo do célebre Alard de Paris.

O sr. dr. José Joaquim Teixeira publicou um volume das suas excelentes *Fábulas*.

Acha-se melhor da grande enfermidade que tivera o sr. T. Ottoni.

(À noite.)

Na discussão de forças de mar e terra orou hoje na Câmara o ministro Brusque e os srs. Ferreira da Veiga e Junqueira. Só ouvi o discurso deste último. Foi um discurso de oposição violenta, feita com muito talento e eleição. O ilustre deputado mostrou que o Ministério vive de uma maneira eventual, e pouco numerosa, sem entusiasmo, nem dedicação; que a sua inépcia só podia ser igualada pelo seu amor às pastas; e acreditareis vós, meus amigos da *Imprensa Acadêmica*, que nada disto obteve uma reclamação?

Mas o Ministério continuará.

Chegou hoje à tarde o paquete. As notícias mais importantes são estas: A Dinamarca dirigiu-se às duas potências alemãs para tratar a paz. O general confederado Lee avança para Washington.

Esta última notícia desconcerta o entusiasmo dos partidários do Norte, parece que nada pode resistir aos planos de Grant, e sobretudo que não é crível que tenha a triunfar a causa do Sul, isto é, a causa da escravidão!

Causa da escravidão! — Até onde vai o alambicamento das palavras, diria o sr. visconde de Jequitinhonha.

Finalmente na Câmara dos comuns e na Câmara dos lordes, tratou-se do tráfico da escravatura no Brasil — e do Bill Aberdeen.

A discussão começou na Câmara dos comuns, por uma interpelação de mr. Herdcast. Lord Palmeston respondeu alegando que violaremos os tratados. Mr. Fitzgerald pronunciou-se a nosso favor.

Tanto este como mr. Bright pediram abolição do Bill Aberdeen. Isto foi no dia 12. A 18 em ambas as Câmaras tratou-se da questão.

Na dos comuns, mr. Osborne insistiu violentamente a nosso favor, mas obteve sempre a mesma resposta adversa da parte de *lord* Palmerston.

Na Câmara dos lordes, tivemos por nós *lord* Brougham e *lord* Malmesbury. Só Russel falou e respondeu apenas no que diz respeito ao tráfico por parte da Espanha.

Nada mais tenho a dizer. Se amanhã antes de se fechar a mala houver alguma coisa, direi aqui o que puder.

Sileno
Imprensa Acadêmica, nº 38, 25/08/1864

Carta à redação da *Imprensa Acadêmica*

Corte, 21 de agosto de 1864

Meus bons amigos. — Um cantinho em vosso jornal para responder duas palavras ao sr. Sílvio-Silvis, folhetinista do *Correio Paulistano*, a respeito da minha comédia o *Caminho da porta*.

Não é uma questão da susceptibilidade literária, é uma questão de probidade.

Está longe de mim a intenção de estranhar a liberdade da crítica, e ainda menos a de atribuir à minha comédia um merecimento de tal ordem que se lhe não possam fazer duas observações. Pelo contrário, eu não ligo ao *Caminho da porta* outro valor mais que o de um trabalho rapidamente escrito, como um ensaio para entrar no teatro.

Sendo assim, não me proponho a provar que haja na minha comédia verdade, razão e sentimento, cumprindo-me apenas declarar que eu não tive em vista comover os espectadores, como não pretendeu fazê-lo, salva a comparação, o autor da *Escola das mulheres*.

Tampouco me ocuparei com a deplorável confusão que o sr. Sílvio-Silvis faz entre a *verdade* e a *verossimilhança*, dizendo: "Verdade não tem a peça que até é *inverossímil*". — Boileau, autor de uma arte poética que eu recomendo à atenção do Sílvio-Silvis, escreveu esta regra: *Le vrai peut quelquefois n'être pas vraisemblable*.

O que me obriga a tomar a pena é a insinuação de furto literário, que me parece fazer o sr. Sílvio-Silvis, censura séria que não pode ser feita sem que se aduzam provas. Que a minha peça tenha uma fisionomia comum a muitas outras do mesmo gênero, e que, sob este ponto de vista, não possa pretender uma originalidade perfeita, isso acredito eu; mas que eu tenha copiado e assinado uma obra alheia, eis o que eu contesto e nego redondamente.

Se, por efeito de uma nova confusão, tão deplorável como a outra, o sr. Sílvio-

-Silvis chama furto à circunstância a que aludi acima, fica o dito por não dito, sem que eu agradeça a novidade. Quintino Bocaiúva, com a sua frase culta e elevada, já me havia escrito: "As tuas duas peças, *modeladas ao gosto dos provérbios franceses*, não revelam mais do que a maravilhosa aptidão do teu espírito, a própria riqueza do teu estilo". E em outro lugar: "O que te peço é que apresentes neste mesmo gênero algum trabalho mais sério, mais novo, mais original, mais completo".

É de crer que o sr. Sílvio-Silvis se explique cabalmente no próximo folhetim.

Se eu insisto nesta exigência não é para me justificar perante os meus amigos, pessoais ou literários, porque esses, com certeza, julgam-me incapaz de uma má ação literária. Não é também para desarmar alguns inimigos que tenha aqui, apesar de muito obscuro, porque eu me importo mediocremente com o o juízo desses senhores.

Insisto em consideração ao público em geral.

Não terminarei sem deixar consignado todo o meu reconhecimento pelo agasalho que a minha peça obteve da parte dos distintos acadêmicos e do público paulistano. Folgo de ver nos aplausos dos primeiros uma animação dos soldados da pena aos ensaios do recruta inexperiente.

Nesse conceito de aplausos lisonjeia-me ver figurar a *Imprensa Acadêmica* e, com ela, um dos seus mais amenos e talentosos folhetinistas.

Reitero, meus bons amigos, os protestos da minha estima e admiração.

Machado de Assis
Imprensa Acadêmica, *nº 39, 28/08/1864*

Correspondência da *Imprensa Acadêmica*

Corte, 31 de agosto de 1864

Preparava-me a escrever no dia 4. Todavia sou obrigado a aproveitar o *Parati*, a fim de dar-vos notícia dos acontecimentos políticos destes últimos dois dias. E o faço o mais sumariamente, à última hora.

Caiu o Ministério Zacarias, e subiu um novo Gabinete, composto do seguinte modo:

Conselheiro Furtado, presidente do Conselho, ministro da Justiça,
Deputado J. Marcondes, ministro da Agricultura.
Deputado Joaquim Manuel de Macedo, ministro de Estrangeiros.
Deputado José Liberato Barroso, ministro do Império.
Deputado Pinto Lima, ministro da Marinha.
Senador Carneiro de Campos, ministro da Fazenda.
Coronel Beaurepaire Rohan, ministro da Guerra.

Ainda não apareceram os decretos, mas esta notícia foi-me dada na Câmara e é a verdadeira, salvo modificações futuras.

Como caiu o Ministério Zacarias? Não me sobra tempo para contar toda a história. Narrá-la-ei em poucas palavras.

Anteontem apresentou-se na Câmara o ex-ministro do Império e pediu a preferência para discussão da proposta do governo pedindo crédito para o casamento de suas altezas. Havia um projeto apresentado por alguns deputados, a cuja frente se achava o sr. Martinho Campos, autorizando o governo a contratar com uma companhia particular a navegação regular de paquetes entre os portos do Brasil e New York. O sr. Martinho Campos pediu preferência desse projeto; o sr. José Bonifácio pediu adiamento dele; travou-se a discussão, tão cerrada e tão violenta que algumas palavras foram trocadas entre os dois. Mas o ministro insistiu no adiamento. Veio a votação e a maioria rejeitou o adiamento aprovando a preferência do sr. Martinho Campos. O ministro do Império foi logo para São Cristóvão.

Não deixarei de notar aqui uma ocorrência singular; o sr. Brusque, ministro da Marinha votou contra o ministro do Império.

O sr. José Bonifácio pediu, pois, a demissão. Correm diversas versões sobre o que se passou depois. O que é certo é que o sr. Zacarias, candidato a visconde, queimou o último cartucho para recompor o gabinete. Ontem às 9 horas da noite tornou-se impossível essa recomposição e foi chamado o sr. Furtado.

Naturalmente amanhã aparecerão os decretos e o Ministério apresentará o programa. Direi o que houver pelo paquete de 4.

Como explicar esta crise nos últimos dias da Câmara? Como explicar o desacordo entre o chefe da maioria e o ministro do Império? Como explicar o voto do sr. Brusque? A este respeito são três as versões, três os boatos que eu não sei como encontre a verdade; o que se diz em geral é que o Ministério traiu o ministro do Império.

De tudo resulta estamos livres do Ministério Zacarias, o que não é pouco.

Espera-se amanhã o paquete, em que vêm os príncipes.

Vou deitar esta carta no correio. Talvez no dia 4 eu vos possa dizer alguma coisa do Rio da Prata, pois que o paquete *Mersey* deve cá estar nesse dia.

Sileno
Imprensa Acadêmica, n° 42, 07/09/1864

Correspondência da *Imprensa Acadêmica*

Corte, 11 de setembro de 1864

Antes de passar a outras notícias tratarei de uma crise atual, de uma crise de ontem e que durará ainda alguns dias.

A praça do Rio de Janeiro está debaixo de um terror pânico. Ontem a rua Direita apresentava um espetáculo único. Regurgitava de novo. As casas dos banqueiros estavam invadidas, todos retiraram as suas quantias, e os empregados mal podiam aviar tantos fregueses.

Pouco depois chegou o chefe de polícia, comandante Drago, acompanhado de tropa a pé e a cavalo (uns oitenta homens). Em fim chegou a noite.

Et le combat finit faute des combattants. O que motivou tais acontecimentos?

— A Casa Antônio José Alves Souto & Cia. suspendera os pagamentos!

Essa notícia percorreu a cidade com a rapidez de um raio; foi um alarma geral. Então, como sempre acontece, quem viu as barbas do vizinho a arder põe as suas de molho; quem tinha dinheiro nas outras casas bancárias foi logo retirá-lo, com medo que o desastre se estendesse a elas. Pagaram os santos pelo pecador; santos e pecador entram aqui por metáfora.

Dos fatos que motivaram a suspensão de pagamentos na Casa do Souto, nada sei de positivo. Correm diferentes versões. Dizem uns que se protestara uma letra do Souto de 900:000$000; outros que fora do Banco do Brasil querer sacar um cheque sobre a Casa do Souto, mas que este não pudera pagar. Enfim pessoa de Casa do Souto afirma que o fato tem causas muito removíveis e que a seu tempo serão conhecidas do público.

O que é certo é que houve a suspensão de pagamentos.

Um caso destes é importante e compreende-se o terror da praça.

Ontem mesmo reuniu-se o Ministério para tratar das medidas a empregar numa crise como esta.

O Banco do Brasil também se reuniu.

Não sei o que se passou nestas duas reuniões. O que sei é que hoje foi o ministro da Fazenda ao Banco e creio que também à praça, porque a praça está aberta hoje domingo e cheia de povo.

Todos sabem que em 1857 foi o governo quem salvou a praça numa crise semelhante.

Tal é rapidamente o estado da crise. Não se sabe o que acontecerá ainda, e todos esperam ansiosos o que acontecerá amanhã.

Não passarei ainda a outras notícias sem referir uma pequena ocorrência.

Jogava-se ontem à noite no *Club*. Como era natural, a crise foi o objeto das conversações. Mas entre os frequentadores havia um que de nada sabia. Estava jogando quando lhe disseram que o Souto suspendera os pagamentos. O homem deixou cair as cartas, e exclamou dolorosamente:

— Estou pobre! Tinha lá oito contos.

Que triste começo de noite para quem ia procurar lá uma diversão ao espírito. Pois esta foi a impressão geral de quantos tinham capitais na Casa do Souto.

Vamos agora a outras notícias:

Por um dos paquetes passados mandei uma pequena correspondência narrando as ocorrências políticas que derrubaram o Ministério de 15 de janeiro. Dei igualmente notícia de que se organizara um novo Ministério, sob a presidência do sr. Furtado.

Dizia que o deputado Joaquim Manuel de Macedo estava com a pasta dos Negócios Estrangeiros. Tal foi com efeito a primeira combinação. Mas o sr. Macedo estava em Itaboraí e não havia chegado ainda, de modo que o Ministério apresentou-se às Câmaras com um ministro de menos, ficando a pasta dos Estrangeiros a cargo do ministro da Fazenda.

No dia 2 chegou o sr. Macedo e declarou que não aceitava. Nenhuma instância o demoveu desse propósito.

Começou-se então a procurar um novo ministro dos Negócios Estrangeiros.

Convidaram ao deputado Pedro Luís, mas este não aceitou. Até agora não se falou mais em ninguém.

O Ministério foi bem recebido pela Câmara, sem entusiasmo é verdade, mas com certa cordialidade que talvez aproveite melhor ao novo gabinete e ao país. Todos confiam no novo presidente do Conselho.

As Câmaras estão a fechar-se; é no dia 12 que termina o prazo da prorrogação. Mas o orçamento ainda está no Senado e portanto não há orçamento este ano. Triste resultado do Ministério Zacarias!

Esquecia-me dizer que na Câmara só se apresentou um oposicionista: o sr. Dantas, da Bahia.

A eleição municipal corre bem. Vai por enquanto vencendo o lado liberal. Lado liberal é um modo de dizer, eu devia dizer: vão vencendo os liberais, porquanto não houve nesta eleição organização política compacta.

As festas da Independência fizeram-se como de costume. Assistiram a elas os príncipes, dois mocetões de agradável presença.

Os nossos augustos hóspedes já tem andado seca e meca. Já foram ao Corcovado, ao Passeio Público, ao Jardim Botânico, às fortalezas, enfim: não param nunca.

O conde d'Eu é o mais vivo. Já consegue falar português e fala-o de preferência. Quando lhe deram jantar à europeia, declarou que não queria, e que preferia cozinha brasileira. Isto é o que dizem.

Não se sabe por hora quando é o casamento; mas conta-se que será breve.

Eis em resumo as notícias mais importantes.

Até outro vapor.

N.B. — Veja o que é a pressa. Esquecia-me mencionar uma matéria importante. Estreou já a Emília das Neves. Muitos aplausos; entusiasmo. O vapor está a partir; não posso dizer mais.

Sileno
Imprensa Acadêmica, n° 44, 15/09/1864

Correspondência da *Imprensa Acadêmica*

Corte, 21 de setembro de 1864

Na minha passada correspondência dei notícia do começo da crise comercial.

O abalo público acha-se felizmente desfeito graças às medidas tomadas pelo governo, a instâncias de alguns jornais, do Conselho de Estado e do comércio.

Mas antes que isto se alcançasse, andamos durante uma semana atordoados e apavorados.

Como disse, a suspensão de pagamentos por parte da Casa Souto & Cia. deu lugar à crise. As outras casas bancárias foram logo atacadas por todos os portadores de vales que retiravam os seus capitais. Foi preciso intervir a polícia, a cavalo e a pé. As ruas Direita, da Alfândega e Sabão estavam atalhadas de povo, desde a manhã até a noite. A praça não fazia uma operação que fosse. A alfândega tinha um rendimento ridículo e em um dos dias foi obrigada a fechar-se. Tal foi o estado da capital durante uma semana.

A desconfiança crescia porque, além da falta de medidas adequadas, cada dia marcava, não uma, mas seis e oito quebras.

Quebraram as principais casas. E não parava aqui, quebravam os banqueiros. Hoje os banqueiros Souto, Gomes, Montenegro e Oliveira Belo vão entrar em liquidação!

Entretanto a imprensa e o *Diário do Rio* à frente pediam urgentes medidas. O *Correio Mercantil* e o *Constitucional* divergiam da opinião dos outros jornais, dizendo que o governo não podia nem devia tomar medidas, porque elas seriam ilegais.

O governo começou por expedir dois decretos, um alargando a emissão do Banco do Brasil, e outro dando curso forçado às suas notas.

Mas estas medidas não eram suficientes. A imprensa e a comércio continuavam a insistir. Finalmente, o Banco do Brasil, o Banco Hipotecário, o Banco Português, o Banco Inglês e os banqueiros ainda não quebrados reuniram-se e representaram instando com o governo para que salvasse a praça e o povo, indicando-lhe algumas medidas.

O governo fez reunir-se duas vezes o Conselho de Estado, às 7 horas da manhã, e às 9 horas da noite, do dia 16. O Conselho de Estado foi unânime no voto de que o governo devia adotar as medidas indicadas pela representação.

Assim, no dia 17 apareceu o seguinte decreto; assinado por todos os ministros e secretários de Estado:

> Atendendo a suma gravidade da crise comercial, que domina atualmente a praça do Rio de Janeiro, perturba as transações, paralisa todas as indústrias do país, e pode abalar profundamente a ordem pública, e a necessidade que há de prover de medidas prontas e eficazes, que não se encontraram na legislação em vigor, os perniciosos resultados que se temem de tão funestas ocorrências. Hei por bem, conformando-me com o parecer unânime do Conselho de Estado decretar:
>
> Art. 1° Ficam suspensos e prorrogados por 60 dias, contados do dia 9 do corrente mês, os vencimentos das letras, notas promissórias e quaisquer outros títulos comerciais pagáveis na corte e província do Rio de Janeiro; e também suspensos e prorrogados pelo mesmo tempo os protestos, recursos em garantia e prescrições dos referidos títulos.
>
> Art. 2° São aplicáveis aos negociantes não matriculados as disposições do art. 898 do código comercial, relativa às moratórias; as quais bem como as concordatas poderão ser amigavelmente concedidas pelos credores que representem dois terços no valor de todos os créditos.
>
> Art. 3° As falências dos banqueiros e casas bancárias, ocorridas no prazo de que trata o art. 1°, serão reguladas por um decreto que o governo expedirá.
>
> Art. 4° Estas disposições serão aplicadas a outras praças do Império por deliberação dos presidentes de província.
>
> Art. 5° Ficam revogados provisoriamente as disposições em contrário.
>
> Os meus ministros e secretários de Estado dos negócios das diversas repartições, assim o tenham entendido e façam executar.
>
> Palácio do Rio de Janeiro, em 17 de setembro do ano de 1864, 43° da Independência e do Império — Com a rubrica de Sua Majestade o Imperador. — *Francisco José Furtado* — *José Liberato Barroso* — *Carlos Carneiro de Campos* — *Henrique de Beaurepaire Rohan* — *Francisco Xavier Pinto Lima* — *Jesuino Marcondes de Oliveira e Sá.*

Este decreto serenou os ânimos; começa a restabelecer-se a confiança, e o único banqueiro que era ainda anteontem perseguido, o sr. Bahia, já ontem não teve muitos vales a pagar.

Em todo este negócio o deputado Saldanha Marinho, tanto na imprensa, como pelos conselhos parciais, tomou grande parte e mereceu por isso as simpatias do público e da praça.

Mas, golpe sobre golpe; resolvida a crise, cá ficamos com a questão do Rio da Prata.

Chegou de Montevidéu na fragrata *Amazonas* os srs. Saraiva e Tavares Bastos.

O governo oriental tinha mandado os passaportes ao sr. Loureiro, nosso ministro residente, e aos cônsules e vice-cônsules brasileiros.

Pela nossa parte, já o governo mandou fazer o mesmo aos cônsules orientais. O Exército brasileiro, segundo parece, vai entrar no território da República.

O caso que motivou a cólera do governo de Montevidéu foi a perseguição feita por um dos nossos vasos nas águas do Uruguai contra um dos seus vapores.

Está concluída a eleição municipal. A nova Câmara acha-se composta do seguinte modo:

1. Dr. Batista dos Santos	5.061
2. Dr. Bezerra de Meneses	4.881
3. Dr. Dias da Cruz	4.612
4. Dr. José Pereira Rego	4.172
5. Tenente-coronel Frias	4.149
6. Tavares Guerra	4.056
7. Dr. Claudino José Viegas	3.791
8. Dr. Pontes	3.777
9. Dr. Monteiro dos Santos	3.667
Bento Barroso Pereira	8.471
Leite Júnior	3.442
Santos Peixoto	3.866
Dr. Costa Lima	8.130
Dr. Queiroz	2.635
Bitencourt da Silva	2.443
José Bernardo da Cunha	2.372
M. Dias da Cruz	2.046
Fragoso	1.968

Estão oficialmente pedidas as nossas princesas. Casa s. a. imperial d. Isabel com o conde d'Eu, e s. a. d. Leopoldina, com o duque de Saxe.

O casamento efetua-se a 15 ou 18 de outubro.

Os dois príncipes têm visitado tudo; são infatigáveis, o que vai perfeitamente com o espírito ativo de sua majestade o imperador.

O conde d'Eu, sobretudo, tem merecido as simpatias gerais.

Supõe-se que d. Fernando virá até cá.

É por ora o que há de mais importante.

Se ocorrer alguma coisa antes de partir o vapor; aqui lhe direi.

Sileno
Imprensa Acadêmica, nº 47, 25/09/1864

O que há de novo?

Recebemos a seguinte comunicação:

Meus amigos: declarou o sr. Sílvio-Silvis que não se referia a mim nos seus trocadilhos acerca dos donos e ladrões de obras literárias.

Estou satisfeito.

Acrescentarei apenas mais duas observações:

A primeira é o que o folhetim do *Correio Paulistano* saiu de uma confusão para cair em outra; confundiu o verdadeiro com o verossímil, agora confunde o verdadeiro com o verídico. Não é nem uma nem outra coisa.

A segunda é que não tive intenção de ofendê-lo; usei de um direito que ele próprio reconhece.

Machado de Assis
Imprensa Acadêmica, n° 50, 09/10/1864

Jornal das famílias

Apareceu no *Mercantil* de ontem uma correspondência, assinada O *Caturra*, na qual se pede atenção dos pais de famílias para um novo romance que começa a aparecer nas colunas daquele excelente jornal.

Não precisa muito para ver n'*O Caturra* algum inimigo pessoal do sr. Garnier, editor do *Jornal das Famílias;* porquanto ninguém acreditará que do primeiro capítulo de um romance, em que não há uma só linha em que o vício seja endeusado, ou ainda pintado com cores brilhantes, possa-se concluir pela imoralidade do resto.

O romance intitula-se *Confissões de uma viúva moça*. Como neste primeiro capítulo se referem levemente às primeiras tentativas de um amante para alcançar o coração de uma mulher casada ao que esta se esquiva, aproveita O *Caturra* essa circunstância e vem fazer insinuações contra o jornal do sr. Garnier.

Felizmente basta ler o primeiro capítulo para ver a malignidade d'*O Caturra*. Protesta-se contra a caturrice, e fiquem descansados os pais de família: o autor das *Confissões* respeita, mais que ninguém, a castidade dos costumes.

J.
Diário do Rio de Janeiro, 02/04/1865

Publicações a pedido

Confissões de uma viúva moça

Sou o autor do romance que, com este título, publica atualmente o *Jornal das Famílias*. Peço ao sr. Caturra que aguarde o resto do escrito para julgar da sua moralidade — sem o que, qualquer discussão será inútil.

Machado de Assis
Correio Mercantil, *Rio de Janeiro, 02/05/1865*

Uma estreia literária

Cenas do interior — *Romance por Luís José Pereira da Silva, Tipografia Perseverança, 1865*

A estreia literária de um jovem de talento é sempre um motivo de satisfação para os que amam verdadeiramente a literatura. O estreante de quem venho falar hoje é uma vocação legítima, e o seu livro uma obra de merecimento e vivas esperanças. Aplaudo-me de ser o primeiro a comunicar esta notícia ao público literário do nosso país.

  A esse público talvez não seja estranho o nome do sr. Luís José Pereira da Silva, autor de artigos esparsos em alguns jornais; mas os escritos ligeiros, as páginas fugitivas, não puderam até hoje criar para o sr. Pereira da Silva um nome, como lhe deve caber pela publicação do seu primeiro livro.

  Este livro, que é a sua verdadeira estreia, é um romance, com o modesto título de *Cenas do interior*. Nada mais simples, todavia nada mais prometedor. Os quadros de costumes, a vida interior do país são um terreno vasto, onde a musa do romance, da poesia e do teatro, tem ainda muito que observar e colher.

  Mais de uma pena brasileira tem-se dado a estes trabalhos. Um dos maiores talentos que o Brasil tem produzido, o chorado dr. Manuel de Almeida, escreveu um livro excelente, que anda nas mãos de todos: *Memórias de um sargento de milícias*, que é um modelo do gênero. Alencar e Macedo também escreveram obras dignas de ser estudadas, especialmente o primeiro, autor d'*O Guarani*. Pinheiro Guimarães publicou há anos *O comendador*, narrativa interessante e digna de muito apreço. E há ainda outros, que me não ocorrem agora, e que têm produzido páginas valiosas e estudos sérios sobre os costumes do país, debaixo da forma popular do romance.

  Aparece agora o sr. Pereira da Silva com as *Cenas do interior*, e se não é uma obra completa e aperfeiçoada, nem por isso deixa de revelar da parte do autor muitas qualidades apreciáveis, talento viçoso e espírito observador.

A ação do romance passa-se em Pernambuco. Abre por uma festa popular, o clássico presepe, organizado em Ponte de Uchoa, para onde corre toda a gente da vizinhança, como no *derby day,* Londres inteira, desde a Câmara dos comuns até a praça do Comércio, vai assistir às corridas de Epsom.

Em Ponte de Uchoa, e no dia da inauguração do presepe, apresenta-nos o autor as personagens do romance. Vemos chegar ali, conduzidos no grande carroção, o capitão-mor Oliveira, a mulher, a filha Henriqueta e o filho Américo; depois da Missa do Galo assistimos ao *fado,* e travamos conhecimento com Pedrinho, Maria e Manoel Joaquim; no dia seguinte vemos o velho João da Silva, e temos diante de nós quase todas as personagens da obra.

Alfredo de Vasconcelos e Ernesto, personagens importantes, João Silvério e Lúcia, personagens secundárias, só mais tarde os conhecemos.

Tal é o pessoal da obra.

Que caracteres representam essas personagens? Que sentimentos os animam? Até que ponto respeitou o autor a verdade humana?

A primeira dificuldade com que o autor tinha de lutar era a de uma ação complexa, ou antes, a de uma ação dupla. Com efeito, pondo de lado as circunstâncias que ligam as famílias de João da Silva e do capitão-mor, o drama de Pedrinho e Maria e o drama de Henriqueta e Ernesto correm como duas linhas paralelas, sem se tocarem, e interessando-nos diversamente. Sem exigir para o romance o rigor das regras dramáticas, parece-me que se pode fazer ao sr. Pereira esta crítica preliminar. E essa crítica é tanto mais cabida, quando se reconhece que, ocupando-se exclusivamente com os amores de Maria e Pedrinho, só de certo ponto em diante é que o autor nos desvia para mostrar-nos os sentimentos de Henriqueta e Ernesto; e o amor de Henriqueta, que então parecia entrar como episódio, torna-se no fim do romance o centro das atenções, e produz a peripécia do drama. O objeto principal do romance passa então para o segundo plano.

Disse que o autor tinha esta dificuldade com que lutar, e a luta é manifesta desde que o autor vê-se obrigado a passar de um para outro assunto, ligados entre si pelo encontro das pessoas, e nunca pela contiguidade da ação, do que resulta atenuar por vezes o interesse.

Esta observação, feita no sincero desejo de indagar todos os defeitos, não é a única que nos sugere o belo livro do sr. Pereira da Silva.

Maria e Henriqueta são duas criaturas mais interessantes do romance. A mocidade e o coração ligam a filha do trabalhador à filha do capitão-mor. Mas, é para sentir que os sentimentos tão naturais, tão bem estudados em Maria, não o sejam igualmente em Henriqueta.

Henriqueta ama o primo Ernesto, e é amada por ele; mas Henriqueta cedera um dia aos sentimentos reprovados de um homem, e essa triste falta da sua adolescência é o ponto negro que lhe mancha o céu da vida. Que situação mais aflitiva do que esta? Henriqueta, desde que começa a interessar o leitor, interessa-o muito, e o autor, com uma observação delicada e rara, sabe estudar, em todos os pontos, o coração da moça.

Mas esse amor é a vida inteira de Henriqueta ou um episódio? Ao princípio decidimo-nos pela primeira hipótese, mas de certo ponto em diante modifica-se este juízo.

Vejamos.

Henriqueta tem comunicado a Ernesto a sua falta, e isto por um meio delicado — mandando pôr sobre a mesa dele um manuscrito que é o livro íntimo das suas confissões. A luta que se produz no espírito do moço, entre o amor e as leis da sociedade, é habilmente descrita. Neste ínterim chega à fazenda Alfredo de Vasconcelos, o primeiro amor de Henriqueta e a causa do seu erro. Ernesto sufoca o amor, e aconselha a Henriqueta que se case com Alfredo. Lúcia, a cria e amiga da moça, é quem lhe entrega a carta de Ernesto e aconselha a mesma coisa.

Diz Lúcia:

— Eu acho que nhanhã fazia bem; vingava-se do sr. moço Ernesto.
— Está bem, penteia-me, dá-me o meu melhor vestido, enfeita-me bem; quero descer, quero aparecer a ambos, bela, encantadora; como nunca me viram. Olhas para mim?
— ...Há de ir como está; nhanhã está divina, nunca esteve assim.

Henriqueta foi ao espelho certificar-se das palavras de Lúcia.

O amor que estabelece esta competência, por meio das graças pessoais, está longe de ser um amor profundo, verdadeiro, sincero. Quando se chega àquele diálogo, já a bela situação de Henriqueta não inspira a nossa piedade.

Mas o caráter de Henriqueta tem ainda outra inconsequência. Alfredo, entrando na fazenda do capitão, fê-lo unicamente por um motivo: para reparar a falta que cometera; ia pedir a Henriqueta em casamento. A resposta da moça é dada no conselho de família; é uma recusa formal, em linguagem que a moça não tinha o direito de usar com a consciência arrependida do moço; ela refere tudo quanto se passara com o seu primeiro amante.

O capitão-mor, sabedor de tais circunstâncias, decide casá-los à força; Henriqueta vai até o altar, recusa, e morre envenenada.

Todos esses atos da moça não estão de acordo com a lógica moral dos sentimentos.

Não se compreende também que Ernesto, amigo de Alfredo, e sabedor dos sentimentos que o trouxeram a reparar uma falta passada, arme-se contra ele e o mate.

Diz-nos o sr. Pereira da Silva que a ação do seu romance é verídica, e que, por uma lutuosa circunstância, foi ele obrigado a precipitar o desfecho. Destas duas razões, a segunda é respeitável, mas eu sempre lhe lembro que podia precipitar o desfecho sem o duelo final. Quanto à primeira razão, a crítica severa não pode aceitá-la. Prefere-se a verdade à veracidade; e já alguém disse que é melhor ver sentimentos verdadeiros debaixo das roupagens impossíveis, do que sentimentos impossíveis com vestuários exatos. Condé chorava ouvindo os versos de Corneille, mesmo quando Paulina e Camila envergavam as roupas do tempo de Luís XIV. O autor das *Cenas do interior* era obrigado a tirar do episódio histórico aquilo que lhe desse os elementos da ação, tendo sempre presente que os caracteres verdadeiros e os sentimentos humanos estão acima da veracidade rigorosa dos fatos.

Há no próprio romance do sr. Pereira da Silva exemplos de que ele conhece esta lei literária, fora da qual não há arte possível.

O tipo de João da Silva é completo; o capitão-mor, austero e sisudo, mas rude e desabrido, está estudado com muita verdade; o mesmo direi de Margarida e Ernesto, a quem só reprovo o duelo final. Américo é também um caráter lógico e verdadeiro.

Qualidades de observação não faltam, pois, no autor; não lhe faltam igualmente qualidades de estilo; e, se excetuarmos um ou outro descuido, a linguagem do romance é pura e boa.

A descrição das festas do Natal, e em geral a observação dos costumes do interior e do tempo não deixa a desejar: o que se chama cor local não falta ao romance, e, alguma coisa noto, é que o cuidado de ser fiel à cor local prejudica algumas vezes, como disse acima, o cuidado de ser fiel à cor humana.

O resumo da minha opinião é que o romance do sr. Pereira da Silva merece ser lido e apreciado. Avultam-lhe qualidades; quanto aos defeitos, são eles da ordem dos que escapam aos escritores de maior nome e maior responsabilidade.

Tomei a liberdade de lhos apontar por me parecer que ele prefere uma crítica franca e sincera, a um acolhimento silencioso ou um aplauso frenético e desarrazoado. A intolerância produz este, o desdém produz aquele; mas um talento como o do sr. Pereira da Silva pode viver independente da intolerância de uns, e pode afrontar o desdém de outros.

Machado de Assis
Diário do Rio de Janeiro, 24/06/1865

Um livro de versos

Poesias *do sr. dr. Bernardo J. da Silva Guimarães, Livraria Garnier, 1865*

Com o sr. Bernardo Guimarães dá-se um fenômeno, que não é raro em literatura: a sua popularidade não é igual ao seu talento. Isto não quer dizer que ele seja desconhecido; ao contrário, os que prezam as boas letras sabem de cor muitos dos seus versos; mas um talento tão robusto, como o do autor dos *Cantos da solidão*, tinha direito à mais vasta popularidade.

Qual seja a causa deste fato, não é meu intuito indagá-lo agora; se o menciono, é como exemplo às vocações sôfregas, a fim de que aprendam, com o poeta, a preferir uma superioridade tranquila, mas certa do futuro, a uma nomeada ruidosa, mas disputável.

Pois que falo em superioridade, direi desde já que este, no meu conceito, avantaja-se a todos os poetas líricos atuais, e tem um lugar marcado na galeria dos contemporâneos. Julgando assim, é possível que eu não seja o intérprete fiel da opinião literária; mas presumo que outra não pode ser a sentença do futuro.

O sr. Bernardo Guimarães tinha já adquirido a estima dos homens de letras, com a publicação dos *Cantos da solidão*, há treze anos. Hoje, aos trinta e seis de idade, aparece de novo, com um volume das suas poesias completas, precedidas de algumas palavras símplices e despretensiosas. O volume contém, mais ou menos, quatrocentas páginas, e o poeta pede desculpa de não o dar mais copioso. É isto uma crítica que ele faz a si próprio, e que a merece. Eu não quisera de certo que, no intuito de apresentar uma obra menos exígua, forjasse o autor mais uma centena de páginas; isto é bom para os poetas que têm a rara fortuna de cantar, ainda quando não sentem nada dentro de si; mas, apesar das desculpas apresentadas no prefácio, o espaço de treze anos era suficiente para que ele nos desse hoje uma coleção mais numerosa dos seus cantos.

O livro do sr. Bernardo Guimarães divide-se em quatro partes, que correspondem a duas épocas distintas. É assim fácil estudar o espírito e as tendências atuais do poeta, e de algum modo predizer a sua carreira no futuro. Direi em poucas palavras o que penso e o que sinto, tão franco nas censuras como nos louvores, certo de que o poeta prefere a estima à adulação.

É o sr. Bernardo Guimarães um poeta verdadeiramente nacional; a sua musa é brasileira legítima; essa nacionalidade, porém, não se traduz por um alinhavo de nomes próprios, nem por uma descrição seca de costumes. Desde que o gênio de Gonçalves Dias abriu aos olhos da geração moderna uma fonte nova de inspiração de harmonia, surgiu dos recantos obscuros da literatura uma chusma de poetas, que julgaram ter entendido o mestre, desde que reduzissem a poesia a uma indigesta nomenclatura. Alguns, como tivessem talento real, destacaram-se no meio dos esforços impotentes dos outros; mas nenhum com mais felicidade que o sr. Bernardo Guimarães, cuja nacionalidade poética é o resultado da sua índole e da sua educação.

Tem o sr. Bernardo Guimarães uma fisionomia própria e definida; a sua musa é sempre a mesma, quer se enfeite de rosas, quer se coroe de lírios; os seus versos trazem consigo um cunho de família; o autor pode colher as suas inspirações em diversas fontes, pode esclarecer o espírito com estudos diversos, mas quando lhe chega a hora de reproduzir as suas impressões, a língua que fala é firme e própria.

O tom dominante de seus versos é a elegia. Basta percorrer o livro rapidamente para conhecer a verdade desta observação. A "Dedicatória dos cantos da solidão" é toda afinada por esse tom, e distingue-se por algumas imagens, habilmente traçadas, pela harmonia e sentimentos dos versos. Não digo que seja essa a melhor poesia do livro, nem que possa competir com o "Ermo" e o "Idílio"; mas é uma bela amostra da força poética, e até das suas predileções íntimas. Os três últimos versos que encerram uma ideia linda e nova, e fecham a poesia com chave de ouro.

Ideias, imagens e forma! aí temos um poeta; este pode ler-se sem perigo para o gosto: tem o que a natureza inspira, e o que dá a arte, sabendo concilia-las ambas, na justa proporção que a cada uma compete. Está longe de partilhar o culto exclusivo da forma, que parece ser a nova religião, cujo dogma é arquiteturar palavras, e dispensar ideias, substituir a energia do sentido pelo inchado da expressão, e transformar a arte em ofício.

O "Ermo" é talvez a composição mais notável do livro, e tem a vantagem de nos indicar, a um tempo a índole do autor e a medida de seu talento. O sr. Bernardo Guimarães tem sobretudo um raro instinto para compreender a natureza; nunca é tão poeta como quando está diante de uma cascata, ou no seio de uma floresta. O "Ermo" é uma composição de primeira ordem; a inspiração é viva, o verso harmonioso, as imagens belas e muitas vezes originais; os versos não se sucedem como autômatos;

trazem uma ideia ou exprimem um sentimento; e lendo aquelas treze páginas, tão vivamente inspiradas, o espírito se nos transporta para a floresta, respiramos o ar do deserto, ouvimos as fontes, vivemos do ermo. O autor que tem um olhar superior, não vê só o corpo da floresta, os coqueiros e os jequitibás; faz mais alguma coisa, sente-lhe a alma, o elemento oculto que anima a solidão, e trava com esse espírito invisível aos olhos profanos a doce conversa que o vulgacho não pode ouvir.

No "Ermo", o poeta convida a musa a ir ver a natureza, onde ela se ostenta mais virgem e mais formosa; a descrição da floresta é feita em cerca de trinta versos magníficos de vigor e de colorido; chora depois as tribos extintas, comemora as suas façanhas, descreve com sobriedade e rapidez a vida indígena, cujo amor às solidões da floresta tanto se harmoniza com as preferências íntimas do poeta. A descrição da derrubada e do incêndio é excelente; o poeta pinta esses espetáculos, como quem os viu e conhece; depois chora sobre essa violação do santuário do ermo; mas, interrogando o machado e o fogo, acha que eles estão agentes da civilização e do progresso; tanto basta para consolar a virgem da floresta, a quem prediz, em troca das graças naturais e agrestes, as galas da civilização e a força do poder; mas, acrescenta o poeta (para quem o espetáculo do ermo vale mais que o espetáculo das cidades), mas, se ela um dia volver os olhos ao passado, talvez tenha saudade de seus bosques e da sua rude infância.

Lê-se o "Ermo" e repete-se a leitura, sem passar-se adiante, saboreando vagarosamente as impressões que a poesia deixa ao espírito; sintoma esse de que é aquela a linguagem verdadeira das musas, e se alguém há que não experimente tais comoções, pode desistir de entender jamais uma página de poesia.

Voltando a página, dá-se com os olhos no "Devanear do céptico". Aqui entramos em nova ordem de ideias, e eu sentiria realmente se aqueles versos correspondessem ao estado do espírito do poeta; é a dúvida, não a dúvida fria e seca, mas a dúvida aflitiva, que interroga os céus, os astros, a ciência, e nada colhe que esclareça e eleve. Será essa dúvida sincera? Quando o poeta pergunta repetidas vezes onde está Deus, dá-me vontade de voltar a página anterior, e enviá-lo ao ermo. Não é que eu faça uma confusão de panteísta; mas, quem sabe pisar com tanto amor e respeito o santuário do deserto, quem tão profundamente conhece a natureza, não tem que perguntar: lá tem a fonte onde estancar a sede que o devora.

Em todo o caso, sincera ou não, a musa do poeta exprime as suas incertezas, soluça as suas dores, em bons versos e elegantes períodos.

Pode-se supor que há realmente certa sinceridade na dúvida do poeta, quando se lê a epístola que começa: — *Não vês amigo?* — Ali o poeta comemorando o seu aniversário, volve um olhar ao passado, e lança outro ao futuro, e articula as mesmas incertezas do "Devanear do céptico"; mas, antes quero crer que a sua ânsia de interrogar o desconhecido deriva de um estado transitório, do espírito e que esse estado é o efeito de uma série de desilusões. É natural interrogar o artífice, quando se descrê da obra, e lançar à conta do Criador as decepções que os homens nos produzem. Que é preciso para que o poeta creia? Basta que lhe apareça aos olhos uma sepultura: as "Elegias" à morte de seu irmão, e à de um escravo, são ungidas de fé, e cheias de espírito religioso. Os versos, perfeitamente construídos, respiram uma doce tristeza, doce pelo tom de resignação e de saudade que domina em todos eles. Aí, como no "Destino do vate", o autor eleva-se à altura de um poeta cristão.

As *Inspirações da tarde* formam uma coleção de páginas deliciosas, escritas em boa hora de inspiração; nada há mais mimoso neste livro — propriedade e graça de locução, melodia de verso, tudo isso aplicado a descrever aquela hora tão solene: como seja o momento do ocaso, e a hora melancólica, não encontrareis aí demasiada luz, nem alegria descabida; os versos assemelham-se aos últimos reflexos do sol dourando o céu azul e o cimo enevoado das colinas.

Nestas pinturas delicadas, em que se pede ao verso certa transparência, e à palavra uma suavidade como de harpa eólia, é que o sr. Bernardo Guimarães é essencialmente poeta. Veja-se, por exemplo, o "Idílio"; o "Idílio" não é só uma joia de poesia brasileira; pode figurar, com honra, ao lado das mais belas composições do gênero que os clássicos portugueses nos deixaram. Esta é a poesia que comove e enternece, a verdadeira poesia, estrofes escritas com alma, e que os jovens estreantes das letras devem reler muitas vezes entre duas liras de Gonzaga.

Mas querem os leitores saber como o poeta abusa da comoção que nos produz? Os olhos vão correndo pelos versos do "Idílio", e a alma enche-se pouco a pouco da tristeza do poeta: pois bem, no melhor da nossa melancolia, quando se nos umedecem os olhos, e o coração palpita mais apressado, volta-se o poeta para a sua amada e diz-lhe:

> ... *os sonhos agoureiros*
> *Varre da mente, e vamos tomar chá.*

Este desfecho chama-nos bruscamente à realidade, é como se nos despenhassem alto de uma serra a um vale profundo; mas a graça está em que o poeta tem o cuidado de nos fazer um leito macio; e aquele chá, contra o qual protesta o nosso coração, está posto ali tão delicadamente, que a gente quase perdoa o poeta, e nem por isso fica-o estimando menos.

O "Idílio" pertence à segunda época, e é escrito com o frescor das primeiras inspirações; mas se excetuarmos, além dessa, mais uma meia dúzia de composições do mesmo valor, o poeta da segunda época parece querer seguir uma nova estrada; o "Nariz perante os poetas", escrito embora com a facilidade e a cadência naturais ao sr. Bernardo Guimarães, não é digno do seu talento; não se reconhece o autor do "Ermo" nas estrofes ao cavalo "Cisne" e à "Saia-balão". O "Dilúvio de papel", poesia desigual, mas cheia de *verve,* de originalidade e de expressão, deixa-nos longe das estrofes do "Escravo" e do "Hino à tarde". Não é sem muita estranheza que eu procuro ligar o autor da "Nostalgia" ao da última estrofe da página 219. Ora, se eu insisto neste reparo, é por ver que as poesias do gênero do "Nariz perante os poetas" formam uma grande parte da segunda, e, apesar das boas páginas que ainda se encontram aí, receio que o autor queira romper com a tradição da sua adolescência poética, e afinar a sua lira por um tom menos estimado.

Estou longe de negar a intenção cômica e a suma graça da "Saia-balão" e do "Dilúvio de papel", poesias que, neste sentido, se avantajam ao "Cisne" e ao "Nariz"; mas não é essa feição poética do autor, e, francamente, eu antes queria vê-lo correndo os bosques e ouvindo as cachoeiras, do que seguindo as evoluções ridículas da moda, ou cantando as virtudes do "Cisne" e do "Charuto".

Se as pessoas competentes quiserem cotejar estes meus reparos com as poesias aludidas, dar-me-ão razão certamente. Eu disse que havia em algumas daquelas poesias intenção cômica, e assim parece que as poderíamos incluir no gênero da sátira, mas serão, nesse caso, irrepreensíveis aquelas poesias? O autor conserva no gênero satírico a altura a que sobe no gênero elegíaco? É evidente que não. Há ali bons versos e observações chistosas, e assim deve acontecer, porque trata-se de um homem de talento; mas o autor, que tanto se demorou nos bosques, não adquiriu a perspicácia suficiente para ver os ridículos humanos. Acha-se, até naquelas poesias, aquilo que não se encontra em nenhuma outra parte do livro — exceto na "Orgia dos duendes" —, acha-se da parte do autor um evidente desejo de fazer efeito aos olhos do leitor.

A "Orgia dos duendes" vem logo depois do "Idílio", como a uma tarde da primavera sucede uma noite de tempestade. É uma poesia aquela que há de agradar à massa geral dos leitores, mas que os espíritos severos desejariam vê-la excluída da coleção. O autor põe a imaginação em atividade para descrever-nos uma orgia de duendes: evoca todos os vultos fantásticos, acumula as expressões de bruxaria, procura dar ao verso uma cor apropriada ao assunto, e apesar disso não consegue reproduzir a orgia prometida. Em vão os crocodilos, os esqueletos, as *taturanas*, as bruxas, os sapos, *a mula sem cabeça* (que entra em cena por meio de um mau verso), em vão todo esse povo agita chocalhos, adufos, campainhas, canelas de frade — não conseguem auxiliar a intenção do autor; como se tudo conspirasse, até os versos não parecem da família dos outros, e quando eu fiz no começo deste artigo uma observação contrária, já excetuava interiormente os versos da *Orgia*, que além de pálidos, são incorretos.

O "Cisne", o "Charuto", o "Cigarro", e o "Nariz" são verdadeiras distrações poéticas, que o autor podia ter tido em uma hora menos propícia, mas que não devem pesar na balança da posteridade, quando se quiser medir a glória dele.

"Olhos verdes", "Uma filha do campo", e "Ilusão desfeita" repousam o espírito da fadiga que lhe produz a "Orgia dos duendes": a primeira destas poesias é simples e bonita; a "Uma filha do campo" é formosa e ingênua, respira a pureza dos bosques, e tem a graça da terra em que nasceu; "Ilusão desfeita" compensa algumas ideias usadas pela beleza dos versos, e por uma comparação feliz e original com que termina.

Os fragmentos das *Evocações* podiam e deviam ser acabados; aqui não faço censura, teço um elogio: faz pena que naquelas horas de boa inspiração, o poeta não deixasse correr francamente o espírito pelos campos do passado. O passado tem sempre muito que colher, e já aos trinta e seis anos é dele que se vive. Nas três "Evocações", como no "Prelúdio", há certo desalinho, que bem pode ser descuido ou cansaço. Há ali alguns versos, raros, que não competem com a naturalidade dos outros, mas em geral são modulados pela mesma corda do "Idílio" e das "Inspirações da tarde". O poeta evoca, uma por uma, todas as criaturas por quem palpitou, fá-las sentar diante de si, recorda com elas o viver de outrora, as horas e os lugares das suas expansões amorosas. Os que tiverem amado entenderão o poeta, e será esse o maior elogio das "Evocações".

"Lembrança", "Nostalgia", "Lembrar-me-ei de ti" choram lágrimas de saudade e de tristeza; belos e sentidos versos, uma dor sincera, traduzida em queixumes melodiosos, eis o que são e o que valem essas três composições que nos levam os mais belos dias do poeta. Prefiro a "Nostalgia" dentre as três; o quadro aí é mais vasto; o poeta escuta as brisas, as vagas e as nuvens, que lhe pedem para voltar aos montes em que nasceu; escuta-as, e depois de volver um rápido olhar sobre a sua vida, envia apenas à terra da pátria as saudades e as queixas do exílio. É o mesmo poeta lamartiniano que enternece, e faz vir lágrimas aos olhos.

Assim quero vê-lo sempre; a preocupação de fazer sorrir e pasmar os leitores deve o poeta, se a tem, afastá-la do seu espírito. A originalidade produz-se por si, está como que na massa do sangue; mas o melhor meio de não obtê-la é ir em cata dela como na "Orgia dos duendes".

Na idade em que se acha o sr. Bernardo Guimarães, corre-lhe o dever de acatar as tradições das suas estreias; a musa, que a mão dos entendidos coroou de merecidos louros, não deve gastar a sua força e a sua inspiração em puras brincadeiras do espírito, sem representação literária no futuro. E se, apesar desses descuidos, a lira do sr. Bernardo Guimarães possui ainda os mesmos sons dos seus primeiros anos, deve aproveitá-la para melhores cantares.

Ocupa o autor uma posição eminente na literatura; poeta de inspiração e de sentimento, senhor de uma forma correta e pura, descontados os descuidos de metrificação, formado na boa escola, e alimentado pelas sãs doutrinas literárias, pode subir mais, e enriquecer a nossa pátria com outras e mais peregrinas obras. É esse voto dos seus admiradores sinceros.

E se eu, que me conto nesse número, fiz alguns reparos ao livro excelente com que o poeta marcou a segunda data da sua vida literária, foi por cumprir um tríplice dever: ficar fiel à minha consciência, à estima pelo autor e à castidade da poesia.

Machado de Assis
Diário do Rio de Janeiro, 31/08/1865

O ideal do crítico

Exercer a crítica afigura-se a alguns que é uma fácil tarefa, como a outros parece igualmente fácil a tarefa do legislador; mas, para a representação literária, como para a representação política, é preciso ter alguma coisa mais que um simples desejo de falar à multidão. Infelizmente é a opinião contrária que domina, e a crítica, desamparada pelos esclarecidos, é exercida pelos incompetentes.

São óbvias as consequências de uma tal situação. As musas, privadas de um farol seguro, correm o risco de naufragar nos mares sempre desconhecidos da publicidade. O erro produzirá o erro; amortecidos os nobres estímulos, abatidas as legítimas ambições, só um tribunal será acatado, e esse, se é o mais numeroso, é também o menos decisivo. O poeta oscilará entre as sentenças mal concebidas do crítico e os arestos caprichosos da opinião; nenhuma luz, nenhum conselho, nada lhe mostrará o caminho que deve seguir — e a morte próxima será o prêmio definitivo das suas fadigas e das suas lutas.

Chegamos já a estas tristes consequências? Não quero proferir um juízo, que seria temerário, mas qualquer pode notar com que largos intervalos aparecem as boas obras, e como são raras as publicações seladas por um talento verdadeiro. Quereis mudar esta situação aflitiva? Estabelecei a crítica, mas a crítica fecunda, e não a estéril, que nos aborrece e nos mata, que não reflete nem discute, que abate por capricho ou levanta por vaidade; estabelecei a crítica pensadora, sincera, perseverante, elevada — será esse o meio de reerguer os ânimos, promover os estímulos, guiar os estreantes, corrigir os talentos feitos; condenai o ódio, a camaradagem e a indiferença — essas três chagas da crítica de hoje —, ponde em lugar deles, a sinceridade, a solicitude e a justiça, é só assim que teremos uma grande literatura.

É claro que a essa crítica, destinada a produzir tamanha reforma, deve-se exigir as condições e as virtudes que faltam à crítica dominante; e para melhor definir o meu pensamento, eis o que eu exigiria no crítico do futuro.

O crítico atualmente aceito não prima pela ciência literária; creio até que uma das condições, para desempenhar tão curioso papel, é despreocupar-se de todas as questões que entendem com o domínio da imaginação. Outra, entretanto, deve ser a marcha do crítico; longe de resumir em duas linhas — cujas frases já o tipógrafo as tem feitas —, o julgamento de uma obra, cumpre-lhe meditar profundamente sobre ela, procurar-lhe o sentido íntimo, aplicar-lhe as leis poéticas, ver enfim até que ponto a imaginação e a verdade conferenciaram para aquela produção. Deste modo as conclusões do crítico servem tanto à obra concluída, como à obra em embrião. Crítica é análise — a crítica que não analisa é a mais cômoda, mas não pode pretender a ser fecunda.

Para realizar tão multiplicadas obrigações, compreendo eu que não basta uma leitura superficial dos autores, nem a simples reprodução das impressões de um momento; pode-se, é verdade, fascinar o público, mediante uma fraseologia que se emprega sempre para louvar ou deprimir; mas no ânimo daqueles para quem uma frase nada vale, desde que não traz uma ideia, esse meio é impotente, e essa crítica negativa.

Não compreendo o crítico sem consciência. A ciência e a consciência, eis as duas condições principais para exercer a crítica. A crítica útil e verdadeira será aquela que, em vez de modelar as suas sentenças por um interesse, quer seja o interesse do ódio, quer o da adulação ou da simpatia, procure reproduzir unicamente os juízos da sua consciência. Ela deve ser sincera, sob pena de ser nula. Não lhe é dado defender nem os seus interesses pessoais, nem os alheios, mas somente a sua convicção, e a sua convicção deve formar-se tão pura e tão alta, que não sofra a ação das circunstâncias externas. Pouco lhe deve importar as simpatias ou antipatias dos outros; um sorriso complacente, se pode ser recebido e retribuído com outro, não deve determinar, como a espada de Breno, o peso da balança; acima de tudo, dos sorrisos e das desatenções, está o dever de dizer a verdade, e em caso de dúvida, antes calá-la, que negá-la.

Com tais princípios, eu compreendo que é difícil viver; mas a crítica não é uma profissão de rosas, e se o é, é-o somente no que respeita à satisfação íntima de dizer a verdade.

Das duas condições indicadas acima decorrem naturalmente outras, tão necessárias como elas, ao exercício da crítica. A coerência é uma dessas condições, e só pode praticá-la o crítico verdadeiramente consciencioso. Com efeito, se o crítico, na manifestação dos seus juízos, deixa-se impressionar por circunstâncias estranhas às questões literárias, há de cair frequentemente na contradição, e os seus juízos de hoje serão a condenação das suas apreciações de ontem. Sem uma coerência perfeita, as suas sentenças perdem todo o vislumbre de autoridade, e abatendo-se à condição de ventoinha, movida ao sopro de todos os interesses e de todos os caprichos, o crítico fica sendo unicamente o oráculo dos seus aduladores.

O crítico deve ser independente — independente em tudo e de tudo —, independente da vaidade dos autores e da vaidade própria. Não deve curar de inviolabilidades literárias, nem de cegas adorações; mas também deve ser independente das sugestões do orgulho, e das imposições do amor-próprio. A profissão do crítico deve ser uma luta constante contra todas essas dependências pessoais, que desautoram os seus juízos, sem deixar de perverter a opinião. Para que a crítica seja mestra, é preciso que seja imparcial, armada contra a insuficiência dos seus amigos, solícita pelo mérito dos seus adversários, e, neste ponto, a melhor lição que eu poderia apresentar aos olhos do crítico, seria aquela expressão de Cícero, quando César mandava levantar as estátuas de Pompeu: "É levantando as estátuas do teu inimigo que tu consolidas as tuas próprias estátuas".

A tolerância é ainda uma virtude do crítico. A intolerância é cega, e a cegueira é um elemento do erro; o conselho e a moderação podem corrigir e encaminhar as inteligências; mas a intolerância nada produz que tenha as condições de fecundo e duradouro.

É preciso que o crítico seja tolerante, mesmo no terreno das diferenças de escola: se as preferências do crítico são pela escola romântica, cumpre não condenar, só por isso, as obras-primas que a tradição clássica nos legou, nem as obras meditadas que a musa moderna inspira; do mesmo modo devem os clássicos fazer justiça às boas obras dos românticos e dos realistas, tão inteira justiça, como estes devem fazer às boas obras daqueles. Pode haver um homem de bem no corpo de um maometano, pode haver uma verdade na obra de um realista. A minha admiração pelo Cid não me fez obscurecer as belezas de Ruy Blas. A crítica que, para não ter o trabalho de meditar e aprofundar, se limitasse a uma proscrição em massa, seria a crítica da destruição e do aniquilamento.

Será necessário dizer que uma das condições da crítica deve ser a urbanidade? Uma crítica que, para a expressão das suas ideias, só encontra fórmulas ásperas, pode perder as esperanças de influir e dirigir. Para muita gente será esse o meio de provar independência; mas os olhos experimentados farão muito pouco caso de uma independência que precisa sair da sala para mostrar que existe.

Moderação e urbanidade na expressão, eis o melhor meio de convencer; não há outro que seja tão eficaz. Se a delicadeza das maneiras é um dever de todo homem que vive entre homens, com mais razão é um dever do crítico, e o crítico deve ser delicado por excelência. Como a sua obrigação é dizer a verdade, e dizê-la ao que há de mais susceptível neste mundo, que é a vaidade dos poetas, cumpre-lhe, a ele sobretudo, não esquecer nunca esse dever. De outro modo, o crítico passará o limite da discussão literária, para cair no terreno das questões pessoais; mudará o campo das ideias, em campo de palavras, de doestos, de recriminações, se acaso uma boa dose de sangue frio, da parte do adversário, não tornar impossível esse espetáculo indecente.

Tais são as condições, as virtudes e os deveres dos que se destinam à análise literária; se a tudo isto juntarmos uma última virtude, a virtude da perseverança, teremos completado o ideal do crítico.

Saber a matéria em que fala, procurar o espírito de um livro, escarná-lo, aprofundá-lo, até encontrar-lhe a alma, indagar constantemente as leis do belo, tudo isso com a mão na consciência e a convicção nos lábios, adotar uma regra definida, a fim de não cair na contradição, ser franco sem aspereza, independente sem injustiça, tarefa nobre é essa que mais de um talento podia desempenhar, se se quisesse aplicar exclusivamente a ela. No meu entender é mesmo uma obrigação de todo aquele que se sentir com força de tentar a grande obra da análise conscienciosa, solícita e verdadeira.

Os resultados seriam imediatos e fecundos. As obras que passassem do cérebro do poeta para a consciência do crítico, em vez de serem tratadas conforme o seu bom ou mau humor, seriam sujeitas a uma análise severa, mas útil; o conselho substituiria a intolerância, a fórmula urbana entraria no lugar da expressão rústica, a imparcialidade daria leis, no lugar do capricho, da indiferença e da superficialidade.

Isto pelo que respeita aos poetas. Quanto à crítica dominante, como não se poderia sustentar por si, ou procuraria entrar na estrada dos deveres difíceis, mas nobres, ou ficaria reduzida a conquistar, de si própria, os aplausos que lhe negassem as inteligências esclarecidas.

Se essa reforma que eu sonho, sem esperanças de uma realização próxima, viesse mudar a situação atual das coisas, que talentos novos! que novos escritos! que estímulos! que ambições! A arte tomaria novos aspectos aos olhos dos estreantes; as leis poéticas — tão confundidas hoje, e tão caprichosas — seriam as únicas pelas quais se aferisse o merecimento das produções, e a literatura alimentada ainda hoje por algum talento corajoso e bem encaminhado veria nascer para ela um dia de florescimento e prosperidade. Tudo isso depende da crítica. Que ela apareça, convencida e resoluta, e a sua obra será a melhor obra dos nossos dias.

Machado de Assis
Diário do Rio de Janeiro, *08/10/1865*

Semana literária
(Propósito)

A temperatura literária está abaixo de zero. Este clima tropical, que tanto aquece as imaginações, e faz brotar poetas, quase como faz brotar as flores, por um fenômeno, aliás explicável, torna preguiçosos os espíritos, e nulo o movimento intelectual. Os livros que aparecem são raros, distanciados, nem sempre dignos de exame da crítica. Há decerto exceções tão esplêndidas quanto raras, e por isso mesmo mal compreendidas do presente, graças à ausência de uma opinião. Até onde irá uma situação semelhante, ninguém pode dizê-lo, mas os meios de iniciar a reforma, esses parecem-nos claros e símplices, e para achar o remédio basta indicar a natureza do mal.

A nosso ver, há duas razões principais desta situação: uma de ordem material, outra de ordem intelectual. A primeira, que se refere à impressão dos livros, impressão cara, e de nenhum lucro pecuniário, prende-se inteiramente à segunda, que é a falta de gosto formado no espírito público. Com efeito, quando aparece entre nós essa planta exótica chamada editor, se os escritores conseguem encarregá-lo, por meio de um contrato, da impressão das suas obras, é claro que o editor não pode oferecer vantagem aos poetas, pela simples razão de que a venda do livro é problemática e difícil. A opinião que devia sustentar o livro, dar-lhe voga, coroá-lo enfim no Capitólio moderno, essa, como os heróis de Tácito, brilha pela ausência. Há um círculo limitado de leitores; a concorrência é quase nula, e os livros aparecem e morrem nas livrarias. Não dizemos que isso aconteça com todos os livros, nem com todos os autores, mas a regra geral é essa.

Se a ausência de uma opinião literária torna difícil a publicação dos livros, não é esse o menor dos seus inconvenientes; há outro, de maior alcance, porque é de futuro: é o cansaço que se apodera dos escritores, na luta entre a vocação e a indiferença. Daqui se pode concluir que o homem que trabalha, apesar de tais obstáculos, merece duas vezes as bênçãos das musas. Um exemplo: apareceu há meses um livro primoroso, uma obra selada por um verdadeiro talento, aliás conhecido e celebrado. *Iracema* foi lida, foi apreciada, mas não encontrou o agasalho que uma obra daquelas merecia. Se alguma vez se falou na imprensa a respeito dela, mais detidamente, foi para deprimi-la; e isso na própria província que o poeta escolhe para teatro do seu romance. Houve na corte, quem se ocupasse igualmente com o livro, mas a apreciação do escritor, reduzida a uma opinião isolada, não foi suficiente para encaminhar a opinião, e promover as palmas a que o autor tinha incontestável direito. Ora, se depois desta prova, o sr. conselheiro José de Alencar atirasse a sua pena a um canto, e se limitasse a servir ao país no cargo público que ocupa, é triste dizê-lo, mas nós cremos que a sua abstenção estava justificada. Felizmente, o autor d'*O Guarani* é uma dessas organizações raras que acham no trabalho sua própria recompensa, e lutam menos pelo presente, do que pelo futuro. *Iracema*, como obra do futuro, há de viver, e temos fé de que será lida e apreciada, mesmo quando muitas das obras que estão hoje em voga servirem apenas para a crônica bibliográfica de algum antiquário paciente.

A fundação da Arcádia Fluminense foi excelente num sentido: não cremos que ela se propusesse a dirigir o gosto, mas o seu fim decerto que foi estabelecer a convivência literária, como trabalho preliminar para obra de maior extensão. Nem se cuide que esse intento é de mínimo valor: a convivência dos homens de letras, levados por nobres estímulos, pode promover ativamente o movimento intelectual; a Arcádia já nos deu algumas produções de merecimento incontestável, e se não naufragar, como todas as coisas boas do nosso país, pode-se esperar que ela contribua para levantar os espíritos do marasmo em que estão.

Qual o remédio para este mal que nos assoberba, este mal de que só podem triunfar as vocações enérgicas, e ao qual tantos talentos sucumbem? O remédio já tivemos ocasião de indicá-lo em um artigo que apareceu nesta mesma folha: o remédio é a crítica. Desde que, entre o poeta e o leitor, aparecer a reflexão madura da crítica, encarregada de aprofundar as concepções do poeta para as comunicar ao espírito do leitor; desde que uma crítica consciensiosa e artista guiar, a um tempo, a musa no seu trabalho e o leitor na sua escolha, a opinião começará a formar-se, e o amor das letras virá naturalmente com a opinião. Nesse dia os cometimentos ilegítimos não serão tão fáceis; as obras medíocres não poderão resistir por muito tempo; o poeta, em vez de acompanhar o gosto mal formado, olhará mais seriamente para sua arte; a arte não será uma distração, mas uma profissão, alta, séria, nobre, guiada por vivos estímulos; finalmente, o que é hoje exceção, será amanhã uma regra geral.

Os que não conhecerem de perto o autor destas linhas, vão naturalmente atribuir-lhe, depois desta exposição, uma intenção imodesta que ele não tem. Não, o lugar vago da crítica não se preenche facilmente, não basta ter mostrado algum amor pelas letras para exercer a tarefa difícil de guiar a opinião e as musas, nem essa tarefa pode ser desempenhada por um só homem; e as eminentes e raras qualidades do crítico são de si tão difíces de encontrar, que eu não sei se temos no Império meia dúzia de pensadores próprios para esse mister.

Assim que, estas *Semanas Literárias* não passam de revistas bibliográficas; seguramente que nos não limitaremos a noticiar livros, sem exame, sem estudo; mas daí a exercer influência no gosto, e a pôr em ação os elementos da arte, vai uma distância infinita. Se os livros, porém, são poucos, se raro aparecem as vocações legítimas, como preencher esta tarefa? A esta pergunta dos nossos leitores, temos uma resposta fácil. Se as publicações não são frequentes, há obras na estante nacional, que podem nos dias de carência ocupar a atenção do cronista; e é assim, por exemplo, que uma das primeiras obras de que nos ocuparemos será a *Iracema* do sr. José de Alencar. Antes, porém, de trazer para estas colunas a irmã mais moça de Moema e de Lindoia, tão formosa como elas, e como elas tão nacional, diremos alguma coisa do último romance do sr. dr. Macedo, *O culto do dever*, que acaba de ser publicado em volume. A próxima revista será consagrada ao livro do autor d'*A moreninha*, que, no meio das suas preocupações políticas, não se esquece das musas. Mas que fruto nos traz ele da sua última excursão ao Parnaso? É o que veremos na próxima semana.

Machado de Assis
Diário do Rio de Janeiro, *09/01/1866*

Semana literária
(J. M. de Macedo: O culto do dever*)*

O autor d'*A nebulosa* e d'*A moreninha* tem jus ao nosso respeito, já por seus talentos, já por sua reputação. Nem a crítica deve destinar-se a derrocar tudo quanto a mão do tempo construiu, e assenta em bases sólidas. Todavia, respeito não quer dizer adoração estrepitosa e intolerante; o respeito neste caso é uma nobre franqueza, que honra tanto a consciência do crítico, como o talento do poeta; a maior injúria que se pode fazer a um autor é ocultar-lhe a verdade, porque faz supor que ele não teria coragem de ouvi-la. Nem todas as horas são próprias ao trabalho das musas; há obras menos cuidadas e menos belas, entre outras mais belas e mais cuidadas: apontar ao poeta quais elas são, e por que o são, é servir diretamente à sua glória. Por agora só nos ocuparemos com o último livro do sr. dr. Macedo; aplicando aquelas máximas salutares à ligeira análise que vamos fazer, falaremos sem rodeios nem disfarce, procuraremos ver se o autor atendeu a todas as regras da forma escolhida, se fez obra d'arte ou obra de passatempo, e resumindo a nossa opinião em termos claros e precisos, teremos dado ao autor d'*O culto do dever* o culto de uma nobre consideração.

Não se cuide que é fácil apreciar *O culto do dever*. A primeira dúvida que se apresenta ao espírito do leitor é sobre quem seja o autor deste livro. O sr. dr. Macedo declara num preâmbulo que recebeu o manuscrito das mãos de um velho desconhecido, há cinco ou seis meses. Se a palavra de um autor é sagrada, como harmonizá-la, neste caso, com o estilo da obra? O estilo é do autor d'*O moço loiro*; não sereis vós, mas a fisionomia é vossa; aí o escritor está em luta com o homem. Nisto não fazemos injúria alguma ao sr. dr. Macedo; a história literária de todos os países está cheia de exemplos semelhantes. A verdade, porém, é que o livro traz no rosto o nome do sr. dr. Macedo, como autor do romance, e esta interpretação parece-nos a mais aceitável. Em todo o caso, apraz-nos ter de falar a um nome conhecido, sobre o qual pesa a larga responsabilidade do talento.

O autor declara que a história é verdadeira, que é uma história de ontem, um fato real, com personagens vivos; a ação passa nesta corte, e começa no Dia de Reis do ano passado, assim, pois, é muito possível que os próprios personagens d'*O culto do dever* estejam lendo estas linhas. Pode a crítica apreciar livremente as paixões e os sentimentos em luta neste livro, analisar os personagens, aplaudi-los ou condená-los, sem ferir o amor-próprio de criaturas existentes? Realidade ou não, o livro está hoje no domínio do público, e naturalmente fará parte das obras completas do sr. dr. Macedo; o fato sobre que ele se baseia já passou ao terreno da ficção; é coisa própria do autor. Nem podia deixar de ser assim; a simples narração de um fato não constitui um romance, fará quando muito uma *gazetilha*; é a mão do poeta que levanta os acontecimentos da vida e os transfigura com a varinha mágica da arte. A crítica não aprecia o caráter de tais ou tais indivíduos, mas sim o caráter das personagens pintadas pelo poeta, e discute menos os sentimentos das pessoas que a habilidade do escritor.

Aos que não tiverem lido *O culto do dever* parecerá excessivo este nosso escrúpulo; todavia, o escrúpulo é legítimo à vista de uma circunstância: há no romance uma cena, a bordo do vapor *Santa Maria*, na qual o autor faz intervir a pessoa de sua alteza o sr. conde d'Eu, companheiro de viagem de uma das personagens, cuja mão o príncipe aperta cordialmente. Não é crível que a liberdade da ficção vá tão longe; e nós cremos sinceramente na realidade do fato que serve de assunto a *O culto do dever*.

O dever é a primeira e a última palavra do romance; é o seu ponto de partida, é o seu alvo; cumprir o dever, à custa de tudo, eis a lição do livro. Estamos de acordo com o autor nos seus intuitos morais. Como os realiza ele? Sacrificando a felicidade de uma moça no altar da pátria; uma noiva que manda o noivo para o campo da honra; o traço é lacedemônio, a ação é antiga.

> *Faites votre devoir et laissez faire aux dieux.*

Angelina tem uma expressão idêntica para convencer o noivo. É à força da sua palavra, imperiosa mas serena, que Teófilo vai assentar praça de voluntário, e parte para a guerra. Angelina faz tudo isso por uma razão que o autor repete a cada página do livro; é que ela foi educada por um pai austero e rígido; Domiciano influiu no coração de sua filha o sentimento do dever, como pedra de toque para todas as suas ações; o próprio Domiciano morre vítima da austeridade da sua consciência. Há nesta simples exposição elementos dramáticos; o autor tem diante de si uma tela vasta e própria para traçar um grande quadro e preparar um drama vivo. Por que o não fez? O autor dirá que não podia alterar a realidade dos fatos; mas esta resposta é de poeta, é de artista? Se a missão do romancista fosse copiar os fatos, tais quais eles se dão na vida, a arte era uma coisa inútil; a memória substituiria a imaginação; *O culto do dever* deitava abaixo *Corina*, *Adolfo*, *Manon Lescaut*. O poeta daria a demissão e o cronista tomaria a direção do Parnaso. Demais, o autor podia, sem alterar os fatos, fazer obra de artista, criar em vez de repetir; é isso que não encontramos n'*O culto do dever*. Dizia acertadamente Pascal que sentia grande prazer quando no autor de um livro, em vez de um orador, achava um homem. Debalde se procura o homem n'*O culto do dever*; a pessoa que narra os acontecimentos daquele romance, e que se diz testemunha dos fatos, será escrupulosa na exposição de todas as circunstâncias, mas está longe de ter uma alma, e o leitor chega à última página com o espírito frio e o coração indiferente.

E contudo, não faltam ao poeta elementos para interessar; o nobre sacrifício de uma moça que antepõe o interesse de todos ao seu próprio interesse, o coração da pátria ao seu próprio coração era um assunto fecundo; o poeta podia tirar daí páginas deliciosas, situações interessantes.

Qual era o meio de mostrar a grandeza do dever que Angelina pratica? Seguramente que não é repetindo, como se faz no romance, a palavra dever, e lembrando a cada passo as lições de Domiciano. A grandeza do dever, para que a situação de Angelina nos interessasse, devia nascer da grandeza do sacrifício, e a grandeza do sacrifício da grandeza do amor. Ora, o leitor não sente de modo nenhum o grande amor de Angelina por Teófilo; depois de assistir à declaração na Noite de Reis, à confissão de Angelina a seu pai, e à partida de Teófilo para Portugal, o leitor é solicitado a ver o episódio da morte de Domiciano, e outros, e o amor de Angelina, palidamente descrito nos primeiros capítulos, não aparece, senão na boca do narrador; a resolução da moça para que Teófilo vá para o Sul, é-lhe inspirada sem luta alguma; a serenidade das suas palavras, longe de impor o espírito do leitor, lança-o em grande perplexidade; Angelina afirma, é verdade, que vai sentir muito com a separação de Teófilo; mas se o diz, não faz senti-lo. Quando Rodrigo mata, em desforço de uma injúria, o pai de Ximena, e esta vai pedir vingança ao rei, que luta não se trava no coração da amante do Cid! O dilema aí é cruel: pedir o sangue do amante em paga do sangue do pai. Ximena estorce-se, lamenta-se, lava-se em lágrimas; metade da sua vida matou a outra metade, como ela mesma diz; e o leitor sente toda a grandeza da dor, toda a nobreza do sacrifício: Ximena é uma heroína sem deixar de ser mulher.

Se trazemos este exemplo, não é pelo gosto de opor à obra do poeta brasileiro a obra de um gênio trágico; nossa intenção é indicar, por comparação de um modelo, quais os meios de fazer sentir ao leitor a extensão de um sacrifício. Francamente, a Angelina da vida real, a Angelina que talvez esteja lendo estas linhas, há de desconhecer-se na própria obra do poeta.

Teófilo deve sentir a mesma estranheza quando ler o livro do sr. dr. Macedo. Quando, ao tratar-se, em casa de Angelina, do nobre sacrifício do imperador e de seus augustos genros, partindo para a guerra, a tia Plácida faz uma observação intempestiva. Teófilo responde-lhe com duas falas inspiradas de patriotismo e decidida coragem. O ato do cidadão que não acode à voz da pátria é qualificado por ele de covarde e mais infame. A conclusão do leitor é óbvia: Teófilo vai adiar o casamento, vai partir para a guerra; nada nos autoriza a crer que ele se guie pela moral de Talleyrand. Pois bem, acontece exatamente o contrário. Quando mais tarde o narrador, testemunha dos fatos, lembra-lhe o dever de ir para o Sul, Teófilo responde com o amor de Angelina, dizendo que a honra da pátria está confiada a milhões de filhos, e que a esperança da moça está somente nele; lembram-lhe as suas palavras; ele responde que *foi imprudente em proferi-las*; dizem-lhe que Angelina só se casará depois da guerra; ele dispõe-se a ir falar à noiva, e destruir esses *escrúpulos desabridos*.

Teófilo vai ter com Angelina, a noiva mostra-se inabalável; a sua condição é que o moço vá para o Sul, prometendo esperá-lo na volta da campanha. Não devo, responde ela com a serena impassibilidade do *non possumus* pontifício. Todos a cercam, instam todos; Angelina não recua um passo. Mas que faz Teófilo? Gasta três dias em rogativas inúteis; roja-se aos pés da moça para alcançar a sanção daquilo que ele, pouco antes, condenava como ato infamante. Não alcançando nada, trama-se uma conspiração: Teófilo reporta-se à vontade de sua mãe, que deve chegar da fazenda; a mãe é prevenida a tempo; convenciona-se que ela recusara licença ao filho para partir; segundo a opinião primitiva de Teófilo, aquilo era nada menos que a conspiração dos covardes; o moço, porém, não se preocupa muito com isso; rompe a conspiração; a mãe nega ao filho a licença de partir, o irmão e a irmã falam no mesmo sentido; é tudo vão: Angelina persiste em que o noivo deve ir para o Sul. A figura da moça, confessemo-lo, impõe aquilo pelo contraste; será uma grandeza, mas é uma grandeza que se alenta da fraqueza dos outros. O certo é que, não podendo alcançar outra resposta, Teófilo resolve-se a partir, o que dá lugar à cena dos bilhetes escritos, entre os dois noivos; Angelina escreve ocultamente uma ordem de partir, ao passo que Teófilo escreve em outro papel, ao mesmo tempo, a sua resolução de obedecer; os dois bilhetes são lidos na mesma ocasião. A ideia será original, mas a cena não tem gravidade; e, se foi trazida para salvar Teófilo, o intento é inútil, porque aos leitores perspicazes Teófilo transige com a obstinação de Angelina, não se converte.

Ora, o Teófilo da vida real quererá reconhecer-se nesta pintura? Duvidamos muito. Se o autor quisesse pintar em Teófilo a instabilidade do caráter, a contradição dos sentimentos, nada teríamos que lhe dizer: a figura era completa. Mas não; desde o começo Teófilo é apresentado aos leitores como um moço honrado, sério, educado em boa escola de costumes; Domiciano não se farta de elogiá-lo. A intenção do autor é visível: mas a execução traiu-lhe a intenção.

Dissemos acima que Teófilo partira para Portugal, logo depois da sua declaração a Angelina; os leitores terão curiosidade de saber o motivo dessa partida, que dá lugar a uma longa cena, idêntica à da conspiração. O motivo é ir recolher uma herança deixada por um parente de Teófilo; há o mesmo concerto unânime de rogativas; mas, nem Angelina, nem Domiciano consentem que o moço fique. É dever, responde Angelina; e devemos dizer que a repetição desta palavra torna-se quase uma ostentação de virtude. Parte o moço e deixa a todos consternados. O que torna, porém, esta cena inútil e sobreposse é que a aflição geral nasce de uma dificuldade que não existe. Se a noiva está pedida, se os dois noivos se amam, se nem a mãe, nem o irmão do rapaz lhe impõem o dever de partir, não havia um meio simples, um recurso forense, para remediar a situação? Um advogado não fazia as vezes do herdeiro? Esta pergunta é tão natural que, durante a leitura do capítulo, esperamos sempre ouvi-la da boca de um dos personagens, e contávamos que aquela solução traria a felicidade a todos, arrancando-os a um mal imaginário.

Domiciano, descrito pelo autor como o tipo do dever, seria mais bem-acabado, se a sua virtude fosse mais discreta e menos exigente. Os sacrifícios que ele pratica são realmente dolorosos; mas essa virtude não paira numa região elevada; amesquinha-se, dilui-se, no capítulo em que o bom do velho fala de uma violeta dada por Angelina a Teófilo. Essa violeta, no entender de Domiciano, é um erro grave, causou-lhe uma dor profunda; o leitor admira-se de uma virtude tão minuciosa; mas a crítica de tamanho alvoroço no pai de Angelina não é o leitor quem a faz, é o próprio narrador que não podendo ter-se, pergunta-lhe, com uma gravidade cômica, quantas flores não lhe deu a mulher antes de se casarem. Desde esse capítulo o interesse por Domiciano não é tamanho como devera ser; as suas belas palavras, recusando abandonar o trabalho, apesar da certeza de que morre, impressionam, decerto, mas o espírito está prevenido pela cena da violeta, e não se apaixona por aquela santa dignidade.

Tais contrastes, tais omissões tornam os personagens d'*O culto do dever* pouco aceitáveis da parte de um apreciador consciencioso. Em geral, as personagens estão apenas esboçadas; o espírito não as retém; ao fechar o livro dissipam-se todas como sombras impalpáveis; como elas não comovem, o coração do leitor não conserva o menor vestígio de sensação, a menor impressão de dor.

Faltariam ao poeta as tintas necessárias para traduzir uma obra melhor? Sinceramente, não; contestando o merecimento d'*O culto do dever*, seria ridículo negar o talento do sr. dr. Macedo. O que desejamos, sobretudo, é que os talentos provados, os talentos reconhecidos, tenham sempre em vista o interesse da sua glória, e não se exponham ao desastre de produzir um livro mau.

O culto do dever é um mau livro, como a *Nebulosa* é um belo poema. Esta será a linguagem dos amigos do poeta, a linguagem dos que amam deveras as boas obras, e almejam antes de tudo o progresso da literatura nacional.

O que esses desejam sinceramente é que o sr. dr. Macedo, nos lazeres que lhe deixar a política, escreva uma nova obra, evocando a musa que outras vezes o inspirou; as letras ganharão com isso; o seu nome receberá novo lustre, ficando-nos o prazer de registrar, nestas mesmas colunas, o esplendor da sua nova vitória.

Isto em relação ao poeta.

Pelo que diz respeito às letras, o nosso intuito é ver cultivado, pelas musas brasileiras, o romance literário, o romance que reúne o estudo das paixões humanas aos toques delicados e originais da poesia — meio único de fazer com que uma obra de imaginação, zombando do açoite do tempo, chegue, inalterável e pura, aos olhos severos da posteridade.

Machado de Assis
Diário do Rio de Janeiro, 16/01/1866

Semana literária
(José de Alencar: Iracema*)*

A escola poética, chamada escola americana, teve sempre adversários, o que não importa dizer que houvesse controvérsia pública. A discussão literária no nosso país é uma espécie de *steeple-chase*, que se organiza de quando em quando; fora disso a discussão trava-se no gabinete, na rua, e nas salas. Não passa daí. Nem nos parece que se deva chamar escola ao movimento que atraiu as musas nacionais para o tesouro das tradições indígenas. Escola ou não, a verdade é que muita gente viu na poesia americana uma aberração selvagem, uma distração sem graça, nem gravidade. Até certo ponto tinha razão: muitos poetas, entendendo mal a musa de Gonçalves Dias, e não podendo entrar no fundo do sentimento e das ideias, limitaram-se a tirar os seus elementos poéticos do vocabulário indígena; rimaram as palavras, e não passaram adiante; os adversários, assustados com a poesia desses tais, confundiram no mesmo desdém os criadores e os imitadores, e cuidaram desacreditar a ideia fulminando os intérpretes incapazes.

Erravam decerto: se a história e os costumes indianos inspiraram poetas como José Basílio, Gonçalves Dias, e Magalhães, é que se podia tirar dali criações originais, inspirações novas. Que importava a invasão da turbamulta? A poesia deixa de ser a misteriosa linguagem dos espíritos, só porque alguns maus rimadores foram assentar-se ao sopé do Parnaso? O mesmo se dá com a poesia americana. Havia também outro motivo para condená-la: supunham os críticos que a vida indígena seria, de futuro, a tela exclusiva da poesia brasileira, e nisso erravam também, pois não podia entrar na ideia dos criadores, obrigar a musa nacional a ir buscar todas as suas inspirações no estudo das crônicas e da língua primitiva. Esse estudo era um dos modos de exercer a poesia nacional; mas, fora dele, não está aí a própria natureza, opulenta, fulgurante, vivaz, atraindo os olhos dos poetas, e produzindo páginas como as de Porto Alegre e Bernardo Guimarães?

Felizmente, o tempo vai esclarecendo os ânimos; a *poesia dos caboclos* está completamente nobilitada; os rimadores de palavras já não podem conseguir o descrédito da ideia, que venceu com o autor de *I-Juca Pirama*, e acaba de vencer com o autor de *Iracema*. É deste livro que vamos falar hoje aos nossos leitores.

As tradições indígenas encerram motivos para epopeias e para églogas; podem inspirar os seus Homeros e os seus Teócritos. Há aí lutas gigantescas, audazes capitães, ilíadas sepultadas no esquecimento; o amor, a amizade, os costumes domésticos tendo a simples natureza por teatro, oferecem à musa lírica, páginas deliciosas de sentimento e de originalidade. A mesma pena que escreveu *I-Juca Pirama* traçou o lindo monólogo de *Marabá*; o aspecto do índio Kobé e a figura poética de Lindoia são filhos da mesma cabeça; as duas partes dos *Natchez* resumem do mesmo modo a dupla inspiração da fonte indígena. O poeta tem muito para escolher nessas ruínas já exploradas, mas não completamente conhecidas. O livro do sr. José de Alencar, que é um poema em prosa, não é destinado a cantar lutas heroicas, nem cabos de guerra; se há aí algum episódio, nesse sentido, se alguma vez troa nos vales do Ceará a pocema da guerra, nem por isso o livro deixa de ser exclusivamente votado à história tocante de uma virgem indiana, dos seus amores, e dos seus infortúnios. Estamos certos de que não falta ao autor de *Iracema* energia e vigor para a pintura dos vultos heroicos e das paixões guerreiras; Irapuã e Poti a esse respeito são irrepreensíveis; o poema de que o autor nos fala deve surgir à luz, e então veremos como a sua musa emboca a tuba épica; este livro, porém, limita-se a falar do sentimento, vê-se que não pretende sair fora do coração.

Estudando profundamente a língua e os costumes dos selvagens, obrigou-nos o autor a entrar mais ao fundo da poesia americana; entendia ele, e entendia bem, que a poesia americana não estava completamente achada; que era preciso prevenir-se contra um anacronismo moral, que consiste em dar ideias modernas e civilizadas aos filhos incultos da floresta. O intuito era acertado; não conhecemos a língua indígena; não podemos afirmar se o autor pôde realizar as suas promessas, no que respeita à linguagem da sociedade indiana, às suas ideias, às suas imagens; mas a verdade é que relemos atentamente o livro do sr. José de Alencar, e o efeito que ele nos causa é exatamente o mesmo a que o autor entende que se deve destinar ao poeta americano; tudo ali nos parece primitivo; a ingenuidade dos sentimentos, o pitoresco da linguagem, tudo, até a parte narrativa do livro, que nem parece obra de um poeta moderno, mas uma história de bardo indígena, contada aos irmãos, à porta da cabana, aos últimos raios do sol que se *entristece*. A conclusão a tirar daqui é que o autor houve-se nisto com uma ciência e uma consciência, para as quais todos os louvores são poucos.

A fundação do Ceará, os amores de Iracema e Martim, o ódio de duas nações adversárias, eis o assunto do livro. Há um argumento histórico, sacado das crônicas, mas esse é apenas a tela que serve ao poeta; o resto é obra da imaginação. Sem perder de vista os dados colhidos nas velhas crônicas, criou o autor uma ação interessante, episódios originais, e mais que tudo, a figura bela e poética de Iracema. Apesar do valor histórico de alguns personagens, como Martim e Poti (o célebre Camarão, da guerra holandesa), a maior soma de interesse concentra-se na deliciosa filha de Araken. A pena do cantor d'*O Guarani* é feliz nas criações femininas; as mulheres dos seus livros trazem sempre um cunho de originalidade, de delicadeza, e de graça, que se nos gravam logo na memória e no coração. Iracema é da mesma família. Em poucas palavras descreve o poeta a beleza física daquela Diana selvagem. Uma frase imaginosa e concisa, a um tempo, exprime tudo.

A beleza moral vem depois, com o andar dos sucessos: a filha do pajé, espécie de vestal indígena, vigia do segredo da jurema, é um complexo de graças e de paixão, de beleza e de sensibilidade, de casta reserva e de amorosa dedicação. Realça-lhe a beleza nativa a poderosa paixão do amor selvagem, do amor que procede da virgindade da natureza, participa da independência dos bosques, cresce na solidão, alenta-se do ar agreste da montanha.

  Casta, reservada, na missão sagrada que lhe impõe a religião do seu país, nem por isso Iracema resiste à invasão de um sentimento novo para ela, e que transforma a vestal em mulher. Não resiste, nem indaga; desde que os olhos de Martim se trocaram com os seus, a moça curvou a cabeça àquela doce escravidão. Se o amante a abandonasse, a selvagem iria morrer de desgosto e de saudade, no fundo do bosque, mas não oporia ao volúvel mancebo nem uma súplica nem uma ameaça. Pronta a sacrificar-se por ele, não pediria a mínima compensação do sacrifício. Não pressente o leitor, através da nossa frase inculta e sensabor, uma criação profundamente verdadeira? Não se vê na figura de Iracema uma perfeita combinação do sentimento humano com a educação selvagem? Eis o que é Iracema, criatura copiada da natureza, idealizada pela arte, mostrando através da rusticidade dos costumes, uma alma própria para amar e para sentir.

  Iracema é tabajara; entre a sua nação e a nação potiguara há um ódio de séculos; Martim, aliado dos potiguaras, andando erradio, entra no seio dos tabajaras, onde é acolhido com a franqueza própria de uma sociedade primitiva; é estrangeiro, é sagrado; a hospitalidade selvagem é descrita pelo autor com cores simples e vivas.

  O europeu abriga-se na cabana de Araken, onde a solicitude de Iracema prepara-lhe algumas horas de folgada ventura.

  O leitor vê despontar o amor de Iracema ao contacto do homem civilizado. Que simplicidade, e que interesse! Martim cede a pouco e pouco à influência invencível daquela amorosa solicitude. Um dia lembra-lhe a pátria e sente-se tomado de saudade: — Uma noiva te espera? — pergunta Iracema.

  O silêncio é a resposta do moço. A virgem não censura, nem suplica; dobra a cabeça sobre a espádua, diz o autor, como a tenra planta da carnaúba, quando a chuva peneira na várzea.

  Desculpe o autor se desfolhamos por este modo a sua obra; não escolhemos belezas, onde as belezas sobram, trazemos ao papel estes traços que nos parecem caracterizar a sua heroína, e indicar ao leitor, ainda que remotamente, a beleza da filha de Araken.

  Heroína, dissemos, e o é decerto, naquela divina resignação. Uma noite, no seio da cabana, a virgem de Tupã torna-se esposa de Martim; cena delicadamente escrita, que o leitor adivinha, sem ver. Desde então, Iracema dispôs de si; a sua sorte está ligada à de Martim; o ciúme de Irapuã e a presença de Poti precipitam tudo; Poti e Martim devem partir para a terra dos potiguaras; Iracema os conduz, como uma companheira de viagem. A esposa de Martim abandona tudo, o lar, a família, os irmãos, tudo para ir perecer ou ser feliz com o esposo. Não é o exílio, para ela o exílio seria ficar ausente do esposo, no meio dos seus. Todavia, essa resolução suprema custa-lhe sempre, não arrependimento, mas tristeza e vergonha, no dia em que após uma batalha entre as duas nações rivais, Iracema vê o chão coalhado de sangue dos seus irmãos. Se esse espetáculo não a comovesse, ia-se a simpatia que ela nos inspira; mas o autor teve em conta que era preciso interessá-la, pelo contraste da voz do sangue e da voz do coração.

Daí em diante a vida de Iracema é uma sucessão de delícias, até que uma circunstância fatal vem pôr termo aos seus jovens anos. A esposa de Martim concebe um filho. Que doce alegria não banha a fronte da jovem mãe! Iracema vai dar conta a Martim daquela boa-nova; há uma cena igual nos *Natchez*; seja-nos lícito compará-la à do poeta brasileiro.

Quando René, diz o poeta dos *Natchez*, teve certeza de que Celuta trazia um filho no seio, acercou-se dela com santo respeito, e abraçou-a delicadamente para não machucá-la. "Esposa", disse ele, "o céu abençoou as tuas entranhas".

A cena é bela, decerto; é Chateaubriand quem fala; mas a cena de Iracema aos nossos olhos é mais feliz. A selvagem cearense aparece aos olhos de Martim, adornada de flores de maniva, trava da mão dele, e diz-lhe:

> — Teu sangue já vive no seio de Iracema. Ela será mãe de teu filho.
> — Filho, dizes tu? — exclamou o cristão em júbilo.
> Ajoelhou ali, e cingindo-a com os braços, beijou o ventre fecundo da esposa.

Vê-se a beleza deste movimento, no meio da natureza viva, diante de uma filha da floresta. O autor conhece os segredos de despertar a nossa comoção por estes meios simples, naturais, e belos. Que melhor adoração queria a maternidade feliz, do que aquele beijo casto e eloquente? Mas tudo passa; Martim sente-se tomado de nostalgia; lembram-lhe os seus e a pátria; a selvagem do Ceará, como a selvagem da Luisiana, começa então a sentir a sua perdida felicidade. Nada mais tocante do que essa longa saudade, chorada no ermo, pela filha de Araken, mãe desgraçada, esposa infeliz que viu um dia partir o esposo, e só chegou a vê-lo de novo, quando a morte já voltava para ela os seus olhos lânguidos e tristes.

Poucas são as personagens que compõem este drama da solidão, mas os sentimentos que as movem, a ação que se desenvolve entre elas, é cheia de vida, de interesse, e de verdade.

Araken é a solenidade da velhice contrastando com a beleza agreste de Iracema: um patriarca do deserto, ensinando aos moços os conselhos da prudência e da sabedoria. Quando Irapuã, ardendo em ciúme pela filha do pajé, faz romper os seus ódios contra os potiguaras, cujo aliado era Martim, Araken opõe-lhe a serenidade da palavra, a calma da razão. Irapuã e os episódios da guerra fazem destaque no meio do quadro sentimental que é o fundo do livro; são capítulos traçados com muito vigor, o que dá novo realce ao robusto talento do poeta.

Irapuã é o ciúme e o valor marcial; Araken a austera sabedoria dos anos; Iracema o amor. No meio destes caracteres distintos e animados, a amizade é simbolizada em Poti. Entre os indígenas a amizade não era este sentimento, que, à força de civilizar-se, tornou-se raro; nascia da simpatia das almas, avivava-se com o perigo, repousava na abnegação recíproca; Poti e Martim são os dois amigos da lenda, votados à mútua estima e ao mútuo sacrifício.

A aliança os uniu; o contacto fundiu-lhes as almas; todavia, a afeição de Poti difere da de Martim, como o estado selvagem do estado civilizado; sem deixarem de ser igualmente amigos, há em cada um deles um traço característico que corresponde à origem de ambos; a afeição de Poti tem a expressão ingênua, franca, decidida; Martim não sabe ter aquela simplicidade selvagem.

Martim e Poti sobrevivem à catástrofe de Iracema, depois de enterrá-la ao pé de um coqueiro; o pai desventurado toma o filho órfão de mãe, e arreda-se da praia cearense. Umedecem-se os olhos ante este desenlace triste e doloroso, e fecha-se o livro, dominado ainda por uma profunda impressão.

Contar todos os episódios desta lenda interessante seria tentar um resumo impossível; basta-nos afirmar que os há, em grande número, traçados por mão hábil, e todos ligados ao assunto principal. O mesmo diremos de alguns personagens secundários, como Caubi e Andira, um, jovem guerreiro, outro, guerreiro ancião, modelados pelo mesmo padrão a que devemos Poti e Araken.

O estilo do livro é como a linguagem daqueles povos: imagens e ideias, agrestes e pitorescas, respirando ainda as auras da montanha, cintilam nas cento e cinquenta páginas da *Iracema*. Há, sem dúvida, superabundância de imagens, e o autor, com uma rara consciência literária, é o primeiro a reconhecer esse defeito. O autor emendará, sem dúvida, a obra, empregando neste ponto uma conveniente sobriedade. O excesso, porém, se pede a revisão da obra, prova em favor da poesia americana, confirmando ao mesmo tempo o talento original e fecundo do autor. Do valor das imagens e das comparações, só se pode julgar lendo o livro, e para ele enviamos os leitores estudiosos.

Tal é o livro do sr. José de Alencar, fruto do estudo, e da meditação, escrito com sentimento e consciência. Quem o ler uma vez, voltará muitas mais a ele, para ouvir em linguagem animada e sentida, a história melancólica da *virgem dos lábios de mel*. Há de viver este livro, tem em si as forças que resistem ao tempo, e dão plena fiança do futuro. É também um modelo para o cultivo da poesia americana, que, mercê de Deus, há de avigorar-se com obras de tão superior quilate. Que o autor de *Iracema* não esmoreça, mesmo a despeito da indiferença pública; o seu nome literário escreve-se hoje com letras cintilantes: *Mãe, O Guarani, Diva, Lucíola*, e tantas outras; o Brasil tem o direito de pedir-lhe que *Iracema* não seja o ponto final. Espera-se dele outros poemas em prosa. Poema lhe chamamos a este, sem curar de saber se é antes uma lenda, se um romance: o futuro chamar-lhe-á obra-prima.

Machado de Assis
Diário do Rio de Janeiro, 23/01/1866

Semana literária
(Junqueira Freire: Inspirações do claustro*)*

Devíamos falar hoje do último livro do sr. Fagundes Varela; o talentoso autor do prefácio que acompanha os *Cantos e fantasias* diz ali que um dos modelos do mavioso poeta foi o autor das *Inspirações do claustro*; esta alusão trouxe-nos à memória um dos talentos mais estimados da nossa terra, e lembrou-nos de algum modo o cumprimento de uma promessa feita algures. Além de que, convém examinar se há realmente alguma filiação entre o poeta baiano e o poeta fluminense. Trataremos pois de Junqueira Freire e da sua obra, adiando para a semana próxima o exame do belo livro do sr. Varela. Nisto executamos o programa desta revista; quando a semana for nula de publicações literárias — e muitas o são —, recorreremos à estante nacional, onde não faltam livros para folhear, em íntima conversa com os leitores.

Nem todos os poetas podem ter a fortuna de Junqueira Freire, que atravessou a vida cercado de circunstâncias romanescas, e legendárias.

A sua figura destaca-se no fundo solitário da cela comprimindo ao peito o desespero e o remorso. Como dizem de Mallebranche, poderia dizer-se dele que é uma águia encerrada no templo, batendo com as vastas asas as abóbadas sombrias e imóveis do santuário. Rara fortuna esta, que nos arreda para longe dos tempos atuais, em que o poeta, depois de uma valsa de Strauss, vai chorar uma comprida elegia; este é decerto o mais infeliz: qualquer que seja a sinceridade da sua dor, nunca poderá ser acreditado pelo vulgo, a quem não é dado perscrutar toda a profundidade da alma humana.

Junqueira Freire entrou para o claustro, levado por uma tendência ascética; esta nos parece a explicação mais razoável, e é a que resulta, não só da própria natureza do seu talento, como do texto de alguns dos seus cantos. Três anos ali esteve, e de lá saiu, após esse tempo, trazendo consigo um livro e uma história. Todas as ilusões, desesperos, ódios, amores, remorsos, contrastes vinham contados ali, página por página. Não é palestra de sacristia, nem mexerico de locutório; é um livro profundamente sentido, uma história dolorosamente narrada em versos, muitas vezes duros, mas geralmente saídos do coração. Compreende-se que um livro escrito em condições tais, devia atrair a atenção pública; o poeta vinha falar da vida monástica, não como filósofo, mas como testemunha, como o observador, como vítima. Não discutia a santidade da instituição; reunia em algumas páginas a história íntima do que vira e sentira. O livro era ao mesmo tempo uma sentença e uma lição; não significava uma aspiração poética, pretendia ser uma obra de utilidade; a epígrafe de P.-L. Courrier, inscrita no prefácio, parece-nos que não exprime senão isto. De todas estas circunstâncias nasceu, antes de tudo, um grande interesse de curiosidade.

Que viria dizer aquela alma, escapa do mosteiro, heroica para uns, covarde para outros? Essa foi a nossa impressão, antes de lermos pela primeira vez as *Inspirações do claustro*. Digamos em poucas palavras o que pensamos do livro e do poeta, a quem parece que os deuses amavam, pois que o levaram cedo.

No prefácio que acompanha as *Inspirações do claustro*, Junqueira Freire procura defender-se previamente de uma censura da crítica: a censura de inconsequência, de contradição, de falta de unidade no livro, censura que, segundo ele, deve recair sobretudo no caráter diferente dos *Claustros*, a apologia do convento, e do *Monge*, condenação da ordem monástica. Teme, disse ele, que lhe chamem o livro uma coleção de orações e blasfêmias. Caso raro! O poeta via objeto de censura exatamente naquilo que faz a beleza da obra; defendia-se de um contraste, que representa a consciência e a unidade do livro. Sem esse dúplice aspecto, o livro das *Inspirações* perde o encanto natural, o caráter de uma história real e sincera; deixa de ser um drama vivo. Contrário a si mesmo, cantando por inspirações opostas, aparece-nos o homem através do poeta; vê-se descer o espírito da esfera da ilusão religiosa para o terreno da realidade prática; assiste-se às peripécias daquela transformação; acredita-se na palavra do poeta, pois que ele sai, como Eneias, dentre as chamas de Troia. O escrúpulo portanto era demasiado, era descabido; e a explicação que Junqueira Freire procura dar ao dúplice caráter das suas *Inspirações*, sobre desnecessária, é confusa.

A poesia dos *Claustros* é uma apologia da instituição monástica; estava então no pleno verdor das suas ilusões religiosas. O convento para ele é o refúgio único e santo às almas sequiosas de paz, revestidas de virtude. A voz do poeta é grave, a expressão sombria, o espírito ascético. Não hesita em clamar contra o século, a favor do mosteiro, contra os homens, a favor do frade. Confundindo na mesma adoração os primeiros solitários com os monges modernos, a instituição primitiva com a instituição atual, o poeta levanta um grito contra a filosofia, e espera morrer abraçado à cruz do claustro.

O que faz interessar esta poesia é que ela representa um estado sincero da alma do poeta, uma aspiração conscienciosa; a designação do século XVIII, feita por ele, para tirar os seus versos do círculo das impressões atuais, e constituí-los em simples apreciação histórica, nada significa ali, e se alguma coisa pudesse significar, não seria a favor do prestígio do livro. Os *Claustros*, o *Apóstolo entre as gentes*, e algumas outras páginas, exprimindo o estado contemplativo do poeta, completam essa unidade do livro que ele não viu, por virtude de um escrúpulo exagerado. Não diz ele próprio algures, saudando a profissão de um religioso:

> Eu também ideei a linda imagem
> Da placidez da vida;
> Eu também desejei o claustro estéril
> Como feliz guarida.

Pois bem, as páginas aludidas representam nada menos que a imagem ideada pelo poeta; dar-lhes outra explicação é mutilar a alma do livro.

O poeta canta depois o *Monge*. É o anverso da medalha; é a decepção, o arrependimento, o remorso. Aqui já o claustro não é aquele refúgio sonhado nos primeiros tempos; é um cárcere de ferro, o homem se estorce de desespero, e chora as suas ilusões perdidas. Quereis ver que profundo abismo separa o *Monge* dos *Claustros*, ligando-o todavia, por uma sucessão natural? O próprio monge o diz:

> Corpo nem alma os mesmos me ficaram.
> Homem que fui não sou. Meu ser, meu todo
> Fugiu-me, esvaeceu-se, transformou-se.
> Vivo, mas acabei meu ser primeiro.
> ....
> Dista, dista de mim minh'alma antiga.

Aquele *ser primeiro*, aquela *alma antiga*, é o ser, é a alma dos *Claustros*. A transformação do poeta fica aí perfeitamente definida no livro. E, para avaliar a tremenda queda que a alma devia sentir, basta comparar essas duas composições, tão diversas entre si, na forma e na inspiração; elas resumem a história dos três anos de vida do convento, aonde o poeta entrou cheio de crença viva, e donde saiu extenuado e descrente, não das coisas divinas, mas das obras humanas. Da comparação entre essas duas poesias, fruto de duas épocas, é que resulta a autoridade de que vem selada aquela sentença contra a instituição monacal. Sem excluir da comparação o *Apóstolo entre as gentes*, devemos todavia lembrar que há nessa poesia um tom geral, um espírito puramente religioso, que não deriva da inspiração dos *Claustros*, nem se prende à existência dos mosteiros. O poeta canta simplesmente a missão do apóstolo; a história e a religião são as suas musas. Falando a um sentimento mais universal, pois que a filosofia não tem negado até hoje a grandeza histórica do apostolado cristão, Junqueira Freire eleva-se mais ainda que em todas as outras poesias, e acha até uma nova harmonia para os seus versos que são os mais perfeitos do livro. Aí é ele mais poeta e menos frade: alguns versos mesmo deviam produzir estranha impressão aos solitários do mosteiro; o poeta não hesita em proclamar a unidade religiosa de todos os homens, a mesma divindade dominando em todas as regiões, sob nomes diversos. Os últimos versos, porém, resumem a superioridade do sacerdote cristão; superioridade que o poeta faz nascer da constância e do infortúnio:

> Nos áditos do místico pagode
> O ministro de Brama aspira incensos.
> O áugure de Teos, assentado
> Na trípode tremente, auspícios canta.
> O piaga de Tupá, severo e casto,
> Nas ocas tece os versos dos oráculos.
> E o sacerdote do Senhor — sozinho —
> Coberto de baldões, a par do réprobo,
> Ante o mundo ao martírio o colo curva,
> E aos céus cantando um hino sacrossanto.
> Como as notas finais do órgão do templo,
> Confessa a Deus, e — confessando — morre.

A sentença de impiedade que o poeta antevia, se lha deram, não teve nem efeito nem base. Combatendo o anacronismo e a ociosidade de uma instituição religiosa, Junqueira Freire não se desquitava da fé cristã. A impiedade não estava nele, estava nos outros. Veja-se, por exemplo, os versos a *Frei Bastos*, um Bossuet, na frase do poeta, que se afogava, ébrio de vinho:

> No imundo pego da lascivia impura.
> ....
> Desces do altar à crápula homicida,
> Sobes da crápula aos fulmíneos púlpitos.
> Ali teu brado lisonjeia os vícios,
> Aqui atroa apavorado os crimes.
> E os lábios rubros dos femíneos beijos
> Disparam raios que as paixões aterram.

Ora, vejamos: este espetáculo era próprio para avigorar o espírito do poeta, na sua dedicação à vida monástica? Imagine-se uma alma jovem, de elevadas aspirações, ascética por índole, buscando na solidão do claustro um refúgio e um descanso, e indo lá encontrar os vícios e as paixões cá de fora; compare-se e veja-se, se a elegia do *Monge* não é o eco sincero e eloquente de uma dor eloquente e sincera.

"Meu filho no claustro" e a "Freira" exprimem o mesmo sentimento do *Monge*; mas aí o quadro é mais restrito, e a inspiração menos impetuosa. O monólogo da *Freira* é sobretudo lindo pela originalidade da ideia, e por uma expressão franca e ingênua, que contrasta singularmente com a castidade de uma esposa do Senhor.

Fora dessas poesias que compõem a história do monge e do poeta, muitas outras há nas *Inspirações do claustro*, filhas de inspiração diversa, e que servem para caracterizar o talento de Junqueira Freire: "Milton", o "Apóstata", o "Converso", o "Misantropo", o "Renegado", várias nênias à morte de alguns religiosos. Todas nascem do claustro; pelo assunto e pela forma; vê-se que foram compostas na solidão da cela; esta observação precede mesmo em relação ao "Renegado", canção do judeu. Uma só poesia faz destaque no meio de todas essas: é a que tem referência a uma mulher e a um amor. Entraria o amor, por alguma coisa, na resolução que levou Junqueira Freire para o fundo do mosteiro? Ou, pelo contrário, precipitou ele o rompimento do monge e do claustro? A este respeito, como de tudo quanto diz respeito ao poeta, apenas podemos conjecturar; nada sabemos de sua vida, senão o que ele próprio refere no prefácio. Qualquer que seja, porém, a explicação dessa página obscura, nem por isso deixa ela de ser uma das mais dolorosas da vida do poeta, um elemento de apreciação literária e moral do homem.

Tratamos até aqui do frade; vejamos o poeta. Junqueira Freire diz no prefácio que não é poeta, e não o diz para preencher essa regra de modéstia literária, que é comum nos prólogos; sentia em si, diz ele, a reflexão gelada de Montaigne, que apaga os ímpetos. Teria razão o autor das *Inspirações*? Achamos que não. Não é inspiração que lhe falta, nem fervor poético; colorido, vigor, imagens belas e novas, tudo isso nos parece que sobra em Junqueira Freire. O seu verso, porém, às vezes incorreto, às vezes duro, participa das circunstâncias em que nascia; traz em si o cunho das impressões que rodeavam o poeta; Junqueira Freire pretendia mesmo dar-lhe o caráter de *prosa medida*, e, por honra da musa e dele, devemos afirmar que o sistema muitas vezes lhe falhou. Tivesse ele o cuidado de aperfeiçoar os seus versos, e o livro ficaria completo pelo lado da forma. O que lhe dá sobretudo um sabor especial é a sua grande originalidade, que deriva não só das circunstâncias pessoais do autor, mas também da feição própria do seu talento; Junqueira Freire não imita ninguém; rude embora, aquela poesia é propriamente dele; sente-se ali essa preciosa virtude que se chama individualidade poética. Com uma poesia sua, uma língua própria, exprimindo ideias novas e sentimentos verdadeiros, era um poeta fadado para os grandes arrojos, e para as graves meditações. Quis Deus que ele morresse na flor dos anos, legando à nossa bela pátria a memória de um talento tão robusto quanto infeliz.

Machado de Assis
Diário do Rio de Janeiro, 30/01/1866

Semana literária

(Fagundes Varela: Cantos e fantasias*)*

Aqui temos um livro do sr. F. Varela, que é ao mesmo tempo uma realização e uma promessa: — realiza as esperanças das *Noturnas* e das *Vozes da América*, e promete ainda melhores páginas no futuro.

O sr. F. Varela é um dos talentos mais vitais da nova geração; e lendo os seus versos explica-se naturalmente o entusiasmo dos seus companheiros da academia de São Paulo, onde o nome do autor das *Noturnas* goza de uma indisputável primazia. A academia de São Paulo, como é natural em uma corporação inteligente, deu sempre um belo exemplo de confraternidade literária, rodeando de aplausos e animação os seus talentos mais capazes. Nisto o sr. Ferreira de Meneses, autor do prefácio que acompanha os *Cantos e fantasias*, é um órgão fiel do pensamento de todos; e saudando esta reunião, no mesmo livro, de dois nomes prestimosos, de dois moços de talento, saudamos ao mesmo tempo o progresso da academia e o futuro das letras brasileiras.

O sr. Ferreira de Meneses, que conviveu com o poeta dos *Cantos e fantasias*, indica no prefácio a que aludimos os autores que servem de modelo ao sr. Varela, e entre eles, *Lord* Byron. Não nos parece inteiramente exata esta apreciação. É verdade que, durante algum tempo, a poesia de *Lord* Byron influiu poderosamente nas jovens fileiras da academia; mas, se o autor das *Vozes da América* aprecia, como todos nós, a musa do cantor de *Child-Harold*, nem por isso reproduz os caracteres do grande poeta, e damos-lhe por isso os nossos parabéns.

Houve um dia em que a poesia brasileira adoeceu do mal byrônico; foi a grande sedução das imaginações juvenis pelo poeta inglês; tudo concorria nele para essa influência dominadora: a originalidade da poesia, a sua doença moral, o prodigioso do seu gênio, o romanesco da sua vida, as noites de Itália, as aventuras de Inglaterra, os amores de Guiccioli, e até a morte na terra de Homero e de Tibulo. Era, por assim dizer, o último poeta; deitou fora um belo dia as insígnias de *noble lord*, desquitou-se das normas prosaicas da vida, fez-se romance, fez-se lenda, e foi imprimindo o seu gênio e sua individualidade em criações singulares e imorredouras.

Quis a fatalidade dos poetas, ou antes o privilégio dos gênios criadores, que este espírito tão original, tão próprio de si, aparecesse um dia às imaginações de alguns como um modelo poético. Exaltou-se-lhes a imaginação, e adoeceram, não da moléstia do cantor de *D. Juan*, mas de outra diversa, que não procedia, nem das disposições morais, nem das circunstâncias da vida. A consequência era natural; esse desespero do poeta inglês, a que alude o sr. Ferreira de Meneses, não existia realmente nos seus imitadores; assim, enquanto ele operava o milagre de fazer do cepticismo um elemento poético, os seus imitadores apenas vazavam em formas elegantes um tema invariável e uniforme. Tomaram-se de uns ares, que nem eram melancólicos, nem alegres, mas que exprimiam certo estado da imaginação, nocivo aos interesses da própria originalidade. A culpa seria dos imitadores ou do original? Dos imitadores não era; são fáceis de impressionar as imaginações vivas, e as que se deixaram adoecer tinham nisso a razão da sua desculpa. É supérfluo dizer que, na exposição deste fato, não temos intenção de acusar a poesia quando ela exprime os tédios, as tristezas, os desfalecimentos da alma humana; a vida é um complexo de alegrias e pesares, um contraste de esperança e de abatimento, e dando ao poeta uma alma delicada e franzina, uma imaginação viva e ardente, impôs-lhe o Criador o duelo perpétuo da realidade e da aspiração. Daqui vem a extrema exaltação do poeta, na pintura do bem, como na pintura do mal; mas exprimir essas comoções diversas e múltiplas da alma é o mesmo que transformar em sistema o tédio e o cepticismo?

Um poeta houve, que, apesar da sua extrema originalidade, não deixou de receber esta influência a que aludimos; foi Álvares de Azevedo; nele, porém, havia uma certa razão de consanguinidade com o poeta inglês, e uma íntima convivência com os poetas do norte da Europa. Era provável que os anos lhe trouxessem uma tal ou qual transformação, de maneira a afirmar-se mais a sua individualidade, e a desenvolver-se o seu robustíssimo talento; mas verdade é que ele não sacrificou o caráter pessoal da sua musa, e sabia fazer próprios os elementos que ia buscar aos climas estranhos.

Faremos, a seu tempo, um estudo deste poeta, e então diremos o que nos ocorre ainda a respeito dele; por agora limitamo-nos a atribuir-lhe uma parte da influência exercida em algumas imaginações pela poesia byrônica, e nisso fazemos um ato póstumo de justiça literária.

Ora, pois, é o sr. Varela uma das vocações que escaparam a essa influência; pelo menos, não há vestígio claro nas suas belas poesias. E como o nosso juízo não é decisivo, é apenas uma opinião, podemos estar neste ponto em desacordo com o autor do prefácio, sem por isso deixarmos de respeitar a sua opinião e apreciar o seu talento. No que estamos de pleno acordo, é no juízo que ele forma do poeta, apesar de defeitos próprios da mocidade; é o sr. Varela uma vocação real, um poeta espontâneo, de verdadeira e amena inspiração. Diz o autor do prefácio que os descuidos de forma são filhos da sua própria vontade e do desprezo das regras. Se assim é, o sistema é antipoético; a boa versificação é uma condição indispensável à poesia; e não podemos deixar de chamar a atenção do autor para esse ponto. Com o talento que tem, corre-lhe o dever de apurar aqueles versos, a minoria deles, onde o estudo da forma não acompanha a beleza e o viço do pensamento. Desde já lhe notamos aqui os versos alexandrinos, que realmente não são alexandrinos, pois que lhes falta a cesura dos hemistíquios; outros descuidos aparecem ainda no volume dos *Cantos e fantasias*; vocábulos mal cabidos, às vezes, rimas imperfeitas, descuidos todos que não avultam muito no meio das belezas, mas que o nosso dever obriga-nos a indicar conscienciosamente.

Feitos estes reparos, entremos na leitura do livro do sr. Varela. Divide-se em três partes: *Juvenília, Livro das sombras, Melodias do estio*. Desses títulos só os dois primeiros definem o grupo de poesias que lhes corresponde; o último, não; e há aí poesias que nos parecem caber melhor no *Livro das sombras*; isto, porém, é crítica de miunças, e veio ao correr da pena. O que importa saber é o valor dos versos do sr. Varela. A primeira parte, como o título indica, compõe-se das expansões da juventude, dos devaneios do amor, dos palpites do coração, tema eterno que nenhum poeta esgotou ainda, e que há de inspirar ainda o último poeta. Toda essa primeira parte do livro, à exceção de algumas estrofes, feitas em hora menos propícia, é cheia de sentimento e de suavidade; a saudade é, em geral, a musa de todos esses versos; o poeta quer *rêver et non pleurer*, como Lamartine; descrição viva, imagens poéticas, uma certa ingenuidade do coração, que interessa e sensibiliza; nada de arrojos mal cabidos, nem gritos descompassados; a mocidade daqueles versos é a mocidade crente, amante, resignada, falando uma linguagem sincera, vertendo lágrimas verdadeiras.

 O título de *Livro das sombras*, que é a segunda parte do volume, faz crer que um abismo a separa do poema de *Juvenília*; mas realmente não é assim. As sombras no livro do sr. Varela são como as sombras da tarde, as sombras transparentes, douradas pelo último olhar do dia, não as da noite e da tempestade. Não há mesmo diferenças notáveis entre os dois livros, a não ser que, no segundo, inspira-se o poeta de assuntos diversos e variados, e não há aí a doce monotonia do primeiro. O *Cântico do calvário*, porém, avantaja-se a todos os cantos do volume: são versos escritos por ocasião da morte de um filho; há aí verdadeiro lirismo, paixão, sensibilidade e belos efeitos de uma dor sincera e profunda. São esses também os versos mais apurados do livro, descontados uns raros descuidos. A ideia com que fecha essa formosa página é bela e original, nasce naturalmente do assunto, e é representada em versos excelentes. Quase o mesmo podemos dizer dos versos ao *Mar*, que tantos poetas hão cantado, desde Homero até Gonçalves Dias; a paráfrase de Ossian, *Colmar*, encerra igualmente os mais belos versos do poeta, e tanto quanto é possível parafrasear o velho bardo, fê-lo com felicidade o sr. Varela. *Colmar* pertence já ao livro das *Melodias do estio*; como se vê, a nossa apreciação é rápida, tendo por fim resumir o nosso pensamento, acerca de um livro que merece a atenção da análise, e de um poeta que tem jus ao aplauso dos entendedores.

 Se há neste volume mais de uma imperfeição, se por vezes aparecem os descuidos de forma e de locução, não façamos desses cochilos de Homero grande cabedal; aconselhemos, sim, ao autor que não erija em sistema um defeito que pode diminuir o mérito das suas obras. Vê-se, pelos bons versos que ele nos dá, quanto lhe é fácil produzir certo apuro na forma; emendar não prova nunca contra o talento, e prova sempre a favor da reflexão; e o tempo, cremos ter lido isto algures, só respeita aquilo que é feito com tempo; máxima salutar que os poetas nunca deviam esquecer.

 Quanto ao cabedal da natureza, a inspiração, a espontaneidade, essa tem-na o sr. Varela em larga escala; sabemos que é um moço estudioso, e vê-se, pelas suas obras, que possui a rara qualidade do gosto e do discernimento. Os que prezam as boas letras interessam-se pela ascensão progressiva do nome do sr. Varela, e predizem-lhe um futuro glorioso. Que ele não perca de vista esse interesse e essa predição.

 Aconselhando-lhe a perseverança e o trabalho, o culto desvelado e incessante das musas, a nossa intenção é simplesmente corresponder aos hábitos de atividade que lhe supomos; não entra, porém, no nosso espírito a ideia de exigir dele uma prova de infatigabilidade literária; há quem faça um crime da produção lenta, e ache virtude nos hábitos das vocações sôfregas; pela nossa parte, nunca deixaremos de exigir, mesmo dos talentos mais fecundos, certas condições de reflexão e de madureza, que não dispensam uma demora salutar. Ao tempo e à constância no estudo, deve-se deixar o cuidado do aperfeiçoamento das obras. Com estas máximas em vista e um talento real, como o do sr. Varela, é fácil ir longe.

Desperta-nos as mesmas considerações um volume que acabamos de receber do Rio Grande do Sul. Intitula-se *Um livro de rimas*, e é escrito pelo sr. J. de Vasconcelos Ferreira. Tem o poeta rio-grandense talento natural e vocação fácil; falta-lhe estudo e talvez gosto; alguns anos mais, e podemos esperar dele um livro aperfeiçoado e completo. O que lhe aconselhamos, porém, é que, além do extremo cuidado na escolha das imagens, que as há comuns e nem sempre belas, no livro das *Rimas*, procure o sr. Ferreira tratar da sua forma, que em geral é pobre e imperfeita. Faça das musas, não uma distração, mas um culto; é o meio de atingir à bela, à grande, à verdadeira poesia.

Machado de Assis
Diário do Rio de Janeiro, *06/02/1866*

Semana literária
(O teatro nacional)

Há uns bons trinta anos o *Misantropo* e o *Tartufo* faziam as delícias da sociedade fluminense; hoje seria difícil ressuscitar as duas imortais comédias. Quererá isto dizer que, abandonando os modelos clássicos, a estima do público favorece a reforma romântica ou a reforma realista? Também não; Molière, Victor Hugo, Dumas Filho, tudo passou de moda; não há preferências nem simpatias. O que há é um resto de hábito que ainda reúne nas plateias alguns espectadores; nada mais; que os poetas dramáticos, já desiludidos da cena, contemplam atentamente este fúnebre espetáculo; não os aconselhamos, mas é talvez agora que tinha cabimento a resolução do autor das *Asas de um anjo* quebrar a pena e fazer dos pedaços uma cruz.

Deduzir de semelhante estado a culpa do público, seria transformar o efeito em causa. O público não tem culpa nenhuma, nem do estado da arte, nem da sua indiferença por ela; uma prova disso é a solicitude com que corre a ver a primeira representação das peças nacionais, e os aplausos com que sempre recebe os autores e as obras, ainda as menos corretas. Graças a essa solicitude, mais claramente manifestada nestes últimos anos, o teatro nacional pôde enriquecer-se com algumas peças de vulto, frutos de uma natural emulação, que, aliás, também amorteceu pelas mesmas causas que produziram a indiferença pública. Entre a sociedade e o teatro, portanto, já não há liames nem simpatias; longe de educar o gosto, o teatro serve apenas para desenfastiar o espírito, nos dias de maior aborrecimento. Não está longe a completa dissolução da arte; alguns anos mais, e o templo será um túmulo.

As testemunhas do tempo dizem que as comédias citadas acima acham sempre o público disposto e atencioso; era um sintoma excelente. É verdade que, depois do *Tartufo*, aparecia *Pourcegnac* e mais o cortejo dos boticários e dos truões; no dia seguinte ao do *Misantropo*, ia-se ver o doutoramento do *Doente imaginário*. Neste ponto o teatro brasileiro de 1830 não podia andar adiante da Comédia Francesa, onde, segundo cremos, ainda se não dispensam os acessórios daquelas duas excelentes farsas, se é que se pode chamar farsa ao *Doente imaginário*.

Os diretores daquele tempo pareciam compreender que o gosto devia ser plantado a pouco e pouco, e, para fazer aceitar o Molière do alto cômico, davam também o Molière do baixo cômico; inimitáveis ambos. Fazia-se o que, em matéria financeira, se chama dar curso forçado às notas, com a diferença, porém, de que ali obrigava-se o curso do ouro de lei. Nem eram esses os únicos exemplos de preciosas exumações; mas nem esses nem outros puderam subsistir; causas, em parte naturais, em parte desconhecidas, trouxeram ao teatro fluminense uma nova situação.

Não é preciso dizer que a principal dessas causas foi a reforma romântica; desde que a nova escola, constituída sob a direção de Victor Hugo, pôde atravessar os mares, e penetrar no Brasil, o teatro, como era natural, cedeu ao impulso e aceitou a ideia triunfante. Mas como? Todos sabem que a bandeira do romantismo cobriu muita mercadoria deteriorada; a ideia da reforma foi levada até aos últimos limites, foi mesmo além deles, e daí nasceu essa coisa híbrida que ainda hoje se escreve, e que, por falta de mais decente designação, chama-se ultra-romantismo. A cena brasileira, à exceção de algumas peças excelentes, apresentou aos olhos do público uma longa série de obras monstruosas, criações informes, sem nexo, sem arte, sem gosto, nuvens negras que escureceram desde logo a aurora da revolução romântica. Quanto mais o público as aplaudia, mais requintava a inventiva dos poetas; até que a arte, já trucidada pelos maus imitadores, foi empolgada por especuladores excelentes, que fizeram da extravagância dramática um meio de existência. Tudo isso reproduziu a cena brasileira, e raro aparecia, no meio de tais monstruosidades, uma obra que trouxesse o cunho de verdadeiro talento.

Sem haver terminado o período romântico, mas apenas amortecido o primeiro entusiasmo, aportou às nossas plagas a reforma realista, cujas primeiras obras foram logo coroadas de aplausos; como anteriormente, veio-lhes no encalço a longa série da imitações e das exagerações; e o ultra-realismo tomou o lugar do ultra-romantismo, o que não deixava de ser monótono. Aconteceu o mesmo que com a reforma precedente; a teoria realista, como a teoria romântica, levadas até a exageração, deram o golpe de misericórdia no espírito público. Salvaram-se felizmente os autores nacionais. A estas causas, que chamaremos históricas, juntam-se outras, circunstanciais ou fortuitas, e nem por isso menos poderosas; há, porém, uma que vence as demais, e que nos parece de caráter grave: apontá-la é mostrar a natureza do remédio aplicável à doença.

Para que a literatura e a arte dramática possam renovar-se, com garantias do futuro, torna-se indispensável a criação de um teatro normal. Qualquer paliativo, neste caso, não adianta coisa nenhuma, antes atrasa, pois que é necessário ainda muito tempo para colocar a arte dramática nos seus verdadeiros eixos. A iniciativa desta medida só pode partir dos poderes do Estado; o Estado, que sustenta uma academia de pintura, arquitetura e estatuária, não achará razão plausível para eximir-se de criar uma academia dramática, uma cena-escola, onde as musas achem terreno digno delas, e que possa servir para a reforma necessária no gosto público.

Argumentar com o exemplo do estrangeiro seria, sobre prolixo, ocioso. Basta lembrar que a ideia da criação de um teatro normal já entrou nas preocupações do governo do Brasil. O sr. conselheiro Sousa Ramos, quando ministro do Império, em

1862, nomeou uma comissão composta de pessoas competentes para propor as medidas tendentes ao melhoramento do teatro brasileiro. Essas pessoas eram os srs. conselheiro José de Alencar e drs. Macedo e Meneses e Sousa. Além disso, consta-nos de fonte insuspeita que s. ex.ª escrevera ao sr. Porto Alegre pedindo igualmente o auxílio das suas luzes neste assunto, e existe a resposta do autor do *Colombo* nos arquivos da Secretaria de Estado. Não podemos deixar de mencionar com louvor o nome do sr. conselheiro Sousa Ramos pelos passos que deu, e que, infelizmente, não tiveram resultado prático.

A carta do sr. Porto Alegre ocupa-se mais detidamente das condições arquitetônicas de um edifício para servir simultaneamente de teatro dramático e teatro lírico. Os pareceres da comissão é que tratam mais minuciosamente do assunto; dizemos os pareceres, porque o sr. dr. Macedo separou-se da opinião dos seus colegas, e deu voto individual. O parecer da maioria da comissão estabelece de uma maneira definitiva a necessidade da construção de um edifício destinado à cena dramática e à ópera nacional. O novo teatro deve chamar-se, diz o parecer, Comédia Brasileira, e será o teatro da alta comédia. Além disso, o parecer mostra a necessidade de criar um Conservatório Dramático, de que seja presidente o inspetor-geral dos teatros, e que tenha por missão julgar da moralidade e das condições literárias das peças destinadas aos teatros subvencionados, e da moralidade, decência, religião, ordem pública, dos que pertencerem aos teatros de particulares. A Comédia Brasileira seria ocupada pela melhor companhia que se organizasse, com a qual o governo poderia contratar, e que receberia uma subvenção, tirada, bem como o custo do teatro, dos fundos votados pelo corpo legislativo para a academia da música. Os membros do Conservatório Dramático, nomeados pelo governo e substituídos trienalmente, perceberiam uma gratificação e teriam a seu cargo a inspeção interna de todos os teatros.

O parecer do sr. dr. Macedo, concordando, em certos pontos, com o da maioria da comissão, separa-se, entretanto, a outros respeitos, e tais são, por exemplo, o da construção de um teatro, que não julga indispensável, e da organização do conservatório e da companhia normal. A maioria da comissão fez acompanhar o seu parecer de um projeto para a criação do novo Conservatório Dramático e providenciando acerca da construção de um teatro de Comédia Brasileira. O sr. dr. Macedo, além do parecer, deu também um projeto para a organização provisória do teatro normal, acompanhado de um orçamento de despesa e receita.

Esta simples exposição basta para mostrar o zelo da comissão em desempenhar a incumbência do governo, e neste sentido as vistas deste não podiam ser melhor auxiliadas. Dos dois pareceres o que nos agrada mais é o da maioria da comissão, por ser o que nos parece abranger o interesse presente e o interesse futuro, dando à instituição um caráter definitivo, do qual depende a sua realização. Não temos grande fé numa organização provisória; a necessidade das aulas para a educação de artistas novos e aperfeiçoamento dos atuais, pode ser preenchida mesmo com o projeto da maioria da comissão, e julgamos esse acréscimo indispensável, porquanto é preciso legislar principalmente para o futuro. O governo do Brasil tem-se aplicado um pouco a este assunto, e era conveniente aproveitar-lhe os bons desejos e propor logo uma organização completa e definitiva. Fora sem dúvida para desejar que a Comédia Brasileira ficasse exclusivamente a cargo do governo, que faria dela uma dependência do Ministério do Império, com orçamento votado pelo corpo legislativo. Nisto não vemos só uma condição de solenidade, mas também uma razão de segurança futura.

Criando um Conservatório Dramático, assentado em bases largas e definidas, com caráter público, a comissão atentou para uma necessidade indeclinável, sobretudo quando exige para as peças da Comédia Brasileira o exame das condições literárias. Sem isso, a ideia de um teatro-modelo ficaria burlada, e não raro veríamos invadi-lo os bárbaros da literatura. No regime atual, a polícia tem a seu cargo o exame das peças no que respeita à moral e ordem pública. Não temos presente a lei, mas, se ela não se exprime por outro modo, é difícil marcar o limite da moralidade de uma peça, e nesse caso as atribuições da autoridade policial, sobre incompetentes, são vagas, o que não torna muito suave a posição dos escritores.

Sabemos que, além da comissão nomeada pelo sr. conselheiro Sousa Ramos, foi posteriormente consultada pelo sr. marquês de Olinda uma pessoa muito competente nesta matéria, que apresentou ao atual sr. presidente do Conselho um longo parecer. Temos razão para crer também que o sr. Porto Alegre, consultado em 1862, já o tinha sido em 1853 e 1856. Vê-se, pois, que a criação do teatro normal entra há muito tempo nas preocupações do governo. À urgência da matéria não se tirava o caráter de importância, e assim pode-se explicar o escrúpulo do governo em não pôr mãos à obra, sem estar perfeitamente esclarecido. Os nomes das pessoas consultadas, o desenvolvimento das diferentes ideias emitidas, e sobretudo o estado precário da literatura e da arte dramática, tudo está dizendo que a Comédia Brasileira deve ser criada de uma maneira formal e definitiva.

Esta demora em executar uma obra tão necessária ao país pode ter causas diversas, mas seguramente que uma delas é a não permanência dos estadistas no governo, e a natural alternativa da balança política; cremos, porém, que os interesses da arte entram naquela ordem de interesses perpétuos da sociedade, que andam a cargo da entidade moral do governo, e constituem, nesse caso, um dever geral e comum. Se, depois de tantos anos de amarga experiência, e dolorosas decepções, não vier uma lei que ampare a arte e a literatura, lance as bases de uma firme aliança entre o público e o poeta, e faça renascer a já perdida noção do gosto, fechem-se as portas do templo, onde não há nem sacerdotes nem fiéis.

Na esperança de que esta reforma se há de efetuar, aproveitaremos o tempo, enquanto ela não chega, para fazer um estudo dos nossos principais autores dramáticos, sem nos impormos nenhuma ordem de sucessão, nem fixação de épocas, e conforme nos forem propícios o tempo e a disposição. Será uma espécie de balanço do passado: a Comédia Brasileira iniciará uma nova era para a literatura.

Terminaríamos aqui, se um ilustre amigo não nos houvesse mimoseado com alguns versos inéditos e recentes do poeta brasileiro, o sr. Francisco Muniz Barreto. Todos sabem que o sr. Muniz Barreto é celebrado por seu raro talento de repentista; os versos em questão foram improvisados em circunstâncias singulares. Achava-se o poeta em casa do cônsul português na Bahia, onde igualmente estava Emília das Neves, a talentosa artista, tão aplaudida nos nossos teatros. Conversava-se, quando o poeta, batendo aquelas palmas do costume, que já no tempo de Bocage anunciavam os improvisos, compôs de um jacto este belíssimo soneto.

Por sábios e poetas sublimado,
Teu nome ilustre pelo orbe voa:
Outra Ristóri a fama te apregoa,
Outra Raquel, no português tablado.

Ao teu poder magnético, prostrado,
O mais rude auditório se agrilhoa;
Despir-te a fronte da imortal coroa
Não pode o tempo, não consegue o fado.

De atriz o teu condão é sem segundo;
Na cena, a cada instante, uma vitória
Sabes das almas conquistar no fundo.

Impera, Emília! É teu domínio — a história!
Teu sólio — o palco; tua corte — o mundo;
Teu cetro — o drama; teu diadema — a glória.

Ouvindo estes versos tão vigorosamente inspirados, Emília das Neves cedeu a um movimento natural e correu a abraçar o poeta, retribuindo-lhe a fineza, com a expressão mais agradável a uma fronte anciã, com um beijo. Foi o mesmo que abrir uma nova fonte de improviso; sem deter-se um minuto, o poeta produziu as seguintes quadras faceiras e graciosas:

Como, sendo tu das *Neves*,
Musa, que vieste aqui,
Assim queima o peito à gente
Um beijo dado por ti?!

O que na face me deste,
Que acendeu-me o coração,
Não foi ósculo de — *neves*,
Foi um beijo de *vulcão*.

Neves — tenho eu na cabeça,
Do tempo pelos vaivéns;
Tu és só — *Neves* — no nome,
Té nos lábios fogo tens.

Beijando, não és — das *Neves*;
Do *sol*, Emília, tu és;
Como *neves* se derretem
Os corações a teus pés.

O meu, que — *neve* — já era,
Ao toque do beijo teu,
Todo arder senti na chama,
Que da face lhe desceu.

Errou, quem o sobrenome
De — *Neves* — te pôs, atriz.

>   Que és das *lavas*, não das *neves*,
>   Minha alma, acesa, me diz.
>
>   Chamem-te, embora, das *Neves*;
>   *Vesúvio* te hei de eu chamar,
>   Enquanto a impressão do beijo,
>   Que me deste, conservar.
>
>   Oh! se de irmã esse beijo
>   Produziu tamanho ardor,
>   Que incêndio não promovera,
>   Se fora um beijo de amor!...
>
>   Não te chames mais das *Neves*,
>   Mulher que abrasas assim;
>   Chama-te antes das *Luzes*,
>   E não te esqueças de mim.
>
>   Se me prometes, Emília,
>   De hora em hora um beijo igual,
>   Por sobre *neves* ou *fogo*
>   Dou comigo em Portugal.

Como dissemos, estes versos são ainda inéditos; e cabe aqui aos leitores do *Diário do Rio* o prazer de os receber em primeira mão.

Machado de Assis
Diário do Rio de Janeiro, *13/02/1866*

Correio da corte

S. m. o imperador visitou ontem a repartição do Correio e a Caixa de Amortização, examinando minuciosamente, como costuma, todos os compartimentos daqueles dois edifícios públicos.

A visita imperial coincide com a ideia que, segundo nos consta, deve ser brevemente realizada pelo honrado sr. ministro da Agricultura.

S. exa. tem em vista de melhorar as condições do edifício do Correio, que, como se sabe, é acanhado e de péssimas divisões internas. O projeto de s. exa. é deslocar a Caixa de Amortização para outro lugar, aplicando ao serviço do Correio todo o vasto prédio ocupado agora pelas duas repartições. Deste modo ganha o edifício em capacidade, sem ser preciso deslocar a repartição, do centro do comércio e das vizinhanças da praça. O serviço feito por um sistema simples e apropriado, poderá nesse caso, prestar ao público toda a atividade, o que dificilmente se pode conseguir agora no espaço estreito e inconveniente em que é feito.

Só depois desta reforma preliminar, é que se pode empregar com vantagem a reforma completa. Aplaudimos a intenção do sr. ministro, e fazemos sinceros votos pela realização da ideia, que nos parece de fácil execução, e grande alcance. Podemos afirmar que a população aplaude conosco a esse projeto, confiando a sua realização na inteligente atividade do nobre ministro.

Machado de Assis
Diário do Rio de Janeiro, 17/02/1866

Semana literária
(O teatro de Gonçalves de Magalhães)

O nome do sr. dr. Magalhães, autor de *Antônio José*, está ligado à história do teatro brasileiro; aos seus esforços deve-se a reforma da cena tocante à arte de declamação, e as suas tragédias foram realmente o primeiro passo firme da arte nacional. Foi na intenção de encaminhar o gosto público, que o sr. dr. Magalhães tentou aquela dupla reforma, e se mais tarde voltou à antiga situação, nem por isso se devem esquecer os intuitos do poeta e os resultados da sua benéfica influência.

Entretanto, o sr. dr. Magalhães só escreveu duas tragédias, traduziu outras, e algum tempo depois, encaminhado para funções diversas, deixou o teatro, onde lhe não faltaram aplausos. Teria ele reconhecido que não havia no seu talento as aptidões próprias para a arte dramática? Se tal foi o motivo que o levou a descalçar o coturno de Melpômene, crítica sincera e amiga não pode deixar de aplaudi-lo e estimá-lo. Poeta de elevado talento, mas puramente lírico, essencialmente elegíaco, buscando casar o fervor poético à contemplação filosófica, o autor de *Olgiato* não é um talento dramático na acepção restrita da expressão.

Quando a sua musa avista de longe a cidade eterna, ou pisa o gelo dos Alpes, ou atravessa o campo de Waterloo, vê-se que tudo isso é domínio dela, e a linguagem em que exprime os seus sentimentos é uma linguagem própria. O tom da elegia é natural e profundo nas poucas páginas dos *Mistérios*, livro afinado pela lamentação de Jó e pela melancolia de Young. Mas a poesia dramática não tem esses caracteres, nem essa linguagem; e o gênio poético do sr. dr. Magalhães, levado, por natureza e por estudo, à meditação filosófica, e à expressão dos sentimentos pessoais, não pode afrontar tranquilamente as luzes da rampa.

Isto posto, simplifica-se a tarefa de quem examina as suas obras. O que se deve procurar então nas tragédias do sr. dr. Magalhães não é o resultado de uma vocação, mas simplesmente o resultado de um esforço intelectual, empregado no trabalho de uma forma que não é a sua. Mesmo assim, não é possível esquecer que o sr. dr. Magalhães é o fundador do teatro brasileiro, e nisto parece-nos que se pode resumir o seu maior elogio.

Quando o sr. dr. Magalhães escreveu as suas duas tragédias, estava ainda em muita excitação a querela das escolas; o ruído da luta no continente europeu vinha ecoar no continente americano; alistavam-se aqui românticos e clássicos; e todavia o autor de *Antônio José* não se filiou nem na igreja de Racine, nem na igreja de Victor Hugo.

O poeta faz essa confissão nos prefácios que acompanham as suas duas peças, acrescentando que, não vendo verdade absoluta em nenhum dos sistemas, fazia as devidas concessões a ambos. Mas, apesar dessa confissão, vê-se que o poeta queria principalmente protestar contra o caminho que levava a poesia dramática, graças às exagerações da escola romântica, procurando infundir no espírito público melhor sentimento de arte. Poderia consegui-lo, se acaso exercesse uma ação mais eficaz mediante um trabalho mais ativo, e uma produção mais fecunda; o seu exemplo despertaria outros, e os talentos nacionais fariam uma cruzada civilizadora. Infelizmente não aconteceu assim. Apareceram, é verdade, depois das obras do poeta, outras obras dignas de atenção e cheias de talento; mas desses esforços isolados e intermitentes nenhuma eficácia podia resultar.

O assunto de *Antônio José* é tirado da história brasileira. Todos conhecem hoje o infeliz poeta que morreu numa das hecatombes inquisitoriais, por cuja renovação ainda suspiram as almas beatas. Pouco se conhece da vida de Antônio José, e ainda menos se conhecia, antes da tragédia do sr. dr. Magalhães. Mas do silêncio da história, diz o autor, aproveita-se com vantagem a poesia. O autor criou, pois, um enredo: pediu duas personagens à história, Antônio José e o conde de Ericeira, e tirou três de sua imaginação, Mariana, frei Gil e Lúcia. Com estes elementos escreveu a sua peça. Mesmo atendendo ao propósito do autor em não ser nem completamente clássico, nem completamente romântico, não se pode reconhecer no *Antônio José* o caráter de uma tragédia. Seria impróprio exigir a exclusão do elemento familiar na forma trágica ou a eterna repetição dos heróis romanos. Essa não é a nossa intenção; mas buscando realizar a tragédia burguesa, o sr. dr. Magalhães, segundo nos parece, não deu bastante atenção ao elemento puramente trágico, que devia dominar a ação, e que realmente não existe senão no 5º ato.

A ação, geralmente familiar, às vezes cômica, não diremos nas situações, mas no estilo, raras vezes desperta a comoção ou interessa a alma. O 5º ato a esse respeito não sofre censura; tem apenas duas cenas, mas cheias de interesse, e verdadeiramente dramáticas; o monólogo de Antônio José inspira grande piedade; as interrogações do judeu, condenado por uma instituição clerical a um bárbaro suplício, são cheias de filosofia e de pungente verdade; a cena entre Antônio José e frei Gil é bem desenvolvida e bem terminada. A última fala do poeta é alta, é sentida, é eloquente.

Ora, estes méritos que reconhecemos no 5º ato não existem em tamanha soma no resto da tragédia. A própria versificação e o próprio estilo são diferentes entre os primeiros atos e o último. Há sem dúvida duas situações dramáticas, uma no 3º, outra no 4º, mas não são de natureza a compensar a frieza e ausência de paixão do resto da peça.

Aproveitando-se do silêncio da história, o sr. dr. Magalhães imaginou uma fábula interessante, que, se fosse mais aprofundada, poderia dar magníficos efeitos. O amor de um frade por Mariana, a luta resultante dessa situação, a denúncia, a prisão e o suplício — eis um quadro vasto e fecundo. É verdade que o autor lutava, pelo que toca a frei Gil, com a figura do imortal Tartufo; mas, sem pretender entrar em um confronto impossível, a execução do pensamento dramático, o poeta podia assumir maior interesse, e, em alguns pontos, maior gravidade. Não estranhará esta última expressão quem tiver presente à memória o expediente usado pelo poeta para que frei Gil venha a saber do refúgio de Antônio José, e bem assim as reflexões de Lúcia, descendente em linha reta de Martine e Toinette.

Não é nossa intenção entrar em análise minuciosa; apenas exprimimos as nossas dúvidas e impressões. Será fácil cotejar este rápido juízo com a obra do poeta. *Olgiato* confirma as nossas impressões gerais acerca da tragédia do sr. dr. Magalhães; têm ambas os mesmos defeitos e as mesmas belezas; *Olgiato* é sem dúvida mais dramático: há cenas patéticas, situações interessantes e vivas; mas estas qualidades, que sobressaem sobretudo por comparação, não destroem a nossa apreciação acerca do talento poético do sr. Magalhães. Quando o autor põe na boca dos seus personagens conceitos filosóficos e reflexões morais, entra no seu gênero, e produz efeitos excelentes; mas desde que estabelece a luta dramática e faz a pintura dos caracteres, sente-se que lhe falta a imaginação própria e especial da cena.

O assunto de *Olgiato* foi bem escolhido, por suas condições dramáticas; nesse ponto a história oferecia elementos próprios ao poeta. Excluiu ele da tragédia o tirano Galeazzo, e explica o seu procedimento no prefácio que acompanha a obra: a razão de excluí-lo procede de ser Galeazzo um dos frios monstros da humanidade, diz o autor, e, além disso, por não ser necessário à ação da peça.

Destas duas razões, a segunda é legítima; mas a primeira não nos parece aceitável. O autor tinha o direito de transportar para a cena o Galeazzo da história, sem ofensa dos olhos do espectador, uma vez que conservasse a verdade íntima do caráter. A poesia não tem o dever de copiar integralmente a história sem cair no papel secundário e passivo do cronista.

Prevendo esta objeção, o sr. dr. Magalhães diz que não podia alterar a realidade histórica, porque fazia uma tragédia, e não um drama. Não compreendemos esta distinção, e se ela exprime o que nos quer parecer, estamos em pleno desacordo com o poeta. Por que motivo haverá duas leis especiais para fazer servir a história à forma dramática e à forma trágica? A tragédia, a comédia e o drama são três formas distintas, de índole diversa; mas quando o poeta, seja trágico, dramático ou cômico, vai estudar no passado os modelos históricos, uma única lei deve guiá-lo, a mesma lei que o deve guiar no estudo da natureza, e essa lei impõe-lhe o dever de alterar, segundo os preceitos da boa arte, a realidade da natureza e da história. Quando, há tempos, apreciamos nesta folha a última produção do sr. Mendes Leal, tivemos ocasião de desenvolver este pensamento, aliás corrente e conhecido; aplaudimos na obra do poeta português a aplicação perfeita deste dever indispensável, sem o qual, como escreve o escritor citado pelo sr. dr. Magalhães, Victor Cousin, desce-se da classe dos artistas.

Mas isto nos levaria longe, o espaço de que dispomos hoje é em extremo acanhado. As duas tragédias do sr. dr. Magalhães merecem, apesar das imperfeições que nos parece haver nelas, uma apreciação mais detida e aprofundada. Em todo o caso, o nosso pensamento aí fica expresso e claro, embora em resumo. Reconhecendo os serviços do poeta em relação à arte dramática, o bom exemplo que deu, a consciência com que procurou haver-se no desempenho de uma missão toda voluntária, nem por isso lhe ocultaremos que, aos nossos olhos, as suas tendências não são dramáticas; isto posto, crescem de vulto as belezas das suas peças, do mesmo modo que lhe diminuem a imperfeições.

Abandonando o coturno de Melpômene, o poeta consultou o interesse da sua glória. Que ele nos cante de novo os desesperos, as aspirações, os sentimentos da alma, na forma essencialmente sua, com a língua que lhe é própria. O escritor, ainda novel e inexperiente, que assina estas linhas balbuciou a poesia, repetindo as páginas dos *Suspiros e saudades* e as estrofes melancólicas dos *Mistérios*; para ele, o sr. dr. Magalhães não vale menos, sem *Antônio José* e *Olgiato*.

Machado de Assis
Diário do Rio de Janeiro, 27/02/1866

Semana literária
(O teatro de José de Alencar)

I

Uma grande parte das nossas obras dramáticas apareceu neste último decênio, devendo contar-se entre elas as estreias de autores de talento e de reputação, tais como os srs. conselheiro José de Alencar, Quintino Bocaiúva, Pinheiro Guimarães e outros. O sr. dr. Macedo apresentou ao público, no mesmo período, novos dramas e comédias, e estava obrigado a fazê-lo, como autor d'*O cego* e d'*O Cobé*. Desgraçadamente, causas que os leitores não ignoram fizeram cessar o entusiasmo de uma época que deu muito, e prometia mais. Deveremos citar entre essas causas a sedução política? Não há um, dos quatro nomes citados, que não tenha cedido aos requebros da deusa, uns na imprensa, outros na tribuna. Ora, a política que já nos absorveu, entre outros, três brilhantes talentos poéticos, o sr. conselheiro Otaviano, o sr. senador Firmino, o sr. conselheiro José Maria do Amaral, ameaça fazer novos raptos na família das musas. Parece-nos, todavia, que se podem conciliar os interesses da causa pública e da causa poética. Basta romper de uma vez com o preconceito de que não cabem na mesma fronte os louros da Fócion e os louros de Virgílio. Por que razão o poema inédito do sr. conselheiro Amaral e as poesias soltas do sr. conselheiro Otaviano não fariam boa figura ao lado dos seus despachos diplomáticos e dos seus escritos políticos? Até que ponto deve prevalecer um preconceito que condena espíritos educados em boa escola literária ao cultivo clandestino das musas?

Felizmente, devemos reconhecê-lo, vai-se rompendo a pouco e pouco com os velhos hábitos. O sr. dr. Macedo, que ocupa um lugar na política militante, publicou há tempos um romance; o sr. dr. Pedro Luís não hesita em compor uma ode, depois de proferir um discurso na Câmara; o sr. conselheiro Alencar, que, apesar de retirado da cena política, será mais tarde ou mais cedo chamado a ela, enriqueceu a lista dos seus títulos literários. Que nenhum deles esmoreça nestes propósitos; é um serviço que a posteridade lhes agradecerá.

Desculpem-nos se há ingenuidade nestas reflexões; nem nos levem a mal se assumimos por este modo a promotoria do Parnaso, fazendo um libelo contra a República. Contra, não; mesmo que pregássemos o divórcio das musas e da política, ainda assim não conspirávamos em desfavor da sociedade; de qualquer modo é servi-la, e a história nos mostra que, após um longo período de séculos, é principalmente a musa de Homero que nos faz amar a pátria de Aristides.

Dos recentes poetas dramáticos, a que nos referimos no começo deste artigo, é o sr. Alencar um dos mais fecundos e laboriosos. Estreou em 1857, com uma comédia em dois atos, *Verso e reverso*. A primeira representação foi anunciada sem nome de autor, e os aplausos com que foi recebida a obra animaram-lhe a vocação dramática; daí para cá escreveu o autor uma série de composições que lhe criaram uma reputação verdadeiramente sólida. *Verso e reverso* foi o prenúncio; não é decerto uma composição de longo fôlego; é uma simples miniatura, fina e elegante, uma coleção de episódios copiados da vida comum, ligados todos a uma verdadeira ideia de poeta. Essa ideia é simples; o efeito do amor no resultado das impressões do homem. Aos olhos do protagonista, no curto intervalo de três meses, o mesmo quadro aparece sob um ponto de vista diverso; começa por achar no Rio de Janeiro um inferno, acaba por ver nele um paraíso; a influência da mulher explica tudo. Dizer isto é contar a comédia; a ação, de extrema simplicidade, não tem complicados enredos; mas o interesse mantém-se de princípio a fim, através de alguns episódios interessantes e de um diálogo vivo e natural.

Verso e reverso não se recomenda só por essas qualidades, mas também pela fiel pintura de alguns hábitos e tipos da época; alguns deles tendem a desaparecer, outros desapareceram e arrastariam consigo a obra do poeta, se ela não contivesse os elementos que guardam a vida, mesmo através das mudanças do tempo. Aquela comédia que encerra todo o autor d'*As asas de um anjo*, mas já se deixa ver ali a sua maneira, o seu estilo, o seu diálogo, tudo quanto representa a sua personalidade literária, extremamente original, extremamente própria. Há sobretudo um traço no talento dramático do sr. Alencar, que já ali aparece de uma maneira viva e distinta; é a observação das coisas, que vai até as menores minuciosidades da vida, e a virtude do autor resulta dos esforços que faz por não fazer cair em excesso aquela qualidade preciosa. É sem dúvida necessário que uma obra dramática, para ser do seu tempo e do seu país, reflita uma certa parte dos hábitos externos, e das condições e usos peculiares da sociedade em que nasce; mas, além disto, quer a lei dramática que o poeta aplique o valioso dom da observação a uma ordem de ideias mais elevadas, e é isso justamente o que não esqueceu o autor d'*O demônio familiar*. O quadro do *Verso e reverso* era restrito demais para empregar rigorosamente esta condição da arte; e todavia a comédia há de merecer a atenção dos espectadores, ainda quando desapareçam completamente da sociedade fluminense os elementos postos em jogo pelo autor; e isso graças a três coisas: ao pensamento capital da peça, ao desenho feliz de alguns caracteres, e às excelentes qualidades do diálogo.

Verso e reverso deveu o bom acolhimento que teve, não só aos seus merecimentos, senão também à novidade da forma. Até então a comédia brasileira não procurava os modelos mais estimados; as obras do finado Pena, cheias de talento e de boa veia cômica, prendiam-se intimamente às tradições da farsa portuguesa, o que não é desmerecê-las, mas defini-las; se o autor d'*O noviço* vivesse, o seu talento, que era dos mais auspiciosos, teria acompanhado o tempo, e consorciaria os progressos da arte moderna às lições da arte clássica.

Verso e reverso não era ainda a alta comédia, mas era a comédia elegante; era a sociedade polida que entrava no teatro, pela mão de um homem que reunia em si a fidalguia do talento e a fina cortesia do salão.

A alta comédia apareceu logo depois, com *O demônio familiar*. Essa é uma comédia de maior alento; o autor abraça aí um quadro mais vasto. O demônio da comédia, o moleque Pedro, é o Fígaro brasileiro, menos as intenções filosóficas e os vestígios políticos do outro. A introdução de Pedro em cena oferecia graves obstáculos; era preciso escapar-lhes por meios hábeis e seguros. Depois, como apresentar ao espírito do espectador o caráter do intrigante doméstico, mola real da ação, sem fazê-lo odioso e repugnante? Até que ponto fazer rir com indulgência e bom humor das intrigas do demônio familiar? Esta era a primeira dificuldade do caráter e do assunto. Pelo resultado já sabem os leitores que o autor venceu a dificuldade, dando ao moleque Pedro as atenuantes do seu procedimento, até levantá-lo mesmo ante a consciência do público.

Primeiramente, Pedro é o mimo da família, o *enfant gâté*, como diria o viajante Azevedo; e nisso pode-se ver desde logo um traço característico da vida brasileira. Colocado em uma condição intermediária, que não é nem a do filho nem a do escravo, Pedro volta e abusa de todas as liberdades que lhe dá a sua posição especial; depois, como abusa ele dessas liberdades? por que serve de portador às cartinhas amorosas de Alfredo? por que motivo compromete os amores de Eduardo por Henriqueta, e tenta abrir as relações de seu senhor com uma viúva rica? Uma simples aspiração de pajem e cocheiro; e aquilo que noutro repugnaria à consciência dos espectadores, acha-se perfeitamente explicado no caráter de Pedro. Com efeito, não se trata ali de dar um pequeno móvel a uma série de ações reprovadas; os motivos do procedimento de Pedro são realmente poderosos, se atendermos a que a posição sonhada pelo moleque está de perfeito acordo com o círculo limitado das suas aspirações, e da sua condição de escravo; acrescente-se a isto a ignorância, a ausência de nenhum sentimento do dever, e tem-se a razão da indulgência com que recebemos as intrigas do Fígaro fluminense.

Parece-nos ter compreendido bem a significação do personagem principal d'*O demônio familiar*; esta foi, sem dúvida, a série de reflexões feitas pelo autor para transportar ao teatro aquele tipo eminentemente nosso. Ora, desde que entra em cena até o fim da peça, o caráter de Pedro não se desmente nunca: é a mesma vivacidade, a mesma ardileza, a mesma ignorância do alcance dos seus atos; se de certo ponto em diante, cedendo às admoestações do senhor, emprega as mesmas armas da primeira intriga em uma nova intriga que desfaça aquela, esse novo traço é o complemento do tipo. Nem é só isso: delatando os cálculos de Vasconcelos a respeito do pretendente de Henriqueta, Pedro usa do seu espírito enredador, sem grande consciência nem do bem nem do mal que pratica; mas a circunstância de desfazer um casamento, que servia aos interesses de dois especuladores, dá aos olhos do espectador uma lição verdadeiramente de comédia.

O demônio familiar apresenta um quadro de família, com o verdadeiro cunho da família brasileira; reina ali um ar de convivência e de paz doméstica, que encanta desde logo; só as intrigas de Pedro transtornam aquela superfície: corre a ação ligeira, interessante, comovente mesmo, através de quatro atos, bem deduzidos e bem terminados. No desfecho da peça, Eduardo dá a liberdade ao escravo, fazendo-lhe ver a grave responsabilidade que desse dia em diante deve pesar sobre ele, a quem só a sociedade pedirá contas. O traço é novo, a lição profunda. Não supomos que o sr. Alencar dê às suas comédias um caráter de demonstração; outro é o destino da arte; mas a verdade é que as conclusões d'*O demônio familiar*, como as conclusões de *Mãe*, têm um caráter social que consolam a consciência; ambas as peças, sem saírem das condições da arte, mas pela própria pintura dos sentimentos e dos fatos, são um protesto contra a instituição do cativeiro.

Em *Mãe* é a escrava que se sacrifica à sociedade, por amor do filho; n'*O demônio familiar*, é a sociedade que se vê obrigada a restituir a liberdade ao escravo delinquente.

A peça acaba, sem abalos nem grandes peripécias, com a volta da paz da família e da felicidade geral. *All is well that ends well*, como na comédia de Shakespeare.

Não entramos nas minúcias da peça; apenas atendemos para o que ela apresenta de mais geral e mais belo; e contudo não falta ainda que apreciar n'*O demônio familiar*, como, por exemplo, os tipos de Azevedo e de Vasconcelos, as duas amigas Henriqueta e Carlotinha, tão brasileiras no espírito e na linguagem, e o caráter de Eduardo, nobre, generoso, amante. Eduardo sonha a família, a mulher, os hábitos domésticos, pelo padrão da família dele e dos costumes puros de sua casa. Mais de uma vez enuncia ele os seus desejos e aspirações, e é para agradecer a insistência com que o autor faz voltar o espírito do personagem para esse assunto.

A sociedade, diz Eduardo, isto é, a vida exterior, ameaça destruir a família, isto é, a vida interior.

A esta frase acrescentaremos este período:

> A mulher moderna, diz Madama d'Agout, vive em um centro, que não é nem o ar grave da matrona romana, nem a morada aberta e festiva da cortesã grega, mas uma coisa intermediária que se chama sociedade, isto é, a reunião sem objeto de espíritos ociosos, sujeitos às prescrições de uma moral que pretende em vão conciliar as diversões de galanteria com os deveres da família.

Há, sem dúvida, mais coisas a dizer sobre a excelente comédia do sr. José de Alencar; não nos falta disposição, mas espaço; nesta tarefa de apreciação literária há momentos de verdadeiro prazer; é quando se trata de um talento brilhante e de uma obra de gosto. Quando podemos achar uma dessas ocasiões é só com extremo pesar que não a aproveitamos toda.

Guardamos para outro artigo a apreciação das demais obras do distinto autor d'*O demônio familiar*.

II

A reabilitação da mulher perdida, tal foi durante muito tempo a questão formulada e debatida no romance e no teatro. Negavam uns, afirmavam outros, dividiam-se os ânimos, traçavam-se campos opostos; e durante uma larga porção de tempo a heroína do dia oscilou entre as gemônias e o Capitólio.

Não tem conta a soma de talento empregado nesse debate, e é realmente de invejar o esplendor de muitos nomes que figuraram nele. Mas, quaisquer que fossem os prodígios de invenção da parte dos poetas, não era possível fugir ao menor dos inconvenientes do assunto, que era a monotonia.

Era o menor, porque a maior estava na coisa em si, na própria escolha do assunto, na pintura da sociedade que se trasladava para a cena. Que a conclusão fosse afirmativa ou negativa, pouco importa em matéria de arte. O certo é que muitos espíritos delicados não puderam fugir à tentação; e para atestar que a tentação era grande, basta lembrar dois nomes, um nosso, outro estranho: o autor do *Casamento de Olímpia*, e o autor d'*As asas de um anjo*. Nenhum deles concluiu pela afirmativa; as suas intenções morais eram boas, as suas ideias sãs; mas os costumes e os caracteres escolhidos como elementos das suas peças eram os mesmos que estavam em voga, e de qualquer modo, aplaudindo ou condenando, eram sempre os mesmos heróis que figuravam na cena. Só havia demais o lustre de dois nomes estimados.

Depois de escrever *O demônio familiar*, comédia excelente, como estudo de costumes e de caracteres, quis o sr. conselheiro José de Alencar dizer a sua palavra no debate do dia. Nisto, o autor d'*As asas de um anjo* não cedia somente à sedução do momento, formulava também uma opinião; é arriscado estar em desacordo com uma inteligência tão esclarecida, porque é arriscar-se a estar em erro; não foi, porém, sem detido exame que adotamos uma opinião contrária à do ilustre escritor. A nossa divergência é de ponto de vista; pode a verdade não estar da parte dele; mas, qualquer que seja a maneira por que encaremos a arte, há uma de encarar o talento do autor.

É evidente que a comédia *As asas de um anjo* não conclui pela afirmativa de tese tão celebrada; e foi o que muita gente não quis ver. A ideia da peça está contida em algumas palavras do personagem Meneses; Carolina exprime a punição dos pais, que descuraram a sua educação moral; do sedutor que a arrancou do seio da família, do segundo amante que a acabou de perder.

O epílogo da peça é o casamento de Carolina; mas quem vê aí sua reabilitação moral? Casamento quase clandestino, celebrado para proteger uma menina, filha dos erros de uma união sem as doçuras de amor, nem a dignidade de família, é isto acaso um ato de regeneração? Não, o autor d'*As asas de um anjo* não quis restituir a Carolina os direitos morais que ela perdera. Mas isto, que é o desenlace de uma situação dada, não nos parece que justifique essa mesma situação. O que achamos reparável na comédia *As asas de um anjo* não é o desenlace, que nos parece lógico, é a situação de que nasce o desenlace; é o assunto em si.

O que nos parece menos aceitável é o que constitui o fundo e o quadro da comédia; não há dúvida alguma de que a peça é cheia de interesses e de lances dramáticos; a invenção é original, apesar do cansaço do assunto; mas o que sentimos é precisamente isso; é uma soma tão avultada de talento e de perícia empregada em um assunto, que, segundo a nossa opinião, devia ser excluído da cena.

A teoria aceita e que presidiu, antes de tudo, ao gênero de peças de que tratamos é que, pintando os costumes de uma classe parasita e especial, conseguir-se-ia melhorá-la e influir-lhe o sentimento do dever. Pondo de parte esta questão da correção dos costumes por meio do teatro, coisa duvidosa para muita gente, perguntaremos simplesmente se há quem acredite que as *Mulheres de mármore*, o *Mundo equívoco*, o *Casamento de Olímpia* e *As asas de um anjo* chegassem a corrigir uma das Marias e das Paulinas da atualidade. A nossa resposta é negativa; e se as obras não serviam ao fim proposto, serviriam acaso de aviso à sociedade honesta? Também não, pela razão simples de que a pintura do vício nessas peças (exceção feita d'*As asas de um anjo*) é feita com todas as cores brilhantes, que seduzem, que atenuam, que fazem quase do vício um resvalamento reparável. Isto, no ponto de vista dos chefes da escola, se há escola; mas que diremos nós, prevalecendo a doutrina contrária, a doutrina da arte pura, que isola o domínio da imaginação, e tira do poeta o caráter de tribuno?

Vindo depois d'*O demônio familiar*, *As asas de um anjo* encerram muitas das qualidades do autor, revelando sobretudo as tendências dramáticas, tão pronunciadas como as tendências cômicas d'*O demônio familiar* e do *Verso e reverso*. No empenho de não poupar nenhuma das angústias que devem acometer a mulher perdida da sua peça, o autor não hesitou em produzir a última cena do 4º ato. O efeito é terrível, o contraste medonho; mas, consinta-nos o ilustre poeta uma declaração franca, a cena é demasiado violenta, sem satisfazer os seus intuitos; aquele encontro do pai e da filha não altera em nada a situação desta, não lhe aumenta o horror, não lhe cava maior abismo; e contudo o coração do espectador sente-se abalado, não pelo efeito que o autor teve em vista, mas por outro que resulta da inconveniência do lance, e dos sentimentos que ele inspira.

Faremos ainda um reparo, e será o último. Carolina que, segundo a frase de Meneses, exprime a punição dos pais e dos seus corruptores, se pune a estes com justiça, aplica aos pais uma punição demasiado severa. Diz Meneses que eles não cuidaram da educação moral da filha; mas desta circunstância não existe vestígio algum na peça, a não ser a asserção de Meneses; o primeiro ato apresenta um aspecto de paz doméstica, de felicidade, de pureza, que contrasta vivamente com a fuga da moça, sem que apareça o menor indício dessa atenuante, se pode haver atenuante para o ato de Carolina.

O sr. conselheiro José de Alencar, logo depois dos acontecimentos que ocorreram por ocasião d'*As asas de um anjo*, declarou que quebrava a pena e fazia dos pedaços uma cruz. Declaração de poeta, que um carinho da musa fez esquecer mais tarde. A *As asas de um anjo* sucedeu um drama, a que o autor intitulou *Mãe*. O contraste não podia ser maior; saíamos de uma comédia que contrariava os nossos sentimentos e as nossas ideias, e assistíamos ao melhor de todos os dramas nacionais até hoje representados; estávamos diante de uma obra verdadeiramente dramática, profundamente humana, bem concebida, bem executada, bem concluída. Para quem estava acostumado a ver no sr. José de Alencar o chefe da nossa literatura dramática, a nova peça resgatava todas as divergências anteriores.

Se ainda fosse preciso inspirar ao povo o horror pela instituição do cativeiro, cremos que a representação do novo drama do sr. José de Alencar faria mais do que todos os discursos que se pudessem proferir no recinto do corpo legislativo, e isso sem que *Mãe* seja um drama demonstrativo e argumentador, mas pela simples impressão que produz no espírito do espectador, como convém a uma obra de arte. A maternidade na mulher escrava, a mãe cativa do próprio filho, eis a situação da peça. Achada a situação, era preciso saber apresentá-la, concluí-la; tornava-se preciso tirar dela todos os efeitos, todas as consequências, todos os lances possíveis; do contrário, seria desvirginá-la sem fecundá-la. O autor não só o compreendeu, como o executou com uma consciência e uma inspiração que não nos cansamos de louvar.

Vejamos o que é essa mãe. Joana, estando ainda com o seu primeiro senhor, teve um filho que foi perfilhado por um homem que a comprou, apenas nascido o menino. Morreu esse, instituindo o rapaz como seu herdeiro; nada mais fácil a Joana do que descobrir ao moço Jorge o mistério do seu nascimento. Mas então onde estava a heroína? Joana guarda religiosamente o segredo e encerra-se toda na obscuridade da sua abnegação, com receio de que Jorge venha a desmerecer diante da sociedade, quando se conhecer a condição e a raça de sua mãe. Ela não indaga, nem discute a justiça de semelhante preconceito; aceita-o calada e resignada, mais do que isso, feliz; porque o silêncio assegura-lhe, mais que tudo, a estima e a ventura de Jorge. Até aqui já o sacrifício era grande; mas cumpria que fosse imenso. Quando Jorge, para salvar o pai da noiva, precisa de uma certa soma de dinheiro, Joana rasga a carta de liberdade dada anteriormente por Jorge e oferece-se em holocausto à necessidade do moço; é hipotecada. Mas os acontecimentos precipitam-se; o dr. Lima, único que sabia do nascimento de Jorge, sabe da hipoteca de Joana, feita por um título de venda simulada, e profere essa frase tremenda, que faz estremecer de espectadores: "Desgraçado, tu vendeste tua mãe!"

Descoberto o segredo, Joana não hesita sobre o que deve fazer; teme pelo filho, e não quer lançar a menor sombra na sua felicidade: escrúpulo tocante, de que resulta o suicídio. Tal é a peripécia deste drama, onde o patético nasce de uma situação pungente e verdadeira.

Não diremos, uma por uma, todas as belas cenas deste drama tão superior; demais, seria inútil, pois que ele anda nas mãos de todos. Uma dessas cenas é aquela em que Joana, para salvar o futuro sogro do filho, e portanto a felicidade dele, procura convencer ao usurário Peixoto de que deve socorrer o moço, sobre a sua hipoteca pessoal. Nada mais pungente; sob aquele diálogo familiar, palpita o drama, aperta-se o coração, arrasam-se os olhos de lágrimas. Se Joana é a personagem mais importante da peça, nem por isso as outras deixam de inspirar verdadeiro interesse, sobretudo Jorge e Elisa, criatura frágil, e delicada, que produz inocentemente uma situação, como causa indireta do holocausto a que se oferece Joana.

Não pode haver dúvida de que é esta a peça capital do sr. José de Alencar: paixão, interesse, originalidade, um estudo profundo do coração humano, mais do que isso, do coração materno, tudo se reúne nesses quatro atos, tudo faz desta peça uma verdadeira criação. Desde então, os louros de poeta dramático floresceram na fronte do autor entrelaçados aos louros de poeta cômico. Villemain observa que a reunião dessas duas faces da arte teatral nos mesmos indivíduos é um sintoma das épocas decadentes; se esta regra é verdadeira, não pode deixar de ser confirmada pela exceção; e a exceção é decerto nossa época, no Brasil, época que mal começa, mas que já se ilustra com algumas obras de mérito e de futuro.

Resta-nos pouco para completar o estudo das obras teatrais do sr. José de Alencar, cujo lugar nas letras dramáticas estaria definido, mesmo que não houvesse dado *O demônio familiar*, isto é, a alta expressão dos costumes domésticos, e *Mãe*, isto é, a imagem augusta da maternidade.

III
A extinta Companhia do Ateneu Dramático representou durante algumas noites uma peça anônima, intitulada *O que é o casamento?* O autor, apesar de ser a obra bem recebida, não apareceu, nem então, nem depois; mas o público, que é dotado

de uma admirável perspicácia, atribui a peça ao sr. J. de Alencar, e a coisa passou em julgado. Será temeridade da nossa parte repetir o juízo do público? *O que é o casamento?* reúne todos os caracteres do estilo e do sistema dramático do autor d'*As asas de um anjo*; entre aquela peça e as outras do mesmo autor há uma semelhança fisionômica que não pode passar despercebida aos olhos da crítica. E atribuindo ao sr. J. de Alencar a comédia em questão, não fazemos só um ato de justiça, resolvemos naturalmente uma questão, que seria insolúvel no caso de ser outro o autor da comédia, por que então onde iríamos buscar um Drômio de Atenas para opor a este Drômio de Éfeso? Quem seria esse gêmeo literário tão gêmeo que pareceria, não outro homem, mas a metade deste, a sua parte complementar? O meio simples de resolver a dúvida é dar a uma órfã tão bela um pai tão distinto.

    O que é o casamento? pergunta o autor, e a peça é a resposta desta interrogação. Para compreender bem o título e casá-lo à peça, é preciso ter em vista que nem a pergunta nem a resposta podem ter caráter absoluto. O casamento é a confiança recíproca, tal é a conclusão de Miranda, em diálogo com Alves; e uma situação inesperada, uma situação fatal, que envolve a honra da esposa, embora inocente e pura, faz apagar no espírito do marido o mesmo sentimento em que, segundo ele, deve repousar a paz doméstica. Não é isto bastante para indicar que o autor não quis tirar conclusões gerais? O autor imaginou uma situação dramática: desenvolveu-a, concluiu-a. Há aí uma parte que pertence à ação dos sentimentos, e outra que pertence um pouco à ação do acaso, mas desse acaso que é, por assim dizer, o resultado de um grupo de circunstâncias. A peça rola sobre um caso de adultério suposto, adultério que seria igualmente um fratricídio, pois que é o próprio irmão de Miranda quem levanta os olhos para a esposa dele. A peça convida desde princípio toda a atenção do espectador; Henrique vem despedir-se de Isabel, pedindo-lhe perdão do sentimento que alimentou, e que ainda o domina; intervém o marido, Henrique foge; o marido ouve as palavras de Isabel assaz ambíguas para destruir todo o sentimento de conversa. Uma flor, que pouco antes estivera no peito de Sales, é encontrada pelo marido no chão; faz-lhe crer que é aquele gamenho ridículo o assassino da sua desonra. Miranda toma uma decisão extrema; quer matar a esposa. O grito da filha evita aquele crime.

    Tal é o ponto de partida desta peça. Colocada entre o interesse da sua honra e o interesse do irmão do marido, Isabel sacrifica-se e aceita a situação criada por um erro que não é seu. Esta abnegação, que faz de Isabel uma verdadeira heroína, aumenta de muito o interesse da peça, torna mais profunda a comoção dramática. A cada passo, espera-se ouvir da esposa infeliz a narração fiel dos fatos, mas ela mantém-se na sua sublime reserva. Demais, a situação agravou-se depois da entrevista fatal; Henrique, amado já por Clarinha, irmã de Isabel, aparece casado, no 2º ato, e esse casamento foi menos por corresponder às aspirações da moça, do que por achar um refúgio ao próprio sofrimento. Mas estes dois casais vivem em perfeita separação de cônjuges; Isabel e Miranda são dois estranhos em casa, ligados apenas pelo vínculo de uma inocente menina; Henrique e Clarinha vivem igualmente separados, e se a mocidade, a alegria, a leviandade mesmo de Clarinha, consegue dar à sua situação um aspecto menos sombrio, nem por isso Henrique escapa aos remorsos que o pungiam, e o trazem sempre longe da esposa.

    Precipitam-se os acontecimentos; Miranda, depois de ultimar os negócios, de restituir os bens de Isabel, anuncia-lhe que vai partir para a Europa; lembra-lhe que ela precisa da sua reputação, se não para si, nem para o marido, ao menos para a filha, que não tem culpa no crime que ele lhe supõe. Entretanto, como esta cena tem lugar em Petrópolis, Miranda anuncia que vem à corte; despede-se; é nesse intervalo que Henrique pode conversar algum tempo a sós com Isabel, a quem interroga sobre a frieza que nota há muito entre ela e o marido. Henrique faz ainda novos protestos de modo a salvar a honra de Isabel, que ele tão desastradamente comprometera. Miranda, que tem voltado para vir buscar uma carta, ouve o diálogo. Perdoa a Henrique, e pede perdão à mulher.

Neste resumo, em que suprimimos muita coisa, aliás incontáveis belezas, pode ver-se a altura dramática da última peça do sr. J. de Alencar. É certo que o desenlace, que um acaso precipita, seria talvez melhor se nascesse do próprio remorso de Henrique, uma vez sabida por ele a situação doméstica de Isabel. O perdão de Miranda, arrancado pela confissão sincera e ingênua do irmão, levantaria muito mais o caráter do moço, aliás simpático e humano. Mas fora deste reparo, que a estima pelo autor arranca à nossa pena, a peça do sr. J. de Alencar é das mais dramáticas e das mais bem concebidas do nosso teatro. O talento do autor, valente de si, robustecido pelo estudo, conseguiu conservar o mesmo interesse, a mesma vida, no meio de uma situação sempre igual, de uma crise doméstica, abafada e oculta.

A cor local é uma das preocupações do autor d'*O demônio familiar* e a habilidade dele está em distribuir as suas tintas de acordo com o resto do quadro, evitando o sobrecarregado, o inútil, o descabido. Há nesta peça dois escravos, Joaquim e Rita; rompidos os vínculos morais entre Miranda e Isabel, os dois escravos, educados na confiança e na intimidade de família, tornam-se os naturais confidentes de ambos, mas confidentes nulos, inspirando apenas uma meia confiança. É por eles que aquelas duas criaturas procuram saber das necessidades uma da outra, minorar quanto possam a desolação comum.

Bem estudado, isto é ainda um resto de amor da parte do marido, um sinal de estima da parte da mulher.

Henrique, entregue à punição do seu próprio arrependimento, acha-se mais tarde em situação igual à do irmão, o que acrescenta à peça um episódio interessante, intimamente ligado à peça, sendo mesmo um complemento dela. Clarinha, cortejada por Sales, aproveita um pedido de entrevista do gamenho, para reanimar a afeição de Henrique; este estratagema leviano produz uma cena violenta e uma situação trágica. A perspicácia do drama salva tudo.

Tanto quanto nos permite a estreiteza do espaço, eis em resumo o drama do sr. J. de Alencar, drama interessante, bem desenvolvido e lógico. É igualmente uma pintura da família, feita com aquela observação que o sr. Alencar aplica sempre aos costumes privados. Caracteres sustentados, diálogo natural e vivo, estudo aplicado de sentimentos.

Além das peças do autor, que temos apreciado até hoje, uma há, que subiu à cena no Ginásio, *O crédito*. Não tivemos ocasião de vê-la, nem a comédia está impressa. O assunto, como indica o título, é da mais alta importância social; e o autor, pela reminiscência que nos ficou dos artigos do tempo, soube tirar dele tão-somente aquilo que entrava na esfera de uma comédia. Folgaríamos de ver impressa a obra do ilustre autor d'*As asas de um anjo*. Limitamo-nos, porém, a mencioná-la, e bem assim duas peças mais que nos consta existir na pasta, sempre cheia, do autor: *O jesuíta* e *A expiação*.

Como dissemos, é o sr. J. de Alencar um dos mais fecundos e brilhantes talentos da mocidade atual; possui sobretudo duas qualidades tão raras quanto preciosas; o gosto e o discernimento, duas qualidades que completavam o gênio de Garrett. Nem sempre estamos de acordo com o distinto escritor: já manifestamos as nossas divergências pelo que diz respeito a *As asas de um anjo*; do mesmo modo dizemos que, algumas vezes, a fidelidade do autor na pintura dos costumes vai além do limite que, em nossa opinião, deve estar sempre presente aos olhos do poeta; nisso segue o autor uma opinião diversa da nossa; mas, fora dessa divergência de ponto de vista, os nossos aplausos ao autor da *Mãe* e d'*O demônio familiar* são completos e sem reserva. A posição que alcançou, como poeta dramático, impõe-lhe a obrigação de enriquecer com outras obras a literatura nacional.

Estamos certos de que o fará, qualquer que seja a situação da cena brasileira; para os talentos conscienciosos, o trabalho é um dever; e quando a realidade do presente desanima, voltam-se os olhos para as esperanças do futuro. No autor d'*O demônio familiar* estas esperanças são legítimas.

Machado de Assis
Diário do Rio de Janeiro, 06/03/1866, 13/03/1866 e 27/03/1866

Semana literária

Três livros solicitam hoje a nossa atenção: *Curso de literatura portuguesa e brasileira*, pelo sr. Francisco Sotero dos Reis; *Cancros sociais*, drama pela sra. d. Maria Ribeiro; e *Lendas e canções populares*, pelo sr. Juvenal Galeno. São todos publicados agora, sem que, todavia, sejam completamente novos; o drama da sra. d. Maria Ribeiro foi representado muitas vezes no Ginásio; o livro do sr. Sotero dos Reis compõe-se de lições professadas no Instituto de Humanidades, no Maranhão, algumas das quais foram publicadas nos jornais fluminenses; finalmente, das canções do sr. Juvenal Galeno (do Ceará) já algumas têm visto a luz em diversas folhas do Brasil. Já tivemos ocasião de apreciar o drama da sra. d. Maria Ribeiro, quando subiu à cena do Ginásio, onde foi muito aplaudido. Publicando o drama em livro, a sra. d. Maria Ribeiro solicita naturalmente o exame frio e atento do público; mas preocupa-se muito com a sua condição de senhora, que, segundo ela, pode prejudicar o efeito da obra. O livro traz esta epígrafe de mme. de Staël: *Quand une femme publie un livre, elle se met tellement dans la dépendance de l'opinion, que les dispensateurs de cette opinion lui font sentir durement leur empire*. Esta frase, se pode exprimir um receio natural, comum a todos os autores, é desmentida por muitos exemplos, em que a opinião coroa as escritoras que o merecem. Mesmo quando os primeiros passos de uma mulher escritora sejam, no interesse da própria glória, objeto de discussão e controvérsia, não é recompensa de sobra e juízo definitivo da opinião colocando *Corina* e *Indiana* entre as obras-primas das letras francesas?

É verdade que, quando uma mulher apresenta ao público um fruto dos seus labores, o público, ou pelo menos o público literário, lê o livro com mais severidade, e isto pela razão de que sendo a instrução da mulher geralmente diversa e menos profunda que a do homem, há sempre receio de que a sua imaginação não seja acompanhada de uma erudição conveniente. Mas esta prevenção é favorável aos talentos verdadeiros, alimentados por uma instrução sólida e real. Foi uma mulher quem disse: aprende-se a pensar, como se aprende a coser.

O drama da sra. d. Maria Ribeiro tem por base um assunto de escravidão; é uma mãe escrava. Já o sr. J. de Alencar tinha levado para a cena este delicado assunto, que é sempre fecundo, quando estudado com arte. O exemplo do autor de *Mãe*, foi seguido pela sra. d. Maria Ribeiro, no drama dos *Cancros sociais;* mas esse é o único ponto de contato entre os dois dramas. O primeiro, que é de uma simplicidade antiga, tem por único objeto a pintura da maternidade; o drama da sra. d. Maria Ribeiro é mais complexo; aí, além de uma mãe escrava, libertada por seu próprio filho, temos o ciúme de uma mulher e as traficâncias de um estelionatário. Não nos demoraremos em narrar a ação da peça, que ainda recentemente foi vista por todos; limitar-nos-emos a aplaudi-la, como todos, fazendo as naturais e indispensáveis reservas, a que a nossa consciência nos obriga.

Assim, o nosso maior reparo é relativo ao complexo de ação, que nos parece ocioso, e um tanto prejudicial ao pensamento capital do drama; a verdadeira luta dramática trava-se entre o dever filial de Eugênio e o amor pela esposa, luta cruel em que são adversários a natureza e o preconceito; nessa luta está o drama, a ação, o interesse: mas o passado imoral de Forbes e do visconde oferecem apenas um interesse acessório e secundário; a autora foi de opinião contrária à nossa, dando àquela parte do drama maior extensão; o talento da autora é assaz verdadeiro para tolerar que lhe digamos que, em nossa opinião, o contrário seria o mais conveniente. O que prende a atenção do espectador, e o comove, é a luta do filho entre o coração e a sociedade, o obscuro sacrifício de Marta, o ciúme mal fundado de Paulina; os antecedentes do drama têm apenas um interesse explicativo, e a proposta de casamento entre o visconde e Marta, proposta recusada por esta, não acrescenta à mãe de Eugênio maior soma de dignidade. Se a autora fizesse recuar os limites da ação, concentrando as forças do drama no duelo, aliás bem desenhado, da natureza e dos costumes; se não solicitasse a atenção do espectador para o processo de Forbes e a cumplicidade do visconde, diminuiria as proporções do drama, mas dar-lhe-ia um caráter de unidade perfeita.

Feito este reparo de ordem geral, cumpre-nos dar ao talento da sra. Maria Ribeiro a homenagem que ele merece. Neste drama vê-se mais firme a mão que escreveu *Gabriela*, aliás estreia digna de atenção e de louvor. As cenas são mais animadas, os lances mais naturais e interessantes; o caráter de Eugênio e de Paulina são copiados do natural; a luta entre o amor do filho e os preconceitos do homem é desenhada com as vivas cores da verdade, e temos o prazer de notá-lo, sem que, na alternativa dos movimentos de Eugênio, seja violentada a verdade do coração, nem que as sugestões do preconceito sejam tão imperiosas que ofendam os sentimentos mortais do espectador. A cena com que termina o 3º ato, e que podia terminar a peça, uma vez que Eugênio pronunciasse aí o grito do 5º ato, é altamente dramática e comovente.

Destinado a aperfeiçoar-se com o trabalho e o estudo, o talento da autora terá também em conta o estilo que, embora animado e próprio da cena, não tem ainda o apuro e colorido necessários; a linguagem dos seus personagens é geralmente natural e própria: mas algumas vezes falta-lhes esta condição. Atendendo para os nossos reparos, a autora dos *Cancros sociais* reconhecerá que eles partem de uma crítica simpática e sincera. Se não tivéssemos confiança no seu talento, limitar-nos-íamos a uma simples menção do belo livro com que acaba de brindar as letras brasileiras.

O livro do sr. Sotero dos Reis, como dissemos acima, compõe-se de algumas lições professadas pelo distinto literato no Instituto de Humanidades, do Maranhão. O plano do sr. Sotero dos Reis é vasto, e abrange o estudo da literatura, desde a formação da língua e das primeiras obras literárias de Portugal. As lições deste primeiro volume, em número de 27, compreendem cerca de três séculos, e já se vê, pela natureza do assunto, que é este volume que oferece leitura menos amena e variada. O sr. Sotero dos Reis é um dos escritores brasileiros que mais tem estudado a nossa formosa língua; a cadeira do Instituto de Humanidades está bem ocupada pelo ilustre tradutor dos *Comentários de César*, e, dando o exemplo de lecionar deste modo a literatura portuguesa e brasileira, faz ele um grande serviço aos escritores do nosso país.

Cumpre dizer que na primeira parte do volume ocupou-se o autor com o desenvolvimento da língua até os nossos dias; e tratou sucintamente dos autores mais notáveis do Brasil e Portugal; mas esta primeira parte é apenas uma espécie de introdução, e a crítica e exame dos autores começa apenas na segunda parte, compreendendo essa e a terceira, os três séculos aludidos. O estudo da língua é dos mais descurados no Império; o autor do *Curso de literatura* é uma das raras exceções, e para avaliar o cuidado e o zelo com que ele estuda a língua de Camões e de Vieira, basta ler este primeiro volume, e a conscienciosa análise que ele faz da formação e do desenvolvimento do nosso idioma. Quanto à parte crítica das obras e dos autores, nada podemos julgar, pela razão que o autor não tinha, no período que abrange, campo suficiente para exercer os seus talentos de análise. Análise não é decerto o juízo sucinto dos escritores feito na primeira seção do volume; e a apreciação rápida de Bernardim Ribeiro e das comédias de Sá de Miranda não nos podem dar uma opinião definitiva; cremos, porém, que o sr. Sotero dos Reis, a quem não é estranho o método de Villemain, dará, na continuação dos seus discursos, o desenvolvimento preciso à análise literária.

Como professor de língua, corre ao sr. Sotero dos Reis o dever de pôr nos seus estudos os preceitos que leciona, e a esse respeito o *Curso de literatura* é digno de ser estudado pelos nossos jovens escritores. Não há, talvez, nesse livro aquela eloquência e animação que, mais que o amor das letras, convida o espírito dos ouvintes; mas devemos recordar que a própria matéria do livro limitado a um período embrionário das letras não se prestava a isso. Em resumo, louvamos o livro, como exemplo, e independente disso, como obra de erudição e de talento.

Esperemos que o *Curso* fique completo, e apreciaremos então o talento de análise, as qualidades de gosto, do ilustre tradutor dos *Comentários de César*. A nossa presunção é que o sr. Sotero dos Reis saber-se-á manter, como apreciador, na posição que ocupa como filólogo. O trabalho que agora comete é árduo e complicado; mas as suas forças dão garantia de bom sucedimento.

As *Canções populares* do sr. Juvenal Galeno são um ensaio feliz em muitos pontos; o autor mostra ter qualidade especial do gênero; algumas das canções são bem escritas, e todas originais; o que o autor não parece cuidar com zelo e rigor é a versificação e a língua; e se muitas das suas canções primam pela ingenuidade e verdade da expressão, outras há que, postas na boca de um tipo imaginado, exprimem apenas os sentimentos do autor. Tal é, por exemplo, a canção do *Deputado*. O *Senador* de Béranger devia estar presente aos olhos do autor do *Deputado*. Não sabemos se o gênero poético escolhido pelo sr. Juvenal Galeno terá muitos imitadores; a canção é um gênero especial; para alcançar uma conveniente superioridade torna-se preciso ao sr. Juvenal Galeno estudar mais profundamente a língua, e a versificação e os modelos: o seu talento é um filho da natureza; cumpre à arte desenvolvê-lo e educá-lo. Tais são os nossos sentimentos; aplaudindo a tentativa presente, aguardamo-nos para louvar-lhe as suas obras futuras.

não assinado
Diário do Rio de Janeiro, *03/04/1866*

Semana literária
(O teatro de Joaquim Manuel de Macedo)

I

O cego e *O cobé*, do sr. dr. Macedo, apesar das belezas que lhe reconhecemos, não tiveram grande aplauso público. Mas *Lusbela* e *Luxo e vaidade* compensaram largamente o poeta; representados por longo espaço no Ginásio desta corte, foram levados à cena em alguns teatros de província, onde o vate fluminense encontrou um eco simpático e unânime. Se mencionamos este fato é para lembrar, ao autor, que o bom caminho não é o da *Lusbela* e *Luxo e vaidade*, mas o d'*O cego* e d'*O cobé*. Estas duas peças, apesar dos reparos que lhes fizemos e dos graves defeitos que contêm, exprimem um talento dramático de certo vigor e originalidade; não assim as outras, que caem inteiramente fora do caminho encetado pelo autor; essas não se recomendam, nem pela originalidade da concepção, nem pela correção dos caracteres, nem pela novidade das situações. Quando parecia que os anos tinham dado ao talento dramático do autor aqueles dotes que se não alcançam sem o tempo e o estudo, apareceram as duas peças do sr. dr. Macedo, manifestando, em vez do progresso esperado, um regresso imprevisto. Para os que amam as letras, esse regresso foi uma triste decepção. Não nos pesa dizê-lo ao autor d'*A nebulosa*, pesar-nos-ia afirmar o contrário, porque seria esconder-lhe a nossa convicção profunda; e longe de servi-lo, contribuiríamos para estas reincidências fatais à boa fama do seu nome. O poeta Terêncio faz uma observação exata quando lembra que a mentira faz amigos e a verdade adversários; respeitamos a convicção dos amigos do poeta, mas não temos a mesma convicção; e é por não tê-la que nos vemos obrigados a contrariar ideias recebidas, mesmo com risco de sermos inscritos entre os adversários do distinto escritor.

Luxo e vaidade é anterior a *Lusbela*; como se vê do título, a peça tem por fim estigmatizar a vaidade e o luxo. O luxo tem sido constante objeto da indignação dos filósofos; e já nas câmaras francesas, não há muito, o senador Dupin e o deputado Pelletan fizeram ouvir as suas vozes contra essa chaga da sociedade; se aludimos a dois discursos, tratando da peça do sr. dr. Macedo, é não só pela identidade do assunto, mas até pela semelhança da forma, entre os discursos e a peça. *Luxo e vaidade*, se não tem movimento dramático, tem movimento oratório; o personagem Anastácio, como ele próprio confessa, adquiriu desde moço o gosto de fazer sermões, e, se excetuarmos alguns mais familiares, o velho mineiro atravessa o drama em perpétua preleção. Este caráter cicerônico da peça é a expressão de uma teoria dramática do sr. dr. Macedo; dissemos que o autor d'*O cego* não professa escola alguma, e é verdade; é realista ou romântico, sem preferência, conforme se lhe oferece a ocasião; mas, independentemente deste ecletismo literário, vê-se que o autor tem uma teoria dramática de que usa geralmente. Estamos convencidos de que o teatro corrige os costumes, entende o autor, e não se acha isolado neste conceito, que a correção deve operar-se pelos meios oratórios e não pelos meios dramáticos ou cômicos. A moral do teatro, mesmo admitindo a teoria da correção dos costumes, não é isso: os deveres e as paixões na poesia dramática não se traduzem por demonstração, mas por impressão. Quando o sr. José de Alencar trouxe para a cena o grave assunto da escravidão, não fez inserir na sua peça largos e folgados raciocínios contra essa fatalidade social; imaginou uma situação, fazendo atuar nela os elementos poéticos que a natureza humana e o estado social lhe ofereciam; e concluiu esse drama comovente que toda a gente de gosto aplaudiu. Este e outros exemplos não devia esquecê-los o autor de *Luxo e vaidade*.

As duas peças de que tratamos, *Luxo e vaidade* e *Lusbela*, idênticas neste ponto, assemelham-se em tudo mais. Em ambas há uma invenção pobre, situações gastas, lances forçados, caracteres ilógicos e incorretos. Acrescentemos que a ação em ambas as peças é laboriosamente complicada, desenvolvendo-se com dificuldade no meio de cenas mal ligadas entre si. Finalmente, a qualidade tão louvada no sr. dr. Macedo de saber pintar as paixões, se podia ser confirmada, com reservas, nos seus primeiros dois dramas, não pode sê-lo nos últimos; provavelmente os que assim julgam confundem, como dissemos, o sentimento e o vocabulário; a reunião de algumas palavras enérgicas e sonoras, em períodos mais ou menos cheios, não supõe um estudo das paixões humanas. O ruído não é a eloquência.

Todos conhecem o *Luxo e vaidade*; é inútil referirmos a marcha da peça. A primeira coisa que lhe falta é a invenção; o assunto, já explorado em teatro, podia talvez oferecer efeitos e estudos novos, e é só com esta condição que o poeta devia tratar dele. Que estudos, que efeitos, que combinações achou no assunto? A novidade é só aquela que repugna à lógica dos caracteres; por exemplo, o ódio de Fabiana, alimentado por vinte e cinco anos, antes, durante e depois do casamento, contra a pessoa de um primeiro namorado que a desprezou; Maurício (o namorado) casou-se com Hortênsia, da qual tem uma filha; Fabiana, que também casou com um oficial do exército, tem igualmente uma filha; a peça começa quando as duas filhas já estão moças feitas; tudo está mudado, menos o ódio de Fabiana, que, para vingar-se de Maurício e de Hortênsia, escolhe a filha de ambos, e planeia um rapto, com o fim de infamá-la e desviá-la de um casamento rico. Nesta conspiração entra o raptor e a própria filha de Fabiana. Tal é o lado original da peça; supõe-se um ódio de vinte e cinco anos, impetuoso e feroz, como o amor de Medeia, numa criatura vulgar, sem expressão, mais cobiçosa de dinheiro que de vingança.

Em geral os caracteres destas duas peças são carregados e exagerados a tal ponto, que deixam longe de si o padrão humano. Parece que o autor preocupa-se sobretudo com os efeitos, sem atender para a natureza. Uma prova, entre muitas, é a cena entre Anastácio, Maurício e Hortênsia, no terceiro ato; Maurício é um homem bom, honesto, mas fraco; o seu crime é ceder à mulher em tudo; mas a situação torna-se grave; estão arruinados; aparece Anastácio, pinta-lhes o presente e o futuro, clama e declama, chama-os à razão; os dois reconhecem a verdade das palavras do irmão, e curvam-se aterrados; anuncia-se, porém, um barão, e eis que os dois, fazendo ao público uma despedida cômica, correm a receber as visitas. Estas transições bruscas, estes contrastes forçados, produzem sempre efeito seguro; mas, para quem olha a arte um pouco acima das luzes da rampa, são violências estas que contrariam a verdade de um caráter e condenam o futuro de uma obra.

A complicada intriga do *Luxo e vaidade* desenvolve-se com auxílio de um personagem, que não vem citado na peça, o Acaso. Com efeito, o rapto de Leonina seria efetuado, se Henrique não estivesse escondido por trás de uns bambus, no Jardim Botânico, donde ouve a conversa dos conspiradores. Este meio de sair de uma dificuldade, escondendo um personagem, é usado também no 5º ato, quando Maurício quer beber um copo de veneno; Anastácio, que se esconde alguns minutos antes, evita o crime. Voltemos ao rapto; Filipa, sua mãe Fabiana e o raptor Frederico tramam no jardim o rapto de Leonina; Fabiana e Frederico saem, e fica só em cena Filipa, que, em um breve monólogo, resolve frustrar o projeto de rapto, porque ele teria em resultado o casamento de Leonina com um rapaz bonito e elegante. Para isso precisa de um homem... "Esse homem sou eu!", exclama Henrique, aparecendo de um lado com grande estranheza da moça e do espectador; porquanto, se nos lembrarmos que a moça estava em monólogo, veremos logo que a aparição de Henrique é absurda. Mas o abismo atrai o abismo, o absurdo chama o absurdo; à simples declaração que lhe faz Henrique de que entra na vingança, por despeito contra Leonina, a moça, que não tem maior intimidade com ele, confia-lhe logo, sem exame, os seus projetos e aceita a sua cumplicidade.

Mas qual a intenção de Filipa? Será salvar a Leonina contra os projetos de Fabiana? Não; o que Filipa não quer é o casamento provável de Leonina e do raptor; mas a desonra aparente da moça e o escândalo, isso pouco lhe importa. "Um rapto que se malogra no momento de executar-se é de sobra para desacreditar a mulher que se encontra nos braços do raptor." Quem pronuncia estas palavras? É uma donzela? É uma hetaira? Ao menos, que motivo poderoso lança no espírito dessa moça a perversão e o mal? Uma inveja mesquinha: não quer ver a outra casada com um moço bonito e elegante! Com franqueza, leitor imparcial, achais que isto seja a ciência dos caracteres? Uma mãe, sem um traço nobre, uma filha sem um traço virgem, conspirando friamente contra a honra de uma donzela, tal é a expressão da sociedade brasileira, tal é a intriga principal deste drama. Destas violências morais, encontram-se a cada passo na *Lusbela* como no *Luxo e vaidade*. Qual é a intenção do autor imaginando estas figuras repugnantes, estas cenas impossíveis? Não sabemos, mas cumpre observar uma coisa, que agrava mais ainda a situação da peça: a cena em que Filipa aceita a cumplicidade de Henrique tem contra si, além do mais, a circunstância de ser absolutamente desnecessária; parece, ao ver aquela cena, que realmente a moça chega a substituir o seu plano ao da mãe, vendo naturalmente depois substituir o seu pelo de Henrique, que a ilude; nada disso; o rapto efetua-se até o ponto em que aparecem Henrique e Anastácio para impedir que Leonina seja levada para fora; vê-se que era preciso para impedir a realização do rapto, que Henrique soubesse dele e avisasse Anastácio; daí vem a colocação do rapaz na moita dos bambus; mas a necessidade do contrato com Filipa, a necessidade do monólogo da moça, essa é que nunca se vê. Cortada a cena, a peça continua sem alteração.

A cena do rapto, que não produz efeito algum, toma quase proporções trágicas: Frederico, que é o raptor, vem armado de punhal e quer assassinar Anastácio, que busca impedir o rapto da moça. Não se compreende bem que interesse possa ter Frederico, personagem insignificante, sem grandes impulsos, em cometer um assassinato, que agravaria a sua situação. Felizmente, aparece Henrique; o braço de Henrique e uma peroração de Anastácio põem em fuga o raptor e a cúmplice. Este ato, que é o 4º, passa-se em um baile de máscaras, dado por Maurício, na véspera do dia em que deve julgar-se a sua honra em consequência das loucuras do luxo. Supõe-se naturalmente que Henrique e Anastácio, depois de libertarem Leonina, levam-na aos pais; estes reconheceriam no moço o salvador da filha, e não hesitariam em dar-lha por esposa. Longe disso, o tio e o sobrinho levam a moça para a casa de uma parenta, e o 5º ato abre-se no meio da desolação dos pais, que de um lado estão arruinados, e do outro choram a perda da filha que não podem encontrar. Mas a filha aparece depois trazida por Henrique. Felisberto, o irmão de Maurício, desprezado por ele, aparece também, por inspiração tocante, e vem socorrer com as suas economias o irmão arruinado. Anastácio, porém, já tem prevenido o caso, tudo fica salvo e volta a paz doméstica.

Mas o decoro da família fica salvo? Dissemos que era natural, uma vez salva a moça, ser levada pelos salvadores para dentro de casa e entregue aos pais. Realizando, ainda que sob outras vistas, o rapto projetado, Henrique e Anastácio, tão austeros como são e tão penetrantes como supomos que devem ser, não viram uma coisa simples, a saber: que a ausência de Leonina de casa dos pais, durante uma noite e um dia, era bastante para dar à malignidade despeitada de Fabiana e Frederico campo vasto às conjeturas, às insinuações e às calúnias?

Deste modo não ficava a menina sujeita aos caprichos da opinião? Qual era a maneira digna e nobre que convinha a Henrique para conquistar Leonina? Desprezado por pobre, a sua vitória devia assinalar-se de modo que pusesse em relevo a sua nobreza moral; era uma conquista e não uma emboscada; que faria Maurício, vendo entrar a filha raptada, de braço com Henrique? Qualquer que fosse o aborrecimento que lhe inspirasse o rapaz, o decoro impunha-lhe o dever de ceder ao casamento. Realmente, se a virtude não tem outros recursos para triunfar, não vale a pena sofrer-lhe as privações. O mesmo argumento serve para Anastácio, autor e cúmplice na história do rapto; desde que ele tem prévio conhecimento da tentativa de Fabiana, corre-lhe o dever de prevenir os pais de Leonina; mesmo com a certeza de salvar a moça (salvá-la!), a simples tentativa bastava para atrair a atenção pública, e devassar o lar doméstico. Francamente, se Anastácio previne os pais e impede a tentativa, teria praticado um ato que valeria por todos os seus discursos. O seu silêncio produziu um resultado funesto, a saber: que os personagens honestos da peça utilizam-se dos meios empregados pelos personagens viciosos, inclusive a circunstância do narcótico, para praticar aquilo mesmo que lhes cumpria condenar. É aceitável esta conclusão?

Se a invenção é pobre, se os caracteres são violentos, contraditórios e incorretos, há ao menos nesta peça a habilidade dos meios cênicos e a beleza do estilo? Os meios cênicos já vimos quais eles são; movem-se as personagens e produzem-se as situações, sem nenhuma razão de ser, sem nenhum motivo alegado; há uma cena no baile de máscaras que produziu muito efeito no teatro; é aquela em que Anastácio, mascarado, quando todos estão sem máscaras, obtém o triunfo oratório, definindo em termos indignados os personagens presentes; apesar de falar em voz natural ninguém o conhece; Maurício, como lhe impõe o dever de dono da casa, quer arrancar-lhe a máscara; Anastácio lembra-lhe a hora em que, no dia seguinte, tem de achar-se diante da justiça; Maurício acalma-se e a única satisfação que dá aos convivas é obrigar Hortênsia a dar o braço a Anastácio. Temos acaso necessidade de lembrar também a cena do jardim, na noite do baile, em que os pais arrancam à filha o consentimento para casar com o comendador Pereira? Tais são os meios cênicos do *Luxo e vaidade*. Quanto ao estilo, não é o d'*O cobé*; a pressa com que o autor escreveu o drama revela-se até nisso; é um estilo sem inspiração, nem graça, nem movimento. O autor, que poderia ao menos salvar a peça com uma boa prosa, descurou essa parte importante da composição.

A análise de *Luxo e vaidade* abrevia-nos a de *Lusbela*; como dissemos, os defeitos da primeira são comuns à segunda peça. *Lusbela* é um quadro do mundo equívoco; subsiste aqui a mesma objeção que fizemos a respeito do *Luxo e vaidade*: entrando também no caminho encetado por outros poetas, que novos elementos pretendeu tirar o sr. Macedo de um assunto já gasto? Lemos a peça, e não achamos resposta. A peça não oferece nada de novo, a não ser uns tons carregados e falsos, umas situações violentas, nenhum conhecimento da lei moral dos caracteres; e, além de tudo, um estilo que requinta nos defeitos o estilo do *Luxo e vaidade*. Quem estudar desprevenido a peça do sr. dr. Macedo verá que exprimimos a verdade; e quanto à conveniência de exprimi-la, o próprio poeta há de reconhecê-lo quando quiser meditar sobre as suas obras, e compará-las com as exigências da posteridade. A posteridade só recebe e aplaude aquilo que traz em si o cunho de belo; ao ler as peças do sr. dr. Macedo dá vontade de perguntar se ele não tem em conta alguma as leis da arte e os modelos conhecidos, se observa com atenção a natureza e os seus caracteres, finalmente, se não está disposto a ser positivamente um artista e um poeta. Em matéria dramática, se fizermos uma pequena exceção, a resposta é negativa.

Dispensamo-nos igualmente de narrar o enredo de *Lusbela*, que todos conhecem. Sofre-se este drama, como um pesadelo, e chega-se ao fim, não comovido, mas aturdido; parece incrível que o delicado autor d'*A nebulosa*, achando-se no terreno áspero em que entrou, não houvesse, graças à vara mágica da poesia, produzido uma obra de artista, em vez do drama que nos deu. Nesta, como no *Luxo e vaidade*, vê-se um certo modo de pintar as personagens que lhes tira todas as condições humanas. Produzir efeito parece ser a preocupação constante do autor de *Lusbela*; o nosso intuito deixa de parte aquilo que poderia conduzi-lo aos efeitos de arte, e não aos efeitos de cena, no sentido vulgar da frase. Desse princípio sente-se logo em que terreno se coloca o autor; uma moça pobre, a filha do jardineiro Pedro Nunes, é desonrada por um homem rico, o amo do pai. As simpatias gerais ficam seguras deste modo; a peça tem logo por si todos quantos abraçam a fraqueza da vítima de um potentado; mas o resto? como sai o autor da situação em que se coloca? Damiana, desonrada por Leôncio, é lançada fora da casa paterna, e, depois de algumas peripécias narradas mais tarde, a moça aparece no 1º ato com o nome de Rosa Lusbela. Lusbela vem de Lusbel, o personagem dos *Milagres de Santo Antônio*, que ela aplaudiu um dia no Teatro de S. Pedro de Alcântara. Rosa Lusbela é um tipo de mulher desenvolta e libertina; a sociedade, que é sempre o bode emissário destas desgraças, recebe de Lusbela algumas afrontas e apóstrofes; não diremos que o tipo não seja em parte real, o que afirmamos é que naqueles abismos já se não encontram pérolas; o amor puro de Lusbela por Leonel é simplesmente impossível; argumenta-se com Margarida Gautier; não entramos agora no exame da peça de Dumas, apenas lembramos que entre Margarida Gautier e Lusbela a diferença é grande; Margarida Gautier pertence ao mundo de Lusbela, mas parece que há nesse mundo distinções geográficas, pois que o país de uma não é o da outra. Margarida está longe da virtude, mas não está próxima de Lusbela; finalmente, lutando com a audácia da concepção, Dumas Filho procurou dar à sua heroína umas cores poéticas que não existem de modo algum na heroína do drama brasileiro.

Lusbela pretende amar Leonel, e isto até certo ponto supõe-lhe um pouco de sensibilidade; mas pode aceitar-se esta hipótese? Lusbela sabendo que Leonel ama uma menina, e vai casar-se, atrai a pobre noiva à sua casa, sob pretexto de dar-lhe costura, mas na intenção firme de pervertê-la; arrepende-se em certa ocasião, mas a certeza de que não é amada volta-lhe o espírito para esse primeiro plano. Por uma circunstância imprevista, Cristina é sua própria irmã; essa, e não outra razão, salva a pobre menina de um abismo. Suprima-se esta circunstância, qual seria a marcha da peça? Não é difícil prevê-la, Lusbela praticaria um ato de monstruosidade.

Todos se lembram que Leonel é primo de Leôncio; esse, autor da desonra de Damiana, procura impedir o casamento do primo com Cristina, irmã de Lusbela. Daqui vem a luta entre Lusbela e Leôncio, que faz uma parte da ação da peça. Não tentaremos descrever essa luta, entremeada do episódio das notas falsas, e de algumas situações mal preparadas para efeito.

O episódio das notas é mais uma prova do modo fácil com que o autor resolve as dificuldades; um moedeiro falso propõe a Lusbela entrar na associação a que ele pertence e ajudá-lo na distribuição dos bilhetes. Lusbela resiste, mas a ideia de fazer feliz a irmã resolve-a a aceitar; Graciano (o moedeiro) leva-lhe uma caixinha com bilhetes; nesse ato, que é o 3º, já moram com Lusbela a irmã e o pai. Quem compara a castidade de Cristina e a perversidade de Lusbela, ressente-se deste contacto odioso. Lusbela não quer receber a caixa, mas Graciano acha meio de deixá-la sobre a mesa. Não é possível haver um moedeiro falso mais estouvado; começa por fazer uma proposta, à queima-roupa, e acaba deixando a caixa fatal em casa de uma mulher que lhe não pode merecer confiança absoluta. A caixa das notas, que deve servir mais tarde de corpo de delito, tem uma chave; como fazer desaparecer as notas e a chave, e trazer suspenso o espectador até o fim da peça? Mediante um delírio de Pedro Nunes, que sai do quarto, abre automaticamente a caixa, queima os bilhetes e perde a chave, aparecendo depois a caixa fechada. Vai-se ao teatro buscar uma comoção, não se vai procurar uma surpresa; o poeta deve interessar o coração, não a curiosidade; condição indispensável para ser poeta dramático.

Falta-nos tempo e espaço para maior análise; limitamo-nos a estas considerações; cremos que ninguém haverá que, depois de ler atenta e desprevenidamente as peças de que tratamos, não se convença de que exprimimos a verdade, com a franqueza digna do poeta e da crítica. Em outra ocasião veremos as comédias do sr. dr. Macedo e procuraremos usar da mesma imparcialidade e dos mesmos conselhos. Sentimos que a publicação destes escritos seja contemporânea da dissidência política que separa o *Diário do Rio* do deputado fluminense; talvez haja quem veja na franqueza literária uma espécie de oposição política; tudo é possível num país onde há mais talento que modéstia; mas, nesta humilde posição, só duas coisas nos preocupam: o voto dos homens sinceros e a tranquilidade da nossa consciência; únicas preocupações de quem professa o culto da verdade.

II

O sr. dr. Macedo goza hoje da reputação de poeta cômico; é uma das mais belas ambições literárias. Mas até que ponto é legítima essa reputação? Sem contestar no sr. dr. Macedo o talento da comédia, é nosso dever defini-lo, e, se a palavra não é imodesta, aconselhá-lo. O autor da *Torre em concurso*, arrastado por uma predileção do espírito, pode não atender para todas as condições que exige a poesia cômica; é fora de dúvida que lhe são familiares os grandes modelos da comédia; mas a verdade é que, possuindo valiosos recursos, o autor não os emprega em obras de superior quilate. Até hoje não penetrou no domínio da alta comédia, da comédia do caráter; nas obras que tem escrito, atendeu sempre para um gênero menos estimado; e, se lhe não faltam aplausos a essas obras, nem por isso assentou ele em bases seguras a reputação de verdadeiro poeta cômico. Evitemos os circunlóquios: o sr. dr. Macedo emprega nas suas comédias dois elementos que explicam os aplausos das plateias: a sátira e o burlesco. Nem uma nem outra exprimem a comédia.

A *Torre em concurso* define e resume perfeitamente as tendências cômicas do sr. dr. Macedo; demais, o próprio autor limitou as suas aspirações definindo essa peça como comédia burlesca. O *Fantasma branco*, se não confessa as mesmas intenções, nem por isso exclui de si o caráter da *Torre em concurso*. Finalmente, o *Novo Otelo* vem em apoio da nossa apreciação. No *Luxo e vaidade* houve um tentâmen cômico; mas aí mesmo, logo ao abrir do primeiro ato, entra em cena o burlesco debaixo da figura de um criado e de uma professora. Somos justos; o autor não pretende dar as suas peças como verdadeiras comédias; o burlesco é tão franco, a sátira tão positiva, que bem se vê a intenção do autor em reconhecer-lhes apenas o caráter de satíricas e burlescas. Ora, é exatamente essa intenção que nos parece condenável. Dotado de talento, estimado do público, o sr. dr. Macedo tem o dever de educar o gosto, mediante obras de estudo e de observação. Se não víssemos no autor do *Fantasma branco* elementos próprios para cometimento desses, outra seria a nossa linguagem, mas o sr. dr. Macedo possui o talento cômico; não está patente nas suas obras, mas adivinha-se; pode, pois, se quiser, renunciar às fáceis vitórias da sátira e do burlesco, e entrar na larga vereda da comédia de costumes e de caráter. Em relação aos costumes e aos vícios, que podem significar a *Torre em concurso* e o *Fantasma branco*? A primeira destas comédias foi representada há pouco tempo e está fresca na memória de todos; é um quadro burlesco, uma caricatura animada de costumes políticos. Confessando no frontispício a natureza da composição, o autor abre à sua musa um caminho fácil aos triunfos do dia, mas impossível às glórias duráveis. Se o burlesco pudesse competir com o cômico, o *Jodelet* de Scarron estaria ao pé das *Mulheres letradas* de Molière. Mas não acontece assim; a comédia é muito boa fidalga; repugnam-lhe estas alianças; pode transformar-se com os tempos, desnaturar-se é que não. Isto que todos reconhecem, e o próprio sr. dr. Macedo compreende, devia produzir no ânimo do autor da *Torre em concurso* um efeito salutar. É certo que, nesse caso, o autor tinha de pedir ao tempo, ao estudo, à observação e à poesia, os materiais das suas obras; mas os resultados desse esforço não haviam de compensá-lo?

O burlesco, embora suponha da parte de um autor certo esforço e certo talento, é todavia um meio fácil de fazer rir as plateias. A própria *Torre em concurso* fornece-nos uma prova, desde que se levanta o pano, os espectadores riem logo às gargalhadas; assiste-se à leitura de um edital. Que haverá de cômico em um edital? Nada que não seja o esforço da imaginação do autor; é um edital burlesco, redigido na intenção de produzir efeito nos espectadores; a fantasia do autor tinha campo vasto para redigi-lo como quisesse, para acumular as expressões mais curiosas, as cláusulas mais burlescas. Se o autor quisesse cingir-se à verdade, levaria em conta que o escrivão Bonifácio, homem de bom senso e até certo ponto esclarecido, como se vê no correr da comédia, não podia escrever aquele documento. Mas é inútil apelar para a verdade tratando-se de uma obra que se confessa puramente burlesca. Assentado isto, o resto da peça desenvolve-se sob a ação da mesma lei; o autor declara-se e mantém-se nos vastos limites de uma perfeita inverossimilhança. Como exigir que as pretensões amorosas da velha Ana, os seus ciúmes e os seus furores, apareçam ao público, não como uma caricatura, mas como um ridículo? Se pretendêssemos isto, se exigíssemos a naturalidade das situações, a verdade das fisionomias, a observação dos costumes, o autor responder-nos-ia vitoriosamente que não pretendeu escrever uma comédia, mas uma peça burlesca. Duvidamos, porém, que possa responder com igual vantagem quando lhe perguntarmos por que motivo, poeta de talento e futuro, escreveu uma obra que não é de poeta, nem acrescenta o menor lustre ao seu nome.

Aceitando a peça, como ela é, não há como negar que as intenções políticas da *Torre em concurso* são de boa sátira. Sátira burlesca, é verdade. Nada menos cômico que aquela sucessão de cenas grotescas; mas, através de todas elas, não se perde a intenção satírica do autor; a luta dos partidos, a eleição, a fraude política, a intervenção de Ana, tudo isso forma um quadro, onde, à míngua de cunho poético, sobram as tintas carregadas, acumuladas no intuito de criticar os costumes políticos. Não é portanto a ideia da peça que nos parece condenável, é a forma. A mesma ideia vazada em uma forma cômica produziria uma composição de merecimento. O juiz de paz João Fernandes, sem força nem caráter, levado alternativamente ora pela irmã, ora pelas influências eleitorais, tem um quê de cômico; mas, reduzido a estas proporções, saía fora do círculo que o autor se traçou, e não produziria o desejado efeito nas plateias. Que fez pois o autor? Deu-lhe proporções burlescas, e as cenas do edital escrito nas costas, do pleito dos partidos para possuí-lo, da cláusula do casamento, tudo isso retirou à figura do juiz de paz o cunho original e cômico. Esta comparação pode ser reproduzida em relação a uma parte dos personagens; mas basta uma para definir o nosso pensamento. Não fazemos análise, apreciamos em sua generalidade as comédias do sr. dr. Macedo. O *Fantasma branco* não se confessa comédia burlesca, como a *Torre em concurso*, mas aí mesmo o burlesco é o elemento principal. Entretanto, sem que se prestasse a uma alta comédia, o *Fantasma branco* podia fornecer tela para uma obra de mais alcance; o defeito e o mal estão em que o autor cede geralmente à tentação do burlesco, desnaturando e comprometendo situações e caracteres. A covardia e a fanfarronice do capitão Tibério, as rusgas de Galateia e Basílio, a rivalidade dos dois rapazes, as entrevistas furtivas de Maria e José podiam dar observações cômicas e cenas interessantes. Para fazer rir não precisa empregar o burlesco; o burlesco é o elemento menos culto do riso.

Se fosse preciso resumir, por meio de uma comparação, a profunda diferença que há entre o traço cômico e o traço burlesco, bastava aproximar um lance de mestre de um lance da *Torre em concurso*. Há nesta peça uma cena de boa observação política; é quando Batista, em virtude de uma descortesia de Pascoal, que é a bandeira do partido amarelo, passa para as fileiras do partido vermelho. "Insolente, diz Batista, não respeita um dos chefes do seu partido!" Este dito e esta passagem tinham completo o traço; havia alguma coisa de cômico; mas Batista não só abandona as suas fileiras, senão que moraliza o ato: "Faço o que muitos têm feito, arranjo a vida; estou passado". Esta maneira de repisar a observação cômica tira-lhe a energia e o efeito; cai na sátira; já não é o personagem, é o autor quem exprime por boca dele um juízo político. Ora, quando se encontra em uma comédia um desses traços felizes, o cuidado do poeta deve aplicar-se em não desnaturá-lo. Vejamos como o grande mestre procedia em casos idênticos; Harpagão acha-se um dia roubado; o cofre dos seus haveres desapareceu do lugar em que o avarento costumava guardá-lo; todos sabem que cenas de desespero seguem a este sucesso; Harpagão chama a justiça; trata-se de saber onde para o cofre; não é um cofre, é a alma de Harpagão, que se perdeu; o infeliz corre de um lado para outro, e, nessa labutação, repara que há na sala duas velas acesas; apaga maquinalmente uma delas. Movimento involuntário, natural, cômico; mas feito isto, Harpagão não diz palavra, porque a sua ideia fixa é a perda da fortuna. Pelo sistema do autor do *Fantasma branco*, Harpagão não deixaria de dizer à parte: "Duas velas! que estrago! é demais!"

Citando o exemplo de Molière, não é nossa intenção exigir do sr. dr. Macedo arrojos impossíveis; apenas apontamos, ao distinto autor d'*O cego*, as lições da boa comédia, a maneira artística de reproduzir as observações cômicas, evitando anulá-las por meio de torneios de frases e considerações ociosas; procurando enfim excluir-se da cena, onde só devem ficar os personagens e a situação.

O autor do *Fantasma branco*, como fica dito, sacrifica muitas vezes a verdade de um caráter para produzir um efeito a uma situação; isto no drama, isto na comédia. Exemplo: os dois filhos do capitão Tibério são rivais, de amor; pretendem ambos a mão da prima Mariquinhas. Daqui origina-se um duelo; mas ambos são tão covardes como o pai; o provocador arrepende-se, o outro chega-se como para um patíbulo; o duelo é marcado para a noite, na montanha do fantasma; ambos têm a ideia simétrica de esconder-se no vão da escada. E uma cena de apartes em que cada um deles mostra o receio de ser morto pelo outro; esbarram-se, caem, pedem desculpas mutuamente, e os espectadores riem às gargalhadas; mas o que torna esta cena forçada, impossível, sem cômico algum, é que ela destrói inteiramente o caráter dos rapazes. Se eram covardes, embora fossem obrigados a aceitar a ideia do duelo, em vez de virem para o terreiro, era natural deixarem-se ficar em casa, até pela consideração de que a noite não é hora dos duelos. Um deles faz esta reflexão: "Se ele não subir a montanha, nem eu; e amanhã digo que o estive esperando toda a noite". Ora, estas palavras são exatamente a crítica da cena. Para dar aquela desculpa, Francisco nem precisava sair de casa: um quarto era lugar mais seguro que o vão da escada. "Estive quase não quase, diz Antônio, deixando-me ficar deitado; pois o malvado fratricida não podia matar-me sem me dar o incômodo de subir a montanha?" Não somente a cena é forçada, senão que os próprios interlocutores incumbem-se de fazer-lhe a crítica.

A rivalidade de Galateia e Basílio, que podia fornecer algumas cenas cômicas, e alguns traços de costumes, degenera em uma troca de palavras grotescas, de apóstrofes singulares, sem resultado algum. Do mesmo gênero é a cena em que os dois rapazes fazem a declaração a Mariquinhas; o amor de Francisco reduzido a libelo acusatório é uma ideia que prima pelo burlesco, mas não pertence ao domínio da comédia. E, todavia, insistimos, o sr. dr. Macedo podia fazer daquela peça uma coisa melhor, mais séria, de mais digno alcance. Dizem-nos que o *Fantasma branco* foi escrito sem a intenção da cena; isto poderia ser uma atenuante, se o autor não houvesse mostrado em outras peças quais são as suas predileções em teatro. A leitura refletida do *Fantasma branco* e da *Torre em concurso* basta para deixar ver que essas predileções merecem o justo reparo da crítica. Nada diremos do *Novo Otelo* que reúne, em pequeno quadro, o gênero da comédia do sr. dr. Macedo, e bem assim a imitação do francês, denominado *O primo da Califórnia*. *Amor e pátria* é um ligeiro drama num ato; e quanto ao *Sacrifício de Isaac*, quadro bíblico, compõe-se de alguns versos harmoniosos, sobre a lenda hebraica.

Tal é o teatro do sr. dr. Macedo, talento dramático, que podendo encher a biblioteca nacional com obras de pulso e originalidade, abandonou a via dos primeiros instantes, em busca dos efeitos e dos aplausos do dia; talento cômico, não penetrou na esfera da comédia, e deixou-se levar pela sedução do burlesco e da sátira teatral. A boa comédia, a única que pode dar-lhe um nome, talvez menos ruidoso, mas com certeza mais seguro, essa não quis praticá-la o autor da *Torre em concurso*. Foi o seu erro. Acompanhar as alternativas caprichosas da opinião, sacrificar a lei do gosto e a lição da arte, é esquecer a nobre missão das musas. Da parte de um intruso, seria coisa sem consequência; da parte de um poeta, é condenável.

Atenderá o sr. dr. Macedo para estas reflexões que nos inspira o amor da arte e o sincero desejo de vê-lo ocupar no teatro um lugar distinto? Não lhe perdemos a esperança; o autor do *Fantasma branco* chegou à idade de cultivar a comédia; o estudo da vida, e o estudo dos padrões que o passado nos legou, levá-lo-á sem dúvida aos sérios cometimentos; o drama, de que nos deu alguns lampejos, pode também receber das suas mãos formas puras e corretas. Mas para atingir a tais resultados cumpre-lhe abandonar o antigo caminho e os meios usados até hoje. Se já escreveu páginas que realmente o honram, não fez ainda tudo quanto a nossa bela pátria tem direito de exigir-lhe. Nunca é tarde para produzir belas obras; foi aos cinquenta anos que o autor da *Metromania* compôs esse livro admirável, e o sr. dr. Macedo ainda está muito longe da idade de Piron. A *Metromania* salvou a reputação dramática do poeta francês de um esquecimento inevitável; exemplo histórico que deve estar presente à memória de todos os poetas.

Fomos francos e sinceros na análise das obras do sr. dr. Macedo; assim como condenamos as suas comédias e uma parte dos seus dramas, assim aplaudiremos, em tempo conveniente, as obras realmente meritórias do autor d'*A moreninha*; se em ambos os casos estamos em erro, é dever dos componentes guiar-nos à verdade.

Terminaremos hoje com duas notícias literárias. A primeira foi publicada no *Correio Mercantil*, em correspondência de Florença: traduziu-se para o italiano o belo romance *O Guarani* do sr. J. de Alencar. O correspondente acrescenta que a obra do nosso compatriota teve grande aceitação no mundo literário. Um escritor do país, o dr. Antônio Scalvini, tirou desse romance um poema para ópera, que vai ser posto em música pelo compositor brasileiro Carlos Gomes. A segunda notícia é que chegaram de Bruxelas as duas obras anunciadas nesta folha, *Romances históricos* e *Viagens a Venezuela, Nova Granada e Equador*. É autor delas o sr. conselheiro Miguel Maria Lisboa, embaixador de sua majestade em Bruxelas. Ocupar-nos-emos dos dois livros em ocasião oportuna.

Machado de Assis
Diário do Rio de Janeiro, *01/05/1866 e 08/05/1866*

Semana literária
(Porto Alegre: Colombo*)*

O assunto *político* é a preocupação do momento. Hoje todos os olhos estão voltados para a casa dos legisladores. Que viria fazer a poesia, a poesia que não vota nem discute, no dia em que o Congresso da nação está reunido para discutir e votar? Não estranhem, pois, os leitores destas revistas, se não fazemos hoje nenhuma apreciação literária. Apenas mencionaremos a próxima chegada do poema épico do sr. Porto Alegre, *Colombo*, impresso em Berlim, onde se acha o ilustre poeta. Os que cultivam as letras, e os que as apreciam, já conhecem, por terem lido e relido, alguns belos fragmentos do poema agora publicado. Muitos dos principais episódios têm vindo à luz em revistas literárias.

O talento do sr. Porto Alegre acomoda-se perfeitamente ao assunto do poema; tem as energias, os arrojos, os movimentos que requer a história de Cristóvão Colombo, e o feito grandioso da descoberta de um continente. Nenhum assunto oferece mais vasto campo à invenção poética. Tudo conspirou para levantar a figura de Colombo, até mesmo a perseguição, que é a coroa dos Galileus da navegação, como dos Galileus da ciência. Descobrindo um continente virgem à atividade dos povos da Europa, atirando-se à realização de uma ideia através da fúria dos elementos e dos obstáculos do desconhecido, Colombo abriu uma nova porta ao domínio da civilização. Quando Victor Hugo, procurando a mão que há de empunhar neste século o archote do progresso, aponta aos olhos da Europa a mão da *eterna nação yankee*, como dizem os americanos, presta indiretamente uma homenagem à memória do grande homem que dotou o século XV com um dos feitos mais assombrosos da história. Tal é o herói, tal é a história, que o sr. Porto Alegre escolheu para assunto do poema épico com que acaba de brindar as letras pátrias.

O assunto de *Colombo* devia ser tratado por um americano; folgamos de ver que esse americano é filho deste país. Não é somente o seu nome que fica ligado a uma ideia grandiosa, mas também o nome brasileiro. Como se houve o sr. Porto Alegre na concepção do poema? Já conhecemos alguns fragmentos, que, embora formosos, não nos podem dar todo o conjunto da obra. Mas o nome do sr. Porto Alegre é uma fiança. O autor das *Brasilianas* é um espírito educado nas boas doutrinas literárias, robustecido por fortes estudos, afeito à contemplação dos modelos clássicos. Junte-se a isto um grande talento, de que tantas provas possui a literatura nacional. Estamos certos de que as nossas esperanças serão magnificamente realizadas. Os fragmentos conhecidos são primorosos; por que o não será o resto?

Um poema épico, no meio desta prosa atual em que vivemos, é uma fortuna miraculosa. Pretendem alguns que o poema épico não é do nosso tempo, e há quem já cavasse uma vasta sepultura para a epopeia e para a tragédia, as duas belas formas da arte antiga. Não fazemos parte do cortejo fúnebre de Eurípedes e Homero. As formas poéticas podem modificar-se com o tempo, e é essa a natureza das manifestações da arte; o tempo, a religião e a índole influem no desenvolvimento das formas poéticas, mas não as aniquilam completamente; a tragédia francesa não é a tragédia grega, nem a tragédia shakespeariana, e todas são a mesma tragédia. Este acordo do moderno com o antigo era o pensamento de Chénier, que muitos séculos depois de Ovídio e Catulo ressuscitava o idílio e a elegia da Antiguidade.

Findou a idade heroica, mas os heróis não foram todos na voragem do tempo. Como fachos esparsos no vasto oceano da história atraem os olhos da humanidade, e inspiram os arrojos da musa moderna. Casar a lição antiga ao caráter do tempo, eis a missão do poeta épico. Os estudos e o talento do sr. Porto Alegre revelam uma índole apropriada para uma obra semelhante.

Apreciaremos o novo poema nacional com a consciência e imparcialidade que costumamos usar nestes escritos — o que não exclui a admiração e a simpatia pelo autor. A nossa máxima literária é simples: aprender investigando. Um livro do sr. Porto Alegre dá sempre que investigar e que aprender.

Temos o dever de ser breve. Como dissemos acima, a preocupação do momento é o assunto político. A atenção pública está voltada para a reunião das duas casas do Parlamento. As musas, num dia destes, recolhem-se à colina sagrada.

não assinado
Diário do Rio de Janeiro, 05/06/1866

Semana literária

(Álvares de Azevedo: Lira dos vinte anos*)*

Quando, há cerca de dois ou três meses, tratamos das *Vozes da América* do sr. Fagundes Varela, aludimos de passagem às obras de outro acadêmico, morto aos vinte anos, o sr. Álvares de Azevedo. Então, referindo os efeitos do mal *byrônico* que lavrou durante algum tempo na mocidade brasileira, escrevemos isto:

> Um poeta houve, que, apesar da sua extrema originalidade, não deixou de receber esta influência a que aludimos; foi Álvares de Azevedo. Nele, porém, havia uma certa razão de consanguinidade com o poeta inglês, e uma íntima convivência com os poetas do norte da Europa. Era provável que os anos lhe trouxessem uma tal ou qual transformação, de maneira a afirmar-se mais a sua individualidade, e a desenvolver-se o seu robustíssimo talento.

A essas palavras acrescentávamos que o autor da *Lira dos vinte anos* exercera uma parte de influência nas imaginações juvenis. Com efeito, se *Lord* Byron não era então desconhecido às inteligências educadas, se Otaviano e Pinheiro Guimarães já tinham trasladado para o português alguns cantos do autor de *Giaour*, uma grande parte de poetas, ainda nascentes e por nascer, começaram a conhecer o gênio inglês através das fantasias de Álvares de Azevedo, e apresentaram, não sem desgosto para os que apreciam a sinceridade poética, um triste cepticismo de segunda edição. Cremos que este mal já está atenuado, se não extinto.

Álvares de Azevedo era realmente um grande talento; só lhe faltou o tempo, como disse um dos seus necrólogos. Aquela imaginação vivaz, ambiciosa, inquieta, receberia com o tempo as modificações necessárias; discernindo no seu fundo intelectual aquilo que era próprio de si, e aquilo que era apenas reflexo alheio, impressão da juventude, Álvares de Azevedo, acabaria por afirmar a sua individualidade poética. Era daqueles que o berço vota à imortalidade. Compare-se a idade com que morreu aos trabalhos que deixou, e ver-se-á que seiva poderosa não existia, naquela organização rara. Tinha os defeitos, as incertezas, os desvios, próprios de um talento novo, que não podia conter-se, nem buscava definir-se. A isto acrescente-se que a íntima convivência de alguns grandes poetas da Alemanha e da Inglaterra produziu, como dissemos, uma poderosa impressão naquele espírito, aliás tão original. Não tiramos disso nenhuma censura; essa convivência, que não poderia destruir o caráter da sua individualidade poética, ser-lhe-ia de muito proveito, e não pouco contribuiria para a formação definitiva de um talento tão real.

Cita-se sempre, a propósito do autor da *Lira dos vinte anos*, o nome de *Lord* Byron, como para indicar as predileções poéticas de Azevedo. É justo, mas não basta. O poeta fazia uma frequente leitura de Shakespeare, e pode-se afirmar que a cena de Hamlet e Horácio, diante da caveira de Yorick, inspirou-lhe mais de uma página de versos. Amava Shakespeare, e daí vem que nunca perdoou a tosquia que lhe fez Ducis. Em torno desses dois gênios, Shakespeare e Byron, juntavam-se outros, sem esquecer Musset, com quem Azevedo tinha mais de um ponto de contacto. De cada um desses caíram reflexos e raios nas obras de Azevedo. Os *Boêmios* e *O poema de frade*, um fragmento acabado, e um borrão, por emendar, explicarão melhor este pensamento.

Mas esta predileção, por mais definida que seja, não traçava para ele um limite literário, o que nos confirma na certeza de que, alguns anos mais, aquela viva imaginação, impressível a todos os contactos, acabaria por definir-se positivamente.

Nesses arroubos da fantasia, nessas correrias da imaginação, não se revelava somente um verdadeiro talento; sentia-se uma verdadeira sensibilidade. A melancolia de Azevedo era sincera. Se excetuarmos as poesias e os poemas humorísticos, o autor da Lira dos vinte anos raras vezes escreve uma página que não denuncie a inspiração melancólica, uma saudade indefinida, uma vaga aspiração. Os belos versos que deixou impressionam profundamente; "Virgem morta", "À minha mãe", "Saudades" são completas neste gênero. Qualquer que fosse a situação daquele espírito, não há dúvida nenhuma que a expressão desses versos é sincera e real. O pressentimento da morte, que Azevedo exprimiu em uma poesia extremamente popularizada, aparecia de quando em quando em todos os seus cantos, como um eco interior, menos um desejo que uma profecia. Que poesia e que sentimento nessas melancólicas estrofes!

Não é difícil ver que o tom dominante de uma grande parte dos versos ligava-se a circunstâncias de que ele conhecia a vida pelos livros que mais apreciava. Ambicionava uma existência poética, inteiramente conforme à índole dos seus poetas queridos. Este *afã dolorido*, expressão dele, completava-se com esse pressentimento de morte próxima, e enublava-lhe o espírito, para bem da poesia que lhe deve mais de uma elegia comovente.

Como poeta humorístico, Azevedo ocupa um lugar muito distinto. A viveza, a originalidade, o chiste, o *humour* dos versos deste gênero são notáveis. Nos *Boêmios*, se pusermos de parte o assunto e a forma, acha-se em Azevedo um pouco daquela versificação de Dinis, não na admirável cantata de *Dido*, mas no gracioso poema do *Hissope*. Azevedo metrificava às vezes mal, tem versos incorretos, que havia de emendar sem dúvida; mas em geral tinha um verso cheio de harmonia, e naturalidade, muitas vezes numeroso, muitíssimas eloquente.

Ensaiou-se na prosa, e escreveu muito; mas a sua prosa não é igual ao seu verso. Era frequentemente difuso e confuso; faltava-lhe precisão e concisão. Tinha os defeitos próprios das estreias, mesmo brilhantes como eram as dele. Procurava a abundância e caía no excesso. A ideia lutava-lhe com a pena, e a erudição dominava a reflexão. Mas se não era tão prosador como poeta, pode-se afirmar, pelo que deixou ver e entrever, quanto se devia esperar dele, alguns anos mais.

O que deixamos dito de Azevedo podia ser desenvolvimento em muitas páginas, mas resume completamente o nosso pensamento. Em tão curta idade, o poeta da Lira dos vinte anos deixou documentos valiosíssimos de um talento robusto e de uma imaginação vigorosa. Avalie-se por aí o que viria a ser quando tivesse desenvolvido todos os seus recursos. Diz-nos ele que sonhava, para o teatro, uma reunião de Shakespeare, Calderon e Eurípedes, como necessária à reforma do gosto da arte. Um consórcio de elementos diversos, revestindo a própria individualidade, tal era a expressão de seu talento.

não assinado
Diário do Rio de Janeiro, 26/06/1866

Aerólites

Poesia do sr. J. Dias de Oliveira, Rio de Janeiro, de 1867

O sr. Dias de Oliveira pertence à novíssima geração literária de Portugal, herdeira das tradições e das glórias que a geração quase extinta sagrou e levantou. Está naquela idade bem-aventurada em que o coração enche-se todo de esperanças, e em que os olhos d'alma passeiam arroubados do jardim de Armida ao jardim das Hespérides; idade feliz, idade magna, feita para amores e sonhos, cheia de ambições generosas e crenças inesgotáveis. Aos vinte e um anos admira-se pouco os heróis de Homero, mas chora-se e palpita-se com o pálido amante de Julieta; a cólera de Aquiles vale menos que um suspiro lançado aos ventos da noite no jardim de Capuleto. O livro que temos presente é um resultado desta ordem de impressões juvenis.

Acha-se há poucos meses entre nós o autor dos *Aerólites*. Veio ao Brasil por simples desejo de visita, com a qual há de ganhar a sua musa, e retemperar-se-lhe o talento, na contemplação das magnificências com que a natureza nos dotou e ao simples respirar destas auras abençoadas e puras. As inspirações da terra do exílio casar-se-ão às saudades da terra natal, e deste consórcio estamos certos que hão de nascer muitas páginas belas e novas.

Todavia, o livro que agora publica o sr. Dias de Oliveira é puramente europeu. Todas as composições ou quase todas foram escritas ainda nas terras pátrias.

Mas antes de mandá-lo para lá, quis o autor que o seu livro fosse ajuizado e apreciado pelos brasileiros, a cujas terras veio, como um irmão pelo sangue, pela língua e pelas tradições. O autor dos *Aerólites* possui, entre outras, duas qualidades preciosas: o sentimento e a espontaneidade. Não é a sonoridade do vocábulo que o deslumbra; o autor prefere a expressão sincera e simples dos sentimentos que o agitam, sem todavia excluir a opulência da forma, e com isto merece já todos os nossos aplausos. A poesia, com efeito, para ter condições de existência, precisa não cingir-se unicamente aos lavores engenhosos do verso, ao estudo exclusivo das fórmulas estabelecidas; é preciso mais, é preciso que o poeta tenha uma alma, isto é, que seja homem, se quiser falar aos outros homens. Não damos nisto novidade alguma; mas é conveniente lembrá-lo, pois que a teoria contrária parece ir tomando mais consistência do que devia. O autor dos *Aerólites* não a adota, nem podia fazê-lo porque, falando a linguagem das musas, cede a essa necessidade interior, que faz as verdadeiras vocações poéticas.

Basta percorrer algumas páginas dos *Aerólites* para ver que o sr. Dias de Oliveira possui em alto grau esse sentimento poético que é a primeira unção do talento. Exprime-se com sinceridade, em belos versos e estrofes bem-feitas. Dir-se-á que o poeta descrê demais? É possível; mas esse espírito de descrença, que não é dominante no livro, desaparece sempre para dar lugar a um hino de esperança, a uma expansão de fé. Sombras passageiras, basta o mais leve raio do sol para dissipá-las. A mocidade e a poesia vivem dessa alternativa, que em resumo é o fundo da existência humana. De que viveria o autor, poeta e moço, se não dessas *miragens* que ele tão bem cantou numa das primeiras páginas, e desse *gelo*, que é uma das últimas do livro? Pouca coisa nos aflige porque pouca coisa nos consola, dizia Pascal, e os poetas, mais que os outros homens, realizam esta observação de filósofo. Almas impressíveis, a menor decepção os abate, a menor miragem os enleva.

Espontâneos são todos os versos deste livro, o que não exclui a ideia de uma correção e de um trabalho de arte, sempre necessários à boa poesia. A sua forma raras vezes peca; em geral é tratada com desvelo e ciência. A índole poética do autor não lhe permite entrar nos assuntos heroicos ou em certo gênero lírico que exige arroubo pindárico. O seu gênio é todo elegíaco; e este livro escrito ao acaso, ao sabor das circunstâncias, exprime as suas emoções e tristezas, conforme lhas davam as horas más ou propícias. É nesse gênero que o autor deve conservar-se; essa é sua principal e exclusiva feição literária. Há no livro dos *Aerólites* páginas lindíssimas, que impressionam e fazem sentir, pela simples razão de que o poeta as escreveu sem sair do seu elemento.

Nem todas as produções deste volume estão na mesma altura; mas em geral, mesmo as que são menos cuidadas, revelam os dotes poéticos do autor. As melhores, e são quase todas, valem uma senha legítima para entrar no cenáculo das musas, onde já a sua toma um lugar, distinto agora, brilhante no futuro.

Para fundamentar esta ligeira apreciação, poderíamos transcrever aqui algumas das estrofes que já relemos com muito prazer. Só haveria embaraço na escolha. Preferimos enviar o leitor para o volume dos *Aerólites,* com a certeza de que saudará como nós a estreia do poeta.

Não resistimos porém ao desejo de transcrever as primeiras estrofes da poesia "Adeus", que dará ao leitor uma ideia do valor do poeta e do seu modo de exprimir-se!

> Voz que se principia e não se acaba,
> Por que um suspiro íntimo a entrecorta,
> É o adeus — parte d'alma que já morta
> No pó das ilusões, murcha, desaba!
>
> Que triste não seria o amor do Tasso
> Nos lábios de Leonor pousando o beijo
> Extremo, vaporoso como o harpejo
> Da lira que lhe então caiu do braço!
>
> Adeus! quem sobre o abismo se debruça
> Das ilusões que a morte há desfolhado,
> Deixa-o sempre cair sobre o passado
> Naquela triste voz de quem soluça!
>
> Palavra tão singela abrindo um mundo!
> Nota tão pura e meiga um céu fechando!
> Mundo que só tem luz de quando em quando!
> Céu, que é todo de luz e amor fecundo!
>
> Do poema de amor, depois de escrito,
> Estrofe derradeira, último verso!
> Cinco letras, e nelas o universo!
> Cinco letras e nelas o infinito!

Estreia, dissemos, acima, e dissemos mal, porque já do mesmo autor possuímos um folheto publicado na Europa. *Lira íntima* é o título, e pelo assunto vê-se que é apenas a manifestação de um afeto exclusivo por um exclusivo objeto — uma adoração a um altar —, sem nenhuma outra preocupação estranha.

Já aí manifestou o autor dos *Aerólites,* ainda que em menor escala, as qualidades que agora lhe notamos e aplaudimos.

Quando um homem de talento, como o autor dos *Aerólites,* faz estreias como estas, tem obrigação de não abandonar a forma literária que adotou. Só deve abandonar as musas quem realmente só as evocou debalde; mas os que privam assim tão de perto e tão galhardamente esses têm um futuro certo, que não se deve renunciar por motivo algum, É o nosso primeiro conselho ao sr. Dias de Oliveira, e estamos certos de que correspondemos inteiramente às suas próprias intenções.

Cultivar as letras com solicitude e discrição, buscando no estudo o alimento necessário à inteligência, não se pode dar mellhor conselho a um poeta que começa tão bem, e com tanta modéstia, buscando fundar a sua nobreza literária, que tão de direito lhe é. O livro dos *Aerólites* é uma obra de talento; o autor revela aí que tem em suas mãos adquirir uma posição notável na literatura do seu país. Pode fazê-lo; para isso basta deitar mãos à obra. Não deserte ele nunca do santuário onde entrou, e que, no meio de todas as decepções humanas, é um dos melhores refúgios que podem achar o espírito e o coração. Serão estas por agora as nossas últimas palavras ao sr. Dias de Oliveira, mas é de crer e esperamos que não sejam as últimas. Temos o direito de exigir-lho. Fecharemos este capítulo bibliográfico com uma boa notícia que a todos agradará saber: o magnífico discurso do sr. dr. Vieira de Castro, há pouco ouvido no salão do Teatro Lírico, vai ser publicado em livro. Ficará assim arquivada uma bela página do distinto orador português. Consta que haverá segunda preleção, desta vez em favor do Asilo dos Inválidos da Pátria. Antes de termos ouvido a palavra eloquente do sr. dr. Vieira de Castro, apenas levado pela fama que o precedeu, fomos ansiosos escutá-lo e aplaudi-lo. Se era assim antes, muito mais será agora que já podemos apreciar os seus raros méritos e avaliar a legitimidade da sua reputação. As profundas recordações que nos deixou precisam ser despertadas.

Antes porém dessa segunda preleção é natural que tenhamos já impresso o primeiro discurso, que não podia deixar de sê-lo, tão notável é pela elegância e correção do estilo, pela novidade das imagens, pelo calor, pelo movimento, por tudo enfim que faz admirar os grandes oradores na tribuna e no livro.

Machado de Assis
Diário do Rio de Janeiro, *22/02/1867*

Cartas Fluminenses I
(À Opinião Pública)

5 de março de 1867

    Dizem alguns que v. ex. não existe; outros afirmam o contrário. Mas estes são em maior número, e a força do número, que é a suprema razão moderna, resolve as dúvidas que eu porventura possa ter. Creio que v. ex. existe, em que pese aos mofinos caluniadores de v. ex. Se não existisse como se falaria tanto em seu nome, na tribuna, na imprensa, nos *meetings,* na praça do Comércio, na rua do Ouvidor? Das criações fabulosas não se fala com tanta insistência e generalidade, salvo se houvesse uma conspiração para asseverar aquilo que não é, e isto repugna-me acreditar.

    Também por muito tempo se duvidou da existência de mr. Hume, aquele célebre mágico que transformava os ovos em carvão, mas se bem me lembro, apareceu um dia o dito mágico, e daí em diante ninguém mais duvidou dele. O mesmo há de acontecer com o judeu errante, de quem falam todos, e que eu creio que existe, sem ser o cólera-morbo, e que há de aparecer mais dia menos dia, tenho essa esperança.

    É a maioria da gente que tem razão, e quando falo em maioria suponho ter produzido um desses argumentos invulneráveis, até mesmo no calcanhar, apesar de quanto possa ter dito o visconde de Albuquerque.

    Assentado isto, receba v. ex. esta carta, que é a primeira de uma série com que eu pretendo estrear na imprensa.

    É costume entre a gente trocar os bilhetes de visita a primeira vez que se encontra. Na Europa, ao menos, é tão necessário trazer um maço de bilhetes, como trazer um lenço. V. ex. terá desejo de saber quem sou: di-lo-ei em poucas palavras.

    Se a velhice quer dizer cabelos brancos, se a mocidade quer dizer ilusões frescas, não sou moço nem velho. Realizo literalmente a expressão francesa: *Un homme entre deux âges.* Estou tão longe da infância como da decrepitude; não anseio pelo futuro, mas também não choro pelo passado. Nisto sou exceção dos outros homens que, de ordinário, diz um romancista, passam a primeira metade da vida a desejar a segunda, e a segunda a ter saudades da primeira.

    Não sou alto nem baixo; estou entre Thiers e Dumas, entre o finado marquês de Abrantes e o visconde de Camaragibe. Cito os dois últimos para dar cor local à comparação, e ficar logo às boas com a crítica literária. Além disso, há um ponto de contato entre o orador francês e o orador brasileiro; ambos obtiveram um apelido quase idêntico pela semelhança da eloquência parlamentar. Onde não há nenhum ponto de contato é entre os outros dois: nem o sr. Camaragibe faz romances, nem Alexandre Dumas faz política, e creio que ambos se dão bem com esta abstenção.

    Não sou votante nem eleitor, o que me priva da visita de algumas pessoas de consideração em certos dias, gozando aliás da estima deles no resto do ano, o que me é sobremaneira agradável. Ao mesmo tempo, poupo-me às lutas da Igreja e às corrupções da sacristia.

    Não privo com as musas, mas gosto delas. Leio por instruir-me; às vezes por consolar-me. Creio nos livros e adoro-os. Ao domingo leio as Santas Escrituras; os outros dias são divididos por meia dúzia de poetas e prosadores da minha predileção; consagro a sexta-feira à Constituição do Brasil, e o sábado aos manuscritos que me dão para ler. Quer tudo isto dizer que à sexta-feira admiro os nossos maiores, e ao sábado durmo a sono solto. No tempo das câmaras leio com frequência o padre Vieira e o padre Bernardes, dois grandes mestres.

Quanto às minhas opiniões políticas, tenho duas, uma impossível, outra realizada. A impossível é a República de Platão. A realizada é o sistema representativo. É sobretudo como brasileiro que me agrada esta última opinião, e eu peço aos deuses (também creio nos deuses) que afastem do Brasil o sistema republicano, porque esse dia seria o do nascimento da mais insolente aristocracia que o sol jamais alumiou...

Não frequento o paço, mas gosto do imperador. Tem as duas qualidades essenciais ao chefe de uma nação: é esclarecido e honesto. Ama o seu país e acha que ele merece todos os sacrifícios.

Aqui estão os principais traços da minha pessoa. Não direi a v. ex. se tomo sorvetes, nem se fumo charutos de Havana; são ridiculezas que não devem entrar no espírito da opinião pública.

Agora que me conhece, perguntará v. ex. por que motivo esta primeira carta é dirigida à sua pessoa, e que lhe quero dizer com esta dedicatória. Nada mais simples. Entrando numa sala cumprimenta-se logo a dona da casa; entrando na imprensa, dirijo-me a v. ex., que é dona dela, segundo dizem as gazetas, e eu creio no que as gazetas dizem.

Consinta v. ex. que eu não lhe faça corte. De todas as pessoas deste mundo é v. ex. a mais cortejada desde que um italiano escreveu estas célebres palavras: *De l'opinione, regina del mondo,* talvez para contrabalançar o título que as ladainhas da Igreja dão à Virgem Maria; *regina angelorum.* Não será v. ex. igual à Virgem Maria, mas creio poder compará-la a santa Bárbara, e realmente é uma santa Bárbara, que a maior parte da gente invoca na hora do temporal e esquece na hora da bonança. Eu serei o mesmo em todas as fases do tempo, e se vier a cortejá-la algum dia, será em silêncio, *silentium loquens,* como dizia s. Jerônimo, outro advogado contra as borrascas.

Terá v. ex. a indiscrição de pedir-me um programa? Acho que este uso parlamentar não pode ter aceitação nos domínios da musa epistolar, que é toda incerta, caprichosa, fugitiva. Demais, sei eu acaso o que há de acontecer amanhã? Posso criar uma norma aos acontecimentos? Deixe que os dias passem, e os sucessos com ele, os sucessos imprevistos, as coisas inesperadas, e a respeito de todos direi francamente a minha opinião.

Ou se quiser absolutamente um programa, dir-lhe-ei que prometo escrever com pena e tinta todas as minhas cartas, imitando deste modo o programa daquele ministério que consistia em executar as leis e economizar os dinheiros públicos. Profunda política que toda a gente compreendeu de um lance. Perdoe-me v. ex., creio que v. ex. apoiou esse ministério; ao menos assim dizem os amigos dele; e creio que também lhe fez oposição; ao menos, diziam-no os parlamentares oposicionistas. Coisas de v. ex.

É nisto que ninguém pode vencê-la. O dom de ubiquidade é v. ex. quem o tem de uma maneira prodigiosa. Agora, por exemplo, não anda v. ex. de um lado trajando sedas e agitando guizos, alegre e descuidada, pulando uma valsa de Strauss, dando a mão à tísica dos pulmões e à tísica das algibeiras, e de outro lado envergando uma casaca preta, e distribuindo pelos candidatos políticos a palma eleitoral? Ajuizada e louca, grave e risonha, entre uma urna e um cálice de champanhe, na esquerda o tirso da bacante, na direita o estilo do escritor, olhar de Cícero, calva de Anacreonte, eis aí v. ex., a quem todos adoram, os velhos e os mancebos, os boêmios e os candidatos.

A verdade é que v. ex. tem às vezes caprichos singulares; gosta da cor vermelha, e a pretexto de eleição, inspira não sei que maus ímpetos ao leão popular, que a tudo investe e tudo desfaz. Nessas ocasiões v. ex. não tem um cetro, como rainha que é, tem um cacete, que é um teorema infalível. Mas nem assim perde o caráter de opinião: é esse o parecer dos seus escolhidos.

Enfim, são ímpetos. O pior é quando, em vez de ímpetos, apenas se emprega o meio da corrupção das urnas, da sedução do votante, da intervenção do fósforo — pasmoso invento que eu coloco entre a obra de Fulton e a obra de Gusmão, vulgo Montgolfier. Isto é que é pior. Francamente, eu creio que v. ex. desconhece todos esses meios, e os condena, e se acaso os sofre é por honra da firma. Em todo caso, por que não protesta v. ex.? É deste silêncio que algumas pessoas tiram a conclusão de que v. ex. não existe.

É amanhã que v. ex. tem de escolher definitivamente os deputados; começam duas Quaresmas, uma religiosa, outra política. Amanhã os católicos e os candidatos vão receber a cinza, e todos recebem a cinza, ainda os que não forem eleitos, uns na testa, outros nos olhos. Alegrias e decepções, dores e flores, todas as exaltações, todos os abatimentos, todos os contrastes. Eu creio que há em todo o Império uma soma de políticos capaz de formar cinco ou seis câmaras. É que não há outra classe mais numerosa no Brasil. Divide-se essa classe em diversas seções: políticos por vocação, políticos por ambição, políticos por vaidade, políticos por interesse, políticos por desfastio, políticos por não terem nada que fazer. Imagino daqui o imenso trabalho que há de ter v. ex. em escolher os bons e úteis dentre tantos. E esse é o meu desejo, essa é a necessidade do país. Mande-nos v. ex. uma câmara inteligente, generosa, honesta, sinceramente dedicada aos interesses públicos, uma câmara que ponha de parte as sutilezas e os sofismas, e entre de frente nas magnas questões do dia, que são as grandes necessidades do futuro, de que depende a grandeza, ia quase dizer a existência do corpo social.

Mas eu que falo assim obscuro e rude, quem sou eu para dar conselhos à opinião, *regina del mondo*? Perdoe-me v. ex. É natural nos homens, eu sou homem, *homo sum*. Ao menos veja nisto a minha boa vontade e o grande amor que lhe tenho.

Creio que esta carta vai longa; tenho-lhe roubado demasiado tempo. Vou pôr aqui o ponto final, e recolher-me ao silêncio a fim de pensar nos diversos assuntos com que me hei de ocupar, se Deus me der vida e saúde.

Devia ir vê-la hoje divertindo-se e pulando; mas não posso. Consagro o dia de hoje a são Francisco de Sales, apropriado à estação de penitência que começa amanhã. Preparo assim o meu espírito à meditação. Além de que, o bom do santo é um dos melhores amigos que a gente pode ter: não fala mal nem dá conselhos inúteis. Se v. ex. cuida que é um homem de carne e osso, engana-se; é um maço de folhas de papel metidos numa capa de couro; mas dentro do couro e do papel fulge e palpita uma bela alma.

Job
Diário do Rio de Janeiro, 05/03/1867

Cartas Fluminenses II
(À Hetaira)

12 de março de 1867

Se a opinião domina os costumes políticos, a senhora domina os costumes sociais. É rainha por graça do diabo e unânime aclamação da vaidade humana. Governa sem oposição nem contraste; manda o que quer, como quer, quando quer. Tem cavalos para pisar o filósofo pedestre; tem sedas para afrontar a honestidade desvalida. O número dos seus ministros é infinito; a dedicação deles não tem rival nem nos cortesãos da fortuna. Quando a senhora os quer aumentar conquista-os aos milhares sem a lança de Alexandre nem a espada de Frederico Magno; conquista-os com o olhar, com o pé, com uma palavra alegre, e às vezes menos que tudo isso, com a simples presença da sua pessoa e dos seus arrebiques. A Vênus de Homero denunciava-se apenas pelo andar; a senhora tem a mesma qualidade divina: basta aparecer para revelar-se quem é. E reconheço que não é por falta de esforços seus, porquanto a comparar somente o vestuário, é difícil distinguir hoje uma mulher pública de uma mulher honesta. Parece que a senhora tem por timbre imitar a virtude, ao menos por esse lado, e sacrificar à moda as suas pretensões exclusivistas. O que a distingue, porém, é um certo *quid*, um ar especial, um tom indígena, que só possui quem foi criada nas terras de Vênus impudica. Nisso é impossível imitá-la.

De ordinário, a senhora tem dois nomes, um recebido na pia, outro que lhe dá o público: batiza-se por Luísa, Maria ou Margarida, e toma o pseudônimo de Nicota, Olhos Verdes, Flor da Noite, e outros menos poéticos. Nasce em qualquer bairro da cidade; cresce, aformosea-se, abre as suas graças, corrige-as, desenvolve-as, até abrir tenda bem provida e adornada, aonde convida os passantes para a mercancia do amor.

É provável que a senhora desconheça a designação que lhe dei no cabeçalho desta carta. Hetaira é uma palavra grega que designa as mulheres da sua profissão. A senhora não tem obrigação de saber grego, nem latim; ninguém lhe pede mesmo que saiba a sua língua, que nada vale ao pé de uma das línguas universais, como o dinheiro, que a senhora conhece profundamente, como a música, de que às vezes conhece apenas a gramática, e já é demais. Mas não se iluda com a naturalização helênica, se acaso acredita em mim. As hetairas de Atenas eram coisa diversa das de hoje. Primeiramente, a índole do amor pagão, se não estava ainda reabilitada pelo espírito cristão, não havia também assumido o caráter puramente mercantil deste tempo. Era uma espécie de voluptuosidade misturada ao amor da plástica e à adoração da forma. Os gregos não esqueciam nunca que a sua Vênus nascera das espumas da água marinha para ir direitinho ao Olimpo dos outros deuses. Demais, como a senhora vai saber, algumas das suas colegas da Antiguidade recebiam em sua casa, em palestra animada, os primeiros homens da República, os chefes políticos, os generais, os filósofos. O sábio Sócrates, que a senhora mandaria hoje expelir por dois lacaios, não se pejava de penetrar nesses santuários de Vênus, e conversar com a sacerdotisa, aconselhá-la mesmo; e de uma delas, não se envergonha de confessá-lo, aprendeu ele tudo que sabia acerca do amor. Avalie a diferença enorme que vai de um tempo a outro. Da antiga cortesã, a senhora apenas herdou a fome de ouro, *aura fames*, porque ela também amava o precioso metal; mas o resto desvaneceu-se ao sopro dos tempos.

Alegará a senhora que também imita as damas de Atenas em franquear as suas portas aos generais e aos políticos, e não sei se aos filósofos também. Acredito que sim, mas franqueia-as aos outros políticos e generais que eles trazem nas algibeiras, aos bilhetes do tesouro, às libras esterlinas, aos soberanos, ao táleres, aos contos de réis que a senhora prefere aos contos de Perrault ou aos da carochinha. Na velha Atenas as hetairas formavam, por assim dizer, a sociedade; eram um centro natural, onde se tratava de tudo: da última comédia de Aristófanes, da recente resolução de Cleón, de uma vitória na Ásia, de um cometa, de uma novidade filosófica, tudo isso de envolta com as coisas do amor.

Poupo-lhe uma investigação através dos tempos, e dispenso-me de escrever-lhe a genealogia. Importa-nos pouco saber que transformação sofreu o tipo que a senhora representa. Resta-nos aceitá-la como hoje é, e definir a sua incontestável realeza no domínio dos costumes. Para contentar a sua vaidade e a dos seus numerosos vassalos, não precisa mais.

Mas a singularidade da sua realeza está em que todos, mesmo aqueles que nunca foram seus vassalos confessados, os mais severos, os mais catões, não deixam de tributar-lhe embora indiretamente uma homenagem desonrosa. Olhe o que acaba de acontecer na capital da França, donde imitamos tudo. Ali estreou a senhora, no mês passado, num teatro de Buffos, com o nome de Cora Pearl, nome célebre nos anais de Pafos. Cora Pearl é uma Vênus equestre que, segundo dizem os que de lá vêm, reina sem contraste no bosque de Bolonha, onde não passam melhores cavalos nem rodam mais elegantes faetons que os dela. É uma verdadeira rainha das Amazonas, com um seio demais e a continência de menos. Os jornais chamam-lhe centaureza.

Pois estreou a senhora debaixo daquele nome; lembrou-se de ter talento para a cena. Para ir admirar os alexandrinos de Corneille ou a prosa lírica de V. Hugo, na boca dos consumados atores da Comédia Francesa, paga-se o preço comum; para ouvi-la a coisa foi diversa: os camarotes orçaram por cem mil-réis, as cadeiras por cinquenta. E que auditório! os príncipes, os marqueses, os embaixadores, um filho de Murat, um descendente de Turenne, um primo de Bonaparte, um paxá, todas as religiões, todas as famílias.

Se amanhã, a senhora, cansada mas não saciada de triunfos, se lembrar de ter um aqui no nosso Rio de Janeiro, nesta capital que é sua pelo dom de ubiquidade que a senhora partilha com a opinião pública, há de tê-lo, se não tão luzido como lá, onde há mais gente, ao menos quanto basta para provar que a realeza do mundo atual pertence-lhe, e que a espada dos generais e o gabinete dos estadistas valem menos que o seu braço torneado e a sua perfumada alcova.

Se valem! A senhora tem a seu favor uma arma poderosa, entre outras, que é o luxo. Houve um tempo que a senhora foi tida como um traste de luxo; a senhora vingou-se; teve o seu 89, o seu 22, e, mais feliz que o Tiradentes, não morreu no cadafalso, subiu ao Capitólio, onde é coroada de brilhantes e pérolas, e até pelas musas que lhe fazem versos e comédias. Os dominadores é que passaram a ser trastes de luxo, e a senhora domina-os, move-os, eleva-os, abate-os, como se foram uns títeres, ao simples capricho da sua vontade. O luxo firma o seu trono; essa peste, que veio da Ásia para acabar com os restos da severidade romana, é a condição essencial do pontificado que a senhora exerce na igreja do diabo, que santo Agostinho diz imitar a igreja de Deus, e eu peço licença para desmentir o padre ao menos neste assunto.

Quando a senhora passa pelas ruas, de carro ou a pé; quando vai aos teatros, onde aparece sempre às nove horas, como um entreato inesperado, todos os olhos, todas as atenções, os velhos, os moços, as damas, volta-se tudo para a senhora, quer se chame Fúlvia, Metela ou Otávia. Não é um triunfo isto? Mas ao lado desse, há outro triunfo tão grande e tão singular: é o triunfo pecuniário do autor de tantas obras. Triunfo pede triunfo. Nasce a emulação. A senhora é bela; mas as suas joias são ricas; possuí-la quer dizer enriquecê-la mais. Estabelece-se uma almoeda entre duas consciências — perdão — entre duas algibeiras. Duas? três, quatro, seis. Dentro de um quarto de hora conta a senhora meia dúzia de rivais, boas mães de família, que a essa hora se ocupam talvez em pôr o seio túrgido e casto entre os lábios de uma criança, fruto de esquecidos amores. Que quer? Há em todos os homens um pouco de Narciso; a senhora que é um espelho, está destinada a refleti-lhes o orgulho de possuir. A esposa é apenas uma casaca, traje comum; a hetaira é uma farda agaloada de ouro.

Agora, as consequências. Com esta realeza, que ninguém contesta, raros criticam, e a maioria aplaude, que é reconhecida e mantida em todas as latitudes e em todas as línguas, faz a senhora duas funestas destruições: abate a velhice e corrompe a mocidade. Transtorna a ordem natural e a ordem social; faz da mocidade uma velhice sem veneração; faz da velhice uma mocidade sem nobreza. Os arrojos da juventude, as ilusões, os cantos e os sorrisos próprios da alvorada da vida, acaso os tem a falange de velhos prematuros, que contam vinte anos pelo calendário e cinquenta pela fadiga? E a coroa da velhice, que é uma coisa augusta, as santas cãs, que a aproximação do túmulo vai transformando em monumento, acaso as encontramos nos anciãos refeitos, que encobrem os setenta anos do calendário com uma primavera artificial e ruidosa? Pois tudo isto é obra da hetaira moderna, e como consequência disso, o desprendimento dos laços da família, o abatimento dos costumes, a transformação das sociedades despojadas do ideal, que é o farol do futuro, e da tradição que é o farol do passado.

A senhora há de dizer consigo que eu, valendo menos que Sócrates, sou mais desapiedado que ele, pois o filósofo não escrevia destas coisas às suas elegantes contemporâneas. É verdade. Mas todos os homens têm um defeito ao menos; a indulgência de Sócrates e a minha austeridade são o nosso calcanhar de Aquiles. Não me suponha um profeta carrancudo derramando lágrimas inúteis pelas desgraças de Sião. É certo que já pendurei nos ramos dos salgueiros a harpa das minhas mais caras ilusões, mas ainda me resta um pouco de fé, assaz robusta para levantar-me a cabeça e os olhos para Deus. E por falar em Deus, faço-lhe um pedido: é que não procure o caminho da igreja senão quando tiver esquecido o caminho do erro. Nesta época de penitência tenho-a visto, desde que me entendo (há vinte anos) trajar de preto e ir ouvir na casa de Deus a palavra do sacerdote. É bom, é necessário, quando se rompe com o passado. Mas transformar a nave sagrada em campo de Farsália para os incautos Pompeus que lá vão, perdoe-me a senhora, é escrever a última palavra do catecismo do mal. Para entrar na casa de Deus não basta um vestido preto; é preciso uma alma nova, isto é, uma intenção pura. Dirá a senhora que a regra vale para outros pecadores igualmente reincidentes. Tem razão; mais *razão* terá se disser que esta sociedade não tem o espírito, mas o hábito religioso; tem as obras, e não tem a fé, que está acima das obras. Mas falar disto agora não seria escrever uma terceira carta?

    Deixe-me concluir aqui, e perdoe-me se lhe interrompi o opulento almoço; mas console-se com a ideia de que eu vou tomar apenas um pouco de trigo amassado e uma infusão de folha chinesa — admirável sobriedade que só pode mostrar um homem pobre, como eu.

Job
Diário do Rio de Janeiro, 12/03/1867

A s. ex.ª o sr. conselheiro José de Alencar
(Castro Alves)

Rio de Janeiro, 29 de fevereiro de 1868.

    Exmo. sr. — É boa e grande fortuna conhecer um poeta; melhor e maior fortuna é recebê-lo das mãos de v. ex.ª, com uma carta que vale um diploma, com uma recomendação que é uma sagração. A musa do sr. Castro Alves não podia ter mais feliz introito na vida literária. Abre os olhos em pleno Capitólio. Os seus primeiros cantos obtêm o aplauso de um mestre.

    Mas se isto me entusiasma, outra coisa há que me comove e confunde é a extrema confiança, que é ao mesmo tempo um motivo de orgulho para mim. De orgulho, repito, e tão inútil fora dissimular esta impressão, quão arrojado seria ver nas palavras de v. ex.ª, mais do que uma animação generosa.

    A tarefa da crítica precisa destes parabéns; é tão árdua de praticar, já pelos estudos que exige, já pelas lutas que impõe, que a palavra eloquente de um chefe é muitas vezes necessária para reavivar as forças exaustas e reerguer o ânimo abatido.

    Confesso francamente que, encetando os meus ensaios de crítica, fui movido pela ideia de contribuir com alguma coisa para a reforma do gosto que se ia perdendo, e efetivamente se perde. Meus limitadíssimos esforços não podiam impedir o tremendo desastre. Como impedi-lo, se, por influência irresistível, o mal vinha de fora, e se impunha ao espírito literário do país, ainda mal formado e quase sem consciência de si? Era difícil plantar as leis do gosto, onde se havia estabelecido uma sombra de literatura, sem alento nem ideal, falseada e frívola, mal imitada e mal copiada. Nem os esforços dos que, como v. ex.ª, sabem exprimir sentimentos e ideias na língua que nos legaram os mestres clássicos, nem esses puderam opor um dique à torrente invasora. Se a sabedoria popular não mente, a universalidade da doença podia dar-nos alguma consolação quando não se antolha remédio ao mal.

Se a magnitude da tarefa era de assombrar espíritos mais robustos, outro risco havia: e a este já não era a inteligência que se expunha, era o caráter. Compreende v. ex.ª que, onde a crítica não é instituição formada e assentada, a análise literária tem de lutar contra esse entranhado amor paternal que faz dos nossos filhos as mais belas crianças do mundo. Não raro se originam ódios onde era natural travarem-se afetos. Desfiguram-se os intentos da crítica, atribui-se à inveja o que vem da imparcialidade; chama-se antipatia o que é consciência. Fosse esse, porém, o único obstáculo, estou convencido que ele não pesaria no ânimo de quem põe acima do interesse pessoal o interesse perpétuo da sociedade, porque a boa fama das musas o é também.

Cansados de ouvir chamar bela à poesia, os novos atenienses resolveram bani-la da República.

O elemento poético é hoje um tropeço ao sucesso de uma obra. Aposentaram a imaginação. As musas, que já estavam apeadas dos templos, foram também apeadas dos livros. A poesia dos sentidos veio sentar-se no santuário e assim generalizou-se uma crise funesta às letras. Que enorme Alfeu não seria preciso desviar do seu curso para limpar este presepe de Augias?

Eu bem sei que no Brasil, como fora dele, severos espíritos protestam com o trabalho e a lição contra esse estado de coisas; tal é, porém, a feição geral da situação, ao começar a tarde do século. Mas sempre há de triunfar a vida inteligente. Basta que se trabalhe sem trégua. Pela minha parte, estava e está acima das minhas posses semelhante papel; contudo, entendia e entendo — adotando a bela definição do poeta que v. ex.ª dá em sua carta — que há para o cidadão da arte e do belo deveres imprescritíveis, e que, quando uma tendência do espírito o impele para certa ordem de atividade, é sua obrigação prestar esse serviço às letras.

Em todo o caso não tive imitadores. Tive um antecessor ilustre, apto para este árduo mister, erudito e profundo, que teria prosseguido no caminho das suas estreias, se a imaginação possante e vivaz não lhe estivesse exigindo as criações que depois nos deu. Será preciso acrescentar que aludo a v. ex.ª?

Escolhendo-me para Virgílio do jovem Dante que nos vem da pátria de Moema, impõe-me um dever, cuja responsabilidade seria grande se a própria carta de v. ex.ª não houvesse aberto ao neófito as portas da mais vasta publicidade. A análise pode agora esmerilhar nos escritos do poeta belezas e descuidos. O principal trabalho está feito.

Procurei o poeta cujo nome havia sido ligado ao meu, e, com a natural ansiedade que nos produz a notícia de um talento robusto, pedi-lhe que me lesse o seu drama e os seus versos. Não tive, como v. ex.ª, a fortuna de os ouvir diante de um magnífico panorama. Não se rasgavam horizontes diante de mim: não tinha os pés nessa formosa Tijuca, que v. ex.ª chama de um escabelo entre a nuvem e o pântano. Eu estava no pântano. Em torno de nós agitava-se a vida tumultuosa da cidade. Não era o ruído das paixões nem dos interesses; os interesses e as paixões tinham passado a vara à loucura: estávamos no Carnaval.

No meio desse tumulto abrimos um oásis de solidão. Ouvi o *Gonzaga* e algumas poesias.

V. ex.ª já sabe o que é o drama e o que são os versos, já os apreciou consigo, já resumiu a sua opinião. Esta carta, destinada a ser lida pelo público, conterá as impressões que recebi com a leitura dos escritos do poeta.

Não podiam ser melhores as impressões. Achei uma vocação literária, cheia de vida e robustez, deixando antever nas magnificências do presente as promessas do futuro. Achei um poeta original. O mal da nossa poesia contemporânea é ser copista — no dizer, nas ideias e nas imagens. Copiá-las é anular-se. A musa do sr. Castro Alves tem feição própria. Se se adivinha que a sua escola é a de Victor Hugo, não é porque o copie servilmente, mas porque uma índole irmã levou-o a preferir o poeta das *Orientais* ao poeta das *Meditações*. Não lhe aprazem certamente as tintas brancas e desmaiadas da elegia; quer antes as cores vivas e os traços vigorosos da ode.

Como o poeta que tomou por mestre, o sr. Castro Alves canta simultaneamente o que é grande e o que é delicado, mas com igual inspiração e método idêntico; a pompa das figuras, a sonoridade do vocábulo, uma forma esculpida com arte, sentindo-se por baixo desses lavores o estro, a espontaneidade, o ímpeto. Não é raro andarem separadas estas duas qualidades da poesia: a forma e o estro. Os verdadeiros poetas são os que as têm ambas. Vê-se que o sr. Castro Alves as possui; veste as suas ideias com roupas finas e trabalhadas. O receio de cair em um defeito não o levará a cair no defeito contrário? Não me parece que lhe haja acontecido isso; mas indico-lhe o mal, para que fuja dele. É possível que uma segunda leitura dos seus versos me mostrasse alguns senões fáceis de remediar; confesso que os não percebi no meio de tantas belezas.

O drama, esse li-o atentamente; depois de ouvi-lo, li-o, e reli-o, e não sei bem se era a necessidade de o apreciar, se o encanto da obra, que me demorava os olhos em cada página do volume.

O poeta explica o dramaturgo. Reaparecem no drama as qualidades do verso; as metáforas enchem o período; sente-se de quando em quando o arrojo da ode. Sófocles pede as asas a Píndaro. Parece ao poeta que o tablado é pequeno; rompe o céu de lona e arroja-se ao espaço livre e azul.

Esta exuberância, que v. ex.ª com justa razão atribui à idade, concordo que o poeta há de reprimi-la com os anos. Então conseguirá separar completamente língua lírica da língua dramática; e do muito que devemos esperar temos prova e fiança no que nos dá hoje.

Estreando no teatro com um assunto histórico, e assunto de uma revolução infeliz, o sr. Castro Alves consultou a índole do seu gênio poético. Precisava de figuras que o tempo houvesse consagrado; as da Inconfidência tinham além disso a auréola do martírio. Que melhor assunto para excitar a piedade? A tentativa abortada de uma revolução, que tinha por fim consagrar a nossa independência, merece do Brasil de hoje aquela veneração que as raças livres devem aos seus Espártacos. O insucesso fê-los criminosos; a vitória tê-los-ia feito Washingtons. Condenou-os a justiça legal; reabilita-os a justiça histórica.

Condensar estas ideias em uma obra dramática, transportar para a cena a tragédia política dos inconfidentes, tal foi o objeto do sr. Castro Alves, e não se pode esquecer que, se o intuito era nobre, o cometimento era grave. O talento do poeta superou a dificuldade; com uma sagacidade, que eu admiro em tão verdes anos, tratou a história e a arte por modo que, nem aquela o pode acusar de infiel, nem esta de copista. Os que, como v. ex.ª, conhecem esta aliança, hão de avaliar esse primeiro merecimento do drama do sr. Castro Alves.

A escolha de Gonzaga para protagonista foi certamente inspirada ao poeta pela circunstância dos seus legendários amores, de que é história aquela famosa *Marília de Dirceu*. Mas não creio que fosse só essa circunstância. Do processo resulta que o cantor de Marília era tido por chefe da conspiração em atenção aos seus talentos e letras. A prudência com que se houve desviou da sua cabeça a pena capital. Tiradentes, esse era o agitador; serviu à conspiração com uma atividade rara; era mais um conspirador do dia que da noite. A justiça o escolheu para a forca. Por tudo isso ficou o nome ligado ao da tentativa de Minas.

Os amores de Gonzaga traziam naturalmente ao teatro o elemento feminino, e de um lance casavam-se em cena a tradição política e a tradição poética, o coração do homem e a alma do cidadão. A circunstância foi bem aproveitada pelo autor; o protagonista atravessa o drama sem desmentir a sua dupla qualidade de amante e de patriota; casa no mesmo ideal os seus dois sentimentos. Quando Maria lhe propõe a fuga, no terceiro ato, o poeta não hesita em repelir esse recurso, apesar de ser iminente a sua perda. Já então a revolução expira; para as ambições, se ele as houvesse, a esperança era nenhuma; mas ainda era tempo de cumprir o dever. Gonzaga preferiu seguir a lição do velho Horácio corneliano; entre o coração e o dever a alternativa é dolorosa. Gonzaga satisfaz o dever e consola o coração. Nem a pátria nem a amante podem lançar-lhe nada em rosto.

O sr. Castro Alves houve-se com a mesma arte em relação aos outros conjurados. Para avaliar um drama histórico, não se pode deixar de recorrer à história; suprimir esta condição é expor-se a crítica a não entender o poeta.

Quem vê o Tiradentes do drama não reconhece logo aquele conjurado impaciente e ativo, nobremente estouvado, que tudo arrisca e empreende, que confia mais que todos no sucesso da causa, e paga enfim as demasias do seu caráter com a morte na forca e a profanação do cadáver? E Cláudio, o doce poeta, não o vemos todo ali, galhofeiro e generoso, fazendo da conspiração uma festa e da liberdade uma dama, gamenho no perigo, caminhando para a morte com o riso nos lábios, como aqueles emigrados do Terror? Não lhe rola já na cabeça a ideia do suicídio, que praticou mais tarde, quando a expectativa do patíbulo lhe despertou a fibra de Catão, casando-se com a morte, já que se não podia casar com a liberdade? Não é aquele o denunciante Silvério, aquele o Alvarenga, aquele o padre Carlos? Em tudo isso é de louvar a consciência literária do autor. A história nas suas mãos não foi um pretexto; não quis profanar as figuras do passado, dando-lhes feições caprichosas. Apenas empregou aquela exageração artística, necessária ao teatro, onde os caracteres precisam de relevo, onde é mister concentrar em pequeno espaço todos os traços de uma individualidade, todos os caracteres essenciais de uma época ou de um acontecimento.

Concordo que a ação parece às vezes desenvolver-se pelo acidente material.

Mas esses raríssimos casos são compensados pela influência do princípio contrário em toda a peça.

O vigor dos caracteres pedia o vigor da ação; ela é vigorosa e interessante em todo o livro; patética no último ato. Os derradeiros adeuses de Gonzaga e Maria excitam naturalmente a piedade, e uns belos versos fecham este drama, que pode conter as incertezas de um talento juvenil, mas que é com certeza uma invejável estreia.

Nesta rápida exposição das minhas impressões, vê v. ex.ª que alguma coisa me escapou. Eu não podia, por exemplo, deixar de mencionar aqui a figura do preto Luís. Em uma conspiração para a liberdade, era justo aventar a ideia da abolição. Luís representa o elemento escravo. Contudo o sr. Castro Alves não lhe deu exclusivamente a paixão da liberdade. Achou mais dramático pôr naquele coração os desesperos do amor paterno. Quis tornar mais odiosa a situação do escravo pela luta entre a natureza e o fato social, entre a lei e o coração. Luís espera da revolução, antes da liberdade, a restituição da filha é a primeira afirmação da personalidade humana; o cidadão virá depois. Por isso, quando no terceiro ato Luís encontra a filha já cadáver, e prorrompe em exclamações e soluços, o coração chora com ele, e a memória, se a memória pode dominar tais comoções, nos traz aos olhos a bela cena do rei Lear, carregando nos braços Cordélia morta. Quem os compara não vê nem o rei nem o escravo: vê o homem.

Cumpre mencionar outras situações igualmente belas. Entra nesse número a cena da prisão dos conjurados no terceiro ato. As cenas entre Maria e o governador também são dignas de menção, posto que prevalece no espírito o reparo a que v. ex.ª aludiu na sua carta. O coração exigira menos valor e astúcia da parte de Maria; mas, não é verdade que o amor vence as repugnâncias para vencer os obstáculos? Em todo o caso uma ligeira sombra não empana o fulgor da figura.

As cenas amorosas são escritas com paixão; as palavras saem naturalmente de uma alma para outra, prorrompem de um para outro coração. E que contraste melancólico não é aquele idílio às portas do desterro, quando já a justiça está prestes a vir separar os dois amantes!

Dir-se-á que eu só recomendo belezas e não encontro senões? Já apontei os que cuidei ver. Acho mais — duas ou três imagens que me não parecem felizes; e uma ou outra locução susceptível de emenda. Mas que é isto no meio das louçanias da forma? Que as demasias do estilo, a exuberância das metáforas, o excesso das figuras devem obter a atenção do autor é coisa tão segura que eu me limito a mencioná-las; mas como não aceitar agradecido esta prodigalidade de hoje, que pode ser a sábia economia de amanhã?

Resta-me dizer que, pintando nos seus personagens a exaltação patriótica, o poeta não foi só à lição do fato, misturou talvez com essa exaltação um pouco do seu próprio sentir. É a homenagem do poeta ao cidadão. Mas, consorciando os sentimentos pessoais aos dos seus personagens, é inútil distinguir o caráter diverso dos tempos e das situações. Os sucessos que em 1822 nos deram uma pátria e uma dinastia, apagaram antipatias históricas que a arte deve reproduzir quando evoca o passado.

Tais foram as impressões que me deixou este drama viril, estudado e meditado, escrito com calor e com alma. A mão é inexperiente, mas a sagacidade do autor supre a inexperiência. Estudou e estuda; é um penhor que nos dá. Quando voltar aos arquivos históricos ou revolver as paixões contemporâneas, estou certo que o fará com a mão na consciência. Está moço, tem um belo futuro diante de si. Venha desde já alistar-se nas fileiras dos que devem trabalhar para restaurar o império das musas.

O fim é nobre, a necessidade é evidente. Mas o sucesso coroará a obra? É um ponto de interrogação que há de ter surgido no espírito de v. ex.ª Contra estes intuitos, tão santos quanto indispensáveis, eu sei que há um obstáculo, e v. ex.ª o sabe também: é a conspiração da indiferença. Mas a perseverança não pode vencê-la? Devemos esperar que sim.

Quanto a v. ex.ª, respirando nos degraus da nossa Tijuca o hausto puro e vivificante da natureza, vai meditando, sem dúvida, em outras obras-primas com que nos há de vir surpreender cá embaixo. Deve fazê-lo sem temor. Contra a conspiração da indiferença, tem v. ex.ª um aliado invencível: é a conspiração da posteridade.

Machado de Assis
Correio Mercantil, *Rio de Janeiro, 01/03/1868*

Um poeta
(Carta a F. X. de Novais)

Rio de Janeiro, 21 de abril de 1868

Meu amigo. Quer a cortesia que eu acuda ao teu convite de 12 deste mês. Mas posso fazê-lo sem mostrar-me pretensioso? Confesso que hesitei durante algum tempo.

É a situação igual àquela em que me vi, não há muito, quando o ilustre autor de *Iracema* teve a generosidade e a benevolência de apresentar-me um poeta e um livro. Agradeci a confiança; mas tratei de defini-la. Apesar dos termos em que me era manifestada, tão acima do que eu podia ambicionar, apenas vi nela uma animação aos meus esforços, um benévolo parabém, um honroso aperto de mão. Já era aceitar muito quem vale tão pouco; mas a natureza pôs em todos nós uma parcela de vaidade. Podemos disfarçá-la; não suprimi-la.

Agora vens tu, com a mesma confiança, pedir-me a apreciação de um livro e de um poeta. As circunstâncias são mais graves. Ao primeiro convite respondi como pude; mas como responder a este que, precisamente pelo fato de suceder ao outro, parece dar por assentada uma posição que seria gloriosa se fosse legítima?

Adverte, meu amigo, que eu hesito assim pela consideração de que há em frente de nós um público de leitores, não por mim que sei extremar a benevolência da justiça, a ilusão da realidade. Não quero aos olhos do público parecer que aceito um papel de juiz, eu que, no foro literário, mal posso alinhavar razões. Não levanto com isto um castelinho de palavras; exprimo a minha profunda convicção. Sinto-me débil e incompetente para a magistratura literária. E não me custa dizê-lo; não me custa recusar cortesmente um título que o meu coração pode agradecer sem que o sancione a minha consciência. Consciência? Se o sancionasse já não seria consciência; seria vaidade pueril. A minha não vai até lá.

Animações merecê-las-ia talvez, nada mais. Creio que as merece quem fez algumas tentativas num gênero de literatura tão difícil, sem presunção de possuir todos os elementos necessários para ela, mas com a firme resolução de os procurar correndo o tempo e mediante o estudo. Sabes, meu amigo, com que intenção fiz essas tentativas. Eram desambiciosas e sinceras. Não pretendia galgar nenhum posto eminente; tão pouco pretendia defender interesses que não fossem comuns aos homens de letras. Expunha objeções, tecia louvores, conforme me iam impressionando os livros. A dissimulação não foi a musa desses escritos; preferi a franqueza. Alheio ao fetichismo e aos rancores literários, nem aplaudi por culto, nem censurei por ódio. A esperança de ganhar afetos ou o receio de criar ressentimentos não me serviram de incentivo ou obstáculo. E é certo que mais de uma vez, comparando a minha obscuridade com a reputação dos que eu então apreciava, perguntei a mim mesmo, se na opinião geral, o louvor não parecia adulação e a censura inveja. Felizmente eu dava as razões de meu parecer; podia ser julgado por elas.

Insisto neste ponto porque era sem dúvida o merecimento daqueles escritos. Outros não tinham decerto, ou se os tinham eram em grau limitadíssimo.

Bem vês que em tais condições, cumprindo uma tarefa voluntária, talvez despercebida do público, tinha eu as mãos francas para abrir um livro, lê-lo, analisá-lo. Não havia nisto nenhum caráter solene; ninguém me atribuía a intenção de ser aferidor de méritos, mas só, mas unicamente, um espectador da plateia literária, usando do duplo direito de aplaudir e de reprovar.

Está esse duplo direito ao alcance de qualquer; é igual ao do cidadão no estado político. O cidadão tem direito de aplaudir ou de censurar um ato público. Não influirá, nem decidirá; mas expõe a sua opinião. Não tem outra raiz o meu direito.

Foi sem dúvida por ver a boa vontade com que meti ombros à tarefa, a independência e a cortesia com que a desempenhei, o zelo com que procurava analisar escritos geralmente lidos, raras vezes comentados; foi sem dúvida por tudo isto que o autor do *Guarani* me honrou com uma carta que o Arquivo Literário Nacional não pode perder porque é um primor de estilo.

Quiseste fazer o mesmo. Já me tardava que se manifestasse o teu coração tão nobre e cheio de entusiasmo. Mas desta vez, (só desta vez) preferia que não tivesses coração. Verias então friamente que, se me não assombram as responsabilidades, acanham-me as eminências; e que o segundo exemplo de um convite público faz crer realizada uma posição de que estou e me sinto longe.

Era preciso dizer tudo isto antes de escrever em poucas linhas a minha opinião acerca do livro do sr. L. J. Pereira Silva.

Conhecia já alguns versos do autor, e confesso que não tinha a respeito do seu talento poético a mesma opinião que tenho hoje. É natural. Às vezes acontece o contrário; passa-se de uma opinião absoluta a uma opinião restrita. Só o talento feito dá lugar ao juízo definitivo. Com os outros modifica-se muita vez a opinião à medida que se vão conhecendo os elementos e as provas.

O poema *Riachuelo* aumentou a minha confiança no talento do sr. Pereira Silva. É evidentemente um progresso, que eu aplaudo de todo o coração.

A grandeza do assunto fascinou o poeta. Aquela magnífica batalha que iniciou a longa série das nossas vitórias no Sul, pareceu-lhe que exigia as proporções de um poema. A ode estaria mais com a feição do seu talento; o poema pedia-lhe esforço. Mas a dificuldade, longe de o abater, deu-lhe ânimo e resolução; o poeta travou da lira épica, e escreveu um livro.

Aceitando-o como o fruto de inspiração e vontade, posto reconheçamos no poeta uma vocação essencialmente lírica. Se o plano apresenta imperfeições, derramam-se pelo livro belezas dignas de nota. A estrofe em geral é vigorosa e corrente; a descrição da batalha está feita com animação e colorido; os episódios estão variados de maneira que sustentam com o calor da inspiração o interesse da narrativa. Os pedaços que citaste são na verdade uma boa amostra da poesia e talento: o livro contém outros muitos que eu poderia mencionar aqui se não receasse alongar a carta. Creio que o poeta leu e releu Camões, a fim de aprender com ele: e fez bem, porque o mestre é de primeira ordem. A oitava rima que adotou do mestre querem alguns espíritos severos que seja uma forma monótona; eu penso que fez bem em empregá-la, tanto mais que o poeta a sabe esculpir com opulência e harmonia.

Não quer isto dizer que todos os versos estejam isentos de mácula. Há alguns frouxos, outros duros, outros prosaicos; a rima que em geral é rica e feliz, uma ou outra vez me pareceu forçada e descaída; mas lembremo-nos que o poema tem cinco cantos. Em troca de alguns maus versos há muitíssimos bons.

Parece-me que o poeta consultaria melhor os interesses da inspiração dando menos lugar a algumas descrições minuciosas. A fidelidade com que nos conta todos os incidentes da batalha é, às vezes, escrupulosa demais. A relação dos tiros recebidos pelas duas frotas, a apreciação dos danos causados, a nomenclatura marítima deviam ter dado trabalho ao poeta para as acomodar no verso; mas eu creio que a necessidade era fictícia.

Os defeitos que apontei não tiram ao livro do sr. Pereira Silva as qualidades que lhe reconheço. São defeitos explicáveis; estou que o poeta os reconhecerá comigo. Tem este livro uma qualidade valiosíssima: — é sincero; respira de princípio a fim a emoção do poeta, o entusiasmo de que ele está possuído. O patriotismo, que vai produzindo milagres de bravura nas terras do inimigo, produziu nas terras da pátria o esforço de um talento real e consciencioso.

O poeta está agora obrigado ao cultivo assíduo das musas; abandoná-las seria descortesia e ingratidão.

Cuido, meu amigo, que os reparos que fiz, não hão de magoar o autor do *Riachuelo*; é filho de uma sociedade literária, onde a modéstia anda casada ao estudo. Demais, a franqueza é uma homenagem que se presta à dignidade do talento; a lisonja seria uma injúria.

Aí tens em poucas linhas o que penso do livro e do poeta. Não é sentença: é puramente uma opinião.

Espero tirar um proveito da tua carta. Dizes que te fizeste monge; e efetivamente estás recolhido à cela. Mas cuidas que se não descobre por abaixo do burel a espada do soldado? Não deste baixa; estás em tréguas. A profissão monástica é simplesmente uma dissimulação de combatente que descansa dos conflitos passados, planeando operações futuras.

É de todo o ponto cabida neste caso a alegoria militar. Um filho de Tolentino é um combatente; escala a fortaleza dos vícios e ridículos. A musa é a sua Minerva protetora. Não creio que vestisses o burel por cansaço ou desânimo. Foi outra coisa. Tu não és só um poeta satírico; és também um poeta sonhador. Quando compões uma sátira para o público suspiras contigo uma elegia. O satírico triunfou muito tempo; agora foi o sonhador que venceu. Compreendo o triunfo. Para certas almas recolher-se à solidão é uma necessidade e uma afirmação. Mas a tua carta parece-me ser o rebate de uma nova campanha. Deus queira que sim. As musas têm direito de exigir a atividade de teu talento, já provado e aclamado pelos patrícios de Tolentino e pelos de Gregório de Matos.

Na literatura, como na religião, temos a igreja triunfante e a igreja militante. Uma é a condição da outra. Já trabalhaste muito tempo para a primeira; mas a segunda exige que trabalhes mais, e sempre. Triunfa-se militando.

Machado de Assis
Diário do Rio de Janeiro, 24/04/1868

Correspondência da corte

Corte, 31 de julho de 1868

Os jornais que seguem por este vapor levam importantes notícias do teatro da guerra trazidas ontem pelo vapor inglês *Paraná* que chegou de Valparaíso com escala pelo rio da Prata.

As notícias vieram exageradas pelas gazetas platinas espalhando-se ontem à tarde as mais aterradoras versões. É possível que os alvissareiros de cá carregassem ainda mais a mão na pintura dos acontecimentos. O caso é que dois reconhecimentos, com sensíveis perdas, é verdade, foram convertidos em duas soleníssimas derrotas. Para dar-lhe uma amostra do que são alvissareiros basta dizer-lhe que às 9 horas da noite já se dizia no Clube Fluminense que ia haver já e já a organização de um corpo de 20.000 homens. É provável que à hora em que se dizia isto, ainda os ministros estivessem lendo as suas cartas do Exército.

Como verá pelas folhas, os dois sucessos militares custaram precioso sangue aos aliados, mas estão longe de ser um desastre igual ao de Curupaiti, a que os comparam os jornais de oposição à aliança no Rio da Prata. Nem sei até como é que a perda de algumas vidas nas trincheiras de Humaitá pode causar espanto entre nós, quando sabemos e todo o mundo o sabe, que a fortaleza de Humaitá é uma das mais formidáveis construções de guerra que se conhece.

O governo não recebeu ainda as partes oficiais dos acontecimentos de 16 de julho; mas espera-se a todo momento o vapor *S. José* que as deve trazer.

Não me demoro em relatá-los; a *Imprensa Acadêmica* pode transcrever a notícia dada pelos jornais de hoje que são minuciosíssimas, quanto se pode ser no meio de versões encontradas e descrições calculadas para efeitos políticos como as que trouxeram os jornais platinos infensos à aliança.

Não ignora a existência de um partido no Rio da Prata que combate a aliança por todos os meios possíveis e até impossíveis. Logrou esse partido introduzir as questões nas câmaras argentinas que, ao depois de várias sessões secretas, dizem ter anulado alguns artigos do protocolo que acompanha o Tratado de Buenos Aires.

Não se sabe de mais nada, e isso mesmo sabemo-lo por menção vaga feita nos jornais portenhos, órgãos do partido a que aludo. Entretanto, se é exato que o poder legislativo da Confederação Argentina anulou alguns artigos do protocolo, não consta que a medida tivesse ainda nenhuma solução prática.

Está à frente da nossa Secretaria de Estrangeiros um homem do Estado versado em matéria de diplomacia, a cujos talentos todos fazem merecida justiça, e que saberá remover quaisquer dificuldades que porventura se levantem no Rio da Prata.

O Ministério de 16 de julho continua na tarefa de remover os obstáculos políticos que se opõem a realização das suas ideias. É claro que nenhum partido pode governar sem ter nos importantes cargos do Estado homens de sua imediata confiança. Estão nomeados todos os presidentes de províncias e alguns chefes de polícia.

Pela sua parte, os liberais procuram reunir-se a fim de pleitearem a eleição, renunciando aos recursos extralegais empregados em épocas passadas. É preferível isso: a vida política num país regido como o nosso está toda na luta regular e legal dos partidos, igualmente separados desses dois funestos limites que se chamam despotismo e revolução.

Sabe que não sou político, nem advogo nenhum interesse militante. Vejo as coisas com a imparcialidade fria da razão. Amigo das instituições que nos legaram, admirador da vida política de Inglaterra desejo que se estabeleça entre nós por maneira estável o governo da opinião.

Ninguém há que não pense assim: mas agradável vê-lo provar, como fez não há muito o atual ministro da Justiça, cuja entrada para o gabinete foi precedida de um livro editado pelo Garnier e que tem por título o *Sistema representativo*. Estão reunidos nesse volume os artigos publicados pelo sr. conselheiro José de Alencar há alguns meses no *Correio Mercantil*. Digo mal: não é uma reunião de artigos soltos; é um livro completo, publicado antes, por capítulos naquela folha.

Quem entra para o poder com tais diplomas tem o direito do reconhecimento do país. Que maior serviço se pode prestar a uma nação do que pensar maduramente nos meios de fazer com que ela se governe com a máxima liberdade?

O autor do *Sistema representativo* estudou profundamente o problema da representação nacional, e adotou, com uma solução nova, a ideia da representação das minorias, ideia fecundíssima e necessária à legítima expressão da vontade pública.

Não posso, nem sou competente para fazer aqui uma análise da obra do sr. José de Alencar. Apenas direi que, apreciando obras destas, esqueço as designações políticas deste país. Não me ocorre o nome dos partidos diante de um homem que vê as coisas de alto e põe a sua vasta inteligência ao serviço das grandes necessidades políticas da nação.

Disse-lhe acima que os liberais resolveram pleitear a eleição, e creio que já deve saber da conciliação realizada entre as duas frações do partido, divididas até a crise de 12 de julho. O conselheiro Nabuco convidou os senadores e ex-deputados das duas frações para uma reunião em sua casa na noite de 25. Consta-me que a discussão foi larga e agitada, resolvendo-se finalmente organizar um diretório do partido com o fim de centralizar as operações eleitorais. O diretório, segundo me afirmam, compõe-se dos srs. conselheiros Nabuco, Zacarias, Otaviano e Silveira Lobo e senador T. Otoni. Outros dizem que o sr. conselheiro Sousa Franco também faz parte do diretório.

não assinado
Imprensa Acadêmica, *ano II, nº 13, 14/08/1868*

Correspondência da corte
(Continuação)

No dia 25 deste mês, aniversário de s. a. imperial, verificou-se a inauguração do Asilo dos Inválidos com a presença do imperador e sua família, de quatro ministros do Estado, vários funcionários públicos e grande número de convidados.

A cerimônia entrou pela hora do cortejo, que só se verificou às 2 da tarde, no paço da cidade. Houve à noite espetáculo de gala no Teatro Lírico.

Não tendo ido à festa do Asilo de Inválidos, não posso adiantar nada à notícia dada pelos jornais de 30.

Tomou ontem posse do cargo de presidente da Província do Rio de Janeiro o sr. conselheiro Taques, há pouco nomeado.

Não sei se lembra de um célebre Stewart que a polícia encarcerou há cerca de quatro meses. O *Jornal do Commercio* publicou ontem a sentença que o pronuncia por crime de falsidade. O processo naturalmente será julgado na próxima sessão do júri, e já se pode prever que a sessão do julgamento será concorrida.

Tive ocasião de ver este Stewart antes de se descobrir o crime pelo qual está sendo processado. Sabia que ele se dava como enviado de Horace Greeley, redator e proprietário da *Tribuna de Nova York*, com o fim de fundar uma folha de grande formato, verdadeiro sonho das "Mil e Uma Noites" em matéria de imprensa no Brasil.

Conheci-o antes de me dizerem quem era, e isto por vê-lo com o padre Newville no teatro, e eu sabia que andavam sempre juntos, graças à habilidade com que o jornalista soube iludir o padre. Além disso, sabia que o general Stuart (por quem se dava o nosso jornalista) era muito parecido com o poeta Shakespeare, e fundindo-se a velhacaria de Stewart na semelhança entre ele e o general, era fácil conhecê-lo à primeira vista.

Não lhe achei visos de general e muito menos de milionário, como dizia; trajava mais que mediocremente, e não gastava melhor do que vestia, segundo as declarações posteriores do padre, a quem Stewart chegara a pedir dinheiro para tílburis.

Apesar de tudo teve o homem a rara habilidade de iludir meio mundo, e aos mais sagazes. A criação de uma grande folha era dada como certa; não havia quem o pusesse em dúvida; e, se o plano era grande, a imaginação pública fê-lo colossal.

A odisseia do homem terminou prosaicamente na polícia, quando menos se esperava, e resta que o júri profira a sua última sentença.

Para dar-lhe outra amostra do que é a imaginação dos noveleiros, dir-lhe-ei que, antes da descoberta do crime de Stewart, disse-me alguém com toda a seriedade, haver denúncia de que o general (ainda lhe davam este título) era o centro de uma vasta conspiração, cujo fim era a mudança radical do novo sistema de governo!

A vida da corte está agora animada. O Cassino deu ontem um baile. O *Club Fluminense* dá todos os meses uma partida, e às quarta-feiras um concerto vocal e instrumental, a que concorrem muitas damas, e que geralmente acabam à meia-noite. No Cassino tocou Artur Napoleão, que também toca nos concertos do *Club*. Além disto sei de algumas casas onde se dão reuniões semanais, entre outras a do Caimary, em Botafogo, e a do dr. Severiano, no Campo da Aclamação. Reúnem-se em ambas escolhida sociedade.

Cessaram por enquanto as segundas-feiras do conde d'Eu.

Os teatros estão também um pouco animados.

Espera-se amanhã no Ginásio Dramático a estreia de uma nova atriz — estreia em todo o rigor da palavra, porque é a primeira vez que ela entra em cena. É a senhora d. Raquel dos Santos, filha de João Caetano. Dizem ser moça de muitíssimo talento; é grande a curiosidade de vê-la.

No antigo El-Dorado inaugurou o ator Vasques uma empresa com a denominação de Phenix Dramática, e lá representa agora um drama do sr. Joaquim Pires — *Os anjos de fogo*, com geral aplauso.

Dizem que vem para o Teatro de S. Pedro o ator Joaquim Augusto; não sei o que há a esse respeito.

O Alcazar vai ficar órfão de sua Aimée, que se retira para França, mas a retirada da célebre cantorina parece-se um pouco com a do Maurício do *Trovador*, na ocasião em que a mãe está na fogueira. Há mais de um mês que se estão anunciando as últimas representações da "diva".

Os seus admiradores deram-lhe há 15 dias um baile de despedida, baile de gravata branca e casaca, o qual segundo li na *Semana Ilustrada*, começou às 2 horas da noite e acabou às 6 da manhã. Acharam-se lá todas as celebridades do mundo equívoco.

Isto não tem nenhum interesse para a *Imprensa Acadêmica*, mas estas cartas devem ser, tanto quanto podem, a fotografia da *Vida Fluminense*.

Nada mais tenho por hoje. Se houver algum sucesso importante antes da partida do vapor mandar-lhe-ei em *post-scriptum*.

Glaucus

Imprensa Acadêmica, *ano II, nº 14, 20/08/1868*

Um poeta fluminense

Corimbos, *poesias de Luís C. P. Guimarães Júnior*

Há coisa de seis anos encontrei na rua um moço desconhecido, melhor dissera uma criança — e gentil criança que ele era —, o qual me disse rapidamente com a viveza impetuosa da sua idade:

— Está no prelo um livrinho meu; é oferecido ao senhor. Parto hoje mesmo para São Paulo; já dei ordem na tipografia para lhe mandarem um exemplar.
— Obrigado. Como se chama o senhor?
— Luís Guimarães.

Poucos dias depois recebi o livrinho anunciado. Eram as primícias de um talento legítimo, inexperiente, caprichoso, que poderia vir a ser águia mais tarde, mas que não passava ainda de um beija-flor, galante e brincão, todo asas, todo travessuras, todo sede de aromas e de mel.

Noticiei o livrinho ao público, e escrevi ao poeta agradecendo-lhe o mimo e convidando-o que não parasse naquela primeira obra. Inútil conselho a quem sentia em si o misterioso impulso da inspiração. Luís Guimarães entrou a compor versos de amor e artigos de prosa, de que eu tinha conhecimento pelos jornais. Quem se não lembra com saudade dessa infatigabilidade dos primeiros anos? Luís Guimarães não escapou à regra, abençoada regra que lhe deu azo a ir assentando a mão, moderando o estilo, preparando enfim a vocação para obras de maior tomo. A sua musa tinha naquele tempo incertezas, e havia de sofrear as impetuosidades no dia em que viesse a reflexão, essa indispensável colaboradora do talento.

Luís Guimarães correspondeu às esperanças que as suas estreias haviam inspirado. Ao cabo de seis anos, ei-lo que chega do Norte, onde fora concluir os estudos acadêmicos, trazendo em uma das mãos o diploma de bacharel, e na outra um livro de poesias. Esta coincidência é premeditada ou fortuita? Quis ele depositar na mesma ocasião, o diploma nas mãos da família, o livro nas mãos da pátria, mostrando assim que nem a poesia prejudicou o direito, nem o direito anulou a poesia? Não sei. Basta dizer que a coincidência existe, e que, se a política ou a magistratura nos vier roubar o cidadão, cá nos fica o poeta com todos os seus sonhos e melodias, porque o autor dos *Corimbos* (oxalá me não engane!) é dos que hão de ter vinte anos toda a vida. Não se tome à má parte esta profecia que não alude à compostura necessária ao homem. Quer apenas dizer que este inspirado poeta está vendido, corpo e alma, à musa loura e travessa da mocidade, a musa que coroou de rosas Anacreonte, a despeito da calva e das cãs.

Corimbos é o nome do livro. Os traços gerais da poesia de Luís Guimarães são hoje os mesmos de outrora; mas o livro dos *Corimbos* destaca melhor a sua fisionomia poética, e a este respeito como a outros é a verdadeira data da sua vocação literária. Não precisa esmerilhar muito para achar entre os seus escritos do primeiro período de produção, páginas cheias de inspiração e de graça; mas esses primeiros caprichos de uma imaginação sôfrega e vivaz exprimiam ainda as adoráveis incoerências de um talento não educado. Os seus últimos escritos mostram a intervenção do tempo e da reflexão. Dá-se com a literatura o que se dá com o amor. Mme. de Staël dizia que segundos amores eram os mais profundos, porque os primeiros nasciam da simples necessidade de amar. Com a poesia é a mesma coisa. O coração noviço e a imaginação inexperiente cedem às primeiras seduções, por ventura as melhores, mas não as mais capazes de dominar a vida inteira.

O livro dos *Corimbos* representa, pois, um talento desenvolvido e refletido, que nada perdeu das suas graças nativas, antes as melhorou com o estudo e o trabalho. É também um livro original. É sobretudo um livro de sentimento e de imaginação. O amor é a corda exclusiva da lira do poeta. Uma ou outra composição de inspiração diferente não desmente este caráter geral da obra. Os que condenam a poesia pessoal perguntarão, sem dúvida, o que vem fazer este poeta com as suas revelações íntimas. Ele poderá responder que as vem comunicar de alma para alma, que é essa a verdadadeira comunhão do sentimento e da poesia.

A poesia pessoal, quando não se tem alguma coisa para mostrar ao público, seja a originalidade da forma, seja a novidade das ideias, ou enfim qualquer dessas modificações do sentimento, que são tão várias como os caracteres, a poesia pessoal que não é isto é realmente uma coisa fatigante e sem interesse. Mas nesse caso, só se lhe condena o que lhe falta; não é a poesia que nos cansa, é a incompetência do poeta.

Luís Guimarães está livre dessa acusação. Os seus versos têm a novidade de forma e de ideia que interessa e arrasta, e a naturalidade do sentimento que transmite ao leitor as emoções do poeta. Folheiem as nossas leitoras esse livro mimoso, leiam a "Sepultura dela", "Consuelo", "Recuerdo", "Três cartas dela", "Estâncias", "O vagalume" e tantas outras.

As *Estâncias* são lindíssimos versos de saudade profunda e serena, cheios de harmonia e melancolia. O "Poema do pescador" é uma espécie de *Cântico dos cânticos*, uma serenata amorosa feita em melodiosas quadras. Que estou a citar? Melhor é que os leitores vejam o livro; o seu coração fará melhor a crítica do poeta do que pode fazer a minha pena.

Também traz versos alexandrinos este volume de Luís Guimarães. Condenar hoje o verso alexandrino já passou à categoria das ideias singulares. O verso alexandrino triunfou no Brasil e em Portugal; quase não há poeta que lhe não tenha metido a mão. Ainda agora acabo de ler um interessante artigo de Latino Coelho a respeito do mestre dos alexandrinos. Querem saber o que pensa desse verso o secretário da Academia?... "Antes haveriam de deliciar a escrupulosa autoridade poética do nosso respeitável amigo o sr. Castilho, o iniciador, o evangelista, e o pregador desta ameníssima espécie de metro". Cito de propósito o Latino Coelho, que é considerado em ambos os países como escritor de apuradíssimo gosto.

Os alexandrinos de Luís Guimarães são cadentes, cheios e corretos. Luís Guimarães já de há muito trabalhava neste metro; mas, como acontece nos primeiros ensaios, a obra não lhe saía boa. O poeta não desanimou, nem se enamorou da sua obra. Como os verdadeiros talentos, os que têm confiança em si, tratou de acertar mediante o trabalho e o estudo. Abençoada disposição de ânimo! É este o único meio de chegar à perfeição. No meio de tantos louvores que lhe faço, sinceros, filhos do coração, sem que o coração prejudique a análise, não terá Luís Guimarães alguns defeitos? Terá; pode-se-lhe achar algum verso mal soante, alguma expressão obscura ou descabida, alguma rima imperfeita, defeitos que não prejudicam o talento, descuidos raros no meio de numerosas belezas. Em suma, este livro dos *Corimbos* é uma vitória e uma obrigação. Colha o poeta os louros da primeira, mas não esqueça a responsabilidade da segunda. A sua musa pertence ao país. Não deixarei de apresentar aos leitores uma amostra de poesia de Luís Guimarães. Será melhor notícia que posso dar do poeta e da obra. Vejam a página seguinte.

M.
Semana Ilustrada, 02/01/1870

Um poeta

Entre o céu e a terra, *por Flávio Reimar*

Quando eu vejo um poeta entrar na política, lembra-me logo aquela deliciosa princesa do conto de Perrault, condenada a ser ferida por uma roca e a morrer do golpe fatal. A felicidade está em que alguma fada benfazeja transforme a morte anunciada em prolongado sono. Essa fada benfazeja é a musa, que nem sempre abandona os seus à voracidade sombria da política. Então, como no conto aludido, tudo dorme ao redor do poeta e tudo acorda a um tempo, a fim de que a mocidade da alma ache diante de si a mocidade das coisas.

É o caso de Flávio Reimar. Flávio Reimar desceu um dia das regiões da poesia para entrar na vida prática das coisas públicas. Figurou no Parlamento geral e provincial. Manuseou o orçamento; é verdade, manuseou o orçamento, aquele repolhudo orçamento anual com que as câmaras brindam os contribuintes e o fisco. E não morreu este poeta, e escapou ao orçamento e ao esquecimento, e ressurge tão vivo, tão galhardo, tão rapaz como dantes, apenas realçado por um toque de filosofia melancólica, que o caracteriza ainda melhor, que lhe dá uma feição mais poética e original.

Flávio Reimar é o nome literário. O nome civil do poeta é Gentil Homem de Almeida Braga. O segundo nome faz lembrar o cavalheiro distinto, como o primeiro recorda o talentoso escritor. Grande felicidade está de merecer estima como poeta e como homem.

Entre o céu e a terra é o título de um livro em prosa que Flávio Reimar me enviou do Maranhão. Ele lá explica no prólogo a razão deste título, que lhe não parece congruente com o livro. Eu creio que o é, se lhe procurarmos a razão do título, não na letra, mas no espírito da obra. Aqueles escritos diversos, reunidos caprichosamente num volume, não são bem do céu nem bem da terra, posto falem da terra e do céu — de coisas alegres e de coisas tristes, de filosofia e saudade, de lágrimas e sorrisos —, evocações do passado e arroubos de imaginação e devaneios, coisas cá de baixo e coisas lá de cima. O título exprime bem a unidade do livro no meio da diversidade dos assuntos.

Conquanto não fossem escritas todas de uma assentada, têm estas páginas a unidade do estilo, que é o característico dos escritores feitos. Nota-se também uma grande preocupação de boa linguagem, que merece repetidos louvores. Gosta o autor de polir a sua língua e seguir as lições dos seus ilustres conterrâneos Lisboa e Sotero. Vê-se que frequenta os velhos clássicos do nosso idioma. Não desanime em tão louváveis práticas, que bem necessário é o exemplo. Longo seria este artigo, se eu quisesse dar aos leitores uma ideia cabal de todo o livro. Nem seria fácil, porque teria de analisar muitas páginas soltas, páginas que não admitem análises nem resumos. O escrito de maior fôlego do livro é o que tem por título *Reminiscências de um transmigrado;* dividido em 12 capítulos, contendo cada qual a recordação da vida anterior; obra de alegre fantasia e amena erudição, travada às vezes de tristeza, outras vezes (em mal!) de alusões políticas, ainda assim raras e despidas de azedume, porque os ares da poesia têm o condão de sacudir do espírito a poeira cá de baixo.

Afora essas *Reminiscências,* ligadas entre si por um tênue vínculo, todos os outros escritos são inteiramente distintos e separados. Pelo assunto, pela forma, pelas proporções escapam à análise, o que é uma felicidade para o leitor que entrará assim em terra desconhecida para ele.

Receio apontar algumas páginas ao leitor curioso. Não quero que pareça exclusão de outras igualmente belas. O livro todo merece ser lido, porque é bom. Mas se algum leitor quiser conhecer da árvore por algumas flores apenas, recorra à "Carlotinha da mangueira", ao "Pobre Serapião", à "Aninha", à "Singela recordação", ao "Caçador de pacas" — páginas repassadas de poesia verdadeira e algumas vezes de dolorosa filosofia. Se lhe apraz o riso franco, a jovialidade de estilo, o capricho da imaginação, leia-me aquele *ponto* sobre *Se os holandeses não tivessem perdido a Batalha dos Guararapes,* e aquele outro que tem por título *Se o preto Nicolau houvesse descoberto a cidade de Axuí.* Um destes e um dos outros lhe dará ideia completa do estilo e da imaginação de Flávio Reimar.

Eu bem quisera dizer alguma coisa desagradável ao poeta, mas o seu livro está por tal modo longe das regras e modelos, é obra tão pessoal e caprichosa, que a crítica só lhe pode exigir duas coisas: que seja interessante e tenha estilo. Preenche o poeta estas condições; não é possível exigir-se mais.

Exijo mais. Quem sabe descrever tão bem como o autor de *Entre o céu e a terra,* quem conhece o segredo de narrar as coisas e exprimir os sentimentos com tanta verdade, quem já possui uma boa dose de filosofia de vida, deve tentar um livro homogêneo — um romance, por exemplo — forma para a qual creio que Flávio Reimar possui os necessários requisitos. Mas aí me vou eu convertendo em conselheiro de uma imaginação, que há de dar ao seu país as obras a que ele tem direito, sem fazer cabedal das minhas sugestões, as quais, é certo, nada exprimem do que o desejo de ver entrar de novo na arena um talento nascido para afrontar a luz e a publicidade.

M.
Semana Ilustrada, *30/01/1870*

Faustino Xavier de Novais

Foi este livro para mim, e há de ser para o público, uma revelação e um contraste.

Faustino Xavier de Novais desceu ao túmulo com a reputação de poeta satírico, rapidamente criada em ambos os países de língua portuguesa. Mas a sátira não resumia todo o seu talento: era, digamo-lo assim, a face que ele voltava para o mundo exterior. Todos o admiravam como um brilhante castigador de coisas ridículas do tempo, que observava com rara sagacidade e fustigava com singular intrepidez. E todavia aquela gargalhada honesta e galhofeira não era a única expressão do poeta, que também sabia suspirar e chorar.

Abram este livro, e verão que ele conhecia também a musa melancólica, pessoal, egoísta — a musa indiferente e superior aos vícios do mundo, eterna devaneadora de fugitivas quimeras. Guardava porém esses versos de sua inspiração solitária, e se alguns raros deu à imprensa, fê-lo com supostos nomes — não sei se por modéstia do talento, se por orgulho do coração.

Nesses versos — que aqui vão em grande cópia — achará o público qualidades notáveis e verdadeiro mérito, quanto baste para escurecer ou desculpar os senões que por ventura lhes aponte a crítica severa. Lancemos entretanto à conta da morte uma parte da culpa, que não era o autor deste livro daqueles escritores para quem a inspiração dispensa a reflexão.

Não sei se, além da morte, será cúmplice nisto certo desânimo que parecia quebrantar as forças morais do poeta e despi-lo às vezes de toda a ambição literária. Talvez. Mas num espírito como o dele, por maior que fosse esse desânimo, não seria nunca um estado definitivo. Suceder ao desânimo a exaltação era coisa extremamente fácil naquela organização passiva e dócil a todas as impressões exteriores.

Como poeta satírico, já o disse, teve Faustino de Novais a boa fortuna de granjear com rapidez uma popularidade indisputável. O livro de suas estreias foi a data da sua reputação. Daí para cá poliu a forma, dominou o estro, adquiriu novos títulos à estima dos sabedores; mas não aumentou o nome que já havia conquistado desde o primeiro dia.

Por que razão arrepiou caminho durante alguns tempos nesse gênero em que colhera os primeiros triunfos? Este livro o dirá.

Compete à crítica apreciar agora os livros do poeta, apontar o bom, notar o mau, analisar as tendências e as feições da sua musa, que era rude e singela. Ao biógrafo convirá dizer que era este filho exclusivo de suas obras, não tendo tido a fortuna de passar da academia para os labores literários, e alcançando o que sabia por simples esforço da vontade. Aos amigos cabe apenas chorá-lo. Há cinco anos escrevia Alexandre Herculano a Faustino de Novais estas palavras: "Deus sumiu o segredo da paz do espírito no abraço do filho com a mãe, do homem com a terra". Falava da vida agrícola o grande escritor; o nosso poeta deu mais amplo sentido ao conselho, como se lhe parecesse precária toda a paz que não fosse eterna. E porque do claro engenho que Deus lhe deu já havia deixado vivos sinais nas obras anteriores, quis que nesta lhe ficasse o coração.

M. A.

Prefácio do livro Poesias póstumas *de Faustino Xavier de Novais,*
Rio de Janeiro, Tipografia do Imperial Instituto Artístico, 1870

S. Luís

Quem não sabe o que são as *Pupilas do sr. reitor*? Mal apareceu este magnífico livro, lá e cá, em ambas as terras da língua portuguesa, obteve Júlio Dinis o indisputável aplauso de crítica e do público. Ninguém que se ocupe de letras deixou de ter lido aquela singelíssima narração de aldeia, em que o autor soube intercalar com arte tantos quadros de costumes, tantos e tão acabados desenhos de caracteres e de descrição.

Era pois de bom agouro o título da peça para afiançar, não diremos o sucesso dela, mas pelo menos a primeira noite. Ao dramaturgo cabia a tarefa de lhe dar condições viáveis na cena, e se, em regra, transportar um romance para o teatro é obra difícil e ingrata, desta vez quase se nos afigurava impossível, porque as qualidades do romance de Júlio Dinis eram justamente as que menos podiam afrontar a luz do tablado.

Esta era a nossa impressão. Sabíamos que o sr. Ernesto Biester, autor dramático laureado entre os seus e os nossos, tinha suficiente prática de cena para poder ousar uma obra desta natureza. Mas este caso era tal, que, ainda, quando os seus esforços nenhum fruto tivessem, não perderia o autor dos *Homens sérios* a reputação que soube firmar com seus escritos.

De tais receios porém nos livrou a exibição do drama. Tanto quanto pudemos julgar, cremos que não era possível fazer melhor. A ação foi habilmente condensada em sete quadros, sem exclusão das cenas de costumes, nem de um só dos caracteres que se tornaram populares, ainda os por assim dizer episódicos, de maneira que o público vê diante de si o romance que o deleitou no gabinete sem esquecer que está no teatro. A fidelidade da transplantação é completa, mas não servil, porque onde o romance se opunha ao efeito dramático supriu o sr. Biester com a sua reconhecida competência. O novo drama pode figurar honrosamente entre os seus livros.

Emília Adelaide mostrou ainda uma vez nesta peça a flexibilidade do seu talento. Estamos longe daquela brilhante e apaixonada morgadinha de Val-Flor, deliciosa figura que a imaginação fecunda de Pinheiro Chagas com tanta arte delineou, estamos longe da vingativa Fernanda, longe da arrependida Matilde, da criminosa e delirante Adélia. Aqui é uma ingênua filha do campo, apaixonada também, mas resignada e triste, cheia de afeto, mas nutrida de lágrimas. Quando a situação lhe pede um grito do coração, ela o sabe dar com aquela eloquência a que nos habituou; mas para apreciá-la bem, é mister acompanhá-la em todo o desenho do papel, ver-lhe as minúcias artísticas, ouvir-lhe as palavras suspiradas e até os silêncios.

O papel do reitor coube ao sr. Guilherme, a quem é de justiça dizer que se houve com uma elevação digna dos mais belos dias do nosso teatro. Difícil tarefa lhe coube, mas desempenhar-se dela, e merecer o aplauso público ao pé de Emília Adelaide, é conquista que o honra e lhe não deve esquecer jamais.

Furtado Coelho encarregou-se do papel de Pedro, deixando o de Daniel ao sr. Brazão, que nos dizem tê-lo feito em Lisboa, e que ainda agora o desempenha com muita habilidade e correção. O papel de Pedro avulta na peça muito menos que os três até aqui mencionados; mas nas mãos de Furtado Coelho não há papel indiferente. Vão ver aquele rude campônio, e digam-nos se se lembram do visconde da *Justiça* ou de Henrique Dumont. Hão de lembrar-se porém de Furtado Coelho, cujo talento, porque é legítimo, sabe descer a uma palavra para o elevar até si.

Falta-nos espaço para dizer o resto do desempenho; mas sempre há de haver uma linha para mencionar o nome da sra. Raquel dos Santos, que nos deu uma beata excelente.

M.
Semana Ilustrada, *11/06/1871*

Macbeth e Rossi

Ernesto Rossi continua a exibir Shakespeare. Depois de *Hamlet, Otelo, Julieta e Romeu,* apresentou ao público *Macbeth*. Não para aqui; segundo me dizem, vamos ouvir *King Lear* e *Coriolano,* e talvez o *Mercador de Veneza*.

Eu creio que este grande artista está decididamente namorado de nós. Os obstáculos que lhe têm surgido em sua estada nesta corte, parece que o fortificam cada vez mais; em vez de desanimar, cogita nas obras-primas com que nos há de surpreender, e continua a evocar as grandes figuras do teatro, pela maior parte nunca vistas na cena brasileira. Ernesto Rossi está representando o monólogo do *Hamlet*; faz o mesmo ponto de interrogação; "Que é melhor; curvar-se à sorte ou lutar e vencer?" E não hesita; luta e vence; não vence de um modo, mas vence de outro; o teatro não regurgita de povo como devia ser, mas Rossi é coberto de entusiásticos aplausos.

E bem entusiásticos foram os que lhe deu o público na representação de *Macbeth,* em que Rossi esteve simplesmente admirável. Não sei que outra coisa se deva dizer. O monólogo do punhal, as cenas com Lady Macbeth, a do banquete, são páginas de arte que se não apagam da memória.

Se o espaço no-lo consentisse, e se houvéssemos as habilitações que sobram em tantos outros, apreciaríamos detidamente a maneira porque o grande ator italiano interpretou o imortal poeta inglês. Isto, porém, é superior às nossas forças e às proporções da *Semana*.

Nós aqui admiramos; não sabemos fazer mais nada.

Além do gosto de aplaudir um artista como Ernesto Rossi, há outras vantagens nestas representações de Shakespeare; vai-se conhecendo Shakespeare, de que o nosso público apenas tinha notícia por uns arranjos de Ducis (duas ou três peças apenas) ou por partituras musicais.

Esta verdade deve dizer-se: Shakespeare está sendo uma revelação para muita gente. O nosso João Caetano, que era um gênio, representou três dessas tragédias, e conseguiu dar-lhes brilhantemente a vida, que o sensaborão Ducis lhes havia tirado.

Não lhe deram todo o poeta. Quem sabe o que ele faria de todas as outras figuras que o poeta criou?

Agora é que o público está conhecendo o poeta todo. Se as peças que nos anunciam forem todas à cena, teremos visto, com exceção de poucas, todas as obras-primas do grande dramaturgo. O que não será Rossi no *Rei Lear?* O que não será no *Mercador de Veneza?* O que não será no *Coriolano?*

M.
Semana Ilustrada, 25/06/1871

O Taborda

A *Semana* não pode eximir-se ao dever de saudar este admirável ator cômico, que um ilustre poeta nosso, residente na Europa, chamou "o primeiro da Península".

Tem representado o Taborda no Ginásio algumas cenas cômicas; e a primeira, o *Amor pelos cabelos,* bastou para revelar aos entendedores o poder e a variedade do seu notabilíssimo talento. Tivemos depois o *Cantor cosmopolita,* e uma cançoneta, *Ventura, o bom velhote,* imitação de *Bonhomme jadis,* em que ele nos dá um velho admirável. Gesto, voz, tudo é estudado e reproduzido com uma observação e uma arte que arrebata a plateia e entusiasma a crítica.

A naturalidade com que diz os seus papéis, a verdade que lhes imprime, e a graça com que os faz tornam este ator um modelo do gênero. Sobriedade de gesto, esmero de dicção, de mobilidade, de fisionomia, quantas prendas podem adornar um ator, têm-nas o nosso hóspede em grau superior.

Quem vê o *Amor pelos cabelos,* por exemplo, quase não acredita nos seus próprios olhos. São muitos artistas ou é um só que ali estamos vendo? A mudança de uma cabeleira basta para dar ao rosto do ator uma fisionomia diversa mas real, viva e característica e cheia de verdade.

Consta-nos que brevemente nos dará a representação de um drama em dois atos em que o mesmo homem, que nos faz rir todas as noites, se obriga a arrancar-nos involuntárias lágrimas. Pessoas que o viram nesse papel dizem ser comovente e patético. Brevemente o saberá o público fluminense.

Taborda apenas se demora um mês entre nós; é pouco para o nosso desejo, mas cremos que será bastante para a nossa recordação.

Aguardamo-lo em outros papéis; e iremos dizendo ao público o que pensarmos deste homem, que tem a fortuna de estar ao nível da sua reputação.

M.
Semana Ilustrada, 25/06/1871

S. Luís

Pecadora e mãe, drama em cinco atos de Ernesto Biester

Continua a representar-se neste teatro, com aceitação e aplauso, o drama do sr. Ernesto Biester, *Pecadora e mãe*. Os aplausos são merecidos, e não os pode haver mais espontâneos. Autor e ator, a todos recompensa o público, chamando-os à cena. A grande imprensa já lhe fez a devida justiça. Pela nossa parte, não temos mais que subscrever a opinião geral. Muito há que o teatro se ocupa com a tese da reabilitação pelo amor. *Et mon amour m'a fait une virginité,* dizia o célebre verso da *Marion Delorme,* que foi depois explorado, não em todos os sentidos, mas no mesmo e único sentido. Cada obra nova trazia as suas feições peculiares, mas um só espírito as animava a todas. Difeririam as vozes, mas era sempre a mesma cavatina.

Na peça do sr. Biester não é amor, é a maternidade que reabilita a pecadora. O talentoso escritor compreendeu a vantagem, que lhe oferecia este pensamento, generoso e humano: pôs os ombros à tarefa com o entusiasmo de uma convicção ardente.

A questão de saber se uma obra de arte deve ou pode ser um teorema exigiria condições de espaço, que este jornal não me oferece. Além de que, no presente caso tal investigação me parece ociosa. O que eu vejo principalmente na peça do sr. Biester é a situação que o título nos indica, o contraste do amor maternal no coração de uma mulher perdida. Esta situação é já de si fecunda e dramática. Exigia um talento de execução, que o sr. Biester possui, e que o serviu nesta peça com felicidade. A ação é interessante e bem travada; desenvolve-se logicamente, sem abalo nem desfalecimento. Conquanto se trate de uma pecadora, os caracteres desta peça são geralmente honestos e bons — podendo excetuar-se um, aliás secundário. À pecadora teve o sr. Biester o cuidado de lhe não dar nenhum traço que destoasse da austeridade materna. Quando se levanta o pano vemo-lo já a mãe desvelada e arrependida. É o caráter mais acabado da peça; Maria e o Jangada também estão trabalhados com apuro, posto não sejam papéis longos.

Tem o sr. Biester boas qualidades de diálogo, e quem conhece ofício das letras sabe quão difícil é essa parte da composição. O diálogo da *Pecadora e mãe* traz as qualidades do autor; é correntio, natural e próprio dos personagens, mas não vulgar nem baixo. Há esmero de estilo, mas singeleza de linguagem.

Em suma esta nova peça do sr. Biester — nova para o público fluminense — é das que mais honra lhe fazem. O terceiro ato, sobre todos, merece os aplausos da crítica, depois de ter merecido os do público.

Justamente neste terceiro ato é que a sra. Emília Adelaide — a quem coube o papel da Condessinha e que o faz brilhantemente — mais comove e arrebata a todos nós, seus admiradores. Esta eminente atriz vai colhendo um triunfo em cada papel que representa, e eu já lhe vou querendo algum mal por isso, por que nos expõe à simples monotonia da admiração. O vocabulário do aplauso, por mais que digam, é escasso; mas que o não fora, um talento como o de Emília esgotá-lo-ia depressa.

Sente-se uma espécie de irritação, quando se pensa que este peregrino talento não tardará muitos meses que se não vá destas plagas americanas. Era em casos destes que eu quisera ser governo; metia a Constituição na algibeira, e condenava Emília Adelaide a não voltar à pátria. Seria um exílio; mas um exílio cercado de flores.

Geralmente o desempenho da *Pecadora e mãe* merece elogios. Furtado Coelho teve um papel secundário; mas disse-o como excelente artista que é. O sr. Guilherme também merece menção no papel de Jangada. A sra. Apolônia andou muito bem no papel de Maria, e disse algumas frases com inexcedível ingenuidade. Mas não leia muitas vezes este justo elogio; estude, que é a condição do sucesso e o caminho único da perfeição. Valha-me Deus, disse um dia La Palisse.

M.
Semana Ilustrada, 02/07/1871

O sr. dr. Pedro Américo e a *Batalha de Campo Grande*

Centenas de pessoas têm já ido examinar e admirar o novo quadro do sr. dr. Pedro Américo, a *Batalha de Campo Grande*, obra empreendida pelo nosso ilustre patrício há cerca de um ano. Também eu lá fui, levado pelo respeito que me impunha o nome do autor, e pelo natural desejo de admirar mais uma produção da arte nacional.

Na véspera, tinha lido a excelente biografia do pintor por um literato distinto, o sr. dr. Guimarães Júnior. Esse livrinho ainda mais aumentou o respeito que já me inspirava o autor da *Carioca*. Antes conhecia eu o talento do artista; naquelas páginas vim a conhecer o homem, cuja vontade superior à sorte derrubou quantos obstáculos se lhe antepuseram, olhos fitos na glória que lhe acenava de longe.

Admirei durante largo tempo a *Batalha de Campo Grande*. Não me peçam análises que estão acima das minhas forças. Admirei e nada mais. Pareceu-me tudo aquilo belo: composição, desenho, colorido, conjunto e particularidades, tudo me pareceu revelar um artista de primeira ordem. Não era já o autor delicado da *Carioca*, ou o artista severo do *S. Marcos*; as qualidades destas duas obras estavam ali, é verdade; mas com elas, viam-se outras também, as qualidades próprias do gênero em que foi mestre Horácio Vernet.

Em matéria de arte — leio esta palavra com acepção mais genérica — o autor de *S. Marcos* e eu pensamos igualmente: sei isto já de longos anos quando o *Correio Mercantil* publicou uns artigos que o sr. dr. Pedro Américo lhe enviou de Paris. Estava então no seu apogeu o Realismo — o Realismo no livro, na tela, no teatro, em toda parte. O sr. dr. Pedro Américo era e ficou sendo idealista. Não o diz só ele: dizem-no eloquentemente os seus quadros.

Se o leitor ainda não viu a *Batalha de Campo Grande*, dou-lhe um conselho: vá vê-la. Duas impressões receberá então: uma de admiração artística; outra de sentimento patriótico. E estou que dirá consigo ao transpor as portas da Academia: —

O artista é digno da vitória; e o pincel não merece menos que as armas: porque se estas nos desafrontaram, aquele as glorificou.

M.
Semana Ilustrada, 01/10/1871

Carta preliminar
(Lúcio de Mendonça: Névoas matutinas*)*

Meu caro poeta. — Estou que quer fazer destas linhas o introito de seu livro. Cumpre-me ser breve para não tomar tempo ao leitor. O louvor, a censura, fazem-se com poucas palavras. E todavia o ensejo era bom para uma longa dissertação que começasse nas origens da poesia helênica e acabasse nos destinos prováveis da humanidade. Ao poeta daria de coração um *away*, com duas ou três citações mais, que um estilista deve trazer sempre na algibeira, como o médico o seu estojo, para estes casos de força maior.

O ensejo era bom, porque um livro de versos, e versos de amores, todo cheio de confidências íntimas e pessoais, quando todos vivemos e sentimos em prosa, é caso para reflexões de largo fôlego. Eu sou mais razoável.

Aperto-lhe primeiramente a mão. Conhecia já há tempo o seu nome ainda agora nascente, e duas ou três composições avulsas; nada mais. Este seu livro, que daqui a pouco será do público, vem mostrar-me mais amplamente o seu talento, que o tem, bem como os seus defeitos, que não podia deixar de os ter. Defeitos não fazem mal, quando há vontade e poder de os corrigir. A sua idade os explica, e não sei até se os pede; são por assim dizer estranhezas de menina, quase moça: a compostura de mulher virá com o tempo.

E para liquidar de uma vez este ponto dos senões, permita-me dizer-lhe que o principal deles é realizar o livro a ideia do título. Chamou-lhe acertadamente *Névoas matutinas*. Mas por que névoas? Não as tem a sua idade, que é antes de céu limpo e azul, de entusiasmo, de arrebatamento e de fé. É isso geralmente o que se espera ver num livro de rapaz. Imagina o leitor e com razão, que de envolta com algumas perpétuas virão muitas rosas de boa cor, e acha que estas são raras. Há aqui mais saudades que esperanças, e ainda mais desesperanças que saudades.

É *plena primavera*, diz o senhor na dedicatória dos seus livros; e contudo, o que é que envia à dileta de sua alma? Ide, pálidas flores peregrinas, exclama logo adiante com suavidade e graça. Não o diz por necessidade de compor o verso; mas porque efetivamente é assim; porque nesta sua primavera há mais folhas pálidas que verdes.

A razão, meu caro poeta, não a procure tanto em si, como no tempo; é do tempo esta poesia prematuramente melancólica. Não lhe negarei que há na sua lira uma corda sensivelmente elegíaca, desde que a há, cumpria tangê-la. O defeito está em torná-la exclusiva. Nisto cede a tendência comum, e quem sabe também se a alguma intimidade intelectual? O estudo constante de alguns poetas talvez influísse na feição geral do seu livro.

Quando o senhor suspira estes belos versos:

> À terra morta num inverno inteiro
> Voltam a primavera e as andorinhas...
> Nunca mais vireis, ó crenças minhas,
> Nunca mais voltarás, amor primeiro!

nenhuma objeção lhes faço, creio na dor que eles exprimem, acho que são um eco sincero do coração. Mas quando o senhor chama a sua alma uma ruína, já me achará mais incrédulo.

Isto lhe digo eu com conhecimento de causa, porque também eu cedi em minhas estreias a esse pendor do tempo.

Sentimento, versos cadentes e naturais, ideias poéticas, ainda que pouco variadas são qualidades que a crítica lhe achará neste livro. Se ela disser, e deve dizer-lho, que a forma nem sempre é correta, e que a linguagem não tem ainda o conveniente alinho, pode responder-lhe que tais senões o estudo se incumbirá de os apagar.

O público vai examinar por si mesmo o livro. Reconhecerá o talento do poeta, a brandura do seu verso (que por isso mesmo se não adapta aos assuntos políticos, de que há algumas estâncias neste livro), e saberá escolher entre estas flores as mais belas, das quais algumas mencionarei, como sejam: "Tu", "Campesina", "A volta", "Galope infernal".

Se, como eu suponho, for o seu livro recebido com as simpatias e animações que merece, não durma sobre os louros. Não se contente com uma ruidosa nomeada; reaja contra as sugestões complacentes do seu próprio espírito; aplique o seu talento a um estudo continuado e severo; seja enfim o mais austero crítico de si mesmo.

Deste modo conquistará certamente o lugar a que tem pleno direito. Assim o deseja e espera o seu colega.

Machado de Assis
Carta-prefácio a Névoas matutinas, *Rio de Janeiro, Frederico Thompson, 24/01/1872*

Dois livros

Com brevíssimo intervalo publicou o sr. dr. Luís Guimarães Júnior dois livros.

Noturnos é o título do primeiro em data e valor. Chama-se o segundo *Curvas e zigs-zags*, e compõe-se de pequenos artigos publicados em jornais, contos e fantasias humorísticas, que se leem entre dois charutos, depois do café, ou à noite à hora do chá. Tem seu merecimento esse livro, se o tomarmos como o autor no-lo dá, e também se atendermos ao gênero, que não é vulgar entre nós, e que o autor domina com muita habilidade e aticismo.

Não é vulgar igualmente o gênero dos *Noturnos* e com razão disse a imprensa que é esse o primeiro livro do sr. Guimarães Júnior. Creio até que não temos obra perfeitamente semelhante a ele, e se alguma existe não terá o mesmo mérito.

Na literatura estrangeira sabemos que muitos escritores têm tratado com grande êxito esse gênero literário. O sr. Guimarães Júnior estudou-os com afinco e desvelo; determinou-se a fazer alguma coisa em português, e saiu-se com uma composição que o honra.

Tudo nessa casta de obras é difícil. De longe nada mais fácil que escrever páginas soltas, e coligi-las num volume. Quem folheia porém os *Noturnos*, e lê esses pequenos poemas em prosa, cada um deles tão completo em si mesmo, reconhece logo que a empresa não é tão fácil como lhe parece.

Além disso, não é bastante exigir arte do escritor; é necessário também que ele tenha a feição rara e especial desta ordem de composições. Não conheço entre nós quem a possua como o sr. Luís Guimarães Júnior, cujas poesias em geral são *noturnos* metrificados.

Estas linhas são apenas uma notícia da obra do talentoso poeta. Não entramos em maiores análises. Os leitores fluminenses conhecem já o livro, de que lhes falamos. Terão apreciado as páginas elegantes e sentidas dele; terão admirado "Seráfica", "A alcova", "Na chácara", "A jangada", e tantas outras que serão sempre lidas com encanto.

O estilo é cheio de galas, e como obra humana que é tem seus senões; mas oxalá tivéramos sempre livros desses, ainda com tais senões, aliás leves e de correção fácil.

Abre este livro por uma carta do sr. conselheiro J. de Alencar, que honrou as páginas do sr. Guimarães Júnior, escrevendo-lhe também um noturno. Dizer o que ele vale é inútil para quem conhece a opulenta imaginação do autor do *Guarani*.

M.
Semana Ilustrada, 14/04/1872

Guilherme Malta
Carta ao sr. conselheiro Lopes Neto

Confiou-me v. ex. para julgar um dos mais fecundos poetas da América Latina, que o meu ilustrado amigo Henrique Muzzio apreciaria cabalmente, a não impedir-lho a doença que nos priva de seus escritos. Entre a ousadia de me fazer juiz e o desprimor de lhe desobedecer, confesso que me acho perplexo e acanhado.

A ideia, porém, de que sirvo neste caso ao elevado sentimento americano com que v. ex. está aliando a literatura de dois povos, me dá algum ânimo de vir a público. Claro está que não virei como juiz, e sim dizer em poucas e singelas palavras a impressão que me causa, e não de hoje, o eminente poeta chileno.

Não de hoje, digo eu, porque os seus versos não me eram desconhecidos. Os primeiros que li dele mostrou-mos o seu compatriota Guilherme Blest Gana, maviosíssimo poeta e um dos mais notáveis e polidos talentos do Chile. Vinham impressos num jornal de Santiago. Era um canto ao México, por ocasião da catástrofe que destruiu o trono de Maximiliano.

Havia ali muito fogo lírico, ideias arrojadas, e ainda que a composição era extensa, o poeta soubera conservar-se sempre na mesma altura. Hipérbole também havia, mas era defeito esse menos do poeta que da língua e da raça, naturalmente exagerada na expressão. A leitura do canto logo me despertou o desejo de ler as obras do autor. Obtive-as posteriormente e li-as com a atenção que exigia um talento de tão boa têmpera.

Não são mui recentes, como v. ex. sabe, os seus dois volumes de versos. A única edição que conheço, a 2ª, traz a data de 1858, e compreende os escritos de 1847 a 1853, tempo da primeira juventude do poeta. Não quer isto dizer que se arrufasse com as musas, e o canto a que me referi acima prova que também elas lhe não perderam a afeição dos primeiros dias.

Estou que o poeta terá publicado nos jornais muitas composições novas, e é de crer que algumas conserve inéditas. De qualquer modo que seja, os seus dois volumes, como qualidade, justificam a nomeada de que goza o poeta em toda a América Espanhola; e, como quantidade, poderiam encher uma vida inteira.

A poesia e a literatura das repúblicas deste continente que falam a língua de Cervantes e Calderón conta já páginas dignas de apreço e credoras de admiração. O idioma gracioso e enérgico que herdaram de seus pais adapta-se maravilhosamente ao sentimento poético dessas regiões. Falta certamente muita coisa, mas não era possível que tudo houvessem alcançado nações recém-nascidas e mal assentes em suas bases políticas.

Além disso, parece que a causa pública tem roubado muito talento às tarefas literárias; e sem falar no poeta argentino que não há muito empunhava o bastão de primeiro magistrado do seu país, aí está Blest Gana, que a diplomacia prendeu em suas teias intermináveis. Penélope defraudou Circe, o que é uma inversão da fábula de Homero. Malta era deputado há um ano, e não sei se o é ainda hoje; não admirará que o Parlamento o haja totalmente raptado às letras. A mesma coisa se dá na nossa pátria; mas já os enfeitiçados da política vão compreendendo que não há incompatibilidade entre ela e as musas, e, sem de todo lançarem o hábito às ervas, o que não é fácil, é certo que voltam de quando em quando a retemperar-se na imortal juvença da poesia.

A anarquia moral e material é também em alguns de seus países elemento adverso aos progressos literários; mas a dolorosa lição do tempo e das rebeliões meramente pessoais que tanta vez lhes perturbam a existência, não tardará que lhes aponte o caminho da liberdade, arrancando-os às ditaduras periódicas e estéreis. Causas históricas e constantes têm perpetuado o estado convulso daquelas sociedades, cuja emancipação foi uma escassa aurora entre duas noites de despotismo. Tal enfermidade, se aproveita ao egoísmo incurável dos ditadores de um dia, não escapa à sagacidade dos estadistas patriotas e sinceros. Um deles, ministro de Estado na Colômbia, há cerca de um ano, francamente dizia, em documento oficial, que, na situação do seu país, era uma aparência a República, e encontrava na ignorância do povo a causa funesta da inanidade das instituições. "Nossas revoluções", dizia o sr. Camacho Roldan, "nascem espontaneamente e se alimentam e crescem neste estado doentio do corpo social, em que, sob uma tenuíssima crosta de população educada, se estende uma massa enorme de população ignorante, joguete de todas as ambições, matéria inerte que se presta indiferentemente ao bem e ao mal, elemento sem vida própria, que o furacão levanta e agita em todas as direções." Concluía o sagaz estadista propondo que se acudisse "à constituição interior da sociedade".

Algum progresso tem já havido no Peru; e, não longe de nós, a Confederação Argentina parece ir fechando a era lutuosa da caudilhagem. De todos, porém, é o Chile a mais adiantada República. O mecanismo constitucional não está ali enferrujado pelo sangue das discórdias civis, que poucas foram e de limitada influência.

Em frente da autoridade consolidada vive a liberdade vigilante e pacífica. O que um ministro da Colômbia propunha como necessidade do seu país, vai sendo desde muito uma realidade na República Chilena, onde a educação da infância merece do poder público aquela desvelada atenção, que um antigo diria ser a mais bela obra do legislador.

Muitos patrícios nossos, a instâncias de v. ex., têm revelado numerosos documentos dos progressos do Chile. É de bom agouro esta solicitude. Valemos alguma coisa; mas não é razão para que desdenhemos os títulos que possa ter uma nação, juvenil como a nossa, e no seu tanto operária da civilização. Não imitemos o parisiense de Montesquieu, que se admirava de que houvesse persas. Entre a admiração supersticiosa e o desdém absoluto há um ponto, que é a justiça.

A justiça reconhece em Guilherme Malta um poeta notável. Os livros que temos dele, como disse, são obras da primeira juventude, e quando o não dissessem as datas, diria-o claramente o caráter de seus versos. Geralmente revelam sentimento juvenil, seiva de primeira mão, verdadeira pompa da primavera, com suas flores e folhagens caprichosamente nascidas, e ainda mais caprichosamente entrelaçadas.

Há também seus tons de melancolia, seus enfados e abatimentos, arrufos entre o homem e a vida, que o primeiro raio de sol apaga. Mas não é esse o tom geral do livro, nem revela nada artificial; seria talvez influxo do tempo, mas influxo que parece casar-se com a índole do poeta.

É justo dizer que uma ou outra vez, mas sobretudo nos dois poemas e nos fragmentos de poema que ocupam o primeiro volume, há manifesta influência de Espronceda e Musset. Influência digo, e não servil imitação, porque o poeta o é deveras, e a feição própria, não só se lhe não demudou ao bafejo dos ventos de além-mar, mas até se pode dizer que adquiriu realce e vigor. O imitador servil copiaria os contornos do modelo; não passaria daí, como fazem os macaqueadores de Victor Hugo, que julgam ter entrado na família do poeta, só com lhe reproduzir a antítese e a pompa da versificação. O discípulo é outra coisa: embebe-se na lição do mestre, assimila ao seu espírito o espírito do modelo. Tal se pode dizer de Guilherme Malta nos seus dois poemas *Un cuento endemoniado, La mujer misteriosa* e nos fragmentos.

Há nessas composições muitas páginas comoventes, outras joviais, outras filosóficas; e descrições variadas, algumas delas belíssimas, imagens e ideias, às vezes discutíveis, mas sempre nobremente expressas, também as achará o leitor em grande cópia. O defeito desses poemas, ou contos, que é a designação do autor, me parece ser a prolixidade. O próprio poeta o reconhece, no *Cuento endemoniado,* e contrito pede ao leitor que lhe perdoe:

> ... las digresiones
> Algo extensas que abundan en mi obra.

A poesia chamada pessoal ocupa grande parte do 2º volume, talvez a maior. Os versos do poeta são em geral uma contemplação interior, coisas do coração, e muita vez coisas de filosofia. Quando ele volve os olhos em redor de si é para achar na realidade das coisas um eco ao seu pensamento, um contraste ou uma harmonia entre o mundo externo e o seu mundo interior.

A musa de Malta é também viajante e cosmopolita.

Onde quer que se lhe depare assunto à mão, não o rejeita, colhe-o para enfeitá-lo com outros, e oferecê-los à sua pátria. Ora canta uma balada da Idade Média, ora os últimos instantes de Safo. Vasco Nunes recebe um louro, Pizarro um estigma. Quevedo e Cervantes, Lope de Vega e Platen, Aristófanes e Goethe, Espronceda e V. Hugo, e ainda outros têm cada um o seu baixo-relevo na obra do poeta. Ofélia tem uma página. Lélia duas. A musa voa dos Andes ao Tirreno, do presente ao passado, tocada sempre de inspiração e sequiosa de cantar. Mas o principal assunto do poeta é ele mesmo. Essa poesia pessoal, que os trovadores de má morte deslavaram em versos pífios e chorões, encanta-nos ainda hoje nas páginas do poeta chileno.

Escreveu Malta no período em que o sol do romantismo, nado nas terras da Europa, alumiava amplamente os dois hemisférios, e em que cada poeta acreditava na elevada missão a que viera ao mundo. Aquela fé perdeu-se, ou amorteceu muito, como outras coisas boas que vão baixando nesta crise do século. O "Canto do poeta", ode dedicada a Blest Gana, exprime a serena e profunda confiança do cantor, não só na imortalidade da inspiração, mas também na superioridade da poesia sobre todas as manifestações do engenho humano. A poesia é o verbo divino, *el verbo de Dios*, e o poeta, que é o órgão do verbo divino, domina por isso mesmo os demais homens: *el poeta es el unico*. Com este sentimento quase religioso, exclama o autor do *Canto*:

> Salmo del orbe, cántico infinito,
> Verbo eterno que inflamas
> El alma, y como un fúlgido aerolito
> Rasgas tenieblas y esplendor derramas! Verbo eterno, aparece,
> El bien redime, el bien rejuvenece!

> Alza la frente! de la imagen bella
> La forma alli circula;
> Perfumes pisa su graciosa huella,
> Y creación de luz, en luz ondula.
> Poeta, alza la frente!
> La eterna idea es hija de tu mente!

A musa que assim canta os destinos da poesia encara friamente a morte e fita os olhos na vida de além-túmulo. Entre outras páginas em que este sentimento se manifesta, namoram-me as que ele chamou *para siempre*, e que são um sinônimo de amor, animado e vivo, e verdadeiramente do coração. Nem todas as estrofes serão irrepreensíveis como pensamento; mas há delas que o cantor de Teresa não recusaria assinar. Como o poeta de Elvira, afiança ele a imortalidade à sua amada:

> Los dos lo hemos jurado para siempre!
> Nada puede en el mundo separarnos;
> Consolarnos los dos, los dos amarnos,
> Debemos en el mundo, caro bien.
> Apezar de las críticas vulgares
> Los cantos de mi lira serán bellos,
> Inmortales quizá... yo haré con ellos
> Diadema de armonías a tu sien.
> Eses cantos son tuyos; son las flores
> Del jardin de tu alma. En ella nacen,
> Crecen, aroman, mueran y renacen,
> Que es un germen eterno cada flor.
> Yo recojo el perfume, y transvasado
> Del alma mia en el crisol intenso,
> En estrofa sublime lo condenso
> O lo esparzo en un cántico de amor.
> Mi amante corazón es una selva
> En sombras rica, en armonías grata,
> Y el eco anuda y a su vez dilata
> Con la canción que acaba otra canción.
> Lira viviente, cada nota alada
> Vibra en sus cuerdas, su emoción expresa;
> Ave incansable de cantar no cesa,
> Tan poco el labio de imitar el son.
> Oh! si pudieses asomar tus ojos
> Dentro en mi alma! Si leer pudieras...
> Cuantas odas bellísimas leeras,
> Cuantos fragmentos que sin copia están,
> Todo un poema, enfin, todo un poema
> Transfigurado, armónico, infinito,
> En caracteres gráficos escrito
> Que tus ojos no más traducirán.

Geralmente é sóbrio de descrições, e quando as faz sabe envolver a realidade em boas cores poéticas. A imaginação é viva, o estro caudal, o verso correntio e eloquente. Não direi que todas as páginas sejam igualmente belas: algumas de inferior valia; mas tão ampla é a obra, que ainda fica muita coisa de compensação.

Quisera transcrever uma de tantas composições, como "Panteismo", "Canción", "Crepúsculo", "Lastimas", "La noche" e muitas mais; o público, porém, ante cujos olhos vão estas linhas, tem já nos trechos apontados uma amostra do que vale a inspiração do poeta quando abre livremente as asas.

Livremente, porque há ocasiões em que ele a si mesmo impõe o dever de ser breve e conceituoso, ganhando na substância o que perde na extensão. Vê-se que conhece o segredo de condensar uma ideia numa forma ligeira e concisa que surpreenda agradavelmente o leitor. A prolixidade que eu achei nos poemas, e sobretudo "Cuento endemoniado", não era defeito do poeta, mas um resultado da exageração dos modelos que seguiu.

Assim é que, para conter os ímpetos de sua alma, e juntamente aconselhar aos débeis a prudência, imaginara a galante alegoria da pomba:

> Tus blancas alas agitas,
> Paloma, en blando volar,

> Y en tus vueltas infinitas
> A una blanca vela imitas
> Que se aleja adentro el mar.
>
> Alli tus débiles plumas
> Al aire se esparcirán...
> Ah! no de águila presumas!
> No abandones, ay! tus brumas
> Por el sol del huracán!

Nem sempre se atém a estas generalidades. O problema da vida e da morte a miúdo lhe ocupa o pensamento. Não é já o poeta que anuncia a duração dos seus versos; é o homem que perscruta o seu destino. A conclusão não é sempre igual; às vezes crê, às vezes duvida; ora afirma, ora interroga apenas; mas esta mesma perplexidade é a expressão sincera do seu espírito.

O filósofo segue as alternativas da alma do poeta. O que a semelhante respeito encontro no livro é singularmente rápido e lacônico, como se o autor temesse encarar por muito tempo o problema terrível. "Que será?" por exemplo, é o singelo título destes singelíssimos versos:

> Hay más allá? La tumba es un abismo
> O en trono de luces se transforma?
> Queda en la tierra parte de mi mismo,
> O de una idea ajena soy la forma?
> Me ha creado el amor o el egoísmo?

Noutra página — "Preguntas sin respuestas":

> Santas visiones que jamás hallamos,
> Mas que siempre sepeimos y que vemos
> Y con ansia del alma deseamos,
> Decidme: és realidad cuanto creemos?
> Decidme: és ilusión cuanto esperamos?
> Y en la tumba morimos o nacemos?

A tais interrogações, muitas vezes repetidas, responde o mesmo poeta em mais de uma página. "Línea recta" é a denominação desta conceituosa quintilha:

> La muerte es una fez más luminosa;
> La muerte es una vida más perfecta;
> El espíritu humano no reposa;
> Contiene un nuevo espíritu la fuera,
> Como en la línea curva está la recta.

Não se propôs ele a dar-nos um sistema filosófico; não escreveu sequer um livro de versos. Escreveu versos, conforme lhos foi ditando o sentimento da ocasião, e quando os colecionou não se deteve a compará-los e conciliá-los, que isso seria tirar o caráter legítimo da obra, a variedade do sentir e do pensar. Esse é geralmente o encanto desta casta de livros. Junqueira Freire seria completo sem a contradição dos *Claustros* com o *Monge*?

Conviria talvez dizer alguma coisa a respeito da linguagem e da versificação do poeta. Uma e outra me parecem boas; mas a um estrangeiro, e sobretudo estrangeiro não versado na língua do autor, facilmente escapam segredos só familiares aos naturais. Nem a língua, nem a poética da língua conheço eu de maneira que possa aventurar juízo seguro. Os escritores europeus dizem que o idioma castelhano se modificou muito ou antes se corrompeu passando ao novo continente.

Nas mesmas repúblicas da América parece que há diferenças notáveis. Dizia-me um escritor do Pacífico que o castelhano que geralmente se escreve na região platina é por extremo corruto; e ali mesmo, há coisa de poucos anos, bradava um jornalista em favor da sua língua, que dizia inçada de escusados lusitanismos, graças à vizinhança do Brasil.

Assim será, não sei. Mas, a ser exato o que se lê numa memória da Academia Espanhola de Madri, lida e publicada em novembro do ano passado, a corrução da língua nos países hispano-americanos, longe de aumentar, tem-se corrigido e melhorado muito, não só por meio de obras de engenho e imaginação, como por livros didáticos especiais. Um poeta da ordem de Malta tem natural direito àquela honrosa menção, e pela posição literária que ocupa e a popularidade do seu nome influirá largamente no movimento geral.

Estou que não conhecemos ainda todo o poeta. O que domina nos dois volumes publicados é o tom suave e brando, a nota festiva ou melancólica, mas pouco, muito pouco daquela corda do *Canto ao México*, que o poeta tão ardentemente sabe vibrar. Guardará ele consigo alguns trabalhos da nova fase em que entrou, como o seu compatriota Blest Gana, que teima em esconder das vistas públicas nada menos que um poema? Um e outro, como Barra Lastarria, como Errazuriz, como Arteaga, devem muitas páginas mais às letras americanas, a que deram tanto lustre Arboleda e Basílio da Gama, Herédia e Gonçalves Dias.

Machado de Assis
Jornal do Commercio, *Rio de Janeiro*, 02/07/1872

Filigranas

Com este título acaba de publicar o editor Garnier um novo livro de Luís Guimarães Júnior.

São páginas de um longo folhetim, mas de um folhetim como os sabe escrever o autor dos *Zigs-zags*. Sua musa tão depressa é jovial como melancólica, e a sua pena conhece variados tons de estilo.

Há de tudo neste interessante volume: aqui uma paisagem, ali um retrato, além um quadro de gênero; dão o braço o conto e a fantasia, a alegria e a facécia, e tudo pende a arrastar o leitor que se deixa ir por essas duzentas e cinquenta páginas fora e fecha o livro com pena de se ter acabado.

Diz-me o autor que este volume é o último produto da musa do folhetim. Último será? não duvidamos da palavra nem da resolução dele; sobretudo não duvidamos do seu talento para obras de mais largo fôlego. Dos contos que já nos deu podemos deduzir a sua aptidão para o romance, e neste campo esperamos brevemente alguma obra digna das letras pátrias.

Não cremos, todavia, que possa afirmar ser este o seu último livro do gênero. Algum dia, quando menos espere, irá tentá-lo outra vez a musa do folhetim, e se não houver logo à mão um jornal, que fará ele senão um livro?

Entre com afoiteza nos cometimentos a que o chamam os seus destinos literários. Seremos dos primeiros a animá-lo nessa tendência do seu espírito; mas não nos zangaremos se, no intervalo de dois ramalhetes, desfolhar algumas rosas e jasmins; tudo são flores, que a mesma terra produzirá.

M.
Semana Ilustrada, *20/10/1872*

Notícia da atual literatura brasileira
Instinto de nacionalidade

Quem examina a atual literatura brasileira reconhece-lhe logo, como primeiro traço, certo instinto de nacionalidade. Poesia, romance, todas as formas literárias do pensamento buscam vestir-se com as cores do país, e não há como negar que semelhante preocupação é sintoma de vitalidade e abono de futuro. As tradições de Gonçalves Dias, Porto Alegre e Magalhães são assim continuadas pela geração já feita e pela que ainda agora madruga, como aqueles continuaram as de José Basílio da Gama e Santa Rita Durão. Escusado é dizer a vantagem deste universal acordo. Interrogando a vida brasileira e a natureza americana, prosadores e poetas acharão ali farto manancial de inspiração e irão dando fisionomia própria ao pensamento nacional. Esta outra independência não tem Sete de Setembro nem campo de Ipiranga; não se fará num dia, mas pausadamente, para sair mais duradoura; não será obra de uma geração nem duas; muitas trabalharão para ela até perfazê-la de todo.

Sente-se aquele instinto até nas manifestações da opinião, aliás mal formada ainda, restrita em extremo, pouco solícita, e ainda menos apaixonada nestas questões de poesia e literatura. Há nela um instinto que leva a aplaudir principalmente as obras que trazem os toques nacionais. A juventude literária, sobretudo, faz deste ponto uma questão de legítimo amor-próprio. Nem toda ela terá meditado os poemas de "Uraguai" e "Caramuru" com aquela atenção que tais obras estão pedindo; mas os nomes de Basílio da Gama e Durão são citados e amados, como precursores da poesia brasileira. A razão é que eles buscaram em roda de si os elementos de uma poesia nova, e deram os primeiros traços de nossa fisionomia literária, enquanto que outros, Gonzaga por exemplo, respirando aliás os ares da pátria, não souberam desligar-se das faixas da Arcádia nem dos preceitos do tempo. Admira-se-lhes o talento, mas não se lhes perdoa o cajado e a pastora, e nisto há mais erro que acerto.

Dado que as condições deste escrito o permitissem, não tomaria eu sobre mim a defesa do mau gosto dos poetas arcádicos nem o fatal estrago que essa escola produziu nas literaturas portuguesa e brasileira. Não me parece, todavia, justa a censura aos nossos poetas coloniais, iscados daquele mal; nem igualmente justa a de não haverem trabalhado para a independência literária, quando a independência política jazia ainda no ventre do futuro, e mais que tudo, quando entre a metrópole e a colônia criara a história a homogeneidade das tradições, dos costumes e da educação. As mesmas obras de Basílio da Gama e Durão quiseram antes ostentar certa cor local do que tornar independente a literatura brasileira, literatura que não existe ainda, que mal poderá ir alvorecendo agora.

Reconhecido o instinto de nacionalidade que se manifesta nas obras destes últimos tempos, conviria examinar se possuímos todas as condições e motivos históricos de uma nacionalidade literária; esta investigação (ponto de divergência entre literatos), além de superior às minhas forças, daria em resultado levar-me longe dos limites deste escrito. Meu principal objeto é atestar o fato atual; ora, o fato é o instinto de que falei, o geral desejo de criar uma literatura mais independente.

A aparição de Gonçalves Dias chamou a atenção das musas brasileiras para a história e os costumes indianos. "Os Timbiras", "I-Juca Pirama", "Tabira" e outros poemas do egrégio poeta acenderam as imaginações; a vida das tribos, vencidas há muito pela civilização, foi estudada nas memórias que nos deixaram os cronistas, e interrogadas dos poetas, tirando-lhes todos alguma coisa, qual um idílio, qual um canto épico.

Houve depois uma espécie de reação. Entrou a prevalecer a opinião de que não estava toda a poesia nos costumes semibárbaros anteriores à nossa civilização, o que era verdade — e não tardou o conceito de que nada tinha a poesia com a existência da raça extinta, tão diferente da raça triunfante — o que parece um erro.

É certo que a civilização brasileira não está ligada ao elemento indiano, nem dele recebeu influxo algum; e isto basta para não ir buscar entre as tribos vencidas os títulos da nossa personalidade literária. Mas se isto é verdade, não é menos certo que tudo é matéria de poesia, uma vez que traga as condições do belo ou os elementos de que ele se compõe. Os que, como o sr. Varnhagen, negam tudo aos primeiros povos deste país, esses podem logicamente excluí-los da poesia contemporânea. Parece-me, entretanto, que, depois das memórias que a este respeito escreveram os srs. Magalhães e Gonçalves Dias, não é lícito arredar o elemento indiano da nossa aplicação intelectual. Erro seria constituí-lo um exclusivo patrimônio da literatura brasileira; erro igual fora certamente a sua absoluta exclusão. As tribos indígenas, cujos usos e costumes João Francisco Lisboa cotejava com o livro de Tácito e os achava tão semelhantes aos dos antigos germanos, desapareceram, é certo, da região que por tanto tempo fora sua; mas a raça dominadora que as frequentou colheu informações preciosas e no-las transmitiu como verdadeiros elementos poéticos. A piedade, a minguarem outros argumentos de maior valia, devera ao menos inclinar a imaginação dos poetas para os povos que primeiro beberam os ares destas regiões, consorciando na literatura os que a fatalidade da história divorciou.

Esta é hoje a opinião triunfante. Ou já nos costumes puramente indianos, tais quais os vemos n'"Os Timbiras", de Gonçalves Dias, ou já na luta do elemento bárbaro com o civilizado, tem a imaginação literária do nosso tempo ido buscar alguns quadros de singular efeito, dos quais citarei, por exemplo, a *Iracema*, do sr. J. de Alencar, uma das primeiras obras desse fecundo e brilhante escritor.

    Compreendendo que não está na vida indiana todo o patrimônio da literatura brasileira, mas apenas um legado, tão brasileiro como universal, não se limitam os nossos escritores a essa só fonte de inspiração. Os costumes civilizados, ou já do tempo colonial, ou já do tempo de hoje, igualmente oferecem à imaginação boa e larga matéria de estudo. Não menos que eles, os convida a natureza americana, cuja magnificência e esplendor naturalmente desafiam a poetas e prosadores. O romance, sobretudo, apoderou-se de todos esses elementos de invenção, a que devemos; entre outros, os livros dos srs. Bernardo Guimarães, que brilhante e ingenuamente nos pinta os costumes da região em que nasceu, J. de Alencar, Macedo, Sílvio Dinarte (Escragnolle Taunay), Franklin Távora, e alguns mais.

    Devo acrescentar que neste ponto manifesta-se às vezes uma opinião, que tenho por errônea: é a que só reconhece espírito nacional nas obras que tratam de assunto local, doutrina que, a ser exata, limitaria muito os cabedais da nossa literatura. Gonçalves Dias, por exemplo, com poesias próprias seria admitido no panteão nacional; se excetuarmos "Os Timbiras", os outros poemas americanos, e certo número de composições, pertencem os seus versos pelo assunto a toda a mais humanidade, cujas aspirações, entusiasmo, fraquezas e dores geralmente cantam; e excluo daí as belas *Sextilhas de frei Antão*, que essas pertencem unicamente à literatura portuguesa, não só pelo assunto que o poeta extraiu dos historiadores lusitanos, mas até pelo estilo que ele habilmente fez antiquado. O mesmo acontece com os seus dramas, nenhum dos quais tem por teatro o Brasil. Iria longe se tivesse de citar outros exemplos de casa, e não acabaria se fosse necessário recorrer aos estranhos. Mas, pois que isto vai ser impresso em terra americana e inglesa, perguntarei simplesmente se o autor do "Song of Hiawatha" não é o mesmo autor da *Golden Legend*, que nada tem com a terra que o viu nascer, e cujo cantor admirável é; e perguntarei mais se o *Hamlet*, o *Otelo*, o *Júlio César*, a *Julieta e Romeu* têm alguma coisa com a história inglesa nem com o território britânico, e se, entretanto, Shakespeare não é, além de um gênio universal, um poeta essencialmente inglês.

    Não há dúvida que uma literatura, sobretudo uma literatura nascente, deve principalmente alimentar-se dos assuntos que lhe oferece a sua região; mas não estabeleçamos doutrinas tão absolutas que a empobreçam. O que se deve exigir do escritor antes de tudo, é certo sentimento íntimo, que o torne homem do seu tempo e do seu país, ainda quando trate de assuntos remotos no tempo e no espaço. Um notável crítico da França, analisando há tempos um escritor escocês, Masson, com muito acerto dizia que do mesmo modo que se podia ser bretão sem falar sempre de tojo, assim Masson era bem escocês, sem dizer palavra do cardo, e explicava o dito acrescentando que havia nele um *scotticismo* interior, diverso e melhor do que se fora apenas superficial.

    Estes e outros pontos cumpria à crítica estabelecê-los, se tivéssemos uma crítica doutrinária, ampla, elevada, correspondente ao que ela é em outros países. Não a temos. Há e tem havido escritos que tal nome merecem, mas raros, a espaços, sem a influência quotidiana e profunda que deveram exercer. A falta de uma crítica assim é um dos maiores males de que padece a nossa literatura; é mister que a análise corrija ou anime a invenção, que os pontos de doutrina e de história se investiguem, que as belezas se estudem, que os senões se apontem, que o gosto se apure e eduque, e se desenvolva e caminhe aos altos destinos que a esperam.

O ROMANCE

De todas as formas várias as mais cultivadas atualmente no Brasil são o romance e a poesia lírica; a mais apreciada é o romance, como aliás acontece em toda a parte, creio eu. São fáceis de perceber as causas desta preferência da opinião, e por isso não me demoro em apontá-las. Não se fazem aqui (falo sempre genericamente) livros de filosofia, de linguística, de crítica histórica, de alta política, e outros assim, que em alheios países acham fácil acolhimento e boa extração; raras são aqui essas obras e escasso o mercado delas. O romance pode-se dizer que domina quase exclusivamente. Não há nisto motivo de admiração nem de censura, tratando-se de um país que apenas entra na primeira mocidade, e esta ainda não nutrida de sólidos estudos. Isto não é desmerecer o romance, obra de arte como qualquer outra, e que exige da parte do escritor qualidades de boa nota.

Aqui o romance, como tive ocasião de dizer busca sempre a cor local. A substância, não menos que os acessórios, reproduzem geralmente a vida brasileira em seus diferentes aspectos e situações. Naturalmente os costumes do interior são os que conservam melhor a tradição nacional; os da capital do país, e em parte, os de algumas cidades, muito mais chegados à influência europeia, trazem já uma feição mista e ademanes diferentes. Por outro lado, penetrando no tempo colonial, vamos achar uma sociedade diferente, e dos livros em que ela é tratada, alguns há de mérito real.

Não faltam a alguns de nossos romancistas qualidades de observação e de análise, e um estrangeiro não familiar com os nossos costumes achará muita página instrutiva. Do romance puramente de análise, raríssimo exemplar temos, ou porque a nossa índole não nos chame para aí, ou porque seja esta casta de obras ainda incompatível com a nossa adolescência literária.

O romance brasileiro recomenda-se especialmente pelos toques do sentimento, quadros da natureza e de costumes, e certa viveza de estilo mui adequada ao espírito do nosso povo. Há em verdade ocasiões em que essas qualidades parecem sair da sua medida natural, mas em regra conservam-se estremes de censura, vindo a sair muita coisa interessante, muita realmente bela. O espetáculo da natureza, quando o assunto o pede, ocupa notável lugar no romance, e dá páginas animadas e pitorescas, e não as cito por me não divertir do objeto exclusivo deste escrito, que é indicar as excelências e os defeitos do conjunto, sem me demorar em pormenores. Há boas páginas, como digo, e creio até que um grande amor a este recurso da descrição, excelente, sem dúvida, mas (como dizem os mestres) de mediano efeito, se não avultam no escritor outras qualidades essenciais.

Pelo que respeita à análise de paixões e caracteres são muito menos comuns os exemplos que podem satisfazer à crítica; alguns há, porém, de merecimento incontestável. Esta é, na verdade, uma das partes mais difíceis do romance, e ao mesmo tempo das mais superiores. Naturalmente exige da parte do escritor dotes não vulgares de observação, que, ainda em literaturas mais adiantadas, não andam a rodo nem são a partilha do maior número.

As tendências morais do romance brasileiro são geralmente boas. Nem todos eles serão de princípio a fim irrepreensíveis; alguma coisa haverá que uma crítica austera poderia apontar e corrigir. Mas o tom geral é bom. Os livros de certa escola francesa, ainda que muito lidos entre nós, não contaminaram a literatura brasileira, nem sinto nela tendências para adotar as suas doutrinas, o que é já notável mérito. As obras de que falo, foram aqui bem-vindas e festejadas, como hóspedes, mas não se aliaram à família nem tomaram o governo da casa. Os nomes que principalmente seduzem a nossa mocidade são os do período romântico; os escritores que se vão buscar para fazer comparações com os nossos — porque há aqui muito amor a essas comparações — são ainda aqueles com que o nosso espírito se educou, os Victor Hugos, os Gautiers, os Mussets, os Gozlans, os Nervais.

Isento por esse lado o romance brasileiro, não menos o está de tendências políticas, e geralmente de todas as questões sociais — o que não digo por fazer elogio, nem ainda censura, mas unicamente para atestar o fato. Esta casta de obras, conserva-se aqui no puro domínio de imaginação, desinteressada dos problemas do dia e do século, alheia às crises sociais e filosóficas. Seus principais elementos são, como disse, a pintura dos costumes, e luta das paixões, os quadros da natureza, alguma vez o estudo dos sentimentos e dos caracteres; com esses elementos, que são fecundíssimos, possuímos já uma galeria numerosa e a muitos respeitos notável.

No gênero dos contos, à maneira de Henri Murger, ou à de Trueba, ou à de Charles Dickens, que tão diversos são entre si, têm havido tentativas mais ou menos felizes, porém raras, cumprindo citar, entre outros, o nome do sr. Luís Guimarães Júnior, igualmente folhetinista elegante e jovial. É gênero difícil, a despeito da sua aparente facilidade, e creio que essa mesma aparência lhe faz mal, afastando-se dele os escritores, e não lhe dando, penso eu, o público toda a atenção de que ele é muitas vezes credor.

Em resumo, o romance, forma extremamente apreciada e já cultivada com alguma extensão, é um dos títulos da presente geração literária. Nem todos os livros, repito, deixam de se prestar a uma crítica minuciosa e severa, e se a houvéssemos em condições regulares, creio que os defeitos se corrigiriam, e as boas qualidades adquiririam maior realce. Há geralmente viva imaginação, instinto do belo, ingênua admiração da natureza, amor às coisas pátrias, e além de tudo isto agudeza e observação. Boa e fecunda terra, já deu frutos excelentes e os há de dar em muito maior escala.

A POESIA

A ação de crítica seria sobretudo eficaz em relação à poesia. Dos poetas que apareceram no decênio de 1850 a 1860, uns levou-os a morte ainda na flor dos anos, como Álvares de Azevedo, Junqueira Freire, Casimiro de Abreu, cujos nomes excitam na nossa mocidade legítimo e sincero entusiasmo, e bem assim outros de não menor porte. Os que sobreviveram calaram as liras; e se uns voltaram as suas atenções para outro gênero literário, como Bernardo Guimarães, outros vivem dos louros colhidos, se é que não preparam obras de maior tomo, como se diz de Varela, poeta que já pertence ao decênio de 1860 a 1870. Neste último prazo outras vocações apareceram e numerosas, e basta citar um Crespo, um Serra, um Trajano, um Gentil-Homem de Almeida Braga, um Castro Alves, um Luís Guimarães, um Rosendo Moniz, um Carlos Ferreira, um Lúcio de Mendonça, e tantos mais, para mostrar que a poesia contemporânea pode dar muita coisa; se algum destes, como Castro Alves, pertence à eternidade, seus versos podem servir e servem de incentivo às vocações nascentes.

Competindo-me dizer o que acho da atual poesia, atenho-me só aos poetas de recentíssima data, melhor direi, a une escola agora dominante, cujos defeitos me parecem graves, cujos dotes, valiosos, e que poderá dar muito de si, no caso de adotar a necessária emenda.

Não faltam à nossa atual poesia fogo nem estro. Os versos publicados são geralmente ardentes e trazem o cunho da inspiração. Não insisto na cor local; como acima disse, todas as formas a revelam com mais ou menos brilhante resultado; bastando-me citar neste caso as outras duas recentes obras, as *Miniaturas* de Gonçalves Crespo e os *Quadros* de J. Serra, versos estremados dos defeitos que vou assinalar. Acrescentarei que também não falta à poesia atual o sentimento da harmonia exterior. Que precisa ela então? Em que peca a geração presente? Falta-lhe um pouco mais de correção e gosto; peca na intrepidez às vezes da expressão, na impropriedade das imagens, na obscuridade do pensamento. A imaginação, que há deveras, não raro desvaira e se perde, chegando à obscuridade, à hipérbole, quando apenas buscava a novidade e a grandeza. Isto na alta poesia lírica — na ode, diria eu, se ainda subsistisse a antiga poética; na poesia íntima e elegíaca encontram-se os mesmos defeitos, e mais um amaneirado no dizer e no sentir, o que tudo mostra na poesia contemporânea grave doença, que é força combater.

Bem sei que as cenas majestosas da natureza americana exigem do poeta imagens e expressões adequadas. O condor que rompe dos Andes, o pampeiro que varre os campos do Sul, os grandes rios, a mata virgem com todas as suas magnificências de vegetação — não há dúvida que são painéis que desafiam o estro, mas, por isso mesmo que são grandes, devem ser trazidos com oportunidade e expressos com simplicidade. Ambas essas condições faltam à poesia contemporânea, e não é que escasseiem modelos, que aí estão, para só citar três nomes, os versos de Bernardo Guimarães, Varela e Álvares de Azevedo. Um único exemplo bastará para mostrar que a oportunidade e a simplicidade são cabais para reproduzir uma grande imagem ou exprimir uma grande ideia. N'*Os Timbiras*, há uma passagem em que o velho Ogib ouve censurarem-lhe o filho, porque se afasta dos outros guerreiros e vive só. A fala do ancião começa com estes primorosos versos:

> São torpes os anuns, que em bandos folgam,
> São maus os caititus que em varas pascem:
> Somente o sabiá geme sozinho,
> E sozinho o condor aos céus remonta.

Nada mais oportuno nem mais singelo do que isto. A escola a que aludo não exprimiria a ideia com tão simples meios, e faria mal, porque o sublime é simples. Fora para desejar que ela versasse e meditasse longamente estes e outros modelos que a literatura brasileira lhe oferece. Certo, não lhe falta, como disse, imaginação; mas esta tem suas regras, o estro leis, e se há casos em que eles rompem as leis e as regras, é porque as fazem novas, é porque se chamam Shakespeare, Dante, Goethe, Camões.

Indiquei os traços gerais. Há alguns defeitos peculiares a alguns livros, como por exemplo, a antítese, creio que por imitação de Victor Hugo. Nem por isso acho menos condenável o abuso de uma figura que, se nas mãos do grande poeta produz grandes efeitos, não pode constituir objeto de imitação, nem sobretudo elemento de escola.

Há também uma parte da poesia que, justamente preocupada com a cor local, cai muitas vezes numa funesta ilusão. Um poeta não é nacional só porque insere nos seus versos muitos nomes de flores ou aves do país, o que pode dar uma nacionalidade de vocabulário e nada mais. Aprecia-se a cor local, mas é preciso que a imaginação lhe dê os seus toques, e que estes sejam naturais, não de acarreto. Os defeitos que resumidamente aponto não os tenho por incorrigíveis; a crítica os emendaria; na falta dela, o tempo se incumbirá de trazer às vocações as melhores leis. Com as boas qualidades que cada um pode reconhecer na recente escola de que falo, basta a ação do tempo, e se entretanto aparecesse uma grande vocação poética, que se fizesse reformadora, é fora de dúvida que os bons elementos entrariam em melhor caminho, e à poesia nacional restariam as tradições do período romântico.

O TEATRO

Esta parte pode reduzir-se a uma linha de reticência. Não há atualmente teatro brasileiro, nenhuma peça nacional se escreve, raríssima peça nacional se representa. As cenas teatrais deste país viveram sempre de traduções, o que não quer dizer que não admitissem alguma obra nacional quando aparecia. Hoje, que o gosto público tocou o último grau da decadência e perversão, nenhuma esperança teria quem se sentisse com vocação para compor obras severas de arte. Quem lhas receberia, se o que domina é a cantiga burlesca ou obscena, o cancã, a mágica aparatosa, tudo o que fala aos sentidos e aos instintos inferiores?

E todavia a continuar o teatro, teriam as vocações novas alguns exemplos não remotos, que muito as haviam de animar. Não falo das comédias do Pena, talento sincero e original, a quem só faltou viver mais para aperfeiçoar-se e empreender obras de maior vulto; nem também das tragédias de Magalhães e dos dramas de Gonçalves Dias, Porto Alegre e Agrário. Mais recentemente, nestes últimos doze ou quatorze anos, houve tal ou qual movimento. Apareceram então os dramas e comédias do sr. J. de Alencar, que ocupou o primeiro lugar na nossa escola realista e cujas obras *Demônio familiar* e *Mãe* são de notável merecimento. Logo em seguida apareceram várias outras composições dignas do aplauso que tiveram, tais como os dramas dos srs. Pinheiro Guimarães, Quintino Bocaiúva e alguns mais; mas nada disso foi adiante. Os autores cedo se enfastiaram da cena que a pouco e pouco foi decaindo até chegar ao que temos hoje, que é nada.

A província ainda não foi de todo invadida pelos espetáculos de feira; ainda lá se representa o drama e a comédia — mas não aparece, que me conste, nenhuma obra nova e original. E com estas poucas linhas fica liquidado este ponto.

A LÍNGUA

Entre os muitos méritos dos nossos livros nem sempre figura o da pureza da linguagem. Não é raro ver intercalados em bom estilo os solecismos da linguagem comum, defeito grave, a que se junta o da excessiva influência da língua francesa. Este ponto é objeto de divergência entre os nossos escritores. Divergência digo, porque, se alguns caem naqueles defeitos por ignorância ou preguiça, outros há que os adotam por princípio, ou antes por uma exageração de princípio.

Não há dúvida que as línguas se aumentam e alteram com o tempo e as necessidades dos usos e costumes. Querer que a nossa pare no século de quinhentos é um erro igual ao de afirmar que a sua transplantação para a América não lhe inseriu riquezas novas. A este respeito a influência do povo é decisiva. Há, portanto, certos modos de dizer, locuções novas, que de força entram no domínio do estilo e ganham direito de cidade.

Mas se isto é um fato incontestável, e se é verdadeiro o princípio que dele se deduz, não me parece aceitável a opinião que admite todas as alterações da linguagem, ainda aquelas que destroem as leis da sintaxe e a essencial pureza do idioma. A influência popular tem um limite; e o escritor não está obrigado a receber e dar curso a tudo o que o abuso, o capricho e a moda inventam e fazem correr. Pelo contrário, ele exerce também uma grande parte de influência a este respeito, depurando a linguagem do povo e aperfeiçoando-lhe a razão.

Feitas as exceções devidas não se leem muito os clássicos no Brasil. Entre as exceções poderia eu citar até alguns escritores cuja opinião é diversa da minha neste ponto, mas que sabem perfeitamente os clássicos. Em geral, porém, não se leem, o que é um mal. Escrever como Azurara ou Fernão Mendes seria hoje um anacronismo insuportável. Cada tempo tem o seu estilo. Mas estudar-lhes as formas mais apuradas da linguagem, desentranhar deles mil riquezas, que, à força de velhas se fazem novas — não me parece que se deva desprezar. Nem tudo tinham os antigos, nem tudo têm os modernos; com os haveres de uns e outros é que se enriquece o pecúlio comum.

Outra coisa de que eu quisera persuadir a mocidade é que a precipitação não lhe afiança muita vida aos seus escritos. Há um prurido de escrever muito e depressa; tira-se disso glória, e não posso negar que é caminho de aplausos. Há intenção de igualar as criações do espírito com as da matéria, como se elas não fossem neste caso inconciliáveis. Faça muito embora um homem a volta ao mundo em oitenta dias; para uma obra-prima do espírito são precisos alguns mais.

Aqui termino esta notícia. Viva imaginação, delicadeza e força de sentimentos, graças de estilo, dotes de observação e análise, ausência às vezes de gosto, carências às vezes de reflexão e pausa, língua nem sempre pura, nem sempre copiosa, muita cor local, eis aqui por alto os defeitos e as excelências da atual literatura brasileira, que há dado bastante e tem certíssimo futuro.

Machado de Assis
O Novo Mundo, *Nova York*, n.º 30, 24/03/1873

Voos icários

Um livro novo do sr. dr. Rosendo Moniz Barreto chama naturalmente a atenção de todos. O fecundo poeta baiano já nos havia dado um primeiro volume de versos, *Cantos da aurora,* e não há muito tempo. Os *Voos icários,* digno irmão daquele, é a segunda oferta que a sua musa faz, sendo que desta vez, além dos versos do poeta, temos uma introdução de F. Octaviano. Os que conhecem e admiram o talento de F. Octaviano, adivinharão facilmente o que vale essa magnífica página com que ele adornou a entrada do livro; aí se encontram as qualidades peculiares do elegante prosador, também poeta, posto no-lo roubasse a política.

Uma introdução de F. Octaviano é um documento valioso em favor dos *Voos icários*. Que virei eu dizer mais, se não que este livro confirma a opinião que tínhamos do sr. dr. Rosendo Moniz?

Por todas as suas faces se manifesta aqui o poeta: patriota, humanitário, homem de coração. Como patriota dá-nos seus cantos ardentes ao Brasil e à Bahia, aos heróis e aos fastos da nossa última guerra. Humanitário, escreve a *Ignobilis Dea*, o *Vae Prostitutae*, e outras páginas de igual força. Homem de coração, enfim, suspira os seus versos de amor, alegrias, tristezas, esperanças, todas as alternativas do sentimento, o sentimento do poeta, por ventura mais apurado que o dos outros homens.

Há mais neste poeta: há a musa fraternal, a que lhe inspira os cantos aos talentos triunfantes e legítimos, a Gonçalves Dias, a Arthur Napoleão, a E. Rossi e A. Ristori; há enfim a musa faceta, de que nos dá páginas como o *Leque*, *Fogo e gelo*, *O balão e as senhoras*, e outras mui graciosas e joviais.

Dotado de grande facilidade, o sr. dr. Rosendo Moniz canta todos os assuntos que a musa lhe depara, e basta ler os seus versos para ver que lhe nasceram espontâneos e impetuosos. Sua principal musa é o entusiasmo. É o entusiasmo que lhe inspira estrofes como esta que destaco da sua patriótica poesia ao general Câmara:

> Espantalho de morte, a morte rábida,
> ébria de sangue e vomitando fumo,
> quantas vezes te disse: — Eu te consumo! —
> e quantas se frustrou!
> É que a voz do destino, em ti vibrada,
> falava-te por Deus: — Não temas nada!
> a heroicidade és tu, teu guia eu sou.

Destes arrojos líricos achara o leitor em muitas páginas dos *Voos Icários*; basta ler as estrofes consagradas a Osório, a Ernesto Rossi, e a tantos mais cujo nome desafia a musa impetuosa do vate.

Mas o mesmo poeta que tão alto canta, conhece as notas brandas da lira, e suspira estas mimosas quadras que eu transcrevo do seu "Arroubo":

> Perante o mar tão plácido,
> pronto a lamber teus pés,
> e as auras que, afagando-te,
> perguntam quem tu és;
> Minh'alma te diz: — amo-te!
> rendida ao teu fulgor;
> e, quanto és mais seu ídolo,
> mais crês no eterno amor.

Comparando os dois trechos apontados vê já o leitor que a lira do sr. dr. Rosendo Moniz está longe daquela monotonia que raros talentos fazem amar. A inspiração do sr. dr. Rosendo Moniz tanto se alimenta dos assuntos grandiosos como dos objetos ternos. Nem é só isto; não menos a convidam os quadros que os filósofos mais amam, e ainda nesta parte uma citação dirá melhor que tudo; seja ela destes versos da sua "Visita à necrópole":

> Que vim aqui fazer? Que homens são estes
> que hoje buscam dos mortos a morada?
> Trazem luto nas almas qual nas vestes?
> Na dor aprendem que também são nada?
>
> Quero por sócia ter somente a prece
> que suba calma e pura aos pés do Infindo,
> à meia-noite, à hora em que parece
> que de cansada a terra está dormindo.

Com estas poucas transcrições tem o leitor uma amostra de quase todo o poeta. Na parte faceta há também muita coisa digna de ser apontada; e, posto não seja a parte principal do livro, nem por isso merece menos a atenção dos leitores e da crítica.

Isto não é crítica; é apenas um aperto de mão ao gentil poeta, a cujos primeiros voos assisti, posto nos não conhecêssemos; era a imprensa de sua província que me trazia a notícia dos seus cantos de ensaio. Os voos que mais tarde desferiu justificaram plenamente a opinião que os primeiros fizeram conceber. Não me resta senão desejar que prossiga na carreira encetada, com talento igual ao que até agora revelou.

M. de Assis
Semana Ilustrada, 26/01/1873

Joaquim Serra

Quadros é o título que o sr. Joaquim Serra deu ao seu recente livro de versos. Divide-se ele em duas partes, *Sertanejas* e *Dispersas*, e abre por uma elegante carta de Salvador de Mendonça. O autor de *Um coração de mulher* devia-nos este livro, e eu diria que nos devia mais do que este, se o não visse na política militante, cuja só tarefa basta para devorar o tempo, senão também o viço da imaginação.

Não lhe devorou ainda a imaginação, e bem o prova com este seu livros dos *Quadros*.

A primeira parte é uma galeria de cenas do interior, de lendas populares, de superstições ingênuas, transcritas da natureza e dos costumes, com o seu próprio e natural colorido. Nem todos os quadros estarão acabados; alguns são por ventura esboços; trazem contudo os traços verdadeiros, e pode-se dizer que estão assim melhor. Uns são sombrios como as "Almas penadas", outros graciosos como o "Feitor e o "Roceiro de volta", e algum até malicioso como a *Desobriga*.

Um só tipo lhe basta às vezes, como o "Mestre de reza", para desenhar um excelente perfil; é uma das graciosas páginas da coleção; e os que estão acostumados à extrema facilidade da versificação de Joaquim Serra, conhecê-lo-ão nestas estrofes, que juntamente darão ideia da poesia:

> Mora naquela casa de uma porta,
> Ao lado da ribeira:
> Na frente tem uma horta,
> No fundo uma ingazeira.
>
> Reside ali o homem milagreiro
> O apóstolo da roça;
> É de velhas devotas um viveiro
> A sua pobre choça!
>
> Salve o mestre de reza
> Na vila personagem popular;
> Ei-lo que passa... vale quanto pesa!...
> Deixemo-lo passar!

Se vos não interessa esta poesia singela, contada à lareira, e preferis mais enérgica pintura, voltai a página e lede o seu belo "Basto de sangue", nada menos que uma luta do touro e do jaguar, se luta se pode chamar a carreira impetuosa de um com o outro abraçado no dorso:

> Voam por esses páramos,
> O touro em grandes brados,
> Saltar querem das órbitas
> Seus olhos inflamados!
>
> Espuma! arqueja! a língua
> Da boca vai pendente!
> Garras e dentes crava-lhe
> A fera impaciente!

Muitos são os quadros de que eu quisera citar ainda alguns trechos; numa notícia rápida é esta a melhor maneira de fazer conhecer um livro. Quem não adivinhará, por exemplo, o que é o "Feitor" — palestra de escravas na roça —, ao ler esta graciosa quadra?

> Eu pensei que as escravas da roça
> Eram todas parceiras iguais;
> Mas aqui uma é *sinhá-moça*
> E parece ter ganja de mais.

Isto é simples, natural, copiado *d'aprè nature* — quase sem arte, mas só na aparência, que às vezes o que mais custa é ser singelo.

Da segunda parte do livro umas poesias são originais, outras traduzidas. Entre as primeiras uma das mais galantes é a que tem por título A... — cinco quadras apenas. A formosa elegia à morte de Gonçalves Dias merece igualmente o aplauso do leitor; a forma adotada era difícil, mas o poeta ouve-se com muita felicidade. Das traduções há, entre outras, a "Luz do harém", de Th. Moore e o "Caminho do céu", de Ricardo Palma, que, em gêneros diversos, figuram ambas muito honrosamente no livro.

Dir-se-á que não acho algum defeito no livro? Acho; quisera que desaparecesse um ou outro descuido de forma, o que não é exigir o exclusivismo dela. Há alguns versos, por exemplo, como estes:

> Dobradas jaziam ao lado,
> Aqueles não queriam a imunidade,

que com algum trabalho poderiam ficar mais fluentes. É defeito que não pode envergonhar: tinha-o Ferreira — o puríssimo Ferreira — nos seus versos.

O senão que aponto não tira o mérito ao livro dos *Quadros;* vai indicado antes como conselho a um amigo, e conselho de admirador, que deve ser insuspeito. O talento de Joaquim Serra já recebeu há muito o batismo do apreço público. Esta nova coleção de versos encontrará a mesma estima que os seus precedentes escritos, e se *Um coração de mulher* é ainda o primeiro deles, nenhum dos outros se avantaja a estes *Quadros.*

M. de Assis
Semana Ilustrada, 02/02/1873

Um novo livro

O sr. Sabbas da Costa, digno filho da pátria de Gonçalves Dias, Lisboa, Sotero, Serra e tantos homens de outra e desta geração, merecedores das letras, acaba de publicar o 1º volume de um romance histórico intitulado *A revolta.*

Há já neste volume interesse, vida e movimento; lê-se com prazer e fecha-se desejoso de ler o segundo. O estilo corrente, elegante, colorido, é de boa escola e é dos primeiros merecimentos do autor.

Nossos parabéns às letras pátrias, e um *avante!* ao digno escritor.

M.
Semana Ilustrada, 04/10/1874

O visconde de Castilho

Não, não está de luto a língua portuguesa; a poesia não chora a morte do visconde de Castilho. O golpe foi, sem dúvida, imenso; mas a dor não pôde resistir à glória; e ao ver resvalar no túmulo o poeta egrégio, o mestre da língua, o príncipe da forma, após meio século de produção variada e rica, há um como deslumbramento que faria secar todas as lágrimas.

Longa foi a vida do visconde de Castilho; a lista de seus escritos numerosíssima. O poeta dos "Ciúmes de bardo" e da "Noite do castelo", o tradutor exímio de Ovídio, Virgílio e Anacreonte, de Shakespeare, Goethe e Molière, o contemporâneo de todos os gênios, familiar com todas as glórias, ainda assim não sucumbiu no ócio a que lhe davam jus tantas páginas de eterna beleza. Caiu na liça, às mãos com o gênio de Cervantes, seu conterrâneo da Península, que ele ia sagrar português, a quem fazia falar outra língua, não menos formosa e sonora que a do Guadalquivir.

A providência fê-lo viver bastante para opulentar o tesouro do idioma natal, o mesmo de Garrett e G. Dias, de Herculano e J. F. Lisboa, de Alencar e Rebelo da Silva. Morre glorificado, deixando a imensa obra que perfez à contemplação e exemplo das gerações vindouras. Não há lugar para pêsames, onde a felicidade é tamanha.

Pêsames, sim, e cordiais merece aquele outro talento possante, último de seus irmãos, que os viu morrer todos, no exílio ou na pátria, e cuja alma, tão estreitamente vinculada à outra, tem direito e dever de prateá-lo.

A língua e a poesia cobrem-lhe a campa de flores e sorriem orgulhosas do lustre que ele lhes dera. É assim que desaparecem da terra os homens imortais.

não assinado
Semana Ilustrada, 04/07/1875

A J. Tomás da Porciúncula
(Fagundes Varela)

Meu prezado colega. — Ainda não é tarde para falar de Varela. Não o é nunca para as homenagens póstumas, se aquele a quem são feitas as merece por seus talentos e ações. Varela não é desses mortos comuns cuja memória está sujeita à condição da oportunidade; não passou pela vida, como a ave no ar, sem deixar vestígio: talhou para si uma larga página nos anais literários do Brasil.

É vulgar a queixa de que a plena justiça só começa depois da morte; de que haja muita vez um abismo entre o desdém dos contemporâneos e a admiração da posteridade. A enxerga de Camões é cediça na prosa e no verso do nosso tempo; e por via de regra a geração presente condena as injúrias do passado para com os talentos, que ela admira e lastima. A condenação é justa, a lástima é descabida, porquanto, digno de inveja é aquele que, transpondo o limite da vida, deixa alguma coisa de si na memória e no coração dos homens, fugindo assim ao comum olvido das gerações humanas.

Varela é desses bem-aventurados póstumos. Sua vida foi atribulada; seus dias não correram serenos, retos e felizes. Mas a morte, que lhe levou a forma perecível, não apagou dos livros a parte substancial do seu ser; e esta admiração que lhe votamos é certamente prêmio, e do melhor.

Poeta de larga inspiração, original e viçosa, modulando seus versos pela toada do sentimento nacional, foi ele o querido da mocidade do seu tempo. Conheci-o em 1860, quando a sua reputação, feita nos bancos acadêmicos, ia passando dali aos outros círculos literários do país. Seus companheiros de estudo pareciam adorá-lo; tinham-lhe de cor os magníficos versos com que ele traduzia os sonhos de sua imaginação vivaz e fecunda. Havia mais fervor naquele tempo, ou eu falo com as impressões de uma idade que passou? Parece-me que a primeira hipótese é a verdadeira. Vivia-se de imaginação e poesia; cada produção literária era um acontecimento. Ninguém mais do que Varela gozou essa exuberância juvenil; o que ele cantava imprimia-se no coração dos moços.

Se fizesse agora a análise dos escritos que nos deixou o poeta das *Vozes da América*, mostraria as belezas de que estão cheios, apontaria os senões que porventura lhe escaparam. Mas que adiantaria isto à compreensão pública? A crítica seria um intermediário supérfluo. O "Cântico do calvário", por exemplo, e a "Mimosa", não precisam comentários, nem análises; leem-se, sentem-se, admiram-se, independente de observações críticas.

"Mimosa", que acabo de citar, traz o cunho e revela perfeitamente as tendências da inspiração do nosso poeta. Um conto da roça, cuja vida ele estudou sem esforço nem preparação, porque a viveu e amou. A natureza e a vida do interior eram em geral as melhores fontes da inspiração de Varela; ele sabia pintá-las com fidelidade e viveza raras, com uma ingenuidade de expressão toda sua. Tinha para esse efeito a poesia de primeira mão, a genuína, tirada de si mesmo e diretamente aplicada às cenas que o cercavam e à vida que vivia.

Adiantando-se o tempo, e dadas as primeiras flores do talento em livros que todos conhecemos, planeou o poeta um poema, que deixou pronto, embora sem as íntimas correções, segundo se diz. Ouvi um canto do "Evangelho nas selvas", e imagino por ele o que serão os outros. O assunto era vasto, elevado, poético; tinha muito por onde seduzir a imaginação do autor das *Vozes da América*. A figura de Anchieta, a Paixão de Jesus, a vida selvagem e a natureza brasileira, tais eram os elementos com que ele tinha de lutar e que devia forçosamente vencer, porque iam todos com a feição do seu talento, com a poética ternura de seu coração. Ele soube escolher o assunto, ou antes o assunto impôs-se-lhe com todos os seus atrativos.

O "Evangelho nas selvas" será certamente a obra capital de Varela; virá colocar-se entre outros filhos da mesma família, o "Uraguai" e "Os Timbiras", entre os "Tamoios" e o "Caramuru".

A literatura brasileira é uma realidade e os talentos como o do nosso poeta o irão mostrando a cada geração nova, servindo ao mesmo tempo de estímulo e exemplo. A mocidade atual, tão cheia de talento e legítima ambição, deve pôr os olhos nos modelos que nos vão deixando os eleitos da glória, como aquele era da glória e do infortúnio, tanta vez unidos na mesma cabeça. A herança que lhe cabe é grande, e grave a responsabilidade. Acresce que a poesia brasileira parece dormitar presentemente; uns mergulharam na noite perpétua; outros emudeceram, ao menos por instantes; outros enfim, como Magalhães, Porto Alegre, prestam à pátria serviços de diferente natureza. A poesia dorme, e é mister acordá-la; cumpre cingi-la das nossas flores rústicas e próprias, qual as colheram Dias, Azevedo e Varela, para só falar dos mortos.

Machado de Assis
A Crença, Rio de Janeiro, 20/08/1875, em forma de carta para
J. Tomás da Porciúncula, então redator do periódico

Estrelas errantes

Este é o título de um livro de versos, há onze anos publicado. Seu autor, o sr. F. Quirino dos Santos, moço de talento e de trabalho, teve o gosto de ver esgotada aquela edição, e acertou de fazer segunda, aumentando à primeira coleção outro tanto e mais, por modo que as *Estrelas errantes* são ao mesmo tempo um livro conhecido e um livro novo.

  Folguei de reler o que era antigo, e de ler o que é absolutamente de hoje. Não é vulgar coisa um poeta: sobretudo um poeta, que, a distância de doze anos, ata perfeitamente o fio de suas qualidades, e reaparece com a mesma imaginação viva, o mesmo ardor dos primeiros tempos. Mais: sem desmentir sua feição poética, põe ele nos produtos de hoje certa reflexão, um polido de linguagem, que o tempo lhe ensinou. Acresce portanto um mérito, sem que os outros hajam desaparecido. Não é isso mesmo o progresso?

  As exuberâncias que o sr. Pinheiro Chagas lhe notara em 1864 não as perdeu o poeta; mas disciplinou-a. É assim com todos os talentos verdadeiros. E sua poesia não deixou de ser pessoal, essencialmente lírica. Há quem acredite que essa poesia tem de morrer, se já não morreu. Eu creio que primeiro morrerão os vaticínios do que ela. Pessoal é essa, e por isso mesmo me comove; se contas as tuas dores ou alegrias de homem, eu, que sou homem, folgarei ou chorarei contigo. Esta solidariedade do coração faz com que a poesia chamada pessoal, venha a ser, ao cabo de tudo, a mais impessoal do mundo. Eu não fui ao lago com Elvira, mas sinto a comoção de Lamartine. *Ainda uma vez, adeus!,* exclama Gonçalves Dias, e todos nós sentimos confranger-nos o coração de saudade. Não! a poesia pessoal não morreu; morrerão, é certo, os simples biógrafos, os que põem em versos todas as anedotas de seus dias vulgares. Que me importa que ela te desse uma flor em certa despedida? Uma despedida e uma flor são coisas ordinárias; mas canta-as, com alma; pede à musa de Garrett ou de Varela o segredo da harmonia e a teu próprio coração a nota de sinceridade, e eu sentirei contigo essa dama que não conheço, beijarei mentalmente essa flor que nunca vi.

É poeta pessoal o sr. Quirino dos Santos, e não é só isso. Nos versos que são somente páginas íntimas, sabe ele, por meio de singeleza e verdade, encantar nossa atenção. Mas há também versos de outra casta. Há esse *Dois Colombos*, dedicado ao nosso Carlos Gomes, que a Itália nos confiscou para restituir-nos em obras-primas. Há esse "Filho da lavadeira", melancólica balada que começa por estes versos:

> Um dia nas margens do claro Atibaia
> Estava a cativa sozinha a lavar;
> E um triste filhinho, do rio na praia,
> Jazia estendido no chão a rolar.
> A pobre criança que o vento açoitava
> De frio e de fome chorava e chorava.

São versos estes, e de bom cunho, naturais, sentidos, próprios do assunto. Há ainda outros, como os versos a José Bonifácio, em que o tom não é já plangente, mas viril. Nuns e noutros, aqui e ali, a crítica pode notar um defeito, uma expressão frouxa, uma imagem menos feliz, um verso menos acabado. A impressão de todo é boa e tanto basta para elogio de um livro.

O sr. Quirino dos Santos é jornalista, profissão que lhe há de tomar mais tempo do que convinha às musas dar-lhe. Ainda assim quero crer que, entre dois artigos, comporá uma estrofe e a guardará na gaveta onde irá formando um livro novo. Ele nos diz no prefácio desta segunda edição: "ainda me não desenganei dos versos". Felizes, digo eu, os que não se desenganam deles! Versos são coisas de pouca monta; não é com eles que andam as máquinas, nem eles influem por nenhum modo na alta e baixa dos fundos. Paciência! Há no interior do homem um ouvido que não entende senão a língua das comoções puras, e para falá-la o melhor vocabulário é ainda o do padre Homero.

Não se desengane o poeta dos versos; tanto melhor para ele e para os apreciadores de seu talento legítimo.

M. A.
Ilustração Brasileira, 15/08/1876

O bote de rapé
Comédia em sete colunas

PERSONAGENS
*Tomé — Um relógio na parede — Elisa, sua mulher — O nariz de Tomé —
Um caixeiro*

CENA I
Tomé, Elisa (entra vestida)

Tomé — Vou mandar à cidade o Chico ou o José.
Elisa — Para...?
Tomé — Para comprar um bote de rapé.
Elisa — Vou eu.
Tomé — Tu?
Elisa — Sim. Preciso escolher a cambraia,
   A renda, o gorgorão e os galões para a saia,
   Cinco rosas da China em casa da Natté,
   Um par de luvas, um penhoar e um plissê,
   Ver o vestido azul, e um véu... Que mais? Mais nada.
Tomé (*rindo*) — Dize logo que vás buscar de uma assentada
   Tudo quanto possui a rua do Ouvidor.
   Pois aceito, meu anjo, esse imenso favor.
Elisa — Nada mais? Um chapéu? Uma bengala? Um fraque?
   Que te leve um recado ao dr. Burlamaque? Charutos? Algum livro? Aproveita, Tomé!
Tomé — Nada mais; só preciso o bote de rapé...
Elisa — Um bote de rapé! Tu bem sabes que a tua Elisa...
Tomé — Estou doente e não posso ir à rua.
   Esta asma infernal que me persegue... Vês?
   Melhor fora matá-la e morrer de uma vez,
   Do que viver assim com tanta cataplasma.
   E inda há pior do que isso! inda pior que a asma:
   Tenho a caixa vazia.
Elisa (*rindo*) — Oh! se pudesse estar
   Vazia para sempre, e acabar, acabar
   Esse vício tão feio! Antes fumasses, antes.
   Há vícios jarretões e vícios elegantes.
   O charuto é bom tom, aromatiza, influi
   Na digestão, e até dizem que restitui
   A paz ao coração e dá risonho aspecto.
Tomé — O vício do rapé é vício circunspecto.
   Indica desde logo um homem de razão;
   Tem entrada no paço, e reina no salão
   Governa a sacristia e penetra na igreja.
   Uma boa pitada, as ideias areja;
   Dissipa o mau humor. Quantas vezes estou
   Capaz de pôr abaixo a casa toda! Vou
   Ao meu santo rapé; abro a boceta, e tiro
   Uma grossa pitada e sem demora a aspiro;
   Com o lenço sacudo algum resto de pó
   E ganho só com isso a mansidão de Jó.
Elisa — Não duvido.
Tomé — Inda mais: até o amor aumenta
   Com a porção de pó que recebe uma venta.
Elisa — Talvez tenhas razão; acho-te mais amor

Agora; mais ternura; acho-te...
TOMÉ — Minha flor, se queres ver-me terno e amoroso contigo,
Se queres reviver aquele amor antigo. Vai depressa.
ELISA — Onde é?
TOMÉ — Em casa do Real;
Dize-lhe que me mande a marca habitual.
ELISA — Paulo Cordeiro, não?
TOMÉ — Paulo Cordeiro.
ELISA — Queres,
Para acalmar a tosse uma ou duas colheres
Do xarope?
TOMÉ — Verei.
ELISA — Até logo, Tomé.
TOMÉ — Não te esqueças.
ELISA — Já sei: um bote de rapé.
(sai)

CENA II
Tomé, depois o seu Nariz

TOMÉ — Que zelo! Que lidar! Que correr! Que ir e vir!
Quase, quase lhe falta o tempo de dormir.
Verdade é que o sarau com o dr. Coutinho
Quer festejar domingo os anos do padrinho,
É de primo-cartello, é um sarau de truz.
Vai o Guedes, o Paca, o Rubirão, o Cruz,
A viúva do Silva, a família do Mata,
Um banqueiro, um barão, creio que um diplomata.
Dizem que há de gastar quatro contos de réis.
Não duvido; uma ceia, os bolos, os pastéis,
Gelados, chá... A coisa há de custar-lhe caro.
O mau é que eu também desde já me preparo
A despender com isto algum cobrinho... O quê?
Quem me fala?
NARIZ — Sou eu; peço a vossa mercê
Me console, inserindo um pouco de tabaco.
Há três horas jejuo, e já me sinto fraco,
Nervoso, impertinente, estúpido — Nariz, em suma.
TOMÉ — Um infeliz consola outro infeliz;
Também eu tenho a bola um pouco transtornada,
E gemo, como tu, à espera da pitada.
NARIZ — O nariz sem rapé é alma sem amor.
TOMÉ — Olha podes cheirar esta pequena flor.
NARIZ — Flores; nunca! jamais! Dizem que há pelo mundo
Quem goste de cheirar esse produto imundo.
Um nariz que se preza odeia aromas tais.

Outros os gozos são das cavernas nasais.
Quem primeiro aspirou aquele pó divino,
Deixas as rosas e o mais às ventas do menino.
TOMÉ (*consigo*) — Acho neste nariz bastante elevação,
Dignidade, critério, empenho e reflexão.
Respeita-se; não desce a farejar essências,
Águas de toucador e outras minudências.
NARIZ — Vamos, uma pitada!
TOMÉ — Um instante, infeliz!
(*à parte*)
Vou dormir para ver se aquieto o Nariz.
(*dorme algum tempo e acorda*)
Safa! Que sonho; ah! Que horas são!
RELÓGIO (batendo) — Uma, duas.
TOMÉ — Duas! E a minha Elisa a andar por essas ruas.
Coitada! E este calor que talvez nos dará
Uma amostra do que é o pobre Ceará.
Esqueceu-me dizer tomasse uma caleça.
Que diacho! Também saiu com tanta pressa!
Pareceu-me, não sei; é ela, é ela, sim...
Este passo apressado... És tu, Elisa?

CENA III
Tomé, Elisa, um caixeiro (com uma caixa)

ELISA — Enfim!
Entre cá; ponha aqui toda essa trapalhada.
Pode ir.
(*sai o caixeiro*)
Como passaste?
TOMÉ — Assim; a asma danada
Um pouco sossegou depois que dormitei.
ELISA — Vamos agora ver tudo quanto comprei.
TOMÉ — Mas primeiro descansa.
Olha o vento nas costas. Vamos para acolá.
ELISA — Cuidei voltar em postas.
Ou torrada.
TOMÉ — Hoje o sol parece estar cruel.
Vejamos o que vem aqui neste papel.
ELISA — Cuidado! é o chapéu. Achas bom?
TOMÉ — Excelente.
Põe lá.
ELISA (*põe o chapéu*) — Deve cair um pouco para a frente. Fica bem?
TOMÉ — Nunca vi um chapéu mais taful.
ELISA — Acho muito engraçada esta florzinha azul.
Vê agora a cambraia, é de linho; fazenda

      Superior. Comprei oito metros de renda,
      Da melhor que se pode, em qualquer parte, achar.
      Em casa da Creten comprei um penhoar.
TOMÉ (*impaciente*) — Em casa da Natté...
ELISA — Cinco rosas da China.
      Uma, três, cinco. São bonitas?
TOMÉ — Papa-fina.
ELISA — Comprei luvas *couleur tilleul*, *crème*, *marron*;
      Dez botões para cima; é o número do tom
      Olhe este gorgorão; que fio! que tecido!
      Não sei se me dará a saia do vestido.
TOMÉ — Dá.
ELISA — Comprei os galões, um *fichu*, e este véu.
      Comprei mais o plissê e mais este chapéu.
TOMÉ — Já mostraste o chapéu.
ELISA — Fui também ao Godinho,
      Ver as meias de seda e um vestido de linho.
      Um não, dois, foram dois.
TOMÉ — Mais dois vestidos?
ELISA — Dois...
      Comprei lá este leque e estes grampos. Depois,
      Para não demorar, corri do mesmo lance,
      A provar o vestido em casa da Clemènce.
      Ah! Se pudesses ver como me fica bem!
      O corpo é uma luva. Imagina que tem...
TOMÉ — Imagino, imagino. Olha, tu pões-me tonto
      Só com a descrição; prefiro vê-lo pronto.
      Esbelta, como és, hei de achá-lo melhor
      No teu corpo.
ELISA — Verás, verás que é um primor.
      Oh! a Clemènce! aquilo é a primeira artista!
TOMÉ — Não passaste também por casa do dentista?
ELISA — Passei; vi lá a Amália, a Clotilde, o Rangel,
      A Marocas, que vai casar com o bacharel Albernaz...
TOMÉ — Albernaz?
ELISA — Aquele que trabalha
      Com o Gomes. Trazia um vestido de palha...
TOMÉ — De palha?
ELISA — Cor de palha, e um *fichu* de filó,
      Luvas cor de pinhão, e a cauda atada a um nó
      De cordão; o chapéu tinha uma flor cinzenta,
      E tudo não custou mais de cento e cinquenta.
      Conversamos do baile; a Amália diz que o pai
      Brigou com o dr. Coutinho e lá não vai.
      A Clotilde já tem a toalete acabada.
      Oitocentos mil-réis.

NARIZ (*baixo a Tomé*) — Senhor, uma pitada!
TOMÉ (*com intenção, olhando para a caixa*) — Mas ainda tens aí uns pacotes...
ELISA — Sabão;
    Estes dois são de alface e estes de alcatrão.
    Agora vou mostrar-te um lindo chapelinho
    De sol; era o melhor da casa do Godinho.
TOMÉ (*depois de examinar*) — Bem.
ELISA — Senti, já no bonde, um incômodo atroz.
TOMÉ (*aterrado*) — Que foi?
ELISA — Tinha esquecido as botas no Queirós.
    Desci; fui logo à pressa e trouxe estes dois pares;
    São iguais aos que usa a Chica Valadares.
TOMÉ (*recapitulando*) — Flores, um *peignoir*, botinas, renda e véu.
    Luvas e gorgorão, *fichu*, *plissé*, chapéu,
    Dois vestidos de linho, os galões para a saia,
    Chapelinho de sol, dois metros de cambraia...
    (*levando os dedos ao nariz*)
    Vamos agora ver a compra do Tomé.
ELISA (*com um grito*) — Ai Jesus! esqueceu-me o bote de rapé!

Eleazar
O Cruzeiro, *Rio de Janeiro, 26/03/1878*

A sonâmbula

Ópera cômica em sete colunas

PERSONAGENS

*Dr. Magnus, magnetizador — Garcez — Simplícia, sua mulher —
O tenente Lopes — Chico Esquinência, urbano — D. Flora de Villar,
sonâmbula — João Brito, urbano — Raimundo, urbano — Coros
de consultantes, urbanos, criados e criadas.*

CENA I
Lopes e coro de urbanos (passando ao fundo, embuçado e com lanternas)

Piano, piano, piano,
Com trabalho insano,
Perscrutar o arcano,
É dever do urbano.
LOPES — Marchemos...

João Brito — Saiamos;...
Chico Esquinência — Façamos...
Raimundo — Extremos...
Todos — Para triunfar,
　Piano, piano, piano,
　Vamos ao arcano.
　Piano, piano.
　(*retiram-se cautelosamente*)

CENA II
Dr Magnus, D. Flora, consultantes (vindo de dentro)

Coro de consultantes — Nós somos os consultantes,
　Das sonâmbulas sutis,
　Cujos olhos penetrantes
　Sabem ler o eterno X.
1º Consultante — Eu tinha um princípio de febre amarela...
2º Consultante — Eu quis o castigo de um pérfido algoz...
3º Consultante — Eu andava em busca do tio Varela...
4º Consultante — Eu pedia novas de um saco de arroz...
Todos — E a febre amarela,
　E o pérfido algoz,
　E o tio Varela,
　E o saco de arroz,
　Tudo se propôs,
　Tudo se compôs.
Dr. Magnus — Vão para casa, e verão se d. Flora errou. (*apresentando uma bolsa*) Agora resta a espórtula. (*os consultantes pagam*) Muito bem, meus filhos. Não se esqueçam do número da casa. Curam-se doenças, acham-se as coisas perdidas. Adivinha-se o futuro... Adeus, adeus.
Coro — Nós somos os consultantes etc. (*saem*)

CENA III
O dr. Magnus, d. Flora, Garcez, Simplícia

D. Flora — Um cavalheiro chega...
Dr. Magnus — Uma dama penetra...
　São pessoas de bem e trazem grave porte.
D. Flora (*a Garcez*) — Quer acaso saber em que número a sorte...?
Dr. Magnus (*a Simplícia*) — Vem notícias pedir do seu priminho, *et cet'ra?*
Garcez e Simplícia — Quero saber o que é
　　　　Este
　　　　Boné
　　　　Esse.
D. Flora e dr. Magnus — Saberemos o que é,
　　　　o tal boné.
Garcez — Poderia dizer-me com certeza a quem pertence este boné?

Dr. Magnus — Se podemos dizer? Mas, senhor, nós podemos dizer tudo, sobre todos os bonés do universo. Nós sabemos todas as ciências, a cartomancia, a quiromancia, a nigromancia, a onomancia, a ganância e a petulância. Eu sou o célebre dr. Magnus, isto é o grande doutor, o doutor máximo, o doutor onividente, oniciente, onipresente e onipotente. Esta é a não menos célebre d. Flora de Villar, a sonâmbula lúcida, extra-lúcida, super-lúcida e oni-lúcida.

Garcez — Basta. Não é preciso mais nada para explicar este boné.

Dr. Magnus — Vê-se que é um boné militar.

Garcez — Militar. Mas a quem pertence?

Dr. Magnus — V. s. é militar?

Garcez — Não, senhor.

Dr. Magnus — A primeira coisa que vejo, assim de relance, é que ele não pertence a V. S.

D. Flora — (*pegando no boné*) Oh! isto é patente; Este boné não pertence a V. S.

Garcez — Acertaram. (*à parte*) São dois poços de ciência. (*alto*). Mas a quem pertence?

D. Flora — A um militar.

Simplícia — Que militar?

Dr. Magnus — Isto agora só o magnetismo nos poderá responder.

Garcez — Vou contar-lhe o caso. Achei este boné há meia hora no meu corredor, que é no primeiro andar. Sabem que moro no primeiro andar. Um boné não cai do céu, nem vem pela sua própria pala sentar-se em um corredor. Procurei ver se estaria dentro a cabeça do tenente... (*a Simplícia*). Ele é tenente?

Simplícia — Tenente!

Garcez — Capitão. Queres dizer que ele é capitão. Procurei ver a cabeça do capitão.

Simplícia — Que capitão?

Garcez — Capitão ou major, não vem ao caso. Digamos militar. Procurei a cabeça do militar e não a encontrei. Tive pena, porque sendo provável que a cabeça esteja em cima dos ombros, eu tencionava separá-la imediatamente.

Simplícia — Não digas isso!

Garcez — Ah! Tremes? Tu tremes pelo major?

Simplícia — Tu estás doido. Sei lá quem é o major ou o capitão? Que ideias são essas a respeito de um boné, e de um boné anônimo?

Garcez — (*com convicção*) Todo o boné é anônimo. (*ao dr. Magnus*) Diga-me: quem é o militar?

Dr. Magnus — Repito; só o magnetismo nos poderá responder. O magnetismo é ciência magna, capaz de lutar com o naturalismo, o fetichismo, o radicalismo, o antagonismo, o feudalismo e o galicismo. Se querem saber o que ele é, e por que modo me acho de posse dessa grande chave do futuro, dessa chave que escaranca os recessos do destino...

Garcez e Simplícia — Ouçamos, ouçamos
O grão Nostradamus.

Dr. Magnus — Ouvi-me! calai!
Ouvi-me! escutai.
(*com ar misterioso e confidencial*)
Esta ciência

> Nasceu no Egito,
> Onde eu, proscrito,
> Numa audiência,
> Junto a Suez,
> Comprei-a à agência
> De Radamés.

GARCEZ E SIMPLÍCIA — Radamés! Radamés!

GARCEZ — Vejamos o boné.

DR. MAGNUS — Sim, senhor. (*faz alguns passes sobre a cabeça de Flora*) Uma, duas, três.

D. FLORA — (*dormindo*) Esse boné pertence a um jovem militar.

GARCEZ E SIMPLÍCIA — A um jovem militar!
    Durma de uma vez.

D. FLORA — Que estoura de paixão e quer fazer-se amar.

GARCEZ E SIMPLÍCIA — E quer fazer-se amar.

GARCEZ — Basta, basta, já sei. Sei tudo; basta, basta.

DR. MAGNUS — Mas que furor é esse?

GARCEZ — Afasta, afasta, afasta! (*falando*) Pérfida! monstro!

SIMPLÍCIA — Eu pérfida? eu monstro? que escuto? que é isto?

GARCEZ — Tu pérfida, insisto;
    Tu pérfida e má.

SIMPLÍCIA — Protesto-te, juro, re-juro e tre-juro...

GARCEZ — O crime futuro Consuma-se já.

SIMPLÍCIA — Que queres tu dizer?

GARCEZ — Que vais morrer, morrer.

SIMPLÍCIA — Morrer?

GARCEZ — Morrer!

CORO DE CRIADAS (*entrando*) — Que rumor ouvimos nós?
    Estes gritos, esta voz...

CORO DE CRIADAS (*entrando*) — Venham, venham para a sala,
    E corramos a salvá-la!

SIMPLÍCIA — Piedade, piedade, piedade!

GARCEZ — Não, não!

DR. MAGNUS (*intervindo*) — Ora pois, a ciência inda conhece um meio
    De conjurar o mal: o mal inda não veio
    Posso aos fados trocar os horrendos papéis.
    Custa pouco...

GARCEZ E SIMPLÍCIA — (*súplices*) Ah! Senhor!

DR. MAGNUS — Custa trinta mil-réis.

GARCEZ E SIMPLÍCIA — Conjurai! Conjurai!

DR. MAGNUS — Esperai! Esperai! (*rumor fora*)
    Mas que rumor é este? Ouço vozes, espadas...
    São fregueses, talvez, que sobem as escadas.

GARCEZ E SIMPLÍCIA — Conjurai Conjurai!

DR. MAGNUS — Esperai! Esperai!

CENA IV
Os mesmos, Lopes e os demais urbanos

CORO DE URBANOS — Piano, piano, piano,
  Vamos ao arcano.
DR. MAGNUS (a *Garcez e Simplícia*) — Vou primeiro aviar estes novos sujeitos. Querem talvez saber de algum preso; esperai; (*aos urbanos*) Aceitai os meus respeitos. E escutai. (*com ar misterioso e confidencial*)
  Esta ciência nasceu no Egito...
LOPES — Pega, João Brito!
  Salta, Esquinência!
DR. MAGNUS — Ó Céus! Quem és?
LOPES — Pertenço à agência
  De Rhadamés!
CORO — Rhadamés! Rhadamés!
D. FLORA — Sinto o sangue fugir-me das veias...
DR. MAGNUS — Sinto a vida romper-se aos pés...
D. FLORA — Já me arroxam pesadas cadeias...
DR. MAGNUS — Já me apertam terríveis galés.
CORO — Rhadamés! Rhadamés!
DR. MAGNUS (a *Lopes*) — Mas, senhor, eu protesto, eu juro aos céus e ao mundo
  Que a ciência imortal...
LOPES — Segura-o bem, Raimundo! Não há mais piar; calar e marchar.
  (*vai sair e vê o boné na mão de Garcez*)
LOPES — Que vejo! O meu boné perdido.
GARCEZ — Seu? Este boné é seu?
LOPES — Perdi-o hoje, quando andava a vigiar o famoso dr. Magnus e a célebre d. Flora.

Eleazar
O Cruzeiro, *Rio de Janeiro, 26/03/1878*

Um cão de lata ao rabo

Era uma vez um mestre-escola, residente em Chapéu d'Uvas, que se lembrou de abrir entre os alunos um torneio de composição e de estilo; ideia útil, que não somente afiou e desafiou as mais diversas ambições literárias, como produziu páginas de verdadeiro e raro merecimento.

— Meus rapazes — disse ele. — Chegou a ocasião de brilhar e mostrar que podem fazer alguma coisa. Abro o concurso, e dou quinze dias aos concorrentes. No fim dos quinze dias, quero ter em minha mão os trabalhos de todos; escolherei um júri para os examinar, comparar e premiar.

— Mas o assunto? — perguntaram os rapazes batendo palmas de alegria.

— Podia dar-lhes um assunto histórico; mas seria fácil, e eu quero experimentar a aptidão de cada um. Dou-lhes um assunto simples, aparentemente vulgar, mas profundamente filosófico.

— Diga, diga.

— O assunto é este: — UM CÃO DE LATA AO RABO. Quero vê-los brilhar com opulências de linguagem e atrevimentos de ideia. Rapazes, à obra! Claro é que cada um pode apreciá-lo conforme o entender.

O mestre-escola nomeou um júri, de que eu fiz parte. Sete escritos foram submetidos ao nosso exame. Eram geralmente bons; mas três, sobretudo, mereceram a palma e encheram de pasmo o júri e o mestre, tais eram neste o arrojo do pensamento e a novidade do estilo, naquele a pureza da linguagem e a solenidade acadêmica, naquele outro a erudição rebuscada e técnica, tudo novidade, ao menos em Chapéu d'Uvas. Nós os classificamos pela ordem do mérito e do estilo. Assim, temos:

1º Estilo antitético e asmático.
2º Estilo *ab ovo*.
3º Estilo largo e clássico.

Para que o leitor fluminense julgue por si mesmo de tais méritos, vou dar adiante os referidos trabalhos, até agora inéditos, mas já agora sujeitos ao apreço público.

I. ESTILO ANTITÉTICO E ASMÁTICO

O cão atirou-se com ímpeto. Fisicamente, o cão tem pés, quatro; moralmente, tem asas, duas. Pés: ligeireza na linha reta. Asas: ligeireza na linha ascensional. Duas forças, duas funções. Espádua de anjo no dorso de uma locomotiva.

Um menino atara a lata ao rabo do cão. Que é rabo? Um prolongamento e um deslumbramento. Esse apêndice, que é carne, é também um clarão. Di-lo a filosofia? Não; di-lo a etimologia. Rabo, rabino: duas ideias e uma só raiz.

A etimologia é a chave do passado, como a filosofia é a chave do futuro.

O cão ia pela rua fora, a dar com a lata nas pedras. A pedra faiscava, a lata retinia, o cão voava. Ia como o raio, como o vento, como a ideia. Era a revolução, que transtorna, o temporal que derruba, o incêndio que devora. O cão devorava. Que devorava o cão? O espaço. O espaço é comida. O céu pôs esse transparente manjar ao alcance dos impetuosos. Quando uns jantam e outros jejuam; quando, em oposição às toalhas da casa nobre, há os andrajos da casa do pobre; quando em cima as garrafas choram *lacrima christi*, e embaixo os olhos choram lágrimas de sangue, Deus inventou um banquete para a alma. Chamou-lhe espaço. Esse imenso azul, que está entre a criatura e o criador, é o caldeirão dos grandes famintos. Caldeirão azul: antinomia, unidade.

O cão ia. A lata saltava como os guizos do arlequim. De caminho envolveu-se nas pernas de um homem. O homem parou; o cão parou: pararam diante um do outro. Contemplação única! *Homo, canis*. Um parecia dizer: — Liberta-me! O outro parecia dizer: — Afasta-te! Após alguns instantes, recuaram ambos; o quadrúpede deslaçou-se do bípede. *Canis* levou a sua lata; *homo* levou a sua vergonha. Divisão equitativa. A vergonha é a lata ao rabo do caráter.

Então, ao longe, muito longe, troou alguma coisa funesta e misteriosa. Era o vento, era o furacão que sacudia as algemas do infinito e rugia como uma imensa pantera. Após o rugido, o movimento, o ímpeto, a vertigem. O furacão vibrou, uivou, grunhiu. O mar calou o seu tumulto, a terra calou a sua orquestra. O furacão vinha retorcendo as árvores, essas torres da natureza, vinha abatendo as torres, essas árvores da arte; e rolava tudo, e aturdia tudo, e ensurdecia tudo. A natureza parecia atônita de si mesma. O condor, que é o colibri dos Andes, tremia de terror, como o colibri, que é o condor das rosas. O furacão igualava o píncaro e a base. Diante dele o máximo e o mínimo eram uma só coisa: nada. Alçou o dedo e apagou o sol. A poeira cercava-o todo; trazia poeira adiante, atrás, à esquerda, à direita; poeira em cima, poeira embaixo. Era o redemoinho, a convulsão, o arrasamento.

O cão, ao sentir o furacão, estacou. O pequeno parecia desafiar o grande. O finito encarava o infinito, não com pasmo, não com medo; com desdém. Essa espera do cão tinha alguma coisa de sublime. Há no cão que espera uma expressão semelhante à tranquilidade do leão ou à fixidez do deserto. Parando o cão, parou a lata. O furacão viu de longe esse inimigo quieto; achou-o sublime e desprezível. Quem era ele para o afrontar? A um quilômetro de distância, o cão investiu para o adversário. Um e outro entraram a devorar o espaço, o tempo, a luz. O cão levava a lata, o furacão trazia a poeira. Entre eles, e em redor deles, a natureza ficara extática, absorta, atônita.

Súbito grudaram-se. A poeira redemoinhou, a lata retiniu com o fragor das armas de Aquiles. Cão e furacão envolveram-se um no outro; era a raiva, a ambição, a loucura, o desvario; eram todas as forças, todas as doenças; era o azul, que dizia ao pó: és baixo; era o pó, que dizia ao azul: és orgulhoso. Ouvia-se o rugir, o latir, o retinir; e por cima de tudo isso, uma testemunha impassível, o destino; e por baixo de tudo, uma testemunha risível, o homem.

As horas voavam como folhas num temporal. O duelo prosseguia sem misericórdia nem interrupção. Tinha a continuidade das grandes cóleras. Tinha a persistência das pequenas vaidades. Quando o furacão abria as largas asas, o cão arreganhava os dentes agudos. Arma por arma; afronta por afronta; morte por morte. Um dente vale uma asa. A asa buscava o pulmão para sufocá-lo; o dente buscava a asa para destruí-la. Cada uma dessas duas espadas implacáveis trazia a morte na ponta.

De repente, ouviu-se um estouro, um gemido, um grito de triunfo. A poeira subiu, o ar clareou, e o terreno do duelo apareceu aos olhos do homem estupefato. O cão devorara o furacão. O pó vencera o azul. O mínimo derrubara o máximo. Na fronte do vencedor havia uma aurora; na do vencido negrejava uma sombra. Entre ambas jazia, inútil, uma coisa: a lata.

II. ESTILO *AB OVO*

Um cão saiu de lata ao rabo. Vejamos primeiramente o que é o cão, o barbante e a lata; e vejamos se é possível saber a origem do uso de pôr uma lata ao rabo do cão.

O cão nasceu no sexto dia. Com efeito, achamos no *Gênesis*, cap. I, vs. 24 e 25, que, tendo criado na véspera os peixes e as aves, Deus criou naqueles dias as bestas da terra e os animais domésticos, entre os quais figura o de que ora trato.

Não se pode dizer com acerto a data do barbante e da lata. Sobre o primeiro, encontramos no *Êxodo*, cap. XXVII, v. 1, estas palavras de Jeová: "Farás dez cortinas de linho retorcido", donde se pode inferir que já se torcia o linho, e por conseguinte se usava o cordel. Da lata as induções são mais vagas. No mesmo livro do *Êxodo*, cap. XXVII, v. 3, fala o profeta em *caldeiras*; mas logo adiante recomenda que sejam de cobre. O que não é o nosso caso.

Seja como for, temos a existência do cão, provada pelo *Gênesis*, e a do barbante citada com verossimilhança no *Êxodo*. Não havendo prova cabal da lata, podemos crer, sem absurdo, que existe, visto o uso que dela fazemos.

Agora: — donde vem o uso de atar uma lata ao rabo do cão? Sobre este ponto a história dos povos semíticos é tão obscura como a dos povos arianos. O que se pode afiançar é que os hebreus não o tiveram. Quando Davi (*Reis*, cap. V, v. 16) entrou na cidade a bailar defronte da arca, Micol, a filha de Saul, que o viu, ficou fazendo má ideia dele, por motivo dessa expansão coreográfica. Concluo que era um povo triste. Dos babilônios suponho a mesma coisa, e a mesma dos cananeus, dos jabuseus, dos amorreus, dos filisteus, dos fariseus, dos heteus e dos heveus.

Nem admira que esses povos desconhecessem o uso de que se trata. As guerras que traziam não davam lugar à criação do município, que é de data relativamente moderna; e o uso de atar a lata ao cão, há fundamento para crer que é contemporâneo do município, porquanto nada menos é que a primeira das liberdades municipais.

O município é o verdadeiro alicerce da sociedade, do mesmo modo que a família o é do município. Sobre este ponto estão de acordo os mestres da ciência. Daí vem que as sociedades remotíssimas, se bem tivessem o elemento da família e o uso do cão, não tinham nem podiam ter o de atar a lata ao rabo desse digno companheiro do homem, por isso que lhe faltava o município e as liberdades correlatas.

Na *Ilíada* não há episódio algum que mostre o uso da lata atada ao cão. O mesmo direi dos *Vedas*, do Popol-Vuh e dos livros de Confúcio. Num hino a Varuna (*Rig-Veda*, cap. I, v. 2), fala-se em um "cordel atado embaixo". Mas não sendo as palavras postas na boca do cão, e sim na do homem, é absolutamente impossível ligar esse texto ao uso moderno.

Que os meninos antigos brincavam, e de modo vário, é ponto incontroverso, em presença dos autores. Varrão, Cícero, Aquiles, Aulo Gélio, Suetônio, Higino, Propércio, Marcila falam de diferentes objetos com que as crianças se entretinham, ou fossem bonecos, ou espadas de pau, ou bolas, ou análogos artifícios. Nenhum deles, entretanto, diz uma só palavra do cão de lata ao rabo. Será crível que, se tal gênero de divertimento houvera entre romanos e gregos, nenhum autor nos desse dele alguma notícia, quando o fator de haver Alcibíades cortado a cauda de um cão seu é citado solenemente no livro de Plutarco?

Assim explorada a origem do uso, entrarei no exame do assunto que... (*Não houvera tempo para concluir*)

III. ESTILO LARGO E CLÁSSICO

Larga messe de louros se oferece às inteligências altíloquas, que, no prélio agora encetado, têm de terçar armas temperadas e finais, ante o ilustre mestre e guia de nossos trabalhos; e porquanto os apoucamentos do meu espírito me não permitem justar com glória, e quiçá me condenam a pronto desbaratamento, contento-me em seguir de longe a trilha dos vencedores, dando-lhes as palmas da admiração.

Manha foi sempre puerícia atar uma lata ao apêndice posterior do cão: e essa manha, não por certo louvável, é quase certo que a tiveram os párvulos de Atenas, não obstante ser a abelha-mestra da Antiguidade, cujo mel ainda hoje gosta o paladar dos sabedores.

Tinham alguns infantes, por brinco e gala, atado uma lata a um cão, dando assim folga a aborrecimentos e enfados de suas tarefas escolares. Sentindo a mortificação do barbante, que lhe prendia a lata, e assustado com o soar da lata nos seixos do caminho, o cão ia tão cego e desvairado, que a nenhuma coisa ou pessoa parecia atender.

Movidos da curiosidade, acudiam os vizinhos às portas de suas vivendas, e, longe de sentirem a compaixão natural do homem quando vê padecer outra criatura, dobravam os agastamentos do cão com surriadas e vaias. O cão perlustrou as ruas, saiu aos campos, aos andurriais, até entestar com uma montanha, em cujos alcantilados píncaros desmaiava o sol, e ao pé de cuja base um mancebo apascoava o seu gado.

Quis o Supremo Opífice que este mancebo fosse mais compassivo que os da cidade, e fizesse acabar o suplício do cão. Gentil era ele, de olhos brandos e não somenos em graça aos da mais formosa donzela. Com o cajado ao ombro, e sentado num pedaço de rochedo, manuseava um tomo de Virgílio, seguindo com o pensamento a trilha daquele caudal engenho. Apropinquando-se o cão do mancebo, este lhe lançou as mãos e o deteve. O mancebo varreu logo da memória o poeta e o gado, tratou de desvincular a lata do cão e o fez em poucos minutos, com mor destreza e paciência.

O cão, aliás vultoso, parecia haver desmedrado fortemente, depois que a malícia dos meninos o pusera em tão apertadas andanças. Livre da lata, lambeu as mãos do mancebo, que o tomou para si, dizendo: — De ora avante, me acompanharás ao pasto.

Folgareis certamente com o caso que deixo narrado, embora não possa o apoucado e rude estilo do vosso condiscípulo dar ao quadro os adequados toques. Feracíssimo é o campo para engenhos de mais alto quilate; e, embora abastado de urzes, e porventura coberto de trevas, a imaginação dará o fio de Ariadne com que sói vencer os mais complicados labirintos.

Entranhado anelo me enche de antecipado gosto, por ler os produtos de vossas inteligências, que serão em tudo dignos do nosso digno mestre, e que desafiarão a foice da morte colhendo vasta seara de louros imarcescíveis com que engrinaldareis as fontes imortais.

Tais são os três escritos; dando-os ao prelo, fico tranquilo com a minha consciência; revelei três escritores.

Eleazar

O Cruzeiro, 02/04/1878

Literatura realista

O primo Basílio, romance do sr. Eça de Queirós, Porto, 1878

Um dos bons e vivazes talentos da atual geração portuguesa, o sr. Eça de Queirós, acaba de publicar o seu segundo romance, *O primo Basílio*. O primeiro, *O crime do padre Amaro*, não foi decerto a sua estreia literária. De ambos os lados do Atlântico, apreciávamos há muito o estilo vigoroso e brilhante do colaborador do sr. Ramalho Ortigão, naquelas agudas *Farpas*, em que aliás os dois notáveis escritores formaram um só. Foi a estreia no romance, e tão ruidosa estreia, que a crítica e o público, de mãos dadas, puseram desde logo o nome do autor na primeira galeria dos contemporâneos. Estava obrigado a prosseguir na carreira encetada; digamos melhor, a colher a palma do triunfo. Que é, e completo e incontestável.

Mas esse triunfo é somente devido ao trabalho real do autor? *O crime do padre Amaro* revelou desde logo as tendências literárias do sr. Eça de Queirós e a escola a que abertamente se filiava. O sr. Eça de Queirós é um fiel e aspérrimo discípulo do realismo propagado pelo autor do *Assommoir*. Se fora simples copista, o dever da crítica era deixá-lo, sem defesa, nas mãos do entusiasmo cego, que acabaria por matá-lo; mas é homem de talento, transpôs ainda há pouco as portas da oficina literária; e eu, que lhe não nego a minha admiração, tomo a peito dizer-lhe francamente o que penso, já da obra em si, já das doutrinas e práticas, cujo iniciador é, na pátria de Alexandre Herculano e no idioma de Gonçalves Dias.

Que o sr. Eça de Queirós é discípulo do autor do *Assommoir*, ninguém há que o não conheça. O próprio *O crime do padre Amaro* é imitação do romance de Zola, *La faute de l'abbé Mouret*. Situação análoga, iguais tendências; diferença do meio; diferença do desenlace; idêntico estilo; algumas reminiscências, como no capítulo da missa, e outras; enfim, o mesmo título. Quem os leu a ambos, não contestou decerto a originalidade do sr. Eça de Queirós, porque ele a tinha, e tem, e a manifesta de modo afirmativo; creio até que essa mesma originalidade deu motivo ao maior defeito na concepção d'*O crime do padre Amaro*. O sr. Eça de Queirós alterou naturalmente as circunstâncias que rodeavam o padre Mouret, administrador espiritual de uma paróquia rústica, flanqueado de um padre austero e ríspido; o padre Amaro vive numa cidade de província, no meio de mulheres, ao lado de outros que do sacerdócio só têm a batina e as propinas; vê-os concupiscentes e maritalmente estabelecidos, sem perderem um só átomo de influência e consideração. Sendo assim, não se compreende o terror do padre Amaro, no dia em que do seu erro lhe nasce um filho, e muito menos se compreende que o mate. Das duas forças que lutam na alma do padre Amaro, uma é real e efetiva — o sentimento da paternidade; a outra é quimérica e impossível — o terror da opinião, que ele tem visto tolerante e cúmplice no desvio dos seus confrades; e não obstante, é esta a força que triunfa. Haverá aí alguma verdade moral?

Ora bem, compreende-se a ruidosa aceitação d'*O crime do padre Amaro*. Era realismo implacável, consequente, lógico, levado à puerilidade e à obscuridade. Víamos aparecer na nossa língua um realista sem rebuço, sem atenuações, sem melindres, resoluto a vibrar o camartelo no mármore da outra escola, que aos olhos do sr. Eça de Queirós parecia uma simples ruína, uma tradição acabada. Não se conhecia no nosso idioma aquela reprodução fotográfica e servil das coisas mínimas e ignóbeis. Pela primeira vez, aparecia um livro em que o escuso e o — digamos o próprio termo, pois tratamos de repelir a doutrina, não o talento, e menos o homem —, em que o escuso e o torpe eram tratados com um carinho minucioso e relacionados com uma exação de inventário. A gente de gosto leu com prazer alguns quadros, excelentemente acabados, em que o sr. Eça de Queirós esquecia por minutos as preocupações da escola; e, ainda nos quadros que lhe destoavam, achou mais de um rasgo feliz, mais de uma expressão verdadeira; a maioria, porém, atirou-se ao inventário. Pois que havia de fazer a maioria, senão admirar a fidelidade de um autor, que não esquece nada, e não oculta nada? Porque a nova poética é isto, e só chegará à perfeição no dia em que nos disser o número exato dos fios de que se compõe um lenço de cambraia ou um esfregão de cozinha. Quanto à ação em si, e os episódios que a esmaltam, foram um dos atrativos d'*O crime do padre Amaro*, e o maior deles; tinham o mérito do pomo defeso. E tudo isso, saindo das mãos de um homem de talento, produziu o sucesso da obra.

Certo da vitória, o sr. Eça de Queirós reincidiu no gênero, e trouxe-nos *O primo Basílio*, cujo êxito é evidentemente maior que o do primeiro romance, sem que, aliás, a ação seja mais intensa, mais interessante ou vivaz nem mais perfeito o estilo. A que atribuir a maior aceitação deste livro? Ao próprio fato da reincidência, e, outrossim, ao requinte de certos lances, que não destoaram do paladar público. Talvez o autor se enganou em um ponto. Uma das passagens que maior impressão fizeram, n'*O crime do padre Amaro*, foi a palavra de calculado cinismo, dita pelo herói. O herói d'*O primo Basílio* remata o livro com um dito análogo; e, se no primeiro romance é ele característico e novo, no segundo é já rebuscado, tem um ar de clichê; enfastia. Excluído esse lugar, a reprodução dos lances e do estilo é feita com o artifício necessário, para lhes dar novo aspecto e igual impressão.

Vejamos o que é *O primo Basílio* e comecemos por uma palavra que há nele. Um dos personagens, Sebastião, conta a outro o caso de Basílio, que, tendo namorado Luísa em solteira, estivera para casar com ela; mas falindo o pai, veio para o Brasil, donde escreveu desfazendo o casamento. — Mas é a *Eugênia Grandet!*, exclama o outro. O sr. Eça de Queirós incumbiu-se de nos dar o fio da sua concepção. Disse talvez consigo: — Balzac separa os dois primos, depois de um beijo (aliás, o mais casto dos beijos). Carlos vai para a América; a outra fica, e fica solteira. Se a casássemos com outro, qual seria o resultado do encontro dos dois na Europa? — Se tal foi a reflexão do autor, devo dizer, desde já, que de nenhum modo plagiou os personagens de Balzac. A Eugênia deste, a provinciana singela e boa, cujo corpo, aliás robusto, encerra uma alma apaixonada e sublime, nada tem com a Luísa do sr. Eça de Queirós. Na Eugênia, há uma personalidade acentuada, uma figura moral, que por isso mesmo nos interessa e prende; a Luísa — força é dizê-lo —, a Luísa é um caráter negativo, e no meio da ação ideada pelo autor, é antes um títere do que uma pessoa moral.

Repito, é um títere; não quero dizer que não tenha nervos e músculos; não tem mesmo outra coisa; não lhe peçam paixões nem remorsos; menos ainda consciência.

Casada com Jorge, faz este uma viagem ao Alentejo, ficando ela sozinha em Lisboa; aparece-lhe o primo Basílio, que a amou em solteira. Ela já o não ama; quando leu a notícia da chegada dele, doze dias antes, ficou muito "admirada"; depois foi cuidar dos coletes do marido. Agora, que o vê, começa por ficar nervosa; ele lhe fala das viagens, do patriarca de Jerusalém, do papa, das luvas de oito botões, de um rosário e dos namoros de outro tempo; diz-lhe que estimara ter vindo justamente na ocasião de estar o marido ausente. Era uma injúria: Luísa fez-se escarlate; mas à despedida dá-lhe a mão a beijar, dá-lhe até entender que o espera no dia seguinte. Ele sai; Luísa sente-se "afogueada, cansada", vai despir-se diante de um espelho, "olhando-se muito, gostando de se ver branca". A tarde e a noite gasta-as a pensar ora no primo, ora no marido. Tal é o introito, de uma queda, que nenhuma razão moral explica, nenhuma paixão, sublime ou subalterna, nenhum amor, nenhum despeito, nenhuma perversão sequer. Luísa resvala no lodo, sem vontade, sem repulsa, sem consciência; Basílio não faz mais do que empuxá-la, como matéria inerte, que é. Uma vez rolada ao erro, como nenhuma flama espiritual a alenta, não acha ali a saciedade das grandes paixões criminosas: rebolca-se simplesmente.

Assim, essa ligação de algumas semanas, que é o fato inicial e essencial da ação, não passa de um incidente erótico, sem relevo, repugnante, vulgar. Que tem o leitor do livro com essas duas criaturas sem ocupação nem sentimentos? Positivamente nada.

E aqui chegamos ao defeito capital da concepção do sr. Eça de Queirós. A situação tende a acabar, porque o marido está prestes a voltar do Alentejo, e Basílio começa a enfastiar-se, e, já por isso já porque o instiga um companheiro seu, não tardará a trasladar-se a Paris. Interveio, neste ponto, uma criada. Juliana, o caráter mais completo e verdadeiro do livro; Juliana está enfadada de servir; espreita um meio de enriquecer depressa; logra apoderar-se de quatro cartas; é o triunfo, é a opulência. Um dia em que a ama lhe ralha com aspereza, Juliana denuncia as armas que possui. Luísa resolve fugir com o primo; prepara um saco de viagem, mete dentro alguns objetos, entre eles um retrato do marido. Ignoro inteiramente a razão fisiológica ou psicológica desta precaução de ternura conjugal: deve haver alguma; em todo caso, não é aparente. Não se efetua a fuga, porque o primo rejeita essa complicação; limita-se a oferecer o dinheiro para reaver as cartas — dinheiro que a prima recusa —, despede-se e retira-se de Lisboa. Daí em diante o cordel que move a alma inerte de Luísa passa das mãos de Basílio para as da criada. Juliana, com a ameaça nas mãos, obtém de Luísa tudo, que lhe dê roupa, que lhe troque a alcova, que lha forre de palhinha, que a dispense de trabalhar. Faz mais: obriga-a a varrer, a engomar, a desempenhar outros misteres imundos. Um dia Luísa não se contém; confia tudo a um amigo de casa, que ameaça a criada com a polícia e a prisão, e obtém assim as fatais letras. Juliana sucumbe a um aneurisma; Luísa, que já padecia com a longa ameaça e perpétua humilhação, expira alguns dias depois.

Um leitor perspicaz terá já visto a incongruência da concepção do sr. Eça de Queirós, e a inanidade do caráter da heroína. Suponhamos que tais cartas não eram descobertas, ou que Juliana não tinha a malícia de as procurar, ou enfim que não havia semelhante fâmula em casa, nem outra da mesma índole. Estava acabado o romance, porque o primo enfastiado seguiria para França, e Jorge regressaria do Alentejo; os dois esposos voltavam à vida anterior. Para obviar a esse inconveniente, o autor inventou a criada e o episódio das cartas, as ameaças, as humilhações, as angústias e logo a doença, e a morte da heroína. Como é que um espírito tão esclarecido, como o do autor, não viu que semelhante concepção era a coisa menos congruente e interessante do mundo? Que temos nós com essa luta intestina entre a ama e a criada, e em que nos pode interessar a doença de uma e a morte de ambas? Cá fora, uma senhora que sucumbisse às hostilidades de pessoas de seu serviço, em consequência de cartas extraviadas, despertaria certamente grande interesse, e imensa curiosidade; e, ou a condenássemos, ou lhe perdoássemos, era sempre um caso digno de lástima. No livro é outra coisa. Para que Luísa me atraia e me prenda, é preciso que as tribulações que a afligem venham dela mesma; seja uma rebelde ou uma arrependida; tenha remorsos ou imprecações; mas, por Deus! dê-me a sua pessoa moral. Gastar o aço da paciência a fazer tapar a boca de uma cobiça subalterna, a substituí-la nos misteres ínfimos, a defendê-la dos ralhos do marido, é cortar todo o vínculo moral entre ela e nós. Já nenhum há, quando Luísa adoece e morre. Por quê? porque sabemos que a catástrofe é o resultado de uma circunstância fortuita, e nada mais; e consequentemente por esta razão capital: Luísa não tem remorsos, tem medo.

Se o autor, visto que o Realismo também inculca vocação social e apostólica, intentou dar no seu romance algum ensinamento ou demonstrar com ele alguma tese, força é confessar que o não conseguiu, a menos de supor que a tese ou ensinamento seja isto: — A boa escolha dos fâmulos é uma condição de paz no adultério. A um escritor esclarecido e de boa-fé, como o sr. Eça de Queirós, não seria lícito contestar que, por mais singular que pareça a conclusão, não há outra no seu livro. Mas o autor poderia retorquir: — Não, não quis formular nenhuma lição social ou moral; quis somente escrever uma hipótese; adoto o realismo, porque é a verdadeira forma da arte e a única própria do nosso tempo e adiantamento mental; mas não me proponho a lecionar ou curar; exerço a patologia, não a terapêutica. A isso responderia eu com vantagem: — Se escreveis uma hipótese dai-me a hipótese lógica, humana, verdadeira. Sabemos todos que é aflitivo o espetáculo de uma grande dor física; e, não obstante, é máxima corrente em arte, que semelhante espetáculo, no teatro, não comove a ninguém; ali vale somente a dor moral. Ora bem; aplicai esta máxima ao vosso realismo, e sobretudo proporcionai o efeito à causa, e não exijais a minha comoção a troco de um equívoco.

E passemos agora ao mais grave, ao gravíssimo.

Parece que o sr. Eça de Queirós quis dar-nos na heroína um produto da educação frívola e da vida ociosa; não obstante, há aí traços que fazem supor, à primeira vista, uma vocação sensual. A razão disso é a fatalidade das obras do sr. Eça de Queirós — ou, noutros termos, do seu realismo sem condescendência: é a sensação física. Os exemplos acumulam-se de página a página; apontá-los, seria reuni-los e agravar o que há neles desvendado e cru. Os que de boa-fé supõem defender o livro, dizendo que podia ser expurgado de algumas cenas, para só ficar o pensamento moral ou social que o engendrou, esquecem ou não reparam que isso é justamente a medula da composição. Há episódios mais crus do que outros. Que importa eliminá-los? Não poderíamos eliminar o tom do livro. Ora, o tom é o espetáculo dos ardores, exigências e perversões físicas. Quando o fato lhe não parece bastante caracterizado com o termo próprio, o autor acrescenta-lhe outro impróprio. De uma carvoeira, à porta da loja, diz ele que apresentava a "gravidez bestial". Bestial por quê? Naturalmente, porque o adjetivo avoluma o substantivo e o autor não vê ali o sinal da maternidade humana; vê um fenômeno animal, nada mais.

Com tais preocupações de escola, não admira que a pena do autor chegue ao extremo de correr o reposteiro conjugal; que nos talhe as suas mulheres pelos aspectos e trejeitos da concupiscência; que escreva reminiscências e alusões de um erotismo, que Proudhon chamaria onissexual e onímodo; que no meio das tribulações que assaltam a heroína, não lhe infunda no coração, em relação ao esposo, as esperanças de um sentimento superior, mas somente os cálculos da sensualidade e os "ímpetos de concubina"; que nos dê as cenas repugnantes do paraíso; que não esqueça sequer os desenhos torpes de um corredor de teatro. Não admira; é fatal; tão fatal como a outra preocupação correlativa. Ruim moléstia é o catarro; mas por que hão de padecer dela os personagens do sr. Eça de Queirós? N'*O crime do padre Amaro* há bastantes afetados de tal achaque; n'*O primo Basílio* fala-se apenas de um caso: um indivíduo que morreu de catarro na bexiga. Em compensação há infinitos "jactos escuros de saliva". Quanto à preocupação constante do acessório, bastará citar as confidências de Sebastião a Juliana, feitas casualmente à porta e dentro de uma confeitaria, para termos ocasião de ver reproduzidos o mostrador e as suas pirâmides de doces, os bancos, as mesas, um sujeito que lê um jornal e cospe a miúdo, o choque das bolas de bilhar, uma rixa interior, e outro sujeito que sai a vociferar contra o parceiro; bastará citar o longo jantar do conselheiro Acácio (transcrição do personagem de Henri Monier); finalmente, o capítulo do Teatro de S. Carlos, quase no fim do livro. Quando todo o interesse se concentra em casa de Luísa, onde Sebastião trata de reaver as cartas subtraídas pela criada, descreve-nos o autor uma noite inteira de espetáculos, a plateia, os camarotes, a cena, uma altercação de espectadores.

Que os três quadros estão acabados com muita arte, sobretudo o primeiro, é coisa que a crítica imparcial deve reconhecer; mas por que avolumar tais acessórios até o ponto de abafar o principal?

Talvez estes reparos sejam menos atendíveis, desde que o nosso ponto de vista é diferente. O sr. Eça de Queirós não quer ser realista mitigado, mas intenso e completo; e daí vem que o tom carregado das tintas, que nos assusta, para ele é simplesmente o tom próprio. Dado, porém, que a doutrina do sr. Eça de Queirós fosse verdadeira, ainda assim cumpria não acumular tanto as cores, nem acentuar tanto as linhas; e quem o diz é o próprio chefe da escola, de quem li há pouco, e não sem pasmo, que o perigo do movimento realista é haver quem suponha que o traço grosso é o traço exato. Digo isto no interesse do talento do sr. Eça de Queirós, não no da doutrina que lhe é adversa; porque a esta o que mais importa é que o sr. Eça de Queirós escreva outros livros como *O primo Basílio*. Se tal suceder, o Realismo na nossa língua será estrangulado no berço; e a arte pura, apropriando-se do que ele contiver aproveitável (porque o há quando se não despenha no excessivo, no tedioso, no obsceno, e até no ridículo), a arte pura, digo eu, voltará a beber aquelas águas sadias d'*O monge de Cister*, d'*O arco de Sant'Ana* e d'*O Guarani*.

A atual literatura portuguesa é assaz rica de força e talento para podermos afiançar que este resultado será certo, e que a herança de Garrett se transmitirá intacta às mãos da geração vindoura.

***

Há quinze dias, escrevi nestas colunas uma apreciação crítica do segundo romance do sr. Eça de Queirós, *O primo Basílio*, e daí para cá apareceram dois artigos em resposta ao meu, e porventura algum mais em defesa do romance. Parece que a certa porção de leitores desagradou a severidade da crítica. Não admira; nem a severidade está muito nos hábitos da terra, nem a doutrina realista é tão nova que não conte já, entre nós, mais de um férvido religionário. Criticar o livro, era muito; refutar a doutrina, era demais. Urgia, portanto, destruir as objeções e aquietar os ânimos assustados; foi o que se pretendeu fazer e foi o que se não fez.

Pela minha parte, podia dispensar-me de voltar ao assunto. Volto (e pela última vez) porque assim o merece a cortesia dos meus contendores; e, outrossim, porque não fui entendido em uma das minhas objeções.

E antes de ir adiante, convém retificar um ponto. Um dos meus contendores acusa-me de nada achar bom n'*O primo Basílio*. Não advertiu que, além de proclamar o talento do autor (seria pueril negar-lho) e de lhe reconhecer o dom da observação, notei o esmero de algumas páginas e a perfeição de um dos seus caracteres. Não me parece que isto seja negar tudo a um livro, e a um segundo livro. Disse comigo: — Este homem tem faculdades de artista, dispõe de um estilo de boa têmpera, tem observação; mas o seu livro traz defeitos que me parecem graves, uns de concepção, outros da escola em que o autor é aluno, e onde aspira a tornar-se mestre; digamos-lhe isto mesmo, com a clareza e franqueza a que têm jus os espíritos de certa esfera. E foi o que fiz, preferindo às generalidades do diletantismo literário a análise sincera e a reflexão paciente e longa. Censurei e louvei, crendo haver assim provado duas coisas: a lealdade da minha crítica e a sinceridade da minha admiração.

Venhamos agora à concepção do sr. Eça de Queirós, e tornemos a liberdade de mostrar aos seus defensores como se deve ler e entender uma objeção. Tendo eu dito que, se não houvesse o extravio das cartas, ou se Juliana fosse mulher de outra índole, acabava o romance em meio, porque Basílio, enfastiado, segue para a França, Jorge volta do Alentejo, e os dois esposos tornariam à vida antiga, replicam-me os meus contendores de um modo, na verdade, singular. Um achou a objeção fútil e até cômica; outro evocou os manes de Judas Macabeu, de Antíoco, e do elefante de Antíoco. Sobre o elefante foi construída uma série de hipóteses destinadas a provar a futilidade do meu argumento. Por que Herculano fez Eurico um presbítero? Se Hermengarda tem casado com o gardingo logo no começo, haveria romance? Se o sr. Eça de Queirós não houvesse escrito *O primo Basílio*, estaríamos agora a analisá-lo? Tais são as hipóteses, as perguntas, as deduções do meu argumento; e foi-me precisa toda a confiança que tenho na boa-fé dos defensores do livro, para não supor que estavam a mofar de mim e do público.

Que não entendessem, vá; não era um desastre irreparável. Mas uma vez que não entendiam, podiam lançar mão de um destes dois meios: reler-me ou calar. Preferiram atribuir-me um argumento de simplório; involuntariamente, creio; mas, em suma, não me atribuíram outra coisa. Releiam-me; lá verão que, depois de analisar o caráter de Luísa, de mostrar que ela cai sem repulsa nem vontade, que nenhum amor nem ódio a abala, que o adultério é ali uma simples aventura passageira, chego à conclusão de que, com tais caracteres como Luísa e Basílio, uma vez separados os dois, e regressando o marido, não há meio de continuar o romance, porque os heróis e a ação não dão mais nada de si, e o erro de Luísa seria um simples parênteses no período conjugal. Voltariam todos ao primeiro capítulo: Luísa tornava a pegar no *Diário de Notícias*, naquela sala de jantar tão bem descrita pelo autor; Jorge ia escrever os seus relatórios, os frequentadores da casa continuariam a ir ali encher os serões. Que acontecimento, logicamente deduzido da situação moral dos personagens, podia vir continuar uma ação extinta? Evidentemente nenhum. Remorsos? Não há probabilidades deles; porque, ao anunciar-se a volta do marido, Luísa, não obstante o extravio das cartas, esquece todas as inquietações, "sob uma sensação de desejo que a inunda". Tirai o extravio das cartas, a casa de Jorge passa a ser uma nesga do paraíso; sem essa circunstância, inteiramente casual, acabaria o romance. Ora, a substituição do principal pelo acessório, a ação transplantada dos caracteres e dos sentimentos para o incidente, para o fortuito, eis o que me pareceu incongruente e contrário às leis da arte.

Tal foi a minha objeção. Se algum dos meus contendores chegar a demonstrar que a objeção não é séria, terá cometido uma ação extraordinária. Até lá, ser-me-á lícito conservar uma pontazinha de cepticismo.

Que o sr. Eça de Queirós podia lançar mão do extravio das cartas, não serei eu que o conteste; era seu direito. No modo de exercer é que a crítica lhe toma contas. O lenço de Desdêmona tem larga parte na sua morte; mas a alma ciosa e ardente de Otelo, a perfídia de Iago e a inocência de Desdêmona, eis os elementos principais da ação. O drama existe, porque está nos caracteres, nas paixões, na situação moral dos personagens: o acessório não domina o absoluto; é como a rima de Boileau: *il ne doit qu'obéir*. Extraviem-se as cartas, faça uso delas Juliana; é um episódio como qualquer outro. Mas o que, a meu ver, constitui o defeito da concepção do sr. Eça de Queirós, é que a ação, já despida de todo o interesse anedótico, adquire um interesse de curiosidade. Luísa resgatará as cartas? Eis o problema que o leitor tem diante de si. A vida, os cuidados, os pensamentos da heroína não têm outro objeto, senão esse. Há uma ocasião em que, não sabendo onde ir buscar o dinheiro necessário ao resgate, Luísa compra umas cautelas de loteria; sai branco. Suponhamos (ainda uma suposição) que o número saísse premiado; as cartas eram entregues; e, visto que Luísa não tem mais do que medo, se lhe restabelecia a paz do espírito, e com ela a paz doméstica. Indicar a possibilidade desta conclusão é patentear o valor da minha crítica.

Nem seria para admirar o desenlace pela loteria, porque a loteria tem influência decisiva em certo momento da aventura. Um dia, arrufada com o amante, Luísa fica incerta se irá vê-lo ou não; atira ao ar uma moeda de cinco tostões; era cunho: devia ir e foi. Esses traços de caráter é que me levaram a dizer, quando a comparei com a Eugênia, de Balzac, que nenhuma semelhança havia entre as duas, porque esta tinha uma forte acentuação moral, e aquela não passava de um títere. Parece que a designação destoou no espírito dos meus contendores, e houve esforço comum para demonstrar que a designação era uma calúnia ou uma superfluidade. Disseram-me que, se Luísa era um títere, não podia ter músculos e nervos, como não podia ter medo, porque os títeres não têm medo.

Supondo que este trocadilho de ideias veio somente para desenfadar o estilo, me abstenho de o considerar mais tempo; mas não irei adiante sem convidar os defensores a todo transe a que releiam, com pausa, o livro do sr. Eça de Queirós: é o melhor método quando se procura penetrar a verdade de uma concepção. Não direi, com Buffon, que o gênio é a paciência; mas creio poder afirmar que a paciência é a metade da sagacidade: ao menos, na crítica.

Nem basta ler; é preciso comparar, deduzir, aferir a verdade do autor. Assim é que, estando Jorge de regresso e extinta a aventura do primo, Luísa cerca o marido de todos os cuidados — "cuidados de mãe e ímpetos de concubina". Que nos diz o autor nessa página? Que Luísa se envergonhava um pouco da maneira "por que amava o marido; sentia vagamente que naquela violência amorosa havia pouca dignidade conjugal. Parecia-lhe que tinha apenas um capricho".

Que horror! Um capricho por um marido! Que lhe importaria, de resto? "Aquilo fazia-a feliz". Não há absolutamente nenhum meio de atribuir a Luísa esse escrúpulo de dignidade conjugal; está ali porque o autor no-lo diz; mas não basta; toda a composição do caráter de Luísa é antinômica com semelhante sentimento. A mesma coisa diria dos remorsos que o autor lhe atribui, se ele não tivesse o cuidado de os definir (p. 440). Os remorsos de Luísa, permita-me dizê-lo, não é a vergonha da consciência, é a vergonha dos sentidos; ou, como diz o autor: "um gosto infeliz em cada beijo". Medo, sim; o que ela tem é medo; disse-o eu e di-lo ela própria: "Que feliz seria, se não fosse a infame!"

Sobre a linguagem, alusões, episódios, e outras partes do livro, notadas por mim, como menos próprias do decoro literário, um dos contendores confessa que os acha excessivos, e podiam ser eliminados, ao passo que outro os aceita e justifica, citando em defesa o exemplo de Salomão na poesia do *Cântico do cânticos*:

> *On ne s'attendait guère*
> *À voir la Bible en cette affaire;*

e menos ainda se podia esperar o que nos diz do livro bíblico. Ou recebeis o livro, como deve fazer um católico, isto é, em seu sentido místico e superior, e em tal caso não podeis chamar-lhe erótico; ou só o recebeis no sentido literário, e então nem é poesia, nem é de Salomão; é drama e de autor anônimo. Ainda, porém, que o aceiteis como um simples produto literário, o exemplo não serve de nada.

Nem era preciso ir à Palestina. Tínheis a *Lisístrata*; e se a *Lisístrata* parecesse obscena demais, podíeis argumentar com algumas frases de Shakespeare e certas locuções de Gil Vicente e Camões. Mas o argumento, se tivesse diferente origem, não teria diferente valor. Em relação a Shakespeare, que importam algumas frases obscenas, em uma ou outra página, se a explicação de muitas delas está no tempo, e se a respeito de todas nada há sistemático? Eliminai-as ou modificai-as, nada tirareis ao criador das mais castas figuras do teatro, ao pai de Imógene, de Miranda, de Viola, de Ofélia, eternas figuras sobre as quais hão de repousar eternamente os olhos dos homens. Demais, seria mal cabido invocar o padrão do romantismo para defender os excessos do realismo.

Gil Vicente usa locuções que ninguém hoje escreveria, e menos ainda faria repetir no teatro; e não obstante as comédias desse grande engenho eram representadas na corte de d. Manuel e d. João III. Camões, em suas comédias, também deixou palavras hoje condenadas. Qualquer dos velhos cronistas portugueses emprega, por exemplo, o verbo próprio, quando trata do ato, que hoje designamos com a expressão *dar à luz*; o verbo era então polido; tempo virá em que *dar à luz* seja substituída por outra expressão; e nenhum jornal, nenhum teatro a imprimirá ou declamará como fazemos hoje.

A razão disto, se não fosse óbvia, podíamos apadrinhá-la com Macaulay: é que há termos delicados num século e grosseiros no século seguinte. Acrescentarei que noutros casos a razão pode ser simplesmente tolerância do gosto.

Que há, pois, comum entre exemplos dessa ordem e a escola de que tratamos? Em que pode um drama de Israel, uma comédia de Atenas, uma locução de Shakespeare ou de Gil Vicente justificar a obscenidade sistemática do Realismo? Diferente coisa é a indecência relativa de uma locução, e a constância de um sistema que, usando aliás de relativa decência nas palavras, acumula e mescla toda a sorte de ideias e sensações lascivas; que, no desenho e colorido de uma mulher, por exemplo, vai direito às indicações sensuais.

Não peço, decerto, os estafados retratos do Romantismo decadente; pelo contrário, alguma coisa há no Realismo que pode ser colhido em proveito da imaginação e da arte. Mas sair de um excesso para cair em outro não é regenerar nada; é trocar o agente da corrupção.

Um dos meus contendores persuade-se que o livro podia ser expurgado de alguns traços mais grossos: persuasão que no primeiro artigo disse eu que era ilusória, e por quê. Há quem vá adiante e creia que, não obstante as partes condenadas, o livro tem um grande efeito moral. Essa persuasão não é menos ilusória que a primeira; a impressão moral de um livro não se faz por silogismo, e se assim fosse, já ficou dito também no outro artigo qual a conclusão deste. Se eu tivesse de julgar o livro pelo lado da influência moral, diria que, qualquer que seja o ensinamento, se algum tem, qualquer que seja a extensão da catástrofe, uma e outra coisa são inteiramente destruídas pela viva pintura dos fatos viciosos: essa pintura, esse aroma de alcova, essa descrição minuciosa, quase técnica, das relações adúlteras, eis o mal. A castidade inadvertida que ler o livro chegará à última página, sem fechá-lo, e tornará atrás para reler outras.

Mas não trato disso agora; não posso sequer tratar mais nada; foge-me o espaço. Resta-me concluir, e concluir aconselhando aos jovens talentos de ambas as terras da nossa língua, que não se deixem seduzir por uma doutrina caduca, embora no verdor dos anos. Este messianismo literário não tem a torça da universalidade nem da vitalidade; traz consigo a decrepitude. Influi, decerto, em bom sentido e até certo ponto, não para substituir as doutrinas aceitas, mas corrigir o excesso de sua aplicação. Nada mais. Voltemos os olhos para a realidade, mas excluamos o realismo, assim não sacrificaremos a verdade estética.

Um dos meus contendores louva o livro do sr. Eça de Queirós, por dizer a verdade, e atribui a algum hipócrita a máxima de que nem todas as verdades se dizem. Vejo que confunde a arte com a moral; vejo mais que se combate a si próprio. Se todas as verdades se dizem, por que excluir algumas?

Ora, o realismo dos srs. Zola e Eça de Queirós, apesar de tudo, ainda não esgotou todos os aspectos da realidade. Há atos íntimos e ínfimos, vícios ocultos, secreções sociais que não podem ser preteridas nessa exposição de todas as coisas. Se são naturais para que escondê-los? Ocorre-me que Voltaire, cuja eterna mofa é a consolação de bom senso (quando não transcende o humano limite), a Voltaire se atribui uma resposta, da qual apenas citarei metade: *Très natural aussi, mais je porte des culottes.*

Quanto ao sr. Eça de Queirós e aos seus amigos deste lado do Atlântico, repetirei que o autor d'*O primo Basílio* tem em mim um admirador de seus talentos, adversário de suas doutrinas, desejoso de o ver aplicar, por modo diferente, as fortes qualidades que possui; que, se admiro também muitos dotes do seu estilo, faço restrições à linguagem; que o seu dom de observação, aliás pujante, é complacente em demasia; sobretudo, é exterior, é superficial. O fervor dos amigos pode estranhar este modo de sentir e a franqueza de o dizer. Mas então o que seria a crítica?

Eleazar
O Cruzeiro, 16/04/1878 e 30/04/1878

Filosofia de um par de botas

Uma destas tardes, como eu acabasse de jantar, e muito, lembrou-me dar um passeio à praia de Santa Luzia, cuja solidão é propícia a todo homem que ama digerir em paz. Ali fui, e com tal fortuna que achei uma pedra lisa para me sentar, e nenhum fôlego vivo nem morto. Nem morto, felizmente. Sentei-me, alonguei os olhos, espreguicei a alma, respirei à larga, e disse ao estômago: — Digere a teu gosto, meu velho companheiro. *Deus nobis haec otia fecit.*

Digeria o estômago, enquanto o cérebro ia remoendo, tão certo é que tudo neste mundo se resolve na mastigação. E digerindo, e remoendo, não reparei logo que havia, a poucos passos de mim, um par de coturnos velhos e imprestáveis. Um e outro tinham a sola rota, o tacão comido do longo uso, e tortos, porque é de notar que a generalidade dos homens camba, ou para um ou para outro lado. Um dos coturnos (digamos botas, que não lembra tanto a tragédia), uma das botas tinha um rasgão de calo. Ambas estavam maculadas de lama velha e seca; tinham o couro ruço, puído, encarquilhado.

Olhando casualmente para as botas, entrei a considerar as vicissitudes humanas, e a conjeturar qual teria sido a vida daquele produto social. Eis senão quando ouço um rumor de vozes surdas; em seguida, ouvi sílabas, palavras, frases, períodos; e não havendo ninguém, imaginei que era eu, que eu era ventríloquo; e já podem ver se fiquei consternado. Mas não, não era eu; eram as botas que falavam entre si, suspiravam e riam, mostrando em vez de dentes, uma pontas de tachas enferrujadas. Prestei o ouvido; eis o que diziam as botas:

BOTA ESQUERDA — Ora, pois, mana, respiremos e filosofemos um pouco.
BOTA DIREITA — Um pouco? Todo o resto da nossa vida, que não há de ser muito grande; mas enfim, algum descanso nos trouxe a velhice. Que destino! Uma praia! Lembras-te do tempo em que brilhávamos na vidraça da rua do Ouvidor?

Bota esquerda — Se me lembro! Quero até crer que éramos as mais bonitas de todas. Ao menos na elegância...

Bota direita — Na elegância, ninguém nos vencia.

Bota esquerda — Pois olha que havia muitas outras, e presumidas, sem contar aquelas botinas cor de chocolate... aquele par...

Bota direita — O dos botões de madrepérola?

Bota esquerda — Esse.

Bota direita — O daquela viúva?

Bota esquerda — O da viúva.

Bota direita — Que tempo! Éramos novas, bonitas, asseadas; de quando em quando, uma passadela de pano de linho, que era uma consolação. No mais, plena ociosidade. Bom tempo, mana, bom tempo! Mas, bem dizem os homens: não há bem que sempre dure, nem mal que se não acabe.

Bota esquerda — O certo é que ninguém nos inventou para vivermos novas toda vida. Mais de uma pessoa ali foi experimentar-nos; éramos calçadas com cuidado, postas sobre um tapete, até que que um dia o dr. Crispim passou, viu-nos, entrou e calçou-nos. Eu, de raivosa, apertei-lhe um pouco os dois calos.

Bota direita — Sempre te conheci pirracenta.

Bota esquerda — Pirracenta, mas infeliz. Apesar do apertão, o dr. Crispim levou-nos.

Bota direita — Era bom homem, o dr. Crispim; muito nosso amigo. Não dava caminhadas largas, não dançava. Só jogava o voltarete, até tarde, duas e três horas da madrugada; mas, como o divertimento era parado, não nos incomodava muito. E depois, entrava em casa, na pontinha dos pés, para não acordar a mulher. Lembras-te?

Bota esquerda — Ora! por sinal que a mulher fingia dormir para lhe não tirar as ilusões. No dia seguinte ele contava que estivera na maçonaria. Santa senhora!

Bota direita — Santo casal! Naquela casa fomos sempre felizes, sempre! E a gente que eles frequentavam? Quando não havia tapetes, havia palhinha; pisávamos o macio, o limpo, o asseado... Andávamos de carro muita vez, e eu gosto tanto de carro! Estivemos ali uns quarenta dias, não?

Bota esquerda — Pois então! Ele gastava mais sapatos do que a Bolívia gasta constituições.

Bota direita — Deixemo-nos de política.

Bota esquerda — Apoiado.

Bota direita (*com força*) — Deixemo-nos de política, já disse!

Bota esquerda (*sorrindo*) — Mas um pouco de política debaixo da mesa?... Nunca te contei... contei, sim... o caso das botinas cor de chocolate... as da viúva...

Bota direita — Da viúva, para quem o dr. Crispim quebrava muito os olhos? Lembra-me que estivemos juntas, num jantar do comendador Plácido. As botinas viram-nos logo, e nós daí a pouco as vimos também, porque a viúva, como tinha o pé pequeno, andava a mostrá-lo a cada passo. Lembra-me também que, à mesa, conversei muito com uma das botinas. O dr. Crispim sentara-se ao pé do comendador e defronte da viúva; então, eu fui direita a uma delas, e falamos, falamos pelas tripas de Judas... A princípio, não; a princípio ela fez-se de boa; e toquei-lhe no bico, respondeu-me zangada: "Vá-se, me deixe!" Mas eu insisti, perguntei-lhe por onde tinha andado, disse-lhe que estava ainda muito bonita, muito conservada; ela foi-se amansando, buliu com o bico, depois com o tacão, pisou em mim, eu pisei nela e não te digo mais...

BOTA ESQUERDA — Pois é justamente o que eu queria contar...

BOTA DIREITA — Também conversaste?

BOTA ESQUERDA — Não; ia conversar com a outra. Escorreguei devagarinho, muito devagarinho, com cautela, por causa da bota do comendador.

BOTA DIREITA — Agora me lembro: pisaste a bota do comendador.

BOTA ESQUERDA — A bota? Pisei o calo. O comendador: Ui! As senhoras: Ai! Os homens: Hein? E eu recuei; e o dr. Crispim ficou muito vermelho, muito vermelho...

BOTA DIREITA — Parece que foi castigo. No dia seguinte o dr. Crispim deu-nos de presente a um procurador de poucas causas.

BOTA ESQUERDA — Não me fales! Isso foi a nossa desgraça! Um procurador! Era o mesmo que dizer: mata-me estas botas; esfrangalha-me estas botas!

BOTA DIREITA — Dizes bem. Que roda viva! Era da Relação para os escrivães, dos escrivães para os juízes, dos juízes para os advogados, dos advogados para as partes (embora poucas), das partes para a Relação, da Relação para os escrivães...

BOTA ESQUERDA — *Et cœtera*. E as chuvas! e as lamas! Foi o procurador quem primeiro me deu este corte para desabafar um calo. Fiquei asseada com esta janela à banda.

BOTA DIREITA — Durou pouco; passamos então para o fiel de feitos, que no fim de três semanas nos transferiu ao remendão. O remendão (ah! já não era a rua do Ouvidor!) deu-nos alguns pontos, tapou-nos este buraco, e impingiu-nos ao aprendiz de barbeiro do beco dos Aflitos.

BOTA DIREITA — Com esse havia pouco que fazer de dia, mas de noite...

BOTA ESQUERDA — No curso de dança; lembra-me. O diabo do rapaz valsava como quem se despede da vida. Nem nos comprou para outra coisa, porque para os passeios tinha um par de botas novas, de verniz e bico fino. Mas para as noites... Nós éramos as botas do curso...

BOTA DIREITA — Que abismo entre o curso e os tapetes do dr. Crispim...

BOTA ESQUERDA — Coisas!

BOTA DIREITA — Justiça, justiça; o aprendiz não nos escovava; não tínhamos o suplício da escova. Ao menos, por esse lado, a nossa vida era tranquila.

BOTA ESQUERDA — Relativamente, creio. Agora, que era alegre não há dúvida; em todo caso, era muito melhor que a outra que nos esperava.

BOTA DIREITA — Quando fomos parar às mãos...

BOTA ESQUERDA — Aos pés.

BOTA DIREITA — Aos pés daquele servente das obras públicas. Daí fomos atiradas à rua, onde nos apanhou um preto padeiro, que nos reduziu enfim a este último estado! Triste! triste!

BOTA ESQUERDA — Tu queixas-te, mana?

BOTA DIREITA — Se te parece!

BOTA ESQUERDA — Não sei; se na verdade é triste acabar assim tão miseravelmente, numa praia, esburacadas e rotas, sem tacões nem ilusões, por outro lado, ganhamos a paz, e a experiência.

BOTA DIREITA — A paz? Aquele mar pode lamber-nos de um relance.

BOTA ESQUERDA — Trazer-nos-á outra vez à praia. Demais, está longe.
BOTA DIREITA — Que eu, na verdade, quisera descansar agora estes últimos dias; mas descansar sem saudades, sem a lembrança do que foi. Viver tão afagadas, tão admiradas na vidraça do autor dos nossos dias; passar uma vida feliz em casa do nosso primeiro dono, suportável na casa dos outros; e agora...
BOTA ESQUERDA — Agora quê?
BOTA DIREITA — A vergonha, mana.
BOTA ESQUERDA — Vergonha, não. Podes crer, que fizemos felizes aqueles a quem calçamos; ao menos, na nossa mocidade. Tu que pensas? Mais de um não olha para suas ideias com a mesma satisfação com que olha para suas botas. Mana, a bota é a metade da circunspecção; em todo o caso é a base da sociedade civil...
BOTA DIREITA — Que estilo! Bem se vê que nos calçou um advogado.
BOTA ESQUERDA — Não reparaste que, à medida que íamos envelhecendo, éramos menos cumprimentadas?
BOTA DIREITA — Talvez.
BOTA ESQUERDA — Éramos, e o chapéu não se engana. O chapéu fareja a bota... Ora, pois! Viva a liberdade! viva a paz! viva a velhice! (*a Bota Direita abana tristemente o cano*) Que tens?
BOTA DIREITA — Não posso; por mais que queira, não posso afazer-me a isto. Pensava que sim, mas era ilusão... Viva a paz e a velhice, concordo; mas há de ser sem as recordações do passado...
BOTA ESQUERDA — Qual passado? O de ontem ou o de anteontem? O do advogado ou o do servente?
BOTA DIREITA — Qualquer; contanto que nos calçassem. O mais reles pé de homem é sempre um pé de homem.
BOTA ESQUERDA — Deixa-te disso; façamos da nossa velhice uma coisa útil e respeitável.
BOTA DIREITA — Respeitável, um par de botas velhas! Útil, um par de botas velhas! Que utilidade? que respeito? Não vês que os homens tiraram de nós o que podiam, e quando não valíamos um caracol mandaram deitar-nos à margem? Quem é que nos há de respeitar? aqueles mariscos? (*olhando para mim*) Aquele sujeito que está ali com os olhos assombrados?
BOTA ESQUERDA — *Vanitas! Vanitas!*
BOTA DIREITA — Que dizes tu?
BOTA ESQUERDA — Quero dizer que és vaidosa, apesar de muito acalcanhada, e que devemos dar-nos por felizes com esta aposentadoria, lardeada de algumas recordações.
BOTA DIREITA — Onde estarão a esta hora as botinas da viúva?
BOTA ESQUERDA — Quem sabe lá! Talvez outras botas conversem com outras botinas... Talvez: é a lei do mundo; assim caem os Estados e as instituições. Assim perece a beleza e a mocidade. Tudo botas, mana; tudo botas, com tacões ou sem tacões, novas ou velhas; direita ou acalcanhadas, lustrosas ou ruças, mas botas, botas, botas!

Neste ponto calaram-se as duas interlocutoras, e eu fiquei a olhar para uma e outra, a esperar se diziam alguma coisa mais. Nada; estavam pensativas.

Deixei-me ficar assim algum tempo, disposto a lançar mão delas, e levá-las para casa com o fim de as estudar, interrogar, e depois escrever uma memória, que remeteria a todas as academias do mundo. Pensava também em as apresentar nos circos de cavalinhos, ou ir vendê-las a Nova York. Depois, abri mão de todos esses projetos. Se elas queriam a paz, uma velhice sossegada, por que motivo iria eu arrancá-las a essa justa paga de uma vida cansada e laboriosa? Tinham servido tanto! tinham rolado todos os degraus da escala social; chegavam ao último, a praia, a triste praia de Santa Luzia... Não, velhas botas! Melhor é que fiqueis aí no derradeiro descanso.

Nisto vi chegar um sujeito maltrapilho; era um mendigo. Pediu-me uma esmola; dei-lhe um níquel.

MENDIGO — Deus lhe pague, meu senhor! (*vendo as botas*) Um par de botas! Foi um anjo que as pôs aqui...
EU (*ao mendigo*) — Mas, espere...
MENDIGO — Espere o quê? Se lhe digo que estou descalço! (*pegando nas botas*) Estão bem boas! Cosendo-se isto aqui, com um barbante...
BOTA DIREITA — Que é isto, mana? que é isto? Alguém pega em nós... Eu sinto-me no ar...
BOTA ESQUERDA — É um mendigo.
BOTA DIREITA — Um mendigo? Que quererá ele?
BOTA DIREITA (*alvoroçada*) — Será possível?
BOTA ESQUERDA — Vaidosa!
BOTA DIREITA — Ah! mana! esta é a filosofia verdadeira: Não há bota velha que não encontre um pé cambaio.

Eleazar
O Cruzeiro, 23/04/1878

Antes da missa
Conversa de duas damas

(*D. Laura entra com um livro de missa na mão; d. Beatriz vem recebê-la.*)

D. BEATRIZ — Ora esta! Pois tu, que és a mãe da preguiça,
    Já tão cedo na rua! Onde vais?
D. LAURA — Vou à missa;
    A das onze, na Cruz. Pouco passa das dez;
    Subi para puxar-te as orelhas. Tu és
    A maior caloteira...
D. BEATRIZ — Espera; não acabes.
    O teu baile, não é? Que queres tu? Bem sabes

  Que o senhor meu marido, em teimando, acabou.
  "Leva o vestido azul" — "Não levo" — "Hás de ir" — "Não vou".
  Vou, não vou; e a teimar deste modo, perdemos
  Duas horas. Chorei! Que eu, em certos extremos,
  Fico que não sei mais o que fazer de mim.
  Chorei de raiva. Às dez, veio o tio Delfim;
  Pregou-nos um sermão dos tais que ele costuma,
  Ralhou muito, falou, falou, falou... Em suma,
  (Terás tido também essas coisas por lá)
  O arrufo terminou entre o biscoito e o chá.

D. LAURA — Mas a culpa foi tua.

D. BEATRIZ — Essa agora!

D. LAURA — O vestido
  Azul... É o azul-claro? aquele guarnecido
  De franjas largas?

D. BEATRIZ — Esse.

D. LAURA — Acho um vestido bom.

D. BEATRIZ — Bom! Parece-te então que era muito do tom
  Ir com ele, num mês, a dois bailes?

D. LAURA — Lá isso
  É verdade.

D. BEATRIZ — Levei-o ao baile do Chamisso.

D. LAURA — Tens razão; na verdade, um vestido não é
  Uma opa, uma farda, um carro, uma libré.

D. BEATRIZ — Que dúvida!

D. LAURA — Perdeste uma festa excelente.

D. BEATRIZ — Já me disseram isso.

D. LAURA — Havia muita gente.
  Muita moça bonita e muita animação.

D. BEATRIZ — Que pena! Anda, senta-te um bocadinho.

D. LAURA — Não;
  Vou à missa.

D. BEATRIZ — Inda é cedo; anda contar-me a festa.
  Para mim, que não fui, cabe-me ao menos esta
  Consolação.

D. LAURA (*indo sentar-se*) — Meu Deus! faz calor!

D. BEATRIZ — Dá cá
  O livro.

D. LAURA — Para quê? Ponho-o aqui no sofá.

D. BEATRIZ — Deixa ver. Tão bonito! e tão mimoso! Gosto
  De um livro assim; o teu é muito lindo; aposto
  Que custou alguns cem...

D. LAURA — Cinquenta francos.

D. BEATRIZ — Sim? Barato. És mais feliz
  Do que eu. Mandei vir um, há tempos, de Bruxelas;
  Custou caro, e trazia as folhas amarelas,

        Umas letras sem graça, e uma tinta sem cor.
        Foi comprado em Paris;
D. LAURA — Ah! mas eu tenho ainda o meu fornecedor.
        Ele é que me arranjou este chapéu. Sapatos,
        Não me lembra de os ter tão bons e tão baratos.
        E o vestido de baile? Um lindo gorgorão
        Gris-perle; era o melhor que lá estava.
D. BEATRIZ — Então,
        Acabou tarde?
D. LAURA — Sim; à uma, foi a ceia;
        E a dança terminou depois de três e meia.
        Uma festa de truz. O Chico Valadão,
        Já se sabe, foi quem regeu o cotilhão.
D. BEATRIZ — Apesar da Carmela?
D. LAURA — Apesar da Carmela.
D. BEATRIZ — Esteve lá?
D. LAURA — Esteve; e digo: era a mais bela
        Das solteiras. Vestir, não se soube vestir;
        Tinha o corpinho curto, e mal-feito, a sair
        Pelo pescoço fora.
D. BEATRIZ — Clara foi?
D. LAURA — Que Clara?
D. BEATRIZ — Vasconcelos.
D. LAURA — Não foi; a casa é muito cara.
        A despesa é enorme. Em compensação, foi
        A sobrinha, a Garcez; essa (Deus me perdoe!)
        Levava no pescoço umas pedras taludas,
        Uns brilhantes...
D. BEATRIZ — Que tais?
D. LAURA — Oh! falsos como Judas!
        Também, pelo que ganha o marido, não há
        Que admirar. Lá esteve a Gertrudinha Sá;
        Essa não era assim; tinha joias de preço.
        Ninguém foi com melhor e mais rico adereço.
        Compra sempre fiado. Oh! aquela é a flor
        Das viúvas.
D. BEATRIZ — Ouvi dizer que há um doutor...
D. LAURA — Que doutor?
D. BEATRIZ — Um dr. Soares que suspira,
        Ou suspirou por ela.
D. LAURA — Ora esse é um gira
        Que pretende casar com quanta moça vê.
        A Gertrudes! Aquela é fina como quê.
        Não diz que sim, nem não; e o pobre do Soares,
        Todo cheio de si, creio que bebe os ares
        Por ela... Mas há outro.

D. Beatriz — Outro?
D. Laura — Isto fica aqui;
   Há coisas que eu só digo e só confio a ti.
   Não me quero meter em negócios estranhos.
   Dizem que há um rapaz, que quando esteve a banhos,
   No Flamengo, há um mês, ou dois meses, ou três,
   Não sei bem; um rapaz... Ora, o Juca Valdez!
D. Beatriz — O Valdez!
D. Laura — Junto dela, às vezes, conversava
   A respeito do mar que ali espreguiçava,
   E não sei se também a respeito do sol;
   Não foi preciso mais; entrou logo no rol
   Dos fiéis e ganhou (dizem), em poucos dias,
   O primeiro lugar.
D. Beatriz — E casam-se?
D. Laura — A Farias
   Diz que sim; diz até que eles se casarão
   Na véspera de Santo Antônio ou São João.
D. Beatriz — A Farias foi lá a tua casa?
D. Laura — Foi;
   Valsou como um pião e comeu como um boi.
D. Beatriz — Come muito, então?
D. Laura — Muito, enormemente; come
   Que, só vê-la comer, tira aos outros a fome.
   Sentou-se ao pé de mim. Olha, imagina tu
   Que varreu, num minuto, um prato de peru,
   Quatro croquetes, dois pastéis de ostras, fiambre;
   O cônsul espanhol dizia *"Ah, Dios que hambre!"*
   Mal me pude conter. A Carmosina Vaz,
   Que a detesta, contou o dito a um rapaz.
   Imagina se foi repetido; imagina.
D. Beatriz — Não aprovo o que fez a outra.
D. Laura — A Carmosina?
D. Beatriz — A Carmosina. Foi leviana; andou mal.
   Lá porque ela não come ou só come o ideal...
D. Laura — O ideal são talvez os olhos do Antonico?
D. Beatriz — Má língua!
D. Laura (*erguendo-se*) — Adeus!
D. Beatriz — Já vais?
D. Laura — Vou já.
D. Beatriz — Fica!
D. Laura — Não fico
   Nem um minuto mais. São dez e meia.
D. Beatriz — Vens
   Almoçar?
D. Laura — Almocei.
D. Beatriz — Vira-te um pouco; tens

Um vestido chibante!
D. LAURA — Assim, assim. Lá ia
   Deixando o livro. Adeus! Agora até um dia.
   Até logo, valeu? Vai lá hoje; hás de achar
   Alguma gente. Vai o Mateus Aguiar.
   Sabes que perdeu tudo? O pelintra do sogro
   Meteu-o no negócio e pespegou-lhe um logro.
D. BEATRIZ — Perdeu tudo?
D. LAURA — Não tudo; há umas casas, seis,
   Que ele pôs, por cautela, a coberto das leis.
D. BEATRIZ — Em nome da mulher, naturalmente?
D. LAURA — Boas!
   Em nome de um compadre; e inda há certas pessoas
   Que dizem, mas não sei, que esse logro fatal
   Foi tramado entre o sogro e o genro; é natural
   Além do mais, o genro é de matar com tédio.
D. BEATRIZ — Não devias abrir-lhe a porta.
D. LAURA — Que remédio!
   Eu gosto da mulher; não tem mau coração;
   Um pouco tola... Enfim é nossa obrigação
   Aturarmo-nos uns aos outros.
D. BEATRIZ — O Mesquita
   Brigou com a mulher?
D. LAURA — Dizem que se desquita.
D. BEATRIZ — Sim?
D. LAURA — Parece que sim.
D. BEATRIZ — Por que razão?
D. LAURA (vendo o relógio) — Jesus!
   Um quarto para as onze! Adeus! Vou para a Cruz.
   (Vai a sair e para)
   Cuido que ela queria ir à Europa; ele disse
   Que antes de um ano mais, ou dois, era tolice.
   Teimaram, e parece (ouviu-o ao Nicolau)
   Que o Mesquita passou da língua para o pau.
   E lhe fez um discurso hiperbólico e cheio
   De imagens. A verdade é que ela tem no seio
   Um sinal roxo; enfim vão desquitar-se.
D. BEATRIZ — Vão
   Desquitar-se!
D. LAURA — Parece até que a petição
   Foi levada a juízo. Há de ser despachada
   Amanhã; disse-o hoje a Luisinha Almada,
   Que eu, por mim, nada sei. Ah! feliz, tu, feliz,
   Como os anjos do céu! tu sim, minha Beatriz!
   Brigas por um vestido azul; mas chega o urso
   Do teu tio, desfaz o mal com um discurso,
   E restaura o amor com dois goles de chá!

D. Beatriz (*rindo*) — Tu nem isso!
D. Laura — Eu cá sei.
D. Beatriz — Teu marido?
D. Laura — Não há
    Melhor na terra; mas...
D. Beatriz — Mas...
D. Laura — Os nossos maridos!
    São, em geral; não sei... uns tais aborrecidos.
    O teu, que tal?
D. Beatriz — É bom
D. Laura — Ama-te?
D. Beatriz — Ama-me.
D. Laura — Tem
    Carinhos por ti?
D. Beatriz — Decerto.
D. Laura — O meu também
    Acarinha-me; é terno; inda estamos na lua
    De mel. O teu costuma andar tarde na rua?
D. Beatriz — Não.
D. Laura — Não costuma ir ao teatro?
D. Beatriz — Não vai.
D. Laura — Não sai para ir jogar o voltarete?
D. Beatriz — Sai
    Raras vezes.
D. Laura — Tal qual o meu. Felizes ambas!
    Duas cordas que vão unidas às caçambas.
    Pois olha, eu suspeito, eu tremia de crer
    Que houvesse entre vocês qualquer coisa... Há de haver.
    Lá um arrufo, um dito, alguma coisa e... Nada?
    Nada mais? É assim que a vida de casada
    Bem se pode dizer que é a vida do céu.
    Olha, arranja-me aqui as fitas do chapéu.
    Então? espero-te hoje? Está dito?
D. Beatriz — Está dito.
D. Laura — De caminho verás um vestido bonito:
    Veio-me de Paris; chegou pelo Poitou.
    Vai cedo. Pode ser que haja música. Tu
    Hás de cantar comigo, ouviste?
D. Beatriz — Ouvi.
D. Laura — Vai cedo.
    Tenho medo que vá a Claudina Azevedo,
    E terei de aturar-lhe os mil achaques seus.
    Quase onze, Beatriz! Vou ver a Deus. Adeus!

Eleazar
O Cruzeiro, 07/05/1878

Elogio da vaidade

Logo que a modéstia acabou de falar, com os olhos no chão, a Vaidade empertigou-se e disse:

I
Damas e cavalheiros, acabais de ouvir a mais chocha de todas as virtudes, a mais peca, a mais estéril de quantas podem reger o coração dos homens; e ides ouvir a mais sublime delas, a mais fecunda, a mais sensível, a que pode dar maior cópia de venturas sem contraste.

Que eu sou a Vaidade, classificada entre os vícios por alguns retóricos de profissão; mas na realidade, a primeira das virtudes. Não olheis para este gorro de guizos, nem para estes punhos carregados de braceletes, nem para estas cores variegadas com que me adorno. Não olheis, digo eu, se tendes o preconceito da Modéstia; mas se o não tendes, reparai bem que estes guizos e tudo mais, longe de ser uma casca ilusória e vã, são a mesma polpa do fruto da sabedoria; e reparai mais que vos chamo a todos, sem os biocos e meneios daquela senhora, minha mana e minha rival.

Digo a todos, porque a todos cobiço, ou sejais formosos como Páris, ou feios como Tersites, gordos como Pança, magros como Quixote, varões e mulheres, grandes e pequenos, verdes e maduros, todos os que compondes este mundo, e haveis de compor o outro; a todos falo, como a galinha fala aos seus pintinhos, quando os convoca à refeição, a saber, com interesse, com graça, com amor. Porque nenhum, ou raro, poderá afirmar que eu o não tenha alçado ou consolado.

II
Onde é que eu não entro? Onde é que eu não mando alguma coisa? Vou do salão do rico ao albergue do pobre, do palácio ao cortiço, da seda fina e roçagante ao algodão escasso e grosseiro. Faço exceções, é certo (infelizmente!); mas, em geral, tu que possuis, busca-me no encosto da tua otomana, entre as porcelanas da tua baixela, na portinhola da tua carruagem; que digo? busca-me em ti mesmo, nas tuas botas, na tua casaca, no teu bigode; busca-me no teu próprio coração. Tu, que não possuis nada, perscruta bem as dobras da tua estamenha, os recessos da tua velha arca; lá me acharás entre dois vermes famintos; ou ali, ou no fundo dos teus sapatos sem graxa, ou entre os fios da tua grenha sem óleo.

Valeria a pena ter, se eu não realçasse os teres? Foi para escondê-lo ou mostrá-lo, que mandaste vir de tão longe esse vaso opulento? Foi para escondê-lo ou mostrá-lo, que encomendaste à melhor fábrica o tecido que te veste, a safira que te arreia, a carruagem que te leva? Foi para escondê-lo ou mostrá-lo, que ordenaste esse festim babilônico, e pediste ao pomar os melhores vinhos? E tu, que nada tens, por que aplicas o salário de uma semana ao jantar de uma hora, senão porque eu te possuo e te digo que alguma coisa deves parecer melhor do que és na realidade? Por que levas ao teu casamento um coche, tão rico e tão caro, como o do teu opulento vizinho, quando podias ir à igreja com teus pés? Por que compras essa joia e esse chapéu? Por que talhas o teu vestido pelo padrão mais rebuscado, e por que te remiras ao espelho com amor, senão porque eu te consolo da tua miséria e do teu nada, dando-te a troco de um sacrifício grande um benefício ainda maior?

III

Quem é esse que aí vem, com os olhos no eterno azul? É um poeta; vem compondo alguma coisa; segue o voo caprichoso da estrofe. — Deus te salve, Píndaro! Estremeceu; moveu a fronte, desabrochou em riso. Que é da inspiração? Fugiu-lhe; a estrofe perdeu-se entre as moitas; a rima esvaiu-se-lhe por entre os dedos da memória. Não importa; fiquei eu com ele — eu, a musa décima, e, portanto, o conjunto de todas as musas, pela regra dos doutores de Sganarello. Que ar beatífico! Que satisfação sem mescla! Quem dirá a esse homem que uma guerra ameaça levar um milhão de outros homens? Quem dirá que a seca devora uma porção do país? Nesta ocasião ele nada sabe, nada ouve. Ouve-me, ouve-se; eis tudo.

Um homem caluniou-o há tempos; mas agora, ao voltar a esquina, dizem-lhe que o caluniador o elogiou.

— Não me fales nesse maroto.

— Elogiou-te; disse que és um poeta enorme.

— Outros o têm dito, mas são homens de bem, e sinceros. Será ele sincero?

— Confessa que não conhece poeta maior.

— Peralta! Naturalmente arrependeu-se da injustiça que me fez. Poeta enorme, disse ele?

— O maior de todos.

— Não creio. O maior?

— O maior.

— Não contestarei nunca os seus méritos; não sou como ele que me caluniou; isto é, não sei, disseram-mo. Diz-se tanta mentira! Tem gosto o maroto; é um pouco estouvado às vezes, mas tem gosto. Não contestarei nunca os seus méritos. Haverá pior coisa do que mesclar o ódio às opiniões? Que eu não lhe tenho ódio. Oh! nenhum ódio. É estouvado, mas imparcial.

Uma semana depois, vê-lo-eis de braço com o outro, à mesa do café, à mesa do jogo, alegres, íntimos, perdoados. E quem embotou esse ódio velho, senão eu? Quem verteu o bálsamo do esquecimento nesses dois corações irreconciliáveis? Eu, a caluniada amiga do gênero humano.

Dizem que o meu abraço dói. Calúnia, amados ouvintes! Não escureço a verdade; às vezes há no mel uma pontazinha de fel; mas como eu dissolvo tudo! Chamai aquele mesmo poeta, não Píndaro, mas Trissotin. Vê-lo-eis derrubar o carão, estremecer, rugir, morder-se, como os zoilos de Bocage. Desgosto, convenho, mas desgosto curto. Ele irá dali remirar-se nos próprios livros. A justiça que um atrevido lhe negou, não lha negarão as páginas dele. Oh! a mãe que gerou o filho, que o amamenta e acalenta, que põe nessa frágil criaturinha o mais puro de todos os amores, essa mãe é Medeia, se a compararmos àquele engenho, que se console da injúria, relendo-se; porque se o amor de mãe é a mais elevada forma do altruísmo, o dele é a mais profunda forma de egoísmo, e só há uma coisa mais forte que o amor materno, é o amor de si próprio.

IV

Vede estoutro que palestra com um homem público. Palestra, disse eu? Não; é o outro que fala; ele nem fala, nem ouve. Os olhos entornam-se-lhe em roda, aos que passam a espreitar se o veem, se o admiram, se o invejam. Não corteja as palavras do outro; não lhes abre sequer as portas da atenção respeitosa. Ao contrário, parece ouvi-las com familiaridade, com indiferença, quase com enfado. Tu, que passas, dizes contigo:

— São íntimos; o homem público é familiar deste cidadão; talvez parente. Quem lhe faz obter esse teu juízo, senão eu? Como eu vivo da opinião e para a opinião, dou àquele meu aluno as vantagens que resultam de uma boa opinião, isto é, dou-lhe tudo.

Agora, contemplai aquele que tão apressadamente oferece o braço a uma senhora. Ela aceita-lho; quer seguir até a carruagem, e há muita gente na rua. Se a Modéstia animara o braço do cavalheiro, ele cumprira o seu dever de cortesania, com uma parcimônia de palavras, uma moderação de maneiras, assaz miseráveis. Mas quem lho anima sou eu, e é por isso que ele cuida menos de guiar a dama, do que de ser visto dos outros olhos. Por que não? Ela é bonita, graciosa, elegante; a firmeza com que assenta o pé é verdadeiramente senhoril. Vede como ele se inclina e bamboleia! Riu-se? Não vos iludais com aquele riso familiar, amplo, doméstico; ela disse apenas que o calor é grande. Mas é tão bom rir para os outros! é tão bom fazer supor uma intimidade elegante!

Não deveríeis crer que me é vedada a sacristia? Decerto; e contudo, acho meio de lá penetrar, uma ou outra vez, às escondidas, até às meias roxas daquela grave dignidade, a ponto de lhe fazer esquecer as glórias do céu, pelas vanglórias da terra. Verto-lhe o meu óleo no coração, e ela sente-se melhor, mais excelsa, mais sublime do que esse outro ministro subalterno do altar, que ali vai queimar o puro incenso da fé. Por que não há de ser assim, se agora mesmo penetrou no santuário esta garrida matrona, ataviada das melhores fitas, para vir falar ao seu Criador? Que farfalhar! que voltear de cabeças! A antífona continua, a música não cessa; mas a matrona suplantou Jesus, na atenção dos ouvintes. Ei-la que dobra as curvas, abre o livro, compõe as rendas, murmura a oração, acomoda o leque. Traz no coração duas flores, a fé e eu; a celeste, colheu-a no catecismo, que lhe deram aos dez anos; a terrestre colheu-a no espelho, que lhe deram aos oito; são os seus dois Testamentos; e eu sou o mais antigo.

V

Mas eu perderia o tempo, se me detivesse a mostrar um por um todos os meus súditos; perderia o tempo e o latim. *Omnia vanitas*. Para que citá-los, arrolá-los, se quase toda a terra me pertence? E digo quase, porque não há negar que há tristezas na terra e onde há tristezas aí governa a minha irmã bastarda, aquela que ali vedes com os olhos no chão. Mas a alegria sobrepuja o enfado e a alegria sou eu. Deus dá um anjo guardador a cada homem; a natureza dá-lhe outro, e esse outro é nem mais nem menos esta vossa criada, que recebe o homem no berço, para deixá-lo somente na cova. Que digo? Na eternidade; porque o arranco final da modéstia, que aí lês nesse testamento, essa recomendação de ser levado ao chão por quatro mendigos, essa cláusula sou eu que a inspiro e dito; última e genuína vitória do meu poder, que é imitar os meneios da outra.

Oh! a outra! Que tem ela feito no mundo que valha a pena de ser citado? Foram as suas mãos que carregaram as pedras das pirâmides? Foi a sua arte que entreteceu os louros de Temístocles? Que vale a charrua do seu Cincinato, ao pé do capelo do meu cardeal de Retz? Virtudes de cenóbios, são virtudes? Engenhos de gabinete, são engenhos? Traga-me ela uma lista de seus feitos, de seus heróis, de suas obras duradouras; traga-ma, e eu a suplantarei, mostrando-lhe que a vida, que a história, que os séculos nada são sem mim.

Não vos deixeis cair na tentação da Modéstia: é a virtude dos pecos. Achareis decerto, algum filósofo, que vos louve, e pode ser que algum poeta, que vos cante. Mas, louvaminhas e cantarolas têm a existência e o efeito da flor que a Modéstia elegeu para emblema; cheiram bem, mas morrem depressa. Escasso é o prazer que dão, e ao cabo definhareis na soledade. Comigo é outra coisa: achareis, é verdade, algum filósofo que vos talhe na pele; algum frade que vos dirá que eu sou inimiga da boa consciência. Petas! Não sou inimiga da consciência, boa ou má; limito-me a substituí-la, quando a vejo em frangalhos; se é ainda nova, ponho-lhe diante de um espelho de cristal, vidro de aumento. Se vos parece preferível o narcótico da Modéstia, dizei-o; mas ficai certos de que excluireis do mundo o fervor, a alegria, a fraternidade.

Ora, pois, cuido haver mostrado o que sou e o que ela é; e nisso mesmo revelei a minha sinceridade, porque disse tudo, sem vexame, nem reserva; fiz o meu próprio elogio, que é vitupério, segundo um antigo rifão; mas eu não faço caso de rifões. Vistes que sou a mãe da vida e do contentamento, o vínculo da sociabilidade, o conforto, o vigor, a ventura dos homens; alço a uns, realço a outros, e a todos amo; e quem é isto é tudo, e não se deixa vencer de quem não é nada.

E reparai que nenhum grande vício se encobriu ainda comigo; ao contrário, quando Tartufo entra em casa de Orgon, dá um lenço a Dorina para que cubra os seios. A modéstia serve de conduta a seus intentos. E por que não seria assim, se ela ali está de olhos baixos, rosto caído, boca taciturna? Poderíeis afirmar que é Virgínia e não Locusta? Pode ser uma ou outra, porque ninguém lhe vê o coração. Mas comigo? Quem se pode enganar com este riso franco, irradiação do meu próprio ser; com esta face jovial, este rosto satisfeito, que um quase nada obumbra, que outro quase nada ilumina; estes olhos, que não se escondem, que se não esgueiram por entre as pálpebras, mas fitam serenamente o sol e as estrelas?

VI

O quê? Credes que não é assim? Querem ver que perdi toda a minha retórica, e que ao cabo da pregação, deixo um auditório de relapsos? Céus! Dar-se-á caso que a minha rival vos arrebatasse outra vez? Todos o dirão ao ver a cara com que me escuta este cavalheiro; ao ver o desdém do leque daquela matrona. Uma levanta os ombros; outro ri de escárnio. Vejo ali um rapaz a fazer-me figas: outro abana tristemente a cabeça; e todas, todas as pálpebras parecem baixar, movidas por um sentimento único. Percebo, percebo! Tendes a volúpia suprema da vaidade, que é a vaidade da modéstia.

Eleazar
O Cruzeiro, 28/05/1878

Introdução

(Francisco de Castro: Harmonias errantes*)*

Rio de Janeiro, 4 de agosto de 1878.

Meu caro poeta. — Pede-me a mais fácil e a mais inútil das tarefas literárias: apresentar um poeta ao público. Custa pouco dizer em algumas linhas ou em algumas páginas, de um modo simpático e benévolo — porque a benevolência é necessária aos talentos sinceros, como o seu —, custa pouco dizer que impressões nos deixaram os primeiros produtos de uma vocação juvenil. Mas não é, ao mesmo tempo, uma tarefa inútil? Um livro é um livro; vale o que efetivamente é. O leitor quer julgá-lo por si mesmo; e, se não acha no escrito que o precede ou a autoridade do nome, ou a perfeição do estilo e a justeza das ideias, mal se pode furtar a um tal ou qual sentimento de enfado. O estilo e as ideias dar-lhe-iam a ler uma boa página — um regalo de sobra; a autoridade do nome enchê-lo-ia de orgulho; se a impressão da crítica coincidira com a dele. Suponho ter ideias justas: mas onde estão as outras duas vantagens? Seu livro vai ter uma página inútil.

Sei que o senhor supõe o contrário; ilusão de poeta e de moço, filha de uma afeição antes instintiva que experimentada, e, em todo caso, recente e generosa; seu coração de poeta leu talvez, através de algumas estrofes que aí me ficaram no caminho, este amor da poesia, esta fé viva em alguma coisa superior às nossas labutações sem fruto, primeiro sonho da mocidade e última saudade da vida. Leu isso; compreendeu que há ídolos que se não quebram e cultos que não morrem, e veio ter comigo, de seu próprio movimento, cheio daquela cândida confiança de sacerdote novo, resoluto e pio. Veio bem e mal; bem para a minha simpatia, mal para o seu interesse; mas, segundo já disse, nem bem nem mal para o público, diante de quem esta página é demais.

E contudo, meu caro poeta, é difícil esquivar-se um homem que ama as musas a não falar de um poeta novo, em um tempo que precisa deles, quando há necessidade de animar todas as vocações, as mais arrojadas e as mais modestas, para que se não quebre a cadeia da nossa poesia nacional.

Creio que o senhor pertence a essa juventude laboriosa e ambiciosa, que hesita entre o ideal de ontem e uma nova aspiração, que busca sinceramente uma forma substitutiva do que lhe deixou a geração passada. Nesse tatear, nesse hesitar entre duas coisas — uma bela, mas porventura fatigada, outra confusa, mas nova —, não há ainda o que se possa chamar movimento definido. Basta, porém, que haja talento, boa vontade e disciplina; o movimento se fará por si, e a poesia brasileira não perderá o verdor nativo, nem desmentirá a tradição que nos deixaram o autor do *Uraguai* e o autor d'*Os Timbiras*.

Citei dois mestres; poderia citar mais de um talento original e cedo extinto, a fim de lembrar à recente geração, que qualquer que seja o caminho da nova poesia, convém não perder de vista o que há de essencial e eterno nessa expressão da alma humana. Que a evolução natural das coisas modifique as feições, a parte externa, ninguém jamais o negará; mas há alguma coisa que liga, através dos séculos, Homero e *Lord* Byron, alguma coisa inalterável, universal e comum, que fala a todos os homens e a todos os tempos. Ninguém o desconhece, decerto, entre as novas vocações; o esforço empregado em achar e aperfeiçoar a forma não prejudica, nem poderia alterar a parte substancial da poesia — ou esta não seria o que é e deve ser.

Venhamos depressa ao seu livro, que o leitor tem ânsia de folhear e conhecer. Estou que se o ler com ânimo repousado, com vista simpática, justa, reconhecerá que é um livro de estreia, incerto em partes, com as imperfeições naturais de uma primeira produção. Não se envergonhe de imperfeições, nem se vexe de as ver apontadas; agradeça-o antes. A modéstia é um merecimento. Poderia lastimar-se se não sentisse em si a força necessária para emendar os senões inerentes aos trabalhos de primeira mão. Mas será esse o seu caso? Há nos seus versos uma espontaneidade de bom agouro, uma natural simpleza, que a arte guiará melhor e a ação do tempo aperfeiçoará.

Alguns pedirão à sua poesia maior originalidade; também eu lha peço. Este seu primeiro livro não pode dar ainda todos os traços de sua fisionomia poética. A poesia pessoal, cultivada nele, está, para assim dizer, exausta; e daí vem a dificuldade de cantar coisas novas. Há páginas que não provêm dela; e, visto que aí o seu verso é espontâneo, cuido que deve buscar uma fonte de inspiração fora de um gênero, em que houve tanto triunfo a par de tanta queda. Para que a poesia pessoal renasça um dia, é preciso que lhe deem outra roupagem e diferentes cores; é preciso outra evolução literária.

O perigo destes prefácios, meu caro poeta, é dizer demais; é ocupar maior espaço do que o leitor pode razoavelmente conceder a uma lauda inútil. Eu creio haver dito o bastante para um homem sem autoridade. Viu que não o louvei com excesso, nem o censurei com insistência; aponto-lhe o melhor dos mestres, o estudo; e a melhor das disciplinas, o trabalho. Estudo, trabalho e talento são a tríplice arma com que se conquista o triunfo.

Machado de Assis

Carta-prefácio a Harmonias errantes, Rio de Janeiro, Tipografia Moreira, 1878

A nova geração

I

Há entre nós uma nova geração poética, geração viçosa e galharda, cheia de fervor e convicção. Mas haverá também uma poesia nova, uma tentativa, ao menos? Fora absurdo negá-lo; há uma tentativa de poesia nova — uma expressão incompleta, difusa, transitiva, alguma coisa que, se ainda não é o futuro, não é já o passado. Nem tudo é ouro nessa produção recente; e o mesmo ouro nem sempre se revela de bom quilate; não há um fôlego igual e constante; mas o essencial é que um espírito novo parece animar a geração que alvorece, o essencial é que esta geração não se quer dar ao trabalho de prolongar o ocaso de um dia que verdadeiramente acabou.

Já é alguma coisa. Esse dia, que foi o Romantismo, teve as suas horas de arrebatamento, de cansaço e por fim de sonolência, até que sobreveio a tarde e negrejou a noite. A nova geração chasqueia às vezes do Romantismo. Não se pode exigir da extrema juventude a exata ponderação das coisas; não há impor a reflexão ao entusiasmo. De outra sorte, essa geração teria advertido que a extinção de um grande movimento literário não importa a condenação formal e absoluta de tudo o que ele afirmou; alguma coisa entra e fica no pecúlio do espírito humano. Mais do que ninguém, estava ela obrigada a não ver no Romantismo um simples interregno, um brilhante pesadelo, um efeito sem causa, mas alguma coisa mais que, se não deu tudo o que prometia, deixa quanto basta para legitimá-lo. Morre porque é mortal. "As teorias passam, mas as verdades necessárias devem subsistir." Isto que Renan dizia há poucos meses da religião e da ciência, podemos aplicá-lo à poesia e à arte. A poesia não é, não pode ser eterna repetição; está dito e redito que ao período espontâneo e original sucede a fase da convenção e do processo técnico, e é então que a poesia, necessidade virtual do homem, forceja por quebrar o molde e substituí-lo. Tal é o destino da musa romântica. Mas não há só inadvertência naquele desdém dos moços; vejo aí também um pouco de ingratidão. A alguns deles, se é a musa nova que o amamenta, foi aquela grande moribunda que os gerou; e até os há que ainda cheiram ao puro leite romântico.

Contudo acho legítima explicação ao desdém dos novos poetas. Eles abriram os olhos ao som de um lirismo pessoal, que salvas as exceções, era a mais enervadora música possível, a mais trivial e chocha. A poesia subjetiva chegara efetivamente aos derradeiros limites da convenção, descera ao brinco pueril, a uma enfiada de coisas piegas e vulgares; os grandes dias de outrora tinham positivamente acabado; e se, de longe em longe, algum raio de luz vinha aquecer a poesia transida e debilitada, era talvez uma estrela, não era o sol. De envolta com isto, ocorreu uma circunstância grave, o desenvolvimento das ciências modernas, que despovoaram o céu dos rapazes, que lhe deram diferente noção das coisas, e um sentimento que de nenhuma maneira podia ser o da geração que os precedeu. Os naturalistas, refazendo a história das coisas, vinham chamar para o mundo externo todas as atenções de uma juventude, que já não podia entender as imprecações do varão de Hus; ao contrário, parece que um dos caracteres da nova direção intelectual terá de ser um otimismo, não só tranquilo, mas triunfante. Já o é às vezes; a nossa mocidade manifesta certamente o desejo de ver alguma coisa por terra, uma instituição, um credo, algum uso, algum abuso; mas a ordem geral do universo parece-lhe a perfeição mesma. A humanidade que ela canta em seus versos está bem longe de ser aquele *monde avorté* de Vigny — é mais sublime, é um deus, como lhe chama um poeta ultramarino, o sr. Teixeira Bastos. A justiça, cujo advento nos é anunciado em versos subidos de entusiasmo, a justiça quase não chega a ser um complemento, mas um suplemento; e assim como a teoria da seleção natural dá a vitória aos mais aptos, assim outra lei, a que se poderá chamar seleção social, entregará a palma aos mais puros. É o inverso da tradição bíblica; é o paraíso no fim. De quando em quando aparece a nota aflitiva ou melancólica, a nota pessimista, a nota de Hartmann; mas é rara, e tende a diminuir; o sentimento geral inclina-se à apoteose; e isto não somente é natural, mas até necessário; a vida não pode ser um desespero perpétuo, e fica bem à mocidade um pouco de orgulho.

Qual é, entretanto, a teoria e o ideal da poesia nova? Esta pergunta é tanto mais cabida quanto que uma das preocupações da recente geração é achar uma definição e um título. Aí, porém, flutuam as opiniões, afirmam-se divergências, domina a contradição e o vago; não há, enfim, um verdadeiro prefácio de *Cromwell*. Por exemplo, um escritor, e não pouco competente, tratando de um opúsculo, uma poesia do sr. Fontoura Xavier (prefácio, do *Régio saltimbanco*), afirma que este poeta "tem as caracterizações acentuadas da nova escola, lógica fusão do Realismo e do Romantismo, porque reúne a fiel observação de Baudelaire e as surpreendentes deduções do velho mestre Victor Hugo". Aqui temos uma definição assaz afirmativa e clara, e se inexata em parte, admiravelmente justa, como objeção. Digo que em parte é inexata porque os termos Baudelaire e realismo não se correspondem tão inteiramente como ao escritor lhe parece. Ao próprio Baudelaire repugnava a classificação de realista — *cette grossière épithète*, escreveu ele em uma nota. Como objeção, e aliás não foi esse o intuito do autor, a definição é excelente, o que veremos mais abaixo.

Não falta quem conjugue o ideal poético e o ideal político, e faça de ambos um só intuito, a saber, a nova musa terá de cantar o Estado republicano. Não é isto, porém, uma definição, nem implica um corpo de doutrina literária. De teorias ou preocupações filosóficas haverá algum vestígio, mas nada bem claramente exposto, e um dos poetas, o sr. Mariano de Oliveira, conquanto confesse estar no terceiro período de Comte, todavia pondera que um livro de versos não é compêndio de filosofia nem de propaganda, é meramente livro de versos; opinião que me parece geral. Outro poeta — creio que o mais recente — o sr. Valentim Magalhães, descreve-nos (*Cantos e lutas*, p. 12) um quadro delicioso: a escola e a oficina cantam alegremente; o gênio enterra o mal; Deus habita a consciência; o coração abre-se aos ósculos do bem; aproxima-se a liberdade, e conclui que é isto a ideia nova. Isto quê? pergunta-lhe um crítico (*Economista Brasileiro*, de 11 de outubro de 1879); e protesta contra a definição, acha o quadro inexato; a ideia nova não é isso; o que ela é e pretende ser está dez páginas adiante; e cita uns versos em que o poeta clama imperativamente que se esmaguem os broquéis, que se partam as lanças, que dos canhões se façam estátuas, dos templos escolas, que se cale a voz das metralhadoras, que se erga a voz do direito; e remata com um pressentimento da ventura universal:

> Quando pairar por sobre a Humanidade
> A bênção sacrossanta da Justiça.

A diferença, como se vê, é puramente cronológica ou sintática; dá-se num ponto como realidade acabada o que noutro ponto parece ser apenas um prenúncio; questão de indicativo e imperativo; e esta simples diferença, que nada entende com o ideal poético, divide o autor e o crítico. A justiça anunciada pelo sr. v. Magalhães, achá-la-emos em outros, por exemplo, no sr. Teófilo Dias (*Cantos tropicais*, p. 139); é ideia comum aos nossos e aos modernos poetas portugueses. Um deles, chefe de escola, o sr. Guerra Junqueiro, não acha melhor definição para sua musa: *Reta como a justiça*, diz ele em uns belos versos da *Musa em férias*. Outro, o sr. Guilherme de Azevedo, um de seus melhores companheiros, escreveu numa carta com que abre o livro da *Alma nova*: "Sorrindo ou combatendo fala (o livro) da humanidade e da justiça". Outro, o sr. Teixeira Bastos, nos *Rumores vulcânicos*, diz que os seus versos cantam um deus sagrado — a humanidade — e o "coruscante vulto da justiça". Mas essa aspiração ao reinado da justiça (que é afinal uma simples transcrição de Proudhon) não pode ser uma doutrina literária; é uma aspiração e nada mais. Pode ser também uma cruzada, e não me desagradam as cruzadas em verso. Garrett, ingênuo às vezes, como um grande poeta que era, atribui aos versos uma porção de grandes coisas sociais que eles não fizeram, os pobres versos; mas em suma, venham eles e cantem alguma coisa nova — essa justiça, por exemplo, que oxalá desminta algum dia o conceito de Pascal. Mas entre uma aspiração social e um conceito estético vai diferença; o que se precisa é uma definição estética.

Achá-la-emos no prefácio que o sr. Sílvio Romero pôs aos seus *Cantos do fim do século*?

Os que têm procurado dar nova direção à arte — diz ele — não se acham de acordo. A bandeira de uns é a revolução, de outros o Positivismo; o Socialismo e o Romantismo transformado têm os seus adeptos. São doutrinas que se exageram, ao lado da metafísica idealista. Nada disto é verdade.

Não se contendo em apontar a divergência, o sr. Sílvio Romero examina uma por uma as bandeiras hasteadas, e prontamente as derruba; nenhuma pode satisfazer as aspirações novas. A revolução foi parca de ideias, o positivismo está acabado como sistema, o socialismo não tem sequer o sentido altamente filosófico do positivismo, o romantismo transformado é uma fórmula vã, finalmente o idealismo metafísico equivale aos sonhos de um histérico; eis aí o extrato de três páginas. Convém acrescentar que este autor, ao invés dos outros, ressalva com boas palavras o lirismo, confundido geralmente com a "melancolia romântica". Perfeitamente dito e integralmente aceito. Entretanto, o lirismo não pode satisfazer as necessidades modernas da poesia, ou como diz o autor "não pode por si só encher todo o ambiente literário; há mister uma nova intuição mais vasta e mais segura". Qual? Não é outro o ponto controverso, e depois de ter refutado todas as teorias, o sr. Sílvio Romero conclui que a nova intuição literária nada conterá de dogmático — será um resultado do espírito geral de crítica contemporânea. Esta definição, que tem a desvantagem de não ser uma definição estética, traz em si uma ideia compreensível, assaz vasta, flexível, e adaptável a um tempo em que o espírito recua os seus horizontes. Mas não basta à poesia ser o resultado geral da crítica do tempo; e sem cair no dogmatismo, era justo afirmar alguma coisa mais. Dizer que a poesia há de corresponder ao tempo em que se desenvolve é somente afirmar uma verdade comum a todos os fenômenos artísticos. Ao demais, há um perigo na definição deste autor, o de cair na poesia científica, e, por dedução, na poesia didática, aliás inventada desde Lucrécio.

Ia-me esquecendo uma bandeira hasteada por alguns, o Realismo, a mais frágil de todas, porque é a negação mesma do princípio da arte. Importa dizer que tal doutrina é aqui defendida, menos como a doutrina que é, do que como expressão de certa nota violenta, por exemplo, os sonetos do sr. Carvalho Júnior. Todavia, creio que de todas as que possam atrair a nossa mocidade, esta é a que menos subsistirá, e com razão; não há nela nada que possa seduzir longamente uma vocação poética. Neste ponto todas as escolas se congraçam; e o sentimento de Racine será o mesmo de Sófocles. Um poeta, V. Hugo, dirá que há um limite intranscendível entre a realidade, segundo a arte, e a realidade, segundo a natureza. Um crítico, Taine, escreverá que se a exata cópia das coisas fosse o fim da arte, o melhor romance ou o melhor drama seria a reprodução taquigráfica de um processo judicial. Creio que aquele não é clássico, nem este romântico. Tal é o princípio são, superior às contendas e teorias particulares de todos os tempos.

    Do que fica dito resulta que há uma inclinação nova nos espíritos, um sentimento diverso no dos primeiros e segundos românticos, mas não há ainda uma feição assaz característica e definitiva do movimento poético. Esta conclusão não chega a ser agravo à nossa mocidade; eu sei que ela não pode por si mesma criar o movimento e caracterizá-lo, mas sim receberá o impulso estranho, como aconteceu às gerações precedentes. A de 1840, por exemplo, só uma coisa não recebeu diretamente do movimento europeu de 1830: foi a tentativa de poesia americana ou indiática, tentativa excelente, se tinha de dar alguns produtos literários apenas, mas precária, e sem nenhum fundamento, se havia de converter-se em escola, o que foi demonstrado pelos fatos. A atual geração, quaisquer que sejam os seus talentos, não pode esquivar-se às condições do meio; afirmar-se-á pela inspiração pessoal, pela caracterização do produto, mas o influxo externo é que determina a direção do movimento; não há por ora no nosso ambiente a força necessária à invenção de doutrinas novas. Creio que isto chega a ser uma verdade de La Palisse.

    E aqui toco eu o ponto em que a definição do escritor, que prefaciou o opúsculo do sr. Fontoura Xavier, é uma verdadeira objeção. Reina em certa região da poesia nova um reflexo mui direto de V. Hugo e Baudelaire; é verdade. V. Hugo produziu já entre nós, principalmente no Norte, certo movimento de imitação, que começou em Pernambuco, a escola hugoísta, como dizem alguns, ou a escola condoreira, expressão que li há algumas semanas num artigo bibliográfico do sr. Capistrano de Abreu um dos nossos bons talentos modernos. Daí vieram os versos dos srs. Castro Alves, Tobias Barreto, Castro Rebelo Júnior, Vitoriano Palhares, e outros engenhos mais ou menos vívidos. Esse movimento, porém, creio ter acabado com o poeta das *Vozes d'África*. Distinguia-o certa pompa, às vezes excessiva, certo intumescimento de ideia e de frase, um grande arrojo de metáforas, coisas todas que nunca jamais poderiam constituir virtudes de uma escola; por isso mesmo é que o movimento acabou. Agora, a imitação de V. Hugo é antes da forma conceituosa que da forma explosiva; o jeito axiomático, a expressão antitética, a imagem, enfim o contorno da metrificação, são muita vez reproduzidos, e não sem felicidade. Contribuíram largamente para isso o sr. Guerra Junqueiro e seus discípulos da moderna escola portuguesa. Quanto a Baudelaire, não sei se diga que a imitação é mais intencional do que feliz. O tom dos imitadores é demasiado cru; e aliás não é outra a tradição de Baudelaire entre nós. Tradição errônea. Satânico, vá; mas realista o autor de *D. Juan aux enfers* e da *Tristesse de la lune*! Ora, essa reprodução, quase exclusiva, essa assimilação do sentir e da maneira de dois engenhos, tão originais, tão soberanamente próprios, não diminuirá a pujança do talento, não será obstáculo a um desenvolvimento maior, não traz principalmente o perigo de reproduzir os ademanes, não o espírito, a cara, não a fisionomia? Mais: não chegará também a tentação de só reproduzir os defeitos, e reproduzi-los exagerando-os, que é a tendência de todo o discípulo intransigente?

    A influência francesa é ainda visível na parte métrica, na exclusão ou decadência do verso solto, e no uso frequente ou constante do alexandrino. É excelente este metro; e para empregar um símile musical, não será tão melódico, como outros mais genuinamente nossos, mas é harmonioso como poucos. Não é novo na nossa língua, nem ainda entre nós; desde Bocage algumas tentativas houve para aclimá-lo; Castilho o trabalhou com muita perfeição. A objeção que se possa fazer à origem estrangeira do alexandrino é frouxa e sem valor; não somente as teorias literárias cansam, mas também as formas literárias precisam ser renovadas. Que fizeram nessa parte os românticos de 1830 e 1840, senão ir buscar e rejuvenescer algumas formas arcaicas?

    Quanto à decadência do verso solto, não há dúvida que é também um fato, e na nossa língua um fato importante. O verso solto, tão longamente usado entre nós, tão vigoroso nas páginas de um Junqueira Freire e de um Gonçalves Dias, entra em evidente decadência. Não há como negá-lo. Estamos bem longe do tempo em que Filinto proclamava galhardamente a sua adoração ao verso solto, adoração latina e arcaica. Alguém já disse que o verso solto ou branco era feito só para os olhos. *Blank verse seems to be verse only to the eye*; e Johnson, que menciona esse conceito, para condenar a escolha feita por Milton, pondera que dos escritores italianos por este citados, e que baniram a rima de seus versos, nenhum é popular: observação que me levou a ajuizar de nossas próprias coisas. Sem diminuir o alto merecimento de Gonzaga, o nosso grande lírico, é evidente que José Basílio da Gama era ainda maior poeta. Gonzaga tinha decerto a graça, a sensibilidade, a melodia do verso, a perfeição de estilo; mas ainda nos punha em Minas Gerais as pastorinhas do Tejo e as ovelhas acadêmicas. Bem diversa é a obra capital de Basílio da Gama. Não lhe falta, também a ele, nem sensibilidade, nem estilo, que em alto grau possui; a imaginação é grandemente superior à de Gonzaga, e quanto à versificação nenhum outro, em nossa língua, a possui mais harmoniosa e pura. Se Johnson o pudesse ter lido, emendaria certamente o conceito de seu *ingenious critic*. Pois bem, não obstante tais méritos, a popularidade de Basílio da Gama é muito inferior à de Gonzaga; ou antes, Basílio da Gama não é absolutamente popular. Ninguém, desde o que se preza de literato até ao que mais alheio for às coisas de poesia, ninguém deixa de ter lido, ao menos uma vez, o livro do *Inconfidente*; muitos de seus versos correm de cor. A reputação de Basílio da Gama, entretanto, é quase exclusivamente literária. A razão principal deste fenômeno é decerto mais elevada que o da simples forma métrica, mas o reparo do crítico inglês tem aqui muita cabida. Não será também certo que a popularidade de Gonçalves Dias acha raízes mais profundas nas suas belas estâncias rimadas do que nas que o não são, e que é maior o número dos que conhecem a "Canção do exílio" e o "Gigante de pedra", do que os que leem os quatro cantos dos "Timbiras"?

    Mas é tempo de irmos diretamente aos poetas. Vimos que há uma tendência nova, oriunda do fastio deixado pelo abuso do subjetivismo e do desenvolvimento das modernas teorias científicas; vimos também que essa tendência não está ainda perfeitamente caracterizada, e que os próprios escritores novos tentam achar-lhe uma definição e um credo; vimos enfim que esse movimento é determinado por influência de literaturas ultramarinas. Vejamos agora sumária e individualmente os novos poetas, não todos, porque os não pude coligir a todos, mas certo número deles, os que bastam pelo talento e pela índole do talento para dar uma ideia dos elementos que compõem a atual geração. Vamos lê-los com afeição, com serenidade, e com esta disciplina de espírito que convém exemplificar aos rapazes.

II

Não formam os novos poetas um grupo compacto: há deles ainda fiéis às tradições últimas do Romantismo — mas de uma fidelidade mitigada, já rebelde, como o sr. Lúcio de Mendonça, por exemplo, ou como o sr. Teófilo Dias, em algumas páginas dos *Cantos tropicais*. O sr. Afonso Celso Júnior, que balbuciou naquela língua as suas primeiras composições, fala agora outro idioma: é já notável a diferença entre os *Devaneios* e as *Telas sonantes*: o próprio título o indica. Outros há que não tiveram essa gradação, ou não coligi documento que positivamente a manifeste. Não faltará também, às vezes, algum raro vestígio de Castro Alves. Tudo isso, como eu já disse, indica um movimento de transição, desigualmente expresso, movimento que vai das estrofes últimas do sr. Teófilo Dias aos sonetos do sr. Carvalho Júnior.

Detenhamo-nos em frente do último, que é finado. Poucos versos nos deixou ele, uma vintena de sonetos, que um piedoso e talentoso amigo, o sr. Artur Barreiros, coligiu com outros trabalhos e deu há pouco num volume, como obséquio póstumo. O sr. Carvalho Júnior era literalmente o oposto do sr. Teófilo Dias, era o representante genuíno de uma poesia sensual, a que, por inadvertência, se chamou e ainda se chama Realismo. Nunca, em nenhum outro poeta nosso, apareceu essa nota violenta, tão exclusivamente carnal. Nem ele próprio o dissimula; confessa-se desde a primeira estrofe da coleção:

> Odeio as virgens pálidas, cloróticas,
> Belezas de missal.

e no fim do soneto:

> Prefiro a exuberância dos contornos,
> As belezas da forma, seus adornos,
> A saúde, a matéria, a vida enfim.

Aí temos o poeta, aí o temos inteiro e franco. Não lhe desagradam as virgens pálidas; o desagrado é uma sensação tíbia; tem-lhes ódio, que é o sentimento dos fortes. Ao mesmo tempo dá-nos ali o seu credo, e fá-lo sem rebuço, sem exclusão do nome idôneo, sem exclusão da matéria, se a matéria é necessária. Haverá nisso um sentimento sincero, ou o poeta carrega a mão, para efeitos puramente literários? Inclina-se a esta última hipótese o sr. Artur Barreiros. "Neste descompassado amor à carne (diz ele) certo deve de haver o seu tanto ou quanto de artificial." Quem lê a composição que tem por título "Antropofagia" fica propenso a supor que é assim mesmo. Não conheço em nossa língua uma página daquele tom; é a sensualidade levada efetivamente à antropofagia. Os desejos do poeta são instintos canibais, que ele mesmo compara a jumentas lúbricas:

> Como um bando voraz de lúbricas jumentas;

isso, que parece muito, não é ainda tudo; a imagem não chegou ainda ao ponto máximo, que é simplesmente a besta-fera:

> Como a besta feroz a dilatar as ventas,
> Mede a presa infeliz por dar-lhe o bote a jeito,
> De meu fúlgido olhar às chispas odientas
> Envolvo-te, e, convulso, ao seio meu t'estreito.

Lá estão, naquela mesma página, as fomes bestiais, os vermes sensuais, as carnes febris. Noutra parte os desejos são "urubus em torno de carniça". Não conhecia o sr. Carvalho Júnior as atenuações da forma, as surdinas do estilo; aborrecia os tons médios. Das tintas todas da palheta a que o seduzia era o escarlate. Entre os vinte sonetos que deixou, raro é o que não comemore um lance, um quadro, uma recordação de alcova; e eu compreendo a fidelidade do sr. A. Barreiros, que, tratando de coligir os escritos esparsos do amigo, não quis excluir nada, nenhum elemento que pudesse servir ao estudo do espírito literário de nosso tempo. Vai em trinta anos que Álvares de Azevedo nos dava naquele soneto, "Pálida à luz da lâmpada sombria", uma mistura tão delicada da nudez das formas com a unção do sentimento. Trinta anos bastaram à evolução que excluiu o sentimento para só deixar as formas; que digo? para só deixar as carnes. Formas parece que implicam certa idealidade, que o sr. Carvalho Júnior inteiramente bania de seus versos. E contudo era poeta esse moço, era poeta e de raça. Crus em demasia são os seus quadros; mas não é comum aquele vigor, não é vulgar aquele colorido. O sr. A. Barreiros fala dos sonetos como escritos ao jeito de Baudelaire, modificados ao mesmo tempo pelo temperamento do poeta. Para compreender o acerto desta observação do sr. Barreiros, basta comparar a *Profissão de fé* do sr. Carvalho Júnior com uma página das *Flores do mal*. É positivo que o nosso poeta inspirou-se do outro. "Belezas de missal" diz aquele; *Beautés de vignettes* escreve este; e se Baudelaire não fala de "virgens cloróticas" é porque se exprime de outra maneira: deixa-as a Gavarni, *poète de chloroses*. Agora, onde o temperamento dos dois se manifesta, não é só em que o nosso poeta odeia aquelas virgens ao passo que o outro se contenta em dizer que elas lhe não podem satisfazer o coração. Posto que isso baste a diferençá-los, nada nos dá tão positivamente a medida do contraste como os tercetos com que eles fecham a respectiva composição. O sr. Carvalho Júnior, segundo já vimos, prefere a exuberância de contornos, a saúde, a matéria. Vede Baudelaire:

> *Ce qu'il faut à ce coeur profond comme un abîme,*
> *C'est vous, Lady Macbeth, âme puissante au crime,*
> *Rêve d'Eschyle éclos au climat des autans.*

> *Ou bien toi, grande Nuit, filie de Michel-Ange,*
> *Qui tors paisiblement dans une pose étrange*
> *Tes appas façonnés aux bouches des Titans!*

Assim pois, o sr. Carvalho Júnior, cedendo a si mesmo e carregando a mão descautelosa, faz uma profissão de fé exclusivamente carnal; não podia seguir o seu modelo, alcunhado realista, que confessa um *rouge idéal*, e que o encontra em Lady Macbeth, para lhe satisfazer o coração, *profond comme un abîme*. Já ficamos muito longe da alcova. Entretanto, convenho que Baudelaire fascinasse o sr. Carvalho Júnior, e lhe inspirasse algumas das composições; convenho que este buscasse segui-

-lo na viveza da pintura, na sonoridade do vocábulo; mas a individualidade própria do sr. Carvalho Júnior lá transparece no livro, e com o tempo acabaria por dominar de todo. Era poeta, de uma poesia sempre violenta, às vezes repulsiva, priapesca, sem interesse; mas em suma era poeta; não são de amador estes versos de *Nemesis*:

> Há nesse olhar translúcido e magnético
> A mágica atração de um precipício,
> Bem como no teu rir nervoso, céptico
> As argentinas vibrações do vício
>
> No andar, no gesto mórbido, esplenético,
> Tens não sei que de nobre e de patrício,
> E um som de voz metálico, frenético,
> Como o tinir dos ferros de um suplício.

Quereis ver o oposto do sr. Carvalho Júnior? Lede o sr. Teófilo Dias. Os *Cantos tropicais* deste poeta datam de um ano; são o seu último livro. *A Lira dos verdes anos*, que foi a estreia, revelou desde logo as qualidades do sr. Teófilo Dias, mas não podia revelá-lo todo, porque só mais tarde é que o espírito do poeta começou a manifestar vagamente uma tendência nova. O autor dos *Cantos tropicais* é sobrinho de Gonçalves Dias, circunstância que não tem só interesse biográfico, mas também literário; a poesia dele, a doçura, o torneio do verso lembram muita vez a maneira do cantor d'"Os Timbiras", sem aliás nada perder de sua originalidade; é como se disséssemos um ar de família. Quem percorre os versos de ambos reconhece, entretanto, o que positivamente os separa; a Gonçalves Dias sobrava certo vigor, e, por vezes, tal ou qual tumulto de sentimentos, que não são o característico dos versos do sobrinho. O tom principal do sr. Teófilo Dias é a ternura melancólica. Não é que lhe falte, quando necessária, a nota viril; basta ler o "Batismo do fogo", "Cântico dos Bardos" e mais duas ou três composições; sente-se, porém, que aí o poeta é intencionalmente assim, que o pode ser tanto, que o poderia ser ainda mais, se quisesse, mas que a corda principal da sua lira não é essa. Por outro lado, há no sr. Teófilo Dias certas audácias de estilo, que não se acham no autor do "I-Juca Pirama", e são por assim dizer a marca do tempo. Citarei, por exemplo, este princípio de um soneto, que é das melhores composições dos *Cantos tropicais*:

> Na luz que o teu olhar azul transpira,
> Há sons espirituais;

esses "sons espirituais", aquele "olhar azul", aquele "olhar que transpira", são atrevimentos poéticos ainda mais desta geração que da outra; e se algum dos meus leitores — dos velhos leitores — circunflexar as sobrancelhas, como fizeram os guardas do antigo Parnaso ao surgir a lua do travesso Musset, não lhes citarei decerto este verso de um recente compatriota de Racine:

> *Quelque chose comme une odeur que serait blonde.*

porque ele poderá averbá-lo de suspeição; vou à boa e velha prata de casa, vou ao Porto Alegre:

E derrama no ar canoro lume.

Se a *Lira dos verdes anos* não o revelou todo, deu contudo algumas de suas qualidades, e é um documento valioso do talento do sr. Teófilo Dias. Várias composições desse *Cismas à beira-mar*, por exemplo, podiam estar na segunda coleção do poeta. Talvez o estilo dessa composição seja um pouco convencional; nota-se-lhe, porém, sentimento poético, e, a espaços, muita felicidade de expressão. Os *Cantos tropicais* pagaram a promessa da *Lira dos verdes anos*, o progresso é evidente; e, como disse, o espírito do autor parece manifestar uma tendência nova. Contudo, não é tal o contraste, que justifique a declaração feita pelo poeta no primeiro livro, a saber, que quando compôs aqueles versos pensava diferentemente do que na data da publicação. Acredito que sim; mas é o que se não deduz do livro. O poeta apura as suas boas qualidades, forceja por variar o tom, lança os olhos em redor e ao longe; mas a corda que domina é a das suas estreias.

Poetas há cuja tristeza é como um goivo colhido de intenção, e posto à guisa de ornamento. A estrofe do sr. Teófilo Dias, quando triste, sente-se que corresponde ao sentimento do homem, e que não vem ali simplesmente para enfeitá-lo. O sr. Teófilo Dias não é um desesperado, mas não estou longe de crer que seja um desencantado; e quando não achássemos documento em seus próprios versos, achá-lo--íamos nos de alheia e peregrina composição, transferida por ele ao nosso idioma.. Abro mão da "Harpa" de Moore; mas os "Mortos de coração", do mesmo poeta, não parece que o sr. Teófilo Dias os foi buscar porque lhe falavam mais diretamente a ele? Melhor do que isso, porém, vejo eu na escolha de uma página das *Flores do mal*. O albatroz, essa águia dos mares, que, apanhada no convés do navio, perde o uso das asas e fica sujeita ao escárnio da maruja, esse albatroz que Baudelaire compara ao poeta, exposto à mofa da turba e tolhido pelas próprias asas, estou que seduziu o sr. Teófilo Dias, menos por espírito de classe do que por um sentimento pessoal; esse albatroz é ele próprio. Não vejo o poeta, no que aí fica, um elogio; não é elogio nem censura; é simples observação da crítica. Quereis a prova do reparo? Lede os versos que têm por título "Anátema", curiosa história de um amor de poeta, amor casto e puro, cuja ilusão se desfaz logo que o objeto amado lhe fala cruamente a linguagem dos sentidos. Essa composição, que termina por uma longínqua reminiscência do Padre Vieira — "Perdoo-vos... e vingo-me!", essa composição é o corolário do *Albatroz* e explica o tom geral do livro. O poeta indigna-se, não tanto em nome da moral, como no de seus próprios sentimentos; é o egoísmo da ilusão que soluça, brada, e por fim condena, e por fim sobrevive nestes quatro versos:

> ... Ao pé de vós, quando em delícias
> As minhas ilusões sem dó quebráveis,
> Revestia-se um anjo com os andrajos,
> Dos sonhos que rompíeis.

Não é preciso mais para conhecer o poeta, com a melindrosa sensibilidade, com a singeleza da puerícia, com a ilusão que forceja por arrancar o voo do chão; essa é a nota principal do livro, é a do "Getseman" e a do "Pressentimento". Pouco difere da "Poeira e lama", na qual parece haver um laivo de pessimismo; e se, como na "Andaluza", o poeta sonha com "bacanais" e "pulsações lascivas", crede que não é sonho, mas pesadelo e pesadelo curto; ele é outra coisa. Já acima o disse: há nos *Cantos tropicais* algumas páginas em que o poeta parece querer despir as vestes primeiras; poucas são, e nessas a nota é mais enérgica, intencionalmente enérgica; o verso sai-lhe cheio e viril, como na *Poesia moderna*, e o pensamento tem a elevação do assunto. Aí nos aparece a justiça de que falei na primeira parte deste estudo; aí vemos a musa moderna, irmã da liberdade, tomando nas mãos a lança da justiça e o escudo da razão. Certo, há alguma coisa singular neste evocar a musa da razão pela boca de um poeta de sentimento; não menos parecem destoar do autor do "Solilóquio" as preocupações políticas da "Poesia moderna".

Não é que eu exclua os poetas de minha República; sou mais tolerante que Platão; mas alguma coisa me diz que esses toques políticos do sr. Teófilo Dias são de puro empréstimo; talvez um reflexo do círculo de seus amigos. Não obstante, há em tais versos um esforço para fugir à exclusiva sentimentalidade dos primeiros tempos, esforço que não será baldado, porque, entre as confidências pessoais e as aspirações de renovação política, alarga-se um campo infinito em que se pode exercer a invenção do poeta. Ele tem a inspiração, o calor, e o gosto; seu estilo é decerto assaz flexível para se acomodar a diferentes assuntos, para os tratar com o apuro a que nos acostumou. A realidade há de fecundar-lhe o engenho; seu verso tão melódico e puro saberá cantar outros aspectos da vida. "Tenho vinte anos e desprezo a vida", diz o sr. Teófilo Dias em uma das melhores páginas dos seus *Cantos tropicais*. Ao que lhe respondo com esta palavra de um moralista: *Aimez la vie, la vie vous aimera*.

Se o poeta quer um exemplo, tem-no completo no sr. Afonso Celso Júnior. O autor dos *Devaneios* é o também das *Telas sonantes*. Não sei precisamente a sua idade; creio, porém, que não conta ainda vinte anos. Pois bem, em 1876 a sua poética, estilo e linguagem eram ainda as de um lirismo extremamente pessoal, com a estrutura e os ademanes próprios do gênero. Numa coleção de sonetos, em que o verso aliás corre fluente e não sem elegância, ligados todos por um único título, *Mãe*, falava o poeta de sua alma, "mais triste do que Jó", nas tribulações da vida e no acerbo das lutas. Quantos há aí, românticos provectos, que não empregaram também este mesmo estilo, nos seus anos juvenis? Naquele mesmo livro dos *Devaneios*, antes balbuciado do que escrito, ainda incorreto em partes, ali mesmo avulta alguma coisa menos pessoal, sente-se que o poeta quer fugir a si mesmo; mas são apenas tentativas, como tentativa é a obra. Nas *Telas sonantes* temos a primeira afirmação definitiva do poeta.

Um traço há que distingue o sr. Afonso Celso Júnior de muitos colegas da nova geração; a sua poesia não impreca, não exorta, não invectiva. É um livro de quadros o seu, singelos ou tocantes, graciosos ou dramáticos, mas verdadeiramente quadros, certa impessoalidade característica. Todos se lembram ainda agora do efeito produzido, há oito anos, pelas *Miniaturas* do sr. Crespo, um talentoso patrício nosso, cujo livro nos veio de Coimbra, quando menos esperávamos. Nos quadros do sr. Crespo, que aliás não eram a maior parte do livro, também achamos aquela eliminação do poeta, com a diferença que eram obras de puro artista, ao passo que nos do sr. Afonso Celso Júnior entra sempre alguma coisa, que não é a presença, mas a intenção do poeta. Entender-se-á isto mais claramente, comparando o "A bordo" do sr. Crespo com o "Esboço" do sr. Afonso Celso Júnior. Ali é uma descrição graciosa, e creio que perfeita, de um aspecto de bordo, durante uma calmaria; vemos os marinheiros "recostados em rolos de cordame", o papagaio, uma inglesa, um cãozinho da inglesa, fazendeiro que passeia, os três velhos que jogam o voltarete, e outros traços assim característicos; depois refresca o vento e lá vai a galera. O "Esboço" do sr. Afonso Celso Júnior é uma volta de teatro; tinha-se representado um drama patético; uma jovem senhora, violentamente comovida, trêmula, nervosa, sai dali, entra no carro e torna à casa; acha à porta o criado, ansioso e trêmulo, porque lhe adoecera um filho com febre, e para cumprir a sua obrigação servil, ali ficara toda a noite a esperá-la. A dama, diz o poeta,

> A dama, que do palco ao drama imaginário,
> Havia arfado tanto,
> Perante o drama vivo, honrado e solitário.
> Soltou um ah! de gelo, e como a olhasse o velho,
> Pedindo-lhe talvez no transe algum conselho,
> Disse com abandono,
> De indiferença cheia,
> Que podia ir velar do filho o extremo sono;
> Mas que fosse primeiro à mesa pôr a ceia.

Esse contraste de efeitos entre a realidade e a ficção poética explica a ideia do sr. Afonso Celso Júnior. Notei a diferença entre ele e o sr. Crespo; notarei agora que o poeta das *Miniaturas* de algum modo influiu no dos *Devaneios*. Digo expressamente no dos *Devaneios*, porque neste livro, e não no outro, é que o olhar exercitado do leitor poderá descobrir algum vestígio — um quadro como o do soneto "Na fazenda" — ou a eleição de certas formas e disposições métricas; mas para conhecer que a influência de um não diminuiu a originalidade de outro, basta ler duas composições de título quase idêntico, duas histórias, a de uma mulher que ria sempre, e a de outra que não ria nunca. Aquela gerou talvez esta, mas a filiação, se a há, não passa de um contraste no título; no resto os dois poetas separam-se inteiramente. Não obstante, os *Devaneios* não têm mesmo valor das *Telas sonantes*; eram uma promessa, não precisamente um livro.

Neste é que está a feição dominante do sr. Afonso Celso Júnior; a comoção e a graça. Vimos o "Esboço", e "Flauta" não é menos significativa. Verdadeiramente não cabe a esta composição o nome de quadro, mas de poema — poema à moderna; há ali mais do que um momento e uma perspectiva; há uma história, uma ação. Um operário viúvo possuía uma flauta, que lhe servia a esquecer os males da vida e adormecer a filha que lhe ficara do matrimônio. Escasseia, entretanto, o trabalho; entra em casa a penúria e a fome; operário vai empenhando, às ocultas, tudo o que possui, e o dinheiro que pode apurar entrega-o à filha, como se fosse salário; a flauta era a confidente única de suas privações. Mas o mal cresce; tudo está empenhado; até que um dia, sem nenhum outro recurso, sai o operário e volta com um jantar. A filha, que a fome abatera, recebe-o alegre e satisfaz a natureza; depois pede ao pai que lhe toque a flauta, segundo costumava; o pai confessa-lhe soluçando que a vendera para lhe conservar a vida. Tal é esse poema singelo e dramático, em que há boa e verdadeira poesia. Nenhum outro é mais feliz do que esse. Assim como o "Esboço" tem por assunto um amor de pai, a "Cena vulgar" consagra à dor materna; e seria tão acabado como o outro, se fora mais curto. A ideia é demasiado tênue, e demasiado breve a ação, para as três páginas que o poeta lhe deu; outrossim, o desfecho, aquele tocador de realejo, que exige a paga, enquanto a mãe convulsa abraça o filho defunto, esse desfecho teria mais força, se fora mais sóbrio, mais simples, se não tivera nenhum qualificativo, nem a "rudez grosseira", nem "os insolentes brados"; o simples contraste daquele homem e daquela mãe era suficientemente cru.

 Fiz um reparo; por que não farei ainda outro? A "Joia", aliás tão sóbria, tão concisa, parece-me um pouco artificial. Ao filhinho, que diante de um mostrador de joalheiro, lhe pede um camafeu, responde a mãe com um beijo, e acrescenta que esta joia é melhor do que a outra; o filho entende-a, e diz-lhe que, se está assim tão rica de joias, lhe dê um colar. É gracioso! mas não é a criança que fala, é o poeta. Não é provável que a criança entendesse a figura; dado que a entendesse, é improvável que a aceitasse. A criança insistiria na primeira joia; *cet âge est sans pitié*. Entretanto, há ali mais de uma expressão feliz, como, por exemplo, a mãe e o filho que "lambem com o olhar" as pedrarias do mostrador. O diálogo tem toda a singeleza da realidade. Podia citar ainda outras páginas assim graciosas, tais como "No íntimo", que se compõe apenas de dez versos: uma senhora, que depois de servir o jantar aos filhos, serve também a um cão; simples episódio caseiro, narrado com muita propriedade. Podia citar ainda a "Filha da paz", poema de outras dimensões e outro sentido, bem imaginado e bem exposto; podia citar alguns mais; seria, porém, derramar a crítica.

 Vejo que o sr. Afonso Celso Júnior procura a inspiração na realidade exterior, e acha-a fecunda e nova. Tem o senso poético, tem os elementos do gosto e do estilo. A língua é vigorosa, conquanto não perfeita; o verso é fluente, se nem sempre castigado. Alguma vez a fantasia parece ornar a realidade mais do que convém à ficção poética, como na pintura dos sentimentos do soldado, na "Filha da paz"; mas ali mesmo achamos a realidade transcrita com muita perspicácia e correção, como na pintura da casa, com o seu tamborete manco, a mesa carunchosa, o registro e o espelho pregados na parede. Os defeitos do poeta provêm, creio eu, de alguma impaciência juvenil. Quem pode o mais pode o menos. Um poeta verdadeiro, como o sr. Afonso Celso Júnior, tem obrigação de o ser acabado; depende de si mesmo.

 Sinto que não possa dizer muito do sr. Fontoura Xavier, um dos mais vívidos talentos da geração nova. Salvo um opúsculo, este poeta não tem nenhuma coleção publicada; os versos andam-lhe espalhados por jornais, e os que pude coligir não são muitos; achei-os numa folha acadêmica de São Paulo, redigida em 1877, por uma plêiade de rapazes de talento, folha republicana, como é o sr. Fontoura Xavier.

 Republicano é talvez pouco. O sr. Fontoura Xavier há de tomar à boa parte uma confissão que lhe faço; creio que seus versos avermelham-se de um tal ou qual jacobinismo; não é impossível que a Convenção lhe desse lugar entre Hebert e Billaut. O citado opúsculo, que se denomina o *Régio saltimbanco*, confirma o que digo; acrobata, truão, frascário, Benoiton equestre, deus de trampolim, tais são os epítetos usados nessa composição. Não são mais moderados os versos avulsos. Se fossem somente verduras da idade, podíamos aguardar que o tempo as amadurecesse; se houvesse aí apenas uma interpretação errônea dos males públicos e do nosso estado social, era lícito esperar que a experiência retificasse os conceitos da precipitação. Mas há mais do que tudo isso; para o sr. Fontoura Xavier há uma questão literária: trata-se de sua própria qualidade de poeta.

Não creio que o sr. Fontoura Xavier, por mais aferro que tenha às ideias políticas que professa, não creio que as anteponha asceticamente às suas ambições literárias. Ele pede a eliminação de todas as coroas, régias ou sacerdotais, mas é implícito que excetua a de poeta, e está disposto a cingi-la. Ora, é justamente desta que se trata. O sr. Fontoura Xavier, moço de vivo talento, que dispõe de um verso cheio, vigoroso, e espontâneo, está arriscando as suas qualidades nativas, com um estilo, que é já a puída ornamentação de certa ordem de discursos do Velho Mundo. Sem abrir mão das opiniões políticas, era mais propício ao seu futuro poético, exprimi-las em estilo diferente — tão enérgico, se lhe parecesse, mas diferente. O distinto escritor que lhe prefaciou o opúsculo cita Juvenal, para justificar o tom da sátira, e o próprio poeta nos fala de Roma; mas, francamente, é abusar dos termos. Onde está Roma, isto é, o declínio de um mundo, nesta escassa nação de ontem, sem fisionomia acabada, sem nenhuma influência no século, apenas com um prólogo de história? Para que reproduzir essas velharias enfáticas? Inversamente, cai o sr. Fontoura Xavier no defeito daquela escola que, em estrofes inflamadas, nos proclamava tão *grandes* como os *Andes* — a mais fátua e funesta das rimas. *Ni cet excès d'honneur, ni cette indignité*.

Não digo ao sr. Fontoura Xavier que rejeite as suas opiniões políticas, por menos arraigadas que lhas julgue, respeito-as. Digo-lhe que não deixe abafar as qualidades poéticas, que exerça a imaginação, alteie e aprimore o estilo, e não empregue o seu belo verso em dar vida nova a metáforas caducas; fique isso aos que não tiverem outro meio de convocar a atenção dos leitores.

Não está nesse caso o sr. Fontoura Xavier. Entre os modernos é ele um dos que melhormente trabalham o alexandrino; creio que às vezes sacrifica a perspicuidade à harmonia, mas não é único nesse defeito, e aliás não é defeito comum nos seus versos, nos poucos versos que me foi dado ler.

Isso que aí fica acerca do sr. Fontoura Xavier, bem o posso aplicar, em parte, ao sr. Valentim Magalhães, poeta ainda assim menos exclusivo que o outro. Os *Cantos e lutas*, impressos há dois ou três meses, creio serem o seu primeiro livro. No começo deste estudo citei o nome do sr. Valentim Magalhães; sabemos já que na opinião dele, a ideia nova é o céu deserto, a oficina e a escola cantando alegres, o mal sepultado, Deus na consciência, o bem no coração, e próximas a liberdade e a justiça. Não é só na primeira página que o poeta nos diz isto; repete-o no "Prenúncio da aurora", "No futuro", "Mais um soldado"; é sempre a mesma ideia, diferentemente redigida, com igual vocabulário. Pode-se imaginar o tom e as promessas de todas essas composições. Num delas o poeta afiança alívio às almas que padecem, pão aos operários, liberdade aos escravos, porque o reinado da justiça está próximo.

Noutra parte, anunciando que pegou da espada e vem juntar-se aos combatentes, diz que as legiões do passado estão sendo dizimadas, e que o dogma, o privilégio, o despotismo, a dor vacilam à voz da justiça. Vemos que, não é só o pão que o operário há de ter, a liberdade que há de ter o escravo; é a própria dor que tem de ceder à justiça. Ao mesmo tempo, quando o poeta nos diz que fala do futuro e não do passado, ouvimo-lo definir o herói medieval, contraposto e sobreposto ao herói moderno, que é um rapaz pálido, "com horror à arma branca". Nessa contradição, que o poeta busca dissimular e explicar, há um vestígio da incerteza que, a espaços, encontramos na geração nova — alguma coisa que parece remota da consciência e nitidez de um sentimento exclusivo. E a feição desta quadra transitória.

Não é vulgar a comoção nos versos do sr. Valentim Magalhães; creio até que seria impossível achá-la fora da página dedicada "a um morto obscuro". Nessa página há na verdade uma nota do coração; a morte de um companheiro ensinou-lhe a linguagem ingenuamente cordial, sem artifício nem intenção vistosa. Há pequenos quadros, como o "Contraste", em que o poeta nos descreve um mendigo, ao domingo, no meio de uma população que descansa e ri; como o soneto em que nos dá uma pobre velha esperando até de madrugada a volta do filho crapuloso; como o "Miserável", e outros; há desses quadros, digo, que me parecem preferíveis à "Velha história", não obstante ser o assunto desta perfeitamente verossímil e verdadeiro; o que aí me agrada menos é a execução. O sr. Valentim Magalhães deve atentar um pouco mais para a maneira de representar os objetos e de exprimir as sensações; há uma certa unidade e equilíbrio de estilo, que por vezes lhe falta. No "Deus mendigo", por exemplo, o velho que pede esmola à porta da Sé, é excelente; os olhos melancólicos do mendigo, dos quais diz o poeta:

> Há neles o rancor silencioso,
> A raivosa humildade da desgraça
> Que blasfema e que esmola;

esses olhos estão reproduzidos com muita felicidade; entretanto, pela composição adiante achamos uns sobressaltos de estilo e de ideias, que destoam e diminuem o mérito da composição. Por que não há de o poeta empregar sempre a mesma arte de que nos dá exemplo na descrição dos ferreiros trabalhando (p. 34) com o "luar sanguíneo dos carvões a esbater-se-lhes no rosto bronzeado"?

Para conhecer bem a origem das ideias deste livro, melhor direi a atmosfera intelectual do autor, basta ler os "Dois edifícios". É quase meio-dia; encostado ao gradil de uma cadeia está um velho assassino, a olhar para fora; há uma escola defronte. Ao bater a sineta da escola saem as crianças alegres e saltando confusamente; o velho assassino contempla-as e murmura com voz amargurada: "Eu nunca soube ler!" Quer o sr. Valentim Magalhães que lhe diga? Essa ideia, a que emprestou alguns belos versos, não tem por si nem a verdade nem a verossimilhança; é um lugar-comum, que já a escola hugoísta nos metrificava há muitos anos. Hoje está bastante desacreditada. Não a aceita Littré, como panaceia infalível e universal; Spencer reconhece na instrução um papel concomitante na moralidade, e nada mais. Se não é rigorosamente verdadeira, é de todo o ponto inverossímil a ideia do poeta; a expressão final, a moralidade do conto, não é do assassino, mas uma reflexão que o poeta lhe empresta. Quanto à forma, nenhuma outra página deste livro manifesta melhor a influência direta de V. Hugo; lá está a antítese constante "a luz em frente à sombra"; "a fome em frente à esmola"; "o deus da liberdade em frente ao deus do mal"; e esta outra figura para exprimir de vez o contraste da escola e da cadeia:

> Victor Hugo fitando Inácio de Loiola.

Tem o sr. Valentim Magalhães o verso fácil e flexível; o estilo mostra por vezes certo vigor, mas carece ainda de uma correção, que o poeta acabará por lhe dar. Creio que cede, em excesso, a admirações exclusivas. Não é propriamente um livro este dos *Contos e lutas*. As ideias dele são geralmente de empréstimo; e o poeta não as realça por um modo de ver próprio e novo. Crítica severa, mas necessária, porque o sr. Valentim Magalhães é dos que têm direito e obrigação de a exigir.

Não ilude a ninguém o sr. Alberto de Oliveira. Ao seu livro de versos pôs francamente um título condenado entre muitos de seus colegas; chamou-lhe *Canções românticas*. Na verdade, é audacioso. Agora, o que se não compreende bem é que, não obstante o título, o poeta nos dê a "Toilette lírica", à página 43, uns versos em que fala do lirismo condenado e dos trovadores. Dir-se-á que há aí alguma ironia oculta? Não; eu creio que o sr. Alberto de Oliveira chega a um período transitivo, como outros colegas seus; tem o lirismo pessoal, e busca uma alma nova. Ele mesmo nos diz, à página 93, num soneto ao sr. Fontoura Xavier, que não lê somente a história dos amantes, os ternos madrigais; não vive só de olhar para o céu:

> Também sei me enlevar; se, em sacrossanta ira,
> O bem calca com os pés os vícios arrogantes,
> Eu, como tu, folheio a lenda dos gigantes,
> E sei lhes dar também uma canção na lira.

É preciosa a confissão; e todavia apenas temos a confissão; o livro não traz nenhuma prova da veracidade do poeta. A razão é que o livro estava feito; e não é só essa; há outra e principal. O sr. Alberto de Oliveira pode folhear a lenda dos gigantes; mas não lhes dê um canto, uma estrofe, um verso; é o conselho da crítica. Nem todos cantam tudo; e o erro talvez da geração nova será querer modelar-se por um só padrão. O verso do sr. Alberto de Oliveira tem a estatura média, o tom brando, o colorido azul, enfim um ar gracioso e não épico. Os gigantes querem o tom másculo. O autor da "Luz nova", do "Primeiro beijo" tem muito onde ir buscar a matéria a seus versos. Que lhe importa o guerreiro que lá vai à Palestina? Deixe-se ficar no castelo, com a filha dele, não digo para dedilharem ambos um bandolim desafinado, mas para lerem juntos alguma página da história doméstica. Não é diminuir-se o poeta; é ser o que lhe pede a natureza, Homero ou Moschos.

Por exemplo, o "Interior" é uma das mais bonitas composições do livro. Pouco mais de uma hora da madrugada, acorda um menino assustado, com o escuro, chora pela mãe; a mãe conchega-o ao peito e dá-lhe de mamar. Isto só, nada mais do que isto; mas contado com singeleza e comoção. Pois bem, eis aí alguma coisa que não é a agitação pessoal do autor, nem a solução de árduos problemas, nem a história de grandes ações; é um campo intermédio e vasto. Que ele é poeta o sr. Alberto de Oliveira; "Ídolo", "Vaporosa", "Na alameda", "Torturas do ideal", são composições de poeta. A fluência e a melodia de seu verso são dignas de nota; farei todavia alguma restrição quanto ao estilo. Creio que o estilo precisa obter da parte do autor um pouco mais de cuidado; não lhe falta movimento, falta-lhe certa precisão indispensável, há nele um quê de flutuante, de indeciso e às vezes de obscuro. Para que o reparo seja completo devo dizer que esse defeito resulta, talvez, de que a própria concepção do poeta tem os seus tons indecisos e flutuantes; as ideias não se lhe formulam às vezes de um modo positivo e lógico; são como os sonhos, que se interrompem e se reatam, com as formas incoercíveis dos sonhos.

Se o sr. Alberto de Oliveira não canta os gigantes, recebe todavia alguma influência externa, e de longe em longe busca fugir a si mesmo. Já o disse: urge agora explicar que, por enquanto, esse esforço transparece somente, e ao leve, na forma. Não é outra coisa final do "Interior", aqueles cães magros que "uivam tristemente trotando o lamaçal". Entre esse incidente e a ação interior não há nenhuma relação de perspectiva; o incidente vem ali por uma preocupação de realismo; tanto valera contar igualmente que a chuva desgrudava um cartaz ou que o vento balouçava uma corda de andaime. O realismo não conhece relações necessárias, nem acessórias, sua estética é o inventário. Dir-se-á, entretanto, que o sr. Alberto de Oliveira tende ao Realismo? De nenhuma maneira; dobra-se-lhe espírito momentaneamente, a uma ou outra brisa, mas retoma logo a atitude anterior. Assim, não basta ler estes versos:

> Ver o azul — esse infinito,
> Sobre essa migalha — a terra;

feitos pelo processo destes do sr. Guerra Junqueiro:

> Diógenes — essa lesma,
> Na pipa — esse caracol,

que é aliás o mesmo de V. Hugo; não basta ler tais versos, digo, para crer que o estilo do sr. Alberto de Oliveira se modifique ao ponto de adquirir exclusivamente as qualidades que distinguem o daquele poeta. São vestígios de leitura esquecida; a natureza poética do sr. Alberto de Oliveira parece-me justamente rebelde à simetria do estilo do sr. Guerra Junqueiro. Nem é propícia à simetria, nem dada a medir a estatura dos gigantes; é um poeta doméstico, delicado, fino; apure as suas qualidades, adquira-as novas, se puder, mas não opostas à índole de seu talento; numa palavra, afirme-se.

Dizem-me que é irmão deste poeta o sr. Mariano de Oliveira, autor de um livrinho de cem páginas, Versos, dados ao prelo em 1876. São irmãos apenas pelo sangue; na poesia são estranhos um ao outro. Pouco direi do sr. Mariano de Oliveira; é escasso o livro, e não pude coligir outras composições posteriores, que me afirmam andar em jornais. É um livro incorreto aquele; o sr. Mariano de Oliveira não possui ainda o verso alexandrino, ou não o possuía quando deu ao prelo aquelas páginas; fato tanto mais lastimoso, quanto que o verso lhe sai com muita espontaneidade e vida, e bastaria corrigi-los — e bem assim o estilo — para os fazer completos.

Quereis uma prova de que há certa força poética no sr. Mariano de Oliveira? Lede, por exemplo, "Na tenda do operário". O poeta ia passando e viu aberta uma porta, uma casa de operário; era de noite,

> A noite, a sombra funda, o ermo grande e mudo;
> Tudo dentro era negro e negro em torno tudo;

pareceu-lhe que lá dentro da casa houvera algum atentado, e então sentou-se à porta, à espera que voltasse o dono. O dono volta; é um operário, o poeta adverte-o do descuido que cometera: ao que o operário responde que ninguém lhe iria roubar o que não tem. O poeta despede-se, segue, para à distância, e parece-lhe então que efetivamente se detivera sem necessidade, porque ali velava uma sentinela firme:

> O anjo da miséria a vigiar a porta.

Nessa página que não é única — e eu poderia citar outras como "A nau e o homem" e "Mãe" —, nessa página sente-se que palpita um poeta, mas as incorreções vêm sobremodo afeá-la. Já me não refiro às de forma métrica; o poeta é geralmente descurado. Poderia citar passagens obscuras, locuções ambíguas, outras empregadas em sentido espúrio, e até rimas que o não são; mas teria de fazer uma crítica miúda, totalmente sem interesse para o leitor, e só relativamente interessante para o poeta. Prefiro dar a este um conselho; lembre-se da deliciosa anedota que nos conta, à página 91, com o título "Canção". Na mesma praça em que morava o poeta, morava uma certa Laura, que todos os dias o esperava à janela; ele, porém, não ousava nunca cumprimentá-la, por mais que lho pedisse o coração; assim decorreram meses. Um dia Laura mudou-se; e foi só então, ao vê-la partir, que o poeta chegou a saudá-la. Era tarde. Pois a poesia é a Laura daquela página; quando vem de si mesma esperar à janela, há grande inadvertência em lhe dar apenas um olhar furtivo, em ir depressa, como quem foge. Ela quer ser, não somente saudada, mas também conversada, interrogada e adivinhada; é-lhe precisa a confabulação diurna e noturna. Não vá o poeta atentar na vizinha quando ela estiver a partir; mui difícil é que atine depois com o número da casa nova. Por outro lado, não converta os mimos em enfados, porque há também outra maneira de se fazer desadorar da poesia: é matá-la com o contrário excesso — observação tão intuitiva que já um nosso clássico dizia que o muito mimo tolhe o desenvolvimento da planta. Nem descuido nem artifício: arte.

Não direi a mesma coisa ao sr. Sílvio Romero, e por especial motivo. O autor dos *Cantos do fim do século* é um dos mais estudiosos representantes da geração nova; é laborioso e hábil. Os leitores desta revista acompanham certamente com interesse as apreciações críticas espalhadas no estudo que, acerca da poesia popular no Brasil, está publicando o sr. Sílvio Romero. Os artigos de crítica parlamentar, dados há meses no *Repórter*, e atribuídos a este escritor, não eram todos justos, nem todos nem sempre variavam no mérito, mas continham algumas observações engenhosas e exatas. Faltava-lhes estilo, que é uma grande lacuna nos escritos do sr. Sílvio Romero; não me refiro às flores de ornamentação, à ginástica de palavras; refiro-me ao estilo, condição indispensável do escritor, indispensável à própria ciência — o estilo que ilumina as páginas de Renan e de Spencer, e que Wallace admira como uma das qualidades de Darwin. Não obstante essa lacuna, que o sr. Romero preencherá com o tempo, não obstante outros pontos acessíveis à crítica, os trabalhos citados são documentos louváveis de estudo e aplicação.

Os *Cantos do fim do século* podem ser também documento de aplicação, mas não dão a conhecer um poeta; e para tudo dizer numa só palavra, o sr. Romero não possui a forma poética. Creio que o leitor não será tão inadvertido que suponha referir-me a uma certa terminologia convencional; também não aludo especialmente à metrificação. Falo da forma poética, em seu genuíno sentido. Um homem pode ter as mais elevadas ideias, as comoções mais fortes, e realçá-las todas por uma imaginação viva; dará com isso uma excelente página de prosa, se souber escrevê-la; um trecho de grande ou maviosa poesia, se for poeta. O que é indispensável é que possua a forma em que se exprimir. Que o sr. Romero tenha algumas ideias de poeta não lho negará a crítica; mas logo que a expressão não traduz as ideias, tanto importa não as ter absolutamente. Estou que muitas decepções literárias originam-se nesse contraste da concepção e da forma; o espírito, que formulou a ideia, a seu modo, supõe havê-la transmitido nitidamente ao papel, e daí um equívoco. No livro do sr. Romero achamos essa luta entre o pensamento que busca romper do cérebro, e a forma que não lhe acode ou só lhe acode reversa e obscura: o que dá a impressão de um estrangeiro que apenas balbucia a língua nacional.

Pertenceu o sr. Romero ao movimento hugoísta, iniciado no Norte e propagado ao Sul, há alguns anos; movimento a que este escritor atribui uma importância infinitamente superior à realidade. Entretanto, não se lhe distinguem os versos pelos característicos da escola, se escola lhe pudéssemos chamar; pertenceu a ela antes pela pessoa do que pelo estilo. Talvez o sr. Romero, coligindo agora os versos, entendeu cercear-lhes os tropos e as demasias — vestígios do tempo. Na verdade, uma de suas composições, a "Revolução", incluída em 1878, nos *Cantos do fim do século*, não traz algumas imagens singularmente arrojadas, que aliás continha, quando eu a li, em 1871, no *Diário de Pernambuco* de domingo 23 de julho desse mesmo ano. Outras ficaram, outras se hão de encontrar no decorrer do livro, mas não são tão graves que o definam e classifiquem entre os discípulos de Castro Alves e do sr. Tobias Barreto; coisa que eu melhor poderia demonstrar, se tivesse à mão todos os documentos necessários ao estudo daquele movimento poético, em que aliás houve bons versos e agitadores entusiastas.

Qualquer que seja, entretanto, minha opinião acerca dos versos do sr. Romero, lisamente confesso que não estão no caso de merecer as críticas acerbíssimas, menos ainda as páginas insultuosas que o autor nos conta, em uma nota, haverem sido escritas contra alguns deles. "Injuriavam ao poeta (diz o sr. Romero) por causa de algumas duras verdades do crítico." Pode ser que assim fosse; mas, por isso mesmo, o autor nem deveria inserir aquela nota. Realmente, criticados que se desforçam de críticas literárias com impropérios dão logo ideia de uma imensa mediocridade, ou de uma fatuidade sem freio, ou de ambas as coisas; e para lances tais é que o talento, quando verdadeiro e modesto, deve reservar o silêncio do desdém: *Non ragionar de lor, una guarda, e passa.*

Não é comum suportar a análise literária; e raríssimo suportá-la com gentileza. Daí vem a satisfação da crítica quando encontra essa qualidade em talentos que apenas estreiam. A crítica sai então da turbamulta das vaidades irritadiças, das vocações do anfiteatro, e entra na região em que o puro amor da arte é anteposto às ovações da galeria. Dois nomes me estão agora no espírito — o sr. Lúcio de Mendonça e o sr. Francisco de Castro — poetas, que me deram o gosto de os apresentar ao público, por meio de prefácio em obras suas. Não lhes ocultei nem a um, nem a outro, nem ao público os senões e lacunas, que havia em tais obras; e tanto o autor das *Névoas matutinas*, como o das *Estrelas errantes* aceitaram francamente, graciosamente, os reparos que lhes fiz. Não era já isso dar prova de talento?

Um daqueles poetas, o sr. Francisco de Castro, estreou há um ano, com um livro de páginas juvenis, muita vez incertas, é verdade, como de estreante que eram. "Não se envergonhe de imperfeições (dizia eu ao sr. Francisco de Castro) nem se vexe de as ver apontadas; agradeça-o antes... Há nos seus versos uma espontaneidade de bom agouro, uma natural singeleza, que a arte guiará melhor e a ação do tempo aperfeiçoará." Depois notava-lhe que a poesia pessoal, cultivada por ele, estava exausta, e, visto que outras páginas havia, em que a inspiração era mais desinteressada, aconselhava-o a poetar fora daquele campo. Dizia-lhe isso em 4 de agosto de 1878. Pouco mais de um ano se há passado; não é tempo ainda de desesperar do conselho. Pode-se, entretanto, julgar do que fará o sr. Francisco de Castro, se se aplicar deveras à poesia, pelo que já nos deu nas *Estrelas errantes*.

Neste volume de 200 páginas, em que alguma coisa há frouxa e somenos, sente-se o bafejo poético, o verso espontâneo, a expressão feliz; há também por vezes comoção sincera, como nestes lindos versos de "Ao pé do berço":

> Deus perfuma-te a face com um beijo,
> E em sonhos te aparece,
> Quando, ao calor de uma asa que não vejo
> O coração te aquece.

> Às vezes, quando dormes, eu me inclino
> Sobre teu berço, e busco do destino
> Ler a página em flor que nele existe;
> De tua fronte santa e curiosa
> Docemente aproximo, temerosa,
> A minha fronte pensativa e triste.

> Como um raio de luz do paraíso,
> Teu lábio esmalta virginal sorriso...
> Ao ver-te assim, extático me alegro.
> Bebo em teu seio o hálito das flores,
> Oásis no deserto dos amores,
> Página branca do meu livro negro.

A paternidade inspirou tais estrofes. O amor inspira-lhe outras; outras são puras obras de imaginação inquieta, e desejosa de fugir à realidade. Talvez esse desejo se mostre por demais imperioso; a realidade é boa, o Realismo é que não presta para nada. Que o sr. Francisco de Castro pode e deve fecundar a sua inspiração, alargando-lhe os horizontes, coisa é para mim evidente. "Tiradentes", "Spartaco" são páginas em que o poeta revela possuir a nota pujante e saber empregá-la. Nem todos os versos dessas composições são irrepreensíveis; mas há ali vida, fluência, animação; e quando ouvimos o poeta falar aos heróis, nestes belos versos:

> Vós que dobrais do tempo o promontório,
> E, barra dentro, a eternidade entrais.

mal podemos lembrar que é o mesmo poeta que, algumas páginas antes, inclinara a fronte pensativa sobre um berço de criança. Quem possui a faculdade de cantar tão opostas coisas, tem diante de si um campo largo e fértil. Certas demasias há de perdê-las com o tempo; a melhor lição crítica é a experiência própria. Confesso, entretanto, um receio. A ciência é má vizinha; e a ciência tem no sr. Francisco de Castro um cultor assíduo e valente. Lembre-se todavia o poeta que os antigos arranjaram perfeitamente estas coisas; fizeram de Apolo o deus da poesia e da medicina. Goethe escreveu o *Fausto* e descobriu um osso no homem — o que tudo persuade que a ciência e a poesia não são inconciliáveis. O autor das *Estrelas errantes* pode mostrar que são amigas.

O que eu dizia em 1878 a este poeta, dizia-o em 1872 ao autor das *Névoas matutinas*. Não dissimulei que havia na sua primavera mais folhas pálidas que verdes; foram as minhas próprias expressões; e arguia-o dessa melancolia prematura e exclusiva. Já lá vão sete anos. Há quatro, em 1875, o poeta publicou outra coleção, as *Alvoradas*; explicando o título, no prólogo, diz que seus versos não têm a luz nem as harmonias do amanhecer. Serão, acrescenta, como as madrugadas chuvosas: desconsoladas, mudas e monótonas. Não se iluda o leitor; não se refugie em casa com medo das intempéries que o sr. Lúcio de Mendonça lhe anuncia; são requebros de poeta. A manhã é clara; choveu talvez durante a noite, porque as flores estão ainda úmidas de lágrimas; mas a manhã é clara.

A comparação entre os dois livros é vantajosa para o poeta; certas incertezas do primeiro, certos tons mais vulgares que ali se notam, desapareceram no segundo. Mas o espírito geral é ainda o mesmo. Há, como nas *Névoas matutinas*, uma corrente pessoal e uma corrente política. A parte política tem as mesmas aspirações partidárias da geração recente; e aliás vinham já de 1872 e 1871. Para conhecer bem o talento deste poeta, há mais de uma página de lindos versos, como estes, "Lenço branco":

> Lembras-te, Aninha, pérola roceira
> Hoje engastada no ouro da cidade,
> Lembras-te ainda, ó bela companheira,
> Dos velhos tempos da primeira idade?
>
> Longe dessa botina azul-celeste,
> Folgava-te o pezinho no tamanco...
> Eras roceira assim quando me deste,
> Na hora de partir, teu lenço branco;

ou como as deliciosas estrofes, "Alice", que são das melhores composições que temos em tal gênero; mas eu prefiro mostrar outra obra menos pessoal; prefiro citar "A família". Trata-se de um moço, celibatário e pródigo, que sai a matar-se, uma noite, em direção do mar; de repente, para, olhando através dos vidros de uma janela:

> Era elegante a sala, e quente e confortada.
> À mesa, junto à luz, estava a mãe sentada.
> Cosia. Mais além, um casal de crianças,
> Risonhas e gentis como umas esperanças,
> Olhavam juntamente um livro de gravuras,
> Inclinando sobre ele as cabecinhas puras.
> Num gabinete, além que entreaberto se via,
> Um homem — era o pai — calmo e grave, escrevia.
> Enfim uma velhinha. Estava agora só
> Porque estava rezando. Era, decerto, a avó.
> E em tudo aquilo havia uma paz, um conforto...
> Oh! a família! o lar! o bonançoso porto
> No tormentoso mar. Abrigo, amor, carinho.
> O moço esteve a olhar. E voltou do caminho.

Nada mais simples do que a ideia desta composição: mas a simplicidade da ideia, a sobriedade dos toques e a verdade da descrição, são aqui os elementos do efeito poético, e produzem nada menos que uma excelente página. O sr. Lúcio de Mendonça possui o segredo da arte. Se nas *Alvoradas* não há outro quadro daquele gênero, pode havê-los num terceiro livro, porque o poeta tem dado recentemente na imprensa algumas composições em que a inspiração é menos exclusiva, mas imbuída da realidade exterior. Li-as, à proporção que elas iam aparecendo; mas não as coligi tão completamente que possa analisá-las com alguma minuciosidade. Sei que tais versos formam a segunda fase do sr. Lúcio de Mendonça; e é por ela que o poeta se prende mais intimamente à nova direção dos espíritos. O autor das *Alvoradas* tem a vantagem de entrar nesse terreno novo com a forma já trabalhada e lúcida.

A poesia do sr. Ezequiel Freire não tem só o lirismo pessoal, traz uma nota de humorismo e de sátira; e é por essa última parte que o podemos ligar ao sr. Artur Azevedo. *As Flores do campo*, volume de versos dado em 1874, tiveram a boa fortuna de trazer um prefácio devido à pena delicada e fina de d. Narcisa Amália, essa jovem e bela poetisa, que há anos aguçou a nossa curiosidade com um livro de versos, e recolheu-se depois à *turris eburnea* da vida doméstica. Resende é a pátria de ambos; além dessa afinidade, temos a da poesia, que em suas partes mais íntimas e do coração, é a mesma. Naturalmente, a simpatia da escritora vai de preferência às composições que mais lhe quadram à própria índole, e, no nosso caso, basta conhecer a que lhe arranca maior aplauso, para adivinhar todas as delicadezas da mulher. Dona Narcisa Amália aprova sem reserva os "Escravos no eito", página da roça, quadro em que o poeta lança a piedade de seus versos sobre o padecimento dos cativos. Não se limita a aplaudi-lo, subscreve a composição. Eu, pela minha parte, subscrevo o louvor; creio também que essa composição resume o quadro. A pintura é viva e crua; o verso cheio e enérgico. A invectiva que forma a segunda parte seria, porém, mais enérgica, se o poeta no-la desse menos extensa; mas há ali um sentimento real de comiseração.

Notam-se no livro do sr. Ezequiel Freire outros quadros da roça. "Na roça" é o próprio título de uma das páginas mais interessantes; é uma descrição da casa do poeta à beira do terreiro, entre moitas de pita, com seu teto de sapé; fora, o tico-tico remexe no farelo, e o gurundi salta na grumixama; nada falta, nem o mugir do gado nem os jogos dos moleques:

> O gado muge no curral extenso;
> Um grupo de moleques doutra banda
> Brinca o tempo-será; vêm vindo as aves
> Do parapeito rente da varanda.
>
> No carreador de além, que atalha a mata,
> Ouvem-se notas de canção magoada.
> Ai! sorrisos do céu — das roceirinhas!
> Ai! cantigas de amor — do camarada!

Nada falta; ou falta só uma coisa, que é tudo; falta certa moça, que um dia se foi para a corte. Essa ausência completa tão bem o quadro que mais parece inventada para o efeito poético. E creio que sim. Não se combinam tão tristes saudades, com o pico final:

> Ó gentes que morais aí na corte,
> Sabei que vivo aqui como um lagarto.
> ventos que passais, contai à moça
> Que há duas camas no meu pobre quarto...

"Lúcia", que se faz "Lucíola", é também um quadro da roça, em que há toques menos felizes; é uma simples história narrada pelo poeta. Mais ainda que na outra, há nessa composição a nota viva e gaiata, que nem sempre serve a temperar a melancolia do assunto. Já disse que o sr. Ezequiel Freire tem a corda humorística; a terceira parte é toda uma coleção de poesia em que o humorismo traz a ponta aguçada pela sátira. Gosto menos desta última parte que das duas primeiras; nem os assuntos são interessantes, nem às vezes claros, o que de algum modo é explicado por esta frase da poetisa resendense: "A sátira, sendo quase sempre alusiva, faz-se obscura para os que não gozam a intimidade do poeta". Em tal caso, devia o poeta eliminá-la. Também o estilo está longe de competir com o do resto do volume, que aliás não é perfeito. Certamente é corrente, bem trabalhado, o "José de Arimateia", por exemplo, anúncio de um gato fugido; mas que diferença entre essa página e a do *Nevoeiro*! Não é que não haja lugar para o riso, mormente em livro tão pessoal às vezes; mas o melhor que há no riso é a espontaneidade.

Não sei se escreveu mais versos o sr. Ezequiel Freire; é de supor que sim, e é de lastimar que não. Ignoro também que influência terá tido nele o espírito que parece animar a geração a que pertence; mas não há temeridade em crer que o autor das *Flores do campo* siga o caminho dos srs. Afonso Celso Júnior, Lúcio de Mendonça e Teófilo Dias, que também deram as suas primeiras flores.

Se no sr. Ezequiel Freire não há vestígio de tendência nova, menos a iremos achar no sr. Artur Azevedo, que é puramente satírico. Conheço deste autor o "Dia de finados", "A rua do Ouvidor" e "Sonetos"; três opúsculos. Não darei nenhuma novidade ao autor, dizendo-lhe que o estilo de tais opúsculos é incorreto, que a versificação não tem apuro necessário, e aliás cabido em suas forças. Sente-se naquelas páginas o descuido voluntário do poeta; respira-se a aragem do improviso, descobre-se o inacabado do amador. Além deste reparo, que fará relevar muita coisa, ocorre-me outro igualmente grave. Não só o desenho é incorreto, mas também a cor das tintas é demasiado crua, e os objetos nem sempre poéticos. Digo poéticos, sem esquecer que se trata de um satírico; sátira ou epopeia, importa que o assunto preencha certas condições da arte. O *Dia de finados*, por exemplo, contém episódios de tal natureza, que deve cobrir por força alguma realidade. A absoluta invenção daquilo seria, na verdade, inoportuna. Pois ainda assim, cabe o reparo: nem todos esses episódios ali deviam estar, e assim juntos destroem o efeito do todo, porque uns aos outros fazem perder a verossimilhança. Diz-se que efetivamente a visita de um dos nossos cemitérios, no dia em que se comemoram os defuntos, é um quadro pouco edificante. Come-se no cemitério em tal dia? Mas a refeição que o poeta nos descreve é uma verdadeira patuscada de arrabalde, em que nada falta, nem a embriaguez; e tanto menos se compreende isso, quanto a dor não parece excluída da ocasião, o que o poeta nos indica bem, aludindo a uma das convivas:

> Um camarão a atrai;
> Vai a comê-lo, e nele a lágrima lhe cai.

A viúva que repreende em altos brados o escravo, o credor que vai cobrar uma dívida, o *rendez-vous* dos namorados, as chacotas, os risos, tudo isso não parece que excede a realidade? Mas dado que seja a realidade pura, a ficção poética não podia admiti-la sem restrição. No fim, o poeta sobe até a vala, que fica acima da planície, dá-nos alguns versos tocantes; lastima a caridade periódica, a dor que não dói e o pranto que não queima.

Na *Rua do Ouvidor* e nos *Sonetos* não há impressão do *Dia de finados*, naturalmente porque o contraste da sátira é menor. O primeiro daqueles opúsculos é uma revista da nossa rua magna, uma revista alegre em que as qualidades boas e más do sr. Azevedo claramente aparecem. O maior defeito de tal sátira é a extensão. Revistas dessas não comportam dimensões muito maiores que as do *Passeio*, de Tolentino. Os sonetos são a melhor parte da obra poética do sr. A. Azevedo. Nem todos são perfeitos; e alguns há em que assunto excede o limite poético, como a "Metamorfose"; mas há outros em que a ideia é graciosa, e menos solto o estilo; tal, por exemplo, o que lhe mereceu uma vizinha ralhadora — soneto cujo fecho dará ideia da versificação do poeta quando ele a quer apurar:

> Tu, que és o cão tinhoso em forma de senhora,
> Oh! ralha, ralha e ralha, e ralha mais e ralha...
> Mas deixa-me primeiro ir para sempre embora.

A obra do sr. Múcio Teixeira é já considerável: três volumes de versos, e, segundo vejo anunciado, um quarto volume, os *Novos ideais*. Neste último livro, já pelo título, já por algumas amostras que vi na imprensa diária, é que estão definidas mais intimamente as relações do poeta com o grosso do novo exército; mas nada posso adiantar sobre ele. Nos outros, principalmente nas *Sombras e clarões*, podemos ver as qualidades do poeta, as boas e as más. Creio que até agora o sr. Múcio Teixeira cedeu principalmente ao influxo da chamada escola hugoísta. "O Trono e a Igreja", "Gutenberg", a "Posteridade", e outras composições dão ideia cabal dessa poesia, que buscava os efeitos em certos meios puramente mecânicos. Vemos aí o condor, aquele condor que à força de voar em tantas estrofes, há doze anos, acabou por cair no chão, onde foi apanhado e empalhado; vemos as epopeias, os Prometeus, os gigantes, as Babéis, todo esse vocabulário de palavras grandes destinadas a preencher o vácuo das ideias justas. O sr. Múcio Teixeira cedeu à torrente, como tantos outros; não há que censurá-lo; mas resiste afinal e o seu novo livro será outro.

Talvez seja o sr. Múcio Teixeira o poeta de mais pronta inspiração, entre os novos; sente-se que os versos lhe brotam fáceis e rápidos. A qualidade é boa, mas o uso deve ser discreto; e eu creio que o sr. Múcio Teixeira não resiste a si mesmo. Há movimento em suas estrofes, mas há também demasias; o poeta não é correto; falta-lhe limpidez e propriedade. Quando a comoção verdadeira domina o poeta, tais defeitos desaparecem, ou diminuem; mas é rara a comoção nos versos do sr. Múcio Teixeira. Não é impossível que o autor das *Sombras e clarões* prefira os assuntos que exigem certa altiloquia, há outros que se contentam do vocabulário médio e do tom brando; e, contudo, creio que a musa dele se exercerá nestes com muito mais proveito. Os outros iludem muito. Se me não escasseasse tanto o espaço, mostraria, como exemplos, a diferença dos resultados obtidos pelo sr. Múcio Teixeira em uma e outra ordem de composições; mostraria a superioridade da "Noite de verão", "Desalento", e "Eu", sobre a "Voz profética" e os "Fantasmas do porvir". Pode ser que haja um quê de artificial no "Desalento"; mas o verso sai mais natural, a expressão é mais idônea: é ele outro. E por que será artificial aquela página? O sr. Múcio Teixeira tem às vezes a expressão da sinceridade; devem ser sinceros estes versos, aliás um pouco vulgares, com que fecha a dedicatória das "Sombras e clarões":

> Se ainda não descri de tudo neste mundo
> Eu — que o cálice do fel sorvi até o fundo,
> Chorando no silêncio, e rindo à multidão;
>
> É que encontrei em vós as bênçãos e os carinhos
> Que a infância tem no lar, e as aves têm nos ninhos...
> Amigo de meus pais! eu beijo a vossa mão.

Não custa muito fazer versos assim, naturais, verdadeiros, em que a expressão corresponde à ideia, e a ideia é límpida. Estou certo de que as qualidades boas do poeta dominarão muito no novo livro; creio também que ele empregará melhor a facilidade, que é um dos seus dotes, e corresponderá cabalmente às esperanças que suas estreias legitimamente despertam. Se algum conselho lhe pode insinuar a crítica é que dê costas ao passado.

III

Qualquer que seja o grau de impressão do leitor, fio que não a terá exclusivamente benigna nem exclusivamente severa, mas ambas as coisas a um tempo, que é o que convém à nova geração. Viu que há talentos, e talentos bons. Falta unidade ao movimento, mas sobram confiança e brilho; e se as ideias trazem às vezes um cunho de vulgaridade uniforme, outras um aspecto de incoercível fantasia, revela-se todavia esforço para fazer alguma coisa que não seja continuar literalmente o passado. Esta intenção é já um penhor de vitória. Aborrecer o passado ou idolatrá-lo vem a dar no mesmo vício; o vício de uns que não descobrem a filiação dos tempos, e datam de si mesmos a aurora humana, e de outros que imaginam que o espírito do homem deixou as asas no caminho e entra a pé num charco. Da primeira opinião têm desculpa os moços, porque estão na idade em que a irreflexão é condição de bravura; em que um pouco de injustiça para com o passado é essencial à conquista do futuro. Nem os novos poetas aborrecem o que foi; limitam-se a procurar alguma coisa diferente.

Não é possível determinar a extensão nem a persistência do atual movimento poético. Circunstâncias externas podem acelerá-lo e defini-lo; ele pode também acabar ou transformar-se. Creio, ainda assim, que alguns poetas sairão deste movimento e continuarão pelo tempo adiante a obra dos primeiros dias. Grande parte deles há de absorver-se em outras aplicações mais concretas. Entre esses haverá até alguns que não sejam poetas, senão porque a idade o pede; extinta a musa, extinguir-se-lhes-á a poesia. Isto que uns aceitam de boa mente, outros de má cara, costuma, às vezes, ser causa secreta de ressentimentos; os que calaram não chegam a compreender que o idioma não acabasse com eles. Se tal fato se der, entre os moços atuais, aprenderão os que prosseguirem na obra, qual a soma e natureza de esforços que ela custa; verão juntar-se as dificuldades morais às literárias.

A nova geração frequenta os escritores da ciência; não há aí poeta digno desse nome que não converse um pouco, ao menos, com os naturalistas e filósofos modernos. Devem, todavia, acautelar-se de um mal: o pedantismo. Geralmente, a mocidade, sobretudo a mocidade de um tempo de renovação científica e literária, não tem outra preocupação mais do que mostrar às outras gentes que há uma porção de coisas que estas ignoram; e daí vem que os nomes ainda frescos na memória, a terminologia apanhada pela rama, são logo transferidos ao papel, e quanto mais crespos forem os nomes e as palavras, tanto melhor. Digo aos moços que a verdadeira ciência não é a que se incrusta para ornato, mas a que se assimila para nutrição; e que o modo eficaz de mostrar que se possui um processo científico não é proclamá-lo a todos os instantes, mas aplicá-lo oportunamente. Nisto o melhor exemplo são os luminares da ciência: releiam os moços o seu Spencer e seu Darwin. Fujam também a outro perigo: o espírito de seita, mais próprio das gerações feitas e das instituições petrificadas. O espírito de seita tem fatal marcha do odioso ao ridículo; e não será para uma geração que lança os olhos ao largo e ao longe, que se compôs este verso verdadeiramente galante:

Nul n'aura de l'esprit, hors nous et nos amis.

Finalmente, a geração atual tem nas mãos o futuro, contanto que lhe não afrouxe o entusiasmo. Pode adquirir o que lhe falta, e perder o que a deslustra; pode afirmar-se e seguir avante. Se não tem por ora uma expressão clara e definitiva, há de alcançá-la com o tempo; hão de alcançá-la os idôneos. Um escritor de ultramar, Sainte-Beuve, disse um dia, que o talento pode embrenhar-se num mau sistema, mas se for verdadeiro e original, depressa se emancipará e achará a verdadeira poética. Estas palavras de um crítico que também foi poeta, repete-as agora alguém que, na crítica e na poesia, despendeu alguns anos de trabalho, não fecundo nem grande, mas assíduo e sincero; alguém que para os recém-chegados há de ter sempre a advertência amiga e o aplauso oportuno.

Machado de Assis
Revista Brasileira, *Rio de Janeiro, 01/12/1879*

Cherchez la femme

Quem inventou esta frase, como uma advertência própria a devassar a origem de todos os crimes, era talvez um ruim magistrado, mas, com certeza, excelente filósofo. Como arma policial, a frase não tem valor, ou pouco e restrito; mas aprofundai-a, e vereis tudo que ela abrange; vereis a vida inteira do homem.

Antes da sociedade, antes da família, antes das artes e do conforto, antes das belas rendas e sedas que constituem o sonho da leitora assídua deste jornal, antes das valsas de Strauss, dos *Huguenotes*, de Petrópolis, dos landaus e das luvas de pelica; antes, muito antes do primeiro esboço da civilização, toda a civilização estava em gérmen na mulher. Neste tempo ainda não havia pai, mas já havia mãe. O pai era o varão adventício, erradio e fero que se ia, sem curar da prole que deixava. A mãe ficava; guardava consigo o fruto do seu amor casual e momentâneo, filho de suas dores e cuidados; mantinha-lhe a vida. Não desvie a leitora os seus belos olhos desse infante bárbaro, rude e primitivo; é talvez o milionésimo avô daquele que lhe fabricou agora o seu véu de Malines ou Bruxelas; ou — provável conjetura! — é talvez o milionésimo avô de Meyerbeer, a não ser que o seja do sr. Gladstone ou da própria leitora.

Se quereis procurar a mulher, é preciso ir até lá, até esse tempo, *d'ogni luce multo*, antes dos primeiros albores. Depois, regressai. Vinde, rio abaixo dos séculos, e onde quer que pareis, a mulher vos aparecerá, com o seu grande influxo, algumas vezes maléfico, mas sempre irrecusável; achá-la-eis na origem do homem e no fim dele; e se devemos aceitar a original teoria de um filósofo, ela é quem transmite a porção intelectual do homem.

Assim, amável leitora, quando alguém vier dizer-vos que a educação da mulher é uma grande necessidade social, não acrediteis que é a voz da adulação, mas da verdade. O assunto é decerto prestadio à declamação; mas a ideia é justa. Não vos queremos para reformadoras sociais, evangelizadoras de teorias abstrusas, que mal entendeis, que em todo caso desdizem do vosso papel; mas entre isso e a ignorância e a frivolidade, há um abismo; enchamos esse abismo.

A companheira do homem precisa entender o homem. A graça da sociedade deve contribuir para ela mais do que com o influxo de suas qualidades tradicionais. Enfim, é preciso que a mulher se descative de uma dependência, que lhe é mortal, que não lhe deixa muita vez outra alternativa entre a miséria e a devassidão.

Vindo à nossa sociedade brasileira, urge dar à mulher certa orientação que lhe falta. Duas são as nossas classes feminis — uma crosta elegante, fina, superficial, dada ao gosto das sociedades artificiais e cultas; depois a grande massa ignorante, inerte e virtuosa, mas sem impulsos, e em caso de desamparo, sem iniciativa nem experiência. Esta tem jus a que lhe deem os meios necessários para a luta da vida social; e tal é a obra que ora empreende uma instituição antiga nesta cidade, que não nomeio porque está na boca de todos, e aliás vai indicada noutra parte desta publicação.

A ocasião é excelente para uns apanhados de estilo, uma exposição grave e longa do papel da mulher no futuro, para uma dissertação acerca do valor da mulher, como filha, esposa, mãe, irmã, enfermeira e mestra, tudo lardeado dos nomes de Rute e Cornélia, Récamier e a marquesa de Alorna. Não faltaria dizer que a mulher é a estrela que leva o homem pela vida adiante, e que principalmente as leitoras d'*A Estação* merecem o culto de todos os espíritos elegantes. Mas estas coisas subentendem-se, e não se dizem por ociosas. Baste-nos isto: educar a mulher é educar o próprio homem, a mãe completará o filho.

Machado de Assis

A Estação, *Rio de Janeiro, 15/08/1881*

O quadro do sr. Firmino Monteiro

Há cerca de quinze dias anunciaram os jornais que o sr. Firmino Monteiro ia expor no edifício da Tipografia Nacional um quadro representando a *Fundação da cidade do Rio de Janeiro*. Verificou-se a exposição com assistência de sua majestade o imperador; e daí em diante alguns amadores, outros curiosos, não em grande número, atreviam-se a subir as escadas da Tipografia para ver a obra do pintor nacional.

Não faltou quem levasse consigo um pouco de receio — o receio de uma desilusão —; mas ninguém desceu que se não desse por bem pago do tempo e do esforço. Com efeito, o quadro do sr. Monteiro revela qualidades reais de artista: é bem desenhado, bem composto, bem colorido; a impressão geral é excelente. Não entramos, por falta de competência, no inventário das belezas técnicas do trabalho, ou ainda dos senões, se os tem; damos uma impressão de *expectador*. Acrescentaremos que a escolha do assunto mostra desde logo um artista sério, disposto a entestar com dificuldades e a superá-las; e a maneira porque ele o entendeu e tratou é outro motivo de muito louvor.

Um distinto cavaleiro, que adora a arte, escreveu nas colunas do *Globo* estas palavras acerca do nosso pintor: — "Monteiro foge da figura como o diabo da cruz". Com efeito, é um paisagista, e há paisagens suas expostas no mesmo salão, delicadas e verdadeiras. E basta considerar a escolha do assunto do recente quadro para compreender o acerto da observação do sr. dr. Azevedo Macedo Júnior. O sr. Monteiro, querendo enfim trabalhar a figura, escolheu um assunto de certa maneira intermediário, na qual a paisagem fosse o fundo obrigado da composição; e aí mostrou e apurou as qualidades habituais de outras telas expostas. Estamos certos de que ele será tão notável em outros gêneros como o é na paisagem; e, como tem o dom de escolher assuntos, não tardará que nos dê alguma coisa de tanto ou maior valor. Nisto queremos aludir, vagamente, a uma nova tela que o sr. Monteiro medita assunto nacional e grandioso, digno de um pintor de muito talento.

Já a *Gazeta da Tarde* ponderou que a tela atualmente exposta deve ir para a Câmara municipal. Não cremos que possa estar em outro lugar. Uma tela em que é comemorada a fundação da nossa cidade, capital do Império, em nenhum outro lugar pode estar senão na Câmara municipal; pertence-lhe de direito. Os oficiais públicos que o sr. Monteiro pintou à direita do altar e dos padres são os antepassados do sr. Nobre e seus colegas. Verdadeiramente é um quadro de família; e um belo quadro, o que é mais.

Se tocamos neste ponto, não é só pelo gosto que teríamos de ver a obra no lugar em que melhor cabe; mas também porque o sr. Monteiro precisa ser animado, e animado de duas maneiras: ocupando o devido lugar no paço da Municipalidade mediante uma bela obra, vendo por isso mesmo que os esforços de um homem de talento e vontade não são perdidos. Realmente, gastar dois anos de trabalho para fixar com o seu pincel um fato público, o primeiro da nossa história local, e ver a obra entregue a algum simples amador, não nos parece próprio a dar alma aos que trabalham.

Resta-nos só o espaço necessário para dizer que o sr. Monteiro é filho de si mesmo, de seu esforço, da sua tenacidade, da sua confiança; e nós amamos os homens dessa têmpera, e não desejamos outra coisa mais do que vê-los ilustres e recompensados.

M. A.
A Estação, 30/04/1882

Bibliografia

É conhecido o novo volume de versos do sr. Teófilo Dias. Não venho fazer mais do que inserir a notícia dele neste repositório destinado às senhoras, pois que é, em parte, um livro de senhora. A forma exterior, por exemplo, está pedindo o *boudoir*; é pequeno, catita, impresso com muita nitidez; e quanto ao conteúdo, se a segunda parte não se acomoda com o formato, a primeira admite-o e fica bem.

    Dizer que o novo livro do sr. Teófilo Dias é digno dos anteriores é dar-lhe o melhor dos elogios, é indicar que o poeta não retrogradou. Ao contrário progrediu. A forma, cuidada nas outras coleções, teve nesta um carinho, um apuro, que mostra o estudo que o sr. Teófilo Dias continua a fazer dos poetas modernos. Cada composição sai-lhe cinzelada das mãos. A língua é por ventura mais enérgica e numerosa. Estes são os sinais exteriores, mas necessários da poesia.

    No estudo literário que fiz há três anos acerca da nova geração, inserta na *Revista Brasileira*, notei que o tom principal do sr. Teófilo Dias é a ternura melancólica, e notei mais que, em muitas páginas, havia um esforço para fugir à exclusiva sentimentalidade dos primeiros tempos. As *Fanfarras* podem ter sido escritas com o fim de confirmar o segundo reparo. A intenção, notada em algumas passagens dos *Cantos tropicais*, é aqui a principal, e tanto melhor para o poeta e para nós. Baudelaire parece ter inspirado o poeta, na primeira parte do livro, cujo título é uma reminiscência das *Flores do mal*; e o sr. Teófilo Dias, tanto não esconde essa impressão, que incluiu no livro algumas boas traduções daquele poeta original e pujante. A questão é saber se o poeta guardou a sua individualidade, se assimilou o elemento estranho para lhe dar a nota própria, e é isso o que acho nas *Fanfarras*. O que ele trouxe da intimidade com o outro é o movimento do verso e uma certa adoração sensual; mas o verso das *Fanfarras* é sempre o verso do sr. Teófilo Dias, o tom meigo domina o tom metálico. As flores ali postas não são funestas; podem ter às vezes um aroma acre, podem inebriar também, mas não matam.

    Entender-se-á bem isso que digo relendo o soneto da "Estátua", por exemplo, o da "Nuvem", ou do "Elixir" para não citar outras páginas. No "Elixir":

> Enlanguesce-te a voz sonora e rica
> Um simpático timbre insidioso,
> Que em meu ouvido, em frêmito nervoso,
> O vário acorde grava e multiplica.

> No sopro mole, tépido, me fica
> Suspensa a alma, em pasmo deleitoso...

Na "Estátua":

> Fôsse-me dado, em mármor de Carrara,
> Num arranco de gênio e de ardimento,
> As linhas do teu corpo o movimento,
> Suprimindo, fixar-te a forma rara,
>
> Cheio de força, vida e sentimento,
> Surgira-me o ideal da pedra clara,
> E em fundo, eterno arroubo se prostara,
> Ante a estátua imortal meu pensamento.
>
> Do albor de brandas formas eu vestira
> Teus contornos gentis; eu te cobrira
> Com marmóreo cendal os moles flancos.
>
> E a sôfrega avidez dos meus desejos
> Em mudo turbilhão de imóveis beijos
> As curvas te enrolara em flocos brancos.

Nada funesto, repito; e eis aí uma crítica às *Fanfarras*. O título da primeira parte não traduz bem o sentimento dos versos; pesa-lhes mais. Em vão escruto as páginas mais acentuadas, "Esfinge", a *Vox Latet Anguis,* nada encontro que legitime a denominação; não vejo a serpe por baixo do ervaçal. A serpe é antes um lindo vagalume, daqueles que cintilam nos versos do sr. Teófilo Dias, como se pode ver no soneto a que o poeta deu aquele título latino, para comemorar o contraste de uma mulher. Os dois primeiros quartetos pintam o feitiço da voz, que "afaga como a luz", que "como um perfume filtra pela alma", feita essa descrição, com muita suavidade e amor, o poeta continua:

> Quando a paixão altera-lhe a frescura,
> Quando o frio desdém lhe tolda o acorde
> À viva palidez, vibrante e pura,
>
> Não se lhe nota um frêmito discorde.
> — Apenas do primor, com que fulgura,
> Às vezes a ironia salta — e morde.

Onde está, nesse tabuleiro de relva pura e talhada com arte de jardineiro, onde é que serpeia a *anguia* do título? Essa ironia, que salta no fim, vestida de um verso onomatopaico, é o lindo vagalume, um gracioso pingo de luz intermitente, de luz viva, creio, mas que não queima. Nem tudo é esse mesmo pingo de luz. A segunda parte, *Revolta*, tem muitas vezes o arrojo que o assunto pede; mas é escassa, e estou ainda com o juízo expresso, por outras palavras, no meu estudo da *Revista Brasileira*. Talvez me engane; mas ainda creio que o sr. Teófilo Dias, nos versos dessa segunda parte, é menos espontâneo, é menos ele mesmo. Sabe compor o verso, e dispõe de um vocabulário viril, apropriado ao tema; mas o tema, que é o de suas convicções políticas, não parece ser o da sua índole poética. A *turris eburnea*, em que se fechou Vigny, tem um lugar para ele e não digo só o Vigny da *Eloá*, mas também o da *Dolorida*, essa página sombria e forte, que o sr. Teófilo Dias seria capaz de transferir à nossa língua, se quisesse, e aliás, não lho conselho, por um motivo, que será a minha crítica final: acho que abriu a porta das *Fanfarras* a muitos hóspedes, ilustres, é verdade, e tratados com esmero e cortesia, mas hóspedes. Preferimos os filhos da sua musa, que são nossos, que não desmerecem dos primeiros, e que espero cresçam e se lhes avantajem.

M.
A Estação, 15/06/1882

Introdução
(Raimundo Correia: Sinfonias*)*

Suponho que o leitor, antes de folhear o livro, deixa cair um olhar curioso nesta primeira página. Sabe que não vem achar aqui uma crítica severa, tal não é o ofício dos prefácios; vem apenas lobrigar, através da frase atenuada ou calculada, os impulsos de simpatia ou de fervor; e, na medida da confiança que o prefacista lhe merecer, assim lerá ou não a obra. Mas para os leitores maliciosos é que se fizeram os prefácios astutos, desses que trocam todas as voltas, e vão aguardar o leitor onde este não espera por eles. É o nosso caso. Em vez de lhe dizer, desde logo, o que penso do poeta, com palavras que a incredulidade pode converter em puro obséquio literário, antecipo uma página do livro; e, com essa outra malícia, dou-lhe a melhor das opiniões, porque é impossível que o leitor não sinta a beleza destes versos do dr. Raimundo Correia:

MAL SECRETO

Se a cólera que espuma, a dor que mora
N'alma, e destrói cada ilusão que nasce,
Tudo o que punge, tudo o que devora
O coração, no rosto se estampasse;

Se se pudesse o espírito que chora,
Ver através da máscara da face,
Quanta gente, talvez, que inveja agora
Nos causa, então piedade nos causasse!

Quanta gente que ri, talvez, consigo
Guarda um atroz, recôndito inimigo,
Como invisível chaga cancerosa!

> Quanta gente que ri, talvez existe,
> Cuja ventura única consiste
> Em parecer aos outros venturosa!

Aí está o poeta, com a sua sensibilidade, o seu verso natural e correntio, o seu amor à arte de dizer as coisas, fugindo à vulgaridade, sem cair na afetação. Ele pode não ser sempre a mesma coisa, no conceito e no estilo, mas é poeta, e fio que esta seja a opinião dos leitores, para quem o nome do dr. Raimundo Correia for inteira novidade. Para outros, naturalmente a maioria, o nome do dr. Raimundo Correia está apenso a um livro, saído dos prelos de São Paulo, em 1879, quando o poeta tinha apenas 19 anos. Esse livro, *Primeiros sonhos*, é uma coleção de ensaios poéticos, alguns datados de 1877, versos de adolescência, em que, não Hércules menino, mas Baco infante, agita no ar os pâmpanos, à espera de crescer para invadir a Índia. Não posso dizer longamente o que é esse livro; confesso que há nele o cheiro romântico da decadência, e um certo aspecto flácido; mas, tais defeitos, a mesma afetação de algumas páginas, a vulgaridade de outras, não suprimem a individualidade do poeta, nem excluem movimento e a melodia da estrofe. Creio mesmo que algumas composições daquele livro podiam figurar neste sem desdizer do tom nem quebrar-lhe a unidade.

Não foram esses os primeiros versos que li do dr. Raimundo Correia. Li os primeiros neste mesmo ano de 1882, uns versos satíricos, *triolets* sonoros, modelados com apuro, que não me pareceram versos de qualquer. Semanas depois, conheci pessoalmente o poeta, e confesso uma desilusão. Tinha deduzido dos versos lindos um mancebo expansivo, alegre e vibrante, aguçado como as suas rimas, coruscante como os seus esdrúxulos, e achei uma figura concentrada, pensativa, que sorri às vezes, ou faz crer que sorri, e não sei se riu nunca. Mas a desilusão não foi uma queda. A figura trazia a nota simpática; o acanho das maneiras vestia a modéstia sincera, de boa raça, lastro do engenho, necessário ao equilíbrio. Achei o poeta deste livro, ou de uma parte deste livro: — um contemplativo e um artista, coração mordido daquele amor misterioso e cruel que é a um tempo a dor e o feitiço das vítimas.

Mas, enfim, Baco conquistou a Índia? Não digo tanto, porque é preciso ser sincero, ainda mesmo nos prefácios. Trocou os pâmpanos da puerícia, jungiu ao carro as panteras que o levarão à terra indiana, e não a vencerá, se não quiser. Em termos chãos, o dr. Raimundo Correia não dá ainda neste livro tudo o que se pode esperar do seu talento, mas dá muito mais do que dera antes; afirma-se, toma lugar entre os primeiros da nova geração. Estuda e trabalha. Dizem-me que compõe com grande facilidade, e, todavia, o livro não é sobejo, ao passo que os versos manifestam o labor de artista sincero e paciente, que não pensa no público senão para respeitá-lo. Não quero transcrever mais nada; o leitor sentirá que há no dr. Raimundo Correia a massa de um artista, lendo, entre outras páginas, "No banho", o "Anoitecer", "No circo", e os sonetos sob o título de *Perfis românticos*, galeria de mulheres, à maneira de Banville. Não é sempre puro o estilo, nem a linguagem escoimada de descuidos, e a direção do espírito podia às vezes ser outra; mas as boas qualidades dominam, e isto já é um saldo a favor.

Uma parte desta coleção é militante, não contemplativa, porque o dr. Raimundo Correia, em política, tem opiniões radicais: é republicano e revolucionário.

Creio que o artista aí é menor e as ideias menos originais; as apóstrofes parecem-me mais violentas do que espontâneas, e o poeta mais agressivo do que apaixonado. Note o leitor que não ponho em dúvida a sinceridade dos sentimentos do dr. Raimundo Correia; limito-me a citar a forma lírica e a expressão poética; do mesmo modo que não desrespeito as suas convicções políticas, dizendo que uma parte, ao menos, do atual excesso ir-se-á com o tempo.

E agora, passe o leitor aos versos, leia-os como se devem ler moços, com simpatia. Onde achar que falta a comoção, advirta que a forma é esmerada, e, se as traduções, que também as há, lhe parecerem numerosas, reconheça ao menos que ele as perfez com o amor dos originais, e, em muitos casos, com habilidade de primeira ordem. É um poeta; e, no momento em que os velhos cantores brasileiros vão desaparecendo na morte, outros no silêncio, deixa que estes venham a ti; anima-os, que eles trabalham para todos.

Machado de Assis
Introdução a Sinfonias. Rio de Janeiro, Faro & Lino, 1883

Prefácio
(Carlos Jansen: Contos seletos das Mil e uma noites*)*

O sr. Carlos Jansen tomou a si dar à mocidade brasileira uma escolha daqueles famosos contos árabes das *Mil e uma noites*, adotando o plano do educacionista alemão Franz Hoffmann. Esta escolha é conveniente; a mocidade terá assim uma amostra interessante e apurada das fantasias daquele livro, alguns dos seus melhores contos, que estão aqui, não como nas noites de Sheherazade, ligados por uma fábula própria do Oriente, mas em forma de um repositório de coisas alegres e sãs.

Para os nossos jovens patrícios creio que é isto novidade completa. Outrora conhecia-se, entre nós esse maravilhoso livro, tão peculiar e variado, tão cintilante de pedrarias, de olhos belos, tão opulentos de sequins, tão povoado de vizires e sultanas, de ideias morais e lições graciosas. Era popular; e, conquanto não se lesse então muito, liam-se e reliam-se as *Mil e uma noites*. A outra geração tinha, é verdade, a boa-fé precisa, uma certa ingenuidade, não para crer tudo, porque a mesma princesa narradora avisava a gente das suas invenções, mas para achar nestas um recreio, um gozo, um embevecimento, que ia de par com as lágrimas, que então arrancavam algumas obras romanescas, hoje insípidas. E nisto se mostra o valor das *Mil e uma noites*: porque os anos passaram, o gosto mudou, poderá voltar e perder-se outra vez, como é próprio das correntes públicas, mas o mérito do livro é o mesmo. Essa galeria de contos, que Macaulay citava algumas vezes, com prazer, é ainda interessante e bela, ao passo que outras histórias do Ocidente, que encantavam a geração passada, com ela desapareceram.

Os melhores daqueles, ou alguns dos melhores, estão encerrados neste livro do sr. Carlos Jansen. As figuras de Sindbad, Ali-Babá, Harum al Raschid, o Aladim da lâmpada misteriosa, passam aqui, ao fundo azul do Oriente, a que a linha curva do camelo e a fachada árabe dos palácios dão o tom pitoresco e mágico daqueles outros contos de fadas da nossa infância. Algumas dessas figuras andam até vulgarizadas em peças mágicas de teatro, pois aconteceu às *Mil e uma noites* o que se deu com muitas outras invenções: foram exploradas e saqueadas para a cena. Era inevitável, como por outro lado era inevitável que os compositores pegassem das criações mais pessoais e sublimes dos poetas para amoldá-las à sua inspiração, que é por certo fecunda, elevada e grande, mas não deixa de ser parasita. Nem Shakespeare escapou, o divino Shakespeare, como se *Macbeth* precisasse do comentário de nenhuma outra arte, ou fosse empresa fácil traduzir musicalmente a alma de Hamlet. Não obstante a vulgarização pela mágica de algumas daquelas figuras árabes, elas aí estão com o cunho primitivo, esse que dá o silêncio do livro, ajudado da imaginação do leitor.

Este, se ao cabo de poucas páginas vier a espantar-se de que o sr. Carlos Jansen, brasileiro de adoção, seja alemão de nascimento, e escreva de um modo tão correntio a nossa língua, não provará outra coisa mais do que negligência da sua parte. A imprensa tem recebido muitas confidências literárias do sr. Carlos Jansen; a *Revista Brasileira* (para citar somente esta minha saudade) tem nas suas páginas um romance do nosso autor. E conhecer e escrever uma língua, como a nossa, não é tarefa de pouca monta, ainda para um homem de talento e aplicação. O sr. Carlos Jansen maneja-a com muita precisão e facilidade, e dispõe de um vocabulário numeroso. Esse livro é uma prova disso, embora a crítica lhe possa notar uma ou outra locução substituível, uma ou outra frase melhorável. São minúcias que não diminuem o valor do todo.

Esquecia-me que o livro é para adolescentes, e que estes pedem-lhe, antes de tudo, interesse e novidades. Digo-lhes que os acharão aqui. Um descendente de teutões conta-lhes pela língua de Alencar e Garrett umas histórias mouriscas: com aquele operário, esse instrumento e esta matéria, dá-lhes o sr. Laemmert, velho editor incansável, um brinquedo graciosíssimo, com que podem entreter algumas horas dos seus anos em flor. Sobra-lhes para isso a ingenuidade necessária; e a ingenuidade não é mais do que a primeira porção do unguento misterioso, cuja história é contada nestas mesmas páginas. Esfregado na pálpebra esquerda de Abdallah, deu-lhe o espetáculo de todas as riquezas da terra; mas o pobre-diabo era ambicioso, e, para possuir o que via, pediu ao dervixe que lhe ungisse também a pálpebra direita, com o que cegou de todo. Creio que esta outra porção do unguento é a experiência. Depressa, moços, enquanto o dervixe não unge a outra pálpebra!

Machado de Assis

Prefácio a Contos seletos das Mil e uma noites, *Rio de Janeiro, Laemmert & C., s/d*

Subsídios literários

"Confesso que as mais das iguarias com que vos convido são alheias, mas o guisamento delas é de minha casa". Com esta advertência, tirada aos *Diálogos* de Amador Arrais, abre o sr. Guilherme Bellegarde o seu livro dos *Subsídios literários;* e não podia explicar melhor a natureza e o plano da obra, de que está publicado o primeiro volume, com 421-XII páginas.

São subsídios, e não querem ser outra coisa estas páginas, enfeixadas pelo labor paciente e constante de um espírito investigador e ilustrado. Mas, não sendo nem querendo ser outra coisa, nem por isso excluem a personalidade do autor, que está presente de dois modos — ou nas indicações frequentes que nos dá, nas notas numerosíssimas, e em trechos seus transcritos de publicações periódicas, ou no próprio trabalho da escolha, na distribuição das matérias, na composição das páginas, e tudo isso forma o *guisamento* de Amador Arrais.

Não falo da exatidão e minuciosidade bibliográficas do livro, porque essas duas condições estão subentendidas: são fundamentais nesta casta de obras. Mas se a exatidão não admite graus, admite-os a minuciosidade, que pode ser maior ou menor; e se é maior, se abrange uma área mais extensa de leitura, traz ao autor merecidos agradecimentos. É o caso do sr. Guilherme Bellegarde. Ele não é só um guia seguro, é também um guia de conversão variada, que nos fala de poesia e de poetas, de prosa e de prosadores, de oradores, de historiadores, de um livro e de um jornal, de um grande poeta como Camões, e de uma grande trágica como Ristori, salteando os assuntos e concertando-os, quanto possível.

Se as mais das iguarias são alheias, força é dizer que o autor, como dono da casa, preocupa-se de ser amável para todos. Quem convida, realmente, não pode ter outra política. Era o que se podia deduzir do plano da obra; mas ele mesmo explicou no prefácio, repetindo com o autor que até certo ponto lhe serviu de modelo: *Nous remplissons le simple rôle de rapporteur et non les fonctions de juge.* Isto basta para explicar a ausência de crítica severa, posto que, em alguns lugares, quando lhe vem a propósito, como na página 356, por exemplo, o autor não hesite em pôr as ressalvas que lhe aconselha o seu juízo literário.

Muitas citações incluídas no livro são conhecidas e até proverbiais, como tantos versos de Camões; outras o são menos; e algumas, em relação ao maior número de leitores, não o são nada. Não só não faltam a cada uma as indicações exatas, como dão lugar muitas delas a outra ordem de indicações subsidiárias, acerca de escritos que o tempo levou das mãos do público para as do bibliógrafo, da autoria de alguns deles, de jornais, de revistas etc. Tudo isso custa trabalho, e não basta o trabalho para fazê-lo: é preciso, além dele e da aptidão especial, certo alicerce de ilustração.

A *Revista Brasileira* publicou as primeiras páginas dos *Subsídios literários;* e contribuiu, certamente, para animar o autor ao cometimento de o concluir. Não menciono esta circunstância sem saudade. Essa empresa de alguns homens devotados não podia viver muito; caiu do mesmo modo que outras tentativas congêneres naufragaram e hão de naufragar ainda por algum tempo as que vierem. Não é este o lugar de dizer as causas do fenômeno; e, aliás são óbvias; todas se resumem nesta, que podia ser inventada por La Palisse: — Não há revistas sem um público de revistas. Boa *Revista Brasileira!* Que as bibliotecas a guardem, ao menos, com as outras náufragas; o futuro historiador poderá cortejá-la com a indiferença que a matou.

  Entre os que ali trabalharam, o sr. Guilherme Bellegarde é dos que persistiram neste duro ofício, sem desanimar. O livro dos *Subsídios* é uma prova do seu esforço e aplicação, das suas qualidades especiais para um gênero mais útil que brilhante, singularmente adequado aos sentimentos de modéstia do autor, cujo espírito cultivado e refletido não busca impor-se a ninguém, mas insinua-se e cativa.

Machado de Assis
A Estação, Rio de Janeiro, 31/03/1883

Metafísica das rosas

Pour la rose, le jardinier est immortel, car de mémoire de rose,
on n'a pas vu mourir un jardinier.
FONTENELLE

LIVRO PRIMEIRO

No princípio era o Jardineiro. E o Jardineiro criou as Rosas. E tendo criado as Rosas, criou a chácara e o jardim, com todas as coisas que neles vivem para glória e contemplação das Rosas. Criou a palmeira, a grama. Criou as folhas, os galhos, os troncos e botões. Criou a terra e o estrume. Criou as árvores grandes para que amparassem o toldo azul que cobre o jardim e a chácara, e ele não caísse e esmagasse as Rosas. Criou as borboletas e os vermes. Criou o sol, as brisas, o orvalho e as chuvas.

  Grande é o Jardineiro! Suas longas pernas são feitas de tronco eterno. Os braços são galhos que nunca morrem; a espádua é como um forte muro por onde a erva trepa. As mãos, largas, espalham benefícios às Rosas.

  Vede agora mesmo. A noite voou, amanhã clareia o céu, cruzam-se as borboletas e os passarinhos, há uma chuva de pipilos e trinados no ar. Mas a terra estremece. É o pé do Jardineiro que caminha para as Rosas. Vede: traz nas mãos o regador que borrifa sobre as Rosas a água fresca e pura, e assim também sobre as outras plantas, todas criadas para glória das Rosas. Ele o formou no dia em que, tendo criado o sol, que dá vida às Rosas, este começou a arder sobre a terra. Ele o enche de água todas as manhãs, uma, duas, cinco, dez vezes. Para a noite, pôs ele no ar um grande regador invisível que peneira orvalho; e quando a terra seca e o calor abafa, enche o grande regador das chuvas que alagam a terra de água e de vida.

LIVRO II

Entretanto, as Rosas estavam tristes, porque a contemplação das coisas era muda e os olhos dos pássaros e das borboletas não se ocupavam bastantemente das Rosas. E o Jardineiro, vendo-as tristes, perguntou-lhes:

— Que tendes vós, que inclinais as pétalas para o chão? Dei-vos a chácara e o jardim; criei o sol e os ventos frescos; derramo sobre vós o orvalho e a chuva; criei todas as plantas para que vos amem e vos contemplem. A minha mão detém no meio do ar os grandes pássaros para que vos não esmaguem ou devorem. Sois as princesas da terra. Por que inclinais as pétalas para o chão?

Então as Rosas murmuraram que estavam tristes porque a contemplação das coisas era muda, e elas queriam quem cantasse os seus grandes méritos e as servisse.

O Jardineiro sacudiu a cabeça com um gesto terrível; o jardim e a chácara estremeceram até aos fundamentos. E assim falou ele, encostado ao bastão que trazia:

— Dei-vos tudo e não estais satisfeitas? Criei tudo para vós e pedis mais? Pedis a contemplação de outros olhos; ides tê-la. Vou criar um ente à minha imagem que vos servirá, contemplará e viverá milhares e milhares de sóis para que vos sirva e ame.

E, dizendo isto, tomou de um velho tronco de palmeira e de um facão. No alto do tronco abriu duas fendas iguais aos seus olhos divinos, mais abaixo outra igual à boca; recortou as orelhas, alisou o nariz, abriu-lhe os braços, as pernas, as espáduas. E, tendo feito o vulto, soprou-lhe em cima e ficou um homem. E então lançou mão de um tronco de laranjeira, rasgou os olhos e a boca, contornou os braços e as pernas e soprou-lhe também em cima, e ficou uma mulher.

E como o homem e a mulher adorassem o Jardineiro, ele disse-lhes:

— Criei-vos para o único fim de amardes e servirdes as Rosas, sob pena de morte e abominação, porque eu sou o Jardineiro e elas são as senhoras da terra, donas de tudo o que existe: o sol e a chuva, o dia e a noite, o orvalho e os ventos, os besouros, os colibris, as andorinhas, as plantas todas, grandes e pequenas, e as flores, e as sementes das flores, as formigas, as borboletas, as cigarras e os filhos das cigarras.

LIVRO III

O homem e a mulher tiveram filhos e os filhos outros filhos, e disseram eles entre si:

— O Jardineiro criou-nos para amar e servir as Rosas; façamos festas e danças para que as Rosas vivam alegres.

Então vieram à chácara e ao jardim, e bailaram e riram, e giraram em volta das Rosas, cortejando-as e sorrindo para elas. Vieram também outros e cantaram em verso os merecimentos das Rosas. E quando queriam falar da beleza de alguma filha das mulheres faziam comparação com as Rosas, porque as Rosas são as maiores belezas do universo, elas são as senhoras de tudo o que vive e respira.

Mas, como as Rosas parecessem enfaradas da glória que tinham no jardim, disseram os filhos dos homens às filhas das mulheres: Façamos outras grandes festas que as alegrem. Ouvindo isto, o Jardineiro disse-lhes: — Não; colhei-as primeiro, levai-as depois a um lugar de delícias que vos indicarei.

Vieram então os filhos dos homens e as filhas das mulheres e colheram as Rosas, não só as que estavam abertas como algumas ainda não desabrochadas; e depois as puseram no peito, na cabeça ou em grandes molhos, tudo conforme ordenara o Jardineiro. E levando-as para fora do jardim, foram com elas a um lugar de delícias, misterioso e remoto, onde todos os filhos dos homens e todas as filhas das mulheres as adoram prostrados no chão. E depois que o jardineiro manda embora o sol, pega das Rosas cortadas pelos homens e pelas mulheres, e uma por uma prega--as no toldo azul que cobre a chácara e o jardim, onde elas ficam cintilantes durante a noite. E é assim que não faltam luzes que clareiem a noite quando o sol vai descansar por trás das grandes árvores do ocaso.

Elas brilham, elas cheiram, elas dão as cores mais lindas da terra. Sem elas nada haveria na terra, nem o sol, nem o jardim, nem a chácara, nem os ventos, nem as chuvas, nem os homens, nem as mulheres, nada mais do que o Jardineiro, que as tirou do seu cérebro, porque elas são os pensamentos do Jardineiro, desabrochadas no ar e postas na terra, criada para elas e para glória delas. Grande é o Jardineiro! Grande e eterno é o pai sublime das rosas sublimes.

Machado de Assis
Gazeta Literária, n.° 5, 01/12/1883

José de Alencar

Cada ano que passa é uma expansão da glória de José de Alencar. Outros apagam--se com o tempo; ele é dos que fulguram a mais e mais, serenamente, sem tumulto, mas com segurança.

São assim as glórias definitivas.

Na história do romance e na do teatro, para não sair das letras, José de Alencar escreveu as páginas que todos lemos, e que há de ler a geração futura.

O futuro nunca se engana.

Machado de Assis
Revista Literária. *Comemorativa do 6° aniversário da morte de José de Alencar. Rio de Janeiro, 1883*

Introdução

(Alberto de Oliveira: Meridionais)

Quando em 1879, na *Revista Brasileira*, tratei da nova geração de poetas, falei naturalmente do sr. Alberto de Oliveira. Vinha de ler o seu primeiro livro, *Canções românticas*, de lhe dizer que havia ali inspiração e forma, embora acanhadas pela ação de influências exteriores. Achava-lhe no estilo alguma coisa flutuante e indecisa; e quanto à matéria dos versos, como o poeta dissesse a outros que também sabia folhear a lenda dos gigantes, dei-lhe este conselho: "Que lhe importa o guerreiro que lá vai à Palestina? Deixe-se fixar no castelo com a filha dele... Não é diminuir-se o poeta; é ser o que lhe pede a natureza, Homero ou Mosco". Concluía dizendo-lhe que se afirmasse.

Não trago essa reminiscência crítica (e deixo de transcrever as expressões de merecido louvor), senão para explicar, em primeiro lugar, a escolha que o poeta fez da minha pessoa para abrir este outro livro; e, em segundo lugar, para dizer que a exortação final da minha crítica tem aqui uma brilhante resposta, e que o conselho não foi desprezado, porque o poeta deixou-se estar efetivamente no castelo, não com a filha, mas com as filhas do castelão, o que é ainda mais do que eu lhe pedia naquele tempo.

Que há de ele fazer no castelo, senão amar as castelãs? Ama-as, contempla-as, sai a caçar com elas, fita bem os olhos de uma para ver o que há dentro dos olhos azuis, vai com a outra contar as estrelas do céu, ou então pega do leque de uma terceira para descrevê-lo minuciosamente. Esse *leque*, que é uma das páginas características do livro, chega a coincidir com o meu conselho de 1879, como se o poeta, abrindo mão dos heróis, quisesse dar às reminiscências épicas uma transcrição moderna e de camarim: esse *leque* é uma redução do escudo de Aquiles. Homero, pela mão de Vulcano, pôs naquele escudo uma profusão de coisas: a terra, o céu, o mar, o sol, a lua e as estrelas, cidades e bodas, pórticos e debates, exércitos e rebanhos. O nosso poeta aplicou o mesmo processo a um simples leque de senhora, com tanta opulência de imaginação no estilo, e tão grego no próprio assunto dos quadros pintados, que fez daquilo uma parelha do broquel homérico. Mas não é isso que me dá o característico da página; é o resumo que ali acho, não de todo, mas de quase todo o poeta; imaginoso, vibrante, musical, despreocupado dos problemas da alma humana, fino cultor das formas belas, amando porventura as lágrimas, contanto que elas caiam de uns olhos bonitos.

Conclua o leitor, e concluirá bem, que a emoção deste poeta está sempre sujeita ao influxo das graças externas. Não achará aqui o desespero, nem o fastio, nem a ironia do século. Se há alguma gota amarga no fundo da taça de ouro em que ele bebe a poesia, é a saudade do passado ou do futuro, alguma coisa remota no tempo ou no espaço, que não seja a vulgaridade presente. Daí essa volta frequente das reminiscências helênicas ou medievais, os belos sonetos em que nos conta o nascimento de Vênus, e tantos outros quadros antigos, ou alusões espalhadas por versos e estrofes. Daí também uma feição peculiar do poeta, o amor da natureza. Não quero fazer extratos, porque o leitor vai ler o livro inteiro; mas o soneto "Magia Selvagem" lhe dará uma expressão enérgica dessa paixão dos espetáculos naturais, ante os quais o poeta exclama:

> Tudo, ajoelhado e trêmulo, me abisma
> Cego de assombro e extático de gozo.

Cegueira e êxtase: o limite da adoração. Assim também o "Conselho", página em que ele receita para uma dor moral o contacto da floresta; e ainda mais a anterior, "Falando ao sol", em que caracteriza a intensidade de um grande pesar, que então o oprime, afirmando que para esse, nem mesmo a natureza — "a grande natureza" — pode servir de remédio.

A maior parte das composições são quadros feitos sem outra intenção mais do que fixar um momento ou um aspecto. Geralmente são curtos, em grande parte sonetos, forma que os modernos restauraram, e luzidamente cultivam, pode ser até que com excessiva assiduidade. Os versos do nosso poeta são trabalhados com perfeição. Os defeitos, que os há, não são obra do descuido; ele pertence a uma geração que não peca por esse lado. Nascem, ora de um momento não propício, ora do requinte mesmo do lavor; coisa esta que já um velho poeta da nossa língua denunciava, e não era o primeiro, com esta comparação: "o muito mimo empece a planta". Mas, em todo caso, se isto é culpa, *felix culpa*; a troco de algumas partes laboriosas, acabadas demais, ficam as que o foram a ponto, e fica principalmente o costume, o respeito da arte, o culto do estilo.

"Manhã de caça", "A volta da galera", "Contraste", "Em caminho", "A janela de Julieta", e não cito mais para não parecer que excluo as restantes, darão ao leitor essa feição do nosso poeta, o amor voluptuoso da forma.

Não lhe pergunteis, por exemplo, na *Manhã de caça*, onde é que estão as aves que ele matou. O poeta saiu principalmente à caça de belos versos, e trouxe-os, argentinos e sonoros, um troféu de sonetos. Assim também noutras partes. Nada obsta que os versos bonitos tragam felizes pensamentos, como pintam quadros graciosos. Uns e outros aí estão. Se alguma vez, e rara, a ação descrita parecer que desmente da estrita verdade, ou não trouxer toda a nitidez precisa, podeis descontar essa lacuna na impressão geral do livro, que ainda vos fica muito: fica-vos um largo saldo de artista e de poeta — poeta e artista dos melhores da atual geração.

Machado de Assis
Introdução a Meridionais. *Rio de Janeiro, Tipografia da Gazeta de Notícias, 1884*

Carta a um amigo

Meu amigo. — Prometia-lhe um artigo para o livro que se vai imprimir, comemorando mais um progresso do Liceu Literário Português, e sou obrigado a não lhe dar nada do que era minha intenção. Tinha planeado uma apreciação longa e minuciosa das instituições literárias e outras dos portugueses no Brasil; faltou-me o tempo e descanso do espírito.

Escrever somente algumas reflexões acerca do papel dos portugueses na América é cair na repetição. Louvar o ardor com que eles se organizam em associações de beneficência, de leitura e de ensino, a tenacidade dos seus esforços, a dedicação de todos, constante e obscura, com os olhos no bem comum e no lustre do nome coletivo, é dizer, o menos bem, o que em todos os tempos se tem escrito, pouco depois que o Brasil se separou da mãe-pátria para continuar na América o que a nossa língua produziu na Europa.

Não é menos sabido — e, porventura, é ainda mais notável, no que respeita às associações de ensino e leitura — que todos esses esforços e trabalhos saem das mãos de uma classe de homens geralmente despreocupada da vida mental. Tem-

-se por efetiva e constante a incompatibilidade do ofício mercantil com os hábitos do espírito puro; os portugueses na América não raro mostram que as duas coisas podem ser paralelas, não inimigas, que há um arrabalde em Cartago por uma aula de Atenas.

Desenvolver essa observação por meio de um estudo minucioso e individual das instituições portuguesas entre nós — tal era a minha ideia. Entre elas ocuparia brilhante lugar o Liceu Literário Português, uma das mais antigas e notáveis. Há longos anos criada, trabalhando na sombra, com diversa fortuna, ao que parece, mas nunca extinta, nem desamparada, veio galgando os tempos até o grau próspero em que a vemos. Homens, em cujos ombros pesam cuidados de outra ordem e vária espécie, deram a esse grêmio o melhor das afeições, a devoção do espírito, e um zelo que, se alguma vez afrouxou, não morreu nunca, nem lhe entrou o desalento, e a prova é que do tronco pujante brotam novos galhos, onde circula a mesma vida, donde penderão frutos de saúde, que incitarão a outros e ainda a outros. Cultores do pão, sabem que nem só de pão vive o homem

Desculpe se não acudo como quisera ao seu amável convite, e creia na afeição e estima do

Machado de Assis
O Liceu Literário Português, *Rio de Janeiro, jun. 1884*

Pedro Luís

Jornalista, poeta, deputado, administrador, ministro e homem da mais fina sociedade fluminense, pertencia este moço à geração que começou por 1860.

Chamava-se Pedro Luís Pereira de Sousa, e nasceu no município de Araruama, Província do Rio de Janeiro, a 15 de dezembro de 1839, filho do comendador Luís Pereira de Sousa e de d. Maria Carlota de Viterbo e Sousa. Era formado em ciências sociais e jurídicas pela Faculdade de São Paulo.

Começou a vida política na folha de Flávio Farnese, a *Atualidade*, de colaboração com Lafayette Rodrigues Pereira, atualmente senador, e com Bernardo Guimarães, o mavioso poeta mineiro, há pouco falecido. Ao mesmo tempo iniciou vida de advogado no escritório de F. Otaviano.

Essa primeira fase da vida de Pedro Luís dá vontade de ir longe.

A figura de Flávio Farnese surge debaixo da pena e incita a recompor com ela uma quadra inteira de fé e de entusiasmo liberal. Ao lado de Farnese, de Lafayette, de Pedro Luís, vieram outros nomes que, ou cresceram também, ou pararam de todo, por morte ou por outras causas. Sobre tal tempo é passado um quarto de século, o espaço de uma vida ou de um reinado. Olha-se para ele com saudade e com orgulho.

Conheci Pedro Luís na imprensa. Íamos ao Senado tomar nota dos debates, ele, Bernardo Guimarães e eu, cada qual para o seu jornal. Bernardo Guimarães era da geração anterior, companheiro de Álvares de Azevedo, mas realmente não tinha idade; não a teve nunca. A nota juvenil era nele a expressão de humor e do talento.

Nem Bernardo nem eu íamos para a milícia política; Pedro Luís, dentro de pouco foi eleito deputado pelo 2º distrito da Província do Rio de Janeiro com os conselheiros Manuel de Jesus Valdetaro e Eduardo de Andrade Pinto. A estreia de Pedro Luís na tribuna foi um grande sucesso do tempo, e está comemorada nos jornais com a justiça que merecia. Tratava-se de um projeto concedendo um pedaço de terra a um padre Janrard, lazarista. Pedro Luís fez desse negócio insignificante uma batalha de eloquência, e proferiu um discurso cheio de grande alento liberal. Surdiram-lhe em frente dois adversários respeitáveis: monsenhor Pinto de Campos, que reunia aos sentimentos de conservador o caráter sacerdotal, e o dr. Junqueira, atual senador: eram dois nomes feitos e tanto bastava a honrar o estreante orador.

As vicissitudes políticas fizeram-se sentir em breve.

Pedro Luís não foi reeleito na legislatura seguinte. Em 1868, caída a situação liberal, o conselheiro Otaviano tratou da fundação da *Reforma*, e convidou Pedro Luís, que ali trabalhou ao lado da fina flor do partido.

Então, como antes, cultivou as letras, deixando algumas composições notáveis, como "Os voluntários da morte", "Terribilis Dea", "Tiradentes" e "Nunes Machado". A primeira destas tinha sido recitada por ele mesmo, em uma casa da rua da Quitanda, onde se reuniam alguns amigos e homens de letras; e foi uma revelação de primeira ordem. Recitada pouco depois no teatro e divulgada pela imprensa, correu o Império e atravessou o oceano, sendo reproduzida em Lisboa, onde o visconde de Castilho escreveu ao poeta dizendo-lhe que essa ode era um rugido de leão.

Todas as demais composições tiveram o mesmo efeito. São, na verdade, cheias de grande vigor poético, raro calor e movimento lírico.

Não tardou que a política ativa o tomasse inteiramente. Em 1877 subiu ao poder o Partido Liberal, e ele tornou à Câmara dos deputados, representando a província do Rio de Janeiro. A 28 de março de 1880, organizando o sr. senador Saraiva o seu Ministério, confiou a Pedro Luís a pasta dos Negócios Estrangeiros, para a qual pareciam indicá-lo especialmente as qualidades pessoais. Nem ocupou somente essa pasta; foi sucessivamente ministro interino da Marinha, do Império e da Agricultura.

No ministério da Agricultura, que ele regeu duas vezes, e a segunda por morte do conselheiro Buarque de Macedo, encontramo-nos os dois, trabalhando juntos, como em 1860, mas ele agora ministro de Estado, e eu tão-somente oficial de gabinete. Cito esta circunstância para afirmar com o meu testemunho pessoal, que esse moço, suposto sibarita e indolente, era nada menos que um trabalhador e ativo, zeloso do cargo e da pessoa; todos os que o praticaram de perto podem atestar isto mesmo. Deixou o seu nome ligado a muitos atos de administração interior ou de natureza diplomática.

Posta em execução a reforma eleitoral, obra do próprio ministério dele, o conselheiro Pedro Luís, que então era ministro de duas pastas, não conseguiu ser eleito. Aceitou a derrota com o bom humor que lhe era próprio, embora tivesse de padecer na legítima ambição política; mas estava moço e forte, e a derrota era das que laureiam. Não ter algumas centenas de votos é apenas não dispor da confiança de outras tantas pessoas, coisa que não prejulga nada. O desdouro seria cair mal, e ele caiu com gentileza.

Pouco tempo depois foi nomeado presidente da província da Bahia, donde voltou enfermo, com a morte em si. Na Bahia deixou verdadeiras saudades; era estimado de toda a gente, respeitado e benquisto.

O organismo, porém, começou a deperecer, e o repouso e tratamento tornaram-se-lhe indispensáveis; alcançou a demissão do cargo e regressou à vida particular.

Faleceu na sua fazenda da Barra Mansa, às 4 horas da madrugada do dia 16 de julho do corrente ano de 1884.

Era casado com d. Amélia Valim Pereira de Sousa, filha do comendador Manuel de Aguiar Valim, fazendeiro do município de Bananal, e chefe ali do Partido Conservador. Um dos jornais do Rio de Janeiro mencionou esta circunstância:

> Tal era a amenidade do caráter de Pedro Luís, que, a despeito de suas opiniões políticas, seu sogro o prezava e distinguia muito, assim como outros muitos fazendeiros importantes daquele município, sem distinção de partido.

Ninguém que o praticou intimamente deixou de trazer a impressão de uma verdadeira personalidade, podendo acrescentar-se que ele não deu tudo que era de esperar do seu talento, e que valia ainda mais do que a sua reputação.

Posto que um tanto céptico, era sensível, profundamente sensível; tinha instrução variada, gosto fino e puro, nada trivial nem chocho; era cheio de bons ditos, e observador como raros.

Machado de Assis

A Ilustração. Rio de Janeiro-Lisboa, n.° 11, 05/10/1884

Chovendo

Chove, e muito, uma dessas chuvas que se não podem chamar miúdas, e, todavia, não são aguaceiros. Chove desde madrugada, sem parar, às vezes mais, às vezes menos, mas constante. Os regos enchem-se, a lama alastra a calçada. Da janela em que estou vejo dezenas de guarda-chuvas, que se cruzam, de um lado e de outro, e pela esquina da rua próxima passam outros para cima ou para baixo.

Este cobre uma dama de preto, que arregaça o vestido, mostra um pouco das saias e da botina, e nada mais, e vai lépida, sem um respingo de lama, nem d'água. Esse outro protege o chapéu de um desembargador, que vai mais lento, por causa dos anos e das ordenações do Reino, enquanto aquele defende a cabeça de um negociante, aquele outro a de um padre. Cá vai agora, sem guarda-chuva, um triste sujeito, molhado, escorrido, com o chapéu desabado, as botas encharcadas, as mãos nos bolsos, os joelhos reluzentes, e ali passa uma preta, cujo tabuleiro lhe serve ao mesmo tempo de guarda-chuva — o que é a suprema habilidade: negociando, cobre-se.

Não falemos daquele chim, que atira indiferente as gâmbias finas, e recebe a água como se fossem as graças de um mandarim. Passa agora um tílburi, com um médico, outro com uma senhora. Lá vem uma criança patinhando n'água e na lama, por gosto, descalça, a cabeça molhada, e um velho, agora um menino; e depois outro menino, outro velho, e outro casal, e rapazes também, de todas as idades e profissões, e moças como de ainda há pouco, arregaçando as saias, e mostrando a botina. Também há as que não conhecem essa arte especial, e cuja barra do vestido, molhada e lamacenta, vai batendo nos tacões da botina de duraque.

 Durante esse tempo, continuei à janela, imaginando que os homens fizeram esta rua, e Deus mandou esta água, unicamente para que eu me distraia e escreva esta página sem assunto. Deus é grande! a página está pronta.

M. de A.
Almanaque da Gazeta de Notícias para 1885, Rio de Janeiro

Artur Barreiros

Meu caro Valentim Magalhães. — Não sei que lhe diga que possa adiantar ao que sabe do nosso Artur Barreiros. Conhecemo-lo: tanto basta para dizer que o amamos. Era um dos melhores da sua geração, inteligente, estudioso, severo consigo, entusiasta das coisas belas, dourando essas qualidades com um caráter exemplar e raro: e se não deu tudo o que podia dar, foi porque cuidados de outra ordem lhe tomaram o espírito nos últimos tempos. Creio que, em tendo a vida repousada, aumentaria os frutos do seu talento, tão apropriado aos estudos longos e solitários e ao trabalho polido e refletido.

 A fortuna, porém, nunca teve grandes olhos benignos para o nosso amigo; e a natureza, que o fez probo, não o fez insensível. Daí algumas síncopes do ânimo, e umas intermitências de misantropia, a que vieram arrancá-lo ultimamente a esposa que tomou e os dois filhinhos que lhe sobreviveram. Essa mesma fortuna parece ter ajustado as coisas de modo que ele, tão austero e recolhido, deixasse a vida em pleno Carnaval. Não era preciso tanto para mostrar o contraste e a confusão das coisas humanas.

 Não posso lembrar-me dele, sem recordar também outro Artur, o Artur de Oliveira, ambos tão meus amigos. A mesma moléstia os levou, aos trinta anos, casados de pouco. A feição do espírito era diferente neles, mas uma coisa os aproxima, além da minha saudade, é que também o Artur de Oliveira não deu tudo o que podia, e podia muito.

 Ao escrever-lhe as primeiras linhas desta carta, chovia copiosamente, e o ar estava carregado e sombrio. Agora, porém, uma nesga azul do céu, não sei se duradoura ou não, parece dizer-nos que nada está mudado para ele, que é eterno. Um homem de mais ou de menos importa o mesmo que a folha que vamos arrancar à árvore para juncar o chão das nossas festas. Que nos importa a folha?

 Esta advertência, que não chega a abater a mocidade, tinge de melancolia os que já não são rapazes. Estes têm atrás de si uma longa fileira de mortos. Cada um dos recentes lembra-lhe os outros. Alguns desses mortos encheram a vida com ações ou escritos, e fizeram ecoar o nome além dos limites da cidade. Artur Barreiros (e não é dos menores motivos de tristeza) gastou o aço em labutações estranhas ao seu gosto particular; entre este e a necessidade não hesitou nunca, e acanhou em parte as faculdades por um excessivo sentimento de modéstia e desconfiança. A extrema desconfiança não é menos perniciosa que a extrema presunção. "As dúvidas são traidoras", escreveu Shakespeare; e pode-se dizer que muita vez o foram com o nosso amigo. O tempo dar-lhe-ia a completa vitória; mas o mesmo tempo o levou, depois de longa e cruel enfermidade. Não levará a nossa saudade nem a estima que lhes devemos.

Machado de Assis
A Semana, n.° 8, 21/02/1885

Carta-prefácio
(Eneias Galvão: Miragens*)*

Meu caro poeta. — Este seu livro, com as lacunas próprias de um livro de estreia, tem as qualidades correspondentes, aquelas que são, a certo respeito, as melhores de toda a obra de um escritor. Com os anos adquire-se a firmeza, domina-se a arte, multiplicam-se os recursos, busca-se a perfeição que é a ambição e o dever de todos os que tomam da pena para traduzir no papel as suas ideias e sensações. Mas há um aroma primitivo que se perde; há uma expansão ingênua, quase infantil, que o tempo limita e retrai. Compreendê-lo-á mais tarde, meu caro poeta, quando essa hora bendita houver passado, e com ela uma multidão de coisas que não voltam, posto desse lugar a outras que as compensam.

Por enquanto fiquemos na hora presente. É a das confidências pessoais, dos quadros íntimos, é a deste livro. Aos que lho arguirem, pode responder que sempre haverá tempo de alargar a vista a outros horizontes. Pode também advertir que é um pequeno livro, escolhido, que não cansa, e eu acrescentarei, por minha conta, que se pode ler com prazer, e fechar com louvor.

Que há nele alguns leves descuidos, uma ou outra impropriedade, é certo; contudo vê-se que a composição do verso acha da sua parte a atenção que é hoje indispensável na poesia, e uma vez que enriqueça o vocabulário, ele lhe sairá perfeito. Vê-se também que é sincero, que exprime os sentimentos próprios, que estes são bons, que há no poeta um homem, e no homem um coração.

Ou eu me engano, ou tem aí com que tentar outros livros. Não restrinja então a matéria, lance os olhos além de si mesmo, sem prejuízo, contudo, do talento. Constrangê-lo é o maior pecado em arte. Anacreonte, se quisesse trocar a flauta pela tuba, ficaria sem tuba nem flauta; assim também Homero, se tentasse fazer de Anacreonte, não chegaria a dar-nos, a troco das suas imortais batalhas, uma das cantigas do poeta de Teos.

Desculpe a vulgaridade do conceito; ele é indispensável aos que começam. Outro que também me parece cabido é que, no esmero do verso, não vá ao ponto de cercear a inspiração. Esta é a alma da poesia, e como toda a alma precisa de um corpo, força é dar-lho, e quanto mais belo, melhor; mas nem tudo deve ser corpo. A perfeição, neste caso, é a harmonia das partes.

Adeus, meu caro poeta. Crer nas musas é ainda uma das coisas melhores da vida. Creia nelas e ame-as.

Machado de Assis
Prefácio de Miragens. *Rio de Janeiro, Tipografia G. Leuzinger & Filhos, 1885*

Bibliografia

Pâmpanos. — Rodrigo Otávio foi um nome distinto nas letras e na política; a morte o levou muito cedo. Ei-lo que ressuscita na pessoa de um filho, moço poeta, que estreou agora mesmo com um volume denominado *Pâmpanos.*

São versos de 1884 e 1885. Tem pouco mais de cem páginas; e não são precisas mais para conhecer um talento. O sr. Rodrigo Otávio o tem sincero, espontâneo, e fará brilhante carreira. Sabe sentir, sabe exprimir o que sente, em versos puros e bem trabalhados, mas trabalhados sem esforço, que é o melhor. Não se percebe a lima. Para bem defini-lo é bastante transcrever o soneto que tem por título "Onze de maio", oferecido a seus irmãos. Trata-se do aniversário do pai. É simples, veio do coração, tal qual, sem polimento nem adornos:

> O dia de seus anos! Que saudade
> Traz-me esse dia outrora tão festivo,
> Quanta tristeza traz-me o ardente e vivo
> Raio de sol que espanca a escuridade!
>
> Nesse dia monótono que eu vivo
> Quanta recordação minh'alma invade
> Desse tempo feliz da tenra idade
> Quando eu não era dessa dor cativo!
>
> Nós íamos felizes e risonhos
> No leito despertá-lo de seus sonhos
> De doce paz, de amor e de ventura.
>
> Mas tudo acaba... e tristes e chorosos
> Vamos, meu pai, à tua sepultura
> À sombra dos salgueiros lutuosos.

Em geral a nota do livro é triste, mas o sr. Rodrigo Otávio é moço, e reagirá. O importante, porém, não é ser isto ou aquilo, mas sê-lo sinceramente, e com belos versos. Tem o sr. Rodrigo Otávio os elementos para uma bonita carreira; tê-la-á, e nós o aplaudiremos.

A *Quinzena* — Está publicada o n.º 2 da *Quinzena*, folha literária redigida por dois moços de boa vontade e ainda melhor talento, os srs. Jorge Pinto e Alfredo Pujol, e colaborada por grande número de escritores.

A *Quinzena* é datada de Vassouras, que é o seu centro, mas é impressa nesta corte (nas nossas oficinas), e vive como se o centro fosse aqui mesmo, na rua do Ouvidor. Para isto não foi preciso mais que dar-lhe a nota de vida e movimento, mais lenta e apagada no interior, e intensíssima aqui.

Este segundo número contém variados escritos, prosa e verso, contos, críticas, assuntos didáticos, máximas, crônica, tudo à mistura. Entre outras coisas, notaremos algumas linhas póstumas do visconde de Araxá, cultor de letras que a política tomou para si e que deixou mais tarde a política para ocupar-se com as letras, mas então lá consigo, no lar doméstico, longe do tumulto exterior.

Essas linhas póstumas são uma pequena coleção de pensamentos e reflexões, em que há alguns bem finos e bem expressos, como estes: "Amor — egoísmo entre dois." "Dois e dois são quatro — diz o matemático; veremos — diz o legista."

Felicitamos de coração os srs. Jorge Pinto e Alfredo Pujol, e desejamos que a obra que empreenderam na província seja imitada por outros. Muitos talentos aparecerão, logo que se lhes dê ensejo, é o que há de ver a *Quinzena*, é o que verão as folhas congêneres que acudirem ao reclamo dos dois valentes rapazes.

não assinado
A Estação, *Rio de Janeiro, 31/03/1886*

Carta a Luís Leopoldo Fernandes Pinheiro Júnior

(Tipos e quadros)

Se tão tarde lhe dou a resposta prometida é que não queria imitar o descoco do crítico, objeto de um dos sonetos, que leu a primeira página de dois livros, e louvou justamente o mau, e censurou o bom. Daí a demora, daí e de mil outras circunstâncias, que não aponto aqui para não demorar a carta.

Li o seu livro todo, de princípio a fim, e digo-lhe que absolutamente descabido no livro só acho o último soneto, em que declara não poder acreditar que seja poeta. Outros há que poderiam ser emendados aqui e ali, a matéria de alguns parece menos apropriada; mas, em geral, reconheço com muito prazer que domina o verso, que ele lhe sai expressivo e flexível.

Também notei, em muitas composições, um como que desencanto que me admira nos seus verdes anos. Há nessas uma intenção formal de desfazer nas ações humanas, dando-lhes ou apontando-lhes a causa secreta e pessoal, ou então pondo-

-lhes ao lado a ação ou o fato contrário. Deus me livre de lhe dizer que não tenha razão em muitos pontos, e ainda menos de lhe aconselhar que faça outra coisa. Noto apenas a minha impressão, diante dos versos de um moço, que eu supunha inteiramente moço.

E aqui observo que um dos mais bonitos sonetos é aquele que tem por título "Aparências", em que se trata de um amigo do poeta, festivo e divertido, mas que leva na alma o espinho da agonia. Vendo a alegria do livro, e a tristeza fundamental de algumas páginas, era capaz de jurar que o amigo do poeta era o próprio poeta.

Não me diga nada em prosa, continue a dizê-lo em verso.

Aperta-lhe a mão o amigo

Machado de Assis.
Em Tipos e quadros. *Rio de Janeiro. 1886*

Antes a rocha Tarpeia...

Como é que me achei ali em cima? Era um pedaço de telhado, inclinado, velho, estreitinho, com cinco palmos de muro por trás. Não sei se fui ali buscar alguma coisa; parece que sim, mas qualquer que ela fosse, tinha caído ou voado, já não estava comigo. Eu é que fiquei ali no alto, sozinho, sem nenhum meio de voltar abaixo.

Começara a entender que era pesadelo. Já lá vão alguns anos. A rua ou estrada em que se achava aquela construção era deserta. Eu, do alto, olhava para todos os lados sem descobrir sombra de homem. Nada que me salvasse; pau nem corda. Ia aflito de um para outro lado, vagaroso, cauteloso, porque as telhas eram antigas, e também porque o menor descuido far-me-ia escorregar e ir ao chão. Continuava a olhar ao longe, a ver se aparecia um salvador; olhava também para baixo, mas a ideia de dar um pulo era impossível; a altura era grande, a morte certa.

De repente, sem saber donde tinham vindo, vi embaixo algumas pessoas, em pequeno número, andando, umas da direita, outras da esquerda. Bradei de cima à que passava mais perto:

— Ó senhor! acuda-me!

Mas o sujeito não ouviu nada, e foi andando. Bradei a outro e outro; todos iam passando sem ouvir a minha voz. Eu, parado, cosido ao muro, gritava mais alto, como um trovão. O temor ia crescendo, a vertigem começava; e eu gritava que me acudissem, que me salvassem a vida, pela escada, corda, um pau, pedia um lençol, ao menos, que me apanhasse na queda. Tudo era vão. Das pessoas que passavam só restavam três, depois duas, depois uma. Bradei a essa última com todas as forças que me restavam:

— Acuda! acuda!

Era um rapaz, vestido de novo, que ia andando e mirando as botas e as calças. Não me ouviu, continuou a andar, e desapareceu.

Ficando só, nem por isso cessei de gritar. Não via ninguém, mas via o perigo. A aflição era já insuportável, o terror chegara ao paroxismo... Olhava para baixo, olhava para longe, bradava que me acudissem, e tinha a cabeça tonta e os cabelos em pé... Não sei se cheguei a cair; de repente, achei-me na cama acordado.

Respirei à larga, com o sentimento da pessoa que sai de um pesadelo. Mas aqui deu-se um fenômeno particular; livre de perigo, entrei a saboreá-lo. Em verdade, tivera alguns minutos ou segundos de sensações extraordinárias; vivi de puro terror, vertigem e desespero, entre a vida e a morte, como uma peteca entre as mãos destes dois mistérios. A certeza, porém, de que tinha sido sonho dava agora outro aspecto ao perigo, e trazia à alma o desejo vago de achar-me nele outra vez. Que tinha, se era sonho?

Ia assim pensando, com os olhos fechados, meio adormecido; não esquecera as circunstâncias do pesadelo, e a certeza de que não chegaria a cair acendeu de todo o desejo de achar-me outra vez no alto do muro, desamparado e aterrado. Então apertei muito os olhos para não despertar de todo, e para que a imaginação não tivesse tempo de passar a outra ordem de visões.

Dormi logo. Os sonhos vieram vindo, aos pedaços, aqui uma voz, ali um perfil, grupos de gente, de casas, um morro, gás, sol, trinta mil coisas confusas que se cosiam e descosiam. De repente vi um telhado, lembrei-me do outro, e como dormira com a esperança de reatar o pesadelo, tive uma sensação misturada de gosto e pavor. Era o telhado de uma casa; a casa tinha uma janela; à janela estava um homem; este homem cumprimentou-me risonho, abriu a porta, fez-me entrar, fechou a porta outra vez e meteu a chave no bolso.

— Que é isto? — perguntei-lhe.

— É para que nos não incomodem — acudiu ele risonho.

Contou-me depois que trazia um livro entre mãos, tinha uma demanda e era candidato a um lugar de deputado: três matérias infinitas. Falou-me do livro, trezentas páginas, com citações, notas, apêndices; referiu-me a doutrina, o método, o estilo, leu-me três capítulos. Gabei-os, leu-me mais quatro. Depois, enrolando o manuscrito, disse-me que previa as críticas e objeções; declarou quais eram e refutou-as por uma.

Eu, sentado, afiava o ouvido, a ver se aparecia alguém; pedia a Deus um salteador ou a justiça, que arrombasse a porta. Ele, se falou em justiça, foi para contar-me a demanda, que era uma ladroeira do adversário, mas havia de vencê-lo a todo custo. Não me ocultou nada; ouvi o motivo, e todos os trâmites da causa, com anedotas pelo meio, uma do escrivão que estava vendido ao adversário, outra de um procurador, as conversações com os juízes, três acórdãos e os respectivos fundamentos. À força de pleitear, o homem conhecia muito texto, decretos, leis, ordenações, citava os livros e os parágrafos, salpicava tudo de perdigotos latinos. Às vezes, falava andando, para descrever o terreno — era uma questão de terras —, aqui o rio, descendo por ali, pegando com o outro mais abaixo; deste lado as terras de fulano, daquele as de sicrano... Uma ladroeira clara; que me parecia?

— Que sim.

Enxugou a testa, e passou à candidatura. Era legítima; não negava que pudesse haver outras aceitáveis; mas a dele era a mais legítima. Tinha serviços ao partido, não era aí qualquer coisa, não vinha pedir esmola de votos. E contava os serviços prestados em vinte anos de lutas eleitorais, luta de imprensa, apoio aos amigos, obediência aos chefes. E isso não se premiava? Devia ceder o seu lugar a filhos? Leu a circular; tinha três páginas apenas; com os comentários verbais, sete. E era a um homem destes que queriam deter o passo? Podiam intrigá-lo; ele sabia que o estavam intrigando, choviam cartas anônimas... Que chovessem! Podiam vasculhar no passado dele, não achariam nada, nada mais que uma vida pura, e, modéstia à parte, um modelo de excelentes qualidades. Começou pobre, muito pobre; se tinha alguma coisa era graças ao trabalho e à economia — as duas alavancas do progresso.

Uma só dessas velhas alavancas que ali estivesse bastava para deitar a porta abaixo; mas nem uma nem outra, era só ele, que prosseguia, dizendo-me tudo o que era, o que não era, o que seria, e o que teria sido e o que viria a ser — um Hércules, que limparia a estrebaria de Augias; um varão forte, que não pedia mais que tempo e justiça. Fizessem-lhe justiça, dando-lhe votos, e ele se incumbiria do resto. E o resto foi ainda muito mais do que pensei... Eu, abatido, olhava para a porta, e a porta calada, impenetrável, não me dava a menor esperança. *Lasciati ogni speranza...*

Não, cá está mais que a esperança; a realidade deu outra vez comigo acordado, na cama. Era ainda noite alta; mas nem por isso tentei, como da primeira vez, conciliar o sono. Fui ler para não dormir. Por quê? Um homem, um livro, uma demanda, uma candidatura, por que é que temi reavê-los, se ia antes, de cara alegre, meter-me outra vez no telhado em que...?

Leitor, a razão é simples. Cuido que há na vida em perigo um sabor particular e atrativo; mas na paciência em perigo não há nada. A gente recorda-se de um abismo com prazer; não se pode recordar de um maçante sem pavor. Antes a rocha Tarpeia que um autor de má nota.

Lélio
Almanaque da Gazeta de Notícias para 1887

Prefácio
(José de Alencar: O Guarani*)*

Um dia, respondendo a Alencar em carta pública, dizia-lhe eu, com referência a um tópico da sua, que ele tinha por si, contra a conspiração do silêncio, a conspiração da posteridade. Era fácil antevê-lo: *O Guarani* e *Iracema* estavam publicados; muitos outros livros davam ao nosso autor o primeiro lugar na literatura brasileira. Há dez anos apenas que morreu; ei-lo que renasce para as edições monumentais, com a primeira daquelas obras, tão fresca e tão nova, como quando viu a luz, há trinta anos, nas colunas do *Diário do Rio*. É a conspiração que começa.

O Guarani foi a sua grande estreia. Os primeiros ensaios fê-los no *Correio Mercantil*, em 1853, onde substituiu Francisco Otaviano na crônica. Curto era o espaço, pouca a matéria; mas a imaginação de Alencar supria ou alargava as coisas, e com o seu pó de ouro borrifava as vulgaridades da semana. A vida fluminense era então outra, mais concentrada, menos ruidosa. O mundo ainda não nos falava todos os dias pelo telégrafo, nem a Europa nos mandava duas e três vezes por semana, às braçadas, os seus jornais. A chácara de 1853 não estava, como a de hoje, contígua à rua do Ouvidor por muitas linhas de *tramways*, mas em arrabaldes verdadeiramente remotos, ligados ao centro por tardos ônibus e carruagens particulares ou públicas.

Naturalmente, a nossa principal rua era muito menos percorrida. Poucos eram os teatros, casas fechadas, onde os espectadores iam tranquilamente assistir a dramas e comédias, que perderam o viço com o tempo. A animação da cidade era menor e de diferente caráter. A de hoje é o fruto natural do progresso dos tempos e da população; mas é claro que nem o progresso nem a vida são dons gratuitos. A facilidade e a celeridade do movimento desenvolvem a curiosidade múltipla e de curto fôlego e muitas coisas perderam o interesse cordial e duradouro, ao passo que vieram outras novas e inumeráveis. A fantasia de Alencar, porém, fazia render a matéria que tinha, e não tardou que se visse no jovem estreante um mestre futuro, como Otaviano, que lhe entregara a pena.

Efetivamente, daí a três anos aparecia *O Guarani*. Entre a crônica e este romance, medearam, além da direção do *Diário do Rio*, a famosa crítica da *Confederação dos Tamoios*, e duas narrativas, *Cinco minutos* e *A viuvinha*. A crítica ocupou a atenção da cidade durante longos dias, objetos de réplicas, debates, conversações.

Em verdade, Alencar não vinha conquistar uma ilha deserta. Quando se aparelhava para o combate e a produção literária, mais de um engenho vivia e dominava, além do próprio autor da *Confederação*, como Gonçalves Dias, Varnhagen, Macedo, Porto Alegre, Bernardo Guimarães; e entre esses, posto que já então finado, aquele cujo livro acabava de revelar ao Brasil um poeta genial: Álvares de Azevedo. Não importa; ele chegou, impaciente e ousado, criticou, inventou, compôs. As duas primeiras narrativas trouxeram logo a nota pessoal e nova; foram lidas como uma revelação. Era o bater das asas do espírito, que iria pouco depois arrojar voo até às margens do Paquequer.

Aqui estão as margens do Paquequer; aqui vem este livro, que foi o primeiro alicerce da reputação de romancista do nosso autor. É a obra pujante da mocidade. Escreve-a à medida da publicação, ajustando-se a matéria ao espaço da folha, condições adversas à arte, excelentes para granjear a atenção pública. Vencer estas condições no que elas eram opostas, e utilizá-las no que eram propícias, foi a grande vitória de Alencar, como tinha sido a do autor d'*Os três mosqueteiros*.

Não venho criticar *O Guarani*. Lá ficou, em páginas idas, o meu juízo sobre ele. Quaisquer que sejam as influências estranhas a que obedecer, este livro é essencialmente nacional. A natureza brasileira, com as exuberâncias que Burke opõe à nossa carreira de civilização, aqui a tendes, vista por vários aspectos; e a sua vida interior no começo do século XVII devia ser a que o autor nos descreve, salvo o colorido literário e os toques de imaginação, que, ainda quando abusa, delicia. Aqui se encontrará a nota maviosa, tão característica do autor, ao lado do rasgo másculo, como lho pedia o contacto e o contraste da vida selvagem e da vida civil. Desde a entrada estamos em puro e largo Romantismo. A maneira grave e aparatosa com que d. Antônio de Mariz toma conta de suas terras, lembra os velhos fidalgos portugueses, vistos através da solenidade de Herculano; mas já depois intervém a luta do goitacá com a onça, e entramos no coração da América. A imaginação dá à realidade os mais opulentos atavios. Que importa que às vezes a cubram demais? Que importam os reparos que possam fazer na psicologia do indígena? Fica-nos neste o exemplar da dedicação, como em Cecília o da candura e faceirice; ao todo, uma obra em que palpita o melhor da alma brasileira.

    Outros livros vieram depois. Veio a deliciosa *Iracema*; vieram as *Minas de prata*, mais vastos que ambos, superior a outros do mesmo autor, e menos lidos que eles; vieram aqueles dois estudos de mulher — *Diva* e *Luciola* —, que foram dos mais famosos. Nenhum produziu o mesmo efeito d'*O Guarani*. O processo não era novo; a originalidade do autor estava na imaginação fecunda — ridente ou possante — e na magia do estilo. Os nossos raros ensaios de narrativa careciam, em geral, desses dois predicados, embora tivessem outros que lhes davam justa nomeada e estima. Alencar trazia-os, com alguma coisa mais que despertava a atenção: o poder descritivo e a arte de interessar. Curava antes dos sentimentos gerais; fazia-o, porém, com largueza e felicidade; as fisionomias particulares eram-lhes menos aceitas. A língua, já numerosa, fez-se rica pelo tempo adiante. Censurado por deturpá-la, é certo que a estudava nos grandes mestres; mas persistiu em algumas formas e construções, a título de nacionalidade.

    Não pude reler este livro, sem recordar e comparar a primeira fase da vida do autor com a segunda, 1856 e 1876 são duas almas da mesma pessoa. A primeira data é a do período inicial da produção, quando a alma paga o esforço, e a imaginação não cuida mais que de florir, sem curar dos frutos nem de quem lhos apanhe. Na segunda, estava desenganado. Descontada a vida íntima, os seus últimos tempos foram de misantropo. Era o que ressumbrava dos escritos e do aspecto do homem. Lembram-me ainda algumas manhãs, quando ia achá-lo nas alamedas solitárias do Passeio Público, andando e meditando, e punha-me a andar com ele, e a escutar-lhe a palavra doente, sem vibração de esperanças, nem já de saudades. Sentia o pior que pode sentir o orgulho de um grande engenho: a indiferença pública, depois da aclamação pública. Começara como Voltaire para acabar como Rousseau. E baste um só cotejo. A primeira de suas comédias, *Verso e reverso*, obrazinha em dois atos, representada no antigo Ginásio, em 1857, excitou a curiosidade do Rio de Janeiro, a literária e a elegante; era uma simples estreia. Dezoito anos depois, em 1875, foram pedir-lhe um drama, escrito desde muito, e guardado inédito. Chamava-se *O jesuíta*, e ajustava-se, fortuitamente, pelo título, às preocupações maçônico-eclesiásticas da ocasião; nem creio que lho fossem pedir por outro motivo. Pois nem o nome do autor, se faltasse outra excitação, conseguiu encher o teatro, na primeira, e creio que única, representação da peça.

    Esses e outros sinais dos tempos tinham-lhe azedado a alma. O eco da quadra ruidosa vinha contrastar com o atual silêncio; não achava a fidelidade da admiração. Acrescia a política, em que tão rápido se elevou como caiu, e donde trouxe a primeira gota de amargor. Quando um ministro de Estado, interpelado por ele, retorquiu-lhe com palavras que traziam, mais ou menos, este sentido — que a vida partidária exige a graduação dos postos e a submissão aos chefes —, usou de uma linguagem exata e clara para toda a Câmara, mas ininteligível para Alencar, cujo sentimento não se acomodava às disciplinas menores dos partidos.

    Entretanto, é certo que a política foi uma de suas ambições, se não por si mesma, ao menos pelo relevo que dão as altas funções do Estado. A política tomou-o em sua nave de ouro; fê-lo polemista ardente e brilhante, e levantou-o logo ao leme do governo. Não faltava a Alencar mais que uma qualidade parlamentar — a eloquência. Não possuía a eloquência, antes parecia ter em si todas as qualidades que lhe eram contrárias; mas, fez-se orador parlamentar, com esforço, desde que viu que era preciso. Compreendera que, sem a oratória, tinha de ficar na meia obscuridade. Se o talento da palavra é a primeira condição do Parlamento, no dizer de Macaulay — que escreveu essa espécie de truísmo, suponho, para acrescentar sarcasticamente que a oratória tem a vantagem de dispensar qualquer outra faculdade, e pode muita vez cobrir a ignorância, a fraqueza, a temeridade e os mais graves e fatais erros —, sabemos que para o nosso Alencar, como para os melhores, era um talento complementar, não substitutivo. Deu com ele algumas batalhas duras contra adversários de primeira ordem. Mas tudo isso foi rápido. Teve os gozos intensos da política, não os teve duradouros. As letras, posto que mais gratas que ela, apenas o consolaram; já lhes não achou o sabor primitivo. Voltou a elas inteiramente, mas solitário e desenganado. A morte veio tomá-lo depressa. Jamais me esqueceu a impressão que recebi quando dei com o cadáver de Alencar no alto da essa, prestes a ser transferido para o cemitério. O homem estava ligado aos anos das minhas estreias. Tinha-lhe afeto, conhecia-o desde o tempo em que ele ria, não me podia acostumar à ideia de que a trivialidade da morte houvesse desfeito esse artista fadado para distribuir a vida.

    A posteridade dará a este livro o lugar que definitivamente lhe competir. Nem todos chegam intactos aos olhos dela; casos há em que um só resume tudo o que o escritor deixou neste mundo. *Manon Lescaut*, por exemplo, é a imortal novela daquele padre que escreveu tantas outras, agora esquecidas. O autor de *Iracema* e d'*O Guarani* pode esperar confiado. Há aqui mesmo uma inconsciente alegoria. Quando o Paraíba alaga tudo, Peri, para salvar Cecília, arranca uma palmeira, a poder de grandes esforços. Ninguém ainda esqueceu essa página magnífica. A palmeira tomba. Cecília é depositada nela. Peri murmura ao ouvido da moça: *Tu viverás*, e vão ambos por ali abaixo, entre água e céu, até que se somem no horizonte. Cecília é a alma do grande escritor, a árvore é a pátria que a leva na grande torrente dos tempos. *Tu viverás!*

Machado de Assis
*Prefácio escrito para uma edição de O Guarani, da qual se publicaram
somente os primeiros fascículos.* A Semana, 16/07/1887

O futuro dos argentinos

Quando hoje contemplo o rápido progresso da nação argentina, recordo-me sempre da primeira e única vez que vi o dr. Sarmiento, presidente que sucedeu ao general Mitre no governo da República.

    Foi em 1868. Estávamos alguns amigos no *Club* Fluminense, praça da Constituição, casa onde é hoje a Secretaria do Império. Eram nove horas da noite. Vimos entrar na sala do chá um homem que ali se hospedara na véspera. Não era moço; olhos grandes e inteligentes, barba raspada, um tanto cheio. Demorou-se pouco tempo; de quando em quando, olhava para nós, que o examinávamos também, sem saber quem era. Era justamente o dr. Sarmiento, vinha dos Estados Unidos, onde representava a Confederação Argentina, e donde saíra porque acabava de ser eleito presidente da República. Tinha estado com o imperador, e vinha de uma sessão científica. Dois ou três dias depois, seguiu para Buenos Aires.

A impressão que nos deixara esse homem foi, em verdade, profunda. Naquela visão rápida do presidente eleito pode-se dizer que nos aparecia o futuro da nação argentina.

Com efeito, uma nação abafada pelo despotismo, sangrada pelas revoluções, na qual o poder não decorria mais que da força vencedora e da vontade pessoal, apresentava este espetáculo interessante: um general patriota, que alguns anos antes, após uma revolução e uma batalha decisiva, fora elevado ao poder e fundara a liberdade constitucional, ia entregar tranquilamente as rédeas do Estado, não a outro general triunfante, depois de nova revolução, mas a um simples legista, ausente da pátria, eleito livremente por seus concidadãos. Era evidente que esse povo, apesar da escola em que aprendera, tinha a aptidão da liberdade; era claro também que os seus homens públicos, em meio das competências que os separavam, e porventura ainda os separam, sabiam unir-se para um fim comum e superior.

Sarmiento chegou a Buenos Aires; o general Mitre entregou-lhe o poder, tal qual o constituíra e preservara da violência e do desânimo. Então os amigos deste claro e subido espírito lembraram-se (se a minha reminiscência é exata) de lhe dar uma prova de afeto e admiração, um como prêmio da sua lealdade política, e criaram-lhe um jornal, essa mesma *nación*, que é hoje uma das primeiras folhas da América do Sul. Fato não menos expressivo que o outro.

Vinte anos depois, a nação argentina chegou ao ponto em que se acha, próspera, rica, pacífica, naturalmente ambiciosa de progresso e esplendor. Esqueceu a opressão, desaprendeu a caudilhagem; conhece os benefícios da liberdade e da ordem. Vinte anos apenas; digamos vinte e oito, porque a campanha de Mitre foi o primeiro passo dessa marcha vitoriosa.

Agora, no dia em que os argentinos celebram a sua festa constitucional, lembro-me daqueles tempos, e comparo-os com estes, quando, em vez de soldados que os vão auxiliar a derrocar uma tirania odiosa, mandamos-lhe uma simples comissão de jornalistas, uma embaixada da opinião à opinião; tão confiados somos de que não há já entre nós melhor campo de combate. Oxalá caminhem sempre o Império e a República, de mãos dadas, prósperos e amigos.

M. de A.
Gazeta de Notícias, *09/07/1888*

Joaquim Serra

Quando há dias fui enterrar o meu querido Serra, vi que naquele féretro ia também uma parte da minha juventude. Logo de manhã relembrei-a toda. Enquanto a vida chamava ao combate diurno todas as suas legiões infinitas, tão alegre e indiferente, como se não acabasse de perder na véspera um dos mais robustos legionários, recolhi-me às memórias de outro tempo, fui reler algumas cartas do meu amado amigo.

Cartas íntimas e familiares, mais letras que política. As primeiras, embora velhas, eram ainda moças, daquela mocidade que ele sabia comunicar às coisas que tratava. Relê-las era conversar com o morto, cuja alma ali estava derramada no papel, tão viçosa como no primeiro dia. A cintilação do espírito era a mesma; a frase brotava e corria pela folha abaixo, como a água de um córrego, rumorosa e fresca.

Os dedos que tinham lavrado aquelas folhas de outro tempo, quando os vi depois cruzados sobre o cadáver, lívidos e hirtos, não pude deixar de os contemplar longamente, recordando as páginas públicas que trabalharam, e que ele soltou ao vento, ora com o desperdício de um engenho fértil, ora com a tenacidade de apóstolo. Versos sobre versos, prosa e mais prosa, artigos de toda casta, políticos, literários, o epigrama fino, o epíteto certo ou jovial, e, durante os últimos anos, a luta pela abolição, tudo caiu daqueles dedos infatigáveis, prestadios, tão cheios de força como de desinteresse.

A morte trouxe ao espírito de todos o contraste singular entre os méritos de Joaquim Serra e os seus destinos políticos. Se a vida política é, como a demais vida universal, uma luta em que a vitória há de caber ao mais aparelhado, aí deve estar a explicação do fenômeno. Podemos concluir então, que não bastam o talento e a dedicação, se não é que o próprio talento pode faltar, às vezes, sem dano algum para a carreira do homem. A posse de outras qualidades pode ser também negativa para os efeitos do combate. Serra possuía a virtude do sacrifício pessoal, e mui cedo a aprendeu e cumpriu, segundo o que ele próprio mandou me dizer um dia da Paraíba do Norte, em 10 de março de 1867:

> Já te escrevi algumas linhas acerca da minha *adiada* viagem em maio. Foi mister... Não sei mesmo como se exigem sacrifícios da ordem daqueles que ultimamente se me têm exigido. Se eu contasse tudo, talvez não o acreditarias. Enfim, não te verei *em maio*, mas hei de ir ao Rio este ano.

Não me referiu, nem então, nem depois, outras particularidades, porque também possuía o dom de esquecer — negativo e impróprio da vida política.

Era modesto até à reclusão absoluta. Suas ideias saíam todas endossadas por pseudônimos. Eram como moedas de ouro, sem efígie, com o próprio e único valor do metal. Daí o fenômeno observado ainda este ano. Quando chegou o dia da vitória abolicionista, todos os seus valentes companheiros de batalha citaram gloriosamente o nome de Joaquim Serra entre os discípulos da primeira hora, entre os mais estrênuos, fortes e devotados; mas a multidão não o repetiu, não o conhecia. Ela, que nunca desaprendeu de aclamar e agradecer os benefícios, não sabia nada do homem que, no momento em que a nação inteira celebrava o grande ato, recolhia-se satisfeito ao seio da família. Tendo ajudado a soletrar a liberdade, Joaquim Serra ia continuar a ler o amor aos que lhe ensinavam todos os dias a consolação.

Mas eu vou além. Creio que Joaquim Serra era principalmente um artista. Amava a justiça e a liberdade, pela razão de amar também o arquitrave e a coluna, por uma necessidade de estética social. Onde outros podiam ver artigos de programa, intuitos partidários, revolução econômica, Joaquim Serra via uma retificação e um complemento; e, porque era bom e punha em tudo a sua alma inteira, pugnou pela correção da ordem pública, cheio daquela tenacidade silenciosa, se assim se pode dizer, de um escritor de todos os dias, intrépido e generoso, sem pavor e sem reproche.

Não importa, pois, que os destinos políticos de Joaquim Serra hajam desmentido dos seus méritos pessoais. A história destes últimos anos lhe dará um couto luminoso. Outrossim, recolherá mais de uma amostra daquele estilo tão dele, feito de simplicidade, e sagacidade, correntio, franco, fácil, jovial, sem afetação nem reticências. Não era o *humour* de Swift, que não sorri sequer. Ao contrário, o nosso querido morto ria largamente, ria como Voltaire, com a mesma graça transparente e fina, e sem o fel de umas frases nem a vingança cruel de outras, que compõem a ironia do velho filósofo.

Machado de Assis
Gazeta de Notícias, 05/11/1888

A morte de Francisco Otaviano

Morreu um homem. Homem pelo que sofreu; ele mesmo o definiu, em belos versos, quando disse que passar pela vida sem padecer, era ser apenas um espectro de homem, não era ser homem. Raros terão padecido mais; nenhum com resignação maior. Homem ainda pelo complexo de qualidades superiores de alma e de espírito, sentimentos e de raciocínio, raros e fortes, tais que o aparelharam para a luta, que o fizeram artista e político, mestre da pena elegante e vibrante. *Vous êtes un homme, monsieur Goethe*, foi a saudação de Napoleão ao criador do *Fausto*. E o nosso Otaviano, que não trocara a alma pela juventude, como o herói alemão, mas que a trouxera sempre verde, a despeito da dor cruel que o roía, que não desaprendera na alegria boa e fecunda, nem a faculdade de amar, de admirar e de crer, que adorava a pátria como a arte, o nosso Otaviano era deveras um homem. A melhor homenagem àquele egrégio espírito é a tristeza dos seus adversários.

Machado de Assis
Gazeta de Notícias, 29/05/1889

Secretaria da Agricultura

O sr. dr. João Brígido escreveu no *Libertador* do Ceará, de 20 do mês findo, um artigo, a que é mister dar alguma resposta. Não recebi a folha, mas várias pessoas a receberam, naturalmente com o artigo marcado, como está no exemplar que um amigo me fez chegar às mãos. Este sistema não é novo, mas é útil; é o que se pode chamar uma carta anônima assinada.

Trata-se das minas da Viçosa. O sr. João Brígido é advogado de Antônio Rodrigues Carneiro, que contende com o barão de Ibiapaba. De duas petições deste há certidões, uma do sr. barão de Guimarães, meu respeitável antecessor, datada de 9 de janeiro de 1889, e outra minha, datada de 18 de maio. Pouco depois de expedida a segunda, escreveu-me o sr. dr. João Brígido, dizendo que a certidão de janeiro dava as duas petições assinadas pelo sr. conselheiro Tristão de Alencar Araripe, como procurador, e a de maio pelo dr. Artur de Alencar Araripe, filho daquele cidadão. Concluía assim:

> Uma das duas certidões, portanto, há de não ser verdadeira, e dá-se o caso de ter sido induzido em erro, ou v. ou o sr. barão de Guimarães, pelo oficial que extraiu uma das duas certidões. Trazendo este fato ao conhecimento de v., cuja probidade folgo de reconhecer, peço-lhe a explicação que julgar razoável, e sendo preciso me obrigo a produzir os dois documentos que estão a se desmentirem.

Respondi que, tendo verificado nas petições aludidas que a assinatura era justamente a do dr. Artur de Alencar Araripe, não podia suspeitar do oficial que extraiu a certidão; acrescentei que o empregado que extraíra a primeira já não estava na Secretaria, e concluí que não podia adiantar mais nada.

Contentou-se o sr. dr. João Brígido com a resposta; tanto que, chegando do Ceará, para tratar da questão das minas, veio ter comigo, e falou-me, não uma, nem duas, mas muitas vezes, e sempre o achei cortês e afável. Ouvi-lhe a história do litígio da Viçosa, sobre a qual me deu vários folhetos. Pediu-me umas certidões; e dizendo-lhe o sr. dr. Tomás Cochrane, chefe da seção por onde corre a questão, que as certidões só podiam ser dadas depois que os papéis baixassem do gabinete do sr. ministro, aceitou a resposta naturalmente, sem fazer nenhuma objeção, que seria escusada. Ao retirar-se para o Ceará, veio despedir-se, sem ressentimento, menos ainda indignação.

Eis aparece agora o artigo do *Libertador*, em que o sr. dr. João Brígido me acusa pela carta que lhe escrevi, há um ano, pela demora das certidões, diz que os créditos da Secretaria desceram tanto, no regime anterior, que muitos ministros saíram com reputação prejudicada; e, finalmente, escreve isto: que eu, ao passo que lhe guardava sigilo inviolável acerca das conclusões do meu parecer, não o guardava para o plutocrata, que, pelo vapor de 30 de junho ou outro, assegurara que o meu parecer era a seu favor.

Não sei o que assegurou o sr. barão de Ibiapaba, a quem só de vista conheço. Desde, porém, que eu afirmo que jamais confiei a ninguém, sobre nenhum negócio da Secretaria, a minha opinião dada ou por dar nos papéis que examino — e desafio a que alguém me diga o contrário —, creio responder suficientemente ao artigo do sr. dr. João Brígido.

Plutocrata exprime bem a insinuação maliciosa do sr. dr. João Brígido; e o *processo de Filipe de Macedônia*, frase empregada no mesmo período, ainda melhor exprime o seu pensamento. Eu sou mais moderado; faço ao sr. dr. João Brígido a justiça de crer que em tudo o que escreveu contra mim não teve a menor convicção.

Machado de Assis
Gazeta de Notícias, 12/09/1890

Henrique Chaves

Henrique Chaves é um desmentido a duas velhas superstições. Nasceu em dia 13 e sexta-feira. Não podia nascer pior, e, entretanto, é um dos homens felizes deste mundo. Em vez de ruins fadas, em volta do berço, cantando-lhe o coro melancólico dos caiporas, desceram anjos do céu, que lhe anunciaram muitas coisas futuras. Para os que nunca viram Lisboa, e *têm pena*, como o poeta, Henrique Chaves é ainda um venturoso: nasceu nela. Enfim, conta apenas quarenta e quatro anos, feitos em janeiro último.

Um dia, tinha apenas vinte anos, transportou-se de Lisboa ao Rio de Janeiro. Para explicar esta viagem, é preciso remontar ao primeiro consulado de César. Este grande homem, assumindo aquela magistratura, teve ideia de fazer publicar os trabalhos do Senado romano. Não era ainda a taquigrafia; mas, com boa vontade, boa e muita, podemos achar ali o gérmen deste invento moderno. A taquigrafia trouxe Henrique Chaves ao Rio de Janeiro. Foi essa arte mágica de pôr no papel, integralmente, as ideias e as falas de um orador, que o fez atravessar o oceano, pelos anos de 1869.

Refiro-me à taquigrafia política. Ela o pôs em contacto com os nossos parlamentares dos últimos vinte anos. Há de haver na vida do taquígrafo parlamentar uma boa parte anedótica, que merecerá só por si a pena de umas memórias. As emendas, bastam as emendas dos discursos, as posturas novas, o trabalho do toucador, as trunfas desfeitas e refeitas, com os grampos de erudição, ou os cabelos apenas alisados, basta só isso para caracterizar o modo de cada orador, e dar-nos perfis interessantes. Um velho taquígrafo contou-me, quase com lágrimas, um caso mui particular. Passou-se há trinta anos. Um senador, orador medíocre, fizera um discurso mais que medíocre, trinta dias antes de acabar a sessão. Recebeu as notas taquigráficas no dia imediato, e só as restituiu três meses depois da sessão acabada. O discurso vinha todo por letra dele, e não havia uma só palavra das proferidas; era outro e pior. Ajuntai a esta parte anedótica aquela outra de psicologia que deve ser a principal, com uma estatística das palavras, um estudo dos oradores cansativos, apesar de pausados, ou por isso mesmo, e dos que não cansam, posto que velozes.

Mas uma coisa é o ganha-pão, outra é a vocação. Henrique Chaves trazia nas veias o sangue do jornalismo. Tem a facilidade, a naturalidade, o gosto e o tato precisos a este ofício tão árduo e tão duro. Pega de um assunto, o primeiro à mão, o preciso, o do dia, e compõe o artigo com aquela presteza e lucidez que a folha diária exige, e com a nota própria da ocasião. Não lhe peçam longos períodos de exposição, nem deduções complicadas. Cai logo *in medias res*, como a regra clássica dos poemas. As primeiras palavras parecem continuar uma conversação. O leitor acaba supondo ter feito um monólogo.

Não esqueçamos que o seu temperamento é o da própria folha em que escreve, a *Gazeta de Notícias*, que trouxe ao jornalismo desta cidade outra nota e diversa feição. Vinte anos antes de encetar a carreira, não sei se o faria, ao menos, com igual amor. A imprensa de há trinta anos não tinha este movimento vertiginoso. A notícia era como a rima de Boileau, *une esclave et ne doit qu'obéir*. Teve o seu Treze de Maio, e passou da posição subalterna à sala de recepção.

Os quarenta e quatro anos de Henrique Chaves podem subir a sessenta e seis; nunca passarão dos vinte e dois. Não falo por causa de ilusões; ninguém lhas peça, que é o mesmo que pedir um santo ao diabo. Uma das feições do seu espírito é a incredulidade a respeito de um sem-número de coisas que se impõem pela aparência. Outra feição é a alegria; ele ri bem e largo, comunicativamente. A conversação é viva e lépida. Considerai que ele é o avesso do medalhão. Considerai também que é difícil saber aturar uma narração enfadonha com a mais fina arte. Não se impacienta, não suspira, puxa o bigode; o narrador cuida que é um sinal de atenção, e ele pensa em outra coisa.

Machado de Assis
O Álbum, Rio de Janeiro, n° 20, maio de 1893

Henrique Lombaerts

Durante muitos anos entretive com Henrique Lombaerts as mais amistosas relações. Era um homem bom, e bastava isso para fazer sentir a perda dele; mas era também um chefe cabal da casa herdada de seu pai e continuada por ele com tanto zelo e esforço. Posto que enfermo, nunca deixou de ser o mesmo homem de trabalho. Tinha amor ao estabelecimento que achou fundado, fez prosperar e transmitiu ao seu digno amigo e parente, atual chefe. *A Estação* e outras publicações acharam nele editor esclarecido e pontual. Era desinteressado, em prejuízo dos negócios a cuja frente esteve até o último dia útil da sua atividade.

Não é demais dizer que foi um exemplo a vida deste homem, um exemplo especial, porque no esforço continuado e eficaz ao trabalho de todos os dias e de todas as horas não juntou o ruído exterior. Relativamente expirou obscuro; o tempo que lhe sobrava da direção da casa era dado à esposa, e, quando perdeu a esposa, às suas recordações de viúvo.

Machado de Assis
A Estação, 15/07/1897, Suplemento

Discurso inaugural na Academia Brasileira de Letras, em 20 de julho de 1897

Senhores:

Investindo-me no cargo de presidente, quisestes começar a Academia Brasileira de Letras pela consagração da idade. Se não sou o mais velho dos nossos colegas, estou entre os mais velhos. É simbólico da parte de uma instituição que conta viver, confiar da idade funções que mais de um espírito eminente exerceria melhor. Agora que vos agradeço a escolha, digo-vos que buscarei na medida do possível corresponder à vossa confiança.

    Não é preciso definir esta instituição. Iniciada por um moço, aceita e completada por moços, a Academia nasce com a alma nova e naturalmente ambiciosa. O vosso desejo é conservar, no meio da federação política, a unidade literária. Tal obra exige não só a compreensão pública, mas ainda e principalmente a vossa constância. A Academia Francesa, pela qual esta se modelou, sobrevive aos acontecimentos de toda a casta, às escolas literárias e às transformações civis. A vossa há de querer ter as mesmas feições de estabilidade e progresso. Já o batismo das suas cadeiras com os nomes preclaros e saudosos da ficção, da lírica, da crítica e da eloquência nacionais é indício de que a tradição é o seu primeiro voto. Cabe-vos fazer com que ele perdure. Passai aos vossos sucessores o pensamento e a vontade iniciais, para que eles os transmitam também aos seus, e a vossa obra seja contada entre as sólidas e brilhantes páginas da nossa vida brasileira. Está aberta a sessão.

Revista Brasileira, *Rio de Janeiro, julho de 1897*

Sessão de encerramento na Academia Brasileira de Letras, em 7 de dezembro de 1897

Um artigo do nosso regimento interno impõe-nos a obrigação de adotar no fim de cada ano o programa dos trabalhos do ano vindouro. Outro artigo atribui ao presidente a exposição justificativa deste programa.

    Como a nossa ambição, nestes meses de início, é moderada e simples, convém que as promessas não sejam largas. Tudo irá devagar e com tempo. Não faltaram simpatias às nossas estreias. A língua francesa, que vai a toda parte, já deu as boas-vindas a esta instituição. Primeiro sorriu; era natural, a dois passos da Academia Francesa; depois louvou, e, a dois passos da Academia Francesa, um louvor vale por dois. Em poucos meses de vida é muito. Dentro do país achamos boa vontade e animação, a imprensa tem-nos agasalhado com palavras amigas. Apesar de tudo, a vida desta primeira hora foi modesta, quase obscura. Nascida entre graves cuidados de ordem pública, a Academia Brasileira de Letras tem de ser o que são as associações análogas: uma torre de marfim, onde se acolham espíritos literários, com a única preocupação literária, e de onde, estendendo os olhos para todos os lados, vejam claro e quieto. Homens daqui podem escrever páginas de história, mas a história faz-se lá fora. Há justamente cem anos o maior homem de ação dos nossos tempos, agradecendo a eleição de membro do Instituto de França, respondia que, antes de ser igual aos seus colegas, seria por muito tempo seu discípulo. Não era ainda uma faceirice de grande capitão, posto que esse rapaz de vinte e oito anos meditasse já sair à conquista do mundo. A Academia Brasileira de Letras não pede tanto aos homens públicos deste país; não inculca ser igual nem mestra deles. Contenta-se em fazer na medida de suas forças individuais e coletivas, aquilo que esse mesmo acadêmico de 1797 disse então ser a ocupação mais honrosa e útil dos homens: trabalhar pela extensão das ideias humanas.

No próximo ano não temos mais que dar andamento ao anuário bibliográfico, coligir os dados biográficos e literários, como subsídio para um dicionário bibliográfico nacional, e, se for possível, alguns elementos do vocabuláro crítico dos brasileirismos entrados na língua portuguesa e das diferenças no modo de falar e escrever dos dois povos, como nos obrigamos por um artigo do regimento interno.

São obras de fôlego cuja importância não é preciso encarecer a vossos olhos. Pedem diuturnidade paciente. A constância, se alguma faltou a homens nossos de outra esfera, é virtude que não pode morar longe desta casa literária.

O último daqueles trabalhos pode ser feito ainda com maior pausa; ele exige não só pesquisa grande e compassada atenção, mas muito crítica também. As formas novas da língua, ou pela composição de vocábulos, filhos de usos e de costumes americanos, pela modificação de sentido original, ou ainda por alterações gráficas, serão matérias de útil e porfiado estudo. Com os elementos que existem esparsos e os que se organizarem, far-se-á qualquer coisa que no próximo século se irá emendando e completando. Não temamos falar no próximo século, é o mesmo que dizer daqui a três anos, que ele não espera mais; e há tal sociedade de dança que não conta viver menos. Não é vaidade da Academia Brasileira de Letras lançar os olhos tão longe.

A Academia, trabalhando pelo conhecimento desses fenômenos buscará ser, com o tempo, a guarda da nossa língua. Caber-lhe-á então defendê-la daquilo que não venha das fontes legítimas — o povo e os escritores —, não confundindo a moda, que perece, com o moderno, que vivifica. Guardar não é impor; nenhum de vós tem para si que a Academia decrete fórmulas. E depois para guardar uma língua, é preciso que ela guarde também a si mesma, e o melhor dos processos é ainda a composição e a conservação de obras clássicas. A autoridade dos mortos não aflige, e é definitiva. Garrett pôs na boca de Camões aquela célebre exortação em que transfere ao "generoso Amazonas" o legado do casal paterno. Sejamos um braço do Amazonas; guardemos em águas tranquilas e sadias o que ele acarretar na marcha do tempo.

Não há justificar o que de si mesmo se justifica; limito-me a esta breve indicação de programa. As investigações a que nos vamos propor, esse recolher de leitura ou de outiva não será um ofício brilhante ou ruidoso, mas é útil, e a utilidade é um título, ainda nas academias.

Revista Brasileira, *janeiro de 1898*

Magalhães de Azeredo: *Procelárias*

Eis aqui um livro feito de *verdade* e *poesia*, para dar-lhe o título das memórias de Goethe. Não são memórias; a verdade entra aqui pela sinceridade do homem, e a poesia pelos lavores do artista. Nem se diga que tais são as condições essenciais de um livro de versos. Não contradigo a asserção, peço só que concordem não ser comum nem de todos os dias este balanço igual e cabal de emoção e de arte.

Magalhães de Azeredo não é um nome recente. Há oito para nove anos que trabalha com afinco e apuro. Prosa e verso, descrição e crítica, ideias e sensações, a várias formas e assuntos tem dado o seu espírito. Pouco a pouco veio andando, até fazer-se um dos mais brilhantes nomes da geração nova, e ao mesmo tempo um dos seus mais sisudos caracteres. Quem escreve estas linhas sente-se bastante livre para julgá-lo, por mais íntima e direta que seja a afeição que o liga ao poeta das *Procelárias*. Um dos primeiros confidentes dos seus tentâmens literários, estimou vê-lo caminhar sempre, juntamente modesto e ambicioso, daquela ambição paciente que cogita primeiro da perfeição que do rumor público. Já nesta mesma *Revista*, já em folhas quotidianas, deu composições suas de vária espécie, e não há muito publicou em folheto a ode *A Portugal*, por ocasião do centenário das Índias, acompanhada da carta a Eça de Queirós, a primeira das quais foi impressa na *Revista Brasileira*.

Este livro das *Procelárias* mostra o valor do artista. Desde muito anunciado entre poucos, só agora aparece, quando o poeta julgou não lhe faltar mais nada, e vem apresentá-lo simplesmente ao público. Desde as primeiras páginas. veem-se bem juntas a poesia e a verdade: são as duas composições votivas; à mãe e à esposa. A primeira resume bem a influência que a mãe do poeta teve na formação moral do filho. Este verso:

> Não me disseste: Vai! disseste: Eu vou contigo!

conta a história daquela valente senhora, que o acompanhou sempre e a toda parte, nos estudos e nos trabalhos, onde quer que ele estivesse, e agora vive a seu lado, ouvindo-lhe esta bela confissão:

> Tu és tudo o que bom e nobre em mim existe,

e esta outra, com que termina a estrofe derradeira da composição, a um tempo bela, terna e bem expressa:

> Duas vezes teu filho e tua criatura!
> Eis por que me confesso, enternecidamente.

Ao pé de tais versos vêm os que o poeta dedicou à noiva: são do mesmo ano de 1895. O poeta convida a noiva ao amor e à luta da existência. Nestes, como naqueles, pede perdão dos erros da vida, fala do presente e do futuro, chega a falar da velhice, e da consolação que acharão em si de se haverem amado.

Ora, o livro todo é a justificação daquelas duas páginas votivas. Uma parte é a dos *erros*, que não são mais que as primeiras paixões da juventude, ainda assim veladas e castas, e algumas delas apenas pressentidas. O poeta, como todos os moços, conta os seus meses por anos. Em 1890 fala-nos de papéis velhos, amores e poesias, e compõe com isso um dos melhores sonetos da coleção. Já se dá por um daqueles que "riem só porque chorar não sabem". Certo é que há raios de luz e pedaços de céu no meio daquela sombra passageira. A sinceridade de tudo está na sensibilidade particular da pessoa, a quem o mínimo dói e o mínimo delicia. Uma das composições principais dessa parte do livro é a "Ode triunfal", em que a comoção cresce até esta nota:

> Ah! como fora doce
> Morrer nesse delírio vago e terno,
> Em teu seio morrer — morrer num trono;
> E ter teus beijos, como sonho eterno
> Do meu eterno sonho...

E até esta outra, com que a ode termina:

> Deixa-me absorto, a sós contigo, a sós!
> Lá fora, longe, tumultua o mundo,
> Em baldas lutas... Tumultue embora!
> Que vale o mundo agora?
> O mundo somos nós!

As datas — e alguma vez a própria falta delas — poderiam dar-nos a história moral daquele trecho da vida do poeta. Os seus mais íntimos suspiros antigos são de criança, como Musset dizia dos seus primeiros versos; assim temos o citado soneto dos "Papéis velhos" e outras páginas, e ainda aquela dos "Cabelos brancos", uns que precocemente encaneceram, cabelos de viúva moça, objeto de uma das mais doces elegias do livro. Há nele também várias sombras que passam como a do "Livro sagrado", como a da menina inglesa (*Good night*), que uma tarde lhe deu as boas--noites, e com quem o poeta valsara uma vez. Um dia veio a saber que era morta, e que a última palavra que lhe saiu dos lábios foi o seu nome, e foi também a primeira notícia do estado da alma da moça; a sepultura é que lhe não deu, por mais que a interrogasse, senão esta melancólica resposta:

> E eu leio sobre a sua humilde lousa:
> Graça, beleza, juventude.... e Nada!

Cito versos soltos, quisera transcrever uma composição inteira, mas hesito entre mais de uma, como o "Carnaval", por exemplo, e tantas outras, ou como aquele soneto "Em desalento", cuja estrofe final tão energicamente resume o estado moral expresso nas primeiras. Podeis julgá-lo diretamente:

> Ando de mágoas tais entristecido,
> — Por mais que as minhas rebeldias dome...
> Tanta angústia me abate e me consome,
> Que do meu próprio senso ora duvido.
>
> Tudo por causa deste amor perdido,
> Que a ti só, para sempre, escravizou-me;
> Tudo porque aprendi teu caro nome,
> Porque o gravei no peito dolorido.
>
> Vês que eu sou, dizes bem, uma criança,
> E já de tédio envelhecer me sinto,
> E a mesma luz do sol meus olhos cansa;

> Pois, como absorve um lenho o mar faminto,
> Um corpo a tumba, a morte uma esperança,
> Tal teu ser absorveu meu ser extinto.

Belo soneto, sem dúvida, feito de sentimento e de arte. Todo o livro reflete assim as impressões diferentes do poeta, e os versos trazem, com o alento da inspiração, o cuidado da forma. Fogem ao banal, sem cair no rebuscado. As estrofes variam de metro e de rima, e não buscam suprir o cansado pelo insólito. A educação do artista revela-se bem na escolha e na renovação. Magalhães de Azeredo dá expressão nova ao tema antigo, e não confunde o raro com o afetado. Além disso — é supérfluo dizê-lo —, ama a poesia com a mesma ternura e respeito que nos mostra naquelas duas composições votivas do introito. Pode ter momentos de desânimo, como no "Soneto negro", e achar que "é triste a decadência antes da glória", mas o espírito normal do poeta está no "Escudo", que andou pela Terra Santa, e agora ninguém já pode erguer sem cair vencido; tal escudo, no conceito do autor, é o belo, é a forma, é a arte, que o artista busca e não alcança, sem ficar abatido com isso, antes sentindo que, embora caia ignorado do vulgo, é doce havê-los adorado na vida.

Aqui se distinguem as duas fontes da inspiração de Magalhães de Azeredo, ou as duas fases, se parece melhor assim. Quando as sensações, que chamarei de ensaio, ditam os versos, eles trazem a nota de melancolia, de incerteza e de mistério, alguma vez de entusiasmo; mas a contemplação pura e desambiciosa da arte dá-lhe o alento maior, e ainda quando crê que não pode sobraçar o escudo, a ideia de havê-lo despegado da parede é bastante à continuação da obra. Será preciso dizer que esse receio não é mais que modéstia, sempre cabida, posto que a reincidência do esforço traz a esperança da vitória? E será preciso afirmar que a vitória é dos que têm, com a centelha do engenho, a obstinação do trabalho, e conseguintemente é dele também? Assim, ou pelas sensações do moço ou pela robustez do artista, este livro "é a vida que ele viveu" — como o poeta se exprime em uma página que li com emoção. Na composição final é o sentimento da arte que persiste, quando o poeta fala à musa em fortes e fluentes versos alexandrinos, tão apropriados à contemplação longa e mística da ideia.

Não quero tratar aqui do prosador a propósito deste primeiro livro de versos. De resto, os leitores da *Revista Brasileira* já o conhecem por esse lado, e sabem que Magalhães de Azeredo será em uma e outra forma um dos primeiros espíritos da geração que surge. Neste ponto, a ode *A Portugal* com a carta a Eça de Queirós, publicada em avulso, dão clara amostra de ambas as línguas do nosso jovem patrício.

Felizes os que entre um e outro século podem dar aos que se vão embora um antegosto do que há de vir, e aos que vêm chegando uma lembrança e exemplo do que foi ou acaba. Tal é o nosso Magalhães de Azeredo por seus dotes nativos, paciente e forte cultura.

Machado de Assis
Revista Brasileira, *outubro de 1898*

Garrett

Quem disse de Garrett que ele só por si valia uma literatura disse bem e breve o que dele se poderá escrever sem encarecimento nem falha. Também ele o proclamou assim, ainda que mais longamente, naquele prefácio das *Viagens na minha terra*, que é a sua maior apologia.

Não assinou o prefácio; mas ninguém escrevia assim senão ele, nem ele o fez para se mascarar. Os editores, a quem o autor atribuiu tão belas e justas coisas, se acaso cuidaram haver emparelhado no estilo com o grande escritor, foram os únicos que se iludiram. Não sabemos se hoje lhe perdoaríamos isto. A nós, e à gente da nossa mocidade parecia um direito seu, unicamente seu.

Estávamos perto do óbito do poeta; tínhamos balbuciado as suas páginas, como as de outros, que também foram poetas ou prosadores, romancistas ou dramaturgos, oradores ou humoristas, quando ele foi tudo isso a um tempo, deixando um primor em cada gênero. Éramos moços todos. Nenhum havia nascido com o "Camões" e a "Dona Branca", nenhum mais velho que estes, menos ainda algum que datasse daquele dia 4 de fevereiro de 1799, quando a raça portuguesa deu de si o seu maior engenho depois de Camões.

Nem só éramos moços, éramos ainda românticos; cantava em nós a toada de Gonçalves Dias, ouvíamos Alencar domar os mares bravios da sua terra, naquele poema em prosa que nos deixou, o Álvares de Azevedo era o nosso aperitivo de Byron e Shakespeare. De Garrett até as anedotas nos encantavam. Cá chegavam por cima dos mares o eco dos seus tempos verdes e maduros, os amores que trouxera, a amizade que eles e a poesia deram e mantiveram entre o poeta luso e o nosso Itamaracá, o pico dos seus ditos e finalmente as graças teimosas dos seus últimos anos.

Certo é que quando ele nasceu, vinha a caminho o Romantismo, com Goethe, com Chateaubriand, com Byron. Mas ele mesmo, que trouxe a planta nova para Portugal — ou a vacina, como lhe chamou algures —, ainda na Universidade de Coimbra cuidava de tragédias clássicas antes que do "Frei Luís de Sousa". Fez muito verso da velha escola, até que de todo sacudiu o manto caduco, evento comemorado assim naqueles versos da "Dona Branca":

> Não rias, bom filósofo Duarte,
> Da minha conversão, sincera é ela;
> Dei de mão às ficções do paganismo,
> E, cristão vate, cristãos versos faço.

Não era cedo para fazer versos cristãos. Chateaubriand, desde o alvor do século, louvava as graças nativas do cristianismo, e descobria, cheio de Rousseau, a candura do homem natural.

Garrett, posto fosse em sua terra o iniciador das novas formas, não foi copista delas, e tudo que lhe saiu das mãos trazia um cunho próprio e puramente nacional. Pelo assunto, pelo tom, pela língua, pelo sentimento era o homem da sua pátria e do seu século. A este encheu durante cerca de quarenta anos. Teve críticas naturalmente, e desafeições, e provavelmente desestimas; não lhe minguaram golpes nem sarcasmos, mas a admiração era maior que eles, e as obras sucediam-se graves ou lindas, e sempre altas, para modelo de outros.

Não cabe aqui, feito às pressas, o estudo do autor de "Frei Luís de Sousa", da "Adozinda" e das "Folhas caídas", e, para só louvar tais obras, basta nomeá-las, como às outras suas irmãs. Ninguém as esqueceu, uma vez lidas. Estamos a celebrar o centenário do nascimento do poeta, que pouco mais viveu de meio século e acodem-nos à mente todas as suas invenções com a forma em que as fez vivedouras. Os versos, desde os que compôs às divas gregas até aos que fez às suas devotas católicas, como que ficaram no ar cantando as loas do grande espírito.

Figuras que ele criou rodeiam-nos com o gesto peculiar e alma própria, Catarina, Madalena, Maria, Paula, Vicente, Branca, ao pé de outras másculas ou esbeltas, cingindo a fronte de Camões ou de Bernardim Ribeiro, e aquela que aceita um mouro com todos os seus pecados de incréu e de homem, e a mais tocante de todas, a mais trágica, essa que vê tornar da morte suposta e acabada o primeiro marido de sua mãe para separar seus país.

Não nos acode igualmente o seu papel político. O que nos lembra dos discursos é o que é só literário, e do ofício de ministro que exerceu recorda-nos que fez alguns trabalhos para criar o Teatro Nacional, mas valeram menos que *Um auto de Gil Vicente*. Se negociou algum tratado, como os tratados morrem, continuamos a ler as suas páginas vivas. Foi gosto seu meter-se em política, e mostrar que não valia só por versos.

Tendo combatido pela revolução de 1820, como Chateaubriand, sob as ordens dos príncipes, quis ser como este e Lamartine, ministro e homem de Estado. Não sei se advertiu que é menos agro retratar os homens que regê-los. Talvez sim; é o que se pode deduzir de mais de uma página íntima. Em todo caso, não é o político que ora celebramos, mas o escritor, um dos maiores da língua, um dos primeiros do século, e o que junta em seus livros a alma da nação com a vida da humanidade.

Gazeta de Notícias, 04/02/1899

Carta a Henrique Chaves
(Eça de Queirós)

Meu caro H. Chaves. — Que hei de dizer que valha esta calamidade? Para os romancistas é como se perdêssemos o melhor da família, o mais esbelto e o mais valido. E tal família não se compõe só dos que entraram com ele na vida do espírito, mas também das relíquias da outra geração, e, finalmente, da flor da nova. Tal que começou pela estranheza acabou pela admiração. Os mesmos que ele haverá ferido, quando exercia a crítica direta e cotidiana, perdoaram-lhe o mal da dor pelo mel da língua, pelas novas graças que lhe deu, pelas tradições velhas que conservou, e mais a força que as uniu umas e outras, como só as une a grande arte. A arte existia, a língua existia, nem podíamos os dois povos, sem elas, guardar o patrimônio de Vieira e de Camões; mas cada passo do século renova o anterior e a cada geração cabem os seus profetas.

A Antiguidade consolava-se dos que morriam cedo considerando que era a sorte daqueles a quem os deuses amavam. Quando a morte encontra um Goethe ou um Voltaire, parece que esses grandes homens, na idade extrema a que chegaram, precisam de entrar na eternidade e no infinito, sem nada mais dever à terra que os ouviu e admirou. Onde ela é sem compensação é no ponto da vida em que o engenho subido ao grau sumo, como aquele de Eça de Queirós — e como o nosso querido Ferreira de Araújo, que ainda ontem fomos levar ao cemitério — tem ainda muito que dar e perfazer. Em plena força da idade, o mal os toma e lhes tira da mão a pena que trabalha e evoca, pinta, canta, faz todos os ofícios da criação espiritual. Por mais esperado que fosse esse óbito, veio como repentino. Domício da Gama, ao transmitir-me há poucos meses um abraço de Eça, já o cria agonizante. Não sei se chegou a tempo de lhe dar o meu. Nem ele, nem Eduardo Prado, seus amigos, terão visto apagar-se de todo aquele rijo e fino espírito, mas um e outro devem contá-lo aos que deste lado falam a mesma língua, admiram os mesmos livros e estimavam o mesmo homem.

Machado de Assis
Gazeta de Notícias, 24/08/1900

Carta a Henrique Chaves
(Ferreira de Araújo)

Meu caro Henrique. — Esqueçamos a morte do nosso amigo. Nem sempre haverá tamanho contraste entre a vida e a morte de alguém. Araújo tinha direito de falecer entre uma linha grave e outra jovial, como indo a passeio, risonho e feliz. A sorte determinou outra coisa.

Quem o via por aquelas noitadas de estudante, e o acompanhou de perto ou de longe, na vida de escritor, de cidadão e de pai de família, sabe que não se perdeu nele somente um jornalista emérito e um diretor seguro; perdeu-se também a perpétua alegria. Ninguém desliga dele essa feição característica. Ninguém esqueceu as boas horas que ele fazia viver ao pé de si. Nenhum melancólico praticou com ele que não sentisse de empréstimo outro temperamento. Vimo-lo debater os negócios públicos, expor e analisar os problemas do dia, com a gravidade e a ponderação que eles impunham; mas o riso vinha prestes retomar o lugar que era seu, e o bom humor expelia a cólera e a indignação deste mundo.

Tal era o condão daquela mocidade. A madureza não alterou a alegria dos anos verdes. Na velhice ela seria como a planta que se agarra ao muro antigo. E porque esta virtude é ordinariamente gêmea da bondade, o nosso amigo era bom. Se teve desgostos — e devia tê-los porque era sensível —, esqueceu-os depressa. O ressentimento era-lhe insuportável. Era desses espíritos feitos para a hora presente, que não padecem das ânsias do futuro, e escassamente terão saudades do passado; bastam-se a si mesmos, na mesma hora que vai passando, viva e garrida, cheia de promessas eternas.

Mal se compreende que uma vida assim acabasse tão longa e doloridamente; mas, refletindo melhor, não podia ser de outra maneira. A inimizade entre a vida e a morte tem gradações; não admira que uma seja feroz na proporção da lepidez da outra. É o modo de balancear as duas colunas da escrita.

Agora que ele se foi, podemos avaliar bem as qualidades do homem. Esse polemista não deixou um inimigo. Pronto, fácil, franco, não poupando a verdade, não infringindo a cortesia, liberal sem partido, patriota sem confissão, atento aos fatos e aos homens, cumpriu o seu ofício com pontualidade, largueza de ânimo e aquele estilo vivo e conversado que era o encanto dos seus escritos. As letras foram os primeiros ensaios de uma pena que nunca as esqueceu inteiramente. O teatro foi a sua primeira sedução de autor.

Vindo à imprensa diária, não cedeu ao acaso, mas à própria inclinação do talento. Quando fundou esta folha, começou alguma coisa que, trazendo vida nova ao jornalismo, ia também com o seu espírito vivaz e saltitante, de vária feição, curioso e original. Já está dito e redito o efeito prodigioso desta folha, desde que apareceu; podia ser a novidade, mas foram também a direção e o movimento que ele lhe imprimiu.

Nem se contentou de si e dos companheiros da primeira hora. Foi chamando a todos os que podiam construir alguma coisa, os nomes feitos e as vocações novas. Bastava falar a língua do espírito para vir a esta assembleia, ocupar um lugar e discretear com os outros. A condição era ter o alento da vida e a nota do interesse. Que poetasse, que contasse, que dissesse do passado, do presente ou do futuro, da política ou da literatura, da ciência ou das artes, que maldissesse também, contanto que dissesse bem ou com bom humor, a todos aceitava e buscava, para tornar a *Gazeta* um centro comum de atividade.

A todos esses operários bastava fazê-los companheiros, mas era difícil viver com Araújo sem acabar amigo dele, nem ele podia ter consigo que se não fizesse amigo de todos. A *Gazeta* ficou sendo assim uma comunhão em que o dissentimento de ideias, quando algum houvesse, não atacaria o coração, que era um para todos.

Tu que eras dos seus mais íntimos, meu caro Henrique Chaves, dirás se o nosso amigo não foi sempre isso mesmo. Quanto à admiração e afeição públicas, já todas as vozes idôneas proclamaram grau em que ele as possuiu, sem quebra de tempo, nem reserva de pessoa. O enterramento foi uma aclamação muda, triste e unânime. As exéquias de amanhã dir-lhe-ão o último adeus da terra e da sua terra.

Machado de Assis
Gazeta de Notícias, *21/09/1900*

Crônica
4 de novembro

Entre tais e tão tristes casos da semana, como o terremoto de Venezuela, a queda do Banco Rural e a morte do sineiro da Glória, o que mais me comoveu foi o do sineiro.

Conheci dois sineiros na minha infância, aliás três, o *Sineiro de São Paulo*, drama que se representava no Teatro S. Pedro, o sineiro da *Notre Dame de Paris*, aquele que fazia um só corpo, ele e o sino, e voavam juntos, em plena Idade Média, e um terceiro, que não digo, por ser caso particular. A este, quando tornei a vê-lo, era caduco. Ora, o da Glória, parece ter lançado a barra adiante de todos.

Ouvi muita vez repicarem, ouvi dobrarem os sinos da Glória, mas estava longe absolutamente de saber quem era o autor de ambas as falas. Um dia cheguei a crer que andasse nisso eletricidade. Esta força misteriosa há de acabar por entrar na igreja e já entrou, creio eu, em forma de luz. O gás também já ali se estabeleceu. A igreja é que vai abrindo a porta às novidades, desde que a abriu à cantora de sociedade ou de teatro, para dar aos solos a voz de soprano, quando nós a tínhamos trazida por d. João VI, sem despir-lhe as calças. Conheci uma dessas vozes, pessoa velha, pálida e desbarbada; cantando, parecia moça.

O sineiro da Glória é que não era moço. Era um escravo, doado em 1853 àquela igreja, com a condição de a servir dois anos. Os dois anos acabaram em 1855, e o escravo ficou livre, mas continuou o ofício. Contem bem os anos, quarenta e cinco, quase meio século, durante os quais este homem governou uma torre. A torre era ele, dali regia a paróquia e contemplava o mundo.

Em vão passavam as gerações, ele não passava. Chamava-se João. Noivos casavam, ele repicava às bodas; crianças nasciam, ele repicava ao batizado; pais e mães morriam, ele dobrava aos funerais. Acompanhou a história da cidade. Veio a febre amarela, o cólera-mórbus, e João dobrando. Os partidos subiam ou caíam, João dobrava ou repicava, sem saber deles. Um dia começou a Guerra do Paraguai, e durou cinco anos; João repicava e dobrava, dobrava e repicava pelos mortos e pelas vitórias. Quando se decretou o ventre livre das escravas, João é que repicou. Quando se fez a abolição completa, quem repicou foi João. Um dia proclamou-se a República, João repicou por ela, e repicaria pelo Império, se o Império tornasse.

Não lhe atribuas inconsistência de opiniões; era o ofício. João não sabia de mortos nem de vivos; a sua obrigação de 1853 era servir à Glória, tocando os sinos, e tocar os sinos, para servir à Glória, alegremente ou tristemente, conforme a ordem. Pode ser até que, na maioria dos casos, só viesse a saber do acontecimento depois do dobre ou do repique.

Pois foi esse homem que morreu esta semana, com oitenta anos de idade. O menos que lhe podiam dar era um dobre de finados, mas deram-lhe mais; a Irmandade do Sacramento foi buscá-lo à casa do vigário Molina para a igreja, rezou-se-lhe um responso e levaram-no para o cemitério, onde nunca jamais tocará sino de nenhuma espécie; ao menos, que se ouça deste mundo.

Repito, foi o que mais me comoveu dos três casos. Porque a queda do Banco Rural, em si mesma, não vale mais que a de outro qualquer banco. E depois não há bancos eternos. Todo banco nasce virtualmente quebrado; é o seu destino, mais ano, menos ano. O que nos deu a ilusão do contrário foi o finado Banco do Brasil, uma espécie de sineiro da Glória, que repicou por todos os vivos, desde Itaboraí até Dias de Carvalho, e sobreviveu ao Lima, ao "Lima do Banco". Isto é que fez crer a muitos que o Banco do Brasil era eterno. Vimos que não foi. O da República já não trazia o mesmo aspecto; por isso mesmo durou menos.

Ao Rural também eu conheci moço; e, pela cara, parecia sadio e robusto. Posso até contar uma anedota, que ali se deu há trinta anos e responde ao discurso do sr. Júlio Ottoni. Ninguém me contou; eu mesmo vi com estes olhos que a terra há de comer, eu vi o que ali se passou há tanto tempo. Não digo que fosse novo, mas para mim era novíssimo.

Estava eu ali, ao balcão do fundo, conversando. Não tratava de dinheiro, como podem supor, posto fosse de letras, mas não há só letras bancárias; também as há literárias, e era destas que eu tratava. Que o lugar não fosse propício, creio; mas, aos vinte anos, quem é que escolhe lugar para dizer bem de Camões?

Era dia de assembleia geral de acionistas, para se lhes dar conta da gestão do ano ou do semestre, não me lembra. A assembleia era no sobrado. A pessoa com quem eu falava tinha de assistir à sessão, mas, não havendo ainda número, bastava esperar cá embaixo. De resto, a hora estava a pingar. E nós falávamos de letras e de artes, da última comédia e da ópera recente. Ninguém entrava de fora, a não ser para trazer ou levar algum papel, cá de baixo. De repente, enquanto eu e o outro conversávamos, entra um homem lento, aborrecido ou zangado, e sobe as escadas como se fossem as do patíbulo. Era um acionista. Subiu, desapareceu. Íamos continuar, quando o porteiro desceu apressadamente.

— Sr. secretário! Sr. secretário!
— Já há maioria?
— Agora mesmo. Metade e mais um. Venha depressa, antes que algum saia, e não possa haver sessão.

O secretário correu aos papéis, pegou deles, tornou, voou, subiu, chegou, abriu-se a sessão. Tratava-se de prestar contas aos acionistas sobre o modo por que tinham sido geridos os seus dinheiros, e era preciso espreitá-los, agarrá-los, fechar a porta para que não saíssem, e ler-lhes à viva força o que se havia passado. Imaginei logo que não eram acionistas de verdade; e, falando nisto a alguém, à porta da rua, ouvi-lhe esta explicação, que nunca me esqueceu:

— O acionista — disse-me um amigo que passava — é um substantivo masculino, que exprime "possuidor de ações" e, por extensão, credor dos dividendos. Quem diz ações diz dividendos. Que a diretoria administre, vá, mas que lhe tome o tempo em prestar-lhe contas, é demais. Preste dividendos; são as contas vivas. Não há banco mau se dá dividendos. Aqui onde me vê, sou também acionista de vários bancos, e faço com eles o que faço com o júri, não vou lá, não me amolo.

— Mas, se os dividendos falharem?
— É outra coisa; então cuida-se de saber o que há.

Pessoa de hoje, a quem contei este caso antigo, afirmou-me que a pessoa que me falou, há trinta anos, à porta do Rural, não fez mais que afirmar um princípio, e que os princípios são eternos. A prova é que aquele ainda agora o seria, se não fosse o incidente da corrida e dos cheques há dois meses.

— Então, parece-lhe...?
— Parece-me.

Quanto ao terceiro caso triste da semana, o terremoto de Venezuela, quando eu penso que podia ter acontecido aqui, e, se aqui acontecesse, é provável que eu não tivesse agora a pena na mão, confesso que lastimo aquelas pobres vítimas. Antes uma revolução. Venezuela tem vertido sangue nas revoluções, mas sai-se com glória para um ou outro lado, e alguém vence, que é o principal; mas este morrer certo, fugindo-lhes o chão debaixo dos pés, ou engolindo-os a todos, ah!... Antes uma, antes dez revoluções, com trezentos mil diabos! As revoluções servem sempre aos vencedores, mas um terremoto não serve a ninguém. Ninguém vai ser presidente de ruínas. É só trapalhada, confusão e morte inglória. Não, meus amigos. Nem terremotos nem bancos quebrados. Vivam os sineiros de oitenta anos, e um só, perpétuo e único badalo!

não assinado
Gazeta de Notícias, 04/11/1900

Crônica
11 de novembro

Eu gosto de catar o mínimo e o escondido. Onde ninguém mete o nariz, aí entra o meu, com a curiosidade estreita e aguda que descobre o encoberto. Daí vem que, enquanto o telégrafo nos dava notícias tão graves como a taxa francesa sobre a falta de filhos e o suicídio do chefe de polícia paraguaio, coisas que entram pelos olhos, eu apertei os meus para ver coisas miúdas, coisas que escapam ao maior número, coisas de míopes. A vantagem dos míopes é enxergar onde as grandes vistas não pegam.

Não nego que o imposto sobre a falta de filhos e o celibato podia dar de si uma página luminosa, sem aliás tocar na estatística. Só a parte cívica. Só a parte moral. Dava para elogio e para descompostura. A grandeza da pátria, da indústria e dos exércitos faria o elogio. O regime de opressão inspirava a descompostura, visto que obriga a casar para não pagar a taxa; casado, obriga a fazer filhos, para não pagar a taxa; feitos os filhos, obriga a criá-los e educá-los, com o que afinal se paga uma grande taxa. Tudo taxas. Quanto ao suicídio do chefe de polícia, são palavras tão contrárias umas às outras que não há crer nelas. Um chefe de polícia exerce funções essencialmente vitais e alheias à melancolia e ao desespero. Antes de se demitir da vida, era natural demitir-se do cargo, e o segundo decreto bastaria acaso para evitar o primeiro.

Deixei taxas e mortes e fui à casa de um leiloeiro, que ia vender objetos empenhados e não resgatados. Permitam-me um trocadilho. Fui ver o martelo bater no prego. Não é lá muito engraçado, mas é natural, exato e evangélico. Está autorizado por Jesus Cristo: *Tu es Petrus* etc. Mal comparando, o meu ainda é melhor. O da Escritura está um pouco forçado, ao passo que o meu — o martelo batendo no prego — é tão natural que nem se concebe dizer de outro modo. Portanto, edificarei a crônica sobre aquele prego, no som daquele martelo.

Havia lá broches, relógios, pulseiras, anéis, botões, o repertório do costume. Havia também um livro de missa, elegante e escrupulosamente dito *para* missa, a fim de evitar confusão de sentido. Valha-me Deus! até nos leilões persegue-nos a gramática. Era de tartaruga, guarnecido de prata. Quer dizer que, além do valor espiritual, tinha aquele que propriamente o levou ao prego. Foi uma mulher que recorreu a esse modo de obter dinheiro. Abriu mão da salvação da alma, para salvar o corpo, a menos que não tivesse decorado as orações antes de vender o manual delas. Pobre desconhecida! Mas também (e é aqui que eu vejo o dedo de Deus), mas também quem é que lhe mandou comprar um livro de tartaruga com ornamentações de prata? Deus não pede tanto; bastava uma encadernação simples e forte, que durasse, e feia para não tentar a ninguém. Deus veria a beleza dela.

Mas vamos ao que me põe a pena na mão; deixemos o livro e os artigos do costume. Os leilões desta espécie são de uma monotonia desesperadora. Não saem de cinco ou seis artigos. Raro virá um binóculo. Neste apareceu um, e um despertador também, que servia a acordar o dono para o trabalho. Houve mais uns cinco ou seis chapéus-de-sol, sem indicação do cabo... Deus meu! Quanto teriam recebido os donos por eles, além de algum magro tostão? Ríamos da miséria. É um derivativo e uma compensação. Eu, se fosse ela, preferia fazer rir a fazer chorar.

O lote inesperado, o lote escondido, um dos últimos do catálogo, perto dos chapéus-de-sol, que vieram no fim, foi uma espada. Uma espada, senhores, sem outra indicação; não fala dos copos, nem se eram de ouro. É que era uma espada pobre. Não obstante, quem diabo a teria ido pendurar do prego? Que se pendurem chapéus-de-sol, um despertador, um binóculo, um livro *de* missa ou *para* missa, vá. O sol mata os micróbios, a gente acorda sem máquina, não é urgente chamar à vista as pessoas dos outros camarotes, e afinal o coração também é livro de missa. Mas uma espada!

Há dois tempos na vida de uma espada, o presente e o passado. Em nenhum deles se compreende que ela fosse parar ao prego. Como iria lá ter uma espada que pode ser a cada instante intimada a comparecer ao serviço? Não é mister que haja guerra; uma parada, uma revista, um passeio, um exercício, uma comissão, a simples apresentação ao ministro da Guerra basta para que a espada se ponha à cinta e se desnude, se for caso disso. Eventualmente, pode ser útil em defender a vida ao dono. Também pode servir para que este se mate, como Bruto.

Quanto ao passado, posto que em tal hipótese a espada não tenha já préstimos, é certo que tem valor histórico. Pode ter sido empregada na destruição do despotismo Rosas ou López, ou na repressão da revolta, ou na Guerra de Canudos, ou talvez na fundação da República, em que não houve sangue, é verdade, mas a sua presença terá bastado para evitar conflitos.

As crônicas antigas contam de barões e cavaleiros já velhos, alguns cegos, que mandavam vir a espada para mirá-la, ou só apalpá-la, quando queriam recordar as ações de glória, e guardá-la outra vez. Não ignoro que tais heróis tinham castelo e cozinha, e o triste reformado que levou esta outra espada ao prego pode não ter cozinha nem teto. Perfeitamente. Mas ainda assim é impossível que a alma dele não padecesse ao separar-se da espada.

Antes de a empenhar, devia ir ter a alguém que lhe desse um prato de sopa: "Cidadão, estou sem comer há dois dias e tenho de pagar a conta da botica, não quisera desfazer-me desta espada, que batalhou pela glória e pela liberdade..." É impossível que acabasse o discurso. O boticário perdoaria a conta, e duas ou três mãos se lhe meteriam pelas algibeiras dentro, com fins honestos. E o triste reformado iria alegremente pendurar a espada de outro prego, o prego da memória e da saudade.

Catei, catei, catei, sem dar por explicação que bastasse. Mas eu já disse que é faculdade minha entrar por explicações miúdas. Vi casualmente uma estatística de São Paulo, os imigrantes do ano passado, e achei milhares de pessoas desembarcadas em Santos ou idas daqui pela Estrada de Ferro Central. A gente italiana era a mais numerosa. Vinha depois a espanhola, a inglesa, a francesa, a portuguesa, a alemã, a própria turca, uns quarenta e cinco turcos. Enfim, um grego. Bateu-me o coração, e eu disse comigo: o grego é que levou a espada ao prego.

E aqui vão as razões da suspeita ou descoberta. Antes de mais nada, sendo o grego não era nenhum brasileiro — ou *nacional*, como dizem as notícias da polícia. Já me ficava essa dor de menos. Depois, o grego era um, e eu corria menor risco do que supondo alguém das outras colônias, que podiam vir acima de mim, em desforço do patrício. Em terceiro lugar, o grego é o mais pobre dos imigrantes. Lá mesmo na terra é paupérrimo. Em quarto lugar, talvez fosse também poeta, e podia ficar-lhe assim uma canção pronta, com estribilho:

> Eu cá sou grego,
> Levei a minha espada ao prego.

Finalmente, não lhe custaria empenhar a espada, que talvez fosse turca. About refere de um general, Hadji-Petros, governador de Lâmia, que se deixou levar dos encantos de uma moça fácil de Atenas, e foi demitido do cargo. Logo requereu à rainha pedindo a reintegração: "Digo a vossa majestade pela minha honra de soldado que, se eu sou amante dessa mulher, não é por paixão, é por interesse; ela é rica, eu sou pobre, e tenho filhos, tenho uma posição na sociedade etc." Vê-se que empenhar a espada é costume grego e velho.

Agora que vou acabar a crônica, ocorre-me se a espada do leilão não será acaso alguma espada de teatro, empenhada pelo contra-regra, a quem a empresa não tivesse pago os ordenados. O pobre-diabo recorreu a esse meio para almoçar um dia. Se tal foi, façam de conta que não escrevi nada, e vão almoçar também, que é tempo.

não assinado
Gazeta de Notícias, *11/11/1900*

Magalhães de Azeredo: *Horas sagradas* e *Versos*

Com o título *Horas sagradas*, acaba de publicar Magalhães de Azeredo um livro de versos, que não só não desmentem dos versos anteriores, mas ainda se pode dizer que os vencem e mostram no talento do poeta um grau de perfeição crescente. Folgamos de o noticiar, ao mesmo tempo que outro livro, de Mário de Alencar, seu amigo, seu irmão de espírito e de tendência, de cultura e de ideal. Chama-se este outro simplesmente *Versos*.

Quiséramos fazer de ambos um demorado estudo. Não o podendo agora, lembramos só o que os nossos leitores sabem, isto é, que Magalhães de Azeredo, mais copioso e vasto, tem um nome feito, enquanto que Mário de Alencar, para honrar o de seu ilustre pai, começa a escrever o seu no livro das letras brasileiras, não às pressas, mas vagaroso, com a mão firme e pensativo, para não errar nem confundir.

Um ponto, além de outras afinidades, mostra o parentesco dos dois espíritos. Não é o amor da glória, que o primeiro canta, confessa e define, por tantas faces e origens, na última composição do livro, e o segundo não ousa dizer nem definir. Mas aí mesmo se unem. Porquanto, se Mário de Alencar confessa: "o autor é um incontentado do que faz", e, aliás, já Voltaire dissera a mesma coisa de si: *Je ne suis jamais content de mes vers*, Magalhães de Azeredo nas várias definições da glória, chega indiretamente a igual confissão, quando põe na perfeição a glória mais augusta, e cita os anônimos da Vênus de Milo e da Imitação, até exclamar como Fausto:

> E exclamar como Fausto em êxtase exclamara:
> Átomo fugitivo, és belo, és belo, para!

Isto, que está no fim do livro de Magalhães de Azeredo, está também no princípio, quando ele abre mão das *Horas sagradas*. Confessa que as guardou por largo tempo:

> Por largo tempo, neste ermo oculto
> Guardei-vos. Ide para o tumulto
> Das gentes. Quer-vos a sorte ali.
> Colhereis louros? Mas ah! que louros
> Os vossos gozos, que eu conheci?

E cá vieram as *Horas sagradas*, título que tão bem assenta no livro. Elas são sagradas pelo sentimento e pela inspiração, pelo amor, pela arte, pela comemoração dos grandes mortos, pela nobreza do cidadão, da virtude e da história. A religião tem aqui também o seu lugar, como no coração do poeta. Tudo é puro. No *Rosal de amor*, primeira parte do livro, não há flores apanhadas na rua ou abafadas na sala. Todas respiram o ar livre e limpo, e por vezes agreste. Um soneto, "Ad Purissimam", mostra a castidade da musa — uma das musas, devemos dizer, porque aqui está, nas estrofes "Mamãe", a outra das suas musas domésticas. É um basto rosal este, a que não faltará porventura alguma flor triste, mas tão rara e tão graciosa ainda na tristeza, que mal nos dá essa sensação. A música dos versos faz esquecer a melancolia do sentido. "Matinal", "Ao sol", "Crepuscular" dão o tom da vida universal e do amor, a terra fresca e o céu aberto.

Os *Bronzes florentinos* é uma bela coleção de grandes nomes de Florença, e do mundo, páginas que (não importa a distância nem o desconhecimento da cidade para os que lá não foram) produzem na alma do leitor cá de longe uma vibração de arte nova e antiga a um tempo, ao lado do poeta, a acompanhá-lo:

> Através do Gentil e do Sublime.

Não quiséramos citar mais nada; seria preciso citar muito, transportar para fora do livro estrofes que desejam lá ficar, entre as que o poeta ligou na mesma e linda medalha. Mas como deixar de repetir este fecho de *bronze* de Dante:

> Quem, depois de sofrer o ódio profundo
> Da pátria, viu o inferno, e chorou tanto,
> Já não é criatura deste mundo.

E muitos outros deliciosos sonetos, fazendo passar ante os olhos Petrarca, Giotto, Leonardo da Vinci, Michelangelo, Boccaccio, Donatello, Fra Angélico, e tantos cujos nomes lá estão na igreja de Santa Cruz, onde o poeta entrou em dias caros às musas brasileiras. Cada figura traz a sua expressão nativa e histórica; aqui está Leão X, acabando na risada pontifícia; aqui Cellini, cinzelando o punhal com que é capaz de ferir; aqui Savonarola, a morrer queimado e sem gemer, por esta razão de apóstolo:

    Ardia mais que as chamas a tua alma!

Não poderia transcrever uns sem outros, mas o último bronze dará conta dos primeiros: é Galileu Galilei

    Lá na Torre do Galo, esguia e muda,
    Entre árvores vetustas escondida,
    No entardecer da trabalhada vida
    O potente ancião medita e estuda.

    Já nos olhos extinta é a luz aguda,
    Que os céus sondava em incessante lida;
    Mas inda a fronte curva e encanecida
    Pensamentos intrépidos escuda.

    Sorrindo agora das nequícias feras,
    Que, por amor do ideal sofrido tinha,
    Ele a sentença das vindouras eras

    Invoca, e os seus triunfos adivinha,
    Ouvindo, entre a harmonia das esferas
    O compasso da Terra, que caminha.

Nem só Florença ocupa o nosso poeta, amigo de sua pátria. As "Odes cívicas" dizem de nós ou da nossa língua. Magalhães de Azeredo é o primeiro que no-lo recorda, nos versos "Ao Brasil", por ocasião do centenário da descoberta. O centenário das Índias achou nele um cantor animado e alto. A ode "A Garrett" exprime uma dessas adorações que a figura nobre e elegante do grande homem inspira a quem o leu e releu, por anos. Enfim, com o título *Alma errante* vem a última parte do livro. Aqui variam os assuntos, desde a ode "As águias", em que tudo é movimento e grandeza, até quadros e pensamentos menores, outros tristes, uma saudade, um infortúnio social, um sonho, ou este delicioso soneto "Sobre um quadro antigo":

    Os séculos em bruma lenta e escura
    Te ocultam, vaga imagem feminina:
    E cada ano, ao passar, tredo elimina
    Mais um resto de tua formosura.

    Apenas, no esbatido da pintura,
    Algum tom claro, alguma linha fina,
    Revelando-te a graça feminina,
    Dizem que foste, ó frágil criatura...

> Ah! como és! — és mais bela do que outrora.
> Seduz-me esse ar distante, esse indeciso
> Crepúsculo em que vives, me enamora.
>
> O tempo um gozo intensamente doce
> Pôs-te no exangue, pálido sorriso;
> E o teu humano olhar divinizou-se...

Em resumo escasso, apenas indicações de passagens, tal é o livro de Magalhães de Azeredo, um dos primeiros escritores da nova geração. A perfeição e a inspiração crescem agora mais, repetimos. Ele, como os seus pares conjugam dois séculos, um que lá vai tão cheio e tão forte, outro que ora chega tão nutrido de esperanças, por mais que os problemas se agravem nele; mas, se não somos dos que creem no fim do mal, não descremos da nobreza do esforço, e sobretudo das consolações da arte. Aqui está um espírito forte e hábil para no-las dar na nossa língua.

Faça o mesmo o seu amigo e irmão, Mário de Alencar, cujo livro, pequeno e leve, contém o que deixamos dito no princípio desta notícia. É outro que figurará entre os da geração que começou no último decênio. Particularmente, entre Mário de Alencar e Magalhães de Azeredo, além das afinidades indicadas, há o encontro de duas musas que os consolam e animam. O acerto da inspiração e a gemeidade da tendência levou-os a cantar a Grécia como se fazia nos tempos de Byron e de Hugo. A sobriedade é também um dos talentos de Mário de Alencar. Quando não há ideia, a sobriedade é apenas a falta de um recurso, e assim dois males juntos, porque a abundância e alguma vez o excesso suprem o resto. Mas não são ideias que lhe faltam; nem ideias, nem sensações, nem visões, como aquela "Marinha", que assim começa:

> Sopra o terral. A noite é calma. Faz luar
> Intercadente
> Soa na praia molemente
> A voz do mar.
>
> As coisas dormem; dorme a terra, e no ar sereno
> Nenhum ruído
> Perturba o encanto recolhido
> Do luar pleno.
>
> Ampla mudez. A lua grande pelo céu
> Sem nuvens vaga
> E cobre o mar, vaga por vaga,
> De um branco véu.
>
> Longe, à mercê da branda aragem, vai passando
> Parda falua.
> Nas pandas velas bate a lua
> De quando em quando...

Lede o resto no livro, onde achareis outras páginas a que voltareis, e vos farão esperar melhores, pedimos que em breve. Que ele sacuda de si esse entorpecimento, salvo se é apenas respeito ao seu grande nome; mas ainda assim o melhor respeito é a imitação. Tenha a confiança que deve em si mesmo. Sabe cantar os sentimentos doces sem banalidade, e os grandes motivos não o deixam frio nem resistente. Ainda ontem tivemos de ler o que Magalhães de Azeredo disse de Mário de Alencar, e dias antes dissera deste J. Veríssimo; nós assinamos as opiniões de um e de outro.

não assinado
Gazeta de Notícias, 07/12/1902

A paixão de Jesus

Quem relê neste dia os evangelistas, por mais que os traga no coração ou de memória, acha uma comoção nova na tragédia do Calvário. A tragédia é velha; os lances que a compõem passaram, desde a prisão de Jesus até a condenação judaica e a sanção romana; as horas daquele dia acabaram com a noite de sexta-feira, mas a comoção fica sempre nova; por mais que os séculos se tenham acumulado sobre tais livros. A causa, independente da fé que acende o coração dos homens, bem se pode dizer de duas ordens.

Não é preciso falar de uma. A história daqueles que, pelos tempos adiante, vieram confessando a Jesus, padecendo e morrendo por Ele, e o grande espírito soprado do Evangelho ao mundo antigo, a força da doutrina, a fortaleza da crença, a extensão dos sacrifícios, a obra dos místicos, tudo se acumula naturalmente diante dos olhos, como efeito daquelas páginas primitivas. Não menos surge à vista o furor dos que combateram, pelos séculos fora, as máximas cristãs ouvidas, escritas e guardadas, alguma vez esquecidas, outras desentendidas, mas acabando sempre por animar as gerações fiéis. Tudo isso, porém, que será a história ulterior, é neste dia dominado pela simples narração evangélica.

A narração basta. Já lá vai a entrada de Jesus em Jerusalém, escolhida para o drama da Paixão. A carreira estava acabada. Os ensinamentos do jovem profeta corriam as cidades e as aldeias, e todos se podiam dizer compendiados naquele Sermão da Montanha, que, por palavras simples e chãs, exprimia uma doutrina moral nova, a humildade e a resignação, o perdão das injúrias, o amor dos inimigos, a prece pelo que calunia e persegue, a esmola às escondidas, a oração secreta. Nessa prédica da montanha a lei e os profetas são confessados, mas a reforma é proclamada aos ventos da terra. Nela está a promessa do benefício aos que padecem, a consolação aos que choram, a justiça aos que dela tiverem fome e sede. Jerusalém destina-se a vê-lo morrer. Foi logo à entrada, quando gente do povo correu a receber Jesus, juncando o chão de palmas e ramos e aclamando o nome daquele que lhe vinha trazer a boa-nova, foi desde logo que os escribas e fariseus cuidaram de lhe dar perseguição e morte, não o fazendo sem demora, por medo do povo que recebia a Jesus com hosanas de amor e de alegria.

Jesus reatou então os seus atos e parábolas, mostrando o que era e o que trazia no coração. Os fariseus viram que ele expelia do templo os que lá vendiam e compravam, e ouviram que pregava no templo ou fora dele a doutrina com que vinha extirpar os pecados da terra. Alguma vez as imprecações que lhe saíam da boca, eram contra eles próprios: "Ai de vós, escribas e fariseus hipócritas, porque devorais as casas das viúvas, fazendo longas orações...", "Ai de vós, escribas e fariseus, porque alimpais o que está por fora do copo e do prato, e por dentro estais cheios de rapinas e de imundícies...", "Ai de vós, escribas e fariseus hipócritas, porque rodeais o mar e a terra por fazerdes um prosélito, e depois de o terdes feito, o fazeis em dobro mais digno do inferno do que vós". Era assim que bradava contra os que já dali tinham saído alguma vez, a outras partes, a fim de o enganar e enlear e ouviram que ele os penetrava e respondia com o que era acertado e cabido. As imprecações seguiram assim muitas e ásperas, mas de envolta com elas a alma boa e pura de Jesus voltava àquela doce e familiar metáfora contra a cidade de Jerusalém: "Jerusalém, que matas os profetas e apedrejas os que te são enviados, quantas vezes quis eu ajuntar teus filhos, do modo que uma galinha recolhe debaixo das asas os seus pintos, e tu não o quiseste!"

A diferença que vai desta fala grave e dura àquele Sermão da Montanha, em que Jesus incluiu a primeira e ingênua oração da futura Igreja, claramente mostra o desespero do jovem profeta de Nazaré. Não havia esperar de homens que a tal ponto abusavam do templo e da lei, e, em nome de ambos, afivelavam a máscara de piedade para atrair os que buscavam as doutrinas antigas de Israel. Sabendo que tinha de morrer às mãos deles, não lhes quis certamente negar o perdão que viessem a merecer, mas condenar neles a obra da iniquidade e da perdição. Todo o mal recente de Israel estava nos que se davam falsamente por defensores do bem antigo.

A comoção nova que achamos na narração evangélica abrange o espaço contado da ceia à morte de Jesus. Judeus futuros, ainda de hoje, ao passo que negam a culpa da sua raça, confessam não poder ler sem mágoa essa página sombria. Em verdade, a melancolia do drama é grande, não menor que a do próprio Cristo, quando declara ter a alma mortalmente triste. Era já depois da ceia, naquele horto de Gethsemani, a sós com Pedro e mais dois, enquanto os outros discípulos dormiam, foi ali que ele confessou aquela profunda aflição. Tinha já predito a proximidade da morte. A aversão dos escribas e fariseus, indo a crescer com o poder moral do Nazareno, punha em ação o desejo de o levar ao julgamento e ao suplício, e cumprir assim o prenúncio do jovem Mestre. Tudo foi realizado: a noite não acabou sem que, pela traição de Iscariotes, Jesus fosse levado à casa de Anás e Caifás e, pela negação de Pedro, se visse abandonado dos seus amigos. Ele predissera os dois atos, que um pagou pelo suicídio e o outro pelas lágrimas do arrependimento.

Talvez ambos pudessem ser dispensados, não menos o primeiro que o segundo, por mais que o grupo dos discípulos escondesse o Mestre aos olhos dos inimigos. Se assim fosse, o suplício seria igualmente certo, mas a tragédia divina não teria aquela nota humana. Nem tudo é lealdade, nem tudo é resistência na mesma família.

A parte humana nasceu ainda, não já naqueles que deviam amor a Jesus, se não nos que o perseguiam; tal foi esse processo de poucas horas. Jesus ouviu o interrogatório dos seus atos religiosos e políticos. Era acusado de querer destruir a lei de Moisés e não aceitar a dominação romana, fazendo-se rei dos Judeus. "Mestre, devemos pagar o imposto a César?", tinham-lhe perguntado antes, para arrastá-lo a alguma palavra de rebelião. A resposta (uma de tantas palavras que passaram daqueles livros às línguas dos homens) foi que era preciso dar a César o que era de César e a Deus o que era de Deus. Caifás e o Conselho acabaram pela condenação; para o crime político e para a pena de morte era preciso Pilatos. Segundo o sacerdote da lei, era preciso que um homem morresse pelo povo.

    Pilatos foi ainda a nota humana, e acaso mais humana que todas. Esse magistrado romano, que, depois de interrogar a Cristo, não lhe acha delito nenhum; que, ainda querendo salvá-lo da morte, pensa em soltá-lo pelo direito que lhe cabia em tal ocasião, mas consulta ao povo, e ouve deste que solte Barrabás, e condene a Jesus; que obedece ao clamor público, e faz a única ressalva de lavar as mãos inocentes de tal sangue; esse homem não finge sequer a convicção. A consciência brada contra o crime que lhe querem impor, mas a fraqueza cede aos que lho pedem, e entrega o acusado à morte.

    A morte, fecho da Paixão, termo de uma vida breve e cheia, foi cercada de todos os elementos que a podiam fazer mais trágica. O riso deu as mãos à ferocidade, e o açoite alternou com a coroa de espinhos. Fizeram do profeta um rei de praça, com a púrpura aos ombros e a vara na mão. Vieram injúrias por atos e palavras, agravação do suplício dado entre dois ladrões; mas ainda nos falta alguma coisa para completar a parte humana daquela cena última.

    As mulheres vieram rodear o instrumento do suplício. Com outro ânimo que faltou alguma vez aos homens, elas trouxeram a consolação e a paciência aos pés do crucificado. Nenhum egoísmo as conservou longe, nenhum tremor as fez estremecer de susto. A piedade era como alma nova incutida naqueles corpos feitos para ela. Com os olhos nos derradeiros lampejos de vida, que estavam a sair daquele corpo, aguardavam que este fosse amortalhado e sepultado para lhe darem os bálsamos e os aromas.

    Tal foi a última nota humana, docemente humana, que completou o drama da estreita Jerusalém. Ela, e o mais que se passou entre a noite de um dia e a tarde de outro completaram o prefácio dos tempos. A doutrina produzirá os seus efeitos, a história será deduzida de uma lei, superior ao conselho dos homens. Quando nada houvesse ou nenhuma fosse, a simples crise da Paixão era de sobra para dar uma comoção nova aos que leem neste dia os evangelistas.

não assinado
Jornal do Commercio, *Rio de Janeiro*, 01/04/1904

Secretário d'el-rei

O sr. dr. Oliveira Lima, entre um e outro livro de história, dá-nos agora uma comédia. Que vos não assuste este nome, vós que não amais as formas fáceis de literatura; nem esta é tão fácil, como podeis crer, nem deixa de envolver um caso psicológico interessante. Acrescentai-lhe o quadro e a língua, e tereis um volume de ler, reler e guardar.

    Com razão chama o autor ao seu *Secretário d'el-rei* uma peça nacional, embora a ação se passe na nossa antiga metrópole, por aqueles anos de d. João v. É duas vezes nacional, em relação à sociedade de Lisboa.

A aventura que constitui a ação é do lugar e do tempo; as pessoas e os atos que figuram nela caracterizam bem a capital dos reinos, com as máscaras dos namorados noturnos, a gelosia de sua dama, o encontro de vadios, capas enroladas, espadas nuas, mortos, feridos, a ronda, todo o cerimonial de uma aventura daquelas. Meteu-lhes o autor o próprio irmão do rei, infante d. Francisco, ainda que o não traga à cena, e a própria amada do secretário, que entra a pedir a absolvição do outro amado por ela, e com esta complicação política e pessoal dividiu o interesse da ação.

O centro dela é naturalmente dom Alexandre de Gusmão, em quem o autor quis pôr o nosso próprio interesse nacional. Nasceu-lhe a afeição já em anos maduros, não foi aceita, não foi reiterada, sem por isso esquecer nem acabar. Solicitado a servir a dama por outra maneira e para outro fim, Gusmão não o faz menos lealmente que em seu mesmo favor, se a tivesse de haver para si. A última palavra da comédia resume o caráter do secretário, livrando e casando o preferido de d. Luz, mandando-os para o seu Brasil, e acabando por lhes ensinar o segredo da vida, que é "levar as coisas... a rir, mesmo quando elas hão de fazer-nos chorar".

Aqui sente o leitor o que Gusmão quisera ocultar já de todos, e admira a força da alma de um homem talhado para grandes desígnios.

Gusmão, d. Luz, d. Fernando formam assim as três principais pessoas da comédia; mas era impossível uma história daquela gente sem frades. Assim o queria Garrett, que não via em Portugal coisa pública ou particular sem eles e usou deles. Aqui há um, nem podia deixar de havê-lo em pleno d. João v; há também um embaixador — o inglês naturalmente — e finalmente uma ama, ama de todas as peças, ainda trágicas, como a da *Castro*: "Ama, na criação; ama no amor de mãe". Esta, a Assunção, parece ser igualmente ambas as coisas. Ponde-lhe o convento a que se acolhe o namorado ferido, o lausperene, as touradas, o santo ofício, as contendas, as namoradas do rei, e reconhecereis, como ficou dito, que o quadro serve bem de fundo ao enredo inventado pelo autor.

Quanto ao diálogo, tem as qualidades que poderíamos exigir da composição e das pessoas. Dizem-se por ele — desde aquele escudeiro João Brás — todas as minúcias e circunstâncias precisas para a notícia dos caracteres e da ação. Há facilidade e naturalidade, vida e interesse, a reflexão que não pesa e a graça que não enfastia. Vê-se bem a lealdade do escrivão da puridade, ouve-se o sonho imperial de Gusmão, sem que a linguagem enfie a pompa inútil ou dispa a compostura que lhe dá unidade.

A consagração cênica diz o sr. Oliveira Lima que merece, como poucas, a figura de dom Alexandre de Gusmão; ele acaba de lha dar, com a consciência do personagem e do assunto. Sabemos que os estudos históricos e de observação social e política são prediletos do nosso ilustre patrício. O talento brilhante e sólido, a instrução paciente e funda, o amor da verdade, tudo isto que o sr. Oliveira Lima nos tem dado em muitas outras páginas, acha aqui, ainda uma vez, aquele laço de espírito nacional que lhe assegura lugar eminente na literatura histórica e política da nossa terra. Folgamos de o dizer agora, e esperamos repeti-lo em breve.

não assinado
Gazeta de Notícias, *02/06/1904*

Carta a Joaquim Nabuco
(*Pensées détachées et souvenirs*)

Rio de Janeiro, 19 de agosto de 1906

Meu querido Nabuco. — Quero agradecer-lhe a impressão que me deixaram estas suas páginas de pensamentos e recordações. Vão aparecer justamente quando v. cuida de tarefas práticas de ordem política. Um professor de Douai, referindo-se à influência relativa do pensador e do homem público, perguntava uma vez (assim o conta Dietrich) se haveria grande progresso em colocar Aristides acima de Platão, e Pitt acima de Locke. Concluía pela negativa. Você nos dá juntos o homem público e o pensador. Esta obra, não feita agora mas agora publicada, vem mostrar que em meio dos graves trabalhos que o Estado lhe confiou não repudia as faculdades de artista que primeiro exerceu e tão brilhantemente lhe criaram a carreira literária.

Erro é dizer como v. diz em uma destas páginas, que "nada há mais cansativo que ler pensamentos". Só o tédio cansa, meu amigo, e este mal não entrou aqui, onde também não teve acolhida a vulgaridade. Ambos, aliás, são seus naturais inimigos. Também não é acertado crer que, "se alguns espíritos os leem, é só por distração, e são raros". Quando fosse verdade, eu seria desses raros. Desde cedo, li muito Pascal, para não citar mais que este, e afirmo-lhe que não foi por distração. Ainda hoje quando torno a tais leituras, e me consolo no desconsolo do *Eclesiastes*, acho-lhes o mesmo sabor de outrora. Se alguma vez me sucede discordar do que leio, sempre agradeço a maneira por que acho expresso o desacordo.

Pensamentos valem e vivem pela observação exata ou nova, pela reflexão aguda ou profunda; não menos querem a originalidade, a simplicidade e a graça do dizer. Tal é o caso deste seu livro. Todos virão a ele, atraídos pela substância, que é aguda e muita vez profunda, e encantados da forma, que é sempre bela. Há nestas páginas a história alternada da influência religiosa e filosófica, da observação moral e estética, e da experiência pessoal, já agora longa. O seu interior está aqui aberto às vistas por aquela forma lapidária que a memória retém melhor. Ideias de infinito e de absoluto, v. as inscreve de modo direto ou sugestivo, e a nota espiritual é ainda a característica das suas páginas. Que em todas resplandece um otimismo sereno e forte, não é preciso dizer-lho; melhor o sabe, porque o sente deveras. Aqui o vejo confessado e claro, até nos lugares de alguma tristeza ou desânimo, pois a tristeza é facilmente consolada, e o desânimo acha depressa um surto.

Não destacarei algumas destas ideias e reflexões para não parecer que trago toda a flor; por numerosas que fossem, muita mais flor ficaria lá. Ao cabo, para mostrar que sinto a beleza e a verdade particular delas, bastaria apontar três ou quatro. Esta do livro I: "Mui raramente as belas vidas são interiormente felizes; sempre é preciso sacrificar muita coisa à unidade", é das que evocam recordações históricas, ou observações diretas, e nas mãos de alguém, narrador e psicólogo, podia dar um livro. O mesmo digo daquela outra, que é também uma lição política: "Muita vez se perde uma vida, porque no lugar em que cabia ponto final se lança um ponto de interrogação". Sabe-se o que era a vida dos anacoretas, mas dizer como v. que "eles só conheceram dois estados, o de oração e o de sono, e provavelmente ainda dormindo estavam rezando", é pôr nesta última frase a intensidade e a continuidade do motivo espiritual do recolhimento, e dar do anacoreta imagem mais viva que todo um capítulo.

Nada mais natural que esta forma de conceito inspire imitações, e provavelmente naufrágios. As faculdades que exige são especiais e raras; e é mais difícil vingar nela que em composição narrativa e seguida. Exemplo da arte particular deste gênero é aquele seu pensamento CVIII do livro III. Certamente, o povo já havia dito, por modo direto e chão, que ninguém está contente com a sua sorte; mas este outro figurado e alegórico é só da imaginação e do estilo dela: "Se houvesse um escritório de permuta para as felicidades que uns invejam aos outros, todos iriam lá trocar a sua". Assim muitas outras, assim esta imagem de contrastes e imperfeições relativas: "A borboleta acha-nos pesados, o pavão mal vestidos, o rouxinol roucos, e a águia rasteiros".

Em meio de todo este pensado e lapidado, as reminiscências que v. aqui pôs falam pela voz da saudade e do mistério, como esse quadro no cemitério das cidades. Você exprime magnificamente aquela fusão da morte e da natureza, por extenso e em resumo, e atribui aos próprios enterrados ali a notícia de que "a morte é o desfolhar da alma em vista da eterna primavera". Todos gostarão dessa forma de dizer, que para alguns será apenas poética, e a poesia é um dos tons do livro. Igualmente sugestivo é o quadro do dia de chuva e do dia de nevoeiro, ambos em Petrópolis também, como este da "estrada caiada de luar", e este outro das árvores de altos galhos e folhas finas.

Confessando e definindo a influência de Renan em seu espírito, confessa v. ao mesmo que "o diletantismo dele o transviou". Toda essa exposição é sincera, e no intróito exata. Efetivamente, ainda me lembra o tempo em que um gesto seu, de pura fascinação, me mostrou todo o alcance da influência que Chateaubriand exercia então em seu espírito. O estudo do contraste destes dois homens é altamente fino e cheio de interesse. Um e outro lá vão, e a prova melhor da veracidade da confissão aqui feita é a equidade do juízo, a franqueza da crítica, o modo por que afirma que, apesar da religiosidade do exegeta, não se pôde contentar com a filosofia dele.

Reli *Massangana*. Essa página da infância, já narrada em nossa língua, e agora transposta à francesa, que v. cultivou também com amor, dá imagem da vida e do engenho do Norte, ainda para quem os conheça de outiva ou de leitura; deve ser verdadeira.

Não há aqui só o homem de pensamento ou apenas temperado por ele; há ainda o sentimento evocado e saudoso, a obediência viva que se compraz em acudir ao impulso da vontade. Tudo aí, desde o sino do trabalho até a paciência do trabalhador, a velha madrinha, senhora de engenho, e a jovem mucama, tudo respira esse passado que não torna, nem com as doçuras ao coração do moço antigo, nem com as amarguras ao cérebro do atual pensador. Tudo lá vai com os primeiros educadores eminentes do seu espírito, ficando v. neste trabalho de história e de política, que ora faz em benefício de um nome grande e comum a todos nós; mas o pensamento vive e viverá. Adeus, meu caro Nabuco, ainda uma vez agradeço a impressão que me deu; e oxalá não esqueça este velho amigo em quem a admiração reforça a afeição, que é grande.

Machado de Assis
Crítica, *Garnier*, 1910

CORRES

PONDÊNCIA

A Quintino Bocaiúva
Rio de Janeiro, 1862/63.

Meu amigo. / Vou publicar as minhas duas comédias de estreias [*O caminho da porta* e *O protocolo*, publicadas em 1863] e não quero fazê-lo sem o conselho de tua competência. / Já uma crítica benévola e carinhosa, em que tomaste parte, consagrou a estas duas composições palavras de louvor e animação. / Sou imensamente reconhecido, por tal, aos meus colegas da imprensa. / Mas o que recebeu na cena o batismo do aplauso pode sem inconveniente ser trasladado para o papel? A diferença entre os dois meios de publicação não modifica o juízo, não altera o valor da obra? / É para a solução destas dúvidas que recorro à tua autoridade literária. / O juízo da imprensa via nestas duas comédias — simples tentativas de autor tímido e receoso. Se a minha afirmação não envolve suspeitas de vaidade disfarçada e mal cabida, declaro que nenhuma outra ambição levo nesses trabalhos. Tenho o teatro por coisa mais séria e as minhas forças por coisa muito insuficiente; penso que as qualidades necessárias ao autor dramático desenvolvem-se e apuram-se com o trabalho; cuido que é melhor tatear para achar; é o que procurei e procuro fazer. / Caminhar destes simples grupos de cenas à comédia de maior alcance, onde o estudo dos caracteres seja consciencioso e acurado, onde a observação da sociedade se case ao conhecimento prático das condições do gênero — eis uma ambição própria de ânimo juvenil e que eu tenho a imodéstia de confessar. / E tão certo estou da magnitude da conquista que me não dissimulo o longo estádio que há percorrer para alcançá-la. E mais. Tão difícil me parece este gênero literário que, sob as dificuldades aparentes, se me afigura que outras haverá, menos superáveis e tão sutis, que ainda as não posso ver. / Até onde vai a ilusão dos meus desejos? Confio demasiado na minha perseverança? Eis o que espero saber de ti. / E dirijo-me a ti, entre outras razões, por mais duas, que me parecem excelentes: razão de estima literária e razão de estima pessoal. Em respeito à tua modéstia, calo o que te devo de admiração e reconhecimento. / O que nos honra, a mim e a ti, é o que a tua imparcialidade suspeita. Serás justo e eu dócil; terás ainda por isso o meu reconhecimento; e eu escapo a esta terrível sentença de um escritor: *Les amitiés, qui ne résistent pas à la franchise, valent-elles un regret*? / Teu amigo e colega / MACHADO DE ASSIS.

A Domingos Jaci Monteiro
Rio de Janeiro, 18 de março de 1864.

Ilmo. sr. dr. Domingos Jaci Monteiro / Digníssimo secretário do Conservatório Dramático Brasileiro. / Tenho a honra de remeter a vossa senhoria a minha comédia em três atos intitulada: *O pomo da discórdia* [os originais dessa peça desapareceram] para ser sujeita ao parecer do Conservatório Dramático Brasileiro. / Deus governe a vossa senhoria. / MACHADO DE ASSIS.

A Carolina
Rio de Janeiro, 2 de março de 1869.

Minha querida C. / Recebi ontem duas cartas tuas, depois de dois dias de espera. Calcula o prazer que tive, como as li, reli e beijei! A minha tristeza converteu-se em súbita alegria. Eu estava tão aflito por ter notícias tuas que saí do *Diário* à uma hora para ir a casa e com efeito encontrei as duas cartas, uma das quais devera ter vindo antes, mas que, sem dúvida, por causa do correio foi demorada. Também ontem deves ter recebido duas cartas minhas; uma delas, a que foi escrita no sábado, levei-a no domingo às oito horas ao correio, sem lembrar-me (perdoa-me!) que ao domingo a barca sai às seis horas da manhã. Às quatro horas levei a outra carta e ambas devem ter seguido ontem na barca das duas horas da tarde. Deste modo, não fui eu só quem sofreu com demora de cartas. Calculo a tua aflição pela minha, e estou que será a última. / Eu já tinha ouvido cá que o M. alugara a casa das Laranjeiras, mas o que não sabia era que se projetava essa viagem a Juiz de Fora. Creio, como tu, que os ares não fazem nada ao F.; mas compreendo também que não é possível dar simplesmente essa razão. No entanto, lembras perfeitamente que a mudança para outra casa cá no Rio seria excelente para todos nós. O F. falou-me nisso uma vez e é quanto basta para que se trate disto. A casa há de encontrar-se, porque empenha-se nisto o meu coração. Creio, porém, que é melhor conversar outra vez com o F. no sábado e ser autorizado positivamente por ele. Ainda assim, temos tempo de sobra: vinte e três dias; é quanto basta para que o amor faça um milagre, quanto mais isto que não é milagre nenhum. / Vais dizer naturalmente que eu condescendo sempre contigo. Por que não? Sofreste tanto que até perdeste a consciência do teu império; estás pronta a obedecer; admiras-te de seres obedecida. Não te admires, é coisa muito natural; és tão dócil como eu; a razão fala em nós ambos. Pedes-me coisas tão justas, que eu nem teria pretexto de te recusar se quisesse recusar-te alguma coisa, e não quero. / A mudança de Petrópolis para cá é uma necessidade; os ares não fazem bem ao F., e a casa aí é um verdadeiro perigo para quem lá mora. Se estivesses cá não terias tanto medo dos trovões, tu que ainda não estás *bem brasileira*, mas que o hás de ser espero em Deus. / Acusas-me de pouco confiante em ti? Tens e não tens razão; confiante sou; mas se te não contei nada é porque não valia a pena contar. A minha história passada do coração resume-se em dois capítulos: um amor, não correspondido; outro, correspondido. Do primeiro nada tenho que dizer; do outro não me queixo; fui eu o primeiro a rompê-lo. Não me acuses por isso; há situações que se não prolongam sem sofrimento. Uma senhora de minha amizade obrigou-me, com os seus conselhos, a rasgar a página desse romance sombrio; fi-lo com dor, mas sem remorso. Eis tudo. / A tua pergunta natural é esta: Qual destes dois capítulos era o da Corina? Curiosa! era o primeiro. O que te afirmo é que dos dois o mais amado foi o segundo. / Mas nem o primeiro nem o segundo se parecem nada com o terceiro e último capítulo do meu coração. Diz a Staël que os primeiros amores não são os mais fortes porque nascem simplesmente da necessidade de amar. Assim é comigo; mas, além dessas, há uma razão capital, e é que tu não te pareces nada com as mulheres vulgares que tenho conhecido. Espírito e coração como os teus são prendas raras; alma tão boa e tão elevada, sensibilidade tão melindrosa, razão tão reta não são bens que a natureza espalhasse às mãos cheias pelo teu sexo. Tu pertences ao pequeno número de mulheres que ainda sabem amar, sentir e pensar. Como te não amaria eu? Além disso tens para mim um dote que realça os mais: sofreste. É minha ambição dizer à tua grande alma desanimada: "levanta-te, crê e ama; aqui está uma alma que te compreende e te ama também". / A responsabilidade de fazer-te feliz é decerto melindrosa; mas eu aceito-a com alegria, e estou que saberei desempenhar este agradável encargo. / Olha, querida; também eu tenho pressentimento acerca da minha felicidade; mas que é isto senão o justo receio de quem não foi ainda completamente feliz? / Obrigado pela flor que me mandaste; dei-lhe dois beijos como se fosse em ti mesma, pois que apesar de seca e sem perfume, trouxe-me ela um pouco de tua alma. / Sábado é o dia de minha ida; faltam poucos dias e está tão longe! Mas que fazer? A resignação é necessária para quem está à porta do paraíso; não afrontemos o destino que é tão bom conosco. / Volto à questão da casa; manda-me dizer se aprovas o que te disse acima, isto é, se achas melhor conversar outra vez com o F. e ficar autorizado por ele, a fim de não parecer ao M. que eu tomo uma intervenção incompetente nos negócios de sua família. Por ora, precisamos de todas estas precauções. Depois... depois, querida, queimaremos o mundo, por que só é verdadeiramente senhor do mundo quem está acima das suas glórias fofas e das suas ambições estéreis. Estamos ambos neste caso; amamo-nos; e eu vivo e morro por ti. Escreve-me e crê no coração do teu / MACHADINHO.

Rio de Janeiro, 2 de março de 1869.
Minha Carola. / Já a esta hora deves ter em mão a carta que te mandei hoje mesmo, em resposta às duas que ontem recebi. Nela foi explicada a razão de não teres carta no domingo; deves ter recebido duas na segunda-feira. / Queres saber o que fiz no domingo? Trabalhei e estive em casa. Saudades de minha C., tive-as como podes imaginar, e mais ainda, estive aflito, como te contei, por não ter tido cartas tuas durante dois dias. Afirmo-te que foi um dos mais tristes que tenho passado. / Para imaginares a minha aflição, basta ver que cheguei a suspeitar oposição do F. como te referi numa das minhas últimas cartas. Era mais do que uma injustiça, era uma tolice. Vê lá: justamente quando eu estava a criar estes castelos no ar, o bom F. conversava a meu respeito com a A. e parecia aprovar as minhas intenções (perdão, as nossas intenções). Não era de esperar outra coisa do F.; foi sempre amigo meu, amigo verdadeiro, dos poucos que, no meu coração têm sobrevivido às circunstâncias e ao tempo. Deus lhe conserve os dias e lhes restitua a saúde para assistir à minha e à tua felicidade. / Contou-me hoje o Araújo que, encontrando-se num dos carros que fazem viagem para Botafogo e Laranjeiras com o Miguel, este lhe dissera que andava procurando casa por ter alugado a outra. Não sei se essa casa que ele procura é só para ele ou para toda a família. Achei conveniente comunicar-te isto; não sei se já sabes alguma coisa a este respeito. No entanto, espero também a tua resposta ao que te mandei dizer na carta de ontem, relativamente à mudança. / Dizes que, quando lês algum livro, ouves unicamente as minhas palavras, e que eu te apareço em tudo e em toda a parte? É então certo que eu ocupo o teu pensamento e a tua vida? Já mo disseste tanta vez, e eu sempre a perguntar-te a mesma coisa, tamanha me parece esta felicidade. Pois, olha; eu queria que lesses um livro que eu acabei de ler há dias; intitula-se: *A família*. Hei de comprar um exemplar para lermos em nossa casa como uma espécie de Bíblia Sagrada. É um livro sério, elevado e profundo; a simples leitura dele dá vontade de casar. / Faltam quatro dias; daqui a quatro dias terás lá a melhor carta que eu te poderei mandar, que é a minha própria pessoa, e ao mesmo tempo lerei o melhor. [...]

A FRANCISCO RAMOS PAZ[6]
Rio de Janeiro, 19 de novembro de 1869.

Meu caro Paz. / Estimo muito e muito as tuas melhoras, e sinto deveras não ter podido ir ver-te antes da tua partida para a Tijuca. Agradeço-te as felicitações pelo meu casamento. Aqui estamos na rua dos Andradas, onde serás recebido como um amigo verdadeiro e desejado. / Infelizmente ainda não te posso mandar nada da continuação do drama. Na tua carta de 8 deste-me parte da tua moléstia e pediste-me que preparasse a coisa para a segunda-feira próxima. Não reparaste certamente na impossibilidade disto. Eu contava com aquele adiantamento e a tua carta anulou todas as minhas esperanças. Não imaginas o que me foi preciso fazer desde segunda-feira à noite até sexta-feira de manhã. De ordinário é sempre de rosas o período que antecede o noivado; para mim foi de espinhos. Felizmente o meu esforço esteve na altura de minha responsabilidade, e eu pude obter por outros meios os recursos necessários na ocasião. Ainda assim não pude ir além disso; de maneira que, agora mesmo, estou trabalhando para as necessidades do dia, visto que só do começo do mês em diante poderei regularizar a minha vida. / Tais são as coisas pelas quais não pude continuar o nosso trabalho; continuá-lo-ei desde que tiver folga para isso. Ele me será necessário, e tu sabes que eu não poupo esforços. Espero porém que me desculpes se neste momento estou curando da solução de dificuldades que eu não previa nem esperava. / Se a Tijuca não fosse tão longe iria ver-te. Apenas vieres para casa, avisa-me, a fim de te fazer a competente visita e conversarmos acerca da conclusão da obra. / Teu / MACHADO DE ASSIS.

Rio de Janeiro, 1869.

Paz: / No domingo bati e rebati à tua porta. Nem viva alma. Queria dizer-te o que houve a respeito de bilhetes, e ao mesmo tempo falar-te de uma ideia soberba!!! Manda dizer onde me podes falar; caso recebas esta carta depois de vir o portador dela, escreve para minha casa (Andradas, 119) e marcando hora e lugar hoje. / A coisa urge. / Teu / MACHADO DE ASSIS.

Rio de Janeiro, 1º de maio de 1870[?].

Paz. / Procurei-te ontem e anteontem em casa, e não te achei. Hoje, se te não encontrar, deixarei esta carta, pedindo-te que me esperes amanhã de manhã para conversarmos sobre aquilo. Sei que tens andado ocupado, e temo importunar-te com estes pedidos; mas, como te disse, não tenho outro recurso, e desejava concluir o negócio o mais cedo que fosse possível. Não insisto sobre a importância capital do serviço que me estás prestando; tu bem o compreendes, e sabes além disso qual é a minha situação. Não pude arranjar a coisa só por mim, vê se consegues isso, e repara que os dias vão correndo. Ajuda-me, Paz; eu não tenho ninguém que o faça. Conselhos, sim; serviços, nada. / Espera-me amanhã, domingo; irei às dez horas e meia para dar-te tempo de concluir o sono que, por ser domingo, creio que irá até mais tarde. / Teu / MACHADO DE ASSIS.

---

1 Português amigo de Machado, que morou com ele muitos anos, entre 1860 e 1869. Era dado às letras, possuindo valiosa biblioteca de literatura brasileira e portuguesa.

Rio de Janeiro, sem data.

Paz amigo. / Ainda preciso daquilo de que te falei. Vê se me arranjas, e deixo ao teu parecer as condições, que conto serão razoáveis, favoráveis para mim. / Todo teu / M. D'ASSIS.

Rio de Janeiro, sem data.

Meu caro Paz: / A pressa com que se precisa dos versos, a aglomeração de trabalho que sobrevivo agora, e as circunstâncias referidas na nossa conversa anteontem me impedem de servir-te como estava decidido. Não te acanhes, se levar nisso grande interesse de afeição; farei então o trabalho a todo o custo; mas, se o caso é como me disseste, vê se me hás por dispensado, e crê-me teu / amigo do coração / MACHADO DE ASSIS.

Rio de Janeiro, sem data.

Meu Paz. / O homem que se encarregou da tal folha de Lisboa quer saber dos passos que se devem dar, direitos que se pagam, e tirar os jornais do vapor, apenas ele chegar. Peço-te vejas isto hoje, porque amanhã chega o paquete. Tenho certa responsabilidade nisto. / Teu / MACHADO DE ASSIS.

A DESTINATÁRIO IGNORADO
Rio de Janeiro, 14 de junho de 1870.

Exmo. sr. / Era resolução minha, de acordo com o recado que de vossa excelência recebi, por intermédio de nosso comum amigo o dr. França, esperar a chegada do sr. Oliveira para nos entendermos todos três a respeito do trabalho que faço para o *Jornal da Tarde* como tradutor do folhetim. Nisto atendia eu à consideração devida para com os dignos proprietários do *Jornal da Tarde*. / Sobreveio porém uma circunstância que me obriga a modificar aquela resolução, e dizer a vossa excelência que não posso continuar a traduzir o folhetim, como até agora fazia. Não querendo pôr embaraços ao *Jornal da Tarde*, continuarei a tradução até sábado 18. Não me demorarei em dizer a vossa excelência, com que pesar sou obrigado a interromper este trabalho que eu fazia com maior vontade que aptidão; temo que se possa confundir um sentimento verdadeiro com uma fórmula de ocasião. / Qualquer que seja porém este meu pesar, não pode influir nas circunstâncias que me determinam. Considere-me vossa excelência, como sempre / Af.º am.º e obr.º cr.º / MACHADO DE ASSIS.

A. J. C. RODRIGUES
Rio de Janeiro, 25 de janeiro de 1873.

Ilmo. amigo sr. dr. J. C. Rodrigues. / Aperto-lhe mui agradecidamente as mãos pelo seu artigo do *Novo Mundo* a respeito do meu romance. E não só agradeço as expressões amáveis com que me tratou, mas também os reparos que me fez. Vejo que leu o meu livro com olhos de crítico, e não hesitou em dizer o que pensa de alguns pontos, o que é para mim mais lisonjeiro que tudo. Escrevera-lhe eu mais longamente desta vez, se não fora tanta coisa que me absorveu hoje o tempo e o espírito. Entretanto, não deixarei de lhe dizer desde já que as censuras relativas a algumas passagens menos recatadas são para mim sobremodo salutares. Aborreço a literatura de escândalo, e busquei evitar esse escolho no meu livro. Se alguma coisa me escapou, espero emendar-me na próxima composição. / O nosso artigo está pronto há um mês. Guardei-me para dar-lhe hoje uma última demão; mas tão complicado e cheio foi o dia para mim, que prefiro demorá-lo para o seguinte vapor. Não o faria se se tratasse de uma correspondência regular como costumo fazer para a Europa; trata-se porém de um trabalho que, ainda retardado um mês, não perde a oportunidade. / O nosso João de Almeida tinha-me pedido em seu nome um retrato, que lhe entrego hoje e lá irá ter às suas mãos. Não me será dado obter igualmente um retrato seu para o meu álbum dos amigos? Creia-me, como sempre / Seu am.º patrício ad.ºr / Machado de Assis.

A Lúcio de Mendonça
Rio de Janeiro, 16 de abril de 1873.

Meu caro Lúcio de Mendonça. / Antes de mais nada deixe-me agradecer-lhe a confiança que depositou em mim. Qualquer que fosse o objeto, devia agradecer-lhe; tratando-se porém de seu futuro, como me disse, lisonjeou-me muito mais a escolha que fez de mim. / Conversei com o Garnier e miudamente lhe expus a sua proposta com as vantajosas condições que me indicou; sua resposta foi que neste momento acha-se ele com cinco tradutores, que trabalham assiduamente e são mais que suficientes para fornecer o mercado do Rio de Janeiro. Mostrou sentir não poder aceitar a sua proposta, alegando que não podia despedir nenhum dos outros, um dos quais parece que é o Salvador, se me não engana a memória. Diante desta proposta, compreende que eu nada podia fazer, salvo alegar a alta importância que tinha para o meu amigo neste negócio, o que fiz logo do princípio. / Tal é, meu caro Lúcio, a resposta que sou obrigado a enviar-lhe. Se alguma coisa aparecer por aqui no mesmo sentido, apressar-me-ei a comunicar-lha. Por outro lado, se de lá se lembrar de algum negócio em que eu possa ser medianeiro, pode contar que o farei com a melhor vontade do coração. Creia-me seu amigo e admirador. / M. De Assis.

A Salvador de Mendonça
Rio de Janeiro, 1875.

Meu caro Salvador. / Procurei-te ontem sem ter a fortuna de encontrar-te; mas vai aqui no papel o que eu te queria dizer, e é que, se depois de publicado o discurso do Dumas, não fizeres empenho em conservar o original, o mandes a este / Teu do C. / M. A.

Rio de Janeiro, 24 de dezembro de 1875.

Meu caro Salvador. / Recebi a tua carta e o teu retrato, o que quer dizer que te recebi todo em corpo e alma. A alma não mudou; é a mesma que daqui se foi. Mas o corpo! Estás outro, meu Salvador; renasceu-te a vida com a mudança, se é que não contribuíram principalmente para isso os tais lábios, "cujo inglês parece italiano". Dou-te os parabéns pela saúde, pelos lábios e pelo exercício do consulado. Aqui creem todos que terás a nomeação definitiva. O Otaviano, se bem me lembra, falou-me também nesse sentido. O que é preciso é que os amigos que podem influir não se deixem ficar parados. / Muito me contas desse país. Li-te com água na boca. Pudesse eu ir ver tudo isso! Infelizmente a vontade é maior do que as esperanças, infinitamente maiores do que a possibilidade. Não espero nem tento nomeação do governo, porque naturalmente os nomes estão escolhidos. Mais tarde, é possível, talvez. / Remeto-te um exemplar das minhas *Americanas*. Publiquei-as há poucos dias, e creio que agradaram algum tanto. Vê lá o que isso vale; se tiveres tempo, escreve-me as tuas impressões. Não remeto exemplar ao nosso Rodrigues,[7] porque o Garnier costuma fazê-lo diretamente, segundo me consta. / Por aqui não há novidade importante. Calor e pasmaceira, duas coisas que talvez não tenhas por lá em tamanha dose. Aí, ao menos, anda-se depressa, conforme me dizes na tua carta, e na correspondência que li no *Globo*. Não podes negar, porque o estilo é teu. Vejo que mal chegaste aí, logo aprendeste o uso da terra, de andar e trabalhar muito. Uma correspondência e infinitas cartas particulares! Já eras trabalhador antes de lá ir. Imagino o que ficarás sendo. Olha, o Rodrigues é bom mestre, e o *Novo Mundo* um grande exemplo. / Adeus, meu Salvador; muitos beijos em teus pequenos, futuros *yankees*, e um abraço apertado do / Teu MACHADO DE ASSIS, / que te pede novas letras e te envia muitas saudades. / Adeus.

Rio de Janeiro, 15 de abril de 1876.

Não, meu querido Salvador, ainda que eu te mandasse agora uma carta de trinta ou quarenta folhas, não te daria ideia da surpresa que me causou a tua carta de 7 do mês passado: a maior e a mais agradável das surpresas. Quando a abri, e contei as doze laudas da tua letra, cerrada e miúda, fiquei extremamente lisonjeado, e creio que causei afetuosa inveja aos que estavam ao pé de mim, o Quintino Bocaiúva e o João de Almeida. Mas logo que comecei a lê-la, senti uma doce desilusão: só o amor é tão eloquente, só ele podia inspirar tanta coisa ao mais sério dos rapazes e ao mais jovial dos cônsules. / Reli a carta, não só porque eram letras tuas, mas também porque dificilmente podia ver melhor retrato de uma jovem americana. Tudo ali é característico e original. Nós amamos e casamos aqui no Brasil, como se ama e se casa na Europa; nesse país parece que essas coisas são uma espécie de compromisso entre o romanesco e o patriarcal. Acrescem os dotes intelectuais de miss Mary Redman, / talvez a esta hora mrs. Mendonça. Casar assim, e com tal noiva, é simplesmente viver, na mais ampla acepção da palavra. / Sabes se sou teu amigo; receberás daqui de longe o mais apertado abraço. Sê feliz, meu Salvador, porque o mereces pelo coração, pelo talento e pelo caráter. Tua esposa já adivinhou teus dotes; há de apreciá-los, e reconhecer que, se te dá a felicidade, recebê-la-á do mesmo modo e em igual porção. / Nada disse a ninguém do que me revelas em tua carta. O Blest Gana, segundo me disseram no hotel dos Estrangeiros, está fora, na roça. Agradeço-te a confiança; mas devo dizer que ia caindo em rasgar o capote. Foi o caso; estava no *Globo*, lendo o que me dizias acerca de "um livro sobre *coolies* e um romance", repeti estas palavras ao Quintino, João Almeida e Taunay. Admiramo-nos todos do teu gênio laborioso, e eu continuei a ler a carta para mim. Quando vi de que romance me falavas, limitei-me a dizer que efetivamente escrevias um romance, mas que não convinha anunciá-lo por ora. Meu receio era que o Quintino noticiasse

---

2 José Carlos Rodrigues, que dirigia nos Estados Unidos a revista *Novo Mundo*.

gravemente no dia seguinte que as letras pátrias iam receber um novo mimo etc. Imagina o efeito que te produziria semelhante notícia no *Globo*. De maneira que, por ora, só eu sei do caso, e não o revelarei antes de revelado por cartas ou jornais. / Miss Mary namorou-se de teus olhos de corça. Quando li isto, reconheci que nunca me enganara a respeito dos tais olhos; tu mesmo não sabes talvez o que eles valem. Agora o que é preciso é que ela não fique todo o tempo embebida neles, e pois que a natureza lhe concedeu talento, deve-nos os frutos dele, que serão ainda mais belos, com a influência do colaborador que a fortuna lhe deparou. Dize-lhe isto, acrescentando que o escreve o mais ínfimo dos poetas e o mais entusiasta da glória literária. / Não vi o *Novo Mundo* do mês de março; mas afiançam-me nada vem lá a respeito das *Americanas*. Virá no de abril provavelmente; desde já te agradeço a atenção. / Mais um abraço, Salvador, e meus parabéns; abraça o Mário também. O céu te dê todas as venturas, que as mereces. Quando eu me lembro que, enquanto cogitava nos "lábios em que o inglês parece italiano", tu delineavas simplesmente um plano de casamento, não caio em mim! E agora respondo a um trecho de tua carta. Não há que justificar a pressa. Os melhores amores nascem de um minuto. Deveras, seguiste a boa regra: foste *yankee* entre *yankees*. / Adeus, meu Salvador. Meus respeitos à senhora consulesa e mais um abraço para ti. / Teu do Coração / MACHADO DE ASSIS.

Rio de Janeiro, 13 de novembro de 1876.

Meu caro Salvador. / Mal tenho tempo para agradecer-te muito do coração o belo artigo que escreveste no *Novo Mundo*, a propósito das *Americanas*. Está como tudo o que é teu: muita reflexão e forma esplêndida. Cá ficará entre as minhas joias literárias. / Vai por este vapor um exemplar da *Helena*, romance que publiquei no *Globo*. Dizem aqui que dos meus livros é o menos mau; não sei, lá verás. / Faço o que posso e quando posso. / E tu? Eu dir-te-ia muita coisa mais, a não ser a urgência. Escrevo esta carta, à hora de sair da Secretaria, para ir levá-la ao João de Almeida. Prometo desde já ser muito mais extenso no primeiro vapor. Entretanto, agradeço-te as fotografias que daí me remeteste; são de excelente efeito. / Meus respeitos à tua senhora, lembranças a teus filhos, e para ti o coração do / Teu MACHADO DE ASSIS.

A FRANCISCO RAMOS PAZ
Rio de Janeiro, 14 dezembro de 1876.

Meu caro Paz. / Faltei com a resposta no dia marcado. Um incômodo, que me durou quatro dias, e de que ainda tenho restos, sucessos diferentes e acréscimo de trabalho com que eu não contava, e que ainda hoje me prendem o dia inteiro em casa, tais foram os motivos do meu silêncio. / A resposta é a que eu já receava dever dar-te. São tantos e tais os trabalhos que pesam sobre mim, que não me atrevo a tomar o folhetim da *Gazeta*. / Dize de minha parte ao Eliseu que me penaliza muito a resposta; tu e ele são dois amigos velhos, que sempre achei os mesmos e de quem só tenho agradáveis lembranças. /Crê no / Teu do C. / MACHADO DE ASSIS.

A SALVADOR DE MENDONÇA
Rio de Janeiro, 8 de outubro de 1877.

Meu caro Salvador. / Escrevo-te à pressa, à última hora, e por isso me dispensarás se te não digo uma série de coisas que há sempre que dizer entre bons amigos que se não falam há muito. / Antes de tudo, estimo a tua saúde e a de tua senhora e filhos. / Vai aparecer no 1º do ano de 78 um novo jornal, *O Cruzeiro*, fundado com capitais de alguns comerciantes, uns brasileiros e outros portugueses. O diretor será o dr. Henrique Correia Moreira, teu colega, que deves conhecer. / Incumbiu-me este de te propor o seguinte: / 1º Escreveres duas correspondências mensais. / 2º Remeteres cotações dos gêneros que interessem ao Brasil, principalmente banha, farinha de trigo, querosene e café, e mais, notícias do câmbio sobre Londres, Paris, etc. e ágio do ouro. / 3º Obteres anúncios de casas industriais e outras. / Como remuneração: / Pelas correspondências, cinquenta dólares mensais. / Pelos anúncios, uma porcentagem de 20%. / Podes aceitar isso? No caso afirmativo, convém remeter a primeira carta de maneira que possa ser publicada em janeiro. Caso não te convenha, o dr. Moreira pede que vejas se o nosso amigo Rodrigues, do *Novo Mundo*, pode aceitar o encargo, e em falta deste algum outro brasileiro idôneo. / Os industriais que quiserem mandar os anúncios poderão também remeter, se lhes convier, os clichês e gravuras. Quanto ao preço dos anúncios, não está ainda marcado, mas regulará o do *Jornal do Commercio*, ou ainda alguma coisa menos. / Esta carta vai por via de Europa. No primeiro paquete escreverei outra, para remediar o extravio desta, se houver. / Desculpa-me a pressa, e escreve ao / Teu do Coração / MACHADO DE ASSIS.

Rio de Janeiro, 2 de março de 1878.

Meu caro Salvador. / Minha primeira carta, depois de tua partida, é uma apresentação. Há de ser-te entregue pelo sr. João Artur Pereira de Andrade, que, por motivo de saúde, vai a esses Estados passar algum tempo. / A ninguém, melhor do que a ti, poderia apresentar este nosso distinto e inteligente patrício. Ele te apreciará, como eu e todos os que têm a fortuna de serem teus amigos. / Meus respeitos à tua digna esposa e saudades a teus queridos filhos. Escreve-me e continua a crer no / am.º do Coração / MACHADO DE ASSIS.

A CAPISTRANO DE ABREU
Rio de Janeiro, 22 de julho de 1880.

Meu caro am.º e colega sr. Capistrano de Abreu. / Fiquei incomodado quando, anteontem soube que se retirara, depois de longa espera. Esperei que ontem me mandasse dizer alguma coisa, se se tratasse de negócio urgente. Não o tendo feito, apresso-me a escrever-lhe para que me diga que motivo o trouxe cá, em tão má hora, que nos não pudemos ver. Creia sempre na simpatia, afeição e apreço que lhe tem — o am.º e colega / MACHADO DE ASSIS.

A UM COLEGA JOVEM
Rio de Janeiro, sexta-feira, 30 de julho de 1880.

Meu jovem colega, / Esta carta devia ter-lhe sido escrita e enviada há cinco ou seis dias. São tais porém os meus trabalhos e apoquentações, que espero me desculpe a demora. Entretanto, não retardei a resposta a ponto de me não poder aproveitar dela no domingo próximo. Ou no próximo, ou em outro qualquer, achar-me-á em casa, porque eu raramente saio nesses dias, exceto de noite, em que vou sempre a alguma visita. Não digo se terei prazer em recebê-lo; sabe muito bem que sim; e, se duvida, ponha-me à prova. / *Je vous serre la main,* / MACHADO DE ASSIS. / P.S. À visita falaremos dos sinônimos do seu colega Cabral. / M. DE A.

A SALVADOR DE MENDONÇA
Rio de Janeiro, 25 de julho de 1881.

Meu caro Salvador. / Para o fim de se poder despachar a caixa, convém que mandes a esta Secretaria uma procuração, visto que a caixa veio com o teu nome. O despachante da Secretaria é o capitão Henrique Jermack Possolo; esse pode ser o procurador. / Ontem, ao voltarmos para casa, soubemos da visita que nos fizeste com tua estimável senhora, a quem peço apresentar os meus respeitos. Senti deveras não estar em casa. Minha mulher recomenda-se muito a mrs. Salv. de Mendonça. / Crê-me sempre / am.° v.° / MACHADO DE ASSIS.

A JOAQUIM NABUCO
Rio de Janeiro, 14 de janeiro de 1882.

Meu caro Nabuco. / Escrevo esta carta prestes a sair da corte por uns dois meses, a fim de restaurar as forças perdidas no trabalho extraordinário que tive em 1880 e 1881. / A carta é pequena e tem um objeto especial. Talvez você já saiba que morreu a senhora do Arsênio. O que não sabe, mas pode imaginar, é o estado a que ficou reduzida aquela moça tão bonita. Nunca supus que a veria morrer. / Vamos agora ao objeto especial da carta. O Arsênio, com quem estive anteontem, levou-me a ver a pedra do túmulo que ele manda levantar, e é isto o que lhe diz respeito a você. Comovido e agradecido pelas belas palavras que você escreveu, em um dos folhetins do *Jornal do Commercio*, a respeito de d. Marianinha, mandou gravar algumas delas na pedra da sepultura, e esse é o único epitáfio. Ele mesmo pediu-me que lhe dissesse isso, acrescentando que não agradeceu logo a referência do folhetim, por não saber quem era o autor. Disse-me também que me daria, para você, um retrato fotografado da senhora. / Vou para fora, como disse, mas você pode mandar as suas cartas com endereço à Secretaria da Agricultura. / Adeus, meu caro Nabuco. Estou certo de que você lerá o recado do Arsênio com a mesma emoção com que o ouvi. Pobre Marianinha! Adeus, e escreva ao / am.° do coração / MACHADO DE ASSIS.

Rio de Janeiro, 29 de maio de 1882.

Meu caro Nabuco. / Há cerca de um mês que esta carta devera ter seguido, mas o propósito em que estava de escrever uma longa carta foi retardando a resposta à sua, e daí a demora. "Valha a desculpa, se não vale o canto." E o canto aqui não vale muito, porque afinal vai uma carta mínima, como vê, não querendo prolongar estes adiamentos. / Transmiti ao Arsênio as suas palavras, e a autorização que lhe deu para o epitáfio. Ele ficou muito agradecido. Não vi ainda o epitáfio na própria pedra. Ninguém que o veja deixará de reconhecer que era a mais bela homenagem à finada, e o melhor agradecimento ao autor. / Compreendo a sua nostalgia, e não menos compreendo a consolação que traz a ausência. Para nós, seus amigos, se alguma consolação há, é a têmpera que este exílio lhe há de dar, e a vantagem de não ser obrigado a uma luta vã ou a uma trégua voluntária. A sua hora há de vir. / Tenho lido e aplaudido as suas correspondências. Ainda hoje vem uma, e vou lê-la depois que acabar esta carta, porque são nove horas da manhã, e a mala fecha-se às dez. E a minha opinião creio que é a de todos. / Agradeço muito os oferecimentos que me faz, e anoto-os para ocasião oportuna, se a houver. Quanto aos retalhos de jornais, quando os achar merecedores da transmissão, aceite-os com muito prazer. / Minha mulher agradece as suas recomendações e pede-me que lhas retribua. Pela minha parte, creio escusado dizer a afeição que lhe tenho, e a admiração que me inspira. A impressão que você me faz é a que faria (suponhamos) um grego dos bons tempos da Hélade no espírito desencantado de um budista. Com esta simples indicação, você me compreenderá. Adeus, meu caro Nabuco. Você tem a mocidade, a fé e o futuro; a sua estrela há de luzir, para alegria dos seus amigos, e confusão dos seus invejosos. Um abraço do / Am.º do coração / M. DE ASSIS.

Rio de Janeiro, 14 de abril de 1883.

Meu caro Nabuco. / Esta carta devia ser escrita há cerca de um mês. Como, porém uma folha desta corte anunciasse que você em maio viria ao Rio de Janeiro, entendi esperá-lo. Falei depois ao Hilário [de Gouveia], que me disse não ter nenhuma carta sua nesse sentido; concluí que a informação não era exata, e resolvi mandar-lhe estas duas linhas, acompanhadas de um livro meu. / Antes de falar do livro, agradeço muito as suas lembranças de amizade, que de quando em quando recebo. A última, um retalho de jornal, acerca da partida de xadrez, foi-me mandada a casa pelo Hilário; pouco antes tinha recebido pelo correio alguns jornais franceses, relativos à morte e enterro de Gambetta; e ainda há poucos dias tive em mão uma remessa mais antiga, um cartão do "Falstaff Club", noite de 21 de junho de 1882. / Vê você que, se se lembra dos amigos, o correio não o deixa mal, e é pontual transmissor das suas memórias. Oxalá faça o mesmo com o livro que ora lhe envio, *Papéis avulsos*, em que há, nas notas, alguma coisa concernente a um episódio do nosso passado: a *Época*. / Não é propriamente uma reunião de escritos esparsos, porque tudo o que ali está (exceto justamente a "Chinela Turca") foi escrito com o fim especial de fazer parte de um livro. Você me dirá o que ele vale. — E agora, passando a coisa de maior tomo, deixe-me dizer-lhe, não só que aprecio e grandemente as suas cartas de Londres para o *Jornal do Commercio*, como que os meus amigos e pessoas com que converso, a tal respeito, têm a mesma impressão. E olhe que a dificuldade, como você sabe, é grande porque no geral as questões inglesas (não só as que você indicou em uma das cartas, e se prendem aos costumes e interesses locais, mas até as grandes) são pouco familiares neste país; e fazer com que todos as acompanhem com interesse, não era fácil, e foi o que você alcançou. Sua reflexão política, seu espírito adiantado e moderado, além do estilo e do conhecimento das coisas, dão muito peso a esses escritos. Há um trecho deles, que não sei se chegou a incrustar-se no espírito dos nossos homens públicos, mas considero-o como um aviso, que não devia sair da cabeceira deles: é o que se refere à nossa dívida. Palavras de ouro, que oxalá não sejam palavras ao vento. A insinuação relativa à perda de alguma parte da região brasileira abre uma porta para o futuro. / Adeus, meu Nabuco, continue a lembrar-se de mim, assim como eu continuo a lembrar-me de você, e deixe-me apreciar o seu talento, se não posso também gozar do seu trato pessoal. / Um abraço do am.º e ador.º afetm.º / M. DE ASSIS.

A José Veríssimo
Rio de Janeiro, 19 de abril de 1883.

Ilmo. Exmo. Sr. José Veríssimo. / Recebi a carta de vossa excelência e o primeiro número da *Revista Amazônica*. Na carta manifesta o receio de que a tentativa não corresponda à intenção, e que a *Revista* não se possa fundar. Não importa; a simples tentativa é já uma honra para vossa excelência, para os seus colaboradores e para a província do Pará, que assim nos dá uma lição à corte. / Há alguns dias, escrevendo de um livro, e referindo-me à *Revista Brasileira*, tão malograda, disse esta verdade de La Palisse: / "que não há revistas, sem um público de revistas". Tal é o caso do Brasil. Não temos ainda a massa de leitores necessária para essa espécie de publicações. A *Revista Trimestral do Instituto Histórico* vive por circunstâncias especiais, ainda assim irregularmente, e ignorada do grande público. / Esta linguagem não é a mais própria para saudar o aparecimento de uma nova tentativa; mas sei que falo a um espírito prático, sabedor das dificuldades, e resoluto a vencê-las ou diminuí-las, ao menos. E realmente a *Revista Amazônica* pode fazer muito: acho-a bem feita e séria. Pela minha parte, desde que possa enviar-lhe alguma coisa, fá-lo-ei, agradecendo assim a fineza que me fez, convidando-me para seu colaborador. / Sou com estima e consideração, / Admirador e obr.º confrade / MACHADO DE ASSIS.

A Francisco Ramos Paz
Rio de Janeiro, 16 de outubro de 1883.

Meu caro Paz, / Se queres ouvir música, aceita este bilhete que te manda o velho am.º / MACHADO DE ASSIS. / N. B. — É no Cassino Fluminense, no dia 4.

A Lúcio de Mendonça
Corte, 4 de março de 1886.

Meu caro Lúcio. / Não lhe respondi logo nos primeiros dias, porque era preciso tratar de um ponto de sua carta, e mais tarde, quando já estava tratado o ponto, meteram-se adiantamentos. Peço-lhe que me desculpe. O ponto é o da Safo. Falei ao [Ferreira de] Araújo, que me disse não convir o romance para a *Gazeta de Notícias*, por ter o Daudet carregado a mão em alguns lugares. O Faro e o Garnier não podem tomar a edição; disse-me este último que cessara inteiramente com as edições que dava de obras traduzidas, por ter visto que não eram esgotadas, ou por concorrência das de Lisboa, ou porque, em geral, o público preferia ler as obras em francês. / Não falei a mais ninguém, porque estes são os editores habituais. Os outros terão as mesmas e mais razões. / Quanto ao retrato, aí lhe mando um; guarde-o como lembrança de amigo velho. / Agora reparo que, no fim da sua, me pedia que fosse breve, eu deixei passar tantos dias. De novo lhe peço que me desculpe, tanto a demora, como a letra em que isto vai. Creia-me sempre / am.º e admor. afetuosíssimo / M. DE ASSIS.

Corte, 7 de outubro de 1886.

Meu caro Lúcio de Mendonça, poeta e amigo. / Muito obrigado pela felicitação. Chegou-me à hora própria, e foi lida entre aplausos, que aceitei como sinal da aprovação da nossa amizade, já de alguns anos, e sempre a mesma. Adeus, abrace de longe, o / Velho am.º e confrade / M. DE ASSIS.

Ao Visconde de Taunay
Rio de Janeiro, 7 de outubro de 1886.

Meu caro Sílvio Dinart.[8] / Agradeço-lhe de coração as suas palavras, ao mesmo tempo que me desvaneço de as ler tão cálidas e espontâneas. Servem-me, ainda, de animação. / Creia que se não foi avisado, lá esteve, todavia, no pensamento, e lá estaria sempre, qualquer que fosse a distância, não sendo possível tratar de letras brasileiras sem acudir à memória de todos o autor daquela joia literária que se chama *Inocência* e de tantos outros livros de valor. / Aperta-lhe igualmente a mão o amigo e colega / Machado de Assis.

A Rodrigo Otávio
Rio de Janeiro, 29 de março de 1887.

Meu caro e distinto colega dr. Rodrigo Otávio. / A assembleia geral dos sócios do Clube Beethoven reelegeu-me para o cargo que tinha na diretoria; e pelos estatutos, não posso exercer cargo de diretor em outra associação análoga. / Obrigado assim a demitir-me da presidência do Grêmio de Letras e Artes e do lugar que a bondade dos meus amigos e colegas me deu no conselho diretor, peço-lhe que apresente esta carta aos seus dignos companheiros, acrescentando que conservo o lugar de sócio e desejo ao Grêmio o maior desenvolvimento e brilhante futuro. / Creia-me sempre, ad.ᵒʳ am.° e obr.° / Machado de Assis.

Ao barão do Rio Branco
Rio de Janeiro, 17 de outubro de 1890.

Meu ilustre am.° / Queira receber os meus pêsames pela morte de sua querida mãe. A austera companheira do nosso grande homem, seu digno pai, teve a consolação de ver o nome que trazia posto honradamente no filho amigo e piedoso. Esse golpe que o feriu deve ter alcançado a todos os que sabem apreciar as suas qualidades de homem e de brasileiro. Deixe-me falar assim, sem respeito à sua modéstia, aproveitando o momento de tão grande desgosto para dizer o que todos pensamos a seu respeito. / Cuidei, pela notícia que li em folhas daqui, que viesse ao Rio de Janeiro imediatamente; pelo que li depois, concluo que não virá. Daí a demora desta carta. / Creia-me sempre / V.° am.° e ad.ᵒʳ / Machado de Assis.

A Mário de Alencar
Sem data

Meu caro Mário de Alencar / Agradeço mui cordialmente comunicação que me fez de estar noivo de sua gentil prima d. Helena de Afonseca, e peço-lhe receba os votos que faço pela felicidade que ambos merecem. Seu pai achou no casamento mais uma fonte de inspiração para as letras brasileiras; siga esse exemplo, que é dos melhores. Vale esta um apertado abraço do / Velho am.° e confrade / Machado de Assis.

---

3 Pseudônimo do Visconde de Taunay.

A ERNESTO CIBRÃO
Rio de Janeiro, 29 de abril de 1895.
Meu caro Ernesto Cibrão. / Possuía dois manuscritos da minha peça dramática, *Tu, só tu, puro amor...* Um, como sabe, foi para a Biblioteca Nacional, onde se fez a exposição camoniana; o outro ficou comigo e foi bastante você sabê-lo para desejá-lo, e desejá-lo para obtê-lo, pois é difícil negar-lhe nada do que intente possuir para aumentar a coleção do Gabinete Português de Leitura, em boa hora confiado aos seus esclarecidos esforços. Não me atreveria a oferecer-lho, mas também não me atrevo a negar-lho. Aí vai ele para o repositório dos documentos que o Gabinete guarda, por menos que possa lembrar o esplendor das festas que aqui se celebram em honra do grande épico. / Adeus, creia sempre no velho amigo / MACHADO DE ASSIS.

A BELMIRO BRAGA
Rio de Janeiro, 24 de junho de 1895.
Meu caro poeta. / Recebi e agradeço-vos muito de coração a carta com que me felicitais pelo meu aniversário natalício. Não tendo o gosto de conhecer-vos, mais tocante me foi a vossa lembrança. Pelo que me dizeis em vossa bela e afetuosa carta, foram os meus escritos que vos deram a simpatia que manifestais a meu respeito. Há desses amigos, que um escritor tem a fortuna de ganhar sem conhecer, e são dos melhores. É doce ao espírito saber que um eco responde ao que ele pensou, e mais ainda se o pensamento, trasladado ao papel, é guardado entre as coisas mais queridas de alguém. Agradeço-vos também os gentis versos que me dedicais e trazem a data de 21 de junho, para melhor fixar o vosso obséquio e intenção. / Disponde de mim, e crede-me / amigo muito agradecido. / MACHADO DE ASSIS.

A SALVADOR DE MENDONÇA
Rio de Janeiro, 22 de setembro de 1895.
Meu caro Salvador de Mendonça. / Com grande prazer recebi o teu retrato e a carta que o acompanhou, cheia de tantas saudades e recordações. Tens razão; compreendo que, ao ver tanta gente nova, em 1891, toda ela te parecesse intrusa por nada saber dos nossos bons tempos nem dos homens e coisas que lá vão. Alguns intrusos vingam-se em rir do que passou, datando o mundo em si, e crendo que o Rio de Janeiro começou depois da guerra do Paraguai. Os que não riem e respeitam a cidade que não conheceram, não têm a sensação direta e viva; é o mesmo que se lessem um quadro antigo que só intelectualmente nos transporta ao lugar e à cidade. Este Rio de Janeiro de hoje é tão outro do que era, que parece antes, salvo o número de pessoas, uma cidade de exposição universal. Cada dia espero que os adventícios saiam; mas eles aumentam, como se quisessem pôr fora os verdadeiros e antigos habitantes. / Já que me falaste na *Semana*, dir-te-ei que ainda ontem tive de fazer referência a uma dessas pessoas do nosso tempo, a Eponina, viúva de Otaviano. Morreu quarta-feira, e uma só folha, creio, deu notícia da morte, sem uma só palavra, a não ser o nome do marido. Assim se vão as figuras de outrora! / Venhamos ao teu retrato. Acho-o excelente; não te importes com os cinquenta e quatro anos; eu cá vou com os meus cinquenta e seis e não digo nada. Vivam os quinquagenários! Entreguei ao Paz e ao Pacheco os exemplares que lhes mandaste. / Felicito-te pelo casamento do Mário, que conheci tão menino. A ele e a sua jovem esposa darás da

parte de minha senhora e da minha iguais felicitações. Agradecemos as lembranças de tua senhora e de teus filhos, e peço-te que as retribuas da nossa parte. / Adeus, meu querido Salvador. Recebe um apertado abraço do / Teu velho amigo / MACHADO DE ASSIS.

A José Veríssimo
Rio de Janeiro, 2 de dezembro de 1895.

Ilmo. am.º e colega. / Creio que houve um pequeno equívoco entre nós. Quando me falou pela primeira vez no artigo para a *Revista Brasileira*, deu o prazo até 5 do corrente. Assim, quando anteontem lhe disse que o dia de ontem era dedicado ao artigo, não cuidei que o prazo ficava encurtado. Daí esta consequência: fiz o borrão apenas, resta-me copiá-lo e revê-lo. É o que vou fazer e se o equívoco foi meu, releve-mo. Creia no / Velho am.º e admor. / M. DE ASSIS.

A Joaquim Nabuco
Rio de Janeiro, 24 de março de 1896.

Meu caro Nabuco. / Nenhum de nós esqueceu ainda, nem esquecerá aquela senhora gentilíssima, d. Marianinha Teixeira Leite Cintra da Silva, esposa do meu amigo Joaquim Arsênio Cintra da Silva, morta no esplendor da mocidade, já lá vão muitos anos. Você escreveu sobre ela, então enferma, algumas palavras de comoção de verdade e de poesia, na crônica do *Jornal do Commercio*, de 21 de agosto de 1881. Joaquim Arsênio, querendo que no túmulo da esposa se gravasse condigno epitáfio, colheu algumas das suas palavras e fê-las inscrever nesta disposição: "À esposa extremosa, arrebatada na plenitude da vida, como os anjos da Bíblia, nas vestes deslumbrantes que mal tocavam a terra... Saudade eterna!". / Deu-me uma fotografia do monumento e pediu-me que lhe comunicasse esta notícia a você; mas não nos tendo encontrado há muitos dias, dou-lho aqui por carta, e nesta mesma data o anuncio a Joaquim Arsênio, segundo havíamos combinado. Adeus, meu caro Nabuco. / Saudades do velho amigo / M. DE ASSIS.

A Rodrigo Otávio
Rio de Janeiro, 10 de agosto de 1896.

Meu caro dr. Rodrigo Otávio. / Acabo de saber que você foi nomeado para substituir o dr. Amaro Cavalcanti na mesa examinadora de candidatos ao lugar de cônsul e de chanceler, amanhã. Um desses candidatos é o meu am.º sr. Rodrigo Pereira Felício, para o qual peço a sua indulgência em tudo o que não for contrário à justiça — o que aliás é inútil, sabendo que o seu espírito é reto e moderado. O sr. Rodrigo Felício, conquanto já exercesse o lugar de chanceler, é a primeira vez, creio eu, que se apresenta em concurso, e a timidez pode prejudicar a habilidade. / Creia-me sempre / Velho am.º e ad.or / MACHADO DE ASSIS.

A Salvador de Mendonça
Rio de Janeiro, 9 de fevereiro de 1897.

Meu caro Salvador. / Aqui está uma carta que vai duas vezes retardada; mas como acerta de levar uma notícia agradável aos teus amigos, como que me desculparás a demora das suas outras partes. A notícia é que foste, como de justiça, eleito pela

Academia Brasileira de Letras, que aqui fundou o nosso Lúcio. Poucos creram a princípio que a obra fosse a cabo; mas sabes como o Lúcio é tenaz, e a coisa fez-se. A sua amizade cabalou em favor da minha presidência. Resta agora que não esmoreçamos, e que o Congresso faça alguma [coisa] pela instituição. Cá estás entre nós. O Lúcio te dirá (além da comunicação oficial que tens de receber) que cada cadeira, por proposta de Nabuco, tem um patrono, um dos grandes mortos da literatura nacional. / Era pelas festas do Ano-Bom que eu queria escrever-te, desejando-te a ti e aos teus um ano de dias felizes. Espero que sim, e também que a nossa amizade (a nossa velha amizade) fique no que é e foi, apesar da distância que nos separa há muito. Os anos, meu caro Salvador, vão caindo sobre mim, que lhes resisto ainda um pouco, mas o meu organismo terá de vergar totalmente; e as letras, também elas me cansarão um dia, ou se cansarão de mim, e ficarei à margem. / Deixa-me agradecer-te cordialmente o mimo que me fizeste com o livro *A House Boat on the Styx*, obra realmente humorística e bem composta. Na dedicatória do exemplar lembras-te dos *Deuses de casaca. Les Dieux s'en vont*, meu querido. Os tais acabaram trocando a casaca pelo sudário e foram-se com os tempos. Bons tempos que eram! Todos rapazes, todos divinos, mofando da gentalha humana; ai tempos! / Adeus, meu Salvador. Quando puderes, escreve-me. Já te agradeci o último retrato, que cá está na minha sala, com a cabeça encostada na mão; eu quisera mandar-te o meu último, mas não sei onde me puseram os exemplares dele. Se os achar a tempo, meterei um aqui; se não, irá depois. Meus respeitos a mrs. Mendonça, a quem minha mulher também se recomenda, e lembranças a todos os teus. Adeus, e não te esqueças do / Velho amigo / Machado de Assis.

Ao dr. A. Coelho Rodrigues
Rio de Janeiro, 7 de março de 1897.

Exmo. sr. dr. A. Coelho Rodrigues. / Tenho a honra de comunicar a vossa excelência que a quantia de 100$000, a mim entregue por vossa excelência para as despesas da Academia Brasileira de Letras, foi por mim transmitida ao sr. Inglês de Sousa, tesoureiro da Academia, em sessão da diretoria desta. A diretoria incumbiu-me de agradecer a valiosa oferta. Tendo-lhe lido a carta de 17 de janeiro, nada lhe disse do meu próprio sentimento acerca do autor verdadeiro da doação, que vossa excelência declara ser pessoa que quer ficar oculta, mas é mui provável que todos participem da minha suspeita de que a pessoa é vossa excelência, cujo ato generoso fica assim realçado pela modéstia. Para si ou para outrem, receba vossa excelência os agradecimentos da Academia, com os protestos de respeito e estima com que sou / De V. Ex.ª Am.° at.° e adm.ºʳ / Machado de Assis.

A Belmiro Braga
Rio de Janeiro, 22 de junho de 1897.

Prezado senhor e amigo. / Muito me comoveu a carta que me enviou, datada de ontem, cumprimentando-me pelo meu aniversário natalício, e assim também a prova de afeição que me deu enviando-me o seu retrato. Este fica entre os dos amigos que a vida nos depara, e aquela entre os manuscritos dignos de recordação. Agradeço-lhe os votos que faz pela minha vida e felicidade, e subscrevo-me com estima e consideração / atento e obrg.° / Machado de Assis.

A JOSÉ VERÍSSIMO
Rio de Janeiro, 1 de dezembro de 1897.
Meu caro José Veríssimo. / Recebi anteontem, 29, a sua carta de 27, e só hoje lhe respondo, porque o dia de ontem foi para mim de complicação e atribuições. Estimei ler o que me diz dos bons efeitos de Nova Friburgo. A mim este lugar para onde fui cadavérico há uns dezessete anos, e donde saí gordo, *ce qu'on appelle* gordo, hei de sempre lembrar com saudades. Estou certo que lucrará muito, e todos os seus também, e invejo-lhes a temperatura. Aqui reina o calor; apesar do temporal de ontem, escrevo-lhe com calor, às sete horas da manhã. Não pense que não compreendo o que me diz do caráter da vida daí. Eu sou um peco fruto da capital, onde nasci, vivo e creio que hei de morrer, não indo ao interior senão por acaso e de relâmpago, mas compreendo perfeitamente que prefira um campo a esse misto de roça e de cidade. / Tenho ido sempre à *Revista*, onde o nosso Paulo [Tavares] continua a receber com aquela equanimidade e bom humor que fazem dele um excelente companheiro. Somos todos firmes. Do Graça [Aranha] não há ainda cartas, mas sei pelo sogro que chegou bem. Estive na *Revista* com o Artur Alvim, que veio da Europa, há dias, e aqui lhe trouxe os agradecimentos da viscondessa de Cavalcante pela sua notícia; pediu-me que lhos transmitisse e aqui o faço. Parece que a notícia fez até com que ela recebesse mais prontamente algumas informações para o livro. / Ontem reunimo-nos onze acadêmicos para a eleição da diretoria e das comissões; sendo precisos quatorze nessa primeira reunião, nada se fez; convocou-se outra para terça-feira próxima. / O Paulo já lhe escreveu que as duas linhas que antecedem os versos do Magalhães de Azeredo tragam a minha assinatura. Este escreveu-me anunciando um ensaio a meu respeito no último número da *Revista Moderna*. Sobre a mesma matéria publicou anteontem um livro o Sílvio Romero; vou lê-lo. Vou ler também o número de ontem da *Revista Brasileira*; é a mais pontual que temos tido. Adeus, meu caro José Veríssimo, meus respeitos à sua Exma. Senhora e saudades do velho / M. DE ASSIS. 3 de dezembro. Não mandei esta carta no dia em que escrevi, por saber do Paulo que viria, hoje; agora sei que só depois de 6, e vou pô-la no correio. Até cá. / M. DE A.

A MÁRIO DE ALENCAR
Rio de Janeiro, 1 de janeiro de 1898.
Meu querido Mário. / Obrigado pela sua carta amiga e boa. Já há dias tinha notícia do que ora me sucede; a última vez que nos vimos, de passagem, já eu sabia que ia ser adido. Assim, vinha-me acostumando à ideia e ao fato, e agora que este foi consumado não me resta mais que conformar-me com a fortuna e encarar os acontecimentos com o preciso rosto. A sua carta é ainda uma voz de seu pai e foi bom citar-me o exemplo dele; é modelo que serve e fortifica. / Obrigado pelo seu abraço, meu querido Mário. É a primeira carta que dato deste ano; folgo que lhe seja escrita, e em troca de expressões tão amigas. / Creia-me velho am.º e obrg.º MACHADO DE ASSIS.

A LAFAIETE RODRIGUES PEREIRA
Rio de Janeiro, 19 de fevereiro de 1898.
Exmo. sr. cons.º Lafaiete Rodrigues Pereira. / Soube ontem (não direi por quem) que era vossa excelência o autor dos artigos assinados Labieno e publicados no *Jornal do*

Commercio de 25 e 30 de janeiro e 7 e 11 do corrente, em refutação ao livro a que o sr. dr. Sílvio Romero pôs por título o meu nome. / A espontaneidade da defesa, o calor e a simpatia dão maior realce à benevolência do juízo que Vossa Excelência aí faz a meu respeito. Quanto à honra deste, é muito, no fim da vida, achar em tão elevada palavra como a de Vossa Excelência um amparo valioso e sólido pela cultura literária e pela autoridade intelectual e pessoal. Quando comecei a vida, Vossa Excelência vinha da carreira acadêmica; os meus olhos afeiçoaram-se a acompanhá-lo nesse outro caminho, onde, nem o direito, nem a política, nem a administração, por mais alto que o tenham subido, puderam arrancá-lo ao labor particular das letras em que ainda agora prima pelo conhecimento exato e profundo. A pessoa que me desvendou o nome de vossa excelência pediu-me reserva sobre ele, e assim cumprirei. Sou obrigado, portanto, a calar um segredo que eu quisera público para meu desvanecimento. Queira Vossa Excelência aceitar os meus mais cordiais agradecimentos, e dispor de quem é / De vossa excelência / Muito adm.^{or} e obr.° patrício / MACHADO DE ASSIS.

A RUI BARBOSA
Rio de Janeiro, 3 de outubro de 1898.

Exmo. Sr. Dr. Rui Barbosa. / Tendo recebido a carta de Vossa Excelência de 1 do corrente, relativa ao seu não comparecimento à sessão da Academia Brasileira de Letras, para a eleição de um membro que preencha a vaga deixada pelo conselheiro Pereira da Silva, dei conhecimento dela aos acadêmicos reunidos. / Segundo Vossa Excelência previa, o voto por carta não podia ser admitido, mas as palavras que vossa excelência nessa hipótese escreveu, afirmando a sua homenagem ao merecimento do barão do Rio Branco, foram devidamente apreciadas pela assembleia e vão ser comunicadas àquele eminente brasileiro, que se desvanecerá de as ter merecido de tão alto espírito. Como Vossa Excelência saberá a esta hora, o barão do Rio Branco foi eleito por unanimidade. / Sou, com a maior consideração e apreço. / De Vossa Excelência / ad.^{or} col^a e obr.° / MACHADO DE ASSIS.

A JOSÉ VERÍSSIMO
Rio de Janeiro, 18 de novembro de 1898.

Meu caro José Veríssimo. / Esta carta, além do que lhe é pessoal, vale por uma circular aos amigos da *Revista*, a quem não vejo há mais de dois anos ou quarenta e oito horas. Como é possível que me suceda hoje a mesma coisa, peço-lhe a fineza de dividir com eles as saudades que vão inclusas, mas papel não dá para todas. / Peço-lhe mais que me diga: / 1º Se o nosso Graça Aranha já falou ao ministro do Interior, e se podemos contar com o salão no dia 30; / 2º Se já está completa a lista começada por ele para a distribuição dos convites; / 3º Se o Inglês de Sousa aí esteve para tratar dos cartões, segundo havíamos combinado; / 4º Se o João Ribeiro está disposto a ser apresentado ao presidente da República em qualquer dia que, para isso, nos seja fixado; / 5º Se tenho provas da notícia bibliográfica sobre as *Procelárias*; / 6º Como vão o chá e o Paulo. Quisera ir pessoalmente, mas é provável que não possa. O tempo voa e o dia 30 está a pingar. Receba um abraço do / Velho admor. e am.° / M. DE ASSIS.

Rio de Janeiro, 28 de novembro de 1898.
Meu caro José Veríssimo. / Escrevi sábado ao nosso Paulo dizendo que lá iria, se pudesse, mas saí depois das seis horas da tarde. Não sei se poderei ir hoje; creio que não, mas caso saia a tempo, correrei à *Revista*. Entretanto, direi desde já que na data em que nos achamos é impossível fazer a recepção na Academia a 30. Vou adiá-la, mas quisera que me dissesse, visto que tem de receber o João [Ribeiro], que data lhe é mais cômoda, dando margem à apresentação do novo eleito ao presidente, impressão de cartões, distribuição, etc.: 15 de dezembro? 20? Vá desculpando a letra e a maçada, responda-me, abrace-me de longe, por si e pelos amigos e creia no / Velho e saudoso am.º / M. de Assis. / P. S. — O portador espera.

Rio de Janeiro, 3 de dezembro de 1898.
Vigésima quinta aos Coríntios. / A minha ideia era lá dar um pulo agora, mas não posso, e provavelmente não poderei fazê-lo hoje. / O objeto da ida da carta é dizer ao nosso João Ribeiro que, segundo me comunicou ontem o dr. Cockrane, o presidente da República receber-nos-á no dia 6, ao meio-dia. / Peço o favor de ser isto comunicado ao dito João Ribeiro, se aí estiver, e o favor ainda maior de informar-me aonde poderei escrever-lhe. O dia 6 é terça-feira; cumpre-nos estar a postos. Como sabem, já estive com o Epitácio, por apresentação do Rodrigo Otávio. Adeus e até breve. / Velho am.º / M. de Assis.

Rio de Janeiro, 15 de dezembro de 1898.
Meu caro Veríssimo. / Escrevo-lhe a tempo de suprir a visita pessoal, caso não possa ir agradecer-lhe as suas boas palavras de amigo no último número da *Revista*.⁹ Não quero encontrá-lo sábado, à noite, sem lhe ter dado ao menos um abraço de longe. Aqui vai ele, pela crítica do meu velho livro e pelo mais que disse do velho autor dele. O que você chama a minha segunda maneira naturalmente me é mais aceita e cabal que a anterior, mas é doce achar quem se lembre desta, quem a penetre e desculpe, e até chegue a catar nela algumas raízes dos meus arbustos de hoje. Adeus, meu caro Veríssimo. À vista o resto, e creia-me sempre o velho am.º e admor. / M. de Assis.

Rio de Janeiro, 31 de dezembro de 1898.
Meu caro Veríssimo. / Aceito muito agradecido os abraços de fim de ano, e aqui os devolvo com igual cordialidade, pedindo-lhe também que apresente à sua senhora as minhas respeitosas felicitações. Quanto à *Revista*, era ontem dia marcado e hoje também, mas ontem os destinos o não quiseram, estive doente e recolhi-me logo. Hoje estou aqui preso pelo trabalho. Mas, assim como os pilhei de assalto um dia, assim os pilharei outro. / Sobre a água falei anteontem ao Floresta de Miranda, que tomou nota de tudo e ficou de providenciar logo. Vejo que não fez nada. Vou escrever-lhe agora, não sei se com melhor fortuna, mas com igual obstinação. / Como vai o Paulo? E o Graça? e os outros? Como vai o *ruisseau de la rue du Bac*, como diria Madame Stäel? Até breve. Amanhã começo a lê-lo na *Gazeta*; vamos ter uma longa e bela página. Devia riscar a penúltima palavra, mas o expediente está chegando. Até breve, e adeus. / O velho amigo / M. de Assis.

---

4 Sobre *Iaiá Garcia*, na Revista Brasileira, vol. 16, p. 249.

Rio de Janeiro, 16 de janeiro de 1899.
Meu caro Veríssimo. / Antes de tudo, água. Deus lhe dê água, e o Floresta, seu profeta, também. Novamente escrevi e falei a este. O mais que alcancei é que as obras necessárias darão o mesmo mal a outros, e assim o remédio será que você tenha coisa maior para depósito. Não sei se será realmente assim. Você diga-me o que pode ser. / Sobre a nomeação recaiu em outro que não o seu candidato. O nomeado tem perto de quarenta anos de serviço e começou em carteiro, e com tais qualidades que levaram o Vitório a propô-lo e o ministro a adotá-lo. / Escrevo ao Paulo sobre a aposentação do pai. Peço a você que inste com ele para fazer uma reunião próxima da Academia. Quero ver se escrevo também ao Rodrigo Otávio, e há dias falei ao Nabuco. / Não sei se ainda vivo. Você vive e bem. Não posso voltar-me para nenhum lado que o não veja impresso. Onde é que você acha tanta força para acudir a tanta coisa? Saudades ao Graça e a todos. Não vá a ausência fazer esquecer o / Velho am.º / M. DE ASSIS.

A JOAQUIM NABUCO
Rio de Janeiro, 13 de fevereiro de 1899.
Caro Nabuco. / Respondo à sua carta. Pensei na sucessão do Taunay logo depois que o tempo afrouxou a mágoa da perda do nosso querido amigo. A vida que levo, entregue pela maior parte à administração, não me permitiu conversar com os amigos da *Revista* mais que duas vezes, mas logo achei a candidatura provável do Arinos, e dei-lhe o meu voto; o Graça Aranha e o Veríssimo a promovem, e já há por ela alguns votos certos, ao que me disseram. Assim fiquei aliado, antes que você me lembrasse o nome do Constâncio Alves. Também ouvi falar do Assis Brasil, mas sem a mesma insistência. / Adeus, caro Nabuco, até à primeira, que não sei quando será, mas não deve ser muito tarde. Em todo caso não esqueça o velho am.º e admor. / M. DE ASSIS.

A JOSÉ VERÍSSIMO
Rio de Janeiro, 25 de fevereiro de 1899.
Meu caro J. Veríssimo. / E água? Como vamos de água? Depois da nossa última conversa, esteve comigo o Floresta que, em resposta à minha carta, trouxe uma nota, que aqui lhe mando inclusa. Disse-lhe que isto sabíamos nós, mais ou menos, e novamente lhe recomendei que abrisse as cataratas do céu; não sei se o fez, não tenho carta de um lado nem de outro. / Diga-me agora o que há mais sobre as candidaturas da Academia? Teve resposta de São Paulo? O Nabuco falou-me, por carta, na candidatura do Constâncio Alves. Respondi-lhe com o que já havíamos conversado na *Revista*, e o acordo em que estávamos alguns acerca do Arinos. Ouvi que também o Francisco de Castro pensa na vaga. Todas estas perguntas são de pessoa que não pode aparecer, e vive aqui entre ofícios e requerimentos. Como vão os amigos? Diga ao Paulo que estou à espera do que ele ficou de me dizer relativamente ao pai. Logo que possa, apareço. Até breve. Se desse cá um pulo? Em troca, tome lá um abraço e adeus. / Velho am.º M. DE ASSIS.

A Joaquim Nabuco
Rio de Janeiro, 10 de março de 1899.
Caro Nabuco. / Vai em carta o que não lhe posso dizer já de viva voz, mas eu tenho pressa em comunicar-lhe, ainda que brevemente, o prazer que me deu a notícia de ontem no *Jornal do Commercio*.¹⁰ / Não podia ser melhor. Vi que o governo, sem curar de incompatibilidades políticas, pediu a você o seu talento, não a sua opinião, com o fim de aplicar em benefício do Brasil a capacidade de um homem que os acontecimentos de há dez anos levaram a servir a pátria no silêncio do gabinete. Tanto melhor para um e para outro. / Agora, um pouco da nossa casa. A Academia não perde o seu orador, cujo lugar fica naturalmente esperando por ele; alguém dirá, sempre que for indispensável, o que caberia a você dizer, mas a cadeira é naturalmente sua. E por maior que seja a sua falta, e mais vivas as saudades da Academia, folgaremos em ver que o defensor de nossos direitos ante a Inglaterra é o conservador da nossa eloquência ante seus pares. A minha ideia secreta era que quando o Rio Branco viesse ao Brasil, fosse recebido por você na Academia. Façam os dois por virem juntos, e a ideia será cumprida, se eu ainda for presidente. Não quero dizer se ainda viver, posto que na minha idade e com o meu organismo, cada ano vale por três. / Adeus, meu caro Nabuco, até à vista, e, desde já, um abraço cordial. / Velho am.º / M. de Assis.

A José Veríssimo
Rio de Janeiro, 10 de abril de 1899.
Caro amigo J. Veríssimo. / Uma antedata salva tudo, mas nem a consciência nem o Graça Aranha deixariam mentir, e eu prefiro confessar a minha triste memória de velho. Pois não é que deixei passar o dia 8 de abril, sem lá mandar duas linhas de saudação, ou dar um pulo à *Revista*? Foi o Graça que me lembrou hoje aquele dia, e aqui lhe mando as saudações da amizade. Que os repita muitos e fortes, é o que desejam todos os seus amigos e admiradores. / Você é que, apesar de tudo, lembrou-se de mim, com aquela boa vontade que sempre lhe achei. Cá li a referência no *Jornal* de hoje, e daqui lhe mando um aperto de mão, com as velhas saudades do / Am.º velho / M. de Assis. P. S. — Lembranças a todos.

Rio de Janeiro, 25 de abril de 1899.
Meu caro J. Veríssimo. / Às pressas. Então janta-se na *Revista* e eu não sei de nada, a não ser que o meu dedo mindinho, e talvez também o Rodrigo Otávio, me hajam feito suspeitar alguma coisa? Saiba, meu caro amigo, que para despedir-me de pedaços tão caros estou sempre livre, é só mandar-me dizer o dia, hora, lugar e o resto. Creio que não é preciso pôr mais na carta, a não ser um abraço do / Velho am.º / M. de Assis.

Rio de Janeiro, 10 de junho de 1899.
Meu caro J. Veríssimo. / Não há defeito que não ache explicação ou desculpa na boa amizade. Tal sucede aos meus velhos *Contos fluminenses*, cuja notícia literária li hoje no *Jornal do Commercio*. Não é preciso dizer com que prazer a li, nem com que

---

5 Nabuco fora nomeado advogado do Brasil na questão de limites com a Guiana Inglesa. Sendo secretário-geral da Academia, Medeiros e Albuquerque foi designado para substituí-lo interinamente.

cordialidade a agradeço, e se devo crer que nem tudo é boa vontade, tanto melhor para o autor, que tem duas vezes a idade do livro; digo duas para não confessar tudo. Já três pessoas me falaram do seu artigo; falaremos sobre isto. Agora, adeus; até amanhã, se houver sessão, ou sem sessão, se puder soltar-me. Lembranças aos amigos, e um abraço do / Velho am.º / M. de Assis.

Ao dr. Alfredo Ellis
Rio de Janeiro, 10 de junho de 1899.

Exmo. sr. dr. Alfredo Ellis. / Acabo de escrever para Paris ao sr. H. Garnier, pedindo-lhe que diretamente dê autorização à senhora, de quem vossa excelência me fala no seu bilhete, para a tradução dos meus livros em alemão. A razão disto é, conforme já disse a vossa excelência, haver eu transferido àquele editor a propriedade de todos eles, até agora publicados. / Logo que receba a resposta (se ele não puser objeção, o que não espero) farei entrega dela a vossa excelência para que se sirva dar-lhe o conveniente destino. / M. de Assis

A José Veríssimo
Rio de Janeiro, 14 de junho de 1899.

Meu caro J. Veríssimo. / A sua carta de anteontem chegou-me tarde. Contava responder ontem, mas soube a tempo que poderia sair cedo, e logo que saí fui à *Revista*. Já o não achei. Aqui vai pois a resposta, que não é mais que a confirmação do publicado na *Gazeta*. Você fez bem em lembrar-me o que eu lhe dissera há anos, a respeito das *Cenas da vida amazônica*. Com tal intervalo, a mesma impressão deixada mostra que o livro tinha já o que lhe achei outrora. Os que vencem tais provas não são comuns. E outra prova. Trouxe de lá a *Revista*, e li o artigo do João Ribeiro. Sem que houvéssemos falado, escrevendo ao mesmo tempo, veja você que ele e eu nos encontramos nos pontos principais; donde se vê que as belezas que achamos no livro existem de si mesmas, e dão igual impressão ao moço e ao velho. Tanto melhor para o velho. / Há de ter visto que o meu artigo trouxe erros tipográficos. Pará em vez de Peru, por exemplo. Há mais dois ou três; e há também um parágrafo desarticulado, que é das coisas que mais me afligem na impressão, não pelo aspecto, mas porque me quebra as pernas ao pensamento. O Gustavo, da casa Laemmert disse-me que queria transcrever o artigo no *Boletim Bibliográfico*; disse-lhe que sim, notando-lhe aqueles defeitos, ficou de me dar provas. Vou emendar um exemplar da *Gazeta* e mandar-lho. / Até à primeira. Abraços aos amigos. Logo que possa, dou lá um pulo. E a Academia? Se não a fizermos falar, quem falará dela? Há poucos dias, conversei ainda uma vez com o Rodrigo Otávio. Vou dar um impulso novo escrevendo aos colegas que aí não vão habitualmente. Adeus. / O Velho am.º / M. de Assis.

A Rodrigo Otávio
Rio de Janeiro, 16 de junho de 1899.

Am.º e Colega Rodrigo Otávio, / Resolvi fazermos uma sessão na *Revista*, terça-feira, 21, às três horas da tarde, e peço-lhe que nesse sentido mande uma noticiazinha para os jornais. A Academia não pode continuar a esperar casa; já nos reunimos mais de uma vez na *Revista*; fá-lo-emos ainda, até que nos deem algum abrigo definitivo. Recomendo-lhe muito que não esqueça, e disponha do seu / Colega e am.º / MACHADO DE ASSIS.

A JOSÉ VERÍSSIMO
Rio de Janeiro, 16 de junho de 1899.

Meu caro J. Veríssimo. / Agora falo só da Academia. Resolvi convocar uma sessão para terça-feira próxima, 21, às três horas da tarde, na sala da *Revista*. Você concordou em continuar a alojar a Academia, e não vejo outro recurso depois do que me disse o Rodrigo Otávio. Vou escrever a este para mandar a notícia, e entender-me-ei com o ministro [Severino Vieira] para que me dispense o tempo necessário. Se não houver inconveniente, o seu silêncio servirá de resposta. Abraços a todos, e para si também do / Velho am.º / M. DE ASSIS. P.S. — E o nosso pobre Graça?

A LÚCIO DE MENDONÇA
Rio de Janeiro, 16 de junho de 1899.

Meu caro Lúcio. / Depois de algumas diligências que recomendei ao Rodrigo Otávio relativamente à sala da Biblioteca Fluminense, para celebrarmos a próxima sessão da nossa Academia, resolvi que nos reuníssemos na *Revista Brasileira*. Falei ao José Veríssimo, e só me falta marcar o dia. Parece-me que pode ser terça-feira, 21, às três horas da tarde. / Trata-se de abrir prazo para preenchimento da vaga do Taunay. Além da obrigação, há conveniência de completar-nos, porque ficamos muito desfalcados com a partida do Graça e do Nabuco, e a mudança do Silva Ramos para Petrópolis. Conto com você, que é o pai da Academia, e espero que não falte. Adeus, meu caro Lúcio, receba mais um abraço do / Velho am.º / M. DE ASSIS.

A JOSÉ VERÍSSIMO
Rio de Janeiro, 20 de junho de 1899.

Meu caro J. Veríssimo. / Quase certo ou certo de não poder ir pessoalmente lá, vou por este bilhete que não exige resposta. Visitei domingo o Francisco de Castro, a quem falei na candidatura, acabando por obter que se apresentará oficialmente, logo que o avise. Hoje estive com o Rodrigo Otávio, a quem disse que aceitava a ideia de fazer na mesma sessão a eleição da mesa e a do novo acadêmico. Disse-me que tem os cartões-postais prontos, e combinamos que dez dias antes de 10 de agosto fosse a sessão anunciada. Resta a casa ou antes a sala para este fim imediato; ele quer ver ainda se obtém a Biblioteca Fluminense, e vai ter com o José Carlos [Rodrigues]. Também falamos sobre o lugar de Secretário Geral. / Quero ver se dou com o Rui na eleição do acadêmico. / Disse-lhe acima que a carta não tem resposta, mas é só para lhe poupar fadigas. Dê-me os seus conselhos, ou, pelo menos, as suas notícias e lembranças. Adeus; recomende-me aos companheiros, e distribua as saudades que aqui lhe manda / o velho am.º / M. DE ASSIS.

Rio de Janeiro, 6 de julho de 1899.

Meu caro J. Veríssimo. / Muito obrigado pela lembrança; é Wallon justamente. Hoje, se puder, darei ainda um pulo à *Revista*. Até logo ou até um dia. / Seu velho / M. DE ASSIS.

A Rodrigo Otávio
Rio de Janeiro, 31 de julho de 1899.
Não é preciso lembrar-lhe o aviso para a sessão de 10 de agosto, mas desculpe-me se estou ansioso por saber da casa. Já alcançou alguma coisa do José Carlos acerca da Biblioteca Fluminense? Já temos a apresentação do Francisco de Castro. Avise-me do que há ou diga-me a hora em que posso procurá-lo. / Até breve / Sempre ad.ᵒʳ e velho am.º / Machado de Assis.

A Valentim Magalhães
Rio de Janeiro, 4 de agosto de 1899.
Meu caro Valentim Magalhães. / A melhor resposta à sua carta de ontem está nela mesma. A Academia Brasileira de Letras não tem ainda casa própria, vive de empréstimo, onde quer que alguém, por amor ou favor, consente em abrigá-la durante algumas horas. Que, apesar disso, a Academia teime em viver é sinal de que traz alguma coisa em si, mas não basta para dar aos nossos hóspedes argentinos uma festa tão completa como eles merecem. Tal é o meu parecer; e não ponho aqui a escassez do tempo necessário à organização do programa e à adoção e inclusão dele na relação das outras festas públicas, senão para mostrar que a sua bela e justa ideia precisaria mais que estes poucos dias últimos. / Machado de Assis.

A Rodrigo Otávio
Rio de Janeiro, 7 de agosto de 1899.
Meu caro Rodrigo Otávio. / Vou lembrar-lhe a expedição dos avisos e a notícia sobre a sessão da Academia. O José Avelino esteve aqui, anteontem, e, perguntando-me em conversa se o Francisco de Castro apresentara-se candidato, disse-lhe que sim; ao que retorquiu que não se apresentaria, fazendo boas referências ao outro. / Estive hoje com o Cesário Alvim, na prefeitura, aonde fui falar do Pedagogium. Depois lhe direi o resto. O tempo urge. / Seu am.º e colega. / M. de Assis.

A José Veríssimo
Rio de Janeiro, 18 de setembro de 1899.
Meu caro J. Veríssimo. / Deixe-me ainda uma vez apertar-lhe gostosamente a mão pela sua boa vontade e simpatia. Cá o li e reli hoje e guardo com as animações do amigo as indicações do juiz competente. Sobre estas já conversamos. Quanto ao livro de teatro, basta só lazer e oportunidade, além da aquiescência do editor. Para o crítico não sei se há matéria suficiente nos trabalhos de alguns anos; se juntasse os de muitos anos atrás, creio que daria um volume, mas compensariam esses a busca? A própria busca, não sendo impossível, não seria fácil. Enfim, veremos. Mais fácil que isso seriam talvez as memórias. Concordo com o reparo acerca da frase do *Tu, só tu, puro amor...*, tanto mais que, ao escrevê-la, senti alguma estranheza, a não ser que a sua crítica tão sugestiva mo faça crê-lo (*sic*) agora. Adeus, até breve: se puder ser, hoje mesmo. Escrevo entre duas pastas, e vários pretendentes que desejam saber dos seus negócios. Desculpe a letra e o desalinho. Provavelmente teremos esta semana algumas ocasiões de estar juntos. Até logo ou até breve. / Sempre o mesmo / Velho am.º / M. de Assis.

Rio de Janeiro, 20 de outubro de 1899.
Meu caro J. Veríssimo. / Pode você dar uma chegadinha aqui, hoje, ao Gabinete? Só lhe peço cinco minutos, se me der dez ou vinte, é porque sabe o que eles valem. / Até logo. / Todo seu / M. DE ASSIS.

A JOAQUIM NABUCO
Rio de Janeiro, 31 de outubro de 1899.
Meu caro Nabuco. / Sei que você tem passado bem, não menos que o nosso Graça Aranha, e a ambos envio, de cá, abraços e saudades. Ainda não estive com o Caldas Viana, mas sei por pessoas que lhe falaram que ele veio de lá com grande pena; também eu sentiria a mesma coisa, se houvesse de tornar antes do fim. / A vaga deixada por ele terá de ser preenchida naturalmente de acordo com você ou por proposta sua. Sobre isto tenho indicação de um moço que desejaria ir, e é bastante inteligente para corresponder ao que você lhe confiar: é o Luís Guimarães, filho do Luís Guimarães Júnior. Está na *Gazeta de Notícias*. Veja você o que pode fazer por ele, e não esqueça o / Velho am.º / M. DE ASSIS.

A BELMIRO BRAGA
Rio de Janeiro, 5 de novembro de 1899.
Meu caro sr. Belmiro Braga. / Folguei muito com a sua carta, e cordialmente agradeço as palavras que me dirige a propósito do livro *Vindiciae* do conselheiro Lafaiete. Creio que já não há quem ignore a autoria deste, embora ele a não confesse. Eu é que confessarei sempre a impressão que ele me fez, por dizer o que diz e vir de quem vem. Pelo que me escreve, há aí também quem pense e trabalhe em defender-me. Peço-lhe que, de antemão, lhe agradeça esta fineza de amigo, caso possa confessar ao dr. Antônio Fernandes Figueira[11] que me fez tão agradável e preciosa denúncia. Ainda bem que me não faltam amigos distantes, que sintam comigo o bem e o mal. / Não se esqueça de mim, e creia-me sempre / atento am.º muito obrig.º / MACHADO DE ASSIS.

A RODRIGO OTÁVIO
Rio de Janeiro, 22 de novembro de 1899.
Caro am.º 1.º secretário / Temos enfim uma sala no Pedagogium. Não é só nossa; é a em que trabalha a Academia de Medicina. O Cesário falou ao presidente desta, que consentiu em receber-nos, e eu fui depois entender-me com ele, e tudo se ajustou. Fui ver a sala, é vasta, tem mobília e serve bem aos nossos trabalhos. Naturalmente, os retratos e bustos que lá estão são de médicos, mas nós ainda os não temos de nossa gente, e aqueles, até porque são defuntos, não nos porão fora. Entendi-me também para obtermos um lugar em que possamos ter mesa e armário para guarda dos nossos papéis e livros. Resta só agora uma ordem escrita do diretor da instrução, Valadares, para que sejamos admitidos ali. Irei buscá-la, mas desejava primeiro que fosse comigo ver a sala, ou se lhe parecer ir só (por desencontro de horas), fica-lhe livre esse alvitre. Só lhe peço que me escreva logo, para não demorar a regularização da posse. Acrescento que a recepção do Francisco de Castro pode ser feita ali, à noite,

---

6 Médico e escritor que usava o pseudônimo Alcides Flávio.

e para isso há lá seis lustres de gás incandescente, que farão boa figura, sem custar muito. Peço-lhe que refira tudo isto ao nosso Inglês de Sousa, se o encontrar antes de mim, e, se ele for ver também a sala, tanto melhor. Note que há lá outra sala, em que mais tarde poderemos trabalhar como únicos senhores. No caso de ir ver a sala, observo-lhe que a porta grande está fechada; entra-se por outra contígua. / Escrevi hoje ao Francisco de Castro, que ficou de responder depois. Domingo estive com ele, conto lá ir no domingo próximo. Adeus; até breve. / Velho am.º e admirador / M. DE ASSIS. P.S. — Já tenho a carta de autorização de posse para Zararvella, que ficou de vir hoje buscá-la. / 22-11-99. / M. DE ASSIS.

A José Veríssimo
Rio de Janeiro, 5 de janeiro de 1900.

Meu caro Veríssimo. / Recebi a sua carta anteontem à noite. Era minha intenção ir lá ontem, mas não pude, e não sei se poderei fazê-lo hoje; provavelmente, não. Dado que sim, a visita aparecerá atrás da carta, mas para o caso de falhar a primeira, aqui vai a segunda. É curta, porque o Gabinete está cheio de gente e a mesa de papel. Agradeço-lhe as suas boas palavras amigas. Quanto ao século, os médicos que estão presentes ao parto reconhecem que este é difícil, crendo uns que o que aparece é a cabeça do xx, e outros que são os pés do xix. Eu sou pela cabeça, como sabe. / Sobre a minha *verte vieillesse*, não sei se ainda é verde, mas velhice é, a dos anos e a do enfado, cansaço ou o que quer que seja que não é já mocidade primeira nem segunda. Vamos indo. Adeus, meu caro amigo; um ano mais não é *pétala de rosa* dos *a pedidos* dos jornais; para nós é uma pedra nova ao edifício da amizade e da estima. Não digo isto alto para não vermos as *pétalas dos jornais* substituídas por pedras. Até logo, ou até breve. Minha mulher agradece-lhe os seus cumprimentos, e eu peço-lhe que apresente os meus respeitos à sua senhora. Receba um abraço do / Velho am.º e admor. / M. DE ASSIS.

Rio de Janeiro, 8 de janeiro de 1900.

Meu caro Veríssimo. / *Sainte-Beuve qui pleure un autre Sainte-Beuve.* (Arsène Houssaye). / M. DE ASSIS.

Rio de Janeiro, 1 de fevereiro de 1900.

Meu caro Veríssimo. / Anteontem saí daqui doente, antes da hora, e ontem não me foi possível falar ao Severino [Vieira]. Disseram-me que ele vinha hoje, mas até agora não apareceu. Se não vier, irei eu à casa dele. Releve-me a demora e creia no / Velho am.º / M. DE ASSIS.

Rio de Janeiro, 1 de fevereiro de 1900.

Meu caro Veríssimo. / Obrigado pelo seu cuidado, mas como é que soube que estive doente? As más notícias voam. Venhamos ao mais interessante. Aqui esteve e está o dr. Severino. Disse-me que (em resumo) falara ao Epitácio ontem. Soube dele que não tinha candidato seu, e que o presidente, a primeira vez que falaram disso, não tinha nenhum e aceitava o que o ministro lhe apresentasse. Posteriormente, estando juntos, disse-lhe o presidente que tinha um candidato, sem lhe dizer quem era, e o Epitácio está esperando a indicação. Será você? É a pergunta que me fez o Severino e a que eu lhe faço, sem nada podermos decidir. Em todo caso, tal é o estado do negócio; resta ir pela via conhecida. Desculpe-me não ser mais extenso. Até a primeira; lembranças ao Paulo. / O velho am.° / M. DE ASSIS.

A BELMIRO BRAGA
Rio de Janeiro, 26 de fevereiro de 1900.

Prezado senhor e amigo. / Chamo-lhe amigo, e peço para conservar este nome a pessoa que mostra querer-me tanto. O Antônio Sales, a quem escrevo, ter-lhe-á anunciado esta carta, se receber a sua antes, mas eu espero que o correio me faça a fineza de as entregar ambas a um tempo. Não houve esquecimento na resposta que ora lhe dou; o adiamento é que me fez mal. Já não deixo a pena sem agradecer-lhe a fineza de suas palavras. Nem só a fineza, mas a cordialidade também, e o espontâneo que as torna ainda mais prezadas. Também eu me honrei quando soube que *Labieno* era o nosso ilustre Lafaiete, esse mineiro que honra a terra de tantos brasileiros eminentes, e é venerado entre todos, como merece, por seus talentos naturais e rara cultura nas letras e na ciência. Disse-me na sua carta que o dr. Antônio Fernandes Figueira tenciona responder ao sr. Sílvio Romero. Aguardarei mais essa prova de simpatia, e de antemão agradeço a defesa, igualmente espontânea e honrosa, tanto mais que só agora sei que o sr. Figueira é o mesmo Alcides Flávio, da *Semana* onde colaborei também, há anos. Queira-me como antes e receba as congratulações de um trabalhador velho e amigo / MACHADO DE ASSIS.

A JOSÉ VERÍSSIMO
Rio de Janeiro, 19 de março de 1900.

Caro am.° J. Veríssimo. / Esta carta leva-lhe um grande abraço pelo seu artigo de hoje. *Dom Casmurro* agradece-lhe comigo a bondade da crítica, a análise simpática e o exame comparativo. Você acostumou-nos às suas qualidades finas e superiores, mas quando a gente é objeto delas melhor as sente e cordialmente agradece. Ao mesmo tempo sente-se obrigada a fazer alguma coisa mais, se os anos e os trabalhos não se opuserem à obrigação. Caso fosse possível, não seria dos menores efeitos da sua crítica de mestre. Adeus, meu caro amigo, obrigado pela Capitu, Bento e o resto. Até logo se puder sair a tempo; se não, até amanhã, que é terça-feira, dia de despacho. / Velho am.° e admirador / M. DE ASSIS.

Rio de Janeiro, 21 de março de 1900.

Meu caro Veríssimo. / Penso que ontem, ao sairmos daí, esqueceu-me, em cima da mesa do chá o primeiro tomo da *Ressurreição* de Tolstoi que o Tasso Fragoso me emprestou. Caso assim seja, peço-lhe o favor de mandar-mo pelo portador. / Vai junto um folheto do Tasso, que ontem deixei de levar-lhe; peço-lhe também que lho dê, quando aí for. Eu não sei quando irei. É claro que logo que possa, e oxalá seja hoje. Até sempre. / Velho am.° / M. DE ASSIS. Em tempo. Vão juntos o número do *Figaro* (delicioso Anatole!) e outro do *Matin*, que estava comigo há tempos.

Rio de Janeiro, 2 de junho de 1900.

Meu caro Veríssimo. / Não me tem sido possível aparecer, nem sei se hoje sairei a tempo de dar lá um pulo. Por isso escrevo, não só para lhe pedir notícias, como para saber o que [há] a respeito do nosso Domício. Peço que lhe pergunte se já posso convidar o Lúcio. Também desejava lembrar a você o álbum da viscondessa. Quisera ainda falar de muitas e muitas coisas, entre outras, a Biblioteca Nacional. Que há da diretoria? Mande-me uma palavrinha para que eu saiba se não morri. Adeus, até à primeira. / Velho am.° / M. DE ASSIS.

Rio de Janeiro, 4 de junho de 1900.

Meu caro José Veríssimo. / Pode ser que eu saia hoje às quatro e meia em ponto. Neste caso, e dado que apenas gaste dez minutos daqui à *Revista*; achá-lo-ei? Não se constranja na resposta, até porque aquela hora pode falhar; faço-lhe a pergunta, não para que me espere, mas para saber se conta ir mais tarde. Até então ou depois. / Velho am.° M. DE ASSIS.

A RODRIGO OTÁVIO
Rio de Janeiro, 26 de junho de 1900.

Meu caro Rodrigo Otávio. / Segundo ficou combinado, estive domingo com o [Ernesto] Cibrão, que ficou de falar ao visconde de Avelar, presidente do Gabinete Português de Leitura. Falou e ontem oficiou-me dando conta do resultado. A diretoria oferece de boa vontade o salão da biblioteca, e só espera que lhe comuniquemos o dia. Respondi hoje mesmo ao Cibrão agradecendo em nome da Academia. Pela nota que ele me deu em particular (e vai inclusa), o primeiro secretário do Gabinete é o sr. Raul F. P. de Carvalho, rua Primeiro de Março n.° 30. Os dois secretários poderão entender-se sobre o que convier. O resto da diretoria consta do *Almanaque* de 1900, ps. 819, para os convites, e, quanto ao conselho deliberativo, o Cibrão ficou de me remeter hoje a lista. Convém convidá-los, tanto mais que o Cibrão é do número. / Remeto-lhe para os fins convenientes o ofício do Cibrão e cópia da minha resposta. / Creio que a nossa sessão de expediente ficou para quinta-feira; não se esqueça de anunciá-la. Precisamos de falar antes disso ou no próprio dia: até lá. Mande-me as suas ordens. Sinto não poder dispor de todas as minhas horas. Fui ontem à *Revista* por alguns minutos. / Adeus, disponha do / Velho am.° e colega / M. DE ASSIS.

Rio de Janeiro, 2 de julho de 1900.

Meu caro Rodrigo Otávio / Remeto-lhe um ofício da Academia de Medicina convidando a Academia Brasileira a assistir à sessão de hoje, em homenagem ao dr. Silva Araújo. Eu, desde muitos dias, estou encarregado pelo meu ministro de o representar na sessão. Veja se por si ou por outro pode fazer com que a nossa Academia responda ao convite, indo assistir também. Desculpe a letra; a pressa a faz pior do que é. / Até logo. / Velho am.° e confrade / MACHADO DE ASSIS.

A LÚCIO DE MENDONÇA
Rio de Janeiro, 11 de julho de 1900.

Meu querido Lúcio de Mendonça. / Não lhe escrevi domingo, não só por falta de portador, como por haver dito, sábado, ao Medeiros, que era quase certo não ir ao almoço inaugural. A razão era estar com aftas, que me mortificavam e impediam quase de comer. Mas, para o caso de esquecimento do Medeiros, mando-lhe estas duas linhas. Posso acrescentar que, apesar de tudo, tentei ir, ainda que tarde, mas não pude. / Todos os outros almoços da "Panelinha"[12] hão de ser bons, mas eu não quisera faltar ao primeiro. Demais, podia ser que escasseassem os convivas, e era mau introito; felizmente, não. Adeus, meu caro Lúcio, até à primeira. / Esquecia-me dizer que tive uma longa conversação com o Eduardo Ramos, perdão, com o Francisco de Castro, e obtive dele promessa de que por todo este mês dará o discurso. Ao [Eduardo] Ramos falei sobre o projeto da Câmara. Também pedi ao Francisco de Sá, deputado pelo Ceará e da comissão de orçamento, que fosse benigno com a Academia, e expondo-lhe o projeto, achou perfeitamente aceitável. Conto falar um dia destes ao Sátiro Dias, a alguns de São Paulo e Minas, ao Serzedelo Correia, etc. Vamos ver se desta vez vai a caixa ao porão. Adeus, novamente, e até breve. / O velho am.º / M. DE ASSIS.

Rio de Janeiro, 18 de julho de 1900.
Meu caro Lúcio. / Esteve agora comigo o Eduardo Ramos, que me trouxe uma lista da comissão do orçamento da Câmara. Disse-me que o parecer está pronto e termina com um projeto da comissão, que, em substância, é o mesmo. Já falei ao Sá, como lhe disse há dias; vou amanhã falar ao Cassiano do Nascimento e ao Serzedelo. Poderia você conversar com o Barbosa Lima e os rapazes do Rio Grande, além de outros que lhe parecessem? Procurarei também o Sátiro [Dias] e o Seabra. Vamos lá, mais um empurrão, e até breve. Não sei se você tem ido à *Revista*. Eu tenho saído agora muito tarde, de maneira que acho a porta fechada. Em todo caso, até o primeiro domingo de agosto; creio que o lugar e a hora são os mesmos. Um abraço do / Velho amigo e companheiro / M. DE ASSIS.

A SALVADOR DE MENDONÇA
Rio de Janeiro, 11 de agosto de 1900.
Meu querido Salvador. / Vai só uma palavra, por falta de tempo e necessidade de não adiar para amanhã. O Vilhena esteve comigo, e disse-me que o negócio da transferência de teu sobrinho está concluído; creio que é só esperar alguns dias. Estimo que vás passando bem; eu não vou mal, e enquanto puder dar conta do trabalho, tudo irá bem. Domingo almocei com o Lúcio e outros amigos; foi uma festa alegre. Até à primeira, e não te esqueças de mim para o que for do teu serviço e amizade. Lembranças aos teus e um abraço do / Velho am.º / MACHADO DE ASSIS.

A RODRIGO OTÁVIO
Rio de Janeiro, 25 de agosto de 1900.
Meu caro Rodrigo Otávio. / Ontem procurou-me uma comissão de estudantes da Faculdade Livre de Direito para entregar-me a inclusa carta de convite. Trata-se da sessão em honra de Eça de Queirós. Desejam que a Academia compareça, e que designe alguém que fale em nome dela. A minha resposta foi que iria ver o que

---

7 Grupo gastronômico que se reunia, em almoço ou jantar, uma vez por mês. O nome provinha de uma panelinha de prata, que passava mensalmente às mãos do comissário do próximo ágape.

podíamos fazer, sem advertir muito que já ontem era sexta-feira e a cerimônia é segunda próxima. Se quer incumbir-se de dizer algumas palavras, peço-lhe o favor de avisar-me, porque eles desejam saber de antemão o nome do orador. Não convoco reunião, por absoluta falta de tempo, mas veja se acha meio de convidar alguns que compareçam, e diga-me se pode lá ir também. Aguardo a sua resposta. / O velho am.º e confrade / M. DE ASSIS.

A JOSÉ VERÍSSIMO
Rio de Janeiro, 25 de agosto de 1900.

Meu caro J. Veríssimo. / A Academia foi convidada pelos estudantes da Faculdade Livre de Direito para a sessão de segunda-feira, em honra ao Eça de Queirós. Mandei a carta ao Rodrigo Otávio. Escrevo-lhe este para avisá-lo em tempo, a fim de comparecer se puder, como eu e outros colegas. O portador desta carta é o sr. dr. Acrísio da Gama, presidente da comissão, que me pediu para entregar-lha em mão. Disponha do / velho am.º / M. DE ASSIS.

A LÚCIO DE MENDONÇA
Rio de Janeiro, 28 de agosto de 1900.

Meu caro Lúcio de Mendonça. / Agradeço a carta que você me mandou ontem, à noite, com a do Azeredo. O Azeredo, como eu disse a seu filho, já me havia comunicado a mesma coisa, pelo telefone, às duas horas da tarde, e eu dei-lhe pela mesma via os nossos agradecimentos. Tinha-lhe escrito na véspera, como ao Lauro Müller e ao Benedito Leite. Creio que o projeto terá passado hoje, mas ainda não recebi comunicação. / Agora resta a sanção; e sobre isto você se entenderá, melhor que ninguém, com o Campos Sales. Há dias, encontrando-me com o Epitácio, falei-lhe de passagem sobre o projeto, mas não há intimidade entre nós, e estávamos com outras pessoas. Até aqui fiz o que pude, e achei boa vontade em ambas as câmaras. / Quanto ao almoço, não sei; o almirante [Jaceguai] está agora na Escola. Esperemos aviso, que ainda pode ser recebido nesta semana, ou na que vem. Em todo caso, a panelinha se concertará. / Até breve. / Todo seu / M. DE ASSIS. P.S. — Desculpe os borrões da carta; escrevo no meio de atropelo e papelada grande. / M. DE A.

A JOAQUIM NABUCO
Rio de Janeiro, 7 de dezembro de 1900.

Meu caro Nabuco. / Deixe-me agradecer o exemplar de *Minha formação*, que me destinou, e chegou a salvamento. Pouco antes acabava eu de reler e apreciar o valor deste seu livro, que é melhor que memórias, posto que delas tenha parte. Nem ele podia ser escrito sem recordações da própria vida, e da vida pública. Assim que, contou você a história do seu espírito, metendo na narração o interesse do leitor. / Na carta ao Graça Aranha digo alguma coisa a tal respeito. Parte dela é para ambos, e para o Oliveira Lima, nosso confrade da Academia, e diria que também para o Eduardo Prado, se não houvesse lido algures que ele embarcou para cá — ou foi o Arinos que mo disse. O Oliveira Lima escreveu-me que vocês têm aí um chá das cinco horas, em que recordam os nossos. Aqui é que acabou toda a reunião; raro nos vemos. / A morte do nosso Gusmão Lobo causou grande consternação. Valha ao menos que se lembraram dele! Vivi anos com esse talento privilegiado, forrado de um bom coração, capaz de aturar trabalhos longos. Serviu a homens e ao seu partido, como poucos, e figura entre os principais líderes da abolição. Não pude ir ao enterro, mas vou à missa, daqui a dias, e lá verei os restantes heróis, não todos, porque a vida levou alguns para a Europa, e a morte a outros para a sepultura. / Adeus, até breve. Não esqueça o seu admirador e / Velho amigo / M. de Assis.

A Salvador de Mendonça
Rio de Janeiro, 27 de janeiro de 1901.

Meu querido Salvador / A tua carta, em que tão cordialmente me mandas os bons desejos de saúde e felicidade, trouxe-me outra grande alegria — a notícia da tua ama Maria, que vive três séculos. A razão é que, ao pé de tal criatura, considero-me rapaz, e não é pouca fortuna para quem, considerando-se sozinho, acha-se outra coisa que não digo por ser feia. / Boa notícia também é a dos teus bisavós, com noventa e seis e cento e treze anos, excelente exemplo para o neto, que não deixará de continuar a carreira; e o Mário que aprenda com o pai a passar a perna ao século. A verdade é que não se chega lá sem muita saúde e robustez, e não admira que a tua velha ama coma e durma bem, tenha juízo direito e memória viva. O visconde de Barbacena, que tem os seus noventa e nove, não só fala de coisas antigas, mas ainda projeta fazê-las novas. Há dias, conversando sobre explorações no Amazonas e no Pará, disse-me que, em abril ou maio, irá a Londres esquentar aquela gente para mandar lá uma comissão. A simples ideia de fazer isto mostra que este homem conta ir ao enterro da boa Maria de Itaboraí. / Não tenho estado com o Lúcio, mas agora que sei que o par de bustos é teu, vejo que devia adivinhá-lo no epigrama fino. Há desses tais bustos que merecem galeria. / Adeus, meu querido. Minha mulher e eu recomendamo-nos à tua ex.ma senhora e família. Eu abraço-te, como dantes, no século passado. / Velho amigo / Machado de Assis.

A José Veríssimo
Rio de Janeiro, 1 de fevereiro de 1901.

Meu caro J. Veríssimo. / Creio que se lembra de mim lá em cima; também eu me lembro de você cá embaixo, com a diferença que você tem as alamedas do belo parque para recordar os amigos, e eu tenho as ruas desta cidade. Li com inveja as notícias que me dá daí e dos seus "dias gloriosos". Aqui a temperatura tem estado boa e excelente. Tem havido calor, mas é fruta do tempo. Chegou a haver frio, depois daquele famoso temporal, o maior que tenho visto, porque o de 1864 durou menos e não trouxe o tufão medonho, que me deitou abaixo as duas grandes palmeiras do jardim, arrancou grades, retorceu outras, e não me levou a mim, porque eu já estava em casa, mas levou as telhas e deixou cair a chuva em toda a parte. Começo a crer que vamos ter as tardes antigas de trovoadas; tanto melhor, se vierem temperar o calor. / Pelo que você me diz na carta, vai passando bem. Nova Friburgo é terra abençoada. Foi aí que, depois de longa moléstia me refiz das carnes perdidas e do ânimo abatido. E note que não tinha casa, nem parque, nem biblioteca de amigo, como você; mas a terra é tão boa que ainda sem eles, consegui engordar como nunca, antes nem depois. / Conquanto seja grande prazer lê-lo, não se meta a trabalhar. A falta da sua crônica — revista, quero dizer — esta última segunda-feira, fez com que alguns dos seus fregueses literários me perguntassem se estava doente. Expliquei-lhes que não, que estava repousando. Apesar de tudo, é possível que, segunda-feira próxima, a revista apareça, e a consequência natural é o conselheiro estimar que o conselho não pegasse. / Recebi e estou lendo o *Herod*; agradeço-lhe não haver esquecido. Vou escrever ao Graça um dia destes. É verdade que me disse que o Oliveira Lima não vem cá ao Rio, e portanto não podemos ter a nossa grande sessão. Estou a ver se faremos uma sessão ordinária, para cuidar de dar execução a uma parte da Lei[13] e cuidar de outro expediente. Quanto à casa, parece que está em dúvida a Escola de Belas-Artes, na Glória, e portanto, *la coupole*. Alguns dizem, porém, que o Bernardelli não perdeu as esperanças. Quero ver se lhe falo e ouço os fundamentos destas. Ainda ontem, conversando com o Rodrigo Otávio, reconhecíamos que a casa era difícil, mas acrescentei que não seria impossível, e em todo caso devíamos ter a persuasão de estar fazendo obra que dure, e esperar algum tempo. / Não li o livro do F... O dr. Heráclito [Graça], com quem estive ontem, é da sua mesma opinião, e expô-la com igual vigor. Disse-me ele que o Graça voltará da Inglaterra até o fim do ano; sabe alguma coisa? / Falei da sessão ordinária que devemos fazer na Academia. Convém que se sigam outras. O Nabuco, escrevendo-me há tempos, observou que elas darão sinal da nossa vida, e é verdade. Para elas temos a sala da Biblioteca Fluminense, ponto central, que não obrigará a andar nada; basta ir para casa, parar à porta da Biblioteca, subir, deliberar, sair e tomar o bonde. As distâncias matam-nos. Lembre-se do que lhe contei um dia e se não se lembra, aqui vai. Foi no tempo da Constituinte, que se reunia no palácio de São Cristóvão. Uma vez, indo eu para lá, encontrei no bonde um membro daquela assembleia, que me falou queixoso, aborrecido, zangado com a estafa e morto por que acabasse a Constituição e voltassem as câmaras para baixo. Eu refleti comigo que, se para fundar um regime, não havia da parte de alguns paciência bastante, pouca haverá para outras obras menos relevantes. Certo é que a Academia é mais que muitas. Basta advertir que a francesa (*notre soeur ainée*) viu já monarquias de vária casta, legítimas e liberais, e repúblicas, e consulados e impérios, e vai sobrevivendo a todas as instituições. / Eis-me aqui a pregar a um convertido; mas releve-me a candura de falar assim a você, que repousa *sub tegmine fagi*, lembrando-se de que também isto é acadêmico. / Adeus, meu caro amigo; continue a lembrar-se de mim, que eu faço o mesmo. Minha mulher agradece as suas lembranças, e eu assino-me como sempre / O velho am.º admirador / M. DE ASSIS. Um abraço ao am.º Rodolfo.

Rio de Janeiro, 16 de fevereiro de 1901.
Meu caro J. Veríssimo. / Esta carta é apertada para caber, não no papel, mas no tempo de que posso dispor. E desde já lhe digo que cumpri as suas ordens, mandando a carta ao diretor dos Correios. Este respondeu-me logo, infelizmente não tenho aqui a carta para lhe remeter com esta; mas como ele me disse que lhe escreveu diretamente, é natural que saiba já das explicações das providências. / Pela outra sua vi que está passando bem, tão bem que até me quisera lá. Eu não menos quisera subir, apesar de carioca *enragé*; ao Sancho Pimentel, que há dias me convidava a

---

8 Lei Eduardo Ramos (n.º 726, de 8 de dezembro de 1900), que reconhecera a Academia como instituição de utilidade pública, e autorizava o governo a instalá-la em próprio nacional.

acompanhá-lo, respondi com a verdade, isto é, que não posso deixar o meu posto. O céu, reconhecendo esta situação, mandou-me um verão, e particularmente um fevereiro, que nunca jamais aqui houve. Já tivemos frio! Verdade é que ter frio não é ter Nova Friburgo. A prova do benefício que lhe faz esse clima delicioso, com a vida que lhe corresponde, cá temos tido nas suas *Revistas Literárias*, que são para gulosos. Vejo que não aceitou o meu conselho e, como eu ganhei com isso, fez muito bem, e melhor fará continuando. Li o que me diz do Oliveira Lima, e tanto melhor se vamos ter a nossa sessão solene. Há cerca de duas semanas recebi carta dele pedindo autorização da Academia para pôr em um livro a designação de membro dela. Já lá foi. Antes da grande sessão precisamos de uma, pelo menos, para assentar sobre vários pontos. Vou cuidar da comunicação ao John Fiske. Convém acudir a quem nos quer bem. / Aguardo as coisas que lhe escreveu o Aranha. Eu devo a este amigo uma carta, que já devia estar a caminho. O Magalhães de Azeredo, que me não escreve há tempo, queixou-se de mim na última carta. Eu quisera poder escrever todas a todos, não para ouvir de você epítetos que não mereço, como esse de Mérimée, mas para, ao menos, agradecer às leituras dos meus livros, como a das *Histórias sem data*. Adeus. Um grande abraço que responda à distância e alcance o Rodolfo. Adeus. / M. DE ASSIS.

A SALVADOR MENDONÇA
Rio de Janeiro, 14 de março de 1901.

Meu querido Salvador de Mendonça. / Esta carta já devia ter subido a Petrópolis; ainda assim não vai tarde demais. Trata-se de pouco, e, ao que me parece, negócio sabido. O nosso colega da Academia, Oliveira Lima, antes de ir para o Japão tomar conta do lugar, tenciona vir aqui tomar conta da cadeira, cujo patrono é o Varnhagen. Segundo me escreveu de Londres, ele quisera que você lhe respondesse, e para nós todos a festa seria maior. Podemos ficar certos disto? A designação oficial pode ser feita e publicada oportunamente? Eis a resposta que você me mandará, logo que entenda, a fim de que tudo se prepare para a recepção. / A saúde como vai? Eu, na semana passada, tive dois dias de molho, mas aqui me acho outra vez no gabinete. Não vejo há muito o Lúcio; mandei-lhe ontem um cartão de cumprimento ao procurador geral da República [Lúcio de Mendonça], com direção a Teresópolis, onde penso que continua. Minha mulher e eu recomendamo-nos à tua ex.ma consorte, e eu mando aqui dentro um abraço particular do / Velho amigo / MACHADO DE ASSIS.

A FIGUEIREDO PIMENTEL
Rio de Janeiro, 31 de março de 1901.

Ex.mo sr. Figueiredo Pimentel. / Respondo à sua carta, agradecendo as notícias que me dá relativamente a Phileas Lebesgue, e à solicitude de vossa excelência em fazer com que este traduza os meus livros. Entretanto, não posso ordenar que o editor lhos envie, como vossa excelência me pede, nem sequer autorizar a tradução, porquanto a propriedade das minhas obras está transferida ao sr. Garnier, de Paris, com todos os respectivos direitos. Só ele poderá resolver sob esse ponto. / Sou, com apreço e consideração, de vossa excelência, at.° venerador e obrg.° / MACHADO DE ASSIS.

A LÚCIO DE MENDONÇA
Rio de Janeiro, 2 de abril de 1901.

Meu querido Lúcio. / Logo que recebi a sua carta, fui-me ao Laemmert, onde achei à minha espera o exemplar das *Horas do bom tempo*. Já o título trazia a frescura necessária aos meus invernos. Devem ter sido bem bons tempos esses, que você recordou em páginas lépidas, com vida e vontade. É doce achar na conta da vida passada algumas horas tais que não esquecem, que revivem e fazem reviver os outros. Não há senão um relógio para elas, mas é preciso ser bom relojoeiro para saber dar corda e fazê-las bater de novo como você fez. / Ao pé delas, vi os contos, reli muitos, e agradeço as sensações de vária espécie que me deixaram, ou alegres ou melancólicas, ou dramáticas. Uma destas, a do "Hóspede", é das mais vivas. E das melancólicas não sei se alguma valerá mais que aquela "À sombra do rochedo", que é um livro em cinco páginas; a comparação da manhã e da tarde é deliciosa, e a que forma e dá o título é das mais verdadeiras. E as "Mãos"? e a "Lágrima Perdida"? e o resto? Eis aí boa prosa com emoção e sinceridade. / A Academia agradece o novo livro ao seu fundador e cá o espera para fazermos algumas sessões necessárias. Até breve, até o primeiro almoço da "Panelinha". / Releve esta letra; nunca foi bonita: a idade a está fazendo execrável. Só o coração se conserva / Amigo velho e admirador / MACHADO DE ASSIS.

A JOSÉ VERÍSSIMO
Rio de Janeiro, 10 de abril de 1901.

Meu caro J. Veríssimo. / Ontem, quando o ministro saiu, corri ao Garnier, mas era tarde; faltavam dez minutos para as cinco. Hoje não sei ainda se poderei ir a tempo; mas farei tudo para lá estar às quatro e meia. Como pode suceder que não saia mais cedo que ontem, quero desde já apertar-lhe a mão pelo estudo sobre a *Prosopopeia*, cuja segunda parte li há pouco. É dos melhores que tem dado a sua *Revista Literária*, e tem já um dos primeiros lugares no próximo livro. Homem e obra estão completos; vou reler ambas as partes. Até logo, e (para tudo prevenir) se não puder ser logo, até amanhã. Em conversa, o resto. E por fim um abraço de amizade e admiração do / Velho / M. DE ASSIS.

Rio de Janeiro, 21 de maio de 1901.

Meu caro J. Veríssimo. / Não sabendo se sairei cedo, quero que esta carta vá desde já agradecer-lhe a longa e afetuosa crítica que fez hoje do meu livro de versos [*Poesias completas*], e naturalmente do autor. Já estou acostumado aos seus dizeres de amigo, que anima o velho escritor; mas não há costume que tire às belas palavras a novidade que elas trazem sempre do coração e do cérebro de um crítico eminente. Até logo ou até amanhã, se eu sair tarde: mas oxalá seja logo. / Velho am.º e confrade / M. DE ASSIS.

A LÚCIO DE MENDONÇA
Rio de Janeiro, 22 de outubro de 1901.

Meu caro Lúcio. / Quinta-feira teremos sessão da Academia, no escritório do Rodrigo Otávio. Há de ser anunciada nas folhas da tarde de amanhã e nas da manhã do dia. Trata-se das vagas e da eleição, isto é, do prazo em que esta se fará. Precisamos comparecer. Até lá, e saudades / Do velho am.º / M. DE ASSIS.

Rio de Janeiro, 2 de janeiro de 1902.

Meu caro Lúcio. / De acordo com o que você me mandou lembrar, vamos recomeçar o almoço da "Panelinha", domingo, 5, no *Globo*. Já falei a alguns amigos. O Valentim estava ontem incomodado, não sei se irá; e o Filinto de Almeida disse-me que tem o dia destinado a outra coisa. É bom lembrar aos amigos que encontrar. / Até lá. / Todo seu / M. DE ASSIS.

A JOAQUIM NABUCO
Rio de Janeiro, 5 de janeiro de 1902.

Meu querido Nabuco. / Vai esta, antes que você deixe Londres, e primeiro que tudo deixe-me felicitá-lo por mais esta prova de confiança que recebe, assim do governo como do Brasil.[14] A confiança explica-se pela necessidade de vencer; a espada devia ir a quem já mostrou saber brandi-la, e ainda uma vez o nome brasileiro repercutirá no exterior com honra. / Agora a felicitação para o ano de 1902, que oxalá lhe seja feliz e próspero, como a todos os seus. / E por último felicitações pela vitória do Arinos. Recebi o seu voto na véspera da eleição, como o do Graça, e ambos figuram na maioria dos vinte e um com que o candidato venceu. O Assis Brasil também era candidato, mas na hora da eleição o Lúcio de Mendonça retirou a candidatura, em nome dele, e daí algum debate de que resultou ficar assentado por lei regimental que as candidaturas só possam ser retiradas por cartas do autor até certo prazo antes da eleição. Note que todos ficamos com pesar da retirada. Como você lembra era melhor que as duas eleições se fizessem no mesmo dia. Creio que assim a eleição de Assis Brasil seria certa. O Martins Júnior teve dois votos, e parece que se apresenta outra vez. Também ouvi anteontem ao Valentim Magalhães que o Assis Brasil pode ser que se apresente de novo. / Agora mesmo estive relendo o seu discurso de entrada no Instituto, como tenho relido o mais do volume dos *Escritos e discursos literários* que você me enviou, e naturalmente saboreando as suas belas páginas, ideias e estilo, e recordando os assuntos que passaram pela nossa vida ou pelo nosso tempo. Então vi que você bem poderia responder ao Arinos, que entrou para a Academia como homem de letras; ambos diriam do Eduardo Prado o que ele foi, com a elevação precisa e o conhecimento exato da pessoa. / Adeus, meu caro Nabuco. A missão nova a que você vai não lhe dará mais tempo do que ora tem para escrever aos amigos, mas você sabe que um bilhete, duas linhas bastam para lembrar que tal coração guarda a memória de quem ficou longe, e fez bater ao compasso da afeição antiga e dos dias passados. O passado (se o não li algures, faça de conta que a minha experiência o diz agora), o passado é ainda a melhor parte do presente — na minha idade, entenda-se. Eu ainda guardo da sua primeira viagem a Roma algumas relíquias que você me deu aqui: — um pedaço dos muros primitivos da cidade, outro dos Rostros, outro das Termas de Caracala. Agora basta que eu ouça cá de longe o eco das suas vitórias diplomáticas, e você o dos nossos aplausos e saudações. Adeus, meu caro Nabuco. Apesar da diferença da idade, nós somos de um tempo em que trocávamos as nossas impressões literárias e políticas, admirei seu pai, e fui íntimo do nosso Sisenando, a quem você acaba de oferecer tão piedosamente o seu livro. / Abrace de longe o / Admor. e amigo / M. DE ASSIS.

---

9 Nabuco fora nomeado enviado e ministro plenipotenciário em missão especial junto ao rei da Itália, escolhido para árbitro na questão da Guiana Inglesa.

A José Veríssimo
Rio de Janeiro, 18 de fevereiro de 1902.
Meu caro J. Veríssimo. / Não sabendo se o encontrarei no Garnier, apesar de pretender e poder sair mais cedo daqui, escrevo o que lhe diria de viva voz, a respeito do seu artigo de hoje. Toda aquela questão da literatura do norte está tratada com mão de mestre. Tocou-me o assunto ainda mais, porque eu, que também admirava os dotes do nosso Franklin Távora, tive com ele discussões a tal respeito, frequentes e calorosas, sem chegarmos jamais a um acordo. A razão que me levava não era somente a convicção de ser errado o conceito do nosso finado amigo, mas também o amor de uma pátria intelectual una, que me parecia diminuir com as literaturas regionais. Você sabe se eu temo ou não a desarticulação deste organismo; sabe também que, em meu conceito, o nosso mal vem do tamanho, justamente o contrário do que parece a tantos outros espíritos. Mas, em suma, fiquemos na literatura do norte, e no seu artigo. Consinta-me chamar-lhe suculento, lógico, verdadeiro, claramente exposto e concluído; deixe-me finalmente compartir um pouco das saudades de brasileiro e romântico, *comme une vieille ganache*, diria o nosso Flaubert. Até logo ou depois. / Velho am.º / M. DE ASSIS.

A Joaquim Nabuco
Rio de Janeiro, 24 de março de 1902.
Meu caro Nabuco. / A sua carta de 26 de janeiro, aqui chegada há poucos dias, é a que se podia esperar de tão fino espírito. Entretanto, parece que o plano não será adotado. Achei amigo que, além de não adotar, penso que encontrarei objeção da parte dos outros, por sair das praxes acadêmicas. Em tal caso, meu caro Nabuco, resolvi não dar andamento à ideia, e dispor-me a ir a Atenas, sem ouvir Platão. Mas irei sequer a Atenas? A eleição do Arinos, que a desejava e pediu, foi brilhante, embora o Assis Brasil tivesse o apoio do Lúcio de Mendonça. Logo que a eleição se fez escrevi um bilhete particular de felicitação ao Arinos e o Rodrigo Otávio fez a comunicação oficial. Não recebi resposta nem o Rodrigo, e como o Arinos tinha ido às águas, podia ser desencontro. Disse ao Rodrigo que mandasse segunda via do ofício, agora que ele estava de volta a São Paulo, mas ainda não veio resposta, e já há tempo de sobra. Não compreendo. Vou ver se o Garcia Redondo, que é da Academia, ou alguém que lá esteja próximo, me descobre a razão deste silêncio. / O Assis Brasil esteve aqui de passagem, por dois ou três dias, mas não lhe pude falar. Hei de procurar o Lúcio e o Valentim, para saber se ele quer ser candidato. Cá fica o seu voto. / Adeus, meu caro Nabuco. Vá desculpando esta letra de velho, não tão velho que não possa ainda aplaudir os seus bons e grandes serviços à Arte e ao País. Muitas lembranças ao Graça Aranha. / M. DE ASSIS.

A José Veríssimo
Rio de Janeiro, 21 de abril de 1902.
Meu caro J. Veríssimo. / Recebi sábado o seu recado, e respondo que sim, que estou zangado com você, como você esteve comigo. A sua zanga veio de o não haver felicitado pelos quarenta e cinco anos, a minha vem de os ter feito sem me propor antes uma troca. Eu a aceitaria de muito boa vontade. / Já recebi e já li *Canaã*; é realmente um livro soberbo e uma estreia de mestre. Tem ideias, verdade e poesia; paira alto.

Os caracteres são originais e firmes, as descrições admiráveis. Em particular — de viva voz, quero dizer — falaremos longamente. Vou escrever ao nosso querido Aranha. Na carta em que ele me anunciou o livro, lembra-me aquela "nossa trindade indissolúvel..." O vento dispersou-nos. / Esta semana, no primeiro dia de despacho, sairei mais cedo e irei buscá-lo ao Garnier. Espero ler a sua análise de *Canaã*. A propósito, quem será o autor do artigo que saiu hoje no *Jornal do Commercio*? / Adeus, até amanhã ou depois. Já nos vemos poucas vezes. Adeus daquele que já fez quarenta e cinco anos (bela idade!) / M. DE ASSIS. / P.S. — Abro a carta, hoje 22, para lhe apertar a mão pelo artigo — apoteose de Vitor Hugo. / M. DE A.

A LUIS GUIMARÃES FILHO
Rio de Janeiro, 10 de julho de 1902.

Meu querido Luís Guimarães. / Recebi a sua cartinha com as notícias que me dá, e o exemplar da tradução das *Memórias póstumas de Brás Cubas*. Agradeço-lhe muito e muito a diligência, e a lembrança em que me teve ainda de longe. Quando aqui falamos da publicação de Montevidéu, já aqui tinha o número de 2 de janeiro (ambas as edições), trazendo a da manhã, além do meu retrato, um artigo do Artur Barreiros, encabeçado por algumas palavras honrosas da redação, e seguido de notas biográficas. A tradução só agora a pude ler completamente, e digo-lhe que a achei tão fiel como elegante, merecendo Júlio Piquet ainda mais por isso os meus agradecimentos. / A você renovo os meus, e peço que disponha também do velho amigo e admirador do filho, como do pai. / MACHADO DE ASSIS.

A JOSÉ VERÍSSIMO
Rio de Janeiro, 17 de julho de 1902.

Meu caro Veríssimo. / Aí vai cumprida a sua ordem, expressa na carta de ontem. A carta veio em boa hora, por me dar certeza de que ainda vive o caro Veríssimo, apesar de o ler nos *Prosadores* desta semana e nos artigos de outras. O destino nos separa por algum tempo, até que o faça de todo, se é certa a ideia em que ando de que outra Manaus, mais remota que a nossa, me espera em breve. / Que o mesmo destino nos faça encontradiços algumas vezes para trocarmos ideias, é o que desejo. / Adeus, releve a escassez do bilhete, e lembre-se sempre do / Velho am.° e adm.^{or} / M. DE ASSIS.

A LÚCIO DE MENDONÇA
Rio de Janeiro, 8 de agosto de 1902.

Meu caro Lúcio. / A lembrança do meu nome, honrosíssima em si, veio de encontro a um grande obstáculo. Não quero referir-me à representação literária, que a bondade dos amigos me dá, como um prêmio de assiduidade e tenacidade no trabalho. Refiro-me à significação política, quando eu (vou) galgando os sessenta anos, para não dizer a verdade inteira. Meu querido, não é idade em que comece um papel destes quem não exerceu nenhum análogo na mocidade. / Você, que abriu os olhos em plena luta, me compreenderá bem, e transmitirá aos demais companheiros a minha escusa com os meus agradecimentos. Outrossim, me desculpará também se a lembrança, como a outra, foi também sua. / O velho am.° / M. DE ASSIS.

A Joaquim Nabuco
Rio de Janeiro, 5 de outubro de 1902.

Meu caro Nabuco. / Receba os meus pêsames pela perda de sua querida e veneranda mãe. A filosofia acha razões de conformidade para estes lances da vida, mas a natureza há de sempre protestar contra a dura necessidade de perder tão caros entes. Felizmente, a digna finada viveu o tempo preciso para ver a glória do filho, depois da glória do esposo. Retirou-se deste mundo farta de dias e de consolações. / Minha mulher reúne os seus aos meus pêsames. / O velho amigo / MACHADO DE ASSIS.

A Mário de Alencar
Rio de Janeiro, 20 de novembro de 1902.

Meu caro Mário. / Muito obrigado pelas suas felicitações à Secretaria; é um modo delicado de achar em mim qualidades que, a existirem, a idade as terá levado ou diminuído. Quanto ao abraço, cá fica como prova de amizade. Também fica o livro de versos, presente e lembrança, cuja primeira página acabo de ler e é a melhor porta que podia dar ao edifício; adivinhei a pessoa que a inspirou, e saboreei o sentimento que exprime. Também adivinho que o livro corresponderá à carta em que a valia do dizer se forra de tão doce modéstia. Vou lê-lo como merece o seu talento. Ainda uma vez obrigado. / Aceite um abraço do velho amigo / MACHADO DE ASSIS.

Rio de Janeiro, 11 de dezembro de 1902.

Meu querido Mário. / Cá recebi a sua carta, e vejo que adivinhou a autoria da notícia da *Gazeta*. Sim, é minha; disse em poucas palavras o que sinto dos *Versos* e do autor. Juntando o seu nome ao de Magalhães de Azeredo, compreendo bem que seria agradável a ambos. / Estimo que as animações que ali pus achem no seu espírito culto e fino o necessário efeito, e folgo de haver acertado. Tem a idade, tem os estímulos, e destes, além dos que lhe podem dar os vivos, contará sempre o do nosso grande morto [José de Alencar]. Tem já o respeito da arte, que é muito. / Adeus, até à primeira. / Amigo velho, / MACHADO DE ASSIS.

A José Veríssimo
Rio de Janeiro, 17 de março de 1903.

Meu caro Veríssimo. / Afinal é preciso lançar mão da pena para lhe dizer e ouvir, se é possível, algumas palavras. Sei que esteve nos Mendes, onde viu convalescer um filho e donde uma filha voltou doente. Sei também que a doente sarou. Tanto melhor para eles e os pais, a quem deram mais essa prova de amor filial. Tudo sei, meu caro; só ignoro o motivo da cólera do destino que nos faz desencontrados. Você, quando chego ao Garnier, já saiu, e agora cedo. Eu, é certo que chego tarde, mas sabe o que é, faz acaso mínima ideia do que, em linguagem administrativa, se chama a última quinzena do trimestre adicional? Repita comigo: última quinzena do trimestre adicional. Outra vez, devagar, e mande-me de lá um suspiro. Eis uma das razões de sair agora mais tarde. Hoje, porém, espero sair mais cedo, e se o não encontrar no Garnier é porque o Destino continua a querer a nossa eterna separação. Às tardes, quando o bonde me leva para casa, ainda tenho ocasião de ler o *V.* e os comentários dos telegramas, mas é pouco e rápido. Alguém me perguntou, há dias, se você deixara o *Correio da Manhã*. Respondi que não, e dei algumas das razões últimas, acima citadas. / Adeus, meu caro J. Veríssimo, vou preparar a pasta do dia. O papel não dá para letras, nem o tempo, nem o lugar; isto não quer dizer que a resposta, se vier, não traga algumas. Vá desculpando estas palavras emendadas; é obra da pressa e da velhice. Não falo em doença para o não enfadar ainda uma vez com esta desculpa, mas a velhice fica. Quando não fosse obra da natureza, era do calendário. / Adeus, meu bom amigo, não esqueça o / Velho am.º e adm.ᵒʳ / M. DE ASSIS.

AO BARÃO DO RIO BRANCO
Rio de Janeiro, 17 de março de 1903.

Meu eminente e querido am.º / Deixe que, em meio de seus graves trabalhos, vá ocupá-lo com a minha pessoa. O que me dá confiança, além da sua bondade, é tratar também de pessoa amiga nossa. Nabuco escreveu-me de Pau, dando-me notícia, entre outras coisas, da *Primeira memória* que vai mandar para o Ministério das Relações Exteriores. Disse ele que lhes pedisse a inscrição do meu nome na lista dos que tenham de receber a *Memória* em português, a qual virá depois da *Memória* em francês, e só duzentos exemplares. É o que faço desde já, confiado em que não serei esquecido. Não é preciso dizer mais nada, senão que o acompanho, como todos os brasileiros, na grande campanha do Acre. E mais (isto agora em segredo diplomático, porque é uma frase confidencial do Nabuco): "Vejo que o nosso homem, além de chanceler, se fez comandante em chefe". / Queira-me sempre bem, como eu lhe quero, além da grande admiração que lhe tenho, e releve a interrupção do / Velho am.º e ad.ᵐᵒʳ / MACHADO DE ASSIS.

Rio de Janeiro, 31 de março de 1903.

Meu eminente e querido amigo, / Esta carta completa a outra que lhe entreguei acerca da inclusão do meu nome entre os favorecidos com um exemplar da *Primeira memória*, em português, do nosso Nabuco. Ao mesmo tempo obedece à indicação que me deu outro dia na Secretaria do Exterior. A lista dos contemplados é a seguinte: Sílvio Romero, José Veríssimo, Capistrano de Abreu, João Ribeiro, Rodrigo Otávio, Ramiz Galvão e eu. / Devo lembrar que o Nabuco, além das indicações feitas para a *Memória*, em português, refere-se à mesma em francês, que vem acompanhada de documentos e de um atlas, citando a respeito desta "os colecionadores como o Veríssimo e o Capistrano". Cumpro naturalmente os desejos do autor, fazendo aqui tal menção. / Peço-lhe que para a edição francesa seja contemplada a nossa Academia. / Também lhe peço, meu bom amigo, que se não esqueça do que me prometeu acerca dos seus trabalhos. / Quanto ao mais receba ainda um abraço e m.ᵗᵃˢ felicitações deste /Am.º velho e cordial adm.ᵒʳ / MACHADO DE ASSIS.

A JOAQUIM NABUCO
Rio de Janeiro, 20 de abril de 1903.

Meu caro Nabuco. / Não vai cedo a resposta à sua carta, por uma razão: é que queria falar primeiro ao Rio Branco, acerca da inscrição de alguns nomes (entre eles o meu, a quem você confiou a comissão), para a distribuição de exemplares da *Primeira memória*. Falei-lhe; ele próprio me indicou também o de Sílvio Romero, dizendo-me que lhe remetesse para Petrópolis a lista dos beneficiados. Assim fiz, e por esse lado estamos prontos. Não esqueci a Academia, e se alguém aparecer mais que deva receber um exemplar, escreverei ao nosso chanceler. / Está você em Roma, donde recebi o cartão-postal com a galante lembrança dos "meus três cardeais" [grupo fotográfico de Nabuco, Graça Aranha e Magalhães de Azevedo]. Três são, para receberem a minha bênção, mas é de velho cura de aldeia, e sinto não estar lá também, pisando a terra amassada de tantos séculos de história do mundo. Eu, meu caro Nabuco, tenho ainda aquele gesto da mocidade, à qual os poetas românticos ensinaram a amar a Itália; amor platônico e remoto, já agora lembrança apenas. / Lá está você para ganhar a vitória que todos esperamos, e será um louro para a máscula cabeça daquele que eu vi adolescente, esperanças do venerando pai. / Voltando à *Primeira memória*, agradeço-lhe o exemplar que aí virá brevemente. Os nossos amigos, a quem noticiei a boa nova, ficaram igualmente agradecidos. Peço-lhe que reparta as saudades que lhe mando com os nossos amigos Graça Aranha e Magalhães de Azevedo; com este passei aqui muitas horas longas. O Graça vive debaixo dos nossos olhos, com a edição nova da *Canaã*, em casa do Garnier. Apresente os meus respeitos à sua ex.^{ma} senhora, e receba um abraço do / Velho amigo e ad.^{mor} / MACHADO DE ASSIS.

A SALVADOR DE MENDONÇA
Rio de Janeiro, 29 de agosto de 1903.

Meu querido Salvador, / Vai aqui um abraço pelo teu restabelecimento, agora completo. Quando o Lúcio me falou da tua doença, ela chegara ao estado agudo, mas ontem as notícias eram boas, e ele próprio, que conta subir a Petrópolis hoje, leva-te um abraço pessoal. / Viva a velha guarda, meu amigo. Eu, apesar do pessimismo que me atribuem, e talvez seja verdadeiro, faço às vezes mais justiça à Natureza do que ela a nós. Não posso negar que ela respeita alguns dos melhores, e estou que os fere por descuido, mas logo se emenda e põe o bálsamo na ferida. Adeus, meu querido amigo, apresenta a tua ex.^{ma} senhora as minhas congratulações e as de m.ª mulher, que também as envia para ti; e continua a lembrar-te do teu / Velho Amigo / MACHADO DE ASSIS.

A JOAQUIM NABUCO
Rio de Janeiro, 7 de outubro de 1903.

Meu caro Nabuco. / Demorei uns dias esta resposta, para que fosse completa, isto é, contendo alguma coisa acerca da sua *Memória*. Há tempo falei ao Rio Branco, e não há muitos dias ao Domício; ultimamente fui à Secretaria do Exterior onde soube pelo Pessegueiro [do Amaral] que se estava completando um trabalho depois do qual se fariam as remessas ou entregas. O meu nome está na lista dos contemplados. Não sendo já esta semana, prefiro escrever-lhe uma carta de agradecimento a esperar. / Também agradeço o último retrato de Leão XIII, com a curva da idade e os versos latinos. Outrossim, o cartão-postal com o selo da sede vacante. Não tenho coleção de selos, mas este vale por uma e cá fica. Mandar lembranças a um velho é consolá-lo dos tempos que não querem ficar também. / Do que você me diz naquele, já há de saber que nada se fez. O prazo findara. Já deve saber que o Euclides da Cunha foi escolhido, tendo o seu voto, que comuniquei à Assembleia. Não se tendo apresentado o Jaceguai nem o Quintino, o seu voto recaiu, como me disse, no Euclides. Mandei a este a carta que você lhe escreveu. A eleição foi objeto de grande curiosidade, não só dos acadêmicos, mas de escritores e ainda do público, a julgar pelas conversações que tive com algumas pessoas. Mostrei ao Jaceguai a parte que lhe concernia na sua carta. Espero que ele se apresente em outra vaga, não que mo disse, mas pela simpatia que sabe inspirar a nós todos, e terá aumentado com a intervenção que você francamente tomou. / A recepção do Euclides não se fará ainda este ano. Já há dois eleitos, que estão por tomar posse, o Augusto de Lima, de Minas Gerais, e o Martins Júnior, de Pernambuco. Não é esta a razão; as entradas se farão à medida que estiverem prontos os discursos, e é possível que o Euclides se prepare desde já. Responder-lhe-á o Afonso Arinos. A recepção deste foi muito brilhante; respondeu-lhe o Olavo Bilac. / A Academia parece que enfim vai ter casa. Não sei se você se lembra do edifício começado a construir no largo da Lapa, ao pé do mar e do Passeio. Era para a maternidade. Como, porém, fosse resolvido adquirir outro, nas Laranjeiras, onde há pouco aquele instituto foi inaugurado, a primeira obra ficou parada e sem destino. O Governo resolveu concluí-lo e meter nele algumas instituições. Falei sobre isso, há tempos, com o ministro do Interior [J. J. Seabra], que me não respondeu definitivamente acerca da Academia; mas há duas semanas soube que a nossa Academia também seria alojada, e ontem fui procurado pelo engenheiro daquele ministério. Soube por este que a nossa, a Academia de Medicina, o Instituto Histórico e o dos Advogados ficarão ali. Fui com ele ver o edifício e a ala que se nos destina, e onde há lugar para as sessões ordinárias e biblioteca. Haverá um salão para as sessões de recepção e comum às outras associações para as suas sessões solenes. / Seguramente era melhor dispor a Academia Brasileira de um só prédio, mas não é possível agora, e mais vale aceitar com prazer o que se nos oferece e parece bom. Outra geração fará melhor. / Interrompo-me aqui para não demorar mais a resposta, ainda que vá completa do que há, mas a matéria com você é sempre renascente. Demais, o prazer que traz a certeza de que me lê um amigo, dá vontade de continuar. Vá desde já o abraço do costume, enquanto o permitem estes velhos ossos do / Velho am.º e grande admirador / M. DE ASSIS.

A RUI BARBOSA
Rio de Janeiro, 9 de novembro de 1903.

Ex.mo sr. senador Rui Barbosa, / Li, com a pausa necessária a tão largo, numeroso e profundo trabalho, a réplica de vossa excelência às defesas de relação do Código Civil, da qual agradeço o exemplar que me mandou. Que, mais de uma vez, fique o meu nome entre os que vossa excelência escolheu como dignos de citação, é já de si grande honra, mas vossa excelência a fez ainda maior com as palavras generosas que lhe acrescentou a meu respeito. Assim que, ambas as razões, a de admiração e a de gratidão, me levam a guardar este livro entre os que mais prezo, para estudo da nossa língua e animação a mim próprio. Queira vossa excelência receber a sincera expressão de minhas homenagens, como de quem é de vossa excelência / Velho adm.º am.º e obr.º / MACHADO DE ASSIS.

A JOSÉ VERÍSSIMO
Nova Friburgo, 14 de janeiro de 1904.

Meu caro Veríssimo. / Vai ficar espantado. A sua carta chegou aqui comigo, mal entrei no hotel Engert, onde estou, era-me ela entregue. Não quero dizer que viesse antes de escrita, mas que eu não vim sábado, como supunha, só ontem, quarta-feira, pude fazer viagem, tudo por causa da parede dos carroceiros e cocheiros. Não entro em pormenores que já enfadam. / Agradeço muito as palavras amigas que me escreveu, e as desculpas que não eram necessárias mas provam sempre o seu afeto. Minha mulher agradece-lhe igualmente os seus bons desejos, e espera, como eu, ganhar aqui o que se perdeu com a doença, se não é esta (anemia) que persiste ainda; o clima é bom e dizem que famoso para esta sorte de males. Enfim, agradeço-lhe os números do *Temps* e a carta que estava no Garnier. Vim achar aqui alguma diferença do que era há vinte anos, não tal, porém, que pareça outra coisa. Há um jardim bem cuidado, e algo mais. O resto conserva-se. Posso consolar-me com o que correspondente de Viena diz no *Temps* que você me mandou, a propósito da demolição da casa em que morreu Beethoven: *"Se la maison de Beethoven avai été située dans la partie vieille de Vienne, lá oú les rueiles tortueuses et bâtisses pitoresques subsisteront encore des siècles; peut-être eut-on pu la conserver."* / Suponhamos Viena, menos os séculos que terão de viver as casas velhas. Quanto ao algo novo, além do jardim público e árvores recém-plantadas, são uma dúzia de casas de residência e ruas começadas. / Adeus, meu caro Veríssimo. Recomendações nossas à sua ex.ᵐᵃ família, e para você um estreito abraço do / Velho amigo e admirador / M. de Assis.

Nova Friburgo, 17 de janeiro de 1904.

Meu caro Veríssimo. / Acabo de receber a segunda remessa do *Temps* e um cartão-postal datado de ontem perguntando-me se recebi a primeira. Não só recebi a primeira, mas já lhe respondi agradecendo-lha, bem como os seus bons desejos a nosso respeito. Provavelmente a carta terá sido entregue depois da partida do cartão; se não a recebeu, peço-lhe que mo diga para indagar que houve, porquanto não fui eu que levei a carta, mas uma pessoa que saía para o correio. / Agradeço-lhe esta segunda remessa do *Temps*. O *Cosmos* chegou-me ontem, e já li a sua crônica do ano literário, franca e justa, como sempre. Vou ler o resto da publicação, que me parece excelente, assim dure o que merece. Não sei se esta carta irá a tempo (são duas horas da tarde de domingo) de descer na mala da manhã. Ouvi tais explicações a este respeito que não posso acabar de entender se há mala de manhã ou só de tarde. No segundo caso, a carta só lhe chegará terça-feira. Vou pessoalmente à agência do Correio saber o que há. / Minha mulher vai passando melhor, conquanto algumas pessoas amigas nos arrastassem a visitas e excursões e dessem conosco no teatro, anteontem. O ar é bom, o calor não é mau, sem ser da mesma intensidade que o de lá, segundo contam e leio. Eu vou andando; não tenho a palestra do Garnier, e particularmente a nossa, mas você tem a arte de a fazer lembrar. / Li ontem no *Jornal do Commercio* a reincidência do Eunápio Deiró, e concordo com o que você me disse na primeira carta. Concordar e tremer é tudo um, por causa dos dois volumes anunciados. / Adeus meu caro Veríssimo, mande-me um bilhetinho dizendo-me se recebeu esta e outra carta, e receba um abraço do / Velho amigo / M. de Assis.

Nova Friburgo, 21 de janeiro de 1904.

Meu caro Veríssimo. / Creio que você terá já duas cartas minhas. Aqui vai terceira para acompanhar as duas remessas do *Temps*, que foram lidas com o prazer do costume; leva os meus agradecimentos de amigo e devoto leitor da folha. / Vamos passando. Tem havido chuvas e calores, estes comparativamente menores que lá embaixo. Você e os seus como têm passado? Que há de novo entre os amigos da Academia e os habituados do Garnier? Daqui ouço as vozes secretas da Câmara, e agora ouço as primeiras da trovoada do dia cá de cima. Esta impede muita vez os passeios ou interrompe-os. / Ontem, excepcionalmente, não choveu. Ouvi missa cantada, ou meio cantada, na matriz, com acréscimo de um sermão, apologia de são Sebastião, mártir. Nos domingos há também prédica no meio da missa. A igreja, que é alegre, estava cheia. De tarde, procissão. Nesse capítulo vim achar muito trabalho católico. Há um colégio jesuíta, do qual só está construído um terço, e será dos maiores ou o maior edifício. / Vou fechar a carta para ver se chega a tempo da mala. Escreva-me um bilhetinho em resposta, e quando souber alguma coisa que valha a pena dizer, é dizê-lo ao velho amigo e admirador / M. DE ASSIS.

Nova Friburgo, 31 de janeiro de 1904.
Meu caro Veríssimo. / A letra vai ainda um pouco trêmula, mas os beiços ficam menos arrebentados. Veladamente quero dizer que acabo de sair de uma febre que me trouxe de cama alguns dias. A inflamação de garganta que a acompanhou é que me não deixou de todo, e ainda agora uso de um gargarejo, ao qual não sei que nome dê, mas que produz efeito. Veja o que são as coisas deste mundo. Entrei com saúde em cidade, onde outros vêm convalescer de moléstia, e apanhei uma moléstia. Imagine-me um pouco mais magro, e cheio de saudades. / Receba já a parte destas que lhe pertence, e com ela receba a explicação do meu silêncio. Releve-me se não vou mais longe. Agradeço-lhe a nova coleção do *Temps* que me chegou agora. Concordo com as impressões que me confessa acerca da localidade, e se falar do meu carolismo não me desconceitue; diga que foi defluxo apanhado pouco depois de chegar. Vá desculpando estes rabiscos. Não ponho mais na carta para que ela chegue à mala que vai partir. Faz-me aqui a eleição em boa paz. Adeus. Reli a carta, é tudo um embrulho, mas prefiro mandá-la assim mesmo a não lhe dizer uma linha. / Um abraço mais do / Velho am.º / M. DE ASSIS.

Nova Friburgo, 4 de fevereiro de 1904.
Meu caro J. Veríssimo. / Como vai você? E os amigos do Garnier e da Academia? Diga-lhes que me lembro deles e que em breve, este mesmo mês, irei vê-los a todos. / Tem chovido e feito sol, menos sol que chuva; tal é o achaque da terra. Lá parece que o calor faz das suas, conquanto alguns me digam que a temperatura tem feito concessões. / Que me lembre do meu Rio de Janeiro, apesar dos excessos de calor que possa haver, é coisa que facilmente se percebe. Contar-lhe-ei uma daqui. Em um dos quartos de banho aqui do hotel achei escrito a lápis as seguintes palavras: "Saudades de Nova Friburgo". Suponho que as escreveu alguém na véspera de descer. Mas logo abaixo dei com estas outras, provavelmente de alguém que ainda cá ficava: "Saudades do Rio". Era um protesto, também a lápis, e a ideia não parece mal cabida nem mal expressa. / Estive aqui com o dr. Artur Porto, advogado no Pará, que desceu há dias, dizendo-me que antes de seguir para Pernambuco iria procurá-lo; deixei-lhe o número de sua casa no Engenho Novo, e indiquei-lhe o Garnier; parece que irá à livraria. Quando aqui cheguei, ele acabava de perder um filho e tinha outro doente. Este escapou, e lá vai com ele o terceiro. Dissemos bastante mal a seu res-

peito. / Remeto-lhe com agradecimentos os números do *Temps* que me mandou. E aqui fico até breve. Minha mulher fortifica-se. Um abraço para os amigos, e receba o seu do costume, com as saudades do / Velho amigo / M. DE ASSIS.

A MÁRIO DE ALENCAR
Nova Friburgo, 10 de fevereiro de 1904.

Meu caro Mário. / Dato esta carta de Nova Friburgo, donde pretendo descer no dia 25 ou 26 deste mês. Escrevo-lhe especialmente para que me diga, se é possível, o que há relativamente à casa da Academia Brasileira. O *Jornal do Commercio*, referindo-se anteontem, creio eu, ao complemento do edifício da Lapa [Silogeu Brasileiro], diz que se não sabe ainda o destino que ele terá. Penso que sobre isto há já decisão do sr. ministro do Interior. Houve acaso alteração, excluindo a Academia? Confie-me o que há, se não ao presidente da instituição, ao seu amigo particular e grato. Ponha-lhe a nota de reserva, se for precisa. / Escrevi há dias ao José Veríssimo, pedindo-lhe que dê lembranças a todos os companheiros da Garnier. Que há de versos? Que há de prosa? / Os nossos respeitos à sua família e um abraço apertado do velho amigo / MACHADO DE ASSIS.

A JOSÉ VERÍSSIMO
Nova Friburgo, 11 de fevereiro de 1904.

Meu caro J. Veríssimo. / Recebi ontem a sua carta de 9, sem tempo de lhe escrever. Aqui vai esta para lhe agradecer as suas boas palavras e os seus conselhos, ao mesmo tempo em que leva os meus desejos de o achar totalmente restabelecido. Como não é coisa de cuidado a que o atacou, acredito que está como o deixei quando de lá vim. / Quanto a voltar ao Rio, não poderei fazer depois da data que lhe disse, creio eu 25 ou 26 do corrente, por motivo de serviço público. Até lá não terei mais nada, e minha mulher estará convalescida. / Nos últimos dias temos tido mais chuva que sol. Agora mesmo, após o dia e a noite de ontem, estamos com a manhã sem saber o que haverá no resto do dia. Creio que chuva. / Recebi o livro que me mandou. Já li o capítulo relativo a François Coppée, que é de chegar. Veja que é conservar uma impressão antiga. Esta exclamação: *Genereux et cher vieillard!* causou-me espanto, por ter ainda na cabeça o rapaz de outro tempo e o retrato que então acompanhava as suas edições. Corri a um espelho e reconheci que o tempo também correu para mim. / Concordo que os jornais bastem a dar notícia dos poucos sucessos do dia; poucos e na mor parte cediços. Daqui também não há muito que dizer, a não ser que muita gente se prepara para o Carnaval. / Há três dias leio no *Correio da Manhã* que há ali uma carta para você, ainda da Inglaterra. Dou-lhe este aviso daqui. Assim soubesse eu de uns jornais de Estocolmo que me mandaram dali, acompanhados de carta escrita em português por um professor sueco. É coisa que interessa à nossa Academia. Adeus; meus respeitos à sua ex.ma senhora, com os agradecimento de minha mulher a ambos, e mais um abraço para você. / M. DE ASSIS.

A MÁRIO DE ALENCAR
Nova Friburgo, 15 de fevereiro de 1904.

Querido e distinto am.º Mário de Alencar, / Muito lhe agradeço a sua resposta à minha carta relativa ao destino ao edifício da praia da Lapa. As palavras do dr. Seabra confirmam o que antes sabia por ele mesmo, e que o *Jornal* parecia fazer crer alterado. Agora sei, e em termos sempre positivos, que a Academia pode contar com a parte que lhe toca naquele excelente lugar. Ainda uma vez, obrigado. / Sobre a minha descida daqui, os seus conselhos são de bom amigo, como as demais palavras de carta, mas não posso deixar de a efetuar. Tudo assim o pede, e tudo está determinado. Sem dúvida, não é pouca a necessidade que tenho de descansar, fora dessa minha cidade natal, onde o calor é agora imenso, como me diz e todos os que me escrevem. Aqui não tenho calor, se não ando ao sol e o sol é pouco. Quando eu aí chegar hei de estranhar a temperatura; mas enfim não pode ser de outra maneira. / Acabo aqui a carta para chegar ao tempo da mala, que é fechada às duas horas, e a agência do Correio não é perto. Ainda uma vez, agradeço a boa vontade com que me leu e me tranquilizou. Adeus, meu querido amigo, receba os nossos cumprimentos para sua ex.ma senhora e para si, e particularmente um abraço do / Velho am.º / MACHADO DE ASSIS.

A SALVADOR DE MENDONÇA
Rio de Janeiro, 6 de março de 1904.
Meu querido Salvador. / Estive ontem com o [César] Campos. Ouvi-lhe que não podia responder logo, mas que em dois dias me mandaria recado à Secretaria. Não havendo objeção fará a transferência do Paulo. Até depois de amanhã. Nossos respeitos e muitas lembranças do MACHADO DE ASSIS.

Rio de Janeiro, 6 de março de 1904.
Meu querido Salvador de Mendonça. / Estive com o [César] de Campos, que me mostrou a nota recolhida acerca das duas agências. Disse-me que já houvera pedido de transferência, e alegou que o serventuário do Rio Bonito já ali está há muitos anos. Propôs-me vir o Paulo para a estação central; disse-me que esperava a resposta. Não adiantei nada acerca da aposentação do outro, nem respondi afirmativamente acerca da vinda para cá. Fiquei de lhe dar resposta. / A meu ver, é melhor que você escreva ao Lúcio, como me disse. Irá assim mais direta e prontamente. Mande-me o que lhe parecer. / Adeus; desculpe a pressa com que esta carta é escrita, para subir hoje, sábado. Meus respeitos à ex.ma senhora, e mais um abraço do velho / MACHADO DE ASSIS.

Rio de Janeiro, 30 de março de 1904.
Meu querido Salvador de Mendonça. / Aqui recebi, logo que voltei de Nova Friburgo, um exemplar do seu *Ajuste de contas*, lembrança de quarenta e seis anos de boa e constante amizade. / Quis relê-lo, naturalmente, e ainda uma vez achar o efeito que este trabalho produziu em mim, desde o primeiro dia. Não era preciso a amizade que nos liga; bastava o sentimento de justiça que sempre mostrou em você o que este livro tão brilhantemente expõe. Mando-lhe aqui um abraço apertado; outro, ainda uma vez, pelo discurso a Mac-Kinley, pela resposta deste, e pela unanimidade da imprensa americana. / Minha mulher recomenda-se-lhe. Ela e eu pedimos que apresente a sua ex.ma senhora e a toda a família os nossos sentimentos de respeito e amizade. / Lembranças do / Velho am.º / MACHADO DE ASSIS.

A Joaquim Nabuco
Rio de Janeiro, 28 de junho de 1904.

Meu caro Nabuco. / Já, com amigos comuns, lhe mandei os meus cumprimentos; o mesmo com a nossa Academia. Agora, pessoalmente, vão estas poucas linhas levar-lhe o cordial abraço do amigo, do patrício e do admirador. / Aqui esperávamos, desde muito, a solução do árbitro. Conhecíamos a capacidade e a força do nosso advogado, a sua tenacidade e grande cultura, o amor certo e provado a este país. Tudo isso foi agora empregado, e o trabalho que vale por si, como a glória de o haver feito e perfeito, não perdeu nem perde uma linha do que lhe custou e nos enobrecerá a todos. Esta foi a manifestação da imprensa e dos homens, políticos e outros. / Quisera dizer-lhe de viva voz estas palavras, mas creio que não voltará cá por ora, seguindo daí para Londres, e pela minha parte não irei lá. Já não é tempo para os meus anos compridos, natural fadiga, além de outras razões que impedem este passo, que considero de gigante. Mas, ainda que de longe, terei o gosto de vê-lo continuar a honrar esse nome, duas vezes seu, pelo pai que tanto fulgiu outrora, e por si. Você escreveu a vida de um, alguém escreverá um dia a do outro e nela entrará o nobre capítulo que acaba de fechar. / Agradeço-lhe as lembranças últimas que tem tido de mim especialmente a derradeira mandada das ruínas do teatro grego e de uma de suas vistas. Assim me deu com lembrança de amigo o aspecto de coisas que levantam o espírito cá de longe e fazem gemer duas vezes pela distância no tempo e no espaço. / A nossa Academia Brasileira tem já o seu aposento como deve saber. Não é separado como quiséramos; faz parte de um grande edifício dado a diversos institutos. Um destes a Academia de Medicina, já tomou posse da parte que lhe cabe, e fez sua inauguração em sala que deve ser comum às sessões solenes. Não recebi ainda oficialmente a nossa parte, espero-a por dias. / Adeus, meu caro Nabuco. Aceite ainda uma vez a afirmação do particular afeto do / Velho amigo / M. DE ASSIS.

A Salvador de Mendonça
Rio de Janeiro, 21 de julho de 1904.

Meu querido Salvador. Não quero que passe o dia de hoje sem cumprimentar-te, ainda que por letra, não podendo fazê-lo em pessoa. Tenho há muito minha mulher doente. Não quero, porém, que este dia de teus anos acabe sem mandar aqui um abraço de felicitações e saudade. / Outra felicitação e outra saudade vão aqui pelo teu discurso sobre João Caetano. Cá o li e reli e guardei; fizeste-me reviver dias passados, compuseste a figura do nosso grande trágico, ele o tempo, e que tempo! A gente nova viu a vida, a pessoa, o quadro, os sucessos, adivinhou a arte e o gênio que de hoje achou fino gosto naquilo que pessoalmente lhe não recordou nada; viu a vida, a pessoa, o quadro, os sucessos, adivinham a arte e o gênio que possuímos. Quando falaste do Paraná [Honório Hermeto Carneiro Leão, o marquês do Paraná] e da amizade que o ligava a João Caetano, fizeste-me lembrar que o estadista morreu nos braços do ator, e que um poeta da Bahia, ora esquecido (Manuel Pessoa da Silva), em poema que escreveu sobre o marquês, terminou a composição com estes dois versos:

> E o gênio da política fenece
> Nos braços do imortal gênio da cena.

Vi também através do discurso o perfil do nosso querido [Henrique César] Muzzio. Também me lembras-te ao narrar a noite do ensaio da *Joana de Flandres*, a festa da primeira representação desta ópera, quando tu, eu e tantos outros, cercando o Carlos Gomes, descemos em aclamações ali pela rua dos Ciganos abaixo. Restam alguns, e as lembranças que não acabam; dado que esmoreçam, aí está uma voz para as avivar com a velha alma sempre nova. / Adeus, meu querido Salvador, recomenda-me aos teus, e não esqueças o / Velho amigo / MACHADO DE ASSIS.

A MÁRIO DE ALENCAR
Rio de Janeiro, 3 de outubro de 1904.

Meu querido Mário. / Ontem li e reli o seu artigo acerca de *Esaú e Jacó*. Pela nossa conversação particular e pela sua cartinha de 26 sabia já a impressão que lhe deu o meu último livro; o artigo publicado no *Jornal do Commercio* veio mostrar que a sua boa amizade não me havia dito tudo. Creio na sinceridade da impressão, por mais que ela esteja contada em termos altos e superiores ao meu esforço. Vi que penetrou o sentido daquelas páginas, que as leu com amor e simpatia, e desta última parte nasceu dizer tanta coisa bela, mais ainda para quem já vai em pleno inverno. Ainda bem que lhe não desmereci do que sentia antes. / Se houvesse de compor um livro novo, não me esqueceria esta fortuna de amigo, que aliás cá fica no coração. / Adeus, um abraço e até breve / MACHADO DE ASSIS.

A JOSÉ VERÍSSIMO
Rio de Janeiro, 4 de outubro de 1904.

Meu caro J. Veríssimo. / Recebi ontem de manhã a carta que me enviou em data de 30, dando-me notícias suas, pessoais e de família. As minhas são as de costume. Minha mulher manda agradecer-lhe os seus desejos de boa saúde. Ontem mesmo encontrei o Euclides da Cunha, que está prestes a embarcar para o norte; pretendia ir o dia 8, mas irá mais tarde. Pode escrever-lhe para a rua das Laranjeiras n.° 76, onde se acha. Chegou a querer escrever o discurso de recepção na Academia; não podendo fazê-lo, por ser urgente a partida, disse-me que apenas fará a comunicação por ofício, segundo lhe permitem os estatutos. Estimo que o meu *Esaú e Jacó* lhe tenha produzido o efeito que me diz na carta. Se lhe pareceu que lá me teve a seu lado, em longa e interessante palestra, é porque estava também comigo, bastou a suprir a presença do amigo velho. Também eu cá o tive com o seu último volume dos *Estudos de Literatura* (4ª. série), publicados na mesma ocasião. Já lhe conhecia as várias partes, entre elas a que me diz respeito, e que ainda uma vez lhe agradeço cordialmente. Já de há muito estou acostumado à sua crítica benévola, e mais que benévola. Esta nova série de estudos, vindo juntar-se às outras, dará caminho a um estudo geral das nossas letras, que servirá de guia a críticos futuros. / Parece-me que a nossa Academia Brasileira de Letras vai ser completada no que concerne ao prédio e à mobília. Esta, que ainda falta, será dada por meio da emenda que os deputados Eduardo Ramos e Medeiros e Albuquerque acabam de propor ao orçamento do ministério do Interior. Resta o estudo da comissão, que não parece lhe seja contrário, por se tratar de fazer cumprir o art. 1.° da lei de 8 de dezembro de 1900. / Quanto à vaga de Martins Júnior só temos até agora um candidato apresentado, o Osório Duque Estrada; os outros (e naturalmente há outros) ainda não apresentaram as respectivas declarações. Esperamo-las. / Apesar de estar no fim do mundo, como me disse na carta, lá chegará o abraço que lhe mando daqui, e até breve. / Apresente os meus respeitos à sua família, e não esqueça o / Velho ami.º / M. DE ASSIS.

A ALCIDES MAIA
Rio de Janeiro, 10 de outubro de 1904.

Meu jovem colega. / Deixe-me agradecer-lhe cordialmente as boas e finas palavras que fez publicar no *País* acerca do meu livro *Esaú e Jacó*. Quando se conclui algum trabalho dá sempre grande prazer achar quem o entenda e explique com sincera benevolência e aguda penetração. Valham-me as suas agora expostas com tão graciosa maneira, e aceite este aperto de mão do / Velho colega / MACHADO DE ASSIS.

A DOMÍCIO DA GAMA
Rio de Janeiro, 26 de outubro de 1904.

Meu caro am.º / Há sempre algum amparo na condolência dos amigos, em um transe destes. A razão é deveras a que me dá, dizendo haver nela um pouco da doçura, que é a simpatia humana. Aprendo esta verdade, e a minha completa fortuna seria ir levá-la cedo à companheira de toda a minha vida. Aceite os agradecimentos do / Velho am.º e colega / MACHADO DE ASSIS.

A SALVADOR DE MENDONÇA
Rio de Janeiro, 28 de outubro de 1904.

Meu querido Salvador de Mendonça / Já ontem recebi na igreja os teus pêsames [pela morte da esposa, d. Carolina] e por teu intermédio os da tua boa e distinta esposa. Agradeço-os a ambos. O pouco trato que entre elas houve foi bastante para avaliarem o coração uma da outra. Eu, meu querido amigo, estou ainda atordoado, pela imensidade do golpe, como pela injustiça que a feriu. Após trinta e cinco anos de casados é um preparo para a morte. / Teu velho am.º do coração / MACHADO DE ASSIS.

AO BARÃO DO RIO BRANCO
Rio de Janeiro, 28 de outubro de 1904.

Meu ilustre amigo, / Agradeço cordialmente os pêsames que me mandou nesta grande desgraça da minha vida. Já os havia pressentido pelo costume em que me pôs de ser sempre bom comigo. Adeus, meu amigo, creia / no Velho e sincero ad.ᵒʳ MACHADO DE ASSIS.

A JOAQUIM NABUCO
Rio de Janeiro, 20 de novembro de 1904.

Meu caro Nabuco. / Tão longe, em outro meio, chegou-lhe a notícia da minha grande desgraça e você expressou logo a sua simpatia por um telegrama. A única palavra com que lhe agradeci ["Obrigado"] é a mesma que ora lhe mando, não sabendo outra que possa dizer tudo o que sinto e me acabrunha. Foi-se a melhor parte da minha vida, e aqui estou só no mundo. Note que a solidão não me é enfadonha, antes me é grata, porque é um modo de viver com ela, ouvi-la, assistir aos mil cuidados que essa companheira de trinta e cinco anos de casados tinha comigo; mas não há imaginação que não acorde, e a vigília aumenta a falta da pessoa amada. Éramos velhos, e eu contava morrer antes dela, o que seria um grande favor; primeiro, porque não acharia ninguém que melhor me ajudasse a morrer; segundo, porque ela deixa alguns parentes que a consolariam das saudades, e eu não tenho nenhum. Os meus são os amigos, e verdadeiramente são os melhores; mas a vida os dispersa, no espaço, nas preocupações do espírito e na própria carreira que a cada um cabe. Aqui me fico, por ora na mesma casa, no mesmo aposento, com os mesmos adornos seus. Tudo me lembra a minha meiga Carolina. Como estou à beira do eterno aposento, não gastarei muito tempo em recordá-la. Irei vê-la, ela me esperará. / Não posso, meu caro amigo, responder agora à sua carta de 8 de outubro; recebi-a dias depois do falecimento de minha mulher, e você compreende que apenas posso falar deste fundo golpe. /Até outra e breve: então lhe direi o que convém ao assunto daquela carta, que, pelo afeto e sinceridade, chegou à hora dos melhores remédios. Aceite este abraço do triste amigo velho / MACHADO DE ASSIS.

Rio de Janeiro, 6 de dezembro de 1904.
Meu caro Nabuco. / Quando ia responder à sua carta de 8 de outubro, aqui chegada depois da morte da minha querida Carolina, trouxe-me o correio outra de 17 de novembro, a respeito desta catástrofe. A nova carta veio com palavras de animação, quais poderiam ser ditas por você tão altas, cabais e verdadeiras. Há só um ponto, meu querido amigo; é que as lê e relê um velho homem sem forças, radicalmente enfermo. Farei o que puder para obedecer ao preceito da amizade e da bondade. Ainda uma vez, obrigado! / Indo à carta anterior, dir-lhe-ei que a inscrição para a Academia terminou a 30 de novembro, e os candidatos são o Osório Duque Estrada, o Vicente de Carvalho e o Sousa Bandeira. A candidatura do Jaceguai não apareceu; tive mesmo ocasião de ouvir a este que se não apresentaria. Quanto ao Quintino, não falou a ninguém. A sua teoria das superioridades é boa; os nomes citados são dignos, eles é que parecem recuar. Estou de acordo com o que você me escreve acerca do Assis Brasil, mas também este não se apresentou. A eleição, entre os inscritos, tem de ser feita na primeira quinzena de fevereiro. Estou pronto a servir a você, como guarda da sua consciência literária, por mais bisonho que possa ser. Há tempo para receber as suas ordens e a sua cédula. / Adeus, meu caro amigo. Tenho estado com o nosso Graça Aranha, que trata de estabelecer casa em Petrópolis, onde vai trabalhar oficial e literariamente; ouvi falar de outro livro, que para ser belo, não precisa mais que a filiação de *Canaã*. O Veríssimo está de há muito restaurado. Eu, se reviver do grande golpe, não o deverei menos a você e às suas belas palavras, para o único fim de resistir; não é que a vida em si me valha muito. Releve-me a insistência, e receba um abraço amantíssimo do / am.º velho / MACHADO DE ASSIS.

Rio de Janeiro, 13 de dezembro de 1904.
Meu caro Nabuco. / Não se admire se esta carta repetir alguma resposta já dada, tal é a confusão do meu espírito depois da desgraça que me abateu. Fiquei de lhe responder especialmente sobre a eleição da Academia; é o que vou fazer. Se já o fiz, não se perde nada. / Os candidatos são apenas três, Osório Duque Estrada, Vicente de Carvalho e João Bandeira. Não se apresentou o Jaceguai; perguntei-lhe dentro do

prazo o que cuidava fazer, disse-me que não se apresentaria. Os outros nomes citados por você merecem as reflexões que os acompanham, e tenho que o seu plano no modo de ir recompondo o pessoal acadêmico é acertado. Mas é preciso que as candidaturas venham de si mesmas, em vez de se deixarem quietas, como estão. Desta vez, com a casa nova e a quantia votada no orçamento para a mobília (pende ainda do Senado o orçamento), sempre cuidei que os candidatos seriam mais numerosos. Parece-me que alguns não suportam a ideia da eleição, como se fosse um desaire. Você sabe que não há desaire; a escolha de um nome pode ser explicada por circunstâncias, além do valor pessoal do candidato. O preterido não perde nada; ao contrário, fica uma espécie de dúvida por parte da Academia, que não fará parar à porta esquecido quem já tiver direito de ocupar cá dentro uma cadeira. / Há tempo para vir o seu voto, e estou a recebê-lo; se quiser que eu escreva a cédula, posso ser seu secretário. Basta indicar o nome. Já lhe citei os três, Bandeira, Osório e Vicente de Carvalho. Pelo que me disse na carta de 8 de outubro, o Bandeira escreveu-lhe, e teria prazer em adotá-lo, se não fossem as razões, que aliás desapareceram. Aqui estou para tudo o que você mandar; aproveite enquanto há algumas forças restantes; não tardará muito que elas se vão e fique só um triste esqueleto de vontade. / Ontem à noite estiveram aqui em casa o Graça e sua senhora, falamos de você, de literatura e de viagem. Sobem daqui a dois dias para Petrópolis, onde o Graça vai funcionar na comissão do Acre. O Veríssimo está restabelecido. / Quero pedir-lhe uma coisa, se é possível, mandar-me alguma das suas fotografias últimas. / Não vi ainda o conde Prozor, ministro da Rússia, de que falamos ontem com referência à carta de 8 de outubro. Se tivéssemos agora recepção na Academia, eu quisera obter do conde a fineza de vir a ela com a condessa, mas o Euclides da Cunha, que devia tomar posse, fê-lo por carta ao secretário, e embarca amanhã para o alto Purus, onde vai ocupar um lugar de chefe de comissão. / Adeus, meu caro Nabuco, continue a não esquecer e dispor do / Velho am.° afetuosíssimo / M. DE ASSIS.

A FRANCISCO RAMOS PAZ
Rio de Janeiro, 15 de dezembro de 1904.
Meu caro Paz, / Obrigado pelas tuas palavras e pelo teu abraço. Ainda que de longe, senti-lhes o afeto antigo, tão necessário nesta minha desgraça. Não sei se resistirei muito. Fomos casados durante trinta e cinco anos, uma existência inteira; por isso, se a solidão me abate, não é a solidão em si mesma, é a falta da minha velha e querida mulher. Obrigado. Até breve, segundo me anuncias, oxalá concluas a viagem sem as contrariedades a que aludes. Abraça-te / O velho am.° / MACHADO DE ASSIS.

A JOAQUIM NABUCO
Rio de Janeiro, 11 de janeiro de 1905.
Meu caro embaixador. / Deixe-me dar-lhe o título que já corre impresso.[15] O *Jornal do Commercio* foi o primeiro que publicou a notícia com a discrição e a segurança do costume. Hoje leio que o ministro americano Thompson já está nomeado desde ontem. / Não é preciso dizer-lhe o efeito que a notícia produziu aqui. Todos a aplaudiram, e os seus amigos juntamos ao aplauso geral aquele sentimento particular

---

10 Ao ser criada a embaixada do Brasil em Washington, Joaquim Nabuco foi nomeado embaixador.

que você ganhou e possui em nossos corações. Começa você a história desta nova fase da nossa vida diplomática. / Releve-me, meu caro Nabuco, estas poucas linhas em momento que pedia muitas. Acordei um pouco enfermo, e, se não fraquear no propósito de calar, só confiarei a notícia a você, porque, apesar do mal-estar, vou para o meu ofício. Receba um forte abraço, tão longo como a distância que nos separa. Você sabe que é sincero este meu gosto de o ver levantado pelo Brasil até onde merece a sua capacidade. Peço-lhe que apresente os meus cumprimentos à ditosa e digna embaixatriz, e continue a amizade de que há dado tantas e tocantes provas ao / Velho amigo / MACHADO DE ASSIS.

A JOSÉ VERÍSSIMO
Rio de Janeiro, 4 de fevereiro de 1905.

Meu caro José Veríssimo. / Ontem, depois que nos separamos, recebi o livro e a carta que você me deixou no Garnier. Quando abri o pacote, vi o livro e li a carta, recebi naturalmente a impressão que me dão letras suas — maior desta vez pelo assunto. Obrigado, meu amigo, pelas palavras de carinho e conforto que me mandou e pelo sentimento de piedade que o levou à devolução do livro [um exemplar de *Esaú e Jacó*]. Foi certamente o último volume que a minha companheira folheou e leu trechos, esperando fazê-lo mais tarde, como aos outros que ela me viu escrever. Cá vai o volume para o pequeno móvel onde guardo uma parte das lembranças dela. Esta outra lembrança traz a nota particular do amigo. / Apesar da exortação que me faz e da fé que ainda põe na possibilidade de algum trabalho, não sei se este seu triste amigo poderá meter ombros a um livro, que seria efetivamente o último. Pelo que é viver comigo, ela vive e viverá, mas a força que me dá isto é empregada na resistência à dor que ela me deixou. Enfim, pode ser que a necessidade do trabalho me traga esses efeitos que você tão carinhosamente afiança. Eu quisera que assim fosse. / Quanto à minha visão das coisas, meu amigo, estou ainda muito perto de uma grande injustiça para descrer do mal. Nabuco, animando-me como você, escreveu-me que a mim coube a melhor parte — "o sofrimento". A visão dele é outra, mas em verdade o sofrimento é ainda a melhor parte da vida. / Adeus, obrigado, não esqueça este seu velho / M. DE ASSIS.

A LÚCIO DE MENDONÇA
Rio de Janeiro, 3 de março de 1905.

Meu querido am.º e confrade / Compreendo o tédio que lhe deu o desvio ou perda da carta de 12 ou 13 do mês passado. Ontem de manhã fui ter com o diretor dos Correios para lhe contar o caso e pedir providências. Respondeu-me que ia telegrafar imediatamente ao agente de Teresópolis, e ao mesmo tempo ordenar aos empregados da repartição que receberam as malas examinassem esta falta. Ouviria também o carteiro incumbido da correspondência oficial visto que a sua carta trazia o endereço para a Secretaria. Na mesma ocasião expôs longamente a facilidade que há em desvios de cartas apesar do cuidado. / Viu que a votação da Academia não deu maioria a nenhum dos candidatos, havendo entre ambos apenas um voto de diferença. Vamos a novo escrutínio em maio. Já então o teremos aqui. / Sobre o que me diz acerca da falta de declaração de membro da Academia Brasileira no livro *A caminho*, pode ser que tenha razão. O meu editor, porém, já a imprimiu na nova edição da *Helena*. Venha o seu livro, que me lembrarás dias idos. Vamos recolhendo o que houver ficado pela estrada. / Adeus, meu querido Lúcio, receba um abraço do / Velho e triste amigo / MACHADO DE ASSIS.

A JOAQUIM NABUCO
Rio de Janeiro, 24 de junho de 1905.

Meu querido Nabuco. / Deixe-me agradecer-lhe a fotografia e a lembrança. Aquela é soberba, e esta é doce ao meu coração, já agora despojado da vida. Consolam-me ainda memórias de amigo, meu querido Nabuco. Esta aqui fica na minha sala, com as de outros íntimos. / Já aqui lemos a notícia de recepção da embaixada e o discurso do embaixador. Foi o que se devia esperar, na altura do cargo, dos dois países e do orador amado e admirado de nós todos. Cabe-lhe um legítimo papel na história das nossas relações internacionais, e agora especialmente americanas. É um desses casos em que o governo acerta nomeando o nomeado da opinião, sem perder por isso a glória do ato. / Nós cá vamos andando. A Academia elegeu o seu escolhido, o Sousa Bandeira, que talvez seja recebido em julho ou agosto, respondendo-lhe o Graça Aranha. A cerimônia será na casa nova e própria, entre os móveis que o ministro do Interior, o Seabra, mandou dar-nos. Vamos ter eleição nova para a vaga do Patrocínio. Até agora só há dois candidatos, padre Severiano de Resende e Domingos Olímpio. / Adeus, meu querido Nabuco. Disponha sempre deste velho e triste amigo, que o conheceu adolescente e teve a boa fortuna de lhe ouvir as primeiras palavras, que fizeram adivinhar o homem brilhante e grave que viria a ser um dia. Adeus, saudades do / Am.° de sempre / M. DE ASSIS.

Rio de Janeiro, 11 de agosto de 1905.

Meu caro Nabuco. / Escrevo algumas horas depois do seu ato de grande amigo. Em qualquer quadra da minha vida ele me comoveria profundamente; nesta em que vou a comoção foi muito maior. Você deu bem a entender, com a arte fina e substanciosa, a palmeira solitária a que vinha o galho do poeta. / O que a Academia, a seu conselho, me fez ontem, basta de sobra a compensar os esforços da minha vida inteira; eu lhe agradeço haver-se lembrado de mim tão longe e tão generosamente. / O Graça desempenhou a incumbência com as boas palavras que você receberá. Antes dele o Rodrigo Otávio leu a sua carta diante da sala cheia e curiosa.[16] Ao Graça seguiram com versos de amigo o Alberto de Oliveira e o Salvador de Mendonça. / A recepção do Bandeira esteve brilhante. Lá verá o excelente discurso do novo acadêmico. Respondendo-lhe, o Graça mostrou-se pensador, farto de ideias, expressas em forma animada e rica. A Academia está, enfim, aposentada e alfaiada; resta-lhe viver. / Adeus, meu querido amigo, ainda uma vez obrigado. Aceite um apertado abraço do / Velho amigo / M. DE ASSIS.

---

11 Carta de Nabuco a Graça Aranha: "Londres, abril, 12, 1905. / Meu caro amigo. / O que vai nessa caixa é um ramo do carvalho de Tasso, que lhe mando para oferecer ao Machado de Assis do modo que lhe parecer mais simbólico. O melhor é talvez que a Academia lho ofereça, mas quando e como são problemas para o senhor mesmo resolver. As palavras, porém, com que ele for oferecido devem ser suas. Ninguém sabe dizer-lhe tão bem como senhor o que ele gosta de ouvir, e de ninguém, estou certo, ele considerará a vassalagem tão honrosa para o seu nome. Devemos tratá-lo com o carinho e a veneração com que no Oriente tratam as caravanas a palmeira às vezes solitária do oásis. Muitas recomendações afetuosas do seu muito dedicado amigo. / JOAQUIM NABUCO".

Rio de Janeiro, 29 de agosto de 1905.

Meu caro Nabuco. / Recebi a sua carta escrita das Montanhas Brancas. Há dias escrevi-lhe uma agradecendo a generosa e afetuosa lembrança do carvalho de Tasso. A Renascença reproduziu a sua carta e a do síndico de Roma, e deu as palavras do Graça e os versos do Salvador de Mendonça e do Alberto de Oliveira. Lá verá como o nosso Graça correspondeu à indicação que lhe fez, dizendo-me coisas vindas do coração de ambos. / Os nossos amigos da Academia, ao par daquela fineza, quiseram fazer-me outra, pôr o meu retrato na sala das sessões, e confiaram obra ao pincel de Henrique Bernardelli; está pronto, e vai primeiro à exposição da Escola Nacional de Belas-Artes. O artista reproduziu o galho sobre uns livros que meteu na tela. Todos me têm acostumado à benevolência. Valha esta consolação à amargura da minha velhice. / Sobre o voto da Academia recebi as suas indicações, não podendo cumpri-las por não ser candidato o Jaceguai nem o Artur Orlando. Já lá há de saber que os candidatos são o padre Resende, o Domingos Olímpio e o Mário de Alencar. Na Academia não há nem deve haver grupos fechados. / Venha o livro que medita; é preciso que o embaixador não faça descansar o escritor; ambos são necessários à nossa afirmação nacional. Dei aos amigos as lembranças que lhes mandou, e eles lhas retribuem. As minhas saudades são as que você sabe, nascem da distância e do tempo. Ainda agora achei um bilhete seu convidando-me à reunião da rua da Princesa para fundar a Sociedade Abolicionista; é de 6 de setembro de 1880. Quanta coisa passada! quanta gente morta! Sobrevivem corações que, como o seu, sabem amar e merecem o amor. Adeus, meu caro Nabuco, não esqueça / O velho am.°, ad.^{mor} e companheiro / M. DE ASSIS.

Rio de Janeiro, 30 de setembro de 1905.

Meu caro Nabuco. / Aqui tenho a sua carta datada das Montanhas Brancas, onde foi descansar algum tempo fazendo outra coisa. Diz-me que o lugar é delicioso e fala-me da rapidez dos dias. Tudo merece, meu caro Nabuco, e nós não merecemos menos o livro que promete nesta frase: "Quero ver se dou um livro". Venha ele; é preciso que descanse em um livro, seja qual for o objeto; trará a mesma roupagem nossa conhecida e amada. / A carta dá-me a indicação do seu voto no Jaceguai para a vaga do Patrocínio. O Jaceguai merece bem a escolha da Academia, mas ele não se apresentou e, segundo lhe ouvi, não quer apresentar-se. Creio até que lhe escreveu nesse sentido. Ignoro a razão, e aliás concordo em que ele deve fazer parte do nosso grêmio. O Artur Orlando também não se apresentou. Os candidatos são os que já sabe, o padre Severiano de Resende, o Domingos Olímpio e o Mário de Alencar; provavelmente os três lhe haverão escrito já. A eleição é na segunda quinzena de outubro, creio que no último dia. / Já há de saber do meu retrato que amigos da Academia mandaram pintar pelo Henrique Bernardelli e está agora na exposição anual da Escola de Belas-Artes. O artista, para perpetuar a sua generosa lembrança, copiou na tela, sobre uns livros, o galho do carvalho de Tasso. O próprio galho, com a sua carta ao Graça, já os tenho na minha sala, em caixa, abaixo do retrato que você me mandou de Londres o ano passado. Não falta nada, a não ser os olhos da minha velha e boa esposa que, tanto como eu, seria agradecida a esta dupla lembrança do amigo. / A Academia vai continuar os seus trabalhos, agora mais assídua, desde que tem casa e móveis. Quando cá vier tomar um banho da pátria, será recebido nela como merece de todos nós que lhe queremos. Adeus, meu caro Nabuco, continue a lembrar-se de mim, onde quer que o nosso lustre nacional peça a sua presença. Eu não esqueço o amigo que vi adolescente, e de quem ainda agora achei uma carta que me avisava do dia em que devia fundar a Sociedade Abolicionista, na rua da Princesa. Lá se vão vinte e tantos anos! Era o princípio da campanha vencida pouco depois com tanta glória e tão pacificamente. / Receba um apertado abraço do / Velho ad.^{mor} e am.º / M. DE ASSIS.

Rio de Janeiro, 15 de outubro de 1905.

Meu caro Nabuco. / Obrigado pelo exemplar da *Washington Life* em que vem o seu telegrama ao Roosevelt. Já o havia lido, mas agora tenho aqui o próprio texto original, com as belas palavras e conceitos que você lhe soube pôr, como aliás pôs a tudo. Do juízo da folha participamos todos os que temos a você por embaixador do nosso espírito. Também recebi as outras folhas que tratam da conclusão da paz. Com razão celebram todas elas a grande obra do presidente, e dão nisto vivo exemplo de patriotismo. Certo é também que a nação toda falou pela boca de Roosevelt, e ambos entraram nesta página gloriosa do século. O seu telegrama é a voz da outra América falando ao vencedor da paz. A eleição da Academia deve ser feita em fins deste mês. Em carta que lhe escrevi, há dias, disse o que penso da eleição do Jaceguai, figura certamente representativa para a nossa casa, mas, como você sabe, ele não se apresentou; nem ele nem o Artur Orlando. / Viu transcrito no *Jornal do Commercio*, entre os "a pedidos", um trecho do seu belo artigo sobre a Sara Bernhardt? Há de ter sido lembrança do Rio Branco, que me pediu informações sobre ele, no dia seguinte à primeira representação agora. Receava-se uma pateada, fizeram-lhe ovação, e ele quis provavelmente que a bandeira da sua autoridade envolvesse a grande artista. Você chamou-lhe então (há vinte e tantos anos!) embaixatriz da França. Não a vi agora, mas dizem que trouxe as mesmas credenciais. / Adeus, meu caro Nabuco, receba ainda um abraço do ad.^{mor} e velho amigo / M. DE ASSIS.

A JOSÉ VERÍSSIMO
Rio de Janeiro, 22 de fevereiro de 1906.

Meu caro Veríssimo. / A sua carta de 19 chegou aqui anteontem, mas supondo ter-lhe ouvido que desceria ontem pelas exéquias, receei que a resposta se desencontrasse do destinatário, e não lhe escrevi no mesmo dia. Escrevo-lhe hoje para lhe agradecer as boas e amigas palavras que me mandou a respeito das *Relíquias*. Já estou acostumado a elas. A sua afeição conhece a arte de acentuar a opinião, já de si benévola. Ainda bem que lhe agradaram essas páginas que o teimoso de mim foi pesquisar, ligar e imprimir como para enganar a velhice. Não sei se serão derradeiras, creio que sim. Em todo caso estimo que não tenham parecido importunas ou enfadonhas, e o seu juízo é de autoridade. / Adeus, meu caro Veríssimo. Não lhe digo até breve, porque, não podendo lá ir, começo a desconfiar que não virá mais cá; Petrópolis não perdeu, com as revoluções, o dom de enfeitiçar e prender. Ao contrário, parece que o tem agora maior. Eu aqui indo, como posso, emendando o nosso Camões, naquela estrofe:

> Há pouco que passar até outono...
> Vão os anos descendo, e já de estio.

Ponho outono onde é estio, e inverno onde é outono, e isto mesmo é vaidade, porque o inverno já cá está de todo. / Adeus, meu caro Veríssimo, lembranças aos seus e aos amigos, com quem dividirá as saudades do / Velho amigo / M. DE ASSIS.

A BELMIRO BRAGA
Rio de Janeiro, 23 de junho de 1906.

Caro e distinto amigo. / Recebi a sua carta de 21, com as boas palavras que me manda pelo meu aniversário. Gostei de as ler, com a natural restrição que lhes põe de que tal data não é de alegrias para mim, depois que perdi a minha boa companheira de trinta e cinco anos. Assim é: muito obrigado. Estou aqui um triste velho desamparado, contando alguns poucos amigos, entre os quais figura o seu nome de moço de talento. Creia-me sempre / velho am.º e confrade / MACHADO DE ASSIS.

A MÁRIO DE ALENCAR
Rio de Janeiro, 26 de dezembro de 1906.

Meu querido amigo. / Recebi ontem a sua carta de 24, e escrevo-lhe hoje sem saber se terá partido sempre para a fazenda. Creio que esta carta já lá o encontre. O que lhe sucedeu na viagem era natural; eu chegaria do mesmo modo. Agora é seguir e descansar, vendo as coisas novas e interessantes, com que areje a alma e fortaleça o corpo. Vejo que a esposa, a mamãe e os filhos chegaram sem novidade. As duas levaram o melhor viático, o desejo de o ver bom e a confiança na ação da roça. Todos nós aqui partilhamos a mesma esperança e contamos vê-lo tornar restaurado para a família, para os amigos e para as letras. / Eu tenho passado sem novidade. Agora estou bastante cansado, particularmente do pescoço, que me dói, visto que ontem gastei todo o dia curvado a trabalhar em casa. Para quem já havia trabalhado todo o domingo (nos outros dias tenho a interrupção das tardes), foi realmente demasiado. Mas eu não me corrijo. / Aqui nenhuma novidade. O Artur Orlando mandou-me carta apresentando-se candidato à Academia na vaga do Loreto;[17] já a levei ao Rodrigo Otávio para que publique a notícia e guarde a carta. Ainda não recebi a do Assis Brasil. Não sei se teremos outros candidatos, mas é possível. / A Academia pegou, como dizem alguns, e parece que sim. / Adeus, meu querido Mário, até a próxima. Apresente os meus respeitos às suas queridas companheiras, lembranças aos pequenos, e um grande abraço para si do velho e grato amigo / MACHADO DE ASSIS.

A DOMÍCIO DA GAMA
Rio de Janeiro, 29 de dezembro de 1906.

Meu caro Domício, / vim procurá-lo e soube que está em Petrópolis e não descerá hoje. Disse-me o sr. Vasco Smith de Vasconcelos que o dr. Dutra, adido à Secretaria, vai pedir demissão segunda-feira, depois de amanhã. Ele deseja o lugar para si, e já uma vez lhe falei disto, pedido dele; é estudante do primeiro ano de direito. Pode você interceder por ele? Não desejo incomodar diretamente o nosso Rio Branco a este respeito, nem sei se lhe poderia falar hoje. Escrevo também ao Graça Aranha. / Receba as saudades de um velho amigo e mande-me as suas, se lhe mereço algumas. Adeus, meu caro Domício, não esqueça o / am.º velho / MACHADO DE ASSIS.

---

12 Franklin Dória, barão de Loreto.

A MÁRIO DE ALENCAR
Rio de Janeiro, 5 de janeiro de 1907.
Meu querido amigo, / recebi a sua carta de 2 e devia responder-lhe a 5, mas tive o dia tomado, e ontem não pude fazê-lo nem teria meio de mandar a carta ao Correio. Hoje aproveito esta nesga de tempo, devendo aliás dar-lhe a melhor parte, mas se lhe disser que, depois de algum tempo largo de melhoras sensíveis, tive esta noite uma pequena crise, compreenderá a obrigação em que me vejo de lhe dizer pouco e às pressas. / Não sei se recebeu a carta com que respondi ao seu cartão-postal; foi para a fazenda. O telegrama de abraços recebi e ontem tive o cartão de agradecimento de d. Georgina. / A carta de 2 me fez mal. Essa melancolia que o aflige é preciso que não seja irredutível nem irremediável. Sei o que me pode responder; é o que já me tem dito como a outros, mas não há como refutá-lo senão tornando aos mesmos termos. / Que o mal não irredutível, (sic) basta lembrar o caso do Magalhães de Azeredo, que o Sousa Bandeira deixou robusto e lépido. Já lhe contei o que a mãe me disse relativamente ao estado em que ele esteve em Roma. Uma senhora (velha amiga da minha Carolina), em carta que me escreveu há pouco referiu-me o caso de um genro que chegou a um estado agudo e está bom. / Tenha pois confiança, meu querido amigo; lá tem os seus melhores médicos, a companhia da sua mamãe e da sua Baby, e o riso de seus filhos. A vista nova das coisas acabará por penetrar-lhe o espírito. / Obrigado pelos conselhos que me dá acerca da minha saúde. Faço o que posso, mas para mim o trabalho é distração necessária. / Sousa Bandeira e eu dissemos o que nos cabia a seu respeito, na sexta-feira, 4, no Garnier; recordamos a sua recepção na Academia, e concordamos que a sua modéstia é um mal. A Academia está de vaga aberta, e o prazo para a apresentação de candidaturas termina a 28 de fevereiro. Por ora só se apresentou o Orlando. Ainda se não apresentou o Assis Brasil, por quem trabalha o Euclides. / Conto ir visitar um dia destes o Leo.[18] / O que lhe digo acima sobre o dia 5 tomado foi um almoço que o Calmon ofereceu ao J. Marcelino. Não voltei a tempo de escrever. / Escreva-me logo que receba esta, vencendo o torpor, e veja se a saudade de um am.° lhe dá ânimo. Adeus, peço-lhe que dê recomendações minhas a sua boa mãe e boa consorte, e receba o meu abraço de velho, de amigo e de solitário. Adeus, meu querido. / MACHADO DE ASSIS.

A JOAQUIM NABUCO
Rio de Janeiro, 7 de fevereiro de 1907.
Meu querido Nabuco. / Esta carta é breve, o bastante para lhe dizer que todos nos lembramos de você, notícia ociosa. O Veríssimo escreveu, a propósito do seu livro das *Pensées Détachées*, os dois excelentes artigos que você terá visto no *Jornal do Commercio*, para onde voltou brilhantemente com a *Revista Literária*. Fez-lhe a devida justiça que nós todos assinamos de coração. A minha carta, aquela que tive a fortuna de escrever antes de ninguém, era melhor que lá tivesse também saído. / Aqui vou andando, meu querido amigo, com estas afeições da velhice, que ajudam a carregá-la. Não sei se terei tempo de dar forma e termo a um livro que medito e esboço [*Memorial de Aires*]; se puder, será certamente o último. As forças com-

---
13 Cunhado de Mário de Alencar.

preenderão o conselho e acabarão de morrer caladas. / Estou certo que você achou todos os seus em boa saúde, e ansiosos de ver o seu amado chefe. Peço-lhe que lhes apresente os meus respeitos, e também que me recomende ao amigo Chermont. Não lhe peço que se lembre de mim, porque sei, com ufania e gosto, que nunca me esqueceu, e sempre quis ao seu / Velho ad.^{mor} e grato amigo / M. DE ASSIS.

A MÁRIO DE ALENCAR
Rio de Janeiro, 7 de março de 1907.

Meu querido amigo, / pela sua carta vejo que está passando bem, melhor que na cidade. Viva a paisagem e as suas vozes e vistas que também são médicos e remédios certos e capazes. A sua descrição fez-me lembrar a que daí fez seu glorioso pai. Vá, meu amigo, entregue-se aos passeios e ao trabalho manual que projeta até que torne e continue os outros. Conto que os seus nervos se aquietem e passem a obedecer como já fazem. / Esta resposta vai demorada, porque a sua carta veio achar-me com um princípio de gripe que continua; trouxe-me o corpo amolentado, além de outros fenômenos característicos, como a falta de apetite, amargor de boca e recrudescimento da coriza. Um hospital, meu querido! Há três noites não saio de casa. Em plena gripe tinha passado duas delas em pleno jardim vizinho, sentado, apanhando sereno. Enfim, parece-me que melhorarei, não sei; enquanto não me deixarem sair de noite, não posso ir como quisera à rua de Olinda. Vá pondo à conta do meu mal esta letra irregular e velha, que está cada vez pior. / Peço-lhe que apresente os meus respeitos às duas boas companheiras daí, e receba um abraço grande de amigo, que dá para dividir com os filhos e ainda lhe sobrará muito. Adeus, meu querido. Quisera falar-lhe bastante, mas é melhor cá. Creia no amigo velho do coração / MACHADO DE ASSIS.

Rio de Janeiro, 13 de março de 1907.

Meu querido amigo, / Já lhe escrevi uma carta que lhe terá chegado às mãos pouco antes da que me enviou datada do mês passado, 28; e a essa já lhe respondi também, salvo se estou confundindo datas. Ao cartão postal que me enviou creio haver respondido também. Seja como for, vou sentindo demora nas suas letras, mas a notícia que tenho de que despende grande parte do tempo com trabalhos físicos em proveito do mal compensa este silêncio. Li o que me disse dos seus passeios e dos livros que terá começado ou vai começar a ler; tudo é bom. O Leo deu-me notícias suas há dias e ontem, e boas. Pretendo ir vê-lo sábado, dia certo de estar em casa. Não fui ainda antes por ter sido atacado da gripe durante alguns dias; agora vou melhorando. / Manda-me algumas linhas dizendo como vão os seus nervos. Eu espero que bem. Estes amigos são teimosos, mas não inteiramente, e creio que começando a ir desaparecem. Assim aconteceu a uma das filhas do Parreiras Horta, que ele levou o ano passado para a Europa, com o mesmo mal e a tuberculose em segundo grau; voltou há três dias inteiramente curada e gorda. / Receba os meus desejos de o ver assim de volta, e antes do abraço com que o espero, receba este para si e para seus filhos. Às excelentes esposa e mamãe peço-lhe que apresente os meus respeitosos cumprimentos. Adeus, e até breve. / O velho amigo / MACHADO DE ASSIS.

Rio de Janeiro, 18 de março de 1907.

Meu querido amigo. / Respondo à sua carta de 14, que me trouxe excelente impressão, confirmando a que o Leo me tem dado. Faz bem em alternar os livros com os quadros naturais. Ao cabo, tudo concorre para a completa cura. Não é preciso dizer o gosto que me deu afirmando que entre as leituras figuram alguns versos meus, "Musa Consolatrix". Eu já me não sinto com o vigor que possa transmitir a alguém, a não ser que a pessoa beneficiada não tenha em si a disposição de me aceitar velhas lembranças; em tal caso, a maior e melhor parte do remédio está no próprio enfermo. / É o nosso caso. / Estou curado da gripe. A coriza vai a bom caminho, e posso crer que só me resta a parte que arrasto comigo há anos. Estes meus últimos dias têm sido de enfado e naturalmente não é assunto que procure o papel. Falaremos quando voltar. Contente-se, por ora, de ir lendo o que lhe mandar este pobre amigo. / Não sei se alguém lhe disse já que o Magalhães de Azeredo e a senhora embarcaram ou vão embarcar com destino ao Rio de Janeiro. Veio ontem no *Jornal do Commercio*. Justamente agora que eu respondera à carta que ele me mandou há dias. Não me falou nela da viagem; dizem-me que o motivo pode prender com a morte do sogro. Vá relevando esta letra execrável, cada vez pior que a do costume. / Por que não me escreve alguma coisa? Ideias fugitivas, quadros passageiros, emoções de qualquer espécie, tudo são coisas que o papel aceita e a que mais tarde se dá método, se lhes não convier o próprio desalinho. Eu confesso-lhe que estou agora inteiramente parado no que quisera fazer andar. / Meus respeitos às doces companheiras da sua vida, abraços para as crianças, e um para si do amigo velho / MACHADO DE ASSIS.

Rio de Janeiro, 25 de março de 1907.

Meu querido amigo, / imagino que esta carta se vai fazer encontradiça com alguma sua, a última, a que eu espero em resposta à que lhe mandei na semana passada. Notícias suas tenho-as tido pelo Leo e são boas. Conto que as que me mande agora confirmem as dele. Vá desculpando a letra, e o mal alinhado. Este seu velho amigo é um pobre-diabo cansado, que mal dá de si alguma pouca coisa, desalinhada e torta. / Sábado passado era meu plano ir à rua de Olinda fazer a visita que prometi; mas o Leo me disse que ia nessa noite ao concerto de Laura Coutinho; adiei a visita para o outro sábado. / Cá embaixo não há nada que já não saiba lá no Alto, e aliás o papel apenas bastará para dizer de nós mesmos. Sei que todos vão bem, e imagino que o resto de seu mal desaparecerá depressa. A sessão da Câmara em maio nos aproximará, como de outras vezes; o pior é se o seu interlocutor já estará mais enfadonho que antes; o que é possível, e, se me consultar bem, é certo. / Soube pelo Leo que um dia destes dará cá um pulo, a fugir, e tornará logo para a Tijuca. Se neste meio tempo vier um minuto para mim, eu o receberei como empréstimo de ouro. Ontem, estando com o Capistrano, perguntou-me ele se iríamos aí à Tijuca visitá-lo. Só o poderíamos fazer em domingo e eu pensei comigo no de Páscoa; mas depois adverti na visita que tenho de fazer à sobrinha de minha mulher, Laura Costa. Demais, é fim do trimestre adicional, em que a contabilidade de todos os ministérios trabalha muito. Tudo estará feito domingo; eu é que já não darei para tanto. / Peço-lhe que apresente os meus respeitos às suas queridas mãe e esposa, e dê um abraço nas crianças, com um para si e saudades. / MACHADO DE ASSIS.

Rio de Janeiro, 28 de março de 1907.

Meu querido amigo. / Anteontem mandei-lhe uma carta, e ontem à tarde recebi outra sua; cruzaram-se. A sua foi-me entregue no Garnier, aonde foi levada em mão, por um moço que o empregado não conhece. / Li-a logo e entristeceu-me naturalmente. As notícias que eu tinha eram boas, estavam longe do desânimo que me manifestava agora. Tudo o que eu lhe possa dizer contra esse desânimo sei que é inútil, mas o próprio texto me faz esperar que o remédio virá por si. Quando me diz que, já aborrecido da versão de Ésquilo, sente contudo desejo de recomeçá-la, revela nisso um estado de espírito vacilante, mas não prostrado de todo; e para o mal do espírito basta que ele vislumbre alguma coisa. A paisagem não dará tudo, o ar também não, e as musas (digo assim, pois que trato das antigas) fazem pagar caro os seus favores. Não importa; lá tem os filhos que lhe querem e merecem, a esposa que não menos merece e quer, e a mãe, que vale por todos e sente por todos. / Amanhã — não — depois de amanhã, sábado, hei de estar com o Miguel Couto e oportunamente lhe direi o que houvermos conversado. / O meu trabalho teve uma interrupção de dias; não sei se lhe disse isto. Eu começo a desconfiar que alguma das minhas cartas não lhe terá chegado. Agora quero ver se acabo a leitura e faço o remate. / Li o que soube do Graça; é o que também ouvi ao Tasso Fragoso, mas é coisa diversa do seu caso. A Academia vai cuidar de recomeçar as suas sessões. A eleição é em abril. Ficaremos sem o Rodrigo Otávio, que embarca para a Europa domingo, e só voltará em julho. Adeus, meu querido amigo, recomendações aos seus doces anjos da guarda e abraços para as crianças e para si. / Velho amigo agradecido. / MACHADO DE ASSIS.

Rio de Janeiro, 1 de abril de 1907.

Meu querido amigo, / Só na noite de sábado recebi a sua carta de 27, e ainda assim foi preciso mandar ver se a havia na caixa; provavelmente foi posta depois que eu saí. Vinha de esperar o Magalhães Azeredo até sete horas e um quarto no Pharoux, onde ele desembarcou às dez e meia. Ontem é que nos falamos, de manhã, no largo do Machado, e de tarde em casa do tio Coelho, rua Marquês de Abrantes n.° 97. Lá lhe dei o seu recado, e ele ficou sentido do desencontro. Hoje deve subir para Petrópolis com a família. / A minha ideia era ir sábado visitar o Leo, mas a chegada e a espera do nosso amigo, fez-me ir jantar às oito horas, e só às nove poderia sair do Cosme Velho. Adiei a visita. / Li e reli as palavras que me diz, e ainda bem que a minha carta lhe produziu esse efeito, o mesmo que parece haver sentido com a nossa conversação. Tanto melhor, meu amigo. Já sabe que a sua moléstia é uma impressão, e basta alguém de boa vontade, o que lhe não falta, ao contrário. Não falei ao Azeredo na mesma que ele teve em Roma, de que se curou totalmente; está o mesmo rapaz antigo. Conversamos do que pudemos, e prometi, se for possível, dar um pulo a Petrópolis, mas não sei. Já tenho dito a mesma coisa a amigos que lá tenho, e a quem desejo muito, mas ainda não cumpri nada. / Novamente agradeço a d. Helena os cambucás que me mandou; estavam saborosos, conforme lhe disse. Também lhe disse que os dividi com uma vizinha. / Não fale na mocidade do meu espírito, que está velho ou pior. Adeus, meu amigo; até à primeira ou até o fim do mês. O Azeredo, pelo que me disse, quer cuidar do discurso de entrada na Academia; teremos festa. A nova eleição é lá para o fim do mês. Peço que apresente os seus respeitos a mamãe e à esposa, lembre-me às crianças e receba um abraço do velho am.° / MACHADO DE ASSIS.

Rio de Janeiro, 11 de abril de 1907.

Meu querido amigo. / Recebi a sua carta de 8 ontem à tarde, de maneira que só agora posso respondê-la. Li o que me diz acerca do seu mal-estar e outros fenômenos. Qualquer que tenha sido a causa dessa agravação, vejo que está melhor, e ainda bem. Eu, que tenho mais direito a enfermidades, não lhe digo senão que as vou expiando com olhos cansados. O muito trabalhar destes últimos dias tem-me trazido alguns fenômenos nervosos; nem por isso deixo de lhe mandar cá de baixo as animações necessárias, por mais enfadonhas que lhe pareçam. / O Magalhães de Azeredo só uma vez desceu de Petrópolis e eu apenas o vi de passagem; ficou de tornar um dia destes. Já lhe contei o nosso encontro do dia seguinte ao da chegada da Europa. Não terá havido extravio das duas cartas que lhe escreveu agora? Não sei se leu ontem que hoje há sessão na Academia para cuidar da próxima eleição e de outros assuntos. Acabo de ler que ontem faleceu o Teixeira de Melo. Desaparecera, há muito, presa de um mal cruel; é mais uma vaga na Academia. / Li o que me diz do registro que o Bilac escreveu acerca da Academia. Em França há muito quem ataque ou diga mal da Academia, mas são os que estão fora dela; os que a compõem sabem amá-la e prezá-la. Aqui a própria Academia acha em si mesma a oposição. / Adeus, meu amigo: acabo, já, por faltar tempo. Estive sábado passado na rua de Olinda, com os seus amáveis sogro[19] e cunhados, e passei uma boa hora de conversação. Lá falamos, é claro, a seu respeito, e a impressão que me deram é boa. Adeus; recomendações à sua mamãe e à sua Baby, e os abraços do costume para as crianças e para si. / Amigo velho / MACHADO DE ASSIS.

A JOAQUIM NABUCO
Rio de Janeiro, 14 de maio de 1907.

Meu caro Nabuco. / Dei conta aos colegas da Academia de seu voto na vaga do Loreto em favor do Artur Orlando. Para tudo dizer, dei notícia também do voto que daria ao Assis Brasil ou ao Jaceguai. A este contei também o texto da sua carta, e instei com ele para que se apresente candidato à vaga do Teixeira de Melo (a outra está encerrada e esta foi aberta), mas insistiu em recusar. A razão é não ser homem de letras. Citei-lhe, ainda uma vez, o meu modo de ver que outrora me foi dito, já verbalmente, já por carta; apesar de tudo declarou que não. Quanto ao Assis Brasil, foi instado pelo Euclides da Cunha e recusou também. A carta dele, que Euclides me leu, parece-me mostrar que o Assis Brasil estimaria ser acadêmico; não obstante, recusa sempre; creio que por causa da *non réussite*. Sinto isto muito, meu querido Nabuco. / Para a vaga do Teixeira de Melo apresentaram-se já dois candidatos, o Virgílio Várzea e o Paulo Barreto, que assina João do Rio. O secretário Medeiros já lhe há de ter escrito sobre isto. Sabe que o Rodrigo Otávio está agora na Europa. / Estas são as notícias eleitorais. Dos trabalhos acadêmicos já há de ter notícia que, por proposta do Medeiros estamos discutindo se convém proceder à reforma da ortografia. Ao projeto deste (tendente ao fonetismo) opôs-se logo o Salvador de Mendonça, que apresentou um contra-projeto assinado por ele e pelo Rui Barbosa, Mário de Alencar, Sílvio Romero, Euclides da Cunha, Lúcio de Mendonça. Este propõe que a Academia cuide de organizar um dicionário etimológico, fazendo algumas emen-

---

14 Comendador Leo d'Afonseca.

das segundo regras que indica. O João Ribeiro opõe-se ao contra-projeto, e as nossas três sessões têm sido interessantes e são acompanhadas na imprensa e no público. / Adeus, meu caro Nabuco, desculpe esta letra que nunca foi boa e a idade está fazendo pior, e não esqueça o velho amigo que não o esquece e é dos mais antigos e agora o mais triste. / M. DE ASSIS.

A CAMILO CRESTA
Rio de Janeiro, 18 de maio de 1907.

Exmo sr. C. Cresta. / Aproveitando a sua viagem à Itália, peço-lhe o obséquio de levar a carta junta e entregá-la ao sr. Guglielmo Ferrero. Pelo que ela diz verá que a Academia Brasileira de que é membro correspondente aquele escritor, sabe que ele vem brevemente a Buenos Aires; nela lhe pede que se demore alguns dias no Rio de Janeiro, onde nos poderá fazer duas ou três conferências. Naturalmente esta interrupção da viagem lhe trará algum transtorno, e para compensá-lo e acudir às despesas de estadia pode oferecer-lhe a soma de dez mil liras, que lhe serão entregues pelo modo que parecer melhor. / Agradecendo-lhe desde já este obséquio, peço-lhe também que disponha de mim para o que for do seu serviço, como / Adm.°, am.° e obr.° / MACHADO DE ASSIS.

A GUILHERME FERRERO
Rio de Janeiro, 18 de maio de 1907.

Monsieur. / Cette lettre, que j'ai l'honneur de vous écrire au nom de l'Académie Brésilienne, vous sera remise par M. Camillo Cresta, notre arai. L'Académie, dont vous venez d'être élu membre correspondant, connait votre prochain voyage à Buenos Aires. Elle recevrait un grand honneur et un bien vif plaisir, si vous vouliez passer quelques jours à Rio de Janeiro. Ici, Monsieur, où vous avez des admirateurs fervents et nombreux, vous pourriez nous donner deux ou trois conférences publiques. Le sujet en serait à votre choix; naturellement il sera italien, comme vous-même, et moderne, comme votre esprit; personne ne sait dire comme vous de ce qui est matière artistique et sociale. / Nous serons bien heureux si vous acceptez cette invitation. Monsieur Cresta nous dira par lettre ou par telegramme votre réponse, et j'en donnerai la nouvelle à mes amis et nos confrères. / Agréez, Monsieur Ferrero, mes respectueux hommages et l'assurance de notre grande admiration. / MACHADO DE ASSIS.

AO BARÃO DO RIO BRANCO
Rio de Janeiro, teça-feira, 1907.

Meu eminente am.° sr. barão do Rio Branco. / Creio responder ao sentimento da Academia Brasileira agradecendo a vossa excelência os obséquios com que distinguiu anteontem o ilustre G. Ferrero, nosso sócio correspondente. A Academia convidara o historiador italiano a vir trazer aqui algumas das lições que há pouco ditou em Paris e agora vai levar a Buenos Aires, e ele aceitou da melhor vontade fazê-lo em seu regresso para a Europa. A ação de vossa excelência deu assim relevo grande ao nome do Brasil, recebendo a Ferrero e a sua esposa pelo modo que o seu bom gosto e a dignidade do governo lhe sugeriram, em nome deste, e por honra da nossa associação, em que vossa excelência tão digna parte ocupa. / Queira aceitar os meus protestos de sincera amizade e elevada consideração. / MACHADO DE ASSIS.

A Guilherme Ferrero
Rio de Janeiro, 1907 [Rascunho].

Cher Monsieur et éminent confrère, / Avant tout, acceptez mes salutations pour vos grands succès à Buenos Aires; c'est justement ce que nous attendions tous de la capitale argentine. / Mes amis et nous avons lu votre lettre du 14, et votre plan nous parait infiniment agréable. Peut-être il nous conviendrait mieux si vous pouviez arriver à Rio le 11 septembre: vous trouveriez ici votre ami monsieur Paul Doumer, qui est près d'arriver. / Les conférences sont huit, comme vous dites, à deux par semaine avec les honoraires de 5.000 francs par conférence. Au cas où il vous conviendrait d'en diminuer le nombre pour élargir les excursions qui rentrent dans votre plan, afin de mieux connaitre notre pays, il vous sera entièrement libre de le faire, sans y perdre rien dans la totalité des honoraires ajustés. Croyez bien que toutes les dispositions seront prises pour que ces excursions à l'interieur soient realisées dans les meilleurs conditions, non seulement du coté des dépenses, dont vous n'aurez aucun souci, mais aussi des attentions dues à votre éminente personnalité. / Nous serons très heureux de lire ce que vous direz en Europe de notre pays, après ce voyage d'un mois et demi, ou deux mois. On nous fera bonne justice, d'autant plus facilement que la voix qu'on entendra sera plus autorisée. / Pour ce qui est de logement à Rio un de nos amis a reçu vos ordres et fera comme vous dites, de façon que vous n'aurez rien à cherchez ou attendre, aussitôt arrivé. / Je vous prie, monsieur, de présenter à madame Ferrero mes plus respectueuses salutations et de recevoir les miennes. / Tout à vous. / M. DE ASSIS.

A Joaquim Nabuco
Rio de Janeiro, 7 de julho de 1907.

Meu caro Nabuco. / Conforme a sua recomendação de março dei o seu voto ao Artur Orlando. Ao Jaceguai comuniquei as suas preferências, mas ainda assim recusou apresentar-se dessa vez. A sua carta de maio, porém, trazendo-me a notícia do voto ao sr. Paulo Barreto na vaga de Teixeira de Melo, falou ainda desenvolvidamente sobre o Jaceguai para preferi-lo no caso em que ele e o Assis Brasil pleiteassem a cadeira. Encontrando o Jaceguai, dei-lhe notícia desta resolução, e ele, terminando no dia seguinte o prazo das inscrições, mandou-me de manhã a carta de candidatura, que comuniquei à Academia. Cumprirei a indicação do voto, e, pelo que ouço, creio que será eleito o nosso almirante. / Quanto ao Assis Brasil, apesar do que lhe escreveu o Euclides da Cunha, não quis apresentar-se na primeira vaga. Em carta que posteriormente escreveu ao Lúcio de Mendonça, vi que teria prazer em ser eleito, mas entendia não poder ser candidato. / Há de ter lido nos jornais que a Academia anda em trabalhos de língua, a propósito de um projeto do Medeiros e Albuquerque, ao qual se opôs com outro o Salvador de Mendonça. É negócio que tem interessado o público e alguns estudiosos; deve ser votado esta semana. / Não lhe falo das festas do Guilherme Ferrero, porque os jornais lhas terão contado. Foram só horas, mas vivas. Quatro da Academia fomos recebê-lo a bordo e mostrar-lhe e à senhora uma parte da cidade, e o Rio Branco ofereceu-lhes um jantar em Itamarati. Quando Ferrero tornar de Buenos Aires, lá para setembro, ficará aqui um mês, e as festas serão provavelmente maiores. Li as notícias que me dá do acolhimento que encontra em

França o seu livro das *Pensées*, e não é preciso dizer o gosto que me trouxeram. Não creia que a crítica o matasse aqui; ele é dos que sobrenadam. O tempo ajudará o tempo, e o que há nele profundo, fino e bem dito conservará o seu grande valor. Sabe como eu sempre apreciei essa espécie de escritos, e o que pensei deste livro antes dele sair do prelo. O prêmio da Academia Francesa virá dar-lhe nova consagração. / Adeus, meu caro Nabuco; a minha saúde não é pior do que era há um ano; a velhice é que não é menor, naturalmente, e a fadiga que se aproxima com os seus braços frouxos, e daqui a pouco exaustos. / Não sei ainda a direção que dê a esta carta, se para a embaixada, se para Paris. Qualquer dos dois caminhos leva a Roma e lá achará o meu coração, como o seu está comigo. / Velho ad.^{mor} e am.° / M. DE ASSIS.

A SALVADOR DE MENDONÇA
Rio de Janeiro, 23 de julho de 1907.

Meu querido Salvador. / A data vai errada, mas tu desculparás a falta de ontem; ainda é tempo de mandar um abraço pelo teu aniversário. Somos dois velhos companheiros, a quem o tempo poderá ter levado muita coisa, mas deixou sempre a afeição moça. Cumprimenta por mim a tua ex.^{ma} senhora e aos teus filhos, e continua a crer no / Teu do coração / MACHADO DE ASSIS.

A JOAQUIM NABUCO
Rio de Janeiro, 19 de agosto de 1907.

Meu querido Nabuco. / Há um ano tive o prazer de jantar com você neste dia e brindar com amigos seus pela sua saúde e prosperidade. Não quero calar a data e daqui lhe mando lembranças minhas, lembranças de amigo velho e sincero. Talvez seja a última saudação; sinto que não vou longe, por mais que amigos me achem bom aspecto; esse mesmo achado me parece simples consolação. / Tenho recebido cartões-postais seus, e cada um me recorda o amigo que em abril de 1905 me enviou o galho de carvalho de Tasso com aquela boa carta ao Aranha, e na carta aquela doce e triste palavra que me lembrava a solidão da minha velhice. / Há três ou quatro semanas escrevi-lhe uma carta, que remeti para a Legação de Londres, como me aconselharam, para que dali lhe dessem o destino certo. Esta vai pelo mesmo caminho e espero que a receba também. / Adeus, meu querido amigo; releve o que aí vai mal arranjado; estou em hora de tristeza e grande fadiga. Apresente os meus cumprimentos a toda a família. E não esqueça o / Velho ad.^{mor} e amigo certo / M. DE ASSIS.

A MÁRIO DE ALENCAR
Rio de Janeiro, 22 de dezembro de 1907.

Meu querido amigo. / Confiando-lhe a leitura do meu próximo livro, antes de ninguém, correspondi ao sentimento de simpatia que sempre me manifestou, e em mim sempre existiu, sem quebra nem interrupção de um dia; não há que agradecer este ato. Queria a impressão direta e primeira do seu espírito, culto, embora certo de que aquele mesmo sentimento o predispunha à boa vontade. / Assim foi; a carta que me mandou respira todo um entusiasmo que estou longe de merecer, mas é sincera e mostra que me leu com alma. Foi também por isso que achou o modelo íntimo de uma das pessoas do livro, que eu busquei fazer completa sem designação particular, nem outra evidência que a da verdade humana. / Repito o que lhe disse verbalmente, meu querido Mário, creio que esse será o meu último livro; faltam-me forças e olhos outros; além disso o tempo é escasso e o trabalho é lento. Vou devolver as provas ao editor e aguardar a publicação do meu *Memorial de Aires*. / Adeus, meu querido Mário, ainda uma vez agradeço a sua boa amizade ao pobre e velho amigo / MACHADO DE ASSIS.

A JOAQUIM NABUCO
Rio de Janeiro, 14 de janeiro de 1908.

Meu querido Nabuco. / Esta carta já o encontra desde muito na embaixada. Tenho tido notícias suas, e ultimamente por um trecho de jornal que você me mandou, lembrando aquela noite dos *Deuses de casaca*. Vão longe essa e outras noites; restam as afeições seguras, fortes e boas como a sua. / Aqui estamos em plenas festas americanas, que me fazem lembrar as do congresso. As da esquadra são mais ruidosas e extensas, mas o esplendor das outras é inesquecível. Há verdadeiro carinho e gentileza de ambas as partes, e você, que colaborou com o Rio Branco na obra de aproximação dos dois países, receberá a sua parte de satisfação. / Há de ter tido notícia das duas recepções acadêmicas, a do Orlando e a do Augusto de Lima. A do Orlando foi pouco depois da eleição. Apesar do calor intenso e da chuva que caiu à tarde, a concorrência foi grande, e lá estavam muitas senhoras. O presidente da República não pôde ir por incômodo, mas fez-se representar. O discurso de recepção foi feito pelo Oliveira Lima; falou-se muito do seu Pernambuco e de filosofia, além de poesia. Antes disso houve a recepção de Augusto de Lima, eleito há anos, que só agora pôde vir tomar posse da cadeira; falou em nome da Academia o Medeiros e Albuquerque. Enfim, a Academia vai sendo aceita, estimada e amada. Quando você tornar de vez à nossa terra, cá terá o lugar que com tanto brilho ocupou e é seu naquela casa. O que não sei é se ainda me achará neste mundo; releve-me esta linha de rabugice, é natural aos sessenta e nove anos (quase). / Aqui lemos o que se disse em França do seu livro das *Pensées*, e também na Itália. O artigo de Vicenzo Morello ainda me pareceu mais fino que o de Faguet. Eu, por mim, já havia escrito aquela carta de 19 de agosto de 1906, há pouco mais de um ano, em que me sugeriram tais e tão profundas páginas. / Alguns dos nossos amigos andam dispersos. O Lúcio de Mendonça, que organizou a Academia, foi há tempos acometido de uma doença dos olhos, e resolveu ir à Alemanha para ser examinado e tratado. Foi, já com a vista muito baixa, e segundo notícias que chegaram há dias teve lá uma congestão cerebral que o deixou paralítico de um lado, e volta. Também ouvi que não terá sido congestão, mas paralisia somente, consequente da origem do mal que é na espinha. Ele foi daqui abatido, deve regressar pior, porque a doença de que se trata, segundo ele mesmo me disse, é a que teve uma irmã. / Adeus, meu querido Nabuco. Escreva-me logo que possa; meia dúzia de linhas amigas, que me recordam tantas coisas, valem por uma ressurreição. Peço-lhe que apresente os meus respeitos a mme. Nabuco, e me recomende a seus bons filhos. E receba para si um apertado abraço do / Velho ad.^mor e am.° / M. DE ASSIS.

A MÁRIO DE ALENCAR
Rio de Janeiro, 21 de janeiro de 1908.

Meu querido amigo. / A sua carta de 17 chegou-me ontem, 20, e só agora de manhã lhe respondo. / Não cuidei que a causa da ausência destes dias fossem nervos; agora o sei e creio. Já nos habituou a esses sujeitos, maus inquilinos, que quando se metem a proprietários efetivos abusam desapiedadamente da casa. Felizmente parece que estes vão cedendo; apesar disso, a sua resolução de obter descanso ou licença para se tratar de vez e seguidamente é boa. Por mais que me custe a ausência, estimo saber que caminha para o total restabelecimento. Lá tem consigo, na família, o melhor viático do coração. / Tem ainda o do espírito, esse Prometeu que o atrai e para o qual toma notas e colige ideias. Sobre o verso solto, em que pretende fazê-lo, não pode ter senão os meus aplausos. Sabe como aprecio este verso nosso, que o gosto da rima tornou desusado; é o verso de Garrett e de Gonçalves Dias, e ambos, aliás, sabiam rimar tão bem. / Agora, ao levantar-me, apesar do cansaço de ontem, meti-me a reler algumas páginas do *Prometeu* de Ésquilo, através de Leconte de Lisle; ontem entretive-me com o *Phedon* de Platão, também de manhã; veja como ando grego, meu amigo. Oxalá possa chegar a ver, parte que seja do seu trabalho. E folgo muito que ponha nele a paciência das obras perfeitas. / Escrevi há dias ao Magalhães de Azeredo, que se queixava de nosso silêncio; disse o que cumpria em resposta a tão bom amigo. Há dias escrevi também ao Nabuco, mas a carta só partiu ontem. / Há algumas outras notícias que interessariam contadas, mas não dão para escritas. De mim, vou bem, apenas com os achaques da velhice, mas suportando sem novidade o pecado original, deixe-me chamar-lhe assim. Creio que o Miguel Couto me trouxe a graça. / Um dia destes o Leo esteve comigo no Garnier, e, falando-me a seu respeito, disse-me que se o visse lhe dissesse ter aqui nas mãos do Jacinto [Silva] umas cartas; provavelmente já lá foram. / Adeus, meu querido amigo, recomende-me a d. Helena, a mamãe e a todos os seus meninos. Creia-me sempre / Seu do coração / MACHADO DE ASSIS.

Rio de Janeiro, 8 de fevereiro de 1908.

Meu querido amigo. / O tom da sua carta de anteontem revela bastante melhora. E talvez esta venha também das tristes notícias que lá chegaram, donde verá que, ruins ou excelentes, as notícias distraem e ajudam a combater o mal. O mal não é tão grande como parece; é agudo, porque os nervos são doentes delicados, e ao menor toque retraem-se e gemem. Eu sou desses enfermos, como sabe, e, como sabe também, doente sem médico. / Gostei de ler tudo o que me diz a propósito do Heitor; mostrei as suas palavras à baronesa e ao barão [de Vasconcelos]. Não tenho visto a viúva [a escritora Francisca de Basto Cordeiro], que não foi à missa pública, mas à outra particular e sua na Glória, mas sei que está muito abatida. Também gostei de ver o que pensa no caso de d. Carlos I; é o que naturalmente devem pensar todos. De acordo com o seu juízo sobre palavrões e ambições pessoais. / A minha saúde não vai mal, exceto o que lhe direi adiante, e não é a "ausência" que senti ontem, esta foi rápida, mas tão completa que não me entendi ao tornar dela. Daí a pouco entendi tudo, e deixei-me estar. A exceção prende com o seu conselho de não sair por baixo de água. Cá tenho o reumatismo de que me fala, é no pé esquerdo, desde bastantes dias. Não sei que lhe faça, nem sei se há que fazer. Vou andando, mal ou bem, a princípio mal, mas depois domino-me um pouco. / Ainda bem que trabalha e pensa no *Prometeu*. Firme-se aí; o caso é digno do pensamento, e não impede os *Cantos brasileiros*. Fico à espera dos versos que me anuncia haver escrito a pedido de sua irmã. / Sobre o meu livro, nada; talvez, na semana próxima venha resposta, e diz o Lansac que provavelmente o livro chegará no meado de março; espero. Aproveito a ocasião para lhe recomendar muito que, a respeito do modelo de Carmo [D. Carolina, esposa de Machado], nada confie a ninguém; fica entre nós dois. Aqui há dias uma senhora e um rapaz disseram-me ter ouvido que eu estava *publicando* um livro; ele emendou para *escrevendo*; eu neguei uma e outra coisa. Pouco antes, em um grupo no Garnier, perguntando-me alguém se tinha alguma coisa no prelo, outro alguém respondeu: "Tem, tem..." Podia ser conjectura, mas podia também ser notícia. Talvez não valha a pena tanto silêncio da parte do autor. Ontem estive com o Leo [cunhado de Mário de Alencar] e d. Chiquinha na Candelária, à missa do Heitor; pedi notícias suas, mas não sabiam nada. Agora dê notícias minhas aos seus, cumprimentos ao Gil pelos anos, e lembranças aos meninos. Registro a promessa da descida em breve. Com o [Sousa] Bandeira e o [Primitivo] Moacir tenho falado a seu respeito. Até breve. / O velho amigo / MACHADO DE ASSIS.

Rio de Janeiro, 23 de fevereiro de 1908.
Meu querido amigo. / Hoje de manhã, chegando a casa, pensei em escrever-lhe um bilhete de simples lembrança, e achei a sua carta de 20. Lá se foi a ideia do bilhete, e aqui vai a resposta à carta. / Esta é quase toda de explicações e mostra a impressão que lhe deu a minha acerca do *Memorial de Aires*. Agradeço-lhas, mas não valia a pena, já porque a divulgação não viria de sua parte, já porque, dado viesse, seria ainda um sinal da afeição que me tem. Não, meu querido Mário, o que lhe contei na última carta, fi-lo por lhe confiar estes incidentes, e foi bom que o fizesse, visto o que me recordou agora desde a minha resposta ao Pinheiro Machado até às confidências ao Graça e ao J. Veríssimo. Quer saber? Na mesma data da sua carta (20) comuniquei ao J. Veríssimo a notícia do livro, como se fosse inteiramente nova; é certo que ele não se deu por achado. Acrescentei-lhe a primeira ideia de confiar aos quatro (o Magalhães de Azeredo não podia entrar por estar em Roma) a publicação do manuscrito, caso eu viesse a falecer. Repita tudo isso consigo, e diga-me se há nada mais indiscreto que um autor, ainda quase septuagenário, como eu. Diga-me também, pois que leu as provas, se o livro vale tantas cautelas e resguardos. / A segunda e menor parte da sua carta é a seu respeito, incômodos e o resto; nada de escritos ou só negativamente. O mal estar de espírito a que se refere não se corrige por vontade, nem há conselho que o remova, creio; mas, se um enfermo pode mostrar a outro o espelho do seu próprio mal conseguirá alguma coisa. Também eu tenho desses estados de alma e cá os venço como posso, sem animações de esposa nem risos de filhos. Veja se exclui todo o presente, passado e futuro, e fixe um só tempo que compreenda os três: *Prometeu*. A arte é o remédio e o melhor deles. / Compreendo que o mal de seu sogro o impressione. Estive anteontem com ele na avenida; ele ia para casa e demoramo-nos pouco, porque a tarde vinha caindo e ele tinha de se recolher cedo por causa da bronquite. Ainda assim falamos uns cinco minutos. Também eu o achei abatido, mas admirei a força de resistência ouvindo lhe contar serenamente as noites que tivera. Sorria como de costume. Há uma nota elegante que ele nunca

perde. Não o achei desfigurado. / Eu vou emagrecendo e o trabalho neste trimestre adicional cresce e cansa. Estive com o Miguel Couto naquele dia, ouviu-me e receitou-me um remédio novo, que não existe aqui, nem no Werneck, nem no Silva Araújo, nem no Rangel. Ficou de entender-se com o Werneck, para mandar buscá-lo; depois disse-me que era melhor ver se o preparavam aqui mesmo, e eu continuo a tomar os que me dera antes. / O mais à vista. Papel não comporta tédios. Lembranças a todos os seus, e para si receba um abraço do velho amigo / MACHADO DE ASSIS.

Rio de Janeiro, 20 de abril de 1908.

Meu querido amigo. / Não há que desculpar o papel em que me escreve; a carta era já demais. Agradeço-lhe os seus cuidados e explicações, e guardo-os entre as outras lembranças suas. / Hoje fui à Garnier (eram onze e meia) e não o encontrei; escrevo-lhe esta aqui na Secretaria e irei levá-la ao Correio quando sair, contando que chegue à Tijuca amanhã cedo. Recebi a sua no Cosme Velho, ontem, domingo. / É preciso sacudir esses nervos despóticos, que fazem da gente o que querem. Bem sei que somente conselhos não valem para tais casos, mormente no que lhe sucedeu quarta-feira pelo acréscimo da tragédia da avenida; mas a prova de que o seu estado é já para melhor está na impressão que me dá e tem dado a outros amigos (Capistrano, por exemplo); achamo-lo mais senhor de si. Com esforço e tempo ficará totalmente restabelecido. Convém saber que o desastre da avenida abalou a toda gente. Relendo as linhas anteriores, devo explicar que o seu melhor estado e a impressão que dá aos amigos referem-se aos últimos tempos. / Eu cá vou andando com os meus tédios. Agora sinto-me um pouco melhor, a despeito de algo que me aconteceu hoje mesmo. O que faço é não me mostrar a todos tal qual ando; muitos me acharão alegre e ainda bem. Agora, com as suas palavras de amizade e simpatia verdadeira, recebo outra consolação e animação. Esta frase da sua carta: "sinto a sua tristeza como minha, e talvez por isso é que não sei aliviar", é só exata na primeira parte; na segunda, não. / Adeus, meu querido amigo. Vou ler e informar papéis de Secretaria. / Cá o espero quarta-feira. / Peço-lhe que apresente os meus respeitos à sua esposa e à sua mãe, e vivos carinhos aos filhos. / Recomende-me também ao velho *Prometeu*, a quem dirá que o espero inteiro e humano, ainda que em outra língua; todas são cabais para o suplício. Em duas palavras, busque o remédio na Arte. Retribuo-lhe o abraço e assino-me / Velho amigo do peito / MACHADO DE ASSIS.

A JOSÉ VERÍSSIMO
Rio de Janeiro, 21 de abril de 1908.

Meu caro J. Veríssimo. / Não me parece que de tantas cartas que escrevi a amigos e a estranhos se possa apurar nada interessante, salvo as recordações pessoais que conservarem para alguns. Uma vez, porém, que é satisfazer o seu desejo, estou pronto a cumpri-lo, deixando-lhe a autorização de recolher e a liberdade de reduzir as letras que lhe pareçam merecer divulgação póstuma. / Nesse trabalho desconfie da sua piedade de amigo de tantos anos, que pode ser guiado — e mal guiado — daquela afeição que nos uniu sem arrependimento nem arrefecimento. O tempo decorrido e a leitura que fizer da correspondência lhe mostrarão que é melhor deixá-la esquecida e calada. E para mim bastará a simpatia que o seu desejo exprime. / Receba ainda agora um abraço apertado do velho admirador e amigo. / M. DE ASSIS.

A MÁRIO DE ALENCAR
Rio de Janeiro, 25 de abril de 1908.
Meu querido Mário. / Uma das melhores relíquias da minha vida literária é aquele galho de carvalho de Tasso que J. Nabuco me mandou há três anos, por intermédio do Graça Aranha e este me entregou em sessão da nossa Academia Brasileira. O galho, a carta ao Graça e o documento que os acompanhou conservo-os na mesma caixa, em minha sala. / Perguntei-lhe há tempos se queria dar destino a essa relíquia, quando eu falecesse; agora renovo a pergunta. Talvez a Academia consinta em recolher o galho como lembrança de três de seus membros e da sua própria bondade em se reunir para completar o obséquio de Nabuco e de Graça Aranha. Peço-lhe também que se incumba de o saber oportunamente. Caso não deva ali ser guardado, estou que haverá em sua casa algum recanto correspondente ao que sei possuir em seu coração, e onde ele possa recordar-lhe a saudade de um velho amigo desaparecido. / Receba deste um apertado abraço, e até breve / MACHADO DE ASSIS.

A JOAQUIM NABUCO
Rio de Janeiro, 8 de maio de 1908.
Meu querido Nabuco. / Ainda estou comovido do abraço que em sua carta me mandou, e saudoso das mesmas saudades, mas não sei se animado das mesmas animações; esta parte é naturalmente incompleta, graças à idade, à solidão. Em todo caso, as suas palavras fizeram-me bem. / Escrevo ao Mário de Alencar pedindo-lhe que venha à minha casa, quando eu morrer, e leve aquele galho de carvalho de Tasso que você me mandou e o Graça me entregou em sessão da Academia. A caixa em que está com o documento que o autentica e a sua carta ao Graça peço ao Mário que os transmita à Academia, a fim de que esta os conserve, como lembrança de nós três: você, o Graça e eu. / A Academia concluiu as férias e vai recomeçar a publicação da *Revista*. Nesta daremos os escritos originais que pudermos, alguns inéditos e o *Boletim*. / O *Jornal do Commercio* publicou telegrama de Paris, em que dá notícia de um artigo que o Ferrero escreveu no *Figaro*, falando da nossa Academia em termos grandemente simpáticos e benévolos. Naturalmente você já lá o terá a esta hora; aqui o esperamos com ansiedade natural. / Aqui fico esperando o seu drama sobre a conquista da Alsácia-Lorena, com a emenda que lhe fez; venha ainda que sem o seu nome. Não faltará modo de o conhecer, nem ocasião de o publicar um dia, em outra edição. Se você está satisfeito com o novo desfecho é que ele cabe realmente melhor; em você o crítico completa o artista. A Academia porá a obra na biblioteca, cujo início e conservação confiou ao Mário [de Alencar]. Você há de lembrar-se que é ideia antiga do Salvador de Mendonça deixá-la por herdeira da sua biblioteca particular, bastante rica, ao que parece. / Eu, meu querido, vou andando como posso, já um pouco fraco, e com temor de perder os olhos se me der a longos trabalhos. Já não trabalho de noite. Ainda assim posso fazer-lhe uma confidência: escrevi o ano passado um livro que deve estar impresso agora em França [*Memorial de Aires*]. Duas ou três pessoas sabem disso aqui, e, por uma delas, Magalhães de Azeredo (em Roma). Diz-me o editor (Garnier) que virá este mês, mas já em março me anunciava a mesma coisa e falhou. Creio que será o meu último livro; descansarei depois. / O Graça está em Petrópolis; continua a trabalhar no Tribunal. Parece-me que virá passar algumas semanas, ou dois meses, no Rio, naturalmente pela exposição. A

exposição caminha; ainda não fui às obras, ouço que ficarão magníficas. / Perdeu-se d. Carlos, que vinha dar um realce grande às festas. Quem quer que venha agora não será a mesma coisa. / Todos os nossos amigos vão bem. De mim já sabe e adivinha. Se você cá vier ainda nos abraçaremos uma vez, como tantas outras, há tantos anos. Vá agora mais esta. / Am.º do coração. / M. DE ASSIS. P.S. — Muito obrigado pelo trecho de mrs. Wright a meu respeito; há nela profunda simpatia.[20] / M. DE A.

Rio de Janeiro, 28 de junho de 1908.

Meu querido Nabuco. / Deixe-me cumprimentá-lo pelas suas conferências que aí fez e pelo discurso proferido na cerimônia da União das Américas; saíram todos no *Jornal do Commercio*. Você não deixa esquecer este país onde quer que esteja, como não esquece os amigos velhos, e agradeço por mim que recebi o exemplar do *Washington Post* com o discurso. A conferência acerca do papel de Camões na literatura veio mostrar ainda uma vez o estudo que tem feito desde a primeira mocidade relativamente ao poeta e ao poema. Traz com apreciações novas e finas, o mesmo largo alcance de crítica e o claro e eloquente estilo do costume. O mesmo digo da conferência sobre a nacionalidade do Brasil. Realmente os homens que você aponta da América Latina têm jus à comunhão do espírito da grande nação em que o nosso governo tão acertadamente o colocou para representar a nossa. Enfim, dou-lhe os meus parabéns pelo seu doutoramento na Universidade de Yale. / A Academia Brasileira vai caminhando; fazemos sessões aos sábados, e agora tratamos de organizar uma publicação periódica em que resuma e guarde os nossos trabalhos. / Daqui a pouco a casa Garnier publicará um livro meu, e é o último. A idade não me dá tempo nem força de começar outro; lá lhe mandarei um exemplar. Completei no dia 21 sessenta e nove anos; entro na ordem dos septuagenários. Admira-me como pude viver até hoje, mormente depois do grande golpe que recebi e no meio da solidão em que fiquei, por mais que amigos busquem temperá-la de carinhos. / Há dias o Vítor [Nabuco] falou-me de um retrato seu, recente. Eu cá tenho o que você me mandou de Londres, há três anos, que é soberbo; pende da parede por cima da caixa que encerra o ramo de carvalho de Tasso. Já dispus as coisas em maneira que a caixa e o ramo, com as duas cartas que os acompanham, passem a ser depositados na Academia, quando eu morrer; confiei isto ao Mário de Alencar. / Adeus, meu querido Nabuco, receba as minhas admirações e apresente os meus respeitos a toda a sua família. Não esqueça este / Velho ad.mor e am.º / M. DE ASSIS.

A MÁRIO DE ALENCAR
Rio de Janeiro, 12 de julho de 1908.

Meu querido amigo, / Hoje acordei um pouco melhor e vou aguentando o dia. O médico estando aqui agora reduziu isto a termos técnicos. Oxalá venha assim a noite e amanhã não desminta o dia de hoje. Muito obrigado pelos seus cuidados e comunicações. À boa consorte e a todos os seus agradeço também as afetuosas visitas

---

15 *"The greatest living novelist and indeed, the most distinguisehd in Brazilian literature today, is Machado de Assis, the president of the Brazilian Academy of Letters. — His novels are among the most popular in the Portuguese language, the portrait of national life and character which he present with charming frankness and humour, revealing rare intuition and true artistic apreciation. His style is harmonious and in certain features of this art there in something reminds one of the North-American novelist William Dean Towells though the two writers are of entirely different temperament."* (Mrs. Robinson Wright, *The New Brazil*, nov. 1907, p. 179).

que me mandam. / Ainda não vieram os bons amigos Aranha, Bandeira e Veríssimo mas ainda pode ser; obrigado. / Adeus, meu querido Mário; Não digo mais por não poder cansar a cabeça e a vista. Até breve. / Todo seu. / MACHADO DE ASSIS.

Rio de Janeiro, 16 de julho de 1908.
Meu querido amigo. / Antes da chuva já eu tinha resolvido não sair. Obrigado pelas notícias. A demora da alfândega é a mesma causa que o Lansac me dá há muitos dias; melhor é não insistir no caso. Aqui estou em silêncio, e a sua carta valeu por gente; desculpe o apressado da resposta. / Amanhã penso que não sairei ainda que haja bom tempo. Muito obrigado a todos os seus, a quem peço que apresente os meus respeitosos cumprimentos. E para si um abraço do / Velho am.º / MACHADO DE ASSIS.

A JOSÉ VERÍSSIMO
Rio de Janeiro, domingo, 19 de julho de 1908.
Meu caro Veríssimo. / Acabo de receber a sua carta com o seu abraço pelo livro, e venho agradecer-lha cordialmente. Sabendo que foi sempre sincero comigo, senti-me pago do esforço empregado; muito obrigado, meu amigo. O livro é derradeiro; já não estou em idade de folias literárias nem outras. O meu receio é que fizesse a alguém perguntar por que não parara no anterior, mas se tal não é a impressão que ele deixa, melhor. Creio que o compreendi bem, segundo o que me diz em um ponto da carta. / Eu vou melhorando, ainda que muito fraco. Saí hoje de manhã, e sairei outra vez se não chover. O Mário [de Alencar] tinha-me falado da sua vinda, mas efetivamente era arriscado com tal tempo. Amanhã conto ir à cidade, se o tempo consentir. Adeus, meu bom amigo, recomende-me a todos os seus, e receba em troca um abraço apertado do velho amigo / MACHADO DE ASSIS.

A MÁRIO DE ALENCAR
Rio de Janeiro, 20 de julho de 1908.
Meu querido am.º / Agradeço tudo, as visitas de ontem e de hoje. Depois lhe direi por que não fui hoje à cidade; conto ir amanhã, e irei vê-lo. Realmente, passei bem os dois dias. / Muito obrigado também pelo que me diz do livro. Aguardo o seu artigo amanhã; não escrevo mais por causa dos olhos, mas sempre há vista para acrescentar que os seus carinhos me vão animando neste final de vida. Adeus, até amanhã. Lembranças e agradecimentos a todos. / Todo seu. / MACHADO DE ASSIS.

AO GERENTE DO LONDON BANK
Rio de Janeiro, 21 de julho de 1908.
Il.mo gerente do London and Brazilian Bank, Limited: / Remeto a vossa senhoria o meu incluso testamento aprovado e encerrado nesta cidade do Rio de Janeiro, em 31 de maio de 1906, pelo tabelião Evaristo Vale de Barros, a fim de ser depositado nesse banco e ficar aí à minha disposição ou do major Bonifácio Gomes da Costa, do 2.º Batalhão de artilharia, atualmente na cidade de Corumbá, Mato Grosso. / Sou, com elevada estima e consideração / de vossa senhoria am.º venor. e obrg.º / JOAQUIM MARIA MACHADO DE ASSIS.

A AFRÂNIO PEIXOTO
Rio de Janeiro, 24 de julho de 1908.
Meu caro e generoso sr. dr. Afrânio Peixoto. / A generosidade de Mário de Alencar veio agora aumentada pela sua, uma vez que as palavras dele lhe foram bem aceitas, como declara na carta que acabo de receber. Eu é que não tenho aumento de força para poder agradecer a tudo o que as almas simpáticas sentem de mim. Deixe-me dizer-lhe: ao fim de uma vida de trabalho e certo amor da arte que sempre me animou, vale muito sentir que encontro eco em espíritos ponderados e cultos. Vale por paga do esforço, e paga rara. Receba com estas linhas o meu agradecimento de / ad.ᵐᵒʳ e respeitador / MACHADO DE ASSIS.

A MÁRIO DE ALENCAR
Rio de Janeiro, quarta-feira, 30 de julho de 1908.
Meu querido Amigo. / O incômodo que me afligia continua a afligir-me. Tomei a *Nux-Vomica* ontem e hoje à tarde; amanhã lhe direi o resto. Estou tranquilo, mas este estado é que não pode continuar. Amanhã conto sair e irei vê-lo. / Muito obrigado pelas notícias que me deu, e não digo mais para não cansar os olhos. Amanhã. Agradeça por mim a d. Helena. Hoje durante o dia reli a *Mão e a luva*. Adeus, meu am.°, obrigado, recomende-me a todos. / Seu do C. / MACHADO DE ASSIS.

A BATISTA CEPELLOS
Rio de Janeiro, 30 de julho de 1908.
Meu distinto sr. Cepellos, / A pessoa que me trouxe o seu livro das *Vaidades* lhe terá dito que o meu estado de saúde não permite fazer dele a leitura precisa a um cabal juízo. Para um moço que começa assim em tão verdes anos uma leitura rápida não basta; fi-la, entretanto, o bastante para ver que há notas de vigor e rasgos de colorido, surtos altos ao par de descuidos a que o autor de si mesmo acabará fugindo. Este juízo é sem autoridade e expresso com a timidez dos velhos. / Creia-me, com elevada / consideração, / ad.ᵐᵒʳ e obr. / MACHADO DE ASSIS.

A OLIVEIRA LIMA
Rio de Janeiro, 1º de agosto de 1908.
Meu eminente amigo. / Esta tem por fim dizer-lhe que ainda não morri, / tanto que lhe remeto um livro novo. Chamei-lhe *Memorial de Aires*. Mas este livro novo é deveras o último. Agora já não tenho forças nem disposição para me sentar e começar outro; estou velho e acabado. / Mande-me notícias suas, meu amigo, e apresente os meus respeitosos cumprimentos a d. Flora, de quem minha mulher guardava tão boas recordações. Eu continuo a ser o mesmo seu admirador e amigo velho / MACHADO DE ASSIS.

A MÁRIO DE ALENCAR
Rio de Janeiro, agosto de 1908.
Meu querido amigo, / Muito obrigado pelas boas novas. Vou ler o artigo do Alcindo e escrevo esta para não demorar a resposta. Folgo de saber o que o Félix e o João Luso lhe disseram, e ainda bem que o livro agrada. Como é definitivamente o meu último, não quisera o declínio. O seu cuidado, porém, mandando uma boa palavra a

esta solidão é um realce mais e fala ao coração. / A garganta está no mesmo ou um pouco mais dolorida. Vou aplicar o bochecho que me diz. Não escrevo mais por causa dos olhos. Até segunda-feira. Recomende-me a todos e creia-me / Velho amigo / MACHADO DE ASSIS.

A JOAQUIM NABUCO
Rio de Janeiro, 1º de agosto de 1908.

Meu querido Nabuco. / Lá vai o meu *Memorial de Aires*. Você me dirá o que lhe parece. Insisto em dizer que é o meu último livro; além de fraco e enfermo, vou adiantado em anos, entrei na casa dos setenta, meu querido amigo. Há dois meses estou repousando dos trabalhos da Secretaria, com licença do ministro, e não sei quando voltarei a eles. Junte a isto a solidão em que vivo. Depois que minha mulher faleceu soube por algumas amigas dela de uma confidência que ela lhes fazia; dizia-lhes que preferia ver-me morrer primeiro por saber a falta que me faria. A realidade foi talvez maior que ela cuidava; a falta é enorme. Tudo isso me abafa e entristece. Acabei. Uma vez que o livro não desagradou, basta como ponto final. / Recebi os seus discursos e felicito-os por todos. O *Jornal do Commercio* publicou os três. Dei os da Academia à Academia. Já lá temos um princípio de biblioteca, a cargo especial do Mário de Alencar, e eles ficam bem nela arquivados. Obrigado por todos e particularmente pelo que trata do lugar de Camões na literatura. É bom, é indispensável reclamar para a nossa língua o lugar que lhe cabe, e para isso os serviços políticos internacionais que se prestarem não serão menos importantes que os puramente literários. Realmente é triste ver-nos considerados, como você nota, em posição subalterna à língua espanhola; você será assim mais uma vez o embaixador do nosso espírito. Um abraço pelas distinções que aí tem recebido e que são para o nosso Brasil inteiro. / Não é verdade que a nossa gente esquecerá você; falamos muita vez a seu respeito e recordamos dias passados. Se não lhe escrevem é porque a vida agora é absorvente, com as mudanças da cidade e afluência de estranhos. Tudo se prepara para a exposição, que abre a 11. / A Academia vai andando; fazemos sessão aos sábados, nem sempre e com poucos. A sua ideia relativamente ao José Carlos Rodrigues é boa. Falei dela ao Graça e ao Veríssimo, que concordam; mas o Graça pensa que é melhor consultar primeiro o José Carlos; parece-lhe que ele pode não querer; se quiser, parece fácil. Não há vaga, mas quem sabe se não a darei eu? / Releve-me estas ideias fúnebres; são próprias do estado e da idade. Peço-lhe que apresente os meus respeitos a mme. Nabuco e a todos, e receba para si as saudades do velho amigo de sempre / MACHADO DE ASSIS.

A MÁRIO DE ALENCAR
Rio de Janeiro, 6 de agosto de 1908.

Meu querido amigo. / Agradeço-lhe a visita e restituo-lhe o abraço que me mandou. Passei pouco melhor, mas enfim melhor. Antes da carta tinha já resolvido aqui em casa, ontem, não tomar o tribrometo. Sinto que também não esteja bom, e tenha um dos seus filhos doente; é o que sucede a quem os possui, para compensar a felicidade de os ter. Desculpe o desalinho da carta. Estou passando a noite a jogar paciências; o dia, passei-o a reler a *Oração sobre a acrópole*, e um livro de Schopenhauer. Muito obrigado. Não sei se amanhã irei à cidade; se for, até amanhã. Adeus. / Do seu / MACHADO DE ASSIS.

Rio de Janeiro, 9 de agosto de 1908.

Meu querido amigo. / Agradeço-lhe muito a sua visita. Esta moléstia é lenta e custa a sair das costas; passei a noite mal e o dia pouco melhor; vou ver a noite que passo. Tomei os seus remédios (a *calcarea* — principalmente) e outros, além dos bochechos. Desde ontem à tarde a minha alimentação é puro leite. Não sei se amanhã posso ir à cidade; espero ir depois. Não posso escrever muito mais. Sinto o incômodo de seu filho; não pense em pulmões; a idade é própria de crises. / Peço-lhe que apresente as minhas recomendações a todos os seus, e receba para si as minhas saudades. / Do Velho amigo / MACHADO DE ASSIS. P. S. — O *Egoist* conto acabá-lo amanhã. / M. DE A.

Rio de Janeiro, 22 de agosto de 1908.

Meu querido am.º / Muito obrigado pelos seus cuidados. Passei o dia fraco, por ter voltado o incômodo intestinal; recomecei agora a medicação contra este. Sobre a Academia falaremos depois detidamente. Obrigado ao Afrânio. Muitos cumprimentos a todos os seus, e muitas saudades do / Velho am.º / MACHADO DE ASSIS.

Rio de Janeiro, 24 de agosto de 1908.

Meu querido amigo. / Obrigado pela sua carta. Não tenho passado bem hoje e limito a minha resposta a estas duas linhas. / Agradeço a carta do Carlos Peixoto e todo o zelo que me tem mostrado. / Até amanhã, se eu for à cidade. / Todo seu / MACHADO DE ASSIS.

Rio de Janeiro, 26 de agosto de 1908.

Meu querido am.º / Escrevi hoje à Sara dizendo-lhe o que havia, e eu recebo a sua carta que me dá notícia completa quando eu menos a esperava. Realmente foi mais rápida. Ainda uma vez a sua boa amizade se mostrou comigo, e daqui lhe agradeço. Vou telegrafar amanhã ao major [Bonifácio da Costa]. Eu não fui hoje à cidade por ter passado mal o dia de ontem e recear que o dia de hoje fosse a continuação do de ontem; felizmente atenuou-se o mal. Não sei se poderei ir amanhã até à Câmara. Até lá, amanhã ou depois. / Seu do coração / MACHADO DE ASSIS.

Rio de Janeiro, 29 de agosto de 1908.

Meu querido amigo. / Cheguei ontem bem e hoje não saí por causa da umidade, como bem viu. Ao receber a sua carta, porém, estou afrontado do estômago; é do jantar; cuidando de me alimentar, parece que excedi um pouco a medida. / Muito obrigado pelo que me conta da conversa que teve com o Veríssimo e pelas boas palavras que acrescenta acerca da vinda daquela gente que está tão longe, e dos cuidados que me dará. Virão eles? Minha sobrinha Sara tem aqui um irmão, a quem vou mandar chamar amanhã para lhe falar da autorização do ministro e da restrição posta. / Meu querido amigo, hoje à tarde, reli uma página da biografia do Flaubert; achei a mesma solidão e tristeza e até o mesmo mal, como sabe, o outro... / Adeus, recomende-me a todos os seus, e com um abraço do / Velho amigo / MACHADO DE ASSIS.

A JOSÉ VERÍSSIMO
Rio de Janeiro, 1º de setembro de 1908.

Meu caro Veríssimo. / Ontem, ao jantar, recebi a sua carta de anteontem, feita das boas palavras a que você tanto me acostumou. Ontem passei o dia relativamente melhor, apesar de muito enfraquecido e muito desanimado; o Mário lhe dirá sobre isto alguma coisa. Agora (oito da manhã) ainda não estou pior. Vamos ver se este intestino, que é apenas um mal acessório mas aflitivo, se dispõe a me deixar tranquilo por uma vez. / Agradeço os votos que fez pelo meu restabelecimento. O que me vale no meio destes achaques e abatimentos é a simpatia que encontro em alguns que me dão provas certas, aqui tenho mais esta sua. / Não sei que efeito terá produzido *Não consultes médico*. Aquilo foi uma comédia de sala, feita a pedido, para satisfazer particulares amadores e destinada a uma só representação que teve. O Artur Azevedo, tendo a ideia de fazer reviver agora algumas peças de há trinta e mais anos, incluiu aquela entre as outras; obra de simpatia. Eu, se pudesse, teria ido ver ontem *As asas de um anjo*, que me daria uma renovação de mocidade; tinha eu dezenove anos! / Adeus, meu caro Veríssimo; venha quando quiser — ou escreva, porque me faz bem conhecer pela sobrecarta a sua letra rasgada e firme. A minha são estes rabiscos de velho. Abraça-o de coração o seu / Velho adm.or / M. DE ASSIS.

A SALVADOR DE MENDONÇA[21]
Rio de Janeiro, 7 de setembro de 1908.

Meu querido Salvador de Mendonça. / A tua boa carta trouxe ao meu espírito afrouxado não menos pela enfermidade que pelos anos, aquele cordial de juventude que nada supre neste mundo. É o meu Salvador de outrora e de sempre, é aquele generoso espírito a quem nunca faltou simpatia para todo esforço sincero. Tal te vejo há meio século, meu amigo, tal te vi nos dias da nossa primeira mocidade. Íamos entrando nos vinte anos, verdes, quentes e ambiciosos. Já então nos ligava a ambos a afeição que nunca mais perdemos. / Aqui estás o mesmo de então e de sempre. A tua grande simpatia achou a velha da tradição itaboraiense para dizer mais vivamente o que sentiste do meu último livro. Fizeste-o pela maneira magnífica a que nos acostumaste em tantos anos de trabalhos e de artista. Agradeço-te, meu querido. A morte levou-nos muitos daqueles que eram conosco outrora; possivelmente a vida nos terá levado também alguns outros, é seu costume dela, mas chegado ao fim da carreira é doce que a voz que me alente seja a mesma voz antiga que nem a morte nem a vida fizeram calar. / Abraça-te cordialmente / O teu velho amigo / MACHADO DE ASSIS.

---

16 Resposta a uma longa carta de Salvador, publicada no *Jornal do Commercio*, datada de Gávea, 1 de setembro de 1908, na qual se ocupava do último livro de Machado, o *Memorial de Aires*.

Índice dos Contos Avulsos do Volume III

Contos avulsos ii

- 14 Um para o outro
- 28 A chave
- 42 O caso da viúva
- 54 A mulher pálida
- 64 O imortal
- 77 Letra vencida
- 84 O programa
- 98 A ideia do Ezequiel Maia
- 103 História comum
- 105 O destinado
- 107 Troca de datas
- 115 Questões de maridos
- 118 Três consequências
- 121 Vidros quebrados
- 124 Médico é remédio
- 128 Cantiga velha
- 134 Trina e una
- 141 O contrato
- 143 A carteira
- 146 O melhor remédio
- 148 A viúva Sobral
- 155 Entre duas datas
- 161 Vinte anos! Vinte anos!
- 164 O caso do Romualdo
- 175 Uma carta
- 178 Só!
- 184 Casa velha
- 225 Habilidoso
- 228 Viagem à roda de mim mesmo
- 235 Terpsícore
- 240 Curta história
- 242 Um dístico
- 244 Pobre cardeal!
- 249 Identidade
- 255 Sales
- 260 D. Jucunda
- 267 Como se inventaram os almanaques
- 270 Pobre Finoca!
- 278 O caso Barreto
- 285 Um sonho e outro sonho
- 294 Uma partida
- 304 Vênus! Divina Vênus!
- 311 Um quarto de século
- 321 João Fernandes
- 324 A inglesinha Barcelos
- 331 Orai por ele!
- 333 Uma noite
- 341 Flor anônima
- 345 Uma por outra
- 360 Jogo do bicho
- 366 Um incêndio
- 369 O escrivão Coimbra

Índice dos Títulos dos Poemas

700	A ***
549	A Artur de Oliveira, enfermo
748	A Augusta
847	A Carolina
731	A Ch. F., filho de um proscrito
739	A dona Gabriela da Cunha
422	A Elvira
715	A Elvira
575	A Felício dos Santos
847	A Francisca
766	A Francisco Pinheiro Guimarães
764	A F. X. De Novaes
526	A Gonçalves Dias
403	águas, As
844	A Guiomar
664	À ilma. sra. D. P. J. A.
717	À Itália
687	A madame Arsène Charton Demeur
741	A madame de Lagrange
768	À memória do ator Tasso
743	A S. M. I.
645	A um legista
719	A um poeta
734	A um proscrito
682	A uma menina
427	A uma mulher
576	A uma senhora que me pediu versos
564	Alencar
771	Almada, O
625	Alpujarra
703	Álvares d'Azevedo
699	Amanhã
569	animais iscados da peste, Os
693	anjo, Um
562	Antônio José
745	Ao carnaval de 1860
841	Ao dr. Xavier da Silveira
614	arlequins, Os
607	Aspiração
402	brisas, as
759	Cala-te, amor de mãe
564	Camões
657	Cantiga do rosto branco
604	caridade, A
752	casamento do diabo, O
643	Cegonhas e rodovalhos
548	Círculo vicioso
612	Cleópatra
577	Clódia
694	*Cognac!...*
757	cólera do império, A
677	Como te amo
722	Condão
692	*Consummatum est!*
749	Coração perdido
431	Coração triste falando ao sol
552	corvo, O
549	criatura, Uma
503	cristã-nova A
832	Dai à obra de Marta um pouco de Maria
570	Dante
765	Daqui, deste âmbito estreito
833	derradeira injúria, A
548	desfecho, O
701	Deus em ti
639	deuses da Grécia, Os
601	dilúvio, O
621	dois horizontes, Os
690	Dormir no campo
666	Ela
393	Elegia
610	Embirração
755	Em homenagem a dona Isabel e ao conde d'Eu
850	Entra cantando, entra cantando, Apolo!
389	Epitáfio do México
392	Erro
711	Esperança
705	Esta noite
647	Estâncias a Ema
754	Estâncias nupciais
733	estrela da tarde, A
750	Fascinação

603	Fé	708	morte no Calvário, A
412	Flor da mocidade	560	mosca azul, A
530	flor do embiruçu, A	551	Mundo interior
430	flores e os pinheiros, As	384	Musa Consolatrix
429	folha do salgueiro, A	420	Musa dos olhos verdes
747	Gabriela da Cunha	698	Não?
683	gênio adormecido, O	850	Não há pensamento raro
563	Gonçalves Crespo	770	Naquele eterno azul, onde Coema
751	Hino patriótico	841	náufragas, As
396	Horas vivas	497	Niâni
		747	No álbum da artista Ludovina Moutinho
743	Ícaro	848	No álbum da rainha d. Amélia
428	Imperador, O	681	No álbum do sr. F. G. Braga
417	*Ite, missa est*	832	No álbum do sr. Quintela
520	José Bonifácio	586	No alto
567	José de Anchieta	756	No casamento da princesa Isabel
604	jovem cativa, A	637	No espaço
669	Júlia	421	Noivado
		606	No limiar
696	Lágrimas	737	nome, Um
423	Lágrimas de cera	729	Nunca mais
414	*La marchesa de Miramar*		
670	Lembrança de amor	431	ode de Anacreonte, Uma
428	leque, O	731	Ofélia
559	Lindoia	617	ondinas, As
427	Lira chinesa	768	Ontem hoje, amanhã
424	Livros e flores	542	orizes, Os
673	lua, A		
531	Lua nova	455	Pálida Elvira
599	Lúcia	664	palmeira, A
426	Luz entre sombras	686	Pão d'Açúcar, O
403	luz, A	678	Paródia
		720	partida, A
413	Manhã de inverno	424	Pássaros
576	Maria	556	Perguntas sem resposta
618	Maria Duplessis	404	poeta, O
636	Menina e moça	427	poeta a rir, O
674	Meu anjo	390	Polônia
689	meu viver, O	849	Por ora sou pequenina
740	Meus versos	482	Potira
566	1802-1885	633	Prelúdio
697	Minha mãe	762	primeiro beijo, O
691	Minha musa	684	profeta, O, [fragmento]
712	missão do poeta, A	714	progresso, O
622	Monte Alverne	845	Prólogo do *intermezzo*
652	morte de Ofélia, A		

412	Quando ela fala	582	Velho fragmento
386	Quinze anos	848	Velho tema
723	redenção, A	706	Vem!
706	Reflexo	624	ventoinhas, As
430	Reflexos	425	verme, O
843	*Réfus*	769	Versos
840	Relíquia íntima	397	Versos a Corina
698	Resignação	627	Versos a Corina (fragmento)
844	Ricardo	840	26 de outubro
620	rosas, As	634	Visão
418	Ruínas	522	visão de Jaciúca, A
		384	*Visio*
533	Sabina	850	Viva o dia 11 de junho
727	Santa Helena	851	*Voulez-vous du français?*
667	saudade, A		
679	saudade, A		
668	Saudades		
695	Saudades		
403	selvas, As		
529	semeadores, Os		
396	Sinhá		
701	sofá, O		
417	Sombras		
770	Soneto		
833	Soneto		
842	Soneto		
687	Soneto a S. M. o Imperador, o senhor d. Pedro II		
846	Soneto circular		
568	Soneto de Natal		
736	Sonhos		
676	sorriso, Um		
742	*Souvenirs d'exil*		
563	Spinoza		
388	*Stella*		
560	*Suave mari magno*		
672	Teu canto		
558	*To be or not to be*		
738	Travessa		
842	13 de maio		
760	Tristeza		
408	Última folha		
539	Última jornada		
710	Uma flor? — Uma lágrima		
426	*Un vieux pays*		
705	Vai-te!		

ÍNDICE DO TEATRO

- 854 Hoje avental, amanhã luva
- 865 Desencantos
- 886 O caminho da porta
- 902 O protocolo
- 916 Quase ministro
- 929 As forcas caudinas
- 952 Os deuses de casaca

ÍNDICE DA MISCELÂNEA

- 976 Ideias vagas (A poesia)
- 978 Ideias vagas (A comédia moderna)
- 979 Ideias vagas (Os contemporâneos)
- 981 Os cegos (5 de março de 1858)
- 983 Os cegos (tréplica ao sr. Jq. Sr.)
- 985 Os cegos (26 de março de 1858)
- 987 O passado, o presente e o futuro da literatura
- 991 O jornal e o livro
- 996 Aquarelas I (Os fanqueiros literários)
- 998 Aquarelas II (O parasita)
- 1003 Aquarelas III (O empregado público aposentado)
- 1005 Aquarelas IV (O folhetinista)
- 1007 Os imortais I (O caçador de Harz)
- 1008 Os imortais II (O marinheiro batavo)
- 1010 Ideias sobre o teatro
- 1017 A reforma pelo jornal
- 1019 Revista Dramática (José de Alencar: *Mãe*)
- 1023 Odisseia dos vinte anos (Fantasia em um ato)
- 1025 Carniceria a vapor
- 1027 Anedota
- 1027 Ao redator dos *Ecos Marítimos*
- 1029 Carta ao sr. bispo do Rio de Janeiro
- 1032 Flores e frutos
- 1034 O dia dois de dezembro de 1862
- 1036 Parte literária (*Revelações*)
- 1040 Conversas hebdomadárias
- 1044 Notícia bibliográfica
- 1046 Correspondência
- 1050 Correspondência da corte (1º de maio de 1864)
- 1053 Correspondência da corte (12 de maio de 1864)
- 1055 Correspondência da *Imprensa Acadêmica* (17 de julho de 1864)
- 1057 Correspondência da *Imprensa Acadêmica* (28 de julho de 1864)
- 1061 Correspondência da *Imprensa Acadêmica* (25 de agosto de 1864)
- 1064 Carta à redação da *Imprensa Acadêmica*
- 1065 Correspondência da *Imprensa Acadêmica* (7 de setembro de 1864)
- 1066 Correspondência da *Imprensa Acadêmica* (15 de setembro de 1864)
- 1068 Correspondência da *Imprensa Acadêmica* (25 de setembro de 1864)
- 1071 O que há de novo?
- 1071 *Jornal das Famílias*
- 1072 Publicações a pedido
- 1072 Uma estreia literária
- 1075 Um livro de versos
- 1080 O ideal do crítico
- 1083 Semana literária (Propósito)
- 1085 Semana literária (J. M. de Macedo: *O culto do dever*)
- 1090 Semana literária (José de Alencar: *Iracema*)
- 1094 Semana literária (Junqueira Freire: *Inspirações do claustro*)
- 1099 Semana literária (Fagundes varela: *Cantos e fantasias*)
- 1102 Semana literária (O teatro nacional)
- 1107 Correio da corte
- 1108 Semana literária (O teatro de Gonçalves de Magalhães)
- 1111 Semana literária (O teatro de José de Alencar)
- 1120 Semana literária
- 1123 Semana literária (O teatro de Joaquim Manuel de Macedo)
- 1133 Semana literária (Porto Alegre: *Colombo*)
- 1135 Semana literária (Álvares de Azevedo: *Lira dos vinte anos*)
- 1137 *Aerólites*
- 1140 Cartas Fluminenses I
- 1143 Cartas Fluminenses II
- 1146 A s. exa. o sr. conselheiro José de Alencar (Castro Alves)
- 1151 Um poeta (Carta a F. X. de Novais)

1154	Correspondência da corte (14 de agosto de 1868)	1258	Bibliografia
1156	Correspondência da corte (Continuação)	1260	Introdução (Raimundo Correia: *Sinfonias*)
1158	Um poeta fluminense (*Corimbos*, poesias de Luís C. P. Guimarães Júnior)	1262	Prefácio (Carlos Jansen: Contos seletos das *Mil e uma noites*)
		1264	Subsídios literários
1160	Um poeta (*Entre o céu e a terra*, por Flávio Reimar)	1265	Metafísica das rosas
		1267	José de Alencar
1162	Faustino Xavier de Novais	1267	Introdução (Alberto de Oliveira: *Meridionais*)
1163	S. Luís		
1164	Macbeth e Rossi	1269	Carta a um amigo
1165	O Taborda	1270	Pedro Luís
1166	S. Luís (*Pecadora e mãe*, drama em cinco atos de Ernesto Biester)	1272	Chovendo
		1273	Artur Barreiros
		1274	Carta-prefácio (Eneias Galvão: *Miragens*)
1167	Sr. dr. Pedro Américo e a *Batalha de Campo Grande*	1275	Bibliografia (*Pâmpanos*)
1168	Carta preliminar (Lúcio de Mendonça: *Névoas matutinas*)	1276	Carta a Luís Leopoldo Fernandes Pinheiro Júnior (*Tipos e quadros*)
1169	Dois livros		
1170	Guilherme Malta (Carta ao sr. conselheiro Lopes Neto)	1277	Antes a rocha Tarpeia
		1279	Prefácio (José de Alencar: *O Guarani*)
1176	Filigranas		
1177	Notícia da atual literatura brasileira — Instinto de nacionalidade	1282	O futuro dos argentinos
		1283	Joaquim Serra
		1285	A morte de Francisco Otaviano
1184	Voos icários	1285	Secretaria da Agricultura
1186	Joaquim Serra	1287	Henrique Chaves
1188	Um novo livro	1288	Henrique Lombaerts
1189	O visconde de Castilho	1288	Discurso inaugural na Academia Brasileira de Letras, em 20 de julho de 1897
1189	A J. Tomás da Porciúncula (Fagundes Varela)		
1191	*Estrelas errantes*	1289	Sessão de encerramento na Academia Brasileira de Letras, em 7 de dezembro de 1897
1192	O bote de rapé (Comédia em sete colunas)		
1197	A sonâmbula (Ópera cômica em sete colunas)	1290	Magalhães de Azeredo, *Procelárias*
1201	Um cão de lata ao rabo	1294	Garrett
1206	Literatura realista (*O primo Basílio*, romance do sr. Eça de Queirós, Porto, 1878)	1295	Carta a Henrique Chaves (Eça de Queirós)
		1296	Carta a Henrique Chaves (Ferreira de Araújo)
1215	Filosofia de um par de botas	1297	Crônica (4 de novembro)
1219	Antes da missa (Conversa de duas damas)	1300	Crônica (11 de novembro)
		1302	Magalhães de Azeredo: *Horas sagradas* e *Versos*
1225	Elogio da vaidade		
1229	Introdução (Francisco de Castro: *Harmonias errantes*)	1306	A paixão de Jesus
		1308	*Secretário d'el-rei*
1230	A nova geração	1310	Carta a Joaquim Nabuco (*Pensées détachées et souvenirs*)
1255	*Cherchez la femme*		
1257	O quadro do sr. Firmino Monteiro		

Índice da Correspondência

	A Quintino Bocaiúva
1314	1862/63
	A Domingo Jaci Monteiro
1314	18/03/1864
	A Carolina
1314	02/03/1868/9?
1316	02/03/1868/9?
	A Francisco Ramos Paz
1317	19/11/1869
1317	1869
1317	01/05/1870?
1318	sem data
1318	sem data
1318	sem data
	A destinatário ignorado
1318	14/06/1870
	A J. C. Rodrigues
1318	25/01/1873
	A Lúcio de Mendonça
1319	16/04/1873
	A Salvador de Mendonça
1319	1875
1319	24/12/1875
1320	15/04/1876
1321	13/11/1876
	A Francisco Ramos Paz
1321	14/12/1876
	A Salvador de Mendonça
1321	08/10/1877
1322	02/03/1878
	A Capistrano de Abreu
1322	22/07/1880
	A um colega jovem
1322	30/07/1880
	A Salvador de Mendonça
1323	25/07/1881
	A Joaquim Nabuco
1323	14/01/1882
1323	29/05/1882
1324	14/04/1883

	A José Veríssimo
1325	19/04/1883
	A Francisco Ramos Paz
1325	16/10/1883
	A Lúcio de Mendonça
1325	4/03/1886
1325	07/10/1886
	Ao Visconde de Taunay
1326	07/10/1886
	A Rodrigo Otávio
1326	29/03/1887
	Ao Barão do Rio Branco
1326	17/10/1890
	A Mário de Alencar
1326	Sem data
	A Ernesto Cibrão
1327	29/04/1895
	A Belmiro Braga
1327	24/06/1895
	A Salvador de Mendonça
1327	22/09/1895
	A José Veríssimo
1328	02/12/1895
	A Joaquim Nabuco
1328	24/03/1896
	A Rodrigo Otávio
1328	10/08/1896
	A Salvador de Mendonça
1328	09/02/1897
	Ao dr. A. Coelho Rodrigues
1329	07/03/1897
	A Belmiro Braga
1329	22/06/1897
	A José Veríssimo
1330	01/12/1897
	A Mário de Alencar
1330	01/01/1898
	A Lafaiete Rodrigues Pereira
1330	19/02/1898
	A Rui Barbosa
1331	03/10/1898

A José Veríssimo
1331 18/11/1898
1332 28/11/1898
1332 03/12/1898
1332 15/12/1898
1332 31/12/1898
1333 16/01/1899

A Joaquim Nabuco
1333 13/02/1899

A José Veríssimo
1333 25/02/1899

A Joaquim Nabuco
1334 10/03/1899

A José Veríssimo
1334 10/04/1899
1335 25/04/1899
1334 10/05/1899

Ao dr. Alfredo Ellis
1335 10/06/1899

A José Veríssimo
1335 14/06/1899

A Rodrigo Otávio
1335 16/06/1899

A José Veríssimo
1336 16/06/1899

A Lúcio de Mendonça
1336 16/06/1899

A José Veríssimo
1336 20/06/1899
1336 06/07/1899

A Rodrigo Otávio
1337 31/07/1899

A Valentim Magalhães
1337 04/08/1899

A Rodrigo Otávio
1337 07/08/1899

A José Veríssimo
1337 18/09/1899
1338 20/10/1899

A Joaquim Nabuco
1338 31/10/1899

A Belmiro Braga
1338 05/11/1899

A Rodrigo Otávio
1338 22/12/1899

A José Veríssimo
1339 05/01/1900
1339 08/01/1900
1339 01/02/1900
1339 01/02/1900

A Belmiro Braga
1340 26/02/1900

A José Veríssimo
1340 19/03/1900
1340 21/03/1900
1341 02/06/1900
1341 04/06/1900

A Rodrigo Otávio
1341 26/06/1900
1341 02/07/1900

A Lúcio de Mendonça
1341 11/07/1900
1342 18/07/1900

A Salvador de Mendonça
1342 11/08/1900

A Rodrigo Otávio
1342 25/08/1900

A José Veríssimo
1343 25/08/1900

A Lúcio de Mendonça
1343 28/08/1900

A Joaquim Nabuco
1343 07/12/1900

A Salvador de Mendonça
1344 27/01/1901

A José Veríssimo
1344 01/02/1901
1345 16/02/1901

A Salvador Mendonça
1346 14/03/1901

A Figueiredo Pimentel
1346 31/03/1901

1347	A Lúcio de Mendonça 02/04/1901	1354	A José Veríssimo 14/01/1904
1347	A José Veríssimo 10/04/1901	1355	17/01/1904
1347	21/05/1901	1355	21/01/1904
		1356	31/01/1904
1347	A Lúcio de Mendonça 22/10/1901	1356	04/02/1904
1348	02/01/1902	1357	A Mário de Alencar 10/02/1904
1348	A Joaquim Nabuco 05/01/1902	1357	A José Veríssimo 11/02/1904
1349	A José Veríssimo 18/02/1902	1357	A Mário de Alencar 15/02/1904
1349	A Joaquim Nabuco 24/03/1902	1358	A Salvador de Mendonça 06/03/1904
1349	A José Veríssimo 21/04/1902	1358	06/03/1904
		1358	30/03/1904
1350	A Luis Guimarães Filho 10/07/1902	1359	A Joaquim Nabuco 28/06/1904
1350	A José Veríssimo 17/07/1902	1359	A Salvador de Mendonça 21/07/1904
1350	A Lúcio de Mendonça 08/08/1902	1360	A Mário de Alencar 03/10/1904
1351	A Joaquim Nabuco 05/10/1902	1360	A José Veríssimo 04/10/1904
1351	A Mário de Alencar 20/11/1902	1361	A Alcides Maia 10/10/1904
1351	11/12/1902	1361	A Domício da Gama 26/10/1904
1351	A José Veríssimo 17/03/1903	1361	A Salvador de Mendonça 28/10/1904
1352	Ao Barão do Rio Branco 17/03/1903	1361	Ao Barão do Rio Branco 28/10/1904
1352	31/03/1903		
1352	A Joaquim Nabuco 20/04/1903	1361	A Joaquim Nabuco 20/11/1904
1353	A Salvador de Mendonça 29/08/1903	1362	06/12/1904
		1362	13/12/1904
1353	A Joaquim Nabuco 07/10/1903	1363	A Francisco Ramos Paz 15/12/1904
1354	A Rui Barbosa 09/11/1903	1363	A Joaquim Nabuco 11/01/1905

1364	A José Veríssimo 4/02/1905	1375	A Joaquim Nabuco 07/07/1907
1364	A Lúcio de Mendonça 03/03/1905	1376	A Salvador de Mendonça 23/07/1907
1365 1365 1366 1366 1367	A Joaquim Nabuco 24/06/1905 11/08/1905 29/08/1905 30/09/1905 15/10/1905	1376 1376	A Joaquim Nabuco 19/08/1907 A Mário de Alencar 22/12/1907
1367	A José Veríssimo 22/02/1906	1377	A Joaquim Nabuco 14/01/1908
1368	A Belmiro Braga 23/06/1906	1378 1378 1379 1380	A Mário de Alencar 21/01/1908 08/02/1908 23/02/1908 20/04/1908
1368	A Mário de Alencar 26/12/1906	1380	A José Veríssimo 21/04/1908
1368	A Domício da Gama 29/12/1906	1381	A Mário de Alencar 25/04/1908
1369	A Mário de Alencar 05/01/1907	1381	A Joaquim Nabuco 08/05/1908
1369	A Joaquim Nabuco 07/02/1907	1382	28/06/1908
1370 1370 1371 1371 1372 1372 1373	A Mário de Alencar 07/03/1907 13/03/1907 18/03/1907 25/03/1907 28/03/1907 01/04/1907 11/04/1907	1382 1383	A Mário de Alencar 12/07/1908 16/07/1908
		1383	A José Veríssimo 19/07/1908
		1383	A Mário de Alencar 20/07/1908
1373	A Joaquim Nabuco 14/05/1907	1383	Ao gerente do London Bank 21/07/1908
1374	A Camilo Cresta 18/05/1907	1384	A Afrânio Peixoto 24/07/1908
1374	A Guilherme Ferrero 18/05/1907	1384	A Mário de Alencar 30/07/1908
1374	Ao Barão do Rio Branco terça-feira, 1907	1384	A Batista Cepellos 30/07/1908
1375	A Guilherme Ferrero 1907 [Rascunho]	1384	A Oliveira Lima 01/08/1908

	A Mário de Alencar
1384	agosto de 1908

	A Joaquim Nabuco
1385	01/08/1908

	A Mário de Alencar
1385	06/08/1908
1386	09/08/1908
1386	22/08/1908
1386	24/08/1908
1386	26/08/1908
1386	29/08/1908

	A José Veríssimo
1387	01/09/1908

	A Salvador de Mendonça
1387	07/09/1908

Copyright© 2015 by Global Editora
3ª Edição, Editora Nova Aguilar, São Paulo 2015
1ª Reimpressão, 2021

Jefferson L. Alves – diretor editorial
Jiro Takahashi – editor executivo
Sebastião Lacerda – consultoria
Flávio Samuel – gerente de produção
Emerson Charles e Jefferson Campos – assistentes de produção
**Augusto Rodrigues, Fábio Yuji Furukawa, Isabel Soares,
José Matheus, Larissa Lima de Freitas, Lucimar de Santana,
Luiz Maria Veiga, Márcia Benjamim, Maria Cecília Junqueira,
Maria Cristina Carletti e Sylvia Lohn** – revisão
Homem de Melo & Troia Design – projeto de design
Evelyn Rodrigues do Prado – editoração eletrônica

Obra atualizada conforme o
NOVO ACORDO ORTOGRÁFICO DA LÍNGUA PORTUGUESA.

**CIP-BRASIL. CATALOGAÇÃO NA PUBLICAÇÃO
SINDICATO NACIONAL DOS EDITORES DE LIVROS, RJ**

Machado de Assis : obra completa em quatro volumes, volume 3 / organização editorial Aluizio Leite, Ana Lima Cecilio, Heloisa Jahn, Rodrigo Lacerda – São Paulo : Editora Nova Aguilar, 2015.

Conteúdo: Conto – Poesia – Teatro – Miscelânea – Correspondência.
ISBN 978-85-210-0106-5 (obra completa)
ISBN 978-85-210-0105-8

1. Assis, Machado de, 1839-1908 2. Literatura brasileira.
I. Leite, Aluizio. II. Cecilio, Ana Lima. III. Jahn, Heloisa.
IV. Lacerda, Rodrigo.

15-02977   CDD–869.9

Índices para catálogo sistemático:

1. Literatura brasileira   869.9

**Editora
Nova
Aguilar**
Direitos Reservados

editora nova aguilar.
Rua Pirapitingui, 111 – Liberdade
CEP 01508-020 – São Paulo – SP
Tel.: (11) 3277-7999
e-mail: global@globaleditora.com.br
www.novaaguilar.com.br

Colabore com a produção científica e cultural.
Proibida a reprodução total ou parcial desta obra
sem a autorização do editor.

Impresso na Índia

Nº de Catálogo: **10023**